J. R. R. TOLKIEN
DER HERR DER RINGE

J. R. R. TOLKIEN
DER HERR DER RINGE

ERSTER TEIL: DIE GEFÄHRTEN

ZWEITER TEIL: DIE ZWEI TÜRME

DRITTER TEIL: DIE RÜCKKEHR DES KÖNIGS

BÜCHERGILDE GUTENBERG

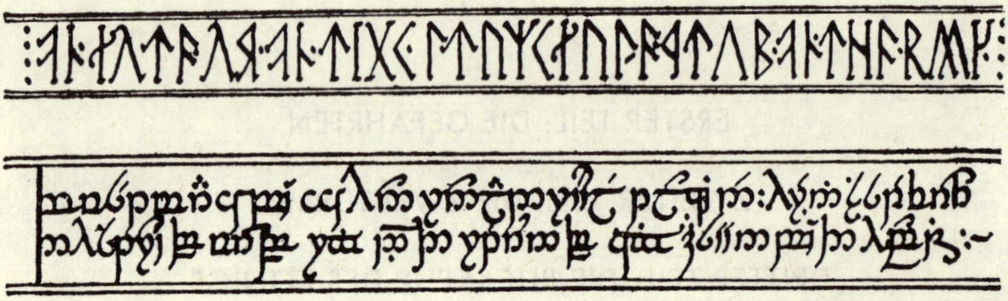

DER HERR DER RINGE

Drei Ringe den Elbenkönigen hoch im Licht,
  Sieben den Zwergenherrschern in ihren Hallen aus Stein,
Den Sterblichen, ewig dem Tode verfallen, neun,
  Einer dem Dunklen Herrn auf dunklem Thron
Im Lande Mordor, wo die Schatten drohn.
  Ein Ring, sie zu knechten, sie alle zu finden,
  Ins Dunkel zu treiben und ewig zu binden
Im Lande Mordor, wo die Schatten drohn.

INHALT

Vorwort 11

ERSTER TEIL: DIE GEFÄHRTEN

ERSTES BUCH

	Prolog:	17
Erstes Kapitel:	Ein langerwartetes Fest	35
Zweites Kapitel:	Der Schatten der Vergangenheit	57
Drittes Kapitel:	Drei Mann hoch	80
Viertes Kapitel:	Geradenwegs zu den Pilzen	100
Fünftes Kapitel:	Eine aufgedeckte Verschwörung	112
Sechstes Kapitel:	Der Alte Wald	123
Siebentes Kapitel:	In Tom Bombadils Haus	136
Achtes Kapitel:	Nebel auf den Hügelgräberhöhen	147
Neuntes Kapitel:	Im Gasthaus zum Tänzelnden Pony	161
Zehntes Kapitel:	Streicher	175
Elftes Kapitel:	Ein Messer im Dunkeln	188
Zwölftes Kapitel:	Flucht zur Furt	209

ZWEITES BUCH

Erstes Kapitel:	Viele Begegnungen	229
Zweites Kapitel:	Der Rat von Elrond	249
Drittes Kapitel:	Der Ring geht nach Süden	282
Viertes Kapitel:	Eine Wanderung im Dunkeln	304
Fünftes Kapitel:	Die Brücke von Khazad-dûm	330
Sechstes Kapitel:	Lothlórien	341
Siebentes Kapitel:	Galadriels Spiegel	361
Achtes Kapitel:	Abschied von Lórien	375
Neuntes Kapitel:	Der Große Strom	388
Zehntes Kapitel:	Der Zerfall des Bundes	403

ZWEITER TEIL: DIE ZWEI TÜRME

DRITTES BUCH

Erstes Kapitel:	Boromirs Tod	421
Zweites Kapitel:	Die Reiter von Rohan	429
Drittes Kapitel:	Die Uruk-hai	452
Viertes Kapitel:	Baumbart	469
Fünftes Kapitel:	Der Weiße Reiter	495
Sechstes Kapitel:	Der König der Goldenen Halle	513
Siebentes Kapitel:	Helms Klamm	533
Achtes Kapitel:	Der Weg nach Isengart	550
Neuntes Kapitel:	Treibgut und Beute	567
Zehntes Kapitel:	Sarumans Stimme	583
Elftes Kapitel:	Der Palantír	595

VIERTES BUCH

Erstes Kapitel:	Sméagols Zähmung	611
Zweites Kapitel:	Die Durchquerung der Sümpfe	628
Drittes Kapitel:	Das Schwarze Tor ist versperrt	644
Viertes Kapitel:	Kräuter und Kaninchenpfeffer	656
Fünftes Kapitel:	Das Fenster nach Westen	671
Sechstes Kapitel:	Der verbotene Weiher	691
Siebentes Kapitel:	Wanderung zum Scheideweg	702
Achtes Kapitel:	Die Treppen von Cirith Ungol	711
Neuntes Kapitel:	Kankras Lauer	725
Zehntes Kapitel:	Die Entscheidungen von Meister Samweis	736

DRITTER TEIL: DIE RÜCKKEHR DES KÖNIGS

FÜNFTES BUCH

Erstes Kapitel:	Minas Tirith	755
Zweites Kapitel:	Der Weg der Grauen Schar	781
Drittes Kapitel:	Die Heerschau von Rohan	798
Viertes Kapitel:	Die Belagerung von Gondor	812
Fünftes Kapitel:	Der Ritt der Rohirrim	836
Sechstes Kapitel:	Die Schlacht auf den Pelennor-Feldern	845
Siebentes Kapitel:	Denethors Scheiterhaufen	856
Achtes Kapitel:	Die Häuser der Heilung	864
Neuntes Kapitel:	Die letzte Beratung	878
Zehntes Kapitel:	Das Schwarze Tor öffnet sich	889

SECHSTES BUCH

Erstes Kapitel:	Der Turm von Cirith Ungol	903
Zweites Kapitel:	Das Land des Schattens	923
Drittes Kapitel:	Der Schicksalsberg	940
Viertes Kapitel:	Das Feld von Cormallen	955
Fünftes Kapitel:	Der Truchseß und der König	965
Sechstes Kapitel:	Viele Abschiede	980
Siebentes Kapitel:	Auf der Heimfahrt	995
Achtes Kapitel:	Die Befreiung des Auenlandes	1003
Neuntes Kapitel:	Die Grauen Anfurten	1026
	Anhang	1037
	Register	1161

VORWORT

Diese Erzählung wuchs, während ich sie erzählte, bis sie zur Geschichte des Großen Ringkrieges wurde, in der immer wieder die noch ältere Geschichte flüchtig auftauchte. Ich hatte damit begonnen, kurz nachdem *Der Hobbit* geschrieben und noch ehe er 1937 erschienen war; aber dann fuhr ich mit der Erzählung nicht fort, denn zuerst wollte ich die Mythologie und Sagen der Altvorderenzeit, die damals schon seit einigen Jahren Gestalt angenommen hatten, vervollständigen und ordnen. Das wollte ich zur eigenen Freude tun, und ich hatte wenig Hoffnung, daß andere sich dafür interessieren würden, zumal sie in erster Linie sprachwissenschaftlich inspiriert war und ursprünglich darauf zielte, den notwendigen »geschichtlichen« Hintergrund für die Elbensprachen zu schaffen.

Als jene, die ich um Rat und ihre Meinung befragte, mich berichtigten, daß nicht *wenig Hoffnung*, sondern *gar keine Hoffnung* bestünde, nahm ich dann die Erzählung wieder auf, ermutigt durch die Bitten von Lesern, ihnen mehr über Hobbits und ihre Abenteuer zu sagen. Aber die Darstellung wurde unwiderstehlich zur älteren Welt hingezogen, wurde gleichsam zu einem Bericht über deren Ende und Vergehen, bevor ihr Beginn und die Zwischenzeit erzählt waren. Dieser Vorgang hatte schon bei der Niederschrift des *Hobbits* eingesetzt, der bereits manche Hinweise auf die älteren Begebenheiten enthält: Elrond und Gondolin, die Hochelben und Orks, und auch ungebeten wurden flüchtig Dinge sichtbar, die höher oder tiefer oder dunkler waren, als es äußerlich schien: Durin, Moria, Gandalf, der Geisterbeschwörer, der Ring. Als die Bedeutung dieser flüchtigen Ausblicke und ihrer Beziehung zur ganz alten Geschichte einmal entdeckt war, enthüllte sich das Dritte Zeitalter und sein Höhepunkt, der Ringkrieg.

Diejenigen, die mehr über Hobbits wissen wollten, erfuhren es schließlich, aber sie mußten lange darauf warten; denn in den Jahren 1936 bis 1949 kam ich nur dann und wann dazu, mich mit dem *Herrn der Ringe* zu beschäftigen. Damals hatte ich viele Pflichten, die ich nicht vernachlässigte, und so manche anderen Interessen als Lernender und Lehrender, die mich oft völlig in Anspruch nahmen. Auch der Ausbruch des Krieges 1939 trug natürlich zur Verzögerung bei; am Schluß jenes Jahres hatte die Erzählung noch nicht das Ende von Buch I erreicht. Trotz der Dunkelheit der nächsten fünf Jahre fand ich es nun nicht mehr möglich, die Darstellung völlig aufzugeben, und so quälte ich mich voran, zumeist des Nachts, bis ich an Balins Grab in Moria stand. Dort hielt ich eine lange Weile inne. Es war fast ein Jahr vergangen, als ich fortfuhr und dann Ende 1941 nach Lothlórien und zum Großen Strom kam. Im nächsten Jahr schrieb ich die ersten Entwürfe der Begebenheiten, die jetzt das Buch III bilden, und die Anfänge der Kapitel 1 und 3 von Buch V; und dort, als die Signalfeuer in Anórien aufflammten und Théoden zum Hargtal kam, hörte ich auf. Weiter hatte ich nicht vorausgeschaut, und zum Nachdenken war keine Zeit.

Vorwort

Im Jahre 1944 war es soweit, daß ich die noch ungeklärten Wirren eines Krieges, den zu führen oder zumindest über den zu berichten meine Aufgabe war, beiseite ließ und mich zwang, Frodos Wanderung nach Mordor in Angriff zu nehmen. Diese Kapitel, die später Buch IV werden sollten, schickte ich in Fortsetzungen an meinen Sohn Christopher, der damals bei der Royal Air Force in Südafrika war. Dennoch dauerte es noch weitere fünf Jahre, bis die Erzählung zu ihrem jetzigen Ende gelangte; in dieser Zeit wechselte ich mein Haus, meinen Lehrstuhl und mein College, und die Tage waren zwar weniger dunkel, aber nicht weniger arbeitsreich. Dann, als das »Ende« schließlich erreicht war, mußte die ganze Darstellung überarbeitet und großenteils sogar neu geschrieben werden. Und sie mußte getippt und noch einmal getippt werden: von mir, die Kosten für professionelles Tippen von Zehnfingrigen überstiegen meine Mittel.

Seit *Der Herr der Ringe* im Jahr 1954 endlich erschien, haben viele Leute das Buch gelesen; und ich möchte hier gern einiges sagen zu den Ansichten oder Mutmaßungen über die Motive und Bedeutungen der Erzählung, die mir zugegangen sind oder über die ich gelesen habe. Das Hauptmotiv war der Wunsch eines Märchenerzählers, es einmal mit einer wirklich langen Darstellung zu versuchen, die die Aufmerksamkeit der Leser fesselt, sie unterhält, erfreut und manchmal vielleicht erregt oder tief bewegt. Als Richtschnur hatte ich nur mein eigenes Gefühl für das, was ansprechend oder packend ist, und für viele erwies sich diese Richtschnur unvermeidbar oft als falsch. Manche, die das Buch gelesen oder jedenfalls besprochen haben, fanden es langweilig, absurd oder belanglos; und ich habe keinen Grund, mich zu beklagen, denn ich habe ähnliche Ansichten über ihre Arbeiten oder über die Art zu schreiben, die sie offenbar vorziehen. Aber selbst denjenigen, denen meine Darstellung Vergnügen bereitet hat, hat vieles nicht gefallen. Vielleicht ist es in einer langen Erzählung nicht möglich, jedermann an allen Stellen zu gefallen oder auch jedermann an denselben Stellen zu mißfallen; denn aus den mir zugegangenen Briefen ersehe ich, daß gerade die Abschnitte oder Kapitel, die den einen ein Ärgernis sind, von anderen besonders gelobt werden. Der kritischste Leser von allen, ich selbst, findet jetzt viele kleinere und größere Mängel; da er aber zum Glück weder verpflichtet ist, das Buch zu besprechen, noch es ein zweites Mal zu schreiben, wird er sie mit Stillschweigen übergehen, abgesehen von dem einen Mangel, den andere festgestellt haben: das Buch ist zu kurz.

Was irgendwelche tiefere Bedeutung oder »Botschaft« betrifft, so gibt es nach der Absicht des Verfassers keine. Das Buch ist weder allegorisch noch aktuell. Als die Darstellung wuchs, schlug sie Wurzeln (in der Vergangenheit) und verzweigte sich unerwartet, aber ihr Hauptthema lag von Anfang an fest, weil der Ring nun einmal das Bindeglied zwischen ihr und dem *Hobbit* war. Das entscheidende Kapitel, »Der Schatten der Vergangenheit«, ist einer der ältesten Teile der Erzählung. Es war schon lange geschrieben, ehe die Vorzeichen des Jahres 1939 sich zur Drohung eines unentrinnbaren Verhängnisses verdichtet hatten, und von diesem Punkt an hätte sich die Darstellung im wesentlichen in denselben Grundzügen weiterentwickelt, auch wenn das Verhängnis abgewendet worden wäre. Ihr Ursprung sind Dinge, die mir schon lange im Sinn lagen oder in einigen Fällen schon niedergeschrieben waren, und wenig oder nichts wurde durch den Krieg, der 1939 begann, oder durch seine Folgen verändert. Der wirkliche Krieg ähnelt weder in seinem Verlauf noch in seinem Abschluß dem Krieg der Sage. Hätte er den Fortgang der Sage inspiriert oder bestimmt, dann hätte man sich des Ringes bemächtigt und ihn gegen Sauron eingesetzt; Sauron wäre nicht vernichtet, sondern versklavt, Barad-dûr nicht zerstört, sondern besetzt worden. Nachdem Saruman nicht in den Besitz des Ringes zu gelangen vermochte, hätte er in jener Zeit der Verwirrung und des Verrats die fehlenden Zwischenglieder seiner eigenen Nachforschungen über Ringkunde in Mordor gefunden und sich bald einen eigenen Großen Ring gemacht, um damit den selbsternannten Herrscher von Mittelerde herauszufordern. Bei diesem Kampf hätten beide Seiten für die Hobbits nur Haß und Verachtung empfunden: nicht einmal als Sklaven hätten sie lange überlebt.

Andere Lösungen könnten ersonnen werden je nach dem Geschmack oder den Ansichten jener, die Allegorien oder aktuelle Bezüge schätzen. Aber ich habe eine herzliche Abneigung gegen Allegorie, und zwar immer schon, seit ich alt und wachsam genug war, um ihr Vorhandensein zu entdecken. Wahre oder erfundene Geschichte mit ihrer vielfältigen Anwendbarkeit auf das Denken und die Erfahrung der Leser ist mir viel lieber. Ich glaube, viele Leute verwechseln »Anwendbarkeit« mit »Allegorie«; aber die eine ist der Freiheit des Lesers überlassen, die andere wird ihm von der Absicht des Verfassers aufgezwungen.

Ein Verfasser kann natürlich nicht völlig unbeeinflußt bleiben von seiner Erfahrung, aber die Art und Weise, wie der Keim einer Darstellung aus dem Boden der Erfahrung Nutzen zieht, ist äußerst verwickelt, und Versuche, diesen Vorgang zu beschreiben, sind bestenfalls Mutmaßungen aufgrund unzulänglicher und mehrdeutiger Nachweise. Auch ist es eine falsche, obschon natürlich verlockende Annahme, daß, wenn das Leben eines Autors und eines Kritikers einander überschneiden, die Denkweise und die Ereignisse der von ihnen gemeinsam erlebten Zeiten notwendigerweise einen starken Einfluß ausüben. Man muß in der Tat persönlich in den Schatten des Krieges geraten, um zu erfahren, wie bedrückend er ist; aber im Laufe der Jahre scheint man nun oft zu vergessen, daß es ein keineswegs weniger furchtbares Erlebnis war, in der Jugend von 1914 überrascht zu werden, als 1939 und in den folgenden Jahren dabei zu sein. 1918 waren bis auf einen alle meine nächsten Freunde tot. Oder um ein weniger schmerzliches Beispiel anzuführen: man hat vermutet, daß »Die Befreiung des Auenlands« die Situation in England zu der Zeit, als ich meine Erzählung beendete, widerspiegelt. Das stimmt nicht. Das Kapitel ist ein wesentlicher Bestandteil der Fabel und war von Anfang an vorgesehen, wenn es auch in seinem Verlauf modifiziert wurde durch Sarumans Charakter, wie er sich in der Darstellung entwickelte, ohne – muß ich das erwähnen? – irgendwelche allegorische Bedeutung oder einen zeitgenössischen politischen Bezug. Allerdings besteht ein Zusammenhang, wenn auch ein loser (weil die wirtschaftliche Situation eine völlig andere war), mit einem viel weiter zurückliegenden Erlebnis.

Vorwort

Das Land, in dem ich als Kind gelebt hatte, wurde elend zerstört, ehe ich zehn Jahre alt war, in jenen Tagen, als Automobile selten waren (ich hatte niemals eins gesehen) und die Menschen noch Vororteisenbahnen bauten. Kürzlich sah ich in einer Zeitung ein Bild vom Verfall der einst florierenden Mühle an dem Teich, der mir vor langer Zeit so viel bedeutet hatte. Den Müller mochte ich nie, aber sein Vater hatte einen schwarzen Bart, und er hieß nicht Sandigmann.

ERSTER TEIL:
DIE GEFÄHRTEN

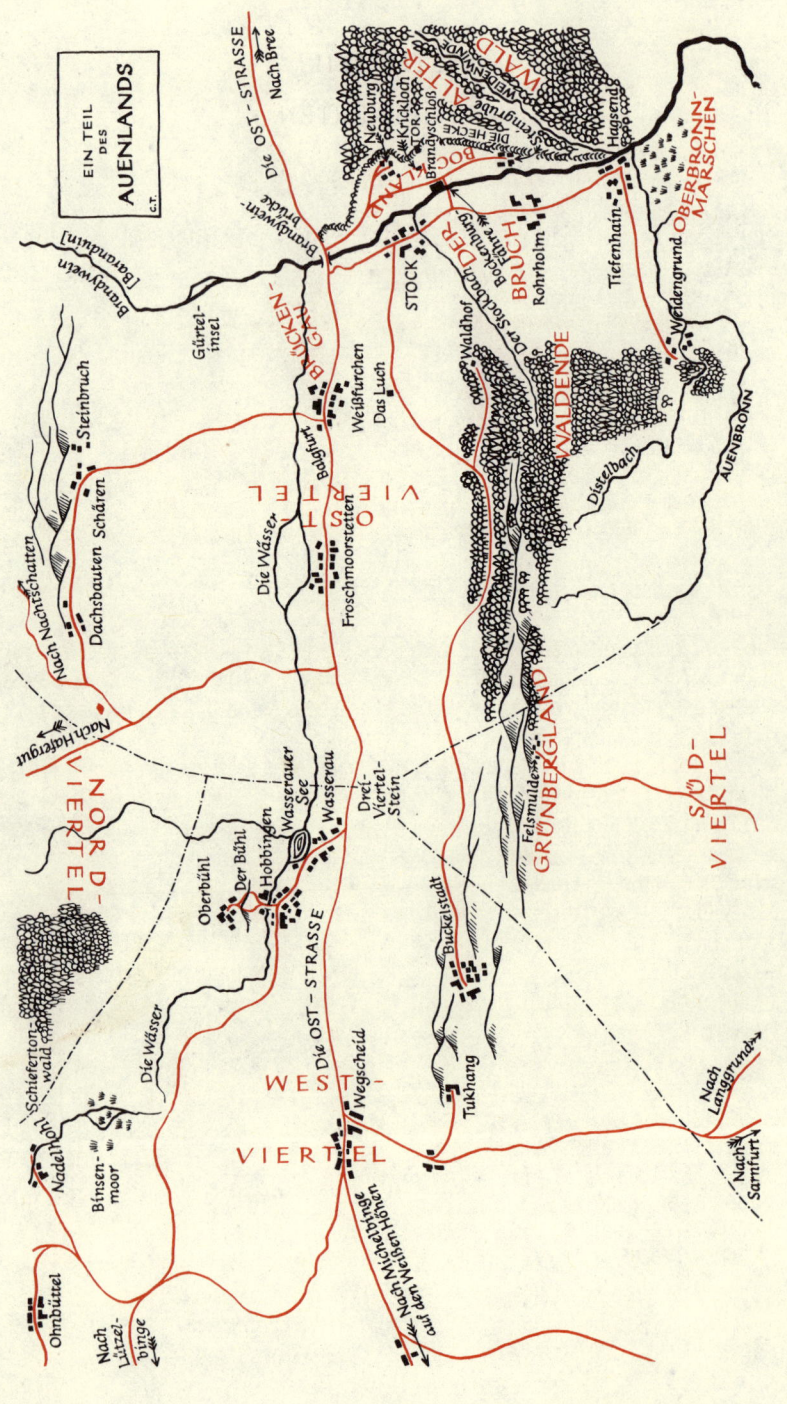

PROLOG

1
Über Hobbits

Das Buch handelt weitgehend von Hobbits, und aus seinen Seiten kann ein Leser viel über ihren Charakter und ein wenig über ihre Geschichte erfahren. Weitere Einzelheiten sind auch in der Auswahl aus dem Roten Buch der Westmark zu finden, die unter dem Titel *Der Hobbit* bereits veröffentlicht wurde. Jene Darstellung stammt aus den ersten Kapiteln des Roten Buches, die Bilbo selbst, der erste Hobbit, der in der ganzen Welt berühmt wurde, verfaßt und die er *Hin und wieder zurück* genannt hat; er erzählt darin von seiner Fahrt in den Osten und von seiner Rückkehr: ein Abenteuer, durch das später alle Hobbits in die großen Ereignisse jenes Zeitalters, von denen hier berichtet wird, hineingezogen wurden.

Viele Leser mögen indes gleich zu Beginn mehr über dieses bemerkenswerte Volk wissen wollen, während manche vielleicht das erste Buch nicht besitzen. Für sie seien hier einige der wichtigeren Punkte aus der Hobbitkunde zusammengestellt und das erste Abenteuer kurz wiedergegeben.

Die Hobbits sind ein unauffälliges, aber sehr altes Volk, das früher zahlreicher war als heute; denn sie lieben Frieden und Stille und einen gut bestellten Boden: eine wohlgeordnete und wohlbewirtschaftete ländliche Gegend war ihr bevorzugter Aufenthaltsort. Kompliziertere Maschinen als einen Schmiede-Blasebalg, eine Wassermühle oder einen Handwebstuhl verstehen und verstanden oder mochten sie auch nicht, obwohl sie mit Werkzeugen sehr geschickt umgingen. Selbst in den alten Zeiten empfanden sie in der Regel Scheu vor dem »Großen Volk«, wie sie uns nennen, und heute meiden sie uns voll Schrecken und sind nur noch schwer zu finden. Sie haben ein feines Gehör und scharfe Augen, und obwohl sie dazu neigen, Fett anzusetzen und sich nicht unnötigerweise zu beeilen, sind sie dennoch flink und behende in ihren Bewegungen. Von Anfang an beherrschten sie die Kunst, rasch und geräuschlos zu verschwinden, wenn große Leute, denen sie nicht begegnen wollen, dahertrapsen; und diese Kunst haben sie weiterentwickelt, bis sie den Menschen wie Zauberei vorkam. In Wirklichkeit haben sich die Hobbits niemals mit Zauberei irgendeiner Art befaßt, und ihre Fähigkeit, sich zu verflüchtigen, beruht allein auf einer durch Vererbung und Übung und innige Erdverbundenheit so vollkommenen Geschicklichkeit, daß sie für größere und plumpere Rassen unnachahmlich ist.

Denn sie sind kleine Leute, kleiner noch als Zwerge: das heißt, weniger stämmig und kräftig, obwohl sie es in der Länge eigentlich mit ihnen aufnehmen können. Ihre Größe ist unterschiedlich und schwankt zwischen zwei und vier Fuß nach unseren Maßen. Heute werden sie selten größer als drei Fuß; aber sie seien geschrumpft, behaupten sie, und in alten Zeiten größer gewesen. Nach dem Roten Buch maß Bandobras Tuk (Bullenraßler), Sohn von Isegrim dem Zweiten, sogar vier

Fuß und fünf Zoll und konnte ein Pferd reiten. Soweit die Hobbits zurückdenken können, ist er seither nur von zwei berühmten Persönlichkeiten übertroffen worden; aber jene seltsame Geschichte wird in diesem Buch berichtet.

Was die Hobbits aus dem Auenland in diesen Erzählungen anlangt, so waren sie, solange Frieden und Wohlstand bei ihnen herrschten, ein fröhliches Volk. Sie kleideten sich in leuchtenden Farben und hatten eine besondere Vorliebe für Gelb und Grün; aber Schuhe trugen sie selten, denn ihre Füße hatten zähe, lederartige Sohlen und waren mit dichtem, krausem Haar bedeckt, ähnlich ihrem Haupthaar, das gewöhnlich braun war. Daher war das einzige Handwerk, das bei ihnen wenig ausgeübt wurde, die Schuhmacherei; doch hatten sie lange und geschickte Finger und konnten viele andere nützliche und hübsche Dinge herstellen. Ihre Gesichter waren in der Regel eher gutmütig als schön, breit, mit glänzenden Augen, roten Wangen und Mündern, die immer zum Lachen und Essen und Trinken bereit waren. Und sie lachten und aßen und tranken denn auch oft und herzhaft, waren jederzeit zum Scherzen aufgelegt und hatten gern sechs Mahlzeiten täglich (wenn sie sie bekommen konnten). Sie waren gastfrei und hatten ihre Freude an Festen und an Geschenken, die sie großzügig machten und immer gern annahmen.

Es liegt also auf der Hand, daß die Hobbits trotz der späteren Entfremdung mit uns verwandt sind: weit näher als Elben oder selbst Zwerge. Früher sprachen sie die Sprache der Menschen auf ihre eigene Weise und hatten ziemlich dieselben Vorlieben und Abneigungen wie die Menschen. Aber wie unsere Verwandtschaft genau war, läßt sich nicht mehr feststellen. Der Ursprung der Hobbits reicht weit zurück in die Altvorderenzeit, die jetzt vergangen und vergessen ist. Nur die Elben haben noch Aufzeichnungen aus jener dahingeschwundenen Zeit, aber ihre Überlieferungen handeln fast ausschließlich von ihrer eigenen Geschichte, und in ihnen kommen Menschen selten vor, und Hobbits werden gar nicht erwähnt. Doch es ist klar, daß die Hobbits in Wirklichkeit schon viele lange Jahre friedlich in Mittelerde gelebt hatten, ehe ein anderes Volk sie auch nur bemerkte. Und da die Welt schließlich von unzähligen seltsamen Geschöpfen wimmelt, erschienen diese kleinen Leute wohl sehr wenig wichtig. Aber in Bilbos und Frodos, seines Erben, Tagen wurden sie plötzlich, ohne daß sie es selber wollten, sowohl wichtig als auch berühmt und störten die Pläne der Weisen und der Großen.

Jene Tage, das Dritte Zeitalter von Mittelerde, sind nun lange vergangen, und die Gestalt der Länder hat sich verändert; doch die Gegenden, in denen damals Hobbits lebten, waren zweifellos dieselben, in denen sie sich noch immer aufhalten: der Nordwesten der Alten Welt, östlich des Meeres. Von ihrer ursprünglichen Heimat hatten die Hobbits in Bilbos Tagen keine Kenntnis mehr. Liebe zur Wissenschaft (abgesehen von der Ahnenforschung) war keineswegs verbreitet bei ihnen; doch einige wenige der älteren Familien studierten noch immer ihre eigenen Bücher und sammelten sogar Berichte über die alten Zeiten und fernen Länder, von Elben, Zwergen und Menschen. Ihre eigenen Aufzeichnungen begannen erst mit der Besiedlung des Auenlands, und ihre ältesten Legenden reichten nicht weiter zurück als bis zu ihren Wanderungstagen. Dennoch lassen diese Legenden wie auch ihre eigentümlichen Wörter und Bräuche klar erkennen, daß wie so manch anderes Volk auch die Hobbits in der weit zurückliegenden Vergangenheit nach Westen gezogen waren. In ihren ältesten Erzählungen finden sich Andeutungen, daß sie einst in den oberen Tälern des Anduin gehaust haben mußten, zwischen den Ausläufern des Großen Grünwalds und dem Nebelgebirge. Die Gründe, warum sie später das schwierige und gefährliche Wagnis unternahmen, über das Gebirge nach Eriador zu ziehen, sind nicht mehr bekannt. Ihre eigenen Berichte erwähnen, daß sich die Menschen vermehrt hätten und ein Schatten auf den Wald gefallen sei, so daß er sich verdüsterte, und sein neuer Name war Düsterwald.

Schon vor dem Zug über die Berge hatte es drei recht unterschiedliche Hobbitstämme gegeben: Harfüße, Starren und Falbhäute. Die Harfüße hatten eine braunere Haut, waren schmächtiger und kleiner, bartlos und barfuß; ihre Hände und Füße waren flink und behende; und sie bevorzugten Hochebenen und Berghänge. Die Starren waren derber und von stärkerem Körperbau; ihre Füße und Hände waren kräftiger, und sie zogen flaches Land und Flußufer vor. Die Falbhäute hatten eine hellere Haut und auch helleres Haar, und sie waren größer und schlanker als die anderen; sie liebten Bäume und Waldgebiete.

Die Harfüße hatten in alten Zeiten viel Umgang mit Zwergen gehabt und lange in den Vorbergen der Gebirge gelebt. Sie zogen früh nach Westen und wanderten durch ganz Eriador bis zur Wetterspitze, während die anderen noch in Wilderland geblieben waren. Sie waren der ursprünglichste und ausgeprägteste Hobbitschlag und der bei weitem zahlreichste. Bei ihnen war der Drang, seßhaft zu werden, am stärksten, und sie blieben am längsten dem Brauch ihrer Vorfahren treu, in Stollen und Höhlen zu leben.

Die Starren hielten sich lange an den Ufern des Großen Flusses Anduin auf und hatten weniger Scheu vor den Menschen. Sie kamen später als die Harfüße nach Westen und folgten dem Lauf der Lautwasser nach Süden; und viele von ihnen wohnten lange dort zwischen Tharbad und den Grenzen von Dunland, ehe sie wieder nach Norden zogen.

Die Falbhäute, an Zahl die geringsten, waren ein nördlicher Stamm. Sie hatten ein freundschaftlicheres Verhältnis zu den Elben als die anderen Hobbits und mehr Begabung für Sprache und Gesang als für ein Handwerk; und von alters her zogen sie die Jagd dem Ackerbau vor. Sie überschritten die Berge nördlich von Bruchtal und folgten dem Fluß Weißquell. In Eriador vermischten sie sich bald mit den anderen Stämmen, die vor ihnen gekommen waren, aber da sie ein wenig kühner und verwegener waren, fand man sie häufig als Führer oder Häuptlinge von Harfuß- oder Starrensippen. Selbst zu Bilbos Zeit konnte man noch den starken Einschlag der Falbhäute bei den vornehmen Familien wie den Tuks oder den Herren von Bockland feststellen.

In den Westlanden von Eriador zwischen dem Nebelgebirge und dem Gebirge von Luhn fanden die Hobbits Menschen und auch Elben vor. Ja, es lebte hier sogar noch ein Rest der Dúnedain, der Könige der Menschen, die über das Meer aus Westernis gekommen waren; aber ihre Zahl verringerte sich rasch, und ringsum veröderten die Länder ihres Nördlichen Königreichs. Es gab Raum genug für Einwanderer, und es währte nicht lange, bis sich die Hobbits in geordneten Gemeinden ansiedelten. Von ihren ersten Niederlassungen waren die meisten zu Bilbos Zeit schon längst verschwunden und vergessen; aber eine der ersten, die Bedeutung erlangen sollte, war erhalten geblieben, obschon sie an Größe eingebüßt hatte; sie war in Bree, das im Chetwald lag, etwa vierzig Meilen östlich vom Auenland.

Zweifellos war es in jenen frühen Tagen, daß die Hobbits ihre Buchstaben lernten und nach Art der Dúnedain zu schreiben begannen, die ihrerseits die Kunst von den Elben gelernt hatten. Und in jenen Tagen vergaßen die Hobbits auch, welcher Sprachen sie sich früher bedient hatten, und sprachen von nun an die Gemeinsame Sprache, das Westron, wie es genannt wurde, das in allen Ländern der Könige von Arnor bis Gondor und an allen Küsten des Meeres von Belfalas bis Luhn geläufig war. Immerhin behielten sie einige ihrer eigenen Wörter bei und auch ihre Namen für Monate und Tage und eine große Zahl Personennamen aus der Vergangenheit.

Etwa um diese Zeit wird die Legende unter den Hobbits zum ersten Mal Geschichte mit einer Zeitrechnung. Denn es war im tausendsechshundertundersten Jahr des Dritten Zeitalters, daß die Falbhäutebrüder Marcho und Blanco von Bree auszogen; und nachdem sie die Erlaubnis des hohen Königs in Fornost* erhalten hatten, überschritten sie mit einem großen Gefolge von Hobbits den braunen Fluß Baranduin. Sie zogen über die Brücke von Steinbogen, die in den Tagen der Macht des Nördlichen Königreichs gebaut worden war, und sie nahmen das ganze jenseitige Land zwischen dem Fluß und den Fernen Höhen in Besitz, um hier zu leben. Nichts weiter wurde von ihnen verlangt, als daß sie die Große Brücke instand hielten, wie auch alle anderen Brücken und Straßen, und daß sie den Sendboten des Königs beistünden und seine Oberhoheit anerkennten.

So begann die *Auenland-Zeitrechnung*, denn das Jahr, in dem die Hobbits den Brandywein (wie sie den Namen verdrehten) überschritten, wurde das Jahr Eins vom Auenland, und alle späteren Daten errechneten sich danach**. Die westlichen Hobbits verliebten sich sogleich in ihr neues Land und blieben dort, und bald verschwanden sie wiederum aus der Geschichte der Menschen und Elben. Solange es noch einen König gab, waren sie dem Namen nach seine Untertanen, aber in Wirklichkeit wurden sie von ihren eigenen Hauptleuten regiert und mischten sich überhaupt nicht in die Ereignisse der Welt draußen ein. Zur letzten Schlacht bei Fornost mit dem Herrn der Hexen von Angmar schickten sie

---

* Wie die Chroniken von Gondor berichten, war das Argeleb II., der zwanzigste Herrscher der Nördlichen Linie, die dreihundert Jahre später mit Arvedui erlosch.
** Die Jahreszahlen des Dritten Zeitalters nach der Zählweise der Elben und Dúnedain lassen sich errechnen, wenn man 1600 zu den Daten nach der Auenland-Zeitrechnung addiert.

Bogenschützen, um dem König zu helfen, oder behaupteten es wenigstens, obwohl es in keinem Geschichtsbuch der Menschen verzeichnet ist. Aber in jenem Krieg endete das Nördliche Königreich; und nun nahmen sich die Hobbits das Land zu eigen und wählten unter ihren Hauptleuten einen Thain, der die Machtbefugnis des Königs, der nicht mehr da war, innehatte. Dann wurden sie tausend Jahre lang wenig durch Kriege belästigt, und sie lebten glücklich und zufrieden und vermehrten sich nach der Schwarzen Pest (A. Z. 37) bis zum Verhängnis des Langen Winters und der darauffolgenden Hungersnot. Viele Tausende gingen damals zugrunde, aber die Tage der Not (1158–60) waren zur Zeit dieser Erzählung lange vergangen, und die Hobbits waren es wieder gewöhnt, daß es alles in Hülle und Fülle gab. Das Land war reich und fruchtbar, und obwohl es vor ihrer Ankunft lange brachgelegen hatte, war es einst gut bestellt gewesen, und der König hatte dort viele Bauernhöfe, Äcker, Weinberge und Wälder gehabt.

Vierzig Wegstunden erstreckte es sich von den Fernen Höhen bis zur Brandyweinbrücke und fünfzig von den Mooren im Norden bis zu den Marschen im Süden. Die Hobbits nannten den Herrschaftsbereich ihres Thains Auenland, und es war ein Bezirk wohlgeordneter Arbeit; in diesem erfreulichen Erdenwinkel widmeten sie sich ihrer geordneten Arbeit, die darin bestand zu leben, und um die Welt draußen, wo dunkle Dinge vor sich gingen, kümmerten sie sich immer weniger, bis sie schließlich glaubten, Frieden und Überfluß seien die Regel in Mittelerde und ein Recht, das allen vernünftigen Leuten zustehe. Sie vergaßen oder beachteten nicht das wenige, was sie je von den Wächtern gewußt hatten und von der Mühsal jener, die den langen Frieden im Auenland ermöglichten. Sie wurden in Wirklichkeit beschützt, aber sie erinnerten sich dessen nicht mehr.

Zu keiner Zeit waren die Hobbits kriegslüstern gewesen, und untereinander hatten sie sich nie bekämpft. In alten Zeiten hatten sie natürlich oft zu den Waffen greifen müssen, um sich in einer rauhen Welt zu behaupten; doch in Bilbos Tagen war das schon sehr alte Geschichte. An die letzte Schlacht vor dem Beginn dieser Darstellung – die einzige übrigens, die jemals innerhalb der Grenzen des Auenlandes geschlagen worden war – konnte sich kein Lebender mehr erinnern; es war die Schlacht von Grünfeld gewesen, A. Z. 1147, mit der Bandobras Tuk einen Angriff der Orks abgeschlagen hatte. Selbst das Klima war milder geworden, und die Wölfe, die einst in bitterweißen Wintern heißhungrig aus dem Norden gekommen waren, waren jetzt ein Großvatermärchen. Obwohl es noch immer einige Waffenbestände im Auenland gab, wurden sie jetzt zumeist als Siegeszeichen angesehen, hingen über der Feuerstelle oder an den Wänden oder waren im Museum von Michelbinge untergebracht. Das Mathom-Haus wurde es genannt; denn alles, was Hobbits nicht sofort verwenden konnten, aber nicht gern wegwerfen wollten, nannten sie *Mathom*. Ihre Behausungen waren wie dazu geschaffen, Mathoms anzuhäufen, und viele der Geschenke, die von Hand zu Hand gingen, waren von dieser Art.

Dennoch hatten Friede und Daseinsfreude der Zähigkeit dieses Volkes erstaunlich wenig anhaben können. Hobbits waren, wenn es hart auf hart ging, nicht so leicht einzuschüchtern oder umzubringen; und vielleicht waren sie nicht zuletzt deshalb so gleichbleibend erpicht auf gute Dinge, weil sie im Ernstfall darauf verzichten konnten und den Katastrophen, Feinden oder Unbilden des Wetters in einer Weise zu widerstehen vermochten, die jene erstaunte, die sie nicht gut kannten und nicht mehr sahen als ihre dicken Bäuche und gutgenährten Gesichter. Obwohl sie nicht händelsüchtig waren und kein Vergnügen daran fanden, ein Lebewesen zu töten, waren sie beherzt, wenn sie sich verteidigen mußten, und verstanden notfalls mit der Waffe umzugehen. Sie waren gute Bogenschützen, denn sie hatten scharfe Augen und eine sichere Hand. Und nicht nur mit Pfeil und Bogen. Wenn sich irgendein Hobbit nach einem Stein bückte, tat man gut daran, schnell in Deckung zu gehen, wie alle streunenden Tiere sehr wohl wußten.

Ursprünglich hatten alle Hobbits in Erdhöhlen gelebt, oder glaubten es wenigstens, und in solchen Behausungen fühlten sie sich noch immer am heimischsten; aber im Laufe der Zeit mußten sie sich mit anderen Unterkünften abfinden. In Bilbos Tagen war es im Auenland die Regel, daß nur die reichsten und die ärmsten Hobbits an der alten Sitte festhielten. Die ärmsten wohnten nach wie vor in höchst primitiven Höhlen, geradezu in Löchern mit nur einem oder gar keinem Fenster; die reichsten dagegen bauten auch jetzt noch in der alten Form, nur in behaglicherer Ausführung als die anspruchslosen Unterschlüpfe von ehedem. Aber geeignetes Gelände für diese großen und sich verzweigenden Stollen (oder *Smials*, wie sie sie nannten) war nicht überall zu finden; und in den Ebenen und Niederungen begannen die Hobbits, als sie immer zahlreicher wurden, oberirdisch zu bauen. Ja, selbst im Hügelland und in den älteren Orten wie Hobbingen und Buckelstadt oder der bedeutendsten Gemeinde des Auenlands, Michelbinge auf den Weißen Höhen, gab es jetzt viele Häuser aus Holz, Ziegeln oder Feldsteinen. Sie wurden besonders von Müllern, Schmieden, Seilern, Wagnern und anderen Handwerkern bevorzugt; denn selbst als die Hobbits noch in Höhlen wohnten, pflegten sie schon längst Schuppen und Werkstätten zu bauen.

Die Sitte, Bauernhäuser und Scheunen zu bauen, soll zuerst bei den Bewohnern des Bruchs unten am Brandywein aufgekommen sein. Die Hobbits in jenem Viertel, dem Ostviertel, waren ziemlich hochgewachsen und plumpfüßig, und bei Matschwetter trugen sie Zwergenstiefel. Aber bekanntlich hatten sie ja ein gut Teil Starrenblut in den Adern, wie schon der Flaum zeigte, den viele auf den Wangen hatten. Kein Harfuß und auch keine Falbhaut hat je auch nur eine Spur von Bart gehabt. Die Leute im Bruch und in Bockland, östlich des Stroms, das sie anschließend besiedelten, waren zum größten Teil später aus dem fernen Süden ins Auenland gekommen; und sie hatten noch viele eigentümliche Namen und seltsame Wörter, die sich sonst im Auenland nicht fanden.

Es ist wahrscheinlich, daß die Kunst des Bauens wie so manche andere Fertigkeit von den Dúnedain stammte. Aber die Hobbits mögen sie auch unmittelbar von den Elben gelernt haben, den Lehrern der Menschen in ihrer Jugend. Denn die Elben von adligem Geblüt hatten Mittelerde noch nicht verlassen, und zu jener Zeit lebten sie weit im Westen bei den Grauen Anfurten und an anderen Orten, die vom Auenland aus erreichbar waren. Drei Elbentürme aus uralter Zeit waren noch immer jenseits der Westgrenzen zu sehen. Weithin schimmerten sie im Mondenschein. Der fernste war am höchsten und stand für sich auf einem grünen Hügel. Die Hobbits im Westviertel sagten, von seiner Spitze aus könne man das Meer sehen; doch hat man niemals von einem Hobbit gehört, der hinaufgestiegen wäre. Überhaupt hatten wenige Hobbits jemals das Meer gesehen oder befahren, und noch geringer war die Zahl derer, die zurückgekehrt waren, um darüber zu berichten. Die meisten Hobbits betrachteten selbst Flüsse und kleine Boote mit tiefem Argwohn, und nicht viele von ihnen konnten schwimmen. Und nachdem sie schon längere Zeit im Auenland gelebt hatten, sprachen sie immer seltener und seltener mit den Elben, begannen sich vor ihnen zu fürchten und mißtrauten jenen, die sich mit ihnen einließen; und das Meer wurde der Inbegriff des Schreckens für sie und ein Sinnbild des Todes, und sie wandten den Blick ab von den Bergen im Westen.

Die Kunst des Bauens mag von den Elben oder den Menschen übernommen worden sein, aber die Hobbits übten sie auf ihre eigene Weise aus. Nach Türmen stand ihnen der Sinn nicht. Ihre Häuser waren gewöhnlich langgestreckt, niedrig und behaglich. Die ältesten waren tatsächlich nicht mehr als gebaute Nachbildungen von *Smials*, mit trockenem Gras oder Stroh gedeckt oder auch mit Dächern aus Soden und mit Wänden, die sich ein wenig ausbauchten. Jene Entwicklungsstufe gehörte indes zur Frühzeit des Auenlands, und seitdem hatte sich die Hobbit-Bauweise längst gewandelt und vervollkommnet durch Kunstgriffe, die die Hobbits von den Zwergen gelernt oder selbst erfunden hatten. Eine Vorliebe für runde Fenster und sogar runde Türen war die wichtigste bleibende Eigentümlichkeit der Hobbit-Architektur.

Die Häuser und Höhlen der Hobbits im Auenland waren oft groß und von großen Familien bewohnt. (Bilbo und Frodo Beutlin waren als Junggesellen Ausnahmen, wie sie auch in manch anderer Hinsicht Ausnahmen waren, etwa in ihrer Freundschaft mit den Elben.) Zuweilen, wie im Falle der Tuks von Groß-Smials oder der Brandybocks von Brandyschloß, bewohnten mehrere Generationen gleichzeitig in Frieden und (verhältnismäßiger) Eintracht den angestammten und vielstolligen Familienbesitz. Überhaupt waren alle Hobbits sehr sippenbewußt und rechneten mit großer Sorgfalt ihre sämtlichen Verwandten zusammen. Sie zeichneten lange und ausführliche Stammbäume mit unzähligen Verzweigungen. Wenn man sich mit Hobbits befaßt, ist es wichtig sich zu erinnern, wer mit wem verwandt war und in welchem Grade. Es wäre unmöglich, in diesem Buch einen Stammbaum wiederzugeben, der auch nur die wichtigeren Angehörigen der wichtigeren Familien aus der Zeit, von der diese Erzählungen berichten, aufführte. Die Ahnentafeln am Schluß des Roten Buches der Westmark sind allein schon ein kleines Buch, und jedermann, die Hobbits ausgenommen, würde sie überaus langweilig finden. Hobbits begeisterten sich für solche Dinge, die ihre Richtigkeit hatten: Sie liebten es, Bücher zu haben über Dinge, die sie schon kannten und die klar und wahr ohne Widersprüche dargelegt waren.

2
Über Pfeifenkraut

Noch etwas gab es seit alters her bei den Hobbits, das erwähnt werden muß, einen erstaunlichen Brauch: Durch Pfeifen aus Holz oder Ton saugten oder atmeten sie den Rauch der brennenden Blätter einer Pflanze ein, die sie *Pfeifenkraut* oder *Blatt* nannten, wahrscheinlich eine Art *Nicotiana*. In geheimnisvolles Dunkel ist der Ursprung dieser eigentümlichen Sitte oder »Kunst«, wie die Hobbits sie lieber nannten, gehüllt. Alles, was sich im Altertum darüber herausfinden ließ, hat Meriadoc Brandybock (der spätere Herr von Bockland) zusammengestellt, und da er und der Tabak des Südviertels in unserer Geschichte eine Rolle spielen, sei hier zitiert, was er im Vorwort zu seiner *Kräuterkunde vom Auenland* darüber berichtet.

»Das«, sagt er, »ist die einzige Kunst, von der wir behaupten können, daß wir sie erfunden haben. Wann die Hobbits zuerst mit dem Rauchen begannen, ist nicht bekannt, in allen Sagen und Familiengeschichten ist es bereits eine Selbstverständlichkeit; schon seit undenklichen Zeiten rauchten die Leute im Auenland verschiedene Kräuter, manche stinkiger, manche süßer. Aber alle Berichte stimmen darüber überein, daß Tobold Hornbläser aus Langgrund im Südviertel in den Tagen von Isegrim dem Zweiten, etwa um das Jahr 1070 der Auenland-Zeitrechnung, als erster in seinem Garten das echte Pfeifenkraut zog. Das beste einheimische kommt noch immer aus jenem Bezirk, besonders die jetzt als Langgrundblatt, Alter Tobi und Südstern bekannten Sorten.

Wie der alte Tobi zu der Pflanze kam, ist nicht verzeichnet, denn bis zu seinem Sterbetag wollte er es nicht sagen. Er wußte viel über Kräuter, aber er war nicht weitgereist. Es heißt, in seiner Jugend sei er oft in Bree gewesen, wobei er sich gewiß nie weiter vom Auenland entfernte als bis dorthin. Deshalb ist es durchaus möglich, daß er in Bree von dieser Pflanze hörte, wo sie jedenfalls jetzt auf den Südhängen des Berges gut gedeiht. Die Hobbits von Bree nehmen für sich in Anspruch, die ersten wirklichen Pfeifenkrautraucher gewesen zu sein. Natürlich behaupten sie von allem, sie hätten es schon vor den Leuten im Auenland getan, die sie als ›Siedler‹ bezeichnen; aber in diesem Fall ist ihre Behauptung vermutlich wirklich wahr. Und sicherlich hat sich die Kunst, das echte Kraut zu rauchen, in den letzten Jahrhunderten von Bree aus unter den Zwergen und anderem Volk wie Waldläufern, Zauberern oder Wanderern, die seit eh und je an diesem Kreuzweg vorbeikommen, verbreitet. Heimat und Mittelpunkt der Kunst sind also in dem alten Gasthaus von Bree, *Zum Tänzelnden Pony*, zu suchen, das seit undenklichen Zeiten im Besitz der Familie Butterblume ist.

Beobachtungen, die ich selbst auf meinen vielen Reisen nach dem Süden machen konnte, haben mich indessen überzeugt, daß das Kraut nicht zu den einheimischen Pflanzen unseres Teils der Welt gehört, sondern nach Norden gekommen ist vom unteren Anduin, wohin es, wie ich vermute, ursprünglich von den Menschen aus Westernis über das Meer gebracht worden war. In Gondor wächst es in Hülle und Fülle und ist üppiger und größer als im Norden, wo es niemals wild vorkommt, sondern nur in warmen und geschützten Gegenden wie Langgrund gedeiht. Die Menschen von Gondor nennen es *süße Galenas* und schätzen es nur wegen des Duftes seiner Blüten. Aus jenem Land muß es in den langen Jahrhunderten zwischen Elendils Ankunft und unseren Tagen über den Grünweg heraufgebracht worden sein. Aber selbst die Dúnedain von Gondor gestehen uns das zu: Hobbits steckten es als erste in die Pfeife. Nicht einmal die Zauberer waren vor uns auf den Gedanken gekommen. Obwohl ein Zauberer, den ich kannte, die Kunst schon vor langer Zeit aufgegriffen hatte und ebenso geschickt darin wurde wie in allen anderen Dingen, deren er sich befleißigte.«

3
Von der Ordnung im Auenland

Das Auenland zerfiel in vier Teile, in die schon erwähnten Viertel: Nord-, Süd-, Ost- und Westviertel; und diese wiederum in eine Reihe von Stammesländern, die noch die Namen einiger der alten führenden Familien trugen, obwohl diese Namen zur Zeit dieser Geschichte nicht nur in ihren eigenen Stammesländern zu finden waren. Fast alle Tuks lebten noch in Tukland, aber auf viele andere Familien wie die Beutlins oder Boffins traf das nicht zu. Außerhalb der Viertel gab es noch die Ost- und die Westmarken: das Bockland (S. 112) und die Westmark kamen im Jahr 740 (A. Z.) zum Auenland.

Zu jener Zeit konnte man im Auenland kaum von einer »Regierung« sprechen. Die meisten Familien regelten ihre Angelegenheiten selbst. Nahrung anzubauen und sie aufzuessen nahm den größten Teil ihrer Zeit in Anspruch. In anderen Dingen waren sie gewöhnlich großzügig und nicht gewinnsüchtig, sondern zufrieden und bescheiden, so daß Güter, Höfe, Werkstätten und kleine Gewerbebetriebe generationenlang unverändert blieben.

Natürlich hielten sie auch an der alten Überlieferung fest in ihrem Verhältnis zu dem hohen König in Fornost, oder Norburg, wie sie es nannten, nördlich vom Auenland. Aber es hatte seit fast tausend Jahren keinen König mehr gegeben, und sogar die Ruinen von Königsnorburg waren von Gras überwuchert. Und doch sagten die Hobbits immer noch von ungesitteten Leuten und boshaften Geschöpfen (etwa von Trollen), sie hätten wohl nichts vom König gehört. Denn alle ihre wesentlichen Gesetze führten sie auf den König von ehedem zurück; und gewöhnlich befolgten sie die Gesetze aus freien Stücken, weil es Die Regeln waren (wie sie sagten), seit alters her und gerecht.

Es ist richtig, daß die Familie Tuk schon lange einen hervorragenden Platz einnahm; denn das Thain-Amt war einige Jahrhunderte zuvor (von den Altbocks) auf sie übergegangen, und seitdem hatte immer das Familienoberhaupt der Tuks diesen Titel geführt. Der Thain war der Vogt der Volksversammlung vom Auenland und Hauptmann der Auenland-Heerschau und der Hobbit-Wehren; aber da Volksversammlung und Heerschau nur in Notzeiten abgehalten wurden und es keine Notzeiten mehr gab, war das Amt des Thains nicht mehr als eine Ehrenbezeichnung. Der Familie Tuk wurde denn auch eine besondere Hochachtung gezollt, denn sie war weiterhin zahlreich und überaus wohlhabend und brachte gewöhnlich in jeder Generation starke Charaktere mit absonderlichen Gewohnheiten und sogar verwegenem Temperament hervor. Diese letzteren Eigenschaften wurden (bei den Reichen) eher geduldet als allgemein gebilligt. Nichtsdestoweniger hielt sich die Sitte, daß das Familienoberhaupt Der Tuk hieß und seinem Namen, falls erforderlich, eine Zahl hinzugefügt wurde: zum Beispiel Isegrim der Zweite.

Der einzige wirkliche Beamte im Auenland zu jener Zeit war der Bürgermeister von Michelbinge (oder vom Auenland), der alle sieben Jahre auf dem Freimarkt auf den Weißen Höhen an Lithe, das heißt am Mittsommertag, gewählt wurde. Seine einzige Pflicht als Bürgermeister bestand darin, als Gastgeber bei Festmählern aufzutreten, die an den nicht eben seltenen Feiertagen im Auenland veranstaltet wurden. Aber die Ämter des Postmeisters und des Ersten Landbüttels waren mit dem Bürgermeisteramt verbunden, so daß ihm sowohl die Postzustellung als auch die Wache unterstanden. Das waren die einzigen öffentlichen Dienste im Auenland, und die Briefträger waren von den beiden die zahlreicheren und die bei weitem stärker beschäftigten. Keineswegs alle Hobbits waren des Schreibens mächtig, aber diejenigen, die es waren, schrieben ununterbrochen an ihre sämtlichen Freunde (und an einige unter ihren Verwandten), die weiter als einen Nachmittagsspaziergang entfernt wohnten.

Landbüttel war der Name, den die Hobbits ihrer Polizei gaben, oder der ihr am ehesten entsprechenden Einrichtung, die sie besaßen. Natürlich hatten sie keine Uniformen (so etwas war völlig unbekannt), sondern nur eine Feder an der Mütze; und sie waren praktisch eher Feldhüter denn Polizisten, da sie sich mehr um streunende Tiere als um Leute kümmerten. Im ganzen Auenland gab es für den Inlandsdienst nur zwölf, drei in jedem Viertel. Eine sehr viel größere Anzahl, die je nach Bedarf schwankte, war dafür eingesetzt, »die Grenzen abzuschreiten« und dafür zu sorgen, daß sich Ausländer aller Arten, ob groß oder klein, nicht unliebsam aufführten.

Zu der Zeit, als diese Geschichte beginnt, hatte sich die Zahl der Grenzer, wie sie genannt wurden, stark erhöht. Es gingen viele Berichte und Beschwerden über fremde Personen und Geschöpfe ein, die an den Grenzen herumschlichen oder sie sogar überschritten: das erste Anzeichen, daß nicht alles so war, wie es sein sollte und immer gewesen war, außer in Erzählungen und Sagen aus längst vergangenen Zeiten. Wenige beachteten das Zeichen, und nicht einmal Bilbo hatte eine Ahnung, was es bedeutete. Sechzig Jahre waren verstrichen, seit er seine denkwürdige Fahrt angetreten hatte, und selbst für Hobbits, die oft genug die Hundert erreichten, war er alt; viel war offenbar noch von den beträchtlichen Reichtümern vorhanden, die er damals mitgebracht hatte. Wie viel oder wie wenig, verriet er niemandem, nicht einmal seinem Lieblingsneffen Frodo. Und noch immer hielt er den Ring, den er gefunden hatte, verborgen.

4
Vom Ringfund

Eines Tages erschien an Bilbos Tür, wie im *Hobbit* erzählt wird, der große Zauberer Gandalf der Graue und mit ihm dreizehn Zwerge: niemand anderes als Thorin Eichenschild, Nachkomme von Königen, und seine zwölf Gefährten in der Verbannung. Mit ihnen machte Bilbo sich zu seinem eigenen bleibenden Erstaunen an einem Morgen im April des Jahres 1341 nach Auenland-Zeitrechnung auf die Schatzsuche nach dem Zwergenhort der Könige unterm Berg unter dem Erebor in Thal, fern im Osten. Die Suche war erfolgreich, und der Drache, der den Hort bewachte, wurde getötet. Und obwohl, ehe alles gewonnen war, die Schlacht der Fünf Heere geliefert und Thorin erschlagen und viele ruhmreiche Taten vollbracht wurden, hätte die Angelegenheit doch kaum Bedeutung für die spätere Geschichte gehabt oder mehr als eine kurze Erwähnung in den langen Annalen des Dritten Zeitalters verdient, wenn sich nicht ein »Zufall« ereignet hätte. Als die Fahrtgenossen auf dem Weg ins Wilderland waren, wurden sie auf einem Paß hoch oben im Nebelgebirge von Orks überfallen; und so geschah es, daß Bilbo eine Weile allein in den schwarzen Orkminen tief unter dem Gebirge umherirrte, und dort, als er sich vergeblich durch das Dunkel tastete, fand seine Hand einen Ring, der auf dem Boden eines Stollens lag. Er steckte ihn in die Tasche. Es erschien ihm damals bloß als ein glücklicher Zufall.

Als er versuchte, den Weg nach draußen zu finden, stieg Bilbo immer tiefer hinab zum Fuß des Gebirges, bis er nicht weitergehen konnte. Am Ende des Stollens erstreckte sich ein kalter See, fern vom Tageslicht, und auf einer Felseninsel im Wasser lebte Gollum. Der war ein widerwärtiges kleines Geschöpf: mit seinen großen Plattfüßen paddelte er in einem kleinen Boot, schaute mit blassen, leuchtenden Katzenaugen um sich und fing mit langen Fingern blinde Fische, die er roh verschlang. Er aß jedes Lebewesen, selbst Orks, wenn er sie erwischen und kampflos erwürgen konnte. Er besaß ein geheimnisvolles Kleinod, das er vor langen Jahren erhalten hatte, als er noch im Licht lebte: einen goldenen Ring, der seinen Träger unsichtbar machte. Es war das einzige, was er liebte, sein »Schatz«, und er führte Gespräche mit ihm, auch wenn er ihn nicht bei sich hatte. Denn er hielt ihn in einer Höhle auf seiner Insel versteckt, außer wenn er auf Jagd war oder den Orks in den Minen nachstellte.

Vielleicht hätte er Bilbo sofort angegriffen, wenn er, als sie sich begegneten, den Ring bei sich gehabt hätte; aber er hatte ihn nicht, und der Hobbit hielt ein Elbenmesser in der Hand, das ihm als Schwert diente. Um Zeit zu gewinnen, forderte Gollum ihn daher zum Rätselspiel auf und sagte, wenn er ihm ein Rätsel aufgäbe, das Bilbo nicht raten könne, würde er ihn töten und verspeisen; wenn Bilbo ihn aber besiegte, würde er tun, was Bilbo wolle; er würde ihn zu einem Weg bringen, der aus dem Stollen herausführe.

Da Bilbo keine Hoffnung hatte, aus der Dunkelheit zu entkommen, und weder vor- noch zurückgehen konnte, nahm er die Herausforderung an; und gegenseitig gaben sie sich viele Rätsel auf. Zu guter Letzt gewann Bilbo, mit mehr Glück als

Verstand (wie es schien); denn ihm fiel schließlich einfach kein Rätsel mehr ein, und so rief er, als seine Hand den Ring fand, den er aufgehoben und vergessen hatte: *Was habe ich in meiner Tasche?* Das konnte Gollum nicht beantworten, obwohl er sich ausbat, dreimal raten zu dürfen.

Allerdings gehen die Ansichten der Gelehrten darüber, ob diese letzte Frage nach den strengen Regeln des Spiels bloß eine »Frage« und kein »Rätsel« war, auseinander; aber alle stimmen darin überein, daß Gollum, nachdem er die Frage einmal angenommen und sie zu beantworten versucht hatte, an sein Versprechen gebunden war. Und Bilbo drängte ihn, sein Wort zu halten; denn ihm war der Gedanke gekommen, dieses garstige Geschöpf könnte unredlich sein, obwohl doch solche Versprechen heilig gehalten wurden und seit alters her alle außer den Verruchtesten sich fürchteten, sie zu brechen. Aber nachdem Gollum so lange allein in der Dunkelheit gelebt hatte, war sein Herz schwarz und voll Niedertracht. Er stahl sich davon und paddelte zu seiner Insel, von der Bilbo nichts wußte, nicht weit entfernt im dunklen Wasser. Dort, glaubte Gollum, läge sein Ring. Er war jetzt hungrig und wütend, und sobald sein »Schatz« bei ihm wäre, würde er sich vor keinerlei Waffe fürchten.

Doch der Ring war nicht auf der Insel; er hatte ihn verloren, er war fort. Sein Aufschrei jagte Bilbo einen Schauer über den Rücken, obwohl er noch nicht begriff, was geschehen war. Doch Gollum war endlich auf den richtigen Gedanken gekommen, zu spät. *Was hat es in seinen Taschen?* schrie er. Das Leuchten in seinen Augen war wie eine grüne Flamme, als er zurückhastete, um den Hobbit umzubringen und seinen »Schatz« wiederzuerlangen. Im rechten Augenblick erkannte Bilbo die Gefahr und flüchtete blindlings fort vom Wasser den Gang hinauf; und wiederum wurde er durch sein Glück gerettet. Denn während er lief, steckte er die Hand in die Tasche, und unversehens glitt der Ring auf seinen Finger. So kam es, daß Gollum an ihm vorbeirannte, ohne ihn zu sehen, und weitereilte, um den Ausgang zu bewachen, damit der »Dieb« nicht entkäme. Vorsichtig folgte Bilbo ihm, während Gollum fluchend und mit sich selbst von seinem »Schatz« sprechend dahinging; aus diesem Gerede erriet Bilbo schließlich die Wahrheit, und er schöpfte Hoffnung in der Dunkelheit: er selbst hatte den wunderbaren Ring gefunden und damit eine Möglichkeit, den Orks und Gollum zu entkommen.

Schließlich blieben sie vor einer unsichtbaren Öffnung stehen, die zu den tieferen Toren der Minen auf der Ostseite des Gebirges führte. Dort kauerte sich Gollum lauernd hin und schnüffelte und lauschte; und Bilbo war versucht, ihn mit seinem Schwert zu erschlagen. Aber Mitleid überkam ihn, und obwohl er den Ring behielt, weil seine einzige Hoffnung auf ihm beruhte, wollte er ihn doch nicht benutzen, um mit seiner Hilfe das unglückliche Geschöpf zu töten, das ihm gegenüber im Nachteil war. Endlich nahm er seinen ganzen Mut zusammen, sprang im Dunkeln über Gollum hinweg und floh den Gang entlang, verfolgt von den haßerfüllten und verzweifelten Rufen seines Feindes: *Dieb! Dieb! Beutlin! Wir hassen es auf immerdar!*

Nun ist es sonderbar, daß dies nicht die Darstellung ist, die Bilbo seinen Gefährten zuerst erzählte. Ihnen berichtete er, Gollum habe versprochen, ihm ein *Geschenk* zu machen, wenn er das Spiel gewönne; aber als Gollum das Geschenk auf seiner Insel holen wollte, sei der Schatz verschwunden gewesen: ein Zauberring, den er einmal vor langer Zeit zum Geburtstag bekommen habe. Bilbo habe erraten, daß das eben der Ring sei, den er gefunden hatte, und da er das Spiel gewonnen habe, hätte ihm der Ring ja schon rechtens gehört. Da er aber in einer mißlichen Lage gewesen sei, habe er nichts davon gesagt und sich von Gollum als Entgelt anstelle eines Geschenks den Weg nach draußen zeigen lassen. Diesen Bericht nahm Bilbo auch in seine Erinnerungen auf, und er scheint ihn niemals selbst abgeändert zu haben, nicht einmal nach der Beratung bei Elrond. Offenbar tauchte er auch noch in dem Original des Roten Buches auf, ebenso in verschiedenen Abschriften und Auszügen. Doch enthalten viele Kopien (als Alternative) auch den wahren Bericht, der zweifellos aus Aufzeichnungen von Frodo oder Samweis stammt, die beide die Wahrheit erfuhren, wenngleich es ihnen gegen den Strich gegangen zu sein scheint, irgend etwas auszulassen, das der alte Hobbit selbst geschrieben hatte.

Gandalf indes glaubte Bilbos erste Darstellung gleich, als er sie hörte, nicht, und hätte deshalb sehr gern mehr über den Ring gewußt. Schließlich brachte er nach vielem Fragen den wahren Sachverhalt aus Bilbo heraus, was eine Zeitlang eine Belastung für ihre Freundschaft war, aber der Zauberer hielt die Wahrheit wohl für wichtig. Obgleich er darüber nichts zu Bilbo sagte, fand er es auch wichtig und beunruhigend, daß der gute Hobbit nicht gleich zu Anfang die Wahrheit gesprochen hatte: ganz gegen seine sonstige Gewohnheit. Trotzdem war die Idee mit dem »Geschenk« nicht bloß eine Erfindung, die den Hobbits ähnlich sah. Bilbo war, wie er später gestand, durch Gollums Gerede, das er mit angehört hatte, auf den Gedanken gebracht worden; denn Gollum hatte in der Tat den Ring mehrmals sein »Geburtstagsgeschenk« genannt. Auch das fand Gandalf merkwürdig und verdächtig; aber wie wir in diesem Buch sehen werden, bekam er die Wahrheit über diesen Punkt erst viele Jahre später heraus.

Von Bilbos späteren Abenteuern braucht hier kaum mehr gesagt zu werden. Mit Hilfe des Ringes entkam er den Orkwachen am Tor und fand seine Gefährten wieder. Auf seiner Fahrt bediente er sich viele Male des Ringes, hauptsächlich, um seinen Freunden zu helfen; aber er hielt ihn vor ihnen geheim, solange er konnte. Nach seiner Heimkehr sprach er nie wieder mit irgend jemandem außer Gandalf und Frodo über den Ring; und niemand sonst im Auenland wußte, daß es ihn gab – oder jedenfalls glaubte Bilbo das. Nur Frodo zeigte er den Bericht über seine Wanderung, an dem er schrieb.

Sein Schwert Stich hängte Bilbo über den Feuerplatz, und sein wundervolles Panzerhemd, ein Geschenk der Zwerge aus dem Drachenschatz, überließ er als Leihgabe einem Museum, und zwar dem Mathomhaus in Michelbinge. Doch in einer Schublade in Beutelsend bewahrte er den alten Mantel und die Kapuze auf, die er auf seinen Fahrten getragen hatte; und der Ring blieb, durch ein Kettchen gesichert, in seiner Tasche.

Er kehrte heim nach Beutelsend am 22. Juni in seinem zweiundfünfzigsten Jahr (A. Z. 1342), und nichts sehr Bemerkenswertes geschah im Auenland, bis Herr Beutlin mit den Vorbereitungen zur Feier seines einundelfzigsten Geburtstages begann (A. Z. 1401). An diesem Punkt beginnt die Geschichte.

Anmerkungen zu den Aufzeichnungen vom Auenland

Dadurch, daß die Hobbits selbst eine Rolle gespielt hatten bei den großen Ereignissen, die zur Einbeziehung des Auenlands in das Wiedervereinigte Königreich führten, kam es, daß sie sich am Ende des Dritten Zeitalters sehr viel mehr für ihre eigene Geschichte interessierten, und viele der bisher hauptsächlich mündlichen Überlieferungen wurden gesammelt und niedergeschrieben. Die bedeutenderen Familien befaßten sich auch mit den sonstigen Ereignissen im Königreich, und viele ihrer Angehörigen studierten seine alten Geschichten und Sagen. Als das erste Jahrhundert des Vierten Zeitalters seinem Ende zuging, gab es im Auenland schon mehrere Bibliotheken, die viele geschichtliche Bücher und Aufzeichnungen besaßen.

Die größten dieser Sammlungen waren vermutlich in Untertürmen, Groß-Smials und Brandyschloß. Unser Bericht über das Ende des Dritten Zeitalters stützt sich im wesentlichen auf das Rote Buch der Westmark. Diese wichtigste Quelle für die Geschichte des Ringkrieges hieß so, weil sie in Untertürmen aufbewahrt worden war, dem Heim der Schönkinds, der Verweser der Westmark. Eigentlich war es Bilbos persönliches Tagebuch, das er nach Bruchtal mitgenommen hatte. Frodo brachte es wieder ins Auenland zurück, und außerdem viele lose Blätter mit Notizen, und sein Bericht über den Krieg, den er in den Jahren 1420-21 A. Z. schrieb, füllte fast alle seine Seiten. Aber angefügt und mit ihm zusammen aufbewahrt, wahrscheinlich in einem einzigen roten Einband, waren die drei großen, in rotes Leder gebundenen Bände, die Bilbo ihm zum Abschied geschenkt hatte. Diesen vier Bänden war in Westmark ein fünfter hinzugefügt worden, der Erläuterungen, Stammbäume und verschiedene andere Mitteilungen über die Hobbits, die zum Bund gehörten, enthielt.

Das Original des Roten Buches ist nicht erhalten, aber viele Abschriften, besonders vom ersten Band, waren für die Nachkommen der Kinder von Meister Samweis angefertigt worden. Die wichtigste Abschrift hat indes eine andere Geschichte. Sie wurde in Groß-Smials aufbewahrt, war aber in Gondor, wahrscheinlich auf Bitten des Urenkels von Peregrin, geschrieben und im Jahre 1592 A. Z. (V. Z. 172) vollendet worden. Der Schreiber aus dem Süden fügte folgende Anmerkung bei: »Findegil, Schreiber des Königs, beendete diese Arbeit im Jahre IV 172. Es ist in allen Einzelheiten eine genaue Abschrift des Buches des Thains in Minas Tirith. Jenes Buch war eine auf Wunsch von König Elessar angefertigte Abschrift des Roten Buches der Periannath und wurde ihm von Thain Peregrin überbracht, als er sich im Jahre IV 64 nach Gondor zurückzog.«

Das Buch des Thains war also die erste Abschrift des Roten Buches und enthielt vieles, was später ausgelassen oder vergessen wurde. In Minas Tirith kamen viele Anmerkungen und Verbesserungen hinzu, vor allem von Namen, Wörtern und Zitaten in den elbischen Sprachen; und es wurde ihm eine gekürzte Fassung von jenen Teilen der *Erzählung von Aragorn* und *Arwen* beigegeben, die nicht in den Bericht über den Krieg gehören. Die ganze Erzählung soll von Barahir, dem Enkel des Truchseß Faramir, bald nach dem Hinscheiden des Königs geschrieben worden sein. Aber Findegils Abschrift ist vor allem deshalb von Bedeutung, weil sie allein Bilbos gesamte »Übersetzungen aus dem Elbischen« enthält. Diese drei Bände erwiesen sich als ein Werk von großer Sachkenntnis und Gelehrsamkeit, für das er von 1403–1418 alle ihm in Bruchtal zugänglichen Quellen, lebende wie geschriebene, benutzt hatte. Frodo machte indes wenig Gebrauch von ihnen, da sie fast ausschließlich die Altvorderenzeit behandelten, deshalb sei hier nicht mehr darüber gesagt.

Weil Meriadoc und Peregrin die Häupter ihrer großen Familien wurden und gleichzeitig ihre Beziehungen zu Rohan und Gondor aufrechterhielten, gab es in den Bibliotheken von Bockenburg und Buckelstadt so manches, was im Roten Buch nicht vorkam. Im Brandyschloß befanden sich viele Werke über Eriador und die Geschichte von Rohan. Manche von ihnen waren von Meriadoc selbst verfaßt oder begonnen worden, obwohl er im Auenland hauptsächlich bekannt wurde durch seine *Kräuterkunde des Auenlands* und seine *Jahreszählung*, worin er den Zusammenhang zwischen den Kalendern von Auenland und von Bree mit denen von Bruchtal, Gondor und Rohan darlegte. Auch schrieb er eine kurze Abhandlung über *Alte Wörter und Namen im Auenland* und ließ es sich besonders angelegen sein, die Verwandtschaft mit der Sprache der Rohirrim bei solchen »Auenlandwörtern« wie *Mathom* und alten Bestandteilen in Ortsnamen aufzuzeigen.

Die Bücher in Groß-Smials waren weniger fesselnd für die Leute im Auenland, wenngleich wichtiger für die größere Geschichte. Keins von ihnen war von Peregrin geschrieben worden, aber er und seine Nachfolger sammelten viele Handschriften von Schreibern aus Gondor: hauptsächlich Kopien oder Zusammenfassungen der Geschichte oder Sagen über Elendil und seine Erben. Nur hier im Auenland war umfangreiches Material für die Geschichte von Númenor und Saurons Erhebung zu finden. Wahrscheinlich wurde in Groß-Smials mit Hilfe von Unterlagen, die Meriadoc gesammelt hatte, jene *Erzählung der Jahre* zusammengestellt. Obwohl die angegebenen Daten, besonders für das Zweite Zeitalter, oft auf Mutmaßungen beruhten, verdienen sie Aufmerksamkeit. Es ist wahrscheinlich, daß Meriadoc in Bruchtal, wo er mehr als einen Besuch machte, Beistand und Auskünfte erhielt. Obwohl Elrond aufgebrochen war, sind seine Söhne zusammen mit einigen der Hochelben noch lange dort geblieben. Es heißt, Celeborn habe nach dem Hinscheiden von Galadriel dort gewohnt, aber der Tag ist nicht aufgezeichnet, an dem er sich schließlich zu den Grauen Anfurten aufmachte und mit ihm die letzte lebende Erinnerung an die Altvorderenzeit in Mittelerde dahinging.

ERSTES BUCH

ERSTES KAPITEL

EIN LANGERWARTETES FEST

Als Herr Bilbo Beutlin von Beutelsend ankündigte, daß er demnächst zur Feier seines einundelfzigsten Geburtstages ein besonders prächtiges Fest geben wolle, war des Geredes und der Aufregung in Hobbingen kein Ende.

Bilbo war sehr reich und sehr absonderlich, und seit er vor sechzig Jahren plötzlich verschwunden und unerwartet zurückgekehrt war, hatte man im Auenland nicht aufgehört, sich über ihn zu verwundern. Die Reichtümer, die er von seinen Fahrten mitgebracht hatte, waren mittlerweile zu einer Legende im Auenland geworden, und allgemein glaubte man, was immer die alten Leute auch reden mochten, daß der Bühl von Beutelsend voller Stollen sei, in denen sich die Schätze häuften. Und wenn das noch nicht für seinen Ruf genügte, dann staunte man über seine ungebrochene Lebenskraft. Die Zeit blieb nicht stehen, aber auf Herrn Beutlin schien sie wenig Wirkung auszuüben. Mit neunzig war er nicht anders als mit fünfzig. Als er neunundneunzig war, sagten die Leute, er sähe noch *gut* aus; aber *unverändert* wäre zutreffender gewesen. Manche schüttelten den Kopf und meinten, das sei zuviel des Guten; es sei einfach unbillig, daß jemand (anscheinend) ewige Jugend und obendrein noch (angeblich) unerschöpfliche Reichtümer besitzen sollte.

»Dafür wird er bezahlen müssen«, sagten sie. »Es ist nicht natürlich und wird ein schlechtes Ende nehmen!«

Aber bisher hatte es kein schlechtes Ende genommen; und da Herr Beutlin nicht kleinlich war mit seinem Geld, waren die meisten Leute gewillt, ihm seine Seltsamkeiten und sein Glück zu verzeihen. Mit seinen Verwandten (außer den Sackheim-Beutlins natürlich) verkehrte er freundschaftlich und hatte unter den Hobbits aus den armen und weniger bedeutenden Familien viele anhängliche Bewunderer. Doch besaß er keinen wirklich guten Freund, bis einige seiner jüngeren Vettern heranwuchsen.

Der älteste von ihnen und Bilbos Lieblingsvetter war der junge Frodo Beutlin. Als Bilbo neunundneunzig war, adoptierte er Frodo, setzte ihn zu seinem Erben ein und holte ihn zu sich nach Beutelsend; und damit waren die Hoffnungen der Sackheim-Beutlins endgültig zerschlagen. Bilbo und Frodo waren zufällig am gleichen Tag geboren, am 22. September. »Du solltest lieber bei mir leben, Frodo, mein Junge«, sagte Bilbo eines Tages. »Dann können wir unsere Geburtstage gemütlich zusammen feiern.« Damals war Frodo noch in den »Zwiens«, wie die Hobbits die verantwortungsfreien Zwanziger zwischen Kindheit und Mündigwerden mit dreiunddreißig nannten.

Zwölf weitere Jahre verstrichen. Alljährlich hatten die Beutlins gemeinsam sehr muntere Geburtstagsfeste auf Beutelsend gegeben; doch jetzt, hieß es, sei für den Herbst etwas ganz Besonderes geplant. Bilbo wurde einundelfzig, 111, eine recht eigenartige Zahl, und für einen Hobbit ein sehr beachtliches Alter (selbst der alte Tuk war nur 130 geworden); und Frodo wurde dreiunddreißig, 33, eine wichtige Zahl: der Zeitpunkt, zu dem er »mündig wurde«.

Die Zungen standen nicht still in Hobbingen und Wasserau; und das Gerücht von dem bevorstehenden Ereignis verbreitete sich im ganzen Auenland. Wieder einmal wurden Lebensgeschichte und Charakter des Herrn Bilbo Beutlin das Hauptgespräch; und die älteren Leute entdeckten plötzlich, daß ihre Erinnerungen sehr begehrt und gefragt waren.

Niemand hatte aufmerksamere Zuhörer als der alte Ham Gamdschie, der landauf, landab als der Ohm bekannt war. Er schwang seine Reden im *Efeubusch*, einer kleinen Gastwirtschaft an der Wasserauer Straße; und was er sagte, hatte einiges Gewicht, denn er hatte vierzig Jahre lang den Garten in Beutelsend betreut und war davor schon der Gehilfe des alten Höhlenmann gewesen. Nun, da er selbst nicht mehr der Jüngste war und steif in den Gelenken, wurde die Hauptarbeit von seinem jüngsten Sohn getan, Sam Gamdschie. Beide, Vater und Sohn, standen auf sehr gutem Fuße mit Bilbo und Frodo. Sie wohnten ebenfalls auf dem Bühl, im Beutelhaldenweg 3, direkt unterhalb von Beutelsend.

»Ein sehr liebenswürdiger und feiner Edelhobbit ist Herr Bilbo, wie ich schon immer gesagt habe«, erklärte der Ohm. Und das war die reine Wahrheit: denn Bilbo war sehr höflich zu ihm, nannte ihn »Meister Hamfast« und fragte ihn über den Gemüseanbau ständig um Rat – was »Wurzeln« betraf, besonders Kartoffeln, wurde der Ohm weit und breit von allen (einschließlich ihm selbst) als höchste Autorität anerkannt.

»Aber was ist mit diesem Frodo, der bei ihm wohnt?« fragte der Alte Eichler aus Wasserau. »Beutlin heißt er wohl, aber er ist mehr als ein halber Brandybock, wird behauptet. Das kann ich nicht fassen, daß sich irgendein Beutlin aus Hobbingen da unten im Bockland eine Frau suchen muß, wo die Leute so sonderbar sind.«

»Und kein Wunder, daß sie sonderbar sind«, warf Väterchen Zwiefuß ein (Ohms nächster Nachbar), »wenn sie auf der falschen Seite vom Brandyweinfluß leben, und gerade vor dem Alten Wald. Das ist ein dunkler, böser Ort, wenn nur die Hälfte der Erzählungen wahr ist.«

»Da hast du recht, Väterchen«, sagte der Ohm. »Zwar wohnen die Brandybocks nicht *im* Alten Wald; aber allem Anschein nach sind sie eine sonderbare Sippe. Auf diesem großen Fluß treiben sie sich mit Booten herum – und das ist nicht natürlich. Kein Wunder, daß es ein böses Ende nahm. Aber sei dem, wie ihm wolle, Herr Frodo ist ein so netter junger Hobbit, wie man ihn sich nur wünschen kann. Herrn Bilbo sehr ähnlich, und nicht nur im Äußern. Schließlich war sein Vater ja ein Beutlin. Ein anständiger, ehrbarer Hobbit war Herr Drogo Beutlin; er gab nie Anlaß zu Gerede, bis er ertrunken wurde.«

»Ertrunken wurde?« fragten mehrere Stimmen zugleich. Natürlich hatten sie dieses und andere dunklere Gerüchte schon früher gehört; aber Hobbits haben eine Leidenschaft für Familiengeschichten und sind immer bereit, sie noch einmal zu hören.

»Ja, so wird erzählt«, fuhr der Ohm fort. »Ihr wißt ja, Herr Drogo heiratete das arme Fräulein Primula Brandybock. Mütterlicherseits war sie eine Base ersten Grades von unserem Herrn Bilbo (ihre Mutter war ja die jüngste Tochter vom Alten Tuk gewesen); und Herr Drogo war sein Vetter zweiten Grades. Deshalb ist Herr Frodo also sein Vetter ersten *und* zweiten Grades, um eine Generation verschoben, wie man so sagt, wenn ihr wißt, was ich meine. Und Herr Drogo blieb im Brandyschloß bei seinem Schwiegervater, dem alten Herrn Gorbadoc, wie er es oft nach seiner Heirat getan hatte (weil er eine Schwäche für dessen Weinbuddeln hatte und der alte Gorbadoc eine mächtig üppige Tafel hielt); und er ging auf dem Brandyweinfluß *bootfahren*; und er und seine Frau wurden ertrunken, und der arme Herr Frodo war noch ein Kind, und überhaupt.«

»Ich habe gehört, daß sie nach dem Nachtessen im Mondschein auf dem Wasser fuhren«, sagte der Alte Eichler, »und daß Drogos Gewicht das Boot zum Sinken gebracht hat.«

»Und *ich* habe gehört, sie stieß ihn rein und er hat sie mitgezogen«, ließ sich Sandigmann vernehmen, der Müller von Hobbingen.

»Du solltest nicht auf alles hören, was geredet wird, Sandigmann«, verwies ihn der Ohm, der den Müller nicht sehr mochte. »Es gibt keinen Grund nicht, von reinstoßen und mitziehen zu sprechen. Boote sind schon heimtückisch genug, auch wenn man stillsitzt, da braucht man nicht noch weiter nach einer Ursache für das Unglück zu suchen. Na, jedenfalls war Herr Frodo nun eine Waise, und bei diesen sonderbaren Bockländern, wie man sagen könnte, gestrandet, und wurde im Brandyschloß irgendwie aufgezogen. Ein regelrechter Pferch nach allem, was man hört. Der alte Herr Gorbadoc hatte niemals weniger als ein paar Hundert Verwandte im Haus. Kein besseres Werk hat Herr Bilbo jemals vollbracht, als den Jungen zurückzuholen, damit er unter anständigen Leuten lebt.

Aber ich schätze, es war ein harter Schlag für diese Sackheim-Beutlins. Schon damals, als Herr Bilbo fortging und man ihn für tot hielt, hatten sie geglaubt, sie würden Beutelsend bekommen. Und dann kommt er zurück und jagt sie davon; und lebt und lebt und sieht niemals einen Tag älter aus, auf sein Wohl! Und plötzlich hat er einen Erben und läßt alle Papiere richtig aufsetzen. Die Sackheim-Beutlins werden nun Beutelsend niemals von innen sehen, oder jedenfalls steht's zu hoffen.«

»Ein hübsches Stück Geld ist da oben versteckt, heißt es«, sagte ein Fremder, ein Geschäftsreisender aus Michelbinge im Westviertel. »Der ganze obere Teil Eures Bühls soll ja voller Stollen sein, angefüllt mit Truhen von Gold und Silber *und* Edelsteinen, nach allem, was ich gehört habe.«

»Dann habt Ihr mehr gehört, als ich dazu sagen kann«, erwiderte der Ohm. »Von *Edelsteinen* weiß ich nichts. Herr Bilbo ist freigebig mit seinem Geld, und da scheint's keinen Mangel zu geben; aber von Stollenbauten weiß ich nichts. Ich habe Herrn Bilbo gesehen, als er zurückkam, sechzig Jahre ist's wohl her, ich war noch ein Junge. Gerade hatte ich erst als Lehrling beim alten Höhlenmann angefangen (der ein Vetter meines Vaters war), und doch nahm er mich schon mit

37

Die Gefährten

rauf nach Beutelsend, um ihm zu helfen, damit die Leute nicht überall herumtrampelten und durch den ganzen Garten marschierten, während der Verkauf im Gange war. Und mittendrin kam Herr Bilbo den Bühl herauf mit einem Pony und ein paar mächtig großen Taschen und einigen Kisten. Sicherlich waren sie hauptsächlich voll mit Schätzen, die er in fremden Gegenden gesammelt hatte, wo es Berge von Gold geben soll, wie sie sagen. Aber es war nicht genug, um Stollen damit zu füllen. Mein Sohn Sam wird mehr darüber wissen. Er ist tagein, tagaus in Beutelsend. Verrückt nach Berichten aus alten Zeiten ist er und hört sich alles an, was Herr Bilbo erzählt. Herr Bilbo hat ihm seine Buchstaben beigebracht – was kein Schaden ist, wohlgemerkt, und ich hoffe, es wird auch kein Schaden daraus entstehen.

Elben und Drachen, sage ich als zu ihm. *Kohl und Kartoffeln sind besser für mich und dich. Laß dich nicht hineinziehen in die Angelegenheiten deiner Herrschaft, sonst bekommst du Verdruß, der zu groß ist für dich*, sage ich als zu ihm. Und das könnte ich auch zu anderen sagen«, fügte er mit einem Blick auf den Fremden und den Müller hinzu.

Aber der Ohm überzeugte seine Zuhörer nicht. Die Sage von Bilbos Reichtum hatte sich in den Köpfen der jüngeren Hobbitgeneration schon allzusehr festgesetzt.

»Ach, er wird wohl zu dem, was er zuerst hergebracht hat, noch allerhand dazugetan haben«, wandte der Müller ein und drückte damit die allgemeine Meinung aus. »Er ist oft weg von zu Hause. Und seht euch bloß diese Ausländer an, die ihn besuchen: Zwerge kommen des Nachts, und dieser alte wandernde Zauberer, Gandalf, und was nicht alles. Du kannst sagen, was du willst, Ohm, aber Beutelsend ist ein sonderbarer Ort, und seine Bewohner sind noch sonderbarer.«

»Und du kannst sagen, was *du* willst, weil du nämlich davon auch nicht mehr verstehst als vom Bootfahren, Herr Sandigmann«, erwiderte der Ohm, und jetzt mochte er den Müller noch weniger als sonst. »Wenn das sonderbar ist, dann könnten wir in diesen Gegenden ein bißchen mehr Sonderbarkeit gebrauchen. Nicht so weit entfernt, da gibt's manche, die würden einem Freund kein Glas Bier anbieten, und wenn sie auch in 'ner Höhle mit goldenen Wänden wohnten. Aber in Beutelsend machen sie's richtig. Unser Sam sagt, *jeder* wird zum Fest eingeladen, und es soll Geschenke geben, wohlgemerkt, Geschenke für alle – und zwar jetzt in diesem Monat.«

Jetzt war September und das Wetter so schön, wie man es sich nur wünschen konnte. Ein oder zwei Tage später verbreitete sich das Gerücht (vermutlich von dem gut unterrichteten Sam aufgebracht), daß es ein Feuerwerk geben werde – und noch dazu ein Feuerwerk, wie man es seit fast hundert Jahren nicht im Auenland gesehen hatte, gewiß nicht seit dem Tod des Alten Tuk.

Die Tage vergingen, und der große Tag kam näher. Ein wunderlich aussehender Wagen, mit wunderlich aussehenden Paketen beladen, traf eines Abends in Hobbingen ein und rumpelte den Bühl hinauf nach Beutelsend. Die verdutzten

Hobbits guckten aus ihren erleuchteten Haustüren und gafften ihm nach. Ausländisches Volk, das fremdartige Lieder sang, kam mit dem Wagen: Zwerge mit langen Bärten und weiten Kapuzen. Ein paar von ihnen blieben in Beutelsend. Am Ende der zweiten Septemberwoche fuhr am hellichten Tage, von der Brandyweinbrücke kommend, ein zweirädriger Karren durch Wasserau. Ein alter Mann saß ganz allein darauf. Er trug einen hohen spitzen blauen Hut, einen langen grauen Mantel und ein silbernes Halstuch. Er hatte einen langen weißen Bart und buschige Augenbrauen, die unter seiner Hutkrempe hervorragten. Kleine Hobbitkinder rannten durch ganz Hobbingen und bis hinauf zum Bühl hinter dem Karren her, der die Feuerwerkskörper brachte, wie sie richtig errieten. An Bilbos Haustür begann der alte Mann abzuladen: es waren große Bündel mit Feuerwerkskörpern aller Arten und Formen, und jedes war mit einem dicken roten G ᚷ und der Elbenrune ᚹ gezeichnet.

Das war natürlich Gandalfs Zeichen, und der alte Mann war Gandalf, der Zauberer, dessen Ruf im Auenland hauptsächlich auf seiner Fertigkeit, mit Feuer, Rauch und Blitz umzugehen, beruhte. Sein eigentliches Geschäft war weit schwieriger und gefährlicher, aber davon wußten die Leute im Auenland nichts. Für sie war er einfach eine der »Attraktionen« des Festes. Daher die Aufregung der Hobbitkinder. »G heißt Großartig!« riefen sie, und der alte Mann schmunzelte. Sie kannten ihn vom Sehen, obwohl er nur gelegentlich in Hobbingen auftauchte und niemals lange blieb; aber weder sie noch irgend jemand außer den ältesten unter den Altvordern hatte eine seiner Feuerwerkvorführungen gesehen – sie gehörten jetzt einer sagenhaften Vergangenheit an.

Als der alte Mann, dem Bilbo und einige Zwerge geholfen hatten, mit dem Abladen fertig war, schenkte Bilbo den Kindern ein paar Pfennige; aber nicht ein einziger Knallfrosch oder Schwärmer kam zur Enttäuschung der Zuschauer zum Vorschein.

»Nun lauft«, sagte Gandalf. »Ihr bekommt noch genug zu sehen, wenn es soweit ist.« Dann verschwand er mit Bilbo nach drinnen, und die Tür wurde geschlossen. Die Hobbitkinder starrten noch eine Weile vergeblich auf die Tür, dann machten sie sich davon und hatten das Gefühl, daß der Tag des Festes niemals kommen würde.

In Beutelsend saßen Bilbo und Gandalf am offenen Fenster eines kleinen Zimmers, das nach Westen in den Garten ging. Der Spätnachmittag war heiter und friedlich. Rot und golden leuchteten die Blumen: Löwenmaul und Sonnenblumen, und allenthalben rankte sich Kapuzinerkresse über die grasbedeckten Wände und lugte in die runden Fenster hinein.

»Prächtig schaut dein Garten aus«, sagte Gandalf.

»Ja«, antwortete Bilbo. »Ich hänge wirklich sehr an ihm und an dem ganzen lieben alten Auenland. Aber ich glaube, ich brauche Ferien.«

»Du willst also deinen Plan ausführen?«

»Allerdings. Ich habe mich vor Monaten dazu entschlossen und meine Meinung nicht geändert.«

»Sehr gut. Es hat keinen Zweck, mehr zu sagen. Halte an deinem Plan fest – an dem ganzen Plan, wohlgemerkt –, und ich hoffe, es wird sich alles zum Besten wenden, für dich und für uns alle.«

»Das hoffe ich auch. Jedenfalls habe ich vor, mich am Donnerstag gut zu unterhalten und mir einen kleinen Scherz zu leisten.«

»Wer wird wohl darüber lachen, möchte ich mal wissen«, sagte Gandalf und schüttelte den Kopf.

»Das werden wir sehen«, sagte Bilbo.

Am nächsten Tag rollten weitere Karren den Bühl hinauf, und immer noch mehr Karren. Es hätte etwas Gemurre geben können über »am Ort einkaufen«, aber gerade in dieser Woche begann sich aus Beutelsend eine ganze Flut von Aufträgen zu ergießen für Lebensmittel, Gebrauchs- und Luxuswaren, die in Hobbingen oder Wasserau oder sonstwo in der Nachbarschaft erhältlich waren. Die Leute waren begeistert; und sie begannen die Tage auf dem Kalender abzustreichen und schauten ungeduldig nach dem Briefträger aus, da sie auf Einladungen hofften.

Es dauerte nicht lange, da ergoß sich auch eine Flut von Einladungen; im Postamt von Hobbingen stapelten sich ganze Berge, das Postamt von Wasserau wußte nicht mehr aus noch ein, und es wurden freiwillige Hilfspostboten gesucht. In ständigem Strom zogen sie den Bühl hinauf und brachten Hunderte höflicher Variationen von *Vielen Dank, ich komme gern*.

Am Tor von Beutelsend erschien ein Anschlag: ZUTRITT FÜR UNBEFUGTE VERBOTEN. Selbst diejenigen, die befugt waren oder es zu sein vorgaben, weil sie etwas für das Fest zu liefern hatten, wurden selten hineingelassen. Bilbo war beschäftigt: er schrieb Einladungen, hakte Zusagen von der Liste ab, packte Geschenke ein und traf ein paar persönliche Vorbereitungen. Seit Gandalfs Ankunft blieb er unsichtbar.

Eines Morgens wachten die Hobbits auf und sahen auf dem großen Feld südlich von Bilbos Haustür lauter Seile und Stangen für kleine und große Zelte. An der Böschung, die zur Straße führte, wurde ein zusätzlicher Eingang mit breiten Stufen und einem großen weißen Tor angelegt. Die drei Hobbitfamilien, die im Beutelhaldenweg nahe beim Feld wohnten, konnten alles genau beobachten und wurden allgemein beneidet. Der alte Ohm Gamdschie tat nicht einmal mehr so, als arbeite er in seinem Garten.

Die Zelte wuchsen allmählich empor. Eins war ganz besonders groß und so hoch, daß der Baum auf dem Feld in ihm Platz fand und nun stolz an einem Ende stand, und zwar am Kopf des längsten Tisches. An seinen sämtlichen Zweigen wurden Laternen aufgehängt. Noch verheißungsvoller war (nach Ansicht der Hobbits) eine riesige Küche, die in der Nordecke des Feldes unter freiem Himmel aufgebaut wurde. Ein ganzer Schwarm Köche aus allen Gast- und Wirtshäusern auf Meilen im Umkreis traf ein, um den Zwergen und anderen sonderbaren Leuten, die in Beutelsend einquartiert waren, zur Hand zu gehen. Die Vorfreude erreichte ihren Höhepunkt.

Dann trübte sich das Wetter ein. Das war Mittwoch, am Vorabend des Festes. Die Besorgnis war groß. Dann kam endlich Donnerstag, der 22. September. Die Sonne ging auf, die Wolken verzogen sich, Fahnen wurden entrollt, und der Spaß begann.

Bilbo Beutlin nannte es ein *Fest*, aber in Wirklichkeit waren es unzählige Feiern, die gleichzeitig abgehalten wurden. Praktisch jeder, der in der Nähe wohnte, war eingeladen. Ein paar hatte man versehentlich vergessen, aber als sie dann trotzdem kamen, machte es gar nichts. Auch aus anderen Teilen des Auenlandes waren viele Leute gebeten worden; und manche waren sogar von jenseits der Grenze gekommen. Bilbo begrüßte persönlich die Gäste (auch die nicht geladenen) an dem neuen weißen Tor. Er verteilte Geschenke an alle und etliche – und die etlichen waren jene, die durch den Hinterausgang wieder verschwanden und nachher noch einmal am Tor erschienen. Hobbits pflegen an ihren Geburtstagen anderen Geschenke zu machen. In der Regel nicht sehr teure und nicht so verschwenderisch wie bei dieser Gelegenheit; aber es war kein schlechtes System. Denn da in Hobbingen und Wasserau an jedem Tag des Jahres irgend jemand seinen Geburtstag feierte, hatte jeder Hobbit in diesen Gegenden gute Aussicht, mindestens einmal wöchentlich mindestens ein Geschenk zu bekommen. Doch wurde es ihnen niemals über.

Diesmal waren die Geschenke ungewöhnlich gediegen. Die Hobbitkinder waren so aufgeregt, daß sie eine Weile fast das Essen vergessen hätten. Es gab Spielsachen, wie sie deren noch nie gesehen hatten, alle wunderschön und manche offenbar Zauberspielsachen. Viele waren denn auch schon vor einem Jahr bestellt und weither aus dem Gebirge und vom Thal gebracht worden und waren echte Zwergenarbeit.

Als jeder Gast begrüßt worden war und sich endlich alle auf dem Festplatz eingefunden hatten, gab es Lieder, Tänze, Musik, Spiele und natürlich Essen und Trinken. Es gab drei offizielle Mahlzeiten: Mittagessen, Tee und Abendessen. Aber das Mittagessen und der Tee waren hauptsächlich dadurch gekennzeichnet, daß sich die Gäste zu diesen Zeiten hinsetzten und gemeinsam aßen. Zu anderen Zeiten sah man lediglich Scharen von Leuten trinken und essen – ohne Unterbrechung vom zweiten Frühstück um elf bis um halb sieben, als das Feuerwerk begann.

Das Feuerwerk war Gandalfs Sache: er hatte es nicht nur gebracht, sondern auch selbst erdacht und hergestellt; und die besonderen Dekorationen, feststehenden Stücke und Raketen schoß er selbst ab. Aber Frösche, Schwärmer, Knallerbsen, Fackeln, Zwergenkerzen, Elbenkaskaden, Unholdbeller und Donnerschläge wurden auch großzügig verteilt. Sie waren alle hervorragend. Gandalfs Kunst war mit dem Alter immer vollkommener geworden.

Es gab Raketen, die aussahen wie ein Schwarm funkensprühender und mit süßer Stimme singender Vögel. Es gab grüne Bäume mit Stämmen aus dunklem Rauch: ihre Blätter öffneten sich wie ein ganzer Frühling, der sich auf einmal entfaltet, und aus ihren glänzenden Zweigen rieselten auf die erstaunten Hobbits leuchtende Blüten herab, die einen süßen Duft ausströmten und verschwanden, ehe sie die nach oben gewandten Gesichter berührten. Es gab Kaskaden von Schmetterlingen, die glitzernd in die Bäume hinabflogen; es gab Säulen aus buntem Feuer, die emporstiegen und sich in Adler verwandelten, oder in Segelboote oder eine Kette fliegender Schwäne; es gab einen roten Gewittersturm und einen gelben Wolkenbruch; es gab einen Wald aus silbernen Speeren, die mit einem Kriegsgeschrei in die Luft schossen wie eine kampfbereite Heerschar und wieder herabstürzten in die Wässer und dabei zischten wie hundert feurige Schlangen. Und dann gab es eine letzte Überraschung, Bilbo zu Ehren, und sie erschreckte die Hobbits ganz ungemein, was Gandalf auch beabsichtigt hatte. Die Lichter gingen aus. Ein mächtiger Rauch stieg auf. Er nahm die Gestalt eines in der Ferne sichtbaren Berges an, und sein Gipfel begann zu leuchten. Grüne und violette Flammen loderten empor. Heraus flog ein rotgoldener Drache – nicht in Lebensgröße, aber fürchterlich naturgetreu; sein Rachen spie Feuer, seine Augen starrten nach unten; ein Brüllen hob an, und dreimal schwirrte er über die Köpfe der Menge hinweg. Sie duckten sich alle, und viele warfen sich flach auf den Boden. Wie ein Schnellzug raste der Drache über sie hinweg, machte einen Salto und zerplatzte mit ohrenbetäubendem Getöse über Wasserau.

»Das ist das Zeichen zum Abendessen«, sagte Bilbo. Angst und Schrecken waren wie fortgeblasen, und die im Staube liegenden Hobbits sprangen wieder auf die Füße. Es gab ein vorzügliches Abendessen für alle; das heißt, für alle mit Ausnahme derjenigen, die zu dem besonderen Familienfestmahl eingeladen waren. Das fand in dem Zelt mit dem Baum statt. Bei den Einladungen hatte man sich auf zwölf Dutzend beschränkt (eine Zahl, die auch von den Hobbits ein Gros genannt wurde, wenngleich es nicht gerade als schicklich galt, das Wort auf Leute anzuwenden). Die Gäste waren aus allen Familien ausgesucht worden, mit denen Bilbo und Frodo verwandt waren, und dazu noch ein paar gute und nicht verwandte Freunde (zum Beispiel Gandalf). Viele junge Hobbits waren eingeladen worden und durften mit elterlicher Erlaubnis dabei sein; was langes Aufbleiben der Kinder betrifft, nahmen es die Hobbits nicht so genau, besonders wenn Aussicht bestand, eine Mahlzeit für sie umsonst zu bekommen. Junge Hobbits großzuziehen kostete eine Menge Futter.

Es waren viele Beutlins und Boffins da, und auch viele Tuks und Brandybocks; verschiedene Grubers (Verwandte von Bilbo Beutlins Großmutter); außerdem verschiedene Pausbackens (Verwandte seines Tuk-Großvaters); und ein paar auserwählte Lochners, Bolgers, Straffgürtels, Dachsbaus, Gutleibs, Hornbläsers und Stolzfußens. Einige von ihnen waren nur sehr weitläufig mit Bilbo verwandt, und manche waren kaum jemals zuvor in Hobbingen gewesen, weil sie in entfernten Winkeln des Auenlands wohnten. Die Sackheim-Beutlins waren nicht vergessen worden: Otho und seine Frau Lobelia waren da. Zwar mochten sie Bilbo nicht und verabscheuten Frodo, aber so prächtig war die mit goldener Tinte geschriebene Einladungskarte gewesen, daß sie es nicht über sich gebracht hatten, abzusagen. Außerdem hatte sich ihr Vetter Bilbo seit vielen Jahren aufs Essen spezialisiert, und seine Tafel stand in hohem Rufe.

Ein langerwartetes Fest

Alle einhundertvierundvierzig Gäste erwarteten ein erfreuliches Festmahl; allerdings graute ihnen etwas vor der Rede ihres Gastgebers nach dem Essen (einem unvermeidlichen Programmpunkt). Er war imstande, etwas Poesie, wie er es nannte, hineinzubringen; und manchmal, nach ein oder zwei Gläsern, pflegte er auf die unsinnigen Abenteuer seiner geheimnisvollen Fahrt anzuspielen. Die Gäste wurden nicht enttäuscht; das Festessen war *sehr* erfreulich und ein wirklich sehr in Anspruch nehmendes Vergnügen – gehaltvoll, reichlich, mannigfaltig und ausgedehnt. In der folgenden Woche sank der Lebensmittelumsatz fast auf Null; da aber durch Bilbos Einkäufe die Läger der meisten Geschäfte, Kellereien und Warenhäuser auf Meilen im Umkreis geräumt waren, machte das nicht viel.

Nachdem das Festmahl (mehr oder weniger) vorüber war, kam die Rede. Die meisten Tischgenossen waren jetzt allerdings in nachsichtiger Stimmung, in jenem wonnevollen Zustand, den sie »die Winkel ausfüllen« nannten. Sie nippten an ihren Lieblingsgetränken, knabberten ihre Lieblingsnäschereien, und ihre Befürchtungen waren vergessen. Sie waren bereit, sich alles anzuhören und nach jedem Satz zu jubeln.

Meine lieben Leute, begann Bilbo und erhob sich von seinem Platz. »Hört! Hört!« riefen sie und wiederholten das immerzu im Chor, offenbar ihre guten Vorsätze mißachtend. Bilbo verließ seinen Platz, ging unter den erleuchteten Baum und stellte sich auf einen Stuhl. Der Lichtschein der Laternen fiel auf sein strahlendes Gesicht; die goldenen Knöpfe an seiner gestickten seidenen Weste glänzten. Alle konnten sie ihn sehen, wie er da stand, die eine Hand schwenkte er in der Luft, und die andere steckte in der Hosentasche.

Meine lieben Beutlins und Boffins, begann er noch einmal. *Und meine lieben Tuks und Brandybocks, Grubers und Pausbackens, Lochners und Hornbläsers und Bolgers, Straffgürtels, Gutleibs, Dachsbaus und Stolzfußens...* – »Stolzfüße!« rief ein älterer Hobbit vom hinteren Teil des Zeltes. Sein Name war natürlich Stolzfuß und wohlverdient; seine Füße waren groß und außergewöhnlich pelzig, und beide lagen auf dem Tisch.

Stolzfußens, wiederholte Bilbo. *Außerdem meine guten Sackheim-Beutlins, die ich endlich wieder in Beutelsend willkommen heiße. Heute ist mein hundertelfter Geburtstag: einundelfzig bin ich heute!* – »Hurra! Hurra! Hoch soll er leben!« schrien sie und hämmerten vor Freude auf die Tische. Bilbo machte es großartig. So hatten sie es gern: kurz und bündig.

Ich hoffe, ihr freut euch ebenso sehr wie ich. Ohrenbetäubender Beifall. *Ja-* (und *Nein-*)Rufe. Ein Tusch von Trompeten und Hörnern, Pfeifen und Flöten und anderen Musikinstrumenten. Es waren, wie gesagt, viele junge Hobbits da. Hunderte von Knallbonbons waren aufgerissen worden. Die meisten trugen die Herkunftsbezeichnung THAL; das sagte vielen Hobbits nichts, aber alle waren sich einig, daß es wundervolle Knallbonbons waren. Sie enthielten Musikinstrumente, klein, aber vortrefflich gemacht und von bezauberndem Klang. Einige der jungen Tuks und Brandybocks in einer Ecke glaubten, Onkel Bilbo sei fertig (da er ja alles Notwendige klar gesagt hatte), stellten nun aus dem Stegreif ein Orchester zusammen und begannen ein fröhliches Tanzlied zu spielen. Der junge Herr Everard Tuk und Fräulein Melilot Brandybock stiegen auf einen Tisch, und mit Schellen in den Händen begannen sie den Springerreihen zu tanzen: einen hübschen, wenn auch ziemlich lebhaften Tanz.

Aber Bilbo war noch nicht fertig. Von einem Jungen in der Nähe schnappte er sich ein Horn und blies drei laute Töne. Der Lärm erstarb. *Ich will euch nicht lange aufhalten!* rief er. Beifall von der ganzen Versammlung. *Ich habe euch alle aus einem bestimmten Grund zusammengerufen.* So, wie er das sagte, machte es irgendwie Eindruck. Es trat fast völlige Stille ein, und einer oder zwei von den Tuks spitzten die Ohren.

Ja, eigentlich aus drei Gründen. Erstens vor allem, um euch zu sagen, daß ich euch alle unerhört gern habe und daß einundelfzig Jahre eine viel zu kurze Zeit sind, um unter so vortrefflichen und bewundernswerten Hobbits zu leben. Mächtiger Beifallsausbruch.

Ich kenne die Hälfte von euch nicht halb so gut, wie ich es gern möchte, und ich mag weniger als die Hälfte von euch auch nur halb so gern, wie ihr es verdient. Das war unerwartet und gar nicht so einfach zu verstehen. Vereinzelt wurde geklatscht, aber die meisten versuchten erst einmal dahinterzukommen, ob es eigentlich als Kompliment gemeint war.

Zweitens, um meinen Geburtstag zu feiern. Wiederum Zurufe. *Eigentlich sollte ich sagen: UNSEREN Geburtstag. Denn es ist natürlich auch der Geburtstag meines Erben und Neffen Frodo. Heute wird er mündig und tritt sein Erbe an.* Flüchtiges Klatschen seitens der Älteren und einige laute Rufe: »Frodo! Frodo! Braver alter Frodo!« seitens der Jüngeren. Die Sackheim-Beutlins runzelten die Stirn und fragten sich, was »tritt sein Erbe an« wohl bedeuten sollte.

Zusammen sind wir hundertvierundvierzig Jahre alt. Die Zahl der Tischgenossen sollte dieser bemerkenswerten Gesamtsumme entsprechen: ein Gros, wenn ich den Ausdruck gebrauchen darf. Kein Beifall. Das war ja lächerlich. Viele der Gäste, und besonders die Sackheim-Beutlins, waren beleidigt, denn sie hatten das Gefühl, nur eingeladen worden zu sein, um die erforderliche Zahl voll zu machen, wie Waren in einer Packung. »Ein Gros! Nein, so was. Ein gewöhnlicher Ausdruck.«

Außerdem ist es, wenn ich die alte Geschichte erwähnen darf, der Jahrestag meiner Ankunft mit dem Faß in Esgaroth am Langen See; obwohl ich die Tatsache, daß es mein Geburtstag war, damals übersehen hatte. Ich wurde nämlich erst einundfünfzig, und in diesem Alter sind Geburtstage noch nicht so wichtig. Das Bankett allerdings war großartig, obwohl ich zu der Zeit eine böse Erkältung hatte, wie ich mich erinnere, und nur »vülen Donk« sagen konnte. Heute kann ich es ganz richtig wiederholen: Vielen Dank, daß ihr zu meinem kleinen Fest gekommen seid. Beharrliches Schweigen. Alle fürchteten, daß ihnen nun ein Lied oder irgendein Gedicht bevorstünde; und allmählich hatten sie sowieso genug. Warum konnte er nicht aufhören und sie auf sein Wohl trinken lassen? Aber Bilbo sang nicht, es kam auch kein Gedicht. Er hielt einen Augenblick inne.

Drittens und letztens, sagte er, *möchte ich etwas KUNDTUN.* Dieses Wort sprach er so laut und betont aus, daß jeder, so er noch konnte, sich aufsetzte. *Ich bedaure kundtun zu müssen, daß dies – auch wenn ich gesagt habe, einundelfzig Jahre in eurer Mitte seien eine viel zu kurze Zeit – das ENDE ist. Ich gehe nun. Ich verlasse euch JETZT. LEBT WOHL!*

Er stieg vom Stuhl und verschwand. Es gab einen blendenden Blitz, und alle Gäste kniffen die Augen zu. Als sie sie wieder aufmachten, war Bilbo nirgends zu sehen. Hundertvierundvierzig verblüffte Hobbits saßen sprachlos da. Der alte Odo Stolzfuß nahm seine Füße vom Tisch und stampfte auf. Dann trat Totenstille ein, bis plötzlich nach tiefem Atemholen alle Beutlins, Boffins, Tuks, Brandybocks, Grubers, Pausbackens, Lochners, Bolgers, Straffgürtels, Dachsbaus, Gutleibs, Hornbläsers und Stolzfußens auf einmal zu reden begannen.

Alle waren sich darüber einig, daß der Scherz von sehr schlechtem Geschmack zeugte und viel mehr Essen und Trinken nötig wären, um die Gäste über Schreck und Verdruß hinwegzubringen. »Er ist verrückt, das habe ich ja immer gesagt« war vermutlich die häufigste Erklärung. Sogar die Tuks (mit wenigen Ausnahmen) fanden Bilbos Verhalten unsinnig. Im Augenblick hielten die meisten sein Verschwinden selbstverständlich für nicht mehr als einen lächerlichen Streich.

Aber der alte Rorig Brandybock war nicht so sicher. Weder das Alter noch ein gewaltiges Abendessen hatten seinen Verstand benebelt, und er sagte zu seiner Schwiegertochter Esmeralda: »Da ist irgend etwas faul, meine Liebe! Ich glaube, der verrückte Beutlin ist wieder auf und davon. Alberner alter Narr. Aber warum sollen wir uns darüber Gedanken machen? Die Weinbuddeln hat er ja nicht mitgenommen.« Laut rief er zu Frodo hinüber, er möge den Wein noch einmal kreisen lassen.

Frodo war der einzige der Anwesenden, der nichts gesagt hatte. Eine Zeitlang hatte er schweigend neben Bilbos leerem Stuhl gesessen und alle Bemerkungen und Fragen geflissentlich überhört. Natürlich hatte er den Spaß genossen, obwohl er vorher eingeweiht worden war. Nur mit Mühe konnte er sich davon zurückhalten, über die empörte Überraschung der Gäste zu lachen. Aber gleichzeitig war er zutiefst betrübt: ihm wurde plötzlich klar, daß er den alten Hobbit herzlich gern hatte. Die Mehrzahl der Gäste ließ sich Essen und Trinken weiterhin schmecken und ereiferte sich über Bilbo Beutlins vergangene und gegenwärtige Absonderlichkeiten; nur die Sackheim-Beutlins waren schon voll Zorn gegangen. Auch Frodo hatte genug von der Gesellschaft. Er ließ neuen Wein kommen; dann stand er auf, leerte sein Glas still für sich auf Bilbos Wohl und stahl sich von dannen.

Was Bilbo Beutlin betrifft, so hatte er schon während seiner Rede mit dem goldenen Ring in der Tasche gespielt: seinem Zauberring, den er so viele Jahre geheimgehalten hatte. Als er vom Stuhl hinunterstieg, ließ er den Ring auf seinen Finger gleiten und ward von keinem Hobbit in Hobbingen jemals wieder gesehen.

Die Gefährten

Er ging rasch zu seiner Höhle, blieb einen Augenblick draußen stehen und lauschte lächelnd dem Getöse, das aus dem Zelt und von den sonstigen Lustbarkeiten auf dem Feld zu ihm herüberdrang. Dann ging er hinein. Er zog seine Festkleidung aus, faltete seine gestickte seidene Weste zusammen, schlug sie in Seidenpapier ein und legte sie weg. Geschwind zog er ein paar derbe alte Sachen an und schnallte sich einen abgetragenen Ledergürtel um. Daran hängte er ein kurzes Schwert in einer Scheide aus schwarzem Leder. Aus einer abgeschlossenen, nach Mottenkugeln riechenden Schublade nahm er einen alten Mantel und eine Kapuze. Sie waren weggeschlossen gewesen, als ob sie sehr kostbar seien, aber sie waren so geflickt und von Wind und Wetter mitgenommen, daß man ihre ursprüngliche Farbe kaum noch erraten konnte: es mochte ein dunkles Grün gewesen sein. Eigentlich waren sie ihm zu groß. Dann ging er in sein Arbeitszimmer und holte aus einer großen Geldkassette ein in alte Lappen gewickeltes Bündel und ein in Leder gebundenes Manuskript; und auch einen dicken Briefumschlag. Buch und Bündel stopfte er obenauf in einen schweren Beutel, der dort stand und schon fast voll war. In den Umschlag ließ er den goldenen Ring mit dem Kettchen gleiten, dann versiegelte er ihn und adressierte ihn an Frodo. Zuerst stellte er ihn auf den Kaminsims, aber plötzlich nahm er ihn und steckte ihn in die Tasche. In diesem Augenblick öffnete sich die Tür, und Gandalf trat rasch ein.

»Hallo!« sagte Bilbo. »Ich fragte mich schon, ob du wohl noch auftauchen würdest.«

»Ich freue mich, dich sichtbar vorzufinden«, erwiderte der Zauberer und setzte sich auf einen Stuhl. »Ich wollte dich gern noch sehen und ein paar letzte Worte mit dir reden. Du findest wahrscheinlich, daß alles herrlich und dem Plan entsprechend vonstatten gegangen ist?«

»Ja, sicher«, sagte Bilbo. »Obwohl dieser Blitz überraschend war: mich hat er erschreckt, ganz zu schweigen von den anderen. Ein kleiner Beitrag von dir, nehme ich an?«

»So ist es. All die Jahre hast du klugerweise den Ring geheimgehalten, und es schien mir erforderlich, deinen Gästen etwas anderes zu bieten, das dein plötzliches Verschwinden vielleicht erklären könnte.«

»Und mir meinen Spaß verderben würde. Du bist ein gräßlicher alter Wichtigtuer«, lachte Bilbo. »Aber wie gewöhnlich wirst du es wohl am besten wissen.«

»Allerdings – wenn ich überhaupt etwas weiß. Aber bei dieser ganzen Angelegenheit bin ich nicht so sicher. Sie hat jetzt den Schlußpunkt erreicht. Du hast deinen Spaß gehabt und die Mehrzahl deiner Verwandten erschreckt oder beleidigt und dem ganzen Auenland Gesprächsstoff für neun oder höchstwahrscheinlich neunundneunzig Tage geliefert. Hast du noch mehr vor?«

»Ja. Ich habe das Gefühl, ich brauche Ferien, sehr lange Ferien, wie ich dir schon früher gesagt habe. Wahrscheinlich Dauerferien: ich glaube nicht, daß ich zurückkommen werde. Ich habe wirklich nicht vor, wieder herzukommen, und habe deshalb alle Vorkehrungen dafür getroffen. Ich bin alt, Gandalf. Man sieht es mir nicht an, aber im tiefsten Herzensgrunde fühle ich mich allmählich alt. *Noch gut aussehend*, in der Tat!« schnaubte er. »Doch komme ich mir ganz dünn vor, gewissermaßen *ausgemergelt*, wenn du weißt, was ich meine: wie Butter, die auf zu viel Brot verstrichen wurde. Das kann doch nicht richtig sein. Ich brauche eine Veränderung oder so was.«

Gandalf sah ihn forschend und aufmerksam an. »Nein«, meinte er nachdenklich, »das scheint wirklich nicht in Ordnung zu sein. Ich glaube auch, daß dein Plan wahrscheinlich der beste ist.«

»Ich bin auf jeden Fall fest entschlossen. Ich will wieder Berge sehen, Gandalf – *Berge*; und dann irgendeinen Ort finden, wo ich *ruhen* kann. In Frieden und Stille, ohne eine Menge neugieriger Verwandter und eine Schar verflixter Besucher, die sich gegenseitig die Klinke in die Hand geben. Vielleicht finde ich irgendeinen Ort, wo ich mein Buch fertig schreiben kann. Ich habe mir einen hübschen Schluß dafür ausgedacht: *und dann lebte er vergnügt bis ans Ende seiner Tage.*«

Gandalf lachte. »Das wird er hoffentlich. Aber niemand wird das Buch lesen, wie immer der Schluß auch sein mag.«

»Oh, vielleicht doch, in späteren Jahren. Frodo hat es schon gelesen, so weit es bis jetzt geht. Du wirst ein Auge auf Frodo haben, nicht wahr?«

»Ja, das werde ich – zwei Augen, sooft ich sie entbehren kann.«

»Natürlich würde er mit mir kommen, wenn ich ihn darum bäte. Er hat es mir sogar selbst vorgeschlagen, kurz vor dem Fest. Aber in Wirklichkeit will er nicht, noch nicht. Ich möchte gern wieder das wüste Land sehen, ehe ich sterbe, und das Gebirge; er aber hängt noch immer am Auenland mit seinen Wäldern und Feldern und kleinen Flüssen. Er soll sich hier wohlfühlen. Ich hinterlasse ihm natürlich alles mit Ausnahme von ein paar Kleinigkeiten. Er wird hier hoffentlich glücklich sein, wenn er sich daran gewöhnt hat, auf eigenen Füßen zu stehen. Es ist jetzt Zeit, daß er sein eigener Herr wird.«

»Alles?« fragte Gandalf. »Auch den Ring? Du warst einverstanden gewesen, erinnerst du dich?«

»Nun, hm, ja, ich glaube schon«, stammelte Bilbo.

»Wo ist er?«

»In einem Umschlag, wenn du es unbedingt wissen mußt«, sagte Bilbo ungeduldig. »Da, auf dem Kaminsims. Ach nein, hier in meiner Tasche.« Er zögerte. »Ist das nicht seltsam?« sagte er leise zu sich. »Ja, warum eigentlich nicht? Warum sollte er nicht hierbleiben?«

Gandalf sah Bilbo wieder sehr scharf an, und seine Augen funkelten. »Ich meine, Bilbo«, sagte er ruhig, »an deiner Stelle würde ich ihn zurücklassen. Willst du es nicht?«

»Nun ja – und nein. Jetzt, da es soweit ist, mag ich ihn ganz und gar nicht hergeben, das muß ich schon sagen. Und ich sehe auch nicht ein, warum ich es sollte? Warum willst du es unbedingt?« fragte er, und seine Stimme klang merkwürdig verändert. Sie war scharf vor Mißtrauen und Ärger. »Dauernd quälst du mich wegen meines Ringes; aber wegen der anderen Dinge, die ich auf meiner Fahrt bekommen habe, hast du mir niemals so zugesetzt.«

Die Gefährten

»Nein, aber ich mußte dich quälen«, antwortete Gandalf. »Ich wollte die Wahrheit wissen. Es war wichtig. Zauberringe sind – nun ja, eben Zauberringe; sie sind selten und sonderbar. Ich war beruflich an deinem Ring interessiert, könnte man sagen; und ich bin es noch. Ich möchte gern wissen, wo er ist, wenn du wieder auf Wanderschaft gehst. Außerdem meine ich, daß *du* ihn lange genug gehabt hast. Du wirst ihn nicht mehr brauchen, Bilbo, wenn ich mich nicht sehr irre.«

Bilbo lief rot an, und seine Augen blitzten zornig. Sein freundliches Gesicht wurde hart. »Warum nicht?« rief er. »Und was geht es dich überhaupt an, was ich mit meinen Sachen mache? Er gehört mir. Ich habe ihn gefunden. Er ist zu mir gekommen.«

»Ja, ja«, sagte Gandalf. »Aber deswegen brauchst du nicht zornig zu werden.«

»Wenn ich es bin, ist es deine Schuld. Es ist meiner, sage ich dir. Mein Eigen. Mein Schatz. Ja, mein Schatz.«

Das Gesicht des Zauberers blieb ernst und aufmerksam, und nur ein Flackern in seinen tiefliegenden Augen verriet, daß er bestürzt und sogar beunruhigt war. »So ist der Ring schon früher genannt worden«, sagte er, »doch nicht von dir.«

»Aber jetzt sage ich es. Und warum auch nicht? Selbst wenn Gollum einmal dasselbe gesagt hat. Jetzt gehört er nicht ihm, sondern mir. Und ich werde ihn behalten.«

Gandalf erhob sich. Er sprach streng. »Du bist ein Narr, wenn du ihn behältst, Bilbo. Mit jedem Wort, das du sagst, machst du es deutlicher. Der Ring hat schon viel zuviel Macht über dich. Gib ihn auf! Und dann kannst du gehen und bist frei.«

»Ich werde selbst bestimmen, was ich tue, und gehen, wie es mir beliebt«, erwiderte Bilbo dickköpfig.

»Nun, nun, mein lieber Hobbit«, beschwichtigte ihn Gandalf. »Dein ganzes Leben lang waren wir Freunde, und du verdankst mir einiges. Komm! Tu, was du versprochen hast: gib ihn auf!«

»Wenn du meinen Ring selbst haben willst, dann sage es doch!« rief Bilbo. »Aber du bekommst ihn nicht. Ich will meinen Schatz nicht hergeben. Das sage ich dir.« Seine Hand verirrte sich zum Heft seines kleinen Schwerts.

Gandalfs Augen funkelten. »Jetzt bin bald ich an der Reihe, zornig zu werden«, sagte er. »Wenn du das noch einmal sagst, ist es soweit. Dann wirst du Gandalf den Grauen unverhüllt sehen.« Er machte einen Schritt auf den Hobbit zu und schien groß und bedrohlich zu werden, sein Schatten erfüllte den kleinen Raum.

Bilbo wich zurück und stellte sich mit dem Rücken an die Wand; er atmete schwer, und seine Hand umklammerte die Tasche. Sie standen sich eine Weile gegenüber, die Luft im Raum prickelte. Gandalf ließ den Hobbit nicht aus den Augen. Langsam entspannten sich Bilbos Hände, und er begann zu zittern.

»Ich weiß nicht, was über dich gekommen ist, Gandalf«, sagte er. »So bist du doch niemals gewesen. Was soll das Ganze? Es ist meiner, nicht wahr? Ich habe ihn gefunden, und Gollum hätte mich getötet, wenn ich ihn nicht behalten hätte. Ich bin kein Dieb, was immer er auch gesagt hat.«

Ein langerwartetes Fest

»Das habe ich niemals von dir behauptet«, antwortete Gandalf. »Und auch ich bin kein Dieb. Ich will dich nicht berauben, sondern dir helfen. Ich wollte, du würdest mir vertrauen wie früher.« Er wandte sich ab, und der Schatten verschwand. Er schien wieder zusammenzuschrumpfen zu einem alten grauen Mann, gebeugt und besorgt.

Bilbo fuhr sich mit der Hand über die Augen. »Entschuldige«, sagte er. »Aber mir war so sonderbar zumute. Und doch würde es eine Erleichterung sein, nichts mehr mit ihm zu tun zu haben. In letzter Zeit hat er mich richtig bedrückt. Manchmal hatte ich das Gefühl, er sei wie ein Auge, das mich anschaute. Und dauernd habe ich den Wunsch, ihn aufzustreifen und zu verschwinden, weißt du. Oder ich mache mir Gedanken, ob er heil ist, und hole ihn heraus, um mich zu vergewissern. Ich hatte versucht, ihn wegzuschließen, aber dann stellte ich fest, daß ich keine Ruhe fand, wenn ich ihn nicht in der Tasche hatte. Ich weiß nicht, warum. Und es scheint, als könnte ich mich zu nichts entschließen.«

»Dann vertraue mir. Meine Meinung steht fest. Geh fort und laß ihn zurück. Hör auf, ihn zu besitzen. Gib ihn Frodo, und um Frodo werde ich mich kümmern.«

Bilbo stand einen Augenblick starr und unentschlossen da. Plötzlich seufzte er. »Na schön«, sagte er. »Ich bin einverstanden.« Dann zuckte er die Schultern und lächelte etwas wehmütig. »Schließlich war das ja der Zweck des ganzen Festes: eine Menge Geburtstagsgeschenke zu machen und es dadurch irgendwie zu erleichtern, gleichzeitig auch ihn wegzugeben. Zwar ist es dadurch doch nicht leichter geworden, aber immerhin wäre es schade, wenn alle meine Vorbereitungen umsonst gewesen wären. Es würde den Scherz ziemlich verderben.«

»Es würde in der Tat den einzigen Sinn nehmen, den ich bei der ganzen Angelegenheit erkennen konnte«, sagte Gandalf.

»Na gut, er geht mit allem anderen an Frodo.« Bilbo holte tief Luft. »Und jetzt muß ich mich wirklich auf den Weg machen, sonst erwischt mich hier noch jemand. Ich habe Lebewohl gesagt und könnte es nicht ertragen, es noch einmal zu tun.« Er nahm seinen Beutel und ging zur Tür.

»Du hast ja den Ring immer noch in der Tasche!« sagte der Zauberer.

»Ist das die Möglichkeit!« rief Bilbo. »Und mein Testament und alle anderen Dokumente auch. Am besten nimmst du den Umschlag und lieferst ihn für mich ab. Das ist das Sicherste.«

»Nein, gib den Ring nicht mir«, erwiderte Gandalf. »Lege den Umschlag dort auf den Kaminsims. Da ist er sicher genug, bis Frodo kommt. Ich werde hier auf ihn warten.«

Bilbo zog den Umschlag heraus, aber gerade, als er ihn neben die Uhr stellen wollte, zuckte seine Hand zurück, und das Päckchen fiel auf den Boden. Ehe er es aufheben konnte, hatte sich der Zauberer gebückt und es auf den Kamin gelegt. In einem Anflug von Zorn verdüsterte sich das Gesicht des Hobbits. Aber dann sah er plötzlich erleichtert aus und lachte.

»So, das wär's«, sagte er. »Nun fort mit mir!«

Sie gingen hinaus in die Halle. Bilbo suchte sich aus dem Schirmständer seinen Lieblingsstock heraus; dann pfiff er. Drei Zwerge kamen aus verschiedenen Räumen, wo sie beschäftigt gewesen waren.

»Ist alles fertig?« fragte Bilbo. »Alles gepackt und beschriftet?«

»Alles«, antworteten sie.

»So, dann wollen wir aufbrechen!« Er ging zur Tür hinaus.

Es war eine herrliche Nacht, und der dunkle Himmel war mit Sternen übersät. Bilbo schaute hinauf und schnupperte in der Luft. »Was für ein Spaß! Was für ein Spaß, wieder loszugehen, unterwegs zu sein mit Zwergen! Das ist es, wonach ich mich seit Jahren wahrhaftig gesehnt habe.« Er blickte auf sein altes Heim und verneigte sich vor der Tür. »Lebt wohl!« sagte er. »Leb wohl, Gandalf.«

»Leb wohl einstweilen, Bilbo. Gib gut auf dich acht! Du bist alt genug und vielleicht weise genug.«

»Achtgeben! Ich gebe nicht acht. Mach dir nur keine Sorgen um mich! Ich bin jetzt so glücklich, wie ich es nur jemals war, und das will sehr viel heißen. Aber nun ist es soweit. Endlich habe ich den richtigen Anlauf genommen.« Und mit leiser Stimme, wie für sich selbst, sang er im Dunkeln:

> *Die Straße gleitet fort und fort,*
> *Weg von der Tür, wo sie begann,*
> *Weit überland, von Ort zu Ort,*
> *Ich folge ihr, so gut ich kann.*
> *Ihr lauf ich raschen Fußes nach,*
> *Bis sie sich groß und breit verflicht*
> *Mit Weg und Wagnis tausendfach.*
> *Und wohin dann? Ich weiß es nicht.*

Er hielt für einen Augenblick inne. Dann wandte er sich wortlos ab von den Lichtern und den Stimmen auf dem Feld und in den Zelten und ging, gefolgt von seinen drei Gefährten, hinüber in seinen Garten und trottete den langen, abschüssigen Pfad hinunter. Unten sprang er an einer niedrigen Stelle über die Hecke, schlug sich in die Wiesen und verschwand in der Nacht wie ein Rascheln des Windes im Grase.

Gandalf blieb noch eine Weile stehen und blickte ihm in der Dunkelheit nach. »Leb wohl, mein lieber Bilbo – bis zu unserm nächsten Treffen!« sagte er leise und ging hinein.

Kurz danach kam Frodo und fand Gandalf im Dunkeln sitzend, tief in Gedanken. »Ist er fort?« fragte er.

»Ja«, antwortete Gandalf. »Nun ist er fort.«

»Ich wünschte – ich meine, ich hatte bis heute abend gehofft, es sei nur ein Scherz«, sagte Frodo. »Aber im Grunde meines Herzens wußte ich, daß er wirklich vorhatte, wegzuziehen. Über ernste Dinge pflegte er immer zu scherzen. Ich wünschte, ich wäre früher hergekommen, um mich noch von ihm zu verabschieden.«

»Ihm war es wohl lieber, denke ich, in aller Stille zu verschwinden«, meinte Gandalf. »Mach dir nicht zu viel Sorgen. Er wird wohlauf sein – jetzt. Er hat ein Päckchen für dich dagelassen. Dort liegt es!«

Frodo nahm den Briefumschlag vom Kaminsims und warf einen Blick darauf, öffnete ihn aber nicht.

»Du wirst wohl sein Testament und all die anderen Dokumente darin finden«, sagte der Zauberer. »Jetzt bist du der Herr von Beutelsend. Und außerdem wirst du, vermute ich, einen goldenen Ring finden.«

»Den Ring!« rief Frodo. »Hat er mir den dagelassen? Ich frage mich, warum. Immerhin, er mag nützlich sein.«

»Mag sein, und mag nicht sein«, antwortete Gandalf. »Ich würde keinen Gebrauch von ihm machen, wenn ich du wäre. Aber halte ihn geheim, und bewahre ihn gut! So, ich gehe jetzt ins Bett.«

Als Herr von Beutelsend empfand Frodo es als seine lästige Pflicht, sich von den Gästen zu verabschieden. Gerüchte von merkwürdigen Ereignissen hatten sich mittlerweile auf dem gesamten Feld verbreitet, aber Frodo wollte nichts sagen als: *Gewiß wird sich morgen alles aufklären.* Gegen Mitternacht kamen die Kutschen für die besseren Herrschaften. Eine nach der anderen rollten sie davon, mit satten, aber sehr unbefriedigten Hobbits. Wie verabredet, erschienen dann Gärtner und schafften mit Schubkarren jene weg, die versehentlich zurückgeblieben waren.

Langsam verstrich die Nacht. Die Sonne ging auf. Die Hobbits erhoben sich erheblich später. Der Vormittag zog sich hin. Leute kamen und begannen (auftragsgemäß) die Zelte abzubauen, Tische und Stühle, Löffel und Messer, Flaschen und Teller, die Laternen und die blühenden Sträucher in Kübeln, die Krümel und das Papier der Knallbonbons, die vergessenen Handtaschen, Handschuhe und Taschentücher und die nicht aufgegessenen Leckerbissen (ein sehr unbedeutender Posten) wegzuräumen. Dann kam eine Reihe von Leuten (ohne Auftrag): Beutlins und Boffins und Tuks und andere Gäste, die in der Nähe wohnten oder übernachtet hatten. Um die Mittagszeit, als selbst jene, die am meisten gegessen hatten, wieder auf den Beinen waren, hatte sich eine große Volksmenge in Beutelsend eingefunden, uneingeladen, aber nicht unerwartet.

Frodo empfing sie an der Tür; er lächelte, sah aber ziemlich müde und bekümmert aus. Er begrüßte die Besucher, doch konnte er ihnen nicht viel mehr sagen als am Vorabend. Auf alle Fragen antwortete er einfach: »Herr Bilbo Beutlin ist abgereist; soviel ich weiß, für immer.« Manche Besucher forderte er auf, näherzutreten, weil Bilbo »Botschaften« für sie hinterlassen hatte.

Drinnen in der Halle türmten sich alle möglichen Pakete und Päckchen und kleinere Möbelstücke. An jedem war ein Zettel befestigt. Verschiedene lauteten etwa derart:

Für Adelard Tuk zum BEHALTEN von Bilbo; an einem Regenschirm. Adelard hatte viele mitgenommen, die ihm nicht zugedacht waren.

Für DORA BEUTLIN zur Erinnerung an eine LANGE Korrespondenz in Liebe von Bilbo; an einem großen Papierkorb. Dora war Drogos Schwester und die älteste überlebende Verwandte von Bilbo und Frodo; sie war neunundneunzig und hatte seit einem halben Jahrhundert ganze Bände von guten Ratschlägen geschrieben.

Für MILO LOCHNER in der Hoffnung, daß es nützlich sein wird, von B. B.; an einer goldenen Feder und einem Tintenfaß. Milo hatte niemals Briefe beantwortet.

Für ANGELIKA zum täglichen Gebrauch, von Onkel Bilbo; an einem runden, konvexen Spiegel. Sie war eine junge Beutlin und fand ihr Gesicht offenbar allzu wohlgestalt.

Für die Sammlung von HUGO STRAFFGÜRTEL von einem Spender; an einem (leeren) Bücherregal. Hugo war groß im Bücherborgen und mit dem Zurückgeben noch saumseliger als andere.

Für LOBELIA SACKHEIM-BEUTLIN als GESCHENK; an einem Etui mit silbernen Löffeln. Bilbo glaubte, daß sie sich während einer seiner früheren Fahrten eine ganze Anzahl seiner Löffel angeeignet hatte. Lobelia wußte das ganz genau. Als sie etwas später an jenem Tage kam, begriff sie sofort, was gemeint war, aber die Löffel nahm sie.

Das ist nur eine kleine Auswahl der Geschenke, die vorbereitet worden waren. In Bilbos Behausung hatten sich im Laufe seines langen Lebens allerhand Dinge angesammelt. Hobbithöhlen waren im allgemeinen mit Dingen vollgestopft: die Sitte, so viele Geburtstagsgeschenke zu machen, war weitgehend daran schuld. Natürlich waren die Geburtstagsgeschenke keineswegs immer *neu*; es gab ein oder zwei alte *Mathoms*, die im ganzen Bezirk von Hand zu Hand gingen, obwohl ihr Verwendungszweck längst vergessen war; Bilbo dagegen hatte gewöhnlich neue Geschenke gemacht und die, die er erhielt, behalten. Jetzt wurde in der alten Höhle ein wenig Luft geschaffen.

Jedes einzelne der zahlreichen Abschiedsgeschenke war mit einem von Bilbo eigenhändig geschriebenen Zettel versehen. Mehrere Zettel enthielten eine Anspielung oder einen Scherz. Aber natürlich wurden die meisten Dinge dorthin gegeben, wo sie am dringendsten gebraucht wurden und willkommen waren. Die ärmeren Hobbits, besonders jene im Beutelhaldenweg, kamen sehr gut weg. Der Ohm Gamdschie erhielt zwei Sack Kartoffeln, einen neuen Spaten, eine Wollweste und ein Einreibemittel für knirschende Gelenke. Als Gegengabe für reichlich gewährte Gastfreundschaft bekam der alte Rorig Brandybock ein Dutzend Flaschen »Alter Wingert«: ein kräftiger Rotwein aus dem Südviertel und jetzt ganz schön abgelagert, denn Bilbos Vater hatte ihn schon eingekellert. Nachdem Rorig die erste Flasche getrunken hatte, verzieh er Bilbo und nannte ihn einen Prachtskerl.

Für Frodo war von allem noch reichlich genug da. Und natürlich blieben die eigentlichen Schätze und auch die Bücher, Bilder und mehr Möbel, als er brauchte, in seinem Besitz. Indes war überhaupt nicht die Rede von Geld oder Schmuck: nicht ein Pfennig und nicht eine Glasperle wurden verschenkt.

Frodo hatte eine sehr mißliche Zeit an diesem Nachmittag. Ein falsches Gerücht, daß der ganze Haushalt aufgelöst und alles verschenkt würde, hatte sich wie ein Lauffeuer verbreitet; und es dauerte nicht lange, da wimmelte das Anwesen von Leuten, die hier nichts zu suchen hatten, aber nicht ferngehalten werden konnten. Zettel wurden abgerissen und durcheinandergebracht, und Zank und Streit brach aus. In der Halle versuchten manche Leute, einen schwunghaften Tauschhandel aufzuziehen; und andere wieder wollten sich mit kleineren Gegenständen, die ihnen nicht zugedacht waren oder unerwünscht oder unbewacht zu sein schienen, heimlich davonstehlen. Der Weg zum Tor war mit Schubkarren und Handwagen verstopft.

Inmitten dieses Tohuwabohus erschienen die Sackheim-Beutlins. Frodo hatte sich einen Augenblick zurückgezogen und seinen Freund Merry Brandybock gebeten, ein Auge auf alles zu haben. Als Otho lauthals nach Frodo verlangte, verbeugte sich Merry höflich.

»Es paßt ihm nicht«, sagte er. »Er ruht sich aus.«

»Versteckt sich, meinst du«, sagte Lobelia. »Jedenfalls wünschen wir ihn zu sehen und gedenken ihn zu sehen. Geh' nun und sage ihm das!«

Merry ließ sie eine ganze Weile in der Halle warten, und sie hatten Zeit genug, ihr Abschiedspäckchen mit den Löffeln zu entdecken. Das besserte ihre Laune nicht gerade. Schließlich wurden sie ins Arbeitszimmer gebeten. Frodo saß an einem Tisch und hatte eine Menge Papiere vor sich liegen. Man sah ihm deutlich an, daß es ihm nicht gerade paßte, die Sackheim-Beutlins zu sehen; und er stand auf und spielte mit irgend etwas in seiner Tasche. Aber er sprach sehr höflich.

Die Sackheim-Beutlins waren ziemlich angriffslustig. Sie begannen damit, daß sie ihm für verschiedene wertvolle und nicht mit Zetteln gekennzeichnete Dinge, die sie ihm abkaufen wollten, schlechte Preise boten (wie unter Freunden). Als Frodo erwiderte, daß nur die von Bilbo ausdrücklich bezeichneten Sachen weggegeben würden, erklärten sie, die ganze Geschichte sei sehr verdächtig.

»Nur eins ist mir klar«, sagte Otho, »und zwar, daß du außerordentlich gut dabei weggekommen bist. Ich bestehe darauf, das Testament einzusehen.«

Ohne Frodos Adoption wäre Otho Bilbos Erbe gewesen. Jetzt las er das Testament sorgfältig durch und schnaubte wütend. Es war leider sehr klar und korrekt aufgesetzt (entsprechend den Rechtsbräuchen der Hobbits, die unter anderem sieben Zeugenunterschriften in roter Tinte verlangten).

»Wieder haben wir das Nachsehen!« sagte er zu seiner Frau. »Und das, nachdem wir *sechzig* Jahre gewartet haben. Löffel? So ein Plunder!« Er warf Frodo einen vernichtenden Blick zu und stampfte von dannen. Aber Lobelia war nicht so leicht abzuschütteln. Etwas später kam Frodo aus dem Arbeitszimmer, um zu sehen, wie die Dinge stünden, und da war sie immer noch da, stöberte in allen Ecken und Winkeln herum und klopfte den Fußboden ab. Er geleitete sie entschlossen zum Tor, nachdem er sie um verschiedene kleine (aber ziemlich wertvolle) Gegenstände erleichtert hatte, die irgendwie in ihren Regenschirm hineingefallen waren. Ihr Gesicht sah aus, als ob sie krampfhaft über eine wirklich niederschmetternde Abschiedsbemerkung nachdächte; aber alles, was ihr einfiel, als sie sich auf der Schwelle umdrehte, war:

»Du wirst es noch bereuen, junger Freund! Warum bist du nicht auch gegangen? Du gehörst nicht hierher; du bist kein Beutlin – du – du bist ein Brandybock!«

»Hast du das gehört, Merry? Das war eine Beleidigung, wenn man so will«, sagte Frodo, als er die Tür hinter ihr schloß.

»Das war ein Kompliment«, meinte Merry Brandybock, »und darum natürlich nicht wahr.«

Dann gingen sie um die Höhle herum und warfen drei junge Hobbits hinaus (zwei Boffins und einen Bolger), die Löcher in eine Kellerwand geschlagen hatten. Auch hatte Frodo einen Strauß mit dem jungen Sancho Stolzfuß (dem Enkel des alten Odo Stolzfuß), der eine Ausgrabung in der größeren Speisekammer in Angriff genommen hatte, weil er dort ein Echo entdeckt zu haben glaubte. Die Legende von Bilbos Gold weckte sowohl Neugier als Hoffnung; denn legendäres Gold (auf geheimnisvolle Weise, wenn nicht gar unrechtmäßig erworben) gehört, wie jedermann weiß, demjenigen, der es findet – sofern er bei der Suche nicht gestört wird.

Nachdem er Sancho überwältigt und hinausbefördert hatte, sank Frodo auf einen Stuhl in der Halle. »Es ist Zeit, den Laden dicht zu machen, Merry«, sagte er. »Verriegele die Tür und laß niemanden mehr herein, und wenn sie mit einem Sturmbock kämen.« Dann ging er, um sich mit einer verspäteten Tasse Tee zu erfrischen.

Kaum hatte er sich hingesetzt, da klopfte es leise an der Tür. »Höchstwahrscheinlich wieder Lobelia«, dachte er. »Sie muß sich etwas ganz besonders Boshaftes ausgedacht haben und zurückgekommen sein, um es zu sagen. Das kann warten.«

Er blieb bei seinem Tee sitzen. Es wurde wieder geklopft, jetzt viel lauter, aber er kümmerte sich nicht drum. Plötzlich erschien der Kopf des Zauberers am Fenster.

»Wenn du mich nicht hereinläßt, Frodo, dann blase ich dir deine Tür durch die ganze Höhle, daß sie am anderen Ende vom Bühl wieder herauskommt«, sagte er.

»Mein lieber Gandalf! Eine halbe Minute!« rief Frodo und lief aus dem Zimmer zur Tür. »Komm herein! Komm herein! Ich dachte, es wäre Lobelia.«

»Dann sei dir verziehen. Ich habe sie vorhin in einem Pony-Zweisitzer nach Wasserau fahren sehen mit einem Gesicht, das frische Milch hätte gerinnen lassen.«

»Auch mir hat sie schon fast das Blut zum Gerinnen gebracht. Ehrlich, fast hätte ich Bilbos Ring ausprobiert. Ich hatte große Lust zu verschwinden.«

»Tu das ja nicht«, sagte Gandalf und setzte sich hin. »Sei vorsichtig mit dem Ring, Frodo! Tatsächlich bin ich teilweise deshalb gekommen, um dir ein letztes Wort darüber zu sagen.«

»Und das wäre?«

»Was weißt du bereits?«

»Nur, was mir Bilbo erzählte. Ich habe seine Darstellung gehört: wie er ihn fand und wie er ihn benutzte: auf seiner Fahrt, meine ich.«

»Welche Darstellung, möchte ich wissen«, sagte Gandalf.

»Oh, nicht die, die er den Zwergen erzählt und in seinem Buch berichtet hat«, erklärte Frodo. »Kurz nachdem ich zu ihm gezogen bin, hat er mir die wahre

Begebenheit erzählt. Er sagte, du habest ihm so zugesetzt, bis er sie dir erzählte, und deshalb solle ich sie besser auch wissen. ›Keine Geheimnisse zwischen uns, Frodo‹, hat er gesagt, ›aber sie dürfen nicht weitererzählt werden. Jedenfalls gehört er mir.‹«

»Das ist interessant«, sagte Gandalf. »Und was hast du dir bei alledem gedacht?«

»Wenn du den ganzen Schwindel mit dem ›Geschenk‹ meinst, na, da kommt mir die wahre Darstellung sehr viel wahrscheinlicher vor, und ich verstehe wirklich nicht, warum er sich überhaupt eine andere ausgedacht hat. Es sah Bilbo gar nicht ähnlich, so etwas zu tun; ich fand es sehr merkwürdig.«

»Ich auch. Aber Leuten, die solche Schätze haben – und wenn sie sie benutzen –, widerfahren nun einmal merkwürdige Dinge. Laß es dir eine Warnung sein, sehr vorsichtig mit ihm umzugehen. Er mag noch andere Kräfte besitzen, als dich lediglich unsichtbar zu machen, wenn du gern möchtest.«

»Das verstehe ich nicht«, sagte Frodo.

»Ich auch nicht«, antwortete der Zauberer. »Ich fange gerade erst an, mir über den Ring Gedanken zu machen, besonders seit gestern abend. Kein Grund zur Sorge. Aber wenn ich dir einen Rat geben darf, benutze ihn sehr selten, wenn überhaupt. Zumindest bitte ich dich, ihn nicht in irgendeiner Weise zu verwenden, die Anlaß zu Gerede gibt oder Verdacht erweckt. Ich wiederhole: bewahre ihn gut und halte ihn geheim.«

»Du bist sehr geheimnisvoll. Was befürchtest du eigentlich?«

»Ich bin noch nicht sicher, deshalb will ich jetzt nicht mehr darüber sagen. Vielleicht kann ich dir etwas erzählen, wenn ich wiederkomme. Ich mache mich sofort auf den Weg; deshalb lebe wohl einstweilen.« Er stand auf.

»Sofort?« rief Frodo. »Ich hatte geglaubt, du würdest mindestens noch eine Woche bleiben. Ich hatte darauf gerechnet, daß du mir hilfst.«

»Das hatte ich auch vor – aber ich habe es mir anders überlegt. Es mag sein, daß ich ziemlich lange fortbleibe; aber ich werde dich besuchen, sobald ich kann. Vorher anmelden werde ich mich nicht, sondern mich still und leise hier hereinschleichen. Ich werde nicht mehr häufig das Auenland offen besuchen. Ich habe nämlich festgestellt, daß ich ziemlich unbeliebt geworden bin. Sie sagen, ich sei eine Landplage und störe ihren Frieden. Manche Leute behaupten sogar, ich hätte Bilbo hinweggezaubert oder noch was Schlimmeres. Falls es dich interessiert, es ist die Rede von einem Komplott zwischen dir und mir, um uns sein Vermögen anzueignen.«

»Manche Leute!« rief Frodo. »Du meinst Otho und Lobelia. Wie abscheulich! Ich würde ihnen Beutelsend und alles andere dazu geben, wenn ich Bilbo wieder hätte und mit ihm durch die Lande wandern könnte. Ich liebe das Auenland. Aber aus irgendeinem Grunde wünschte ich, ich wäre auch weggegangen. Ich frage mich, ob ich Bilbo je wiedersehen werde.«

»Das frage ich mich auch«, sagte Gandalf. »Und über vieles andere mache ich mir noch Gedanken. Aber jetzt auf Wiedersehen! Gib auf dich acht. Halte Ausschau nach mir, besonders zu unwahrscheinlichen Zeiten! Auf Wiedersehen!«

Die Gefährten

Frodo begleitete ihn zur Tür. Er winkte noch einmal mit der Hand und ging mit erstaunlich raschem Schritt davon; aber Frodo fand, daß der alte Zauberer ungewöhnlich gebeugt aussah, fast als ob er eine schwere Last trüge. Der Abend brach herein, und mit seinem grauen Mantel war Gandalf rasch im Dämmerlicht verschwunden. Frodo sah ihn lange Zeit nicht wieder.

ZWEITES KAPITEL

DER SCHATTEN DER VERGANGENHEIT

Der Gesprächsstoff war nicht in neun und sogar nicht in neunundneunzig Tagen erschöpft. Über das zweite Verschwinden von Herrn Bilbo Beutlin wurde in Hobbingen, ja im ganzen Auenland über Jahr und Tag geredet, und in Erinnerung blieb es noch viel länger. Es wurde eine Geschichte, die die Großmütter jungen Hobbits erzählten; und der verrückte Beutlin, der unter Blitz und Donner zu verschwinden und mit Säcken voll Gold und Edelsteinen wiederzukommen pflegte, wurde schließlich eine beliebte Sagengestalt und lebte noch fort, nachdem all die wahren Ereignisse längst vergessen waren.

Einstweilen aber war man in der Nachbarschaft allgemein der Ansicht, Bilbo sei immer ziemlich verdreht gewesen, jetzt sei er ganz verrückt geworden und einfach ins Blaue hinein davongerannt. Zweifellos sei er in einen Teich oder einen Fluß gefallen und habe ein tragisches, wenn auch kaum vorzeitiges Ende gefunden. Die Schuld wurde zumeist Gandalf zugeschoben.

»Wenn dieser verflixte Zauberer nur den jungen Frodo in Frieden läßt, dann wird er sich schon einleben und zu etwas Hobbitverstand kommen«, sagten die Leute. Und es sah wirklich so aus, als würde der Zauberer Frodo in Frieden lassen, und er lebte sich auch ein, nur daß ihm der Hobbitverstand käme, war kaum zu merken. Vielmehr geriet er sofort in den Ruf, in dem auch Bilbo gestanden hatte: ein sonderbarer Kauz zu sein. Er weigerte sich, Trauer zu tragen; und im nächsten Jahr gab er zu Ehren von Bilbos hundertzwölftem Geburtstag ein Fest, das er eine Zentnerfeier nannte.* Aber das traf nicht ganz zu, denn zwanzig Gäste waren geladen, und es gab mehrere Mahlzeiten, bei denen es Futter schneite und Schoppen regnete, wie die Hobbits sagten.

Manche Leute waren ziemlich empört; aber Frodo hielt daran fest, Jahr für Jahr zu Bilbos Geburtstag ein Fest zu geben, bis sie sich schließlich daran gewöhnt hatten. Er sagte, er glaube nicht daran, daß Bilbo tot sei. Wenn sie ihn fragten: »Aber wo ist er?«, zuckte er die Schultern.

Er lebte allein, wie es auch Bilbo getan hatte; doch hatte er viele Freunde, besonders unter den jungen Hobbits (meist Nachkommen des Alten Tuk), die als Kinder Bilbo gern gehabt hatten und auf Beutelsend aus- und eingegangen waren. Folko Boffin und Fredegar Bolger gehörten dazu; aber seine engsten Freunde waren Peregrin Tuk (gewöhnlich Pippin genannt) und Merry Brandybock (der eigentlich Meriadoc hieß, was fast in Vergessenheit geraten war). Mit ihnen durchstreifte Frodo das ganze Auenland; aber öfter wanderte er für sich allein, und zur Verwunderung der vernünftigen Leute sah man ihn manchmal weit von zu Hause im Sternenlicht über die Hügel und durch die Wälder gehen. Merry und Pippin vermuteten, daß er dann und wann die Elben besuchte, wie es Bilbo getan hatte.

---

* Damals hatte ein Zentner 112 Pfund. (Anm. des Übers.)

Mit der Zeit begannen die Leute zu merken, daß auch auf Frodo die Redensart zutraf, »noch gut auszusehen«: seine äußere Erscheinung war immer noch die eines robusten und tatkräftigen Hobbits, der gerade aus den »Zwiens« heraus war. »Manche Leute sind eben Glückskinder«, sagten sie; aber erst als sich Frodo dem gewöhnlich gesetzteren Alter von fünfzig näherte, kam es ihnen allmählich sonderbar vor.

Was Frodo selbst betrifft, so fand er es recht angenehm, nachdem er den ersten Schock überwunden hatte, sein eigener Herr und *der* Herr Beutlin von Beutelsend zu sein. Einige Jahre war er ganz vergnügt und machte sich keine Sorgen um die Zukunft. Doch halb unbewußt reute es ihn immer mehr, daß er Bilbo nicht begleitet hatte. Dann und wann, besonders im Herbst, merkte er, daß er sich Gedanken machte über die unbewohnten Gegenden, und seltsame Phantasiebilder von Bergen, die er nie gesehen hatte, tauchten in seinen Träumen auf. Immer häufiger sagte er zu sich selbst: »Vielleicht werde auch ich eines Tages den Fluß überschreiten.« Worauf die andere Hälfte seines Ichs antwortete: »Noch nicht.«

So ging es weiter, bis er die Vierziger allmählich hinter sich ließ und sein fünfzigster Geburtstag näherrückte: fünfzig war eine Zahl, die er als irgendwie bedeutsam (oder unheilvoll) empfand; jedenfalls war es das Alter, in dem Bilbo plötzlich von Abenteuerlust befallen worden war. Frodo wurde von Unruhe gepackt, und die alten Pfade erschienen ihm zu ausgetreten. Er betrachtete Landkarten und fragte sich, was wohl jenseits der Grenzen läge: die im Auenland hergestellten Karten zeigten dort zumeist weiße Flecke. Er pflegte jetzt weitere Spaziergänge zu machen und immer häufiger allein; und Merry und seine anderen Freunde beobachteten ihn besorgt. Oft sah man ihn die fremden Wanderer, die zu dieser Zeit im Auenland auftauchten, ein Stück begleiten und sich mit ihnen unterhalten.

Gerüchte verbreiteten sich über merkwürdige Dinge, die draußen in der Welt geschahen; und da Gandalf seit Jahren nicht dagewesen war und auch keine Botschaft gesandt hatte, sammelte Frodo alle Nachrichten, die er erhalten konnte. Elben, die selten im Auenland wanderten, sah man jetzt des Abends westwärts durch die Wälder ziehen, sie gingen und kehrten nicht zurück; denn sie verließen Mittelerde und nahmen keinen Anteil mehr an ihren Wirren. Indes waren Zwerge in ungewöhnlicher Zahl auf der Straße. Die alte Ostweststraße, die bei den Grauen Anfurten endete, führte durch das Auenland, und die Zwerge hatten sie immer auf dem Weg zu ihren Bergwerken im Blauen Gebirge benutzt. Für die Hobbits waren sie die Hauptquelle für Nachrichten aus fernen Gegenden – wenn sie welche hören wollten: in der Regel sagten Zwerge wenig, und Hobbits fragten auch nicht mehr. Aber Frodo traf jetzt oft fremde Zwerge aus fernen Ländern, die im Westen Zuflucht suchten. Sie waren besorgt, und manche sprachen im Flüsterton von dem Feind und dem Lande Mordor.

Diesen Namen kannten die Hobbits nur aus den Sagen der dunklen Vergangenheit, und wie ein Schatten lag er über ihren Erinnerungen; er war unheilvoll und beunruhigend. Es schien, als sei die böse Macht in Düsterwald nur vom Weißen

Rat vertrieben worden, um in größerer Stärke in den alten Festen von Mordor erneut zu erstehen. Der Dunkle Turm sei wieder aufgebaut worden, hieß es. Von dort breitete sich die Macht weitum aus, und im fernen Osten und Süden wurden Kriege geführt, und die Furcht wuchs. Die Orks nahmen wieder an Zahl zu in den Bergen. Trolle waren unterwegs, und sie waren nicht länger einfältig, sondern verschlagen und mit fürchterlichen Waffen ausgerüstet. Und es wurde von Geschöpfen gemurmelt, die noch entsetzlicher seien als diese, aber sie hatten keinen Namen.

Wenig von alledem drang natürlich bis zu den Ohren der gewöhnlichen Hobbits. Aber selbst die Taubsten und die hartnäckigsten Stubenhocker hörten sonderbare Erzählungen; und diejenigen, die an den Grenzen ihren Geschäften nachgingen, sahen merkwürdige Dinge. Die Unterhaltung im *Grünen Drachen* in Wasserau an einem Frühlingsabend in Frodos fünfzigstem Lebensjahr zeigte, daß selbst mitten im behaglichen Auenland Gerüchte vernommen worden waren, wenngleich die meisten Hobbits noch darüber lachten.

Sam Gamdschie saß in einer Ecke am Feuer, und ihm gegenüber Timm Sandigmann, des Müllers Sohn; und da waren noch verschiedene andere einfache Hobbits, die ihrer Unterhaltung lauschten.

»Komische Dinge hört man heutzutage«, sagte Sam.

»Na ja«, meinte Timm, »wenn man sie sich anhört. Aber Ammenmärchen und Kindergeschichten kann ich auch zu Hause hören, wenn ich will.«

»Das kannst du gewiß«, erwiderte Sam, »und ich behaupte, an manchen ist mehr Wahres dran, als du glaubst. Wer hat denn die Geschichten überhaupt erfunden? Nimm zum Beispiel die Drachen.«

»Nein, danke schön«, sagte Timm, »mag ich nicht. Ich habe über sie erzählen hören, als ich klein war, aber jetzt besteht keine Veranlassung, daran zu glauben. Es gibt nur einen Drachen in Wasserau, und der ist grün«, erklärte er, und alle lachten.

»Wohl wahr«, meinte Sam und stimmte in das Gelächter ein. »Aber was ist mit diesen Baum-Männern, diesen Riesen, wie man sie nennen könnte? Man sagt, einer, der größer war als ein Baum, sei vor nicht langer Zeit oben jenseits der Nordmoore gesehen worden.«

»Wer ist *man*?«

»Mein Vetter Hal zum Beispiel. Er arbeitet für Herrn Boffin in Oberbühl und geht oft im Nordviertel auf die Jagd. Er hat einen *gesehen*.«

»Sagt er vielleicht. Dein Hal sagt immer, er habe was gesehen; und vielleicht sieht er Dinge, die gar nicht da sind.«

»Aber dieser war so groß wie eine Ulme und ging – mit Schritten drei Klafter lang, wenn es wenig war.«

»Dann wett' ich, war es nicht wenig. Was Hal gesehen hatte, *war* eben wirklich eine Ulme.«

»Aber dieser *ging*, sage ich dir doch; und außerdem gibt es in den Nordmooren keine Ulmen.«

»Dann kann Hal auch keine gesehen haben«, folgerte Timm. Es wurde gelacht und geklatscht: die Zuhörer fanden wohl, es stände Eins zu Null für Timm.

»Immerhin«, fuhr Sam fort, »kannst du nicht leugnen, daß nicht nur unser Halfast, sondern auch andere Leute seltsames Volk durch das Auenland haben ziehen sehen – hindurchziehen, bedenke: mehr noch werden an den Grenzen zurückgeschickt. Die Grenzer haben niemals so viel zu tun gehabt wie jetzt.

Und ich habe gehört, daß die Elben nach Westen ziehen. Sie sagen, sie gehen zu den Häfen, weit jenseits der Weißen Türme.« Sam machte eine ungenaue Bewegung mit dem Arm: weder er noch irgendeiner von ihnen wußte, wie weit es zum Meer war, an den alten Türmen vorbei jenseits der Westgrenzen des Auenlands. Doch war seit alters her bekannt, daß dort die Grauen Anfurten lagen, wo dann und wann Elbenschiffe ihre Segel setzten, um niemals zurückzukehren.

»Sie segeln, segeln, segeln über die See, sie fahren nach Westen und verlassen uns«, sagte Sam halb singend und schüttelte traurig und bedeutsam den Kopf. Aber Timm lachte.

»Na, das ist doch nichts Neues, wenn du den alten Erzählungen glaubst. Und ich sehe nicht ein, was es mir oder dir ausmachen soll. Laß sie doch segeln! Aber ich bin sicher, daß du sie nicht dabei beobachtet hast; und überhaupt keiner aus dem Auenland.«

»Nun, ich weiß nicht«, sagte Sam nachdenklich. Er glaubte einmal im Wald einen Elben gesehen zu haben und hoffte immer noch, eines Tages noch mehr von ihnen zu sehen. Von allen Sagen, die er in seiner Kindheit gehört hatte, waren es immer die Bruchstücke von Märchen und nur halb erinnerten Berichten über die Elben, soweit die Hobbits sie kannten, die ihn am tiefsten bewegt hatten. »Selbst in unserer Gegend gibt es Leute, die die Huldreichen kennen und Nachrichten von ihnen erhalten«, sagte er. »Der Herr Beutlin zum Beispiel, für den ich arbeite. Er hat mir gesagt, daß sie fortsegeln, und er weiß ein wenig von den Elben. Und der alte Herr Bilbo wußte noch mehr: oft habe ich mich mit ihm unterhalten, als ich noch ein kleiner Junge war.«

»Ach, die sind ja beide verdreht«, sagte Timm, »zumindest der alte Bilbo hat gesponnen, und Frodo fängt auch an. Wenn du deine Neuigkeiten von dort beziehst, wird's dir nie an Unsinn mangeln. So, Freunde, ich mach' mich auf den Heimweg. Auf euer Wohl!« Er trank seinen Becher leer und ging geräuschvoll hinaus.

Sam saß schweigend da und sagte nichts mehr. Er hatte über eine ganze Menge nachzudenken. Zuerst einmal war im Garten von Beutelsend viel zu tun, und morgen würde er einen arbeitsreichen Tag haben, falls sich das Wetter aufklärte. Das Gras wuchs rasch. Aber er hatte mehr auf dem Herzen als nur seine Gartenarbeit. Nach einer Weile seufzte er, stand auf und ging hinaus.

Es war Anfang April, und der Himmel klärte sich jetzt nach einem starken Regen auf. Die Sonne war untergegangen, und ein kühler, fahler Abend verblaßte langsam zur Nacht. Die ersten Sterne standen am Himmel, als Sam heimging durch Hobbingen und den Bühl hinauf, leise vor sich hinpfeifend und voller Gedanken.

Es war gerade zu dieser Zeit, daß Gandalf nach langer Abwesenheit wieder auftauchte. Nach dem Fest war er drei Jahre lang weggeblieben. Dann hatte er Frodo einmal kurz besucht und war, nachdem er ihn sich gut angeschaut hatte, wieder verschwunden. In den nächsten ein oder zwei Jahren war er ziemlich oft gekommen, unerwartet nach der Dämmerung, und ging ohne Gruß vor Sonnenaufgang schon wieder fort. Von seinen eigenen Angelegenheiten und Fahrten erzählte er nichts und wollte wohl hauptsächlich wissen, wie es Frodo gesundheitlich ginge und was er triebe.

Dann plötzlich hatten seine Besuche aufgehört. Es war jetzt über neun Jahre, daß Frodo nichts von ihm gesehen oder gehört hatte, und er glaubte schon fast, der Zauberer werde niemals wiederkommen und habe jedes Interesse an den Hobbits verloren. Aber an jenem Abend, als Sam nach Hause ging und das Dämmerlicht verblaßte, hörte er das einstmals vertraute Klopfen am Fenster des Arbeitszimmers.

Frodo begrüßte seinen alten Freund überrascht und hocherfreut. Sie sahen sich beide prüfend an.

»Na, alles in Ordnung?« fragte Gandalf. »Du siehst aus wie eh und je, Frodo!«

»Du auch«, antwortete Frodo; aber bei sich dachte er, daß Gandalf älter und bekümmerter aussehe. Er bestürmte ihn mit Fragen, wie es ihm ergangen sei und was es Neues in der weiten Welt gebe, und bald waren sie ins Gespräch vertieft und blieben bis weit in die Nacht auf.

Am nächsten Morgen saßen der Zauberer und Frodo nach einem späten Frühstück am offenen Fenster des Arbeitszimmers. Ein Feuer prasselte im Kamin, aber die Sonne schien warm und der Wind wehte von Süden. Alles sah frisch aus, und das junge Frühlingsgrün schimmerte auf den Feldern und auf den Zweigspitzen der Bäume.

Gandalf dachte an einen Frühling vor fast achtzig Jahren, als Bilbo ohne Taschentuch von Beutelsend weggelaufen war. Sein Haar war vielleicht weißer als damals, sein Bart und seine Augenbrauen vielleicht länger und sein Gesicht zerfurchter von Sorgen und Weisheit; aber seine Augen strahlten wie eh und je, und er rauchte und blies Rauchringe mit derselben Kraft und demselben Behagen.

Jetzt rauchte er schweigend, denn Frodo war tief in Gedanken versunken. Noch in der Helligkeit des Morgens verspürte er den dunklen Schatten der Nachrichten, die Gandalf mitgebracht hatte. Schließlich brach er das Schweigen.

»Gestern abend hast du angefangen, mir merkwürdige Dinge über meinen Ring zu erzählen, Gandalf«, sagte er. »Und dann hast du innegehalten und gemeint, solche Sachen ließe man besser ruhen bis zum hellichten Tage. Findest du nicht, daß du nun fortfahren solltest? Du sagtest, der Ring sei gefährlich, viel gefährlicher, als ich es mir vorstellte. In welcher Beziehung?«

»In mancher Beziehung«, antwortete der Zauberer. »Er ist viel mächtiger, als ich zuerst zu denken wagte, so machtvoll, daß er zuletzt jeden Sterblichen, der ihn besitzt, völlig unterwerfen würde. Der Ring würde dann ihn beherrschen.

Vor langer Zeit wurden in Eregion viele Elbenringe hergestellt, Zauberringe, wie

Die Gefährten

ihr sie nennt, und es gab natürlich verschiedene Arten: manche waren mehr und manche waren weniger wirksam. Die weniger wirksamen Ringe waren nur Versuche in der Kunst, ehe sie voll entwickelt war, und für die Elbenschmiede waren sie bloße Kleinigkeiten – und dennoch meiner Ansicht nach gefährlich für Sterbliche. Doch die Großen Ringe, die Ringe der Macht, waren verderbenbringend.

Ein Sterblicher, Frodo, der einen der Großen Ringe besitzt, stirbt nicht, aber er wächst auch nicht und gewinnt nicht mehr Leben, sondern dehnt es bloß aus, bis zuletzt jede Minute eine Qual ist. Und wenn er den Ring oft benutzt, um sich unsichtbar zu machen, *schwindet* er, bis er schließlich ständig unsichtbar ist und im Zwielicht wandelt unter dem Auge der Dunklen Macht, die die Ringe beherrscht. Ja, früher oder später – später, wenn er zuerst stark ist oder keine bösen Absichten hat, doch werden weder Stärke noch gute Absichten von Dauer sein – früher oder später wird die dunkle Macht ihn verschlingen.«

»Wie entsetzlich!« sagte Frodo. Lange herrschte wieder Schweigen. Vom Garten herein drang das Klappern von Sam Gamdschies Schere, der den Rasen schnitt.

»Wie lange weißt du das schon?« fragte Frodo schließlich. »Und wieviel wußte Bilbo?«

»Bilbo wußte bestimmt nicht mehr als das, was er dir erzählt hat«, sagte Gandalf. »Gewiß hätte er etwas, das er für gefährlich hielt, nicht an dich weitergegeben, nicht einmal, nachdem ich ihm versprochen hatte, mich um dich zu kümmern. Er hielt den Ring für sehr schön und für sehr nützlich im Notfall; und wenn irgend etwas nicht stimmte oder sonderbar war, dann, glaubte er, läge es an ihm. Er sagte, der Ring habe ihn ›bedrückt‹, und er sei ständig um ihn in Sorge gewesen; aber er hat nicht vermutet, daß der Ring daran schuld war. Obwohl er festgestellt hatte, daß man auf ihn aufpassen mußte; der Ring schien nicht immer die gleiche Größe oder das gleiche Gewicht zu haben; er wurde auf sonderbare Weise einmal enger, einmal weiter und konnte plötzlich von einem Finger gleiten, auf dem er fest gesessen hatte.«

»Ja, davor hat er mich in seinem letzten Brief gewarnt«, sagte Frodo. »Deshalb habe ich den Ring immer am Kettchen.«

»Sehr weise«, erwiderte Gandalf. »Aber was Bilbos langes Leben betrifft, so hat er das niemals mit dem Ring in Verbindung gebracht. Das Verdienst daran hat er sich allein zugeschrieben und war sehr stolz darauf. Obwohl er rastlos wurde und unruhig. *Dünn und ausgemergelt* sagte er. Ein Zeichen, daß der Ring Gewalt über ihn bekam.«

»Wie lange weißt du das alles?« fragte Frodo noch einmal.

»Wissen?« wiederholte Gandalf. »Ich weiß vieles, was nur die Weisen wissen, Frodo. Aber wenn du ›von *diesem* Ring wissen‹ meinst, dann könnte man sagen: ich *weiß* es immer noch nicht. Es ist noch eine letzte Probe zu machen. Aber ich zweifle nicht länger an meiner Vermutung.

Wann habe ich es zuerst vermutet?« überlegte er und forschte in seinem Gedächtnis. »Laß mich nachdenken – in dem Jahr, als der Weiße Rat die dunkle Macht aus Düsterwald vertrieb, gerade vor der Schlacht der Fünf Heere, fand

Bilbo seinen Ring. Ein Schatten legte sich mir damals aufs Herz, obwohl ich noch nicht wußte, was ich eigentlich fürchtete. Ich fragte mich oft, wie Gollum wohl an einen Großen Ring gekommen sei, denn das war der Ring eindeutig – das zumindest war von Anfang an klar. Dann hörte ich Bilbos seltsame Geschichte, wie er ihn ›gewonnen‹ habe, und ich konnte sie nicht glauben. Als ich schließlich die Wahrheit aus ihm herausholte, merkte ich sofort, daß er versucht hatte, jeden Zweifel an seinem Anspruch auf den Ring auszuräumen. Ungefähr wie Gollum mit seinem ›Geburtstagsgeschenk‹. Die Lügen waren sich zu ähnlich, als daß ich mich damit hätte zufrieden geben können. Es war klar, daß der Ring eine unheilvolle Macht besaß, die sich sofort auf jeden auswirkte, der ihn in Verwahrung hatte. Das war die erste wirkliche Warnung für mich, daß nicht alles in Ordnung war. Ich sagte Bilbo oft, daß man von solchen Ringen besser keinen Gebrauch macht; aber das nahm er übel und wurde immer gleich ärgerlich. Sonst konnte ich nicht viel tun. Ich konnte ihm den Ring nicht wegnehmen, ohne noch größeren Schaden anzurichten; und ich hatte sowieso kein Recht dazu. Ich konnte nur aufpassen und abwarten. Vielleicht hätte ich Saruman den Weißen um Rat fragen können, aber irgend etwas hielt mich davon ab.«

»Wer ist denn das?« fragte Frodo. »Von ihm habe ich ja noch nie gehört.«

»Das mag schon sein. Mit Hobbits hat er oder hatte er nichts im Sinn. Dennoch ist er groß unter den Weisen. Er ist der Oberste meines Ordens und der Vorsitzende des Rates. Er hat ein reiches Wissen, aber sein Stolz ist ebenso groß, und er nimmt jede Einmischung übel. Die Kunde von den Elbenringen, den kleinen wie den großen, ist sein Bereich. Er hat sie lange erforscht und nach den vergessenen Geheimnissen ihrer Herstellung gesucht; doch als die Frage der Ringe im Rat erörtert wurde, sprach alles, was er uns über die Ringkunde enthüllen wollte, gegen meine Befürchtungen. So schlummerte mein Zweifel – aber unruhig. Noch beobachtete ich und wartete ab.

Und alles schien mit Bilbo in Ordnung zu sein. Und die Jahre verstrichen. Ja, sie verstrichen und schienen ihn nicht zu berühren. Er zeigte keine Anzeichen des Alterns. Der Schatten überfiel mich wieder. Aber ich sagte mir: ›Schließlich kommt er mütterlicherseits aus einer langlebigen Familie. Noch ist Zeit. Warte ab!‹

Und ich wartete. Bis zu jenem Abend, als er dieses Haus verließ. Was er damals sagte und tat, erfüllte mich mit einer Furcht, die kein Wort von Saruman beschwichtigen konnte. Ich erkannte endlich, daß etwas Dunkles und Tödliches am Werk war. Und die Jahre seitdem habe ich hauptsächlich damit verbracht, die Wahrheit herauszufinden.«

»Es ist doch nicht etwa ein dauernder Schaden angerichtet worden?« fragte Frodo besorgt. »Er wird doch wohl rechtzeitig wieder in Ordnung kommen? Ich meine, in Frieden ruhen können?«

»Er fühlte sich sofort besser«, sagte Gandalf. »Doch gibt es nur eine Macht in der Welt, die alles über Ringe und ihre Wirkungen weiß, und soweit mir bekannt, gibt es keine Macht in der Welt, die alles über Hobbits weiß. Unter den Weisen bin ich der einzige, der sich mit Hobbitkunde befaßt: ein unbekannter Wissenszweig, aber voller Überraschungen. Weich wie Butter können sie sein, und doch bisweilen zäh wie alte Baumwurzeln. Ich halte es für wahrscheinlich, daß manche den Ringen weit länger widerstehen können, als die meisten Weisen vermuten würden. Über Bilbo, glaube ich, brauchst du dir keine Sorgen zu machen.

Natürlich hat er den Ring viele Jahre besessen und ihn auch benutzt, so daß es einige Zeit dauern könnte, bis sich der Einfluß verliert – ehe es für ihn gefahrlos wäre, ihn wiederzusehen, zum Beispiel. Ansonsten mag er ganz vergnügt noch Jahre leben: eben so bleiben, wie er war, als er sich von dem Ring trennte. Denn schließlich hat er ihn aus freien Stücken aufgegeben: ein wichtiger Punkt. Nein, über den lieben Bilbo habe ich mir keine Sorgen mehr gemacht, nachdem er sich einmal von dem Ding getrennt hatte. Für *dich* fühle ich mich jetzt verantwortlich.

Die ganze Zeit, seit Bilbo fort ist, habe ich viel nachgedacht über dich und all diese reizenden, törichten, hilflosen Hobbits. Es wäre ein schmerzlicher Schlag für die Welt, wenn die Dunkle Macht das Auenland überwältigte; wenn all eure freundlichen, fröhlichen, dummen Bolgers, Hornbläsers, Boffins, Straffgürtels mitsamt den übrigen, ganz zu schweigen von den lächerlichen Beutlins, versklavt würden.«

Frodo schauderte. »Aber warum sollten wir das werden?« fragte er. »Und warum würde der Dunkle solche Sklaven haben wollen?«

»Um dir die Wahrheit zu sagen«, erwiderte Gandalf, »weil ich glaube, daß er bislang – *bislang*, wohlgemerkt – das Vorhandensein der Hobbits völlig übersehen hat. Ihr solltet dankbar dafür sein. Aber mit eurer Sicherheit ist es vorbei. Er braucht euch nicht – er hat viel nützlichere Diener –, aber er wird euch nicht mehr vergessen. Und Hobbits als jämmerliche Sklaven würden ihm weit besser gefallen als Hobbits, die froh und frei sind. Es gibt so etwas wie Bosheit und Rache!«

»Rache?« fragte Frodo. »Rache wofür? Ich verstehe immer noch nicht, was all das mit Bilbo und mit mir und mit unserem Ring zu tun hat.«

»Es hat durchaus damit zu tun«, sagte Gandalf. »Du kennst die wirkliche Gefahr noch nicht; aber du wirst sie erkennen. Ich war selbst noch nicht sicher, als ich das letzte Mal hier war; doch ist die Zeit gekommen, da ich reden muß. Gib mir den Ring einen Augenblick.«

Frodo nahm ihn aus der Hosentasche, wo er an einem Kettchen hing, das an seinem Gürtel befestigt war. Er machte ihn los und reichte ihn zögernd dem Zauberer. Der Ring fühlte sich plötzlich sehr schwer an, als ob es entweder ihm oder Frodo irgendwie widerstrebte, daß Gandalf ihn berühren sollte.

Gandalf hielt ihn hoch. Der Ring sah aus, als sei er aus reinem und massivem Gold. »Kannst du irgendwelche Zeichen auf ihm erkennen?« fragte Gandalf.

»Nein«, antwortete Frodo. »Es sind keine drauf. Er ist ganz glatt, und man sieht niemals einen Kratzer oder eine Spur von Abnützung.«

»Nun denn, schau!« Zu Frodos Erstaunen und Bestürzung warf der Zauberer den Ring plötzlich mitten in die Glut des Feuers. Frodo stieß einen Schrei aus und griff nach der Zange; aber Gandalf hielt ihn zurück.

»Warte!« sagte er in befehlendem Ton und warf Frodo unter seinen buschigen Augenbrauen einen raschen Blick zu.

Der Ring veränderte sich offenbar nicht. Nach einer Weile stand Gandalf auf, schloß die Läden vor den Fenstern und zog die Vorhänge zu. Das Zimmer wurde dunkel und still, obwohl das Klappern von Sams Schere, jetzt näher an den Fenstern, immer noch schwach vom Garten hereindrang. Einen Augenblick blieb der Zauberer stehen und blickte ins Feuer; dann bückte er sich, schob den Ring mit der Zange nach vorn und nahm ihn sofort heraus. Frodo hielt den Atem an.

»Er ist ganz kühl«, sagte Gandalf. »Nimm ihn!« Frodo empfing ihn auf der zurückzuckenden flachen Hand: er schien dicker und schwerer denn je geworden zu sein.

»Halte ihn hoch! Und schau ihn genau an!«

Als Frodo das tat, sah er jetzt feine Linien, feiner als der feinste Federstrich, um den Ring herumlaufen, innen und außen: Linien aus Feuer, die die Buchstaben einer schwungvollen Schrift zu bilden schienen. Sie leuchteten hell und scharf, und doch fern, als kämen sie aus einer großen Tiefe.

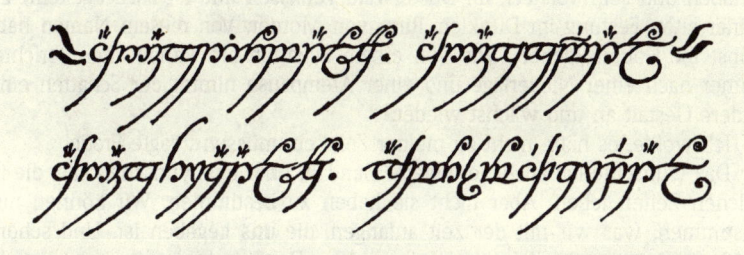

»Ich kann die feurigen Buchstaben nicht lesen«, sagte Frodo mit zitternder Stimme.

»Nein«, erwiderte Gandalf, »aber ich kann es. Die Buchstaben sind elbisch, von altertümlicher Art, und die Sprache ist die von Mordor, die ich hier nicht aussprechen will. Doch diese Zeilen in der Gemeinsamen Sprache bringen das, was gesagt ist, annähernd zum Ausdruck:

> *Ein Ring, sie zu knechten, sie alle zu finden,*
> *Ins Dunkel zu treiben und ewig zu binden.*

Das sind nur zwei Zeilen eines Gedichtes, das in der Elbenkunde seit langem bekannt ist:

> *Drei Ringe den Elbenkönigen hoch im Licht,*
> *Sieben den Zwergenherrschern in ihren Hallen aus Stein,*
> *Den Sterblichen, ewig dem Tode verfallen, neun,*
> *Einer dem Dunklen Herrn auf dunklem Thron*
> *Im Lande Mordor, wo die Schatten drohn.*
> *Ein Ring, sie zu knechten, sie alle zu finden,*
> *Ins Dunkel zu treiben und ewig zu binden*
> *Im Lande Mordor, wo die Schatten drohn.*

Gandalf hielt inne und sagte dann leise mit dunkler Stimme: »Dies ist der Meister-Ring, der Eine, der alle beherrscht. Dies ist der Eine Ring, den er vor langer Zeit, sehr zur Schwächung seiner Macht, verloren hat. Er begehrt ihn sehr – aber er darf ihn *nicht* bekommen.«

Frodo saß schweigend und reglos da. Die Furcht schien ihn mit einer riesigen Hand zu packen, wie eine dunkle Wolke, die im Osten aufstieg und sich drohend auftürmte, um sich auf ihn zu stürzen. »Dieser Ring!« stammelte er. »Wie in aller Welt ist er nur zu mir gekommen?«

»Ach«, sagte Gandalf, »das ist eine sehr lange Geschichte. Sie begann schon in den Schwarzen Jahren, an die sich heute nur noch die Wissenden erinnern. Wenn ich dir diese Erzählung ganz erzählen sollte, würden wir hier immer noch sitzen, wenn aus Frühling Winter geworden ist.

Aber gestern abend habe ich dir von Sauron dem Großen erzählt, dem Dunklen Herrscher. Die Gerüchte, die du gehört hast, sind wahr: er hat sich wirklich erhoben und sein Versteck im Düsterwald verlassen und ist zurückgekehrt zu seiner alten Festung im Dunklen Turm von Mordor. Von diesem Namen habt selbst ihr Hobbits gehört, wie von einem Schatten am Rande alter Berichte. Immer nach einer Niederlage und einer Atempause nimmt der Schatten eine andere Gestalt an und wächst wieder.«

»Ich wollte, es hätte nicht zu meiner Zeit sein müssen«, sagte Frodo.

»Das wünschte ich auch«, erwiderte Gandalf, »und das wünschen alle, die in solchen Zeiten leben. Aber nicht sie haben zu bestimmen. Wir können nur bestimmen, was wir mit der Zeit anfangen, die uns gegeben ist. Und schon, Frodo, beginnt unsere Zeit düster auszusehen. Der Feind wird rasch sehr stark. Seine Pläne sind noch keineswegs reif, glaube ich, aber sie reifen. Wir werden es schwer haben. Wir würden es auch dann sehr schwer haben, wenn es diese furchtbare Möglichkeit nicht gäbe.

Dem Feind fehlt immer noch etwas, das ihm Stärke und Wissen verleiht, um allen Widerstand zu brechen, um die letzten Verteidigungen zu zerschlagen und alle Länder wieder in eine zweite Dunkelheit zu hüllen. Ihm fehlt der Eine Ring.

Die Drei, die schönsten von allen, halten die Elbenherrscher vor ihm verborgen, und seine Hand hat sie niemals berührt oder besudelt. Sieben besaßen die Zwergenkönige, doch drei hat er wiedergewonnen, und die anderen haben die Drachen vernichtet. Neun gab er den sterblichen Menschen, stolzen und großen Menschen, und so verführte er sie. Schon vor langer Zeit sind sie unter die Herrschaft des Einen geraten und Ringgeister geworden, Schatten unter seinem großen Schatten, seine entsetzlichsten Diener. Schon vor langer Zeit. Es ist viele Jahre her, seit die Neun umgingen. Indes, wer weiß? Da der Schatten von neuem wächst, mag es sein, daß auch sie wieder umgehen. Aber komm! Von solchen Dingen wollen wir nicht einmal am hellichten Tage im Auenland reden.

So steht es also nun: die Neun hat er für sich gewonnen; die Sieben auch, soweit sie nicht vernichtet sind. Die Drei sind noch verborgen. Aber das kümmert ihn nicht mehr. Er braucht nur den Einen; denn er selbst hat den Ring gemacht, es ist seiner, und er hat einen großen Teil seiner früheren Macht auf ihn übergehen

Der Schatten der Vergangenheit

lassen, um die anderen damit zu beherrschen. Wenn er ihn zurückbekommt, wird er wieder über alle gebieten, wo immer sie auch sein mögen, selbst über die Drei, und alles, was in sie hineingeschmiedet wurde, wird offenbar werden, und Sauron wird stärker sein denn je.

Und das ist die furchtbare Aussicht, Frodo. Er glaubte, der Eine sei vernichtet, die Elben hätten ihn zerstört, was sie auch hätten tun sollen. Aber jetzt weiß er, daß er *nicht* vernichtet ist, daß er gefunden wurde. Deshalb forscht und sucht er nach ihm, und alle seine Gedanken sind auf ihn gerichtet. Es ist seine große Hoffnung und unsere große Furcht.«

»Warum, warum nur wurde er nicht vernichtet!« rief Frodo. »Und wie kam es, daß der Feind ihn überhaupt verlor, wenn er doch so stark ist und der Ring für ihn so kostbar war?« Seine Hand umklammerte den Ring, als sähe er bereits schwarze Finger, die sich nach ihm ausstreckten, um ihn zu ergreifen.

»Er ist ihm abgenommen worden«, sagte Gandalf. »Früher vermochten die Elben ihm mehr Widerstand zu leisten; und nicht alle Menschen hatten sich von ihnen abgewandt. Die Menschen aus Westernis kamen ihnen zu Hilfe. Das ist ein Kapitel aus der alten Geschichte, dessen man sich erinnern sollte; denn auch damals gab es Leid und drohendes Unheil, aber zugleich große Tapferkeit und große Taten, die nicht völlig vergebens waren. Eines Tages werde ich dir vielleicht die Geschichte ganz erzählen, oder du wirst sie von jemandem hören, der am besten darüber Bescheid weiß.

Doch zunächst mußt du vor allem erfahren, wie dieser Ring zu dir kam, und weil allein das schon eine lange Erzählung ist, will ich mich darauf beschränken. Es waren Gil-galad, der Elbenkönig, und Elendil von Westernis, die Sauron überwältigten, obwohl sie dabei ihr Leben verloren; und Isildur, Elendils Sohn, schnitt den Ring von Saurons Hand und nahm ihn für sich. Da war Sauron besiegt, und sein Geist floh und blieb lange Jahre verborgen, bis sein Schatten in Düsterwald wieder Gestalt annahm.

Aber der Ring ging verloren. Er fiel in den Großen Strom, den Anduin, und verschwand. Denn Isildur zog am Ostufer des Flusses nach Norden und wurde in der Nähe der Schwertelfelder von den Orks aus dem Gebirge überfallen, und fast alle seine Leute wurden erschlagen. Er sprang ins Wasser, doch der Ring glitt von seinem Finger, als er schwamm, und dann sahen ihn die Orks und töteten ihn mit Pfeilen.«

Gandalf hielt inne. »Und dort, in den dunklen Pfuhlen inmitten der Schwertelfelder«, sagte er, »ist der Ring verschollen für das Bewußtsein und die Sage; und selbst dieser Teil seiner Geschichte ist heute nur wenigen bekannt, und der Rat der Weisen vermochte nicht mehr herauszufinden. Aber ich kann den Bericht nun endlich fortsetzen, glaube ich.

Sehr viel später, aber immer noch vor langer Zeit, lebte an den Ufern des Großen Stroms am Rande von Wilderland ein flinkhändiges und sachtfüßiges kleines Volk. Ich vermute, sie waren vom Hobbitschlag; verwandt mit den Vorvätern der Starren, denn sie liebten den Strom und schwammen oft darin oder machten sich kleine Boote aus Schilfrohr. Unter ihnen lebte eine Familie, die

Die Gefährten

hochgeachtet war, denn sie war größer und wohlhabender als die meisten, und in ihr herrschte eine Großmutter der Sippe, eine gestrenge Frau und bewandert in den alten Überlieferungen, die es bei ihnen gab. Der wißbegierigste und vorwitzigste in jener Familie war Sméagol. Wurzeln und Ursprünge lagen ihm besonders am Herzen; er tauchte in tiefe Pfuhle; er grub unter Bäumen und wachsenden Pflanzen; er trieb Stollen in grüne Erdhügel; und er blickte nicht mehr hinauf zu den Bergeshöhen oder auf die Blätter an den Bäumen, er sah nicht mehr die Blumen, die sich im Licht öffneten: sein Kopf und seine Augen waren nach unten gerichtet.

Er hatte einen Freund mit Namen Déagol, der von ähnlicher Art war, scharfäugiger, aber nicht so behende und stark. Einmal nahmen sie ein Boot und fuhren hinunter zu den Schwertelfeldern, wo viele Schwertlilien wuchsen und blühendes Schilf. Dort stieg Sméagol aus und durchstöberte die Ufer, aber Déagol blieb im Boot und angelte. Plötzlich biß ein großer Fisch an, und ehe er wußte, wie ihm geschah, wurde er mitgezogen und hinunter ins Wasser bis zum Grund. Dort ließ er die Leine los, weil er im Flußbett etwas glitzern zu sehen glaubte; und er hielt die Luft an und griff hastig danach.

Prustend kam er wieder herauf, mit Kraut im Haar und einer Handvoll Schlamm; und er schwamm ans Ufer. Und siehe da! als er den Schlamm abwusch, lag ein wunderschöner goldener Ring in seiner Hand, und er glänzte und glitzerte in der Sonne, so daß sein Herz voll Freude war. Aber hinter einem Baum verborgen hatte Sméagol ihn beobachtet, und als Déagol sich an dem Ring weidete, kam Sméagol leise herbei.

›Gib uns das, Déagol, mein Lieber‹, sagte Sméagol über die Schulter seines Freundes hinweg.

›Warum?‹ fragte Déagol.

›Weil heute mein Geburtstag ist, mein Lieber, und ich es haben will!‹ sagte Sméagol.

›Das ist mir gleich‹, sagte Déagol. ›Ich habe dir schon etwas geschenkt, mehr als ich mir leisten konnte. Das hier habe ich gefunden und werde es auch behalten.‹

›Ach, wirst du das, mein Lieber?‹ sagte Sméagol; und er packte Déagol an der Kehle und erwürgte ihn, weil das Gold so strahlend und schön war. Dann steckte er den Ring an den Finger.

Niemand fand je heraus, was mit Déagol geschehen war; weit von daheim war er ermordet und seine Leiche listig versteckt worden: Sméagol kehrte allein nach Hause zurück; und er merkte, daß niemand von der Familie ihn sehen konnte, wenn er den Ring trug. Er war sehr erfreut über seine Entdeckung und verbarg ihn; und er benutzte ihn, um Geheimnisse aufzuspüren, und machte von seinem Wissen auf unredliche und boshafte Weise Gebrauch. Er wurde scharfäugig und hellhörig für alles, was andere verletzte. Der Ring hatte ihm Macht gegeben entsprechend seiner Veranlagung. Es ist nicht verwunderlich, daß er sich sehr unbeliebt machte und (wenn sichtbar) von all seinen Verwandten gemieden wurde. Sie traten ihn, und er biß sie in die Füße. Er gewöhnte sich an, zu stehlen und vor sich hin zu murmeln und kehlig zu glucksen. Deshalb nannten sie ihn *Gollum* und verfluchten ihn und sagten ihm, er solle weit fortgehen; und seine Großmutter, die Frieden haben wollte, verbannte ihn aus der Familie und warf ihn aus ihrer Höhle hinaus.

Einsam wanderte er einher und weinte ein wenig über die Schlechtigkeit der Welt, und er zog den Strom hinauf, bis er zu einem Bach kam, der vom Gebirge herabfloß, und diesem folgte er. Mit unsichtbaren Fingern fing er Fische in tiefen Pfuhlen und aß sie roh. Eines Tages war es sehr heiß, und als er sich über einen Teich beugte, fühlte er ein Brennen auf dem Hinterkopf, und ein blendender Lichtschein aus dem Wasser tat seinen tränenden Augen weh. Er verwunderte sich darüber, denn die Sonne hatte er schon fast vergessen. Dann blickte er zum letzten Mal empor und drohte ihr mit der Faust.

Doch als er den Blick senkte, sah er weit vor sich die Gipfel des Nebelgebirges, wo der Bach entsprang. Und plötzlich dachte er: ›Es muß kühl und schattig sein unter diesen Bergen. Dort wird mich die Sonne nicht beobachten. Der Fuß dieser Berge muß wahrlich tief verwurzelt sein; große Geheimnisse müssen dort vergraben sein, die seit Anbeginn nicht entdeckt sind.‹

So wanderte er des Nachts hinauf in das Hochland, und er fand eine kleine Höhle, aus der der dunkle Bach entsprang; und wie eine Made kriechend bahnte er sich seinen Weg mitten ins Herz des Gebirges und ward nicht mehr gesehen. Mit ihm verschwand der Ring im Schatten, und selbst als die Macht seines Schöpfers wieder zu wachsen begann, konnte dieser nichts über ihn erfahren.«

»Gollum!« rief Frodo. »Gollum? Meinst du, das ist jenes Gollum-Geschöpf, das Bilbo getroffen hat? Wie abscheulich!«

»Es ist wahrlich eine traurige Geschichte«, sagte der Zauberer, »und sie hätte auch anderen widerfahren können, sogar einigen Hobbits, die ich kannte.«

»Ich kann einfach nicht glauben, daß Gollum mit Hobbits verwandt ist, und sei es noch so entfernt«, warf Frodo etwas hitzig ein. »Was für ein widerwärtiger Gedanke!«

»Dennoch ist es wahr«, erwiderte Gandalf. »Über ihre Herkunft weiß ich jedenfalls mehr als die Hobbits selbst. Und sogar Bilbos Darstellung deutet auf die Verwandtschaft hin. Vieles, an das sie sich nur dunkel erinnerten, war sehr ähnlich. Sie verstanden sich bemerkenswert gut, viel besser, als sich ein Hobbit mit, sagen wir, einem Zwerg oder einem Ork oder sogar einem Elben verstanden hätte. Denk nur an die Rätsel, die sie beide kannten.«

»Nun ja«, antwortete Frodo. »Obwohl auch andere Leute außer Hobbits Rätsel raten, und von annähernd gleicher Art. Und Hobbits betrügen nicht. Gollum war die ganze Zeit auf Betrug aus. Er wollte den armen Bilbo einfach überrumpeln. Und ich möchte meinen, in seiner Niedertracht machte es ihm Spaß, ein Spiel zu beginnen, das ihm zu guter Letzt vielleicht eine leichte Beute einbringen würde, ihm aber, falls er verlöre, nicht schadete.«

»Nur zu wahr, fürchte ich«, sagte Gandalf. »Doch kommt noch etwas dazu, was du wohl noch nicht erkennst. Selbst Gollum war nicht völlig zugrunde gerichtet. Er hatte sich als zäher erwiesen, als selbst einer der Weisen vermutet hätte – so zäh wie ein Hobbit vielleicht. Es gab einen kleinen Winkel in seinem Herzen, der ihm noch gehörte, in den Licht eindrang wie durch eine Ritze im Dunkeln: Licht aus der Vergangenheit. Es war für ihn, glaube ich, geradezu angenehm, wieder eine freundliche Stimme zu hören, die Erinnerungen an Wind und Bäume und Sonne auf dem Gras und an derlei vergessene Dinge heraufbeschwor.

Aber das konnte das Böse in ihm letztlich nur schlimmer machen – sofern es nicht besiegt werden könnte. Sofern es nicht geheilt werden könnte.« Gandalf seufzte. »Da besteht wenig Hoffnung für ihn. Gar keine Hoffnung allerdings auch nicht. Nein, obwohl er den Ring so lange besessen hat, fast so lange, wie er zurückdenken kann. Denn es war lange her, seit er ihn viel getragen hatte: im schwarzen Dunkel brauchte er ihn selten. Gewiß war Gollum niemals ›geschwunden‹. Er ist immer noch dünn und zäh. Aber das Ding fraß natürlich von innen her an ihm, und die Qual war fast unerträglich geworden.

Alle ›großen Geheimnisse‹ unter dem Gebirge hatten sich nur als leere Nacht erwiesen: nichts gab es mehr herauszufinden, nichts, das zu tun sich lohnte, nichts als ekliges, heimliches Essen und böse Erinnerungen. Er war durch und durch unglücklich. Er haßte das Dunkel und noch mehr das Licht: er haßte alles und am meisten den Ring.«

»Wie meinst du das?« fragte Frodo. »War denn der Ring nicht sein Schatz und das Einzige, an dem er hing? Wenn er ihn haßte, warum versuchte er dann nicht, ihn loszuwerden oder wegzugehen und ihn zurückzulassen?«

»Du solltest es allmählich verstehen, Frodo, nach allem, was du gehört hast«, sagte Gandalf. »Er haßte den Ring und liebte ihn, wie er sich selbst haßte und liebte. Er konnte ihn nicht loswerden. Er hatte keinen Willen mehr in dieser Sache.

Ein Ring der Macht paßt selbst auf sich auf. *Er* kann sich heimtückisch davonmachen, aber sein Hüter gibt ihn niemals auf. Höchstens spielt er mit dem Gedanken, ihn jemand anderem anzuvertrauen – und das auch nur in einem frühen Stadium, wenn die Wirkung des Ringes gerade erst einsetzt. Soviel ich weiß, ist Bilbo der einzige in der Geschichte gewesen, der nicht nur mit dem Gedanken gespielt, sondern es auch wirklich getan hat. Und er brauchte dabei meine ganze Hilfe. Und selbst so würde er ihn niemals einfach im Stich gelassen oder weggeworfen haben. Es war nicht Gollum, Frodo, der Entscheidungen traf, sondern der Ring selbst. Der Ring verließ *ihn*.«

»Was, eben zur rechten Zeit, um von Bilbo gefunden zu werden?« fragte Frodo. »Wäre dann ein Ork nicht passender gewesen?«

»Das ist nicht zum Lachen«, erwiderte Gandalf. »Nicht für dich. Es war das bisher seltsamste Ereignis in der ganzen Geschichte des Ringes: daß Bilbo eben zur rechten Zeit kam und blindlings, im Dunkeln, seine Hand auf ihn legte.

Da war mehr als eine Macht am Werk, Frodo. Der Ring versuchte, wieder zu seinem Herrn zurückzukehren. Er war von Isildurs Hand geglitten und hatte ihn verraten; dann, als sich eine Gelegenheit bot, suchte er sich den armen Déagol aus, und der wurde ermordet; und danach diesen Gollum, und an ihm zehrte er. Gollum konnte ihm nicht mehr nützen: er war zu klein und zu gemein; und wenn er bei ihm geblieben wäre, hätte Gollum seinen Tümpel dort unten niemals verlassen. Als aber nun sein Herr wieder erwachte und seine dunklen Gedanken vom Düsterwald aussandte, verließ er Gollum. Nur um von dem unwahrscheinlichsten Geschöpf gefunden zu werden, das man sich vorstellen kann: von Bilbo aus dem Auenland!

Im Hintergrund war noch etwas anderes am Werk, das über die Absicht des Ringschöpfers hinausging. Ich kann es nicht deutlicher ausdrücken, als wenn ich sage, daß Bilbo dazu *ausersehen* war, den Ring zu finden, aber *nicht* von dem, der den Ring gemacht hatte. In diesem Fall wärst auch du *ausersehen*. Und das mag vielleicht ein ermutigender Gedanke sein.«

»Ist es nicht«, sagte Frodo. »Obwohl ich nicht sicher bin, ob ich dich richtig verstanden habe. Aber wie hast du all das über den Ring erfahren und über Gollum? Weißt du es wirklich oder vermutest du es nur?«

Gandalf sah Frodo an und seine Augen funkelten. »Ich wußte viel und habe viel erfahren«, antwortete er. »Aber *dir* werde ich nicht genau Rechenschaft ablegen über all mein Tun. Die Geschichte von Elendil und Isildur und dem Einen Ring ist allen Weisen bekannt. Daß dein Ring der Eine ist, ist allein durch die Feuerschrift erwiesen, abgesehen von jedem anderen Anzeichen.«

»Und wann hast du das entdeckt?« unterbrach ihn Frodo.

»Gerade eben, in diesem Zimmer natürlich«, sagte Gandalf scharf. »Aber ich hatte es erwartet. Ich bin zurückgekehrt von dunklen Wanderungen und langer Suche, um diese letzte Probe zu machen. Es ist der letzte Beweis, und nun ist es nur allzu klar. Herauszufinden, welche Rolle Gollum gespielt hat, und sie in die Lücke in der Geschichte einzufügen, erforderte einiges Nachdenken. Anfangs mag ich bloß Vermutungen über Gollum gehabt haben, aber jetzt vermute ich nicht. Ich weiß es. Ich habe ihn gesehen.«

»Du hast Gollum gesehen?« rief Frodo verblüfft.

»Ja. Das zu tun lag auf der Hand, wenn möglich. Ich versuchte es schon vor langer Zeit; aber schließlich ist es mir gelungen.«

»Was ist denn geschehen, nachdem Bilbo ihm entkommen war? Weißt du das?«

»Nicht ganz genau. Was ich dir erzählt habe ist das, was Gollum zu sagen bereit war – allerdings natürlich nicht in der Form, wie ich es berichtet habe. Gollum ist ein Lügner, und man muß seine Worte sieben. Zum Beispiel nannte er den Ring sein ›Geburtstagsgeschenk‹ und blieb dabei. Er behauptete, ihn von seiner Großmutter bekommen zu haben, die eine Menge herrlicher Dinge dieser Art gehabt habe. Eine lächerliche Behauptung. Ich zweifle nicht daran, daß Sméagols Großmutter eine wirkliche Stammesmutter war, eine großartige Person in ihrer Art, aber davon zu reden, sie habe viele Elbenringe besessen, war absurd, und daß sie sie verschenkt habe, eine Lüge. Aber eine Lüge mit einem Körnchen Wahrheit.

Der Mord an Déagol verfolgte Gollum, und er hatte sich eine Verteidigung zurechtgelegt, die er seinem ›Schatz‹ gegenüber noch und noch wiederholte, wenn er im Dunkeln an seinen Knochen nagte, bis er sie schließlich fast glaubte. Es *war* sein Geburtstag gewesen. Déagol hätte ihm den Ring schenken müssen.

Die Gefährten

Der Ring war offenbar gerade dann aufgetaucht, als er ein Geschenk sein konnte. Es *war* sein Geburtstagsgeschenk, und so weiter und weiter.

Ich hatte Geduld mit ihm, so lange ich konnte, aber die Wahrheit war verzweifelt wichtig, und zuletzt mußte ich grob werden. Ich machte ihm Angst mit Blitzen und preßte die wahre Geschichte aus ihm heraus, Stück für Stück, begleitet von viel Gewimmer und Gebrumm. Er kam sich unverstanden und mißbraucht vor. Aber als er mir seine Geschichte endlich bis zu dem Rätselspiel und Bilbos Flucht erzählt hatte, wollte er nichts mehr sagen und machte nur noch dunkle Andeutungen. Vor irgend etwas anderem hatte er mehr Angst als vor mir. Er murmelte, er würde sein Eigentum zurückbekommen. Die Leute würden schon sehen, ob er es sich gefallen lassen würde, getreten und in ein Loch gejagt und dann *beraubt* zu werden. Gollum habe jetzt gute Freunde, gute und sehr starke Freunde. Sie würden ihm helfen. Beutlin würde dafür bezahlen. Das war sein Hauptgedanke. Er haßte Bilbo und verfluchte seinen Namen. Überdies wußte er, wo er herkam.«

»Wie hat er denn das herausgefunden?« fragte Frodo.

»Nun, was seinen Namen betrifft, so war Bilbo selbst so töricht gewesen, ihn Gollum zu sagen; und danach konnte es nicht schwer sein, seine Heimat zu ermitteln, nachdem Gollum erst mal herausgekommen war. Oh ja, er kam heraus. Sein Verlangen nach dem Ring erwies sich als stärker als seine Angst vor den Orks oder vor dem Licht! Ein oder zwei Jahre später verließ er das Gebirge. Du siehst, obwohl er immer durch das Begehren an ihn gebunden war, fraß der Ring doch nicht mehr an ihm; Gollum begann wieder ein wenig lebendig zu werden. Er fühlte sich alt, fürchterlich alt, doch weniger ängstlich, und er war entsetzlich hungrig.

Das Licht, Licht von Sonne und Mond, fürchtete und haßte er immer noch, und das wird auch so bleiben, glaube ich; aber er war listig. Er fand heraus, daß er sich vor Tageslicht und Mondenschein verbergen und mit seinen bleichen, kalten Augen seinen Weg rasch und leise mitten in der Nacht zurücklegen und kleine, verängstigte oder unvorsichtige Lebewesen fangen konnte. Er wurde stärker und kühner mit frischer Nahrung und frischer Luft. Er fand den Weg nach Düsterwald, wie zu erwarten war.«

»Und dort hast du ihn getroffen?« fragte Frodo.

»Ich sah ihn dort«, antwortete Gandalf. »Aber vorher war er schon weit gewandert und hatte Bilbos Spur verfolgt. Es war schwierig, etwas Genaues aus ihm herauszuholen, denn sein Gerede war ständig von Flüchen und Drohungen unterbrochen. ›Was hat es in seine Taschen gesteckt?‹ sagte er. ›Ich wollte es nicht sagen, nein, Schatz. Kleiner Betrüger. Keine anständige Frage. Es hat zuerst betrogen, wirklich. Es hat die Regeln verletzt. Wir hätten es zerquetschen sollen, ja, Schatz. Und das werden wir auch, Schatz!‹

Da hast du eine Kostprobe von seinem Gerede. Sie wird dir vermutlich genügen. Ich hatte mühselige Tage dadurch. Aber aus Andeutungen, die er zwischen seinem Gefauche fallen ließ, entnahm ich, daß ihn seine tapsenden Füße schließlich nach Esgaroth getragen haben und sogar zu den Straßen in Thal, und er lauschte und spähte. Nun, die Kunde von den großen Ereignissen verbreitete sich überall in Wilderland, und viele hatten Bilbos Namen gehört und wußten, wo er herkam. Wir hatten aus unserer Wanderung zurück zu seinem Heim im Westen kein Geheimnis gemacht. Gollums scharfes Gehör mußte bald erfahren, was er wissen wollte.«

»Warum hat er dann Bilbo nicht weiter verfolgt?« fragte Frodo. »Warum ist er nicht ins Auenland gekommen?«

»Ah«, sagte Gandalf, »jetzt kommen wir dazu. Ich glaube, Gollum hat es versucht. Er hat sich aufgemacht und ist zurück nach Westen bis zum Großen Strom gekommen. Aber dann ist er abgebogen. Die Entfernung schreckte ihn nicht, dessen bin ich sicher. Nein, irgend etwas anderes zog ihn fort. Das jedenfalls glauben meine Freunde, jene, die für mich auf ihn Jagd machten.

Die Waldelben spürten ihn zuerst auf, eine leichte Aufgabe für sie, denn seine Fährte war damals noch frisch. Durch Düsterwald und wieder zurück folgten sie ihr, obwohl sie ihn niemals erwischten. Im ganzen Wald lief das Gerücht über ihn um, Schreckliches erzählten sich sogar die Tiere und Vögel. Die Waldmenschen sagten, irgendein neues Schreckgespenst ginge um, ein Geist, der Blut trank. Er stieg auf Bäume, um Nester auszunehmen; er kroch in Höhlen, um die Jungen zu rauben; er schlüpfte durch Fenster, um Wiegen zu finden.

Doch am Westrand vom Düsterwald schwenkte die Fährte ab. Sie verlief nach Süden, entschwand aus dem Gesichtskreis der Waldelben und verlor sich. Und dann habe ich einen großen Fehler gemacht. Ja, Frodo, und nicht den ersten; obschon ich fürchte, daß dieser sich als der schlimmste erweisen wird. Ich ließ die Sache laufen. Ich ließ ihn gehen; denn ich hatte damals an vieles andere zu denken, und ich vertraute noch immer Sarumans Wissen.

Nun, das ist Jahre her. Seitdem habe ich mit vielen dunklen und gefährlichen Tagen dafür bezahlt. Die Fährte war längst kalt geworden, als ich sie wieder aufnahm, nachdem Bilbo hier fortgegangen war. Und meine Suche wäre vergeblich gewesen, hätte ich nicht die Hilfe eines Freundes gehabt: Aragorns, des größten Wanderers und Jägers dieses Zeitalters der Welt. Zusammen suchten wir die ganze Länge von Wilderland nach Gollum ab, ohne Hoffnung und ohne Erfolg. Aber schließlich, als ich die Jagd schon aufgegeben und mich in andere Gegenden begeben hatte, wurde Gollum gefunden. Mein Freund kehrte aus großen Gefahren zurück und brachte das elende Geschöpf mit.

Was er getrieben hatte, wollte Gollum nicht sagen. Er weinte nur und nannte uns grausam, mit vielen *Gollums* in der Kehle; und als wir ihn drängten, winselte und schmeichelte er und rieb seine langen Hände, leckte an seinen Fingern, als ob sie ihn schmerzten oder als ob er sich irgendeiner alten Qual erinnerte. Aber daran, fürchte ich, kann kein Zweifel sein: Schritt für Schritt, Meile um Meile hat er sich langsam und heimlich bis in das Land Mordor geschlichen.«

Ein bedrückendes Schweigen herrschte im Raum. Frodo konnte sein Herz schlagen hören. Selbst draußen schien alles still zu sein. Kein Ton mehr war von Sams Grasschere zu hören.

»Ja, nach Mordor«, sagte Gandalf. »Ach, Mordor zieht alle bösen Geschöpfe an, und die Dunkle Macht hat ihren ganzen Willen darauf gerichtet, sie dort zu sammeln. Auch wird der Ring des Feindes seine Spuren bei Gollum hinterlassen und ihn wehrlos gegen den Befehl gemacht haben. Und alles Volk raunte damals von dem neuen Schatten im Süden und von seinem Haß auf den Westen. Dort waren Gollums feine neue Freunde, die ihm bei seiner Rache helfen würden!

Unseliger Narr! In jenem Lande wird er viel gelernt haben, zu viel für seinen Frieden. Und früher oder später wird er, als er an den Grenzen lauerte und spähte, ergriffen und mitgenommen worden sein – zum Verhör. So hat es sich abgespielt, fürchte ich. Als er gefunden wurde, war er schon lange dort gewesen und auf dem Rückweg. Mit irgendeiner unheilvollen Absicht. Aber darauf kommt es jetzt nicht so sehr an. Sein größtes Unheil hat er schon angerichtet.

Ja, leider! Durch ihn hat der Feind erfahren, daß der Eine wiedergefunden war. Er weiß, wo Isildur fiel. Er weiß, wo Gollum seinen Ring fand. Er weiß, daß es ein Großer Ring ist, denn er schenkte langes Leben. Er weiß, daß es nicht einer der Drei ist, denn sie sind niemals verloren worden, und sie dulden nichts Böses. Er weiß, daß es nicht einer der Sieben oder einer der Neun ist, denn über sie besteht Klarheit. Er weiß, daß es der Eine ist. Und er hat nun auch, glaube ich, von *Hobbits* und vom *Auenland* gehört.

Vom Auenland – er mag jetzt danach forschen, wenn er nicht schon herausgefunden hat, wo es liegt. Wirklich, Frodo, ich fürchte, er mag sogar der Meinung sein, daß der lange unbemerkt gebliebene Name *Beutlin* wichtig geworden ist.«

»Aber das ist ja entsetzlich!« rief Frodo. »Weit schlimmer als das Schlimmste, was ich mir nach deinen Andeutungen und Warnungen vorgestellt hatte. O Gandalf, bester Freund, was soll ich tun? Denn jetzt habe ich wirklich Angst. Was soll ich tun? Welch ein Jammer, daß Bilbo dieses elende Geschöpf nicht erdolcht hat, als er die Gelegenheit hatte!«

»Ein Jammer? Ihn jammerte Gollum. Mitleid und Erbarmen hielten seine Hand zurück: nicht ohne Not wollte er töten. Und dafür ist er reich belohnt worden, Frodo. Du kannst gewiß sein, wenn ihm das Böse so wenig anhaben konnte und er sich ihm schließlich zu entziehen vermochte, dann nur, weil er den Ring auf diese Weise in Besitz nahm. Voll Mitleid.«

»Verzeih mir«, sagte Frodo. »Aber ich habe Angst; und ich empfinde keinerlei Mitleid für Gollum.«

»Du hast ihn nicht gesehen«, warf Gandalf ein.

»Nein, und ich möchte auch nicht. Ich kann dich nicht verstehen. Willst du damit sagen, daß ihr, du und die Elben, ihn nach all diesen entsetzlichen Taten am Leben gelassen habt? Jetzt ist er jedenfalls so schlimm wie ein Ork und einfach ein Feind. Er verdient den Tod.«

»Verdient ihn! Das will ich glauben. Viele, die leben, verdienen den Tod. Und manche, die sterben, verdienen das Leben. Kannst du es ihnen geben? Dann sei auch nicht so rasch mit einem Todesurteil bei der Hand. Denn selbst die ganz Weisen können nicht alle Absichten erkennen. Ich habe nicht viel Hoffnung, daß Gollum geheilt werden kann, ehe er stirbt, aber möglich ist es trotzdem. Und sein

Leben ist eng verknüpft mit dem Schicksal des Rings. Mein Herz sagt mir, daß er noch eine Rolle zu spielen hat, zum Guten oder zum Bösen, ehe das Ende kommt; und wenn es dazu kommt, dann mag Bilbos Mitleid bestimmend sein für das Schicksal von vielen – und nicht zuletzt für das deine. Wie dem auch sei, wir haben ihn nicht getötet: er ist sehr alt und sehr unglücklich. Die Waldelben halten ihn gefangen, aber sie behandeln ihn mit all der Güte, die ihre weisen Herzen ihnen eingeben.«

»Gleichviel«, sagte Frodo, »auch wenn Bilbo Gollum nicht töten konnte, so wünschte ich, er hätte den Ring nicht behalten. Ich wünschte, er hätte ihn nie gefunden und ich hätte ihn nie bekommen! Warum hast du zugelassen, daß ich ihn behielt? Warum hast du mich nicht dazu gebracht, daß ich ihn wegwürfe oder ihn zerstörte?«

»Zugelassen? Dazu gebracht?« wiederholte der Zauberer. »Hast du denn nicht zugehört? Du überlegst nicht, was du sagst. Aber was das Wegwerfen betrifft, das wäre offensichtlich verkehrt. Diese Ringe haben es an sich, gefunden zu werden. In unrechten Händen hätte er großes Unheil anrichten können. Das Schlimmste wäre gewesen, wenn er dem Feind in die Hände gefallen wäre. Und das wäre gewiß geschehen; denn dies ist der Eine, und der Feind übt seine ganze Macht aus, um ihn zu finden oder an sich zu ziehen.

Natürlich, mein lieber Frodo, war es gefährlich für dich; und das hat mich zutiefst beunruhigt. Doch stand so viel auf dem Spiel, daß ich etwas wagen mußte – obwohl kein Tag verging, auch wenn ich fern war, an dem das Auenland nicht von wachsamen Augen beobachtet wurde. Solange du den Ring nie benutztest, glaubte ich, daß er keine nachhaltige Wirkung auf dich ausüben würde, keine unheilvolle, jedenfalls nicht auf sehr lange Zeit. Und du darfst nicht vergessen, daß ich vor neun Jahren, als ich dich zuletzt sah, sehr wenig mit Sicherheit wußte.«

»Aber warum ihn nicht zerstören, da du doch selbst sagst, das hätte schon längst geschehen sollen?« rief Frodo. »Wenn du mich gewarnt oder mir eine Botschaft geschickt hättest, dann hätte ich ihn beseitigt.«

»Wirklich? Wie wolltest du das machen? Hast du es jemals versucht?«

»Nein. Aber ich nehme an, man könnte ihn zerschlagen oder ihn schmelzen.«

»Versuche es!« sagte Gandalf. »Versuche es jetzt.«

Frodo zog den Ring wieder aus der Tasche und betrachtete ihn. Er schien jetzt ganz eben und glatt zu sein, und Frodo konnte kein Zeichen oder Muster erkennen. Das Gold sah sehr klar und rein aus, und Frodo dachte bei sich, wie satt und schön seine Farbe und wie vollkommen er gearbeitet war. Es war ein herrliches und überaus kostbares Stück. Als er ihn herausnahm, hatte er vorgehabt, ihn an die heißeste Stelle des Feuers zu werfen. Doch jetzt stellte er fest, daß er es nicht vermochte, nicht ohne großen Kampf. Zögernd wog er den Ring in der Hand und zwang sich, an alles zu denken, was Gandalf ihm gesagt hatte; und dann machte er mit einer Willensanstrengung eine Bewegung, als wollte er ihn wegschleudern – aber dann merkte er, daß er ihn wieder in die Tasche gesteckt hatte.

Gandalf lachte grimmig. »Siehst du? Auch du, Frodo, kannst ihn schon nicht mehr so einfach aufgeben oder hast nicht mehr den Willen, ihn zu beschädigen. Und ich könnte dich nicht dazu ›bringen‹ – außer mit Gewalt, und das würde deinen Willen brechen. Aber um den Ring zu zerbrechen, ist Gewalt zwecklos. Selbst wenn du ihn nähmst und mit einem schweren Schmiedehammer auf ihn einschlügest, würde keine Delle zu sehen sein. Durch deine Hände kann er nicht zerstört werden, und auch nicht durch meine.

Dein kleines Feuer würde natürlich nicht einmal gewöhnliches Gold zum Schmelzen bringen. Dieser Ring hat es unversehrt überstanden und ist nicht einmal heiß geworden. Im ganzen Auenland gibt es keine Schmiedewerkstatt, die ihn umformen könnte. Nicht einmal die Ambosse und Schmelzöfen der Zwerge. Es hieß einmal, daß Drachenfeuer die Ringe der Macht schmelzen und verzehren könnte, aber jetzt gibt es auf der Welt keinen Drachen mehr, in dem das alte Feuer heiß genug wäre; überdies hat es noch nie ein Drache vermocht, nicht einmal Ancalagon der Schwarze, dem Einen Ring, dem Beherrschenden Ring, Schaden zuzufügen, denn Sauron selbst hat ihn gemacht.

Es gibt nur einen Weg: in den Tiefen des Orodruin, des Feurigen Berges, die Schicksalsklüfte zu finden und den Ring dort hineinzuwerfen, wenn du ihn wirklich zerstören und auf immer dem Zugriff des Feindes entziehen willst.«

»Ich will ihn wirklich zerstören!« rief Frodo. »Oder vielmehr, ich will, daß er zerstört werde. Denn ich bin nicht geeignet für gefährliche Unternehmungen. Ich wollte, ich hätte den Ring nie gesehen! Warum ist er nur auf mich gekommen? Warum wurde ich erwählt?«

»Solche Fragen lassen sich nicht beantworten«, sagte Gandalf. »Du kannst gewiß sein, daß es nicht wegen irgendwelcher Vorzüge war, die andere nicht besitzen: nicht Macht oder Weisheit jedenfalls. Doch bist du erwählt worden, und daher mußt du alles zusammennehmen, was du an Kraft und Mut und Verstand hast.«

»Aber von alledem habe ich so wenig! Du bist weise und mächtig. Willst du den Ring nicht nehmen?«

»Nein!« schrie Gandalf und sprang auf. »Mit dieser Macht würde ich eine zu große und entsetzliche Macht besitzen. Und über mich würde der Ring eine noch größere und tödlichere Macht gewinnen.« Seine Augen blitzten, und sein Gesicht war wie von einem inneren Feuer erleuchtet. »Versuche mich nicht! Denn ich will nicht werden wie der Dunkle Herrscher. Noch geht der Weg des Ringes zu meinem Herzen über Mitleid, Mitleid mit den Schwachen, und ich wünsche mir Stärke, um Gutes zu tun. Versuche mich nicht! Ich wage ihn nicht zu nehmen, nicht einmal, um ihn unbenutzt zu verwahren. Das Verlangen, ihn zu verwenden, würde zu groß sein für meine Kraft. Ich würde ihn so nötig brauchen. Große Gefahren liegen vor mir.«

Er ging zum Fenster, zog die Vorhänge auf und öffnete die Läden. Das Sonnenlicht strömte wieder in den Raum. Draußen auf dem Weg ging pfeifend Sam vorbei. »Und nun«, sagte der Zauberer, als er sich wieder zu Frodo umwandte, »liegt die Entscheidung bei dir. Aber ich will dir immer helfen.« Er legte Frodo die Hand auf die Schulter. »Ich will dir helfen, diese Bürde zu tragen, solange du sie zu tragen hast. Aber wir müssen bald etwas tun. Der Feind regt sich.«

Es trat ein langes Schweigen ein. Gandalf setzte sich wieder und sog an seiner Pfeife, als ob er tief in Gedanken versunken wäre. Seine Augen schienen geschlossen zu sein, aber unter den Lidern hervor beobachtete er Frodo scharf. Frodo starrte wie gebannt auf die rote Glut im Kamin, bis sie sein ganzes Blickfeld erfüllte und ihm war, als schaute er hinab in tiefe feurige Brunnen. Er dachte an die sagenhaften Schicksalsklüfte und die Schrecken des Feurigen Berges.

»Nun?« fragte Gandalf schließlich. »Worüber denkst du nach? Hast du dich entschieden, was du tun willst?«

»Nein!« antwortete Frodo. Er kam aus der Dunkelheit wieder zu sich und stellte zu seiner Überraschung fest, daß es nicht dunkel war und daß er durch das Fenster den sonnendurchfluteten Garten sehen konnte. »Oder vielleicht doch. Sofern ich richtig verstanden habe, was du gesagt hast, muß ich den Ring wohl behalten und sicher verwahren, zumindest vorläufig, was immer er mir auch antun mag.«

»Was immer er dir auch antun mag; doch wird es lange, lange dauern, bis er Unheil anrichtet, wenn du ihn mit diesem Vorsatz behältst.«

»Das hoffe ich«, antwortete Frodo. »Aber ich hoffe auch, daß du vielleicht bald einen besseren Hüter findest. Doch einstweilen scheine ich eine Gefahr zu sein, eine Gefahr für alle, die in meiner Nähe leben. Ich kann nicht den Ring behalten und hier bleiben. Ich müßte Beutelsend verlassen, das Auenland verlassen, alles verlassen und fortgehen.« Er seufzte. »Ich würde das Auenland gern retten, wenn ich könnte – obwohl es Zeiten gegeben hat, da mir seine Bewohner unsagbar dumm und langweilig vorkamen und ich dachte, ein Erdbeben oder ein Drachenüberfall könnten gut für sie sein. Aber jetzt denke ich nicht so. Ich denke, daß ich, solange das Auenland unversehrt und wohlbehalten hinter mir liegt, das Wandern erträglicher finden werde: ich werde dann wissen, daß es einen sicheren Zufluchtsort gibt, selbst wenn ich dort nicht wieder Zuflucht suchen kann.

Natürlich habe ich schon manchmal daran gedacht, wegzugehen, aber ich hatte es mir gewissermaßen als Ferien vorgestellt, eine Reihe von Abenteuern wie Bilbos oder noch bessere und mit einem friedlichen Ende. Doch das hier würde Verbannung bedeuten, Flucht vor einer Gefahr und immer neuen Gefahren, die mir nachziehen. Und ich muß vermutlich allein gehen, wenn ich das vollbringen und das Auenland retten soll. Aber ich komme mir sehr klein vor und ganz entwurzelt und bin – nun ja, verzweifelt. Der Feind ist so stark und furchtbar.«

Er sagte es Gandalf nicht, aber während er sprach, war in seinem Herzen ein heißes Verlangen entbrannt, Bilbo zu folgen – und ihn vielleicht wiederzufinden. Das Verlangen war so mächtig, daß es seine Angst überwucherte: er hätte fast aufspringen und ohne Hut, wie Bilbo es vor langer Zeit an einem ähnlichen Morgen getan hatte, den Weg hinunterrennen können.

»Mein lieber Frodo!« rief Gandalf aus. »Hobbits sind doch wirklich erstaunliche Geschöpfe, wie ich schon früher gesagt habe. In einem Monat kann man alles Wissenswerte über sie lernen, und doch können sie einen nach hundert Jahren, wenn man in Not ist, noch überraschen. Ich hatte kaum erwartet, eine solche Antwort zu erhalten, nicht einmal von dir. Es war kein Mißgriff von Bilbo, daß er dich zu seinem Erben erwählte, obwohl er kaum ahnte, wie wichtig das werden würde. Ich fürchte, du hast recht. Der Ring wird nicht länger im Auenland verborgen bleiben können, und um deinetwillen ebenso wie um anderer willen wirst du fortgehen und den Namen Beutlin ablegen müssen. Diesen Namen zu führen wird außerhalb des Auenlands oder in der Wildnis gefährlich sein. Ich werde dir jetzt einen Decknamen geben. Wenn du gehst, gehe als Herr Unterberg.

Aber ich glaube nicht, daß du allein gehen mußt. Nicht, wenn du jemanden weißt, dem du vertrauen kannst und der bereit wäre, an deiner Seite zu bleiben – und den in unbekannte Gefahren mitzunehmen du bereit wärst. Aber wenn du dich nach einem Gefährten umschaust, sei vorsichtig bei der Auswahl! Und sei vorsichtig mit dem, was du sagst, selbst deinem besten Freund gegenüber! Der Feind hat viele Späher. Und viele Möglichkeiten zu hören.«

Plötzlich brach er ab, als ob er horche. Frodo merkte mit einemmal, daß alles sehr still war, drinnen und draußen. Gandalf kroch an eine Seite des Fensters. Dann sprang er mit einem Satz zum Fensterbrett und streckte einen langen Arm hinaus und nach unten. Es gab einen Angstschrei, und herauf kam Sam Gamdschies Krauskopf, an einem Ohr gepackt.

»Na, bei meinem Barte!« sagte Gandalf. »Das ist doch Sam Gamdschie? Was machst du denn da?«

»Gott behüte, Herr, Herr Gandalf«, sagte Sam. »Nichts! Bloß nur die Rasenkante unter dem Fenster habe ich gerade geschnitten, wenn Ihr mir folgen könnt.« Er nahm seine Schere auf und hielt sie zum Beweis hoch.

»Kann ich nicht«, sagte Gandalf grimmig. »Es ist schon eine Weile her, daß ich deine Schere zuletzt gehört habe. Wie lange hast du gelauscht?«

»Gelauscht, Herr Gandalf? Ich kann Euch nicht folgen und bitte um Vergebung. In ganz Beutelsend gibt's kein Haarwild und folglich keine Lauscher.«

»Laß die albernen Witze! Was hast du gehört und warum hast du gehorcht?« Gandalfs Augen blitzten, und seine Augenbrauen sträubten sich wie Borsten.

»Herr, Herr Frodo!« rief Sam zitternd. »Laß nicht zu, daß er mir weh tut! Laß nicht zu, daß er mich in ein Ungeheuer verwandelt! Mein altes Väterchen würde sich so aufregen. Ich hab's nicht bös gemeint, Ehrenwort, Herr!«

»Er wird dir nicht weh tun«, sagte Frodo, der sich kaum das Lachen verbeißen konnte, obwohl er selbst verdutzt und ziemlich bestürzt war. »Er weiß so gut wie ich, daß du es nicht böse meinst. Aber nun rappel dich auf und beantworte seine Fragen geradeheraus!«

»Nun ja, Herr Gandalf«, stotterte Sam. »Ich hörte allerlei, was ich nicht recht verstand, von einem Feind und Ringen und Herrn Bilbo und Drachen und einem feurigen Berg – und von Elben, Herr. Ich horchte, weil ich einfach nicht anders konnte, wenn Ihr wißt, was ich meine. Gott behüte, Herr, aber solche Geschichten habe ich doch so gern. Und ich glaube auch daran, was immer Timm sagen mag. Elben, Herr! *Die* würde ich ja so gern sehen. Kannst du mich nicht mitnehmen, Herr Frodo, daß ich die Elben sehe, wenn du gehst?«

Plötzlich lachte Gandalf. »Komm herein!« rief er, streckte beide Arme hinaus, hob den erstaunten Sam mitsamt Schere, Grasschnipseln und allem durchs Fenster und stellte ihn auf den Boden. »Dich mitnehmen, daß du die Elben siehst, wie?« fragte er und sah Sam scharf an, aber ein Lächeln huschte über sein Gesicht. »Du hast also gehört, daß Herr Frodo weggeht?«

»Ja, Herr Gandalf, und darum habe ich geschnauft, was Ihr anscheinend gehört habt. Ich hab's unterdrücken wollen, aber es brach einfach aus mir heraus: es hat mich so aufgeregt.«

»Ich kann es nicht ändern, Sam«, sagte Frodo traurig. Ihm war plötzlich klar geworden, daß aus dem Auenland fliehen mehr schmerzliches Abschiednehmen bedeuten würde, als bloß den vertrauten Bequemlichkeiten von Beutelsend Lebewohl zu sagen.

»Ich werde gehen müssen. Aber ...«, und hier sah er Sam scharf an, »wenn du mir wirklich zugetan bist, dann hältst du das *ganz* geheim. Verstehst du? Und wenn nicht, wenn du nur ein Wort verlauten läßt von dem, was du hier gehört hast, dann hoffe ich, daß Gandalf dich in eine greuliche Kröte verwandelt und eine ganze Schar Ringelnattern in den Garten setzt.«

Sam fiel zitternd auf die Knie. »Steh auf, Sam!« sagte Gandalf. »Mir ist etwas Besseres eingefallen. Etwas, um dir den Mund zu stopfen und als gerechte Strafe fürs Horchen. Du wirst mitgehen mit Herrn Frodo!«

»Ich, Herr?« rief Sam und sprang auf wie ein Hund, der zum Spazierengehen aufgefordert wird. »Ich soll mitgehen und Elben sehen und alles? Hurra!« schrie er und brach dann in Tränen aus.

DRITTES KAPITEL

DREI MANN HOCH

»Du solltest in aller Stille gehen, und du solltest bald gehen«, sagte Gandalf. Zwei oder drei Wochen waren verstrichen, und Frodo traf immer noch keine Anstalten, aufzubrechen.

»Ich weiß. Aber beides ist schwierig«, wandte er ein. »Wenn ich einfach verschwinde wie Bilbo, dann wird darüber im Nu im ganzen Auenland geredet.«

»Natürlich darfst du nicht einfach verschwinden!« sagte Gandalf. »Das wäre grundverkehrt! Ich sagte *bald* und nicht *sofort*. Wenn du dir eine Möglichkeit ausdenken kannst, um dich aus dem Auenland davonzustehlen, ohne daß es allgemein bekannt wird, dann ist das eine kleine Verzögerung wert. Aber du darfst nicht zu lange zögern.«

»Wie wäre es im Herbst, an oder nach unserem Geburtstag?« schlug Frodo vor. »Bis dahin könnte ich wahrscheinlich ein paar Vorkehrungen treffen.«

Ehrlich gesagt, jetzt, da es soweit war, widerstrebte es ihm sehr, wegzuziehen. Beutelsend erschien ihm mit einemmal so ein wünschenswerter Wohnsitz wie seit Jahren nicht, und er wollte seinen letzten Sommer im Auenland nach Möglichkeit auskosten. Im Herbst, das wußte er, würde zumindest ein Teil seines Herzens freundlicher über das Wandern denken, denn so war es um diese Jahreszeit immer gewesen. Eigentlich war er fest entschlossen, an seinem fünfzigsten Geburtstag aufzubrechen: an Bilbos hundertachtundzwanzigstem. Es schien irgendwie der passende Tag zu sein, um sich aufzumachen und ihm zu folgen. Bilbo zu folgen, lag ihm am meisten im Sinn, und es war das einzige, was den Gedanken, wegzugehen, erträglich machte. An den Ring dachte er so wenig wie möglich und auch daran nicht, wo er ihn letztlich hinführen würde. Aber er sagte Gandalf nicht alles, was ihn bewegte. Was der Zauberer erriet, war immer schwer zu sagen.

Er sah Frodo an und lächelte. »Sehr schön«, sagte er. »Das wird gehen, glaube ich – aber es darf nicht später werden. Ich mache mir allmählich große Sorgen. Inzwischen sei vorsichtig und laß ja nichts darüber verlauten, wo du hingehst! Und sorge dafür, daß Sam Gamdschie nicht schwätzt. Wenn er das tut, werde ich ihn wirklich in eine Kröte verwandeln.«

»Auszuplaudern, wohin ich gehe«, sagte Frodo, »wäre wirklich schwierig, denn ich habe selbst noch keine klare Vorstellung.«

»Sei nicht albern!« sagte Gandalf. »Ich warne dich doch nicht davor, deine Anschrift beim Postamt zu hinterlassen! Aber du willst das Auenland verlassen – und das sollte nicht bekanntwerden, ehe du weit fort bist. Schließlich mußt du entweder nach Norden, Süden, Westen oder Osten gehen, oder zumindest dorthin aufbrechen – und die Richtung sollte unter keinen Umständen bekanntwerden.«

»Ich war so von dem Gedanken erfüllt, Beutelsend zu verlassen und Lebewohl zu sagen, daß ich mir die Richtung noch gar nicht überlegt habe«, sagte Frodo. »Denn wo soll ich überhaupt hingehen? Welches Ziel soll ich ansteuern? Was soll mein Leitstern sein? Bilbo ging, um einen Schatz zu finden, dorthin und wieder zurück; aber ich gehe, um einen zu verlieren und nicht zurückzukehren, soweit ich sehen kann.«

»Aber du kannst nicht sehr weit sehen«, sagte Gandalf. »Und ich auch nicht. Es mag deine Aufgabe sein, die Schicksalsklüfte zu finden; doch kann es auch sein, daß diese Fahrt anderen übertragen wird: ich weiß es nicht. Jedenfalls bist du jetzt noch nicht bereit für diesen langen Weg.«

»Nein, wirklich nicht«, erwiderte Frodo. »Aber welche Richtung soll ich einstweilen einschlagen?«

»Der Gefahr entgegen, aber nicht zu rasch und nicht zu geradenwegs«, antwortete der Zauberer. »Wenn du meinen Rat hören willst, dann mach dich nach Bruchtal auf. Dieser Weg sollte nicht allzu gefahrvoll sein, obwohl die Straße nicht mehr so bequem ist, wie sie war, und schlechter werden wird, je weiter das Jahr fortschreitet.«

»Bruchtal!« sagte Frodo. »Sehr gut: ich werde nach Osten gehen und mich nach Bruchtal aufmachen. Ich werde Sam mitnehmen, und er kann die Elben besuchen; er wird sich freuen.« Er sagte das so leichthin; aber im Grunde seines Herzens verspürte er plötzlich den Wunsch, das Haus des Halbelben Elrond zu sehen und die Luft jenes tiefen Tales zu atmen, wo noch viele des Schönen Volkes in Frieden lebten.

Eines Abends im Sommer erreichte eine erstaunliche Neuigkeit den *Efeubusch* und den *Grünen Drachen*. Riesen und andere bedrohliche Anzeichen an den Grenzen des Auenlands waren wegen wichtigerer Dinge vergessen: Herr Frodo verkauft Beutelsend, er hat es sogar schon verkauft – und zwar an die Sackheim-Beutlins!

»Für ein schönes Stück Geld«, sagten manche. »Zu einem Spottpreis«, sagten andere, »und das ist auch wahrscheinlicher, wenn Frau Lobelia die Käuferin ist.« (Otho war vor ein paar Jahren gestorben, im reifen, aber unerfüllten Alter von 102.)

Warum Herr Frodo eigentlich seine schöne Höhle verkaufte, war sogar noch umstrittener als der Preis. Ein paar vertraten die Ansicht – gestützt auf Winke und Andeutungen von Herrn Beutlin selbst –, daß Frodo das Geld ausgegangen sei: er wolle Hobbingen verlassen und unten in Bockland bei seinen Verwandten, den Brandybocks, bescheiden von dem Erlös des Verkaufs leben. »So weit weg von den Sackheim-Beutlins wie nur möglich«, fügten manche hinzu. Aber die Vorstellung von dem unermeßlichen Reichtum der Beutlins auf Beutelsend hatte sich so in den Köpfen festgesetzt, daß die meisten es kaum glauben konnten, weniger als jeden anderen vernünftigen oder unvernünftigen Grund, den ihre Phantasie ihnen eingeben konnte: die meisten vermuteten einen dunklen und noch unenthüllten Plan von Gandalf. Obwohl er sich sehr ruhig verhielt und bei Tage nicht ausging, war es wohlbekannt, daß er sich »oben in Beutelsend versteckte«. Aber welche Rolle ein Umzug bei seiner Zauberei auch immer spielen mochte, an der Tatsache bestand kein Zweifel: Frodo Beutlin kehrte nach Bockland zurück.

»Ja, im Herbst werde ich umziehen«, sagte er. »Merry Brandybock sucht für mich eine kleine hübsche Höhle oder vielleicht ein Häuschen.«

In Wirklichkeit hatte er sich mit Merrys Hilfe schon ein kleines Haus auf dem Lande in Krickloch jenseits von Bockenburg ausgesucht und es gekauft. Allen außer Sam gegenüber tat er so, als wollte er sich dort für ständig niederlassen. Der Entschluß, zuerst nach Osten zu gehen, hatte ihm den Gedanken eingegeben; denn Bockland lag an der Ostgrenze des Auenlandes, und da er dort in seiner Kindheit gelebt hatte, würde es zumindest glaubhaft klingen, daß er dorthin zurückkehren wolle.

Gandalf blieb über zwei Monate im Auenland. Dann kündigte er eines Abends Ende Juni, kurz nachdem Frodos Plan endgültig festgelegt war, plötzlich an, daß er am nächsten Morgen aufbrechen wolle. »Nur für kurz, hoffe ich«, sagte er. »Aber ich will über die Südgrenze, um Neues zu erfahren, wenn ich kann. Ich bin länger müßig gewesen, als ich sollte.«

Er sprach leichthin, aber Frodo schien es, als sähe er recht besorgt aus. »Ist irgend etwas geschehen?« fragte er.

»Ach nein; aber ich habe etwas gehört, das mich beunruhigt und um das ich mich kümmern muß. Wenn ich es für notwendig halte, daß du doch sofort aufbrichst, dann komme ich gleich zurück oder gebe zumindest Nachricht. Halte du inzwischen an deinem Plan fest; aber sei vorsichtiger denn je, besonders mit dem Ring. Laß es dir noch einmal einschärfen: *Gebrauche ihn nicht!*«

Im Morgengrauen ging er. »Mag sein, daß ich bald zurückkomme«, sagte er. »Allerspätestens bin ich zum Abschiedsfest wieder hier. Du könntest, glaube ich, unterwegs meine Gesellschaft brauchen.«

Zuerst war Frodo ziemlich verstört und fragte sich oft, was Gandalf wohl gehört haben mochte; aber seine Unruhe legte sich schließlich, und das schöne Wetter ließ ihn eine Weile seine Sorgen vergessen. Selten hatte das Auenland einen so herrlichen Sommer oder einen so köstlichen Herbst erlebt: die Bäume bogen sich unter der Last der Äpfel, Honig tropfte in die Waben und das Korn stand hoch und voll.

Erst als der Herbst wirklich vor der Tür stand, begann Frodo sich wieder Sorgen um Gandalf zu machen. Der September verging, und es war immer noch keine Nachricht von ihm gekommen. Der Geburtstag und der Umzug rückten näher, und weder war er gekommen, noch hatte er ein Wort von sich hören lassen. Beutelsend wurde lebendig. Einige von Frodos Freunden kamen, um ihm beim Packen zu helfen, und wohnten solange bei ihm: da waren Fredegar Bolger und Folko Boffin und natürlich seine besonderen Freunde Pippin Tuk und Merry Brandybock. Gemeinsam stellten sie die ganze Höhle auf den Kopf.

Am 20. September machten sich zwei Planwagen, vollgeladen mit den Möbeln und Sachen, die Frodo nicht verkauft hatte, auf den Weg nach Bockland über die Brandyweinbrücke. Am nächsten Tag wurde Frodo wirklich besorgt und hielt ständig nach Gandalf Ausschau. Am Donnerstag, seinem Geburtstag, war der Morgen ebenso strahlend und klar wie vor langer Zeit bei Bilbos großer Feier. Gandalf kam immer noch nicht. Am Abend gab Frodo sein Abschiedsfest: keine große Gesellschaft, nur ein Abendessen für ihn und seine vier Helfer; aber er war bekümmert und gar nicht richtig in Stimmung. Der Gedanke, daß er sich so bald von seinen jungen Freunden würde trennen müssen, bedrückte ihn. Er fragte sich, wie er es ihnen wohl beibringen sollte.

Die vier jungen Hobbits waren allerdings in bester Laune, und trotz Gandalfs Abwesenheit wurde das Fest bald sehr fröhlich. Das Eßzimmer war ausgeräumt bis auf einen Tisch und Stühle, aber das Essen war gut, und es gab guten Wein: Frodos Wein war nicht an die Sackheim-Beutlins mitverkauft worden.

»Was immer mit dem Rest meiner Sachen geschieht, wenn die S.-Bs. sie in die Klauen bekommen, für das hier habe ich einen guten Aufbewahrungsort gefunden«, sagte Frodo, als er sein Glas leertrank. Es war der letzte Tropfen »Alter Wingert«.

Nachdem sie viele Lieder gesungen und über viele Dinge geredet hatten, die sie gemeinsam getan hatten, stießen sie nach Frodos Gewohnheit auf Bilbos Geburtstag an und tranken auf sein und Frodos Wohl. Dann gingen sie hinaus, um frische Luft zu schnappen und nach den Sternen zu schauen, und dann ins Bett. Frodos Fest war vorüber, und Gandalf war nicht gekommen.

Am nächsten Morgen luden sie das restliche Gepäck auf einen weiteren Karren. Den übernahm Merry und fuhr mit Dick (das heißt Fredegar Bolger) davon. »Irgend jemand muß da sein und das Haus ein wenig wohnlich machen, ehe du kommst«, sagte er. »Gut, bis dann also – übermorgen, wenn du unterwegs nicht einschläfst.«

Folko ging nach dem Mittagessen nach Hause, aber Pippin blieb da. Frodo war unruhig und besorgt und lauerte vergeblich auf eine Nachricht von Gandalf. Er beschloß, bis zum Einbruch der Nacht zu warten. Wenn Gandalf noch später käme und ihn dringend sprechen wollte, würde er sicher nach Krickloch kommen und vielleicht sogar schon vor ihm dort eintreffen. Denn Frodo wollte zu Fuß gehen. Er hatte sich vorgenommen, von Hobbingen aus ganz gemütlich zur Bockenburger Fähre zu wandern – eigentlich nur um des Vergnügens willen und weil er einen letzten Blick auf das Auenland werfen wollte.

»Ich werde mich auch ein bißchen in Form bringen müssen«, sagte er, als er sich in einem staubigen Spiegel in der halbleeren Halle betrachtete. Er hatte schon lange keine anstrengenden Wanderungen mehr gemacht, und sein Spiegelbild, fand er, sah ziemlich schlapp aus.

Nach dem Mittagessen erschienen, sehr zu Frodos Mißvergnügen, die Sackheim-Beutlins, Lobelia und ihr rotblonder Sohn Lotho. »Endlich unsers«, sagte Lobelia, als sie eintrat. Es war nicht eben höflich; und genaugenommen auch nicht wahr, denn der Verkauf von Beutelsend wurde erst um Mitternacht rechtsgültig. Aber Lobelia kann vielleicht verziehen werden; sie hatte ungefähr

Die Gefährten

siebenundsiebzig Jahre länger auf Beutelsend warten müssen, als sie einst gehofft hatte, und sie war nun hundert Jahre alt. Wie dem auch sei, jetzt war sie gekommen, um sich zu überzeugen, daß nichts, wofür sie bezahlt hatte, beiseitegeschafft würde; und sie wollte die Schlüssel haben. Es kostete viel Zeit, sie zufriedenzustellen, denn sie hatte eine vollständige Inventarliste mitgebracht und ging sie von A bis Z durch. Schließlich verschwand sie mit Lotho und dem Ersatzschlüssel, nachdem ihr versichert worden war, daß der andere Schlüssel bei den Gamdschies im Beutelhaldenweg abgegeben würde. Sie schnaufte verächtlich und zeigte deutlich, daß sie die Gamdschies für fähig hielt, während der Nacht die Höhle zu plündern. Frodo bot ihr keinen Tee an.

Er selbst trank Tee mit Pippin und Sam Gamdschie in der Küche. Es war offiziell bekanntgegeben worden, daß Sam mit nach Bockland gehen würde, »um für Herrn Frodo zu arbeiten und sein Stückchen Garten zu versorgen«: eine Abmachung, die vom Ohm gebilligt wurde, obwohl er untröstlich war über die Aussicht, Lobelia zur Nachbarin zu haben.

»Unsere letzte Mahlzeit auf Beutelsend!« sagte Frodo und schob seinen Stuhl zurück. Den Abwasch überließen sie Lobelia. Pippin und Sam schnürten ihre drei Rucksäcke und stellten sie in die Vorhalle. Pippin ging hinaus, um ein letztes Mal durch den Garten zu schlendern. Sam verschwand.

Die Sonne ging unter. Beutelsend sah traurig und düster und unordentlich aus. Frodo wanderte durch die vertrauten Räume und sah den Schein des Sonnenuntergangs auf den Wänden verblassen und Schatten aus den Ecken hervorkriechen. Drinnen wurde es langsam dunkel. Er ging hinaus und hinunter zum Tor am Ende des Wegs und dann auf einer Abkürzung zur Bühlstraße. Halb und halb erwartete er, Gandalf durch die Dämmerung heraufkommen zu sehen.

Der Himmel war klar, und die Sterne leuchteten hell. »Es wird eine schöne Nacht geben«, sagte er laut. »Das ist ein guter Anfang. Ich habe richtig Lust zum Wandern. Noch länger herumtrödeln kann ich einfach nicht ertragen. Ich gehe los, und Gandalf muß nachkommen.« Er wandte sich zum Gehen um und hielt dann inne, denn er hörte Stimmen, ganz dicht am Ende vom Beutelhaldenweg. Eine Stimme war bestimmt die vom alten Ohm; die andere war fremd und irgendwie unangenehm. Er konnte nicht verstehen, was sie sagte, aber er hörte Ohms Antworten, die ziemlich schrill klangen. Der alte Mann schien erregt zu sein.

»Nein, Herr Beutlin ist fort. Seit heute morgen, und mein Sohn Sam ist mitgegangen: jedenfalls sind alle seine Sachen weg. Ja, verkauft und fort, ich sag's Euch doch. Warum? Warum geht mich nichts an und Euch auch nicht. Wohin? Das ist kein Geheimnis. Er ist nach Bockenburg gezogen oder an irgendeinen Ort weit da drüben. Jawohl, eine ganz schöne Strecke. Ich selbst bin nie so weit gekommen; sind komische Leute in Bockland. Nein, ich kann nichts bestellen. Gute Nacht!«

Er hörte Schritte den Bühl hinunter. Frodo wunderte sich ein wenig, warum die Tatsache, daß sie nicht den Bühl heraufkamen, ihn so erleichterte. »Wahrscheinlich habe ich die Fragerei und die Neugier über alles, was ich tue, satt«, dachte er. »Was für eine Schnüffelbande sie doch alle sind!« Flüchtig dachte er daran, zum Ohm zu gehen und ihn zu fragen, wer der Fremde gewesen war; aber dann besann er sich eines Besseren (oder Schlechteren), kehrte um und ging rasch nach Beutelsend zurück.

Pippin saß in der Vorhalle auf seinem Rucksack. Sam war nicht da. Frodo trat durch die dunkle Tür. »Sam!« rief er. »Sam! Es ist Zeit!«

»Ich komme, Herr!« ertönte es von weit drinnen, und dann kam Sam, der sich den Mund abwischte. Er hatte sich vom Bierfaß im Keller verabschiedet.

»Alles verstaut?« fragte Frodo.

»Ja, Herr. Jetzt kann ich's 'ne Weile aushalten, Herr.«

Frodo machte die runde Tür zu und schloß sie ab. Dann gab er Sam den Schlüssel. »Lauf und bring ihn zu euch nach Hause, Sam«, sagte er. »Dann geh den Beutelhaldenweg weiter und komm so schnell wie möglich zum Tor auf dem Weg hinter den Wiesen. Wir gehen heute abend nicht durchs Dorf. Zu viele gespitzte Ohren und neugierige Augen.« Sam rannte in großer Eile los.

»So, nun sind wir endlich weg«, sagte Frodo. Sie schulterten ihre Rucksäcke, nahmen ihre Stöcke und gingen um die Ecke zur Westseite von Beutelsend. »Auf Wiedersehen!« sagte Frodo, als er auf die dunklen, blanken Fenster schaute. Er winkte ihnen einen Gruß zu, dann wandte er sich um und eilte (auf Bilbos Spuren, wenn er es gewußt hätte) hinter Peregrin her den Gartenweg hinunter. Sie sprangen an der niedrigen Stelle über die Hecke, schlugen sich in die Wiesen und verschwanden in der Dunkelheit wie ein Rascheln des Windes im Grase.

Am Fuße des Bühls gelangten sie auf seiner westlichen Seite zu dem Tor, das auf einen schmalen Feldweg hinausführte. Dort hielten sie an und stellten die Riemen an ihren Rucksäcken richtig ein. Gleich darauf kam Sam keuchend angestapft; sein schwerer Rucksack ragte ihm hoch über die Schultern, und auf den Kopf hatte er sich einen formlosen Filz gestülpt, den er einen Hut nannte. In der Dämmerung sah er einem Zwerg ziemlich ähnlich.

»Gewiß habt ihr mir das allerschwerste Zeug gegeben«, sagte Frodo. »Ich bedaure Schnecken und alle, die ihr Haus auf dem Rücken tragen.«

»Ich könnte noch 'ne Menge mehr nehmen, Herr. Mein Rucksack ist ganz leicht«, sagte Sam mannhaft und nicht wahrheitsgemäß.

»Nein, laß das, Sam«, sagte Pippin. »Es tut ihm gut. Er hat nur das, was er uns aufgetragen hat einzupacken. Er war faul in letzter Zeit und wird das Gewicht weniger spüren, wenn er erst etwas von seinem eigenen abgelaufen hat.«

»Seid freundlich zu einem armen alten Hobbit!« lachte Frodo. »Bestimmt werde ich schlank wie eine Weidengerte sein, ehe ich nach Bockland komme. Aber es war Unsinn, was ich gesagt habe. Ich vermute, du hast mehr als deinen Teil genommen, Sam, und beim nächsten Packen werde ich das mal untersuchen.« Er nahm seinen Stock wieder zu Hand. »So, wir alle laufen gern im Dunkeln«, sagte er, »also laßt uns vorm Schlafengehen ein paar Meilen hinter uns bringen.«

Ein kurzes Stück folgten sie dem Fußweg nach Westen. Dann bogen sie nach links ab und schlugen sich wieder in die Wiesen. Sie gingen im Gänsemarsch an

Hecken und kleinen Gehölzen entlang, und die Nacht hüllte sie ein. In ihren dunklen Mänteln waren sie so unsichtbar, als ob sie alle Zauberringe trügen. Da sie Hobbits waren und sich bemühten, leise zu sein, machten sie kein Geräusch, und nicht einmal Hobbits hätten sie hören können. Selbst die Tiere in den Feldern und Wäldern bemerkten sie kaum.

Nach einer Weile überquerten sie westlich von Hobbingen auf einer schmalen Bohlenbrücke die Wässer. Der Fluß war dort nicht mehr als ein gewundenes schwarzes Band, gesäumt von krummen Erlen. Ein oder zwei Meilen weiter südlich kreuzten sie eilig die große Straße, die von der Brandyweinbrücke herkam; jetzt waren sie in Tukland, und nach Südosten abbiegend, machten sie sich auf den Weg zum Grünbergland. Als sie die ersten Hänge erklommen, schauten sie zurück und sahen in weiter Ferne die Lichter von Hobbingen im lieblichen Tal der Wässer glitzern. Bald verschwanden sie in den Falten des dunkelnden Landes, und nun folgte Wasserau neben seinem grauen Teich. Als das Licht des letzten Gehöfts weit hinter ihnen lag und nur noch durch die Bäume schimmerte, drehte sich Frodo um und winkte einen Abschiedsgruß.

»Ob ich wohl jemals wieder in dieses Tal hinunterblicken werde?« sagte er leise.

Als sie etwa drei Stunden gelaufen waren, machten sie Rast. Die Nacht war klar, kühl und sternklar, aber wie Rauchwölkchen zogen Nebelschwaden von den Bächen und Wiesenniederungen die Berghänge hinauf. Dünnbelaubte Birken, die sich über ihren Köpfen leicht im Winde neigten, spannten ein schwarzes Netz vor den fahlen Himmel. Sie aßen ein (für Hobbits) sehr karges Abendbrot und gingen dann weiter. Bald stießen sie auf eine schmale Straße, die sich hinauf und wieder hinunter durch das hügelige Gelände zog und vor ihnen grau in der Dunkelheit untertauchte: die Straße nach Waldhof, Stock und zur Bockenburger Fähre. Sie zweigte im Wässer-Tal von der Hauptstraße ab und wand sich durch die Ausläufer der Grünberge zum Waldende, einer wilden Gegend im Ostviertel.

Nach einer Weile kamen sie zu einem tiefen Hohlweg zwischen hohen Bäumen, deren dürre Blätter in der Nacht raschelten. Es war sehr dunkel. Zuerst redeten sie oder summten zusammen leise eine Melodie, denn sie waren jetzt weit fort von neugierigen Ohren. Dann marschierten sie schweigend weiter, und Pippin begann zurückzubleiben. Schließlich, als sie einen steilen Hang hinaufklommen, blieb er stehen und gähnte.

»Ich bin so schläfrig«, sagte er, »daß ich bald auf der Straße umfalle. Wollt ihr auf euren Beinen schlafen? Es ist fast Mitternacht.«

»Ich dachte, du läufst gern im Dunkeln«, sagte Frodo. »Aber wir haben keine Eile. Merry erwartet uns erst übermorgen; wir haben also noch fast zwei Tage. Wir werden haltmachen an der ersten geeigneten Stelle.«

»Der Wind steht im Westen«, sagte Sam. »Wenn wir auf die andere Seite dieses Bergs gehen, finden wir eine Stelle, die ganz geschützt und versteckt ist, Herr. Da vorn ist ein trockener Tannenwald, wenn ich mich recht erinnere.« Sam kannte das Land auf zwanzig Meilen im Umkreis von Hobbingen gut, aber das war die Grenze seiner Geographie.

Gleich hinter der Bergkuppe kamen sie zu dem Stück Tannenwald. Sie gingen von der Straße aus hinein in die tiefe, harzduftende Dunkelheit der Bäume und sammelten tote Zweige und Tannenzapfen, um Feuer zu machen. Bald prasselte es lustig am Fuß einer großen Tanne, und sie blieben eine Weile dabei sitzen, bis sie einnickten. Dann rollten sie sich, jeder an einer Seite der großen Baumwurzel, in ihre Mäntel und Decken ein und waren bald fest eingeschlafen. Sie stellten keine Wache auf; selbst Frodo befürchtete keine Gefahr, denn noch immer waren sie im Herzen vom Auenland. Ein paar Tiere kamen und schauten nach ihnen, als das Feuer ausgegangen war. Ein Fuchs, der in eigener Sache durch den Wald zog, blieb einige Minuten stehen und schnüffelte.

»Hobbits!« dachte er. »So, und was noch? Ich habe von merkwürdigen Dingen in diesem Land gehört, aber selten habe ich gehört, daß ein Hobbit im Freien unter einem Baum schläft. Drei sogar! Da steckt etwas höchst Sonderbares dahinter.« Er hatte ganz recht, aber niemals hat er mehr darüber herausgefunden.

Der Morgen kam, fahl und feuchtkalt. Frodo wachte zuerst auf und stellte fest, daß ihm die Baumwurzel ein Loch in den Rücken gedrückt hatte und sein Hals steif war. »Wandern – ein Vergnügen! Warum bin ich nicht gefahren?« dachte er, wie er es gewöhnlich zu Beginn einer Wanderung tat. »Und alle meine schönen Federbetten sind an die Sackheim-Beutlins verkauft! Diese Baumwurzeln würden ihnen gut tun.« Er reckte und streckte sich. »Wacht auf, Hobbits!« rief er. »Es ist ein schöner Morgen.«

»Was ist daran schön?« fragte Pippin, als er mit einem Auge über den Rand seiner Decke blinzelte. »Sam! Mach das Frühstück fertig für halb zehn! Hast du heißes Badewasser bereit?«

Sam sprang auf und sah ziemlich verschlafen aus. »Nein, Herr, habe ich nicht!« sagte er.

Frodo zog Pippin die Decken weg und rollte ihn auf die Seite, und dann ging er zum Waldrand hinüber. Fern im Osten stieg die Sonne aus dem Nebel empor, der dick über der Welt lag. Die gold- und rotgesprenkelten Herbstbäume schienen wurzellos auf einem schattenhaften Meer zu segeln. Etwas unterhalb links von ihm lief die Straße steil hinab in eine Mulde und verschwand.

Als er zurückkam, hatten Sam und Pippin ein schönes Feuer in Gang gebracht. »Wasser!« schrie Pippin. »Wo ist das Wasser?«

»Ich habe kein Wasser in meinen Taschen«, sagte Frodo.

»Wir dachten, du seist gegangen, um welches zu holen«, sagte Pippin, der damit beschäftigt war, das Frühstück zu bereiten und Becher hinzustellen. »Dann geh lieber jetzt.«

»Du kannst auch kommen«, meinte Frodo, »und alle Wasserflaschen mitbringen.« Am Fuß des Berges floß ein Bach. Sie füllten ihre Flaschen und den Wasserkessel an einem kleinen Wasserfall, wo das Wasser ein paar Fuß tief über graues Gestein hinabsprang. Es war eisigkalt; und sie prusteten und schnauften, als sie sich Gesicht und Hände wuschen.

Als sie mit dem Frühstück fertig waren und ihre Rucksäcke wieder gepackt

Die Gefährten

hatten, war es schon nach zehn Uhr, und der Tag begann schön und heiß zu werden. Sie gingen den Abhang hinunter und über den Bach, wo er unter der Straße durchtauchte, und den nächsten Hang hinauf und dann beim nächsten Höhenzug wieder hinauf und wieder hinunter; und inzwischen empfanden sie ihre Mäntel, Decken, Wasser, Lebensmittel und sonstige Ausrüstung schon als eine schwere Last.

Der Tagesmarsch versprach warm und anstrengend zu werden. Nach einigen Meilen hörte indes die Straße auf, ständig hinauf- und hinunterzuführen: sie kletterte in mühsamem Zickzack bis zum Gipfel eines Steilhanges und schickte sich dann an, endgültig bergab zu gehen. Vor sich sahen sie das flache Land, übersät mit kleineren Baumgruppen, die in der Ferne zu einem braunen Waldesdunst verschwammen. Sie blickten über das Waldende zum Brandyweinfluß hinüber. Die Straße zog sich dahin wie ein Stück Schnur.

»Die Straße geht immer weiter«, sagte Pippin, »aber ich brauche unbedingt eine Rast. Es ist höchste Zeit zum Mittagessen.« Er setzte sich auf die Böschung an der Straße und schaute nach Osten auf den Dunst, hinter dem der Fluß lag und das Ende des Auenlands, in dem er sein ganzes Leben verbracht hatte. Sam stand neben ihm. Seine runden Augen waren weit aufgerissen – denn hinter den Landschaften, die er noch nie gesehen hatte, erschloß sich ihm ein neuer Horizont.

»Leben Elben in diesen Wäldern?« fragte er.

»Nicht, daß ich wüßte«, sagte Pippin. Frodo schwieg. Auch er folgte mit dem Blick der Straße nach Osten, als ob er sie noch nie gesehen hätte. Plötzlich sprach er, laut, aber wie für sich selbst und langsam redend:

> *Die Straße gleitet fort und fort,*
> *Weg von der Tür, wo sie begann,*
> *Weit überland von Ort zu Ort,*
> *Ich folge ihr, so gut ich kann.*
> *Ihr lauf ich müden Fußes nach,*
> *Bis sie sich groß und breit verflicht*
> *Mit Weg und Wagnis tausendfach.*
> *Und wohin dann? Ich weiß es nicht.*

»Das klingt wie ein Reim vom alten Bilbo«, sagte Pippin. »Oder ist es eine Nachahmung von dir? Es klingt nicht unbedingt ermutigend.«

»Ich weiß es nicht«, antwortete Frodo. »Mir kam es eben so vor, als hätte ich es selbst erfunden; aber es mag sein, daß ich es vor langer Zeit gehört habe. Gewiß erinnert es mich sehr an Bilbo in den letzten Jahren, ehe er fortging. Er sagte oft, es gebe nur einen Weg; er sei wie ein großer Fluß: seine Quellen seien an jeder Türschwelle, und jeder Pfad sei sein Nebenfluß. ›Es ist eine gefährliche Sache, Frodo, aus deiner Tür hinauszugehen‹, pflegte er zu sagen. ›Du betrittst die Straße, und wenn du nicht auf deine Füße aufpaßt, kann man nicht wissen, wohin sie dich tragen. Bist du dir klar, daß eben dies der Pfad ist, der durch Düsterwald führt, und daß er dich, wenn du es zuläßt, bis zum Einsamen Berg oder noch weiter und zu schlimmeren Orten bringt?‹ Das pflegte er auf dem Pfad vor der Tür von Beutelsend zu sagen, besonders dann, wenn er einen langen Spaziergang gemacht hatte.«

»Na, mich wird der Weg nirgends hinbringen, zumindest eine Stunde lang nicht«, sagte Pippin und nahm seinen Rucksack ab. Die anderen folgten seinem Beispiel, stellten die Rucksäcke gegen die Böschung und streckten ihre Beine zur Straße aus. Nach einer Ruhepause verzehrten sie ein gutes Mittagessen und legten dann eine weitere Ruhepause ein.

Die Sonne begann zu sinken, und Nachmittagslicht lag über dem Land, als sie den Berg hinabschritten. Bisher hatten sie noch keine Seele auf der Straße getroffen. Sie wurde nicht viel benutzt, da sie für Karren kaum geeignet war, und es gab nicht viel Verkehr zum Waldende. Etwa eine Stunde oder noch länger waren sie schon wieder unterwegs, als Sam einen Augenblick stehen blieb, als ob er lausche. Sie waren nun in ebenem Gelände, und nach vielen Windungen verlief die Straße jetzt ganz geradlinig durch Wiesen, auf denen einzelne hohe Bäume standen, Vorposten der nahen Wälder.

»Ich höre ein Pony oder ein Pferd, das hinter uns die Straße entlangkommt«, sagte Sam.

Sie schauten zurück, aber wegen der Straßenbiegung konnten sie nicht weit sehen. »Ich möchte mal wissen, ob das Gandalf ist, der uns nachkommt«, sagte Frodo; aber schon während er es sagte, hatte er das Gefühl, daß dem nicht so sei, und er verspürte plötzlich den Wunsch, sich vor den Blicken des Reiters zu verbergen.

»Vielleicht ist es nicht wichtig«, sagte er entschuldigend, »aber ich möchte eigentlich nicht gern auf der Straße gesehen werden – von niemandem. Ich habe es satt, daß alles, was ich tue, beobachtet und durchgehechelt wird. Und wenn es Gandalf ist«, fügte er noch hinzu, »dann können wir ihm eine kleine Überraschung bereiten, zur Strafe dafür, daß er so spät kommt. Laßt uns in Deckung gehen!«

Die beiden anderen liefen rasch nach links und hinunter in eine kleine Mulde nicht weit von der Straße. Dort legten sie sich flach auf den Boden. Frodo zögerte eine Sekunde: Neugier oder irgendeine andere Anwandlung kämpfte gegen seinen Wunsch an, sich zu verbergen. Das Geräusch der Hufe kam näher. Gerade noch rechtzeitig ließ er sich in das hohe Gras hinter einem Baum fallen, der die Straße überschattete. Dann hob er den Kopf und spähte vorsichtig über eine der großen Wurzeln hinweg.

Um die Biegung kam ein schwarzes Pferd, kein Hobbitpony, sondern ein ausgewachsenes Pferd; und darauf saß ein großer Mensch, der sich auf dem Sattel niederzuducken schien, eingehüllt in einen großen schwarzen Mantel und eine Kapuze, so daß nur seine Stiefel in den hohen Steigbügeln unten herausschauten; sein Gesicht war beschattet und unsichtbar.

Als das Pferd bis zu dem Baum gekommen und auf gleicher Höhe mit Frodo war, blieb es stehen. Der Reiter saß ganz still mit gesenktem Kopf, als ob er lausche. Unter der Kapuze hervor kam ein Geräusch, wie wenn jemand schnüffelt, um einen schwachen Duft einzufangen; sein Kopf drehte sich von einer Straßenseite zur anderen.

Eine plötzliche unbegreifliche Furcht, entdeckt zu werden, befiel Frodo, und er dachte an seinen Ring. Er wagte kaum zu atmen, und doch wurde der Wunsch, ihn aus der Tasche zu holen, so stark, daß er langsam die Hand bewegte. Er hatte das Gefühl, daß er ihn bloß aufzustreifen brauchte, dann würde er sicher sein. Gandalfs Rat schien lächerlich zu sein. Schließlich hatte Bilbo den Ring ja auch benutzt. »Und ich bin immer noch im Auenland«, dachte er, als seine Hand die Kette berührte, an der der Ring hing. In diesem Augenblick richtete sich der Reiter auf und zog die Zügel an. Das Pferd machte einen Schritt vorwärts, ging erst langsam und setzte sich dann in raschen Trab.

Frodo kroch zum Straßenrand und beobachtete den Reiter, bis er in der Ferne verschwand. Er war nicht ganz sicher, aber ihm kam es vor, als ob das Pferd, ehe er es aus den Augen verlor, abschwenkte und nach rechts zwischen die Bäume ging.

»Nun, das nenne ich sehr sonderbar und wirklich beunruhigend«, sagte Frodo zu sich, als er zu seinen Gefährten hinüberging. Pippin und Sam waren im Gras liegen geblieben und hatten nichts gesehen; deshalb beschrieb ihnen Frodo den Reiter und sein seltsames Verhalten.

»Ich kann nicht sagen, warum, aber ich hatte das bestimmte Gefühl, daß er mich suchte und *witterte*; und ich hatte auch das bestimmte Gefühl, daß ich nicht von ihm entdeckt werden wollte. So etwas habe ich nie zuvor im Auenland gesehen oder gefühlt.«

»Aber was hat einer von den Großen Leuten mit uns zu tun?« fragte Pippin. »Und was tut er überhaupt in diesem Teil der Welt?«

»Hier gibt es ein paar Menschen«, sagte Frodo. »Unten im Südviertel haben die Hobbits Ärger mit Großen Leuten gehabt, glaube ich. Aber von so etwas wie diesem Reiter habe ich nie gehört. Ich möchte wissen, wo er herkommt.«

»Entschuldigung«, warf Sam plötzlich ein, »ich weiß, wo er herkommt. Von Hobbingen kommt er, dieser schwarze Reiter hier, sofern es nicht mehr als einen gibt. Und ich weiß auch, wohin er geht.«

»Was meinst du damit?« fragte Frodo scharf und sah ihn erstaunt an. »Warum hast du denn vorher nichts davon gesagt?«

»Es ist mir gerade erst wieder eingefallen, Herr. Es war so: als ich gestern abend mit dem Schlüssel zu unserer Höhle kam, sagt mein Vater zu mir: *Hallo, Sam!*, sagt er, *ich dachte, du wärst schon heute morgen mit Herrn Frodo weg. Da war ein seltsamer Kauz hier und hat nach Herrn Beutlin von Beutelsend gefragt, und er ist gerade erst weg. Ich hab ihn nach Bockenburg geschickt. Nicht, daß mir sein Ton gefallen hätte. Er schien sich mächtig zu ärgern, als ich ihm sagte, Herr Beutlin habe sein altes Heim für immer verlassen. Angezischt hat er mich. Ist mir richtig kalt über den Rücken gelaufen. Was für ein Bursche war denn das?* sage ich zum Ohm. *Ich weiß nicht,* sagt er; *aber er war kein Hobbit. Er war groß und irgendwie schwarz, und er beugte sich über mich. Ich nehme an, er war einer von den Großen Leuten aus fremden Gegenden. Er sprach so komisch.*

Ich konnte nicht länger bleiben, Herr, da ihr auf mich gewartet habt; und ich hab's selbst gar nicht so wichtig genommen. Der Ohm wird allmählich alt und ist mehr als ein bißchen blind, und es muß schon fast dunkel gewesen sein, als dieser Kerl den

Bühl heraufkam und ihn traf, als der Ohm am Ende von unserem Weg Luft schnappte. Ich hoffe, er hat keinen Schaden angerichtet, Herr, und ich auch nicht.«

»Dem Ohm kann man sowieso keinen Vorwurf machen«, sagte Frodo. »Ich habe es sogar selbst gehört, daß er mit einem Fremden sprach, der sich offenbar nach mir erkundigt hatte, und fast wäre ich hingegangen und hätte ihn gefragt, wer es war. Ich wollte, ich hätte es getan, oder du hättest mir früher etwas davon gesagt. Dann wäre ich auf der Straße vielleicht vorsichtiger gewesen.«

»Immerhin kann es ja sein, daß gar kein Zusammenhang besteht zwischen diesem Reiter und dem Fremden vom Ohm«, meinte Pippin. »Wir haben uns ganz heimlich aus Hobbingen davongemacht, und ich wüßte nicht, wie er unsere Spur verfolgt haben könnte.«

»Und was ist mit dem *Wittern*, Herr?« fragte Sam. »Und der Ohm sagte, es war ein schwarzer Kerl.«

»Ich wollte, ich hätte auf Gandalf gewartet«, murmelte Frodo. »Aber vielleicht hätte das die Sache nur schlimmer gemacht.«

»Dann weißt du oder errätst etwas über diesen Reiter?« fragte Pippin, der die gemurmelten Worte verstanden hatte.

»Ich weiß nichts und möchte lieber nichts erraten«, antwortete Frodo.

»Na schön, Vetter Frodo. Du kannst dein Geheimnis vorläufig behalten, wenn du geheimnisvoll sein willst. Aber was sollen wir nun tun? Eigentlich hätte ich gern einen Happen zu essen und einen Schluck zu trinken, aber irgendwie glaube ich, wir sollten uns lieber davonmachen. Dein Gerede von schnüffelnden Reitern mit unsichtbaren Nasen hat mich ganz unruhig gemacht.«

»Ja, ich glaube, wir gehen jetzt lieber weiter«, sagte Frodo, »aber nicht auf der Straße – falls der Reiter zurückkommt oder ein anderer ihm folgt. Wir sollten heute noch ein gutes Stück hinter uns bringen. Bockland ist noch meilenweit.«

Die Schatten der Bäume auf dem Gras waren lang und dünn, als sie sich wieder aufmachten. Sie hielten sich jetzt einen Steinwurf weit links der Straße und möglichst außer Sichtweite. Aber das behinderte sie; denn das Gras war hoch und büschelig, der Boden uneben und die Bäume zogen sich zu Dickichten zusammen.

In ihrem Rücken war die Sonne rot hinter den Bergen untergegangen, und der Abend brach herein, ehe sie wieder auf die Straße kamen am Ende der langen Ebene, über die sie ein paar Meilen ganz gerade verlaufen war. An diesem Punkt bog die Straße nach links ab und führte hinunter in die Niederungen des Luches und dann nach Stock; aber rechts zweigte ein schmaler Weg ab, der sich durch einen alten Eichenwald nach Waldhof schlängelte. »Das ist unser Weg«, sagte Frodo.

Nicht weit von der Wegscheide stießen sie auf einen riesigen Baumstamm: er lebte noch und hatte Blätter auf den kleinen Zweigen, die er rings um die Stümpfe seiner längst gefällten Hauptäste getrieben hatte; aber er war hohl, und durch einen großen Spalt auf der von der Straße abgewandten Seite konnte man hineingelangen. Die Hobbits krochen hinein und setzten sich dort auf eine Schicht alter Blätter und verfaulten Holzes. Sie ruhten sich aus und aßen eine Kleinigkeit, unterhielten sich leise und lauschten von Zeit zu Zeit.

Es war dämmrig, als sie wieder auf den Weg krochen. Der Westwind seufzte

Die Gefährten

in den Zweigen. Die Blätter wisperten. Bald begann der Weg sanft, aber stetig in der Dunkelheit abzufallen. Über den Bäumen vor ihnen erschien im dunkler werdenden Osten ein Stern. Sie gingen nebeneinander und im Gleichschritt, um sich Mut zu machen. Nach einiger Zeit, als mehr Sterne kamen und sie heller leuchteten, fühlten sie sich nicht mehr so beunruhigt und lauschten nicht mehr, ob sie Hufgetrappel hörten. Sie begannen leise vor sich hinzusummen, wie es Hobbits beim Wandern zu tun pflegen, besonders des Nachts auf dem Heimweg. Bei den meisten Hobbits ist es dann ein Abendessen- oder Bettlied; aber diese Hobbits summten ein Wanderlied (obwohl Abendessen und Bett natürlich auch darin vorkamen). Bilbo Beutlin hatte den Text verfaßt zu einer uralten Melodie und hatte Frodo das Lied beigebracht, wenn sie über die Feldwege im Tal der Wässer wanderten und sich über Abenteuer unterhielten.

> *Der Herd ist rot von Feuersglut,*
> *Das Bett steht unterm Dach und gut;*
> *Doch müde ist noch nicht der Fuß,*
> *Dort um die Ecke, welch ein Gruß,*
> *Steht überraschend Baum und Stein,*
> *Von uns entdeckt, von uns allein.*
>   *Baum und Blume, Laub und Gras,*
>   *Was soll das? Was soll das?*
>   *Unterm Himmel Berg und See,*
>   *Geh nur, geh! Geh nur, geh!*
>
> *Ja, um die Ecke, kommt uns vor,*
> *Da steht geheimnisvoll ein Tor,*
> *Und was wir heute nicht gesehn,*
> *Das ruft uns morgen, fortzugehn*
> *Und führt uns, fremd und ungewohnt,*
> *Bis hin zur Sonne, hin zum Mond.*
>   *Apfel, Schlehe, Dorn und Nuß*
>   *Gilt der Gruß! Gilt der Gruß!*
>   *Sand und Stein und flache Sohl,*
>   *Lebewohl! Lebewohl!*
>
> *Daheim verblaßt, die Welt rückt nah,*
> *Mit vielen Pfaden liegt sie da*
> *Und lockt durch Schatten, Trug und Nacht,*
> *Bis endlich Stern um Stern erwacht.*
> *Dann wiederum verblaßt die Welt –*
> *Daheim! Wie mir das Wort gefällt!*
>   *Wolke, Zwielicht, Nebeldunst,*
>   *Ohne Gunst! Ohne Gunst!*
>   *Fleisch, Brot und Kerze auf dem Brett,*
>   *Und dann zu Bett! Und dann zu Bett!*

Das Lied war zu Ende. »Und *jetzt* zu Bett! und *jetzt* zu Bett!« sang Pippin mit lauter Stimme.

»Pst!« machte Frodo. »Ich glaube, ich höre wieder Hufe.«

Sie hielten an und standen so still wie Baumschatten und lauschten. Ein Stück weiter hinten auf dem Weg waren Hufe zu hören, und der Wind trug das Geräusch deutlich herüber. Rasch und leise verließen sie den Weg und rannten in den tieferen Schatten unter den Eichen.

»Wir wollen nicht zu weit gehen«, sagte Frodo. »Ich will nicht gesehen werden, aber ich möchte sehen, ob es wieder ein Schwarzer Reiter ist.«

»Sehr schön«, sagte Pippin, »aber denke an das Schnüffeln.«

Die Hufe kamen näher. Die Hobbits hatten keine Zeit, ein besseres Versteck zu finden als die Dunkelheit unter den Bäumen; Sam und Pippin kauerten sich hinter einen großen Baumstamm, während Frodo wieder etwas näher an den Weg herankroch. Der Pfad schimmerte grau und fahl, ein lichter Streifen, der sich durch den Wald zog. Über ihm strahlten viele Sterne am dunklen Himmel, aber es war kein Mond da.

Das Hufgetrappel brach ab. Frodo sah, wie sich etwas Dunkles auf dem helleren Streifen zwischen zwei Bäumen bewegte und dann anhielt. Es sah aus wie der schwarze Schatten eines Pferdes, geführt von einem kleineren schwarzen Schatten. Der schwarze Schatten stand dicht an der Stelle, wo sie den Weg verlassen hatten, und er wandte sich von einer Seite zur anderen. Frodo glaubte, ein Schnüffelgeräusch zu hören. Der Schatten ging in die Hocke und begann dann, auf ihn zuzukriechen.

Wieder wurde Frodo von dem Wunsch befallen, den Ring aufzustreifen, der aber diesmal stärker war als vorher. So stark, daß seine Hand, fast ehe er sich klar war, was er tat, in seiner Tasche herumtastete. Doch in diesem Augenblick hörte man ein Singen, das von Gelächter unterbrochen wurde. Helle Stimmen drangen durch die sternklare Nacht. Der schwarze Schatten richtete sich auf und zog sich zurück. Er schwang sich auf das schattenhafte Pferd und schien jenseits des Weges in der Dunkelheit zu verschwinden. Frodo atmete wieder.

»Elben!« rief Sam in einem heiseren Flüstern. »Elben, Herr!« Er wäre aus dem Schatten der Bäume ausgebrochen und den Stimmen entgegengeeilt, wenn ihn die anderen nicht zurückgezogen hätten.

»Ja, es sind Elben«, sagte Frodo. »Man trifft sie manchmal im Waldende. Sie leben nicht im Auenland, sondern wandern hier nur im Frühling und Herbst, wenn sie aus ihren eigenen Landen jenseits der Turmberge kommen. Ich bin dankbar dafür, daß sie es tun! Ihr habt es nicht gesehen, aber dieser Schwarze Reiter hielt genau hier an und war gerade im Begriff auf uns zuzukriechen, als der Gesang begann. Sobald er die Stimmen hörte, verschwand er.«

»Was ist mit den Elben?« fragte Sam, der zu aufgeregt war, um sich noch über den Reiter Gedanken zu machen. »Können wir nicht hingehen und sie sehen?«

»Horch! Sie kommen hier lang«, sagte Frodo. »Wir brauchen nur zu warten.«

Der Gesang kam näher. Eine helle Stimme erhob sich jetzt über die anderen. Sie sang in der schönen Elbensprache, die Frodo nur wenig kannte und die anderen gar nicht. Doch der Klang, der sich harmonisch mit der Melodie verband, formte sich für sie zu Worten, die sie nur teilweise verstanden. Das war das Lied, wie Frodo es hörte:

> *Schnee-Weiß! Schnee-Weiß! O Herrin hold*
> *Fürstliche Fraue hochgestellt,*
> *O Licht uns Pilgern hier im Sold*
> *Inmitten der verworrenen Welt.*
> *Gilthoniel! O Elbereth!*
> *Dein Auge klar, dein Atem rein!*
> *Schnee-Weiß! Schnee-Weiß! Wir denken dein,*
> *Ferne bist du und wir allein.*
> *O Sterne, ausgesäet von ihr*
> *Im sonnenlosen Weltenjahr,*
> *Wir sehen sie auch noch von hier*
> *Wie Blumen blühen wunderbar.*
> *O Elbereth! Gilthoniel!*
> *Im Dunkel leuchtest du uns hell*
> *Noch aus der Ferne, ach, wir sehn*
> *Dein Licht wie Trost am Himmel stehn.*

Das Lied war zu Ende. »Das sind Hochelben! Sie sprachen den Namen Elbereth aus!« sagte Frodo erstaunt. »Wenige von diesem edelsten Volk sind je im Auenland zu sehen. Nicht viele weilen noch in Mittelerde, östlich des Großen Meeres. Das ist wahrlich ein seltsamer Zufall!«

Die Hobbits setzten sich an den dunklen Straßenrand. Es dauerte nicht lange, da kamen die Elben den Weg entlang ins Tal. Sie gingen langsam an ihnen vorbei, und die Hobbits sahen das Sternenlicht auf ihrem Haar und ihren Augen glänzen. Sie trugen kein Licht, und doch war es, während sie gingen, als ob ein Schimmer wie der Schein des Mondes, ehe er sich über den Kamm der Berge erhebt, auf ihre Füße fiele. Sie waren jetzt still, und als der letzte Elb vorbeiging, wandte er sich um, schaute auf die Hobbits und lachte.

»Heil, Frodo!« sagte er. »Du bist spät unterwegs. Oder hast du dich vielleicht verirrt?« Dann rief er laut zu den anderen hinüber, und die ganze Gruppe hielt an und versammelte sich um sie.

»Das ist ja wirklich verwunderlich«, sagten sie. »Drei Hobbits bei Nacht im Walde! So etwas haben wir nicht mehr gesehen, seit Bilbo wegging. Was bedeutet das?«

»Es bedeutet einfach, ihr Schönen«, sagte Frodo, »daß wir anscheinend denselben Weg gehen wie ihr. Ich wandere gern unter den Sternen. Aber ich würde mich über eure Gesellschaft freuen.«

»Wir brauchen keine andere Gesellschaft, und Hobbits sind so langweilig«, lachten sie. »Und woher weißt du, daß wir denselben Weg gehen wie ihr, da du doch nicht weißt, wohin wir gehen?«

»Und woher wißt ihr meinen Namen?« fragte Frodo wiederum.

»Wir wissen viele Dinge«, sagten sie. »Wir haben dich früher oft mit Bilbo gesehen, obwohl du vielleicht uns nicht gesehen hast.«
»Wer seid ihr, und wer ist euer Herr?« fragte Frodo.
»Ich bin Gildor«, antwortete ihr Anführer, der Elb, der ihn zuerst begrüßt hatte. »Gildor Inglorion aus Finrods Geschlecht. Wir sind Verbannte, und die meisten unseres Stammes sind schon vor langer Zeit fortgegangen, und auch wir halten uns hier nur noch eine Weile auf, ehe wir über das Große Meer zurückkehren. Doch einige unserer Verwandten leben noch im Frieden in Bruchtal. Komm nun, Frodo, sage uns, wie es mit dir steht? Denn wir sehen, daß ein Schatten der Furcht auf dir liegt.«
»O ihr Weisen«, mischte sich Pippin ungeduldig ein. »Sagt uns etwas über die Schwarzen Reiter!«
»Die Schwarzen Reiter?« wiederholten sie leise. »Warum fragst du nach den Schwarzen Reitern?«
»Weil uns zwei Schwarze Reiter heute überholt haben, oder einer zweimal«, sagte Pippin. »Gerade eben erst, als ihr herankamt, ist er verschwunden.«
Die Elben antworteten nicht sofort, sondern redeten leise miteinander in ihrer Sprache. Schließlich wandte sich Gildor an die Hobbits. »Wir wollen hier nicht davon sprechen«, sagte er. »Wir glauben, ihr solltet jetzt am besten mit uns kommen. Es ist nicht unsere Gewohnheit, aber diesmal wollen wir euch auf unserem Weg mitnehmen, und ihr sollt heute bei uns übernachten, wenn ihr wollt.«
»O ihr Schönen! Das ist mehr Glück, als ich zu hoffen wagte«, sagte Pippin. Sam war sprachlos. »Ich danke dir vielmals, Gildor Inglorion«, sagte Frodo und verbeugte sich. »*Elen síla lúmenn' omentielvo*, ein Stern leuchtet über der Stunde unserer Begegnung«, fügte er in der hochelbischen Sprache hinzu.
»Seid vorsichtig, Freunde«, rief Gildor lachend. »Sagt nichts Geheimes! Hier ist ein Kundiger der Alten Sprache. Bilbo war ein guter Lehrer. Heil, Elbenfreund!« sagte er und verneigte sich vor Frodo. »Komm nun mit deinen Freunden und schließe dich unserer Gesellschaft an. Am besten geht ihr in der Mitte, damit ihr euch nicht verlauft. Ihr mögt müde werden, ehe wir anhalten.«
»Warum? Wohin geht ihr denn?« fragte Frodo.
»Heute nacht bleiben wir in den Wäldern auf den Bergen über Waldhof. Es sind noch einige Meilen dorthin, aber dann könnt ihr euch ausruhen; und morgen wird euer Weg um so kürzer sein.«
Schweigend gingen sie nun weiter und glitten dahin wie schwach schimmernde Schatten: denn Elben konnten (sogar noch besser als Hobbits) lautlos gehen, wenn sie wollten. Pippin begann bald schläfrig zu werden und taumelte ein- oder zweimal; aber immer streckte ein großer Elb an seiner Seite den Arm aus und rettete ihn vor dem Sturz. Sam ging neben Frodo, als träume er, und in seinem Gesicht malten sich teils Furcht, teils freudiges Staunen.

Auf beiden Seiten wurden die Wälder dichter; die Bäume waren jetzt jünger und dicker; und als der Fußweg tiefer hinunterführte in eine Senke zwischen den Bergen, waren die Abhänge rechts und links mit vielen Haselsträuchern bewachsen. Schließlich verließen die Elben den Fußweg. Ein grüner Saumpfad führte fast unsichtbar rechts durch das Dickicht; ihm folgten sie, und er schlängelte sich die bewaldeten Hänge hinauf bis zum Gipfel eines Bergrückens, der in das tiefere Land des Flußtals hineinragte. Plötzlich kamen sie aus dem Schatten der Bäume heraus, und vor ihnen lag eine weite Grasfläche, grau in der Nacht. Auf drei Seiten war sie von Wald umgeben; aber nach Osten fiel das Gelände steil ab, und die Gipfel der dunklen Bäume, die auf dem Grund des Tobels wuchsen, waren zu ihren Füßen. Jenseits erstreckten sich die Niederungen dämmerig und flach im Sternenlicht. Näher zu ihnen blinkten ein paar Lichter im Dorf Waldhof.

Die Elben setzten sich ins Gras und unterhielten sich mit leiser Stimme; sie schienen die Hobbits nicht weiter zu beachten. Frodo und seine Gefährten hüllten sich in Mäntel und Decken, und Schläfrigkeit überkam sie. Die Nacht zog herauf, und die Lichter im Tal erloschen. Pippin schlief ein, den Kopf auf ein grünes Hügelchen gebettet.

Fern noch im Osten stand Remmirath, das Siebengestirn, und langsam stieg der rote Borgil über den Nebel empor, leuchtend wie ein feuriger Edelstein. Dann wurde durch ein Umspringen des Windes der ganze Nebel wie ein Schleier fortgezogen, und über dem Rand der Welt erschien der Streiter des Himmels, Menelvagor mit seinem schimmernden Schwertgehänge. Die Elben stimmten ein Lied an. Plötzlich flammte unter den Bäumen ein Feuer auf, das einen roten Schein warf.

»Kommt!« riefen die Elben den Hobbits zu. »Kommt! Jetzt ist die Zeit für Unterhaltung und Fröhlichkeit!«

Pippin setzte sich auf und rieb die Augen. Ihn fröstelte. »Dort ist ein Feuer in der Halle und Essen für hungrige Gäste«, sagte ein Elb, der vor ihm stand.

Am südlichen Ende der Lichtung erstreckte sich der Rasen bis in den Wald hinein und bildete den grünen Boden eines geräumigen Platzes, der wie eine von den Ästen überdachte Halle war. Die hohen Baumstämme standen ringsum wie Säulen. In der Mitte flackerte ein Holzfeuer, an den Baumsäulen brannten Fackeln und verbreiteten ein silbrig-goldenes Licht. Die Elben saßen um das Feuer auf dem Gras oder auf den glatten, runden Sägeflächen alter Baumstümpfe. Einige gingen mit Bechern hin und her und schenkten Getränke ein; andere brachten Speisen auf vollen Tellern und Schüsseln.

»Das ist karge Kost«, sagten sie zu den Hobbits, »denn wir sind hier im grünen Wald fern von unseren Hallen. Wenn ihr jemals daheim unsere Gäste seid, werden wir euch besser bewirten.«

»Mir erscheint es gut genug für ein Geburtstagsfest«, sagte Frodo.

Pippin konnte sich später kaum an das Essen oder Trinken erinnern, denn er war so erfüllt von dem Leuchten auf den Gesichtern der Elben und dem Klang so vielfältiger und schöner Stimmen, daß er sich wie in einem Wachtraum vorkam. Aber er erinnerte sich, daß es Brot gab, wohlschmeckender, als ein köstlicher weißer Laib einem Verhungernden erscheinen mag, und Früchte, süß wie wilde Beeren und schmackhafter als in Gärten gezogenes Obst; er leerte einen Becher, gefüllt mit einem duftenden Getränk, kühl wie eine klare Quelle, golden wie ein Sommernachmittag.

Sam konnte niemals mit Worten beschreiben und auch nicht sich selbst deutlich erklären, was er in jener Nacht dachte oder fühlte, obwohl es ihm im Gedächtnis blieb als eines der wichtigsten Ereignisse seines Lebens. Am nächsten kam er seinen Gefühlen noch, wenn er sagte: »Ja, Herr, wenn ich solche Äpfel ziehen könnte, würde ich mich einen Gärtner nennen. Aber der Gesang war es, der mir zu Herzen ging, wenn du weißt, was ich meine.«

Frodo saß da, aß und trank und unterhielt sich mit Vergnügen; aber sein Sinn war hauptsächlich auf das gesprochene Wort gerichtet. Er kannte die Elbensprache ein wenig und lauschte eifrig. Dann und wann redete er mit jenen, die ihn bedienten, und dankte ihnen in ihrer eigenen Sprache. Sie blickten ihn freundlich an und sagten dann lachend: »Hier ist ein Juwel unter den Hobbits!«

Nach einer Weile schlief Pippin fest ein; er wurde aufgehoben und in eine Laube unter den Bäumen getragen; dort wurde er auf ein weiches Bett gelegt, und er schlief die ganze Nacht. Sam wollte seinen Herrn nicht verlassen. Als Pippin fort war, kam er und kauerte sich zu Frodos Füßen, wo er schließlich einnickte und die Augen schloß. Frodo blieb lange wach und unterhielt sich mit Gildor.

Sie sprachen von vielen Dingen, alten und neuen, und Frodo stellte Gildor viele Fragen über die Ereignisse in der weiten Welt außerhalb des Auenlands. Die Nachrichten waren zumeist traurig und unheilschwanger: über die zunehmende Dunkelheit, die Kriege der Menschen und die Flucht der Elben. Schließlich brachte Frodo die Frage vor, die ihm am meisten am Herzen lag:

»Sage mir, Gildor, hast du Bilbo jemals gesehen, seit er uns verließ?«

Gildor lächelte. »Ja«, antwortete er. »Zweimal. Er sagte uns Lebewohl an eben dieser Stelle. Aber ich sah ihn dann noch einmal, weit von hier.« Er wollte nichts mehr über Bilbo sagen, und Frodo versank in Schweigen.

»Du fragst mich nicht oder erzählst mir nicht viel über das, was dich selbst betrifft, Frodo«, sagte Gildor. »Aber ein wenig weiß ich bereits, und mehr kann ich in deinem Gesicht lesen oder in den Gedanken, die deinen Fragen zugrunde liegen. Du verläßt das Auenland, und doch zweifelst du, ob du finden wirst, was du suchst, oder vollbringen kannst, was du vorhast, und ob du jemals zurückkehren wirst. Ist es nicht so?«

»So ist es«, sagte Frodo. »Aber ich glaubte, mein Weggehen sei ein Geheimnis, das nur Gandalf und mein getreuer Sam kannten.« Er blickte hinunter auf Sam, der leise schnarchte.

»Der Feind wird das Geheimnis von uns nicht erfahren«, sagte Gildor.

»Der Feind?« fragte Frodo. »Dann weißt du also, warum ich das Auenland verlasse?«

»Ich weiß nicht, aus welchem Grunde dich der Feind verfolgt«, antwortete Gildor. »Aber ich sehe, daß er es tut – so seltsam es mir auch erscheint. Und ich warne dich, denn Gefahren liegen jetzt vor dir und hinter dir und auf allen Seiten.«

»Du meinst die Reiter? Ich fürchtete, daß sie Diener des Feindes seien. Was *sind* denn die Schwarzen Reiter?«

»Hat Gandalf dir nichts gesagt?«

»Nichts über solche Wesen.«

»Dann steht es mir wohl nicht an, mehr darüber zu sagen – damit Furcht dich nicht von deiner Wanderung abhält. Denn mir scheint, daß du dich gerade noch rechtzeitig auf den Weg gemacht hast, wenn es überhaupt noch rechtzeitig ist. Du mußt dich jetzt eilen, darfst dich nicht aufhalten und nicht umkehren; denn das Auenland ist nicht länger ein Schutz für dich.«

»Ich kann mir nicht vorstellen, welche Nachricht entsetzlicher sein könnte als deine Andeutungen und Warnungen«, rief Frodo. »Ich wußte natürlich, daß Gefahren vor mir lägen; aber ich erwartete nicht, daß sie mir schon in unserem eigenen Auenland begegnen würden. Kann ein Hobbit nicht in Frieden von der Wässer zum Strom wandern?«

»Aber es ist nicht euer eigenes Auenland«, antwortete Gildor. »Andere lebten schon hier, ehe es Hobbits gab; und andere werden hier wieder leben, wenn Hobbits nicht mehr sind. Die weite Welt erstreckt sich rings um euch: ihr könnt euch absperren, doch könnt ihr sie nicht für immer aussperren.«

»Ich weiß – und doch schien das Auenland immer so sicher und vertraut. Was kann ich nun tun? Mein Plan war, das Auenland heimlich zu verlassen und nach Bruchtal zu gehen; aber jetzt werde ich schon verfolgt, ehe ich überhaupt nach Bockland komme.«

»Du solltest, meine ich, dennoch an dem Plan festhalten«, sagte Gildor. »Ich glaube nicht, daß der Weg sich als zu schwierig erweisen wird für deinen Mut. Aber wenn du einen eindeutigeren Rat haben willst, solltest du Gandalf fragen. Ich kenne den Grund für deine Flucht nicht, und daher weiß ich nicht, mit welchen Mitteln deine Verfolger dich angreifen werden. Diese Dinge muß Gandalf wissen. Ich nehme an, du wirst ihn sehen, ehe du das Auenland verläßt?«

»Ich hoffe. Aber da ist noch etwas, das mir Sorgen macht. Ich habe Gandalf schon seit vielen Tagen erwartet. Spätestens vorgestern sollte er in Hobbingen sein; aber er ist nicht gekommen. Nun frage ich mich, was geschehen sein kann. Ob ich auf ihn warten soll?«

Gildor schwieg einen Augenblick. »Die Nachricht gefällt mir nicht«, sagte er schließlich. »Wenn Gandalf sich verspätet, bedeutet es nichts Gutes. Aber es heißt: Misch dich nicht in die Angelegenheiten von Zauberern ein, denn sie sind unergründlich und rasch erzürnt. Die Entscheidung liegt bei dir: zu gehen oder zu warten.«

»Und es heißt auch«, erwiderte Frodo: »Frage nicht die Elben um Rat, denn sie werden sowohl Ja als auch Nein sagen.«

»Heißt es wirklich so?« lachte Gildor. »Elben geben selten unvorsichtige Ratschläge, denn Ratschläge sind eine gefährliche Gabe, selbst von den Weisen an die Weisen, und alle Wege mögen in die Irre führen. Aber was willst du? Du hast mir nicht alles über dich erzählt; und wie soll ich dann besser entscheiden als du? Aber wenn du Rat haben willst, dann will ich ihn dir um der Freundschaft willen geben. Ich glaube, du solltest sofort gehen, ohne Säumen; und wenn Gandalf nicht kommt, ehe du aufbrichst, dann rate ich dir dies: geh nicht allein. Nimm Freunde mit, die vertrauenswürdig und willig sind. Nun solltest du dankbar sein, denn ich gebe diesen Rat nicht gern. Die Elben haben ihre eigene Bürde zu tragen und ihre eigenen Sorgen, und sie kümmern sich wenig um die Wege der Hobbits oder irgendwelcher anderen Geschöpfe auf der Welt. Unsere Pfade kreuzen die ihren selten, aus Zufall oder Absicht. Diese Begegnung mag mehr als ein Zufall sein; doch die Absicht ist mir nicht klar, und ich fürchte, zu viel zu sagen.«

»Ich bin dir zutiefst dankbar«, sagte Frodo. »Aber ich wünschte, du würdest mir genau sagen, was die Schwarzen Reiter eigentlich sind. Wenn ich deinem Rat folge, mag es sein, daß ich Gandalf lange nicht sehe, und ich sollte die Gefahr kennen, die mich verfolgt.«

»Genügt es dir nicht, zu wissen, daß sie Diener des Feindes sind?« antwortete Gildor. »Fliehe sie! Sprich kein Wort mit ihnen! Sie sind tödlich. Frage mich nicht mehr! Aber mein Herz sagt mir, daß du, Frodo, Drogos Sohn, ehe alles zu Ende ist, mehr von diesen grausamen Wesen wissen wirst als Gildor Inglorion. Möge Elbereth dich beschützen!«

»Aber wo soll ich Mut finden?« fragte Frodo. »Das ist es, was ich hauptsächlich brauche.«

»Mut kann man an unwahrscheinlichen Stellen finden«, sagte Gildor. »Sei guter Hoffnung! Schlafe jetzt! Am Morgen werden wir fort sein; aber wir werden Botschaften durch die Lande schicken. Die Wandernden Gefährten sollen von deiner Fahrt wissen, und jene, die die Macht haben, Gutes zu tun, sollen auf der Hut sein. Ich nenne dich Elbenfreund; und möge das Ende deines Weges unter einem guten Stern stehen! Selten haben wir so viel Freude an Fremden gehabt, und es tut wohl, Worte der Alten Sprache von den Lippen anderer Wanderer in der Welt zu hören.«

Frodo wurde von Müdigkeit gepackt, gerade als Gildor aufhörte zu reden. »Ich will jetzt schlafen«, sagte er; der Elb geleitete ihn zu einer Laube neben Pippin, und er warf sich auf ein Lager und fiel sofort in traumlosen Schlummer.

VIERTES KAPITEL

GERADENWEGS ZU DEN PILZEN

Am Morgen wachte Frodo erfrischt auf. Er lag in einer Laube, die aus einem lebenden Baum bestand und aus Zweigen, die miteinander verflochten waren und bis zum Boden hinabreichten. Sein Bett war aus Farn und Gras, tief und weich und seltsam duftend. Die Sonne schien durch die säuselnden Blätter, die noch grün am Baum waren. Er sprang auf und ging hinaus.

Sam saß auf dem Gras in der Nähe des Waldrands. Pippin stand und beobachtete den Himmel und das Wetter. Von den Elben war keine Spur zu sehen.

»Sie haben uns Früchte und einen Trunk dagelassen und Brot«, sagte Pippin. »Komm und frühstücke. Das Brot schmeckt fast so gut wie letzte Nacht. Ich wollte dir gar nichts übriglassen, aber Sam bestand darauf.«

Frodo setzte sich neben Sam und begann zu essen. »Welchen Plan hast du für heute?« fragte Pippin.

»So schnell wie möglich nach Bockenburg zu gehen«, antwortete Frodo und richtete seine Aufmerksamkeit auf das Essen.

»Glaubst du, wir werden heute etwas von diesen Reitern sehen?« fragte Pippin fröhlich. In der Morgensonne erschien ihm die Aussicht, einer ganzen Schar von ihnen zu begegnen, nicht sehr beunruhigend.

»Ja, vermutlich«, meinte Frodo, der nicht gern daran erinnert wurde. »Aber ich hoffe über den Fluß zu kommen, ohne daß sie uns sehen.«

»Hast du von Gildor etwas über sie erfahren?«

»Nicht viel – nur Andeutungen und Rätsel«, sagte Frodo ausweichend.

»Hast du ihn wegen des Schnüffelns gefragt?«

»Darüber haben wir nicht gesprochen«, antwortete Frodo mit vollem Mund.

»Das hättest du aber tun sollen. Es ist sicher sehr wichtig.«

»In dem Fall bin ich sicher, daß Gildor es abgelehnt hätte, das zu erklären«, antwortete Frodo scharf. »Und jetzt laß mich ein bißchen in Frieden! Ich will keine Fragen beantworten, während ich esse. Ich will denken!«

»Du lieber Himmel«, sagte Pippin. »Beim Frühstück?« Er verzog sich ans Ende der Grasfläche.

Aus Frodos Herzen hatte der strahlende Morgen – trügerisch strahlend, fand er – die Angst vor der Verfolgung nicht bannen können; und er grübelte über Gildors Worte nach. Pippins fröhliche Stimme scholl zu ihm herüber. Er lief auf dem grünen Rasen umher und sang.

»Nein, ich könnte es nicht!« sagte Frodo zu sich. »Es ist schön und gut, wenn ich meine jungen Freunde mitnehme und wir durch das Auenland wandern, bis wir hungrig und müde sind, und gutes Essen und ein Bett auf uns warten. Sie in die Verbannung mitzunehmen, wo es vielleicht kein Heilmittel gegen Hunger und Müdigkeit gibt, ist ganz etwas anderes, selbst wenn sie bereit sind, mitzukommen. Die Erbschaft ist allein meine. Ich glaube, ich sollte nicht einmal Sam mitnehmen.« Er sah Sam Gamdschie an und bemerkte, daß Sam ihn beobachtet hatte.

»Nun, Sam«, sagte er. »Wie steht es? Ich verlasse das Auenland, so bald ich nur kann – ich bin sogar entschlossen, nicht einen Tag in Krickloch zu bleiben, wenn es irgend geht.«

»Sehr gut, Herr!«

»Hast du immer noch vor, mit mir zu kommen?«

»Ja.«

»Es wird sehr gefährlich werden, Sam. Es ist schon jetzt gefährlich. Höchstwahrscheinlich wird keiner von uns zurückkommen.«

»Wenn du nicht zurückkommst, Herr, dann ich auch nicht, das ist gewiß«, sagte Sam. »*Laß ihn nicht im Stich!* haben sie zu mir gesagt. *Ihn im Stich lassen!* habe ich gesagt. *Ich denke nicht daran. Ich gehe mit ihm, und wenn er auf den Mond klettert; und wenn einer von diesen Schwarzen Reitern ihn aufzuhalten versucht, dann bekommt er es mit Sam Gamdschie zu tun,* habe ich gesagt. Sie haben gelacht.«

»Wer sind *sie*, und wovon redest du eigentlich?«

»Die Elben, Herr. Wir haben uns letzte Nacht ein bißchen unterhalten; und sie scheinen zu wissen, daß du fortgehst, deshalb fand ich es zwecklos, es zu leugnen. Wundervolles Volk, die Elben, Herr! Wundervoll!«

»Ja, das sind sie«, sagte Frodo. »Magst du sie immer noch, nachdem du sie jetzt aus der Nähe gesehen hast?«

»Sie scheinen nicht davon berührt zu werden, ob ich sie mag oder nicht mag«, antwortete Sam langsam. »Es scheint nicht wichtig zu sein, was ich von ihnen halte. Sie sind ganz anders, als ich erwartet hatte – so alt und jung, und so fröhlich und traurig gewissermaßen.«

Frodo sah Sam ziemlich verblüfft an, als ob er halb und halb erwartete, ein äußerliches Anzeichen der seltsamen Veränderung zu sehen, die offenbar mit Sam vorgegangen war. Es klang nicht wie die Stimme des alten Sam Gamdschie, die er zu kennen glaubte. Aber er sah wie der alte Sam Gamdschie aus, wie er da saß, nur daß sein Gesicht ungewöhnlich nachdenklich war.

»Hast du noch das Bedürfnis, das Auenland zu verlassen – nachdem dein Wunsch, sie zu sehen, erfüllt worden ist?« fragte er.

»Ja, Herr. Ich weiß nicht, wie ich es sagen soll, aber nach der letzten Nacht komme ich mir verändert vor. Ich scheine in gewisser Weise vorauszusehen. Ich weiß, daß wir einen sehr langen Weg gehen werden, in die Dunkelheit; aber ich weiß, daß ich nicht umkehren kann. Jetzt geht es nicht darum, daß ich die Elben sehen will, oder Drachen oder Berge – ich weiß eigentlich nicht richtig, was ich will: aber ich habe noch etwas zu tun, ehe alles vorbei ist, und das liegt vor mir, nicht im Auenland. Ich muß es zu Ende bringen, Herr, wenn du mich verstehst.«

»Nicht ganz. Aber ich verstehe, daß Gandalf mir einen guten Gefährten ausgesucht hat. Ich bin einverstanden. Wir gehen zusammen.«

Frodo beendete sein Frühstück schweigend. Dann stand er auf, blickte über das Land vor sich und rief Pippin.

»Alles fertig zum Aufbruch?« fragte er, als Pippin angerannt kam. »Wir müssen sofort los. Wir haben lange geschlafen und haben noch viele Meilen zu gehen.«

»*Du* hast lange geschlafen, meinst du«, sagte Pippin. »Ich war schon lange vorher auf; und wir haben nur gewartet, bis du mit Essen und Denken fertig warst.«

»Jetzt bin ich mit beidem fertig. Und ich will so schnell wie möglich zur Bockenburger Fähre kommen. Ich mache nicht den Umweg zurück zur Straße, wo wir gestern abend abgebogen sind: ich gehe von hier geradenwegs durch das Land.«

»Dann wirst du wohl fliegen«, sagte Pippin. »In diesem Land kann man nirgends geradenwegs zu Fuß gehen.«

»Jedenfalls können wir mehr abkürzen als die Straße«, antwortete Frodo. »Die Fähre liegt südöstlich von Waldhof; aber die Straße biegt nach links ab – du kannst eine Biegung von ihr weit da drüben im Norden sehen. Sie führt um das nördliche Ende des Bruchs herum und stößt oberhalb von Stock auf die Landstraße zur Brücke. Aber das ist ein Umweg von Meilen. Wir könnten ein Viertel der Entfernung sparen, wenn wir von hier, wo wir stehen, schnurgerade zur Fähre laufen.«

»*Der gerade Weg ist nicht immer der kürzeste*«, erklärte Pippin. »Das Gelände hier ist schwierig, und es gibt Sümpfe und alle möglichen Hindernisse unten im Bruch – ich kenne diese Ecke. Und wenn du dich sorgst wegen der Schwarzen Reiter, dann sehe ich nicht ein, warum es schlimmer sei, sie auf einer Straße zu treffen als im Wald oder auf dem Feld.«

»In Wäldern und Feldern ist es weniger leicht, Leute zu finden«, antwortete Frodo. »Und wenn angenommen wird, daß du auf der Straße bist, dann besteht einige Aussicht, daß auf der Straße nach dir gesucht wird und nicht abseits von ihr.«

»Na schön«, sagte Pippin. »Ich folge dir in jeden Sumpf und Graben. Aber es ist hart! Ich hatte damit gerechnet, vor Sonnenuntergang noch im *Goldenen Barsch* in Stock einzukehren. Das beste Bier im Ostviertel, jedenfalls früher: es ist lange her, seit ich es versucht habe.«

»Damit ist der Fall klar!« sagte Frodo. »Der gerade Weg ist nicht immer der kürzeste, aber Wirtshäuser kosten noch mehr Zeit. Vom *Goldenen Barsch* müssen wir dich um jeden Preis fernhalten. Wir wollen vor Dunkelheit nach Bockenburg kommen. Was meinst du, Sam?«

»Ich gehe mit dir, Herr Frodo«, sagte Sam (obwohl ihm nichts Gutes schwante und es ihm um das beste Bier im Ostviertel herzlich leid tat).

»Wenn wir uns also durch Sumpf und Dornengestrüpp durchquälen müssen, dann laßt uns jetzt gehen!« sagte Pippin.

Es war schon fast so warm wie am Tage zuvor; aber Wolken zogen von Westen herauf. Es sah nach Regen aus. Die Hobbits kletterten eine steile grüne Böschung hinunter und verschwanden unten zwischen den dicken Bäumen. Waldhof wollten sie links liegen lassen und sich dann an den Osthängen der Berge schräg

Geradenwegs zu den Pilzen

durch die Gehölze schlagen, bis sie das Flachland dahinter erreichten. Dann könnten sie über offenes Land, abgesehen von ein paar Gräben und Zäunen, geradeaus zur Fähre gelangen. Frodo schätzte, daß sie in der Luftlinie achtzehn Meilen zu gehen hätten.

Bald stellte sich heraus, daß das Gebüsch dichter und unwegsamer war, als es zuerst den Anschein gehabt hatte. Es gab keine ausgetretenen Pfade durch das Unterholz, und sie kamen nicht sehr schnell voran. Als sie sich bis zum Grund des Tobels durchgekämpft hatten, fanden sie einen Bach, der von den dahinterliegenden Bergen in einem tiefen Bett herabrauschte, dessen steile, glitschige Ufer von Brombeeren überwuchert waren. Höchst unbequemer Weise kreuzte er die Marschrichtung, die sie sich ausgesucht hatten. Sie konnten nicht über ihn hinwegspringen noch sonst hinüberkommen, ohne naß, zerkratzt und schmutzig zu werden. Sie blieben stehen und fragten sich, was zu tun sei. »Erstes Hindernis!« sagte Pippin und lächelte grimmig.

Sam Gamdschie schaute zurück. Durch eine Lücke zwischen den Bäumen konnte er den Gipfel des grünen Steilhangs sehen, den sie heruntergekommen waren.

»Schau!« sagte er und packte Frodo am Arm. Sie schauten alle, und auf dem Grat hoch über ihnen sahen sie gegen den Himmel ein Pferd. Neben ihm bückte sich eine schwarze Gestalt.

Den Gedanken, umzukehren, gaben sie sofort auf. Frodo ging voran und verschwand rasch in dem dichten Gebüsch am Bach. »Hu!« sagte er zu Pippin. »Wir haben beide recht gehabt! Der gerade Weg ist schon krumm geworden; aber wir sind eben noch rechtzeitig in Deckung gegangen. Du hast gute Ohren, Sam: hörst du etwas kommen?«

Sie standen still und hielten fast den Atem an, während sie lauschten; aber nichts drang zu ihnen, was nach Verfolgung klang. »Ich kann mir nicht vorstellen, daß er versuchen würde, sein Pferd den Steilhang hinunterzubringen«, sagte Sam. »Aber vermutlich weiß er, daß wir dort heruntergekommen sind. Wir sollten lieber weitergehen.«

Das Weitergehen war gar nicht so einfach. Sie hatten Rucksäcke zu tragen, und die Büsche und Brombeeren ließen sie nur widerwillig durch. Die Bergkette hinter ihnen schnitt sie vom Wind ab, und die Luft war still und stickig. Als sie sich schließlich ihren Weg in mehr offenes Gelände gebahnt hatten, waren sie erhitzt und müde und sehr verkratzt, und außerdem wußten sie nicht, in welcher Richtung sie eigentlich gingen. Die Ufer des Baches wurden niedriger, als er die Ebene erreichte, breiter und seichter wurde und sich zum Bruch und zum Strom hinschlängelte.

»Ach, das ist doch der Stockbach!« sagte Pippin. »Wenn wir versuchen wollen, wieder unsere alte Richtung einzuschlagen, dann müssen wir sofort hinüber und uns nach rechts halten.«

Sie wateten durch den Bach und eilten auf dem anderen Ufer über eine baumlose, binsenbestandene Ebene. Dahinter kamen sie wieder zu einem Baumgürtel: hohe Eichen zum größten Teil, und hier und dort eine Ulme oder

Esche. Das Gelände war ziemlich eben, und es gab wenig Unterholz; aber die Bäume standen so dicht, daß sie nicht weit sehen konnten. Blätter wurden durch plötzliche Windböen hochgewirbelt, und einige Regentropfen fielen vom bewölkten Himmel. Dann legte sich der Wind, und der Regen begann zu strömen. Sie schleppten sich dahin, so schnell sie konnten, über Grasbüschel und durch dichte Haufen alter Blätter; und der Regen prasselte und rieselte auf sie herab. Sie sprachen nicht miteinander, sondern schauten nur immer wieder zurück und nach allen Seiten.

Nach einer halben Stunde sagte Pippin: »Ich hoffe, wir haben uns nicht zu sehr nach Süden gehalten und laufen nicht längs durch diesen Wald. Es ist kein sehr breiter Gürtel – nicht mehr als eine Meile an der breitesten Stelle, würde ich sagen – und wir müßten jetzt eigentlich schon durch sein.«

»Es hat keinen Zweck, daß wir jetzt anfangen, im Zickzack zu gehen«, antwortete Frodo. »Das würde nichts besser machen. Laßt uns weitergehen wie bisher! Ich bin auch nicht sicher, ob ich jetzt schon wieder ins Freie kommen möchte.«

Sie gingen weiter, vielleicht noch ein paar Meilen. Dann kam die Sonne wieder durch die Wolkenfetzen, und der Regen ließ nach. Mittag war schon vorbei, und sie fanden, es sei höchste Zeit für eine Mahlzeit. Unter einer Ulme hielten sie an: ihre Blätter hatten sich zwar schon gelb gefärbt, waren aber noch dicht, und unter dem Baum war es ziemlich geschützt und der Boden trocken. Als sie zu essen begannen, entdeckten sie, daß die Elben ihre Flaschen mit einem klaren Getränk von blaßgoldener Farbe gefüllt hatten: es duftete wie Honig, der aus mancherlei Blüten stammte, und war wunderbar erfrischend. Sehr bald lachten sie und scherten sich keinen Deut mehr um Regen und Schwarze Reiter. Die letzten paar Meilen, glaubten sie, würden bald geschafft sein.

Frodo lehnte sich mit dem Rücken an den Baumstamm und schloß die Augen. Sam und Pippin saßen dicht dabei, und sie begannen zu summen und dann leise zu singen:

> *He! He! He! An die Buddel geh,*
> *Heil dein Herz, ertränk dein Weh!*
> *Falle Regen oder Schnee,*
> *Meilen, Meilen, Meilen geh!*
> *Doch unterm Baume, da werd ich ruhn,*
> *Wolken zählen und nichts mehr tun.*

He!, he!, he!, begannen sie noch einmal und lauter. Dann hielten sie plötzlich inne. Frodo sprang auf die Füße. Ein langgezogenes Wehklagen trug der Wind zu ihnen herab, wie der Schrei irgendeines bösen, einsamen Geschöpfes. Es stieg und fiel und endete mit einem hohen, durchdringenden Ton. Während sie noch da saßen und standen, als seien sie plötzlich erstarrt, kam als Antwort ein zweiter Schrei, schwächer und weiter entfernt, aber nicht weniger beklemmend. Dann trat Stille ein, unterbrochen nur vom Rascheln des Windes in den Blättern.

Geradenwegs zu den Pilzen

»Und was glaubst du, was das war?« fragte Pippin schließlich. Er versuchte, es leichthin zu sagen, aber seine Stimme zitterte. »Wenn es ein Vogel war, dann jedenfalls einer, den ich noch nie im Auenland gehört habe.«

»Es war kein Vogel oder sonst ein Tier«, antwortete Frodo. »Es war ein Ruf oder Signal – es wurden Wörter geschrien, obwohl ich sie nicht verstehen konnte. Aber kein Hobbit hat eine solche Stimme.«

Es wurde nichts mehr darüber gesagt. Sie alle dachten an die Reiter, aber keiner sprach es aus. Sie mochten nun weder hierbleiben noch weitergehen; aber früher oder später mußten sie ja über das offene Land zur Fähre laufen, und da war es am besten, es früher und bei Tageslicht zu tun. Ein paar Augenblicke später hatten sie ihre Rucksäcke wieder geschultert und waren auf dem Weg.

Nicht lange, und der Wald hörte plötzlich auf. Weite Wiesen erstreckten sich vor ihnen. Jetzt sahen sie, daß sie tatsächlich zu weit nach Süden gekommen waren. Drüben, jenseits der Ebene, sahen sie hinter dem Strom den niedrigen Berg von Bockenburg, aber er lag jetzt links von ihnen. Vorsichtig krochen sie aus dem Waldrand hervor und eilten, das offene Land so rasch sie konnten zu überqueren.

Zuerst hatten sie Angst ohne den Schutz des Waldes. Weit hinter ihnen lag die Höhe, wo sie gefrühstückt hatten. Frodo erwartete halb und halb, auf der Bergkuppe die von ferne kleine Gestalt eines Reiters dunkel gegen den Himmel zu sehen; aber es war nichts zu erblicken. Die Sonne sank jetzt zu den Bergen herab, von denen sie gekommen waren, brach durch die Wolken durch und schien wieder hell. Die Angst fiel von ihnen ab, obwohl sie sich immer noch unbehaglich fühlten. Doch wurde das Land immer bebauter und ordentlicher. Bald waren sie umgeben von gut bestellten Feldern und Wiesen; es gab Hecken und Gatter und Abzugsgräben. Alles schien still und friedlich zu sein wie ein gewöhnlicher Winkel im Auenland. Ihre Stimmung stieg mit jedem Schritt. Der Lauf des Stroms kam näher; und die Schwarzen Reiter erschienen ihnen allmählich wie Gespenster der Wälder, die nun weit hinter ihnen lagen.

Sie gingen am Rande eines riesigen Rübenfeldes entlang und kamen zu einem stattlichen Tor. Dahinter zog sich ein ausgefahrener Weg zwischen niedrigen, gut gestutzten Hecken zu einer fernen Baumgruppe hin. Pippin blieb stehen.

»Ich kenne diese Felder und dieses Tor«, sagte er. »Wir sind auf dem Land vom alten Bauer Maggot. Das muß sein Hof sein da hinten zwischen den Bäumen.«

»Ein Verdruß nach dem anderen!« sagte Frodo und sah fast so bestürzt aus, als wenn Pippin ihm erklärt hätte, der Weg sei der Zugang zu einer Drachenhöhle. Die anderen sahen ihn überrascht an.

»Was hast du denn gegen den alten Maggot?« fragte Pippin. »Er ist gut Freund mit allen Brandybocks. Natürlich ist er der Schrecken aller Landstreicher und hat bissige Hunde – aber schließlich wohnen die Leute hier dicht an der Grenze und müssen auf der Hut sein.«

»Ich weiß«, sagte Frodo. »Aber trotzdem«, fügte er mit einem verlegenen Lachen hinzu, »habe ich entsetzliche Angst vor ihm und seinen Hunden. Seit Jahr und Tag habe ich um seinen Hof einen Bogen gemacht. Er hat mich verschiedentlich beim Pilzesammeln erwischt, als ich noch ein Junge war und im Brandyschloß lebte. Beim letzten Mal hat er mich verprügelt und mich genommen und seinen Hunden gezeigt. ›Seht ihn euch an, ihr Burschen‹, sagte er, ›das nächste Mal, wenn dieser kleine Racker den Fuß auf meinen Grund und Boden setzt, könnt ihr ihn fressen. Jetzt schafft ihn fort.‹ Sie jagten mich den ganzen Weg bis zur Fähre. Ich habe den Schreck niemals verwunden – obwohl ich sagen muß, daß die Viecher ihr Geschäft verstanden und mich nicht anrührten.«

Pippin lachte. »Na, es ist Zeit, daß du es wieder gutmachst. Besonders, wenn du jetzt zurückkommst, um in Bockland zu leben. Der alte Maggot ist wirklich ein Prachtskerl – sofern du seine Pilze in Frieden läßt. Laßt uns auf dem Weg gehen, dann sind wir nicht widerrechtlich eingedrungen. Wenn wir ihn treffen, überlaßt mir das Reden. Er ist ein guter Freund von Merry, und ich bin früher oft mit ihm zusammen hiergewesen.«

Sie gingen den Weg entlang, bis sie die strohgedeckten Dächer eines großen Hauses und von Wirtschaftsgebäuden zwischen den Bäumen hindurchschimmern sahen. Die Maggots und die Platschfußens in Stock und die meisten Bewohner des Bruchs lebten in Häusern; und Maggots Hof war aus festen Ziegeln erbaut und hatte eine hohe Mauer drumherum. Ein breites Holztor schloß die Mauer gegen den Weg ab.

Plötzlich, als sie näher kamen, hob ein entsetzliches Gebelle und Gekläffe an, und eine laute Stimme rief: »Greif! Fang! Wolf! Kommt her, Burschen!«

Frodo und Sam blieben wie angewurzelt stehen, aber Pippin ging noch ein paar Schritte weiter. Das Tor öffnete sich, und herausgeschossen kamen drei riesige Hunde, stürzten sich auf die Wanderer und bellten wütend. Von Pippin nahmen sie keine Notiz; aber Sam wich an die Mauer zurück, während zwei wolfsähnlich aussehende Hunde ihn mißtrauisch beschnüffelten und knurrten, sobald er sich rührte. Der größte und wildeste der drei baute sich drohend und fauchend vor Frodo auf.

Am Tor erschien jetzt ein breitschultriger, untersetzter Hobbit mit einem runden, roten Gesicht. »Hallo! Hallo! Wer seid ihr wohl und was wollt ihr hier?« fragte er.

»Guten Abend, Herr Maggot!« sagte Pippin.

Der Bauer sah ihn scharf an. »Na, wenn das nicht der junge Herr Pippin ist – Herr Peregrin Tuk sollte ich wohl sagen!« rief er, und sein bärbeißiges Gesicht sah mit einemmal ganz freundlich aus. »Euer Glück, daß ich Euch kenne. Ich wollte gerade meine Hunde auf jeden Fremden hetzen. Es gehen heute ein paar komische Dinge vor. Natürlich zieht von Zeit zu Zeit immer mal sonderbares Volk hier durch die Gegend. Zu nah am Fluß«, sagte er und schüttelte den Kopf. »Aber dieser Bursche war der fremdländischste, der mir je vor Augen gekommen ist. Der wird mein Land kein zweites Mal ohne Erlaubnis überqueren, wenn ich es verhindern kann.«

»Was für einen Burschen meint Ihr denn?« fragte Pippin.

»Dann habt Ihr ihn nicht gesehen?« sagte der Bauer. »Es ist noch nicht lange her, da ritt er den Weg hinauf zur Landstraße. War ein komischer Kerl und stellte komische Fragen. Aber vielleicht kommt Ihr mit herein, da können wir gemütlicher Neuigkeiten austauschen. Ich habe einen guten Tropfen Bier da, wenn Ihr und Eure Freunde wollen, Herr Tuk.«

Es war offensichtlich, daß der Bauer ihnen mehr erzählen würde, wenn man es ihn zu seiner Zeit und auf seine Weise tun ließ, und so nahmen sie alle die Einladung an. »Was ist mit den Hunden?« fragte Frodo ängstlich.

Der Bauer lachte. »Sie werden Euch nichts tun – außer wenn ich's ihnen befehle. Hier, Greif! Fang! Platz!« rief er. »Platz, Wolf!« Zu Frodos und Sams Erleichterung gingen die Hunde zu ihrem Herrn und ließen sie frei. Pippin stellte dem Bauern die beiden anderen vor. »Herr Frodo Beutlin«, sagte er. »Ihr werdet Euch vielleicht nicht an ihn erinnern, aber er wohnte früher im Brandyschloß.« Bei dem Namen Beutlin stutzte der Bauer und warf Frodo einen strengen Blick zu. Einen Augenblick glaubte Frodo, ihm seien die gestohlenen Pilze wieder eingefallen und die Hunde würden Auftrag bekommen, ihn fortzuschaffen. Aber der Bauer Maggot nahm ihn am Arm.

»Nun, wenn das nicht seltsamer ist als alles andere!« rief er. »Herr Beutlin ist es? Kommt herein! Wir müssen uns unterhalten.«

Sie gingen in die Küche des Bauern und setzten sich an den großen Herd. Frau Maggot brachte einen gewaltigen Krug Bier und schenkte vier große Becher ein. Es war ein gutes Gebräu, und Pippin fand sich mehr als entschädigt dafür, daß er den *Goldenen Barsch* verpaßt hatte. Sam nippte mißtrauisch an seinem Bier. Er hatte einen angeborenen Argwohn gegen die Bewohner anderer Teile des Auenlandes; und außerdem war er nicht geneigt, rasch Freundschaft zu schließen mit irgend jemandem, der seinen Herrn verprügelt hatte, und sei es noch so lange her.

Nach ein paar Bemerkungen über das Wetter und die Aussichten der Landwirtschaft (die nicht schlechter waren als üblich) stellte Bauer Maggot seinen Becher hin und blickte sie der Reihe nach an.

»Nun, Herr Peregrin«, sagte er, »wo kommt Ihr eigentlich her und wohin seid Ihr unterwegs? Seid Ihr gekommen, um mich zu besuchen? Denn dann wäret Ihr an meinem Tor vorbeigegangen, ohne daß ich Euch gesehen hätte.«

»Nein«, antwortete Pippin, »um die Wahrheit zu sagen, da Ihr sie schon erraten habt, wir sind vom anderen Ende her auf den Weg gekommen: wir waren über Eure Felder gegangen. Aber das war reiner Zufall. Wir hatten uns im Wald verirrt, da hinten beim Waldhof, als wir versuchten, eine Abkürzung zur Fähre zu finden.«

»Wenn Ihr es eilig hattet, wäre die Straße günstiger gewesen«, sagte der Bauer. »Aber darüber habe ich mir keine Gedanken gemacht. Ihr dürft gern über mein Land gehen, wenn Euch der Sinn danach steht, Herr Peregrin. Und Ihr auch, Herr Beutlin – obwohl ich annehme, daß Ihr immer noch Pilze mogt.« Er lachte. »O ja, ich habe den Namen wiedererkannt. Ich erinnere mich noch an die Zeiten, als der junge Frodo Beutlin einer der größten Tunichtgute von Bockland war. Aber es waren nicht Pilze, woran ich dachte. Ich habe gerade den Namen Beutlin gehört, ehe Ihr kamt. Was, glaubt Ihr, hat mich dieser komische Kerl gefragt?«

Sie warteten begierig, daß er fortfahren würde. »Nun ja.« Genießerisch langsam kam er zur Sache. »Er ritt auf seinem großen schwarzen Pferd zum Tor herein, das zufällig offen war und direkt bis zu meiner Tür. Auch er selbst war ganz schwarz, eingehüllt in Mantel und Kapuze, als ob er nicht erkannt werden wollte. ›Na, was um alles in der Welt kann der wollen?‹ dachte ich bei mir. Wir sehen nicht viele von den Großen Leuten diesseits der Grenze, und jedenfalls hatte ich niemals von so einem wie diesem schwarzen Burschen gehört.

›Guten Tag‹, sagte ich, als ich zu ihm hinausging. ›Dieser Weg führt nirgends hin, und wo immer Ihr auch hinwollt, am schnellsten geht es über die Straße.‹ Mir gefiel sein Aussehen gar nicht, und als Greif herauskam, schnüffelte er einmal und kläffte dann, als ob er gestochen worden sei; er kniff den Schwanz ein und schoß jaulend davon. Der schwarze Bursche saß ganz still.

›Ich komme von drüben‹, sagte er langsam und irgendwie schwerfällig und zeigte nach Westen, über *meine* Felder, bitte schön. ›Habt Ihr *Beutlin* gesehen?‹ fragte er mit seltsamer Stimme und beugte sich zu mir herunter; und mir lief ein Schauer über den Rücken. Aber ich sah nicht ein, warum er so frech über mein Land dahergeritten kommen sollte.

›Fort mit Euch!‹ sagte ich. ›Hier gibt's keine Beutlins. Ihr seid im falschen Teil vom Auenland. Ihr geht besser zurück nach Westen nach Hobbingen – aber diesmal könnt Ihr die Straße nehmen.‹

›Da ist Beutlin nicht mehr‹, antwortete er flüsternd. ›Er kommt. Er ist nicht weit weg. Ich will ihn finden. Wenn er vorbeikommt, wollt Ihr es mir sagen? Ich komme mit Gold zurück.‹

›Nein, das werdet Ihr nicht‹, sagte ich. ›Ihr werdet dahin zurückgehen, wo Ihr hingehört, und zwar schleunigst. Ich gebe Euch eine Minute, ehe ich alle meine Hunde rufe.‹

Er gab eine Art Zischen von sich. Es hätte ein Lachen sein können, oder auch nicht. Dann gab er seinem großen Pferd die Sporen und ritt direkt auf mich zu, und ich sprang gerade noch rechtzeitig beiseite. Ich rief die Hunde, aber er wendete und ritt durch das Tor und den Weg hinauf zur Landstraße wie ein Donnerblitz. Was haltet Ihr davon?«

Frodo saß einen Augenblick da und starrte ins Feuer, aber sein einziger Gedanke war, wie er um Himmels willen nur die Fähre erreichen sollte. »Ich weiß nicht, was ich davon halten soll«, sagte er schließlich.

»Dann werde ich Euch was erzählen«, sagte Maggot. »Ihr hättet Euch niemals mit den Leuten aus Hobbingen einlassen sollen, Herr Frodo. Komische Leute da oben.« Sam rutschte auf seinem Stuhl hin und her und sah den Bauern unfreundlich an. »Aber Ihr wart immer ein leichtfertiger Bursche. Als ich hörte, Ihr habt Brandyschloß verlassen und seid zu dem alten Herrn Bilbo gegangen, da sagte ich, Ihr würdet in Schwierigkeiten kommen. Merkt Euch meine Worte, alles kommt von den seltsamen Umtrieben des Herrn Bilbo. Sein Geld hat er auf merkwürdige Weise im Ausland erworben, heißt es. Vielleicht gibt es welche, die wissen wollen, was aus dem Gold und den Edelsteinen geworden ist, die er im Bühl von Hobbingen vergraben hat, wie ich höre?«

Frodo antwortete nicht: die scharfsinnigen Mutmaßungen des Bauern waren einigermaßen bestürzend.

»Ja, Herr Frodo«, fuhr Maggot fort, »ich freue mich, daß Ihr so vernünftig seid, nach Bockland zurückzukommen. Mein Rat lautet: bleibt hier! Und laßt Euch nicht mit diesem ausländischen Volk ein. Ihr werdet Freunde haben in diesen Gegenden. Wenn irgendwelche von diesen schwarzen Gesellen noch einmal hinter Euch her sind, werde ich sie mir vornehmen. Ich werde sagen, Ihr seid tot oder habt das Auenland verlassen oder was immer Ihr wollt. Und das mag sogar wahr sein; denn höchstwahrscheinlich wollen sie ja etwas von Herrn Bilbo wissen.«

»Vielleicht habt Ihr recht«, sagte Frodo; er wich dem Blick des Bauern aus und starrte ins Feuer.

Maggot sah ihn nachdenklich an. »Na, ich sehe, Ihr habt Eure eigene Meinung«, sagte er. »Für mich liegt es klar auf der Hand, daß es kein Zufall ist, der Euch und diesen Reiter am selben Nachmittag hergeführt hat; und vielleicht waren meine Neuigkeiten schließlich gar keine großen Neuigkeiten für Euch. Aber ich fordere Euch nicht auf, mir etwas zu erzählen, was Ihr lieber für Euch behaltet; doch sehe ich, daß Ihr irgendwie in der Klemme seid. Vielleicht denkt Ihr daran, daß es nicht so leicht sein wird, zur Fähre zu kommen, ohne geschnappt zu werden?«

»Das dachte ich gerade«, sagte Frodo. »Aber wir müssen es versuchen und hinkommen, und das schaffen wir nicht, wenn wir hier sitzen und nachdenken. Ich fürchte also, wir müssen gehen. Ich danke Euch wirklich sehr für Eure Freundlichkeit! Dreißig Jahre lang habe ich vor Euch und Euren Hunden Angst gehabt, Bauer Maggot, auch wenn Ihr jetzt vielleicht lacht, da Ihr es hört. Es ist schade: ich habe einen guten Freund verpaßt. Und jetzt tut es mir leid, so rasch aufzubrechen. Aber vielleicht komme ich eines Tages wieder – wenn ich die Möglichkeit habe.«

»Ihr werdet willkommen sein«, antwortete Maggot. »Aber da kommt mir ein Gedanke. Es ist schon spät, und wir werden gleich Abendbrot essen; denn meist gehen wir kurz nach der Sonne zu Bett. Wenn Ihr und Herr Peregrin und alle bleiben und einen Happen mit uns essen könntet, würden wir uns freuen!«

»Das würden wir auch sehr gerne tun«, antwortete Frodo. »Aber wir müssen sofort gehen, fürchte ich. Selbst jetzt wird es wohl dunkel werden, bis wir die Fähre erreichen.«

»Ah! aber wartet noch eine Minute. Ich wollte sagen: nach einem bißchen Abendessen hole ich einen kleinen Wagen heraus und fahre Euch alle zur Fähre. Das wird Euch manchen Schritt ersparen, und es könnte Euch auch irgendwelchen Ärger anderer Art ersparen.«

Frodo nahm jetzt die Einladung dankbar an, sehr zur Erleichterung von Pippin und Sam. Die Sonne stand schon hinter den Bergen im Westen, und es wurde dämmerig. Zwei von Maggots Söhnen und seine drei Töchter kamen herein, und ein üppiges Mahl wurde aufgetischt. In der Küche wurden Kerzen angezündet und das Feuer geschürt. Frau Maggot eilte geschäftig hin und her. Ein oder zwei andere Hobbits, die zum Hof gehörten, kamen herein. Bald setzten sich vierzehn zum Essen hin. Es gab Bier in Mengen und ein gewaltiges Pilzgericht mit Schinken, und außerdem noch alle mögliche andere handfeste, bäuerliche Kost. Die Hunde lagen am Feuer, nagten an Schwarten und knabberten Knochen.

Als sie fertig waren, gingen der Bauer und seine Söhne mit einer Laterne hinaus und machten den Wagen bereit. Es war dunkel auf dem Hof, als die Gäste herauskamen. Sie warfen ihre Rucksäcke auf das Gefährt und kletterten hinterdrein. Der Bauer setzte sich auf den Kutschbock und trieb seine zwei kräftigen Ponies an. Seine Frau stand im Lichtschein der offenen Tür.

»Sei ja vorsichtig, Maggot!« rief sie. »Fang keinen Streit mit irgendwelchen Ausländern an und komm gleich zurück!«

»Mach ich«, sagte er und fuhr zum Tor hinaus. Kein Lüftchen regte sich jetzt: die Nacht war still und ruhig, und die Luft war kühl. Sie fuhren ohne Licht und daher langsam. Nach ein oder zwei Meilen hörte der Weg auf; es ging durch einen tiefen Graben und dann eine kleine Böschung hinauf zu der hoch aufgeschütteten Landstraße.

Maggot stieg ab und warf einen Blick nach beiden Seiten, nach Norden und Süden, aber in der Dunkelheit war nichts zu sehen und kein Ton in der stillen Luft zu hören. In dünnen Schleiern hing der Flußnebel über den Gräben und kroch die Felder hinauf.

»Es wird dicken Nebel geben«, sagte Maggot. »Aber ich will meine Laternen nicht vor dem Heimweg anzünden. Wir werden heute auf der Straße alles hören, lange bevor wir es zu sehen bekommen.«

Es waren fünf oder mehr Meilen von Maggots Weg bis zur Fähre. Die Hobbits packten sich warm ein, spitzten aber die Ohren nach jedem Geräusch über das Knirschen der Räder und das langsame *Klapp* der Ponyhufe hinaus. Der Wagen kam Frodo langsamer als eine Schnecke vor. Pippin neben ihm war nahe am Einschlafen; aber Sam starrte nach vorn in den aufsteigenden Nebel.

Schließlich erreichten sie den Zugang zur Fähre. Er war durch zwei hohe weiße Pfosten gekennzeichnet, die sich plötzlich zu ihrer Rechten erhoben. Bauer Maggot zog die Zügel an, und der Wagen kam knirschend zum Stehen. Sie begannen gerade herauszuklettern, als sie plötzlich das hörten, was sie alle gefürchtet hatten: Hufe auf der Straße vor ihnen. Das Geräusch kam auf sie zu.

Maggot sprang herab, stellte sich neben die Ponies, hielt sie am Kopf und starrte nach vorn in die Düsternis. *Klipp klapp, klipp klapp* näherte sich der Reiter. Die Huftritte dröhnten laut in der stillen, nebligen Luft.

»Du versteckst dich besser, Herr Frodo«, sagte Sam besorgt. »Leg dich unten in den Wagen und deck dich mit Decken zu, und wir werden diesem Reiter schon heimleuchten!« Er kletterte hinaus und stellte sich neben den Bauern. Die Schwarzen Reiter würden über ihn hinwegreiten müssen, um an den Wagen heranzukommen.

Klapp klapp, klapp klapp. Der Reiter war fast bei ihnen.

»Hallo da!« rief Bauer Maggot. Die sich nähernden Hufe hielten an. Sie glaubten undeutlich eine dunkle, in einen Mantel gehüllte Gestalt im Nebel zu erkennen, vielleicht einen Klafter vor ihnen.

»Nun denn!« sagte der Bauer, warf Sam die Zügel zu und ging vor. »Kommt ja keinen Schritt näher! Was wollt Ihr und wo wollt Ihr hin?«

»Ich suche Herrn Beutlin. Habt Ihr ihn gesehen?« fragte eine erstickte Stimme – aber die Stimme war die von Merry Brandybock. Eine dunkle Laterne wurde abgedeckt, und ihr Lichtschein fiel auf das erstaunte Gesicht des Bauern.

»Herr Merry!« rief er.

»Ja, natürlich! Was glaubt Ihr denn, wer ich sei?« sagte Merry und kam vorwärts. Als er aus dem Nebel heraustrat und ihre Angst verflog, schien er plötzlich auf das gewöhnliche Hobbitmaß zusammenzuschrumpfen. Er ritt auf einem Pony und hatte einen Schal um den Hals und über das Kinn geschlungen, um den Nebel abzuhalten.

Frodo sprang vom Wagen herab, um ihn zu begrüßen. »So, da bist du endlich!« sagte Merry. »Ich fragte mich schon, ob ihr heute überhaupt noch kommen würdet, und wollte gerade zum Abendbrot gehen. Als es so neblig wurde, kam ich herüber und ritt nach Stock um zu sehen, ob ihr in einen Graben gefallen seid. Ich möchte bloß mal wissen, auf welchem Weg ihr eigentlich gekommen seid. Wo habt Ihr sie gefunden, Herr Maggot? In Eurem Ententeich?«

»Nein, ich habe sie dabei erwischt, daß sie widerrechtlich eingedrungen sind«, sagte der Bauer, »und fast hätte ich meine Hunde auf sie gehetzt; aber sie werden Euch die ganze Geschichte bestimmt erzählen. Jetzt, wenn Ihr mich entschuldigen wollt, Herr Merry und Herr Frodo und alle, dann kehre ich am besten gleich um. Meine Frau wird sich schon Sorgen machen bei der nebligen Nacht.«

Er fuhr den Wagen ein Stück zurück und wendete. »Na, dann gute Nacht allerseits«, sagte er. »Es war bestimmt ein sonderbarer Tag. Aber Ende gut, alles gut; obwohl wir das vielleicht nicht sagen sollten, ehe wir unsere Haustüren erreicht haben. Ich will nicht leugnen, daß ich froh sein werde, wenn ich daheim bin.« Er zündete seine Laternen an und stieg auf. Plötzlich holte er einen großen Korb unter dem Sitz hervor. »Den hätte ich ja fast vergessen«, sagte er. »Meine Frau hat ihn für Herrn Beutlin eingepackt mit ihren besten Empfehlungen.« Er gab ihn hinunter und fuhr los, begleitet von einem Chor von Danke-schön und Gute Nacht.

Sie sahen, wie die bleichen Lichtringe um seine Laternen in der nebligen Nacht verschwanden. Mit einemmal lachte Frodo: aus dem zugedeckten Korb in seiner Hand stieg der Duft von Pilzen auf.

FÜNFTES KAPITEL
EINE AUFGEDECKTE VERSCHWÖRUNG

»So, nun gehen wir lieber auch nach Hause«, sagte Merry. »Da ist irgend etwas komisch bei alledem, das sehe ich; aber es muß warten, bis wir angelangt sind.«

Sie gingen den Fährweg hinunter, der schnurgerade und in gutem Stande und mit großen, weiß angestrichenen Steinen gesäumt war. Nach etwa fünfzig Klaftern kamen sie zum Flußufer und einem breiten, hölzernen Landungssteg. Ein großes, flaches Fährboot lag dort vertäut. Die weißen Poller dicht am Ufer schimmerten im Schein zweier Lampen an hohen Pfosten. Hinter ihnen war jetzt der Nebel von den Feldern der Niederung bis über die Hecken hinaufgezogen; aber das Wasser vor ihnen war dunkel, und nur ein paar krause Schwaden zogen wie Rauchwölkchen durch das Schilf am Ufer. Am anderen Ufer schien es weniger neblig zu sein.

Merry führte das Pony über eine Laufplanke auf die Fähre, und die anderen folgten. Dann stieß Merry langsam mit einem langen Bootshaken ab. Der Brandywein floß gemächlich und breit vor ihnen. Das Ufer auf der anderen Seite war steil, und von der Anlegestelle führte ein gewundener Pfad hinauf. Auch drüben blinkten Lampen. Dahinter erhob sich der Bockberg; und von dort schimmerten zwischen einzelnen Nebelschleiern viele runde Fenster gelb und rot. Es waren die Fenster vom Brandyschloß, dem alten Heim der Brandybocks.

Vor langer Zeit hatte Gorhendad Altbock, das Oberhaupt der Altbocks, einer der ältesten Familien des Bruchs oder sogar des Auenlands, den Fluß überschritten, der ursprünglich die Ostgrenze des Landes gewesen war. Er baute (und grub) Brandyschloß, änderte seinen Namen in Brandybock und wurde der Herr eines im Grunde genommen kleinen selbständigen Landes. Seine Familie wuchs und wuchs und hörte auch nach seiner Zeit nicht auf zu wachsen, bis Brandyschloß den gesamten unteren Teil des niedrigen Berges einnahm und drei große Haupteingänge, viele Nebeneingänge und ungefähr hundert Fenster hatte. Die Brandybocks und die vielen, die von ihnen abhängig waren, begannen dann rundherum zu graben und später zu bauen. So entstand Bockland, ein dicht bevölkerter Landstrich zwischen dem Fluß und dem Alten Wald, eine Art Kolonie des Auenlandes. Das Hauptdorf war Bockenburg, eingebettet zwischen den Höhen und Hängen hinter dem Brandyschloß.

Die Leute im Bruch standen freundschaftlich mit den Bockländern, und die Oberhoheit des »Schloßherrn« (wie das Haupt der Familie Brandybock genannt wurde) wurde von den Bauern zwischen Stock und Rohrholm immer anerkannt. Aber die Bewohner des alten Auenlandes empfanden die Bockländer zumeist als eigenartig und sahen sie gewissermaßen als halbe Ausländer an. Obwohl sie in Wirklichkeit nicht viel anders waren als die Hobbits in den Vier Vierteln. Abgesehen von einem Punkt: sie fuhren gern Boot, und einige von ihnen konnten sogar schwimmen.

Eine aufgedeckte Verschwörung

Ihr Land war ursprünglich ohne Schutz nach Osten; aber an dieser Seite hatten sie eine Hecke angelegt, den Hohen Hag. Er war schon vor vielen Generationen gepflanzt worden und war jetzt breit und hoch, denn er wurde ständig gepflegt. Er erstreckte sich von der Brandyweinbrücke, in einer großen Schleife vom Fluß fortstrebend, bis Hagsend (wo der Fluß Weidenwinde aus dem Wald heraustritt und in den Brandywein mündet): gut über zwanzig Meilen von einem Ende bis zum anderen. Aber natürlich war der Hag kein völliger Schutz. An vielen Stellen kam der Wald dicht an die Hecke heran. Nach Einbruch der Dunkelheit hielten die Bockländer ihre Türen verschlossen, und auch das war im Auenland nicht üblich.

Die Fähre zog langsam über das Wasser. Das Bockländer Ufer kam näher. Sam war der einzige der Gesellschaft, der noch niemals jenseits des Flusses gewesen war. Ihm war seltsam zumute, als der langsame, gurgelnde Strom dahinglitt: sein altes Leben lag im Nebel hinter ihm, dunkle Abenteuer vor ihm. Er kratzte sich den Kopf, und einen flüchtigen Augenblick lang wünschte er, daß Herr Frodo weiterhin friedlich in Beutelsend hätte leben können.

Die vier Hobbits verließen die Fähre. Merry vertäute das Boot, und Pippin führte schon das Pony den Pfad hinauf, als Sam (der sich umgeschaut hatte, als wollte er vom Auenland Abschied nehmen) heiser flüsterte:

»Schau zurück, Herr Frodo! Siehst du etwas?«

Auf dem fernen Landungssteg unter den Lampen konnten sie eine Gestalt erkennen: sie sah aus wie ein zurückgelassenes dunkles Bündel. Aber während sie hinüberblickten, schien sich das Bündel zu bewegen und hierhin und dorthin zu schwanken, als suche es den Boden ab. Dann kroch es (oder ging geduckt) zurück in die Dunkelheit hinter den Lampen.

»Was um alles in der Welt ist denn das?« rief Merry.

»Etwas, das uns verfolgt«, sagte Frodo. »Aber frage mich jetzt nichts mehr! Laß uns sofort weggehen!« Sie eilten den Pfad hinauf bis auf die Höhe, aber als sie zurückschauten, war das ferne Ufer in Nebel gehüllt und nichts zu sehen.

»Ein Glück, daß ihr keine Boote am Westufer habt«, sagte Frodo. »Können Pferde den Fluß überqueren?«

»Das können sie zwanzig Meilen weiter nördlich über die Brandyweinbrücke – oder sie könnten auch schwimmen«, antwortete Merry. »Obwohl ich noch von keinem Pferd gehört habe, das den Brandywein durchschwommen hat. Aber was haben Pferde damit zu tun?«

»Das erzähle ich dir später. Laß uns nach Hause gehen, dann können wir reden.«

»Gut. Du und Pippin wißt ja den Weg; also reite ich voraus und sage Dick Bolger, daß ihr kommt. Wir kümmern uns ums Abendessen und derlei.«

»Wir haben schon bei Bauer Maggot ein frühes Abendessen bekommen«, sagte Frodo. »Aber wir könnten ein zweites vertragen.«

»Ihr sollt es haben! Gib mir den Korb«, sagte Merry und ritt voraus in die Dunkelheit.

Die Gefährten

Es war ziemlich weit vom Brandywein zu Frodos neuem Haus in Krickloch. Sie ließen den Bockberg und das Brandyschloß zu ihrer Linken liegen und stießen kurz vor Bockenburg auf die Hauptstraße von Bockland, die von der Brücke nach Süden verlief. Sie folgten ihr eine halbe Meile nach Norden und kamen dann zu einem Fußweg, der nach rechts abbog. Er schlängelte sich ein paar Meilen weit bergauf und bergab.

Schließlich gelangten sie zu einem schmalen Tor in einer dicken Hecke. Nichts war in der Dunkelheit von dem Haus zu sehen: es lag etwas zurück vom Weg inmitten eines großen Rasenrunds, umgeben von einer Reihe niedriger Bäume, die innerhalb der äußeren Hecke standen. Frodo hatte sich das Haus ausgesucht, weil es in einer abgeschiedenen Ecke des Landes lag und keine anderen Behausungen in der Nähe waren. Man konnte ein- und ausgehen, ohne beobachtet zu werden. Die Brandybocks hatten es vor längerer Zeit gebaut für Gäste oder Familienangehörige, die dem Gedränge im Brandyschloß eine Zeitlang entfliehen wollten. Es war ein altmodisches, ländliches Haus, einer Hobbithöhle so ähnlich wie nur möglich: es war langgestreckt und niedrig, ohne Obergeschoß; und es hatte ein Dach aus Rasensoden, runde Fenster und eine große, runde Tür.

Als sie den grünen Pfad vom Tor hinaufgingen, war kein Licht zu sehen; die Fenster waren dunkel hinter den geschlossenen Läden. Frodo klopfte an die Tür, und Dick Bolger öffnete. Ein freundlicher Lichtschein drang heraus. Rasch schlüpften sie nach drinnen und schlossen sich und das Licht ein. Sie standen in einer geräumigen Halle mit Türen an beiden Seiten; vor ihnen führte in der Mitte des Hauses ein Gang nach hinten.

»Nun, was hältst du davon?« fragte Merry, der den Gang heraufkam. »Wir haben uns in der kurzen Zeit die größte Mühe gegeben, damit es wie zu Hause aussieht. Schließlich sind Dick und ich erst gestern mit der letzten Karrenladung angekommen.«

Frodo schaute sich um. Es sah wirklich wie zu Hause aus. Viele seiner Lieblingsmöbel – oder vielmehr Bilbos Möbel (in ihrer neuen Umgebung erinnerten sie ihn stark an Bilbo) – waren so aufgestellt, daß sie möglichst genau wie in Beutelsend standen. Es war ein hübsches, behagliches und einladendes Haus; und er ertappte sich dabei, daß er wünschte, er wäre wirklich hierher gekommen, um an diesem friedlichen Ort zu bleiben. Es erschien ihm nicht richtig, daß er seinen Freunden all diese Mühe zugemutet hatte; und er fragte sich, wie er es ihnen eigentlich beibringen sollte, daß er so bald würde aufbrechen müssen, ja eigentlich sofort. Und doch mußte er ihnen das noch an diesem Abend eröffnen, ehe sie alle ins Bett gingen.

»Es ist wunderbar«, zwang er sich zu sagen. »Ich merke kaum, daß ich überhaupt umgezogen bin.«

Die Wanderer hängten ihre Mäntel auf und legten ihre Rucksäcke auf den Fußboden. Merry führte sie den Gang hinunter und riß eine Tür am hinteren Ende auf. Feuerschein drang heraus und eine Dampfwolke.

»Ein Bad!« schrie Pippin. »Gepriesen seist du, Meriadoc!«

»In welcher Reihenfolge gehen wir hinein?« fragte Frodo. »Der älteste zuerst oder der schnellste zuerst? Du bist in jedem Fall der letzte, Herr Peregrin.«

Eine aufgedeckte Verschwörung

»Von mir könnt ihr doch erwarten, daß ich das besser einrichte«, sagte Merry. »Schließlich können wir das Leben in Krickloch nicht mit einem Streit über das Baden beginnen. In dem Raum dort sind *drei* Wannen und ein Kessel voll kochenden Wassers. Auch Handtücher sind da, Bademattten und Seife. Rein mit euch, und macht schnell!«

Merry und Dick gingen in die Küche auf der anderen Seite des Ganges und trafen die letzten Vorbereitungen für ein spätes Abendessen. Bruchstücke verschiedener und gleichzeitig gesungener Lieder drangen aus dem Badezimmer, vermischt mit den Geräuschen von Spritzen und Planschen. Pippins Stimme erhob sich plötzlich über alle anderen mit einem von Bilbos Lieblingsbadeliedern:

Ein Hoch! dem Bade, dem edlen Genuß,
Der abspült den Staub und des Tages Verdruß!
Ein armer Tropf und Schmutzfink heißt,
Wer Heißes Wasser nicht lobt und preist!

O! Zärtlich klingt des Regens Laut
Und das Rieseln des Baches im Wiesenkraut,
Doch nimmer tut Regen und Bach so gut,
Wie Heißes Wasser im Zuber tut.

O Wasser kalt! Wohl trinken wir
Dich, eh wir verdursten, und danken dir,
Doch zum Trinken ist Bier eine bessere Gab',
Und Heiß Wasser soll fließen den Rücken hinab.

O! Wasser, das dem Springquell gleich
Gen Himmel steigt, ist wonnereich;
Doch niemals rauscht ein Springquell so süß,
Wie Heißes Wasser mir – platsch! – auf die Füß!

Es gab ein fürchterliches Platschen und ein »Brr« von Frodo. Anscheinend hatte ein Teil von Pippins Bad einen Springbrunnen nachgeahmt und war hochgespritzt.

Merry ging zur Tür: »Wie steht's mit Abendbrot und Bier in die Kehle?« rief er. Frodo kam heraus und trocknete sein Haar.

»Da ist so viel Wasser überall, daß ich mich lieber in der Küche fertigmache«, erklärte er.

»Du lieber Himmel!« sagte Merry, als er hineinschaute. Der Steinfußboden schwamm. »Das mußt du alles aufwischen, ehe du etwas zu essen bekommst, Peregrin. Eil dich, sonst warten wir nicht auf dich.«

Sie aßen Abendbrot in der Küche an einem Tisch nahe am Feuer. »Ich nehme an, ihr drei wollt nicht schon wieder Pilze?« fragte Fredegar ohne viel Hoffnung.

»Doch, wir wollen!« schrie Pippin.

»Sie gehören mir!« sagte Frodo. »*Mein* Geschenk von Frau Maggot, einer Königin unter den Bauersfrauen. Nehmt eure gierigen Hände weg, dann teile ich aus.«

Hobbits haben eine Leidenschaft für Pilze, die selbst die gefräßigste Gier der Großen Leute übersteigt. Eine Tatsache, die teilweise die langen Streifzüge des jungen Frodo auf den berühmten Wiesen des Bruchs und den Zorn des geschädigten Maggot erklärt. Heute gab es eine reichliche Menge, selbst nach Hobbit-Maßstäben. Und außerdem noch viele andere gute Dinge, und als sie fertig waren, stieß sogar Dick Bolger einen satten Seufzer aus. Sie schoben den Tisch beiseite und zogen ihre Stühle ans Feuer.

»Aufräumen tun wir später«, sagte Merry. »Jetzt erzähl mir mal alles. Ich vermute, ihr habt Abenteuer erlebt, was nicht sehr anständig war ohne mich. Ich will einen vollständigen Bericht haben, und vor allem will ich wissen, was mit dem alten Maggot los war und warum er so mit mir gesprochen hat. Es klang fast, als ob er *Angst* hatte, wenn das überhaupt möglich ist.«

»Wir alle haben Angst gehabt«, sagte Pippin, da Frodo nur ins Feuer starrte und den Mund nicht auftat. »Die hättest du auch gehabt, wenn du zwei Tage lang von Schwarzen Reitern gejagt worden wärst.«

»Wer ist denn das?«

»Schwarze Gestalten auf schwarzen Pferden«, antwortete Pippin. »Wenn Frodo nicht reden will, werde ich dir die ganze Geschichte von Anfang an erzählen.« Dann gab er einen vollständigen Bericht über ihre Fahrt von dem Tage an, da sie Hobbingen verlassen hatten, und dann und wann unterstrich Sam seine Ausführungen mit Nicken und Zwischenrufen. Frodo schwieg.

»Ich würde glauben«, sagte Merry, »daß ihr das alles erfunden habt, hätte ich nicht die schwarze Gestalt auf dem Landungssteg gesehen – und den sonderbaren Klang in Maggots Stimme gehört. Was hältst du von alledem, Frodo?«

»Vetter Frodo ist sehr zugeknöpft gewesen«, sagte Pippin, »aber jetzt ist die Zeit gekommen, wo er auspacken muß. Bisher haben wir keinen anderen Anhaltspunkt als Bauer Maggots Vermutung, daß es etwas mit den Schätzen vom alten Bilbo zu tun hat.«

»Das war nur eine Vermutung«, sagte Frodo hastig. »Maggot *weiß* gar nichts.«

»Der alte Maggot ist ein pfiffiger Bursche«, sagte Merry. »Eine ganze Menge geht hinter seinem runden Gesicht vor, was in seinem Reden nicht herauskommt. Ich habe gehört, daß er früher oft in den Alten Wald ging, und er hat den Ruf, eine ganze Menge seltsamer Dinge zu wissen. Aber du kannst uns wenigstens sagen, Frodo, ob du meinst, daß er gut oder schlecht geraten hat.«

»Ich *meine*«, antwortete Frodo zögernd, »daß es bis zu einem gewissen Grad gut geraten war. Tatsächlich besteht ein Zusammenhang mit Bilbos alten Abenteuern, und die Reiter halten Ausschau, oder vielleicht sollte man sagen, *suchen* nach ihm oder nach mir. Ich fürchte auch, falls ihr es wissen wollt, daß es ganz und gar kein Spaß ist; und daß ich weder hier noch sonstwo sicher bin.« Er ließ seinen Blick über die Fenster und Wände schweifen, als ob er fürchtete, sie würden plötzlich nachgeben. Die anderen sahen ihn schweigend an und tauschten untereinander vielsagende Blicke.

»In der nächsten Minute muß es kommen«, flüsterte Pippin Merry zu. Merry nickte.

»Ja«, sagte Frodo schließlich, nachdem er sich aufgesetzt und gestreckt hatte, als ob er zu einem Entschluß gekommen sei. »Ich kann es nicht länger geheimhalten. Ich muß euch allen etwas sagen. Aber ich weiß nicht recht, wie ich anfangen soll.«

»Ich glaube, ich könnte dir helfen«, sagte Merry ruhig, »indem ich dir etwas davon selbst sage.«

»Was meinst du damit?« fragte Frodo und sah ihn bestürzt an.

»Einfach folgendes, mein lieber Frodo: du bist unglücklich, weil du nicht weißt, wie du Lebewohl sagen sollst. Natürlich hast du vorgehabt, das Auenland zu verlassen. Aber die Gefahr ist rascher gekommen, als du erwartet hattest, und jetzt faßt du den Entschluß, sofort zu gehen. Und du willst nicht. Es tut uns sehr leid für dich.«

Frodo machte den Mund auf und schloß ihn wieder. Sein erstaunter Ausdruck war so komisch, daß sie lachten. »Mein lieber Frodo!« sagte Pippin. »Hast du wirklich geglaubt, du hättest uns Sand in die Augen gestreut? Dafür warst du längst nicht vorsichtig oder schlau genug! Offensichtlich hast du das ganze Jahr hindurch seit April vorgehabt, all deinen Lieblingsorten Lebewohl zu sagen. Dauernd haben wir dich murmeln hören: ›Werde ich wohl jemals wieder in dieses Tal hinunterblicken?‹ und derlei mehr. Und dann so zu tun, als sei dein Geld alle, und dein geliebtes Beutelsend an diese Sackheim-Beutlins zu verkaufen! Und all diese heimlichen Gespräche mit Gandalf!«

»Du lieber Himmel!« sagte Frodo. »Ich dachte, ich sei sehr vorsichtig und geschickt gewesen. Ich weiß nicht, was Gandalf sagen wird. Redet denn das ganze Auenland über meine Abreise?«

»O nein«, sagte Merry. »Darüber mach dir keine Sorgen. Natürlich wird es nicht lange ein Geheimnis bleiben; aber im Augenblick ist es, glaube ich, nur uns Verschwörern bekannt. Schließlich darfst du nicht vergessen, daß wir dich gut kennen und oft mit dir zusammen sind. Gewöhnlich können wir deine Gedanken erraten. Ich kannte auch Bilbo. Um dir die Wahrheit zu sagen, ich habe dich ziemlich genau beobachtet, seit er weg ist. Ich glaubte, du würdest ihm früher oder später folgen; ja, ich erwartete sogar, daß du früher weggehen würdest, und in letzter Zeit waren wir sehr besorgt. Wir hatten Angst, daß du uns entwischen und plötzlich mutterseelenallein verschwinden könntest wie er. Seit dem Frühjahr haben wir unsere Augen ununterbrochen aufgehalten und auf eigene Kappe eine ganze Menge geplant. Du wirst uns nicht so leicht entgehen!«

»Aber ich muß fort«, sagte Frodo. »Es läßt sich nicht ändern, liebe Freunde. Es ist bitter für uns alle, aber es hat keinen Zweck, daß ihr versucht, mich zurückzuhalten. Nachdem ihr schon so viel erraten habt, helft mir bitte und hindert mich nicht!«

»Du verstehst nicht«, sagte Pippin. »Du mußt gehen – und wir daher auch. Merry und ich kommen mit dir. Sam ist ein Prachtskerl und würde einem Drachen an die Kehle springen, um dich zu retten, wenn er dabei nicht über die eigenen Füße stolperte; aber du wirst bei deinem gefährlichen Abenteuer mehr als einen Gefährten brauchen.«

»Meine lieben, lieben Hobbits!« sagte Frodo tiefbewegt. »Aber das kann ich nicht zulassen. Zu dem Schluß bin ich schon vor langer Zeit gekommen. Ihr sprecht von Gefahr, aber ihr versteht es nicht. Das ist keine Schatzsuche, keine Fahrt hin und wieder zurück. Ich fliehe vor tödlichen Gefahren und gerate in neue tödliche Gefahren.«

»Natürlich verstehen wir das«, sagte Merry entschieden. »Darum haben wir beschlossen, mitzugehen. Wir wissen, mit dem Ring ist nicht zu spaßen; aber wir wollen unser Bestes tun, dir gegen den Feind zu helfen.«

»Der Ring!« rief Frodo aus, nun völlig verblüfft.

»Ja, der Ring«, sagte Merry. »Mein lieber alter Hobbit, du rechnest nicht mit der Wißbegier von Freunden. Vom Vorhandensein des Ringes weiß ich seit Jahren – schon bevor Bilbo wegging, übrigens. Aber da er es offenbar als ein Geheimnis ansah, behielt ich mein Wissen für mich, bis wir den Plan zu unserer Verschwörung faßten. Ich kannte Bilbo natürlich nicht so gut wie dich; ich war zu jung, und er war auch vorsichtiger – aber nicht vorsichtig genug. Wenn du wissen willst, wie ich es zuerst herausbekam, erzähle ich es dir.«

»Mach weiter«, sagte Frodo matt.

»Die Sackheim-Beutlins wurden ihm zum Verhängnis, wie du dir denken kannst. Eines Tages vor dem Fest ging ich zufällig die Straße entlang, als ich Bilbo vor mir sah. Plötzlich tauchten in einiger Entfernung die S.-Bs. auf und kamen auf uns zu. Bilbo ging etwas langsamer und dann, Hokuspokus Fidibus! verschwand er. Ich war so verblüfft, daß ich kaum so viel Verstand aufbrachte, mich selbst auf eine mehr übliche Weise zu verstecken; aber ich schlüpfte durch die Hecke und ging jenseits auf der Wiese weiter. Nachdem die S.-Bs. vorbei waren, schaute ich durch die Hecke auf die Straße und direkt auf Bilbo, als er plötzlich wieder erschien. Ich sah ein wenig Gold blitzen, als er etwas in die Hosentasche steckte.

Danach hielt ich meine Augen offen. Ich muß sogar gestehen, daß ich spionierte. Aber du wirst zugeben, daß es eine sehr große Verlockung war, und ich war ja noch nicht zwanzig. Ich werde wohl der einzige im Auenland sein außer dir, Frodo, der je das geheime Buch des alten Gesellen gesehen hat.«

»Du hast sein Buch gelesen?« rief Frodo. »Du lieber Himmel, ist denn nichts sicher?«

»Nicht allzu sicher, würde ich meinen«, sagte Merry. »Aber ich habe nur einmal rasch einen Blick hineingeworfen, und das war schon schwierig. Er ließ das Buch nie herumliegen. Was mag wohl aus ihm geworden sein? Ich würde gern noch einmal hineinschauen. Hast du es, Frodo?«

»Nein. Es war nicht auf Beutelsend. Er muß es mitgenommen haben.«

»Na ja, wie gesagt«, fuhr Merry fort, »ich behielt mein Wissen für mich, bis die Dinge in diesem Frühjahr ernst wurden. Dann schlossen wir uns zu unserer Verschwörung zusammen; und da es uns auch Ernst war und wir Ernst machen wollten, waren wir nicht sehr wählerisch in unseren Mitteln. Du bist eine ziemlich harte Nuß, und Gandalf ist noch schlimmer. Aber wenn du unseren wichtigsten Informanten kennenlernen willst, dann kann ich ihn dir vorstellen.«

»Wo ist er?« fragte Frodo und schaute sich um, als ob er erwartete, eine maskierte und unheimliche Gestalt würde aus einem Schrank herauskommen.

»Tritt vor, Sam!« sagte Merry; und Sam stand auf, blutrot bis zu den Ohren. »Hier ist unser Nachrichtensammler! Und er sammelte eine Menge, kann ich dir sagen, bis er schließlich geschnappt wurde. Danach schien er sich gewissermaßen als durch Ehrenwort gebunden zu betrachten, und es war nichts mehr aus ihm herauszuholen.«

»Sam!« rief Frodo; er hatte das Gefühl, daß keine größere Überraschung möglich wäre, und er konnte sich nicht darüber klarwerden, ob er ärgerlich, belustigt oder erleichtert war oder sich bloß töricht vorkam.

»Ja, Herr«, sagte Sam. »Bitte um Entschuldigung, Herr! Aber ich meinte es nicht bös mit dir, und übrigens auch nicht mit Herrn Gandalf. *Er* hat einigen Verstand, wohlgemerkt. Und als du sagtest, *allein gehen,* da sagte er *nein! nimm jemanden mit, dem du vertrauen kannst.*«

»Aber es scheint, daß ich niemandem vertrauen kann«, sagte Frodo.

Sam sah unglücklich aus. »Es kommt darauf an, was du willst«, warf Merry ein. »Du kannst uns insofern vertrauen, als wir durch dick und dünn zu dir halten werden – bis zum bitteren Ende. Und du kannst uns insofern vertrauen, daß wir jedes deiner Geheimnisse bewahren – besser als du selbst. Aber du kannst uns insofern nicht vertrauen, als wir dich deinen Schwierigkeiten nicht allein überlassen werden, falls du ohne ein Wort weggehst. Wir sind deine Freunde, Frodo. So jedenfalls ist die Lage: wir wissen das meiste von dem, was Gandalf dir gesagt hat. Wir wissen eine ganze Menge über den Ring. Wir haben entsetzliche Angst – aber wir gehen mit dir mit; oder laufen wie Hunde hinter dir her.«

»Und schließlich, Herr«, fügte Sam hinzu, »solltest du den Rat der Elben befolgen. Gildor sagte, du sollst die mitnehmen, die willig sind, und das kannst du nicht leugnen.«

»Das leugne ich nicht«, sagte Frodo und schaute Sam an, der jetzt grinste. »Das leugne ich nicht, aber ich werde nie wieder glauben, daß du schläfst, ob du schnarchst oder nicht. Ich werde dich kräftig treten, um mich zu überzeugen.«

»Ihr seid eine hinterlistige Gaunerbande!« sagte er, zu den andern gewandt. »Aber gepriesen sollt ihr sein!« lachte er, stand auf und hob die Arme. »Ich gebe auf. Ich folge Gildors Rat. Wenn die Gefahr nicht so düster wäre, würde ich vor Freude tanzen. Aber auch so bin ich glücklich, glücklicher als ich seit langem war. Mir graute vor diesem Abend.«

»Gut. Das ist geregelt. Ein Hoch auf Anführer Frodo und seine Mannen!« brüllten sie; und dann tanzten sie um ihn herum. Merry und Pippin begannen ein Lied, das sie offenbar für diese Gelegenheit vorbereitet hatten.

Es hatte das Zwergenlied zum Vorbild, das vor langer Zeit Bilbo zu seinem Abenteuer angeregt hatte, und es ging nach derselben Melodie:

Die Gefährten

Fahrwohl, mein Herd, fahrwohl, mein Haus!
Ob Regen strömt, ob Stürme wehn,
Wir müssen fort und weit hinaus,
Wo Berge hoch und Wälder stehn.

Nach Bruchtal hin, zum Elbenport,
Am Waldeshang dem guten Ort
Wir reiten durch das Morgenlicht.
Wohin von dort? Wir wissen's nicht.

Das Lager unterm Himmelszelt
Von Feinden und Gefahr umstellt
Gönnt auf der Fahrt nur kurze Rast;
Der Auftrag drängt und zwingt zur Hast.

Fort müssen wir und weiter nur
Vor Tau und Tag und Sonnenuhr.

»Sehr gut!« sagte Frodo. »Aber in diesem Fall gibt es noch eine Menge zu tun, eh wir ins Bett gehen – unter einem Dach, für heute nacht zumindest.«

»Oh! Das war doch nur ein Gedicht!« sagte Pippin. »Willst du wirklich aufbrechen, eh der Morgen graut?«

»Ich weiß nicht«, antwortete Frodo. »Ich fürchte diese Schwarzen Reiter und bin sicher, daß es gefährlich ist, lange an einem Ort zu bleiben, besonders an einem Ort, von dem bekannt ist, daß ich dort hingehen wollte. Auch riet mir Gildor, nicht zu warten. Aber ich würde Gandalf sehr gern sehen. Ich habe bemerkt, daß sogar Gildor beunruhigt war, als er hörte, daß Gandalf nicht gekommen ist. Es hängt wirklich von zweierlei ab. Wie schnell können die Reiter nach Bockenburg kommen? Und wie schnell könnten wir aufbrechen? Es werden noch allerhand Vorbereitungen nötig sein.«

»Die Antwort auf die zweite Frage«, sagte Merry, »lautet, daß wir in einer Stunde aufbrechen können. Ich habe praktisch alles vorbereitet. In einem Stall hinter der Wiese stehen sechs Ponies; Vorräte und Ausrüstung sind gepackt mit Ausnahme von ein paar zusätzlichen Kleidungsstücken und den verderblichen Lebensmitteln!«

»Es scheint eine sehr tüchtige Verschwörung gewesen zu sein«, sagte Frodo. »Aber wie steht's mit den Schwarzen Reitern? Wäre es gefährlich, einen Tag auf Gandalf zu warten?«

»Das hängt davon ab, was die Reiter deiner Ansicht nach tun würden, wenn sie uns hier fänden«, antwortete Merry. »Sie *könnten* natürlich schon hier sein, wenn sie nicht am Nordtor aufgehalten würden, wo die Hecke sich bis zum Flußufer hinunterzieht, gerade diesseits der Brücke. Nachts würden die Torwächter sie nicht durchlassen, obwohl sie einfach durchbrechen könnten. Selbst bei Tage würden die Wächter, glaube ich, versuchen, sie aufzuhalten, wenigstens solange, bis sie eine Botschaft an den Schloßherrn geschickt hätten – denn die Reiter würden ihnen verdächtig vorkommen, und bestimmt würden sie Angst vor ihnen haben. Aber natürlich könnte Bockland einem entschlossenen Angriff nicht lange Widerstand leisten. Und es ist möglich, daß ein Schwarzer Reiter, wenn er am hellichten Morgen kommt und nach Herrn Beutlin fragt, sogar durchgelassen würde. Es ist ja allgemein bekannt, daß du zurückkommst, um in Krickloch zu leben.«

Frodo saß eine Weile da und überlegte. »Ich habe mich entschieden«, sagte er schließlich. »Ich breche morgen auf, sobald es hell ist. Aber ich gehe nicht über die Straße: es wäre weniger gefährlich, hier zu warten, als die Straße zu nehmen. Wenn ich durch das Nordtor gehe, wird es sofort bekannt, statt wenigstens ein paar Tage geheim zu bleiben, daß ich Bockland verlasse. Und überdies werden die Brücke und die Oststraße in der Nähe der Grenzen bestimmt bewacht, ob nun irgendein Reiter nach Bockland gelangt oder nicht. Wir wissen nicht, wieviele es sind: aber zumindest sind es zwei und möglicherweise mehr. Es empfiehlt sich also, in einer ganz unerwarteten Richtung zu gehen.«

»Aber das kann nur bedeuten, in den Alten Wald zu gehen«, sagte Fredegar ganz entsetzt. »Das kann doch nicht dein Ernst sein; das ist ebenso gefährlich wie Schwarze Reiter.«

»Nicht ganz«, meinte Merry. »Es klingt sehr tollkühn, aber ich glaube, Frodo hat recht. Es ist der einzige Weg, auf dem man nicht sofort verfolgt würde. Mit etwas Glück könnten wir einen beträchtlichen Vorsprung gewinnen.«

»Aber im Alten Wald werdet ihr kein Glück haben«, wandte Fredegar ein. »Niemand hat Glück dort. Ihr werdet euch verirren. Da geht man nicht hinein.«

»Oh doch, das tut man«, sagte Merry. »Die Brandybocks tun es – gelegentlich, wenn der Hafer sie sticht. Wir haben einen geheimen Eingang. Frodo ist vor langer Zeit einmal darinnen gewesen. Ich war mehrmals darinnen: gewöhnlich bei Tageslicht natürlich, wenn die Bäume schläfrig sind und ziemlich ruhig.«

»Na, tut, was ihr für richtig haltet«, sagte Fredegar. »Ich habe mehr Angst vorm Alten Wald als vor allem anderen: die Geschichten darüber sind ein Albdruck; aber meine Stimme zählt wohl kaum, da ich nicht mit auf die Fahrt gehe. Immerhin bin ich froh, daß einer zurückbleibt, der Gandalf sagen kann, was ihr getan habt, wenn er kommt, was gewiß bald geschehen wird.«

So gern er Frodo hatte, so verspürte Dick Bolger doch kein Verlangen, das Auenland zu verlassen oder zu sehen, was draußen war. Seine Familie stammte aus dem Ostviertel, aus Balgfurt im Brückengau sogar, aber er war nie über die Brandyweinbrücke hinausgekommen. Nach dem ursprünglichen Plan der Verschwörer sollte es seine Aufgabe sein, hierzubleiben, neugierige Leute abzuwimmeln und solange als möglich den Schein aufrechtzuerhalten, als ob Herr Beutlin noch in Krickloch wohne. Er hatte sogar ein paar alte Kleidungsstücke von Frodo mitgebracht, die ihm helfen sollten, dessen Rolle zu spielen. Sie ahnten nicht, wie gefährlich diese Rolle werden könnte.

»Ausgezeichnet«, sagte Frodo, als ihm der Plan erklärt worden war. »Wir hätten sonst keine Nachricht für Gandalf hinterlassen können. Ich weiß natürlich nicht,

Die Gefährten

ob diese Reiter lesen können, aber ich hätte es nicht gewagt, eine schriftliche Nachricht zu hinterlassen, falls sie eindringen und das Haus durchsuchen. Aber wenn Dick bereit ist, die Stellung zu halten, und ich sicher sein kann, daß Gandalf erfährt, welchen Weg wir gewählt haben, dann gibt das für mich den Ausschlag. Gleich morgen früh gehe ich in den Alten Wald.«

»So, das ist erledigt«, sagte Pippin. »Im großen und ganzen ist mir unsere Aufgabe lieber als die von Dick – hier zu warten, bis Schwarze Reiter kommen.«

»Warte du nur, bis du richtig im Wald bist«, antwortete Fredegar. »Morgen um diese Zeit werdet ihr wünschen, wieder hier bei mir zu sein.«

»Es hat keinen Zweck, noch länger darüber zu streiten«, sagte Merry. »Wir haben noch aufzuräumen und das letzte bißchen zu packen, ehe wir ins Bett gehen. Ich wecke euch alle vorm Morgengrauen.«

Als Frodo endlich zu Bett gegangen war, konnte er zunächst nicht einschlafen. Seine Beine taten ihm weh. Er war froh, daß er morgen reiten würde. Zu guter Letzt sank er in einen undeutlichen Traum, in dem er aus einem hohen Fenster über ein dunkles Meer dichtstehender Bäume zu blicken schien. Unten zwischen den Wurzeln hörte man Geschöpfe herumkriechen und schnüffeln. Er war sicher, daß sie ihn früher oder später aufspüren würden.

Dann hörte er ein Geräusch in der Ferne. Zuerst dachte er, es sei ein starker Wind, der durch die Blätter des Waldes rauschte. Doch merkte er, daß es nicht Blätter waren, sondern das Rauschen des fernen Meeres, ein Geräusch, das er in seinem Leben, wenn er wach war, nie gehört hatte, obwohl er es oft in seinen Träumen vernommen hatte. Plötzlich stellte er fest, daß er im Freien war. Es waren überhaupt keine Bäume da. Er war auf einer dunklen Heide, und es lag ein seltsamer Salzgeruch in der Luft. Als er aufschaute, sah er einen großen weißen Turm vor sich, der einsam auf einem hohen Bergrücken stand. Ein starkes Verlangen überkam ihn, auf den Turm zu steigen und das Meer zu sehen. Er begann, den Berg zu erklimmen, um zu dem Turm zu gelangen: aber plötzlich zuckte ein Blitz über den Himmel, und es donnerte.

SECHSTES KAPITEL

DER ALTE WALD

Frodo wachte plötzlich auf. Es war noch dunkel im Zimmer. Merry stand da mit der Kerze in der einen Hand, und mit der anderen ballerte er gegen die Tür.
»Schon gut! Was ist denn?« fragte Frodo, noch immer mitgenommen und verstört.
»Was ist!« rief Merry. »Zeit zum Aufstehen ist's. Es ist halb fünf und sehr neblig. Nun los! Sam macht schon Frühstück. Sogar Pippin ist auf. Ich will gerade die Ponies satteln und das eine holen, das Gepäckträger spielen soll. Wecke Dick, den Faulpelz! Zumindest muß er aufstehen und uns ein Stück begleiten.«
Kurz nach sechs Uhr waren die fünf Hobbits bereit. Dick Bolger gähnte immer noch. Sie stahlen sich leise aus dem Haus. Merry ging voran mit einem beladenen Pony und schlug einen Pfad ein, der durch ein Gebüsch hinter dem Haus führte und dann über mehrere Wiesen. Die Blätter auf den Bäumen glänzten, und von jedem Zweig tropfte es; das Gras war grau von kaltem Tau. Alles war still, und weit entfernte Geräusche erschienen nah und klar: Federvieh gackerte in einem Hof, und in einem abgelegenen Haus schloß jemand eine Tür.
Im Schuppen fanden sie die Ponies; kräftige kleine Tiere, wie Hobbits sie liebten, nicht schnell, aber gut für ein langes Tagewerk. Sie stiegen auf, und bald ritten sie hinein in den Nebel, der sich nur widerstrebend vor ihnen zu öffnen schien und sich drohend hinter ihnen wieder schloß. Nachdem sie etwa eine Stunde langsam und ohne zu reden geritten waren, tauchte plötzlich die Hecke vor ihnen auf. Sie war hoch und mit silbernen Spinnweben überzogen.
»Wie wollt ihr da durchkommen?« fragte Fredegar.
»Folge mir«, sagte Merry, »dann wirst du es sehen.« Er ritt nach links weiter, und bald kamen sie zu einer Stelle, wo sich die Hecke nach innen ausbuchtete und am Rand einer Mulde entlanglief. In einiger Entfernung von der Hecke war ein Einschnitt mit leichtem Gefälle angelegt worden. Er hatte Ziegelmauern an den Seiten, die senkrecht aufragten, bis sie sich plötzlich nach oben wölbten und einen Tunnel bildeten, der tief unter der Hecke hindurchtauchte und auf der anderen Seite in der Mulde wieder herauskam.
Hier hielt Dick Bolger an. »Auf Wiedersehen, Frodo«, sagte er. »Ich wünschte, du gingst nicht in den Wald. Ich hoffe nur, du wirst keine Rettungsexpedition brauchen, ehe der Tag vorüber ist. Viel Glück wünsch ich dir – für heute und immer!«
»Wenn mir nichts Schlimmeres bevorsteht als der Alte Wald, dann kann ich mich glücklich preisen«, meinte Frodo. »Sage Gandalf, er soll sich schleunigst zur Oststraße aufmachen; wir werden bald wieder draufstoßen und dann so schnell weitergehen, wie wir können.«
»Auf Wiedersehen!« riefen sie, ritten in die Senke hinein und verschwanden aus Fredegars Sicht.
Im Tunnel war es dunkel und feucht. An seinem Ende war er durch ein Tor aus dicken Eisenstangen versperrt. Merry stieg ab und schloß das Tor auf, und als sie

alle hindurch waren, stieß er es wieder zu. Es fiel klirrend zu, und das Schloß schnappte ein. Das Geräusch war unheimlich.

»So«, sagte Merry. »Ihr habt das Auenland verlassen, seid jetzt draußen und am Rande des Alten Waldes.«

»Sind die Geschichten über ihn wahr?« fragte Pippin.

»Ich weiß nicht, welche Geschichten du meinst«, antwortete Merry. »Wenn du die alten Schauergeschichten meinst, die Dicks Kindermädchen ihm zu erzählen pflegten, über Unholde und Wölfe und derlei Dinge, dann würde ich sagen: nein. Jedenfalls glaube ich sie nicht. Aber der Wald *ist* wirklich absonderlich. Alles in ihm ist sehr viel lebendiger, alles, was darin vorgeht, geschieht sozusagen bewußter als im Auenland. Und die Bäume mögen keine Fremden. Sie beobachten dich. Gewöhnlich begnügen sie sich damit, dich zu beobachten, solange es heller Tag ist, und tun nicht viel. Gelegentlich mag es sein, daß die unfreundlichsten einen Zweig fallen lassen oder eine Wurzel herausstrecken oder mit einer langen Ranke nach dir greifen. Aber des Nachts kann es höchst beängstigend sein, ist mir jedenfalls erzählt worden. Ich bin nur ein- oder zweimal nach Einbruch der Dunkelheit hier gewesen, und dann nur in der Nähe der Hecke. Mir kam es vor, als flüsterten die Bäume miteinander, tauschten Nachrichten und Pläne aus in einer unverständlichen Sprache; und die Zweige schwankten hin und her und ächzten ohne Wind. Es heißt, die Bäume bewegten sich wirklich und könnten Fremde einkreisen und umzingeln. Tatsächlich haben sie vor langer Zeit die Hecke angegriffen: sie kamen und pflanzten sich direkt in sie hinein und lehnten sich über sie. Aber die Hobbits kamen und fällten Hunderte von Bäumen und machten ein großes Feuer in dem Wald und verbrannten den ganzen Boden auf einem langen Streifen östlich der Hecke. Danach gaben die Bäume ihren Angriff auf, aber sie wurden sehr unfreundlich. Es gibt immer noch einen großen kahlen Fleck nicht weit einwärts, wo das Feuer entzündet worden war.«

»Sind es nur die Bäume, die gefährlich sind?« fragte Pippin.

»Es gibt verschiedene seltsame Wesen, die tief in dem Wald leben, und auf der anderen Seite«, sagte Merry. »Oder wenigstens habe ich das gehört. Aber ich habe nie etwas davon gesehen. Aber irgend etwas macht Pfade. Sobald man hineinkommt, findet man offene Bahnen; doch scheinen sie sich von Zeit zu Zeit auf sonderbare Weise zu verlagern und zu verändern. Nicht weit von diesem Tunnel hier ist oder war vor langer Zeit der Anfang eines ziemlich breiten Pfades, der zur Feuerlichtung führt und dann weiter mehr oder weniger in unserer Richtung, östlich und ein wenig nördlich. Das ist der Pfad, mit dem ich es versuchen will, wenn ich ihn finde.«

Die Hobbits verließen jetzt das Tunneltor und ritten durch die breite Mulde. An ihrem Ende war ein schwach erkennbarer Pfad, der zum Wald hinaufführte, etwa fünfzig Klafter oder mehr jenseits der Hecke; aber er verschwand, sobald er sie bis zu den Bäumen gebracht hatte. Als sie zurückschauten, sahen sie die dunkle Linie der Hecke zwischen den Stämmen der Bäume, die sie schon dicht umgaben. Als sie nach vorn schauten, sahen sie nur Baumstämme von allen möglichen Größen und Formen: gerade oder gebogene, krumme, schräge, gedrungene oder schlanke, glatte oder knorrige und ästige; und alle Stämme waren grün oder grau von Moos und eklen, wuchernden Gewächsen.

Merry allein schien einigermaßen fröhlich. »Du solltest lieber vorangehen und diesen Pfad suchen«, sagte Frodo zu ihm. »Wir dürfen einander nicht aus den Augen verlieren oder vergessen, in welcher Richtung die Hecke liegt!«

Sie bahnten sich einen Weg zwischen den Bäumen, und ihre Ponies trotteten dahin und umgingen vorsichtig die vielen verschlungenen und miteinander verflochtenen Wurzeln. Es gab kein Unterholz. Das Gelände stieg ständig an, und als sie weiterkamen, schien es, als würden die Bäume höher, dunkler und dicker. Es war nichts zu hören als dann und wann ein Tropfen, der durch die stillen Blätter fiel. Im Augenblick war kein Rascheln und keine Bewegung zwischen den Zweigen festzustellen; aber sie hatten alle das unbehagliche Gefühl, beobachtet zu werden mit einer Mißbilligung, die sich zu Abneigung und sogar Feindseligkeit steigerte. Das Gefühl wurde immer stärker, bis sie sich dabei ertappten, daß sie rasch hochschauten oder zurückblickten, als ob sie einen plötzlichen Schlag erwarteten.

Es war immer noch keine Spur von einem Pfad zu sehen, und die Bäume schienen ihnen ständig den Weg zu versperren. Pippin glaubte es plötzlich nicht mehr ertragen zu können und stieß ohne Warnung einen Ruf aus. »He! He!« schrie er. »Ich will euch doch gar nichts tun. Laßt mich nur durch, hört ihr!«

Die anderen blieben erschrocken stehen; aber der Ruf erstarb, als hätte ihn ein schwerer Vorhang erstickt. Es gab kein Echo und keine Antwort, obwohl der Wald dichter zu werden schien und wachsamer als vorher.

»An deiner Stelle würde ich nicht rufen«, sagte Merry. »Es schadet mehr, als es nützt.«

Frodo begann sich zu fragen, ob es überhaupt möglich sei, einen Weg hindurch zu finden, und ob es richtig von ihm gewesen war, daß er die anderen in diesen abscheulichen Wald gebracht hatte. Merry sah von einer Seite zur anderen und schien schon ganz unsicher zu sein, in welcher Richtung er gehen sollte. Pippin bemerkte das. »Du hast nicht lange gebraucht, um uns in die Irre zu führen«, sagte er. Aber in diesem Augenblick stieß Merry einen Pfiff der Erleichterung aus und zeigte nach vorn.

»Ja, ja«, sagte er. »Diese Bäume verschieben sich *tatsächlich*. Da liegt die Feuerlichtung vor uns (oder ich hoffe jedenfalls), doch der Pfad dahin scheint sich fortbewegt zu haben!«

Es wurde heller, als sie weiterkamen. Plötzlich traten sie aus den Bäumen heraus und befanden sich auf einer großen, kreisrunden Fläche. Über ihnen war Himmel, blau und klar zu ihrer Überraschung, denn unter dem Walddach hatten sie gar nicht merken können, daß es Morgen geworden und der Nebel aufgestiegen war. Indes stand die Sonne noch nicht hoch genug, um in die Lichtung hineinzuscheinen, doch lagen ihre Strahlen auf den Baumgipfeln. Die Blätter waren alle dicker und grüner an den Rändern der Lichtung, so daß diese gleichsam wie durch eine feste Mauer abgeschlossen war. Kein Baum wuchs hier, nur stoppeliges Gras und viele große Pflanzen: hochstengeliger, abgeblühter Schierling und Schafkerbel und Weidenröschen, deren Samen zu flaumiger Asche zerfielen, und wuchernde Nesseln und Disteln. Ein öder Ort: aber nach dem dichten Wald kam er ihnen wie ein reizvoller und fröhlicher Garten vor.

Die Hobbits schöpften wieder Mut und blickten hoffnungsvoll hinauf zum heller werdenden Himmel. Am fernen Ende der Lichtung war eine Lücke in der Baumwand und dahinter ein deutlicher Pfad. Sie sahen, wie er in den Wald hineinführte, stellenweise breit und oben offen, obwohl hier und da die Bäume enger standen und ihn mit ihren dunklen Zweigen überschatteten. Diesen Pfad ritten sie hinauf. Es ging immer noch leicht bergan, aber sie kamen jetzt viel rascher voran und leichteren Herzens; denn es schien ihnen, als habe der Wald nachgegeben und wolle sie jetzt doch ungehindert durchlassen.

Aber nach einer Weile wurde es heiß und stickig. Die Bäume rückten von beiden Seiten wieder dicht heran, und sie konnten nicht mehr weit vorausschauen. Stärker denn je empfanden sie jetzt die Feindseligkeit des Waldes, die sie bedrückte. So still war es, daß die Tritte ihrer Ponies, das Rascheln toter Blätter und das gelegentliche Stolpern über verborgene Wurzeln in ihren Ohren zu dröhnen schien. Frodo versuchte, ein Lied zu singen, um ihnen Mut zu machen, aber die Stimme erstarb, und er konnte nur noch murmeln.

> *O Wandrer unterm Schattenjoch,*
> *Verzweifle nicht, wenn auch der Wald*
> *Noch finster steht, er endet doch*
> *Und auch die Sonne siehst du bald*
> *Im Aufgang und im Untergang,*
> *Anbruch und Tages Abgesang,*
> *Denn alle Wälder lichten sich ...*

Lichten sich ... Kaum hatte er das Wort ausgesprochen, da versagte ihm die Stimme. Die Luft war schwer, und Wörter zu formen machte müde. Gerade hinter ihnen fiel ein großer Ast von einem alten, überhängenden Baum krachend auf den Pfad. Die Bäume schienen auf sie einzudringen.

»Sie mögen all das über Enden und Sich-Lichten nicht«, sagte Merry. »Ich würde jetzt lieber nicht mehr singen. Warte, bis wir an den Waldrand kommen, und dann drehen wir uns um und bringen ihnen ein Ständchen!«

Es klang fröhlich, wie er das sagte, und wenn er Angst hatte, dann zeigte er es jedenfalls nicht. Die anderen antworteten nicht. Sie waren bedrückt. Frodo war das Herz schwer, und er bedauerte jetzt bei jedem weiteren Schritt, daß er je daran gedacht hatte, die Drohung der Bäume herauszufordern. Er war sogar drauf und dran, anzuhalten und vorzuschlagen, daß sie umkehren sollten (wenn das überhaupt noch möglich war), als die Dinge eine neue Wendung nahmen. Der Pfad stieg nicht mehr, sondern wurde eine Weile fast eben. Die dunklen Bäume rückten beiseite, und vor sich konnten sie den Pfad sehen, der fast geradlinig verlief. In einiger Entfernung von ihnen lag ein grüner Berggipfel, der baumlos war und wie ein kahler Kopf aus dem umgebenden Wald herausragte. Der Pfad schien direkt hinaufzuführen.

Sie eilten wieder voran, angefeuert von dem Gedanken, für eine Weile über das Dach des Waldes hinauszugelangen. Der Pfad fiel ab, begann dann wieder zu steigen und führte sie schließlich zum Fuß des steilen Berghanges. Dort verließ er die Bäume und verlor sich im Gras. Der Wald stand rings um den Berg wie dichtes Haar um einen glattrasierten Schädel.

Die Hobbits führten ihre Ponies in Serpentinen hinauf, bis sie den Gipfel erreichten. Dann standen sie dort und schauten sich um. Es war sonnig, aber dunstig, und sie konnten nicht weit sehen. In der Nähe hatte sich der Nebel fast ganz verzogen; nur hier und dort lagerte er noch über Mulden im Walde, und südlich von ihnen stieg aus einem tiefen Einschnitt, der quer durch den Wald verlief, der Nebel wie Dampf oder weiße Rauchwölkchen auf.

»Dort«, sagte Merry und zeigte mit der Hand darauf, »dort fließt die Weidenwinde. Sie entspringt auf den Höhen, fließt nach Südwesten mitten durch den Wald und mündet unterhalb von Hagsend in den Brandywein. *Diesen Weg* wollen wir nicht langgehen! Das Weidenwindental soll der absonderlichste Teil vom ganzen Wald sein – sozusagen der Ausgangspunkt der ganzen Absonderlichkeit.«

Die anderen schauten in die Richtung, die Merry gezeigt hatte, aber sie konnten wenig sehen außer Nebelschleiern über dem feuchten und tiefeingeschnittenen Tal; und dahinter entzog sich die südliche Hälfte des Waldes dem Blick.

Die Sonne wurde jetzt heiß auf der Bergkuppe. Es muß etwa elf Uhr gewesen sein; aber der herbstliche Dunst ließ sie auch in anderen Richtungen nicht viel sehen. Im Westen konnten sie weder den Verlauf der Hecke noch das Brandyweintal dahinter erkennen. Im Norden, wohin sie am hoffnungsvollsten schauten, wies nichts darauf hin, daß dort die große Oststraße liegen könnte, auf die sie ja stoßen wollten. Sie waren auf einer Insel in einem Meer von Bäumen, und der Horizont war verschleiert.

Auf der südöstlichen Seite fiel das Gelände sehr steil ab, als ob sich die Bergabhänge unterhalb der Bäume weit fortsetzten wie Inselküsten, die eigentlich Wände eines aus einem tiefen Gewässer emporsteigenden Berges sind. Sie setzten sich an den grünen Grat und blickten über die Wälder unter ihnen, während sie ihr Mittagsmahl aßen. Als die Sonne stieg und den Mittagspunkt überschritten hatte, erspähten sie fern im Osten die graugrünen Umrisse der Höhen, die jenseits des Alten Waldes lagen. Das munterte sie sehr auf; denn der Anblick von etwas, das sich außerhalb der Grenzen des Waldes befand, war wohltuend, obwohl sie nicht vorhatten, diesen Weg zu gehen, wenn es sich irgend vermeiden ließ; die Hügelgräberhöhen standen in der Hobbitlegende in ebenso unheilvollem Ruf wie der Wald selbst.

Schließlich rafften sie sich auf, weiterzugehen. Der Pfad, der sie auf den Berg hinaufgeführt hatte, erschien wieder auf der nordwestlichen Seite; aber sie waren ihm noch nicht lange gefolgt, als sie merkten, daß er ständig nach rechts bog. Bald wurde er sehr abschüssig, und sie vermuteten, daß er direkt aufs Weidenwindental zusteuerte: ganz und gar nicht die Richtung, die sie einschlagen wollten. Nach einigem Hin und Her beschlossen sie, diesen irreführenden Pfad zu verlassen und sich nach Norden durchzuschlagen; denn obwohl sie die Straße vom Berggipfel aus nicht hatten sehen können, mußte sie in dieser Richtung liegen, und es konnten nicht viele Meilen dorthin sein. Auch schien das Land nach Norden und links des Pfades trockener und offener zu sein, und es gab dort Abhänge, wo die Bäume nicht so dicht standen, und Tannen und Föhren traten an die Stelle der Eichen und Eschen und der anderen fremdartigen und namenlosen Bäume des dichteren Waldes.

Zuerst schien ihre Wahl gut gewesen zu sein: sie kamen einigermaßen schnell voran, obwohl es jedesmal, wenn sie auf einer Lichtung die Sonne erblickten, so aussah, als seien sie merkwürdig weit nach Osten gekommen. Doch nach einer Weile begannen die Bäume wieder dichter zu werden, gerade da, wo sie aus der Ferne geglaubt hatten, daß sie vereinzelter und weniger zuhauf stünden. Dann entdeckten sie unerwartete tiefe Bodenfalten wie Furchen von Riesenrädern oder breite Wallgräben und versunkene Straßen, die seit langem nicht mehr benutzt und von Brombeeren überwuchert waren. Sie verliefen zumeist quer zu ihrem Weg, und die Hobbits konnten nur hinübergelangen, indem sie hineinkrabbelten und wieder hinaus, was mühselig und schwierig war mit den Ponies. Jedesmal, wenn sie hinunterkletterten, fanden sie die Mulde voll von dichtem Gebüsch und verfilztem Unterholz, das ihnen irgendwie immer den Weg nach links versperrte und ihn nur freigab, wenn sie sich nach rechts wandten. Und sie mußten lange auf der Talsohle bleiben, ehe sie einen Weg die nächste Böschung hinauf fanden. Jedesmal, wenn sie sich hinaufgearbeitet hatten, erschienen die Bäume noch dichter und dunkler, und immer war es am schwierigsten, einen Weg nach links oben zu finden, und so mußten sie zwangsläufig nach rechts und nach unten gehen.

Nach ein oder zwei Stunden hatten sie jeden klaren Richtungssinn verloren, obwohl sie genau wußten, daß sie schon lange gar nicht mehr nach Norden gingen. Sie wurden einfach abgedrängt und folgten einer Richtung, die sie nicht gewählt hatten – nach Osten und Süden, mitten hinein in den Wald und nicht heraus.

Der Nachmittag verging schon, als sie in eine Senke hineinkrabbelten und stolperten, die breiter und tiefer war als alle bisherigen. Sie war so steil und überwachsen, daß es sich als unmöglich erwies, wieder herauszuklettern, weder vorwärts noch rückwärts, ohne ihre Ponies und ihr Gepäck zurückzulassen. Sie konnten nichts tun, als der Senke zu folgen – abwärts. Der Boden wurde weich und an manchen Stellen sumpfig; Quellen traten aus den Böschungen heraus, und bald merkten sie, daß sie einem Bach folgten, der durch ein krautiges Bett rieselte und plätscherte. Dann begann das Gelände rasch abzufallen, der Bach wurde kräftiger und lauter und floß und sprang geschwind bergab. Sie waren in einem tiefen, dämmerigen Tobel, überwölbt von hoch über ihnen wachsenden Bäumen.

Nachdem sie eine Weile entlang des Bachs dahingestolpert waren, kamen sie plötzlich aus der Dämmerung heraus. Wie durch ein Tor sahen sie vor sich die Sonne. Als sie ins Freie traten, merkten sie, daß sie durch einen Spalt in einem hohen, steilen Abhang, fast einer Felswand, gekommen waren. Zu seinen Füßen lag eine weite, mit Gras und Schilf bestandene Fläche; und in der Ferne war ein zweiter, fast ebenso steiler Abhang zu sehen. Eine goldene Spätnachmittagssonne lag warm und verschlafen über diesem versteckten Land. In der Mitte zwischen den beiden Abhängen schlängelte sich gemächlich ein dunkler Fluß mit braunem Wasser, gesäumt von alten Weiden, überwölbt von Weiden, versperrt durch gestürzte Weiden und gesprenkelt mit Tausenden von verwelkten Weidenblättern. Die ganze Luft war voll von ihnen, denn sie flatterten gelb von den Zweigen, weil eine warme, sanfte Brise leicht durch das Tal wehte; das Schilf raschelte, und die Weidenäste knackten.

»So, nun habe ich wenigstens eine Ahnung, wo wir sind«, sagte Merry. »Wir sind fast entgegengesetzt der Richtung gegangen, in die wir wollten. Das ist der Fluß Weidenwinde. Ich will weitergehen und mich umschauen.«

Er trat hinaus in den Sonnenschein und verschwand zwischen den hohen Gräsern. Nach einer Weile kam er zurück und berichtete, daß der Boden zwischen der Felswand und dem Fluß ziemlich fest sei; an manchen Stellen reiche die Grasnarbe bis zum Wasser. »Und überdies«, sagte er, »scheint so etwas wie ein Fußweg an dieser Seite des Flusses entlangzuführen. Wenn wir uns links halten und ihm folgen, müssen wir bestimmt zu guter Letzt an der Ostseite des Waldes herauskommen.«

»Ich will's glauben!« sagte Pippin. »Das heißt, wenn die Spur so weit geht und uns nicht einfach in einen Sumpf führt und uns da sitzen läßt. Wer hat die Spur gemacht, was meinst du, und warum? Gewiß nicht uns zuliebe. Ich bin allmählich sehr mißtrauisch gegen diesen Wald und alles in ihm, und fange an, alle Geschichten über ihn zu glauben. Und hast du irgendwelche Vorstellung, wie weit nach Osten wir gehen müßten?«

»Nein«, sagte Merry, »habe ich nicht. Ich weiß überhaupt nicht, wie weit unten an der Weidenwinde wir sind, oder wer oft genug hierherkommen könnte, um einen Pfad zu treten. Aber es gibt keinen anderen Weg hinaus, den ich sehen oder mir denken kann.«

Da nichts anderes übrig blieb, marschierten sie im Gänsemarsch los, und Merry führte sie zu dem Pfad, den er entdeckt hatte. Überall waren die Binsen und Gräser üppig und hoch, stellenweise waren sie weit über mannshoch; aber sobald der Pfad einmal gefunden war, konnte man ihm leicht folgen, wie er sich dahinschlängelte und durchwand und sich den festeren Boden zwischen den Sümpfen und Tümpeln aussuchte. Hier und dort kreuzte er andere Bächlein, die in Tobeln aus dem höher gelegenen Waldland der Weidenwinde zueilten, und an diesen Stellen waren Baumstämme oder Reisigbündel darüber gelegt.

Den Hobbits wurde es sehr heiß. Schwärme von Fliegen aller Arten umtanzten ihre Ohren, und die Nachmittagssonne brannte ihnen auf den Rücken. Schließlich kamen sie plötzlich in leichten Schatten; große graue Äste erstreckten sich über den Pfad. Jeder Schritt vorwärts wurde zögernder als der vorige. Schläfrigkeit schien aus dem Boden zu dringen und ihnen die Beine hinaufzukriechen und sanft aus der Luft auf ihre Köpfe und Augen zu rieseln.

Frodo spürte, wie sein Kinn absackte und er mit dem Kopf nickte. Gerade vor ihm fiel Pippin nach vorn auf die Knie. Frodo blieb stehen. »Keinen Zweck«, hörte er Merry sagen. »Kann keinen Schritt mehr ohne Rast. Muß schlafen. Ist kühl unter den Weiden. Weniger Fliegen!«

Frodo gefiel der Ton nicht. »Kommt weiter!« rief er. »Wir können noch nicht schlafen. Erst müssen wir aus dem Wald heraus.« Aber den anderen war schon alles gleichgültig. Sam stand neben ihnen, gähnte und blinzelte ganz benommen. Plötzlich merkte Frodo, wie auch er vom Schlaf übermannt wurde. Ihm schwamm alles vor den Augen. Es war jetzt kaum noch ein Ton zu hören. Die Fliegen summten nicht mehr. Nur ein leises, kaum hörbares Geräusch, ein leichtes Flattern wie ein halb geflüstertes Lied schien die Äste über ihm erzittern zu lassen. Er hob seine schweren Lider und sah eine riesige, alte, weißblättrige Weide über sich. Ungeheuer groß sah sie aus, ihre wuchernden Äste reckten sich empor wie greifende Arme mit unzähligen langfingrigen Händen, in ihrem knorrigen und gewundenen Stamm klafften breite Spalten, die schwach knackten, wenn sich die Äste bewegten. Die vor dem hellen Himmel flatternden Blätter blendeten ihn, und er kippte vornüber und blieb auf dem Gras liegen, wie er hingefallen war.

Merry und Pippin schleppten sich ein Stückchen weiter und legten sich dann hin, den Rücken an den Weidenstamm gelehnt. Hinter ihnen klafften die großen Spalten weit auseinander, um sie zu empfangen, während der Baum schwankte und knarrte. Sie sahen hinauf zu den grauen und gelben Blättern, die sich leicht im Licht bewegten und sangen. Sie schlossen die Augen, und dann schien es ihnen, als könnten sie fast Worte hören, beruhigende Worte, bei denen es um Wasser und Schlaf ging. Sie überließen sich dem Zauber und schliefen am Fuß der großen grauen Weide ein.

Frodo lag eine Weile da und kämpfte gegen den Schlaf an, der ihn übermannen wollte; dann rappelte er sich mühsam wieder auf. Er verspürte ein unwiderstehliches Verlangen nach kühlem Wasser. »Wart auf mich, Sam«, stammelte er. »Muß Füße baden eine Minute.«

Halb im Traum taumelte er zu der dem Fluß zugewandten Seite des Baumes, wo dicke, gewundene Wurzeln in das Wasser hineinwuchsen wie knorrige kleine Drachen, die sich bückten, um zu trinken. Auf eine davon setzte er sich rittlings und ließ seine beiden Füße in das kühle braune Wasser hängen; und dort schlief auch er plötzlich ein, mit dem Rücken gegen den Baum.

Sam setzte sich, kratzte sich den Kopf und gähnte wie ein Scheunentor. Er war beunruhigt. Es war schon später Nachmittag, und er fand diese plötzliche Schläfrigkeit unheimlich. »Da steckt mehr dahinter als Sonne und Hitze«, murmelte er vor sich hin. »Mir gefällt dieser dicke, große Baum nicht. Ich trau ihm nicht. Horch nur, wie er jetzt ein Schlaflied singt! Das wird nicht gutgehen!«

Er riß sich zusammen und stand auf, dann torkelte er los, um zu sehen, was aus den Ponies geworden war. Er fand, daß zwei ein ganzes Stück den Pfad entlang gewandert waren; und kaum hatte er sie eingefangen und zu den anderen zurückgebracht, als er zwei Geräusche hörte; das eine war laut und das andere leise, aber sehr deutlich. Das eine war ein Platschen von etwas Schwerem, das ins Wasser gefallen war; das andere klang wie das Schnappen eines Schlosses, wenn sich eine Tür leise und schnell schließt.

Er stürzte zum Ufer zurück. Frodo lag im Wasser, dicht am Rand, und eine große Baumwurzel über ihm schien ihn hinunterzudrücken, aber er wehrte sich nicht. Sam packte ihn am Rock, zog ihn unter der Wurzel hervor und schleppte ihn dann mühselig das Ufer hinauf. Fast sofort wachte Frodo auf, hustete und spuckte.

»Weißt du was, Sam«, sagte er schließlich, »dieser gemeine Baum hat mich *reingeworfen*! Ich habe es gespürt. Die dicke Wurzel drehte sich um und kippte mich rein!«

»Du hast geträumt, nehme ich an, Herr Frodo«, sagte Sam. »Du solltest dich nicht an eine solche Stelle setzen, wenn du müde bist.«

»Was ist mit den anderen?« fragte Frodo. »Ich möchte mal wissen, was für Träume sie haben.«

Sie gingen herum auf die andere Seite des Baumes, und dann verstand Sam das Zuschnappen, das er gehört hatte. Pippin war verschwunden. Der Spalt, vor den er sich gelegt hatte, war völlig geschlossen, so daß nicht eine Ritze mehr zu sehen war. Merry war gefangen: ein zweiter Spalt hatte sich über seinem Leib geschlossen; seine Beine lagen draußen, aber alles andere war drinnen in einer dunklen Höhle, und ihre Ränder griffen zu wie eine Zange.

Frodo und Sam schlugen erst auf den Baumstamm ein, wo Pippin gelegen hatte. Dann mühten sie sich verbissen, die Backen des Spalts auseinanderzuziehen, die den armen Merry festhielten. Es war völlig nutzlos.

»Was für eine abscheuliche Geschichte!« rief Frodo wütend. »Warum sind wir je in diesen schrecklichen Wald gekommen? Ich wollte, wir wären alle wieder in Krickloch!« Er trat mit aller Wucht gegen den Baum, ohne Rücksicht auf seine Füße. Ein kaum wahrnehmbarer Schauer lief über den Stamm und hinauf bis zu den Zweigen; die Blätter raschelten und wisperten, aber es klang jetzt wie schwaches und fernes Gelächter.

»Haben wir eigentlich eine Axt in unserem Gepäck, Herr Frodo?« fragte Sam.

»Ich habe nur ein kleines Beil mitgenommen, um Brennholz zu hacken«, sagte Frodo. »Das würde nicht viel nützen!«

»Moment mal«, rief Sam, dem das Wort Brennholz einen Gedanken eingegeben hatte. »Mit Feuer könnten wir was machen!«

»Könnten wir«, meinte Frodo zweifelnd. »Wir könnten es aber auch schaffen, Pippin drinnen lebendig zu rösten.«

»Wenigstens könnten wir versuchen, diesem Baum weh zu tun oder ihm Angst zu machen«, sagte Sam grimmig. »Wenn er sie nicht freiläßt, hacke ich ihn um, und wenn ich ihn abnagen müßte.« Er rannte zu den Ponies und kam gleich mit zwei Zunderbüchsen und dem Beil zurück.

Rasch sammelten sie trockenes Gras und Blätter und Borkenstückchen; und machten einen Haufen von kleingebrochenen Zweigen und zerhackten Stöcken. Diese schichteten sie gegen den Stamm an der Seite des Baumes, die den Gefangenen entgegengesetzt war. Kaum hatte Sam einen Funken in den Zunder geschlagen, da entzündete sich das trockene Gras, und ein Flammenstoß und Rauch stiegen auf. Die Zweige knackten. Kleine Feuerzungen leckten an der trockenen, eingekerbten Rinde des alten Baumes und versengten sie. Ein Zittern lief durch die ganze Weide. Die Blätter über ihren Köpfen schienen vor Schmerz und Wut zu zischen. Merry gab einen lauten Schrei von sich, und tief aus dem Innern des Baumes hörten sie einen erstickten Klagelaut von Pippin.

»Macht es aus! Macht es aus!« schrie Merry. »Er drückt mich entzwei, wenn ihr es nicht tut. Er hat es gesagt!«

»Wer? Was?« brüllte Frodo und rannte auf die andere Seite des Baumes.

»Macht es aus! Macht es aus!« bettelte Merry. Die Äste der Weide begannen sich heftig zu bewegen. Man hörte ein Geräusch wie von einem Wind, der sich erhob und auf die Äste aller anderen Bäume ringsum übergriff, als ob sie einen Stein in den ruhigen Schlummer des Flußtals geworfen und damit eine Welle der Wut erregt hätten, die durch den ganzen Wald lief. Sam schob mit dem Fuß das kleine Feuer auseinander und zertrat die Funken. Aber Frodo lief, ohne eine klare Vorstellung zu haben, warum er es tat und was er sich davon erhoffte, den Pfad entlang und schrie: *Hilfe! Hilfe! Hilfe!* Ihm war, als könne er kaum den Ton seiner eigenen schrillen Stimme hören: sobald er die Rufe ausgestoßen hatte, wurden sie von dem Weiden-Wind davongetragen und gingen im Getöse der Blätter unter. Er war verzweifelt: mutlos und ratlos.

Plötzlich blieb er stehen. Es kam eine Antwort, oder wenigstens glaubte er es; aber sie schien aus der anderen Richtung zu kommen, den Pfad weiter hinunter aus dem Wald. Er wandte sich um und lauschte, und bald konnte kein Zweifel mehr sein: jemand sang ein Lied; eine tiefe, fröhliche Stimme sang sorglos und vergnügt, aber sie sang Unsinn:

> *Dong – long! Dongelong! Läute laute lillo!*
> *Wenn – wann, Weidenmann! Bimmel bammel billo!*
> *Tom Bom! Toller Tom! Tom Bombadillo!*

Halb hoffnungsvoll und halb irgendeine neue Gefahr fürchtend, standen Frodo und Sam jetzt beide still. Plötzlich erhob sich aus einer langen Kette von Unsinnswörtern (so erschienen sie jedenfalls) die Stimme laut und klar und sang folgendes Lied:

> *Dong – long! Dongelong! Dongelong, mein Schätzchen!*
> *Leicht geht der Wetterwind, fliegt das Federspätzchen,*
> *Dort am Fuß des Berges, dort im hellen Sonnenlicht*
> *Wartet meine Holde auf das kalte Sternenlicht,*
> *Steht das Kind der Wasserfrau auf des Hauses Schwelle,*
> *Schlank wie der Weidenzweig, klarer als die Quelle.*
> *Bringt der alte Bombadil Wasserlilien wieder,*
> *Hüpft vor Freude heim zu ihr! Hört ihr seine Lieder?*
> *Dong – long! Dongelong! Dongelonge – lerio!*
> *Goldbeere! Goldenbeer – honiggelbe Beer-io!*
> *Armer alter Weidenmann, zieh doch ein die Wurzeln,*
> *Tom hat Eile, dunkel wird's, mag nicht drüber purzeln,*
> *Tom bringt Wasserlilien mit, bringt sie immer wieder,*
> *Dong – long! Dongelong! Hört ihr seine Lieder?*

Frodo und Sam standen wie bezaubert da. Der Wind legte sich. Die Blätter hingen wieder schweigend an den unbewegten Zweigen. Noch ein Lied erschallte, und dann erschien über dem Schilf, den Weg entlang hüpfend und tänzelnd, ein alter schäbiger Hut mit einem hohen Hutkopf, und eine lange blaue Feder steckte im Band. Mit einem weiteren Hopser und Sprung kam dann ein Mensch in Sicht, oder wenigstens schien es so. Jedenfalls war er zu dick und schwer für einen Hobbit, wenn auch nicht eigentlich lang genug für einen von den Großen Leuten, obschon er Lärm genug für einen machte, wie er so in hohen gelben Stiefeln auf seinen dicken Beinen angestapft kam und durch Gras und Schilf stürmte wie eine Kuh, die zur Tränke geht. Er hatte einen blauen Mantel und einen langen braunen Bart; seine Augen waren blau und strahlend und sein Gesicht rot wie ein reifer Apfel, aber zerknittert von hundert Lachfalten. In den Händen trug er auf einem großen Blatt wie auf einem Tablett ein kleines Häufchen weißer Wasserlilien.

»Hilfe!« schrien Frodo und Sam und rannten mit ausgestreckten Händen auf ihn zu.

»Brr! Halt! Immer mit der Ruhe!« rief der alte Mann, indem er eine Hand hochhielt, und sie blieben wie angewurzelt stehen, als seien sie vor Schreck erstarrt. »Nun, meine kleinen Burschen, wo wollt ihr denn hin, schnaufend wie die Blasebälger? Was ist denn hier los? Wißt ihr, wer ich bin? Ich bin Tom Bombadil. Sagt mir, was ihr für Kummer habt. Tom, der hat es eilig jetzt. Drückt mir meine Lilien nicht!«

»Meine Freunde sind in der Weide gefangen!« rief Frodo atemlos.

»Herr Merry wird in einem Spalt zerquetscht!« rief Sam.

»Was?« rief Tom Bombadil und machte einen Luftsprung. »Der Alte Weidenmann? Nichts Schlimmeres als das? Das kann rasch bereinigt werden. Ich kenne die Melodie für ihn. Alter grauer Weidenmann! Ich werde ihm das Mark erstarren lassen, wenn er sich nicht benimmt. Ich werde ihm seine Wurzeln wegsingen! Ich werde einen Wind herbeisingen und ihm Blatt und Ast wegblasen! Alter Weidenmann!«

Vorsichtig legte er seine Lilien ins Gras und rannte zum Baum. Da sah er Merrys Füße noch herausragen – alles andere war schon hineingezogen worden. Tom legte seinen Mund an den Spalt und begann mit leiser Stimme zu singen. Sie konnten die Worte nicht verstehen, aber offensichtlich wurde Merry aufgeweckt. Seine Beine begannen zu strampeln. Tom sprang beiseite, brach einen langen, herabhängenden Zweig ab und schlug die Weide damit. »Du läßt sie jetzt wieder heraus, alter Weidenmann!« sagte er. »Was ist dir denn eingefallen? Du solltest nicht wach sein. Iß Erde! Grabe tief! Trink Wasser! Geh schlafen! Bombadil spricht!« Er packte Merrys Füße und zog ihn aus dem plötzlich nachgebenden Spalt heraus.

Dann gab es ein heftiges Knarren, der andere Spalt brach auf und heraus sprang Pippin, als ob er einen Fußtritt bekommen hätte. Darauf schlossen sich beide Spalte wieder mit einem lauten Schnappen. Ein Schauer lief über den Baum von der Wurzel bis zur Spitze, und dann war es völlig still.

»Vielen Dank«, sagten die Hobbits einer nach dem anderen.

Tom Bombadil brach in Lachen aus. »So, meine kleinen Burschen«, sagte er und bückte sich, um ihnen ins Gesicht zu schauen. »Ihr werdet jetzt mit mir nach Hause kommen. Der Tisch ist reich gedeckt mit gelbem Rahm, Honigwaben, Weißbrot und Butter. Goldbeere wartet schon. Zeit genug für Fragen am Abendbrottisch. Folgt mir, so rasch ihr's vermögt!« Damit nahm er seine Lilien auf, winkte einladend mit der Hand und ging hüpfend und tänzelnd den Pfad nach Osten entlang, immer noch lauter Unsinn singend.

Zu verblüfft und zu erleichtert, um zu reden, folgten ihm die Hobbits, so schnell sie konnten. Aber das war nicht schnell genug. Tom verschwand bald vor ihnen, und sein Gesang wurde schwächer und klang entfernter. Plötzlich drang seine Stimme mit einem lauten Hallo! wieder ganz deutlich zu ihnen.

Hoppe – hopp! Lauft mir nach längs der Weidenwinde,
Tom geleitet euch nach Haus, folget ihm geschwinde,
Westwärts sinkt die Sonne schon, bald, da stolpern alle,
Wenn die Nacht niedersinkt, lockt die warme Halle:
Aus den Fenstern dringt das Licht freundlich gelb und gelber,
Fürchtet keine Finsternis noch die Weide selber,
Weder Wurzel noch Gestrüpp! Tom wird euch geleiten
Und wir wollen gleich das Fest – dongelong – bereiten.

Danach hörten die Hobbits nichts mehr. Fast sofort schien die Sonne zwischen den Bäumen hinter ihnen zu versinken. Sie dachten an das schräge Abendlicht, das auf dem Brandyweinfluß glitzerte, und an die Fenster von Bockenburg, die mit Hunderten von Lichtern zu schimmern begannen. Große Schatten fielen auf sie; Stämme und Äste von Bäumen hingen dunkel und drohend über dem Pfad. Weiße Nebel stiegen auf und wogten über dem Fluß und strichen um die Wurzeln der Bäume an seinen Ufern. Selbst aus dem Boden zu ihren Füßen stieg ein schattenhafter Dampf auf und verquickte sich mit der rasch hereinbrechenden Dämmerung.

Es wurde schwierig, dem Pfad zu folgen, und sie waren sehr müde. Ihre Beine waren wie Blei. Seltsame flüchtige Geräusche zogen durch die Büsche und Binsen zu beiden Seiten; und wenn sie hinaufschauten zum fahlen Himmel, erblickten sie sonderbare knorrige und knotige Gesichter, die sich dunkel gegen das Zwielicht abhoben und auf sie herunterschielten von dem hohen Hang und den Rändern des Waldes. Sie empfanden dieses Land allmählich als unwirklich und hatten das Gefühl, durch einen unheilvollen Traum zu taumeln, der zu keinem Erwachen führt.

Gerade, als sie merkten, daß ihre Schritte immer langsamer wurden, fiel ihnen auf, daß das Gelände leicht anstieg. Das Wasser begann zu murmeln. In der Dunkelheit konnten sie dort den weißen Schimmer von Gischt erkennen, wo der Fluß einen kleinen Wasserfall hinunterfloß. Dann hörten plötzlich die Bäume auf und die Nebel blieben zurück. Die Hobbits traten aus dem Wald heraus und sahen eine große Grasfläche vor sich. Der Fluß, jetzt schmal und hurtig, plätscherte

Der Alte Wald

ihnen fröhlich entgegen und schimmerte hier und dort im Licht der Sterne, die schon am Himmel standen.

Das Gras unter ihren Füßen war weich und kurz, als sei es gemäht oder geschnitten worden. Die Ausläufer des Waldes dahinter waren gestutzt, säuberlich wie eine Hecke. Der Pfad war nun leicht erkennbar, gut gepflegt und mit Steinen begrenzt. Er zog sich zum Gipfel einer grasbedeckten Kuppe hinauf, jetzt grau in der fahlen Sternennacht; und dort, immer noch hoch über ihnen auf einem zweiten Hang, sahen sie die Lichter eines Hauses funkeln. Hinunter führte der Pfad und dann wieder hinauf über einen langgestreckten, grasbewachsenen Berghang dem Licht entgegen. Plötzlich ergoß sich ein breiter gelber Strahl hell aus einer Tür, die geöffnet worden war. Da lag Tom Bombadils Haus vor ihnen, hinauf, hinab, unter dem Berg. Hinter ihm erhob sich ein steiler Rücken grau und kahl, und jenseits davon die dunklen Umrisse der Hügelgräberhöhen fern in der östlichen Nacht.

Sie alle hasteten jetzt voran, Hobbits und Ponies. Schon waren ihre Müdigkeit und ihre Ängste halb verflogen. *Dong-long! Dongelong!* schallte es ihnen zur Begrüßung entgegen.

Dong-long! Dongelong! Springt, ihr kleinen Leute!
Hobbits! Ponies! Kommt heran, ja die ganze Meute!
Jetzt beginnt der große Spaß, laßt uns alle singen!

Dann fiel eine andere klare Stimme ein, so jung und so uralt wie der Frühling, gleich der Melodie eines fröhlichen Gewässers, das aus einem strahlenden Morgen in den Bergen hinabfließt in die Nacht, strömte sie ihnen wie Silber entgegen:

Jetzt beginnt unser Lied! Laßt uns alle singen
Von Regen, Sonne, Mond und Stern, Tau auf Vogelschwingen,
Wind über freiem Land, trübem Nebelwetter,
Glockenheide, lichtem Grün zarter junger Blätter,
Schilfrohr am dunklen Teich, Lilien auf dem Weiher,
Singt vom Kind der Wasserfrau und Tom, dem treuen Freier!

Und mit diesem Lied standen die Hobbits auf der Schwelle, und ein goldenes Licht hüllte sie ein.

SIEBENTES KAPITEL

IN TOM BOMBADILS HAUS

Die vier Hobbits traten über die breite Steinschwelle und blieben blinzelnd stehen. Sie befanden sich in einem langen, niedrigen Raum, erleuchtet von Lampen, die von den Dachbalken herabhingen; und auf einem Tisch aus dunklem, poliertem Holz standen viele hohe, gelbe Kerzen, die hell brannten.

In einem Stuhl an der Rückwand des Raumes gegenüber der Eingangstür saß eine Frau. Ihr langes goldblondes Haar wallte ihr über die Schultern; ihr Gewand war grün, grün wie junges Schilf, durchwirkt mit Silber wie Tauperlen; und ihr Gürtel war aus Gold, geformt wie eine Kette aus Schwertlilien und besetzt mit blaßblauen Vergißmeinnichtknospen. Zu ihren Füßen standen große Schalen aus grünem und braunem Steingut, in denen Wasserlilien schwammen, so daß es aussah, als throne sie inmitten eines Teiches.

»Tretet ein, liebe Gäste«, sagte sie, und als sie sprach, wußten die Hobbits, daß es ihre klare Stimme gewesen war, die sie hatten singen hören. Sie kamen schüchtern ein paar Schritte weiter in den Raum und verbeugten sich tief, und sie waren ebenso überrascht und verlegen wie Leute, die an einem Bauernhaus klopfen, weil sie um einen Schluck Wasser bitten wollen, und denen eine schöne junge Elbenkönigin in einem Gewand aus lebenden Blumen die Tür öffnet. Aber ehe sie etwas sagen konnten, sprang die Frau leichtfüßig auf und über die Lilienschalen hinweg und lief lachend auf sie zu; und während sie lief, raschelte ihr Gewand leise wie der Wind an den blühenden Ufern eines Flusses.

»Kommt, liebe Leute!« sagte sie und nahm Frodo bei der Hand. »Lacht und seid fröhlich! Ich bin Goldbeere, Tochter des Flusses.« Dann ging sie an ihnen vorbei, schloß die Tür, lehnte sich mit dem Rücken dagegen und breitete ihre weißen Arme davor aus. »Laßt uns die Nacht aussperren!« sagte sie. »Denn vielleicht fürchtet ihr euch immer noch vor Nebel und Baumschatten und tiefem Wasser und bösen Wesen. Fürchtet euch nicht! Denn heute nacht seid ihr unter Tom Bombadils Dach.«

Die Hobbits sahen sie voll Staunen an, und sie schaute jeden von ihnen an und lächelte. »Schöne Frau Goldbeere!« sagte Frodo schließlich und fühlte eine Freude in seinem Herzen aufsteigen, die er nicht verstand. Er war so bezaubert, wie er zuweilen von schönen Elbenstimmen bezaubert gewesen war; aber der Zauber, der ihn jetzt umfing, war von anderer Art: nicht so glühend und überirdisch war das Entzücken, vielmehr tiefer und dem sterblichen Herzen näher; wunderbar, und dennoch nicht unvertraut. »Schöne Frau Goldbeere!« wiederholte er. »Nun ist mir die Freude verständlich, die aus den Liedern sprach –

> *O schlank wie der Weidenzweig! O klarer als die Quelle!*
> *O Schilfrohr am Wassersaum! O Tochter des Flusses!*
> *O Frühling und Sommerzeit und danach wieder Frühling!*
> *O Wind auf dem Wasserfall und Lachen des Laubes!«*

Plötzlich hielt er inne und stammelte, von Erstaunen überwältigt, daß er sich selbst solche Dinge sagen hörte. Aber Goldbeere lachte.

»Willkommen!« sagte sie. »Ich habe nie gewußt, daß die Leute im Auenland solche Dichter sind. Aber ich sehe, du bist ein Elbenfreund; das Leuchten in deinen Augen und der Klang deiner Stimme verraten es. Das ist ein frohes Treffen! Setzt euch und wartet auf den Herrn des Hauses. Er wird nicht lange ausbleiben. Er versorgt eure müden Tiere.«

Die Hobbits setzten sich gern auf die niedrigen Stühle mit den Binsensitzen, während Goldbeere sich am Tisch zu schaffen machte; und die Augen der Hobbits folgten ihr, denn die schlanke Anmut ihrer Bewegungen erfüllte sie mit stiller Freude. Von irgendwo hinter dem Hause schallte Singen herüber. Immer wieder vernahmen sie zwischen so manchem *Dong-long* und *dongelong* und *läute laute lillo* die Worte:

> *Tom, alter Bombadil, lustiger Gevatter,*
> *Blaue Jacke hat er an, gelbe Stiefel hat er.*

»Schöne Frau«, sagte Frodo nach einer Weile. »Sagt mir, wenn meine Frage nicht töricht klingt, wer ist Tom Bombadil?«

»Er ist«, antwortete Goldbeere, hielt in ihren raschen Bewegungen inne und lächelte.

Frodo sah sie fragend an. »Er ist, wie ihr ihn gesehen habt«, sagte sie als Antwort auf seinen Blick. »Er ist der Meister von Wald, Wasser und Berg.«

»Dann gehört ihm dieses ganze sonderbare Land?«

»O nein«, antwortete sie, und ihr Lächeln verblaßte. »Das wäre wahrscheinlich eine Bürde«, fügte sie leise hinzu, als spräche sie zu sich selbst. »Die Bäume und die Gräser und alles, was im Land wächst und lebt, gehören sich selbst. Tom Bombadil ist der Meister. Niemand hat jemals den alten Tom gefangen, wenn er im Wald wanderte, im Wasser watete, in Licht und Schatten über die Berggipfel sprang. Er hat keine Furcht. Tom Bombadil ist der Meister.«

Eine Tür ging auf, und herein kam Tom Bombadil. Er trug jetzt keinen Hut, und sein dichtes braunes Haar war mit Herbstblättern bekränzt. Er lachte, ging zu Goldbeere und nahm ihre Hand.

»Hier ist meine schöne Herrin«, sagte er, indem er sich vor den Hobbits verbeugte. »Hier ist meine Goldbeere, in Silbergrün gekleidet und mit Blumen im Gürtel! Ist der Tisch gedeckt? Ich sehe gelben Rahm und Honigwaben und weißes Brot und Butter, Milch und Käse, grüne Kräuter und reife Beeren. Ist das genug für uns? Ist das Abendbrot fertig?«

»Ja«, sagte Goldbeere, »aber vielleicht unsere Gäste nicht?«

Tom klatschte in die Hände und rief: »Tom! Tom! Deine Gäste sind müde, und du hättest es fast vergessen! Kommt nun, meine lustigen Freunde, Tom wird euch erfrischen! Schmutzige Hände sollt ihr säubern und müde Gesichter waschen; eure staubigen Mäntel ausziehen und eure Zotteln kämmen!«

Er öffnete die Tür, und sie folgten ihm über einen kurzen Flur und dann scharf um die Ecke. Sie kamen in einen niedrigen Raum mit schrägem Dach (offenbar ein Anbau an der Nordseite des Hauses). Die Mauern waren aus nackten Steinen, aber größtenteils mit grünen Wandmatten und gelben Vorhängen bedeckt. Der Fußboden war mit Fliesen belegt und mit frischen, grünen Binsen bestreut. An einer Seite des Raumes lagen vier dicke Matratzen auf dem Fußboden, jede mit weißen Decken versehen. An der gegenüberliegenden Wand standen auf einer langen Bank große Steingutschüsseln und daneben braune Krüge, mit Wasser gefüllt, manche kalt, manche dampfend heiß. Weiche grüne Hausschuhe standen neben jedem Bett bereit.

Es dauerte nicht lange, da saßen die Hobbits, gewaschen und erfrischt, am Tisch, zwei an jeder Seite, während an den beiden Enden Goldbeere und der Meister saßen. Es war ein ausgedehntes und fröhliches Mahl. Obwohl die Hobbits so viel aßen, wie nur ausgehungerte Hobbits essen können, mangelte es an nichts. Das Getränk in ihren Humpen schien klares, kaltes Wasser zu sein, doch stieg es ihnen zu Kopf wie Wein und löste ihre Zungen. Die Gäste merkten plötzlich, daß sie fröhlich sangen, als ob es leichter und natürlicher sei als Sprechen.

Schließlich erhoben sich Tom und Goldbeere und räumten rasch den Tisch ab. Den Gästen wurde befohlen zu bleiben, sie wurden in Sessel gesetzt, und jeder erhielt einen Schemel für die müden Füße. In dem großen Kamin vor ihnen brannte ein Feuer, das süß duftete, als wären die Scheite aus Apfelholz. Als alles in Ordnung gebracht war, wurden alle Lichter im Raum ausgelöscht bis auf eine Lampe und ein Paar Kerzen an beiden Seiten des Kamins. Dann kam Goldbeere und stand vor ihnen mit einer Kerze in der Hand; und sie wünschte jedem von ihnen eine gute Nacht und festen Schlaf.

»Habt nun Frieden«, sagte sie, »bis zum Morgen! Kümmert euch nicht um nächtliche Geräusche! Denn nichts dringt hier durch Tür und Fenster als Mondschein und Sternenlicht und der Wind vom Bergesgipfel. Gute Nacht!« Sie verließ das Zimmer mit leisem Schimmer und Rascheln. Ihre Schritte klangen wie ein Bach, der in der Stille der Nacht über kühle Steine sanft zu Tal plätschert.

Tom blieb eine Weile schweigend bei ihnen sitzen, während jeder von ihnen den Mut aufzubringen versuchte, eine der vielen Fragen zu stellen, die er schon beim Abendessen hatte vorbringen wollen. Schlaf lastete schwer auf ihren Augen. Schließlich sprach Frodo: »Habt Ihr mich rufen hören, Meister, oder war es nur der Zufall, der Euch in jenem Augenblick herbeibrachte?«

Tom erwachte wie jemand, der aus einem erfreulichen Traum gerissen wird. »Wie, was?« fragte er. »Ob ich dich habe rufen hören? Nein, ich habe nichts gehört: ich war mit Singen beschäftigt. Bloßer Zufall brachte mich dorthin, wenn du es Zufall nennst. Ich hatte es nicht geplant, obwohl ich auf euch wartete. Wir erhielten Nachricht über euch und erfuhren, daß ihr auf der Wanderschaft seid. Wir vermuteten, daß ihr bald zum Wasser herunterkämt: alle Pfade führen dorthin, zur Weidenwinde hinunter. Der Alte Graue Weidenmann ist ein gewaltiger Sänger; und es ist schwer für kleine Leute, aus seinem listenreichen Irrgarten zu entkommen. Aber Tom hatte dort etwas zu tun, was er nicht zu hindern wagte.« Tom nickte, als ob der Schlaf ihn wieder übermanne; doch fuhr er mit leiser singender Stimme fort:

Dort hatte ich zu tun, wollte etwas holen:
Grüne Blätter holte ich, weiße Wasserlilien.
Goldbeere bring ich sie, Goldbeere freut sich,
Wenn sie ihr zu Füßen blühn, bis es taut im Frühling,
Hol sie ihr in jedem Herbst, eh die Flocken fallen,
Aus dem tiefen Wasserloch an der Weidenwinde;
Denn die ersten blühen dort und spät im Jahr die letzten.
Fand ich doch vor langer Zeit am Weiher dort sie selber,
Holdes Kind der Wasserfrau, saß sie tief im Röhricht,
Klang ihr Singen mir so süß, schlug ihr Herz voll Leben!

Er öffnete die Augen und schaute die Hobbits mit einem plötzlich blauen Aufleuchten an:

Nun! Zum Glücke fiel's Euch aus – wäre nämlich nimmer
In den Wald zurückgekehrt an die Weidenwinde,
Denn das Jahr ist alt; so spät wär ich nicht gekommen
Bis zum Windelpfad hinab, eh' des Stromes Tochter,
Kehrt der Frühling erst zurück, froh hinuntertänzelt,
Um im silberhellen Fluß voller Lust zu baden.

Er verfiel wieder in Schweigen; aber Frodo konnte sich nicht enthalten, ihm noch eine Frage zu stellen: die Frage, an deren Beantwortung ihm am meisten lag. »Erzählt uns, Meister«, sagte er, »vom Weidenmann. Was ist er? Ich habe noch nie von ihm gehört.«

»Nein, bitte nicht!« sagten Merry und Pippin wie aus einem Munde und setzten sich plötzlich auf. »Nicht jetzt! Nicht vor dem Morgen.«

»Das ist richtig«, sagte der alte Mann. »Jetzt ist die Zeit zum Ruhen. Manche Dinge sind nicht gut zu hören, wenn die Welt im Schatten liegt. Schlaft bis zum Morgenlicht, ruht auf dem Kissen! Kümmert euch nicht um nächtliche Geräusche! Fürchtet keine graue Weide!« Und damit nahm er die Lampe herab, blies sie aus, ergriff mit jeder Hand eine Kerze und führte sie aus dem Raum hinaus.

Ihre Matratzen und Kissen waren weich wie Daunen und die Decken aus weißer Wolle. Kaum hatten sie sich auf den niedrigen Betten ausgestreckt und die leichten Decken über sich gezogen, da schliefen sie schon.

Mitten in der Nacht lag Frodo in einem Traum ohne Licht. Dann sah er den jungen Mond aufsteigen; in seinem schwachen Schein erblickte er eine schwarze Felswand, die vor ihm aufragte, durchbrochen von einem dunklen Bogen wie ein großes Tor. Frodo war, als werde er emporgehoben, und während er hinüberglitt, sah er, daß die Felswand zu einem Kranz von Bergen gehörte, die eine Ebene umschlossen, und in der Mitte der Ebene stieg eine Felszinne auf wie ein großer Turm, aber nicht von Händen erbaut. Auf ihrer Spitze stand die Gestalt eines Mannes. Der aufgehende Mond schien einen Augenblick über seinem Kopf zu hängen und schimmerte in seinem weißen Haar, das der Wind bewegte. Aus der dunklen Ebene tief unten drang das Geschrei grausiger Stimmen herauf und das Heulen vieler Wölfe. Plötzlich zog ein Schatten, geformt wie große Flügel, über den Mond. Der Mann hob die Arme, und ein Blitz zuckte an dem Stab, den er schwenkte. Ein mächtiger Adler stieß herab und trug ihn davon. Die Stimmen klagten und die Wölfe winselten. Es hörte sich an, als ob ein starker Wind wehe, und er trug das Geräusch von Hufen herüber, die von Osten heranritten. »Schwarze Reiter!« dachte Frodo, als er aufwachte und im Geist noch das Geräusch der Hufe hörte. Er fragte sich, ob er jemals wieder den Mut haben würde, die Sicherheit dieser Steinmauern zu verlassen. Reglos lag er da und lauschte immer noch; aber alles war jetzt still, und schließlich drehte er sich um und schlief wieder fest ein oder sank in irgendeinen anderen Traum, an den er sich nicht erinnerte.

An seiner Seite lag Pippin und träumte etwas Schönes; aber seine Träume veränderten sich, und er warf sich hin und her und stöhnte. Plötzlich wachte er auf oder glaubte, er sei aufgewacht, und doch hörte er in der Dunkelheit noch das Geräusch, das ihn im Traum verfolgt hatte: *tipp-tapp, quietsch*: es klang wie wenn sich Äste im Wind reiben oder Zweige an Wand und Fenster scharren: *knarr, knarr, knarr*. Er fragte sich, ob dicht am Haus Weiden stünden; und dann plötzlich hatte er das entsetzliche Gefühl, daß er gar nicht in einem richtigen Haus sei, sondern in der Weide, und daß er wieder diese schreckliche, trockene, krächzende Stimme höre, die ihn auslachte. Er setzte sich auf, fühlte, wie die weichen Kissen unter seiner Hand nachgaben, und legte sich erleichtert wieder hin. Er glaubte, das Echo von Worten zu vernehmen: »Fürchtet euch nicht! Habt Frieden bis zum Morgen! Kümmert euch nicht um nächtliche Geräusche!« Dann schlief er wieder ein.

Es war das Geräusch von Wasser, das Merry hörte, als er in ruhigen Schlaf fiel: Wasser, das sanft herabströmte und sich dann ausbreitete, sich unwiderstehlich im ganzen Haus zu einem dunklen uferlosen Pfuhl ausbreitete. Es gurgelte unter den Wänden und stieg langsam, aber stetig. »Ich werde ertrinken«, dachte er. »Es wird den Weg herein finden, und dann werde ich ertrinken.« Er hatte das Gefühl, als läge er in einem weichen, glitschigen Moor; er sprang auf und setzte seinen Fuß auf kalte, harte Fliesen. Da erinnerte er sich, wo er war, und legte sich wieder hin. Er schien zu hören oder sich zu erinnern: »Denn nichts dringt hier durch Tür und Fenster als Mondschein und Sternenlicht und der Wind vom Bergesgipfel.« Ein kleiner Lufthauch bewegte den Vorhang. Er atmete tief und schlief wieder ein.

Soweit Sam sich erinnern konnte, hatte er die ganze Nacht selig wie ein Murmeltier geschlafen, falls Murmeltiere selig schlafen.

Sie wachten, alle vier zugleich, im Morgenlicht auf. Tom ging im Zimmer umher und pfiff wie ein Star. Als er hörte, daß sie sich rührten, klatschte er in die Hände und rief: »He! Kommt, Dongelong, Kameraden!« Er zog die gelben Vorhänge auf, und die Hobbits sahen, daß sie die Fenster an den beiden Seiten des Zimmers verdeckt hatten, eins ging nach Osten und das andere nach Westen.

Erfrischt sprangen sie auf. Frodo lief an das Ostfenster und blickte hinaus in einen Gemüsegarten, grau von Tau. Er hatte halb erwartet, daß der Rasen bis zu den Wänden reichen und mit Hufspuren übersät sein würde. In Wirklichkeit war ihm die Aussicht durch eine Reihe hoher Stangenbohnen versperrt; über und weit hinter ihnen hob sich indes der graue Gipfel des Berges vor dem Sonnenaufgang ab. Es war ein fahler Morgen: hinter langgezogenen Wolken, die wie Strähnen schmutziger Wolle mit roten Flecken in den Rändern aussahen, lagen im Osten schimmernde gelbe Flächen. Der Himmel versprach Regen; aber das Licht breitete sich rasch aus, und gegen die nassen grünen Blätter begannen die roten Blüten an den Bohnen zu leuchten.

Pippin schaute aus dem Westfenster hinunter in ein Nebelmeer. Der Wald war hinter Nebel verborgen. Es war, wie wenn man von oben auf eine abschüssige Wolkendecke schaut. Da war eine Senke oder Rinne, wo sich der Nebel in viele Schleier und Schwaden teilte: das Tal der Weidenwinde. Der Fluß strömte linker Hand den Berg hinunter und verschwand in den weißen Schatten. Nah am Haus war ein Blumengarten und eine mit einem silbernen Netz überzogene gestutzte Hecke, und dahinter graues, geschnittenes Gras, fahl schimmernd vor lauter Tautropfen. Es war keine Weide zu sehen.

»Guten Morgen, liebe Freunde!« rief Tom und machte das Ostfenster weit auf. Kühle Luft strömte herein; sie roch nach Regen. »Die Sonne wird sich heute nicht viel sehen lassen, glaube ich. Ich bin schon weit gelaufen und auf den Berggipfel gesprungen, seit der Morgen graute, habe nach Wind und Wetter geschnuppert, nasses Gras unter den Füßen und nassen Himmel über mir. Goldbeere habe ich geweckt, als ich unter dem Fenster sang; aber nichts weckt Hobbit-Leute am frühen Morgen. Nachts wacht das kleine Volk in der Dunkelheit auf, und wenn es hell geworden ist, schläft es! Dong-long! Wacht nun auf, meine fröhlichen Freunde! Vergeßt die nächtlichen Geräusche! Dong-long, dongelong, Kameraden! Wenn ihr bald kommt, findet ihr Frühstück auf dem Tisch. Kommt ihr spät, gibt's Gras und Regenwasser!«

Obwohl Toms Drohung nicht sehr ernst klang, kamen die Hobbits selbstverständlich bald und verließen den Tisch spät, und zwar erst, als er schon ziemlich leer aussah. Weder Tom noch Goldbeere waren da. Tom hörte man im Haus herumwirtschaften, in der Küche klappern, die Treppen hinauf und hinunter springen und draußen singen, mal hier, mal dort. Das Zimmer schaute nach Westen auf das nebelverhangene Tal, und das Fenster war offen. Wasser tropfte von dem strohgedeckten Dachvorsprung. Ehe sie mit dem Frühstück fertig waren, hatten sich die Wolken zu einer geschlossenen Decke zusammengezogen, und ein richtiger grauer Regen fiel sanft und stetig. Er war wie ein dichter Vorhang, der den Wald völlig verhüllte.

Als sie aus dem Fenster schauten, drang zu ihnen sanft, als strömte sie mit dem Regen herab, die klare Stimme von Goldbeere, die über ihnen sang. Sie konnten wenig Wörter verstehen, aber sie erkannten, daß es ein Regenlied war, so süß wie Schauer auf trockene Berge, und es erzählte die Geschichte eines Flusses von der Quelle im Hochland bis zum Meer weit drunten. Die Hobbits lauschten voll Entzücken; und Frodo war im Grunde seines Herzens froh und pries das freundliche Wetter, weil es ihren Abschied verzögerte. Der Gedanke an den Aufbruch hatte von dem Augenblick, da er erwachte, schwer auf ihm gelastet; aber jetzt vermutete er, daß sie an diesem Tag nicht weitergehen würden.

Der Höhenwind blies beständig aus Westen, und tiefer hängende und nassere Wolken rollten heran und luden ihre Regenlast auf den kahlen Gipfeln der Höhen ab. Nichts war um das Haus herum zu sehen als strömendes Wasser. Frodo stand an der offenen Tür und sah zu, wie sich der kreidige Weg in einen kleinen Milchbach verwandelte und hinunter ins Tal plätscherte. Tom Bombadil kam um die Hausecke und schwenkte die Arme, als ob er den Regen abwehrte – und tatsächlich schien er, als er über die Schwelle sprang, trocken zu sein bis auf seine Stiefel. Sie zog er aus und stellte sie in die Kaminecke. Dann setzte er sich auf den größten Stuhl und rief die Hobbits zu sich.

»Heute ist Goldbeeres Waschtag«, sagte er, »und ihr Herbstgroßreinemachen. Zu naß für Hobbits – sie sollen ausruhen, solange sie können! Es ist ein guter Tag für lange Erzählungen, für Fragen und Antworten, und so wird Tom mit dem Reden beginnen.«

Er erzählte ihnen dann viele bemerkenswerte Geschichten, manchmal so, als spräche er mit sich selbst, manchmal schaute er sie plötzlich mit seinen leuchtenden blauen Augen unter den dichten Brauen an. Oft fing er plötzlich an zu singen und stand dann auf und tanzte umher. Er erzählte ihnen von Bienen und Blumen, von den Eigenheiten der Bäume und der seltsamen Geschöpfe im Wald, von bösen Wesen und guten Wesen, freundlichen und unfreundlichen, grausamen und gütigen, und von Geheimnissen, verborgen unter Gestrüpp.

Während sie zuhörten, begannen sie das Leben im Wald zu verstehen, das so ganz anders war als ihr eigenes, ja sich geradezu als Fremdlinge zu empfinden, wo alle anderen Wesen zuhause waren. Immer wieder kam in Toms Erzählungen der Alte Weidenmann vor, und Frodo erfuhr nun genug über ihn, um seine Neugier zu befriedigen, ja mehr als genug, denn es war keine beruhigende Kunde. Toms Worte enthüllten die Herzen der Bäume und ihre Gedanken, die oft dunkel und seltsam waren und voller Haß auf die Lebewesen, die sich frei auf der Erde bewegen und nagen, beißen, brechen, abhacken und verbrennen können: Zerstörer und Eindringlinge. Der Alte Wald trug seinen Namen nicht ohne Grund, denn er war wahrlich uralt, ein Überbleibsel der riesigen vergessenen Wälder; und in ihm lebten noch die Vorväter der Bäume, die sich noch der Zeiten entsannen, da sie die Herren waren, und sie alterten nicht rascher als die Berge. Die unzähligen Jahre hatten sie mit Hochmut und eingewurzelter Weisheit und mit Bosheit erfüllt. Aber keiner war gefährlicher als der große Weidenbaum: sein Herz war schlecht, aber seine Kraft war ungebrochen; und er war hinterhältig und ein Herr der Winde, und sein Singen und Denken lief durch den Wald zu beiden Seiten des Flusses. Sein grauer durstiger Geist zog Kraft aus der Erde und breitete sich wie feine Wurzelfäden im Boden aus und mit unsichtbaren Zweigfingern in der Luft, bis er fast alle Bäume im Wald vom Hag bis zu den Höhen unter seiner Herrschaft hatte.

Plötzlich verließ Toms Erzählen den Wald und sprang den jungen Fluß hinauf, über plätschernde Wasserfälle, über Kiesel und ausgewaschene Felsen, zu kleinen Blumen im dichten Gras und feuchten Schlupfwinkeln und wanderte schließlich die Höhen hinauf. Die Hobbits hörten von den Großen Hügelgräbern und den grünen Grabhügeln und den Steinkreisen auf den Bergen und in den Niederungen zwischen den Bergen. Schafe blökten in Herden. Grüne Mauern und weiße Mauern ragten auf. Festungen standen auf den Höhen. Könige kleiner Königreiche kämpften miteinander, und die junge Sonne schien wie Feuer auf das rote Metall ihrer neuen und ruhmsüchtigen Schwerter. Es gab Siege und Niederlagen; und Türme fielen, Festungen sanken in Schutt und Asche und Flammen stiegen zum Himmel auf. Gold wurde auf den Bahren toter Könige und Königinnen aufgehäuft; und Erdhügel deckten sie, und die Steintore wurden geschlossen; und das Gras wuchs über allem. Schafe zogen eine Weile darüber hin und weideten dort, aber bald waren die Hügel wieder verlassen. Ein Schatten kam von weither aus dunklen Orten, und die Ruhe der Gebeine in den Erdhügeln wurde gestört. Grabunholde gingen in den Gewölben um, Ringe klirrten an kalten Fingern und goldene Ketten im Wind. Edelsteine grinsten am Boden wie abgebrochene Zähne im Mondschein.

Die Hobbits schauderte es. Selbst im Auenland war das Gerücht von den Grabunholden von den Hügelgräberhöhen jenseits des Waldes vernommen worden. Aber es war keine Erzählung, der ein Hobbit gern zugehört hätte, nicht einmal am gemütlichen Kamin weit fort. Diesen vier fiel nun wieder ein, was die Fröhlichkeit dieses Hauses aus ihrem Sinn verdrängt hatte: Tom Bombadils Haus lag genau unterhalb dieser gefürchteten Berge. Sie verloren den Faden seiner Erzählung, rutschten unruhig hin und her und blickten sich verstohlen an.

Als sie seine Worte wieder aufnahmen, merkten sie, daß er jetzt in fremde Gegenden gewandert war, jenseits ihrer Erinnerung und jenseits ihres bewußt gewordenen Denkens; er war bei Zeiten angelangt, da die Welt noch größer war und die Meere geradenwegs bis zum westlichen Gestade reichten; und immer weiter zurück ging er und kündete von dem uralten Sternenlicht, wo nur Elbenahnen wachten. Dann plötzlich hielt er inne, und sie sahen, daß er nickte, als würde er einschlafen. Die Hobbits saßen still bei ihm, verzaubert; und es schien, als hätte sich unter dem Bann seiner Worte der Wind gelegt, als hätten sich die Wolken ausgeregnet; der Tag war vergangen und die Dunkelheit von Osten und Westen heraufgezogen, und der ganze Himmel war erfüllt vom Licht weißer Sterne.

Ob Morgen oder Abend eines einzigen Tages oder vieler Tage vergangen waren, konnte Frodo nicht sagen. Er war weder hungrig noch müde, sondern nur von Staunen erfüllt. Die Sterne leuchteten zum Fenster herein, und das Schweigen des Himmels schien um ihn zu sein. Er sprach schließlich aus lauter Staunen heraus und in einer plötzlichen Angst vor diesem Schweigen:

»Wer seid Ihr, Meister?« fragte er.

»Wie, was?« sagte Tom und setzte sich auf, und seine Augen glänzten in der Dämmerung. »Weißt du meinen Namen noch nicht? Das ist die einzige Antwort. Sage mir, wer bist du, allein, du selbst und namenlos? Aber du bist jung, und ich bin alt. Der Älteste bin ich. Merkt euch meine Worte, liebe Freunde: Tom war hier vor dem Fluß und vor den Bäumen; Tom erinnert sich an den ersten Regentropfen und die erste Eichel. Er machte Pfade vor den Großen Leuten und sah die kleinen Leute kommen. Er war hier vor den Königen und den Gräbern und den Grabunholden. Als die Elben nach Westen zogen, war Tom schon hier, ehe die Meere bezwungen wurden. Er kannte das Dunkel unter den Sternen, als es noch ohne Schrecken war – ehe der Dunkle Herrscher von Außen kam.«

Ein Schatten schien am Fenster vorbeizugleiten, und die Hobbits blickten schnell durch die Scheiben. Als sie sich wieder umwandten, stand Goldbeere hinten in der Tür, eingerahmt von Licht. Sie hielt eine Kerze und schützte die Flamme vor dem Durchzug mit einer Hand; und das Licht schimmerte hindurch wie Sonnenschein durch eine weiße Muschel.

»Der Regen hat aufgehört«, sagte sie, »und neue Wasser rinnen bergab unter den Sternen. Laßt uns nun lachen und froh sein!«

»Und laßt uns essen und trinken!« rief Tom. »Langes Erzählen macht durstig und langes Zuhören hungrig, morgens, mittags und abends!« Damit sprang er vom Stuhl auf, nahm mit einem Satz eine Kerze vom Kaminsims und zündete sie an der Flamme an, die Goldbeere hielt; dann tanzte er um den Tisch. Plötzlich hüpfte er durch die Tür und verschwand.

Rasch kam er zurück mit einem großen, beladenen Tablett. Dann deckten Tom und Goldbeere den Tisch; und die Hobbits saßen halb staunend und halb lachend dabei: so lieblich und anmutig war Goldbeere und so lustig und seltsam waren Toms Luftsprünge. Doch schienen beide gleichsam einen einzigen Tanz zu tanzen, keiner hinderte den anderen, hinein und hinaus aus dem Zimmer und um den Tisch herum; und im Handumdrehen waren Essen, Geschirr und Leuchter ordentlich hingestellt. Der gedeckte Tisch strahlte im Licht weißer und gelber Kerzen. Tom verbeugte sich vor den Gästen. »Das Abendessen ist bereit«, sagte Goldbeere; und jetzt sahen die Hobbits, daß sie in Silber gekleidet war mit einem weißen Gürtel, und ihre Schuhe waren wie Fischschuppen. Aber Tom war ganz in Hellblau, blau wie regennasse Vergißmeinnicht, und er trug grüne Strümpfe.

Es war sogar ein noch besseres Abendbrot als das erste. Unter dem Zauber von Toms Worten mochten die Hobbits eine Mahlzeit oder viele versäumt haben, aber als das Essen vor ihnen stand, schien es ihnen, als hätten sie seit mindestens einer Woche nichts gegessen. Eine Zeitlang sangen sie nicht und redeten nicht einmal viel, sondern widmeten alle Aufmerksamkeit dem Geschäft des Essens. Doch nach einer Weile belebten sich Herz und Gemüt wieder, und ihre Stimmen erklangen in Frohsinn und Lachen.

Nachdem sie gegessen hatten, sang Goldbeere viele Lieder für sie, Lieder, die fröhlich in den Bergen begannen und leise in Stille ausklangen. Und in der Stille sahen die Hobbits im Geiste Seen und Gewässer, die größer waren als jene, die sie kannten, und als sie hineinschauten, sahen sie den Himmel unter sich und die Sterne wie Juwelen in der Tiefe. Dann wünschte Goldbeere ihnen wiederum gute Nacht, und sie blieben am Kamin sitzen. Doch Tom schien jetzt hellwach zu sein und überschüttete sie mit Fragen.

Offenbar wußte er schon viel von ihnen und all ihren Familien, und auch von der Geschichte und den Geschehnissen im Auenland seit den Zeiten, an die sich die Hobbits selbst kaum erinnern konnten. Es überraschte sie nicht mehr; doch machte er kein Geheimnis daraus, daß er seine Kenntnisse über die letzte Zeit weitgehend dem Bauer Maggot verdankte, den er offensichtlich viel höher einschätzte, als ihnen in den Sinn gekommen wäre. »Er hat Erde unter seinen alten Füßen und Lehm an seinen Fingern; Weisheit in seinen Knochen, und beide Augen hält er offen«, sagte Tom. Auch war klar, daß Tom Beziehungen zu den Elben hatte, und es schien, als seien ihm auf irgendeine Weise von Gildor Nachrichten über Frodos Flucht zugegangen.

Tatsächlich wußte Tom so viel und fragte so listig, daß Frodo ihm mehr von Bilbo und seinen eigenen Hoffnungen und Befürchtungen erzählte, als er sogar Gandalf bis dahin erzählt hatte. Tom nickte mit dem Kopf, und seine Augen blitzten, als er von den Reitern hörte.

»Zeig mir den kostbaren Ring«, sagte er plötzlich mitten in der Geschichte: und zu seiner eigenen Verblüffung zog Frodo das Kettchen aus der Tasche, machte den Ring los und reichte ihn Tom ohne Zögern.

Der Ring schien größer zu werden, als er einen Augenblick auf seiner kräftigen, braunhäutigen Hand lag. Dann hielt Tom ihn mit einemmal ans Auge und lachte. Eine Sekunde hatten die Hobbits einen sowohl komischen als auch erschreckenden Anblick, als seine leuchtenden blauen Augen durch einen goldenen Kreis glänzten. Dann steckte Tom den Ring auf die Spitze seines kleinen Fingers und hielt ihn hoch ins Kerzenlicht. Zuerst fiel den Hobbits nichts Sonderbares daran auf. Dann hielten sie den Atem an. Tom wurde nicht unsichtbar!

Tom lachte wieder, und dann ließ er den Ring in der Luft herumwirbeln – der wie ein Blitz verschwand. Frodo stieß einen Schrei aus – und Tom beugte sich vor und gab ihn lächelnd zurück.

Frodo sah ihn sich genau und ziemlich argwöhnisch an (wie jemand, der einem Taschenspieler ein Schmuckstück geliehen hatte). Es war derselbe Ring, oder wenigstens sah er genauso aus und fühlte sich genauso schwer an: denn Frodo war es immer so vorgekommen, daß der Ring seltsam schwer in der Hand wog. Aber irgend etwas veranlaßte ihn, sich zu vergewissern. Vielleicht war er eine Spur ärgerlich auf Tom, daß er anscheinend etwas so leichtnahm, was selbst Gandalf so gefährlich wichtig fand. Er wartete auf eine Gelegenheit, als das Gespräch wieder in Gang war und Tom eine alberne Geschichte von Drachen und ihrem seltsamen Gehabe erzählte – dann streifte er den Ring auf.

Merry drehte sich zu ihm und wollte etwas sagen, stutzte und unterdrückte einen Ausruf. Frodo war entzückt (in gewisser Weise): es war wirklich sein Ring, denn Merry starrte fassungslos auf seinen Stuhl und konnte ihn offenbar nicht sehen. Er stand auf und schlich leise vom Kamin zur Tür.

»He da!« rief Tom und schaute ihm mit einem höchst sehenden Ausdruck in seinen leuchtenden Augen nach. »He! Komm, Frodo. Wohin willst du denn? So blind ist der alte Tom Bombadil denn doch nicht. Nimm deinen goldenen Ring ab! Deine Hand ist hübscher ohne ihn. Komm zurück. Gib das Spiel auf und setz dich

Die Gefährten

neben mich! Wir müssen uns noch eine Weile unterhalten und über morgen nachdenken. Tom muß euch den richtigen Weg weisen und eure Füße davor bewahren, in die Irre zu gehen.«

Frodo lachte (und versuchte, erleichtert zu sein), nahm den Ring ab und setzte sich wieder hin. Tom sagte ihnen nun, er schätze, daß am nächsten Tag die Sonne scheine, und es werde einen schönen Morgen und einen hoffnungsvollen Aufbruch geben. Doch täten sie gut daran, sich früh auf den Weg zu machen; denn das Wetter in dieser Gegend sei etwas, das selbst Tom nicht lange voraussagen könne, und manchmal ändere es sich schneller, als er seine Jacke ausziehen könne. »Ich bin kein Wettermeister«, sagte er, »und das ist keiner, der auf zwei Beinen geht.«

Auf seinen Rat hin beschlossen sie, von seinem Haus aus fast genau nach Norden zu gehen, über die westlichen und niedrigeren Abhänge der Höhen: auf diese Weise könnten sie hoffen, die Oststraße in einem Tag zu erreichen und die Hügelgräber zu vermeiden. Er sagte ihnen, sie sollten keine Angst haben – sondern sich nur um ihre eigenen Angelegenheiten kümmern.

»Haltet euch an das grüne Gras. Laßt euch nicht mit alten Steinen oder kalten Unholden ein, und späht nicht in ihre Häuser, sofern ihr nicht standhafte Leute seid und eure Herzen nie schwach werden!« Er sagte das mehr als einmal; und er riet ihnen, jeweils auf der Westseite von Hügelgräbern vorbeizugehen, falls sie einem zufällig nahekämen. Dann lehrte er sie einen Reim, den sie singen sollten, falls sie am nächsten Tag durch ein Mißgeschick in Gefahr oder Schwierigkeiten gerieten:

He, Tom Bombadil! Tom Bombadonne!
Hör den Ruf, eile her, bei Feuer, Mond und Sonne!
Komm, bei Wasser, Wald und Flur, steh uns nun zur Seite!
Komm, bei Weide, Schilf und Ried, aus der Not uns leite!

Als sie ihm das alle zusammen nachgesungen hatten, schlug er jedem von ihnen lachend auf die Schulter, nahm Kerzen und geleitete sie in ihren Schlafraum.

ACHTES KAPITEL

NEBEL AUF DEN HÜGELGRÄBERHÖHEN

In dieser Nacht hörten sie keine Geräusche. Aber Frodo vernahm ein zärtliches Singen, ob im Traum oder nicht, wußte er nicht zu sagen: ein Lied, das auf ihn zukam wie sanftes Licht hinter einem grauen Regenvorhang, und immer lauter wurde und den Schleier ganz in Glas und Silber verwandelte, bis er schließlich zurückgezogen wurde und ein fernes grünes Land unter einer rasch aufgehenden Sonne enthüllte.

Das Traumbild ging in Wachsein über, und da war Tom, der wie ein ganzer Baum voller Vögel pfiff; und die Sonne schien schon schräg den Berg hinunter und ins offene Fenster herein. Draußen war alles grün und blaßgold.

Nach dem Frühstück, das sie wieder allein einnahmen, machten sie sich bereit, Lebewohl zu sagen, mit so schwerem Herzen, wie es nur möglich war an einem solchen Morgen: kühl, strahlend und klar unter einem reingewaschenen, blaßblauen Herbsthimmel. Eine frische Brise wehte von Nordwest. Ihre friedlichen Ponies waren fast ausgelassen, sie schnupperten und stampften unruhig. Tom kam aus dem Haus, schwenkte seinen Hut und tanzte auf der Türschwelle; er hieß die Hobbits aufsteigen, sich auf den Weg machen und sich beeilen.

Sie ritten auf einem Pfad, der sich hinter dem Haus schräg zur nördlichen Spitze des Berges hinaufzog, unter dem es lag. Sie waren gerade abgesessen, um ihre Ponies den letzten steilen Hang hinaufzuführen, als Frodo plötzlich anhielt.

»Goldbeere!« rief er. »Schöne Frau, ganz in Silbergrün gekleidet! Wir haben ihr gar nicht Lebewohl gesagt und sie seit gestern abend überhaupt nicht gesehen!« Er war so betrübt, daß er sich umwandte; aber in diesem Augenblick drang ein heller Ruf zu ihnen herunter. Dort auf der Bergkuppe stand sie und winkte ihnen: ihr Haar hing lose herab und glänzte und schimmerte in der Sonne. Ein Funkeln wie das Glitzern von Wasser auf tauigem Gras blinkte unter ihren Füßen auf, als sie tanzte.

Sie eilten den letzten Hang hinauf und standen atemlos neben ihr. Sie verbeugten sich, aber mit einer Armbewegung gebot sie ihnen, sich umzuschauen; und sie schauten von der Bergspitze über die Lande im Morgenlicht. Die Aussicht von hier war ebenso klar und weit, wie der Blick von der Kuppe im Alten Wald verschleiert und neblig gewesen war, die sie jetzt sahen, wie sie fahl und grün aus den dunklen Bäumen im Westen auftragte. In dieser Richtung erstreckten sich bewaldete Bergketten, grün, gelb und rostrot in der Sonne, und dahinter lag das Tal des Brandywein versteckt. Im Süden, jenseits der Weldenwinde, schimmerte es in der Ferne wie mattes Glas; dort zog der Brandyweinfluß in der Ebene eine große Schleife, und wohin er dann floß, wußten die Hobbits nicht. Nördlich hinter den abfallenden Höhen lief das Land in Mulden und kleinen Buckeln von grauer und grüner und matt erdiger Farbe aus, bis es zu einer umrißlosen und schattenhaften Ferne verblaßte. Östlich erhoben sich die Hügelgräberhöhen in einer Kette hinter der anderen, und wo sie sich dem Blick entzogen, blieb nur eine Ahnung: es war nicht mehr als eine Ahnung in Blau und ein entfernter weißer Schimmer, der mit dem Saum des Himmels verschmolz, aber diese Ahnung ließ sie, nach Erinnerungen und alten Erzählungen, an das hohe und ferne Gebirge denken.

Sie holten tief Luft und hatten das Gefühl, daß ein Sprung und ein paar kräftige Schritte sie hinbringen würden, wohin auch immer sie wollten. Es erschien kleinmütig, mühselig durch die gewundenen Ausläufer der Höhen zur Straße zu trotten, wenn sie eigentlich so lustig wie Tom von Stein zu Stein über die Berge geradenwegs bis zu dem Gebirge hüpften sollten.

Goldbeere redete mit ihnen und rief ihre Augen und Gedanken zurück. »Lebt nun wohl, liebe Gäste«, sagte sie. »Und behaltet euer Ziel im Auge! Nach Norden mit dem Wind zur Linken, und Glück möge auf euren Schritten liegen. Eilt euch, solange die Sonne scheint!« Und zu Frodo sagte sie: »Gehabe dich wohl, Elbenfreund, es war ein fröhliches Treffen!«

Aber Frodo fand kein Wort zur Antwort. Er verneigte sich tief, stieg auf sein Pony und ritt, gefolgt von seinen Freunden, langsam den sanften Abhang auf der anderen Seite des Berges hinab. Tom Bombadils Haus und das Tal und der Alte Wald waren ihren Blicken entzogen. Es wurde wärmer zwischen den grünen Bergwänden, und der Duft des Grases stieg ihnen kräftig und süß in die Nase. Als sie unten in der Mulde angekommen waren, wandten sie sich um und sahen Goldbeere, jetzt klein und schlank wie eine sonnenbeschienene Blume gegen den Himmel: sie stand ganz still und schaute ihnen nach, und sie hatte die Hände nach ihnen ausgestreckt. Als sich die Hobbits umschauten, stieß sie einen hellen Ruf aus, hob die Hand zum Gruß und verschwand hinter dem Berg.

Ihr Weg zog sich durch die Mulde hindurch und dann um den grünen Fuß eines steilen Berges in ein zweites tieferes und breiteres Tal, dann über weitere Bergrücken und an ihren langen Ausläufern hinunter, und dann wieder hinauf an ihren sanften Hängen zu neuen Berggipfeln und hinunter in neue Täler. Es gab keinen Baum, noch war irgendwo Wasser zu sehen: es war ein Grasland mit einem kurzen, federnden Grasteppich, und es war nichts zu hören als das Wispern der Luft über den Bergrücken und hoch oben einzelne Schreie fremdartiger Vögel. Allmählich stieg die Sonne höher, und es wurde heiß. Jedesmal, wenn sie einen Kamm erklommen, schien die Brise schwächer geworden zu sein. Als sie einen Blick auf das Land im Westen werfen konnten, sah es aus, als rauchte der Wald, als verdampfte der gefallene Regen wieder auf Blatt und Wurzel und Erde. Ein Schatten lag jetzt über dem Rande des Blickfelds, ein dunkler Dunst, über dem der Himmel wie eine blaue Haube war, heiß und schwer.

Gegen Mittag kamen sie zu einem Berg, dessen Gipfel breit und eben war wie eine flache Untertasse mit einem grünen, aufgebogenen Rand. In dieser Mulde regte sich kein Lüftchen, und der Himmel schien bis zu ihren Köpfen zu reichen. Sie ritten hindurch und schauten nach Norden. Dann wurde ihnen leicht ums

Herz, denn es schien klar, daß sie schon weiter gekommen waren, als sie erwartet hatten. Gewiß war die Aussicht jetzt dunstig, und die Entfernungen mochten täuschen, doch konnte kein Zweifel bestehen, daß die Höhen nun ein Ende nahmen. Ein langes Tal lag zu ihren Füßen, das sich nach Norden hinzog bis zu einer Lücke zwischen zwei steilen Hängen. Dahinter schienen keine Berge mehr zu sein. Genau nördlich konnten sie schwach eine lange dunkle Linie erkennen. »Das ist eine Baumreihe«, sagte Merry, »und das muß die Straße sein. Auf viele Meilen östlich der Brücke wachsen Bäume an der Straße. Es heißt, sie seien schon in alter Zeit gepflanzt worden.«

»Großartig«, sagte Frodo. »Wenn wir es heute nachmittag so gut machen wie heute morgen, werden die Höhen hinter uns liegen, ehe die Sonne untergeht, und dann werden wir weiterziehen und uns einen Lagerplatz suchen.« Aber während er noch sprach, wandte er seinen Blick nach Osten und sah, daß die Berge auf dieser Seite höher waren und auf sie herabschauten; und all diese Berge waren von Grabhügeln gekrönt, und auf manchen standen senkrechte Steine, die emporragten wie zackige Zähne aus grünen Kieferknochen.

Dieser Anblick war gewissermaßen beunruhigend; so wandten sie sich ab von dieser Seite und gingen hinunter in die kreisrunde Senke. In ihrer Mitte stand ein einzelner hoher Stein in der Sonne und warf zu dieser Stunde keinen Schatten. Er war formlos und doch bedeutungsvoll; wie eine Landmarke oder ein mahnender Finger oder eher wie eine Warnung. Aber sie waren jetzt hungrig, und die Sonne stand noch hoch im gefahrlosen Süden; so setzten sie sich mit dem Rücken zur Ostseite des Steins. Er war kühl, als ob die Sonne nicht die Kraft hätte, ihn zu wärmen; aber zu dieser Zeit war das noch angenehm. Sie aßen und tranken und hatten ein so gutes Mittagsmahl unter freiem Himmel, wie man es sich nur wünschen konnte; denn ihre Wegzehrung stammte von »unten unterm Berg«. Tom hatte sie reichlich mit allem für den Tag versorgt. Ihrer Last ledig, streunten die Ponies über das Gras.

Über die Berge reiten, sich satt essen, die warme Sonne und der Duft des Grases, ein bißchen zu lange liegen bleiben, die Beine ausstrecken und in den Himmel über ihren Nasen hinaufblicken: das ist vielleicht genug, um zu erklären, was geschah. Wie dem auch sei: plötzlich und unbehaglich erwachten sie aus einem Schlaf, den sie gar nicht vorgehabt hatten. Der aufrechtstehende Stein war kalt, und er warf einen langen, bleichen Schatten, der sich ostwärts über sie erstreckte. Die Sonne, ein blasses und wäßriges Gelb, schimmerte durch den Nebelschleier gerade über den Westwall der Senke, in der sie lagen; im Norden, Süden und Osten war der Nebel jenseits dieses Waldes dicht, kalt und weiß. Die Luft war still, schwer und kühl. Ihre Ponies standen mit gesenkten Köpfen eng zusammengedrängt.

Die Hobbits sprangen erschreckt auf und rannten zum westlichen Rand. Sie entdeckten, daß sie sich auf einer Insel im Nebel befanden. Und als sie voll Entsetzen auf die untergehende Sonne blickten, versank sie vor ihren Augen in einem weißen Meer, und ein kalter, grauer Schatten stieg hinter ihnen im Osten auf. Der Nebel zog sich an den Wällen empor und hoch über sie hinweg, und während er stieg, neigte er sich über ihre Köpfe, bis er ein Dach wurde: sie waren eingeschlossen in einer Nebelhalle, deren Mittelsäule der senkrechte Stein war.

Sie hatten das Gefühl, in einer Falle gefangen zu sein; aber sie verloren den Mut nicht ganz. Noch erinnerten sie sich der hoffnungsvollen Aussicht auf die Straße vor ihnen, und sie wußten noch, in welcher Richtung sie lag. Jedenfalls hatten sie jetzt eine solche Abneigung gegen die Kühle bei dem Stein, daß ihnen der Gedanke gar nicht kam, dort zu bleiben. Sie packten zusammen, so schnell es ihre klammen Finger erlaubten.

Bald führten sie ihre Ponies im Gänsemarsch über den Rand und den langen Nordhang des Berges hinab, hinunter in das Nebelmeer. Während sie abstiegen, wurde der Nebel kälter und feuchter, und ihr Haar hing ihnen in feuchten Strähnen über die Stirn. Als sie die Talsohle erreichten, war es so kalt, daß sie anhielten und ihre Mäntel und Kapuzen herausholten, die bald mit grauen Tropfen betaut waren. Dann schwangen sie sich auf ihre Ponies und ritten langsam weiter und tasteten sich vorsichtig nach dem Steigen und Fallen des Bodens voran. Sie hielten, so gut sie konnten, auf die torartige Öffnung am nördlichen Ende des langen Tals zu, die sie morgens gesehen hatten. Sobald sie einmal durch die Lücke waren, brauchten sie nur einigermaßen geradeaus weiterzugehen und mußten dann schließlich auf die Straße stoßen. Weiter als bis dahin dachten sie nicht, abgesehen von der vagen Hoffnung, daß vielleicht jenseits der Höhen kein Nebel mehr sein würde.

Sie kamen langsam voran. Damit sie nicht voneinander getrennt würden und womöglich verschiedene Richtungen einschlügen, ritten sie hintereinander und Frodo vorneweg. Sam kam hinter ihm, nach ihm Pippin und dann Merry. Plötzlich sah Frodo ein hoffnungsvolles Zeichen. Auf beiden Seiten schimmerte es dunkel durch den Nebel; und er vermutete, daß sie sich endlich der Lücke zwischen den Bergen näherten, dem Nordtor der Hügelgräberhöhen. Wenn sie dort hindurch könnten, wären sie gerettet.

»Kommt! Folgt mir!« rief er zurück, und er eilte voran. Aber seine Hoffnung verwandelte sich bald in Bestürzung und Schrecken. Die dunklen Stellen wurden dunkler, aber sie wichen zurück; und plötzlich sah er unheilvoll über sich aufragen und sich leicht zueinander neigend wie die Säulen einer kopfteillosen Tür zwei gewaltige aufrechtstehende Steine. Er konnte sich nicht erinnern, irgendeine Spur von ihnen im Tal gesehen zu haben, als er am Morgen vom Berg aus hinabschaute. Er war zwischen ihnen hindurchgeritten, fast ehe er es gemerkt hatte: und während er das tat, schien die Dunkelheit über ihm zusammenzuschlagen. Sein Pony stellte sich auf die Hinterbeine und schnaubte und warf ihn ab. Als er sich umsah, merkte er, daß er allein war: die anderen waren ihm nicht gefolgt.

»Sam!« rief er. »Pippin! Merry! Kommt her! Warum bleibt ihr nicht bei mir?«

Es kam keine Antwort. Er wurde von Angst gepackt und rannte zurück an den Steinen vorbei und schrie wie wild: »Sam! Sam! Merry! Pippin!« Das Pony sprang in den Nebel davon und verschwand. Aus einiger Entfernung, oder so schien es ihm jedenfalls, glaubte er einen Schrei zu hören: »He! Frodo! He!« Es war im Osten, zu seiner Linken, als er unter den großen Steinen stand und in die Dunkelheit starrte. Er stürzte davon in der Richtung des Schreies und merkte, daß es steil bergauf ging.

Während er sich hinaufarbeitete, rief er wieder und immer von neuem und immer lauter; aber eine Zeitlang hörte er keine Antwort, und dann schien sie ihm schwach und weit entfernt und hoch über ihm zu sein. »Frodo! He!« drangen dünne Stimmen aus dem Nebel zu ihm: und dann ein Schrei, der wie *Hilfe!* klang, *Hilfe!* mehrmals hintereinander, und dann ein letztes *Hilfe!*, das in ein Wehklagen überging und plötzlich abbrach. Er stolperte vorwärts, so schnell er nur konnte, den Schreien entgegen; aber das Tageslicht war nun vergangen, und dichte Nacht umschloß ihn, so daß er gar keine Richtung mehr ausmachen konnte. Er schien die ganze Zeit immer nur bergan zu steigen.

Erst als er ebenen Boden unter den Füßen spürte, erkannte er, daß er schließlich den Gipfel eines Grats oder Bergs erreicht hatte. Er war müde, schwitzte und fror trotzdem.

»Wo seid ihr?« rief er unglücklich.

Es kam keine Antwort. Er stand und lauschte. Plötzlich merkte er, daß es sehr kalt wurde und hier oben ein Wind zu wehen begann, ein eisiger Wind. Das Wetter schlug um. Der Nebel zog jetzt in Schwaden und Fetzen an ihm vorüber. Seinen Atem sah er wie ein Dampfwölkchen, und die Dunkelheit war weniger nah und dick. Er schaute nach oben und sah zu seiner Überraschung, daß matte Sterne zwischen eilenden Wolken- und Nebelschleiern durchschimmerten. Der Wind begann über das Gras zu pfeifen.

Ihm war plötzlich, als habe er einen erstickten Schrei gehört, und er wollte ihm nachgehen; und gerade als er sich aufmachte, wurde der Nebel aufgerollt und beiseite geschoben, und der gestirnte Himmel enthüllte sich. Ein Blick zeigte ihm, daß er jetzt mit dem Gesicht nach Süden stand und auf einer runden Bergkuppe war, die er vom Norden her erklommen haben mußte. Aus dem Osten blies der schneidende Wind. Zu seiner Rechten ragte gegen die westlichen Sterne ein dunkles, schwarzes Gebilde drohend auf. Ein großes Hügelgrab stand dort.

»Wo seid ihr?« rief er noch einmal, sowohl ärgerlich als auch ängstlich.

»Hier«, sagte eine Stimme, tief und kalt, die aus dem Boden zu kommen schien. »Ich warte auf dich!«

»Nein«, rief Frodo; aber er lief nicht fort. Seine Knie gaben nach, und er fiel zu Boden. Nichts geschah, und kein Laut war zu hören. Zitternd schaute er hoch, gerade rechtzeitig, um eine hohe, dunkle Gestalt wie einen Schatten gegen die Sterne zu sehen. Sie beugte sich über ihn. Er glaubte zwei Augen zu erkennen, die sehr kalt waren, obwohl sie von einem fahlen Licht erhellt zu sein schienen, das aus weiter Ferne kam. Dann wurde er gepackt, und der Griff war stärker und kälter als Eisen. Die eisige Berührung ließ sein Gebein erstarren, und er erinnerte sich an nichts mehr.

Als er wieder zu sich kam, konnte er sich an nichts entsinnen außer an ein Gefühl des Entsetzens. Dann wußte er plötzlich, daß er eingekerkert war, hoffnungslos gefangen; er war in einem Hügelgrab. Ein Grabunhold hatte ihn mitgenommen, und wahrscheinlich war er jetzt schon unter dem entsetzlichen Bann der Grabunholde, von dem in geflüsterten Erzählungen die Rede war. Er wagte nicht, sich zu rühren, sondern blieb reglos liegen: flach auf dem Rücken auf einem kalten Stein, und die Hände auf der Brust.

Aber obwohl seine Angst so groß war, daß sie geradezu ein Teil der ihn umgebenden Dunkelheit zu sein schien, ertappte er sich dabei, daß er an Bilbo Beutlin und seine Geschichten dachte, an ihre gemeinsamen Spaziergänge auf den Feldwegen im Auenland und ihre Unterhaltungen über Straßen und Abenteuer. Im Herzen auch des fettesten und furchtsamsten Hobbits liegt ein Saatkorn des Muts verborgen (allerdings oft tief) und wartet auf eine entscheidende und ausweglose Gefahr, die es wachsen läßt. Frodo war weder sehr fett noch sehr furchtsam; obwohl er es nicht wußte, hatte Bilbo (und auch Gandalf) ihn für den brauchbarsten Hobbit im Auenland gehalten. Er glaubte, am Ende seines Abenteuers angelangt zu sein, einem entsetzlichen Ende, aber der Gedanke machte ihn hart. Er merkte, wie er sich straffte gleichsam zum letzten Sprung; er fühlte sich nicht mehr schlaff wie ein hilfloses Opfer.

Als er da lag und nachdachte und sich wieder in die Gewalt bekam, merkte er mit einemmal, daß die Dunkelheit langsam verging; ein fahles, grünliches Licht war um ihn. Zuerst ließ es ihn nicht erkennen, an was für einem Ort er war, denn das Licht schien aus ihm selbst zu kommen und aus dem Fußboden neben ihm und hatte das Dach oder die Wand noch nicht erreicht. Er drehte sich um und sah in dem kalten Schimmer, daß Sam, Pippin und Merry neben ihm lagen. Sie waren auf dem Rücken ausgestreckt, und ihre Gesichter waren totenblaß; und sie waren ganz in Weiß gekleidet. Um sie herum lagen viele Schätze, vielleicht aus Gold, obwohl sie in diesem Licht kalt und unschön aussahen. Auf ihren Köpfen hatten sie Diademe, goldene Ketten um den Leib und viele Ringe an den Fingern. Schwerter lagen an ihrer Seite und Schilde zu ihren Füßen. Aber über ihren Hälsen lag ein einziges nacktes Schwert.

Plötzlich begann ein Gesang: ein kaltes Murmeln, das stieg und fiel. Die Stimme schien weit weg zu sein und unermeßlich trostlos, manchmal hoch in der Luft und dünn, manchmal wie ein leises Stöhnen vom Boden. Aus dem formlosen Strom trauriger, aber schauerlicher Töne bildeten sich dann und wann Ketten von Wörtern: grimmige, harte, kalte Wörter, herzlos und unglücklich. Die Nacht schmähte den Morgen, der sie beraubte, und die Kälte verfluchte die Wärme, nach der sie hungerte. Frodo war kalt bis ins Mark. Nach einer Weile wurde der Gesang deutlicher, und mit angsterfülltem Herzen nahm er wahr, daß jetzt eine Zauberformel gesungen wurde:

Nebel auf den Hügelgräberhöhen

Kalt sei Hand, Herz und Gebein,
Kalt der Schlaf unterm Stein:
Nimmer steh' vom Bette auf,
Eh' nicht endet der Sonn' und des Mondes Lauf,
Die Sterne zersplittern im schwarzen Wind,
Und fallen herab und liegen hier blind,
Bis der dunkle Herrscher hebt seine Hand
Über tote See und verdorrtes Land.

Hinter seinem Kopf hörte er ein knirschendes und kratzendes Geräusch. Er stützte sich auf einen Arm und sah nun in dem fahlen Licht, daß sie in einer Art Gang waren, der hinter ihnen um die Ecke führte. Um die Ecke tastete sich ein langer Arm vor, und seine Finger wanderten auf Sam zu, der ihm am nächsten war, und zu dem Heft des Schwertes, das auf ihm lag.

Zuerst war es Frodo, als ob er durch die Zauberformel tatsächlich in Stein verwandelt worden sei. Dann durchzuckte ihn ein wilder Gedanke an Flucht. Er überlegte sich, ob er dem Grabunhold, wenn er den Ring aufsetzte, entgehen würde und den Weg nach draußen finden könnte. Er dachte daran, daß er selbst frei über das Gras laufen und zwar um Merry, Sam und Pippin trauern würde, aber selbst frei und lebendig wäre. Gandalf würde zugeben, daß er sonst nichts hätte tun können.

Aber der Mut, der in ihm erweckt worden war, war jetzt zu stark: er konnte seine Freunde nicht so einfach im Stich lassen. Er zauderte, tastete in seiner Tasche und focht dann wieder einen Kampf mit sich aus; und derweil kroch der Arm näher. Plötzlich festigte sich sein Entschluß, und er ergriff ein kurzes Schwert, das neben ihm lag, kniete sich hin und beugte sich vor über die Körper seiner Gefährten. Mit aller Kraft, die er hatte, hieb er auf den kriechenden Arm in der Nähe des Handgelenks, und die Hand brach ab; aber im selben Augenblick zersplitterte das Schwert bis zum Heft. Ein Schmerzensschrei ertönte, und das Licht verschwand. Im Dunkeln hörte man ein Fauchen.

Frodo fiel nach vorn auf Merry, und Merrys Gesicht fühlte sich kalt an. Mit einemmal kam ihm wieder in den Sinn, was er vergessen hatte, seit sie in den Nebel geraten waren, nämlich die Erinnerung an das Haus unten unterm Berg und an Toms Gesang. Er entsann sich des Reims, den Tom sie gelehrt hatte. Mit leiser, verzweifelter Stimme begann er: *He, Tom Bombadil!*, und kaum hatte er den Namen ausgesprochen, schien seine Stimme lauter zu werden: sie hatte einen vollen und lebendigen Klang, und die dunkle Kammer hallte wider wie von Trommeln und Trompeten.

He, Tom Bombadil! Tom Bombadonne!
Hör den Ruf, eile her, bei Feuer, Mond und Sonne!
Komm, bei Wasser, Wald und Flur, steh uns nun zur Seite!
Komm, bei Weide, Schilf und Ried, aus der Not uns leite!

Die Gefährten

Plötzlich herrschte tiefes Schweigen, und Frodo konnte sein Herz schlagen hören. Nach einem langwährenden Augenblick hörte er deutlich, aber weit entfernt, als ob sie unten durch die Erde käme oder durch dicke Wände, eine antwortende Stimme:

Tom, alter Bombadil, lustiger Gevatter,
Blaue Jacke hat er an, gelbe Stiefel hat er,
Fing ihn niemals niemand ein, denn er ist der Meister,
Seine Lieder haben Macht über böse Geister.

Es gab ein rumpelndes Geräusch, als ob Steine rollten und fielen, und plötzlich strömte Licht herein, wirkliches Licht, das helle Tageslicht. Eine niedrige, türartige Öffnung tat sich am Ende der Kammer hinter Frodos Füßen auf; und da war Toms Kopf (Hut, Feder und alles), umrahmt vom Licht der hinter ihm rot aufgehenden Sonne. Das Licht fiel auf den Boden und auf die Gesichter der drei Hobbits, die neben Frodo lagen. Sie rührten sich nicht, aber die krankhafte Blässe war verschwunden. Sie sahen jetzt aus, als ob sie fest schliefen.

Tom bückte sich, nahm seinen Hut ab, kam in die dunkle Kammer und sang:

Raus hier, übler Wicht! In die helle Sonne!
Schwinde wie der Nebelhauch, heule mit dem Winde,
In die wüsten Lande zieh über alle Berge!
Laß die Grube leer zurück, niemals kehre wieder!
Sei vergessen und verloren, dunkler als das Dunkel,
Wo das Tor verschlossen steht, bis die Welt geheilt wird.

Bei diesen Worten ertönte ein Schrei, und ein Teil des inneren Endes der Kammer stürzte krachend ein. Dann hörte man einen langgezogenen Schmerzensschrei, der in einer unvorstellbaren Entfernung verklang: und danach war Stille.

»Komm, Freund Frodo«, sagte Tom. »Laß uns hinausgehen auf das reine Gras! Du mußt mir helfen, sie zu tragen.«

Zusammen trugen sie Merry, Pippin und Sam hinaus. Als Frodo die Gruft zum letztenmal verließ, glaubte er in einem Haufen herabgefallener Steine eine abgetrennte Hand zu sehen, die noch zuckte wie eine verletzte Spinne. Tom ging noch einmal hinein, und man hörte viel Poltern und Stampfen. Als er herauskam, trug er in seinen Armen eine ganze Ladung Schätze: Dinge aus Gold, Silber, Kupfer und Bronze: viele Perlen und Ketten und mit Edelsteinen besetzte Geräte. Er erklomm das grüne Hügelgrab und legte alles obenauf in die Sonne.

Dort stand er, den Hut in der Hand und den Wind im Haar, und schaute hinab auf die drei Hobbits, die sie auf der Westseite des Grabhügels im Gras auf den Rücken gelegt hatten. Er hob die rechte Hand und sagte mit klarer, befehlender Stimme:

Nebel auf den Hügelgräberhöhen

Auf nun, ihr lieben Leut! Auf und hört mich rufen!
Herz und Glieder wieder warm, kalter Stein geborsten;
Dunkle Tür ist aufgetan, Totenhand gebrochen.
Nacht floh zu Nacht hinab, Tor steht weit und offen.

Zu Frodos großer Freude regten sich die Hobbits, streckten die Arme, rieben die Augen und sprangen dann plötzlich auf. Sie schauten erstaunt um sich, zuerst sahen sie Frodo und dann Tom, der in voller Lebensgröße hoch über ihnen auf dem Hügelgrab stand; und schließlich betrachteten sie sich selbst in ihren dünnen weißen Fetzen, gekrönt und gegürtet mit bleichem Gold und klirrend von Geschmeide.

»Was um alles in der Welt...«, begann Merry und befühlte das goldene Diadem, das ihm über ein Auge gerutscht war. Dann hielt er inne, und ein Schatten huschte über sein Gesicht, und er schloß die Augen. »Natürlich, ich erinnere mich!« sagte er. »Die Männer von Carn Dûm kamen über uns in der Nacht, und wir wurden überwältigt. Ah, der Speer in meinem Herzen!« Er griff nach seiner Brust. »Nein! Nein!« sagte er und öffnete die Augen. »Wovon rede ich? Ich habe geträumt. Wo bist denn du gewesen, Frodo?«

»Ich glaubte, daß ich mich verirrt hatte«, antwortete Frodo. »Aber ich will nicht davon sprechen. Laßt uns darüber nachdenken, was wir jetzt tun sollen. Laßt uns weitergehen!«

»In der Aufmachung, Herr?« fragte Sam. »Wo sind meine Kleider?« Er schleuderte Diadem, Gürtel und Ringe auf das Gras und sah sich hilfesuchend um, als ob er erwartete, daß sein Mantel, Wams, Hosen und andere Hobbitkleidungsstücke irgendwo herumliegen würden.

»Ihr werdet eure Kleider nicht wiederfinden«, sagte Tom, der vom Grabhügel heruntersprang und lachend im Sonnenschein um sie herumtanzte. Man hätte denken können, daß nichts Gefährliches oder Entsetzliches geschehen sei; und tatsächlich verschwand das Grauen aus ihren Herzen, als sie ihm zuschauten und das vergnügte Glitzern in seinen Augen sahen.

»Was meint Ihr damit?« fragte Pippin, halb verwundert und halb belustigt. »Warum nicht?«

Doch Tom schüttelte den Kopf und sagte: »Ihr habt euch selbst wiedergefunden, aus tiefem Wasser kommend. Kleider sind nur ein geringer Verlust, wenn man dem Ertrinken entgeht. Seid froh, meine lieben Freunde, und laßt euch jetzt vom warmen Sonnenschein Herz und Glieder erwärmen! Werft die kalten Fetzen ab! Lauft nackend auf dem Gras herum, während Tom auf die Jagd geht!«

Er sprang den Berg hinab, pfeifend und rufend. Als Frodo ihm nachschaute, sah er ihn nach Süden die grüne Mulde zwischen ihrem Berg und dem nächsten entlanglaufen, immer noch pfeifend und rufend:

Dong-long! Dongelong! Wohin wollt ihr pilgern?
Auf, ab, nah und fern – hierhin, dorthin, nirgends?
Löffelohr, Schnüffelschnauz, Wedelschwanz und Humpel,
Kleiner Schelm im weißen Strumpf und mein altes Plumpel!

So sprang er, rannte geschwind, warf seinen Hut in die Luft und fing ihn wieder auf, bis er hinter einer Bodenfalte verschwand. Aber eine Zeitlang wurde sein *Dongelong* immer noch vom Wind, der nach Süden gedreht hatte, herübergetragen.

Es wurde wieder sehr warm. Die Hobbits rannten eine Weile auf dem Gras herum, wie er es ihnen geraten hatte. Dann legten sie sich zu einem Sonnenbad hin und genossen es so wie Leute, die plötzlich aus bitterkaltem Winter in ein freundlicheres Klima kommen oder wie diejenigen, die nach langer Krankheit und Bettlägerigkeit eines Tages aufwachen und feststellen, daß es ihnen unerwartet gut geht und der Tag voll neuer Verheißungen ist.

Als Tom zurückkam, fühlten sie sich wieder kräftig (und waren hungrig). Er tauchte, Hut zuerst, über den Kamm des Berges auf, und hinter ihm kam brav eines nach dem anderen *sechs* Ponies: ihre fünf und eins dazu. Das letzte war deutlich das alte dicke Plumpel: es war größer, kräftiger, dicker (und älter) als ihre Ponies. Merry, dem die anderen gehörten, hatte ihnen niemals Namen gegeben, aber für den Rest ihres Lebens hörten sie auf die neuen Namen, die Tom ihnen gegeben hatte. Tom rief sie eins nach dem anderen auf, und sie erklommen den Kamm und stellten sich in einer Reihe auf. Dann verbeugte sich Tom vor den Hobbits.

»So, da sind eure Ponies«, sagte er. »Sie haben (in mancher Beziehung) mehr Verstand als ihr wandernden Hobbits – mehr Verstand in ihren Nasen. Denn sie wittern die Gefahr im voraus, in die ihr einfach hineinmarschiert; und wenn sie fortlaufen, um sich zu retten, dann laufen sie in der richtigen Richtung. Ihr müßt ihnen verzeihen; denn wenn ihre Herzen auch treu sind, so waren sie doch nicht dafür geschaffen, den Schrecken der Grabunholde die Stirn zu bieten. Seht, hier kommen sie wieder und bringen ihre ganze Last!«

Merry, Sam und Pippin zogen sich nun Kleidungsstücke an, die sie in ihren Rucksäcken fanden; und bald war ihnen zu heiß, denn es waren dickere und wärmere Sachen, die sie für den Winter mitgenommen hatten.

»Wo kommt das alte Pony her, dieses dicke Plumpel?« fragte Frodo.

»Das ist meins«, sagte Tom. »Mein vierbeiniger Freund, obwohl ich selten auf ihm reite, und oft wandert er für sich allein weit über die Berge. Als eure Ponies bei mir waren, freundeten sie sich mit Plumpel an; und sie rochen ihn in der Nacht und rannten rasch zu ihm. Ich hatte mir schon gedacht, daß er nach ihnen Ausschau halten und ihnen mit seinen weisen Worten ihre Furcht nehmen würde. Aber jetzt, mein liebes Plumpel, wird der alte Tom reiten. Jawohl, er kommt mit euch mit, um euch auf den richtigen Weg zu bringen; also braucht er ein Pony. Denn man kann sich nicht so gut mit Hobbits unterhalten, die reiten, wenn man auf den eigenen zwei Beinen versucht, neben ihnen herzutrotten.«

Die Hobbits freuten sich sehr, als sie das hörten, und dankten Tom vielmals; er aber lachte und sagte, sie verstünden es so gut, sich zu verirren, daß er erst beruhigt wäre, wenn er sie heil und sicher über die Grenzen seines Landes gebracht hätte. »Ich habe allerhand zu erledigen«, sagte er, »mein Tun und mein

Nebel auf den Hügelgräberhöhen

Singen, mein Reden und mein Laufen und das Land bewachen! Tom kann nicht immer in der Nähe sein, um Türen und Weidenspalten aufzumachen. Ums Haus muß Tom sich kümmern, und Goldbeere wartet schon.«

Nach dem Sonnenstand war es immer noch ziemlich früh, etwa zwischen neun und zehn, und die Hobbits begannen ans Essen zu denken. Ihre letzte Mahlzeit war das Mittagessen neben dem senkrechten Stein am Tag zuvor gewesen. Sie aßen nun zum Frühstück den Rest von Toms Vorräten, die als Abendbrot gedacht gewesen waren, und außerdem das, was Tom noch mitgebracht hatte. Es war kein großes Mahl (für Hobbits und in Anbetracht der Umstände), aber sie fühlten sich danach doch sehr viel besser. Während sie aßen, ging Tom zu dem Grabhügel hinauf und sah die Schätze durch. Die meisten legte er auf einen Haufen, der auf dem Gras glitzerte und funkelte. Er hieß sie dort liegen »frei für alle Finder, Vögel, Tiere, Elben oder Menschen und alle freundlichen Geschöpfe«; denn so würde der Bann des Grabhügels gebrochen und vereitelt, und kein Unhold würde jemals hierher zurückkehren. Für sich selbst suchte er aus dem Haufen eine Brosche heraus, besetzt mit blauen Steinen in vielen Schattierungen wie Flachsblüten oder Flügel von blauen Schmetterlingen. Er schaute sie lange an, als ob ihm eine Erinnerung käme, dann schüttelte er den Kopf und sagte schließlich:

»Das ist eine hübsche Kleinigkeit für Tom und seine Herrin! Schön war sie, die vor langer Zeit dies auf ihrer Schulter trug. Goldbeere soll es jetzt tragen, und wir werden sie nicht vergessen!«

Für jeden der Hobbits wählte er einen Dolch aus, lang, geformt wie ein Blatt und scharf, herrlich gearbeitet, damasziert mit Schlangenfiguren in rot und gold. Sie blitzten, als er sie aus den schwarzen Scheiden zog, die aus einem ungewöhnlichen Metall geschmiedet waren, leicht und stark und mit vielen feurigen Steinen besetzt. Ob es an irgendeiner Eigenschaft dieser Scheiden lag oder an dem Zauber, der den Grabhügel im Bann gehalten hatte, jedenfalls schienen die Klingen von der Zeit unberührt zu sein, ohne Rost, scharf und in der Sonne glitzernd.

»Alte Messer sind lang genug als Schwerter für Hobbits«, sagte er. »Scharfe Klingen zu haben ist gut, wenn Leute aus dem Auenland nach Osten, Süden oder in ferne Dunkelheit und Gefahr gehen.« Dann erzählte er ihnen, daß diese Klingen vor vielen langen Jahren von den Menschen aus Westernis geschmiedet worden seien: sie waren Feinde des Dunklen Herrschers, doch wurden sie von dem bösen König von Carn Dûm im Lande Angmar überwältigt.

»Wenige erinnern sich ihrer jetzt noch«, murmelte Tom, »doch einige sind noch unterwegs, Söhne vergessener Könige, die in Einsamkeit wandern und sorglose Leute vor bösen Dingen behüten.«

Die Hobbits verstanden seine Worte nicht, aber während er sprach, war ihnen, als schauten sie über lange Jahre zurück wie über eine unendliche schattenhafte Ebene, auf der menschliche Gestalten dahinzogen, große und grimmige mit blinkenden Schwertern, und zuletzt kam einer mit einem Stern auf der Stirn. Dann verblaßte die Schau, und sie waren wieder in der sonnenhellen Welt. Es war Zeit aufzubrechen. Sie machten sich bereit, packten ihre Rucksäcke und beluden die Ponies. Ihre neuen Waffen hängten sie an ihre Ledergürtel unter ihren Wämsern, empfanden sie als sehr lästig und fragten sich, ob sie wohl jemals zu etwas nutze sein würden. Der Gedanke war ihnen niemals gekommen, daß Kampf eines der Abenteuer sein könnte, in die ihre Flucht sie verwickeln würde.

Schließlich machten sie sich auf den Weg. Bergab führten sie ihre Ponies; dann saßen sie auf und trabten rasch das Tal entlang. Sie schauten sich um und sahen den Gipfel des alten Grabhügels auf dem Berg, und dort stiegen von dem Gold die Sonnenstrahlen wie eine gelbe Flamme empor. Dann ritten sie um einen Bergrücken und sahen nichts mehr.

Obwohl Frodo nach allen Seiten Ausschau hielt, erblickte er keine Spur der großen Steine, die wie ein Tor dagestanden hatten, und es dauerte nicht lange, da kamen sie zu der nördlichen Lücke und ritten rasch hindurch, und das Land fiel vor ihnen ab. Es war ein fröhlicher Ritt mit Tom Bombadil, wie er vergnügt auf dem dicken Plumpel, das sich viel schneller bewegte, als sein Leibesumfang verhieß, bald neben und bald vor ihnen trabte. Tom sang die meiste Zeit, aber es war hauptsächlich Unsinn, oder vielleicht auch eine fremde Sprache, die die Hobbits nicht kannten, eine alte Sprache, deren Wörter vor allem Staunen und Entzücken ausdrückten.

Sie kamen stetig voran, aber bald sahen sie, daß die Straße weiter weg war, als sie sich vorgestellt hatten. Selbst ohne Nebel hätte ihr Mittagsschlaf am Tag zuvor verhindert, daß sie die Straße vor Einbruch der Nacht erreichten. Die dunkle Linie, die sie gesehen hatten, war nicht eine Baumreihe, sondern eine Reihe Büsche, und sie standen am Rande eines tiefen Grabens mit einer steilen Böschung auf der gegenüberliegenden Seite. Tom sagte, das sei einstmals die Grenze eines Königreiches gewesen, aber vor sehr langer Zeit. Ihm schien dabei irgend etwas Trauriges einzufallen, und er wollte nicht viel darüber sagen.

Sie stiegen hinunter in den Graben und wieder heraus durch einen Einschnitt in der Böschung, und dann wandte sich Tom genau nach Norden, denn sie waren etwas zu weit nach Westen gekommen. Vor ihnen lag jetzt offenes und ziemlich ebenes Land, und sie beschleunigten ihr Tempo, doch stand die Sonne schon tief, als sie eine Reihe hoher Bäume vor sich sahen und wußten, daß sie nach vielen unerwarteten Abenteuern endlich die Straße erreicht hatten. Das letzte Stück ließen sie ihre Ponies galoppieren und hielten dann unter den langen Schatten der Bäume an. Sie standen oben auf einem steilen Abhang, und die Straße, jetzt schwach erkennbar, da es Abend wurde, zog sich unterhalb von ihnen hin. An diesem Punkt verlief sie annähernd von Südwesten nach Nordosten, und zur Rechten der Hobbits fiel sie rasch ab in eine breite Niederung. Sie war ausgefahren und trug deutliche Spuren von heftigen Regenfällen in letzter Zeit; es waren Pfützen da und Schlaglöcher voller Wasser.

Sie ritten die Böschung hinunter und schauten nach beiden Seiten. Nichts war zu sehen. »So, hier sind wir endlich wieder«, sagte Frodo. »Ich nehme an, wir haben nicht mehr als zwei Tage durch meine Abkürzung durch den Wald verloren – es mag sie von unserer Fährte abgelenkt haben.«

Die anderen schauten ihn an. Der Schatten der Furcht vor den Schwarzen Reitern überfiel sie plötzlich wieder. Seit sie den Alten Wald betreten hatten, waren ihre Gedanken hauptsächlich darauf gerichtet gewesen, wieder zur Straße zu kommen; erst jetzt, da sie zu ihren Füßen lag, erinnerten sie sich der Gefahr, die sie verfolgte und die höchstwahrscheinlich auf eben dieser Straße auf sie lauerte. Ängstlich schauten sie zurück auf die untergehende Sonne, doch war die Straße braun und leer.

»Glaubt Ihr«, fragte Pippin zögernd, »glaubt Ihr, daß wir heute nacht noch verfolgt werden?«

»Nein, heute nacht nicht, hoffe ich«, antwortete Tom Bombadil. »Und morgen vielleicht auch nicht. Aber verlaßt euch nicht auf meine Vermutung; denn genau weiß ich es nicht. Fern im Osten versagt mein Wissen. Tom ist nicht Meister der Reiter vom Schwarzen Land weit jenseits dieses Landes.«

Trotzdem hätten es die Hobbits gern gesehen, daß er sie begleite. Sie glaubten, er werde wissen, wie man mit Schwarzen Reitern fertig wird, wenn es überhaupt jemand wußte. Bald würden sie nun in Länder kommen, die ihnen völlig fremd waren und über die es im Auenland nur ganz ungenaue und weit zurückliegende Sagen gab, und in der aufkommenden Dämmerung hatten sie Heimweh. Ein Gefühl von Einsamkeit und Verlassenheit lastete auf ihnen. Sie standen schweigend da, es widerstrebte ihnen, endgültig Abschied zu nehmen, und erst allmählich merkten sie, daß Tom ihnen alles Gute wünschte und ihnen sagte, sie sollten guten Muts sein und ohne anzuhalten bis zum Einbruch der Dunkelheit weiterreiten.

»Tom wird euch guten Rat geben, bis dieser Tag vorüber ist (danach muß euer Glück euch begleiten und euch führen): nach vier Meilen auf dieser Straße kommt ihr zu einem Dorf, Bree unter dem Breeberg, und seine Türen schauen nach Westen. Dort werdet ihr ein altes Gasthaus finden, das *Zum Tänzelnden Pony* heißt. Gerstenmann Butterblume ist der brave Wirt. Dort könnt ihr übernachten, und danach wird der Morgen euren Weg beschleunigen. Seid kühn, aber vorsichtig! Laßt den Mut nicht sinken und reitet eurem Glück entgegen!«

Sie baten ihn, doch wenigstens bis zum Gasthaus mitzukommen und noch einen Schluck mit ihnen zu trinken; aber er lachte und lehnte es ab:

Toms Reich endet hier, er wird es nicht verlassen,
Tom hütet Haus und Hof, und Goldbeere wartet.

Dann drehte er sich um, warf seinen Hut in die Luft, sprang auf Plumpels Rücken, ritt die Böschung hinauf und davon und sang in die Dämmerung.

Die Hobbits kletterten auch hinauf und schauten ihm nach, bis er außer Sicht war.

»Es tut mir leid, von Meister Bombadil Abschied zu nehmen«, sagte Sam. »Er ist gewiß ein komischer Kauz. Vermutlich können wir eine ganze Weile suchen, und wir finden nichts Besseres oder Verrückteres. Aber ich will nicht leugnen, daß ich mich auf dieses *Tänzelnde Pony* freue, von dem er sprach. Ich hoffe, es wird ähnlich sein wie der *Grüne Drachen* daheim! Was für Leute leben denn in Bree?«

Die Gefährten

»Es gibt Hobbits in Bree«, sagte Merry, »und Große Leute auch. Ich glaube, es wird ziemlich wie daheim sein. Das *Pony* ist ein gutes Wirtshaus, nach allem, was man hört. Meine Familie reitet ab und zu dorthin.«

»Mehr können wir uns gar nicht wünschen«, sagte Frodo. »Aber immerhin liegt es außerhalb des Auenlands. Tut nicht zu sehr, als ob ihr zu Hause wärt! Bitte denkt daran – ihr alle –, daß der Name Beutlin *nicht* erwähnt werden darf. Ich bin Herr Unterberg, wenn ein Name genannt werden muß.«

Sie schwangen sich jetzt auf ihre Ponies und ritten schweigend durch den Abend. Es wurde rasch dunkel, als es langsam bergab und dann wieder bergauf ging, bis sie schließlich in einiger Entfernung Lichter aufblinken sahen.

Vor ihnen erhob sich der Breeberg und versperrte den Weg, eine dunkle Masse vor den dunstigen Sternen; und an seiner westlichen Flanke lag ein großes Dorf. Dorthin eilten sie jetzt und sehnten sich nur danach, ein Feuer zu finden und eine Tür, die die Nacht aussperrt.

NEUNTES KAPITEL

IM GASTHAUS ZUM TÄNZELNDEN PONY

Bree war der Hauptort des Breelandes, eines kleinen bewohnten Gebiets, gleichsam einer Insel inmitten der entvölkerten Lande. Außer Bree selbst gab es an der anderen Seite des Berges noch Stadel, in einem tiefen Tal ein wenig weiter östlich Schlucht und am Rande des Chetwaldes Archet. Um den Breeberg und die Dörfer erstreckte sich ein Landstrich mit Ackerland und durchforsteten Waldungen, der aber nur einige Meilen breit war.

Die Menschen in Bree waren braunhaarig, plump und ziemlich untersetzt, fröhlich und unabhängig: sie waren niemandem untertan als sich selbst; aber mit Hobbits, Zwergen, Elben und anderen Bewohnern der sie umgebenden Welt standen sie freundschaftlicher und vertrauter, als es für Große Leute üblich war (oder ist). Nach ihren eigenen Überlieferungen waren sie die Ureinwohner und Nachkommen der allerersten Menschen, die von Mittelerde nach dem Westen gewandert waren. Wenige hatten die Wirren der Altvorderenzeit überlebt; aber als die Könige wieder über die Großen Meere zurückkehrten, fanden sie die Bree-Menschen immer noch vor, und auch jetzt, da über die Erinnerung an die alten Könige schon Gras gewachsen war, waren sie noch hier.

In jenen Tagen hatten keine anderen Menschen feste Wohnsitze so weit westlich, nämlich im Umkreis von hundert Wegstunden vom Auenland. Doch waren in den Wilden Landen jenseits von Bree geheimnisvolle Wanderer unterwegs. Die Leute in Bree nannten sie Waldläufer und wußten nichts über ihre Herkunft. Sie waren größer und dunkler als die Menschen in Bree, und man glaubte von ihnen, daß sie ein besonderes Sehvermögen und einen ungewöhnlichen Gehörsinn besäßen und die Sprachen der Tiere und Vögel verstünden. Sie wanderten, wie es ihnen gefiel, nach Süden und Osten und sogar bis zum Nebelgebirge; aber es gab ihrer nur noch wenige, und man bekam sie selten zu Gesicht. Wenn sie kamen, brachten sie Neuigkeiten von weither mit und erzählten merkwürdige, vergessene Geschichten, denen gespannt gelauscht wurde; doch waren die Leute in Bree nicht gut Freund mit ihnen.

Auch lebten viele Hobbitfamilien in Breeland; und *sie* behaupteten, sie seien die älteste Hobbitsiedlung der Welt, die schon lange gegründet worden sei, ehe der Brandywein überschritten und das Auenland besiedelt wurde. Die Mehrzahl von ihnen wohnte in Stadel, obwohl es auch in Bree selbst Hobbits gab, besonders auf den höheren Hängen des Berges oberhalb der Häuser der Menschen. Das Große Volk und das Kleine Volk (wie sie einander nannten) standen auf freundschaftlichem Fuße, die einen mischten sich nicht in die Angelegenheiten der anderen, aber beide Gruppen betrachteten sich mit Recht als unentbehrliche Bestandteile des Breevolkes. Nirgends sonst auf der Welt fand man dieses eigenartige (und ausgezeichnete) Einvernehmen.

Das Breevolk, groß und klein, wanderte selbst nicht viel und kümmerte sich hauptsächlich um das, was in den vier Dörfern geschah. Gelegentlich machten die Hobbits von Bree einen Besuch in Bockland oder im Ostviertel; aber obwohl ihr kleines Land nicht viel weiter als einen Tagesritt östlich der Brandyweinbrücke lag, kamen die Hobbits aus dem Auenland jetzt selten nach Bree. Dann und wann kam ein Bockländer oder ein abenteuerlustiger Tuk für ein oder zwei Nächte in das Gasthaus, doch selbst das geschah immer seltener. Die Hobbits im Auenland bezeichneten diejenigen in Bree und alle anderen, die außerhalb ihrer Grenzen lebten, als Außenseiter und nahmen sehr wenig Anteil an ihrem Ergehen, fanden sie langweilig und ungehobelt. Wahrscheinlich gab es in jenen Tagen verstreut im Westen der Welt viel mehr Außenseiter, als die Leute im Auenland ahnten. Gewiß, manche waren nicht viel mehr als Landstreicher, bereit, sich in irgendeiner Böschung eine Höhle zu graben und nur so lange zu bleiben, wie es ihnen paßte. Aber im Breeland jedenfalls waren die Hobbits wohlanständig und wohlhabend und auch nicht bäurischer als die meisten ihrer entfernten Verwandten im Inland. Es war noch nicht vergessen, daß es eine Zeit gegeben hatte, da ein ständiges Kommen und Gehen zwischen dem Auenland und Bree gang und gäbe war. Und die Brandybocks hatten nach allem, was man hörte, Breeblut in den Adern.

Im Dorf Bree gab es einige hundert Steinhäuser des Großen Volkes, die zumeist oberhalb der Straße lagen, an den Berghang geschmiegt und mit Fenstern nach Westen. Auf jener Seite erstreckte sich in mehr als einem Halbkreis vom Berg und wieder zurück ein tiefer Graben mit einer dichten Hecke auf der inneren Seite. Diesen Graben überquerte die Straße auf einem Damm; aber wo sie durch die Hecke stieß, war sie mit einem großen Tor versperrt. Die Tore wurden bei Einbruch der Nacht geschlossen; doch unmittelbar innerhalb standen kleine Pförtnerhäuser für die Torwächter.

Weiter unten an der Straße, wo sie sich nach rechts um den Fuß des Berges herumzog, befand sich ein großes Gasthaus. Es war schon vor langer Zeit gebaut worden, als der Verkehr auf den Straßen weit lebhafter gewesen war. Denn Bree lag an einer alten Wegscheide; eine zweite alte Straße kreuzte die Oststraße gerade außerhalb des Grabens am westlichen Dorfausgang, und in den alten Tagen war sie von Menschen und anderen Leuten aller Art viel benutzt worden. *Seltsam wie Neuigkeiten aus Bree* war immer noch eine Redensart im Ostviertel, die aus jener Zeit stammte, als Neuigkeiten aus Norden, Süden und Osten im Gasthaus ausgetauscht wurden und die Auenland-Hobbits häufig dort hinzugehen pflegten, um sie zu hören.

Aber die Nördlichen Lande waren schon lange verödet, und die Nordstraße wurde jetzt selten begangen; sie war von Gras überwuchert, und die Leute in Bree nannten sie Grünweg.

Das Gasthaus von Bree war indes immer noch da, und der Wirt war eine wichtige Persönlichkeit. Sein Haus war der Treffpunkt der Arbeitsscheuen, Geschwätzigen und Neugierigen unter den großen und kleinen Bewohnern der vier Dörfer; und das Stammlokal der Waldläufer und anderer Wanderer und derjenigen, die noch immer über die Oststraße zum und vom Gebirge zogen (hauptsächlich Zwerge).

Es war dunkel, und weiße Sterne leuchteten, als Frodo und seine Gefährten schließlich die Grünwegkreuzung erreichten und sich dem Dorf näherten. Sie kamen zum Westtor und fanden es geschlossen, aber dahinter saß an der Tür des Pförtnerhauses ein Mann. Er sprang auf, holte eine Laterne und sah die Hobbits über das Tor hinweg überrascht an.

»Was wollt Ihr und woher kommt Ihr?« fragte er barsch.

»Wir wollen ins Gasthaus«, antwortete Frodo. »Wir reisen nach dem Osten und können heute abend nicht weiter.«

»Hobbits! Vier Hobbits! Und noch dazu aus dem Auenland nach ihrer Redeweise«, sagte der Torhüter leise, als spräche er zu sich selbst. Er starrte sie einen Augenblick finster an, dann öffnete er langsam das Tor und ließ sie durchreiten.

»Wir sehen nicht oft Leute aus dem Auenland nachts auf der Straße reiten«, fuhr er fort, als sie einen Augenblick an seiner Tür anhielten. »Ihr werdet entschuldigen, wenn ich gern wissen möchte, welche Angelegenheiten Euch weit östlich von Bree führen. Darf ich fragen, wie Ihr heißt?«

»Unsere Namen und unsere Angelegenheiten sind unsere Sache, und dies scheint mir nicht der richtige Ort zu sein, um uns darüber zu unterhalten«, sagte Frodo, dem weder der Mann noch sein Ton gefielen.

»Eure Angelegenheiten sind Eure Sache, zweifellos«, erwiderte der Mann; »aber meine Angelegenheit ist es, nach Einbruch der Nacht Fragen zu stellen.«

»Wir sind Hobbits aus Bockland, und es beliebt uns, zu reisen und hier im Gasthaus zu übernachten«, mischte sich Merry ein. »Ich bin Herr Brandybock. Genügt Euch das? Die Leute in Bree pflegten zu Reisenden höflich zu sein, oder wenigstens habe ich das gehört.«

»Schon gut, schon gut!« sagte der Mann. »Ich habe es nicht böse gemeint. Aber Ihr werdet vielleicht sehen, daß Euch noch andere als nur der alte Heinrich am Tor Fragen stellen. Es sind sonderbare Leute unterwegs. Wenn Ihr zum *Pony* geht, werdet Ihr sehen, daß Ihr nicht die einzigen Gäste seid.«

Er wünschte ihnen gute Nacht, und sie sagten nichts mehr; aber Frodo konnte im Schein der Laterne sehen, daß der Mann sie immer noch neugierig anstarrte. Er war froh, als er hörte, wie das Tor hinter ihnen zuschlug, während sie weiterritten. Er fragte sich, warum der Mann so argwöhnisch gewesen war, und ob sich wohl irgend jemand nach einer Gruppe von Hobbits erkundigt hatte. Konnte es Gandalf gewesen sein? Er mochte inzwischen angekommen sein, während sie im Wald und auf den Höhen aufgehalten wurden. Aber irgend etwas im Ausdruck und in der Stimme des Torwächters machte ihn unruhig.

Der Mann starrte den Hobbits einen Augenblick nach, dann ging er wieder in sein Häuschen. Kaum hatte er den Rücken gekehrt, da kletterte eine dunkle Gestalt rasch über das Tor und verschwand im Schatten der Dorfstraße.

Die Hobbits ritten eine sanfte Steigung hinauf, kamen an ein paar einzelstehenden Häusern vorbei und hielten dann vor dem Gasthaus an. Die Häuser erschienen ihnen groß und fremdartig. Sam starrte zum Gasthof hinauf mit seinen drei Stockwerken und vielen Fenstern, und der Mut sank ihm. Er hatte sich vorgestellt, daß er irgendwann im Laufe dieser Fahrt Riesen begegnen würde, größer als Bäume, und anderen Geschöpfen, die womöglich noch furchterregender wären; aber in diesem Augenblick reichte ihm der erste Anblick von Menschen in ihren hohen Häusern vollkommen, ja für das dunkle Ende eines anstrengenden Tages war eigentlich das schon zuviel. Er malte sich schwarze Pferde aus, die fertig gesattelt im Schatten des Wirtshaushofes stünden, und Schwarze Reiter, die oben aus den dunklen Fenstern starrten.

»Wir werden doch nicht etwa hier übernachten, Herr?« rief er aus.»Wenn es Hobbits in dieser Gegend gibt, warum suchen wir uns dann nicht welche, die uns aufnehmen wollen? Es wäre mehr wie zu Hause.«

»Was hast du gegen das Gasthaus?« fragte Frodo. »Tom Bombadil hat es empfohlen. Drinnen wird es wohl ziemlich wie zu Hause sein.«

Selbst von außen sah das Gasthaus für Augen, die mit ihm vertraut waren, sehr einladend aus. Es hatte eine Front zur Straße und zwei Flügel nach hinten, die in die niedrigen Hänge des Berges hineingebaut waren, so daß die rückwärtigen Fenster im zweiten Stock zu ebener Erde lagen. Ein breiter Torbogen führte zu einem Hof, der zwischen den beiden Flügeln lag, und links unter dem Torbogen war der Hauseingang, den man über ein paar Stufen erreichte. Die Tür stand offen, und Licht strömte heraus. Über dem Torbogen hing eine Lampe und darunter ein großes Wirtshausschild: ein fettes, weißes Pony, das sich auf die Hinterbeine aufbäumt. Über der Tür stand in weißen Buchstaben:
ZUM TÄNZELNDEN PONY, BESITZER GERSTENMANN BUTTERBLUME.

Aus vielen der unteren Fenster schimmerte Licht durch dicke Vorhänge.

Als sie noch zögernd draußen in der Dämmerung standen, stimmte drinnen jemand ein fröhliches Lied an, und viele vergnügte Stimmen fielen laut im Chor ein. Die Hobbits lauschten diesem ermutigenden Lärm einen Augenblick und saßen dann von ihren Ponies ab. Das Lied war zu Ende, und lautes Lachen und Klatschen erscholl.

Sie führten ihre Ponies unter dem Torbogen durch, ließen sie im Hof stehen und gingen dann die Stufen hinauf. Frodo ging voran und wäre fast mit einem untersetzten, dicken Mann mit einer Glatze und einem roten Gesicht zusammengestoßen. Er trug eine weiße Schürze und stürzte mit einem Tablett voller Bierkrüge aus einer Tür heraus und durch eine andere wieder hinein.

»Können wir . . .«, begann Frodo.

»Eine Sekunde, bitte schön«, rief der Mann über die Schulter und verschwand in einem Gewirr von Stimmen und einer Wolke von Rauch. Einen Augenblick später war er wieder draußen und wischte sich die Hand an der Schürze ab.

»Guten Abend, kleiner Herr!« sagte er, indem er sich bückte. »Was habt Ihr für Wünsche?«

»Betten für vier Leute und Unterkunft für fünf Ponies, wenn es sich machen läßt. Seid Ihr Herr Butterblume?«

»Jawohl, mein Name ist Gerstenmann. Gerstenmann Butterblume, zu Euren Diensten! Ihr seid aus dem Auenland, nicht wahr?« sagte er, und dann schlug er sich plötzlich auf die Stirn, als ob er versuchte, sich an etwas zu erinnern. »Hobbits!« rief er. »Was fällt mir denn dabei ein? Darf ich nach Euren Namen fragen, Herr?«

»Herr Tuk und Herr Brandybock«, stellte Frodo vor. »Und das ist Herr Gamdschie. Mein Name ist Unterberg.«

»Na, so was«, sagte Herr Butterblume und schnalzte mit den Fingern. »Nun ist es wieder futsch! Aber es wird mir wieder einfallen, wenn ich Zeit zum Nachdenken habe. Ich laufe mir gewiß schon die Hacken ab, aber ich werde sehen, was ich für Euch tun kann. Wir haben heutzutage nicht oft Gäste aus dem Auenland, und es würde mir leid tun, wenn ich Euch nicht aufnehmen könnte. Aber heute abend ist ein derartiger Betrieb im Haus, wie wir ihn lange nicht hatten. Wenn es einmal regnet, dann gießt es gleich, wie wir in Bree sagen.«

»He, Kunz!« schrie er. »Wo steckst du denn, du wollfüßiges Faultier! Kunz!«

»Komme schon, Herr, komme schon!« Ein vergnügt aussehender Hobbit schoß aus einer Tür heraus, und als er die neuen Gäste sah, blieb er wie angewurzelt stehen und starrte sie höchst neugierig an.

»Wo ist Hinz?« fragte der Wirt. »Das weißt du nicht? Dann such ihn. Schneller, schneller! Ich habe keine sechs Beine, und sechs Augen auch nicht! Sage Hinz, da sind fünf Ponies im Stall unterzubringen. Er muß irgendwie Platz schaffen.« Kunz trottete grinsend und mit den Augen zwinkernd davon.

»Ja, was wollte ich denn sagen?« fragte Herr Butterblume und schlug sich an die Stirn. »Eins verdrängt das andere, sozusagen. Ich habe so viel um die Ohren heute abend, daß mir der Kopf schwirrt. Da ist eine Gruppe, die kam gestern nacht den Grünweg von Süden herauf – und das war schon mal merkwürdig. Dann ist heute abend eine Reisegesellschaft von Zwergen gekommen, die nach dem Westen unterwegs ist. Und jetzt Ihr. Wenn Ihr nicht Hobbits wäret, würde ich Euch wohl nicht unterbringen können. Aber wir haben ein paar Zimmer im Nordflügel, die eigens für Hobbits vorgesehen wurden, als dieses Haus gebaut wurde. Zu ebener Erde, was sie gewöhnlich schätzen; mit runden Fenstern und allem, wie sie es gern haben. Ich hoffe, Ihr werdet Euch dort wohlfühlen. Sicher wollt Ihr Abendessen haben. Sobald es irgend geht. Jetzt hier lang.«

Er führte sie ein kurzes Stück über einen Gang und öffnete eine Tür. »Hier ist eine nette kleine Gaststube«, sagte er. »Ich hoffe, es wird recht sein. Entschuldigt mich jetzt. Ich habe so viel zu tun. Keine Zeit zum Plaudern. Immer im Trab. Schwere Arbeit für zwei Beine, aber ich werde nicht dünner. Ich gucke später nochmal herein. Wenn Ihr irgend etwas wollt, läutet die Handglocke, Kunz wird dann kommen. Wenn er nicht kommt, läutet und ruft!«

Endlich ging er, und sie fühlten sich ziemlich atemlos. Er schien endlos reden zu können, wieviel er auch zu tun haben mochte. Sie befanden sich in einem kleinen, gemütlichen Raum. Im Kamin brannte ein Feuer, und davor standen ein paar niedrige, bequeme Sessel. Ein runder Tisch war bereits weiß gedeckt, und auf ihm stand eine große Handglocke. Aber Kunz, der Hobbit-Hausdiener, kam schon, ehe sie überhaupt daran gedacht hatten, zu läuten. Er brachte Kerzen und ein Tablett mit Tellern.

»Wünschen die Herren etwas zu trinken?« fragte er. »Und soll ich Euch die Schlafzimmer zeigen, bis das Essen fertig ist?«

Sie hatten sich gewaschen und schon einen kräftigen Zug aus den hohen Bierkrügen getan, als Herr Butterblume und Kunz wieder erschienen. Im Handumdrehen war der Tisch gedeckt. Es gab heiße Suppe, kaltes Fleisch, eine Brombeertorte, frisches Brot und Butter und einen halben reifen Käse: gute handfeste Kost, wie sie im Auenland nicht hätte besser sein können und genügend »wie zu Hause«, um Sams letzte Zweifel zu zerstreuen (die bereits durch das vortreffliche Bier erheblich besänftigt waren).

Der Wirt hielt sich eine Weile bei ihnen auf und schickte sich dann zum Gehen an. »Ich weiß nicht, ob Ihr Euch gern der Gesellschaft anschließen würdet, wenn Ihr gegessen habt«, sagte er, als er an der Tür stand. »Vielleicht würdet Ihr lieber zu Bett gehen. Jedenfalls würde die Gesellschaft Euch sehr gern begrüßen, wenn Euch der Sinn danach steht. Wir haben nicht oft Außenseiter hier – Reisende aus dem Auenland sollte ich wohl sagen, ich bitte um Vergebung; und wir hören gern ein paar Neuigkeiten oder irgendeine Geschichte oder ein Lied, die Ihr vielleicht wißt. Aber wie Ihr wünscht! Läutet die Glocke, wenn irgend etwas fehlt!«

Am Ende ihrer Mahlzeit (die etwa eine Dreiviertelstunde dauerte und nicht von unnötigem Gerede unterbrochen wurde) fühlten sich Frodo, Pippin und Sam so erfrischt und ermutigt, daß sie beschlossen, sich der Gesellschaft anzuschließen. Merry meinte, es würde langweilig sein. »Ich werde hier noch eine Weile still und friedlich am Feuer sitzen bleiben und dann vielleicht noch mal hinausgehen, um ein bißchen Luft zu schnappen. Hütet eure Zungen und vergeßt nicht, daß eure Flucht geheimbleiben soll und ihr noch auf der großen Straße und nicht weit vom Auenland seid!«

»Sehr richtig!« sagte Pippin. »Denke selbst daran! Verlauf dich nicht und vergiß nicht, daß es drinnen sicherer ist.«

Sie gingen hinüber in die große Wirtsstube. Die Gesellschaft war zahlreich und buntgemischt, wie Frodo feststellte, als seine Augen sich an das Licht gewöhnt hatten. Es kam hauptsächlich von einem lodernden Holzfeuer, denn die drei Lampen, die an den Deckenbalken hingen, waren trübe und halb verschleiert vom Rauch. Gerstenmann Butterblume stand in der Nähe des Feuers und unterhielt sich mit ein paar Zwergen und einigen seltsam aussehenden Menschen. Auf den Bänken saß allerlei Volk: Menschen aus Bree, eine Gruppe ortsansässiger Hobbits (die miteinander schwätzten), noch ein paar Zwerge und andere, undeutliche Gestalten, die im Schatten und in den Winkeln schlecht zu erkennen waren.

Als die Auenland-Hobbits hereinkamen, wurden sie von den Breeländern im Chor begrüßt. Die Fremden, besonders jene, die den Grünweg heraufgekommen waren, starrten sie neugierig an. Der Wirt machte sie mit den Leuten aus Bree bekannt, aber so rasch, daß sie zwar viele Namen verstanden, aber selten sicher waren, zu wem welcher Name gehörte. Die Menschen in Bree schienen alle recht botanische (und für Leute aus dem Auenland merkwürdig klingende) Namen zu haben, etwa Binsenlicht, Geißblatt, Heidezehen, Affalter, Distelwolle und Farning (ganz zu schweigen von Butterblume). Einige der Hobbits hatten ähnliche Namen. Die Labkrauts zum Beispiel schienen zahlreich zu sein. Aber die meisten Hobbits hatten natürliche Namen wie Hang, Dachsbau, Langhöhlen, Sandheber und Stollen, von denen viele auch im Auenland gebräuchlich waren. Es gab mehrere Unterbergs aus Stadel, und da sie sich nicht vorstellen konnten, daß jemand denselben Namen hat, ohne verwandt zu sein, drückten sie Frodo als einen lange verlorenen Vetter ans Herz.

Die Bree-Hobbits waren wirklich sehr freundlich und neugierig, und Frodo merkte bald, daß er irgendeine Erklärung über sein Tun und Lassen würde abgeben müssen. Er gab an, er interessiere sich für Geschichte und Geographie (was viel Kopfschütteln hervorrief, zumal keins dieser Wörter im Bree-Dialekt oft gebraucht wurde). Er sagte, er denke daran, ein Buch zu schreiben (woraufhin ringsum verblüfftes Schweigen herrschte), und er und seine Freunde wollten Unterlagen sammeln über Hobbits, die außerhalb des Auenlandes, besonders in den östlichen Ländern, wohnten.

Darauf erhob sich nun ein Stimmengewirr. Hätte Frodo wirklich ein Buch schreiben wollen und viele Ohren gehabt, dann hätte er in wenigen Minuten genug für mehrere Kapitel erfahren. Und als ob das noch nicht reichte, erhielt er eine ganze Liste von Leuten, angefangen mit »der alte Gerstenmann hier«, bei denen er weitere Erkundigungen einziehen könne. Aber nach einiger Zeit, als Frodo keine Anstalten traf, das Buch auf der Stelle zu schreiben, kehrten die Hobbits zu ihren Fragen über die Geschehnisse im Auenland zurück. Frodo erwies sich als nicht sehr mitteilsam, und bald saß er allein in einer Ecke, hörte zu und schaute sich um.

Die Menschen und Zwerge sprachen hauptsächlich von fernen Ereignissen und berichteten Neuigkeiten, die allmählich nur allzu vertraut wurden. Im Süden gab es Unruhe, und die Menschen, die den Grünweg heraufgekommen waren, schienen unterwegs zu sein, um Länder zu suchen, wo sie etwas Frieden finden würden. Die Leute in Bree waren voller Mitgefühl, aber offensichtlich nicht sehr darauf erpicht, in ihrem kleinen Land Fremde in großer Zahl aufzunehmen. Einer der Reisenden, ein schielender, häßlicher Bursche, sagte voraus, daß demnächst immer mehr Leute nach dem Norden kommen würden. »Wenn kein Platz für sie geschaffen wird, werden sie sich selbst welchen schaffen. Sie haben ein Recht zu leben, genausogut wie andere Leute«, sagte er laut. Die Ortsansässigen zeigten sich nicht gerade erfreut über diese Aussicht.

Die Hobbits schenkten all dem nicht allzu viel Aufmerksamkeit, und im Augenblick schien es die Hobbits auch nicht zu betreffen. Große Leute konnten schwerlich um Unterkunft in Hobbithöhlen bitten. Sie fanden Sam und Pippin viel interessanter, die sich jetzt ganz wie zu Hause fühlten und fröhlich über Ereignisse im Auenland plauderten. Pippin erregte viel Heiterkeit mit einem Bericht darüber, wie das Dach der Stadthöhle in Michelbinge einstürzte: Willi Weißfuß, der Bürgermeister und fetteste Hobbit im Westviertel, war unter Kalk begraben worden und kam heraus wie ein bemehlter Kloß. Aber es wurden verschiedene Fragen gestellt, die Frodo etwas beunruhigten. Einer der Breeländer, der offenbar mehrmals im Auenland gewesen war, wollte wissen, wo die Unterbergs eigentlich lebten und mit wem sie verwandt seien.

Plötzlich merkte Frodo, daß ein ungewöhnlich aussehender, wettergegerbter Mann, der im Dunkeln an der Wand saß, ebenfalls sehr aufmerksam der Hobbit-Unterhaltung lauschte. Er hatte einen hohen Bierkrug vor sich und rauchte aus einer seltsam geschnitzten langstieligen Pfeife. Seine Beine hatte er ausgestreckt, sie steckten in hohen Stiefeln aus weichem Leder, die ihm wie angegossen saßen, aber sehr abgetragen und jetzt schmutzverkrustet waren. Er hatte einen fleckigen Mantel aus schwerem, dunkelgrünem Tuch übergeworfen und trug trotz der Hitze im Raum eine Kapuze, die sein Gesicht beschattete; aber seine Augen sah man funkeln, als er die Hobbits beobachtete.

»Wer ist denn das?« fragte Frodo, als er Gelegenheit hatte, mit Herrn Butterblume zu flüstern. »Den habt Ihr, glaube ich, nicht vorgestellt.«

»Der?« fragte der Wirt und schielte zu ihm hinüber, ohne den Kopf zu drehen. »Das weiß ich selbst nicht genau. Er ist einer von dem wandernden Volk – Waldläufer nennen wir sie. Er redet selten, es sei denn, er erzählt, wenn ihm der Sinn danach steht, eine ungewöhnliche Geschichte. Mal verschwindet er für einen Monat oder ein Jahr, und dann taucht er plötzlich wieder auf. Im Frühjahr war er ziemlich oft hier; aber in letzter Zeit hat er sich nicht mehr sehen lassen. Seinen richtigen Namen habe ich nie gehört; aber hier in der Gegend ist er als Streicher bekannt. Er holt gut aus mit seinen langen Beinen; obwohl er niemandem sagt, aus welchem Grunde er sich so eilt. Aber es gibt keine Erklärung für Ost und West, wie wir in Bree sagen, womit die Waldläufer und die Leute im Auenland gemeint sind, bitte um Vergebung. Komisch, daß Ihr nach ihm fragt.« Aber in eben diesem Augenblick wurde Herr Butterblume abgerufen, weil mehr Bier verlangt wurde, und seine letzte Bemerkung blieb ungeklärt.

Frodo bemerkte, daß Streicher ihn jetzt ansah, als ob er alles, was gesagt worden war, gehört oder erraten habe. Mit einemmal lud er Frodo mit einer Handbewegung und einem Kopfnicken ein, sich zu ihm zu setzen. Als Frodo herüberkam, warf er seine Kapuze zurück und enthüllte einen strubbeligen Kopf mit dunklem, graudurchzogenem Haar, und in einem bleichen strengen Gesicht ein Paar scharfe, graue Augen.

»Ich werde Streicher genannt«, sagte er leise. »Ich freue mich, Euch kennenzulernen, Herr – Unterberg, wenn der alte Butterblume Euren Namen richtig verstanden hat.«

»Hat er«, sagte Frodo steif. Er fühlte sich keineswegs wohl unter dem Blick dieser scharfen Augen.

»Nun, Herr Unterberg«, sagte Streicher, »an Eurer Stelle würde ich verhindern, daß Eure jungen Freunde zu viel reden. Trinken, Feuer und eine lustige Gesellschaft sind angenehm genug, aber schließlich sind wir hier nicht im Auenland. Es sind sonderbare Leute unterwegs. Obwohl vielleicht nicht gerade ich das sagen sollte, werdet Ihr wohl denken«, fügte er mit einem verzerrten

Lächeln hinzu, als er Frodos Blick bemerkte. »Und in letzter Zeit sind sogar noch merkwürdigere Reisende durch Bree gekommen«, fuhr er fort und beobachtete dabei Frodos Gesicht.

Frodo erwiderte seinen Blick, sagte aber nichts; und Streicher machte keine weitere Andeutung. Seine Aufmerksamkeit schien sich plötzlich Pippin zuzuwenden. Frodo war bestürzt, als er merkte, daß der alberne junge Tuk, ermutigt durch seinen Erfolg mit dem dicken Bürgermeister von Michelbinge, jetzt tatsächlich sehr drastisch von Bilbos Abschiedsfeier berichtete. Schon war er bei der Rede angelangt und näherte sich dem erstaunlichen Verschwinden.

Frodo war ärgerlich. Für die meisten der ortsansässigen Hobbits war das zweifellos eine ganz harmlose Geschichte: eben etwas Komisches von den komischen Leuten jenseits des Flusses; aber manche (zum Beispiel der alte Butterblume) wußten das eine oder andere und hatten wahrscheinlich schon längst Gerüchte über Bilbos Verschwinden gehört. Es würde ihnen wieder den Namen Beutlin in Erinnerung rufen, besonders, wenn in Bree nach diesem Namen geforscht worden war.

Frodo rutschte unruhig hin und her und fragte sich, was zu tun sei. Pippin genoß offensichtlich das Aufsehen, das er erregte, und hatte ganz vergessen, in welcher Gefahr sie waren. Frodo befürchtete plötzlich, daß er in seiner augenblicklichen Stimmung sogar den Ring erwähnen könnte, und das mochte verhängnisvoll werden.

»Ihr solltet lieber rasch etwas tun«, flüsterte Streicher ihm ins Ohr.

Frodo stand auf, sprang auf einen Tisch und begann zu reden, und damit war die Aufmerksamkeit der Zuhörer von Pippin abgelenkt. Einige Hobbits schauten Frodo an, lachten und klatschten und glaubten, Herr Unterberg habe mehr Bier zu sich genommen, als ihm guttat.

Frodo kam sich mit einemmal sehr töricht vor und merkte, daß er (wie es seine Gewohnheit war, wenn er eine Rede hielt) mit den Dingen in seiner Tasche spielte. Er fühlte den Ring an seiner Kette, und unerklärlicherweise überkam ihn der Wunsch, ihn aufzustreifen und aus dieser albernen Situation zu verschwinden. Irgendwie hatte er das Gefühl, daß der Anstoß von außen kam, von irgend jemandem oder irgend etwas im Raum. Er widerstand der Versuchung entschlossen und umklammerte den Ring mit der Hand, als wollte er ihn festhalten und verhindern, daß er sich davonmache oder irgendein Unheil anrichte. Eine Anregung vermittelte er ihm jedenfalls nicht. Er sprach »ein paar passende Worte«, wie man im Auenland gesagt hätte: *Wir sind alle sehr dankbar für die freundliche Aufnahme, und ich wage zu hoffen, daß mein kurzer Besuch die alten Bande der Freundschaft zwischen Bree und dem Auenland wieder neu knüpfen wird;* und dann zögerte er und hustete.

Jeder im Raum sah ihn jetzt an. »Ein Lied!« rief einer der Hobbits. »Ein Lied! Ein Lied!« riefen alle anderen. »Los nun, Herr, singt uns etwas, was wir noch nicht gehört haben!«

Einen Augenblick stand Frodo mit offenem Mund da. Dann stimmte er in seiner Verzweiflung ein lächerliches Lied an, das Bilbo recht gern gehabt hatte (und auf das er sogar ziemlich stolz gewesen war, denn den Text hatte er selbst verfaßt). Es handelte von einem Gasthaus; und das war vermutlich der Grund,

Die Gefährten

warum es Frodo gerade einfiel. Hier ist der volle Wortlaut. Heutzutage sind zumeist nur noch ein paar Worte davon in Erinnerung.

> *Ein alter Krug, ein fröhlicher Krug*
>   *Lehnt grau am grauen Hang.*
> *Dort brauen sie ein Bier so braun,*
> *Daß selbst der Mann im Mond kam schaun*
>   *Und lag im Rausche lang.*
>
> *Der Stallknecht hat einen Kater – miau! –*
>   *Der streicht im Suff die Fiedel.*
> *Sein Bogen sägt die Saiten quer,*
> *Mal quietscht es laut, mal brummt es sehr*
>   *Von seinem grausigen Liedel.*
>
> *Der Schankwirt hält sich einen Hund,*
>   *Der hat viel Sinn für Spaß.*
> *Geht's in der Stube lustig her,*
> *Spitzt er das Ohr und freut sich sehr*
>   *Und lacht und lacht sich was!*
>
> *Auch haben sie eine Hörnerkuh,*
>   *Stolz wie ein Königskind,*
> *Der steigt Musik wie Bier zu Kopf,*
> *Sie schwenkt den Schwanz bis hin zum Schopf*
>   *Und tanzt, das gute Rind.*
>
> *Und erst das silberne Geschirr*
>   *Und Löffel haufenweis!*
> *Am Sonntag kommt das Beste dran,*
> *Das fangen sie schon am Samstag an*
>   *Zu putzen voller Fleiß.*
>
> *Der Mann im Mond trank noch eine Maß*
>   *Der Kater jaulte laut,*
> *Es tanzten Teller und Besteck,*
> *Die Kuh schlug hinten aus vor Schreck,*
>   *Der Hund war nicht erbaut.*
>
> *Der Mann im Mond trank noch eine Maß*
>   *Und rollte sanft vom Faß;*
> *Dann schlief er und träumte von braunem Bier*
> *Am Himmel standen nur noch vier,*
>   *Vier Sterne morgenblaß.*

Da rief der Knecht seiner blauen Katz:
»Die Mondschimmel schäumen schon
Und beißen auf den Trensen herum,
Der Mondmann aber, der liegt krumm,
 Und bald geht auf die Sonn'!«

Da spielte der Kater hei-didel-dum-didel,
 Als rief er die Toten herbei;
Er sägte ganz jämmerlich schneller und schneller,
Der Wirt rief: »He, Mann! Es wird heller und heller,
 Schon längst schlug die Glocke drei!«

Sie rollten ihn mühsam den Hang hinan
 Und plumps! in den Mond hinein,
Die Mondschimmel – hui! – gingen durch vor Schreck,
Die Kuh wurde toll, und das Silberbesteck
 Das tanzte Ringelreihn.

Beim Didel-dum-didel der Jammerfiedel
 Jaulte das Hündlein sehr,
Da standen die Kuh und die Rösser kopf,
Die Gäste soffen aus Tasse und Topf
 Und ließen die Betten leer.

Da riß die Saite und plötzlich sprang
 Die Kuh übern Mond ins Gras,
Das Hündlein lachte und freute sich schon,
Doch das Sonntagsgeschirr klirrte schamlos davon
 Mit Sonntagslöffel und -glas.

Der Vollmond rollte hinter den Hang,
 Die Sonne erhob ihr Haupt.
Da gingen die Leute am hellichten Tag
Zu Bett – welch verrückter Menschenschlag!
 Das hätte sie nie geglaubt!

Es gab langanhaltenden und lauten Beifall. Frodo hatte eine gute Stimme; und das Lied war ganz nach ihrem Geschmack gewesen. »Wo ist der alte Gerstenmann?« schrien sie. »Das muß er hören. Hinz soll seiner Katze das Fiedeln beibringen, und dann spielt sie zum Tanz auf.« Sie riefen nach mehr Bier und begannen zu brüllen: »Singt es noch einmal, Herr! Kommt schon! Noch einmal!«

Sie nötigten Frodo, noch etwas zu trinken und dann das Lied nochmal zu beginnen, und viele von ihnen stimmten mit ein; denn die Melodie war wohlbekannt, und Verse lernten sie rasch. Jetzt war Frodo an der Reihe, sich geschmeichelt zu fühlen. Er kletterte auf einen Tisch, und als er das zweite Mal bei *Sprang die Kuh übern Mond* angelangt war, machte er einen Luftsprung. Viel zu schwungvoll, denn er landete, peng, auf einem Tablett voller Bierkrüge, rutschte aus und rollte mit einem Krachen, Klirren und einem Bums unter den Tisch. Die Zuhörer sperrten schon den Mund auf, um herzhaft zu lachen, hielten plötzlich inne und starrten ohne einen Laut; denn der Sänger war verschwunden. Er war einfach weg, als sei er geradenwegs durch den Fußboden gegangen, ohne ein Loch zu hinterlassen!

Die ortsansässigen Hobbits saßen völlig verblüfft da, dann sprangen sie auf und riefen nach Gerstenmann. Die ganze Gesellschaft zog sich von Pippin und Sam zurück, die allein in einer Ecke sitzenblieben und aus einigem Abstand finster und zweifelnd beäugt wurden. Es war klar, daß viele Leute sie jetzt für die Gefährten eines wandernden Zauberers mit unbekannten Fähigkeiten und Absichten hielten. Aber da war ein schwärzlicher Breeländer, der sah sie mit einem so wissenden und halb spöttischen Ausdruck an, daß ihnen ganz unbehaglich wurde. Plötzlich schlüpfte er zur Tür hinaus, gefolgt von dem schielenden Südländer: die beiden hatten den Abend über eine ganze Menge zusammen getuschelt. Hinter ihnen ging auch Heinrich, der Torwächter, hinaus.

Frodo kam sich sehr töricht vor. Da er nicht wußte, was er sonst tun sollte, krabbelte er unter den Tischen hindurch in die dunkle Ecke zu Streicher, der ungerührt dasaß und nicht erkennen ließ, was er dachte. Frodo lehnte sich an die Wand und zog den Ring ab. Wie er auf seinen Finger geraten war, konnte er nicht sagen. Er konnte sich nur vorstellen, daß er in der Tasche mit ihm gespielt hatte, während er sang, und daß er irgendwie hinaufgerutscht war, als er die Hand ruckartig ausstreckte, um sich beim Sturz abzustützen. Einen Augenblick fragte er sich, ob ihm nicht der Ring selbst einen Streich gespielt hatte; vielleicht hatte er versucht, sich bemerkbar zu machen, um einem Wunsch oder Befehl zu entsprechen, den er im Raum spürte. Ihm gefielen die Männer nicht, die hinausgegangen waren.

»Nun?« sagte Streicher, als Frodo wieder sichtbar war. »Warum habt Ihr das getan? Es war schlimmer als alles, was Eure Freunde hätten sagen können. Jetzt seid Ihr mit Eurem Fuß ins Fettnäpfchen geraten, oder sollte ich sagen: mit Eurem Finger?«

»Ich weiß nicht, was Ihr meint«, sagte Frodo, verärgert und beunruhigt.

»O doch, das wißt Ihr«, antwortete Streicher. »Aber wir wollen lieber warten, bis sich der Aufruhr gelegt hat. Dann, wenn's recht ist, Herr *Beutlin*, würde ich gern in aller Ruhe ein Wort mit Euch reden.«

»Worüber?« fragte Frodo und hörte über die plötzliche Verwendung seines richtigen Namens hinweg.

»Über eine Sache von einiger Bedeutung – für uns beide«, antwortete Streicher und sah Frodo in die Augen. »Es mag sein, daß Ihr etwas hört, was von Nutzen für Euch ist.«

»Sehr schön«, sagte Frodo; er versuchte, unbeteiligt zu erscheinen. »Ich werde später mit Euch reden.«

Am Kamin fand derweil eine Auseinandersetzung statt. Herr Butterblume war hereingekommen und bemühte sich jetzt, verschiedenen widersprechenden Berichten über das Ereignis gleichzeitig zu folgen.

»Ich sah ihn, Herr Butterblume«, sagte ein Hobbit. »Oder vielmehr, ich sah ihn nicht, wenn Ihr versteht, was ich meine. Er hat sich einfach in Luft aufgelöst, sozusagen.«

»Was Ihr nicht sagt, Herr Labkraut!« sagte der Wirt, der ganz verstört aussah.

»Doch«, beteuerte Labkraut. »Und ich meine es wortwörtlich, was noch mehr heißen will.«

»Da liegt irgendein Irrtum vor«, sagte Butterblume und schüttelte den Kopf. »Dieser Herr Unterberg war viel zu leibhaftig, als daß er sich einfach in Luft auflösen könnte.«

»Ja, wo ist er denn dann?« schrien verschiedene Stimmen.

»Woher soll ich das wissen? Er kann gehen, wohin er will, vorausgesetzt, daß er am Morgen seine Rechnung bezahlt. Da ist Herr Tuk: der ist nicht verschwunden.«

»Na, was ich gesehen habe, habe ich gesehen«, erklärte Labkraut hartnäckig.

»Und ich sage, da liegt ein Irrtum vor«, wiederholte Butterblume, nahm das Tablett und sammelte das zerbrochene Geschirr auf.

»Natürlich ist es ein Irrtum«, sagte Frodo. »Ich bin nicht verschwunden. Hier bin ich ja. Ich habe nur ein paar Worte mit Streicher da in der Ecke gewechselt.«

Er trat nach vorn in den Schein des Kaminfeuers; aber die Mehrzahl der Anwesenden wich vor ihm zurück und war sogar noch befremdeter als vorher. Seine Erklärung, daß er nach seinem Sturz rasch unter den Tischen durchgekrochen sei, befriedigte sie nicht im geringsten. Die meisten Hobbits und Menschen aus Bree waren verstimmt und gingen sofort nach Hause, an diesem Abend stand ihnen der Sinn nicht mehr nach Unterhaltung. Ein oder zwei warfen Frodo einen finsteren Blick zu und murmelten etwas vor sich hin, als sie aufbrachen. Die Zwerge und die zwei oder drei fremden Menschen, die noch geblieben waren, standen auf und sagten dem Wirt gute Nacht, nicht aber Frodo und seinen Freunden. Es dauerte nicht lange, da war nur noch Streicher da, der unbeachtet an der Wand saß.

Herr Butterblume schien die Fassung nicht verloren zu haben. Er rechnete sich sehr wahrscheinlich aus, daß sein Haus an vielen zukünftigen Abenden wieder voll sein würde, bis das jetzige Rätsel gründlich durchgesprochen wäre. »Na, was habt Ihr denn bloß gemacht, Herr Unterberg?« fragte er. »Mit Eurer Akrobatik habt Ihr meine Gäste erschreckt und mein Geschirr zerbrochen!«

»Es tut mir sehr leid, daß ich Unruhe gestiftet habe«, sagte Frodo. »Es war ganz unbeabsichtigt, das versichere ich Euch. Ein höchst bedauerliches Mißgeschick.«

»Schon gut, Herr Unterberg! Aber wenn Ihr Euch mal wieder als Akrobat oder Zauberkünstler oder was immer es war betätigen wollt, dann warnt die Leute vorher – und warnt *mich*. Wir sind hier ein bißchen mißtrauisch gegen alles, was ungewöhnlich ist – nicht ganz geheuer, wenn Ihr versteht, was ich meine; und so plötzlich können wir uns nicht dran gewöhnen.«

Die Gefährten

»Ich werde nichts dergleichen wieder tun, Herr Butterblume, das verspreche ich. Und jetzt werde ich wohl ins Bett gehen. Wir wollen früh aufbrechen. Würdet Ihr bitte dafür sorgen, daß unsere Ponies um acht Uhr bereit sind?«

»Sehr gut! Aber ehe Ihr geht, hätte ich Euch gern noch unter vier Augen gesprochen, Herr Unterberg. Mir ist gerade etwas wieder eingefallen, das ich Euch sagen wollte. Ich hoffe, Ihr werdet es nicht übelnehmen. Ich habe noch ein paar Kleinigkeiten zu erledigen, dann komme ich in Euer Zimmer, wenn's recht ist.«

»Gewiß!« sagte Frodo; aber ihm wurde schwer ums Herz. Er fragte sich, wieviel Gespräche unter vier Augen ihm vor dem Schlafengehen noch bevorstünden und was sich dabei herausstellen würde. Hatten sich diese Leute alle gegen ihn verbündet? Ihm kam der Verdacht, daß sich selbst hinter dem fetten Gesicht des alten Butterblume finstere Absichten verbargen.

ZEHNTES KAPITEL

STREICHER

Frodo, Pippin und Sam gingen zurück in die kleine Gaststube. Es brannte kein Licht. Merry war nicht da, und das Feuer war heruntergebrannt. Erst als sie die Glut wieder zum Aufflammen gebracht und ein paar Scheite nachgelegt hatten, merkten sie, daß Streicher mitgekommen war. Da saß er ganz still auf einem Stuhl an der Tür.

»Hallo!« sagte Pippin. »Wer seid Ihr und was wollt Ihr?«

»Ich werde Streicher genannt«, antwortete er. »Und obwohl er es vergessen haben mag, hat Euer Freund versprochen, sich in Ruhe mit mir zu unterhalten.«

»Ihr sagtet, glaube ich, ich würde etwas hören, das von Nutzen für mich sei«, sagte Frodo. »Was habt Ihr zu sagen?«

»Verschiedenes«, antwortete Streicher. »Aber natürlich kostet es etwas.«

»Was meint Ihr damit?« fragte Frodo scharf.

»Beruhigt Euch! Ich meine nur folgendes: Ich werde Euch sagen, was ich weiß, und Euch einige gute Ratschläge geben –, aber ich erwarte eine Belohnung.«

»Und worin soll die bestehen, bitte schön?« sagte Frodo. Er fürchtete jetzt, einem Erpresser in die Hände gefallen zu sein, und er dachte voll Unbehagen daran, daß er nur wenig Geld bei sich hatte. Die Gesamtsumme würde einen Gauner kaum zufriedenstellen, und eigentlich konnte er gar nichts davon entbehren.

»Nicht mehr, als Ihr Euch leisten könnt«, antwortete Streicher mit einem schwachen Lächeln, als habe er Frodos Gedanken erraten. »Nur folgendes: Ihr müßt mich so lange mitnehmen, bis ich Euch verlassen will.«

»Ach wirklich!« erwiderte Frodo, überrascht, aber nicht sehr erleichtert. »Selbst wenn ich einen weiteren Gefährten wünschte, würde ich mit derlei nicht einverstanden sein, solange ich nicht erheblich mehr über Euch und Eure Angelegenheiten wüßte.«

»Ausgezeichnet!« rief Streicher, schlug die Beine über und setzte sich bequem hin. »Ihr scheint Euren Verstand wieder beisammen zu haben, und das ist auch gut. Bisher seid Ihr viel zu leichtsinnig gewesen. Nun gut. Ich werde Euch sagen, was ich weiß, und Euch die Belohnung überlassen. Ihr werdet sie vielleicht gern gewähren, wenn Ihr mich angehört habt.«

»Also fangt an«, sagte Frodo. »Was wißt ihr?«

»Zu viel; zu viele dunkle Dinge«, antwortete Streicher grimmig. »Aber was Eure Angelegenheit betrifft . . .« Er stand auf und ging zur Tür, öffnete sie rasch und schaute hinaus. Dann schloß er sie leise und setzte sich wieder hin. »Ich habe scharfe Ohren«, fuhr er fort und senkte die Stimme, »und wenngleich ich nicht verschwinden kann, so habe ich doch viele wilde und wachsame Geschöpfe gejagt und kann es, wenn ich will, gewöhnlich vermeiden, gesehen zu werden. Ja, ich war heute abend hinter der Hecke an der Straße westlich von Bree, als vier Hobbits aus der Gegend der Höhen kamen. Ich brauche nicht alles zu wiederholen, was sie zum alten Bombadil oder untereinander sagten, aber etwas interessierte mich. *Bitte denkt daran, daß der Name Beutlin nicht erwähnt werden darf. Ich bin Herr Unterberg, wenn ein Name genannt werden muß.* Das interessierte mich so sehr, daß ich ihnen bis hierher folgte. Ich kletterte gleich nach ihnen über das Tor. Vielleicht hat Herr Beutlin einen ehrenhaften Grund, seinen Namen abzulegen; aber selbst dann würde ich ihm und seinen Freunden raten, vorsichtiger zu sein.«

»Ich begreife nicht, welches Interesse irgend jemand in Bree an meinem Namen haben könnte«, erwiderte Frodo ärgerlich, »und es ist mir auch nicht bekannt, warum er Euch interessiert. Herr Streicher mag einen ehrenhaften Grund haben, zu spionieren und zu lauschen, aber selbst dann würde ich ihm raten, den Grund zu erklären.«

»Gut geantwortet«, sagte Streicher lachend. »Aber die Erklärung ist einfach: Ich hielt Ausschau nach einem Hobbit mit Namen Frodo Beutlin. Ich wollte ihn schnell finden. Ich hatte erfahren, daß er aus dem Auenland ein – nun ja, ein Geheimnis mitbringt, das mich und meine Freunde angeht.«

»Nein, mißversteht mich nicht!« rief er, als sich Frodo erhob und Sam mit einem finsteren Ausdruck aufsprang. »Ich werde das Geheimnis vorsichtiger bewahren als Ihr. Und Vorsicht ist vonnöten!« Er beugte sich vor und schaute sie an. »Beobachtet jeden Schatten!« sagte er leise. »Schwarze Reiter sind durch Bree geritten. Einer kam, wie es heißt, am Montag den Grünweg herunter; und ein zweiter traf später ein, er kam den Grünweg von Süden herauf.«

Es trat ein Schweigen ein. Schließlich sagte Frodo zu Pippin und Sam: »Ich hätte es mir denken können nach der Art und Weise, wie der Torwächter uns begrüßte. Und der Wirt scheint auch etwas gehört zu haben. Warum hat er uns nur gedrängt, uns der Gesellschaft anzuschließen? Und warum in aller Welt haben wir uns so töricht benommen: wir hätten ruhig hierbleiben sollen.«

»Das wäre besser gewesen«, sagte Streicher. »Ich hätte Euch davon abgehalten, in die große Gaststube zu gehen, wenn ich gekonnt hätte. Aber der Wirt wollte mich nicht hereinlassen und auch keine Botschaft überbringen.«

»Glaubt Ihr, daß er ...«, begann Frodo.

»Nein, ich glaube nichts Böses vom alten Butterblume. Nur mag er solche geheimnisvollen Vagabunden wie mich nicht allzu gern.« Frodo sah ihn verwundert an. »Ja, ich sehe ein bißchen verkommen aus, nicht wahr?« sagte Streicher mit verächtlich gekräuselten Lippen und einem sonderbaren Glanz in den Augen. »Aber ich hoffe, wir werden einander noch besser kennenlernen. Wenn ja, dann werdet Ihr mir hoffentlich erklären, was am Ende Eures Liedes geschah. Denn dieser Scherz ...«

»Das war nichts als ein Mißgeschick!« unterbrach ihn Frodo.

»Na, ich weiß nicht recht«, meinte Streicher. »Also schön, Mißgeschick. Dieses Mißgeschick hat Eure Lage gefährlich gemacht.«

»Kaum mehr, als sie schon war«, antwortete Frodo. »Ich wußte, daß mich diese Reiter verfolgen; aber jetzt scheinen sie mich jedenfalls verfehlt zu haben und sind weggegangen.«

»Darauf dürft Ihr nicht rechnen!« sagte Streicher scharf. »Sie werden wiederkommen. Und mehr werden kommen. Es gibt noch andere. Ich kenne ihre Zahl. Ich kenne diese Reiter.« Er hielt inne, und seine Augen waren kalt und hart. »Und es gibt einige Leute in Bree, denen nicht zu trauen ist«, fuhr er fort. »Lutz Farning zum Beispiel. Er hat einen schlechten Ruf in Breeland, und sonderbares Volk sucht ihn in seinem Haus auf. Ihr müßt ihn bemerkt haben in der Gesellschaft: ein schwärzlicher, höhnischer Bursche. Er saß ständig bei einem Fremden aus dem Süden, und gleich nach Eurem ›Mißgeschick‹ gingen sie zusammen hinaus. Nicht alle jene Südländer meinen es gut; und was Farning betrifft, so würde er jedem alles verraten; oder Unheil anrichten bloß zum Spaß.«

»Was soll Farning verraten und was hat mein Mißgeschick mit ihm zu tun?« fragte Frodo, der immer noch entschlossen war, Streichers Andeutungen nicht zu verstehen.

»Nachrichten über Euch natürlich«, antwortete Streicher. »Ein Bericht über Eure Darbietung wäre für gewisse Leute sehr interessant. Danach wäre es kaum noch nötig, ihnen Euren wirklichen Namen zu verraten. Ich halte es für nur allzu wahrscheinlich, daß sie davon hören werden, ehe die Nacht vorbei ist. Ist das genug? Ihr könnt es mit meiner Belohnung nach Belieben halten: mich als Führer nehmen oder nicht. Aber ich darf sagen, daß ich alle Länder zwischen dem Auenland und dem Nebelgebirge kenne, denn ich habe sie seit vielen Jahren durchwandert. Ich bin älter, als ich aussehe. Ich könnte mich als nützlich erweisen. Nach dem heutigen Abend werdet Ihr die offene Straße vermeiden müssen; denn die Reiter werden sie Tag und Nacht beobachten. Es mag sein, daß Ihr aus Bree entkommt und man Euch gehen läßt, solange die Sonne scheint; aber Ihr werdet nicht weit kommen. Sie werden Euch in der Wildnis überfallen, an irgendeinem dunklen Ort, wo es keine Hilfe gibt. Wollt Ihr, daß sie Euch finden? Sie sind entsetzlich!«

Die Hobbits schauten ihn an und sahen zu ihrer Überraschung, daß sein Gesicht gleichsam schmerzverzerrt war und seine Hände die Sessellehnen umklammerten. Das Zimmer war ganz ruhig und still, und das Licht schien dämmrig geworden zu sein. Eine Weile saß er mit leerem Blick da, als erginge er sich in fernen Erinnerungen oder lauschte Geräuschen in der Nacht weit fort.

»Ja!« rief er nach einem Augenblick und fuhr sich mit der Hand über die Stirn. »Vielleicht weiß ich mehr über diese Verfolger als Ihr. Ihr fürchtet sie, aber Ihr fürchtet sie noch nicht genug. Morgen werdet Ihr entkommen müssen, wenn Ihr könnt. Streicher kann Euch auf Pfaden führen, die selten begangen werden. Wollt Ihr ihn haben?«

Es herrschte ein bedrücktes Schweigen. Frodo antwortete nicht, sein Sinn war verwirrt von Zweifel und Furcht. Sam runzelte die Stirn, schaute seinen Herrn an und platzte schließlich heraus:

»Wenn du erlaubst, Herr Frodo: ich würde *nein* sagen! Dieser Streicher warnt uns und sagt, wir sollten vorsichtig sein; und dazu sage ich *ja*, und zwar zuerst einmal ihm gegenüber. Er kommt aus der Wildnis, und über solche Leute habe ich nie was Gutes gehört. Er weiß etwas, das ist klar, und mehr, als mir lieb ist; aber das ist kein Grund, warum wir zulassen sollten, daß er uns an irgendeinen dunklen Ort führt, wo es keine Hilfe gibt, wie er sich ausdrückt.«

Pippin rutschte unruhig hin und her und sah verlegen aus. Streicher gab Sam keine Antwort, sondern richtete seine scharfen Augen auf Frodo. Frodo spürte seinen Blick und schaute weg. »Nein«, sagte er bedächtig. »Der Meinung bin ich nicht. Ich glaube, Ihr seid nicht wirklich, was zu sein Ihr vorgebt. Zuerst habt Ihr mit mir geredet wie die Bree-Leute, aber Eure Stimme hat sich verändert. Immerhin hat Sam insoweit recht: ich sehe nicht ein, warum Ihr uns warnen solltet, vorsichtig zu sein, und uns dennoch auffordert, Euch zu vertrauen. Warum die Verstellung? Wer seid Ihr? Was wißt Ihr wirklich über – über meine Angelegenheit; und woher wißt Ihr es?«

»Die Lektion in Vorsicht ist gut gelernt worden«, sagte Streicher mit einem grimmigen Lächeln. »Aber Vorsicht und Zaudern sind zweierlei. Allein werdet Ihr niemals nach Bruchtal kommen, und Ihr habt keine andere Wahl, als mir zu vertrauen. Ihr müßt Euch entscheiden. Einige Eurer Fragen will ich beantworten, wenn das Eure Entscheidung erleichtert. Aber warum solltet Ihr meiner Geschichte Glauben schenken, wenn Ihr mir nicht schon vertraut? Immerhin, hier ist sie...«

In diesem Augenblick wurde an die Tür geklopft. Herr Butterblume erschien mit Kerzen, und hinter ihm kam Kunz mit Heißwasserkannen. Streicher zog sich in eine dunkle Ecke zurück.

»Ich bin gekommen, um Euch gute Nacht zu wünschen«, sagte der Wirt und stellte die Kerzen auf den Tisch. »Kunz! Bring das Wasser in die Zimmer!« Er trat ein und schloß die Tür.

»Es ist folgendes«, begann er zögernd und sah richtig bekümmert aus. »Wenn ich irgendwelchen Schaden angerichtet habe, dann tut es mir wirklich leid. Aber eins verdrängt das andere, wie Ihr zugeben werdet; und ich bin ein vielbeschäftigter Mann. Aber erst eine Sache und dann noch eine in dieser Woche haben mein Gedächtnis aufgefrischt, wie man so sagt; und nicht zu spät, hoffe ich. Ich war nämlich gebeten worden, nach Hobbits aus dem Auenland Ausschau zu halten, und besonders nach einem mit Namen Beutlin.«

»Und was hat das mit mir zu tun?« fragte Frodo.

»Ach, das werdet Ihr wohl am besten wissen«, meinte der Wirt vielsagend. »Ich werde Euch nicht verraten; aber mir wurde gesagt, daß dieser Beutlin unter dem Namen Unterberg reist, und mir wurde eine Beschreibung gegeben, die genau auf Euch paßt, wenn ich so sagen darf.«

»Ach, wirklich? Dann gebt sie mal zum besten«, unterbrach ihn Frodo töricht.

»*Ein dicker kleiner Kerl mit roten Wangen*«, sagte Herr Butterblume feierlich. Pippin kicherte, aber Sam sah entrüstet aus. »*Das wird nicht viel nützen, denn es trifft auf die meisten Hobbits zu, Gerstenmann*, sagt er zu mir«, fuhr Herr Butterblume mit einem Seitenblick auf Pippin fort. »*Aber dieser eine ist größer als manche und hat hellere Haare als die meisten, und er hat ein gespaltenes Kinn: ein kecker Bursche mit klugen Augen.* Ich bitte um Entschuldigung, aber er hat das gesagt, nicht ich.«

»*Er* hat das gesagt? Und wer war das?« fragte Frodo gespannt.

»Ach, das war Gandalf, wenn Ihr wißt, wen ich meine. Ein Zauberer soll er sein, aber er ist ein guter Freund von mir, wie dem auch sei. Aber ich weiß jetzt nicht, was er mir antun wird, wenn ich ihn wiedersehe: all mein Bier sauer werden lassen oder mich in einen Holzklotz verwandeln, es würde mich nicht wundern. Er ist ein wenig ungestüm. Immerhin, was geschehen ist, läßt sich nicht ungeschehen machen.«

»Aber was ist denn geschehen?« fragte Frodo, der allmählich ungeduldig wurde bei der langsamen Entwirrung von Butterblumes Gedanken.

»Wo war ich?« sagte der Wirt, hielt inne und schnalzte mit den Fingern. »Ach ja, beim alten Gandalf. Vor drei Monaten kam er schlankweg in mein Zimmer, ohne anzuklopfen. *Gersten,* sagt er, *in der Früh muß ich weg. Willst du etwas für mich tun? Du brauchst es bloß zu nennen,* sagte ich. *Ich bin in Eile,* sagte er, *und ich habe selbst keine Zeit, aber ich möchte, daß eine Botschaft ins Auenland gebracht wird. Hast du jemanden, den du schicken kannst und auf den Verlaß ist, daß er geht? Ich kann einen finden,* sagte ich, *morgen vielleicht oder übermorgen. Mach es morgen,* sagt er, und dann gab er mir einen Brief.

Er ist deutlich genug adressiert«, sagte Herr Butterblume, zog einen Brief aus der Tasche und las die Adresse langsam und stolz vor (denn er legte Wert auf seinen Ruf als gebildeter Mann):

HERRN FRODO BEUTLIN, BEUTELSEND, HOBBINGEN IM AUENLAND.

»Ein Brief für mich von Gandalf!« rief Frodo.

»Aha!« sagte Herr Butterblume. »Dann ist Euer richtiger Name also Beutlin?«

»Ja«, antwortete Frodo, »und Ihr gebt mir den Brief besser sofort und erklärt mir, warum Ihr ihn nicht geschickt habt. Um mir das zu sagen, seid Ihr wohl hergekommen, obwohl Ihr lange gebraucht habt, um zur Sache zu kommen.«

Der arme Herr Butterblume sah bekümmert aus. »Ihr habt recht, Herr«, sagte er, »und ich bitte um Entschuldigung. Und ich habe fürchterliche Angst, was Gandalf sagen wird, wenn ein Unheil daraus entsteht. Aber ich habe den Brief nicht absichtlich zurückgehalten. Ich habe ihn sicher aufgehoben. Dann konnte ich keinen finden, der bereit war, am nächsten oder übernächsten Tag ins Auenland zu gehen, und von meinen Leuten konnte ich keinen entbehren; und dann verdrängte eine Sache nach der anderen den Brief aus meinem Gedächtnis. Ich bin ein vielbeschäftigter Mann. Ich will mein Möglichstes tun, um die Sache in Ordnung zu bringen, und wenn ich irgendwie behilflich sein kann, braucht Ihr es nur zu sagen. Ganz abgesehen von dem Brief, hatte ich das auch Gandalf versprochen. *Gersten,* sagte er zu mir, *dieser Freund von mir aus dem Auenland mag vielleicht bald hier vorbeikommen, er und ein anderer. Er wird sich Unterberg nennen. Denke daran! Aber du brauchst keine Fragen zu stellen. Und wenn ich nicht bei ihm bin, wird er vielleicht in Schwierigkeiten sein und Hilfe brauchen. Tu für ihn, was immer du kannst, und ich werde dir dankbar sein.* Und nun seid Ihr hier und die Schwierigkeiten sind offenbar nicht fern.«

»Was meint Ihr damit?« fragte Frodo.

»Diese schwarzen Männer«, sagte der Wirt und senkte die Stimme. »Sie suchen *Beutlin*, und wenn sie was Gutes im Schilde führen, dann bin ich ein Hobbit. Es war am Montag, und alle Hunde jaulten und die Gänse fauchten. Unheimlich, habe ich es genannt. Kunz kam und sagte mir, daß zwei schwarze Männer an der Tür seien und nach einem Hobbit mit Namen Beutlin fragten. Kunz standen die Haare zu Berge. Ich schickte die schwarzen Gesellen fort und schlug ihnen die Tür vor der Nase zu; aber dieselbe Frage haben sie den ganzen Weg bis nach Archet gestellt, wie ich höre. Und dieser Waldläufer Streicher hat auch Fragen gestellt. Versuchte, hier hereinzukommen und Euch zu sehen, ehe Ihr einen Happen gegessen hattet, jawohl.«

»Jawohl«, sagte Streicher plötzlich und trat ins Licht. »Und viel Ungemach wäre uns erspart geblieben, wenn Ihr ihn hereingelassen hättet, Gerstenmann.«

Der Wirt fuhr erschrocken zusammen. »Ihr!« rief er. »Immer taucht Ihr plötzlich auf. Was wollt Ihr denn jetzt?«

»Er ist mit meiner Erlaubnis hier«, sagte Frodo. »Er kam, mir seine Hilfe anzubieten.«

»Ihr wißt über Eure Angelegenheit vielleicht selbst Bescheid«, sagte Herr Butterblume, »aber wenn ich in Eurer Lage wäre, würde ich mich nicht an einen Waldläufer wenden.«

»An wen würdet Ihr Euch denn wenden?« fragte Streicher. »An einen fetten Gastwirt, der seinen eigenen Namen nur deshalb behält, weil ihn die Leute den ganzen Tag brüllen? Sie können nicht ewig im *Pony* bleiben, und nach Hause können sie auch nicht. Sie haben einen langen Weg vor sich. Wollt Ihr mit ihnen gehen und ihnen die schwarzen Männer vom Halse halten?«

»Ich? Bree verlassen? Nicht um alle Schätze der Welt würde ich das tun«, sagte Butterblume und sah jetzt ganz erschrocken aus. »Aber warum könnt Ihr nicht ruhig eine Weile hierbleiben, Herr Unterberg? Was bedeuten all diese seltsamen Vorgänge? Worauf haben es diese schwarzen Männer abgesehen, und wo kommen sie her, das würde ich gern mal wissen.«

»Es tut mir leid, ich kann das alles nicht erklären«, antwortete Frodo. »Ich bin müde und sehr besorgt, und es ist eine lange Geschichte. Aber wenn Ihr wirklich vorhabt, mir zu helfen, muß ich Euch warnen, denn Ihr seid in Gefahr, solange ich in Eurem Hause bin. Diese Schwarzen Reiter – ich bin nicht sicher, aber ich glaube, ich fürchte, sie kommen aus ...«

»Sie kommen aus Mordor«, sagte Streicher leise. »Aus Mordor, Gerstenmann, wenn Euch das etwas sagt.«

»Bewahr uns!« rief Herr Butterblume und wurde blaß; der Name war ihm offensichtlich bekannt. »Das ist die schlimmste Nachricht, die zu meinen Lebzeiten Bree erreicht hat.«

»Ja«, sagte Frodo. »Seid Ihr immer noch gewillt, mir zu helfen?«

»Bin ich«, antwortete Herr Butterblume. »Mehr denn je. Obwohl ich nicht weiß, was meinesgleichen tun kann gegen, gegen ...« Ihm versagte die Stimme.

»Gegen den Schatten im Osten«, sagte Streicher ruhig. »Nicht viel, Gerstenmann, aber jedes bißchen hilft. Ihr könnt Herrn Unterberg heute nacht als Herrn Unterberg hier bleiben lassen und könnt den Namen Beutlin vergessen, bis er weit fort ist.«

»Das will ich tun«, sagte Butterblume. »Aber ich fürchte, sie werden auch ohne meine Hilfe herausfinden, daß er hier ist. Zu schade, daß Herr Beutlin heute abend die Aufmerksamkeit auf sich lenkte, um nicht mehr zu sagen. Die Geschichte, wie dieser Herr Bilbo weggegangen ist, ist schon vor heute abend in Bree gehört worden. Selbst unser Kunz mit seinem schwerfälligen Schädel hat ein paar Vermutungen angestellt; und es gibt andere in Bree, die schneller begreifen als er.«

»Ja, wir können nur hoffen, daß die Reiter noch nicht zurückkommen«, sagte Frodo.

»Das hoffe ich auch«, sagte Butterblume. »Aber Spuk oder kein Spuk, jedenfalls werden sie nicht so leicht in das *Pony* gelangen. Macht Euch bis zum Morgen keine Sorgen. Kunz wird kein Wort sagen. Kein schwarzer Mann soll meine Schwelle überschreiten, solange ich auf meinen Beinen stehen kann. Ich und meine Leute werden heute nacht Wache halten; aber Ihr solltet ein wenig schlafen, wenn Ihr könnt.«

»Jedenfalls müssen wir bei Morgengrauen geweckt werden«, sagte Frodo. »Wir müssen so früh wie möglich aufbrechen. Frühstück bitte um halb sieben.«

»Gut! Ich werde die Anweisung geben«, sagte der Wirt. »Gute Nacht, Herr Beutlin – Unterberg, sollte ich sagen! Gute Nacht – du lieber Himmel? Wo ist denn Euer Herr Brandybock?«

»Ich weiß es nicht«, sagte Frodo, plötzlich sehr besorgt. Sie hatten Merry ganz vergessen, und es wurde spät. »Ich fürchte, er ist ausgegangen. Er sagte etwas von Luftschnappen gehen.«

»Na, um Euch muß man sich ja gewißlich kümmern: man sollte denken, Ihr seid auf einer Ferienreise!« sagte Butterblume. »Ich muß gehen und rasch die Türen versperren, aber ich werde dafür sorgen, daß Euer Freund hereingelassen wird, wenn er kommt. Besser noch, ich schicke Kunz, ihn zu suchen. Gute Nacht allerseits!«

Endlich ging Herr Butterblume, mit einem letzten zweifelnden Blick auf Streicher und einem Kopfschütteln. Seine Schritte verhallten auf dem Gang.

»Nun?« fragte Streicher. »Wann wollt Ihr den Brief öffnen?« Frodo betrachtete das Siegel genau, ehe er es erbrach. Es schien gewiß Gandalfs zu sein. Darin fand sich in des Zauberers kräftiger, aber anmutiger Handschrift die folgende Botschaft:

ZUM TÄNZELNDEN PONY, BREE, MITTJAHRSTAG, AUENLAND-JAHR 1418
Lieber Frodo,
schlechte Nachrichten haben mich hier erreicht. Ich muß sofort aufbrechen. Du gehst besser bald aus Beutelsend fort und verläßt das Auenland spätestens vor Ende Juli. Ich werde zurückkommen, sobald ich kann; und ich werde Dir folgen, falls Du schon fort bist. Hinterlasse hier eine Nachricht für mich, wenn Du durch

Bree kommst. Du kannst dem Wirt (Butterblume) vertrauen. Es mag sein, daß Du unterwegs einen Freund von mir triffst: einen Menschen, schlank, dunkel, groß, von manchen Streicher genannt. Er weiß über unsere Angelegenheit Bescheid und wird Dir helfen. Mache Dich nach Bruchtal auf. Dort werden wir uns, hoffe ich, wiedertreffen. Wenn ich nicht komme, wird Elrond Dir Rat geben.

In Eile Dein
GANDALF

PS. Benütze Ihn NICHT *wieder, aus welchem Grunde auch immer! Wandere nicht des Nachts!*
PPS. Vergewissere Dich, daß es der richtige Streicher ist. Es gibt viele merkwürdige Menschen auf den Straßen. Sein wirklicher Name ist Aragorn.

> *Nicht alles, was Gold ist, funkelt,*
> *Nicht jeder, der wandert, verlorn,*
> *Das Alte wird nicht verdunkelt*
> *Noch Wurzeln der Tiefe erfrorn.*
> *Aus Asche wird Feuer geschlagen,*
> *Aus Schatten geht Licht hervor;*
> *Heil wird geborstnes Schwert,*
> *Und König, der die Krone verlor.*

PPPS. Ich hoffe, Butterblume sendet dies sofort. Ein ehrenwerter Mann, aber sein Gedächtnis ist wie eine Rumpelkammer: was man braucht, ist immer vergraben. Wenn er es vergißt, werde ich ihn rösten.
Lebe wohl!

Frodo las den Brief, dann reichte er ihn Pippin und Sam hinüber. »Der alte Butterblume hat wirklich was Schönes angerichtet!« sagte er. »Er verdient geröstet zu werden. Hätte ich das sofort bekommen, könnten wir alle jetzt in Bruchtal in Sicherheit sein. Aber was mag mit Gandalf geschehen sein? Er schreibt, als ginge er großen Gefahren entgegen.«

»Das hat er seit vielen Jahren getan«, sagte Streicher.

Frodo wandte sich um und sah ihn nachdenklich an; er war unsicher über Gandalfs zweite Nachschrift. »Warum habt Ihr mir nicht gleich gesagt, daß Ihr Gandalfs Freund seid?« fragte er. »Es hätte Zeit gespart.«

»Wirklich? Würde einer von Euch mir geglaubt haben?« gab Streicher zurück. »Ich wußte nichts von diesem Brief. Ich wußte nur, daß ich Euch überreden mußte, mir ohne Beweise zu vertrauen, wenn ich Euch helfen sollte. Jedenfalls hatte ich nicht vor, Euch sofort alles über mich zu erzählen. Ich mußte *Euch* erst prüfen und mich vergewissern. Der Feind hat mir schon früher Fallen gestellt. Sobald ich mich entschieden hätte, war ich bereit, jede Eurer Fragen zu beantworten. Aber ich muß zugeben«, fügte er mit einem seltsamen Lachen hinzu, »daß ich gehofft hatte, Ihr würdet mich um meiner selbst willen nehmen. Ein gejagter Mann ist manchmal das Mißtrauen leid und sehnt sich nach Freundschaft. Doch spricht, glaube ich, mein Äußeres gegen mich.«

»Allerdings – jedenfalls auf den ersten Blick«, lachte Pippin, plötzlich erleichtert, nachdem er Gandalfs Brief gelesen hatte. »Aber hübsch ist, wer hübsch tut, wie wir im Auenland sagen; und ich vermute, wir werden alle ziemlich genauso aussehen, wenn wir tagelang in Hecken und Gräben gelegen haben.«

»Es würde mehr brauchen, als ein paar Tage oder Wochen oder Jahre in der Wildnis zu wandern, um wie Streicher auszusehen«, antwortete er. »Und Ihr würdet vorher sterben, sofern Ihr nicht aus härterem Holz geschnitzt seid, als es den Anschein hat.«

Pippin schwieg still, aber Sam war nicht so leicht einzuschüchtern, und er hatte immer noch seine Zweifel über Streicher. »Woher wissen wir, daß Ihr der Streicher seid, von dem Gandalf gesprochen hat?« fragte er. »Ihr habt Gandalf überhaupt nicht erwähnt, ehe dieser Brief kam. Ihr könntet ein schauspielernder Späher sein, soweit ich sehen kann, um uns zum Mitgehen zu bewegen. Ihr könntet den richtigen Streicher umgebracht und die Kleider genommen haben. Was habt Ihr dazu zu sagen?«

»Daß du ein wackerer Bursch bist«, antwortete Streicher. »Aber ich fürchte, meine einzige Antwort an dich, Sam Gamdschie, ist folgende. Wenn ich den richtigen Streicher getötet hätte, könnte ich auch *dich* töten. Und ich hätte dich ohne so viel Gerede getötet. Wenn ich hinter dem Ring her wäre, könnte ich ihn haben – JETZT!«

Er stand auf und schien plötzlich größer zu werden. In seinen Augen blitzte es auf, stark und gebieterisch. Er warf seinen Mantel zurück und legte die Hand auf das Heft des Schwertes, das verborgen an seiner Seite gehangen hatte. Sie wagten sich nicht zu rühren. Sam saß mit offenem Munde da und starrte ihn stumm an.

»Aber ich bin zum Glück der richtige Streicher«, sagte er, schaute zu ihnen herab, und sein Gesicht wurde sanft durch ein plötzliches Lächeln. »Ich bin Aragorn, Arathorns Sohn, und wenn ich durch Leben oder Tod euch retten kann, dann will ich es tun.«

Es trat ein langes Schweigen ein. Zögernd sprach Frodo schließlich. »Schon ehe der Brief kam, glaubte ich, daß Ihr ein Freund seid«, sagte er. »Oder zumindest wünschte ich es. Ihr habt mich heute abend mehrmals erschreckt, aber niemals so, wie es die Diener des Feindes tun würden, oder so stelle ich es mir jedenfalls vor. Ich glaube, einer seiner Späher würde – nun ja, anständiger aussehen und gemeiner denken, wenn Ihr das versteht.«

»Das verstehe ich«, lachte Streicher. »Ich sehe gemein aus und denke anständig. Ist es so? *Nicht alles, was Gold ist, funkelt, nicht jeder, der wandert, verlorn.*«

»Beziehen sich die Verse denn auf Euch?« fragte Frodo. »Ich habe nicht begriffen, worum es sich dabei handelte. Aber woher wußtet Ihr, daß sie in Gandalfs Brief stehen, wenn Ihr ihn gar nicht gesehen habt?«

»Ich wußte es nicht«, antwortete er. »Aber ich bin Aragorn, und diese Verse gehören zu dem Namen.« Er zog sein Schwert hervor, und sie sahen, daß die Klinge tatsächlich einen Fuß unter dem Heft geborsten war. »Nicht viel nütze ist es, nicht wahr, Sam?« fragte Streicher. »Aber die Zeit ist nahe, da es neu geschmiedet werden wird.«

Sam erwiderte nichts.

»So«, sagte Streicher, »mit Sams Erlaubnis werden wir das als erledigt betrachten. Streicher wird euer Führer sein. Morgen werden wir ein hartes Stück Wegs haben. Selbst wenn man uns ungehindert aus Bree hinausläßt, können wir kaum hoffen, es unbemerkt zu verlassen. Aber ich werde versuchen, sobald als möglich unterzutauchen. Ich kenne noch ein paar andere Wege als nur die Hauptstraße, die aus dem Breeland hinausführen. Sobald wir die Verfolger einmal abgeschüttelt haben, werde ich auf die Wetterspitze zuhalten.«

»Die Wetterspitze?« fragte Sam. »Was ist denn das?«

»Ein Berg, genau nördlich der Straße, etwa auf halbem Wege zwischen hier und Bruchtal. Von dort hat man eine weite Aussicht nach allen Seiten, und dort werden wir Gelegenheit haben, uns umzuschauen. Gandalf wird auch dorthin kommen, wenn er uns folgt. Hinter der Wetterspitze wird unsere Fahrt schwieriger werden, und wir werden uns entscheiden müssen zwischen verschiedenen Gefahren.«

»Wann habt Ihr Gandalf zuletzt gesehen?« fragte Frodo. »Wißt Ihr, wo er ist oder was er tut?«

Streicher sah ernst aus. »Was er tut, weiß ich nicht«, sagte er. »Ich kam im Frühjahr mit ihm nach dem Westen. In den letzten Jahren habe ich oft an den Grenzen des Auenlands Wache gehalten, wenn er anderweitig beschäftigt war. Er ließ das Auenland selten unbewacht. Zuletzt trafen wir uns am 1. Mai: bei Sarnfurt unten am Brandywein. Er sagte mir, seine Angelegenheit mit Euch sei gutgegangen, und Ihr würdet Euch in der letzten Septemberwoche auf den Weg nach Bruchtal machen. Da ich wußte, daß er auf Eurer Seite war, begab ich mich meinerseits auf eine Fahrt. Und das erwies sich als unheilvoll; denn es war klar, daß ihn irgendwelche Nachrichten erreichten, und ich war nicht zur Hand, um zu helfen.

Ich bin beunruhigt, zum erstenmal, seit ich ihn kenne. Wir hätten Botschaften von ihm erhalten müssen, auch wenn er selbst nicht kommen konnte. Als ich vor vielen Tagen zurückkehrte, hörte ich die schlechten Nachrichten. Die Neuigkeit war weit und breit bekannt, daß Gandalf vermißt wurde und die Reiter gesichtet worden waren. Das Elbenvolk von Gildor hat mir das erzählt; und später berichteten sie mir, daß Ihr von zu Hause aufgebrochen seid; aber es lag keine Nachricht darüber vor, daß Ihr Bockland verlassen hattet. Ich habe die Oststraße ängstlich beobachtet.«

»Glaubt Ihr, daß die Schwarzen Reiter etwas damit zu tun haben – mit Gandalfs Abwesenheit, meine ich?« fragte Frodo.

»Ich weiß nicht, was ihn sonst abgehalten haben könnte, wenn nicht der Feind selbst«, sagte Streicher. »Aber gebt die Hoffnung nicht auf. Gandalf ist größer, als ihr im Auenland wißt – in der Regel seht ihr nur seine Scherze und Spielereien. Aber diese unsere Angelegenheit wird seine größte Aufgabe sein.«

Pippin gähnte. »Entschuldigung«, sagte er, »aber ich bin todmüde. Trotz aller Gefahr und Sorge muß ich ins Bett, oder ich schlafe im Sitzen ein. Wo ist dieser alberne Merry? Das fehlte gerade noch, daß wir im Dunkeln hinausgehen müßten und nach ihm suchen.«

In diesem Augenblick hörten sie eine Tür schlagen; dann Schritte, die den Gang entlangrannten. Merry kam hereingestürzt, gefolgt von Kunz. Er schloß hastig die Tür und lehnte sich dagegen. Er war außer Atem. Sie starrten ihn erschreckt einen Augenblick an, bis er hervorstieß: »Ich habe sie gesehen, Frodo! Ich habe sie gesehen! Schwarze Reiter!«

»Schwarze Reiter!« rief Frodo. »Wo?«

»Hier. Im Dorf. Ich bin eine Stunde hier sitzen geblieben. Als ihr dann immer noch nicht kamt, wollte ich einen kleinen Bummel machen. Ich war schon wieder zurückgekommen und stand gerade außerhalb des Lichtscheins der Laterne und betrachtete die Sterne. Plötzlich überlief mich ein Schauer und ich spürte, daß etwas Entsetzliches näherkroch: da war sozusagen ein tieferer Schatten zwischen den Schatten jenseits der Straße, gleich hinter dem Lichtkreis der Lampe. Er verschwand sofort geräuschlos im Dunkeln. Ein Pferd war nicht da.«

»In welcher Richtung ging er?« fragte Streicher plötzlich scharf.

Merry fuhr zusammen, denn er hatte den Fremden vorher nicht bemerkt. »Rede nur weiter«, sagte Frodo. »Er ist ein Freund von Gandalf. Ich erkläre es dir nachher.«

»Er schien die Straße nach Osten entlangzugehen«, fuhr Merry fort. »Ich versuchte, ihm zu folgen. Natürlich verschwand er sofort; aber ich ging um die Ecke und dann weiter bis zum letzten Haus an der Straße.«

Streicher sah Merry erstaunt an. »Ihr seid sehr beherzt«, sagte er. »Aber es war töricht.«

»Ich weiß nicht«, sagte Merry. »Weder tapfer noch albern, glaube ich. Ich konnte kaum anders. Irgendwie schien ich gezogen zu werden. Jedenfalls ging ich, und plötzlich hörte ich Stimmen an der Hecke. Eine murmelte, und die andere flüsterte oder zischte. Ich konnte kein Wort verstehen, das gesprochen wurde. Ich kroch nicht näher, weil ich einfach zu zittern begann. Dann bekam ich Angst und wandte mich um und wollte gerade nach Hause stürzen, als etwas hinter mir herkam und ich ... ich fiel hin.«

»Ich habe ihn gefunden, Herr«, schaltete sich Kunz ein. »Herr Butterblume hatte mich mit einer Laterne hinausgeschickt. Ich ging hinunter zum Westtor und dann zurück in Richtung Südtor. Ganz nahe bei Lutz Farnings Haus glaubte ich, etwas auf der Straße liegen zu sehen. Ich könnte es nicht beschwören, aber mir war so, als ob sich zwei Männer über etwas bückten und es aufhoben. Ich rief, aber als ich zu der Stelle kam, war keine Spur mehr von ihnen, und nur Herr Brandybock lag am Straßenrand. Er schien zu schlafen. ›Ich glaubte, ich sei in tiefes Wasser gefallen‹, sagt er zu mir, als ich ihn schüttelte. Sehr komisch war er, und kaum hatte ich ihn aufgeweckt, da stand er auf und rannte hierher zurück wie ein Hase.«

»Das stimmt, fürchte ich«, sagte Merry. »Obwohl ich nicht weiß, was ich gesagt habe. Ich hatte einen häßlichen Traum, an den ich mich nicht erinnern kann. Ich war einfach fix und fertig. Ich weiß nicht, was über mich gekommen ist.«

»Ich weiß es«, sagte Streicher. »Der Schwarze Atem. Die Reiter müssen ihre Pferde draußen gelassen haben und heimlich durch das Südtor wieder hereingekommen sein. Sie werden jetzt über alles Bescheid wissen, denn sie haben Lutz Farning besucht; und wahrscheinlich war auch der Südländer ein Späher. Es mag noch etwas geschehen in der Nacht, ehe wir Bree verlassen.«

»Was wird geschehen?« fragte Merry. »Werden sie das Gasthaus angreifen?«

»Nein, das glaube ich nicht«, antwortete Streicher. »Sie sind noch nicht alle hier. Und jedenfalls ist das nicht ihre Art. In Dunkelheit und Einsamkeit sind sie am stärksten; sie werden nicht offen ein Haus angreifen, in dem Licht brennt und viele Leute sind – nicht, ehe sie ganz verzweifelt sind, nicht, während noch all die Meilen von Eriador vor uns liegen. Aber ihre Macht beruht auf Schrecken, und einige in Bree sind schon in ihren Klauen. Sie werden diese Unglücklichen zu bösen Taten anstiften: Farning und einige von den Fremden und vielleicht auch den Torwächter. Sie sprachen am Montag mit Heinrich am Westtor. Ich habe sie beobachtet. Er war weiß und zitterte, als sie ihn verließen.«

»Wir scheinen Feinde ringsum zu haben«, sagte Frodo. »Was sollen wir tun?«

»Hierbleiben und nicht in Eure Zimmer gehen! Sie haben bestimmt herausgefunden, welche das sind. Die Hobbitzimmer haben Fenster nach Norden und dicht am Boden. Wir werden alle zusammen hierbleiben und Fenster und Tür versperren. Aber zuerst werden Kunz und ich Euer Gepäck holen.«

Während Streicher weg war, berichtete Frodo Merry rasch über alles, was sich seit dem Abendessen ereignet hatte. Merry hatte gerade Gandalfs Brief gelesen und dachte darüber nach, als Streicher und Kunz zurückkamen.

»So, meine Herren«, sagte Kunz, »ich habe das Bettzeug aufgewühlt und in jedes Bett der Länge nach eine Schlummerrolle gelegt. Und eine hübsche Nachahmung Eures Kopfes habe ich mit einer braunen Wolldecke gemacht, Herr Beut-Unterberg«, fügte er grinsend hinzu.

Pippin lachte. »Sehr naturgetreu!« sagte er. »Aber was wird geschehen, wenn sie den Mummenschanz durchschaut haben?«

»Das werden wir sehen«, antwortete Streicher. »Wir hoffen, daß wir bis morgen früh die Stellung halten können.«

»Gute Nacht«, sagte Kunz und ging, um seinen Wachposten an der Tür zu beziehen.

Ihre Rucksäcke und Kleider stapelten sie auf dem Fußboden. Vor die Tür schoben sie einen niedrigen Sessel und schlossen das Fenster. Als Frodo hinausschaute, sah er, daß die Nacht noch klar war. Die Sichel* stand hell über den Hängen des Breeberges. Dann schloß und verriegelte er die schweren Innenläden und zog die Vorhänge zu. Streicher legte das Feuer nach und blies die Kerzen aus.

---

* Der Hobbitname für den Wagen oder Großen Bären.

Die Hobbits legten sich auf ihre Decken mit den Füßen zum Kamin; aber Streicher setzte sich auf den Sessel vor der Tür. Sie unterhielten sich noch eine Weile, denn Merry hatte noch verschiedene Fragen.

»Sprang übern Mond!« kicherte er, als er sich in seine Decke einwickelte. »Sehr lächerlich von dir, Frodo! Aber ich wollte, ich wäre dabeigewesen. Die würdigen Breeländer werden in hundert Jahren noch davon reden.«

»Das hoffe ich«, sagte Streicher. Dann schwiegen sie, und einer nach dem anderen schliefen die Hobbits ein.

ELFTES KAPITEL

EIN MESSER IM DUNKELN

Als sie sich im Gasthaus in Bree zum Schlafen fertigmachten, war Bockland in Dunkelheit gebettet; Dunst lagerte über den Tälern und dem Flußufer. Das Haus in Krickloch lag still da. Dick Bolger öffnete vorsichtig die Tür und spähte hinaus. Den ganzen Tag war ein Angstgefühl in ihm immer mächtiger geworden, und er konnte einfach nicht ruhig sitzen bleiben oder ins Bett gehen. Eine schwerlastende Drohung war in der windstillen Nacht. Als er in die Finsternis hinausstarrte, bewegte sich ein schwarzer Schatten unter den Bäumen; das Tor schien sich ganz von selbst zu öffnen und schloß sich wieder lautlos. Dick wurde von Grauen gepackt. Er wich zurück und stand einen Augenblick zitternd in der Halle. Dann schloß er die Tür und verriegelte sie.

Die Nacht wurde schwärzer. Nun war ein leises Geräusch von Pferden zu vernehmen, die in aller Heimlichkeit den Fußweg entlang geführt wurden. Vor dem Tor hielten sie an, und drei schwarze Gestalten kamen herein, wie Schatten der Nacht, die über den Boden krochen. Eine ging zur Tür, je eine stellte sich zu beiden Seiten an die Ecken des Hauses; und dort standen sie, still wie Schatten aus Stein, während die Nacht langsam voranschritt. Das Haus und die unbewegten Bäume schienen atemlos zu warten.

Dann regte sich ein schwaches Lüftchen in den Blättern, und ein Hahn krähte in der Ferne. Die kalte Stunde vor dem Morgengrauen verging. Die Gestalt an der Tür regte sich. In der Finsternis ohne Mond oder Sterne glänzte ein gezogenes Schwert, als ob ein kaltes Licht aus der Scheide gezogen worden wäre. Es gab einen Schlag, leise, aber kräftig, und die Tür erzitterte.

»Öffne, im Namen von Mordor!« sagte eine dünne, aber drohende Stimme. Bei einem zweiten Schlag gab die Tür nach und stürzte ein, das Holz zersplitterte und das Schloß zerbrach. Die schwarzen Gestalten glitten rasch hinein.

In diesem Augenblick erklang zwischen den Bäumen nahebei ein Horn. Es zerriß die Nacht wie Feuer auf einem Berggipfel.

ERWACHT! GEFAHR! FEUER! FEINDE! ERWACHT!

Dick Bolger war nicht müßig gewesen. Kaum hatte er die dunklen Schatten vom Garten herankriechen sehen, da wußte er, daß er rennen mußte, wenn ihm sein Leben lieb war. Und er rannte zur Hintertür hinaus, durch den Garten und über die Wiesen. Als er das nächste Haus erreicht hatte, mehr als eine Meile entfernt, brach er auf der Schwelle zusammen. »Nein, nein, nein!« schrie er. »Nein, nicht ich! Ich habe ihn nicht!« Es dauerte einige Zeit, bis irgend jemand begriff, was er eigentlich stammelte. Schließlich kamen sie auf den Gedanken, es könnten Feinde in Bockland sein, irgendein fremder Überfall aus dem Alten Wald. Und dann verloren sie keine Zeit mehr.

GEFAHR! FEUER! FEINDE!

Die Brandybocks bliesen das Hornsignal von Bockland, das seit hundert Jahren nicht mehr vernommen worden war, nicht seit die weißen Wölfe in dem Grausamen Winter gekommen waren, als der Brandywein zugefroren war.

ERWACHT! ERWACHT!

Weit in der Ferne hörte man antwortende Hörner. Der Alarm wurde weitergegeben.

Die schwarzen Gestalten flohen aus dem Haus. Eine von ihnen ließ, als sie davonstürzte, einen Hobbitmantel auf der Schwelle fallen. Auf dem Fußweg hörte man Hufgetrappel, das sich zu einem Galopp steigerte und in der Dunkelheit dahinhämmerte. Rings um Krickloch hallte alles wider von Hörnerblasen und schreienden Stimmen und rennenden Füßen. Aber die Schwarzen Reiter ritten wie der Sturmwind zum Nordtor. Das kleine Volk sollte nur blasen! Sauron würde später schon mit ihnen fertig werden. Sie hatten derweil eine andere Aufgabe: jetzt wußten sie, daß das Haus leer war und der Ring fort. Sie überritten die Wachen am Tor und verschwanden aus dem Auenland.

Früh in der Nacht erwachte Frodo plötzlich aus tiefem Schlaf, als habe irgendein Laut oder die Gegenwart von irgend jemandem ihn aufgeschreckt. Er sah, daß Streicher hellwach auf seinem Sessel saß: seine Augen glänzten im Schein des Feuers, das er in Gang gehalten hatte und das hell brannte; aber er gab kein Zeichen und bewegte sich nicht.

Frodo schlief bald wieder ein; doch abermals wurden seine Träume gestört durch das Geräusch von Wind und galoppierenden Hufen. Der Wind schien um das Haus herumzuwirbeln und es zu schütteln, und in der Ferne hörte er ein Horn wild blasen. Er öffnete die Augen und hörte einen Hahn lustig im Hof krähen. Streicher hatte die Vorhänge aufgezogen und krachend die Läden aufgestoßen. Das erste graue Licht des Tages war im Raum, und kalte Luft drang durch das offene Fenster herein.

Sobald Streicher sie alle geweckt hatte, ging er voran in ihre Schlafzimmer. Als sie sahen, waren sie froh, daß sie seinem Rat gefolgt waren: die Fenster waren aufgebrochen und schlugen hin und her, und die Gardinen flatterten; die Betten waren durchwühlt und die Schlummerrollen aufgeschlitzt und auf den Boden geworfen; die braune Decke war in Fetzen gerissen.

Streicher ging gleich, um den Wirt zu holen. Der arme Herr Butterblume sah verschlafen und verängstigt aus. Er hatte die ganze Nacht kaum ein Auge zugetan (sagte er), aber gehört hatte er nichts.

»Nie in meinem Leben ist so etwas passiert!« rief er und hob voll Entsetzen die Hände. »Daß Gäste nicht in ihren Betten schlafen können und gute Schlummerrollen ruiniert werden und was nicht alles! Was kommt denn nun noch?«

»Dunkle Zeiten«, sagte Streicher. »Aber im Augenblick werdet Ihr vielleicht in Ruhe gelassen werden, sobald Ihr uns los seid. Wir wollen sofort aufbrechen. Macht euch keine Mühe mit dem Frühstück: ein Schluck zu trinken und ein Bissen im Stehen wird uns reichen müssen. In ein paar Minuten haben wir gepackt.«

Herr Butterblume eilte davon, um dafür zu sorgen, daß ihre Ponies gesattelt würden, und um ihnen einen »Bissen« zu holen. Aber sehr bald kam er bestürzt zurück. Die Ponies waren verschwunden! Die Stalltüren waren in der Nacht aufgebrochen worden, und sie waren fort: nicht nur Merrys Ponies, sondern alle anderen Pferde und Tiere auch.

Frodo war ganz niedergeschmettert von dieser Nachricht. Wie konnte er hoffen, Bruchtal zu Fuß zu erreichen, wenn er von berittenen Feinden verfolgt wurde? Genausogut könnten sie sich nach dem Mond aufmachen. Streicher saß eine Weile schweigend da und sah die Hobbits an, als ob er ihre Kraft und ihren Mut abwäge.

»Ponies würden uns auch nicht helfen, auf Pferden reitenden Verfolgern zu entkommen«, sagte er schließlich nachdenklich, als ob er Frodos Gedanken erraten hätte. »Zu Fuß werden wir auch nicht viel langsamer sein, jedenfalls nicht auf den Wegen, die ich einzuschlagen gedenke. Ich wollte sowieso laufen. Nur die Lebensmittel und Vorräte machen mir Sorgen. Wir können nicht darauf rechnen, zwischen hier und Bruchtal etwas zu essen zu bekommen, abgesehen von dem, was wir mitnehmen; und wir sollten einen großen Vorrat dabeihaben; denn wir könnten aufgehalten werden oder zu Umwegen gezwungen sein, die uns weit vom direkten Weg wegführen. Wieviel seid ihr bereit auf dem Rücken zu tragen?«

»Soviel wie nötig«, sagte Pippin etwas beklommen, denn er wollte zeigen, daß er zäher war, als er aussah (oder sich fühlte).

»Ich kann gut und gern für zwei tragen«, sagte Sam kühn.

»Ist denn gar nichts zu machen, Herr Butterblume?« fragte Frodo. »Können wir nicht im Dorf ein paar Ponies bekommen, oder wenigstens eins für das Gepäck? Ich nehme nicht an, daß wir sie leihen können, aber vielleicht könnten wir sie kaufen«, fügte er hinzu und fragte sich, ob er es sich eigentlich leisten konnte.

»Das bezweifle ich«, meinte der Wirt unglücklich. »Die zwei oder drei Reitponies, die es in Bree gab, waren in meinem Stall untergebracht, und sie sind auch weg. Und was andere Lasttiere betrifft, Pferde oder Ponies, so werden sie nicht verkäuflich sein. Aber ich werde sehen, was ich tun kann. Ich werde Hinz aus dem Bett jagen und ihn sobald als möglich losschicken.«

»Ja«, meinte Streicher widerstrebend, »es wäre gut, wenn Ihr das tätet. Ich fürchte, wir müssen versuchen, wenigstens ein Pony zu bekommen. Aber damit wird unsere Hoffnung zunichte, früh aufzubrechen und uns heimlich davonzustehlen! Genausogut hätten wir ein Horn blasen können, um unseren Abmarsch anzukündigen. Das war zweifellos ein Teil ihres Plans.«

»Ein kleiner Trost ist dabei«, sagte Merry, »und mehr als ein kleiner, hoffe ich: wir können frühstücken, während wir warten – und uns sogar dazu hinsetzen. Laßt uns Kunz gleich Bescheid sagen!«

Ein Messer im Dunkeln

Am Ende gab es einen Zeitverlust von mehr als drei Stunden. Hinz kam zurück und berichtete, daß in der Nachbarschaft weder für Geld noch gute Worte ein Pferd oder ein Pony zu haben sei – mit Ausnahme von einem: Lutz Farning hatte eins, das er vielleicht verkaufen würde. »Ein jämmerliches, altes, halb verhungertes Vieh ist es«, sagte Hinz. »Aber wie ich Lutz Farning kenne, wird er es in Anbetracht Eurer Lage nicht hergeben, wenn er nicht mindestens das Dreifache dessen bekommt, was es wert ist.«

»Lutz Farning?« sagte Frodo. »Steckt da nicht ein Trick dahinter? Wird das Tier nicht mit all unserem Zeug zu ihm zurückrennen oder helfen, unsere Spur zu verfolgen oder sonst was?«

»Ich weiß nicht«, sagte Streicher. »Ich kann mir kein Tier vorstellen, das wieder zu ihm läuft, wenn es einmal weg ist. Ich vermute, der liebenswürdige Herr Farning hat einfach den Hintergedanken dabei, seinen Gewinn bei dieser ganzen Geschichte zu erhöhen. Die Hauptgefahr ist, daß das arme Vieh wahrscheinlich an der Schwelle des Todes steht. Aber es bleibt uns keine Wahl. Was will er dafür haben?«

Lutz Farnings Preis war zwölf Silberpfennige; und das war tatsächlich mindestens das Dreifache dessen, was ein Pony in jenen Gegenden wert war. Es stellte sich heraus, daß es ein knochiges, unterernährtes und abgestumpftes Tier war; aber es sah nicht so aus, als sei es schon am Sterben. Herr Butterblume bezahlte es selbst und bot Merry weitere achtzehn Pfennige als Entschädigung für die verlorenen Ponies. Er war ein Ehrenmann und galt in Bree als wohlhabend; aber dreißig Silberpfennige waren ein schwerer Schlag für ihn, und von Lutz Farning betrogen worden zu sein, machte es noch schwerer erträglich.

Tatsächlich ging am Ende jedoch alles gut für ihn aus. Es erwies sich später, daß nur ein Pferd wirklich gestohlen worden war. Die anderen waren weggetrieben worden oder waren vor Schreck davongestürzt; sie wurden in verschiedenen Winkeln des Breelandes wiedergefunden. Merrys Ponies waren allesamt entkommen und hatten schließlich (da sie eine ganze Menge Verstand besaßen) den Weg nach den Höhen eingeschlagen, auf der Suche nach Plumpel. So kamen sie für eine Weile in Tom Bombadils Obhut und waren gut dran. Als Tom aber von den Ereignissen in Bree hörte, schickte er sie Herrn Butterblume, der auf diese Weise fünf gute Tiere zu einem sehr günstigen Preis erhielt. Sie mußten schwerer arbeiten in Bree, aber Hinz behandelte sie gut; so hatten sie im großen und ganzen Glück: ihnen blieb eine dunkle und gefährliche Fahrt erspart. Aber sie kamen nie nach Bruchtal.

Einstweilen wußte Herr Butterblume indes nur, daß er sein Geld los war. Und er hatte noch mehr Verdruß. Denn es gab eine große Aufregung, nachdem die übrigen Gäste aufgestanden waren und von dem Überfall auf das Gasthaus gehört hatten. Die Reisenden aus dem Süden hatten mehrere Pferde eingebüßt und gaben lauthals dem Wirt die Schuld, bis sich herausstellte, daß einer aus ihrer eigenen Gruppe ebenfalls im Laufe der Nacht verschwunden war, und zwar niemand anderes als Lutz Farnings schielender Gefährte. Der Verdacht fiel sofort auf ihn.

»Wenn Ihr Euch mit einem Pferdedieb einlaßt und ihn in mein Haus bringt«, sagte Butterblume wütend, »dann solltet Ihr selbst für alle Schäden bezahlen und mich nicht anschreien. Geht doch und fragt Farning, wo Euer feiner Freund ist!« Aber es schien, als sei er niemandes Freund, und niemand konnte sich erinnern, wann er sich der Reisegesellschaft angeschlossen hatte.

Nach dem Frühstück mußten die Hobbits neu packen und weitere Vorräte auftreiben, denn jetzt war damit zu rechnen, daß ihre Fahrt länger dauern würde. Es war fast zehn Uhr, als sie schließlich wegkamen. Zu dieser Zeit summte ganz Bree vor Aufregung. Frodos Verschwindekunststück; das Auftauchen der Schwarzen Reiter; der Einbruch in die Ställe; und nicht zuletzt die Nachricht, daß Streicher, der Waldläufer, sich den geheimnisvollen Hobbits angeschlossen hatte: all das ergab eine Geschichte, die für viele ereignislose Jahre reichen würde. Die Mehrzahl der Bewohner von Bree und Stadel und sogar viele aus Schlucht und Archet drängten sich auf der Straße, um den Aufbruch mitzuerleben. Die anderen Gäste des Wirtshauses standen an der Tür oder schauten aus den Fenstern.

Streicher hatte seinen Plan geändert und beschlossen, Bree über die Hauptstraße zu verlassen. Jeder Versuch, sofort querfeldein zu gehen, würde die Sache nur schlimmer machen: die Hälfte der Bewohner würde ihnen folgen, um zu sehen, was sie vorhätten, und um zu verhindern, daß sie über ihre Felder und Wiesen gingen.

Sie verabschiedeten sich von Kunz und Hinz, sagten Herrn Butterblume Lebewohl und bedankten sich sehr. »Ich hoffe, wir werden uns eines Tages wiedersehen, wenn die Lage erfreulicher ist«, sagte Frodo. »Mir wäre nichts lieber, als eine Weile friedlich in Eurem Haus zu bleiben.«

Sie zogen los, verängstigt und niedergeschlagen, unter den Blicken der Menge. Nicht alle Gesichter waren freundlich und auch nicht alle Worte, die gerufen wurden. Aber Streicher schien den meisten Breeländern Furcht einzuflößen, und diejenigen, die er anschaute, hielten den Mund und zogen sich zurück. Er ging voran mit Frodo; dann kamen Merry und Pippin und als letzter Sam, der das Pony führte. Sie hatten ihm so viel von ihrem Gepäck aufgeladen, wie sie nur übers Herz brachten; aber das Tier sah schon nicht mehr so mutlos aus, sondern schien mit seinem neuen Schicksal ganz einverstanden. Sam kaute nachdenklich einen Apfel. Er hatte die ganze Tasche voller Äpfel: ein Abschiedsgeschenk von Kunz und Hinz. »Äpfel fürs Laufen und eine Pfeife fürs Sitzen«, sagte er. »Aber ich schätze, es wird nicht lange dauern, bis ich auf beides verzichten muß.«

Die Hobbits beachteten nicht die neugierigen Köpfe, die aus den Türen herausschauten und über Mauern und Zäunen auftauchten, als sie vorbeigingen. Aber als sie sich dem zweiten Tor näherten, sah Frodo ein dunkles, verwahrlostes Haus hinter einer dichten Hecke; es war das letzte Haus des Dorfes. In einem der Fenster tauchte flüchtig ein fahles Gesicht mit verschlagenen, schrägstehenden Augen auf; aber es verschwand sofort.

»So, da versteckt sich also der Südländer!« dachte er. »Er sieht wirklich wie ein halber Unhold aus.«

Über die Hecke starrte frech ein anderer Mensch. Er hatte dicke schwarze Augenbrauen und dunkle, hämische Augen; sein großer Mund kräuselte sich zu einem Hohnlächeln. Er rauchte eine kurze, schwarze Pfeife. Als sie näherkamen, nahm er sie aus dem Mund und spuckte.

»Morgen, Langbein«, sagte er. »So früh schon fort? Endlich ein paar Freunde gefunden?« Streicher nickte, gab aber keine Antwort.

»Morgen, meine kleinen Freunde«, sagte er zu den anderen. »Ich nehme an, ihr wißt, mit wem ihr euch da eingelassen habt? Der schreckt nämlich vor nichts zurück, dieser Streicher. Obwohl ich noch andere Namen gehört habe, die nicht so hübsch sind. Paßt nur auf heute nacht! Und Sam, du Knirps, behandle mein armes altes Pony gut! Pah!« Er spuckte wieder.

Sam drehte sich rasch um. »Und du, Farning«, sagte er, »geh mir mit deinem häßlichen Gesicht aus den Augen, sonst nimmt es Schaden.« Mit einer blitzschnellen Bewegung schleuderte er einen Apfel und traf Lutz genau auf die Nase. Er duckte sich zu spät, und Flüche kamen hinter der Hecke hervor. »Schade um den guten Apfel«, sagte Sam bedauernd und ging weiter.

Schließlich ließen sie das Dorf hinter sich. Die Kinder und Schaulustigen, die ihnen nachgelaufen waren, wurden es leid und drehten am Südtor um. Sie gingen durch das Tor und noch einige Meilen auf der Straße weiter. Sie beschrieb einen Bogen nach links und nahm, während sie sich um den Fuß des Breeberges herumzog, wieder ihre östliche Richtung auf und führte dann rasch hinunter in waldiges Gelände. Zu ihrer Linken konnten sie einige Häuser und Hobbithöhlen von Stadel an den flacheren südöstlichen Hängen des Berges sehen; unten in einer tiefen Mulde weit nördlich der Straße zeigten Rauchwölkchen, daß dort Schlucht lag; Archet dahinter war durch Bäume verborgen.

Nachdem die Straße ein Stück bergab verlaufen war und der Breeberg hoch und braun hinter ihnen geblieben war, kamen sie zu einem schmalen Pfad, der nach Norden führte. »Hier verlassen wir das offene Gelände und gehen in Deckung«, sagte Streicher.

»Hoffentlich kein ›gerader Weg‹«, sagte Pippin. »Unser letzter gerader Weg durch den Wald endete fast im Unglück.«

»Ach, da hattet ihr ja auch mich nicht dabei«, lachte Streicher. »Meine Wege, ob gerad oder krumm, gehen nicht fehl.« Er schaute die Straße hinauf und hinunter. Niemand war zu sehen; und dann führte er sie rasch hinab in das bewaldete Tal.

Sein Plan, soweit sie ihn verstehen konnten, ohne die Gegend zu kennen, bestand darin, zuerst in Richtung Archet zu gehen, aber rechts davon zu bleiben und östlich daran vorbeizugehen, und dann so geradeaus, wie in dem unwegsamen Gelände nur möglich, auf die Wetterspitze zuzuhalten. Auf diese Weise würden sie, wenn alles gutging, eine große Schleife der Straße abschneiden, denn die Straße zog sich weiter nach Süden, um die Mückenwassermoore zu umgehen. Sie würden natürlich die Moore überqueren müssen, und Streichers Beschreibung davon war nicht ermutigend.

Einstweilen war das Laufen indes nicht unangenehm. Ohne die beunruhigenden Ereignisse der letzten Nacht hätten sie sogar diesen Teil ihrer Wanderung mehr genossen als alle bisherigen. Die Sonne schien klar, aber nicht zu heiß. Die Wälder im Tal waren noch belaubt und farbenprächtig und schienen friedlich und ungefährlich zu sein. Streicher führte sie sicher zwischen vielen Kreuzpfaden hindurch, und wenn sie allein gewesen wären, hätten sie sich bestimmt bald verirrt. Er schlug immer wieder Haken auf seinem Weg, um etwaige Verfolger abzuschütteln.

»Lutz Farning wird beobachtet haben, wo wir die Straße verlassen haben, das ist sicher«, sagte er. »Obwohl ich nicht glaube, daß er uns selbst folgt. Er kennt die Gegend hier gut genug, aber er weiß, daß er es im Wald nicht mit mir aufnehmen kann. Ich befürchte nur, daß er anderen Bescheid sagt. Vermutlich sind sie nicht fern. Wenn sie glauben, daß wir nach Archet gehen, dann um so besser.«

Ob es an Streichers Geschicklichkeit lag oder einen anderen Grund hatte, jedenfalls sahen und hörten sie den ganzen Tag kein anderes Lebewesen: weder zweibeinige außer Vögeln noch vierfüßige außer einem Fuchs und ein paar Eichhörnchen. Am nächsten Tag begannen sie sich stetig nach Osten zu halten. Am dritten Tag seit Bree ließen sie den Chetwald hinter sich. Das Gelände war die ganze Zeit abschüssig gewesen, seit sie die Straße verlassen hatten, und jetzt kamen sie in eine weite Ebene, die viel schwieriger zu durchqueren war. Sie waren weit jenseits der Grenzen des Breelandes in der pfadlosen Wildnis und näherten sich den Mückenwassermooren.

Der Boden wurde jetzt feucht und stellenweise sumpfig, und dann und wann stießen sie auf Tümpel und große Flächen mit Schilf und Binsen, in denen verborgen kleine Vögel zwitscherten. Sie mußten sich vorsichtig ihren Weg bahnen, damit ihre Füße trocken blieben und sie ihren richtigen Kurs einhielten. Zuerst kamen sie recht gut voran, aber mit der Zeit ging es immer langsamer, und ihr Weg war gefährlicher. Die Moore waren verwirrend und tückisch, und nicht einmal Waldläufer vermochten in den sich ständig verlagernden Morasten einen durchgehenden Pfad zu finden. Die Fliegen begannen sie zu quälen, und sie waren eingehüllt in ganze Schwärme winziger Mücken, die ihnen in die Ärmel und Hosen krochen und sich in die Haare setzten.

»Ich werde bei lebendigem Leibe aufgefressen!« rief Pippin. »Mückenwasser! Es gibt mehr Mücken als Wasser!«

»Wovon leben sie, wenn sie keinen Hobbit bekommen können?« fragte Sam und kratzte sich den Hals.

Sie verbrachten einen abscheulichen Tag in dieser einsamen und unerfreulichen Gegend. Ihr Lagerplatz war feucht, kalt und unbehaglich, und die stechenden Insekten ließen sie nicht schlafen. Außerdem gab es in den Binsen und Gräsern widerwärtige Geschöpfe, die, nach dem Geräusch zu urteilen, das sie von sich gaben, bösartige Verwandte der Grillen waren. Es waren Tausende, und die ganze Nacht hindurch war überall ihr *Zirp-kirp, Kirp-zirp* zu hören, bis die Hobbits fast verrückt wurden.

Der nächste Tag, der vierte, war kaum besser, und die Nacht fast ebenso

Ein Messer im Dunkeln

unbehaglich. Obwohl die Zirperkirper (wie Sam sie genannt hatte) zurückgeblieben waren, verfolgten die Mücken sie immer noch.

Als Frodo müde, aber unfähig, die Augen zu schließen, dalag, schien es ihm, als sähe er ein Licht fern am östlichen Himmel: es leuchtete viele Male auf und verging wieder. Es war nicht die Morgendämmerung, denn dafür war es noch um Stunden zu früh.

»Was ist das für ein Licht?« fragte er Streicher, der aufgestanden war und in die Nacht hinausschaute.

»Ich weiß es nicht«, antwortete Streicher. »Es ist zu fern, um es zu erkennen. Es sieht aus wie Wetterleuchten, das von den Bergspitzen auflodert.«

Frodo legte sich wieder hin, aber noch lange sah er die weißen Blitze und davor Streichers hohe, dunkle Gestalt, die schweigend und wachsam dastand. Schließlich sank er in einen unruhigen Schlaf.

Am fünften Tag waren sie noch nicht weit gegangen, als sie endlich die verstreut liegenden Tümpel und Röhrichte der Moore hinter sich ließen. Das Land vor ihnen begann wieder zu steigen. Fern im Osten konnten sie jetzt eine Bergkette sehen. Der höchste Gipfel lag am rechten Ende der Kette und war etwas getrennt von den anderen. Er war kegelförmig und oben etwas abgeflacht.

»Das ist die Wetterspitze«, sagte Streicher. »Die alte Straße, die wir weit rechts haben liegen lassen, läuft südlich an ihr vorbei, dicht an ihrem Fuße. Wir könnten bis morgen mittag dort sein, wenn wir gerade darauf zuhalten. Und das sollten wir, glaube ich, besser tun.«

»Was meinst du damit?« fragte Frodo.

»Ich meine: wenn wir dort hinkommen, kann man nicht wissen, was wir vorfinden. Es ist nahe der Straße.«

»Aber sicherlich hoffen wir doch, Gandalf dort zu finden?«

»Ja. Aber die Hoffnung ist schwach. Wenn er überhaupt diesen Weg nimmt, könnte es sein, daß er nicht durch Bree kommt, und so wird er vielleicht nicht erfahren, was wir vorhaben. Und sofern wir nicht durch schieres Glück fast gleichzeitig auf der Wetterspitze eintreffen, werden wir uns sowieso verpassen; denn weder er noch wir werden uns ungefährdet lange dort aufhalten können. Wenn die Reiter uns in der Wildnis nicht finden, werden auch sie sich wahrscheinlich zur Wetterspitze aufmachen. Von dort hat man einen weiten Blick nach allen Seiten. Ja, es gibt viele Vögel und Tiere in diesem Land, die uns sehen könnten, wenn wir dort auf der Bergspitze stehen. Nicht allen Vögeln kann man vertrauen, und es gibt noch andere Späher, die sogar noch böser sind.«

Die Hobbits blickten ängstlich auf die fernen Berge. Sam schaute empor zum blassen Himmel und fürchtete, Falken oder Adler zu sehen, die mit hellen, unfreundlichen Augen über ihnen schwebten. »Du bringst es fertig, Streicher, daß ich mich ganz unbehaglich und einsam fühle!« sagte er.

»Was rätst du uns zu tun?« fragte Frodo.

»Ich glaube«, sagte Streicher langsam, als sei er selbst nicht ganz sicher, »ich glaube, es ist das beste, wenn wir von hier möglichst nach Osten gehen, um die Bergkette zu erreichen, und nicht direkt zur Wetterspitze. Dort kenne ich einen Pfad, der am Fuß der Berge entlangläuft; er wird uns von Norden her und nicht so ungeschützt zur Wetterspitze bringen. Dann werden wir weitersehen.«

Den ganzen Tag schleppten sie sich dahin, bis der kalte und frühe Abend hereinbrach. Das Land wurde trockener und unfruchtbarer; doch hinter ihnen über den Mooren lagen Nebel und Dunst. Ein paar melancholische Vögel piepsten und klagten, bis die runde rote Sonne langsam hinter den westlichen Schatten versank; dann hüllte eine unheimliche Stille sie ein. Die Hobbits dachten an den sanften Schein des Sonnenuntergangs, der durch die freundlichen Fenster des fernen Beutelsend schimmerte.

Als der Tag endete, kamen sie zu einem Bach, der von den Bergen herabrann, um sich in den sumpfigen Mooren zu verlieren, und an seinen Ufern gingen sie entlang, solange es hell blieb. Es war schon Nacht, als sie endlich haltmachten und ihr Lager unter ein paar verkrüppelten Erlen am Bachufer aufschlugen. Vor ihnen erhoben sich jetzt gegen den dämmrigen Himmel die kahlen und baumlosen Bergrücken. In jener Nacht stellten sie eine Wache auf, und Streicher schien überhaupt nicht zu schlafen. Es war zunehmender Mond, und in den frühen Nachtstunden lag ein kaltes, graues Licht über dem Land.

Am nächsten Morgen brachen sie gleich nach Sonnenaufgang auf. Die Luft war kühl und der Himmel von blasser, klarer Bläue. Die Hobbits fühlten sich erfrischt, als wenn sie die ganze Nacht durchgeschlafen hätten. Sie gewöhnten sich schon daran, viel zu laufen bei schmaler Kost – schmaler jedenfalls als das, was sie im Auenland kaum als ausreichend erachtet hätten, um sich auf den Beinen zu halten. Pippin erklärte, daß Frodo doppelt so kräftig sei wie zuvor.

»Sehr merkwürdig«, sagte Frodo, indem er seinen Gürtel enger schnallte, »wenn man bedenkt, daß ich in Wirklichkeit erheblich weniger geworden bin. Ich hoffe, die Abmagerungskur wird sich nicht ins Unendliche fortsetzen, sonst werde ich ein Geist.«

»Sprecht nicht von solchen Dingen!« sagte Streicher schnell und mit überraschendem Ernst.

Die Berge kamen näher. Sie bildeten einen wellenförmigen Kamm, oft erhoben sie sich fast bis zu tausend Fuß Höhe, und hier und da fielen sie wieder ab zu niedrigen Schluchten oder Pässen, die in das östliche Land dahinter führten. Auf dem Grat der Bergkette konnten die Hobbits etwas erkennen, das wie Reste von grünbewachsenen Wällen und Gräben aussah, und in den Schluchten standen noch die Ruinen alter Steinbauten. Als es Nacht wurde, hatten sie den Fuß der westlichen Hänge erreicht, und dort lagerten sie. Es war die Nacht des fünften Oktober, und seit Bree waren sie jetzt sechs Tage unterwegs.

Am Morgen fanden sie zum erstenmal, nachdem sie den Chetwald verlassen hatten, einen deutlich sichtbaren Pfad. Er bog rechts ab, und sie folgten ihm nach Süden. Er war sehr listig angelegt und verlief so, daß er nach Möglichkeit dem

Blick entzogen war, sowohl von den Berggipfeln aus als auch von der Ebene im Westen. Er tauchte in schmale Täler und schmiegte sich an steile Hänge; und wo er flacheres und mehr offenes Gelände überquerte, lagen auf beiden Seiten Reihen großer Findlinge und behauener Steine, die die Wanderer fast wie eine Hecke abschirmten.

»Ich möchte gern wissen, wer diesen Pfad angelegt hat, und wofür«, sagte Merry, als sie an einer dieser Stellen vorbeikamen, wo die Steine besonders groß waren und dicht beieinander standen. »Er gefällt mir eigentlich nicht so recht: er sieht so nach – nun ja, nach Grabunholden aus. Gibt es irgendwelche Hügelgräber auf der Wetterspitze?«

»Nein. Es gibt kein Hügelgrab auf der Wetterspitze, und auch auf keinem anderen dieser Berge«, antwortete Streicher. »Die Menschen des Westens lebten hier nicht; obwohl sie in späterer Zeit die Berge eine Weile gegen das Böse verteidigten, das aus Angmar kam. Dieser Pfad wurde zur Versorgung der Festen entlang der Schutzwälle gebraucht. Aber viel früher, in den Tagen des Nördlichen Königreiches, bauten sie einen großen Wachtturm auf der Wetterspitze, Amon Sûl nannten sie ihn. Er wurde niedergebrannt und geschleift, und nichts blieb von ihm als ein zusammengestürztes Rund wie eine rauhe Krone auf dem Kopf des alten Berges. Doch war er einst hoch und schön. Es heißt, daß Elendil dort stand, als er Ausschau hielt nach Gil-galad, der aus dem Westen kommen sollte in den Tagen des Letzten Bündnisses.«

Die Hobbits starrten Streicher an. Er schien ebenso beschlagen zu sein in alten Sagen wie im Leben in der Wildnis.

»Wer war Gil-galad?« fragte Merry. Aber Streicher antwortete nicht, er schien in Gedanken versunken. Plötzlich murmelte eine leise Stimme:

> *Gil-galad war ein Elbenfürst,*
> *Die Harfe klagt im Liede noch:*
> *Von Berg und Meer umfriedet lag*
> *Sein Reich im Glanz und ohne Joch.*
>
> *Sein Schwert war lang, sein Speer war kühn,*
> *Weithin sein Helm aus Silber schien;*
> *Und silbern spiegelte sein Schild*
> *Der Sterne tausendfaches Bild.*
>
> *Doch lange schon ritt er davon,*
> *Weiß keiner, wo der Ritter blieb;*
> *Sein Stern versank in Düsternis*
> *In Mordors finsterem Verlies.*

Die anderen wandten sich erstaunt um, denn die Stimme gehörte Sam.

»Mach doch weiter!« sagte Merry.

»Mehr weiß ich nicht«, stammelte Sam errötend. »Ich habe es von Herrn Bilbo gelernt, als ich ein Junge war. Er pflegte mir solche Sagen zu erzählen, denn er wußte, daß ich immer gern von den Elben hörte. Herr Bilbo war's auch, der mir Lesen und Schreiben beibrachte. Er war mächtig gelehrt, der liebe alte Herr Bilbo. Und er schrieb *Gedichte*. Was ich eben aufgesagt habe, hat er auch geschrieben.«

»Er hat es nicht verfaßt«, sagte Streicher. »Es gehört zu einem Lied in einer alten Sprache, das *Gil-galads Untergang* heißt. Bilbo muß es übersetzt haben. Ich wußte das gar nicht.«

»Und es war noch viel länger«, sagte Sam. »Alles über Mordor. Den Teil habe ich nicht gelernt, dabei fuhr es mir immer kalt über den Rücken. Ich hätte nie gedacht, daß ich selbst einmal den Weg gehen würde.«

»Nach Mordor gehen!« rief Pippin. »Ich hoffe doch, daß es dazu nicht kommt!«

»Sprecht den Namen nicht so laut aus!« sagte Streicher.

Es war schon Mittag, als sie zum südlichen Ende des Pfades kamen und vor sich im blassen, klaren Licht der Oktobersonne eine graugrüne Böschung sahen, die wie eine Brücke zum Nordhang des Berges hinaufführte. Sie beschlossen, sich gleich zum Gipfel aufzumachen, solange der Tag noch hell war. Sich zu verbergen war nicht länger möglich, und sie konnten nur hoffen, daß kein Feind oder Späher sie beobachtete. Auf dem Berg sahen sie keine Bewegung. Wenn Gandalf in der Nähe war, so war jedenfalls keine Spur von ihm zu sehen.

Auf der Westseite der Wetterspitze fanden sie eine geschützte Senke, an deren tiefster Stelle eine schalenförmige Mulde mit grasbewachsenen Wänden war. Dort ließen sie Sam und Pippin mit dem Pony und ihren Rucksäcken und dem sonstigen Gepäck. Die drei anderen gingen weiter. Nach einer halbstündigen mühseligen Kletterei erreichte Streicher den Berggipfel; Frodo und Merry folgten ihm, müde und atemlos. Der letzte Hang war steil und felsig gewesen.

Auf dem Gipfel fanden sie, wie Streicher gesagt hatte, ein weites Rund von altem Mauerwerk, das jetzt verfallen und mit hohem Gras überwuchert war. Doch in der Mitte war ein Hügel aus Schottersteinen aufgeschichtet. Sie waren geschwärzt wie von Feuer. Um sie herum war der Rasen bis auf die Wurzeln niedergebrannt, und überall innerhalb des Kreises war das Gras versengt und verdorrt, als ob die Flammen über den ganzen Berggipfel geschlagen wären; aber es war keine Spur von irgendeinem Lebewesen.

Als sie am Rande der kreisrunden Ruine standen, hatten sie einen weiten Blick nach allen Seiten; zum größten Teil war das Land kahl und eintönig, mit Ausnahme von einigen bewaldeten Streifen im Süden, hinter denen sie hier und dort Wasser schimmern sahen. Unter ihnen an dieser südlichen Seite zog sich wie ein Band die Alte Straße hin, die vom Westen kam und bergauf und bergab lief, bis sie im Osten hinter einem dunklen Landrücken verschwand. Nichts bewegte sich auf ihr. Als sie ihr mit den Augen nach Osten folgten, sahen sie das Gebirge: die näher gelegenen Vorberge waren braun und düster; hinter ihnen erhoben sich höhere, graue Berge, und hinter diesen wiederum sah man hohe weiße Gipfel durch die Wolken schimmern.

»So, da sind wir«, sagte Merry. »Und es sieht sehr trostlos und wenig einladend aus! Es gibt kein Wasser und keinen Schutz. Und keine Spur von Gandalf. Ich mache ihm keinen Vorwurf, daß er nicht gewartet hat – wenn er überhaupt hier war.«

»Ich weiß nicht recht«, sagte Streicher und schaute nachdenklich um sich. »Selbst wenn er ein oder zwei Tage nach uns in Bree war, hätte er vor uns hier gewesen sein können. Er vermag sehr schnell zu reiten, wenn es nötig ist.« Plötzlich bückte er sich und betrachtete den zuoberst auf dem Steinhaufen liegenden Stein; er war flacher als die anderen und weißer, als sei er dem Feuer entgangen. Er nahm ihn auf und betrachtete ihn genau, indem er ihn hin- und herwendete. »Den hat kürzlich jemand in der Hand gehabt«, sagte er. »Was haltet ihr von diesen Zeichen?«

Auf der flachen Unterseite sah Frodo etwas Eingeritztes: ͰˑIII·. »Das scheint ein Strich zu sein, ein Punkt und noch drei Striche«, sagte er.

»Der Strich links könnte eine G-Rune mit dünnen Verästelungen sein«, sagte Streicher. »Es könnte ein Zeichen sein, das Gandalf hinterlassen hat, obwohl man nicht sicher sein kann. Das Eingeritzte ist fein und offensichtlich frisch. Aber die Zeichen können ganz etwas anderes bedeuten und nichts mit uns zu tun haben. Waldläufer benutzen Runen, und sie kommen manchmal hierher.«

»Was könnten die Zeichen bedeuten, wenn wirklich Gandalf sie gemacht hätte?«

»Ich würde denken«, antwortete Streicher, »daß sie G 3 bedeuten und besagen sollen, daß Gandalf am 3. Oktober hier war; das wäre vor drei Tagen gewesen. Es würde auch ein Zeichen dafür sein, daß er in Eile war und Gefahr drohte, so daß er entweder keine Zeit hatte oder nicht wagte, ausführlicher oder deutlicher zu schreiben. Wenn dem so ist, müssen wir vorsichtig sein.«

»Ich wollte, wir könnten sicher sein, daß er die Zeichen machte, was immer sie bedeuten«, sagte Frodo. »Es wäre ein großer Trost, wenn wir wüßten, daß er unterwegs ist, vor uns oder hinter uns.«

»Vielleicht«, sagte Streicher. »Was mich betrifft, so glaube ich, daß er hier war und in Gefahr. Hier ist ein sengendes Feuer gewesen; und jetzt fällt mir der Lichtschein wieder ein, den wir vor drei Nächten am östlichen Himmel sahen. Ich vermute, er ist auf dem Berggipfel angegriffen worden, aber mit welchem Ergebnis, das kann ich nicht sagen. Er ist nicht mehr da, und wir müssen uns jetzt selbst um uns kümmern und unseren Weg nach Bruchtal finden, so gut wir können.«

»Wie weit ist es nach Bruchtal?« fragte Merry und schaute sich niedergeschlagen um. Die Welt sah wüst und groß aus von der Wetterspitze.

»Ich weiß nicht, ob die Straße jenseits der *Verlassenen Herberge* eine Tagesreise östlich von Bree jemals in Meilen gemessen wurde«, antwortete Streicher. »Manche sagen, es sei so und so weit, und manche sagen wieder etwas anderes. Es ist eine seltsame Straße, und die Leute sind froh, wenn sie ihr Ziel erreicht haben, ob die Zeit nun lang oder kurz war. Aber ich weiß, wie lange ich auf meinen eigenen Beinen brauchen würde, bei gutem Wetter ohne Mißgeschick: zwölf Tage von hier zur Bruinenfurt, wo die Straße die Lautwasser überquert, die von Bruchtal kommt. Wir haben einen Weg von mindestens vierzehn Tagen vor uns, denn ich glaube nicht, daß wir auf der Straße gehen können.«

»Vierzehn Tage!« sagte Frodo. »Eine Menge kann in dieser Zeit geschehen.«

»Kann es auch«, sagte Streicher.

Sie standen eine Weile schweigend am südlichen Rand des Berggipfels. An diesem einsamen Ort wurde sich Frodo zum erstenmal seiner Heimatlosigkeit und der Gefahr voll bewußt. Er wünschte bitterlich, das Schicksal hätte ihn in dem ruhigen und geliebten Auenland gelassen. Er starrte hinunter auf die verhaßte Straße, die nach Westen führte – nach Hause. Plötzlich bemerkte er zwei schwarze Pünktchen, die sich langsam in westlicher Richtung bewegten, und als er noch einmal hinschaute, sah er drei weitere, die nach Osten krochen, ihnen entgegen. Er stieß einen Schrei aus und packte Streicher am Arm.

»Schau!« sagte er und zeigte nach unten.

Sofort warf sich Streicher hinter dem Steinwall auf den Boden und zog Frodo mit herunter. Merry warf sich daneben hin.

»Was ist das?« flüsterte er.

»Ich weiß es nicht, aber ich fürchte das Schlimmste«, antwortete Streicher.

Langsam krochen sie wieder zum Rand und spähten durch einen Spalt zwischen zwei gezackten Steinen. Es war nicht mehr sehr hell, denn der klare Himmel vom Morgen hatte sich bezogen, und Wolken hatten sich vom Osten her vor die Sonne geschoben, die jetzt zu sinken begann. Sie alle sahen die schwarzen Pünktchen, aber weder Frodo noch Merry konnten die Gestalten ganz genau erkennen; doch irgend etwas sagte ihnen, daß sich dort, weit unten, Schwarze Reiter auf der Straße jenseits des Fußes des Berges sammelten.

»Ja«, sagte Streicher, dessen schärferes Sehvermögen ihn nicht im Zweifel ließ. »Der Feind ist da.«

Hastig krochen sie wieder zurück und eilten den Nordhang des Berges hinunter zu ihren Gefährten.

Sam und Peregrin waren nicht müßig gewesen. Sie hatten das kleine Tal und die umgebenden Hänge erforscht. Nicht weit weg hatten sie eine klare Quelle gefunden und nahebei Fußabdrücke, die nicht älter als ein oder zwei Tage waren. In der Mulde selbst fanden sie frische Spuren eines Feuers und andere Anzeichen eines hastigen Lagers. Ein paar herabgestürzte Felsbrocken lagen am Rand der Mulde auf der Seite zum Berg. Dahinter stieß Sam auf einen kleinen Vorrat von säuberlich aufgestapeltem Feuerholz.

»Ich möchte mal wissen, ob der alte Gandalf hier gewesen ist«, sagte er zu Pippin. »Wer immer das Zeug hierher gelegt hat, er wollte offenbar wiederkommen.«

Streicher fand diese Entdeckungen sehr bemerkenswert. »Ich wollte, ich hätte gewartet und das Gelände hier unten selbst erkundet«, sagte er und eilte zur Quelle, um die Fußabdrücke zu untersuchen.

»Genau das habe ich befürchtet«, sagte er, als er zurückkam. »Sam und Pippin

Ein Messer im Dunkeln

haben den weichen Boden zertrampelt, und die Spuren sind zerstört oder undeutlich geworden. Waldläufer sind kürzlich hier gewesen. Aber es sind auch verschiedene neuere Spuren da, die nicht von Waldläufern stammen. Zumindest ein Paar ist erst vor ein oder zwei Tagen von schweren Stiefeln gemacht worden. Zumindest ein Paar. Ich weiß es jetzt nicht sicher, aber ich glaube, es waren viele Füße in Stiefeln.« Er hielt inne und dachte angestrengt nach.

Jeder der Hobbits sah im Geist die in Mäntel gehüllten und gestiefelten Reiter vor sich. Wenn sie die Mulde schon gefunden hatten, dann wäre es um so besser, je schneller Streicher sie woanders hinführte. Sam betrachtete die Senke jetzt mit Widerwillen, nachdem er gehört hatte, daß ihre Feinde nur ein paar Meilen entfernt auf der Straße seien.

»Sollten wir uns nicht lieber schnell davonmachen, Herr Streicher?« fragte er ungeduldig. »Es wird immer später, und ich mag dieses Loch nicht: es macht mich irgendwie mutlos.«

»Ja, wir müssen gewiß sofort entscheiden, was wir tun wollen«, antwortete Streicher, schaute auf und zog Zeit und Wetter in Betracht. »Nun, Sam«, sagte er schließlich, »mir gefällt der Ort auch nicht; aber ich kann mir nicht vorstellen, daß wir irgendeinen besseren erreichen könnten, ehe die Nacht hereinbricht. Wenigstens sind wir im Augenblick außer Sicht, und wenn wir weitergehen, ist es viel wahrscheinlicher, daß wir von Spähern gesehen werden. Höchstens könnten wir einen Umweg nach Norden machen auf dieser Seite der Bergkette, wo das Gelände ziemlich ähnlich ist wie hier. Die Straße wird beobachtet, und wir müßten sie überqueren, wenn wir versuchen wollten, in den Dickichten weiter südlich Deckung zu suchen. Nördlich der Straße ist jenseits der Berge das Land auf Meilen kahl und flach.«

»Können die Reiter *sehen*?« fragte Merry. »Ich meine, gewöhnlich scheinen sie, zumindest bei Tage, mehr ihre Nasen als ihre Augen gebraucht und nach uns geschnüffelt zu haben, wenn Schnüffeln das richtige Wort ist. Aber wir mußten uns flach hinlegen, als du sie unten gesehen hast, und jetzt redest du davon, daß wir gesehen werden könnten, wenn wir weitergehen.«

»Ich war zu leichtsinnig auf dem Berggipfel«, antwortete Streicher. »Es lag mir viel daran, ein Zeichen von Gandalf zu finden; aber es war ein Fehler, daß wir zu dritt hinaufgegangen sind und dort so lange gestanden haben. Denn die schwarzen Pferde können sehen, und die Reiter bedienen sich der Menschen und anderer Geschöpfe als Späher, wie wir in Bree festgestellt haben. Sie selbst sehen die Welt des Lichts nicht so wie wir, aber unsere Gestalten werfen in ihrem Geist Schatten, die nur die Mittagssonne zerstört; und in der Dunkelheit nehmen sie viele Zeichen und Formen war, die uns verborgen sind: dann sind sie am meisten zu fürchten. Und zu jeder Zeit riechen sie das Blut von lebenden Wesen, begehren und hassen es. Auch gibt es andere Sinneswahrnehmungen als Sehen oder Riechen. Wir spüren ihre Gegenwart – wir waren unruhig, sobald wir hierher gekommen waren und ehe wir sie überhaupt gesehen hatten; und sie spüren unsere Gegenwart noch stärker. Außerdem«, fügte er hinzu und dämpfte die Stimme zu einem Flüstern, »zieht sie der Ring an.«

»Gibt es denn kein Entkommen?« fragte Frodo und blickte verstört um sich. »Wenn ich gehe, werde ich gesehen und gejagt! Wenn ich mich still verhalte, ziehe ich sie zu mir!«

Streicher legte ihm die Hand auf die Schulter. »Noch ist Hoffnung«, sagte er. »Du bist nicht allein. Nehmen wir dieses Holz, das zum Feuermachen vorbereitet ist, als Zeichen. Hier gibt es wenig Schutz oder Verteidigungsmöglichkeiten, aber Feuer wird uns beides gewähren. Sauron kann sich des Feuers, wie aller Dinge, für seine bösen Zwecke bedienen, aber diese Reiter lieben es nicht und fürchten diejenigen, die es gebrauchen. Feuer ist unser Freund in der Wildnis.«

»Vielleicht«, murmelte Sam. »Aber abgesehen vom Rufen ist es die beste Weise, die ich mir denken kann, um zu sagen: ›hier sind wir‹.«

Unten in der tiefsten und geschütztesten Ecke der Mulde entfachten sie ein Feuer und bereiteten eine Mahlzeit. Die Schatten des Abends begannen zu fallen, und es wurde kalt. Sie merkten plötzlich, wie hungrig sie waren, denn sie hatten seit dem Frühstück nichts gegessen; aber sie wagten nicht, sich mehr zu gönnen als ein karges Abendessen. In den vor ihnen liegenden Gegenden gab es nichts außer Vögeln und wilden Tieren, unwirtliche Orte, die von allen Lebewesen der Welt verlassen worden waren. Waldläufer gingen zuzeiten jenseits der Berge vorbei, aber es waren wenige, und sie blieben nicht lange. Andere Wanderer waren selten und von übler Art: Trolle kamen manchmal herab aus den nördlichen Tälern des Nebelgebirges. Nur auf der Straße traf man Reisende, meistens Zwerge, die in eigenen Geschäften unterwegs waren und für Fremde keine Hilfe und wenig Worte übrig hatten.

»Ich weiß nicht, wie wir mit unseren Lebensmitteln auskommen sollen«, sagte Frodo. »Wir waren sparsam genug in den letzten Tagen, und dieses Abendbrot ist kein Festmahl; aber wir haben mehr verbraucht, als wir dürften, wenn wir noch zwei Wochen und vielleicht mehr vor uns haben.«

»Man findet immer etwas zu essen in der Wildnis«, sagte Streicher. »Beeren und Wurzeln und Kräuter; notfalls besitze ich einige Erfahrung als Jäger. Ihr braucht nicht zu befürchten, daß ihr verhungert, ehe der Winter kommt. Aber etwas Eßbares zu sammeln oder zu fangen ist zeitraubend und mühselig, und wir müssen uns eilen. Also schnallt eure Riemen enger und denkt voll Hoffnung an die Tafel in Elronds Haus!«

Die Kälte nahm zu mit der Dunkelheit. Als sie vom Rand der Mulde hinausstarrten, konnten sie nichts sehen als graues Land, das rasch im Schatten versank. Der Himmel über ihnen hatte sich wieder aufgeklärt und war bald von blinkenden Sternen übersät. Frodo und seine Gefährten hatten sich am Feuer zusammengekauert und sich in alle Kleidungsstücke und Decken gehüllt, die sie besaßen; aber Streicher begnügte sich mit einem einzigen Mantel, saß ein wenig abseits und zog nachdenklich an seiner Pfeife.

Als es richtig Nacht wurde und der Schein des Feuers hell leuchtete, begann er, ihnen Geschichten zu erzählen, um sie von ihrer Furcht abzulenken. Er kannte viele Geschichten und Sagen aus alter Zeit, von Elben und Menschen und von guten und bösen Taten in der Altvorderenzeit. Sie fragten sich, wie alt er wohl sei und woher er dieses Wissen habe.

»Erzähl uns doch von Gil-galad«, sagte Merry plötzlich, als Streicher am Ende einer Geschichte über die Königreiche der Elben angelangt war und einen Augenblick innehielt. »Weißt du noch mehr von dem alten Lied, von dem du sprachst?«

»Allerdings«, sagte Streicher, »und Frodo auch, denn es ist für uns beide sehr wichtig.« Merry und Pippin blickten Frodo an, der ins Feuer starrte.

»Ich weiß nur das wenige, das Gandalf mir erzählt hat«, sagte Frodo zögernd. »Gil-galad war der letzte der großen Elbenkönige von Mittelerde. Gil-galad heißt *Sternenlicht* in ihrer Sprache. Mit Elendil, dem Elbenfreund, ging er in das Land...«

»Nein«, unterbrach ihn Streicher. »Ich glaube nicht, daß diese Geschichte jetzt, da die Diener des Feindes in der Nähe sind, erzählt werden sollte. Wenn wir uns zu Elronds Haus durchschlagen, könnt ihr sie dort ganz hören.«

»Dann erzähl uns doch eine andere Geschichte aus den alten Tagen«, bat Sam. »Eine Geschichte von den Elben vor der Zeit des Niedergangs. Ich würde so gern mehr über die Elben hören. Die Dunkelheit scheint sich so nahe heranzudrängen.«

»Ich werde euch die Geschichte von Tinúviel erzählen«, sagte Streicher. »Mit kurzen Worten, denn es ist eine lange Geschichte, deren Ende noch unbekannt ist; und außer Elrond gibt es heute niemanden, der sich ihrer noch so erinnert, wie sie früher erzählt wurde. Es ist eine schöne Geschichte, obwohl sie traurig ist, wie alle Geschichten von Mittelerde, und doch mag sie euerem Herz Mut machen.« Er schwieg eine Weile, dann begann er nicht zu sprechen, sondern leise zu singen:

> *Das Gras war grün, das Laub hing dicht,*
> *Die Schierlingsdolden blühten breit,*
> *Da huschte durch den Wald ein Licht,*
> *Wie Sternenglanz zur Erde fällt.*
> *Tinúviel tanzte, Elbenmaid,*
> *Zur Flöte, hold von Angesicht,*
> *Von Sternen funkelte ihr Kleid*
> *Und war ihr dunkles Haar erhellt.*
>
> *Da irrte Beren durch den Wald,*
> *Vom Berge kam er her allein,*
> *Den Strom der Elben fand er bald*
> *Und ging ihm voller Trauer nach.*
> *Doch plötzlich sah er einen Schein*
> *Von Licht im dunklen Waldgemach,*
> *Von wehenden Schleiern einen Schein*
> *Und goldene Funken tausendfach.*

Die Gefährten

Da stürzt, beseelt von neuer Kraft,
 Der Wanderer aus fernem Land
Tinúviel nach in Leidenschaft,
 Er greift nach ihr mit Ungestüm.
Ein Mondstrahl bleibt ihm in der Hand,
 Durchs Dickicht tanzt sie leicht dahin,
Läßt ungestillt die Leidenschaft,
 Und er muß einsam weiterziehn.

Wie oft vernimmt er flüchtigen Schritt
 Von Füßen, leicht wie Lindenlaub,
Und unterirdische Musik,
 Verwehend wie ein sterbender Ton.
Mit Nebelrauch und Silberstaub
 Des Rauhreifs naht des Winters Tritt,
Mit leisem Wispern Blatt um Blatt
 Fällt's aus der Buchen welker Kron.

Er sucht sie ewig, unverzagt,
 Wo dicht der Blätterteppich liegt,
Bei Mond und Stern und wenn es tagt.
 Ihr Schleier weht im Silberglanz,
So dreht sich schwerelos und fliegt
 Tinúviel, die Elbenmagd,
Wie sich die Flocke wirbelnd wiegt
 Dahin im Tanz, dahin im Tanz.

Als um der Winter, kehrte sie
 Zurück und sang den Frühling wach
Mit Vogellied und Melodie
 Des Regens auf vereistem Bach.
Die Sehnsucht trieb ihn wie noch nie
 Zum Tanz, zu ihr, es lockte ihn,
Mit ihr so leicht dahinzuziehn,
 So leicht im Tanz dahinzuziehn.

Sie floh – er rief den Namen schnell,
 Mit Elbenlaut rief er sie an:
Tinúviel! Tinúviel!
 Da hielt sie ein im raschen Lauf,
Die Stimme schlug sie in den Bann.
 Schon eilt er zu Tinúviel,
Da sah sie ihn verzaubert an:
 Er fing sie in den Armen auf.

Und unter ihrem Schattenhaar
Sah Beren hell der Sterne Licht
Gespiegelt in dem Augenpaar
Der Elbin, der unsterblichen.
Verfallen war sie dem Gericht.
Sie schlang die Arme wunderbar
Um ihn: Er sah ins Angesicht
Der elbisch Unverderblichen.

Lang trieb sie dann das Schicksal um
Durch Felsgeklüft und kalte Nacht,
Durch finstre Wälder, fremd und stumm,
Dann trennte sie das weite Meer.
Und dennoch war zuletzt die Nacht,
Gericht und Zeit der Prüfung um,
Vereinte sie des Schicksals Macht –
Und lange, lange ist es her.

Streicher seufzte und hielt eine Weile inne, ehe er weitersprach. »Das ist ein Lied«, sagte er, »in der Tonart, die von den Elben *ann-thennath* genannt wird, aber es läßt sich schwer in unserer Gemeinsamen Sprache wiedergeben, und das hier ist nur ein schwaches Echo. Es erzählt von der Begegnung zwischen Beren, Barahirs Sohn, und Lúthien Tinúviel. Beren war ein Sterblicher, doch Lúthien war die Tochter Thingols, eines Königs der Elben in Mittelerde, als die Welt noch jung war; und sie war die schönste Jungfrau, die es je unter den Kindern dieser Welt gab. Sie war lieblich wie die Sterne über den Nebeln der nördlichen Lande, und ihr Gesicht war wie ein schimmerndes Licht. In jenen Tagen weilte der Große Feind, von dem Sauron von Mordor lediglich ein Diener war, in Angband im Norden, und als die Elben aus dem Westen nach Mittelerde zurückkehrten, führten sie Krieg gegen ihn, um die Silmarils wiederzugewinnen, die er gestohlen hatte; und die Väter der Menschen halfen den Elben. Aber der Feind war siegreich, und Barahir wurde erschlagen, und Beren, der großen Gefahren entgangen war, kam über das Gebirge des Schreckens in Thingols heimliches Königreich, im Walde von Neldoreth. Dort erblickte er Lúthien, die auf einer Waldwiese nahe dem verzauberten Fluß Esgalduin sang und tanzte; und er nannte sie Tinúviel, das heißt Nachtigall in der alten Sprache. Viel Leid widerfuhr ihnen später, und lange waren sie getrennt. Tinúviel rettete Beren aus Saurons Verliesen, und gemeinsam bestanden sie große Gefahren, stießen sogar den Großen Feind von seinem Thron und nahmen aus seiner eisernen Krone einen der drei Silmarils, den strahlendsten aller Edelsteine, der Lúthiens Brautgabe an Thingol, ihren Vater, sein sollte. Doch schließlich wurde Beren von dem Wolf getötet, der von Angbands Toren gekommen war, und er starb in Tinúviels Armen. Sie aber wählte die Sterblichkeit und wollte die Welt verlassen, damit sie ihm folgen könne; und so heißt es in dem Lied, daß sie sich jenseits des

Trennenden Meeres wiedertrafen, und nach einer kurzen Zeit wandelten sie wieder lebendig in den grünen Wäldern, und vereint überschritten sie vor langer Zeit die Grenzen dieser Welt. So kam es, daß Lúthien Tinúviel als einzige des Elbengeschlechts gestorben ist und die Welt verlassen hat, und sie haben jene verloren, die sie am meisten geliebt haben. Aber von ihr stammte das Geschlecht der alten Elbenfürsten unter den Menschen ab. Jene, deren Stammutter Lúthien war, leben noch, und es heißt, daß ihr Geschlecht niemals aussterben wird. Elrond von Bruchtal gehört zu dieser Familie. Denn der Sohn von Beren und Lúthien war Dior, Thingols Erbe; und dessen Tochter war Elwing die Weiße, die Earendil ehelichte, Earendil, der sein Schiff aus den Nebeln der Welt in die Meere des Himmels segelte, den Silmaril auf der Stirn. Und von Earendil stammen ab die Könige von Númenor, das ist Westernis.«

Als Streicher sprach, beobachteten sie sein fremdartiges, lebhaftes Gesicht, das von der roten Glut des Holzfeuers schwach beleuchtet war. Seine Augen glänzten, und seine Stimme war volltönend und tief. Über ihm war ein schwarzer, gestirnter Himmel. Plötzlich erschien ein bleiches Licht über dem Gipfel der Wetterspitze hinter ihm. Der zunehmende Mond stieg langsam über den Berg, in dessen Schatten sie saßen, und die Sterne über dem Gipfel verblaßten.

Die Geschichte war zu Ende. Die Hobbits reckten und streckten sich. »Schaut!« sagte Merry. »Der Mond geht auf, es muß spät sein.«

Die anderen blickten empor. Gerade als sie das taten, sahen sie auf der Spitze des Berges vor dem Schein des aufgehenden Mondes etwas Kleines und Dunkles. Vielleicht war es nur ein großer Stein oder ein vorspringender Fels, der in dem bleichen Licht hervortrat.

Sam und Merry standen auf und gingen vom Feuer weg. Frodo und Pippin blieben schweigend sitzen. Streicher beobachtete aufmerksam das Mondlicht auf dem Berg. Alles schien ruhig und still, aber Frodo fühlte, wie sich jetzt, da Streicher schwieg, eine kalte Furcht schwer auf sein Herz legte. Er kauerte sich dichter ans Feuer. In diesem Augenblick kam Sam rennend vom Rand der Mulde zurück.

»Ich weiß nicht, was es ist«, sagte er, »aber ich fürchte mich plötzlich. Nicht für Geld und gute Worte würde ich jetzt wagen, aus der Mulde herauszugehen; ich hatte das Gefühl, daß etwas den Abhang heraufkriecht.«

»Hast du etwas *gesehen*?« fragte Frodo und sprang auf.

»Nein, Herr. Ich habe nichts gesehen, aber ich habe nicht angehalten, um zu schauen.«

»Ich sah etwas«, sagte Merry. »Oder ich glaubte jedenfalls, etwas zu sehen – dort drüben im Westen, wo das Mondlicht auf die Ebene fällt hinter dem Schatten der Berggipfel, da *glaubte* ich, seien zwei oder drei schwarze Gestalten. Sie schienen sich in dieser Richtung zu bewegen.«

»Bleibt dicht am Feuer, das Gesicht nach außen!« rief Streicher. »Nehmt ein paar von den längeren Stöcken in die Hand.«

Eine Zeitlang saßen sie atemlos da, schweigend und wachsam, den Rücken dem Feuer zugekehrt und in die Schatten starrend, die sie umgaben. Nichts geschah. Kein Ton und keine Bewegung war in der Nacht. Frodo rührte sich, er hatte das Gefühl, er müsse das Schweigen brechen: er sehnte sich danach, laut zu rufen.

»Pst!« flüsterte Streicher.

»Was ist das?« keuchte Pippin im selben Augenblick.

Über den Rand der kleinen Mulde auf der dem Berg abgewandten Seite spürten sie eher, als daß sie es sahen, wie sich ein Schatten erhob, ein Schatten oder mehr als einer. Sie strengten ihre Augen an, und die Schatten schienen zu wachsen. Bald konnte kein Zweifel mehr sein: drei oder vier große schwarze Gestalten standen dort auf dem Hang und schauten auf sie herab. So schwarz waren sie, daß sie schwarze Löcher in dem tiefen Schatten dahinter zu sein schienen. Frodo glaubte ein schwaches Zischen wie von giftigem Atem zu hören und hatte ein Gefühl von durchbohrender Kälte. Dann gingen die Gestalten langsam auf sie zu.

Entsetzen überkam Pippin und Merry, und sie warfen sich flach auf den Boden. Sam wich zurück an Frodos Seite. Frodo war kaum weniger verängstigt als seine Gefährten; er zitterte, als ob er bitterlich fröre, aber seine Angst ging in der plötzlichen Versuchung unter, den Ring aufzustreifen. Das Verlangen, das zu tun, packte ihn so, daß er an nichts anderes denken konnte. Er vergaß nicht das Hügelgrab und auch nicht die Botschaft von Gandalf; aber irgend etwas schien ihn zu zwingen, alle Warnungen zu mißachten, und es drängte ihn, nachzugeben. Nicht in der Hoffnung, zu entkommen oder etwas zu tun, ob es gut oder schlecht war: er hatte einfach das Gefühl, er müsse den Ring nehmen und ihn auf den Finger stecken. Er konnte nicht sprechen. Er spürte, daß Sam ihn anschaute, als ob er wisse, daß sein Herr in arger Not sei, aber er konnte sich nicht zu ihm umwenden. Er schloß die Augen und kämpfte eine Weile mit sich; aber er vermochte nicht länger zu widerstehen, und schließlich zog er langsam das Kettchen heraus und ließ den Ring auf den Zeigefinger der linken Hand gleiten.

Obwohl alles wie vorher blieb, düster und dunkel, wurden die Gestalten sofort erschreckend deutlich. Er vermochte unter ihre schwarzen Hüllen zu schauen. Es waren fünf große Gestalten: zwei standen am Rand der Mulde, drei gingen auf ihn zu. In ihren weißen Gesichtern brannten scharfe und gnadenlose Augen; unter ihren Mänteln trugen sie lange graue Gewänder, auf ihren grauen Haaren Helme aus Silber; in ihren hageren Händen hielten sie Schwerter aus Stahl. Ihr Blick fiel auf ihn und durchbohrte ihn, als sie auf ihn zustürzten. Verzweifelt zog auch er sein Schwert, und ihm schien, als flackere es rot wie ein brennendes Holzscheit. Zwei der Gestalten blieben stehen. Der dritte Reiter war größer als die anderen: sein Haar war lang und schimmernd, und auf seinem Helm war eine Krone. In der Hand hielt er ein langes Schwert, in der anderen ein Messer; sowohl das Messer als auch die Hand, die es hielt, schimmerten in einem bleichen Licht. Er machte einen Satz vorwärts und sprang auf Frodo zu.

In diesem Augenblick warf sich Frodo nach vorn auf den Boden, und er hörte sich selbst laut rufen: *O Elbereth! Gilthoniel!* Gleichzeitig führte er einen Hieb gegen die Füße seines Feindes. Ein schriller Schrei durchdrang die Nacht, und Frodo fühlte einen Schmerz, als ob ein Pfeil aus vergiftetem Eis seine linke Schulter durchbohrte. Gerade als er in eine Ohnmacht sank, sah er wie durch einen wirbelnden Nebel Streicher aus der Dunkelheit springen mit einem flammenden Holzscheit in jeder Hand. Mit letzter Kraft ließ Frodo sein Schwert sinken, zog den Ring vom Finger und umschloß ihn fest mit der rechten Hand.

ZWÖLFTES KAPITEL

FLUCHT ZUR FURT

Als Frodo wieder zu sich kam, umklammerte er noch verzweifelt den Ring. Er lag am Feuer, das jetzt hoch aufgeschichtet war und hell brannte. Seine drei Gefährten beugten sich über ihn.

»Was ist geschehen? Wo ist der bleiche König?« fragte er verstört.

Sie waren von der Freude darüber, daß er gesprochen hatte, so überwältigt, daß sie eine Weile nicht antworteten; auch hatten sie seine Frage nicht verstanden. Schließlich erfuhr er von Sam, daß sie nichts gesehen hatten als die undeutlichen, schattenhaften Gestalten, die auf sie zugekommen waren. Plötzlich hatte Sam zu seinem Entsetzen gemerkt, daß sein Herr verschwunden war; und in eben diesem Augenblick stürzte ein schwarzer Schatten an ihm vorbei, und er fiel hin. Er hörte Frodos Stimme, aber es war, als ob sie aus großer Ferne oder von unter der Erde käme, und sie rief fremdartige Wörter. Sie sahen nichts mehr, bis sie über Frodo stolperten, der wie tot mit dem Gesicht nach unten auf dem Gras lag, sein Schwert unter sich. Streicher befahl ihnen, ihn aufzuheben und in die Nähe des Feuers zu legen, und dann verschwand er. Das war jetzt schon ziemlich lange her.

Offenbar stiegen Sam wieder Zweifel über Streicher auf; aber während sie noch redeten, kam er zurück und tauchte plötzlich aus den Schatten auf. Sie fuhren zusammen, und Sam zog sein Schwert und stellte sich vor Frodo; aber Streicher kniete sich rasch neben ihn.

»Ich bin kein Schwarzer Reiter, Sam«, sagte er freundlich, »und auch nicht mit ihnen im Bunde. Ich habe versucht herauszufinden, wohin sie gegangen sind, aber ich habe nichts feststellen können. Ich verstehe nicht, warum sie sich zurückgezogen haben und nicht wieder angreifen. Aber nirgends in der Nähe ist ihre Anwesenheit zu spüren.«

Als er hörte, was Frodo zu sagen hatte, wurde er sehr besorgt, schüttelte den Kopf und seufzte. Dann befahl er Pippin und Merry, so viel Wasser heiß zu machen, als sie in ihren kleinen Kesseln nur konnten, und die Wunde damit zu baden.

»Haltet das Feuer gut in Gang und haltet Frodo warm!« sagte er. Dann stand er auf und ging fort und rief Sam zu sich. »Ich glaube, ich begreife jetzt alles besser«, sagte er leise. »Es scheinen nur fünf Feinde gewesen zu sein. Warum sie nicht alle hier waren, weiß ich nicht; aber ich glaube, sie erwarteten keinen Widerstand. Vorläufig haben sie sich zurückgezogen. Aber nicht weit, fürchte ich. Sie werden in einer anderen Nacht wiederkommen, wenn wir ihnen nicht entfliehen können. Sie warten nur, weil sie glauben, ihr Ziel sei fast erreicht und der Ring könne ihnen nicht mehr entgehen. Ich fürchte, Sam, daß sie glauben, dein Herr habe eine tödliche Wunde, die ihn ihrem Willen unterwerfen wird. Wir werden sehen!«

Sam kamen die Tränen. »Verzweifle nicht!« sagte Streicher. »Du mußt mir jetzt vertrauen. Dein Frodo ist aus härterem Holz geschnitzt, als ich vermutet hatte, obwohl Gandalf angedeutet hatte, daß es so sein könnte. Er ist nicht tot und wird, glaube ich, der bösen Macht der Wunde länger widerstehen, als seine Feinde erwarten. Ich will alles tun, was ich vermag, um ihn zu heilen. Bewache ihn gut, während ich fort bin!« Er eilte davon und verschwand in der Dunkelheit.

Frodo lag in leichtem Schlummer, obwohl seine Wunde immer stärker schmerzte und eine tödliche Kälte sich von seiner Schulter in den Arm und die ganze Seite ausbreitete. Seine Freunde wachten über ihm, wärmten ihn und badeten seine Wunde. Die Nacht verging langsam und eintönig. Der Morgen graute am Himmel und ein fahles Licht erfüllte die Mulde, als Streicher endlich zurückkehrte. »Schaut!« rief er; und er bückte sich und hob vom Boden einen schwarzen Mantel auf, der dort, durch die Dunkelheit verborgen, gelegen hatte. Einen Fuß hoch über dem unteren Saum war ein Riß. »Das war der Streich von Frodos Schwert«, sagte er. »Und die einzige Wunde, die es dem Feind beibrachte, fürchte ich. Denn es war unbeschädigt, und alle Klingen, die diesen entsetzlichen König durchbohren, vergehen. Tödlicher für ihn war der Name Elbereth.«

»Und tödlicher für Frodo war dies!« Er bückte sich noch einmal und hob ein langes, dünnes Messer auf. Es lag ein kalter Glanz auf ihm. Als Streicher es hochhob, sahen sie, daß die Schneide an ihrem Ende gezackt und die Spitze abgebrochen war. Aber während er es noch in dem zunehmenden Licht hochhielt, starrten sie voll Verwunderung, denn die Klinge schien zu schmelzen und verschwand wie Rauch in der Luft, und nur das Heft blieb in Streichers Hand. »Ach!« rief er. »Es war dieses verfluchte Messer, das die Wunde gemacht hat. Wenige sind heute so heilkundig, daß sie es mit derart schlimmen Waffen aufnehmen können. Aber ich will tun, was ich vermag.«

Er setzte sich auf den Boden, nahm den Dolchgriff, legte ihn auf seine Knie und sang darüber eine getragene Melodie in einer fremden Sprache. Dann legte er den Dolchgriff beiseite, wandte sich zu Frodo und sprach in sanftem Ton Wörter, die die anderen nicht verstehen konnten. Aus dem Beutel an seinem Gürtel zog er die langen Blätter einer Pflanze heraus.

»Um diese Blätter zu finden«, sagte er, »bin ich weit gewandert; denn diese Pflanze wächst nicht in den kahlen Bergen; in den Dickichten weit südlich der Straße habe ich sie nach dem Geruch ihrer Blätter im Dunkeln gefunden.« Er zerrieb ein Blatt zwischen den Fingern, und ein süßer und prickelnder Duft stieg auf. »Es ist ein Glück, daß ich sie finden konnte, denn es ist eine Heilpflanze, die die Menschen des Westens nach Mittelerde gebracht haben. *Athelas* nannten sie sie, und sie wächst jetzt spärlich und nur in der Nähe von Orten, wo die Menschen einst gewohnt oder gelagert haben; und im Norden ist sie nicht bekannt, außer bei einigen, die in der Wildnis wandern. Sie ist sehr wirksam, aber bei einer solchen Wunde wie dieser mögen ihre Heilkräfte klein sein.«

Er warf die Blätter in kochendes Wasser und badete Frodos Schulter. Der Duft des Dampfes war erfrischend, und diejenigen, die unverletzt waren, spürten, wie ihr Geist ruhiger und klarer wurde. Das Kraut hatte aber auch Macht über die Wunde, denn Frodo merkte, wie der Schmerz und auch das Kältegefühl in seiner Seite nachließen. Doch das Leben kehrte in seinen Arm nicht zurück, und er konnte die Hand weder heben noch gebrauchen. Er bereute bitterlich seine Torheit und machte sich Vorwürfe wegen seiner Willensschwäche; denn er erkannte jetzt, daß er, als er den Ring aufsetzte, nicht seinem eigenen Verlangen gehorcht hatte, sondern dem Befehl seiner Feinde. Er fragte sich, ob er sein Leben lang verkrüppelt bleiben würde, und wie es ihnen gelingen sollte, ihre Wanderung fortzusetzen. Er war so schwach, daß er nicht stehen konnte.

Die anderen erörterten eben diese Frage. Sie kamen rasch zu dem Entschluß, die Wetterspitze sobald als möglich zu verlassen. »Ich glaube jetzt«, sagte Streicher, »daß der Feind diesen Ort schon seit einigen Tagen beobachtet hat. Wenn Gandalf überhaupt hierher kam, dann wird er gezwungen worden sein, fortzureiten, und er wird nicht zurückkehren. Jedenfalls sind wir hier nach Einbruch der Dunkelheit nach dem Angriff der letzten Nacht in großer Gefahr, und wo immer wir auch hingehen, kann die Gefahr kaum größer sein.«

Sobald es richtig hell war, nahmen sie eine eilige Mahlzeit zu sich und packten. Frodo konnte unmöglich laufen, deshalb teilten die vier anderen den größeren Teil des Gepäcks unter sich auf und ließen Frodo auf dem Pony reiten. In den letzten Tagen hatte sich das arme Tier prächtig herausgemacht; es schien bereits fetter und kräftiger zu sein und Zuneigung zu seinen neuen Herren zu zeigen, besonders zu Sam. Lutz Farnings Behandlung mußte wirklich ziemlich schlecht gewesen sein, wenn dem Pony eine Wanderung in der Wildnis besser erschien als sein früheres Leben.

Sie brachen in südlicher Richtung auf. Das bedeutete zwar, daß sie die Straße überqueren mußten, aber es war der schnellste Weg in waldreicheres Gelände. Und sie brauchten Brennholz, denn Streicher sagte, daß Frodo warmgehalten werden müsse, besonders des Nachts, und Feuer würde überdies für sie alle ein Schutz sein. Außerdem wollte er ein Stück Wegs abkürzen, denn die Straße machte hinter der Wetterspitze eine große Schleife nach Norden.

Sie umgingen langsam und vorsichtig die südwestlichen Hänge des Berges und kamen nach einer Weile zur Straße. Von den Reitern war keine Spur zu sehen. Aber gerade, als sie die Straße eiligst überquerten, hörten sie in der Ferne zwei Schreie: eine kalte Stimme rief, und eine zweite kalte Stimme antwortete. Zitternd sprangen sie vorwärts und beeilten sich, in das Dickicht zu kommen, das vor ihnen lag. Das Land fiel nach Süden ab, aber es war wild und weglos; Büsche und verkrüppelte Bäume standen in Gruppen dicht beieinander, und dazwischen lagen öde Strecken. Das Gras war spärlich, rauh und grau; und die Blätter in den Gebüschen waren verwelkt und fielen ab. Es war ein trostloses Land, und sie wanderten langsam und bedrückt dahin. Sie sprachen wenig. Frodo war bekümmert, als er sah, wie sie mit gesenkten Köpfen neben ihm hergingen und ihre Rücken gebeugt waren unter ihren Lasten. Selbst Streicher schien müde und niedergeschlagen zu sein.

Ehe der erste Tagesmarsch vorüber war, wurden Frodos Schmerzen wieder stärker, aber er erwähnte es lange Zeit nicht. Vier Tage verstrichen, ohne daß sich das Gelände oder die Gegend viel veränderten, abgesehen davon, daß die Wetterspitze langsam hinter ihnen versank und die fernen Berge vor ihnen etwas näherrückten. Doch hatten sie seit jenem fernen Schrei kein Anzeichen dafür gehört oder gesehen, daß der Feind ihre Flucht bemerkt hätte oder ihnen folgte. Sie fürchteten die dunklen Stunden und hielten nachts zu zweit Wache, denn sie erwarteten jeden Augenblick, schwarze Gestalten in der grauen Nacht umgehen zu sehen, die durch den wolkenverhangenen Mond nur schwach erhellt war; aber sie sahen nichts und hörten keinen Laut außer dem Seufzen von verwelkten Blättern und Gras. Kein einziges Mal empfanden sie die Gegenwart von etwas Bösem, wie sie es vor dem Angriff in der Mulde gespürt hatten. Sie wagten kaum zu hoffen, daß die Reiter ihre Spur schon wieder verloren hätten. Vielleicht warteten sie, um irgendwo an einer engen Stelle einen Hinterhalt zu legen?

Am Ende des fünften Tages begann das Gelände wieder langsam anzusteigen aus dem weiten flachen Tal, in das sie hinabgewandert waren. Streicher lenkte nun seine Schritte wieder nach Nordosten, und am sechsten Tag erreichten sie den Gipfel eines langen, gemächlich ansteigenden Rückens und sahen weit voraus eine Gruppe bewaldeter Berge. Tief unten konnten sie die Straße sehen, die sich um den Fuß der Berge herumwand; und zu ihrer Rechten schimmerte ein grauer Fluß bleich im dünnen Sonnenschein. In der Ferne erkannten sie in einem steinigen und halb von Nebel verschleierten Tal einen zweiten Fluß.

»Ich fürchte, wir müssen hier wieder eine Zeitlang auf die Straße zurück«, sagte Streicher. »Wir sind jetzt zum Fluß Weißquell gekommen, den die Elben Mitheithel nennen. Er entspringt in den Ettenöden, den Troll-Höhen nördlich von Bruchtal, und vereinigt sich weit im Süden mit der Lautwasser. Von da an nennen ihn manche die Grauflut. Er ist ein gewaltiger Strom geworden, wenn er schließlich ins Meer mündet. Es gibt keinen anderen Weg hinüber unterhalb seiner Quellen in den Ettenöden als die Letzte Brücke, auf der ihn die Straße überquert.«

»Welcher Fluß ist denn das, den man dort weit hinten sieht?« fragte Merry.

»Das ist die Lautwasser, der Bruinen von Bruchtal«, antwortete Streicher. »Von der Brücke bis zur Bruinenfurt verläuft die Straße auf viele Meilen hart an den Bergen. Aber wie wir über jenen Fluß kommen sollen, darüber habe ich noch nicht nachgedacht. Immer ein Fluß nach dem anderen! Wir werden von Glück sagen können, wenn wir die Brücke unbesetzt finden.«

Früh am nächsten Morgen kamen sie wieder hinunter zur Straße. Sam und Streicher gingen voraus, aber sie sahen niemanden zu Fuß oder zu Pferde. Hier im Schatten der Berge hatte es etwas geregnet. Streicher schätzte, daß es zwei Tage her war, und der Regen hatte alle Fußspuren weggewaschen. Kein Reiter war seither vorbeigekommen, soweit sie sehen konnten.

Sie eilten weiter, so rasch sie vermochten, und nach ein oder zwei Meilen sahen sie die Letzte Brücke vor sich, am Fuße eines kurzen, steilen Hanges. Sie fürchteten, daß dort schwarze Gestalten warten könnten, aber sie sahen keine.

Streicher ließ sie Deckung nehmen in einem Gebüsch am Straßenrand, während er selbst zur Erkundung vorausging.

Es dauerte nicht lange, da kam er eilig zurück. »Ich kann keine Spur des Feindes entdecken«, sagte er, »und ich frage mich wirklich, was das bedeutet. Aber ich habe etwas sehr Merkwürdiges gefunden.«

Er streckte die Hand aus und zeigte einen einzelnen blaßgrünen Edelstein. »Ich fand ihn im Straßenschmutz mitten auf der Brücke«, sagte er. »Es ist ein Beryll, ein Elbenstein. Ob er absichtlich dort hingelegt oder zufällig verloren wurde, kann ich nicht sagen. Aber er gibt mir Hoffnung. Ich will ihn als Zeichen dafür ansehen, daß wir die Brücke passieren dürfen; doch auf dem jenseitigen Ufer wage ich nicht auf der Straße zu bleiben ohne ein deutlicheres Zeichen.«

Sie gingen sofort weiter. Sie überquerten die Brücke ungefährdet und hörten nichts als die Strudel des Wassers an den drei großen Brückenbögen. Nach einer Meile kamen sie in eine enge Schlucht, die nach Norden durch das steile Gelände links der Straße führte. Hier bog Streicher ein, und bald waren sie inmitten einer düsteren Landschaft mit dunklen Bäumen, die sich um den Fuß der finsteren Berge herumzogen.

Die Hobbits waren froh, die eintönige Ebene und die gefährliche Straße hinter sich zu lassen; aber diese neue Landschaft schien bedrohlich und feindselig zu sein. Als sie weitergingen, wurden die Berge immer höher. Hier und dort erblickten sie auf den Anhöhen und Graten alte Steinwälle und verfallene Türme: sie sahen unheimlich aus. Frodo, der nicht ging, hatte Zeit, vorauszuschauen und nachzudenken. Er erinnerte sich an Bilbos Bericht über seine Wanderung und die bedrohlichen Türme auf den Bergen nördlich der Straße in der Nähe des Trollwaldes, wo er sein erstes ernstliches Abenteuer erlebt hatte. Frodo vermutete, daß sie sich jetzt in derselben Gegend befanden, und fragte sich, ob sie wohl zufällig an eben der Stelle vorbeikommen würden.

»Wer lebt in diesem Land?« fragte er. »Und wer hat diese Türme gebaut? Ist dies das Troll-Land?«

»Nein«, sagte Streicher. »Trolle bauen nicht. Niemand lebt in diesem Land. Früher wohnten Menschen hier, vor langen Zeiten; aber jetzt sind keine mehr hier. Sie sind ein böses Volk geworden, wie die Sagen berichten, denn sie verfielen dem Schatten von Angmar. Aber alle gingen zugrunde in dem Krieg, der das Ende des Nördlichen Königreichs brachte. Doch das ist jetzt schon so lange her, daß die Berge die Menschen vergessen haben, obwohl noch immer Schatten auf dem Land liegt.«

»Wo hast du diese Geschichten gehört, wenn das ganze Land leer und vergessen ist?« fragte Peregrin. »Vögel und Tiere erzählen doch keine Geschichten dieser Art.«

»Elendils Erben vergessen nicht alle vergangenen Dinge«, sagte Streicher. »Und in Bruchtal weiß man noch viel mehr, als ich erzählen kann.«

»Bist du oft in Bruchtal gewesen?« fragte Frodo.

»Ja«, sagte Streicher. »Früher wohnte ich dort, und ich kehre dorthin zurück, wann immer ich kann. Dort ist mein Herz; aber es ist nicht mein Schicksal, irgendwo friedlich zu verweilen, nicht einmal in Elronds schönem Haus.«

Die Berge begannen jetzt, sie einzuschließen. Die Straße hinter ihnen hielt die Richtung zum Fluß Bruinen ein, aber Fluß und Straße waren nun ihrem Blick entzogen. Die Wanderer kamen in ein langes Tal; schmal, tief eingeschnitten, dunkel und still. Bäume mit alten und verschlungenen Wurzeln hingen über Felsen und türmten sich dahinter zu hohen Kiefernwäldern auf.

Die Hobbits wurden sehr müde. Sie kamen langsam voran, denn sie mußten sich ihren Weg durch pfadloses Gelände bahnen und waren behindert durch umgestürzte Bäume und herabgefallene Felsen. Solange es möglich war, vermieden sie um Frodos willen das Klettern, und außerdem war es auch sehr schwierig, einen Weg aus den schmalen Tälern zu finden. Sie waren zwei Tage in dieser Landschaft, als das Wetter umschlug. Der Wind begann stetig von Westen zu blasen, und das Wasser aus den fernen Meeren ergoß sich über die dunklen Kuppen der Berge in einem feinen, anhaltenden Regen. Als die Nacht hereinbrach, waren sie bis auf die Haut durchnäßt, und ihr Lager war trostlos, denn sie konnten kein Feuer in Gang bringen. Am nächsten Tag türmten sich die Berge noch höher und steiler vor ihnen, und sie mußten ihre Richtung verlassen und nach Norden gehen. Streicher schien besorgt zu sein: sie waren jetzt fast zehn Tage unterwegs, seit sie von der Wetterspitze aufgebrochen waren, und ihre Vorräte wurden knapp. Es regnete immer noch.

In jener Nacht lagerten sie auf einem steinigen Vorsprung, und hinter ihnen erhob sich eine Felswand, in der eine flache Höhle war, eine bloße Mulde im Fels. Frodo war unruhig. Wegen der Kälte und Nässe quälte ihn seine Wunde mehr denn je, und der anhaltende Schmerz und das Gefühl von tödlicher Kälte ließen ihn nicht schlafen. Er warf sich unruhig herum und lauschte ängstlich den heimlichen Nachtgeräuschen: dem Wind in Felsspalten, tropfendem Wasser, einem Knacken, dem plötzlichen polternden Fallen eines Steins, der sich gelöst hatte. Er hatte das Gefühl, daß schwarze Gestalten auf ihn zukämen, um ihn zu ersticken; aber als er sich aufrichtete, sah er nichts als Streichers Rücken, der sitzend seine Pfeife rauchte und wachte. Er legte sich wieder hin und sank in einen unruhigen Traum, in dem er über den Rasen in seinem Garten im Auenland ging, aber er erschien ihm blaß und undeutlich, weniger klar als die hohen schwarzen Schatten, die an der Hecke standen und herüberschauten.

Als er am Morgen erwachte, hatte der Regen aufgehört. Es waren noch dicke Wolken am Himmel, aber sie rissen auf, und blasse Streifen von Blau erschienen zwischen ihnen. Der Wind drehte sich wieder. Sie brachen nicht früh auf. Gleich nach ihrem kalten und unbehaglichen Frühstück ging Streicher allein weg und sagte den anderen, sie sollten im Schutz der Felswand bleiben, bis er zurückkäme. Er wollte, wenn er könnte, auf den Berg steigen und sich umsehen.

Als er zurückkam, klang sein Bericht nicht sehr ermutigend. »Wir sind zu weit nach Norden gekommen«, sagte er. »Wir müssen einen Weg finden, der uns wieder mehr nach Süden führt. Wenn wir so weitergehen wie bisher, kommen wir in die Ettentäler weit nördlich von Bruchtal. Das ist ein Troll-Land, und ich kenne es kaum. Wir könnten uns vielleicht zurechtfinden und Bruchtal von

Flucht zur Furt

Norden her erreichen, aber es würde zu lange dauern, weil ich den Weg nicht weiß, und unsere Lebensmittel würden nicht reichen. So müssen wir uns also irgendwie zur Bruinenfurt durchschlagen.«

Den Rest des Tages verbrachten sie damit, über felsiges Gelände zu klettern. Sie fanden einen Durchgang zwischen zwei Bergen und gelangten in ein Tal, das sich nach Südosten erstreckte, also in der Richtung, die sie einschlagen wollten; aber als sich der Tag seinem Ende zuneigte, war ihnen der Weg wieder durch einen hohen Bergrücken versperrt; sein dunkler Kamm, der sich vom Himmel abhob, war grob gezackt wie eine stumpfe Säge. Sie hatten die Wahl, entweder umzukehren oder den Bergrücken zu erklimmen.

Sie beschlossen, die Kletterei zu versuchen, aber sie erwies sich als sehr schwierig. Es dauerte nicht lange, da mußte Frodo absteigen und sich zu Fuß weiterquälen. Selbst so zweifelten sie oft daran, wie sie das Pony hinaufbringen oder auch für sich selbst, beladen wie sie waren, einen Pfad finden sollten. Es war schon fast dunkel und sie waren alle erschöpft, als sie schließlich den Kamm erreichten. Sie befanden sich auf einem schmalen Sattel zwischen zwei höheren Gipfeln, und vor ihnen fiel das Land nach einer kurzen Strecke wieder steil ab. Frodo warf sich hin und lag fröstelnd auf dem Boden. Sein linker Arm war abgestorben, und seine Seite und Schulter fühlten sich an, als lägen eisige Klauen auf ihnen. Die Bäume und Felsen um ihn herum erschienen ihm schattenhaft und düster.

»Wir können nicht weitergehen«, sagte Merry zu Streicher. »Ich fürchte, daß es für Frodo zuviel gewesen ist. Ich mache mir schreckliche Sorgen um ihn. Was sollen wir nur tun? Glaubst du, sie werden ihn in Bruchtal heilen können, wenn wir je dorthin kommen?«

»Wir werden sehen«, antwortete Streicher. »Ich kann jedenfalls hier in der Wildnis nichts weiter tun; und hauptsächlich wegen seiner Wunde liegt mir daran, schnell weiterzukommen. Aber ich bin auch der Meinung, daß wir heute abend hierbleiben müssen.«

»Was ist mit meinem Herrn los?« fragte Sam leise und sah Streicher flehentlich an. »Seine Wunde war klein und hat sich jetzt schon geschlossen. Es ist nichts mehr zu sehen als eine kalte weiße Stelle auf seiner Schulter.«

»Frodo ist von den Waffen des Feindes verletzt worden«, sagte Streicher, »und da ist irgendein Gift oder etwas Böses am Werk, das ich nicht auszutreiben vermag. Aber gib die Hoffnung nicht auf, Sam!«

Die Nacht war kalt auf dem hohen Grat. Sie zündeten ein kleines Feuer unter den knorrigen Wurzeln einer alten Kiefer an, die über eine flache Grube hing: sie sah aus, als seien einst dort Steine gebrochen worden. Sie saßen eng aneinandergekauert da. Der Wind pfiff kalt über den Paß, und sie hörten die Baumwipfel weiter unten stöhnen und seufzen. Frodo lag halb im Traum und bildete sich ein, daß unaufhörlich schwarze Flügel über ihn hinwegfegten und daß auf den Flügeln Verfolger ritten, die in allen Bergtälern nach ihm suchten.

Der Morgen dämmerte hell und schön; die Luft war rein und das Licht blaß und klar in einem vom Regen reingewaschenen Himmel. Ihnen war leichter ums Herz, aber sie sehnten sich nach der Sonne, damit sie ihre kalten, steifen Glieder wärme. Sobald es hell war, ging Streicher mit Merry auf die Höhe hinauf, um einen Blick auf das Land östlich des Passes zu werfen. Die Sonne war aufgegangen und schien hell, als er mit tröstlicheren Nachrichten zurückkam. Sie waren jetzt mehr oder weniger in der richtigen Richtung. Wenn sie jenseits des Grats weitergingen, würden sie das Gebirge zur Linken haben. Ein Stück Wegs voraus hatte Streicher die Lautwasser erblickt, und obwohl die Straße zur Furt dem Blick entzogen war, wußte er, daß sie nicht weit vom Fluß verlief, und zwar auf der ihnen zunächst liegenden Seite.

»Wir müssen uns wieder zur Straße aufmachen«, sagte er. »Wir können nicht darauf hoffen, einen Pfad durch diese Berge zu finden. Welche Gefahr dort auch lauern mag, die Straße ist dennoch der einzige mögliche Weg zur Furt.«

Sobald sie gegessen hatten, brachen sie auf. Langsam kletterten sie den Südhang des Grats hinunter; doch war der Weg viel einfacher, als sie vermutet hatten, denn der Hang war auf dieser Seite weit weniger steil, und es dauerte nicht lange, da konnte Frodo wieder reiten. Lutz Farnings armes altes Pony entwickelte ein unerwartetes Gespür, einen Pfad zu finden und seinem Reiter möglichst viele Stöße zu ersparen. Die Stimmung der Wanderer stieg wieder. Selbst Frodo fühlte sich besser am hellichten Morgen, aber dann und wann schien ihm ein Nebel den Blick zu trüben, und er fuhr sich mit der Hand über die Augen.

Pippin war den anderen ein wenig voraus. Plötzlich wandte er sich zu ihnen um. »Dort ist ein Pfad!« rief er.

Als sie ihn eingeholt hatten, sahen sie, daß er sich nicht getäuscht hatte: dort begann deutlich ein Pfad, der sich in vielen Windungen durch den tiefer liegenden Wald zog und auf dem Berggipfel dahinter verschwand. Stellenweise war er jetzt nur schwach erkennbar und zugewachsen oder durch herabgefallene Steine und Bäume versperrt; aber es schien, als sei er früher viel benutzt worden. Es war ein Pfad, den starke Arme und klobige Füße gebahnt hatten. Hier und dort waren alte Bäume gefällt oder abgebrochen und große Felsen gespalten oder weggewälzt worden, um einen Weg zu schaffen.

Sie folgten der Spur eine Zeitlang, denn es war das bequemste für den Abstieg, aber sie gingen vorsichtig, und ihre Ängstlichkeit wuchs, als sie in den dunklen Wald kamen und der Pfad deutlicher und breiter wurde. Plötzlich ließ er eine Reihe Kiefern hinter sich und zog sich einen steilen Hang hinunter, dann wandte er sich scharf nach links und verschwand hinter einem Felsvorsprung. Als sie zu der Ecke kamen, schauten sie sich um und sahen, daß der Pfad nun eben verlief unter einer niedrigen Felswand, die von Bäumen überhangen war. In der Felswand war eine Tür, die halboffen und schief an einer großen Angel hing.

Vor der Tür hielten sie an. Es war eine Höhle oder eine Felskammer dahinter, aber in der Dämmerung drinnen war nichts zu sehen. Streicher, Sam und Merry gelang es mit aller Kraft, die Tür etwas weiter aufzustoßen, und dann gingen Streicher und Merry hinein. Sie gingen nicht weit, denn auf dem Boden lagen viele alte Knochen, und in der Nähe des Eingangs war nichts zu sehen als einige leere Krüge und zerbrochene Töpfe.

»Gewiß ist das eine Trollhöhle, wenn es je eine gab!« sagte Pippin. »Kommt heraus, ihr beiden, und laßt uns weitergehen. Jetzt wissen wir, wer den Pfad gemacht hat – da ist es am besten, wir verdrücken uns rasch.«

»Das ist nicht nötig, glaube ich«, sagte Streicher, als er herauskam. »Gewiß ist es eine Trollhöhle, aber sie scheint schon lange verlassen zu sein. Ich glaube nicht, daß wir Angst haben müssen. Laßt uns vorsichtig hinuntergehen, dann werden wir weitersehen.«

Der Pfad führte von der Tür aus weiter, wandte sich wieder nach rechts über das ebene Stück, und dann ging es einen dicht bewaldeten Abhang hinunter. Pippin, der Streicher nicht gern zeigen wollte, daß er Angst hatte, ging mit Merry voran. Sam und Streicher kamen hinterher, und in der Mitte zwischen ihnen trabte Frodos Pony. Denn der Pfad war jetzt so breit, daß vier oder fünf Hobbits nebeneinander gehen konnten. Aber sie waren noch nicht weit gekommen, als Pippin zurückgerannt kam, gefolgt von Merry. Sie sahen beide ganz erschrocken aus.

»Da *sind* Trolle!« keuchte Pippin. »Unten auf einer Lichtung im Wald, nicht weit hinab. Wir haben sie durch die Baumstämme gesehen. Sie sind sehr groß.«

»Wir wollen sie uns gleich mal anschauen«, sagte Streicher und nahm einen Stock auf. Frodo sagte nichts, aber Sam sah verstört aus.

Die Sonne stand jetzt hoch und schien durch die halb kahlen Zweige der Bäume und warf Lichtflecken auf die Lichtung. Sie blieben am Rand stehen und spähten mit angehaltenem Atem zwischen den Baumstämmen hindurch. Da standen die Trolle: drei große Trolle. Einer bückte sich, und die anderen starrten ihn an.

Streicher ging unbekümmert auf sie zu. »Steh auf, alter Stein!« sagte er und zerbrach seinen Stock an dem gebückten Troll. Nichts geschah. Die Hobbits waren starr vor Staunen, und dann mußte selbst Frodo lachen. »Ja«, sagte er, »wir vergessen unsere Familiengeschichte! Das müssen eben die drei sein, die von Gandalf geschnappt wurden, als sie sich über die richtige Methode stritten, dreizehn Zwerge und einen Hobbit zu kochen.«

»Ich hatte keine Ahnung, daß wir in dieser Gegend sind«, sagte Pippin. Er kannte die Geschichte gut. Bilbo und Frodo hatten sie oft erzählt; aber eigentlich hatte er sie immer nur halb geglaubt. Selbst jetzt betrachtete er die Steintrolle noch mißtrauisch und fragte sich, ob nicht irgendein Zauber sie plötzlich wieder lebendig machen würde.

»Ihr vergeßt nicht nur eure Familiengeschichte, sondern alles, was ihr je über Trolle gehört habt«, sagte Streicher. »Es ist hellichter Tag und strahlender Sonnenschein, und trotzdem versucht ihr, mich mit einer Geschichte von lebendigen Trollen zu erschrecken, die auf dieser Lichtung auf uns warten! Jedenfalls hättet ihr bemerken können, daß einer von ihnen ein altes Vogelnest hinter dem Ohr hat. Das wäre ein sehr ungewöhnlicher Schmuck für einen lebendigen Troll!«

Sie lachten alle. Frodos Lebensgeister erwachten wieder: die Erinnerung an Bilbos erstes erfolgreiches Abenteuer war herzerfrischend. Auch war die Sonne warm und tröstlich, und der Nebel vor seinen Augen schien sich ein wenig zu verziehen. Sie rasteten eine Weile auf der Lichtung und nahmen ihr Mittagsmahl direkt im Schatten der großen Trollbeine ein.

»Will uns nicht jemand etwas vorsingen, während die Sonne noch hoch steht?« schlug Merry vor, als sie mit dem Essen fertig waren. »Wir haben seit Tagen kein Lied und keine Geschichte gehört.«

»Nicht seit der Wetterspitze«, sagte Frodo. Die anderen sahen ihn an. »Macht euch keine Sorgen um mich«, fügte er hinzu. »Ich fühle mich viel besser, aber ich glaube nicht, daß ich singen könnte. Vielleicht kann Sam etwas aus seinem Gedächtnis ausgraben.«

»Los, Sam«, sagte Merry. »In deinem Kopf ist mehr auf Lager, als du zugeben willst.«

»Das weiß ich nicht«, sagte Sam. »Aber wie wäre es damit? Es ist nicht gerade das, was ich Poesie nenne, wenn ihr mich versteht: nur ein bißchen Unsinn. Aber diese alten Bildsäulen haben es mir wieder in Erinnerung gerufen.« Er stand auf, die Hände auf dem Rücken, als ob er in der Schule wäre, und nach einer alten Melodie begann er zu singen.

> *Troll saß allein auf einem Stein*
> *Und kaute und nagte an altem Gebein*
> *Schon Jahr um Jahr, denn Fleisch ist rar*
> *Und eine seltene Gabe.*
> *Habe! Labe.*
> *Und Troll lebt immerzu allein,*
> *Und Fleisch ist kaum zu haben.*
>
> *Da kam mit Meilenstiefeln an*
> *Der Tom und rief: »He, Trollemann!*
> *Mir scheint das schlimm, du nagst an Tim,*
> *Meinem Onkel, der längst verschieden,*
> *Er ruhe in Frieden!*
> *Lang ist er tot, der würdige Mann,*
> *Und ich dachte, er läg in Frieden.«*
>
> *»Ja, Jungchen«, grinst Troll, »ich stahl den Schatz,*
> *Was braucht ein Gerippe noch so viel Platz?*
> *Dein Onkel war tot ohne Kummer und Not,*
> *Schon eh ich an seinen Knochen*
> *Geroh- gerochen!*
> *Mir altem Troll gibt er gern was ab,*
> *Denn er braucht nicht die alten Knochen.«*

> Sagt Tom: »Auch brauchen nicht solche wie du
> An Knochen zu nagen! Hör auf! Hör zu!
> > Die gib uns zurück jedes einzige Stück,
> > Die gehören in die Familie!
> > > Diebsbruder! Luder!
> > Ein Toter will schließlich auch seine Ruh
> > Im Schoße der Familie.«
>
> »Gib nicht so an«, sagt Troll, »lieber Mann,
> Ich mach mich gleich an dich selber ran!
> > Solch frisches Gericht hatt ich lange nicht
> > Für meine Nagezähne,
> > > Ähne! Dähne!
> > Ich hab die Gerippe weidlich satt,
> > Riech ich so junge Hähne!«
>
> Schon schien ihm sicher das köstliche Mahl,
> Da entwischte ihm Tom so glatt wie ein Aal
> > Und hob den Fuß zum Stiefelgruß,
> > Ihn eines bessern zu lehren,
> > > In Ehren lehren!
> > Tom hob den Stiefel voller Genuß
> > Den Troll eines bessern zu lehren.
>
> Aber härter als Stein ist Gesäß und Gebein
> Eines Trolls, und fühllos noch obendrein.
> > Man könnt ebensogut in ohnmächtiger Wut
> > Den Felsen mit Tritten bedenken!
> > > Verrenken! Ertränken!
> > Wie lachte Troll, als Tom wie toll
> > Tat seinen Stiefel schwenken.
>
> Und seit er damals nach Hause kam
> Blieb sein Fuß ohne Stiefel und dauerlahm.
> > Aber was geschah, geht Troll nicht nah,
> > Und den Knochen hat er behalten,
> > > Den miesen alten!
> > Sein Rückenteil blieb leider ganz heil,
> > Und den Knochen hat er behalten.

»So, das ist eine Warnung für uns alle!« lachte Merry. »Gut, daß du einen Stock genommen hast, Streicher, und nicht deine Hand!«

»Wo hast du das her, Sam?« fragte Pippin. »Ich habe diese Verse noch nie gehört.«

Sam murmelte etwas Unverständliches. »Das hat er natürlich selbst erfunden«, sagte Frodo. »Ich lerne auf dieser Fahrt eine Menge über Sam Gamdschie. Erst war er Verschwörer, jetzt ist er Possenreißer. Zu guter Letzt wird er noch Zauberer – oder Krieger!«

»Das hoffe ich nicht«, sagte Sam. »Keins von beiden will ich sein!«

Am Nachmittag gingen sie weiter hinab durch den Wald. Wahrscheinlich war es genau derselbe Weg, den Gandalf, Bilbo und die Zwerge vor vielen Jahren gegangen waren. Nach ein paar Meilen kamen sie oberhalb einer hohen Böschung an der Straße heraus. An diesem Punkt hatte die Straße den Weißquell in seinem engen Tal schon weit hinter sich gelassen, schmiegte sich jetzt dicht an den Fuß der Berge und zog sich in vielen Windungen zwischen Wäldern und heidebewachsenen Hängen zur Furt und zum Gebirge hin. Ein Stückchen weiter unten an der Böschung zeigte Streicher auf einen Stein im Gras. Auf ihm konnte man noch roh hineingehauene und jetzt stark verwitterte Zwergenrunen und geheime Zeichen erkennen.

»Aha«, sagte Merry. »Das muß der Stein sein, der die Stelle kennzeichnet, wo das Gold der Trolle versteckt war. Wieviel mag von Bilbos Anteil wohl noch übrig sein, Frodo?«

Frodo betrachtete den Stein und wünschte, daß Bilbo keine gefährlicheren oder weniger leicht loszuwerdenden Schätze heimgebracht hätte. »Überhaupt nichts«, sagte er. »Bilbo hat alles verschenkt. Er sagte mir, er habe das Gefühl, es gehöre ihm eigentlich gar nicht, da es von Räubern stammte.«

Die Straße lag still da unter den langen Schatten des frühen Abends. Von irgendwelchen anderen Wanderern war keine Spur zu sehen. Da es ihnen nicht möglich war, eine andere Richtung einzuschlagen, kletterten sie die Böschung hinunter und bogen nach links auf die Straße ein und gingen, so schnell sie konnten. Bald verschwand die im Westen untergehende Sonne hinter einem Bergrücken. Ein kalter Wind blies vom Gebirge vor ihnen herab.

Sie begannen schon, sich nach einem Platz abseits der Straße umzuschauen, wo sie ihr Lager für die Nacht aufschlagen könnten, als sie ein Geräusch hörten, das ihr Herz wieder mit Furcht erfüllte: das Geräusch von Hufen hinter ihnen. Sie schauten zurück, konnten aber wegen der vielen Windungen und Biegungen der Straße nichts sehen. So rasch sie konnten, gingen sie seitwärts über die mit niedrigem Heidekraut und Blaubeersträuchern bewachsenen Hänge, bis sie zu einem dichten Haselnußgebüsch kamen. Als sie durch die Büsche spähten, konnten sie die Straße, undeutlich und grau in der Dämmerung, etwa dreißig Fuß unter sich liegen sehen. Das Geräusch der Hufe kam näher. Sie schlugen schnell, mit einem leichten Klippedi Klippedi Klipp. Dann hörten sie schwach, als ob es der Wind von ihnen wegtrüge, ein leises Läuten wie von kleinen Glöckchen.

»Das klingt nicht wie das Pferd eines Schwarzen Reiters!« sagte Frodo, der angespannt lauschte. Die anderen Hobbits stimmten ihm hoffnungsvoll bei, doch waren sie alle noch mißtrauisch. Sie hatten sich so lange vor Verfolgung gefürchtet, daß jedes Geräusch von hinten ihnen unheilvoll und feindselig erschien. Aber Streicher beugte sich jetzt vor und legte den Kopf mit der Hand am Ohr auf den Boden, er hatte einen freudigen Gesichtsausdruck.

Das Tageslicht verblaßte, und die Blätter an den Büschen raschelten leise. Klarer und näher läuteten jetzt die Glöckchen, und klippedi klipp klang das Hufgetrappel. Plötzlich kam unten ein weißes Pferd in raschem Lauf in Sicht, das durch die Schatten schimmerte und rasch dahineilte. In der Dämmerung glänzte und blitzte sein Stirnriemen, als sei er mit Edelsteinen wie mit leibhaftigen Sternen besetzt. Der Mantel des Reiters flatterte hinter ihm, und seine Kapuze war zurückgeworfen; sein goldenes Haar flutete schimmernd im Wind. Frodo kam es so vor, als schiene ein weißes Licht durch die Gestalt und das Gewand des Reiters wie durch einen dünnen Schleier.

Streicher sprang aus dem Versteck hervor und stürzte mit einem Ruf über die Heide zur Straße; aber schon ehe er sich gerührt oder gerufen hatte, hatte der Reiter die Zügel angezogen und gehalten; er blickte hinauf zu dem Gebüsch, wo sie standen. Als er Streicher sah, stieg er ab, lief ihm entgegen und rief: *Ai na vedui Dúnadan! Mae govannen!* Seine Sprache und seine hell klingende Stimme ließen keinen Zweifel in ihren Herzen: der Reiter gehörte zum Volk der Elben. Keine anderen Bewohner der weiten Welt hatten so schöne Stimmen. Aber Hast oder Furcht schien in seinem Ruf mitzuschwingen, und sie sahen, daß er jetzt schnell und drängend mit Streicher sprach.

Bald winkte Streicher ihnen, die Hobbits kamen aus den Büschen hervor und eilten hinunter zur Straße. »Das ist Glorfindel, der in Elronds Haus wohnt«, sagte Streicher.

»Heil! Gut, daß wir uns endlich treffen!« sagte der Elbenfürst zu Frodo. »Ich bin von Bruchtal ausgesandt worden, um nach dir zu suchen. Wir fürchteten, du könntest auf der Straße in Gefahr sein.«

»Dann ist Gandalf in Bruchtal eingetroffen?« rief Frodo voller Freude.

»Nein. Jedenfalls noch nicht, als ich losritt. Aber das war vor neun Tagen«, antwortete Glorfindel. »Elrond erhielt Nachrichten, die ihn bekümmerten. Einige von meiner Sippe, die in eurem Land jenseits des Baranduin* wanderten, erfuhren, daß die Dinge nicht gut stünden, und schickten Botschaften, so schnell sie konnten. Sie sagten, daß die Neun unterwegs seien und du eine schwere Bürde tragest ohne Führung, denn Gandalf sei nicht zurückgekehrt. Selbst in Bruchtal gibt es nur wenige, die offen gegen die Neun reiten können; aber jene, die da waren, schickte Elrond nach Norden, Westen und Süden. Wir glaubten, daß du vielleicht weit vom Wege abweichen würdest, um der Verfolgung zu entgehen, und dich in der Wildnis verirren könntest.

Mir fiel es zu, die Straße zu überwachen, und ich kam zur Brücke über den Mitheithel und ließ ein Zeichen dort, vor fast sieben Tagen. Drei von Saurons Dienern waren auf der Brücke, doch zogen sie sich zurück, und ich verfolgte sie nach Westen. Ich stieß noch auf zwei weitere, doch sie wandten sich nach Süden.

---

* Der Brandyweinfluß.

Seitdem habe ich nach eurer Spur gesucht. Vor zwei Tagen fand ich sie und folgte ihr über die Brücke; und heute fand ich die Stelle, an der ihr wieder von den Bergen herabgekommen seid. Aber kommt! Es ist keine Zeit für den Austausch weiterer Neuigkeiten. Da ihr nun hier seid, müssen wir die Gefahr der Straße auf uns nehmen und gehen. Es sind fünf hinter uns, und wenn sie eure Spur auf der Straße finden, werden sie wie der Wind hinter uns herreiten. Und das sind nicht alle. Wo die anderen vier sein mögen, weiß ich nicht. Ich fürchte, daß wir die Furt schon besetzt vorfinden.«

Während Glorfindel sprach, wurden die Abendschatten schwärzer. Frodo merkte, wie ihn eine große Schwäche überkam. Schon seit die Sonne zu sinken begonnen hatte, war der Nebel vor seinen Augen dunkler geworden, und er fühlte, daß ein Schatten zwischen ihn und die Gesichter seiner Freunde trat. Jetzt wurde er von Schmerzen gepackt, und ihm war kalt. Er schwankte und hielt sich an Sams Arm fest.

»Mein Herr ist krank und verwundet«, sagte Sam aufgebracht. »Er kann nach Einbruch der Nacht nicht weiterreiten. Er braucht Ruhe.«

Glorfindel fing Frodo auf, als er zu Boden sank, nahm ihn sanft in die Arme und schaute ihm mit ernster Sorge ins Gesicht.

Streicher berichtete kurz von dem Angriff auf ihr Lager bei der Wetterspitze und von dem tödlichen Messer. Er zog das Heft heraus, das er aufgehoben hatte, und gab es dem Elben. Glorfindel schauderte, als er es nahm, aber er betrachtete es genau.

»Böse Dinge stehen auf diesem Heft geschrieben«, sagte er. »Wenn eure Augen sie vielleicht auch nicht sehen können. Behalte es, Aragorn, bis wir zu Elronds Haus kommen! Aber sei vorsichtig und berühre es so wenig als möglich! Ach, die Wunden dieser Waffe vermag ich nicht zu heilen. Ich will tun, was ich kann – aber um so mehr bitte ich euch dringend, jetzt ohne Rast weiterzugehen.«

Er befühlte die Wunde auf Frodos Schulter mit dem Finger, und sein Gesicht wurde ernster, als ob er etwas festgestellt hätte, das ihn beunruhigte. Aber Frodo fühlte, daß die Kälte in seiner Seite und in seinem Arm nachließ; ein wenig Wärme wanderte von seiner Schulter hinunter in seine Hand, und der Schmerz ließ nach. Die Abenddämmerung schien lichter zu werden, als ob eine Wolke fortgezogen sei. Er sah die Gesichter seiner Freunde wieder deutlicher, und neue Hoffnung und Kraft erfüllte ihn.

»Du sollst auf meinem Pferd reiten«, sagte Glorfindel. »Ich werde die Steigbügel bis zu den Satteltaschen kürzen, und du mußt möglichst fest im Sattel sitzen. Aber du brauchst keine Angst zu haben: mein Pferd läßt keinen Reiter fallen, wenn ich ihm befehle, ihn zu tragen. Sein Schritt ist leicht und ruhig; und wenn die Gefahr zu nahe herandrängt, wird es dich in so raschem Lauf davontragen, daß nicht einmal die schwarzen Rösser des Feindes es mit ihm aufnehmen könnten.«

»Nein«, sagte Frodo. »Ich will das Pferd nicht reiten, wenn es mich nach Bruchtal oder sonstwohin bringt und meine Freunde in der Gefahr zurückbleiben.«

Glorfindel lächelte. »Ich bezweifle sehr stark«, sagte er, »daß deine Freunde in Gefahr wären, wenn du nicht bei ihnen wärst! Die Verfolger würden dir nacheilen und uns in Frieden lassen, glaube ich. Du bist es, Frodo, und das, was du bei dir hast, was uns alle in Gefahr bringt.«

Darauf wußte Frodo keine Antwort, und er ließ sich überreden, Glorfindels weißes Pferd zu besteigen. Das Pony wurde statt dessen mit einem großen Teil des Gepäcks der anderen beladen, so daß sie jetzt unbeschwerter laufen konnten und eine Zeitlang rasch vorankamen. Doch fiel es den Hobbits allmählich schwer, mit den schnellen, unermüdlichen Füßen des Elben Schritt zu halten. Immer weiter führte er sie in den Rachen der Dunkelheit und immer noch weiter in die wolkenverhangene Nacht. Weder Sterne noch Mond leuchteten. Erst als die Morgendämmerung graute, erlaubte er ihnen anzuhalten. Pippin, Merry und Sam schliefen inzwischen fast auf ihren vorwärtsstolpernden Beinen; und nach Streichers hängenden Schultern zu urteilen, war auch er müde. Frodo saß in einem dunklen Traum auf dem Pferd.

Sie warfen sich in die Heide, nur ein paar Fuß vom Straßenrand entfernt, und schliefen sofort ein. Es schien ihnen, als hätten sie kaum die Augen geschlossen, als Glorfindel, der unterdessen Wache gehalten hatte, sie wieder weckte. Die Sonne stand schon hoch im Osten, und Wolken und Nebel hatten sich verzogen.

»Trinkt das!« sagte Glorfindel zu ihnen und schenkte jedem reihum aus seiner silberbeschlagenen Lederflasche einen Trunk ein. Er war klar wie Quellwasser und hatte keinen Geschmack und war im Munde weder kalt noch warm; doch schienen Kraft und Stärke in ihre Glieder zu fließen, als sie ihn tranken. Nach diesem Trunk stillten das altbackene Brot und die getrockneten Früchte (das einzige, was sie übrig hatten) ihren Hunger besser als so manches reichliche Frühstück im Auenland.

Sie hatten weniger als fünf Stunden gerastet, als sie sich wieder auf den Weg machten. Glorfindel trieb sie immer noch voran und ließ nur zwei kurze Unterbrechungen während des Tagesmarschs zu. Auf diese Weise legten sie vor Einbruch der Nacht fast zwanzig Meilen zurück und erreichten den Punkt, an dem die Straße eine Kehre nach rechts macht und hinunterführt auf die Sohle des Tals und von dort schnurgerade auf den Bruinen zu. Bisher hatten die Hobbits von den Verfolgern nichts gesehen oder gehört; aber oft, wenn sie zurückgeblieben waren, hielt Glorfindel einen Augenblick inne und lauschte, und sein Gesicht sah besorgt aus. Ein- oder zweimal redete er mit Streicher in der Elbensprache.

Aber wie sehr ihre Führer auch in Sorge sein mochten, es war klar, daß die Hobbits an diesem Abend nicht weitergehen konnten. Vor Ermüdung benommen torkelten sie weiter und konnten an nichts anderes als ihre Beine und Füße denken. Frodos Schmerzen hatten sich wieder verstärkt, und während des Tages verblaßten die Dinge um ihn herum zu Schatten von gespenstischem Grau. Er wünschte fast, daß die Nacht käme, da dann die Welt weniger fahl und leer erschien.

Die Hobbits waren noch müde, als sie früh am nächsten Morgen wieder aufbrachen. Es lagen zwischen ihnen und der Furt noch mehrere Meilen, und sie humpelten weiter, so rasch sie konnten.

»Die Gefahr wird für uns am größten sein, gerade ehe wir den Fluß erreichen«, sagte Glorfindel; »denn mein Herz warnt mich, daß die Verfolger jetzt dicht hinter uns sind, und andere Gefahren warten vielleicht an der Furt auf uns.«

Die Straße lief immer noch stetig bergab, und stellenweise war jetzt dichtes Gras an beiden Seiten, auf dem die Hobbits nach Möglichkeit liefen, um ihre müden Füße zu schonen. Am späten Nachmittag kamen sie zu einer Stelle, wo die Straße plötzlich in den dunklen Schatten hoher Kiefern eintauchte und dann in einem tiefen Durchstich mit steilen, feuchten Wänden aus rotem Stein verschwand. Ihre Schritte riefen ein Echo hervor, als sie vorwärtseilten, und es klang, als ob sie verfolgt würden. Dann trat die Straße mit einemmal gleichsam durch einen Torweg aus Licht am Ende des Tunnels wieder ins Freie. Dort am Fuße eines steilen Abhangs sahen sie flaches Land, etwa eine Meile lang, und dahinter die Furt von Bruchtal vor sich liegen. Am jenseitigen Ufer war eine steile braune Böschung, auf die sich ein gewundener Pfad hinaufzog; und dahinter reckten sich die hohen Berge, Rücken über Rücken und Gipfel über Gipfel, in den blassen Himmel.

Es war immer noch ein Echo zu hören wie von Füßen, die ihnen durch den Tunnel folgten; ein raschelndes Geräusch, als ob sich ein Wind erhoben hätte und durch die Äste der Kiefern führe. Einen Augenblick wandte sich Glorfindel um und lauschte, dann sprang er mit einem Schrei vorwärts.

»Fliehe!« rief er. »Fliehe! Der Feind ist über uns!«

Das weiße Pferd machte einen Satz. Die Hobbits rannten den Abhang hinunter. Glorfindel und Streicher folgten als Nachhut. Sie hatten das flache Land erst halb überquert, als sie plötzlich Pferde galoppieren hörten. Aus dem Durchstich zwischen den Bäumen, den sie gerade verlassen hatten, ritt ein Schwarzer Reiter. Er zog die Zügel an und hielt, und er schwankte im Sattel hin und her. Ein zweiter folgte ihm, und dann noch einer; und dann noch zwei.

»Reite voraus! Reite!« rief Glorfindel Frodo zu.

Er gehorchte nicht sofort, denn ein seltsames Widerstreben ergriff ihn. Er ließ sein Pferd im Schritt gehen und schaute sich um. Die Reiter schienen auf ihren großen Rössern wie drohende Statuen auf einem Berg zu sitzen, dunkel und starr, während der Wald und das Land ringsum wie in Nebel zurückzuweichen schienen. Plötzlich wußte er in seinem Herzen, daß sie ihm wortlos befahlen zu warten. Da erwachten in ihm Furcht und Haß zugleich. Seine Hand ließ den Zügel los und griff nach dem Heft seines Schwerts, und rot blitzte es auf, als er es aus der Scheide zog.

»Reite weiter! Reite weiter!« schrie Glorfindel, und dann rief er laut und klar dem Pferd in der Elbensprache zu: *noro lim, noro lim, Asfaloth!*

Sofort sprengte das weiße Pferd los und fegte wie der Wind über das letzte Stück Straße. Im gleichen Augenblick stürzten die schwarzen Pferde den Berg hinunter und nahmen die Verfolgung auf, und die Reiter stießen einen furchtbaren Schrei aus, wie Frodo ihn voll Grauen weit weg in den Wäldern des Ostviertels gehört hatte. Es kam eine Antwort; und zu Frodos und seiner Freunde Entsetzen brachen zwischen den Bäumen und Felsen zur Linken noch vier Reiter hervor. Zwei ritten auf Frodo zu; zwei galoppierten wie wild zur Furt, um ihm den Fluchtweg abzuschneiden. Sie schienen ihm dahinzufliegen wie der Wind und rasch größer und dunkler zu werden, als sie näher kamen.

Frodo blickte sich einen Augenblick um. Er konnte seine Freunde nicht mehr sehen. Die Reiter hinter ihm blieben zurück: selbst ihre großen Rösser konnten es an Schnelligkeit mit Glorfindels weißem Elbenpferd nicht aufnehmen. Er schaute wieder nach vorn, und seine Hoffnung schwand. Es schien keine Aussicht zu bestehen, die Furt zu erreichen, ehe er von jenen abgeschnitten wurde, die im Hinterhalt gelegen hatten. Er konnte sie jetzt deutlich sehen: offenbar hatten sie ihre Kapuzen und schwarzen Mäntel abgeworfen und waren nun weiß und grau gekleidet. Nackte Schwerter hielten sie in den bleichen Händen; Helme trugen sie auf dem Kopf. Ihre kalten Augen glitzerten, und sie riefen ihn mit unheimlichen Stimmen.

Furcht erfüllte jetzt Frodo ganz. Er dachte nicht mehr an sein Schwert. Kein Schrei entfuhr ihm. Er schloß die Augen und klammerte sich an die Mähne des Pferdes. Der Wind pfiff ihm in den Ohren, und die Glöckchen am Zaumzeug läuteten wild und schrill. Ein Hauch von tödlicher Kälte durchbohrte ihn wie ein Speer, als das Elbenpferd mit einer letzten Anstrengung wie ein weißfeuriger Blitz und so schnell, als habe es Flügel, unmittelbar an dem vordersten Reiter vorbeisprengte.

Frodo hörte Wasser klatschen. Es schäumte zu seinen Füßen. Er spürte das rasche Wogen, als das Pferd den Fluß verließ und den steinigen Pfad erklomm. Es kletterte die steile Böschung hinauf. Er war jenseits der Furt.

Aber die Verfolger waren ihm dicht auf den Fersen. Oben auf der Böschung hielt das Pferd an, wandte sich um und wieherte heftig. Neun Reiter waren unten am Rande des Wassers, und Frodos Herz erzitterte vor der Drohung ihrer emporgerichteten Gesichter. Er wußte nicht, was sie hindern könnte, die Furt ebenso leicht zu durchqueren wie er; und er hatte das Gefühl, daß der Versuch zwecklos sei, über den langen, unbekannten Pfad von der Furt bis nach Bruchtal zu entkommen, sobald die Reiter einmal am anderen Ufer waren. Jedenfalls spürte er, daß ihm dringend befohlen wurde, anzuhalten. Haß regte sich wieder in ihm, aber er hatte nicht mehr die Kraft, sich zu widersetzen.

Plötzlich gab der vorderste Reiter seinem Pferd die Sporen. Es scheute am Wasser und bäumte sich auf. Unter großer Anstrengung setzte sich Frodo auf und zückte sein Schwert.

»Geht zurück!« rief er. »Geht zurück in das Land Mordor und folgt mir nicht mehr!« Seine Stimme klang ihm selbst dünn und schrill in den Ohren. Die Reiter verhielten, aber Frodo hatte nicht Bombadils Macht. Seine Feinde antworteten ihm mit einem mißtönenden und schauerlichen Gelächter. »Komm zurück! Komm zurück!« riefen sie. »Nach Mordor wollen wir dich bringen!«

»Geht zurück!« flüsterte er.

»Der Ring! Der Ring!« schrien sie mit tödlichen Stimmen; und gleich darauf trieb ihr Anführer sein Pferd voran ins Wasser, dicht gefolgt von zwei anderen.

»Bei Elbereth und Lúthien der Schönen!« sagte Frodo mit letzter Kraft und hob sein Schwert. »Weder den Ring noch mich sollt ihr haben!«

Dann richtete sich der Anführer, der die Furt jetzt halb durchquert hatte, drohend in den Steigbügeln auf und hob die Hand. Frodo wurde mit Stummheit geschlagen. Er fühlte, wie ihm die Zunge am Gaumen klebte und sein Herz schwer schlug. Sein Schwert zerbarst und fiel ihm aus der Hand. Das Elbenpferd bäumte sich auf und schnaubte. Das vorderste der schwarzen Pferde hatte schon fast den Fuß auf das Ufer gesetzt.

In diesem Augenblick erhob sich ein Brausen und Tosen: ein Rauschen von lauten Wassern, die viele Steine mit sich reißen. Undeutlich sah Frodo, wie der Fluß unter ihm stieg und eine ganze Reiterschar von Wellen das Flußbett herunterkam. Weiße Flammen schienen auf ihren Kämmen zu flackern, und halb bildete sich Frodo ein, inmitten des Wassers weiße Reiter auf weißen Pferden mit schäumenden Mähnen zu erkennen. Die drei Reiter, die noch mitten in der Furt waren, wurden umgerissen: sie verschwanden, unter wütendem Gischt plötzlich begraben. Diejenigen, die nach ihnen kamen, schreckten entsetzt zurück.

Während ihm schon die Sinne schwanden, hörte Frodo noch Schreie, und er meinte, hinter den Reitern, die am Ufer zögerten, eine strahlende Gestalt aus weißem Licht zu sehen; und hinter ihr liefen kleine, schattenhafte Gestalten und schwenkten Flammen, die rot flackerten in dem grauen Nebel, der sich über die Welt senkte.

Die schwarzen Pferde wurden von der Raserei gepackt; sie sprangen voll Schrecken vorwärts und trugen ihre Reiter in die tosende Flut. Ihre gellenden Schreie gingen unter im Tosen des Flusses, als er sie mitriß. Dann fühlte Frodo, daß er selbst stürzte, und das Brausen und die Strudel schienen emporzusteigen und ihn zusammen mit seinen Feinden zu verschlingen. Er sah und hörte nichts mehr.

ZWEITES BUCH

ERSTES KAPITEL

VIELE BEGEGNUNGEN

Frodo wachte auf und entdeckte, daß er im Bett lag. Zuerst glaubte er, daß er lange geschlafen und etwas Unerfreuliches geträumt habe, das immer noch am Rande seiner Erinnerung lauerte. Oder war er vielleicht krank gewesen? Aber die Zimmerdecke sah fremd aus; sie war flach und hatte dunkle, reich geschnitzte Balken. Er blieb noch eine Weile liegen, betrachtete die Sonnenlichtflecke auf der Wand und lauschte dem Rauschen eines Wasserfalls.

»Wo bin ich, und wie spät ist es?« fragte er dann laut.

»In Elronds Haus, und es ist zehn Uhr morgens«, antwortete eine Stimme. »Es ist der Morgen des vierundzwanzigsten Oktobers, wenn du es wissen willst.«

»Gandalf!« rief Frodo und richtete sich auf. Da war der alte Zauberer, er saß auf einem Stuhl am offenen Fenster.

»Ja«, sagte er. »Ich bin hier. Und du hast Glück, daß du auch hier bist, nach all den törichten Dingen, die du getan hast, seit du von zu Hause aufgebrochen bist.«

Frodo legte sich wieder hin. Er fühlte sich zu behaglich und friedlich, um sich zu verteidigen, und außerdem glaubte er, daß er dabei sowieso den kürzeren ziehen würde. Er war jetzt ganz wach, und die Erinnerung an seine Fahrt kam ihm wieder: der verhängnisvolle »gerade Weg« durch den Alten Wald; das »Mißgeschick« im *Tänzelnden Pony*; und daß er so verrückt gewesen war, in der Mulde unterhalb der Wetterspitze den Ring aufzusetzen. Während er noch an all das dachte und vergeblich versuchte, in der Erinnerung bis zu seiner Ankunft in Bruchtal weiterzugehen, herrschte ein langes Schweigen, das nur durch das leise Paffen von Gandalf, der weiße Rauchringe zum Fenster hinausblies, unterbrochen wurde.

»Wo ist Sam?« fragte Frodo endlich. »Und geht es den anderen gut?«

»Ja, sie sind alle gesund und munter«, antwortete Gandalf. »Sam war hier, bis ich ihn vor etwa einer halben Stunde wegschickte, damit er sich etwas ausruht.«

»Was hat sich an der Furt ereignet?« fragte Frodo. »Es schien mir alles irgendwie so unklar; und das ist es mir noch.«

»Ja, das glaube ich. Du begannst zu schwinden«, sagte Gandalf. »Die Wunde hat dich schließlich übermannt. Noch ein paar Stunden, und wir hätten dir nicht mehr helfen können. Aber du hast einige Kraft in dir, mein lieber Hobbit! Wie du in dem Hügelgrab bewiesen hast. Da stand es auf Messers Schneide: vielleicht der gefährlichste Augenblick von allen. Ich wünschte, du hättest an der Wetterspitze durchhalten können.«

»Du scheinst schon eine ganze Menge zu wissen«, sagte Frodo. »Ich habe mit den anderen gar nicht über das Hügelgrab gesprochen. Zuerst war es zu grauenvoll, und nachher gab es andere Dinge zu bedenken. Woher weißt du davon?«

»Du hast viel im Schlaf geredet, Frodo«, sagte Gandalf freundlich. »Und es war nicht schwer für mich, zu deuten, um was du dich sorgst und an was alles du dich erinnerst. Mach dir keine Sorgen! Wenn ich eben ›töricht‹ sagte, so meinte ich das nicht ernst. Ich halte viel von dir – und den anderen. Es ist keine kleine Leistung, daß ihr so weit gekommen seid und trotz solcher Gefahren den Ring immer noch habt.«

»Ohne Streicher hätten wir es niemals geschafft«, meinte Frodo. »Aber dich hätten wir gebraucht. Ich wußte nicht, was ich ohne dich tun sollte.«

»Ich bin aufgehalten worden«, sagte Gandalf, »und das hätte fast unseren Untergang bedeutet. Und dennoch bin ich nicht sicher: vielleicht war es besser so.«

»Ich wünschte, du würdest mir erzählen, was geschehen ist.«

»Alles zu seiner Zeit! Auf Elronds Befehl darfst du heute weder reden noch dir über irgend etwas Sorgen machen.«

»Das Reden würde aber bewirken, daß ich nicht mehr nachdenke und grübele, was ebenso anstrengend ist«, sagte Frodo. »Ich bin jetzt hellwach und erinnere mich an vielerlei, das eine Erklärung verlangt. Warum wurdest du aufgehalten? Das zumindest solltest du mir sagen.«

»Du wirst bald alles hören, was du wissen willst«, antwortete Gandalf. »Wir werden einen Rat abhalten, sobald es dir gut genug geht. Im Augenblick will ich nur sagen, daß ich gefangen gehalten wurde.«

»Du?« rief Frodo.

»Ja, ich, Gandalf der Graue«, sagte der Zauberer ernst. »Es gibt viele Mächte in der Welt, gute und böse. Manche sind größer als ich. Und mit manchen habe ich mich noch nicht gemessen. Aber meine Zeit naht. Der Morgul-Fürst und seine Schwarzen Reiter sind wieder in Erscheinung getreten. Der Krieg bereitet sich vor!«

»Dann wußtest du schon von den Reitern – ehe ich sie traf?«

»Ja, ich wußte von ihnen. Ich habe sie sogar einmal dir gegenüber erwähnt; denn die Schwarzen Reiter sind die Ringgeister, die Neun Diener des Herrn der Ringe. Aber ich wußte nicht, daß sie sich wieder erhoben hatten, denn sonst wäre ich sofort mit dir geflohen. Nachrichten über sie erhielt ich erst, nachdem ich dich im Juni verlassen hatte; aber diese Geschichte muß warten. Für den Augenblick sind wir durch Aragorn vor dem Verhängnis bewahrt worden.«

»Ja«, bestätigte Frodo. »Streicher hat uns gerettet. Dabei hatte ich zuerst Angst vor ihm. Sam hat ihm nie ganz getraut, glaube ich, jedenfalls nicht, ehe wir Glorfindel trafen.«

Gandalf lächelte. »Ich habe alles über Sam gehört«, sagte er. »Jetzt hat er keine Zweifel mehr.«

»Das freut mich«, erwiderte Frodo. »Denn ich habe Streicher wirklich sehr gern. Allerdings ist *gern* nicht das richtige Wort. Ich meine, er ist mir teuer; obwohl er fremdartig ist und zuzeiten grimmig. Eigentlich erinnert er mich oft an dich. Ich wußte gar nicht, daß manche von den Großen Leuten so sind. Ich dachte, nun ja, daß sie bloß groß sind und ziemlich dumm: freundlich und dumm wie Butterblume; oder dumm und böse wie Lutz Farning. Aber schließlich wissen wir im Auenland nicht viel über die Menschen, höchstens über die Breeländer.«

»Nicht einmal über sie wißt ihr viel, wenn du den alten Gerstenmann für dumm hältst«, sagte Gandalf. »Auf seinem eigenen Gebiet ist er weise genug. Er denkt weniger, als er redet, und langsamer; und doch kann er rechtzeitig durch eine Steinmauer gucken (wie sie in Bree sagen). Aber nur noch wenige sind in Mittelerde wie Aragorn, Arathorns Sohn. Das Geschlecht der Könige von jenseits des Meeres ist fast ausgestorben. Es mag sein, daß dieser Ringkrieg ihr letztes Abenteuer wird.«

»Meinst du wirklich, daß Streicher zum Volk der alten Könige gehört?« fragte Frodo erstaunt. »Ich dachte, sie seien alle schon lange verschwunden. Ich dachte, er sei nur ein Waldläufer.«

»Nur ein Waldläufer!« rief Gandalf. »Mein lieber Frodo, das ist es gerade, was die Waldläufer sind: die letzten Überlebenden im Norden jenes großen Volkes, der Menschen des Westens. Sie haben mir schon früher geholfen; und ich werde ihre Hilfe auch in den kommenden Tagen brauchen; denn wir haben zwar Bruchtal erreicht, aber der Ring ist noch nicht zur Ruhe gekommen.«

»Das glaube ich auch«, sagte Frodo. »Doch bisher war mein einziger Gedanke, hierher zu gelangen; und ich hoffe, daß ich nicht weiterzugehen brauche. Es ist sehr angenehm, bloß zu ruhen. Ich habe einen Monat Verbannung und Abenteuer hinter mir, und das reicht mir eigentlich.«

Er schwieg und schloß die Augen. Nach einer Weile fuhr er fort. »Ich habe nachgerechnet, und ich komme nicht auf den vierundzwanzigsten Oktober. Es müßte der einundzwanzigste sein. Wir müssen die Furt am zwanzigsten erreicht haben.«

»Du hast mehr geredet und gerechnet, als dir gut tut«, sagte Gandalf. »Was macht deine Seite und die Schulter?«

»Ich weiß es nicht«, antwortete Frodo. »Ich fühle sie gar nicht. Was ein Fortschritt ist. Aber –« er machte einen Versuch – »ich kann meinen Arm ein wenig bewegen. Ja, es ist wieder Leben in ihm. Er ist nicht mehr kalt«, fügte er hinzu, als er mit der rechten nach seiner linken Hand faßte.

»Gut«, sagte Gandalf. »Es bessert sich rasch. Bald wirst du wieder gesund sein. Elrond hat dich geheilt: tagelang hat er dich gepflegt, seit du hergebracht wurdest.«

»Tagelang?« fragte Frodo.

»Ja, vier Nächte und drei Tage, um genau zu sein. Die Elben haben dich am Abend des zwanzigsten von der Furt hergebracht, und da bist du aus der Zeitrechnung gekommen. Wir haben entsetzlich Sorgen gehabt, und Sam ist bei Tag und bei Nacht kaum von deiner Seite gewichen, außer wenn er Botengänge zu erledigen hatte. Elrond ist ein Meister der Heilkunst, aber die Waffen unseres Feindes sind tödlich. Um dir die Wahrheit zu sagen, ich hatte sehr wenig Hoffnung; denn ich vermutete, daß ein Bruchstück der Klinge noch in der geschlossenen Wunde sei. Erst gestern abend konnte es gefunden werden. Dann hat Elrond den Splitter entfernt. Er saß sehr tief und wirkte nach innen.«

Frodo schauderte, denn er erinnerte sich des grausamen Dolchs mit der gezackten Klinge, die sich in Streichers Hand aufgelöst hatte. »Ängstige dich nicht!« sagte Gandalf. »Er ist nicht mehr da. Er ist eingeschmolzen worden. Und es scheint, daß Hobbits nur sehr widerstrebend dahinschwinden. Ich habe starke Krieger der Großen Leute gekannt, die diesem Splitter rasch erlegen wären, den du siebzehn Tage im Leib gehabt hast.«

»Was hätten sie mir angetan?« fragte Frodo. »Was versuchten die Reiter zu tun?«

»Sie versuchten, dein Herz mit einem Morgul-Messer zu durchbohren, das in der Wunde bleibt. Wenn es ihnen geglückt wäre, wärst du wie sie geworden, nur schwächer und unter ihrem Befehl. Du wärst ein Geist geworden unter dem Bann des Dunklen Herrschers; und er hätte dich gefoltert zur Strafe dafür, daß du versucht hast, seinen Ring zu behalten, wenn eine größere Folter möglich wäre, als seiner beraubt zu sein und ihn an seiner Hand zu sehen.«

»Ein Glück, daß ich mir über die fürchterliche Gefahr nicht klar war!« sagte Frodo matt. »Natürlich hatte ich entsetzliche Angst; aber wenn ich mehr gewußt hätte, hätte ich mich nicht mehr zu rühren gewagt. Es ist ein Wunder, daß ich entkam!«

»Ja, Glück oder Schicksal haben dir geholfen«, sagte Gandalf. »Ganz zu schweigen vom Mut. Denn nicht dein Herz, sondern nur deine Schulter ist durchbohrt worden; und das lag daran, daß du bis zuletzt Widerstand geleistet hast. Aber es war ein ganz knappes Entrinnen, sozusagen. Du warst in höchster Gefahr, solange du den Ring trugst, denn da warst du selbst halb in der Geisterwelt, und sie hätten dich ergreifen können. Du konntest sie sehen, und sie konnten dich sehen.«

»Ich weiß«, sagte Frodo. »Sie waren grauenhaft anzuschauen! Aber warum konnten wir alle ihre Pferde sehen?«

»Weil es wirkliche Pferde sind; ebenso wie die schwarzen Gewänder wirkliche Gewänder sind, die sie tragen, um ihr Nichtsein zu verhüllen, wenn sie mit den Lebenden zu tun haben.«

»Warum dulden dann aber diese schwarzen Pferde solche Reiter? Alle anderen Tiere sind voll Schrecken, wenn ihnen die Reiter nahe kommen, sogar Glorfindels Elbenpferd. Die Hunde jaulen, und die Gänse zischen sie an.«

»Weil diese Pferde für den Dienst des Dunklen Herrschers in Mordor geboren und gezüchtet werden. Nicht alle seine Sklaven und Leibeigenen sind Geister! Es gibt Orks und Trolle und Warge und Werwölfe; und es hat viele Menschen gegeben und gibt sie noch, Krieger und Könige, die lebendig unter der Sonne wandeln und doch unter seinem Banne stehen. Und ihre Zahl wächst täglich.«

»Was ist mit Bruchtal und den Elben? Ist Bruchtal sicher?«

»Ja, zur Zeit, bis alles andere unterworfen ist. Die Elben mögen den Dunklen Herrscher fürchten, und sie mögen vor ihm fliehen, aber sie werden nie wieder auf ihn hören oder ihm dienen. Und hier in Bruchtal leben noch einige seiner Hauptfeinde: die Elbenweisen, die Herren von Eldar jenseits der weitesten Meere. Sie fürchten die Ringgeister nicht, denn jene, die im Glückseligen Land geweilt haben, leben in beiden Welten zugleich, und sowohl den Sichtbaren wie den Unsichtbaren gegenüber haben sie große Macht.«

»Ich glaubte eine weiße Gestalt gesehen zu haben, die schimmerte und nicht undeutlich wurde wie die anderen. War das Glorfindel?«

»Ja, du hast ihn einen Augenblick so gesehen, wie ihn die andere Seite sieht: als einen der Mächtigen unter den Erstgeborenen. Er ist ein Herr der Elben aus einem Fürstenhaus. Tatsächlich gibt es in Bruchtal eine Macht, die der Gewalt von Mordor eine Zeitlang widerstehen kann; und auch anderswo gibt es noch Macht. Sogar im Auenland gibt es Macht, wenngleich von anderer Art. Doch alle diese Orte werden bald belagerte Inseln sein, wenn die Dinge so weitergehen wie bisher. Der Dunkle Herrscher spielt seine Stärke voll aus.«

»Indes«, sagte er, stand plötzlich auf und streckte das Kinn vor, so daß sich sein Bart sträubte wie Drahtborsten, »indes dürfen wir den Mut nicht sinken lassen. Du wirst bald wieder wohlauf sein, wenn ich dich nicht zu Tode rede. Du bist in Bruchtal, und im Augenblick brauchst du dir keine Sorgen zu machen.«

»Ich habe gar keinen Mut mehr, den ich sinken lassen könnte«, sagte Frodo, »aber Sorgen mache ich mir zur Zeit nicht. Sag mir nur, wie es meinen Freunden geht, und erzähle mir, wie die Geschichte an der Furt ausging, wonach ich immerzu frage, und dann werde ich einstweilen zufrieden sein. Ich glaube, ich werde noch etwas schlafen; aber bestimmt kann ich die Augen nicht zumachen, ehe du nicht mit der Geschichte fertig bist.«

Gandalf rückte seinen Stuhl neben das Bett und betrachtete Frodo eingehend. Sein Gesicht hatte wieder Farbe, und seine Augen waren klar und hellwach. Er lächelte, und es schien ihm kaum etwas zu fehlen. Doch des Zauberers scharfe Augen bemerkten eine leichte Veränderung bei ihm, sozusagen eine Andeutung von Durchsichtigkeit, und besonders bei der linken Hand, die auf der Decke lag.

»Das war immerhin zu erwarten«, sagte Gandalf zu sich. »Er hat es noch nicht halb hinter sich, und was letztlich daraus wird, kann nicht einmal Elrond voraussagen. Nichts Böses, glaube ich. Vielleicht wird er wie ein Glas, das für Augen, die sehen können, mit einem klaren Licht gefüllt ist.«

»Du siehst großartig aus«, sagte er laut. »Ich will einen kurzen Bericht wagen, ohne Elrond zu befragen. Aber ganz kurz, hörst du, und dann mußt du wieder schlafen. Folgendes ist geschehen, soweit ich es mir zusammenreimen kann. Die Reiter hielten stracks auf dich zu, sobald du die Flucht ergriffen hattest. Sie brauchten sich nicht mehr von ihren Pferden leiten zu lassen: du warst für sie sichtbar geworden, denn du befandest dich schon auf der Schwelle zu ihrer Welt. Und auch der Ring zog sie an. Deine Freunde sprangen beiseite, von der Straße fort, denn sonst wären sie niedergeritten worden. Sie wußten, daß nichts dich retten konnte, wenn nicht das weiße Pferd. Die Reiter waren zu schnell, um überholt zu werden, und zu zahlreich, um sich ihnen entgegenstellen zu können. Zu Fuß hätten selbst Glorfindel und Aragorn gemeinsam nicht allen Neun auf einmal widerstehen können.

Als die Ringgeister an ihnen vorübergefegt waren, rannten deine Freunde hinter ihnen her. Dicht bei der Furt ist eine kleine Mulde neben der Straße, verborgen hinter ein paar verkrüppelten Bäumen. Dort zündeten sie rasch Feuer an; denn Glorfindel wußte, daß eine Flut kommen würde, wenn die Reiter die Furt zu durchqueren versuchten, und dann würde er mit denjenigen zu tun haben, die auf seiner Seite des Flusses geblieben waren. In dem Augenblick, als die Flut kam, stürzte er, gefolgt von Aragorn und den anderen, mit brennenden Holzscheiten aus der Mulde heraus. Als die Reiter zwischen Feuer und Wasser gefangen waren und einen Herrn der Elben in seinem Zorn sahen, entsetzten sie sich, und ihre Pferde wurden von Raserei gepackt. Drei waren von der ersten Flutwelle davongetragen worden; jetzt wurden die anderen von ihren Pferden ins Wasser geschleudert und fortgerissen.«

»Und ist das das Ende der Schwarzen Reiter?« fragte Frodo.

»Nein«, sagte Gandalf. »Ihre Pferde müssen zugrunde gegangen sein, und ohne sie sind sie kampfunfähig. Aber die Ringgeister selbst können nicht so leicht vernichtet werden. Indes ist im Augenblick nichts von ihnen zu befürchten. Deine Freunde durchquerten die Furt, als die Flut vorüber war; und sie fanden dich oben auf der Böschung auf dem Gesicht liegend, und ein zerbrochenes Schwert unter dir. Das Pferd hielt neben dir Wache. Du warst bleich und kalt, und sie fürchteten, du seiest tot oder noch etwas Schlimmeres. Elronds Leute kamen ihnen entgegen und trugen dich langsam nach Bruchtal.«

»Wer hatte die Flut bewirkt?« fragte Frodo.

»Elrond hatte sie befohlen«, antwortete Gandalf. »Der Fluß dieses Tals untersteht seiner Macht, und er schwillt zornig an, wenn die dringende Notwendigkeit besteht, die Furt zu sperren. Sobald der Anführer der Ringgeister in das Wasser hineinritt, wurde die Flut ausgelöst. Wenn ich das sagen darf, habe ich auch meinerseits etwas dazu beigetragen: vielleicht hast du es nicht bemerkt, aber einige der Wellen nahmen die Form von großen weißen Pferden mit schimmernden weißen Reitern an; und da waren viele rollende und mahlende Felsblöcke. Einen Augenblick fürchtete ich, wir hätten allzu große Naturgewalten entfesselt und würden die Herrschaft über die Flut verlieren, und sie würde euch alle hinwegreißen. Es ist eine große Kraft in den Wassern, die herabkommen von den Schneegefilden des Nebelgebirges.«

»Ja, jetzt kommt mir alles wieder«, sagte Frodo. »Das entsetzliche Tosen. Ich glaubte, ich würde ertrinken mit meinen Freunden und Feinden und allem. Aber jetzt sind wir in Sicherheit.«

Gandalf blickte Frodo rasch an, der aber die Augen geschlossen hatte. »Ja, im Augenblick seid ihr alle in Sicherheit. Bald gibt es ein Festmahl und fröhliches Treiben, um den Sieg an der Bruinenfurt zu feiern, und ihr alle werdet Ehrenplätze erhalten.«

»Großartig!« sagte Frodo. »Es ist wunderbar, daß Elrond und Glorfindel und derart große Herren, ganz zu schweigen von Streicher, solche Mühen auf sich nehmen und mir so viel Freundlichkeit erweisen.«

»Nun, dafür gibt es mancherlei Gründe«, sagte Gandalf lächelnd. »Ein guter Grund bin ich. Der Ring ist ein weiterer: du bist der Ringträger. Und du bist der Erbe von Bilbo, dem Ringfinder.«

»Lieber Bilbo«, sagte Frodo schläfrig. »Ich möchte gern wissen, wo er ist. Ich wünschte, er wäre hier und könnte alles darüber hören. Er würde was zu lachen haben. Die Kuh sprang übern Mond. Und der arme alte Troll!« Und damit schlief er fest ein.

Frodo war nun in Sicherheit im Letzten Heimeligen Haus östlich der See. Dieses Haus war, wie Bilbo schon vor langer Zeit berichtet hatte, »ein vollkommenes Haus, ob du nun essen und schlafen möchtest, Geschichtenerzählen und Gesang gern hast oder am liebsten nur dasitzen und nachdenken willst, oder eine schöne Mischung von allem vorziehst«. Das bloße Dortsein genügte, um Müdigkeit, Furcht und Traurigkeit zu heilen.

Gegen Abend wachte Frodo wieder auf und merkte, daß er kein Bedürfnis mehr nach Ruhe und Schlaf hatte, sondern ihm der Sinn nach Essen und Trinken stand, und später dann wahrscheinlich nach Singen und Geschichtenerzählen. Er stieg aus dem Bett und entdeckte, daß er seinen Arm fast so gut wie früher gebrauchen konnte. Er fand saubere Kleider aus grünem Stoff, die für ihn bereitgelegt waren und ihm ausgezeichnet paßten. Als er in den Spiegel schaute, war er erstaunt, daß er viel dünner war, als er sich in Erinnerung hatte: sein Spiegelbild sah Bilbos jungem Neffen, der mit seinem Onkel im Auenland zu wandern pflegte, erstaunlich ähnlich; doch die Augen blickten ihn nachdenklich an.

»Ja, du hast einiges erlebt, seit du das letzte Mal aus einem Spiegel herausgeschaut hast«, sagte er zu seinem Spiegelbild. »Aber nun auf zum fröhlichen Feiern!« Er reckte die Arme und pfiff ein Lied.

In diesem Augenblick klopfte es an der Tür, und Sam kam herein. Er rannte auf Frodo zu und nahm seine linke Hand, verlegen und schüchtern. Er streichelte sie liebevoll, dann errötete er und wandte sich hastig ab.

»Hallo, Sam!« sagte Frodo.

»Sie ist warm«, sagte Sam. »Ich meine deine Hand, Herr Frodo. Sie hat sich so kalt angefühlt in den langen Nächten. Aber getrommelt und gepfiffen!« rief er, drehte sich mit strahlenden Augen um und tanzte umher. »Es ist schön, daß du auf bist und wieder ganz in Ordnung! Gandalf bat mich, nachzusehen, ob du bereit seist, herunterzukommen, und ich dachte, er macht Spaß!«

»Ich bin bereit«, sagte Frodo. »Laß uns gehen und nach den anderen schauen!«

»Ich kann dich zu ihnen hinbringen«, sagte Sam. »Das ist ein großes Haus hier, und sehr eigenartig. Es gibt immer noch etwas zu entdecken, und nie weiß man, was man hinter der nächsten Ecke findet. Und Elben, Herr! Überall sind Elben. Manche sind wie Könige, ehrfurchtgebietend und prächtig; und manche sind fröhlich wie Kinder. Und die Musik und das Singen – nicht, daß ich Zeit oder Lust gehabt hätte, viel zuzuhören, seit wir hierher gekommen sind. Aber ich kenne die Art des Hauses allmählich.«

»Ich weiß, was du getan hast, Sam«, sagte Frodo und faßte ihn am Arm. »Aber heute abend sollst du fröhlich sein und nach Herzenslust zuhören. Komm, zeige mir den Weg.«

Sam führte ihn über mehrere Gänge und viele Stufen hinab in einen Garten, der hoch über den steilen Ufern des Flusses lag. Er fand seine Freunde, die auf einem Söller an der Ostseite des Hauses saßen. Schatten waren unten auf das Tal gefallen, aber auf den Berghängen hoch oben war immer noch Licht. Die Luft war warm. Laut klang das Geräusch von fließendem und fallendem Wasser, und der Abend war erfüllt von einem schwachen Duft von Bäumen und Blumen, als ob noch der Sommer in Elronds Garten verweilte.

»Hurra!« rief Pippin und sprang auf. »Hier ist unser edler Vetter! Macht Platz für Frodo, den Herrn des Rings!«

»Pst!« sagte Gandalf aus dem Schatten im Hintergrund des Söllers. »Nichts Böses dringt in dieses Tal; trotzdem sollten wir es nicht mit Namen nennen. Der Herr des Rings ist nicht Frodo, sondern der Gebieter des Dunklen Turms von Mordor, dessen Macht sich wieder auf der Welt ausbreitet! Wir sitzen in einer Festung. Draußen wird es dunkel.«

»Gandalf hat viele so aufmunternde Reden wie diese geführt«, sagte Pippin. »Er glaubt, ich müsse zur Ordnung gerufen werden. Aber irgendwie ist es unmöglich, an diesem Ort betrübt oder niedergeschlagen zu sein. Mir ist, als ob ich singen könnte, wenn ich das richtige Lied für diese Gelegenheit wüßte.«

»Mir ist auch nach Singen zumute«, lachte Frodo. »Obwohl mir im Augenblick mehr zumute ist nach Essen und Trinken!«

»Das wird dir bald zuteil werden«, sagte Pippin. »Du hast deine übliche Schläue bewiesen, indem du gerade rechtzeitig zu einer Mahlzeit aufgestanden bist.«

»Mehr als eine Mahlzeit! Ein Festmahl«, sagte Merry. »Sobald Gandalf berichtet hatte, daß es dir besser ging, begannen die Vorbereitungen.« Kaum hatte er das ausgesprochen, da wurden sie durch das Läuten vieler Glocken in die Halle gerufen.

Die Halle in Elronds Haus war voller Leute: zum größten Teil Elben, aber es waren auch ein paar andere Gäste da. Elrond hatte, wie es seine Gewohnheit war, auf einem erhöhten Sitz am Ende der langen Tafel Platz genommen; neben ihm saß auf der einen Seite Glorfindel, auf der anderen Gandalf.

Frodo betrachtete sie voll Staunen; denn er hatte Elrond, von dem so viel erzählt wurde, noch niemals gesehen; und wie sie da zu seiner Rechten und seiner Linken saßen, wurde offenbar, daß Glorfindel und selbst Gandalf, den er so gut zu kennen glaubte, Herren von Rang und Macht waren.

Gandalf war von untersetzterer Statur als die beiden anderen; aber sein langes weißes Haar, sein wallender Silberbart und seine breiten Schultern ließen ihn wie einen weisen König aus einer alten Sage erscheinen. Unter dichten, schneeweißen Brauen waren seine dunklen Augen wie Kohlen, die plötzlich Feuer sprühen konnten.

Glorfindel war von hohem Wuchs und schlank; sein Haar war schimmerndes Gold, sein Gesicht schön und jung und furchtlos und voller Frohsinn; seine Augen waren klar und scharf, und seine Stimme wie Musik; seine Stirn verhieß Weisheit und seine Hand Kraft.

Elronds Gesicht war zeitlos – weder alt noch jung, obwohl die Erinnerung an viele Dinge, freudige und gramvolle, ihm auf der Stirn geschrieben stand. Sein Haar war dunkel wie die Schatten der Dämmerung, und er trug darauf ein silbernes Diadem; seine Augen waren grau wie ein klarer Abend, und ein Licht leuchtete in ihnen wie Sternenlicht. Verehrungswürdig erschien er wie ein König, der viele Winter erlebt hat, und doch rüstig wie ein kampferfahrener Krieger in der Fülle seiner Kraft. Er war der Herr von Bruchtal und mächtig unter Elben und Menschen.

In der Mitte der Tafel vor den Wandteppichen stand ein Sessel unter einem Baldachin, und dort saß eine Frau, die lieblich anzuschauen war, und so ähnlich war sie Elrond, ins Weibliche übertragen, daß Frodo vermutete, sie müsse eine nahe Verwandte sein. Jung war sie, und doch wieder nicht. Die Flechten ihres dunklen Haares waren noch von keinem Reif berührt, ihre weißen Arme und ihr klares Gesicht waren makellos und glatt, und das Licht von Sternen war in ihren leuchtenden Augen, die grau wie eine wolkenlose Nacht waren; doch sah sie königlich aus, und in ihrem nachdenklichen Blick lag Weisheit wie bei jemandem, der viele Dinge kennt, die die Jahre bringen. Über ihrer Stirn war ihr Kopf bedeckt mit einer Kappe aus Silberspitze, besetzt mit kleinen, weiß glitzernden Edelsteinen. Doch ihr zartgraues Gewand hatte keinen Schmuck außer einem Gürtel aus silbergetriebenen Blättern.

So kam es, daß Frodo sie erblickte, die wenige Sterbliche je gesehen hatten: Arwen, Elronds Tochter, mit der, wie es hieß, Lúthiens Ebenbild wieder auf die Erde gekommen war; und sie wurde Undómiel genannt, denn sie war der Abendstern ihres Volkes. Lange war sie im Land der Verwandten ihrer Mutter gewesen, in Lórien jenseits des Gebirges, und erst kürzlich war sie nach Bruchtal in ihres Vaters Haus zurückgekehrt. Doch ihre Brüder, Elladan und Elrohir, waren noch auf der Ritterfahrt: denn oft ritten sie mit den Waldläufern des Nordens weit über Land und vergaßen niemals die Folter ihrer Mutter in den Höhlen der Orks.

Soviel Lieblichkeit hatte Frodo niemals zuvor an einem lebenden Wesen gesehen oder sich vorstellen können; und er war überrascht und zugleich verlegen, daß er inmitten dieses edlen und schönen Volkes an Elronds Tafel saß. Obwohl er einen passenden Stuhl hatte und hoch auf mehrere Kissen gesetzt worden war, kam er sich sehr klein und ziemlich fehl am Platz vor; aber dieses Gefühl verging rasch. Das Festmahl war fröhlich und das Essen so, wie es sich sein Hunger nur wünschen konnte. Es dauerte einige Zeit, bis er wieder um sich blickte oder sich auch nur seinem Nachbarn zuwandte.

Zuerst schaute er nach seinen Freunden. Sam hatte gebeten, seinem Herrn aufwarten zu dürfen, doch war ihm gesagt worden, daß er heute Ehrengast sei. Frodo sah ihn jetzt mit Pippin und Merry am oberen Ende eines der Seitentische dicht an der Estrade sitzen. Von Streicher entdeckte er keine Spur.

Zur Rechten Frodos saß ein Zwerg, eine eindrucksvolle Erscheinung und reich gekleidet. Sein Bart, sehr lang und gegabelt, war weiß, fast so weiß wie das schneeweiße Tuch seines Gewands. Er trug einen silbernen Gürtel und um den Hals eine Kette aus Silber und Diamanten. Frodo hörte auf zu essen, um ihn zu betrachten.

»Willkommen und sehr erfreut!« sagte der Zwerg, indem er sich zu ihm umwandte. Dann erhob er sich sogar von seinem Stuhl und verbeugte sich. »Glóin zu Euren Diensten«, sagte er und verbeugte sich noch tiefer.

»Frodo Beutlin zu Euren und Eurer Familie Diensten«, sagte Frodo, wie es sich gehörte, erhob sich überrascht und warf dabei alle Kissen herunter. »Vermute ich richtig, daß Ihr *der* Glóin seid, einer der zwölf Gefährten des großen Thorin Eichenschild?«

»Ganz recht«, antwortete der Zwerg, sammelte die Kissen auf und half Frodo höflich, wieder Platz zu nehmen. »Und ich frage nicht, denn mir ist bereits gesagt worden, daß Ihr der Verwandte und Erbe unseres berühmten Freundes Bilbo seid. Erlaubt mir, Euch zu Eurer Genesung zu beglückwünschen.«

»Danke vielmals«, sagte Frodo.

»Ihr habt einige sehr seltsame Abenteuer erlebt, höre ich«, sagte Glóin. »Es verwundert mich sehr, was *vier* Hobbits wohl zu einer so langen Fahrt veranlaßt. Nichts dergleichen hat es gegeben, seit Bilbo uns begleitete. Aber vielleicht sollte ich mich nicht allzu genau erkundigen, da Elrond und Gandalf nicht geneigt zu sein scheinen, darüber zu reden?«

»Ich glaube, wir wollen nicht davon sprechen, zumindest jetzt noch nicht«, sagte Frodo höflich. Er vermutete, daß selbst in Elronds Haus die Angelegenheit des Ringes kein Thema zum Plaudern war; und außerdem wollte er seine Mißlichkeiten gern eine Weile vergessen. »Doch bin ich ebenso begierig zu erfahren«, fuhr er fort, »was einen so bedeutenden Zwerg so weit vom Einsamen Berg fortführt.«

Glóin schaute ihn an. »Wenn Ihr es noch nicht gehört habt, dann wollen wir davon gleichfalls noch nicht sprechen. Meister Elrond wird uns, glaube ich, binnen kurzem alle zusammenrufen, und dann werden wir vieles hören. Aber es gibt noch manches, was erzählt werden kann.«

Während der weiteren Mahlzeit unterhielten sie sich miteinander, aber Frodo hörte mehr zu, als daß er redete; denn abgesehen vom Ring schienen die Neuigkeiten aus dem Auenland unbedeutend und entrückt und unwichtig, während Glóin viel zu berichten hatte von Ereignissen in den nördlichen Gebieten von Wilderland. Frodo erfuhr, daß Grimbeorn der Alte, Beorns Sohn, jetzt der Herrscher über viele standhafte Menschen war, und daß in ihr Land zwischen dem Gebirge und Düsterwald weder Ork noch Wolf einzudringen wagten.

»Ja«, sagte Glóin, »wenn die Beorninger nicht wären, wäre es schon lange unmöglich, von Thal nach Bruchtal zu gelangen. Es sind tapfere Männer, und sie halten den Hohen Paß und die Furt von Carrock offen. Aber ihr Zoll ist hoch«, fügte er hinzu und schüttelte den Kopf. »Und wie Beorn früher schätzen sie Zwerge nicht übermäßig. Immerhin sind sie vertrauenswürdig, und das ist viel heutzutage. Nirgends sind Menschen so freundlich zu uns wie die Menschen von Thal. Das sind gute Leute, die Bardinger. Der Enkel von Bard, dem Bogenschützen, herrscht über sie, Brand, Bains Sohn, der Bards Sohn war. Er ist ein starker König, und sein Reich erstreckt sich jetzt weit südlich und östlich von Esgaroth.«

»Und wie steht es mit Eurem eigenen Volk?« fragte Frodo.
»Da gibt es viel zu erzählen, Gutes und Schlechtes«, antwortete Glóin. »Doch zumeist Gutes. Wir haben bisher Glück gehabt, obwohl wir dem Schatten dieser Zeiten nicht entgehen. Wenn Ihr wirklich von uns hören wollt, dann werde ich Euch gern die Neuigkeiten berichten. Doch unterbrecht mich, wenn Ihr müde seid! Die Zungen der Zwerge stehen nicht still, wenn sie von ihren eigenen Werken berichten, heißt es.«
Und damit begann er einen langen Bericht über das Geschehen im Zwergen-Königreich. Er war entzückt, einen so höflichen Zuhörer gefunden zu haben; denn Frodo ließ keine Müdigkeit erkennen und machte keinen Versuch, das Thema zu wechseln, obwohl er bald ziemlich verwirrt war durch all die fremden Namen von Leuten und Orten, die er nie zuvor gehört hatte. Indes interessierte es ihn zu erfahren, daß Dáin immer noch König unter dem Berg war, daß er jetzt alt (sein zweihundertfünfzigstes Jahr hatte er überschritten), verehrungswürdig und märchenhaft reich war. Von den zehn Gefährten, die die Schlacht der Fünf Heere überlebt hatten, waren sieben noch bei ihm: Dwalin, Glóin, Dori, Nori, Bifur, Bofur und Bombur. Bombur war jetzt so dick geworden, daß er nicht mehr allein von seinem Bett zu seinem Stuhl bei Tisch gelangen konnte, und es waren sechs junge Zwerge nötig, um ihn hochzuheben.
»Und was ist aus Balin und Ori und Óin geworden?« fragte Frodo.
Ein Schatten glitt über Glóins Gesicht. »Wir wissen es nicht«, sagte er. »Es ist weitgehend Balins wegen, daß ich hergekommen bin, um den Rat derer zu erbitten, die in Bruchtal wohnen. Aber heute abend wollen wir von fröhlicheren Dingen sprechen!«
Glóin begann dann von den Werken seines Volkes zu reden und erzählte Frodo von ihren großen Arbeiten in Thal und unter dem Berg. »Wir waren recht erfolgreich«, sagte er. »Doch in Metallarbeiten können wir es mit unseren Vätern nicht aufnehmen, denn viele ihrer Geheimnisse sind verlorengegangen. Wir machen gute Waffen und scharfe Schwerter, doch gelingt es uns noch nicht wieder, Kettenpanzer oder Klingen herzustellen, die denen gleichkämen, die vor der Ankunft des Drachens gemacht wurden. Nur im Bergbau und in der Baukunst haben wir die alten Zeiten übertroffen. Ihr solltet die Wasserstraßen von Thal sehen, Frodo, und die Berge und die Teiche! Ihr solltet die vielfarbigen Steinpflaster der Straßen sehen! Und die Hallen und unterirdischen Straßen mit Bögen, die gemeißelt sind wie Bäume; und die Terrassen und Türme auf den Hängen des Berges! Dann würdet Ihr sehen, daß wir nicht müßig gewesen sind.«
»Ich will gern kommen und mir alles anschauen, sobald ich nur kann«, sagte Frodo. »Wie würde Bilbo über all die Veränderungen in Smaugs Einöde staunen!«
Glóin blickte Frodo an und lächelte. »Ihr habt Bilbo sehr gern gehabt, nicht wahr?« fragte er.
»Ja«, antwortete Frodo. »Ihn würde ich lieber sehen als alle Türme und Paläste der Welt.«

Schließlich fand das Festmahl ein Ende. Elrond und Arwen erhoben sich und schritten durch die Halle, und die Gesellschaft folgte ihnen in gebührender Gemessenheit. Die Türen wurden geöffnet, und sie gingen über einen breiten Gang durch andere Türen und kamen dann in eine zweite Halle. Hier standen keine Tische, doch ein helles Feuer brannte in einem großen Kamin zwischen den geschnitzten Säulen auf beiden Seiten.

Frodo ging neben Gandalf. »Das ist die Halle des Feuers«, sagte der Zauberer. »Hier wirst du viele Lieder und Erzählungen hören – wenn du wachbleiben kannst. Doch außer an hohen Festtagen ist die Halle gewöhnlich leer und still, und hierher kommen Leute, die Ruhe haben wollen zum Nachdenken. Es brennt immer ein Feuer hier, das ganze Jahr hindurch, aber sonst ist kaum Licht da.«

Als Elrond eintrat und auf den für ihn vorbereiteten Sessel zuging, begannen Elben-Spielleute eine süße Musik. Langsam füllte sich die Halle, und Frodo schaute voll Entzücken auf die vielen schönen Gesichter, die sich hier zusammenfanden; das goldene Licht des Kaminfeuers spielte auf ihnen und schimmerte in ihrem Haar. Plötzlich bemerkte er, nicht weit von der anderen Seite des Feuers, eine kleine dunkle Gestalt, die auf einem Schemel saß und den Rücken gegen eine Säule lehnte. Auf dem Boden stand eine Trinkschale, und Brot lag daneben. Frodo fragte sich, ob es ein Kranker sei (falls die Leute in Bruchtal überhaupt krank würden), der nicht zum Festmahl hatte kommen können. Sein Kopf schien ihm im Schlaf tief auf die Brust gesunken, und eine Falte seines dunklen Mantels war über sein Gesicht gezogen.

Elrond ging auf die schweigende Gestalt zu. »Wach auf, kleiner Herr!« sagte er lächelnd. Dann drehte er sich zu Frodo um und winkte ihm. »Jetzt endlich ist die Stunde gekommen, die du ersehnt hast, Frodo«, sagte er. »Hier ist ein Freund, den du lange entbehrt hast.«

Die dunkle Gestalt hob den Kopf und zog den Mantel vom Gesicht.

»Bilbo!« rief Frodo, als er ihn erkannte, und sprang auf ihn zu.

»Hallo, Frodo, mein Junge«, sagte Bilbo. »So bist du also endlich hergekommen. Ich hatte gehofft, daß du es schaffen würdest. Gut, gut. All dieses Feiern ist also dir zu Ehren, wie ich höre. Ich hoffe, du hast dich gut unterhalten?«

»Warum bist du nicht dabei gewesen?« rief Frodo. »Und warum habe ich dich nicht früher sehen dürfen?«

»Weil du geschlafen hast. Von *dir* habe ich eine ganze Menge gesehen. Jeden Tag habe ich mit Sam an deinem Bett gesessen. Aber was das Festmahl betrifft, so mache ich mir jetzt nicht mehr viel aus derlei Dingen. Und ich hatte etwas anderes zu tun.«

»Was hast du denn getan?«

»Nun, dagesessen und gedacht. Das tue ich heutzutage viel, und für gewöhnlich ist das hier der beste Ort dafür. Wach auf! Wirklich!« sagte er und warf Elrond einen verschmitzten Blick zu, in dem Frodo keinerlei Anzeichen von Schläfrigkeit erkennen konnte. »Wach auf! Ich habe nicht geschlafen, Herr Elrond. Wenn ihr es wissen wollt, ihr seid alle zu früh von eurem Festmahl gekommen und habt mich gestört – ich war gerade dabei, ein Gedicht zu machen. Ein oder zwei Zeilen stimmten nicht, und ich dachte eben über sie nach; aber jetzt werde ich sie wohl nicht mehr fertigbekommen. Es wird hier so viel Gesang geben, daß mir alle Gedanken aus dem Kopf getrieben werden. Ich werde meinen Freund, den Dúnadan, brauchen, damit er mir hilft. Wo ist er?«

Elrond lachte. »Er soll gefunden werden«, sagte er. »Dann sollt ihr beide in einen Winkel gehen und eure Aufgabe vollenden, und wir werden sie hören und beurteilen, ehe unser Fest zu Ende ist.« Boten wurden ausgesandt, um Bilbos Freund zu suchen, obwohl niemand wußte, wo er war oder warum er nicht am Festmahl teilgenommen hatte.

Inzwischen saßen Frodo und Bilbo nebeneinander, und Sam kam rasch und gesellte sich zu ihnen. Sie unterhielten sich leise und vergaßen die Fröhlichkeit und Musik in der Halle. Bilbo hatte nicht viel von sich zu erzählen. Nachdem er Hobbingen verlassen hatte, war er ziellos dahingewandert, der Straße entlang oder durch das Land auf beiden Seiten; aber irgendwie war die ganze Zeit Bruchtal sein Ziel gewesen.

»Ich bin ohne viel Abenteuer hierher gelangt«, sagte er, »und nach einer Rast habe ich mich dann mit den Zwergen nach Thal aufgemacht: meine letzte Fahrt. Ich will nicht mehr wandern. Der alte Balin war fort. Dann kam ich hierher zurück, und hier bin ich geblieben. Ich habe dies und das getan. Ich habe an meinem Buch weitergeschrieben, und, natürlich, ein paar Lieder gemacht. Sie singen sie gelegentlich: nur um mir eine Freude zu machen, glaube ich; denn eigentlich sind sie nicht gut genug für Bruchtal. Und ich höre zu und denke nach. Die Zeit scheint hier nicht zu vergehen: sie ist einfach da. Alles in allem ein bemerkenswerter Ort.

Ich höre allerlei Neuigkeiten, von jenseits des Gebirges und aus dem Süden, aber kaum vom Auenland. Natürlich habe ich über den Ring gehört. Gandalf ist oft hier gewesen. Nicht, daß er mir viel erzählt hätte. Er war in den letzten Jahren zugeknöpfter denn je. Der Dúnadan hat mir mehr erzählt. Wenn man sich vorstellt, daß dieser Ring von mir eine solche Verwirrung stiftet! Schade, daß Gandalf nicht früher mehr darüber herausgefunden hat. Ich hätte den Ring schon längst selbst hierher bringen können ohne so viel Verdruß. Manches Mal habe ich daran gedacht, wieder nach Hobbingen zurückzugehen und ihn zu holen; aber ich werde alt, und sie ließen mich nicht: Gandalf und Elrond, meine ich. Sie schienen zu glauben, daß der Feind überall nach mir suche und mich in Stücke reißen würde, wenn er mich, durch die Wildnis wankend, fände.

Und Gandalf sagte: ›Der Ring ist in andere Hände übergegangen, Bilbo. Es wäre weder für dich noch für andere gut, wenn du versuchen würdest, dich wieder einzumischen.‹ Komische Bemerkung, sieht Gandalf ähnlich. Aber er sagte, er würde sich um dich kümmern, also ließ ich die Sache laufen. Ich freue mich schrecklich, dich wohl und munter zu sehen.« Er hielt inne und sah Frodo zweifelnd an.

»Hast du ihn da?« fragte er flüsternd. »Ich kann's nicht ändern, aber ich bin einfach neugierig nach allem, was ich gehört habe. Ich würde sehr gern nur eben mal wieder einen Blick darauf werfen.«

»Ja, ich habe ihn«, antwortete Frodo, der ein seltsames Widerstreben empfand. »Er sieht genauso aus wie immer.«

»Ach, laß ihn mich doch einen Augenblick anschauen«, sagte Bilbo.

Beim Anziehen hatte Frodo festgestellt, daß ihm der Ring, während er schlief, an einer neuen Kette, die leicht, aber kräftig war, um den Hals gehängt worden war. Langsam zog er ihn jetzt heraus. Bilbo streckte die Hand aus. Aber Frodo zog den Ring rasch zurück. Bekümmert und verblüfft stellte er fest, daß er Bilbo gar nicht mehr sah; ein Schatten schien zwischen sie gefallen zu sein, und durch diesen Schatten sah er ein kleines, runzliges Geschöpf mit einem gierigen Gesicht und knochigen, grapschenden Händen. Er verspürte den Wunsch, ihn zu schlagen.

Die Musik und das Singen um sie her schienen leiser zu werden, und es trat ein Schweigen ein. Bilbo warf einen raschen Blick auf Frodos Gesicht, dann fuhr er sich mit der Hand über die Augen. »Jetzt verstehe ich«, sagte er. »Steck ihn weg! Es tut mir leid; leid, daß du jetzt diese Bürde trägst, alles tut mir leid. Nehmen Abenteuer denn nie ein Ende? Wahrscheinlich nicht. Irgend jemand anderes muß die Geschichte fortsetzen. Nun, es läßt sich nicht ändern. Ich frage mich, ob es überhaupt lohnt, mein Buch fertigzuschreiben. Aber darüber wollen wir uns jetzt keine Sorgen machen – laß uns ein paar wirkliche Neuigkeiten hören! Erzähle mir alles vom Auenland!«

Frodo steckte den Ring weg, der Schatten verging und hinterließ kaum eine Erinnerung. Das Licht und die Musik von Bruchtal umfingen ihn wieder. Bilbo lächelte und lachte glücklich. Jede kleinste Kleinigkeit, die Frodo aus dem Auenland nur zu berichten wußte – hin und wieder von Sam unterstützt und berichtigt –, interessierte ihn aufs höchste, angefangen vom Fällen des geringsten Baums bis zu den Streichen des kleinsten Kindes in Hobbingen. Sie waren so in die Geschehnisse der Vier Viertel vertieft, daß sie das Kommen eines in dunkelgrünes Tuch gekleideten Mannes gar nicht bemerkten. Mehrere Minuten stand er da und schaute lächelnd auf sie herab.

Plötzlich blickte Bilbo auf. »Ah, da bist du ja endlich, Dúnadan!« rief er.

»Streicher!« sagte Frodo. »Du scheinst eine Menge Namen zu haben.«

»Nun, *Streicher* habe ich jedenfalls noch nie gehört«, sagte Bilbo. »Warum nennst du ihn so?«

»So nennen sie mich in Bree«, sagte Streicher lachend, »und so bin ich ihm vorgestellt worden!«

»Und warum nennst du ihn Dúnadan?« fragte Frodo.

»*Den* Dúnadan«, antwortete Bilbo. »So wird er hier oft genannt. Aber ich dachte, du könntest genug Elbisch, um wenigstens *dún-adan* zu verstehen: Mensch des Westens, Númenorer. Aber jetzt ist nicht die richtige Zeit für Unterricht!« Er wandte sich an Streicher. »Wo bist du gewesen, mein Freund? Warum warst du nicht bei dem Festmahl? Frau Arwen war da.«

Streicher sah Bilbo ernst an. »Ich weiß«, sagte er. »Aber oft muß ich auf die Freuden verzichten. Elladan und Elrohir sind unerwartet aus der Wildnis zurückgekehrt und haben Nachrichten mitgebracht, die ich sofort hören wollte.«

»Nun, mein lieber Freund«, sagte Bilbo, »hast du jetzt, nachdem du die

Neuigkeiten gehört hast, einen Augenblick für mich Zeit? Ich brauche deine Hilfe bei etwas Dringendem. Elrond sagt, dieses Lied von mir müsse fertig sein, ehe der Abend zu Ende ist, und ich sitze fest. Laß uns in eine Ecke gehen und der Sache den letzten Schliff geben!«

Streicher lächelte. »Dann komm!« sagte er. »Laß es mich hören.«

Frodo blieb eine Weile sich selbst überlassen, denn Sam war fest eingeschlafen. Er kam sich ziemlich einsam und verlassen vor, obwohl rings um ihn die Leute von Bruchtal versammelt waren. Aber diejenigen, die in seiner Nähe saßen, schwiegen und lauschten ganz versunken der Musik der Stimmen und Instrumente und achteten auf nichts anderes. Frodo fing an zuzuhören.

Zuerst bezauberten ihn die Schönheit der Melodien und die eingeflochtenen Wörter in der Elbensprache, obwohl er sie kaum verstand, sobald er begonnen hatte, aufzumerken. Fast schien es, als nähmen die Wörter Gestalt an, und Visionen von fernen Landen und hellen Dingen, die er sich niemals hatte vorstellen können, erschlossen sich vor ihm; und die vom Feuer erleuchtete Halle wurde zu einem goldenen Nebel über unermeßlichen Meeren, die an den Rändern der Welt seufzten. Dann wurde die Verzauberung immer traumähnlicher, bis er das Gefühl hatte, über ihn fließe ein endloser Strom von wallendem Gold und Silber hinweg, der zu vielfältig war, als daß er sein Muster hätte begreifen können; der Strom wurde ein Teil der Luftschwingungen und durchtränkte und überflutete ihn. Rasch sank er unter seinem schimmernden Gewicht in ein tiefes Reich des Schlafes.

Dort wanderte er lange in einem Traum, in dem sich Musik in fließendes Wasser verwandelte und dann plötzlich in eine Stimme. Es schien Bilbos Stimme zu sein, der Verse sang. Undeutlich zuerst und dann klarer wurden die Worte.

> *Earendil hieß ein Schiffer kühn,*
> *Der weilte in Avernien,*
> *Schlug Holz und baute sich ein Schiff,*
> *Von Nimbrethil auf Fahrt zu gehn.*
> *Die Segel zog er silbern auf,*
> *Laternen silbern hing er aus,*
> *Den Bug schuf er dem Schwane gleich,*
> *Die Wimpel flogen hell im Licht.*
>
> *Dem alten Königsbrauch gemäß*
> *Legte er Helm und Rüstung an,*
> *Grub Runen in den Silberschild*
> *Zum Schutze gegen Harm und Not;*
> *Sein Bogen war aus Drachenhorn,*
> *Aus Ebenholz ein jeder Pfeil,*
> *Sein Köcher war aus Chalzedon,*
> *Sein kräftiges Schwert aus blankem Stahl.*
> *Sein Helm war adamanten hart*

Die Gefährten

  Und Adlerfedern krönten ihn,
  Aus Silber war sein Panzerhemd,
  Auf seiner Brust schien ein Smaragd.

  Es trieb ihn unter Mond und Stern
  Weitab vom Nördlichen Gestad,
  Und irrend übers wilde Meer
  Verlor er Sicht und Menschenspur.
  Von Eisesgründen wandte er
  Sich ab, wo ewig Schatten herrscht,
  Die Wüstenhitze auch verließ
  Er eilends, trieb noch weit umher
  Auf dunklen Wassern ohne Stern
  Bis in die Nacht des Nichts hinein.
  Auch diese ließ er hinter sich,
  Doch nie erblickt' er unterwegs
  Der heißersehnten Küste Licht.
  Der Winde Wüten jagte ihn
  Geblendet durch den wilden Gischt
  Von West nach Osten willenlos
  Und nirgends freundlich angesagt.

  Da nahte Elwing sich im Flug,
  Und Licht durchflammte schwarze Nacht,
  Von ihrer Kette glomm es weiß,
  Viel heller noch als Diamant.
  Sie heftete den Silmaril
  Ans Haupt des Schiffers, krönte ihn
  Mit Licht, das nie verlöschen kann.
  Beherzt warf er das Ruder um;
  Und in der Nacht erhob sich Sturm
  Von jenseits aller Meere her.
  Es wehte frei und voller Kraft
  Ein Wind der Macht von Tarmenel:
  Auf Wasserpfaden, unbekannt
  Den Sterblichen, trieb er ihn nun
  Mit Urgewalt durch graue Flut
  Von Osten her gen Westen hin.

  Durch Immernacht trug's ihn zurück
  Auf tosend aufgetürmter See
  Hin über lang versunknes Land,
  Von schwarzen Fluten überrollt,
  Bis endlich er Musik vernahm

Und an der Erde Grenzen kam,
Wo ewig sanfter Wellenschlag
Gold an die Perlenküste spült.
Er sah den Berg in Dämmergrau
Aufragend zwischen Valinor
Und Eldamar, im Lichte noch
Verblauen hinter ferner See.
Ein Wanderer, der Nacht entflohn,
Lief endlich in den Hafen ein
Im Elbenlande weiß und grün;
Die Luft war mild, durchsichtig-blaß,
Dem Hügel nah von Ilmarin,
Da spiegelte der Schattensee
Das Licht der Türme Tirions.
Hier ruhte er von Irrfahrt aus,
Hier lehrte man ihn Lied und Sang,
Und alte Märchen wurden laut
Bei Harfenklang und goldnem Schall.
Er trug ein elbenweißes Kleid,
Ihm brannten sieben Leuchter vor,
Als er durchs Calacirian
In tief verborgne Lande zog.
In jene Hallen, wo man nicht
Vergangenheit noch Zukunft kennt,
Gelangte er, wo immerdar
Der König der Altvordernzeit
Herrscht auf dem Berg in Ilmarin.
Von Sterblichen und Elbenvolk
Geheime Dinge sprach man dort,
Gesichte wurden ihm zuteil,
Die nie ein Mensch erblicken darf.

Sie bauten ihm ein neues Schiff
Aus Mithril und aus Elbenglas
Mit stolzem Bug, doch ruderlos,
Mit Silbermast, doch ohne Tuch,
Und Elbereth kam selbst herab:
Sie schuf dem Schiff den Silmaril
Zum Banner, ein lebendiges Licht,
Ein heller Schein, der nie verblaßt.
Und Flügel gab sie ihm dazu
Und sprach das Urteil: Jenseits Mond
Und Sonne muß er ewig ziehn
Durch küstenlose Himmel hin.

Die Gefährten

> *Vom hohen Immerabendland,*
> *Wo silbern die Fontänen sprühn,*
> *Trug ihn die Schwinge licht hinan*
> *Und über das Gebirg hinweg.*
> *Schon sanken hinter ihm dahin*
> *Der Erde Grenzen, wandte er,*
> *Verzehrt von Sehnsucht, sich nach Haus,*
> *Den Weg zu suchen durch die Nacht,*
> *Und ganz allein, ein heller Stern,*
> *Weit über allen Wolken flog*
> *Im Morgengrauen sonnenwärts*
> *Dies Licht, ein Wunder anzuschaun.*
>
> *Schon sah er Mittelerde weit,*
> *Weit unter sich, schon hörte er*
> *Die Frauen der Altvordernzeit*
> *Und Elbenmaiden klagen laut.*
> *Ihm aber war es auferlegt,*
> *Am Himmel seine Bahn zu ziehn,*
> *Solange bis der Mond verblaßt,*
> *Und nie am Ufer dieser Welt*
> *Zu rasten bei den Sterblichen,*
> *Ein Herold, seinem Auftrag treu,*
> *Das Licht zu tragen durch die Zeit,*
> *Der Flammifer der Westernis.*

Der Gesang endete. Frodo öffnete die Augen und sah, daß Bilbo auf seinem Schemel von einem Kreis von Zuhörern umgeben war, die lächelten und Beifall klatschten.

»Nun sollten wir es aber noch einmal hören«, sagte ein Elb.

Bilbo stand auf und verbeugte sich. »Ich bin geschmeichelt, Lindir«, sagte er. »Aber es wäre zu ermüdend, alles zu wiederholen.«

»Nicht zu ermüdend für dich«, antworteten die Elben lachend. »Du wirst es doch nie müde, deine eigenen Verse vorzutragen. Aber wir können wirklich deine Frage nicht beantworten, wenn wir es nur einmal gehört haben!«

»Was!« rief Bilbo. »Ihr könnt nicht sagen, welche Teile von mir waren und welche vom Dúnadan?«

»Es ist nicht leicht für uns, zwischen zwei Sterblichen zu unterscheiden«, sagte der Elb.

»Unsinn, Lindir«, schnaubte Bilbo. »Wenn du nicht zwischen einem Menschen und einem Hobbit unterscheiden kannst, dann ist dein Urteilsvermögen armseliger, als ich dachte. Sie sind so verschieden wie Erbsen und Äpfel.«

»Vielleicht. Schafen erscheinen andere Schafe zweifellos verschieden«, lachte Lindir. »Oder Schäfern. Aber mit Sterblichen haben wir uns nicht beschäftigt. Uns geht es um anderes.«

»Ich will nicht mit dir streiten«, sagte Bilbo. »Ich bin schläfrig nach so viel Musik und Gesang. Ich überlaß es euch, es zu erraten, wenn ihr wollt.«

Er stand auf und kam zu Frodo. »So, das ist geschafft«, sagte er leise. »Es ging besser, als ich erwartet hatte. Ich werde nicht oft um eine zweite Lesung gebeten. Was hältst du davon?«

»Ich will nicht versuchen, es zu raten«, sagte Frodo lächelnd.

»Brauchst du auch nicht«, antwortete Bilbo. »In Wirklichkeit war alles von mir. Abgesehen davon, daß Aragorn unbedingt wollte, daß ich einen grünen Stein erwähnte. Er schien das für wichtig zu halten. Warum, weiß ich nicht. Ansonsten fand er offenbar, daß die ganze Sache eigentlich zu hoch für mich sei, und er sagte, wenn ich schon die Stirn besäße, in Elronds Haus Verse über Earendil zu machen, dann sei das meine Sache. Ich nehme an, er hatte recht.«

»Ich weiß nicht«, sagte Frodo. »Mir schien es irgendwie zu passen, obwohl ich es nicht erklären kann. Ich war halb eingeschlafen, als du anfingst, und es kam mir vor wie die Fortsetzung von etwas, das ich träumte. Daß du es warst, der sprach, habe ich erst kurz vor dem Ende begriffen.«

»Es ist wirklich schwierig, hier wachzubleiben, bis man daran gewöhnt ist«, sagte Bilbo. »Nicht, daß Hobbits jemals so viel Geschmack an Musik und Poesie und Erzählungen finden werden wie Elben. Sie scheinen sich ebenso viel daraus zu machen wie aus Essen und Trinken. Jetzt werden sie noch lange dabeibleiben. Was meinst du, wollen wir uns zu einer etwas ruhigeren Unterhaltung davonstehlen?«

»Kann man das?« fragte Frodo.

»Natürlich. Das hier ist Vergnügen und keine Pflichtübung. Du kannst kommen und gehen, wie es dir gefällt, solange du keinen Lärm machst.«

Sie standen auf, zogen sich still in den Schatten zurück und gingen zur Tür. Sam ließen sie dort, denn er schlief fest mit einem Lächeln auf den Lippen. So sehr sich Frodo über Bilbos Gesellschaft freute, empfand er doch eine Spur Bedauern, als sie die Halle des Feuers verließen. Gerade als sie auf der Schwelle waren, stimmte eine einzelne klare Stimme ein Lied an.

> *A Elbereth Gilthoniel,*
> *silivren penna míriel*
> *o menel aglar elenath!*
> *Na-chaered palan-díriel*
> *o galadhremmin ennorath,*
> *Fanuilos, le linnathon*
> *nef aear, sí nef aearon!*

Frodo blieb einen Augenblick stehen und schaute zurück. Elrond saß auf seinem Sessel, und der Feuerschein auf seinem Gesicht war wie Sommerlicht auf den Bäumen. In seiner Nähe saß Frau Arwen. Zu seiner Überraschung sah Frodo, daß Aragorn neben ihr stand; seinen dunklen Mantel hatte er zurückgeworfen;

darunter schien er ein Elben-Kettenhemd zu tragen, und ein Stern leuchtete auf seiner Brust. Sie sprachen miteinander, und dann plötzlich war es Frodo, als ob Arwen sich zu ihm wandte, und das Licht ihrer Augen fiel von fern auf ihn und durchbohrte sein Herz.

Er stand verzaubert da, während die süßen Laute des Elbenliedes herabsanken wie klare Edelsteine, aus Wort und Melodie, die ineinander übergehen. »Es ist ein Lied an Elbereth«, sagte Bilbo. »Dieses und andere Lieder des Glückseligen Reichs werden sie heute abend noch viele Male singen. Komm weiter!«

Er führte Frodo in sein kleines Zimmer. Es ging auf den Garten hinaus und schaute nach Süden über die Bruinen-Schlucht. Dort saßen sie eine Weile, betrachteten durch das Fenster die leuchtenden Sterne über den steil aufragenden Wäldern und unterhielten sich leise. Sie sprachen nicht mehr von den kleinen Ereignissen im weit entfernten Auenland, und auch nicht von den dunklen Schatten und Gefahren, die sie umringten, sondern von den schönen Dingen, die sie gemeinsam in der Welt gesehen hatten, von den Elben, den Sternen, von Bäumen und vom sanften Fallen des lichten Jahrs in den Wäldern.

Schließlich klopfte es an der Tür. »Ich bitte um Entschuldigung«, sagte Sam und streckte den Kopf herein, »aber ich frage mich, ob ihr irgendwelche Wünsche habt.«

»Und ich bitte auch um Entschuldigung, Sam Gamdschie«, antwortete Bilbo. »Du findest vermutlich, daß es für deinen Herrn Zeit ist, ins Bett zu gehen?«

»Nun ja, Herr, morgen früh soll eine Beratung sein, wie ich höre, und er ist heute zum erstenmal aufgestanden.«

»Ganz recht, Sam«, lachte Bilbo. »Du kannst umkehren und Gandalf sagen, daß er ins Bett gegangen ist. Gute Nacht, Frodo! Meiner Treu, es hat gutgetan, dich wiederzusehen! Es geht doch nichts über Hobbits, wenn man ein wirklich gutes Gespräch führen will. Ich werde sehr alt und fragte mich schon, ob ich es noch erleben würde, deine Kapitel von unserer Geschichte zu sehen. Gute Nacht! Ich werde wohl noch einen Spaziergang machen und im Garten einen Blick auf Elbereths Sterne werfen. Schlaf wohl!«

ZWEITES KAPITEL

DER RAT VON ELROND

Am nächsten Tag wachte Frodo früh auf und fühlte sich frisch und munter. Er erging sich auf den Terrassen über dem lautfließenden Bruinen und beobachtete, wie die blasse, kühle Sonne über dem fernen Gebirge aufging und ihre schrägen Strahlen durch den dünnen, silbrigen Nebel schickte; der Tau auf den gelben Blättern flimmerte, und die Fäden des Altweibersommers glitzerten auf jedem Busch. Sam ging neben ihm, sagte nichts, sondern schnupperte in der Luft und blickte immer wieder voll Staunen auf die hohen Berge im Osten. Der Schnee war weiß auf ihren Gipfeln.

Auf einer in den Fels gehauenen Sitzbank an einer Biegung des Pfads fanden sie Gandalf und Bilbo ins Gespräch vertieft. »Hallo! Guten Morgen!« sagte Bilbo. »Bist du bereit für den großen Rat?«

»Ich bin zu allem bereit«, antwortete Frodo. »Aber am liebsten würde ich heute spazierengehen und das Tal erkunden. In diese Kiefernwälder dort oben würde ich gern gehen.« Er zeigte weit hinauf gen Norden.

»Vielleicht hast du später Gelegenheit«, sagte Gandalf. »Aber noch können wir keine Pläne machen. Heute gibt es viel zu hören und zu entscheiden.«

Plötzlich, während sie sich noch unterhielten, erklang ein einzelner klarer Glockenton. »Das ist das Glockenzeichen für Elronds Rat!« rief Gandalf. »Kommt nun. Bilbo und du, ihr werdet beide erwartet.«

Frodo und Bilbo folgten dem Zauberer rasch über den gewundenen Pfad zurück zum Haus, und hinter ihnen marschierte Sam, unaufgefordert und im Augenblick vergessen.

Gandalf führte sie zu dem Söller, wo Frodo am Abend zuvor seine Freunde gefunden hatte. Das Licht des klaren Herbstmorgens leuchtete jetzt im Tal. Das Geräusch von sprudelndem Wasser stieg aus dem schäumenden Flußbett auf. Vögel sangen, und ein wohltuender Frieden lag über dem Land. Frodo kamen seine gefährliche Flucht und die Gerüchte über die zunehmende Dunkelheit in der Welt draußen nur noch wie Erinnerungen an einen bösen Traum vor; doch die Gesichter, die sich ihnen zuwandten, als sie eintraten, waren ernst.

Elrond war da, und verschiedene andere saßen schweigend um ihn herum. Frodo sah Glorfindel und Glóin; und allein in einer Ecke saß Streicher, der wieder seine abgetragene Wanderkleidung angelegt hatte. Elrond zog Frodo auf einen Stuhl neben sich und stellte ihn den Anwesenden vor, indem er sagte:

»Hier, meine Freunde, ist der Hobbit Frodo, Drogos Sohn. Wenige sind je unter größeren Gefahren oder mit einem dringenderen Auftrag hierher gekommen.«

Dann wies er auf jene, die Frodo noch nicht kannte, und nannte ihre Namen. Da war ein jüngerer Zwerg an Glóins Seite: sein Sohn Gimli. Außer Glorfindel waren noch mehrere andere Ratgeber von Elronds Haus da, unter denen Erestor der ranghöchste war; neben ihm saß Galdor, ein Elb von den Grauen Anfurten, der mit einem Auftrag von Círdan, dem Schiffbauer, gekommen war. Auch ein fremder Elb war da, in Grün und Braun gekleidet, Legolas, ein Bote seines Vaters Thranduil, des Königs der Elben vom Nördlichen Düsterwald. Und etwas abseits saß ein hochgewachsener Mann mit einem schönen und edlen Gesicht, dunklen Haaren und grauen Augen und einem stolzen und ernsten Blick.

Er trug Mantel und Stiefel wie für eine Reise zu Pferde; und obwohl seine Kleidung reich war und sein Mantel mit Pelz besetzt, wiesen sie Spuren einer langen Wanderschaft auf. Er hatte einen Kragen aus Silber, in dem ein einziger weißer Stein prangte. An einem Gehenk trug er ein großes, silberbeschlagenes Horn, das jetzt auf seinen Knien lag. Er betrachtete Frodo und Bilbo mit plötzlichem Staunen.

»Hier«, sagte Elrond und wandte sich an Gandalf, »ist Boromir, ein Mensch aus dem Süden. Er traf heute vor Tau und Tag ein und fragt um Rat. Ich habe ihn gebeten, an unserer Besprechung teilzunehmen, denn hier werden seine Fragen beantwortet werden.«

Nicht alles, was im Rat besprochen und erörtert wurde, braucht hier berichtet zu werden. Vieles wurde gesagt über Ereignisse in der Welt draußen, besonders im Süden und in den weiten Landen östlich des Gebirges. Über diese Dinge hatte Frodo schon viele Gerüchte gehört; doch die Erzählung von Glóin war ihm neu, und als der Zwerg sprach, lauschte er aufmerksam. Es zeigte sich, daß trotz allen Glanzes ihrer handwerklichen Arbeit die Herzen der Zwerge vom Einsamen Berg voll Sorge waren.

»Es ist jetzt viele Jahre her«, sagte Glóin, »daß ein Schatten der Unruhe auf unser Volk fiel. Woher er kam, haben wir zuerst nicht erkannt. Worte wurden heimlich geflüstert: es hieß, wir seien auf engem Raum eingeschlossen und größerer Reichtum und Glanz würde in einer weiteren Welt gefunden werden. Manche sprachen von Moria: den gewaltigen Werkstätten unserer Väter, die in unserer eigenen Sprache Khazad-dûm genannt werden; und sie behaupteten, wir hätten endlich die Macht und seien zahlreich genug, um zurückzukehren.«

Glóin seufzte. »Moria! Moria! Das Wunder der Nördlichen Welt! Zu tief gruben wir dort und weckten das namenlose Grauen. Lange haben Morias gewaltige Behausungen leergestanden, seit Durins Kinder flohen. Aber jetzt sprachen wir wieder voll Sehnsucht davon, und doch voll Furcht; denn kein Zwerg hat zu vieler Könige Lebzeiten gewagt, die Tore von Khazad-dûm zu durchschreiten, mit Ausnahme von Thrór allein, und er ging zugrunde. Schließlich hörte Balin jedoch auf das Geflüster und beschloß, zu gehen; und obwohl Dáin es nicht gern erlaubte, nahm er Ori und Óin und viele von unserem Volk mit, und sie machten sich auf nach Süden.

Das war vor fast dreißig Jahren. Eine Zeitlang erhielten wir Nachrichten, und sie klangen gut: Die Botschaften besagten, daß sie Moria betreten und dort große Arbeiten begonnen hätten. Dann trat Schweigen ein, und kein Wort ist seitdem mehr aus Moria gekommen.

Dann erschien vor etwa einem Jahr ein Bote bei Dáin, aber nicht aus Moria – aus Mordor: ein Reiter in der Nacht, der Dáin an sein Tor rief. Der Herr Sauron der Große, sagte er, wünsche unsere Freundschaft. Ringe würde er dafür geben, wie er sie einst gegeben hatte. Und der Bote bedrängte uns mit Fragen nach *Hobbits*, von welcher Art sie seien und wo sie wohnten. ›Denn Sauron weiß‹, sagte er, ›daß einer von ihnen euch einmal bekannt war‹.

Darüber waren wir sehr beunruhigt, und wir gaben keine Antwort. Und dann senkte er seine grausame Stimme, und er hätte sie weicher gemacht, wenn er gekonnt hätte. ›Als ein kleines Zeichen eurer Freundschaft erbittet Sauron folgendes‹, sagte er: ›daß ihr den Dieb findet‹ – das war sein Ausdruck – ›und ihm, ob er will oder nicht, einen kleinen Ring abnehmt, den unbedeutendsten aller Ringe, den er einst gestohlen hat. Es ist nur eine Kleinigkeit, die Sauron möchte, und ein Unterpfand für euren guten Willen. Findet ihn, und drei Ringe, die die Zwergenfürsten einst besaßen, sollen euch zurückgegeben werden, und das Reich Moria soll auf immerdar euer sein. Besorgt nur Nachrichten über den Dieb, ob er noch lebt und wo, und ihr werdet reichen Lohn erhalten und die dauernde Freundschaft des Gebieters. Weigert ihr euch, dann wird es nicht so gut aussehen. Weigert ihr euch?‹

Als er so gesprochen hatte, war sein Atem wie das Zischen einer Schlange, und allen, die in der Nähe standen, lief es kalt über den Rücken, aber Dáin antwortete: ›Ich sage weder ja noch nein. Ich muß über diese Botschaft nachdenken und über das, was sie unter ihrem schönen Deckmantel bedeutet.‹

›Denke gut nach, aber nicht zu lange‹, sagte er.

›Es ist meine Sache, wie lange ich nachdenke!‹ antwortete Dáin.

›Vorläufig‹, sagte der Bote und ritt in die Dunkelheit.

Bedrückt waren die Herzen unserer Häuptlinge seit jener Nacht. Es bedurfte nicht der grausamen Stimme des Boten, um uns zu warnen, daß seine Worte sowohl eine Drohung als auch Falschheit enthielten; denn wir wußten bereits, daß sich die Macht, die wieder nach Mordor zurückgekehrt ist, nicht geändert hat, und seit alters her hat sie uns getäuscht. Zweimal ist der Bote wiedergekommen und ohne Antwort geblieben. Das dritte und letzte Mal, so sagt er, wird bald sein, ehe das Jahr endet.

Und so bin ich schließlich von Dáin ausgesandt worden, um Bilbo zu warnen, daß er vom Feind gesucht wird, und um nach Möglichkeit zu erfahren, warum er diesen Ring haben will, den unbedeutendsten aller Ringe. Außerdem erbitten wir Elronds Rat. Denn der Schatten wächst und zieht näher. Wir erfahren, daß Boten auch zu König Brand in Thal gekommen sind und daß ihn Angst erfüllt. Wir befürchten, daß er nachgeben könnte. Schon droht der Krieg an seiner Ostgrenze. Wenn wir keine Antwort geben, kann es sein, daß der Feind Menschen, die unter seiner Herrschaft stehen, veranlaßt, König Brand und auch Dáin anzugreifen.«

»Ihr habt gut daran getan, herzukommen«, sagte Elrond. »Ihr werdet heute alles hören, dessen Ihr bedürft, um die Absichten des Feindes zu begreifen. Nichts anderes könnt Ihr tun als Widerstand leisten, mit oder ohne Hoffnung. Aber Ihr steht nicht allein. Ihr werdet erfahren, daß Eure Sorgen nur Teil der Sorgen der ganzen Welt im Westen sind. Der Ring! Was sollen wir mit dem Ring tun, dem unbedeutendsten von allen Ringen, mit der Kleinigkeit, die Sauron haben möchte? Das ist die Entscheidung, die wir fällen müssen.

Zu diesem Zweck wurdet Ihr hierher gerufen. Gerufen, sage ich, obwohl ich Euch, Fremde aus fernen Ländern, nicht zu mir gerufen habe. Ihr seid hergekommen und habt Euch, wie es scheinen mag, durch Zufall gerade zur rechten Zeit hier eingefunden. Dennoch ist es nicht so. Glaubt eher, daß es eine Fügung ist, daß wir, die wir hier sitzen, und niemand anderes jetzt Rat finden müssen, um den Gefahren der Welt zu begegnen.

Daher soll jetzt offen über die Dinge gesprochen werden, die bis zum heutigen Tage allen außer wenigen verborgen geblieben sind. Und zuerst soll, damit alle verstehen können, worin die Gefahr liegt, die Geschichte des Ringes von Anfang an bis jetzt erzählt werden. Und ich werde mit diesem Bericht beginnen, obwohl andere ihn beenden sollen.«

Alle hörten dann zu, als Elrond mit seiner klaren Stimme von Sauron sprach und von den Ringen der Macht und wie sie im langvergangenen Zweiten Zeitalter der Welt geschmiedet worden waren. Ein Teil der Begebenheiten war einigen hier bekannt, die ganze Geschichte aber niemandem, und viele Augen blickten voll Furcht und Staunen auf Elrond, als er von den Elbenschmieden von Eregion erzählte und von ihrer Freundschaft mit Moria und ihrer Wißbegierde, wodurch Sauron sie umgarnte. Denn zu jener Zeit war er noch nicht als böse zu erkennen, und sie nahmen seine Hilfe an und erlangten gewaltige Fertigkeiten, während er alle ihre Geheimnisse kennenlernte und sie täuschte und heimlich im Feurigen Berg den Einen Ring schmiedete, um sie zu beherrschen. Aber Celebrimbor war auf der Hut vor ihm und versteckte die Drei, die er gemacht hatte; und es gab Krieg, und das Land wurde verwüstet und das Tor von Moria geschlossen.

Dann spürte er in all den Jahren, die folgten, dem Ring nach, aber da diese Geschichte anderswo erzählt ist und Elrond sie selbst in seinen Geschichtsbüchern aufgezeichnet hatte, soll sie hier nicht wiederholt werden. Denn es ist eine lange Erzählung über große und entsetzliche Taten, und obwohl sich Elrond kurzfaßte, verging der Vormittag, und die Sonne stand schon hoch, ehe er endete.

Von Númenor sprach er, von seinem Ruhm und Sturz und der Rückkehr der Könige der Menschen nach Mittelerde aus den Tiefen des Meeres, getragen von den Flügeln des Sturms. Dann wurden Elendil der Lange und seine mächtigen Söhne Isildur und Anárion große Herrscher; und sie errichteten das Nordreich in Arnor und das Südreich in Gondor an den Mündungen des Anduin. Doch Sauron von Mordor überfiel sie, und sie schlossen das Letzte Bündnis zwischen Elben und Menschen, und die Heerscharen von Gil-galad und Elendil sammelten sich in Arnor.

Dann hielt Elrond eine Weile inne und seufzte. »Ich entsinne mich sehr wohl der Pracht ihrer Banner«, sagte er. »Es erinnerte mich an den Glanz der Altvorderenzeit und an die Heere Beleriands, denn so viele große Fürsten und Hauptleute waren versammelt. Und doch waren es nicht so viele oder so edle wie damals, als Thangorodrim bezwungen wurde und die Elben glaubten, das Böse habe für immer ein Ende, und dem nicht so war.«

»Daran erinnert Ihr Euch?« fragte Frodo und sprach in seiner Verblüffung laut aus, was er dachte. »Ich hatte geglaubt«, stammelte er, als Elrond sich zu ihm umwandte, »ich hatte geglaubt, daß Gil-galads Sturz schon vor langer Zeit war.«

»Das ist auch richtig«, antwortete Elrond ernst. »Aber meine Erinnerung reicht zurück bis zur Altvorderenzeit. Eärendil war mein Vater, und er war in Gondolin geboren, bevor es fiel, und meine Mutter war Elwing, die Tochter Diors, des Sohnes von Lúthien von Doriath. Ich habe drei Zeitalter im Westen erlebt, und viele Niederlagen und viele fruchtlose Siege.

Ich war Gil-galads Herold und zog aus mit seinem Heer. Ich war bei der Schlacht von Dagorlad vor dem Schwarzen Tor von Mordor, wo wir Sieger blieben. Denn dem Speer von Gil-galad und dem Schwert von Elendil, Aiglos und Narsil, konnte niemand widerstehen. Ich sah den letzten Kampf auf den Hängen des Orodruin, wo Gil-galad starb und Elendil fiel und Narsil unter ihm zerbrach; doch Sauron wurde überwältigt, und Isildur schnitt den Ring von seiner Hand mit dem geborstenen Heft vom Schwert seines Vaters und nahm ihn für sich.«

Hier unterbrach ihn der Fremde, Boromir. »So, das ist also aus dem Ring geworden!« rief er. »Wenn je im Süden eine solche Geschichte erzählt worden ist, dann ist sie längst vergessen. Ich habe von dem Großen Ring dessen, den wir nicht nennen, gehört; doch glaubten wir, er sei beim Untergang seines ersten Reichs aus der Welt verschwunden. Isildur nahm ihn also! Das ist wahrlich eine Neuigkeit!«

»Ja, leider«, sagte Elrond. »Isildur nahm ihn, was nicht hätte sein dürfen. Er hätte damals in das Feuer des nahegelegenen Orodruin geworfen werden sollen, wo er gemacht worden war. Aber wenige bemerkten, was Isildur tat. Er allein stand seinem Vater in dem letzten tödlichen Kampf bei; und Gil-galad standen nur Círdan und ich bei. Doch wollte Isildur auf unseren Rat nicht hören.

›Den will ich als Wergeld haben für meinen Vater und meinen Bruder‹, sagte er; und daher nahm er ihn, ob wir wollten oder nicht, zum Andenken. Doch bald wurde er durch den Ring betrogen und fand den Tod; und so wurde der Ring im Norden Isildurs Fluch genannt. Indes war der Tod vielleicht besser als das, was ihm sonst hätte widerfahren können.

Nur in den Norden gelangte diese Nachricht, und nur wenige erfuhren sie. Kein Wunder, daß Ihr nicht davon gehört habt, Boromir. Von dem Verhängnis auf den Schwertelfeldern, wo Isildur fiel, kamen nach langen Wanderungen über das Gebirge nur drei Mann zurück. Einer von ihnen war Ohtar, Isildurs Schildknappe, und er brachte die Bruchstücke von Elendils Schwert mit; er gab sie Valandil, Isildurs Erben, der, da er noch ein Kind war, in Bruchtal geblieben war. Aber Narsil war geborsten und sein Licht war ausgelöscht, und es ist bisher nicht wieder geschmiedet worden.

Fruchtlos nannte ich den Sieg des Letzten Bündnisses? Ganz so war es nicht, wenn auch das Ziel nicht erreicht wurde. Sauron war geschwächt, doch nicht vernichtet. Sein Ring war verloren, doch nicht zerstört. Der Schwarze Turm war geschleift, doch seine Grundmauern standen noch; denn sie waren mit der Macht des Ringes gebaut worden, und solange er da ist, bleiben sie erhalten. Viele Elben und viele mächtige Menschen und viele ihrer Freunde gingen im Kriege zugrunde. Anárion wurde erschlagen und Isildur wurde erschlagen; und Gil-galad und Elendil waren nicht mehr. Niemals wieder wird es ein solches Bündnis zwischen Elben und Menschen geben; denn die Menschen nehmen an Zahl zu, und die Erstgeborenen nehmen an Zahl ab, und die beiden Sippen sind einander entfremdet. Und seit jenem Tage ist das Geschlecht von Númenor kraftloser geworden, und seine Lebensspanne hat sich vermindert.

Nach dem Krieg und dem Gemetzel auf den Schwertelfeldern waren im Norden die Menschen von Westernis geschwächt, und ihre Stadt Annúminas am See Evendim fiel in Trümmer; und Valandils Erben zogen von dannen und lebten in Fornost an den Nordhöhen, und auch das liegt heute verlassen. Die Menschen nennen die Höhen Totendeich und fürchten sich, dort zu wandern. Denn das Volk von Arnor schwand dahin und wurde von seinen Feinden verschlungen, seine Herrschaft verging, und nichts blieb zurück als grüne Grabhügel auf den grasbewachsenen Bergen.

Im Süden hielt sich das Reich Gondor lange; und eine Zeitlang nahm sein Glanz zu und rief gleichsam die Macht von Númenor vor dessen Sturz in Erinnerung. Hohe Türme baute jenes Volk und starke Festen und Anfurten für viele Schiffe; und die geflügelte Krone der Könige der Menschen flößte Völkern vieler Zungen ehrfürchtige Scheu ein. Ihre Hauptstadt war Osgiliath, die Zitadelle der Sterne, durch deren Mitte der Strom floß. Und Minas Ithil bauten sie, die Feste des Aufgehenden Mondes, östlich auf einem Ausläufer des Schattengebirges; und westlich am Fuße des Weißen Gebirges errichteten sie Minas Anor, die Feste der Untergehenden Sonne. Dort in den Höfen des Königs wuchs ein weißer Baum aus dem Samen jenes Baumes, den Isildur über das tiefe Wasser gebracht hatte und dessen Samen früher aus Eressea gekommen war, und davor aus dem Äußersten Westen in der Zeit vor den Zeiten, als die Welt jung war.

Aber das Geschlecht von Meneldil, Anárions Sohn, starb aus im Laufe der flüchtigen Jahre von Mittelerde, und der Baum verdorrte, und das Blut der Númenorer vermischte sich mit dem von geringeren Menschen. Dann war die Wache auf den Mauern von Mordor nachlässig, und finstere Wesen krochen zurück nach Gorgoroth. Und eines Tages erschienen böse Geschöpfe und nahmen Minas Ithil und wohnten dort, und sie machten eine Stätte des Entsetzens daraus; und es wurde Minas Morgul genannt, die Feste der Magie. Dann wurde Minas Anor in Minas Tirith umbenannt, die Feste der Wachsamkeit; und diese beiden Städte führten immer gegeneinander Krieg. Doch Osgiliath, das zwischen ihnen lag, war verlassen, und in seinen Ruinen gingen Schatten um.

So ist es seit vielen Menschenleben gewesen. Doch die Herrscher von Minas Tirith kämpfen immer noch, trotzen unseren Feinden und halten den Fluß offen von Argonath bis zum Meer. Und jetzt endet der Teil der Geschichte, den ich erzählen wollte. Denn in den Tagen Isildurs verschwand der Beherrschende Ring, und niemand wußte etwas über ihn, und die Drei wurden frei von seinem

Einfluß. Doch nun in letzter Zeit sind sie wiederum in Gefahr, weil zu unserem Kummer der Eine wiedergefunden worden ist. Andere sollen darüber berichten, wie er gefunden wurde, denn ich habe dabei nur eine kleine Rolle gespielt.«

Er schwieg, und sofort erhob sich Boromir und stand groß und stolz vor ihnen. »Erlaubt mir, Herr Elrond«, sagte er, »zuerst noch etwas über Gondor zu sagen; denn ich komme wahrlich aus dem Lande Gondor. Und es wäre gut, wenn alle wüßten, was dort vor sich geht. Wenige, glaube ich, wissen von unseren Taten und ahnen kaum, in welcher Gefahr sie wären, wenn wir zuletzt unterlägen.

Glaubt nicht, daß im Lande Gondor das Blut von Númenor kraftlos sei oder all sein Stolz und seine Würde vergessen. Durch unsere Beherztheit wird dem wilden Volk des Ostens noch Einhalt geboten und der Schrecken von Mordor in Schach gehalten; und allein dadurch werden Frieden und Freiheit bewahrt in den Ländern hinter uns, die wir das Bollwerk des Westens sind. Aber wenn dem Feind die Übergänge über den Fluß in die Hände fallen, was dann?

Und diese Stunde ist jetzt vielleicht nicht mehr fern. Der Namenlose Feind hat sich wieder erhoben. Rauch steigt von neuem aus dem Orodruin auf, den wir Schicksalsberg nennen. Die Macht des Schwarzen Landes wächst, und wir sind schwer bedrängt. Als der Feind zurückkehrte, wurde unser Volk aus Ithilien vertrieben, unsrem schönen Gebiet östlich des Stroms, obwohl wir dort eine feste Stellung und bewaffnete Macht unterhielten. Doch in eben diesem Jahr, in den Tagen des Juni, wurden wir plötzlich von Mordor mit Krieg überzogen, und wir wurden hinweggefegt. Wir waren zahlenmäßig unterlegen, denn Mordor verbündete sich mit den Ostlingen und den grausamen Haradrim; doch nicht durch die Überzahl wurden wir besiegt. Es war eine Macht da, die wir früher nie gespürt hatten.

Manche sagen, man habe sie sehen können wie einen großen schwarzen Reiter, einen dunklen Schatten unter dem Mond. Wo immer er hinkam, wurden unsere Feinde von Raserei gepackt, doch Furcht befiel selbst die kühnsten unter uns, so daß Roß und Reiter zurückwichen und flohen. Nur ein Rest unserer Heere im Osten kehrte zurück und zerstörte die letzte Brücke, die noch inmitten der Trümmer von Osgiliath stand.

Ich gehörte zu der Schar, die die Brücke besetzt hielt, bis sie hinter uns zusammenbrach. Nur vier konnten sich schwimmend retten: mein Bruder und ich und zwei andere. Aber noch kämpften wir weiter und hielten das ganze westliche Ufer des Anduin; und jene, die hinter uns Schutz fanden, spenden uns Lob, wann immer sie unseren Namen hören: viel Lob, aber wenig Hilfe. Nur von Rohan werden noch Männer zu uns reiten, wenn wir rufen.

In dieser bösen Stunde habe ich viele gefährliche Wegstrecken zurückgelegt, um als Botschafter zu Elrond zu kommen: hundertundzehn Tage bin ich ganz allein unterwegs gewesen. Aber ich suche nicht Verbündete im Krieg. Elronds Macht beruht auf Weisheit, nicht auf Waffen, heißt es. Ich komme, um Rat zu erbitten und die Enträtselung schwieriger Wörter. Denn am Vorabend des plötzlichen Überfalls hatte mein Bruder in unruhigem Schlaf einen Traum; und später träumte er denselben Traum noch oft, und einmal auch ich.

In diesem Traum war mir, als würde der östliche Himmel dunkel und ein Unwetter zöge näher, doch stand im Westen noch ein bleiches Licht, und aus dem Licht hörte ich eine Stimme, fern, doch klar, die rief:

> Das Geborstne Schwert sollt ihr suchen,
>   Nach Imladris ward es gebracht,
> Dort soll euch Ratschlag werden,
>   Stärker als Morgul-Macht.
> Ein Zeichen soll euch künden,
>   Das Ende steht bevor,
> Denn Isildurs Fluch wird erwachen,
>   Und der Halbling tritt hervor.

Von diesen Worten verstanden wir wenig, und wir sprachen mit unserem Vater Denethor, dem Herrn von Minas Tirith, der beschlagen ist in Gondors Überlieferungen. Nur soviel war er bereit zu sagen, daß Imladris bei den Elben seit alters her der Name für ein Tal im hohen Norden war, in dem Elrond der Halbelbe lebte, der größte unter den Wissenden. Da mein Bruder sah, wie verzweifelt unsere Not war, wollte er auf den Traum hören und Imladris suchen; weil aber der Weg schwierig und gefährlich war, nahm ich die Fahrt auf mich. Ungern gab mein Vater seine Einwilligung, und lange bin ich gewandert über vergessene Straßen und habe Elronds Haus gesucht, von dem viele gehört hatten, aber wenige wußten, wo es liegt.«

»Und hier in Elronds Haus soll Euch mehr klar werden«, sagte Aragorn und stand auf. Er warf sein Schwert auf den Tisch, der vor Elrond stand, und die Klinge war in zwei Stücken. »Hier ist das Geborstene Schwert!« sagte er.

»Und wer seid Ihr, und was habt Ihr mit Minas Tirith zu schaffen?« fragte Boromir und blickte voll Staunen auf das hagere Gesicht des Waldläufers und seinen in Wind und Wetter verblichenen Mantel.

»Er ist Aragorn, Arathorns Sohn«, sagte Elrond, »und er stammt durch viele Vorväter ab von Isildur, Elendils Sohn, von Minas Ithil. Er ist das Haupt der Dúnedain des Nordens, und wenige sind jetzt noch übrig von diesem Volk.«

»Dann gehört er dir und gar nicht mir!« rief Frodo verblüfft aus und sprang auf die Füße, als ob er erwartete, der Ring würde ihm sofort abverlangt werden.

»Er gehört uns beiden nicht«, sagte Aragorn. »Doch ist bestimmt worden«, daß du ihn eine Zeitlang aufbewahren sollst.«

»Hole den Ring heraus, Frodo!« sagte Gandalf feierlich. »Die Zeit ist gekommen. Halte ihn hoch, und dann wird Boromir den Rest seines Rätsels verstehen.«

Es trat Stille ein, und aller Augen wandten sich Frodo zu. Er wurde plötzlich von Scham und Furcht überflutet; und er empfand ein großes Widerstreben, den Ring zu enthüllen, und einen Widerwillen, ihn zu berühren. Er wünschte, er wäre weit weg. Der Ring glänzte und glitzerte, als er ihn mit zitternder Hand hochhielt.

»Schaut!« sagte Elrond. »Isildurs Fluch!«

Der Rat von Elrond

Boromirs Augen blitzten, als er das Kleinod betrachtete. »Der Halbling!« murmelte er. »Ist also das Ende von Minas Tirith gekommen? Aber warum sollten wir dann ein geborstenes Schwert suchen?«

»Die Worte lauteten nicht *das Ende von Minas Tirith*«, sagte Aragorn. »Doch das Ende und große Taten stehen wahrlich bevor. Denn das Geborstne Schwert ist das Schwert Elendils, das unter ihm zerbrach, als er fiel. Es ist von seinen Erben wie ein Schatz gehütet worden, als alle anderen Erbstücke verlorengingen; denn seit alters her geht bei uns die Rede, daß es wieder neu geschmiedet werden soll, wenn der Ring, Isildurs Fluch, gefunden ist. Was wollt Ihr nun, nachdem Ihr das Schwert gesehen habt, das Ihr suchtet? Wollt Ihr, daß das Haus Elendil in das Land Gondor zurückkehrt?«

»Ich bin nicht ausgesandt worden, um irgendwelche Wohltaten zu erbitten, sondern um die Bedeutung eines Rätsels herauszufinden«, antwortete Boromir stolz. »Indes sind wir stark bedrängt, und Elendils Schwert wäre eine Hilfe, auf die wir kaum zu hoffen wagten – wenn so etwas tatsächlich aus den Schatten der Vergangenheit wiederkehren könnte.« Er blickte Aragorn von neuem an, und Zweifel stand in seinen Augen.

Frodo merkte, wie Bilbo an seiner Seite eine ungeduldige Bewegung machte. Offenbar war er ärgerlich um seines Freundes willen. Plötzlich stand er auf und machte seinem Herzen Luft:

> *Nicht alles, was Gold ist, funkelt,*
> *Nicht jeder, der wandert, verlorn,*
> *Das Alte wird nicht verdunkelt*
> *Noch Wurzeln der Tiefe erfrorn.*
> *Aus Asche wird Feuer geschlagen,*
> *Aus Schatten geht Licht hervor,*
> *Heil wird Geborstnes Schwert*
> *Und König, der die Krone verlor.*

»Vielleicht sind die Verse nicht sehr gut, aber zutreffend – wenn Elronds Wort Euch nicht genügt. Wenn es eine Fahrt von hundertzehn Tagen wert war, das zu hören, dann solltet Ihr wohl darüber nachdenken.« Er setzte sich wieder und schnaubte verächtlich.

»Das habe ich selbst verfaßt«, flüsterte er Frodo zu. »Für den Dúnadan, schon vor langer Zeit, als er mir zum erstenmal von sich erzählte. Ich wünschte fast, meine Abenteuer seien noch nicht zu Ende und ich könnte mit ihm gehen, wenn sein Tag kommt.«

Aragorn lächelte ihm zu; dann wandte er sich wieder an Boromir. »Was mich betrifft, so vergebe ich Euch Euren Zweifel«, sagte er. »Wenig Ähnlichkeit habe ich mit den Statuen von Elendil und Isildur, die in ihrer ganzen Majestät in Denethors Hallen stehen. Aber ich bin Isildurs Erbe, nicht Isildur selbst. Ich habe ein hartes Leben gehabt, und ein langes; und die Wegstunden, die zwischen hier und Gondor liegen, sind nur ein kleiner Bruchteil der Entfernungen, die ich zurückgelegt habe. Viele Gebirge und viele Flüsse habe ich überquert und so manche Ebene durchwandert bis zu so fernen Ländern wie Rhûn und Harad, wo die Sterne fremd sind.

Doch meine Heimat, wenn ich überhaupt eine habe, ist im Norden. Denn hier haben Valandils Erben seit vielen Generationen in ununterbrochener Folge von Vater zu Sohn immer gelebt. Unsere Tage haben sich verdunkelt und wir sind wenige geworden; doch immer ist das Schwert in neue Hände übergegangen. Und das will ich Euch sagen, Boromir, ehe ich ende. Einsame Männer sind wir, Waldläufer in der Wildnis, Jäger – aber gejagt haben wir immer die Diener des Feindes; denn sie sind an vielen Orten zu finden, nicht nur in Mordor.

Wenn Gondor, Boromir, eine tapfere Feste gewesen ist, dann haben wir eine andere Rolle gespielt. Viele böse Dinge gibt es, denen Eure starken Mauern und blitzenden Schwerter nicht Einhalt gebieten. Ihr wißt wenig von den Ländern jenseits Eurer Grenzen. Frieden und Freiheit, sagt Ihr? Der Norden hätte wenig Frieden und Freiheit gehabt, wenn wir nicht gewesen wären. Angst hätte diese Länder vernichtet. Aber wenn finstere Wesen aus den hauslosen Bergen kommen oder aus sonnenlosen Wäldern herauskriechen, dann fliehen sie vor uns. Welche Straßen würde man noch entlangzuziehen wagen, welche Sicherheit gäbe es in ruhigen Ländern oder nachts in den Häusern der einfachen Leute, wenn die Dúnedain nicht wachten oder wenn sie schon alle ins Grab gesunken wären?

Und doch ernten wir weniger Dank als Ihr. Wanderer betrachten uns mit Argwohn, und die Leute vom Lande geben uns verächtliche Namen. ›Streicher‹ bin ich für einen dicken Mann, der nur einen Tagesmarsch von Feinden entfernt lebt, die sein Herz erstarren lassen oder seine kleine Stadt in Trümmer legen würden, wenn er nicht unablässig beschirmt würde. Und doch möchten wir es nicht anders haben. Wenn einfältige Leute frei sind von Sorgen und Furcht, werden sie immer einfältig sein, und wir müssen im geheimen wirken, damit sie es bleiben. Das ist die Aufgabe meiner Familie gewesen, während die Jahre verstrichen und das Gras wuchs.

Aber jetzt ändert sich die Welt wieder einmal. Eine neue Stunde bricht an. Isildurs Fluch ist gefunden. Kampf steht uns bevor. Das Schwert soll neu geschmiedet werden. Ich werde nach Minas Tirith kommen.«

»Isildurs Fluch sei gefunden, sagt Ihr«, erwiderte Boromir. »Ich habe einen funkelnden Ring in des Halblings Hand gesehen; doch Isildur ist dahingeschieden, ehe dieses Zeitalter der Welt begann, heißt es. Woher wissen die Weisen, daß dieser Ring der seine ist? Und was ist dem Ring im Laufe der Jahre widerfahren, ehe er von einem so seltsamen Boten hierher gebracht wurde?«

»Das soll berichtet werden«, sagte Elrond.

»Aber jetzt noch nicht, möchte ich bitten, Herr«, sagte Bilbo. »Bald steht die Sonne im Mittag, und ich bedarf dringend einer Stärkung.«

»Ich hatte dich nicht genannt«, sagte Elrond lächelnd. »Doch tue ich es jetzt. Komm! Erzähle uns deine Geschichte. Und wenn du sie noch nicht in Verse gebracht hast, kannst du sie auch in schlichten Worten berichten. Je kürzer du dich faßt, um so eher wirst du dich stärken können.«

Der Rat von Elrond

»Sehr wohl«, sagte Bilbo. »Ich werde Eurem Wunsch entsprechen. Doch werde ich jetzt die wahre Geschichte erzählen, und falls einige hier gehört haben, daß ich sie einst anders erzählte« – und er warf Glóin einen versteckten Blick zu –, »dann bitte ich sie, es zu vergessen und mir zu vergeben. Damals wollte ich nur mein Eigentum an dem Schatz geltend machen und den Namen Dieb loswerden, der mir zugelegt worden war. Aber vielleicht verstehe ich die Dinge jetzt ein wenig besser. Folgendes ist jedenfalls geschehen.«

Manchen war Bilbos Geschichte völlig neu, und sie lauschten voll Verwunderung, während der alte Hobbit, keineswegs ungern, sein Abenteuer mit Gollum in aller Ausführlichkeit erzählte. Nicht ein einziges Rätsel ließ er aus. Er hätte sogar über seine Abschiedsfeier und sein Verschwinden aus dem Auenland berichtet, wenn er gedurft hätte; doch Elrond hob die Hand.

»Gut erzählt, mein Freund«, sagte er. »Aber das reicht jetzt. Im Augenblick genügt es zu wissen, daß der Ring auf Frodo übergegangen ist, deinen Erben. Laß ihn nun sprechen.«

Weniger bereitwillig als Bilbo schilderte Frodo dann alles, was sich abgespielt hatte seit dem Tage, als er den Ring erhalten hatte. Über jeden Schritt auf seiner Fahrt von Hobbingen bis zur Bruinen-Furt wurden an ihn Fragen gerichtet und Überlegungen angestellt, und alles, was er noch von den Schwarzen Reitern wußte, wurde erörtert. Schließlich setzte er sich wieder.

»Nicht schlecht«, sagte Bilbo zu ihm. »Du hättest eine gute Geschichte daraus gemacht, wenn sie dich nicht dauernd unterbrochen hätten. Ich habe versucht, mir ein paar Notizen zu machen, aber wir werden irgendwann alles noch einmal zusammen durchgehen müssen, wenn ich es aufschreiben soll. Das ist ja Stoff für ganze Kapitel, ehe du überhaupt hierher gekommen bist!«

»Ja, es ist eine ziemlich lange Erzählung geworden«, antwortete Frodo. »Aber mir kommt der Bericht noch nicht vollständig vor. Ich will noch eine ganze Menge wissen, besonders über Gandalf.«

Galdor von den Anfurten, der in der Nähe saß, hatte das gehört. »Das gilt auch für mich!« rief er. Er wandte sich an Elrond und sagte: »Die Weisen mögen guten Grund zu der Annahme haben, daß der Fund des Halblings wirklich der lang umstrittene Große Ring ist, so unwahrscheinlich es jenen vorkommen mag, die weniger wissen. Aber könnten wir nicht die Beweise hören? Und auch das möchte ich noch fragen: Was ist mit Saruman? Er ist ein großer Gelehrter der Ringkunde, und dennoch ist er nicht unter uns. Wie lautet sein Rat – wenn er die Dinge weiß, die wir gehört haben?«

»Die Fragen, die du stellst, Galdor, gehören zusammen«, sagte Elrond. »Ich hatte sie nicht übersehen, und sie sollen beantwortet werden. Doch diese Dinge zu erklären, ist Gandalfs Aufgabe. Und ich rufe ihn als letzten auf, denn das ist der Ehrenplatz, und in dieser ganzen Sache ist er der Anführer gewesen.«

»Manche, Galdor«, sagte Gandalf, »würden die Nachrichten von Glóin und Frodos Verfolgung als ausreichenden Beweis ansehen, daß der Fund des Halblings für den Feind von großem Wert ist.

Es ist zwar ein Ring. Aber welcher denn nun? Die Neun haben die Nazgûl. Die Sieben sind erbeutet oder vernichtet.« Bei diesen Worten machte Glóin eine Bewegung, sagte aber nichts. »Über die Drei wissen wir Bescheid. Welcher nun ist der, nach dem er solches Verlangen trägt?

Es ist wahrlich viel Zeit verstrichen zwischen dem Fluß und dem Gebirge, zwischen dem Verlust und dem Finden. Doch die Lücke im Wissen der Weisen ist endlich geschlossen worden. Allerdings zu langsam. Denn der Feind war uns dicht auf den Fersen, dichter, als ich erwartet hatte. Und es ist gut, daß er erst dieses Jahr, in diesem Sommer, wie es scheint, die volle Wahrheit erfuhr.

Einige hier werden sich erinnern, daß ich selbst es vor vielen Jahren wagte, die Schwelle des Geisterbeschwörers in Dol Guldur zu überschreiten, heimlich sein Tun und Lassen erforschte und auf diese Weise herausfand, daß unsere Befürchtungen zutrafen: er war niemand anders als Sauron, unser Feind seit alters her, der endlich wieder Gestalt annahm und Macht erhielt. Manche werden sich auch entsinnen, daß Saruman uns davon abriet, offen gegen ihn vorzugehen, und lange haben wir ihn nur beobachtet. Als indes sein Schatten wuchs, hat Saruman endlich nachgegeben, und der Rat zeigte seine Kraft und vertrieb das Böse aus Düsterwald – und das war gerade in dem Jahr, als dieser Ring gefunden wurde: ein seltsamer Zufall, wenn es ein Zufall war.

Aber wir waren zu spät dran, wie Elrond vorausgesehen hatte. Sauron hatte uns ebenfalls beobachtet und sich lange auf unseren Schlag vorbereitet; er hatte Mordor aus der Ferne über Minas Morgul regiert, wo seine Neun Diener wohnten, bis alles bereit war. Dann wich er vor uns zurück, aber er gab nur vor, zu fliehen, und bald darauf kam er zum Dunklen Turm und zeigte seinen wahren Charakter. Dann versammelte sich zum letztenmal der Rat; denn nun erfuhren wir, daß er immer eifriger nach dem Einen suchte. Wir fürchteten, daß er irgendwelche Nachrichten über ihn habe, von denen wir nichts wußten. Doch Saruman sagte: nein, und wiederholte, was er uns schon vorher gesagt hatte: daß der Eine niemals wieder in Mittelerde gefunden werden würde.

›Im schlimmsten Fall‹, sagte er, ›weiß unser Feind, daß wir ihn nicht haben und er immer noch vermißt wird. Aber was verloren wurde, kann gefunden werden, glaubt er. Fürchtet nichts! Seine Hoffnung wird ihn trügen. Habe ich diese Sache nicht gründlich erforscht? In den Großen Anduin ist er gefallen; und vor langer Zeit, als Sauron schlief, ist er den Fluß hinunter ins Meer gespült worden. Dort soll er liegen bis zum Ende.‹«

Gandalf schwieg und blickte von dem Söller gen Osten auf die fernen Gipfel des Nebelgebirges, zu deren Füßen die Gefahr der Welt so lange verborgen gewesen war. Er seufzte.

»Dann machte ich den Fehler«, sagte er. »Ich hatte mich einlullen lassen von den Worten Sarumans des Weisen; doch hätte ich früher nach der Wahrheit forschen sollen, dann wäre unsere Gefahr jetzt kleiner.«

»Wir alle machten den Fehler«, sagte Elrond, »aber wärest du nicht so wachsam gewesen, hätte uns die Dunkelheit vielleicht schon verschlungen. Doch sprich weiter.«

»Von Anfang an schwante mir nichts Gutes, obwohl ich keinen Grund dafür nennen konnte«, sagte Gandalf. »Und ich wollte wissen, wie dieses Ding zu Gollum gekommen war und wie lang er es besessen hatte. Deshalb stellte ich eine Wache auf, die ihn beobachten sollte, denn ich vermutete, daß er binnen kurzem aus seiner Dunkelheit hervorkommen und nach seinem Schatz suchen würde. Er kam, aber er entschlüpfte uns und wurde nicht gefunden. Und dann ließ ich die Sache leider ruhen, beobachtete nur und wartete ab, wie wir es allzu oft getan haben.

Die Zeit verstrich mit vielen Sorgen, bis meine Zweifel wieder erwachten und mich plötzlich Angst überkam. Woher stammte der Ring des Hobbits? Was sollte mit ihm geschehen, wenn meine Befürchtung sich bewahrheitete? Über diese Dinge mußte ich mir klarwerden. Doch sprach ich über meine Befürchtung noch mit niemandem, denn ich wußte, wie gefährlich eine geflüsterte Bemerkung zur unrichtigen Zeit sein konnte, wenn sie weitergegeben wurde. In all den langen Kriegen mit dem Dunklen Turm war Verrat immer unser größter Feind gewesen.

Das war vor siebzehn Jahren. Bald bemerkte ich, daß Späher aller Arten, selbst Tiere und Vögel, um das Auenland zusammengezogen wurden, und meine Furcht wuchs. Ich bat die Dúnedain um Hilfe, und ihre Wache wurde verstärkt; und Aragorn, dem Erben Isildurs, schüttete ich mein Herz aus.«

»Und ich«, sagte Aragorn, »gab den Rat, daß wir die Jagd nach Gollum aufnehmen sollten, obwohl es dafür vielleicht schon zu spät war. Und da es nur recht und billig zu sein schien, daß Isildurs Erbe sich bemühen sollte, Isildurs Fehler wiedergutzumachen, begab ich mich zusammen mit Gandalf auf die lange und hoffnungslose Suche.«

Dann erzählte Gandalf, wie sie ganz Wilderland ausgekundschaftet hatten, sogar bis hinunter zum Schattengebirge und den Bollwerken Mordors. »Dort hörten wir Gerüchte über ihn, und wir vermuten, daß er sich lange in den dunklen Bergen aufgehalten hat; aber wir fanden ihn niemals, und schließlich verzweifelte ich. Und dann in meiner Verzweiflung dachte ich wieder an eine Probe, die es vielleicht unnötig machen würde, Gollum zu finden. Der Ring selbst könnte vielleicht sagen, ob er der Eine sei. Mir fielen Worte wieder ein, die bei dem Rat gesprochen worden waren: Worte von Saruman, die damals nur halb beachtet worden waren. In meinem Herzen hörte ich sie jetzt deutlich.

›Die Neun, die Sieben und die Drei‹, sagte er, ›hatten alle einen eigenen Edelstein. Nicht aber der Eine. Er war rund und ohne Schmuck, als ob er einer der minderen Ringe sei; doch brachte sein Schöpfer Zeichen darauf an, die der Erfahrene vielleicht noch sehen und lesen kann.‹

Worin diese Zeichen bestanden, sagte er nicht. Wer sollte es jetzt wissen? Der Schöpfer des Ringes. Und Saruman? Doch so groß sein Wissen auch sein mag, es muß eine Quelle haben. In wessen Hand außer Saurons ist dieses Ding je gewesen, ehe es verlorenging? Nur in Isildurs Hand.

Mit diesem Gedanken gab ich die Jagd auf und begab mich rasch nach Gondor. In früheren Tagen waren die Angehörigen meines Ordens dort gut aufgenommen worden, doch am besten von allen Saruman. Oft ist er lange Zeit Gast der Herren der Stadt gewesen. Der Herr Denethor empfing mich weniger herzlich als früher, und nur ungern erlaubte er mir, seine vielen Schriftrollen und Bücher durchzusehen.

›Wenn Ihr, wie Ihr sagt, wirklich nur nach Aufzeichnungen aus alter Zeit und über die Anfänge der Stadt sucht, dann lest eben!‹ sagte er. ›Denn für mich ist das, was war, weniger dunkel als das, was kommen wird, und das ist meine Sorge. Doch sofern Ihr nicht größere Fähigkeiten habt als selbst Saruman, der lange hier geforscht hat, werdet Ihr nichts finden, was mir nicht wohlbekannt ist, denn ich bin Meister in den Überlieferungen dieser Stadt.‹

So sprach Denethor. Und doch befinden sich unter seinen Schätzen viele Aufzeichnungen, die heute nur noch wenige lesen können, selbst von den Weisen, denn ihre Schriftzeichen und Sprachen sind für die späteren Menschen dunkel geworden. Und dort in Minas Tirith, Boromir, liegt noch immer, ungelesen, wie ich glaube, von allen außer von Saruman und mir, seit die Könige vergingen, eine Schriftrolle, die Isildur selbst verfaßt hat. Denn Isildur ist nicht gleich nach dem Krieg in Mordor abgezogen, wie manche erzählt haben.«

»Manche im Norden vielleicht«, warf Boromir ein. »In Gondor wissen alle, daß er zuerst nach Minas Anor ging und eine Zeitlang bei seinem Neffen Meneldil blieb und ihn unterwies, ehe er ihm die Herrschaft über das Südliche Königreich übertrug. Damals pflanzte er dort den letzten Schößling des Weißen Baums zum Andenken an seinen Bruder.«

»Und damals verfaßte er auch diese Schriftrolle«, sagte Gandalf. »Dessen entsinnt man sich anscheinend in Gondor nicht. Diese Schriftrolle betrifft den Ring, und folgendes schrieb Isildur darin:

Der Große Ring soll jetzt ein Erbstück des Nördlichen Königreichs werden, doch Aufzeichnungen darüber sollen in Gondor bleiben, wo auch Erben Elendils weilen, damit nicht eine Zeit kommt, in der die Erinnerung an diese großen Dinge verblaßt.

Und nach diesen Worten beschrieb Isildur, wie der Ring war, als er ihn gefunden hatte.

Er war heiß, als ich ihn zuerst nahm, heiß wie glühende Kohle, und meine Hand war versenget, so daß ich bezweifele, ob ich jemals wieder von dem Schmerz befreiet werde. Doch jetzt, da ich schreibe, ist er abgekühlet und scheinet zu schrumpfen, obwohl er weder seine Schönheit noch seine Form verlieret. Die Schrift auf ihm, die zuerst klar war wie eine rote Flamme, verblasset schon und ist jetzt kaum mehr zu lesen. Sie hat die Form der Elbenschrift von Eregion, denn in Mordor haben sie keine Buchstaben für solche feine Arbeit; doch die Sprache ist mir unbekannt. Es wird die Sprache des Schwarzen Landes sein, denn sie ist gemein und grob. Was sie Böses besaget, weiß ich nicht; aber ich zeichne hier eine Abschrift auf, falls sie so verblasset, daß sie nicht mehr zu erkennen ist. Der Ring vermisset vielleicht die Hitze von Saurons Hand, die schwarz war und doch wie Feuer brannte, und so ging Gil-galad zu Grunde; und vielleicht, wenn das Gold wieder heiß gemachet würde, würde die Schrift wieder frisch. Doch ich für mein Teil will es nicht wagen, diesem Ring Schaden zuzufügen: von allen Werken

Der Rat von Elrond

Saurons ist es das einzig schöne. Es ist mir kostbar, obwohl ich es mit großen Schmerzen erwarb.

Als ich diese Worte las, war meine Aufgabe erfüllt. Denn die nachgezeichnete Schrift war wirklich, wie Isildur vermutete, in der Sprache von Mordor und den Dienern des Turms. Und was sie besagte, war bereits bekannt. Denn an dem Tag, als Sauron den Einen zuerst aufstreifte, gewahrte ihn Celebrimbor, der Schöpfer der Drei, und von ferne hörte er ihn diese Worte sprechen, und so wurden seine bösen Absichten enthüllt.

Sofort nahm ich Abschied von Denethor, doch gerade, als ich nach Norden ging, erhielt ich Botschaft aus Lórien, daß Aragorn dort vorbeigekommen war und daß er das Geschöpf mit Namen Gollum gefunden hatte. Daher wollte ich ihn zuerst treffen und seine Geschichte hören. In welche grausamen Gefahren er sich begeben hatte, wagte ich nicht zu erraten.«

»Darüber zu berichten, ist kaum nötig«, sagte Aragorn. »Wenn ein Mann unbedingt in Sicht des Schwarzen Tores wandern oder auf die tödlichen Blumen des Morgul-Tals treten muß, dann sind ihm die Gefahren sicher. Auch ich verzweifelte zuletzt und machte mich auf den Heimweg. Und dann stieß ich durch schieres Glück auf das, was ich suchte: die Spuren weicher Füße neben einem schlammigen Tümpel. Aber jetzt war die Spur frisch und hingehuscht, und sie führte nicht nach Mordor, sondern kam von dort. Ich folgte ihr den Rändern der Totensümpfe entlang, und dann hatte ich ihn. Er lauerte an einem sumpfigen Teich und starrte ins Wasser, als die Abenddämmerung hereinbrach, und da fing ich ihn, Gollum. Er war bedeckt mit grünem Schleim. Er wird mich niemals lieben, fürchte ich; denn er biß mich, und ich war nicht sanft. Nichts bekam ich je aus seinem Mund heraus als die Abdrücke seiner Zähne. Ich fand, es war der schlimmste Teil meiner ganzen Fahrt, dieser Weg zurück, als ich ihn Tag und Nacht bewachte, ihn vor mir gehen ließ mit einem Strick um den Hals und geknebelt, bis er zahm geworden war durch den Mangel an Essen und Trinken, und so trieb ich ihn vor mir her nach Düsterwald. Schließlich brachte ich ihn dorthin und übergab ihn den Elben, denn wir waren übereingekommen, daß das geschehen sollte; und ich war froh, seiner Gesellschaft ledig zu sein, denn er stank. Ich für mein Teil hoffe, ihn niemals wiederzusehen; aber Gandalf kam und ertrug eine lange Unterhaltung mit ihm.«

»Ja, eine lange und mühselige«, sagte Gandalf, »aber nicht ohne Gewinn. Zum Beispiel stimmte die Geschichte, die er mir über seinen Verlust erzählte, mit der überein, die Bilbo heute zum erstenmal öffentlich erzählt hat; aber das war ziemlich belanglos, weil ich es schon vermutet hatte. Dann aber erfuhr ich zum erstenmal, daß Gollums Ring aus dem Großen Fluß in der Nähe der Schwertelfelder gekommen war. Und ich erfuhr auch, daß er ihn lange besessen hatte. Viele Lebensalter seiner kleinen Gattung. Die Macht des Ringes hatte seine Jahre weit über ihre Lebensspanne verlängert; aber diese Macht besitzen nur die Großen Ringe.

Und wenn das noch nicht Beweis genug ist, Galdor, dann gibt es noch die andere Probe, von der ich gesprochen habe. Auf eben diesem Ring, den ihr hier gesehen habt, als er hochgehalten wurde, der rund und schmucklos ist, können die Buchstaben, von denen Isildur berichtete, immer noch gelesen werden, wenn einer die Willensstärke besitzt, das goldene Ding eine Weile ins Feuer zu legen. Das habe ich getan, und das habe ich gelesen:

> *Ash nazg durbatulûk, ash nazg gimbatul,*
> *ash nazg thrakatulûk agh burzum-ishi krimpatul.«*

Es war verblüffend, wie sich die Stimme des Zauberers verändert hatte. Sie wurde plötzlich drohend, machtvoll, hart wie Stein. Ein Schatten schien vor der im Mittag stehenden Sonne vorüberzuziehen, und der Söller wurde einen Augenblick dunkel. Alle zitterten, und die Elben hielten sich die Ohren zu.

»Niemals zuvor hat irgendeine Stimme gewagt, Wörter in jener Sprache in Imladris auszusprechen, Gandalf der Graue«, sagte Elrond, als sich der Schatten verzog und die Gesellschaft wieder atmete.

»Und wir wollen hoffen, daß niemand sie hier wieder sprechen wird«, antwortete Gandalf. »Dennoch bitte ich Euch nicht um Entschuldigung, Herr Elrond. Denn wenn jene Sprache nicht bald in allen Winkeln des Westens vernommen werden soll, dann müssen wir jeden Zweifel daran beseitigen, daß dieses Ding tatsächlich das ist, was die Weisen erklärt haben: der Schatz des Feindes, beladen mit all seiner Bosheit: und in ihm liegt ein großer Teil seiner einstmaligen Stärke. Aus den Schwarzen Jahren stammen die Worte, die die Schmiede von Eregion hörten, und dann wußten sie, daß sie betrogen worden waren:

> *Ein Ring, sie zu knechten, sie alle zu finden,*
> *ins Dunkel zu treiben und ewig zu binden.*

Wisset auch, meine Freunde, daß ich noch mehr von Gollum erfuhr. Er hat nur höchst ungern gesprochen, und seine Geschichte war unklar. Aber es ist über jeden Zweifel erhaben, daß er nach Mordor ging und ihm dort alles, was er wußte, abgepreßt worden ist. Daher weiß der Feind, daß der Eine gefunden ist und lange im Auenland war; und da seine Diener den Ring fast hier bis zu unserer Tür verfolgt haben, wird er auch bald wissen oder weiß vielleicht schon jetzt, da ich spreche, daß wir ihn hier haben.«

Alle saßen eine Weile still da, bis schließlich Boromir fragte: »Er ist ein kleines Geschöpf, dieser Gollum, sagt Ihr? Klein, aber groß im Unheilstiften. Was ist aus ihm geworden? Welches Schicksal habt Ihr ihm bereitet?«

»Er ist im Gefängnis, aber weiter auch nichts«, sagte Aragorn. »Er hat viel gelitten. Es besteht kein Zweifel, daß er gefoltert worden ist, und die Furcht vor Sauron bedrückt sein Herz. Ich für mein Teil bin froh, daß er dingfest ist unter den wachsamen Augen der Elben von Düsterwald. Seine Bosheit ist groß und verleiht ihm eine Stärke, die schier unglaublich ist bei einem so mageren und verschrumpelten Geschöpf. Er könnte noch viel Unheil stiften, wenn er frei wäre. Und ich bin sicher, daß er nur Erlaubnis erhielt, Mordor zu verlassen, um einen bösen Auftrag auszuführen.«

»Oh weh!« rief Legolas, und sein schönes Elbengesicht war sehr bekümmert. »Die Nachricht, die zu überbringen ich ausgesandt wurde, muß nun ausgesprochen werden. Es ist keine gute Nachricht, doch habe ich erst hier erkannt, wie schlimm sie den Anwesenden erscheinen muß. Sméagol, der jetzt Gollum genannt wird, ist entkommen.«

»Entkommen?« rief Aragorn. »Das ist fürwahr eine schlechte Nachricht. Wir alle werden sie noch bitterlich verwünschen, fürchte ich. Wie kam es, daß Thranduils Volk seine Pflicht versäumte?«

»Nicht durch mangelnde Wachsamkeit«, sagte Legolas; »doch vielleicht durch zu viel Freundlichkeit. Und wir fürchten, daß der Gefangene Hilfe von anderen bekam und daß mehr von unserem Tun und Lassen bekannt geworden ist, als uns lieb sein kann. Wir bewachten dieses Geschöpf Tag und Nacht, wie Gandalf es angeordnet hatte, obschon wir der Aufgabe bald überdrüssig waren. Doch Gandalf hieß uns immer noch auf seine Heilung hoffen, und wir brachten es nicht übers Herz, ihn immer in unterirdischen Verliesen zu lassen, wo er wieder in seine schwarzen Gedanken zurückfallen würde.«

»Ihr wart weniger rücksichtsvoll zu mir«, sagte Glóin, und seine Augen blitzten, als er sich seiner eigenen Gefangenschaft in den tiefen Gewölben unter den Hallen der Elbenkönige erinnerte.

»Schon gut!« sagte Gandalf. »Bitte unterbrecht uns nicht, mein guter Glóin. Das war damals ein bedauerliches Mißverständnis, das längst aufgeklärt ist. Wenn all der Groll, den Elben und Zwerge gegeneinander hegen, hier vorgebracht werden soll, dann können wir gleich auf den Rat verzichten.«

Glóin stand auf und verbeugte sich, und Legolas fuhr fort. »Bei schönem Wetter führten wir Gollum in den Wald, und dort kletterte er gern auf einen hohen Baum, der für sich weit von den anderen stand. Oft ließen wir ihn bis zu den höchsten Ästen hinaufklimmen, bis er den freien Wind spüren konnte. Doch stellten wir am Fuß des Baumes eine Wache auf. Eines Tages weigerte er sich, herunterzukommen, und die Wachposten hatten keine Lust, ihm nachzuklettern; denn er hatte den Trick gelernt, sich mit den Füßen wie auch mit den Händen an den Zweigen festzuklammern; so saßen sie bis tief in die Nacht unter dem Baum.

Es war eben jene Sommernacht, allerdings mondlos und sternlos, in der uns unvermutet die Orks überfielen. Wir vertrieben sie nach einiger Zeit; es waren ihrer viele, und sie kämpften wütend, doch waren sie von jenseits des Gebirges gekommen und den Wald nicht gewohnt. Als der Kampf vorüber war, stellten wir fest, daß Gollum fort war, und seine Wachen waren erschlagen oder gefangengenommen. Dann wurde uns klar, daß der Angriff zu seiner Befreiung unternommen worden war, und daß er vorher davon gewußt hatte. Wie dieser Plan geschmiedet worden war, ahnen wir nicht; doch ist Gollum listig, und der Späher des Feindes sind viele. Die finsteren Geschöpfe, die in dem Jahr vertrieben wurden, als der Drachen besiegt wurde, sind in großer Zahl zurückgekehrt, und Düsterwald ist wieder ein böser Ort, mit Ausnahme unseres Reichs.

Es ist uns nicht gelungen, Gollum wieder einzufangen. Wir fanden seine Spur zwischen den Spuren von vielen Orks, und sie führte tief in den Wald hinein in südlicher Richtung. Doch es dauerte nicht lange, und wir verloren sie, und wir wagten nicht, die Jagd fortzusetzen, denn wir kamen in die Nähe von Dol Guldur, und das ist immer noch ein sehr böser Ort; wir gehen diesen Weg nicht.«

»Nun wohl«, sagte Gandalf. »Er ist fort. Und wir haben keine Zeit, noch einmal nach ihm zu suchen. Er muß tun, was er will. Doch könnte es sein, daß er noch eine Rolle zu spielen hat, die weder er noch Sauron vorausgesehen haben.

Und jetzt will ich Galdors weitere Fragen beantworten. Wie steht es mit Saruman? Was bedeuten uns seine Ratschläge in dieser Not? Diese Geschichte muß ich ganz erzählen, denn allein Elrond hat sie bisher gehört, und auch nur kurz; doch wird sie sich auf alles auswirken, was wir beschließen müssen. Sie ist das letzte Kapitel der Erzählung des Ringes, soweit sie bis jetzt geht.

Ende Juni war ich im Auenland, aber mein Herz war von Furcht bedrückt, und ich ritt zur Südgrenze des kleinen Landes; denn ich hatte eine Vorahnung von irgendeiner Gefahr, die mir noch verborgen war, die sich aber näherte. Dort erhielt ich Botschaften über Krieg und Niederlage in Gondor, und als ich von dem Schwarzen Schatten hörte, überfiel mich ein Schauer. Aber ich fand nichts außer einigen Flüchtlingen aus dem Süden; und doch schien mir, daß sie von einer Furcht erfüllt waren, über die sie nicht sprechen konnten. Ich wandte mich dann nach Osten und Norden und ritt über den Grünweg; und nicht weit von Bree traf ich einen Reiter, der auf einer Böschung an der Straße saß, und sein Pferd graste neben ihm. Es war Radagast der Braune, der einstmals in Rhosgobel gewohnt hatte, nahe den Grenzen von Düsterwald. Er gehört meinem Orden an, doch hatte ich ihn viele Jahre nicht gesehen.

›Gandalf!‹ rief er. ›Dich suche ich. Aber ich bin fremd in diesen Gegenden. Ich wußte nur, daß du in einem wilden Gebiet mit dem merkwürdigen Namen Auenland zu finden seiest.‹

›Deine Vermutung war richtig‹, sagte ich. ›Aber drücke dich nicht so aus, wenn du einen der Einheimischen triffst. Du bist jetzt nahe den Grenzen des Auenlands. Und was willst du von mir? Es muß dringend sein. Du warst nie ein Wanderer, es sei denn, von großer Not getrieben.‹

›Ich habe einen dringenden Auftrag‹, sagte er. ›Ich bringe schlechte Nachrichten.‹ Dann schaute er sich um, als ob die Hecken Ohren hätten. ›Nazgûl‹, flüsterte er. ›Die Neun sind wieder unterwegs. Heimlich haben sie den Fluß überschritten und ziehen nach Westen. Sie haben sich als schwarze Reiter verkleidet.‹

Nun war mir klar, was ich befürchtet hatte, ohne es zu wissen.

›Der Feind muß in großer Not sein oder eine große Absicht haben‹, sagte Radagast. ›Doch was ihn veranlaßt, sich um diese entlegenen und verlassenen Gegenden zu kümmern, kann ich nicht erraten.‹

›Was meinst du damit?‹ fragte ich.

›Man hat mir gesagt, daß die Reiter, wo immer sie hinkommen, sich nach einem Land, genannt Auenland, erkundigen.‹

›*Das* Auenland‹, sagte ich; aber mein Herz wurde schwer. Denn selbst die

Weisen mögen sich davor fürchten, den Neun Widerstand zu leisten, wenn sie sich unter ihrem grausamen Anführer sammeln. Ein großer König und Hexenmeister war er einstmals, und jetzt verbreitet er eine tödliche Furcht. ›Wer hat dir das gesagt und wer hat dich ausgesandt?‹ fragte ich.

›Saruman der Weiße‹, antwortete Radagast. ›Und er trug mir auf, dir zu sagen, daß er helfen will, wenn du dessen bedarfst; aber du mußt seine Hilfe sofort erbitten, sonst ist es zu spät.‹

Und diese Botschaft gab mir Hoffnung. Denn Saruman der Weiße ist der Größte meines Ordens. Radagast ist gewiß ein ehrenwerter Zauberer, ein Meister der Gestalten und Farbverwandlungen; und er hat große Kenntnisse von Kräutern und Tieren, und Vögel sind seine besondern Freunde. Aber Saruman hat lange die Künste des Feindes selbst erforscht, und so war es uns oft möglich, ihm zuvorzukommen. Nach Sarumans Plänen haben wir ihn von Dol Guldur vertrieben. Es hätte sein können, daß er irgendwelche Waffen gefunden hatte, die die Neun abzuwehren vermochten.

›Ich werde zu Saruman gehen‹, sagte ich.

›Dann mußt du *gleich* gehen‹, sagte Radagast. ›Denn ich habe viel Zeit gebraucht, dich zu finden, und die Tage werden knapp. Mir wurde gesagt, ich sollte dich vor dem Mittsommer finden, und das ist jetzt. Selbst wenn du dich auf der Stelle aufmachst, wirst du ihn kaum erreichen, ehe die Neun das Land entdecken, das sie suchen. Ich selbst werde gleich zurückkehren.‹ Und damit stieg er auf und wollte sofort losreiten.

›Warte einen Augenblick‹, sagte ich. ›Wir werden deine Hilfe brauchen und die Hilfe aller Geschöpfe, die sie gewähren wollen. Schicke Botschaften an alle Tiere und Vögel, die deine Freunde sind. Sage ihnen, sie sollen Nachricht geben über alles, was in dieser Angelegenheit für Saruman und Gandalf wichtig ist. Laß Botschaften nach Orthanc schicken.‹

›Das will ich tun‹, sagte er und stob von dannen, als ob die Neun hinter ihm her wären.

Ich konnte ihm nicht gleich folgen. Ich war an diesem Tage schon sehr weit geritten, und ich war ebenso müde wie mein Pferd. Und ich mußte die Dinge überdenken. Ich blieb die Nacht in Bree und kam zu dem Schluß, daß mir keine Zeit bliebe, ins Auenland zurückzukehren. Nie habe ich einen größeren Fehler gemacht!

Allerdings schrieb ich eine Botschaft für Frodo und verließ mich darauf, daß mein Freund, der Gastwirt, sie ihm schicken würde. Bei Morgengrauen ritt ich davon, und schließlich kam ich zu Sarumans Behausung. Das ist weit im Süden in Isengart, am Ende des Nebelgebirges, nicht weit von der Pforte von Rohan. Und Boromir wird euch bestätigen, daß das ein großes, offenes Tal ist, das zwischen dem Nebelgebirge und den nördlichsten Ausläufern von Ered Nimrais liegt, des Weißen Gebirges seiner Heimat. Aber Isengart ist ein Kranz steiler Felsen, die das Tal wie eine Mauer umschließen, und in der Mitte dieses Tals steht ein Turm aus Stein, genannt Orthanc. Er ist nicht von Saruman erbaut worden, sondern vor langer Zeit von den Menschen von Númenor; und er ist sehr hoch und hat viele

Geheimnisse; doch sieht er nicht aus wie eine Festung. Er kann nur über den Felsenring von Isengart erreicht werden; und in diesem Felsenring gibt es nur ein Tor.

Eines Abends kam ich spät zu dem Tor, das wie ein großer Bogen in der Felswand ist; und es wird streng bewacht. Aber die Torhüter hielten schon nach mir Ausschau und sagten mir, Saruman erwarte mich. Ich ritt unter dem Bogen durch, und das Tor schloß sich leise hinter mir, und plötzlich hatte ich Angst, obwohl ich keinen Grund dafür wußte.

Und ich ritt bis zum Fuß des Orthanc und gelangte zu Sarumans Schwelle; und dort kam er mir entgegen und führte mich hinauf in sein hochgelegenes Zimmer. Er trug einen Ring am Finger.

›So bist du also gekommen, Gandalf‹, sagte er ernst. Doch in seinen Augen schien ein weißes Licht zu leuchten, als ob ein kaltes Lachen in seinem Herzen sei.

›Ja, ich bin gekommen‹, sagte ich. ›Ich bin gekommen, um dich um Hilfe zu bitten, Saruman der Weiße.‹ Und dieser Titel schien ihn zu ärgern.

›So, wirklich, Gandalf der *Graue*!‹ spottete er. ›Um Hilfe? Man hat selten davon gehört, daß Gandalf der Graue um Hilfe bittet, er, der so listig und so weise ist, durch die Lande wandert und sich in alle Angelegenheiten einmischt, ob sie ihn etwas angehen oder nicht.‹

Ich sah ihn verwundert an. ›Wenn ich mich nicht täusche‹, sagte ich, ›sind jetzt Dinge im Gange, die erfordern, daß wir alle unsere Kräfte vereinigen.‹

›Das mag schon sein‹, sagte er. ›Doch der Gedanke kommt dir spät. Wie lange, frage ich mich, hast du mir, dem Haupt des Rates, eine Sache von höchster Wichtigkeit verheimlicht? Was führt dich jetzt her von deinem Schlupfwinkel im Auenland?‹

›Die Neun sind wieder zum Vorschein gekommen‹, antwortete ich. ›Sie haben den Fluß überschritten. So sagte mir Radagast.‹

›Radagast der Braune!‹ lachte Saruman, und er verbarg seinen Hohn nicht länger. ›Radagast der Vogelbändiger! Radagast der Einfältige! Radagast der Narr! Immerhin hatte er gerade genug Verstand, um die Rolle zu spielen, die ich ihm zugedacht hatte. Denn du bist gekommen, und das war der ganze Zweck meiner Botschaft. Und hier wirst du bleiben, Gandalf der Graue, und dich von deinen Fahrten ausruhen. Denn ich bin Saruman der Weise, Saruman der Ringmacher, Saruman der Vielfarbige!‹

Ich sah ihn an und bemerkte, daß sein Gewand, das mir weiß erschienen war, es gar nicht war, sondern aus allen Farben gewirkt war, und wenn er sich bewegte, dann schimmerten und schillerten sie, daß es das Auge verwirrte.

›Mir gefällt weiß besser‹, sagte ich.

›Weiß!‹ höhnte er. ›Das ist für den Anfang gut. Weißer Stoff kann gefärbt werden. Das weiße Blatt kann beschrieben werden; und das weiße Licht kann gebrochen werden.‹

›Dann ist es aber nicht länger weiß‹, sagte ich. ›Und derjenige, der etwas zerbricht, um herauszufinden, was es ist, hat den Pfad der Weisheit verlassen.‹

›Mit mir brauchst du nicht zu reden wie mit einem der Narren, die du zu Freunden hast‹, sagte er. ›Ich habe dich nicht hierher kommen lassen, um von dir belehrt zu werden, sondern um dich vor die Wahl zu stellen.‹

Dann richtete er sich stolz auf und begann draufloszureden, als ob er eine lange einstudierte Rede hielte. ›Die Tage der Altvorderen sind vorbei. Die Mittleren Tage vergehen. Die Tage der Jüngeren beginnen. Die Zeit der Elben ist vorüber, aber unsere Zeit ist nahe: die Welt der Menschen, die wir beherrschen müssen. Aber wir müssen Macht haben, Macht, alle Dinge zu ordnen, wie wir wollen, für jenes Wohl, das nur die Weisen erkennen können.

Und höre, Gandalf, mein alter Freund und Helfer!‹ fuhr er fort, kam näher zu mir heran und sprach jetzt mit einer sanfteren Stimme. ›Ich sagte *wir*, denn *wir* mögen es sein, wenn du dich mir anschließt. Eine neue Macht steigt auf. Gegen sie werden uns die alten Verbündeten und Verfahren gar nichts nützen. Es besteht keine Hoffnung mehr für Elben und sterbende Númenorer. Das also ist die Wahl, vor die du oder wir gestellt sind. Wir können uns dieser Macht anschließen. Es wäre klug, Gandalf. Auf diese Weise besteht Hoffnung. Ihr Sieg ist nahe; und reichen Lohn werden diejenigen erhalten, die ihr geholfen haben. Wenn die Macht wächst, werden ihre erprobten Freunde auch wachsen. Und die Weisen wie du und ich werden mit Geduld schließlich so weit kommen, daß wir ihr Verhalten lenken, sie kontrollieren. Wir können den rechten Augenblick abwarten, wir können unsere Gedanken in unseren Herzen verschließen, vielleicht das Böse, das nebenher angerichtet wird, beklagen, doch das hohe und letzte Ziel billigen: Wissen, Herrschaft, Ordnung; alle diese Dinge, die zu erreichen wir uns bisher vergeblich bemüht haben, eher gehindert als unterstützt durch unsere schwachen und untätigen Freunde. Unsere Absichten brauchen sich nicht wirklich zu ändern und würden sich auch nicht ändern, nur unsere Mittel.‹

›Saruman‹, sagte ich, ›Reden dieser Art habe ich schon früher gehört, aber aus dem Munde von Abgesandten aus Mordor, die geschickt wurden, um die Unwissenden zu täuschen. Ich kann mir nicht vorstellen, daß du mich von so weit her hast kommen lassen, nur um meine Ohren zu ermüden.‹

Er warf mir einen versteckten Blick zu und überlegte eine Weile. ›Gut, ich sehe, daß dieses kluge Vorgehen dir nicht empfehlenswert erscheint‹, sagte er. ›Noch nicht? Nicht, wenn ein besserer Weg ersonnen werden kann?‹

Er trat auf mich zu und legte seine lange Hand auf meinen Arm. ›Und warum nicht, Gandalf?‹ flüsterte er. ›Warum nicht? Der Beherrschende Ring? Wenn wir über ihn verfügen, würde die Macht auf *uns* übergehen. Das ist der wahre Grund, warum ich dich habe herkommen lassen. Denn in meinem Dienst stehen viele Augen, und ich glaube, daß du weißt, wo das kostbare Stück jetzt ist. Stimmt es nicht? Oder warum tragen die Neun nach dem Auenland, und was hast du dort zu schaffen?‹ Als er das sagte, flackerte plötzlich eine Gier, die er nicht verbergen konnte, in seinen Augen auf.

›Saruman‹, sagte ich und wich vor ihm zurück, ›nur eine Hand jeweils kann den Ring tragen, und das weißt du sehr wohl, also spare dir die Mühe, *wir* zu sagen! Aber ich würde ihn dir nicht geben, nein, nicht einmal Nachricht über ihn würde ich dir geben, nun, da ich weiß, was du im Sinne hast. Du warst das Haupt des Rates, aber du hast endlich dein wahres Gesicht gezeigt. Die Wahl, vor die ich gestellt bin, scheint darin zu bestehen, mich entweder Sauron zu unterwerfen oder dir. Keins von beiden werde ich tun. Hast du noch anderes zu bieten?‹

Er war jetzt kalt und gefährlich. ›Ja‹, sagte er. ›Ich habe nicht erwartet, daß du Weisheit erkennen lassen würdest, nicht einmal zu deinem eigenen Vorteil; doch habe ich dir die Möglichkeit geboten, mir freiwillig zu helfen und dir damit viel Ärger und Pein zu ersparen. Die dritte Möglichkeit ist die, hierzubleiben bis zum Ende.‹

›Bis zu welchem Ende?‹

›Bis du mir offenbarst, wo der Eine zu finden ist. Es mag Mittel und Wege geben, dich zur Vernunft zu bringen. Oder bis er dir zum Trotz gefunden ist und der Gebieter Zeit hat, sich weniger gewichtigen Dingen zuzuwenden: sich eine, sagen wir, passende Belohnung für die Behinderung und Unverschämtheit von Gandalf dem Grauen auszudenken.‹

›Das mag sich als keins der weniger gewichtigen Dinge erweisen‹, sagte ich. Er lachte mich aus, denn meine Worte waren leeres Gerede, und er wußte es.

Sie nahmen mich und setzten mich allein auf die Zinne von Orthanc, dorthin, wo Saruman gewöhnlich die Sterne beobachtete. Es gibt keinen Abstieg außer über eine schmale Treppe von vielen tausend Stufen, und das Tal darunter schien weit entfernt. Ich schaute hinunter und sah, daß es, während es früher grün und schön gewesen, jetzt voller Gruben und Schmieden war. Wölfe und Orks hausten in Isengart, denn Saruman stellte in eigener Sache eine große Streitmacht auf, wetteifernd mit Sauron und noch nicht in seinem Dienst. Über all seinen Werkstätten lagerte dichter Rauch und hüllte sogar die Flanken des Orthanc ein. Ich stand allein auf einer Insel in den Wolken; und ich hatte keine Fluchtmöglichkeit, und meine Tage waren bitter. Es war schneidend kalt, und ich hatte nur wenig Raum, um auf- und abzuschreiten, wenn ich darüber nachgrübelte, daß die Reiter in den Norden kamen.

Daß die Neun in der Tat wieder umgingen, dessen war ich sicher, ganz abgesehen von Sarumans Worten, die Lügen sein konnten. Lange, ehe ich nach Isengart gekommen war, hatte ich nämlich unterwegs Nachrichten erhalten, die nicht falsch sein konnten. Ich bangte um meine Freunde im Auenland; doch hatte ich immer noch Hoffnung. Ich hoffte, daß Frodo sich sofort aufgemacht hätte, wie mein Brief verlangt hatte, und daß er Bruchtal erreicht hätte, ehe die tödliche Verfolgung begann. Und sowohl meine Furcht als auch meine Hoffnung erwiesen sich als unbegründet. Denn meine Hoffnung gründete sich auf einen dicken Mann in Bree; und meine Furcht gründete sich auf Saurons Listigkeit. Aber dicke Männer, die Bier verkaufen, müssen vielen Bestellungen nachkommen; und Saurons Macht ist immer noch geringer, als die Furcht uns glauben läßt. Doch im Felsenring von Isengart, gefangen und allein, war es nicht einfach, sich vorzustellen, daß die Jäger, vor denen alle flohen oder ihnen sich unterwarfen, im weit entfernten Auenland scheitern sollten.«

»Ich habe dich gesehen!« rief Frodo. »Du bist immer hin und her gegangen. Der Mond schimmerte auf deinem Haar.«

Gandalf hielt erstaunt inne und sah ihn an. »Es war nur ein Traum«, sagte Frodo. »Er ist mir gerade wieder eingefallen. Ich hatte ihn ganz vergessen. Es ist einige Zeit her, daß ich das träumte; nachdem ich das Auenland verlassen hatte, glaube ich.«

»Das war dann reichlich spät, wie du gleich sehen wirst. Ich war in einer üblen Lage. Und wer mich kennt, wird zugeben, daß ich selten in solcher Not gewesen war und ein derartiges Mißgeschick nicht gut ertrage. Gandalf der Graue wie eine Fliege im verräterischen Netz einer Spinne! Doch selbst bei den tückischen Spinnen mag es einen schwachen Faden geben.

Zuerst fürchtete ich, was Saruman zweifellos beabsichtigt hatte, daß auch Radagast umgefallen sei. Doch hatte ich, als wir uns trafen, in seiner Stimme oder seinen Augen keinerlei Anzeichen gemerkt, daß etwas nicht stimmte. Sonst wäre ich nicht nach Isengart gegangen oder wäre vorsichtiger gewesen. Das hatte Saruman vermutet, und deshalb hatte er seine Absichten verheimlicht und seinen Boten getäuscht. Es wäre sowieso zwecklos gewesen, wenn er versucht hätte, den ehrlichen Radagast für eine Verräterei zu gewinnen. Radagast suchte in gutem Glauben nach mir, und deshalb hatte ich auf ihn gehört.

Daran scheiterte Sarumans schnöder Plan. Denn Radagast hatte keinen Grund, nicht zu tun, worum ich ihn gebeten hatte; und er ritt nach Düsterwald, wo er viele alte Freunde hatte. Und die Adler des Gebirges flogen überallhin und sahen viele Dinge: das Sammeln der Wölfe und die Anwerbung der Orks; und die Neun Reiter, die hierhin und dorthin durch die Lande zogen; und sie hörten von Gollums Flucht. Und sie schickten einen Boten aus, der mir diese Nachrichten überbringen sollte.

So geschah es, daß in einer mondhellen Nacht, als der Sommer sich neigte, Gwaihir, der Herr der Winde, der schnellste der Großen Adler, unerwartet nach Orthanc kam; und er fand mich auf der Zinne stehend. Dann sprach ich mit ihm, und er trug mich davon, ehe Saruman es bemerkte. Ich war schon weit von Isengart, als die Wölfe und Orks aus dem Tor herausströmten, um mich zu verfolgen.

›Wie weit kannst du mich tragen?‹ fragte ich Gwaihir.

›Viele Wegstunden‹, antwortete er. ›Aber nicht ans Ende der Welt. Ich war ausgesandt, Nachrichten zu überbringen, nicht Lasten zu tragen.‹

›Dann muß ich ein Roß auf der Erde haben‹, sagte ich, ›und zwar ein ungemein schnelles Roß, denn nie zuvor habe ich Eile so bitter nötig gehabt.‹

›Dann werde ich dich nach Edoras bringen, wo der Herr von Rohan in seinen Hallen sitzt‹, sagte er. ›Denn das ist nicht weit.‹ Und ich war froh, denn in der Riddermark von Rohan wohnen die Rohirrim, die Herren der Rösser, und es gibt keine Pferde wie jene, die in dem großen Tal zwischen dem Nebelgebirge und dem Weißen Gebirge gezüchtet werden.

›Glaubst du, daß man den Menschen von Rohan noch trauen kann?‹ fragte ich Gwaihir, denn Sarumans Verrat hatte meinen Glauben erschüttert.

›Sie entrichten Tribut in Form von Pferden‹, antwortete er, ›und schicken jährlich viele nach Mordor, oder jedenfalls heißt es so; doch noch sind sie nicht unterjocht. Aber wenn Saruman böse geworden ist, wie du sagst, dann kann sich ihr Schicksal nicht lange verzögern.‹

Er setzte mich vor dem Morgengrauen im Lande Rohan ab; aber ich habe meine Geschichte allzusehr ausgedehnt. Der Rest muß kürzer sein. In Rohan fand ich das Böse bereits am Werk: Sarumans Lügen; und der König des Landes wollte auf meine Warnungen nicht hören. Er hieß mich ein Pferd nehmen und davonreiten; und ich traf eine Wahl, die mir sehr gefiel, aber ihm weniger. Ich nahm das beste Pferd in seinem Land, und niemals habe ich eins gesehen, das ihm gleichkam.«

»Dann muß es wirklich ein edles Tier sein«, sagte Aragorn. »Und es bekümmert mich mehr als viele Nachrichten, die schlimmer zu sein scheinen, daß Sauron solchen Tribut erhebt. Es war nicht so, als ich zuletzt in jenem Lande war.«

»Und auch jetzt ist es nicht so, das will ich beschwören«, sagte Boromir. »Es ist eine Lüge, die der Feind ausstreut. Ich kenne die Menschen von Rohan, sie sind treu und tapfer, unsere Verbündeten, und sie wohnen noch in den Landen, die wir ihnen einstmals gaben.«

»Mordors Schatten liegt auf weit entfernten Ländern«, antwortete Aragorn. »Saruman ist ihm erlegen. Rohan wird bedrängt. Wer weiß, was Ihr finden werdet, wenn Ihr jemals dorthin zurückkehrt?«

»Zumindest das nicht«, sagte Boromir, »daß sie ihr Leben mit Pferden erkaufen. Nächst ihren Blutsverwandten lieben sie ihre Pferde. Und nicht ohne Grund, denn die Pferde der Riddermark kommen von den Feldern des Nordens, weit entfernt von dem Schatten, und ihre Rasse stammt wie das Geschlecht ihrer Herren aus den freien Tagen von einst.«

»So ist es führwahr«, sagte Gandalf. »Und eines ist unter ihnen, das hätte in der Morgendämmerung der Welt geboren sein können. Die Pferde der Neun können sich nicht mit ihm messen; unermüdlich und schnell wie der Wind. Schattenfell nannten sie es. Bei Tage schimmert sein Fell wie Silber; und bei Nacht ist es wie ein Schatten und eilt ungesehen dahin. Leicht ist sein Schritt. Niemals zuvor hatte ein Mann es geritten, doch ich nahm es und zähmte es; und so geschwind trug es mich, daß ich ins Auenland kam, als Frodo auf den Hügelgräberhöhen war, obwohl ich erst von Rohan aufgebrochen war, als er von Hobbingen aufbrach.

Aber meine Angst wuchs, während ich ritt. Überall im Norden hörte ich von den Reitern, und obwohl ich ihnen von Tag zu Tag näher kam, waren sie mir doch immer voraus. Sie hatten sich verteilt, wie ich erfuhr: einige blieben an der Ostgrenze, nicht weit vom Grünweg, und einige drangen vom Süden her ins Auenland ein. Ich kam nach Hobbingen, und Frodo war fort; doch wechselte ich ein paar Worte mit dem alten Gamdschie; viele Worte und wenig zur Sache. Er hatte viel zu sagen über die mißlichen Eigenschaften der neuen Eigentümer von Beutelsend.

›Ich mag keine Veränderungen‹, sagte er, ›nicht zu meinen Lebzeiten, und am allerwenigsten, wenn es zum Schlimmsten kommt.‹ – ›Wenn es zum Schlimmsten kommt‹, wiederholte er viele Male.

›Zum Schlimmsten ist ein böses Wort‹, sagte ich zu ihm, ›und ich hoffe, du wirst es nicht erleben.‹ Aber aus all seinem Gerede entnahm ich schließlich, daß Frodo noch nicht einmal eine Woche zuvor Hobbingen verlassen hatte, und daß ein schwarzer Reiter am selben Abend auf den Bühl gekommen war. Dann ritt ich voller Angst weiter. Ich kam nach Bockland und fand es in Aufruhr und aufgescheucht wie einen Ameisenhaufen, in den man einen Stock hineingestoßen hatte. Ich kam zu dem Haus in Krickloch, es war aufgebrochen worden und leer; doch auf der Schwelle lag ein Mantel, der Frodo gehört hatte. Dann verließ mich die Hoffnung eine Weile, und ich wartete nicht ab, um neue Nachrichten zu sammeln, die mich vielleicht getröstet hätten. Vielmehr ritt ich weiter auf den Spuren der Reiter. Es war schwierig, ihnen zu folgen, denn sie führten hierhin und dorthin, und ich war ratlos. Doch schien mir, daß ein oder zwei von ihnen nach Bree geritten waren; und diesen Weg schlug ich ein, denn ich dachte an Worte, die vielleicht dem Gastwirt gesagt worden sein könnten.

›Butterblume heißt er‹, dachte ich. ›Wenn diese Verzögerung seine Schuld ist, dann werde ich alle Butter aus ihm herausschmelzen. Auf einem langsamen Feuer werde ich den alten Narren rösten.‹ Er erwartete auch nichts weniger, denn als er mein Gesicht sah, fiel er platt auf den Boden und begann auf der Stelle zu schmelzen.«

»Was hast du mit ihm gemacht?« rief Frodo besorgt aus. »Er war wirklich sehr freundlich zu uns und tat, was er nur konnte.«

Gandalf lachte. »Nur keine Sorge!« sagte er. »Ich habe ihn nicht gebissen und nur sehr wenig gebellt. Ich war so überglücklich wegen der Neuigkeiten, die ich aus ihm herausholte, nachdem er aufgehört hatte zu zittern, daß ich den alten Burschen umarmte. Wie es vor sich gegangen war, konnte ich damals noch nicht erraten, aber ich erfuhr, daß du die Nacht zuvor in Bree gewesen und am Morgen mit Streicher weggegangen warst.

›Streicher!‹ rief ich und schrie vor Freude.

›Ja, Herr, leider, Herr‹, sagte Butterblume, der mich mißverstanden hatte. ›Er hat sich an sie herangemacht, und ich konnte es nicht verhindern, daß sie sich mit ihm einließen. Sie haben sich die ganze Zeit, als sie hier waren, sehr merkwürdig benommen; eigensinnig, könnte man sagen.‹

›Esel! Dummkopf! Dreifach wackerer und geliebter Gerstenmann!‹ sagte ich. ›Das ist die beste Nachricht, die ich seit Mittsommer bekommen habe: ein Goldstück ist sie mindestens wert. Möge ein Zauber bewirken, daß dein Bier sieben Jahre lang an Vortrefflichkeit zunimmt! Nun kann ich mir eine ruhige Nacht gönnen, die erste seit ich weiß nicht wann.‹

So blieb ich diese Nacht dort und fragte mich, was wohl aus den Reitern geworden sei; denn bisher wußte man offenbar in Bree nur von zweien. Doch in der Nacht hörten wir mehr. Zumindest fünf kamen von Westen, und sie rissen die Tore nieder und jagten durch Bree wie ein Sturmwind; und die Leute in Bree zittern immer noch und warten auf das Ende der Welt. Vor dem Morgengrauen stand ich auf und ritt ihnen nach.

Ich weiß nicht genau, was geschehen war, aber ich reimte es mir folgendermaßen zusammen. Ihr Anführer hatte sich irgendwo weit südlich von Bree verborgen, während zwei voraus durch das Dorf ritten und vier weitere ins Auenland eindrangen. Aber nach ihren Mißerfolgen in Bree und Krickloch kehrten sie zu ihrem Anführer zurück, um ihm Bericht zu erstatten, und so blieb die Straße eine Weile unbewacht, außer durch ihre Späher. Dann schickte der Anführer einige nach Osten direkt über Land, und er selbst ritt mit den übrigen wutentbrannt die Straße entlang.

Ich galoppierte wie ein Sturmwind zur Wetterspitze und erreichte sie an meinem zweiten Tag nach Bree vor Sonnenuntergang – und sie waren schon vor mir da. Sie zogen sich vor mir zurück, denn sie spürten das Aufkommen meines Zorns und wagten sich ihm nicht auszusetzen, solange die Sonne am Himmel stand. Aber sie kreisten mich des Nachts ein, und ich wurde auf dem Berggipfel belagert, in dem alten Ringwall des Amon Sûl. Ich wurde wahrlich schwer bedrängt: solche Blitze und Flammen sind auf der Wetterspitze seit den Signalfeuern der Kriege in alter Zeit nicht mehr gesehen worden.

Bei Sonnenaufgang entkam ich und floh nach Norden. Ich konnte nicht hoffen, mehr zu tun. Es war unmöglich, dich, Frodo, in der Wildnis zu finden, und der Versuch wäre töricht gewesen, da mir alle Neun auf den Fersen waren. So mußte ich mich auf Aragorn verlassen. Doch hoffte ich, einige von ihnen abzulenken und Bruchtal vor euch zu erreichen und euch Hilfe zukommen zu lassen. Vier Reiter folgten mir tatsächlich, aber nach einer Weile gaben sie es auf und begaben sich offenbar zur Furt. Das nützte ein wenig, denn auf diese Weise waren es nur fünf und nicht neun, die euer Lager angriffen.

Ich traf hier schließlich nach einem langen und beschwerlichen Weg ein, den Weißquell hinauf und durch die Ettenöden, von Norden also. Fast vierzehn Tage brauchte ich von der Wetterspitze her, denn zwischen den Felsen der Troll-Höhen konnte ich nicht reiten, und Schattenfell kehrte um. Ich schickte ihn zurück zu seinem Herrn; doch eine große Freundschaft ist zwischen uns erwachsen, und wenn ich ihn brauche, wird er auf meinen Ruf kommen. Aber so geschah es, daß ich nur drei Tage vor dem Ring nach Bruchtal kam, und Nachrichten darüber, in welcher Gefahr er sich befand, waren bereits eingetroffen – und das erwies sich wahrlich als gut.

Und das, Frodo, ist das Ende meines Berichts. Mögen Elrond und die anderen seine Länge verzeihen. Doch ist es noch niemals geschehen, daß Gandalf eine Verabredung nicht einhielt und nicht kam, wenn er es versprochen hatte. Dem Ringträger eine Erklärung für ein so ungewöhnliches Vorkommnis zu geben, schien mir erforderlich.

So, nun ist die Geschichte von Anfang bis Ende erzählt. Hier sind wir alle, und hier ist der Ring. Aber unserem Ziel sind wir noch keineswegs näher gekommen. Was sollen wir mit dem Ring tun?«

Es trat ein Schweigen ein. Schließlich sprach Elrond.

»Die Nachricht über Saruman ist betrüblich«, sagte er. »Denn wir vertrauten ihm, und er ist in all unsere Ratschläge eingeweiht. Es ist gefährlich, allzu weit die Künste des Feindes zu erforschen, sei es mit guten oder mit bösen Absichten.

Doch solchen Abfall und Verrat hat es leider schon früher gegeben. Von den Erzählungen, die wir heute gehört haben, war die von Frodo die seltsamste für mich. Ich habe wenige Hobbits gekannt, außer Bilbo hier; und mir scheint, daß er vielleicht nicht so einzigartig und einmalig ist, wie ich geglaubt hatte. Die Welt hat sich sehr gewandelt, seit ich zuletzt auf den westlichen Straßen war.

Die Grabunholde kennen wir unter vielen Namen; und vom Alten Wald sind viele Geschichten erzählt worden. Die Zeit ist vorüber, da ein Eichhörnchen von Baum zu Baum hüpfen konnte von dem Land, das heute das Auenland ist, nach Dunland westlich von Isengart. In jenen Landen wanderte ich einst und kannte viele wilde und merkwürdige Wesen. Doch hatte ich Bombadil vergessen, wenn er wirklich derselbe ist, der vor langer Zeit in den Wäldern und Bergen umging und damals schon älter als alt war. Zu jener Zeit war das nicht sein Name. Iarwain Ben-adar nannten wir ihn, den Ältesten und Vaterlosen. Doch so mancher andere Name ist ihm seitdem von anderen Völkern gegeben worden: Forn von den Zwergen, Orald von den Menschen des Nordens, und noch andere Namen. Er ist ein seltsames Geschöpf, doch vielleicht hätten wir ihn zu unserer Beratung einladen sollen.«

»Er wäre nicht gekommen«, sagte Gandalf.

»Könnten wir nicht immer noch einen Boten zu ihm schicken und seine Hilfe erbitten?« fragte Erestor. »Es scheint, daß er sogar über den Ring Macht besitzt.«

»Nein, so würde ich es nicht ausdrücken«, meinte Gandalf. »Man müßte eher sagen, der Ring hat keine Macht über ihn. Bombadil ist sein eigener Herr. Doch kann er den Ring nicht verändern und auch seine Macht über andere nicht brechen. Und jetzt hat er sich in ein kleines Land zurückgezogen, dessen Grenzen er selbst festgelegt hat, obwohl niemand sie sehen kann, und wartet vielleicht auf einen Wandel der Zeiten, und er wird diese Grenzen nicht überschreiten.«

»Aber innerhalb dieser Grenzen scheint ihn nichts zu schrecken«, sagte Erestor. »Ob er nicht den Ring nehmen und dort aufbewahren würde, so daß er immerdar unschädlich wäre?«

»Nein«, antwortete Gandalf. »Nicht gern. Er täte es vielleicht, wenn alle freien Völker der Welt ihn darum bäten, aber er würde die Notwendigkeit nicht einsehen. Und wenn er den Ring erhielte, würde er ihn bald vergessen oder höchstwahrscheinlich wegwerfen. Derartige Dinge prägen sich seinem Sinn nicht ein. Er wäre ein sehr unsicherer Hüter; und das allein ist Antwort genug.«

»Und sowieso«, sagte Glorfindel, »würde es nur bedeuten, den Tag des Unheils hinauszuschieben, wenn man ihm den Ring schickte. Er ist weit von hier. Wir können den Ring jetzt nicht zu ihm zurückbringen, ohne daß es von irgendeinem Späher erraten oder bemerkt wird. Und selbst wenn wir es könnten, würde der Herr der Ringe früher oder später von dem Versteck erfahren und seine ganze Macht darauf richten. Könnte Bombadil allein dieser Macht Trotz bieten? Ich glaube es nicht. Ich glaube, wenn alles andere erobert ist, wird auch Bombadil erliegen, als Letzter, wie er der Erste gewesen ist; und dann wird die Nacht kommen.«

»Ich weiß von Iarwain wenig außer dem Namen«, sagte Galdor. »Aber Glorfindel hat, glaube ich, recht. Die Macht, unserem Feind zu trotzen, ist nicht in ihm, es sei denn, solche Macht wäre in der Erde selbst. Und dennoch sehen wir, daß Sauron sogar die Berge martern und zerstören kann. Was an Macht noch bleibt, beruht auf uns hier in Imladris oder auf Círdan an den Anfurten, oder auf Lórien. Aber haben sie die Kraft, haben wir hier die Kraft, dem Feind zu widerstehen, Saurons letztem Ansturm, wenn alles andere niedergeworfen ist?«

»Ich habe die Kraft nicht«, sagte Elrond. »Und die anderen auch nicht.«

»Wenn der Ring also durch Stärke nicht auf immerdar vor ihm bewahrt bleiben kann«, sagte Glorfindel, »dann gibt es nur zwei Möglichkeiten: zu versuchen, ihn über das Meer zu senden oder ihn zu vernichten.«

»Aber Gandalf hat uns doch schon erklärt, daß wir es nicht vermögen, ihn zu vernichten«, sagte Elrond. »Und jene, die jenseits des Meeres wohnen, würden ihn nicht annehmen: denn zum Guten oder Bösen gehört er nach Mittelerde; uns, die wir hier noch weilen, obliegt es, uns mit ihm auseinanderzusetzen.«

»Dann wollen wir ihn ins Meer werfen«, sagte Glorfindel, »und damit Sarumans Lügen wahr werden lassen. Denn jetzt ist es klar, daß seine Füße schon im Rat auf krummen Pfaden wandelten. Er wußte, daß der Ring nicht auf immer verloren war, aber er wollte, daß wir es glaubten; denn er begann selbst nach ihm zu gieren. Und doch ist in Lüge oft Wahrheit verborgen: im Meer würde er sicher sein.«

»Nicht sicher für immer«, sagte Gandalf. »Es gibt viele Dinge in tiefen Wassern; und Meere und Länder können sich ändern. Und es ist nicht unsere Aufgabe hier, nur Überlegungen für ein Jahr oder ein paar Menschenleben oder für ein vorübergehendes Zeitalter der Welt anzustellen. Wir sollten nach einer Möglichkeit suchen, wie dieser Bedrohung ein für allemal ein Ende gesetzt werden kann, selbst wenn wir nicht hoffen können, es zu vollbringen.«

»Und diese Möglichkeit werden wir nicht auf den Wegen zum Meer finden«, sagte Galdor. »Wenn wir die Rückkehr des Ringes zu Iarwain schon für zu gefährlich halten, dann ist die Flucht zum Meer voll der schwersten Gefahren. Mein Herz sagt mir, daß, sobald Sauron erfährt, was geschehen ist, und das wird er bald erfahren, er annehmen wird, daß wir den Weg nach Westen einschlagen. Die Neun haben ihre Pferde eingebüßt, doch das ist nur ein Aufschub, bis sie neue und schnellere Rosse finden. Allein die schwindende Macht von Gondor verhindert jetzt noch seinen mächtigen Marsch nach Norden entlang den Küsten; und wenn er wirklich die Weißen Türme und die Anfurten angreift, mag es sein, daß die Elben danach keine Möglichkeit mehr haben, dem länger werdenden Schatten von Mittelerde zu entfliehen.«

»Doch lange wird dieser Marsch noch auf sich warten lassen«, sagte Boromir. »Gondors Macht schwindet, sagt Ihr. Aber Gondor steht noch, und selbst das Ende seiner Kraft ist noch sehr stark.«

»Und dennoch kann Gondors Wachsamkeit die Neun nicht länger zurückhalten«, sagte Galdor. »Und andere Straßen mag der Feind finden, die Gondor nicht bewacht.«

»Dann«, sagte Erestor, »gibt es nur zwei Möglichkeiten, wie Glorfindel schon erklärt hat: den Ring für immer zu verbergen; oder ihn zu zerstören. Aber beides übersteigt unsere Macht. Wer kann dieses Rätsel für uns lösen?«

»Niemand hier«, sagte Elrond ernst. »Zumindest kann niemand voraussagen, was geschehen wird, wenn wir diesen oder jenen Weg gehen. Doch mir scheint es jetzt klar zu sein, welchen Weg wir einschlagen müssen. Der Westen scheint der einfachste zu sein. Daher müssen wir ihn vermeiden. Er wird beobachtet werden. Zu oft sind Elben auf diesem Wege geflohen. Jetzt endlich müssen wir einen harten Weg nehmen, einen unvorhergesehenen. Darin liegt unsere Hoffnung, wenn es überhaupt Hoffnung gibt. Den gefahrvollen Wege gehen – nach Mordor. Wir müssen den Ring dem Feuer überantworten.«

Wieder trat Schweigen ein. Als Frodo hinausschaute in das sonnenhelle Tal, erfüllt von dem Plätschern klaren Wassers, verspürte er sogar in diesem schönen Haus eine dumpfe Finsternis in seinem Herzen. Boromir machte eine Bewegung, und Frodo sah ihn an. Er spielte mit seinem großen Horn und runzelte die Stirn. Schließlich sprach er.

»Ich verstehe das alles nicht«, sagte er. »Saruman ist ein Verräter, aber hat er nicht doch eine Spur Weisheit erkennen lassen? Warum sprecht ihr immer von Verbergen und Vernichten? Warum sollten wir nicht glauben, daß der Große Ring uns in die Hände gefallen ist, um uns in der Stunde der Not zu dienen? Wenn die freien Gebieter der Freien ihn besitzen, können sie den Feind gewiß besiegen. Das ist es, nehme ich an, was er am meisten fürchtet.

Die Menschen von Gondor sind tapfer, und sie werden sich niemals unterwerfen; aber es mag sein, daß sie geschlagen werden. Mut braucht erstens Stärke und dann eine Waffe. Laßt den Ring eure Waffe sein, wenn er solche Macht besitzt, wie ihr sagt. Nehmt ihn und geht dem Sieg entgegen!«

»Leider ist das nicht möglich«, sagte Elrond. »Wir können den Beherrschenden Ring nicht verwenden. Das wissen wir allzu genau. Er gehört Sauron und ist von ihm allein gemacht worden, und er ist durch und durch böse. Seine Stärke, Boromir, ist zu groß, als daß irgend jemand ihn nach Belieben gebrauchen könnte, ausgenommen jene, die schon selber eine große Macht besitzen. Aber für sie birgt der Ring eine noch tödlichere Gefahr. Schon der Wunsch nach ihm verdirbt das Herz. Denk an Saruman. Wenn einer der Weisen den Herrscher von Mordor mit diesem Ring stürzen würde und dabei seine eigenen Listen anwendet, dann würde er sich selbst auf Saurons Thron setzen, und damit hätten wir nur einen weiteren Dunklen Herrscher. Und es gibt noch einen Grund, warum der Ring zerstört werden sollte: solange er auf der Welt ist, wird selbst für die Weisen eine Gefahr bestehen. Denn nichts ist von Anfang an böse. Selbst Sauron war es nicht. Ich fürchte mich davor, den Ring zu nehmen, um ihn zu verbergen. Ich will den Ring auch nicht nehmen, um ihn zu gebrauchen.«

»Ich auch nicht«, sagte Gandalf.

Boromir sah sie zweifelnd an, doch senkte er den Kopf. »So sei es«, sagte er. »Dann müssen wir in Gondor uns auf die Waffen verlassen, die wir haben. Und zumindest werden wir, solange die Weisen diesen Ring bewachen, weiterkämpfen. Vielleicht vermag das Geborstne Schwert die Flut noch aufzuhalten – wenn die Hand, die es führt, nicht nur das Erbstück allein, sondern auch die Kraft der Könige der Menschen geerbt hat.«

»Wer weiß?« sagte Aragorn. »Aber eines Tages werden wir es auf die Probe stellen.«

»Möge der Tag nicht zu fern sein«, antwortete Boromir. »Denn obwohl ich nicht um Hilfe bitte, brauchen wir sie. Es wäre für uns tröstlich zu wissen, daß auch andere mit allen Mitteln kämpfen, die sie besitzen.«

»Dann seid getröstet«, sagte Elrond. »Denn es gibt noch andere Mächte und andere Reiche, von denen Ihr nichts wißt und die Euch verborgen sind. Anduin der Große bespült viele Ufer, bis er nach Argonath kommt und zu den Toren von Gondor.«

»Indes könnte es für alle gut sein«, sagte Glóin, der Zwerg, »wenn alle diese Kräfte vereinigt würden und die Macht jedes einzelnen im Bunde mit den anderen gebraucht würde. Es mag noch andere Ringe geben, weniger tückische, die in unserer Not vielleicht benutzt werden könnten. Die Sieben sind für uns verloren – wenn Balin nicht den Ring von Thrór gefunden hat, der der letzte war; nichts hat man über ihn gehört, seit Thrór in Moria umgekommen ist. Jetzt kann ich es ja offenbaren, daß es teilweise die Hoffnung war, diesen Ring zu finden, die Balin veranlaßte, wegzuziehen.«

»Balin wird keinen Ring in Moria finden«, sagte Gandalf. »Thrór gab ihn Thráin, seinem Sohn, aber Thráin gab ihn nicht Thorin. Er wurde Thráin unter Foltern in den Verliesen von Dol Guldur abgenommen. Ich kam zu spät.«

»O wehe, wehe!« rief Glóin. »Wann wird der Tag unserer Rache kommen? Doch gibt es noch die Drei. Wie steht es mit den Drei Ringen der Elben? Sehr mächtige Ringe, heißt es. Haben die Elbenfürsten sie nicht? Auch sie wurden vor langer Zeit von dem Dunklen Herrscher gemacht. Sind sie wertlos? Ich sehe Herren der Elben. Wollen sie nicht sprechen?«

Die Elben gaben keine Antwort. »Habt Ihr mich nicht verstanden, Glóin?« sagte Elrond. »Die Drei sind nicht von Sauron gemacht worden, und er hat sie auch nie berührt. Doch über sie zu sprechen ist nicht erlaubt. Nur soviel kann ich in dieser Stunde des Zweifels sagen: sie sind nicht wertlos. Aber sie wurden nicht als Waffen des Krieges oder der Eroberung gemacht: darin liegt ihre Macht nicht. Diejenigen, die sie herstellten, gelüstete es nicht nach Macht oder Herrschaft oder angehäuftem Reichtum, sondern danach, zu verstehen, zu wirken und zu heilen, um alle Dinge rein zu erhalten. Das haben die Elben von Mittelerde in einem gewissen Ausmaß erreicht, wenn auch mit Leid. Aber alles, was diejenigen geschaffen haben, die die Drei gebrauchen, wird sich in Verderben verwandeln, und ihr Geist und ihre Herzen werden Sauron enthüllt werden, wenn er den Einen wiedergewinnt. Es wäre dann besser, daß es die Drei nie gegeben hätte. Das ist sein Ziel.«

»Aber was würde geschehen, wenn der Beherrschende Ring zerstört wird, wie Ihr ratet?« fragte Glóin.

»Wir wissen es nicht genau«, antwortete Elrond traurig. »Manche hoffen, daß die Drei Ringe, die Sauron niemals berührt hat, dann frei würden und ihre Beherrscher die Wunden der Welt heilen könnten, die er geschlagen hat. Doch mag es auch sein, daß die Drei, wenn der Eine nicht mehr ist, dahinschwinden, und viele schöne Dinge verblassen und vergessen sein werden. Das ist es, was ich glaube.«

»Dennoch sind alle Elben bereit, dieses Wagnis auf sich zu nehmen«, sagte Glorfindel, »wenn dadurch Saurons Macht gebrochen und die Furcht vor seiner Herrschaft auf immer gebannt werden kann.«

»So kommen wir also wiederum auf die Vernichtung des Rings zurück«, sagte Erestor, »und doch gelangen wir nicht weiter. Welche Macht haben wir, das Feuer zu finden, in dem er gemacht wurde? Das ist der Weg der Verzweiflung. Oder Torheit, würde ich sagen, wenn Elronds große Weisheit es mir nicht verbieten würde.«

»Verzweiflung oder Torheit?« sagte Gandalf. »Es ist nicht Verzweiflung, denn Verzweiflung ist nur für jene, die das Ende unzweifelhaft erblicken. Das tun wir nicht. Es ist Weisheit, die Notwendigkeit zu erkennen, wenn alle anderen Möglichkeiten erwogen sind, obwohl es denjenigen wie Torheit vorkommen mag, die sich an falsche Hoffnungen klammern. Nun gut, laßt Torheit unseren Deckmantel sein, einen Schleier vor den Augen des Feindes! Denn er ist klug und wägt auf den Waagschalen seiner Bosheit alles genauestens ab. Doch der einzige Maßstab, den er kennt, ist Begehren, das Streben nach Macht, und danach beurteilt er alle Herzen. Ihm wird der Gedanke nicht kommen, daß jemand keinen Gebrauch davon machen will, daß wir den Ring haben und dennoch trachten könnten, ihn zu zerstören. Wenn wir das versuchen, werden wir seine ganze Berechnung durcheinander bringen.«

»Zumindest eine Zeitlang«, sagte Elrond. »Der Weg muß beschritten werden, aber er wird sehr schwer sein. Und weder Stärke noch Weisheit werden uns weit bringen. Diese Aufgabe mögen die Schwachen mit ebensoviel Hoffnung versuchen wie die Starken. So ist es oft mit Taten, die die Räder der Welt in Bewegung setzen: kleine Hände vollbringen sie, weil sie müssen, während die Augen der Großen anderswo sind.«

»Schon gut, schon gut, Herr Elrond!« sagte Bilbo plötzlich. »Ihr braucht nichts mehr zu sagen! Es ist deutlich genug, worauf Ihr anspielt. Bilbo, der dumme Hobbit, hat die Sache angefangen und sollte sie besser zu Ende bringen, ehe es mit ihm zu Ende ist. Es war sehr behaglich hier für mich, und ich kam mit meinem Buch voran. Wenn Ihr es wissen wollt, ich schreibe gerade einen Schluß dafür. Ich hatte vor, es so auszudrücken: *und er lebte danach glücklich bis ans Ende seiner Tage.* Es ist ein guter Schluß, auch wenn er nicht ganz neu ist. Jetzt werde ich das ändern müssen: es sieht nicht so aus, als ob es so käme; und es werden sowieso noch verschiedene Kapitel folgen müssen, falls ich lange genug lebe, um sie noch zu schreiben. Es ist schon wirklich sehr ärgerlich. Wann soll ich aufbrechen?«

Boromir sah Bilbo verwundert an, aber das Lachen erstarb auf seinen Lippen, als er sah, daß alle anderen den alten Hobbit mit ernster Hochachtung betrachteten. Nur Glóin lächelte, aber sein Lächeln ging auf alte Erinnerungen zurück.

»Natürlich, mein lieber Bilbo«, sagte Gandalf. »Wenn du diese Sache wirklich angefangen hättest, dann könnte man von dir erwarten, daß du sie auch zu Ende führst. Aber du weißt sehr wohl, daß *anfangen* für jeden ein zu großes Wort ist und daß bei großen Taten von jedem Helden nur eine kleine Rolle gespielt wird. Du brauchst dich nicht zu verbeugen! Obwohl das Wort ernst gemeint war und wir nicht zweifeln, daß sich hinter deinem Scherz ein tapferes Angebot verbirgt. Aber es übersteigt deine Kraft, Bilbo. Du kannst dieses Ding nicht zurücknehmen. Es ist weitergegangen. Wenn du noch meines Rates bedarfst, dann würde ich sagen, deine Rolle ist ausgespielt, es sei denn als Chronist. Beende dein Buch und ändere den Schluß nicht! Es besteht immer noch Hoffnung. Aber halte dich bereit, eine Fortsetzung zu schreiben, wenn sie zurückkommen.«

Bilbo lachte. »Ich habe noch nie erlebt, daß du mir angenehme Ratschläge gibst«, sagte er. »Da alle deine unangenehmen Ratschläge gut waren, frage ich mich, ob dieser Rat nicht schlecht ist. Immerhin glaube ich nicht, daß mir genug Kraft oder Glück geblieben ist, um mit dem Ring fertigzuwerden. Er ist gewachsen, und ich nicht. Aber sage mir: wen meinst du mit *sie*?«

»Die Boten, die mit dem Ring fortgeschickt werden.«

»Genau! Und wer sollen sie sein? Das, scheint mir, hat dieser Rat zu entscheiden, und es ist alles, was er zu entscheiden hat. Elben mögen vom Reden allein leben können, und Zwerge ertragen große Müdigkeit; aber ich bin bloß ein alter Hobbit und vermisse meine Mittagsmahlzeit. Könnt ihr euch nicht jetzt ein paar Namen einfallen lassen? Oder es bis nach dem Essen verschieben?«

Niemand antwortete. Die Mittagsglocke läutete. Noch immer sprach niemand. Frodo warf einen Blick auf alle Gesichter, aber sie waren ihm nicht zugewandt. Der ganze Rat saß mit niedergeschlagenen Augen da, als ob er in Gedanken vertieft sei. Eine große Angst befiel ihn, als ob er die Verkündung irgendeines Schicksalsspruchs erwartete, den er lange vorausgesehen und von dem er dennoch vergebens gehofft hatte, daß er nie ausgesprochen würde. Eine überwältigende Sehnsucht, sich auszuruhen und friedlich mit Bilbo in Bruchtal zu bleiben, erfüllte sein Herz. Schließlich sprach er, mühsam, und er wunderte sich, seine eigenen Worte zu hören, als ob irgendein anderer Wille sich seiner kleinen Stimme bediente.

»Ich werde den Ring nehmen«, sagte er, »obwohl ich den Weg nicht weiß.«

Elrond hob die Augen und schaute ihn an, und Frodo spürte, wie die plötzliche Schärfe dieses Blicks ihn durchbohrte. »Wenn ich alles richtig verstanden habe, was ich gehört habe«, sagte Elrond, »dann glaube ich, daß diese Aufgabe für dich, Frodo, bestimmt ist; und wenn du keinen Weg findest, wird niemand ihn finden. Das ist die Stunde des Auenland-Volkes, in der es sich von seinen friedlichen Äckern erhebt, um die Festungen und Pläne der Großen zu erschüttern. Wer von allen Weisen hätte das voraussehen können? Wenn sie wahrlich weise sind, warum sollten sie dann erwarten, es zu wissen, ehe die Stunde geschlagen hat?

Aber es ist eine schwere Bürde. So schwer, daß niemand sie einem anderen auferlegen kann. Ich erlege sie dir nicht auf. Wenn du sie aus freien Stücken auf dich nimmst, werde ich sagen, daß deine Entscheidung richtig ist; und selbst wenn alle mächtigen Elbenfreunde der alten Zeit, Hador und Húrin und Beren versammelt wären, wäre dein Platz unter ihnen.«

»Aber Ihr werdet ihn doch gewiß nicht allein fortschicken, Herr?« rief Sam, der sich nicht länger beherrschen konnte und aus der Ecke aufsprang, wo er still auf dem Fußboden gesessen hatte.

»Nein, fürwahr!« sagte Elrond und wandte sich lächelnd zu ihm. »Du zumindest sollst mit ihm gehen. Es ist kaum möglich, dich von ihm zu trennen, selbst wenn er zu einer geheimen Beratung eingeladen ist und du nicht.«

Sam setzte sich, wurde rot und murmelte vor sich hin. »Eine schöne Suppe, die wir uns da eingebrockt haben, Herr Frodo!« sagte er kopfschüttelnd.

DRITTES KAPITEL

DER RING GEHT NACH SÜDEN

Später am selben Tage hielten die Hobbits dann in Bilbos Zimmer noch eine eigene Versammlung ab. Merry und Pippin waren entrüstet, als sie hörten, daß Sam sich in den Rat eingeschlichen hatte und als Frodos Gefährte ausgewählt worden war.

»Das ist höchst ungerecht«, sagte Pippin. »Statt ihn hinauszuwerfen und in Ketten zu legen, *belohnt* Elrond ihn auch noch für seine Frechheit!«

»Belohnt!« erwiderte Frodo. »Ich kann mir keine strengere Bestrafung vorstellen. Du überlegst dir gar nicht, was du sagst: zu einer so hoffnungslosen Fahrt verurteilt, nennst du belohnt? Gestern träumte ich davon, daß meine Aufgabe erfüllt sei und ich hier eine lange Zeit, vielleicht für immer ausruhen könnte.«

»Das wundert mich nicht«, sagte Merry, »und ich wünschte, du könntest es. Aber wir beneiden Sam, nicht dich. Wenn du gehen mußt, dann wird es für jeden von uns eine Strafe sein, wenn wir zurückbleiben müssen, und sei es auch in Bruchtal. Wir sind eine lange Strecke Wegs mit dir gegangen und haben recht mißliche Zeiten durchgemacht. Wir wollen weitergehen.«

»Genau das meinte ich«, sagte Pippin. »Wir Hobbits sollten zusammenhalten, und das werden wir auch. Ich gehe mit, wenn sie mich nicht anketten. Einer mit Verstand muß in der Gruppe sein.«

»Dann wirst du gewiß nicht ausgewählt, Peregrin Tuk!« sagte Gandalf, der gerade durch das ebenerdige Fenster hereinschaute. »Aber ihr alle macht euch unnötige Sorgen. Es ist noch nichts entschieden.«

»Noch nichts entschieden!« rief Pippin. »Was habt ihr denn dann die ganze Zeit gemacht? Ihr hattet euch ja stundenlang eingeschlossen.«

»Geredet«, sagte Bilbo. »Es gab eine Menge Gerede und für jeden einen Augenöffner. Selbst für den alten Gandalf. Ich glaube, die Nachricht von Legolas über Gollum hat sogar ihn überrumpelt, obwohl er darüber hinwegging.«

»Du irrst dich«, sagte Gandalf. »Du hast nicht aufgepaßt. Ich hatte es schon von Gwaihir gehört. Wenn du es wissen willst, die einzigen wirklichen Augenöffner, wie du dich ausdrückst, waren du und Frodo; und ich war der einzige, der nicht überrascht war.«

»Na, jedenfalls ist noch nichts entschieden«, sagte Bilbo, »außer daß der arme Frodo und Sam ausgewählt worden sind. Ich hatte die ganze Zeit gefürchtet, daß es dazu kommen würde, wenn es mir erspart bliebe. Aber wenn du mich fragst, ich glaube, daß Elrond eine ganze Gruppe ausschicken wird, sobald die Berichte da sind. Sind sie schon aufgebrochen, Gandalf?«

»Ja«, antwortete der Zauberer. »Einige der Kundschafter sind schon ausgesandt worden. Morgen machen sich weitere auf den Weg. Elrond schickt Elben, und sie werden mit den Waldläufern Verbindung aufnehmen und vielleicht auch mit Thranduils Volk in Düsterwald. Und Aragorn ist mit Elronds Söhnen ausgezogen.

Wir werden die Lande auf viele Wegstunden im Umkreis erforschen müssen, ehe irgendein Schritt getan wird. Also sei guten Muts, Frodo! Du wirst wahrscheinlich ziemlich lange hierbleiben.«

»Ach«, sagte Sam düster. »Wir werden gerade lange genug warten, bis es Winter ist.«

»Das läßt sich nicht ändern«, sagte Bilbo. »Teilweise ist es deine Schuld, Frodo, mein Junge: weil du unbedingt meinen Geburtstag abwarten wolltest. Eine komische Art, ihn zu feiern, ich kann mir nicht helfen. *Den* Tag hätte ich nicht ausgesucht, um die S.-B.s nach Beutelsend hineinzulassen. Aber so ist es nun mal: ihr könnt nicht bis zum Frühjahr warten; und ihr könnt nicht jetzt aufbrechen, ehe die Berichte da sind.

Kommt erst der Winter wieder her
Und kracht vor Kälte nachts der Stein,
Stehn Wald und Weiher schwarz und leer,
Ist in der Wildnis übel sein.

Aber ich fürchte, das wird euer Schicksal sein.«

»Das fürchte ich auch«, sagte Gandalf. »Wir können nicht losgehen, ehe wir nicht über die Reiter Bescheid wissen.«

»Ich dachte, sie seien alle bei der Flut umgekommen?« fragte Merry.

»Ringgeister kann man nicht auf solche Weise umbringen«, sagte Gandalf. »Die Macht ihres Herrn steckt in ihnen, und durch ihn stehen oder fallen sie. Wir hoffen, daß alle Neun ihre Pferde und ihre Hüllen verloren haben und dadurch für eine Weile weniger gefährlich geworden sind; aber das müssen wir erst genau feststellen. Derweil solltest du versuchen, deine Sorgen ein wenig zu vergessen, Frodo. Ich weiß nicht, ob ich irgend etwas tun kann, um dir zu helfen; aber ich will dir etwas ins Ohr flüstern. Jemand hat gesagt, es müsse einer mit Verstand in der Gruppe sein. Er hatte recht. Ich glaube, ich werde mit dir mitkommen.«

So groß war Frodos Freude über diese Ankündigung, daß Gandalf, der bisher auf dem Fensterbrett gesessen hatte, aufstand, seinen Hut abnahm und sich verbeugte. »Ich sagte nur, *ich glaube, ich werde mitkommen*. Rechne noch mit gar nichts. In dieser Sache wird Elrond viel zu sagen haben, und dein Freund Streicher. Dabei fällt mir ein, daß ich Elrond sprechen will. Ich muß mich aufmachen.«

»Was glaubst du, wie lange ich hierbleiben werde?« sagte Frodo zu Bilbo, als Gandalf gegangen war.

»Ach, ich weiß nicht. In Bruchtal kann ich keine Tage zählen«, antwortete Bilbo. »Aber recht lange, denke ich. Wir können so manches gute Gespräch führen. Wie wäre es, wenn du mir bei meinem Buch hilfst und das neue anfängst? Hast du über einen Schluß nachgedacht?«

»Ja, über verschiedene, und alle sind düster und unerfreulich«, sagte Frodo.

»Oh, das taugt nichts!« meinte Bilbo. »Bücher sollten gut enden. Wie wäre es damit: *und sie setzten sich alle zur Ruhe und lebten danach glücklich miteinander?*«

»Das ist gut, wenn es jemals dazu kommt«, erwiderte Frodo.
»Ach«, sagte Sam, »und wo werden sie leben? Das frage ich mich oft.«
  Eine Zeitlang unterhielten sich die Hobbits noch über die vergangene Fahrt und dachten an die Gefahren, die vor ihnen lagen; aber so wohltätig war die Stimmung in Bruchtal, daß bald ihre ganze Furcht und Sorge verflogen war. Die Zukunft, ob gut oder schlecht, war nicht vergessen, aber sie beeinträchtigte die Gegenwart nicht. Gesundheit und Hoffnung wuchsen in ihnen, sie waren froh über jeden guten Tag, der ihnen beschert war, und freuten sich über jede Mahlzeit und jedes Wort und Lied.
  So vergingen die Tage, und jeder Morgen war strahlend und schön und jeder Abend kühl und klar. Doch der Herbst schwand rasch; langsam verblaßte das goldene Licht zu mattem Silber, und die letzten Blätter fielen von den nackten Bäumen. Ein Wind begann kalt vom Nebelgebirge im Osten zu wehen. Der Jägermond, der Vollmond nach dem Herbstvollmond, rundete sich am nächtlichen Himmel und schlug alle minderen Gestirne in die Flucht. Doch tief im Süden schimmerte ein Stern rot. Als der Mond wieder abnahm, schien er jeden Abend heller und heller. Frodo konnte ihn von seinem Fenster aus sehen, er stand tief am Himmel und leuchtete wie ein wachsames Auge, das über die Bäume am Rand des Tals starrt.

Die Hobbits waren fast zwei Monate in Elronds Haus, der November war mit den letzten Spuren des Herbstes vergangen, und der Dezember war schon weit fortgeschritten, als die Kundschafter zurückkehrten. Einige waren im Norden gewesen, jenseits der Quellen des Weißquells in den Ettenöden; andere waren nach Westen gegangen und hatten, unterstützt von Aragorn und den Waldläufern, die Lande entlang des Flusses Grauflut bis Tharbad abgesucht, wo die alte Nordstraße bei einer zerstörten Stadt den Fluß kreuzt. Viele waren im Osten und Süden gewesen; und einige von diesen hatten das Gebirge überquert und Düsterwald besucht; und andere wieder hatten den Paß an der Quelle des Schwertelflusses erstiegen, waren nach Wilderland und über die Schwertelfelder gekommen und schließlich zum alten Heim von Radagast in Rhosgobel. Radagast war nicht zu Hause; und sie hatten den Rückweg über den hohen Paß angetreten, der Schattenbachsteig heißt. Elronds Söhne, Elladan und Elrohir, waren die letzten, die zurückkehrten; sie hatten eine lange Fahrt gemacht und waren über den Silberlauf in ein fremdes Land gelangt, aber über ihren Auftrag wollten sie mit niemandem außer Elrond sprechen.
  Nirgends hatten die Boten irgendwelche Spuren der Reiter oder anderer Diener des Feindes entdeckt oder Nachrichten über sie gehört. Nicht einmal von den Adlern des Nebelgebirges war etwas Neues über sie zu erfahren. Von Gollum hatte man nichts gesehen oder gehört; doch die wilden Wölfe sammelten sich immer noch und jagten wiederum weit den Großen Strom hinauf. Drei der schwarzen Pferde hatte man sofort ertrunken an der überfluteten Furt gefunden. Auf den Felsen der Stromschnellen weiter unten waren dann die Leichen von fünf weiteren entdeckt worden und außerdem ein langer, schwarzer Mantel, der

Der Ring geht nach Süden

zerrissen und zerfetzt war. Von den Schwarzen Reitern war sonst keine Spur zu sehen, und ihre Anwesenheit war nirgends spürbar. Sie schienen aus dem Norden verschwunden zu sein.

»Über acht von den Neun weiß man wenigstens Bescheid«, sagte Gandalf. »Es wäre voreilig, zu sicher zu sein, doch können wir, glaube ich, hoffen, daß die Ringgeister jetzt zerstreut sind und zu ihrem Herrn in Mordor zurückkehren mußten, so gut sie konnten, leer und gestaltlos.

Wenn dem so ist, dann wird es einige Zeit dauern, bis sie die Jagd wieder aufnehmen können. Natürlich hat der Feind noch andere Diener, aber sie würden die ganze Strecke bis zu den Grenzen von Bruchtal zurücklegen müssen, ehe sie unsere Spur aufnehmen können. Und wenn wir vorsichtig sind, wird sie schwer zu finden sein. Doch dürfen wir nicht länger säumen.«

Elrond rief die Hobbits zu sich. Er sah Frodo ernst an. »Die Zeit ist gekommen«, sagte er. »Wenn sich der Ring auf den Weg machen soll, dann muß er bald gehen. Doch diejenigen, die mit ihm gehen, dürfen nicht darauf rechnen, daß sie bei ihrem Auftrag durch Krieg oder Gewalt unterstützt werden. Sie müssen ohne jede Hilfe in das Gebiet des Feindes gehen. Stehst du noch zu deinem Wort, Frodo, daß du der Ringträger sein willst?«

»Ja«, antwortete Frodo. »Ich werde mit Sam gehen.«

»Dann kann ich dir nicht viel helfen, nicht einmal mit Rat«, sagte Elrond. »Ich kann sehr wenig von deinem Weg voraussehen; und wie deine Aufgabe erfüllt werden kann, weiß ich nicht. Der Schatten ist jetzt bis zum Fuß der Gebirge vorgedrungen und nähert sich sogar den Ufern der Grauflut; und unter dem Schatten ist alles dunkel für mich. Du wirst vielen Feinden begegnen, manchen unverhüllten und manchen vermummten; und du magst Freunde finden auf deinem Weg, wenn du es am wenigsten erwartest. Ich werde Botschaften aussenden, soweit ich es vermag, an diejenigen, die ich in der weiten Welt kenne; aber so gefährlich sind die Lande jetzt geworden, daß manche Botschaften vielleicht verlorengehen oder später als du eintreffen.

Und ich werde dir Gefährten aussuchen, die so weit mit dir gehen sollen, wie sie wollen oder das Schicksal es zuläßt. Ihre Zahl muß klein sein, denn deine Hoffnung beruht auf Schnelligkeit und Heimlichkeit. Hätte ich eine bewaffnete Streitmacht der Elben wie in der Altvorderenzeit, so würde sie wenig nützen, sondern eher die Macht Mordors auf den Plan rufen.

Die Gemeinschaft des Ringes soll aus neun bestehen; und die Neun Wanderer sollen es mit den Neun Reitern aufnehmen, die böse sind. Mit dir und deinem treuen Diener wird Gandalf gehen; denn dies wird seine große Aufgabe sein und vielleicht das Ende seiner Mühen.

Die übrigen sollen Vertreter der anderen Freien Völker der Welt sein: der Elben, Zwerge und Menschen. Legolas wird für die Elben mitgehen und Gimli, Glóins Sohn, für die Zwerge. Sie sind bereit, zumindest bis zu den Pässen des Gebirges mitzukommen, und vielleicht noch weiter. Für die Menschen wirst du Aragorn, Arathorns Sohn, bei dir haben, denn Isildurs Ring geht ihn doch sehr an.«

»Streicher!« rief Frodo.

»Ja«, sagte er lächelnd. »Ich erbitte wiederum die Erlaubnis, dein Gefährte zu sein, Frodo.«

»Ich hätte dich gebeten, mitzukommen«, sagte Frodo, »nur glaubte ich, du gingest mit Boromir nach Minas Tirith.«

»Das tue ich auch«, antwortete Aragorn. »Und das Geborstne Schwert soll neu geschmiedet werden, ehe ich in den Krieg ziehe. Aber du und wir haben auf Hunderte von Meilen denselben Weg. Daher wird auch Boromir zur Gemeinschaft gehören. Er ist ein tapferer Mann.«

»Dann müssen noch zwei gefunden werden«, sagte Elrond. »Darüber will ich nachdenken. Vielleicht finde ich unter meinem Gefolge jemanden, den zu entsenden mich gut dünkt.«

»Aber dann bleibt ja kein Platz für uns!« rief Pippin ganz bestürzt. »Wir wollen nicht zurückbleiben. Wir wollen mit Frodo gehen.«

»Nur weil ihr nicht versteht und euch nicht vorstellen könnt, was euch bevorsteht«, sagte Elrond.

»Das tut Frodo auch nicht«, sagte Gandalf und unterstützte Pippin damit unerwartet. »Und keiner von uns sieht bis jetzt klar. Es ist richtig, würden diese Hobbits die Gefahr erkennen, dann würden sie nicht wagen, mitzugehen. Aber sie würden immer noch den Wunsch haben, zu gehen, oder wünschen, daß sie es wagten, und beschämt und unglücklich sein. Ich glaube, Elrond, daß es in diesem Fall gut wäre, eher auf ihre Freundschaft als auf große Weisheit zu vertrauen. Selbst wenn Ihr für uns einen Elbenfürsten wie Glorfindel auswählt, könnte er doch nicht den Dunklen Turm stürmen oder den Weg zum Feuer bahnen kraft der Macht, die er besitzt.«

»Es ist gewichtig, was Ihr sagt«, antwortete Elrond, »doch ich habe Zweifel. Ich sehe voraus, daß das Auenland nicht frei von Gefahr sein wird; und diese beiden hatte ich dorthin zurückschicken wollen als Boten, damit sie nach Möglichkeit ihre Landsleute vor der ihnen drohenden Gefahr warnen sollten. Jedenfalls bin ich der Meinung, daß der jüngere der beiden, Peregrin Tuk, zurückbleiben sollte. Mein Herz spricht dagegen, daß er mitgeht.«

»Dann, Herr Elrond, werdet Ihr mich ins Gefängnis werfen oder in einen Sack verschnürt heimschicken müssen«, sagte Pippin. »Denn sonst werde ich der Gemeinschaft folgen.«

»Dann soll es so sein. Du kannst mitgehen«, sagte Elrond und seufzte. »Nun ist die Zahl Neun voll. In sieben Tagen muß die Gemeinschaft aufbrechen.«

Elendils Schwert wurde von Elben-Schmieden neu geschmiedet, und auf seiner Klinge wurden als Sinnbild sieben Sterne zwischen der Mondsichel und der strahlenden Sonne eingraviert, und darüber standen viele Runen. Denn Aragorn, Arathorns Sohn, zog in den Krieg im Grenzgebiet von Mordor. Sehr hell strahlte das Schwert, als es wieder heil war; das Licht der Sonne schien rötlich auf ihm und das Licht des Mondes kalt, und seine Schneide war hart und scharf. Und Aragorn gab ihm einen neuen Namen und nannte es Andúril, Flamme des Westens.

Aragorn und Gandalf gingen zusammen spazieren oder saßen beieinander und sprachen über ihren Weg und die Gefahren, denen sie begegnen würden; und sie zogen die durch Sagen ergänzten und bebilderten Landkarten und die Lehrbücher zu Rate, die in Elronds Haus waren. Manchmal war Frodo bei ihnen; doch war er es zufrieden, sich auf ihre Führung zu verlassen, und er verbrachte möglichst viel Zeit mit Bilbo.

In jenen letzten Tagen saßen die Hobbits des Abends zusammen in der Halle des Feuers, und dort hörten sie unter vielen anderen Erzählungen das ganze Lied von Beren und Lúthien und der Gewinnung des Großen Edelsteins; doch tagsüber, wenn sich Merry und Pippin draußen herumtrieben, fand man Frodo und Sam bei Bilbo in seinem kleinen Zimmer. Dann las Bilbo aus seinem Buch vor (das offenbar immer noch längst nicht fertig war) oder er gab Kostproben von seinen Versen oder machte sich Notizen über Frodos Abenteuer.

Am Morgen des letzten Tages war Frodo allein bei Bilbo, und der alte Hobbit holte unter seinem Bett eine Holzkiste hervor. Er hob den Deckel auf und stöberte darin herum.

»Hier ist dein Schwert«, sagte er. »Doch wie du weißt, war es zerbrochen. Ich nahm es an mich, um es sicher aufzubewahren, habe aber vergessen, die Schmiede zu fragen, ob sie es heilmachen könnten. Jetzt ist keine Zeit mehr dazu. Deshalb dachte ich, du würdest vielleicht gern dieses hier nehmen, was meinst du?«

Er nahm aus der Kiste ein kleines Schwert, das in einer alten, schäbigen Lederscheide steckte. Dann zog er es heraus, und seine blankgeputzte und gut gepflegte Klinge glitzerte plötzlich, kalt und hell. »Das ist Stich«, sagte er und stieß es mit wenig Mühe tief in einen Holzbalken. »Nimm es, wenn du magst. Ich werde es vermutlich nicht wieder brauchen.«

Frodo nahm es dankbar an.

»Und dann ist das noch da«, fuhr Bilbo fort. Er holte ein Paket heraus, das für seine Größe ziemlich schwer zu sein schien. Er wickelte verschiedene Lappen ab und hielt dann ein kleines Panzerhemd hoch. Es war dicht gewebt aus vielen Ringen, beinahe so schmiegsam wie Leinen, kalt wie Eis und härter als Stahl. Es glänzte wie mondbeschienenes Silber und war besetzt mit weißen Edelsteinen. Zu ihm gehörte ein Schwertgehänge mit Perlen und Bergkristall.

»Hübsch, das Ding, nicht wahr?« sagte Bilbo und bewegte es im Licht. »Und nützlich. Es ist mein Zwergen-Panzerhemd, das Thorin mir geschenkt hat. Ich habe es von Michelbinge zurückgeholt, ehe ich aufbrach, und mit meinem Gepäck hergebracht. Alle Erinnerungsstücke an meine Fahrt habe ich mitgebracht, mit Ausnahme des Ringes. Aber ich hatte nicht erwartet, hierfür wieder Verwendung zu haben, und ich brauche es jetzt nicht, außer um es manchmal zu betrachten. Du spürst das Gewicht kaum, wenn du es anhast.«

»Ich würde aussehen – nun ja, ich glaube, es wäre nicht angemessen für mich«, sagte Frodo.

»Genau das habe ich auch gesagt«, erwiderte Bilbo. »Aber mach dir nichts draus, wie es aussieht. Du kannst es unter deiner Überkleidung tragen. Komm schon! Es soll ein Geheimnis zwischen uns sein. Verrate es keinem anderen! Aber ich wäre beruhigter, wenn ich wüßte, daß du es trägst. Ich könnte mir vorstellen, daß es sogar die Dolche der Schwarzen Reiter abhält«, fügte er leise hinzu.

»Nun gut, dann werde ich es nehmen«, sagte Frodo. Bilbo legte es ihm an und befestigte Stich an dem glitzernden Schwertgehänge; und dann zog Frodo seine alten, abgetragenen Hosen, Wams und Jacke darüber.

»Wie ein ganz gewöhnlicher Hobbit schaust du aus«, sagte Bilbo. »Aber jetzt ist mehr an dir dran, als äußerlich zu sehen ist. Viel Glück wünsche ich dir!« Er wandte sich ab, blickte aus dem Fenster und versuchte, eine Melodie zu summen.

»Ich weiß gar nicht, wie ich dir dafür danken soll, Bilbo, und für alles Gute, das du mir bisher angetan hast«, sagte Frodo.

»Versuche es gar nicht erst«, sagte der alte Hobbit, drehte sich um und schlug ihm auf den Rücken. »Au!« rief er. »Du bist jetzt zu hart, als daß man dich schlagen könnte! Aber so ist es nun mal: Hobbits müssen zusammenhalten, und Beutlins besonders. Die einzige Gegenleistung, um die ich dich bitte, ist: paß möglichst gut auf dich auf und bringe alle Nachrichten mit, die du erhalten kannst, und alle alten Lieder und Erzählungen, an die du herankommst. Ich will mein Bestes tun, um mein Buch zu beenden, ehe du zurückkommst. Ich würde gern noch ein zweites schreiben, wenn ich solange am Leben bleibe.« Er unterbrach sich, wandte sich wieder zum Fenster und sang leise.

Am Feuer sitze ich und denk
  An alles, was ich sah,
Und Sommerzeit und Falterflug
  Von einst sind wieder da,

Altweiberfäden, gelbes Laub
  Im Herbst, der damals war
Mit Morgendunst und blassem Licht
  Und Wind auf meinem Haar.

Am Feuer sitze ich und denk,
  Die Welt ist wunderlich,
Folgt auf den Winter doch der Lenz –
  Dereinst nicht mehr für mich.

So vieles gibt es immer noch,
  Das hab ich nie gesehn,
Ist anders doch in jedem Jahr
  Das Grün des Frühlings schön.

An viele Leute denk ich da,
  Die sind schon längst nicht mehr;
Wird nach mir noch so mancher sein,
  Der kümmert mich nicht sehr.

Doch wie ich da so sitz und denk,
Da horch ich unverwandt
Nach lieben Schritten an der Tür
Und Stimmen wohlbekannt.

Es war ein kalter, grauer Tag gegen Ende Dezember. Der Ostwind fegte durch die kahlen Äste der Bäume und rauschte in den dunklen Föhren auf den Bergen. Wolkenfetzen jagten über ihre Köpfe hinweg, dunkel und niedrig. Als die freudlosen Schatten des frühen Abends niedersanken, machte sich die Gruppe zum Aufbruch bereit. Sie sollten in der Dämmerung losgehen, denn Elrond hatte ihnen geraten, im Schutze der Nacht zu wandern, so oft sie konnten, bis sie weit von Bruchtal wären.

»Ihr solltet die vielen Augen von Saurons Dienern fürchten«, sagte er. »Ich zweifle nicht, daß Nachrichten über die Niederlage der Reiter ihn schon erreicht haben, und er wird voller Zorn sein. Bald werden nun seine Späher auf der Erde und in den Lüften in den nördlichen Landen unterwegs sein. Selbst vor dem Himmel über euch müßt ihr euch hüten auf eurem Weg.«

Die Gemeinschaft nahm wenig Kriegsgerät mit, denn sie setzten ihre Hoffnung auf Heimlichkeit, nicht auf Kampf. Aragorn hatte nur Andúril, doch keine andere Waffe, und er war in abgetragenes Grün und Braun gekleidet wie ein Waldläufer in der Wildnis. Boromir hatte ein Langschwert in der Art von Andúril, aber von weniger edler Herkunft, und er trug auch einen Schild und sein Kriegshorn.

»Laut und klar erschallt es in den Tälern der Berge«, sagte er, »und dann sollen alle Feinde Gondors fliehen!« Er setzte es an die Lippen und blies, und das Echo sprang von Felsen zu Felsen, und alle, die diesen Ton in Bruchtal hörten, schreckten hoch.

»Ihr solltet das Horn nicht wieder blasen, Boromir«, sagte Elrond, »bis Ihr an den Grenzen Eures Landes steht und in bitterer Not seid.«

»Vielleicht«, antwortete Boromir. »Aber immer habe ich beim Aufbruch mein Horn erschallen lassen, und wenn wir auch hernach im Schatten wandern mögen, will ich doch nicht wie ein Dieb in der Nacht davongehen.«

Gimli, der Zwerg, war der einzige, der offen ein kurzes Hemd aus Stahlringen trug, denn den Zwergen machen Lasten nichts aus; und in seinem Gürtel steckte eine Axt mit breitem Blatt. Legolas hatte einen Bogen und einen Köcher und in seinem Gürtel einen langen, weißen Dolch. Die jüngeren Hobbits trugen die Schwerter aus dem Hügelgrab; doch Frodo nahm nur Stich; und sein Panzerhemd blieb, wie Bilbo es gewünscht hatte, verborgen. Gandalf trug seinen Stab, doch gegürtet an seiner Seite war das Elbenschwert Glamdring, das Gegenstück zu Orcrist, das nun auf Thorins Brust unter dem Einsamen Berg lag.

Alle waren von Elrond gut mit warmer Kleidung ausgestattet worden, und sie hatten mit Pelz gefütterte Jacken und Mäntel. Lebensmittel, zusätzliche Kleidung und Decken und andere notwendige Dinge wurden auf ein Pony geladen; und kein anderes war es als das arme Tier, das sie aus Bree mitgebracht hatten.

Die Gefährten

Der Aufenthalt in Bruchtal hatte Wunder bei ihm gewirkt: sein Fell schimmerte, und es schien die Kraft der Jugend zu haben. Sam hatte darauf bestanden, es mitzunehmen und behauptet, Lutz (wie er es genannt hatte) würde vor Gram vergehen, wenn er nicht mitkönne.

»Das Tier kann fast sprechen«, sagte er, »und würde sprechen, wenn es noch länger hierbliebe. Es warf mir einen Blick zu, der ebenso deutlich das besagte, was Herr Pippin ausgesprochen hat: wenn du mich nicht mitgehen läßt, Sam, folge ich dir auf eigene Verantwortung.« So kam Lutz als Lasttier mit, doch war er der einzige Teilnehmer an der Fahrt, der nicht niedergeschlagen zu sein schien.

Die Abschiedsworte waren in der großen Halle am Feuer gesprochen worden, und jetzt warteten sie nur auf Gandalf, der noch nicht aus dem Haus gekommen war. Ein Schimmer des Kaminfeuers drang durch die offenen Türen, und sanfte Lichter glühten in vielen Fenstern. Bilbo, in einen Mantel gehüllt, stand schweigend neben Frodo auf den Treppenstufen. Aragorn saß und hatte den Kopf auf die Knie niedergebeugt; nur Elrond konnte ganz ermessen, was diese Stunde für ihn bedeutete. Die anderen sah man nur als graue Schatten in der Dunkelheit.

Sam stand neben dem Pony, spielte mit der Zunge an den Zähnen und starrte trübsinnig hinab in die Dämmerung, in der der Fluß steinern brauste; seine Abenteuerlust war auf dem Tiefpunkt angelangt.

»Lutz, mein Jung«, sagte er, »du hättest dich nicht mit uns einlassen sollen. Du hättest hierbleiben und das beste Heu fressen können, bis das neue Gras kommt.« Lutz schlug mit dem Schweif und sagte nichts.

Sam schob sich den Rucksack auf den Schultern zurecht, ging im Geist alle Dinge durch, die er hineingepackt hatte und überlegte sich, ob er etwas vergessen hatte: sein wichtigster Schatz, sein Kochgeschirr; und die kleine Büchse mit Salz, die er immer bei sich trug und nachfüllte, wann immer er konnte; und ein guter Vorrat Pfeifenkraut (aber bei weitem nicht genug, möchte ich wetten); Feuerstein und Zunder; Wollstrümpfe; Wäsche; verschiedene Kleinigkeiten seines Herrn, die Frodo vergessen und Sam eingepackt hatte, um sie triumphierend herauszuholen, wenn sie gebraucht wurden. Er ging sie alle durch.

»Ein Seil!« murmelte er. »Kein Seil! Und erst gestern abend hast du dir gesagt: ›Sam, wie ist es mit einem Stück Seil? Du wirst es brauchen, wenn du keins hast.‹ Ja, ich werde es brauchen. Jetzt kann ich keins mehr beschaffen.«

In diesem Augenblick kam Elrond mit Gandalf heraus, und er rief die Gemeinschaft zu sich. »Dies ist mein letztes Wort«, sagte er leise. »Der Ringträger macht sich auf die Suche nach dem Schicksalsberg. Ihm allein ist eine Verantwortung auferlegt: er darf den Ring weder wegwerfen noch ihn einem Diener des Feindes ausliefern oder ihn auch nur irgend jemand anderem überlassen als den Mitgliedern der Gemeinschaft oder des Rates, und auch das nur in der größten Not. Die anderen gehen als freiwillige Gefährten mit ihm, um ihm auf seinem Weg behilflich zu sein. Ihr mögt verweilen oder umkehren oder andere Pfade beschreiten, wenn sich die Möglichkeit bietet. Je weiter ihr geht, um so weniger leicht wird es sein, zurückzukommen; dennoch wird euch kein Eid und keine

Verpflichtung auferlegt, weiter zu gehen, als ihr wollt. Denn noch kennt ihr nicht die Stärke eurer Herzen und könnt nicht voraussehen, was jedem von euch auf der Straße begegnen mag.«
»Treulos ist, wer Lebewohl sagt, wenn die Straße dunkel wird«, sagte Gimli.
»Vielleicht«, sagte Elrond. »Aber laßt denjenigen nicht geloben, im Dunkeln zu wandern, der den Einbruch der Nacht nicht gesehen hat.«
»Doch mag ein geschworenes Wort das zitternde Herz stärken«, sagte Gimli.
»Oder es brechen«, erwiderte Elrond. »Schaut nicht zu weit voraus! Aber geht nun guten Mutes! Lebt wohl, und möge der Segen der Elben und Menschen und aller Freien Völker euch begleiten. Mögen die Sterne euer Angesicht bescheinen!«
»Viel ... viel Glück!« rief Bilbo und stotterte vor Kälte. »Ich vermute, du wirst kein Tagebuch führen können, Frodo, mein Junge, aber ich erwarte einen vollständigen Bericht, wenn du zurückkommst. Und bleibe nicht zu lange fort! Lebwohl!«

Noch viele andere von Elronds Gefolge standen im Schatten, schauten ihnen nach, als sie gingen, und sagten ihnen mit leisen Stimmen Lebewohl. Es gab kein Lachen, kein Lied und keine Musik. Schließlich wandten sie sich ab und verschwanden schweigend in der Dämmerung.

Sie überschritten die Brücke und erklommen langsam den steilen Pfad, der aus der Talschlucht von Bruchtal hinausführte; und schließlich kamen sie zu dem Hochmoor, wo der Wind durch die Heide pfiff. Sie warfen noch einen Blick auf das Letzte Heimelige Haus, dessen Lichter unter ihnen schlummerten, und schritten weit in die Nacht von dannen.

An der Bruinenfurt verließen sie die Straße, wandten sich nach Süden und gingen auf schmalen Pfaden durch das hügelige Land. Sie hatten vor, diese Richtung westlich des Gebirges auf viele Meilen und Tage beizubehalten. Die Gegend war viel rauher und öder als in dem grünen Tal des Großen Stroms in Wilderland auf der anderen Seite der Bergkette, und sie würden langsam vorankommen. Doch hofften sie, auf diese Weise der Aufmerksamkeit feindlicher Augen zu entgehen. Saurons Späher hatte man bisher selten in diesem verlassenen Lande gesehen, und die Pfade waren kaum jemandem bekannt außer dem Volk von Bruchtal.

Gandalf ging voran und neben ihm Aragorn, der diese Gegend selbst im Dunkeln kannte. Die anderen folgten im Gänsemarsch, und Legolas, der scharfe Augen hatte, bildete die Nachhut. Der erste Teil ihrer Wanderung war bitter und mühselig, und Frodo behielt kaum eine Erinnerung, abgesehen von dem Wind. An vielen sonnenlosen Tagen wehte er eisig kalt von dem Gebirge im Osten, und kein Kleidungsstück schien imstande zu sein, seine tastenden Finger abzuhalten. Obwohl die Gemeinschaft warme Kleidung hatte, war ihr selten warm, weder beim Gehen noch beim Rasten. Sie schliefen unruhig um die Mitte des Tages in irgendeiner Mulde oder verborgen unter dem Gestrüpp von Dornbüschen, die an vielen Stellen wuchsen. Am späten Nachmittag wurden sie von der Wache geweckt und nahmen ihre Hauptmahlzeit ein: ein kaltes und freudloses Mahl in der Regel, denn sie konnten es selten wagen, Feuer zu machen. Abends gingen sie dann wieder weiter, immer so weit nach Süden, wie sie nur einen Weg finden konnten.

Zuerst schien es den Hobbits, daß sie zwar gingen und vorwärtsstolperten, bis sie müde waren, aber doch langsam wie Schnecken vorwärtskrochen und nirgends hinkamen. Jeden Tag sah das Land nicht viel anders aus als am Vortag. Und doch rückte das Gebirge ständig näher. Südlich von Bruchtal waren die Berge höher und zogen sich nach Westen; und am Fuße der Hauptkette erstreckte sich sogar ein noch größeres Gewimmel schwarzer Berge und tiefer Täler mit ungestümen Gewässern. Es gab wenig Pfade, und sie waren gewunden und führten sie oft nur an den Rand irgendeines steilen Abhangs oder hinunter in tückische Moore.

Sie waren etwa zwei Wochen unterwegs, als sich das Wetter änderte. Der Wind legte sich plötzlich und sprang dann nach Süden um. Die rasch ziehenden Wolken stiegen höher und lösten sich auf, und die Sonne kam heraus, blaß und hell. Nach einem langen, mühsamen Nachtmarsch dämmerte ein kalter, klarer Morgen. Die Wanderer erreichten einen niedrigen Grat, gekrönt von alten Hulstbäumen, deren graugrüne Stämme aussahen, als bestünden sie aus dem Gestein der Berge. Ihre dunklen Blätter glänzten, und ihre Beeren glühten rot im Schein der aufgehenden Sonne.

Weit im Süden sah Frodo undeutlich die Umrisse hoher Berge, die sich quer zu dem Weg, den die Gruppe ging, zu erstrecken schienen. Links von dieser hohen Kette erhoben sich drei Gipfel; der höchste und nächste stand aufrecht wie ein mit Schnee bedeckter Zahn; sein großer, kahler Nordhang war noch weitgehend im Schatten, doch wo das Sonnenlicht schräg auf ihn fiel, schimmerte er rot.

Gandalf stand neben Frodo und beschattete die Augen mit der Hand, als er Ausschau hielt. »Wir haben's gut gemacht«, sagte er. »Wir haben die Grenzen des Landes erreicht, das die Menschen Hulsten nennen; viele Elben lebten hier in glücklicheren Tagen, als es noch Eregion hieß. Fünfundvierzig Wegstunden, wie die Krähe fliegt, haben wir zurückgelegt, obwohl unsere Füße viele lange Meilen mehr gelaufen sind. Das Land und das Wetter werden jetzt milder sein, aber vielleicht um so gefährlicher.«

»Gefährlich oder nicht, ein richtiger Sonnenaufgang ist höchst willkommen«, sagte Frodo, warf seine Kapuze zurück und ließ sich die Morgensonne aufs Gesicht scheinen.

»Aber das Gebirge liegt nun vor uns«, sagte Pippin. »Wir müssen in der Nacht nach Osten gegangen sein.«

»Nein«, antwortete Gandalf. »Aber bei Tageslicht kannst du weiter sehen. Die Kette hinter diesen Gipfeln zieht sich nach Südwesten. Es gibt viele Landkarten in Elronds Haus, aber vermutlich bist du nie auf den Gedanken gekommen, sie dir anzuschauen?«

»Doch, das habe ich manchmal getan«, sagte Pippin, »aber ich erinnere mich nicht mehr. Frodo hat einen besseren Kopf für derlei Dinge.«

»Ich brauche keine Karte«, sagte Gimli, der mit Legolas herangekommen war und mit einem seltsamen Leuchten in seinen tiefliegenden Augen um sich schaute. »Das ist das Land, wo unsere Väter einst arbeiteten, und das Bild dieser Berge haben wir in vielen Werken aus Metall und Stein festgehalten und in vielen Liedern und Erzählungen. Sie spielen eine große Rolle in unseren Träumen: Baraz, Zirak, Shathûr.

Erst einmal in meinem Leben habe ich sie von weitem wirklich gesehen, aber ich kenne sie und ihre Namen, denn unter ihnen liegt Khazad-dûm, die Zwergenbinge, die jetzt Schwarze Grube heißt, Moria in der Elbensprache. Dort drüben erhebt sich Barazinbar, das Rothorn, der grausame Caradhras; und dahinter sind die Silberzinne und der Wolkenkopf: Celebdil der Weiße und Fanuidhol der Graue, die wir Zirak-zigil und Bundushathûr nennen.

Dort teilt sich das Nebelgebirge, und zwischen den beiden Gabeln liegt das tiefschattige Tal, das wir nicht vergessen können: Azanulbizar, das Schattenbachtal, das die Elben Nanduhirion nennen.«

»Das Schattenbachtal ist unser Ziel«, sagte Gandalf. »Wenn wir den Paß erklimmen, der Rothornpaß heißt, am anderen Ende des Caradhras, dann kommen wir über den Schattenbachsteig hinunter in das tiefe Tal der Zwerge. Dort liegt der Spiegelsee, und dort hat der Fluß Silberlauf seine eisigen Quellen.«

»Dunkel ist das Wasser des Kheled-zâram«, sagte Gimli, »und kalt sind die Quellen des Kibil-nâla. Mein Herz zittert bei dem Gedanken, daß ich sie vielleicht bald sehe.«

»Mögest du dich des Anblicks erfreuen, mein guter Zwerg!« sagte Gandalf. »Aber was immer du tun magst, wir jedenfalls können in jenem Tal nicht bleiben. Wir müssen entlang des Silberlaufs in die geheimen Wälder gehen und auf diesem Wege zum Großen Strom, und dann...«

Er hielt inne.

»Ja, und wohin dann?« fragte Merry.

»Zum Ziel unserer Wanderung – am Ende«, antwortete Gandalf. »Zu weit voraus können wir nicht schauen. Laßt uns froh sein, daß wir den ersten Abschnitt bewältigt haben. Ich glaube, wir werden hier rasten, nicht nur tagsüber, sondern auch in der Nacht. Die Luft ist bekömmlich in Hulsten. Viel Böses muß ein Land befallen, ehe es die Elben ganz vergißt, die einstmals hier wohnten.«

»Das ist wahr«, sagte Legolas. »Doch gehörten die Elben dieses Landes zu einem Volk, das uns, den Waldelben, fremd war, und die Bäume und das Gras erinnern sich ihrer nicht mehr. Nur höre ich, wie die Steine um sie klagen: *tief gruben sie uns aus, schön verarbeiteten sie uns, hoch bauten sie uns; aber sie sind fort.* Sie sind fort. Vor langer Zeit suchten sie die Anfurten.«

An jenem Morgen machten sie ein Feuer in einer tiefen Mulde, die geschützt war durch große Hulstbüsche, und ihr Abendbrot-Frühstück war das fröhlichste seit Bruchtal. Sie hatten es nicht eilig mit dem Schlafen, denn sie erwarteten, daß sie die ganze Nacht würden durchschlafen können, und vor dem Abend des nächsten Tages wollten sie nicht weitergehen. Nur Aragorn war schweigsam und unruhig. Nach einer Weile verließ er die Gefährten und schlenderte auf den Kamm; dort stand er im Schatten eines Baumes, schaute nach Süden und Westen und hielt den Kopf, als ob er lauschte. Dann kam er zum Rand der Mulde zurück und blickte hinunter auf die anderen, die lachten und sich unterhielten.

»Was ist los, Streicher?« rief Merry hinauf. »Was suchst du? Vermißt du den Ostwind?«

»Nein, wirklich nicht«, antwortete er. »Aber ich vermisse etwas. Ich bin zu vielen Jahreszeiten im Lande Hulsten gewesen. Kein Volk wohnt mehr hier, doch zu allen Zeiten gab es viele andere Geschöpfe, vor allem Vögel. Und doch sind jetzt alle Lebewesen außer euch still. Ich spüre das. Nichts ist zu hören auf Meilen im Umkreis, und eure Stimmen scheinen ein Echo im Boden hervorzurufen. Ich verstehe es nicht.«

Gandalf schaute auf, plötzlich interessiert. »Aber was, glaubst du, könnte der Grund sein?« fragte er. »Steckt mehr dahinter als die Überraschung, vier Hobbits zu sehen, ganz zu schweigen von uns anderen, wo Leute hier so selten gesehen oder gehört werden?«

»Ich hoffe, daß es das ist«, antwortete Aragorn. »Aber ich bin von einem Gefühl der Wachsamkeit und Furcht erfüllt, das ich hier noch nie gehabt habe.«

»Dann müssen wir vorsichtiger sein«, sagte Gandalf. »Wenn man einen Waldläufer bei sich hat, dann tut man gut daran, auf ihn zu hören, besonders wenn der Waldläufer Aragorn ist. Wir dürfen nicht mehr laut reden, sondern müssen still sein und eine Wache aufstellen.«

Sam war an der Reihe, an jenem Tag die erste Wache zu übernehmen, aber Aragorn gesellte sich zu ihm. Die andern schliefen ein. Dann nahm die Stille so zu, daß sogar Sam es merkte. Das Atmen der Schläfer war deutlich zu hören. Das Schweifschlagen des Ponys und das gelegentliche Scharren seiner Hufe wurden zu lauten Geräuschen. Sam konnte seine eigenen Gelenke knacken hören, wenn er sich bewegte. Eine Totenstille war um ihn, und über allem hing ein klarer, blauer Himmel, als die Sonne vom Osten aus höher stieg. Weit im Süden erschien ein dunkler Fleck und wuchs und zog nach Norden wie Rauch, der vom Wind getrieben wird.

»Was ist das, Streicher? Es sieht nicht wie eine Wolke aus«, sagte Sam flüsternd zu Aragorn. Er antwortete nicht, sondern starrte gebannt auf den Himmel; es dauerte nicht lange, da konnte auch Sam sehen, was sich da näherte. Schwärme von Vögeln, die sehr schnell flogen, große Kreise zogen und das ganze Land überspannten, als ob sie etwas suchten; und sie kamen stetig näher.

»Leg dich flach und still hin«, zischte Aragorn und zog Sam in den Schatten eines Hulstbaumes; denn eine ganze Schar hatte sich plötzlich von dem Hauptschwarm abgesondert und flog in geringer Höhe auf den Bergrücken zu. Sam hielt die Vögel für eine große Krähenart. Als sie über ihren Köpfen hinwegflogen in einem so dichten Haufen, daß ihr Schatten ihnen dunkel über den Boden unten folgte, hörte man ein rauhes Krächzen.

Erst als sie sich nach Norden und Westen entfernt hatten und der Himmel wieder klar war, erhob sich Aragorn. Er sprang auf und weckte Gandalf.

»Scharen von schwarzen Krähen überfliegen das ganze Land zwischen dem Gebirge und der Grauflut«, sagte er. »Sie haben auch Hulsten überflogen. Sie sind hier nicht heimisch; es sind *crebain* aus Fangorn und Dunland. Ich weiß nicht, was sie vorhaben: möglicherweise fliehen sie vor irgendwelchen Gefahren im Süden; aber ich glaube eher, daß sie das Land auskundschaften. Ich habe auch viele Falken gesehen, die sehr hoch flogen. Ich glaube, wir sollten heute abend weitergehen. Hulsten ist für uns nicht länger sicher: es wird beobachtet.«

»Und der Rothornpaß dann ebenso«, sagte Gandalf. »Wie wir da hinüberkommen sollen, ohne gesehen zu werden, kann ich mir nicht vorstellen. Aber darüber werden wir nachdenken, wenn es soweit ist. Daß wir aufbrechen sollten, sobald es dunkel ist, damit hast du, fürchte ich, recht.«

»Zum Glück hat unser Feuer nicht stark geraucht und war schon ziemlich heruntergebrannt, als die *crebain* kamen«, sagte Aragorn. »Es muß ausgehen, und wir dürfen es nicht wieder anmachen.

»Na, wenn das nicht abscheulich und ärgerlich ist!« sagte Pippin. Die Neuigkeit: kein Feuer und nachts weitergehen, war ihm schonend beigebracht worden, als er am Spätnachmittag aufwachte. »Und alles wegen eines Schwarms Krähen! Ich hatte mich auf eine wirklich gute Mahlzeit heute abend gefreut: etwas Warmes!«

»Du kannst dich weiter darauf freuen«, sagte Gandalf. »Es mögen dir noch viele unerwartete Festessen bevorstehen. Was mich betrifft, so hätte ich gern eine Pfeife, um behaglich zu rauchen, und wärmere Füße. Eins steht jedenfalls fest: es wird wärmer, wenn wir nach Süden kommen.«

»Zu warm, das würde mich nicht wundern«, sagte Sam leise zu Frodo. »Aber ich finde es allmählich Zeit, daß wir den Feurigen Berg zu Gesicht bekommen und das Ende der Straße sehen, sozusagen. Zuerst dachte ich, es sei dieses Rothorn hier, oder wie immer es heißt, bis dann Gimli sein Sprüchlein hersagte. Ganz schön zungenbrecherisch muß die Zwergensprache sein!« Landkarten sagten Sam gar nichts, und alle Entfernungen in diesen fremden Landen waren so riesig, daß er sich gar nicht mehr zurechtfand.

Den ganzen Tag über hielt sich die Gemeinschaft versteckt. Immer wieder flogen die schwarzen Vögel über sie hinweg; aber als die Sonne rot im Westen unterging, verschwanden sie nach Süden. In der Abenddämmerung machte sich die Gemeinschaft auf den Weg; sie wandten sich halb nach Osten und hielten auf den Caradhras zu, der weit entfernt im letzten Schein der verschwindenden Sonne schwach rot schimmerte. Ein weißer Stern nach dem anderen kam heraus, als der Himmel verblaßte.

Unter Führung von Aragorn fanden sie einen guten Weg. Frodo kam es vor, als sei er ein Überbleibsel einer alten Straße von Hulsten zum Gebirgspaß, die einst breit und gut angelegt gewesen war. Der Mond, der jetzt voll war, stieg über den Bergen auf und warf ein blasses Licht, in dem die Schatten der Steine schwarz waren. Viele sahen aus, als ob sie von Hand bearbeitet worden seien, obwohl sie jetzt durcheinandergeworfen und in Trümmern in einer unwirtlichen, kahlen Landschaft lagen.

Es war die kalte, schauerliche Stunde vor der Morgendämmerung, und der Mond stand tief. Frodo schaute zum Himmel auf. Plötzlich sah oder fühlte er, wie ein Schatten vor den Sternen vorbeizog, als ob sie einen Augenblick verblaßten und dann wieder leuchteten. Ihm rann ein Schauer über den Rücken.

»Hast du etwas vorüberziehen sehen?« flüsterte er Gandalf zu, der vor ihm ging.

»Nein, aber ich fühlte es, was immer es war«, antwortete er. »Es mag nichts gewesen sein, nur ein Wolkenfetzchen.«

»Dann ist es aber schnell dahingesegelt«, murmelte Aragorn, »und nicht mit dem Wind.«

Nichts weiter geschah in jener Nacht. Der nächste Morgen wurde sogar noch strahlender als der vorige. Aber es war wieder kalt; schon drehte sich der Wind wieder auf Osten. Noch zwei Nächte marschierten sie weiter und stiegen stetig, aber langsamer, denn ihr Weg kletterte in die Berge hinauf, und das Gebirge türmte sich immer näher und näher auf. Am dritten Morgen erhob sich der Caradhras vor ihnen, ein mächtiger Gipfel, dessen Spitze mit Schnee wie mit Silber bedeckt war, dessen steile, kahle Hänge aber dunkelrot wie mit Blut befleckt waren.

Der Himmel sah schwärzlich aus, und die Sonne war fahl. Der Wind hatte jetzt auf Nordost gedreht. Gandalf schnupperte in der Luft und schaute zurück.

»Es wird Winter hinter uns«, sagte er leise zu Aragorn. »Die Höhen im Norden sind weißer, als sie waren; und der Schnee auf ihren Hängen reicht weiter hinunter. Heute nacht werden wir hoch hinauf müssen zum Rothornpaß. Auf dem schmalen Weg kann es sein, daß wir von Spähern gesehen werden, und irgend etwas Böses mag uns auflauern; doch vielleicht erweist sich das Wetter als ein schrecklicherer Feind als alles andere. Was hältst du jetzt von deinem Weg, Aragorn?«

Frodo hörte diese Worte mit an und entnahm daraus, daß Gandalf und Aragorn eine schon sehr viel früher begonnene Beratung fortsetzten. Er lauschte gespannt.

»Ich habe von Anfang bis zum Ende nicht viel von unserem Weg gehalten, das weißt du ganz genau, Gandalf«, antwortete Aragorn. »Und es werden immer mehr bekannte und unbekannte Gefahren auftauchen, je weiter wir gehen. Aber wir müssen weitergehen; und es hat keinen Zweck, den Übergang über die Berge hinauszuzögern. Weiter südlich gibt es keine Pässe mehr vor der Pforte von Rohan. Diesem Weg traue ich nicht seit deinen Nachrichten über Saruman. Wer weiß, welcher Seite jetzt die Marschälle der Herren der Rösser dienen?«

»Ja, wer weiß!« sagte Gandalf. »Aber es gibt noch einen Weg, und zwar nicht über den Paß des Caradhras: den dunklen und geheimen Weg, von dem wir gesprochen haben.«

»Aber laß uns nicht wieder davon sprechen! Noch nicht. Sage nichts zu den anderen, ich bitte dich, nicht ehe es klar ist, daß es keinen anderen Weg gibt.«

»Wir müssen uns entscheiden, ehe wir weitergehen«, antwortete Gandalf.
»Dann wollen wir uns die Sache durch den Kopf gehen lassen, während die anderen ruhen und schlafen«, sagte Aragorn.

Am späten Nachmittag, als die anderen ihr Frühstück beendeten, gingen Gandalf und Aragorn zusammen beiseite und schauten zum Caradhras hinüber. Seine Hänge waren jetzt dunkel und drohend, und der Gipfel war von grauen Wolken verhangen. Frodo beobachtete die beiden und fragte sich, welches Ergebnis die Beratung wohl haben werde. Als sie zu der Gruppe zurückkehrten, sprach Gandalf, und Frodo wußte nun, daß beschlossen worden war, das Wetter und den hohen Paß auf sich zu nehmen. Er war erleichtert. Er konnte nicht erraten, welches der andere dunkle und geheime Weg sei, aber seine bloße Erwähnung schien Aragorn schon mit Schrecken erfüllt zu haben, und Frodo war froh, daß der Plan aufgegeben worden war.

»Nach Anzeichen, die wir in letzter Zeit gesehen haben«, sagte Gandalf, »fürchte ich, daß der Rothornpaß beobachtet wird. Und ich habe auch Zweifel hinsichtlich des Wetters. Es mag Schnee geben. Wir müssen so schnell gehen, wie wir nur können. Selbst dann werden wir zwei Märsche brauchen, um die Höhe des Passes zu erreichen. Heute abend wird es früh dunkel werden. Wir müssen aufbrechen, sobald ihr fertig seid.«

»Ich möchte noch ein Wort des Rats hinzufügen, wenn ich darf«, sagte Boromir. »Ich bin unter dem Schatten des Weißen Gebirges geboren und weiß einiges über Wanderungen in großen Höhen. Wir werden in bittere Kälte geraten, wenn nicht in noch Schlimmeres, ehe wir auf der anderen Seite wieder hinunter kommen. Es wird uns nichts nützen, wenn wir uns so gut verbergen, daß wir dabei erfrieren. Wenn wir hier aufbrechen, wo noch ein paar Bäume und Büsche wachsen, sollte jeder von uns ein Bündel Brennholz mitnehmen, so groß, wie er es tragen kann.«

»Und Lutz könnte auch noch ein bißchen nehmen, nicht wahr, mein Jung?« sagte Sam. Das Pony sah ihn traurig an.

»Sehr gut«, sagte Gandalf. »Aber wir dürfen das Holz nicht verwenden – nicht, sofern wir nicht vor die Wahl gestellt sind zwischen Feuer und Tod.«

Die Gemeinschaft machte sich wieder auf den Weg und kam zuerst rasch voran; aber bald wurde der Weg steil und schwierig. Der sich schlängelnde und ansteigende Pfad war an vielen Stellen fast verschwunden und durch viele herabgestürzte Steine versperrt. Unter dicken Wolken wurde die Nacht stockdunkel. Ein bitterkalter Wind fegte über die Felsen. Um Mitternacht waren sie bis zu den Knien der hohen Berge gekommen. Ihr schmaler Pfad zog sich jetzt unter einer senkrechten Felswand zu ihrer Linken hin, über der sich die unheilvollen Flanken des Caradhras unsichtbar auftürmten; zu ihrer Rechten war ein Abgrund von Dunkelheit, denn hier fiel das Gelände plötzlich in eine tiefe Schlucht ab.

Mühselig erklommen sie einen steilen Hang und hielten oben einen Augenblick an. Frodo spürte eine sanfte Berührung auf seinem Gesicht. Er streckte den Arm aus und sah, wie mattweiße Schneeflocken auf seinen Ärmel niederfielen.

Die Gefährten

Sie gingen weiter. Aber es dauerte nicht lange, da schneite es heftig, die ganze Luft war voll Schnee, der Frodo in die Augen wirbelte. Die dunklen gebeugten Gestalten von Gandalf und Aragorn, die nur ein oder zwei Schritte vor ihm gingen, waren kaum zu sehen.

»Das gefällt mir ganz und gar nicht«, keuchte Sam hinter ihm. »Schnee ist gut an einem schönen Morgen, aber ich liege gern im Bett, wenn er fällt. Ich wünschte, diese Menge ginge nach Hobbingen. Da würden sich die Leute vielleicht freuen.« Außer in den Hochmooren des Nordviertels waren heftige Schneefälle im Auenland selten und wurden als ein erfreuliches Ereignis und eine Gelegenheit zur Kurzweil angesehen. Kein lebender Hobbit (mit Ausnahme von Bilbo) konnte sich an den Grausamen Winter von 1311 erinnern, als weiße Wölfe über den zugefrorenen Brandywein ins Auenland eindrangen.

Gandalf blieb stehen. Der Schnee lag dick auf seiner Kapuze und seinen Schultern; er reichte schon knöchelhoch an seine Stiefel.

»Das habe ich gefürchtet«, sagte er. »Was sagst du nun, Aragorn?«

»Daß ich es auch gefürchtet habe«, antwortete Aragorn, »aber weniger als andere Dinge. Ich kannte die Gefahr des Schnees, obwohl es selten so weit südlich so stark schneit, außer hoch oben im Gebirge, und wir sind noch nicht hoch; wir sind noch weit unten, wo die Pfade gewöhnlich den ganzen Winter über offen sind.«

»Ich frage mich, ob das eine List des Feindes ist«, sagte Boromir. »In meinem Land heißt es, er könne die Stürme im Schattengebirge, das an den Grenzen Mordors liegt, lenken. Er verfügt über seltsame Kräfte und viele Verbündete.«

»Sein Arm ist wahrlich lang geworden«, sagte Gimli, »wenn er Schnee vom Norden herabholen kann, um uns hier dreihundert Meilen entfernt zu plagen.«

»Sein Arm ist lang geworden«, sagte Gandalf.

Während sie anhielten, hatte sich der Wind gelegt, und das Schneien ließ nach, bis es fast aufhörte. Sie stapften weiter. Aber sie hatten nicht mehr als eine Achtelmeile zurückgelegt, als der Sturm mit neuer Wut wieder losbrach. Der Wind pfiff, und das Schneien wurde zu einem ausgewachsenen Schneesturm. Bald fiel selbst Boromir das Weitergehen schwer. Die Hobbits, völlig zusammengekrümmt, quälten sich hinter den größeren Leuten her, aber es war klar, daß sie nicht viel weiter gehen konnten, wenn das Schneetreiben anhielt. Frodos Füße waren schwer wie Blei. Pippin blieb zurück. Selbst Gimli, so zäh, wie nur irgendein Zwerg sein konnte, murrte, als er sich vorwärtsschleppte.

Die Gemeinschaft blieb plötzlich stehen, als ob sie sich wortlos darüber verständigt hätte. Sie hörten unheimliche Geräusche in der Dunkelheit, die sie umgab. Es mochte nur der Wind gewesen sein, der durch die Spalten und Rinnen der Felswand heulte, aber es klang wie schrille Schreie und wildes Gelächter. Steine begannen vom Berghang zu fallen, über ihre Köpfe zu sausen oder neben ihnen auf den Pfad zu schlagen. Immer wieder hörten sie ein dumpfes Rumpeln, als ob ein großer Gesteinsbrocken von den unsichtbaren Hängen über ihnen herabrollte.

Der Ring geht nach Süden

»Wir können heute nacht nicht weitergehen«, sagte Boromir. »Soll das Wind nennen, wer will; es sind grausame Stimmen in der Luft, und diese Steine sind auf uns gezielt.«

»Ich nenne es Wind«, sagte Aragorn. »Aber dadurch wird das, was du sagst, nicht unwahr. Es gibt viele böse und feindliche Wesen auf der Welt, die zwar wenig Liebe empfinden für jene, die auf zwei Beinen gehen, aber dennoch nicht mit Sauron verbündet sind, sondern ihre eigenen Ziele verfolgen. Manche sind länger auf dieser Welt gewesen als er.«

»Caradhras wurde der Grausame genannt und hatte einen schlechten Ruf«, sagte Gimli, »vor langen Jahren, als man in diesen Landen von Sauron noch nichts vernommen hatte.«

»Es kommt wenig darauf an, wer der Feind ist, wenn wir seinen Angriff nicht abschlagen können«, sagte Gandalf.

»Aber was können wir denn tun?« rief Pippin unglücklich. Er stützte sich auf Merry und Frodo und zitterte.

»Entweder hierbleiben, wo wir sind, oder zurückgehen«, sagte Gandalf. »Es hat keinen Zweck, weiterzugehen. Nur ein wenig höher, wenn ich mich recht erinnere, verläßt dieser Pfad die Felswand und durchläuft eine breite, flache Mulde am Fuß eines langen, steilen Hangs. Wir hätten dort keinen Schutz vor Schnee oder Steinen – oder sonst irgend etwas.«

»Und es hat keinen Zweck, zurückzugehen, solange der Sturm anhält«, sagte Aragorn. »Auf dem Weg herauf sind wir an keiner Stelle vorbeigekommen, die mehr Schutz bot als diese Felswand, unter der wir jetzt sind.«

»Schutz!« murmelte Sam. »Wenn das Schutz ist, dann sind eine Wand und kein Dach ein Haus.«

Die Gemeinschaft drängte sich jetzt so dicht an der Felswand zusammen, wie sie nur konnte. Sie lag nach Süden und sprang unten ein wenig vor, so daß sie hofften, sie würde ihnen etwas Schutz vor den Nordwinden und vor fallenden Steinen bieten. Aber der Wind wirbelte von allen Seiten, und der Schnee rieselte in immer dichteren Wolken herab.

Sie kauerten sich eng zusammen mit dem Rücken zur Felswand. Lutz, das Pony, stand geduldig, aber niedergeschlagen vor den Hobbits und schirmte sie ein wenig ab; aber es dauerte nicht lange, da reichte ihm der angewehte Schnee bis über die Fesselgelenke, und es stieg ein wenig höher. Wenn die Hobbits nicht größere Gefährten gehabt hätten, wären sie bald völlig vom Schnee begraben gewesen.

Eine große Schläfrigkeit überkam Frodo; er fühlte, wie er rasch in einen warmen und nebelhaften Traum versank. Er glaubte, ein Feuer wärme seine Zehen, und aus den Schatten am anderen Ende des Kamins hörte er Bilbos Stimme. *Ich halte nicht viel von deinem Tagebuch*, sagte er. *Schneestürme am zwölften Januar: du brauchtest nicht zurückzukommen, um mir das zu berichten!*

Aber ich wollte mich ausruhen und schlafen, Bilbo, antwortete Frodo mühsam, und dann merkte er, daß er geschüttelt wurde, und es war schmerzlich, geweckt zu werden. Boromir hatte ihn aus einem Nest aus Schnee aufgehoben.

»Das wird der Tod der Halblinge sein, Gandalf«, sagte Boromir. »Es ist sinnlos, hier sitzenzubleiben, bis uns der Schnee über die Köpfe reicht. Wir müssen etwas tun, um uns zu retten.«

»Gib ihnen das hier«, sagte Gandalf, kramte in seinem Rucksack und holte eine Lederflasche heraus. »Gerade ein Schluck für jeden – für uns alle. Es ist sehr kostbar. Es ist *miruvor*, der Heiltrank von Imladris. Elrond gab ihn mir beim Abschied. Reich ihn herum!«

Kaum hatte Frodo ein wenig von dem warmen und würzigen Trank geschluckt, spürte er neuen Mut in seinem Herzen, und die schwere Schläfrigkeit verließ seine Glieder. Auch die anderen waren belebt und schöpften neue Hoffnung und Kraft. Aber der Schnee ließ nicht nach. Er wirbelte dichter denn je um sie her, und der Wind pfiff lauter.

»Was haltet ihr jetzt von Feuer?« fragte Boromir plötzlich. »Die Wahl zwischen Feuer und Tod scheint jetzt nahe zu sein, Gandalf. Zweifellos werden wir vor feindlichen Augen verborgen sein, wenn der Schnee uns bedeckt, aber das wird uns nichts nützen.«

»Du kannst Feuer machen, wenn du es vermagst«, antwortete Gandalf. »Wenn irgendwelche Beobachter da sind, die diesen Sturm ertragen können, dann können sie uns mit oder ohne Feuer sehen.«

Aber obwohl sie auf Boromirs Rat Holz und Kienspäne mitgebracht hatten, überstieg es die Fähigkeiten von Elben und selbst Zwergen, eine Flamme zu schlagen, die sich in dem wirbelnden Wind hielt oder das nasse Holz in Brand setzte. Schließlich legte Gandalf widerstrebend selbst Hand an. Er nahm ein Reisigbündel auf, hielt es einen Augenblick hoch und stieß dann mit einem befehlenden Wort, *naur an edraith ammen!*, seinen Stab mitten hinein. Sofort schoß ein grüner und blauer Flammenstrahl hervor, das Holz entflammte sich und knisterte.

»Wenn welche da sind, es zu sehen, dann habe zumindest ich mich ihnen offenbart«, sagte er. »Ich habe *Gandalf ist hier* mit Zeichen geschrieben, die alle lesen können von Bruchtal bis zu den Mündungen des Anduin.«

Aber die Gruppe kümmerte sich nicht mehr um Beobachter oder feindliche Augen. Sie waren von Herzen froh, als sie den Schein des Feuers sahen. Das Holz brannte fröhlich; und obwohl ringsum der Schnee zischte und Schlammpfützen unter ihre Füße krochen, wärmten sie froh ihre Hände an der Glut. Da standen sie und beugten sich im Kreis über die kleinen tanzenden und flackernden Flammen. Ein roter Schein lag auf ihren müden und ängstlichen Gesichtern; hinter ihnen war die Nacht wie eine schwarze Wand.

Aber das Holz brannte schnell, und noch immer schneite es.

Das Feuer war heruntergebrannt und das letzte Reisigbündel daraufgeworfen.

»Die Nacht geht ihrem Ende zu«, sagte Aragorn. »Die Morgendämmerung ist nicht mehr weit.«

»Wenn irgendein Morgen durch diese Wolken dämmern kann«, sagte Gimli.

Boromir trat aus dem Kreis heraus und schaute hinauf in die Schwärze. »Der Schnee wird weniger«, sagte er, »und der Wind läßt nach.«

Frodo schaute mißmutig auf die Flocken, die immer noch aus dem Dunkel fielen und im Lichte des sterbenden Feuers einen Augenblick weiß aufleuchteten; doch lange konnte er kein Anzeichen dafür entdecken, daß es weniger schneite. Dann plötzlich, als der Schlaf ihn wieder zu übermannen begann, merkte er, daß der Wind sich tatsächlich gelegt hatte und die Flocken größer wurden, aber weniger dicht fielen. Sehr langsam wurde es dämmrig. Schließlich hörte das Schneien ganz auf.

Als das Licht heller wurde, zeigte es eine schweigende, verhüllte Welt. Unterhalb ihres Zufluchtsorts waren weiße Buckel und Kuppen und formlose Tiefen, unter denen der Pfad, den sie gekommen waren, völlig verschwunden war; aber die Höhen über ihnen waren in dicken Wolken verborgen, die noch mit viel Schnee drohten.

Gimli schaute hinauf und schüttelte den Kopf. »Caradhras hat uns noch nicht vergeben«, sagte er. »Er wird noch mehr Schnee auf uns schleudern, wenn wir weitergehen. Je schneller wir zurück- und hinuntergehen, um so besser.«

Dem stimmten alle zu, aber der Rückzug war jetzt schwierig. Es war nicht ausgeschlossen, daß er sich sogar als unmöglich erweisen würde. Nur ein paar Schritte von der Asche ihres Feuers entfernt lag der Schnee viele Fuß hoch, höher als die Köpfe der Hobbits; stellenweise war er vom Wind zusammengeschaufelt und zu großen Verwehungen vor der Felswand aufgehäuft worden.

»Wenn Gandalf mit einer hellen Flamme vor uns hergehen würde, könnte er vielleicht einen Pfad für uns schmelzen«, sagte Legolas. Der Sturm hatte ihm wenig ausgemacht, und er allein von der ganzen Gemeinschaft war noch guten Muts.

»Wenn Elben über Berge zu fliegen vermögen, könnten sie die Sonne holen, um uns zu retten«, antwortete Gandalf. »Aber ich muß etwas haben, auf das ich einwirken kann. Schnee kann ich nicht verbrennen.«

»Nun«, meinte Boromir, »wenn Köpfe versagen, müssen Leiber herhalten, wie es in meinem Lande heißt. Die Stärksten von uns müssen einen Weg bahnen. Schaut! Obwohl jetzt alles schneebedeckt ist, zog sich unser Pfad, den wir gekommen sind, dort drüben um jenen Felsvorsprung. Dort war es, wo uns der Schnee zuerst zu schaffen machte. Wenn wir diesen Punkt erreichen könnten, würde es dahinter wahrscheinlich leichter sein. Es ist nicht mehr als eine Achtelmeile bis dahin, schätze ich.«

»Dann wollen wir beide einen Weg dahin bahnen«, sagt Aragorn.

Aragorn war der größte von der Gruppe, aber Boromir, der nur wenig kleiner war, war breiter und kräftiger gebaut. Er ging voraus, und Aragorn folgte ihm. Nur langsam kamen sie voran und mußten sich bald sehr quälen. Stellenweise war der Schnee brusthoch, und oft schien Boromir eher zu schwimmen oder mit seinen langen Armen zu graben als zu gehen.

Legolas schaute ihnen eine Weile mit einem Lächeln auf den Lippen zu, und dann wandte er sich an die anderen. »Die Stärksten müssen einen Weg suchen, sagt ihr? Aber ich sage: laßt einen Pflüger pflügen, aber wählt zum Schwimmen einen Otter aus und zum Laufen über Gras und Blatt oder über Schnee – einen Elben.«

Damit sprang er leichtfüßig auf, und jetzt fiel Frodo auf, als ob er es zum erstenmal sähe, obwohl er es lange gewußt hatte, daß der Elb keine Stiefel trug, sondern nur leichte Schuhe wie sonst auch, und seine Füße hinterließen wenig Eindrücke im Schnee.

»Leb wohl«, sagte er zu Gandalf. »Ich gehe die Sonne suchen!« Dann schoß er, rasch wie ein Läufer über festen Sand, davon und überholte die sich mühselig vorwärtsarbeitenden Männer, winkte ihnen zu, als er an ihnen vorbeikam, und verschwand in der Ferne hinter dem Felsenvorsprung.

Die anderen warteten zusammengekauert und schauten zu, bis Boromir und Aragorn zu schwarzen Pünktchen in der Weiße wurden. Schließlich waren sie gar nicht mehr zu sehen. Die Zeit verging. Die Wolken hingen wieder tiefer, und jetzt wirbelten auch wieder einige Schneeflocken herab.

Eine Stunde war vielleicht verstrichen, obwohl es ihnen sehr viel länger erschienen war, als sie endlich Legolas zurückkommen sahen. Gleichzeitig tauchten auch Boromir und Aragorn weit hinter ihm an der Biegung auf und quälten sich den Hang herauf.

»Ja«, rief Legolas, als er auf sie zulief, »die Sonne habe ich nicht mitgebracht. Sie ergeht sich in den blauen Gefilden des Südens, und eine kleine Schneeverwehung auf dem Rothornbuckel ist ihr völlig gleichgültig. Aber ich habe einen Hoffnungsstrahl für diejenigen mitgebracht, deren Schicksal es ist, auf Füßen zu laufen. Die größte Schneeverwehung von allen ist gerade dort an der Kehre, und da sind unsere starken Männer beinahe begraben worden. Sie waren verzweifelt, bis ich zurückkam und ihnen sagte, daß die Verwehung kaum breiter ist als eine Mauer. Und auf der anderen Seite wird der Schnee plötzlich weniger, und weiter unten ist es kaum mehr als eine weiße Bettdecke, um die Zehen eines Hobbits zu kühlen.«

»Ach ja«, brummte Gimli, »es ist so, wie ich gesagt habe. Es war kein gewöhnlicher Schneesturm. Es ist Caradhras' Bosheit. Er liebt Elben und Zwerge nicht, und die Schneewehe hat er dahin gelegt, um uns den Fluchtweg abzuschneiden.«

»Aber zum Glück hat dein Caradhras vergessen, daß ihr Menschen bei euch habt«, sagte Boromir, der in eben dem Augenblick heraufkam. »Und noch dazu mannhafte Menschen, wenn ich das sagen darf; obwohl weniger tüchtige Männer mit Spaten euch vielleicht mehr genützt hätten. Immerhin haben wir eine Gasse durch die Wehe gebahnt, und dafür können uns alle dankbar sein, die nicht so leicht dahinlaufen wie Elben.«

»Aber wie sollen wir bis dort unten kommen, selbst wenn ihr die Wehe durchstoßen habt?« fragte Pippin und sprach damit das aus, was alle Hobbits gedacht hatten.

»Habt Hoffnung«, antwortete Boromir. »Ich bin müde, aber etwas Kraft habe ich noch, und Aragorn auch. Wir werden die kleinen Leute tragen. Die anderen werden es auf dem von uns getretenen Pfad schon schaffen. Komm, Herr Peregrin, mit dir werde ich den Anfang machen.«

Er hob den Hobbit hoch. »Halte dich an meinem Rücken fest! Meine Arme

Der Ring geht nach Süden

werde ich brauchen!« sagte er und ging los. Aragorn kam mit Merry hinterdrein. Pippin staunte über Boromirs Kraft, als er den Durchgang sah, den er ohne jedes Werkzeug nur mit seinen mächtigen Gliedmaßen gebahnt hatte. Selbst jetzt, beladen wie er war, verbreiterte er noch die Spur für diejenigen, die nach ihm kamen, indem er im Gehen den Schnee beiseite schob.

Sie kamen schließlich zu der großen Wehe. Sie lag quer zu dem Bergpfad und war wie eine steile Mauer, deren obere Kante scharf wie mit Messern geschnitten war, und die sich mehr als doppelt so hoch erhob wie Boromirs Körpergröße; und in der Mitte war ein Durchgang getreten, der wie eine Brücke hinauf- und wieder hinabführte. Am anderen Ende wurden Merry und Pippin abgesetzt, und dort warteten sie mit Legolas auf die anderen.

Nach einer Weile kam Boromir mit Sam zurück. Hinter ihm kam auf dem schmalen, aber jetzt gut ausgetretenen Pfad Gandalf; er führte Lutz, auf dem Gimli inmitten des Gepäcks hockte. Als letzter kam Aragorn, der Frodo trug. Sie gingen durch die schmale Gasse; aber kaum hatte Frodo den Boden berührt, als mit lautem Gerumpel eine Stein- und Schneelawine herabstürzte. Ihr Stäuben machte die Gemeinschaft, die sich vor der Felswand zusammenkauerte, halb blind, und als die Luft wieder klar war, sahen sie, daß der Pfad hinter ihnen verschüttet war.

»Genug! Genug!« rief Gimli. »Wir gehen ja schon, so schnell wir können!« Und mit diesem letzten Streich schien die Bosheit des Berges in der Tat erschöpft zu sein, als ob Caradhras befriedigt sei, daß die Eindringlinge zurückgeschlagen waren und nicht wagen würden, wiederzukommen. Es hörte auf zu schneien, die Wolken begannen aufzureißen, und es wurde heller.

Wie Legolas gesagt hatte, wurde der Schnee immer weniger, je tiefer sie kamen, so daß selbst die Hobbits laufen konnten. Bald standen sie wieder an dem flachen Vorsprung oberhalb des steilen Hangs, wo es in der Nacht zuerst zu schneien begonnen hatte.

Es war jetzt schon spät am Morgen. Von diesem hohen Punkt aus schauten sie nach Westen über das tiefere Gelände. Weit in der Ferne lag am Fuße des Berges die Mulde, von der aus sie aufgestiegen waren, um den Paß zu erreichen.

Frodo taten die Beine weh. Er war durchfroren bis auf die Knochen und hungrig; und ihn schwindelte, als er an den langen und mühseligen Abstieg dachte. Schwarze Flecken schwammen ihm vor den Augen. Er rieb sich die Augen, aber die schwarzen Flecken blieben. In der Ferne unter ihm, aber immer noch hoch über den niedrigeren Vorbergen, kreisten schwarze Punkte in der Luft.

»Da sind die Vögel wieder«, sagt Aragorn und zeigte nach unten.

»Das läßt sich jetzt nicht ändern«, sagte Gandalf. »Mögen sie gut oder böse sein oder überhaupt nichts mit uns zu tun haben, wir jedenfalls müssen sofort hinunter. Nicht einmal an den Knien des Caradhras wollen wir noch eine Nacht abwarten!«

Ein kalter Wind blies hinter ihnen her, als sie dem Rothornpaß den Rücken wandten und müde den Hang hinunterstolperten. Caradhras hatte sie besiegt.

VIERTES KAPITEL

EINE WANDERUNG IM DUNKELN

Es war Abend, und das graue Licht schwand rasch, als sie für die Nacht haltmachten. Sie waren sehr müde. Das Gebirge hüllte sich in eine immer tiefer werdende Dämmerung, und der Wind war kalt. Gandalf hatte für jeden noch einen Schluck *miruvor* aus Bruchtal übrig. Nachdem sie etwas gegessen hatten, rief er sie zu einer Beratung zusammen.

»Heute nacht können wir natürlich nicht weitergehen«, sagte er. »Der Angriff auf den Rothornpaß hat uns müde gemacht, und wir müssen hier eine Weile rasten.«

»Und wohin sollen wir dann gehen?« fragte Frodo.

»Unsere Wanderung und unseren Auftrag haben wir immer noch vor uns«, antwortete Gandalf. »Wir haben nur die Wahl, entweder weiterzugehen oder nach Bruchtal zurückzukehren.«

Pippins Gesicht heiterte sich deutlich auf bei der bloßen Erwähnung einer Rückkehr nach Bruchtal; Merry und Sam schauten hoffnungsvoll auf. Aber Aragorn und Boromir ließen nicht erkennen, was sie dachten. Frodo sah verwirrt aus.

»Ich wollte, ich wäre wieder dort«, sagte er. »Aber wie kann ich ohne Scham zurückkehren – es sei denn, es gäbe wirklich keinen anderen Weg und wir wären schon besiegt?«

»Du hast recht, Frodo«, sagte Gandalf. »Umkehren bedeutet, die Niederlage eingestehen und schlimmeren zukünftigen Niederlagen entgegensehen. Wenn wir jetzt umkehren, dann muß der Ring dort bleiben: es wird uns nicht möglich sein, uns wieder auf den Weg zu machen. Dann wird Bruchtal früher oder später belagert und nach einer kurzen, bitteren Zeit zerstört werden. Die Ringgeister sind tödliche Feinde, aber noch sind sie nur Schatten der Macht und des Schreckens, die sie besitzen würden, wenn der Beherrschende Ring wieder an der Hand ihres Herrn wäre.«

»Dann müssen wir weitergehen, wenn es einen Weg gibt«, sagte Frodo seufzend. Sam verfiel wieder in Trübsinn.

»Es gibt einen Weg, den wir versuchen könnten«, sagte Gandalf. »Ich meinte von Anfang an, als ich zuerst über diese Wanderung nachdachte, daß wir ihn versuchen sollten. Aber es ist kein angenehmer Weg, und ich habe der Gemeinschaft noch nichts darüber gesagt. Aragorn war dagegen, solange der Gebirgspaß nicht zumindest versucht worden war.«

»Wenn es ein schlimmerer Weg ist als der Rothornpaß, dann muß er wahrscheinlich übel sein«, meinte Merry. »Aber du solltest uns lieber darüber berichten und uns das Schlimmste gleich wissen lassen.«

»Der Weg, von dem ich sprach, führt zu den Minen von Moria«, sagte Gandalf. Nur Gimli hob den Kopf; seine Augen glühten. Alle anderen wurden von Schrecken gepackt, als der Name fiel. Selbst bei den Hobbits erweckte er eine unbestimmte Furcht.

»Der Weg mag nach Moria führen, aber wie können wir hoffen, daß er durch Moria führt?« fragte Aragorn finster.

»Es ist ein Name von böser Vorbedeutung«, sagte Boromir. »Auch sehe ich die Notwendigkeit nicht ein, dort hinzugehen. Wenn wir das Gebirge nicht überqueren können, laßt uns doch nach Süden wandern, bis wir zur Pforte von Rohan kommen, wo die Menschen mit meinem Volk befreundet sind; wir können dann die Straße nehmen, der ich auf meinem Weg hierher gefolgt bin. Oder wir könnten noch weitergehen, den Isen überqueren und dann über Langstrand und Lebennin und so über die Lande in der Nähe des Meers nach Gondor gelangen.«

»Die Dinge haben sich geändert, seit du nach Norden gekommen bist, Boromir«, antwortete Gandalf. »Hast du nicht gehört, was ich euch über Saruman berichtete? Mit ihm werde ich mich vielleicht noch allein auseinandersetzen müssen, ehe alles vorbei ist. Aber der Ring darf nicht in die Nähe von Isengart kommen, wenn es irgendwie verhindert werden kann. Die Pforte von Rohan ist für uns versperrt, solange wir den Ringträger begleiten.

Und was die Länge des Wegs betrifft: wir können uns nicht soviel Zeit leisten. Eine derartige Wanderung mag ein Jahr dauern, und wir würden durch viele Lande kommen, die verlassen und hafenlos sind. Und dennoch wären sie nicht sicher. Sowohl Sarumans als auch des Feindes wachsame Augen ruhen auf ihnen. Als du nach Norden kamst, Boromir, warst du in den Augen des Feindes nur ein vereinzelter Wanderer aus dem Süden und sehr unwichtig für ihn: sein Sinn war auf die Verfolgung des Ringes gerichtet. Aber jetzt kehrst du zurück als ein Angehöriger der Gemeinschaft des Ringes, und du bist in Gefahr, solange du bei uns bleibst. Die Gefahr wird größer werden mit jeder Meile, die wir unter freiem Himmel nach Süden gehen.

Seit unserem unverhohlenen Versuch, den Gebirgspaß zu überschreiten, ist unsere Lage schwieriger geworden, fürchte ich. Ich sehe jetzt wenig Hoffnung, sofern wir nicht eine Zeitlang von der Bildfläche verschwinden und unsere Spur tarnen. Daher lautet mein Rat: das Gebirge weder zu überschreiten noch es zu umgehen, sondern unter ihm hindurch zu gehen. Daß wir diesen Weg einschlagen, wird der Feind am wenigsten erwarten.«

»Wir wissen nicht, was er erwartet«, sagte Boromir. »Es mag sein, daß er alle wahrscheinlichen und unwahrscheinlichen Wege beobachtet. Nach Moria zu gehen würde, wenn dem so ist, bedeuten, daß wir in eine Falle gehen, und das wäre kaum besser, als an die Tore des Dunklen Turms selbst zu klopfen. Der Name Moria ist unheilvoll.«

»Du sprichst von etwas, worüber du nichts weißt, wenn du Moria mit Saurons Feste vergleichst«, antwortete Gandalf. »Ich bin der einzige von euch, der je in den Verliesen des Dunklen Herrschers war, wenn auch nur in seiner früheren und minderen Behausung Dol Guldur. Diejenigen, die die Tore von Barad-dûr durchschreiten, kehren nicht zurück. Aber ich würde euch nicht nach Moria führen, wenn keine Hoffnung bestünde, wieder herauszukommen. Wenn Orks dort sind, mag es sich als übel für uns erweisen, das ist richtig. Doch die Mehrzahl der Orks des Nebelgebirges wurde in der Schlacht der Fünf Heere zerstreut oder vernichtet. Die Adler berichten, daß sich Orks von ferne wieder sammeln, aber es besteht Hoffnung, daß Moria noch frei ist.

Es könnte sogar sein, daß Zwerge dort sind und wir Balin, Fundins Sohn, in irgendeiner tiefen Halle seines Vaters finden. Was immer sich herausstellen mag, man muß den Pfad beschreiten, den die Not wählt.«

»Ich werde diesen Pfad mit dir beschreiten, Gandalf«, sagte Gimli. »Ich will mitgehen und einen Blick auf Durins Hallen werfen, was immer dort auf uns wartet – wenn du die Tore finden kannst, die verschlossen sind.«

»Gut, Gimli«, sagte Gandalf. »Du ermutigst mich. Gemeinsam werden wir die verborgenen Tore suchen. Und wir werden durchkommen. In den Ruinen der Zwerge wird der Kopf eines Zwergs weniger leicht zu verwirren sein als die Köpfe von Elben, Menschen oder Hobbits. Indes ist es nicht das erste Mal, daß ich nach Moria gehe. Ich habe dort lange nach Thráin, Thrórs Sohn, gesucht, als er vermißt wurde. Ich ging hinein und kam lebendig wieder heraus!«

»Auch ich bin einmal durch das Schattenbachtor gekommen«, sagte Aragorn ruhig. »Aber obwohl ich wieder herauskam, habe ich eine sehr böse Erinnerung. Ich möchte Moria nicht ein zweites Mal betreten.«

»Und ich möchte es nicht ein erstes Mal betreten«, sagte Pippin.

»Ich auch nicht«, murmelte Sam.

»Natürlich nicht!« sagte Gandalf. »Wer wollte schon? Aber die Frage ist: wer wird mir folgen, wenn ich euch dort hinführe?«

»Ich werde dir folgen«, sagte Gimli eifrig.

»Ich werde dir folgen«, sagte Aragorn bedrückt. »Du bist meiner Führung gefolgt, als ich euch im Schnee beinahe in ein Verhängnis führte, und du hast kein Wort des Vorwurfs gesagt. Nun werde ich deiner Führung folgen – wenn diese letzte Warnung dich nicht umstimmt. Ich denke jetzt nicht an den Ring und auch nicht an uns andere, sondern an dich, Gandalf. Und ich sage dir: hüte dich, wenn du die Tore von Moria durchschreitest!«

»Ich werde *nicht* gehen«, sagte Boromir, »es sei denn, die ganze Gemeinschaft überstimmt mich. Was sagen Legolas und das kleine Volk? Die Stimme des Ringträgers sollte doch gewiß gehört werden?«

»Ich möchte nicht nach Moria gehen«, sagte Legolas.

Die Hobbits sagten nichts. Sam schaute Frodo an. Schließlich sprach Frodo. »Ich möchte nicht gehen; aber ebensowenig möchte ich Gandalfs Rat ausschlagen. Ich bitte, daß nicht abgestimmt wird, ehe wir darüber geschlafen haben. Gandalf wird am hellichten Morgen eher Stimmen bekommen als in dieser kalten Düsternis. Wie der Wind heult!«

Nach diesen Worten hüllten sich alle in nachdenkliches Schweigen. Sie hörten den Wind durch die Felsen und Bäume pfeifen, und ein Heulen und Wehklagen war rings um sie im leeren Raum der Nacht.

Plötzlich sprang Aragorn auf. »Wie der Wind heult!« rief er. »Er heult mit Wolfsstimmen. Die Warge sind nach Westen über das Gebirge gekommen!«

»Müssen wir nun noch bis morgen warten?« fragte Gandalf. »Es ist, wie ich gesagt habe. Die Jagd hat begonnen! Selbst wenn wir die Morgendämmerung noch erleben, wer wird jetzt noch bei Nacht nach Süden wandern wollen, wenn ihm die wilden Wölfe auf der Spur sind?«

»Wie weit ist es nach Moria?« fragte Boromir.

»Es gab ein Tor südwestlich des Caradhras, etwa fünfzehn Meilen, wie die Krähe fliegt, und vielleicht zwanzig, wie der Wolf läuft«, antwortete Gandalf.

»Dann laßt uns morgen früh, sobald es hell ist, aufbrechen, wenn wir können«, sagte Boromir. »Der Wolf, den man hört, ist schlimmer als der Ork, den man fürchtet.«

»Richtig!« sagte Aragorn und lockerte sein Schwert in der Scheide. »Aber wo der Warg heult, da lauert auch der Ork.«

»Ich wollte, ich hätte Elronds Rat befolgt«, flüsterte Pippin Sam zu. »Ich tauge doch nichts. Es ist nicht genug Schneid von Bandobras dem Bullenraßler in mir: dieses Geheul läßt mir das Blut gerinnen. Ich kann mich nicht entsinnen, daß mir jemals so jämmerlich zumute war.«

»Mir ist das Herz auch bis zu den Zehenspitzen gerutscht, Herr Pippin«, sagte Sam. »Aber noch sind wir nicht gefressen, und wir haben ja ein paar tapfere Leute hier bei uns. Was immer dem alten Gandalf noch bevorstehen mag, ich will wetten, es ist nicht der Bauch eines Wolfs.«

Um sich in der Nacht verteidigen zu können, erklomm die Gruppe den Gipfel des kleinen Berges, unter dem sie Schutz gesucht hatte. Auf ihm wuchsen einige alte, verkrüppelte Bäume, um die herum in einem unvollständigen Kreis große Findlinge lagen. In der Mitte zündeten sie ein Feuer an, denn es bestand keine Hoffnung mehr, daß Dunkelheit und Stille sie davor bewahren würden, von der jagenden Meute entdeckt zu werden.

Sie saßen um das Feuer herum, und diejenigen, die nicht Wache hielten, schlummerten unruhig. Lutz, das arme Pony, zitterte und schwitzte. Das Heulen der Wölfe kam jetzt von allen Seiten, manchmal näher, manchmal ferner. In der dunklen Nacht sah man viele glänzende Augen über den Rand des Berges starren. Manche kamen sogar fast bis an den Steinwall. An einer Lücke im Kreis blieb ein großer Wolf stehen und blickte zu ihnen herüber. Er brach in ein schauerliches Geheul aus, als ob er ein Anführer sei, der seine Meute zum Angriff zusammenruft.

Gandalf stand auf, schritt auf ihn zu und hielt seinen Stab hoch. »Höre, Saurons Hund!« rief er. »Gandalf ist hier. Fliehe, wenn dir deine stinkende Haut lieb ist. Ich werde sie dir vom Schwanz bis zur Schnauze runzlig machen, wenn du in diesen Ring hereinkommst.«

Der Wolf knurrte und machte einen großen Satz auf sie zu. In diesem Augenblick hörte man ein scharfes Schwirren. Legolas hatte seinen Bogen abgeschossen. Es gab einen scheußlichen Schrei, und die springende Gestalt fiel zu Boden; der Elbenpfeil hatte ihr die Kehle durchbohrt. Die spähenden Augen verschwanden plötzlich. Gandalf und Aragorn gingen ihnen nach, aber der Berg war verlassen: die jagende Meute war geflohen. Rundum wurde die Dunkelheit still, und keinen Schrei trug der seufzende Wind mehr zu ihnen.

Die Gefährten

Die Nacht war kalt; im Westen war der abnehmende Mond am Untergehen und schimmerte dann und wann durch die aufreißenden Wolken. Plötzlich fuhr Frodo aus dem Schlaf hoch. Ohne Warnung brach ein wütendes und wildes Geheul rings um das ganze Lager aus. Eine große Schar Warge hatte sich leise gesammelt und griff jetzt von allen Seiten auf einmal an.

»Werft Holz auf das Feuer!« rief Gandalf den Hobbits zu. »Zieht eure Klingen und stellt euch Rücken an Rücken!«

In den auflodernden Schein, als das frische Holz sich entflammte, sah Frodo viele graue Gestalten, die über den Steinwall sprangen. Immer mehr folgten. Einem riesigen Anführer stieß Aragorn sein Schwert in die Kehle; einem anderen hieb Boromir den Kopf ab. Neben ihnen stand Gimli breitbreinig da und schwang seine Zwergenaxt. Der Bogen von Legolas sang.

Im flackernden Licht des Feuers schien Gandalf plötzlich zu wachsen: er wurde zu einer großen drohenden Gestalt wie ein steinernes Denkmal irgendeines alten Königs auf einem Berg. Er bückte sich wie eine Wolke, nahm einen brennenden Ast auf und schritt den Wölfen entgegen. Sie wichen vor ihm zurück. Hoch in die Luft warf er den glühenden Ast. Er flammte auf mit einem plötzlichen weißen Glanz wie ein Blitz; und Gandalfs Stimme grollte wie Donner.

Naur an edraith ammen! Naur dan i ngaurhoth!« rief er.

Es gab ein Brausen und Knacken, und der Baum über ihm trieb mit einemmal Blätter und Blüten aus hellen Flammen. Das Feuer sprang von Baumwipfel zu Baumwipfel. Der ganze Berg war überzogen von blendendem Licht. Die Schwerter und Messer der Verteidiger schimmerten und glänzten. Der letzte Pfeil von Legolas fing in der Luft Feuer und durchbohrte brennend das Herz eines großen Wolfshäuptlings. Alle anderen flohen.

Langsam erstarb das Feuer, bis nichts davon blieb als fallende Asche und Funken; ein bitterer Rauch kräuselte sich über den verbrannten Baumstümpfen und stieg dunkel über dem Berg auf, als der erste Schein der Morgendämmerung den Himmel schwach erhellte. Ihre Feinde waren verjagt und kamen nicht zurück.

»Was habe ich gesagt, Herr Pippin?« sagte Sam, als er sein Schwert in die Scheide steckte. »Die Wölfe werden ihn nicht kriegen. Das war bestimmt ein Augenöffner! Hätte mir fast das Haar vom Kopf gesengt!«

Als es richtig hell geworden war, war nichts mehr von den Wölfen zu sehen, und sie suchten vergebens nach den Kadavern. Keine Spur des Kampfes war geblieben als die verkohlten Bäume und die Pfeile von Legolas, die auf dem Berggipfel lagen. Alle waren unbeschädigt bis auf einen, von dem nur noch die Spitze da war.

»Es ist, wie ich gefürchtet hatte«, sagte Gandalf. »Das waren keine gewöhnlichen Wölfe, die in der Wildnis nach Futter jagten. Laßt uns schnell essen und gehen!«

An jenem Tag schlug das Wetter wieder um, fast als ob es unter dem Befehl irgendeiner Macht stünde, die keinen Schnee mehr brauchte, nachdem sich die Gruppe von dem Paß zurückgezogen hatte, eine Macht, die jetzt helles Licht haben wollte, damit jedes Lebewesen, das sich in der Wildnis bewegte, von weit her gesehen werden konnte. Der Wind hatte während der Nacht über Nord auf Nordwest gedreht, und jetzt legte er sich. Die Wolken verschwanden südwärts, und der Himmel öffnete sich, hoch und blau. Als sie am Berghang standen, bereit zum Aufbruch, schimmerte ein blasses Sonnenlicht über den Gipfeln.

»Wir müssen das Tor vor Sonnenuntergang erreichen«, sagte Gandalf, »sonst fürchte ich, daß wir es überhaupt nicht erreichen. Es ist nicht weit, aber unser Weg mag nicht der geradeste sein, denn hier kann uns Aragorn nicht führen; er ist selten in diesem Land gewandert, und ich bin nur einmal unter der Westmauer von Moria gewesen, und das ist lange her.

Dort liegt sie«, sagte er und zeigte nach Südosten, wo die Berge steil zu den Schatten zu ihren Füßen abfielen. In der Ferne konnte man undeutlich eine Reihe nackter Felsen sehen, und in ihrer Mitte, höher als die anderen, eine große graue Wand. »Als wir vom Paß aufbrachen, führte ich euch nach Süden und nicht zurück zu unserem Ausgangspunkt, wie einige von euch vielleicht bemerkt haben. Das war gut so, denn nun haben wir mehrere Meilen weniger zu laufen, und Eile tut not. Laßt uns gehen!«

»Ich weiß nicht, worauf ich hoffen soll«, sagte Boromir düster. »Daß Gandalf findet, was er sucht, oder daß wir feststellen, wenn wir zu den Felsen kommen, daß die Tore auf immer verloren sind. Eins scheint so schlimm wie das andere zu sein, und zwischen den Wölfen und der Mauer in der Falle zu sitzen, das Wahrscheinlichste. Geh voran!«

Gimli ging jetzt mit dem Zauberer voraus, so begierig war er, nach Moria zu kommen. Zusammen führten sie die Gemeinschaft zurück zum Gebirge. In alter Zeit hatte der einzige Weg nach Moria vom Westen her entlang eines Bachs geführt, des Sirannon, der am Fuße der Felswand in der Nähe der Tore entsprang. Aber entweder hatte Gandalf den richtigen Weg verfehlt oder das Land hatte sich in den letzten Jahren verändert; jedenfalls stieß er nicht dort auf den Bach, wo er ihn vermutete, nämlich nur ein paar Meilen südlich ihres Ausgangspunktes.

Der Morgen wurde zum Mittag, und immer noch wanderte die Gemeinschaft und kletterte durch eine kahle Landschaft aus rotem Stein. Nirgends sahen sie Wasser schimmern oder hörten es rauschen. Alles war öde und trocken. Ihr Mut sank. Sie sahen kein lebendiges Wesen, und kein Vogel war am Himmel; aber was die Nacht bringen würde, wenn sie in diesem trostlosen Land von ihr überrascht würden, wagte sich keiner auszumalen.

Plötzlich rief Gimli, der vorausgeeilt war, ihnen etwas zu. Er stand auf einer Kuppe und zeigte nach rechts. Sie eilten hinauf und sahen unter sich ein tiefes, schmales Flußbett. Es war wasserlos bis auf ein dünnes Rinnsal, das zwischen den braunen und rotgefleckten Steinen sickerte. Doch war an der ihnen zunächst liegenden Seite ein Pfad, unterbrochen zwar und stark ausgewaschen, der sich zwischen den verfallenen Mauern und Pflastersteinen einer alten Straße hinzog.

»Ah! Hier ist es endlich!« sagte Gandalf. »Hier floß der Bach: Sirannon, den Torbach pflegten sie ihn zu nennen. Aber was mit dem Wasser geschehen ist, kann ich mir nicht vorstellen. Früher war es rasch und geräuschvoll. Kommt. Wir müssen weiter. Wir sind spät dran.«

Die Gemeinschaft war fußwund und müde; aber sie schleppten sich verbissen noch viele Meilen auf dem unebenen und gewundenen Pfad weiter. Die Sonne hatte den Mittagspunkt überschritten und wandte sich nach Westen. Nach einer kurzen Pause und einem eiligen Mahl gingen sie weiter. Vor ihnen türmten sich drohend die Berge, aber ihr Pfad lag in einer Bodensenke, und sie konnten nur die hohen Hänge und weit im Osten die Gipfel sehen.

Schließlich kamen sie zu einer scharfen Kehre. Dort wendete die Straße, die bisher zwischen dem Rand des Flußbetts und einem Steilhang zur Linken nach Süden verlaufen war, wieder nach Osten. Als sie um die Kehre kamen, sahen sie vor sich eine niedrige Felswand, etwa fünf Klafter hoch, die oben gezackt war. Dort herunter tröpfelte etwas Wasser durch eine breite Spalte, die aussah, als sei sie von einem Wasserfall gegraben worden, der einst stark und voll war.

»Die Dinge haben sich wahrlich verändert!« sagte Gandalf. »Aber es besteht kein Zweifel über den Ort. Das dort ist alles, was von dem Wasserfall übrig ist. Wenn ich mich richtig erinnere, waren daneben Stufen in den Felsen gemeißelt, aber die Hauptstraße verlief links davon und stieg in mehreren Schleifen bis zu dem ebenen Gelände oben. Früher war hier ein flaches Tal hinter dem Wasserfall bis zu den Mauern von Moria, durch das der Sirannon neben der Straße floß. Laßt uns gehen und schauen, wie es dort jetzt aussieht.«

Ohne Schwierigkeiten fanden sie die Steinstufen, und Gimli sprang rasch hinauf, gefolgt von Gandalf und Frodo. Als sie oben ankamen, sahen sie, daß sie auf diesem Wege nicht weiterkommen konnten, und es wurde ihnen klar, warum der Torbach ausgetrocknet war. Hinter ihnen füllte die sinkende Sonne den kühlen westlichen Himmel mit glitzerndem Gold. Vor ihnen erstreckte sich ein dunkler, stiller See. Weder Himmel noch Sonnenuntergang spiegelten sich auf seiner düsteren Oberfläche. Der Sirannon war gestaut worden und hatte das ganze Tal überflutet. Hinter dem unheimlichen Gewässer erhoben sich riesige Felsen, deren finstere Wände bleich schimmerten im Abendlicht: endgültig und unüberschreitbar. Keine Spur von einem Tor oder Eingang, nicht einen Spalt oder Riß konnte Frodo in dem bedrohlichen Gestein erkennen.

»Das sind die Mauern von Moria«, sagte Gandalf und zeigte über das Wasser. »Und dort stand einstmalen das Tor, das Elbentor am Ende der Straße von Hulsten, über die wir gekommen sind. Aber dieser Weg ist versperrt. Keiner von uns, nehme ich an, wird am Ende des Tages durch dieses trübe Wasser schwimmen wollen. Es sieht recht ungesund aus.«

»Wir müssen uns einen Weg am Nordufer suchen«, sagte Gimli. »Als erstes müssen wir den Hauptpfad hinaufgehen und sehen, wohin der uns führt. Selbst wenn kein See da wäre, könnten wir das Lastpony nicht die Treppe hinaufbringen.«

»In die Minen können wir das arme Tier sowieso nicht mit hineinnehmen«, sagte Gandalf. »Der Weg unter dem Gebirge ist dunkel und stellenweise schmal und steil, so daß das Pony dort nicht laufen kann, selbst wenn wir es können.«

»Armer alter Lutz«, sagte Frodo. »Daran hatte ich gar nicht gedacht. Und der arme Sam! Was wird er wohl dazu sagen?«

»Es tut mir leid«, sagte Gandalf. »Der arme Lutz ist ein nützlicher Gefährte gewesen, und es greift mir ans Herz, ihn jetzt seinem Schicksal zu überlassen. Wenn es nach meinem Kopf gegangen wäre, wären wir mit weniger Gepäck losgegangen und hätten kein Tier mitgenommen, vor allem nicht eins, an dem Sam hängt. Ich habe von Anfang an gefürchtet, daß wir diesen Weg würden einschlagen müssen.«

Der Tag neigte sich seinem Ende zu, und kalte Sterne glitzerten am Himmel hoch über dem Sonnenuntergang, als die Gruppe, so rasch sie konnte, die Hänge erklomm und an die Seite des Sees kam. An der breitesten Stelle schien er nicht mehr als zwei oder drei Achtelmeilen breit zu sein. Wie weit nach Süden er sich erstreckte, konnten sie im abnehmenden Licht nicht sehen; aber sein nördliches Ende war nicht mehr als eine Meile von der Stelle entfernt, an der sie standen, und zwischen den Felsgraten, die das Tal umschlossen, und dem Wasser lag ein Streifen offenes Gelände. Sie eilten sich, denn sie hatten immer noch ein oder zwei Meilen zu gehen bis zu der Stelle am anderen Ufer, auf die Gandalf zuhielt; und dann mußte er ja noch das Tor finden.

Als sie zur nördlichsten Ecke des Sees kamen, fanden sie einen schmalen Wasserarm, der ihren Weg versperrte. Das Wasser darin war grün und unbeweglich, und das Ganze war wie ein schleimiger Arm, der auf das Gebirge zeigte. Gimli ging unbeirrt weiter und stellte fest, daß das Wasser seicht war, nicht mehr als knöcheltief am Rand. Sie gingen im Gänsemarsch hinter ihm her und tasteten sich vorsichtig weiter, denn unter den krautigen Tümpeln lagen glitschige und schmierige Steine, und man konnte leicht ausrutschen. Frodo überlief ein Schauder, so ekelte er sich vor dem unreinen Wasser, das seine Füße berührte.

Als Sam, der letzte der Gruppe, Lutz am anderen Ufer aufs Trockene führte, hörten sie ein leises Geräusch: ein Rauschen und dann ein Platschen, als hätte ein Fisch die stille Wasseroberfläche aufgerührt. Sie wandten sich rasch um und sahen Wellengekräusel, schwarzgerändert, das Schatten warf in dem verblassenden Licht: große Ringe, die sich von einem Punkt weit draußen im See ausbreiteten. Es war ein gurgelndes Geräusch zu hören, und dann trat Stille ein. Die Dämmerung wurde dunkler, und die letzten Strahlen der untergehenden Sonne wurden von Wolken verhüllt.

Gandalf schlug jetzt ein schnelles Tempo an, und die anderen folgten ihm, so rasch sie konnten. Sie kamen zu dem Streifen trockenen Landes zwischen dem See und den Felsen: er war schmal, manchmal kaum fünfzehn Ellen breit und übersät mit herabgestürzten Felsen und Steinen; doch fanden sie einen Weg, hielten sich dicht an der Felswand und so weit ab vom dunklen Wasser, wie sie konnten. Nachdem sie eine Meile nach Süden am Ufer entlanggegangen waren, stießen sie auf Hulstbäume. Stümpfe und tote Zweige lagen im flachen Wasser, Reste, wie es schien, von alten Dickichten oder einer Hecke, die einstmals die Straße durch das jetzt überflutete Tal gesäumt hatte. Doch dicht unter der Felswand standen, noch immer kräftig und lebendig, zwei hohe Bäume, größer als alle Hulstbäume, die Frodo je gesehen oder sich vorgestellt hatte. Ihre großen Wurzeln reichten von der Felswand bis zum Wasser. Oben von der Treppe aus hatten sie unter dem hochragenden Fels wie bloße Büsche ausgesehen, aber jetzt türmten sie sich hoch auf, steif, dunkel und schweigend, sie warfen tiefe Nachtschatten zu ihren Füßen und standen wie Schildwachen am Ende der Straße.

»So, da sind wir endlich!« sagte Gandalf. »Hier endete der Elbenweg von Hulsten. Hulst war das Wahrzeichen der Bewohner jenes Landes, und sie pflanzten ihn hier, um das Ende ihres Bereiches zu kennzeichnen; denn das Westtor war hauptsächlich für sie angelegt worden, damit sie es bei ihrem Handel mit den Herren von Moria benutzen konnten. Das waren glücklichere Tage, als es noch zeitweise enge Freundschaft zwischen Völkern verschiedener Arten gab, selbst zwischen Zwergen und Elben.«

»Es war nicht die Schuld der Zwerge, daß diese Freundschaft schwand«, sagte Gimli.

»Ich habe nicht gehört, daß es die Schuld der Elben war«, sagte Legolas.

»Ich habe beides gehört«, sagte Gandalf. »Und ich will jetzt kein Urteil darüber abgeben. Aber ich bitte zumindest euch beide, Legolas und Gimli, Freunde zu sein und mir zu helfen. Ich brauche euch beide. Das Tor ist verschlossen und verborgen, und je schneller wir es finden, um so besser. Es wird Nacht!«

Dann wandte er sich an die anderen und sagte: »Während ich suche, wollt ihr euch bitte alle bereit machen, in die Minen zu gehen? Denn hier, fürchte ich, müssen wir unserem guten Lasttier Lebewohl sagen. Ihr müßt viel von den Sachen zurücklassen, die wir gegen die bittere Kälte mitgenommen haben: ihr werdet sie drinnen nicht brauchen und, wie ich hoffe, auch nicht, wenn wir durchkommen und in den Süden wandern. Statt dessen muß jeder von uns einen Teil dessen nehmen, was das Pony getragen hat, vor allem Lebensmittel und Wasserschläuche.«

»Aber du kannst doch den armen alten Lutz nicht in dieser einsamen Gegend zurücklassen, Herr Gandalf!« rief Sam ärgerlich und unglücklich. »Das will ich nicht, und damit basta. Nachdem er so weit mitgekommen ist und überhaupt!«

»Es tut mir leid, Sam«, sagte der Zauberer. »Aber wenn sich das Tor öffnet, glaube ich nicht, daß du imstande sein wirst, Lutz hineinzuzerren, in die lange Dunkelheit von Moria. Du wirst dich entscheiden müssen zwischen Lutz und deinem Herrn.«

»Er würde Herrn Frodo auch in eine Drachenhöhle folgen, wenn ich führte«, protestierte Sam. »Es wäre so gut wie Mord, ihn jetzt frei laufen zu lassen, mit all diesen Wölfen rundum.«

»Es wird kein Mord sein, hoffe ich«, sagte Gandalf. Er legte dem Pony die Hand auf den Kopf und sprach leise zu ihm. »Geh, beschützt und geführt von meinen Worten«, sagte er. »Du bist ein kluges Tier und hast in Bruchtal viel gelernt. Mach dich auf den Weg zu Gegenden, wo du Gras findest, und gelange schließlich so zu Elronds Haus oder wo immer du hingehen möchtest.

So, Sam. Er wird genausoviel Aussicht haben, den Wölfen zu entkommen und nach Hause zu gelangen, wie wir.«

Sam stand niedergeschlagen neben dem Pony und gab keine Antwort. Lutz schien zu verstehen, um was es ging, schmiegte sich an Sam und legte ihm die Nüstern ans Ohr. Sam brach in Tränen aus, löste die Gurte, nahm dem Pony das ganze Gepäck ab und warf es auf den Boden. Die anderen gingen die Sachen durch, legten alles auf einen Haufen, was zurückbleiben sollte, und teilten das übrige unter sich auf.

Als das geschehen war, wandten sie sich zu Gandalf um. Er schien nichts getan zu haben. Er stand zwischen den beiden Bäumen und starrte auf die kahle Felswand, als ob er mit den Augen ein Loch hineinbohren könnte. Gimli lief hin und her und klopfte ab und zu mit seiner Axt auf den Stein. Legolas stand an den Felsen gepreßt, als ob er lauschte.

»Ja, hier sind wir, und alles ist bereit«, sagte Merry, »aber wo ist die Tür? Ich kann keine Spur von ihr entdecken.«

»Zwergentüren soll man nicht sehen, wenn sie geschlossen sind«, sagte Gimli. »Sie sind unsichtbar, und selbst ihre Meister können sie nicht finden oder öffnen, wenn ihr Geheimnis vergessen ist.«

»Aber diese Tür sollte nicht ein Geheimnis sein, das nur den Zwergen bekannt war«, sagte Gandalf, der plötzlich wieder lebendig wurde und sich umdrehte. »Sofern nicht alles völlig verändert ist, mögen Augen, die wissen, wonach sie suchen müssen, die Zeichen entdecken.«

Er ging auf die Wand zu. Rechts zwischen dem Schatten der Bäume war eine glatte Fläche, und über sie ließ er seine Hände hin- und hergleiten und murmelte Wörter. Dann trat er zurück.

»Schaut!« sagte er. »Könnt ihr jetzt etwas sehen?«

Der Mond beschien nun die graue Felswand; aber sonst konnten sie eine Weile nichts sehen. Dann erschienen auf der Oberfläche, über die die Hände des Zauberers gestrichen hatten, langsam schwache Linien wie dünne Silberadern, die sich durch den Stein zogen. Zuerst waren sie nicht mehr als blasser Altweibersommer, so fein, daß sie nur ab und zu aufblinkten, wenn das Mondlicht auf sie traf, aber stetig wurden sie breiter und klarer, bis sich ihre Zeichnung erraten ließ.

Oben, so hoch, wie Gandalf hatte reichen können, war ein Bogen von ineinander verschlungenen Buchstaben in einer Elbenschrift. Darunter konnte man, obwohl die Striche stellenweise verwischt oder unterbrochen waren, die Umrisse eines Ambosses und Hammers sehen, und darüber eine Krone mit sieben Sternen. Darunter waren wieder zwei Bäume zu sehen, und jeder trug Mondsicheln. Deutlicher als alles andere schimmerte in der Mitte der Tür ein einziger Stern mit vielen Strahlen.

»Das sind Durins Wahrzeichen!« rief Gimli.

»Und das ist der Baum der Hochelben!« sagte Legolas.

»Und der Stern des Hauses Feanor«, sagte Gandalf. »Sie sind aus *ithildin* gearbeitet, das nur Sternenlicht und Mondlicht widerspiegelt und schläft, bis es von jemandem berührt wird, der Worte spricht, die jetzt in Mittelerde längst vergessen sind. Es ist lange her, daß ich sie hörte, und ich mußte tief nachdenken, bis ich sie mir wieder ins Gedächtnis rufen konnte.«

»Was besagt die Schrift?« fragte Frodo, der die Inschrift auf dem Bogen zu entziffern versuchte. »Ich glaubte, daß ich Elbenbuchstaben kenne, aber diese kann ich nicht lesen.«

»Die Wörter sind in der Elbensprache des Westens von Mittelerde in der Altvorderenzeit«, antwortete Gandalf. »Aber sie besagen nichts, was für uns von Bedeutung ist. Sie lauten: *Die Türen von Durin, des Herrn von Moria. Sprich, Freund, und tritt ein.* Und darunter steht in kleiner und schwacher Schrift: *Ich, Narvi, machte sie. Celebrimbor von Hulsten zeichnete diese Buchstaben.*«

»Was bedeutet das *Sprich, Freund, und tritt ein*?« fragte Merry.

»Das ist doch ganz klar«, antwortete Gimli. »Wenn du ein Freund bist, sage das Losungswort und die Tür wird sich öffnen und du kannst eintreten.«

»Ja«, sagte Gandalf, »diese Tür wird wahrscheinlich durch Worte gesteuert. Manche Zwergentore öffnen sich nur zu besonderen Zeiten und nur für bestimmte Personen; und manche haben Schlösser und Schlüssel, die auch dann noch erforderlich sind, wenn alle notwendigen Zeiten und Wörter bekannt sind. Diese Tür hat keinen Schlüssel. Zu Durins Zeiten war sie nicht geheim. Aber wenn sie geschlossen war, konnte jeder, der das Losungswort wußte, es aussprechen und hineingehen. So wenigstens ist es überliefert, nicht wahr, Gimli?«

»So ist es«, antwortete der Zwerg. »Aber wie das Wort lautete, dessen entsinnt man sich nicht mehr. Narvi und seine Kunst und seine ganze Sippe sind von der Erde verschwunden.«

»Aber weißt denn *du* das Wort nicht, Gandalf?« fragte Boromir überrascht.

»Nein!« sagte der Zauberer.

Die anderen sahen verzweifelt aus; nur Aragorn, der Gandalf gut kannte, blieb still und ungerührt.

»Was hat es dann für einen Sinn gehabt, uns in diese verfluchte Gegend zu bringen?« rief Boromir und blickte sich schaudernd nach dem Wasser um. »Du hast uns gesagt, du seiest einmal durch die Minen gegangen. Wie kann das sein, wenn du nicht weißt, wie man hineinkommt?«

»Die Antwort auf deine erste Frage, Boromir«, sagte der Zauberer, »ist, daß ich das Wort nicht weiß – noch nicht weiß. Doch werden wir bald weitersehen. Und«, fügte er hinzu, und seine Augen funkelten unter den gesträubten Brauen, »du magst dann nach dem Sinn meiner Taten fragen, wenn sie sich als sinnlos erwiesen haben. Was deine andere Frage betrifft: zweifelst du an meinem Bericht? Oder hast du keinen Verstand mehr? Ich kam nicht von dieser Seite. Ich kam von Osten.

Wenn du es wissen willst, werde ich dir sagen, daß diese Tür sich nach außen öffnet. Von innen kannst du sie mit der Hand aufstoßen. Von draußen ist sie durch nichts zu bewegen außer durch das Zauberwort. Sie läßt sich nicht mit Gewalt öffnen.«

Eine Wanderung im Dunkeln

Hier steht in der Fëanorian-Schrift nach Art und Weise von Beleriand geschrieben: Ennyn Durin Aran Moria: pedo mellon a minno. Im Narvi hain echant: Celebrimbor o Eregion teithant i thiw hin.

»Was willst du denn nun tun?« fragte Pippin, uneingeschüchtert von den gesträubten Augenbrauen des Zauberers.

»Mit deinem Kopf die Tür einschlagen, Peregrin Tuk«, sagte Gandalf. »Wenn der sie nicht aufbringt und ich ein wenig Ruhe vor törichten Fragen habe, dann will ich nach dem Losungswort suchen.

Ich kannte einstmals jeden Zauberspruch in allen Sprachen der Elben, Menschen oder Orks, der je für einen solchen Zweck gebraucht wurde. Ich kann mich noch an zehn Dutzend erinnern, ohne in meinem Gedächtnis graben zu müssen. Aber nur ein paar Versuche, glaube ich, werden nötig sein; und ich werde nicht Gimli um Wörter der geheimen Zwergensprache angehen müssen, die sie niemandem beibringen. Denn die Losungsworte waren elbisch, wie die Schrift auf dem Bogen; das erscheint mir gewiß.«

Er trat wieder an den Felsen heran und berührte mit seinem Stab leicht den silbernen Stern in der Mitte unter dem Amboßzeichen.

Annon edhellen, edro hi ammen!
Fennas nogothrim, lasto beth lammen!

sagte er mit befehlender Stimme. Die Silberlinien wurden blaß, aber der glatte graue Stein rührte sich nicht.

Viele Male wiederholte er diese Wörter in verschiedener Reihenfolge oder wandelte sie ab. Dann versuchte er es mit einem Zauberspruch nach dem anderen, und er sprach einmal schneller und lauter und dann wieder leise und langsam. Dann sagte er viele einzelne Wörter in der Elbensprache. Nichts geschah. Die Felswand ragte hoch auf in der Nacht, die unzähligen Sterne erglühten, der Wind wehte kalt und die Tür blieb geschlossen.

Wieder näherte sich Gandalf der Wand, hob die Arme und sprach in befehlendem und allmählich zornigem Ton. *Edro, edro!* rief er und schlug mit seinem Stab auf den Felsen. *Öffne dich, öffne dich!* schrie er und wiederholte denselben Befehl in allen Sprachen, die je im Westen von Mittelerde gesprochen worden waren. Dann warf er seinen Stab auf die Erde und setzte sich schweigend hin.

In diesem Augenblick trug der Wind von weither zu ihren lauschenden Ohren das Heulen von Wölfen. Das Pony Lutz bäumte sich vor Angst auf, und Sam sprang zu ihm und sprach leise auf ihn ein.

»Laß ihn nicht weglaufen«, sagte Boromir. »Es scheint, daß wir ihn noch brauchen, wenn uns die Wölfe nicht finden. Wie ich diesen stinkigen Teich hasse!« Er bückte sich, hob einen großen Stein und schleuderte ihn weit in das dunkle Wasser.

Der Stein verschwand mit einem leisen Plumps; aber in demselben Augenblick gab es ein Rauschen und Gurgeln. Große Wellenkreise bildeten sich auf der Oberfläche hinter der Stelle, wo der Stein hineingefallen war, und sie bewegten sich langsam auf den Fuß der Felswand zu.

»Warum hast du das getan, Boromir?« sagte Frodo. »Ich hasse diesen Ort auch,

Eine Wanderung im Dunkeln

und ich habe Angst. Ich weiß nicht wovor: nicht vor Wölfen oder der Dunkelheit hinter der Tür, sondern vor etwas anderem. Ich habe Angst vor dem See. Schrecke ihn nicht auf!«

»Ich wollte, wir könnten weg!« sagte Merry.

»Warum tut Gandalf nicht rasch etwas?« fragte Pippin.

Gandalf beachtete sie nicht. Er saß mit gebeugtem Kopf da, entweder verzweifelt oder angestrengt nachdenkend. Das klagende Geheul der Wölfe war wieder zu hören. Die Wellen auf dem Wasser wurden größer und kamen näher; einige schlugen schon ans Ufer.

Mit einer Plötzlichkeit, die sie alle zusammenfahren ließ, sprang der Zauberer auf. Er lachte! »Ich habe es!« rief er. »Natürlich, natürlich! Lächerlich einfach, wie die meisten Rätsel, wenn man die Lösung kennt.«

Er nahm seinen Stab auf, trat vor den Felsen und sagte mit klarer Stimme: *Mellon!*

Der Stern leuchtete kurz auf und verblaßte wieder. Dann zeichnete sich geräuschlos eine große Tür ab, obwohl vorher nicht eine Ritze oder eine Angel sichtbar gewesen war. Langsam teilte sie sich und schwang Zoll um Zoll nach außen, bis beide Türhälften gegen den Felsen schlugen. Durch die Öffnung sah man schattenhaft eine Treppe, die steil hinaufführte; aber hinter den untersten Stufen war die Dunkelheit schwärzer als die Nacht. Die Gruppe stand da und staunte.

»Ich habe also doch unrecht gehabt«, sagte Gandalf. »Und Gimli auch. Ausgerechnet Merry war auf der richtigen Fährte. Das Losungswort hatte die ganze Zeit auf der Eingangstür gestanden! Die Übersetzung hätte lauten sollen *Sage ›Freund‹ und tritt ein.* Ich brauchte nur das Elbenwort für *Freund* auszusprechen, und schon öffnete sich die Tür. Ganz einfach. Zu einfach für einen Gelehrten und Schriftkundigen in unserer mißtrauischen Zeit. Damals waren die Zeiten glücklicher. Nun laßt uns gehen!«

Er schritt voran und setzte seinen Fuß auf die unterste Stufe. Aber in diesem Augenblick ereignete sich Verschiedenes. Frodo fühlte, daß irgend etwas ihn am Knöchel packte, und er fiel mit einem Schrei hin. Das Pony Lutz wieherte vor Angst wie wild, drehte sich um und schoß am Seeufer entlang in die Dunkelheit. Sam sprang ihm nach, und als er dann Frodos Schrei hörte, rannte er weinend und fluchend zurück. Die anderen fuhren herum und sahen das Wasser des Sees brodeln, als ob eine ganze Heerschar von Schlangen vom südlichen Ende herangeschwommen käme.

Aus dem Wasser war ein langer, gekrümmter Fangarm herausgekrochen; er war blaßgrün, leuchtend und naß. Sein gefingertes Ende hatte Frodos Fuß gepackt und zog ihn ins Wasser. Sam lag auf den Knien und stach jetzt mit dem Dolch auf den Arm ein.

Der Arm ließ Frodo los, und Sam zog Frodo fort und schrie um Hilfe. Zwanzig andere Arme kamen aus dem Wellengekräusel hervor. Das dunkle Wasser brodelte, und es stank abscheulich.

»Hinein ins Tor! Die Stufen hinauf! Rasch!« schrie Gandalf und sprang zurück.

Alle bis auf Sam hatten vor Entsetzen wie angewurzelt dagestanden; jetzt scheuchte er sie auf und trieb sie voran.

Es war gerade noch rechtzeitig. Sam und Frodo hatten erst ein paar Stufen erklommen und Gandalf fing gerade an hinaufzusteigen, als sich die Greifarme über das Ufer ringelten und an der Felswand und der Tür herumtasteten. Einer schlängelte sich über die Schwelle, im Sternenlicht glänzend. Gandalf drehte sich um und hielt inne. Wenn er überlegte, welches Wort die Tür von innen schließen würde, so war das überflüssig. Viele Schlangenarme packten die Türflügel von beiden Seiten und schwangen sie mit entsetzlicher Kraft herum. Mit lautem Getöse fielen sie zu, und alles Licht war ausgeschlossen. Ein Geräusch von Reißen und Krachen drang dumpf durch den massiven Fels.

Sam, der sich an Frodos Arm klammerte, brach in der schwarzen Dunkelheit auf einer Stufe zusammen. »Armer alter Lutz!« sagte er mit erstickter Stimme. »Armer alter Lutz! Wölfe und Schlangen! Aber die Schlangen waren zuviel für ihn. Ich mußte mich entscheiden, Herr Frodo. Ich mußte mit dir kommen.«

Sie hörten, wie Gandalf wieder die Stufen hinunterging und mit seinem Stab gegen die Tür stieß. Ein Beben lief durch den Stein und die Stufen erzitterten, aber die Tür öffnete sich nicht.

»Na ja«, sagte der Zauberer. »Der Durchgang hinter uns ist nun versperrt, und es gibt nur noch einen Ausgang – auf der anderen Seite des Gebirges. Nach dem Geräusch zu urteilen, fürchte ich, daß Findlinge aufgetürmt und die Bäume entwurzelt und vor das Tor geworfen worden sind. Das tut mir leid; denn die Bäume waren schön und hatten so lange dort gestanden.«

»Ich spürte, daß etwas Entsetzliches in der Nähe war von dem Augenblick an, da mein Fuß zuerst das Wasser berührte«, sagte Frodo. »Was für ein Wesen war das, oder waren es viele?«

»Ich weiß es nicht«, antwortete Gandalf. »Aber die Arme waren alle von einer Absicht geleitet. Irgend etwas ist aus den dunklen Wassern unter dem Gebirge hervorgekrochen oder herausgetrieben worden. Es gibt in den Tiefen der Welt noch ältere und gemeinere Geschöpfe als Orks.« Seinen Gedanken, daß, was immer es war, das in dem See hauste, zuerst von allen aus der Gruppe nach Frodo gegriffen hatte, sprach er nicht aus.

Boromir murmelte leise etwas, aber das widerhallende Gestein verstärkte es zu einem heiseren Flüstern, das alle hören konnten: »In den Tiefen der Welt! Und dahin gehen wir nun gegen meinen Wunsch. Wer wird uns jetzt führen in diesem tödlichen Dunkel?«

»Ich«, sagte Gandalf, »und Gimli soll mit mir gehen. Folgt meinem Stab.«

Als der Zauberer voranging auf den großen Stufen, hielt er seinen Stab hoch, und aus seiner Spitze drang ein schwaches Licht. Die breite Treppe war heil und unbeschädigt. Zweihundert Stufen zählten sie, breit und flach; und oben fanden sie einen gewölbten Gang mit ebenem Boden, der weiter in die Dunkelheit hinein führte.

Eine Wanderung im Dunkeln

»Wollen wir uns nicht hier auf den Treppenabsatz setzen, ausruhen und etwas essen, da wir kein Speisezimmer finden können?« fragte Frodo. Er hatte das Entsetzen über die greifenden Arme fast überwunden und merkte plötzlich, daß er ungeheuer hungrig war.

Der Vorschlag wurde von allen begrüßt; und sie setzten sich auf die oberen Stufen, verschwommene Gestalten in der Finsternis. Nachdem sie gegessen hatten, gab Gandalf jedem einen dritten Schluck *miruvor* aus Bruchtal.

»Viel länger wird es nicht mehr reichen, fürchte ich«, sagte er. »Aber ich glaube, wir haben es nötig nach dem Schrecken am Tor. Und sofern wir nicht großes Glück haben, werden wir das, was übrig ist, noch brauchen, ehe wir die andere Seite sehen! Geht auch sparsam mit dem Wasser um! Es gibt viele Bäche und Quellen in den Minen, aber sie sollten nicht angerührt werden. Wir werden Gelegenheit haben, unsere Schläuche und Flaschen zu füllen, ehe wir zum Schattenbachtal hinunterkommen.«

»Wie lange wird das dauern?« fragte Frodo.

»Ich kann es nicht sagen«, antwortete Gandalf. »Es hängt von vielen Zufällen ab. Aber wenn alles glatt geht, ohne Mißgeschick und ohne daß wir uns verirren, werden wir drei oder vier Märsche brauchen, nehme ich an. Es können in gerader Linie kaum weniger als vierzig Meilen sein von der Westtür zum Osttor, und die Straße mag viele Biegungen machen.«

Nach einer nur kurzen Rast gingen sie weiter. Alle wollten die Wanderung so schnell wie möglich hinter sich bringen und waren trotz ihrer Müdigkeit bereit, noch mehrere Stunden zu laufen. Gandalf ging wiederum voraus. Mit der linken Hand hielt er seinen schimmernden Stab hoch, dessen Licht gerade den Boden vor seinen Füßen erhellte; in der rechten Hand hielt er sein Schwert Glamdring. Hinter ihm kam Gimli, und seine Augen funkelten in dem düsteren Licht, wenn er seinen Kopf von einer Seite zur anderen drehte. Hinter dem Zwerg ging Frodo, und auch er hatte sein kurzes Schwert Stich gezogen. Kein Schimmer kam von den Klingen von Stich und Glamdring, und das war tröstlich. Denn da diese Schwerter das Werk von Elbenschmieden aus der Altvorderenzeit waren, schimmerten sie mit einem kalten Licht, wenn irgendwelche Orks in der Nähe waren. Hinter Frodo ging Sam, und dann kamen Legolas, die jungen Hobbits und Boromir. Als letzter im Dunkeln ging düster und schweigsam Aragorn.

Der Gang führte ein paarmal um die Ecke und begann dann abzufallen. Es ging eine ganze Weile stetig abwärts, und dann wurde der Weg wieder eben. Die Luft war heiß und stickig, aber nicht verpestet, und zeitweise spürten sie einen kühleren Luftzug auf ihren Gesichtern, der aus nur halb geahnten Öffnungen in der Wand kam. Deren gab es viele. Im blassen Schein des Zauberstabes sah Frodo flüchtig Treppen und Bögen und andere Gänge und Schächte, die hinaufführten oder steil hinab oder einfach an beiden Seiten schwarz gähnten. Es war verwirrend und hoffnungslos, sich den Weg zu merken.

Gimli konnte Gandalf sehr wenig helfen, abgesehen von seinem unerschütterlichen Mut. Zumindest war er nicht, wie die meisten anderen, allein schon durch die Dunkelheit eingeschüchtert. Oft fragte ihn der Zauberer an Stellen, wo es zweifelhaft war, welchen Weg man einschlagen sollte, um seine Meinung; aber es war immer Gandalf, der das letzte Wort sprach. Die Minen von Moria waren riesiger und verzweigter, als Gimli, Glóins Sohn, sich hatte vorstellen können, obwohl er doch ein Zwerg des Gebirgsstammes war. Für Gandalf waren die weit zurückliegenden Erinnerungen an eine frühere Wanderung nur eine geringe Hilfe, aber selbst in der Düsternis und trotz aller Windungen des Weges wußte er, wohin er gehen wollte, und er zögerte nicht, solange es einen Pfad gab, der zu seinem Ziel führte.

»Fürchtet euch nicht!« sagte Aragorn. Die Pause war länger als üblich, und Gandalf und Gimli flüsterten miteinander; die anderen standen zusammengedrängt weiter hinten und warteten ängstlich. »Fürchtet euch nicht! Ich habe so manche Wanderung mit ihm gemacht, wenn auch niemals eine so dunkle; und in Bruchtal kennt man Taten von ihm, die größer sind als alle, die ich gesehen habe. Er wird sich nicht verirren – wenn sich überhaupt ein Weg finden läßt. Er hat uns trotz unserer Befürchtungen hierher gebracht, und er wird uns auch wieder hinausbringen, was immer es ihn selbst auch kosten mag. Er wird eher den Weg nach Hause finden in dunkler Nacht als die Katzen der Königin Berúthiel.«

Es war gut für die Gemeinschaft, daß sie einen solchen Führer hatte. Sie hatten kein Brennholz und keine Möglichkeit, Fackeln herzustellen; bei dem verzweifelten Kampf an der Tür waren viele Sachen zurückgeblieben. Aber ohne irgendein Licht wären sie bald zu Schaden gekommen. Es gab nicht nur viele Wege, zwischen denen man sich entscheiden mußte, sondern an vielen Stellen auch Löcher und Gruben und dunkle Brunnenschächte neben dem Pfad, in denen ihre Schritte widerhallten. Es gab Spalten und Risse in den Wänden und auf dem Boden, und immer wieder tat sich eine Schrunde vor ihren Füßen auf. Die breiteste maß über sechs Fuß, und es dauerte lange, bis Pippin genug Mut aufbrachte, um über das grauenhafte Loch zu springen. Das Geräusch von aufgewühltem Wasser drang von tief unten herauf, und es klang, als ob ein großes Mühlrad sich in der Tiefe drehte.

»Ein Seil!« murmelte Sam. »Ich wußte, ich würde es brauchen, wenn ich keins habe!«

Als diese Gefahren immer häufiger wurden, verlangsamte sich ihr Marsch. Schon schien es ihnen, als seien sie endlos immer weiter und weiter gegangen bis an den Fuß der Berge. Sie waren mehr als müde, und doch lag kein Trost in dem Gedanken, irgendwo anzuhalten. Frodos Stimmung hatte sich etwas gehoben, nachdem er den Schlangen entkommen war, etwas gegessen und einen Schluck von dem Trank erhalten hatte; aber jetzt wurde er wieder von einer tiefen Unruhe befallen, ja von Schrecken. Obwohl man in Bruchtal den Dolchstoß geheilt hatte, war diese schlimme Wunde nicht ohne Wirkung geblieben. Seine Sinne waren geschärft, und mehr als früher wurde er Dinge gewahr, die man nicht sehen konnte. Ein Zeichen der Veränderung, das er bald bemerkt hatte, war, daß er jetzt

Eine Wanderung im Dunkeln

im Dunkeln besser sehen konnte als irgendeiner seiner Gefährten, vielleicht mit Ausnahme von Gandalf. Und überdies war er der Ringträger: der Ring hing an einer Kette auf seiner Brust, und zuzeiten schien er eine schwere Last zu sein. Frodo war überzeugt, daß Böses vor ihnen lag und Böses ihnen folgte; aber er sagte nichts. Er packte das Heft seines Schwertes fester und ging verbissen weiter.

Die hinter ihm Gehenden redeten nicht viel und wenn, dann nur in hastigem Flüstern. Es war nichts zu hören als das Geräusch ihrer eigenen Füße; das dumpfe Stampfen von Gimlis Zwergenstiefeln; der schwere Schritt von Boromir; der leichte Tritt von Legolas; das leise, kaum hörbare Trappeln von Hobbitfüßen; und von hinten das langsame, feste Auftreten von Aragorn mit seinen langen Schritten. Als sie einen Augenblick anhielten, hörten sie überhaupt gar nichts, es sei denn gelegentlich ein schwaches Rinnen oder Tröpfeln von unsichtbarem Wasser. Und dennoch begann Frodo etwas anderes zu hören, oder bildete sich ein, es zu hören: Schritte von weichen, nackten Füßen. Es war niemals laut genug oder nah genug, um ganz sicher zu sein, daß er es hörte; aber nachdem es einmal angefangen hatte, hörte es nicht mehr auf, solange die Gemeinschaft weiterging. Aber es war kein Echo, denn wenn sie anhielten, tappelte es noch eine Weile und wurde dann still.

Es war nach Einbruch der Nacht gewesen, als sie die Minen betreten hatten. Sie waren mehrere Stunden lang mit nur kurzen Unterbrechungen gelaufen, als Gandalf auf das erste erstaunliche Hindernis stieß. Vor ihm erhob sich ein breiter, dunkler Bogen, der den Weg in drei Gänge freigab: sie führten alle in etwa dieselbe Richtung, nach Osten, aber der linke Gang fiel ab, während der rechte anstieg, und der mittlere schien glatt und eben weiterzulaufen, aber er war sehr schmal.

»An diese Stelle kann ich mich überhaupt nicht erinnern«, sagte Gandalf, als er ratlos unter dem Bogen stand. Er hob seinen Stab in der Hoffnung, daß er irgendwelche Zeichen oder Inschriften finden würde, die ihm die Wahl erleichtern könnten; aber nichts derartiges war zu sehen. »Ich bin zu müde, um mich zu entscheiden«, sagte er und schüttelte den Kopf. »Und ich nehme an, daß ihr alle ebenso müde seid oder noch müder. Wir sollten lieber für den Rest der Nacht hierbleiben. Ihr wißt, was ich meine. Hier drinnen ist es immer dunkel; aber draußen steht der Mond jetzt im Westen, und Mitternacht ist vorüber.«

»Armer alter Lutz«, sagte Sam. »Ich möchte mal wissen, wo er ist. Ich hoffe, diese Wölfe haben ihn noch nicht erwischt.«

Links von dem großen Torbogen fanden sie eine steinerne Tür; sie war halb geschlossen, ließ sich aber leicht aufstoßen. Dahinter schien eine große, in den Fels gehauene Kammer zu liegen.

»Langsam! Langsam!« rief Gandalf, als Merry und Pippin hineinstürmten, froh, für die Rast einen Platz zu finden, wo sie wenigstens etwas mehr das Gefühl von Schutz haben würden als in dem offenen Gang. »Langsam! Ihr wißt doch nicht, was drinnen ist. Laßt mich vorgehen.«

Er ging vorsichtig hinein, und die anderen kamen einzeln nach. »Da!« sagte er und zeigte mit seinem Stab in die Mitte des Fußbodens. Vor seinen Füßen sahen sie ein großes rundes Loch wie die Mündung eines Brunnenschachts. Zerbrochene, rostige Ketten lagen am Rand und hingen hinunter in den dunklen Schacht. Stücke von Steinen lagen in der Nähe.

»Einer von euch hätte hineinfallen können und würde sich immer noch fragen, wann er wohl auf dem Grund ankommt«, sagte Aragorn zu Merry. »Laßt den Führer vorangehen, solange ihr einen habt.«

»Das scheint eine Wachstube gewesen zu sein, um die drei Gänge zu bewachen«, sagte Gimli. »Das Loch war gewiß ein Brunnen für die Versorgung der Wachen, abgedeckt mit einem steinernen Deckel. Aber der Deckel ist zerbrochen, und wir müssen im Dunkeln vorsichtig sein.«

Der Brunnen übte eine seltsame Anziehungskraft auf Pippin aus. Während die anderen Decken ausrollten und an den Wänden der Kammer, möglichst weit entfernt von dem Loch im Fußboden, sich ihre Betten machten, kroch er an den Rand und schaute hinein. Ein kühler Lufthauch wehte ihm ins Gesicht, der aus unsichtbaren Tiefen aufstieg. Einer plötzlichen Regung folgend, tastete er nach einem losen Stein und ließ ihn hineinfallen. Er fühlte sein Herz viele Male schlagen, ehe ein Ton zu hören war. Dann kam von weit unten, als ob der Stein an irgendeinem höhlenartigen Ort in tiefes Wasser gefallen sei, ein *Plumps*, sehr entfernt, aber verstärkt und wiederholt in dem hohlen Schacht.

»Was ist das?« rief Gandalf. Er war erleichtert, als Pippin beichtete, was er getan hatte; aber er war ärgerlich, und Pippin sah, wie seine Augen blitzten. »Närrischer Tuk!« knurrte er. »Unsere Wanderung ist eine ernste Angelegenheit, kein Hobbit-Spaziergang. Wirf dich nächstes Mal selbst hinein, dann kannst du uns in Zukunft keinen Ärger mehr bereiten. Jetzt sei still!«

Mehrere Minuten lang war nichts zu hören; aber dann drang aus der Tiefe schwaches Klopfen herauf: *Tumm-Tapp, Tapp-Tumm.* Es hörte auf, und als das Echo verhallt war, fing es wieder an: *Tapp-Tumm, Tumm-Tapp, Tapp-Tapp, Tumm.* Es klang beunruhigend wie Signale irgendeiner Art; doch nach einer Weile hörte das Klopfen auf und begann auch nicht wieder.

»Das waren Hammergeräusche, oder ich müßte mich sehr irren«, sagte Gimli.

»Ja«, antwortete Gandalf, »und es gefällt mir gar nicht. Es mag nichts mit Peregrins törichtem Stein zu tun haben; aber wahrscheinlich ist irgend etwas aufgescheucht worden, was man besser in Ruhe gelassen hätte. Bitte, tut nichts dergleichen wieder! Laßt uns hoffen, daß wir uns etwas ausruhen können ohne weiteren Ärger. Du, Pippin, kannst die erste Wache übernehmen, zur Belohnung«, brummte er, als er sich in eine Decke einwickelte.

Pippin saß unglücklich im Stockdunkeln an der Tür; aber er drehte sich immer wieder um, denn er fürchtete, daß irgend etwas Unbekanntes aus dem Brunnen herauskriechen könnte. Er wünschte, er könnte das Loch abdecken, und sei es auch nur mit einer Decke, aber er wagte sich nicht zu rühren oder in die Nähe des Brunnens zu gehen, obwohl Gandalf zu schlafen schien.

In Wirklichkeit war Gandalf wach, obwohl er still lag und nichts sagte. Er dachte angestrengt nach, versuchte, sich alle Erinnerungen an seine frühere Wanderung in den Minen ins Gedächtnis zurückzurufen, und überlegte sich besorgt, welchen Weg er nun einschlagen sollte; eine falsche Richtung könnte jetzt verhängnisvoll sein. Nach einer Stunde stand er auf und kam zu Pippin.

»Geh in eine Ecke und schlaf, mein Junge«, sagte er ganz freundlich. »Du brauchst Schlaf, nehme ich an. Ich kann kein Auge zutun, da kann ich genausogut die Wache übernehmen.

Ich weiß, was mit mir los ist«, murmelte er, als er sich an die Tür setzte. »Ich brauche was zu rauchen! Seit dem Morgen vor dem Schneesturm habe ich nicht geraucht.«

Das letzte, was Pippin sah, ehe er einschlief, war die dunkle Gestalt des Zauberers, der auf dem Boden hockte und einen glimmenden Span in seinen knorrigen Händen zwischen den Knien hielt. Einen Augenblick beleuchtete die Flamme seine scharfe Nase und das Rauchwölkchen.

Gandalf war es, der sie alle weckte. Etwa sechs Stunden hatte er allein gewacht und die anderen ruhen lassen. »Und während der Wache habe ich einen Entschluß gefaßt«, sagte er. »Bei dem mittleren Weg habe ich ein ungutes Gefühl; bei dem linken gefällt mir der Geruch nicht: da unten ist die Luft verpestet, oder ich bin kein Führer. Ich werde den rechten Gang nehmen. Es ist Zeit, daß wir wieder nach oben klettern.«

Acht dunkle Stunden lang, nicht gerechnet zwei kurze Pausen, marschierten sie weiter; und sie begegneten keiner Gefahr und hörten nichts und sahen nichts als den schwachen Schein des Zauberstabs, der wie ein Irrlicht vor ihnen hertanzte. Der Gang, den Gandalf gewählt hatte, stieg ununterbrochen an. Soweit sie es beurteilen konnten, führte er in großen Kurven bergan und wurde allmählich immer höher und breiter. Auf keiner Seite waren jetzt Durchgänge zu anderen Stollen, und der Boden war eben und unversehrt, ohne Risse oder Spalten. Offensichtlich waren sie auf eine ehemals wichtige Straße gestoßen; und sie kamen rascher voran als bei ihrem ersten Marsch.

Auf diese Weise legten sie, in direkter Linie nach Osten gemessen, etwa fünfzehn Meilen zurück, obwohl sie in Wirklichkeit vielleicht zwanzig Meilen oder mehr gelaufen waren. Als sich die Straße nach oben wand, besserte sich Frodos Stimmung ein wenig; aber er war immer noch bedrückt und hörte noch zuzeiten, oder glaubte es wenigstens, weit hinter der Gemeinschaft und über ihre eigenen Schritte hinaus einen ihnen folgenden Schritt, der kein Echo war.

Sie waren so weit marschiert, wie die Hobbits es ohne Rast vermochten, und alle dachten an einen Platz, wo sie schlafen könnten, als plötzlich rechts und links die Wände verschwanden. Offenbar waren sie durch irgendeinen gewölbten Torweg in einen schwarzen, leeren Raum gekommen. Hinter ihnen war ein starker Strom wärmerer Luft spürbar, und vor ihnen lag die Dunkelheit kalt auf ihren Gesichtern. Sie blieben stehen und scharten sich ängstlich zusammen.

Gandalf schien erfreut. »Ich habe den richtigen Weg gewählt«, sagte er. »Endlich kommen wir in die bewohnbaren Teile, und ich vermute, daß die Ostseite jetzt nicht mehr fern ist. Aber wir sind noch hoch oben, beträchtlich höher als das Schattenbachtor, wenn ich mich nicht sehr irre. Nach der Luft zu schließen, müssen wir in einer großen Halle sein. Ich will jetzt ein wenig wirkliches Licht wagen.«

Er hob seinen Stab, und für einen kurzen Augenblick leuchtete eine Flamme auf wie ein Blitzstrahl. Große Schatten sprangen auf und flohen, und für eine Sekunde sahen sie ein riesiges Dach hoch über ihren Köpfen, getragen von vielen mächtigen Säulen aus Stein. Vor ihnen und zu beiden Seiten erstreckte sich eine gewaltige, leere Halle; ihre schwarzen Wände, blank und glatt wie Glas, glänzten und schimmerten. Drei andere Eingänge sahen sie, dunkle, schwarze Bogen: einen direkt vor ihnen, der nach Osten ging, und je einen auf beiden Seiten. Dann ging das Licht aus.

»Mehr will ich jetzt nicht wagen«, sagte Gandalf. »Früher gab es große Fenster an der Bergseite und Schächte, die hinaufreichten zum Licht in den oberen Bereichen der Minen. Ich glaube, wir haben sie jetzt erreicht, aber es ist Nacht draußen, und vor dem Morgen werden wir es nicht feststellen können. Wenn ich recht habe, werden wir morgen vielleicht den Morgen hereinschauen sehen. Aber einstweilen ist es wohl besser, nicht weiterzugehen. Laßt uns ruhen, wenn wir können. Bisher ist alles gutgegangen, und den größten Teil des dunklen Weges haben wir hinter uns. Doch sind wir noch nicht hindurch, und es ist noch weit bis hinunter zu den Toren, die in die Welt hinausführen.«

Die Gemeinschaft verbrachte die Nacht in der großen, höhlenartigen Halle, eng zusammengedrängt in einer Ecke, um dem Durchzug zu entgehen: durch den östlichen Torbogen strömte ständig kalte Luft herein. Als sie dort lagen, ringsum von hohler und unermeßlicher Dunkelheit umgeben, fühlten sie sich bedrückt von der Einsamkeit und Riesigkeit der unterirdischen Hallen und der sich endlos verzweigenden Treppen und Gänge. Auch die wildesten Vorstellungen, die sich die Hobbits nach dunklen Gerüchten gemacht hatten, blieben weit hinter der tatsächlichen Furchtbarkeit und Großartigkeit von Moria zurück.

»Da muß aber einstmals eine gewaltige Schar von Zwergen hier gewesen sein«, sagte Sam. »Und jeder von ihnen muß fünfhundert Jahre lang eifriger geschafft haben als Dachse, um all das zu machen, und das meiste noch dazu in hartem Fels! Wofür haben sie das alles gemacht? Gewiß haben sie doch in diesen dunklen Höhlen nicht gewohnt?«

»Das sind keine Höhlen«, antwortete Gimli. »Dies ist das große Reich und die Stadt Zwergenbinge. Und einstmals war es hier nicht dunkel, sondern voller Licht und Glanz, wie es noch in unseren Liedern überliefert wird.«

Er stand auf und begann im Dunkeln mit tiefer Stimme zu singen, und das Echo drang hinauf bis zum Dach.

Eine Wanderung im Dunkeln

Die Welt war jung, die Berge grün,
Als fleckenlos der Mond noch schien,
Nicht Berg noch Tal, nicht Strom noch Land
War da, zu Durins Zeit, benannt.
Er gab den Dingen Nam und Stand,
Trank ersten Trunk vom Quellenrand
Und sah im Spiegel Widerschein
Von Sternen, Gold und Edelstein,
Sah sich zu Häupten eine Kron
Aufblinken und verschatten schon.

Die Welt war jung, die Gipfel frei
Zu jener Zeit, die längst vorbei.
Die mächtigen Herrn von Nargothrond
Und Gondolin sind längst entthront
Und leben westlich, fern und weit,
Die Welt war schön zu Durins Zeit.

Die Felsengründe waren sein,
Mit Gold verziert und Edelstein
Und silbern köstlich ausgelegt,
Das Tor von Runenkraft geprägt,
Und tausend Lampen aus Kristall
Verströmten Licht allüberall,
Ein helleres fließt nicht in die Welt
Von Sonne, Mond und Sternenzelt.

Der Hammer auf den Amboß hieb,
Der Stichel grub, der Meißel trieb,
Geschärfte Schwerterklinge sang,
Der Reichtum wuchs bei jedem Gang.
Von Amethyst, Beryll, Opal,
Metall, geschuppt, war voll der Saal,
Von Panzerhemden, Schild und Speer
Die Borde in den Kammern schwer.

Froh lebte damals Durins Volk,
Die Harfe klang, der Sänger sang,
Und vor den Toren stieß ins Horn
Der Wachter zu der Stunden Gang.

Die Welt ist grau, der Berg ist alt,
Die Essen leer, die Aschen kalt,
Kein Harfner singt, kein Hammer fällt;

> *Das Dunkel herrscht in Durins Welt,*
> *Sein Grab liegt unter Schatten da*
> *In Khazad-dûm, in Moria.*
> *Die Sterne glitzern wunderlich*
> *Im Spiegelsee, die Krone blich,*
> *Tief ist der See, der sie begräbt,*
> *Bis Durin sich vom Schlaf erhebt.*

»Das gefällt mir!« sagte Sam. »Das möchte ich gerne lernen. *In Khazad-dûm, in Moria!* Aber es macht die Dunkelheit noch bedrückender, wenn man an all die Lampen denkt. Liegen hier immer noch Haufen von Edelsteinen und Gold herum?«

Gimli antwortete nicht. Er hatte gesungen und wollte nichts mehr sagen.

»Haufen von Edelsteinen?« sagte Gandalf. »Nein. Die Orks haben Moria oft geplündert; in den oberen Hallen ist nichts zurückgeblieben. Und seit die Zwerge geflohen sind, wagt niemand, die Schächte und Schatzkammern in den großen Tiefen aufzusuchen: sie sind im Wasser versunken – oder in einem Schatten der Furcht.«

»Warum wollen die Zwerge dann zurückkommen?« fragte Sam.

»Wegen *mithril*«, antwortete Gandalf. »Morias Reichtum beruhte nicht auf Gold und Edelsteinen, dem Spielzeug der Zwerge; und nicht auf Eisen, ihrem Diener. Derlei Dinge fanden sie hier, das ist wahr, vor allem Eisen. Aber sie hätten es nicht nötig gehabt, danach zu graben: alles, was sie begehrten, konnten sie im Tauschhandel erhalten. Doch allein hier und sonst nirgends in der Welt wurde Moria-Silber gefunden, oder Wahr-Silber, wie manche es genannt haben: *mithril* ist der elbische Name. Die Zwerge haben einen Namen dafür, den sie nicht sagen. Sein Wert betrug das Zehnfache von Gold und ist jetzt unermeßlich; denn oberirdisch ist wenig davon übrig, und nicht einmal die Orks wagen hier danach zu graben. Die Adern erstrecken sich weit nach Norden zum Caradhras hin und hinab in die Dunkelheit. Die Zwerge sprechen nicht darüber; aber ebenso wie *mithril* die Grundlage ihres Reichtums war, so war es auch ihr Verderben: sie gruben zu gierig und zu tief und störten das auf, wovor sie flohen: Durins Fluch. Von dem, was sie ans Licht gebracht hatten, haben die Orks fast alles an sich gerafft und als Tribut an Sauron abgeführt, der es begehrte.

Mithril! Jedermann wollte es. Man konnte es wie Kupfer hämmern und wie Glas glätten; und die Zwerge wußten ein Metall daraus zu machen, leicht und trotzdem härter als getemperter Stahl. Seine Schönheit glich der des gewöhnlichen Silbers, aber die Schönheit von *mithril* wurde nicht matt oder trübe. Die Elben liebten es sehr; und abgesehen von manchem anderen machten sie daraus *ithildin*, Sternenmond, wie ihr auf der Tür gesehen habt. Bilbo hatte einen Harnisch aus Mithril-Ringen von Thorin. Ich möchte gern wissen, wo er geblieben ist. Wahrscheinlich verstaubt er weiter im Museum von Michelbinge.«

»Was?« rief Gimli, aus seinem Schweigen aufgeschreckt. »Ein Panzerhemd aus Moria-Silber? Das war ein königliches Geschenk!«

»Ja«, sagte Gandalf. »Ich habe es ihm niemals gesagt, aber der Harnisch war mehr wert als das ganze Auenland und alles darinnen.«

Eine Wanderung im Dunkeln

Frodo sagte nichts, aber er faßte unter sein Wams und berührte die Ringe seines Kettenhemds. Ihm wurde ganz schwindlig bei dem Gedanken, daß er den Wert des ganzen Auenlands auf dem Leibe trug. Hatte Bilbo das gewußt? Er zweifelte nicht, daß Bilbo das sehr wohl gewußt hatte. Wahrlich ein königliches Geschenk. Aber nun wanderten seine Gedanken hinweg von den dunklen Minen nach Bruchtal, zu Bilbo, und nach Beutelsend zu der Zeit, als Bilbo noch da war. Er wünschte von ganzem Herzen, daß er wieder dort und es noch wie damals wäre, daß er den Rasen mähte oder sich mit den Blumen zu schaffen machte und nie von Moria oder *mithril* – oder dem Ring gehört hätte.

Es trat ein tiefes Schweigen ein. Einer nach dem anderen fielen sie in Schlaf. Frodo hielt Wache. Als ob es ein Atem wäre, der durch unsichtbare Türen aus großer Tiefe kam, überfiel ihn Grauen. Seine Hände waren kalt und seine Stirn feucht. Er lauschte. Zwei langsam hinschleichende Stunden lang lauschte er angespannt; aber er hörte keinen Ton, nicht einmal das eingebildete Echo eines Schritts.

Seine Wache war fast vorüber, als er drüben, wo er den westlichen Torbogen vermutete, zwei bleiche Lichtpunkte zu sehen glaubte, fast wie leuchtende Augen. Er fuhr zusammen. Sein Kopf war vornübergesunken. »Ich muß beinahe während der Wache eingeschlafen sein«, dachte er. »Ich war am Anfang eines Traumes.« Er stand auf, rieb sich die Augen und blieb stehen und starrte ins Dunkel, bis er von Legolas abgelöst wurde.

Als er sich hinlegte, schlief er schnell ein, aber ihm war, als ob sich der Traum fortsetzte: er hörte Flüstern und sah die beiden bleichen Lichtpunkte, die sich langsam näherten. Er wachte auf und merkte, daß die anderen sich leise unterhielten und ihm ein schwaches Licht aufs Gesicht fiel. Hoch oben über dem östlichen Torbogen kam ein langer, blasser Lichtstrahl durch einen Schacht in der Nähe des Daches; und jenseits der Halle schimmerte auch durch den nördlichen Torbogen schwach und entfernt Licht.

Frodo setzte sich auf. »Guten Morgen!« sagte Gandalf. »Denn Morgen ist es nun endlich. Ich habe recht gehabt, wie du siehst. Wir sind hoch oben auf der Ostseite von Moria. Ehe der Tag heute vorbei ist, sollten wir die Großen Tore finden und das Wasser des Spiegelsees vor uns im Schattenbachtal liegen sehen.«

»Es wird mich freuen«, sagte Gimli. »Ich habe Moria gesehen, und es ist sehr groß, aber es ist dunkel und schrecklich geworden; und wir haben keine Spur von meiner Sippe gefunden. Ich bezweifle jetzt, daß Balin jemals hierherkam.«

Nachdem sie gefrühstückt hatten, beschloß Gandalf, gleich weiterzugehen. »Wir sind müde, aber wir sollten uns lieber ausruhen, wenn wir draußen sind«, sagte er. »Ich glaube, daß keiner von uns gern eine weitere Nacht in Moria verbringen möchte.«

»Nein, gewiß nicht«, sagte Boromir. »Welchen Weg wollen wir nehmen? Dort drüben durch den östlichen Bogen?«

»Vielleicht«, antwortete Gandalf. »Aber ich weiß noch nicht genau, wo wir sind. Wenn ich mich nicht sehr irre, vermutlich oberhalb und nördlich der Großen Tore; und es mag nicht leicht sein, den richtigen Weg dort hinunter zu finden. Der

Die Gefährten

Weg durch den östlichen Bogen wird sich wahrscheinlich als derjenige erweisen, den wir nehmen müssen; aber ehe wir uns entscheiden, sollten wir uns umschauen. Laßt uns dem Licht dort nachgehen, das durch die nördliche Tür hereinfällt. Wenn wir ein Fenster finden könnten, wäre das nützlich, aber ich fürchte, das Licht kommt nur durch tiefe Schächte.«

Geführt von ihm, ging die Gemeinschaft unter dem nördlichen Bogen durch. Sie befanden sich nun in einem breiten Gang. Als sie weitergingen, wurde der Lichtschein stärker, und sie sahen jetzt, daß er durch eine Türöffnung zu ihrer Rechten drang. Sie war hoch und oben flach, und die Steintür hing noch in den Angeln und stand halb offen. Dahinter lag ein großer, rechtwinkliger Raum. Er war nur schwach erleuchtet, aber ihren Augen, die so lange an Dunkelheit gewöhnt gewesen war, erschien er blendend hell, und sie blinzelten, als sie eintraten.

Ihre Füße wirbelten eine dicke Staubschicht auf dem Boden auf und stolperten über Dinge, deren Form sie zuerst nicht erkennen konnten. Die Kammer war durch einen breiten Schacht in der Ostwand erhellt; er führte schräg aufwärts, und ganz oben konnten sie einen kleinen, rechteckigen Flecken blauen Himmels sehen. Das Licht des Schachts fiel genau auf einen Tisch in der Mitte des Raums: einen einzigen, länglichen Block, etwa zwei Fuß hoch, auf dem eine große weiße Steinplatte lag.

»Das sieht wie ein Grab aus«, murmelte Frodo und beugte sich mit einem seltsamen Gefühl der Vorahnung vor, um besser sehen zu können. Gandalf trat rasch neben ihn. Auf der Platte waren Runen tief eingegraben:

»Das sind Daerons Runen, wie sie früher in Moria gebräuchlich waren«, sagte Gandalf. »Hier steht in den Sprachen der Menschen und Zwerge:

BALIN FUNDINS SOHN
HERR VON MORIA.«

»Er ist also tot«, sagte Frodo. »Ich hatte es gefürchtet.« Gimli zog seine Kapuze über das Gesicht.

FÜNFTES KAPITEL

DIE BRÜCKE VON KHAZAD-DÛM

Schweigend stand die Gemeinschaft des Ringes an Balins Grab. Frodo dachte an Bilbo und seine lange Freundschaft mit dem Zwerge und an Balins Besuch im Auenland vor langer Zeit. In dieser staubigen Kammer im Gebirge schien das vor tausend Jahren und auf der anderen Seite der Welt gewesen zu sein.

Endlich rührten sie sich wieder, blickten auf und begannen, nach etwas zu suchen, was ihnen Aufschluß über Balins Schicksal geben oder ihnen zeigen würde, was aus seinem Volk geworden war. Es gab am anderen Ende der Kammer unter dem Schacht noch eine zweite, kleinere Tür. An beiden Türen sahen sie jetzt viele Knochen liegen und dazwischen zerbrochene Schwerter und Eisen von Äxten und gespaltene Schilde und Helme. Einige der Schwerter waren gebogen: Ork-Krummsäbel mit geschwärzten Klingen.

In den Fels der Wände waren viele Nischen hineingehauen, und in ihnen standen große, eisenbeschlagene Truhen aus Holz. Alle waren aufgebrochen und geplündert worden; doch neben dem zertrümmerten Deckel einer Truhe lagen die Reste eines Buchs. Es war aufgeschlitzt und hineingestochen worden und teilweise angesengt, und es war so besudelt mit schwarzen und anderen dunklen Flecken wie von altem Blut, daß kaum etwas zu lesen war. Gandalf hob es vorsichtig auf, aber die Seiten rissen und brachen, als er es auf die Steinplatte legte. Er brütete eine Weile darüber, ohne zu sprechen. Frodo und Gimli standen neben ihm und sahen, als er behutsam die Seiten umblätterte, daß sie mit verschiedenen Handschriften bedeckt waren, mit Runen von Moria und Thal und hier und dort mit einer Elbenschrift.

Schließlich schaute Gandalf auf. »Es scheint eine Chronik über das Schicksal von Balins Leuten zu sein«, sagte er. »Ich vermute, daß sie mit ihrer Ankunft im Schattenbachtal vor nahezu dreißig Jahren beginnt: die Seiten scheinen Nummern zu haben, die sich auf die Jahre nach ihrer Ankunft beziehen. Die oberste Seite ist *eins – drei* bezeichnet, so daß mindestens zwei vom Anfang fehlen. Hört euch das an!

Wir vertrieben Orks vom großen Tor und der Wache – glaube ich; das nächste Wort ist verwischt und versengt: wahrscheinlich *Raum – wir erschlugen viele in der hellen* – glaube ich – *Sonne im Tal. Flói wurde durch einen Pfeil getötet. Er erschlug den Großen.* Dann kommt ein Fleck, und danach *Flói unter Gras nahe Spiegelsee.* Die nächsten paar Zeilen kann ich nicht lesen. Dann kommt *Wir haben die einundzwanzigste Halle vom nördlichen Ende als Wohnung genommen. Dort ist* was, kann ich nicht lesen. Ein *Schacht* wird erwähnt. Dann: *Balin hat seinen Wohnsitz in der Kammer von Mazarbul aufgeschlagen.*«

»Die Archivkammer«, sagte Gimli. »Ich vermute, das ist hier, wo wir jetzt sind.«

»Jetzt kann ich lange nichts mehr lesen«, sagte Gandalf, »nur die Wörter *Gold* und *Durins Axt* und dann *Helm.* Dann: *Balin ist jetzt Herr von Moria.* Das scheint

Die Brücke von Khazad-dûm

das Ende eines Kapitels zu sein. Dann kommen einige Sterne und nun beginnt eine andere Handschrift, und ich kann *wir fanden Wahrsilber* entziffern und später das Wort *wohlgeschmiedet*, und dann etwas, ah, ich hab's: *mithril;* und die beiden letzten Zeilen: *Óin soll die oberen Waffenkammern der Dritten Tiefe suchen*, irgend etwas *nach Westen gehen*, ein Fleck, dann *zum Hulsten-Tor.«*

Gandalf hielt inne und legte ein paar Blätter beiseite. »Da sind verschiedene Seiten derselben Art, ziemlich hastig geschrieben und stark beschädigt«, sagte er. »Aber bei diesem Licht kann ich wenig daraus entnehmen. Jetzt müssen ein paar Blätter fehlen, denn die nächsten sind mit *fünf* bezeichnet, dem fünften Jahr der Siedlung, nehme ich an. Laßt mich sehen! Nein, sie sind zu stark zerschnitten und befleckt; ich kann sie nicht lesen. In der Sonne mag es besser gehen. Wartet! Hier ist etwas: eine große, deutliche Hand, die sich einer elbischen Schrift bedient.«

»Das müßte Oris Hand sein«, sagte Gimli und schaute dem Zauberer über den Arm. »Er konnte sehr gut und schnell schreiben und gebrauchte oft elbische Buchstaben.«

»Ich fürchte, er hatte schlechte Nachrichten in einer schönen Schrift aufzuzeichnen«, sagte Gandalf. »Das erste deutliche Wort heißt *Schmerz*, aber der Rest der Zeile ist unleserlich, es sei denn, sie endet mit *rigen.* Ja, es muß heißen *gestrigen*, und dann kommt *Tag, dem zehnten November, fiel Balin, Herr von Moria, im Schattenbachtal. Er ging allein, um in den Spiegelsee zu schauen, ein Ork erschoß ihn, hinter einem Stein verborgen, wir erschlugen den Ork, aber viele andere ... von Osten den Silberlauf herauf.* Der Rest der Seite ist so verschmiert, daß ich kaum etwas herausbekomme, aber ich glaube, ich kann lesen *wir haben das Tor versperrt*, und dann *können es lange halten, wenn* und dann vielleicht *entsetzlich* und *leiden.* Armer Balin! Er scheint den Titel, den er angenommen hat, weniger als fünf Jahre getragen zu haben. Ich würde gern wissen, was danach geschehen ist; aber wir haben keine Zeit, an den letzten paar Seiten herumzurätseln. Hier ist die allerletzte Seite.« Er hielt inne und seufzte.

»Es ist bitter, das zu lesen«, sagte er. »Ich fürchte, ihr Ende war grausam. Hört! *Wir können nicht hinaus. Wir können nicht hinaus. Sie haben die Brücke und die zweite Halle genommen. Frár und Lóni und Náli fielen dort.* Dann sind vier Zeilen so verschmiert, daß ich nur lesen kann *ging vor 5 Tagen.* Die letzten Zeilen lauten *der See reicht bis zur Wand am Westtor. Der Wächter im Wasser hat Óin gepackt. Wir können nicht hinaus. Das Ende kommt*, und dann *Trommeln, Trommeln in der Tiefe.* Ich möchte mal wissen, was das bedeuten soll. Das letzte ist in einem langgezogenen Gekritzel von Elbenzeichen geschrieben: *sie kommen.* Dann nichts mehr.« Gandalf hielt inne und stand in Gedanken versunken da.

Eine plötzliche Furcht und ein Grauen vor der Kammer befiel die Gemeinschaft.

»*Wir können nicht hinaus*«, murmelte Gimli. »Wir haben Glück gehabt, daß der See ein wenig gesunken war und der Wächter unten am südlichen Ende schlief.«

Gandalf hob den Kopf und schaute sich um. »Sie scheinen an beiden Türen den letzten Widerstand geleistet zu haben«, sagte er. »Aber zu dieser Zeit waren nicht

mehr viele übrig. So endete der Versuch, Moria wiederzuerobern! Es war kühn, aber töricht. Die Zeit ist noch nicht gekommen. Nun, fürchte ich, müssen wir von Balin, Fundins Sohn, Abschied nehmen. Hier muß er liegen in den Hallen seiner Väter. Wir werden dieses Buch mitnehmen, das Buch von Mazarbul, und es später genauer ansehen. Du solltest es an dich nehmen, Gimli, und es Dáin bringen, wenn du Gelegenheit hast. Es wird ihn interessieren, aber auch sehr betrüben. Kommt, laßt uns gehen! Der Morgen ist schon weit vorgeschritten.«
»Welchen Weg wollen wir gehen?« fragte Boromir.
»Zurück zur Halle«, antwortete Gandalf. »Aber unser Besuch in diesem Raum war nicht vergebens. Ich weiß jetzt, wo wir sind. Dies muß, wie Gimli sagt, die Kammer von Mazarbul sein; und die Halle muß die einundzwanzigste vom Nordende sein. Daher sollten wir durch den Ostbogen der Halle gehen und uns nach rechts und nach Süden halten und abwärts gehen. Die einundzwanzigste Halle müßte auf der siebenten Sohle liegen, das heißt sechs über den Toren. Kommt nun! Zurück zur Halle!«
Kaum hatte Gandalf diese Worte gesprochen, als ein großer Lärm anhob: ein rollendes *Bum*, das aus großen Tiefen zu kommen und in den Steinen zu ihren Füßen zu zittern schien. Sie sprangen erschreckt zur Tür. *Dum, dum* rollte es wieder, als ob riesige Hände die Höhlen von Moria in eine gewaltige Trommel verwandelt hätten. Dann kam als Echo ein Schmettern: ein großes Horn wurde in der Halle geblasen, andere Hörner antworteten und von weit her waren rauhe Schreie zu hören. Man hörte viele Füße rennen.
»Sie kommen!« rief Legolas.
»Wir können nicht hinaus«, sagte Gimli.
»In einer Falle!« rief Gandalf. »Warum zögerte ich? Hier sind wir, gefangen, genau wie die anderen vor uns. Aber damals war ich nicht hier. Wir werden sehen, was –«
Dum, dum dröhnte das Trommeln, und die Wände bebten.
»Schlagt die Türen zu und verkeilt sie!« schrie Aragorn. »Und behaltet eure Rucksäcke auf, solange ihr könnt: vielleicht vermögen wir uns doch noch einen Weg hinaus zu bahnen.«
»Nein«, sagte Gandalf. »Wir dürfen uns nicht einschließen lassen. Laßt die östliche Tür angelehnt! Dort hinunter werden wir gehen, wenn wir eine Möglichkeit haben.«
Wieder erschallte ein gellender Hornstoß, und schrille Schreie ertönten. Fußtritte kamen den Gang entlang. Es gab einen hellen Klang und ein Klirren, als die Gemeinschaft ihre Schwerter zog. Glamdring schimmerte mit einem bleichen Licht, und Stich glänzte an den Schneiden. Boromir legte seine Schulter gegen die westliche Tür.
»Warte einen Augenblick! Mach sie noch nicht zu!« sagte Gandalf. Er sprang vor an Boromirs Seite und richtete sich zu seiner vollen Größe auf.
»Wer kommt hierher, um Balins, des Herrn von Moria, Ruhe zu stören?« rief er mit lauter Stimme.
Ein heiseres Gelächter brach aus und klang wie Steine, die in eine Grube

rollen; inmitten des Lärms erhob sich eine tiefe befehlende Stimme. *Dum, bum, dum* dröhnten die Trommeln in der Tiefe.

Mit einer raschen Bewegung trat Gandalf vor die schmale Öffnung der Tür und stieß seinen Stab vor. Es gab eine blendende Flamme, die die Kammer und den Gang draußen erhellte. Einen Augenblick schaute der Zauberer hinaus. Pfeile sausten und pfiffen den Gang herunter, als er zurücksprang.

»Das sind Orks, und zwar sehr viele«, sagte er. »Und manche sind groß und böse: schwarze Uruks aus Mordor. Im Augenblick zögern sie noch, aber da ist noch etwas anderes. Ein großer Höhlentroll, glaube ich, oder mehr als einer. Auf jenem Weg zu fliehen besteht keine Hoffnung.«

»Und überhaupt keine Hoffnung, wenn sie auch zur anderen Tür kommen«, sagte Boromir.

»Hier ist noch kein Ton zu hören«, sagte Aragorn, der an der östlichen Tür stand und lauschte. »Der Gang führt auf dieser Seite sofort eine Treppe hinunter: er geht eindeutig nicht zurück zur Halle. Aber es hat keinen Zweck, blindlings auf diesem Wege zu fliehen, wenn die Verfolger gleich hinter uns sind. Wir können die Tür nicht versperren. Der Schlüssel ist fort, und das Schloß ist zerbrochen und die Tür geht nach innen auf. Wir müssen erst etwas tun, um den Feind aufzuhalten. Wir wollen sie lehren, die Kammer von Mazarbul zu fürchten!« sagte er grimmig und befühlte die Schneide seines Schwertes Andúril.

Schwere Fußtritte waren auf dem Gang zu hören. Boromir warf sich gegen die Tür und drückte sie zu; dann verkeilte er sie mit abgebrochenen Schwertklingen und Holzsplittern. Die Gemeinschaft zog sich auf die andere Seite der Kammer zurück. Aber noch hatten sie keine Möglichkeit, zu fliehen. Es gab einen Schlag gegen die Tür, der sie erzittern ließ, und dann schob sie sich langsam auf und preßte die Keile beiseite. Ein riesiger Arm und eine Schulter mit einer dunklen Haut aus grünlichen Schuppen zwängten sich durch den sich verbreiternden Spalt. Dann kam unten ein großer, flacher, zehenloser Fuß zum Vorschein. Draußen herrschte Totenstille.

Boromir sprang vor und hieb mit aller Macht auf den Arm; aber sein Schwert klirrte, prallte ab und fiel ihm aus der zitternden Hand. Die Klinge war schartig geworden.

Plötzlich und zu seiner eigenen Überraschung fühlte Frodo einen heißen Zorn in seinem Herzen aufflammen. »Das Auenland!« rief er, sprang neben Boromir, bückte sich und hieb mit Stich auf den abscheulichen Fuß. Man hörte ein Gebrüll, der Fuß zuckte zurück, und Stich wäre Frodo fast aus der Hand gerissen worden. Schwarze Tropfen rannen von der Klinge und dampften auf dem Boden. Boromir warf sich gegen die Tür und schlug sie wieder zu.

»Sieg für das Auenland!« rief Aragorn. »Des Hobbits Biß geht tief! Du hast eine gute Klinge, Frodo, Drogos Sohn!«

Es wurde gegen die Tür geschlagen und immer wieder und wieder dagegen geschlagen. Rammen und Hämmer wurden eingesetzt. Sie krachte und gab nach, und plötzlich erweiterte sich die Öffnung, Pfeile kamen angeschwirrt, aber sie trafen die nördliche Wand und fielen zu Boden, ohne Schaden anzurichten. Ein

Hornstoß erscholl und ein Getrappel von Füßen war zu hören, und dann sprang ein Ork nach dem anderen in die Kammer.

Wie viele es waren, konnten die Gefährten nicht zählen. Der Ansturm war heftig, aber die erbitterte Verteidigung entmutigte die Orks. Legolas schoß zwei durch die Kehle. Gimli hieb einem, der auf Balins Grab gesprungen war, die Beine ab. Boromir und Aragorn erschlugen viele. Als dreizehn gefallen waren, ergriffen die übrigen schreiend die Flucht und ließen die Verteidiger unverletzt zurück, mit Ausnahme von Sam, der eine Schramme auf dem Kopf hatte. Ein rasches Ducken hatte ihn gerettet; und er hatte seinen Ork niedergestreckt: ein kräftiger Stoß mit seiner Hügelgrab-Klinge. Ein Feuer glühte in seinen braunen Augen, das Timm Sandigmann hätte zurückweichen lassen, wenn er es gesehen hätte.

»Jetzt ist es Zeit!« rief Gandalf. »Laßt uns gehen, ehe der Troll wiederkommt!«

Aber gerade als sie den Rückzug antraten und ehe Pippin und Merry die Treppe draußen erreicht hatten, sprang ein riesiger Orkhäuptling, fast mannshoch, von Kopf bis Fuß in einen schwarzen Panzer gehüllt, in die Kammer; hinter ihm rotteten sich seine Gefolgsleute an der Tür zusammen. Sein breites, flaches Gesicht war schwärzlich, seine Augen waren wie Kohlen, und seine Zunge war rot; er schwang einen großen Speer. Mit einem Stoß seines Lederschilds wehrte er Boromirs Schwert ab, drängte ihn zurück und warf ihn zu Boden. Unter Aragorns Schlag tauchte er mit der Schnelligkeit einer angreifenden Schlange hindurch, stürmte mitten in die Gemeinschaft hinein und stieß seinen Speer genau auf Frodo. Der Stoß traf Frodo an der rechten Seite, und er wurde gegen die Wand geworfen und festgehalten. Mit einem Schrei hackte Sam auf den Speerschaft ein, und er zersplitterte. Aber gerade, als der Ork den Stumpf fortwarf und seinen Krummsäbel zog, sauste Andúril auf seinen Helm nieder. Wie eine Flamme blitzte es auf, und der Helm brach auseinander. Mit gespaltetem Schädel stürzte der Ork zu Boden. Seine Gefolgsleute flohen heulend, als Boromir und Aragorn sich auf sie stürzten.

Dum, dum dröhnten die Trommeln in der Tiefe. Die laute Stimme erschallte wieder.

»Jetzt!« schrie Gandalf. »Jetzt ist die letzte Gelegenheit! Rennt, was ihr könnt!«

Aragorn hob Frodo auf, der noch an der Wand lag, stürzte auf die Treppe zu und stieß Merry und Pippin vor sich her. Die anderen folgten; aber Gimli mußte von Legolas weggezerrt werden; trotz der Gefahr verweilte er noch mit gesenktem Kopf an Balins Grab. Boromir zog die östliche Tür zu, die in den Angeln quietschte; sie hatte große eiserne Ringe an beiden Seiten, konnte aber nicht festgemacht werden.

»Mir fehlt nichts«, keuchte Frodo. »Ich kann laufen. Setz mich ab!«

Aragorn hätte ihn vor Verblüffung fast fallenlassen. »Ich dachte, du seist tot!« rief er.

»Noch nicht«, sagte Gandalf. »Aber jetzt ist keine Zeit zum Staunen. Weg mit euch, allesamt, die Treppen hinunter! Wartet unten ein paar Minuten auf mich, aber wenn ich nicht bald komme, geht weiter. Geht rasch und sucht euch Wege aus, die nach rechts und nach unten führen.«

Die Brücke von Khazad-dûm

»Wir können dich nicht allein lassen, um die Tür zu halten«, sagte Aragorn.

»Tut, was ich euch sage!« sagte Gandalf grimmig. »Schwerter nützen hier nichts mehr. Geht!«

Der Gang war durch keinen Schacht erhellt, sondern stockfinster. Sie tasteten sich eine lange Treppenflucht hinunter und schauten sich dann um; aber sie konnten nichts sehen als das schwache Schimmern des Zauberstabs hoch über ihnen. Gandalf schien immer noch an der geschlossenen Tür Wache zu halten. Frodo atmete schwer und lehnte sich an Sam, der den Arm um ihn legte. Sie standen in der Dunkelheit und starrten die Treppe hinauf. Frodo glaubte Gandalfs Stimme oben zu hören, der Wörter murmelte, die mit einem seufzendem Echo von dem schrägen Dach zurückgeworfen wurden. Er konnte nicht verstehen, was er sagte. Die Wände schienen zu zittern. Von Zeit zu Zeit dröhnten und hallten die Trommelschläge: *dum, dum*.

Plötzlich sahen sie oben an der Treppe eine weiße Stichflamme. Dann gab es ein dumpfes Gepolter und einen schweren Aufprall. Die Trommelschläge dröhnten wild: *dum-bum, dum-bum*, und hörten dann auf. Gandalf kam die Treppe heruntergestürzt und fiel mitten zwischen den Gefährten zu Boden.

»So, das ist vorbei«, sagte der Zauberer und stand mühsam wieder auf. »Ich habe getan, was ich konnte. Doch habe ich meinen Gegner gefunden und wäre beinahe vernichtet worden. Aber bleibt hier nicht stehen! Geht weiter! Ihr müßt eine Weile ohne Licht auskommen: ich bin reichlich benommen. Geht weiter! Wo bist du, Gimli? Komm mit mir voraus! Bleibt alle dicht hinter uns!«

Sie stolperten hinter ihm her und fragten sich, was geschehen war. *Dum, dum* fingen die Trommelschläge wieder an: Sie klangen jetzt gedämpfter und weit weg, aber sie kamen hinter ihnen her. Sonst war nichts von Verfolgung zu hören, weder Fußtritte noch Stimmen. Gandalf bog weder rechts noch links ab, denn der Gang schien in die Richtung zu führen, die er einschlagen wollte. Ab und zu ging es wieder eine Treppe hinunter, fünfzig oder mehr Stufen, zu einer tieferen Sohle. In diesem Augenblick war das für sie die größte Gefahr; denn im Dunkeln konnten sie nicht sehen, wo die Treppe begann, und sie merkten es erst, wenn ihre Füße ins Leere traten. Gandalf tastete mit seinem Stab den Boden ab wie ein Blinder.

Nach einer Stunde waren sie eine Meile oder vielleicht ein wenig mehr gelaufen und viele Treppen hinuntergestiegen. Es war immer noch kein Verfolger zu hören. Fast begannen sie zu hoffen, daß sie entkommen könnten. Am Fuße der siebenten Treppe blieb Gandalf stehen.

»Es wird heiß«, keuchte er. »Wir müßten jetzt schon mindestens auf der Höhe der Tore sein. Bald sollten wir, glaube ich, einen nach links abbiegenden Weg suchen, der uns nach Osten führt. Ich hoffe, es ist nicht weit. Ich bin sehr erschöpft. Ich muß hier einen Augenblick rasten, selbst wenn alle jemals gezüchteten Orks uns auf den Fersen wären.«

Gimli nahm seinen Arm und half ihm, sich auf die Treppe zu setzen. »Was ist da oben an der Tür geschehen?« fragte er. »Hast du den Trommler gesehen?«

»Ich weiß es nicht«, antwortete Gandalf. »Aber mir stand plötzlich etwas gegenüber, dem ich noch nicht begegnet war. Mir fiel nichts anderes ein, als zu versuchen, die Tür mit einem Zauberspruch zu verschließen. Ich kenne viele; aber um derlei Dinge richtig zu machen, braucht es Zeit, und selbst dann kann die Tür noch mit Gewalt aufgebrochen werden.

Als ich da stand, hörte ich Orkstimmen auf der anderen Seite; jeden Augenblick, glaubte ich, würden sie die Tür aufstoßen. Ich konnte nicht verstehen, was sie sagten; sie schienen in ihrer abscheulichen Sprache zu reden. Das einzige, was ich aufschnappte, war *ghâsh*: das ist ›Feuer‹. Dann kam etwas in die Kammer – ich spürte es durch die Tür, und selbst die Orks hatten Angst und wurden still. Es packte den eisernen Ring, und dann bemerkte es mich und meinen Zauberspruch.

Was es war, kann ich nicht erraten, aber ich habe nie eine derartige Herausforderung verspürt. Der Gegenzauber war fürchterlich. Er hätte mich fast zerbrochen. Für einen Augenblick entglitt die Tür meiner Herrschaft und begann sich zu öffnen. Ich mußte ein Wort der Macht sprechen. Das erwies sich als eine zu große Spannung. Die Tür zerbarst in Stücke. Irgend etwas Dunkles wie eine Wolke sperrte drinnen alles Licht aus, und ich wurde rückwärts die Treppe hinuntergeworfen. Die ganze Wand stürzte ein, und das Dach der Kammer auch, glaube ich.

Ich fürchte, Balin ist tief begraben, und vielleicht ist auch etwas anderes dort begraben. Ich kann es nicht sagen. Aber wenigstens ist der Gang hinter uns völlig versperrt worden. Ah! Nie zuvor habe ich mich so erschöpft gefühlt, aber es geht vorbei. Und nun, wie steht es mit dir, Frodo? Ich hatte keine Zeit, es vorhin zu sagen, aber ich habe mich nie in meinem Leben mehr gefreut als in dem Augenblick, als du sprachst. Ich hatte gefürchtet, daß Aragorn einen tapferen, aber toten Hobbit trug.«

»Wie es mit mir steht?« sagte Frodo. »Ich lebe und bin heil, glaube ich. Ich habe blaue Flecken und Schmerzen, aber es ist nicht so schlimm.«

»Na«, meinte Aragorn, »ich kann nur sagen, daß Hobbits aus einem so harten Holz geschnitzt sind, wie ich es mir nicht hatte vorstellen können. Hätte ich das gewußt, dann hätte ich im Gasthaus von Bree sanfter gesprochen. Dieser Speerstoß hätte einen wilden Eber aufgespießt!«

»Mich hat er zum Glück nicht aufgespießt«, sagte Frodo. »Obwohl mir zumute ist, als sei ich zwischen Hammer und Amboß geraten.« Er sagte weiter nichts. Das Atmen tat ihm weh.

»Du schlägst Bilbo nach«, meinte Gandalf. »An dir ist mehr dran, als das Auge sieht, was ich von ihm schon vor langer Zeit behauptet habe.« Frodo fragte sich, ob diese Bemerkung mehr bedeutete, als sie ausdrückte.

Sie gingen jetzt wieder weiter. Kurz darauf sprach Gimli. Er hatte im Dunkeln scharfe Augen. »Ich glaube«, sagte er, »da vorne ist Licht. Aber es ist kein Tageslicht. Es ist rot. Was kann das sein?«

»*Ghâsh!*« murmelte Gandalf. »Ob sie wohl das gemeint haben: daß die tieferen Sohlen in Brand gesetzt sind? Dennoch, wir können nur weitergehen.«

Die Brücke von Khazad-dûm

Bald wurde der Lichtschein unverkennbar, und alle konnten ihn sehen. Er flackerte und glühte auf den Wänden des Ganges vor ihnen. Ihren Weg konnten sie jetzt sehen: vor ihnen führte er rasch hinunter, und ein Stück weiter vorn war ein niedriger Bogendurchgang; durch ihn kam der immer heller werdende Lichtschein. Es wurde sehr heiß.

Gandalf ging unter dem Bogen hindurch und bedeutete ihnen, zu warten. Als er unmittelbar hinter dem Durchgang stand, sahen sie, daß sein Gesicht von einem roten Schein erhellt war. Er trat rasch zurück.

»Da ist irgendeine neue Teufelei im Gange«, sagte er, »zweifellos als Willkommensgruß für uns gedacht. Aber ich weiß jetzt, wo wir sind: wir haben die Erste Tiefe erreicht, die Sohle direkt unter den Toren. Dies ist die Zweite Halle von Alt-Moria; und die Tore sind nahe: dort drüben am östlichen Ende, links, nicht mehr als eine Viertelmeile. Über die Brücke, eine breite Treppe hinauf, über eine breite Straße, durch die Erste Halle und hinaus! Aber kommt und seht!«

Sie schauten hinaus. Vor ihnen lag eine weitere höhlenartige Halle. Sie war höher und länger als jene, in der sie geschlafen hatten. Sie befanden sich in der Nähe ihres östlichen Endes; nach Westen zu herrschte Dunkelheit. In der Mitte erhob sich eine doppelte Reihe von Säulen. Sie waren gemeißelt wie die Stämme mächtiger Bäume, deren Äste mit einem verzweigten Maßwerk aus Stein das Dach trugen. Die Stämme waren glatt und schwarz, doch ein rotes Glühen spiegelte sich dunkel auf ihnen. Quer durch den Fußboden, dicht am Fuß von zwei riesigen Säulen, hatte sich ein großer Spalt aufgetan. Aus ihm drang ein heller roter Lichtschein, und ab zu züngelten Flammen am Rand und ringelten sich um den Sockel der Säulen. Dunkle Rauchwölkchen zogen durch die heiße Luft.

»Wenn wir von den oberen Hallen über den Hauptweg gekommen wären, dann hätten wir hier in der Falle sitzen sollen«, sagte Gandalf. »Laßt uns hoffen, daß das Feuer jetzt zwischen uns und unseren Verfolgern liegt. Kommt! Es ist keine Zeit zu verlieren!«

Während er noch sprach, ertönte wieder der Trommelschlag: *Dum, dum, dum.* Hinter den Schatten an der Westseite der Halle waren in der Ferne Schreie und Hornstöße zu hören. *Dum, dum*: die Säulen schienen zu beben und die Flammen zu erzittern.

»Jetzt auf zum letzten Lauf!« sagte Gandalf. »Wenn draußen die Sonne scheint, können wir noch entkommen. Mir nach!«

Er wandte sich nach links und eilte über den glatten Boden der Halle. Die Entfernung war größer, als es den Anschein gehabt hatte. Während sie rannten, hörten sie das Stampfen und den Widerhall von vielen hastenden Füßen hinter sich. Ein schriller Schrei verriet, daß sie gesehen worden waren. Es gab ein Gerassel und Geklirr von Stahl. Ein Pfeil schwirrte über Frodos Kopf.

Boromir lachte. »Das haben sie nicht erwartet«, sagte er. »Das Feuer hat sie abgeschnitten. Wir sind auf der falschen Seite!«

»Schaut nach vorn!« rief Gandalf. »Die Brücke ist nahe. Sie ist gefährlich und schmal.«

Die Gefährten

Plötzlich sah Frodo einen schwarzen Abgrund vor sich. Am Ende der Halle verschwand der Fußboden und stürzte in eine unbekannte Tiefe. Die Tür nach draußen konnte nur über eine schlanke Steinbrücke ohne Randsteine oder Geländer erreicht werden, die den Abgrund in einem einzigen großen Bogen von fünfzig Fuß überspannte. Es war eine alte Verteidigungsanlage der Zwerge für den Fall, daß es einem Feind gelang, die Erste Halle und die äußeren Gänge einzunehmen. Sie konnten die Brücke nur einer hinter dem anderen überschreiten. Am Rand blieb Gandalf stehen, und die anderen holten ihn ein.

»Geh du voran, Gimli«, sagte er. »Dann Pippin und Merry. Geradeaus weiter und die Treppe hinter der Tür hinauf.«

Pfeile fielen auf sie. Einer traf Frodo und prallte ab. Ein zweiter durchbohrte Gandalfs Hut und blieb dort wie eine schwarze Feder stecken. Frodo schaute sich um. Hinter dem Feuer sah er wimmelnde schwarze Gestalten: es schienen Hunderte von Orks zu sein. Sie schwenkten Speere und Krummsäbel, die im Schein des Feuers blutrot glänzten. *Dum, dum* dröhnten die Trommelschläge und wurden lauter und lauter, *dum, dum.*

Legolas drehte sich um und legte einen Pfeil an die Sehne, obwohl es ein weiter Schuß war für seinen kleinen Bogen. Er zog ab, aber seine Hand fiel herunter, und der Pfeil glitt auf den Boden. Er stieß einen Schreckensschrei aus. Zwei große Trolle erschienen; sie trugen große Steinplatten und schleuderten sie hinunter als Laufbretter über das Feuer. Aber es waren nicht die Trolle, die den Elben mit Entsetzen erfüllt hatten. Die Reihen der Orks hatten sich geöffnet, und sie wichen zurück, als ob sie selbst Angst hätten. Irgend etwas kam hinter ihnen heran. Was es war, konnte man nicht sehen: es war wie ein großer Schatten, in dessen Mitte sich ein dunkler Umriß abzeichnete, von Menschengestalt vielleicht, doch größer; und Macht und Schrecken schienen in ihm zu sein und ihm voranzugehen.

Es kam an den Rand des Feuers, und dessen Schein verblaßte, als ob sich eine Wolke darüber legte. Dann sprang es über den Spalt. Die Flammen loderten auf, um es zu grüßen, und schlängelten sich darum; und ein schwarzer Rauch wirbelte durch die Luft. Seine flatternde Mähne fing Feuer und brannte hinter ihm lichterloh. In seiner rechten Hand war eine Klinge wie eine zustoßende Zunge aus Feuer; in der Linken hielt es eine Peitsche mit vielen Riemen.

»Wehe! Wehe!« jammerte Legolas. »Ein Balrog! Ein Balrog ist gekommen!« Gimli starrte mit aufgerissenen Augen. »Durins Fluch!« rief er, ließ seine Axt fallen und bedeckte sein Gesicht.

»Ein Balrog«, murmelte Gandalf. »Jetzt verstehe ich.« Er schwankte und stützte sich schwer auf seinen Stab. »Was für ein Unglück! Und ich bin schon müde.«

Die dunkle, Feuer verströmende Gestalt raste auf sie zu. Die Orks kreischten und schwärmten über die steinernen Laufbretter aus. Da hob Boromir sein Horn und blies. Laut erschallte die Herausforderung und gellte wie der Schrei vieler Kehlen unter dem Gewölbe. Einen Augenblick verloren die Orks den Mut, und der feurige Schatten verharrte. Dann erstarben die Echos plötzlich wie eine Flamme, die von einem dunklen Wind ausgeblasen wird, und der Feind ging wieder vor.

Die Brücke von Khazad-dûm

»Über die Brücke!« rief Gandalf, der wieder Kraft gesammelt hatte. »Flieht! Das ist ein Feind, gegen den ihr alle nichts ausrichten könnt. Ich muß den schmalen Weg halten. Flieht!« Aber Aragorn und Boromir hörten nicht auf den Befehl und blieben Seite an Seite hinter Gandalf am anderen Ende der Brücke stehen. Die anderen hielten an der Tür am Ende der Halle an und drehten sich um, denn sie brachten es nicht über sich, ihren Führer dem Feind allein gegenübertreten zu lassen.

Der Balrog erreichte die Brücke. Gandalf stand in der Mitte des Bogens und stützte sich auf den Stab in seiner Linken, aber in seiner Rechten glänzte Glamdring, kalt und weiß. Sein Feind blieb wieder stehen und schaute ihn an, und der Schatten um ihn reckte sich wie zwei riesige Flügel. Er hob die Peitsche, und die Riemen wimmerten und knallten. Feuer drang aus seinen Nüstern. Aber Gandalf stand fest.

»Du kannst nicht vorbei«, sagte er. Die Orks blieben stehen, und eine Totenstille trat ein. »Ich bin ein Diener des Geheimen Feuers und Gebieter über die Flamme von Anor. Du kannst nicht vorbei. Das dunkle Feuer wird dir nichts nützen, Flamme von Udûn. Geh zurück zu den Schatten. Du kannst nicht vorbei.«

Der Balrog gab keine Antwort. Das Feuer in ihm schien zu ersterben, aber die Finsternis nahm zu. Langsam ging er weiter auf der Brücke, und plötzlich richtete er sich zu seiner ganzen Größe auf, und seine Flügel erstreckten sich von Wand zu Wand; aber immer noch war Gandalf zu sehen, schimmernd in der Düsternis; er sah klein aus und ganz allein: grau und gebeugt wie ein dürrer Baum, ehe ein Sturm losbricht.

Aus dem Schatten sprang flammend ein rotes Schwert hervor.

Glamdring glitzerte weiß als Antwort.

Es gab einen klirrenden Aufprall und eine weiße Stichflamme. Der Balrog wich zurück, und sein Schwert flog hoch, in Stücke zerschmolzen. Der Zauberer schwankte auf der Brücke, trat einen Schritt zurück und blieb dann wieder stehen.

»Du kannst nicht vorbei!« sagte er.

Mit einem Satz sprang der Balrog ganz auf die Brücke. Seine Peitsche wirbelte und zischte.

»Er kann allein nicht standhalten!« rief Aragorn plötzlich und rannte wieder die Brücke entlang. »Elendil!« schrie er. »Ich bin bei dir, Gandalf!«

»Gondor!« schrie Boromir und setzte ihm nach.

In diesem Augenblick hob Gandalf seinen Stab, und mit einem lauten Ruf schlug er vor sich auf die Brücke. Der Stab zerbrach und fiel ihm aus der Hand. Eine blendend weiße Feuerwand stieg vor ihm auf. Die Brücke krachte. Genau zu den Füßen des Balrogs barst sie, und der Stein, auf dem er gestanden hatte, stürzte in den Abgrund, während der Rest stehenblieb, schwebend, bebend wie eine ins Leere hinausgestreckte Zunge aus Fels.

Mit einem entsetzlichen Aufschrei fiel der Balrog vornüber, und sein Schatten stürzte hinab und verschwand. Doch noch im Fallen schwang er seine Peitsche, und die Riemen trafen die Knie des Zauberers, wickelten sich herum und zogen ihn an den Rand. Er schwankte und fiel, griff vergebens nach dem Stein und glitt in den Abgrund. »Flieht, ihr Narren!« schrie er und war weg.

Die Feuer erloschen, und es wurde völlig dunkel. Die Gemeinschaft stand vor Entsetzen wie angewurzelt und starrte in den Abgrund. Gerade als Aragorn und Boromir zurückgeeilt kamen, krachte die Brücke wieder, und der Rest stürzte ein. Mit einem Schrei scheuchte Aragorn sie auf.

»Kommt! Ich werde euch jetzt führen!« rief er. »Wir müssen seinem letzten Befehl gehorchen. Folgt mir!«

Sie stolperten wie wild die große Treppe hinter der Tür hinauf. Aragorn lief voraus, Boromir am Schluß. Oben kamen sie in einen breiten, widerhallenden Gang. Ihn entlang flohen sie. Frodo hörte Sam an seiner Seite weinen, und dann merkte er, daß er selbst weinte, während er rannte. *Dum, dum, dum* dröhnten die Trommelschläge hinter ihnen, trauervoll jetzt und langsam; *dum!*

Sie rannten weiter. Es wurde heller vor ihnen; große Schächte durchbrachen das Dach. Sie rannten schneller. Sie kamen in eine Halle, in die Tageslicht durch hohe Fenster an der Ostseite eindrang. Sie hasteten hindurch. Sie gelangten durch die riesigen zerbrochenen Türen, und plötzlich öffneten sich die Großen Tore vor ihnen, ein Bogen aus blendendem Licht.

Eine Orkwache kauerte in dem Schatten hinter den großen Türpfosten an beiden Seiten, aber die Tore waren zertrümmert und umgeworfen. Aragorn schlug den Hauptmann zu Boden, der sich ihm in den Weg stellte, und die anderen flohen voll Entsetzen vor seinem Zorn. Die Gemeinschaft eilte an ihnen vorbei und kümmerte sich nicht um sie. Nachdem sie aus den Toren heraus waren, rannten und sprangen sie die riesigen, jahrhundertealten Stufen hinunter, über die Schwelle von Moria.

So kamen sie schließlich hoffnungslos ans Tageslicht und spürten den Wind auf ihren Gesichtern.

Erst als sie außer Bogenschußweite von den Mauern waren, hielten sie an. Sie waren im Schattenbachtal. Der Schatten des Nebelgebirges lag auf ihm, aber im Osten stand ein goldenes Licht über dem Land. Es war erst eine Stunde nach dem Mittag. Die Sonne schien; die Wolken waren weiß und hoch.

Sie schauten zurück. Dunkel gähnte das Torgewölbe unter dem Bergschatten. Schwach und tief unter der Erde dröhnten die langsamen Trommelschläge: *Dum.* Ein dünner schwarzer Rauch stieg auf. Nichts sonst war zu sehen; das Tal rundum war leer. *Dum.* Der Schmerz überwältigte sie schließlich, und sie weinten lange: einige stehend und schweigend, einige hatten sich auf den Boden geworfen. *Dum, dum.* Die Trommelschläge erstarben.

SECHSTES KAPITEL

LOTHLÓRIEN

»Wehe! Ich fürchte, wir können hier nicht länger bleiben«, sagte Aragorn. Er schaute zum Gebirge hinüber und hob sein Schwert. »Lebewohl, Gandalf!« rief er. »Habe ich dir nicht gesagt: *Hüte dich, wenn du die Tore von Moria durchschreitest?* Wie wahr habe ich gesprochen! Welche Hoffnung haben wir ohne dich?«

Er wandte sich zur Gemeinschaft. »Wir müssen es ohne Hoffnung versuchen. Mag sein, daß wir noch Rache nehmen können. Wir wollen uns gürten und nicht mehr weinen! Kommt! Wir haben einen weiten Weg und viel zu tun.«

Sie standen auf und schauten sich um. Im Norden endete das Tal in einer schattigen Schlucht zwischen zwei großen Armen des Gebirges, über denen drei weiße Gipfel schimmerten: Celebdil, Fanuidhol und Caradhras, die Berge von Moria. Am oberen Ende der Schlucht floß ein Wildbach wie eine weiße Litze über eine endlose Treppe kurzer Wasserfälle, und ein Sprühnebel hing um die Füße der Berge herum in der Luft.

»Dort drüben ist der Schattenbachsteig«, sagte Aragorn und zeigte auf die Wasserfälle. »Den tief eingeschnittenen Weg, der an dem Wildbach entlangführt, hätten wir herunterkommen sollen, wenn das Schicksal freundlicher gewesen wäre.«

»Oder Caradhras weniger grausam«, sagte Gimli. »Dort steht er und lächelt in der Sonne!« Er drohte dem hintersten der schneebedeckten Gipfel mit der Faust und wandte sich ab.

Im Osten brach der ausgestreckte Arm des Gebirges plötzlich ab, und dahinter konnte man ferne Lande erkennen, ausgedehnt und undeutlich. Im Süden erstreckte sich das Nebelgebirge, so weit das Auge reichte. Weniger als eine Meile entfernt und etwas unterhalb von ihnen, denn noch immer standen sie hoch oben an der Westseite des Tals, lag ein See. Er war lang und oval, geformt wie eine große Lanzenspitze, die tief in die nördliche Schlucht hineinstieß; sein südliches Ende lag nicht mehr im Schatten, sondern unter dem sonnenhellen Himmel. Dennoch war sein Wasser dunkel: ein tiefes Blau wie ein klarer Abendhimmel, den man von einem erhellten Zimmer aus sieht. Seine Oberfläche war still und ungekräuselt. Um ihn herum war eine glatte Rasenfläche, die an allen Seiten bis zu seinem kahlen, nicht unterbrochenen Rand abfiel.

»Dort liegt der Spiegelsee, der tiefe Kheled-zâram!« sagte Gimli traurig. »Ich erinnere mich, daß er sagte: ›Mögest du dich des Anblicks erfreuen, aber wir können dort nicht verweilen.‹ Nun werde ich lange wandern, bis ich mich wieder freuen kann. Ich muß hinwegeilen, und er muß bleiben.«

Die Gemeinschaft ging jetzt die Straße von den Toren hinunter. Sie war uneben und holprig und wurde allmählich zu einem bloßen Pfad, der sich zwischen Heidekraut und Ginster, die zwischen den zerborstenen Steinen wuchsen, dahinzog. Aber immer noch sah man, daß es vor langer Zeit ein gepflasterter Weg gewesen war, der aus den Niederungen des Königreichs der Zwerge heraufgeführt hatte. An manchen Stellen waren verfallene Steinbauten neben dem Pfad, und grüne Erdhügel, auf denen schlanke Birken wuchsen oder Tannen, die im Wind seufzten. Eine Kehre nach Osten führte sie dicht an die Rasenfläche des Spiegelsees, und dort stand nicht weit von der Straße eine einzelne Säule, die oben abgebrochen war.

»Das ist Durins Stein!« rief Gimli. »Ich kann nicht vorübergehen, ohne einen kurzen Blick auf die Wunder des Tals zu werfen!«

»Dann eile dich!« sagte Aragorn und schaute sich um nach den Toren. »Die Sonne sinkt früh. Die Orks werden vielleicht nicht vor der Dämmerung herauskommen, aber ehe die Nacht hereinbricht, müssen wir fort sein. Der Mond hat schon stark abgenommen, und es wird dunkel sein heute nacht.«

»Komm mit mir, Frodo!« rief der Zwerg. »Du sollst nicht weitergehen, ohne Kheled-zâram gesehen zu haben.« Er rannte den grünen Abhang hinunter. Frodo folgte ihm langsam, trotz seiner Schmerzen und Müdigkeit von dem stillen blauen Wasser angezogen; Sam kam hinter ihm her.

An dem großen Stein blieb Gimli stehen und schaute hinauf. Er war gesprungen und verwittert, und die undeutlichen Runen auf seiner Seitenfläche waren unleserlich. »Diese Säule steht an der Stelle, wo Durin zuerst in den Spiegelsee schaute«, sagte der Zwerg. »Laßt uns selbst einmal hineinschauen, ehe wir gehen!«

Sie beugten sich über das dunkle Wasser. Zuerst konnten sie nichts sehen. Dann sahen sie allmählich die Umrisse der umgebenden Berge in dem tiefen Blau gespiegelt, und die Gipfel waren wie Helmbüsche aus weißen Flammen über ihnen; dahinter war ein Stück Himmel. Dort schimmerten glitzernde Sterne, wie in der Tiefe versunkene Edelsteine, obwohl der Himmel oben voller Sonne war. Von ihren eigenen gebückten Gestalten sahen sie kein Spiegelbild.

»O schöner und wundervoller Kehled-zâram«, sagte Gimli. »Dort liegt Durins Krone, bis er erwacht. Lebewohl!« Er verneigte sich, wandte sich ab und eilte zurück über den grünen Rasen zur Straße.

»Was hast du gesehen?« wollte Pippin von Sam wissen, aber Sam war zu tief in Gedanken, um zu antworten.

Die Straße wandte sich jetzt nach Süden und führte rasch bergab und aus dem Tal heraus. Etwas unterhalb des Sees kamen sie zu einem tiefen Brunnen, dessen Wasser klar wie Kristall war, und aus ihm lief über einen steinernen Rand ein Bach, der schimmernd und murmelnd in einer steilen, felsigen Rinne weiterfloß.

»Das ist die Quelle, aus der der Silberlauf entspringt«, sagte Gimli. »Trinkt nicht davon. Das Wasser ist eiskalt.«

»Bald wird er ein rasch dahinströmender Fluß und nimmt das Wasser von vielen anderen Gebirgsbächen auf«, sagte Aragorn. »Unsere Straße läuft auf viele Meilen an ihm entlang. Denn ich werde den Weg nehmen, den Gandalf gewählt hatte, und zuerst hoffe ich in die Wälder zu kommen, wo der Silberlauf in den

Großen Strom mündet – dort drüben.« Er zeigte in die Richtung, und als sie hinschauten, sahen sie vor sich den Bach, der zur Sohle des Tals hinuntersprang und weiter und weiter lief zum Tiefland, bis er sich in goldenem Dunst verlor.

»Dort liegen die Wälder von Lothlórien«, sagte Legolas. »Das ist der schönste aller Wohnsitze meines Volkes. Keine Bäume sind wie die Bäume jenes Landes. Denn im Herbst fallen ihre Blätter nicht ab, sondern färben sich golden. Erst wenn der Frühling kommt und das neue Grün sich öffnet, fallen sie ab, und dann sind die Zweige überladen mit gelben Blüten; und der Boden des Waldes ist golden, und golden ist das Dach, und seine Säulen sind aus Silber, denn die Rinde der Bäume ist glatt und grau. So heißt es noch in unseren Liedern in Düsterwald. Ich wäre von Herzen froh, wenn ich am Saum jenes Waldes wäre, und es wäre Frühling!«

»Ich werde sogar im Winter von Herzen froh sein«, sagte Aragorn. »Aber er liegt noch viele Meilen entfernt. Laßt uns eilen!!«

Eine Zeitlang vermochten Frodo und Sam mit den anderen Schritt zu halten; aber Aragorn schlug ein schnelles Tempo an, und nach einer Weile blieben sie zurück. Sie hatten nichts gegessen seit dem frühen Morgen. Sams Wunde brannte wie Feuer, und ihm war schwindlig. Obwohl die Sonne schien, war der Wind kühl nach der warmen Dunkelheit von Moria. Er fröstelte. Frodo hatte bei jedem Schritt mehr Schmerzen, und das Atmen fiel ihm schwer.

Schließlich wandte sich Legolas um, und als er sah, daß sie weit zurück waren, sprach er mit Aragorn. Die anderen hielten an, und Aragorn rannte zurück und rief Boromir zu, er solle mitkommen.

»Es tut mir leid, Frodo!« rief er voll Sorge. »Soviel ist heute geschehen und Eile tut uns so not, daß ich ganz vergessen habe, daß du verletzt bist; und Sam auch. Ihr hättet etwas sagen sollen. Wir haben nichts getan, um euch Erleichterung zu verschaffen, was wir hätten tun sollen, obwohl alle Orks von Moria uns auf den Fersen waren. Kommt nun! Ein Stückchen weiter ist ein Platz, wo wir eine Weile rasten können. Dort will ich für euch tun, was ich kann. Komm, Boromir. Wir wollen sie tragen.«

Bald darauf kamen sie zu einem anderen Bach, der von Westen herabfloß und sein sprudelndes Wasser mit dem Silberlauf vereinigte. Zusammen stürzten sie sich über ein Gefälle aus grüngefärbtem Stein und schäumten hinunter in eine Schlucht. Dort wuchsen Tannen, niedrig und verkrüppelt, und die Hänge waren bewachsen mit Zungenfarn und Heidelbeersträuchern. Auf dem Grund der Schlucht war ein ebenes Stück, wo der Bach geräuschvoll über schimmernde Kiesel floß. Hier rasteten sie. Es war jetzt nahezu drei Stunden nach Mittag, und es lagen erst wenige Meilen zwischen ihnen und dem Tor von Moria. Schon stand die Sonne im Westen.

Während Gimli und die beiden jüngeren Hobbits ein Feuer aus Reisig und Tannenholz entfachten und Wasser schöpften, kümmerte sich Aragorn um Sam und Frodo. Sams Wunde war nicht tief, sah aber häßlich aus, und Aragorns Gesicht war ernst, als er sie untersuchte. Dann sah er erleichtert auf.

»Du hast Glück gehabt, Sam«, sagte er. »Viele haben als Strafe, wenn sie ihren ersten Ork erschlagen haben, Schlimmeres erhalten als das. Der Schnitt ist nicht vergiftet, was die Wunden von Orkklingen oft sind. Er sollte gut heilen, nachdem ich ihn behandelt habe. Bade die Wunde, wenn Gimli heißes Wasser hat.«

Aus seinem Beutel holte er einige verwelkte Blätter hervor. »Sie sind trocken und mögen etwas von ihrer Heilkraft verloren haben«, sagte er. »Aber immerhin sind es noch ein paar Blätter von *athelas*, die ich nahe der Wetterspitze gesammelt habe. Zerdrücke eins im Wasser und wasche die Wunde sauber, und dann werde ich sie verbinden. Jetzt bist du an der Reihe, Frodo.«

»Ich bin ganz in Ordnung«, sagte Frodo, der nicht wollte, daß seine Kleider berührt wurden. »Ich brauche nichts als etwas zu essen und ein wenig Ruhe.«

»Nein!« sagte Aragorn. »Wir müssen uns anschauen, was Hammer und Amboß dir getan haben. Ich staune immer noch, daß du überhaupt am Leben bist.« Vorsichtig streifte er Frodos alte Jacke und den abgetragenen Wams ab, und ihm stockte der Atem. Dann lachte er. Der silberne Harnisch schimmerte vor seinen Augen wie Sonnenstrahlen auf welliger See. Behutsam zog er ihn aus und hielt ihn hoch, und die Edelsteine darauf glitzerten wie Sterne, und der Klang der geschüttelten Ringe war wie das Plätschern von Regen auf einem Teich.

»Schaut, Freunde!« rief er. »Hier ist ein hübsches Hobbitfell, um ein Elbenprinzlein einzuhüllen! Wenn es bekannt wäre, daß Hobbits solche Pelze haben, dann würden alle Jäger von Mittelerde ins Auenland reiten.«

»Und alle Pfeile aller Jäger der Welt wären vergeblich«, sagte Gimli und starrte voll Staunen auf das Panzerhemd. »Es ist ein Mithril-Harnisch. Mithril! Einen so schönen habe ich noch nie gesehen oder davon erzählen hören. Ist das der Panzer, von dem Gandalf gesprochen hat? Dann hat er seinen Wert unterschätzt. Aber es war ein verdientes Geschenk!«

»Ich habe mich oft gefragt, was du und Bilbo so heimlich in seinem kleinen Zimmer getrieben habt«, sagte Merry. »Gesegnet sei der alte Hobbit! Ich liebe ihn mehr denn je. Hoffentlich haben wir Gelegenheit, ihm davon zu berichten!«

Frodo hatte eine schwärzlich blaue Quetschung auf der rechten Seite und auf der Brust. Unter dem Kettenpanzer trug er ein Hemd aus weichem Leder, aber an einer Stelle waren die Ringe durch das Leder hindurch ins Fleisch gedrückt worden. Auch an der linken Seite hatte Frodo Prellungen, wo er gegen die Wand gestoßen worden war. Während die anderen eine Mahlzeit vorbereiteten, badete Aragorn die Wunden mit Wasser, in dem *athelas* eingeweicht worden war. Der prickelnde Duft erfüllte die Schlucht, und alle, die sich über das dampfende Wasser beugten, fühlten sich erfrischt und gestärkt. Bald ließen Frodos Schmerzen nach, und das Atmen fiel ihm leichter; allerdings war er noch tagelang steif und bei jeder Berührung empfindlich. Aragorn machte ihm einen dicken, weichen Verband auf die Seite.

»Der Panzer ist wunderbar leicht«, sagte er. »Zieh ihn wieder an, wenn du es aushalten kannst. Ich bin von Herzen froh, daß du einen solchen Harnisch hast. Lege ihn nicht ab, auch nicht zum Schlafen, es sei denn, das Schicksal führt dich an einen Ort, wo du eine Zeitlang in Sicherheit bist; aber das wird kaum vorkommen, solange deine Fahrt dauert.«

Als sie gegessen hatten, machte sich die Gemeinschaft zum Weitergehen bereit. Sie löschten das Feuer und beseitigten alle Spuren. Dann kletterten sie aus der Schlucht heraus und folgten wieder der Straße. Sie waren noch nicht weit gegangen, als die Sonne hinter den westlichen Höhen versank und große Schatten über die Berghänge herabkrochen. Dämmerung verhüllte ihre Füße, und Nebel stieg aus den Mulden auf. Weit im Osten lag das Abendlicht blaß auf der undeutlich erkennbaren Landschaft ferner Ebenen und Wälder. Sam und Frodo fühlten sich jetzt wohler und erfrischt und vermochten einigermaßen gut Schritt zu halten, und mit nur einer kurzen Pause ließ Aragorn die Gruppe noch fast drei Stunden weitergehen.

Es war dunkel und tiefe Nacht. Viele klare Sterne standen am Himmel, aber der abnehmende Mond war noch nicht aufgegangen. Gimli und Frodo bildeten die Nachhut und gingen leise, ohne zu reden und lauschten, ob sie irgendein Geräusch hinter sich auf der Straße hörten. Schließlich brach Gimli das Schweigen.

»Nichts als der Wind ist zu hören«, sagte er. »Es sind keine Unholde in der Nähe, oder meine Ohren müßten aus Holz sein. Es steht zu hoffen, daß sich die Orks damit begnügen, uns aus Moria vertrieben zu haben. Und vielleicht war das ihr einziges Ziel, und sie hatten sonst nichts zu tun mit uns – mit dem Ring. Allerdings verfolgen Orks ihre Feinde oft meilenweit in der Ebene, wenn sie einen gefallenen Häuptling zu rächen haben.«

Frodo antwortete nicht. Er schaute auf Stich, und die Klinge war dunkel. Dennoch hörte er etwas, oder glaubte es jedenfalls. Kaum waren die Schatten ringsum gefallen und die Straße hinter ihnen dämmrig, hatte er wieder leichte Schritte gehört. Selbst jetzt hörte er sie. Er wandte sich rasch um. Da waren zwei winzig kleine Lichtpünktchen, oder jedenfalls glaubte er einen Augenblick, sie zu sehen, aber sie glitten sofort zur Seite und verschwanden.

»Was ist denn?« fragte der Zwerg.

»Ich weiß nicht«, antwortete Frodo. »Ich glaubte Fußtritte zu hören, und ich glaubte, einen Lichtschein zu sehen – wie Augen. Das habe ich oft geglaubt, sobald wir nach Moria gekommen waren.«

Gimli blieb stehen und bückte sich zum Boden. »Ich höre nichts als das Nachtgespräch der Pflanzen und Steine«, sagte er. »Komm! Laß uns eilen! Die anderen sind schon außer Sicht.«

Der Nachtwind blies ihnen das Tal herauf kalt entgegen. Vor ihnen erhob sich ein großer grauer Schatten, und sie hörten ein endloses Rascheln von Blättern wie Pappeln im Wind.

»Lothlórien!« rief Legolas. »Lothlórien! Wir sind am Saum des Goldenen Waldes angelangt. Wie schade, daß es Winter ist!«

In der Dunkelheit erhoben sich die Bäume hoch vor ihnen und überwölbten die Straße und den Bach, der plötzlich unter ihren ausgebreiteten Zweigen dahinplätscherte. Im Dämmerlicht der Sterne waren ihre Stämme grau und ihre bebenden Blätter eine Andeutung von fahlem Gold.

»Lothlórien!« sagte Aragorn. »Froh bin ich, wieder den Wind in den Bäumen zu hören! Wir sind kaum mehr als fünf Wegstunden vom Moria-Tor entfernt, aber wir können nicht weiter gehen. Wir wollen hoffen, daß uns die Macht der Elben heute nacht vor der Gefahr bewahrt, die hinter uns herkommt.«

»Wenn hier wirklich noch Elben in der dunkel werdenden Welt leben«, sagte Gimli.

»Es ist lange her, daß einer von meinem eigenen Volk hierher zurückgewandert ist, von wo wir dereinst gekommen waren«, sagte Legolas. »Aber wir hören, daß Lórien noch nicht verlassen ist, denn es gibt hier eine geheime Macht, die das Böse vom Land fernhält. Das Volk von Lórien ist indessen selten zu sehen, und vielleicht wohnt es jetzt in den Wäldern und weit von der nördlichen Grenze.«

»Fürwahr, tief im Walde wohnen sie«, sagte Aragorn und seufzte, als ob irgendeine alte Erinnerung sich in ihm regte. »Wir müssen uns heute nacht selbst verteidigen. Ein kurzes Stück werden wir noch weitergehen und uns dann abseits vom Weg einen Platz suchen, wo wir ruhen können.«

Er ging weiter; aber Boromir blieb unentschlossen stehen und folgte ihm nicht. »Gibt es keinen anderen Weg?« fragte er.

»Welchen anderen, schöneren Weg würdest du dir wünschen?« fragte Aragorn zurück.

»Eine einfache Straße, und führte sie auch durch eine Hecke von Schwertern«, erwiderte Boromir. »Auf seltsamen Pfaden ist die Gemeinschaft geführt worden und bisher nur ins Unglück. Gegen meinen Willen sind wir unter den Schatten von Moria hindurchgegangen, zu unserem Schaden. Und nun müssen wir den Goldenen Wald betreten, sagst du. Aber von jenem gefährlichen Lande haben wir in Gondor gehört, und es heißt, daß wenige wieder herauskommen, die einmal hineingehen; und daß von den wenigen keiner unversehrt davongekommen ist.«

»Sage nicht *unversehrt*, aber wenn du *unverändert* sagst, wirst du die Wahrheit sprechen«, antwortete Aragorn. »Doch das Wissen schwindet in Gondor, Boromir, wenn sie in der Stadt jener, die einst weise waren, schlecht über Lothlórien reden. Glaub, was du willst, aber es gibt keinen anderen Weg für uns – es sei denn, du willst zurückgehen zum Moria-Tor oder die pfadlosen Berge erklimmen oder ganz allein den Großen Strom durchschwimmen.«

»Dann führe uns!« sagte Boromir. »Aber es ist gefährlich.«

»Gefährlich fürwahr«, antwortete Aragorn, »schön und gefährlich; doch nur Böse müssen das Land fürchten, oder jene, die irgend etwas Böses mit sich bringen. Folgt mir!«

Sie waren kaum mehr als eine Meile in den Wald gegangen, als sie auf einen zweiten Fluß stießen, der rasch von den baumbestandenen Hängen herabfloß, die sich weiter westlich zum Gebirge hinzogen. Sie hörten den Fluß zwischen den Schatten zu ihrer Rechten über ein Gefälle plätschern. Sein dunkles, eilendes Wasser lief vor ihnen über den Pfad und vereinigte sich mit dem Silberlauf in einem Strudel dämmriger Tümpel zwischen den Wurzeln der Bäume.

»Das ist der Nimrodel!« sagte Legolas. »Über diesen Fluß haben die Waldelben einstmals viele Lieder gedichtet, und wir im Norden singen sie immer noch und erinnern uns des Regenbogens über dem Wasserfall und der goldenen Blüten, die in seinen Fluten schwammen. Alles ist dunkel jetzt, und die Nimrodel-Brücke ist abgerissen. Ich will meine Füße darin baden, denn es heißt, das Wasser sei heilsam für die Müden.« Er ging ein paar Schritte weiter und stieg das tiefeingeschnittene Ufer hinunter und watete in den Fluß.

»Folgt mir!« rief er. »Das Wasser ist nicht tief. Laßt uns hinüberwaten! Auf dem anderen Ufer können wir rasten, und das Plätschern des Wassers mag uns Schlaf bringen und unseren Kummer vergessen lassen.«

Einer nach dem anderen kletterten sie hinunter und folgten Legolas. Einen Augenblick blieb Frodo am Rand stehen und ließ das Wasser über seine müden Füße rinnen. Es war kalt, aber es fühlte sich rein an, und als er weiterging und es ihm bis zu den Knien reichte, hatte er das Gefühl, daß aller Schmutz der Wanderung und alle Müdigkeit von seinen Gliedern abgewaschen war.

Als die ganze Gemeinschaft drüben war, setzten sie sich hin, ruhten und aßen etwas; und Legolas erzählte ihnen Geschichten von Lothlórien, die die Elben von Düsterwald noch in ihren Herzen bewahrten, von Sonnenschein und Sternenlicht auf den Wiesen am Großen Strom, ehe die Welt grau war.

Schließlich trat Schweigen ein, und sie hörten die Musik des Wasserfalls, die süß durch die Schatten zog. Fast glaubte Frodo eine Stimme singen zu hören, die sich mit dem Geräusch des Wassers verquickte.

»Hört ihr die Stimme des Nimrodel?« fragte Legolas. »Ich werde euch ein Lied singen von der Maid Nimrodel, die denselben Namen hatte wie der Fluß, an dem sie einst lebte. Es ist ein schönes Lied in unserer Waldlandsprache; aber so lautet es in der Westron-Sprache, wie manche in Bruchtal es jetzt singen.« Mit leiser Stimme, die im Rascheln der Blätter über ihnen kaum vernehmbar war, begann er:

> *Einst lebte eine Elbenmaid*
> *So wie der Morgen hold;*
> *Ihr Kleid, ihr Schuh war ein Geschmeid*
> *Aus Silberglanz und Gold.*

> *Auf ihrer Stirne stand ein Stern,*
> *Im Haare spielte Licht*
> *Wie auf den Hügeln Lóriens fern*
> *Die Sonne heller nicht.*

> *Ihr Haar fiel reich, und gliederweiß*
> *Und schön war sie und frei*
> *Und bog sich wie ein junges Reis*
> *Im Wind so sanft dabei.*

> *Am Wasserfall von Nimrodel,*
> *Der klar und kühl versprüht,*
> *Fiel sie mit ein wie Silber hell*
> *Ins helle Wasserlied.*

Die Gefährten

Heut aber kennt sie keiner mehr
 Noch ihren Aufenthalt;
Sie fand nicht Weg noch Wiederkehr
 Aus Wildnis, Berg und Wald.

Das Elbenschiff im Hafen lag,
 Am Berge sturmgeschützt,
Und harrte ihrer Tag um Tag –
 Die See ging weißbemützt.

Ein Sturm kam auf von Norden her
 Zur Nacht mit Urgewalt
Und trieb das Schiff hinaus aufs Meer
 Ins Dunkel ungestalt.

Der Strand, der Berg verschwamm im Dunst
 Vertrübt und ungenau,
Die Wogen türmten sich in Brunst
 Und rollten schwer und grau.

Noch schärfte Amroth seinen Blick,
 Noch suchte er die Stell'
Das Schiff verfluchend – nicht zurück
 Trug's ihn zu Nimrodel.

Er selber herrschte einst im Wald,
 Ein König von Geblüt,
Als Lóriens Macht noch golden galt
 Und elbisch sang das Lied.

Nun schoß er wie ein schlanker Pfeil
 Ins Wasser tief hinab
Und tauchte möwengleich und heil
 Hervor aus nassem Grab.

Der Wind zerwühlte ihm das Haar,
 Weiß flog der Schaum um ihn,
Dann sah man ihn wie einen Schwan
 Die Wogen reitend ziehn.

Doch drang kein Wort von Westen her
 In unser Elbenland,
Und keiner hörte jemals mehr
 Von Amroth, der entschwand.

Legolas stockte, und der Gesang brach ab. »Ich kann nicht weitersingen«, sagte er. »Das ist nur ein Teil, aber ich habe viel vergessen. Das Lied ist lang und traurig, denn es erzählt, wie Leid über Lothlórien kam, das Lórien der Blütezeit, als die Zwerge Böses im Gebirge erweckten.«

»Aber die Zwerge schufen das Böse nicht«, sagte Gimli.

»Das habe ich nicht gesagt, aber das Böse kam«, antwortete Legolas traurig. »Damals verließen viele Elben von Nimrodels Sippe ihre Wohnungen und zogen fort, und Nimrodel verirrte sich im Süden, auf den Pässen des Weißen Gebirges; und sie kam nicht zu dem Schiff, wo Amroth, ihr Liebster, auf sie wartete. Doch im Frühling, wenn der Wind durch die jungen Blätter streicht, kann man das Echo ihrer Stimme noch an dem Wasserfall hören, der ihren Namen trägt. Und wenn der Wind im Süden steht, dringt Amroths Stimme herüber von der See; denn der Nimrodel fließt in den Silberlauf, den die Elben Celebrant nennen, und der Celebrant fließt in Anduin den Großen, und der Anduin fließt in die Bucht von Belfalas, wo die Elben von Lórien Segel setzen. Doch weder Nimrodel noch Amroth kehrten je zurück.

Es wird erzählt, daß sie ein Haus gebaut hatte in den Zweigen eines Baums, der nahe dem Wasserfall wuchs; denn es war Sitte bei den Elben von Lórien, in den Bäumen zu wohnen, und vielleicht ist es heute noch so. Daher wurden sie die Galadrim genannt, das Baumvolk. Tief in ihrem Wald sind die Bäume sehr groß. Das Volk der Wälder grub nicht im Boden wie die Zwerge und baute auch keine Festungen aus Stein, ehe der Schatten kam.«

»Und selbst heutzutage könnte man sich vorstellen, daß das Wohnen in Bäumen sicherer ist, als auf dem Boden zu sitzen«, sagte Gimli. Er schaute über den Bach zu dem Weg, der zurückführte zum Schattenbachtal, und dann hinauf zum Dach aus dunklen Zweigen.

»Deine Worte enthalten guten Rat, Gimli«, sagte Aragorn. »Wir können kein Haus bauen, aber heute nacht werden wir es wie die Galadrim machen und in den Baumwipfeln Zuflucht suchen, wenn wir können. Wir haben länger hier am Weg gesessen, als klug war.«

Die Gemeinschaft verließ jetzt den Pfad und ging in den Schatten des dichteren Waldes, nach Westen entlang dem Gebirgsbach, hinweg vom Silberlauf. Nicht weit von den Wasserfällen von Nimrodel fanden sie eine Gruppe Bäume, von denen manche über den Bach ragten. Ihre großen Stämme waren gewaltig, aber ihre Höhe ließ sich nicht erraten.

»Ich werde hinaufklettern«, sagte Legolas. »Bäume sind mir vertraut, von der Wurzel bis zu den Zweigen, obwohl diese Bäume von einer Art sind, die mir fremd ist, außer als Name in Liedern. *Mellyrn* werden sie genannt, und es sind jene, die die gelben Blüten tragen. Aber ich bin noch nie auf einen hinaufgestiegen. Jetzt werde ich sehen, welche Form sie haben und wie sie wachsen.«

»Wie immer es sein mag«, sagte Pippin, »es müssen schon wunderbare Bäume sein, wenn sie einem, der kein Vogel ist, Nachtruhe bieten können. Ich kann nicht auf einer Stange schlafen!«

»Dann grabe dir eine Höhle im Boden«, sagte Legolas, »wenn das mehr deiner Art entspricht. Aber du mußt rasch und tief graben, wenn du dich vor den Orks verstecken willst.« Er sprang leichtfüßig in die Höhe und packte einen Ast, der hoch über seinem Kopf hing. Doch während er noch einen Augenblick daran schaukelte, sprach plötzlich eine Stimme aus dem Baumschatten über ihm.

»*Daro!*« sagte sie in befehlendem Ton, und Legolas ließ sich vor Überraschung und Schreck wieder auf die Erde fallen. Er wich an den Baumstamm zurück.

»Steht still!« flüsterte er den anderen zu. »Rührt euch nicht und redet nicht!«

Sie hörten leises Lachen über ihren Köpfen, und dann sprach eine andere klare Stimme in der Elbensprache. Frodo konnte wenig von dem verstehen, was gesagt wurde, denn die Sprache, die das Waldvolk östlich des Gebirges sprach, war der des Westens sehr unähnlich. Legolas schaute auf und antwortete in derselben Sprache.

»Wer sind sie und was sagen sie?« fragte Merry.

»Es sind Elben«, sagte Sam. »Kannst du ihre Stimmen nicht hören?«

»Ja, es sind Elben«, sagte Legolas, »und sie sagen, ihr atmet so laut, daß sie euch im Dunkeln erschießen könnten.« Sam legte rasch die Hand über den Mund. »Aber sie sagen auch, daß ihr keine Angst zu haben braucht. Sie haben uns schon lange bemerkt. Sie haben meine Stimme über den Nimrodel gehört und gewußt, daß ich einer ihrer Verwandten aus dem Norden bin, und daher haben sie uns nicht daran gehindert, herüberzukommen; und nachher haben sie mein Lied gehört. Nun bitten sie mich, mit Frodo hinaufzuklettern; denn sie scheinen Nachrichten über ihn und unsere Wanderung erhalten zu haben. Die anderen bitten sie, ein wenig zu warten und am Fuße des Baums Wache zu halten, bis sie entschieden haben, was geschehen soll.«

Aus den Schatten wurde eine Leiter herabgelassen; sie bestand aus Stricken, silbergrau und schimmernd im Dunkeln, und obwohl sie schwach aussah, erwies sie sich als stark genug, um viele Menschen zu tragen. Legolas eilte leichtfüßig hinauf, und Frodo folgte langsam; hinter ihm kam Sam und versuchte, nicht laut zu atmen. Die Äste des Mallornbaums wuchsen fast waagrecht aus dem Stamm heraus und bogen sich dann nach oben; doch nahe dem Wipfel teilte sich der Hauptstamm in eine Krone von vielen Ästen, und zwischen diesen war eine hölzerne Plattform gebaut worden, oder ein *Flett*, wie man solche Dinge damals nannte; die Elben nannten es *talan*. Man erreichte das Flett durch ein rundes Loch in der Mitte, durch das die Leiter hindurchführte.

Als Frodo schließlich zum Flett kam, saß Legolas mit drei anderen Elben zusammen. Sie waren in schattiges Grau gekleidet, und man sah sie nicht zwischen den Baumstämmen, außer wenn sie sich plötzlich bewegten. Sie standen auf, und einer von ihnen deckte eine kleine Lampe auf, aus der ein schmaler silberner Strahl schien. Er hielt sie hoch und schaute Frodo und Sam ins Gesicht. Dann stellte er das Licht wieder ab und sprach Willkommensworte in der Elbensprache. Frodo erwiderte sie stockend.

»Willkommen!« sagte der Elb dann in der Gemeinsamen Sprache, und er sprach langsam. »Wir gebrauchen selten eine andere Sprache als unsere eigene; denn wir leben jetzt im Herzen des Waldes und lassen uns nicht gern mit irgendwelchen anderen Leuten ein. Selbst unsere eigene Sippe im Norden ist von uns getrennt. Doch einige von uns gehen noch immer in die Ferne, um Nachrichten zu sammeln und unsere Feinde zu beobachten, und sie beherrschen die Sprachen anderer Länder. Ich bin einer von ihnen. Haldir ist mein Name. Meine Brüder, Rúmil und Orophin, verstehen eure Sprache kaum.

Aber wir haben Gerüchte gehört, daß ihr kämt, denn die Boten von Elrond sind auf ihrem Heimweg über den Schattenbachsteig durch Lórien gekommen. Seit vielen Jahren hatten wir nicht von Hobbits gehört und wußten nicht, daß noch welche in Mittelerde lebten. Ihr seht nicht übel aus! Und da ihr mit einem Elben von unserer Sippe gekommen seid, sind wir bereit, euch zu helfen, wie Elrond gebeten hat; obwohl es nicht unsere Gewohnheit ist, Fremde durch unser Land zu geleiten. Doch heute nacht müßt ihr hierbleiben. Wie viele seid ihr?«

»Acht«, sagte Legolas. »Ich selbst, vier Hobbits und zwei Menschen, von denen einer Aragorn ist, ein Elbenfreund aus dem Volk von Westernis.«

»Der Name von Aragorn, Arathorns Sohn, ist bekannt in Lórien«, sagte Haldir, »und er steht bei der Herrin in Gunst. Dann ist alles gut. Aber du hast bisher nur von sieben gesprochen.«

»Der achte ist ein Zwerg«, sagte Legolas.

»Ein Zwerg!« wiederholte Haldir. »Das ist nicht gut. Seit den Dunklen Tagen haben wir nichts mehr mit den Zwergen zu tun gehabt. Sie dürfen unser Land nicht betreten. Ich kann ihn nicht hereinlassen.«

»Aber er ist vom Einsamen Berg und gehört zu Dáins vertrauenswürdigem Volk und ist mit Elrond befreundet«, sagte Frodo. »Elrond selbst hat ihn als Gefährten für uns ausgewählt, und er ist tapfer und treu.«

Die Elben sprachen leise miteinander und verhörten Legolas in ihrer eigenen Sprache. »Nun gut«, sagte Haldir schließlich. »Wir werden es tun, obwohl es uns nicht gefällt. Wenn Aragorn und Legolas ihn bewachen und für ihn bürgen, werden wir ihn hereinlassen; aber er muß mit verbundenen Augen durch Lothlórien gehen.

Doch jetzt dürfen wir nicht länger verhandeln. Eure Leute sollten nicht auf dem Erdboden bleiben. Wir haben die ganze Zeit Wache gehalten an den Flüssen, seit wir vor vielen Tagen eine große Schar Orks am Rande der Berge nach Norden ziehen sahen, nach Moria. Wölfe heulen an den Grenzen des Waldes. Gleich in der Frühe müßt ihr morgen weitergehen.

Die vier Hobbits sollen hier heraufklettern und bei uns bleiben – wir fürchten sie nicht. Im nächsten Baum ist noch ein *talan*. Dort sollen die anderen Zuflucht suchen. Du, Legolas, sollst uns für sie bürgen. Rufe uns, wenn irgend etwas nicht stimmt. Und habe ein Auge auf diesen Zwerg!«

Legolas stieg sofort die Leiter hinunter, um Haldirs Botschaft zu überbringen; und bald darauf kletterten Merry und Pippin zu dem hohen Flett hinauf. Sie waren außer Atem und schienen recht verängstigt.

»So«, sagte Merry keuchend. »Wir haben eure Decken und auch unsere heraufgeschleppt. Streicher hat das übrige Gepäck in einem hohen Laubhaufen versteckt.«

»Ihr hättet eure Sachen nicht gebraucht«, sagte Haldir. »Es ist kalt im Winter in den Baumwipfeln, obwohl der Wind heute nacht im Süden steht; aber wir haben für euch Essen und Getränke, die die Nachtkälte vertreiben, und wir haben Felle und Mäntel, die wir entbehren können.«

Die Hobbits nahmen dieses zweite (und weit bessere) Abendessen gern an. Dann wickelten sie sich warm ein, nicht nur in die Pelzmäntel der Elben, sondern auch in ihre eigenen Decken, und versuchten zu schlafen. Aber trotz ihrer Müdigkeit fiel das nur Sam leicht. Hobbits mögen die Höhe nicht und schlafen nicht in oberen Stockwerken, selbst wenn es Treppen gibt. Das Flett sagte ihnen als Schlafzimmer gar nicht zu. Es hatte keine Wände, nicht einmal ein Geländer; nur an einer Seite war ein leichter, geflochtener Wandschirm, der beweglich war und je nach dem Wind verschoben werden konnte.

Pippin redete noch eine Weile. »Wenn ich auf dieser Bett-Empore einschlafe, hoffe ich, daß ich nicht hinunterrolle«, sagte er.

»Sobald ich einmal eingeschlafen bin«, meinte Sam, »werde ich weiterschlafen, ob ich hinunterrolle oder nicht. Und je weniger geredet wird, um so schneller werde ich eindusseln, wenn du weißt, was ich meine.«

Frodo lag einige Zeit wach und schaute hinauf zu den Sternen, die durch das bleiche Dach bebender Blätter schimmerten. Sam schnarchte an seiner Seite schon lange, ehe er die Augen schloß. Undeutlich konnte er die grauen Gestalten von zwei Elben sehen, die regungslos dasaßen, die Arme um die Knie gelegt, und flüsternd miteinander sprachen. Der dritte war hinuntergegangen, um auf einem der unteren Äste Wache zu halten. Schließlich schlief Frodo ein, eingelullt von dem Wind in den Zweigen über ihm und dem süßen Murmeln des Nimrodel-Wasserfalls unter ihm, und das Lied von Legolas ging ihm immer noch durch den Sinn.

Spät in der Nacht wachte er auf. Die anderen Hobbits schliefen. Die Elben waren fort. Die Mondsichel glänzte undeutlich zwischen den Blättern. Der Wind hatte sich gelegt. Nicht weit entfernt hörte er ein heiseres Lachen und das Tappen vieler Füße unten auf dem Boden. Metall klirrte.

Die Geräusche erstarben langsam und schienen nach Süden, weiter drinnen im Wald, zu verhallen.

Ein Kopf kam plötzlich durch das Loch im Flett zum Vorschein. Frodo setzte sich erschreckt auf und sah dann, daß es ein Elb mit einer grauen Kapuze war. Er blickte zu den Hobbits hinüber.

»Was ist denn?« fragte Frodo.

»*Yrch!*« zischelte der Elb und warf die aufgerollte Strickleiter auf das Flett.

»Orks!« wiederholte Frodo. »Was tun sie?« Aber der Elb war schon fort.

Es waren keine Geräusche mehr zu hören. Selbst die Blätter waren still, und sogar der Wasserfall schien zum Schweigen gebracht worden zu sein. Frodo saß da und fröstelte in all seinen Decken. Er war dankbar, daß sie nicht auf dem Erdboden erwischt worden waren; aber er hatte das Gefühl, daß die Bäume wenig Schutz boten, höchstens Deckung. Orks konnten Fährten ebensogut verfolgen wie Hunde, hieß es, und außerdem konnten sie klettern. Er zog Stich heraus: er leuchtete und glänzte wie eine blaue Flamme; und dann verblaßte er langsam und wurde wieder matt. Obwohl sein Schwert nicht mehr glänzte, wurde Frodo das Gefühl einer unmittelbaren Gefahr nicht los, sondern es verstärkte sich eher. Er stand auf, kroch zu der Öffnung und schaute hinunter. Er war fast sicher, daß er weit unten am Fuße des Baums hörte, wie sich etwas leise bewegte.

Nicht Elben waren das; denn das Waldvolk war völlig geräuschlos in seinen Bewegungen. Dann hörte er schwach ein Geräusch wie Schnuppern; und etwas schien an der Rinde des Baumstamms zu kratzen. Er starrte hinunter ins Dunkle und hielt den Atem an.

Etwas kletterte jetzt herauf und atmete leise zischend durch geschlossene Zähne. Dann sah Frodo dicht am Stamm zwei blasse Augen heraufkommen. Sie hielten an und starrten nach oben, ohne zu blinzeln. Plötzlich wandten sie sich ab, und eine schattenhafte Gestalt schlüpfte um den Baumstamm herum und verschwand.

Unmittelbar darauf kam Haldir rasch durch die Äste heraufgeklettert. »Da war etwas in diesem Baum, das ich noch nie zuvor gesehen habe«, sagte er. »Es war kein Ork. Es floh, sobald ich den Baumstamm berührte. Es schien sehr vorsichtig zu sein und Erfahrung mit Bäumen zu haben, sonst hätte ich gedacht, daß es einer von euch Hobbits sei.

Ich habe nicht geschossen, denn ich wagte nicht, irgendwelche Schreie hervorzurufen: wir können keinen Kampf riskieren. Eine große Schar Orks ist vorbeigezogen. Sie haben den Nimrodel überquert – verflucht seien ihre schmutzigen Füße in diesem reinen Wasser! – und sind auf dem alten Weg neben dem Fluß weitergegangen. Sie schienen irgendwelche Fährte aufzunehmen und haben in der Nähe der Stelle, wo ihr Halt gemacht hattet, den Boden eine Zeitlang untersucht.

Wir drei konnten es nicht mit hundert von ihnen aufnehmen, deshalb sind wir ein Stück vorausgegangen und haben mit verstellten Stimmen gesprochen und sie weiter in den Wald hineingelockt.

Orophin ist jetzt in aller Eile zu unseren Behausungen gegangen, um unser Volk zu warnen. Nicht einer von den Orks wird je aus Lórien zurückkehren. Und viele Elben werden an der Nordgrenze auf der Lauer liegen, ehe die nächste Nacht hereinbricht. Aber ihr müßt sofort den Weg nach Süden einschlagen, sobald es ganz hell ist.«

Bleich brach der Tag im Osten an. Als das Licht zunahm, sickerte es durch die gelben Blätter des Mallorn, und es kam den Hobbits vor, als scheine die frühe Sonne eines kühlen Sommermorgens. Ein blaßblauer Himmel lugte durch die sich bewegenden Blätter. Als Frodo durch eine Öffnung auf der Südseite des Fletts schaute, sah er das ganze Tal des Silberlaufs vor sich liegen wie ein fahlgoldenes Meer, das sanft im Winde wogt.

Der Morgen war noch jung und kühl, als sich die Gemeinschaft wieder aufmachte, jetzt von Haldir und seinem Bruder Rúmil geführt. »Leb wohl, süßer

Nimrodel!« rief Legolas. Frodo blickte zurück und erhaschte einen Schimmer von weißem Schaum zwischen den grauen Baumstämmen. »Leb wohl«, sagte er. Ihm war, als würde er niemals wieder ein so schönes, fließendes Gewässer hören, das seine unzähligen Melodien in einer unendlich wechselvollen Musik harmonisch verband.

Sie gingen zurück zu dem Weg, der immer noch auf der Westseite des Silberlaufs blieb, und folgten ihm ein Stück nach Süden. Dort waren Abdrücke von Orkfüßen auf dem Boden. Aber bald bog Haldir ab und ging mitten zwischen den Bäumen durch, und dann hielt er in ihrem Schatten am Flußufer an.

»Dort drüben jenseits des Flusses ist einer von meinem Volk«, sagte er, »obwohl ihr ihn vielleicht nicht seht.« Er stieß einen Ruf aus, der wie der leise Pfiff eines Vogels klang, und aus einem Dickicht von jungen Bäumen trat ein in Grau gekleideter Elb, der seine Kapuze zurückgeworfen hatte; sein Haar schimmerte wie Gold in der Morgensonne. Als Haldir geschickt eine Rolle Tauwerk hinüberwarf, fing er sie auf und befestigte das Ende an einem Baum in der Nähe des Ufers.

»Celebrant ist hier schon ein starker Strom, wie ihr seht«, sagte Haldir, »und er ist nicht nur schnell, sondern auch tief und sehr kalt. Wir setzen so weit nördlich den Fuß nicht hinein, wenn es nicht sein muß. Doch in diesen Tagen der Wachsamkeit schlagen wir keine Brücken. Auf diese Weise überqueren wir den Fluß! Folgt mir!« Er machte sein Ende des Taues ebenfalls an einem Baum fest und lief dann leichtfüßig über den Fluß und wieder zurück, als ob es eine Straße sei.

»Ich kann darauf laufen«, sagte Legolas. »Aber die anderen sind nicht so geschickt. Müssen sie schwimmen?«

»Nein«, antwortete Haldir. »Wir haben noch zwei Taue. Wir werden sie über dem ersten befestigen, eins in Schulterhöhe und eins halbhoch, und wenn sich die Fremden vorsichtig daran festhalten, sollten sie hinüberkommen können.«

Nachdem diese dürftige Brücke geschlagen war, überquerten die Gefährten sie, einige behutsam und langsam, andere mit größerer Leichtigkeit. Von den Hobbits machte es Pippin am besten, da er sicher auf den Beinen war, und er hielt sich, als er rasch hinüberging, nur mit einer Hand fest; aber er hatte seine Augen fest auf das Ufer gerichtet und sah nicht nach unten. Sam schlurfte hinüber, klammerte sich krampfhaft fest und schaute hinunter in das blasse, strudelnde Wasser, als ob es ein Abgrund im Gebirge sei.

Er atmete erleichtert auf, als er drüben war. »Man lernt durch das Leben! wie der Ohm zu sagen pflegte. Obwohl er dabei an Gartenbau dachte und nicht daran, wie Vögel auf einer Stange zu schlafen oder zu versuchen, wie eine Spinne zu laufen. Nicht einmal mein Onkel Andi hat jemals solche Kunststücke versucht!«

Als schließlich die ganze Gesellschaft auf dem Ostufer des Silberlaufs versammelt war, machten die Elben die Taue los und rollten zwei davon auf. Rúmil, der auf der anderen Seite geblieben war, zog das letzte zurück, hängte es sich über die Schulter und ging, noch einen Gruß winkend, wieder zurück, um am Nimrodel Wache zu halten.

»Nun, Freunde«, sagte Haldir, »jetzt habt ihr den Naith von Lórien betreten, oder den Gehren, wie ihr sagen würdet, denn es ist das Land, das wie eine Lanzenspitze zwischen den Armen des Silberlaufs und Anduin dem Großen liegt. Wir lassen nicht zu, daß Fremde die Geheimnisse des Naith auskundschaften. Wenigen ist überhaupt je erlaubt worden, den Fuß auf dieses Land zu setzen.

Wie es vereinbart war, werde ich daher Gimli, dem Zwerg, die Augen verbinden. Die anderen mögen eine Weile so laufen, bis wir näher an unsere Behausungen herankommen, unten in Egladil, in dem Winkel zwischen den Gewässern.«

Das gefiel Gimli ganz und gar nicht. »Die Vereinbarung ist ohne meine Zustimmung getroffen worden«, sagte er. »Ich will nicht mit verbundenen Augen gehen wie ein Bettler oder ein Gefangener. Und ich bin kein Späher. Mein Volk hat niemals mit irgendeinem der Diener des Feindes etwas zu tun gehabt. Und ebensowenig haben wir den Elben Schaden zugefügt. Bei mir ist die Wahrscheinlichkeit, daß ich euch verrate, nicht größer als bei Legolas oder irgendeinem anderen meiner Gefährten.«

»Ich zweifle nicht an dir«, antwortete Haldir. »Doch so lautet unser Gesetz. Ich habe das Gesetz nicht gemacht und kann es nicht umgehen. Ich habe schon viel getan, daß ich dir erlaubt habe, den Celebrant zu überschreiten.«

Gimli war eigensinnig. Er stellte sich breitbeinig hin und legte die Hand auf den Stiel seiner Axt. »Ich will mit unverbundenen Augen weitergehen«, sagte er, »oder heimkehren in mein eigenes Land, wo man weiß, daß ich meinem Wort getreu bin, obwohl ich allein in der Wildnis zugrunde gehen würde.«

»Du kannst nicht zurückgehen«, sagte Haldir streng. »Nachdem du jetzt so weit gekommen bist, mußt du vor den Herrn und die Herrin gebracht werden. Sie sollen über dich entscheiden, wie es ihnen beliebt, ob du festgehalten werden sollst oder gehen darfst. Du kannst die Flüsse nicht wieder überqueren, und hinter dir stehen jetzt geheime Schildwachen, an denen du nicht vorbeikommst. Du würdest erschlagen, ehe du sie sähest.«

Gimli zog seine Axt aus dem Gürtel. Haldir und sein Gefährte spannten ihre Bögen. »Zum Kuckuck mit den Zwergen und ihrer Halsstarrigkeit!« sagte Legolas.

»Kommt«, sagte Aragorn. »Wenn ich weiterhin der Führer dieser Gemeinschaft sein soll, dann müßt ihr tun, was ich gebiete. Es ist hart für den Zwerg, anders als die anderen behandelt zu werden. Wir alle wollen uns die Augen verbinden lassen, sogar Legolas. Das wird das beste sein, obwohl das Wandern dadurch langsam und langweilig wird.«

Gimli lachte plötzlich. »Eine lustige Schar von Narren werden wir abgeben! Wird Haldir uns alle an einer Leine führen wie viele blinde Bettler, die nur einen Hund haben? Aber ich wäre schon zufrieden, wenn nur Legolas meine Blindheit teilt!«

»Ich bin ein Elb und verwandt mit dem Volk hier!« sagte Legolas, der jetzt seinerseits ärgerlich wurde.

»Nun laßt uns ausrufen: ›Zum Kuckuck mit den Elben und ihrer Halsstarrigkeit!‹« sagte Aragorn. »Aber der ganzen Gemeinschaft soll es gleich ergehen. Komm, verbinde unsere Augen, Haldir!«

»Ich werde vollen Schadenersatz verlangen für jeden Sturz und verstauchten Zeh, wenn du uns nicht gut führst«, sagte Gimli, als sie ihm ein Tuch vor die Augen banden.

»Du wirst keinen Grund zur Klage haben«, sagte Haldir. »Ich werde euch gut führen, und die Wege sind eben und gerade.«

»Ach, was für eine törichte Zeit«, sagte Legolas. »Alle hier sind Feinde des einen Feindes, und doch muß ich blind einhergehen, während die Sonne durch Blätter aus Gold fröhlich in den Wald scheint!«

»Töricht mag es erscheinen«, antwortete Haldir. »Indes zeigt sich die Macht des Dunklen Gebieters nirgends deutlicher als in der Entfremdung aller derjenigen, die ihm noch Widerstand leisten. So wenig finden wir noch Treu und Glauben in der Welt außerhalb von Lothlórien, mit Ausnahme vielleicht von Bruchtal, daß wir es nicht wagen, durch unsere Vertrauensseligkeit unser Land zu gefährden. Wir leben jetzt auf einer Insel inmitten vieler Gefahren, und unsere Hände liegen häufiger auf der Bogensehne als auf der Harfe.

Lange Zeit sind die Flüsse unsere Verteidigung gewesen, aber sie sind wahrlich kein Schutz mehr; denn der Schatten ist rings um uns nach Norden gekrochen. Manche reden vom Fortgehen, aber dafür scheint es schon zu spät zu sein. Die Gebirge im Westen werden bösartig; die Lande im Osten sind öde und voll von Saurons Geschöpfen; und es geht das Gerücht, daß wir jetzt nicht ungefährdet durch Rohan nach Süden gehen können, und daß die Mündungen des Großen Stroms vom Feind bewacht werden. Selbst wenn wir die Gestade des Meers erreichen könnten, würden wir dort nicht länger Schutz finden. Es heißt, es gäbe noch Anfurten der Hochelben, doch liegen sie weit im Norden und Westen, jenseits des Landes der Halblinge. Doch wo das sein mag, wissen vielleicht der Herr und die Herrin, aber ich nicht.«

»Du solltest es zumindest erraten, nachdem du uns gesehen hast«, sagte Merry. »Es gibt Elben-Anfurten, westlich meines Landes, des Auenlands, wo Hobbits leben.«

»Ein glückliches Volk sind die Hobbits, daß sie nahe den Meeresküsten leben!« rief Haldir. »Es ist fürwahr lange her, seit einer von meinem Volk die See erblickt hat, doch erinnern wir uns ihrer noch in Liedern. Erzähle mir von diesen Anfurten, während wir laufen.«

»Das kann ich nicht«, sagte Merry. »Ich habe sie nie gesehen. Niemals zuvor bin ich außerhalb meines Landes gewesen. Und wenn ich gewußt hätte, wie die Welt draußen ist, dann hätte ich wohl überhaupt nicht den Mut gehabt, es zu verlassen.«

»Nicht einmal, um das schöne Lothlórien zu sehen?« fragte Haldir. »Die Welt ist wahrlich voller Gefahren, und es gibt viele dunkle Orte auf ihr; doch noch immer gibt es vieles Schöne, und obwohl heute in allen Landen Liebe mit Leid vermengt ist, wird das Schöne vielleicht um so größer.

Einige unter uns sagen in ihren Liedern, der Schatten werde sich zurückziehen und es werde wieder Frieden einkehren. Indes glaube ich nicht, daß die Welt um uns jemals wieder wie früher sein wird oder das Licht der Sonne so wie es einstmals war. Für die Elben, fürchte ich, wird es bestenfalls ein Waffenstillstand sein, während dessen sie ungehindert das Meer erreichen und Mittelerde für immer verlassen können. Ach, welch ein Jammer um Lothlórien, das ich liebe! Es wäre ein armseliges Leben in einem Lande, wo kein Mallorn wächst. Aber ob es jenseits des Großen Meeres Mallornbäume gibt, hat keiner berichtet.«

Während sie so sprachen, ging die Gemeinschaft, geführt von Haldir, langsam im Gänsemarsch über die Waldwege, während der andere Elb hinterherging. Sie spürten, daß der Boden unter ihren Füßen eben und weich war, und nach einer Weile schritten sie ungezwungener aus und hatten keine Angst mehr, sich zu verletzen oder zu fallen. Seines Gesichtssinns beraubt, stellte Frodo fest, daß sein Gehör und andere Sinne geschärft waren. Er konnte die Bäume riechen und das Gras, auf dem sie gingen. Er konnte im Rascheln der Blätter, im Murmeln des Flusses zu seiner Rechten und in den hellen, klaren Vogelstimmen am Himmel viele verschiedene Melodien hören. Er spürte die Sonne auf seinem Gesicht und seinen Händen, wenn sie über eine freie Lichtung kamen.

Von dem Augenblick an, als er den Fuß auf das jenseitige Ufer des Silberlaufs gesetzt hatte, war er von einem seltsamen Gefühl befallen worden, und es verstärkte sich, als er jetzt weiter in den Naith hineinkam: ihm schien, er habe über eine Brücke der Zeit einen Winkel der Altvorderenzeit betreten und ergehe sich jetzt in einer Welt, die nicht mehr war. In Bruchtal lebte die Erinnerung an die alten Dinge; in Lórien lebten die alten Dinge noch in der lebendigen Welt. Böses hatte man dort gesehen und gehört und Leid erfahren; die Elben fürchteten die Welt draußen und mißtrauten ihr: Wölfe heulten an des Waldes Grenzen. Doch auf dem Lande Lórien lag kein Schatten.

Den ganzen Tag über marschierten die Gefährten, bis sie den kühlen Abend kommen fühlten und den frühen Nachtwind zwischen vielen Blättern wispern hörten. Dann rasteten sie und schliefen ohne Furcht auf dem Boden; denn ihre Führer erlaubten ihnen nicht, ihre Augenbinden abzunehmen, und blind konnten sie nicht klettern. Am Morgen gingen sie ohne Hast weiter. Mittags hielten sie an, und Frodo merkte, daß sie hinausgekommen waren in den Sonnenschein. Plötzlich hörte er den Klang vieler Stimmen um sich herum.

Eine Elben-Heerschar war leise herangekommen; sie eilte an die nördlichen Grenzen, um sie gegen einen Angriff aus Moria zu schützen; und sie brachte Nachrichten mit, von denen Haldir einige weitergab. Die plündernden Orks waren angegriffen und fast völlig aufgerieben worden; die Überlebenden waren nach Westen in Richtung auf das Gebirge entflohen und wurden verfolgt. Auch ein merkwürdiges Geschöpf war gesehen worden, das mit gebeugtem Rücken und den Händen dicht am Boden lief, wie ein Tier, und doch nicht von Tiergestalt. Es hatte sich nicht einfangen lassen, und sie hatten es nicht erschossen, weil sie nicht wußten, ob es gut oder böse war, und das Geschöpf war den Silberlauf abwärts nach Süden verschwunden.

»Auch bringen sie mir«, sagte Haldir, »eine Botschaft des Herrn und der Herrin der Galadrim. Ihr sollt alle mit unverbundenen Augen gehen, selbst der Zwerg Gimli. Offenbar weiß die Herrin, wer und was jedes Mitglied eurer Gruppe ist. Vielleicht sind neue Nachrichten aus Bruchtal eingetroffen.«

Zuerst nahm er Gimlis Augenbinde ab. »Ich bitte um Vergebung!« sagte er und verbeugte sich tief. »Schau uns nun mit freundlichen Augen an! Blicke dich um und freu dich, denn du bist der erste Zwerg seit Dúrins Tagen, der die Bäume des Naith erblickt!«

Als Frodo die Binde abgenommen wurde, schaute er auf und hielt den Atem an. Sie standen auf einem freien Platz. Links erhob sich ein großer Hügel, bedeckt mit einem Rasen so grün wie der Frühling in der Altvorderenzeit. Oben wuchsen, wie eine Doppelkrone, zwei Baumkreise: die Bäume des äußeren Kreises hatten eine schneeweiße Rinde und waren blattlos, aber schön in ihrer ebenmäßigen Nacktheit: im inneren Kreis standen sehr hohe Mallornbäume; sie waren noch blaßgolden belaubt. Hoch zwischen den Ästen eines Baumes, der genau in der Mitte stand, leuchtete ein weißes Flett. Zu den Füßen der Bäume und überall auf den grünen Hängen des Hügels war das Gras mit kleinen goldenen Blüten in Sternenform übersät. Zwischen ihnen, die auf schlanken Stengeln nickten, standen noch andere Blumen, weiß und ganz blaßgrün: sie schimmerten wie ein Nebel inmitten der satten Farbe des Grases. Über alledem war der Himmel blau, und die Nachmittagssonne glühte über dem Hügel und warf lange grüne Schatten unter den Bäumen.

»Schaut! Ihr seid nach Cerin Amroth gekommen«, sagte Haldir. »Dies ist das Herz des alten Reichs, wie es vor langer Zeit war, und hier ist der Hügel von Amroth, wo in glücklicheren Tagen sein hohes Haus stand. Hier blühen immerdar die Winterblumen in dem nicht welkenden Gras: die gelbe *elanor* und die blasse *niphredil*. Wir werden hier eine Weile bleiben und in der Abenddämmerung in die Stadt der Galadrim kommen.«

Die anderen warfen sich auf das duftende Gras, aber Frodo blieb noch eine Weile stehen, von Staunen erfüllt. Ihm schien es, als sei er durch ein hohes Fenster getreten, das auf eine verschwundene Welt blickt. Ein Licht lag auf ihr, für das seine Sprache keinen Namen hatte. Alles, was er sah, war wohlgeformt, aber die Formen schienen klar umrissen, als seien sie erst, als ihm die Augenbinde abgenommen wurde, ersonnen und geschaffen worden, und zugleich alt, als ob sie seit eh und je dagewesen waren. Er sah keine Farben außer denen, die er kannte, Gold und Weiß und Blau und Grün, aber sie waren frisch und strahlend, als nähme er sie in diesem Augenblick zum erstenmal wahr und erfände neue und wunderbare Namen für sie. Hier konnte im Winter kein Herz um Sommer oder Frühling trauern. Kein Makel, kein Gebrechen, keine Mißbildung ließ sich an irgend etwas entdecken, das auf der Erde wuchs. Kein Fehl war am Lande Lórien.

Er wandte sich um und sah, daß Sam jetzt neben ihm stand, sich verblüfft umschaute und die Augen rieb, als ob er nicht sicher sei, daß er wach sei. »Die Sonne scheint, und es ist gewißlich heller Tag«, sagte er. »Ich dachte, daß Elben nur Mond und Sterne im Sinn hätten; aber das hier ist elbischer als alles, wovon ich je gehört habe. Mir ist zumute, als sei ich *innerhalb* eines Liedes, wenn du weißt, was ich meine.«

Haldir schaute sie an und schien beides zu verstehen, Sams Gedanken und seine Worte. Er lächelte. »Du spürst die Macht der Herrin der Galadrim«, sagte er. »Würde es euch Freude machen, mit mir den Cerin Amroth zu besteigen?«

Sie folgten ihm, als er leicht über die grasbewachsenen Hänge hinaufstieg. Obwohl Frodo lief und atmete und um ihn her lebende Blätter und Blumen von demselben kühlen Wind bewegt wurden, der sein Gesicht fächelte, hatte er das Gefühl, als sei er in einem zeitlosen Land, das nicht verging oder sich veränderte oder in Vergessenheit geriet. Wenn er fort war und wieder in die äußere Welt hinübergewechselt hatte, würde Frodo, der Wanderer aus dem Auenland, immer noch hier wandeln auf dem Gras zwischen *elanor* und *niphredil* im schönen Lothlórien.

Sie betraten den Kreis der weißen Bäume. Der Südwind blies über Cerin Amroth und seufzte zwischen den Ästen. Frodo stand still und hörte in weiter Ferne große Wogen an Ufer branden, die vor langer Zeit hinweggewaschen worden waren, und er hörte Seevögel schreien, deren Art auf der Erde ausgestorben war.

Haldir war weitergegangen und erklomm jetzt das hohe Flett. Als Frodo sich anschickte, ihm zu folgen, legte er seine Hand neben der Leiter auf den Baum: niemals zuvor war ihm so plötzlich und deutlich zum Bewußtsein gekommen, wie sich die Rinde eines Baums anfühlte und wie sie und das Leben in ihr beschaffen sind. Das Holz und die Berührung erfüllte ihn mit Freude, nicht mit der des Försters oder Schreiners; es war die Freude am lebendigen Baum selbst.

Als er schließlich auf die hohe Plattform trat, nahm Haldir seine Hand und drehte ihn nach Süden. »Schau zuerst in dieser Richtung«, sagte er.

Frodo sah, immer noch in einiger Entfernung, einen Berg aus vielen mächtigen Bäumen oder eine Stadt aus grünen Türmen: was von beiden es war, konnte er nicht sagen. Von dort her schienen ihm die Macht und das Licht zu kommen, die das ganze Land in ihrem Banne hielten. Er sehnte sich plötzlich danach, wie ein Vogel fliegen zu können, um in der grünen Stadt auszuruhen. Dann schaute er nach Osten und sah das ganze Land Lórien abfallen zum blaß schimmernden Anduin, dem Großen Strom. Er ließ seine Augen über den Fluß hinweg schweifen, und alles Licht erlosch, und er war wieder in der Welt, die er kannte. Jenseits des Flusses erschien das Land flach und leer, formlos und verschwommen, bis es sich in weiter Ferne wieder erhob wie eine Mauer, dunkel und trostlos. Die Sonne, die auf Lothlórien lag, hatte keine Kraft, den Schatten jener fernen Höhe zu erhellen.

»Dort liegt die Festung von Süd-Düsterwald«, sagte Haldir. »Sie ist umgeben von einem Wald aus dunklen Tannen, und die Bäume kämpfen miteinander, und ihre Zweige verrotten und verdorren. In der Mitte auf einer steinigen Höhe steht

Dol Guldur, wo der verborgene Feind lange seine Behausung hatte. Wir fürchten, daß es jetzt wieder bewohnt ist, und mit siebenfacher Macht. In letzter Zeit hängt oft eine schwarze Wolke darüber. Auf dieser Höhe kannst du die beiden feindlichen Mächte sehen; und immer kämpfen sie jetzt in Gedanken miteinander, aber während das Licht den wahren Kern der Dunkelheit wahrnimmt, ist sein eigenes Geheimnis noch nicht entdeckt. Noch nicht.« Er wandte sich um und stieg rasch hinab, und sie folgten ihm.

Am Fuße des Berges fand Frodo Aragorn, der still und schweigend wie ein Baum dastand; in seiner Hand hielt er eine kleine goldene *elanor*-Blüte, und ein Licht leuchtete in seinen Augen. Er war in irgendeiner schönen Erinnerung versunken; und als Frodo ihn ansah, wußte er, daß Aragorn Dinge schaute, wie sie einstmals an eben diesem Ort gewesen waren. Denn die bitteren Jahre waren ausgelöscht aus seinem Gesicht, und er schien in Weiß gekleidet zu sein, ein junger Ritter, groß und schön; und er richtete Worte in der Elbensprache an jemanden, den Frodo nicht sehen konnte. *Arwen vanimelda, namarie!* sagte er, und dann holte er tief Luft, kehrte aus seinen Gedanken zurück, sah Frodo an und lächelte.

»Hier ist das Herz des Elbentums auf Erden«, sagte er, »und hier weilt mein Herz allezeit, es sei denn, ein Licht leuchtete jenseits der dunklen Wege, die wir noch gehen müssen, du und ich. Komm mit mir!« Und er nahm Frodos Hand und verließ den Berg Cerin Amroth und kehrte niemals als Lebender dahin zurück.

SIEBENTES KAPITEL

GALADRIELS SPIEGEL

Die Sonne ging hinter dem Gebirge unter, und die Schatten wurden dunkler in den Wäldern, als sie wieder weitergingen. Ihre Pfade führten nun in Dickichte, wo sich die Dämmerung schon sammelte. Nacht wurde es unter den Bäumen, während sie wanderten, und die Elben zündeten ihre silbernen Lampen an.

Plötzlich kamen sie wieder ins Freie und standen unter einem blassen Abendhimmel, an dem einige frühe Sterne blinkten. Vor ihnen erstreckte sich eine weite, baumlose Fläche, die einen großen Kreis beschrieb und zu beiden Seiten abfiel. Dahinter lag in sanften Schatten ein tiefer Graben, aber das Gras an seinem Rand war grün, als glühe es noch in der Erinnerung an die untergegangene Sonne. Auf der anderen Seite erhob sich zu großer Höhe eine grüne Mauer; sie umgab einen Berg, der dicht mit Mallornbäumen, größer als alle, die sie bisher in diesem Land gesehen hatten, bestanden war. Ihre Höhe ließ sich nicht erraten, aber sie ragten in der Dämmerung empor wie lebende Türme. In ihren reichverzweigten Ästen und zwischen den sich unablässig bewegenden Blättern schimmerten unzählige Lichter, grün, golden und silbern. Haldir wandte sich zu der Gemeinschaft um.

»Willkommen in Caras Galadon!« sagte er. »Hier ist die Stadt der Galadrim, wo der Herr Celeborn und Galadriel, die Herrin von Lórien, wohnen. Doch können wir hier nicht hinein, weil die Tore nicht nach Norden schauen. Wir müssen herumgehen zur Südseite, und der Weg ist nicht kurz, denn die Stadt ist groß.«

Eine mit weißen Steinen gepflasterte Straße führte am äußeren Rand des Grabens entlang. Auf dieser gingen sie nach Westen, während sich die Stadt wie eine grüne Wolke zu ihrer Linken erhob; und als die Nacht dunkler wurde, leuchteten immer mehr Lichter auf, bis der ganze Berg mit Sternen übersät zu sein schien. Schließlich kamen sie zu einer weißen Brücke, und als sie sie überquert hatten, zu den großen Toren der Stadt: diese schauten nach Südwesten und lagen zwischen den Enden der umgebenden Mauer, die sich hier überschnitten, und sie waren hoch und stark und mit vielen Lampen behängt.

Haldir klopfte und sprach ein paar Worte, und die Tore öffneten sich geräuschlos; aber von den Wächtern konnte Frodo keine Spur entdecken. Die Wanderer gingen hinein, und die Tore schlossen sich hinter ihnen. Sie standen jetzt in einer tiefen Gasse zwischen den Enden der Mauer, und sie schritten rasch hindurch und betraten die Stadt der Bäume. Keine Bewohner waren zu sehen und kein Fußtritt auf den Wegen zu hören; aber ringsum und hoch oben in den Lüften erklangen viele Stimmen. Auf dem Berg hörten sie Gesang, der herabfiel wie sanfter Regen auf Blätter.

Sie gingen viele Pfade entlang und erklommen viele Treppen, bis sie zu den oberen Stadtteilen kamen und vor sich inmitten einer großen Rasenfläche einen schimmernden Springquell sahen. Er war von silbernen Lampen, die an den

Zweigen hingen, beleuchtet und fiel in ein silbernes Becken, aus dem ein weißer Bach überlief. Auf der Südseite der Rasenfläche stand der mächtigste von allen Bäumen; sein großer, glatter Stamm schimmerte wie graue Seide, und er ragte gewaltig empor, ehe seine ersten Äste hoch oben ihre riesigen Arme unter schattigen Blätterwolken ausstreckten. Neben ihm stand eine weiße Leiter, und an ihrem Fuß saßen drei Elben. Sie sprangen auf, als sich die Wanderer näherten, und Frodo sah, daß sie von hohem Wuchs waren und graue Panzerhemden trugen, und von ihren Schultern fielen lange, weiße Mäntel.

»Hier wohnen Celeborn und Galadriel«, sagte Haldir. »Es ist ihr Wunsch, daß ihr hinaufsteigt und mit ihnen sprecht.«

Einer der Elbenwächter blies dann ein helles Signal auf einem kleinen Horn, und es wurde dreimal von weit oben beantwortet. »Ich werde als erster gehen«, sagte Haldir. »Laßt dann Frodo kommen und mit ihm Legolas. Die anderen mögen folgen, wie sie wünschen. Es ist ein langer Aufstieg für jene, die an derartige Treppen nicht gewöhnt sind, aber ihr könnt euch unterwegs ausruhen.«

Als er langsam hinaufstieg, kam Frodo an vielen Fletts vorbei: manche lagen auf der einen Seite, manche auf der anderen, und manche gingen um den Baumstamm herum, so daß die Leiter durch sie hindurchführte. Auf großer Höhe über dem Erdboden kam er zu einem *talan*, das geräumig war wie das Deck eines großen Schiffs. Darauf war ein Haus gebaut, so groß, daß es den Menschen auf der Erde fast als Königshalle hätte dienen können. Er trat hinter Haldir ein und sah, daß er sich in einem ovalen Gemach befand, in dessen Mitte der Stamm des großen Mallorn wuchs, der sich jetzt dicht vor seiner Krone verjüngte, aber noch immer eine Säule von gewaltigem Umfang war.

Das Gemach war von einem sanften Licht erfüllt; seine Wände waren grün und silbern und sein Dach golden. Viele Elben saßen dort. Auf zwei Sesseln am Stamm des Baumes, überdacht von einem lebenden Zweig, saßen Celeborn und Galadriel Seite an Seite. Sie erhoben sich, um ihre Gäste zu begrüßen, wie es die Sitte der Elben war, selbst jener, die als mächtige Könige galten. Sehr groß waren sie, und die Herrin nicht weniger groß als der Herr; und sie waren ernst und schön. Sie waren ganz in Weiß gekleidet; Frau Galadriels Haar war tiefgolden, und das Haar des Herrn Celeborn war silbern, lang und leuchtend; aber kein Zeichen des Alters war an ihnen, es sei denn in den Tiefen ihrer Augen; denn ihre Augen waren scharf wie Lanzen im Sternenlicht, und doch tiefgründig, die Brunnen alter Erinnerungen.

Haldir führte Frodo vor sie, und der Herr begrüßte ihn in Frodos eigener Sprache. Frau Galadriel sagte kein Wort, sah ihm aber lange ins Gesicht.

»Nehmt jetzt neben meinem Sessel Platz, Frodo aus dem Auenland«, sagte Celeborn. »Wenn alle gekommen sind, werden wir miteinander reden.«

Jeden der Gefährten begrüßte er bei seinem Eintritt höflich mit Namen. »Willkommen, Aragorn, Arathorns Sohn!« sagte er. »Achtunddreißig Jahre der Welt draußen sind verstrichen, seit Ihr in dieses Land kamt; und jene Jahre lasten schwer auf Euch. Doch das Ende ist nahe, ob zum Guten oder zum Bösen. Legt hier Eure Bürde eine Weile beiseite!«

»Willkommen, Thranduils Sohn! Allzu selten wandern meine Verwandten aus dem Norden hierher.«

»Willkommen, Gimli, Glóins Sohn! Lange ist es her, fürwahr, seit wir einen von Dúrins Volk in Caras Galadon sahen. Doch heute haben wir unser altes Gesetz gebrochen. Möge es, obwohl die Welt jetzt düster ist, ein Zeichen sein, daß bessere Tage bevorstehen und die Freundschaft zwischen unseren Völkern erneuert wird.« Gimli verneigte sich tief.

Als alle Gäste vor seinem Sessel Platz genommen hatten, schaute er sie wieder an. »Hier sind acht«, sagte er. »Neun sollten aufbrechen, so hieß es in der Botschaft. Aber vielleicht ist der Plan geändert worden, und wir haben es nicht erfahren. Elrond ist fern, und die Dunkelheit nimmt zu zwischen uns, und das ganze Jahr hindurch ist der Schatten länger geworden.«

»Nein, der Plan wurde nicht geändert«, sagte Frau Galadriel. Sie sprach zum ersten Mal. Ihre Stimme war klar und melodisch, aber tiefer, als man es bei Frauen gewöhnt ist. »Gandalf der Graue brach mit der Gemeinschaft auf, doch hat er die Grenzen dieses Landes nicht überschritten. Nun sagt uns, wo er ist; denn es verlangte mich sehr, wieder mit ihm zu sprechen. Doch kann ich ihn aus weiter Ferne nicht sehen, es sei denn, er käme in den Bereich von Lothlórien: ein grauer Nebel ist um ihn, und die Wege seiner Füße und seines Geistes sind mir verborgen.«

»Wehe!« sagte Aragorn. »Gandalf der Graue ist in den Schatten gestürzt. Er ist in Moria geblieben und nicht entkommen.«

Bei diesen Worten weinten alle Elben in der Halle laut vor Trauer und Verwunderung. »Das sind schlimme Nachrichten«, sagte Celeborn, »die schlimmsten, die hier in langen Jahren voller furchtbarer Taten verkündet worden sind.« Er wandte sich an Haldir. »Warum ist mir nicht früher davon berichtet worden?« fragte er in der Elbensprache.

»Wir haben mit Haldir nicht über unser Tun und unsere Absichten gesprochen«, sagte Legolas. »Zuerst waren wir müde, und die Gefahr war zu nahe hinter uns; und nachher haben wir eine Zeitlang fast unsere Trauer vergessen, als wir voll Freude auf den schönen Pfaden von Lórien wandelten.«

»Dennoch ist unsere Trauer groß, und unser Verlust nicht wiedergutzumachen«, sagte Frodo. »Gandalf war unser Anführer, und er führte uns durch Moria; und als unser Entkommen schon hoffnungslos schien, rettete er uns, und er fiel.«

»Erzähl uns nun die ganze Geschichte«, sagte Celeborn.

Da berichtete Aragorn alles, was auf dem Paß des Caradhras und in den folgenden Tagen geschehen war; und er sprach von Balin und seinem Buch und dem Kampf in der Kammer von Mazarbul und dem Feuer und der schmalen Brücke und dem Kommen des Schreckens. »Etwas Böses der Alten Welt schien es zu sein, wie ich es nie zuvor gesehen habe«, sagte Aragorn. »Es war zugleich ein Schatten und eine Flamme, stark und entsetzlich.«

»Es war ein Balrog von Morgoth«, sagte Legolas. »Für alle Elben das tödlichste Schrecknis, außer dem Einen, der in dem Dunklen Turm lauert.«

»Wahrlich, ich sah auf der Brücke, was uns in unseren schwärzesten Träumen verfolgt, ich sah Durins Fluch«, sagte Gimli leise, und Entsetzen stand in seinen Augen.

»Wehe!« sagte Celeborn. »Lange haben wir gefürchtet, daß ein Schrecken unter Caradhras schläft. Aber hätte ich gewußt, daß die Zwerge dieses Böse in Moria wieder aufgestört haben, dann hätte ich Euch verboten, die Nordgrenze zu überschreiten, Euch und allen, die mit Euch gingen. Und wenn es möglich wäre, dann würde man sagen, daß Gandalf zuletzt aus Weisheit in Narrheit verfiel, da er unnötig in das Netz von Moria ging.«

»Vorschnell wäre fürwahr derjenige, der solches meinte«, sagte Galadriel ernst. »Unnötig war keine von Gandalfs Taten im Leben. Diejenigen, die ihm folgten, kannten seine Gedanken nicht und können über seine genaue Absicht nicht berichten. Aber wie immer es mit dem Führer sein mag, die Gefolgsleute sind schuldlos. Bereue nicht, daß du den Zwerg willkommen geheißen hast. Wäre unser Volk lange und fern von Lothlórien verbannt gewesen, wer von den Galadrim, selbst Celeborn der Weise, würde in der Nähe vorbeigehen und nicht wünschen, einen Blick auf die alte Heimat zu werfen, auch wenn sie ein Wohnort von Drachen geworden wäre?

Dunkel ist das Wasser von Kheled-zâram, und kalt sind die Quellen von Kibil-nâla, und schön waren die vielsäuligen Hallen von Khazad-dûm in der Altvorderenzeit vor dem Sturz mächtiger Könige unter dem Stein.« Sie schaute Gimli an, der finster und traurig dasaß, und sie lächelte. Und als der Zwerg hörte, daß die Namen in seiner eigenen alten Sprache genannt wurden, hob er den Kopf und sah ihr in die Augen; und ihm schien, als blicke er plötzlich einem Feind ins Herz und sehe dort Liebe und Verständnis. Staunen malte sich in seinem Gesicht, und dann lächelte auch er.

Er erhob sich unbeholfen, verbeugte sich nach Zwergenart und sagte: »Doch schöner ist das lebendige Land Lórien, und Frau Galadriel übertrifft alle Edelsteine, die unter der Erde liegen!«

Es trat ein Schweigen ein. Schließlich sprach Celeborn wieder. »Ich wußte nicht, daß Eure Lage so schlimm war«, sagte er. »Möge Gimli meine harten Worte vergessen: ich sprach sie in der Verwirrung meines Herzens. Ich will tun, was ich vermag, um Euch zu helfen, entsprechend dem Wunsch und Verlangen eines jeden von Euch, aber besonders desjenigen von den kleinen Leuten, der die Bürde trägt.«

»Eure Aufgabe ist uns bekannt«, sagte Galadriel zu Frodo. »Aber mehr wollen wir hier öffentlich nicht davon sprechen. Indes wird es sich vielleicht erweisen, daß Ihr nicht vergebens in dieses Land gekommen seid, um Hilfe zu suchen, wie Gandalf selbst gewiß beabsichtigt hatte. Denn der Herr der Galadrim gilt als der Weiseste der Elben von Mittelerde und als Geber von Geschenken, die mächtiger sind als Könige. Er hat im Westen gelebt seit den Tagen der Morgendämmerung, und ich habe unzählige Jahre bei ihm gelebt; denn vor dem Fall von Nargothrond oder Gondolin bin ich über das Gebirge gekommen, und zusammen haben wir während Zeitaltern der Welt gegen die lange Niederlage gekämpft.

Ich war es, die zuerst den Weißen Rat einberief. Und wenn meine Absichten nicht durchkreuzt worden wären, hätte Gandalf der Graue ihn geleitet, und dann wären die Dinge vielleicht anders gelaufen. Aber selbst jetzt besteht noch Hoffnung. Ich will Euch nicht Rat geben und sagen, tut dies oder tut jenes. Denn nicht dadurch, daß ich etwas tue oder ersinne oder zwischen diesem und einem anderen Vorgehen wähle, kann ich nützen; sondern nur dadurch, daß ich weiß, was war und was ist, und zum Teil auch, was sein wird. Aber das will ich Euch sagen: Eure Fahrt steht auf Messers Schneide. Geht nur um ein weniges fehl, und sie wird scheitern, was den Untergang für alle bedeutet. Und doch besteht Hoffnung, solange die ganze Gemeinschaft treu ist.«

Und nach diesen Worten hielt Galadriel sie mit ihrem Blick gefangen und schaute schweigend der Reihe nach jeden einzelnen von ihnen forschend an. Keiner außer Legolas und Aragorn vermochte ihren Blick lange zu ertragen. Sam errötete gleich und ließ den Kopf hängen.

Schließlich entließ Frau Galadriel sie aus ihrem Blick und lächelte. »Laßt euch das Herz nicht schwer machen«, sagte sie. »Heute nacht sollt ihr in Frieden schlafen.« Da seufzten die Gäste und fühlten sich plötzlich ermattet wie Leute, die lange und gründlich vernommen worden sind, obwohl kein Wort gesprochen worden war.

»Geht nun!« sagte Celeborn. »Ihr seid erschöpft nach so viel Trauer und Plage. Selbst wenn eure Fahrt für uns nicht so wichtig wäre, hättet ihr in dieser Stadt Zuflucht finden sollen, bis ihr geheilt und erfrischt seid. Nun sollt ihr ruhen, und wir wollen eine Weile nicht von eurem weiteren Weg sprechen.«

In jener Nacht schlief die Gemeinschaft zu ebener Erde, sehr zur Zufriedenheit der Hobbits. Die Elben hatten ein Zelt zwischen den Bäumen in der Nähe des Springbrunnens für sie aufgebaut und ihnen weiche Lager darin bereitet. Dann hatten sie mit ihren schönen Elbenstimmen Worte des Friedens gesprochen und sie verlassen. Eine Weile redeten die Wanderer noch von ihrer letzten Nacht in den Baumwipfeln und von dem Weg, den sie während des Tages zurückgelegt hatten, und von dem Herrn und der Herrin; denn noch brachten sie es nicht über das Herz, weiter zurückzuschauen.

»Warum bist du so rot geworden, Sam?« fragte Pippin. »Du hast rasch klein beigegeben. Man hätte denken können, daß du ein schlechtes Gewissen hattest. Ich hoffe, es war nichts Schlimmeres als ein verruchter Plan, mir eine meiner Decken zu stehlen.«

»So was habe ich nie vorgehabt«, antwortete Sam, dem nicht nach Späßen zumute war. »Wenn du es wissen willst, mir war, als hätte ich gar nichts an, und das gefiel mir nicht. Sie schien in mich hineinzusehen und mich zu fragen, was ich tun würde, wenn sie mir Gelegenheit gäbe, zurück ins Auenland zu fliegen zu einer hübschen kleinen Höhle mit – mit einem eigenen Gärtchen.«

»Das ist komisch«, sagte Merry. »Fast genau dasselbe Gefühl habe ich gehabt. Nur – ach, ich glaube, ich will nichts darüber sagen«, meinte er verlegen.

Allen war es offenbar gleich ergangen: jeder von ihnen hatte das Gefühl gehabt, daß er vor die Wahl gestellt werde zwischen einem furchterregenden Schatten, der vor ihnen lag, und etwas anderem, das er sich sehr wunschte: ganz klar vor Augen stand es ihm, und um es zu erlangen, brauchte er sich bloß vom Wege abzuwenden und die Fahrt und den Krieg gegen Sauron anderen zu überlassen.

»Und mir kam es außerdem so vor«, sagte Gimli, »als ob meine Entscheidung geheimbleiben und nur mir selbst bekannt sein würde.«

»Ich fand es überaus merkwürdig«, sagte Boromir. »Vielleicht war es nur eine Prüfung, und sie wollte unsere Gedanken lesen für ihren eigenen guten Zweck; aber fast möchte ich meinen, daß sie uns in Versuchung führte und uns etwas anbot, was zu gewähren angeblich in ihrer Macht stand. Es bedarf keiner Erwähnung, daß ich nicht darauf hörte. Die Menschen von Minas Tirith stehen treu zu ihrem Wort.« Aber was ihm die Herrin, wie er glaubte, angeboten hatte, erzählte Boromir nicht.

Und was Frodo betraf, so wollte er nichts sagen, obwohl Boromir ihn mit Fragen bestürmte. »Sie hielt dich lange in ihrem Blick, Ringträger«, sagte er.

»Ja«, antwortete Frodo. »Aber was immer mir dabei in den Sinn kam, will ich für mich behalten.«

»Na, sei vorsichtig!« sagte Boromir. »Ich bin nicht so sehr überzeugt von dieser Elben-Herrin und ihren Absichten.«

»Sprich nicht schlecht von Frau Galadriel«, sagte Aragorn streng. »Du weißt nicht, was du sagst. In ihr und in diesem Land gibt es nichts Böses, sofern nicht jemand es selbst hierher bringt. Dann soll er sich hüten! Aber zum erstenmal, seit ich Bruchtal verließ, werde ich heute nacht ohne Furcht schlafen. Und möge ich fest schlafen und eine Weile meine Trauer vergessen! Ich bin müde an Leib und Seele.« Er warf sich auf sein Bett und sank sofort in einen langen Schlaf.

Die anderen taten es ihm bald gleich, und kein Geräusch oder Traum störte ihren Schlummer. Als sie aufwachten, lag der Rasen vor dem Zelt im hellen Tageslicht, und der Springquell stieg und fiel glitzernd in der Sonne.

Sie blieben einige Tage in Lothlórien, soviel sie wußten oder sich erinnerten. Die ganze Zeit, während sie dort waren, schien die Sonne, nur dann und wann fiel ein sanfter Regen, und wenn er vorbei war, hinterließ er alles frisch und rein. Die Luft war kühl und mild, als ob es frühes Frühjahr sei, und doch empfanden sie um sich die tiefe und nachdenkliche Stille des Winters. Es schien ihnen, als täten sie wenig außer essen und trinken und ruhen und spazierengehen unter den Bäumen; und es war genug.

Den Herrn und die Herrin hatten sie nicht wiedergesehen, und sie führten kaum Gespräche mit dem Elbenvolk; denn wenige waren einer anderen als ihrer eigenen Waldsprache mächtig. Haldir hatte sich von ihnen verabschiedet und war an die Nordgrenze zurückgekehrt, wo seit den Nachrichten über Moria, die die Gemeinschaft mitgebracht hatte, die Wachen verstärkt worden waren. Legolas war oft fort und bei den Galadrim, und nach der ersten Nacht schlief er nicht mehr mit den anderen Gefährten, obwohl er zurückkam, um mit ihnen zu essen und sich zu unterhalten. Häufig nahm er Gimli mit, wenn er über Land ging, und die anderen wunderten sich über diese Veränderung.

Wenn die Gefährten zusammensaßen oder spazierengingen, sprachen sie jetzt von Gandalf, und alles, was jeder von ihm gewußt oder gesehen hatte, trat ihnen wieder deutlich vor Augen. Als sie von ihren Verletzungen und der Müdigkeit des Körpers geheilt waren, wurde die Trauer über ihren Verlust bitterer. Oft hörten sie nahebei Elbenstimmen singen, und sie wußten, daß sie Klagelieder über Gandalfs

Sturz sangen, denn sie hörten seinen Namen unter den lieblich und traurig klingenden Wörtern, die sie nicht verstehen konnten.

Mithrandir, Mithrandir, sangen die Elben, *O Pilger grau!* Denn so nannten sie ihn gern. Aber wenn Legolas bei seinen Gefährten war, wollte er ihnen die Lieder nicht übersetzen und sagte, er habe nicht die Kenntnisse und für ihn sei die Trauer noch zu nahe, ein Grund zum Weinen und nicht zum Singen.

Es war Frodo, der zuerst etwas von seinem Leid in stammelnde Worte kleidete. Er fühlte sich selten getrieben, Lieder oder Reime zu machen; sogar in Bruchtal hatte er zugehört und nicht selbst gesungen, obwohl er in seinem Gedächtnis manches bewahrt hatte, das andere früher gedichtet hatten. Doch jetzt, als er neben dem Springquell in Lórien saß und ringsum die Stimmen der Elben hörte, nahmen seine Gedanken Gestalt an in einem Lied, das ihm schön erschien; als er aber versuchte, es für Sam zu wiederholen, waren nur noch Bruchstücke übrig, verblaßt wie eine Handvoll welker Blätter.

> *Stand einst daheim der Abend grau,*
> *Vernahm man seinen leichten Tritt;*
> *Dann ging er fort vor Tag und Tau*
> *Auf weite Fahrt, nahm keinen mit.*
>
> *Von Wilderland zum Westmeer hin,*
> *Von Nord bis Süd die Reise ging*
> *Durch Drachentor und finstre Furt*
> *Und Wald, der voller Schatten hing.*
>
> *Mit Zwerg und Hobbit, Elb und Mensch*
> *Sprach er in ihrem Mutterlaut,*
> *Mit Vögeln sprach er und Getier*
> *Und war mit jedem wohlvertraut.*
>
> *Der Rücken von der Last gebeugt;*
> *Posaunenstimme; sanfte Hand*
> *Voll Heilkraft; tödlich scharfes Schwert:*
> *So zog der Pilger überland.*
>
> *Ein weiser König, hochgemut,*
> *Er zürnte schnell, er lachte bald;*
> *Ein Mann im abgetragnen Hut*
> *Am Wanderstab, gebückt und alt.*
>
> *Er hielt die Brücke, er allein,*
> *Da brach sein Stab – da wuchs sein Ruhm*
> *Trotz Unterwelt und Flammenschein*
> *Bei seinem Tod in Khazad-dûm.*

»Na, demnächst wirst du noch Herrn Bilbo übertreffen«, sagte Sam.
»Nein, das glaube ich nicht«, sagte Frodo. »Aber noch kann ich es nicht besser machen.«
»Aber wenn du es nochmal versuchst, Herr Frodo, dann wirst du hoffentlich auch ein Wort über sein Feuerwerk sagen. Ungefähr so:

> *Raketen spieen alle Pracht*
> *Und bunte Sterne in die Nacht*
> *Wie glühnde Lava aus dem Berg:*
> *Nie sah man solch ein Feuerwerk.*

Obwohl den Raketen damit bei weitem nicht Gerechtigkeit widerfährt.«
»Nein, das werde ich dir überlassen, Sam. Oder vielleicht Bilbo. Aber – ach, ich kann nicht mehr darüber reden. Mir ist der Gedanke unerträglich, ihm die Nachricht zu überbringen.«

Eines Abends gingen Frodo und Sam im kühlen Dämmerlicht spazieren. Beide waren wieder von Unruhe erfüllt. Auf Frodo war plötzlich der Schatten des Abschieds gefallen: er wußte irgendwie, daß die Zeit nahte, da er Lothlórien verlassen mußte.
»Was hältst du jetzt von den Elben, Sam?« fragte er. »Ich habe dir diese Frage schon einmal gestellt – es scheint sehr lange her zu sein. Aber du hast seitdem mehr von ihnen gesehen.«
»Allerdings«, sagte Sam. »Und ich nehme an, es gibt Elben und Elben. Elbisch sind sie alle, aber doch nicht alle gleich. Dieses Volk hier, die sind keine Wanderer und auch nicht heimatlos, und sie scheinen unsereinem etwas näher zu sein; sie scheinen hierher zu gehören, mehr sogar als die Hobbits ins Auenland. Ob sie das Land gemacht haben oder das Land sie, ist schwer zu sagen, wenn du weißt, was ich meine. Es ist wundervoll still hier. Nichts scheint zu geschehen, und offenbar will das auch niemand. Wenn irgendein Zauber dabei ist, dann sitzt er ganz tief, wo ich sozusagen meine Hand nicht drauflegen kann.«
»Man kann ihn überall sehen und fühlen«, sagte Frodo.
»Immerhin«, sagte Sam, »sieht man niemanden, der ihn bewirkt. Kein Feuerwerk, wie es der arme alte Gandalf zu machen pflegte. Ich wundere mich, daß wir in all diesen Tagen den Herrn und die Herrin nicht zu sehen bekommen. Ich stelle mir vor, daß *sie* ein paar wundervolle Dinge tun könnte, wenn sie es wollte. Zu gern würde ich etwas Elbenzauber sehen, Herr Frodo!«
»Ich nicht«, antwortete Frodo. »Ich bin zufrieden. Und ich vermisse nicht Gandalfs Feuerwerk, sondern seine buschigen Augenbrauen und sein aufbrausendes Wesen und seine Stimme.«
»Du hast recht«, sagte Sam. »Und glaube ja nicht, daß ich etwa nörgeln wollte. Ich habe mir oft gewünscht, ein bißchen Elbenzauber zu sehen, wie es in den alten Geschichten erzählt wird, aber ich habe nie von einem besseren Land gehört als diesem. Es ist, als ob man zu Hause sei und gleichzeitig in Ferien, wenn

du mich verstehst. Ich möchte hier nicht weg. Und trotzdem habe ich allmählich das Gefühl, daß wir, wenn wir weiterziehen müssen, es am besten bald hinter uns bringen.

Die Arbeit, die man nie beginnt, dauert am längsten, wie der alte Ohm zu sagen pflegte. Und ich glaube nicht, daß diese Leute hier viel mehr tun können, um uns zu helfen, mit oder ohne Zauber. Wenn wir dieses Land verlassen, werden wir Gandalf noch mehr vermissen, glaube ich.«

»Ich fürchte, das ist nur allzu wahr, Sam«, sagte Frodo. »Und doch hoffe ich sehr, daß wir die Herrin der Elben noch sehen, ehe wir aufbrechen.«

Gerade als er das sagte, sahen sie Frau Galadriel auf sich zukommen, als ob sie ihre Worte gehört hätte. Groß und weiß und schön ging sie unter den Bäumen. Sie sprach kein Wort, sondern winkte sie nur zu sich.

Sie führte sie über die Südhänge des Berges Caras Caladon, und nachdem sie durch eine hohe, grüne Hecke hindurch geschritten waren, kamen sie zu einem umzäunten Garten. Keine Bäume wuchsen dort, und er lag offen unter dem Himmel. Der Abendstern war schon aufgegangen und leuchtete mit einem weißen Feuer über den Wäldern im Westen. Eine lange Treppe stieg Frau Galadriel hinunter in eine grüne Mulde; durch sie floß murmelnd ein silberner Bach, der aus dem Springquell auf dem Berg sprudelte. Im Grund der Mulde standen auf einem niedrigen Sockel, der wie ein Baum mit Ästen geformt war, eine breite, flache silberne Schale und daneben ein silberner Krug.

Mit Wasser aus dem Bach füllte Frau Galadriel die Schale bis zum Rand und hauchte dann darauf, und als das Wasser wieder ruhig war, sprach sie. »Hier ist Galadriels Spiegel«, sagte sie. »Ich habe euch hierher gebracht, damit ihr hineinschauen könnt, wenn ihr wollt.«

Die Luft war sehr still und das enge Tal dunkel, und die Elben-Herrin neben ihm war groß und blaß. »Wonach sollen wir schauen und was werden wir sehen?« fragte Frodo voller Furcht.

»Viele Dinge zu enthüllen kann ich dem Spiegel befehlen«, antwortete sie, »und manchen kann ich zeigen, was sie zu sehen verlangen. Doch wird der Spiegel auch nicht erbetene Dinge zeigen, und diese sind oft merkwürdiger und nützlicher als jene Dinge, die zu erblicken wir uns wünschen. Was du sehen wirst, wenn du den Spiegel frei wirken läßt, kann ich nicht sagen. Denn er zeigt Dinge, die waren, und Dinge, die sind, und Dinge, die noch sein mögen, aber was er nun sieht, weiß selbst der Weiseste nicht immer. Möchtest du hineinschauen?«

Frodo antwortete nicht.

»Und du?« fragte sie Sam. »Denn das ist es wohl, was ihr Zauber nennt, glaube ich; obwohl ich nicht genau verstehe, was die Leute damit meinen; und sie scheinen dasselbe Wort auch auf die Betrügereien des Feindes anzuwenden. Aber das hier ist, wenn du willst, Galadriels Zauber. Hast du nicht gesagt, du wollest Elbenzauber sehen?«

»Ja«, sagte Sam; er war ein wenig hin- und hergerissen zwischen Furcht und Neugier. »Ich will gern mal gucken, Herrin, wenn ich darf.«

»Und ich hätte nichts dagegen, mal eben zu sehen, was zu Hause vor sich geht«, raunte er Frodo zu. »Mir kommt es so vor, als sei ich schon schrecklich lange weg. Aber höchstwahrscheinlich werde ich nur die Sterne sehen oder irgend etwas, das ich nicht verstehe!«

»Höchstwahrscheinlich«, sagte die Herrin und lachte leise. »Aber komm, du sollst sehen, was du magst. Berühre das Wasser nicht!«

Sam kletterte hinauf zu dem Sockel und beugte sich über die Schale. Das Wasser sah streng und dunkel aus. Sterne spiegelten sich darin.

»Nur Sterne, wie ich es mir gedacht habe«, sagte er. Dann gab er einen Ausruf der Verwunderung von sich, denn die Sterne verschwanden. Als ob ein dunkler Schleier fortgezogen worden sei, wurde der Spiegel erst grau und dann klar. Er sah die Sonne darin scheinen, und Äste von Bäumen bewegten sich und schwankten im Wind hin und her. Aber ehe Sam sich schlüssig werden konnte, was er eigentlich sah, verblaßte das Licht; und jetzt glaubte er Frodo zu sehen, der mit bleichem Gesicht unter einem großen, dunklen Felsen lag und fest schlief. Dann schien es ihm, als ginge er selbst einen dunklen Gang entlang und stiege eine endlose Wendeltreppe empor. Er merkte plötzlich, daß er verzweifelt etwas suchte, aber was es war, wußte er nicht. Wie ein Traum verwandelte sich das Bild plötzlich und kehrte um, und er sah wieder Bäume. Doch standen sie diesmal nicht so nahe, und er konnte sehen, was vorging: sie schwankten nicht im Wind, sondern stürzten krachend zu Boden.

»He!« rief Sam empört. »Da ist dieser Timm Sandigmann, der Bäume abhackt, was er nicht sollte. Die dürfen nicht gefällt werden; das ist doch die Allee hinter der Mühle, die der Straße nach Wasserau Schatten gibt. Ich wünschte, ich könnte Timm zu packen kriegen, dann würde ich *ihn* fällen!«

Aber jetzt bemerkte Sam, daß die Alte Mühle verschwunden war, und dort, wo sie gestanden hatte, ein großes Gebäude aus roten Ziegeln errichtet wurde. Ein ganzer Haufen Leute war eifrig an der Arbeit. In der Nähe war ein hoher roter Schornstein. Schwarzer Rauch schien die Oberfläche des Spiegels zu umwölken.

»Da geht irgendeine Teufelei im Auenland vor sich«, sagte er. »Elrond wußte, was er tat, als er Herrn Merry zurückschicken wollte.« Dann schrie Sam plötzlich auf und sprang zurück. »Ich kann nicht hierbleiben«, sagte er aufgebracht. »Ich muß nach Hause. Sie haben den Beutelhaldenweg aufgegraben, und da zieht der arme alte Ohm mit seinen Siebensachen auf einem Karren den Bühl hinunter. Ich muß nach Hause!«

»Du kannst nicht allein nach Hause gehen«, sagte Frau Galadriel. »Du hattest nicht den Wunsch, ohne deinen Herrn nach Hause zu gehen, ehe du in den Spiegel schautest, und doch wußtest du, daß böse Dinge im Auenland geschehen könnten. Erinnere dich, daß der Spiegel viele Dinge zeigt, und nicht alle müssen schon geschehen sein. Manche werden niemals geschehen, es sei denn, daß jene, die die Bilder sehen, von ihrem Pfad abweichen, um sie zu verhindern. Der Spiegel ist gefährlich als Führer für Taten.«

Sam setzte sich auf die Erde und legte den Kopf in die Hände. »Ich wünschte, ich wäre nie hierher gekommen, und ich will auch keinen Zauber mehr sehen«, sagte er und schwieg dann. Nach einem Augenblick sprach er weiter, undeutlich, als ob er mit den Tränen kämpfte. »Nein, ich werde auf dem langen Weg mit Herrn Frodo nach Hause gehen, oder überhaupt nicht«, sagte er. »Aber ich hoffe doch, daß ich eines Tages nach Hause komme. Wenn das, was ich gesehen habe, sich als wahr erweist, dann kann einer was erleben!«

»Möchtest du jetzt hineinschauen, Frodo?« fragte Frau Galadriel. »Du hattest nicht den Wunsch gehabt, Elbenzauber zu sehen, und warst zufrieden.«

»Ratet Ihr mir, hineinzuschauen?« fragte Frodo.

»Nein«, antwortete sie. »Ich rate dir weder das eine noch das andere. Ich bin kein Ratgeber. Du magst etwas lernen, und ob das, was du siehst, nun schön oder schlecht ist, es mag nützlich sein oder auch nicht. Sehen ist sowohl gut als auch gefährlich. Und dennoch glaube ich, Frodo, daß du genug Mut und Weisheit für das Wagnis hast, denn sonst hätte ich dich nicht hergebracht. Halte es, wie du willst!«

»Ich will schauen«, sagte Frodo, stieg hinauf zu dem Sockel und beugte sich über das dunkle Wasser. Sofort hellte sich der Spiegel auf, und er sah eine zwielichtige Landschaft. Berge dräuten dunkel in der Ferne vor einem fahlen Himmel. Eine lange graue Straße zog sich dahin, bis sie außer Sicht war. In weiter Ferne ging eine Gestalt langsam die Straße entlang, undeutlich und klein zuerst, aber sie wurde größer und klarer, als sie näher kam. Plötzlich erkannte Frodo, daß sie ihn an Gandalf erinnerte. Fast hätte er den Namen des Zauberers laut gerufen, und dann sah er, daß die Gestalt nicht in Grau, sondern in Weiß gekleidet war, in ein Weiß, das schwach in der Dämmerung schimmerte; und in der Hand hielt sie einen weißen Stab. Der Kopf war so gebeugt, daß Frodo das Gesicht nicht erkennen konnte, und plötzlich wandte sich die Gestalt ab, weil die Straße eine Biegung beschrieb, und verschwand aus dem Spiegel. Zweifel stiegen in Frodo auf: war das eine Vision von Gandalf auf einer seiner vielen einsamen Wanderungen vor langer Zeit, oder war es Saruman?

Nun wechselte das Bild. Kurz und stark verkleinert, aber sehr lebendig erblickte er Bilbo, wie er unruhig in seinem Zimmer auf- und abging. Der Tisch war mit allen möglichen Papieren übersät; Regen schlug gegen die Fenster.

Dann trat eine Pause ein, und danach folgten viele rasche Szenen, von denen Frodo irgendwie wußte, daß sie Teile dieser bedeutsamen Geschichte waren, in die er hineinverwickelt war. Der Nebel klarte auf, und er sah etwas, das er noch nie erblickt hatte, doch sofort erkannte: das Meer. Die Dunkelheit brach herein. Das Meer stieg und tobte in einem großen Sturm. Dann sah er gegen die Sonne, die blutrot in Wolken versank, die schwarzen Umrisse eines großen Schiffs, das mit zerfetzten Segeln aus dem Westen heranfuhr. Dann einen breiten Strom, der durch eine bevölkerte Stadt floß. Dann eine weiße Festung mit sieben Türmen. Und dann wieder ein Schiff mit schwarzen Segeln, aber jetzt war es Morgen, und das Licht glitzerte auf dem Wasser, und eine Flagge, die einen weißen Baum zeigte, schimmerte in der Sonne. Ein Rauch wie von Feuer und Kampf stieg auf, und wieder ging die Sonne in einem brennenden Rot unter, das zu einem grauen Nebel verblaßte; und in dem Nebel fuhr ein kleines Schiff davon, auf dem Lichter blinkten. Es verschwand, und Frodo seufzte und wollte schon zurücktreten.

Da wurde der Spiegel plötzlich völlig dunkel, so dunkel, als ob sich in der sichtbaren Welt ein Loch aufgetan hätte, und Frodo schaute in eine Leere. In dem schwarzen Abgrund erschien ein einzelnes Auge, das langsam wuchs, bis es fast den ganzen Spiegel ausfüllte. So entsetzlich war es, daß Frodo wie angewurzelt dastand und weder aufzuschreien noch seinen Blick abzuwenden vermochte. Das Auge war von Feuer umrandet, aber es selbst war glasig, gelb wie ein Katzenauge, wachsam und angespannt, und der schwarze Schlitz seiner Pupille öffnete sich über einem Abgrund wie ein Fenster zum Nichts.

Dann begann sich das Auge zu bewegen und hier und dort zu suchen; und Frodo wußte ganz genau und voller Entsetzen, daß unter den vielen Dingen, die es suchte, er eines war. Aber er wußte auch, daß es ihn nicht sehen konnte – noch nicht, nicht, solange er es nicht wollte. Der Ring, der an seiner Kette um seinen Hals hing, wurde schwer, schwerer als ein großer Stein, und Frodos Kopf wurde nach unten gezogen. Der Spiegel schien heiß zu werden, und Dampfkringel stiegen vom Wasser auf. Frodo glitt nach vorn.

»Berühre das Wasser nicht!« sagte Frau Galadriel leise. Das Bild verblaßte, und Frodo merkte, daß er auf die kühlen Sterne schaute, die in der silbernen Schale blinkten. Er trat zurück, zitterte von Kopf bis Fuß und blickte Frau Galadriel an.

»Ich weiß, was du zuletzt gesehen hast«, sagte sie. »Denn daran denke auch ich. Habe keine Angst! Aber glaube nicht, daß nur durch Singen unter den Bäumen oder auch durch die schlanken Pfeile der Elbenbogen dieses Land Lothlórien gehalten und gegen den Feind verteidigt wird. Ich sage dir, Frodo, daß ich, während ich mit dir spreche, den Dunklen Herrscher wahrnehme und seine Absichten erkenne, oder diejenigen seiner Absichten, die die Elben betreffen. Und immer trachtet er, mich und meine Gedanken zu sehen. Aber noch ist die Tür verschlossen!«

Sie hob ihre weißen Arme und streckte ihre Hände nach dem Osten aus in einer Geste der Abwehr und Ablehnung. Earendil, der Abendstern, den die Elben über alles liebten, strahlte klar am Himmel. So hell strahlte er, daß die Gestalt der Elben-Herrin einen schwachen Schatten auf den Boden warf. Seine Strahlen glänzten auf dem Ring an ihrem Finger; der Ring glitzerte wie poliertes Gold, mit Silberlicht überzogen, und ein weißer Stein auf ihm blinkte, als sei der Abendstern herabgekommen, um auf ihrer Hand zu ruhen. Frodo betrachtete den Ring ehrfürchtig; denn plötzlich war ihm, als begriffe er es.

»Ja«, sagte sie und erriet seine Gedanken. »Es ist nicht erlaubt, darüber zu sprechen, und Elrond dürfte es nicht. Aber es kann nicht verborgen bleiben vor dem Ringträger und einem, der das Auge gesehen hat. Wahrlich, einer der Drei ist in dem Land Lórien und auf Galadriels Finger. Es ist Nenya, der Ring aus Adamant, und ich bin sein Hüter.

Er vermutet es, aber er weiß es nicht – noch nicht. Begreifst du jetzt, warum dein Kommen für uns wie ein Vorbote des Schicksals ist? Denn wenn du scheiterst, dann werden wir dem Feinde offenbart. Doch wenn du Erfolg hast, dann wird unsere Macht gemindert und Lothlórien wird vergehen, und die Fluten der Zeit werden es hinwegspülen. Wir müssen nach dem Westen ziehen oder ein Landvolk der Täler und Höhen werden, das langsam vergißt und vergessen wird.«

Frodo senkte den Kopf. »Und was wünscht Ihr?« fragte er schließlich.

»Daß, was sein sollte, sein wird«, antwortete sie. »Die Liebe der Elben zu ihrem Land und ihren Werken ist tiefer als die Tiefen der See, und ihr Schmerz ist unendlich und kann niemals ganz gelindert werden. Dennoch werden sie eher alles aufgeben, als sich Sauron zu unterwerfen: denn sie kennen ihn jetzt. Für Lothlóriens Schicksal bist du nicht verantwortlich, aber für die Erledigung deiner eigenen Aufgabe. Doch würde ich mir wünschen, wenn es irgend etwas nützte, daß der Eine Ring niemals geschmiedet oder niemals wiedergefunden worden wäre.«

»Ihr seid weise und furchtlos und schön, Frau Galadriel«, sagte Frodo. »Ich will Euch den Einen Ring geben, wenn Ihr ihn verlangt. Er ist eine zu gewichtige Sache für mich.«

Galadriel lachte plötzlich hell auf. »Weise mag Frau Galadriel sein«, sagte sie, »doch hier hat sie einen gefunden, der ihr an Höflichkeit gleichkommt. Mit Liebenswürdigkeit rächst du dich dafür, daß ich dein Herz bei unserer ersten Begegnung auf die Probe gestellt habe. Du beginnst, mit scharfen Augen zu sehen. Ich leugne nicht, daß mein Herz sehr begehrt hat, um das zu bitten, was du anbietest. Viele lange Jahre habe ich darüber nachgesonnen, was ich tun würde, wenn mir der Große Ring in die Hände fiele, und siehe da! er ist in meiner Reichweite. Das Böse, das vor langer Zeit erdacht war, wirkt auf mancherlei Weise, ob Sauron selbst steht oder fällt. Würde das nicht eine edle Tat gewesen sein, die dem Einfluß seines Ringes zuzuschreiben wäre, wenn ich ihn meinem Gast mit Gewalt oder unter Drohungen abgenommen hätte?

Und nun ist es endlich soweit. Du willst mir den Ring freiwillig geben! Anstelle des Dunklen Herrschers willst du eine Königin einsetzen. Und ich werde nicht dunkel sein, sondern schön und entsetzlich wie der Morgen und die Nacht! Schön wie das Meer und die Sonne und der Schnee auf dem Gebirge! Grausam wie der Sturm und der Blitz! Stärker als die Grundfesten der Erde. Alle werden mich lieben und verzweifeln!«

Sie hob die Hand, und von dem Ring, den sie trug, ging ein starkes Licht aus, das nur sie allein erleuchtete und alles andere dunkel ließ. Sie stand vor Frodo und schien jetzt unermeßlich groß zu sein, und unerträglich schön, entsetzlich und verehrungswürdig. Dann ließ sie die Hand sinken, und das Licht verblaßte, und plötzlich lachte sie wieder, und siehe da! sie war geschrumpft: eine schlanke Elbenfrau, in einfaches Weiß gekleidet, deren liebliche Stimme leise und traurig war.

»Ich bestehe die Prüfung«, sagte sie. »Ich werde schwächer werden und in den Westen gehen und Galadriel bleiben.«

Sie standen eine Weile schweigend da. Schließlich sprach die Herrin wieder. »Laßt uns zurückgehen«, sagte sie. »Am Morgen müßt ihr aufbrechen. Denn nun haben wir uns entschieden, und der Strom des Schicksals fließt weiter.«

»Ich möchte gern etwas fragen, ehe wir gehen«, sagte Frodo. »Etwas, das ich

Gandalf oft in Bruchtal hatte fragen wollen. Ich darf den Einen Ring tragen: warum kann ich nicht all die anderen sehen und die Gedanken von denen, die sie tragen, erraten?«

»Du hast es nicht versucht«, antwortete sie. »Erst dreimal hast du den Ring auf den Finger gesteckt, seit du wußtest, was du besaßest. Versuche es nicht! Es würde dich vernichten. Hat Gandalf dir nicht gesagt, daß der Ring Macht verleiht entsprechend der Natur jedes Besitzers? Ehe du diese Macht anwenden könntest, müßtest du weit stärker werden und deinen Willen dazu ausbilden, andere zu beherrschen. Doch selbst so, als Ringträger und einer, der ihn auf dem Finger getragen und gesehen hat, was verborgen ist, ist deine Sehkraft schärfer geworden. Du hast meine Gedanken deutlicher wahrgenommen als viele, die für weise gehalten werden. Du hast das Auge von dem gesehen, der die Sieben und die Neun hat. Und hast du nicht den Ring auf meinem Finger gesehen und erkannt? Hast du«, fragte sie Sam, »meinen Ring gesehen?«

»Nein, Herrin«, antwortete er. »Um Euch die Wahrheit zu sagen, ich wunderte mich, wovon Ihr redetet. Ich sah einen Stern durch Euren Finger. Aber wenn Ihr mir verzeihen wollt, daß ich es ausspreche: ich glaube, mein Herr hat recht gehabt. Ich wünschte, Ihr würdet seinen Ring nehmen. Ihr würdet die Dinge in Ordnung bringen. Ihr würdet dafür sorgen, daß sie nicht alles aufgraben und den Ohm hinauswerfen. Ihr würdet manche Leute zahlen lassen für ihre Gemeinheiten.«

»Das würde ich«, sagte sie. »So würde es anfangen. Aber damit würde es nicht aufhören, leider! Wir wollen nicht mehr davon reden. Laßt uns gehen!«

ACHTES KAPITEL

ABSCHIED VON LÓRIEN

An jenem Abend wurde die Gemeinschaft wieder in Celeborns Gemach gerufen, und dort begrüßten der Herr und die Herrin sie mit schönen Worten. Schließlich sprach Celeborn von ihrem Aufbruch.

»Nun ist die Zeit gekommen«, sagte er, »da jene, die die Fahrt fortsetzen wollen, ihr Herz stärken müssen, um dieses Land zu verlassen. Diejenigen, die nicht weitergehen wollen, mögen eine Zeitlang hier verweilen. Aber ob sie bleiben oder gehen, niemand kann des Friedens sicher sein. Denn wir nähern uns jetzt der Schwelle des Schicksals. Hier mögen diejenigen, die wollen, die Ankunft der Stunde erwarten, da entweder die Wege der Welt wieder frei sind oder wir sie auffordern, Lórien in höchster Not beizustehen. Dann mögen sie in ihre eigenen Länder zurückkehren oder aber für immer in die Heimat jener gehen, die im Kampfe fallen.«

Es trat Schweigen ein. »Sie haben sich alle entschlossen, weiterzugehen«, sagte Galadriel, die ihnen in die Augen schaute.

»Was mich betrifft«, sagte Boromir, »so führt der Weg zu meiner Heimat voran und nicht zurück.«

»Das ist wahr«, sagte Celeborn. »Aber geht die ganze Gemeinschaft mit Euch nach Minas Tirith?«

»Wir haben uns über unseren Weg noch nicht entschieden«, sagte Aragorn. »Ich weiß nicht, was Gandalf über Lothlórien hinaus vorhatte. Ich glaube sogar, daß nicht einmal er einen festen Plan hatte.«

»Das mag sein«, antwortete Celeborn. »Doch wenn ihr dieses Land verlaßt, könnt ihr den Großen Strom nicht länger außer acht lassen. Wie manche von euch sehr wohl wissen, kann er von Wanderern mit Gepäck zwischen Lórien und Gondor nicht überquert werden, außer mit Booten. Und sind nicht die Brücken von Osgiliath zerstört und alle Landeplätze jetzt in der Hand des Feindes?

Auf welcher Seite wollt ihr wandern? Der Weg nach Minas Tirith liegt auf dieser Seite, auf der westlichen; doch der gerade Weg für die Aufgabe verläuft östlich des Stroms, auf dem dunkleren Ufer. Welches Ufer wollt ihr nun wählen?«

»Wenn mein Rat beherzigt wird, dann wird es das westliche Ufer sein und der Weg nach Minas Tirith«, antwortete Boromir. »Doch bin ich nicht der Führer der Gemeinschaft.« Die anderen sagten nichts, und Aragorn sah unsicher und bekümmert aus.

»Ich sehe, daß ihr noch nicht wißt, was ihr tun sollt«, sagte Celeborn. »Es kommt mir nicht zu, für euch die Entscheidung zu treffen; doch will ich Euch helfen, so ich kann. Es sind einige unter euch, die mit Booten umzugehen verstehen: Legolas, dessen Volk den raschen Waldfluß kennt, und Boromir von Gondor; und Aragorn der Wanderer.«

»Und ein Hobbit!« rief Merry. »Nicht alle von uns halten Boote für wilde Pferde. Meine Familie wohnt an den Ufern des Brandyweins.«

»Das ist gut«, sagte Celeborn. »Dann will ich eure Gemeinschaft mit Booten ausrüsten. Sie müssen klein und leicht sein, denn wenn ihr weit auf dem Wasser fahrt, werdet ihr sie an manchen Stellen tragen müssen. Ihr werdet zu den Stromschnellen von Sarn Gebir kommen und schießlich vielleicht sogar zu den großen Wasserfällen von Rauros, wo der Strom herabdonnert von Nen Hithoel; und es gibt noch andere Gefahren. Es mag sein, daß Boote eure Fahrt eine Zeitlang weniger beschwerlich machen. Dennoch werden sie euch keinen Rat bieten: zuletzt werdet ihr sie und den Fluß verlassen und euch nach Westen wenden müssen – oder nach Osten.«

Aragorn dankte Celeborn vielmals. Daß er ihnen Boote schenkte, erleichterte ihn sehr, nicht zuletzt deswegen, weil nun die Notwendigkeit, eine Entscheidung über den einzuschlagenden Weg zu treffen, um einige Tage hinausgeschoben war. Auch die anderen sahen hoffnungsvoller drein. Welche Gefahren auch immer vor ihnen lagen, es war verlockender, von den breiten Fluten des Anduin getragen ihnen ins Auge zu sehen, als sich mit Lasten auf dem Rücken voranzuschleppen. Nur Sam hatte seine Zweifel: er jedenfalls hielt Boote noch immer für ebenso schlimm oder sogar noch schlimmer als wilde Pferde, und alle überstandenen Gefahren hatten ihn nicht zu einer besseren Meinung von ihnen bekehren können.

»Alles soll für euch gerichtet werden und morgen vor dem Mittag an der Anfurt für euch bereitstehen«, sagte Celeborn. »Ich werde meine Leute in der Frühe zu euch schicken, damit sie euch helfen, euch für die Fahrt fertigzumachen. Nun wollen wir euch allen eine schöne Nacht und ungetrübten Schlaf wünschen.«

»Gute Nacht, meine Freunde«, sagte Galadriel. »Schlaft in Frieden! Quält eure Herzen heute nacht nicht übermäßig mit dem Gedanken an euren Weg. Vielleicht liegen die Pfade, die jeder von euch betreten soll, schon vor euren Füßen, obwohl ihr sie nicht seht. Gute Nacht!«

Die Gemeinschaft verabschiedete sich nun und kehrte zu ihrem Zelt zurück. Legolas ging mit ihnen, denn es war ihre letzte Nacht in Lothlórien, und trotz Galadriels Worten wollten sie noch gemeinsam beratschlagen.

Lange Zeit erörterten sie, was sie tun sollten und wie sie ihr Vorhaben mit dem Ring am besten ausführen wollten; aber sie kamen zu keinem Entschluß. Es war klar, daß die Mehrzahl von ihnen zuerst nach Minas Tirith gehen wollte, um wenigstens für eine Weile der Bedrohung durch den Feind zu entgehen. Sie wären bereit gewesen, einem Führer über den Strom und in den Schatten von Mordor zu folgen; aber Frodo sprach kein Wort, und Aragorn war immer noch unschlüssig.

Solange Gandalf bei ihnen war, hatte Aragorn vorgehabt, mit Boromir mitzugehen und mit seinem Schwert bei der Befreiung von Gondor zu helfen. Denn er glaubte, daß die Botschaft der Träume eine Aufforderung und die Stunde endlich gekommen sei, da Elendils Erbe hervortreten und mit Sauron um die Herrschaft kämpfen sollte. Doch in Moria war ihm Gandalfs Bürde auferlegt worden; und er wußte, daß er jetzt nicht den Ring im Stich lassen konnte, falls Frodo sich weigern sollte, mit Boromir mitzugehen. Und dennoch – welche andere Hilfe konnten er oder irgendeiner aus der Gruppe Frodo gewähren, als blindlings mit ihm in die Dunkelheit zu gehen?

»Ich werde nach Minas Tirith gehen, allein, wenn nötig, denn es ist meine Pflicht«, sagte Boromir; und dann war er eine Weile still, den Blick starr auf Frodo gerichtet, als ob er versuchte, die Gedanken des Halblings zu lesen. Schließlich sprach er weiter, leise, als ob er ein Selbstgespräch führte. »Wenn du nur den Ring vernichten willst«, sagte er, »dann sind Krieg und Waffen wenig nutze; und die Menschen von Minas Tirith können nicht dabei helfen. Willst du aber die bewaffnete Macht des Dunklen Herrschers vernichten, dann ist es Torheit, ohne Streitmacht in sein Reich zu gehen; und Torheit, wegzuwerfen.« Er hielt inne, als ob er gewahr worden wäre, daß er seine Gedanken laut aussprach. »Es wäre Torheit, Leben wegzuwerfen, meine ich«, fuhr er fort. »Es ist, als wollte man sich entscheiden, ob man eine Festung verteidigen oder einfach dem Tod in die Arme laufen will. Zumindest sehe ich die Sache so.«

Frodo bemerkte etwas Neues und Fremdes in Boromirs Blick, und er sah ihn scharf an. Es war klar, daß Boromir etwas anderes gedacht hatte, als was seine letzten Worte besagten. Es wäre Torheit, wegzuwerfen: was wegzuwerfen? Den Ring der Macht? Er hatte schon etwas Ähnliches bei dem Rat gesagt, aber damals hatte er Elronds Berichtigung hingenommen. Frodo schaute Aragorn an, aber der schien tief in Gedanken versunken und ließ nicht erkennen, ob er Boromirs Worte beachtet hatte. Und damit endete ihre Beratung. Merry und Pippin schliefen bereits, und Sam war am Einnicken. Es war schon spät in der Nacht.

Am Morgen, als sie gerade begannen, ihre dürftige Habe einzupacken, kamen Elben, die ihre Sprache sprechen konnten, zu ihnen und brachten ihnen viele Geschenke, Lebensmittel und Kleidung für die Reise. Die Lebensmittel bestanden hauptsächlich aus sehr dünnen Kuchen; sie waren aus Mehl gemacht, das beim Backen außen leicht braun geworden war, aber innen die Farbe von Sahne hatte. Gimli nahm einen der Kuchen auf und betrachtete ihn zweifelnd.

»*Cram*«, sagte er leise, als er eine knusprige Ecke abbrach und daran knabberte. Sein Ausdruck änderte sich rasch, und er aß den ganzen Kuchen mit Genuß.

»Nicht mehr, nicht mehr!« riefen die Elben lachend. »Du hast schon genug gegessen für einen langen Tagesmarsch.«

»Ich dachte, das sei nur eine Art *cram*, wie sie die Menschen in Thal für Wanderungen in der Wildnis backen«, sagte der Zwerg.

»So ist es«, antworteten sie. »Aber wir nennen die Waffeln *lembas* oder Wegbrot, und sie sind stärkender als alle von Menschen gemachten Lebensmittel, und sie schmecken besser als *cram*, nach allem, was man hört.«

»Das ist richtig«, sagte Gimli. »Sie sind tatsächlich besser als die Honigkuchen der Beorninger, und das ist ein großes Lob, denn die Beorninger sind die besten Bäcker, die ich kenne; aber heutzutage sind sie keineswegs sehr bereit, Fremden von ihren Kuchen etwas abzugeben. Ihr seid freundliche Gastgeber!«

»Dennoch bitten wir euch, sparsam mit den Lebensmitteln umzugehen«, sagten sie. »Eßt wenig davon auf einmal, und nur, wenn es nötig ist. Denn diese

Dinge sollen euch dienlich sein, wenn alles andere versagt. Die Kuchen werden viele, viele Tage frisch bleiben, wenn sie nicht angebrochen sind und in ihrer Blätterverpackung bleiben, wie wir sie euch gebracht haben. Einer davon wird einen Wanderer einen anstrengenden Tag lang auf den Beinen halten, selbst wenn er einer der großen Menschen aus Minas Tirith ist.«

Als nächstes packten die Elben die Kleidungsstücke aus und gaben jedem von der Gruppe das, was sie ihm mitgebracht hatten. Für jeden hatten sie einen Mantel und eine Kapuze, seiner Körpergröße entsprechend, aus dem leichten, aber warmen Seidenstoff, den die Galadrim webten. Welche Farbe sie hatten, war schwer zu sagen: grau schienen sie im Zwielicht unter den Bäumen zu sein; doch wenn man sie hin und her bewegte oder in eine andere Beleuchtung brachte, dann waren sie grün wie schattige Blätter oder braun wie Brachfelder bei Nacht, silbrig dunkel wie Wasser unter den Sternen. Jeder Mantel wurde am Hals mit einer Spange geschlossen, die wie ein grünes Blatt mit silberner Aderung aussah.

»Sind das Zaubermäntel?« fragte Pippin, der sie voll Staunen betrachtete.

»Ich weiß nicht, was du damit meinst«, antwortete der Führer der Elben. »Es sind schöne Mäntel, und das Gewebe ist gut, denn es ist in diesem Land hergestellt worden. Gewiß sind es Elbengewänder, wenn es das ist, was du meinst. Blatt und Zweig, Wasser und Stein: sie haben den Farbton und die Schönheit all dieser Dinge unter dem Zwielicht von Lórien, das wir lieben. Denn bei allem, was wir herstellen, denken wir an all das, was wir lieben. Indes sind es Kleidungsstücke, keine Panzer, und sie werden weder Speer noch Klinge abwehren. Doch sollten sie euch gute Dienste leisten: sie sind leicht im Tragen und warm oder kühl genug, je nach Bedarf. Und ihr werdet finden, daß sie eine große Hilfe sind, wenn ihr euch dem Blick unfreundlicher Augen entziehen wollt, ob ihr nun zwischen den Steinen oder unter Bäumen steht. Ihr steht wahrlich in hoher Gunst bei der Herrin! Denn sie selbst und ihre Jungfrauen haben den Stoff gewebt; und niemals zuvor haben wir Fremde in die Gewänder unseres eigenen Volkes gekleidet.«

Nach ihrer Morgenmahlzeit nahm die Gemeinschaft Abschied von der Rasenfläche an dem Springquell. Das Herz war ihnen schwer; denn es war ein schöner Ort und gleichsam ein Zuhause für sie geworden, wenn sie auch die Tage und Nächte, die sie hier verbracht hatten, nicht zählen konnten. Als sie einen Augenblick dort standen und auf das weiße Wasser im Sonnenschein blickten, kam Haldir über das grüne Gras der Lichtung auf sie zu. Frodo begrüßte ihn voll Freude.

»Ich bin von den Nordgrenzen zurückgekehrt«, sagte der Elb, »und habe jetzt den Auftrag, wiederum euer Führer zu sein. Das Schattenbachtal ist voll von Dampf und Rauchwolken, und die Berge sind in Unruhe. Es kommen Geräusche aus den Tiefen der Erde. Wenn einer von euch vorgehabt hätte, nach Norden in die Heimat zurückzukehren, dann hätte er auf diesem Wege nicht gehen können. Aber kommt! Ihr wollt ja nun nach Süden.«

Als sie durch Caras Galadon gingen, waren die grünen Wege leer; doch in den

Abschied von Lórien

Bäumen hörten sie viele Stimmen murmeln und singen. Sie selbst schwiegen. Schließlich führte Haldir sie die Südhänge des Berges hinab, und sie kamen wieder zu dem großen, mit Lampen behängten Tor, und zu der weißen Brücke; und so gingen sie hinaus und verließen die Stadt der Elben. Dann wandten sie sich ab von der gepflasterten Straße und schlugen einen Pfad ein, der zwischen dichtstehenden Mallornbäumen hindurchführte und dann weiter durch welliges Waldland mit silbernen Schatten, und es ging stetig hinab, nach Süden und Osten, den Ufern des Flusses entgegen.

Sie waren etwa zehn Meilen gegangen, und die Mittagszeit war nahe, als sie zu einer hohen grünen Mauer kamen. Durch eine Öffnung schritten sie hindurch und hatten plötzlich die Bäume hinter sich gelassen. Vor ihnen lag eine langgestreckte Wiese von schimmerndem Gras, übersät mit goldenen *elanor*, die in der Sonne funkelten. Die Wiese lief zwischen leuchtenden Rändern in einer schmalen Landzunge aus: auf der rechten und westlichen Seite floß glitzernd der Silberlauf; auf der linken und östlichen Seite wogte das tiefe und dunkle Wasser des Großen Stroms. Auf den jenseitigen Ufern erstreckte sich der Wald so weit nach Süden, wie das Auge reichte, aber die Ufer selbst waren kahl und öde. Kein Mallorn reckte außerhalb des Landes Lórien seine goldbehangenen Zweige in den Himmel.

Am Ufer des Silberlaufs, in einiger Entfernung von dem Zusammenfluß der Ströme, war eine Schiffslände aus weißen Steinen und weißem Holz. Viele Boote und Kähne lagen dort vertäut. Manche waren in leuchtenden Farben gestrichen und schimmerten in Silber und Gold und Grün, doch die meisten waren entweder weiß oder grau. Drei kleine Boote waren für die Gemeinschaft bereitgemacht worden, und in diese verstauten die Elben ihre Sachen. Und sie legten auch Seilrollen hinein, drei in jedes Boot. Sie sahen dünn aus, aber kräftig, seidig anzufassen und von grauer Farbe wie die Elbenmäntel.

»Was ist das?« fragte Sam und nahm eine in die Hand, die auf dem Rasen lag.

»Seile natürlich«, antwortete ein Elb aus den Booten. »Man soll niemals lange ohne ein Seil unterwegs sein! Und eins, das lang und stark und leicht ist. So wie diese sind. Sie mögen eine Hilfe sein in manchen Notlagen.«

»Das brauchst du mir nicht zu sagen!« sagte Sam. »Ich kam ohne eins hierher und war die ganze Zeit darüber beunruhigt. Aber ich frage mich, woraus diese gemacht sind, denn ich weiß ein bißchen Bescheid mit der Seilerei: es liegt in der Familie, wie man sagen könnte.«

»Sie sind aus *hithlain*«, sagte der Elb. »Aber jetzt ist keine Zeit mehr, dich in der Kunst ihrer Herstellung zu unterrichten. Hätten wir gewußt, daß dieses Handwerk dir Freude macht, dann hätten wir dir viel beibringen können. Doch nun mußt du dich leider, sofern du nicht einmal wieder herkommst, mit unserem Geschenk begnügen. Möge es dir gute Dienste leisten!«

»Kommt!« sagte Haldir. »Alles ist jetzt bereit für euch. Geht in die Boote. Aber seid zuerst vorsichtig!«

»Beherzigt diese Worte«, sagten die anderen Elben. »Diese Boote sind sehr leicht gebaut und kunstvoll und nicht wie die Boote anderer Leute. Sie sinken nicht, wie schwer ihr sie auch beladen mögt; aber sie sind unberechenbar, wenn

Die Gefährten

sie falsch behandelt werden. Es wäre klug, wenn ihr euch hier beim Landeplatz erst mit dem Ein- und Aussteigen vertraut machtet, ehe ihr euch flußabwärts auf den Weg begebt.«

Die Gemeinschaft wurde folgendermaßen aufgeteilt: Aragorn, Frodo und Sam fuhren in einem Boot; Boromir, Merry und Pippin im zweiten; und im dritten Legolas und Gimli, die jetzt unzertrennliche Freunde geworden waren. In diesem dritten Boot war der größte Teil der Vorräte und Rucksäcke verstaut. Die Boote wurden durch kurzschäftige Paddel mit breiten, blattförmigen Schaufeln fortbewegt und gesteuert. Als alles bereit war, führte Aragorn sie zu einer Übungsfahrt den Silberlauf hinauf. Die Strömung war stark, und sie kamen langsam voran. Sam saß im Bug, klammerte sich an beiden Seiten fest und blickte sehnsüchtig zurück zum Ufer. Die auf dem Wasser glitzernde Sonne blendete ihn. Als sie an der grünen Landzunge vorbei waren, sahen sie, daß hier die Bäume dicht am Rand des Wassers standen. Hier und dort tanzten goldene Blätter auf den Wellen des Flusses. Die Luft war sehr hell und still, und nichts war zu hören als das hohe, ferne Lied der Lerchen.

Sie kamen um eine scharfe Biegung des Flusses, und da schwamm ihnen stolz ein sehr großer Schwan entgegen. Das Wasser kräuselte sich an beiden Seiten der weißen Brust unter seinem gebogenen Hals. Sein Schnabel schimmerte wie poliertes Gold, und seine Augen glänzten wie schwarzer Marmor, eingefaßt von gelben Steinen; seine riesigen weißen Schwingen waren halb erhoben. Musik zog den Fluß herab, als er sich näherte; und plötzlich merkten sie, daß es ein Schiff war, das die Geschicklichkeit der Elben als Abbild eines Vogels gearbeitet und geschnitzt hatte. Zwei weißgekleidete Elben steuerten es mit schwarzen Paddeln. In der Mitte des Bootes saß Celeborn, und hinter ihm stand Galadriel, groß und weiß; ein Diadem aus goldenen Blumen trug sie im Haar, und in ihrer Hand hielt sie eine Harfe, und sie sang. Traurig und süß war der Klang ihrer Stimme in der kühlen, klaren Luft:

> *Ich sang vom Laub, von goldnem Laub, da glänzte es wie Gold,*
> *Ich sang vom Winde, und er kam und war dem Laube hold;*
> *Doch sonnenhin und mondvorbei aufbrandete das Meer;*
> *Vom Strande Ilmarin ein Baum, der winkte golden her,*
> *Er wuchs im dämmerklaren Licht im Lande Eldamar,*
> *Den Mauern nah von Tirion, beglänzt und wunderbar,*
> *So dicht im Laube stand er da wie für die Ewigkeit,*
> *Fern aber in der Fremde klagt das Elbenvolk sein Leid.*
> *O Lórien! Der Winter naht, der lange, tote Tag,*
> *Die Blätter treiben mit dem Strom, wohin er treiben mag,*
> *O Lórien! Ich weile hier zu lang im Lande schon*
> *Und trage welken Elanor in der verblaßten Kron.*
> *Doch sänge ich ein Schiff herbei und käm es aber her,*
> *Wie trüg's mich übers Meer zurück, das weite, weite Meer?*

Aragorn hielt sein Boot an, als das Schwanenschiff auf gleicher Höhe mit ihm war. Die Herrin beendete ihr Lied und begrüßte sie. »Wir sind gekommen, um euch ein letztes Lebewohl zu sagen und euch mit Segenswünschen unseres Landes zu verabschieden.«

»Obwohl ihr unsere Gäste gewesen seid«, sagte Celeborn, »habt ihr noch keine Mahlzeit mit uns gehalten, und wir bitten euch daher zu einem Abschiedsfest, hier zwischen den fließenden Gewässern, die euch von Lórien davontragen werden.«

Der Schwan schwamm langsam weiter zur Schiffslände, und sie wendeten ihre Boote und folgten ihm. Dort, auf dem letzten Zipfel von Egladil, wurde auf dem grünen Gras das Abschiedsfest gefeiert; aber Frodo aß und trank wenig, denn er hatte nur Auge und Ohr für Frau Galadriels Schönheit und ihre Stimme. Sie erschien ihm nicht mehr gefährlich oder furchterregend noch voll verborgener Macht. Ihm erschien sie schon so, wie Menschen einer späteren Zeit noch dann und wann die Elben sehen: gegenwärtig und doch fern, ein lebendes Bild dessen, was die fließenden Ströme der Zeit bereits weit zurückgelassen haben.

Nachdem sie, auf dem Grase sitzend, gegessen und getrunken hatten, sprach Celeborn wieder mit ihnen über ihre Fahrt. Er hob die Hand und deutete nach Süden auf die Wälder hinter der Landzunge.

»Wenn ihr flußabwärts fahrt«, sagte er, »werdet ihr sehen, daß die Bäume zurückbleiben und ihr in ein ödes Land kommt. Dort fließt der Strom in steinigen Tälern zwischen Hochmooren, bis er schließlich nach vielen Wegstunden zu der hohen Insel Zinnenfels kommt, die wir Tol Brandir nennen. Er schlingt seine Arme um die steilen Ufer des Eilands und stürzt dann unter großem Tosen und Sprühen über die Katarakte von Rauros hinunter in das Nindalf, das Fennfeld, wie es in eurer Sprache genannt wird. Es ist ein weites Sumpfgebiet, durch das sich der Fluß mit vielen Armen hindurchschlängelt. Die Entflut aus dem Wald von Fangorn im Westen ergießt sich dort in vielen Mündungen in den Strom. An diesem Fluß, auf dieser Seite des Großen Stroms, liegt Rohan. An dem anderen Ufer erheben sich die kahlen Berge des Emyn Muil. Der Wind bläst dort von Osten, denn die Berge blicken über die Totensümpfe und die Niemandslande nach Cirith Gorgor und zu den schwarzen Toren von Mordor.

Boromir und alle, die mit ihm nach Minas Tirith gehen wollen, werden gut daran tun, bei Rauros den Großen Strom zu verlassen und die Entflut schon zu überqueren, ehe sie die Sümpfe erreicht. Indes sollten sie an diesem Fluß nicht zu weit hinaufgehen oder es darauf ankommen lassen, in den Wald von Fangorn zu geraten. Das ist ein seltsames Land und jetzt wenig bekannt. Doch bedürfen Boromir und Aragorn gewiß dieser Warnung nicht.«

»Wir in Minas Tirith haben allerdings von Fangorn gehört«, sagte Boromir. »Aber das, was ich gehört habe, scheinen mir zum größten Teil Ammenmärchen zu sein, wie wir sie unseren Kindern erzählen. Alles, was nördlich von Rohan liegt, ist jetzt so weit entfernt für uns, daß sich die Phantasie dort ungehindert ergehen kann. Einstmals lag Fangorn an den Grenzen unseres Reichs; doch ist es jetzt viele Menschenalter her, daß einer von uns es besuchte, um die Sagen zu bestätigen oder zu widerlegen, die aus alter Zeit auf uns gekommen sind.

Ich selbst war bisweilen in Rohan, bin aber nie weiter nach Norden gekommen. Als man mich als Sendboten ausschickte, habe ich den Weg entlang der Ausläufer des Weißen Gebirges durch die Pforte genommen und dann den Isen und die Grauflut überschritten, und so kam ich nach Norderland. Eine lange und beschwerliche Wanderung. Vierhundert Wegstunden schätze ich, und ich brauchte viele Monate; denn ich verlor mein Pferd in Tharbad, an der Furt der Grauflut. Nach jener Wanderung und dem Weg, den ich mit dieser Gemeinschaft zurückgelegt habe, hege ich kaum Zweifel, daß ich mich in Rohan durchschlagen kann und notfalls auch in Fangorn.«

»Dann brauche ich nichts mehr zu sagen«, meinte Celeborn. »Aber achtet die Überlieferung, die aus alter Zeit auf uns gekommen ist, nicht gering; denn oft mag es sein, daß alte Frauen noch Berichte von Dingen im Gedächtnis haben, die einstmals für die Weisen wissenswert waren.«

Jetzt erhob sich Galadriel vom Gras, ließ sich von einer ihrer Jungfrauen einen Becher reichen, füllte ihn mit weißem Met und gab ihn Celeborn.

»Nun ist es Zeit für den Abschiedstrunk«, sagte sie. »Trinkt, Herr der Galadrim! Und laßt eure Herzen nicht traurig sein, wenngleich Nacht auf Mittag folgen muß und schon unser Abend naht.«

Dann brachte sie den Becher jedem von der Gemeinschaft und bot ihm Trunk und Abschiedsgruß. Doch als sie getrunken hatten, hieß Galadriel sie, sich wieder auf dem Gras niederzulassen, und für sie und Celeborn wurden Sessel hingestellt. Ihre Jungfrauen standen schweigend um sie, und eine Weile schaute sie ihre Gäste an. Schließlich sprach sie.

»Wir haben den Abschiedsbecher geleert«, sagte sie, »und die Schatten fallen zwischen uns. Doch habe ich in meinem Schiff Geschenke mitgebracht, die euch der Herr und die Herrin der Galadrim zur Erinnerung an Lothlórien nun überreichen wollen, ehe ihr scheidet.« Dann rief sie einen nach dem anderen zu sich.

»Hier ist die Gabe von Celeborn und Galadriel für den Führer eurer Gemeinschaft«, sagte sie zu Aragorn, und sie gab ihm eine Scheide, die passend für sein Schwert angefertigt worden war. Sie war überzogen mit Flechtwerk aus goldenen und silbernen Blüten und Blättern, und darauf stand in Elbenrunen, die aus vielen Edelsteinen gebildet waren, der Name Andúril und die Herkunft des Schwertes.

»Die Klinge, die aus dieser Scheide gezogen wird, soll nicht befleckt werden und nicht bersten, selbst bei der Niederlage«, sagte sie. »Aber gibt es nicht noch etwas, das Ihr bei unserem Abschied von mir begehrt? Denn Dunkelheit wird zwischen uns aufsteigen, und vielleicht werden wir uns nicht wieder begegnen, es sei denn, weit von hier auf einem Weg, bei dem es keine Umkehr gibt.«

Und Aragorn antwortete: »Herrin, Ihr kennt all mein Sehnen, und lange habt Ihr den einzigen Schatz bewahrt, nach dem ich trachte. Doch vermögt Ihr ihn mir nicht zu geben, selbst wenn Ihr wolltet; und nur durch Dunkelheit werde ich zu ihm gelangen.«

Abschied von Lórien

»Indes wird vielleicht dieses Euer Herz erleichtern«, sagte Galadriel. »Denn es war in meiner Obhut gelassen worden, damit ich es Euch gebe, wenn Ihr durch unser Land kommen solltet.« Dann nahm sie von ihrem Schoß einen großen Stein von klarem Grün; er war in einer silbernen Brosche gefaßt, die die Form eines Adlers mit ausgebreiteten Schwingen hatte; und als sie sie hochhob, funkelte der Edelstein wie Sonne, die durch die Blätter des Frühlings scheint. »Diesen Stein gab ich Celebrían, meiner Tochter, und sie gab ihn ihrer Tochter; und nun kommt er zu Euch als ein Zeichen der Hoffnung. Nehmt in dieser Stunde den Namen an, der Euch vorausgesagt war, Elessar, der Elbenstein aus dem Hause Elendil!«

Dann nahm Aragorn den Stein und heftete sich die Brosche auf die Brust, und Staunen erfüllte die, die ihn sahen; denn sie hatten vorher nicht bemerkt, wie hochgewachsen und königlich er war, und es schien ihnen, als seien viele Jahre der Mühsal von seinen Schultern gefallen. »Für die Geschenke, die Ihr mir gegeben habt, danke ich Euch«, sagte er, »o Herrin von Lórien, von der Celebrían und Arwen Abendstern stammen. Welch größeres Lob könnte ich spenden?«

Frau Galadriel senkte den Kopf, und dann wandte sie sich an Boromir, und ihm schenkte sie einen Gürtel aus Gold; und Merry und Pippin schenkte sie schmale silberne Gürtel, jeder mit einer Spange, die wie eine goldene Blüte geformt war. Legolas schenkte sie einen Bogen, wie ihn die Galadrim benutzen, länger und handfester als die Bögen von Düsterwald und bespannt mit einer Sehne aus Elbenhaar. Dazu gehörte ein Köcher mit Pfeilen.

»Für dich, kleiner Gärtner und Freund der Bäume«, sagte sie zu Sam, »habe ich nur ein geringes Geschenk.« Sie gab ihm ein Kästchen aus einfachem, grauem Holz, unverziert bis auf eine einzige Silberrune auf dem Deckel. »Hier steht G, und das soll Galadriel bedeuten«, sagte sie. »Aber in eurer Sprache könnte es Garten bedeuten. In diesem Kästchen ist Erde aus meinem Obstgarten, und was Galadriel noch an Zaubersegen zu vergeben hat, ruht darauf. Es wird dich nicht auf den rechten Weg führen oder vor irgendwelchen Gefahren beschützen; aber wenn du es aufhebst und zu guter Letzt wieder in deine Heimat kommst, dann mag es dich vielleicht belohnen. Selbst wenn du alles unfruchtbar und verwüstet vorfinden solltest, wird es wenige Gärten in Mittelerde geben, die so blühen und gedeihen wie dein Garten, wenn du diese Erde dort verstreust. Dann magst du dich an Galadriel erinnern und einen flüchtigen Blick des fernen Lóriens erhaschen, das du nur in unserem Winter gesehen hast. Denn unser Frühling und unser Sommer sind vorbei, und man wird sie nie wieder auf Erden sehen, es sei denn in der Erinnerung.«

Sam wurde rot bis über beide Ohren und murmelte etwas Unverständliches, als er das Kästchen krampfhaft umklammerte und sich verbeugte, so gut er konnte.

»Und welches Geschenk würde ein Zwerg von den Elben erbitten?« fragte Galadriel, an Gimli gewandt.

»Keins, Herrin«, antwortete Gimli. »Für mich ist es genug, die Herrin der Galadrim gesehen und ihre freundlichen Worte gehört zu haben.«

»Hört das, all ihr Elben!« rief sie denen zu, die um sie standen. »Niemand soll mehr sagen, daß Zwerge habgierig und unhöflich seien! Doch gewiß wünscht Ihr, Gimli, Glóins Sohn, Euch etwas, das ich gewähren könnte? Nennt es, ich bitte Euch! Ihr sollt nicht der einzige Gast ohne ein Geschenk sein.«

»Es gibt nichts, Frau Galadriel«, sagte Gimli, sich tief verbeugend und stotternd. »Nichts, es sei denn – es sei denn, ich dürfte bitten, nein, es nennen: eine einzige Strähne von Eurem Haar, das das Gold der Erde übertrifft wie die Sterne die Edelsteine der Minen. Ich bitte nicht um ein solches Geschenk. Doch Ihr befahlt mir, meinen Wunsch zu nennen.«

Es ging eine Bewegung durch die Elben und sie murmelten verwundert, und Celeborn sah den Zwerg erstaunt an, aber die Herrin lächelte. »Es heißt, die Zwerge seien geschickt mit den Händen und weniger zungenfertig«, sagte sie. »Indes trifft das auf Gimli nicht zu. Denn niemand hat jemals eine so kühne und doch so artige Bitte an mich gerichtet. Und wie soll ich sie ablehnen, da ich ihm befohlen habe, sie auszusprechen? Doch sagt mir, was würdet Ihr mit einem solchen Geschenk tun?«

»Es aufbewahren, Herrin«, antwortete Gimli, »zur Erinnerung an Eure Worte, die Ihr bei unserer ersten Begegnung zu mir spracht. Und wenn ich je zu den Schmieden meiner Heimat zurückkehre, dann soll Euer Geschenk in unvergängliches Bergkristall gefaßt werden, um ein Erbstück meines Hauses zu sein und ein Unterpfand der Freundschaft zwischen Berg und Wald bis an das Ende der Zeiten.«

Dann löste Frau Galadriel eine ihrer langen Flechten und schnitt drei goldene Haare ab und legte sie in Gimlis Hand. »Diese Worte sollen das Geschenk begleiten«, sagte sie. »Ich weissage nicht, denn alles Weissagen ist jetzt vergebens: auf der einen Seite liegt Dunkelheit und auf der anderen nur Hoffnung. Aber wenn die Hoffnung nicht trügen sollte, dann sage ich zu Euch, Gimli, Glóins Sohn, daß Eure Hände überfließen sollen von Gold und doch das Gold über Euch keine Macht haben wird.

Und du, Ringträger«, sagte sie und wandte sich zu Frodo, »zu dir komme ich zuletzt, obwohl du nicht der letzte in meinen Gedanken bist. Für dich habe ich dies vorbereitet.« Sie hielt eine kleine Phiole aus Kristall hoch: sie glitzerte, als Galadriel sie bewegte, und Strahlen weißen Lichts sprühten von ihrer Hand. »In dieser Phiole«, sagte sie, »ist das Licht von Earendils Stern eingefangen und in das Wasser meines Springquells gesetzt. Es wird noch heller scheinen, wenn Nacht um dich ist. Möge es dir ein Licht sein an dunklen Orten, wenn alle anderen Lichter ausgehen. Erinnere dich Galadriels und ihres Spiegels!«

Frodo nahm die Phiole, und einen Augenblick lang, während sie zwischen ihnen strahlte, sah er Galadriel wieder wie eine Königin, groß und schön, doch nicht länger schreckenerregend. Er verbeugte sich, fand aber kein Wort.

Jetzt erhob sich die Herrin, und Celeborn geleitete die Gäste wieder zu der Schiffslände. Ein gelber Mittag lag nun auf der grünen Landzunge, und das Wasser glitzerte silbern. Alles war bereit. Die Gefährten nahmen ihre Plätze in den Booten wie vorher ein. Mit langen grauen Stangen stießen die Elben sie in die Strömung des Flusses hinaus und riefen ihnen Lebewohl zu, während die plätschernden Wellen sie langsam davontrugen. Sie saßen ganz still und sprachen nicht. Auf dem grünen Ufer nahe der Spitze der Landzunge stand Frau Galadriel allein und schweigend. Als sie vorbeifuhren, wandten sie sich zu ihr um und sahen zu, wie sie langsam von ihnen forttrieb. Denn so schien es ihnen: Lórien verschwand hinter ihnen wie ein leuchtendes Schiff, dessen Masten verzauberte Bäume waren und das zu vergessenen Ufern segelte, während sie hilflos am Rande der grauen und blattlosen Welt saßen.

Während sie noch schauten, floß der Silberlauf hinaus in die Strömungen des Großen Stroms, und ihre Boote drehten sich und begannen nach Süden zu eilen. Bald war die weiße Gestalt der Herrin klein und fern. Sie schimmerte wie ein Glasfenster auf einem fernen Berg in der untergehenden Sonne oder wie ein See, von einem Berg aus gesehen: ein in den Schoß des Landes gefallener Kristall. Dann schien es Frodo, als habe sie ihre Arme zu einem letzten Abschiedsgruß erhoben, und fern, doch ganz deutlich trug der Wind den Klang ihrer Stimme herüber, als sie sang. Doch jetzt sang sie in der alten Sprache der Elben jenseits der See, und er verstand die Worte nicht: schön war die Musik, aber sie tröstete ihn nicht.

Indes blieben sie, wie es die Art von Elbenworten ist, in seinem Gedächtnis haften, und viel später deutete er sie, so gut er konnte: die Sprache war die der Elbenlieder, und sie berichtete von Dingen, die in Mittelerde wenig bekannt waren.

Ai! laurie lantar lassi súrinen,
Yéni únótime ve rámar aldaron!
Yéni ve linte yuldar avánier
mi oromardi lisse-miruvóreva
Andúne pella, Vardo tellumar
nu luini yassen tintilar i eleni
ómaryo airetári-lírinen.
Sí man i yulma nin enquantuva?

An sí Tintalle Varda Oiolosseo
ve fanyar máryat Elentári ortane
ar ilyë tier undulávë lumbule;
ar sindanóriello caita mornie
i falmalinnar imbe met, ar hísie
untúpa Calaciryo míri oiale.
Si vanwa ná, Rómello vanwa, Valimar!

Namárië! Nai hiruvalye Valimar.
Nai elye hiruva. Namárië!

»Ah! wie Gold fallen die Blätter im Wind, lange Jahre zahllos wie die Schwingen der Bäume! Die langen Jahre sind vergangen wie rasche Schlucke des süßen Mets in hohen Hallen jenseits des Westens unter den blauen Gewölben von Varda, worin die Sterne zittern beim Gesang ihrer Stimme, heilig und königlich. Wer nun soll den Becher für mich füllen? Denn nun hat die Entzünderin, Varda, die Königin der Sterne vom Berg Immerweiß, ihre Hände wie Wolken gehoben, und alle Pfade sind tief im Schatten versunken: und aus einem grauen Land kommend, liegt Dunkelheit auf den schäumenden Wogen zwischen uns, und Nebel deckt die Edelsteine von Calacirya auf immerdar. Verloren nun, verloren für jene aus dem Osten ist Valimar! Lebewohl! Vielleicht wirst du Valimar finden. Ja, vielleicht wirst du es finden. Lebewohl!« Varda ist der Name jener Herrin, die die Elben in diesen Landen der Verbannung Elbereth nennen.

Plötzlich zog sich der Fluß um eine Biegung, die Ufer an beiden Seiten wurden steiler, und das Licht von Lórien war verborgen. Niemals sah Frodo das schöne Land wieder.

Die Reisegefährten wandten ihr Gesicht nun der Fahrt zu; die Sonne stand vor ihnen, und ihre Augen waren geblendet, denn sie standen alle voll Tränen. Gimli weinte ganz offen.

»Ich habe zum letztenmal das gesehen, was am schönsten war«, sagte er zu Legolas, seinem Gefährten. »Von nun an werde ich nichts schön nennen, es sei denn ihr Geschenk.« Er legte die Hand auf die Brust.

»Sag mir, Legolas, warum bin ich mitgegangen auf diese Fahrt? Nicht ahnte mir, worin die größte Gefahr lag! Wahr hat Elrond gesprochen, als er sagte, wir könnten nicht voraussehen, was uns auf unserem Weg bevorstünde. Folterung im Dunkeln war die Gefahr, die ich fürchtete, und das hat mich nicht zurückgehalten. Aber ich wäre nicht mitgekommen, hätte ich die Gefahr des Lichts und der Freude gekannt. Nun habe ich bei diesem Abschied meine schlimmste Wunde erhalten, selbst wenn ich heute nacht geradewegs zum Dunklen Herrscher gehen sollte. Wehe für Gimli, Glóins Sohn!«

»Nein!« sagte Legolas. »Wehe für uns alle! Und für alle, die in dieser Nach-Zeit auf der Erde wandeln. Denn so ist ihr Lauf: finden und verlieren, wie es jenen scheint, deren Boot sich auf dem fließenden Strom befindet. Aber ich halte dich für glücklich, Gimli, Glóins Sohn: denn deinen Verlust erleidest du aus freien Stücken, und du hättest dich anders entscheiden können. Doch hast du deine Gefährten nicht im Stich gelassen, und die mindeste Belohnung, die du haben sollst, ist, daß die Erinnerung an Lothlórien in deinem Herzen immer rein und ungetrübt bleiben und weder verblassen noch schal werden soll.«

»Vielleicht«, sagte Gimli. »Und ich danke dir für deine Worte. Wahre Worte, zweifellos; doch ist all das magerer Trost. Nicht Erinnerungen sind es, die das Herz ersehnt. Das ist nur ein Spiegel, und sei er so klar wie Kheled-zâram. So jedenfalls spricht das Herz von Gimli, dem Zwerg. Elben mögen die Dinge anders sehen. Wie ich gehört habe, ist für sie Erinnerung der wachen Welt ähnlicher als einem Traum. Aber für Zwerge ist das nicht so.

Doch laß uns nicht mehr davon reden. Gib auf das Boot acht. Es liegt zu tief im Wasser mit all dem Gepäck, und der Große Strom fließt rasch. Ich will meinen Kummer nicht in kaltem Wasser ertränken.« Er nahm ein Paddel und steuerte auf das westliche Ufer zu und folgte damit Aragorns Boot, der die Mitte des Flusses schon verlassen hatte.

Abschied von Lórien

So machte sich die Gemeinschaft auf dem breiten, eilenden Gewässer, das sie nach Süden trug, auf ihren langen Weg. Kahle Wälder an beiden Ufern versperrten ihnen die Sicht auf das Land. Der Wind legte sich, und der Strom floß geräuschlos. Keine Vogelstimme durchbrach die Stille. Die Sonne wurde dunstig, je länger der Tag währte, bis sie an einem fahlen Himmel wie eine hohe weiße Perle glänzte. Dann verblaßte sie im Westen, früh kam die Dämmerung und eine graue und sternenlose Nacht. Bis weit in die dunklen, stillen Stunden ließen sie sich treiben und lenkten ihre Boote unter den überhängenden Schatten der westlichen Wälder. Große Bäume glitten vorbei wie Gespenster und streckten ihre knorrigen durstigen Wurzeln durch Nebel in das Wasser. Es war öde und kalt. Frodo saß da und lauschte auf das schwache Plätschern und Gurgeln des Wassers, das gegen Baumwurzeln und Treibholz nahe dem Ufer schlug, bis ihm der Kopf vornüber sank und er in einen unruhigen Schlaf fiel.

NEUNTES KAPITEL

DER GROSSE STROM

Frodo wurde von Sam geweckt. Er lag, gut zugedeckt, unter hohen, grauborkigen Bäumen in einem stillen Winkel der Wälder auf dem westlichen Ufer des Großen Stroms, des Anduin. Er hatte die ganze Nacht durchgeschlafen, und das Grau des Morgens schimmerte schwach durch die kahlen Äste. Gimli war nahebei mit einem kleinen Feuer beschäftigt.

Sie brachen wieder auf, ehe es heller Tag war. Die meisten von ihnen waren allerdings nicht begierig, nach Süden zu gelangen: sie waren zufrieden, daß die Entscheidung, die sie spätestens treffen mußten, sobald sie nach Rauros und zur Insel Zinnenfels kamen, noch einige Tage aufgeschoben war; und sie überließen es dem Strom, die Geschwindigkeit zu bestimmen, denn sie hatten nicht den Wunsch, den Gefahren entgegenzueilen, die vor ihnen lagen, welchen Kurs sie zuletzt auch immer einschlagen würden. Aragorn ließ sie mit der Strömung treiben und ihre Kräfte für zukünftige Anstrengungen sparen. Doch bestand er darauf, daß sie wenigstens jeden Tag früh aufbrachen und bis spät am Abend weiterfuhren; denn er ahnte, daß die Zeit drängte, und fürchtete, der Dunkle Herrscher sei nicht müßig gewesen, während sie sich in Lórien aufgehalten hatten.

Dennoch sahen sie an jenem Tag und am nächsten keine Spur eines Feindes. Die eintönigen grauen Stunden vergingen ereignislos. Im Laufe des dritten Tages ihrer Fahrt veränderte sich die Landschaft allmählich; die Bäume wurden spärlicher und verschwanden dann ganz. Auf dem östlichen Ufer zu ihrer Linken erblickten sie lange, formlose Hänge, die sich aufwärts und bis zum Himmel erstreckten; braun und verdorrt sahen sie aus, als sei ein Feuer über sie hinweggegangen und habe keinen lebenden grünen Halm zurückgelassen: eine unfreundliche Wüste, deren Leere nicht einmal von einem Baumstumpf oder einem aufragenden Stein unterbrochen wurde. Sie hatten die Braunen Lande erreicht, die sich riesig und verlassen zwischen dem Südlichen Düsterwald und den Bergen des Emyn Muil erstreckten. Welche Pestilenz oder Krieg oder böse Tat des Feindes dieses ganze Gebiet so verheert hatte, wußte selbst Aragorn nicht.

Auch im Westen zu ihrer Rechten war das Land baumlos, aber es war eben und an manchen Stellen grün von weiten Grasflächen. Auf dieser Seite des Stroms kamen sie an ganzen Wäldern von Schilf vorüber, das so hoch war, daß es die Aussicht nach Westen völlig versperrte, als die kleinen Boote an seinem raschelnden Saum entlangglitten. Die herabhängenden dunklen, verwelkten Federbüschel des Schilfs schwankten hin und her in den hellen, kalten Lüften und zischten leise und traurig. Hier und dort konnte Frodo durch Einschnitte einen Blick auf wellige Wiesen werfen und sah weit dahinter Berge im Sonnenuntergang und ganz in der Ferne am Horizont eine dunkle Linie: die südlichsten Ketten des Nebelgebirges.

Der große Strom

Es gab kein Zeichen von irgendwelchen Lebewesen, die sich bewegten, ausgenommen Vögel. Deren gab es viele: kleine Wasservögel, die im Schilf pfiffen und piepsten, doch ließen sie sich selten blicken. Ein- oder zweimal hörten die Gefährten das Rauschen und Schlagen von Schwanenflügeln, und als sie aufschauten, sahen sie eine lange Kette, die über den Himmel zog.

»Schwäne!« sagte Sam. »Und mächtig große noch dazu!«

»Ja!« sagte Aragorn. »Und es sind schwarze Schwäne!«

»Wie weit und leer und traurig dieses ganze Land aussieht!« sagte Frodo. »Ich hatte mir vorgestellt, wenn man nach Süden kommt, wird es wärmer und fröhlicher, bis man den Winter für immer hinter sich läßt.«

»Aber wir sind noch nicht weit im Süden«, sagte Aragorn. »Es ist noch Winter, und wir sind fern vom Meer. Hier ist die Welt kalt, bis es plötzlich Frühling wird, und wir können sogar noch Schnee bekommen. Weit unten in der Bucht von Belfalas, in die der Anduin fließt, ist es vielleicht warm und heiter, oder würde es sein, wenn der Feind nicht wäre. Doch hier sind wir nicht mehr als sechzig Wegstunden, glaube ich, südlicher als das Südviertel in eurem Auenland, obwohl es Hunderte von Meilen entfernt ist. Ihr seht jetzt im Südwesten über die nördlichen Ebenen der Riddermark, Rohan, das Land der Herren der Rösser. Es wird nicht lange dauern, dann kommen wir zur Mündung des Limklar, der von Fangorn herabkommt und sich in den Großen Strom ergießt. Er bildet die Nordgrenze von Rohan; und in alter Zeit gehörte alles Land zwischen dem Limklar und dem Weißen Gebirge den Rohirrim. Es ist ein reiches und erfreuliches Land, und sein Gras ist ohnegleichen; doch in diesen bösen Zeiten wohnen die Leute nicht mehr am Strom und reiten auch nicht oft an seine Ufer. Der Anduin ist breit, doch können die Orks ihre Pfeile weit über den Fluß schießen; und neuerdings, heißt es, haben sie sich sogar über das Wasser gewagt, um die Herden und Gestüte von Rohan zu überfallen.«

Sam blickte beklommen von Ufer zu Ufer. Vorher hatten ihm die Bäume einen feindseligen Eindruck gemacht, als ob sie geheime Augen und lauernde Gefahren bergen würden. Jetzt wünschte er, daß noch Bäume da wären. Er hatte das Gefühl, die Gemeinschaft sei allzu wehrlos in den kleinen, offenen Booten in einem Gelände, das keinen Schutz bot, auf einem Fluß, der eine Kriegsfront war.

In den nächsten paar Tagen, als sie immer weiter nach Süden kamen, wurde die ganze Gemeinschaft von diesem Gefühl der Unsicherheit ergriffen. Einen ganzen Tag lang nahmen sie die Paddel zu Hilfe und hasteten davon. Die Ufer glitten vorbei. Bald wurde der Strom breiter und seichter. Lange steinige Strände erstreckten sich am Ostufer, und dort waren Sandbänke, so daß vorsichtig gesteuert werden mußte. Die Braunen Lande verwandelten sich in ödes Heideland, über das ein kalter Wind aus dem Osten blies. Auf der anderen Seite waren aus den Wiesen wellige Hügel mit verdorrtem Gras inmitten einer Ried- und Moorlandschaft geworden. Frodo fröstelte bei dem Gedanken an die Rasenflächen und den Springquell, die klare Sonne und den sanften Regen von Lothlórien. In allen Booten wurde wenig gesprochen und gar nicht gelacht. Alle hingen ihren eigenen Gedanken nach.

Die Gefährten

Legolas lief im Geist unter den Sternen einer Sommernacht auf irgendeiner Waldlichtung im Norden zwischen den Buchen dahin. Gimli glaubte Gold in den Fingern zu haben und fragte sich, ob es geeignet sei, als Gehäuse für die Gabe der Herrin verarbeitet zu werden. Merry und Pippin im mittleren Boot war unbehaglich zumute, denn Boromir murmelte vor sich hin, biß sich manchmal auf die Fingernägel, als ob ihn irgendeine Unrast oder ein Zweifel verzehrten, und manchmal griff er zum Paddel und trieb das Boot näher an das von Aragorn heran. Dann bemerkte Pippin, der im Bug saß und zurückschaute, einen sonderbaren Glanz in seinen Augen, wenn Boromir nach vorn blickte und Frodo anstarrte. Sam war schon lange zu der Einsicht gelangt, daß Boote vielleicht nicht so gefährlich seien, wie man ihm als Kind weisgemacht hatte, daß sie aber weit unbequemer waren, als er sich je vorgestellt hatte. Er war verkrampft und unglücklich und hatte nichts zu tun, als die vorbeiziehende Winterlandschaft und das graue Wasser ringsum zu betrachten. Selbst wenn die Paddel benutzt wurden, vertraute man Sam keins an.

Als am vierten Tag die Dämmerung herabsank, schaute er zurück über die gebeugten Köpfe von Frodo und Aragorn und die nachfolgenden Boote; er war schläfrig und sehnte sich nach einem Lagerplatz und wollte wieder Erde unter seinen Füßen spüren. Plötzlich fiel sein Blick auf etwas: zuerst starrte er teilnahmslos, dann setzte er sich auf und rieb sich die Augen; aber als er wieder hinschaute, war nichts mehr zu sehen.

In jener Nacht lagerten sie auf einem kleinen Werder nahe dem westlichen Ufer. Sam lag in Decken eingewickelt neben Frodo. »Ich hatte einen komischen Traum, ein oder zwei Stunden, ehe wir anhielten, Herr Frodo«, sagte er. »Oder vielleicht war es kein Traum. Komisch war's jedenfalls.«

»Na, was war es denn?« fragte Frodo, denn er wußte, daß Sam nicht einschlafen würde, ehe er seine Geschichte erzählt hatte, was immer es sein mochte. »Ich habe, seit wir Lothlórien verließen, nichts gesehen oder zu sehen geglaubt, das mich zum Lächeln gebracht hätte.«

»Es war nicht auf diese Weise komisch, Herr Frodo. Es war sonderbar. Und sehr übel, wenn's kein Traum war. Ich will es dir lieber erzählen. Es war folgendermaßen: ich sah einen Baumstamm mit Augen.«

»Gegen den Baumstamm ist nichts einzuwenden«, meinte Frodo. »Es gibt viele im Fluß. Aber laß die Augen weg!«

»Kann ich nicht«, sagte Sam. »Die Augen waren es ja gerade, die mich haben aufhorchen lassen, sozusagen. Was ich sah, hielt ich für einen Baumstamm, der in der Dämmerung hinter Gimlis Boot herschwamm; aber ich achtete nicht viel drauf. Dann schien es mir, als ob uns der Baumstamm langsam einholte. Und das war eigentümlich, wie man sagen könnte, da wir schließlich alle auf dem Strom trieben. Gerade in dem Augenblick sah ich die Augen: zwei blasse Punkte, als ob sie schimmerten, auf einem Höcker am vorderen Ende des Baumstamms. Und außerdem war es kein Baumstamm, denn er hatte paddelnde Füße, fast wie von einem Schwan, nur kamen sie mir größer vor, und sie tauchten dauernd ins Wasser und wieder heraus.

Da setzte ich mich auf und rieb mir die Augen und hatte vor, zu rufen, wenn es immer noch da sein sollte, nachdem ich mir den Schlaf ausgerieben hatte. Denn das Ding, was immer es war, kam jetzt rasch heran und war schon dicht hinter Gimli. Aber ob diese zwei Lampen gemerkt hatten, daß ich mich bewegte und starrte, oder ob ich wieder zu Verstand gekommen war, das weiß ich nicht. Als ich wieder hinschaute, waren sie nicht mehr da. Immerhin glaube ich, daß ich aus dem Augenwinkel, wie man so sagt, etwas Dunkles in den Schatten des Ufers habe schießen sehen. Allerdings konnte ich keine Augen mehr sehen.

Ich sagte zu mir: ›Du träumst wieder, Sam Gamdschie‹, sagte ich; und dann sagte ich nichts mehr. Aber ich habe nachgedacht seitdem, und jetzt bin ich nicht mehr so sicher. Was hältst du davon, Herr Frodo?«

»Ich würde meinen: ein Baumstamm und Dämmerung und Schlaf in deinen Augen, Sam«, sagte Frodo, »wenn es das erste Mal gewesen wäre, daß diese Augen gesehen worden sind. Aber es ist nicht das erste Mal. Ich sah sie schon weit im Norden, ehe wir nach Lórien kamen. Und ich sah ein seltsames Geschöpf mit Augen, das in jener Nacht auf das Flett kletterte. Haldir sah es auch. Und erinnerst du dich an den Bericht der Elben, die die Orkbande verfolgten?«

»O ja«, sagte Sam. »Und ich erinnere mich noch an mehr. Mir gefallen meine Gedanken nicht; aber wenn ich an dieses und jenes denke und an Herrn Bilbos Geschichten und all das, dann glaube ich, ich könnte dem Geschöpf einen Namen geben, auf gut Glück geraten. Einen häßlichen Namen. Gollum vielleicht?«

»Ja, das habe ich schon eine ganze Weile gefürchtet«, sagte Frodo. »Schon seit der Nacht auf dem Flett. Ich vermute, er hat in Moria auf der Lauer gelegen und dort unsere Fährte aufgenommen; aber ich hatte gehofft, daß unser Aufenthalt in Lórien ihn wieder von der Spur abbringen würde. Das elende Geschöpf muß sich in den Wäldern am Silberlauf verborgen und unsere Abfahrt beobachtet haben!«

»So wird's wohl sein«, sagte Sam. »Und auch wir sollten lieber ein bißchen wachsamer sein, sonst spüren wir irgendwann in diesen Nächten häßliche Finger an unserem Hals, falls wir überhaupt rechtzeitig aufwachen, um noch etwas zu spüren. Und das war's, worauf ich hinauswollte. Nicht nötig, Streicher oder die anderen heute nacht zu stören. Ich will Wache halten. Ich kann morgen schlafen, da ich ja in einem Boot doch bloß Gepäck bin, wie du sagen könntest.«

»Könnte ich«, antwortete Frodo. »Und ich könnte sagen: ›Gepäck mit Augen‹. Du sollst Wache halten; aber nur, wenn du versprichst, mich für die zweite Hälfte der Nacht zu wecken, falls nicht vorher etwas geschieht.«

Mitten in der Nacht fuhr Frodo aus tiefem, dunklem Schlaf auf, als Sam ihn schüttelte. »Es ist eine Schande, dich zu wecken«, flüsterte Sam, »aber du hast es gewollt. Es gibt nichts zu berichten, oder nicht viel. Ich glaubte, vor einiger Zeit ein leises Plätschern und ein schnüffelndes Geräusch zu hören; aber des Nachts hört man eine Menge solcher Geräusche an einem Fluß.«

Er legte sich nieder, und Frodo setzte sich, in seine Decken gehüllt, hin und kämpfte gegen seine Müdigkeit an. Minuten oder Stunden waren langsam verstrichen, und nichts war geschehen. Frodo wollte gerade der Versuchung nachgeben, sich wieder hinzulegen, als eine dunkle Gestalt, kaum sichtbar, auf eines der vertäuten Boote zuschwamm. Eine lange weißliche Hand kam aus dem Wasser und packte den Bordrand; zwei blasse, lampenähnliche Augen schimmerten kalt, als sie in das Boot hineinstarrten; dann schauten sie auf und erblickten Frodo auf dem Werder. Sie waren nicht mehr als zwei oder drei Ellen entfernt, und Frodo hörte ein schwaches Zischen, als das Geschöpf Luft holte. Er stand auf, zog Stich aus der Scheide und trat auf die Augen zu. Sofort ging ihr Licht aus. Es gab noch ein Zischen und ein Platschen, und das dunkle, baumstammähnliche Wesen schoß flußabwärts davon in die Nacht. Aragorn bewegte sich im Schlaf, drehte sich um und setzte sich auf.

»Was ist los?« flüsterte er, sprang auf und kam zu Frodo. »Ich spürte irgend etwas im Schlaf. Warum hast du dein Schwert gezogen?«

»Gollum«, antwortete Frodo. »Oder zumindest vermute ich es.«

»Ah«, sagte Aragorn. »Dann weißt du also Bescheid über unseren kleinen Wegelagerer? Er ist durch ganz Moria hinter uns hergewatschelt und bis hinunter zum Nimrodel. Seit wir mit den Booten unterwegs sind, hat er auf einem Baumstamm gelegen und mit Händen und Füßen gepaddelt. Ich habe ein- oder zweimal nachts versucht, ihn zu schnappen, aber er ist schlauer als ein Fuchs und schlüpfrig wie ein Fisch. Ich hatte gehofft, bei der Flußfahrt könnten wir ihn abhängen, aber er ist ein zu geschickter Wassermann.

Morgen werden wir versuchen müssen, schneller voranzukommen. Lege du dich jetzt hin, ich werde für den Rest der Nacht wachen. Ich wollte, ich könnte diesen Wurm packen. Wir könnten ihn uns nützlich machen. Aber wenn es mir nicht gelingt, dann müssen wir versuchen, ihn abzuschütteln. Er ist sehr gefährlich. Abgesehen von einem nächtlichen Mord, kann er auch jeden Feind, der in der Nähe ist, auf unsere Fährte setzen.«

Die Nacht verging, ohne daß Gollum auch nur seinen Schatten zeigte. Danach war die Gemeinschaft sehr auf der Hut, aber sie sahen nichts mehr von Gollum, solange die Fahrt dauerte. Wenn er sie noch weiter verfolgte, dann war er sehr vorsichtig und listig. Auf Aragorns Geheiß paddelten sie jetzt lange Strecken hintereinander, und die Ufer zogen rasch vorbei. Aber sie sahen wenig vom Land, denn sie fuhren meist des Nachts und in der Dämmerung und ruhten am Tage und legten sich so versteckt hin, wie das Land es nur zuließ. Auf diese Weise verging die Zeit ohne Ereignisse bis zum siebenten Tag.

Das Wetter war immer noch grau und bedeckt, und der Wind wehte von Osten, doch als aus dem Abend Nacht wurde, klarte der Himmel weit im Westen auf, und Lachen von schwachem Licht, gelb und blaßgrün, taten sich unter den grauen Wolkenufern auf. Dort konnte man die weiße Sichel des Neumonds auf den fernen Seen schimmern sehen. Sam sah es und runzelte die Stirn.

Am nächsten Tag begann sich auf beiden Seiten die Landschaft rasch zu verändern. Die Ufer stiegen an und wurden steinig. Bald kamen sie durch ein felsiges Bergland, und auf beiden Ufern waren steile Hänge, versteckt unter dichtem Gestrüpp von Weißdorn und Schlehen und einem Gewirr von Heckenwinden und Brombeeren. Dahinter standen niedrige abbröckelnde Felsklippen und Kamine aus grauem, verwittertem Gestein, mit dunklem Efeu überzogen; und hinter diesen wiederum erhoben sich hohe Bergkämme, gekrönt mit windzerzausten Tannen. Sie näherten sich dem grauen Bergland des Emyn Muil, der südlichen Grenze von Wilderland.

Es gab viele Vögel auf den Klippen und Felsenkaminen, und den ganzen Tag über hatten Schwärme von Vögeln, die sich schwarz gegen den fahlen Himmel abhoben, hoch in den Lüften gekreist. Als sie an jenem Tag lagerten, hatte Aragorn die Vögel mißtrauisch beobachtet und sich gefragt, ob Gollum irgendein Unheil gestiftet hatte und die Nachricht über ihre Fahrt sich jetzt in der Wildnis verbreitete. Später, als die Sonne unterging und die Gemeinschaft sich zur Weiterfahrt bereit machte, zeigte er auf einen dunklen Fleck im schwächer werdenden Licht: ein großer Vogel, der hoch und noch fern war, bald kreisend, bald langsam nach Süden fliegend.

»Was ist das, Legolas?« fragte er. »Ist es, wie ich glaube, ein Adler?«

»Ja«, antwortete Legolas. »Es ist ein Adler, ein jagender Adler. Ich frage mich, was das bedeutet. Es ist weit vom Gebirge.«

»Wir wollen nicht aufbrechen, ehe es ganz dunkel ist«, sagte Aragorn.

Die achte Nacht ihrer Fahrt brach an. Es war still und windlos; der graue Ostwind hatte sich gelegt. Die schmale Mondsichel war früh im bleichen Sonnenuntergang verschwunden, aber hoch oben war der Himmel klar, und obwohl fern im Süden große Wolken standen, die noch schwach schimmerten, blinkten im Westen helle Sterne.

»Kommt!« sagte Aragorn. »Wir wollen noch eine Nachtfahrt wagen. Jetzt nähern wir uns Bereichen des Flusses, die ich nicht gut kenne; denn ich bin in diesen Gegenden noch nie zu Wasser unterwegs gewesen, jedenfalls nicht zwischen hier und den Stromschnellen von Sarn Gebir. Aber wenn meine Rechnung richtig ist, müssen sie noch viele Meilen entfernt sein. Immerhin gibt es schon gefährliche Stellen, ehe wir dorthin kommen; Felsen und steinige Werder im Strom. Wir müssen sehr aufpassen und dürfen nicht schnell paddeln.«

Sam im vordersten Boot wurde das Amt des Ausgucks übertragen. Er legte sich in den Bug und starrte in die Finsternis. Die Nacht wurde dunkel, aber die Sterne hoch oben waren seltsam hell, und ein Widerschein lag auf der Oberfläche des Flusses. Es ging auf Mitternacht zu, sie waren eine Zeitlang getrieben und hatten kaum die Paddel benutzt, als Sam plötzlich aufschrie. Nur wenige Klafter vor ihnen ragten dunkle Umrisse aus dem Strom, und er hörte das Strudeln von dahinschießendem Wasser. Eine reißende Strömung schwenkte nach links, zum östlichen Ufer, wo die Durchfahrt frei war. Als sie dorthin mitgerissen wurden, konnten sie, jetzt von ganz nah, sehen, wie der Strom gegen scharfe Felsen schäumte, die wie eine Reihe Zähne aus dem Wasser ragten. Die Boote waren dicht zusammengedrängt.

»Hoi! Aragorn!« schrie Boromir, als sein Boot gegen das vordere bumste. »Das ist Irrsinn! Wir können die Stromschnellen nicht bei Nacht bezwingen! Kein Boot kann Sarn Gebir überstehen, sei es bei Tage oder bei Nacht!«

»Zurück! Zurück!« rief Aragorn. »Wendet! Wendet, wenn ihr könnt!« Er stieß sein Paddel ins Wasser und versuchte, das Boot anzuhalten und beizudrehen.

»Ich habe mich verrechnet«, sagte er zu Frodo. »Ich wußte nicht, daß wir schon so weit waren. Der Anduin fließt schneller, als ich geglaubt hatte. Sarn Gebir muß schon ganz nahe sein.«

Unter großen Mühen brachten sie die Boote zum Stehen und herum; aber zuerst konnten sie gegen die Strömung nur langsam vorankommen und wurden die ganze Zeit immer näher an das östliche Ufer getrieben. Dunkel und unheilvoll türmte es sich jetzt in der Nacht auf.

»Alle zusammen, paddelt!« schrie Boromir. »Paddelt! Sonst werden wir auf die Untiefen getrieben!« Während er noch sprach, spürte Frodo, wie der Kiel unter ihm auf Stein schrammte.

In diesem Augenblick hörte man ein Surren von Bogensehnen: mehrere Pfeile schwirrten über sie hinweg, und einige fielen zwischen sie. Einer traf Frodo zwischen den Schultern, und er taumelte mit einem Schrei nach vorn und ließ sein Paddel los; aber der Pfeil prallte an seinem verborgenen Panzerhemd ab. Ein anderer durchbohrte Aragorns Kapuze; und ein dritter stak im Bordrand des zweiten Bootes, dicht an Merrys Hand. Sam glaubte schwarze Gestalten zu sehen, die auf dem langen Kiesstrand des östlichen Ufers auf- und abliefen. Sie schienen sehr nahe zu sein.

»*Yrch!*« sagte Legolas, in seine eigene Sprache verfallend.

»Orks!« rief Gimli.

»Gollums Werk, da möchte ich wetten«, sagte Sam zu Frodo. »Und einen hübschen Platz haben sie sich ausgesucht. Offenbar soll uns der Fluß direkt in ihre Arme treiben!«

Sie alle beugten sich vor und mühten sich mit den Paddeln ab: sogar Sam nahm eines zur Hand. Jeden Augenblick erwarteten sie, den Biß der schwarzgefiederten Pfeile zu spüren. Viele schwirrten über ihre Köpfe oder fielen nahebei ins Wasser; aber keiner traf mehr. Es war dunkel, doch nicht zu dunkel für die Nachtaugen von Orks, und im Sternenschimmer wären sie für ihre verschlagenen Feinde eine Zielscheibe gewesen, hätten nicht die grauen Mäntel aus Lórien und das graue Holz der Elben-Boote die Hinterlist der Bogenschützen von Mordor vereitelt.

Schlag um Schlag quälten sie sich weiter. In der Dunkelheit war es schwer auszumachen, ob sie überhaupt vorankamen; aber allmählich ließ das Strudeln des Wassers nach, und der Schatten des östlichen Ufers wich zurück in die Nacht. Schließlich hatten sie, soweit sie es beurteilen konnten, wieder die Mitte des Stroms erreicht und ihre Boote in sichere Entfernung von den herausragenden Felsen gebracht. Dann machten sie eine halbe Drehung und stießen mit aller Kraft auf das westliche Ufer zu. Unter dem Schatten von Büschen, die sich über das Wasser neigten, hielten sie an und schöpften Atem.

Legolas legte sein Paddel hin und nahm den Bogen zur Hand, den er aus Lórien mitgebracht hatte. Dann sprang er an Land und ging ein paar Schritte die Böschung hinauf. Er spannte den Bogen, legte einen Pfeil ein, wandte sich um und schaute zurück über den Fluß in die Dunkelheit. Über das Wasser hallten schrille Schreie, aber nichts war zu sehen.

Frodo blickte hinauf zu dem Elb, der hoch über ihm stand und in die Nacht hinausschaute nach einem Ziel, auf das er schießen könnte. Sein Kopf war dunkel, gekrönt von hellen weißen Sternen, die in den schwarzen Lachen des Himmels hinter ihm glitzerten. Aber jetzt stiegen von Süden große Wolken auf, segelten heran und schickten dunkle Vorreiter in die gestirnten Gefilde. Ein plötzliches Grauen befiel die Gefährten.

»*Elbereth Gilthoniel!*« seufzte Legolas, als er hinaufschaute. Und während er noch schaute, kam etwas Dunkles aus der Schwärze des Südens hervor, wie eine Wolke geformt und doch keine Wolke, denn es bewegte sich schneller, raste auf die Gruppe zu und löschte, als es sich näherte, alles Licht aus. Bald sah man, daß es ein großes geflügeltes Wesen war, schwärzer als Höhlen in der Nacht. Wilde Stimmen schallten über das Wasser, die es begrüßten. Ein Schauer überlief Frodo mit einemmal und griff ihm ans Herz; eine tödliche Kälte, wie die Erinnerung an eine alte Wunde, war in seiner Schulter. Er kauerte sich nieder, als ob er sich verbergen wollte.

Plötzlich sang der große Bogen aus Lórien. Schrill schoß der Pfeil von der Elbensehne. Frodo schaute auf. Fast über ihm schwankte das geflügelte Wesen. Es gab einen mißtönenden, krächzenden Schrei von sich, als es herabstürzte in die Finsternis auf dem östlichen Ufer. Der Himmel war wieder klar. Man hörte ein Gewirr vieler Stimmen in der Ferne, die in der Dunkelheit fluchten und jammerten, und dann trat Schweigen ein. Weder Pfeil noch Schrei kamen in jener Nacht wieder von Osten.

Nach einer Weile brachte Aragorn die Boote wieder ein Stück stromaufwärts. Sie tasteten sich eine Strecke weit am Rand des Wassers entlang, bis sie eine kleine, seichte Bucht fanden. Einige niedrige Bäume wuchsen dort dicht am Fluß, und hinter ihnen erhob sich eine steile, felsige Böschung. Hier beschloß die Gemeinschaft zu bleiben und die Morgendämmerung abzuwarten: Es war sinnlos, bei Nacht weiterkommen zu wollen. Sie schlugen kein Lager auf und zündeten kein Feuer an, sondern blieben zusammengekauert in den Booten, die dicht aneinander vertäut waren.

»Gepriesen seien Galadriels Bogen, und Hand und Auge von Legolas!« sagte Gimli, als er an einer *lembas*-Waffel knabberte. »Das war ein mächtiger Schuß im Dunkeln, mein Freund!«

»Wer kann sagen, was er traf?« fragte Legolas.

»Ich kann es nicht«, sagte Gimli. »Aber ich bin froh, daß der Schatten nicht näher kam. Er gefiel mir ganz und gar nicht. Zu sehr erinnerte er mich an den Schatten von Moria – den Schatten des Balrog«, flüsterte er.

»Es war kein Balrog«, sagte Frodo, der immer noch von dem Schauer geschüttelt wurde, der ihn überkommen hatte. »Es war etwas Kälteres. Ich glaube, es war ...« Dann hielt er inne und schwieg.

»Was glaubst du?« fragte Boromir gespannt, beugte sich von seinem Boot aus vor und versuchte, einen Blick auf Frodos Gesicht zu werfen.

»Ich glaube – nein, ich will es nicht sagen«, antwortete Frodo. »Was immer es war, sein Sturz hat unsere Feinde in Schrecken versetzt.«

»So scheint es«, sagte Aragorn. »Doch wo sie sind und wie viele es sind und was sie als nächstes tun werden, das wissen wir nicht. Heute nacht müssen wir alle ohne Schlaf auskommen! Jetzt verbirgt uns die Dunkelheit. Aber was der Tag bringen wird, wer kann es sagen? Habt eure Waffen griffbereit!«

Sam trommelte auf das Heft seines Schwertes, als ob er mit den Fingern zählte, und schaute zum Himmel hinauf. »Es ist sehr seltsam«, murmelte er. »Der Mond ist derselbe im Auenland und in Wilderland, oder sollte es wenigstens sein. Aber entweder ist er aus dem Gang geraten, oder ich kann nicht mehr richtig rechnen. Du wirst dich erinnern, Herr Frodo, der Mond nahm ab, als wir auf dem Flett in dem Baum da oben lagen: eine Woche nach dem Vollmond, schätze ich. Und gestern abend sind wir eine Woche unterwegs gewesen, und jetzt geht ein Neumond auf, dünn wie ein Fingernagelmond, als ob wir in dem Elbenland überhaupt keine Zeit verbracht hätten.

An drei Nächte erinnere ich mich bestimmt, und ich glaube mich auch noch an verschiedene andere zu erinnern, aber ich möchte einen Eid ablegen, daß es bestimmt kein ganzer Monat war. Man sollte denken, daß Zeit dort überhaupt nicht zählt!«

»Und vielleicht war das wirklich so«, sagte Frodo. »Es mag sein, daß wir in jenem Land in einer Zeit waren, die anderswo längst vergangen ist. Erst als uns der Silberlauf zum Anduin brachte, kehrten wir, glaube ich, in die Zeit zurück, die durch sterbliche Lande zum Großen Meer fließt. Und ich erinnere mich überhaupt an keinen Mond in Caras Galadon, weder an zunehmenden noch an abnehmenden, sondern nur an Sterne bei Nacht und Sonne bei Tag.«

Legolas bewegte sich in seinem Boot. »Nein«, sagte er, »die Zeit verweilt niemals. Aber Wandel und Wachstum sind nicht bei allen Dingen und an allen Orten gleich. Für die Elben bewegt sich die Welt, und sie bewegt sich sehr rasch, und dennoch sehr langsam. Rasch, weil die Elben selbst sich wenig verändern, während alles andere dahineilt: es ist ein Kummer für sie. Langsam, weil sie die verstreichenden Jahre nicht zählen, nicht für sich selbst. Die vorübergehenden Jahreszeiten sind nur immer wiederholte Wellenkringel auf dem langen, langen Strom. Dennoch müssen unter der Sonne alle Dinge zuletzt vergehen.«

»Aber das Vergehen ist langsam in Lórien«, sagte Frodo. »Die Macht der Herrin ruht darauf. Reich sind die Stunden, wie kurz sie auch scheinen mögen, in Caras Galadon, wo Galadriel den Elbenring trägt.«

»Das hätte nicht außerhalb von Lórien gesagt werden dürfen, nicht einmal zu mir«, sagte Aragorn. »Sprich nicht mehr davon! Aber so ist es, Sam: in jenem Land bist du aus der Zeitrechnung gekommen. Dort zieht die Zeit rasch vorbei, an uns wie an den Elben. Der alte Mond verging, ein neuer Mond nahm zu und wieder ab in der Welt draußen, während wir dort verweilten. Und gestern abend kam wieder ein neuer Mond. Der Winter ist nahezu vorbei. Die Zeit geht einem Frühling mit wenig Hoffnung entgegen.«

Der große Strom

Die Nacht blieb ruhig. Keine Stimme und kein Ruf drangen noch über das Wasser. In den Booten zusammengekauert, spürten die Gefährten, daß sich das Wetter änderte. Die Luft wurde warm und sehr still unter den großen, feuchten Wolken, die vom Süden und den fernen Meeren herangesegelt kamen. Das Rauschen des Flusses an den Felsen der Stromschnellen schien lauter zu werden und dichter bei ihnen zu sein. Von den Zweigen der Bäume über ihnen begann es zu tropfen.

Als der Tag kam, war die Stimmung der Welt ringsum weich und traurig geworden. Langsam wurde die Morgendämmerung zu einem fahlen Licht, verschwommen und schattenlos. Dunst lag über dem Strom, und weißer Nebel verhüllte das Ufer; die andere Seite war nicht zu sehen.

»Ich kann Nebel nicht ausstehen«, sagte Sam. »Aber der hier scheint mir ein Glück zu sein. Jetzt können wir vielleicht weg, ohne daß diese verfluchten Unholde uns sehen.«

»Vielleicht«, meinte Aragorn. »Aber es wird schwer sein, den Weg zu finden, sofern sich der Nebel nicht später ein wenig hebt. Und den Weg müssen wir finden, wenn wir an Sarn Gebir vorbei und zum Emyn Muil kommen sollen.«

»Ich sehe nicht ein«, sagte Boromir, »warum wir an den Stromschnellen vorbei müssen oder überhaupt weiter am Fluß bleiben sollen. Wenn der Emyn Muil vor uns liegt, dann können wir uns von diesen kleinen Booten trennen und nach Westen und Süden gehen, bis wir zur Entflut kommen, und sie überqueren, und dann sind wir in meinem Land.«

»Das können wir, wenn wir nach Minas Tirith wollen«, sagte Aragorn, »aber darüber sind wir uns noch nicht einig. Und dieser Weg mag gefährlicher sein, als es klingt. Das Tal der Entflut ist flach und moorig, und Nebel ist eine tödliche Gefahr für jene, die zu Fuß gehen und schwer beladen sind. Ich würde die Boote nicht aufgeben, ehe wir es müssen. Der Strom ist wenigstens ein Weg, der nicht verfehlt werden kann.«

»Aber der Feind hält das östliche Ufer«, wandte Boromir ein. »Und selbst wenn du durch die Tore von Argonath kommst und unbelästigt den Zinnenfels erreichst, was willst du dann tun? Über die Wasserfälle hinunterspringen und in den Sümpfen landen?«

»Nein«, antwortete Aragorn. »Sage lieber, daß wir unsere Boote auf dem alten Pfad zum Fuß des Rauros tragen und dann auf dem Wasser weiterfahren werden. Weißt du nicht, Boromir, oder willst du es vergessen, daß es die Nordtreppe gibt und den Hochsitz auf Amon Hen, die in den Tagen der großen Könige erbaut wurden? Ich zumindest möchte wieder an dieser hohen Stätte gewesen sein, ehe ich einen Entschluß über meinen weiteren Weg fasse. Dort werden wir vielleicht irgendein Zeichen sehen, das uns leiten wird.«

Boromir wehrte sich lange gegen diese Entscheidung; aber als es klar wurde, daß Frodo Aragorn folgen würde, wo immer er auch hinginge, gab er nach. »Es ist nicht die Art der Menschen von Minas Tirith, ihre Freunde in der Not zu verlassen«, sagte er, »und ihr werdet meine Kraft brauchen, wenn ihr je den

Zinnenfels erreichen wollt. Bis zu diesem hohen Eiland will ich mitgehen, aber nicht weiter. Von dort aus werde ich in meine Heimat zurückkehren, allein, wenn meine Hilfe mir nicht die Belohnung einer Begleitung eingetragen hat.«

Es war nun heller Tag geworden, und der Nebel hatte sich ein wenig gehoben. Es wurde beschlossen, daß Aragorn und Legolas sofort am Ufer weitergehen sollten, während die anderen bei den Booten blieben. Aragorn hoffte irgendeinen Weg zu finden, auf dem sie ihre Boote und das Gepäck zu den ruhigeren Gewässern hinter den Stromschnellen tragen könnten.

»Elbenboote würden vielleicht nicht sinken«, sagte er, »aber das heißt nicht, daß wir Sarn Gebir lebend überstehen. Niemandem ist das jemals gelungen. Die Menschen von Gondor haben in dieser Gegend keine Straße angelegt, denn selbst in ihren großen Tagen reichte ihr Gebiet am Anduin nicht über den Emyn Muil hinaus; aber es gibt irgendwo auf dem westlichen Ufer einen Weg, über den früher die Boote getragen wurden. Er kann noch nicht zerstört sein; denn leichte Boote pflegten von Wilderland nach Osgiliath hinunterzufahren, und zwar noch vor wenigen Jahren, ehe die Orks von Mordor sich so vermehrten.«

»Zu meinen Lebzeiten ist selten ein Boot aus dem Norden gekommen, und die Orks treiben sich auf dem östlichen Ufer herum«, sagte Boromir. »Wenn ihr weitergeht, wird die Gefahr mit jeder Meile größer, selbst wenn ihr einen Pfad findet.«

»Gefahr lauert auf jedem Weg nach Süden«, erwiderte Aragorn. »Wartet einen Tag auf uns. Wenn wir in dieser Zeit nicht zurückkommen, wißt ihr, daß uns Böses widerfahren ist. Dann müßt ihr einen neuen Führer wählen und ihm folgen, so gut ihr könnt.«

Schweren Herzens sah Frodo Aragorn und Legolas das steile Ufer erklimmen und im Nebel verschwinden; aber seine Befürchtungen erwiesen sich als grundlos. Nur zwei oder drei Stunden vergingen, und es war kaum Mittag, als die schattenhaften Gestalten der Kundschafter wieder erschienen.

»Alles ist gut«, sagte Aragorn, als er die Böschung herabkletterte. »Es gibt einen Pfad, und er führt zu einer guten Landestelle, die noch brauchbar ist. Die Entfernung ist nicht groß: die Stromschnellen sind nur eine halbe Meile flußabwärts, und sie sind wenig mehr als eine Meile lang. Nicht weit dahinter wird der Strom wieder klar und ruhig, obwohl er rasch fließt. Unsere schwerste Aufgabe wird es sein, die Boote und unser Gepäck zu dem alten Weg zu bringen. Wir haben ihn gefunden, aber er liegt ziemlich weit weg vom Wasser und verläuft im Schutz einer Felswand, eine Achtelmeile oder mehr vom Ufer entfernt. Wir könnten uns weit stromaufwärts quälen und sie doch im Nebel verfehlen. Ich fürchte, wir müssen den Fluß jetzt verlassen und uns, so gut es geht, von hier aus zu dem Weg aufmachen.«

»Das würde selbst dann nicht einfach sein, wenn wir alle Menschen wären«, sagte Boromir.

»Und dennoch werden wir es versuchen«, antwortete Aragorn.

»Freilich«, sagte Gimli. »Die Beine von Menschen werden auf einer schlechten

Straße zurückbleiben, während ein Zwerg weitergeht, und sei die Last auch das Doppelte seines Eigengewichts, Herr Boromir!«

Die Aufgabe erwies sich wahrlich als schwer, doch zuletzt war sie geschafft. Alle Sachen wurden aus den Booten herausgenommen und oben auf die Uferböschung gebracht, wo es eine ebene Stelle gab. Dann wurden die Boote aus dem Wasser gezogen und hinaufgetragen. Sie waren weit weniger schwer als erwartet. Aus welchem Baum, der in dem elbischen Land wuchs, sie gemacht waren, wußte nicht einmal Legolas; aber das Holz war widerstandsfähig und doch merkwürdig leicht. Merry und Pippin konnten ihr Boot mühelos allein auf ebenem Boden tragen. Dennoch bedurfte es der Kraft der zwei Menschen, die Boote über das Gelände zu heben und zu schleppen, das die Gemeinschaft jetzt zu durchqueren hatte. Es stieg vom Fluß aus an, eine Einöde, übersät mit Kalkstein-Findlingen und vielen unter Unkraut und Büschen verborgenen Löchern; mit Brombeerdickichten und steilen Schluchten; und Rinnsale, die von landeinwärts gelegenen Terrassen herabtröpfelten, sammelten sich hier und dort in morastigen Tümpeln.

Ein Boot nach dem anderen trugen Boromir und Aragorn, während die anderen sich mit dem Gepäck abplagten und es hinterherschleppten. Schließlich war alles hinübergeschafft und auf dem Weg. Dann zogen sie, ohne auf größere Hindernisse als wucherndes Dornengestrüpp und viele Steine zu stoßen, zusammen weiter. Nebelschleier hingen immer noch über der abbröckelnden Felswand, und zu ihrer Linken war der Fluß von Dunst verhüllt: sie hörten ihn über die scharfen Schwellen und steinigen Zähne von Sarn Gebir rauschen und schäumen, aber sie konnten ihn nicht sehen. Zweimal legten sie die Strecke zurück, bis alles zur südlichen Landestelle gebracht war.

Dort fiel der Weg, der nun wieder dem Fluß zustrebte, sanft ab zum flachen Rand eines kleinen Sees. Er schien in das Flußufer hineingegraben worden zu sein, aber nicht von Hand, sondern durch das Wasser, das hinunterwirbelte von Sarn Gebir gegen einen Felsvorsprung, der wie eine Mole ein Stück in den Strom hineinragte. Dahinter erhob sich das Ufer steil zu einer grauen Klippe, und zu Fuß konnte man nicht weitergehen.

Schon war der kurze Nachmittag vergangen, und eine düstere, wolkige Dämmerung brach herein. Sie saßen am Wasser und lauschten dem undeutlichen Brausen und Tosen der im Nebel verborgenen Stromschnellen; sie waren erschöpft und müde, und ihre Herzen waren ebenso düster wie der vergehende Tag.

»Ja, hier sind wir und hier müssen wir noch eine Nacht verbringen«, sagte Boromir. »Wir brauchen Schlaf, und selbst wenn Aragorn der Sinn danach stünde, bei Nacht durch das Tor von Argonath zu fahren, so sind wir doch alle zu müde dazu – ausgenommen zweifellos unser standhafter Zwerg.«

Gimli antwortete nicht; er war im Sitzen eingenickt.

»Laßt uns jetzt ruhen, solange wir können«, sagte Aragorn. »Morgen müssen wir wieder bei Tage fahren. Sofern das Wetter sich nicht noch einmal ändert und uns einen Streich spielt, könnten wir Glück haben und durchkommen, ohne daß uns irgendwelche Augen vom östlichen Ufer aus sehen. Aber heute nacht müssen wir immer abwechselnd zu zweit Wache halten: drei Stunden schlafen und eine Stunde wachen.«

Nichts Schlimmeres gab es in jener Nacht als einen kurzen Nieselregen eine Stunde vor der Morgendämmerung. Sobald es ganz hell geworden war, brachen sie auf. Schon lichtete sich der Nebel. Sie hielten sich möglichst dicht an der westlichen Seite und konnten sehen, wie die undeutlichen Umrisse der niedrigen Klippen immer höher wurden, schattenhafte Wälle, die in dem dahineilenden Strom standen. Als der Morgen weit fortgeschritten war, sanken die Wolken tiefer, und es begann heftig zu regnen. Sie breiteten ihre Felldecken über die Boote aus, damit sie nicht volliefen, und ließen sich weiter treiben; wenig war zu sehen durch die grauen Regenvorhänge.

Indes hielt der Regen nicht lange an. Langsam wurde der Himmel heller, und dann brachen die Wolken plötzlich auf, und ihre zerfransten Fetzen zogen nach Norden ab, den Fluß hinauf. Nebel und Dunst waren verschwunden. Vor den Booten lag eine breite Schlucht, an deren hohen, felsigen Hängen sich auf Vorsprüngen und in schmalen Spalten ein paar verkrüppelte Bäume festklammerten. Die Fahrrinne wurde schmaler und der Strom schneller. Jetzt sausten sie dahin und hatten wenig Hoffnung, anhalten oder beidrehen zu können, was auch immer vor ihnen liegen mochte. Über ihnen war ein Streifen blaßblauer Himmel, um sie herum der dunkle, überschattete Strom, und vor ihnen schwarz und die Sonne aussperrend die Berge des Emyn Muil, zwischen denen keine Durchfahrt zu sehen war.

Frodo starrte nach vorn und sah in der Ferne zwei große Felsen: zwei gewaltige Zinnen oder Säulen aus Steinen schienen es zu sein. Hoch und steil und unheilvoll ragten sie auf beiden Seiten aus dem Fluß. Eine schmale Lücke tauchte zwischen ihnen auf, und die Strömung trieb die Boote darauf zu.

»Schaut, Argonath, die Säulen der Könige!« rief Aragorn. »Wir werden bald an ihnen vorbeikommen. Haltet die Boote in einer Reihe und so weit auseinander, wie ihr könnt. Bleibt in der Mitte des Stroms!«

Als Frodo den großen Säulen entgegengetragen wurde, ragten sie wie Türme empor. Riesen schienen sie ihm zu sein, ungeheure graue Gestalten, schweigend, aber drohend. Dann sah er, daß sie wirklich geformt und gestaltet waren: die Kunstfertigkeit und Macht von einst hatte die Felsen bearbeitet, und noch immer bewahrten sie durch Sonne und Regen vergessener Jahre die mächtigen Abbilder, die einst in sie hineingehauen worden waren. Auf großen Sockeln, die im tiefen Wasser ruhten, standen zwei große Könige aus Stein: noch immer blickten sie mit blinden Augen und rissiger Stirn dräuend nach Norden. Beide hatten die linke Hand mit der Handfläche nach außen erhoben in einer Gebärde der Warnung; in der rechten Hand hielten sie eine Axt; auf den Köpfen trugen beide einen verwitterten Helm und eine Krone. Große Macht und Majestät ruhte noch auf ihnen, den schweigenden Hütern eines längst verschwundenen Königreichs. Von Ehrfurcht und Angst wurde Frodo ergriffen, und er kauerte sich nieder, schloß die

Augen und wagte nicht aufzuschauen, als sich das Boot ihnen näherte. Sogar Boromir beugte den Kopf, als die Boote, vergänglich und flüchtig wie kleine Blätter, vorbeiwirbelten unter den immerwährenden Schatten der Schildwachen von Númenor. So gelangten sie in die dunkle Torschlucht.

Steil erhoben sich auf beiden Seiten die entsetzlichen Klippen zu unermeßlicher Höhe. Sehr fern war der trübe Himmel. Die schwarzen Fluten brausten und hallten wider, und ein Wind heulte über ihnen. Frodo, der auf den Knien kauerte, hörte Sam im Bug murmeln und stöhnen: »Was für eine Gegend! Was für eine entsetzliche Gegend! Laßt mich bloß raus aus diesem Boot, und ich werde mir nie wieder meine Zehen in einer Pfütze naßmachen, geschweige denn in einem Fluß!«

»Fürchtet euch nicht!« sagte eine fremde Stimme hinter ihm. Frodo wandte sich um und sah Streicher, und doch nicht Streicher, denn der wetterharte Waldläufer war nicht mehr da. Im Heck saß Aragorn, Arathorns Sohn, stolz und aufrecht, und lenkte das Boot mit geschickten Schlägen; seine Kapuze war zurückgeworfen, und sein dunkles Haar flatterte im Wind, und ein Licht schimmerte in seinen Augen: ein König, der aus der Verbannung in sein eigenes Land zurückkehrte.

»Fürchtet euch nicht!« sagte er. »Lange habe ich gewünscht, die Standbilder von Isildur und Anárion zu sehen, meinen Vorfahren. Unter ihrem Schatten hat Elessar, der Elbenstein, Arathorns Sohn aus dem Hause Valandil, Isildurs Sohn, Elendils Erbe, nichts zu fürchten!«

Dann erlosch das Licht in seinen Augen, und er sprach zu sich selbst: »Ich wollte, Gandalf wäre hier! Wie mein Herz sich sehnt nach Minas Anor und den Mauern meiner eigenen Stadt! Doch wohin soll ich jetzt gehen?«

Die Schlucht war lang und dunkel und erfüllt von dem Geräusch von Wind, stürzendem Wasser und widerhallendem Fels. Sie zog sich etwas nach Westen, so daß zuerst alles dunkel vor ihnen war; doch bald sah Frodo eine hohe Lichtspalte vor sich, die immer größer wurde. Rasch näherte sie sich, und plötzlich schossen die Boote hindurch und hinaus in ein weites, klares Licht.

Die Sonne hatte den Mittagspunkt längst überschritten und strahlte von einem windigen Himmel. Die eingezwängten Fluten ergossen sich in einen langen, ovalen See, den bleichen Nen Hithoel, gesäumt von steilen grauen Bergen, deren Flanken mit Bäumen bestanden waren, während ihre kahlen Häupter kalt im Sonnenlicht glänzten. Am südlichen Ende erhoben sich drei Gipfel. Der mittlere stand etwas vor den anderen und getrennt von ihnen, eine Insel im Wasser, um die der fließende Strom seine blassen, schimmernden Arme schlang. Undeutlich, aber tief tönend trug der Wind ein Dröhnen herüber, das wie fernes Donnergrollen klang.

»Schaut, der Tol Brandir!« sagte Aragorn und deutete nach Süden auf den hohen Gipfel. »Links erhebt sich der Amon Lhaw, und auf der rechten Seite liegt der Amon Hen, die Berge des Hörens und Sehens. In den Tagen der großen Könige standen Hochsitze auf ihnen, und Wache wurde dort gehalten. Aber es heißt, daß kein Mensch oder Tier jemals den Fuß auf Tol Brandir gesetzt hat. Ehe der

Schatten der Nacht fällt, werden wir dorthin kommen. Ich höre des Rauros ewige Stimme rufen.«

Die Gemeinschaft ruhte sich nun eine Weile aus und ließ sich von der Strömung, die durch die Mitte des Sees floß, treiben. Sie aßen etwas, dann griffen sie zu den Paddeln und hasteten weiter. Die Berghänge im Westen versanken im Schatten, und die Sonne wurde rund und rot. Hier und dort kam ein dunstiger Stern zum Vorschein. Die drei Gipfel dräuten vor ihnen, schwärzlich in der Dämmerung. Rauros brüllte mit lauter Stimme. Schon hatte sich die Nacht auf die strömenden Fluten gesenkt, als die Boote endlich den Schatten unter den Bergen erreichten.

Der zehnte Tag ihrer Reise war vorüber. Wilderland lag hinter ihnen. Sie konnten nicht weiter, ohne eine Entscheidung zwischen dem östlichen und dem westlichen Weg zu treffen. Der letzte Abschnitt ihrer Fahrt lag vor ihnen.

ZEHNTES KAPITEL

DER ZERFALL DES BUNDES

Aragorn fuhr ihnen voran zum rechten Arm des Stroms. Hier auf der westlichen Seite zog sich im Schatten von Tol Brandir eine grüne Wiese vom Fuß des Amon Hen hinunter bis zum Wasser. Dahinter erhoben sich die ersten sanften, baumbestandenen Hänge des Berges, und auch an dem geschwungenen westlichen Ufer des Sees standen Bäume. Eine kleine Quelle sprang lustig herab und speiste das Gras.

»Hier wollen wir heute nacht rasten«, sagte Aragorn. »Das ist die Wiese Parth Galen: ein schöner Ort einstmals in Sommertagen. Laßt uns hoffen, daß noch nichts Böses hierher gekommen ist.«

Sie zogen ihre Boote auf das grüne Ufer und bereiteten daneben ihr Lager. Sie stellten eine Wache auf, aber von ihren Feinden war nichts zu sehen oder zu hören. Wenn Gollum es verstanden hatte, ihnen zu folgen, dann blieb er jedenfalls unsichtbar. Dennoch wurde Aragorn im Laufe der Nacht unruhig, er warf sich oft im Schlaf hin und her und wachte immer wieder auf. In den frühen Morgenstunden stand er auf und kam zu Frodo, der gerade Wache hatte.

»Warum schläfst du nicht?« fragte Frodo. »Du bist doch nicht mit der Wache an der Reihe.«

»Ich weiß es nicht«, sagte Aragorn. »Aber ein Schatten und eine Drohung haben mich im Schlaf verfolgt. Es wäre gut, dein Schwert zu ziehen.«

»Warum?« fragte Frodo. »Sind Feinde in der Nähe?«

»Laß sehen, was Stich uns zeigen mag.«

Frodo zog die Elbenklinge aus der Scheide. Zu seinem Entsetzen schimmerten die Ränder schwach in der Nacht. »Orks!« sagte er. »Nicht sehr nahe und doch zu nah, scheint es.«

»Das habe ich gefürchtet«, sagte Aragorn. »Aber vielleicht sind sie nicht auf dieser Seite des Stroms. Der Schein von Stich war schwach, und es mag sein, daß er lediglich auf Späher von Mordor hinweist, die sich auf den Hängen des Amon Lhaw herumtreiben. Daß Orks auf Amon Hen waren, habe ich noch nie gehört. Indes, wer weiß, was in diesen bösen Tagen geschehen mag, da Minas Tirith jetzt die Wasserstraßen des Anduin nicht länger schützt. Wir müssen vorsichtig sein.«

Der Tag brach an wie Feuer und Rauch. Im Osten hingen niedrige schwarze Wolkenstreifen wie Schwaden eines großen Brandes. Die aufgehende Sonne beleuchtete sie von unten mit Flammen von düsterem Rot; aber bald stieg sie über die Wolken hinaus in einen klaren Himmel. Der Gipfel von Tol Brandir war mit Gold überzogen. Frodo hielt Ausschau nach Osten und betrachtete die hohe Insel. Ihre Seiten sprangen jäh aus dem fließenden Wasser hervor. Hoch über den Klippen waren Steilhänge, auf denen Bäume wuchsen und immer höher stiegen, ein Wipfel über dem anderen; und über ihnen waren wieder graue Flächen von unzugänglichem Fels, gekrönt von einem spitzen Gipfel. Viele Vögel kreisten dort oben, aber von anderen Lebewesen war nichts zu sehen.

Als sie gegessen hatten, rief Aragorn die Gemeinschaft zusammen. »Der Tag ist endlich gekommen«, sagte er, »der Tag der Entscheidung, die wir lange hinausgezögert haben. Was soll jetzt aus unserer Gemeinschaft werden, die einträchtig so weit gewandert ist? Sollen wir mit Boromir nach Westen gehen und in den Krieg von Gondor ziehen? Oder sollen wir nach Osten gehen, dem Schrecken und dem Schatten entgegen? Oder sollen wir unseren Bund auflösen und teils hierhin und teils dorthin gehen, je nach der Entscheidung des einzelnen? Was immer wir tun, es muß bald getan werden. Wir können uns hier nicht lange aufhalten. Der Feind ist auf dem Ostufer, das wissen wir; aber ich fürchte, daß die Orks vielleicht schon auf dieser Seite des Wassers sind.«

Es trat ein langes Schweigen ein, und keiner sprach oder rührte sich.

»Nun, Frodo«, sagte Aragorn schließlich. »Ich fürchte, die Bürde ist dir auferlegt. Du bist der vom Rat bestimmte Träger. Deinen eigenen Weg kannst nur du allein wählen. In dieser Sache kann ich dir nicht raten. Ich bin nicht Gandalf, und obwohl ich versucht habe, seine Rolle zu übernehmen, weiß ich doch nicht, welchen Plan oder welche Hoffnung er für diese Stunde hatte, falls er überhaupt einen Plan hatte. Höchstwahrscheinlich würde, wenn er jetzt hier wäre, die Entscheidung doch dir überlassen bleiben. Das ist nun einmal dein Schicksal.«

Frodo antwortete nicht gleich. Dann sprach er zögernd. »Ich weiß, daß Eile geboten ist, und doch kann ich mich nicht entscheiden. Die Bürde ist schwer. Gib mir noch eine Stunde Zeit, und dann werde ich mich äußern. Und laßt mich allein.«

Aragorn sah ihn freundlich und mitleidig an. »Gut, Frodo, Drogos Sohn«, sagte er. »Du sollst eine Stunde haben, und du sollst allein sein. Wir bleiben eine Weile hier. Aber halte dich in der Nähe und in Rufweite.«

Frodo saß einen Augenblick mit gesenktem Kopf da. Sam, der seinen Herrn sehr besorgt beobachtet hatte, schüttelte den Kopf und murmelte: »Das ist doch sonnenklar, aber es ist nicht gut, wenn Sam Gamdschie jetzt schon seine Meinung zum besten gibt.«

Plötzlich stand Frodo auf und ging fort; und Sam fiel auf, daß Boromir, während die anderen sich zurückhielten und ihm nicht nachschauten, Frodo nicht aus den Augen ließ, bis er außer Sicht war und zwischen den Bäumen am Fuße des Amon Hen verschwand.

Zuerst wanderte Frodo ziellos durch den Wald, bis er merkte, daß ihn seine Füße zu den Hängen des Berges trugen. Er stieß auf einen Pfad, die verfallenden Reste einer uralten Straße. An steilen Stellen waren Stufen in den Stein gehauen, aber jetzt waren sie rissig, ausgetreten und durch Baumwurzeln gespalten. Eine Weile kletterte er empor, und er achtete nicht auf den Weg, bis er zu einem grasbewachsenen Platz kam. Ebereschen umstanden ihn, und in der Mitte lag ein großer, flacher Stein. Die kleine Bergwiese war nach Osten offen, und die frühe Morgensonne schien herein. Frodo blieb stehen und blickte über den Strom tief unter sich, und auf Tol Brandir und die Vögel, die in dem großen Luftraum zwischen ihm und der unbetretenen Insel ihre Kreise zogen. Die Stimme des Rauros war ein mächtiges Donnern, vermischt mit einem tiefen pochenden Dröhnen.

Er setzte sich auf den Stein und stützte das Kinn in die Hand; er starrte nach Osten, aber seine Augen sahen wenig. Alles, was geschehen war, seit Bilbo das Auenland verlassen hatte, zog ihm durch den Sinn, und er bedachte alle Worte Gandalfs, an die er sich erinnern konnte. Die Zeit verging und er war einer Entscheidung noch nicht nähergekommen.

Plötzlich fuhr er aus seinen Gedanken auf: ein merkwürdiges Gefühl hatte ihn überkommen, daß etwas hinter ihm sei, daß unfreundliche Augen ihn betrachteten. Er sprang auf und wandte sich um: aber zu seiner Überraschung sah er nur Boromir, der lächelte und ein freundliches Gesicht machte.

»Ich hatte Angst um dich, Frodo«, sagte er und kam näher. »Wenn Aragorn recht hat und Orks in der Gegend sind, dann sollte keiner von uns allein wandern, und du am allerwenigsten: so viel hängt von dir ab. Und auch mir ist das Herz schwer. Darf ich jetzt hierbleiben und mich ein wenig mit dir unterhalten, da ich dich gefunden habe? Es würde mir wohltun. Wenn so viele da sind, wird dieses Gespräch zu einem Wortstreit ohne Ende. Aber wir zwei zusammen können vielleicht zu einer Einsicht gelangen.«

»Du bist sehr freundlich«, antwortete Frodo. »Aber ich glaube nicht, daß Reden mir helfen wird. Denn ich weiß, was ich tun sollte, aber ich habe Angst, es zu tun, Boromir. Ich habe Angst.«

Boromir stand schweigend da. Der Rauros dröhnte endlos. Der Wind murmelte in den Zweigen der Bäume. Frodo fröstelte.

Plötzlich kam Boromir und setzte sich neben ihn. »Bist du sicher, daß du dich nicht unnötig quälst?« fragte er. »Ich möchte dir gern helfen. Du brauchst Rat bei deinem Entschluß. Willst du nicht meinen annehmen?«

»Ich glaube, ich weiß schon, welchen Rat du geben würdest, Boromir«, sagte Frodo. »Und er würde mir weise vorkommen, wenn mein Herz mich nicht warnte.«

»Warnte? Wovor warnte?« fragte Boromir scharf.

»Vor Aufschub. Vor dem Weg, der einfacher zu sein scheint. Davor, daß ich mich der Bürde, die mir auferlegt ist, entledigen könnte. Vor – nun ja, wenn es gesagt werden muß, vor dem Vertrauen auf die Stärke und Wahrhaftigkeit von Menschen.«

»Doch hat diese Stärke euch lange beschützt in eurem fernen kleinen Land, obschon ihr es nicht wußtet.«

»Ich zweifle nicht an der Tapferkeit deines Volkes. Aber die Welt wandelt sich. Die Mauern von Minas Tirith mögen stark sein, doch sind sie nicht stark genug. Wenn sie nicht standhalten, was dann?«

»Dann werden wir mutig im Kampfe fallen. Doch ist immer noch Hoffnung, daß die Mauern standhalten.«

»Keine Hoffnung, solange der Ring da ist«, sagte Frodo.

»Ah! Der Ring!« sagte Boromir, und seine Augen leuchteten. »Der Ring! Ist es nicht ein seltsames Geschick, daß wir so viel Angst und Zweifel erdulden wegen eines so kleinen Dinges? So ein kleines Ding! Und ich habe ihn nur einen Augenblick in Elronds Haus gesehen. Könnte ich nicht noch einmal einen Blick darauf werfen?«

Frodo schaute auf. Eine Kälte legte sich plötzlich auf sein Herz. Er bemerkte den seltsamen Glanz in Boromirs Augen, und doch war sein Gesicht immer noch freundlich und freundschaftlich.

»Es ist am besten, wenn er verborgen bleibt«, antwortete er.

»Wie du willst. Mir ist es gleich«, sagte Boromir. »Aber darf ich denn nicht einmal von ihm sprechen? Denn du scheinst immer nur an seine Macht in den Händen des Feindes zu denken, an seine Verwendung für böse Zwecke, und nicht für gute. Die Welt verändert sich, sagst du. Minas Tirith wird fallen, wenn der Ring da ist. Aber warum? Gewiß, wenn der Ring beim Feinde wäre. Aber warum, wenn er bei uns wäre?«

»Bist du nicht bei dem Rat gewesen?« fragte Frodo. »Weil wir ihn nicht verwenden können und das, was mit ihm getan wird, sich in Böses verwandelt.«

Boromir stand auf und schritt ärgerlich auf und ab. »So redest du in einem fort!« rief er. »Gandalf, Elrond – all diese Leute haben dir das beigebracht. Für sie selbst mag es richtig sein. Diese Elben und Halbelben und Zauberer würden vielleicht zu Schaden kommen. Indes bin ich mir oft im Zweifel, ob sie eigentlich weise sind oder bloß zaghaft. Doch jeder nach seiner Art. Aufrechte Menschen lassen sich nicht verführen. Wir in Minas Tirith sind in langen Jahren der Prüfung standhaft geblieben. Wir trachten nicht nach der Macht von Zauberern, sondern nur nach Stärke, um uns zu verteidigen, Stärke für eine gerechte Sache. Und siehe da! in unserer Not bringt der Zufall den Ring der Macht ans Licht. Er ist ein Geschenk, sage ich; ein Geschenk für die Feinde von Mordor. Es ist Wahnsinn, ihn nicht zu gebrauchen, die Macht des Feindes nicht gegen den Feind zu gebrauchen. Die Furchtlosen, die Mitleidlosen allein werden den Sieg erringen. Was könnte ein Krieger nicht in dieser Stunde tun, ein großer Führer? Was könnte nicht Aragorn tun? Oder wenn er es ablehnt, warum nicht Boromir? Der Ring würde mir Befehlsgewalt geben. Wie ich die Heere von Mordor zurücktreiben wollte und wie sich alle Männer unter mein Banner scharen würden!«

Boromir ging mit großen Schritten auf und ab und sprach immer lauter. Fast schien er Frodo vergessen zu haben, während er von Mauern und Waffen redete und dem Aufgebot seiner Mannen; und er machte Pläne für große Bündnisse und künftige glorreiche Siege; und er warf Mordor nieder und wurde selbst ein mächtiger König, gütig und weise. Plötzlich hielt er inne und schwenkte die Arme.

»Und sie sagen uns, wir sollten ihn wegwerfen!« rief er. »Ich sage nicht *vernichten*. Das könnte richtig sein, wenn vernünftigerweise Hoffnung bestünde, es zu tun. Aber dem ist nicht so. Der einzige Plan, der uns vorgeschlagen wurde, besteht darin, daß ein Halbling blindlings nach Mordor hineinläuft und dem Feind jede Möglichkeit bietet, den Ring wieder für sich selbst zu erlangen. Torheit!

Gewiß siehst du das ein, mein Freund?« fragte er und wandte sich plötzlich an Frodo. »Du sagst, du habest Angst. Wenn dem so ist, dann sollte es dir der Kühnste verzeihen. Aber ist es nicht in Wirklichkeit dein gesunder Verstand, der sich auflehnt?«

»Nein, ich habe Angst«, sagte Frodo. »Einfach Angst. Aber ich bin froh, daß du dich so deutlich ausgesprochen hast. Ich sehe jetzt klarer.«

»Dann wirst du nach Minas Tirith mitkommen?« rief Boromir. Seine Augen glänzten, und sein Gesicht war erwartungsvoll.

»Du mißverstehst mich«, sagte Frodo.

»Aber du wirst kommen, wenigstens für eine Weile?« drängte Boromir. »Es ist jetzt nicht mehr weit zu meiner Stadt; und von dort ist es kaum weiter nach Mordor als von hier. Wir sind jetzt lange genug in der Wildnis gewesen, und du brauchst Nachrichten über das, was der Feind tut, ehe du etwas unternimmst. Komm mit mir, Frodo«, sagte er. »Du brauchst Ruhe vor deinem Wagnis, wenn du wirklich gehen mußt.« Er legte in freundschaftlicher Weise dem Hobbit die Hand auf die Schulter; aber Frodo spürte, wie die Hand vor unterdrückter Erregung zitterte. Er trat rasch einen Schritt beiseite und beobachtete bestürzt den hochgewachsenen Menschen, der fast doppelt so groß war wie er und ihn an Kraft um ein Vielfaches übertraf.

»Warum bist du so unfreundlich?« fragte Boromir. »Ich bin ein zuverlässiger Mann, weder ein Dieb noch ein Häscher. Ich brauche deinen Ring: das weißt du jetzt; aber ich gebe dir mein Wort, daß ich ihn nicht behalten will. Willst du mich nicht wenigstens meinen Plan versuchen lassen? Leihe mir den Ring!«

»Nein, nein!« rief Frodo. »Der Rat hat es mir auferlegt, ihn zu tragen.«

»Durch unsere eigene Torheit wird der Feind uns besiegen!« rief Boromir. »Wie mich das erbost! Narr! Dickköpfiger Narr! Wissentlich dem Tod in die Arme laufen und unsere Sache verderben! Wenn irgendwelche Sterblichen Anspruch auf den Ring haben, dann sind es die Menschen von Númenor, und nicht Halblinge! Du hast ihn nur durch einen unglücklichen Zufall erhalten. Er hätte mir gehören können. Er sollte mir gehören. Gib ihn mir!«

Frodo antwortete nicht, sondern zog sich zurück, bis der große flache Stein zwischen ihnen war. »Komm, komm, mein Freund«, sagte Boromir mit sanfterer Stimme. »Warum willst du dich nicht von ihm befreien? Warum nicht all deinen Zweifel und deine Furcht loswerden? Du kannst mir die Schuld geben, wenn du willst. Du kannst sagen, ich war zu stark und habe ihn dir mit Gewalt abgenommen. Denn ich bin zu stark für dich, Halbling«, rief er. Und plötzlich sprang er über den Stein und auf Frodo zu. Sein schönes und liebenswürdiges Gesicht war abscheulich verändert; ein rasendes Feuer glühte in seinen Augen.

Frodo schlüpfte beiseite, so daß wieder der Stein zwischen ihnen war. Es gab nur eins, das er tun konnte: zitternd zog er den Ring an der Kette heraus und ließ ihn rasch auf den Finger gleiten, gerade als Boromir sich wieder auf ihn stürzte. Der Mensch stutzte, starrte einen Augenblick verblüfft und rannte dann wie wild umher, hier und dort zwischen den Felsen und Bäumen suchend.

»Elender Betrüger!« schrie er. »Warte nur, wenn du mir in die Hände fällst! Jetzt weiß ich, was du im Sinn hast. Du willst Sauron den Ring bringen und uns alle verraten. Du hast nur auf eine Gelegenheit gewartet, um uns im Stich zu lassen. Tod und Verderben über dich und alle Halblinge!« Dann fiel er, weil er mit dem Fuß an einem Stein hängengeblieben war, längelang hin und blieb auf dem Gesicht liegen. Eine Weile lag er so still, als ob sein eigener Fluch ihn niedergestreckt habe; dann plötzlich weinte er.

Er stand auf, fuhr sich mit der Hand über die Augen und wischte sich die Tränen ab. »Was habe ich gesagt?« rief er. »Was habe ich getan? Frodo! Frodo! Komm zurück! Mich überkam der Wahnsinn, aber jetzt ist es vorbei. Komm zurück!«

Es kam keine Antwort. Frodo hörte sein Rufen nicht einmal. Er war schon weit fort und eilte blindlings den Pfad zum Berggipfel hinauf. Er bebte vor Schreck und Kummer und sah in Gedanken immer noch Boromirs wahnsinniges, verbissenes Gesicht mit den brennenden Augen.

Bald kam er zum Gipfel von Amon Hen und blieb stehen, um Luft zu holen. Er sah wie durch einen Nebel einen großen, flachen Kreis, mit mächtigen Steinen gepflastert und umgeben von einer verfallenden Festungsmauer; und in der Mitte stand auf vier Säulen aus Stein ein Hochsitz, der über eine vielstufige Treppe erreicht wurde. Frodo stieg die Treppe hinauf, setzte sich auf den alten Sitz und kam sich vor wie ein verirrtes Kind, das auf den Thron von Bergkönigen geklettert war.

Zuerst konnte er wenig sehen. Er schien in einer Nebelwelt zu sein, in der es nur Schatten gab: er hatte den Ring am Finger. Dann wich der Nebel hier und dort zurück, und er sah viele Bilder: klein und klar, als lägen sie vor seinen Augen auf einem Tisch, und doch fern. Zu hören war nichts; es waren einfach lebende Bilder. Die Welt schien zusammengeschrumpft und still geworden zu sein. Er saß auf dem Sitz des Sehens auf Amon Hen, dem Berg des Auges der Menschen von Númenor. Im Osten erblickte er weite, auf keiner Karte verzeichnete Lande, namenlose Ebenen und unerforschte Wälder. Er blickte nach Norden, und der Große Strom lag wie ein Band unter ihm, und das Nebelgebirge sah klein und hart aus wie abgebrochene Zähne. Er blickte nach Westen und sah die ausgedehnten Weiden von Rohan; und Orthanc, die Zinne von Isengart, wie einen schwarzen Dorn. Er blickte nach Süden, und gerade zu seinen Füßen rollte sich der Große Strom zusammen wie eine überkippende Welle und stürzte über die Fälle von Rauros in einen schäumenden Abgrund; ein schimmernder Regenbogen stand über der Gischt. Und er sah Ethir Anduin, das mächtige Delta des Stroms, und Myriaden von Seevögeln, die wie weißer Staub in der Sonne wirbelten, und unter ihnen ein grünes und silbernes Meer, in endlosen Linien wogend.

Aber wohin er auch schaute, überall sah er Anzeichen des Krieges. Das Nebelgebirge wimmelte wie ein Ameisenhaufen: aus tausend Höhlen strömten Orks heraus. Unter den Zweigen von Düsterwald war ein tödlicher Kampf zwischen Elben und Menschen und wilden Tieren entbrannt. Das Land der Beorninger stand in Flammen; eine Wolke hing über Moria; an den Grenzen von Lórien stieg Rauch auf.

Reiter galoppierten über das Gras von Rohan; Wölfe ergossen sich aus Isengart. Von den Anfurten in Harad stachen Kriegsschiffe in See; und aus dem Osten zogen endlos Menschen heran: Schwertträger, Lanzenträger, Bogenschützen zu Pferde, Streitwagen von Anführern und beladene Karren. Die ganze Streitmacht des Dunklen Herrschers war in Bewegung. Dann wandte sich Frodo wieder nach Süden und erblickte Minas Tirith. Weit entfernt schien es zu sein, und schön: mit weißen Mauern, vielen Türmen, stolz und hehr; die Zinnen glitzerten von Stahl, und auf den Türmen flatterten viele Banner. Hoffnung erfüllte sein Herz. Aber gegenüber von Minas Tirith war noch eine Festung, eine größere und stärkere. Dorthin, nach Osten, wurde sein Auge wider Willen gezogen. Sein Blick schweifte über die zerstörte Brücke von Osgiliath, über die grinsenden Tore von Minas Morgul und das Geistergebirge, und er schaute auf Gorgoroth, das Tal des Schreckens im Lande Mordor. Dunkelheit lag dort unter der Sonne. Feuer glühte inmitten des Rauchs. Der Schicksalsberg stand in Flammen, und dichter Qualm stieg auf. Und dann blieb sein Blick haften: Mauer über Mauer, Brustwehr über Brustwehr, schwarz, unermeßlich stark, ein Berg aus Eisen, ein Tor aus Stahl, ein Turm aus Adamant: so sah er Barad-dûr, Saurons Festung. Alle Hoffnung verließ ihn.

Und plötzlich spürte er das Auge. Da war ein Auge in dem Dunklen Turm, das nicht ruhte. Er wußte, daß es seinen Blick bemerkt hatte. Ein grimmiger, entschlossener Wille war da. Es sprang ihm entgegen; fast wie einen Finger fühlte er es nach ihm suchen. Sehr bald würde es ihn aufspüren und genau wissen, wo er war. Es strich über Amon Lhaw. Es blickte auf Tol Brandir – Frodo ließ sich von dem Sitz fallen, kauerte sich zusammen und zog sich die graue Kapuze über den Kopf.

Er hörte sich selbst aufschreien: *Niemals! Niemals!* Oder hatte er gerufen: *Wahrlich, ich komme, ich komme zu dir?* Er wußte es nicht. Dann schoß ihm ein anderer Gedanke in den Sinn, als ob er ihm von einer anderen Macht eingegeben worden sei: *Nimm ihn ab! Nimm ihn ab! Narr, nimm ihn ab! Nimm den Ring ab!*

Die beiden Mächte kämpften in ihm. Gleichsam durchbohrt von der Stoßkraft ihrer Angriffe, wand er sich einen Augenblick lang in Qualen. Plötzlich wurde er sich wieder seiner selbst bewußt. Frodo, weder die Stimme noch das Auge: frei, sich zu entscheiden, und nur ein Moment blieb ihm für diese Entscheidung. Er zog den Ring vom Finger. Er kniete im hellen Sonnenschein vor dem Hochsitz. Ein schwarzer Schatten wie ein Arm schien über ihn hinwegzuziehen; er verfehlte Amon Hen und suchte weiter im Westen und verblaßte. Dann war der ganze Himmel klar und blau, und Vögel sangen in jedem Baum.

Frodo erhob sich. Eine große Müdigkeit lastete auf ihm, aber sein Entschluß stand fest, und sein Herz war leichter. Er sprach laut mit sich selbst. »Ich werde jetzt tun, was ich tun muß«, sagte er. »Das wenigstens ist klar: das Böse des Ringes wirkt sich sogar schon auf den Bund aus, und der Ring muß die Gefährten verlassen, ehe er mehr Unheil stiftet. Ich werde allein gehen. Einigen kann ich nicht trauen, und diejenigen, denen ich vertrauen kann, sind mir zu lieb: der arme alte Sam, und Merry und Pippin. Und auch Streicher: sein Herz sehnt sich nach

Die Gefährten

Minas Tirith, und er wird dort gebraucht werden, nachdem Boromir jetzt dem Bösen verfallen ist. Ich werde allein gehen. Sofort.«

Rasch schritt er den Pfad hinunter und kam wieder zu der Wiese, wo Boromir ihn gefunden hatte. Dann blieb er stehen und lauschte. Er hörte Schreien und Rufen aus dem Wald unten am Ufer.

»Sie werden nach mir suchen«, sagte er. »Ich möchte mal wissen, wie lange ich eigentlich fort gewesen bin. Stunden vermutlich.« Er zögerte. »Was kann ich tun?« murmelte er. »Ich muß jetzt gehen, oder ich werde nie gehen. Es wird sich nicht noch einmal eine Gelegenheit bieten. Ich verlasse sie äußerst ungern, und noch dazu ohne Erklärung. Aber gewiß werden sie es verstehen. Sam wird es verstehen. Und was kann ich sonst tun?«

Langsam zog er den Ring heraus und streifte ihn wieder auf. Er wurde unsichtbar und eilte den Berg hinab, leiser als ein Rascheln des Windes.

Die anderen waren lange am Flußufer geblieben. Eine Zeitlang hatten sie nicht gesprochen, sondern waren unruhig auf und ab gelaufen; aber jetzt saßen sie im Kreis und unterhielten sich. Immer wieder bemühten sie sich, von anderen Dingen zu reden, von ihrem langen Weg und ihren vielen Abenteuern; sie fragten Aragorn nach dem Reich Gondor und seiner alten Geschichte und den Resten der großen Bauten, die man noch immer in diesem seltsamen Grenzland des Emyn Muil sehen konnte: die steinernen Könige und die Hochsitze von Lhaw und Hen und die hohe Treppe neben dem Raurosfall. Aber immer kehrten ihre Gedanken und Worte zu Frodo und dem Ring zurück. Wozu würde sich Frodo entschließen? Warum zögerte er?

»Er überlegt sich, welcher Weg der kühnste ist, glaube ich«, sagte Aragorn. »Und da hat er sehr recht. Es ist jetzt für die Gemeinschaft hoffnungsloser denn je, nach Osten zu gehen, nachdem Gollum uns aufgespürt hat und wir fürchten müssen, daß das Geheimnis unserer Fahrt schon verraten ist. Aber Minas Tirith liegt dem Feuer und der Vernichtung der Bürde nicht näher. Wir könnten dort eine Weile bleiben und tapfer Widerstand leisten; aber der Herr Denethor und alle seine Mannen können nicht hoffen, das zu vollbringen, wovon selbst Elrond sagte, es übersteige seine Macht: entweder die Bürde geheimzuhalten oder die gesamte Streitmacht des Feindes abzuwehren, wenn er sie entsendet. Welchen Weg würde einer von uns an Frodos Stelle wählen? Ich weiß es nicht. Jetzt fehlt uns Gandalf wirklich sehr.«

»Schmerzlich ist unser Verlust«, sagte Legolas. »Doch müssen wir nun unbedingt auch ohne seine Hilfe einen Entschluß fassen. Warum können wir nicht die Entscheidung treffen und Frodo dadurch helfen? Laßt uns ihn zurückrufen und abstimmen. Ich würde für Minas Tirith stimmen.«

»Und ich auch«, sagte Gimli. »Wir sind natürlich nur ausgesandt worden, um dem Träger unterwegs behilflich zu sein, und sollten nicht weiter gehen, als wir wollten; und keinem von uns ist ein Eid oder Befehl auferlegt worden, zum Schicksalsberg zu gehen. Bitter war mein Abschied von Lothlórien. Indes bin ich bis hierher mitgekommen, und ich sage folgendes: nun, da wir vor der letzten

Entscheidung stehen, ist es mir klar, daß ich Frodo nicht verlassen kann. Ich würde Minas Tirith wählen, aber wenn er sich anders entscheidet, werde ich ihm folgen.«

»Und auch ich will mit ihm gehen«, sagte Legolas. »Es wäre treulos, jetzt Lebewohl zu sagen.«

»Es wäre fürwahr ein Treubruch, wenn wir ihn alle verließen«, sagte Aragorn. »Aber wenn er nach Osten geht, dann brauchen ihn nicht alle zu begleiten; und ich glaube auch nicht, daß es gut wäre. Dieses Wagnis ist überaus gefährlich: für acht ebenso wie für zwei oder drei oder einen allein. Wenn ihr mir die Entscheidung überließet, würde ich drei Gefährten auswählen: Sam, der es anders nicht ertragen würde, Gimli und mich selbst. Boromir will in seine Heimat zurückkehren, wo sein Vater und sein Volk ihn brauchen; und mit ihm sollten die anderen gehen, oder wenigstens Meriadoc und Peregrin, wenn Legolas nicht gewillt ist, sich von uns zu trennen.«

»Das geht ganz und gar nicht!« rief Merry. »Wir können Frodo nicht im Stich lassen! Pippin und ich haben immer vorgehabt, dorthin zu gehen, wo er hingeht, und diese Absicht haben wir noch. Aber wir waren uns nicht klar darüber, was das bedeutet. Es sah aus der Ferne anders aus, im Auenland oder in Bruchtal. Es wäre verrückt und grausam, wenn man Frodo nach Mordor gehen ließe. Warum können wir ihn nicht davon abbringen?«

»Wir müssen ihn davon abbringen«, sagte Pippin. »Und das ist es, worüber er sich Sorgen macht, dessen bin ich sicher. Er weiß, daß wir nicht einverstanden sind, wenn er nach Osten geht. Und er möchte nicht gerne jemanden bitten, mit ihm zu gehen, der arme Kerl. Stellt euch vor: allein nach Mordor gehen!« Pippin lief es kalt über den Rücken. »Aber der liebe, törichte alte Hobbit sollte wissen, daß er nicht zu bitten braucht. Er sollte wissen, daß wir, wenn wir ihn nicht davon abbringen können, ihn nicht im Stich lassen werden.«

»Entschuldigung«, sagte Sam. »Ich glaube nicht, daß ihr meinen Herrn überhaupt versteht. Er zögert nicht, weil er nicht weiß, welchen Weg er einschlagen will. Das ist es natürlich nicht! Welchen Wert hat Minas Tirith überhaupt? Für ihn, meine ich, Entschuldigung, Herr Boromir«, fügte er hinzu und wandte sich um. Erst da entdeckten sie, daß Boromir, der zuerst schweigend bei ihnen gesessen hatte, nicht mehr da war.

»Na, wo ist der denn hin?« rief Sam und sah besorgt aus. »Er war ein bißchen sonderbar in letzter Zeit, nach meiner Meinung. Aber mit dieser Sache hat er sowieso nichts zu tun. Er ist wohl nach Hause gegangen, wie er immer gesagt hat; und das kann man ihm nicht übelnehmen. Aber Herr Frodo, der weiß, daß er die Schicksalsklüfte finden muß, wenn er kann. Doch hat er *Angst*. Jetzt, da es soweit ist, fürchtet er sich ganz einfach. Darin besteht seine Schwierigkeit. Natürlich hat er sozusagen ein bißchen Schulung gehabt – wir alle –, seit wir von zu Hause aufgebrochen sind, denn sonst würde er so entsetzliche Angst haben, daß er den Ring einfach in den Strom würfe und sich davonmachte. Aber er fürchtete sich doch noch zu sehr, um gleich loszugehen. Und auch nicht unseretwegen macht er sich Sorgen: ob wir mit ihm mitgehen oder nicht. Er weiß, daß wir es vorhaben.

Das ist noch etwas, das ihn quält. Wenn er sich dazu durchringt, zu gehen, dann will er allein gehen. Merkt euch meine Worte! Wir werden Schwierigkeiten haben, wenn er zurückkommt. Denn er wird sich durchringen, so gewiß wie sein Name Beutlin ist.«

»Ich glaube, du sprichst weiser als irgendeiner von uns, Sam«, sagte Aragorn. »Und was sollen wir tun, wenn sich deine Ansicht als richtig herausstellt?«

»Ihn zurückhalten! Ihn nicht gehen lassen!« rief Pippin.

»Ich weiß nicht«, sagte Aragorn. »Er ist der Träger, und die Vernichtung der Bürde ist ihm auferlegt worden. Ich glaube nicht, daß es uns zusteht, ihm zu diesem oder jenem Weg zuzureden. Und ich glaube auch nicht, daß es uns gelingen würde, wenn wir es versuchten. Da sind andere Mächte am Werk, die weit stärker sind.«

»Na, ich wünschte, Frodo würde sich ›durchringen‹ und zurückkommen, damit wir die Sache hinter uns bringen«, sagte Pippin. »Dieses Warten ist entsetzlich. Die Zeit ist doch sicher schon um?«

»Ja«, sagte Aragorn. »Eine Stunde ist längst vorbei. Der Vormittag ist bald vergangen. Wir müssen ihn rufen.«

In diesem Augenblick tauchte Boromir wieder auf. Er kam zwischen den Bäumen hervor und ging ohne ein Wort auf sie zu. Sein Gesicht sah düster und traurig aus. Er hielt inne, als ob er die Anwesenden zählte, und dann setzte er sich hin, abseits von den anderen, und hielt die Augen auf den Boden gerichtet.

»Wo warst du, Boromir?« fragte Aragorn. »Hast du Frodo gesehen?«

Boromir zögerte eine Sekunde. »Ja und nein«, antwortete er dann stockend. »Ja, ich habe ihn ein Stück bergaufwärts getroffen und mit ihm gesprochen. Ich drängte ihn, mit nach Minas Tirith zu kommen und nicht in den Osten zu gehen. Ich wurde ärgerlich, und er verließ mich. Er verschwand. So etwas habe ich noch nie gesehen, obwohl ich in Erzählungen davon gehört habe. Er muß den Ring aufgesetzt haben. Ich konnte ihn nicht wiederfinden. Ich hatte angenommen, er würde zu euch zurückkommen.«

»Ist das alles, was du zu sagen hast?« fragte Aragorn und sah Boromir scharf und nicht allzu freundlich an.

»Ja«, antwortete er. »Mehr will ich noch nicht sagen.«

»Das ist schlecht!« rief Sam und sprang auf. »Ich weiß nicht, was dieser Mensch vorgehabt hat. Warum sollte Herr Frodo das Ding aufsetzen? Er hätte es nicht tun sollen; und wenn er es getan hat, dann weiß der Himmel, was geschehen sein mag!«

»Doch wird er ihn nicht aufbehalten haben«, sagte Merry. »Nicht, wenn er dem unwillkommenen Besucher entwischt ist, wie Bilbo es zu machen pflegte.«

»Aber wo ist er hingegangen? Wo ist er?« rief Pippin. »Er ist jetzt schon eine Ewigkeit weg.«

»Wie lange ist es her, daß du Frodo zuletzt gesehen hast, Boromir?« fragte Aragorn.

»Eine halbe Stunde vielleicht«, antwortete er. »Oder es könnte auch eine Stunde sein. Ich bin seitdem etwas herumgewandert. Ich weiß es nicht! Ich weiß es nicht!« Er stützte den Kopf in die Hände und saß da wie von Gram gebeugt.

»Eine Stunde, seit er verschwunden ist!« schrie Sam. »Wir müssen sofort versuchen, ihn zu finden. Kommt mit!«

»Wartet einen Augenblick!« rief Aragorn. »Wir müssen jeweils zu zweit gehen – hier, haltet an! Wartet!«

Es hatte keinen Zweck. Sie hörten gar nicht mehr auf ihn. Sam war als erster losgestürmt. Merry und Pippin waren ihm auf den Fersen und verschwanden gerade westwärts zwischen den Bäumen am Ufer und riefen *Frodo! Frodo!* mit ihren hellen, hohen Hobbitstimmen. Legolas und Gimli rannten. Eine plötzliche Panik oder Raserei schien die Gemeinschaft befallen zu haben.

»Wir werden uns alle verstreuen und verirren«, stöhnte Aragorn. »Boromir, ich weiß nicht, welche Rolle du bei diesem Unheil gespielt hast, aber hilf jetzt! Gehe den beiden jungen Hobbits nach und beschütze sie wenigstens, selbst wenn du Frodo nicht finden kannst. Komm hierher zurück, wenn du ihn oder irgendwelche Spuren von ihm findest. Ich werde bald wieder da sein.«

Aragorn eilte rasch davon und ging Sam nach. Gerade als Sam die kleine Wiese zwischen den Ebereschen erreicht hatte, sich keuchend bergauf quälte und *Frodo* rief, überholte er ihn.

»Komm mit mir mit, Sam!« sagte er. »Keiner von uns sollte allein laufen. Irgendein Unheil ist im Gange. Ich spüre es. Ich gehe auf den Gipfel, zum Sitz von Amon Hen, ob ich etwas sehen kann. Und schau! Wie ich geahnt habe, Frodo ist hier langgegangen. Komm mir nach und halte die Augen offen!« Er hastete den Pfad hinauf.

Sam tat sein Möglichstes, aber mit Streicher, dem Waldläufer, konnte er nicht Schritt halten und blieb bald zurück. Er war noch nicht weit gegangen, da war Aragorn schon außer Sicht. Sam blieb stehen und schnaufte. Plötzlich schlug er sich mit der Hand vor die Stirn.

»Halt, Sam Gamdschie!« sagte er laut. »Deine Beine sind zu kurz, also gebrauche deinen Kopf. Nun wollen wir mal sehen. Boromir lügt nicht, das ist nicht seine Art; aber er hat uns nicht alles erzählt. Irgend etwas hat Herrn Frodo mächtig erschreckt. Er hat sich auf der Stelle durchgerungen, plötzlich. Er hat sich endlich entschlossen – zu gehen. Wohin? Nach dem Osten. Nicht ohne Sam? Doch, sogar ohne seinen Sam. Das ist hart, grausam hart.«

Sam fuhr sich mit der Hand über die Augen und wischte sich die Tränen ab. »Ruhig, Gamdschie!« sagte er. »Denke, wenn du kannst! Über Flüsse kann er nicht fliegen und über Wasserfälle nicht springen. Er hat keine Ausrüstung bei sich. Also mußte er zu den Booten zurückgehen. Zurück zu den Booten. Zurück zu den Booten, Sam, wie der Blitz!«

Sam machte kehrt und schoß wieder den Pfad hinunter. Er fiel und schlug sich die Knie auf. Er stand auf und rannte weiter. Er kam zu der Wiese Parth Galen am Ufer, wo die Boote lagen, nachdem sie aus dem Wasser gezogen worden waren. Niemand war da. Im Wald hinter ihm schien jemand zu rufen, aber er achtete nicht darauf. Einen Augenblick stand er stocksteif da und starrte. Ein Boot glitt ganz von selbst über die Böschung. Mit einem lauten Ruf rannte Sam über die Wiese. Das Boot glitt ins Wasser.

»Ich komme, Herr Frodo! Ich komme!« rief Sam, sprang vom Ufer ab und griff nach dem abfahrenden Boot. Er verfehlte es um eine Elle. Mit einem Schrei und einem Platschen fiel er in das rasch fließende Wasser. Gurgelnd ging er unter, und der Strom schloß sich über seinem Krauskopf.

Ein Schreckensruf kam aus dem leeren Boot. Ein Paddel wirbelte, und das Boote drehte bei. Frodo konnte Sam gerade rechtzeitig am Schopf packen, als er prustend und strampelnd hochkam. Angst stand ihm in den runden braunen Augen.

»Herauf mit dir, Sam, mein Junge«, sagte Frodo. »Hier, nimm meine Hand!«

»Rette mich, Herr Frodo!« keuchte Sam. »Ich vertrinke. Ich kann deine Hand nicht sehen.«

»Hier ist sie. Kneife doch nicht so, Junge! Ich laß dich schon nicht los. Tritt Wasser und zappele nicht, sonst bringst du das Boot zum Kentern. So, nun halte dich an der Seite fest und laß mich paddeln.«

Mit ein paar Schlägen brachte Frodo das Boot zum Ufer zurück, und Sam konnte herauskrabbeln, naß wie eine Wasserratte. Frodo nahm den Ring ab und stieg wieder aus dem Boot aus.

»Von all den verflixten Ärgernissen bist du das schlimmste, Sam!« sagte er.

»O, Herr Frodo, das ist hart«, sagte Sam zitternd. »Das ist hart, daß du versuchst, ohne mich wegzugehen. Wenn ich nicht den richtigen Riecher gehabt hätte, wo wärst du dann jetzt?«

»Unterwegs und in Sicherheit!«

»In Sicherheit!« sagte Sam. »Ganz allein und ohne daß ich dir helfen kann? Das hätte ich nicht ertragen können, das wäre mein sicherer Tod gewesen.«

»Es würde dein sicherer Tod sein, wenn du mitkämst, Sam«, sagte Frodo, »und das könnte ich nicht ertragen.«

»Nicht so sicher, als wenn ich zurückbleiben muß«, sagte Sam.

»Aber ich gehe nach Mordor.«

»Das weiß ich sehr gut, Herr Frodo. Natürlich gehst du dahin. Und ich komme mit dir.«

»Nun höre, Sam«, sagte Frodo, »halte mich jetzt nicht auf. Die anderen können jede Minute zurückkommen. Wenn sie mich hier erwischen, werde ich Gründe anführen und Erklärungen abgeben müssen, und ich werde niemals wieder den Mut aufbringen oder eine Gelegenheit haben, wegzugehen. Aber ich muß sofort gehen. Es ist die einzige Möglichkeit.«

»Natürlich«, sagte Sam. »Aber nicht allein. Ich komme mit, oder keiner von uns geht. Eher schlage ich Löcher in alle Boote.«

Frodo mußte lachen. Ihm wurde plötzlich weich und warm ums Herz. »Laß eins übrig«, sagte er. »Wir werden es brauchen. Aber du kannst nicht so mitkommen ohne deine Ausrüstung und Lebensmittel und alles.«

»Warte einen Augenblick, dann hole ich mein Zeug!« rief Sam eifrig. »Es ist alles bereit. Ich hatte mir schon gedacht, daß wir heute aufbrechen.« Er stürzte zum Lagerplatz, fischte seinen Rucksack aus dem Stapel heraus, wo Frodo ihn hingelegt hatte, schnappte sich eine zusätzliche Decke und noch ein paar Lebensmittelpakete und rannte zurück.

»Mein ganzer Plan ist also vereitelt«, sagte Frodo. »Es hat keinen Zweck, dir entkommen zu wollen. Aber ich bin froh, Sam. Ich kann dir nicht sagen, wie froh. Komm mit! Es ist klar, daß wir dazu ausersehen sind, zusammen zu gehen. Wir werden aufbrechen, und mögen die anderen einen sicheren Weg finden. Streicher wird sich um sie kümmern. Ich glaube kaum, daß wir sie wiedersehen werden.«
»Vielleicht doch noch, Herr Frodo. Vielleicht doch«, sagte Sam.

So machten sich Frodo und Sam gemeinsam zum letzten Abschnitt der Fahrt auf. Frodo paddelte vom Ufer weg, und dann trug der Strom sie rasch davon, den westlichen Arm hinunter und vorbei an den dräuenden Klippen von Tol Brandir. Das Brausen des großen Wasserfalls kam näher. Selbst mit der Unterstützung, die Sam zu gewähren vermochte, war es ein schwieriges Unterfangen, am südlichen Ende der Insel das Boot durch die Strömung hindurch zum östlichen Ufer zu bringen.

Schließlich kamen sie auf den südlichen Hängen des Amon Lhaw wieder an Land. Dort fanden sie ein sanft abfallendes Ufer, und sie zogen das Boot heraus und versteckten es hoch über dem Wasser hinter einem großen Findling. Dann schulterten sie ihre Rucksäcke und nahmen die Suche auf nach einem Pfad, der sie über die grauen Berge des Emyn Muil und hinunter in das Land des Schattens bringen würde.

ZWEITER TEIL:
DIE ZWEI TÜRME

DRITTES BUCH

ERSTES KAPITEL

BOROMIRS TOD

Aragorn eilte weiter den Berg hinauf. Dann und wann bückte er sich und untersuchte den Boden. Hobbits haben einen leichten Schritt, und selbst für einen Waldläufer sind ihre Fußspuren nicht leicht zu lesen; doch nicht weit vom Gipfel kreuzte eine Quelle den Pfad, und auf der nassen Erde sah er, was er suchte.

»Ich habe die Zeichen richtig gelesen«, sagte er zu sich. »Frodo ist zum Berggipfel gelaufen. Was mag er dort wohl gesehen haben? Aber er kam auf demselben Weg zurück und ist bergab gegangen.«

Aragorn zögerte. Er hatte selbst den Wunsch, zu dem Hochsitz zu gehen, denn er hoffte, dort etwas zu sehen, das ihn aus seiner Ratlosigkeit herausführen könnte; doch die Zeit drängte. Plötzlich sprang er voran und rannte zum Gipfel, über die großen Steinplatten und die Stufen hinauf. Als er dann auf dem Hochsitz saß, blickte er sich um. Aber die Sonne schien verdunkelt und die Welt verschwommen und entrückt. Er wandte sich von Norden ringsum und wieder nach Norden zurück, und er sah nichts als die fernen Berge; nur dort, wo sie in ganz weiter Ferne lagen, sah er wiederum einen großen Vogel, vielleicht einen Adler, der in weiten Kreisen langsam zur Erde niederschwebte.

Während er noch schaute, vernahmen seine scharfen Ohren Geräusche in dem Waldgelände unten am Westufer des Flusses. Er fuhr zusammen. Es waren Schreie, und zu seinem Entsetzen erkannte er darunter die rauhen Stimmen von Orks. Dann plötzlich erklang das tieftönende Schmettern eines großen Horns, und sein Schall traf auf die Berge und hallte in den Tälern wider und erhob sich zu einem mächtigen Ruf, der das Brausen des Wasserfalls übertönte.

»Das Horn von Boromir!« rief er. »Er ist in Not!« Er sprang über die Stufen und eilte den Pfad hinunter. »O weh! Ein böses Geschick liegt heute auf mir, und alles, was ich tue, läuft falsch. Wo ist Sam?«

Während er rannte, waren die Schreie erst lauter geworden und dann leiser, und das Horn blies verzweifelt. Wütend und schrill stiegen die Schreie der Orks auf, und plötzlich verstummte das Horn. Aragorn eilte über den letzten Hang, doch ehe er den Fuß des Berges erreicht hatte, wurden die Geräusche schwächer; und als er sich nach links wandte und auf sie zulief, entfernten sie sich, bis er sie schließlich nicht mehr hörte. Er zog sein blankes Schwert und brach mit dem Ruf *Elendil! Elendil!* zwischen den Bäumen hindurch.

Eine Meile vielleicht von Parth Galen, auf einer kleinen Lichtung nicht weit vom See, fand er Boromir. Er saß mit dem Rücken an einem großen Baum, als ob er ruhe. Aber Aragorn sah, daß er von vielen schwarzgefiederten Pfeilen durchbohrt war; sein Schwert hielt er noch in der Hand, doch war es dicht am Heft abgebrochen; sein in zwei Teile geborstenes Horn lag neben ihm. Viele erschlagene Orks lagen um ihn herum und zu seinen Füßen.

Aragorn kniete neben ihm nieder. Boromir öffnete die Augen und mühte sich zu sprechen. Schließlich kamen zögernde Worte. »Ich habe versucht, Frodo den Ring wegzunehmen«, sagte er. »Es tut mir leid. Ich habe dafür bezahlt.« Sein Blick wanderte über die gefallenen Feinde; zumindest zwanzig lagen dort. »Sie sind fort, die Halblinge; die Orks haben sie mitgenommen. Ich glaube, sie sind nicht tot. Orks haben sie gefesselt.« Er hielt inne und schloß ermattet die Augen. Nach einem Augenblick sprach er noch einmal.

»Leb wohl, Aragorn! Geh nach Minas Tirith und rette mein Volk! Ich habe versagt.«

»Nein!« sagte Aragorn, nahm seine Hand und küßte ihn auf die Stirn. »Du hast gesiegt. Wenige haben einen solchen Sieg errungen. Sei beruhigt! Minas Tirith soll nicht fallen!«

Boromir lächelte.

»In welcher Richtung sind sie gegangen? War Frodo da?« fragte Aragorn.

Aber Boromir sprach nicht mehr.

»O weh!« sagte Aragorn. »So stirbt der Erbe Denethors, der Herr des Turms der Wache! Das ist ein bitteres Ende. Jetzt ist die Gemeinschaft ganz zerstört. Ich bin es, der versagt hat. Vergeblich war Gandalfs Vertrauen zu mir. Was soll ich nun tun? Boromir hat mir auferlegt, nach Minas Tirith zu gehen, und mein Herz wünscht es; aber wo sind der Ring und sein Träger? Wie soll ich sie finden und die Fahrt vor dem Scheitern bewahren?«

Eine Weile kniete er noch, gebeugt von Schmerz, und umklammerte Boromirs Hand. So fanden ihn Legolas und Gimli. Sie kamen von den westlichen Hängen des Bergs, lautlos, und krochen zwischen den Bäumen hindurch, wie auf der Jagd. Gimli hatte die Axt in der Hand und Legolas sein langes Messer; alle seine Pfeile waren verschossen. Als sie auf die Lichtung kamen, hielten sie bestürzt inne; und dann blieben sie einen Augenblick stehen, die Köpfe voll Trauer gesenkt, denn es schien ihnen klar, was geschehen war.

»O weh!« sagte Legolas und kam zu Aragorn. »Wir haben im Wald viele Orks gejagt und erschlagen, aber hier wären wir nützlicher gewesen. Wir kamen, als wir das Horn hörten – doch zu spät offenbar. Ich fürchte, du hast eine tödliche Wunde erhalten.«

»Boromir ist tot«, sagte Aragorn. »Ich bin unverletzt, denn ich war nicht bei ihm. Er fiel, als er die Hobbits verteidigte, während ich auf dem Berg war.«

»Die Hobbits!« rief Gimli. »Wo sind sie nun? Wo ist Frodo?«

»Ich weiß es nicht«, antwortete Aragorn müde. »Ehe er starb, hat Boromir gesagt, daß die Orks sie gefesselt hätten; er glaubte nicht, daß sie tot seien. Ich schickte ihn aus, Merry und Pippin zu folgen; aber ich habe ihn nicht gefragt, ob Frodo oder Sam bei ihm war; erst als es zu spät war. Alles, was ich heute getan habe, ist falschgelaufen. Was ist jetzt zu tun?«

»Zuerst müssen wir den Gefallenen bestatten«, sagte Legolas. »Wir können ihn hier nicht wie Aas zwischen diesen abscheulichen Orks liegen lassen.«

»Aber wir müssen uns beeilen«, sagte Gimli. »Er würde nicht wollen, daß wir uns hier lange aufhalten. Wir müssen die Orks verfolgen, wenn Hoffnung besteht, daß irgendwelche von unserer Gemeinschaft noch am Leben und ihre Gefangenen sind.«

»Doch wissen wir nicht, ob der Ringträger bei ihnen ist oder nicht«, sagte

Aragorn. »Sollen wir ihn im Stich lassen? Müssen wir nicht zuerst ihn suchen? Eine schwere Entscheidung steht uns bevor!«

»Dann laßt uns zuerst tun, was wir tun müssen«, sagte Legolas. »Wir haben weder die Zeit noch die Werkzeuge, um unseren Gefährten angemessen zu begraben oder ihm einen Hügel aufzuschütten. Ein Steingrab könnten wir vielleicht bauen.«

»Die Arbeit würde hart und langwierig sein: hier in der Nähe gibt es keine Steine, die wir brauchen könnten, nur am Ufer«, sagte Gimli.

»Dann laßt uns ihn mit seinen Waffen und mit den Waffen seiner besiegten Feinde in ein Boot legen«, sagte Aragorn. »Wir werden ihn zu den Wasserfällen des Rauros schicken und dem Anduin übergeben. Der Strom von Gondor wird zumindest dafür sorgen, daß kein böses Lebewesen seine Gebeine entehrt.«

Rasch durchsuchten sie die Leichen der Orks und schichteten ihre Schwerter, gespaltenen Helme und Schilde auf einen Haufen.

»Seht!« rief Aragorn. »Hier finden wir Beweise!« Aus dem Haufen grausamer Waffen nahm er zwei Messer mit Blattklingen und in Gold und Rot damasziert; und als er weitersuchte, fand er auch die Scheiden, schwarz und mit kleinen roten Edelsteinen besetzt. »Das hier ist kein Kriegsgerät der Orks«, sagte er. »Die Hobbits hatten sie getragen. Zweifellos haben die Orks sie beraubt, aber sie fürchteten sich, die Messer zu behalten, denn sie erkannten sie als das, was sie sind: Waffen von Westernis, mit Zauberkräften ausgestattet zum Verderben von Mordor. Ja, wenn unsere Freunde noch leben, sind sie jetzt waffenlos. Ich werde die Sachen an mich nehmen, denn wenngleich kaum Hoffnung besteht, hoffe ich doch immer noch, sie ihnen zurückgeben zu können.«

»Und ich«, sagte Legolas, »werde alle Pfeile nehmen, die ich finden kann, denn mein Köcher ist leer.« Er durchstöberte den Haufen und suchte den Boden ab und fand nicht wenige, die unbeschädigt waren und einen längeren Schaft hatten als jene Pfeile, die die Orks gewöhnlich benutzten. Er untersuchte sie sehr genau.

Und Aragorn sah sich die Gefallenen an und sagte: »Hier liegen viele, die nicht Diener von Mordor sind. Einige stammen aus dem Norden, aus dem Nebelgebirge, wenn ich überhaupt etwas von Orks und ihren Rassen verstehe. Und hier sind andere, die mir fremd sind. Ihre Ausrüstung ist ganz und gar nicht nach der Art von Orks!«

Da lagen vier Bilwiß-Krieger von größerer Gestalt, schwärzlich, schlitzäugig, mit dicken Beinen und großen Händen. Ihre Waffen waren kurze Schwerter mit breiten Klingen, nicht die bei Orks üblichen Krummsäbel; und sie hatten Eibenholzbogen, die ihrer Länge und Form nach wie die Bogen der Menschen waren. Auf ihren Schilden hatten sie ein fremdes Wappen: eine kleine weiße Hand inmitten eines schwarzen Feldes; auf der Stirnseite ihrer eisernen Helme war eine aus einem weißen Metall geschmiedete S-förmige Rune angebracht.

»Ich habe diese Zeichen noch nie gesehen«, sagte Aragorn. »Was bedeuten sie wohl?«

»S steht für Sauron«, sagte Gimli. »Das ist leicht zu lesen.«

»Nein«, sagte Legolas. »Sauron gebraucht keine Elbenrunen.«

»Und ebensowenig gebraucht er seinen richtigen Namen und erlaubt auch nicht, daß er geschrieben oder ausgesprochen wird«, sagte Aragorn. »Und er gebraucht kein Weiß. Die Orks im Dienste von Barad-dûr tragen das Zeichen des Roten Auges.« Er stand einen Augenblick in Gedanken versunken da. »S bedeutet Saruman, vermute ich«, sagte er schließlich. »Da ist Böses im Gange in Isengart, und der Westen ist nicht länger sicher. Es ist, wie Gandalf gefürchtet hatte: auf irgendeine Weise hat der Verräter Saruman Nachricht über unsere Fahrt erhalten. Ebenso wahrscheinlich wird er auch über Gandalfs Ende Bescheid wissen. Verfolger aus Moria mögen Lóriens Wachsamkeit entgangen sein oder haben vielleicht dieses Land gemieden und sind auf anderen Pfaden nach Isengart gelangt. Orks wandern schnell. Doch hat Saruman viele Möglichkeiten, Neues zu erfahren. Erinnert ihr euch der Vögel?«

»Nun, wir haben jetzt keine Zeit, über Rätsel nachzugrübeln«, sagte Gimli. »Laßt uns Boromir forttragen!«

»Aber danach werden wir die Rätsel lösen müssen, wenn wir die richtige Entscheidung über unseren Weg treffen sollen«, antwortete Aragorn.

»Vielleicht gibt es keine richtige Entscheidung«, sagte Gimli.

Der Zwerg nahm seine Axt und hieb mehrere Äste ab. Sie banden sie mit Bogensehnen zusammen und breiteten ihre Mäntel über das Gestell. Auf dieser rohen Bahre trugen sie ihren toten Gefährten zum Ufer und nahmen an Siegesbeute von seinem letzten Kampf mit, was sie ihm mitzugeben gedachten. Es war nur ein kurzer Weg, dennoch fanden sie die Aufgabe nicht leicht, denn Boromir war ein großer und starker Mann.

Aragorn blieb am Ufer und hielt Wache an der Bahre, während Legolas und Gimli zu Fuß nach Parth Galen zurückeilten. Es war eine Meile oder noch weiter, und es dauerte einige Zeit, ehe sie zurückkamen und zwei Boote geschwind am Ufer entlangpaddelten.

»Etwas Seltsames haben wir zu berichten«, sagte Legolas. »Es waren nur zwei Boote am Steilufer. Von dem dritten konnten wir keine Spur entdecken.«

»Sind Orks dort gewesen?« fragte Aragorn.

»Wir sahen keine Spuren von ihnen«, antwortete Gimli. »Und Orks hätten alle Boote genommen oder zerstört, und das Gepäck ebenso.«

»Ich werde mir den Boden ansehen, wenn wir dort hinkommen«, sagte Aragorn.

Nun legten sie Boromir in die Mitte des Bootes, das ihn davontragen sollte. Die graue Kapuze und den Elbenmantel falteten sie zusammen und legten sie ihm unter den Kopf. Sie kämmten sein langes, dunkles Haar und ordneten es auf seinen Schultern. Der goldene Gürtel von Lórien funkelte um seinen Leib. Den Helm legten sie neben ihn und auf seinen Schoß das gespaltene Horn und das Heft und die Bruchstücke seines Schwerts. Zu seinen Füßen lagen die Schwerter seiner Feinde. Dann befestigten sie den Bug des Boots am Heck des anderen und zogen es hinaus auf das Wasser. Traurig ruderten sie am Ufer entlang, und als sie in die schnell fließende Stromrinne einbogen, kamen sie an dem grünen Rasen von Parth Galen vorbei. Die steilen Hänge des Tol Brandir erglühten: der

Boromirs Tod

Nachmittag war schon fortgeschritten. Als sie nach Süden fuhren, stieg vor ihnen der Sprühregen des Rauros auf und schimmerte wie ein goldener Nebel. Das Tosen und Donnern des Wasserfalls erschütterte die windlose Luft.

Gramerfüllt lösten sie die Vertäuung des Bestattungsboots: dort lag Boromir, ruhig, friedlich über die Tiefe des fließenden Wassers hinweggleitend. Der Strom nahm ihn zu sich, während sie ihr Boot mit den Paddeln zurückhielten. Er trieb an ihnen vorbei, und langsam entfernte sich sein Boot und wurde kleiner, bis es ein dunkler Fleck vor dem goldenen Licht war; und dann verschwand es plötzlich. Rauros dröhnte unverändert weiter. Der Fluß hatte Boromir, Denethors Sohn, zu sich genommen, und nie wieder ward er in Minas Tirith auf dem Weißen Turm gesehen, wo er des Morgens zu stehen pflegte. Doch in späteren Zeiten hieß es in Gondor noch lange, das Elbenboot sei den Wasserfall hinunter und durch die schäumende Flut gefahren und habe ihn durch Osgiliath und an den zahlreichen Mündungen des Anduin vorbei bei Nacht unter den Sternen hinausgetragen in das Große Meer.

Eine Weile schwiegen die drei Gefährten und blickten ihm nach. Dann sprach Aragorn. »Sie werden Ausschau nach ihm halten vom Weißen Turm«, sagte er, »doch wird er nicht heimkehren vom Gebirge oder vom Meer.« Dann begann er langsam zu singen:

Durch Rohan über Moor und Feld und grünes Weideland
Bis an die Mauern zieht der Wind, von Westen ausgesandt.
»Was bringst du Neues aus Westen, o Wind, was sagst du zu Abend mir an?
Sahst du im Mondlicht Boromir, den hohen Rittersmann?«
»Über sieben Ströme sah ich ihn, über Wasser breit und grau
Gen Norden reiten durch leeres Land, das öde ist und rauh.
Vielleicht sah ihn der Nordwind dort, wo ich seine Spur verlorn,
Und vernahm den Schall, den Denethors Sohn noch einmal stieß ins Horn.«
»O Boromir! Von hoher Wehr blick ich gen Westen aus,
Doch aus dem menschenleeren Land kamst du nicht mehr nach Haus.«

Dann sang Legolas:

Von der Mündung herauf, von der fernen See kommt der Südwind herangejagt;
Das Schreien der Möwen begleitet ihn, wie er an den Toren klagt.
»Was bringst du Neues aus Süden, o Wind, was sagst du mir an zur Nacht?
Wo blieb er, der Schöne? Um Boromir halt' ich traurige Wacht.«
»Frag nicht nach seinem Aufenthalt – auf sturmgepeitschtem Strand
Unter dunklem Himmel liegt Totengebein zuhauf im weißen Sand.
So viele kamen den Anduin herab ins brandende Meer.
Frage den Nordwind! Wen er schickt, weiß niemand als nur er.«
»O Boromir! Zur Küste führt vom Tor der Straße Lauf,
Doch mit den Möwen kamst du nicht von der grauen See herauf.«

Dann sang Aragorn wieder:

Vom Tor der Könige her und vorbei an Rauros' tosendem Fall
Reitet der Nordwind; am Turm erklingt seines Hornes kalter Schall.
»Was bringst du Neues aus Norden, o Wind, welche Kunde am heutigen Tag?
Weißt du, wo der kühne Boromir so lange weilen mag?«
»Ich vernahm seinen Ruf am Amon Hen. Dort schlug er seine Schlacht.
Geborsten wurden Schild und Schwert zum Anduin gebracht.
Sie betteten das stolze Haupt, den edlen Leib zur Ruh,
Stromabwärts trug ihn Rauros' Fall dem fernen Meere zu.«
»O Boromir! Für immer soll fortan der Turm der Wacht
Gen Norden schaun zum Wasserfall, zu Rauros' goldner Pracht.«

So endeten sie. Dann wendeten sie ihr Boot und paddelten, so rasch sie gegen die Strömung ankamen, zurück nach Parth Galen.

»Den Ostwind habt ihr mir überlassen«, sagte Gimli, »aber ich will nichts über ihn sagen.«

»So sollte es auch sein«, sagte Aragorn. »In Minas Tirith ertragen sie den Ostwind, aber sie fragen ihn nicht nach seinen Botschaften. Doch jetzt hat Boromir seinen Weg angetreten, und wir müssen eilen, den unseren zu wählen.«

Er untersuchte die grüne Wiese, rasch, aber gründlich, und bückte sich oft zur Erde. »Keine Orks sind hier gewesen«, sagte er. »Sonst kann ich nichts genau feststellen. Unser aller Fußstapfen sind da und gehen hierhin und dorthin. Ich kann nicht sagen, ob irgendwelche Hobbits zurückgekommen sind, seit die Suche nach Frodo begann.« Er kehrte zum Steilufer zurück, nahe der Stelle, wo das Rinnsal von der Quelle hinaus in den Fluß tröpfelte. »Hier sind ein paar deutliche Abdrücke«, sagte er. »Ein Hobbit ist in das Wasser gewatet und wieder zurück; aber ich kann nicht sagen, wie lange es her ist.«

»Wie erklärst du dir dann das Rätsel?« fragte Gimli.

Aragorn antwortete nicht sofort, sondern ging zurück zum Lagerplatz und sah sich das Gepäck an. »Zwei Bündel fehlen«, sagte er, »und eines davon ist gewiß Sams: es war ziemlich groß und schwer. Das scheint also die Lösung zu sein: Frodo ist mit dem Boot fortgefahren, und sein Diener ist mit ihm gefahren. Frodo muß zurückgekommen sein, als wir alle fort waren. Ich traf Sam, als er den Berg hinaufging, und sagte ihm, er solle mir folgen; aber offenbar hat er das nicht getan. Er erriet die Gedanken seines Herrn und kam hierher zurück, ehe Frodo fort war. Frodo fand es nicht leicht, Sam zurückzulassen!«

»Aber warum ließ er uns zurück und ohne ein Wort?« fragte Gimli. »Das war eine seltsame Tat!«

»Und eine tapfere Tat«, sagte Aragorn. »Sam hatte recht, glaube ich. Frodo wollte nicht, daß ihn irgendeiner seiner Freunde auf der Todesfahrt nach Mordor begleitete. Aber er wußte, daß er selbst gehen mußte. Irgend etwas geschah, nachdem er uns verlassen hatte, das stärker war als seine Angst und sein Zweifel.«

»Vielleicht haben ihn Orks, die nach ihm suchten, aufgespürt, und er floh«, sagte Legolas.

»Er floh gewiß«, sagte Aragorn, »aber nicht vor Orks, glaube ich.« Was seiner Meinung nach der Grund für Frodos plötzlichen Entschluß und seine Flucht war, sagte Aragorn nicht. Boromirs letzte Worte hielt er lange geheim.

»Nun, soviel ist jetzt wenigstens klar«, sagte Legolas. »Frodo ist nicht mehr auf dieser Seite des Flusses: nur er kann das Boot genommen haben. Und Sam ist bei ihm; nur er hätte sein Bündel genommen.«

»Wir stehen nun vor der Entscheidung«, sagte Gimli, »entweder das letzte Boot zu nehmen und Frodo zu folgen, oder aber zu Fuß die Orks zu verfolgen. Beides ist nicht sehr hoffnungsvoll. Wir haben bereits kostbare Stunden verloren.«

»Laßt mich nachdenken«, sagte Aragorn. »Und möge ich jetzt eine richtige Entscheidung treffen und das böse Geschick dieses unseligen Tages wenden!« Er verharrte einen Augenblick schweigend. »Ich werde die Orks verfolgen«, sagte er schließlich. »Ich hätte Frodo nach Mordor geführt und wäre bis zum Ende mit ihm gegangen; aber wenn ich ihn jetzt in der Wildnis suche, muß ich die Gefangenen im Stich lassen und sie der Folter und dem Tod ausliefern. Mein Herz spricht endlich deutlich: das Schicksal des Trägers liegt nicht länger in meiner Hand. Die Gemeinschaft hat ihre Rolle gespielt. Dennoch können wir, die wir übrig geblieben sind, nicht unsere Gefährten preisgeben. Kommt! Wir wollen jetzt gehen. Laßt alles zurück, was entbehrlich ist. Wir wollen vorwärtseilen bei Tag und bei Nacht!«

Sie zogen das letzte Boot heraus und trugen es zu den Bäumen. Darunter legten sie diejenigen ihrer Sachen, die sie nicht brauchten und nicht mitnehmen konnten. Dann verließen sie Parth Galen. Der Nachmittag verblaßte, als sie zu der Lichtung zurückkamen, wo Boromir gefallen war. Dort nahmen sie die Spur der Orks auf. Es bedurfte keiner großen Kunst, sie zu finden.

»Kein anderes Volk trampelt derartig herum«, sagte Legolas. »Es scheint ihnen Freude zu machen, Pflanzen, die ihnen nicht einmal im Wege sind, zu zerstören und abzuhauen.«

»Aber trotz alledem gehen sie mächtig schnell«, sagte Aragorn, »und werden nicht müde. Und später mag es sein, daß wir unseren Weg in ödem, kahlem Gelände suchen müssen.«

»Also, ihnen nach!« sagte Gimli. »Auch Zwerge vermögen schnell zu gehen und werden nicht eher müde als Orks. Aber es wird eine lange Verfolgung werden: sie haben einen großen Vorsprung.«

»Ja«, sagte Aragorn, »wir alle werden die Ausdauer von Zwergen brauchen. Aber kommt! Mit Hoffnung oder ohne Hoffnung werden wir der Spur unserer Feinde folgen. Und wehe ihnen, wenn wir uns als schneller erweisen! Wir werden eine solche Hetzjagd veranstalten, daß sie als ein Wunder betrachtet werden wird unter den Drei Geschlechtern: Elben, Zwergen und Menschen. Vorwärts, die Drei Jäger!«

Wie ein Hirsch sprang er davon. Durch die Bäume eilte er. Weiter und immer

weiter führte er sie, unermüdlich und schnell, da er nun endlich zu einem
Entschluß gekommen war. Die Wälder um den See ließen sie hinter sich. Lange
Hänge erklommen sie, die sich dunkel und scharfkantig gegen den schon vom
Sonnenuntergang geröteten Himmel abhoben. Die Dämmerung senkte sich
herab. Sie verschwanden, graue Schatten in einem steinigen Land.

ZWEITES KAPITEL

DIE REITER VON ROHAN

Die Dämmerung wurde dunkler. Nebel hing hinter ihnen zwischen den tiefer stehenden Bäumen und schwebte über den bleichen Rändern des Anduin, doch war der Himmel klar. Sterne kamen hervor. Der zunehmende Mond stand im Westen, und die Schatten der Felsen waren schwarz. Sie hatten den Fuß steiniger Berge erreicht, und ihr Schritt wurde langsamer, denn es war nicht mehr so einfach, der Spur zu folgen. Hier erstreckten sich die Ausläufer des Emyn Muil in zwei langen, zerklüfteten Höhenzügen. Die westliche Seite der beiden Höhenzüge war steil und beschwerlich, doch die östlichen Hänge waren sanfter, durchfurcht von vielen Wasserrinnen und schmalen Schluchten. Die ganze Nacht kletterten die drei Gefährten durch dieses öde Land, erklommen den Kamm des ersten und höchsten Höhenzuges und stiegen wieder hinunter in die Dunkelheit eines tiefen, gewundenen Tals auf der anderen Seite.

In der stillen, kalten Stunde vor dem Morgengrauen hielten sie dort eine kurze Rast. Vor ihnen war der Mond schon untergegangen, und über ihnen funkelten die Sterne; hinter ihnen war das Licht des Tages noch nicht über die dunklen Berge heraufgekommen. Einen Augenblick war Aragorn ratlos: die Spur der Orks hatte in das Tal hinuntergeführt, dort aber war sie verschwunden.

»In welcher Richtung werden sie gegangen sein, was glaubst du?« fragte Legolas. »Nach Norden, um einen geraderen Weg nach Isengart einzuschlagen, oder nach Fangorn, wenn das, wie du vermutest, ihr Ziel ist? Oder nach Süden, um auf die Entwasser zu stoßen?«

»Auf den Fluß werden sie nicht zuhalten, was auch immer ihr Ziel sein mag«, sagte Aragorn. »Und sofern die Dinge in Rohan nicht sehr schlecht stehen und Sarumans Macht nicht erheblich zugenommen hat, werden sie den kürzesten Weg nehmen, den sie finden können, über die Weiden der Rohirrim. Laßt uns im Norden suchen!«

Das Tal lag wie ein steinerner Trog zwischen den Berggraten, und ein schmaler Bach rieselte zwischen Findlingen auf der Talsohle. Eine Felswand drohte zu ihrer Rechten; zur Linken erhoben sich graue Hänge, undeutlich und schattenhaft in der späten Nacht. Sie gingen weiter, eine Meile oder mehr nach Norden. Aragorn suchte, zum Boden gebückt, zwischen den Bodenfalten und Wasserrinnen, die zu dem westlichen Kamm führten. Legolas war ein Stück voraus. Plötzlich stieß der Elb einen Ruf aus, und die anderen rannten zu ihm.

»Wir haben schon einige überholt von denen, die wir suchen«, sagte er. »Schaut!« Er zeigte auf etwas, und sie sahen, daß das, was sie zuerst für Findlinge gehalten hatten, die am Fuß des Abhangs lagen, zusammengekauerte Körper waren. Fünf tote Orks lagen da. Sie waren mit vielen grausamen Hieben niedergestreckt, und zweien war der Kopf abgeschlagen worden. Der Boden war naß von ihrem dunklen Blut.

»Hier ist ein weiteres Rätsel«, sagte Gimli. »Aber es bedarf des Tageslichts, und darauf können wir nicht warten.«

»Und dennoch, wie immer du es auslegst, es scheint nicht ohne Hoffnung zu sein«, sagte Legolas. »Feinde der Orks sind vermutlich unsere Freunde. Lebt irgend jemand in diesen Bergen?«

»Nein«, sagte Aragorn. »Die Rohirrim kommen selten hierher, und von Minas Tirith ist es weit. Vielleicht haben irgendwelche Menschen aus Gründen, die wir nicht kennen, hier gejagt. Indes glaube ich es nicht.«

»Was glaubst du denn?« fragte Gimli.

»Ich glaube, daß der Feind seinen eigenen Feind mitgebracht hat«, antwortete Aragorn. »Diese hier sind Nördliche Orks von weither. Unter den Erschlagenen sind keine der großen Orks mit den seltsamen Zeichen. Es hat Streit gegeben, vermute ich: nichts Ungewöhnliches bei diesem abscheulichen Volk. Vielleicht gab es eine Meinungsverschiedenheit über den Weg.«

»Oder über die Gefangenen«, sagte Gimli. »Hoffen wir, daß nicht auch sie hier den Tod gefunden haben.«

Aragorn suchte den Boden in einem großen Kreis ab, aber keine anderen Spuren des Kampfes waren zu sehen. Sie gingen weiter. Schon wurde der östliche Himmel fahl; die Sterne verblaßten, und ein graues Licht breitete sich langsam aus. Etwas weiter nördlich kamen sie zu einer Bodenfalte, in der ein winziger Bach, herabstürzend und sich windend, einen steinigen Pfad hinunter in das Tal gebahnt hatte. Dort wuchsen ein paar Büsche und an den Seiten stellenweise Gras.

»Endlich!« sagte Aragorn. »Hier sind die Spuren, die wir suchen. Diese Wasserrinne hinauf: das ist der Weg, den die Orks nach ihrer Auseinandersetzung eingeschlagen haben.«

Rasch folgten die Jäger jetzt dem neuen Pfad. Als seien sie erfrischt nach nächtlicher Ruhe, sprangen sie von Stein zu Stein. Schließlich erreichten sie die Kuppe des grauen Bergs, und eine plötzliche Brise ließ ihr Haar wehen und erfaßte ihre Mäntel: der kalte Wind der Morgendämmerung.

Als sie sich umwandten, sahen sie jenseits des Flusses die fernen Berge in Flammen. Der Tag nahm den Himmel in Besitz. Der rote Rand der Sonne stieg über die Grate des dunklen Landes. Vor ihnen im Westen lag die Welt still, formlos und grau; aber während sie noch schauten, lösten sich die Schatten der Nacht auf, die Farben der erwachenden Erde kehrten zurück: Grün überflutete die weiten Wiesen von Rohan; der weiße Nebel schimmerte in den Wassertälern; und zur Linken erhob sich blau und purpurrot in weiter Ferne, dreißig oder mehr Meilen mochten es sein, das Weiße Gebirge, und seine kohlschwarzen Gipfel waren mit schimmerndem Schnee bedeckt und von der Morgenröte rosig überhaucht.

»Gondor! Gondor!« rief Aragorn. »Ich wollte, ich hätte dich in einer glücklicheren Stunde wiedergesehen! Noch führt mein Weg nicht südwärts zu deinen klaren Strömen.

Gondor! Gondor vom Gebirg zum Küstenstrich!
Westwind wehte; das Licht der Königsgärten glich
Hellem Regen: so fiel es auf den Silberbaum
Einstmals. Türme, Thron und Krone, goldner Traum!
Gondor! Gondor! Wird der Westwind wieder wehn?
Werden Menschen den Silberbaum dort wiedersehn?

Nun laßt uns gehen!« sagte er, wandte seinen Blick vom Süden ab und hielt im Westen und Norden nach dem Weg Ausschau, den er einschlagen mußte.

Der Grat, auf dem die Gefährten standen, fiel vor ihren Füßen jäh ab. Zwanzig Klafter oder mehr unter ihm lag ein breiter und zerklüfteter Felsenvorsprung, der plötzlich in den Rand einer steilen Felswand auslief: der Ostwall von Rohan. So endete der Emyn Muil, und die grünen Ebenen der Rohirrim erstreckten sich vor ihnen, soweit das Auge reichte.

»Schaut!« rief Legolas und wies hinauf in den blassen Himmel. »Da ist der Adler wieder! Er ist sehr hoch. Er scheint jetzt fortzufliegen aus diesem Land zurück nach dem Norden. Er bewegt sich mit großer Schnelligkeit. Schaut!«

»Nein, nicht einmal meine Augen können ihn sehen, mein guter Legolas«, sagte Aragorn. »Er muß wahrlich hoch droben sein. Ich frage mich, welchen Auftrag er hat, wenn es derselbe Vogel ist, den ich schon zuvor gesehen habe. Doch schaut! Ich sehe etwas, das näher ist und dringender; dort auf der Ebene bewegt sich etwas!«

»Vieles«, sagte Legolas. »Es ist eine große Schar zu Fuß, aber mehr kann ich nicht sagen und auch nicht sehen, was für Leute es sein mögen. Sie sind noch viele Wegstunden entfernt: zwölf, vermute ich; aber bei der Flachheit der Ebene läßt sich die Entfernung schwer schätzen.«

»Dennoch glaube ich, daß wir nicht länger irgendeine Spur brauchen, die uns sagt, welchen Weg wir gehen sollen«, sagte Gimli. »Laßt uns so rasch wie möglich einen Pfad hinunter zu den Weiden finden.«

»Ich bezweifle, ob wir einen rascheren Pfad finden werden als den von den Orks gewählten«, sagte Aragorn.

Sie folgten ihren Feinden nun bei hellem Tageslicht. Es schien, daß die Orks mit größtmöglicher Schnelligkeit vorwärts gehastet waren. Ab und zu fanden die Verfolger Dinge, die fallengelassen oder weggeworfen worden waren: Beutel mit Wegzehrung, Rinden und Kanten von hartem, grauem Brot, einen zerrissenen, schwarzen Mantel, einen schweren, eisenbeschlagenen Schuh, der auf den Steinen entzweigegangen war. Die Spur führte sie nach Norden am Kamm des Steilhangs entlang, und schließlich kamen sie zu einer tiefen Spalte, die ein geräuschvoll herabsprudelnder Bach in den Fels eingeschnitten hatte. In der schmalen Schlucht führte ein holpriger Pfad wie eine Treppe hinunter in die Ebene.

Unten kamen sie mit einer seltsamen Plötzlichkeit auf das Gras von Rohan. Wie ein grünes Meer wogte es bis zum Fuß des Emyn Muil. Der herabstürzende Bach verschwand im dichten Wuchs von Kresse und Wasserpflanzen, und sie hörten ihn unter dem Grün dahinplätschern, lange sanfte Abhänge hinunter zu den Sümpfen im fernen Tal der Entwasser. Den Winter, der sich noch in den Bergen hielt, schienen sie hinter sich gelassen zu haben. Hier war die Luft weicher und wärmer und duftete schwach, als ob sich der Frühling schon regte und der Saft wieder stieg in Kraut und Blatt. Legolas holte tief Luft wie einer, der nach langem Dürsten in kargen Gegenden einen kräftigen Schluck trinkt.

»Ah, der frische Duft«, sagte er. »Das ist besser als viel Schlaf. Laßt uns laufen!«

»Leichte Füße mögen hier geschwind laufen«, sagte Aragorn. »Geschwinder vielleicht als eisenbeschuhte Orks. Jetzt haben wir Aussicht, ihren Vorsprung zu verringern.«

Einer hinter dem anderen liefen sie wie Jagdhunde auf einer frischen Fährte, und ihre Augen leuchteten vor Ungeduld. Fast genau nach Westen hatten die marschierenden Orks ihre häßliche, breite Spur getrampelt; das duftige Gras von Rohan war zertreten und schwarz geworden, als sie vorübergingen. Plötzlich stieß Aragorn einen Schrei aus und wandte sich zur Seite.

»Bleibt!« rief er. »Folgt mir noch nicht!« Er rannte rasch nach rechts, fort von der Hauptspur; denn er hatte dort Fußstapfen gesehen, die sich von den anderen entfernten, die Abdrücke kleiner, unbeschuhter Füße. Allerdings waren sie nicht weit gelangt, ehe sie von Ork-Abdrücken eingeholt wurden, die von vorn und von hinten von der Hauptspur gekommen waren und gleich wieder umkehrten und sich in dem Getrampel verloren. An der entferntesten Stelle bückte sich Aragorn und hob etwas vom Gras auf; dann lief er zurück.

»Ja«, sagte er, »es ist ganz klar: die Fußstapfen eines Hobbits. Pippins, glaube ich. Er ist kleiner als der andere. Und schaut euch das an!« Er hielt etwas hoch, das im Sonnenschein glitzerte. Es sah aus wie ein Buchenblatt, das sich gerade geöffnet hatte, schön und fremdartig in der baumlosen Ebene.

»Die Brosche eines Elbenmantels!« riefen Legolas und Gimli wie aus einem Munde.

»Nicht zwecklos fallen Lóriens Blätter«, sagte Aragorn. »Dieses ging nicht zufällig verloren: es ist fortgeworfen worden als Zeichen für irgend jemanden, der folgen könnte. Ich glaube, Pippin ist zu diesem Zweck von der Spur fortgelaufen.«

»Dann war er wenigstens am Leben«, sagte Gimli. »Und konnte seinen Verstand gebrauchen, und seine Beine auch. Das ist ermutigend. Unsere Verfolgung ist nicht vergeblich.«

»Hoffen wir, daß er für seine Kühnheit nicht zu teuer bezahlen mußte«, sagte Legolas. »Kommt! Laßt uns weitergehen. Der Gedanke an diese fröhlichen jungen Leute, die wie Vieh dahingetrieben werden, tut mir in der Seele weh.«

Die Sonne erklomm den Mittag und zog dann am Himmel langsam abwärts. Leichte Wolken trieben vom Meer im fernen Süden herauf und wurden vom Wind fortgeblasen. Die Sonne sank. Schatten stiegen in der Ferne auf und streckten vom Osten her lange Arme aus. Noch gaben die Jäger nicht auf. Ein Tag war jetzt vergangen, seit Boromir fiel, und die Orks waren noch weit voraus. Es war nichts mehr von ihnen zu sehen in dem ebenen Flachland.

Als die Schatten der Nacht sie umschlossen, hielt Aragorn an. Nur zweimal während des Tagesmarschs hatten sie eine kurze Weile gerastet, und zwölf Meilen lagen jetzt zwischen ihnen und dem östlichen Wall, wo sie im Morgengrauen gestanden hatten.

»Eine schwierige Entscheidung liegt jetzt vor uns«, sagte er. »Sollen wir bei Nacht ruhen oder weitergehen, solange unser Wille und unsere Kraft reichen?«

»Sofern unsere Feinde nicht auch ruhen, werden sie uns weit zurücklassen, wenn wir hierbleiben, um zu schlafen«, sagte Legolas.

»Sicher werden doch selbst Orks auf dem Marsch eine Rast machen müssen?« fragte Gimli.

»Selten wandern Orks in der Sonne durch offenes Land, doch diese haben es getan«, sagte Legolas. »Gewiß werden sie des Nachts nicht ruhen.«

»Aber wenn sie des Nachts laufen, können wir ihrer Spur nicht folgen«, sagte Gimli.

»Die Spur verläuft ganz gerade und geht weder nach rechts noch nach links, soweit meine Augen sehen können«, sagte Legolas.

»Vielleicht könnte ich euch aufs Geratewohl in der Dunkelheit führen und die Richtung einhalten«, sagte Aragorn. »Aber wenn wir uns verirren oder sie abbiegen, dann könnte es, wenn es hell wird, lange dauern, bis wir die Spur wiederfinden.«

»Und auch das ist zu bedenken«, sagte Gimli, »nur bei Tage können wir irgendwelche Spuren sehen, die vom Wege fortführen. Sollte ein Gefangener entkommen oder einer weggeschleppt werden nach Osten, sagen wir zum Großen Strom, nach Mordor, dann könnten wir die Anzeichen übersehen und es niemals erfahren.«

»Das ist wahr«, sagte Aragorn. »Aber wenn ich die Zeichen an jener Stelle dort hinten richtig gelesen habe, dann setzten sich die Orks der Weißen Hand durch, und die ganze Gruppe ist jetzt auf dem Weg nach Isengart. Ihre bisherige Richtung bestätigt meine Annahme.«

»Dennoch wäre es voreilig, ihrer Absichten ganz sicher zu sein«, sagte Gimli. »Und wie ist es mit dem Entkommen? Im Dunkeln wären wir an den Zeichen vorbeigegangen, die dich zu der Brosche führten.«

»Die Orks werden jetzt doppelt auf der Hut sein, und die Gefangenen noch müder«, sagte Legolas. »Es wird kein Entkommen mehr geben, sofern wir es nicht zuwege bringen. Wie das bewerkstelligt werden soll, läßt sich nicht mutmaßen, aber zuerst müssen wir sie einholen.«

»Doch selbst ich, Zwerg vieler Wanderungen und nicht der am wenigsten ausdauernde meines Volkes, kann nicht den ganzen Weg nach Isengart ohne Rast zurücklegen«, sagte Gimli. »Auch mir tut die Seele weh, und ich wäre gern früher aufgebrochen; aber jetzt muß ich ein wenig ruhen, um besser laufen zu können. Und wenn wir rasten, dann ist die sichtlose Nacht die richtige Zeit, es zu tun.«

»Ich sagte, es sei eine schwierige Entscheidung«, sagte Aragorn. »Wie wollen wir diese Frage lösen?«

»Du bist unser Führer«, sagte Gimli, »und du bist erfahren in der Verfolgung. Du sollst entscheiden.«

»Mein Herz heißt mich weitergehen«, sagte Legolas. »Aber wir müssen zusammenbleiben. Ich werde mich eurer Meinung anschließen.«

»Ihr überlaßt die Wahl einem schlechten Wähler«, sagte Aragorn. »Seit wir durch Argonath gekommen sind, waren meine Entscheidungen falsch.« Er schwieg und schaute lange nach Norden und Westen in die dunkler werdende Nacht. »Wir werden nicht im Dunkeln gehen«, sagte er schließlich. »Die Gefahr, die Spur oder andere Zeichen des Kommens und Gehens zu übersehen, scheint mir die größere zu sein. Wenn der Mond hell genug wäre, könnten wir sein Licht ausnützen, aber leider geht er früh unter und ist noch schmal und bleich.«

»Und heute nacht ist er sowieso verhangen«, murmelte Gimli. »Ich wünschte, die Herrin hätte uns ein solches Licht gegeben, wie sie es Frodo geschenkt hat!«

»Es wird dort nötiger sein, wo es bewahrt wird«, sagte Aragorn. »Bei ihm liegt die wahre Aufgabe. Die unsere ist nur eine kleine Angelegenheit unter den großen Tagen dieser Zeit. Eine vergebliche Verfolgung von Anfang an, vielleicht, die keine Entscheidung von mir zum Scheitern verurteilen oder zum Guten wenden kann. Nun, ich habe mich entschieden. So laßt uns die Zeit nützen, so gut wir können!«

Er warf sich auf den Boden und schlief sofort ein, denn er hatte nicht geschlafen seit jener Nacht unter dem Schatten von Tol Brandir. Ehe die Morgendämmerung am Himmel erschien, wachte er auf und erhob sich. Gimli schlummerte noch fest, aber Legolas stand schon und schaute nach Norden in die Dunkelheit, nachdenklich und schweigend wie ein junger Baum in einer windlosen Nacht.

»Sie sind weit, weit fort«, sagte er traurig und wandte sich zu Aragorn. »Ich weiß es in meinem Herzen, daß sie in dieser Nacht nicht gerastet haben. Nur ein Adler könnte sie jetzt noch einholen.«

»Trotzdem werden wir ihnen folgen, so gut wir können«, sagte Aragorn. Er bückte sich und weckte den Zwerg. »Komm! Wir müssen weiter«, sagte er. »Die Fährte wird kalt.«

»Aber es ist noch dunkel«, sagte Gimli. »Selbst Legolas auf einer Bergkuppe könnte sie nicht sehen, ehe die Sonne aufgegangen ist.«

»Ich fürchte, sie sind so weit, daß mein Auge sie nicht vom Berg aus noch in der Ebene, nicht unter dem Mond noch in der Sonne erblicken kann«, sagte Legolas.

»Wenn das Auge versagt, bringt die Erde uns vielleicht Botschaft«, sagte Aragorn. »Das Land muß stöhnen unter ihren verhaßten Füßen.« Er streckte sich auf dem Boden aus und preßte das Ohr aufs Gras. Dort lag er so lange reglos, daß Gimli sich fragte, ob er wohl ohnmächtig geworden oder wieder eingeschlafen sei. Schimmernd kam die Morgendämmerung, und langsam breitete sich ein graues Licht um sie aus. Schließlich stand Aragorn auf, und jetzt konnten seine

Freunde sein Gesicht sehen: es war bleich und eingefallen, und er sah verwirrt aus.

»Die Botschaft der Erde ist verschwommen und unklar«, sagte er. »Nichts geht auf ihr auf viele Meilen im Umkreis. Schwach und fern sind die Füße unserer Feinde. Aber laut sind die Hufe der Pferde. Mir fällt ein, daß ich sie schon gehört habe, als ich noch im Schlaf auf dem Boden lag, und sie störten meine Träume: galoppierende Pferde, die in den Westen ritten. Aber jetzt entfernen sie sich noch weiter von uns und reiten nach Norden. Ich frage mich, was in diesem Land geschieht!«

»Laßt uns gehen«, sagte Legolas.

So begann der dritte Tag ihrer Verfolgung. Während all ihrer langen Stunden mit Wolken und launischer Sonne hielten sie kaum inne; bald schritten sie kräftig aus, bald rannten sie, als ob keine Müdigkeit das Feuer löschen könnte, das sie verzehrte. Sie sprachen selten. Durch die große Einsamkeit eilten sie dahin, und ihre Elbenmäntel waren wie Schatten vor dem Hintergrund der graugrünen Wiesen; sogar im kalten Sonnenschein des Mittags hätten nur wenige elbische Augen sie bemerkt, ehe sie ganz nahe waren. Oft dankten sie in ihrem Herzen der Herrin von Lórien, daß sie ihnen *lembas* gegeben hatte, denn selbst beim Laufen konnten sie davon essen und neue Kraft schöpfen.

Den ganzen Tag führte die Spur ihrer Feinde geradeaus nach Nordwesten, ohne eine Unterbrechung oder Abweichung. Als sich wiederum der Tag seinem Ende zuneigte, kamen sie zu langen, baumlosen Abhängen; das Land stieg an und zog sich zu einer Kette buckliger Hügel vor ihnen hinaus. Die Orkspur wurde schwächer, als sie nach Norden zu ihnen abschwenkte, denn der Boden war härter und das Gras kürzer. In weiter Ferne schlängelte sich zur Linken der Fluß Entwasser, ein silbernes Band auf grünem Grund. Kein sich bewegendes Geschöpf war zu sehen. Oft fragte sich Aragorn, warum sie keinerlei Anzeichen von Tier oder Mensch sahen. Die Behausungen der Rohirrim lagen zumeist viele Wegstunden entfernt im Süden, unter den bewaldeten Ausläufern des Weißen Gebirges, das jetzt in Nebel und Wolken verborgen war; indes hatten die Herren der Rösser früher viele Herden und Gestüte in Ostemnet unterhalten, diesem östlichen Teil ihres Bereichs, und die Hirten waren viel gewandert und hatten sogar zur Winterszeit in Lagern und Zelten gelebt. Doch jetzt war das ganze Land verlassen, und es herrschte ein Schweigen, das nicht die Stille des Friedens zu sein schien.

In der Dämmerung hielten sie wieder an. Zweimal zwölf Wegstunden hatten sie jetzt auf den Ebenen von Rohan zurückgelegt, und der Wall des Emyn Muil war in den Schatten des Ostens verschwunden. Der neue Mond schimmerte an einem nebligen Himmel, aber er gab nur wenig Licht, und die Sterne waren verschleiert.

»Jetzt ist mir eine Rastzeit oder überhaupt eine Unterbrechung unserer Jagd höchst ärgerlich«, sagte Legolas. »Die Orks sind uns vorausgerannt, als ob Saurons Peitschen hinter ihnen seien. Ich fürchte, sie haben schon den Wald und die dunklen Berge erreicht und verschwinden nun in den Schatten der Bäume.«

Gimli knirschte mit den Zähnen. »Das ist ein bitteres Ende unserer Hoffnung und all unserer Mühe!« sagte er.

»Der Hoffnung vielleicht, aber nicht der Mühe«, sagte Aragorn. »Wir werden hier nicht umkehren. Dennoch bin ich müde.« Er blickte den Weg, den sie gekommen waren, zurück, zur Nacht hin, die sich im Osten zusammenzog. »Irgend etwas Seltsames ist in diesem Land am Werk. Ich mißtraue der Stille. Ich mißtraue selbst dem bleichen Mond. Die Sterne sind matt; und ich bin müde, wie ich es selten zuvor war, müde, wie kein Waldläufer sein sollte, der eine deutliche Spur zu verfolgen hat. Da ist irgendein Wille, der unseren Feinden Schnelligkeit verleiht und vor uns eine unsichtbare Schranke errichtet: eine Müdigkeit, die mehr im Herzen als in den Gliedern sitzt.«

»Fürwahr«, sagte Legolas. »Das habe ich gewußt, seit wir zuerst vom Emyn Muil herabkamen. Denn der Wille ist nicht hinter uns, sondern vor uns.« Er zeigte weit über das Land Rohan in den dunkelnden Westen unter der Mondsichel.

»Saruman!« murmelte Aragorn. »Aber er soll uns nicht dazu bringen, daß wir umkehren! Anhalten müssen wir noch einmal; denn, schaut! selbst der Mond gerät in die sich zusammenziehenden Wolken. Doch unser Weg liegt im Norden zwischen Höhenzug und Fenn, wenn der Tag zurückkehrt.«

Wie zuvor war Legolas als erster auf den Beinen, wenn er überhaupt geschlafen hatte. »Erwacht! Erwacht!« rief er. »Rot ist die Morgendämmerung. Seltsame Dinge erwarten uns am Rande des Waldes. Ob gute oder böse, das weiß ich nicht; aber wir werden gerufen. Erwacht!«

Die anderen sprangen auf und machten sich fast sogleich wieder auf den Weg. Langsam kamen die Höhenzüge näher. Es war noch eine Stunde vor dem Mittag, als sie sie erreichten: grüne Hänge stiegen auf zu kahlen Kämmen, die in einer Reihe genau nach Norden verliefen. Zu ihren Füßen war der Boden trocken und das Gras kurz, aber ein langer Streifen tiefer gelegenen Landes, etwa zehn Meilen breit, erstreckte sich zwischen ihnen und dem Fluß, der in düsteren Dickichten von Schilf und Binsen dahinzog. Genau westlich des südlichsten Hanges war ein großer Kreis, wo die Grasnarbe aufgerissen war und niedergetreten von vielen stampfenden Füßen. Von hier aus ging die Orkspur weiter und wandte sich nach Norden den kahlen Rändern der Berge entlang. Aragorn blieb stehen und untersuchte die Fährte genau.

»Sie rasteten hier eine Weile«, sagte er, »aber selbst die weiterführende Spur ist schon alt. Ich fürchte, dein Herz hat wahr gesprochen, Legolas: dreimal zwölf Stunden, vermute ich, ist es her, daß die Orks hier standen, wo wir jetzt stehen. Wenn sie ihren Schritt beibehielten, müssen sie gestern bei Sonnenuntergang die Grenzen von Fangorn erreicht haben.«

»Ich kann im Norden oder Westen nichts sehen als Gras, das in Nebel übergeht«, sagte Gimli. »Könnten wir den Wald sehen, wenn wir auf die Berge stiegen?«

»Er ist noch weit weg«, sagte Aragorn. »Wenn ich mich recht erinnere, erstrecken sich diese Höhen acht oder mehr Wegstunden nach Norden, und nordwestlich vom Austritt der Entwasser liegt noch ein ausgedehntes Land, weitere fünfzehn Wegstunden mögen es sein.«

»Gut, laßt uns weitergehen«, sagte Gimli. »Meine Füße müssen die Meilen vergessen. Sie wären williger, wenn mein Herz weniger schwer wäre.«

Die Sonne ging unter, als sie sich endlich dem Ende der Höhenzüge näherten. Viele Stunden waren sie ohne Rast marschiert. Jetzt gingen sie langsam, und Gimlis Rücken war gebeugt. Steinhart sind die Zwerge beim Arbeiten oder Wandern, aber diese endlose Jagd nahm ihn allmählich mit, da alle Hoffnung aus seinem Herzen schwand. Aragorn ging hinter ihm, düster und schweigend, und ab und zu bückte er sich, um eine Fußspur oder ein Zeichen auf dem Boden zu untersuchen. Nur Legolas schritt so leicht dahin wie eh und je, und seine Füße schienen das Gras kaum niederzudrücken und hinterließen keine Spuren. Denn in der Wegzehrung der Elben fand er alle Nährkraft, die er brauchte, und er vermochte zu schlafen, wenn es von Menschen schlafen genannt werden konnte, indem er seinen Geist ruhen ließ auf den seltsamen Pfaden elbischer Träume, während er mit offenen Augen im Licht dieser Welt wanderte.

»Laßt uns weiter auf diesen grünen Berg hinaufgehen«, sagte er. Müde folgten ihm die anderen und erklommen den langen Hang, bis sie zum Gipfel kamen. Es war ein kreisrunder Berg, glatt und kahl, der für sich allein stand, der nördlichste dieses Höhenzugs. Die Sonne sank, und die Schatten des Abends fielen wie ein Vorhang. Sie waren allein in einer grauen, gestaltlosen Welt ohne Maß und Ziel. Nur weit entfernt im Nordwesten war eine tiefere Dunkelheit vor dem ersterbenden Licht: das Nebelgebirge und der Wald zu seinen Füßen.

»Nichts ist hier zu sehen, das uns leiten könnte«, sagte Gimli. »Nun müssen wir wieder haltmachen und die Nacht hinter uns bringen. Es wird kalt!«

»Der Wind kommt vom Schnee im Norden«, sagte Aragorn.

»Und ehe es tagt, wird er von Osten kommen«, sagte Legolas. »Aber ruht, wenn ihr müßt. Doch gebt nicht alle Hoffnung auf. Das Morgen ist unbekannt. Rat wird oft gefunden bei Sonnenaufgang.«

»Dreimal ist auf unserer Jagd die Sonne schon aufgegangen und hat keinen Rat gebracht«, sagte Gimli.

Die Nacht wurde immer kälter. Aragorn und Gimli schliefen unruhig, und wann immer sie aufwachten, sahen sie Legolas neben sich stehen oder auf- und abgehen; er sang in seiner eigenen Sprache leise vor sich hin, und während er sang, traten in dem strengen, schwarzen Gewölbe über ihnen die Sterne hervor. So verging die Nacht. Gemeinsam beobachteten sie, wie sich die Morgendämmerung langsam am Himmel ausbreitete, der jetzt nackt und wolkenlos war, bis schließlich die Sonne aufging. Sie war fahl und klar. Der Wind kam von Osten, und der Nebel hatte sich gänzlich verzogen; weite öde Lande lagen um sie in dem erbarmungslosen Licht.

Vor sich und nach Osten sahen sie das dem Wind ausgesetzte Hochland des Ödlands von Rohan, das sie schon vor vielen Tagen vom Großen Strom aus flüchtig erblickt hatten. Nordwestlich erhob sich der dunkle Wald von Fangorn; noch zehn Wegstunden waren es bis zu seinen schattigen Rändern, und seine hinteren Hänge verblaßten in der blauen Ferne. Jenseits des Waldes schimmerte, als schwimme er auf einer grauen Wolke, der weiße Gipfel des hohen Methedras, der letzten Spitze des Nebelgebirges. Aus dem Walde heraus floß ihnen entgegen die Entwasser, ihr Strom war jetzt rasch und schmal und ihr Bett tief eingeschnitten. Die Orkspur hielt von dem Hügelland auf sie zu.

Als Aragorn mit seinen scharfen Augen der Spur zum Fluß folgte und dann vom Fluß wieder zum Wald blickte, sah er auf dem fernen Grün einen Schatten, einen dunklen, sich rasch bewegenden Fleck. Er warf sich auf den Boden und lauschte aufmerksam. Doch Legolas stand neben ihm, beschattete die klaren Elbenaugen mit seiner langen, schlanken Hand und sah nicht einen Schatten, nicht einen Fleck, sondern die kleinen Gestalten von Reitern, vielen Reitern, und der Schein des Morgens auf den Spitzen ihrer Speere war wie das Funkeln winziger Sterne, das sterbliche Augen nicht mehr zu sehen vermögen. Weit hinter ihnen stieg dunkler Rauch in dünnen Ringeln auf.

Es lag eine Stille über den verlassenen Weiden, und Gimli hörte, wie der Wind im Gras raschelte.

»Reiter!« rief Aragorn und sprang auf. »Viele Reiter auf schnellen Pferden kommen uns entgegen!«

»Ja«, sagte Legolas, »es sind einhundertundfünf. Goldblond ist ihr Haar, und ihre Speere leuchten. Ihr Führer ist sehr groß.«

Aragorn lächelte. »Scharf sind die Augen der Elben«, sagte er.

»Nein! Die Reiter sind wenig mehr als fünf Wegstunden entfernt«, sagte Legolas.

»Fünf Wegstunden oder eine«, sagte Gimli, »entkommen können wir ihnen nicht in diesem kahlen Land. Sollen wir hier auf sie warten oder weitergehen?«

»Wir wollen warten«, sagte Aragorn. »Ich bin müde, und unsere Jagd ist gescheitert. Oder zumindest sind uns andere zuvorgekommen; denn diese Reiter kommen auf der Orkspur zurück. Wir können Nachrichten von ihnen bekommen.«

»Oder Speere«, sagte Gimli.

»Ich sehe drei leere Sättel, aber keine Hobbits«, sagte Legolas.

»Ich habe nicht gesagt, daß wir gute Nachrichten hören würden«, sagte Aragorn. »Doch ob schlecht oder gut, wir werden sie hier erwarten.«

Die drei Gefährten verließen jetzt die Bergkuppe, wo sie ein leichtes Ziel gegen den blassen Himmel gewesen wären, und gingen langsam den nördlichen Abhang hinunter. Ein wenig oberhalb des Fußes des Berges hielten sie an, hüllten sich in ihre Mäntel und setzten sich zusammengekauert auf das ausgebleichte Gras. Die Zeit verging langsam und schleppend. Der Wind war frisch und durchdringend. Gimli war unruhig.

»Was weißt du über diese Reiter, Aragorn?« fragte er. »Sitzen wir hier und warten auf einen plötzlichen Tod?«

»Ich bin bei ihnen gewesen«, antwortete Aragorn. »Sie sind stolz und eigenwillig, aber aufrichtig und großzügig im Denken und Handeln; kühn, aber nicht grausam; klug, aber nicht gelehrt; sie schreiben keine Bücher, doch singen sie viele Lieder nach Art der Kinder der Menschen vor den Dunklen Jahren. Aber ich weiß nicht, was in letzter Zeit hier geschehen ist oder welchen Sinnes die Rohirrim jetzt sind angesichts des Verräters Saruman und Saurons Drohung. Sie sind lange Zeit Freunde des Volks von Gondor gewesen, obwohl sie nicht mit ihm verwandt sind. Das war in jenen vergessenen Jahren, lange bevor Eorl der Junge sie aus dem Norden hierherbrachte, und verwandt sind sie eher mit den Bardingern von Thal und den Beorningern vom Wald, unter denen man noch viele Menschen sieht, die so groß und schön sind wie die Reiter von Rohan. Die Orks werden sie zumindest nicht lieben.«

»Aber Gandalf sprach von einem Gerücht, daß sie Tribut an Mordor entrichten«, sagte Gimli.

»Das glaube ich ebensowenig wie Boromir«, antwortete Aragorn.

»Die Wahrheit wirst du bald erfahren«, sagte Legolas. »Sie nähern sich schon.«

Schließlich konnte selbst Gimli den fernen Hufschlag galoppierender Pferde hören. Die Reiter, die der Orkspur folgten, verließen den Fluß und wandten sich dem Höhenzug zu. Sie ritten wie der Wind.

Jetzt schallten die Rufe klarer, kräftiger Stimmen über die Weiden. Plötzlich fegten sie mit Donnergetöse heran, und als der vorderste Reiter am Fuß des Berges vorbeikam, bog er ab und führte die Schar zurück nach Süden den westlichen Rändern der Höhenzüge entlang. Ihm ritten sie nach: eine große Schar von Männern in Panzerhemden, pfeilgeschwind, schimmernd, schrecklich und schön anzusehen. Ihre Pferde waren sehr groß, stark und wohlgestaltet; das graue Fell glänzte, die langen Schweife flatterten im Wind, die Mähnen auf den stolzen Hälsen waren geflochten. Die Menschen, die auf ihnen ritten, waren ihnen ebenbürtig; das flachsblonde Haar quoll unter ihren leichten Helmen hervor und wallte in langen Flechten hinter ihnen; die Gesichter waren ernst und kühn. In den Händen hielten sie kräftige Eschenspeere, bemalte Schilde hingen ihnen über den Rücken, lange Schwerter steckten in ihren Gehängen, und die glänzenden Panzerhemden reichten ihnen bis auf die Knie.

Paarweise galoppierten sie vorbei, und obwohl sich von Zeit zu Zeit einer im Steigbügel erhob und nach vorn und nach beiden Seiten schaute, schienen sie die drei Fremden nicht zu bemerken, die still dasaßen und sie beobachteten. Die Heerschar war fast vorüber, als Aragorn plötzlich aufstand und mit lauter Stimme rief: »Was gibt es Neues im Norden, ihr Reiter von Rohan?«

Mit erstaunlicher Schnelligkeit und Geschicklichkeit brachten sie ihre Pferde zum Stehen, wendeten und kamen angreifend zurück. Bald befanden sich die drei Gefährten in einem Ring von Reitern, die einen geschlossenen Kreis um sie zogen, auf den Berghang hinter ihnen hinauf und hinunter in die Ebene, rund um sie herum, und immer mehr nach innen drängten. Aragorn stand schweigend da, und die beiden anderen saßen reglos und fragten sich, welche Wendung die Dinge wohl nehmen würden.

Ohne ein Wort oder einen Ruf hielten die Reiter plötzlich. Ein Dickicht von Speeren war auf die Fremden gerichtet; und einige der Reiter hatten Bogen in den Händen, die Pfeile bereits auf die Sehnen gelegt. Dann ritt einer vorwärts, ein großer Mann, größer als die übrigen; sein Helmbusch war ein weißer Pferdeschweif. Er näherte sich, bis die Spitze seines Speers einen Fuß von Aragorns Brust entfernt war. Aragorn rührte sich nicht.

»Wer seid ihr und was tut ihr in diesem Land?« fragte der Reiter in der Gemeinsamen Sprache des Westens; seine Redeweise und sein Tonfall waren denen von Boromir, dem Menschen aus Gondor, ähnlich.

»Streicher werde ich genannt«, antwortete Aragorn. »Ich kam aus dem Norden. Ich jage Orks.«

Der Reiter sprang vom Pferd. Er gab seinen Speer einem anderen, der neben ihn geritten und ebenfalls abgestiegen war, und zog sein Schwert. Er stand Aragorn gegenüber und betrachtete ihn prüfend und nicht ohne Erstaunen. Schließlich sprach er wieder.

»Zuerst dachte ich, ihr seid selbst Orks«, sagte er. »Aber jetzt sehe ich, daß dem nicht so ist. Ihr wißt wahrlich wenig von Orks, wenn ihr euch auf diese Weise aufmacht, sie zu jagen. Sie waren geschwind und wohlbewaffnet, und es waren viele. Ihr wäret bald nicht mehr Jäger, sondern Beute gewesen, hättet ihr sie je eingeholt. Aber etwas ist seltsam an Euch, Streicher.« Er ließ seine klaren, leuchtenden Augen wieder auf dem Waldläufer ruhen. »Das ist kein Name für einen Menschen, den Ihr angebt. Und seltsam ist auch eure Kleidung. Seid ihr aus dem Gras entsprungen? Wie kam es, daß ihr unserem Blick entgingt? Seid ihr elbisches Volk?«

»Nein«, sagte Aragorn. »Nur einer ist ein Elb, Legolas aus dem Waldland-Reich im fernen Düsterwald. Aber wir sind durch Lothlórien gekommen, und die Geschenke und die Gunst der Herrin begleiten uns.«

Der Reiter sah sie erneut voll Erstaunen an, aber sein Blick wurde hart. »Dann gibt es also wirklich eine Herrin im Goldenen Wald, wie alte Sagen berichten!« sagte er. »Wenige entgehen ihren Netzen, heißt es. Es sind seltsame Zeiten! Aber wenn ihr in ihrer Gunst steht, dann seid vielleicht auch ihr Netzknüpfer und Zauberer.« Er warf plötzlich Legolas und Gimli einen kalten Blick zu. »Warum sprecht ihr nicht, ihr Schweigsamen?« fragte er.

Gimli stand auf und stellte sich breitbeinig hin; er packte den Griff seiner Axt, und seine dunklen Augen funkelten. »Nennt mir Euren Namen, Pferde-Herr, dann werde ich Euch meinen nennen und noch einiges dazu sagen«, sagte er.

»Was das betrifft«, sagte der Reiter und starrte hinunter auf den Zwerg, »so sollte sich zuerst der Fremde erklären. Indes heiße ich Éomer, Éomunds Sohn, und werde der Dritte Marschall der Riddermark genannt.«

»Dann, Éomer, Éomunds Sohn, Dritter Marschall der Riddermark, laßt Euch von Gimli, dem Zwerg, Glóins Sohn, vor törichten Worten warnen. Ihr sprecht schlecht von dem, was schöner ist, als Ihr Euch vorzustellen vermögt, und nur geringer Verstand kann Euch entschuldigen.«

Éomers Augen blitzten, und die Menschen von Rohan murrten zornig,

Die Reiter von Rohan

drängten heran und hoben die Speere. »Ich würde Euch den Kopf abschlagen, mit Bart und allem, Herr Zwerg, wenn er nur etwas höher über den Erdboden ragte«, sagte Éomer.

»Er steht nicht allein«, sagte Legolas, spannte seinen Bogen und legte einen Pfeil ein mit Händen, die sich so schnell bewegten, daß ihnen der Blick nicht folgen konnte. »Ihr würdet sterben, ehe Ihr zum Streich ausholtet.«

Éomer hob sein Schwert, und die Sache hätte vielleicht ein böses Ende genommen, aber Aragorn sprang zwischen sie und hob die Hand. »Verzeiht, Éomer!« rief er. »Wenn Ihr mehr wißt, werdet Ihr verstehen, warum Ihr meine Gefährten erzürnt habt. Wir haben nichts Böses gegen Rohan im Sinn und gegen keinen Angehörigen seines Volkes, weder Mann noch Pferd. Wollt Ihr nicht hören, was wir zu berichten haben, ehe Ihr zuschlagt?«

»Ja«, sagte Éomer und senkte seine Klinge. »Aber Wanderer in der Riddermark wären gut beraten, wenn sie in diesen Tagen des Zweifels weniger hochmütig wären. Zuerst nennt mir Euren richtigen Namen.«

»Zuerst sagt mir, wem Ihr dient«, antwortete Aragorn. »Seid Ihr Freund oder Feind von Sauron, dem Dunklen Gebieter in Mordor?«

»Ich diene nur dem Herrn der Mark, König Théoden, Thengels Sohn«, erwiderte Éomer. »Wir dienen nicht der Macht des fernen Schwarzen Landes, doch sind wir auch noch nicht in offenem Krieg mit ihm; und wenn ihr vor ihm flieht, dann verlaßt ihr am besten dieses Land. An all unseren Grenzen gibt es Unruhe, und wir sind bedroht; doch wünschen wir nur, frei zu sein und zu leben, wie wir gelebt haben, unser Eigentum zu bewahren und keinem fremden Herrn, sei er gut oder böse, zu dienen. In besseren Zeiten hießen wir Gäste freundlich willkommen, aber heutzutage findet uns der ungebetene Fremde vorschnell und hart. Nun sprecht! Wer seid Ihr? Wem dient *Ihr*? Auf wessen Befehl jagt Ihr Orks in unserm Land?«

»Ich diene niemandem«, sagte Aragorn, »aber Saurons Diener verfolge ich in jedem Land, in das sie sich begeben mögen. Unter den sterblichen Menschen gibt es wenige, die mehr über Orks wissen, und nicht aus freien Stücken jage ich sie auf diese Weise. Die Orks, die wir verfolgten, nahmen zwei meiner Freunde gefangen. In solcher Not wird ein Mann, der kein Pferd hat, zu Fuß gehen, und er wird nicht um Erlaubnis bitten, der Spur folgen zu dürfen. Auch wird er die Köpfe der Feinde nicht zählen, es sei denn mit dem Schwert. Ich bin nicht waffenlos.«

Aragorn warf seinen Mantel zurück. Die Elbenscheide glitzerte, als er sie packte, und Andúrils helle Klinge leuchtete wie eine Flamme, als er sie herauszog. »Elendil!« rief er. »Ich bin Aragorn, Arathorns Sohn, und werde Elessar, der Elbenstein, und Dúnadan genannt, der Erbe Isildurs, Elendils Sohn, von Gondor. Hier ist das Schwert, das geborsten war und neu geschmiedet wurde! Wollt Ihr mir helfen oder mich hindern? Entscheidet Euch rasch!«

Gimli und Legolas betrachteten ihren Gefährten erstaunt, denn sie hatten ihn noch nie in solchem Zorn gesehen. Er schien gewachsen zu sein, während Éomer geschrumpft war; und in seinem lebendigen Gesicht erblickten sie flüchtig das Abbild der Macht und Majestät der Könige aus Stein. Einen Augenblick schien es

Legolas, als flackere eine weiße Flamme auf Aragorns Stirn wie eine schimmernde Krone.

Éomer trat zurück, und ein Ausdruck ehrfürchtiger Scheu lag auf seinem Gesicht. Er schlug die stolzen Augen nieder. »Es sind wahrlich seltsame Zeiten«, murmelte er. »Träume und Sagen tauchen aus dem Gras auf und werden lebendig.«

»Sagt mir, Herr«, fuhr er fort, »was bringt Euch hierher? Und welche Bedeutung hatten die dunklen Worte? Lange ist Boromir, Denethors Sohn, schon fort, um nach einer Antwort zu forschen, und das Pferd, das wir ihm geliehen haben, kam reiterlos zurück. Welches Gebot bringt Ihr aus dem Norden?«

»Das Gebot der Entscheidung«, sagte Aragorn. »Ihr mögt Théoden, Thengels Sohn, folgendes sagen: offener Krieg liegt vor ihm, mit Sauron oder gegen ihn. Keiner vermag jetzt zu leben, wie er gelebt hat, und wenige werden behalten, was sie ihr eigen nennen. Doch über diese wichtigen Fragen werde ich später sprechen. Wenn die Umstände es erlauben, werde ich selbst zum König kommen. Jetzt bin ich in großer Not und bitte um Hilfe oder wenigstens um Nachrichten. Ihr habt gehört, daß wir ein Orkheer verfolgen, das unsere Freunde verschleppt hat. Was könnt Ihr uns sagen?«

»Daß Ihr sie nicht weiter zu verfolgen braucht«, antwortete Éomer. »Die Orks sind vernichtet.«

»Und unsere Freunde?«

»Wir fanden nur Orks.«

»Aber das ist wahrlich seltsam«, sagte Aragorn. »Habt Ihr die Erschlagenen durchsucht? Waren dort keine anderen Leichen als die von Orks? Sie wären klein gewesen, nur Kinder in Euren Augen, schuhlos, doch in Grau gekleidet.«

»Da waren weder Zwerge noch Kinder«, sagte Éomer. »Wir zählten alle die Erschlagenen und plünderten sie, und dann legten wir sie auf einen Haufen und verbrannten sie, wie es unsere Sitte ist. Die Asche raucht noch.«

»Wir sprechen nicht von Zwergen oder Kindern«, sagte Gimli. »Unsere Freunde waren Hobbits.«

»Hobbits?« fragte Éomer. »Was mag denn das sein? Es ist ein seltsamer Name.«

»Ein seltsamer Name für ein seltsames Volk«, sagte Gimli. »Aber diese Hobbits waren uns sehr teuer. Es scheint, daß ihr in Rohan von den Worten gehört habt, die Minas Tirith beunruhigten. Diese Hobbits sind Halblinge.«

»Halblinge!« lachte der Reiter, der neben Éomer stand. »Halblinge! Aber das ist doch nur ein kleines Volk in alten Liedern und Kindermärchen aus dem Norden. Leben wir in Sagen oder auf der grünen Erde im Tageslicht?«

»Ein Mensch mag beides tun«, sagte Aragorn. »Denn nicht wir, sondern jene, die nach uns kommen, werden die Sagen unserer Zeit erschaffen. Die grüne Erde, sagt Ihr? Das ist ein gewaltiger Sagenstoff, obwohl Ihr bei hellichtem Tage auf ihr wandelt!«

»Die Zeit drängt«, sagte der Reiter und achtete Aragorns nicht. »Wir müssen nach Süden eilen, Herr. Überlassen wir diese närrischen Leute ihren Hirngespinsten. Oder laßt uns sie fesseln und vor den König bringen.«

»Still, Éothain!« sagte Éomer in seiner eigenen Sprache. »Laß mich eine Weile allein. Sag den *Éored*, sie sollen sich auf dem Pfad sammeln und sich bereitmachen, um zur Entfurt zu reiten.«

Murrend trat Éothain beiseite und sprach mit den anderen. Bald zogen sie sich zurück und ließen Éomer bei den drei Gefährten.

»Alles, was Ihr sagt, ist merkwürdig, Aragorn«, sagte Éomer. »Dennoch sprecht Ihr die Wahrheit, das ist klar: denn die Menschen der Mark lügen nicht, und deshalb werden sie nicht leicht getäuscht. Aber Ihr habt nicht alles gesagt. Wollt Ihr nicht jetzt ausführlicher über Euren Auftrag reden, damit ich beurteilen kann, was zu tun ist?«

»Vor vielen Wochen bin ich von Imladris, wie es in dem Vers genannt wird, aufgebrochen«, antwortete Aragorn. »Mit mir kam Boromir von Minas Tirith. Mein Auftrag lautete, mit Denethors Sohn in jene Stadt zu gehen, um sein Volk im Krieg gegen Sauron zu unterstützen. Doch hatte die Gemeinschaft, mit der ich wanderte, einen anderen Auftrag. Darüber kann ich jetzt nicht sprechen. Gandalf der Graue war unser Führer.«

»Gandalf!« rief Éomer. »Gandalf Graurock ist in der Mark bekannt. Aber ich warne Euch, sein Name ist nicht mehr Losungswort für die Gunst des Königs. Seit Menschengedenken war er viele Male ein Gast des Landes und kam, wie es ihm beliebte, nach kürzerer Zeit oder nach vielen Jahren. Immer ist er der Herold seltsamer Geschehnisse: ein Unglücksbote, sagen manche jetzt.

Tatsächlich sind seit seinem letzten Kommen im Sommer alle Dinge schlecht gelaufen. Zu jener Zeit begann unser Verdruß mit Saruman. Bis dahin zählten wir Saruman zu unseren Freunden, aber Gandalf kam dann und warnte uns, daß sich ein unerwarteter Krieg vorbereite. Er sagte, er selbst sei ein Gefangener in Orthanc gewesen und mit knapper Not entkommen, und er bat um Hilfe. Doch Théoden wollte nicht auf ihn hören, und er ging fort. Sprecht den Namen Gandalf nicht laut vor Théoden aus. Er ist ergrimmt. Denn Gandalf nahm das Pferd, das Schattenfell heißt, das kostbarste aller Rösser des Königs, das Haupt der *Mearas*, die nur der Herr der Mark reiten darf. Denn der Ahne ihrer Rasse war Eorls berühmtes Pferd, das die Sprache der Menschen verstand. Vor sieben Nächten kam Schattenfell zurück; doch der Zorn des Königs ist nicht geringer, denn jetzt ist das Pferd scheu und läßt sich von niemandem anrühren.«

»Dann hat Schattenfell seinen Weg vom fernen Norden allein gefunden«, sagte Aragorn. »Denn dort haben er und Gandalf sich getrennt. Doch wehe! Gandalf wird nicht mehr reiten. Er stürzte in den Minen von Moria in die Dunkelheit und kehrt nicht wieder.«

»Das ist eine schlimme Nachricht«, sagte Éomer. »Zumindest für mich und viele andere; wenngleich nicht für alle, wie Ihr merken werdet, wenn Ihr zum König kommt.«

»Diese Nachricht ist schmerzlicher, als irgendeiner in diesem Lande ermessen kann, obwohl es schwer davon betroffen werden mag, ehe das Jahr viel älter ist«, sagte Aragorn. »Aber wenn die Großen fallen, müssen Geringere die Führung übernehmen. Meine Aufgabe war es, unsere Gemeinschaft auf dem langen Weg von Moria zu führen. Durch Lórien kamen wir – über das Ihr die Wahrheit erfahren solltet, ehe Ihr wieder davon sprecht –, und dann die vielen Wegstunden entlang des Großen Stroms bis zu den Fällen von Rauros. Dort wurde Boromir erschlagen von denselben Orks, die Ihr vernichtet habt.«

»Alle Eure Nachrichten sind schlimm«, rief Éomer bestürzt. »Großes Leid bedeutet dieser Tod für Minas Tirith und für uns alle. Das war ein ehrenwerter Mann. Sein Lob war in aller Munde. Selten kam er in die Mark, denn er war immer in den Kriegen an den Ostgrenzen; aber ich habe ihn gesehen. Mehr wie Eorls flinke Söhne denn wie die ernsten Menschen von Gondor erschien er mir, einer, der sich wahrscheinlich als ein großer Führer seines Volkes erwiesen hätte, wenn seine Zeit gekommen wäre. Aber wir haben über dieses Unglück kein Wort aus Gondor gehört. Wann ist er gefallen?«

»Heute ist es der vierte Tag, seit er erschlagen wurde«, antwortete Aragorn. »Und seit dem Abend jenes Tages sind wir vom Schatten des Tol Brandir bis hierher gewandert.«

»Zu Fuß?« rief Éomer.

»Ja, so wie Ihr uns hier seht.«

Staunen malte sich in Éomers Augen. »Streicher ist ein zu armseliger Name, Arathorns Sohn«, sagte er. »Flügelfuß nenne ich Euch. Diese Heldentat der drei Freunde sollte in so mancher Halle besungen werden. Fünfundvierzig Wegstunden habt ihr zurückgelegt, ehe der vierte Tag sich neigt. Zäh ist Elendils Geschlecht!

Doch nun, Herr, was wünscht Ihr, daß ich tue? Ich muß in Eile zu Théoden zurückkehren. Ich sprach vorsichtig vor meinen Männern. Es ist richtig, daß wir noch nicht im offenen Krieg mit dem Schwarzen Land sind, und einige, die das Ohr des Königs haben, geben feigen Rat; doch der Krieg kommt. Wir werden unser altes Bündnis mit Gondor nicht lösen, und solange sie kämpfen, werden wir ihnen helfen: so sage ich und alle, die zu mir halten. Die Ostmark, der Bereich des Dritten Marschalls, ist mir unterstellt, und ich habe alle unsere Herden und Hirten herausgeholt und hinter die Entwasser zurückgezogen und niemanden hier gelassen als Wachen und schnelle Späher.«

»Dann entrichtet Ihr keinen Tribut an Sauron?« fragte Gimli.

»Das tun wir nicht und haben es niemals getan«, sagte Éomer, und seine Augen blitzten, »obwohl mir zu Ohren gekommen ist, daß diese Lüge verbreitet wird. Vor einigen Jahren wünschte der Herr des Schwarzen Landes Pferde von uns zu kaufen um einen hohen Preis, aber wir weigerten uns, denn er braucht Tiere für einen bösen Zweck. Dann schickte er plündernde Orks, und sie schleppen fort, was sie können, und wählen immer die schwarzen Pferde: wenige von diesen sind jetzt noch da. Aus diesem Grunde ist unsere Fehde mit den Orks erbittert. Doch zur Zeit ist Saruman unsere Hauptsorge. Er hat die Oberherrschaft über dieses ganze Land gefordert, und seit vielen Monaten herrscht Krieg zwischen uns. Er hat Orks in seine Dienste genommen und Wolfreiter und böse Menschen, und er hat die Pforte vor uns verschlossen, so daß wir wahrscheinlich von Ost und West bedrängt werden.

Es ist schlimm, mit einem solchen Feind zu tun zu haben: er ist ein verschlagener, gespenstischer und listenreicher Zauberer und hat viele Verkleidungen. Er erscheint hier und dort, heißt es, als ein alter Mann in Kapuze und Mantel, Gandalf sehr ähnlich, wie viele sich jetzt an ihn erinnern. Seine Späher schlüpfen durch jedes Netz, und seine unheilverheißenden Vögel sind überall am Himmel. Ich weiß nicht, wie all das enden wird, und ich ahne Böses; denn mir scheint, nicht alle seine Freunde wohnen in Isengart. Doch wenn Ihr zu des Königs Haus kommt, werdet Ihr es selbst sehen. Wollt Ihr nicht mitkommen? Ist meine Hoffnung vergebens, daß Ihr mir gesandt seid als eine Hilfe in Zweifel und Not?«

»Ich werde kommen, wenn ich kann«, sagte Aragorn.

»Kommt jetzt«, sagte Éomer. »Elendils Erbe wäre wahrlich eine Verstärkung für Eorls Söhne in dieser bösen Zeit. Gerade jetzt ist eine Schlacht auf dem Westemnet im Gange, und ich fürchte, sie mag schlecht für uns ausgehen.

Tatsächlich bin ich zu dem Ritt nach Norden ohne die Erlaubnis des Königs aufgebrochen, und in meiner Abwesenheit ist sein Haus nur schwach bewacht. Aber Späher verständigten mich vor drei Nächten, daß eine Orkschar vom Ostwall herabkommt, und berichteten, daß einige von ihnen das weiße Abzeichen von Saruman tragen. Und da ich argwöhnte, was ich am meisten fürchte, nämlich ein Bündnis zwischen Orthanc und dem Dunklen Turm, zog ich mit meinen *Éored*, den Angehörigen meiner eigenen Hausmacht, aus; und vor zwei Tagen holten wir die Orks bei Einbruch der Nacht in der Nähe des Entwalds ein. Dort umzingelten wir sie und lieferten ihnen gestern im Morgengrauen eine Schlacht. Fünfzehn meiner Leute verlor ich leider, und zwölf Pferde. Denn die Orks waren zahlreicher, als wir erwartet hatten. Andere hatten sich ihnen angeschlossen, die aus dem Osten über den Großen Strom gekommen waren; ihre Spur ist ein wenig nördlich von dieser Stelle deutlich zu sehen. Und noch andere kamen aus dem Wald. Große Orks, die auch die Weiße Hand von Isengart trugen: diese Art ist stärker und grausamer als alle anderen.

Trotzdem machten wir ein Ende mit ihnen. Aber wir sind schon zu lange fort gewesen. Wir werden im Süden und Westen gebraucht. Wollt Ihr nicht mitkommen? Es sind Pferde übrig, wie Ihr seht. Es gibt Arbeit für das Schwert. Ja, und auch für Gimlis Axt und Legolas' Bogen könnten wir Verwendung finden, wenn sie mir meine voreiligen Worte über die Herrin des Waldes verzeihen wollen. Ich sprach nur, wie alle Menschen in meinem Land sprechen, und gern würde ich eines Besseren belehrt werden.«

»Ich danke Euch für Eure schönen Worte«, sagte Aragorn, »und mein Herz verlangt, mit Euch zu kommen; aber ich kann meine Freunde nicht im Stich lassen, solange noch Hoffnung besteht.«

»Es besteht keine Hoffnung«, sagte Éomer. »Ihr werdet Eure Freunde nicht an den Nordgrenzen finden.«

»Dennoch sind unsere Freunde nicht zurückgeblieben. Nicht weit vom Ostwall fanden wir ein deutliches Zeichen, daß zumindest einer von ihnen dort noch am Leben war. Doch zwischen dem Wall und den Höhenzügen haben wir keine weitere Spur von ihnen gefunden, und keine Fährte führte nach dieser oder jener Seite vom Wege ab, wenn mich meine Geschicklichkeit nicht ganz verlassen hat.«

»Was glaubt Ihr denn, was aus ihnen geworden ist?«

»Ich weiß es nicht. Sie mögen erschlagen und zusammen mit den Orks verbrannt worden sein; aber Ihr werdet sagen, das könne nicht sein, und ich fürchte es auch nicht. Ich kann mir nur denken, daß sie vor der Schlacht in den Wald geschleppt worden sind, vielleicht sogar, ehe Ihr Eure Feinde umzingelt habt. Könnt Ihr beschwören, daß keiner Eurem Netz auf diese Weise entgangen ist?«

»Ich würde schwören, daß kein Ork entkam, nachdem wir sie gesichtet hatten«, sagte Éomer. »Wir erreichten den Waldrand vor ihnen, und wenn danach irgendein Lebewesen unseren Ring durchbrach, dann war es kein Ork, sondern besaß irgendeine elbische Macht.«

»Unsere Freunde waren gekleidet wie wir«, sagte Aragorn, »und Ihr seid bei hellem Tageslicht an uns vorübergeritten.«

»Das hatte ich vergessen«, sagte Éomer. »Es ist schwer, irgendeiner Sache sicher zu sein bei so vielen Wundern. Die Welt ist ganz seltsam geworden. Elben und Zwerge wandern gemeinsam über unsere alltäglichen Weiden; und Leute sprechen mit der Herrin des Waldes und sind dennoch am Leben; und das Schwert, das geborsten war in den langen Zeitaltern, ehe die Väter unserer Väter in die Mark ritten, kehrt zurück in den Krieg! Wie soll ein Mensch beurteilen, was er in solchen Zeiten tun soll?«

»Wie er immer geurteilt hat«, sagte Aragorn. »Gut und Böse haben sich nicht in jüngster Zeit geändert; und sie sind auch nicht zweierlei bei Elben und Zwergen auf der einen und Menschen auf der anderen Seite. Ein Mann muß sie unterscheiden können, im Goldenen Wald ebenso wie in seinem eigenen Haus.«

»Das ist freilich wahr«, sagte Éomer. »Aber ich zweifle weder an Euch noch an der Tat, die zu tun mein Herz gebietet. Doch steht es mir nicht frei, alles zu tun, was ich möchte. Fremde in unserem Lande nach Belieben wandern zu lassen, ehe der König selbst ihnen die Erlaubnis gibt, ist gegen unser Gesetz, und noch strenger ist die Vorschrift in diesen Tagen der Gefahr. Ich habe Euch gebeten, freiwillig mit mir zu kommen, und Ihr wollt nicht. Ungern beginne ich einen Kampf von hundert gegen drei.«

»Ich glaube nicht, daß Euer Gesetz für eine solche Gelegenheit gemacht wurde«, sagte Aragorn. »Und auch bin ich kein Fremder, denn ich war schon früher in diesem Land, mehr als einmal, und bin mit dem Heer der Rohirrim geritten, wenngleich unter anderem Namen und in anderer Verkleidung. Euch habe ich noch nie gesehen, denn Ihr seid jung, aber ich habe mit Éomund gesprochen, Eurem Vater, und mit Théoden, Thengels Sohn. Niemals in früheren Tagen hätte ein hoher Herr dieses Landes einen Mann gezwungen, eine solche Suche wie die meine aufzugeben. Meine Pflicht zumindest ist klar, nämlich weiterzugehen. Nun kommt, Éomunds Sohn, die Entscheidung muß endlich getroffen werden. Helft uns, oder im schlimmsten Fall laßt uns gutwillig gehen.

Die Reiter von Rohan

Oder versucht, Euer Gesetz durchzusetzen. Wenn Ihr das tut, werden weniger zu Eurem Krieg oder zu Eurem König zurückkehren.«

Éomer schwieg einen Augenblick, dann sprach er. »Uns beiden tut Eile not«, sagte er. »Meine Schar brennt darauf, fortzureiten, und jede Stunde verringert Eure Hoffnung. Meine Entscheidung lautet: Ihr dürft gehen; und überdies werde ich Euch Pferde leihen. Nur um eins bitte ich Euch: wenn Eure Suche beendet ist oder sich als vergeblich herausstellt, kehrt mit den Pferden über die Entwasser zurück nach Meduseld, dem hohen Haus in Edoras, wo Théoden jetzt seinen Wohnsitz hat. So werdet Ihr ihm beweisen, daß ich nicht falsch geurteilt habe. Mein Ergehen und vielleicht sogar mein Leben hängt also davon ab, daß Ihr Euer Wort haltet. Enttäuscht mich nicht.«

»Das werde ich nicht«, sagte Aragorn.

Es rief großes Erstaunen und viele finstere und zweifelnde Blicke bei seinen Mannen hervor, als Éomer Befehl gab, den Fremden die überzähligen Pferde zu leihen; doch nur Éothain wagte ein offenes Wort.

»Es mag gut und richtig sein für diesen Herrn, der dem Geschlecht von Gondor entstammt, wie er behauptet«, sagte er, »aber wer hat je gehört, daß ein Pferd der Mark einem Zwergen gegeben wird?«

»Niemand«, sagte Gimli. »Und keine Sorge: niemand wird auch je davon hören. Ich würde eher laufen als auf dem Rücken eines so großen Tiers sitzen, ob es mir freiwillig gegeben oder geneidet wird.«

»Aber reiten mußt du, sonst hältst du uns auf«, sagte Aragorn.

»Komm, du sollst hinter mir sitzen, Freund Gimli«, sagte Legolas. »Dann ist alles gut, und du brauchst weder ein Pferd zu leihen noch dich damit zu plagen.«

Ein großes, dunkelgraues Pferd wurde Aragorn gebracht, und er bestieg es. »Hasufel heißt es«, sagte Éomer. »Möge es Euch gut tragen und einem besseren Geschick entgegen als Gárulf, seinen letzten Herrn!« Ein kleineres und leichteres, aber ungebärdiges und feuriges Pferd wurde Legolas gebracht. Arod war sein Name. Legolas aber bat, ihm Sattel und Zügel abzunehmen. »Ich brauche sie nicht«, sagte er und sprang leicht hinauf, und zur Verwunderung aller war Arod zahm und willig unter ihm und ging hierhin und dorthin bloß auf ein gesprochenes Wort hin: das war die elbische Art mit allen guten Tieren. Gimli wurde hinter seinen Freund hinaufgehoben, und er klammerte sich an ihm fest, denn er fühlte sich dort ebenso unbehaglich wie Sam Gamdschie in einem Boot.

»Lebt wohl, und möget ihr finden, was ihr suchet!« rief Éomer. »Kehrt zurück, so rasch ihr könnt, und mögen unsere Schwerter hernach sich gemeinsam hervortun!«

»Ich werde kommen«, sagte Aragorn.

»Und ich auch«, sagte Gimli. »Noch steht die Angelegenheit der Frau Galadriel zwischen uns. Ich muß Euch erst die feine Redeweise lehren.«

»Wir werden sehen«, sagte Éomer. »So viele seltsame Dinge haben sich ereignet, daß es nicht als das größte Wunder erscheinen wird, die Lobpreisung einer schönen Frau unter den liebenden Schlägen einer Zwergenaxt zu lernen. Lebt wohl!«

Nach diesen Worten trennten sie sich. Sehr schnell waren die Pferde von Rohan. Als Gimli nach einer kurzen Weile zurückschaute, war Éomers Schar schon klein und weit entfernt. Aragorn schaute nicht zurück: er beobachtete die Spur, während sie dahinsprengten, und er beugte den Kopf tief auf den Hals von Hasufel. Es dauerte nicht lange, da erreichten sie das Ufer der Entwasser, und dort stießen sie auf die andere Spur, von der Éomer gesprochen hatte, und die vom Osten her aus dem Ödland kam.

Aragorn saß ab und untersuchte den Boden, dann sprang er wieder in den Sattel und ritt ein Stück nach Osten, wobei er sich abseits der Spur hielt, um die Fußabdrücke nicht zu zerstören. Dort stieg er wieder ab und forschte auf der Erde, indem er zu Fuß hin und her ging.

»Da gibt es wenig zu entdecken«, sagte er, als er zurückkam. »Die Hauptspur ist ganz verwischt, seit die Reiter auf dem Rückweg hier vorbeikamen; auf dem Hinweg müssen sie näher am Fluß geritten sein. Doch diese nach Osten gehende Spur ist frisch und deutlich. Es sind keine Anzeichen da, daß irgendwelche Füße in der anderen Richtung gingen, zurück zum Anduin. Jetzt müssen wir langsamer reiten und uns vergewissern, daß keine Fährte oder Fußstapfen auf beiden Seiten abzweigen. Die Orks müssen von diesem Punkt an gemerkt haben, daß sie verfolgt werden; sie haben vielleicht versucht, ihre Gefangenen wegzuschaffen, ehe sie eingeholt wurden.«

Während sie weiterritten, wurde der Tag trübe. Große, graue Wolken zogen über dem Wald auf. Ein Nebel verschleierte die Sonne. Immer näher kamen die baumbestandenen Hänge von Fangorn und wurden langsam dunkler, als die Sonne nach Westen wanderte. Sie sahen kein Zeichen irgendeiner nach rechts oder links abzweigenden Spur, doch hier und dort kamen sie an einzelnen Orks vorbei, die gefallen waren, während sie rannten, und graugefiederte Pfeile staken ihnen in Rücken oder Hals.

Schließlich, als der Nachmittag verblaßte, kamen sie zum Saum des Waldes, und auf einer offenen Lichtung zwischen den ersten Bäumen fanden sie die Stätte des großen Brandes: die Asche war noch heiß und rauchte. Daneben lag ein großer Haufen von Helmen und Panzern, geborstenen Schilden und zerbrochenen Schwertern, Bogen und Wurfspeeren und anderem Kriegsgerät. Auf einen Pfahl in der Mitte war der Kopf eines großen Bilwiß aufgespießt; an seinem zertrümmerten Helm konnte man das weiße Abzeichen noch erkennen. Etwas entfernt, nicht weit von der Stelle, wo der Fluß aus dem Wald heraustrat, war ein Hügelgrab. Es war neu aufgeworfen; die nackte Erde war mit frisch gestochener Grasnarbe bedeckt; ein Kreis von fünfzehn in den Boden gerammten Speeren umgab es.

Aragorn und seine Gefährten suchten das Schlachtfeld weit und breit ab; aber das Licht wurde schwächer, und bald senkte sich der Abend, düster und neblig. Als die Nacht hereinbrach, hatten sie keine Spur von Merry und Pippin gefunden.

»Wir können nichts mehr tun«, sagte Gimli traurig. »Uns sind viele Rätsel aufgegeben worden, seit wir zum Tol Brandir kamen, aber dies hier ist am schwersten zu lösen. Ich vermute, die verbrannten Knochen der Hobbits sind jetzt vermengt mit denen der Orks. Es wird eine traurige Kunde für Frodo sein, wenn er noch am Leben ist, um sie zu hören, und auch traurig für den alten Hobbit, der in Bruchtal wartet. Elrond war dagegen, daß sie mitkamen.«

»Aber Gandalf nicht«, sagte Legolas.

»Doch Gandalf beschloß, selbst mitzukommen, und er war der erste, der umkam«, antwortete Gimli. »Seine Voraussicht hat ihn getrogen.«

»Gandalfs Entschluß gründete sich nicht auf das Vorherwissen von Sicherheit für ihn oder für andere«, sagte Aragorn. »Es gibt Dinge, die zu beginnen besser ist, als sie zu verweigern, selbst wenn ihr Ausgang dunkel sein mag. Aber ich will noch nicht von diesem Ort aufbrechen. Jedenfalls müssen wir hier das Morgenlicht erwarten.«

Ein Stück Wegs hinter dem Schlachtfeld machten sie sich ihr Lager unter einem ausladenden Baum: er sah wie eine Kastanie aus, doch trug er noch viele breite braune Blätter eines früheren Jahrs, wie trockne Hände mit langen, gespreizten Fingern; sie raschelten traurig im Nachtwind.

Gimli fröstelte. Sie hatten jeder nur eine Decke bei sich. »Laßt uns ein Feuer anzünden«, sagte er. »Ich mache mir nichts mehr aus der Gefahr. Laßt die Orks heranschwirren so zahlreich wie Motten im Sommer um eine Kerze!«

»Wenn diese unglücklichen Hobbits sich im Wald verirrt haben, könnte es sie hierherlocken«, sagte Legolas.

»Und es könnte auch andere Wesen anlocken, weder Orks noch Hobbits«, sagte Aragorn. »Wir sind den Berggemarken des Verräters Saruman nahe. Auch sind wir genau am Rande von Fangorn, und wie es heißt, ist es gefährlich, die Bäume dieses Waldes anzurühren.«

»Aber die Rohirrim haben hier gestern einen großen Brand geschürt«, sagte Gimli, »und sie haben Bäume gefällt für das Feuer, wie man sehen kann. Dennoch haben sie die Nacht heil überstanden, nachdem ihre Arbeit beendet war.«

»Es waren ihrer viele«, sagte Aragorn, »und sie scheren sich nicht um Fangorns Zorn, denn sie kommen selten hierher und gehen nicht unter die Bäume. Doch unser Pfad wird uns wahrscheinlich in den Wald selbst hineinführen. Also sei vorsichtig! Fälle kein lebendes Holz!«

»Das ist auch nicht nötig«, sagte Gimli. »Die Reiter haben genug Späne und Zweige übriggelassen, und es liegt massenhaft totes Holz herum.« Er ging fort, um Brennholz zu sammeln, schichtete es auf und schlug Feuer. Aragorn saß indes schweigend an den großen Baum gelehnt, tief in Gedanken; und Legolas stand allein im Freien, schaute auf den tiefen Schatten des Waldes und beugte sich vor wie einer, der auf Stimmen lauscht, die aus der Ferne rufen.

Als der Zwerg ein kleines, helles Feuer in Gang gebracht hatte, rückten die drei Gefährten nahe heran und schirmten den Lichtschein mit ihren kapuzenverhüllten Gestalten ab. Legolas blickte nach oben zu den Zweigen des Baums über ihnen.

»Schaut!« sagte er. »Der Baum freut sich über das Feuer.«

Es mag sein, daß die tanzenden Schatten ihre Augen narrten, aber gewiß kam es jedem der Gefährten so vor, als beugten sich die Zweige hierhin und dorthin, um über die Flammen zu kommen, während die oberen Äste sich herabneigten; die braunen Blätter standen jetzt steif ab und rieben sich aneinander wie viele kalte aufgesprungene Hände, denen die Wärme wohltut.

Die Gefährten schwiegen, denn plötzlich machte sich der dunkle und unbekannte Wald, der so nahe lag, wie ein großes, bedrückendes geisterhaftes Wesen bemerkbar, das ein geheimes Ziel verfolgte. Nach einer Weile sprach Legolas wieder.

»Celeborn hat uns davor gewarnt, zu weit nach Fangorn hineinzugehen«, sagte er. »Weißt du, Aragorn, warum? Was für Sagen über den Wald hat Boromir gehört?«

»In Gondor und anderswo habe ich viele Geschichten gehört«, sagte Aragorn, »aber hätte Celeborn nicht diese Worte gesprochen, hätte ich sie nur für Märchen gehalten, die sich die Menschen ausgedacht haben, seit das wahre Wissen schwindet. Ich hatte dich schon fragen wollen, was an der Sache eigentlich wahr ist. Und wenn ein Elb des Waldes es nicht weiß, wie soll ein Mensch darauf antworten?«

»Du bist weiter gewandert als ich«, sagte Legolas. »Ich habe in meinem Land nichts davon gehört, außer einigen Liedern, in denen es heißt, das die Onodrim, die die Menschen Ents nennen, hier vor langer Zeit lebten; denn Fangorn ist alt, alt sogar nach den Maßstäben der Elben.«

»Ja, er ist alt«, sagte Aragorn, »so alt wie der Wald an den Hügelgräberhöhen, und er ist viel größer. Elrond sagt, die beiden seien verwandt, die letzten Bollwerke der mächtigen Wälder der Altvorderenzeit, als die Erstgeborenen wanderten, während die Menschen noch schliefen. Doch hat Fangorn irgendein besonderes Geheimnis. Was es ist, weiß ich nicht.«

»Und ich will es nicht wissen«, sagte Gimli. »Stört nichts, was in Fangorn haust, um meinetwillen!«

Sie losten die Wachen aus, und für die erste Wache fiel das Los auf Gimli. Die beiden anderen legten sich nieder. Fast sofort übermannte sie der Schlummer. »Gimli«, sagte Aragorn schlaftrunken, »denke dran, es ist gefährlich, Ast oder Zweig von einem lebenden Baum in Fangorn abzuhauen. Aber laufe auf der Suche nach totem Holz nicht weit fort. Laß lieber das Feuer ausgehen. Wecke mich im Notfall!«

Damit schlief er fest ein. Legolas lag schon reglos da, die schönen Hände über der Brust gefaltet, und seine Augen, in denen sich die lebendige Nacht und der tiefe Traum vermengten, waren nicht geschlossen, wie es die Art der Elben ist. Gimli saß zusammengekauert am Feuer und fuhr mit dem Daumen nachdenklich über die Schneide seiner Axt. Der Baum raschelte. Kein anderes Geräusch war zu hören.

Plötzlich schaute Gimli auf, und da stand am Rande des Feuerscheins ein alter, gebeugter Mann, auf einen Stab gestützt und in einen grauen Mantel gehüllt; sein breitkrempiger Hut war bis auf die Augen heruntergezogen. Gimli sprang auf, im

Augenblick zu verblüfft, um aufzuschreien, obwohl ihm sofort der Gedanke durch den Kopf schoß, daß Saruman sie aufgespürt habe. Aragorn und Legolas, durch seine rasche Bewegung geweckt, setzten sich auf und starrten. Der alte Mann sprach nicht und gab auch kein Zeichen.

»Nun, Vater, was können wir für Euch tun?« fragte Aragorn und sprang auf die Füße. »Kommt und wärmt Euch, wenn Euch kalt ist!« Er tat einen Schritt vorwärts, aber der alte Mann war fort. In der Nähe konnten sie keine Spur von ihm finden, und sie wagten nicht, weit zu wandern. Der Mond war untergegangen und die Nacht sehr dunkel.

Plötzlich stieß Legolas einen Schrei aus: »Die Pferde, die Pferde!«

Die Pferde waren fort. Sie hatten ihre Pflöcke herausgerissen und waren verschwunden. Eine Zeitlang standen die drei Gefährten still und schweigend da, bekümmert über diesen neuen Schicksalsschlag. Sie waren am Saum von Fangorn, und endlose Meilen lagen zwischen ihnen und den Menschen von Rohan, ihren einzigen Freunden in diesem weiten, gefährlichen Land. Während sie dort standen, war es ihnen, als hörten sie fern in der Nacht Pferdegewieher. Dann war wieder alles still bis auf das kalte Rascheln des Windes.

»Nun, sie sind fort«, sagte Aragorn schließlich. »Wir können sie nicht suchen oder einfangen; kommen sie nicht aus freiem Willen wieder, müssen wir uns also ohne sie behelfen. Wir sind zu Fuß aufgebrochen, und die Füße haben wir noch.«

»Füße!« sagte Gimli. »Wir können sie aber nicht ebenso gut essen wie auf ihnen laufen.« Er warf etwas Holz auf das Feuer und hockte sich daneben.

»Erst vor ein paar Stunden warst du nicht bereit, dich auf ein Pferd von Rohan zu setzen«, lachte Legolas. »Du wirst noch ein Reiter werden.«

»Es ist unwahrscheinlich, daß ich Gelegenheit dazu haben werde«, sagte Gimli.

»Wenn ihr wissen wollt, was ich glaube«, begann er nach einer Weile wieder, »ich glaube, daß es Saruman war. Wer sonst? Erinnert euch an Éomers Worte: *er erscheint hier und dort als ein alter Mann in Kapuze und Mantel*. Das waren seine Worte. Er hat unsere Pferde fortgeführt oder so erschreckt, daß sie fortgelaufen sind, und wir sitzen nun da. Wir werden noch mehr Ärger bekommen, merkt euch meine Worte!«

»Ich merke sie mir«, sagte Aragorn. »Aber ich habe auch gemerkt, daß dieser alte Mann einen Hut trug, keine Kapuze. Dennoch zweifle ich nicht, daß du richtig vermutest und wir hier bei Nacht oder Tag in Gefahr sind. Indes können wir einstweilen nichts tun als uns ausruhen, solange es geht. Ich werde jetzt eine Zeitlang wachen, Gimli. Ich habe es nötiger, nachzudenken als zu schlafen.«

Langsam verging die Nacht. Legolas löste Aragorn ab, und Gimli löste Legolas ab, und ihre Wachen verstrichen. Aber nichts geschah. Der alte Mann erschien nicht wieder, und die Pferde kehrten nicht zurück.

DRITTES KAPITEL

DIE URUK-HAI

Pippin hatte einen häßlichen und beängstigenden Traum: er schien den Widerhall seiner eigenen kleinen Stimme in schwarzen Tunneln zu hören, die *Frodo! Frodo!* rief. Aber nicht Frodo kam, sondern Hunderte von abscheulichen Orkgesichtern grinsten ihn aus den Schatten an, Hunderte von abscheulichen Armen griffen von allen Seiten nach ihm. Wo war Merry?

Er erwachte. Kalte Luft blies ihm ins Gesicht. Er lag auf dem Rücken. Der Abend kam, und der Himmel über ihm wurde dämmrig. Er drehte sich um und fand, daß der Traum nur wenig schlimmer gewesen war als das Erwachen. Seine Handgelenke, Beine und Knöchel waren mit Stricken gebunden. Neben ihm lag Merry mit bleichem Gesicht und einem schmutzigen Lappen auf der Stirn. Rings um sie her saßen oder standen viele Orks.

In Pippins schmerzendem Kopf reihte sich die Erinnerung langsam aneinander und löste sich von den Traumschatten. Natürlich: er und Merry waren in den Wald gelaufen. Was war ihnen bloß eingefallen? Warum waren sie weggestürzt und hatten sich gar nicht um den guten Streicher gekümmert? Sie waren lange gelaufen und hatten gerufen – Pippin konnte sich nicht erinnern, wie weit oder wie lange; und dann plötzlich waren sie genau in eine Gruppe Orks hineingerannt: sie standen lauschend da und schienen Merry und Pippin gar nicht zu sehen, bis sie fast in ihren Armen gelandet waren. Dann schrien sie, und noch Dutzende von Bilwissen sprangen zwischen den Bäumen hervor. Merry und er hatten ihre Schwerter gezogen, aber die Orks wollten nicht kämpfen, sondern versuchten nur, sie zu ergreifen, selbst nachdem Merry verschiedenen die Arme und Hände abgeschlagen hatte. Der gute Merry!

Dann war Boromir zwischen den Bäumen hervorgestürmt. Er hatte sie in einen Kampf verwickelt. Viele von ihnen erschlug er, und die übrigen flohen. Aber sie waren noch nicht weit auf dem Weg zurückgegangen, als sie erneut angegriffen wurden, diesmal von mindestens hundert Orks, von denen einige sehr groß waren, und sie schossen einen Hagel von Pfeilen ab: immer auf Boromir. Boromir hatte sein großes Horn geblasen, bis die Wälder widerhallten, und zuerst waren die Orks erschrocken zurückgewichen; als aber keine Antwort auf die Echos kam, hatten sie wütender denn je angegriffen. An viel mehr entsann sich Pippin nicht. Seine letzte Erinnerung war, daß Boromir an einem Baum lehnte und sich einen Pfeil herauszog; dann hatte sich plötzlich Dunkelheit herabgesenkt.

»Ich nehme an, daß ich einen Schlag auf den Kopf bekam«, sagte Pippin bei sich. »Ich wüßte gern, ob der arme Merry schwer verwundet ist. Was ist mit Boromir geschehen? Warum haben uns die Orks nicht getötet? Wo sind wir und wohin gehen wir?«

Er konnte die Fragen nicht beantworten. Er fror und fühlte sich elend. »Ich wünschte, Gandalf hätte Elrond nicht überredet, uns mitgehen zu lassen«, dachte er. »Was bin ich schon nütze gewesen? Nur eine Last: eine Last, ein Gepäckstück. Und jetzt bin ich gestohlen worden und genauso ein Gepäckstück für die Orks. Ich hoffe, Streicher oder sonst wer wird kommen und uns abholen! Aber darf ich überhaupt darauf hoffen? Würde das nicht alle unsere Pläne umstoßen? Ich wollte, ich könnte mich befreien!«

Er strampelte ein wenig, ganz vergeblich. Einer der in der Nähe sitzenden Orks lachte und sagte zu einem Gefährten etwas in ihrer abscheulichen Sprache. »Ruh dich aus, solange du kannst, kleiner Narr!« sagte er dann zu Pippin in der Gemeinsamen Sprache, die bei ihm fast so häßlich klang wie seine eigene. »Ruh dich aus, solange du kannst! Bald werden wir Verwendung finden für deine Beine. Du wirst noch wünschen, daß du keine hättest, ehe wir nach Hause kommen.«

»Wenn's nach mir ginge, würdest du wünschen, tot zu sein«, sagte der andere. »Ich werde dich zum Quietschen bringen, du jämmerliche Ratte.« Er beugte sich über Pippin und hielt ihm seine gelben Klauen dicht vors Gesicht. Er hatte ein schwarzes Messer mit einer langen, gezackten Klinge in der Hand. »Lieg still, oder ich kitzle dich damit«, zischte er. »Lenke nicht die Aufmerksamkeit auf dich, sonst vergesse ich vielleicht meine Befehle. Verflucht seien die Isengarter! *Uglúk u bagronk sha pushdug Saruman-glob búbhosh skai.*« Er erging sich in seiner eigenen Sprache in einer langen wütenden Rede, die allmählich mit Brummen und Knurren endete.

Erschrocken lag Pippin ganz still, obwohl der Schmerz an seinen Handgelenken und Knöcheln zunahm und die Steine, auf denen er lag, sich in seinen Rücken bohrten. Um seine Gedanken von sich selbst abzulenken, lauschte er angespannt auf alles, was er hören konnte. Es waren viele Stimmen um ihn herum, und obschon die Orksprache immer nach Haß und Wut klang, schien doch deutlich ein Streit ausgebrochen zu sein und immer hitziger zu werden.

Pippin merkte zu seiner Überraschung, daß ein Großteil der Unterhaltung verständlich war; viele der Orks bedienten sich der gewöhnlichen Sprache. Offenbar gehörten sie zwei oder drei verschiedenen Stämmen an und verstanden ihre jeweiligen Orksprachen nicht. Es war eine wütende Auseinandersetzung darüber im Gange, was jetzt zu tun sei: welcher Weg einzuschlagen sei und was mit den Gefangenen geschehen solle.

»Wir haben keine Zeit, sie richtig zu töten«, sagte einer. »Keine Zeit zum Spielen auf der Fahrt.«

»Das läßt sich nicht ändern«, sagte ein anderer. »Aber warum sie nicht rasch töten, sie jetzt töten? Sie sind eine verdammte Last, und wir haben es eilig. Der Abend kommt, und wir sollten uns dranhalten.«

»Befehl«, sagte eine dritte, tief knurrende Stimme. *»Tötet alle, aber* NICHT *die Halblinge; sie sollen so schnell als möglich* LEBENDIG *hergebracht werden.* Das ist mein Befehl.«

»Wofür will man sie?« fragten mehrere Stimmen. »Warum lebendig? Bereiten sie viel Spaß?«

»Nein! Ich habe gehört, daß einer von ihnen etwas hat, etwas, das für den Krieg gebraucht wird, irgendwelche elbischen Ränke. Jedenfalls sollen sie verhört werden.«

»Ist das alles, was du weißt? Warum durchsuchen wir sie nicht und schauen nach? Vielleicht finden wir etwas, das wir selbst brauchen könnten.«

»Das ist eine sehr aufschlußreiche Bemerkung«, höhnte eine Stimme, weicher als die anderen, aber böser. »Ich werde das vielleicht melden müssen. Die Gefangenen dürfen NICHT durchsucht oder ausgeplündert werden: so lautet *mein* Befehl.«

»Und meiner auch«, sagte die tiefe Stimme. *»Lebendig und so wie sie gefangengenommen wurden; nicht ausgeraubt.* Das ist mein Befehl.«

»Aber nicht unserer«, sagten einige der ersten Stimmen. »Wir sind die ganze Strecke von den Minen hergekommen, um zu töten und unsere Leute zu rächen. Ich wünsche zu töten und dann wieder in den Norden zurückzukehren.«

»Dann kannst du noch mal wünschen«, sagte die knurrende Stimme. »Ich bin Uglúk. Ich befehle. Ich kehre auf dem kürzesten Weg nach Isengart zurück.«

»Ist Saruman der Herr oder das Große Auge?« fragte die böse Stimme. »Wir sollten sofort nach Lugbúrz zurückkehren.«

»Wenn wir den Großen Strom überqueren könnten, ginge das vielleicht«, sagte eine andere Stimme. »Aber wir sind nicht genug, um uns hinunter zu den Brücken zu wagen.«

»Ich bin herübergekommen«, sagte die böse Stimme. »Ein geflügelter Nazgûl erwartet uns nördlich am Ostufer.«

»Mag sein, mag sein! Dann fliegst du mit unseren Gefangenen los und bekommst all den Lohn und das Lob in Lugbúrz, und wir können sehen, wie wir zu Fuß durch dieses Pferde-Land kommen. Nein, wir müssen zusammenbleiben. Diese Lande sind gefährlich: voller widerlicher Aufrührer und Wegelagerer.«

»Freilich müssen wir zusammenbleiben«, knurrte Uglúk. »Ich traue euch kleinen Schweinen nicht. Ihr habt keinen Schneid, wenn ihr nicht in euren Schweineställen seid. Ohne uns wärt ihr schon alle davongelaufen. Wir sind die kämpfenden Uruk-hai! Wir haben den großen Krieger erschlagen. Wir haben die Gefangenen gemacht. Wir sind die Diener von Saruman dem Weisen, der Weißen Hand: die Hand gibt uns Menschenfleisch zu essen. Wir sind aus Isengart gekommen und haben euch hierher geführt, und wir werden euch auch auf dem Weg, den wir wählen, zurückführen. Ich bin Uglúk. Ich habe gesprochen.«

»Du hast mehr als genug gesprochen, Uglúk«, höhnte die böse Stimme. »Ich möchte mal wissen, wie das denen in Lugbúrz gefallen würde. Sie glauben vielleicht, Uglúks Schultern müßten von einem aufgeblasenen Kopf befreit werden. Sie fragen vielleicht, wo seine merkwürdigen Vorstellungen herkommen. Kommen sie womöglich von Saruman? Wofür hält er sich eigentlich, daß er aus sich heraus mit seinen dreckigen weißen Abzeichen anfängt? In Lugbúrz könnten sie vielleicht mir, Grischnákh, beistimmen, ihrem vertrauten Boten; und ich, Grischnákh, sage folgendes: Saruman ist ein Narr, und noch dazu ein dreckiger, verräterischer Narr. Aber das Große Auge ruht auf ihm.

Schweine hat er gesagt? Wie gefällt es euch, von den Schmutzwühlern eines dreckigen kleinen Zauberers *Schweine* genannt zu werden? Orkfleisch ist es, was sie essen, möchte ich wetten.«

Viele laute Rufe in der Orksprache antworteten ihm, und laut klirrten Waffen, die gezogen wurden. Vorsichtig rollte sich Pippin auf die Seite, denn er wollte sehen, was geschehen würde. Seine Bewacher waren aufgestanden, um sich dem Kampf anzuschließen. Im Zwielicht sah er einen großen, schwarzen Ork, wahrscheinlich Uglúk, der Grischnákh gegenüberstand, einem gedrungenen, krummbeinigen Geschöpf mit sehr breiter Brust und langen Armen, die fast bis auf den Boden reichten. Um sie herum standen viele kleinere Bilwisse. Pippin vermutete, daß es die aus dem Norden waren. Sie hatten ihre Messer und Schwerter gezogen, zögerten aber, Uglúk anzugreifen.

Uglúk brüllte, und eine Menge anderer Orks, fast so groß wie er, rannten vorbei. Dann sprang Uglúk plötzlich ohne Warnung vor und schlug mit zwei raschen Hieben zweien seiner Gegner die Köpfe ab. Grischnákh machte einen Schritt zur Seite und verschwand im Schatten. Die anderen wichen zurück, und einer stolperte, als er zurücktrat, fluchend über den am Boden liegenden Merry. Das rettete ihm wahrscheinlich das Leben, denn Uglúks Gefolgsleute sprangen über ihn hinweg und schlugen einen anderen mit ihren breitklingigen Schwertern nieder. Es war der Bewacher mit den gelben Klauen. Er fiel wie ein Sack auf Pippin und hielt immer noch sein langes Messer mit der gezahnten Klinge in der Hand.

»Steckt eure Waffen weg!« schrie Uglúk. »Und macht keinen Unsinn mehr! Wir gehen von hier schnurstracks nach Westen und die Stiege hinunter. Von dort schnurstracks zu den Höhen, dann am Fluß entlang zum Wald. Und wir marschieren Tag und Nacht. Ist das klar?«

»Jetzt«, dachte Pippin, »wenn es diesen häßlichen Kerl bloß ein bißchen Zeit kostet, bis er seine Schar wieder in der Gewalt hat, habe ich eine Gelegenheit.« Ein Hoffnungsschimmer war aufgeflackert. Die Schneide des schwarzen Messers hatte seinen Arm aufgeritzt und war dann bis zu seinem Handgelenk gerutscht. Er spürte, wie ihm das Blut auf die Hand tröpfelte, aber er spürte auch den kalten Stahl auf seiner Haut.

Die Orks machten sich fertig, um weiterzumarschieren, doch einige der Nordländer waren noch störrisch, und die Isengarter erschlugen zwei weitere, ehe die übrigen klein beigaben. Es gab viel Flüche und Durcheinander. Im Augenblick war Pippin unbeobachtet. Seine Beine waren fest verschnürt, seine Arme aber nur an den Handgelenken zusammengebunden, und seine Hände lagen vor ihm. Er konnte sie beide zusammen bewegen, obwohl die Fesseln grausam straff waren. Er schob den toten Ork beiseite, und während er kaum zu atmen wagte, fuhr er mit dem Knoten des Stricks auf der Schneide des Messers hin und her. Sie war scharf, und die tote Hand hielt sie fest. Der Strick war durchgeschnitten! Rasch nahm Pippin ihn und knüpfte ihn wieder zu einem lockeren Armband mit zwei Schlingen, das er sich über die Gelenke streifte. Dann lag er ganz still.

»Hebt die Gefangenen da auf!« brüllte Uglúk. »Und daß ihr mir keine Mätzchen mit ihnen macht. Sind sie nicht mehr am Leben, wenn wir zurückkommen, dann wird auch noch jemand sterben.«

Ein Ork nahm Pippin wie einen Sack, steckte seinen Kopf zwischen Pippins gefesselten Händen durch, packte seine Arme und zog sie nach unten, bis Pippins Gesicht gegen den Orknacken gepreßt wurde; dann rannte er mit ihm los. Ein anderer machte es genauso mit Merry. Die klauenhafte Hand des Orks umklammerte Pippins Arme wie Eisen; die Nägel schnitten ihm ins Fleisch. Er schloß die Augen und sank wieder in häßliche Träume.

Plötzlich wurde er von neuem auf den steinigen Boden geworfen. Es war noch früh in der Nacht, aber der schmale Mond ging schon im Westen unter. Sie waren am Rande einer Felswand, die über ein Meer von bleichem Nebel hinausragte. Man hörte einen Wasserfall in der Nähe.

»Die Späher sind endlich zurückgekommen«, sagte ein Ork.

»Nun, was habt ihr entdeckt?« knurrte Uglúks Stimme.

»Nur einen einzigen Reiter, und er verschwand nach Westen. Jetzt ist alles frei.«

»Na, ich will's glauben. Aber wie lange? Ihr Narren! Ihr hättet ihn erschießen sollen. Er wird Lärm schlagen. Am Morgen werden die verdammten Pferdezüchter von uns hören. Jetzt müssen wir doppelt schnell laufen.«

Ein Schatten beugte sich über Pippin. Es war Uglúk. »Setz dich auf!« sagte der Ork. »Meine Jungs haben es satt, dich mitzuschleppen. Wir müssen jetzt klettern, und da sollst du deine Beine gebrauchen. Jetzt mach keine Schwierigkeiten. Kein Schreien, kein Fluchtversuch. Wenn du uns Streiche spielst, haben wir Mittel und Wege, dich zu bestrafen, die dir nicht gefallen werden, obwohl sie deine Nützlichkeit für den Herrn nicht beeinträchtigen werden.«

Er schnitt die Riemen um Pippins Beine und Knöchel auf, packte ihn am Haar und stellte ihn auf die Füße. Pippin fiel um, und Uglúk zog ihn wieder am Haar hoch. Mehrere Orks lachten. Uglúk steckte ihm eine Flasche zwischen die Zähne und goß ihm eine brennende Flüssigkeit in den Schlund: Pippin spürte, wie ihn eine gewaltige Wärme durchflutete. Der Schmerz in seinen Beinen und Knöcheln verschwand. Er konnte stehen.

»Und jetzt der andere«, sagte Uglúk. Pippin sah, wie er zu Merry ging, der ganz in der Nähe lag, und ihm einen Fußtritt versetzte. Merry stöhnte. Uglúk packte ihn roh, zog ihn hoch, so daß er saß, und riß ihm den Verband vom Kopf. Dann schmierte er aus einer kleinen Holzschachtel irgendein schwarzes Zeug auf die Wunde. Merry schrie auf und wehrte sich wie wild.

Die Orks klatschten und johlten. »Will seine Medizin nicht nehmen«, höhnten sie. »Weiß nicht, was gut für ihn ist. Hei! Wir werden nachher noch Spaß haben.«

Aber im Augenblick war Uglúk nicht auf Scherze aus. Er brauchte Eile und mußte unwillige Gefolgsleute bei Laune halten. Er heilte Merry auf Ork-Weise, und seine Behandlung wirkte rasch. Nachdem er dem Hobbit mit Gewalt einen Trunk aus seiner Flasche eingeflößt, ihm die Beinfesseln aufgeschnitten und ihn hochgezerrt hatte, stand Merry auf und sah zwar blaß, aber grimmig und trotzig aus und ganz und gar lebendig. Die klaffende Wunde auf seiner Stirn machte ihm kein Beschwer mehr, aber er behielt eine braune Narbe bis ans Ende seiner Tage.

»Nanu, Pippin!« sagte er. »Du bist also auch mitgekommen auf diesen kleinen Ausflug? Wo bekommen wir Bett und Frühstück?«

»Nun aber Schluß«, sagte Uglúk. »Nichts dergleichen. Haltet den Mund. Keine Gespräche untereinander. Alle Scherereien werden am anderen Ende gemeldet, und Er wird schon wissen, wie es euch zu vergelten ist. Bett und Frühstück werdet ihr schon bekommen: mehr als ihr vertragen könnt.«

Die Orkbande begann, eine schmale Schlucht hinabzusteigen, die nach unten in die neblige Ebene führte. Merry und Pippin, durch ein Dutzend oder mehr Orks voneinander getrennt, kletterten mit ihnen hinab. Unten kamen sie auf Gras, und den Hobbits ging das Herz auf.

»Nun schnurstracks weiter!« brüllte Uglúk. »Westlich und ein bißchen nördlich. Folgt Lugdusch.«

»Aber was machen wir bei Sonnenaufgang?« fragten einige der Nordländer.

»Weiterrennen«, sagte Uglúk. »Was glaubt denn ihr? Uns ins Gras setzen und auf die Weißhäute warten, damit sie mit uns frühstücken?«

»Aber wir können nicht im Sonnenlicht rennen.«

»Ihr werdet rennen, wenn ich hinter euch bin«, sagte Uglúk. »Rennt, oder ihr seht eure geliebten Höhlen nie wieder. Bei der Weißen Hand! Was hat es für einen Zweck, Bergmaden auf die Reise zu schicken, die nur halb ausgebildet sind. Rennt, verflucht nochmal! Rennt, solange es Nacht ist!«

Dann begann die ganze Schar mit den langen, springenden Schritten der Orks zu rennen. Sie hielten keine Ordnung, sondern drängelten, rempelten und fluchten; dennoch war ihre Geschwindigkeit gewaltig. Jeder Hobbit hatte eine Wache von dreien. Pippin war am weitesten zurück. Er fragte sich, wie lange er wohl bei dieser Gangart würde mithalten können: er hatte seit dem Morgen nichts gegessen. Einer der Bewacher hatte eine Peitsche. Aber im Augenblick brannte noch der Ork-Trunk in ihm. Auch sein Verstand war hellwach.

Dann und wann tauchte in seinem Geist ungerufen das scharfgeschnittene Gesicht von Streicher auf, der sich über eine dunkle Fährte beugte und lief, immer hinterherlief. Aber was konnte selbst ein Waldläufer sehen außer einer verwischten Spur von Orkfüßen? Seine eigenen kleinen Abdrücke und Merrys waren begraben unter dem Getrampel der eisenbeschlagenen Schuhe vor ihnen und hinter ihnen und um sie herum.

Sie waren etwa eine Meile von der Felswand aus gegangen, als sich das Land hinunterzog in eine breite, flache Senke, wo der Boden weich und naß war. Nebel hing dort, der in den letzten Strahlen der Mondsichel blaß schimmerte. Die dunklen Gestalten der Orks vor ihm wurden undeutlich und dann vom Nebel geschluckt.

»He! Vorsichtig jetzt!« brüllte Uglúk von hinten.

Plötzlich schoß Pippin ein Gedanke durch den Kopf, und er führte ihn sofort aus. Er wandte sich nach rechts und machte einen Satz aus der Reichweite seiner zupackenden Bewacher kopfüber in den Nebel; er landete auf allen Vieren im Gras.

»Halt!« schrie Uglúk.

Es gab einen Augenblick Unruhe und Verwirrung. Pippin sprang auf und rannte. Aber die Orks waren hinter ihm her. Einige tauchten plötzlich vor ihm auf.

»Keine Hoffnung, zu entkommen«, dachte Pippin. »Aber es besteht Hoffnung, daß ich einige meiner Fußspuren unversehrt auf dem nassen Boden hinterlassen habe.« Er faßte mit seinen beiden zusammengebundenen Händen an den Hals und löste die Brosche seines Mantels. Gerade, als lange Arme und harte Klauen ihn ergriffen, ließ er sie fallen. »Da wird sie wohl liegen bis ans Ende der Zeit«, dachte er. »Ich weiß nicht, warum ich das tat. Wenn die anderen entkommen sind, werden sie wahrscheinlich alle mit Frodo mitgegangen sein.«

Ein Peitschenriemen ringelte sich um seine Beine, und er unterdrückte einen Schrei.

»Genug!« schrie Uglúk, als er herbeirannte. »Er muß noch einen weiten Weg laufen. Laßt sie beide rennen! Gebraucht die Peitsche nur als Mahnung.«

»Aber das ist nicht alles«, fauchte er, zu Pippin gewandt. »Ich werde nichts vergessen. Die Strafe ist nur aufgeschoben. Los jetzt!«

Weder Pippin noch Merry wußten später noch viel von dem letzten Teil der Wanderung. Schlechte Träume und böses Erwachen vermengten sich zu einem langen Jammertal, an dessen Ende die Hoffnung immer schwächer schimmerte. Sie rannten und rannten und bemühten sich, den von den Orks angeschlagenen Schritt einzuhalten, und ab und zu wurden sie von einem grausamen Riemen geprügelt, der hinterlistig gehandhabt wurde. Wenn sie stehen blieben oder stolperten, wurden sie gepackt und eine Strecke mitgeschleift.

Die Wärme des Ork-Trankes war vergangen. Pippin fror wieder, und ihm war übel. Plötzlich fiel er mit dem Gesicht ins Gras. Harte Hände mit reißenden Nägeln packten zu und hoben ihn auf. Wieder einmal wurde er wie ein Sack getragen, und Dunkelheit hüllte ihn ein: ob es die Dunkelheit einer weiteren Nacht war oder eine Blindheit seiner Augen, das konnte er nicht sagen.

Undeutlich wurde er sich lärmender Stimmen bewußt: es schien, daß viele Orks eine Rast verlangten. Uglúk schrie. Pippin wurde auf den Boden geschleudert und blieb liegen, wie er hingefallen war, bis schwarze Träume ihn umfingen. Aber nicht für lange entging er dem Schmerz; bald war er wieder im eisernen Griff unbarmherziger Hände. Lange Zeit wurde er geschüttelt und gerüttelt, und dann verging die Dunkelheit langsam, er kehrte zurück in die wache Welt und merkte, daß es Morgen war. Befehle wurden gebrüllt, und er wurde grob ins Gras geworfen.

Dort lag er eine Weile und kämpfte mit der Verzweiflung. Ihm war schwindlig, aber nach der Hitze seines Körpers vermutete er, daß ihm wieder ein Trunk eingeflößt worden war. Ein Ork beugte sich über ihn und warf ihm etwas Brot und einen Streifen rohes, getrocknetes Fleisch hin. Heißhungrig aß er das altbackene, graue Brot, aber nicht das Fleisch. Er war ausgehungert, aber doch nicht ausgehungert genug, um Fleisch zu essen, das ihm ein Ork zugeworfen hatte; Fleisch von welchem Lebewesen wagte er nicht zu raten.

Er setzte sich auf und schaute sich um. Merry war nicht weit von ihm. Sie waren am Ufer eines rasch strömenden, schmalen Flusses. In der Ferne türmte sich das Gebirge: ein hoher Gipfel fing die ersten Sonnenstrahlen auf. Wie ein dunkler Schmutzfleck lag an den unteren Hängen vor ihnen ein Wald.

Es gab viel Geschrei und Gerede unter den Orks; ein Streit zwischen den Nordländern und den Isengartern schien gleich ausbrechen zu wollen. Einige zeigten zurück nach Süden und andere nach Osten.

»Sehr gut«, sagte Uglúk. »Überlaßt sie mir! Kein Töten, wie ich euch schon gesagt habe; aber wenn ihr das aufgeben wollt, um dessentwillen wir einen so weiten Weg zurückgelegt haben, um es zu bekommen, dann gebt es auf! Ich werde mich schon drum kümmern. Laßt die kämpfenden Uruk-hai die Arbeit tun, wie gewöhnlich. Wenn ihr vor den Weißhäuten Angst habt, dann lauft! Lauft! Da ist der Wald«, brüllte er und zeigte nach vorn. »Lauft dahin. Das ist das beste, worauf ihr hoffen könnt. Ab mit euch! Und schnell, ehe ich noch ein paar Köpfe abschlage, um den anderen ein wenig Verstand beizubringen.«

Es gab einiges Gefluche und Geschlurre, und dann machte sich die Mehrzahl der Nordländer davon, und über hundert von ihnen stürzten los und rannten wie wild am Fluß entlang auf das Gebirge zu. Die Hobbits blieben bei den Isengartern: einer grausamen, finsteren Bande von mindestens achtzig großen, schwarzbraunen, schlitzäugigen Orks mit großen Bogen und kurzen, breitklingigen Schwertern. Ein paar von den größeren und kühneren Nordländern waren bei ihnen geblieben.

»Jetzt werden wir uns mit Grischnákh befassen«, sagte Uglúk. Doch selbst einige seiner eigenen Gefolgsleute schauten besorgt nach Süden.

»Ich weiß«, knurrte Uglúk. »Die verfluchten Pferdekerle haben Wind von uns bekommen. Aber das ist allein deine Schuld, Snaga. Dir und den anderen Spähern gehören die Ohren abgeschnitten. Aber wir sind die Kämpfer. Wir werden uns noch Pferdefleisch oder sogar was Besseres schmecken lassen.«

In diesem Augenblick sah Pippin, warum einige aus der Schar nach Osten gezeigt hatten. Aus dieser Richtung drangen jetzt rauhe Schreie, und Grischnákh war wieder da und hinter ihm ein paar Dutzend seinesgleichen: langarmige, krummbeinige Orks. Ein rotes Auge war auf ihren Schilden aufgemalt. Uglúk ging ihnen entgegen.

»Du bist also zurückgekommen?« sagte er. »Hast es dir anders überlegt, was?«

»Ja, um dafür zu sorgen, daß die Befehle ausgeführt werden, und um zu sehen, ob die Gefangenen in Sicherheit sind«, antwortete Grischnákh.

»Ach wirklich!« sagte Uglúk. »Verschwendete Mühe. Ich sorge dafür, daß die Befehle unter meinem Kommando ausgeführt werden. Und weswegen bist du sonst noch zurückgekommen? Du gingst in Eile fort. Hast du was vergessen?«

»Ich ließ einen Narren zurück«, höhnte Grischnákh. »Aber er hatte ein paar handfeste Burschen bei sich, die zu schade sind, um sie zu verlieren. Ich wußte, daß du sie in eine üble Lage bringst. Ich bin gekommen, um ihnen zu helfen.«

»Großartig!« lachte Uglúk. »Aber sofern du nicht einigen Schneid zum Kämpfen hast, hast du den falschen Weg eingeschlagen. Lugbúrz war dein Ziel. Die Weißhäute kommen. Was ist mit deinem schönen Nazgûl geschehen? Ist wiederum ein Reittier unter ihm erschossen worden? Ja, hättest du ihn mitgebracht, hätte das nützlich sein können – wenn diese Nazgûls wirklich all das sind, was sie vorgeben.«

»*Nazgûl, Nazgûl*«, sagte Grischnákh erschauernd und leckte sich die Lippen, als ob das Wort einen üblen Geschmack hatte, den er qualvoll auskostete. »Du sprichst von etwas, das du dir nicht einmal in deinen verworrenen Träumen vorstellen kannst, Uglúk«, sagte er. »*Nazgûl!* Ah! Alles, was sie vorgeben! Eines Tages wirst du wünschen, du hättest das nicht gesagt. Affe!« fauchte er wütend. »Du sollst wissen, daß sie die Lieblinge des Großen Auges sind. Aber die geflügelten Nazgûl – noch nicht, noch nicht. Er will nicht, daß sie sich schon jenseits des Großen Stroms zeigen, nicht zu bald. Sie sind für den Krieg – und für andere Zwecke.«

»Du scheinst eine Menge zu wissen«, sagte Uglúk. »Mehr, als gut für dich ist, vermute ich. Vielleicht werden sich die in Lugbúrz fragen, woher und warum du so viel weißt. Aber inzwischen können wie gewöhnlich die Uruk-hai von Isengart die Dreckarbeit machen. Steh nicht so geifernd da! Hol deinen Haufen zusammen! Die anderen Schweine laufen in den Wald. Du folgst ihnen besser. Du würdest nicht lebend zum Großen Strom zurückkommen. Los jetzt! Gleich! Ich bleibe dir auf den Fersen.«

Die Isengarter packten Merry und Pippin wieder und hängten sie sich auf den Rücken. Dann machte sich die Schar auf den Weg. Stunde um Stunde liefen sie und hielten nur dann und wann inne, um die Hobbits anderen Trägern aufzupakken. Entweder, weil sie schneller und zäher waren, oder weil Grischnákh irgendeinen Plan dabei verfolgte, ließen die Isengarter allmählich die Orks aus Mordor hinter sich, und Grischnákhs Leute bildeten die Nachhut. Auch der Vorsprung der Nordländer verringerte sich. Der Wald kam immer näher. Pippin wurde gequetscht und gezerrt, und an seinem schmerzenden Kopf scheuerten die dreckige Backe und das haarige Ohr des Orks, der ihn trug. Unmittelbar vor ihm waren gebeugte Rücken und ausdauernde, kräftige Beine, die sich hoben und senkten, unaufhörlich, als ob sie aus Draht und Horn waren und den Takt von Albtraumsekunden einer endlosen Zeit schlugen.

Am Nachmittag überholte Uglúks Schar die Nordländer. Sie waren matt unter den Strahlen der hellen Sonne, obwohl es Wintersonne war, die an einem blassen, kühlen Himmel stand; die Köpfe hingen ihnen herab, und die Zungen streckten sie heraus.

»Maden!« höhnten die Isengarter. »Ihr seid erledigt. Die Weißhäute werden euch fangen und fressen. Sie kommen schon!«

Ein Schrei von Grischnákh zeigte, daß das kein bloßer Witz war. Reiter, die sehr schnell heranfegten, waren tatsächlich gesichtet worden: noch weit zurück, aber sie kamen auf die Orks zu, sie kamen auf sie zu wie eine Flut auf Leute im Wattenmeer, die im Schlick umherirren.

Die Uruk-hai

Die Isengarter begannen jetzt mit doppelter Schnelligkeit zu rennen, die Pippin verblüffte, eine erstaunliche Leistung für das Ende eines Wettlaufs. Dann sah er, daß die Sonne unterging und hinter dem Nebelgebirge verschwand; Schatten legten sich auf das Land. Die Krieger von Mordor hoben die Köpfe und liefen nun auch schneller. Der Wald war dunkel und dicht. Schon waren sie an ein paar abseits stehenden Bäumen vorbeigekommen. Das Land begann zu steigen, immer steiler; aber die Orks hielten nicht an. Uglúk und Grischnákh schrien beide und spornten sie zu einer letzten Anstrengung an.

»Sie werden es noch schaffen. Sie werden entkommen«, dachte Pippin. Und dann gelang es ihm, den Hals zu drehen, um einen Blick über die Schulter zu werfen. Er sah, daß Reiter im Osten, die über die Ebene galoppierten, schon auf gleicher Höhe mit den Orks waren. Der Sonnenuntergang vergoldete ihre Speere und Helme und schimmerte auf ihrem hellen, flatternden Haar. Sie umringten die Orks, verhinderten, daß sie sich zerstreuten, und trieben sie den Fluß entlang.

Er hätte gern gewußt, welcher Art dieses Volk war. Er wünschte jetzt, er hätte in Bruchtal mehr gelernt und mehr Landkarten und Dinge betrachtet; aber damals schienen die Pläne für die Fahrt in sachverständigeren Händen zu sein, und er hatte nie damit gerechnet, daß er von Gandalf oder Streicher oder selbst Frodo getrennt werden würde. Alles, was er von Rohan wußte, war, daß Gandalfs Pferd, Schattenfell, aus diesem Land stammte. Das klang hoffnungsvoll.

»Aber woher werden sie wissen, daß wir keine Orks sind?« dachte er. »Ich glaube kaum, daß sie hier unten jemals von Hobbits gehört haben. Ich sollte vermutlich froh sein, daß es so aussieht, als ob die viehischen Orks umgebracht werden, aber ich möchte lieber heil davonkommen.« Wahrscheinlich würden er und Merry zusammen mit ihren Entführern getötet werden, ehe die Menschen von Rohan sie auch nur bemerkten.

Einige der Reiter schienen Bogenschützen zu sein, die geschickt vom galoppierenden Pferd aus schossen. Sie ritten rasch auf Schußweite heran und schossen Pfeile auf die nachzüglerischen Orks, und mehrere von ihnen fielen; dann zogen sich die Reiter aus dem Bereich der antwortenden Bogen ihrer Feinde zurück, die wild schossen, aber nicht anzuhalten wagten. Das geschah mehrmals, und bei einer Gelegenheit fielen Pfeile unter die Isengarter. Genau vor Pippin stolperte einer von ihnen und stand nicht wieder auf.

Die Nacht brach herein, ohne daß die Reiter zur Schlacht antraten. Viele Orks waren gefallen, aber volle zweihundert waren noch übrig. In der frühen Dunkelheit kamen die Orks zu einem Hügel. Der Saum des Waldes war sehr nah, wahrscheinlich nicht mehr als hundertzwanzig Ruten entfernt, aber sie konnten nicht dahin gelangen. Die Reiter hatten sie eingekreist. Eine kleine Gruppe widersetzte sich Uglúks Befehl und rannte auf den Wald zu: nur drei kehrten zurück.

»Ja, da sind wir nun«, höhnte Grischnákh. »Eine feine Führung! Ich hoffe, der große Uglúk wird uns auch wieder hinausführen.«

»Setzt diese Halblinge ab!« befahl Uglúk, ohne sich um Grischnákh zu kümmern. »Du, Lugdusch, hole noch zwei andere und bewache sie. Sie dürfen nicht getötet werden, es sei denn, die dreckigen Weißhäute brechen durch. Verstanden? Solange ich am Leben bin, will ich sie haben. Aber sie dürfen nicht schreien, und sie dürfen nicht befreit werden. Bindet ihnen die Beine!«

Der letzte Teil des Befehls wurde unbarmherzig ausgeführt. Aber Pippin stellte fest, daß er zum erstenmal dicht bei Merry war. Die Orks machten einen gewaltigen Lärm, brüllten und rasselten mit ihren Waffen, und die Hobbits konnten eine Weile miteinander tuscheln.

»Ich halte nicht viel von alledem«, sagte Merry. »Ich bin ziemlich fertig. Ich könnte wohl kaum weit wegkriechen, selbst wenn ich frei wäre.«

»*Lembas*«, flüsterte Pippin. »*Lembas:* ich habe welches. Du auch? Ich glaube nicht, daß sie uns etwas abgenommen haben außer unseren Schwertern.«

»Ja, ich hatte ein Päckchen in der Tasche«, antwortete Merry, »aber es muß völlig zerkrümelt sein. Außerdem kann ich meinen Mund nicht in die Tasche stecken!«

»Brauchst du auch nicht. Ich habe . . .« Aber in diesem Augenblick zeigte ihm ein roher Tritt, daß der Lärm sich gelegt hatte und die Bewacher aufpaßten.

Die Nacht war kalt und still. Rings um den Hügel, auf dem sich die Orks gesammelt hatten, wurden kleine Wachfeuer angezündet, rotgolden in der Dunkelheit, ein vollkommener Kreis. Sie lagen in Reichweite eines weiten Bogenschusses, aber die Reiter ließen sich nicht im Hellen sehen, und die Orks vergeudeten viele Pfeile, als sie auf die Feuer zielten, bis Uglúk es ihnen untersagte. Die Reiter machten kein Geräusch. Später in der Nacht, als der Mond aus dem Nebel heraustrat, konnte man sie gelegentlich sehen, schattenhafte Gestalten, die während ihrer unaufhörlichen Runden dann und wann in dem weißen Licht aufschimmerten.

»Sie wollen auf die Sonne warten, verflucht sollen sie sein!« brummte einer der Bewacher. »Warum scharen wir uns nicht zusammen und brechen durch? Was denkt sich der alte Uglúk eigentlich, das möchte ich gern mal wissen!«

»So, möchtest du?« fauchte Uglúk, der von hinten herankam. »Du glaubst wohl, ich denke überhaupt nicht, was? Verflucht sollst du sein! Du bist ebenso schlecht wie der andere Haufen: die Maden und die Affen aus Lugbúrz. Zwecklos zu versuchen, mit ihnen anzugreifen. Sie würden bloß winseln und ausreißen, und da sind mehr als genug von diesen dreckigen Pferdekerlen, um uns allesamt in der Ebene niederzumachen.

Es gibt nur eins, was diese Maden können: wie Holzbohrer können sie im Dunkeln sehen. Aber die Weißhäute haben bessere Nachtaugen als die meisten Menschen, nach allem was ich gehört habe; und vergeßt ihre Pferde nicht! Sie können den Nachtwind sehen, heißt es. Immerhin gibt's noch etwas, was diese feinen Burschen nicht wissen: Mauhúr und seine Jungs sind im Wald, und sie müßten jetzt eigentlich jeden Augenblick auftauchen.«

Uglúks Worte genügten offenbar, um die Isengarter zu überzeugen, aber die anderen Orks waren sowohl entmutigt als auch aufsässig. Sie stellten ein paar

Wachen auf, doch die meisten lagen auf dem Boden und ruhten sich in der angenehmen Dunkelheit aus. Tatsächlich war es wieder sehr dunkel geworden; denn der Mond war im Westen in dicken Wolken verschwunden, und Pippin konnte in ein paar Fuß Entfernung nichts sehen. Die Feuer warfen keinen Lichtschein auf den Hügel. Indes begnügten sich die Reiter nicht damit, nur auf die Morgendämmerung zu warten und ihre Feinde ruhen zu lassen. Ein plötzlicher Aufschrei an der Ostseite der Kuppe zeigte, daß etwas nicht stimmte. Offenbar waren einige der Menschen dicht herangeritten, von den Pferden geglitten, an den Rand des Lagers gekrochen und hatten mehrere Orks getötet; dann waren sie wieder verschwunden. Uglúk stürzte los, um eine wilde Flucht zu verhindern.

Pippin und Merry setzten sich auf. Ihre Bewacher, Isengarter, waren mit Uglúk mitgegangen. Aber wenn die Hobbits irgendwie an ein Entrinnen gedacht hatten, dann wurde ihre Hoffnung bald zunichte. Ein langer, haariger Arm packte sie beide am Hals und zog sie nahe zueinander. Undeutlich sahen sie Grischnákhs großen Kopf und sein abscheuliches Gesicht zwischen ihnen; sein stinkiger Atem war auf ihren Wangen. Er begann, sie zu betatschen und zu befühlen. Pippin erschauerte, als harte, kalte Finger seinen Rücken entlangfuhren.

»Nun, meine Kleinen!« flüsterte Grischnákh leise. »Genießt ihr die hübsche Rast? Oder nicht? Vielleicht ist der Ort ein wenig ungemütlich: Schwerter und Peitschen auf der einen Seite und garstige Speere auf der anderen! Kleine Leute sollten sich nicht in Angelegenheiten einmischen, die zu groß für sie sind.« Seine Finger tasteten immer noch. Ein Glanz wie von einem schwachen, aber heißen Feuer war in seinen Augen.

Plötzlich schoß Pippin ein Gedanke durch den Kopf, als ob er ihn unmittelbar von dem hartnäckigen Gedanken seines Feindes aufgefangen habe: »Grischnákh weiß von dem Ring! Er sucht nach ihm, während Uglúk beschäftigt ist: wahrscheinlich will er ihn selbst haben.« Kalte Furcht war in Pippins Herzen, doch gleichzeitig überlegte er, wie er Grischnákhs Verlangen für sich ausnützen könnte.

»Ich glaube nicht, daß du ihn auf diese Weise findest«, flüsterte er. »Er ist nicht leicht zu finden.«

»*Ihn* finden?« fragte Grischnákh. Seine Finger hörten auf zu krabbeln und packten Pippins Schulter. »Was finden? Wovon redest du denn, Kleiner?«

Einen Augenblick schwieg Pippin. Dann plötzlich gab er in der Dunkelheit ein kehliges Geräusch von sich: *gollum, gollum.* »Nichts, mein Schatz«, fügte er hinzu.

Die Hobbits spürten, wie Grischnákhs Finger zuckten. »Oho!« zischte der Bilwiß leise. »Das meint er, nicht wahr? Oho! Sehr, *sehr* gefährlich, meine Kleinen.«

»Vielleicht«, sagte Merry, jetzt ganz auf der Hut, denn er hatte Pippins Vermutung erraten. »Vielleicht, und nicht nur für uns. Immerhin weißt du am besten, was du zu tun hast. Du willst ihn haben, oder nicht? Und was würdest du für ihn geben?«

»Will ich ihn? Will ich ihn?« fragte Grischnákh, als ob er verblüfft sei; aber seine Arme zitterten. »Was ich dafür geben würde? Was meint ihr damit?«

»Wir meinen«, sagte Pippin und wählte seine Worte vorsichtig, »daß es keinen Zweck hat, im dunkeln zu tappen. Wir könnten dir Zeit und Mühe sparen. Aber zuerst mußt du unsere Beine losbinden, oder wir tun gar nichts und sagen nichts.«

»Meine lieben, empfindlichen kleinen Narren«, zischte Grischnákh, »alles, was ihr habt, und alles, was ihr wißt, wird zur rechten Zeit schon aus euch herausgeholt werden: alles! Ihr werdet wünschen, daß es mehr gäbe, was ihr sagen könntet, um den Verhörenden zufriedenzustellen, das werdet ihr wirklich wünschen: ziemlich bald. Wir werden die Untersuchung nicht überstürzen. O ganz gewiß nicht! Was glaubt ihr denn, warum ihr am Leben gelassen wurdet? Meine lieben kleinen Burschen, bitte glaubt mir, wenn ich sage, daß es nicht aus Freundlichkeit geschah: das ist nicht einmal einer von Uglúks Fehlern.«

»Es fällt mir nicht schwer, es zu glauben«, sagte Merry. »Aber ihr habt eure Beute noch nicht zuhause. Und es sieht nicht so aus, als ob sie deinen Weg einschlägt. Wenn wir nach Isengart kommen, dann wird es nicht der große Grischnákh sein, der daraus Vorteil zieht: Saruman wird alles nehmen, was er finden kann. Wenn du etwas für dich haben willst, ist jetzt der Augenblick, etwas zu tun.«

Grischnákh geriet allmählich in Wut. Der Name Saruman schien ihn besonders zu erbosen. Die Zeit verging, und die Unruhe legte sich. Uglúk oder die Isengarter konnten jede Minute zurückkommen. »Habt ihr ihn – einer von euch?« knurrte er.

»*Gollum, gollum*«, sagte Pippin.

»Binde unsere Beine los!« sagte Merry.

Sie spürten, wie die Arme des Orks heftig zitterten. »Verflucht sollt ihr sein, ihr dreckiges kleines Ungeziefer!« zischte er. »Eure Beine losbinden? Jede Sehne eures Körpers werde ich losbinden. Glaubt ihr, ich kann euch nicht bis auf die Knochen durchsuchen? Euch durchsuchen? Ich werde euch beide in zuckende Fetzen schneiden. Ich brauche die Hilfe eurer Beine nicht, um euch wegzubringen – und euch ganz für mich zu haben!«

Plötzlich packte er sie. Die Kraft in seinen langen Armen und Schultern war entsetzlich. Er klemmte jeden von ihnen in eine Achselhöhle und preßte sie heftig an seine Seiten; eine große, erstickende Hand legte sich ihnen beiden auf den Mund. Dann sprang er, tiefgebückt, vorwärts. Rasch und still ging er, bis er an den Rand des Hügels kam. Dort suchte er sich eine Lücke zwischen den Wachtposten aus und verschwand wie ein böser Schatten in der Nacht, den Abhang hinunter und dann nach Westen auf den Fluß zu, der aus dem Wald herausströmte. In dieser Richtung war ein breiter, offener Raum mit nur einem Feuer.

Nach etwa einem halben Dutzend Klafter hielt er an, schaute sich um und horchte. Nichts war zu sehen oder zu hören. Er kroch langsam weiter, fast ganz zusammengekrümmt. Dann hockte er sich hin und lauschte wieder. Dann aber stand er auf, als wollte er einen plötzlichen Vorstoß wagen. In eben diesem Augenblick tauchte die dunkle Gestalt eines Reiters genau vor ihm auf. Ein Pferd schnaubte und bäumte sich auf. Ein Mann stieß einen Ruf aus.

Grischnákh warf sich platt auf den Boden und zerrte die Hobbits unter sich; dann zog er sein Schwert. Zweifellos wollte er seine Gefangenen eher töten als zulassen, daß sie entkämen oder befreit würden. Aber es war sein Verderben. Das Schwert klirrte schwach und glänzte ein wenig im Schein des Feuers, das weit weg zu seiner Linken war. Ein Pfeil kam aus der Dunkelheit angeschwirrt: er war geschickt gezielt oder vom Schicksal gelenkt und durchbohrte seine rechte Hand. Grischnákh ließ das Schwert fallen und schrie auf. Man hörte ein rasches Stampfen von Hufen, und gerade, als Grischnákh aufsprang und lief, wurde er niedergeritten und von einem Speer durchbohrt. Er stieß einen häßlichen zitternden Schrei aus und lag still.

Die Hobbits blieben platt auf dem Boden, wie Grischnákh sie hatte liegen lassen. Noch ein Reiter kam rasch herbei, um seinem Gefährten zu helfen. Ob es nun an einem besonders guten Sehvermögen oder an einer anderen Sinneswahrnehmung lag, jedenfalls stieg das Pferd und sprang leichtfüßig über sie hinweg; aber sein Reiter sah sie nicht, wie sie da in ihren Elbenmänteln lagen, zu verstört im Augenblick und zu verängstigt, um sich zu rühren.

Schließlich regte Merry sich und flüsterte leise: »Bisher ist es ja ganz gut gegangen. Aber wie sollen *wir* der Gefahr entgehen, aufgespießt zu werden?«

Die Antwort kam fast sofort. Die Schreie von Grischnákh hatten die Orks aufgeschreckt. Aus dem Geheul und Gekreische, das von dem Hügel herüberdrang, entnahmen die Hobbits, daß ihr Verschwinden entdeckt worden war: Uglúk schlug vermutlich noch ein paar Köpfe ab. Dann plötzlich kamen antwortende Rufe von Orkstimmen von rechts, außerhalb des Kreises von Wachtfeuern, aus der Richtung des Waldes und des Gebirges. Offenbar war Mauhúr gekommen und griff die Belagerer an. Man hörte Pferde galoppieren. Die Reiter zogen ihren Ring enger um die Kuppe und nahmen die Gefahr der Orkpfeile auf sich, um jeden Ausfall zu verhindern, während eine Gruppe fortritt, um sich mit den Neuankömmlingen auseinanderzusetzen. Plötzlich merkten Merry und Pippin, daß sie, ohne sich fortzubewegen, nun außerhalb des Kreises waren: nichts lag zwischen ihnen und der Flucht.

»Wenn wir«, sagte Merry, »nur die Beine und Hände frei hätten, dann könnten wir jetzt entkommen. Aber ich kann an die Knoten nicht heran und sie auch nicht durchbeißen.«

»Nicht nötig, es zu versuchen«, sagte Pippin. »Das wollte ich dir vorhin sagen: Ich konnte meine Hände frei bekommen. Diese Schlingen sind bloß zur Tarnung drangelassen. Aber iß lieber erst ein wenig *lembas*.«

Er streifte den Strick vom Handgelenk und holte ein Päckchen heraus. Die Kuchen waren zerbrochen, aber noch frisch in ihrer Blätterumhüllung. Die Hobbits aßen jeder zwei oder drei Stück. Der Geschmack rief ihnen wieder schöne Gesichter und Gelächter und gesunde Kost aus weit zurückliegenden ruhigen Tagen ins Gedächtnis. Eine Weile aßen sie nachdenklich, saßen im Dunkeln und achteten nicht auf die Schreie und Geräusche der nahen Schlacht. Pippin kehrte als erster wieder in die Gegenwart zurück.

»Wir müssen fort«, sagte er. »Einen kleinen Augenblick!« Grischnákhs Schwert lag ganz in der Nähe, aber es war zu schwer und unhandlich für ihn; deshalb kroch er weiter, und als er den Leichnam des Bilwiß fand, zog er ein langes scharfes Messer aus seiner Scheide. Damit zerschnitt er rasch ihre Fesseln.

»Nun aber los!« sagte er. »Wenn wir uns ein bißchen warm gemacht haben, können wir vielleicht sogar wieder stehen und gehen. Aber jedenfalls fangen wir lieber mit Kriechen an.«

Sie krochen. Die Grasnarbe war tief und federnd, und das half ihnen; aber es war ein langwieriges, mühseliges Geschäft. Sie machten einen großen Bogen um das Wachtfeuer und arbeiteten sich Stück für Stück vor, bis sie zum Fluß kamen, der in den schwarzen Schatten unter seinen steilen Ufern dahinströmte. Dann schauten sie zurück.

Die Geräusche hatten sich gelegt. Offenbar waren Mauhúr und seine »Jungs« getötet oder vertrieben worden. Die Reiter hatten ihre stille, bedrohliche Wache wieder aufgenommen. Sie würde nicht mehr sehr lange dauern. Schon ging die Nacht ihrem Ende entgegen. Im Osten, der unbewölkt geblieben war, begann der Himmel bleich zu werden.

»Wir müssen in Deckung gehen«, sagte Pippin, »sonst werden wir gesehen. Es wird kein Trost für uns sein, wenn diese Reiter entdecken, daß wir keine Orks sind, nachdem wir tot sind.« Er erhob sich und stampfte mit den Füßen auf. »Diese Stricke haben mich wie Draht eingeschnürt; aber meine Füße werden wieder warm. Ich könnte jetzt weitertorkeln. Wie steht's mit dir, Merry?«

Merry stand auf. »Ja«, sagte er, »ich kann's schaffen. *Lembas* gibt einem wirklich neuen Mut. Und außerdem ein gesünderes Gefühl als die Hitze dieses Ork-Tranks. Woraus der wohl bestehen mag? Aber ich nehme an, es ist besser, es nicht zu wissen. Laß uns einen Schluck Wasser trinken, um den Gedanken daran fortzuspülen.«

»Nicht hier, die Ufer sind zu steil«, sagte Pippin. »Nun vorwärts!«

Sie wandten sich um und gingen jetzt nebeneinander langsam den Flußlauf entlang. Hinter ihnen nahm das Licht im Osten zu. Während sie gingen, tauschten sie ihre Gedanken aus und redeten nach Hobbit-Art leichthin von dem, was ihnen seit ihrer Gefangennahme widerfahren war. Kein Zuhörer hätte aus ihren Worten entnommen, daß sie grausam gelitten hatten, in entsetzlicher Gefahr und ohne Hoffnung gewesen waren, Folter und Tod zu entgehen; oder daß auch jetzt, wie sie genau wußten, wenig Aussicht bestand, daß sie jemals wieder ihre Freunde finden und in Sicherheit sein würden.

»Du scheinst deine Sache gut gemacht zu haben, Herr Tuk«, sagte Merry. »Fast ein ganzes Kapitel im Buch des alten Bilbo wirst du bekommen, wenn ich je Gelegenheit habe, es ihm zu berichten. Gute Arbeit: vor allem, daß du erraten hast, was das haarige Scheusal im Schilde führte, und ihm um den Bart gegangen bist. Aber ich frage mich, ob irgend jemand unsere Spur verfolgen und jemals die

Brosche finden wird. Mir wäre es gräßlich, meine zu verlieren, doch deine, fürchte ich, ist endgültig weg.

Ich werde mich ein bißchen anstrengen müssen, um mit dir gleichzuziehen. In der Tat wird Vetter Brandybock jetzt vorangehen. Nun ist die Reihe an ihm. Ich vermute, du hast nicht viel Ahnung, wo wir sind; aber ich habe meine Zeit in Bruchtal besser ausgenützt. Wir befinden uns westlich der Entwasser. Das dicke Ende des Nebelgebirges liegt vor uns, und der Fangorn-Wald.«

Während er noch sprach, ragte unmittelbar vor ihnen der dunkle Saum des Waldes drohend auf. Die Nacht schien unter seinen grünen Bäumen Zuflucht gesucht zu haben und vor der kommenden Morgendämmerung davonzukriechen.

»Geh voran, Herr Brandybock!« sagte Pippin. »Oder geh zurück! Wir sind vor Fangorn gewarnt worden. Aber einer, der so klug ist, wird das nicht vergessen haben.«

»Habe ich nicht«, antwortete Merry, »doch der Wald scheint mir trotzdem noch besser zu sein, als umzukehren und mitten in eine Schlacht zu geraten.«

Er führte Pippin unter die riesigen Zweige der Bäume. Wie alt sie waren, ließ sich nicht erraten. Lange, schleppende Bärte von Flechten hingen an ihnen herab, die sich in dem leichten Wind hin- und herwiegten. Aus den Schatten spähten die Hobbits hinaus und blickten hinunter auf den Hang: kleine, heimliche Gestalten, und in dem dämmrigen Licht sahen sie wie Elbenkinder aus, die auf dem Grund der Zeit voll Staunen aus dem Wilden Wald herausschauen und ihre erste Morgendämmerung erblicken.

Weit hinter dem Großen Strom und den Braunen Landen, Wegstunden über graue Wegstunden entfernt, kam die Morgendämmerung, rot wie eine Flamme. Laut erschallten die Jagdhörner, sie zu grüßen. Die Reiter von Rohan wurden plötzlich lebendig. Ein Horn antwortete wiederum dem anderen.

In der kalten Luft hörten Merry und Pippin deutlich das Wiehern von Schlachtrossen und das plötzliche Singen vieler Männer. Der Rand der Sonne erhob sich, ein Feuerbogen, über den Saum der Welt. Dann griffen die Reiter mit einem Schlachtruf vom Osten aus an; das rote Licht glänzte auf Panzerhemden und Speeren. Die Orks schrien und schossen alle Pfeile ab, die ihnen geblieben waren. Die Hobbits sahen mehrere Reiter fallen; aber die anderen sprengten den Berg hinauf und über ihn hinweg und schwenkten ab und griffen von neuem an. Die meisten Orks, die noch am Leben waren, gerieten in Unordnung und flohen, hierhin und dorthin, und einer nach dem anderen wurden sie verfolgt bis zum Tod. Aber eine Schar, die sich zu einem schwarzen Keil zusammengerottet hatte, rannte entschlossen in Richtung auf den Wald. Geradenwegs den Hang hinauf stürmten sie auf die Beobachter zu. Jetzt kamen sie näher, und es schien sicher zu sein, daß sie entkommen würden: schon hatten sie drei Reiter niedergehauen, die ihnen den Weg verlegten.

»Wir haben zu lange zugeschaut«, sagte Merry. »Da ist Uglúk! Ich will ihn nicht wiedertreffen.« Die Hobbits wandten sich ab und flohen tief hinein in den schattigen Wald.

So kam es, daß sie den letzten Kampf nicht sahen, als Uglúk eingeholt und genau am Saum von Fangorn gestellt wurde. Dort wurde er schließlich von Éomer, dem Dritten Marschall von Rohan, erschlagen, der abgesessen war und mit ihm Schwert gegen Schwert kämpfte. Und über die weiten Weiden jagten die scharfäugigen Reiter die wenigen Orks, die entkommen waren und noch Kraft hatten, zu fliehen.

Als sie dann ihre gefallenen Gefährten in ein Hügelgrab gelegt und die Heldenklage gesungen hatten, machten die Reiter ein großes Feuer und zerstreuten die Asche ihrer Feinde. So endete der Streifzug, und keine Kunde davon gelangte jemals nach Mordor oder Isengart; doch der Rauch des Brandes stieg zum Himmel empor und wurde von vielen wachsamen Augen gesehen.

VIERTES KAPITEL

BAUMBART

Derweil gingen die Hobbits, so rasch es der dunkle und dicht verflochtene Wald zuließ, den Flußlauf entlang nach Westen und hinauf zu den Hängen des Gebirges, tiefer und tiefer nach Fangorn hinein. Langsam legte sich ihre Angst vor den Orks, und ihr Schritt wurde gemächlicher. Ein seltsames Erstickungsgefühl überkam sie, als ob die Luft zum Atmen zu dünn oder zu knapp sei.

Schließlich hielt Merry an. »So können wir nicht weitergehen«, keuchte er. »Ich brauche Luft.«

»Laß uns jedenfalls etwas trinken«, sagte Pippin. »Ich bin ganz ausgedörrt.« Er kletterte zu einer großen Baumwurzel, die sich zum Fluß hinunterwand, bückte sich und schöpfte mit der hohlen Hand etwas Wasser. Es war klar und kalt, und er trank viele Schlucke. Merry folgte ihm. Das Wasser erfrischte sie und schien ihnen neuen Mut einzuflößen; eine Weile saßen sie zusammen am Flußufer, benetzten ihre wunden Füße und Beine und betrachteten die Bäume rundum, die sie still umstanden, eine Reihe hinter der anderen, bis sie in allen Richtungen in grauem Zwielicht verschwanden.

»Ich nehme an, du hast uns bereits in die Irre geführt?« sagte Pippin und lehnte sich an einen großen Baumstamm. »Wir können zumindest an diesem Fluß, Entwasser oder wie immer du ihn nennst, entlanggehen und auf dem Weg, den wir gekommen sind, wieder hinausgelangen.«

»Das könnten wir, wenn unsere Beine es schafften«, sagte Merry, »und wenn wir richtig atmen könnten.«

»Ja, es ist alles sehr düster und stickig hier drinnen«, sagte Pippin. »Es erinnert mich irgendwie an das alte Zimmer in der Großen Behausung der Tuks in den Smials in Buckelstadt: eine riesige Behausung, wo die Möbel seit Generationen niemals umgestellt oder ausgewechselt worden waren. Es heißt, der Alte Tuk habe dort jahrelang gelebt, und er und das Zimmer wurden gemeinsam älter und schäbiger – und es ist auch nichts daran verändert worden, seit er vor hundert Jahren starb. Und der Alte Gerontius war mein Ur-Urgroßvater: es ist also ein bißchen lange her. Aber das ist nichts gegen den Eindruck von Alter, den dieser Wald hervorruft. Schau dir nur die trauernden, hängenden Bärte und Barthaare der Flechten an! Und die meisten Bäume sind halb bedeckt mit zerfetzten trockenen Blättern, die niemals abzufallen scheinen. Unordentlich. Ich kann mir nicht vorstellen, wie der Frühling hier aussehen würde, wenn er je kommt; und noch weniger ein Frühjahrsputz.«

»Aber die Sonne muß jedenfalls manchmal hereingucken«, sagte Merry. »Es sieht weder so aus, noch hat man ein Gefühl, wie man es nach Bilbos Beschreibung vom Düsterwald hätte. Der war ganz dunkel und schwarz und die Heimat dunkler, schwarzer Geschöpfe. Hier ist es bloß dämmrig und beängstigend baumisch. Man kann sich nicht vorstellen, daß hier überhaupt *Tiere* leben oder sich lange aufhalten.«

»Nein, und Hobbits auch nicht«, sagte Pippin. »Und mir gefällt auch der Gedanke nicht, daß wir versuchen wollen, den Wald zu durchqueren. Nichts zu essen auf hundert Meilen, nehme ich an. Wie steht's mit unseren Vorräten?«

»Die sind knapp«, sagte Merry. »Wir sind losgerannt mit nichts als ein paar spärlichen Päckchen *lembas* in der Tasche und haben alles andere zurückgelassen.« Sie schauten sich an, was ihnen von den Elben-Kuchen noch geblieben war: zerkrümelte Bruchstücke für etwa fünf magere Tage, das war alles. »Und nichts, womit wir uns zudecken können«, sagte Merry. »Wir werden frieren heute nacht, wohin wir auch immer gehen.«

»Na, über den Weg wollen wir uns lieber jetzt gleich klarwerden«, sagte Pippin. »Der Morgen muß schon weit fortgeschritten sein.«

Gerade da bemerkten sie ein gelbes Licht, das etwas weiter weg im Wald erschienen war: Sonnenstrahlen waren wohl plötzlich durch das Walddach gedrungen.

»Nanu!« sagte Merry. »Die Sonne muß in eine Wolke geraten sein, während wir unter diesen Bäumen waren, und ist jetzt wieder hervorgekommen; oder aber sie ist schon hoch genug geklettert, um in irgendeine Lichtung hineinzuscheinen. Es ist nicht weit – laß uns hingehen und nachschauen!«

Sie fanden, daß es weiter war, als sie gedacht hatten. Der Boden stieg noch immer steil an und wurde immer steiniger. Das Licht verbreitete sich, als sie weitergingen, und bald sahen sie, daß eine Felswand vor ihnen lag: die Seite eines Berges oder das schroffe Ende irgendeines langen Ausläufers des fernen Gebirges. Kein Baum wuchs auf ihr, und die Sonne fiel voll auf ihre steinerne Oberfläche. Die Zweige der Bäume an ihrem Fuß waren steif und bewegungslos ausgestreckt, als ob sie sich nach der Wärme reckten. Während bisher alles so schäbig und grau ausgesehen hatte, glänzte der Wald jetzt in satten Brauntönen und dem glatten Schwarzgrau der Rinde wie gewichstes Leder. Die Baumstämme leuchteten in einem sanften Grün wie junges Gras: Vorfrühling oder ein flüchtiges Traumbild des Frühlings lag auf ihnen.

An der Vorderseite der steinernen Wand war etwas Ähnliches wie eine Treppe: eine natürliche vielleicht, die durch das Verwittern und Absplittern des Felsens entstanden war, denn sie war rauh und uneben. Hoch oben, fast in gleicher Höhe mit den Wipfeln der Waldbäume, war eine Felsplatte, überragt von einem Felsen. Nichts wuchs dort außer ein paar Gräsern und Unkräutern an ihrem Rand und einem alten Baumstumpf, der nur noch zwei herabhängende Äste hatte: er sah fast aus wie die Gestalt eines knorrigen alten Mannes, der dort stand und in der Morgensonne blinzelte.

»Da gehen wir hinauf!« sagte Merry fröhlich. »Um Luft zu schnappen und einen Blick auf das Land zu werfen!«

Sie klommen und kletterten den Felsen hinauf. Wenn die Treppe angelegt worden war, dann jedenfalls für größere Füße und längere Beine als ihre. Sie waren zu eifrig bei der Sache, um sich darüber zu verwundern, wie bemerkenswert schnell die Schrammen und Wunden ihrer Gefangenschaft geheilt und ihre Lebenskraft zurückgekehrt war. Schließlich kamen sie zum Rande der Felsplatte fast am Fuße des alten Baumstumpfes; dann sprangen sie auf, wandten dem Berg den Rücken zu, holten tief Luft und schauten hinaus nach Osten. Sie sahen, daß sie erst etwa drei oder vier Meilen weit in den Wald hineingekommen waren: die Kronen der Bäume zogen sich den Hang hinunter bis zur Ebene. Dort, dicht am Saum des Waldes, stieg in hohen Spiralen schwarzer, sich ringelnder Rauch auf, der wallend zu ihnen herüberzog.

»Der Wind springt um«, sagte Merry. »Er hat wieder nach Osten gedreht. Es ist kalt hier oben.«

»Ja«, sagte Pippin, »ich fürchte, es ist nur ein vorübergehender Glanz, und alles wird wieder grau werden. Wie schade! Dieser überwucherte alte Wald sah im Sonnenschein ganz anders aus. Ich hatte fast das Gefühl, daß mir die Gegend gefällt.«

»Hattest fast das Gefühl, daß dir der Wald gefällt! Das ist gut! Das ist ungemein freundlich von dir«, sagte eine fremde Stimme. »Dreht euch mal um und laßt mich eure Gesichter sehen. Ich habe fast das Gefühl, daß ihr mir beide nicht gefallt, aber wir wollen nicht hastig sein. Dreht euch um!« Eine große Hand mit knorrigen Knöcheln legte sich ihnen auf die Schulter, und sie wurden herumgedreht, sanft, aber unwiderstehlich; dann hoben zwei gewaltige Arme sie hoch.

Sie schauten in ein höchst ungewöhnliches Gesicht. Es gehörte zu einer großen, menschenähnlichen, fast trollähnlichen Gestalt, mindestens vierzehn Fuß lang, sehr stämmig, mit einem hohen Kopf und kaum einem Hals. Ob sie in einen Stoff, der wie grüne und graue Rinde aussah, gekleidet war oder ob das ihre Haut war, war schwer zu sagen. Jedenfalls waren die Arme, ziemlich nahe am Rumpf, nicht runzlig, sondern mit einer braunen, glatten Haut bedeckt. Die großen Füße hatten je sieben Zehen. Der untere Teil des langen Gesichts war mit einem wallenden grauen Bart bedeckt, buschig, fast zweigartig an den Wurzeln, dünn und moosig an den Enden. Aber im Augenblick bemerkten die Hobbits wenig außer den Augen. Diese tiefliegenden Augen sahen sie jetzt prüfend an, gemessen und ernst, aber sehr durchdringend. Sie waren braun, mit einem hellen Grün gesprenkelt. Später hat Pippin oft versucht, seinen ersten Eindruck von diesen Augen zu beschreiben.

»Man hatte das Gefühl, als ob ein gewaltiger Brunnenschacht hinter ihnen lag, angefüllt mit den Erinnerungen einer unendlich langen Zeit und langem, bedächtigem, beharrlichem Denken; aber auf ihrer Oberfläche schillerte die Gegenwart: wie Sonne, die auf den äußeren Blättern eines riesigen Baumes schimmert, oder wie das Wellengekräusel auf einem sehr tiefen See. Ich weiß nicht, aber man hatte das Gefühl, als ob etwas, das im Boden wächst – schlafend, könnte man sagen, oder sich einfach selbst als etwas zwischen Wurzelspitze und Blattspitze, zwischen tiefer Erde und Himmel Empfindendes –, plötzlich erwacht war und einen mit derselben bedächtigen Aufmerksamkeit betrachtet, die es seit endlosen Jahren seinen eigenen inneren Gedanken geschenkt hatte.«

»*Hram, Hum*«, murmelte die Stimme, eine tiefe Stimme wie ein sehr tiefes Holzblasinstrument. »Sehr merkwürdig, in der Tat! Sei nicht hastig, das ist mein Wahlspruch. Aber wenn ich euch gesehen hätte, ehe ich eure Stimmen hörte – die gefielen mir: nette, kleine Stimmen; sie erinnerten mich an etwas, dessen ich mich nicht entsinnen kann –, wenn ich euch gesehen hätte, ehe ich euch hörte, dann hätte ich euch einfach zertreten, ich hätte euch für kleine Orks gehalten, und meinen Irrtum hinterher erkannt. Sehr merkwürdig seid ihr, in der Tat. Wurzel und Zweig, sehr merkwürdig!«

Pippin war zwar immer noch erstaunt, fürchtete sich aber nicht mehr. Unter dem Blick dieser Augen verspürte er eine seltsame Bangigkeit, aber keine Furcht. »Bitte«, sagte er, »wer seid Ihr? Und was seid Ihr?«

Die alten Augen bekamen einen sonderbaren Ausdruck, eine Art Vorsicht; die tiefen Brunnen waren jetzt bedeckt. »*Hram*, je nun«, antwortete die Stimme, »ja, ich bin ein Ent, oder so nennen sie mich. Ja, Ent ist das Wort. *Der* Ent bin ich, könntet ihr nach eurer Sprechweise sagen. *Fangorn* lautet mein Name bei manchen, *Baumbart* machen andere daraus. *Baumbart* wird angehen.«

»Ein *Ent*?« fragte Merry. »Was ist das? Aber wie nennt Ihr Euch denn selbst? Wie ist Euer richtiger Name?«

»Hu, nun!« erwiderte Baumbart. »Hu! Das hieße ein Geheimnis verraten! Nicht so hastig. Und *ich* stelle die Fragen. Ihr seid in *meinem* Land. Wer seid ihr, das möchte ich mal wissen? Ich kann euch nicht unterbringen. Ihr scheint nicht auf den alten Listen zu stehen, die ich gelernt habe, als ich jung war. Aber das war vor langer, langer Zeit, und vielleicht sind neue Listen aufgestellt worden. Laßt mich sehen! Laßt mich sehen! Wie ging es doch?

> *Lerne die Namen der lebenden Wesen!*
> *Erst nenne die vier, die freien Völker:*
> *Die ältesten aller, die Elbenkinder;*
> *Zwerg, der Schatzgräber, hausend im Dunkel;*
> *Ent, der Erdsproß, alt wie die Berge;*
> *Mensch, der sterbliche, Herr der Pferde:*

Hm, hm, hm.

> *Biber Baumeister, Rehbock Springer,*
> *Bär sucht Honig, Eber will kämpfen:*
> *Hund ist hungrig, Hase ist furchtsam …*

Hm, hm.

> *Adler in Lüften, Rind auf der Weide,*
> *Hirsch der Geweihfürst; Habicht der Schnellste;*
> *Schwan ist am weißesten, Schlange am kältesten …*

Hum, hm; hum, hm, wie ging es denn? Rum tam, rum tam, rumti tum tam. Es war eine lange Liste. Aber jedenfalls scheint ihr nirgends hineinzupassen!«

»Wir werden offenbar bei den alten Listen immer ausgelassen, und bei den alten Geschichten auch«, sagte Merry. »Und dennoch sind wir schon ziemlich lange da. Wir sind *Hobbits*.«

»Warum nicht eine neue Zeile machen?« fragte Pippin.

Hobbits, die Halblinge, Erdlochbewohner.

Schiebt uns bei den vieren ein, nach den Menschen, den Großen Leuten, dann habt Ihr es.«

»Hm, nicht schlecht, nicht schlecht«, sagte Baumbart. »Das würde gehen. Ihr lebt also in Höhlen, wie? Das klingt sehr richtig und angemessen. Aber wer nennt euch eigentlich *Hobbits*? Das klingt mir gar nicht elbisch. Die Elben haben all die alten Wörter gemacht: sie haben damit angefangen.«

»Niemand sonst nennt uns Hobbits; so nennen wir uns selbst«, sagte Pippin.

»Hum, hmm! Sachte, sachte! Nicht so hastig! Ihr nennt euch *selbst* Hobbits? Aber das solltet ihr nicht jedem erzählen. Ihr werdet euren eigenen Namen verraten, wenn ihr nicht vorsichtig seid.«

»Damit sind wir nicht vorsichtig«, sagte Merry. »Tatsächlich bin ich ein Brandybock, Meriadoc Brandybock, obwohl mich die meisten Leute einfach Merry nennen.«

»Und ich bin ein Tuk, Peregrin Tuk, aber ich werde im allgemeinen Pippin oder einfach Pip genannt.«

»Hm, aber ihr *seid* wirklich hastige Leute, sehe ich«, sagte Baumbart. »Euer Vertrauen ehrt mich; aber ihr solltet nicht gleich so offenherzig sein. Es gibt Ents und Ents, wißt ihr; oder es gibt Ents und Lebewesen, die wie Ents aussehen, aber keine sind, könnte man sagen. Ich werde euch Merry und Pippin nennen, wenn ihr erlaubt – nette Namen. Denn *meinen* Namen werde ich euch nicht sagen, jedenfalls jetzt noch nicht.« Ein seltsamer Ausdruck, halb listig, halb lustig, trat mit einem grünen Flackern in seine Augen. »Denn erstens würde es viel Zeit kosten: mein Name wächst dauernd, und ich lebe schon sehr, sehr lange; deshalb ist *mein* Name wie eine Geschichte. Wirkliche Namen erzählen einem in meiner Sprache, im alten Entisch, wie ihr sagen könntet, die Geschichte der Dinge, zu denen sie gehören. Es ist eine wunderschöne Sprache, aber es braucht viel Zeit, etwas in ihr zu sagen, weil wir gar nichts in ihr sagen, es sei denn, es lohnt sich, so viel Zeit aufzuwenden, um es zu sagen und anzuhören.

Aber nun«, und die Augen wurden ganz strahlend und gegenwärtig und schienen kleiner zu werden und fast scharf, »was geht eigentlich vor? Und was habt ihr bei alledem zu tun? Ich kann eine Menge sehen und hören *und* riechen *und* fühlen von diesem... von diesem... von diesem *a-lalla-lalla-rumba-ka-manda-lind-or-burúme*. Entschuldigt, das ist ein Teil meines Namens dafür; ich weiß nicht, wie das Wort in den Sprachen draußen heißt: ihr wißt schon, das Ding, auf dem wir sind, wo ich an schönen Morgen stehe und Ausschau halte und über die Sonne nachdenke und über das Gras hinter dem Wald und die Pferde und die Wolken und den Lauf der Welt. Was geht vor? Was führt Gandalf im Schilde? Und diese – *burárum*...«, er gab einen tiefen, polternden Ton von sich wie ein Mißklang auf einer großen Orgel – »diese Orks, und der junge Saruman unten in Isengart? Ich höre gerne Neuigkeiten. Aber nun nicht zu rasch.«

»Es geht eine ganze Menge vor«, sagte Merry, »und selbst wenn wir versuchten, rasch zu sein, würde es lange Zeit brauchen, es zu erzählen. Aber Ihr sagtet uns, wir sollten nicht hastig sein. Sollten wir Euch irgend etwas so bald erzählen? Würdet Ihr es unhöflich finden, wenn wir fragten, was Ihr mit uns tun wollt und auf welcher Seite Ihr seid? Und habt Ihr Gandalf gekannt?«

»Ja, ich kenne ihn: der einzige Zauberer, der sich wirklich etwas aus Bäumen macht«, sagte Baumbart. »Kennt ihr ihn?«

»Ja«, sagte Pippin traurig. »Wir kannten ihn. Er war ein guter Freund, und er war unser Führer.«

»Dann kann ich eure anderen Fragen beantworten«, sagte Baumbart. »Ich werde nicht irgend etwas *mit* euch tun: nicht, wenn ihr damit meint, ›euch etwas *an*tun‹ ohne eure Einwilligung. Es könnte sein, daß wir zusammen etwas tun. Ich weiß nicht über *Seiten* Bescheid. Ich gehe meinen eigenen Weg; aber euer Weg mag eine Zeitlang neben meinem herlaufen. Doch sprecht ihr von Meister Gandalf, als käme er in einer Geschichte vor, die beendet ist.«

»Ja«, sagte Pippin traurig. »Die Geschichte scheint weiterzugehen, aber ich fürchte, Gandalf kommt nicht mehr darin vor.«

»Hu, sachte, sachte«, sagte Baumbart. »Hum, hm, je nun.« Er hielt inne und schaute die Hobbits lange an. »Hum, je nun, ich weiß nicht, was ich sagen soll. Sachte, sachte!«

»Wenn Ihr gern mehr hören möchtet«, sagte Merry, »werden wir es Euch erzählen. Aber das dauert einige Zeit. Würdet Ihr uns nicht gern absetzen? Könnten wir nicht hier zusammen in der Sonne sitzen, solange sie scheint? Ihr müßt müde werden, wenn Ihr uns immer haltet.«

»Hm, *müde*? Nein, ich bin nicht müde. Ich werde nicht leicht müde. Und ich setze mich nicht hin. Ich bin nicht sehr, hm, biegsam. Aber schaut, die Sonne verschwindet wirklich. Laßt uns fortgehen von diesem – habt ihr gesagt, wie ihr ihn nennt?«

»Berg?« schlug Pippin vor. »Felsplatte? Stufe?« meinte Merry. Baumbart wiederholte die Wörter nachdenklich. »*Berg*. Ja, das war es. Aber es ist ein hastiges Wort für ein Ding, das hier immer gestanden hat, seit dieser Teil der Welt gestaltet wurde. Macht nichts. Laßt uns gehen.«

»Wohin werden wir gehen?« fragte Merry.

»In mein Haus, in eins meiner Häuser«, antwortete Baumbart.

»Ist es weit?«

»Ich weiß nicht. Ihr mögt es vielleicht weit nennen. Aber was macht das schon?«

»Ja, wir haben nämlich all unsere Habe verloren«, sagte Merry. »Wir haben nur wenig zu essen.«

»Oh. Hm. Darüber braucht ihr euch keine Sorgen zu machen«, sagte Baumbart. »Ich kann euch einen Trank geben, der euch für eine lange, lange Zeit frisch und munter erhalten wird. Und wenn wir beschließen, uns zu trennen, dann kann ich euch außerhalb meines Landes an jedem Punkt absetzen, den ihr bestimmt. Laßt uns gehen!«

Baumbart hielt die Hobbits sanft, aber fest, jeden in einer Armbeuge, und hob erst den einen Fuß, dann den anderen, und schob die Füße an den Rand der Felsplatte. Die wurzelähnlichen Zehen krallten sich am Felsen fest. Dann stieg er steifbeinig, vorsichtig und gemessen Stufe um Stufe hinab, bis er zum Grund des Waldes kam.

Dort machte er sich sogleich mit langen, bedächtigen Schritten auf den Weg durch die Bäume, tiefer und tiefer in den Wald hinein, niemals weit vom Fluß, und stetig ging es hinauf zu den Hängen der Berge. Viele der Bäume schienen zu schlafen oder ihn ebensowenig zu bemerken wie irgendein anderes Geschöpf, das lediglich vorbeiging; doch einige bebten, und einige hoben ihre Äste hoch über seinen Kopf, als er sich näherte. Die ganze Zeit, während er ging, sprach er mit sich selbst in einem langen, ununterbrochenen Schwall melodischer Töne.

Die Hobbits schwiegen eine Zeitlang. Merkwürdigerweise fühlten sie sich sicher und behaglich, und es gab sehr viel, über das sie nachdenken und sich verwundern konnten. Schließlich wagte Pippin, wieder zu sprechen.

»Bitte, Baumbart«, sagte er, »darf ich Euch etwas fragen? Warum hat Celeborn uns vor dem Wald gewarnt? Er sagte uns, wir sollten uns hüten, hineinzugeraten.«

»Hmm, hat er das gesagt?« grummelte Baumbart. »Und ich hätte vielleicht ziemlich dasselbe gesagt, wenn ihr in der anderen Richtung gegangen wärt. Hütet euch, in den Wald von *Laurelindórenan* zu geraten! So pflegten ihn die Elben zu nennen, aber jetzt haben sie den Namen verkürzt: *Lothlórien* nenen sie es. Vielleicht haben sie recht: es mag sein, daß er dahinschwindet und nicht mehr wächst. Das Land des Tals des Singenden Goldes war es einstmals. Jetzt ist es die Traumblume. Nun ja! Aber es ist eine sonderbare Gegend, und nicht jedermann darf sich hineinwagen. Ich bin überrascht, daß ihr überhaupt wieder herauskamt, und noch viel überraschter, daß ihr überhaupt hineinkamt: das ist Fremden seit vielen Jahren nicht gelungen. Es ist ein sonderbares Land.

Und dieses auch. Hier haben die Leute Schaden erlitten. Freilich, Schaden. *Laurelindórenan lindelorendor malinornélion ornemalin*«, summte er vor sich hin. »Sie bleiben hinter der Welt zurück da drinnen, vermute ich«, sagte er. »Weder dieses Land noch irgend etwas anderes außerhalb des Goldenen Waldes ist, was es war, als Celeborn jung war. Immerhin:

Taurelilómea-tumbalemorna Tumbaletaurea Lómeanor

das pflegten sie zu sagen. Die Dinge haben sich geändert, aber in manchen Gegenden ist es noch wahr.«

»Was meint Ihr?« fragte Pippin. »Was ist wahr?«

»Die Bäume und die Ents«, sagte Baumbart. »Ich verstehe selbst nicht alles, was vorgeht, deshalb kann ich es euch nicht erklären. Einige von uns sind immer noch wahre Ents und auf unsere Weise lebendig genug, aber viele werden schläfrig, werden baumisch, könnte man sagen. Die meisten Bäume sind natürlich einfach Bäume; aber viele sind halb wach. Manche sind hellwach, und ein paar, nun ja, werden richtig *entisch*. Das geschieht immer.

Wenn das einem Baum widerfährt, stellt man fest, daß einige *schlechte* Herzen haben. Das hat nichts mit ihrem Holz zu tun: das meine ich nicht. Nun ja, ich kannte ein paar gute alte Weiden unten an der Entwasser, sie sind schon lange tot, leider! Sie waren ganz hohl, sie brachen tatsächlich auseinander, aber sie waren so friedlich und gutartig wie ein junges Blatt. Und dann gibt es einige Bäume in den Tälern unter dem Gebirge, gesund wie ein Fisch im Wasser und dennoch durch und durch schlecht. Diese Sache scheint sich auszubreiten. Früher gab es einige sehr gefährliche Gegenden in diesem Land. Noch immer gibt es ein paar sehr finstere Stellen.«

»Wie der Alte Wald im Norden, meint Ihr das?« fragte Merry.

»Freilich, freilich, so ähnlich, aber viel schlimmer. Ich zweifle nicht, daß irgendein Schatten der Großen Dunkelheit noch da oben im Norden liegt; und schlechte Erinnerungen sind überliefert. Doch gibt es enge Täler in diesem Land, von denen die Dunkelheit niemals hinweggezogen wurde, und die Bäume sind älter als ich. Immerhin, wir tun, was wir können. Wir halten Fremde und die Waghalsigen fern. Und wir lehren und unterrichten, wir wandern und sehen nach dem Rechten.

Wir sind Baumhirten, wir alten Ents. Wenig genug sind heute von uns noch übrig. Schafe werden wie Schafhirten und Schafhirten wie Schafe, heißt es; aber langsam, und beide weilen nicht lange auf dieser Welt. Es geht schneller und gründlicher bei Bäumen und Ents, und gemeinsam wandeln sie durch die Zeitalter. Denn Ents sind mehr wie Elben: weniger auf sich selbst bezogen als Menschen, und sie vermögen sich besser in andere hineinzuversetzen. Und dennoch sind Ents wiederum den Menschen ähnlicher, wandelbarer als Elben, und nehmen rascher, könnte man sagen, die Farbe der Außenwelt an. Oder besser als beide: denn sie sind standhafter und verfolgen ihre Ziele länger.

Manche von meiner Sippe sehen jetzt genau wie Bäume aus, und es braucht etwas Großes, um sie aufzurütteln; und wenn sie sprechen, flüstern sie nur. Aber manche von meinen Bäumen sind astgeschmeidig, und viele können mit mir reden. Natürlich begannen die Elben damit, die Bäume aufzuwecken und sie das Sprechen zu lehren und ihre Baumsprache zu lernen. Sie wollten immer mit allem reden, die alten Elben. Aber dann kam die Große Dunkelheit, und sie zogen über das Meer oder flohen in ferne Täler und verbargen sich und machten Gedichte über die Tage, die niemals wiederkommen werden. Niemals wieder. Freilich, freilich, einstmals war alles ein Wald von hier bis zu den Bergen von Luhn, und dies hier war einfach das Ostende.

Das waren damals helle Tage! Die Zeit ist vorbei, da ich den ganzen Tag wandern und singen konnte und nichts hörte als den Widerhall meiner eigenen Stimme in den schluchtenreichen Bergen. Die Wälder waren wie die Wälder von Lothlórien, nur dichter, kräftiger, jünger. Und wie die Luft duftete! Ich verbrachte manchmal eine ganze Woche nur mit Atmen.«

Baumbart verfiel in Schweigen, schritt mächtig aus und machte dennoch mit seinen großen Füßen kaum ein Geräusch. Dann begann er wieder zu summen, und daraus entstand eine murmelnde Melodie. Allmählich merkten die Hobbits, daß er ihnen vorsang:

Ich ging durch die Fluren von Tasarinan im Frühling.
Ah! Der Duft und die Farben des Frühlings in Nan-tasarion!
Und ich sagte: Dieses ist gut.
Ich zog durch die Ulmenwälder von Ossiriand im Sommer.
Ah! Die Musik und das Licht im Sommer an den Sieben
Strömen von Ossir!
Und ich dachte: Dies ist das Beste.
Zu den Buchen von Neldoreth kam ich im Herbst.
Ah! Das Gold und das Rot und das Seufzen der Blätter
im Herbst in Taur-na-neldor!
Jeder Wunsch war gestillt.
Zu den Kiefern im Hochland von Dorthonion stieg ich
im Winter hinauf.
Ah! Der Wind und das Weiß und das schwarze Geäst
des Winters auf Orod-na-Thôn!
Zum Himmel stieg meine Stimme hinauf und sang.
Nun aber liegen all jene Länder unter der Woge,
Und ich wandre in Ambaróna, in Tauremorna, in Aldalóme,
In meinem eigenen Reich, im Fangornlande,
Wo Wurzeln tief hinabreichen.
Und die Jahre schichten sich höher als Laub unter Bäumen
In Tauremornalóme.

Er endete und ging schweigend weiter, und in dem ganzen Wald war, so weit das Ohr reichte, kein Laut zu hören.

Der Tag verblaßte, und die Dämmerung umschlang die Stämme der Bäume. Endlich sahen die Hobbits, düster vor sich aufragend, ein steiles, dunkles Land: sie waren am Fuß des Gebirges angelangt und an den grünen Ausläufern des hohen Methedras. Den Berg herab kam ihnen die junge Entwasser entgegen, von ihren Quellen hoch oben geräuschvoll über Stufe um Stufe springend. Zur Rechten des Flusses erstreckte sich ein langer Abhang, mit Gras bedeckt, jetzt grau im Zwielicht. Keine Bäume wuchsen dort, und er lag offen unter dem Himmel; Sterne funkelten schon in Seen zwischen Ufern aus Wolken.

Baumbart stieg den Abhang hinauf, und sein Schritt verlangsamte sich kaum.

Plötzlich sahen die Hobbits eine breite Öffnung vor sich. Zwei Bäume standen dort, einer auf jeder Seite, wie lebende Torpfosten; aber es gab kein Tor, abgesehen von ihren sich kreuzenden und miteinander verflochtenen Zweigen. Als der alte Ent näherkam, hoben die Bäume ihre Äste, und alle ihre Blätter zitterten und raschelten. Denn es waren immergrüne Bäume, und ihre Blätter waren dunkel und glänzend und schimmerten im Zwielicht. Hinter ihnen war ein weiter, ebener Raum, als ob der Fußboden einer großen Halle in den Berg hineingehauen worden sei. Auf beiden Seiten stiegen die Wände schräg an, bis sie fünfzig Fuß oder noch höher waren, und entlang jeder Wand stand eine Reihe Bäume, die nach innen zu auch immer höher wurden.

An ihrem hinteren Ende war die Felswand steil, aber unten war sie ausgehöhlt worden zu einem nicht tiefen Gemach mit einem gewölbten Dach: das einzige Dach der Halle, abgesehen von den Zweigen der Bäume, die am inneren Ende den ganzen Boden beschatteten und nur einen breiten offenen Pfad in der Mitte freiließen. Ein kleiner Bach entwischte oben an den Quellen dem Hauptstrom, stürzte hell klingend über die jäh abfallende Felswand und strömte in silbernen Tropfen wie ein zarter Vorhang vor dem gewölbten Gemach herab. Das Wasser wurde in einem steinernen Becken auf dem Boden zwischen den Bäumen wieder aufgefangen, dort lief es über und floß neben dem offenen Pfad davon, um sich draußen der Entwasser zu ihrer Reise durch den Wald wieder anzuschließen.

»Hm! Da sind wir!« sagte Baumbart und brach damit sein langes Schweigen. »Ich habe euch etwa siebzigtausend Ent-Schritte weit hergebracht, aber wieviel das nach dem Maß eures Landes ist, weiß ich nicht. Jedenfalls sind wir nahe am Fuß des Letzten Berges. Ein Teil des Namens dieses Orts könnte Quellhall sein, wenn er in eure Sprache übersetzt würde. Mir gefällt er. Hier wollen wir heute nacht bleiben.« Er setzte sie auf dem Gras zwischen den Baumreihen ab, und sie folgten ihm zu dem großen Gewölbe. Die Hobbits merkten jetzt, daß er beim Gehen die Knie kaum beugte, seine Beine aber zu langen Schritten ausholten. Seine großen Zehen (und sie waren wirklich groß und sehr breit) setzte er vor jedem anderen Teil seines Fußes fest auf den Boden.

Einen Augenblick blieb Baumbart unter dem Regen der herabstürzenden Quelle stehen und holte tief Luft; dann lachte er und ging hinein. Ein großer Steintisch stand dort, aber kein Stuhl. Im hinteren Teil des Gemachs war es schon ganz dunkel. Baumbart nahm zwei große Gefäße auf und stellte sie auf den Tisch. Sie schienen mit Wasser gefüllt zu sein; doch als er seine Hände über sie hielt, begannen sie sofort zu leuchten, das eine mit einem goldenen und das andere mit einem satten grünen Licht; vereint erhellten die beiden Lichter das Gemach, als ob die Sommersonne durch ein Dach aus jungen Blättern schiene. Als die Hobbits zurückschauten, sahen sie, daß auch die Bäume in dem Vorhof zu leuchten begonnen hatten, schwach zuerst, aber zunehmend stärker, bis jedes Blatt von Licht gesäumt war: manche grün, manche golden, manche rot wie Kupfer; und die Baumstämme sahen wie Säulen aus leuchtendem Stein aus.

»Gut, gut, jetzt können wir uns wieder unterhalten«, sagte Baumbart. »Ihr seid durstig, nehme ich an. Vielleicht seid ihr auch müde. Trinkt das hier!« Er ging in den hinteren Teil des Gemachs, und dann sahen sie, daß dort mehrere große Steinkrüge mit schweren Deckeln standen. Einen der Deckel nahm er ab, tauchte eine große Schöpfkelle in den Krug und füllte drei Schalen, eine sehr große und zwei kleinere.

»Dies ist ein Ent-Haus«, sagte er, »und da gibt es leider keine Stühle. Aber ihr dürft euch auf den Tisch setzen.« Er hob die Hobbits auf und setzte sie auf die große Steinplatte, sechs Fuß über dem Boden, und da saßen sie, ließen ihre Beine baumeln und tranken in kleinen Schlucken.

Der Trunk war wie Wasser, tatsächlich schmeckte er sehr ähnlich wie das Wasser der Entwasser, das sie nahe am Waldrand getrunken hatten, und trotzdem hatte er einen Duft oder eine Würzigkeit, die sie an den Geruch eines fernen Waldes erinnerte, von einem kühlen Nachtwind herübergetragen. Die Wirkung des Trunks begann in den Zehen, zog durch sämtliche Glieder und brachte Erfrischung und Kraft, während sie bis in die Haarspitzen hinaufstieg. Die Hobbits merkten geradezu, wie sich ihre Haare aufrichteten, sich wellten und kräuselten und wuchsen. Was Baumbart betraf, so badete er zuerst seine Füße in dem Becken unter dem Gewölbe und leerte dann seine Schale in einem Zug, einem langen, langsamen Zug. Die Hobbits glaubten, er würde niemals aufhören.

Endlich setzte er die Schale ab. »Ah – ah«, seufzte er. »Hm, hum, jetzt können wir uns leichter unterhalten. Ihr könnt auf dem Boden sitzen, und ich werde mich niederlegen; das wird verhindern, daß mir der Trunk zu Kopf steigt und mich schläfrig macht.«

Auf der rechten Seite des Gemachs stand ein großes, niedriges Bett, nicht mehr als zwei Fuß hoch, dicht bedeckt mit getrocknetem Gras und Adlerfarn. Baumbart ließ sich langsam darauf nieder (mit nur der leichtesten Andeutung einer Beugung der Körpermitte), bis er lang ausgestreckt dalag, die Arme hinter dem Kopf, und zur Decke hinaufblickte, auf der Lichter flackerten wie das Spiel von Blättern im Sonnenschein. Merry und Pippin saßen neben ihm auf Kissen aus Gras.

»Nun erzählt eure Geschichte, und übereilt euch nicht!« sagte Baumbart.

Die Hobbits begannen, ihm alle ihre Abenteuer seit dem Aufbruch von Hobbingen zu erzählen. Sie hielten die Reihenfolge nicht sehr genau ein, denn sie fielen sich dauernd gegenseitig ins Wort, und Baumbart unterbrach den Sprecher oft und kam auf irgendeinen früheren Punkt zurück oder stellte Fragen über spätere Ereignisse. Sie sagten nicht das geringste über den Ring und erzählten ihm auch nicht, warum sie sich auf den Weg gemacht hatten oder wohin sie gehen wollten; und er fragte auch gar nicht nach Gründen.

Er war ungemein begierig, über alles etwas zu erfahren: über die Reiter, über Elrond und Bruchtal, über den Alten Wald und Tom Bombadil, die Minen von Moria, von Lothlórien und Galadriel. Immer wieder ließ er sich das Auenland und seine Landschaft beschreiben. An diesem Punkt sagte er etwas Merkwürdiges.

»Ihr seht niemals irgendwelche, hm, irgendwelche Ents dort in der Gegend, oder?« fragte er. »Na ja, nicht Ents, *Entfrauen* sollte ich eigentlich sagen.«

»*Entfrauen?*« fragte Pippin. »Sind die überhaupt wie Ihr?«

»Ja, hm, ach nein: ich weiß es jetzt wirklich nicht«, sagte Baumbart nachdenklich. »Aber euer Land würde ihnen gefallen, deshalb kam ich nur drauf.«

Besonders wißbegierig war Baumbart indes bei allem, was Gandalf betraf; und die allergrößte Neugier zeigte er in bezug auf Sarumans Tun und Lassen. Die Hobbits bedauerten sehr, daß sie so wenig darüber wußten: sie konnten sich nur auf einen sehr ungenauen Bericht von Sam stützen über das, was Gandalf dem Rat erzählt hatte. Aber jedenfalls waren sie sich darüber klar, daß Uglúk und seine Schar aus Isengart gekommen waren und von Saruman als ihrem Herrn gesprochen hatten.

»Hm, hum«, sagte Baumbart, als ihre Geschichte nach vielem Hin und Her endlich bei der Schlacht zwischen den Orks und den Reitern von Rohan angekommen war. »Gut, gut! das ist wahrlich ein ganzes Bündel von Neuigkeiten. Ihr habt mir nicht alles erzählt, nein, wirklich nicht, ganz und gar nicht. Aber ich zweifle nicht, daß ihr euch so verhaltet, wie Gandalf es wünschen würde. Da ist etwas sehr Wichtiges im Gange, das kann ich sehen, und was es ist, werde ich vielleicht zur rechten Zeit erfahren, oder zur Unzeit. Bei Wurzel und Zweig, das ist doch eine seltsame Angelegenheit: da wächst ein kleines Volk heran, das nicht in den alten Listen steht, und siehe da! die vergessenen Neun Reiter erscheinen wieder, um sie zu jagen, und Gandalf nimmt sie auf eine große Fahrt mit, und Galadriel beherbergt sie in Caras Galadon, und Orks verfolgen sie über all die Wegstunden von Wilderland: sie scheinen wahrlich in einen großen Sturm geraten zu sein. Ich hoffe, sie überstehen ihn!«

»Und wie ist es mit Euch selbst?« fragte Merry.

»Hum, hm, ich habe mich nicht um die Großen Kriege gekümmert«, sagte Baumbart. »Sie betreffen hauptsächlich Elben und Menschen. Das ist die Angelegenheit von Zauberern: Zauberer kümmern sich immer um die Zukunft. Ich mache mir nicht gern Sorgen um die Zukunft. Ich bin nicht ganz und gar auf der *Seite* von irgend jemandem, denn niemand ist ganz und gar auf meiner *Seite*, wenn ihr versteht, was ich meine: niemandem liegen die Wälder so am Herzen, wie sie mir am Herzen liegen, nicht einmal den Elben heutzutage. Dennoch habe ich freundlichere Gefühle für die Elben als für andere, denn die Elben waren es, die uns vor langer Zeit von der Stummheit heilten, und das war ein großes Geschenk, das nicht vergessen werden kann, obwohl unsere Wege sich seitdem getrennt haben. Und dann gibt es natürlich einige Lebewesen, auf deren Seite ich ganz und gar *nicht* bin: diese *burárum*« – wieder gab er einen tiefen, grummelnden Laut des Mißfallens von sich – »diese Orks und ihre Herren.

Ich war damals besorgt, als der Schatten über Düsterwald lag, doch als er sich nach Mordor zurückzog, machte ich mir eine Weile keine Gedanken mehr: Mordor ist weit. Doch scheint es, daß der Wind von Osten weht, und es mag sein, daß das Verdorren aller Wälder näherrückt. Es gibt nichts, was ein alter Ent tun kann, um den Sturm aufzuhalten: er muß ihn überstehen oder zugrunde gehen.

Aber Saruman jetzt! Saruman ist ein Nachbar: ihn kann ich nicht übersehen. Ich muß etwas tun, nehme ich an. In letzter Zeit habe ich mich oft gefragt, was ich mit Saruman tun sollte.«

»Wer ist Saruman?« fragte Pippin. »Wißt Ihr denn etwas über seine Geschichte?«

»Saruman ist ein Zauberer«, antwortete Baumbart. »Mehr als das kann ich nicht sagen. Ich kenne die Geschichte von Zauberern nicht. Sie tauchten zuerst auf, nachdem die Großen Schiffe über das Meer gekommen waren; aber ob sie mit den Schiffen kamen, kann ich nicht sagen. Saruman wurde als groß unter ihnen angesehen, glaube ich. Vor einiger Zeit – ihr würdet es vor sehr langer Zeit nennen – gab er es auf, herumzuwandern und sich um die Angelegenheiten der Menschen und Elben zu kümmern; und er ließ sich in Angrenost oder Isengart, wie die Menschen von Rohan es nennen, nieder. Er war zunächst sehr friedlich, aber sein Ruhm begann zu wachsen. Er wurde zum Haupt des Weißen Rats gewählt, heißt es; aber das ging nicht allzu gut aus. Ich frage mich jetzt, ob Saruman nicht schon damals böse Wege einschlug. Aber jedenfalls machte er seinen Nachbarn keine Scherereien. Ich pflegte mich mit ihm zu unterhalten. Es gab eine Zeit, da er immer in meinen Wäldern wanderte. Er war höflich in jenen Tagen, bat stets um meine Erlaubnis (zumindest, wenn er mich traf); und er war immer begierig zuzuhören. Ich erzählte ihm viele Dinge, die er allein nie herausgefunden hätte; aber ich bekam nie eine Gegenleistung. Ich kann mich nicht erinnern, daß er mir jemals etwas erzählt hat. Und er wurde immer zugeknöpfter; sein Gesicht, wie ich es in Erinnerung habe – ich habe es seit so manchem Tag nicht gesehen –, wurde wie Fenster in einer Steinmauer: mit Fensterläden auf der Innenseite.

Ich glaube, ich verstehe jetzt, was er vorhat. Er schmiedet Ränke, um eine Macht zu werden. Er hat nur Metall und Räder im Sinn: und ihm liegt nichts an wachsenden Lebewesen, es sei denn insoweit, als sie ihm im Augenblick nützen. Und jetzt ist es klar, daß er ein schändlicher Verräter ist. Er hat sich mit üblem Volk eingelassen, mit den Orks. Brm, hum! Schlimmer als das: er hat ihnen etwas angetan; etwas Gefährliches. Denn diese Isengarter sind eher wie schlechte Menschen. Es ist ein Kennzeichen der bösen Wesen, die in der Großen Dunkelheit kamen, daß sie die Sonne nicht ertragen können; aber Sarumans Orks können sie aushalten, obwohl sie sie hassen. Ich frage mich, was er gemacht hat. Sind es Menschen, die er verdorben hat, oder hat er die Rassen der Orks und der Menschen gekreuzt? Das wäre ein böses Verhängnis!«

Baumbart grummelte einen Augenblick, als ob er irgendeine tiefe, unterirdisch-entische Verwünschung ausstieße. »Vor einiger Zeit begann ich mich zu fragen, wie die Orks es wagen konnten, so schlankweg durch meine Wälder zu gehen«, fuhr er fort. »Erst später erriet ich, daß Saruman dafür verantwortlich war und daß er vor langer Zeit alle Wege ausgekundschaftet und meine Geheimnisse entdeckt hatte. Er und sein übles Volk richten jetzt Zerstörungen an. Unten an den Grenzen fällen sie Bäume – gute Bäume. Einige der Bäume hauen sie bloß um und lassen sie liegen, daß sie verrotten – Ork-Streiche sind das; aber die meisten werden zerhackt und weggeschleppt, um die Feuer von Orthanc zu schüren. In diesen Tagen steigt immer Rauch auf von Isengart.

Verflucht soll er sein, Wurzel und Ast! Viele dieser Bäume waren meine Freunde, Geschöpfe, die ich von Nuß und Eichel an kannte; viele hatten eine eigene Stimme, die nun auf immer verstummt ist. Und jetzt ist dort ein Ödland voller Baumstümpfe und Dornengestrüpp, wo einst singende Haine waren. Ich bin träge gewesen. Ich ließ die Dinge laufen. Das muß aufhören!«

Baumbart erhob sich mit einem Ruck vom Bett, stand auf und schlug mit der Hand auf den Tisch. Die Lichtgefäße erzitterten und sandten zwei flammende Strahlen aus. Ein Flackern wie grünes Feuer war in Baumbarts Augen, und sein Bart stand steif ab wie ein großer Reisigbesen.

»Ich werde dem ein Ende bereiten!« sagte er dröhnend. »Und ihr sollt mit mir kommen. Vielleicht vermögt ihr mir zu helfen. Und euren Freunden werdet ihr auf diese Weise auch helfen; denn wenn Saruman nicht Einhalt geboten wird, dann werden Rohan und Gondor einen Feind hinter sich und auch einen vor sich haben. Wir haben den gleichen Weg – nach Isengart!«

»Wir werden mit Euch kommen«, sagte Merry. »Wir werden tun, was wir können.«

»Ja!« sagte Pippin. »Ich würde es gern sehen, daß die Weiße Hand besiegt wird. Ich würde gern dort sein, selbst wenn ich nicht viel nützen könnte: ich werde Uglúk und die Durchquerung von Rohan nicht vergessen.«

»Gut! Gut!« sagte Baumbart. »Aber ich sprach hastig. Wir dürfen nicht hastig sein. Ich bin zu hitzig geworden. Ich muß mich abkühlen und nachdenken; denn es ist leichter, *Halt!* zu rufen als Einhalt zu gebieten.«

Er ging mit großen Schritten zu dem Gewölbebogen und stellte sich eine Zeitlang unter den Sprühregen der Quelle. Dann lachte er und schüttelte sich, und wo immer die glitzernden Wassertropfen von ihm ab- und auf den Boden fielen, da strahlten sie wie rote und grüne Funken. Er kam zurück, legte sich wieder auf das Bett und schwieg.

Nach einiger Zeit hörten die Hobbits ihn wieder murmeln. Er schien etwas an den Fingern abzuzählen. »Fangorn, Finglas, Fladrif, freilich, freilich«, seufzte er.

»Das Ärgerliche ist, daß nur noch so wenige von uns da sind«, sagte er, zu den Hobbits gewandt. »Nur drei sind übrig von den ersten Ents, die vor der Dunkelheit in den Wäldern wanderten: nur ich, Fangorn, und Finglas und Fladrif – so lauten ihre elbischen Namen; ihr könnt sie Lockenblatt und Borkenhaut nennen, wenn euch das besser gefällt. Und von uns dreien sind Lockenblatt und Borkenhaut für diese Angelegenheit nicht von großem Nutzen. Lockenblatt ist schläfrig geworden, fast baumisch, könnte man sagen: er hat sich angewöhnt, den ganzen Sommer hindurch halb schlafend für sich allein dazustehen, bis zu den Knien im hohen Gras der Wiesen. Bedeckt mit blättrigem Haar ist er. Im Winter pflegte er aufzuwachen; aber in letzter Zeit war er zu träge, selbst dann weit zu gehen. Borkenhaut wohnte an den Berghängen westlich von Isengart. Also dort, wo das Unheil am schlimmsten war. Er wurde von den Orks verwundet, und viele von seinen Leuten und Baumherden wurden ermordet und vernichtet. Er ist hinaufgegangen in die hohen Lagen, zu den Birken, die er am liebsten hat, und er wird nicht herunterkommen wollen. Immerhin glaube ich wohl, daß ich eine ganz ordentliche Gruppe von jüngeren Leuten zusammenbekommen könnte – wenn ich ihnen die Notwendigkeit begreiflich machen könnte; wenn ich sie aufrütteln könnte: wir sind kein hastiges Volk. Wie schade, daß wir nur so wenige sind!«

»Warum gibt es so wenige, wenn ihr schon so lange in diesem Lande lebt?« fragte Pippin. »Sind viele gestorben?«

»O nein«, sagte Baumbart. »Keiner ist gestorben von innen heraus, wie man sagen könnte. Manche sind natürlich von den Übeln der langen Jahre befallen worden; und mehr noch sind baumisch geworden. Aber wir waren nie sehr zahlreich und haben uns nicht vermehrt. Es hat keine Entings gegeben – keine Kinder, würdet ihr sagen, seit einer langen Reihe von Jahren nicht. Wir haben nämlich die Entfrauen verloren.«

»Wie überaus traurig!« sagte Pippin. »Wie kam es, daß sie alle starben?«

»Sie sind nicht *gestorben*«, sagte Baumbart. »Ich habe nicht *gestorben* gesagt. Wir haben sie verloren, sagte ich. Wir haben sie verloren und können sie nicht wiederfinden.« Er seufzte. »Ich dachte, die meisten Leute wüßten das. Es hat Lieder gegeben über die Suche der Ents nach den Entfrauen, die von Elben und Menschen von Düsterwald bis Gondor gesungen worden sind. Sie können nicht ganz vergessen sein.«

»Nun, ich fürchte, die Lieder sind nicht nach Westen über das Gebirge ins Auenland gekommen«, sagte Merry. »Wollt Ihr uns nicht etwas mehr erzählen oder uns eins der Lieder vorsingen?«

»Ja, das will ich wirklich«, sagte Baumbart, anscheinend erfreut über die Bitte. »Aber ich kann es nicht richtig erzählen, nur kurz; und dann müssen wir unsere Unterhaltung beenden: morgen haben wir Versammlungen einzuberufen und Arbeit zu erledigen und vielleicht eine Fahrt zu beginnen.«

»Es ist eine ziemlich merkwürdige und traurige Geschichte«, fuhr er nach einer Pause fort. »Als die Welt jung war und die Wälder weit und wild, wanderten die Ents zusammen mit den Entfrauen – und damals gab es Entmaiden: ah, wie lieblich war Fimbrethil oder Weidenast, die Leichtfüßige, in den Tagen unserer Jugend – und sie hausten auch zusammen. Aber unsere Herzen entwickelten sich dann nicht auf dieselbe Weise: Die Ents schenkten ihre Liebe den Dingen, denen sie in der Welt begegneten, und die Entfrauen dachten an andere Dinge. Denn die Ents liebten die großen Bäume und die wilden Wälder und die Hänge der hohen Berge; und sie tranken aus den Gebirgsbächen und aßen nur jene Früchte, die die Bäume auf ihren Weg fallen ließen; und sie lernten von den Elben und redeten mit den Bäumen. Doch den Entfrauen lag mehr an den geringeren Bäumen und den Wiesen im Sonnenschein jenseits des Fußes der Wälder; und im Frühling sahen sie die Schlehe im Dickicht und den wilden Apfel und die Kirsche blühen und im Sommer die grünen Kräuter in den Bachtälern und auf den herbstlichen Feldern die samentragenden Gräser. Sie hatten nicht das Verlangen, mit diesen Lebewesen zu reden; doch wünschten sie, sie sollten auf das hören und dem gehorchen, was ihnen gesagt wurde. Die Entfrauen befahlen ihnen, nach ihren Wünschen zu wachsen und Blatt und Frucht zu tragen nach ihrem Geschmack; denn die Entfrauen wünschten Ordnung und Überfluß und Frieden (worunter sie verstanden, daß die Pflanzen dort blieben, wo sie sie hingesetzt hatten). So legten die Entfrauen Gärten an, um in ihnen zu leben. Wir Ents aber wanderten weiterhin und kamen nur dann und wann in die Gärten. Als dann die Dunkelheit im Norden hereinbrach, überquerten die Entfrauen den Großen Strom und legten neue Gärten an und bestellten neue Felder, und wir sahen sie seltener. Als die Dunkelheit besiegt war, blühte das Land der Entfrauen üppig, und ihre Felder waren voller Korn. Viele Menschen lernten die Künste der Entfrauen und erwiesen ihnen viel Ehre; aber wir waren nur eine Sage für sie, ein Geheimnis im Herzen des Waldes. Dennoch sind wir immer noch hier, während alle Gärten der Entfrauen verwüstet sind: die Menschen nennen sie jetzt die Braunen Lande.

Ich entsinne mich, es ist schon lange her – zu der Zeit des Krieges zwischen Sauron und den Menschen des Meeres –, da überkam mich der Wunsch, Fimbrethil wiederzusehen. Sehr schön war sie noch in meinen Augen, als ich sie zuletzt gesehen hatte, wenn auch den Entmaiden von einst wenig ähnlich. Denn die Entfrauen waren gebeugt und gebräunt durch ihre schwere Arbeit; ihr Haar war von der Sonne gebleicht und hatte nun die Farbe von reifem Korn, und ihre Wangen waren wie rote Äpfel. Doch ihre Augen waren immer noch die Augen unseres Volkes. Wir überquerten den Anduin und kamen in ihr Land; doch fanden wir eine Wüste; alles war verbrannt und entwurzelt, denn der Krieg war darüber hingegangen. Aber die Entfrauen waren nicht da. Lange riefen wir und suchten lange; und wir fragten alles Volk, dem wir begegneten, wohin die Entfrauen gegangen seien. Einige sagten, sie haben sie nie gesehen; und einige sagten, sie haben sie nach Westen wandern sehen, und manche sagten nach Osten, und andere nach Süden. Doch wo immer wir auch hingingen, nirgends konnten wir sie finden. Unser Kummer war sehr groß. Doch der wilde Wald rief, und so kehrten wir zu ihm zurück. Viele Jahre lang sind wir hin und wieder hinausgegangen und haben nach den Entfrauen gesucht, wir sind weit gewandert und haben sie bei ihren schönen Namen gerufen. Und jetzt sind Entfrauen nur eine Erinnerung für uns, und unsere Bärte sind lang und grau. Die Elben dichteten viele Lieder über die Suche der Ents, und einige der Lieder sind auch in die Sprachen der Menschen eingegangen. Doch wir dichteten keine Lieder darüber, sondern begnügten uns damit, ihre schönen Namen zu singen, wenn wir an die Entfrauen dachten. Wir glauben, daß wir sie in einer kommenden Zeit vielleicht wiedertreffen und irgendwo ein Land finden, wo wir zusammenleben können und beide Seiten zufrieden sind. Aber es ist geweissagt worden, daß das erst sein wird, wenn sie und wir alles verloren haben, was wir jetzt besitzen. Und es mag wohl sein, daß diese Zeit sich endlich nähert. Denn wenn Sauron einstmals die Gärten zerstörte, so ist es wahrscheinlich, daß heute der Feind alle Wälder vernichten wird.

Es gab ein elbisches Lied, das davon sprach, oder wenigstens verstehe ich es
so. Es wurde früher überall am Großen Strom gesungen. Es war niemals ein
entisches Lied, wohlgemerkt: auf Entisch wäre es ein sehr langes Lied gewesen.
So lautet es in eurer Sprache:

ENT: *Entfaltet Frühling Blatt um Blatt, steht Buche schon im Saft,*
Schießt auch der Wildbach schnell dahin und hat die Sonne Kraft,
Macht in der herben Höhenluft zu wandern wieder Lust,
O, sag mir dann: schön ist Dein Land – und komm an meine Brust.

ENTFRAU: *Bricht Lenz in meine Gärten ein und ist das Korn gesät,*
Blühn meine Apfelbäume reich, als wie von Schnee verweht,
Und lösen sich die Schauer ab mit Sonnenschein und Duft,
Dann komm ich nicht, mich hält es hier in der geliebten Luft.

ENT: *Wenn Sommer alles überkommt, der Mittag golden webt,*
Wenn unterm Blätterdach im Wald der Sämling träumt und lebt,
Kein beßres Land gibts auf der Welt als dieses meine hier,
O, komm zurück, ich rufe Dich, o, komm zurück zu mir.

ENTFRAU: *Wenn Sommer Frucht und Beere reift und rundlich schwellen läßt,*
Den Halm vergoldet, Ähre füllt und ruft zum Erntefest,
Wenn Honig quillt und Apfel prallt, weht milder West wie Föhn,
Ich kann nicht fort, ich bleibe hier, mein Land ist wunderschön.

ENT: *Kehrt Winter ein, der Wilde Mann, der Hügel schlägt und Wald,*
Der Bäume stürzt, folgt unbestirnt die Nacht dem Tage bald,
Im bittern Regen und bei Wind, da schau ich nach Dir aus,
Da ruf ich Dich, da möchte ich zu Dir, zu Dir nach Haus.

ENTFRAU: *Wenn winters Sang und Klang verstummt, das Dunkel niederfällt,*
Der Baum verdorrt, das Licht dahin und tatenlos die Welt,
Wart ich auf Dich und schau nach Dir, bis wir uns wiedersehn,
Im Regen wollen wir den Weg mitsammen wieder gehn!

BEIDE: *Mitsammen ziehen wir den Weg, der in den Westen führt*
Ins Land, das unser beider Herz zur Ruhe bringt und rührt.«

Baumbart beendete seinen Gesang. »So lautet es«, sagte er. »Es ist natürlich
elbisch: fröhlich, rasch in Worte gefaßt und bald zu Ende. Ich glaube, es ist recht
gut. Aber die Ents könnten ihrerseits mehr sagen, wenn sie Zeit hätten! Doch jetzt
will ich aufstehen und ein wenig schlafen. Wo wollt ihr stehen?«

»Wir legen uns gewöhnlich hin zum Schlafen«, sagte Merry. »Wir können gut
bleiben, wo wir sind.«

»Hinlegen zum Schlafen!« sagte Baumbart. »Natürlich tut ihr das! Hm hum, das
habe ich vergessen. als ich das Lied sang, habe ich mich im Geist in alte Zeiten
versetzt; habe fast gedacht, ich unterhielte mich mit jungen Entings. Nun, ihr
könnt euch auf das Bett legen. Ich will im Regen stehen. Gute Nacht!«

Merry und Pippin kletterten auf das Bett und kuschelten sich in die weiche
Unterlage aus Gras und Farn. Sie war frisch und süßduftend und warm. Die

Lichter erloschen langsam, und das Leuchten der Bäume verblaßte; doch draußen unter dem Gewölbebogen sahen sie Baumbart stehen, reglos, die Arme über den Kopf erhoben. Die hellen Sterne blickten vom Himmel herab und erhellten den Wasserfall, der auf seine Finger und seinen Kopf sprühte und in Hunderten von silbernen Tropfen zu seinen Füßen hinabrann. Dem Plätschern der Tropfen lauschend, schliefen die Hobbits ein.

Als sie aufwachten, schien eine kühle Sonne in den großen Vorhof und bis hinein auf den Fußboden des Gemachs. Fetzen hoher Wolken segelten droben in einem steifen Wind aus Osten. Baumbart war nicht zu sehen; aber während Merry und Pippin in dem Becken unter dem Gewölbebogen badeten, hörten sie ihn summen und singen, als er den Pfad zwischen den Bäumen entlangkam.

»Hu, ho! Guten Morgen, Merry und Pippin!« brummelte er, als er sie sah. »Ihr schlaft lange. Ich habe heute schon viele hundert Schritte getan. Jetzt werden wir etwas trinken und dann zum Entthing gehen.«

Er goß ihnen aus einem Steinkrug zwei volle Schalen ein; aber aus einem anderen Krug. Der Geschmack war nicht derselbe wie am Abend zuvor: er war erdiger und gehaltvoller, stärkender und sozusagen mehr wie ein Nahrungsmittel. Während die Hobbits tranken und dabei auf dem Bettrand saßen und kleine Stückchen des Elbenkuchens knabberten (mehr weil sie glaubten, daß Essen nun mal zum Frühstück dazugehörte, als weil sie hungrig waren), blieb Baumbart stehen, summte auf Entisch oder Elbisch oder in irgendeiner fremden Sprache und schaute zum Himmel hinauf.

»Wo ist Entthing?« wagte Pippin zu fragen.

»Hu, wie? Entthing?« sagte Baumbart und drehte sich um. »Das ist kein Ort, es ist eine Versammlung der Ents – was heutzutage nicht oft vorkommt. Aber es ist mir gelungen, von einer ziemlich großen Zahl das Versprechen zu erhalten, daß sie kommen. Wir werden uns an dem Ort treffen, wo wir uns immer getroffen haben: Tarntobel heißt er bei den Menschen. Er liegt weit südlich von hier. Wir müssen vor dem Mittag dort sein.«

Bald machten sie sich auf den Weg. Baumbart trug die Hobbits in den Armen wie am vorigen Tag. Am Eingang zum Vorhof wandte er sich nach rechts, machte einen großen Schritt über den Bach und ging weiter nach Süden am Fuß großer, steiler Hänge entlang, wo wenig Bäume standen. Weiter oben sahen die Hobbits Dickichte von Birken und Ebereschen und dahinter dunkel emporsteigende Tannenwälder. Bald wandte sich Baumbart ein wenig ab von den Bergen und gelangte in tiefe Haine, wo die Bäume größer waren, höher und dichter als alle, die die Hobbits je gesehen hatten. Eine Weile beschlich sie wieder schwach das erstickende Gefühl, das sie bemerkt hatten, als sie sich zuerst nach Fangorn hineingewagt hatten, aber es verging bald. Baumbart redete nicht mit ihnen. Er summte tief und nachdenklich vor sich hin, doch konnten Merry und Pippin keine richtigen Wörter verstehen: es klang wie *bum, bum, rambum, burar, bum bum, darar bum bum, darar bum* und so weiter mit ständigem Wechsel von Ton und Rhythmus. Dann und wann glaubten sie eine Antwort zu hören, ein

Summen oder einen bebenden Ton, der aus der Erde zu kommen schien oder aus den Zweigen über ihren Köpfen, oder vielleicht auch von den Stämmen der Bäume; doch Baumbart hielt nicht an und drehte auch den Kopf nicht zur Seite.

Sie waren schon eine lange Zeit gegangen – Pippin hatte versucht, die »Entschritte« zu zählen, aber bei ungefähr dreitausend verhaspelte er sich –, als Baumbart seine Gangart verlangsamte. Plötzlich blieb er stehen, setzte die Hobbits ab, legte die gewölbten Hände an den Mund, so daß sie ein hohles Rohr bildeten; dann blies oder rief er hindurch. Ein gewaltiges *hum, hom* wie ein tieftönendes Horn erschallte im Wald und schien von den Bäumen widerzuhallen. Von weit her kam aus verschiedenen Richtungen ein ähnliches *hum, hom, hum*, das kein Echo, sondern eine Antwort war.

Baumbart setzte sich Merry und Pippin jetzt auf die Schultern und ging weiter, und dann und wann stieß er wieder einen Hornruf aus, und jedesmal waren die Antworten lauter und näher. Auf diese Weise kamen sie schließlich zu einer undurchdringlich erscheinenden Wand aus dunklen, immergrünen Bäumen, Bäume von einer Art, die die Hobbits nie zuvor gesehen hatten: sie verzweigten sich unmittelbar aus den Wurzeln und trugen wie dornenlose Hulstbäume ein dichtes Kleid aus dunklen, glänzenden Blättern und viele steif aufrechtstehende Blütenähren mit großen, olivfarben schimmernden Knospen.

Baumbart wandte sich nach links, ging an dieser riesigen Hecke vorbei und kam mit ein paar großen Schritten zu einem schmalen Einlaß. Durch ihn führte ein ausgetretener Pfad, der plötzlich einen langen, steilen Hang hinunterging. Die Hobbits sahen, daß sie hinunterstiegen in einen großen Tobel, fast so rund wie eine Trinkschale, sehr breit und tief und am Rand gekrönt mit der hohen, dunklen, immergrünen Hecke. Der Tobel war innen glatt und grasbedeckt, und es gab keine Bäume außer drei sehr hohen und schönen Weißbirken, die auf dem Grund der Schale wuchsen. Noch zwei andere Pfade führten hinunter in den Tobel: vom Westen und vom Osten.

Mehrere Ents waren schon eingetroffen. Weitere kamen die anderen Pfade herunter, und einige folgten Baumbart. Als sie sich näherten, starrten die Hobbits sie verwundert an. Sie hatten erwartet, eine Reihe von Geschöpfen zu sehen, die Baumbart so ähnlich waren wie ein Hobbit dem anderen (jedenfalls in den Augen eines Fremden); und sie waren sehr überrascht, daß dem keineswegs so war. Die Ents unterschieden sich voneinander wie Bäume von Bäumen: manche unterschieden sich wie ein Baum von einem anderen desselben Namens, aber mit ganz anderem Wuchs und Werdegang; und manche unterschieden sich so wie eine Baumart von einer anderen, wie Birke von Buche oder Eiche von Tanne. Es waren einige ältere Ents da, bärtig und knorrig wie gesunde, aber uralte Bäume (obwohl keiner so uralt aussah wie Baumbart); und es waren große, starke Ents da, gut gewachsen und glatthäutig wie Waldbäume in der Blüte ihrer Jahre; aber es waren keine jungen Ents da, kein Nachwuchs. Insgesamt waren es etwa zwei Dutzend, die auf dem weiten, grasigen Boden des Tobels standen, und ebenso viele waren noch im Anmarsch.

Zuerst waren Merry und Pippin verblüfft über die Mannigfaltigkeit, die sie sahen: die vielen Formen und Farben und Unterschiede in Umfang und Höhe und Bein- und Armlänge: und in der Zahl der Zehen und Finger (sie schwankten zwischen drei und neun). Ein paar schienen mehr oder weniger mit Baumbart verwandt zu sein und ließen sie an Buchen oder Eichen denken. Aber es gab auch andere Arten.

Manche erinnerten an Kastanien: braunhäutige Ents mit spreizfingrigen Händen und kurzen, dicken Beinen. Manche erinnerten an Eschen: hoch- und geradegewachsene graue Ents mit vielfingrigen Händen und langen Beinen; manche an Tannen (die größten Ents) und andere wiederum an Birken, Ebereschen und Linden. Aber als sich alle Ents um Baumbart geschart hatten, leicht die Köpfe neigten, mit ihren gemessenen, melodischen Stimmen murmelten und die Fremden lange und aufmerksam betrachteten, sahen die Hobbits, daß sie alle zur selben Familie gehörten und alle dieselben Augen hatten: nicht alle so alt oder so tiefliegend wie Baumbarts, aber alle mit demselben bedächtigen, beharrlichen, nachdenklichen Ausdruck und demselben grünen Aufflackern.

Sobald die ganze Gesellschaft versammelt war und Baumbart in einem großen Kreis umstand, setzte eine seltsame und unverständliche Unterhaltung ein. Die Ents begannen langsam zu murmeln: erst fiel einer ein und dann ein anderer, bis sie alle gemeinsam in einem langen, steigenden und fallenden Rhythmus sangen, bald lauter auf der einen Seite des Rings, bald dort leiser werdend und auf der anderen Seite zu einem Dröhnen ansteigend. Obwohl Pippin keines der Wörter verstehen oder erraten konnte – er nahm an, die Sprache sei Entisch –, fand er zuerst den Klang sehr erfreulich anzuhören; aber allmählich schwand seine Aufmerksamkeit. Nach einer langen Zeit (und der Gesang ließ keinerlei Anzeichen eines Endes erkennen) fragte er sich, da Entisch eine so »unhastige« Sprache war, ob sie schon weitergekommen seien als bis zum »Guten Morgen« und, falls Baumbart alle Anwesenden namentlich aufrufen sollte, wieviele Tage es wohl dauern würde, bis sie alle ihre Namen gesungen hätten. »Ich wüßte gern, was *ja* oder *nein* auf Entisch heißt«, dachte er. Er gähnte.

Baumbart merkte es sofort. »Hm, ha, hei, mein Pippin«, sagte er, und alle anderen Ents hörten auf zu singen. »Ihr seid ein hastiges Volk, das habe ich vergessen; und es ist sowieso ermüdend, einer Rede zuzuhören, die man nicht versteht. Ihr dürft jetzt hinunter. Ich habe dem Entthing eure Namen gesagt, und die Ents haben euch gesehen und mir zugestimmt, daß ihr keine Orks seid und den alten Listen eine neue Zeile hinzugefügt werden soll. Weiter sind wir noch nicht gekommen, aber für ein Entthing ist das schon rasche Arbeit. Du und Merry, ihr könnt im Tobel herumstreifen, wenn ihr mögt. Da ist eine Quelle mit gutem Wasser, wenn ihr eine Erfrischung braucht, dort drüben am Nordhang. Es sind noch einige Worte zu sagen, ehe das eigentliche Thing beginnt. Ich werde nachher zu euch kommen und erzählen, wie die Dinge laufen.«

Er setzte die Hobbits ab. Ehe sie fortgingen, verbeugten sie sich tief. Diese Artigkeit schien die Ents sehr zu belustigen, nach dem Ton ihres Gemurmels und dem Aufflackern ihrer Augen zu urteilen; aber sie wandten sich bald wieder ihren eigenen Angelegenheiten zu. Merry und Pippin erklommen den Pfad, der von Westen kam, und schauten durch die Öffnung in der großen Hecke. Lange, baumbestandene Hänge stiegen vom Rand des Tobels auf, und weit hinter ihnen, über den Tannen des letzten Höhenzuges, erhob sich scharf und weiß der Gipfel eines hohen Bergs. Nach Süden, zu ihrer Linken, sahen sie den Wald in der grauen Ferne abfallen. Sehr weit weg war dort ein blasser, grüner Schimmer, von dem Merry vermutete, daß es die Ebenen von Rohan waren.

»Ich wüßte gern, wo Isengart liegt«, sagte Pippin.

»Ich weiß nicht genau, wo wir sind«, sagte Merry. »Aber dieser Gipfel dort ist wahrscheinlich der Methedras, und soweit ich mich erinnere, liegt der Ring von Isengart in einer Gabelung oder tiefen Kluft am Ende des Gebirges. Wahrscheinlich ist es hinter diesem hohen Kamm. Dort scheint Rauch oder Dunst zu sein, links von dem Gipfel, glaubst du nicht?«

»Wie ist Isengart?« fragte Pippin. »Ich möchte mal wissen, was die Ents überhaupt gegen Isengart ausrichten können.«

»Ich auch«, sagte Merry. »Isengart ist eine Art Ring aus Felsen oder Bergen, glaube ich, mit einer flachen Ebene innen und einer Insel oder Säule aus Felsen in der Mitte, genannt Orthanc. Saruman hat einen Turm darauf. Es gibt ein Tor, vielleicht mehr als eins, in dem umgebenden Wall, und ich glaube, daraus ergießt sich ein Bach; er kommt aus dem Gebirge und fließt dann durch die Pforte von Rohan. Es scheint mir nicht eine Gegend der Art zu sein, die die Ents angreifen können. Aber ich habe ein merkwürdiges Gefühl bei diesen Ents: irgendwie glaube ich nicht, daß sie so ungefährlich und, nun ja, komisch sind, wie sie scheinen. Sie wirken bedächtig, seltsam und geduldig, fast traurig; und doch glaube ich, sie *könnten* aufgerüttelt werden. Wenn das geschieht, dann würde ich lieber nicht auf der anderen Seite sein.«

»Ja«, sagte Pippin, »ich weiß, was du meinst. Es könnte genau derselbe Unterschied sein wie zwischen einer alten Kuh, die daliegt und nachdenklich wiederkäut, und einem angreifenden Stier; und die Veränderung könnte ganz plötzlich kommen. Ich bin gespannt, ob Baumbart sie aufrütteln wird. Ich bin überzeugt, daß er das versuchen will. Aber sie wollen nicht gern aufgerüttelt werden. Baumbart selbst war gestern abend aufgerüttelt, aber dann unterdrückte er es wieder.«

Die Hobbits wandten sich wieder um. Die Stimmen der Ents hoben und senkten sich noch immer bei ihrer Beratung. Die Sonne war jetzt hoch genug gestiegen, um über die hohe Hecke zu schauen: sie schimmerte auf den Wipfeln der Birken und erfüllte die nördliche Seite des Tobels mit einem kalten, gelben Licht. Da sahen sie eine kleine, glitzernde Quelle. Sie gingen am Rand der großen Schale am Fuß der immergrünen Bäume entlang – es war angenehm, das kühle Gras wieder an den Zehen zu spüren und nicht in Eile zu sein –, und dann kletterten sie hinunter zu dem sprudelnden Wasser. Sie tranken ein wenig, es war ein reiner, kalter, herber Trank, und sie setzten sich auf einen moosigen Stein und beobachteten die Sonnenflecken auf dem Gras und die Schatten der segelnden

Wolken, die über den Grund des Tobels hinwegzogen. Das Murmeln der Ents ging weiter. Es schien ihnen ein sehr seltsamer und abgeschiedener Ort zu sein, außerhalb ihrer Welt und fern von allem, das ihnen je widerfahren war. Eine große Sehnsucht überkam sie nach den Gesichtern und Stimmen ihrer Gefährten, besonders nach Frodo und Sam, und nach Streicher.

Endlich trat eine Pause im Gespräch der Ents ein; und als die Hobbits aufschauten, sahen sie Baumbart mit einem anderen Ent auf sich zukommen.

»Hm, hum, hier bin ich wieder«, sagte Baumbart. »Werdet ihr müde oder ungeduldig, hm, wie? Nun, ich fürchte, ihr dürft noch nicht ungeduldig werden. Wir haben jetzt den ersten Abschnitt beendet; aber ich muß immer noch denjenigen, die weit weg wohnen, fern von Isengart, alles mögliche erklären, und danach werden wir entscheiden müssen, was zu tun ist. Immerhin, entscheiden, was zu tun ist, dauert für Ents nicht so lange, wie all die Tatsachen und Ereignisse durchzugehen, über die sie sich klarwerden müssen. Indes hat es keinen Zweck, zu leugnen, daß wir noch lange Zeit hier sein werden: ein paar Tage sehr wahrscheinlich. Deshalb habe ich euch einen Gefährten mitgebracht. Er hat ein Enthaus hier in der Nähe. Bregalad ist sein elbischer Name. Er sagt, er habe seinen Entschluß schon gefaßt und brauche nicht bei dem Thing zu bleiben. Hm, hm, er ist derjenige unter uns, der einem hastigen Ent am nächsten kommt. Ihr müßtet euch eigentlich gut vertragen. Auf Wiedersehen!« Baumbart drehte sich um und ging von dannen.

Bregalad blieb eine Weile stehen und betrachtete die Hobbits ernst; und sie schauten ihn an und fragten sich, wann er wohl irgendwelche Anzeichen von »Hastigkeit« erkennen lassen würde. Er war groß und schien einer der jüngeren Ents zu sein; er hatte glatte, glänzende Haut auf Armen und Beinen; seine Lippen waren rötlich und sein Haar graugrün. Er konnte sich biegen und wiegen wie ein schlanker Baum im Wind. Schließlich sprach er, und seine Stimme war zwar volltönend, aber höher und klarer als Baumbarts.

»Ha, hm, meine Freunde, laßt uns einen Spaziergang machen!« sagte er. »Ich bin Bregalad, das ist Flinkbaum in eurer Sprache. Aber natürlich ist das nur ein Spitzname. So haben sie mich genannt, seit ich *ja* zu einem älteren Ent gesagt habe, ehe er seine Frage ganz ausgesprochen hatte. Auch trinke ich flink und gehe schon weg, wenn andere noch ihre Bärte befeuchten. Kommt mit mir!«

Er streckte zwei wohlgestalte Arme aus und gab jedem der Hobbits eine langfingrige Hand. Den ganzen Tag wanderten sie mit ihm durch den Wald, singend und lachend; denn Flinkbaum lachte oft. Er lachte, wenn die Sonne hinter einer Wolke hervorkam, er lachte, wenn sie auf einen Bach oder eine Quelle stießen; dann bückte er sich und spritzte sich Wasser auf die Füße und den Kopf; manchmal lachte er über irgendein Geräusch oder ein Rascheln in den Bäumen. Wann immer er eine Eberesche sah, hielt er an, die Arme ausgestreckt, und sang und wiegte sich, während er sang.

Bei Einbruch der Nacht brachte er sie zu seinem Enthaus: nur ein moosiger Stein war es, der unter einem grünen Steilhang auf den Rasen gesetzt war. Ein Kreis von Ebereschen umstand ihn, und es gab Wasser (wie in allen Enthäusern), eine aus dem Steilhang heraussprudelnde Quelle. Sie unterhielten sich eine Weile, bis sich die Dunkelheit auf den Wald senkte. Nicht weit entfernt hörte man immer noch die Stimmen vom Entthing; aber jetzt schienen sie tiefer und weniger gemächlich, und ab und zu erhob sich eine gewaltige Stimme zu einem hohen und bewegten Gesang, während alle anderen erstarben. Aber neben ihnen redete Bregalad leise, fast flüsternd, in ihrer eigenen Sprache; und sie erfuhren, daß er zu Borkenhauts Familie gehörte, und daß das Land, wo sie gewohnt hatten, verwüstet war. Das schien den Hobbits ausreichend, um seine »Hastigkeit« zu erklären, zumindest, was die Orks betraf.

»Es gab Ebereschen in meiner Heimat«, sagte er, leise und traurig, »Ebereschen, die Wurzeln geschlagen hatten, als ich ein Enting war, vor vielen, vielen Jahren, als die Welt noch friedlich war. Die ältesten hatten die Ents gepflanzt, weil sie die Entfrauen damit erfreuen wollten. Aber die Entfrauen betrachteten die Bäume und lächelten und sagten, sie wüßten, wo weißere Blüten und reichere Früchte wüchsen. Dennoch gibt es keine Bäume dieser ganzen Gattung, der Familie der Rose, die mir so schön vorkommen. Und diese Bäume wuchsen und wuchsen, bis der Schatten eines jeden wie eine grüne Halle war, und ihre roten Beeren im Herbst waren eine Last und eine Schönheit und ein Wunder. Vögel pflegten sich dort zu sammeln. Ich mag Vögel, selbst wenn sie schwatzen; und die Eberesche hat übergenug. Doch wurden die Vögel unfreundlich und gierig und rissen an den Bäumen und warfen die Früchte hinunter und fraßen sie nicht. Dann kamen Orks mit Äxten und fällten meine Bäume. Ich kam und rief sie bei ihren langen Namen, aber sie erzitterten nicht, sie hörten und antworteten nicht: sie waren tot.

> *O Orofarnë, Lassemista, Carnimírië!*
> *Dich sah ich, Eberesche mein, im Sommer wunderbar*
> *Und strahlend stehn: Du trugst der Blüten Weiß auf deinem Haar.*
> *Die Rinde hell, das Laub so licht, so sanft der Stimme Ton,*
> *Wie trugst du hoch das Haupt, geziert von goldenroter Kron!*
> *Dein Haar ist grau, dein Laub ist dürr, verblaßt der Krone Rot,*
> *Die liebe Stimme spricht nicht mehr: Du bist auf immer tot.*
> *O Orofarnë, Lassemista, Carnimírië!*

Die Hobbits schliefen ein beim Klang von Bregalads leisem Gesang, der in vielen Sprachen den Untergang der Bäume beklagte, die er geliebt hatte.

Auch den nächsten Tag verbrachten sie in seiner Gesellschaft, aber sie gingen nicht weit fort von seinem »Haus«. Meist saßen sie schweigend im Schutz des Steilhangs; denn der Wind war kälter und die Wolken dichter und grauer; es gab wenig Sonnenschein, und in der Ferne hoben und senkten sich immer noch die Stimmen der Ents beim Thing, manchmal laut und kräftig, manchmal leise und traurig, manchmal bewegter, manchmal langsam und feierlich wie ein Klagelied. Eine zweite Nacht kam, und immer noch hielten die Ents ihre Beratung ab unter eilenden Wolken und dann und wann aufleuchtenden Sternen.

Der dritte Tag brach an, düster und windig. Bei Sonnenaufgang stiegen die Stimmen der Ents zu einem großen Geschrei an und erstarben dann wieder. Während der Morgen sich hinzog, legte sich der Wind, und die Luft wurde drückend vor Erwartung. Die Hobbits sahen, daß Bregalad jetzt aufmerksam lauschte, obwohl für sie das Geräusch des Thing in dem engen Tal seines Enthauses nur schwach war.

Der Nachmittag kam, und die Sonne, die nach Westen zum Gebirge vorrückte, sandte lange gelbe Strahlen durch die Spalten und Risse der Wolken. Plötzlich merkten sie, daß alles sehr still war; der ganze Wald lauschte schweigend. Natürlich, die Entstimmen waren verstummt. Was bedeutete das? Bregalad stand hoch aufgerichtet und angespannt da und schaute nach Norden zurück zum Tarntobel.

Dann erschallte mit einem Schmettern ein laut tönender Ruf: *ra-hum-rah!* Die Bäume erzitterten und neigten sich, als ob ein Windstoß sie erfaßt hätte. Es trat wieder Stille ein, und dann hob eine Marschmusik an wie feierliche Trommeln, und über die Trommelschläge und das brausende Dröhnen erhoben sich hoch und kräftig singende Stimmen.

Mit Trommelrollen ziehen wir: ta-runda runda runda rom!

Die Ents kamen: immer näher und lauter erklang ihr Lied.

Mit Horn und Trommeln ziehen wir: ta-rūna rūna rūna rom!

Bregalad nahm die Hobbits auf und verließ sein Haus.

Es dauerte nicht lange, da sahen sie die heranmarschierende Schar: mit langen Schritten kamen die Ents den Hang herab auf sie zu. Baumbart ging an der Spitze, und etwa fünfzig folgten ihm, immer zwei nebeneinander, die Füße im Gleichschritt und mit den Händen auf ihren Seiten den Takt schlagend. Als sie näherkamen, sah man das Blitzen und Flackern ihrer Augen.

»Hum, hom! Hier kommen wir mit Gedröhn, hier kommen wir endlich!« rief Baumbart, als er Bregalad und die Hobbits erblickte. »Kommt, schließt euch dem Thing an! Wir sind auf dem Weg. Wir sind auf dem Weg nach Isengart!«

»Nach Isengart!« riefen die Ents vielstimmig.

»Nach Isengart!«

Nach Isengart! Obwohl es hart und steinern droht, vor Waffen starrt,
Wärs noch so ehern, noch so stark, stark bis ins tiefste Knochenmark,
Wir stürmen es, wir dringen ein, zerbrechen Tor und Mauerstein,
Jetzt brennts mit Stumpf und Stiel, es brennt und brüllt im feurigen Element.
Mit Schicksalsbann ins dunkle Land – mit Trommelrollen ziehen wir;
Nach Isengart mit Fluch und Bann!
Mit Fluch und Bann marschieren wir!

So sangen sie, als sie nach Süden marschierten.

Mit glänzenden Augen ordnete sich Bregalad neben Baumbart ein. Der alte Ent nahm jetzt die Hobbits wieder und setzte sie sich auf die Schultern, und so ritten sie stolz an der Spitze der singenden Schar mit klopfenden Herzen und hoch erhobenen Köpfen. Obwohl sie erwartet hatten, daß schließlich etwas geschehen würde, waren sie doch erstaunt über die Veränderung, die mit den Ents vorgegangen war. Sie schien so plötzlich wie der Durchbruch einer Flut, die lange von einem Deich zurückgehalten worden war.

»Die Ents haben zu guter Letzt ihren Entschluß ziemlich rasch gefaßt, nicht wahr?« wagte Pippin nach einiger Zeit zu sagen, als das Singen einen Augenblick innehielt und nur das Taktschlagen von Händen und Füßen zu hören war.

»Rasch?« sagte Baumbart. »Hum, ja, in der Tat. Rascher, als ich erwartet hatte. Ich habe sie tatsächlich seit vielen Zeitaltern nicht so aufgerüttelt gesehen. Wir Ents lassen uns nicht gern aufrütteln; und wir sind nie aufgerüttelt, sofern wir uns nicht darüber klar sind, daß unsere Bäume und unser Leben in großer Gefahr sind. Das ist in diesem Walde nicht geschehen seit den Kriegen zwischen Sauron und den Menschen vom Meer. Es ist das Werk der Orks, das mutwillige Abhacken – *rárum* –, sogar ohne die faule Ausrede, das Feuer müsse geschürt werden, was uns so erzürnt hat; und die Verräterei eines Nachbarn, der uns hätte helfen sollen. Zauberer müßten mehr Verstand haben: sie haben auch mehr Verstand. Es gibt keinen Fluch auf Elbisch, Entisch oder in den Sprachen der Menschen, der kräftig genug ist für eine solche Verräterei. Nieder mit Saruman!«

»Wollt ihr wirklich die Tore von Isengart aufbrechen?« fragte Merry.

»Ho, hm, nun ja, das könnten wir! Ihr wißt vermutlich nicht, wie stark wir sind. Vielleicht habt ihr von Trollen gehört? Sie sind mächtig stark. Aber Trolle sind nur Nachbildungen, die der Feind in der Großen Dunkelheit erschaffen hat, eine Nachahmung der Ents, ebenso wie Orks den Elben nachgeäfft sind. Wir sind stärker als Trolle. Wir sind aus dem Gebein der Erde gemacht. Wie die Wurzeln von Bäumen können wir Stein zum Bersten bringen, nur schneller, weit schneller, wenn unser Geist wachgerüttelt ist! Wenn wir nicht umgehauen oder durch Feuer oder den Einfluß von Zauberei vernichtet werden, könnten wir Isengart in Stücke reißen und die Mauern in Schutt und Trümmer legen.«

»Aber Saruman wird doch versuchen, euch aufzuhalten, nicht wahr?«

»Hm, ah, ja, so ist das wohl. Das habe ich nicht vergessen. Ich habe sogar lange darüber nachgedacht. Aber, wißt ihr, viele der Ents sind jünger als ich, um viele Baumalter. Sie sind nun alle aufgerüttelt, und ihr Sinn ist jetzt nur auf eins gerichtet: Isengart zu zerstören. Aber es wird nicht lange dauern, dann werden sie wieder anfangen zu denken; sie werden ein wenig ruhiger werden, wenn wir unseren Abendtrunk nehmen. Was für einen Durst wir haben werden! Aber laßt sie jetzt marschieren und singen! Wir haben einen weiten Weg, und da bleibt Zeit zum Nachdenken. Es ist schon etwas, daß wir aufgebrochen sind.«

Baumbart marschierte weiter und sang eine Weile mit den anderen. Doch nach einiger Zeit erstarb seine Stimme zu einem Murmeln, und dann schwieg er wieder. Pippin sah, daß seine alte Stirn zusammengezogen und gerunzelt war. Schließlich blickte er auf, und Pippin sah einen traurigen Ausdruck in seinen

Augen, traurig, aber nicht unglücklich. Es war ein Licht in ihnen, als ob die grüne Flamme tiefer hineingesunken sei in die dunklen Brunnen seines Denkens.

»Natürlich ist es recht wahrscheinlich, meine Freunde«, sagte er bedächtig, »recht wahrscheinlich, daß wir *unserem* Schicksal entgegengehen: der letzte Marsch der Ents. Aber wenn wir zu Hause blieben und nichts täten, würde uns das Schicksal früher oder später doch ereilen. Dieser Gedanke hat sich schon lange in unseren Herzen festgesetzt; und das ist der Grund, warum wir jetzt marschieren. Es war kein hastiger Entschluß. Nun mag der letzte Marsch der Ents wenigstens ein Lied wert sein. Freilich«, seufzte er, »werden wir vielleicht anderen Leuten helfen, ehe wir dahinscheiden. Immerhin hätte ich es gern erlebt, daß die Lieder über die Entfrauen wahr werden. Von Herzen gern hätte ich Fimbrethil wiedergesehen. Aber so ist es nun mal, meine Freunde, Lieder tragen wie Bäume nur Früchte zu ihrer Zeit und auf ihre Weise: und manchmal sind sie vorzeitig verdorrt.«

Die Ents schritten mit großer Schnelligkeit voran. Sie waren hinuntergestiegen in eine lange Falte des Landes, die nach Süden abfiel; nun begannen sie hinaufzusteigen und immer weiter hinauf auf den hohen westlichen Grat. Die Wälder hörten auf, und sie kamen zu verstreuten Gruppen von Birken und dann zu kahlen Hängen, wo nur ein paar hagere Tannen wuchsen. Die Sonne versank hinter dem dunklen Bergrücken vor ihnen. Eine graue Dämmerung brach herein.

Pippin schaute nach hinten. Die Zahl der Ents war gewachsen – oder was geschah? Wo die düsteren kahlen Hänge, die sie überquert hatten, liegen sollten, glaubte er jetzt Baumgruppen zu sehen. Aber sie bewegten sich! Konnte es sein, daß die Bäume von Fangorn erwacht waren und der Wald sich erhob und über die Berge in den Krieg zog? Er rieb sich die Augen und fragte sich, ob Müdigkeit und Schatten ihn genarrt hätten; aber die großen grauen Gestalten gingen stetig vorwärts. Es war ein Geräusch wie Wind in vielen Zweigen. Die Ents näherten sich jetzt dem Kamm des Berges, und alles Singen hatte aufgehört. Die Nacht brach herein, und es herrschte Schweigen: nichts war zu hören als ein schwaches Zittern der Erde unter den Füßen der Ents, und ein Rascheln, ein leises Wispern wie von vielen dahinwehenden Blättern. Schließlich standen sie auf dem Gipfel und schauten hinunter in einen dunklen Abgrund, die große Kluft am Ende des Gebirges: Nan Curunír, das Tal von Saruman.

»Nacht liegt über Isengart«, sagte Baumbart.

FÜNFTES KAPITEL

DER WEISSE REITER

»Mir ist kalt bis auf die Knochen«, sagte Gimli, schlug die Arme unter sich und stampfte mit den Füßen auf. Endlich war es Tag geworden. Im Morgengrauen hatten sie sich ein Frühstück bereitet, so gut sie konnten; jetzt machten sie sich in der zunehmenden Helligkeit daran, den Boden wieder nach Spuren der Hobbits abzusuchen.

»Und vergeßt den alten Mann nicht!« sagte Gimli. »Ich wäre glücklicher, wenn ich den Abdruck eines Stiefels sehen könnte.«

»Warum würde dich das glücklicher machen?« fragte Legolas.

»Weil ein alter Mann mit Füßen, die Spuren hinterlassen, vielleicht nicht mehr ist, als er zu sein schien«, antwortete der Zwerg.

»Vielleicht«, sagte der Elb. »Aber hier hinterläßt ein schwerer Stiefel womöglich gar keinen Abdruck: das Gras ist hoch und federnd.«

»Das würde einen Waldläufer nicht täuschen«, sagte Gimli. »Für Aragorn reicht ein umgebogener Halm, um ihn zu deuten. Aber ich erwarte nicht, daß er irgendwelche Spuren findet. Es war ein böses Trugbild von Saruman, was wir gestern gesehen haben. Davon bin ich überzeugt, selbst im hellen Morgenlicht. Seine Augen erblicken uns vielleicht sogar jetzt von Fangorn aus.«

»Das ist recht wahrscheinlich«, sagte Aragorn, »dennoch bin ich nicht sicher. Ich denke an die Pferde. Du sagtest in der Nacht, Gimli, er habe sie so erschreckt, daß sie fortgelaufen seien. Aber das glaube ich nicht. Hast du sie gehört, Legolas? Klang dir das wie erschreckte Tiere?«

»Nein«, sagte Legolas. »Ich habe sie deutlich gehört. Wäre es nicht dunkel und wir selbst verängstigt gewesen, hätte ich eher angenommen, es seien Tiere, die sich plötzlich freuen. Sie gaben Laute von sich, wie Pferde es tun, wenn sie einen Freund treffen, den sie lange vermißt haben.«

»Das fand ich auch«, sagte Aragorn. »Aber ich kann das Rätsel nicht lösen, es sei denn, sie kehrten zurück. Nun kommt! Es wird rasch hell. Laßt uns zuerst nachschauen und später mutmaßen! Wir sollten hier anfangen, in der Nähe unseres Lagerplatzes sorgfältig alles absuchen und uns dann den Hang hinauf zum Wald vorarbeiten. Die Hobbits zu finden, ist unsere Aufgabe, was immer wir auch von unserem Besucher in der Nacht halten mögen. Wenn sie durch irgendeinen glücklichen Umstand entkommen sind, dann müssen sie sich in den Bäumen versteckt haben, sonst wären sie gesehen worden. Wenn wir zwischen hier und dem Saum des Waldes nichts finden, dann werden wir als letztes noch auf dem Schlachtfeld und in der Asche suchen. Aber da besteht wenig Hoffnung: die Reiter von Rohan haben ihre Arbeit zu gut gemacht.«

Eine Zeitlang krochen und tasteten die Gefährten auf dem Boden herum. Der Baum stand trauervoll über ihnen, seine trockenen Blätter hingen jetzt schlaff herab und raschelten im kalten Ostwind. Aragorn ging langsam weiter. Er kam zur Asche des Wachfeuers in der Nähe des Flußufers und begann dann, den Boden nochmals bis zu der Kuppe, wo der Kampf ausgefochten worden war, sorgfältig zu untersuchen. Plötzlich bückte er sich so tief, daß sein Gesicht fast im Gras war. Dann rief er die anderen. Sie kamen angerannt.

»Hier finden wir endlich eine Nachricht«, sagte Aragorn. Er hob ein beschädigtes Blatt auf, damit sie es sehen konnten, ein großes, fahles Blatt in goldener Tönung, das jetzt verblaßte und braun wurde. »Hier ist ein Mallornblatt aus Lórien, und Krümelchen sind darauf, und noch ein paar Krümel im Gras. Und schaut! da liegen einige Stücke von einem zerschnittenen Strick ganz in der Nähe!«

»Und hier ist das Messer, das sie zerschnitten hat«, sagte Gimli. Er bückte sich und zog aus einem Grasbüschel, in den sie ein schwerer Fuß hineingetreten hatte, eine kurze, gezackte Klinge. Das abgebrochene Heft lag daneben. »Es war eine Orkwaffe«, sagte er, hielt sie behutsam und betrachtete voll Abscheu den geschnitzten Griff: er war wie ein häßlicher Kopf gestaltet mit schielenden Augen und einem gierenden Mund.

»Na, das ist das seltsamste Rätsel, das wir je gefunden haben!« rief Legolas. »Ein gefesselter Gefangener entkommt sowohl den Orks als auch den umzingelnden Reitern. Dann hält er an, während er noch auf freier Flur ist, und zerschneidet seine Fesseln mit einem Orkmesser. Aber wie und warum? Denn wenn seine Beine gebunden waren, wie ging er dann? Und wenn seine Arme gefesselt waren, wie handhabte er dann das Messer? Und wenn weder Beine noch Arme gefesselt waren, warum hat er dann überhaupt den Strick zerschnitten? Erfreut über seine Geschicklichkeit, hat er sich dann hingesetzt und in aller Ruhe etwas Wegzehrung gegessen! Das zumindest beweist ausreichend, daß es ein Hobbit war, auch ohne Mallornblatt. Danach, nehme ich an, hat er seine Arme in Flügel verwandelt und ist singend in die Bäume geflogen. Es müßte leicht sein, ihn zu finden: wir brauchen nur ebenfalls Flügel!«

»Da war bestimmt Zauberei im Spiel«, sagte Gimli. »Was hat dieser alte Mann hier gemacht? Was hast du, Aragorn, zu Legolas' Lesart zu sagen? Kannst du sie verbessern?«

»Vielleicht«, sagte Aragorn lächelnd. »Da sind noch ein paar andere Zeichen in der Nähe, die ihr nicht berücksichtigt habt. Ich stimme euch zu, daß der Gefangene ein Hobbit war und entweder Beine oder Hände frei gehabt haben muß, ehe er hierher kam. Ich vermute, es waren die Hände, weil das Rätsel dann einfacher wird, und auch deshalb, weil er nach meiner Deutung der Spuren von einem Ork bis zu dieser Stelle *getragen* worden war. Blut ist hier vergossen worden, ein paar Schritte entfernt, Orkblut. Und dann sind überall an dieser Stelle Hufspuren und Anzeichen dafür, daß etwas Schweres weggeschleift wurde. Der Ork ist von Reitern erschlagen worden, und später hat man seine Leiche zum Feuer gezerrt. Aber der Hobbit wurde nicht gesehen: er war nicht ›auf freier Flur‹, denn es war Nacht und er trug noch seinen Elbenmantel. Er war erschöpft und hungrig, und es ist nicht verwunderlich, daß er, nachdem er seine Fesseln mit dem Messer seines gefallenen Feindes durchschnitten hatte, sich ausruhte und ein wenig aß, ehe er davonkroch. Aber es ist tröstlich zu wissen, daß er ein paar Stücke *lembas* in der Tasche hatte, obwohl er ohne Ausrüstung oder Bündel weggerannt war; das ist vielleicht hobbitähnlich. Ich sage *er*, obwohl ich hoffe und vermute, daß Merry und Pippin hier zusammen waren. Allerdings gibt es keinen sicheren Beweis dafür.«

»Und wie, glaubst du, kam es, daß einer unserer Freunde eine Hand frei hatte?« fragte Gimli.

»Ich weiß nicht, wie das kam«, antwortete Aragorn. »Und ich weiß auch nicht, warum Orks sie wegtrugen. Nicht um ihnen bei der Flucht zu helfen, dessen können wir sicher sein. Nein, ich glaube eher, daß ich jetzt einen Punkt zu verstehen beginne, der mir von Anfang an rätselhaft war: warum haben sich die Orks, als Boromir gefallen war, damit begnügt, Merry und Pippin gefangenzunehmen? Sie haben nicht nach uns anderen gesucht und auch unser Lager nicht angegriffen; statt dessen sind sie in höchster Eile nach Isengart zu gegangen. Nahmen sie an, sie hätten den Ringträger und seinen getreuen Gefährten gefangen? Das glaube ich nicht. Ihre Herren hätten nicht gewagt, Orks so eindeutige Befehle zu erteilen, nicht einmal, wenn sie selbst soviel gewußt hätten; sie hätten ihnen gegenüber nicht so offen von dem Ring gesprochen: Orks sind keine vertrauenswürdigen Diener. Vielmehr glaube ich, daß ihnen befohlen wurde, *Hobbits* gefangenzunehmen, lebendig, um jeden Preis. Jemand unternahm den Versuch, vor der Schlacht mit den wertvollen Gefangenen davonzuschleichen. Verrat vielleicht, ziemlich wahrscheinlich bei diesen Leuten; irgendein großer und kühner Ork mag versucht haben, allein mit der Beute zu entkommen, zu eigenem Nutz und Frommen. So, das ist meine Lesart. Es mag andere geben. Aber auf eines können wir jedenfalls rechnen: zumindest einer unserer Freunde konnte fliehen. Es ist unsere Aufgabe, ihn zu finden und ihm zu helfen, ehe wir nach Rohan zurückkehren. Wir dürfen uns nicht schrecken lassen von Fangorn, da ihn die Not in diese finstere Gegend trieb.«

»Ich weiß nicht, was mich mehr schreckt: Fangorn oder der Gedanke an den langen Weg durch Rohan zu Fuß«, sagte Gimli.

»Dann laßt uns in den Wald gehen«, sagte Aragorn.

Es dauerte nicht lange, da fand Aragorn neue Zeichen. An einer Stelle nahe dem Ufer der Entwasser stieß er auf Fußabdrücke: Hobbit-Abdrücke, aber zu schwach, um viel daraus zu entnehmen. Dann entdeckte er weitere Spuren unter dem Stamm eines großen Baumes genau am Waldrand. Der nackte und trockene Boden verriet nicht viel.

»Zumindest ein Hobbit stand hier eine Weile und blickte zurück; und dann wandte er sich ab und dem Wald zu«, sagte Aragorn.

»Dann müssen wir auch hineingehen«, sagte Gimli. »Aber dieser Fangorn gefällt mir nicht; und wir sind vor ihm gewarnt worden. Ich wünschte, die Jagd hätte woanders hingeführt!«

»Ich glaube nicht, daß der Wald böse ist, was immer die Sagen berichten mögen«, sagte Legolas. Er stand am Saum des Waldes, nach vorn gebückt, als ob er lauschte, und starrte mit weit offenen Augen in die Schatten. »Nein, er ist nicht böse; oder das Böse, das es in ihm gibt, ist weit weg. Ich empfange nur ein ganz schwaches Echo von dunklen Orten, wo die Herzen der Bäume schwarz sind. In unserer Nähe ist keine Bosheit; aber ich spüre Wachsamkeit und Zorn.«

»Nun, er hat keinen Grund, auf mich zornig zu sein«, sagte Gimli. »Ich habe ihm nichts zuleide getan.«

»Das ist gut«, sagte Legolas. »Aber dennoch hat er Schaden genommen. Irgend etwas geschieht da drinnen oder wird geschehen. Spürt ihr nicht die Spannung? Es nimmt mir den Atem.«

»Ich spüre, daß die Luft stickig ist«, sagte der Zwerg. »Dieser Wald ist lichter als Düsterwald, aber er ist muffig und schäbig.«

»Er ist alt, sehr alt«, sagte der Elb. »So alt, daß ich mich fast wieder jung fühle, wie ich mich nicht gefühlt habe, seit ich mit euch Kindern wandere. Er ist alt und voller Erinnerung. Ich könnte hier glücklich sein, wenn ich in friedlichen Tagen hergekommen wäre.«

»Das will ich glauben«, schnaubte Gimli. »Du bist sowieso ein Waldelb, obwohl Elben aller Art seltsame Leute sind. Dennoch tröstest du mich. Wo du hingehst, da will ich auch hingehen. Aber halte deinen Bogen griffbereit, und ich will meine Axt locker im Gürtel tragen. Nicht, um sie bei Bäumen zu verwenden«, fügte er hastig hinzu und schaute zu dem Baum auf, unter dem sie standen. »Ich möchte nicht unversehens diesen alten Mann treffen, ohne etwas Schlagkräftiges bei der Hand zu haben, das ist alles. Laßt uns gehen!«

Damit machten sich die drei Jäger in den Wald auf. Legolas und Gimli überließen es Aragorn, die Spur zu finden. Es gab wenig für ihn zu sehen. Der Waldboden war trocken und mit einer Schicht Blätter bedeckt; aber da er vermutete, daß die Flüchtenden sich nahe am Wasser gehalten hatten, kehrte er oft zum Flußufer zurück. So kam er zu der Stelle, an der Merry und Pippin getrunken und ihre Füße gebadet hatten. Dort waren, für alle deutlich zu sehen, die Fußabdrücke von zwei Hobbits, der eine etwas kleiner als der andere.

»Das ist eine gute Botschaft«, sagte Aragorn. »Allerdings sind die Spuren zwei Tage alt. Und es scheint, daß die Hobbits an dieser Stelle das Ufer verlassen haben.«

»Was sollen wir denn nun tun?« sagte Gimli. »Wir können sie doch nicht durch die ganze Festung Fangorn verfolgen. Wir sind schlecht ausgerüstet hierhergekommen. Finden wir sie nicht bald, werden wir ihnen nichts mehr nützen, sondern uns nur neben sie setzen können und ihnen unsere Freundschaft dadurch beweisen, daß wir gemeinsam verhungern.«

»Wenn das wirklich alles ist, was wir tun können, dann müssen wir es tun«, sagte Aragorn. »Laßt uns weitergehen.«

Schließlich kamen sie zu dem jähen Steilhang von Baumbarts Berg und schauten hinauf zu der Felswand und den unebenen Stufen, die zu der hohen Felsplatte führten. Sonnenstrahlen brachen durch die eilenden Wolken, und der Wald sah jetzt weniger grau und düster aus.

»Laßt uns hinaufgehen und uns umschauen«, sagte Legolas. »Mir stockt immer noch der Atem. Ich würde gern eine Weile frischere Luft genießen.«

Die Gefährten kletterten hinauf. Aragorn kam als letzter und ging langsam: er überprüfte die Stufen und Vorsprünge genau.

»Ich bin fast sicher, daß die Hobbits hier oben waren«, sagte er. »Aber da sind noch andere Spuren, sehr seltsame Spuren, die ich nicht begreife. Ich bin gespannt, ob wir von diesem Felsgesims aus etwas sehen werden, das uns erraten läßt, wie sie weitergegangen sind!«

Er trat hinauf und blickte sich um, aber er sah nichts, was irgendwie nützte. Die Felsplatte schaute nach Süden und Osten; aber nur im Osten war die Aussicht frei. Dort konnte er die Wipfel der Bäume sehen, die in Reihen zur Ebene abfielen, aus der die Gefährten gekommen waren.

»Wir haben einen langen Umweg gemacht«, sagte Legolas. »Wir hätten alle zusammen gefahrlos hierher gelangen können, wenn wir den Großen Strom am zweiten oder dritten Tag verlassen und uns nach Westen geschlagen hätten. Wenige können voraussehen, wohin ihr Weg sie führt, ehe sie an seinem Ende angelangt sind.«

»Aber wir wollten gar nicht nach Fangorn kommen«, sagte Gimli.

»Dennoch sind wir hier – und hübsch im Netz gefangen«, sagte Legolas. »Schaut!«

»Wohin schauen?« fragte Gimli.

»Dort zwischen den Bäumen.«

»Wo? Ich habe keine Elbenaugen.«

»Pst! Sprich leiser! Schau!« sagte Legolas und zeigte hinunter. »Dort unten im Wald, auf dem Weg, den wir gerade gekommen sind. Er ist es. Kannst du ihn nicht sehen, wie er von Baum zu Baum geht?«

»Ja, jetzt sehe ich ihn!« zischte Gimli. »Schau, Aragorn! Habe ich euch nicht gewarnt? Da ist der alte Mann. Ganz in schmutzigen, grauen Lumpen: darum habe ich ihn zuerst nicht sehen können.«

Aragorn erblickte eine gebeugte Gestalt, die sich langsam bewegte. Der Mann war nicht weit weg und sah wie ein alter Bettler aus, der müde dahinzog und sich auf einen derben Stock stützte. Er hielt den Kopf gesenkt und schaute nicht zu ihnen auf. In anderen Landen hätten sie ihn mit freundlichen Worten begrüßt; doch jetzt standen sie stumm da, und jeder empfand eine seltsame Erwartung: etwas näherte sich, das eine verborgene Macht besaß – oder etwas Bedrohliches.

Gimli starrte eine Weile mit weit aufgerissenen Augen, während die Gestalt Schritt um Schritt näherkam. Dann vermochte er sich plötzlich nicht mehr zu beherrschen und platzte heraus: »Dein Bogen, Legolas! Spanne ihn! Mach dich bereit! Es ist Saruman. Laß ihn nicht reden oder uns durch einen Zauber blenden! Schieß zuerst!«

Legolas nahm seinen Bogen und spannte ihn, langsam, und als ob ein anderer Wille ihm Widerstand leistete. Er hielt einen Pfeil locker in der Hand, legte ihn aber nicht auf die Sehne. Aragorn stand schweigend da, sein Gesicht war wachsam und angespannt.

»Warum wartest du? Was ist mit dir los?« zischte Gimli flüsternd.

»Legolas hat recht«, sagte Aragorn ruhig. »Wir dürfen nicht auf einen alten Mann schießen, so unvermutet und ohne ihn angerufen zu haben, welche Furcht oder welcher Zweifel auch immer auf uns liegt. Beobachtet ihn und wartet ab!«

In diesem Augenblick beschleunigte der alte Mann seinen Schritt und kam mit überraschender Schnelligkeit zum Fuß der Felswand. Dann schaute er plötzlich auf, während die anderen reglos dastanden und zu ihm hinunterblickten. Es war kein Laut zu hören.

Sie konnten sein Gesicht nicht sehen: er trug eine Kapuze und über der Kapuze einen breitkrempigen Hut, so daß seine Züge bis auf die Nasenspitze und den grauen Bart beschattet waren. Dennoch glaubte Aragorn ein Funkeln scharfer und leuchtender Augen unter den von der Kapuze beschatteten Brauen gesehen zu haben.

Schließlich brach der alte Mann das Schweigen. »Wahrlich gut, daß ich euch treffe, meine Freunde«, sagte er mit leiser Stimme, »ich möchte mit euch reden. Wollt ihr herunterkommen oder soll ich hinaufkommen?« Ohne eine Antwort abzuwarten, begann er hinaufzusteigen.

»Jetzt!« rief Gimli. »Halte ihn auf, Legolas!«

»Habe ich nicht gesagt, daß ich mit euch reden möchte?« fragte der alte Mann. »Leg den Bogen weg, Herr Elb!«

Bogen und Pfeil fielen Legolas aus den Händen, und seine Arme hingen schlaff herab.

»Und du, Herr Zwerg, nimm bitte die Hand vom Axtgriff, bis ich oben bin! Du wirst keine solchen schlagkräftigen Mittel brauchen.«

Gimli fuhr zusammen und stand reglos wie ein Stein da und starrte, während der alte Mann die rohen Stufen hurtig wie eine Ziege hinaufsprang. Alle Müdigkeit schien von ihm abgefallen zu sein. Als er auf die Felsplatte trat, leuchtete etwas auf, zu kurz, als daß man hätte sicher sein können, aber ein rasches Aufblitzen von Weiß ließ vermuten, daß ein von den grauen Lumpen verhülltes weißes Gewand einen kurzen Augenblick durchschimmerte. Gimlis Atemholen war in der Stille als ein lautes Zischen zu hören.

»Gut, daß ich euch treffe, wiederhole ich«, sagte der alte Mann und kam auf sie zu. Als er ein paar Schritte vor ihnen war, blieb er stehen, beugte sich über seinen Stab, streckte den Kopf vor und sah sie unter seiner Kapuze scharf an. »Und was mögt ihr wohl in dieser Gegend tun? Ein Elb, ein Mensch und ein Zwerg, und alle auf elbische Weise gekleidet. Zweifellos gibt es eine Geschichte hinter alledem, die zu hören sich verlohnt. Solche Dinge sieht man hier nicht oft.«

»Ihr sprecht wie einer, der Fangorn gut kennt«, sagte Aragorn. »Ist dem so?«

»Nicht gut«, sagte der alte Mann. »Das würde den Lerneifer vieler Lebenszeiten erfordern. Aber ich komme ab und zu hierher.«

»Dürften wir Euren Namen erfahren und dann hören, was Ihr uns zu sagen habt?« fragte Aragorn. »Der Morgen vergeht, und wir haben eine Aufgabe, die nicht unerledigt bleiben kann.«

»Was ich zu sagen wünschte, das habe ich gesagt: Was mögt ihr hier tun, und welche Geschichte könnt ihr über euch berichten? Was meinen Namen betrifft...« Er unterbrach sich und lachte lange und leise. Aragorn spürte, wie ihn bei diesem Klang ein Schauer überlief, ein seltsames, kaltes Erbeben; und dennoch war es nicht Furcht oder Entsetzen, was ihn befiel: es war eher wie die plötzliche Schärfe einer frischen Brise oder das Klatschen von kaltem Regen, der einen unruhigen Schläfer weckt.

»Mein Name!« sagte der alte Mann noch einmal. »Habt ihr ihn nicht bereits erraten? Ihr habt ihn schon früher gehört, glaube ich. Ja, ihr habt ihn schon früher gehört. Aber wie ist das nun mit eurer Geschichte?«

Die drei Gefährten standen stumm da und gaben keine Antwort.

»Manche Leute würden zu zweifeln beginnen, ob euer Auftrag überhaupt aussprechbar ist«, sagte der alte Mann. »Zum Glück weiß ich etwas darüber. Ihr verfolgt die Spuren zweier junger Hobbits, glaube ich. Ja, Hobbits. Starrt mich nicht so an, als hättet ihr diesen seltsamen Namen noch nie gehört. Ihr habt ihn gehört, und ich auch. Ja, vorgestern sind sie hier heraufgeklettert; und sie trafen jemanden, den sie nicht erwartet hatten. Tröstet euch das? Und nun wollt ihr gern wissen, wo sie hingebracht wurden? Nur ruhig, vielleicht kann ich euch darüber etwas Neues sagen. Aber warum steht ihr? Euer Auftrag ist, wie ihr seht, nicht mehr so dringend, wie ihr glaubt. Wir wollen uns setzen und es uns behaglicher machen.«

Der alte Mann wandte sich um und ging zu einem Haufen herabgefallener Steine und Felsbrocken am Fuß der hinteren Steilwand. Als ob ein Zauberbann gebrochen sei, entspannten sich die anderen sofort und bewegten sich. Gimlis Hand griff gleich nach dem Schaft seiner Axt. Aragorn zog sein Schwert. Legolas hob seinen Bogen auf.

Der alte Mann kümmerte sich nicht darum, sondern setzte sich auf einen niedrigen, flachen Stein. Dann schlug sein grauer Mantel auf, und sie sahen unbezweifelbar, daß er darunter ganz in Weiß gekleidet war.

»Saruman!« rief Gimli und sprang mit der Axt in der Hand auf ihn zu. »Sprecht! Sagt uns, wo Ihr unsere Freunde verborgen habt. Was habt Ihr mit ihnen gemacht? Sprecht, oder ich mache Euch eine Delle in den Hut, mit der fertigzuwerden selbst einem Zauberer schwerfallen wird!«

Der alte Mann war zu schnell für ihn. Er sprang auf die Füße und mit einem Satz auf einen großen Felsblock hinauf. Dort stand er, plötzlich groß geworden, sie überragend. Seine Kapuze und die grauen Lumpen warf er ab. Sein weißes Gewand schimmerte. Er hob seinen Stab, und Gimlis Axt entwand sich seinem Griff und fiel klirrend auf den Boden. Aragorns Schwert, das er fest in der reglosen Hand hielt, loderte von einem plötzlichen Feuer. Legolas stieß einen lauten Ruf aus und schoß einen Pfeil hoch in die Luft; er verschwand in einem Flammenblitz.

»Mithrandir!« rief er. »Mithrandir!«

»Gut, daß ich dich treffe, sage ich wiederum zu dir, Legolas«, sagte der alte Mann.

Sie alle starrten ihn an. Sein Haar war weiß wie Schnee in der Sonne, und schimmernd weiß war sein Gewand; die Augen unter den dichten Brauen funkelten und waren durchdringend wie die Strahlen der Sonne; Macht war in seiner Hand. Hin- und hergerissen zwischen Staunen, Freude und Furcht standen sie da und brachten kein Wort heraus.

Endlich rührte Aragorn sich. »Gandalf!« schrie er. »Wider alle Hoffnung kehrst du in unserer Not zu uns zurück! Welcher Schleier lag auf meinem Blick. Gandalf!« Gimli sagte nichts, sondern sank auf die Knie und legte die Hand vor die Augen.

»Gandalf«, wiederholte der alte Mann, als ob er sich aus alten Erinnerungen eines lange nicht gebrauchten Wortes entsinne. »Ja, das war der Name. Ich war Gandalf.«

Er stieg von dem Felsen herab, nahm seinen grauen Mantel und zog ihn um sich: es war, als habe die Sonne geschienen und sei jetzt wieder in Wolken verborgen. »Ja, ihr dürft mich noch Gandalf nennen«, sagte er, und die Stimme war die Stimme ihres alten Freundes und Führers. »Steh auf, mein guter Gimli! Keine Schuld trifft dich, und mir ist kein Leid geschehen. Fürwahr, meine Freunde, keiner von euch hat eine Waffe, die mich verletzen könnte. Freut euch. Wir sind wieder beisammen. Am Wendepunkt. Der große Sturm kommt, aber das Glück hat sich gewendet.«

Er legte Gimli die Hand auf den Kopf, und der Zwerg schaute auf und lachte plötzlich. »Gandalf!« sagte er. »Aber du bist ja ganz in Weiß!«

»Ja, jetzt bin ich weiß«, sagte Gandalf. »Tatsächlich *bin* ich Saruman, könnte man fast sagen, Saruman, wie er sein sollte. Aber nun kommt, erzählt mir von euch! Ich bin durch Feuer und tiefes Wasser gegangen, seit wir uns getrennt haben. Vieles habe ich vergessen, wovon ich glaubte, daß ich es wisse, und wiederum viel erfahren, das ich vergessen hatte. Viele Dinge kann ich von weither sehen, aber viele Dinge, die ganz nah sind, kann ich nicht sehen. Erzählt mir von euch!«

»Was möchtest du wissen?« fragte Aragorn. »Alles, was geschehen ist, seit wir uns auf der Brücke trennten, wäre eine lange Erzählung. Willst du uns nicht erst Nachricht über die Hobbits geben? Hast du sie gefunden, und sind sie in Sicherheit?«

»Nein, ich habe sie nicht gefunden«, sagte Gandalf. »Es lag Dunkelheit über den Tälern des Emyn Muil, und ich wußte nichts von ihrer Gefangennahme, bis der Adler es mir sagte.«

»Der Adler!« sagte Legolas. »Ich habe einen Adler gesehen, hoch und weit weg: das letztemal vor drei Tagen, über dem Emyn Muil.«

»Ja«, sagte Gandalf, »das war Gwaihir, der Herr der Winde, der mich von Orthanc gerettet hat. Ich schickte ihn voraus, um den Fluß zu beobachten und Nachrichten zu sammeln. Sein Auge ist scharf, aber er kann nicht alles sehen, was unter Berg und Baum geschieht. Einiges hat er gesehen, und anderes habe ich gesehen. Dem Ring vermag ich nun nicht mehr zu helfen, und auch keiner von der Gemeinschaft, die sich von Bruchtal aufgemacht hat, vermag es. Um ein

Haar wäre er dem Feind enthüllt worden, aber er entkam. Ich war daran beteiligt; denn ich saß an einem hohen Ort und kämpfte mit dem Dunklen Turm; und der Schatten zog vorüber. Dann war ich müde, sehr müde; und ich wanderte lange in dunklen Gedanken.«

»Dann weißt du etwas von Frodo?« fragte Gimli. »Wie geht es ihm?«

»Das kann ich nicht sagen. Er wurde vor einer großen Gefahr gerettet, aber viele liegen noch vor ihm. Er beschloß, allein nach Mordor zu gehen, und er machte sich auf den Weg: das ist alles, was ich sagen kann.«

»Nicht allein«, sagte Legolas. »Wir glauben, daß Sam mit ihm ging.«

»Ach?« sagte Gandalf, und seine Augen leuchteten auf, und er lächelte. »Wirklich? Das ist mir neu, und dennoch überrascht es mich nicht. Gut! Sehr gut! Ihr erleichtert mir das Herz. Ihr müßt mir mehr erzählen. Nun setzt euch zu mir und berichtet von eurer Fahrt.«

Die Gefährten setzten sich auf den Boden zu seinen Füßen, und Aragorn begann die Erzählung. Eine ganze Weile sagte Gandalf nichts und stellte keine Fragen. Er hatte die Hände auf die Knie gelegt und die Augen geschlossen. Als Aragorn schließlich von Boromirs Tod sprach und von seiner letzten Fahrt auf dem Großen Strom, da seufzte der alte Mann.

»Du hast nicht alles gesagt, was du weißt oder errätst, Aragorn, mein Freund«, sagte er leise. »Armer Boromir! Ich konnte nicht sehen, was ihm widerfahren war. Es war eine schwere Versuchung für einen solchen Mann: ein Krieger, ein Fürst der Menschen. Galadriel sagte mir, er sei in Gefahr. Aber er entkam zuletzt. Dessen bin ich froh. Es war nicht vergebens, daß die jungen Hobbits mit uns kamen, und sei's nur um Boromirs willen. Aber das ist nicht die einzige Rolle, die sie zu spielen haben. Sie sind nach Fangorn gebracht worden, und ihr Kommen war wie das Fallen kleiner Steine, das eine Lawine im Gebirge einleitet. Während wir uns hier unterhalten, höre ich das erste Gepolter. Saruman sollte besser nicht fern von daheim sein, wenn der Damm bricht!«

»In einem Punkt hast du dich nicht geändert, lieber Freund«, sagte Aragorn. »Du sprichst immer noch in Rätseln.«

»Was? In Rätseln?« sagte Gandalf. »Nein! Denn ich sprach laut mit mir selbst. Eine Angewohnheit der Alten: sie wählen den Klügsten der Anwesenden aus, um mit ihm zu reden; die langen Erklärungen, die die Jungen brauchen, sind ermüdend.« Er lachte, aber es klang jetzt warm und freundlich wie ein Sonnenstrahl.

»Ich bin nicht mehr jung, nicht einmal nach der Rechnung der Menschen der Alten Häuser«, sagte Aragorn. »Willst du mir nicht deine Gedanken etwas deutlicher offenbaren?«

»Was soll ich denn sagen?« fragte Gandalf und hielt eine Weile nachdenklich inne. »So sehe ich, kurz gesagt, die Dinge im Augenblick, wenn du meine Meinung so klar wie möglich erfahren willst. Der Feind hat natürlich seit langem gewußt, daß der Ring unterwegs ist und daß ein Hobbit ihn trägt. Er weiß jetzt, wieviele zu unserer Gemeinschaft gehörten, die sich von Bruchtal auf den Weg machte, und welcher Art wir waren. Aber er erkennt unsere Absicht noch nicht genau. Er nimmt an, daß wir alle nach Minas Tirith gehen; denn das ist es, was er an unserer Stelle getan hätte. Und nach seinem Wissen wäre das ein schwerer Schlag für seine Macht gewesen. Tatsächlich fürchtet er sich sehr, weil er nicht weiß, welcher Mächtige plötzlich auftaucht, den Ring besitzt und ihn mit Krieg überzieht, um ihn niederzuwerfen und seinen Platz einzunehmen. Daß wir den Wunsch haben könnten, ihn niederzuwerfen und *niemanden* an seine Stelle zu setzen, ist ein Gedanke, der ihm gar nicht in den Sinn kommt. Daß wir versuchen könnten, den Ring selbst zu zerstören, das stellt er sich auch in seinen dunkelsten Träumen nicht vor. Worin du zweifellos unser Glück und unsere Hoffnung erkennst. Denn da er sich Krieg vorstellt, hat er den Krieg entfesselt, weil er glaubt, er habe keine Zeit zu verlieren; denn derjenige, der den ersten Schlag führt, wenn er hart genug zuschlägt, braucht dann vielleicht nicht weiter zuzuschlagen. Deshalb hat er die Heerscharen, die er längst aufgestellt hat, jetzt in Bewegung gesetzt, früher, als er vorgehabt hatte. Weiser Narr. Denn hätte er seine ganze Macht eingesetzt, um Mordor zu schützen, so daß niemand hineinkann, und seine ganze Arglist darauf gerichtet, dem Ring nachzujagen, dann wäre die Hoffnung wahrlich geschwunden: weder Ring noch Träger hätten ihm lange entgehen können. Aber jetzt starrt sein Auge mehr in die Ferne als in das eigene Land: und vor allem schaut er auf Minas Tirith. Sehr bald wird seine Heeresmacht wie ein Sturm darüber herfallen.

Denn schon weiß er, daß die Boten, die er ausgesandt hat, um der Gemeinschaft aufzulauern, wiederum gescheitert sind. Sie haben den Ring nicht gefunden. Und ebensowenig haben sie irgendwelche Hobbits als Geiseln weggeschleppt. Hätten sie auch nur das vollbracht, wäre es ein schwerer Schlag für uns gewesen, und er hätte tödlich sein können. Aber wir wollen uns nicht das Herz schwermachen, indem wir uns ausmalen, wie ihre anständige Treue im Dunklen Turm auf die Probe gestellt worden wäre. Der Feind war erfolglos – bisher. Dank Saruman.«

»Dann ist Saruman also kein Verräter?« fragte Gimli.

»Oh doch«, sagte Gandalf. »Doppelt sogar. Und ist es nicht seltsam? Nichts, was wir in letzter Zeit erduldet haben, schien so schmerzlich zu sein wie Isengarts Verrat. Selbst wenn man ihn als Landesherrn und Heerführer betrachtet, ist Saruman sehr stark geworden. Er bedroht die Menschen von Rohan und entzieht Minas Tirith ihre Hilfe, während doch der Hauptschlag vom Osten kommt. Aber eine verräterische Waffe ist immer eine Gefahr für die Hand. Auch Saruman hatte im Sinn, den Ring für sich selbst zu erbeuten, oder zumindest einige Hobbits gefangenzunehmen für seine bösen Zwecke. So haben unsere Feinde gemeinsam nur erreicht, daß Merry und Pippin mit wunderbarer Schnelligkeit und gerade zur rechten Zeit nach Fangorn gelangten, wo sie sonst überhaupt nicht hingekommen wären!

Auch sind ihnen jetzt neue Zweifel aufgestiegen, die ihre Pläne stören. Keine Nachricht über die Schlacht wird nach Mordor gelangen, dank den Reitern von

Rohan; doch weiß der Dunkle Herrscher, daß zwei Hobbits im Emyn Muil ergriffen und gegen den Willen seiner eigenen Diener nach Isengart verschleppt wurden. Jetzt hat er Isengart ebenso zu fürchten wie Minas Tirith. Wenn Minas Tirith fällt, wird es Saruman schlecht ergehen.«

»Es ist ein Jammer, daß unsere Freunde dazwischen liegen«, sagte Gimli. »Wenn kein Land Isengart von Mordor trennte, dann könnten sie kämpfen, während wir zuschauen und abwarten.«

»Der Sieger würde stärker aus dem Kampf hervorgehen, als sie jetzt beide sind, und frei von Zweifeln«, sagte Gandalf. »Aber Isengart kann nicht gegen Mordor kämpfen, sofern Saruman nicht zuerst den Ring erhält. Den wird er jetzt niemals erhalten. Er weiß noch nicht, in welcher Gefahr er ist. Es gibt vieles, was er nicht weiß. Er war so begierig, seine Beute in die Hand zu bekommen, daß er es nicht zu Hause erwarten konnte, sondern herauskam, um seinen Boten entgegenzugehen und sie zu belauern. Aber er kam ausnahmsweise zu spät, die Schlacht war vorbei, und es gab schon nichts mehr zu helfen, ehe er diese Gegend erreichte. Er ist nicht lange hiergeblieben. Ich blicke ihm ins Herz und sehe seinen Zweifel. Er hat keine Zaubermacht über den Wald. Er glaubt, daß die Reiter auf dem Schlachtfeld alle erschlagen und verbrannt haben; aber er weiß nicht, ob die Orks irgendwelche Gefangenen mitgebracht hatten oder nicht. Und er weiß nichts von dem Streit zwischen seinen Dienern und den Orks von Mordor; ebensowenig weiß er von dem Geflügelten Boten.«

»Der Geflügelte Bote!« rief Legolas. »Oberhalb von Sarn Gebir habe ich mit Galadriels Bogen auf ihn geschossen und ihn vom Himmel herabgeholt. Er erfüllte uns mit Furcht. Was für ein neuer Schrecken ist das?«

»Einer, den du mit Pfeilen nicht töten kannst«, sagte Gandalf. »Du hast nur sein Roß getötet. Es war eine gute Tat; doch der Reiter bekam bald ein neues Pferd. Denn er war ein Nazgûl, einer der Neun, die jetzt auf geflügelten Rössern reiten. Bald wird ihr Schrecken die letzten Heere unserer Freunde überschatten und die Sonne verdunkeln. Aber noch haben sie keine Erlaubnis, den Strom zu überqueren, und Saruman weiß nichts von dieser neuen Gestalt, die den Ringgeistern verliehen worden ist. Seine Gedanken kreisen immer um den Ring. War er bei der Schlacht? Ist er gefunden worden? Was geschieht, wenn Théoden, der Herr der Mark, ihn erhalten und von seiner Macht erfahren sollte? Das ist die Gefahr, die er sieht, und er ist nach Isengart zurückgeeilt, um seinen Angriff auf Rohan zu verdoppeln und zu verdreifachen. Und die ganze Zeit droht noch eine Gefahr ganz in der Nähe, die er nicht sieht, weil er so mit seinen leidenschaftlichen Gedanken beschäftigt ist. Er hat Baumbart vergessen.«

»Jetzt sprichst du wieder mit dir selbst«, sagte Aragorn lächelnd. »Baumbart ist mir nicht bekannt. Und ich habe einen Teil von Sarumans doppelter Niedertracht erraten; dennoch begreife ich nicht, was es genützt hat, daß zwei Hobbits nach Fangorn kamen, abgesehen davon, daß es uns eine lange und vergebliche Jagd eingetragen hat.«

»Warte einen Moment«, rief Gimli. »Da ist noch etwas, was ich zuerst gern wüßte. Warst du es, Gandalf, oder Saruman, den wir gestern Abend sahen?«

»Mich habt ihr gewiß nicht gesehen«, antwortete Gandalf, »daher muß ich annehmen, daß ihr Saruman saht. Offenbar sind wir uns so ähnlich, daß dein Wunsch, eine unheilbare Delle in meinen Hut zu machen, entschuldigt werden muß.«

»Gut, gut!« sagte Gimli. »Ich freue mich, daß du es nicht warst.«

Gandalf lachte wieder. »Ja, mein guter Zwerg, es ist tröstlich, sich nicht in allen Punkten geirrt zu haben. Als ob ich das nicht nur zu gut wüßte! Aber natürlich habe ich dir nie einen Vorwurf deswegen gemacht, wie du mich begrüßt hast. Wie hätte ich das tun können, der ich meinen Freunden so oft den Rat gegeben habe, selbst ihren eigenen Händen zu mißtrauen, wenn sie sich mit dem Feind befassen. Gelobt sollst du sein, Gimli, Glóins Sohn! Vielleicht wirst du uns beide eines Tages zusammen sehen und dir ein Urteil über uns bilden!«

»Aber die Hobbits!« warf Legolas ein. »Wir sind von weither gekommen, um sie zu suchen, und du scheinst zu wissen, wo sie jetzt sind?«

»Bei Baumbart und den Ents«, sagte Gandalf.

»Die Ents!« rief Aragorn. »Dann sind die alten Sagen wahr über die Bewohner der tiefen Wälder und die riesenhaften Hirten der Bäume? Gibt es noch Ents auf der Welt? Ich dachte, sie seien nur eine Erinnerung an alte Zeiten, wenn sie überhaupt mehr sind als eine Sage von Rohan.«

»Eine Sage von Rohan!« rief Legolas. »Nein, jeder Elb in Wilderland hat Lieder von den alten Onodrim und ihrem langwährenden Kummer gesungen. Dennoch sind sie selbst für uns nur eine Erinnerung. Wenn ich einem begegnen sollte, der noch auf dieser Welt wandelt, dann würde ich mich wahrlich wieder jung fühlen! Aber Baumbart: das ist nur eine Übersetzung von Fangorn in die Gemeinsame Sprache; doch scheinst du von einer Person zu sprechen. Wer ist dieser Baumbart?«

»Ah, jetzt fragst du viel«, sagte Gandalf. »Das wenige, was ich von seiner langen und langwierigen Geschichte weiß, würde eine Erzählung ergeben, für die wir jetzt keine Zeit haben. Baumbart ist Fangorn, der Hüter des Waldes; er ist der älteste der Ents, das älteste Lebewesen, das noch unter der Sonne in Mittelerde wandelt. Ich hoffe wirklich, Legolas, daß du ihm begegnen wirst. Merry und Pippin waren glücklich dran; sie trafen ihn hier, just wo wir sitzen. Denn er kam vor zwei Tagen her und brachte sie dann zu seiner fernen Behausung am Fuße des Gebirges. Er kommt oft hierher, besonders wenn er sich Sorgen macht und die Gerüchte aus der Welt draußen ihn beunruhigen. Ich sah ihn vor vier Tagen durch die Bäume streichen, und ich glaube, er sah mich auch, denn er blieb stehen; aber ich sprach nicht, weil ich tief in Gedanken war und müde nach meinem Kampf mit dem Auge von Mordor; und er redete auch nicht und rief auch nicht meinen Namen.«

»Vielleicht hat er dich ebenfalls für Saruman gehalten«, sagte Gimli. »Aber du sprichst von ihm, als sei er ein Freund. Ich dachte, Fangorn sei gefährlich.«

»Gefährlich!« rief Gandalf. »Das bin ich auch, sehr gefährlich: gefährlicher als alles, was dir je begegnen wird, es sei denn, du würdest lebendig vor den Thron des Dunklen Herrschers gebracht werden. Und Aragorn ist gefährlich, und

Legolas ist gefährlich. Du bist umgeben von Gefahren, Gimli, Glóins Sohn; denn du selbst bist gefährlich auf deine Weise. Gewiß ist der Wald von Fangorn gefahrvoll – nicht am wenigsten für jene, die zu schnell mit ihren Äxten bei der Hand sind; und Fangorn selbst, er ist auch gefährlich; indes ist er trotzdem weise und freundlich. Doch jetzt brodelt sein lange aufgestauter Zorn über, und der ganze Wald ist davon erfüllt. Die Ankunft der Hobbits und die Nachrichten, die sie mitbrachten, haben seinen Zorn zum Überlaufen gebracht: bald wird er reißend sein wie eine Flut; aber die Flut richtet sich gegen Saruman und die Äxte von Isengart. Etwas ist im Begriff zu geschehen, was seit der Altvorderenzeit nicht geschehen ist: die Ents erwachen und merken, daß sie stark sind.«

»Was werden sie tun?« fragte Legolas voll Staunen.

»Das weiß ich nicht«, sagte Gandalf. »Ich glaube nicht, daß sie selbst es wissen. Ich bin gespannt.« Er schwieg und senkte den Kopf, tief in Gedanken.

Die anderen schauten ihn an. Ein Sonnenstrahl fiel durch rasch dahinziehende Wolken auf seine Hände, die jetzt mit der Innenfläche nach oben auf seinem Schoß lagen: sie schienen mit Licht gefüllt zu sein wie eine Schale mit Wasser. Schließlich blickte er auf und starrte in die Sonne.

»Der Morgen vergeht«, sagte er. »Bald müssen wir aufbrechen.«

»Werden wir aufbrechen, um unsere Freunde zu finden und Baumbart zu sehen?« fragte Aragorn.

»Nein«, sagte Gandalf. »Das ist nicht der Weg, den ihr einschlagen müßt. Ich habe Worte der Hoffnung gesprochen. Aber nur der Hoffnung. Hoffnung ist noch kein Sieg. Krieg steht uns und allen unseren Freunden bevor, ein Krieg, in dem nur die Verwendung des Ringes uns die Gewißheit des Sieges geben könnte. Er erfüllt mich mit großer Sorge und großer Furcht: denn viel wird zerstört werden, und alles mag verloren gehen. Ich bin Gandalf, Gandalf der Weiße, aber noch ist Schwarz mächtiger.«

Er stand auf, blickte nach Osten und beschattete seine Augen, als ob er Dinge in weiter Ferne sähe, die niemand sonst sehen konnte. Dann schüttelte er den Kopf. »Nein«, sagte er leise, »er ist für uns nicht mehr erreichbar. Darüber zumindest laßt uns froh sein. Wir können nicht länger in Versuchung geraten, den Ring zu verwenden. Wir müssen hinuntergehen und einer Gefahr, die der Hoffnungslosigkeit nahekommt, ins Auge sehen, doch jene tödliche Gefahr ist beseitigt.«

Er wandte sich um. »Komm, Aragorn, Arathorns Sohn!« sagte er. »Bereue deine Entscheidung im Tal des Emyn Muil nicht, noch nenne es eine vergebliche Verfolgung. Du hast unter Zweifeln den Pfad gewählt, der der richtige schien: die Entscheidung war gut und ist belohnt worden. Denn so haben wir uns rechtzeitig getroffen, die wir uns sonst vielleicht zu spät getroffen hätten. Doch die Aufgabe deiner Gefährten ist beendet. Deine nächste Fahrt ist bestimmt durch dein gegebenes Wort. Du mußt nach Edoras gehen und Théoden in seiner Halle aufsuchen. Denn du wirst gebraucht. Andúrils Glanz muß jetzt in der Schlacht enthüllt werden, worauf er so lange gewartet hat. Es ist Krieg in Rohan, und schlimmer noch: es steht schlecht um Théoden.«

»Dann sollen wir die fröhlichen jungen Hobbits nicht wiedersehen?« fragte Legolas.

»Das habe ich nicht gesagt«, erwiderte Gandalf. »Wer weiß? Habt Geduld. Geht, wohin ihr gehen müßt, und hofft! Nach Edoras. Ich gehe auch dorthin.«

»Es ist ein langer Weg für einen Mann zu Fuß, jung oder alt«, sagte Aragorn. »Ich fürchte, die Schlacht wird längst vorbei sein, ehe ich dort hinkomme.«

»Wir werden sehen, wir werden sehen«, sagte Gandalf. »Willst du nun mit mir kommen?«

»Ja, wir werden zusammen aufbrechen«, sagte Aragorn. »Aber ich zweifle nicht, daß du vor mir ankommen wirst, wenn du es wünschest.« Er stand auf und schaute Gandalf lange an. Die anderen betrachteten sie schweigend, wie sie einander gegenüber standen. Aragorn, Arathorns Sohn, war groß und hart wie Stein, die Hand auf dem Heft seines Schwertes; er sah aus, als habe ein König aus den Nebeln des Meeres die Gestade geringerer Menschen betreten. Gegen ihn wirkte die alte Gestalt demütig, weiß, schimmernd jetzt, als ob ein Licht in ihr flackerte, gebeugt unter der Last der Jahre und dennoch über eine Macht gebietend, die die Stärke von Königen übertraf.

»Spreche ich nicht wahr, Gandalf«, sagte Aragorn schließlich, »daß du, wo immer du hingehen möchtest, schneller als ich dort eintreffen könntest? Und auch dies sage ich: du bist unser Heerführer und unser Banner. Der Dunkle Gebieter hat Neun. Aber wir haben Einen, mächtiger als sie: den Weißen Reiter. Er hat das Feuer und den Abgrund überstanden, und sie sollen ihn fürchten. Wir werden dorthin gehen, wohin er uns führt.«

»Ja, gemeinsam werden wir dir folgen«, sagte Legolas. »Doch zuerst würde es mein Herz erleichtern, Gandalf, zu hören, was dir in Moria widerfuhr. Willst du es uns nicht erzählen? Kannst du nicht solange bleiben, um deinen Freunden zu erzählen, wie du errettet wurdest?«

»Ich bin schon zu lange geblieben«, antwortete Gandalf. »Zeit ist knapp. Aber wenn wir ein Jahr dafür aufwenden könnten, würde ich euch nicht alles erzählen.«

»Dann erzähle uns, was du willst und die Zeit erlaubt«, sagte Gimli. »Komm, Gandalf, erzähle uns, wie es dir mit dem Balrog erging.«

»Nenne ihn nicht!« sagte Gandalf, und einen Augenblick schien es, als ob ein Schatten des Schmerzes über sein Gesicht glitt, und er saß schweigend da und sah alt aus wie der Tod. »Lange Zeit fiel ich«, sagte er schließlich zögernd, als ob es schwierig sei, daran zurückzudenken. »Lange fiel ich, und er fiel mit mir. Sein Feuer war um mich. Es verbrannte mich. Dann stürzten wir in das tiefe Wasser, und alles war dunkel. Kalt war es wie die Stunde des Todes: fast erstarrte mein Herz.«

»Tief ist der Abgrund, der von Durins Brücke überspannt wird, und niemand hat ihn ermessen«, sagte Gimli.

»Dennoch hat er einen Grund, jenseits von Licht und Wissen«, sagte Gandalf. »Dorthin kam ich zuletzt, zum äußersten Grund des Gesteins. Er war noch bei mir. Sein Feuer war erstickt, aber jetzt war er ein Wesen aus Schleim, stärker als eine würgende Schlange.

Wir kämpften miteinander tief unter der lebendigen Erde, wo Zeit nicht gezählt wird. Immer wieder umschlang er mich, immer wieder hieb ich auf ihn ein, bis er zuletzt in dunkle Gänge entfloh. Sie waren nicht von Durins Volk angelegt, Gimli, Glóins Sohn. Weit, weit unter den tiefsten Grabungen der Zwerge nagen namenlose Wesen an der Welt. Selbst Sauron kennt sie nicht. Sie sind älter als er. Nun bin ich dort gewandert, doch will ich nicht darüber berichten, um das Licht des Tages nicht zu verdunkeln. In dieser Verzweiflung war mein Feind meine einzige Hoffnung, und ich verfolgte ihn und blieb ihm auf den Fersen. So brachte er mich schließlich zurück zu den geheimen Wegen von Khazad-dûm: allzu gut kannte er sie alle. Immer hinauf gingen wir nun, bis wir zur Endlosen Treppe kamen.«

»Lange ist sie vergessen gewesen«, sagte Gimli. »Viele haben gesagt, sie sei nie gebaut worden außer in der Sage, aber andere sagen, sie sei zerstört worden.«

»Sie ist gebaut worden und nicht zerstört«, sagte Gandalf. »Von dem tiefsten Verlies bis zum höchsten Gipfel führte sie empor, eine sich unaufhörlich hinaufschraubende Wendeltreppe von vielen tausend Stufen, bis sie endlich in Durins Turm herauskam, der in den lebenden Fels von Zirakzigil hineingemeißelt ist, der Spitze der Silberzinne.

Dort auf dem Celebdil war ein einsames Fenster im Schnee, und davor lag eine schmale Fläche, ein schwindelnd hoher Horst über den Nebeln der Welt. Die Sonne strahlte dort feurig, aber unten war alles in Wolken gehüllt. Dort sprang er hinaus, und als ich eben hinterdreinkam, ging er von neuem in Flammen auf. Es war niemand da, der es sah, sonst würde der Kampf auf dem Gipfel vielleicht noch in späteren Zeitaltern in Liedern besungen werden.« Plötzlich lachte Gandalf. »Aber was würden sie im Lied sagen? Jene, die von weither hinaufschauten, glaubten, ein Gewitter tobe auf dem Berg. Donner hörten sie, und Blitze, sagten sie, schlugen auf Celebdil ein und sprangen zurück als züngelnde Flammen. Ist das nicht genug? Ein mächtiger Rauch stieg um uns auf, Brodem und Dampf. Eis fiel wie Regen. Ich warf meinen Feind nieder, und er stürzte von der Höhe und zertrümmerte die Seite des Berges, wo er bei seinem Fall aufschlug. Dann umfing mich Dunkelheit, und ich irrte umher ohne Gedanken und Zeitgefühl, und ich wanderte auf Wegen, die ich nicht nennen will.

Nackt wurde ich zurückgeschickt – für eine kurze Zeit, bis meine Aufgabe erfüllt ist. Und nackt lag ich auf dem Berggipfel. Der Turm hinter mir war zu Staub zerfallen, das Fenster verschwunden; die eingestürzte Treppe versperrt durch verbranntes und zerbrochenes Gestein. Ich war allein, vergessen, ohne Entrinnen auf der rauhen Zinne der Welt. Dort lag ich und starrte empor, während die Sterne im Kreise zogen, und jeder Tag war so lang wie ein Lebensalter auf der Erde. Schwach drangen an mein Ohr die gesammelten Geräusche aller Lande: Geburt und Tod, Singen und Weinen und das langsame, immerwährende Ächzen von überlastetem Gestein. Und so fand mich schließlich wiederum Gwaihir, der Herr der Winde, und er hob mich auf und trug mich davon.

›Immer ist es mein Schicksal, deine Last zu sein, Freund in Not‹, sagte ich.

›Eine Last bist du gewesen‹, antwortete er, ›aber jetzt nicht. Leicht wie eine Schwanenfeder bist du nun in meinen Klauen. Die Sonne scheint durch dich hindurch. Ich glaube wirklich nicht, daß du mich noch brauchst: ließe ich dich fallen, würdest du im Wind dahintreiben.‹

›Laß mich nicht fallen!‹ keuchte ich, denn ich spürte wieder Leben in mir. ›Trage mich nach Lothlórien!‹

›Das ist auch der Befehl der Frau Galadriel, die mich ausgesandt hat, nach dir zu suchen‹, antwortete er.

So kam ich nach Caras Galadon und erfuhr, daß ihr erst kürzlich aufgebrochen wart. Ich verweilte in der alterlosen Zeit dieses Landes, wo die Tage Heilung bringen, nicht Verfall. Heilung fand ich, und ich wurde in Weiß gekleidet. Rat gab ich und erhielt Rat. Von dort kam ich auf seltsamen Wegen, und Botschaften bringe ich einigen von euch. Für Aragorn wurde mir folgendes aufgetragen:

> *Elessar, Elessar, wo sind nun die Dúnedain?*
> *Eure Sippe soll nicht mehr ferne sein.*
> *Bald schlägt die Stunde der Wiederkehr:*
> *Schon reiten die Grauen von Norden her.*
> *Doch dunkel liegt vor Euch der Pfad:*
> *Die Fahrt durch das Land der Toten naht.*

Legolas sandte sie dieses Wort:

> *Legolas Grünblatt, Ihr lebtet bisher*
> *Im Wald voller Freude. Meidet das Meer!*
> *Habt Ihr einmal das Schreien der Möwen gehört,*
> *Ist der Friede der Bäume für Euch zerstört.«*

Gandalf schwieg und schloß die Augen.

»Dann hat sie mir keine Botschaft geschickt?« fragte Gimli und senkte den Kopf.

»Dunkel sind ihre Worte«, sagte Legolas, »und wenig bedeuten sie denen, die sie erhalten.«

»Das ist kein Trost«, sagte Gimli.

»Wie denn?« sagte Legolas. »Hättest du es lieber, wenn sie offen zu dir von deinem Tod spräche?«

»Ja, wenn sie nichts anderes zu sagen hätte.«

»Was ist los?« fragte Gandalf und öffnete die Augen. »Ja, ich glaube, ich kann erraten, was ihre Worte bedeuten mögen. Entschuldige, Gimli. Ich habe noch einmal über die Botschaften nachgegrübelt. Doch, sie hat dir eine Nachricht gesandt, und sie ist weder unverständlich noch traurig.

›Gimli, Glóins Sohn‹, sagte sie, ›bestellt die Grüße seiner Herrin. Lockenträger, wo immer Ihr geht, begleiten Euch meine Gedanken. Doch nehmt Euch in acht, daß Ihr Eure Axt an den richtigen Baum legt!‹«

»In einer glücklichen Stunde bist du zu uns zurückgekehrt, Gandalf«, rief Gimli und machte einen Luftsprung, während er laut in der seltsamen Zwergensprache sang. »Kommt, kommt!« rief er. »Da Gandalfs Kopf jetzt heilig ist, laßt uns einen anderen finden, den zu spalten richtig ist!«

»Da werden wir nicht weit zu suchen brauchen«, sagte Gandalf und stand von seinem Sitz auf. »Kommt! Wir haben die ganze Zeit vertan, die einem Wiedersehen getrennt gewesener Freunde zugebilligt werden muß. Jetzt ist Eile vonnöten.«

Er hüllte sich wieder in seinen alten zerlumpten Mantel und ging voran. Die anderen folgten ihm; rasch stiegen sie von der hohen Felsplatte hinunter und nahmen den Weg zurück durch den Wald bis zum Ufer der Entwasser. Sie sprachen erst wieder, als sie jenseits des Saums von Fangorn auf dem Gras standen. Von ihren Pferden war keine Spur zu sehen.

»Sie sind nicht zurückgekommen«, sagte Legolas. »Es wird eine mühselige Wanderung werden!«

»Ich werde nicht zu Fuß gehen. Die Zeit drängt«, sagte Gandalf. Dann hob er den Kopf und stieß einen langen Pfiff aus. So klar und durchdringend war der Ton, daß die anderen erstaunt waren, eine solche Klangfülle von diesen alten, bärtigen Lippen zu hören. Dreimal pfiff er; und dann schien es, als hörten sie schwach und von fern das Wiehern eines Pferdes, das der Ostwind von der Ebene herübertrug. Sie warteten verwundert. Es dauerte nicht lange, da kam das Geräusch von Hufen, zuerst kaum mehr als ein Zittern des Bodens, nur für Aragorn vernehmbar, der im Gras lag, dann stetig lauter und deutlicher zu einem raschen Trab werdend.

»Da kommt mehr als ein Pferd«, sagte Aragorn.

»Gewiß«, sagte Gandalf. »Wir sind eine zu schwere Last für eins.«

»Es sind drei«, sagte Legolas, der über die Ebene schaute. »Seht, wie sie rennen! Da ist Hasufel und mein Freund Arod neben ihm! Aber da ist noch ein drittes, das vorausgaloppiert: ein sehr großes Pferd. Seinesgleichen habe ich noch nie gesehen.«

»Und wirst du auch nie wieder«, sagte Gandalf. »Das ist Schattenfell. Er ist das Haupt der *Mearas*, der Fürsten unter den Pferden, und nicht einmal Théoden, König von Rohan, hat je ein besseres Roß erblickt. Schimmert es nicht wie Silber und läuft es nicht so sanft und gleichmäßig wie ein flinker Bach? Er ist für mich gekommen: das Pferd des Weißen Reiters. Wir ziehen zusammen in die Schlacht.«

Während der alte Zauberer noch sprach, sprengte das große Pferd den Abhang herauf auf sie zu; sein Fell glänzte, und seine Mähne flatterte im Wind. Die beiden anderen waren jetzt weit hinter ihm. Sobald Schattenfell Gandalf sah, mäßigte er seinen Schritt und wieherte laut; dann trabte er leicht auf ihn zu, senkte den stolzen Kopf und schnupperte mit seinen großen Nüstern am Hals des alten Mannes.

Gandalf streichelte ihn. »Es ist ein langer Weg von Bruchtal, mein Freund«, sagte er. »Aber du bist klug und schnell und in der Not gekommen. Weit laß uns jetzt zusammen reiten und in dieser Welt uns nicht mehr trennen!«

Bald kamen die anderen Pferde und standen still in der Nähe, als ob sie Befehle erwarteten. »Wir reiten sogleich nach Meduseld, der Halle eures Herrn Théoden«, sagte Gandalf ernst zu ihnen. Sie neigten die Köpfe. »Die Zeit drängt, also wenn ihr erlaubt, wollen wir reiten. Wir bitten euch, so viel Schnelligkeit aufzubieten, wie ihr vermögt. Hasufel soll Aragorn tragen und Arod Legolas. Ich will Gimli vor mich setzen, und mit Schattenfells Erlaubnis wird er uns beide tragen. Wir wollen nur vorher ein wenig trinken.«

»Jetzt verstehe ich einen Teil des Rätsels der letzten Nacht«, sagte Legolas, als er leicht auf Arods Rücken sprang. »Ob sie zuerst aus Angst flohen oder nicht, jedenfalls trafen unsere Pferde Schattenfell, ihren Anführer, und begrüßten ihn voll Freude. Wußtest du, daß er in der Nähe war, Gandalf?«

»Ja, ich wußte es«, sagte der Zauberer. »Ich richtete meine Gedanken auf ihn und bat ihn, sich zu eilen; denn gestern war er noch fern im Süden dieses Landes. Schnell möge er mich wieder zurücktragen!«

Gandalf sprach jetzt mit Schattenfell, und der Hengst schlug einen guten Schritt an, doch nicht zu schnell für die anderen. Nach einer kleinen Weile wandte er sich plötzlich vom Weg ab, und an einer Stelle, wo die Ufer niedriger waren, watete er durch den Fluß und hielt dann in südlicher Richtung auf ein flaches Land zu, baumlos und weit. Wie graue Wellen fuhr der Wind durch die endlosen Meilen von Gras. Es war kein Weg und keine Spur zu sehen, aber Schattenfell zögerte und schwankte nicht.

»Er schlägt jetzt den geraden Weg zu Théodens Hallen unter den Hängen des Weißen Gebirges ein«, sagte Gandalf. »Es wird so schneller gehen. Der Boden ist fest im Ostemnet, wo der Hauptpfad nach Norden liegt, jenseits des Flusses, aber Schattenfell kennt den Weg durch jeden Sumpf und jede Senke.«

Viele Stunden ritten sie durch die Wiesen und Flußlande. Oft war das Gras so hoch, daß es den Reitern bis über die Knie reichte, und ihre Pferde schienen in einem graugrünen Meer zu schwimmen. An vielen verborgenen Teichen kamen sie vorbei und an ganzen Feldern von Riedgras, das über nassen und heimtückischen Sümpfen wogte; doch Schattenfell fand den Weg, und die anderen Pferde folgten ihm. Langsam sank die Sonne vom Himmel herab in den Westen. Als die Reiter über die große Ebene blickten, sah es einen Augenblick lang aus, als ginge ein rotes Feuer im Gras unter. Auf beiden Seiten erstreckten sich am Saum des Blickfeldes niedrige Bergrücken, die rot schimmerten. Ein Rauch schien aufzusteigen und die Sonnenscheibe zu verdunkeln, bis sie die Farbe von Blut hatte, als ob sie auf ihrem Weg unter den Rand der Erde das Gras in Brand gesteckt hätte.

»Dort liegt die Pforte von Rohan«, sagte Gandalf. »Sie ist jetzt fast genau westlich von uns. In dieser Richtung liegt Isengart.«

»Ich sehe einen großen Rauch«, sagte Legolas. »Was mag das sein?«

»Kampf und Krieg!« sagte Gandalf. »Reitet zu!«

SECHSTES KAPITEL

DER KÖNIG DER GOLDENEN HALLE

Sie ritten weiter, während die Sonne unterging, durch die lange Dämmerung und die zunehmende Nacht. Als sie schließlich anhielten und absaßen, war selbst Aragorn steif und müde. Gandalf gestand ihnen nur ein paar Stunden Rast zu. Legolas und Gimli schliefen, und Aragorn lag flach ausgestreckt auf dem Rücken; doch Gandalf blieb stehen, stützte sich auf seinen Stab und starrte in die Dunkelheit nach Ost und West. Alles war still, und kein Lebewesen war zu sehen oder zu hören. Als sie dann aufstanden, war der Nachthimmel von langen Wolken bedeckt, die in einem eisigen Wind segelten. Unter dem kalten Mond ging es wieder weiter, so schnell wie bei Tageslicht.

Stunden vergingen, und immer noch ritten sie dahin. Gimli nickte ein und wäre von seinem Sitz heruntergefallen, wenn Gandalf ihn nicht gepackt und geschüttelt hätte. Hasufel und Arod, müde, aber stolz, folgten ihrem rastlosen Führer, ein grauer Schatten vor ihnen, kaum zu sehen. Meile auf Meile legten sie zurück. Der zunehmende Mond versank im wolkigen Westen.

Die Luft wurde bitterkalt. Langsam verblaßte im Osten die Dunkelheit zu einem kühlen Grau. In weiter Ferne zu ihrer Linken sprangen rote Lichtstrahlen über die schwarzen Wälle des Emyn Muil. Die Morgendämmerung kam klar und strahlend; ein Wind strich über ihren Pfad und raschelte durch die sich biegenden Gräser. Plötzlich blieb Schattenfell stehen und wieherte. Gandalf deutete nach vorn.

»Schaut!« rief er, und sie schlugen die müden Augen auf. Vor ihnen erhob sich das Gebirge des Südens: weißgekrönt und schwarzgestreift. Die Graslande erstreckten sich bis zu den Vorbergen, die sich um den Fuß des Gebirges scharten, und zogen sich hinauf in viele der Täler, die noch düster und dunkel waren, unberührt vom Licht der Morgendämmerung, und bahnten sich den Weg bis ins Herz des großen Gebirges. Unmittelbar vor den Reitern öffnete sich das breiteste dieser Täler wie eine lange Schlucht zwischen den Bergen. Weit drinnen sahen sie undeutlich einen faltigen Gebirgsstock mit einem hohen Gipfel; am Ausgang des Tals stand wie eine Schildwache eine einsame Anhöhe. Zu ihren Füßen floß wie ein Silberfaden der Fluß, der in dem Tal entsprang; am Rand dieser Anhöhe sahen sie, noch weit entfernt, ein Glitzern in der aufgehenden Sonne, einen Schimmer von Gold.

»Sprich, Legolas!« sagte Gandalf. »Sage uns, was du dort vor uns siehst.«

Legolas schaute nach vorn und beschattete seine Augen vor den niedrigen Strahlen der aufgehenden Sonne. »Ich sehe einen weißen Fluß, der vom Schnee herabkommt«, sagte er. »Wo er aus dem Schatten des Tals heraustritt, erhebt sich im Osten ein grüner Berg. Ein Erdwall und mächtige Mauern und eine Dornenhecke umgeben ihn. Darinnen erheben sich die Dächer von Häusern; und in der Mitte steht auf einem grünen Bergsattel hoch oben eine große Halle der

Menschen. Und meinen Augen scheint es, als habe sie ein goldenes Dach. Sein Glanz leuchtet weit über das Land. Golden sind auch die Pfosten ihrer Türen. Dort stehen Männer in schimmernder Rüstung; doch alles sonst in den Höfen scheint noch zu schlafen.«

»Edoras werden diese Höfe genannt«, sagte Gandalf, »und Meduseld ist die goldene Halle. Dort wohnt Théoden, Thengels Sohn, König der Mark von Rohan. Wir sind bei Tagesanbruch gekommen. Nun liegt der Weg klar vor uns. Doch müssen wir vorsichtiger reiten; denn der Krieg ist ausgebrochen, und die Rohirrim, die Herren der Rösser, schlafen nicht, auch wenn es von ferne so aussieht. Zieht keine Waffe, sprecht kein hochmütiges Wort, rate ich euch allen, ehe wir vor Théodens Thron stehen.«

Der Morgen war strahlend und klar, und Vögel sangen, als die Reiter zum Fluß kamen. Er strömte rasch hinab in die Ebene, kreuzte jenseits des Fußes der Berge ihren Pfad in einem großen Bogen und floß dann nach Osten, um sich mit der fernen Entwasser in ihrem schilfigen Bett zu vereinen. Das Land war grün: auf den feuchten Wiesen und an den grasbestandenen Ufern des Flusses wuchsen viele Weiden. In diesem südlichen Land röteten sie sich schon an den Zweigspitzen, da sie das Nahen des Frühlings spürten. Durch den Fluß führte eine Furt zwischen niedrigen Ufern, die stark zertreten waren von Pferdehufen. Die Reiter durchquerten sie und kamen auf einen breiten, zerfurchten Weg, der sich zu dem höher gelegenen Land hinaufzog.

Am Fuße des mauerbewehrten Bergs verlief der Weg zwischen den Schatten vieler hoher und grüner Hügelgräber. Auf ihrer westlichen Seite war das Gras weiß wie nach einem Schneetreiben: gleich unzähligen Sternen blühten dort kleine Blumen im Rasen.

»Schaut!« sagte Gandalf. »Wie schön sind diese leuchtenden Augen im Gras! Immertreu werden sie genannt, Simbelmyne in der Sprache der Menschen dieses Landes, denn sie blühen zu allen Jahreszeiten und wachsen, wo tote Männer ruhen. Seht! Wir sind zu den großen Hügelgräbern gekommen, in denen Théodens Ahnherren ruhen.«

»Sieben Hügelgräber auf der Linken und neun auf der Rechten«, sagte Aragorn. »Viele lange Menschenleben sind vergangen, seit die goldene Halle erbaut wurde.«

»Fünfhundertmal sind seitdem in meiner Heimat im Düsterwald die roten Blätter gefallen«, sagte Legolas, »und doch scheint uns das nur eine kurze Spanne zu sein.«

»Aber den Reitern der Mark kommt die Zeit so lang vor«, sagte Aragorn, »daß die Erbauung dieses Hauses nur noch eine Erinnerung im Lied ist, und die Jahre davor sind versunken im Nebel der Zeit. Jetzt nennen sie dieses Land ihre Heimat, ihr Eigen, und ihre Sprache hat sich getrennt von der ihrer nördlichen Verwandten.« Dann begann er leise zu singen in einer dem Elb und dem Zwerg unbekannten getragenen Sprache; indes lauschten sie aufmerksam, denn sie war sehr melodisch.

»Das, nehme ich an, ist die Sprache der Rohirrim«, sagte Legolas. »Denn sie ist wie dieses Land: teils weich und wogend, und dann wieder hart und streng wie das Gebirge. Aber ich kann nicht erraten, was das Lied bedeutet, nur daß es erfüllt ist von der Traurigkeit sterblicher Menschen.«

»So lautet es in der Gemeinsamen Sprache«, sagte Aragorn, »so wortgetreu, wie ich es übersetzen kann:

Wo sind Reiter und Roß und das Horn, das weithin hallende?
Wo sind Harnisch und Helm und das Haar, das glänzend wallende?
Wo ist die Hand an der Harfe? Wo ist das lodernde Feuer?
Wo nun Frühling und Herbst und voll reifen Kornes die Scheuer?
Lang vergangen wie Regen im Wald und Wind in den Ästen;
Im Schatten hinter den Bergen versanken die Tage im Westen.
Wer wird den Rauch des toten Holzes sammeln gehen
Oder die flutenden Jahre vom Meer wiederkehren sehen?

So sprach ein vergessener Dichter in Rohan vor langer Zeit und erinnerte daran, wie groß und schön Eorl der Junge war, der vom Norden hierher ritt; und es waren Flügel an den Füßen seines Rosses Felaróf, des Vaters der Pferde. Das singen die Menschen noch des Abends.«

Mit diesen Worten ritten die Reisenden an den stillen Hügelgräbern vorbei. Sie folgten dem sich an der grünen Schulter der Berge hinaufziehenden Weg und kamen schließlich zu den windgepeitschten Mauern und den Toren von Edoras.

Dort saßen viele Männer in glänzender Rüstung, und sie sprangen sofort auf und versperrten den Weg mit Speeren. »Haltet an, ihr Fremden, die ihr hier unbekannt seid!« riefen sie in der Sprache der Riddermark und fragten nach den Namen und dem Vorhaben der Fremden. Erstaunen lag in ihrem Blick, aber wenig Freundlichkeit; und finster schauten sie auf Gandalf.

»Ich verstehe eure Rede gut«, antwortete er in derselben Sprache, »doch wenige Fremde tun das. Warum sprecht ihr nicht die Gemeinsame Sprache, wie es Sitte ist im Westen, wenn ihr eine Antwort erhalten wollt?«

»Es ist König Théodens Befehl, daß niemand durch seine Tore eintreten darf außer jenen, die unsere Sprache verstehen und unsere Freunde sind«, erwiderte einer der Wächter. »Niemand ist uns willkommen, es sei denn, er gehöre zu unserem Volk oder komme aus Mundburg im Lande Gondor. Wer seid ihr, die ihr sorglos über die Ebene kommt, so seltsam gekleidet und auf Pferden, die wie unsere sind? Lange haben wir hier Wache gehalten und euch schon von weither beobachtet. Niemals haben wir so seltsame Reiter gesehen noch ein Pferd, das stolzer wäre als eines von diesen, die ihr reitet. Es ist eines der *Mearas*, sofern unsere Augen nicht durch irgendeinen Zauber getäuscht werden. Sagt, seid Ihr nicht ein Zauberer, irgendein Späher von Saruman, oder seid ihr Gaukelbilder seiner Zauberkraft? Sprecht nun, und zwar rasch!«

»Wir sind keine Gaukelbilder«, sagte Aragorn, »und eure Augen täuschen euch nicht. Denn dies sind wahrlich eure Pferde, die wir reiten, wie Ihr vermutlich sehr wohl wußtet, ehe ihr fragtet. Doch selten reitet der Dieb heim zum Stall. Hier sind Hasufel und Arod, die Éomer, der Dritte Marschall der Mark, uns erst vor zwei Tagen lieh. Wir bringen sie jetzt zurück, wie wir es ihm versprochen haben. Ist Éomer denn nicht heimgekehrt, und hat er unser Kommen nicht angekündigt?«

Ein betrübter Ausdruck trat in die Augen des Wächters. »Über Éomer habe ich nichts zu sagen«, antwortete er. »Wenn Ihr die Wahrheit sprecht, wird Théoden zweifellos davon gehört haben. Vielleicht ist euer Kommen nicht völlig unerwartet. Aber erst vor zwei Nächten kam Schlangenzunge zu uns und sagte, daß auf Befehl von Théoden kein Fremder diese Tore durchreiten darf.«

»Schlangenzunge?« sagte Gandalf und sah den Wächter scharf an. »Sagt nichts mehr! Meine Botschaft ist nicht für Schlangenzunge, sondern für den Herrn der Mark bestimmt. Ich bin in Eile. Wollt Ihr nicht gehen oder jemanden schicken, um zu melden, daß wir gekommen sind?« Seine Augen funkelten unter den dichten Brauen, als er seinen Blick auf den Mann richtete.

»Ja, ich will gehen«, antwortete er zögernd. »Aber welche Namen soll ich nennen? Und was soll ich von Euch sagen? Alt und müde erscheint Ihr jetzt, und doch seid Ihr grausam und hart unter Eurem Äußeren, deucht mir.«

»Scharf seht Ihr und sprecht gut«, sagte der Zauberer. »Denn ich bin Gandalf. Ich bin zurückgekehrt. Und siehe da! auch ich bringe ein Pferd zurück. Hier ist Schattenfell der Große, den keine andere Hand zähmen kann. Und neben mir steht Aragorn, Arathorns Sohn, der Erbe von Königen, und er ist auf dem Wege nach Mundburg. Und hier sind Legolas, der Elb, und Gimli, der Zwerg, unsere Gefährten. Geht nun und sagt Eurem Herrn, daß wir an seinem Tor stehen und mit ihm reden möchten, wenn er uns erlaubt, in seine Halle zu kommen.«

»Seltsame Namen wahrlich nennt Ihr! Aber ich werde sie melden, wie Ihr es erbittet, und den Befehl meines Herrn entgegennehmen«, sagte der Wächter. »Wartet hier eine kleine Weile, und ich werde euch die Antwort bringen, die er für richtig hält. Hofft nicht zu viel! Die Tage sind dunkel.« Er ging rasch von dannen und ließ die Fremden in der wachsamen Obhut seiner Gefährten.

Nach einiger Zeit kam er zurück. »Folgt mir«, sagte er. »Théoden erlaubt euch, einzutreten; aber alle Waffen, die ihr tragt, und sei es auch nur ein Stab, müßt ihr an der Schwelle ablegen. Die Türhüter werden sie verwahren.«

Die dunklen Tore wurden geöffnet. Die Reisenden traten ein und folgten einer hinter dem anderen ihrem Führer. Sie fanden einen breiten Pfad, mit behauenen Steinen gepflastert; bald schlängelte er sich den Berg hinauf, bald erklomm er ihn in kurzen Treppenläufen mit gut angelegten Stufen. An vielen, aus Holz erbauten Häusern und vielen dunklen Türen kamen sie vorbei. Neben dem Weg floß in einer steinernen Rinne ein Bach mit klarem Wasser, glitzernd und plätschernd. Schließlich kamen sie zum Gipfel des Bergs. Dort ragte ein hoher Söller über den grünen Bergsattel; an seinem Fuß sprudelte eine klare Quelle aus einem Stein, in den das Abbild eines Pferdekopfs eingemeißelt war; darunter war ein großes Becken, aus dem das Wasser überlief und den hinabströmenden Bach speiste. Zu dem grünen Bergsattel führte eine Steintreppe, hoch und breit, und auf beiden Seiten der obersten Stufe waren in Stein gehauene Sitze. Dort saßen weitere Wächter, die gezogenen Schwerter auf den Knien. Das goldblonde Haar hing ihnen in Flechten bis auf die Schultern; die Sonne war das Wappen auf ihren grünen Schilden, ihre langen Harnische waren blankgeputzt, und als sie aufstanden, schienen sie größer zu sein als sterbliche Menschen.

»Dort vor euch sind die Türen«, sagte der Führer. »Ich muß jetzt zu meinem Dienst am Tor zurück. Lebt wohl! Und möge der Herr der Mark gnädig zu euch sein!«

Rasch ging er den Weg wieder hinunter. Die anderen stiegen unter den Blicken der hochgewachsenen Wächter die lange Treppe empor. Reglos standen sie oben und sprachen kein Wort, bis Gandalf den gepflasterten Söller am obersten Absatz der Treppe betrat. Dann plötzlich sagten sie mit klaren Stimmen höfliche Worte der Begrüßung in ihrer eigenen Sprache.

»Heil, ihr Ankömmlinge von weit her!« sagten sie, und sie richteten die Griffe ihrer Schwerter auf die Reisenden als Zeichen des Friedens. Grüne Edelsteine blitzten im Sonnenlicht. Nun trat einer der Wächter vor und redete in der Gemeinsamen Sprache.

»Ich bin Théodens Torwart«, sagte er. »Háma ist mein Name. Ich muß euch bitten, hier eure Waffen abzulegen, ehe ihr eintretet.«

Legolas gab ihm seinen Dolch mit dem silbernen Heft, seinen Köcher und Bogen. »Verwahrt sie gut«, sagte er, »denn sie kommen aus dem Goldenen Wald, und die Herrin von Lothlórien hat sie mir geschenkt.«

Staunen trat in die Augen des Mannes, und er legte die Waffen hastig an die Wand, als ob er sich fürchtete, sie in der Hand zu halten. »Kein Mensch wird sie berühren, das verspreche ich Euch«, sagte er.

Aragorn stand eine Weile zögernd da. »Es ist nicht mein Wunsch«, sagte er, »mein Schwert abzulegen und Andúril irgendeinem anderen Menschen in die Hand zu geben.«

»Es ist Théodens Wunsch«, sagte Háma.

»Es leuchtet mir nicht ein, daß der Wunsch von Théoden, Thengels Sohn, und sei er auch der Herr der Mark, mehr gelten soll als der Wunsch von Aragorn, Arathorns Sohn, Elendils Erbe von Gondor.«

»Dies ist Théodens Haus, nicht Aragorns, und wäre er auch König von Gondor auf Denethors Thron«, sagte Háma, trat rasch vor die Tür und versperrte den Weg. Sein Schwert war jetzt in seiner Hand, und die Spitze auf die Fremden gerichtet.

»Das ist müßiges Gerede«, sagte Gandalf. »Unnötig ist Théodens Verlangen, doch ist es sinnlos, es abzulehnen. Ein König setzt seinen Willen in seiner eigenen Halle durch, ob es nun Torheit oder Weisheit ist.«

»Wahrlich«, sagte Aragorn. »Und ich würde tun, um was der Herr des Hauses mich bittet, und wäre dies auch nur eine Holzfällerhütte, wenn ich jetzt irgendein anderes Schwert trüge, und nicht Andúril.«

»Wie immer sein Name sein mag«, sagte Háma, »hier sollt Ihr es ablegen, wenn Ihr nicht allein gegen alle Mannen in Edoras kämpfen wollt.«

»Nicht allein!« sagte Gimli, befühlte die Schneide seiner Axt und blickte finster auf den Wächter, als ob er ein junger Baum sei, den zu fällen Gimli Lust verspürte. »Nicht allein!«

»Ruhig, ruhig«, sagte Gandalf. »Wir alle sind hier Freunde. Oder sollten es sein, denn das Gelächter von Mordor wird unser einziger Lohn sein, wenn wir uns streiten. Mein Auftrag ist eilig. Hier zumindest ist *mein* Schwert, Burgsaß Háma. Verwahrt es gut. Glamdring heißt es, denn die Elben haben es vor langer Zeit geschmiedet. Nun laßt mich durch. Komm, Aragorn!«

Langsam schnallte Aragorn sein Gehänge ab und stellte selbst sein Schwert aufrecht an die Wand. »Hier stelle ich es hin«, sagte er. »Doch befehle ich Euch, es nicht zu berühren und nicht zuzulassen, daß ein anderer die Hand darauf legt. In dieser elbischen Scheide ruht die Klinge, die geborsten war und neu geschmiedet wurde. Telchar hat sie zuerst gearbeitet vor unendlicher Zeit. Zu Tode kommen soll jeder Mann, der Elendils Schwert zieht, außer Elendils Erbe.«

Der Wächter trat zurück und blickte Aragorn verwundert an. »Es scheint, Ihr seid auf den Flügeln des Liedes aus vergessenen Tagen gekommen«, sagte er. »Es soll so sein, wie Ihr befehlt.«

»Gut«, sagte Gimli, »wenn meine Axt Andúril zur Gesellschaft hat, kann sie auch hier bleiben, ohne daß es eine Schande wäre«, und er legte die Axt auf den Fußboden. »Nun also, wenn alles so ist, wie Ihr es wünscht, dann wollen wir gehen und mit Eurem Herrn sprechen.«

Der Wächter zögerte immer noch. »Euer Stab«, sagte er zu Gandalf. »Verzeiht mir, aber auch er muß an der Tür bleiben.«

»Torheit«, sagte Gandalf. »Vorsicht und Unhöflichkeit sind zweierlei. Ich bin alt. Wenn ich mich beim Gehen nicht auf meinen Stab stützen kann, dann werde ich hier draußen sitzen bleiben, bis es Théoden beliebt, selbst herauszuhumpeln, um mit mir zu reden.«

Aragorn lachte. »Jeder hat etwas, das ihm zu lieb ist, um es einem anderen anzuvertrauen. Aber wollt Ihr wirklich einem alten Mann seine Stütze nehmen? Wollt Ihr uns nun nicht eintreten lassen?«

»Der Stab in der Hand eines Zauberers mag mehr sein als eine Hilfe für das Alter«, sagte Háma. Er sah den Eschenstab scharf an, auf den Gandalf sich stützte. »Im Zweifelsfall wird indes ein verantwortungsvoller Mann auf seine eigene Klugheit vertrauen. Ich glaube, Ihr seid Freunde und ehrenwerte Leute, die keine bösen Absichten haben. Ihr dürft hineingehen.«

Die Wächter schoben jetzt die schweren Riegel an den Türen zurück und stießen sie langsam nach innen auf, und sie knarrten in ihren großen Angeln. Die Reisenden traten ein. Drinnen erschien es ihnen dunkel und warm nach der klaren Luft auf dem Berg. Die Halle war lang und breit und von Schatten und Halblicht erfüllt; mächtige Säulen trugen das hohe Dach. Doch hier und dort fielen helle Sonnenstrahlen in schimmernden Bündeln durch die östlichen Fenster hoch unter dem breiten Dachgesims. Durch den Rauchabzug im Dach schimmerte über den dünnen aufsteigenden Rauchschwaden der Himmel blaß und blau. Als sich ihre Augen an das Dämmerlicht gewöhnt hatten, bemerkten die Reisenden, daß der Fußboden mit vielfarbigen Steinen gepflastert war; verästelte Runen und seltsame Sinnbilder verflochten sich unter ihren Füßen. Jetzt sahen sie auch, daß die Säulen reich geschnitzt waren und matt glänzten in Gold und nur halb erkennbaren Farben. Viele gewebte Decken waren an den Wänden aufgehängt, und auf ihren weiten Flächen ergingen sich Gestalten der alten Sage, einige im Laufe der Jahre verblaßt, einige im Schatten nachgedunkelt. Aber auf eine Gestalt fiel das Sonnenlicht: ein junger Mann auf einem weißen Pferd. Er blies ein großes Horn, und sein goldblondes Haar flatterte im Wind. Das Pferd hatte den Kopf gehoben, und seine Nüstern waren breit und rot, als es wieherte, da es die Schlacht von ferne witterte. Schäumendes Wasser, grün und weiß, rauschte und wallte um seine Knie.

»Schaut! Eorl der Junge!« sagte Aragorn. »So ritt er aus dem Norden zu der Schlacht auf dem Feld von Celebrant.«

Nun schritten die vier Gefährten voran, vorbei an dem hell brennenden Holzfeuer auf dem Herd in der Mitte der Halle. Dann blieben sie stehen. Am hinteren Ende des Hauses, jenseits der Feuerstelle und nach Norden zu den Türen blickend, war ein erhöhter Sitz mit drei Stufen; und in der Mitte des erhöhten Sitzes stand ein großer, vergoldeter Sessel. Darauf saß ein vom Alter so gebeugter Mann, daß er fast ein Zwerg zu sein schien; aber sein weißes Haar war lang und dicht und fiel in großen Flechten unter einem dünnen, goldenen Stirnreif herab. In der Mitte seiner Stirn schimmerte ein einziger weißer Diamant. Sein Bart lag wie Schnee auf seinen Knien; doch seine Augen strahlten noch hell und funkelten, als er die Fremden betrachtete. Hinter seinem Sessel stand eine weißgekleidete Frau. Auf den Stufen zu seinen Füßen saß die zusammengeschrumpfte Gestalt eines Mannes mit einem bleichen, klugen Gesicht und schwerlidrigen Augen.

Es herrschte Schweigen. Der alte Mann rührte sich nicht auf seinem Sessel. Schließlich sprach Gandalf: »Heil, Théoden, Thengels Sohn! Ich bin zurückgekehrt. Denn seht! Der Sturm kommt, und jetzt sollten sich alle Freunde zusammenscharen, damit nicht jeder einzeln vernichtet werde.«

Langsam erhob sich der alte Mann und stützte sich schwer auf einen kurzen, schwarzen Stab mit einem Griff aus weißem Bein; und jetzt sahen die Fremden, daß er zwar gebeugt, aber noch immer groß war und in seiner Jugend wahrlich stattlich und stolz gewesen sein mußte.

»Ich grüße Euch«, sagte er, »und vielleicht erwartet Ihr ein Willkommen. Doch um die Wahrheit zu sagen, es ist zweifelhaft, ob Ihr hier willkommen seid, Herr Gandalf. Immer seid Ihr ein Vorbote des Leids gewesen. Das Unheil folgt Euch wie Krähen, und je häufiger, um so schlimmer. Ich will Euch nicht darüber täuschen: als ich hörte, daß Schattenfell reiterlos zurückgekommen war, freute ich mich über die Heimkehr des Pferdes, aber mehr noch über das Fehlen des Reiters; und als Éomer die Nachricht brachte, daß Ihr endlich in Euere letzte Heimat gegangen seid, habe ich nicht getrauert. Doch Nachrichten aus der Ferne sind selten wahr. Hier seid Ihr wieder! Und mit Euch kommt schlimmeres

Unglück denn zuvor, wie zu erwarten war. Warum sollte ich Euch willkommen heißen, Gandalf Sturmkrähe? Sagt mir das.« Langsam setzte er sich wieder auf seinen Sessel.

»Ihr sprecht wahr, Herr«, sagte der bleiche Mann, der auf den Stufen des erhöhten Sitzes saß. »Keine fünf Tage sind vergangen, seit die bittere Botschaft kam, daß Théored, Euer Sohn, in den Westmarken erschlagen wurde; Eure rechte Hand, der Zweite Marschall der Mark. Auf Éomer ist nicht viel Verlaß. Wenige Mannen wären zurückgeblieben, um Eure Mauern zu schützen, wenn er hätte bestimmen dürfen. Und eben jetzt erfahren wir aus Gondor, daß der Dunkle Herrscher sich im Osten regt. Das ist die Stunde, die dieser Wanderer für seine Rückkehr wählt. Fürwahr, warum sollten wir Euch willkommen heißen, Herr Sturmkrähe? *Láthspell* nenne ich Euch, Schlechte Botschaft; und eine schlechte Botschaft ist ein schlechter Gast, heißt es.« Er lachte grimmig, als er kurz die schweren Lider hob und die Fremden mit dunklen Augen betrachtete.

»Ihr geltet für weise, mein Freund Schlangenzunge, und zweifellos seid Ihr eine große Stütze Eures Herrn«, antwortete Gandalf mit sanfter Stimme. »Dennoch mag ein Mann auf zweierlei Art mit schlechten Nachrichten kommen. Er mag ein Urheber des Bösen sein; oder er mag einer sein, der nicht bessern will, was schon gut ist, sondern nur kommt, um in Zeiten der Not Hilfe zu bringen.«

»So ist es«, sagte Schlangenzunge. »Aber es gibt noch eine dritte Art: Knochenpicker, Leute, die sich in anderer Menschen Trauer einmischen, Aasgeier, die vom Krieg fett werden. Welche Hilfe habt Ihr je gebracht, Sturmkrähe? Und welche Hilfe bringt Ihr jetzt? Von uns habt Ihr Hilfe erbeten, als Ihr das letzte Mal hier wart. Damals hieß Euch mein Herr, irgendein Pferd zu wählen, das Ihr wolltet, und dann zu verschwinden; und zur Verwunderung aller nahmt Ihr in Eurer Unverschämtheit Schattenfell. Mein Herr war überaus betrübt; dennoch schien es manchen, daß kein Preis zu hoch sei, um Euch schnell aus dem Land zu bringen. Ich vermute, jetzt wird es wahrscheinlich wieder einmal auf dasselbe herauslaufen: Ihr werdet eher Hilfe erbitten als gewähren. Bringt Ihr Mannen? Bringt Ihr Pferde, Schwerter, Speere? Das würde ich Hilfe nennen; das ist es, was wir jetzt brauchen. Aber wer sind jene, die an Euren Rockschößen hängen? Drei zerlumpte Wanderer in Grau, und Ihr selbst seid der bettlerähnlichste von den vieren!«

»Die Höflichkeit in Eurer Halle hat jüngst etwas nachgelassen, Théoden, Thengels Sohn«, sagte Gandalf. »Hat der Bote von Eurem Tor nicht die Namen meiner Gefährten gemeldet? Selten hat ein Herr von Rohan drei solche Gäste empfangen. Waffen haben sie an Eurer Tür abgelegt, die so manch einen sterblichen Mann, selbst von den mächtigsten, wert sind. Grau sind ihre Gewänder, denn die Elben haben sie gekleidet, und so sind sie durch den Schatten großer Gefahren bis zu Eurer Halle gelangt.«

»Dann ist es wahr, wie Éomer berichtete, daß Ihr verbündet seid mit der Zauberin des Goldenen Waldes?« fragte Schlangenzunge. »Das ist nicht verwunderlich: Immer wurden Ränke in Dwimordene gesponnen.«

Der König der Goldenen Halle

Gimli trat einen Schritt vor, doch spürte er plötzlich Gandalfs Hand auf seiner Schulter, die ihn packte, und er blieb stocksteif stehen.

> *O Dwimordene, o Lórien,*
> *Selten betreten von Sterblichen,*
> *Wenige Menschen bekamen dein Licht,*
> *Das immer leuchtende, je zu Gesicht.*
> *Galadriel! Galadriel!*
> *Klar ist das Wasser in deinem Quell,*
> *Weiß der Stern in weißer Hand,*
> *Schöner noch sind Laub und Land*
> *In Dwimordene, in Lórien,*
> *Als die Gedanken der Sterblichen.*

So sang Gandalf leise, und dann plötzlich verwandelte er sich. Er warf seinen zerlumpten Mantel ab, reckte sich und stützte sich nicht mehr auf seinen Stab; und er sprach mit einer klaren, kalten Stimme.

»Die Weisen reden nur über das, was sie wissen, Gríma, Gálmóds Sohn. Eine einfältige Schlange seid Ihr geworden. Deshalb schweigt und behaltet Eure gespaltene Zunge hinter Euren Zähnen. Ich bin nicht durch Feuer und Tod gegangen, um verlogene Worte mit einem Diener zu wechseln, bis der Blitz einschlägt.«

Er hob seinen Stab. Ein Donner grollte. Das Sonnenlicht von den östlichen Fenstern war ausgelöscht; die ganze Halle wurde plötzlich dunkel wie die Nacht. Das Feuer verblaßte zu düsterer Glut. Nur Gandalf war zu sehen, er stand weiß und groß vor dem schwarz gewordenen Herd.

In der Finsternis hörten sie Schlangenzunges Stimme zischen: »Habe ich Euch nicht geraten, Herr, seinen Stab zu verbieten? Dieser Narr Háma hat uns betrogen!« Es gab ein Aufflammen, als ob ein Blitz das Dach durchschlagen habe. Dann war alles still. Schlangenzunge lag flach auf dem Bauch, das Gesicht auf den Boden gedrückt.

»Nun, Théoden, Thengels Sohn, wollt Ihr mich anhören?« fragte Gandalf. »Erbittet Ihr Hilfe?« Er hob seinen Stab und zeigte auf ein hohes Fenster. Dort schien sich die Dunkelheit aufzuklären, und durch die Öffnung war, hoch und fern, ein Stückchen des strahlenden Himmels zu sehen. »Nicht alles ist dunkel. Faßt Mut, Herr der Mark; denn bessere Hilfe werdet Ihr nicht finden. Keinen Rat habe ich denen zu geben, die verzweifeln. Doch Rat könnte ich geben, und Botschaft könnte ich Euch übermitteln. Wollt Ihr sie hören? Sie ist nicht für alle Ohren. Ich bitte Euch, kommt hinaus vor Eure Tür und schaut Euch um. Zu lange habt Ihr im Schatten gesessen und entstellten Berichten und verlogenen Einflüsterungen vertraut.«

Langsam erhob sich Théoden von seinem Sessel. Ein schwaches Licht verbreitete sich wieder in der Halle. Die Frau eilte an des Königs Seite und nahm seinen Arm, und mit taumelnden Schritten stieg der alte Mann von dem erhöhten Sitz herab und ging durch die Halle. Schlangenzunge blieb auf dem Boden liegen. Sie kamen zur Tür, und Gandalf klopfte.

»Öffnet!« rief er. »Der Herr der Mark kommt heraus!«

Die Türen öffneten sich, und ein frischer Luftzug blies herein. Ein Wind wehte auf dem Berg.

»Schickt Eure Wächter hinunter zur Treppe«, sagte Gandalf. »Und Ihr, Herrin, laßt mich eine Weile mit ihm allein. Ich will für ihn sorgen.«

»Geh, Éowyn, Schwestertochter«, sagte der alte König. »Die Zeit der Furcht ist vorbei.«

Die Frau ging langsam zurück ins Haus. Als sie zur Tür kam, wandte sie sich um und schaute zurück. Ernst und fürsorglich war ihr Blick, als sie den König voller Mitleid ansah. Sehr schön war ihr Gesicht, und ihr langes Haar war wie eine Flut von Gold. Schlank und groß war sie in ihrem weißen Gewand mit dem silbernen Gürtel; doch stark schien sie zu sein, und hart wie Stahl, eine Tochter von Königen. So erblickte Aragorn zum ersten Mal im hellen Licht des Tages Éowyn, die Herrin von Rohan, und fand sie schön, schön und kalt wie ein Morgen im bleichen Frühling, noch nicht zur Fraulichkeit gereift. Und sie wurde plötzlich seiner gewahr: des kühnen Erben von Königen, weise nach vielen Wintern, graugekleidet und eine Macht verbergend, die sie dennoch spürte. Einen Augenblick stand sie reglos wie ein Stein, dann wandte sie sich rasch um und ging hinein.

»Nun, Herr«, sagte Gandalf, »schaut auf Euer Land! Atmet wieder die frische Luft!«

Von dem hohen Söller auf dem hohen Bergsattel sahen sie jenseits des Stroms die grünen Weiden von Rohan in der grauen Ebene verblassen. Vorhänge von windgetriebenem Regen sanken schräg herab. Der Himmel über ihnen und im Westen war noch dunkel vom Gewitter, und in weiter Ferne flackerten Blitze zwischen den Gipfeln verborgener Berge. Doch hatte der Wind auf Nord gedreht, und schon ließ der Sturm nach, der aus dem Osten gekommen war, und verzog sich nach Süden zum Meer. Plötzlich brach durch einen Wolkenspalt ein Sonnenstrahl. Die herabströmenden Regenschauer glänzten wie Silber, und in der Ferne glitzerte der Fluß wie ein schimmerndes Glas.

»Es ist nicht so dunkel hier«, sagte Théoden.

»Nein«, sagte Gandalf. »Und auch das Alter liegt nicht so schwer auf Euren Schultern, wie manche Euch glauben machen. Werft Eure Stütze fort!«

Aus des Königs Hand fiel der schwarze Stab klappernd auf die Steine. Er richtete sich auf, langsam, wie ein Mann, der steif geworden ist, nachdem er sich lange über eine mühselige Arbeit gebeugt hatte. Jetzt stand er stolz und aufrecht da, und seine Augen waren blau, als er in den sich öffnenden Himmel blickte.

»Dunkel waren meine Träume in letzter Zeit«, sagte er, »aber ich fühle mich wie neu belebt. Jetzt wünschte ich, Ihr wäret früher gekommen, Gandalf. Denn ich fürchte, Ihr seid schon zu spät gekommen und werdet nur die letzten Tage meines Hauses sehen. Nicht lange mehr wird die hohe Halle stehen, die Brego, Eorls Sohn, gebaut hat. Feuer wird den Thron verzehren. Was ist zu tun?«

»Viel«, sagte Gandalf. »Doch zuerst schickt nach Éomer. Vermute ich nicht mit Recht, daß Ihr ihn gefangen haltet, auf Rat von Gríma, den alle außer Euch die Schlangenzunge nennen?«

»Das stimmt«, sagte Théoden. »Er hatte sich gegen meine Befehle aufgelehnt und Gríma in meiner Halle mit dem Tode bedroht.«

»Ein Mann mag euch lieben und dennoch Schlangenzunge oder seine Ratschläge nicht lieben«, sagte Gandalf.

»Das mag sein. Ich werde tun, was Ihr begehrt. Ruft mir Háma. Da er sich als Torwart als unzuverlässig erwiesen hat, soll er Laufbursche werden. Der Schuldige soll den Schuldigen vor Gericht bringen«, sagte Théoden, und seine Stimme klang streng, doch schaute er Gandalf an und lächelte, und während er das tat, glätteten sich viele Sorgenfalten und kamen nicht wieder.

Als Háma gerufen worden war und wieder ging, führte Gandalf Théoden zu einer steinernen Bank und setzte sich vor dem König auf die oberste Treppenstufe. Aragorn und seine Gefährten standen nahebei.

»Die Zeit reicht nicht, alles zu sagen, was Ihr hören solltet«, sagte Gandalf. »Indes, wenn meine Hoffnung nicht trügt, wird bald eine Zeit kommen, da ich ausführlicher sprechen kann. Schaut! Ihr seid in eine noch größere Gefahr geraten, als Schlangenzunges Verstand in Eure Träume weben konnte. Doch seht! Ihr träumt nicht länger. Ihr lebt. Gondor und Rohan stehen nicht allein. Der Feind ist stärker, als wir ermessen können, doch haben wir eine Hoffnung, an die er nicht gedacht hat.«

Rasch sprach Gandalf jetzt. Seine Stimme war leise und heimlich, und niemand außer dem König hörte, was er sagte. Doch während er sprach, leuchteten Théodens Augen immer heller, und schließlich stand er von seiner Bank auf, reckte sich zu seiner ganzen Größe, und Gandalf trat neben ihn, und gemeinsam schauten sie von der Höhe hinaus nach Osten.

»Wahrlich«, sagte Gandalf nun mit lauter Stimme, scharf und klar, »in dieser Richtung liegt unsere Hoffnung, wo auch unsere größte Furcht sitzt. Das Schicksal hängt noch an einem Faden. Indes besteht Hoffnung, wenn wir nur eine kleine Weile unbesiegt bleiben können.«

Auch die anderen wandten nun ihren Blick nach Osten. Über die trennenden Meilen des Landes schauten sie, soweit das Auge reichte, und Hoffnung und Furcht trugen ihre Gedanken noch weiter, über das dunkle Gebirge hinweg in das Land des Schattens. Wo war jetzt der Ringträger? Wie dünn war fürwahr der Faden, an dem das Schicksal noch hing! Es schien Legolas, als er seine weitblickenden Augen anstrengte, daß er einen weißen Schimmer erspähte: vielleicht funkelte in der Ferne die Sonne auf einer Zinne des Turms der Wacht. Und noch weiter weg, unendlich fern und dennoch eine gegenwärtige Drohung, war eine kleine Flammenzunge.

Langsam setzte sich Théoden wieder, als ob die Müdigkeit noch darum kämpfte, ihn gegen Gandalfs Willen zu beherrschen. Er wandte sich um und betrachtete sein großes Haus. »O weh!« sagte er, »daß diese schlimmen Tage meine sein müssen und in meinem Alter kommen statt des Friedens, den ich verdient habe. Wehe um Boromir, den Tapferen! Die Jungen gehen dahin, und die Alten bleiben, verdorrend.« Er umklammerte die Knie mit seinen runzligen Händen.

»Eure Finger würden sich ihrer alten Kraft besser erinnern, wenn sie einen Schwertgriff packten«, sagte Gandalf.

Théoden stand auf und legte die Hand an die Seite; aber kein Schwert war an seinem Gehänge. »Wo hat Gríma es verwahrt?« murmelte er flüsternd.

»Nehmt dieses, lieber Herr!« sagte eine helle Stimme. »Es war Euch immer zu Diensten.« Zwei Männer waren leise die Treppe heraufgekommen und standen nun ein paar Stufen unter dem Söller. Éomer war dort. Kein Helm war auf seinem Kopf, kein Harnisch an seiner Brust, doch in der Hand hielt er ein gezogenes Schwert; und als er niederkniete, bot er seinem Herrn das Heft dar.

»Wie kommt das?« fragte Théoden streng. Er wandte sich zu Éomer, und die Männer blickten ihn verwundert an, wie er jetzt stolz und aufrecht dastand. Wo war der alte Mann, der auf seinem Sessel gekauert oder sich auf seinen Stock gestützt hatte?

»Ich habe es getan, Herr«, sagte Háma zitternd. »Ich nahm an, daß Éomer freigelassen werden sollte. So groß war die Freude meines Herzens, daß ich vielleicht gefehlt habe. Indes, da er wieder frei war und ein Marschall der Mark ist, brachte ich ihm sein Schwert, wie er mir gebot.«

»Um es Euch zu Füßen zu legen, mein Gebieter«, sagte Éomer. Einen Augenblick sah Théoden schweigend auf Éomer hinab, der vor ihm kniete. Beide rührten sich nicht.

»Wollt Ihr nicht das Schwert nehmen?« fragte Gandalf.

Langsam streckte Théoden die Hand aus. Als seine Finger den Griff umschlossen, schien es den Umstehenden, daß Festigkeit und Kraft in seinen schwachen Arm zurückkehrten. Plötzlich hob er die Klinge und schwang sie, so daß sie in der Luft schimmerte und pfiff. Dann stieß er einen lauten Ruf aus. Seine Stimme klang klar, als er in der Sprache von Rohan einen Aufruf zu den Waffen sang.

> *Erhebt euch und hört, Reiter Théodens!*
> *Finstere Tat regt sich im Osten.*
> *Die Rösser gezäumt! Das Horn erschalle!*
> *Auf, Eorlingas!*

Die Wächter glaubten, sie würden gerufen, und eilten die Treppe herauf. Sie schauten ihren Herrn voller Verwunderung an, und wie ein Mann zogen sie dann ihre Schwerter und legten sie ihm zu Füßen. »Gebietet über uns!« sagten sie.

»*Westu Théoden hál!*« rief Éomer. »Wir sehen es mit Freude, daß Ihr wieder erlangt, was Euch zusteht. Niemals mehr soll gesagt werden, Gandalf, daß Ihr nur Unglück bringt!«

»Nimm dein Schwert zurück, Éomer, Schwestersohn!« sagte der König. »Geh, Háma, und hole mir mein eigenes Schwert. Gríma hat es in Verwahrung. Bringe ihn ebenfalls zu mir. Nun, Gandalf, Ihr sagtet, Ihr habet Rat zu erteilen, wenn ich ihn hören wollte. Welches ist Euer Rat?«

»Ihr habt ihn schon angenommen«, antwortete Gandalf. »Euer Vertrauen auf Éomer setzen und nicht auf einen Mann von unaufrichtiger Gesinnung. Trauer und Furcht abschütteln. Die nächstliegende Tat tun. Jeder Mann, der reiten kann, sollte sofort nach Westen geschickt werden, wie Éomer Euch geraten hat: wir müssen zuerst die Bedrohung durch Saruman ausschalten, solange wir Zeit haben. Wenn wir scheitern, werden wir untergehen. Wenn wir Erfolg haben – dann werden wir uns der nächsten Aufgabe zuwenden. Derweil sollte Euer Volk, das zurückbleibt, die Frauen und die Kinder und die Alten, sich zu den Zufluchtsstätten zurückziehen, die Ihr im Gebirge habt. Waren sie nicht für einen schlimmen Tag wie diesen vorgesehen? Laßt die Leute Vorräte mitnehmen, aber sie sollen nicht säumen und sich nicht mit Schätzen, großen oder kleinen, belasten. Ihr Leben steht auf dem Spiel.«

»Dieser Rat erscheint mir jetzt gut«, sagte Théoden. »Mein ganzes Volk soll sich bereitmachen. Doch ihr, meine Gäste – mit Recht sagtet Ihr, Gandalf, daß die Höflichkeit in meiner Halle nachgelassen hat. Ihr seid die Nacht hindurch geritten, und der Vormittag vergeht. Ihr habt weder Schlaf noch eine Mahlzeit gehabt. Ein Gästehaus soll bereitgemacht werden: dort sollt ihr schlafen, wenn ihr gegessen habt.«

»Nein, Herr«, sagte Aragorn. »Es gibt keine Rast für die Müden. Die Mannen von Rohan müssen heute reiten, und wir werden mit ihnen reiten, Axt, Schwert und Bogen. Wir brachten sie nicht mit, damit sie an Eurer Wand lehnen, Herr der Mark. Und ich habe Éomer versprochen, daß mein Schwert und sein Schwert zusammen gezogen werden sollen.«

»Nun besteht wirklich Hoffnung auf Sieg!« sagte Éomer.

»Hoffnung ja«, sagte Gandalf. »Aber Isengart ist stark. Und andere Gefahren sind im Verzuge. Säumt nicht, Théoden, wenn wir fort sind. Führt Euer Volk geschwind zur Festung Dunharg in den Bergen!«

»Nein, Gandalf«, sagte der König. »Ihr kennt Eure eigene Heilkunst nicht. So soll es nicht sein. Ich selbst will in den Krieg ziehen und in der ersten Schlachtreihe fallen, wenn es sein muß. Dann werde ich besser schlafen.«

»Dann wird selbst die Niederlage von Rohan ruhmreich im Lied besungen werden«, sagte Aragorn. Die Krieger, die in der Nähe standen, klirrten mit ihren Waffen und riefen: »Der Herr der Mark wird reiten! Auf, Eorlingas!«

»Doch Euer Volk darf nicht unbewaffnet und führerlos sein«, sagte Gandalf. »Wer soll es leiten und an Eurer Statt befehligen?«

»Darüber werde ich nachdenken, ehe ich gehe«, antwortete Théoden. »Hier kommt mein Ratgeber.«

In diesem Augenblick trat Háma aus der Halle. Hinter ihm kam, sich zwischen zwei anderen Männern duckend, Gríma, die Schlangenzunge. Sein Gesicht war aschfahl. Seine Augen blinzelten im Sonnenschein. Háma kniete nieder und reichte Théoden ein langes Schwert in einer Scheide mit goldenen Schnallen und mit grünen Edelsteinen.

»Hier, Herr, ist Herugrim, Eure alte Klinge«, sagte er. »Sie wurde in seiner Truhe gefunden. Nur widerwillig gab er die Schlüssel heraus. Viele andere Dinge sind dort, die Mannen vermißt haben.«

»Du lügst«, sagte Schlangenzunge. »Und dieses Schwert hat mir dein Herr selbst zur Aufbewahrung gegeben.«

»Und jetzt fordert er es zurück«, sagte Théoden. »Mißfällt dir das?«

»Ganz gewiß nicht, Herr«, sagte Schlangenzunge. »Ich sorge für Euch und die Euren, so gut ich kann. Doch ermüdet Euch nicht und beansprucht Eure Kraft nicht zu schwer. Überlaßt es anderen, sich mit diesen lästigen Gästen zu befassen. Eure Mahlzeit wird gleich auf die Tafel gestellt. Wollt Ihr nicht hingehen?«

»Das will ich«, sagte Théoden. »Und laß Essen für meine Gäste daneben auf die Tafel stellen. Das Heer reitet heute. Sendet die Herolde aus! Laßt alle zusammenrufen, die nahe wohnen! Jeder Mann und jeder kräftige Bursche, der fähig ist, Waffen zu tragen, alle, die Pferde haben, sollen sich gesattelt am Tor bereithalten vor der zweiten Stunde nach dem Mittag!«

»Lieber Herr!« rief Schlangenzunge. »Es ist, wie ich gefürchtet habe. Dieser Zauberer hat Euch verhext. Soll niemand hierbleiben, um die Goldene Halle Eurer Väter und alle Eure Schätze zu verteidigen? Niemand, um den Herrn der Mark zu schützen?«

»Wenn das Verhexung ist«, sagte Théoden, »dann scheint sie mir heilsamer als deine Einflüsterungen. Deine Heilkunst hätte mich binnen kurzem dazu gebracht, wie ein Tier auf allen vieren zu gehen. Nein, keiner soll zurückbleiben, nicht einmal Gríma. Auch Gríma soll reiten. Geh! Du hast noch Zeit, den Rost von deinem Schwert zu kratzen.«

»Habt Erbarmen, Herr«, winselte Schlangenzunge, auf dem Boden kriechend. »Habt Mitleid mit einem, der sich in Eurem Dienst aufgerieben hat. Schickt mich nicht von Eurer Seite! Ich zumindest will Euch beistehen, wenn alle anderen fort sind. Schickt Euren treuen Gríma nicht fort!«

»Du hast mein Mitleid«, sagte Théoden. »Und ich schicke dich nicht von meiner Seite. Ich selbst ziehe mit meinen Mannen in den Krieg. Ich heiße dich, mit mir zu kommen und deine Treue zu beweisen.«

Schlangenzunge blickte von einem zum anderen. In seinen Augen war der gejagte Blick eines Tieres, das irgendeine Lücke im Kreis seiner Feinde sucht. Er leckte sich die Lippen mit einer langen, blassen Zunge. »Ein solcher Entschluß war vielleicht zu erwarten von einem Fürsten aus Eorls Haus, wenn er auch alt ist«, sagte er. »Doch jene, die ihn aufrichtig lieben, würden ihn in seinen letzten Jahren schonen. Doch sehe ich, daß ich zu spät komme. Andere, denen der Tod meines Herrn vielleicht weniger Kummer bereiten würde, haben ihn schon überredet. Wenn ich ihr Werk nicht ungeschehen machen kann, dann hört wenigstens insoweit auf mich, Herr! Einer, der Eure Gedanken kennt und Eure Befehle in Ehren hält, sollte in Edoras bleiben. Ernennt einen treuen Verwalter. Laßt Euren Ratgeber alles verwahren bis zu Eurer Rückkehr – ich bete, daß wir sie erleben mögen, obwohl kein kluger Mann viel Hoffnung haben darf.«

Éomer lachte. »Und wenn dieser Vorwand Euch nicht vom Krieg befreit, edelste Schlangenzunge«, sagte er, »welches weniger ehrenvolle Amt würdet Ihr annehmen? Einen Sack Mehl ins Gebirge tragen – wenn irgend jemand Euch einen anvertraute?«

»Nein, Éomer, Ihr habt die Absicht von Herrn Schlangenzunge nicht völlig verstanden«, sagte Gandalf und schaute Gríma durchbohrend an. »Er ist kühn und listig. Sogar jetzt spielt er noch mit der Gefahr und gewinnt einen Wurf. Stunden meiner kostbaren Zeit hat er bereits verschwendet. Nieder, Schlange!« sagte er plötzlich mit entsetzlicher Stimme. »Auf den Bauch mit dir! Wie lange ist es her, daß Saruman dich gekauft hat? Was war der versprochene Preis? Wenn alle Männer tot wären, solltest du dir deinen Teil des Schatzes nehmen und die Frau, die du begehrtest? Zu lange hast du sie unter deinen Augenlidern beobachtet und ihre Schritte belauert.«

Éomer packte sein Schwert. »Das wußte ich schon«, murmelte er. »Aus diesem Grunde wollte ich ihn bereits erschlagen und das Gesetz der Halle mißachten. Aber es gibt noch andere Gründe.« Er trat vor, doch Gandalf gebot ihm mit einer Handbewegung Einhalt.

»Éowyn ist jetzt in Sicherheit«, sagte er. »Aber du, Schlangenzunge, hast getan, was du konntest, für deinen wahren Herrn. Einigen Lohn hast du zumindest verdient. Doch Saruman könnte seine Abmachungen leicht übersehen. Ich würde dir raten, rasch zu ihm zu gehen und ihn zu erinnern, damit er deine treuen Dienste nicht vergißt.«

»Ihr lügt«, sagte Schlangenzunge.

»Das Wort kommt zu oft und zu leicht von deinen Lippen«, sagte Gandalf. »Ich lüge nicht. Schaut, Théoden, hier ist eine Schlange. Es ist gefährlich, sie mitzunehmen und ebenso, sie hierzulassen. Sie zu erschlagen wäre gerecht. Aber sie war nicht immer so, wie sie jetzt ist. Einst war sie ein Mann und diente Euch auf ihre Weise. Gebt ihm ein Pferd und laßt ihn sofort gehen, wohin er immer will. Nach seiner Entscheidung könnt Ihr ihn beurteilen.«

»Hörst du das, Schlangenzunge?« fragte Théoden. »Das steht für dich zur Wahl: mit mir in den Krieg zu reiten und uns in der Schlacht sehen zu lassen, ob du aufrichtig bist; oder zu gehen, wohin du willst. Aber wenn wir uns dann wiedertreffen, werde ich nicht barmherzig sein.«

Langsam erhob sich Schlangenzunge. Er sah sie mit halb geschlossenen Augen an. Zuletzt blickte er Théoden scharf an und öffnete den Mund, als ob er sprechen wollte. Dann plötzlich richtete er sich auf. Seine Hände zuckten. Seine Augen funkelten. Eine solche Bosheit lag in ihnen, daß die Männer vor ihm zurückwichen. Er entblößte seine Zähne; und mit einem zischenden Ausatmen spuckte er dem König vor die Füße, sprang zur Seite und floh die Treppe hinunter.

»Ihm nach!« sagte Théoden. »Seht zu, daß er niemandem Schaden zufügt, aber verletzt ihn nicht und hindert ihn nicht. Gebt ihm ein Pferd, wenn er es wünscht.«

»Und wenn eins ihn tragen will«, sagte Éomer.

Einer der Wächter lief die Treppe hinunter. Ein anderer ging zu der Quelle am Fuß des Bergsattels und schöpfte Wasser mit seinem Helm. Damit wusch er die Steine sauber, die Schlangenzunge besudelt hatte.

»Nun, meine Gäste, kommt«, sagte Théoden. »Kommt und nehmt das an Erfrischungen zu euch, was die Eile erlaubt.«
Sie gingen zurück in das große Haus. Schon hörten sie unten in der Stadt die Herolde rufen und die Kriegshörner blasen. Denn der König sollte ausreiten, sobald die Männer der Stadt und jene, die nahe wohnten, bewaffnet und versammelt werden konnten.
An des Königs Tafel saßen Éomer und die vier Gäste, und auch Frau Éowyn war da und wartete dem König auf. Sie aßen und tranken rasch. Die anderen schwiegen, während Théoden Gandalf über Saruman befragte.
»Wie weit sein Verrat zurückgeht, wer kann das erraten?« sagte Gandalf. »Er war nicht immer böse. Einstmals, daran zweifle ich nicht, war er ein Freund von Rohan; und selbst als sein Herz kälter wurde, fand er Euch noch nützlich. Aber seit langem hat er nun schon Euer Verderben geplant und die Maske der Freundschaft getragen, bis er bereit war. In jenen Jahren war Schlangenzunges Aufgabe leicht, und alles, was Ihr tatet, wurde in Isengart rasch bekannt; denn Euer Land war offen, und Fremde kamen und gingen. Und immer hattet Ihr Schlangenzunges Einflüsterungen im Ohr, sie vergifteten Eure Gedanken, entmutigten Euer Herz, schwächten Eure Glieder, während andere es beobachteten und nichts tun konnten, denn er hielt Euren Willen gefangen.
Aber als ich entfloh und Euch warnte, da war die Maske für jene, die sehen wollten, zerrissen. Danach spielte Schlangenzunge ein gefährliches Spiel und trachtete immer, Euch zurückzuhalten, Euch daran zu hindern, Eure ganze Kraft zu sammeln. Er war geschickt: lullte die Vorsicht der Menschen ein oder schürte die Ängste, wie es dem Zweck dienlich war. Erinnert Ihr Euch nicht, wie hartnäckig er darauf bestand, daß bei einem ungewissen Unternehmen im Norden kein Mann entbehrt werden könne, während die unmittelbare Gefahr im Westen lag? Er überredete Euch, Éomer zu verbieten, die plündernden Orks zu verfolgen. Hätte Éomer nicht Schlangenzunges Stimme, die mit Eurem Munde sprach, Trotz geboten, dann hätten diese Orks inzwischen Isengart erreicht und einen hohen Preis mitgebracht. Nicht gerade den Preis, den Saruman mehr als alles andere begehrt, aber zumindest zwei Angehörige meiner Gemeinschaft, Beteiligte an einer geheimen Hoffnung, über die ich selbst mit Euch, Herr, noch nicht offen sprechen kann. Wagt Ihr Euch vorzustellen, was sie jetzt womöglich erleiden würden oder was Saruman inzwischen zu unserem Unheil erfahren haben könnte?«
»Ich verdanke Éomer viel«, sagte Théoden. »Ein treues Herz mag eine trotzige Zunge haben.«
»Sagt auch«, sagte Gandalf, »daß für schielende Augen die Wahrheit ein schiefes Gesicht haben mag.«
»Meine Augen waren tatsächlich fast blind«, sagte Théoden. »Am meisten von

Der König der Goldenen Halle

allen verdanke ich Euch, mein Gast. Wieder einmal seid Ihr rechtzeitig gekommen. Ich möchte Euch gern ein Geschenk machen, ehe wir aufbrechen, nach Eurer Wahl. Ihr braucht nur irgend etwas zu nennen, das mir gehört. Allein mein Schwert nehme ich aus!«

»Ob ich rechtzeitig kam oder nicht, bleibt abzuwarten«, sagte Gandalf. »Doch was Euer Geschenk betrifft, Herr, so will ich eins wählen, das mir bietet, was ich brauche: Schnelligkeit und Sicherheit. Gebt mir Schattenfell! Er war mir bisher nur geliehen, wenn man es eine Leihgabe nennen kann. Aber jetzt werde ich ihn in große Gefahr bringen und Silber gegen Schwarz ausspielen: ich möchte nichts gefährden, was mir nicht gehört. Und schon besteht ein Band der Liebe zwischen uns.«

»Ihr habt gut gewählt«, sagte Théoden, »und ich gebe ihn jetzt gern. Immerhin ist es ein großes Geschenk. Schattenfell hat nicht seinesgleichen. In ihm ist eines der mächtigen Rösser der alten Zeit wiedergekehrt. Ein solches wird nicht wiederkommen. Und euch, meinen anderen Gästen, will ich das anbieten, was in meiner Waffenkammer zu finden ist. Schwerter braucht ihr nicht, doch sind dort Helme und Harnische von trefflicher Arbeit, Geschenke, die mein Vater aus Gondor erhielt. Wählt unter diesen, ehe wir aufbrechen, und mögen sie euch gute Dienste tun!«

Nun kamen Männer und brachten Kriegsausrüstung aus des Königs Hort, und sie kleideten Aragorn und Legolas in schimmernde Panzer. Auch Helme wählten sie und Rundschilde: ihre Buckel waren mit Gold überzogen und mit grünen, roten und weißen Edelsteinen besetzt. Gandalf nahm keine Rüstung; und Gimli brauchte keinen Kettenpanzer, selbst wenn einer in seiner Größe dagewesen wäre, denn es gab unter den Schätzen von Edoras keine bessere Halsberge als seine kurze Brünne, die unter dem Berg im Norden geschmiedet worden war. Doch wählte er einen Eisenhut mit Leder, der gut auf seinen runden Kopf paßte; und einen kleinen Schild nahm er auch. Er zeigte das laufende Pferd, weiß auf grün, das Wahrzeichen des Hauses von Eorl.

»Möge er Euch gut beschützen«, sagte Théoden. »Er wurde zu Thengels Zeit für mich gemacht, als ich noch ein Knabe war.«

Gimli verneigte sich. »Ich bin stolz, Herr der Mark, Euer Wappen zu tragen«, sagte er. »Tatsächlich möchte ich eher ein Pferd tragen, als von einem getragen werden. Mir sind meine Füße lieber. Aber vielleicht komme ich noch dorthin, wo ich stehen und kämpfen kann.«

»Es mag wohl sein«, sagte Théoden.

Der König erhob sich jetzt, und sofort kam Éowyn herbei und brachte Wein. »*Ferthu Théoden hál!*« sagte sie. »Nimm nun den Humpen und trinke in glücklicher Stunde. Möge Gesundheit dein Kommen und Gehen begleiten!«

Théoden trank aus dem Humpen, und sie bot ihn dann den Gästen an. Als sie vor Aragorn stand, hielt sie plötzlich inne, schaute zu ihm auf, und ihre Augen leuchteten. Und er blickte hinunter auf ihr schönes Gesicht und lächelte; doch als er den Humpen nahm, trafen sich ihre Hände, und er merkte, wie sie bei der Berührung erzitterte. »Heil, Aragorn, Arathorns Sohn!« sagte sie.

»Heil, Herrin von Rohan!« antwortete er, aber sein Gesicht war jetzt bekümmert, und er lächelte nicht.

Als sie alle getrunken hatten, ging der König durch die Halle zur Tür. Dort erwarteten ihn die Wächter, und Herolde und alle Ritter und Anführer waren versammelt, die in Edoras geblieben waren oder nahebei wohnten.

»Seht! Ich breche auf, und es mag vielleicht mein letzter Ritt sein«, sagte Théoden. »Ich habe kein Kind. Théodred, mein Sohn, ist erschlagen. Ich bestimme Éomer, meinen Schwestersohn, zu meinem Erben. Kehren wir beide nicht zurück, dann wählt einen neuen Herrn nach euren Wünschen. Aber irgend jemandem muß ich nun mein Volk anvertrauen, das ich zurücklasse, um es an meiner Statt zu führen. Wer von euch will bleiben?«

Niemand sprach.

»Gibt es keinen, den ihr nennen wollt? Zu wem hat mein Volk Vertrauen?«

»Zu Eorls Haus«, antwortete Háma.

»Aber Éomer kann ich nicht entbehren, und er würde auch nicht zurückbleiben wollen«, sagte der König. »Und er ist der letzte dieses Hauses.«

»Ich habe nicht Éomer gesagt«, antwortete Háma. »Und er ist nicht der letzte. Da ist Éowyn, Éomunds Tochter, seine Schwester. Sie ist furchtlos und kühn. Alle lieben sie. Laßt sie Herrscherin der Eorlingas sein, während wir fort sind.«

»So soll es sein«, sagte Théoden. »Laßt die Herolde dem Volk verkünden, daß Frau Éowyn es führen wird!«

Dann setzte sich der König auf die Bank vor seiner Tür, und Éowyn kniete vor ihm nieder und empfing von ihm ein Schwert und einen schönen Harnisch. »Lebewohl, Schwestertochter!« sagte er. »Dunkel ist die Stunde, dennoch werden wir vielleicht zur Goldenen Halle zurückkehren. Doch in Dunharg kann sich das Volk lange verteidigen, und wenn die Schlacht schlecht ausgeht, werden dorthin alle kommen, die entrinnen.«

»Sprich nicht so«, antwortete sie. »Ein Jahr wird für mich jeder Tag dauern, der bis zu deiner Rückkehr vergeht.« Doch als sie sprach, wanderte ihr Blick zu Aragorn, der nahebei stand.

»Der König wird zurückkehren«, sagte er. »Fürchtet Euch nicht! Nicht im Westen, sondern im Osten erwartet uns unser Schicksal.«

Der König ging nun die Treppe hinunter, und Gandalf war an seiner Seite. Die anderen folgten. Aragorn blickte zurück, als sie zum Tor kamen. Allein stand Éowyn vor der Tür des Hauses oben an der Treppe; das Schwert hatte sie senkrecht vor sich gestellt, und ihre Hände lagen auf dem Heft. Sie trug jetzt den Harnisch und schimmerte wie Silber in der Sonne.

Gimli ging neben Legolas, die Axt auf der Schulter. »Na, endlich brechen wir auf!« sagte er. »Die Menschen brauchen vor Taten viele Worte. Meine Axt ist unruhig in meiner Hand. Obwohl ich nicht daran zweifle, daß diese Rohirrim hart zuschlagen können, wenn es soweit ist. Dennoch ist das nicht die Kriegführung, die mir zusagt. Wie soll ich zum Kampf kommen? Ich wünschte, ich könnte zu Fuß gehen und würde nicht wie ein Sack gegen Gandalfs Sattelbaum bumsen.«

»Ein sichererer Sitz als mancher andere, vermute ich«, sagte Legolas. »Doch wird Gandalf dich zweifellos gern absetzen, wenn das Handgemenge beginnt; oder auch Schattenfell selbst. Eine Axt ist keine Waffe für einen Reiter.«

»Und ein Zwerg ist kein Reiter. Orkhälse möchte ich abhauen, nicht die Schädel von Menschen scheren«, sagte Gimli und klopfte auf den Griff seiner Axt.

Am Tor fanden sie ein großes Kriegsheer, alte und junge Männer, und alle saßen schon im Sattel. Mehr als tausend waren dort versammelt. Ihre Speere waren wie ein aufragender Wald. Laute und freudige Rufe stießen sie aus, als Théoden herankam. Einige hielten des Königs Pferd, Schneemähne, bereit, und andere hielten die Pferde von Aragorn und Legolas. Gimli fühlte sich unbehaglich und runzelte die Stirn, aber Éomer kam zu ihm, sein Pferd am Zügel führend.

»Heil, Gimli, Glóins Sohn!« rief er. »Ich habe noch keine Zeit gehabt, unter Eurer Zuchtrute die feine Redeweise zu lernen, wie Ihr mir versprochen habt. Aber wollen wir unseren Streit nicht auf sich beruhen lassen? Zumindest werde ich nichts Schlechtes mehr über die Herrin des Waldes sagen.«

»Ich will meinen Zorn eine Weile vergessen, Éomer, Éomunds Sohn«, sagte Gimli. »Aber wenn Ihr je Gelegenheit habt, Frau Galadriel mit eigenen Augen zu sehen, dann sollt Ihr bestätigen, daß sie die schönste aller Frauen ist, sonst wird unsere Freundschaft enden.«

»So sei es!« sagte Éomer. »Doch bis dahin vergebt mir, und zum Zeichen Eurer Vergebung, bitte ich Euch, reitet mit mir. Gandalf wird mit dem Herrn der Mark an der Spitze sein; doch Feuerfuß, mein Pferd, wird uns beide tragen, wenn Ihr wollt.«

»Ich danke Euch sehr«, sagte Gimli hocherfreut. »Ich will gern mit Euch kommen, wenn Legolas, mein Gefährte, neben uns reiten darf.«

»So soll es sein«, sagte Éomer. »Legolas zu meiner Linken und Aragorn zu meiner Rechten, und keiner wird wagen, uns die Stirn zu bieten!«

»Wo ist Schattenfell?« fragte Gandalf.

»Er ist auf der Weide und nicht zu bändigen«, war die Antwort. »Von keinem Menschen läßt er sich anrühren. Dort läuft er, unten an der Furt, wie ein Schatten zwischen den Weidenbäumen.«

Gandalf pfiff und rief laut den Namen des Pferdes, und in weiter Ferne hob es den Kopf und wieherte, wandte sich um und schoß wie ein Pfeil auf das Heer zu.

»Könnte der Atem des Westwindes eine sichtbare Gestalt annehmen, dann würde er so aussehen«, sagte Éomer, als das große Pferd herbeieilte und vor dem Zauberer stehenblieb.

»Das Geschenk scheint schon gegeben zu sein«, sagte Théoden. »Doch hört mich alle an! Hier ernenne ich jetzt meinen Gast, Gandalf Graurock, den weisesten aller Ratgeber, den willkommensten der Wanderer, zum Herzog der Mark, zu einem Führer der Eorlingas, solange unser Geschlecht währt, und schenke ihm Schattenfell, den Fürsten der Rösser.«

»Ich danke Euch, König Théoden«, sagte Gandalf. Dann warf er plötzlich seinen grauen Mantel ab, schleuderte den Hut fort und sprang aufs Pferd. Er trug weder Helm noch Harnisch. Sein schneeiges Haar flatterte im Wind, sein weißes Gewand schimmerte blendend in der Sonne.

»Sehet den Weißen Reiter!« rief Aragorn, und alle nahmen die Worte auf. »Unser König und der Weiße Reiter!« riefen sie. »Auf, Eorlingas!«

Die Trompeten erklangen. Die Pferde bäumten sich auf und wieherten. Speere klirrten an Schilde. Dann hob der König die Hand, und so unvermutet wie der plötzliche Ausbruch eines Sturms ritt das letzte Heer von Rohan donnernd gen Westen.

Weit über die Ebene sah Éowyn das Glitzern ihrer Speere, als sie still und allein vor den Türen des schweigenden Hauses stand.

SIEBENTES KAPITEL

HELMS KLAMM

Die Sonne stand schon im Westen, als sie von Edoras losritten, und sie schien ihnen in die Augen und verwandelte die welligen Weiden von Rohan in einen goldenen Dunst. Ein viel benutzter Weg führte nach Nordwesten entlang den Vorbergen des Weißen Gebirges hinauf und hinunter in ein grünes Land, und ihm folgten sie und überquerten in vielen Furten kleine rasche Bäche. Weit vor ihnen und zu ihrer Rechten ragte das Nebelgebirge auf; immer dunkler und höher wurde es, je mehr Meilen sie zurücklegten. Die Sonne ging langsam vor ihnen unter. Hinter ihnen zog der Abend herauf.

Das Heer ritt weiter. Die Not trieb sie. Da sie fürchteten, zu spät zu kommen, ritten sie, so schnell sie konnten, und hielten selten an. Geschwind und ausdauernd waren die Rösser von Rohan, aber es waren viele Wegstunden zu bewältigen. Vierzig Wegstunden und mehr waren es, wie der Vogel fliegt, von Edoras zu den Furten des Isen, wo sie die Mannen des Königs zu finden hofften, die Sarumans Heere aufhielten.

Die Nacht umfing sie. Schließlich hielten sie an, um ihr Lager aufzuschlagen. Etwa fünf Stunden waren sie geritten und nun weit draußen in der westlichen Ebene, und dennoch lag mehr als die Hälfte des Wegs noch vor ihnen. In einem großen Kreis unter dem gestirnten Himmel und dem zunehmenden Mond rüsteten sie sich jetzt für die Nacht. Sie zündeten keine Feuer an, denn sie waren unsicher, was geschehen würde. Doch stellten sie berittene Wachen auf, und Späher ritten weit voraus und verschwanden wie Schatten in den Falten des Landes. Die lange Nacht verging ohne Nachrichten oder Warnungen. Im Morgengrauen erschallten die Hörner, und binnen einer Stunde waren sie wieder auf dem Weg.

Noch war der Himmel wolkenlos, doch die Luft war drückend; es war warm für die Jahreszeit. Die aufgehende Sonne war in Dunst gehüllt, und hinter ihr zog langsam eine zunehmende Dunkelheit am Himmel herauf, als ob ein gewaltiges Gewitter von Osten käme. Und fern im Nordwesten schien eine zweite Dunkelheit über dem Fuß des Nebelgebirges zu schweben, ein Schatten, der langsam aus dem Zauberertal herabkroch.

Gandalf blieb zurück und wartete auf Legolas, der neben Éomer ritt. »Du hast die scharfen Augen deiner schönen Sippe, Legolas«, sagte er, »und sie können einen Spatzen von einem Finken unterscheiden, der eine Wegstunde entfernt ist. Sag mir, kannst du irgend etwas dort drüben in Richtung Isengart sehen?«

»Viele Meilen liegen dazwischen«, sagte Legolas, indem er dorthin starrte und die Augen mit seiner langen Hand beschattete. »Ich sehe eine Dunkelheit. Gestalten bewegen sich darin, große Gestalten weit weg am Ufer des Flusses. Aber was für Geschöpfe es sind, kann ich nicht sagen. Nicht Nebel oder Wolken vereiteln meine Sicht: da ist ein verschleiernder Schatten, den irgendeine Macht über das Land wirft, und er bewegt sich langsam stromabwärts. Es ist, als ob das Zwielicht unter endlosen Bäumen von den Bergen herabflute.«

»Und hinter uns kommt ein wahrer Sturm aus Mordor«, sagte Gandalf. »Es wird eine schwarze Nacht sein.«

Am zweiten Tag ihres Rittes nahm die Schwüle der Luft zu. Am Nachmittag begannen die dunklen Wolken sie zu überholen: ein düsterer Baldachin mit sich auftürmenden Rändern, gesprenkelt mit blendendem Licht. Die Sonne ging unter, blutrot in einem rauchigen Dunst. Die Speere der Reiter bekamen feurige Spitzen, als die letzten Lichtstrahlen die Steilhänge des Gipfels des Thrihyrne erleuchteten: jetzt waren sie dem nördlichsten Arm des Weißen Gebirges sehr nahe, drei gezackten Spitzen, die in den Sonnenuntergang starrten. In dem letzten roten Glühen sahen die Mannen der Vorhut einen schwarzen Fleck, einen Reiter, der auf sie zukam. Sie hielten an und erwarteten ihn.

Er kam, ein müder Mann mit eingedelltem Helm und gespaltenem Schild. Langsam saß er ab und stand eine Weile keuchend da. Schließlich sprach er. »Ist Éomer hier?« fragte er. »Endlich kommt ihr, doch zu spät, und mit zu geringen Kräften. Die Dinge sind schlecht gegangen, seit Théodred fiel. Gestern wurden wir unter schweren Verlusten über den Isen zurückgedrängt; viele kamen um, als sie den Fluß überquerten. Dann stießen in der Nacht frische Heere über den Fluß auf unser Lager vor. Ganz Isengart muß leer sein; und Saruman hat die wilden Bergbewohner und das Hirtenvolk von Dunland jenseits der Flüsse bewaffnet und auch auf uns losgelassen. Wir wurden überwältigt. Der Schildwall brach. Erkenbrand von Westfold ist mit allen Mannen, die er sammeln konnte, zu seiner Festung in Helms Klamm abgezogen. Die übrigen sind verstreut.

Wo ist Éomer? Sagt ihm, vorn ist nichts zu erhoffen. Er sollte nach Edoras zurückkehren, ehe die Wölfe von Isengart hierherkommen.«

Théoden hatte schweigend hinter seinen Wächtern gesessen, verborgen vor den Blicken des Mannes; jetzt trieb er sein Pferd vorwärts. »Komm, tritt vor mich hin, Ceorl!« sagte er. »Ich bin hier. Das letzte Heer der Eorlingas ist ausgeritten. Es wird nicht ohne Schlacht zurückkehren.«

Das Gesicht des Mannes leuchtete vor Freude und Erstaunen. Er richtete sich auf. Dann kniete er nieder und bot dem König sein schartiges Schwert dar. »Erteilt mir Eure Befehle, Herr!« rief er. »Und verzeiht mir! Ich dachte...«

»Du dachtest, ich bliebe in Meduseld, gebeugt wie ein alter Baum unter dem Winterschnee. So war es, als du in den Krieg rittest. Doch ein Westwind hat die Zweige geschüttelt«, sagte Théoden. »Gebt dem Mann ein frisches Pferd. Laßt uns reiten und Erkenbrand zu Hilfe kommen!«

Während Théoden sprach, war Gandalf ein Stückchen vorausgeritten, saß dort allein und starrte gen Norden nach Isengart und gen Westen auf die untergehende Sonne. Jetzt kam er zurück.

»Reitet, Théoden!« sagte er. »Reitet nach Helms Klamm. Geht nicht zu den Furten des Isen und bleibt nicht in der Ebene. Ich muß Euch für kurze Zeit verlassen. Schattenfell soll mich jetzt rasch davontragen, um einen Auftrag zu erledigen.« Dann wandte er sich an Aragorn und Éomer und die Mannen aus dem Heerbann des Königs und rief: »Beschützt den Herrn der Mark gut, bis ich zurückkomme. Erwartet mich an Helms Tor! Lebt wohl!«

Er sagte ein Wort zu Schattenfell, und wie ein Pfeil vom Bogen sprang das große Pferd davon. Während sie noch schauten, war es verschwunden: ein Silberblitz im Sonnenuntergang, ein Wind über dem Gras, ein Schatten, der entfloh und dem Blick entschwand. Schneemähne schnaubte und bäumte sich auf und wollte ihm folgen; doch nur ein geschwinder Vogel hätte ihn einholen können.

»Was bedeutet das?« sagte einer der Wächter zu Háma.

»Daß Gandalf Graurock sich eilen muß«, antwortete Háma. »Immer geht und kommt er unerwartet.«

»Wenn Schlangenzunge hier wäre, würde er unschwer eine Erklärung finden«, sagte der andere.

»Das ist wohl wahr«, sagte Háma, »aber was mich betrifft, so will ich warten, bis ich Gandalf wiedersehe.«

»Vielleicht wirst du lange warten«, sagte der andere.

Das Heer verließ jetzt die Straße zu den Furten des Isen und hielt sich mehr nach Süden. Die Nacht brach herein, und immer noch ritten sie. Die Berge kamen näher, doch die hohen Gipfel des Thrihyrne waren schon verschwommen vor dem sich verdunkelnden Himmel. Noch einige Meilen entfernt, am anderen Ende des Tals von Westfold, lag eine grüne Talmulde, ein großer Einschnitt im Gebirge, von dem aus eine Schlucht in die Berge hineinführte. Die Menschen dieses Landes nannten sie Helms Klamm nach einem Helden aus alten Kriegen, der hier seine Zufluchtsstätte gehabt hatte. Immer steiler und schmaler zog sie sich von Norden her unter dem Schatten des Thrihyrne in die Berge hinein, bis sich auf beiden Seiten die von Krähen bevölkerten Felswände wie mächtige Türme erhoben und das Licht ausschlossen.

Bei Helms Tor, am Eingang zur Klamm, stieß von der nördlichen Felswand ein Grat vor. Auf diesem Felsvorsprung standen hohe Mauern aus uralten Steinen und in ihrer Mitte ein stolzer Turm. Bei den Menschen hieß es, in den weit zurückliegenden ruhmreichen Tagen von Gondor hätten die Meer-Könige diese Festung mit Hilfe von Riesen gebaut. Die Hornburg wurde sie genannt, denn eine auf dem Turm geblasene Trompete hallte in der Klamm dahinter wider, als ob längst vergessene Heere aus Höhlen unter den Bergen in den Krieg zögen. Auch eine Mauer hatten die Menschen der alten Zeit von der Hornburg zur südlichen Felswand gezogen, um den Eingang zur Schlucht zu versperren. Unter ihr floß in einem breiten, überwölbten Abzugsgraben der Klammbach hindurch. Er schlängelte sich um den Fuß des Hornfelsens und floß dann in einer tiefen Wasserrinne mitten durch eine breite grüne Gehre, die sanft von Helms Tor zu Helms Deich abfiel. Von dort aus floß der Bach ins Klammtal und hinaus in das Tal von Westfold. In der Hornburg an Helms Tor wohnte jetzt Erkenbrand, der Herr von Westfold an den Grenzen der Mark. Da er klug war, hatte er, als die Drohung des Krieges die Tage verdüsterte, die Mauer ausgebessert und die Festung verstärkt.

Die Reiter waren noch in dem tiefen Tal vor dem Eingang zur Klamm, als sie Schreie und Hörnerblasen von ihren Kundschaftern hörten, die vorausgeritten waren. Aus der Dunkelheit kamen Pfeile angeschwirrt. Ein Kundschafter kam rasch zurück und berichtete, überall im Tal seien Wolfreiter, und ein Heer von Orks und wilden Menschen eile von den Furten des Isen nach Süden heran und sei offenbar auf dem Weg nach Helms Klamm.

»Wir haben viele von unseren Leuten hier gefunden, die erschlagen worden sind, als sie hierher flohen«, sagte der Kundschafter. »Und wir haben verstreute Gruppen getroffen, die führerlos herumirrten. Was aus Erkenbrand geworden ist, scheint keiner zu wissen. Wahrscheinlich wird er eingeholt werden, ehe er Helms Tor erreichen kann, wenn er nicht schon umgekommen ist.«

»Hat man von Gandalf etwas gesehen?« fragte Théoden.

»Ja, Herr. Viele haben einen alten Mann in Weiß auf einem Pferd gesehen, der wie der Wind im Gras hierhin und dorthin über die Ebenen geritten ist. Manche glauben, es sei Saruman. Es heißt, er habe sich vor Einbruch der Nacht nach Isengart aufgemacht. Manche sagen auch, Schlangenzunge sei vorher gesehen worden, er ging nach Norden mit einer Gruppe Orks.«

»Es wird Schlangenzunge schlecht ergehen, wenn Gandalf ihn einholt«, sagte Théoden. »Indes fehlen mir jetzt meine beiden Ratgeber, der alte und der neue. Aber in dieser Not haben wir keine bessere Wahl, als nach Helms Tor zu gehen, wie Gandalf gesagt hat, ob Erkenbrand dort ist oder nicht. Ist es bekannt, wie groß das Heer ist, das von Norden kommt?«

»Es ist sehr groß«, sagte der Kundschafter. »Wer flieht, zählt jeden Feind doppelt, doch habe ich mit beherzten Männern gesprochen, und ich zweifle nicht, daß die Hauptmacht des Feindes viele Male so groß ist wie alles, was wir hier haben.«

»Dann laßt uns rasch sein«, sagte Éomer. »Laßt uns durch jene Feinde hindurchstoßen, die schon zwischen uns und der Festung stehen. Es gibt Höhlen in Helms Klamm, wo sich Hunderte verbergen mögen; und geheime Wege führen von dort hinauf in die Berge.«

»Vertraue nicht auf geheime Wege«, sagte der König. »Saruman hat dieses Land seit langem ausgekundschaftet. Doch mag unsere Verteidigung an diesem Ort lange währen. Laßt uns gehen!«

Aragorn und Legolas waren jetzt mit Éomer in der Vorhut. Weiter ritten sie durch die dunkle Nacht, immer langsamer, als die Dunkelheit zunahm und ihr Weg nach Süden anstieg, höher und immer höher in die düsteren Falten am Fuße der Berge. Sie fanden wenige Feinde vor sich. Hier und dort stießen sie auf herumstreifende Orkbanden; aber sie flohen, ehe die Reiter sie gefangennehmen oder erschlagen konnten.

»Es wird nicht lange dauern, fürchte ich«, sagte Éomer, »bis die Ankunft des Heers des Königs den Führern unserer Feinde bekannt ist, Saruman oder welchen Anführer er auch immer ausgesandt hat.«

Hinter ihnen nahm der Kriegslärm zu. Jetzt hörten sie, durch die Dunkelheit herübergetragen, mißtönendes Singen. Sie waren schon hoch hinauf in das Klammtal gestiegen, als sie zurückblickten. Da sahen sie Fackeln, unzählige feurige Lichtpunkte, verstreut wie rote Blumen auf den schwarzen Feldern hinter ihnen, oder sich aus dem Tiefland heraufziehend in langen, flackernden Reihen. Hier und dort loderte ein größerer Brand auf.

»Es ist ein großes Heer und uns hart auf den Fersen«, sagte Aragorn.

»Sie bringen Feuer mit«, sagte Théoden, »und verbrennen im Vorbeiziehen Stall, Schober und Baum. Das hier war ein reiches Tal und hatte viele Gehöfte. Wehe für mein Volk!«

»Ich wollte, es wäre Tag und wir könnten ihnen entgegenreiten wie ein Sturm aus dem Gebirge!« sagte Aragorn. »Es grämt mich, vor ihnen zu fliehen.«

»Wir brauchen nicht viel weiter zu fliehen«, sagte Éomer. »Nicht weit vor uns liegt jetzt Helms Deich, ein alter Graben und Schutzwall, die durch die Talmulde gezogen sind, zwei Achtelmeilen unter Helms Tor. Dort können wir wenden und eine Schlacht liefern.«

»Nein, wir sind zu wenige, um den Deich zu verteidigen«, sagte Théoden. »Er ist eine Meile lang oder noch länger, und die Bresche ist breit.«

»An der Bresche muß unsere Nachhut standhalten, wenn wir bedrängt werden«, sagte Éomer.

Weder Sterne noch Mond schienen, als die Reiter zur Bresche im Deich kamen, wo der Bach von oben heraustrat und neben ihm die Straße von der Hornburg herunterführte. Der Schutzwall ragte plötzlich vor ihnen auf, ein hoher Schatten hinter einem dunklen Graben. Als sie darauf zuritten, wurden sie von einem Posten angerufen.

»Der Herr der Mark reitet nach Helms Tor«, antwortete Éomer. »Ich, Éomer, Éomunds Sohn, spreche.«

»Das ist eine gute Botschaft, auf die wir nicht mehr zu hoffen wagten«, sagte der Posten. »Eilt euch! Der Feind ist euch auf den Fersen.«

Das Heer ritt durch die Bresche und hielt auf dem leicht ansteigenden Rasen dahinter an. Sie erfuhren jetzt zu ihrer Freude, daß Erkenbrand zur Verteidigung von Helms Tor viele Krieger zurückgelassen hatte und noch weitere sich hierher gerettet hatten.

»Tausend Mann haben wir vielleicht, die zu Fuß kämpfen können«, sagte Gamling, ein alter Mann, der Führer derjenigen, die den Deich bewachten. »Aber die meisten von ihnen haben zu viele Winter erlebt, wie ich, oder zu wenige, wie meines Sohnes Sohn hier. Was hört man von Erkenbrand? Gestern hieß es, daß er sich hierher zurückzieht mit allen, die von Westfolds Reitern übrig sind. Aber er kam nicht.«

»Ich fürchte, daß er jetzt nicht kommen wird«, sagte Éomer. »Unsere Kundschafter haben keine Nachrichten über ihn erhalten, und das ganze Tal hinter uns wimmelt von Feinden.«

»Ich wünschte, er wäre entkommen«, sagte Théoden. »Er war ein gewaltiger Kämpe. Die Tapferkeit von Helm, der Hammerhand, war in ihm wieder lebendig geworden. Aber hier können wir nicht auf ihn warten. Wir müssen jetzt unsere ganze Streitmacht hinter den Wällen sammeln. Seid ihr gut versorgt? Wir bringen wenig Vorräte mit, denn wir waren ausgeritten zu einer offenen Schlacht, nicht zu einer Belagerung.«

»Hinter uns in den Höhlen der Klamm sind drei Viertel des Volks von Westfold, Alt und Jung, Kinder und Frauen«, sagte Gamling. »Aber auch große Vorräte von Lebensmitteln sind angelegt worden, und viele Tiere sind da und Futter für sie.«

»Das ist gut«, sagte Éomer. »Sie verbrennen und plündern alles, was im Tal zurückgeblieben ist.«

»Wenn sie nach Helms Tor kommen und um unsere Waren feilschen wollen, werden sie einen hohen Preis bezahlen müssen«, sagte Gamling.

Der König und das Heer ritten weiter. Vor dem Dammweg, der den Bach kreuzte, saßen sie ab. In einer langen Reihe führten sie ihre Pferde die Rampe hinauf und durchschritten die Tore der Hornburg. Dort wurden sie wiederum voll Freude und wiedererweckter Hoffnung begrüßt; denn nun waren genug Leute da, um sowohl die Burg als auch den Schutzwall zu bemannen.

Rasch teilte Éomer seine Leute ein. Der König und die Mannen seines Heerbanns besetzten die Hornburg, und dort waren auch viele der Mannen von Westfold. Doch auf den Klammwall und seinen Turm und dahinter stellte Éomer den größten Teil seiner Streitmacht, denn hier schien die Verteidigung bedenklicher, wenn der Angriff entschlossen und in voller Stärke unternommen würde. Die Pferde wurden von den Leuten, die entbehrt werden konnten, weit hinauf in die Klamm geführt.

Der Klammwall war zwanzig Fuß hoch und so breit, daß vier Mann nebeneinander auf ihm gehen konnten, geschützt durch eine Brustwehr, über die nur ein großer Mann hinwegschauen konnte. Hier und dort waren Schießscharten zwischen den Steinen. Diese Festungsmauer war über eine Treppe erreichbar, die von einer Tür im äußeren Hof der Hornburg herabführte; von der Klamm aus führten weiter hinten noch drei Treppen auf den Wall; doch war seine Vorderseite glatt, und seine großen Steine waren so geschickt aufeinandergesetzt, daß kein Fuß Halt finden konnte, und oben hingen sie über wie eine vom Meer ausgehöhlte Klippe.

Gimli stand, gegen die Schanze gelehnt, auf dem Wall. Legolas saß oben auf der Brustwehr, fingerte an seinem Bogen herum und starrte hinaus in die Düsternis.

»Das ist mehr nach meinem Geschmack«, sagte der Zwerg und stampfte mit den Füßen auf die Steine. »Immer geht mir das Herz auf, wenn wir in die Nähe des Gebirges kommen. Das ist guter Felsen hier. Dieses Land hat ein zähes Gebein. Ich spürte es in meinen Füßen, als wir vom Deich heraufkamen. Gib mir ein Jahr Zeit und hundert Mann von meiner Sippe, und ich würde daraus eine Festung machen, an der sich Heere wie Wellen brechen würden.«

»Daran zweifle ich nicht«, sagte Legolas. »Aber du bist ein Zwerg, und Zwerge sind seltsame Leute. Mir gefällt dieser Ort nicht, und auch bei Tageslicht wird er mir nicht besser gefallen. Doch tröstest du mich, Gimli, und ich bin froh, daß du neben mir stehst mit deinen standfesten Beinen und deiner harten Axt. Ich wünschte, es wären mehr von deiner Sippe bei uns. Aber noch mehr würde ich für hundert gute Bogenschützen aus Düsterwald geben. Wir werden sie brauchen. Die Rohirrim haben Schützen, die auf ihre Weise gut sind, aber es sind zu wenige hier, zu wenige.«

»Es ist ein wenig dunkel zum Schießen«, sagte Gimli. »Und eigentlich Zeit zum Schlafen. Schlafen! Ich habe ein so starkes Bedürfnis danach, wie ich nie glaubte, daß ein Zwerg es haben würde. Reiten macht müde. Dennoch ist meine Axt unruhig in meiner Hand. Gib mir eine Reihe Orknacken und Platz zum Ausholen, und alle Müdigkeit wird von mir abfallen!«

Lang zog sich die Zeit hin. Weit unten im Tal brannten immer noch vereinzelte Feuer. Die Heere von Isengart rückten jetzt schweigend vor. Man konnte ihre Fackeln sehen, die sich in vielen Reihen die Talmulde hinaufzogen.

Plötzlich hörte man vom Deich Schreien und Rufen und das wütende Schlachtgeschrei von Menschen. Flammende Brände erschienen über dem Rand und sammelten sich an der Bresche. Dann zerstreuten sie sich und verschwanden. Männer galoppierten zurück über das Feld und die Rampe zum Tor der Hornburg hinauf. Die Nachhut der Westfolder war gekommen.

»Der Feind ist nahe«, sagten sie. »Wir haben alle Pfeile verschossen, die wir hatten, und der Deich wimmelt von Orks. Aber er wird sie nicht lange aufhalten. Schon erstürmen sie an vielen Punkten die Böschung, in dicken Schwärmen wie Wanderameisen. Aber wir haben sie gelehrt, keine Fackeln zu tragen.«

Es war jetzt nach Mitternacht. Der Himmel war völlig dunkel, und die Unbewegtheit der drückenden Luft kündigte Sturm an. Plötzlich wurden die Wolken von einer blendenden Helligkeit aufgerissen. Verästelte Blitze fuhren nieder auf die östlichen Berge. Für einen kurzen Augenblick sahen die Beobachter auf den Wällen den ganzen Raum zwischen sich und dem Deich von weißem Licht erhellt: er wimmelte von schwarzen Gestalten, einige waren untersetzt und breit, andere hochgewachsen und grimmig mit hohen Helmen und schwarzen Schilden. Hunderte und Aberhunderte ergossen sich über den Deich und durch die Bresche. Die dunkle Flut stieg von Felsen zu Felsen bis zu den Wällen empor. Donner grollte im Tal. Regen peitschte herab.

Ein Hagel von Pfeilen schwirrte über die Festungsmauer und prallte klirrend an den Steinen ab. Manche Pfeile fanden ein Ziel. Der Angriff auf Helms Klamm hatte begonnen, aber kein Laut und kein Ruf von drinnen war zu hören; und es kamen keine Pfeile als Erwiderung.

Die angreifenden Scharen hielten an, verblüfft über die schweigende Drohung von Fels und Wall. Immer wieder und wieder zerrissen Blitze die Dunkelheit.

Dann schrien die Orks, schwangen Speer und Schwert und schossen einen Hagel von Pfeilen auf jeden, der sich auf der Festungsmauer zeigte; und die Mannen der Mark blickten verwundert auf ein, wie es ihnen schien, großes Feld von dunklem Korn, geschüttelt vom Sturm des Krieges, und jede Ähre funkelte mit einem gezackten Licht.

Eherne Trompeten erschallten. Der Feind stieß vor, einige gegen den Klammwall, andere gegen den Dammweg und die Rampe, die zu den Toren der Hornburg hinaufführte. Dort waren die größten Orks und die wilden Menschen aus den Dunland-Mooren eingesetzt. Einen Augenblick zögerten sie, und dann gingen sie vor. Im Schein der Blitze sah man auf jedem Helm und Schild als Wappen die grausige Hand von Isengart. Sie erreichten den Gipfel des Felsens; sie drängten zu den Toren.

Dann endlich kam eine Antwort: ein Hagel von Pfeilen und Steinen traf sie. Sie wankten, wichen zurück und griffen wieder an; und wie das heranwogende Meer hielten sie jedesmal an einem höheren Punkt an. Wieder erschallten Trompeten, und eine Gruppe brüllender Menschen sprang vorwärts. Sie hielten ihre großen Schilde über sich wie ein Dach, während sie zwischen sich die großen Stämme zweier mächtiger Bäume trugen. Hinter ihnen scharten sich Ork-Bogenschützen zusammen und schickten einen Hagel von Pfeilen gegen die Bogenschützen auf den Wällen. Sie erreichten die Tore. Die von starken Armen geschwungenen Stämme prallten mit durchdringendem Dröhnen auf das Holz. Wenn ein Mann fiel, zermalmt von einem herabgeschleuderten Stein, sprangen zwei andere an seinen Platz. Immer wieder und wieder stießen die großen Rammen krachend vor.

Éomer und Aragorn standen zusammen auf dem Klammwall. Sie hörten das Brüllen der Stimmen und das dumpfe Schlagen der Rammen; und bei einem plötzlichen Aufleuchten erkannten sie die Gefahr an den Toren.

»Kommt«, sagte Aragorn. »Das ist die Stunde, da wir gemeinsam die Schwerter ziehen werden!«

Blitzschnell rannten sie am Wall entlang und die Stufen hinunter und gelangten in den äußeren Hof auf dem Felsen. Während sie liefen, riefen sie eine Handvoll beherzter Streiter zu sich. Es gab eine kleine Ausfallpforte an einer westlichen Ecke des Burgwalls, wo die Felswand bis zu ihm vorragte. Auf dieser Seite lief ein schmaler Pfad bis zu dem großen Tor zwischen dem Wall und dem steilen Rand des Felsens. Zusammen sprangen Éomer und Aragorn durch diese Tür, dicht gefolgt von ihren Männern. Wie eins fuhren die beiden Schwerter aus der Scheide.

»Gúthwine!« rief Éomer. »Gúthwine für die Mark!«

»Andúril!« rief Aragorn. »Andúril für die Dúnedain!«

Von der Seite angreifend, stürzten sie sich auf die wilden Männer. Andúril hob sich und fiel nieder und glänzte mit weißem Feuer. Ein Schrei stieg auf von Wall und Turm: »Andúril! Andúril zieht in den Krieg! Die Klinge, die geborsten war, erstrahlt wieder!«

Voll Schrecken ließen die Rammer die Bäume fallen und wandten sich zur

Flucht; doch die Mauer ihrer Schilde geriet ins Wanken, als hätte der Blitz eingeschlagen, und sie wurden hinweggefegt, niedergemacht oder über den Felsen in den steinigen Bach unten geworfen. Die Ork-Bogenschützen schossen wie wild und flohen dann.

Einen Augenblick hielten Éomer und Aragorn vor den Toren inne. Der Donner grummelte jetzt in der Ferne. Noch zuckten Blitze zwischen den Bergen im Süden. Ein frischer Wind blies wieder von Norden. Die Wolken waren aufgerissen und trieben dahin, und Sterne schimmerten hindurch; und über den Bergen auf der Seite der Talmulde stand im Westen der Mond und schimmerte gelb in den Gewitterwolken.

»Wir sind nicht zu früh gekommen«, sagte Aragorn mit einem Blick auf die Tore. Ihre großen Angeln und eisernen Riegel waren herausgerissen und verbogen; viele ihrer Bohlen waren gebrochen.

»Dennoch können wir nicht hier außerhalb der Wälle bleiben, wenn wir sie verteidigen wollen«, sagte Éomer. »Schaut!« Er zeigte auf den Dammweg. Schon sammelte sich wieder eine große Schar von Orks und Menschen jenseits des Bachs. Pfeile schwirrten herüber und sprangen von den Steinen über ihnen ab. »Kommt! Wir müssen zurück und versuchen, Steine und Balken innen vor den Toren aufzuschichten. Kommt jetzt!«

Sie wandten sich um und rannten. In diesem Augenblick sprangen etwa ein Dutzend Orks, die reglos unter den Erschlagenen gelegen hatten, auf und kamen leise und rasch hinterher. Zwei warfen sich neben Éomer auf den Boden, brachten ihn zu Fall und stürzten sich auf ihn. Doch eine kleine, dunkle Gestalt, die niemand bemerkt hatte, sprang aus dem Schatten hervor und stieß einen heiseren Schrei aus: *Baruk Khazâd! Khazâd ai-mênu!* Eine Axt wurde geschwungen und sauste noch einmal nieder. Zwei Orks waren die Köpfe abgeschlagen. Die übrigen flohen.

Éomer kam gerade mühsam auf die Beine, als Aragorn zurückrannte, um ihm zu helfen.

Die Ausfallpforte wurde wieder geschlossen, die eiserne Tür verriegelt und auf der Innenseite mit Steinen verrammelt. Als alle in Sicherheit waren, wandte sich Éomer um. »Ich danke Euch, Gimli, Glóins Sohn!« sagte er. »Ich wußte nicht, daß Ihr mit uns den Ausfall gemacht hattet. Aber oft erweist sich der ungebetene Gast als die beste Gesellschaft. Wie kamt Ihr dahin?«

»Ich folgte Euch, um die Schläfrigkeit abzuschütteln«, sagte Gimli. »Aber ich sah mir die Bergbewohner an, und sie schienen mir allzu groß für mich zu sein, deshalb setzte ich mich neben einen Stein, um Eurem Schwertkampf zuzuschauen.«

»Es wird mir nicht leichtfallen, es Euch zu vergelten«, sagte Éomer.

»Es mag sich noch so manche Gelegenheit ergeben, ehe die Nacht vorbei ist«, lachte der Zwerg. »Aber ich bin zufrieden. Bis jetzt hatte ich nichts anderes niedergehauen als Holz, seit ich Moria verließ.«

»Zwei!« sagte Gimli und klopfte auf seine Axt. Er war zu seinem Platz auf dem Wall zurückgekehrt.

»Zwei?« sagte Legolas. »Ich habe es besser gemacht, obwohl ich jetzt nach verschossenen Pfeilen suchen muß; meine sind alle. Immerhin beträgt meine Zahl mindestens zwanzig. Doch sind das nur ein paar Blätter im Wald.«

Der Himmel klärte sich jetzt rasch auf, und der untergehende Mond schien hell. Doch brachte das Licht den Reitern der Mark wenig Hoffnung. Der Feind vor ihnen schien sich vermehrt statt vermindert zu haben, und immer mehr drängten vom Tal durch die Bresche herein. Der Ausfall auf dem Felsen hatte nur kurzen Aufschub gewährt. Der Angriff gegen die Tore wurde verdoppelt. Wie ein Meer brausten die Heere von Isengart gegen den Klammwall. Am Fuß des Walls wimmelte es von einem Ende bis zum anderen von Orks und Bergbewohnern. Seile mit Enterhaken wurden schneller über die Brustwehr geschleudert, als die Männer sie abschneiden oder zurückwerfen konnten. Hunderte von langen Leitern wurden angestellt. Viele wurden umgestürzt und zerstört, aber immer neue angesetzt, und die Orks kletterten an ihnen hinauf wie Affen in den dunklen Wäldern des Südens. Vor dem Wall häuften sich Tote und Verwundete wie Schindeln in einem Sturm; immer höher türmten sich die scheußlichen Haufen, und immer noch griff der Feind an.

Die Männer von Rohan wurden müde. Alle ihre Pfeile waren verbraucht und alle Speere verschossen; ihre Schwerter waren schartig und ihre Schilde gespalten. Dreimal sammelten Éomer und Aragorn sie wieder, und dreimal flammte Andúril bei einem verzweifelten Angriff auf, der den Feind vom Wall vertrieb.

Dann erhob sich ein Lärm hinten in der Klamm. Wie Ratten waren Orks durch den überwölbten Graben, durch den der Bach hinausfloß, gekrochen. Dort hatten sie sich im Schatten der Felsen gesammelt, bis der Angriff oben am hitzigsten war und fast alle Verteidiger auf den Wall gestürzt waren. Dann sprangen sie hinaus. Schon waren einige bis zum Rachen der Klamm vorgedrungen und bei den Pferden angelangt und kämpften mit den Wachen.

Mit einem wilden Schrei, der von den Felsen widerhallte, sprang Gimli vom Wall hinunter. »*Khazâd! Khazâd!*« Bald hatte er Arbeit genug.

»Ai-oi!« rief er. »Die Orks sind hinter dem Wall. Ai-oi! Komm, Legolas! Es sind genug für uns beide. *Khazâd ai-mênu!*«

Der alte Gamling blickte von der Hornburg herab und hörte über all dem Lärm die gewaltige Stimme des Zwergs. »Die Orks sind in der Klamm!« rief er. »Helm! Helm! Vorwärts, Helmingas!« schrie er, als er die Treppe vom Felsen hinuntersprang mit vielen Mannen von Westfold hinter sich.

Ihr Angriff war heftig und plötzlich, und die Orks wichen vor ihnen zurück. Es dauerte nicht lange, da waren sie in der Enge der Schlucht umzingelt, und alle wurden erschlagen oder schreiend in die Tiefe der Klamm getrieben, wo die Wächter der verborgenen Höhlen sie niedermachten.

»Einundzwanzig!« rief Gimli. Er holte zu einem zweihändigen Streich aus und streckte den letzten Ork zu Boden. »Jetzt übertrifft meine Endzahl die von Herrn Legolas wieder.«

»Wir müssen dieses Rattenloch verstopfen«, sagte Gamling. »Zwerge können geschickt mit Steinen umgehen, heißt es. Leistet uns Hilfe, Herr!«

»Wir bearbeiten Steine weder mit Schlachtäxten noch mit unseren Fingernägeln«, sagte Gimli. »Aber ich will helfen, soweit ich kann.«

Sie sammelten alles an kleinen Findlingen und zerbrochenen Steinen, was sie in der Nähe finden konnten, und unter Gimlis Leitung versperrten die Westfold-Mannen das innere Ende des Abflußgrabens, bis nur noch ein schmaler Durchlaß blieb. Der vom Regen angeschwollene Klammbach schäumte und brodelte in seinem eingeengten Bett und breitete sich langsam in kalten Tümpeln von Felsen zu Felsen aus.

»Oben wird es trockner sein«, sagte Gimli. »Kommt, Gamling, laßt uns sehen, wie die Dinge auf dem Wall stehen!«

Er kletterte hinaus und fand Legolas neben Aragorn und Éomer. Der Elb wetzte sein langes Messer. Für eine Weile war eine Stockung im Angriff eingetreten, nachdem der Versuch, durch den Abzugsgraben durchzubrechen, gescheitert war.

»Einundzwanzig!« sagte Gimli.

»Gut!« sagte Legolas. »Aber meine Rechnung beträgt jetzt zwei Dutzend. Es war Messerarbeit hier oben.«

Éomer und Aragorn stützten sich müde auf ihre Schwerter. Zu ihrer Linken wurde das Lärmen und Getöse der Schlacht auf dem Felsen wieder lauter. Doch die Hornburg hielt immer noch stand wie eine Insel im Meer. Ihre Tore waren zerstört; aber über die innen aufgetürmten Balken und Steine war bisher kein Feind vorgedrungen.

Aragorn blickte hinauf zu den bleichen Sternen und zum Mond, der jetzt hinter den westlichen Bergen, die das Tal umschlossen, versank. »Diese Nacht kommt mir wie Jahre vor«, sagte er. »Wie lange will der Tag noch säumen?«

»Die Morgendämmerung ist nicht mehr fern«, sagte Gamling, der heraufgeklettert war und jetzt neben ihm stand. »Aber die Morgendämmerung wird uns nicht helfen, fürchte ich.«

»Dennoch ist die Morgendämmerung immer die Hoffnung der Menschen«, sagte Aragorn.

»Aber diese Geschöpfe von Isengart, diese halben Orks und Bilwißmenschen, die Sarumans verderbte Zauberkraft gezüchtet hat, die werden nicht schwach in der Sonne«, sagte Gamling. »Und ebensowenig die wilden Menschen aus den Bergen. Hört Ihr nicht ihre Stimmen?«

»Ich höre sie«, sagte Éomer. »Aber in meinen Ohren sind sie nur das Kreischen von Vögeln und das Gebrüll von Tieren.«

»Dennoch sind viele da, die in der Sprache von Dunland schreien«, sagte Gamling. »Ich kenne diese Sprache. Es ist eine alte Menschensprache und wurde einst in vielen westlichen Tälern der Mark gesprochen. Horcht! Sie hassen uns und freuen sich; denn unser Untergang scheint ihnen gewiß zu sein. ›Der König, der König!‹ schreien sie. ›Wir wollen ihren König gefangennehmen. Tod den Forgoil! Tod den Strohköpfen! Tod den Räubern aus dem Norden!‹ Solche Namen geben sie uns. In einem halben Jahrtausend haben sie ihren Groll darüber nicht vergessen, daß die Herren von Gondor Eorl dem Jungen die Mark verliehen und ein Bündnis mit ihm geschlossen haben. Diesen alten Haß hat Saruman geschürt. Sie sind ein kampfwütiges Volk, wenn sie einmal aufgerüttelt sind. Sie werden jetzt nicht zurückweichen, ob nun die Abend- oder Morgendämmerung kommt, bis Théoden gefangengenommen ist oder sie selbst erschlagen sind.«

»Dennoch wird mir der Tag Hoffnung bringen«, sagte Aragorn. »Heißt es nicht, daß die Hornburg noch nie eingenommen wurde, wenn Menschen sie verteidigten?«

»So sagen die Sänger«, sagte Éomer.

»Dann laßt uns sie verteidigen und hoffen!« sagte Aragorn.

Während sie noch miteinander sprachen, schmetterten Trompeten. Dann gab es ein Getöse und ein Aufblitzen von Flammen und Rauch. Das Wasser des Klammbachs ergoß sich zischend und schäumend nach draußen; es war nicht mehr gestaut, ein klaffendes Loch war in den Wall gesprengt worden. Eine Schar dunkler Gestalten strömte hinein.

»Eine Teufelei von Saruman!« rief Aragorn. »Sie sind wieder in den Abzugsgraben gekrochen, während wir uns unterhielten, und haben das Feuer von Orthanc unter unseren Füßen angezündet. Elendil, Elendil!« schrie er und sprang hinunter in die Bresche; aber in eben diesem Augenblick wurden Hunderte von Leitern an die Festungsmauer gestellt. Über den Wall und unter dem Wall wogte der letzte Angriff wie eine dunkle Welle gegen einen Sandhügel. Die Verteidigung wurde davongefegt. Einige der Reiter wurden zurückgetrieben, weiter und immer weiter in die Klamm, sie fielen und kämpften, während sie Schritt um Schritt zu den Höhlen zurückwichen. Andere bahnten sich ihren Weg zurück zur Festung.

Eine breite Treppe führte von der Klamm zu dem Felsen und dem hinteren Tor der Hornburg hinauf. Nahe bei der Treppe stand Aragorn. In seiner Hand glänzte Andúril noch, und der Schrecken des Schwertes hielt den Feind eine Weile zurück, während alle, die die Treppe erreichen konnten, einer nach dem anderen hinauf zum Tor gelangten. Hinter den oberen Stufen kniete Legolas. Sein Bogen war gespannt, aber ein einziger, irgendwo aufgelesener Pfeil war alles, was er noch hatte, und er starrte jetzt hinunter, bereit, den ersten Ork zu erschießen, der es wagen würde, sich der Treppe zu nähern.

»Alle, die können, sind jetzt drinnen und in Sicherheit, Aragorn!« rief er. »Komm zurück!«

Aragorn eilte die Treppe hinauf, aber im Laufen stolperte er vor Müdigkeit. Sofort sprangen seine Feinde vor. Schreiend kamen die Orks die Treppe hinauf und streckten ihre langen Arme aus, um ihn zu packen. Der vorderste fiel mit Legolas' letztem Pfeil in der Kehle, aber die anderen sprangen über ihn hinweg. Dann krachte ein großer Feldstein, der von dem äußeren Wall heruntergeschleudert worden war, auf die Treppe und trieb die Orks in die Klamm zurück. Aragorn erreichte die Tür und schlug sie rasch hinter sich zu.

»Die Dinge stehen schlecht, meine Freunde«, sagte er und wischte sich mit dem Arm den Schweiß von der Stirn.

»Schlecht genug«, sagte Legolas, »aber noch nicht hoffnungslos, solange wir dich bei uns haben. Wo ist Gimli?«

»Das weiß ich nicht«, sagte Aragorn. »Zuletzt sah ich ihn auf dem Platz hinter dem Wall kämpfen, aber der Feind hat uns getrennt.«

»O weh! Das ist eine schlechte Nachricht«, sagte Legolas.

»Er ist beherzt und stark«, sagte Aragorn. »Laßt uns hoffen, daß er nach hinten zu den Höhlen entkommt. Dort würde er eine Weile in Sicherheit sein. Sicherer als wir. Solch ein Zufluchtsort müßte einem Zwerg gefallen.«

»Das muß meine Hoffnung sein«, sagte Legolas. »Aber ich wünschte, er wäre hierher gekommen. Ich wollte Herrn Gimli sagen, daß meine Zahl jetzt neununddreißig beträgt.«

»Wenn er sich zu den Höhlen durchschlägt, wird er dich wieder übertreffen«, lachte Aragorn. »Nie habe ich eine Axt gesehen, die so geschwungen wurde.«

»Ich muß gehen und mir Pfeile suchen«, sagte Legolas. »Ich wollte, die Nacht nähme ein Ende und ich hätte besseres Licht zum Schießen.«

Aragorn ging jetzt in die Festung. Dort hörte er zu seinem Entsetzen, daß Éomer die Hornburg nicht erreicht hatte.

»Nein, er kam nicht zum Felsen«, sagte einer der Westfold-Mannen. »Ich sah ihn zuletzt, als er Männer um sich scharte und am Eingang zur Klamm kämpfte. Gamling war bei ihm, und der Zwerg; aber ich konnte nicht zu ihnen kommen.«

Aragorn ging weiter durch den inneren Hof und stieg hinauf zu einer hohen Kammer im Turm. Dort stand der König, dunkel vor einem schmalen Fenster, und schaute hinaus über das Tal.

»Was gibt es Neues, Aragorn?« fragte er.

»Der Klammwall ist genommen, Herr, und die ganze Verteidigung hinweggefegt; aber viele haben sich hierher auf den Fels gerettet.«

»Ist Éomer hier?«

»Nein, Herr. Doch haben sich viele von Euren Leuten in die Klamm zurückgezogen; und manche sagen, Éomer sei unter ihnen. Am Engpaß mag es ihnen gelingen, den Feind aufzuhalten und in die Höhlen zu entkommen. Welche Hoffnung sie dort haben, weiß ich nicht.«

»Mehr als wir. Gute Vorräte, heißt es. Und die Luft ist bekömmlich dort, weil sie durch Spalten im Fels hoch oben abziehen kann. Niemand kann sich gegen entschlossene Männer den Eingang erzwingen. Sie werden sich dort lange halten können.«

»Aber die Orks haben eine Teufelei aus Orthanc mitgebracht«, sagte Aragorn. »Sie haben ein Sprengfeuer, und damit haben sie den Wall eingenommen. Wenn sie nicht in die Höhlen gelangen können, mag es sein, daß sie die, die drinnen sind, abriegeln. Aber jetzt müssen wir alle unsere Gedanken unserer eigenen Verteidigung zuwenden.«

»Ich verzehre mich in diesem Gefängnis«, sagte Théoden. »Hätte ich einen Speer einlegen und vor meinen Mannen auf das Schlachtfeld reiten können, dann hätte ich vielleicht wieder Kampfeslust verspürt und dabei mein Ende gefunden. Aber hier bin ich wenig nütze.«

»Hier werdet Ihr wenigstens in der stärksten Festung der Mark beschützt«, sagte Aragorn. »Wir haben mehr Hoffnung, Euch in der Hornburg zu verteidigen als in Edoras oder sogar in Dunharg im Gebirge.«

»Es heißt, daß die Hornburg niemals bei einem Angriff eingenommen wurde«, sagte Théoden. »Aber jetzt ist mein Herz voll Zweifel. Die Welt verändert sich, und alles, was einst stark war, erweist sich nun als unsicher. Wie soll irgendein Turm einer solchen Zahl von Feinden und solchem tollkühnen Haß standhalten? Hätte ich gewußt, daß Isengarts Stärke so groß geworden ist, wäre ich ihr vielleicht nicht so unbesonnen entgegengeritten, trotz Gandalfs ganzer Zauberkunst. Sein Rat erscheint jetzt nicht so gut wie im Schein der Morgensonne.«

»Beurteilt Gandalfs Rat nicht, ehe alles vorüber ist, Herr«, sagte Aragorn.

»Das Ende wird nicht lange auf sich warten lassen«, sagte der König. »Aber ich will nicht hier enden, gefangen wie ein alter Dachs in einer Falle. Schneemähne und Hasufel und die Pferde meiner Wache sind im inneren Hof. Wenn die Morgendämmerung kommt, werde ich meinen Mannen befehlen, Helms Horn zu blasen, und ich werde hinausreiten. Wollt Ihr dann mit mir reiten, Arathorns Sohn? Vielleicht werden wir uns einen Weg bahnen oder ein Ende finden, das ein Lied wert sein wird – wenn irgend jemand übrig bleibt, um später von uns zu singen.«

»Ich werde mit Euch reiten«, sagte Aragorn.

Er nahm Abschied und kehrte zu den Wällen zurück, machte überall die Runde, ermutigte die Mannen und leistete Beistand, wo immer der Angriff heftig war. Legolas begleitete ihn. Sprengfeuer flammten von unten auf und erschütterten die Steine. Enterhaken wurden geschleudert und Leitern angestellt. Immer wieder erreichten die Orks die Krone des äußeren Walls, und immer wieder warfen die Verteidiger sie hinunter.

Schließlich stand Aragorn über den großen Toren und achtete nicht der Pfeile des Feindes. Als er hinausschaute, sah er, daß der östliche Himmel blaß wurde. Dann hob er die waffenlose Hand, die Handfläche nach außen als Zeichen der Unterhandlung.

Die Orks brüllten und spotteten. »Komm herunter! Komm herunter!« schrien sie. »Wenn du mit uns sprechen willst, komm herunter! Bring deinen König heraus! Wir sind die kämpfenden Uruk-hai. Wir werden ihn aus seinem Loch herausholen, wenn er nicht kommt. Bring deinen König heraus, den Drückeberger!«

»Der König bleibt oder kommt, wie es ihm beliebt«, sagte Aragorn.

»Was tust du dann hier?« fragten sie. »Warum schaust du hinaus? Willst du die Größe unseres Heeres sehen? Wir sind die kämpfenden Uruk-hai.«

»Ich schaue hinaus, um die Morgendämmerung zu sehen«, sagte Aragorn.
»Und was ist mit der Morgendämmerung?« höhnten sie. »Wir sind die Uruk-hai: wir hören nicht auf zu kämpfen bei Tag oder Nacht, bei schönem Wetter oder Gewitter. Wir kommen, um zu töten, bei Sonne oder Mond. Was ist mit der Morgendämmerung?«
»Niemand weiß, was ihm der neue Tag bringen wird«, sagte Aragorn. »Macht euch davon, ehe er für euch böse ausgeht.«
»Geh weg, oder wir schießen dich vom Wall herunter«, schrien sie. »Das ist keine Unterhandlung. Du hast nichts zu sagen.«
»Das habe ich noch zu sagen«, antwortete Aragorn. »Kein Feind hat bisher die Hornburg eingenommen. Zieht ab, oder kein einziger von euch wird verschont werden. Kein einziger wird am Leben bleiben, um Nachrichten zurück nach dem Norden zu bringen. Ihr weißt nicht, in welcher Gefahr ihr seid.«
Eine solche Macht und königliche Größe wurde an Aragorn offenbar, als er allein über den zerstörten Toren vor dem Heer seiner Feinde stand, daß viele der wilden Menschen innehielten und über die Schulter zurück zum Tal blickten, und manche schauten zweifelnd zum Himmel auf. Aber die Orks lachten mit lauter Stimme; und ein Hagel von Wurfspeeren und Pfeilen schwirrte über den Wall, als Aragorn hinuntersprang.
Es gab ein Getöse und einen Feuerstoß. Der Bogengang über dem Tor, auf dem er vor einem Augenblick noch gestanden hatte, stürzte krachend in Rauch und Staub in sich zusammen. Die Verrammelung wurde auseinandergerissen, als habe der Blitz hier eingeschlagen. Aragorn rannte zum Turm des Königs.
Doch gerade, als das Tor fiel und die Orks ringsum sich schreiend zum Angriff rüsteten, erhob sich ein Gemurmel hinter ihnen, wie ein Wind in der Ferne, und es schwoll an zu einem Geschrei vieler Stimmen, die seltsame Neuigkeiten in der Morgendämmerung ausriefen. Als die Orks auf dem Felsen die Entsetzensrufe hörten, zauderten sie und schauten sich um. Und dann erschallte plötzlich und schrecklich Helms großes Horn.

Alle, die den Klang hörten, zitterten. Viele der Orks warfen sich auf den Boden und hielten sich mit den Klauen die Ohren zu. Aus der Klamm kam der Widerhall zurück, ein Schmettern nach dem anderen, als ob auf jedem Fels und jedem Berg ein mächtiger Herold stünde. Aber auf den Wällen schauten die Männer auf und horchten erstaunt; denn der Widerhall verklang nicht. Die Hornsignale wurden in den Bergen geblasen; näher jetzt und lauter antworteten sie einander und schmetterten ungestüm und ungehemmt.
»Helm! Helm!« riefen die Reiter. »Helm ist auferstanden und zieht wieder in den Krieg. Helm für König Théoden!«
Und zugleich mit diesem Ruf kam der König. Weiß wie Schnee war sein Pferd, golden sein Schild und lang sein Speer. Zu seiner Rechten ritt Aragorn, Elendils Erbe, und hinter ihm die Ritter des Hauses von Eorl dem Jungen. Licht wurde der Himmel. Die Nacht verging.
»Vorwärts, Eorlingas!« Mit einem Kriegsruf und großem Geschrei griffen sie an.

Herab von den Toren brausten sie, fegten über den Dammweg und fuhren durch die Heere von Isengart wie ein Wind durch das Gras. Hinter ihnen aus der Klamm erschollen die lauten Rufe der Mannen, die aus den Höhlen herauskamen und den Feind vor sich hertrieben. Heraus kamen alle Mannen, die auf dem Felsen geblieben waren. Und immer noch hallte der Klang blasender Hörner in den Bergen wider.

Voran ritten sie, der König und seine Gefährten. Hauptleute und Kämpfer fielen oder flohen vor ihnen. Weder Ork noch Mensch hielt ihnen stand. Ihre Rücken waren den Schwertern und Speeren der Reiter und ihre Gesichter dem Tal zugewandt. Sie weinten und jammerten, denn Furcht und großes Staunen waren über sie gekommen mit dem Anbruch des Tages.

So ritt König Théoden von Helms Klamm und bahnte sich den Weg zum großen Deich. Dort hielt das Heer an. Es war nun heller Tag. Sonnenstrahlen flammten über den östlichen Bergen auf und glitzerten auf ihren Speeren. Aber sie saßen stumm auf ihren Pferden und starrten hinunter auf das Klammtal.

Das Land war verwandelt. Wo vorher das grüne Tal gelegen hatte und seine grasbedeckten Hänge sich die emporsteigenden Berge hinaufzogen, ragte jetzt ein Wald auf. Große Bäume, kahl und still, standen dort in einer Reihe hinter der anderen mit verschlungenen Zweigen und altersgrauen Wipfeln; ihre gewundenen Wurzeln waren in dem langen, grünen Gras vergraben. Dunkelheit war unter ihnen. Zwischen dem Deich und dem Saum dieses namenlosen Waldes lagen nur zwei Achtelmeilen. Dort kauerten jetzt Sarumans stolze Heere, voll Schrecken vor dem König und voll Schrecken vor den Bäumen. Sie strömten herab von Helms Tor, bis das ganze Gelände oberhalb des Deichs von ihnen frei war, aber unterhalb waren sie dicht zusammengedrängt wie schwärmende Fliegen. Vergeblich krochen und kletterten sie an den Wänden der Talmulde herum und versuchten, zu entkommen. Im Osten war die Seite des Tals zu steil und steinig; auf der linken Seite, von Westen her, näherte sich ihr endgültiges Verhängnis.

Dort erschien plötzlich auf einem Grat ein Reiter, in Weiß gekleidet, schimmernd in der aufgehenden Sonne. Über die niedrigen Berge erklangen die Hörner. Hinter ihm, über die langen Hänge eilend, kamen tausend Mann zu Fuß; ihre Schwerter hatten sie in den Händen. In ihrer Mitte schritt ein Mann, groß und stark. Sein Schild war rot. Als er an den Rand des Tals kam, setzte er ein großes, schwarzes Horn an die Lippen und blies schmetternd.

»Erkenbrand!« riefen die Reiter. »Erkenbrand!«

»Seht, der Weiße Reiter!« rief Aragorn. »Gandalf ist wiedergekommen!«

»Mithrandir, Mithrandir!« sagte Legolas. »Das ist wahrlich Zauberei! Kommt! Ich möchte mir diesen Wald anschauen, ehe der Zauber vergeht.«

Die Heere von Isengart schrien, lenkten ihre Schritte hierhin und dorthin und fielen von einem Schrecken in den anderen. Wieder erschallte das Horn vom Turm. Hinab durch die Bresche im Deich griff das Heer des Königs an. Hinab von den Bergen sprang Erkenbrand, der Herr von Westfold. Hinab sprang Schattenfell wie ein Hirsch, der trittsicher im Gebirge läuft. Der Weiße Reiter kam über sie, und der Schrecken seiner Ankunft erfüllte den Feind mit Wahnsinn. Die wilden Menschen fielen vor ihm zu Boden. Die Orks wichen zurück und schrien und warfen Schwert und Speer beiseite. Wie ein schwarzer Rauch, von einem aufsteigenden Wind getrieben, flohen sie. Jammernd verschwanden sie unter dem wartenden Schatten der Bäume; und aus diesem Schatten kam keiner jemals zurück.

ACHTES KAPITEL

DER WEG NACH ISENGART

So trafen sich im Lichte eines schönen Morgens König Théoden und Gandalf, der Weiße Reiter, auf dem grünen Gras neben dem Klammbach wieder. Auch Aragorn, Arathorns Sohn, war da, und Legolas der Elb und Erkenbrand von Westfold und die Ritter der Goldenen Halle. Um sie scharten sich die Rohirrim, die Reiter der Mark; ihr Erstaunen übertraf ihre Siegesfreude, und ihr Blick war auf den Wald gerichtet.

Plötzlich erhob sich ein lauter Ruf, und herab vom Deich kamen jene, die in die Klamm zurückgetrieben worden waren. Es kam der alte Gamling und Éomer, Éomunds Sohn, und neben ihm ging Gimli, der Zwerg. Er hatte keinen Helm, und um seinen Kopf war ein blutbefleckter Leinenverband geschlungen; aber seine Stimme war laut und kräftig.

»Zweiundvierzig, Herr Legolas!« rief er. »Leider ist meine Axt jetzt schartig: der zweiundvierzigste hatte einen eisernen Kragen um den Hals. Wie steht es bei dir?«

»Du hast mein Ergebnis um eins übertroffen«, antwortete Legolas. »Aber ich mißgönne dir die Beute nicht, so froh bin ich, dich auf den Beinen zu sehen!«

»Willkommen, Éomer, Schwestersohn!« sagte Théoden. »Jetzt, da ich dich in Sicherheit sehe, bin ich wahrlich froh.«

»Heil, Herr der Mark!« sagte Éomer. »Die dunkle Nacht ist vergangen, und es ist wieder Tag geworden. Doch der Tag hat seltsame Botschaft gebracht.« Er wandte sich um und blickte erstaunt erst auf den Wald und dann auf Gandalf. »Wieder einmal kommt Ihr in der Stunde der Not, unerwartet«, sagte er.

»Unerwartet?« sagte Gandalf. »Ich habe doch gesagt, ich würde zurückkommen und Euch hier treffen.«

»Aber Ihr habt nicht die Stunde genannt und auch die Art Eures Kommens nicht vorausgesagt. Seltsame Hilfe bringt Ihr. Ihr seid ein mächtiger Zauberer, Gandalf der Weiße!«

»Das mag sein. Aber wenn dem so ist, dann habe ich es bis jetzt noch nicht gezeigt. Ich habe nur guten Rat in der Gefahr gegeben und mir die Schnelligkeit von Schattenfell zunutze gemacht. Eure eigene Tapferkeit hat mehr vollbracht, und die kräftigen Beine der Westfold-Mannen, die durch die Nacht marschiert sind.«

Dann schauten alle mit noch größerer Verwunderung auf Gandalf. Einige warfen finstere Blicke auf den Wald und fuhren sich mit der Hand über die Stirn, als ob sie glaubten, ihre Augen sähen anders als seine.

Gandalf lachte lange und fröhlich. »Die Bäume?« fragte er. »Nein, ich sehe den Wald ebenso deutlich wie ihr. Aber das ist keine Tat von mir. Das ist etwas, das über den Rat der Weisen hinausgeht. Besser als mein Plan und sogar besser als meine Hoffnung hat sich der Ausgang erwiesen.«

»Wenn es nicht Eure Zauberei war, wessen war es dann?« fragte Théoden.
»Sarumans nicht, das ist klar. Gibt es noch einen mächtigeren Weisen, der uns unbekannt ist?«

»Es ist keine Zauberei, sondern eine weit ältere Macht«, sagte Gandalf. »Eine Macht, die auf der Erde wandelte, ehe der Elb sang oder der Hammer erklang.

> *Eh Erz ward gefunden und Baum gefällt,*
> *Als jung unterm Monde lag die Welt,*
> *Eh Ring ward geschmiedet, war Er schon alt,*
> *Eh Unheil erweckt, ging Er um im Wald.«*

»Und was mag die Lösung Eures Rätsels sein?« fragte Théoden.

»Wenn Ihr das erfahren wollt, solltet Ihr mit mir nach Isengart kommen«, antwortete Gandalf.

»Nach Isengart?« riefen sie.

»Ja«, sagte Gandalf. »Ich kehre nach Isengart zurück, und wer will, mag mit mir kommen. Dort werden wir vielleicht seltsame Dinge sehen.«

»Aber es gibt nicht genug Männer in der Mark, nicht einmal, wenn sie alle herangeholt und von Wunden und Müdigkeit geheilt wären, um Sarumans Feste anzugreifen«, sagte Théoden.

»Trotzdem gehe ich nach Isengart«, sagte Gandalf. »Ich werde nicht lange dort bleiben. Mein Weg liegt jetzt ostwärts. Erwartet mich in Edoras, ehe der Mond abnimmt!«

»Nein«, sagte Théoden. »In der dunklen Stunde vor der Morgendämmerung zweifelte ich, aber jetzt wollen wir uns nicht trennen. Ich werde mit Euch kommen, wenn das Euer Rat ist.«

»Ich will mit Saruman sprechen, sobald es jetzt möglich ist«, sagte Gandalf, »und da er Euch großes Unrecht getan hat, wäre es angemessen, wenn Ihr dabei wäret. Doch wie bald und wie schnell werdet Ihr reiten?«

»Meine Mannen sind müde vom Kampf«, sagte der König, »und auch ich bin müde. Denn ich bin weit geritten und habe wenig geschlafen. O weh! Mein Alter ist nicht vorgetäuscht oder nur Schlangenzunges Einflüsterungen zuzuschreiben. Es ist ein Leiden, das kein Arzt völlig heilen kann, nicht einmal Gandalf.«

»Dann laßt alle, die mit mir reiten sollen, jetzt ruhen«, sagte Gandalf. »Wir werden uns im Schatten des Abends auf den Weg machen. Das ist genauso gut; denn mein Rat lautet, daß all Euer Kommen und Gehen von nun an so geheim wie möglich sein sollte. Doch befehlt nicht vielen Männern, Euch zu begleiten, Théoden. Wir gehen zu einer Unterhandlung, nicht zu einem Kampf.«

Der König wählte dann Männer aus, die unverletzt waren und schnelle Pferde hatten, und sandte sie mit der Siegesnachricht in jedes Tal der Mark; und sie überbrachten auch seine Aufforderung, daß alle Männer, junge und alte, eiligst nach Edoras kommen sollten. Dort wollte der Herr der Mark am zweiten Tag nach dem Vollmond eine Versammlung aller, die Waffen tragen konnten, abhalten. Um mit ihm nach Isengart zu reiten, wählte der König Éomer und zwanzig Mann seines Heerbanns aus. Gandalf sollten Aragorn, Legolas und Gimli begleiten. Trotz seiner Verwundung wollte der Zwerg nicht zurückbleiben.

»Es war nur ein schwacher Hieb, und der Helm lenkte ihn ab«, sagte er. »Es bräuchte mehr als einen solchen Orkkratzer, um mich zurückzuhalten.«

»Ich werde die Wunde versorgen, während du ruhst«, sagte Aragorn.

Der König kehrte nun in die Hornburg zurück und schlief so friedlich, wie er seit Jahren nicht geschlafen hatte, und auch seine ausgewählten Begleiter ruhten. Doch die anderen, alle, die nicht verletzt oder verwundet waren, begannen eine schwere Arbeit. Denn viele waren im Kampf gefallen und lagen tot auf dem Schlachtfeld oder in der Klamm.

Kein Ork war am Leben geblieben; ihre Leichen waren unzählig. Aber sehr viele der Bergbewohner hatten sich ergeben; und sie hatten Angst und flehten um Gnade.

Die Menschen der Mark nahmen ihnen die Waffen ab und setzten sie zur Arbeit ein.

»Helft jetzt, das Unheil wiedergutzumachen, zu dem ihr beigetragen habt«, sagte Erkenbrand. »Und nachher sollt ihr einen Eid leisten, niemals wieder bewaffnet die Furten des Isen zu überschreiten oder euch den Feinden der Menschen anzuschließen; und dann sollt ihr frei in euer Land zurückkehren. Denn ihr seid von Saruman verführt worden. Viele von euch haben den Tod gefunden als Entgelt für euer Vertrauen auf ihn; aber hättet ihr gesiegt, wäre euer Lohn nur wenig besser gewesen.«

Die Menschen von Dunland waren erstaunt, denn Saruman hatte ihnen gesagt, die Menschen von Rohan seien grausam und würden ihre Gefangenen lebendig verbrennen.

In der Mitte des Schlachtfelds vor der Hornburg wurden zwei Hügelgräber aufgeworfen und alle Reiter der Mark hineingelegt, die bei der Verteidigung gefallen waren, diejenigen aus den Osttälern auf der einen Seite und diejenigen aus Westfold auf der anderen. In einem Grab allein unter dem Schatten der Hornburg lag Háma, der Hauptmann der Wache des Königs. Er war vor dem Tor gefallen.

Die Orks wurden zu großen Haufen aufgeschichtet, weitab von den Hügelgräbern der Menschen, nicht fern vom Saum des Waldes. Und die Leute waren sehr besorgt; denn die Berge von Aas waren zu groß, um sie zu begraben oder zu verbrennen. Sie hatten wenig Holz zum Feuermachen, und keiner hätte gewagt, eine Axt an die seltsamen Bäume zu legen, selbst wenn Gandalf sie nicht davor gewarnt hätte, Rinde oder Zweig zu beschädigen, wenn sie nicht große Gefahren auf sich laden wollten.

»Laßt die Orks liegen«, sagte Gandalf. »Der Morgen mag neuen Rat bringen.«

Am Nachmittag machte sich die Begleitung des Königs bereit, aufzubrechen. Das Werk der Bestattung begann gerade erst, und Théoden trauerte um Háma, seinen Hauptmann, und warf die erste Erde auf sein Grab. »Großes Unrecht hat Saruman wahrlich mir und diesem ganzen Land zugefügt«, sagte er. »Und ich werde dessen eingedenk sein, wenn ich ihn treffe.«

Die Sonne näherte sich schon den Bergen westlich der Talmulde, als Théoden und Gandalf und ihre Gefährten vom Deich herabritten. Hinter ihnen hatte sich eine große Menschenmenge angesammelt, sowohl die Reiter als auch das Volk von Westfold, alt und jung, Frauen und Kinder, die aus den Höhlen herausgekommen waren. Mit hellen Stimmen sangen sie ein Siegeslied; und dann schwiegen sie und fragten sich, was wohl geschehen würde, denn ihre Blicke waren auf die Bäume gerichtet, und sie fürchteten sich vor ihnen.

Die Reiter kamen zum Wald und hielten an; Pferd und Mann waren unwillig hineinzureiten. Die Bäume waren grau und drohend, und ein Schatten oder Nebel lag über ihnen. Die Enden ihrer langen, schleppenden Zweige hingen herab wie suchende Finger, ihre Wurzeln erhoben sich vom Boden wie die Glieder seltsamer Ungeheuer, und dunkle Höhlen taten sich unter ihnen auf. Aber Gandalf ritt weiter und führte die Gruppe an, und wo die Straße von der Hornburg auf die Bäume stieß, sahen sie jetzt eine Öffnung wie ein gewölbtes Tor unter mächtigen Zweigen; durch dieses Tor ritt Gandalf, und sie folgten ihm. Dann merkten sie zu ihrer Verwunderung, daß die Straße weiterführte und der Klammbach an ihr entlanglief; und der Himmel darüber war offen und voll goldenen Lichts. Doch auf beiden Seiten waren die großen Reihen von Bäumen schon in Dämmerung gehüllt und zogen sich hin bis zu undurchdringlichen Schatten; und dort hörten sie das Knarren und Ächzen von Zweigen und ferne Schreie und das Geräusch wortloser Stimmen, die wütend murmelten. Kein Ork oder anderes Lebewesen war zu sehen.

Legolas und Gimli ritten jetzt zusammen auf einem Pferd; und sie hielten sich dicht neben Gandalf, denn Gimli hatte Angst vor dem Wald.

»Es ist heiß hier drinnen«, sagte Legolas zu Gandalf. »Ich spüre einen großen Zorn um mich. Merkst du auch, wie die Luft in deinen Ohren pocht?«

»Ja«, sagte Gandalf.

»Was ist aus den elenden Orks geworden?« fragte Legolas.

»Das, glaube ich, wird keiner jemals erfahren«, sagte Gandalf.

Eine Weile ritten sie schweigend weiter; aber Legolas schaute immer von einer Seite zur anderen und hätte oft angehalten, um auf die Geräusche des Waldes zu lauschen, wenn Gimli es erlaubt hätte.

»Das sind die seltsamsten Bäume, die ich je gesehen habe«, sagte er. »Und ich habe so manche Eiche aus der Eichel bis zum Siechtum des Alters heranwachsen sehen. Ich wünschte, ich hätte jetzt Muße, um unter ihnen herumzuwandern: sie haben Stimmen, und mit der Zeit könnte ich vielleicht ihre Gedanken verstehen.«

»Nein, nein!« sagte Gimli. »Wir wollen sie in Ruhe lassen! Ich errate ihre Gedanken schon: Haß auf alles, was auf zwei Beinen geht; und ihr Gespräch dreht sich um Zermalmen und Erdrosseln.«

»Nicht Haß auf alles, was auf zwei Beinen geht«, sagte Legolas. »Da irrst du dich, glaube ich. Sie hassen die Orks. Denn die Bäume sind nicht von hier und wissen wenig von Elben und Menschen. Weit entfernt sind die Täler, aus denen sie stammen. Aus der Tiefe Fangorns, Gimli, kommen sie vermutlich.«

»Dann ist das der gefährlichste Wald in Mittelerde«, sagte Gimli. »Ich sollte dankbar sein für die Rolle, die sie gespielt haben, aber ich liebe sie nicht. Du magst sie wundervoll finden, doch ich habe ein größeres Wunder in diesem Land gesehen, schöner als jeder Hain und jedes Gehölz, die je wuchsen: mein Herz ist noch ganz erfüllt davon.

Seltsam ist die Art der Menschen, Legolas! Hier haben sie eines der Wunder der Nördlichen Welt, und was sagen sie darüber? Höhlen, sagen sie! Höhlen! Löcher, in die man sich in Kriegszeiten flüchtet, in denen man Futter aufbewahrt! Mein lieber Legolas, weißt du, daß die Grotten von Helms Klamm weit und schön sind? Die Zwerge würden eine endlose Wallfahrt unternehmen, bloß um sie zu betrachten, wenn es nur bekannt wäre, daß es solche Dinge gibt. O ja, sie würden wahrlich reines Gold dafür geben, wenn sie nur einen kurzen Blick darauf werfen könnten!«

»Und ich würde Gold dafür geben, um mich davon freizukaufen«, sagte Legolas. »Und doppelt so viel, um wieder herausgelassen zu werden, wenn ich mich in ihnen verirrte.«

»Du hast sie nicht gesehen, deshalb verzeihe ich dir deinen Scherz«, sagte Gimli. »Aber du redest wie ein Narr. Findest du jene Hallen schön, wo euer König unter dem Berg in Düsterwald wohnt, und bei deren Erschaffung Zwerge vor langer Zeit halfen? Sie sind nur elende Löcher im Vergleich zu den Grotten, die ich hier gesehen habe: unermeßliche Hallen, erfüllt von einer ewigwährenden Musik des Wassers, das hinuntertröpfelt in Teiche, so schön wie Kheled-zâram im Sternenlicht.

Und, Legolas, wenn die Fackeln angezündet werden und Menschen auf den sandigen Böden unter den widerhallenden Gewölben einhergehen, ah, dann, Legolas, dann glitzern Edelsteine und Kristalle und Adern von edlen Erzen in den geglätteten Wänden; und das Licht leuchtet durch Marmorfalten, muschelgleich, durchscheinend wie die lebendigen Hände der Königin Galadriel. Da sind weiße und safrangelbe Säulen und rosige wie die Morgenröte, Legolas, geriffelt und verschlungen in traumhaften Formen; sie streben von vielfarbigen Böden empor zu den Schlußsteinen des Daches: Flügel, Stränge, Vorhänge, so zart wie gefrorene Wolken; Speere, Banner, Zinnen von hängenden Palästen! Stille Seen spiegeln sie wider: eine schimmernde Welt schaut herauf aus dunklen Weihern, bedeckt mit klarem Glas; Städte, wie Durins Geist sie sich kaum im Schlaf hätte ausmalen können, erstrecken sich über Prachtstraßen und Säulenhöfe bis zu den dunklen Winkeln, in die kein Licht dringen kann. Und plink! ein silberner Tropfen fällt, und die runden Kringel auf dem Glas lassen alle Türme sich verbeugen, und wie Wasserpflanzen und Korallen in einer Meeresgrotte wogen sie. Dann wird es Abend: sie verblassen und verbleichen; die Fackeln ziehen weiter in eine andere Kammer und einen anderen Traum. Da ist eine Kammer nach der anderen, Legolas; eine Halle schließt sich an die andere, ein Gewölbe ans andere, Treppe auf Treppe; und immer weiter führen die gewundenen Pfade hinein in das Herz des Gebirges. Höhlen! Die Grotten von Helms Klamm! Ein glücklicher Zufall war es, der mich dorthin verschlug! Es bringt mich zum Weinen, sie zu verlassen.«

»Dann will ich dir zu deinem Trost wünschen, Gimli«, sagte der Elb, »daß du den Krieg heil überstehen mögest und zurückkehren kannst, um sie wiederzusehen. Aber erzähle es nicht deiner ganzen Verwandtschaft! Nach deiner Schilderung gibt es anscheinend nicht mehr viel für sie zu tun. Vielleicht sind die Menschen dieses Landes weise, daß sie so wenig darüber sagen: eine Sippe geschäftiger Zwerge mit Hammer und Meißel könnte mehr verderben, als die Menschen gemacht haben.«

»Nein, du verstehst das nicht«, sagte Gimli. »Kein Zwerg könnte bei solcher Schönheit ungerührt bleiben. Niemand aus Durins Geschlecht würde in diesen Höhlen nach Steinen oder Erz graben, nicht einmal, wenn Diamanten und Gold dort zu finden wären. Fällst du Haine von blühenden Bäumen im Frühling, um Brennholz zu bekommen? Diese Lichtungen von blühendem Stein würden wir hegen und pflegen und nicht Steine darin brechen. Mit behutsamer Geschicklichkeit, ein leichtes Klopfen hier und dort – ein kleiner Felssplitter vielleicht und nicht mehr an einem ganzen bedachtsamen Tag – so könnten wir arbeiten, und im Laufe der Jahre würden wir neue Wege bahnen und ferne Kammern erschließen, die noch dunkel sind und nur als eine Leere hinter Spalten im Fels undeutlich sichtbar werden. Und Lichter, Legolas! Wir würden Lichter machen, Lampen, wie sie einst in Khazad-dûm erstrahlten; und wenn wir es wünschten, würden wir die Nacht vertreiben, die dort liegt, seit die Berge erschaffen wurden, und wenn wir uns nach Ruhe sehnten, würden wir die Nacht zurückkehren lassen.«

»Du rührst mich, Gimli«, sagte Legolas. »So habe ich dich noch nie reden hören. Fast bringst du mich dazu, daß ich es bedaure, die Höhlen nicht gesehen zu haben. Hör zu! Laß uns ein Abkommen treffen – wenn wir beide aus den Gefahren, die uns erwarten, heil zurückkehren, wollen wir eine Weile zusammen wandern. Du sollst mit mir Fangorn besuchen, und dann werde ich dich begleiten, um Helms Klamm zu sehen.«

»Das wäre nicht der Heimweg, den ich wählen würde«, sagte Gimli. »Aber ich werde Fangorn ertragen, wenn du mir versprichst, mit zu den Höhlen zurückzukommen und dich mit mir an ihren Wundern zu erfreuen.«

»Das verspreche ich dir«, sagte Legolas. »Aber nun müssen wir leider Höhlen und Wald eine Weile zurücklassen. Schau! Wir kommen zum Ende der Bäume. Wie weit ist es nach Isengart, Gandalf?«

»Ungefähr fünfzehn Wegstunden, wie Sarumans Krähen fliegen«, sagte Gandalf. »Fünf vom Ausgang des Klammtals bis zu den Furten, und von dort noch zehn bis zu den Toren von Isengart. Aber wir werden heute nacht nicht die ganze Strecke reiten.«

»Und wenn wir dort ankommen, was werden wir da sehen?« fragte Gimli. »Du magst es wissen, aber ich kann es nicht erraten.«

»Ich weiß es selbst nicht ganz sicher«, antwortete der Zauberer. »Ich war gestern bei Einbruch der Nacht dort, aber viel mag seitdem geschehen sein. Dennoch wirst du, glaube ich, nicht sagen, daß die Fahrt vergeblich gewesen sei – auch wenn die Glitzernden Höhlen von Aglarond zurückgeblieben sind.«

Schließlich hatten die Gefährten die Bäume hinter sich gelassen und stellten fest, daß sie auf dem Grund der Talmulde angekommen waren, wo die Straße von Helms Klamm sich teilte und gen Osten nach Edoras und gen Norden zu den Furten des Isen führte. Als sie vom Waldsaum fortschritten, hielt Legolas an und blickte bedauernd zurück. Plötzlich stieß er einen Schrei aus.

»Da sind Augen!« sagte er. »Augen blicken aus den Schatten der Zweige heraus. Noch nie habe ich solche Augen gesehen.«

Überrascht von seinem Aufschrei, hatten auch die anderen angehalten und sich umgewandt; aber Legolas schickte sich an zurückzureiten.

»Nein, nein!« rief Gimli. »Tu, was du willst, in deiner Verrücktheit, aber laß mich erst absteigen. Ich will keine Augen sehen!«

»Bleib hier, Legolas Grünblatt!« sagte Gandalf. »Geh nicht zurück in den Wald, noch nicht! Jetzt ist es nicht die richtige Zeit für dich.«

Während er noch sprach, kamen drei seltsame Gestalten zwischen den Bäumen hervor. Hochgewachsen wie Trolle waren sie, zwölf oder mehr Fuß groß; ihre kräftigen Körper, stämmig wie junge Bäume, schienen mit Gewändern oder einer Haut von eng anliegendem Grau und Braun bekleidet zu sein. Ihre Glieder waren lang, und ihre Hände hatten viele Finger; ihr Haar war steif und ihre Bärte graugrün wie Moos. Sie blickten mit ernsten Augen um sich, aber sie schauten nicht auf die Reiter; ihr Blick war nach Norden gerichtet. Plötzlich legten sie ihre langen Hände an den Mund und sandten schallende Rufe aus, klar wie die Töne eines Horns, aber melodischer und vielfältiger. Die Rufe wurden beantwortet; und als sie sich wieder umdrehten, sahen die Reiter, daß andere Geschöpfe von derselben Art rasch durch das Gras heranschritten. Sie kamen von Norden her, und ihre Gangart erinnerte an watende Reiher, aber nicht ihre Geschwindigkeit; denn bei ihren langen Schritten bewegten sich ihre Beine schneller als die Flügel eines Reihers. Die Reiter schrien laut vor Verwunderung, und einige legten die Hand auf den Schwertgriff.

»Ihr braucht keine Waffen«, sagte Gandalf. »Das sind nur Hirten. Es sind keine Feinde, tatsächlich kümmern sie sich überhaupt nicht um uns.«

So schien es wirklich; denn als er das sagte, schritten die großen Geschöpfe, ohne einen Blick auf die Reiter zu werfen, in den Wald und verschwanden.

»Hirten?« fragte Théoden. »Wo sind ihre Herden? Was für Leute sind das, Gandalf? Denn es ist klar, daß sie Euch jedenfalls nicht fremd sind.«

»Es sind die Hirten der Bäume«, antwortete Gandalf. »Ist es so lange her, seit Ihr den Geschichten am Kamin gelauscht habt? Es gibt Kinder in Eurem Land, die aus den verflochtenen Fäden der Erzählungen die Antwort auf Eure Frage herausfinden könnten. Ihr habt Ents gesehen, o König, Ents aus dem Forst Fangorn, den Ihr in Eurer Sprache Entwald nennt. Habt Ihr geglaubt, der Name sei ihm nur aus bloßer Laune gegeben worden? Nein, Théoden, es ist anders: für sie seid Ihr nur eine vorübergehende Geschichte; all die Jahre von Eorl dem Jungen bis zu Théoden dem Alten zählen wenig für sie; und alle Taten Eures Hauses sind nur Kleinigkeiten.«

Der König antwortete nicht. »Ents!« sagte er schließlich. »Aus den Schatten der Sage beginne ich, das Wunder der Bäume ein wenig zu verstehen. Ich erlebe seltsame Tage. Lange haben wir unsere Tiere versorgt und unsere Felder bestellt, unsere Häuser gebaut, unsere Werkzeuge geschmiedet oder sind hinausgeritten, um Minas Tirith in seinen Kriegen zu unterstützen. Und das nannten wir das Leben der Menschen, den Lauf der Welt. Wenig kümmerten wir uns um das, was jenseits unserer Grenzen lag. Lieder haben wir, die von diesen Dingen berichten, aber wir vergessen sie, nur unsere Kinder lehren wir sie, ein Brauch, über den man nicht viel nachdenkt. Und jetzt sind die Lieder aus seltsamen Gegenden zu uns gekommen und wandeln sichtbar unter der Sonne.«

»Ihr solltet froh sein, König Théoden«, sagte Gandalf. »Denn nicht nur das kleine Leben der Menschen ist jetzt in Gefahr, sondern auch das Leben jener Geschöpfe, die Ihr für einen Sagenstoff gehalten habt. Ihr seid nicht ohne Verbündete, selbst wenn Ihr sie nicht kennt.«

»Dennoch sollte ich auch traurig sein«, sagte Théoden. »Denn wie immer das Kriegsglück ausgehen wird, könnte es nicht damit enden, daß vieles, was schön und wundervoll war, für immer aus Mittelerde verschwinden wird?«

»Das mag sein«, sagte Gandalf. »Das Böse von Sauron läßt sich nicht völlig beseitigen, und es kann auch nicht so getan werden, als sei es gar nicht gewesen. Aber solche Tage zu erleben ist unser Schicksal. Laßt uns nur die Fahrt fortsetzen, die wir begonnen haben!«

Die Gruppe wandte sich dann ab von der Talmulde und dem Wald und schlug die Straße zu den Furten ein. Legolas folgte nur widerstrebend. Die Sonne war untergegangen und schon hinter dem Rand der Welt verschwunden; doch als sie aus dem Schatten der Berge herausritten und nach Westen zur Pforte von Rohan schauten, war der Himmel noch rot, und ein brennendes Licht war unter den treibenden Wolken. Dunkel hoben sich davon viele schwarzgeflügelte Vögel ab, die dort ihre Kreise zogen. Manche, die zu ihren Horsten in den Felsen zurückkehrten, flogen traurig krächzend über sie hinweg.

»Die Aaskrähen waren auf dem Schlachtfeld am Werk«, sagte Éomer.

Sie ritten nun in gemächlichem Schritt weiter, und die Dunkelheit senkte sich auf die Ebenen um sie herab. Langsam zog der zunehmende Mond herauf, der bald voll sein würde, und in seinem kalten Silberlicht hob und senkte sich das ansteigende Grasland wie ein weites, graues Meer. Sie waren von der Wegkreuzung aus etwa vier Stunden geritten, als sie sich den Furten näherten. Lange Hänge zogen sich schnell hinunter, wo sich der Fluß zwischen hohen, grasbestandenen Geländestufen über steinigen Untiefen ausdehnte. Vom Wind herübergetragen, hörten sie das Heulen von Wölfen. Ihre Herzen waren schwer, denn sie gedachten der vielen Mannen, die an dieser Stelle im Kampf gefallen waren.

Die Straße tauchte ein zwischen steilen Rasenböschungen und bahnte sich ihren Weg durch die Geländestufen bis zum Flußufer und dann auf der anderen

Seite wieder empor. Es gab drei Reihen flacher Trittsteine über den Fluß und zwischen ihnen für die Pferde Furten, die von beiden Ufern aus zu einem kahlen Werder in der Mitte führten. Die Reiter blickten hinunter auf den Übergang, und er kam ihnen seltsam vor; denn die Furten waren immer eine Stätte gewesen, die erfüllt war von dem Tosen und Plätschern von Wasser über Steine; doch jetzt war es hier still. Das Flußbett war fast trocken, eine öde Wüste von grobem Kies und grauem Sand.

»Das ist eine trostlose Stätte geworden«, sagte Éomer. »Welche Krankheit hat den Fluß befallen? Viele schöne Dinge hat Saruman zerstört. Hat er auch die Quellen des Isen vernichtet?«

»So scheint es«, sagte Gandalf.

»O weh!« sagte Théoden. »Müssen wir diesen Weg nehmen, wo die Aas-Tiere so viele gute Reiter der Mark verschlingen?«

»Das ist unser Weg«, sagte Gandalf. »Schmerzlich ist der Tod Eurer Mannen; doch werdet Ihr sehen, daß zumindest die Wölfe des Gebirges sie nicht verschlingen. An ihren Freunden, den Orks, tun sie sich gütlich; das ist es, was ihresgleichen unter Freundschaft versteht. Kommt!«

Sie ritten zum Fluß hinunter, und als sie näherkamen, hörten die Wölfe mit ihrem Geheul auf und schlichen davon. Angst befiel sie, als sie Gandalf im Mondschein sahen und Schattenfell, sein Pferd, das wie Silber glänzte. Die Reiter überquerten die Furt bis zu dem Inselchen, und glitzernde Augen beobachteten sie matt aus den Schatten der Ufer.

»Schaut!« sagte Gandalf. »Hier haben Freunde gearbeitet.«

Und sie sahen, daß in der Mitte des Werders ein Hügelgrab errichtet war, umgeben von einem Kreis aus Steinen und vielen in den Boden gesteckten Speeren.

»Hier liegen alle Menschen der Mark, die in der Nähe dieses Ortes gefallen sind«, sagte Gandalf.

»Hier laßt sie ruhen!« sagte Éomer. »Und wenn ihre Speere vermodert und verrostet sind, möge ihr Hügelgrab noch lange hier stehen und die Furten des Isen bewachen!«

»Ist das auch Euer Werk, Gandalf, mein Freund?« fragte Théoden. »Ihr vollbringt viel an einem Abend und in einer Nacht!«

»Mit Hilfe von Schattenfell – und anderen«, sagte Gandalf. »Ich ritt schnell und weit. Doch hier an diesem Hügelgrab will ich das zu Eurem Trost sagen: viele fielen in den Kämpfen an den Furten, aber weniger, als das Gerücht besagte. Es wurden mehr verstreut als erschlagen; ich sammelte alle, die ich finden konnte. Einige von ihnen schickte ich zu Erkenbrand; einige setzte ich für die Arbeit ein, die Ihr hier seht, und sie sind inzwischen nach Edoras zurückgekehrt. Schon vorher hatte ich viele andere dorthin geschickt, damit sie Euer Haus beschützen. Saruman hatte, wie ich wußte, seine ganze Streitmacht gegen Euch in Marsch gesetzt, und seine Diener hatten alle anderen Aufträge beiseite gelassen und waren nach Helms Klamm gegangen: die Lande schienen frei von Feinden; indes fürchtete ich, daß Wolfreiter und Plünderer dennoch nach Meduseld reiten könnten, während es unverteidigt war. Doch jetzt, glaube ich, braucht Ihr nichts zu fürchten: Ihr werdet Euer Haus wohlvorbereitet auf Eure Rückkehr finden.«

»Und froh werde ich sein, es wiederzusehen«, sagte Théoden, »obwohl mein Aufenthalt dort, daran zweifle ich nicht, jetzt nur kurz sein wird.«

Damit sagte die Gruppe der Insel und dem Hügelgrab Lebewohl und überquerte den Fluß und erklomm das andere Ufer. Dann ritten sie weiter, froh, die traurigen Furten hinter sich gelassen zu haben. Als sie sich entfernten, brach das Geheul der Wölfe von neuem aus.

Hier war eine uralte Straße, die von Isengart herab zu dem Flußübergang führte. Ein Stück verlief sie neben dem Fluß, zuerst nach Osten und dann nach Norden; doch zuletzt verließ sie den Fluß und führte geradenwegs zu den Toren von Isengart; und diese lagen unter der Bergseite im Westen des Tals, sechzehn Meilen oder mehr vom Talausgang entfernt. Dieser Straße folgten sie, aber sie ritten nicht auf ihr; denn der Boden daneben war fest und eben und auf viele Meilen mit kurzem, federndem Rasen bedeckt. Sie ritten jetzt schneller, und um Mitternacht lagen die Furten fast fünf Wegstunden hinter ihnen. Dann hielten sie an und beendeten den Nachttritt, denn der König war müde. Sie waren am Fuß des Nebelgebirges angelangt, und die langen Ausläufer des Nan Curunír reckten sich ihnen entgegen. Dunkel lag das Tal vor ihnen, denn der Mond stand jetzt im Westen, und sein Licht wurde von den Bergen verdeckt. Doch aus den tiefen Schatten des Tals stieg eine riesige Säule von Rauch und Dampf auf; da sie hoch emporragte, fing sie die Strahlen des untergehenden Mondes auf und verbreitete sich in schimmernden Wellen, schwarz und silbern, über den gestirnten Himmel.

»Was hältst du davon, Gandalf?« fragte Aragorn. »Man würde meinen, das ganze Zauberer-Tal stehe in Brand.«

»Heutzutage liegt immer Dunst über diesem Tal«, sagte Éomer. »Aber nie zuvor habe ich etwas Derartiges gesehen. Das ist eher Dampf als Rauch. Saruman heckt irgendeine Teufelei aus, um uns zu begrüßen. Vielleicht kocht er das ganze Wasser des Isen, und das ist der Grund, warum der Fluß ausgetrocknet ist.«

»Vielleicht«, sagte Gandalf. »Morgen werden wir erfahren, was er tut. Nun laßt uns eine Weile ruhen, wenn wir können.«

Sie lagerten sich neben dem Flußbett des Isen; es war immer noch still und leer. Einige von ihnen schliefen ein wenig. Doch später in der Nacht schrien die Wachen auf, und alle erwachten. Der Mond war verschwunden; Sterne standen am Himmel. Aber über den Boden kroch eine Dunkelheit, die schwärzer war als die Nacht. Auf beiden Seiten des Flusses wälzte sie sich auf sie zu und an ihnen vorbei nach Norden.

»Bleibt, wo ihr seid!« sagte Gandalf. »Zieht keine Waffen! Wartet! Und es wird an euch vorbeiziehen!«

Ein Nebel sammelte sich um sie. Über ihnen schimmerten schwach ein paar Sterne; aber auf beiden Seiten erhoben sich Mauern von undurchdringlicher Finsternis; sie waren in einer schmalen Schneise zwischen sich bewegenden Schattentürmen. Stimmen hörten sie, Flüstern und Ächzen und ein endloses, raschelndes Seufzen; die Erde bebte unter ihnen. Lange erschien es ihnen, daß sie da saßen und sich fürchteten; doch schließlich waren die Dunkelheit und das Geräusch vorbeigezogen und verschwanden zwischen den Ausläufern des Gebirges.

Weit im Süden auf der Hornburg hörten die Menschen mitten in der Nacht einen großen Lärm wie einen Wind im Tal, und der Boden erzitterte; und alle fürchteten sich, und keiner wagte, hinauszugehen. Doch am Morgen gingen sie hinaus und waren erstaunt; denn die erschlagenen Orks waren fort, und die Bäume auch. Weit hinunter in das Tal der Klamm war das Gras niedergetreten und braun getrampelt, als ob Riesen-Hirten große Viehherden dort hätten weiden lassen; doch eine Meile unterhalb des Deichs war eine gewaltige Grube in der Erde ausgehoben worden, und auf ihr waren Steine zu einem Berg angehäuft. Die Menschen glaubten, daß die Orks, die sie erschlagen hatten, dort begraben waren; aber ob jene, die in den Wald geflohen waren, dabei waren, konnte keiner sagen, denn niemand setzte jemals den Fuß auf jenen Berg. Die Todeshöhe wurde er später genannt, und kein Gras wollte dort wachsen. Aber die seltsamen Bäume wurden niemals wieder im Klammtal gesehen; sie waren des Nachts zurückgegangen und weit gewandert bis zu den dunklen Tälern von Fangorn. So hatten sie sich an den Orks gerächt.

Der König und seine Begleitung schliefen in jener Nacht nicht mehr; aber sie sahen und hörten sonst nichts Seltsames, mit einer Ausnahme: die Stimme des Flusses neben ihnen erwachte plötzlich. Es gab ein Rauschen von Wasser, das zwischen den Steinen hinabstürzte; und als es vorüber war, floß und sprudelte der Isen wieder in seinem Bett wie eh und je.

Im Morgengrauen machten sie sich bereit weiterzureiten. Das Licht kam grau und blaß, und sie sahen die Sonne nicht aufgehen. Die Luft war schwer von Nebel, und Qualm hing über dem Land. Sie ritten langsam, und jetzt auf der Straße. Sie war breit und hart und gut gepflegt. Undeutlich konnten sie durch den Dunst die langen Ausläufer des Gebirges erkennen, das zu ihrer Linken aufragte. Sie waren nach Nan Curunír gekommen, in das Zauberer-Tal. Es war ein geschütztes Tal und nur nach Süden offen. Einstmals war es schön und grün gewesen, und der Isen durchfloß es, der schon tief und kräftig war, ehe er die Ebenen erreichte; denn er wurde gespeist von vielen Quellen und kleineren Bächen zwischen den Bergen, von denen der Regen das Erdreich abgeschwemmt hatte, und rings um den Fluß hatte ein erfreuliches, fruchtbares Land gelegen.

So war es jetzt nicht. Unter den Wällen von Isengart waren noch Felder, die Sarumans Hörige bestellt hatten; doch der größte Teil des Tals war eine Wildnis von Unkraut und Dornengestrüpp geworden. Brombeeren wucherten auf dem Boden oder rankten sich über Busch und Böschung und bildeten struppige Höhlen, in denen kleine Tiere hausten. Kein Baum wuchs dort; aber zwischen den üppigen Gräsern konnte man noch die verbrannten und axtbehauenen Stümpfe alter Haine sehen. Es war ein trauriges Land, stumm jetzt bis auf das steinerne Geräusch flinker Gewässer. Rauch und Dampf zogen in finsteren

Wolken darüber hin und lagerten in den Senken. Die Reiter sprachen nicht. Viele zweifelten in ihrem Herzen und fragten sich, zu welchem unheilvollen Ende ihre Fahrt wohl führte.

Nachdem sie einige Meilen geritten waren, wurde die Straße ganz breit; sie war mit großen, flachen Steinen gepflastert, die vierkantig behauen und geschickt verlegt waren; kein Grashalm war in irgendeiner Fuge zu sehen. Tiefe Gossen, in denen Wasser tröpfelte, liefen zu beiden Seiten. Plötzlich ragte vor ihnen eine hohe Säule auf. Sie war schwarz; und auf ihr ruhte ein großer Stein, der als das Abbild einer langen weißen Hand gemeißelt und angemalt war. Ihre Finger zeigten nach Norden. Nicht weit von hier, das wußten sie, mußten jetzt die Tore von Isengart stehen, und ihre Herzen waren schwer; doch ihre Augen konnten den Nebel vor ihnen nicht durchdringen.

Unter dem Ausläufer des Gebirges innerhalb des Zauberer-Tals hatte seit unzähligen Jahren jene alte Stätte gestanden, die die Menschen Isengart nannten. Teilweise war sie geschaffen worden, als das Gebirge entstand, doch mächtige Anlagen hatten die Menschen von Westernis dort einst errichtet; und Saruman hatte lange dort gelebt und war nicht müßig gewesen.

So sah es aus, solange Saruman auf der Höhe seiner Macht war und von vielen für das Oberhaupt der Zauberer gehalten wurde. Ein großer Ringwall aus Stein wie sich türmende Klippen ragte aus dem Schutz des Gebirgshanges heraus, von dem er ausging und dann wieder zu ihm zurückkehrte. Nur ein einziger Eingang war angelegt worden, ein großer Gewölbebogen, der aus dem südlichen Wall herausgemeißelt war. Durch den schwarzen Felsen war hier ein langer Gang gebrochen worden, der an beiden Enden mit mächtigen eisernen Toren abgeschlossen war. Sie waren so gearbeitet und auf ihre gewaltigen Angeln gesetzt, stählerne Pfosten, die in den lebenden Stein getrieben waren, daß sie, wenn sie entriegelt waren, mit einem leichten Stoß der Arme geräuschlos bewegt werden konnten. Wer hineingelangte und schließlich aus dem widerhallenden Gang herauskam, erblickte einen großen Kreis, etwas ausgehöhlt wie eine riesige flache Schüssel: eine Meile maß er von Rand zu Rand. Einst war er grün gewesen und von baumbestandenen Straßen durchzogen und voller Haine früchtereicher Bäume, bewässert von Bächen, die vom Gebirge herab in einen See flossen. Aber nichts Grünes wuchs dort in Sarumans letzten Tagen. Die Wege waren mit Steinplatten gepflastert, dunkel und hart; und an ihren Rändern zogen sich statt der Bäume lange Reihen von Säulen hin, manche aus Marmor, manche aus Kupfer und Eisen, verbunden durch schwere Ketten.

Viele Häuser gab es, Unterkünfte, Hallen und Durchgänge, die auf der inneren Seite in die Wälle hineingehauen worden waren und wieder hinausführten, so daß der offene Kreis von zahllosen Fenstern und dunklen Türen überblickt wurde. Tausende konnten dort hausen, Arbeiter, Diener, Hörige und Krieger mit einem großen Waffenlager; Wölfe wurden in tief darunter liegenden Höhlen gefüttert und wie in einem Stall gehalten. Auch die Ebene war angebohrt und untergraben. Schächte waren tief in den Boden hineingetrieben; ihre oberen

Enden waren mit niedrigen Hügeln und Kuppeln aus Stein bedeckt, so daß der Ring von Isengart im Mondschein wie ein Friedhof von unruhigen Toten aussah. Denn der Boden zitterte. Die Schächte führten über viele schräge Stollen und Wendeltreppen hinunter in tiefe Verliese; dort hatte Saruman Schätze, Warenlager, Waffenkammern, Schmieden und große Schmelzöfen. Eiserne Räder drehten sich dort ununterbrochen, und Hämmer dröhnten. Dampfwolken, auf die von unten rotes oder giftgrünes Licht fiel, strömten des Nachts aus den Schloten.

Alle Straßen liefen zwischen ihren Ketten auf den Mittelpunkt zu. Dort stand ein Turm von wunderbarer Form. Er war von den alten Baumeistern gestaltet worden, die den Ring von Isengart eingeebnet hatten, und doch schien er ein Gebilde zu sein, das nicht von Menschenhand gefertigt, sondern dereinst bei der Folterung der Berge aus dem Gebein der Erde herausgerissen worden war. Eine Bergspitze war er und eine Felseninsel, schwarz und hart glänzend: vier mächtige Pfeiler aus vielseitigem Stein waren zu einem verbunden, doch nahe dem Gipfel liefen sie in klaffende Spitzen aus, ihre Zinnen waren hart wie Speerspitzen und scharfkantig wie Messer. Zwischen ihnen war ein schmaler Raum, und dort konnte ein Mann auf einem Boden aus geglättetem Stein, mit seltsamen Zeichen beschriftet, fünfhundert Fuß über der Ebene stehen. Das war Orthanc, Sarumans Burg, deren Name (mit Absicht oder durch Zufall) eine zwiefältige Bedeutung hatte; denn in der elbischen Sprache bedeutet *orthanc* Spitzberg, aber in der alten Sprache der Mark Arglistiger Geist.

Eine starke Festung und wunderbar war Isengart, und lange war es schön gewesen; und mächtige Herren hatten dort gewohnt, Gondors Verweser im Westen, und weise Männer hatten die Sterne beobachtet. Aber Saruman hatte es allmählich seinen sich ändernden Plänen angepaßt und verbessert, wie er glaubte, doch täuschte er sich – denn alle jene Zauberkünste und hinterlistigen Vorhaben, um derentwillen er seiner früheren Weisheit entsagt hatte und die er leichtgläubig für seine eigenen hielt, kamen nur aus Mordor; daher war das, was er machte, ein Nichts – nur eine kleine Nachahmung, der Entwurf eines Kindes oder die Schmeichelei eines Sklaven, jener gewaltigen Festung und Waffenkammer, jenes Gefängnisses, der Brutstätte großer Macht: Barad-dûrs, des Dunklen Turms, der keinen Nebenbuhler duldete und über Schmeichelei lachte und den rechten Augenblick abwarten konnte, siegessicher in seinem Stolz und seiner unermeßlichen Stärke.

Das war Sarumans Feste, wie das Gerücht besagte; denn seit Menschengedenken hatten die Bewohner von Rohan seine Tore nicht durchschritten, abgesehen vielleicht von einigen wenigen wie Schlangenzunge, die heimlich kamen und keinem Menschen erzählten, was sie gesehen hatten.

Jetzt ritt Gandalf zu der großen Säule mit der Hand und an ihr vorbei; und während er das tat, sahen die Reiter zu ihrer Verwunderung, daß die Hand nicht länger weiß zu sein schien. Sie war befleckt wie mit getrocknetem Blut; und als sie genauer hinschauten, erkannten sie, daß ihre Nägel rot waren. Ohne darauf zu achten, ritt Gandalf weiter in den Nebel, und widerstrebend folgten sie ihm.

Ringsum erstreckten sich nun, als ob es eine plötzliche Flut gegeben hätte, breite Wassertümpel neben der Straße, füllten die Senken aus, und Rinnsale rieselten zwischen den Steinen.

Schließlich hielt Gandalf an und winkte ihnen; und sie kamen und sahen, daß sich hinter ihm der Nebel verzogen hatte und eine blasse Sonne schien. Die Mittagsstunde war vorüber. Sie waren an den Toren von Isengart angelangt.

Aber die Tore waren herausgerissen und lagen beschädigt auf dem Boden. Und ringsum waren weit und breit Steine verstreut, zersprungen und zersplittert in unzählige zackige Bruchstücke oder zu Trümmerhaufen aufgetürmt. Der große Torbogen stand noch, aber er führte jetzt in einen dachlosen Abgrund: der unterirdische Gang war bloßgelegt, und in die klippenähnlichen Wälle an beiden Seiten waren große Spalten und Breschen gerissen; ihre Türme waren zu Staub zertrümmert. Hätte sich das Große Meer im Zorn erhoben und wäre in einem wilden Sturm auf die Berge niedergestürzt, es hätte keine größere Zerstörung anrichten können.

Der Ring hinter dem Tor war mit dampfendem Wasser gefüllt: ein brodelnder Kessel, in dem Trümmer von Balken und Rundhölzern, Kisten und Kästen und zerbrochenes Gerät schwammen und trieben. Verbogene und schräg stehende Säulen ragten mit ihren geborstenen Schäften über die Flut hinaus, aber alle Straßen waren überschwemmt. Fern schien die Stelle zu sein, halb verschleiert in einer wallenden Wolke, wo sich die Felseninsel erhob. Dunkel und hoch, ungebrochen von dem Sturm, stand noch der Turm von Orthanc. Fahles Wasser umspülte seinen Fuß.

Der König und seine Begleitung saßen schweigend auf ihren Pferden und staunten, als sie sahen, daß Sarumans Macht vernichtet war; aber wie, das konnten sie nicht erraten. Und jetzt richteten sie ihren Blick auf den Torbogen und die zerstörten Tore. Dort sahen sie, dicht neben sich, einen großen Trümmerhaufen; und plötzlich bemerkten sie zwei kleine Gestalten, die behaglich auf ihm lagen, grau gekleidet, kaum zu sehen zwischen den Steinen. Da standen Flaschen und Schüsseln und Platten neben ihnen, als ob sie gerade wohl gespeist hätten und sich jetzt von der Anstrengung ausruhten. Einer schien zu schlafen; der andere saß mit gekreuzten Beinen und den Armen hinter dem Kopf an einen Felsbrocken gelehnt und ließ aus seinem Mund lange Schwaden und kleine Ringe aus dünnem, blauem Rauch herausströmen.

Einen Augenblick starrten Théoden und Éomer und seine Mannen sie verblüfft an. Inmitten all der Zerstörung von Isengart schien ihnen das der merkwürdigste Anblick zu sein. Aber ehe der König sprechen konnte, wurde die kleine, rauchausstoßende Gestalt plötzlich ihrer gewahr, wie sie dort schweigend am Rand des Nebels saßen. Er sprang auf. Er sah jung aus, oder wie ein junger Mann, obwohl er nicht viel mehr als halb so groß war wie ein Mann; sein braungelockter Kopf war unbedeckt, doch hatte er einen abgetragenen Mantel an von derselben Farbe und Form wie Gandalfs Gefährten, als sie nach Edoras gekommen waren. Er verbeugte sich sehr tief und legte die Hand auf die Brust. Dann tat er so, als ob er den Zauberer und seine Freunde nicht bemerkte, und wandte sich an Éomer und den König.

»Willkommen, meine Herren, in Isengart!« sagte er. »Wir sind die Torwächter. Meriadoc, Saradocs Sohn, ist mein Name; und mein Gefährte, der leider von Müdigkeit übermannt ist...« – hier gab er dem anderen einen Stoß mit dem Fuß – »ist Peregrin, Paladins Sohn, aus dem Hause Tuk. Fern im Norden liegt unsere Heimat. Der Herr Saruman ist drinnen; doch im Augenblick führt er eine geheime Besprechung mit einem gewissen Schlangenzunge, sonst würde er zweifellos hier sein, um solche Ehrengäste zu empfangen.«

»Das würde er zweifellos!« lachte Gandalf. »Und war es Saruman, der euch befahl, seine beschädigten Tore zu bewachen und auf die Ankunft von Gästen achtzuhaben, sofern eure Aufmerksamkeit von Teller und Flasche abgelenkt werden konnte?«

»Nein, lieber Herr, die Angelegenheit entging ihm«, antwortete Merry würdevoll. »Er ist stark beschäftigt gewesen. Unser Auftrag stammt von Baumbart, der die Verwaltung von Isengart übernommen hat. Er befahl mir, den Herrn von Rohan mit passenden Worten zu begrüßen. Ich habe mein Bestes getan.«

»Und wie steht's mit deinen Gefährten? Wie steht's mit Legolas und mir?« rief Gimli, der sich nicht länger zu beherrschen vermochte. »Ihr Schurken, ihr wollfüßigen und krausköpfigen Faulenzer! Eine feine Jagd habt ihr uns eingebrockt! Zweihundert Wegstunden durch Sumpf und Wald, Schlacht und Tod, um euch zu retten! Und hier finden wir euch schmausend und faulenzend – und rauchend! Rauchend! Wo habt ihr das Kraut her, ihr Schufte? Hammer und Zange! Ich bin so hin- und hergerissen zwischen Zorn und Freude, daß es ein Wunder sein wird, wenn ich nicht platze!«

»Du sprichst mir aus der Seele, Gimli«, lachte Legolas. »Obwohl ich eher erfahren möchte, wie sie an den Wein kamen.«

»Eins habt ihr auf eurer Jagd nicht gefunden, und das ist schärferer Verstand«, sagte Pippin und blinzelte mit einem Auge. »Hier findet ihr uns auf dem Schlachtfeld des Sieges sitzend, inmitten der Kriegsbeute ganzer Heere, und ihr wundert euch, wie wir zu ein paar wohlverdienten Annehmlichkeiten kamen!«

»Wohlverdient?« sagte Gimli. »Das kann ich nicht glauben!«

Die Reiter lachten. »Kein Zweifel, wir sind Zeuge des Wiedersehens guter Freunde«, sagte Théoden. »Das sind also die Verlorenen aus Eurer Gemeinschaft, Gandalf? Es ist das Schicksal dieser Tage, daß sie voller Wunder sind. Viele habe ich schon gesehen, seit ich mein Haus verließ; und nun steht hier vor meinen Augen noch ein anderes Volk der Sage. Sind das nicht Halblinge, die manche unter uns Holbytlan nennen?«

»Hobbits, wenn ich bitten darf, Herr«, sagte Pippin.

»Hobbits?« fragte Théoden. »Eure Sprache ist seltsam verändert; aber der Name klingt so nicht unpassend. Hobbits! Kein Bericht, den ich gehört habe, läßt der Wahrheit Gerechtigkeit widerfahren.«

Merry verbeugte sich; und Pippin stand auf und verbeugte sich tief. »Ihr seid sehr gütig, Herr; oder vielmehr hoffe ich, daß ich Eure Worte so auffassen darf«, sagte er. »Und auch das ist ein Wunder! In vielen Landen bin ich gewandert, seit ich meine Heimat verließ, und bis jetzt habe ich niemals Leute gefunden, die irgendwelche Geschichten über Hobbits kannten.«

»Mein Volk kam vor langer Zeit aus dem Norden«, sagte Théoden. »Aber ich will euch nicht täuschen: wir kennen keine Geschichten über Hobbits. Bei uns heißt es lediglich, daß weit entfernt, hinter vielen Bergen und Flüssen, das Volk der Halblinge lebt, das in Höhlen in Sanddünen wohnt. Aber es gibt keine Sagen über ihre Taten, denn es heißt, daß sie wenig tun und den Anblick der Menschen meiden, denn sie vermögen im Handumdrehen zu verschwinden; und sie können ihre Stimmen so verwandeln, daß sie dem Zirpen von Vögeln ähneln. Aber es scheint, daß noch mehr gesagt werden könnte.«

»Das könnte es freilich, Herr«, sagte Merry.

»Zuerst einmal«, sagte Théoden, »habe ich nicht gehört, daß sie Rauch aus dem Mund ausspeien.«

»Das ist nicht überraschend«, antwortete Merry. »Denn das ist eine Kunst, die wir erst seit ein paar Generationen ausgeübt haben. Es war Tobold Hornbläser aus Langgrund im Südviertel, der zuerst das echte Pfeifenkraut in seinen Gärten zog, etwa im Jahr 1070 nach unserer Zeitrechnung. Wie der alte Tobold zu der Pflanze kam...«

»Ihr wißt nicht, in welcher Gefahr Ihr seid, Théoden«, unterbrach Gandalf. »Diese Hobbits können am Rande des Verderbens sitzen und die Freuden des Tisches erörtern oder von den kleinen Taten ihrer Väter, Großväter und Urgroßväter und entfernter Vettern neunten Grades erzählen, wenn Ihr sie mit übermäßiger Geduld dazu ermutigt. Eine andere Zeit wäre passender für die Geschichte des Rauchens. Wo ist Baumbart, Merry?«

»Drüben auf der Nordseite, glaube ich. Er ging, um sich etwas zu trinken zu holen – sauberes Wasser. Die meisten anderen Ents sind bei ihm, immer noch mit ihrer Arbeit beschäftigt – dort drüben.« Merry deutete mit der Hand auf den dampfenden See; und als sie hinschauten, hörten sie ein fernes Rumpeln und Grollen, als ob eine Lawine vom Gebirge herabstürzte. Aus der Ferne kam ein Hum-hom wie Hörner, die zum Sieg bliesen.

»Und ist Orthanc unbewacht geblieben?« fragte Gandalf.

»Da ist das Wasser«, sagte Merry. »Aber Flinkbaum und einige andere passen auf. Nicht alle diese Pfosten und Säulen in der Ebene sind von Saruman gepflanzt. Flinkbaum ist, glaube ich, in der Nähe des Felsens, am Fuß der Treppe.«

»Ja, da steht ein großer, grauer Ent«, sagte Legolas, »aber seine Arme hängen herab, und er steht still wie ein Türpfosten.«

»Die Mittagsstunde ist vorbei«, sagte Gandalf, »und wir haben jedenfalls seit dem frühen Morgen nichts gegessen. Dennoch möchte ich Baumbart so schnell wie möglich sehen. Hat er mir keine Botschaft hinterlassen, oder haben Teller und Flasche es aus eurem Gedächtnis vertrieben?«

»Er hinterließ eine Botschaft«, sagte Merry, »und ich wollte gerade darauf zu sprechen kommen, aber ich wurde durch viele andere Fragen daran gehindert. Ich sollte bestellen, wenn der Herr der Mark und Gandalf zum Nordwall reiten wollen, dann werden sie Baumbart dort finden, und sie werden ihm willkommen sein. Ich darf hinzufügen, daß sie dort auch etwas Vorzügliches zu essen finden, das von Euren gehorsamsten Dienern entdeckt und ausgewählt wurde.« Er verbeugte sich.

Gandalf lachte. »Das ist besser!« sagte er. »Nun, Théoden, wollt Ihr mit mir zu Baumbart reiten? Wir müssen einen Umweg machen, aber es ist nicht weit. Wenn Ihr Baumbart seht, werdet Ihr viel lernen. Denn Baumbart ist Fangorn, der älteste und das Oberhaupt der Ents, und wenn Ihr mit ihm redet, werdet Ihr die Sprache des ältesten aller Lebewesen hören.«

»Ich will mit Euch kommen«, sagte Théoden. »Lebt wohl, meine Hobbits! Mögen wir uns in meinem Hause wiedertreffen! Dort sollt ihr neben mir sitzen und mir alles erzählen, was euer Herz begehrt: die Taten eurer Vorfahren, soweit ihr sie aufzählen könnt; und auch von dem alten Tobold werden wir reden und von seiner Kräuterkunde. Lebt wohl!«

Die Hobbits verbeugten sich tief. »Das also ist der König von Rohan!« sagte Pippin leise. »Ein netter alter Bursche. Sehr höflich.«

NEUNTES KAPITEL

TREIBGUT UND BEUTE

Gandalf und der König und seine Begleitung ritten davon; sie wandten sich nach Osten, um die zerstörten Wälle von Isengart zu umgehen. Aber Aragorn, Gimli und Legolas blieben zurück. Sie ließen Arod und Hasufel frei laufen, damit sie nach Gras suchen konnten, und kamen und setzten sich dann zu den Hobbits.

»Gut, gut«, sagte Aragorn. »Die Jagd ist vorüber, und endlich treffen wir uns dort wieder, wohin zu kommen keiner von uns je vorgehabt hatte.«

»Und nun, da die Großen fort sind, um wichtige Angelegenheiten zu erörtern«, sagte Legolas, »können die Jäger vielleicht die Lösungen ihrer kleinen Rätsel erfahren. Wir haben eure Spur verfolgt bis zum Wald, aber es gibt noch manches, dessen Wahrheit ich gern erfahren würde.«

»Und es gibt auch noch viele Dinge, die wir über euch wissen wollen«, sagte Merry. »Einiges haben wir von Baumbart gehört, dem alten Ent, aber das ist bei weitem nicht genug.«

»Alles zu seiner Zeit«, sagte Legolas. »Wir waren die Jäger, und ihr solltet als erstes einen Bericht über euch geben.«

»Oder als zweites«, sagte Gimli. »Es würde besser gehen nach einer Mahlzeit. Ich habe eine Kopfwunde; und der Mittag ist schon vorbei. Ihr Faulenzer könntet zur Besserung meiner Gesundheit beitragen, wenn ihr für uns etwas von der Kriegsbeute findet, von der ihr gesprochen habt. Essen und Trinken würden einen Teil meiner Rechnung gegen euch begleichen.«

»Dann sollst du es haben«, sagte Pippin. »Wollt ihr hier essen oder in größerer Behaglichkeit in den Überresten von Sarumans Wachhaus – dort drüben unter dem Torbogen? Wir haben hier draußen getafelt, um ein Auge auf die Straße zu haben.«

»Weniger als ein Auge!« sagte Gimli. »Aber ich will in kein Orkhaus gehen; und auch kein Ork-Fleisch anrühren oder irgend etwas, was sie in den Klauen gehabt haben.«

»Dazu würden wir euch nicht auffordern«, sagte Merry. »Von Orks haben wir selbst genug gehabt, das reicht auf Lebenszeit. Aber es gab noch viel anderes Volk in Isengart. Saruman hat Verstand genug bewahrt, um seinen Orks nicht zu trauen. Er hatte Menschen, die seine Tore bewachten: einige seiner treuesten Diener, nehme ich an. Jedenfalls wurden sie bevorzugt und bekamen gute Verpflegung.«

»Und Pfeifenkraut?« fragte Gimli.

»Nein, das glaube ich nicht«, lachte Merry. »Aber das ist eine andere Geschichte, die bis nach dem Essen warten kann.«

»Dann laßt uns gehen und etwas essen!« sagte der Zwerg.

Die Hobbits gingen voran; sie durchschritten den Torbogen und kamen zu einer breiten Tür auf der linken Seite am oberen Ende einer Treppe. Die Tür führte unmittelbar in eine große Kammer, die weitere kleine Türen an der gegenüberliegenden Wand hatte und einen Herd und Schornstein an einer Seite. Die Kammer war aus dem Gestein herausgehauen; und sie mußte einst dunkel gewesen sein, denn ihre Fenster gingen nur auf den unterirdischen Gang. Aber jetzt drang Licht herein durch das zerstörte Dach. Auf dem Herd brannte ein Holzfeuer.

»Ich habe ein bißchen geheizt«, sagte Pippin. »Das munterte uns auf bei dem Nebel. Es waren wenig Scheite da, und das meiste Holz, das wir finden konnten, war naß. Aber es ist ein mächtiger Zug im Schornstein: er scheint durch den Felsen ins Freie zu führen und ist zum Glück nicht verschüttet. Ein Feuer ist nützlich. Ich werde euch etwas Brot rösten. Es ist nämlich drei oder vier Tage alt, fürchte ich.«

Aragorn und seine Gefährten setzten sich an ein Ende des langen Tisches, und die Hobbits verschwanden durch eine der inneren Türen.

»Der Vorratsraum ist da drinnen, und zum Glück über der Fluthöhe«, sagte Pippin, als sie zurückkamen, beladen mit Tellern, Schalen, Bechern, Messern und Eßwaren aller Art.

»Und du brauchst nicht die Nase zu rümpfen über das Futter, Herr Gimli«, sagte Merry. »Das ist kein Orkzeug, sondern Menschennahrung, wie Baumbart es nennt. Wollt ihr Wein oder Bier? Da ist ein Faß drinnen – sehr annehmbar. Und das hier ist erstklassiges gepökeltes Schweinefleisch. Oder ich kann euch ein paar Schinkenscheiben abschneiden und sie braten, wenn ihr wollt. Es tut mir leid, daß es kein Grünzeug gibt: die Lieferungen waren in den letzten Tagen sozusagen unterbrochen. Als nächsten Gang kann ich euch nur Butter und Honig zu eurem Brot anbieten. Seid ihr damit zufrieden?«

»Allerdings«, sagte Gimli. »Die Rechnung ist beträchtlich ermäßigt.«

Die drei waren bald mit ihrer Mahlzeit beschäftigt; und ohne die geringste Scham machten sich die beiden Hobbits zum zweitenmal ans Essen. »Wir müssen unseren Gästen Gesellschaft leisten«, sagten sie.

»Ihr seid heute überaus höflich«, lachte Legolas. »Aber wenn wir nicht gekommen wären, würdet ihr euch vielleicht schon gegenseitig wieder Gesellschaft leisten.«

»Mag sein, und warum auch nicht?« sagte Pippin. »Wir wurden schlecht verköstigt bei den Orks und hatten schon vorher tagelang wenig genug gehabt. Es ist lange her, daß wir nach Herzenslust essen konnten.«

»Es scheint euch nicht geschadet zu haben«, sagte Aragorn. »Tatsächlich seht ihr nach blühender Gesundheit aus.«

»Freilich, das tut ihr«, sagte Gimli und sah sie über den Rand seines Bechers scharf an. »Tatsächlich, euer Haar ist doppelt so dick und lockig wie damals, als wir uns trennten; und ich könnte schwören, daß ihr beide etwas gewachsen seid, wenn das bei Hobbits euren Alters möglich ist. Dieser Baumbart hat euch jedenfalls nicht hungern lassen.«

»Das hat er nicht«, sagte Merry. »Aber Ents trinken nur, und trinken ist nicht genug, um einen zufriedenzustellen. Baumbarts Getränke mögen nahrhaft sein, aber man hat das Bedürfnis nach etwas Handfestem. Und selbst *lembas* ist nicht so übel zur Abwechslung.«

»Habt ihr von den Wassern der Ents getrunken?« fragte Legolas. »Dann, glaube ich, ist es wahrscheinlich, daß Gimlis Augen ihn nicht getrogen haben. Seltsame Lieder sind von Fangorns Getränken gesungen worden.«

»Viele seltsame Geschichten sind über das Land erzählt worden«, sagte Aragorn. »Ich bin nie hineingekommen. Erzählt mir doch mehr davon und von den Ents.«

»Die Ents«, sagte Pippin, »die Ents sind – nun ja, die Ents sind vor allen Dingen ganz anders. Aber ihre Augen, ihre Augen sind sehr merkwürdig.« Er versuchte es noch mit ein paar tastenden Worten und gab es dann auf. »Na ja«, meinte er dann, »einige habt ihr ja schon aus der Ferne gesehen – jedenfalls haben sie euch gesehen und berichtet, daß ihr unterwegs wart –, und ihr werdet noch viele andere sehen, nehme ich an, ehe ihr von hier aufbrecht. Ihr müßt euch selbst ein Bild von ihnen machen.«

»Nun, nun«, sagte Gimli. »Wir beginnen die Geschichte in der Mitte. Ich möchte einen Bericht in der richtigen Reihenfolge haben, der mit dem seltsamen Tag beginnt, an dem unsere Gemeinschaft zerbrach.«

»Du sollst ihn bekommen, wenn Zeit dafür ist«, sagte Merry. »Aber zuerst einmal – wenn ihr mit dem Essen fertig seid – sollt ihr eure Pfeifen stopfen und anzünden. Und dann können wir eine Zeitlang so tun, als seien wir alle wieder heil und sicher in Bree oder in Bruchtal.«

Er zog einen kleinen ledernen Tabaksbeutel heraus. »Wir haben haufenweise Tabak«, sagte er. »Und ihr alle könnt mitnehmen, soviel ihr wollt, wenn wir aufbrechen. Heute morgen haben wir etwas Bergungsarbeit geleistet, Pippin und ich. Eine Menge Sachen schwimmen hier herum. Pippin war es, der zwei kleine Fässer fand, die aus irgendeinem Keller oder Vorratshaus heraufgeschwemmt worden waren, nehme ich an. Als wir sie öffneten, stellten wir fest, daß sie ein so gutes Pfeifenkraut enthielten, wie man es sich nur wünschen kann, und ganz unverdorben.«

Gimli nahm etwas, rieb es zwischen den Handflächen und schnupperte. »Es fühlt sich gut an und riecht gut«, sagte er.

»Es ist auch gut!« sagte Merry. »Mein lieber Gimli, es ist Langgrund-Blatt! Die Hornbläser-Brandmarken waren auf den Fässern, so deutlich wie nur was. Wie es hierher kam, kann ich mir nicht vorstellen. Für Sarumans persönlichen Bedarf, nehme ich an. Ich wußte gar nicht, daß es so weit ins Ausland verschickt wurde. Aber jetzt kommt es uns gut zustatten, nicht wahr?«

»Würde es«, sagte Gimli, »wenn ich eine Pfeife dafür hätte. Leider habe ich meine in Moria oder noch früher verloren. Gibt es keine Pfeife unter all eurer Beute?«

»Nein, leider nicht«, sagte Merry. »Wir haben keine einzige gefunden, nicht einmal hier in den Wachtstuben. Saruman hat diese Köstlichkeit offenbar für seinen Eigenbedarf zurückgehalten. Und ich glaube nicht, daß es Zweck hätte, an den Türen von Orthanc zu klopfen und ihn um eine Pfeife zu bitten. Wir müssen uns die Pfeifen teilen, wie es gute Freunde in einer Notlage tun sollten.«

»Einen Augenblick mal«, sagte Pippin. Er fuhr mit der Hand in das Bruststück seiner Jacke und holte einen kleinen, weichen Beutel an einer Schnur heraus. »Ich trage ein paar Schätze auf der bloßen Haut, die für mich so kostbar sind wie Ringe. Hier ist einer: meine alte hölzerne Pfeife. Und hier ist noch einer: eine ungebrauchte. Ich habe sie einen weiten Weg mitgeschleppt, obwohl ich nicht weiß, warum. Ich hatte wirklich niemals erwartet, irgendwo auf der Fahrt Pfeifenkraut zu finden, wenn mein eigenes alle wäre. Aber jetzt ist sie also doch sehr nützlich.« Er hielt eine kleine Pfeife mit einem breiten, flachen Kopf hoch und gab sie Gimli. »Gleicht das die Rechnung zwischen uns aus?« fragte er.

»Ausgleichen!« rief Gimli. »Höchst großmütiger Hobbit, ich stehe tief in deiner Schuld.«

»Na, schön, ich gehe wieder ins Freie, um zu sehen, was Wind und Himmel treiben«, sagte Legolas.

»Wir kommen mit dir«, sagte Aragorn.

Sie gingen hinaus und setzten sich auf die Steinhaufen vor dem Torweg. Sie konnten jetzt weit ins Tal hinabblicken; der Nebel hob sich und wurde vom Wind davongetragen.

»Nun wollen wir es uns hier ein wenig gemütlich machen!« sagte Aragorn. »Wir werden am Rande des Verderbens sitzen und schwätzen, wie Gandalf sagt, während er anderswo beschäftigt ist. Ich verspüre eine Müdigkeit wie selten zuvor.« Er zog seinen grauen Mantel um sich, der sein Panzerhemd verbarg, und streckte seine langen Beine aus. Dann legte er sich auf den Rücken und entließ von seinen Lippen eine dünne Rauchfahne.

»Schaut!« sagte Pippin. »Streicher der Waldläufer ist wieder da.«

»Er ist nie weg gewesen«, sagte Aragorn. »Ich bin Streicher und auch Dúnadan, und ich gehöre sowohl zu Gondor wie zum Norden.«

Sie rauchten eine Weile schweigend, und die Sonne schien auf sie nieder; sie schickte ihre Strahlen schräg in das Tal hinein aus weißen Wolken hoch im Westen. Legolas lag still, schaute mit ruhigen Augen zur Sonne und zum Himmel hinauf und sang leise vor sich. Schließlich setzte er sich auf. »Nun aber los«, sagte er. »Die Zeit vergeht, und der Nebel verzieht sich, oder würde es tun, wenn ihr seltsamen Leute euch nicht in Rauch hülltet. Wie ist es mit der Geschichte?«

»Nun, meine Geschichte beginnt damit, daß ich im Dunkeln aufwachte und mich von oben bis unten gefesselt in einem Orklager wiederfand«, sagte Pippin. »Laßt mich mal überlegen, was ist heute für ein Tag?«

»Der fünfte März nach der Auenland-Rechnung«, sagte Aragorn. Pippin rechnete an den Fingern nach. »Erst vor neun Tagen!« sagte er*. »Mir scheint es ein Jahr her zu sein, daß wir gefangengenommen wurden. Na ja, obwohl die Hälfte davon wie ein böser Traum war, nehme ich an, daß es drei sehr entsetzliche Tage waren, die folgten. Merry wird mich berichtigen, wenn ich irgend etwas Wichtiges vergesse – ich will nicht auf Einzelheiten eingehen: die Peitschen und der Schmutz und der Gestank und all das. Es läßt sich nicht

---

* Nach dem Auenland-Kalender hatte jeder Monat 30 Tage.

erinnern.« Dann begann er mit einem Bericht über Boromirs Kampf und den Orkmarsch vom Emyn Muil bis zum Wald. Die anderen nickten, wenn die verschiedenen Punkte mit ihren Mutmaßungen übereinstimmten.

»Hier sind einige Schätze, die ihr habt fallen lassen«, sagte Aragorn. »Ihr werdet froh sein, sie zurückzubekommen.« Er lockerte sein Gehänge unter dem Mantel und zog die beiden in ihren Scheiden steckenden Dolche heraus.

»Na!« sagte Merry. »Ich hatte nie erwartet, sie wiederzusehen! Ich habe ein paar Orks mit meinem gekennzeichnet; aber Uglúk hat sie uns dann abgenommen. Wie er starrte! Zuerst glaubte ich, er würde mich erdolchen, aber dann warf er die Dinger weg, als ob er sich daran verbrannt hätte.«

»Und hier ist auch deine Brosche, Pippin«, sagte Aragorn. »Ich habe sie gut aufgehoben, denn sie ist ein sehr kostbares Stück.«

»Ich weiß«, sagte Pippin. »Es war schmerzlich, sich von ihr zu trennen; aber was hätte ich sonst tun können?«

»Nichts sonst«, antwortete Aragorn. »Einer, der in der Not nicht einen Schatz wegwerfen kann, ist in Fesseln. Du hast recht daran getan.«

»Das Durchschneiden der Stricke an deinen Handgelenken, das war sehr pfiffig«, sagte Gimli. »Glück hast du dabei gehabt; aber du hast die Gelegenheit mit beiden Händen ergriffen, könnte man sagen.«

»Und hast uns ein hübsches Rätsel aufgegeben«, sagte Legolas. »Ich fragte mich, ob dir wohl Flügel gewachsen seien!«

»Leider nicht«, sagte Pippin. »Aber ihr wußtet nichts von Grischnákh.« Ihm schauderte, und er sagte nichts mehr, sondern überließ es Merry, von diesen letzten grauenhaften Augenblicken zu erzählen: den grapschenden Händen, dem heißen Atem und der entsetzlichen Kraft in Grischnákhs haarigen Armen.

»All das über die Orks von Mordor oder Lugbúrz, wie sie es nennen, beunruhigt mich«, sagte Aragorn. »Der Dunkle Herrscher weiß schon zu viel, und seine Diener auch; und offensichtlich sandte Grischnákh nach dem Streit irgendeine Botschaft über den Fluß. Das Rote Auge wird nach Isengart schauen. Aber jedenfalls ist Saruman jetzt in die Grube gefallen, die er selbst gegraben hat.«

»Ja, welche Seite auch immer gewinnt, seine Aussichten sind schlecht«, sagte Merry. »Alles begann für ihn schiefzugehen von dem Augenblick an, da seine Orks in Rohan den Fuß auf die Erde setzten.«

»Wir haben den alten Schuft flüchtig gesehen, oder jedenfalls deutete Gandalf das an«, sagte Gimli. »Am Rand des Forstes.«

»Wann war das?« fragte Pippin.

»Vor fünf Nächten«, sagte Aragorn.

»Laßt mich mal überlegen«, sagte Merry. »Vor fünf Nächten – jetzt kommen wir zu einem Teil der Geschichte, von dem ihr nichts wißt. Wir trafen Baumbart am Morgen nach der Schlacht; und in jener Nacht waren wir in Quellhall, einem seiner Enthäuser. Am nächsten Morgen gingen wir zum Entthing, das heißt zu einer Versammlung der Ents, und das war das Sonderbarste, was ich je in meinem Leben gesehen habe. Das Thing dauerte den ganzen Tag und noch den nächsten; und wir verbrachten die Nächte bei einem Ent mit Namen Flinkbaum. Und dann spät am Nachmittag des dritten Tages ihres Things gerieten die Ents plötzlich in Zorn. Es war erstaunlich. Der Wald war so voller Spannung, als ob sich ein Gewitter in ihm zusammenballte: dann entlud sich alles auf einmal. Ich wünschte, ihr hättet ihr Lied hören können, als sie marschierten.«

»Wenn Saruman es gehört hätte, wäre er jetzt hundert Meilen weit weg, und wenn er auch auf seinen eigenen Beinen hätte rennen müssen«, sagte Pippin.

»Wärs noch so ehern, noch so stark, stark bis ins tiefste Knochenmark,
Wir stürmen es, wir dringen ein, zerbrechen Tor und Mauerstein.

Es war noch sehr viel länger. Ein großer Teil des Liedes hatte keine Worte und war wie eine Melodie von Hörnern und Trommeln. Es war sehr aufregend. Aber ich glaubte, es sei nur eine Marschmusik und nicht mehr, nur ein Lied – bis ich hierher kam. Jetzt weiß ich es besser.«

»Wir kamen über den letzten Kamm nach Nan Curunír herunter, nach Einbruch der Nacht«, fuhr Merry fort. »Da hatte ich zum erstenmal das Gefühl, daß der Wald selbst hinter uns herging. Ich glaubte, ich träumte einen entischen Traum, aber Pippin hatte es auch bemerkt. Wir hatten beide Angst; aber erst später fanden wir mehr darüber heraus.

Es waren die Huorns, so nennen die Ents sie jedenfalls in der ›Kurzsprache‹. Baumbart wollte nicht viel über sie sagen, aber ich glaube, es sind Ents, die fast wie Bäume geworden sind, jedenfalls dem Aussehen nach. Sie stehen hier und dort im Wald oder am Waldsaum, schweigend und eine endlose Wache über die Bäume haltend; aber tief in den dunkelsten Tälern gibt es Hunderte und Aberhunderte von ihnen, glaube ich.

Es steckt eine große Kraft in ihnen, und sie scheinen imstande zu sein, sich in Schatten zu hüllen: es ist schwierig, sie gehen zu sehen. Aber sie bewegen sich. Sie können sehr rasch gehen, wenn sie wütend sind. Man steht still und schaut sich vielleicht das Wetter an oder lauscht dem Rascheln des Windes, und dann plötzlich merkt man, daß man mitten in einem Wald von großen, umhertappenden Bäumen steht. Sie haben noch Stimmen und können mit den Ents reden – darum werden sie Huorns genannt, sagt Baumbart –, aber sie sind sonderbar und wild geworden. Gefährlich. Ich würde einen mächtigen Schreck bekommen, wenn ich sie träfe und keine echten Ents da wären, die auf sie aufpaßten.

Nun ja, in der frühen Nacht krochen wir eine lange Schlucht hinunter in das obere Ende des Zauberer-Tals, die Ents mit all ihren raschelnden Huorns hinter sich. Wir konnten sie natürlich nicht sehen, aber die ganze Luft war erfüllt von Knarren. Es war sehr dunkel, eine wolkige Nacht. Sie gingen sehr schnell, sobald sie die Berge verlassen hatten, und machten ein Geräusch wie ein brausender Wind. Der Mond kam nicht durch die Wolken, und nicht lange nach Mitternacht stand ein hoher Wald rings um die Nordseite von Isengart. Es waren keine Feinde zu sehen, und auch keine Wachtposten. Ein Licht schimmerte aus einem hohen Fenster im Turm, das war alles.

Baumbart und noch ein paar Ents krochen weiter, ganz herum bis in Sichtweite der großen Tore. Pippin und ich waren bei ihm. Wir saßen auf Baumbarts Schultern, und ich spürte die bebende Gespanntheit in ihm. Aber selbst wenn sie aufgerüttelt sind, können Ents sehr vorsichtig und geduldig sein. Sie standen still wie Bildsäulen, atmend und lauschend.

Dann gab es mit einemmal einen unerhörten Aufruhr. Trompeten erschallten, und die Wälle von Isengart hallten wider. Wir glaubten, wir seien entdeckt worden und die Schlacht würde beginnen. Aber nichts dergleichen. Sarumans ganzes Heer zog ab. Ich weiß nicht viel über diesen Krieg oder über die Reiter von Rohan, aber Saruman scheint vorgehabt zu haben, den König und alle seine Mannen mit einem entscheidenden Schlag zu vernichten. Er entblößte Isengart. Ich sah den Feind gehen: endlose Reihen marschierender Orks; und Gruppen von ihnen ritten auf großen Wölfen. Auch Abteilungen von Menschen waren dabei. Viele von ihnen trugen Fackeln, und in ihrem Schein konnte ich ihre Gesichter sehen. Die meisten waren gewöhnliche Menschen, ziemlich groß und dunkelhaarig und grimmig, aber nicht besonders böse aussehend. Doch gab es ein paar andere, die waren entsetzlich: mannshoch, aber mit Bilwißgesichtern, bläßlich, tückisch und schlitzäugig. Wißt ihr, sie erinnerten mich sofort an jenen Südländer in Bree; nur war er nicht so offensichtlich orkähnlich wie die meisten von diesen.«

»Ich dachte auch an ihn«, sagte Aragorn. »Wir mußten in Helms Klamm mit vielen von diesen halben Orks fertigwerden. Es scheint jetzt klar zu sein, daß jener Südländer ein Späher von Saruman war; aber ob er mit den Schwarzen Reitern zusammenarbeitete oder für Saruman allein, das weiß ich nicht. Es ist bei diesem üblen Volk schwer festzustellen, wann sie miteinander verbündet sind und wann sie einander betrügen.«

»Nun, von all den verschiedenen Arten zusammen müssen es allermindestens zehntausend gewesen sein«, sagte Merry. »Sie brauchten eine Stunde, um aus den Toren herauszukommen. Einige gingen die Straße hinunter zu den Furten, und einige schwenkten ab nach Osten. Eine Brücke ist dort unten gebaut worden, etwa eine Meile entfernt, wo der Fluß in einem sehr tiefen Bett strömt. Ihr könntet es von hier sehen, wenn ihr aufstündet. Sie sangen alle mit rauhen Stimmen und lachten und machten einen scheußlichen Lärm. Ich fand, die Sache sah sehr schlecht aus für Rohan. Aber Baumbart rührte sich nicht. Er sagte: ›Meine Aufgabe heute nacht ist Isengart, mit Fels und Stein.‹

Aber obwohl ich nicht sehen konnte, was im Dunkeln geschah, glaube ich doch, daß Huorns sich nach Süden aufmachten, sobald die Tore wieder geschlossen waren. Ihre Aufgabe waren die Orks, nehme ich an. Sie waren am Morgen schon weit unten im Tal; jedenfalls war dort ein Schatten, durch den man nicht hindurchsehen konnte.

Sobald Saruman sein ganzes Heer fortgeschickt hatte, kamen wir zum Zuge. Baumbart setzte uns ab und ging zu den Toren und begann an der Tür zu hämmern und nach Saruman zu rufen. Es kam keine Antwort außer Pfeilen und Steinen von den Wällen. Aber Pfeile nützen nichts gegen Ents. Sie tun ihnen natürlich weh und machen sie wütend: wie Stechfliegen. Aber ein Ent kann mit

Orkpfeilen vollgesteckt sein wie ein Nadelkissen und nimmt doch keinen ernstlichen Schaden. Sie können zum Beispiel nicht vergiftet werden; und ihre Haut scheint sehr dick zu sein und zäher als Borke. Es bedarf eines sehr starken Axthiebes, um sie ernstlich zu verletzen. Äxte mögen sie nicht. Aber es müßten sehr viele Axtschwinger auf einen Ent kommen: ein Mann, der einmal auf einen Ent einhaut, hat niemals Gelegenheit zu einem zweiten Hieb. Ein Faustschlag von einem Ent zerknüllt Eisen wie dünnes Blech.

Als Baumbart ein paar Pfeile in sich hatte, kam er allmählich in Fahrt oder wurde ausgesprochen ›hastig‹, wie er sagen würde. Er gab ein gewaltiges *humhom* von sich, und noch ein Dutzend Ents kam mit langen Schritten heran. Ein wütender Ent kann einem Angst machen. Ihre Finger und ihre Zehen krallen sich einfach am Felsen fest; und sie reißen ihn auf wie Brotkrusten. Es war, als sähe man die Arbeit von großen Baumwurzeln in hundert Jahren, alles in ein paar Augenblicke zusammengedrängt.

Sie schoben und zogen und rissen und schüttelten und hämmerten; und *knallbums, klirr-krach*, nach fünf Minuten lagen die riesigen Tore zerstört am Boden; und einige Ents fraßen sich schon in die Wälle hinein wie Kaninchen in eine Sandgrube. Ich weiß nicht, was Saruman glaubte, das da vor sich ging; aber jedenfalls wußte er nicht, wie er damit fertigwerden sollte. Seine Zauberei mag natürlich in letzter Zeit nachgelassen haben; aber jedenfalls glaube ich, daß er nicht viel Schneid hat, nicht viel echten Mut allein in einer mißlichen Lage ohne einen Haufen von Hörigen und Maschinen und Dingen, wenn ihr wißt, was ich meine. Sehr anders als der alte Gandalf. Ich frage mich, ob sein Ruhm nicht die ganze Zeit hauptsächlich seiner Klugheit zuzuschreiben war, sich in Isengart niederzulassen.«

»Nein«, sagte Aragorn. »Einstmals war er so bedeutend, wie sein Ruhm besagte. Sein Wissen war groß, sein Verstand scharf und seine Hände wunderbar geschickt; und er hatte Macht über die Gedanken von anderen. Die Weisen konnte er überreden, und die kleineren Geister konnte er einschüchtern. Diese Macht besitzt er gewiß noch. Es gibt nicht viele in Mittelerde, von denen ich behaupten würde, daß man sich auf sie verlassen könnte, wenn man sie allein mit ihm reden ließe, nicht einmal jetzt, da er eine Niederlage erlitten hat. Vielleicht Gandalf, Elrond und Galadriel, da jetzt seine Bosheit aufgedeckt ist, aber sehr wenige andere.«

»Auf die Ents kann man sich verlassen«, sagte Pippin. »Er scheint ihnen einmal um den Bart gegangen zu sein, aber niemals wieder. Und jedenfalls hat er sie nicht verstanden; und er beging den großen Fehler, daß er sie bei seinen Berechnungen außer acht ließ. Er hatte sie nicht eingeplant, und es war keine Zeit, einen Plan aufzustellen, nachdem sie sich an die Arbeit gemacht hatten. Kaum hatte unser Angriff begonnen, fingen die paar in Isengart zurückgebliebenen Ratten an, durch jedes Loch zu entwischen, das die Ents gemacht hatten. Die Ents ließen die Menschen gehen, nachdem sie sie verhört hatten, zwei oder drei Dutzend allein an diesem Ende. Ich glaube nicht, daß viele Orks, große oder kleine, entkamen. Jedenfalls nicht den Huorns: ein ganzer Wald von ihnen stand zu jener Zeit rund um Isengart, zusätzlich zu denen, die das Tal hinunter gegangen waren.

Als die Ents einen großen Teil der südlichen Wälle in Schutt verwandelt hatten und der Rest seiner Leute sich aus dem Staube gemacht und ihn verlassen hatte, floh Saruman voller Schrecken. Er scheint am Tor gewesen zu sein, als wir ankamen: Ich nehme an, daß er zuschaute, wie sein prächtiges Heer ausrückte. Als sich die Ents ihren Weg nach drinnen bahnten, verschwand er eiligst. Zuerst entdeckten sie ihn nicht. Aber die Nacht hatte sich ausgebreitet, und die Sterne schienen sehr hell, hell genug für die Ents, um etwas zu sehen, und plötzlich stieß Flinkbaum einen Schrei aus: ›Der Baummörder, der Baummörder!‹ Flinkbaum ist ein sanftes Geschöpf, aber er hat einen um so wilderen Haß auf Saruman, als sein Volk grausam unter Orkäxten zu leiden hatte. Er sprang vom inneren Tor aus den Weg hinunter, und er kann rennen wie der Wind, wenn er aufgerüttelt ist. Eine blasse Gestalt eilte davon zwischen den Schatten der Säulen, und sie hatte die Stufen zur Turmtür schon fast erreicht. Aber es war sehr knapp. Flinkbaum war so wütend hinter ihm her, daß nur ein oder zwei Schritte fehlten, um ihn zu packen und zu erwürgen, als er durch die Tür schlüpfte.

Als Saruman wieder heil in Orthanc war, dauerte es nicht lange, bis er einige seiner wertvollen Vorrichtungen in Gang setzte. Zu dieser Zeit waren viele Ents in Isengart: einige waren Flinkbaum gefolgt, und andere waren vom Norden und Osten hereingekommen; sie streiften jetzt umher und richteten eine Menge Schaden an. Plötzlich stiegen Feuer und verpestete Dünste auf: überall in der Ebene begannen die Schlote und Schächte zu spucken und zu speien. Mehrere Ents wurden angesengt. Einer von ihnen, Buchenbein hieß er, glaube ich, ein sehr großer und stattlicher Ent, geriet in einen Strahl von flüssigem Feuer und brannte wie eine Fackel: ein entsetzlicher Anblick.

Das brachte sie zur Raserei. Ich hatte geglaubt, sie seien vorher schon richtig aufgerüttelt gewesen; aber ich hatte mich geirrt. Jetzt sah ich, wie es wirklich war. Erschütternd war es. Sie schrien und brüllten und trompeteten, bis Steine allein durch den Krach barsten und herabfielen. Merry und ich lagen auf dem Boden und stopften uns die Mäntel in die Ohren. Immer rund um den Felsen von Orthanc stapften und tobten die Ents wie ein heulender Sturm, stürzten Säulen um, schleuderten Lawinen von Feldsteinen die Schächte hinunter, warfen riesige Steinplatten in die Luft wie Blätter. Der Turm stand inmitten eines brausenden Wirbelsturms. Ich sah eiserne Pfosten und Brocken von Mauerwerk Hunderte von Fuß hochfliegen und gegen die Fenster von Orthanc krachen. Aber Baumbart verlor den Kopf nicht. Zum Glück hatte er keine Verbrennungen. Er wollte nicht, daß sich seine Leute in ihrer Wut selbst verletzten, und er wollte nicht, daß Saruman in der allgemeinen Verwirrung durch irgendein Loch entkam. Viele der Ents warfen sich gegen den Orthanc-Felsen; aber an ihm scheiterten sie. Er ist sehr glatt und hart. Irgendeine Zauberei steckt vielleicht in ihm, die älter und stärker ist als Saruman. Jedenfalls konnten sie sich nicht an ihm festkrallen oder ihn auch nur einen Spalt aufreißen; und sie bekamen Prellungen und Verletzungen dabei.

Deshalb ging Baumbart in den Ring und schrie. Seine gewaltige Stimme übertönte all den Lärm. Plötzlich trat Totenstille ein. Da hörten wir ein schrilles Gelächter aus einem hohen Fenster im Turm. Das hatte eine sonderbare Wirkung auf die Ents. Sie hatten vor Wut gekocht; jetzt wurden sie kalt, hart wie Eis und ruhig. Sie verließen die Ebene und scharten sich um Baumbart, der ganz still stand. Er sprach eine Weile in ihrer eigenen Sprache mit ihnen; ich nehme an, er erzählte ihnen von einem Plan, den er schon vor langer Zeit in seinem alten Kopf ausgeheckt hatte. Dann verschwanden sie einfach schweigend in dem grauen Licht. Der Tag brach an zu dieser Zeit.

Sie stellten eine Wache am Turm auf, glaube ich, aber die Wächter waren so gut in den Schatten verborgen und verhielten sich so still, daß ich sie nicht sehen konnte. Die anderen gingen nach Norden. Den ganzen Tag waren sie beschäftigt und außer Sicht. Wir wurden die meiste Zeit allein gelassen. Es war ein trostloser Tag; und wir wanderten ein wenig umher, obwohl wir uns aus dem Blickfeld der Fenster von Orthanc heraushielten, soweit wir konnten: sie starrten uns so bedrohlich an. Ein gut Teil der Zeit verbrachten wir damit, nach etwas Eßbarem zu suchen. Und wir setzten uns auch hin und unterhielten uns und zerbrachen uns den Kopf, was wohl weit im Süden in Rohan geschehe und was aus den übrigen von unserer Gemeinschaft geworden sei. Ab und zu hörten wir in der Ferne das Rumpeln und Fallen von Steinen und dumpfe Schläge, die in den Bergen widerhallten.

Am Nachmittag gingen wir um den Ring herum und wollten schauen, was geschah. Da war ein großer schattiger Wald von Huorns oben am Tal und ein weiterer um den Nordwall herum. Wir wagten nicht, hineinzugehen. Aber man hörte, daß drinnen eine zerrende, reißende Arbeit vor sich ging. Ents und Huorns hoben große Gruben und Gräben aus und machten große Teiche und Dämme und sammelten das ganze Wasser des Isen und aller anderen Quellen und Bäche, die sie finden konnten. Wir ließen sie dabei.

In der Dämmerung kam Baumbart zum Tor zurück. Er summte und brummte vor sich hin und schien zufrieden zu sein. Er stand da und reckte seine großen Arme und Beine und holte tief Luft. Ich fragte ihn, ob er müde sei.

›Müde?‹ fragte er, ›müde? Nein, nicht müde, nur steif. Ich brauche einen guten Schluck aus der Entflut. Wir haben schwer gearbeitet; wir haben mehr Steine gebrochen und Erde angenagt als in vielen Jahren vorher. Aber es ist fast fertig. Wenn die Nacht hereinbricht, haltet euch nicht in der Nähe dieses Tors oder in dem alten unterirdischen Gang auf! Da mag Wasser durchkommen – und es wird eine Weile unreines Wasser sein, bis all der Schmutz von Saruman fortgewaschen ist. Dann kann der Isen wieder klar fließen.‹ Er begann, ein bißchen mehr von den Wällen niederzureißen, auf eine gemächliche Weise, nur des Spaßes halber.

Wir überlegten uns gerade, wo wir uns wohl gefahrlos hinlegen und ein wenig schlafen könnten, als das Erstaunlichste von allem geschah. Man hörte einen Reiter rasch die Straße heraufkommen. Merry und ich lagen still, und Baumbart versteckte sich in den Schatten unter dem Torbogen. Plötzlich kam ein großes Pferd angesprengt wie ein Silberblitz. Es wurde schon dunkel, aber ich konnte das

Gesicht des Reiters deutlich sehen: es schien zu leuchten, und alle seine Kleider waren weiß. Ich setzte mich bloß auf und starrte mit offenem Mund. Ich versuchte zu rufen, aber ich konnte nicht.

Es war auch nicht nötig. Er hielt genau bei uns an und schaute auf uns herab. ›Gandalf‹, sagte ich schließlich, aber meine Stimme war nur ein Flüstern. Sagte er etwa: ›Nanu, Pippin! Das ist aber eine erfreuliche Überraschung‹? Nein, keineswegs. Er sagte: ›Steh auf, du Einfaltspinsel von einem Tuk! Wo um alles in der Welt ist Baumbart in all diesen Trümmern? Ich will zu ihm. Rasch!‹

Baumbart hörte seine Stimme und kam sofort aus den Schatten heraus; und das war eine seltsame Begegnung. Ich war überrascht, weil sie beide überhaupt nicht überrascht zu sein schienen. Gandalf hatte offensichtlich erwartet, Baumbart hier zu finden; und Baumbart hätte sich fast absichtlich an den Toren aufgehalten haben können, um ihn zu treffen. Doch hatten wir dem alten Ent alles über Moria erzählt. Aber mir fiel dann ein sonderbarer Blick ein, den er uns damals zugeworfen hatte. Ich kann nur annehmen, daß er Gandalf gesehen oder irgendwelche Nachrichten von ihm bekommen hatte, aber nichts in Eile hatte sagen wollen. ›Sei nicht hastig‹ ist sein Wahlspruch. Aber niemand, nicht einmal Elben, werden viel über Gandalfs Tätigkeit sagen, wenn er nicht da ist.

›Hum! Gandalf!‹ sagte Baumbart. ›Ich bin froh, daß Ihr gekommen seid. Holz und Wasser, Stock und Stein, die kann ich beherrschen; aber hier ist ein Zauberer, mit dem man fertigwerden muß.‹

›Baumbart‹, sagte Gandalf, ›ich brauche Eure Hilfe. Ihr habt viel getan, aber ich brauche mehr. Ich muß mit ungefähr zehntausend Orks fertigwerden.‹

Dann gingen die beiden weg und hielten in irgendeiner Ecke eine Beratung ab. Es muß Baumbart sehr hastig vorgekommen sein, denn Gandalf war in fürchterlicher Eile und redete schon sehr schnell, ehe sie außer Hörweite waren. Sie waren nur ein paar Minuten weg, vielleicht eine Viertelstunde. Dann kam Gandalf zu uns zurück und schien erleichtert, fast fröhlich. Jetzt sagte er auch, daß er sich freue, uns zu sehen.

›Aber Gandalf‹, rief ich, ›wo bist du gewesen? Und hast du die anderen gesehen!‹

›Wo immer ich gewesen bin, ich bin zurück‹, antwortete er auf echte Gandalf-Art. ›Ja, ich habe einige der anderen gesehen. Aber die Neuigkeiten müssen warten. Es ist heute eine gefährliche Nacht, und ich muß schnell reiten. Doch mag der Morgen heller sein, und dann werden wir uns wiedersehen. Paßt gut auf euch auf und haltet euch von Orthanc fern. Lebt wohl!‹

Baumbart war sehr nachdenklich, nachdem Gandalf fort war. Offenbar hatte er in kurzer Zeit eine Menge erfahren und verdaute es. Er sah uns an und sagte: ›Hm, na ja, ich finde, ihr seid nicht so hastige Leute, wie ich geglaubt habe. Ihr habt viel weniger gesagt, als ihr hättet sagen können, und nicht mehr, als ihr solltet. Hm, das ist wahrlich ein ganzer Haufen Neuigkeiten. Na, nun muß Baumbart wieder an die Arbeit.‹

Ehe er ging, holten wir noch ein paar Neuigkeiten aus ihm heraus; und sie munterten uns ganz und gar nicht auf. Aber im Augenblick dachten wir mehr an euch drei als an Frodo und Sam oder den armen Boromir. Denn wir schlossen aus alledem, daß eine große Schlacht im Gange war oder bald beginnen würde, und daß ihr hineinverwickelt wart und vielleicht nicht wieder herauskommen würdet.

›Die Huorns werden helfen‹, sagte Baumbart. Dann ging er fort, und wir sahen ihn erst heute morgen wieder.

Es war tiefe Nacht. Wir lagen auf einem Steinhaufen und konnten dahinter nichts sehen. Nebel oder Schatten verhüllten alles um uns wie eine große Decke. Die Luft kam uns heiß und drückend vor; und sie war erfüllt von Geraschel, Knacken und einem Gemurmel wie von vorbeigehenden Stimmen. Ich glaube, daß noch Hunderte der Huorns vorbeigegangen sind, um in der Schlacht zu helfen. Später gab es ein mächtiges Donnergrollen im Süden und Blitze fern über Rohan. Ab und zu konnten wir Berggipfel sehen, Meilen und Abermeilen entfernt, die plötzlich weiß und schwarz herausragten und dann wieder verschwanden. Und hinter uns waren Geräusche wie Donner in den Bergen, aber anders. Zu Zeiten hallte das ganze Tal wider.

Es muß ungefähr um Mitternacht gewesen sein, als die Ents die Dämme durchstachen und all das gesammelte Wasser durch ein Loch im Nordwall nach Isengart hineinleiteten. Die Huorn-Finsternis war vorübergegangen, und der Donner hatte sich verzogen. Der Mond ging hinter dem westlichen Gebirge unter.

Isengart begann sich mit schwarzen kriechenden Bächen und Tümpeln zu füllen. Sie glitzerten im letzten Schein des Mondes, als sie sich über die Ebene ausbreiteten. Dann und wann fanden die Wassermassen ihren Weg hinunter in irgendeinen Schacht oder ein Belüftungsrohr. Mächtige weiße Dämpfe zischten hoch. Rauch stieg in dicken Schwaden auf. Es gab Entladungen und Feuerstöße. Eine große Schlange aus Dampf wirbelte empor und ringelte sich rund um Orthanc, bis er aussah wie ein hoher Wolkengipfel, feurig von unten und mondbeschienen von oben. Und immer mehr Wassermassen ergossen sich, bis Isengart wie ein riesiger flacher Kochtopf aussah, der dampfte und brodelte.«

»Wir sahen gestern nacht vom Süden aus eine Wolke von Rauch und Dampf, als wir zur Einmündung von Nan Curunír kamen«, sagte Aragorn. »Wir fürchteten, daß Saruman irgendeine neue Teufelei für uns aushecke.«

»Er nicht«, sagte Pippin. »Er erstickte wahrscheinlich und lachte nicht mehr. Am Morgen, gestern morgen, war das Wasser in alle Löcher hinabgesunken, und es war dichter Nebel. Wir flüchteten uns in die Wachstube da drüben; und wir hatten ziemliche Angst. Der See begann überzulaufen und sich durch den alten unterirdischen Gang zu ergießen, und das Wasser stieg rasch die Stufen hinauf. Wir glaubten, wir würden wie die Orks in einer Falle gefangen sein; aber wir fanden eine Wendeltreppe an der Rückseite des Vorratsraums, die uns hinauf auf den Torbogen brachte. Das Hinauskommen war sehr schwierig, denn die Gänge waren zerstört worden und bis oben halb zugeschüttet mit herabgefallenen Steinen. Da saßen wir dann hoch über der Flut und schauten zu, wie Isengart ertrank. Die Ents lenkten immer mehr Wasser hinein, bis alle Feuer ausgelöscht und alle Höhlen voll waren. Der Nebel sammelte sich langsam und verdichtete sich zu einer riesigen Wolkenglocke: sie muß eine Meile hoch gewesen sein. Am Abend stand ein großer Regenbogen über den östlichen Bergen; und dann wurde der Sonnenuntergang durch einen dichten Nieselregen auf den Gebirgshängen verdunkelt. Es war alles ganz still. Ein paar Wölfe heulten klagend in der Ferne. In der Nacht unterbrachen die Ents den Zufluß und leiteten den Isen wieder in sein altes Bett. Und das war das Ende von allem.

Seitdem sinkt das Wasser wieder. Es wird irgendwo unter den Höhlen Abflüsse geben, denke ich mir. Wenn Saruman aus seinen Fenstern schaut, muß alles einen unordentlichen, trostlosen Anblick bieten. Wir kamen uns sehr verlassen vor. Nicht ein einziger Ent war zu sehen, mit dem man sich in all den Trümmern unterhalten konnte, und keine neuen Nachrichten. Wir verbrachten die Nacht da drüben über dem Torbogen, und es war kalt und feucht, und wir schliefen nicht. Wir hatten ein Gefühl, als ob jede Minute etwas geschehen könnte. Saruman ist noch in seinem Turm. Nachts war ein Geräusch zu hören, wie wenn ein Wind das Tal heraufkommt. Ich glaube, die Ents und die Huorns, die weg gewesen waren, kamen dann zurück; aber wo sie jetzt alle hingegangen sind, weiß ich nicht. Es war ein nebliger, feuchter Morgen, als wir hinunterkletterten und uns wieder umschauten und niemand da war. Und das ist ungefähr alles, was es zu erzählen gibt. Es erscheint jetzt fast friedlich nach all dem Aufruhr. Und auch irgendwie sicherer, seit Gandalf zurückkam. Ich könnte jetzt schlafen!«

Eine Weile schweigen sie alle. Gimli stopfte seine Pfeife neu. »Da ist etwas, über das ich mir den Kopf zerbreche«, sagte er, als er sie mit Feuerstein und Zunder anzündete. »Schlangenzunge. Ihr habt Théoden gesagt, er sei bei Saruman. Wie ist er hergekommen?«

»Ach ja, ihn habe ich vergessen«, sagte Pippin. »Er kam erst heute morgen. Wir hatten gerade das Feuer angezündet und etwas gefrühstückt, als Baumbart wieder auftauchte. Wir hörten ihn draußen brabbeln und unsere Namen rufen.

›Ich bin vorbeigekommen, um zu sehen, wie es euch geht, meine Jungs‹, sagte er, ›und euch ein paar Neuigkeiten zu überbringen. Die Huorns sind zurückgekommen. Alles ist gut; freilich, sehr gut sogar!‹ lachte er und schlug sich auf die Schenkel. ›Keine Orks mehr in Isengart, keine Äxte mehr! Und ein paar Leute werden aus dem Süden heraufkommen, ehe der Tag alt ist; einige, die zu sehen ihr froh sein werdet.‹

Kaum hatte er das gesagt, da hörten wir Hufgeräusche auf der Straße. Wir stürzten hinaus vors Tor, und ich stand da und starrte und erwartete halb und halb, Streicher und Gandalf an der Spitze eines Heeres heranreiten zu sehen. Aber aus dem Nebel heraus ritt ein Mann auf einem alten, müden Pferd; und er selbst sah wie ein wunderlich verdrehtes Geschöpf aus. Sonst war niemand da. Als er aus dem Nebel herauskam und plötzlich die Zerstörungen und Verheerungen vor sich sah, saß er da und glotzte, und sein Gesicht wurde fast grün. Er war so bestürzt, daß er uns zuerst gar nicht zu bemerken schien. Als er uns aber sah, stieß er einen Schrei aus und versuchte, seinen Gaul zu wenden und davonzureiten. Doch Baumbart machte drei lange Schritte, streckte seinen langen Arm aus und hob ihn aus dem Sattel. Sein Pferd ging vor Schreck durch, und er warf sich bäuchlings auf den Boden. Er sagte, er sei Gríma, Freund und Ratgeber des Königs, und von Théoden mit wichtigen Botschaften zu Saruman geschickt worden.

›Niemand sonst wagte durch das offene Land zu reiten, wo es von üblen Orks wimmelte‹, sagte er, ›deshalb wurde ich entsandt. Und ich habe eine gefährliche Fahrt hinter mir und bin hungrig und müde. Ich bin weitab von meinem Weg nach Norden geflohen, von Wölfen verfolgt.‹

Ich bemerkte die Seitenblicke, die er Baumbart zuwarf, und sagte bei mir: ›Lügner‹. Baumbart sah ihn auf seine langsame, gemächliche Weise mehrere Minuten an, bis der unglückliche Mann unruhig auf dem Boden hin- und herrutschte. Dann schließlich sagte er: ›Ha, hm, ich habe Euch erwartet, Herr Schlangenzunge.‹ Der Mann fuhr zusammen bei dem Namen. ›Gandalf war als erster hier. Deshalb weiß ich über Euch so viel, wie ich wissen muß, und ich weiß, was ich mit Euch zu tun habe. Steckt alle Ratten in eine Falle, sagte Gandalf; und das werde ich. Ich bin jetzt der Herr von Isengart, und Saruman ist in seinem Turm eingesperrt; da könnt Ihr hingehen und ihm alle Botschaften bringen, die Ihr Euch ausdenken könnt.‹

›Laßt mich gehen, laßt mich gehen!‹ sagte Schlangenzunge. ›Ich kenne den Weg.‹

›Ihr kanntet den Weg, daran zweifle ich nicht‹, sagte Baumbart. ›Aber die Dinge haben sich hier ein wenig geändert. Geht und seht!‹

Er ließ Schlangenzunge gehen, und er humpelte davon durch den Torbogen, wir dicht hinter ihm her, bis er in den Ring hinein kam und die ganzen Fluten sehen konnte, die zwischen ihm und Orthanc lagen. Dann drehte er sich zu uns um.

›Laßt mich fortgehen!‹ greinte er. ›Laßt mich fortgehen! Meine Botschaften sind jetzt nutzlos.‹

›Das sind sie allerdings‹, sagte Baumbart. ›Aber Ihr habt nur zwei Möglichkeiten: bei mir zu bleiben, bis Gandalf und Euer Herr kommen; oder das Wasser zu überqueren. Welche wollt Ihr?‹

Der Mann zitterte, als sein Herr erwähnt wurde, und setzte einen Fuß ins Wasser; aber er zog ihn wieder zurück. ›Ich kann nicht schwimmen‹, sagte er.

›Das Wasser ist nicht tief‹, sagte Baumbart. ›Es ist schmutzig, aber das wird Euch nicht schaden, Herr Schlangenzunge. Jetzt hinein mit Euch!‹

Daraufhin stolperte der Unglückliche hinein in die Flut. Das Wasser reichte ihm fast bis zum Hals, ehe er so weit weg war, daß ich ihn nicht mehr sehen konnte. Das Letzte, was ich von ihm sah, war, daß er sich an irgendein altes Faß oder Stück Holz klammerte. Aber Baumbart watete hinter ihm her und überwachte sein Vorwärtskommen.

›So, er ist drinnen‹, sagte er, als er zurückkam. ›Ich sah ihn die Stufen hinaufkriechen wie eine schmierige Ratte. Es ist noch jemand im Turm: eine Hand kam heraus und zog ihn hinein. Da ist er nun, und ich hoffe, das Willkommen wird nach seinem Geschmack sein. Jetzt muß ich gehen und mir den Schlamm abwaschen. Ich bin drüben auf der Nordseite, wenn jemand mich sprechen will. Es gibt kein reines Wasser hier unten, das ein Ent trinken oder in dem er baden könnte. Deshalb will ich euch beide bitten, an diesem Tor auf die Leute zu warten, die kommen. Es wird der Herr der Gefilde von Rohan sein, wohlgemerkt! Ihr müßt ihn so gut begrüßen, wie ihr könnt: seine Mannen haben eine große Schlacht mit den Orks ausgefochten. Vielleicht kennt ihr besser als Ents die richtige Art von Menschenworten für einen solchen Herrn. Zu meiner Zeit hat es viele Herren auf den grünen Feldern gegeben, und ich habe ihre Redeweise oder ihre Namen nie gelernt. Sie werden Menschennahrung haben wollen, und ihr wißt darüber Bescheid, nehme ich an. Also sucht etwas, wovon ihr glaubt, daß es für einen König eßbar ist, wenn ihr könnt.‹ Und das ist das Ende der Geschichte. Obwohl ich gern wissen möchte, wer dieser Schlangenzunge ist. War er wirklich des Königs Ratgeber?«

»Das war er«, sagte Aragorn, »und außerdem Sarumans Späher und Diener in Rohan. Das Schicksal war nicht freundlicher zu ihm, als er es verdient. Der Anblick der Zerstörung von allem, was er für stark und großartig hielt, muß fast schon genug Strafe gewesen sein. Doch fürchte ich, daß ihn noch Schlimmeres erwartet.«

»Ja, ich glaube nicht, daß Baumbart ihn aus Freundlichkeit nach Orthanc schickte«, sagte Merry. »Ihm schien die Sache ein grimmiges Vergnügen zu bereiten, und er lachte vor sich hin, als er zu seinem Bad und Trunk ging. Wir hatten eine arbeitsreiche Zeit danach, haben nach Treibgut gesucht und alles durchstöbert. Wir fanden an verschiedenen Stellen in der Nähe zwei oder drei Vorratsräume über der Fluthöhe. Aber Baumbart schickte ein paar Ents herunter, und sie trugen eine ganze Menge von dem Zeug weg.

›Wir brauchen Menschennahrung für fünfundzwanzig‹, sagten die Ents, also könnt ihr sehen, daß jemand eure Gruppe sorgfältig gezählt hat, ehe ihr ankamt. Ihr drei solltet offenbar mit den großen Leuten gehen. Aber dabei wäret ihr auch nicht besser weggekommen. Wir haben genausoviel Gutes behalten, wie wir weggeschickt haben, das verspreche ich euch. Besser sogar, denn wir haben keine Getränke mitgeschickt.

›Wie steht's mit Getränken?‹ fragte ich die Ents.

›Es gibt Wasser vom Isen‹, sagten sie, ›und das ist gut genug für Ents und Menschen.‹ Aber ich hoffe, die Ents haben Zeit gefunden, etwas von ihren Tränken aus den Gebirgsquellen zu brauen, und dann werden wir sehen, wie Gandalfs Bart sich kräuselt, wenn er zurückkommt. Nachdem die Ents gegangen waren, waren wir müde und hungrig. Aber wir murrten nicht – unsere Mühen waren wohl belohnt worden. Bei unserer Suche nach Menschennahrung entdeckte Pippin unter all dem Treibgut die Perle, diese Hornbläser-Fässer. ›Pfeifenkraut ist besser nach dem Essen‹, sagte Pippin; so ist die Lage entstanden.«

»Jetzt verstehen wir das alles vollkommen«, sagte Gimli.

»Alles mit einer Ausnahme«, sagte Aragorn. »Tabakblätter aus dem Südviertel in Isengart. Je mehr ich darüber nachdenke, um so seltsamer finde ich es. Ich bin nie in Isengart gewesen, doch ich bin in diesem Land gewandert, und ich kenne die öden Gegenden sehr gut, die zwischen Rohan und dem Auenland liegen. Seit vielen Jahren haben weder Waren noch Leute diesen Weg genommen, nicht offen jedenfalls. Saruman hat geheime Verbindungen zu irgend jemandem im Auenland, vermute ich. Schlangenzunges können vielleicht noch in anderen Häusern als König Théodens gefunden werden. War ein Datum auf den Fässern?«

»Ja«, sagte Pippin. »Es war die 1417er Ernte, also vom vorigen Jahr; nein, nein, vom vorvorigen natürlich; ein guter Jahrgang.«

»Nun ja, welches Unheil auch immer im Gange war, es ist jetzt vorbei, hoffe ich; oder es ist gegenwärtig außerhalb unserer Reichweite«, sagte Aragorn. »Immerhin glaube ich, ich sollte es Gandalf gegenüber erwähnen, wenn es auch als eine Kleinigkeit erscheinen mag bei seinen großen Angelegenheiten.«

»Ich würde gern wissen, was er tut«, sagte Merry. »Der Nachmittag ist schon weit fortgeschritten. Laßt uns gehen und uns umschauen. Jetzt kannst du Isengart jedenfalls betreten, Streicher, wenn du willst. Aber es ist kein sehr erfreulicher Anblick.«

ZEHNTES KAPITEL

SARUMANS STIMME

Sie schritten durch den zerstörten unterirdischen Gang und blieben auf einem Steinhaufen stehen; sie starrten auf den dunklen Felsen Orthanc und seine vielen Fenster, noch immer eine Drohung in der Verwüstung ringsum. Das Wasser war jetzt fast ganz abgelaufen. Hier und dort waren noch ein paar düstere Tümpel übrig geblieben, mit Abschaum und Trümmern bedeckt; doch der größte Teil des weiten Kreises lag wieder offen da, eine Wildnis aus Schlamm und durcheinandergewürfelten Felsbrocken, unterbrochen von geschwärzten Löchern und getüpfelt mit Pfosten und Säulen, die sich gleichsam trunken hierhin und dorthin neigten. Am Rand des zerstörten Kessels lagen gewaltige Erdwälle und Hänge wie Schindeln, die von einem großen Sturm hochgewirbelt worden sind; und dahinter zog sich das grüne und verschlungene Tal in einer langen Schlucht zwischen den dunklen Ausläufern des Gebirges hinauf. Jenseits der Wüstenei sahen sie Reiter, die sich ihren Weg bahnten; sie kamen von der Nordseite und näherten sich Orthanc schon.

»Da ist Gandalf und Théoden mit seinen Mannen!« sagte Legolas. »Laßt uns ihnen entgegengehen!«

»Geht vorsichtig!« sagte Merry. »Manche Steinplatten sind lose und könnten hochkippen und euch in irgendeine Grube schleudern, wenn ihr nicht aufpaßt.«

Sie folgten den Überbleibseln der einstigen Straße von den Toren zu Orthanc und gingen langsam, denn die Steinplatten waren gesprungen und glitschig. Als die Reiter sie kommen sahen, hielten sie im Schatten des Felsen an und warteten auf sie. Gandalf ritt ihnen entgegen.

»Ja, Baumbart und ich haben eine anregende Beratung gehabt und ein paar Pläne geschmiedet«, sagte er. »Und wir alle haben die sehr nötige Ruhe gehabt. Jetzt müssen wir weiter. Ich hoffe, ihr Gefährten habt euch auch ausgeruht und erfrischt?«

»Das haben wir«, sagte Merry. »Aber unsere Beratung führte zu nichts. Immerhin sind wir Saruman gegenüber jetzt freundlicher gesinnt als vorher.«

»Wirklich?« sagte Gandalf. »Na, ich nicht. Ich habe noch eine letzte Aufgabe, ehe ich gehe: Ich muß Saruman einen Abschiedsbesuch abstatten. Gefährlich und wahrscheinlich nutzlos; aber es muß sein. Wer von euch will, kann mitkommen – aber seid auf der Hut! Und spottet nicht! Das ist jetzt nicht der richtige Augenblick dafür.«

»Ich will mitkommen«, sagte Gimli. »Ich will ihn sehen und feststellen, ob er wirklich aussieht wie du.«

»Und wie willst du das feststellen, Herr Zwerg?« fragte Gandalf. »Saruman könnte in deinen Augen wie ich aussehen, wenn das seinen Absichten, die er dir gegenüber hat, förderlich wäre. Und bist du schon weise genug, alle seine

Fälschungen zu durchschauen? Na, wir werden es vielleicht erleben. Es mag sein, daß er sich scheut, sich vor so vielen verschiedenen Augen zu zeigen. Aber ich habe allen Ents befohlen, außer Sichtweite zu bleiben, also können wir ihn vielleicht überreden herauszukommen.«

»Worin besteht die Gefahr?« fragte Pippin. »Wird er auf uns schießen oder Feuer aus dem Fenster herausgießen? Oder kann er uns aus der Entfernung behexen?«

»Das letzte ist das wahrscheinlichste, wenn man sorglos bis zu seiner Tür reitet«, sagte Gandalf. »Aber man weiß nicht, was er tun kann oder vielleicht versuchen will. Sich einem in die Enge getriebenen wilden Tier zu nähern, ist nicht ungefährlich. Und Saruman besitzt Kräfte, die ihr nicht vermutet. Hütet euch vor seiner Stimme!«

Sie kamen jetzt an den Fuß von Orthanc. Er war schwarz, und der Felsen schimmerte, als wäre er naß. Die vielen Oberflächen des Steins hatten scharfe Kanten, als ob sie frisch herausgemeißelt worden wären. Ein paar Kerben und am Boden liegende schuppenähnliche Splitter waren die einzigen Spuren, die von der Wut der Ents zurückgeblieben waren.

Auf der östlichen Seite, in dem Winkel zwischen zwei Pfeilern, war eine große Tür hoch über der Erde; das Fenster darüber war geschlossen und ging auf einen vergitterten Balkon hinaus. Bis zur Schwelle der Tür führte eine Treppe von siebenundzwanzig breiten Stufen, die mit Hilfe irgendeiner unbekannten Kunstfertigkeit aus demselben schwarzen Gestein herausgehauen waren. Das war der einzige Eingang zum Turm; aber viele hohe Fenster mit tiefen Leibungen waren in die emporragenden Wände eingeschnitten: hoch oben schauten sie wie kleine Augen auf die steilen Hänge der Berge.

Am Fuße der Treppe saßen Gandalf und der König ab. »Ich will hinaufgehen«, sagte Gandalf. »Ich bin in Orthanc gewesen und weiß um meine Gefährdung.«

»Und ich will auch hinaufgehen«, sagte der König. »Ich bin alt und fürchte keine Gefahr mehr. Ich wünsche mit dem Feind zu sprechen, der mir so viel Unrecht angetan hat. Éomer soll mit mir kommen und dafür sorgen, daß meine betagten Füße nicht straucheln.«

»Wie Ihr wollt«, sagte Gandalf. »Aragorn soll mit mir mitkommen. Laßt die anderen am Fuße der Treppe auf uns warten. Sie werden dort genug sehen und hören, wenn es etwas zu sehen und zu hören gibt.«

»Nein!« sagte Gimli. »Legolas und ich wollen ihn mehr aus der Nähe sehen. Wir allein vertreten hier unsere Sippen. Wir werden auch mitkommen.«

»Kommt denn!« sagte Gandalf, und damit stieg er die Stufen hinauf, und Théoden ging neben ihm.

Die Reiter von Rohan saßen zu beiden Seiten der Treppe unbehaglich auf ihren Pferden und schauten finster hinauf zu dem großen Turm, besorgt, was ihrem Herrn wohl widerfahren werde. Merry und Pippin saßen auf der untersten Stufe und kamen sich unwichtig vor und auch gefährdet.

»Eine halbe eklige Meile von hier bis zum Tor!« murmelte Pippin. »Ich wünschte, ich könnte mich unbemerkt davonstehlen und wieder in den Wachraum gehen. Warum sind wir eigentlich hergekommen? Wir werden nicht gebraucht.«

Gandalf stand vor der Tür von Orthanc und schlug mit seinem Stab dagegen. Es klang hohl. »Saruman, Saruman!« rief er mit lauter, befehlender Stimme. »Saruman, komm heraus!«

Eine Zeitlang kam keine Antwort. Schließlich wurde das Fenster über der Tür aufgeriegelt, aber man sah niemanden in der dunklen Öffnung.

»Wer ist da?« fragte eine Stimme. »Was wünscht ihr?«

Théoden fuhr zusammen. »Ich kenne diese Stimme«, sagte er, »und ich verfluche den Tag, da ich zum erstenmal auf sie hörte.«

»Geh und hole Saruman, nachdem du sein Bediener geworden bist, Gríma Schlangenzunge!« sagte Gandalf. »Und verschwende unsere Zeit nicht!«

Das Fenster wurde geschlossen. Sie warteten. Plötzlich sprach eine andere Stimme, leise und melodisch, allein ihr Klang war eine Verzauberung. Jene, die arglos dieser Stimme lauschten, konnten selten die Worte berichten, die sie gehört hatten; und wenn sie es taten, wunderten sie sich, denn wenig Überzeugungskraft war in ihnen geblieben. Meistens erinnerten sie sich nur, daß es eine Freude gewesen war, die Stimme sprechen zu hören; alles, was sie sagte, schien klug und vernünftig zu sein, und der Wunsch erwachte in ihnen, durch rasche Zustimmung selbst klug zu erscheinen. Wenn andere sprachen, klangen ihre Stimmen im Vergleich dazu schrill und grob; und wenn sie der Stimme widersprachen, entbrannte Ärger in den Herzen jener, die von ihr bezaubert waren. Bei manchen hielt der Zauber nur so lange an, wie die Stimme zu ihnen sprach, und wenn sie mit einem anderen sprach, lächelten sie, wie Männer lächeln, die das Kunststück eines Gauklers schon durchschauen, während andere noch Mund und Nase aufsperren. Für viele war allein der Klang der Stimme ausreichend, sie im Banne zu halten; aber bei denjenigen, die von ihr bezwungen worden waren, hielt der Zauber an, auch wenn sie weit fort waren, und immer hörten sie diese sanfte Stimme flüstern und sie anspornen. Aber keiner blieb ungerührt; keiner wies ihre Bitten und Befehle zurück ohne eine Anstrengung des Geistes und des Willens, solange er noch die Herrschaft darüber hatte.

»Nun?« fragte sie jetzt sanft. »Warum müßt ihr meine Ruhe stören? Wollt ihr mir überhaupt keinen Frieden gönnen bei Tag oder bei Nacht?« Ihr Ton war der eines freundlichen Herzens, das betrübt ist über unverdiente Ungerechtigkeiten.

Sie schauten erstaunt hinauf, denn sie hatten ihn gar nicht kommen hören; und sie sahen eine Gestalt am Geländer stehen, die zu ihnen herabblickte: ein alter Mann, in einen weiten Mantel gehüllt, dessen Farbe nicht leicht auszumachen war, denn sie änderte sich, wenn sie ihre Augen bewegten oder er sich rührte. Sein Gesicht war lang, die Stirn hoch, und er hatte tiefliegende, dunkle Augen, die schwer zu ergründen waren, obwohl ihr Ausdruck jetzt ernst und gütig war, und ein wenig müde. Haar und Bart waren weiß, doch sah man um Lippen und Ohr noch schwarze Strähnen.

»Ähnlich, und doch unähnlich«, murmelte Gimli.

»Doch was gibt es«, sagte die sanfte Stimme. »Zumindest zwei von euch kenne ich mit Namen. Gandalf kenne ich zu gut, um viel Hoffnung zu haben, daß er hier Hilfe oder Rat sucht. Aber Ihr, Théoden, Herr der Mark von Rohan, seid erkennbar an Eurem edlen Wappen und mehr noch an dem schönen Antlitz des Hauses von Eorl. O würdiger Sohn Thengels, des Höchstberühmten! Warum seid Ihr nicht früher gekommen und als Freund? Sehr habe ich gewünscht, Euch zu sehen, den mächtigsten König der westlichen Lande, und besonders in diesen letzten Jahren, um Euch vor den unklugen und bösen Ratgebern zu bewahren, die Euch umgeben. Ist es schon zu spät? Trotz der Unbilden, die mir zugefügt worden sind, an denen die Menschen von Rohan leider einen gewissen Anteil gehabt haben, möchte ich Euch noch immer retten und vor dem Untergang bewahren, der unvermeidlich näherrückt, wenn Ihr auf dieser Straße weiterreitet, die Ihr eingeschlagen habt. Wahrlich, ich allein kann Euch jetzt helfen.«

Théoden machte den Mund auf, als ob er sprechen wollte, aber er sagte nichts. Er blickte hinauf zu Sarumans Gesicht mit den dunklen, ernsten Augen, die auf ihn gerichtet waren, und dann zu Gandalf an seiner Seite; und er schien zu zaudern. Gandalf gab kein Zeichen; er stand still wie Stein, wie einer, der geduldig auf eine Aufforderung wartet, die noch nicht ergangen ist. Die Reiter regten sich zuerst und murmelten beifällig zu Sarumans Worten; und dann waren auch sie still, wie Menschen unter einem Zauberbann. Ihnen schien, als habe Gandalf niemals so schön und passend mit ihrem Herrn gesprochen. Grob und hochmütig erschienen ihnen jetzt alle seine Verhandlungen mit Théoden. Und ein Schatten kroch über ihre Herzen, die Furcht vor einer großen Gefahr: das Ende der Mark in einer Dunkelheit, in die Gandalf sie trieb, während Saruman neben einem Tor zur Flucht stand, das er halb offenhielt, so daß ein Lichtstrahl hindurchfiel. Es herrschte ein bedrücktes Schweigen.

Gimli der Zwerg war es, der es plötzlich brach. »Die Worte dieses Zauberers stehen auf dem Kopf«, grollte er und packte den Griff seiner Axt. »In der Sprache von Orthanc bedeutet Hilfe Untergang, und retten bedeutet erschlagen, das ist klar. Aber wir sind nicht hierher gekommen, um zu bitten.«

»Ruhig!« sagte Saruman, und für einen flüchtigen Augenblick war seine Stimme weniger milde, und ein Funkeln flackerte in seinen Augen auf und verschwand wieder. »Noch spreche ich nicht mit Euch, Gimli, Glóins Sohn«, sagte er. »Fern ist Eure Heimat, und von geringer Bedeutung sind für Euch die Wirren dieses Landes. Doch war es nicht Eure eigene Absicht, daß Ihr in sie hineinverwickelt wurdet, und deshalb will ich Euch nicht tadeln wegen der Rolle, die Ihr gespielt habt – eine tapfere, daran zweifle ich nicht. Doch bitte ich, erlaubt mir zuerst mit dem König von Rohan zu sprechen, meinem Nachbarn und einst meinem Freund.

Was habt Ihr zu sagen, König Théoden? Wollt Ihr Frieden mit mir haben und alle Hilfe, die mein in langen Jahren erlangtes Wissen zu gewähren vermag? Wollen wir gemeinsam beratschlagen, wie die bösen Zeiten zu bestehen sind, und unsere Schäden wiedergutmachen mit so viel gutem Willen, daß unser beider Besitztümer zu schönerer Blüte kommen denn je zuvor?«

Noch immer antwortete Théoden nicht. Ob er gegen Zorn ankämpfte oder gegen Zweifel, konnte keiner sagen. Éomer sprach.

»Herr, hört mich!« sagte er. »Jetzt verspüren wir die Gefahr, vor der wir gewarnt wurden. Sind wir ausgeritten zum Sieg, um schließlich in Schrecken versetzt zu werden von einem alten Lügner mit Honig auf seiner gespaltenen Zunge? So würde der in der Falle gefangene Wolf mit den Hunden sprechen, wenn er könnte. Welche Hilfe kann er Euch in Wirklichkeit gewähren? Er wünscht sich ja nichts, als seiner jämmerlichen Lage zu entrinnen. Aber wollt Ihr unterhandeln mit diesem Mann, der nur Verräterei und Mord im Sinn hat? Denkt an Théodred an der Furt und das Grab von Háma in Helms Klamm!«

»Wenn wir von vergifteten Zungen reden, was sollen wir dann von Eurer sagen, junge Schlange?« fragte Saruman, und das Aufflammen seiner Wut war jetzt deutlich zu sehen. »Doch kommt, Éomer, Éomunds Sohn!« fuhr er dann wieder mit sanfter Stimme fort. »Jedem Mann seine Rolle. Tapferkeit mit den Waffen ist die Eure, und hohe Ehre gewinnt Ihr dadurch. Erschlagt, wen Euer Herr als Feinde benennt, und begnügt Euch damit. Mischt Euch nicht in Staatsangelegenheiten, die Ihr nicht versteht. Doch werdet Ihr vielleicht herausfinden, wenn Ihr König werdet, daß man seine Freunde mit Bedacht wählen muß. Sarumans Freundschaft und die Macht von Orthanc können nicht leichthin abgetan werden, welche Gründe zu Klagen, wirkliche oder eingebildete, auch immer vorliegen mögen. Ihr habt eine Schlacht gewonnen, nicht einen Krieg – und das dank einer Hilfe, auf die Ihr nicht wieder rechnen könnt. Es mag sein, daß Ihr den Schatten des Waldes demnächst vor Eurer Tür findet: er ist unberechenbar und unverständig und liebt die Menschen nicht.

Aber, mein Herr von Rohan, muß ich ein Mörder genannt werden, weil tapfere Männer im Kampfe gefallen sind? Wenn Ihr in den Krieg zieht, unnötigerweise, denn ich wollte ihn nicht, dann werden Männer erschlagen. Doch wenn ich deswegen ein Mörder bin, dann ist Eorls ganzes Haus mit Mord befleckt; denn es hat viele Kriege geführt und viele angegriffen, die ihm Trotz boten. Dennoch hat es nachher mit vielen Frieden geschlossen und ist gut dabei gefahren, denn es war staatsmännisch klug. Ich sage, König Théoden: sollen wir Frieden und Freundschaft haben, Ihr und ich? Es liegt in unserer Hand.«

»Wir werden Frieden haben«, sagte Théoden schließlich mit belegter Stimme und mühsam. Einige der Reiter stießen Freudenrufe aus. Théoden hob die Hand. »Ja, wir werden Frieden haben«, sagte er jetzt mit klarer Stimme, »wir werden Frieden haben, wenn Ihr und all Eure Werke vernichtet seid – und die Werke Eures dunklen Herrn, dem Ihr uns ausliefern wolltet. Ihr seid ein Lügner, Saruman, und ein Verführer der Herzen der Menschen. Ihr streckt mir die Hand entgegen, und ich erkenne nur einen Finger der Klaue von Mordor. Grausam und kalt! Selbst wenn Euer Krieg gegen mich gerecht gewesen wäre – was er nicht war, denn wenn Ihr zehnmal so klug wäret, hättet Ihr doch kein Recht, mich und mein Reich zu Eurem eigenen Vorteil zu beherrschen, wie Ihr es wünschtet – selbst dann, was werdet Ihr über Eure Feuersbrünste in Westfold sagen und über die Kinder, die dort getötet wurden? Und sie haben Hámas Körper vor den Toren der Hornburg zerhackt, nachdem er tot war. Wenn Ihr an einem Balken Eures Fensters wie an einem Galgen hängt zum Vergnügen Eurer eigenen Krähen, dann werde ich Frieden haben mit Euch und Orthanc. Soviel für Eorls Haus. Ein unbedeutender Sohn großer Vorfahren bin ich, aber ich habe es nicht nötig, Euch die Hand zu lecken. Wendet Euch anderswohin. Doch ich fürchte, Eure Stimme hat ihren Zauber verloren.«

Die Reiter starrten zu Théoden hinauf wie Menschen, die aus einem Traum auffahren. Mißtönend wie die Stimme eines alten Raben klang die ihres Herrn in ihren Ohren nach Sarumans Wohllaut. Aber Saruman war eine Weile außer sich vor Zorn. Er beugte sich über das Geländer, als ob er den König mit seinem Stab schlagen wollte. Einigen kam es plötzlich vor, als sähen sie eine Schlange, die sich zusammenrollt, ehe sie ihre Giftzähne in das Opfer schlägt.

»Galgen und Krähen!« zischte er, und es schauderte sie, so abscheulich hatte sich die Stimme verändert. »Schwachsinniger Greis! Was ist Eorls Haus anderes als eine strohgedeckte Scheune, wo Straßenräuber in stinkigem Rauch trinken und ihre Sprößlinge sich zwischen den Hunden auf dem Fußboden sielen? Zu lange sind sie selbst dem Galgen entronnen. Doch der Fallstrick kommt, langsam zieht sich die Schlinge zu, fest und hart zuletzt. Hängt, wen Ihr wollt!« Jetzt änderte sich seine Stimme wieder, während er allmählich seine Selbstbeherrschung zurückgewann. »Ich weiß nicht, warum ich die Geduld aufbringe, mit Euch zu reden. Denn ich brauche Euch nicht, und auch nicht Eure kleine Bande galoppierender Reiter, ebenso bereit zur Flucht wie zum Angriff, Théoden Pferdeherr. Vor langer Zeit bot ich Euch eine Machtstellung an, die Euer Verdienst und Euren Verstand überstieg. Ich habe das Angebot wiederholt, so daß jene, die Ihr in die Irre führt, deutlich sehen können, welcher andere Weg zur Wahl steht. Ihr überschüttet mich mit Prahlereien und Schmähungen. So sei es denn. Kehrt heim in Eure Hütten!

Aber du, Gandalf! Um dich zumindest gräme ich mich, denn deine Schande dauert mich. Wie kommt es, daß du solche Gesellschaft ertragen kannst? Denn du bist stolz, Gandalf – und nicht ohne Verstand, hast einen edlen Sinn und Augen, die sowohl tief als auch weit sehen. Nicht einmal jetzt willst du auf meinen Rat hören?«

Gandalf schaute hinauf. »Was hast du zu sagen, was du nicht schon bei unserer letzten Begegnung gesagt hättest?« fragte er. »Oder vielleicht hast du etwas zu widerrufen?«

Saruman zögerte. »Widerrufen?« wiederholte er, als ob er angestrengt nachdächte. »Widerrufen? Ich trachtete, dir zu deinem Nutz und Frommen zu raten, aber du hast kaum zugehört. Du bist stolz und liebst es nicht, Rat zu empfangen, denn du hast fürwahr einen eigenen Schatz an Weisheit. Aber bei jener Gelegenheit irrtest du, glaube ich, und hast meine Absichten bewußt falsch ausgelegt. Ich fürchte, daß ich in meinem Eifer, dich zu überzeugen, die Geduld verlor. Und das bedaure ich wirklich. Denn ich hegte keinen Groll gegen dich, und selbst jetzt hege ich keinen Groll, obwohl du zu mir zurückkehrst in der Gesellschaft von Gewalttätigen und Unwissenden. Wie sollte ich auch? Sind wir nicht beide Mitglieder eines hohen und alten Ordens, des hervorragendsten in Mittelerde? Unsere Freundschaft würde uns beiden zum Nutzen gereichen. Viel könnten wir noch gemeinsam vollbringen, um die Wirren der Welt zu bereinigen. Laß uns einander verstehen und diese geringeren Leute aus unseren Gedanken verbannen! Laß sie unserer Entscheidungen harren! Um des Gemeinwohls willen bin ich bereit, das Gewesene zu berichtigen und dich zu empfangen. Willst du dich nicht mit mir beraten? Willst du nicht heraufkommen?«

So groß war die Macht, die Saruman bei seiner letzten Anstrengung ausübte, daß keiner, der in Hörweite stand, unbeeindruckt blieb. Doch jetzt war die Verzauberung eine völlig andere. Sie hörten die milden Vorwürfe eines gütigen Königs gegen einen irrenden, aber vielgeliebten Diener. Doch waren sie ausgeschlossen, lauschten nur an der Tür auf Worte, die nicht für sie bestimmt waren: unerzogene Kinder oder dumme Dienstboten, die ein schwer verständliches Gespräch der Älteren mit anhören und sich Gedanken darüber machen, wie es sich auf ihr Schicksal auswirken werde. Aus edlerem Holz waren diese beiden geschnitzt: verehrungswürdig und weise. Es war unvermeidlich, daß sie ein Bündnis eingehen würden. Gandalf würde in den Turm hinaufsteigen, um in den hohen Gemächern von Orthanc tiefgründige Dinge zu erörtern, die sie nicht zu begreifen vermochten. Die Tür würde geschlossen werden, und sie würden draußen bleiben, weggeschickt, um die ihnen zugeteilte Arbeit oder Strafe zu erwarten. Selbst in Théodens Geist nahm der Gedanke Gestalt an wie ein Schatten des Zweifels: »Er wird uns verraten; er wird gehen – und wir werden verloren sein.«

Dann lachte Gandalf. Das Trugbild verschwand wie ein Rauchwölkchen.

»Saruman, Saruman!« sagte Gandalf, immer noch lachend. »Saruman, du hast deinen Beruf verfehlt. Du hättest des Königs Hofnarr sein und dein Brot und auch Schläge damit verdienen sollen, daß du seine Ratgeber nachäffst. Du meine Güte!« Er hielt inne, um über seine Heiterkeit hinwegzukommen. »Einander verstehen? Ich fürchte, mich kannst du nicht begreifen. Aber dich, Saruman, verstehe ich jetzt nur zu gut. Deine Beweisführungen und deine Taten habe ich besser im Gedächtnis, als du annimmst. Als ich dich zuletzt besuchte, warst du der Gefängniswärter von Mordor, und dorthin sollte ich geschickt werden. Nein, der Gast, der vom Dach flieht, wird es sich zweimal überlegen, ehe er durch die Tür zurückkommt. Nein, ich glaube nicht, daß ich hinaufkommen werde. Aber höre, Saruman, zum letztenmal! Willst du nicht herunterkommen? Isengart hat sich als weniger stark erwiesen, als du gehofft und dir eingebildet hattest. So mag es auch mit anderen Dingen gehen, auf die du noch vertraust. Wäre es nicht gut, Isengart für eine Weile zu verlassen? Sich vielleicht neuen Dingen zuzuwenden? Überlege es, Saruman! Willst du nicht herunterkommen?«

Ein Schatten zog über Sarumans Gesicht; dann wurde es totenblaß. Ehe er es verbergen konnte, sahen sie hinter der Maske die Seelenqual eines Zweifelnden, der an seiner Zufluchtsstätte nicht bleiben will, sich aber fürchtet, sie zu verlassen. Eine Sekunde zögerte er, und alle hielten den Atem an. Dann sprach er, und seine Stimme war schrill und kalt. Stolz und Haß gewannen die Oberhand über ihn.

»Will ich herunterkommen?« spottete er. »Kommt ein unbewaffneter Mann vor die Tür, um mit Räubern zu reden? Ich kann dich von hier aus gut genug hören. Ich bin kein Narr, und ich traue dir nicht, Gandalf. Sie stehen nicht offen auf meiner Treppe, aber ich weiß, wo die wilden Waldgeister auf deinen Befehl lauern.«

»Verräter sind immer argwöhnisch«, antwortete Gandalf müde. »Du brauchst nicht für dein Leben zu fürchten. Ich will dich nicht töten oder verletzen, wie du wissen würdest, wenn du mich wirklich verstündest. Und ich habe die Macht, dich zu schützen. Ich biete dir eine letzte Gelegenheit. Du kannst Orthanc verlassen, frei – wenn du es wünschst.«

»Das klingt gut«, höhnte Saruman. »Ganz und gar nach der Art von Gandalf dem Grauen: so herablassend und so überaus freundlich. Ich zweifle nicht, daß du Orthanc passend und mein Fortgehen zweckdienlich finden würdest. Doch warum sollte ich den Wunsch haben fortzugehen? Und was meinst du mit ›frei‹? Es gibt Bedingungen, nehme ich an?«

»Gründe für das Fortgehen kannst du von deinen Fenstern aus sehen«, antwortete Gandalf. »Andere werden dir noch einfallen. Deine Diener sind vernichtet und verstreut; deine Nachbarn hast du dir zu Feinden gemacht; und deinen neuen Herrn hast du betrogen oder es wenigstens versucht. Wenn sein Auge sich hierher wendet, wird es das rote Auge des Zorns sein. Aber wenn ich ›frei‹ sage, dann meine ich ›frei‹: frei von Fesseln, Ketten oder Befehl: zu gehen, wohin du willst, sogar – sogar nach Mordor, Saruman, wenn du es wünschst. Doch zuerst wirst du mir den Schlüssel von Orthanc aushändigen, und deinen Stab. Sie sollen ein Unterpfand sein für dein Verhalten und dir später zurückgegeben werden, wenn du sie verdienst.«

Sarumans Gesicht wurde leichenblaß, wutverzerrt, und ein rotes Funkeln leuchtete in seinen Augen auf. Er lachte höhnisch. »Später!« rief er, und seine Stimme wurde schrill. »Später! Ja. Wenn du auch die Schlüssel von Barad-dûr selbst hast, nehme ich an; und die Kronen von sieben Königen und die Stäbe der Fünf Zauberer und du dir ein Paar Stiefel besorgt hast, die fünf Nummern größer sind als die, die du jetzt trägst. Ein bescheidener Plan. Kaum einer, bei dem meine Hilfe nötig ist! Ich habe anderes zu tun. Sei kein Narr. Wenn du mit mir verhandeln willst, solange du eine Möglichkeit hast, gehe weg und komme zurück, wenn du nüchtern bist! Und bringe diese Halsabschneider und das kleine Lumpenpack, das an deinen Rockschößen baumelt, nicht wieder mit! Guten Tag!« Er wandte sich um und verließ den Balkon.

»Komm zurück, Saruman!« sagte Gandalf in befehlendem Ton. Zur Verwunderung der anderen wandte sich Saruman wieder um, und als ob er gegen seinen Willen gezogen würde, kam er langsam zu dem eisernen Geländer zurück, stützte sich darauf und atmete mühsam. Sein Gesicht war runzlig und zusammengeschrumpft. Seine Hand umklammerte wie eine Klaue den schweren schwarzen Stab.

»Ich habe dir nicht erlaubt, zu gehen«, sagte Gandalf streng. »Ich bin noch nicht fertig. Du bist ein Narr geworden, Saruman, und dennoch bemitleidenswert. Noch jetzt hättest du von Torheit und Bosheit ablassen und nützlich sein können.

Aber du hast dich dafür entschieden, zu bleiben und an den Zielen deiner alten Ränke weiterzunagen. Also bleibe! Aber ich warne dich, du wirst nicht leicht wieder herauskommen. Nicht, ehe die dunklen Hände des Ostens nach dir greifen. Saruman!« rief er, und seine Stimme nahm an Kraft und Nachdruck zu. »Siehe, ich bin nicht Gandalf der Graue, den du betrogen hast. Ich bin Gandalf der Weiße, der vom Tode zurückgekehrt ist. Du hast jetzt keine Farbe, und ich verstoße dich aus dem Orden und aus dem Rat.«

Er hob die Hand und sprach langsam mit einer klaren, kalten Stimme. »Saruman, dein Stab ist zerbrochen.« Man hörte ein Knacken, der Stab zersplitterte in Sarumans Hand, und sein oberes Ende fiel Gandalf vor die Füße. »Geh!« sagte Gandalf. Mit einem Schrei wich Saruman zurück und kroch davon. In diesem Augenblick wurde ein schwerer, glänzender Gegenstand von oben herabgeschleudert. Er prallte von dem eisernen Geländer ab, als Saruman es gerade verlassen hatte, sauste dicht an Gandalfs Kopf vorbei und fiel auf die Treppenstufe, auf der er stand. Das Geländer gab einen hellen Ton von sich und zerbarst. Die Stufe zersprang und zersplitterte zu glitzernden Bruchstücken. Aber der Ball war unbeschädigt: er rollte die Stufen hinab, eine Kristallkugel, dunkel, von einem inneren Feuer erhellt. Als sie weitersprang zu einem Tümpel, lief Pippin hinterdrein und hob sie auf.

»Dieser Mordbube!« rief Éomer. Aber Gandalf war ungerührt. »Nein, das ist nicht von Saruman geworfen worden«, sagte er, »nicht einmal auf sein Geheiß, glaube ich. Es kam von einem Fenster weiter oben. Ein Abschiedsgeschoß von Herrn Schlangenzunge, vermute ich, aber schlecht gezielt.«

»Vielleicht deshalb schlecht gezielt, weil er sich nicht darüber klar werden konnte, wen er mehr haßte, dich oder Saruman«, sagte Aragorn.

»Das mag wohl sein«, sagte Gandalf. »Geringen Trost werden die beiden darin finden, einander Gesellschaft zu leisten: sie werden sich gegenseitig mit Worten zermürben. Aber die Strafe ist gerecht. Wenn Schlangenzunge jemals aus Orthanc herauskommt, dann ist das mehr, als er verdient.

Komm, mein Junge, das nehme ich! Ich habe dich nicht aufgefordert, es anzufassen«, rief er, als er sich rasch umdrehte und sah, wie Pippin die Treppe heraufkam, langsam, als ob er eine schwere Last trüge. Er ging ihm entgegen, nahm dem Hobbit hastig die dunkle Kugel ab und verbarg sie in den Falten seines Mantels. »Das werde ich in Verwahrung nehmen«, sagte er. »Dieses Ding hätte Saruman bestimmt nicht gern weggeworfen.«

»Aber vielleicht hat er noch andere Dinge, die er werfen kann«, sagte Gimli. »Wenn dies das Ende der Unterhaltung ist, dann laßt uns wenigstens aus der Steinwurfweite herausgehen!«

»Es ist das Ende«, sagte Gandalf. »Laßt uns gehen.«

Sie kehrten den Türen von Orthanc den Rücken und gingen hinunter. Die Reiter jubelten dem König voll Freude zu und grüßten Gandalf. Sarumans Zauberbann war gebrochen: sie hatten gesehen, wie er auf einen Ruf hin kam und davonkroch, entlassen.

»So, das ist erledigt«, sagte Gandalf. »Jetzt muß ich Baumbart suchen und ihm sagen, wie die Dinge verlaufen sind.«

»Er wird es doch gewiß vermutet haben?« fragte Merry. »Bestand die Wahrscheinlich, daß sie anders ausgehen würden?«

»Nein, es war nicht wahrscheinlich«, antwortete Gandalf, »obwohl es an einem Haar gehangen hatte. Aber ich hatte Gründe, es zu versuchen; einige barmherzige und andere, die es weniger waren. Zum erstenmal wurde Saruman gezeigt, daß die Macht seiner Stimme im Schwinden war. Er kann nicht sowohl Gewaltherrscher als auch Ratgeber sein. Wenn die Zeit für die Verschwörung reif ist, bleibt sie nicht länger geheim. Dennoch geriet er in die Falle und versuchte, mit seinen Opfern einzeln fertigzuwerden, während andere zuhörten. Dann gab ich ihm eine letzte und billige Gelegenheit, sich zu entscheiden: sowohl Mordor als auch seine eigenen Pläne aufzugeben und dadurch Wiedergutmachung zu leisten, daß er uns in unserer Not hilft. Er kennt unsere Not, niemand besser als er. Sehr nützlich hätte er uns sein können. Aber er hat es vorgezogen, uns die Hilfe zu versagen und die Macht von Orthanc zu behalten. Er will nicht dienen, sondern befehlen. Jetzt lebt er in Angst vor dem Schatten von Mordor, und dennoch träumt er davon, den Sturm zu überstehen. Unseliger Narr! Er wird verschlungen werden, wenn die Macht des Ostens ihre Arme nach Isengart ausstreckt. Wir können Orthanc nicht von außen zerstören, aber Sauron – wer weiß, was er tun kann?«

»Und wenn Sauron nicht siegt? Was wirst du ihm dann antun?« fragte Pippin.

»Ich? Nichts!« sagte Gandalf. »Ich will ihm nichts antun. Ich trachte nicht nach Herrschaft. Was aus ihm werden wird? Das kann ich nicht sagen. Es grämt mich, daß so vieles, was gut war, nun in dem Turm verrottet. Immerhin sind die Dinge für uns nicht schlecht gegangen. Seltsam sind die Wendungen des Schicksals! Oft schadet Haß sich selbst! Ich stelle mir vor, selbst wenn wir hineingegangen wären, hätten wir nur wenig Schätze in Orthanc finden können, die kostbarer wären als das Ding, das Schlangenzunge auf uns herabgeworfen hat.«

Ein schriller Schrei, der plötzlich abbrach, kam aus einem offenen Fenster hoch oben.

»Es scheint, daß Saruman das auch meint«, sagte Gandalf. »Überlassen wir sie sich selbst!«

Sie kehrten nun zu dem zerstörten Tor zurück. Kaum waren sie unter dem Gewölbebogen hindurchgegangen, als Baumbart und ein Dutzend anderer Ents aus den Schatten der aufgehäuften Steine, wo sie gestanden hatten, herauskamen. Aragorn, Gimli und Legolas starrten sie verwundert an.

»Hier sind drei meiner Gefährten, Baumbart«, sagte Gandalf. »Ich habe von ihnen gesprochen, aber Ihr habt sie noch nicht gesehen.« Er nannte ihre Namen.

Der alte Ent sah sie lange und forschend an und sprach dann nacheinander mit ihnen. Zuletzt wandte er sich an Legolas. »So seid Ihr also den ganzen Weg von Düsterwald hergekommen, mein guter Elb? Ein sehr großer Wald war es einst!«

»Und ist es noch«, sagte Legolas. »Aber nicht so groß, daß wir, die wir dort leben, es je müde würden, neue Bäume zu sehen. Ich würde überaus gern in Fangorns Wald wandern. Ich bin kaum über seinen Saum hinausgelangt und hatte nicht den Wunsch umzukehren.«

Baumbarts Augen strahlten vor Freude. »Ich hoffe, Euer Wunsch wird Euch erfüllt, ehe die Berge viel älter sind«, sagte er.

»Ich werde kommen, wenn ich Gelegenheit habe«, sagte Legolas. »Ich habe ein Abkommen mit meinem Freund getroffen, daß wir, wenn alles gutgeht, gemeinsam Fangorn besuchen – mit Eurer Erlaubnis.«

»Jeder Elb, der mit Euch kommt, wird willkommen sein«, sagte Baumbart.

»Der Freund, von dem ich spreche, ist kein Elb«, sagte Legolas. »Ich meine Gimli, Glóins Sohn, hier.« Gimli verbeugte sich tief, und die Axt rutschte aus seinem Gürtel und fiel klirrend auf den Boden.

»Hum, hm! Je nun«, sagte Baumbart und blickte ihn finster an. »Ein Zwerg und Axtträger! Hum! Ich bin den Elben wohlgesinnt, aber Ihr verlangt viel. Das ist eine seltsame Freundschaft!«

»Seltsam mag sie erscheinen«, sagte Legolas. »Aber solange Gimli lebt, werde ich nicht allein nach Fangorn kommen. Seine Axt ist nicht für Bäume, sondern für Orknacken, o Fangorn, Herr von Fangorns Wald. Zweiundvierzig erschlug er in der Schlacht.«

»Hu! Sachte, sachte!« sagte Baumbart. »Das hört sich besser an! Nun, die Dinge werden ihren Lauf nehmen; es ist nicht nötig, ihnen entgegenzueilen. Aber jetzt müssen wir uns für eine Weile trennen. Der Tag nähert sich seinem Ende, doch Gandalf sagt, Ihr müßtet vor Einbruch der Nacht fortreiten, und der Herr der Mark ist ungeduldig, nach Hause zu kommen.«

»Ja, wir müssen gehen, und zwar gleich«, sagte Gandalf. »Ich fürchte, ich muß Euch Eure Torhüter fortnehmen. Aber Ihr werdet auch ohne sie ganz gut zurechtkommen.«

»Das werde ich vielleicht«, sagte Baumbart. »Aber ich werde sie vermissen. Wir sind in so kurzer Zeit Freunde geworden, daß ich glaube, ich werde allmählich hastig – vielleicht wachse ich rückwärts wieder der Jugend entgegen. Aber jedenfalls waren sie die ersten neuen Lebewesen unter der Sonne oder dem Mond, die ich seit so manchem langen, langen Tag gesehen habe. Ich habe ihre Namen der Langen Liste angefügt. Die Ents werden sie sich merken.

> *Ents, die Erdsprosse, alt wie die Berge,*
> *Weithin wandernde Wassertrinker,*
> *Und hungrig wie Jäger die Hobbitkinder,*
> *Das lachende Völkchen, die kleinen Leute,*

und sie sollen Freunde bleiben, solange Blätter neu entstehen. Lebt wohl! Aber wenn ihr oben in eurem erfreulichen Land, im Auenland, Neues hört, dann gebt mir Bescheid! Ihr wißt, was ich meine, wenn ihr von den Entfrauen etwas hört oder seht. Kommt selbst, wenn ihr könnt!«

»Das werden wir«, sagten Merry und Pippin aus einem Munde, und sie wandten sich rasch ab. Baumbart schaute sie an, schwieg eine Weile und schüttelte nachdenklich den Kopf. Dann wandte er sich an Gandalf.

»Saruman wollte also nicht fortgehen?« fragte er. »Ich hatte es auch nicht angenommen. Sein Herz ist so verstockt wie das eines schwarzen Huorn. Indes, wäre ich besiegt und alle meine Bäume vernichtet worden, würde ich auch nicht herauskommen, wenn ich noch ein dunkles Loch hätte, um mich darin zu verstecken.«

»Nein«, sagte Gandalf. »Aber Ihr habt auch nicht Ränke geschmiedet, um die ganze Welt mit Euren Bäumen zu bedecken und alle anderen Lebewesen zu ersticken. Aber so ist es nun, Saruman bleibt hier, um seinen Haß zu nähren und wieder solche Netze zu spinnen, wie er vermag. Er hat den Schlüssel von Orthanc. Aber er darf nicht entfliehen.«

»Wirklich nicht! Dafür werden die Ents sorgen«, sagte Baumbart. »Saruman soll nicht den Fuß über den Felsen hinaus setzen ohne meine Erlaubnis. Die Ents werden ihn bewachen.«

»Gut«, sagte Gandalf. »Das hatte ich gehofft. Jetzt kann ich gehen und mich anderen Dingen zuwenden und habe eine Sorge weniger. Aber Ihr müßt vorsichtig sein. Das Wasser ist gesunken. Es wird nicht genug sein, Wachen um den Turm aufzustellen, fürchte ich. Ich zweifle nicht daran, daß tiefe Gänge unter Orthanc gegraben worden sind und Saruman hofft, dort bald unbemerkt ein- und ausgehen zu können. Wenn Ihr die Mühe auf Euch nehmen wollt, dann bitte ich Euch, das Wasser wieder hineinfließen zu lassen, und zwar so lange, bis Isengart zu einem stehenden Gewässer geworden ist oder Ihr die Ausgänge entdeckt. Wenn alle unterirdischen Räume überflutet und die Ausgänge versperrt sind, dann muß Saruman oben bleiben und aus den Fenstern gucken.«

»Überlaßt es den Ents!« sagte Baumbart. »Wir werden das Tal von oben bis unten absuchen und unter jedem Kieselstein nachschauen. Es kommen wieder Bäume her, um hier zu leben, alte Bäume, wilde Bäume. Den Wachtwald werden wir ihn nennen. Nicht ein Eichhörnchen wird hier herumlaufen, ohne daß ich davon weiß. Überlaßt es den Ents! Ehe nicht die Jahre, in denen er uns gequält hat, siebenmal verstrichen sind, werden wir nicht müde werden, ihn zu bewachen.«

ELFTES KAPITEL

DER PALANTÍR

Die Sonne sank hinter dem langen westlichen Ausläufer des Gebirges, als Gandalf und seine Gefährten und der König mit seinen Reitern von Isengart aufbrachen.

Gandalf setzte Merry hinter sich, und Aragorn nahm Pippin. Zwei der Mannen des Königs wurden vorausgeschickt, und sie ritten rasch und waren bald unten im Tal und außer Sichtweite. Die anderen folgten in gemächlichem Schritt.

In einer feierlichen Reihe standen Ents wie Statuen am Tor, sie hatten ihre langen Arme gehoben, gaben aber keinen Ton von sich. Merry und Pippin blickten zurück, als sie die gewundene Straße ein Stück hinuntergeritten waren. Noch schien die Sonne am Himmel, aber lange Schatten lagen über Isengart: graue Trümmer, die in der Dunkelheit versanken. Baumbart stand jetzt allein dort wie der ferne Stumpf eines alten Baums: die Hobbits dachten an ihre erste Begegnung auf dem sonnigen Felsvorsprung weit entfernt an Fangorns Grenzen.

Sie kamen zu der Säule der Weißen Hand. Die Säule stand noch, aber die gemeißelte Hand war heruntergeworfen worden und in kleine Stücke zersprungen. Genau in der Mitte der Straße lag der Zeigefinger, weiß in der Dämmerung, sein roter Nagel verdunkelte sich zu Schwarz.

»Die Ents achten auf jede Einzelheit«, sagte Gandalf.

Sie ritten weiter, und der Abend senkte sich auf das Tal.

»Reiten wir heute abend weit, Gandalf?« fragte Merry nach einer Weile. »Ich weiß nicht, wie dir zumute ist, wenn kleines Lumpenpack an deinen Rockschößen baumelt; aber das Lumpenpack ist müde und wird froh sein, mit Baumeln aufzuhören und sich hinzulegen.«

»Du hast das also gehört?« fragte Gandalf. »Laß es dich nicht verdrießen! Sei dankbar, daß keine längeren Worte an dich gerichtet wurden. Er hatte euch im Auge. Wenn das ein Trost ist für deinen Stolz, dann würde ich sagen, daß er im Augenblick mehr an dich und Pippin denkt als an alle anderen von uns. Wer ihr seid; wie ihr dorthin kamt und warum; was ihr wißt; ob ihr gefangengenommen worden wart, und wenn ja, wie ihr entkamt, als alle Orks zugrunde gingen – von solchen kleinen Rätseln wird Sarumans großer Geist geplagt. Eine höhnische Bemerkung von ihm, Meriadoc, ist eine Schmeichelei, wenn du dich durch seine Anteilnahme geehrt fühlst.«

»Danke!« sagte Merry. »Aber es ist eine größere Ehre, an deinen Rockschößen zu baumeln, Gandalf. Erstens einmal hat man in dieser Lage Gelegenheit, eine Frage ein zweites Mal zu stellen. Reiten wir heute abend weit?«

Gandalf lachte. »Nicht kleinzukriegen, dieser Hobbit! Alle Zauberer sollten in ihrer Obhut ein oder zwei Hobbits haben, die die Zauberer die Bedeutung des Worts lehren und sie verbessern. Ich bitte um Entschuldigung. Aber ich habe mir sogar über diese einfachen Dinge Gedanken gemacht. Wir werden noch ein paar Stunden weiterreiten, gemächlich, bis wir zum Ende des Tals kommen. Morgen müssen wir schneller reiten.

Als wir kamen, hatten wir vor, von Isengart aus schnurstracks über die Ebene zum Haus des Königs in Edoras zurückzukehren, ein Ritt von ein paar Tagen. Aber wir haben es uns überlegt und den Plan geändert. Boten sind schon nach Helms Klamm unterwegs, um die Rückkehr des Königs für morgen anzukündigen. Von dort wird er mit vielen Mannen auf Pfaden durch die Berge nach Dunharg reiten. Von nun an sollen nie mehr als zwei oder drei zusammen offen über Land gehen, bei Tage oder Nacht, wenn es sich vermeiden läßt.«

»Nichts oder eine doppelte Zuteilung, das ist deine Art!« sagte Merry. »Ich fürchte, ich schaue nicht weiter als bis zum Bett heute nacht. Wo und was ist Helms Klamm und alles andere? Ich weiß nicht das geringste über dieses Land.«

»Dann lernst du besser etwas, wenn du begreifen willst, was geschieht. Aber nicht gerade jetzt und nicht von mir: ich muß über zu viele dringende Dinge nachdenken.«

»Gut, ich werde mich am Lagerfeuer an Streicher heranmachen: er ist weniger reizbar. Aber warum all diese Geheimhaltung? ich dachte, wir hätten die Schlacht gewonnen?«

»Ja, wir haben gewonnen, aber nur den ersten Sieg errungen, und das vergrößert an sich schon unsere Gefahr. Es gab irgendein Bindeglied zwischen Isengart und Mordor, das ich noch nicht ergründet habe. Wie sie Nachrichten austauschten, weiß ich nicht genau, aber sie taten es. Das Auge von Barad-dûr wird ungeduldig nach dem Zauberer-Tal blicken, glaube ich; und nach Rohan. Je weniger es sieht, um so besser.«

Die Straße zog sich langsam ins Tal hinunter. Einmal entfernter, einmal näher floß der Isen in seinem steinigen Bett. Die Nacht kam vom Gebirge herab. Der ganze Nebel hatte sich gehoben. Ein kalter Wind blies. Der zunehmende Mond, jetzt schon fast voll, erfüllte den östlichen Himmel mit einem bleichen, kühlen Schein. Die Schultern des Gebirges zu ihrer Rechten fielen ab in kahle Berge. Die weite Ebene erschloß sich grau vor ihnen.

Schließlich hielten sie an. Dann verließen sie die Straße und ritten auf dem lieblichen Hochlandgras weiter. Nach einer Meile in westlicher Richtung kamen sie zu einem schmalen Tal. Es öffnete sich nach Süden und schmiegte sich an den Hang des runden Dol Baran, des letzten Bergs der nördlichen Kette, grün an seinem Fuß, der Gipfel mit Heide bestanden. Die Talseiten waren überwuchert von vorjährigen Farnwedeln, und zwischen ihnen stießen die fest zusammengerollten Frühjahrstriebe gerade durch die süßduftende Erde. Dornbüsche standen dicht auf den unteren Hängen, und unter ihnen schlugen sie ihr Lager auf, zwei Stunden etwa vor der Mitternacht. In einer Mulde zündeten sie ein Feuer an, zwischen den Wurzeln eines ausladenden Weißdorns, groß wie ein Baum, gekrümmt vom Alter, aber gesund in jedem Ast. Knospen schwellten an jeder Zweigspitze.

Posten wurden aufgestellt, jeweils zwei für eine Wache. Die übrigen hüllten sich, nachdem sie zu Abend gegessen hatten, in einen Mantel und eine Decke und schliefen. Die Hobbits lagen für sich allein in einem Winkel auf einem Haufen von altem Farn. Merry war schläfrig, aber Pippin schien seltsam unruhig. Der Farn knackte und raschelte, während er sich herumwarf und herumwälzte.

»Was ist los?« fragte Merry. »Liegst du auf einem Ameisenhaufen?«

»Nein«, sagte Pippin, »aber es ist so unbehaglich. Ich möchte mal wissen, wie lange es her ist, daß ich in einem Bett geschlafen habe!«

Merry gähnte. »Zähl es an den Fingern ab!« sagte er. »Du mußt doch wissen, wie lange es her ist, daß wir Lórien verließen.«

»Ach, das«, sagte Pippin. »Ich meine ein richtiges Bett in einem Schlafzimmer.«

»Na, dann Bruchtal«, sagte Merry. »Aber ich könnte heute überall schlafen.«

»Du hast Glück gehabt, Merry«, sagte Pippin leise nach einer Pause. »Du bist mit Gandalf geritten.«

»Na und?«

»Hast du irgendwelche Neuigkeiten, irgendwelche Aufklärungen aus ihm herausgeholt?«

»Ja, eine ganze Menge. Mehr als gewöhnlich. Aber du hast es alles oder das meiste davon gehört. Du warst ganz in der Nähe, und wir haben keine Geheimnisse ausgetauscht. Aber morgen kannst du mit ihm reiten, wenn du glaubst, daß du mehr aus ihm herausholen kannst – und wenn er dich haben will.«

»Kann ich? Gut! Aber er ist zugeknöpft, nicht wahr? Er hat sich ganz und gar nicht geändert.«

»Oh doch«, sagte Merry und wachte ein bißchen auf. Er begann sich zu fragen, was seinen Gefährten eigentlich quälte. »Er ist gewachsen oder so etwas Ähnliches. Er kann sowohl freundlicher als auch beängstigender, sowohl fröhlicher als auch feierlicher sein als früher, glaube ich. Er hat sich verändert, nur haben wir noch keine Gelegenheit gehabt festzustellen, wie sehr. Aber denke doch an den letzten Teil der Sache mit Saruman! Erinnere dich, daß Saruman einst Gandalfs Oberer war: der Oberste des Rats, was immer das genau sein mag. Er war Saruman der Weiße. Gandalf ist jetzt der Weiße. Saruman kam, als es ihm befohlen wurde, und sein Stab wurde ihm genommen; und dann wurde ihm einfach befohlen zu gehen, und er ging!«

»Na, wenn Gandalf sich überhaupt geändert hat, dann ist er zugeknöpfter denn je, das ist alles«, behauptete Pippin. »Dieser – Glasball zum Beispiel. Er scheint mächtig erfreut darüber zu sein. Er weiß oder vermutet etwas darüber. Aber sagt er uns, was? Nein, nicht ein Wort. Immerhin habe ich ihn aufgehoben und davor bewahrt, in einen Tümpel zu rollen. *Komm, mein Junge, das nehme ich* – das war alles. Ich möchte gern wissen, was für ein Ding das ist. Es war so sehr schwer.« Pippin wurde ganz leise, als ob er ein Selbstgespräch führte.

»Ach so«, sagte Merry, »das ist es, was dich plagt? Nun, Pippin, mein Junge, vergiß nicht Gildors Ausspruch – den Sam immer anführte: *Misch dich nicht in die Angelegenheiten von Zauberern ein, denn sie sind schwierig und rasch erzürnt.*«

»Aber seit Monaten war unser ganzes Leben nur ein einziges Einmischen in die Angelegenheiten von Zauberern«, sagte Pippin. »Ich hätte gern ein paar Auskünfte und nicht nur Gefahr. Ich würde mir den Ball gern mal genau ansehen.«
»Schlaf jetzt!« sagte Merry. »Früher oder später wirst du genug erfahren. Mein lieber Pippin, kein Tuk hat jemals einen Brandybock an Neugier übertroffen; aber ist das jetzt der richtige Zeitpunkt?«
»Schon gut! Was schadet es, wenn ich dir sage, was ich gern möchte: einen Blick auf diesen Stein werfen? Ich weiß, daß ich ihn nicht haben kann, weil der alte Gandalf draufsitzt wie eine Henne auf dem Ei. Aber es hilft mir nicht viel, wenn ich von dir nichts höre, als *du kannst es nicht haben, also schlaf!*«
»Was könnte ich sonst sagen?« fragte Merry. »Es tut mir leid, Pippin, aber du mußt wirklich bis zum Morgen warten. Nach dem Frühstück werde ich ebenso neugierig sein wie du und auf jede nur mögliche Weise behilflich sein beim Zauberer-Beschwatzen. Aber ich kann jetzt nicht länger wachbleiben. Wenn ich noch einmal gähne, werde ich Kiefersperre bekommen. Gute Nacht!«
Pippin sagte nichts mehr. Er lag jetzt still, doch der Schlaf wollte nicht kommen; und er wurde auch nicht gefördert durch das leise Atemgeräusch von Merry, der ein paar Minuten, nachdem er gute Nacht gesagt hatte, eingeschlafen war. Der Gedanke an die dunkle Kugel schien stärker zu werden, als alles ruhig wurde. Pippin spürte wieder ihr Gewicht in den Händen und sah wieder die geheimnisvolle rote Tiefe, in die er einen Augenblick geschaut hatte. Er warf sich hin und her und versuchte, an etwas anderes zu denken.
Schließlich konnte er es nicht länger ertragen. Er stand auf und schaute sich um. Es war kühl, und er zog seinen Mantel um sich. Der Mond schien kalt und weiß unten in dem engen Tal, und die Schatten der Büsche waren schwarz. Ringsum lagen schlafende Gestalten. Die beiden Wachen waren nicht zu sehen: vielleicht waren sie oben auf dem Berg oder im Farn verborgen. Von irgendeinem plötzlichen Drang getrieben, den er nicht verstand, ging Pippin leise zu der Stelle, wo Gandalf lag. Er blickte auf ihn hinunter. Der Zauberer schien zu schlafen, aber er hatte die Lider nicht ganz geschlossen: da war ein Glitzern von Augen unter den langen Wimpern. Pippin trat rasch zurück. Aber Gandalf rührte sich nicht; und wiederum vorwärtsgetrieben, halb gegen seinen Willen, kroch der Hobbit hinter den Kopf des Zauberers heran. Gandalf war in eine Decke eingerollt und hatte seinen Mantel darüber gebreitet; und dicht neben ihm, zwischen seiner rechten Seite und dem angewinkelten Arm, war ein Hügelchen, etwas Rundes, in ein dunkles Tuch gehüllt; Gandalfs Hand schien gerade erst heruntergeglittet zu sein und lag jetzt auf dem Boden.
Mit angehaltenem Atem kroch Pippin näher, Fuß um Fuß. Schließlich kniete er sich hin. Verstohlen streckte er die Hände vor und hob den Klumpen langsam hoch: er schien jetzt nicht so schwer zu sein, wie er erwartet hatte. »Also vielleicht doch bloß ein Lumpenbündel«, dachte er mit einem seltsamen Gefühl der Erleichterung; aber er legte das Bündel nicht wieder hin. Einen Augenblick blieb er stehen. Dann kam ihm ein Gedanke. Er schlich auf Zehenspitzen weg und kam mit einem großen Stein zurück.

Der Palantír

Rasch zog er jetzt das Tuch ab, hüllte den Stein darin ein, kniete sich wieder hin und legte ihn neben die Hand des Zauberers. Dann endlich sah er sich das Ding an, das er ausgewickelt hatte. Da war es: eine glatte Kristallkugel, dunkel jetzt und erloschen, lag entblößt vor seinen Knien. Pippin hob sie auf, bedeckte sie hastig mit seinem Mantel und hatte sich schon halb umgedreht, um wieder zu seiner Lagerstatt zu gehen. In diesem Augenblick bewegte sich Gandalf im Schlaf und murmelte einige Wörter: sie schienen aus einer fremden Sprache zu sein; er streckte die Hand aus und umklammerte den eingewickelten Stein, dann seufzte er und bewegte sich nicht mehr.

»Du alberner Tor!« murmelte Pippin zu sich selbst. »Du bringst dich in furchtbare Schwierigkeiten. Leg das Ding schnell wieder hin.« Aber jetzt merkte er, daß seine Knie zitterten, und er wagte nicht, nah genug zu dem Zauberer hinzugehen, um das Bündel zu erreichen. »Nun kann ich es nicht wieder zurücklegen«, dachte er, »ohne ihn zu wecken, nicht, ehe ich ein bißchen ruhiger bin. Also kann ich es mir auch erst mal betrachten. Allerdings nicht gerade hier.« Er stahl sich davon und setzte sich auf ein Grashügelchen nicht weit von seiner Lagerstatt. Der Mond schien jetzt über den Rand des Tals herein.

Pippin hatte die Knie angezogen und hielt den Ball zwischen ihnen. Er beugte sich tief darüber und sah aus wie ein naschhaftes Kind, das sich in einem Winkel fern von den anderen über eine Schüssel mit Essen hermacht. Er zog seinen Mantel beiseite und starrte auf den Ball. Die Luft schien still und spannungsgeladen zu sein. Zuerst war die Kugel dunkel, schwarz wie Pechkohle, und das Mondlicht glänzte auf ihrer Oberfläche. Dann kamen ein schwaches Glühen und eine Bewegung in ihrer Mitte, und die Kugel hielt Pippins Augen fest, so daß er jetzt nicht wegschauen konnte. Bald schien das ganze Innere zu brennen; der Ball drehte sich, oder die Lichter innen kreisten. Plötzlich gingen die Lichter aus. Pippin keuchte und wehrte sich; aber er blieb vorgebeugt sitzen und umklammerte den Ball mit beiden Händen. Tiefer und immer tiefer beugte er sich und wurde dann steif; seine Lippen bewegten sich eine Weile lautlos. Dann fiel er mit einem Schrei zurück und lag still.

Der Schrei war durchdringend. Die Wachen sprangen vom Abhang auf. Bald war das ganze Lager auf den Beinen.

»So, das ist der Dieb!« sagte Gandalf. Hastig warf er seinen Mantel über die Kugel und ließ sie liegen. »Aber du, Pippin! Das ist eine schmerzliche Wendung der Dinge!« Er kniete neben Pippin nieder. Der Hobbit lag reglos auf dem Rücken und starrte mit leerem Blick zum Himmel empor. »Diese Teufelei! Welches Unheil hat er angerichtet – für sich selbst und uns alle?« Das Gesicht des Zauberers war verzerrt und verstört.

Er nahm Pippins Hand, beugte sich über sein Gesicht und horchte, ob er atmete; dann legte er ihm die Hand auf die Stirn. Der Hobbit erschauerte. Seine Augen schlossen sich. Er schrie auf; und während er sich aufsetzte, starrte er bestürzt auf all die Gesichter um ihn, die bleich waren im Mondlicht.

»Er ist nicht für dich, Saruman!« rief er mit schriller und tonloser Stimme und wich vor Gandalf zurück. »Ich werde sofort danach schicken. Verstehst du? Sage nur das!« Dann versuchte er aufzustehen und zu fliehen, aber Gandalf hielt ihn sanft fest.

»Peregrin Tuk!« sagte er. »Komm zurück!«

Der Hobbit entspannte sich, ließ sich zurückfallen und umklammerte die Hand des Zauberers. »Gandalf!« rief er. »Gandalf, verzeih mir!«

»Verzeihen?« sagte der Zauberer. »Sag mir erst, was du getan hast!«

»Ich ... ich habe den Ball genommen und ihn angeschaut«, stammelte Pippin. »Und ich sah Dinge, die mich erschreckten. Und ich wollte weggehen, aber ich konnte nicht. Und dann kam er und verhörte mich, und er sah mich an und – und das ist alles, woran ich mich erinnere.«

»Das genügt nicht«, sagte Gandalf streng. »Was hast du gesehen und was hast du gesagt?«

Pippin schloß die Augen und zitterte, sagte aber nichts. Sie alle starrten ihn schweigend an, nur Merry wandte sich ab. Aber Gandalfs Gesicht war immer noch hart. »Rede!« sagte er.

Mit leiser, zögernder Stimme begann Pippin, und langsam wurden seine Worte klarer und nachdrücklicher. »Ich sah einen dunklen Himmel und hohe Festungsmauern«, sagte er. »Und winzige Sterne. Es schien sehr weit weg und vor langer Zeit, und dennoch scharf und deutlich. Dann leuchteten die Sterne auf und verschwanden – sie wurden verdeckt von Lebewesen mit Flügeln. Sehr großen, glaube ich, in Wirklichkeit; aber in dem Glas sahen sie wie Fledermäuse aus, die um den Turm schwirrten. Ich glaubte, es seien neun. Eines begann stracks auf mich zuzufliegen und wurde größer und größer. Es hatte ein entsetzliches – nein, nein! Ich kann es nicht sagen.

Ich versuchte fortzukommen, weil ich glaubte, es würde herausfliegen; aber als es die ganze Kugel bedeckte, verschwand es. Dann kam *er*. Er sprach nicht, so daß ich keine Worte hören konnte. Er schaute nur, und ich verstand.

›So, du bist also zurückgekommen? Warum hast du es so lange unterlassen, Bericht zu erstatten?‹

Ich antwortete nicht. Er sagte: ›Wer bist du?‹ Ich antwortete immer noch nicht, aber es tat entsetzlich weh; und er bedrängte mich, deshalb sagte ich: ›Ein Hobbit.‹

Dann schien er mich plötzlich zu sehen, und er lachte mich aus. Es war grausam. Es war, als ob ich von Dolchen durchbohrt würde. Ich wehrte mich. Aber er sagte: ›Warte einen Augenblick. Wir werden uns bald wiedertreffen. Sage Saruman, diese Köstlichkeit ist nicht für ihn. Ich werde sofort danach schicken. Verstehst du? Sage nur das!‹ Dann starrte er mich hämisch an. Ich hatte das Gefühl, als ob ich zerbreche. Nein, nein! Ich kann nicht mehr sagen. Ich erinnere mich an sonst nichts.«

»Schau mich an!« sagte Gandalf.

Pippin sah ihm unmittelbar in die Augen. Schwiegend hielt der Zauberer seinen Blick eine kurze Weile fest. Dann wurde sein Gesicht freundlicher, und der Schatten eines Lächelns erschien. Er legte Pippin sanft die Hand auf den Kopf.

»Es ist gut«, sagte er. »Sage nichts mehr. Du hast keinen Schaden davongetragen. Es ist keine Lüge in deinen Augen, wie ich gefürchtet hatte. Aber er hat nicht lange mit dir gesprochen. Ein Narr, aber ein ehrlicher Narr bleibst du, Peregrin Tuk. Klügere hätten in einer solchen Lage vielleicht Schlimmeres angerichtet. Aber merke dir das! Du und auch alle deine Freunde, ihr seid durch einen glücklichen Zufall, wie man das nennt, gerettet worden. Du kannst nicht ein zweites Mal darauf rechnen. Wenn er dich gleich und auf der Stelle verhört hätte, dann hättest du fast gewiß alles gesagt, was du weißt, zu unser aller Verderben. Aber er war zu habgierig. Er wollte nicht nur Auskünfte: er wollte *dich*, und zwar rasch, um sich in aller Ruhe im Dunklen Turm mit dir zu befassen. Schaudere nicht! Wenn du dich in die Angelegenheiten von Zauberern einmischen willst, dann mußt du bereit sein, an solche Dinge zu denken. Doch laß es gut sein. Ich verzeihe dir. Sei getrost! Die Dinge haben sich als nicht so schlimm erwiesen, wie sie hätten sein können.«

Er hob Pippin sanft auf und trug ihn zu seiner Lagerstatt. Merry folgte ihm und setzte sich neben Pippin. »Bleibe liegen und ruhe dich aus, Pippin, wenn du kannst«, sagte Gandalf. »Vertraue mir. Wenn du wieder ein Jucken in den Händen verspürst, sage es mir! Dergleichen kann geheilt werden. Aber jedenfalls, mein lieber Hobbit, lege mir nicht wieder einen Felsbrocken unter den Ellbogen. So, jetzt werde ich euch beide eine Weile allein lassen.«

So kehrte Gandalf zu den anderen zurück, die immer noch besorgt und nachdenklich bei dem Orthanc-Stein standen. »Gefahr kommt in der Nacht, wenn man es am wenigsten erwartet«, sagte er. »Wir sind mit knapper Not davongekommen!«

»Wie geht es Pippin, dem Hobbit?« fragte Aragorn.

»Ich glaube, es wird jetzt alles gut sein«, antwortete Gandalf. »Er wurde nicht lange festgehalten, und Hobbits haben ein erstaunliches Erholungsvermögen. Die Erinnerung oder der Schrecken davon werden wahrscheinlich rasch verblassen. Zu rasch vielleicht. Willst du, Aragorn, den Orthanc-Stein nehmen und ihn behüten? Es ist eine gefährliche Verantwortung.«

»Gefährlich fürwahr, aber nicht für alle«, sagte Aragorn. »Es gibt einen, der von Rechts wegen Anspruch auf ihn erheben kann. Denn dies ist der *Palantír* von Orthanc aus Elendils Schatz, den die Könige von Gondor dort hingebracht haben. Jetzt rückt meine Stunde näher. Ich werde ihn nehmen.«

Gandalf sah Aragorn an, und zur Überraschung der übrigen hob er dann den bedeckten Stein auf und verneigte sich, als er ihn überreichte.

»Empfangt ihn, Herr«, sagte er, »als Vorboten anderer Dinge, die zurückgegeben werden sollen. Aber wenn ich Euch für den Gebrauch Eures Eigentums einen Rat geben darf, so gebraucht ihn nicht – noch nicht. Seid vorsichtig!«

»Wann bin ich hastig oder unvorsichtig gewesen, der ich so viele lange Jahre gewartet und mich vorbereitet habe?« fragte Aragorn.

»Niemals bisher. Dann strauchelt nicht am Ende des Wegs«, antwortete Gandalf. »Doch zumindest haltet dieses Ding geheim. Ihr und alle anderen, die hier stehen! Der Hobbit Peregrin sollte vor allem nicht wissen, wo es aufbewahrt wird. Die böse Anwandlung mag ihn wieder überkommen. Denn leider hat er den Stein in der Hand gehabt und hineingeschaut, was niemals hätte geschehen dürfen. Er hätte ihn in Isengart nicht berühren sollen, und ich hätte rascher sein müssen. Aber meine Gedanken waren auf Saruman gerichtet, und ich erriet die Art des Steins erst, als es zu spät war. Erst jetzt bin ich mir über ihn klargeworden.«

»Ja, es kann kein Zweifel bestehen«, sagte Aragorn. »Zumindest kennen wir jetzt das Bindeglied zwischen Isengart und Mordor und wie es wirkte. Viel ist damit erklärt.«

»Seltsame Kräfte haben unsere Feinde, und seltsame Schwächen«, sagte Théoden. »Aber es gibt einen alten Spruch: *Oft wird böser Wille Böses vereiteln.*«

»Das hat man viele Male erlebt«, sagte Gandalf. »Aber diesmal haben wir merkwürdiges Glück gehabt. Es könnte sein, daß ich durch den Hobbit vor einem schweren Fehler bewahrt wurde. Ich hatte darüber nachgedacht, ob ich diesen Stein selbst erproben sollte oder nicht, um seine Verwendungszwecke herauszufinden. Hätte ich das getan, dann hätte ich mich ihm offenbart. Noch bin ich nicht bereit für eine solche Prüfung, falls ich es wirklich je sein werde. Aber selbst wenn ich die Kraft gehabt hätte, mich zurückzuziehen, wäre es verhängnisvoll gewesen, wenn er mich gesehen hätte, jetzt schon – ehe die Stunde kommt, da Geheimhaltung nicht länger nützt.«

»Diese Stunde ist jetzt gekommen, glaube ich«, sagte Aragorn.

»Noch nicht«, sagte Gandalf. »Es bleibt eine kurze Zeit des Zweifels, die wir ausnützen müssen. Der Feind glaubt, das ist klar, daß der Stein in Orthanc sei – warum sollte er das auch nicht glauben? Und daß daher der Hobbit dort gefangen war und von Saruman, der ihn foltern wollte, gezwungen wurde, in das Glas zu schauen. Dieser dunkle Geist wird jetzt erfüllt sein von der Stimme und dem Gesicht des Hobbits und von Erwartung: es mag einige Zeit dauern, bis er seinen Irrtum erkennt. Wir müssen aufbrechen. Die Nachbarschaft von Isengart ist keine Gegend, in der man sich aufhalten sollte. Ich werde sofort mit Peregrin Tuk vorausreiten. Für ihn wird es besser sein, als im Dunkeln zu liegen, während andere schlafen.«

»Ich will Éomer und zehn Reiter hier behalten«, sagte der König. »Sie sollen früh am Tag mit mir reiten. Die übrigen können mit Aragorn mitgehen und reiten, sobald ihnen der Sinn danach steht.«

»Wie Ihr wollt«, sagte Gandalf. »Aber begebt Euch, so schnell Ihr könnt, in den Schutz der Berge, nach Helms Klamm.«

In diesem Augenblick fiel ein Schatten auf sie. Das helle Mondlicht war plötzlich gleichsam abgeschnitten. Einige der Reiter schrien laut auf und duckten sich und hielten die Arme über den Kopf, als wollten sie einen Schlag von oben abwehren: eine blinde Furcht und eine Todeskälte befiel sie. Kauernd blickten sie auf. Eine riesige, geflügelte Gestalt zog wie eine schwarze Wolke vor dem Mond vorbei. Kreisend schwenkte sie nach Norden ab und flog mit größerer Geschwindigkeit als jeder Wind von Mittelerde. Die Sterne verblaßten vor ihr. Sie war fort.

Der Palantír

Sie standen auf, starr wie Steine. Gandalf blickte nach oben, die Arme nach unten ausgestreckt, die Hände zu Fäusten geballt.

»Nazgûl!« rief er. »Der Bote von Mordor. Der Sturm kommt. Die Nazgûl haben den Fluß überquert. Reitet, reitet! Wartet nicht auf die Morgendämmerung! Laßt nicht die Schnellen auf die Langsamen warten! Reitet!«

Er lief fort und rief Schattenfell, während er rannte. Aragorn folgte ihm. Gandalf ging zu Pippin und nahm ihn in die Arme. »Du sollst diesmal mit mir kommen«, sagte er. »Schattenfell soll dir seine Gangart zeigen.« Dann rannte er zu der Stelle, wo er geschlafen hatte. Schattenfell stand schon da. Der Zauberer hängte sich den kleinen Beutel, der sein ganzes Gepäck war, über die Schulter und sprang auf den Rücken des Pferdes. Aragorn hob Pippin auf und legte ihn, eingehüllt in Mantel und Decke, Gandalf in die Arme.

»Lebt wohl! Folgt rasch!« rief Gandalf. »Fort, Schattenfell!«

Das große Pferd warf den Kopf zurück. Sein wallender Schweif zuckte im Mondlicht. Dann sprang er vorwärts, die Erde mit den Hufen schlagend, und brauste dahin wie der Nordwind vom Gebirge.

»Eine schöne, geruhsame Nacht!« sagte Merry zu Aragorn. »Manche Leute haben unwahrscheinliches Glück. Er wollte nicht schlafen und er wollte mit Gandalf reiten – beides hat er erreicht. Statt in einen Stein verwandelt zu werden, der als eine Warnung auf immerdar hier steht.«

»Wenn du der erste gewesen wärst, der den Orthanc-Stein aufhob, und nicht er, wie wäre es dann jetzt?« fragte Aragorn. »Du hättest Schlimmeres anrichten können. Wer kann es sagen? Aber jetzt ist es dein Glück, mit mir mitzukommen, fürchte ich. Sofort. Geh und mach dich fertig und bringe alles mit, was Pippin zurückgelassen hat. Eil dich!«

Über die Ebene flog Schattenfell dahin und brauchte nicht angespornt oder gelenkt zu werden. Weniger als eine Stunde war vergangen, und sie hatten die Furten des Isen erreicht und durchquert. Das Hügelgrab der Reiter und seine kalten Speere lagen grau hinter ihnen.

Pippin erholte sich. Ihm war warm, aber der Wind auf seinem Gesicht war scharf und erfrischend. Er war bei Gandalf. Der Schrecken des Steins und des abscheulichen Schattens vor dem Mond verblaßten wie Dinge, die im Nebel des Gebirges oder in einem flüchtigen Traum zurückblieben. Er holte tief Luft.

»Ich wußte gar nicht, daß du ohne Sattel reitest, Gandalf«, sagte er. »Du hast weder Geschirr noch Zügel.«

»Ich reite sonst nicht auf Elbenart, außer auf Schattenfell«, sagte Gandalf. »Aber Schattenfell will kein Zaumzeug haben. Man reitet Schattenfell nicht: er ist gewillt, einen zu tragen – oder nicht. Wenn er gewillt ist, dann reicht das. Dann ist es seine Angelegenheit, dafür zu sorgen, daß man auf seinem Rücken bleibt, sofern man nicht in die Luft springt.«

»Wie schnell trabt er?« fragte Pippin. »Fast so schnell wie der Wind, aber sehr gleichmäßig. Und wie leicht seine Tritte sind!«

»Er trabt jetzt so geschwind, wie das schnellste Pferd galoppieren könnte«, antwortete Gandalf, »aber für ihn ist das nicht schnell. Das Land steigt hier ein wenig und ist unebener als jenseits des Flusses. Aber schau, wie das Weiße Gebirge näherrückt unter den Sternen. Dahinter stehen die Zinnen des Thrihyrne wie schwarze Speere. Es wird nicht lange dauern, dann erreichen wir die Wegkreuzung und kommen zum Klammtal, wo vor zwei Nächten die Schlacht geschlagen wurde.«

Pippin schwieg eine Weile. Er hörte Gandalf leise vor sich hinsingen und kurze Bruchstücke von Versen in vielen Sprachen murmeln, während die Meilen unter ihnen dahinliefen. Schließlich ging Gandalf zu einem Lied über, dessen Worte der Hobbit verstehen konnte; einige Zeilen drangen durch das Brausen des Windes deutlich an sein Ohr:

> *Hohe Schiffe, hohe Herrscher,*
> *Drei mal drei,*
> *Was brachten sie aus versunkenem Land*
> *Über das flutende Meer?*
> *Sieben Sterne und sieben Steine*
> *Und einen weißen Baum.*

»Was sagst du, Gandalf?« fragte Pippin.

»Ich bin gerade im Geist einige Gedichte der Überlieferung durchgegangen«, antwortete der Zauberer. »Die Hobbits, nehme ich an, haben sie vergessen, selbst diejenigen, die sie einst kannten.«

»Nein, nicht alle«, sagte Pippin. »Und wir haben viele eigene, die dich vielleicht nicht fesseln würden. Aber dieses habe ich nie gehört. Worüber ist es – die sieben Sterne und sieben Steine?«

»Über die *Palantíri* der Könige von einst«, sagte Gandalf.

»Und was sind Palantíri?«

»Der Name bedeutet *das, was in weite Ferne schaut*. Der Orthanc-Stein war einer davon.«

»Dann ist er nicht – nicht –« Pippin zögerte »– nicht vom Feind gemacht?«

»Nein«, sagte Gandalf. »Und auch nicht von Saruman. Das übersteigt seine Gelehrsamkeit, und Saurons auch. Die *Palantíri* kommen von noch weiter her als Westernis, aus Eldamar. Die Noldor haben sie gemacht. Feanor selbst hat sie vielleicht gearbeitet in Tagen, die so lange vergangen sind, daß sich die Zeit in Jahren nicht ermessen läßt. Aber es gibt nichts, was Sauron nicht bösen Zwecken zuführen kann. Wehe für Saruman! Es war sein Untergang, wie ich jetzt erkenne. Gefährlich für uns alle sind die Erfindungen eines Wissens, das größer ist als unser eigenes. Dennoch muß er die Schuld auf sich nehmen. Narr! ihn zu seinem eigenen Vorteil geheimzuhalten. Kein Wort davon hat er je zu irgendeinem Mitglied des Rats gesagt. Es war uns nicht bekannt, daß einer der *Palantíri* Gondors Untergang überdauert hatte. Außerhalb des Rats erinnerte man sich unter den Elben und den Menschen nicht einmal, daß es derartige Dinge gegeben hatte, abgesehen von einem einzigen Gedicht der Überlieferung, das unter Aragorns Volk erhalten geblieben war.«

»Wofür haben die Menschen von einst sie gebraucht?« fragte Pippin, erfreut und erstaunt, daß er Antwort auf so viele Fragen erhielt, und gespannt, wie lange das anhalten würde.

»Um weit zu sehen und in Gedanken miteinander zu sprechen«, sagte Gandalf. »Auf diese Weise haben sie das Reich Gondor lange beherrscht und geeint. Sie hatten Steine in Minas Anor und Minas Ithil und in Orthanc im Ring von Isengart. Der beherrschende und vortrefflichste dieser Steine war unter der Kuppel der Sterne in Osgiliath vor dessen Zerstörung. Die drei anderen waren weit weg im Norden. Im Hause von Elrond wird erzählt, sie seien in Annúminas und Amon Sûl gewesen, und Elendils Stein war auf den Turmbergen, die nach Mithlond schauen im Golf von Luhn, wo die grauen Schiffe liegen.

Jeder Palantír sprach mit jedem, aber in Osgiliath konnte man sie alle zusammen zur gleichen Zeit betrachten. Jetzt zeigt es sich, daß der Palantír von Orthanc erhalten geblieben ist, weil dieser Turm den Stürmen der Zeit widerstanden hat. Doch allein könnte er nur kleine Bilder von weit entfernten Dingen und längst vergangenen Tagen sehen. Sehr nützlich war das zweifellos für Saruman; indes scheint es, daß er damit nicht zufrieden war. Weiter und weiter hinaus schaute er, bis er einen Blick auf Barad-dûr warf. Dann war er entdeckt!

Wer weiß, wo alle jene anderen Steine jetzt liegen, zerbrochen oder vergraben oder im Meer versunken? Doch einen zumindest muß Sauron erhalten und seinen Zwecken untertan gemacht haben. Ich vermute, es war der Ithil-Stein, denn er hat Minas Ithil vor langer Zeit erobert und in einen bösen Ort verwandelt: Minas Morgul ist es geworden.

Leicht kann man sich jetzt vorstellen, wie schnell Sarumans schweifendes Auge eingefangen und festgehalten wurde; und wie er seitdem immer aus der Ferne überredet wurde und eingeschüchtert, wenn die Überredung nicht ausreichte. Der betrogene Betrüger, der Habicht in der Gewalt des Adlers, die Spinne in einem stählernen Netz! Seit wann, frage ich mich, ist er gezwungen worden, oft zu seinem Glas zu kommen, um überwacht und geleitet zu werden, und wie lange schon ist der Orthanc-Stein immer so auf Barad-dûr ausgerichtet, daß er die Gedanken und den Anblick eines jeden, der hineinschaut, dorthin trägt, sofern der Hinschauende nicht einen adamantenen Willen hat? Und wie er einen anzieht! Habe ich es nicht selbst verspürt? Sogar jetzt verlangt mein Herz danach, meinen Willen an ihm zu erproben, um herauszufinden, ob ich ihm den Stein nicht entreißen und ihn dorthin richten könnte, wohin ich wollte – um über die weiten Ströme des Meeres und der Zeit auf das Schöne Tirion zu blicken und die unvorstellbare Hand und den Geist von Feanor an der Arbeit zu sehen, als der Weiße und auch der Goldene Baum noch blühten!« Er seufzte und schwieg.

»Ich wünschte, ich hätte das alles vorher gewußt«, sagte Pippin. »Ich hatte keine Ahnung, was ich tat.«

»O doch, das hattest du«, sagte Gandalf. »Du wußtest, daß du dich falsch und töricht verhieltest; und das hast du dir selber gesagt, obwohl du nicht darauf hörtest. Ich habe dir das alles nicht vorher gesagt, denn nur dadurch, daß ich über alles nachgedacht habe, was geschehen ist, habe ich es endlich verstanden, jetzt erst, da wir zusammen reiten. Aber hätte ich früher gesprochen, dann hätte es dein Verlangen nicht vermindert oder es dir leichter gemacht, ihm zu widerstehen. Im Gegenteil! Nein, wer sich die Finger verbrennt, lernt am meisten. Danach glaubt er, daß das Feuer heiß ist.«

»Allerdings«, sagte Pippin. »Wenn alle sieben Steine jetzt vor mir ausgebreitet wären, würde ich die Augen schließen und die Hände in die Taschen stecken.«

»Gut«, sagte Gandalf. »Das hatte ich gehofft.«

»Aber ich würde gern wissen...«, begann Pippin.

»Erbarmen!« rief Gandalf. »Wenn die Erteilung von Auskünften dich von deiner Neugier heilen soll, dann werde ich den Rest meiner Tage damit verbringen, dir zu antworten. Was willst du noch wissen?«

»Die Namen aller Sterne und aller Lebewesen und die ganze Geschichte von Mittelerde und des Oberhimmels und der Trennenden Meere«, lachte Pippin. »Natürlich! Warum weniger? Aber ich habe es nicht eilig heute nacht. Im Augenblick machte ich mir nur Gedanken über den schwarzen Schatten. Ich hörte dich rufen ›Bote von Mordor‹. Was war das? Was konnte er in Isengart tun?«

»Es war ein Schwarzer Reiter mit Flügeln, ein Nazgûl«, sagte Gandalf. »Er hätte dich mitnehmen und zum Dunklen Turm bringen können.«

»Aber er ist doch nicht gekommen, um mich zu holen?« stammelte Pippin. »Ich meine, er wußte nicht, daß ich...«

»Natürlich nicht«, sagte Gandalf. »Es sind sechshundert Meilen oder mehr im geraden Flug von Barad-dûr nach Orthanc, und selbst ein Nazgûl würde ein paar Stunden für die Strecke brauchen. Aber Saruman hat gewiß seit dem Orküberfall in den Stein geblickt, und ich zweifle nicht, daß mehr von seinen geheimen Gedanken gelesen worden sind, als er beabsichtigte. Ein Bote ist ausgesandt worden, um herauszufinden, was er tut. Und nach dem, was heute nacht geschehen ist, wird noch einer kommen, glaube ich, und zwar rasch. So wird der letzte Druck des Schraubstocks, in den Saruman seine Hand gesteckt hat, ausgeübt. Er hat keinen Gefangenen, den er schicken könnte. Er hat keinen Stein, um damit zu sehen, und er kann den Aufforderungen nicht Folge leisten. Sauron wird glauben, er halte den Gefangenen nur zurück und weigere sich, den Stein zu gebrauchen. Es wird Saruman nichts nützen, wenn er dem Boten die Wahrheit sagt. Denn Isengart mag zerstört sein, doch er ist in Orthanc immer noch in Sicherheit. Ob er will oder nicht, er wird immer als Aufrührer erscheinen. Dennoch hat er uns zurückgewiesen, so als ob er gerade das vermeiden wollte! Was er in einer derart hoffnungslosen Lage tun will, kann ich nicht erraten. Solange er in Orthanc ist, hat er, glaube ich, die Macht, den Neun Reitern zu widerstehen. Das mag er versuchen. Er mag versuchen, den Nazgûl in die Falle zu locken oder zumindest das Geschöpf, auf dem er jetzt reitet, zu töten. In diesem Fall muß Rohan auf seine Pferde aufpassen!

Aber ich kann nicht sagen, wie es für uns ausgehen wird, ob gut oder schlecht. Es mag sein, daß die Ratschlüsse des Feindes verwirrt oder verhindert werden durch seinen Zorn auf Saruman. Vielleicht wird er erfahren, daß ich auf der Treppe von Orthanc stand – mit Hobbits an meinen Rockschößen. Oder daß ein Erbe von Elendil lebt und neben mir stand. Wenn sich Schlangenzunge nicht durch die Rüstung von Rohan täuschen ließ, wird er sich an Aragorn erinnern und an den Rechtsanspruch, den er erhob. Das ist es, was ich fürchte. Und so fliehen wir – nicht vor der Gefahr, sondern in eine größere Gefahr. Jeder Schritt von Schattenfell bringt dich dem Land des Schattens näher, Peregrin Tuk.«

Pippin antwortete nicht, sondern packte seinen Mantel, als ob ihm plötzlich kalt geworden sei. Graues Land zog unter ihnen vorbei.

»Schau jetzt!« sagte Gandalf. »Die Westfold-Täler liegen vor uns. Hier kommen wir wieder auf die östliche Straße zurück. Der dunkle Schatten dort drüben ist der Ausgang des Klammtals. In dieser Richtung liegen Aglarond und die Glitzernden Höhlen. Frage mich nicht nach ihnen. Frage Gimli, wenn ihr euch wiedertrefft, und zum erstenmal wirst du vielleicht eine längere Antwort erhalten, als du wünschst. Du wirst die Höhlen nicht selbst sehen, nicht auf dieser Fahrt. Bald werden sie weit hinter uns liegen.«

»Ich dachte, du würdest in Helms Klamm haltmachen«, sagte Pippin. »Wohin willst du denn?«

»Nach Minas Tirith, ehe die Wogen des Krieges es umschließen.«

»Oh! Und wie weit ist das?«

»Meilen über Meilen«, antwortete Gandalf. »Dreimal so weit wie die Behausungen des Königs Théoden, und diese liegen mehr als hundert Meilen östlich von hier, wie der Bote von Mordor fliegt. Schattenfell muß eine längere Strecke laufen. Wer wird sich als schneller erweisen?

Wir werden jetzt bis Tagesanbruch reiten, und das sind noch einige Stunden. Dann muß selbst Schattenfell ruhen, in irgendeinem Tal in den Bergen: in Edoras, hoffe ich. Schlafe, wenn du kannst! Den ersten Schimmer der Morgenröte siehst du vielleicht auf dem goldenen Dach von Eorls Haus. Und zwei Tage später wirst du den purpurnen Schatten des Berges Mindolluin auf den Wällen des Turms von Denethor sehen, weiß im Morgenlicht.

Fort nun, Schattenfell! Laufe, du Großherziger, laufe, wie du nie zuvor gelaufen bist! Jetzt kommen wir zu den Landen, wo du als Fohlen aufwuchst und jeden Stein kennst. Laufe nun! In der Schnelligkeit liegt unsere Hoffnung!«

Schattenfell warf den Kopf zurück und wieherte laut, als ob eine Trompete ihn zur Schlacht gerufen hätte. Dann schnellte er davon. Funken stoben unter seinen Hufen; die Nacht senkte sich auf ihn herab.

Als ihn allmählich der Schlaf übermannte, hatte Pippin ein seltsames Gefühl: er und Gandalf waren still wie Stein und saßen auf dem Standbild eines rennenden Pferdes, während die Welt unter seinen Füßen dahinzog und der Wind heftig brauste.

VIERTES BUCH

ERSTES KAPITEL

SMÉAGOLS ZÄHMUNG

»Ja, Herr, jetzt sitzen wir wirklich in der Patsche«, sagte Sam Gamdschie. Verzagt stand er neben Frodo, ließ die Schultern hängen und starrte mit zusammengekniffenen Augen hinaus in die Düsternis.

Es war der dritte Abend, seit sie sich von der Gemeinschaft getrennt hatten, soweit sie wußten: fast waren sie mit dem Zählen der Stunden durcheinandergekommen, in denen sie geklettert und zwischen den kahlen Hängen und Felsen des Emyn Muil herumgeirrt waren; manchmal mußten sie umkehren, weil es nicht weiterging, und manchmal wanderten sie in einem großen Kreis zu einer Stelle zurück, an der sie schon vor Stunden gewesen waren. Dennoch hatten sie sich im großen und ganzen stetig nach Osten vorgearbeitet und sich so nahe am äußeren Kamm dieses seltsam verflochtenen Knäuels von Bergen gehalten, wie sie nur einen Weg finden konnten. Doch immer fanden sie, daß die äußeren Bergseiten steil, hoch und unwegsam waren und finster auf die Ebene hinabblickten; hinter ihren durcheinandergewürfelten Ausläufern lagen fahle, faulige Sümpfe, wo nichts sich bewegte und nicht einmal ein Vogel zu sehen war.

Die Hobbits standen jetzt am Rande einer hohen, kahlen und düsteren Felswand, deren Fuß in Nebel gehüllt war; hinter ihnen erhob sich das zerklüftete Hochland, gekrönt von ziehenden Wolken. Ein kalter Wind blies von Osten. Die Nacht verdichtete sich über den gestaltlosen Landen vor ihnen; ihr blasses Grün verblich zu einem düsteren Braun. Fern zu ihrer Rechten floß der Anduin, der während des Tages dann und wann aufgeschimmert hatte, wenn die Sonne durchbrach; jetzt war er in Schatten verborgen. Aber ihre Augen blickten nicht über den Fluß hinweg zurück nach Gondor, zu ihren Freunden, zu den Landen der Menschen. Nach Süden und Osten starrten sie, wo am Rande der nahenden Nacht eine dunkle Linie zu erkennen war wie ein fernes Gebirge von bewegungslosem Rauch. Dann und wann flackerte an der Kimm zwischen Himmel und Erde ein winziger roter Schimmer auf.

»Was für eine Patsche!« sagte Sam. »Das ist der einzige Ort in all den Landen, von denen wir gehört haben, den wir nicht von nah sehen wollen; und genau das ist der einzige Ort, an den wir zu gelangen suchen! Und gerade da können wir ganz und gar nicht hinkommen. Wir sind den falschen Weg gekommen, scheint es. Wir können nicht hinunter; und wenn wir hinunterkämen, würden wir feststellen, daß das ganze grüne Land ein ekelhaftes Moor ist, da wette ich. Pfui! Riechst du es?« Er schnupperte im Wind.

»Ja, ich rieche es«, sagte Frodo, aber er rührte sich nicht, und seine Augen blickten weiterhin starr auf die dunkle Linie und die flackernde Flamme. »Mordor!« flüsterte er. »Wenn ich schon da hingehen muß, dann wünschte ich, ich könnte schnell hinkommen und Schluß machen!« Ihm schauderte. Der Wind war kühl und dennoch geschwängert mit einem kalten Modergeruch. »Nun ja«, sagte er und wandte endlich seinen Blick ab, »wir können nicht die ganze Nacht hierbleiben, Patsche oder nicht. Wir müssen eine geschütztere Stelle finden und noch einmal lagern; und vielleicht wird der nächste Tag uns einen Pfad zeigen.«

»Oder der übernächste und der überübernächste«, brummte Sam. »Oder vielleicht gar kein Tag. Wir sind den falschen Weg gekommen.«

»Ich wüßte es gern«, sagte Frodo. »Es ist mein Schicksal, glaube ich, zu diesem Schatten da drüben zu gehen, so daß ein Weg sich finden wird. Aber wird Gut oder Böse ihn mir zeigen? Unsere Hoffnung beruhte auf Schnelligkeit. Verzug spielt dem Feind in die Hände – und jetzt haben wir's: ich bin im Verzug. Ist es der Wille des Dunklen Turms, der uns lenkt? Alle meine Entscheidungen haben sich als schlecht erwiesen. Ich hätte die Gemeinschaft schon viel früher verlassen und von Norden her kommen sollen, östlich des Stroms und des Emyn Muil, und dann weiter über den festen Grund und Boden der Walstatt bis zu den Pässen von Mordor. Aber jetzt können du und ich allein den Weg zurück nicht finden, und die Orks streifen auf dem Ostufer umher. Jeder Tag, der vergeht, bedeutet, daß ein kostbarer Tag verloren ist. Ich bin müde, Sam. Ich weiß nicht, was wir machen sollen. Was haben wir noch an Verpflegung?«

»Nur dieses, wie heißt es, *lembas*, Herr Frodo. Eine ganze Menge. Aber es ist besser als nichts auf die Dauer. Obwohl ich damals, als ich es zuerst zwischen die Zähne steckte, nicht glaubte, daß ich mir jemals eine Abwechslung wünschen würde. Jetzt tue ich es aber: ein Stück einfaches Brot und ein Krug – ach, ein halber Krug Bier, die würden richtig rutschen. Den ganzen Weg vom letzten Lager habe ich mein Kochgeschirr mitgeschleppt, und was hat es genützt? Nichts, um Feuer zu machen, damit fängt's schon an; und nichts zu kochen, nicht mal Gras!«

Sie drehten sich um und gingen hinunter in eine steinige Senke. Die im Westen untergehende Sonne versank in Wolken, und die Nacht kam rasch. Abwechselnd schliefen sie, so gut sie bei der Kälte konnten, in einer Kuhle zwischen großen gezackten Zinnen von verwittertem Fels; wenigstens waren sie vor dem Ostwind geschützt.

»Hast du sie wieder gesehen, Herr Frodo?« fragte Sam, als sie im kalten frühen Morgengrauen steif und verfroren dasaßen und *lembas* kauten.

»Nein«, sagte Frodo. »Seit zwei Nächten habe ich nichts gehört und nichts gesehen.«

»Ich auch nicht«, sagte Sam. »Br! Diese Augen haben mir wirklich Angst gemacht! Aber vielleicht haben wir ihn endlich abgeschüttelt, den elenden Schleicher. Gollum! Ich will ihm *gollum* in die Kehle geben, wenn ich je seinen Hals in die Finger bekomme.«

»Ich hoffe, das wirst du nicht brauchen«, sagte Frodo. »Ich weiß nicht, wie er uns gefolgt ist; aber vielleicht hat er uns wieder verloren, wie du sagst. In diesem trockenen, öden Land können wir nicht viele Fußabdrücke oder Witterung hinterlassen, nicht einmal für seine schnüffelnde Nase.«

»Ich hoffe, so ist es«, sagte Sam. »Ich wünschte, wir könnten ihn ein für allemal loswerden!«

Sméagols Zähmung

»Ich auch«, sagte Frodo, »aber er ist nicht meine Hauptsorge. Ich wünschte, wir könnten von diesen Bergen wegkommen! Ich hasse sie. Ich fühle mich ganz nackt auf der Ostseite, so aufgepflanzt hier mit nichts als dem toten Flachland zwischen mir und diesem Schatten da drüben. Da ist ein Auge drin. Komm weiter! Wir müssen heute irgendwie hinunterkommen.«

Aber der Tag zog sich hin, und als der Nachmittag in den Abend überging, kletterten sie immer noch an dem Grat entlang und hatten keinen Ausweg gefunden.

Manchmal bildeten sie sich in der Stille des wüsten Landes ein, daß sie schwache Geräusche hinter sich hörten, einen fallenden Stein oder den Schritt tapsender Füße auf dem Felsen. Doch wenn sie anhielten und lauschten, hörten sie nichts mehr, nichts als den Wind, der seufzend über die Kanten der Steine fuhr – doch selbst das erinnerte sie an Atem, der leise zwischen scharfen Zähnen zischte.

Den ganzen Tag, während sie sich vorankämpften, hatte sich der äußere Kamm des Emyn Muil allmählich nach Norden gezogen. An seinem Rand erstreckte sich jetzt eine weite abfallende Ebene von zerklüftetem und verwittertem Fels, hier und dort durchschnitten von grabenartigen Rinnen, die sich steil hinunterzogen zu tiefen Klüften in der Felswand. Um einen Pfad in diesen Schluchten zu finden, die immer tiefer und häufiger wurden, mußten sich Frodo und Sam nach links halten, ziemlich weit weg von der Kante, und sie merkten gar nicht, daß sie schon mehrere Meilen langsam, aber stetig bergab gegangen waren: die Oberkante der Felswand näherte sich der Ebene des Tieflandes.

Schließlich wurden sie zum Anhalten gezwungen. Der Grat machte jetzt eine schärfere Kehre nach Norden und wurde durch eine tiefere Schlucht unterbrochen. Auf der anderen Seite stieg er wieder an, viele Klafter in einem einzigen Sprung: eine große graue Felswand erhob sich vor ihnen, jäh abgeschnitten wie mit dem Messer. Sie konnten nicht weiter geradeaus gehen, sondern mußten sich entweder nach Westen oder Osten halten. Aber im Westen würden sie nur in neue Mühsal und Verzögerungen geraten und zurück zum Herzen der Berge kommen; im Osten würden sie zum äußeren Abhang gelangen.

»Es bleibt nichts übrig, als diese Rinne hinunterzuklettern, Sam«, sagte Frodo. »Laß uns sehen, wo sie hinführt!«

»In einen scheußlichen Abgrund, da wette ich«, sagte Sam.

Die Kluft war länger und tiefer, als es den Anschein gehabt hatte. Ein Stück weiter unten fanden sie ein paar knorrige und verkrüppelte Bäume, die ersten, die sie seit Tagen sahen: größtenteils verkrüppelte Birken und hier und dort eine Tanne. Viele waren abgestorben und dürr, bis aufs Mark von den Ostwinden zerbissen. Einst in milderen Tagen mußte es ein recht dichtes Gebüsch in der Schlucht gewesen sein, aber jetzt hörten die Bäume nach etwa fünfundzwanzig Klaftern auf, obwohl sich alte, geborstene Stumpen fast bis zum Rand der Felswand hinzogen. Der Boden der Rinne, die an einer Felsverwerfung entlanglief, war uneben durch abgesplitterte Steine und fiel steil ab. Als sie schließlich an ihrem Ende angelangt waren, beugte Frodo sich vor und sah über den Rand.

»Schau!« sagte er. »Wir müssen ein schönes Stück heruntergekommen sein, oder aber die Felswand ist niedriger geworden. Hier ist sie viel niedriger als vorher und sieht leichter aus.«

Sam kniete sich neben ihn und schaute widerstrebend hinunter. Dann blickte er hinauf zu der großen Felswand, die sich zu ihrer Linken erhob. »Leichter!« brummte er. »Na ja, ich nehme an, es ist immer leichter, hinunter- als hinaufzugehen. Wer nicht fliegen kann, kann springen.«

»Das wäre allerdings ein großer Sprung«, sagte Frodo. »Ungefähr, na ja . . .«, er maß die Entfernung kurz mit den Augen, ». . .ungefähr achtzehn Klafter, würde ich schätzen. Nicht mehr.«

»Und das ist genug!« sagte Sam. »Uff! Wie ich es hasse, von einer Höhe hinunterzusehen. Aber sehen ist besser als klettern.«

»Trotzdem glaube ich«, sagte Frodo, »wir könnten hier klettern; und ich glaube, wir werden es versuchen müssen. Schau, der Fels ist ganz anders als vor ein paar Meilen. Er hat sich gesenkt und ist rissig geworden.«

Tatsächlich war die Außenseite nicht mehr steil, sondern neigte sich ein wenig nach außen. Sie sah wie ein großer Festungswall oder ein Hafendamm aus, deren Grundmauern sich verlagert hatten, so daß sich ihre Schichten verschoben hatten und durcheinander geraten waren, und große Spalten und lange schräge Vorsprünge waren zurückgeblieben, die stellenweise die Breite von Treppenstufen hatten.

»Und wenn wir versuchen wollen, hier herunterzukommen, dann versuchen wir es besser gleich. Es wird früh dunkel. Ich glaube, es gibt ein Gewitter.«

Der rauchige Dunst des Gebirges im Osten verlor sich in einer tieferen Schwärze, die sich schon mit langen Armen westwärts ausstreckte. Der aufkommende Wind trug ein fernes Donnergrollen herüber. Frodo schnupperte in der Luft und warf einen zweifelnden Blick zum Himmel. Er schnallte sich den Gürtel über den Mantel, zog ihn fest und hängte sich seinen leichten Rucksack über den Rücken. Dann trat er an den Rand. »Ich will's versuchen«, sagte er.

»Sehr gut«, sagte Sam finster. »Aber ich gehe zuerst.«

»Du?« fragte Frodo. »Wieso, hast du deine Ansicht über das Klettern geändert?«

»Ich habe meine Ansicht nicht geändert. Aber es ist nur vernünftig: den nach unten zu tun, der am wahrscheinlichsten ausrutschen wird. Ich will nicht auf dich drauffallen und dich mitreißen – sinnlos, zwei mit einem Sturz umzubringen.«

Ehe Frodo ihn davon abhalten konnte, setzte er sich hin, schwang die Beine über den Rand, drehte sich um und suchte mit den Zehen nach einem Platz zum Stehen. Es ist zweifelhaft, ob er kaltblütig jemals etwas getan hat, das tapferer oder unvernünftiger war.

»Nein, nein, Sam, du alter Esel!« sagte Frodo. »Du bringst dich bestimmt um, wenn du da runtergehst, ohne auch nur einen Blick, um zu sehen, wo du eigentlich hinwillst. Komm zurück!« Er packte Sam unter den Achselhöhlen und zog ihn wieder herauf. »Nun warte ein bißchen und habe Geduld!« sagte er. Dann legte er sich auf den Boden, beugte sich vor und schaute hinunter; aber das Licht

schien rasch zu schwinden, obwohl die Sonne noch nicht untergegangen war.
»Ich glaube, hier können wir es schaffen«, sagte er plötzlich. »Ich jedenfalls könnte es; und du auch, wenn du nicht den Kopf verlierst, sondern mir genau folgst.«

»Ich weiß nicht, wie du so sicher sein kannst«, sagte Sam. »Bei diesem Licht kannst du ja gar nicht bis unten sehen. Und wenn du nun zu einer Stelle kommst, wo es nichts gibt, wo du deine Füße oder Hände hinsetzen kannst?«

»Dann klettere ich eben zurück, nehme ich an«, sagte Frodo.

»Leicht gesagt«, wandte Sam ein. »Besser, bis zum Morgen zu warten, wenn es heller ist.«

»Nein, nicht, wenn ich's vermeiden kann«, sagte Frodo mit einer seltsamen, plötzlichen Heftigkeit. »Mir ist es um jede Stunde, um jede Minute leid. Ich gehe jetzt hinunter und versuche es. Bleibe oben, bis ich zurückkomme oder dich rufe!«

Er hielt sich mit den Händen an der steinernen Kante des Abhangs fest und ließ sich langsam hinab, und erst, als seine Arme fast ganz ausgestreckt waren, fanden seine Zehen einen Vorsprung. »Ein Schritt nach unten«, sagte er. »Und dieser Vorsprung verbreitert sich nach rechts. Da könnte ich sogar stehen, ohne mich festzuhalten. Ich will...« Seine Worte wurden jäh unterbrochen.

Die eilende Dunkelheit, die jetzt immer schneller wurde, brauste vom Osten heran und verschlang den Himmel. Es gab einen trockenen, durchdringenden Donnerschlag unmittelbar über ihnen. Sengende Blitze fuhren zwischen den Bergen nieder. Dann setzte ein wütender Sturm ein, und vermischt mit seinem Brausen kam ein hoher, schriller Schrei. Genauso einen Schrei hatten die Hobbits fern von hier im Bruch gehört, nachdem sie Hobbingen verlassen hatten, und selbst dort in den Wäldern des Auenlandes war ihnen das Blut in den Adern erstarrt. Hier draußen in der Wildnis war der Schrecken noch weit größer; er durchbohrte sie mit kalten Klingen des Entsetzens und der Verzweiflung, Herz und Atem stockten ihnen. Sam fiel flach aufs Gesicht. Unwillkürlich legte Frodo die Hände über den Kopf und die Ohren und hielt sich nicht mehr fest. Er schwankte, rutschte und schlitterte mit einem Wehgeschrei abwärts.

Sam hörte ihn und kroch mit letzter Anstrengung an den Rand. »Herr, Herr!« rief er. »Herr!«

Es kam keine Antwort. Sam zitterte am ganzen Leibe, aber er holte tief Luft und schrie noch einmal: »Herr!« Der Wind schien seine Stimme in seine Kehle zurückzublasen, aber als er vorbeizog, die Rinne hinaufbrauste und dann über die Berge hinweg, drang ein leiser, antwortender Ruf an sein Ohr:

»Schon gut, schon gut! Ich bin hier. Aber ich kann nichts sehen.«

Frodo rief mit schwacher Stimme. Tatsächlich war er gar nicht weit weg. Er war geschlittert und nicht gefallen und mit einem Ruck auf einem breiteren Vorsprung, nur ein paar Ellen tiefer, wieder auf die Beine gekommen. Zum Glück war die Felswand an dieser Stelle eingebaucht, und der Wind hatte ihn gegen die Wand gedrückt, so daß er nicht vornüber gekippt war. Er stützte sich etwas ab, legte sein Gesicht an den kalten Stein und fühlte, wie sein Herz schlug. Aber entweder war es völlig dunkel geworden, oder seine Augen hatten die Sehkraft verloren. Alles war schwarz um ihn. Er fragte sich, ob er blind geworden sei. Er holte tief Luft.

»Komm zurück! Komm zurück!« hörte er Sams Stimme aus der Schwärze oben.

»Ich kann nicht«, sagte er. »Ich kann nicht sehen. Ich kann mich nicht festhalten. Ich kann mich noch nicht bewegen.«

»Was kann ich tun, Herr Frodo? Was kann ich tun?« rief Sam und beugte sich gefährlich weit vor. Warum konnte sein Herr nicht sehen? Es war düster, gewiß, aber doch nicht so dunkel. Er sah Frodo unter sich, eine graue, verlorene Gestalt, gegen den Felsen gelehnt. Aber er war weit außerhalb der Reichweite einer helfenden Hand.

Es gab einen weiteren Donnerschlag; und dann kam der Regen. In Strömen, mit Hagel vermischt, peitschte er gegen den Felsen, bitterkalt.

»Ich komme runter zu dir!« schrie Sam, obwohl er nicht hätte sagen können, wie er ihm eigentlich zu Hilfe kommen sollte.

»Nein, nein, warte!« rief Frodo, jetzt schon etwas lauter. »Mir wird's bald bessergehen. Ich fühle mich schon besser. Warte! Du kannst nichts tun ohne ein Seil.«

»Ein Seil!« rief Sam und redete in seiner Aufregung und Erleichterung wirres Zeug. »Ja, wenn ich's nicht verdiene, am Ende von einem aufgehängt zu werden als Warnung für Dummköpfe. Nichts als ein Tölpel bist du, Sam Gamdschie: oft genug hat der Ohm das zu mir gesagt, eine stehende Redensart von ihm. Ein Seil!«

»Hör mit Schwätzen auf!« rief Frodo, der sich jetzt soweit erholt hatte, daß er zugleich belustigt und verärgert war. »Laß den Ohm aus dem Spiel! Soll dein Gerede bedeuten, daß du ein Seil in der Tasche hast? Wenn ja, dann heraus damit!«

»Ja, Herr Frodo, in meinem Rucksack. Hunderte von Meilen habe ich's mitgeschleppt und schlankweg vergessen!«

»Dann mach dich an die Arbeit und laß ein Ende herunter!«

Rasch nahm Sam seinen Rucksack und wühlte darin. Tatsächlich lag auf dem Boden eine Rolle des seidig-grauen Seils, das das Volk von Lórien angefertigt hatte. Er warf seinem Herrn ein Ende zu. Die Dunkelheit löste sich von Frodos Augen, oder sein Sehvermögen kehrte zurück. Er konnte die graue Leine sehen, wie sie baumelnd herunterkam, und er glaubte, einen schwachen Silberschein zu sehen. Jetzt, da er einen Punkt in der Dunkelheit hatte, auf den er seinen Blick richten konnte, war ihm weniger schwindlig. Er beugte sich vor, knotete sich das Ende um die Körpermitte und packte die Leine dann mit beiden Händen.

Sam trat einen Schritt zurück und stemmte die Füße gegen einen Baumstumpf ein paar Ellen vom Rand entfernt. Halb gezogen, halb kletternd kam Frodo herauf und warf sich auf den Boden.

Donner grummelte und rumpelte in der Ferne, und es regnete noch stark. Die Hobbits krochen in die Rinne zurück; aber sie fanden da nicht viel Schutz. Bächlein begannen herabzurinnen; bald wurden sie zu einer Flut, die auf den

Steinen spritzte und schäumte und über den Felsen sprudelte wie aus den Traufen eines großen Daches.

»Ich wäre da unten halb ertrunken oder einfach weggespült worden«, sagte Frodo. »Welch Glück, daß du das Seil hattest.«

»Mehr Glück, wenn ich früher daran gedacht hätte«, sagte Sam. »Vielleicht erinnerst du dich, daß sie die Seile in die Boote legten, als wir aufbrachen: in dem elbischen Land. Ich hatte Gefallen an ihnen gefunden und verstaute eine Rolle in meinem Rucksack. Jahrelang her, so kommt's mir vor. ›Sie mögen eine Hilfe sein in manchen Notlagen‹, sagte er: Haldir oder einer von diesen Leuten. Und er hat recht gehabt.«

»Ein Jammer, daß ich nicht daran gedacht habe, auch eine Rolle mitzunehmen«, sagte Frodo. »Aber ich habe die Gemeinschaft in solcher Eile und Verwirrung verlassen. Wenn wir genug davon hätten, könnten wir das Seil benutzen, um hinunterzukommen. Wie lang ist dein Stück eigentlich?«

Sam rollte es langsam ab und maß es mit dem Arm: »Fünf, zehn, zwanzig, dreißig Ellen, mehr oder weniger«, sagte er.

»Wer hätte das gedacht!« rief Frodo.

»Ja, wer wohl?« sagte Sam. »Elben sind wunderbare Leute. Es sieht ein bißchen dünn aus, aber es ist fest und in der Hand weich wie Milch. Packt sich auch gut zusammen und ist federleicht. Wunderbare Leute, bestimmt!«

»Dreißig Ellen«, sagte Frodo nachdenklich. »Ich glaube, das würde reichen. Wenn das Gewitter vorbei ist, ehe die Nacht hereinbricht, dann will ich's versuchen.«

»Der Regen hat schon fast aufgehört«, sagte Sam. »Aber mach nicht wieder irgend was Gefährliches im Dunkeln, Herr Frodo! Und ich bin noch nicht über diesen Schrei bei dem Sturm weggekommen, oder du etwa? Wie ein Schwarzer Reiter klang es – aber einer hoch oben in der Luft, als ob sie fliegen könnten. Ich glaube, wir lassen diesen Versuch lieber, bis die Nacht vorbei ist.«

»Und ich glaube, ich möchte nicht einen Augenblick länger, als es sein muß, auf diesem Grat festsitzen, während die Augen des Dunklen Landes über die Sümpfe herüberstarren«, sagte Frodo.

Damit stand er auf und ging wieder zum Grund der Rinne hinunter. Er schaute hinaus. Im Osten wurde der Himmel wieder klar. Die Ränder der zerfetzten und nassen Gewitterwolken hoben sich, die Hauptschlacht hatte sich verzogen und breitete ihre großen Flügel über dem Emyn Muil aus, über dem Saurons dunkle Gedanken eine Weile schwebten. Von dort wandten sie sich ab, stießen mit Hagel und Blitz auf das Tal des Anduin nieder und warfen ihren Schatten mit der Drohung des Krieges auf Minas Tirith. Dann senkten sie sich auf das Gebirge, sammelten ihre großen Flammenzungen und zogen langsam über Gondor und die Außenbezirke von Rohan, bis die Reiter auf der fernen Ebene, als sie gen Westen ritten, sahen, wie sich schwarze Massen hinter der Sonne auftürmten. Aber hier, über der Wüstenei und den üble Dünste ausströmenden Sümpfen war der tiefblaue Abendhimmel wieder offen, und ein paar bleiche Sterne erschienen wie kleine weiße Löcher im Himmelszelt über dem zunehmenden Mond.

»Es tut gut, wieder sehen zu können«, sagte Frodo und atmete tief. »Weißt du, daß ich eine Weile glaubte, ich hätte mein Augenlicht verloren? Von dem Blitz oder etwas noch Schlimmerem. Ich konnte nichts sehen, überhaupt nichts, bis das graue Seil herunterkam. Es schien irgendwie zu schimmern.«

»Es sieht sozusagen silbern im Dunkeln aus«, sagte Sam. »Hab es nie vorher bemerkt, allerdings kann ich mich auch nicht erinnern, daß ich es je herausgeholt habe, nachdem ich es einmal verstaut hatte. Aber wenn du so entschlossen bist, zu klettern, Herr Frodo, wie willst du es dann verwenden? Dreißig Ellen, oder sagen wir zehn Klafter: deiner Schätzung nach ist die Felswand nicht höher.«

Frodo dachte eine Weile nach. »Mach es an dem Baumstumpf fest, Sam«, sagte er. »Dann sollst du, glaube ich, diesmal deinen Willen haben und als erster gehen. Ich werde dich hinunterlassen, und du brauchst nicht mehr zu tun, als dich mit Händen und Füßen vom Felsen abzustoßen. Allerdings, wenn du ab und zu mit deinem ganzen Gewicht auf einige der Vorsprünge trittst und mir eine Ruhepause gönnst, wird das hilfreich sein. Wenn du unten bist, komme ich nach. Ich fühle mich jetzt wieder ganz gut.«

»Sehr schön«, sagte Sam bedrückt. »Wenn es schon sein muß, dann wollen wir es gleich hinter uns bringen!« Er nahm das Seil und befestigte es an dem Baumstumpf, der dem Rand am nächsten war; das andere Ende knüpfte er sich dann um den Leib. Widerstrebend drehte er sich um und schickte sich an, zum zweitenmal den Weg nach unten anzutreten.

Es erwies sich jedoch als nicht halb so schlimm, wie er erwartet hatte. Das Seil schien ihm Zuversicht einzuflößen, obwohl er mehr als einmal die Augen schloß, wenn er nach unten zwischen seine Füße sah. Eine unangenehme Stelle kam, wo es keinen Vorsprung gab und die Felswand steil und ein kurzes Stück sogar unterhöhlt war; da rutschte er ab und baumelte an der silbernen Leine. Aber Frodo ließ ihn langsam und stetig hinab, und schließlich war es überstanden. Seine größte Angst war gewesen, daß das Seil zu Ende sein könnte, während er noch hoch oben war, doch hatte Frodo noch eine gute Bucht in der Hand, als Sam auf dem Boden anlangte und rief: »Ich bin unten!« Seine Stimme drang deutlich herauf, aber Frodo konnte ihn nicht sehen; sein grauer Elbenmantel verschwamm im Zwielicht.

Frodo brauchte etwas mehr Zeit, um ihm zu folgen. Er hatte das Seil um den Leib und oben war es fest, und er hatte es gekürzt, so daß es ihn hochziehen würde, ehe er den Boden erreichte; er wollte die Gefahr eines Sturzes ausschalten, denn er hatte nicht ebensoviel Zutrauen zu dieser dünnen grauen Leine wie Sam. Dennoch gab es zwei Stellen, an denen er sich ganz und gar der Leine anvertrauen mußte: glatte Flächen, wo selbst seine kräftigen Hobbitfinger keinen Halt fanden, und die Vorsprünge waren weit auseinander. Aber schließlich war auch er unten.

»Gut!« rief er. »Wir haben's geschafft! Wir sind dem Emyn Muil entkommen. Und was kommt nun, frage ich mich? Vielleicht werden wir uns bald wieder nach gutem, hartem Felsen unter den Füßen sehnen.«

Aber Sam antwortete nicht: er starrte zurück auf die Felswand. »Tölpel!« sagte er. »Dummköpfe! Mein schönes Seil! Da ist es an einen Baumstumpf geknüpft, und wir sind unten. Eine so nette kleine Treppe für den schleichenden Gollum, wie wir nur hinterlassen konnten. Am besten stellen wir noch ein Schild auf, damit er weiß, welchen Weg wir gegangen sind. Ich fand, es ging alles ein bißchen zu glatt.«

»Wenn du dir eine andere Möglichkeit vorstellen kannst, wie wir beide das Seil hätten benutzen und es dennoch mit herunterbringen können, dann darfst du den Tölpel oder jeden anderen Namen, den der Ohm dir gab, an mich weiterreichen«, sagte Frodo. »Klettere hinauf, mach es los und laß dich selbst hinunter, wenn du willst!«

Sam kratzte sich den Kopf. »Nein, ich kann mir auch nicht vorstellen, wie, ich bitte um Entschuldigung«, sagte er. »Aber ich lasse es nicht gern dort, und das ist eine Tatsache.« Er streichelte das Seil und schüttelte es sanft. »Es fällt mir schwer, mich von irgend etwas zu trennen, was ich aus dem Elbenland mitgebracht habe. Vielleicht hat Galadriel es sogar selbst gemacht. Galadriel«, murmelte er und nickte traurig mit dem Kopf. Er schaute hinauf und zog zum letztenmal an dem Seil, gleichsam zum Abschied.

Zur völligen Überraschung der beiden Hobbits kam es los. Sam fiel vornüber, und das lange graue Seil glitt leise herunter und blieb auf ihm liegen. Frodo lachte. »Wer hat das Seil geknotet?« fragte er. »Gut, daß es wenigstens so lange gehalten hat. Wenn ich daran denke, daß ich deinem Knoten mein ganzes Gewicht anvertraut habe!«

Sam lachte nicht. »Vielleicht bin ich nicht tüchtig beim Klettern, Herr Frodo«, sagte er in beleidigtem Ton, »aber von Seilen und Knoten verstehe ich etwas. Es liegt in der Familie, könnte man sagen. Schließlich hatten mein Großvater und nach ihm mein Onkel Andi, was der älteste Bruder vom Ohm ist, viele Jahre eine Seilerbahn drüben in Reepfeld. Und ich habe einen so festen Knoten an dem Baumstumpf gemacht, wie nur irgendeiner im Auenland oder sonstwo ihn hätte machen können.«

»Dann muß das Seil gerissen sein – aufgescheuert an der Felskante, nehme ich an«, sagte Frodo.

»Ich wette, das ist es nicht!« sagte Sam mit einer noch beleidigteren Stimme. Er bückte sich und untersuchte die Enden. »Nein, das ist es auch nicht. Nicht eine Strähne.«

»Dann, fürchte ich, muß es doch der Knoten gewesen sein«, sagte Frodo.

Sam schüttelte den Kopf und antwortete nicht. Nachdenklich ließ er das Seil durch die Finger gleiten. »Du kannst es halten, wie du willst, Herr Frodo«, sagte er schließlich, »aber ich glaube, das Seil kam von selbst herunter – als ich rief.« Er rollte es auf und verstaute es liebevoll in seinem Rucksack.

»Jedenfalls kam es«, sagte Frodo, »und das ist die Hauptsache. Aber jetzt müssen wir uns unseren nächsten Schritt überlegen. Es wird bald Nacht sein. Wie schön die Sterne sind und der Mond!«

»Dabei geht einem wirklich das Herz auf, nicht wahr?« sagte Sam und schaute hinauf. »Elbisch sind sie irgendwie. Und der Mond nimmt zu. Ein oder zwei Nächte haben wir ihn bei diesem wolkigen Wetter gar nicht gesehen. Er scheint schon ziemlich hell.«

»Ja«, sagte Frodo, »aber es dauert noch ein paar Tage, bis er voll ist. Ich glaube, wir wollen es mit den Sümpfen lieber nicht beim Licht eines halben Mondes versuchen.«

In den ersten Schatten der Nacht machten sie sich auf zum nächsten Abschnitt ihrer Wanderung. Nach einer Weile schaute Sam sich um und blickte dorthin zurück, woher sie gekommen waren. Der Ausgang der Rinne war eine schwarze Einkerbung in der düsteren Felswand. »Ich bin froh, daß wir das Seil haben«, sagte er. »Jedenfalls haben wir diesem Wegelagerer ein kleines Rätsel aufgegeben. Er kann es mit seinen häßlichen Flossenfüßen auf diesen Vorsprüngen versuchen!«

Sie bahnten sich einen Weg fort von der Felswand, durch eine Wildnis von Findlingen und rauhen Steinen, die nach dem heftigen Regen naß und schlüpfrig waren. Das Gelände fiel noch immer stark ab. Sie waren noch nicht weit gegangen, als sie zu einer großen Spalte kamen, die plötzlich schwarz zu ihren Füßen gähnte. Sie war nicht breit, aber doch zu breit, um sie in dem düstern Licht zu überspringen. Sie glaubten Wasser in der Tiefe gurgeln zu hören. Die Spalte zog sich links von ihnen nach Norden hin, zurück zu den Bergen, und versperrte ihnen also den Weg in dieser Richtung, jedenfalls solange es dunkel war.

»Wir sollten es lieber wieder weiter südlich an der Felswand entlang versuchen, glaube ich«, sagte Sam. »Vielleicht finden wir da irgendein Versteck oder sogar eine Höhle oder so was.«

»Ich nehme es an«, sagte Frodo. »Ich bin müde und glaube nicht, daß ich heute nacht noch viel länger zwischen Steinen herumklettern kann – obwohl mir die Verzögerung ärgerlich ist. Ich wünschte, wir hätten einen klaren Weg vor uns. Dann würde ich weitergehen, bis meine Beine nicht mehr mitmachen.«

Sie fanden das Gehen an dem zerklüfteten Fuß des Emyn Muil nicht einfacher. Und Sam fand auch keinerlei Versteck oder Mulde, die Schutz geboten hätten: nur kahle, steinige Hänge, über denen sich die Felswand auftürmte und immer höher und steiler wurde, je weiter sie zurückgingen. Erschöpft warfen sie sich einfach auf den Boden auf der windgeschützten Seite eines Findlings nicht weit vom Fuß des Abgrunds. Dort saßen sie eine Weile traurig zusammengekauert in der kalten, steinigen Nacht. Der Mond stand jetzt hoch am Himmel und war klar. Sein dünnes, weißes Licht beleuchtete die Vorderseiten der Steine und die kalte, drohende Felswand und verwandelte die ganze dräuende Dunkelheit in kühles, blasses Grau, von schwarzen Schatten durchschnitten.

»Na ja«, sagte Frodo, stand auf und zog seinen Mantel fester um sich. »Du schläfst jetzt ein bißchen, Sam, und nimmst meine Decke. Ich gehe eine Weile als Posten auf und ab.« Plötzlich erstarrte er, bückte sich und packte Sam am Arm. »Was ist das?« flüsterte er. »Schau, dort drüben auf der Felswand!«

Sam blickte hinüber und pfiff durch die Zähne. »Sss!« sagte er. »Da haben wir's. Das ist dieser Gollum! Schlangen und Nattern! Und wenn man sich vorstellt, daß ich geglaubt hatte, wir verwirren ihn mit unserem bißchen Klettern! Schau dir das an! Wie eine scheußliche krabbelnde Spinne auf einer Wand.«

Auf der Vorderseite einer Berglehne, steil und fast glatt schien sie im Mondlicht zu sein, bewegte sich ein kleines schwarzes Geschöpf mit gespreizten Gliedern abwärts. Vielleicht fanden seine weichen, sich anklammernden Hände und Zehen Spalten und Stützen, die kein Hobbit je hätte sehen oder benutzen können, aber es sah aus, als ob es einfach auf klebrigen Pfoten kröche wie irgendein großes beutelüsternes, insektenähnliches Tier. Und es kam herunter mit dem Kopf zuerst, als ob es seinen Weg witterte. Ab und zu hob es langsam den Kopf und drehte ihn bis nach hinten auf seinem langen, mageren Hals, und die Hobbits sahen flüchtig zwei kleine, blaß leuchtende Punkte, seine Augen, die kurz zum Mond hinaufblinzelten und dann rasch wieder von den Lidern bedeckt wurden.

»Glaubst du, er kann uns sehen?« fragte Sam.

»Ich weiß es nicht«, sagte Frodo leise. »Aber ich glaube nicht. Sogar für freundliche Augen sind diese Elbenmäntel schwer zu sehen. Selbst auf ein paar Schritt Entfernung kann ich dich im Schatten nicht sehen. Und ich habe gehört, daß er Sonne oder Mond nicht mag.«

»Warum kommt er dann aber gerade hier herunter?« fragte Sam.

»Leise, Sam!« sagte Frodo. »Er kann uns vielleicht riechen. Und er kann so gut hören wie Elben, glaube ich. Ich denke mir, er hat jetzt etwas gehört: unsere Stimmen wahrscheinlich. Wir haben da drüben eine Menge geschrien; und bis vor einer Minute haben wir uns viel zu laut unterhalten.«

»Na, ich habe ihn längst satt«, sagte Sam. »Für mich ist er einmal zu oft gekommen, und ich werde ein Wörtchen mit ihm reden, wenn ich kann. Ich glaube sowieso nicht, daß wir ihm entkommen könnten.« Sam zog sich seine graue Kapuze gut übers Gesicht und kroch verstohlen zur Klippe.

»Vorsichtig!« flüsterte Frodo, der hinterher kam. »Erschrecke ihn nicht. Er ist viel gefährlicher, als er aussieht.«

Das schwarze kriechende Geschöpf hatte jetzt drei Viertel des Wegs nach unten geschafft und war vielleicht fünfzig Fuß oder weniger über dem Fuß der Klippe. Mäuschenstill kauerten die Hobbits im Schatten des großen Findlings und beobachteten es. Es schien zu einer schwierigen Stelle gekommen oder über irgend etwas beunruhigt zu sein. Sie hörten es schnüffeln, und ab und zu stieß es einen mißtönenden, zischenden Schnaufer aus, der wie ein Fluch klang. Es hob den Kopf, und sie glaubten, es spucken zu hören. Dann setzte es sich wieder in Bewegung. Jetzt hörten sie seine krächzende und pfeifende Stimme.

»Ach, sss! Vorsicht, mein Schatz! Mehr Eile, weniger Schnelligkeit. Wir dürfen uns nicht den Hals brechen, nicht wahr, Schatz? Nein, Schatz – *gollum*!« Er hob wieder den Kopf, blinzelte zum Mond und schloß rasch die Augen. »Wir hassen es«, zischte er. »Häßliches häßliches schauderhaftes Licht isses – spuckt uns an, Schatz – tut unseren Augen weh.«

Er kam jetzt tiefer herunter, und sein Zischen wurde deutlicher und klarer. »Wo ist er, wo ist er, mein Schatz, mein Schatz? Es ist unserer, jawohl, und wir wollen ihn. Die Diebe, die Diebe, die dreckigen kleinen Diebe. Wo sind sie mit meinem Schatz? Verflucht sollen sie sein! Wir hassen sie.«

»Es klingt nicht, als ob er wüßte, wo wir sind, nicht wahr?« flüsterte Sam. »Und was ist sein Schatz? Meint er den...«

»Pst!« hauchte Frodo. »Er kommt jetzt näher, nah genug, um ein Flüstern zu hören.«

Tatsächlich hatte Gollum plötzlich wieder innegehalten und seinen großen Kopf an dem dürren Hals von einer Seite zur anderen gestreckt, als ob er lausche. Seine blassen Augen waren halb offen. Sam hielt sich zurück, obwohl es ihm in den Fingern zuckte. Seine Augen, voller Wut und Abscheu, waren auf das elende Geschöpf geheftet, das jetzt wieder weiterging und immer noch vor sich hin flüsterte und zischte.

Schließlich war er nicht mehr als etwa zwölf Fuß vom Boden, direkt über ihren Köpfen. Von dieser Stelle aus ging es steil nach unten, denn der Felsen war leicht ausgehöhlt, und selbst Gollum konnte keinerlei Halt finden. Er schien den Versuch zu machen, sich umzudrehen, damit er mit den Beinen zuerst nach unten käme, als er plötzlich mit schrillem, pfeifendem Schrei abstürzte. Im Fallen schlang er seine Arme und Beine um sich wie eine Spinne, deren abwärtsführender Faden gerissen ist.

Sam war im Nu aus seinem Versteck heraus und mit ein paar Sätzen am Fuß der Klippe. Ehe Gollum aufstehen konnte, war er über ihm. Aber er stellte fest, daß Gollum ein härterer Brocken war, als er erwartet hatte, selbst so unerwartet überrumpelt und nicht auf der Hut nach seinem Sturz. Ehe Sam ihn packen konnte, schlangen sich lange Arme und Beine um ihn und hielten seine Arme fest, und ein klammernder Griff, sanft, aber entsetzlich stark, umschnürte ihn wie sich langsam zuziehende Stricke; feuchtkalte Finger tasteten nach seiner Kehle. Dann bissen ihn scharfe Zähne in die Schultern. Er konnte nichts tun, als seinen harten, runden Schädel dem Geschöpf seitlich ins Gesicht zu stoßen. Gollum zischte und spuckte, ließ aber nicht los.

Es wäre Sam schlecht ergangen, wenn er allein gewesen wäre. Aber Frodo sprang auf und riß Stich aus der Scheide. Mit der linken Hand zog er Gollums Kopf an seinem dünnen, glatten Haar zurück, bis sein langer Hals gestreckt war, und zwang seine blassen, giftigen Augen, in den Himmel zu starren.

»Laß los, Gollum«, sagte er. »Das ist Stich. Du hast ihn schon einmal gesehen. Laß los, oder du bekommst ihn diesmal zu spüren. Ich werde dir die Kehle durchschneiden.«

Gollum brach zusammen und wurde schlaff wie ein nasser Faden. Sam stand auf und betastete seine Schulter. Seine Augen sprühten vor Zorn, aber er konnte sich nicht rächen: sein elender Feind lag demütig auf den Steinen und wimmerte.

»Tut uns nicht weh! Laß nicht zu, daß sie uns weh tun, Schatz! Sie werden uns doch nicht weh tun, die netten kleinen Hobbitse? Wir hatten nichts Böses vor, aber sie sprangen auf uns wie Katzen auf arme Mäuser, das taten sie, Schatz. Und wir sind so allein, *gollum*. Wir werden nett zu ihnen sein, sehr nett, wenn sie nett zu uns sind, nicht wahr, ja, ja.«

»Na, was soll nun mit ihm geschehen?« fragte Sam. »Fesseln, damit er uns nicht mehr nachschleichen kann, das sage ich.«

»Aber das bringt uns um, das bringt uns um«, wimmerte Gollum. »Grausame kleine Hobbitse. Uns fesseln in dem kalten harten Land und uns verlassen, *gollum, gollum.*« Schluchzer stiegen auf in seiner kollernden Kehle.

»Nein«, sagte Frodo. »Wenn wir ihn töten, dann müssen wir ihn ganz und gar töten. Aber das können wir nicht, so wie die Dinge liegen. Armer Kerl! Er hat uns kein Leid getan.«

»Ach, hat er nicht!« sagte Sam und rieb seine Schulter. »Jedenfalls hatte er es vor und *hat* es vor, da wett ich. Uns im Schlaf erwürgen, das ist sein Plan.«

»Das will ich glauben«, sagte Frodo. »Aber was er wirklich vorhat, ist etwas anderes.« Er hielt eine Weile inne und dachte nach. Gollum lag still und hörte mit dem Wimmern auf. Sam starrte ihn finster an.

Dann schien es Frodo, als höre er, ganz deutlich, aber weit entfernt, Stimmen aus der Vergangenheit:

Welch ein Jammer, daß Bilbo dieses elende Geschöpf nicht erdolcht hat, als er die Gelegenheit hatte!

Ein Jammer? Ihn jammerte Gollum. Mitleid und Erbarmen hielten seine Hand zurück: nicht ohne Not wollte er töten.

Ich empfinde keinerlei Mitleid für Gollum. Er verdient den Tod.

Verdient ihn! Das will ich glauben. Viele, die leben, verdienen den Tod. Und manche, die sterben, verdienen das Leben. Kannst du es ihnen geben? Dann sei auch nicht so rasch mit einem Todesurteil bei der Hand, weil du um deine eigene Sicherheit fürchtest. Denn selbst die Weisen können nicht alle Absichten erkennen.

»Nun gut«, antwortete er laut und senkte sein Schwert. »Aber ich habe immer noch Angst. Und dennoch werde ich, wie du siehst, diesem armen Wicht nichts zuleide tun. Denn jetzt, da ich ihn sehe, habe ich Mitleid mit ihm.«

Sam starrte seinen Herrn an, denn er schien mit jemandem zu reden, der nicht da war. Gollum hob den Kopf.

»Ja, armer Kerl sind wir, Schatz«, greinte er. »Elend, Elend! Hobbits werden uns nicht töten, nette Hobbits.«

»Nein, das werden wir nicht«, sagte Frodo. »Aber wir werden dich auch nicht laufenlassen. Du bist voller Bosheit und Schlechtigkeit, Gollum. Du wirst mit uns mitkommen müssen, das ist alles, damit wir ein Auge auf dich haben. Aber du mußt uns helfen, wenn du kannst. Eine Liebe ist der anderen wert.«

»Ja, ja, wirklich«, sagte Gollum und setzte sich auf. »Nette Hobbits! Wir werden mit ihnen kommen. Ihnen sichere Wege suchen in der Dunkelheit, ja, das werden wir. Und wo gehen sie hin in diesen kalten harten Landen, das möchten wir wissen, ja, das möchten wir wissen.« Er schaute zu ihnen auf, und in seinen blassen, blinzelnden Augen flackerte für eine Sekunde ein schwacher Schimmer von Verschlagenheit und Begehrlichkeit auf.

Sam sah ihn wütend an und saugte an seinen Zähnen; aber er schien zu spüren, daß etwas an der Stimmung seines Herrn sonderbar war und es bei der Sache nichts mehr zu erörtern gab. Dennoch war er erstaunt über Frodos Antwort.

Frodo sah Gollum direkt in die Augen, die zusammenzuckten und seinem Blick auswichen. »Du weißt es oder errätst es wenigstens, Sméagol«, sagte er leise und streng. »Wir gehen natürlich nach Mordor. Und du weißt den Weg dorthin, glaube ich.«

»Ach! Sss!« sagte Gollum und preßte die Hände auf die Ohren, als ob ihm eine solche Freimütigkeit und das offene Aussprechen der Namen weh tue. »Wir haben's erraten, ja, wir haben's erraten«, flüsterte er. »Und wir wollten nicht, daß sie gehen, nicht wahr? Nein, Schatz, nicht die netten Hobbits. Asche, Asche und Staub, und Durst gib's da. Und Höhlen, Höhlen, Höhlen und Orks, Tausende von Orks. Nette Hobbits dürfen nicht – sss – zu solchen Orten gehen.«

»Du bist also dagewesen?« drängte Frodo. »Und es zieht dich dorthin zurück, nicht wahr?«

»Ja. Ja. Nein!« kreischte Gollum. »Einmal, durch Zufall war es, nicht wahr, Schatz? Ja, durch Zufall. Und wir wollen nicht zurückgehen, nein, nein!« Dann plötzlich änderten sich seine Stimme und Sprache, und er schluchzte kehlig und redete, aber nicht mit ihnen. »Laß mich zufrieden, *gollum*! Du tust mir weh. O, meine armen Hände, *gollum*! Ich, wir, ich will nicht zurückkommen. Ich kann ihn nicht finden. Ich bin müde. Ich, wir können ihn nicht finden, *gollum, gollum*! Nein, nirgends. Sie sind immer wach. Zwerge, Menschen und Elben, entsetzliche Elben mit hellen Augen. Ich kann ihn nicht finden. Ach!« Er stand auf und ballte seine lange Hand zu einer knochigen, fleischlosen Faust und drohte damit gen Osten. »Wir wollen nicht!« rief er. »Nicht für dich.« Dann brach er wieder zusammen. »*Gollum, gollum*«, wimmerte er mit dem Gesicht auf dem Boden. »Schau uns nicht an! Geh weg! Geh schlafen!«

»Er wird nicht weggehen oder schlafen auf deinen Befehl, Sméagol«, sagte Frodo. »Aber wenn du wirklich wieder frei sein willst von ihm, dann mußt du mir helfen. Und das, fürchte ich, bedeutet, daß du für uns einen Weg zu ihm finden mußt. Du brauchst nicht die ganze Strecke mitzugehen, nicht über die Tore dieses Landes hinaus.«

Gollum setzte sich wieder auf und sah ihn mit halbgeschlossenen Lidern an. »Er ist da drüben«, krächzte er. »Immer da. Orks werden euch den ganzen Weg bringen. Leicht, Orks zu finden östlich des Stroms. Bitte nicht Sméagol. Armer, armer Sméagol, er ging schon vor langer Zeit weg. Sie nahmen ihm seinen Schatz, und jetzt ist er verloren.«

»Vielleicht werden wir ihn wiederfinden, wenn du mit uns mitkommst«, sagte Frodo.

»Nein, nein, niemals! Er ist verloren, sein Schatz«, sagte Gollum.

»Steh auf«, sagte Frodo.

Gollum stand auf und wich zurück an die Felswand.

»Nun höre«, sagte Frodo. »Kannst du einen Weg leichter bei Tag oder bei Nacht finden? Wir sind müde; aber wenn du dich für die Nacht entscheidest, werden wir heute nacht aufbrechen.«

»Die großen Lichter tun unseren Augen weh, wirklich«, jammerte Gollum. »Nicht unter dem Weißen Gesicht, noch nicht. Bald wird es hinter die Berge gehen, ja. Ruht euch erst ein bißchen aus, nette Hobbits!«

»Dann setz dich hin«, sagte Frodo, »und rühr dich nicht!«

Die Hobbits setzten sich neben ihn, jeder auf einer Seite, lehnten den Rücken an die Felswand und streckten die Beine aus. Es war nicht nötig, sich mit Worten zu verständigen: sie wußten, daß sie nicht einen Augenblick schlafen durften. Langsam zog der Mond vorbei. Schatten fielen von den Bergen, und alles wurde dunkel vor ihnen. Die Sterne wurden dicht und hell am Himmel oben. Keiner der drei bewegte sich. Gollum saß mit angezogenen Beinen da, die Knie unter dem Kinn, Hände und Füße flach auf dem Boden gespreizt, die Augen geschlossen; aber er schien angespannt zu sein, als ob er nachdächte oder lauschte.

Frodo blickte zu Sam hinüber. Ihre Blicke trafen sich, und sie verstanden sich. Sie setzten sich geruhsamer hin, lehnten die Köpfe zurück und schlossen die Augen, oder taten so. Bald war ihr leises Atemgeräusch zu hören. Gollums Hände zuckten ein wenig. Kaum wahrnehmbar bewegte er den Kopf nach links und rechts, und ein Schlitz öffnete sich, erst in einem Auge und dann im anderen. Die Hobbits gaben kein Zeichen.

Mit einer überraschenden Behendigkeit und Schnelligkeit stürzte Gollum plötzlich mit einem Sprung wie ein Grashüpfer oder Frosch vom Boden weg in die Dunkelheit. Aber das war genau das, was Frodo und Sam erwartet hatten. Sam war über ihm, ehe er nach seinem Sprung zwei Schritte gemacht hatte. Frodo kam hinterher, packte ihn am Bein und zog ihn zurück.

»Dein Seil könnte sich wiederum als nützlich erweisen, Sam«, sagte er.

Sam holte das Seil heraus. »Und wo wolltest du hin in den kalten, harten Landen, Herr Gollum?« brummte er. »Das möchten wir wissen, freilich, das möchten wir wissen. Um einige von deinen Orkfreunden zu finden, da wette ich. Du häßliches, tückisches Geschöpf. Um den Hals sollte dir das Seil geschlungen werden, und mit einem festen Knoten dazu.«

Gollum lag still und versuchte keine weiteren Kniffe. Er antwortete Sam nicht, warf ihm aber einen raschen, giftigen Blick zu.

»Wir brauchen ihn nur festzuhalten«, sagte Frodo. »Wir wollen, daß er läuft, also hat es keinen Zweck, seine Beine zu fesseln – oder seine Arme, die scheint er fast ebensoviel zu gebrauchen. Knüpfe ein Ende um seinen Knöchel und behalte das andere Ende fest in der Hand.«

Er paßte auf Gollum auf, während Sam den Knoten machte. Das Ergebnis überraschte sie beide. Gollum begann zu schreien, ein dünnes, durchdringendes Gekreisch, sehr scheußlich anzuhören. Er krümmte und wand sich und versuchte, mit dem Mund zum Knöchel zu kommen und das Seil durchzubeißen. Er schrie immer weiter.

Schließlich war Frodo überzeugt, daß er wirklich Schmerzen hatte. Aber es konnte nicht von dem Knoten sein. Er untersuchte ihn und fand, daß er nicht zu fest war, vielmehr kaum fest genug. Sam war gutmütiger als seine Worte. »Was ist los mit dir?« fragte er. »Wenn du versuchst, wegzurennen, mußt du angebunden werden; aber wir wollen dir nicht wehtun.«

»Es tut uns weh, es tut uns weh«, zischte Gollum. »Es ist eiskalt, es schneidet ein. Elben haben es zusammengedreht, verflucht sollen sie sein! Häßliche, grausame Hobbits! Darum haben wir natürlich zu fliehen versucht, Schatz. Wir ahnten, daß sie grausame Hobbits sind. Sie besuchen Elben, wilde Elben mit leuchtenden Augen. Nehmt es uns ab! Es tut uns weh.«

»Nein, ich werde es dir nicht abnehmen«, sagte Frodo, »sofern du nicht –« er unterbrach sich und dachte einen Augenblick nach »– sofern du nicht irgendein Versprechen abgibst, auf das ich mich verlassen kann.«

»Wir werden schwören zu tun, was er will, ja, ja«, sagte Gollum, sich immer noch windend und nach seinem Knöchel fassend. »Es tut uns weh.«

»Schwörst du?« fragte Frodo.

»Sméagol«, sagte Gollum plötzlich und deutlich, öffnete die Augen weit und starrte Frodo mit einem seltsamen Funkeln an, »Sméagol wird auf den Schatz schwören.«

Frodo richtete sich auf, und wieder war Sam verblüfft über seine Worte und seine strenge Stimme. »Auf den Schatz? Wie kannst du es wagen?« sagte er. »Denke doch!

Ein Ring, sie zu knechten, sie alle zu finden

Würdest du dein Versprechen daran binden, Sméagol? Er wird dich damit festhalten. Aber er ist noch verräterischer als du. Er mag deine Worte verdrehen. Sei vorsichtig!«

Gollum duckte sich. »Auf den Schatz, auf den Schatz!« wiederholte er.

»Und was würdest du schwören?« fragte Frodo.

»Sehr, sehr gut zu sein«, sagte Gollum. Dann kroch er zu Frodos Füßen, blieb vor ihm auf dem Boden liegen und flüsterte heiser; ein Schauer überrann ihn, als ob die Worte sogar seine Knochen vor Angst zittern ließen: »Sméagol wird schwören, niemals, niemals zuzulassen, daß Er ihn bekommt. Niemals! Sméagol wird ihn retten. Aber er muß auf den Schatz schwören.«

»Nein! Nicht auf ihn«, sagte Frodo und blickte streng, aber mitleidig auf ihn hinunter. »Du willst ihn ja nur sehen und berühren, wenn du kannst, obwohl du weißt, daß er dich verrückt machen würde. Nicht auf ihn. Schwöre bei ihm, wenn du willst. Denn du weißt, wo er ist. Ja, du weißt es, Sméagol. Er ist vor dir.«

Einen Augenblick schien es Sam, als sei sein Herr gewachsen und Gollum geschrumpft: ein großer, strenger Schatten, ein mächtiger Herr, der seine Pracht in einer grauen Wolke verhüllt, und zu seinen Füßen ein kleiner, winselnder Hund. Dennoch waren die beiden in irgendeiner Weise einander verwandt und nicht fremd: sie konnten einer des anderen Gedanken erraten. Gollum richtete sich auf und begann, Frodo zu tätscheln und vor seinen Knien zu scharwenzeln.

»Nieder! Nieder«, sagte Frodo. »Jetzt sage dein Versprechen!«

»Wir versprechen, ja, ich verspreche!« sagte Gollum. »Ich will dem Herrn des Schatzes dienen. Guter Herr, guter Sméagol, *gollum gollum*!« Plötzlich begann er zu weinen und wieder in seinen Knöchel zu beißen.

»Nimm das Seil ab, Sam«, sagte Frodo.

Widerstrebend gehorchte Sam. Sofort stand Gollum auf und begann herumzuspringen wie ein geprügelter Köter, dessen Herr ihn gestreichelt hat. Von diesem Augenblick an kam eine Veränderung über ihn, die einige Zeit anhielt. Er sprach mit weniger Zischen und Wimmern, und er redete unmittelbar mit seinen Gefährten, nicht mehr mit seinem Schatz. Er duckte sich und wich zurück, wenn sie in seine Nähe kamen oder eine plötzliche Bewegung machten, und er vermied es, ihre Elbenmäntel zu berühren; aber er war freundlich und wirklich bemitleidenswert bestrebt, ihnen zu gefallen. Er kicherte und sprang vor Freude in die Luft, wenn irgendein Scherz gemacht wurde oder auch, wenn Frodo freundlich mit ihm sprach, und er weinte, wenn Frodo ihn zurechtwies. Sam sagte eigentlich wenig zu ihm. Er mißtraute ihm mehr denn je und mochte den neuen Gollum, den Sméagol, noch weniger als den alten, wenn das überhaupt möglich war.

»So, Gollum oder wie immer wir dich nennen sollen«, sagte er, »nun aber los! Der Mond ist weg, und die Nacht vergeht. Wir brechen besser auf.«

»Ja, ja«, stimmte Gollum zu und hüpfte herum. »Los gehen wir! Es gibt nur einen Weg hinüber zwischen dem Nordende und dem Südende. Ich habe ihn gefunden, wirklich. Orks benutzen ihn nicht, Orks kennen ihn nicht. Orks gehen nicht über die Sümpfe, sie gehen Meilen und Meilen drum herum. Ein Glück, daß ihr hier lang kamt. Ein Glück, daß ihr Sméagol gefunden habt, ja. Folgt Sméagol!«

Er ging ein paar Schritte weg und blickte fragend zurück wie ein Hund, der sie zu einem Spaziergang auffordert. »Warte ein bißchen, Gollum!« rief Sam. »Geh jetzt nicht zu weit voraus. Ich will dir auf den Fersen bleiben und habe das Seil griffbereit.«

»Nein, nein!« sagte Gollum. »Sméagol hat versprochen.«

In tiefer Nacht unter den harten, klaren Sternen brachen sie auf. Gollum führte sie ein Stück zurück nach Norden auf dem Weg, den sie gekommen waren; dann bog er nach rechts ab von dem steilen Rand des Emyn Muil über die zerklüfteten steinigen Hänge zu dem unermeßlichen Sumpfgebiet unten. Rasch und leise verschwanden sie in der Dunkelheit. Über all den vielen öden Meilen vor den Toren von Mordor lag ein schwarzes Schweigen.

ZWEITES KAPITEL

DIE DURCHQUERUNG DER SÜMPFE

Gollum ging rasch, dabei streckte er Kopf und Hals vor und benutzte oft seine Hände ebenso wie die Füße. Frodo und Sam mußten sich sehr anstrengen, um mit ihm Schritt zu halten; aber er schien nicht mehr an Flucht zu denken, und wenn sie zurückblieben, drehte er sich um und wartete auf sie. Nach einiger Zeit brachte er sie an den Rand der schmalen Rinne, auf die sie schon früher gestoßen waren; aber jetzt waren sie weiter weg von den Bergen.

»Hier ist es!« rief er. »Da unten drin ist ein Weg, ja. Jetzt folgen wir ihm nach draußen, da drüben.« Er zeigte nach Süden und Osten auf die Sümpfe. Deren Dünste stiegen ihnen in die Nase, schwer und faul selbst in der kalten Nachtluft.

Gollum suchte oben und unten am Rand entlang, und schließlich rief er ihnen zu: »Hier! Hier können wir runtergehen. Sméagol ging diesen Weg einmal: ich ging diesen Weg, als ich mich vor den Orks versteckte.«

Er ging voran, die Hobbits folgten ihm und stiegen hinunter in die Düsternis. Es war nicht schwierig, denn die Spalte war an dieser Stelle nur etwa fünfzehn Fuß tief und etwa ein Dutzend breit. Auf dem Grund floß Wasser: tatsächlich war es das Bett eines der vielen kleinen Flüsse, die von den Bergen herabtröpfelten und die stehenden Tümpel und Sümpfe speisten. Gollum hielt sich nach rechts, mehr oder weniger nach Süden, und ging planschend durch den seichten, steinigen Bach. Er schien hoch entzückt zu sein, das Wasser an den Füßen zu spüren, lachte vergnügt vor sich hin und krächzte sogar manchmal eine Art Lied.

> *Das wüstige Land,*
> *Es beißt die Hand,*
> *Es nagt am Fuß.*
> *Felsen und Stein*
> *Kein Fleisch, nur Gebein,*
> *Fraß aus, ist Schluß.*
> *Doch in kühlen Pfuhlen*
> *Woll'n wir uns suhlen*
> *Und Füße im Fluß.*
> *Nun wollen wir gern...*

»Ha! Ha! Was wollen wir?« sagte er und warf den Hobbits einen verstohlenen Blick zu. »Wir wollen's euch sagen«, krächzte er. »Er hat's schon lange erraten, der Beutlin hat's erraten.« Seine Augen funkelten, und als Sam den Schimmer in der Dunkelheit sah, fand er ihn keineswegs erfreulich.

Die Durchquerung der Sümpfe

> *Ohne Atemhauch*
> *Wie die Toten auch,*
> *Trotzdem lebendig,*
> *Schlüpfrig behendig,*
> *Im Sumpf nicht versinken,*
> *doch immerzu trinken;*
> *Auf dürrem Stein*
> *Geht Armer ein,*
> *Aber wir gewinnen,*
> *Wo Wasser rinnen.*
> *Ein süßer Fisch*
> *Den fangen wir noch*
> *Im Wasserloch!*
> *So saftig-frisch!*

Diese Worte machten Sam nur eine Schwierigkeit deutlicher und dringlicher, die ihn von dem Augenblick an beunruhigt hatte, als er begriff, daß sein Herr Gollum als Führer annehmen wollte: die Schwierigkeit der Ernährung. Er kam nicht drauf, daß sein Herr auch daran gedacht haben könnte, aber von Gollum nahm er es an. Wie hatte sich Gollum überhaupt bei seiner ganzen einsamen Wanderung ernährt? »Nicht zu gut«, dachte Sam. »Er sieht ganz schön verhungert aus. Nicht zu wählerisch, um zu versuchen, wie Hobbits schmecken, wenn's keine Fische gibt, da wette ich – vorausgesetzt, er könnte uns im Schlaf überrumpeln. Na, das wird er nicht – Sam Gamdschie zum Beispiel nicht.«

Sie stolperten eine lange Zeit durch die dunkle, sich windende Rinne, oder jedenfalls kam es den müden Füßen von Frodo und Sam so vor. Die Rinne zog sich nach Osten, und als sie weitergingen, verbreitete sie sich und wurde allmählich flacher. Schließlich wurde der Himmel oben blaß vom ersten Morgengrauen. Gollum hatte kein Zeichen von Müdigkeit erkennen lassen, aber jetzt schaute er auf und blieb stehen.

»Tag ist nah«, flüsterte er, als ob Tag etwas sei, das ihn hören und ihn anspringen könnte. »Sméagol will hierbleiben: ich will hierbleiben, und das Gelbe Gesicht wird mich nicht sehen.«

»Wir wären froh, die Sonne zu sehen«, sagte Frodo, »aber wir wollen auch hierbleiben: wir sind zu müde, um jetzt noch weiterzugehen.«

»Ihr seid nicht klug, daß ihr froh seid über das Gelbe Gesicht«, sagte Gollum. »Es verrät euch. Nette, vernünftige Hobbits bleiben bei Sméagol. Orks und böse Wesen sind unterwegs. Sie können weit sehen. Bleibt hier und versteckt euch mit mir!«

Die drei ließen sich am Fuß der felsigen Wand der Rinne nieder, um sich auszuruhen. Die Rinne war hier nicht viel höher, als daß ein großer Mann darin stehen konnte, und auf dem Boden waren breite und trockene flache Felsvorsprünge; das Wasser floß in einem Bett auf der anderen Seite. Frodo und Sam setzten sich auf einen der Vorsprünge und ruhten ihre Rücken aus. Gollum paddelte und krabbelte im Bach herum.

»Wir müssen ein wenig essen«, sagte Frodo. »Bist du hungrig, Sméagol? Wir haben nicht viel, aber wir werden dir etwas übrig lassen.«

Bei dem Wort *hungrig* trat ein grünliches Funkeln in Gollums bleiche Augen, und sie schienen mehr denn je aus seinem dünnen, ungesunden Gesicht hervorzuragen. Einen Augenblick fiel er in seine alte Gollum-Art zurück. »Wir sind ausgehungert, ja ausgehungert sind wir, Schatz«, sagte er. »Was isses was sie essen? Haben sie gute Fische?« Seine Zunge hing zwischen seinen scharfen, gelben Zähnen heraus, und er leckte sich die farblosen Lippen.

»Nein, wir haben keinen Fisch«, sagte Frodo. »Wir haben nur das hier ...«, er hielt eine *lembas*-Waffel hoch, »und Wasser, wenn das Wasser hier trinkbar ist.«

»Ja, ja, gutes Wasser«, sagte Gollum. »Trinkt es, trinkt es, solange wir können! Aber was ist es, was sie haben, Schatz? Kann man es kauen? Schmeckt es?«

Frodo brach ein Stückchen von einer Waffel ab und gab es ihm auf der Blätterverpackung. Gollum schnüffelte an dem Blatt, und sein Ausdruck änderte sich: sein Gesicht verzog sich voll Abscheu und zeigte wieder einen Anflug seiner alten Bosheit. »Sméagol riecht es«, sagte er. »Blätter aus dem Elbenland, pfui! Sie stinken. Er kletterte in diesen Bäumen, und er konnte den Geruch nicht von den Händen abwaschen, meinen netten Händen.« Er ließ das Blatt fallen, nahm eine *lembas*-Ecke und knabberte daran. Er spuckte und wurde von einem Hustenanfall gepackt.

»Ach! Nein!« stotterte er. »Ihr wollt den armen Sméagol ersticken. Staub und Asche, das kann er nicht essen. Er muß hungern. Aber Sméagol macht das nichts aus. Nette Hobbits! Sméagol hat versprochen. Er wird hungern. Hobbitnahrung kann er nicht essen. Er wird hungern. Armer dünner Sméagol!«

»Es tut mir leid«, sagte Frodo, »aber ich kann dir nicht helfen, fürchte ich. Ich glaube, diese Nahrung wird dir gut tun, wenn du sie nur versuchen würdest. Aber vielleicht kannst du nicht einmal versuchen, jedenfalls jetzt noch nicht!«

Die Hobbits kauten schweigend an ihrem *lembas*. Sam fand, es schmeckte irgendwie viel besser als in der ganzen letzten Zeit: Gollums Verhalten hatte ihn wieder auf seine Würzigkeit aufmerksam gemacht. Aber er fühlte sich nicht wohl in seiner Haut. Gollum beobachtete jeden Krümel von der Hand bis zum Mund wie ein bettelnder Hund neben dem Stuhl eines Essenden. Erst als sie fertig waren und sich anschickten, sich auszuruhen, sah er offenbar ein, daß sie keine heimlichen Leckerbissen hatten, von denen er etwas abbekommen könnte. Dann stand er auf und setzte sich ein paar Schritte entfernt hin und wimmerte ein wenig.

»Hör mal«, flüsterte Sam Frodo zu, nicht allzu leise: es war ihm eigentlich gleichgültig, ob Gollum ihn hörte oder nicht. »Wir müssen etwas schlafen; aber nicht beide zugleich, wenn dieser hungrige Schuft in der Nähe ist, Versprechen hin, Versprechen her. Sméagol oder Gollum wird seine Gewohnheiten nicht in aller Eile ändern, da könnt ich schwören. Schlaf du jetzt, Herr Frodo, und ich wecke dich, wenn ich meine Lider nicht mehr aufhalten kann. Immer abwechselnd, wie bisher, solange er frei herumläuft.«

»Vielleicht hast du recht, Sam«, sagte Frodo, ohne die Stimme zu senken. »Es *ist* eine Veränderung in ihm vorgegangen, aber welcher Art sie ist und wie tief sie geht, darüber bin ich mir noch nicht klar. Im Ernst glaube ich allerdings nicht, daß wir uns fürchten müssen – zur Zeit. Immerhin wache, wenn du willst. Laß mich zwei Stunden schlafen. Aber nicht mehr, und wecke mich dann.«

So müde war Frodo, daß ihm der Kopf auf die Brust sank und er schon schlief, nachdem er diese Worte kaum gesprochen hatte. Gollum schien keine Angst mehr zu haben. Er rollte sich zusammen und schlief ganz sorglos rasch ein. Bald zischte sein Atem leise durch seine zusammengebissenen Zähne, aber er lag mäuschenstill. Weil Sam nach einer Weile fürchtete, daß er auch einnicken würde, wenn er so dasaß und seine zwei Gefährten atmen hörte, stand er auf und stieß Gollum sanft an. Seine Hände streckten sich und zuckten, aber sonst bewegte er sich nicht. Sam beugte sich zu ihm hinunter und sagte dicht an seinem Ohr *Fisch*, aber es kam keine Antwort von Gollum, nicht einmal ein Stocken des Atems.

Sam kratzte sich den Kopf. »Er muß wirklich schlafen«, murmelte er. »Und wenn ich wie Gollum wäre, würde er nie wieder aufwachen.« Er unterdrückte den Gedanken an sein Schwert und das Seil, der ihm in den Sinn gekommen war, ging wieder zu seinem Herrn und setzte sich neben ihn.

Als er aufwachte, war der Himmel über ihm düster, nicht heller, sondern dunkler als bei ihrem Frühstück. Sam sprang auf. Nicht zuletzt daran, daß er sich so kräftig fühlte und hungrig war, erkannte er plötzlich, daß er den ganzen hellichten Tag verschlafen hatte, neun Stunden mindestens. Frodo schlief immer noch ganz fest und lag jetzt ausgestreckt auf der Seite. Gollum war nicht zu sehen. Verschiedene vorwurfsvolle Namen für sich selbst gingen Sam durch den Kopf, die aus dem väterlichen Wortschatz des Ohm stammten; dann fiel ihm auch ein, daß sein Herr recht gehabt hatte: im Augenblick hatte es nichts gegeben, wovor man sich schützen mußte. Sie waren jedenfalls beide am Leben und nicht erwürgt.

»Armer Kerl!« sagte er halb reumütig. »Ich möchte mal wissen, wo er hingegangen ist.«

»Nicht weit, nicht weit«, sagte eine Stimme über ihm. Er schaute auf und sah den Umriß von Gollums großem Kopf und seinen Ohren gegen den Abendhimmel.

»He, was machst du denn?« rief Sam; sein Argwohn kehrte zurück, kaum daß er dieses Geschöpf sah.

»Sméagol ist hungrig«, sagte Gollum. »Bin gleich zurück.«

»Komm jetzt zurück!« schrie Sam. »He! Komm zurück!« Aber Gollum war verschwunden.

Frodo wachte auf, als er Sam rufen hörte; er setzte sich auf und rieb sich die Augen. »Nanu«, sagte er. »Ist was los? Wie spät ist es?«

»Weiß nicht«, sagte Sam. »Nach Sonnenuntergang, schätze ich. Und er ist weg. Sagt, er ist hungrig.«

»Beunruhige dich nicht«, sagte Frodo. »Da kann man nichts machen. Er wird zurückkommen, du wirst es sehen. Das Versprechen wird noch eine Weile halten. Und seinen Schatz will er sowieso nicht verlassen.«

Frodo machte nicht viel Aufhebens davon, als er hörte, daß sie beide stundenlang fest geschlafen hatten, während Gollum, und zwar ein sehr hungriger Gollum, frei und ungebunden neben ihnen gewesen war. »Denk dir keine von den Schimpfnamen des Ohms aus«, sagte er. »Du warst todmüde, und es hat sich als gut herausgestellt: jetzt sind wir beide ausgeruht. Und wir haben einen harten Weg vor uns, den schlimmsten Weg von allen.«

»Was das Essen betrifft«, sagte Sam. »Wie lange werden wir brauchen, um diese Sache zu erledigen? Und wenn sie erledigt ist, was werden wir dann tun? Diese Wegzehrung hält uns auf wunderbare Art auf den Beinen, obwohl sie das Innere nicht so recht befriedigt, wie man sagen könnte: nach meinem Gefühl jedenfalls nicht, was keine Unhöflichkeit gegen die sein soll, die sie gemacht haben. Aber etwas davon muß man jeden Tag essen, und es wird nicht mehr. Ich schätze, wir haben genug für, sagen wir, drei Wochen oder so, und das mit eng geschnalltem Riemen und nur für den hohlen Zahn, wohlgemerkt. Wir sind bisher ein bißchen großzügig damit umgegangen.«

»Ich weiß nicht, wie lange wir brauchen, um – um fertig zu werden«, sagte Frodo. »Wir sind in den Bergen jämmerlich aufgehalten worden. Aber, Samweis Gamdschie, mein lieber Hobbit – wirklich, Sam, mein liebster Hobbit, mein allerbester Freund –, ich glaube nicht, daß wir uns darüber Gedanken machen müssen, was nachher kommt. *Die Sache erledigen*, wie du es ausdrückst – welche Hoffnung besteht, daß wir sie je erledigen werden? Und wenn wir es tun, wer weiß, was dabei herauskommt? Wenn der Eine ins Feuer geht und wir in der Nähe sind? Ich frage dich, Sam, wird es je wahrscheinlich sein, daß wir wieder Brot brauchen? Ich glaube es nicht. Wenn wir unsere Glieder so ernähren können, daß sie uns bis zum Schicksalsberg bringen, dann ist das alles, was wir tun können. Mehr als ich tun kann, das Gefühl habe ich allmählich.«

Sam nickte schweigend. Er nahm die Hand seines Herrn und beugte sich über sie. Er küßte sie nicht, doch seine Tränen fielen darauf. Dann wandte er sich ab, fuhr sich mit dem Ärmel über die Nase, stand auf, stapfte herum, versuchte zu pfeifen und sagte zwischen seinen verschiedenen Bemühungen: »Wo ist das verflixte Geschöpf?«

Tatsächlich dauerte es nicht lange, bis Gollum zurückkam; aber er kam so leise, daß sie ihn nicht hörten, ehe er vor ihnen stand. Seine Finger und sein Gesicht waren mit schwarzem Schlamm beschmiert. Er kaute und sabberte noch. Was er kaute, fragten sie nicht und mochten auch nicht dran denken.

»Würmer oder Käfer oder irgendwas Schleimiges aus den Löchern«, dachte Sam. »Brr! Das abscheuliche Geschöpf; der arme Kerl!«

Gollum sagte nichts zu ihnen, bis er kräftig getrunken und sich im Bach gewaschen hatte. Dann kam er zu ihnen, sich die Lippen leckend. »Besser jetzt«, sagte er. »Sind wir ausgeruht? Bereit zu gehen? Nette Hobbits, sie schlafen schön. Vertraut ihr Sméagol jetzt? Sehr, sehr gut.«

Der nächste Abschnitt ihrer Fahrt war ziemlich genauso wie der letzte. Als sie weitergingen, wurde die Rinne immer flacher und das Gefälle ihres Bodens immer allmählicher. Ihr Grund war weniger steinig, sondern erdiger, und langsam gingen ihre Wände in bloße Böschungen über. Sie begann sich zu winden und zu wandern. Die Nacht näherte sich ihrem Ende, aber Wolken verhüllten jetzt Mond und Sterne, und sie merkten das Kommen des Tages nur daran, daß sich langsam ein spärliches, graues Licht verbreitete.

In einer kühlen Stunde kamen sie zum Ende des Wasserlaufs. Die Böschungen wurden moosgrüne Erdhügel. Über den letzten Vorsprung aus verwittertem Gestein stürzte der Bach gurgelnd hinab in ein braunes Moor und ward nicht mehr gesehen. Trockenes Schilf zischte und raschelte, obwohl kein Wind zu spüren war.

Auf beiden Seiten und vor ihnen lagen jetzt ausgedehnte Fenne und Sümpfe, die sich in dem dämmrigen Zwielicht weit nach Süden und Osten erstreckten. Nebelschwaden stiegen, sich kräuselnd und dampfend, von dunklen und eklen Tümpeln auf, deren Gestank stickig in der stillen Luft hing. Weit in der Ferne, jetzt fast genau südlich, erhoben sich die Gebirgswälle von Mordor wie eine zerklüftete schwarze Wolkenbank über einem gefährlichen, in Nebel gehülltem Meer.

Die Hobbits waren jetzt völlig in Gollums Hand. Sie wußten nicht und konnten es in der dunstigen Beleuchtung nicht erraten, daß sie in Wirklichkeit am nördlichen Ende der Sümpfe waren, die sich von hier aus nach Süden erstrecken. Sie hätten, wenn sie das Land gekannt hätten, ohne große Verzögerung einfach ein Stück zurückgehen können, und wenn sie sich dann nach Osten gehalten hätten, wären sie über harte Straßen zu der kahlen Ebene Dargolad gekommen: dem alten Schlachtfeld vor den Toren von Mordor. Viel Hoffnung bot ein solcher Weg allerdings auch nicht. Auf jener steinigen Ebene gab es keine Deckung, und die Straßen der Orks und der Soldaten des Feindes führten über sie hinweg. Nicht einmal die Mäntel von Lórien hätten sie dort verborgen.

»Welche Richtung wollen wir nun einschlagen, Sméagol?« fragte Frodo. »Müssen wir diese übelriechenden Fenne überqueren?«

»Nicht nötig, gar nicht nötig«, sagte Gollum. »Nicht, wenn die Hobbits das dunkle Gebirge erreichen und Ihn sehr schnell sehen wollen. Zurück ein bißchen und herum ein bißchen...« – sein knochiger Arm deutete nach Norden und Osten – »und ihr könnt auf harten, kalten Straßen bis zu den Toren seines Landes kommen. Eine Menge von seinen Leuten wird dort nach Gästen Ausschau halten, sehr erfreut, sie gleich zu Ihm zu bringen, o ja. Sein Auge bewacht die ganze Zeit den Weg. Es hat Sméagol dort erwischt vor langer Zeit.« Gollum erschauerte. »Aber Sméagol hat seitdem seine Augen gebraucht, ja, ja: seitdem habe ich Augen und Füße und Nase gebraucht. Ich kenne andere Wege.

Schwierigere, nicht so schnelle; aber bessere, wenn wir nicht von Ihm gesehen werden wollen. Folgt Sméagol! Er kann euch durch die Sümpfe bringen, durch die Nebel, nette, dicke Nebel. Folgt Sméagol sehr vorsichtig, dann könnt ihr einen langen Weg, einen recht langen Weg gehen, ehe Er euch erwischt, ja, vielleicht.«

Es war schon heller Tag, ein windloser und trüber Morgen, und die Sumpfdünste hingen schwer in der Luft. Kein Sonnenstrahl durchbrach den niedrigen Wolkenhimmel, und Gollum schien daran zu liegen, die Wanderung gleich fortzusetzen. So machten sie sich nach einer kurzen Rast gleich wieder auf den Weg und waren bald von einer schattigen, schweigenden Welt umschlossen, abgeschnitten von jedem Blick auf das umliegende Land, und sie sahen weder die Berge, die sie verlassen hatten, noch das Gebirge, das sie suchten. Sie gingen langsam hintereinander: Gollum, Sam, Frodo.

Frodo schien von den dreien der müdeste zu sein, und obwohl sie langsam gingen, blieb er oft zurück. Die Hobbits merkten bald, daß das, was wie ein einziges riesiges Fenn ausgesehen hatte, in Wirklichkeit ein endloses Netzwerk von Tümpeln, weichen Mooren und sich windenden, halb erstickten Wasserläufen war. Zwischen diesen konnten geschickte Augen und Füße einen verschlungenen Pfad finden. Gollum besaß gewiß diese Geschicklichkeit und brauchte sie auch. Sein Kopf an dem langen Hals drehte sich hierhin und dorthin, und er schnüffelte und murmelte die ganze Zeit vor sich hin. Manchmal hob er die Hand und gebot ihnen Halt, während er ein Stückchen weiterkroch, den Boden mit den Fingern oder Zehen abtastete oder bloß lauschte, ein Ohr auf die Erde gepreßt.

Es war langweilig und ermüdend. Kalter, feuchter Winter herrschte noch in diesem verlassenen Land. Das einzige Grün war der Schaum von bleichem Kraut auf den dunklen, fettigen Oberflächen der trüben Gewässer. Tote Gräser und faulendes Schilf ragten auf in den Nebeln wie gezackte Schatten von langvergessenen Sommern.

Im Laufe des Tages wurde es ein wenig heller, der Nebel hob sich und wurde dünner und durchsichtiger. Hoch über der Fäulnis und den Dünsten der Welt zog die Sonne jetzt golden ihre Bahn in einem heiteren Land und spiegelte sich in schimmernden Meeren, aber nur ein flüchtiges Gespenst von ihr konnten sie hier unten sehen, verschwommen, bleich, das weder Farbe noch Wärme abgab. Aber schon bei diesem schwachen Hinweis auf ihr Dasein blickte Gollum finster drein und schauderte. Er unterbrach ihre Wanderung, und sie rasteten, wie gejagte kleine Tiere an den Rändern eines großen braunen Schilfdickichts hockend. Es herrschte eine tiefe Stille, nur oberflächlich unterbrochen von dem schwachen Beben leerer Samenbüschel und dem Zittern abgebrochener Grashalme in kleinen Luftbewegungen, die sie nicht spüren konnten.

»Nicht ein Vogel«, sagte Sam traurig.

»Nein, keine Vögel«, sagte Gollum. »Nette Vögel!« Er leckte sich die Zähne. »Keine Vögel hier. Es gibt Schlangen, Würmer, Tiere in den Tümpeln. Haufenweise Tiere, haufenweis häßliche Tiere. Keine Vögel«, schloß er betrübt. Sam sah ihn voll Abscheu an.

So verbrachten sie den dritten Tag ihrer Wanderung mit Gollum. Ehe die Schatten des Abends in glücklicheren Ländern lang wurden, gingen sie weiter, immer weiter und weiter mit nur kurzen Unterbrechungen. Nicht so sehr, um sich auszuruhen, hielten sie an, sondern um Gollum zu helfen; denn jetzt mußte selbst er mit großer Sorgfalt vorgehen, und manchmal war er eine Weile unsicher. Sie hatten genau die Mitte der Totensümpfe erreicht, und es war dunkel.

Sie gingen langsam, gebückt, dicht hintereinander, und verfolgten aufmerksam jede Bewegung, die Gollum machte. Die Fenne wurden nasser und gingen in ausgedehnte, stehende Tümpel über, zwischen denen es immer schwieriger wurde, feste Stellen zu finden, wo Füße treten konnten, ohne in gurgelnden Morast einzusinken. Die Wanderer waren leicht, sonst hätte vielleicht keiner von ihnen einen Weg hindurchgefunden.

Plötzlich wurde es ganz dunkel: selbst die Luft schien schwarz zu sein, und das Atmen fiel ihnen schwer. Als Lichter auftauchten, rieb Sam sich die Augen: er dachte, er sei verrückt geworden. Erst sah er ein Licht im linken Augenwinkel, den Hauch eines blassen Scheins, der wieder verschwand. Aber bald kamen neue: manche wie düster schimmernder Rauch, manche wie neblige Flammen, die schwach über unsichtbaren Kerzen flackern; hier und dort wanden sie sich wie Gespensterlaken, die von verborgenen Händen geschwenkt werden. Aber keiner seiner Gefährten sprach ein Wort. Schließlich konnte Sam es nicht länger ertragen. »Was ist all das, Gollum?« fragte er flüsternd. »Diese Lichter? Sie sind jetzt rings um uns. Sind wir eingeschlossen? Was für Lichter sind das?«

Gollum schaute auf. Ein dunkles Wasser war vor ihm, und er kroch auf dem Boden, hierhin und dorthin, im Zweifel über den Weg. »Ja, sie sind rings um uns«, flüsterte er. »Die tückischen Lichter. Kerzen von Leichen, ja, ja. Achte nicht drauf! Sieh sie nicht an. Folge ihnen nicht! Wo ist der Herr?«

Sam schaute sich um und stellte fest, daß Frodo wieder zurückgeblieben war. Er konnte ihn nicht sehen. Er ging ein paar Schritte in die Dunkelheit zurück, wagte aber nicht, sich weit zu entfernen oder lauter zu rufen als mit einem heiseren Flüstern. Plötzlich stieß er an Frodo, der in Gedanken verloren dastand und die fahlen Lichter betrachtete. Seine Hände hingen schlaff an seinen Seiten; Wasser und Schlamm tropften von ihnen herab.

»Komm, Herr Frodo«, sagte Sam. »Sieh sie nicht an! Gollum sagt, wir sollten es nicht tun. Laß uns mit ihm Schritt halten und so schnell wie möglich aus dieser verfluchten Gegend rauskommen – wenn wir können!«

»Ganz recht«, sagte Frodo, als ob er aus einem Traum zurückkehrte. »Ich komme. Geh weiter!«

Als Sam wieder vorwärtseilte, stolperte er über eine alte Wurzel oder ein Grasbüschel. Er fiel auf die Hände, die tief in zähen Morast einsanken, so daß sein Gesicht dicht an die Oberfläche des dunklen Pfuhls kam. Es gab ein schwaches Zischen, ein widerlicher Geruch stieg auf, die Lichter flackerten und tanzten und wirbelten. Einen Augenblick lang sah das Wasser unter ihm aus wie ein Fenster, mit einer schmutzigen Scheibe verglast, durch die er blickte. Er zerrte seine

Hände aus dem Morast heraus und sprang mit einem Schrei zurück. »Da sind Tote, tote Gesichter im Wasser«, sagte er voll Entsetzen. »Tote Gesichter!«

Gollum lachte. »Die Totensümpfe, ja, ja: so heißen sie«, kicherte er. »Du solltest nicht hineinsehen, wenn die Kerzen angezündet sind.«

»Wer ist das? Was ist das?« fragte Sam schaudernd und wandte sich zu Frodo um, der jetzt hinter ihm war.

»Ich weiß es nicht«, sagte Frodo mit traumähnlicher Stimme. »Aber ich habe sie auch gesehen. In den Tümpeln, als die Kerzen angezündet wurden. Sie liegen in all den Tümpeln, bleiche Gesichter, tief, tief unter dem dunklen Wasser. Ich sah sie: grimmige Gesichter und böse, und edle Gesichter und traurige. Viele Gesichter stolz und schön, mit Kraut in dem silbrigen Haar. Aber alle verfault, verwest, alle tot. Ein unheimliches Licht ist in ihnen.« Frodo bedeckte die Augen mit der Hand. »Ich weiß nicht, wer sie sind; aber ich glaubte Menschen und Elben zu sehen, und Orks neben ihnen.«

»Ja, ja«, sagte Gollum. »Alle tot, alle verfault. Elben und Menschen und Orks. Die Totensümpfe. Hier war vor langer Zeit eine große Schlacht, ja, das haben sie Sméagol erzählt, als er jung war, als ich jung war, ehe der Schatz kam. Es war eine gewaltige Schlacht. Große Menschen mit langen Schwertern und entsetzliche Elben und schreiende Orks. Sie kämpften Tage und Monate lang auf der Ebene bei den Schwarzen Toren. Aber die Sümpfe sind seitdem gewachsen und haben die Gräber geschluckt; immer wandernd, wandernd.«

»Aber das war vor einem Zeitalter oder mehr«, sagte Sam. »Die Toten können doch nicht wirklich da sein! Ist das irgendwie Schurkerei, die im Dunklen Land ausgeheckt wurde?«

»Wer weiß? Sméagol weiß es nicht«, antwortete Gollum. »Man kann sie nicht erreichen, man kann sie nicht berühren. Wir haben es einmal versucht, ja, Schatz. Ich versuchte es einmal; aber man kann sie nicht erreichen. Nur Gestalten sind zu sehen, man kann sie nicht anfassen. Nein, Schatz! Alle tot.«

Sam sah ihn finster an, und es schauderte ihn wieder, als er erraten zu können glaubte, warum Sméagol versucht hatte, sie anzufassen. »Na, ich will sie nicht sehen«, sagte er. »Niemals wieder! Können wir nicht weitergehen, damit wir wegkommen?«

»Ja, ja«, sagte Gollum. »Aber langsam, ganz langsam. Sehr vorsichtig! Sonst gehen Hobbits hinunter zu den Toten und zünden auch kleine Kerzen an. Folgt Sméagol! Schaut nicht nach Lichtern!«

Er kroch nach rechts und suchte nach einem Pfad um den Pfuhl herum. Die beiden anderen kamen dicht hinter ihm, gebückt, und gebrauchten oft ihre Hände, wie er auch. »Drei köstliche kleine Gollums in einer Reihe werden wir sein, wenn das noch lange so weitergeht«, dachte Sam.

Schließlich kamen sie zum Ende des schwarzen Pfuhls, und es war gefährlich, wie sie ihn kriechend oder von einem vereinzelten trügerischen Grasbüschel zum nächsten springend überquerten. Oft stolperten sie, traten oder fielen mit den Händen zuerst in Wasser, das so übel roch wie eine Jauchegrube, und zuletzt waren sie fast bis zum Hals verschmiert und besudelt und ekelten sich voreinander.

Die Durchquerung der Sümpfe

Es war spät in der Nacht, als sie endlich wieder auf festeren Boden kamen. Gollum zischte und flüsterte vor sich hin, aber offenbar war er zufrieden: auf irgendeine geheimnisvolle Weise, durch irgendeine Verbindung von Tast- und Geruchssinn und ein unheimliches Erinnerungsvermögen an Formen im Dunkeln schien er genau zu wissen, wo er wieder war und wie der Weg dann verlief.

»Jetzt gehen wir weiter«, sagte er. »Nette Hobbits! Tapfere Hobbits! Sehr müde natürlich; das sind wir auch, mein Schatz, wir alle. Aber wir müssen den Herrn von den bösen Lichtern wegbringen, ja, ja, das müssen wir.« Mit diesen Worten machte er sich wieder auf, nahezu im Trab, und es schien fast ein Pfad zwischen hohen Binsen zu sein, auf dem sie hinter ihm herstolperten, so schnell sie konnten. Aber nach einer kleinen Weile blieb er plötzlich stehen, schnupperte unschlüssig in der Luft und zischte, als ob er besorgt oder wieder unzufrieden sei.

»Was ist los?« brummte Sam, der die Zeichen falsch verstand. »Warum mußt du schnuppern? Der Gestank wirft mich fast um, auch wenn ich mir die Nase zuhalte. Du stinkst und der Herr stinkt; die ganze Gegend stinkt.«

»Ja, ja, und Sam stinkt!« antwortete Gollum. »Der arme Sméagol riecht es, aber der gute Sméagol erträgt es. Hilft dem netten Herrn. Aber das macht nichts. Die Luft bewegt sich, es ändert sich was. Sméagol macht sich Gedanken; er ist nicht froh.«

Er ging wieder weiter, aber seine Unruhe wuchs, und dann und wann richtete er sich zu seiner ganzen Größe auf und reckte den Hals nach Osten und Süden. Eine Zeitlang konnten die Hobbits weder hören noch spüren, was ihn bedrückte. Dann blieben sie plötzlich alle drei stehen, erstarrten und lauschten. Frodo und Sam schien es, als hörten sie in weiter Ferne einen klagenden Schrei, hoch und dünn und grausam. Sie erschauerten. In demselben Augenblick wurden sie gewahr, daß sich die Luft bewegte; und es wurde sehr kalt. Als sie angespannt lauschten, hörten sie ein Geräusch wie einen in der Ferne aufkommenden Wind. Die nebligen Lichter flackerten, verdunkelten sich und erloschen.

Gollum rührte sich nicht. Zitternd und vor sich hinschnatternd stand er da, bis der Wind, der zischend und fauchend über die Sümpfe fegte, sie erfaßte. Die Nacht wurde weniger dunkel, hell genug, daß sie formlose Nebelschwaden sehen oder halb sehen konnten, die, sich windend und drehend, sie einhüllten und über sie hinwegzogen. Als sie aufschauten, bemerkten sie, daß die Wolken aufrissen und in Fetzen dahinsegelten; und dann schimmerte hoch im Süden der Mond durch das ziehende Gewölk.

Einen Augenblick erfreute sein Anblick die Herzen der Hobbits; aber Gollum kauerte sich hin und murmelte Flüche auf das Weiße Gesicht. Als Frodo und Sam zum Himmel hinaufstarrten und tief die frischere Luft einatmeten, sahen sie sie dann kommen: eine kleine Wolke, die von den verfluchten Bergen heranflog; ein schwarzer Schatten aus Mordor; eine riesige Gestalt, geflügelt und unheilvoll. Sie zog vor dem Mond vorbei und flog mit einem mörderischen Schrei nach Westen, mit ihrer unheimlichen Geschwindigkeit den Wind überholend.

Sie fielen vornüber und blieben einfach auf der kalten Erde liegen. Aber der

Schatten des Schreckens wendete und kehrte zurück, flog jetzt niedriger genau über ihnen und wirbelte mit seinen gespenstischen Flügeln die Sumpfdünste auf. Und dann war er fort, zurückgeflogen nach Mordor mit der Schnelligkeit des Zorns von Sauron; und hinter ihm brauste der Wind und ließ die Totensümpfe kahl und öde zurück. Soweit das Auge reichte, bis zu der fernen Drohung des Gebirges, war die nackte Wildnis gesprenkelt mit dem dann und wann aufschimmernden Mondlicht.

Frodo und Sam standen auf und rieben sich die Augen wie Kinder, die aus einem bösen Traum aufwachen und merken, daß die vertraute Nacht die Welt noch umfängt. Aber Gollum lag auf dem Boden, als ob er betäubt sei. Sie hoben ihn unter Mühen auf, und eine Zeitlang wollte er nicht aufschauen, sondern kniete, auf die Ellbogen gestützt, und bedeckte den Hinterkopf mit seinen großen, ausgebreiteten Händen.

»Geister!« wimmerte er. »Geister mit Flügeln! Der Schatz ist ihr Herr. Sie sehen alles, alles. Nichts kann sich vor ihnen verbergen. Verflucht sei das Weiße Gesicht! Und sie werden Ihm alles sagen. Er sieht, Er weiß. Ach, *gollum, gollum, gollum*!« Erst als der Mond im Westen weit hinter Tol Brandir untergegangen war, stand er auf und ging weiter.

Von dieser Zeit an glaubte Sam, wieder eine Veränderung bei Gollum zu spüren. Er scharwenzelte mehr und war scheinbar freundlich; aber zu Zeiten bemerkte Sam einen seltsamen Ausdruck in seinen Augen, besonders Frodo gegenüber; und mehr und mehr fiel er wieder in seine alte Sprechweise zurück. Noch etwas machte Sam zunehmend Sorge. Frodo schien müde zu sein, eine Müdigkeit, die an Erschöpfung grenzte. Er sagte nichts, ja, er sprach überhaupt kaum; und er klagte nicht, aber er ging wie einer, der eine Last trägt, deren Gewicht immer größer wird. Und er schleppte sich dahin, langsamer und immer langsamer, so daß Sam oft Gollum bitten mußte, zu warten und ihren Herrn nicht zurückzulassen.

Tatsächlich spürte Frodo bei jedem Schritt, der ihn den Toren von Mordor näherbrachte, daß der Ring an der Kette um seinen Hals bedrückender wurde. Er empfand ihn jetzt allmählich als ein wirkliches Gewicht, das ihn nach Osten zog. Aber weit mehr wurde er beunruhigt durch das Auge: so nannte er es bei sich. Es war mehr als das Zerren des Ringes, was bewirkte, daß er sich beim Gehen duckte und bückte. Das Auge: dieses entsetzliche, wachsende Gefühl, daß ein feindlicher Wille mit großer Macht darum rang, alle Schatten der Wolken und der Erde und des Fleisches zu durchdringen und einen zu sehen: einen unter seinen tödlichen Blick zu bannen, nackt, bewegungslos. So dünn, so schwach und dünn waren die Schleier geworden, die diesen Blick noch abwehrten. Frodo wußte genau, wo dieser Wille sich gegenwärtig aufhielt und wo sein Mittelpunkt war: ebenso genau, wie ein Mann die Richtung der Sonne mit geschlossenen Augen angeben kann. Er wandte sich ihm zu und spürte seine Kraft auf seiner Stirn.

Gollum empfand wahrscheinlich etwas Ähnliches. Aber was in seinem unglücklichen Herzen vorging zwischen dem Drängen des Auges und der Gier nach dem Ring, der so nahe war, und seinem demütigen Versprechen, das er halb aus Furcht vor kaltem Stahl abgegeben hatte, ahnten die Hobbits nicht. Frodo verschwendete keinen Gedanken daran. Sam war hauptsächlich mit seinem Herrn beschäftigt und bemerkte kaum die dunkle Wolke, die auf sein eigenes Herz gefallen war. Er ließ Frodo jetzt vor sich gehen, hatte ein wachsames Auge auf jede seiner Bewegungen, stützte ihn, wenn er strauchelte, und versuchte, ihm mit unbeholfenen Worten Mut zuzusprechen.

Als es endlich Tag wurde, waren die Hobbits überrascht, wieviel näher sie dem unheilvollen Gebirge schon gekommen waren. Die Luft war jetzt klarer und kälter; und obwohl die Wälle von Mordor noch weitab lagen, waren sie dennoch nicht länger eine wolkige Drohung am Rande der Sicht, sondern blickten wie grimmige schwarze Türme finster über eine trostlose Einöde. Die Sümpfe hörten auf und verloren sich in totem Torfboden und ausgedehnten, mit trockenem rissigem Schlamm bedeckten Niederungen. Das Land vor ihnen stieg in langen, flachen Hängen, kahl und erbarmungslos, zu der Wüstenei an, die an Saurons Tor lag.

Solange das graue Licht anhielt, hockten sie wie Würmer zusammengekauert unter einem schwarzen Stein, damit der geflügelte Schrecken mit seinen grausamen Augen sie nicht im Vorbeifliegen erspähte. Der Rest dieser Wanderung war der Schatten einer wachsenden Furcht, bei der die Erinnerung nichts finden konnte, das sie begründete. Zwei weitere Nächte kämpften sie sich durch das beschwerliche, pfadlose Land. Die Luft schien ihnen rauh zu werden und war erfüllt von einem bitteren Gestank, der ihnen den Atem nahm und den Mund ausdörrte.

Am fünften Morgen, seit sie sich mit Gollum auf den Weg gemacht hatten, hielten sie wieder einmal an. Dunkel in der Morgendämmerung reckte sich das große Gebirge empor zu Hauben aus Rauch und Wolken. Am Fuße des Gebirges erstreckten sich gewaltige Vorsprünge und zerklüftete Berge, von denen die nächsten kaum ein Dutzend Meilen entfernt waren. Frodo blickte sich voll Entsetzen um. So grausig die Totensümpfe und die unfruchtbaren Moore des Niemandslandes gewesen waren, weit abscheulicher war das Land, das der herankriechende Tag seinen zurückschreckenden Augen enthüllte. Selbst zu dem Pfuhl der Toten Gesichter würde ein abgehärmtes Trugbild des grünen Frühlings kommen; aber hierher würden Frühling oder Sommer niemals wieder kommen. Hier lebte nichts, nicht einmal die aussätzigen Gewächse, die von Fäulnis zehren. Die schwer atmenden Tümpel waren bedeckt mit Asche und kriechendem Schlamm, widerwärtig weiß und grau, als ob das Gebirge den Schmutz seiner Eingeweide über das Land gespien hätte. Hohe Hügel von zerbröckeltem und zermalmtem Fels, große Kegel aus verbrannter und giftbefleckter Erde standen in endlosen Reihen da wie ein ekelhafter Friedhof, der langsam in dem widerstrebenden Licht sichtbar wurde.

Sie waren zu der Einöde gekommen, die vor Mordor lag: das dauerhafte Denkmal der dunklen Arbeit seiner Hörigen, das bleiben sollte, wenn alle ihre

Ziele zunichte gemacht wären; ein geschändetes Land, unheilbar erkrankt – es sei denn, das Große Meer würde es überfluten und mit Vergessenheit reinigen. »Mir ist schlecht«, sagte Sam. Frodo sprach nicht.

Eine Weile standen sie da wie Männer am Rande eines Schlafs, in dem ein Alptraum lauert, und den sie abwehren, obwohl sie wissen, daß sie nur durch die Dunkelheit zum Morgen gelangen können. Das Licht breitete sich aus und wurde härter. Die keuchenden Gruben und giftigen Hügel wurden abscheulich klar. Die Sonne stand hoch zwischen Wolken und langen Rauchfahnen, aber selbst das Sonnenlicht war geschändet. Die Hobbits begrüßten dieses Licht nicht; unfreundlich erschien es ihnen, es verriet sie in ihrer Hilflosigkeit – kleine piepsende Gespenster, die zwischen den Aschenhaufen des Dunklen Herrschers einherwanderten.

Zu müde, um weiterzugehen, suchten sie nach irgendeinem Platz, wo sie rasten konnten. Eine Weile saßen sie, ohne zu sprechen, im Schatten eines Schlackenhügels; doch faule Dämpfe entströmten ihm, reizten ihre Kehlen und nahmen ihnen den Atem. Gollum war der erste, der aufstand. Spuckend und fluchend erhob er sich, und ohne ein Wort oder einen Blick auf die Hobbits kroch er auf allen vieren davon. Frodo und Sam krochen ihm nach, bis sie zu einer breiten, fast runden Senke mit hohen Böschungen nach Westen kamen. Sie war kalt und tot, und ein fauliger Sumpf von öligem, vielfarbigem Schlick bedeckte ihren Boden. In diesem üblen Loch kauerten sie sich nieder und hofften, in seinem Schatten der Aufmerksamkeit des Auges zu entgehen.

Der Tag verging langsam. Ein großer Durst quälte sie, aber sie tranken nur ein paar Tropfen aus ihren Flaschen – sie hatten sie zuletzt in der Rinne gefüllt, die ihnen jetzt, wenn sie an sie zurückdachten, als ein Platz des Friedens und der Schönheit erschien. Die Hobbits übernahmen abwechselnd die Wache. Zuerst konnten sie beide überhaupt nicht schlafen, so müde sie auch waren; doch als die Sonne in ferne, langsam ziehende Wolken hinabsank, schlummerte Sam ein. Frodo war an der Reihe, Wache zu halten. Er legte sich zurück auf den Abhang der Senke, aber das erleichterte das Gefühl der Bürde nicht, die auf ihm lastete. Er blickte hinauf zu dem rauchgestreiften Himmel und sah seltsame Trugbilder, dunkle, reitende Gestalten und Gesichter aus der Vergangenheit. Er brachte die Zeiten durcheinander und schwebte zwischen Schlaf und Wachsein, bis ihn Vergessen überkam.

Plötzlich wachte Sam auf und glaubte, er habe seinen Herrn rufen hören. Es war Abend. Frodo konnte nicht gerufen haben, denn er war eingeschlafen und hinuntergerutscht fast bis auf den Grund der Senke. Gollum war bei ihm. Einen Augenblick glaubte Sam, er wolle Frodo wecken; dann sah er, daß dem nicht so war. Gollum redete mit sich selbst. Sméagol war in einer Auseinandersetzung begriffen mit irgendeinem anderen Gedanken, der dieselbe Stimme gebrauchte, sie aber piepsen und zischen ließ. Ein bleiches Funkeln und ein grünes Funkeln wechselten in seinen Augen ab, während er sprach.

»Sméagol hat versprochen«, sagte der erste Gedanke.

»Ja, ja, mein Schatz«, kam die Antwort, »wir haben versprochen: unseren Schatz zu retten, damit Er ihn nicht bekommt – niemals. Aber er geht zu Ihm, ja, mit jedem Schritt näher. Was will der Hobbit mit ihm machen, das möchten wir wissen, ja, das möchten wir wissen.«

»Ich weiß es nicht. Ich kann's nicht ändern. Der Herr hat ihn. Sméagol hat versprochen, dem Herrn zu helfen.«

»Ja, ja, dem Herrn zu helfen: dem Herrn des Schatzes. Aber wenn wir der Herr wären, dann könnten wir uns selbst helfen, ja, und immer noch das Versprechen halten.«

»Aber Sméagol sagte, er wolle sehr, sehr gut sein. Netter Hobbit! Er nahm den grausamen Strick von Sméagols Bein ab. Er spricht freundlich mit mir.«

»Sehr sehr gut, wie, mein Schatz? Laß uns gut sein, gut wie Fisch, Süßer, aber nur zu uns. Dem netten Hobbit natürlich nicht weh tun, nein, nein.«

»Aber bei dem Schatz haben wir das Versprechen abgegeben«, wandte Sméagols Stimme ein.

»Dann nimm ihn«, sagte die andere, »und wir wollen ihn selbst behalten! Dann werden wir der Herr sein, *gollum*! Laß den anderen Hobbit, den häßlichen, mißtrauischen Hobbit, laß ihn kriechen, ja, *gollum*!«

»Aber nicht den netten Hobbit?«

»Ach nein, nicht, wenn es uns nicht gefällt. Immerhin ist er ein Beutlin, mein Schatz, ja, ein Beutlin. Ein Beutlin hat ihn gestohlen. Er fand ihn und hat nichts gesagt, nichts. Wir hassen Beutlins.«

»Nein, nicht diesen Beutlin.«

»Doch, jeden Beutlin. Alle Leute, die den Schatz behalten. Wir müssen ihn haben!«

»Aber Er wird es sehen, Er wird es wissen. Er wird ihn uns wegnehmen!«

»Er sieht. Er weiß. Er hat gehört, wie wir das alberne Versprechen abgaben – gegen Seinen Befehl, ja. Müssen ihn nehmen. Die Geister suchen. Müssen ihn nehmen.«

»Nicht für Ihn!«

»Nein, Süßer. Schau, mein Schatz: wenn wir ihn haben, dann können wir entfliehen, selbst vor Ihm, nicht wahr? Vielleicht werden wir sehr stark, stärker als die Geister. Herr Sméagol? Gollum der Große? *Der* Gollum! Jeden Tag Fisch essen, dreimal am Tag, frisch aus dem Meer. Allerhöchster Gollum! Müssen ihn haben. Wir wollen ihn, wir wollen ihn, wir wollen ihn!«

»Aber sie sind zwei. Sie werden zu schnell aufwachen und uns töten«, wimmerte Sméagol mit letzter Anstrengung. »Nicht jetzt. Noch nicht.«

»Wir wollen ihn! Aber –«, und hier gab es eine lange Pause, als ob ein neuer Gedanke erwacht sei. »Noch nicht, wie? Vielleicht nicht. Sie könnte helfen. Ja, Sie.«

»Nein, nein! So nicht!« jammerte Sméagol.

»Ja! Wir wollen ihn! Wir wollen ihn!«

Jedesmal, wenn der zweite Gedanke sprach, schob sich Gollums lange Hand vor und tatschte nach Frodo, und dann wurde sie mit einem Ruck zurückgezogen, wenn Sméagol wieder sprach. Schließlich schlossen sich seine beiden Arme mit den langen gebogenen und zuckenden Fingern um seinen Hals.

Sam hatte ganz still gelegen, gefesselt von dieser Auseinandersetzung, aber jede Bewegung, die Gollum machte, unter seinen halbgeschlossenen Lidern beobachtet. Seinem einfachen Gemüt war gewöhnlicher Hunger, das Verlangen, Hobbits zu essen, als die Hauptgefahr erschienen, die von Gollum ausging. Jetzt erkannte er, daß dem nicht so war: Gollum verspürte die entsetzliche Anziehung des Ringes. Der Dunkle Herrscher war natürlich Er; aber Sam zerbrach sich den Kopf, wer Sie wohl sei. Irgend jemand, mit dem sich das arme Wurm auf seinen Wanderungen angefreundet hatte, vermutete er. Dann vergaß er diesen Punkt, denn die Dinge waren deutlich zu weit gegangen und wurden gefährlich. Alle seine Glieder waren mächtig schwer, aber er rappelte sich mühsam auf und setzte sich hin. Etwas warnte ihn, vorsichtig zu sein und nicht zu zeigen, daß er die Auseinandersetzung mit angehört hatte. Er stieß einen lauten Seufzer aus und gähnte herzhaft.

»Wie spät ist es?« fragte er verschlafen.

Gollum stieß einen langen Zischlaut durch die Zähne. Er stand einen Augenblick auf, gespannt und drohend; und dann brach er zusammen, fiel nach vorn auf alle viere und kroch die Böschung der Senke hinauf. »Nette Hobbits! Netter Sam!« sagte er. »Schlafmützen, ja Schlafmützen! Laßt den guten Sméagol wachen! Aber es ist Abend. Dämmerung kriecht heran. Zeit, zu gehen.«

»Höchste Zeit«, dachte Sam. »Und auch Zeit, daß wir uns trennen.« Dennoch kam ihm der Gedanke, ob es jetzt nicht ebenso gefährlich wäre, Gollum frei laufen zu lassen, als ihn bei sich zu behalten. »Verflucht soll er sein! Ich wünschte, er würde erwürgt!« murmelte er. Er stolperte die Böschung hinunter und weckte seinen Herrn.

Seltsam, aber Frodo fühlte sich erfrischt. Er hatte geträumt. Der dunkle Schatten war vorübergezogen, und ein schönes Wunschbild hatte ihn in diesem Land der Krankheit heimgesucht. Nichts blieb davon in seiner Erinnerung, dennoch war er dieses Traums wegen froh, und ihm war leichter ums Herz. Seine Bürde lastete weniger auf ihm. Gollum begrüßte ihn mit hundeähnlicher Freundlichkeit. Er kicherte und schwatzte, ließ seine langen Finger knacken und tätschelte Frodos Knie. Frodo lächelte ihn an.

»Komm!« sagte er. »Du hast uns gut und treu geführt. Dies ist der letzte Abschnitt. Bring uns zum Tor, und dann werde ich nicht von dir verlangen weiterzugehen. Bring uns zum Tor, und du magst gehen, wohin du willst – nur nicht zu unseren Feinden.«

»Zum Tor, wie?« quietschte Gollum, offenbar überrascht und erschreckt. »Zum Tor, sagt der Herr! Ja, so sagt er. Und der gute Sméagol tut, um was er bittet, o ja. Aber wenn wir näher kommen, werden wir vielleicht sehen, dann werden wir sehen. Es wird gar nicht nett aussehen. O nein! O nein!«

»Los mit dir!« sagte Sam. »Nun wollen wir's hinter uns bringen!«

Die Durchquerung der Sümpfe

In der herabsinkenden Dämmerung kletterten sie aus der Senke heraus und suchten sich langsam ihren Weg durch das tote Land. Sie waren noch nicht weit gegangen, da verspürten sie wiederum die Angst, die sie befallen hatte, als die geflügelte Gestalt über die Sümpfe gefegt war. Sie blieben stehen und kauerten sich auf den übelriechenden Boden; aber sie sahen nichts am düsteren Abendhimmel, und bald zog die Drohung vorüber, hoch über ihren Köpfen, vielleicht ausgesandt zu einem raschen Auftrag von Barad-dûr. Nach einer Weile stand Gollum auf und kroch wieder weiter, murrend und zitternd.

Etwa eine Stunde nach Mitternacht befiel sie die Furcht ein drittes Mal, aber jetzt schien es entfernter zu sein, als ob das Wesen mit entsetzlicher Geschwindigkeit hoch über den Wolken gen Westen flöge. Gollum war indes hilflos vor Entsetzen und überzeugt, daß sie gejagt würden, daß ihr Kommen bekannt sei.

»Dreimal!« wimmerte er. »Dreimal ist eine Drohung. Sie spüren uns hier, sie spüren den Schatz. Der Schatz ist ihr Herr. Wir können auf diesem Weg nicht weitergehen, nein. Es hat keinen Zweck, keinen Zweck!«

Bitten und freundliche Worte nützten nichts mehr. Erst als Frodo es ihm wütend befahl und die Hand auf den Schwertgriff legte, stand Gollum wieder auf. Dann endlich erhob er sich knurrend und ging wie ein geprügelter Hund vor ihnen her.

So stolperten sie weiter durch das beschwerliche Ende der Nacht, und bis zur Ankunft eines weiteren Tages der Angst gingen sie schweigend mit gesenkten Köpfen; sie sahen nichts und hörten nichts als das Brausen des Windes in ihren Ohren.

DRITTES KAPITEL

DAS SCHWARZE TOR IST VERSPERRT

Ehe der nächste Tag graute, war ihre Wanderung nach Mordor vorüber. Die Sümpfe und die Wüste lagen hinter ihnen. Vor ihnen ragten, dunkel vor einem bleichen Himmel, die bedrohlichen Gipfel der großen Gebirge empor.

Im Westen von Mordor erstreckte sich die düstere Kette des Ephel Dúath, des Schattengebirges, und im Norden erhoben sich die zerklüfteten Spitzen und kahlen Grate des Ered Lithui, grau wie Asche. Doch dort, wo sich diese Ketten einander näherten, die in Wirklichkeit nur Teile eines einzigen großen Walles um die düsteren Ebenen Lithlad und Gorgoroth und das rauhe Binnenmeer Núrnen waren, reckten sie lange Arme nach Norden; und zwischen diesen Armen lag ein tiefer Einschnitt. Das war Cirith Gorgor, der Geisterpaß, der Eingang zum Lande des Feindes. Hohe Felswände fielen auf beiden Seiten zu dem Paß ab, von dem aus zwei steile Berge vorstießen, beinschwarz und kahl. Auf ihnen standen die Zähne von Mordor, zwei starke und hohe Türme. In längst vergangenen Tagen waren sie von den Menschen von Gondor erbaut worden in ihrem Stolz und ihrer Macht nach Saurons Niederwerfung und Flucht, damit er nicht versuchen sollte, in sein altes Reich zurückzukehren. Doch Gondors Stärke schwand, und die Menschen waren untätig, und lange Jahre standen die Türme leer. Dann kehrte Sauron zurück. Nun wurden die Wachtürme, die verfallen waren, ausgebessert und mit Waffen bestückt und mit unaufhörlicher Wachsamkeit bemannt. Steinverkleidet waren sie, mit dunklen Fensterhöhlen, die nach Norden und Osten und Westen gingen, und aus jedem Fenster starrten schlaflose Augen.

Quer über den Paß, von Felswand zu Felswand, hatte der Dunkle Herrscher einen steinernen Schutzwall gebaut. In ihm gab es ein einziges eisernes Tor, und auf seinen Zinnen schritten Posten unaufhörlich auf und ab. Unter den Bergen waren Hunderte von Höhlen und Madenlöchern in den Fels gebohrt; dort lauerte ein Heer von Orks, um auf ein Zeichen hin herauszustürzen wie schwarze Ameisen, die in den Krieg ziehen. Niemand konnte an den Zähnen von Mordor vorbei, ohne ihren Biß zu spüren, es sei denn, Sauron hätte ihn zu sich bestellt, oder er wüßte die geheime Losung, die ihm Morannon, das schwarze Tor dieses Landes, öffnete.

Die beiden Hobbits starrten voll Verzweiflung auf die Türme und den Wall. Selbst aus der Entfernung sahen sie in dem dämmrigen Licht die Bewegung der schwarzen Wachen auf dem Wall und die Posten vor dem Tor. Liegend blickten sie jetzt über den Rand einer felsigen Mulde unter dem ausgestreckten Schatten des nördlichsten Ausläufers des Ephel Dúath. In geradem Flug hätte eine Krähe vielleicht nur eine Achtelmeile zwischen ihrem Versteck und der schwarzen Spitze des nähergelegenen Turms zurückgelegt. Ein schwacher Rauch kräuselte sich über ihm, als ob in dem Berg darunter Feuer schwelte.

Das Schwarze Tor ist versperrt

Der Tag kam, und die fahle Sonne schien matt über die leblosen Grate des Ered Lithui. Dann hörte man plötzlich den Klang ehern schmetternder Trompeten: von den Wachtürmen erschallten sie, und in der Ferne antworteten Fanfaren aus verborgenen Festungen und Vorposten in den Bergen; und aus noch größerer Ferne, aber tief und unheilvoll, hallten in dem leeren Land dahinter die mächtigen Hörner und Trommeln von Barad-dûr wider. Ein neuer schrecklicher Tag der Angst und des Kampfes war für Mordor angebrochen; die Nachtwachen wurden in ihre Verliese und tiefen Hallen geschickt, und die Tagwachen, bösäugig und grausam, zogen auf ihre Posten. Stahl schimmerte undeutlich auf den Zinnen.

»Na, hier sind wir!« sagte Sam. »Hier ist das Tor, und für mich sieht es so aus, als ob das ungefähr so weit ist, wie wir je kommen werden. Mein Wort, der Ohm würde einiges zu sagen haben, wenn er mich jetzt sähe. Hat oft gesagt, mit mir würde es ein böses Ende nehmen, wenn ich nicht aufpasse. Aber jetzt glaube ich nicht, daß ich den Alten je wiedersehen werde. Seine Gelegenheit, *ich hab dir's ja gesagt, Sam*, wird er verpassen: um so schlimmer. Von mir aus könnte er es mir so lange sagen, wie ihm die Puste reicht, wenn ich nur sein altes Gesicht wiedersehen könnte. Aber ich müßte mich wohl erst waschen, sonst würde er mich nicht erkennen. Ich nehme an, es hat keinen Zweck zu fragen: ›Welchen Weg nehmen wir jetzt?‹ Wir können nicht weitergehen – es sei denn, wir wollen die Orks um Hilfe bitten.«

»Nein, nein«, sagte Gollum. »Keinen Zweck. Wir können nicht weitergehen. Sméagol hat es gesagt. Er sagte: wir werden zum Tor gehen, und dann werden wir sehen. Und wir sehen es. O ja, mein Schatz, wir sehen es. Sméagol wußte, daß die Hobbits nicht diesen Weg gehen können. O ja, Sméagol wußte es.«

»Warum zum Henker hast du uns dann hierher gebracht?« fragte Sam, der nicht in der Stimmung war, gerecht oder vernünftig zu sein.

»Der Herr hat's gesagt. Der Herr sagt: Bring uns zum Tor. Also gut, Sméagol tut es. Der Herr hat's gesagt, der kluge Herr.«

»Das habe ich getan«, sagte Frodo. Sein Gesicht war finster und starr, aber entschlossen. Er war schmutzig, hager und von Müdigkeit verzehrt, aber er duckte sich nicht länger, und seine Augen waren klar. »Ich habe das gesagt, weil ich beabsichtige, nach Mordor zu gehen, und keinen anderen Weg weiß. Daher werde ich diesen Weg nehmen. Ich bitte niemanden, mit mir zu gehen.«

»Nein, nein, Herr!« jammerte Gollum, tätschelte ihn und schien sehr bekümmert zu sein. »Keinen Zweck, dieser Weg! Keinen Zweck! Bring den Schatz nicht zu Ihm! Wenn Er ihn bekommt, wird er uns alle vernichten, die ganze Welt vernichten. Behalte ihn, netter Herr, und sei freundlich zu Sméagol. Laß nicht Ihn ihn bekommen. Oder geh weg, geh weg zu netten Orten, und gib ihn dem kleinen Sméagol zurück. Ja, ja, Herr; gib ihn zurück, wie? Sméagol wird ihn gut aufheben; er wird viel Gutes tun, besonders den netten Hobbits. Hobbits gehen nach Hause. Geht nicht zum Tor!«

»Mir ist befohlen worden, in das Land Mordor zu gehen, und deshalb werde ich gehen«, sagte Frodo. »Wenn es nur einen einzigen Weg gibt, dann muß ich ihn nehmen. Was dann kommt, muß eben kommen.«

Sam sagte nichts. Der Ausdruck von Frodos Gesicht war genug für ihn; er wußte, daß jedes weitere Wort nutzlos war. Und schließlich hatte er die Sache von Anfang an nicht wirklich hoffnungsvoll betrachtet; doch da er ein fröhlicher Hobbit war, brauchte er keine Hoffnung, solange die Verzweiflung hinausgeschoben werden konnte. Nun waren sie zum bitteren Ende gekommen. Aber er hatte die ganze Zeit treu zu seinem Herrn gehalten; darum war er ja hauptsächlich mitgekommen, und er würde weiter zu ihm halten. Sein Herr würde nicht allein nach Mordor gehen. Sam würde mit ihm gehen – und jedenfalls würden sie Gollum loswerden.

Gollum ließ sich indes nicht abschütteln. Er kniete vor Frodo, rang die Hände und greinte. »Nicht diesen Weg, Herr!« bettelte er. »Es gibt einen anderen Weg. O ja, wirklich. Einen anderen Weg, dunkler, schwieriger zu finden, geheimer. Aber Sméagol kennt ihn. Laß Sméagol ihn dir zeigen!«

»Einen anderen Weg?« fragte Frodo zweifelnd und blickte forschend auf Gollum hinab.

»Ja! Ja, wirklich! Es *gab* einen anderen Weg. Sméagol fand ihn. Laß uns gehen und sehen, ob er noch da ist.«

»Du hast vorher nie davon gesprochen.«

»Nein. Der Herr hat nicht gefragt. Der Herr sagte nicht, was er vorhatte. Er erzählt es dem armen Sméagol nicht. Er sagt: Sméagol, bring mich zum Tor – und dann Auf Wiedersehen! Sméagol kann weglaufen und gut sein. Aber jetzt sagt er: ich beabsichtige, auf diesem Weg nach Mordor zu gehen. Deshalb hat Sméagol große Angst. Er will den netten Herrn nicht verlieren. Und er hat versprochen, hat dem Herrn sein Versprechen gegeben, den Schatz zu retten. Aber der Herr wird ihn zu Ihm bringen, stracks zur Schwarzen Hand, wenn der Herr diesen Weg geht. Also muß Sméagol sie beide retten, und ihm fällt ein anderer Weg ein, der früher einmal da war. Netter Herr. Sméagol sehr gut, hilft immer.«

Sam runzelte die Stirn. Hätte er mit den Augen Löcher in Gollum bohren können, er hätte es getan. Sein Sinn war von Zweifeln erfüllt. Allem Anschein nach war Gollum aufrichtig bekümmert und bestrebt, Frodo zu helfen. Aber als Sam sich der mit angehörten Auseinandersetzung entsann, fiel es ihm schwer zu glauben, daß der lange unterdrückte Sméagol sich durchgesetzt haben sollte: diese Stimme jedenfalls hatte nicht das letzte Wort bei der Auseinandersetzung gehabt. Sam vermutete, daß die beiden Hälften von Sméagol und Gollum (oder Schleicher und Stinker, wie er sie im Geist nannte) Waffenstillstand und ein einstweiliges Bündnis geschlossen hatten: keiner von beiden wollte, daß der Feind den Ring bekam; beide wollten Frodo vor der Gefangennahme bewahren und so lange wie möglich im Auge behalten – jedenfalls solange Stinker eine Möglichkeit hatte, die Hand auf seinen »Schatz« zu legen. Ob es wirklich einen anderen Weg nach Mordor gab, bezweifelte Sam.

»Und es ist gut, daß die beiden Hälften des alten Bösewichts nicht wissen, was der Herr wirklich vorhat«, dachte er. »Wenn er wüßte, daß Herr Frodo versucht, mit seinem Schatz ein für allemal Schluß zu machen und all das, dann würde es ziemlich rasch Ärger geben, da wette ich. Irgendwie hat der alte Stinker solche Angst vor dem Feind – und steht unter einer Art Befehl von ihm oder sonst was –, daß er uns eher verraten würde, als sich dabei erwischen zu lassen, daß er uns hilft; und eher, als zuzulassen, daß sein Schatz vielleicht eingeschmolzen wird. Das zumindest ist meine Vorstellung. Und ich hoffe, der Herr wird's sich genau überlegen. Er ist so klug wie nur einer, aber er ist weichherzig, das ist er. Es übersteigt die Fähigkeit eines Gamdschie zu erraten, was er als nächstes tun wird.«

Frodo antwortete Gollum nicht sofort. Während Sam diese Zweifel durch den schwerfälligen, aber gescheiten Kopf gingen, starrte Frodo hinüber zu den dunklen Felswänden von Cirith Gorgor. Die Senke, in der sie Zuflucht gesucht hatten, war in die Seite eines niedrigen Berges eingegraben, ein wenig höher als ein langes, grabenartiges Tal, das zwischen diesem Berg und den Ausläufern des Gebirges lag. In der Mitte des Tals standen die schwarzen Grundmauern des westlichen Wachturms. Im Morgenlicht waren jetzt die Straßen, die bei dem Tor von Mordor zusammenliefen, deutlich zu sehen, blaß und staubig; eine schlängelte sich zurück nach Norden; eine zweite verschwand östlich in den Nebeln, die am Fuß des Ered Lithui hingen; eine dritte lief auf ihn zu. Sie machte eine scharfe Kehre um den Turm, tauchte in eine schmale Talschlucht ein und kam dann nicht weit unterhalb der Senke, wo er stand, vorbei. Im Westen, zu seiner Rechten, bog sie ab, zog sich an den Schultern des Gebirges entlang und verschwand dann nach Süden in den tiefen Schatten, die die ganze westliche Seite des Ephel Dúath einhüllten; wo er sie nicht mehr sehen konnte, wanderte sie weiter in dem schmalen Land zwischen dem Gebirge und dem Großen Strom.

Während er schaute, bemerkte Frodo, daß auf der Ebene viel Aufruhr und Bewegung war. Es schien, als ob ganze Heere auf dem Marsch seien, obwohl sie zum größten Teil durch die Dünste und Dämpfe, die aus den Fennen und Sümpfen dahinter aufstiegen, verborgen waren. Doch hier und dort sah er flüchtig Speere und Helme aufschimmern; und auf den Seitenstreifen der Straßen ritten Reiter in vielen Gruppen. Er entsann sich dessen, was er von ferne auf dem Amon Hen gesehen hatte; vor so wenigen Tagen war es erst gewesen, dennoch schien es jetzt, als sei es viele Jahre her. Dann wußte er, daß die Hoffnung, die sich einen verrückten Augenblick lang in seinem Herzen geregt hatte, vergebens war. Die Trompeten waren nicht als Herausforderung erschallt, sondern als Gruß. Das war kein Angriff gegen den Dunklen Herrscher durch die Menschen von Gondor, auferstanden wie Rachegeister aus den Gräbern längst vergangener Tapferkeit. Diese hier waren Menschen von anderer Rasse, aus den gewaltigen Ostlanden, die sich auf Befehl ihres Oberherrn einfanden; Heere, die des Nachts vor seinem Tor gelagert hatten und nun hineinmarschierten, um seine Streitmacht zu verstärken. Als ob er sich plötzlich der Gefahr ihrer Lage bewußt geworden sei, allein im zunehmenden Licht des Tages, so nahe dieser gewaltigen Bedrohung, zog sich Frodo rasch seine dünne Kapuze fest über den Kopf und trat zurück in die Mulde. Dann wandte er sich an Gollum.

»Sméagol«, sagte er. »Ich will dir noch einmal vertrauen. Tatsächlich muß ich es wohl tun, und es scheint mein Schicksal zu sein, Hilfe von dir zu erhalten, von dem ich sie am wenigsten erwartete, und dein Schicksal, mir zu helfen, nachdem du mich lange mit böser Absicht verfolgt hast. Bisher hast du dich um mich verdient gemacht und dein Versprechen getreulich gehalten. Fürwahr, ich sage das und meine es so«, fügte er mit einem Blick auf Sam hinzu, »denn zweimal sind wir nun in deiner Gewalt gewesen, und du hast uns kein Leid getan. Auch hast du nicht versucht, mir das abzunehmen, wonach du einst trachtetest. Möge das dritte Mal sich als das beste erweisen! Aber ich warne dich, Sméagol, du bist in Gefahr.«

»Ja, ja, Herr«, sagte Gollum. »Schreckliche Gefahr! Sméagols Knochen zittern, wenn er daran denkt, aber er läuft nicht fort. Er muß dem netten Herrn helfen.«

»Ich meinte nicht die Gefahr, die für uns alle besteht«, sagte Frodo. »Ich meine eine Gefahr für dich allein. Du hast dein Versprechen beschworen bei dem, was du den Schatz nennst. Denke daran! Er wird dich damit festhalten; aber er wird nach einer Möglichkeit trachten, es zu deinem eigenen Verderben zu verdrehen. Schon jetzt bist du unaufrichtig. Ganz töricht hast du dich mir gegenüber gerade verraten. *Gib ihn Sméagol zurück*, hast du gesagt. Sage das nicht wieder! Laß diesen Gedanken nicht in dir großwerden! Du wirst ihn niemals zurückbekommen. Aber das Verlangen nach ihm mag dich zu einem bitteren Ende verleiten. Du wirst ihn niemals zurückbekommen. In der höchsten Not, Sméagol, würde ich den Schatz aufsetzen; und der Schatz hat dich schon vor langer Zeit beherrscht. Wenn ich ihn tragen und dir befehlen würde, dann würdest du gehorchen, und sei es auch, von einer Klippe herabzuspringen oder dich ins Feuer zu stürzen. Und das würde mein Befehl sein. Also sei vorsichtig, Sméagol!«

Sam sah seinen Herrn anerkennend, aber auch überrascht an: er hatte einen Ausdruck im Gesicht und einen Ton in der Stimme, die Sam noch nie erlebt hatte. Er hatte immer die Vorstellung gehabt, daß die Freundlichkeit des lieben Herrn Frodo von so hohem Rang sei, daß sie ein gewisses Maß von Blindheit einschließen müsse. Natürlich war er, obwohl das dazu im Widerspruch stand, der festen Überzeugung, daß Herr Frodo das klügste Geschöpf der Welt sei (möglicherweise mit Ausnahme vom alten Herrn Bilbo und von Gandalf). Gollum hätte auf seine Weise, und sehr viel gerechtfertigter, weil er Frodo erst sehr viel kürzer kannte, vielleicht denselben Fehler begehen und Freundlichkeit mit Blindheit verwechseln können. Jedenfalls versetzte ihn diese Rede in Verlegenheit und Schrecken. Er wälzte sich auf dem Boden und konnte kein klares Wort sprechen außer *netter Herr*.

Frodo wartete eine Weile geduldig, dann sprach er wieder, und weniger streng. »So, Gollum oder Sméagol, wenn du willst, nun erzähle mir von diesem anderen Weg und zeige mir, wenn du kannst, welche Hoffnung in ihm liegt, genug, um es zu rechtfertigen, daß ich von meinem klaren Weg abweiche. Ich bin in Eile.«

Aber Gollum war in einem jammervollen Zustand, und Frodos Drohung hatte ihn ganz zermürbt. Es war nicht einfach, einen klaren Bericht von ihm zu erhalten bei all seinem Gemurmel und Gepiepse und den häufigen Unterbrechungen, wenn er auf dem Boden herumkroch und sie beide bat, sie sollten zum »armen kleinen Sméagol« freundlich sein. Nach einer Weile wurde er etwas ruhiger, und Frodo erfuhr Stück für Stück, daß ein Wanderer, wenn er der Straße folgte, die von Ephel Dúath nach Westen führte, nach einiger Zeit zu einer Kreuzung in einem Kreis dunkler Bäume käme. Zur Rechten ging eine Straße hinunter nach Osgiliath und zu den Brücken des Anduin; die Straße in der Mitte ging nach Süden.

»Weiter, weiter, weiter«, sagte Gollum. »Wir sind nie diesen Weg gegangen, aber es heißt, er ist hundert Wegstunden lang, bis man das Große Wasser sehen kann, das nie still ist. Da gibt es massenhaft Fische und große Vögel, die Fische fressen: nette Vögel. Aber wir sind nie dahin gegangen, leider nein, wir hatten nie Gelegenheit. Und noch weiter, da sind mehr Länder, heißt es, aber das Gelbe Gesicht ist dort sehr heiß, und es gibt selten Wolken, und die Menschen sind grausam und haben dunkle Gesichter. Wir wollen dieses Land nicht sehen.«

»Nein«, sagte Frodo. »Aber du schweifst von deinem Weg ab. Was ist mit der dritten Abzweigung?«

»O ja, o ja, es gibt einen dritten Weg«, sagte Gollum. »Das ist die Straße nach links. Sofort beginnt sie zu steigen, hoch, hoch hinauf windet sie sich und klettert zurück zu den hohen Schatten. Wenn sie sich um den schwarzen Felsen herumzieht, dann wirst du sie sehen, plötzlich wirst du sie über dir sehen, und du wirst dich verbergen wollen.«

»Sie sehen, sie sehen? Was wird man sehen?«

»Die alte Festung, sehr alt, sehr schrecklich jetzt. Wir hörten früher Geschichten aus dem Süden, als Sméagol jung war, vor langer Zeit. O ja, wir hörten viele Geschichten des Abends, wenn wir am Ufer des Großen Stroms saßen, in dem Weidenland, als auch der Strom jünger war, *gollum gollum.*« Er begann zu weinen und zu murmeln. Die Hobbits warteten geduldig.

»Geschichten aus dem Süden«, fuhr Gollum dann fort, »über die hochgewachsenen Menschen mit den leuchtenden Augen und ihre Häuser wie Berge aus Stein und die silberne Krone ihres Königs und seinen Weißen Baum: wunderschöne Geschichten. Sie bauten sehr hohe Türme, und einer war silberweiß, und in ihm war ein Stein wie der Mond, und rundum waren große weiße Mauern. O ja, es gab viele Geschichten über den Turm des Mondes.«

»Das muß Minas Ithil gewesen sein, das Isildur, Elendils Sohn, baute«, sagte Frodo. »Isildur war es, der dem Feind den Finger abschnitt.«

»Ja – Er hat nur vier an der Schwarzen Hand, aber das ist genug«, sagte Gollum erschauernd. »Und Er haßte Isildurs Stadt.«

»Was haßt er nicht?« fragte Frodo. »Aber was hat der Turm des Mondes mit uns zu tun?«

»Nun, Herr, er war da und er ist da: der hohe Turm und die weißen Häuser und die Mauer; aber nicht nett jetzt, nicht schön. Er hat ihn vor langer Zeit erobert. Jetzt ist es ein entsetzlicher Ort. Wanderer zittern, wenn sie ihn sehen, sie kriechen außer Sicht, sie vermeiden seinen Schatten. Aber der Herr wird diesen Weg gehen müssen. Es ist der einzige andere Weg. Denn das Gebirge ist dort niedriger, und die alte Straße geht hinauf und hinauf, bis sie oben einen dunklen Paß erreicht, und dann geht sie wieder hinunter – nach Gorgoroth.« Seine Stimme erstarb zu einem Flüstern, und er erschauerte.

»Aber wie soll uns das helfen?« fragte Sam. »Gewiß weiß der Feind alles über sein eigenes Gebirge, und jene Straße wird doch wohl ebenso scharf bewacht wie diese hier? Der Turm ist doch nicht leer, nicht wahr?«

»O nein, nicht leer«, flüsterte Gollum. »Er erscheint leer, aber er ist es nicht, o nein! Sehr schreckliche Wesen leben da. Orks, ja, immer Orks; aber noch schlimmere Wesen, noch schlimmere Wesen leben da auch. Die Straße steigt genau bis unter den Schatten des Walls und führt durch das Tor. Nichts bewegt sich auf dieser Straße, über das sie nicht Bescheid wissen. Die Wesen drinnen wissen es, die Stummen Wächter.«

»Das ist also dein Rat«, sagte Sam, »daß wir noch einen weiteren langen Marsch nach Süden machen, bloß damit wir in derselben oder einer noch schlimmeren Patsche sitzen, wenn wir dahin kommen, falls es uns überhaupt gelingt?«

»Nein, wirklich nicht«, sagte Gollum. »Die Hobbits müssen das einsehen, müssen versuchen, es zu verstehen. Er erwartet keinen Angriff an dieser Straße. Sein Auge ist überall, aber es schaut aufmerksamer auf manche Gegenden als auf andere. Er kann nicht überall zugleich sein, noch nicht. Er hat nämlich das ganze Land westlich vom Schattengebirge bis hinunter zum Strom erobert, und Er hält jetzt die Brücken besetzt. Er glaubt, niemand könne zum Mondturm kommen, ohne an den Brücken eine große Schlacht zu schlagen oder ohne eine Menge Boote, die man nicht verbergen kann, und Er würde es erfahren.«

»Du scheinst eine Menge zu wissen über das, was Er tut und denkt«, sagte Sam. »Hast du in letzter Zeit mit ihm gesprochen? Oder bloß mit Orks geplaudert?«

»Kein netter Hobbit, nicht vernünftig«, sagte Gollum mit einem wütenden Blick auf Sam; er wandte sich an Frodo. »Sméagol hat mit Orks gesprochen, ja, natürlich, ehe er den Herrn traf, und mit vielen Leuten: er ist weit gewandert. Und was er jetzt sagt, sagen viele Leute. Hier im Norden ist die große Gefahr für Ihn, und für uns. Er wird aus dem Schwarzen Tor herauskommen, eines Tages, bald. Das ist der einzige Weg, auf dem große Heere marschieren können. Aber dort unten im Westen hat Er keine Angst, und da sind die Stummen Wächter.«

»Eben!« sagte Sam, der nicht aus der Fassung zu bringen war. »Und da sollen wir also hinaufgehen und am Tor klopfen und fragen, ob das der richtige Weg nach Mordor ist? Oder sind sie zu stumm, um zu antworten? Das ist nicht vernünftig. Das könnten wir genausogut hier tun und uns eine lange Wanderung ersparen.«

»Mach dich nicht lustig darüber«, zischte Gollum. »Es ist nicht komisch. O nein! Nicht belustigend. Es ist überhaupt nicht vernünftig zu versuchen, nach Mordor hineinzukommen. Aber wenn der Herr sagt, *ich muß gehen* oder *ich will gehen*, dann muß er es irgendwie versuchen. Aber er darf nicht zu der entsetzlichen Stadt gehen, o nein, natürlich nicht. Darum hilft Sméagol, der nette Sméagol, obwohl niemand ihm sagt, worum es sich eigentlich handelt. Sméagol hilft wieder. Er fand ihn. Er kennt ihn.«

»Was hast du gefunden?« fragte Frodo.

Gollum kauerte sich nieder, und seine Stimme wurde wieder zu einem Flüstern. »Einen kleinen Pfad, der ins Gebirge hinaufführt; und dann eine Treppe, eine schmale Treppe, o ja, sehr lang und schmal. Und dann noch mehr Stufen. Und dann...«, seine Stimme wurde noch leiser, »... einen Gang, einen dunklen Gang; und schließlich eine kleine Schlucht und einen Pfad hoch über dem Hauptpaß. Das war der Weg, auf dem Sméagol aus der Dunkelheit entkam. Aber es war vor Jahren. Der Pfad mag jetzt verschwunden sein; aber vielleicht nicht, vielleicht nicht.«

»Das gefällt mir alles ganz und gar nicht«, sagte Sam. »Klingt zu einfach, jedenfalls beim Erzählen. Wenn dieser Pfad noch da ist, dann wird er auch bewacht sein. War er nicht bewacht, Gollum?« Als er das fragte, sah er ein grünes Funkeln in Gollums Auge, oder glaubte es zu sehen. Gollum murmelte, antwortete aber nicht.

»Ist er nicht bewacht?« fragte Frodo streng. »Und bist du aus der Dunkelheit *entkommen*, Sméagol? War dir nicht vielmehr erlaubt worden, zu gehen, um einen Auftrag zu erledigen? Das zumindest glaubte Aragorn, der dich vor einigen Jahren an den Totensümpfen fand.«

»Es ist eine Lüge!« zischte Gollum, und ein böses Funkeln trat in seine Augen, als Aragorn genannt wurde. »Er log über mich, ja, das tat er. Ich bin entkommen, ich Armer ganz allein. Tatsächlich wurde mir gesagt, ich solle nach dem Schatz suchen; und ich habe gesucht und gesucht, natürlich habe ich das. Aber nicht für den Schwarzen. Der Schatz war unserer, er war meiner, das sage ich dir. Ich bin entkommen.«

Frodo empfand eine seltsame Gewißheit, daß Gollum bei dieser Sache ausnahmsweise nicht so weit von der Wahrheit entfernt war, wie vermutet werden konnte; daß er irgendwie einen Weg aus Mordor gefunden hatte und zumindest glaubte, es sei auf seine eigene Geschicklichkeit zurückzuführen gewesen. Zum Beispiel fiel ihm auf, daß Gollum das Wort *ich* gebraucht hatte, und das war gewöhnlich ein Zeichen dafür, so selten es auch vorkam, daß irgendwelche Reste der alten Wahrhaftigkeit und Aufrichtigkeit im Augenblick die Oberhand hatten. Aber selbst wenn er Gollum in diesem Punkt trauen konnte, vergaß Frodo dennoch die Listen des Feindes nicht. Das »Entkommen« konnte erlaubt oder so eingerichtet worden und im Dunklen Turm wohlbekannt gewesen sein. Und jedenfalls behielt Gollum ganz deutlich eine Menge für sich.

»Ich frage dich noch einmal«, sagte er, »wird dieser geheime Weg nicht bewacht?«

Aber Aragorns Name hatte Gollum die Laune verdorben. Er hatte das gekränkte Gebaren eines der Lüge Verdächtigen, der ausnahmsweise die Wahrheit gesprochen oder einen Teil der Wahrheit gesagt hatte. Er antwortete nicht.

»Ist er nicht bewacht?« wiederholte Frodo.

»Ja, ja, vielleicht. Keine sicheren Orte in diesem Land«, sagte Gollum mürrisch. »Keine sicheren Orte. Aber der Herr muß es versuchen oder nach Hause gehen. Kein anderer Weg.« Sie konnten ihn nicht dazu bringen, mehr zu sagen. Den Namen des gefährlichen Ortes und des hohen Passes konnte oder wollte er nicht nennen.

Die zwei Türme

Der Name war Cirith Ungol, ein übel beleumdeter Name. Aragorn hätte ihnen vielleicht den Namen und seine Bedeutung sagen können; Gandalf hätte sie gewarnt. Aber sie waren allein, und Aragorn war weit, und Gandalf stand inmitten der Verwüstung von Isengart und kämpfte mit Saruman, aufgehalten durch Verrat. Doch auch während er seine letzten Worte an Saruman richtete und der Palantír krachend und feurig auf die Stufen von Orthanc fiel, war sein Denken bei Frodo und Samweis, über die langen Meilen forschte sein Sinn nach ihnen voll Hoffnung und Mitleid.

Vielleicht spürte Frodo es, ohne es zu wissen, ebenso, wie er es auf Amon Hen gespürt hatte, obwohl er doch glaubte, daß Gandalf dahingegangen sei, für immer dahingegangen in den Schatten im fernen Moria. Er saß eine lange Zeit auf dem Boden, schweigend, den Kopf gesenkt, und trachtete sich alles ins Gedächtnis zurückzurufen, was Gandalf ihm gesagt hatte. Aber für seine Entscheidung konnte er sich keines Rats entsinnen. Tatsächlich war ihnen Gandalfs Führung zu früh genommen worden, zu früh, während das Dunkle Land noch weit entfernt war. Wie sie es schließlich betreten sollten, hatte Gandalf nicht gesagt. Vielleicht konnte er es nicht sagen. In die Festung des Feindes im Norden, nach Dol Guldur, hatte Gandalf sich einmal gewagt. Aber war er jemals nach Mordor, zum Feurigen Berg und nach Barad-dûr gewandert, nachdem der Dunkle Herrscher wieder zur Macht gelangt war? Frodo glaubte es nicht. Und hier war er, ein kleiner Halbling aus dem Auenland, ein einfacher Hobbit vom Lande, und von ihm wurde erwartet, daß er einen Weg fände, den die Großen nicht gehen konnten oder nicht zu gehen wagten. Es war ein böses Schicksal. Aber er hatte es selbst auf sich genommen in seinem eigenen Wohnzimmer in jenem weit zurückliegenden Frühling eines anderen Jahres, so weit zurückliegend, daß es jetzt wie ein Kapitel in einer Geschichte von der Jugend der Welt war, als die Bäume von Silber und Gold noch in Blüte standen. Es war eine böse Entscheidung. Welchen Weg sollte er wählen? Und wenn beide zu Schrecken und Tod führten, welchen Wert hatte dann eine Entscheidung überhaupt?

Der Tag zog sich hin. Ein tiefes Schweigen breitete sich über die kleine graue Mulde aus, in der sie lagen, so nahe den Grenzen des Landes der Furcht: ein Schweigen, das spürbar war, als wäre es ein dicker Schleier, der sie von der ganzen Umwelt abschloß. Über ihnen war ein blasses Himmelsgewölbe, gestreift mit flüchtigem Rauch, aber es schien hoch und fern zu sein, als ob es durch einen unendlichen Luftraum, bleiern von grübelnden Gedanken, erblickt werde.

Nicht einmal ein vor der Sonne schwebender Adler würde die Hobbits bemerkt haben, wie sie da unter der Last des Schicksals saßen, schweigend, reglos, in ihre dünnen grauen Mäntel gehüllt. Einen Augenblick hätte er vielleicht innegehalten, um Gollum zu betrachten, eine winzige, auf dem Boden ausgestreckte Gestalt: da lag vielleicht das Gerippe eines verhungerten Menschenkindes, an dem die zerlumpten Kleider noch hingen, die langen Arme und Beine fast knochenweiß und knochendürr: kein Fleisch, an dem zu picken sich lohnte.

Frodo hatte den Kopf über die Knie gebeugt, aber Sam lehnte sich zurück, die

Hände hinter dem Kopf, und starrte aus seiner Kapuze heraus auf den leeren Himmel. Zumindest war er eine ganze Weile leer. Dann plötzlich glaubte Sam eine vogelähnliche Gestalt zu sehen, die in seinen Gesichtskreis hineinflog, dort schwebte und dann wieder fortflog. Zwei weitere folgten ihr, und dann eine vierte. Sie sahen klein aus, dennoch wußte er irgendwie, daß sie riesig waren, eine gewaltige Flügelspannweite hatten und in großer Höhe flogen. Er bedeckte die Augen und beugte sich geduckt vor. Er war von derselben warnenden Furcht erfüllt, die er bei der Anwesenheit der Schwarzen Reiter verspürt hatte, dem hilflosen Entsetzen, das der Schrei im Wind und der Schatten auf dem Mond ausgelöst hatten, obwohl es jetzt nicht so niederdrückend und zwingend war: die Bedrohung war entfernter. Aber eine Bedrohung war es. Frodo empfand sie auch. Sein Gedankengang war unterbrochen. Er bewegte sich und erschauerte, aber er schaute nicht auf. Gollum rollte sich zusammen wie eine in die Enge getriebene Spinne. Die geflügelten Gestalten kreisten, stießen rasch herab und eilten zurück nach Mordor.

Sam holte tief Luft. »Die Reiter sind wieder unterwegs, hoch oben in der Luft«, sagte er, heiser flüsternd. »Ich habe sie gesehen. Glaubst du, sie konnten uns sehen? Sie waren sehr hoch. Und wenn es Schwarze Reiter sind, dieselben wie früher, dann können sie bei Tage nicht viel sehen, nicht wahr?«

»Nein, vielleicht nicht«, sagte Frodo. »Aber ihre Rösser konnten sehen. Und diese geflügelten Wesen, auf denen sie jetzt reiten, können wahrscheinlich mehr sehen als jedes andere Geschöpf. Sie sind wie große Aasvögel. Sie suchen nach etwas: der Feind hält Ausschau, fürchte ich.«

Das Gefühl des Schreckens verging, aber die einhüllende Stille war unterbrochen. Eine Zeitlang waren sie von der Welt abgeschnitten gewesen wie auf einer unsichtbaren Insel; jetzt waren sie wieder schutzlos, die Gefahr war zurückgekehrt. Aber Frodo sprach nicht mit Gollum und traf keine Entscheidung. Er hatte die Augen geschlossen, als ob er träumte oder nach innen blickte in sein Herz und in die Erinnerung. Endlich stand er auf, und es schien, als wollte er sprechen und einen Entschluß fassen. Doch sagte er: »Horch! Was ist das?«

Eine neue Furcht packte sie. Sie hörten Singen und heisere Rufe. Zuerst schien es weit weg zu sein, aber es näherte sich: es kam auf sie zu. Ihnen allen schoß der Gedanke durch den Kopf, daß die Schwarzen Schwingen sie erspäht und Bewaffnete geschickt hatten, um sie zu ergreifen: keine Geschwindigkeit schien zu groß für diese entsetzlichen Diener von Sauron. Sie kauerten sich hin und lauschten. Die Stimmen und das Klirren von Waffen und Ausrüstung waren sehr nah. Frodo und Sam lockerten ihre kleinen Schwerter in den Scheiden. Eine Flucht war unmöglich.

Gollum erhob sich langsam und kroch insektengleich zum Rand der Senke. Sehr vorsichtig richtete er sich Zoll um Zoll auf, bis er zwischen zwei Felszacken hinüberschauen konnte. Dort blieb er eine Zeitlang, ohne sich zu bewegen oder ein Geräusch zu machen. Plötzlich entfernten sich die Stimmen wieder und wurden langsam unhörbar. In der Ferne blies ein Horn auf dem Festungswall von Morannon. Dann zog sich Gollum zurück und schlüpfte hinunter in die Mulde.

»Mehr Menschen gehen nach Mordor«, sagte er leise. »Dunkle Gesichter. Wir haben Menschen wie diese noch nie gesehen, nein, Sméagol nicht. Sie sind grimmig. Sie haben schwarze Augen und langes schwarzes Haar und goldene Ringe in den Ohren; ja, massenhaft schönes Gold. Und manche haben rote Farbe auf ihren Wagen, und rote Mäntel; und ihre Fahnen sind rot und die Spitzen ihrer Speere; und sie haben runde Schilde, gelb und schwarz mit großen Stacheln. Nicht nett; wie sehr grausame, böse Menschen sehen sie aus. Fast so schlimm wie Orks, und viel größer. Sméagol glaubt, sie sind aus dem Süden gekommen, jenseits vom Ende des Großen Stroms: diese Straße kamen sie herauf. Sie sind weitergezogen zum Schwarzen Tor; aber noch mehr mögen folgen. Immer mehr Volk kommt nach Mordor. Eines Tages werden alle Völker drinnen sein.«

»Waren da irgendwelche Olifanten?« fragte Sam und vergaß seine Angst, weil er so begierig war auf Neuigkeiten von fremden Gegenden.

»Nein, keine Olifanten. Was sind Olifanten?« fragte Gollum.

Sam stand auf, legte die Hände auf den Rücken (wie er es immer tat, wenn er »Poesie aufsagte«) und begann:

> Grau wie die Maus,
> Groß wie ein Haus,
> Schnauze wie Schlange;
> Erde bebt bange,
> Zieh ich durchs Gras,
> Baum bricht wie Glas.
> Hörner im Maul
> Schüttle ich faul
> Mein Ohrenpaar;
> Jahr um Jahr
> Zieh ich dahin,
> Leg mich nie hin.
> Olifant bin ich benannt,
> Größter im Land,
> Riesig und alt.
> Meine Gestalt,
> Sahst du mich hie,
> Vergißt du nie.
> Sahst du mich nicht,
> Glaubst du auch nicht,
> Daß es mich gibt.
> Doch als ehrlicher Olifant
> Bleib ich bekannt.

»Das«, sagte Sam, als er mit dem Aufsagen fertig war, »das ist ein Gedicht aus dem Auenland. Unsinn vielleicht, und vielleicht auch nicht. Aber wir haben auch unsere Geschichten und Neuigkeiten aus dem Süden, weißt du. In den alten

Tagen haben Hobbits ab und zu Wanderungen unternommen. Allerdings kamen nicht viele zurück, und nicht alles, was sie erzählten, wurde geglaubt: *Neuigkeiten aus Bree* und nicht *verläßlich wie Auenlandgerüchte*, wie man so sagt. Aber ich habe Geschichten gehört über die großen Leute da unten in den Sonnenlanden. Schwärzlinge nennen wir sie in unseren Geschichten; und sie reiten auf Olifanten, heißt es, wenn sie kämpfen. Sie stellen Häuser und Türme auf die Rücken der Olifanten und was nicht alles, und die Olifanten bewerfen sich gegenseitig mit Felsbrocken und Bäumen. Als du sagtest: ›Menschen aus dem Süden, alle in Rot und Gold‹, da sagte ich: ›Waren da irgendwelche Olifanten?‹ Denn wenn welche da wären, dann wollte ich sie mir ansehen, Gefahr oder nicht. Aber nun nehme ich nicht an, daß ich jemals Olifanten sehen werde. Vielleicht gibt es solche Tiere gar nicht.« Er seufzte.

»Nein, keine Olifanten«, sagte Gollum wieder. »Sméagol hat nicht von ihnen gehört. Er will nicht, daß es sie gibt. Sméagol will von hier fortgehen und sich irgendwo verstecken, wo es sicherer ist. Sméagol will, daß der Herr geht. Netter Herr, will er nicht mit Sméagol mitkommen?«

Frodo stand auf. Er hatte bei all seinen Sorgen gelacht, als Sam das alte Lied vom *Olifant* zum besten gab, und das Lachen hatte ihn von der Unschlüssigkeit befreit. »Ich wünschte, wir hätten tausend Olifanten mit Gandalf auf einem weißen an der Spitze«, sagte er. »Dann würden wir uns vielleicht einen Weg bahnen in dieses böse Land. Aber wir haben sie nicht; bloß unsere eigenen müden Beine, das ist alles. Nun, Sméagol, der dritte Weg mag sich als der beste erweisen. Ich werde mit dir kommen.«

»Guter Herr, kluger Herr, netter Herr!« rief Gollum entzückt und tätschelte Frodos Knie. »Guter Herr! Dann ruht jetzt, nette Hobbits, im Schatten der Steine, dicht unter den Steinen! Ruht euch aus und liegt still, bis das Gelbe Gesicht fortgeht. Dann können wir schnell laufen. Leise und schnell wie Schatten müssen wir sein.«

VIERTES KAPITEL

KRÄUTER UND KANINCHENPFEFFER

Die wenigen Stunden, da es noch hell war, ruhten sie und rückten immer in den Schatten nach, während die Sonne weiterwanderte, bis endlich der Schatten des westlichen Rands ihrer Mulde lang wurde und Dunkelheit die ganze Senke erfüllte. Dann aßen sie ein wenig und tranken sparsam. Gollum aß nichts, nahm aber gern etwas Wasser an.

»Jetzt bekommen wir bald mehr«, sagte er und leckte sich die Lippen. »Gutes Wasser fließt in den Bächen hinab zum Großen Strom, nettes Wasser in den Landen, in die wir gehen. Sméagol wird dort vielleicht auch Nahrung finden. Er ist sehr hungrig, ja, *gollum!*« Er legte seine beiden großen flachen Hände auf seinen eingesunkenen Leib, und ein blasses grünes Funkeln trat in seine Augen.

Die Dämmerung war tief, als sie sich endlich aufmachten, über den westlichen Rand der Mulde krochen und wie Geister in dem zerklüfteten Land an den Rändern der Straße verschwanden. Der Mond war jetzt drei Nächte vor dem Vollmond, aber erst kurz vor der Mitternacht erhob er sich über das Gebirge, und die frühe Nacht war sehr dunkel. Ein einziges rotes Licht brannte hoch oben in den Türmen der Wehr, doch sonst war von der schlaflosen Wache auf dem Morannon nichts zu sehen oder zu hören.

Viele Meilen schien das rote Auge ihnen nachzustarren, als sie flohen und durch unwirtliches, steiniges Land stolperten. Sie wagten nicht, auf der Straße zu gehen, sondern behielten sie zur Linken und folgten ihrem Lauf, so gut sie konnten, in geringer Entfernung. Schließlich, als die Nacht alt wurde und sie schon müde waren, denn sie hatten nur eine knappe kurze Rast gemacht, schrumpfte das Licht zu einem kleinen feurigen Punkt zusammen und verschwand dann: sie hatten die dunkle nördliche Schulter des niedrigeren Gebirges umrundet und gingen nun nach Süden.

Mit seltsam erleichtertem Herzen rasteten sie nun wieder, aber nicht lange. Für Gollum gingen sie nicht rasch genug. Nach seiner Schätzung waren es fast dreißig Wegstunden von Morannon bis zur Wegkreuzung oberhalb von Osgiliath, und er hoffte, diese Strecke in vier Nachtmärschen zurückzulegen. Deshalb machten sie sich bald wieder auf, bis sich die Morgendämmerung langsam in der weiten, grauen Einsamkeit auszudehnen begann. Fast acht Wegstunden waren sie gelaufen, und die Hobbits hätten nicht weitergehen können, selbst wenn sie es gewagt hätten.

Das zunehmende Licht enthüllte ihnen ein Land, das schon weniger unwirtlich und verheert war. Das Gebirge ragte immer noch unheilvoll zu ihrer Linken auf, aber nahebei sahen sie die südliche Straße, die nun von dem schwarzen Fuß der Berge fortstrebte und schräg nach Westen verlief. Hinter ihr waren Abhänge, die mit düsteren Bäumen wie mit dunklen Wolken bedeckt waren, aber ringsum lag ein zerklüftetes Heideland, bestanden mit Besenheide und Ginster und Hartriegel und anderen Sträuchern, die sie nicht kannten. Hier und dort sahen sie Gruppen von hohen Tannen. Trotz ihrer Müdigkeit ging den Hobbits das Herz ein wenig auf: die Luft war frisch und duftend und erinnerte sie an das Hochland im fernen Nordviertel. Es tat gut, gleichsam einen Aufschub zu haben, in einem Land zu wandern, das erst seit ein paar Jahren unter der Herrschaft des Dunklen Gebieters stand und noch nicht völlig verkommen war. Aber sie vergaßen die Gefahr nicht, und auch nicht das Schwarze Tor, das noch allzu nahe war, wenn auch verborgen hinter den düsteren Höhen. Sie sahen sich nach einem Versteck um, wo sie Schutz fänden vor bösen Augen, solange das Tageslicht andauerte.

Der Tag verging unbehaglich. Sie lagen tief in der Heide und zählten die langsam vergehenden Stunden aus, in denen sich wenig zu verändern schien; denn immer noch waren sie unter den Schatten des Ephel Dúath, und die Sonne war verschleiert. Frodo schlief zeitweise, tief und friedlich; entweder vertraute er Gollum, oder er war zu müde, um sich seinetwegen zu beunruhigen. Aber Sam vermochte nicht mehr als zu dösen, selbst als Gollum offensichtlich fest schlief und sich in seinen geheimen Träumen hin- und herwarf und zuckte. Hunger, vielleicht mehr noch als Mißtrauen, hielt Sam wach: er sehnte sich allmählich nach einer guten Mahlzeit wie daheim, »etwas Heißem aus dem Topf«.

Sobald das Land unter der kommenden Nacht zu einem formlosen Grau verblaßte, brachen sie wieder auf. Nach einer kleinen Weile führte Gollum sie hinunter zu der südlichen Straße; und danach gingen sie rascher, obwohl die Gefahr größer war. Sie spitzten die Ohren nach dem Geräusch von Hufen oder Füßen auf der Straße vor ihnen oder hinter ihnen; aber die Nacht verging, und sie hörten weder Fußgänger noch Reiter.

Die Straße war in einer längst vergangenen Zeit angelegt worden, und auf einer Strecke von etwa dreißig Meilen unterhalb des Morannon war sie neuerlich ausgebessert worden, doch weiter im Süden griff die Wildnis auf sie über. Das Werk der Menschen von einst war noch zu sehen an ihrer geraden, stetigen Richtung und ihrem ebenen Verlauf: dann und wann schnitt sie ihren Weg durch Berghänge oder übersprang einen Bach auf einem breiten, schöngeformten Bogen aus dauerhaftem Mauerwerk; aber schließlich verschwanden alle Spuren von Steinmetzarbeiten, abgesehen von einem gebrochenen Pfeiler hier und dort, der noch aus den Büschen an der Seite herausschaute, oder alten Pflastersteinen, die zwischen Unkraut und Moos verborgen waren. Heide und Bäume und Adlerfarn krochen herunter und hingen über die Böschungen oder breiteten sich auf der Straße selbst aus. Zuletzt sah sie nur noch wie ein wenig benutzter ländlicher Karrenweg aus; aber sie schlängelte sich nicht, sondern behielt ihre stetige Richtung bei und brachte die Wanderer auf dem schnellsten Wege voran.

So gelangten sie in die nördlichen Gemarken jenes Landes, das die Menschen einst Ithilien nannten, ein liebliches Land mit emporklimmenden Wäldern und rasch herabstürzenden Bächen. Die Nacht wurde schön unter den Sternen und dem runden Mond, und es schien den Hobbits, daß der Duft der Luft zunahm, während sie weitergingen; aus Gollums Schnaufen und Murren war zu entnehmen, daß auch er ihn bemerkte und nicht schätzte. Bei den ersten Anzeichen des Tages hielten sie wieder an. Sie waren zum Ende eines langen Durchstichs gekommen, tief und steilwandig in der Mitte, durch den sich die Straße ihren Weg durch einen steinigen Kamm bahnte. Jetzt kletterten sie die westliche Böschung hinauf und schauten sich um.

Der Tag begann am Himmel, und sie sahen, daß der Abstand vom Gebirge jetzt viel größer war; es zog sich in einer langen Krümmung nach Osten zurück und verlor sich in der Ferne. Vor ihnen fielen nach Westen sanfte Hänge ab und liefen tief unten in verschwommenen Dunstschleiern aus. Ringsum waren kleine Wälder von harzigen Bäumen, Tannen und Zedern und Zypressen und andere Arten, die im Auenland unbekannt waren, mit breiten Lichtungen dazwischen. Und überall war eine Fülle von süßduftenden Kräutern und Sträuchern. Die lange Wanderung von Bruchtal hatte sie weit südlich ihres eigenen Landes geführt, aber erst jetzt in dieser geschützteren Gegend empfanden die Hobbits, daß sie in einem anderen Landstrich waren. Hier war der Frühling schon am Werk. Grüne Triebe durchstießen Moos und Laub, die Lärchen waren grüngefingert, kleine Blumen öffneten sich im Gras, die Vögel sangen. Ithilien, der jetzt verlassene Garten von Gondor, besaß noch immer eine zerzauste, feenhafte Lieblichkeit.

Nach Süden und Westen blickte er auf die warmen unteren Täler des Anduin, war nach Osten abgeschirmt durch den Ephel Dúath, und dennoch nicht im Bergschatten, gegen Norden geschützt durch den Emyn Muil, und den südlichen Lüften und feuchten Winden vom fernen Meer zugänglich. Viele große Bäume wuchsen dort, vor langer Zeit gepflanzt, doch ungepflegt im Alter inmitten eines Gewirrs sorglos wuchernder Abkömmlinge; und Haine und dichte Gebüsche gab es mit Tamarisken und scharfen Terpentinpistazien, mit Oliven und Lorbeer; und es gab Wacholder und Myrten; und Thymian, der in Büschen wuchs oder mit seinen holzigen kriechenden Trieben verborgene Steine mit dunklen Teppichen überzog; Salbeien vieler Arten trugen blaue oder rote oder blaßgrüne Blüten; und Majoran und frisch sprießende Petersilie und viele Kräuter, deren Formen und Gerüche Sams Gartenkunde überstiegen. Die Grotten und Felswände waren schon besternt mit Steinbrech und Mauerpfeffer. Schlüsselblumen und Anemonen erwachten in den Haselgebüschen; und Narzissen und viele Lilienblüten nickten mit ihren halbgeöffneten Köpfen im Gras: dunkelgrünes Gras wuchs an den Weihern und kühlen Mulden, in denen herabstürzende Bäche auf ihrer Wanderung hinab zum Anduin verweilten.

Die Reisenden kehrten der Straße den Rücken und gingen bergab. Während sie sich ihren Weg durch Busch und Kraut bahnten, stiegen süße Düfte um sie auf. Gollum hustete und würgte; aber die Hobbits atmeten tief, und plötzlich lachte Sam, aus Herzenslust, nicht wegen eines Scherzes. Sie folgten einem Bach, der hurtig vor ihnen hinabplätscherte. Plötzlich brachte er sie zu einem kleinen, klaren See in einer flachen Mulde: er lag in den verfallenen Überbleibseln eines alten steinernen Beckens, dessen gemeißelter Rand fast ganz von Moos und

Kräuter und Kaninchenpfeffer

Rosenranken überwuchert war; Iris-Schwerter standen in Reihen herum, und Seerosenblätter schwammen auf seiner dunklen, sich sanft kräuselnden Oberfläche, aber er war tief und frisch, und am hinteren Ende lief er über eine Steinschwelle sanft über.

Hier wuschen sie sich und tranken sich satt an dem hereinströmenden Bach. Dann suchten sie nach einem Rastplatz und Versteck; denn dieses Land, so schön es ihnen erschien, war jetzt dennoch feindliches Gebiet. Noch waren sie nicht sehr weit von der Straße, und selbst auf dieser kurzen Strecke hatten sie die Narben alter Kriege und die frischeren Wunden gesehen, die von Orks und anderen abscheulichen Dienern des Dunklen Herrschers geschlagen worden waren: eine Grube mit unbedecktem Unrat und Abfall; willkürlich abgehackte und zum Sterben liegengelassene Bäume, und böse Runen oder das grausame Zeichen des Auges waren mit rohen Axthieben in die Rinde eingeschnitten.

Sam kletterte unterhalb des Abflusses des Sees herum, beroch und befühlte die ihm nicht vertrauten Pflanzen und Bäume, und für einen Augenblick vergaß er Mordor, wurde indes plötzlich wieder an die allgegenwärtige Gefahr erinnert. Er stolperte über einen noch vom Feuer versengten Kreis, und in seiner Mitte fand er einen Haufen verkohlter und zertrümmerter Knochen und Schädel. Der rasche Wuchs der Wildnis mit Brombeeren und Heckenrosen und kriechender Waldrebe zog bereits einen Schleier über diese Stätte des entsetzlichen Schmausens und Schlachtens; aber sie war nicht alt. Sam eilte zurück zu seinen Gefährten, sagte aber nichts: die Knochen sollten lieber in Ruhe gelassen und nicht von Gollum befühlt und durchstöbert werden.

»Laßt uns oben einen Platz suchen, wo wir uns hinlegen können«, sagte er. »Nicht unten. Weiter oben, wenn's nach mir geht.«

Ein Stückchen oberhalb des Sees fanden sie ein tiefes braunes Bett aus vorjährigem Farn. Dahinter stand eine Gruppe dunkelblättriger Lorbeerbäume; sie zogen sich eine steile Böschung hinauf, die oben mit alten Zedern bestanden war. Hier beschlossen sie zu rasten und den Tag zu verbringen, der schon sonnig und warm zu werden versprach. Ein schöner Tag, um auf ihrem Weg entlang den Hainen und Lichtungen von Ithilien umherzustreifen; aber wenn Orks auch das Sonnenlicht scheuen mögen, so gab es hier doch zu viele Plätze, wo sie sich verstecken und auf der Lauer liegen konnten; und andere böse Augen waren unterwegs: Sauron hatte viele Diener. Gollum jedenfalls würde sich unter dem Gelben Gesicht nicht von der Stelle rühren. Bald würde es über die dunklen Grate des Ephel Dúath blicken, und Gollum würde schwach werden und sich vor Licht und Hitze ducken.

Sam hatte, während sie marschierten, ernstlich über die Ernährungsfrage nachgedacht. Jetzt, da die Verzweiflung des undurchschreitbaren Tors hinter ihm lag, neigte er nicht so wie sein Herr dazu, keinen Gedanken darauf zu verschwenden, wie sie ihr Leben fristen sollten, wenn ihr Auftrag erst einmal erfüllt war; und jedenfalls erschien es ihm klüger, die Wegzehrung der Elben für kommende schlechte Zeiten aufzusparen. Sechs Tage waren vergangen, seit er geschätzt hatte, daß sie nur noch einen knappen Vorrat für drei Wochen hätten.

»Erreichen wir das Feuer in dieser Zeit, können wir unter diesen Umständen von Glück sagen«, dachte er. »Und vielleicht wollen wir auch zurückkommen. Vielleicht.«

Außerdem war er nach dem langen Nachtmarsch, dem Baden und Trinken noch hungriger als gewöhnlich. Ein Abendbrot oder ein Frühstück am Feuer in der alten Küche am Beutelhaldenweg, das war es, was er eigentlich wollte. Ein Gedanke kam ihm, und er drehte sich zu Gollum um. Gollum war gerade im Begriff, sich allein davonzuschleichen, und kroch auf allen vieren durch den Farn.

»He, Gollum!« rief Sam. »Wo gehst du hin? Auf die Jagd? Hör zu, alter Schnüffler, du magst unser Essen nicht, und auch ich hätte nichts gegen eine Abwechslung. Dein neuer Wahlspruch ist: *immer hilfsbereit*. Könntest du nicht für einen hungrigen Hobbit etwas Geeignetes finden?«

»Ja, vielleicht«, sagte Gollum. »Sméagol hilft immer, wenn sie bitten – wenn sie nett bitten.«

»Richtig!« sagte Sam. »Ich bitte. Und wenn das nicht nett genug ist, bettele ich.«

Gollum verschwand. Er war einige Zeit weg, und nachdem Frodo ein paar Bissen *lembas* gegessen hatte, legte er sich tief in den braunen Farn und schlief ein. Sam schaute ihn an. Das frühe Morgenlicht kroch gerade erst herab in die Schatten unter den Bäumen, aber er sah das Gesicht seines Herrn sehr deutlich, und auch seine Hände, die entspannt neben ihm auf dem Boden lagen. Das erinnerte ihn plötzlich daran, wie Frodo dagelegen hatte, als er in Elronds Haus schlief nach seiner tödlichen Verwundung. Damals hatte Sam, als er Wache hielt, bemerkt, daß zu Zeiten ein Licht schwach in ihm zu schimmern schien; aber jetzt war das Licht sogar noch deutlicher und stärker. Frodos Gesicht war friedvoll, die Spuren von Angst und Sorge waren verschwunden; aber es sah alt aus, alt und schön, als ob sich die Jahre der Reife, die sich in vielen feinen Linien ausprägen und vorher verborgen waren, jetzt enthüllten, obwohl das Gesicht dasselbe geblieben war. Nicht, daß Sam Gamdschie es sich selbst gegenüber so ausdrückte. Er schüttelte den Kopf, als ob er Worte sinnlos fände, und murmelte: »Ich liebe ihn. So ist er, und manchmal schimmert es irgendwie durch. Aber ich liebe ihn, ob er nun so ist oder nicht.«

Gollum kam leise zurück und schaute Sam über die Schulter. Als er Frodo sah, schloß er die Augen und kroch, ohne einen Laut von sich zu geben, zurück. Sam kam einen Augenblick später zu ihm und fand ihn kauend und vor sich hinmurmelnd. Auf dem Boden neben ihm lagen zwei kleine Kaninchen, die er gierig zu beäugen begann.

»Sméagol hilft immer«, sagte er. »Er hat Kaninchen gebracht, nette Kaninchen. Aber der Herr schläft, und vielleicht will Sam auch schlafen. Will er jetzt keine Kaninchen? Sméagol versucht zu helfen, aber er kann nicht im Handumdrehen Viecher fangen.«

Sam hatte indes nicht das geringste gegen Kaninchen und sagte es. Zumindest nicht gegen gekochte Kaninchen. Alle Hobbits können natürlich kochen, denn diese Kunst beginnen sie schon vor dem Lesen und Schreiben zu lernen (was manche nie erreichen); aber Sam war ein guter Koch, selbst nach Hobbit-

Kräuter und Kaninchenpfeffer

Maßstäben, und auf ihren Wanderungen hatte er ein groß Teil der Lagerkocherei erledigt, wenn dazu Gelegenheit war. Hoffnungsvoll schleppte er immer noch etwas von seiner Ausrüstung mit: eine kleine Zunderbüchse, zwei kleine, flache Kochtöpfe, von denen der kleinere in den größeren paßte; drinnen lagen ein Holzlöffel, eine kurze, zweizinkige Gabel und ein paar Fleischspieße; und ganz zuunterst im Rucksack war in einer flachen Holzschachtel ein dahinschwindender Schatz versteckt, etwas Salz. Aber er brauchte Feuer und noch einiges dazu.

Er dachte ein bißchen nach, während er sein Messer herausholte, es sauber machte und wetzte und die Kaninchen vorzubereiten begann. Er wollte den schlafenden Frodo auch nicht ein paar Minuten allein lassen.

»Höre, Gollum«, sagte er, »ich habe noch einen Auftrag für dich. Geh und fülle diese Töpfe mit Wasser und bring sie mir zurück!«

»Sméagol wird Wasser holen, ja«, sagte Gollum. »Aber wofür will der Hobbit so viel Wasser haben? Er hat getrunken, er hat sich gewaschen.«

»Zerbrich dir nicht den Kopf«, sagte Sam. »Wenn du es nicht erraten kannst, wirst du es bald herausfinden. Und je schneller du das Wasser holst, um so schneller wirst du es erfahren. Beschädige meine Töpfe nicht, sonst reiße ich dich in Stücke.«

Als Gollum fort war, betrachtete Sam Frodo noch einmal. Er schlief immer noch ruhig, aber Sam war jetzt vor allem betroffen von der Magerkeit seines Gesichts und seiner Hände. »Zu dünn und abgezehrt ist er«, murmelte er. »Das ist nicht richtig für einen Hobbit. Wenn ich es schaffe, diese Karnickel zu kochen, dann werde ich ihn wecken.«

Sam suchte sich etwas von dem trockensten Farn zusammen, dann kletterte er die Böschung hinauf und sammelte ein Bündel Zweige und abgebrochenes Holz; der heruntergefallene Ast einer Zeder weiter oben lieferte ihm eine ansehnliche Menge. Er stach ein paar Rasensoden am Fuß der Böschung gleich neben dem Farndickicht aus, machte ein flaches Loch und legte sein Brennholz hinein. Da er geschickt war mit Feuerstein und Zunder, hatte er bald ein kleines Feuer in Gang. Es machte wenig oder gar keinen Rauch, duftete aber würzig. Er bückte sich gerade über sein Feuer, schirmte es ab und legte dickeres Holz nach, als Gollum zurückkam; er trug die Töpfe vorsichtig und brummte vor sich hin.

Er setzte die Töpfe ab, und dann plötzlich sah er, was Sam tat. Er gab einen dünnen, zischenden Schrei von sich und schien sowohl erschreckt als auch ärgerlich zu sein. »Ach! Sss – nein!« rief er. »Nein! Alberne Hobbits, töricht, ja, töricht! Das dürfen sie nicht tun!«

»Was dürfen sie nicht tun?« fragte Sam überrascht.

»Nicht die garstigen roten Zungen machen!« zischte Gollum. »Feuer, Feuer! Das ist gefährlich, ja, das ist es. Es brennt, es tötet. Und es wird Feinde anlocken, ja, das wird es.«

»Das glaube ich nicht«, sagte Sam. »Ich sehe nicht ein, warum es das sollte, wenn man kein nasses Zeug drauf wirft und dicken Qualm macht. Aber wenn es qualmt, dann qualmt es eben. Darauf will ich's ankommen lassen. Ich will diese Karnickel kochen.«

»Kaninchen kochen!« zeterte Gollum entsetzt. »Das schöne Fleisch verderben, das Sméagol für dich aufgespart hat, der arme, hungrige Sméagol! Wozu? Wozu, alberner Hobbit? Sie sind jung, sie sind zart, sie sind nett. Iß sie, iß sie!« Er griff nach dem nächstgelegenen Kaninchen, das schon abgezogen war.

»Nun, nun«, sagte Sam. »Jeder auf seine Weise. Unser Brot würgt dich, und mich würgt rohes Karnickel. Wenn du mir ein Karnickel schenkst, dann ist das Karnickel meins, verstehst du, und ich kann's kochen, wenn ich Lust dazu habe. Und das habe ich. Du brauchst mir nicht zuzusehen. Geh und fang noch eins und iß es, wie du es magst – irgendwo für dich, außer Sicht. Dann wirst du das Feuer nicht sehen, und ich werde dich nicht sehen, und wir beide werden glücklicher sein. Ich werde dafür sorgen, daß das Feuer nicht raucht, wenn das ein Trost für dich ist.«

Gollum zog sich murrend zurück und kroch in den Farn. Sam beschäftigte sich mit seinen Töpfen. »Was ein Hobbit zu Karnickeln braucht«, sagte er zu sich, »sind Kräuter und Wurzeln, besonders Tüften – ganz zu schweigen von Brot. Kräuter, das läßt sich offenbar einrichten.«

»Gollum«, rief er leise. »Aller guten Dinge sind drei. Ich brauche ein paar Kräuter.« Gollum streckte den Kopf aus dem Farn, aber sein Ausdruck war weder hilfreich noch freundlich. »Ein paar Lorbeerblätter, etwas Thymian und Salbei, das reicht – ehe das Wasser kocht«, sagte Sam.

»Nein!« sagte Gollum. »Sméagol ist nicht erfreut. Und Sméagol mag riechende Blätter nicht. Er ißt kein Gras oder Wurzeln, nein, Schatz, nicht ehe er verhungert oder sehr krank ist, armer Sméagol.«

»Sméagol wird in Teufels Küche kommen, wenn dieses Wasser kocht und er nicht tut, worum er gebeten wird«, brummte Sam. »Sam wird seinen Kopf hineinstecken, ja, Schatz. Und ich würde ihn auch nach Rüben und Möhren und Tüften suchen lassen, wenn die Jahreszeit danach wäre. Ich wette, es gibt alle möglichen guten Dinge, die in diesem Land wild wachsen. Für ein halbes Dutzend Tüften würde ich viel geben.«

»Sméagol wird nicht gehen, o nein, Schatz, diesmal nicht«, zischte Gollum. »Er hat Angst und ist sehr müde, und dieser Hobbit ist nicht nett, ganz und gar nicht nett. Sméagol will nicht nach Wurzeln und Möhren graben und – Tüften. Was sind Tüften, Schatz, wie, was sind Tüften?«

»Kar-tof-feln«, sagte Sam. »Die ganze Wonne des Ohm, und eine selten gute Unterlage für einen leeren Magen. Du wirst keine finden, also brauchst du auch nicht danach zu suchen. Aber sei ein lieber Sméagol und hole mir die Kräuter, dann werde ich eine bessere Meinung von dir haben. Und überdies, wenn du dich besserst und auch gut bleibst, werde ich dir demnächst mal Tüften kochen. Das werde ich: gebackenen Fisch und Bratkartoffeln, angerichtet von S. Gamdschie. Da könntest du nicht nein sagen.«

»Doch, doch, wir könnten. Netten Fisch verderben, ihn verbrennen. Gib mir *jetzt* Fisch und behalte deine garstigen Bratkartoffeln!«

»Du bist ein hoffnungsloser Fall«, sagte Sam. »Geh schlafen!«

Zu guter Letzt mußte er sich selbst suchen, was er haben wollte; aber er brauchte nicht weit zu gehen und konnte die Stelle, wo sein Herr lag, im Auge behalten. Eine Weile saß Sam nachdenklich da und unterhielt das Feuer, bis das Wasser heiß war. Das Tageslicht nahm zu, und die Luft wurde warm; der Tau verschwand von Gras und Blatt. Bald lagen die Kaninchen, in Stücke geschnitten, mit den zusammengebundenen Kräutern in den Töpfen und kochten. Fast wäre Sam dabei eingeschlafen. Er ließ sie fast eine Stunde schmoren, prüfte sie ab und zu mit der Gabel und kostete die Brühe.

Als er glaubte, daß alles fertig sei, nahm er die Töpfe vom Feuer und kroch zu Frodo. Frodo öffnete die Augen halb, als Sam bei ihm stand, und dann wachte er aus seinem Traum auf: ein weiterer freundlicher, nicht wiederbelebbarer Traum des Friedens.

»Nanu, Sam!« sagte er. »Du ruhst nicht? Ist irgendwas nicht in Ordnung? Wie spät ist es?«

»Ein paar Stunden nach Tagesanbruch«, sagte Sam, »und nahe an halb neun nach der Auenland-Uhr, vielleicht. Aber es ist soweit alles in Ordnung. Obwohl es nicht ganz das ist, was ich richtig nennen würde: keine Suppenwürze, keine Zwiebeln, keine Tüften. Ich habe ein bißchen Fleisch für dich, und etwas Brühe, Herr Frodo. Wird dir guttun. Du mußt sie aus deinem Becher trinken, oder gleich aus dem Topf, wenn sie ein bißchen abgekühlt ist. Ich habe keine Schüsseln mitgebracht und überhaupt nichts Richtiges.«

Frodo gähnte und streckte sich. »Du hättest dich ausruhen sollen, Sam«, sagte er. »Und ein Feuer anzünden war gefährlich in dieser Gegend. Aber ich bin wirklich hungrig. Hm! Kann ich es von hier aus riechen? Was hast du gekocht?«

»Ein Geschenk von Sméagol«, sagte Sam. »Ein paar junge Karnickel. Obwohl ich mir vorstelle, daß sie Gollum jetzt leid tun. Aber es gibt nichts dazu außer ein paar Kräutern.«

Sam und sein Herr setzten sich in den Farn, aßen ihren Kaninchenpfeffer gleich aus den Töpfen und benutzten gemeinsam die alte Gabel und den Löffel. Sie gönnten sich dazu jeder ein halbes Stück von der elbischen Wegzehrung. Es kam ihnen wie ein Festmahl vor.

»He, Gollum!« rief Sam und pfiff leise. »Komm her. Noch ist Zeit, dich anders zu besinnen. Es ist noch etwas übrig, wenn du doch noch gekochtes Karnickel versuchen willst.« Es kam keine Antwort.

»Na schön, er wird wohl weggegangen sein, um sich auch etwas zu suchen. Wir werden's aufessen«, sagte Sam.

»Und dann mußt du etwas schlafen«, sagte Frodo.

»Aber nicke du nicht ein, wenn ich die Augen zumache, Herr Frodo. Ich bin nicht allzu sicher, was ihn betrifft. Da ist eine ganze Menge von Stinker – dem bösen Gollum, wenn du mich verstehst – in ihm, und das wird stärker. Obwohl ich glaube, daß er jetzt zuerst versuchen würde, mich zu erwürgen. Wir sind uns nicht ganz einig, und er ist nicht zufrieden mit Sam, o nein, Schatz, ganz und gar nicht zufrieden.«

Sie aßen auf, und Sam ging zum Bach, um sein Geschirr zu spülen. Als er aufstand, um zurückzugehen, schaute er den Abhang hinauf. In diesem Augenblick sah er die Sonne auftauchen aus dem Qualm oder Dunst oder dunklen Schatten oder was immer es war, was im Osten hing, und sie schickte ihre goldenen Strahlen hinab auf die Bäume und Lichtungen ringsum. Dann bemerkte er ein dünnes Geringel von blaugrauem Rauch, deutlich zu sehen im Sonnenlicht, der aus dem Dickicht vor ihm aufstieg. Es traf ihn wie ein Schlag, daß dies der Rauch von seinem kleinen Kochfeuer war, das er zu löschen versäumt hatte.

»Das geht nicht! Nie hätte ich gedacht, daß man es so sieht!« murmelte er und schickte sich an, zurückzueilen. Plötzlich blieb er stehen und lauschte. Hatte er einen Pfiff gehört oder nicht? Oder war es der Ruf eines fremden Vogels? Wenn es ein Pfiff war, dann war er nicht aus Frodos Richtung gekommen. Jetzt pfiff es wieder von einer anderen Stelle! Sam begann so schnell bergauf zu rennen, wie er nur konnte.

Er stellte fest, daß ein Kien, der am äußeren Ende noch gebrannt hatte, etwas Farn am Rande des Feuers entzündet hatte, und der aufflammende Farn hatte die Grassoden zum Schwelen gebracht. Hastig trat er die Reste des Feuers aus, verstreute die Asche und legte die Grassoden über das Loch. Dann kroch er zu Frodo zurück.

»Hast du einen Pfiff gehört und etwas, das wie eine Antwort klang?« fragte er. »Vor ein paar Minuten. Ich hoffe, es war nur ein Vogel, aber es klang eigentlich nicht so: eher wie jemand, der einen Vogelruf nachmacht, fand ich. Und ich fürchte, mein bißchen Feuer hat geraucht. Wenn ich jetzt Unheil angerichtet habe, werde ich es mir nie verzeihen. Und vielleicht auch keine Gelegenheit mehr dazu haben!«

»Pst!« flüsterte Frodo. »Ich glaube, ich habe Stimmen gehört.«

Die beiden Hobbits packten ihre Rucksäcke, schnallten sie um, bereit zur Flucht, und krochen tiefer in den Farn. Dort hockten sie sich hin und lauschten.

Es waren unzweifelhaft Stimmen. Sie sprachen leise und verstohlen, aber sie waren nah und kamen immer näher. Dann sprach plötzlich eine Stimme ganz dicht.

»Hier! Hier ist es, wo der Rauch hergekommen ist!« sagte sie. »Es wird ganz nah sein. Im Farn, zweifellos. Wir werden's gleich haben wie ein Karnickel in der Falle. Dann werden wir sehen, was für ein Wesen es ist.«

»Freilich, und was es weiß«, sagte eine zweite Stimme.

Auf einmal kamen vier Menschen aus verschiedenen Richtungen durch den Farn gestapft. Da Flucht und Verstecken nicht länger möglich waren, sprangen Frodo und Sam auf die Füße, stellten sich Rücken an Rücken und zogen ihre kleine Schwerter.

Wenn sie erstaunt waren über das, was sie sahen, dann waren ihre Häscher noch erstaunter. Vier hochgewachsene Menschen standen da. Zwei hatten Speere in den Händen mit breiten, glänzenden Spitzen. Zwei hatten große Bogen, fast mannshoch, und große Köcher mit langen grüngefiederten Pfeilen. Alle hatten Schwerter an der Seite und waren in Grün und Braun von verschiedener

Tönung gekleidet, als ob das günstiger sei, um ungesehen in den Lichtungen von Ithilien zu wandern. Grüne Stulpenhandschuhe bedeckten ihre Hände, und ihre Gesichter waren verhüllt durch Kapuzen und grüne Masken, mit Ausnahme der Augen, die sehr scharf und strahlend waren. Sofort dachte Frodo an Boromir, denn in ihrem Wuchs, ihrer Haltung und Redeweise waren diese Menschen ihm ähnlich.

»Wir haben nicht gefunden, was wir suchten«, sagte einer. »Aber was haben wir eigentlich gefunden?«

»Keine Orks«, sagte ein anderer und ließ das Heft seines Schwertes los, das er gepackt hatte, als er Stich in Frodos Hand blinken sah.

»Elben?« sagte ein dritter, zweifelnd.

»Nein, keine Elben«, sagte der vierte, der größte von ihnen und, wie es schien, ihr Anführer. »Elben wandern heutzutage nicht in Ithilien. Und Elben sind wunderschön anzusehen, oder so heißt es jedenfalls.«

»Womit Ihr meint, daß wir nicht schön sind, wenn ich Euch richtig verstehe«, sagte Sam. »Vielen Dank. Und wenn Ihr fertig seid, über uns zu reden, dann sagt Ihr uns vielleicht, wer *Ihr* seid und warum Ihr zwei müde Wanderer nicht ruhen lassen könnt.«

Der große Mann lachte grimmig. »Ich bin Faramir, Heermeister von Gondor«, sagte er. »Aber es gibt keine Wanderer in diesem Land: nur die Diener des Dunklen Turms oder des Weißen.«

»Aber wir sind weder das eine noch das andere«, sagte Frodo. »Und Wanderer sind wir, was immer Heermeister Faramir auch sagen mag.«

»Dann eilt Euch, Euch und Euren Auftrag zu erklären«, sagte Faramir. »Wir haben ein Werk zu vollbringen, und dies ist weder die richtige Zeit noch der richtige Ort zum Rätselraten oder um Verhandlungen zu führen. Nun los! Wo ist der dritte von Eurer Gruppe?«

»Der dritte?«

»Ja, der schleichende Kerl, den wir da unten seine Nase in den Teich stecken sahen. Er sieht häßlich aus. Irgendeine als Späher gezüchtete Orkgattung, nehme ich an, oder ein Handlanger von ihnen. Aber er ist uns entkommen durch irgendeine Arglist.«

»Ich weiß nicht, wo er ist«, sagte Frodo. »Er ist nur ein Zufallsgefährte, den wir unterwegs getroffen haben, und ich bin nicht für ihn verantwortlich. Wenn Ihr ihn findet, verschont ihn. Bringt ihn her oder schickt ihn zu uns. Er ist nur ein elender Landstreicher, und ich habe ihn eine Weile unter meine Obhut genommen. Aber was uns betrifft, so sind wir Hobbits aus dem Auenland, das fern im Norden und Westen hinter vielen Flüssen liegt. Frodo, Drogos Sohn, ist mein Name, und mit mir ist Samweis, Hamfasts Sohn, ein ehrenwerter Hobbit in meinen Diensten. Wir haben weite Wege zurückgelegt, denn wir sind aus Bruchtal gekommen oder Imladris, wie manche es nennen.« Hier stutzte Faramir und lauschte aufmerksam. »Sieben Gefährten hatten wir. Einen verloren wir in Moria, die anderen verließen wir bei Parth Galen oberhalb von Rauros: zwei Verwandte von mir; auch ein Zwerg war dabei und ein Elb, und zwei Menschen.

Es waren Aragorn und Boromir, der sagte, er sei aus Minas Tirith gekommen, einer Stadt im Süden.«

»Boromir!« riefen die vier Menschen wie aus einem Munde.

»Boromir, der Sohn des Herrn Denethor?« fragte Faramir, und sein Gesicht nahm einen seltsam strengen Ausdruck an. »Ihr kamt mit ihm? Das ist fürwahr eine Neuigkeit, wenn sie zutrifft. Wisset, ihr kleinen Fremden, daß Boromir, Denethors Sohn, der Hohe Verweser des Weißen Turms war und unser Ober-Heermeister: schmerzlich vermissen wir ihn. Wer seid ihr denn, und was hattet ihr mit ihm zu schaffen? Antwortet rasch, denn die Sonne steigt schon!«

»Sind Euch die rätselhaften Worte bekannt, die Boromir nach Bruchtal brachte?« erwiderte Frodo.

Das geborstne Schwert sollt ihr suchen,
Nach Imladris ward es gebracht.

»Die Worte sind fürwahr bekannt«, sagte Faramir erstaunt. »Es ist ein Beweis für Eure Aufrichtigkeit, daß Ihr sie ebenfalls kennt.«

»Aragorn, den ich nannte, ist der Träger des Schwerts, das geborsten war«, sagte Frodo. »Und wir sind die Halblinge, von denen in dem Gedicht die Rede ist.«

»Das sehe ich«, sagte Faramir nachdenklich. »Oder vielmehr sehe ich, daß es so sein könnte. Aber was ist Isildurs Fluch?«

»Das ist geheim«, antwortete Frodo. »Zweifellos wird es zu gegebener Zeit erklärt werden.«

»Wir müssen mehr darüber erfahren«, sagte Faramir, »und hören, was euch so weit gen Osten gebracht hat unter den Schatten von drüben –«, er deutete hinüber und nannte keinen Namen. »Aber nicht jetzt. Wir haben etwas zu erledigen. Ihr seid in Gefahr, und ihr hättet heute weder über Feld noch Straße weit kommen können. Es wird hier in der Nähe harte Gefechte geben, ehe der Tag sich vollendet. Dann Tod oder rasche Flucht zurück zum Anduin. Ich werde zwei Mann zu eurem Schutz zurücklassen, zu eurem und meinem Besten. Der kluge Mann vertraut keinen Zufallsbegegnungen auf der Straße in diesem Land. Wenn ich zurückkehre, will ich mehr mit euch sprechen.«

»Lebt wohl!« sagte Frodo und verbeugte sich tief. »Glaubt, was ihr mögt, aber ich bin ein Freund aller Feinde des Einen Feindes. Wir würden mit euch gehen, wenn wir Halblinge hoffen könnten, euch nützlich zu sein, so beherzten und starken Männern, wie ihr zu sein scheint, und wenn mein Auftrag es erlaubte. Möge das Licht leuchten auf euren Schwertern!«

»Die Halblinge sind höfliche Leute, was immer sie sonst sein mögen«, sagte Faramir. »Lebt wohl!«

Die Hobbits setzten sich wieder hin, aber sie sprachen nicht miteinander über ihre Gedanken und Zweifel. Dicht bei ihnen, im gesprenkelten Schatten der dunklen Lorbeerbäume, blieben zwei Männer als Wache. Ab und zu nahmen sie ihre Masken ab, um sich abzukühlen, als die Hitze des Tages zunahm, und Frodo sah, daß sie stattliche Menschen waren, blaßhäutig, dunkelhaarig, mit grauen

Augen und traurigen und stolzen Gesichtern. Sie unterhielten sich leise untereinander, zuerst in der Gemeinsamen Sprache, aber nach der Art der älteren Zeit, und dann gingen sie zu einer anderen Sprache über, ihrer eigenen. Zu seiner Verwunderung merkte Frodo, während er zuhörte, daß sie sich der Elbensprache bedienten oder einer, die nur wenig anders war; und er sah sie erstaunt an, denn er wußte nun, daß sie Dúnedain des Südens sein mußten, Menschen vom Stamme der Herren von Westernis.

Nach einer Weile sprach er zu ihnen; aber sie waren zögernd und vorsichtig mit ihren Antworten. Sie hießen Mablung und Damrod, Söldner von Gondor, und sie waren Waldläufer von Ithilien; denn ihre Vorfahren hatten einst in Ithilien gelebt, ehe es überrannt wurde. Unter diesen Männern wählte der Herr Denethor diejenigen aus, die für ihn Streifzüge unternahmen und heimlich den Anduin überquerten (wie und wo, wollten sie nicht sagen), um Orks und andere Feinde, die sich zwischen dem Ephel Dúath und dem Fluß herumtrieben, zu überfallen.

»Es sind annähernd zehn Wegstunden von hier zum Ostufer des Anduin«, sagte Mablung, »und wir kommen selten so weit ins Land. Aber wir haben bei dieser Fahrt einen neuen Auftrag: wir sind gekommen, um den Menschen aus Harad aus dem Hinterhalt aufzulauern. Verflucht sollen sie sein!«

»Freilich, verflucht seien die Südländer!« sagte Damrod. »Es heißt, einst haben Verbindungen bestanden zwischen Gondor und den Königreichen des Harad im Fernen Süden; obwohl es niemals Freundschaft war. Damals verliefen unsere Grenzen weit südlich jenseits der Mündungen des Anduin, und Umbar, das nächstgelegene ihrer Reiche, erkannte unsere Herrschaft an. Aber das war vor langer Zeit. Seit vielen Menschenaltern hat es keinen Verkehr mehr zwischen uns gegeben. Nun haben wir letzthin erfahren, daß der Feind bei ihnen gewesen ist, und sie sind zu Ihm übergegangen oder zurück zu Ihm – sie waren immer geneigt, sich seinem Willen zu unterwerfen – wie auch so viele im Osten. Ich zweifle nicht, daß Gondors Tage gezählt und die Mauern von Minas Tirith dem Untergang geweiht sind, so groß ist Seine Stärke und Bosheit.«

»Aber dennoch wollen wir nicht müßig dasitzen und Ihn alles tun lassen, wie Er es möchte«, sagte Mablung. »Diese verfluchten Südländer kommen jetzt die alten Straßen heraufmarschiert, um die Streitmacht im Dunklen Turm zu verstärken. Ja, auf eben den Straßen, die Gondors Geschicklichkeit angelegt hat. Und sie gehen immer unbekümmerter, wie wir hören, weil sie glauben, die Macht ihres neuen Herrn sei groß genug, so daß der bloße Schatten Seiner Berge sie beschützen wird. Wir kommen, um ihnen eine andere Lehre zu erteilen. Große Verbände von ihnen sind, wie uns vor einigen Tagen gemeldet wurde, auf dem Marsch nach Norden. Eine ihrer Abteilungen muß unserer Schätzung nach irgendwann vor dem Mittag hier vorbeikommen – auf der Straße oben, wo sie den Durchstich durchläuft. Die Straße mag durchlaufen, aber die Südländer nicht! Nicht, solange Faramir Heermeister ist. Er ist jetzt der Führer bei allen gefährlichen Unterfangen. Aber sein Leben ist gefeit, oder das Schicksal schont ihn für irgendeinen anderen Zweck.«

Ihre Unterhaltung erstarb zu einem lauschenden Schweigen. Alle waren still und aufmerksam. Sam hockte am Rande des Farndickichts und hielt Ausschau. Mit seinen scharfen Hobbitaugen sah er, daß noch viel mehr Menschen in der Nähe waren. Er sah, wie sie die Hänge hinaufschlichen, einzeln oder in langen Reihen, und sich dabei immer im Schatten der Haine oder Dickichte hielten, oder, in ihrer braunen und grünen Kleidung kaum sichtbar, durch Gras und Farn krochen. Alle trugen Kapuzen und Masken, hatten Stulpenhandschuhe an den Händen und waren bewaffnet wie Faramir und seine Gefährten. Es dauerte nicht lange, da waren alle an ihnen vorbei und verschwunden. Die Sonne stieg, bis sie sich dem Süden näherte. Die Schatten schrumpften.

»Ich möchte mal wissen, wo der verflixte Gollum ist«, dachte Sam, als er in den tieferen Schatten zurückkroch. »Er hat gute Aussicht, mit einem Ork verwechselt und aufgespießt oder vom Gelben Gesicht geröstet zu werden. Aber ich nehme an, er wird schon auf sich aufpassen.« Er legte sich neben Frodo und schlummerte ein.

Als er aufwachte, glaubte er, Hörner blasen zu hören. Er setzte sich auf. Es war hoch am Mittag. Die Posten standen wachsam und angespannt im Schatten der Bäume. Plötzlich erschallten die Hörner lauter und zweifellos von oben, von der Kuppe des Hanges. Sam glaubte Schreie und auch wildes Gebrüll zu hören, aber das Geräusch war schwach, als käme es aus irgendeiner fernen Höhle. Dann brach plötzlich ganz in der Nähe Kampflärm aus, genau über ihrem Versteck. Er hörte deutlich das hallende Knirschen von Stahl auf Stahl, das Klirren von Schwertern auf Eisenhüten, den dumpfen Schlag von Klingen auf Schilden; Menschen schrien und kreischten, und eine helle, laute Stimme rief *Gondor! Gondor!*

»Es klingt, als ob hundert Schmiede alle zugleich hämmern«, sagte Sam zu Frodo. »Näher möchte ich sie jetzt nicht haben.«

Aber der Lärm näherte sich. »Sie kommen!« rief Damrod. »Schaut! Einige der Südländer sind aus der Falle ausgebrochen und fliehen von der Straße. Da sind sie! Unsere Leute verfolgen sie, und der Heermeister vornweg.«

Begierig, mehr zu sehen, stand Sam auf und begab sich zu den Wachposten. Er kletterte ein wenig bergauf bis zu dem größeren der Lorbeerbäume. Flüchtig sah er schwärzliche Menschen in Rot, die in einiger Entfernung den Hang hinunterrannten, und grüngekleidete Krieger eilten ihnen nach und hauten sie nieder, während sie flohen. Viele Pfeile schwirrten durch die Luft. Dann plötzlich fiel ein Mann unmittelbar über den Rand der schützenden Böschung und stürzte zwischen den schlanken Bäumen hindurch fast auf sie drauf. Er blieb in dem Farn ein paar Fuß entfernt liegen, das Gesicht nach unten, und grüngefiederte Pfeile staken unter einem goldenen Kragen in seinem Hals. Sein purpurrotes Gewand war zerfetzt, sein Panzerhemd aus übereinandergreifenden Bronzeplättchen war zerrissen und zerhauen, seine schwarzen, mit Gold durchwirkten Haarflechten blutgetränkt. Seine braune Hand umklammerte noch das Heft eines geborstenen Schwertes.

Es war die erste Schlacht von Menschen gegen Menschen, die Sam miterlebte, und sie gefiel ihm nicht sehr. Er war froh, daß er das Gesicht des Toten nicht sehen konnte. Er fragte sich, wie der Mann wohl hieß und wo er herkam und ob er wirklich ein böses Herz hatte, oder welche Lügen oder Drohungen ihn zu dem langen Marsch von seiner Heimat veranlaßt hatten; und ob er nicht in Wirklichkeit lieber in Frieden dort geblieben wäre – all diese Gedanken gingen ihm blitzschnell durch den Kopf, wurden aber bald wieder vertrieben. Denn gerade, als Mablung auf den Gefallenen zutrat, erhob sich ein neuer Lärm. Großes Geschrei und Gerufe. Und mittendrin hörte Sam ein schrilles Gebrüll oder Trompeten. Und dann ein mächtiges Stoßen und Stampfen wie gewaltige Rammen, die auf den Boden auftreffen.

»Obacht! Obacht!« rief Damrod seinem Gefährten zu. »Mögen die Valar ihn abwenden! Mûmak! Mûmak!«

Zu seiner Verwunderung und seinem Entsetzen und nachhaltigen Entzücken sah Sam eine riesige Gestalt durch die Bäume brechen und den Abhang herunterrennen. Groß wie ein Haus, viel größer als ein Haus schien er ihm zu sein, ein in Grau gehüllter, sich bewegender Berg. Furcht und Staunen vergrößerten ihn vielleicht in den Augen des Hobbits, aber der Mûmak von Harad war tatsächlich ein Tier von gewaltigen Ausmaßen, und seinesgleichen wandelt heute nicht mehr in Mittelerde; seine Stammesgenossen, die noch in jüngerer Zeit leben, sind nur Andeutungen seiner Größe und Hoheit. Heran kam er, stracks auf die Beobachter zu, und dann schwenkte er gerade im rechten Augenblick zur Seite, raste nur ein paar Ellen entfernt vorbei, und der Boden schwankte unter ihren Füßen: wie Bäume waren die große Beine, die ungeheuren Ohren standen ab, der lange Rüssel war erhoben wie eine riesige Schlange, die gerade die Giftzähne in ihr Opfer schlagen will, die kleinen roten Augen wutentbrannt. Die hornartigen, nach oben gerichteten Stoßzähne waren mit goldenen Bändern umwunden und tropften von Blut. Sein Zaumzeug in Purpur und Rot hing in Fetzen um ihn. Was auf seinem stampfenden Rücken lag, waren offenbar die Reste eines regelrechten Kriegsturms, der bei seinem wütenden Rasen durch den Wald zertrümmert worden war; und hoch auf seinem Nacken klammerte sich noch verzweifelt eine winzige Gestalt fest – ein gewaltiger Krieger, ein Riese unter den Schwärzlingen.

Weiter donnerte das große Tier und stapfte in blinder Wut durch Teich und Dickicht. Pfeile sprangen und hüpften, ohne Schaden anzurichten, über die dreifache Haut seiner Flanken. Männer beider Seiten flohen vor ihm, aber viele überholte er und zertrampelte sie am Boden. Bald war er außer Sicht, aber immer noch trompetete und schnaubte er in der Ferne. Was aus ihm wurde, hat Sam nie erfahren: ob er entkam und eine Zeitlang in der Wildnis umherstreifte, bis er fern der Heimat zugrunde ging, oder ob er weiterraste, bis er in den Großen Strom stürzte und verschlungen wurde.

Sam holte tief Luft. »Ein Olifant war es!« sagte er. »Es gibt also Olifanten, und ich habe einen gesehen. Wie aufregend! Aber niemand zu Hause wird es mir glauben. Na, wenn das vorbei ist, dann will ich ein bißchen schlafen.«

»Schlaft, solange ihr könnt«, sagte Mablung. »Aber der Heermeister wird zurückkommen, wenn er unverletzt ist; und wenn er kommt, werden wir rasch aufbrechen. Wir werden verfolgt werden, sobald die Nachricht von unserer Tat den Feind erreicht, und das wird nicht lange dauern.«

»Geht leise, wenn ihr müßt«, sagte Sam. »Nicht nötig, meinen Schlaf zu stören. Ich bin die ganze Nacht gewandert.«

Mablung lachte. »Ich glaube nicht, daß der Heermeister Euch hierlassen will, Herr Samweis«, sagte er. »Aber wir werden's ja sehen.«

FÜNFTES KAPITEL

DAS FENSTER NACH WESTEN

Sam glaubte nur ein paar Minuten geschlafen zu haben, als er aufwachte und feststellte, daß es schon spät am Nachmittag und Faramir zurückgekommen war. Er hatte viele Menschen mitgebracht; tatsächlich waren jetzt alle, die den Überfall überlebt hatten, auf dem nahen Abhang versammelt, zwei- oder dreihundert Mann. Sie saßen in einem weiten Halbkreis, und an der offenen Seite saß Faramir auf dem Boden, während Frodo vor ihm stand. Es sah seltsam aus, wie das Verhör eines Gefangenen.

Sam kroch aus dem Farn heraus, aber niemand beachtete ihn, und er setzte sich ans Ende der Reihen der Männer, wo er alles, was vor sich ging, sehen und hören konnte. Er paßte auf und lauschte aufmerksam, bereit, seinem Herrn zu Hilfe zu eilen, falls es nötig wäre. Er sah Faramirs Gesicht, der jetzt keine Maske trug: es war streng und herrisch, und ein scharfer Verstand sprach aus seinem forschenden Blick. Zweifel stand in den grauen Augen, die Frodo unverwandt anstarrten.

Sam merkte bald, daß der Heermeister in verschiedenen Punkten von Frodos Bericht über sich selbst nicht befriedigt war: welche Rolle er in der Gemeinschaft spielte, die von Bruchtal aufbrach; warum er Boromir verlassen hatte und wohin er jetzt gehe. Insbesondere kam er oft auf Isildurs Fluch zurück. Offenbar erkannte er, daß Frodo eine Angelegenheit von großer Bedeutung vor ihm verbarg.

»Aber beim Kommen des Halblings sollte Isildurs Fluch erwachen, so muß man jedenfalls die Worte verstehen«, beharrte er. »Wenn Ihr also der Halbling seid, der genannt wurde, dann habt Ihr dieses Ding, was immer es sein mag, gewiß zu dem Rat mitgebracht, von dem Ihr sprecht, und dort sah Boromir es. Leugnet Ihr das?«

Frodo antwortete nicht. »Aha!« sagte Faramir. »Dann möchte ich mehr von Euch darüber erfahren; denn was Boromir angeht, geht auch mich an. Ein Orkpfeil tötete Isildur, wie alte Erzählungen berichten. Aber Orkpfeile gibt es viele, und den Anblick von einem hätte Boromir von Gondor nicht als ein Zeichen des Schicksals angesehen. Hattet Ihr das Ding in Verwahrung? Es ist geheim, sagt Ihr; aber ist es das nicht, weil Ihr es verbergen wolltet?«

»Nein, nicht weil ich es so wollte«, antwortete Frodo. »Es gehört mir nicht. Es gehört keinem Sterblichen, keinem großen und keinem kleinen; wenn einer Anspruch darauf erheben könnte, dann wäre es Aragorn, Arathorns Sohn, den ich genannt habe, der Führer unserer Gemeinschaft von Moria bis Rauros.«

»Warum er und nicht Boromir, Fürstensohn der Stadt, die von Elendils Söhnen gegründet wurde?«

»Weil Aragorn in direkter Linie, von Vater zu Vater, von Isildur, Elendils Sohn, abstammt. Und das Schwert, das er trägt, ist Elendils Schwert.«

Ein Murmeln der Verwunderung durchlief den Kreis der Männer. Einige riefen laut: »Elendils Schwert! Elendils Schwert kommt nach Minas Tirith! Das ist eine große Botschaft!« Aber Faramirs Gesicht war ungerührt.

»Vielleicht«, sagte er. »Aber ein so hoher Anspruch wird begründet werden müssen, und klare Beweise werden gefordert werden, wenn dieser Aragorn jemals nach Minas Tirith kommt. Er war nicht gekommen, noch irgendeiner von Eurer Gemeinschaft, als ich vor sechs Tagen aufbrach.«

»Boromir gab sich zufrieden mit diesem Anspruch«, sagte Frodo. »Fürwahr, wenn Boromir hier wäre, würde er alle Eure Fragen beantworten. Und da er schon vor vielen Tagen in Rauros war und beabsichtigte, gleich zu Eurer Stadt zu gehen, werdet Ihr, wenn Ihr zurückkehrt, die Antworten dort erfahren. Mein Anteil an der Gemeinschaft war ihm bekannt, wie auch allen anderen, denn der Auftrag war mir von Elrond von Imladris selbst vor dem ganzen Rat erteilt worden. In Erfüllung jenes Auftrags kam ich in dieses Land, aber es steht mir nicht zu, ihn irgend jemandem außerhalb der Gemeinschaft zu offenbaren. Dennoch würden jene, die behaupten, gegen den Feind zu kämpfen, gut daran tun, meinen Auftrag nicht zu hindern.«

Frodos Ton war stolz, wie immer ihm zumute sein mochte, und Sam billigte ihn, aber er besänftigte Faramir nicht.

»So!« sagte er. »Ihr heißt mich, mich um meine eigenen Angelegenheiten zu kümmern und nach Hause zu gehen und Euch in Frieden zu lassen. Boromir wird mir alles erzählen, wenn er kommt. Wenn er kommt, sagt Ihr! Wart Ihr ein Freund von Boromir?«

Lebhaft tauchte vor Frodos geistigem Auge die Erinnerung daran auf, wie Boromir ihn angegriffen hatte, und einen Augenblick zögerte er. Faramirs Blick, der ihn beobachtete, wurde härter. »Boromir war ein tapferes Mitglied unserer Gemeinschaft«, sagte Frodo schließlich. »Ja, ich für mein Teil war sein Freund.«

Faramir lächelte grimmig. »Dann würde es Euch betrüben zu erfahren, daß Boromir tot ist?«

»Das würde mich fürwahr betrüben«, sagte Frodo. Dann bemerkte er den Ausdruck in Faramirs Augen und stammelte. »Tot?« fragte er. »Meint Ihr, er *ist* tot und Ihr wußtet es? Habt Ihr versucht, mich mit Worten hereinzulegen und Euer Spiel mit mir zu treiben? Oder versucht Ihr jetzt, mich mit einer Lüge in die Falle zu locken?«

»Ich würde nicht einmal einen Ork mit einer Lüge in die Falle locken«, sagte Faramir.

»Wie ist er denn gestorben und woher wißt Ihr es? Da Ihr doch sagt, keiner der Gemeinschaft habe die Stadt erreicht, als Ihr sie verließet?«

»Was die Art seines Todes betrifft, so hatte ich gehofft, daß sein Freund und Gefährte mir berichten würde, wie es dazu kam.«

»Aber er war gesund und munter, als wir uns trennten. Und er ist noch am Leben, soviel ich weiß. Obwohl es gewiß viele Gefahren auf der Welt gibt.«

»Viele fürwahr«, sagte Faramir, »und Verrat ist nicht die geringste.«

Sam war immer ungeduldiger und wütender geworden bei dieser Unterhaltung. Diese letzten Worte waren mehr, als er ertragen konnte, und er platzte mitten in den Kreis hinein und stellte sich neben seinen Herrn.

»Entschuldige, Herr Frodo«, sagte er, »aber das hat jetzt lange genug gedauert. Er hat kein Recht, so mit dir zu reden. Nach allem, was du durchgemacht hast, ebenso zu seinem und all dieser großen Menschen Vorteil, wie für sonst jemanden. Hört mal, Heermeister!« Er pflanzte sich genau vor Faramir auf, die Hände in die Hüften gestemmt und mit einem Ausdruck im Gesicht, als ob er es mit einem jungen Hobbit zu tun hätte, der ihm »pampig« gekommen war, als er ihn wegen Besuchen im Obstgarten verhörte. Es gab einiges Gemurmel, aber auch Grinsen auf den Gesichtern der zuschauenden Männer: der Anblick ihres Heermeisters, der auf dem Boden saß, Auge in Auge mit einem jungen Hobbit, der breitbeinig und zornsprühend dastand, das war etwas, was sie noch nicht erlebt hatten. »Hört mal!« sagte er. »Worauf wollt Ihr hinaus? Laßt uns zur Sache kommen, ehe alle Orks von Mordor über uns herfallen! Wenn Ihr glaubt, mein Herr habe diesen Boromir ermordet und sei dann weggelaufen, dann habt Ihr keinen Verstand; aber sagt es und damit Schluß! Und dann laßt uns wissen, was Ihr deswegen zu tun gedenkt. Aber es ist ein Jammer, daß Leute, die davon reden, daß sie gegen den Feind kämpfen, nicht andere ihre Pflicht auf ihre Weise erledigen lassen können, ohne sich einzumischen. Der Feind würde sich mächtig freuen, wenn er Euch jetzt sehen könnte. Würde glauben, er hat 'nen neuen Freund bekommen.«

»Geduld!« sagte Faramir, aber ohne Ärger. »Rede nicht vor deinem Herrn, der mehr Verstand hat als du. Aber du brauchst mich nicht über unsere Gefahr zu belehren. Selbst so nehme ich mir ein wenig Zeit, um in einer schwierigen Angelegenheit richtig zu urteilen. Wäre ich so hastig wie du, hätte ich dich vielleicht schon längst erschlagen. Denn mein Befehl lautet, alle zu erschlagen, die ich in diesem Lande finde und die keine Erlaubnis des Herrn von Gondor haben. Aber ich erschlage Mensch oder Tier nicht ohne Not, und auch nicht gern, wenn es nötig ist. Und ebensowenig rede ich unnütz. Also sei getröstet. Setze dich zu deinem Herrn und schweige still!«

Sam setzte sich schwerfällig hin, und die Röte war ihm ins Gesicht gestiegen. Faramir wandte sich wieder an Frodo. »Ihr fragtet, woher ich wisse, daß Denethors Sohn tot ist. Todesbotschaften haben viele Flügel. *Oft bringt die Nacht den nächsten Angehörigen Nachricht*, heißt es. Boromir war mein Bruder.«

Ein Schatten des Kummers zog über sein Gesicht. »Erinnert Ihr Euch an etwas Besonderes, das zur Ausrüstung des Herrn Boromir gehörte?«

Frodo dachte einen Augenblick nach, fürchtete, es könne wieder eine Falle sein, und fragte sich, wie diese Auseinandersetzung wohl enden würde. Mit knapper Not hatte er den Ring vor dem lüsternen Zugriff von Boromir bewahrt, und wie es ihm nun unter so vielen kriegerischen und starken Menschen ergehen würde, wußte er nicht. Dennoch hatte er im Grunde seines Herzens das Gefühl, daß Faramir, obwohl er seinem Bruder sehr ähnlich sah, ein weniger eigennütziger und ernsterer und klügerer Mann war. »Ich erinnere mich, daß Boromir ein Horn bei sich trug«, sagte er schließlich.

»Ihr erinnert Euch gut und wie einer, der ihn wirklich gesehen hat«, sagte Faramir. »Dann könnt Ihr es vielleicht vor Eurem geistigen Auge sehen: ein großes Horn des Auerochsen aus dem Osten, mit Silber beschlagen und mit altertümlichen Buchstaben beschriftet. Dieses Horn hat seit vielen Generationen der älteste Sohn unseres Hauses getragen; und es heißt, wenn es in der Not irgendwo innerhalb von Gondors Grenzen, die das Reich einst hatte, geblasen werde, verhalle sein Ruf nicht ungehört.

Fünf Tage, ehe ich mich zu dieser Fahrt aufmachte, heute vor elf Tagen etwa um diese Stunde, hörte ich das Horn erschallen: vom Norden her, wie es schien, aber undeutlich, als wäre es nur ein Echo im Geist. Für eine böse Vorbedeutung hielten wir es, mein Vater und ich, denn wir hatten keine Nachrichten von Boromir gehabt, seit er fortgegangen war, und kein Wächter an unseren Grenzen hatte ihn zurückkommen sehen. Und in der dritten Nacht danach widerfuhr mir etwas noch Seltsameres.

Ich saß des Nachts an den Wassern des Anduin in der grauen Dunkelheit unter dem jungen, blassen Mond und bewachte den ewig dahinziehenden Strom; und das traurige Schilf raschelte. So bewachen wir immer die Ufer nahe Osgiliath, das unsere Feinde jetzt teilweise besetzt haben; denn von dort machen sie Ausfälle, um unsere Lande zu verwüsten. Doch in jener Nacht schlief die ganze Welt zur Mitternachtsstunde. Dann sah ich ein Boot oder glaubte es zu sehen, das auf dem Wasser trieb, grau schimmernd, ein kleines Boot von seltsamer Form mit einem hohen Bug, und niemand war da, der es ruderte oder steuerte.

Ein Schrecken befiel mich, denn es war von einem bleichen Licht umgeben. Doch stand ich auf und ging ans Ufer und begann hinauszuwaten in den Strom, denn ich wurde zu ihm hingezogen. Dann drehte das Boot auf mich zu und verlangsamte seine Geschwindigkeit und trieb gemächlich in Reichweite meiner Hand an mir vorbei, doch wagte ich nicht, es zu berühren. Es lag tief im Wasser, als sei es schwer beladen, und mir schien, als es unter meinem Blick vorbeizog, daß es fast ganz mit klarem Wasser gefüllt sei, von dem das Licht ausging; und umgeben vom Wasser lag ein schlafender Krieger.

Ein geborstenes Schwert lag auf seinen Knien. Ich sah viele Wunden an ihm. Es war Boromir, mein Bruder, tot. Ich erkannte seine Rüstung, sein Schwert, sein geliebtes Gesicht. Eins nur vermißte ich: sein Horn. Eins nur kannte ich nicht: einen schönen Gürtel um seinen Leib, der aussah, als bestünde er aus verschlungenen goldenen Blättern. *Boromir!* rief ich. *Wo ist dein Horn? Wohin gehst du? O Boromir!* Doch er war fort. Das Boot drehte wieder in die Strömung und verschwand schimmernd in der Nacht. Traumhaft war es, und doch kein Traum, denn es gab kein Erwachen. Und ich zweifle nicht daran, daß er tot ist und den Strom hinabgefahren ist zum Meer.«

»O weh!« sagte Frodo. »Fürwahr, das war Boromir, wie ich ihn kannte. Denn der goldene Gürtel war ihm in Lothlórien von Frau Galadriel geschenkt worden. Sie war es, die uns so kleidete, wie Ihr uns seht, in Elben-Grau. Diese Spange ist von derselben Machart.« Er zeigte auf das grüne und silberne Blatt, das seinen Mantel unterhalb des Halses zusammenhielt.

Faramir betrachtete sie genau. »Sie ist schön«, sagte er. »Ja, es ist dieselbe Arbeit. Ihr seid also durch das Land Lórien gekommen? Laurelindórenan wurde es einst genannt, aber nun ist es schon lange aus dem Wissen der Menschen entschwunden«, fügte er leise hinzu und betrachtete Frodo mit einem neuen Erstaunen in seinen Augen. »Vieles, was mir an Euch seltsam erschien, beginne ich jetzt zu verstehen. Wollt Ihr mir nicht mehr sagen? Denn es ist ein bitterer Gedanke, daß Boromir in Sichtweite seines Heimatlandes starb.«

»Nicht mehr kann ich sagen, als was ich gesagt habe«, antwortete Frodo. »Obwohl Eure Erzählung mich mit bösen Ahnungen erfüllt. Ein Traumbild war es, was Ihr saht, und nicht mehr, irgendein Schatten eines Unglücks, das sich ereignet hat oder sich ereignen wird. Sofern es nicht tatsächlich eine lügenhafte List des Feindes war. Ich habe die Gesichter von schönen Kriegern aus alter Zeit schlafend unter den Tümpeln der Totensümpfe gesehen, oder es schien so durch seine böse Zauberkunst.«

»Nein, so war es nicht«, sagte Faramir. »Denn seine Werke erfüllen das Herz mit Abscheu, aber mein Herz war von Kummer und Mitleid erfüllt.«

»Doch wie könnte dergleichen in Wirklichkeit geschehen?« fragte Frodo. »Denn kein Boot hätte von Tol Brandir über die felsigen Berge getragen werden können; und Boromir beabsichtigte, über die Entwasser und die Felder von Rohan heimzukehren. Und wie hätte denn ein Schiff die schäumende Flut der Fälle durchfahren können, ohne in den brodelnden Gewässern unterzugehen, auch wenn es mit Wasser geladen war?«

»Ich weiß es nicht«, sagte Faramir. »Aber woher kam das Boot?«

»Aus Lórien«, sagte Frodo. »In drei solchen Booten ruderten wir den Anduin hinunter bis zu den Fällen. Sie waren auch Elben-Werk.«

»Ihr seid durch das Verborgene Land gekommen«, sagte Faramir, »aber es scheint, als habet Ihr wenig von seiner Macht verstanden. Wenn Menschen mit der Herrin der Zauberei, die im Goldenen Wald wohnt, zu tun haben, dann mag es sein, daß sie seltsamer Dinge gewärtig sein müssen. Denn es ist gefährlich für sterbliche Menschen, außerhalb der Welt dieser Sonne zu wandeln, und wenige kamen dereinst unverändert von dort zurück, heißt es.

O Boromir, o Boromir!« rief er. »*Was hat sie zu dir gesagt, die Herrin, die nicht stirbt? Was hat sie gesehen? Was erwachte damals in deinem Herzen? Warum bist du je nach Laurelindórenan gegangen und nicht auf deinem eigenen Weg gekommen und nicht am Morgen auf den Pferden von Rohan heimgeritten?*«

Dann wandte er sich wieder an Frodo und sprach wie vorher mit leiser Stimme. »Auf diese Fragen, nehme ich an, könntet Ihr, Frodo, Drogos Sohn, einige Antworten geben. Aber vielleicht nicht hier und nicht jetzt. Aber damit Ihr nicht immer noch meine Erzählung für ein Traumbild haltet, will ich Euch dieses sagen: Boromirs Horn kehrte schließlich in Wirklichkeit zurück, und nicht nur scheinbar. Das Horn kam, aber es war in zwei Teile gespalten, sei es durch einen Axthieb oder Schwertstreich. Die Bruchstücke wurden einzeln an Land gespült: eines wurde zwischen dem Schilf gefunden, wo Späher von Gondor Wache hielten, im Norden unterhalb der Entwasser-Mündungen; das andere wurde, in der Flut wirbelnd, von einem gefunden, der einen Auftrag auf dem Wasser hatte. Seltsame Zufälle, aber die Sonne bringt es an den Tag, heißt es.

Und nun liegt das Horn des ältesten Sohns in zwei Stücken auf Denethors Schoß, der auf seinem Thron sitzt und auf Nachrichten wartet. Und Ihr könnt mir nichts darüber sagen, wie das Horn gespalten wurde?«

»Nein, ich wußte nichts davon«, sagte Frodo. »Aber der Tag, an dem Ihr es erschallen hörtet, wenn Eure Schätzung stimmt, war der Tag, an dem wir uns trennten, als ich und mein Diener die Gemeinschaft verließen. Und nun erfüllt mich Eure Erzählung mit Furcht. Denn wenn Boromir damals in Gefahr war und erschlagen wurde, dann muß ich befürchten, daß auch alle meine Gefährten zugrunde gegangen sind. Und sie waren meine Verwandten und meine Freunde.

Wollt Ihr nicht Euren Zweifel beiseite schieben und mich gehen lassen? Ich bin müde und kummervoll und verängstigt. Aber ich habe noch eine Tat zu tun oder sie zu versuchen, ehe auch ich erschlagen werde. Und Eile ist um so mehr geboten, wenn wir zwei Halblinge als einzige von unserer Gemeinschaft übriggeblieben sind.

Kehrt zurück, Faramir, tapferer Heermeister von Gondor, und verteidigt Eure Stadt, solange Ihr könnt, und laßt mich gehen, wohin mein Schicksal mich führt.«

»Für mich gibt es keinen Trost bei unserer Unterhaltung«, sagte Faramir, »aber Ihr schließt daraus auf mehr Schrecken, als notwendig. Sofern das Volk von Lórien nicht selbst zu ihm kam, wer hat dann Boromir wie für ein Begräbnis hergerichtet? Nicht Orks oder Diener des Namenlosen. Einige von Eurer Gemeinschaft, vermute ich, sind noch am Leben.

Aber was immer auch in der Nordmark geschah, an Euch, Frodo, zweifle ich nicht länger. Wenn harte Zeiten mir die Fähigkeit gegeben haben, Worte und Taten von Menschen zu beurteilen, dann mag ich auch Halblinge richtig einschätzen! Allerdings...«, und jetzt lächelte er, »habt Ihr etwas Seltsames an Euch, Frodo, vielleicht ein elbisches Wesen. Doch mehr hängt von unseren Worten ab, die wir miteinander sprechen, als ich zuerst glaubte. Ich sollte Euch mit zurück nach Minas Tirith nehmen, damit Ihr vor Denethor Rede und Antwort steht, und mein Leben wird zu Recht verwirkt sein, wenn ich jetzt einen Weg einschlage, der sich für meine Stadt als schlecht erweist. Deshalb will ich nicht hastig entscheiden, was geschehen soll. Indes müssen wir ohne Verzögerung von hier aufbrechen.«

Er sprang auf und gab einige Befehle. Sofort verteilten sich die Männer, die im Kreis um ihn gesessen hatten, in kleine Gruppen, die einen gingen hierhin, die anderen dorthin, und rasch verschwanden sie in den Schatten der Felsen und Bäume. Bald waren nur Mablung und Damrod zurückgeblieben.

»Nun werdet ihr, Frodo und Samweis, mit mir und meinen Leibwächtern mitkommen«, sagte Faramir. »Auf der Straße könnt ihr nicht nach Süden weitergehen, wenn das eure Absicht war. Sie wird einige Tag lang unsicher sein und nach diesem Handgemenge noch schärfer beobachtet werden als bisher. Und heute, glaube ich, könnt ihr sowieso nicht mehr weit gehen, denn ihr seid müde. Und wir auch. Wir gehen jetzt zu einer geheimen Stätte, die wir haben, etwas weniger als zehn Meilen von hier. Die Orks und Späher des Feindes haben sie noch nicht gefunden, und wenn sie es täten, könnten wir den Ort lange gegen viele halten. Dort können wir eine Weile rasten und uns ausruhen, und ihr mit uns. Am Morgen werde ich dann entscheiden, was für mich das Beste zu tun ist, und für euch.«

Frodo blieb nichts anderes übrig, als diesem Begehren zu entsprechen. Es schien jedenfalls im Augenblick ein kluges Vorgehen zu sein, denn durch diesen Überfall der Menschen von Gondor war eine Wanderung in Ithilien gefährlicher denn je geworden.

Sie machten sich sofort auf den Weg: Mablung und Damrod gingen ein Stück voraus, und Faramir folgte mit Frodo und Sam. Sie hielten sich diesseits des Teichs, in dem die Hobbits gebadet hatten, überquerten den Bach, erklommen eine lange Böschung und verschwanden in dem grünschattigen Waldland, das sich abwärts und nach Westen hinzog. Während sie gingen, so rasch, wie die Hobbits konnten, unterhielten sie sich leise.

»Ich habe unsere Unterhaltung abgebrochen«, sagte Faramir, »und zwar nicht nur, weil die Zeit drängte, woran mich Meister Samweis erinnerte, sondern auch deshalb, weil wir auf Dinge kamen, die besser nicht offen vor vielen Menschen erörtert werden. Aus diesem Grunde wandte ich mich lieber der Angelegenheit meines Bruders zu und ließ *Isildurs Fluch* beiseite. Ihr wart nicht völlig aufrichtig mit mir, Frodo.«

»Ich habe nicht gelogen und von der Wahrheit alles gesagt, was ich konnte«, erwiderte Frodo.

»Ich mache Euch keinen Vorwurf«, sagte Faramir. »Ihr spracht gewandt in einer schwierigen Lage, und klug, wie mir schien. Aber ich erfuhr oder erriet mehr von Euch, als Eure Worte sagten. Ihr wart Boromir nicht freundlich gesinnt oder trenntet Euch nicht in Freundschaft. Ihr und auch Meister Samweis hegtet irgendeinen Groll. Nun, ich liebte ihn sehr und würde seinen Tod gern rächen, dennoch kannte ich ihn gut. *Isildurs Fluch* – ich würde mutmaßen, daß *Isildurs Fluch* zwischen Euch stand und der Anlaß zum Hader in Eurer Gemeinschaft war. Gewiß handelt es sich dabei um ein wichtiges Erbstück irgendeiner Art, und derlei Dinge stiften keinen Frieden unter Verbündeten, nicht, wenn aus alten Erzählungen etwas gelernt werden kann. Treffe ich nicht fast ins Schwarze?«

»Fast«, sagte Frodo, »aber nicht ganz. Es gab keinen Hader in unserer Gemeinschaft, obwohl Zweifel bestanden: Zweifel, welchen Weg wir vom Emyn Muil aus einschlagen sollten. Aber mag das sein, wie ihm wolle, alte Erzählungen lehren uns auch die Gefahr unbesonnener Worte über solche Dinge wie – Erbstücke.«

»Ah, dann ist es so, wie ich es mir dachte: Ihr hattet allein mit Boromir Verdruß. Er wollte, daß dieses Ding nach Minas Tirith gebracht werde. O weh! es ist ein böses Schicksal, das Euch, der Ihr ihn zuletzt sahet, die Lippen verschließt und mir vorenthält, was ich erfahren möchte: was bewegte sein Herz und seine Gedanken in seinen letzten Stunden. Ob er fehlging oder nicht, dessen bin ich sicher: er starb gut und vollbrachte etwas Gutes. Sein Gesicht war sogar schöner als im Leben.

Aber, Frodo, ich bedrängte Euch zuerst schwer wegen *Isildurs Fluch*. Verzeiht mir! Es war unklug zu solcher Stunde und an solchem Ort. Ich hatte nicht Zeit gehabt zum Nachdenken. Wir hatten eine schwere Schlacht geschlagen, und es gab mehr als genug, was meinen Geist beschäftigte. Doch während ich noch mit Euch sprach, kam ich dem Ziel näher und schoß deshalb absichtlich daneben. Denn Ihr müßt wissen, daß vieles noch bewahrt ist von alter Kunde unter den Herrschern der Stadt, was im Ausland nicht bekannt ist. Wir von meinem Haus stammen nicht von Elendil ab, obwohl das Blut von Númenor in unseren Adern fließt. Denn unsere Linie geht zurück auf Mardil, den guten Truchseß, der an des Königs Statt herrschte, als der König in den Krieg zog. Und das war König Earnur, der letzte der Linie von Anárion, und er war kinderlos und kehrte nicht zurück. Und die Truchsesse haben seit jenem Tag in der Stadt geherrscht, obwohl es vor vielen Menschenaltern war.

Und daran erinnere ich mich von Boromir, als er ein Knabe war und wir zusammen die Vergangenheit unserer Vorfahren und die Geschichte unserer Stadt lernten, daß es ihm immer mißfiel, daß sein Vater kein König war. ›Wie viele hundert Jahre braucht es, bis ein Truchseß König wird, wenn der König nicht zurückkehrt?‹ fragte er. ›Wenige Jahre vielleicht an anderen Orten mit einer geringeren Königswürde‹, antwortete mein Vater. ›In Gondor würden zehntausend Jahre nicht reichen.‹ O weh! der arme Boromir. Verrät Euch das nicht etwas über ihn?«

»O ja«, sagte Frodo. »Dennoch behandelte er Aragorn immer mit Ehrerbietung.«

»Daran zweifle ich nicht«, sagte Faramir. »Wenn er überzeugt war von Aragorns Anspruch, wie Ihr sagt, dann verehrte er ihn gewiß sehr. Aber der Ernstfall war noch nicht eingetreten. Noch waren sie nicht nach Minas Tirith gekommen oder Nebenbuhler in den Kriegen von Minas Tirith geworden.

Doch schweife ich ab. Wir im Hause von Denethor besitzen viel altes Wissen aus langer Überlieferung, und viele Dinge sind überdies in unseren Schatzkammern aufbewahrt: Bücher und Tafeln, auf vergilbtes Pergament geschrieben, ja, sogar auf Stein und auf Blättern von Gold und Silber in verschiedener Schrift. Manche kann heute niemand mehr lesen; und im übrigen schlagen nur wenige sie jemals auf. Ich vermag ein wenig darin zu lesen, denn ich habe Unterricht gehabt. Wegen dieser Aufzeichnungen kam der Graue Pilger zu uns. Ich sah ihn zuerst, als ich ein Kind war, und seitdem ist er zwei- oder dreimal dagewesen.«

»Der Graue Pilger?« fragte Frodo. »Hatte er einen Namen?«

»Mithrandir nannten wir ihn nach Elbenart«, sagte Faramir, »und er war es zufrieden. *Viele Namen habe ich in vielen Ländern*, sagte er. *Mithrandir heiße ich bei den Elben, Tharkûn bei den Zwergen; Olórin war ich in meiner Jugend im Westen, der vergessen ist, im Süden Incánus, im Norden Gandalf; in den Osten gehe ich nicht.«*

»Gandalf!« sagte Frodo. »Ich dachte mir schon, daß er es sei. Gandalf der Graue, der teuerste aller Ratgeber. Der Führer unserer Gemeinschaft. Er ist in Moria umgekommen.«

»Mithrandir ist umgekommen!« sagte Faramir. »Ein böses Schicksal scheint

Eure Gemeinschaft verfolgt zu haben. Es ist wahrlich schwer zu glauben, daß einer mit so viel Weisheit und Macht – denn viele wundervolle Dinge hat er unter uns getan – sterben und so viel Wissen der Welt verlorengehen soll. Seid Ihr dessen sicher und hat er Euch nicht einfach verlassen und ist dort hingegangen, wohin er wollte?«

»Leider nein«, sagte Frodo. »Ich sah ihn in den Abgrund stürzen.«

»Ich begreife, daß es dabei irgendeine große Geschichte des Schreckens gibt«, sagte Faramir, »die Ihr mir vielleicht des Abends erzählt. Dieser Mithrandir war, wie ich jetzt vermute, mehr als ein Gelehrter: ein großer Urheber von Taten, die in unserer Zeit geschehen. Hätte er unter uns geweilt, um uns über die schwierigen Worte unseres Traums zu beraten, dann hätte er sie uns erklären können, ohne daß es nötig gewesen wäre, einen Boten zu entsenden. Indes würde er es vielleicht nicht getan haben, und Boromirs Fahrt war vom Schicksal gewollt. Mithrandir sprach niemals zu uns von zukünftigen Dingen, noch enthüllte er seine Absichten. Er erhielt Erlaubnis von Denethor, wie, weiß ich nicht, sich die Geheimnisse unserer Schatzkammer anzusehen, und ich lernte ein wenig von ihm, wenn er lehren wollte (und das war selten). Immer suchte er und befragte uns vor allem über die Große Schlacht, die in Dargolad ausgefochten wurde, als Gondor entstand, nachdem Er, dessen Namen wir nicht nennen, besiegt war. Und er war begierig, Geschichten über Isildur zu hören, obwohl wir über ihn weniger zu erzählen hatten; denn nichts Genaues war jemals bei uns bekannt über sein Ende.«

Jetzt senkte Faramir seine Stimme zu einem Flüstern. »Aber soviel erfuhr oder erriet ich und habe es seitdem immer in meinem Herzen geheimgehalten: daß Isildur etwas von der Hand des Ungenannten nahm, ehe er von Gondor fortging und niemals wieder unter sterblichen Menschen gesehen wurde. Hier, glaube ich, lag die Antwort auf Mithrandirs Fragen. Aber es schien damals eine Frage zu sein, die nur jene etwas anging, die nach Gelehrsamkeit der alten Zeit trachteten. Auch als die rätselhaften Worte unseres Traums unter uns erörtert wurden, dachte ich nicht daran, daß *Isildurs Fluch* dasselbe sein könnte. Denn Isildur wurde aus dem Hinterhalt überfallen und von Orkpfeilen getötet, wie die einzige Sage berichtet, die wir kannten, und Mithrandir hat mir nie mehr gesagt.

Was dieses Ding in Wirklichkeit ist, vermag ich nicht zu erraten; aber irgendein machtvolles und gefährliches Erbstück muß es sein. Eine grausame Waffe vielleicht, vom Dunklen Herrscher ersonnen. Wenn es ein Ding wäre, das Vorteil in der Schlacht gewährt, dann will ich wohl glauben, daß Boromir, der Stolze und Furchtlose, oft unbesonnen, immer besorgt um den Sieg von Minas Tirith (und seinen eigenen Ruhm dabei), ein solches Ding begehren und von ihm verlockt werden könnte. Ach, daß er je diesen Auftrag erhielt! Ich hätte dazu erwählt werden sollen von meinem Vater und dem Rat der Alten, aber er drängte sich vor, da er der Ältere und Kühnere war (was beides stimmt), und er ließ sich nicht zurückhalten.

Aber fürchte dich nicht mehr! Ich würde dieses Ding nicht nehmen, und wenn ich es auf der Straße fände. Nicht, wenn Minas Tirith in Schutt und Asche fiele und ich allein die Stadt dadurch retten könnte, daß ich die Waffe des Dunklen Herrschers zu ihrem Wohl und meinem Ruhm verwende. Nein, ich trage kein Verlangen nach solchen Siegen, Frodo, Drogos Sohn.«

»Und der Rat auch nicht«, sagte Frodo. »Und ich ebenfalls nicht. Ich möchte nichts zu tun haben mit derlei Dingen.«

»Was mich betrifft«, sagte Faramir, »ich möchte den Weißen Baum wieder in Blüte sehen in den Höfen der Könige, und daß die Silberne Krone zurückkehre und Minas Tirith Frieden habe: daß es wieder das Minas Anor von einst sei, voll von Licht, erhaben und lieblich, schön wie eine Königin unter anderen Königinnen: nicht eine Gebieterin über viele Hörige, nein, nicht einmal eine gütige Herrin williger Höriger. Krieg muß sein, solange wir unser Leben verteidigen gegen einen Zerstörer, der sonst uns alle verschlingen würde; aber das blanke Schwert liebe ich nicht um seiner Schärfe willen, den Pfeil nicht um seiner Schnelligkeit willen, den Krieger nicht um seines Ruhmes willen. Ich liebe nur das, was sie verteidigen: die Stadt der Menschen von Númenor; und ich möchte, daß sie geliebt werde wegen ihrer Erinnerungskraft, ihres Alters, ihrer Schönheit und jetzigen Weisheit. Nicht gefürchtet soll sie werden, es sei denn so, wie Menschen die Würde eines alten und weisen Mannes fürchten.

Also fürchtet Euch nicht vor mir. Ich verlange nicht, daß Ihr mir mehr sagt. Ich verlange nicht einmal, daß Ihr mir sagt, ob ich jetzt mehr ins Schwarze treffe. Aber wenn Ihr mir vertrauen wollt, dann kann ich Euch vielleicht bei Eurer jetzigen Aufgabe, was immer sie sein mag, Rat erteilen und vielleicht Hilfe gewähren.«

Frodo antwortete nicht. Fast hätte er dem Verlangen nach Hilfe und Rat und dem Wunsch nachgegeben, diesem ernsten jungen Mann, dessen Worte klug und ehrlich klangen, alles zu sagen, was ihn bewegte. Aber irgend etwas hielt ihn zurück. Sein Herz war bedrückt von Furcht und Sorge: wenn er und Sam, wie es fast schien, allein von den Neun Wanderern übriggeblieben waren, dann waren sie die einzigen, die noch das Geheimnis ihres Auftrags kannten. Besser unverdientes Mißtrauen als unbesonnene Worte. Und die Erinnerung an Boromir, an die entsetzliche Veränderung, die die Verlockung des Ringes bei ihm bewirkt hatte, war ihm sehr gegenwärtig, wenn er Faramir anschaute und seiner Stimme lauschte: unähnlich waren sie einander, und doch auch nah verwandt.

Sie wanderten eine Weile schweigend, zogen wie graue und grüne Schatten unter den alten Bäumen dahin, und ihre Füße machten kein Geräusch; über ihnen sangen viele Vögel, und die Sonne glitzerte auf dem blanken Dach aus dunklen Zweigen in den immergrünen Wäldern von Ithilien.

Sam hatte sich an der Unterhaltung nicht beteiligt, obwohl er zugehört hatte; und gleichzeitig hatte er mit seinen scharfen Hobbit-Ohren auf alle leisen Waldgeräusche ringsum geachtet. Etwas war ihm aufgefallen: daß in dem ganzen Gespräch Gollums Name kein einziges Mal vorgekommen war. Er war froh darüber, obgleich er das Gefühl hatte, er könne wohl kaum darauf hoffen, den Namen nie wieder zu hören. Bald merkte er auch, daß sie zwar für sich gingen, aber doch viele Menschen in der Nähe waren: nicht nur Damrod und Mablung huschten vor ihnen in die Schatten und wieder hinaus, sondern auch andere an beiden Seiten, alle waren rasch und heimlich auf dem Weg zu irgendeinem bestimmten Ort.

Einmal, als er plötzlich zurückschaute, als ob ein Kribbeln der Haut ihm verriete, daß er von hinten beobachtet werde, glaubte er kurz eine kleine, dunkle Gestalt zu sehen, die hinter einen Baumstamm schlüpfte. Er machte schon den Mund auf, um etwas zu sagen, dann schloß er ihn wieder. »Ich bin nicht sicher«, sagte er zu sich, »und warum soll ich sie an den alten Bösewicht erinnern, wenn sie ihn vergessen haben? Ich wünschte, ich könnte es!«

So gingen sie weiter, bis der Wald lichter wurde und das Land steil abzufallen begann. Dann wandten sie sich wieder nach rechts und kamen bald zu einem kleinen Fluß in einer engen Schlucht: es war derselbe Bach, der weit oberhalb aus dem runden Teich herausgetröpfelt war; jetzt war er zu einem reißenden Wildbach geworden und sprang über viele Steine in einem tief eingegrabenen Bett, das mit Stechpalmen und Buchsbaum überwachsen war. Als sie nach Westen schauten, sahen sie unter sich in hellem Dunst Tiefland und ausgedehnte Wiesen, und fern in der untergehenden Sonne glitzerten die breiten Gewässer des Anduin.

»Hier muß ich Euch leider eine Unhöflichkeit antun«, sagte Faramir. »Ich hoffe, Ihr werdet es einem verzeihen, der bisher bei seinen Befehlen Höflichkeit walten und Euch weder erschlagen noch fesseln ließ. Aber es ist eine Vorschrift, daß kein Fremder, nicht einmal einer aus Rohan, das mit uns kämpft, mit offenen Augen den Weg sehen soll, den wir jetzt gehen. Ich muß Euch die Augen verbinden.«

»Wie Ihr wollt«, sagte Frodo. »Selbst die Elben tun es notfalls, und mit verbundenen Augen haben wir die Grenzen des schönen Lothlórien überschritten. Gimli der Zwerg nahm es übel, aber die Hobbits ertrugen es.«

»Es ist kein so schöner Ort, zu dem ich Euch führen werde«, sagte Faramir. »Aber ich bin froh, daß Ihr es willig und nicht erzwungen auf Euch nehmt.«

Leise rief er, und sofort traten Mablung und Damrod aus den Bäumen hervor und kamen zu ihm zurück. »Verbindet diesen Gästen die Augen«, sagte Faramir. »Fest, aber so, daß es ihnen kein Unbehagen verursacht. Die Hände fesselt ihnen nicht. Sie werden ihr Wort geben, daß sie nicht zu sehen versuchen. Ich könnte ihnen vertrauen, daß sie freiwillig die Augen schließen, aber Augen werden zwinkern, wenn Füße stolpern. Führt sie so, daß sie nicht straucheln.«

Mit grünen Schärpen verbanden die Wächter den Hobbits nun die Augen und zogen ihnen die Kapuzen fast bis auf den Mund hinunter; dann ergriffen sie jeder einen bei der Hand und gingen weiter. Alles, was Frodo und Sam von dieser letzten Meile des Weges wußten, errieten sie im Dunkeln. Nach einer kleinen Weile merkten sie, daß sie auf einem stark abschüssigen Pfad waren; bald wurde er so schmal, daß sie hintereinander gehen mußten und auf beiden Seiten eine steinige Wand streiften; ihre Wächter leiteten sie von hinten, indem sie die Hände fest auf ihre Schultern legten. Dann und wann kamen sie an rauhe Stellen und wurden eine Weile hochgehoben und dann wieder abgesetzt. Immer war das Geräusch des fließenden Wassers zu ihrer Rechten, und es kam näher und wurde lauter. Schließlich wurden sie angehalten. Rasch drehten Mablung und Damrod sie mehrmals, so daß sie jedes Richtungsgefühl verloren. Sie stiegen ein wenig aufwärts: es kam ihnen kalt vor, und das Rauschen des Bachs war leiser geworden. Dann wurden sie aufgehoben und hinuntergetragen, viele Stufen hinunter und um eine Ecke. Plötzlich hörten sie das Wasser wieder, laut jetzt, rauschend und plätschernd. Es schien rings um sie zu sein, und sie spürten einen feinen Regen auf Händen und Wangen. Schließlich wurden sie wieder auf die Füße gestellt. Einen Augenblick standen sie so, halb ängstlich, mit verbundenen Augen, und wußten nicht, wo sie waren; und niemand sprach.

Dann hörten sie Faramir hinter sich. »Laßt sie sehen!« sagte er. Die Schärpen wurden ihnen abgenommen und die Kapuzen zurückgezogen, und sie blinzelten und rangen nach Luft.

Sie standen auf einem nassen Boden aus geglättetem Stein, sozusagen der Schwelle zu einem roh behauenen Felsentor, das sich hinter ihnen öffnete. Aber vor ihnen hing ein dünner Schleier aus Wasser, so nah, daß Frodo ihn mit ausgestrecktem Arm hätte erreichen können. Er blickte nach Westen. Die waagerechten Strahlen der untergehenden Sonne trafen auf ihn, und das rote Licht brach sich in viele flackernde Strahlen von ständig wechselnder Farbe. Es war, als stünden sie am Fenster irgendeines Elbenturms mit einem Vorhang aus aufgefädeltem Geschmeide aus Silber und Gold und Rubinen, Saphiren und Amethysten, beleuchtet von einem nicht verzehrenden Feuer.

»Wenigstens sind wir durch einen glücklichen Zufall in der richtigen Stunde gekommen, um Euch für Eure Geduld zu belohnen«, sagte Faramir. »Dies ist das Fenster des Sonnenuntergangs, Henneth Annûn, des schönsten aller Wasserfälle in Ithilien, dem Land vieler Quellen. Wenige Fremde haben es je gesehen. Aber es liegt keine königliche Halle hinter ihm, die ihm entspräche. Tretet nun ein und schaut!«

Während er noch sprach, versank die Sonne, und das Feuer verblaßte in dem fließenden Wasser. Sie wandten sich um und gingen unter dem niedrigen bedrohlichen Torbogen hindurch. Gleich waren sie in einer Felsenkammer, weit und roh, mit einem ungleichmäßig geneigten Dach. Ein paar Fackeln waren angezündet und warfen ein düsteres Licht auf die gleißenden Wände. Viele Menschen waren schon da. Andere kamen immer noch zu zweit und zu dritt durch eine dunkle, schmale Tür an einer Seite. Als ihre Augen sich an die Dunkelheit gewöhnt hatten, sahen die Hobbits, daß die Höhle größer war, als sie vermutet hatten, und gewaltige Vorräte an Waffen und Lebensmitteln barg.

»Ja, das ist unsere Zufluchtsstätte«, sagte Faramir. »Kein sehr behaglicher Ort, aber hier könnt ihr die Nacht in Frieden verbringen. Wenigstens ist es trocken, und es gibt etwas zu essen, wenn auch kein Feuer. Früher floß das Wasser durch diese Höhle und durch den Torbogen hinaus, aber weiter oben in der Schlucht hatten einst geschickte Handwerker seinen Lauf verändert, und der Bach wurde ganz oben mit einem doppelt hohen Gefälle über die Felsen geleitet. Alle Zugänge zu dieser Grotte wurden damals gegen das Eindringen von Wasser und allem anderen gesichert, mit Ausnahme von einem. Jetzt gibt es nur zwei Wege nach draußen: der Durchgang dort drüben, durch den ihr mit verbundenen Augen kamt, und durch den Fenstervorhang in ein tiefes Becken voll steinerner Dolche. Nun ruht eine Weile, bis die Abendmahlzeit angerichtet ist.«

In einem Winkel wurde den Hobbits ein niedriges Bett angewiesen, auf das sie sich legen konnten, wenn sie wollten. Die Menschen machten sich derweil leise und mit ruhiger Eilfertigkeit in der Höhle zu schaffen. Leichte Tische, die an den Wänden gelehnt hatten, wurden auf Böcke gesetzt und Geschirr darauf gestellt. Das Geschirr war einfach und größtenteils unverziert, aber von guter und schöner Machart: runde Platten, Schüsseln und Teller aus braunem, glasiertem Ton oder gedrechseltem Buchsbaumholz, glatt und sauber. Hier und dort stand ein Becher oder eine Schale aus Bronze; und ein Humpen aus glattem Silber wurde vor den Platz des Heermeisters in der Mitte des innersten Tisches gestellt.

Faramir ging zwischen den Leuten auf und ab und befragte jeden, der hereinkam, mit leiser Stimme. Manche kamen zurück von der Verfolgung der Südländer; andere, die als Späher in der Nähe der Straße zurückgelassen worden waren, kamen als letzte. Alle Südländer waren getötet worden, mit Ausnahme des großen Mûmak: was aus ihm geworden war, konnte keiner sagen. Keinerlei Bewegungen des Feindes waren zu sehen gewesen; nicht einmal ein Ork-Späher war unterwegs.

»Du hast nichts gesehen und gehört, Anborn?« fragte Faramir denjenigen, der als letzter kam.

»Nein, Herr«, sagte der Mann. »Wenigstens keinen Ork. Aber ich sah etwas, das ein wenig seltsam war, oder glaubte es zu sehen. Es wurde schon sehr dunkel, und dann machen die Augen die Dinge größer, als sie sein sollten. Also vielleicht war es nicht mehr als ein Eichhörnchen.« Sam spitzte die Ohren, als er das hörte. »Wenn es eins war, dann jedenfalls ein schwarzes Eichhörnchen, und ich sah keinen Schwanz. Es war wie ein Schatten auf dem Boden, und es huschte hinter einen Baumstamm, als ich näherkam, und kletterte so schnell hinauf, wie es nur ein Eichhörnchen könnte. Ihr wollt ja nicht, daß wir wilde Tiere ohne Grund erschlagen, und es schien nicht mehr zu sein, deshalb versuchte ich es nicht mit einem Pfeil. Es war sowieso zu dunkel für einen sicheren Schuß, und das Geschöpf war im Handumdrehen in der Finsternis der Blätter verschwunden. Aber ich blieb eine Weile stehen, denn es kam mir seltsam vor, und dann eilte ich hierher. Ich glaubte zu hören, daß das Geschöpf mich von oben anzischte, als ich weiterging. Ein großes Eichhörnchen, vielleicht. Mag sein, daß unter dem Schatten des Ungenannten einige Tiere von Düsterwald hierher in unsere Wälder wandern. Dort gibt es schwarze Eichhörnchen, wie es heißt.«

»Vielleicht«, sagte Faramir. »Aber das wäre ein böses Vorzeichen, wenn es so wäre. Wir wollen nicht die aus dem Düsterwald Entkommenen in Ithilien haben.« Sam bildete sich ein, daß er einen raschen Blick auf die Hobbits warf, als er sprach; aber Sam sagte nichts. Eine Weile lagen er und Frodo auf dem Rücken und beobachteten die Fackeln und die Menschen, die hin und her gingen und leise miteinander redeten. Dann schlief Frodo plötzlich ein.

Sam kämpfte mit sich und erhob alle möglichen Einwendungen. »Er mag ganz in Ordnung sein«, dachte er, »aber vielleicht auch nicht. Schöne Reden mögen ein verderbtes Herz verbergen.« Er gähnte. »Eine ganze Woche könnte ich schlafen, und es würde mir gut bekommen. Und was kann ich tun, wenn ich wach bleibe; ich allein unter all diesen großen Menschen? Nichts, Sam Gamdschie; aber trotzdem mußt du wachbleiben.« Und irgendwie brachte er es auch fertig. Das Licht verblaßte vor der Höhlentür, der graue Schleier des herabstürzenden Wassers wurde düster und verlor sich in den wachsenden Schatten. Immer hielt das Geräusch des Wassers an, niemals änderte es seine Melodie, des Morgens, des Abends oder des Nachts. Es murmelte und flüsterte von Schlaf. Sam bohrte sich die Knöchel in die Augen.

Jetzt wurden noch mehr Fackeln angezündet. Ein Faß Wein wurde angestochen. Vorratsfässer wurden geöffnet. Die Menschen holten Wasser vom Wasserfall. Einige wuschen sich die Hände in Becken. Eine große Kupferschale wurde Faramir gebracht, und er wusch sich auch.

»Weckt unsere Gäste«, sagte er, »und bringt ihnen Wasser. Es ist Essenszeit.«

Frodo setzte sich auf, gähnte und reckte sich. Sam, der es nicht gewöhnt war, bedient zu werden, sah den großen Menschen überrascht an, der sich bückte und ihm ein Wasserbecken hinhielt.

»Stellt es auf den Boden, Herr, bitte schön«, sagte er. »Es ist einfacher für mich und für Euch.« Zur Verwunderung und Belustigung der Menschen tauchte er dann seinen Kopf in das kalte Wasser und benetzte Hals und Ohren.

»Ist es Sitte in eurem Land, sich vor dem Abendessen den Kopf zu waschen?« fragte der Mann, der die Hobbits bediente.

»Nein, vor dem Frühstück«, sagte Sam. »Aber wenn man wenig geschlafen hat, ist kaltes Wasser auf dem Hals wie Regen auf einem verwelkten Salatkopf. So! Jetzt kann ich lange genug wachbleiben, um ein bißchen zu essen.«

Sie wurden zu Sitzen neben Faramir geführt: mit Fellen bedeckten Fässern, die zu ihrer Bequemlichkeit höher als die Bänke der Menschen waren. Ehe sie aßen, drehten sich Faramir und alle seine Mannen um und blickten einen Augenblick schweigend nach Westen. Faramir bedeutete Frodo und Sam, es gleichfalls zu tun.

»Das tun wir immer«, sagte er, als sie sich setzten. »Wir blicken nach Númenor, das war, und jenseits davon nach Elbenheim, das ist, und nach dem, was jenseits von Elbenheim ist und immer sein wird. Habt ihr keine solche Sitte bei den Mahlzeiten?«

»Nein«, sagte Frodo und kam sich seltsam bäurisch und unerzogen vor. »Aber wenn wir Gäste sind, verbeugen wir uns vor unserem Gastgeber, und nachdem wir gegessen haben, stehen wir auf und danken ihm.«

»Das tun wir auch«, sagte Faramir.

Nach so langen Wanderungen, dem Lagerleben und den in der einsamen Wildnis verbrachten Tagen kam den Hobbits das Abendessen wie ein Festmahl vor: blaßgelben Wein zu trinken, der kühl und würzig war, und Brot und Butter, gepökeltes Fleisch und getrocknete Früchte und guten rohen Käse zu essen mit sauberen Händen und sauberem Besteck und Geschirr. Weder Frodo noch Sam lehnten irgend etwas ab, das ihnen angeboten wurde, und griffen auch ein zweites und sogar ein drittes Mal zu. Der Wein durchströmte ihre Adern und müden Glieder, sie fühlten sich so glücklich und es war ihnen so leicht ums Herz wie nicht mehr, seit sie das Land Lórien verlassen hatten.

Nach der Mahlzeit führte Faramir sie in einen abgelegenen Winkel im hinteren Teil der Höhle, der teilweise sogar durch Vorhänge abgeschirmt war; ein Stuhl und zwei Hocker wurden dorthin gebracht. Eine kleine Steingutlampe brannte in einer Nische.

»Ihr werdet vielleicht bald den Wunsch haben, zu schlafen«, sagte er, »und besonders der gute Samweis, der vor dem Essen nicht die Augen schließen wollte – ob er fürchtete, einen prächtigen Hunger damit abzustumpfen, oder aus Furcht vor mir, das weiß ich nicht. Aber es ist nicht gut, gleich nach einer Mahlzeit zu schlafen, vor der man lange gefastet hat. Wir wollen uns eine Weile unterhalten. Auf eurer Wanderung von Bruchtal müßt ihr viel Erzählenswertes erlebt haben. Und auch ihr würdet vielleicht gern etwas von uns und den Landen, wo ihr jetzt seid, erfahren. Erzählt mir von Boromir, meinem Bruder, und vom alten Mithrandir und dem schönen Volk von Lothlórien.«

Frodo war nicht mehr schläfrig und war bereit, zu erzählen. Aber obwohl ihm das Essen und der Wein die innere Unruhe genommen hatten, hatte er doch nicht seine ganze Vorsicht eingebüßt. Sam strahlte und summte vor sich hin, aber als Frodo redete, begnügte er sich zuerst damit zuzuhören und nur gelegentlich seine Zustimmung zu äußern.

Frodo erzählte viele Geschichten, aber immer lenkte er das Gespräch von der Aufgabe der Gemeinschaft und vom Ring ab und ließ sich statt dessen weitläufig über die tapfere Rolle aus, die Boromir bei all ihren Abenteuern gespielt hatte, bei den Wölfen in der Wildnis, im Schnee unter dem Caradhras und in den Minen von Moria, wo Gandalf umkam. Faramir war sehr beeindruckt von der Schilderung des Kampfes auf der Brücke.

»Es muß für Boromir sehr ärgerlich gewesen sein, vor Orks davonzulaufen«, sagte er, »oder auch vor dem grausamen Wesen, das Ihr erwähnt habt, dem Balrog – obwohl er der letzte war, der ging.«

»Er war der letzte«, sagte Frodo, »aber Aragorn mußte uns weiter führen. Er allein kannte nach Gandalfs Tod den Weg. Aber hätten sie nicht die Sorge um uns kleinere Leute gehabt, dann glaube ich nicht, daß er oder Boromir geflohen wären.«

»Vielleicht wäre es besser gewesen, wenn Boromir dort mit Mithrandir umgekommen wäre«, sagte Faramir, »und nicht dem Schicksal entgegengegangen wäre, das ihn oberhalb der Fälle von Rauros erwartete.«

»Vielleicht. Aber erzählt mir nun von Euren Schicksalen«, sagte Frodo und lenkte damit wieder ab. »Denn ich würde gern mehr von Minas Ithil und Osgiliath erfahren und Minas Tirith, dem lange ausharrenden. Welche Hoffnung habt Ihr für diese Stadt in Eurem langen Krieg?«

»Welche Hoffnung wir haben?« sagte Faramir. »Es ist lange her, daß wir noch Hoffnung hatten. Elendils Schwert mag sie, wenn es wirklich zurückkehrt, neu entflammen, aber ich glaube nicht, daß es mehr bewirken wird, als den bösen Tag hinauszuschieben, es sei denn, es käme noch unerwartete andere Hilfe, von Elben oder Menschen. Denn der Feind nimmt an Stärke zu, und wir nehmen ab. Wir sind ein schwindendes Volk, ein frühlingsloser Herbst.

Die Menschen von Númenor hatten sich weitum an den Ufern und in meerwärts gelegenen Gebieten der Großen Lande niedergelassen, aber zum größten Teil verfielen sie in Verderbtheit und Torheit. Viele fühlten sich hingezogen zur Dunkelheit und den schwarzen Künsten; manche ergaben sich völlig dem Müßiggang und Wohlleben, und manche kämpften untereinander, bis sie in ihrer Schwäche von den wilden Menschen besiegt wurden.

Das heißt nicht, daß böse Künste je in Gondor ausgeübt oder der Namenlose dort jemals in Ehren genannt wurde; und die aus dem Westen mitgebrachte Weisheit und Schönheit weilten lange im Reich der Söhne von Elendil dem Schönen und sind auch heute noch dort erhalten. Dennoch hat Gondor seinen Niedergang selbst herbeigeführt, denn es verfiel allmählich in Narrheit und glaubte, der Feind, der doch nur verbannt und nicht vernichtet war, sei untätig.

Der Tod war allgegenwärtig, weil die Númenórer immer noch, wie sie es auch in ihrem alten Königreich getan und es deshalb verloren hatten, nach einem sich niemals ändernden Leben trachteten. Die Könige ließen Grabmäler bauen, die prächtiger waren als die Häuser der Lebenden, und schätzten alte Namen ihres Stammbaums höher ein als die Namen der Söhne. Kinderlose Fürsten saßen in altersgrauen Hallen und grübelten über Ahnenkunde; in geheimen Kammern mischten verwelkte Greise starke Zaubertränke oder befragten auf hohen, kalten Türmen die Sterne. Und der letzte König von Anárions Stamm hatte keinen Erben.

Aber die Truchsesse waren klüger und glücklicher. Klüger, denn sie frischten die Kraft unseres Volkes mit dem standhaften Volk von der Meeresküste auf und mit den kühnen Bergbewohnern von Ered Nimrais. Und sie schlossen Waffenstillstand mit den stolzen Völkern des Nordens, die uns oft angegriffen hatten, Menschen von großer Tapferkeit, aber entfernt mit uns verwandt, unähnlich den wilden Ostlingen oder den grausamen Haradrim.

So geschah es, daß sie uns in den Tagen von Cirion, dem Zwölften Truchseß (und mein Vater ist der sechsundzwanzigste), zu Hilfe kamen und auf dem großen Schlachtfeld von Celebrant unsere Feinde vernichteten, die unsere nördlichen Bezirke besetzt hatten. Es sind die Rohirrim, wie wir sie nennen, die Herren der Rösser, und wir traten ihnen die Felder von Calenardhon ab, die seitdem Rohan heißen; denn dieser Bezirk war lange nur spärlich bevölkert gewesen. Und sie wurden unsere Verbündeten und haben sich immer als treu erwiesen, uns in der Not geholfen und unsere Nordmarken und die Pforte von Rohan beschützt.

Von unserem überlieferten Wissen und unseren Sitten haben sie gelernt, was sie wollten, und ihre Edelleute sprechen zur Not unsere Sprache; dennoch halten sie an den Bräuchen ihrer Väter und an ihren Erinnerungen fest, und untereinander sprechen sie ihre nördliche Sprache. Und wir lieben sie: hochgewachsene Männer und schöne Frauen, beide gleich tapfer, blondhaarig, mit hellen Augen und stark; sie erinnern uns an die Jugend der Menschen, wie sie in der Altvorderenzeit waren. Tatsächlich behaupten unsere Gelehrten, daß sie seit alters her diese Ähnlichkeit mit uns haben, weil sie aus denselben Drei Häusern der Menschen stammen, die die Númenórer zu Beginn waren; vielleicht stammen sie nicht von Hador dem Goldhaarigen, dem Elbenfreund, ab, doch von denjenigen seiner Söhne und seines Volkes, die nicht über das Meer in den Westen gingen und dem Ruf nicht folgten.

Denn so schätzen wir die Menschen in unserer Überlieferung ein: die Hohen oder die Menschen des Westens nennen wir diejenigen, die Númenórer waren; und die Mittleren Völker, die Menschen des Zwielichts wie die Rohirrim und ihre Verwandten, die noch fern im Norden leben; und die Wilden, die Menschen der Dunkelheit.

Wenn indes die Rohirrim in mancher Beziehung uns ähnlicher geworden sind und an Kunstfertigkeit und Sanftmut zugenommen haben, so sind auch wir ihnen ähnlicher geworden und können kaum noch die Bezeichnung ›Hoch‹ beanspruchen. Wir sind Mittlere Menschen des Zwielichts geworden, haben aber die Erinnerung an andere Dinge bewahrt. Denn ebenso wie die Rohirrim erachten wir jetzt den Krieg und die Tapferkeit als etwas an sich Gutes, sowohl ein Zeitvertreib als auch ein Ziel; und obgleich wir immer noch der Ansicht sind, daß ein Krieger mehr Fähigkeiten und Wissen besitzen sollte als nur die Fertigkeit der Waffen und des Tötens, schätzen wir einen Krieger dennoch höher ein als Männer anderer Berufe. Das ist in unseren Tagen eine Notwendigkeit. Gerade so war mein Bruder Boromir: ein heldenmütiger Mann, und deshalb galt er als der beste Mann in Gondor. Und fürwahr sehr tapfer war er: seit langen Jahren ist kein Erbe von Minas Tirith so kühn im Streit gewesen, immer vorn in der Schlacht, und keiner hat auf dem Großen Horn einen gewaltigeren Ton geblasen.« Faramir seufzte und schwieg eine Weile.

»Ihr sagt in all Euren Geschichten nicht viel über die Elben, Herr«, sagte Sam, der plötzlich Mut gefaßt hatte. Ihm war aufgefallen, daß Faramir die Elben voll Ehrerbietung zu erwähnen schien, und das war es, weniger seine Höflichkeit, sein Essen und der Wein, was ihm Sams Hochachtung eingetragen und seinen Argwohn beschwichtigt hatte.

»Freilich nicht, Meister Samweis«, sagte Faramir, »denn ich bin nicht gelehrt in Elbenkunde. Doch berührst du hier einen weiteren Punkt, in dem wir uns geändert haben bei unserem Niedergang von Númenor zu Mittelerde. Denn wie du vielleicht weißt, wenn Mithrandir euer Gefährte war und ihr mit Elrond gesprochen habt, kämpften die Edain, die Väter der Númenórer, in den ersten Kriegen an der Seite der Elben und wurden belohnt mit der Verleihung des Königreichs inmitten des Meers, in Sichtweite von Elbenheim. Aber in Mittelerde haben sich in den Tagen der Dunkelheit die Menschen und Elben einander entfremdet, durch die Listen des Feindes und den langsamen Wandel der Zeiten, in denen jede Gattung ihre getrennten Wege weiter hinabschritt. Die Menschen fürchten die Elben jetzt und mißtrauen ihnen, und dennoch wissen sie wenig von ihnen. Und wir in Gondor werden wie andere Menschen, wie die Menschen in Rohan; denn selbst sie, die doch Feinde des Dunklen Herrschers sind, meiden die Elben und sprechen voll Furcht von dem Goldenen Wald.

Indes gibt es unter uns noch einige, die sich mit den Elben einlassen, wenn sie können, und dann und wann geht einer heimlich nach Lórien und kehrt selten zurück. Ich nicht. Denn ich halte es für gefährlich für sterbliche Menschen, willentlich das Ältere Volk aufzusuchen. Dennoch beneide ich euch, daß ihr mit der Weißen Herrin gesprochen habt.«

»Der Herrin von Lórien! Galadriel!« rief Sam. »Ihr solltet sie sehen, wirklich, Ihr solltet sie sehen, Herr. Ich bin nur ein Hobbit, und Gärtner bin ich zu Hause von Beruf, Herr, wenn Ihr mich versteht, und ich bin nicht sehr gut in der Dichtkunst – kann keine Gedichte machen, ein paar komische Verse vielleicht, ab und zu, versteht Ihr, aber keine richtigen Gedichte –, und deshalb kann ich Euch nicht sagen, wie ich es meine. Es sollte gesungen werden. Ihr müßtet Streicher hier haben, das heißt Aragorn, oder auch den alten Herrn Bilbo. Aber ich wünschte, ich könnte ein Lied über sie dichten. Schön ist sie, Herr! Wunderschön! Manchmal wie ein großer blühender Baum, manchmal wie eine weiße Narzisse, klein und schlank. Hart wie Diamant, sanft wie Mondschein. Warm wie Sonnenschein, kalt wie Frost in den Sternen. Stolz und fern wie ein Schneegebirge und so fröhlich wie nur irgendein junges Mädchen, das ich je sah mit Tausendschönchen im Haar zur Frühlingszeit. Aber das ist eine Menge Unsinn und trifft es nicht.«

»Dann muß sie fürwahr lieblich sein«, sagte Faramir. »Gefährlich schön.«

»Ich weiß nichts über *gefährlich*«, sagte Sam. »Mir kommt es so vor, daß die Leute ihre Gefahr mit sich nach Lórien bringen und sie da finden, weil sie sie mitgebracht haben. Aber vielleicht könntet Ihr sie gefährlich nennen, weil sie in sich so stark ist. Ihr, Ihr könntet an ihr zerschellen wie ein Schiff an einem Felsen; oder Euch ertränken wie ein Hobbit in einem Fluß. Aber weder Felsen noch Fluß wären daran schuld. Nun, Boro...« Er hielt inne und wurde rot.

»Ja? *Nun, Boromir* wolltest du sagen?« fragte Faramir. »Was wolltest du sagen? Er brachte seine Gefahr mit?«

»Ja, Herr, verzeiht, auch wenn er ein großartiger Mann war, Euer Bruder, wenn ich das sagen darf. Ihr seid die ganze Zeit auf der richtigen Fährte gewesen. Nun, ich habe Boromir beobachtet und ihm zugehört, den ganzen Weg von Bruchtal – ich paßte auf meinen Herrn auf, wie Ihr verstehen werdet, und meinte es nicht böse mit Boromir –, und es ist meine Ansicht, daß er erst in Lórien klar erkannte, was ich schon früher erraten hatte: was er wollte. Von dem Augenblick an, da er ihn zuerst sah, wollte er den Ring des Feindes!«

»Sam!« rief Frodo entsetzt. Er war eine Zeitlang tief in seine eigenen Gedanken versunken gewesen und wurde plötzlich und zu spät aus ihnen herausgerissen.

»Bewahr' mich!« sagte Sam und wurde erst blaß und dann purpurrot. »Da habe ich wieder was angerichtet! *Sobald du deinen großen Mund aufmachst, trittst du ins Fettnäpfchen*, sagte der Ohm immer zu mir, und recht hatte er. Ach, du liebes bißchen!

Nun hört mal, Herr!« Er schaute zu Faramir auf mit allem Mut, den er aufbringen konnte. »Laßt es meinen Herrn nicht entgelten, daß sein Diener nichts als ein Narr ist. Ihr habt die ganze Zeit sehr schön gesprochen, da bin ich nicht mehr auf der Hut gewesen, als Ihr von Elben und all dem erzählt habt. Aber *Großmütig ist, wer großmütig handelt*, heißt es bei uns. Jetzt habt Ihr Gelegenheit, zu zeigen, was Ihr wert seid.«

»So scheint es«, sagte Faramir zögernd und sehr leise mit einem seltsamen Lächeln. »Das ist also die Lösung all der Rätsel! Der Eine Ring, von dem angenommen wurde, er sei aus der Welt verschwunden. Und Boromir versuchte, ihn sich mit Gewalt zu nehmen? Und ihr entkamt? Und ranntet den ganzen Weg – zu mir! Und hier in der Wildnis habe ich euch: zwei Halblinge, und ein Heer von Menschen unter meinem Befehl, und den Ring der Ringe. Ein schöner Glücksfall! Eine Gelegenheit für Faramir, Heermeister von Gondor, zu zeigen, was er wert ist! Ha!« Er stand auf, sehr groß und streng, und seine grauen Augen funkelten.

Frodo und Sam sprangen von ihren Hockern auf und stellten sich nebeneinander mit dem Rücken zur Wand und tasteten nach ihren Schwertgriffen. Es herrschte Schweigen. All die Menschen in der Höhle hörten auf zu reden und sahen sie verwundert an. Aber Faramir setzte sich wieder auf seinen Stuhl und begann leise zu lachen, und dann wurde er plötzlich wieder ernst.

»Wehe für Boromir! Es war eine zu schwere Anfechtung!« sagte er. »Wie habt ihr meine Trauer vermehrt, ihr zwei fremden Wanderer aus einem fernen Land, die ihr die Gefahr der Menschen bei euch tragt! Aber ihr könnt Menschen schlechter beurteilen als ich Halblinge. Wir sind aufrichtig, wir Menschen von Gondor. Wir rühmen uns selten und handeln dann oder sterben bei dem Versuch. *Nicht, wenn ich es auf der Straße fände, würde ich dieses Ding nehmen*, habe ich gesagt. Selbst wenn ich ein Mann wäre, den es nach diesem Dinge gelüstet, und obwohl ich gar nicht genau wußte, was dieses Ding war, als ich es sagte, würde ich diese Worte immer noch als ein Gelübde ansehen und daran gebunden sein.

Aber ich bin kein solcher Mann. Oder ich bin klug genug, um zu wissen, daß es Gefahren gibt, vor denen ein Mensch fliehen muß. Bleibt in Frieden sitzen! Und sei getröstet, Samweis. Wenn es scheint, als habest du gefehlt, dann denke, daß es vom Schicksal so bestimmt war. Dein Herz ist nicht nur treu, sondern auch hellsichtig und sieht klarer als deine Augen. Denn so seltsam es scheinen mag, es war ungefährlich, mir das kundzutun. Es mag sogar deinem Herrn, den du liebst, nützen. Es soll sich zu seinem Vorteil auswirken, wenn es in meiner Macht steht. Also sei getröstet. Aber nenne dieses Ding nicht wieder laut beim Namen. Einmal ist genug.«

Die Hobbits kamen zu ihren Hockern zurück und setzten sich ganz still hin. Die Menschen wandten sich wieder ihren Getränken und Gesprächen zu, denn sie nahmen an, ihr Heermeister habe mit den kleinen Gästen irgendeinen Spaß getrieben, und er sei jetzt vorbei.

»Ja, Frodo, nun endlich verstehen wir einander«, sagte Faramir. »Wenn Ihr dieses Ding auf Euch genommen habt, nicht freiwillig, sondern auf Bitten anderer, dann dauert Ihr mich und ich ehre Euch. Und ich staune über Euch: daß Ihr es verborgen haltet und nicht benutzt. Ihr seid ein neues Volk und eine neue Welt für mich. Ist Eure ganze Sippe von gleicher Art? Euer Land muß ein Reich des Friedens und der Zufriedenheit sein, und Gärtner müssen dort hoch in Ehren stehen.«

»Nicht alles ist gut dort«, sagte Frodo, »doch Gärtner werden allerdings geehrt.«

»Aber die Leute müssen dort müde werden, selbst in ihren Gärten, wie alle Lebewesen unter der Sonne dieser Welt. Und ihr seid fern der Heimat und ermüdet vom Wandern. Nichts mehr heute abend. Schlaft, ihr beiden – in Frieden, wenn ihr könnt. Fürchtet euch nicht! Ich will ihn nicht sehen oder berühren oder mehr von ihm wissen, als ich weiß – was genug ist –, damit nicht womöglich die Gefahr mir auflaure und ich die Prüfung schlechter bestehe als Frodo, Drogos Sohn. Geht nun zur Ruhe – aber erst sagt mir noch, wenn ihr wollt, wohin ihr zu gehen und was ihr zu tun wünscht. Denn ich muß wachen und warten und nachdenken. Die Zeit vergeht. Am Morgen müssen wir jeder den uns vorgeschriebenen Weg schnell beschreiten.«

Frodo hatte gemerkt, wie er zitterte, nachdem der erste Schreck vorbei war. Nun umfing ihn eine große Müdigkeit wie eine Wolke. Er konnte sich nicht mehr verstellen und Widerstand leisten.

»Ich wollte einen Weg nach Mordor suchen«, sagte er matt. »Ich wollte nach Gorgoroth gehen. Ich muß den Feurigen Berg suchen und das Ding in den Krater der Schicksalsklüfte werfen. Gandalf hat das gesagt. Ich glaube nicht, daß ich jemals dorthin gelange.«

Faramir starrte ihn einen Augenblick ernst und verwundert an. Dann fing er ihn auf, als er plötzlich schwankte, hob ihn sanft hoch und trug ihn zu dem Bett, wo er ihn niederlegte und warm zudeckte. Frodo fiel sofort in tiefen Schlaf.

Ein zweites Bett wurde neben ihn gestellt für seinen Diener. Sam zögerte einen Augenblick, dann verbeugte er sich sehr tief: »Gute Nacht, Heermeister, mein Herr«, sagte er. »Ihr habt die Gelegenheit ergriffen, Herr.«

»Habe ich das getan?« fragte Faramir.

»Ja, Herr, und Euren Wert bewiesen: den höchsten.«

Faramir lächelte. »Ein vorwitziger Diener, Meister Samweis. Aber nein, das Lob der Lobenswerten ist der höchste Lohn. Dennoch gab es hier nichts zu loben. Ich war weder in Versuchung noch hatte ich den Wunsch, etwas anderes zu tun, als was ich getan habe.«

»Nun ja, Herr«, sagte Sam, »Ihr habt gesagt, mein Herr habe etwas Elbenhaftes an sich, und das war gut und richtig. Aber ich kann dies sagen: auch Ihr habt etwas an Euch, Herr, das mich – nun ja, an Gandalf, den Zauberer, erinnert.«

»Vielleicht«, sagte Faramir. »Vielleicht erkennst du von ferne etwas von Númenor. Gute Nacht!«

SECHSTES KAPITEL

DER VERBOTENE WEIHER

Als Frodo aufwachte, beugte sich Faramir über ihn. Für eine Sekunde packten ihn die alten Ängste, und er setzte sich auf und schreckte zurück.
»Es gibt nichts zu fürchten«, sagte Faramir.
»Ist es schon Morgen?« fragte Frodo gähnend.
»Noch nicht, aber die Nacht nähert sich ihrem Ende, und der Vollmond geht unter. Wollt Ihr kommen und es sehen? Auch geht es um etwas, wozu ich Euren Rat haben möchte. Es tut mir leid, Euch aus dem Schlaf zu wecken, aber wollt Ihr kommen?«
»Ich komme«, sagte Frodo, stand auf und fröstelte ein wenig, als er die Decke und die warmen Felle verließ. Es kam ihm kalt vor in der feuerlosen Höhle. Das Rauschen des Wassers war laut in der Stille. Er zog seinen Mantel an und folgte Faramir.
Sam wurde durch irgendein Gefühl der Vorsicht plötzlich wach, sah zuerst das leere Bett seines Herrn und sprang auf. Dann sah er zwei dunkle Gestalten, Frodo und einen Menschen, unter dem Torbogen stehen, der jetzt von einem blassen weißen Licht erfüllt war. Er eilte ihnen nach, an Reihen von Menschen vorbei, die auf Matratzen entlang der Wand schliefen. Als er zum Höhlenausgang kam, sah er, daß der Vorhang jetzt ein blendender Schleier aus Seide und Perlen und Silberfäden geworden war: schmelzende Eiszapfen aus Mondschein. Aber er hielt nicht inne, um es zu bewundern, sondern wandte sich um und folgte seinem Herrn durch die schmale Tür in der Höhlenwand.
Zuerst gingen sie einen schwarzen Gang entlang, dann viele nasse Stufen hinauf, und so kamen sie zu einem kleinen Treppenabsatz; er war in den Fels hineingehauen und von dem blassen Himmel erleuchtet, der hoch über einem langen, tiefen Schacht schimmerte. Von hier aus führten zwei Treppenläufe weiter: der eine schien zu dem hohen Ufer des Bachs zu gehen; der andere nach links. Diesem folgten sie. Er wendelte sich nach oben wie eine Turmtreppe.

Endlich kamen sie aus der steinernen Dunkelheit heraus und schauten sich um. Sie standen auf einem breiten, flachen Felsen ohne Geländer oder Brüstung. Zu ihrer Rechten, im Osten, sprang der Wildbach über viele Felsenstufen, strömte dann durch ein steiles Bett und füllte eine glattgehauene Rinne mit dunklen, schaumgesprenkelten Wassermassen. Fast zu ihren Füßen stürzte er wirbelnd und brodelnd jäh über den Grat in einen Abgrund, der zu ihrer Linken gähnte. Nahe am Rand stand dort schweigend ein Mann und blickte hinunter.
Frodo wandte sich um und beobachtete, wie die geschmeidigen Wasserarme sich krümmten und hinabsprangen. Dann hob er die Augen und blickte in die Ferne. Die Welt war still und kalt, als ob die Morgendämmerung nahe sei. Weit im Westen ging der Vollmond unter, rund und weiß. Bleiche Nebel schimmerten in

dem großen Tal unten: eine breite Kluft voll silbrigem Dunst, unter dem die kühlen Nachtwasser des Anduin dahinströmten. Jenseits lauerte eine schwarze Dunkelheit, und in ihr funkelten hier und dort, kalt, scharf, fern und weiß wie Zähne von Gespenstern, die Gipfel des Ered Nimrais, des Weißen Gebirges im Reiche Gondor, die Spitzen mit ewigem Schnee bedeckt.

Eine Weile stand Frodo dort auf dem hohen Fels, und ein Schauer überrann ihn, als er sich fragte, ob irgendwo in der Weite der nächtlichen Lande seine alten Gefährten wanderten oder schliefen oder tot dalagen, in ein Leichentuch aus Nebel gehüllt. Warum war er hierher gebracht und aus dem Schlaf, der Vergessen bescherte, gerissen worden?

Sam war auf eine Antwort auf dieselbe Frage erpicht und konnte sich nicht zurückhalten, nur für das Ohr seines Herrn bestimmt, wie er glaubte, zu murmeln: »Eine schöne Aussicht, ohne Zweifel, Herr Frodo, aber kalt fürs Herz, ganz zu schweigen von den Knochen! Was geht hier vor?«

Faramir hörte es und antwortete darauf. »Monduntergang über Gondor. Ithil der Schöne verläßt Mittelerde und blickt auf die weißen Haare des alten Mindolluin. Das ist ein wenig Frösteln wert. Aber nicht um das zu sehen, habe ich euch hergebracht – obwohl du, Sam, überhaupt nicht hergebracht wurdest, sondern nur die Strafe für deine Vorsicht bezahlst. Ein Schluck Wein soll es wiedergutmachen. Doch schaut nun!«

Er ging hinauf zu dem schweigenden Posten an dem dunklen Rand, und Frodo folgte ihm. Sam blieb zurück. Er fühlte sich sowieso schon unsicher auf dieser hohen, nassen Felsplatte. Faramir und Frodo blickten hinunter. Tief unten sahen sie, wie sich die weißen Gewässer in ein schäumendes Becken ergossen und dann in einem ovalen Teich zwischen den Felsen dunkel herumwirbelten, bis sie wieder ihren Weg hinaus fanden durch eine schmale Pforte und davonflossen, schäumend und plätschernd, zu ruhigeren und ebeneren Bereichen. Das Mondlicht fiel noch schräg auf den Fuß des Wasserfalls und schimmerte auf den Wellen des Teichs. Plötzlich bemerkte Frodo ein kleines, dunkles Geschöpf auf dem diesseitigen Ufer, aber während er es noch betrachtete, tauchte es und verschwand genau hinter dem Sprudeln und Brodeln des Wasserfalles und durchschnitt das schwarze Wasser so säuberlich wie ein Pfeil oder ein hochkantiger Stein.

Faramir wandte sich an den Mann neben ihm. »Nun, was meinst du, was das ist, Anborn? Ein Eichhörnchen oder ein Eisvogel? Gibt es schwarze Eisvögel in den Nachtweihern von Düsterwald?«

»Es ist kein Vogel, was immer es sonst sein mag«, antwortete Anborn. »Es hat vier Gliedmaßen und taucht wie ein Mensch; und es beherrscht die Kunst sehr gut. Worauf ist es aus? Sucht es einen Weg zu unserem Versteck hinter dem Vorhang? Es scheint, daß wir endlich entdeckt worden sind. Ich habe meinen Bogen hier, und andere Bogenschützen, fast so gute Schützen wie ich selbst, stehen an jedem Ufer. Wir warten nur auf Euren Befehl zum Schießen, Heermeister.«

»Sollen wir schießen?« fragte Faramir, zu Frodo gewandt.

Frodo antwortete einen Augenblick nicht. Dann sagte er: »Nein! Nein, ich bitte Euch, nicht zu schießen.« Wenn Sam es gewagt hätte, hätte er »Ja!« gesagt, rascher und lauter. Er konnte es selbst nicht sehen, aber er erriet aus ihren Worten sehr wohl, was sie betrachteten.

»Ihr wißt also, was für ein Geschöpf das ist?« fragte Faramir. »Nun, nachdem Ihr es gesehen habt, sagt mir, warum es geschont werden soll. Bei all unseren Unterhaltungen habt Ihr kein einziges Mal von Eurem Wandergefährten gesprochen, und ich ließ ihn vorläufig beiseite. Das konnte warten, bis er gefangen und vor mich gebracht würde. Ich schickte meine tüchtigsten Jäger aus, ihn zu suchen, aber er entschlüpfte ihnen, und sie bekamen ihn nicht mehr zu Gesicht, außer Anborn hier, der ihn gestern in der Dämmerung sah. Aber jetzt hat er eine schlimmere Übertretung begangen, als bloß Karnickel zu fangen im Hochland: er hat es gewagt, nach Henneth Annûn zu kommen, und sein Leben ist verwirkt. Ich staune über den Kerl: so heimlich und durchtrieben, wie er ist, kommt er und vergnügt sich in dem Teich genau vor unserem Fenster. Glaubt er, Menschen schlafen die ganze Nacht ohne Wachen? Warum tut er das?«

»Darauf gibt es zwei Antworten, glaube ich«, sagte Frodo. »Zum einen weiß er wenig von Menschen, und wenn er auch durchtrieben ist, so ist Eure Zufluchtsstätte so versteckt, daß er vielleicht gar nicht weiß, daß hier Menschen verborgen sind. Zum anderen glaube ich, daß er durch ein beherrschendes Verlangen hierher gelockt wird, das stärker ist als seine Vorsicht.«

»Er wird hierher gelockt, sagt Ihr?« fragte Faramir leise. »Kann er denn von Eurer Bürde wissen, oder weiß er es sogar?«

»Allerdings. Er trug sie selbst viele Jahre.«

»*Er* trug sie?« fragte Faramir und holte tief Luft vor Verwunderung. »Diese Sache verwickelt sich in immer neue Rätsel. Dann verfolgt er ihn?«

»Vielleicht. Er ist ihm teuer. Aber davon sprach ich nicht.«

»Was sucht das Geschöpf denn dann?«

»Fisch«, sagte Frodo. »Schaut!«

Sie starrten hinunter auf den dunklen Weiher. Ein kleiner schwarzer Kopf tauchte am hinteren Ende des Teichs auf, gerade außerhalb der tiefen Schatten des Felsens. Kurz blitzte etwas Silbernes auf, und es gab einen Wirbel kleiner Wellen. Dann schwamm etwas an die Seite, und mit wunderbarer Behendigkeit kletterte eine froschähnliche Gestalt aus dem Wasser und das Ufer hinauf. Sofort setzte sie sich hin und begann an dem kleinen silbernen Ding zu nagen, das glitzerte, als es bewegt wurde: die letzten Strahlen des Mondes fielen jetzt hinter die Felswand am Ende des Weihers.

Faramir lachte leise. »Fisch!« sagte er. »Das ist ein weniger gefährlicher Hunger. Oder vielleicht auch nicht: Fisch aus dem Weiher Henneth Annûn mag ihn alles kosten, was er zu geben hat.«

»Jetzt habe ich ihn genau vor dem Pfeil«, sagte Anborn. »Soll ich nicht schießen, Heermeister? Denn unaufgefordert hierher zu kommen, bedeutet nach unserem Gesetz den Tod.«

»Warte, Anborn«, sagte Faramir. »Dies ist eine schwierigere Angelegenheit, als es scheint. Was habt Ihr jetzt zu sagen, Frodo? Warum sollten wir ihn schonen?«

»Das Geschöpf ist unglücklich und hungrig«, sagte Frodo, »und sich seiner Gefahr nicht bewußt. Und Gandalf, euer Mithrandir, würde euch geheißen haben, ihn aus diesem und anderen Gründen nicht zu töten. Er verbot den Elben, es zu tun. Ich weiß nicht genau, warum, und über das, was ich mutmaße, kann ich hier nicht offen sprechen. Aber dieses Geschöpf ist in irgendeiner Weise mit meinem Auftrag verknüpft. Bis ihr uns fandet und mitnahmt, war es mein Führer.«

»Euer Führer!« sagte Faramir. »Die Sache wird immer seltsamer. Ich würde viel für Euch tun, Frodo, aber das kann ich nicht zugestehen: diesen durchtriebenen Wanderer nach seinem Willen frei von hier weggehen zu lassen, um sich Euch später wieder anzuschließen, wenn es ihm beliebt, oder von Orks gefangen zu werden und unter Androhung von Strafe alles zu sagen, was er weiß. Er muß getötet oder gefangengenommen werden. Getötet, wenn er nicht sehr rasch gefangengenommen wird. Aber wie kann dieses schlüpfrige Wesen von vielerlei Gestalt gefangen werden, wenn nicht durch einen gefiederten Pfeil?«

»Laßt mich leise zu ihm hinuntergehen«, sagte Frodo. »Ihr könnt eure Bogen gespannt lassen und wenigstens mich erschießen, wenn es mir mißlingt. Ich werde nicht davonlaufen.«

»Geht denn und beeilt Euch!« sagte Faramir. »Wenn er lebend davonkommt, sollte er für den Rest seiner unglücklichen Tage Euer getreuer Diener sein. Führe Frodo zum Ufer hinunter, Anborn, und geht leise. Das Geschöpf hat Nase und Ohren. Gib mir deinen Bogen.«

Murrend ging Anborn voraus über die Wendeltreppe bis zu dem Treppenabsatz und dann über die andere Treppe, und schließlich kamen sie zu einem kleinen, hinter dichten Büschen verborgenen Durchgang. Leise schritten sie hindurch, und Frodo sah, daß sie oben am südlichen Ufer des Weihers standen. Es war jetzt dunkel, und der Wasserfall war blaß und grau und spiegelte nur den noch am westlichen Himmel verweilenden Mond wider. Er konnte Gollum nicht sehen. Er ging ein kurzes Stück weiter, und Anborn kam leise hinter ihm her.

»Geht weiter!« flüsterte er Frodo ins Ohr. »Seid auf Eurer Rechten vorsichtig. Wenn Ihr in den Weiher fallt, kann Euch niemand außer Eurem fischenden Freund helfen. Und vergeßt nicht, daß Bogenschützen in der Nähe sind, auch wenn Ihr sie nicht seht.«

Frodo kroch weiter und gebrauchte seine Hände nach Gollum-Art, um seinen Weg zu ertasten und sich abzustützen. Die Felsen waren größtenteils flach und glatt, aber schlüpfrig. Er hielt inne und lauschte. Zuerst hörte er keinen Laut außer dem unaufhörlichen Rauschen des Wasserfalls hinter ihm. Dann hörte er, nicht weit vorn, ein zischendes Murmeln.

»Fisch, netter Fisch. Weißes Gesicht ist endlich verschwunden, ja, Schatz. Jetzt können wir Fisch in Frieden essen. Nein, nicht in Frieden, Schatz. Denn Schatz ist verloren; ja, verloren. Dreckige Hobbits, gräßliche Hobbits. Weg und haben uns verlassen, *gollum*; und Schatz ist weg. Nur der arme Sméagol ist ganz allein. Kein

Schatz. Gräßliche Menschen, sie werden ihn nehmen, werden meinen Schatz stehlen. Diebe. Wir hassen sie. Fisch, netter Fisch. Macht uns stark. Macht Augen scharf, Finger kräftig, ja. Sie erwürgen, Schatz. Sie alle erwürgen, ja, wenn wir Gelegenheit haben. Netter Fisch. Netter Fisch!«

So ging es weiter, fast ebenso unaufhörlich wie der Wasserfall, nur unterbrochen von einem schwachen sabbernden und glucksenden Geräusch. Frodo überlief es kalt, als er voll Mitleid und Abscheu lauschte. Er wünschte, es würde aufhören und er brauchte diese Stimme nie wieder zu hören. Anborn war nicht weit hinter ihm. Er könnte zurückkriechen und ihn bitten, zu veranlassen, daß die Jäger schießen. Wahrscheinlich könnten sie dicht genug herankommen, während Gollum fraß und nicht auf der Hut war. Nur ein Schuß, der traf, und Frodo würde die jämmerliche Stimme auf immer lossein. Aber nein, Gollum hatte jetzt einen Anspruch gegen ihn. Ein Diener hat einen Anspruch gegen den Herrn auf Dienstleistung, selbst Dienstleistung in Angst. Sie wären zugrunde gegangen in den Totensümpfen ohne Gollum. Frodo wußte auch irgendwie ganz genau, daß Gandalf es nicht gewünscht hätte.

»Fisch, netter Fisch«, sagte die Stimme.

»Sméagol!« sagte er ein wenig lauter. Die Stimme brach ab.

»Sméagol, der Herr ist gekommen, um nach dir zu suchen. Der Herr ist hier. Komm, Sméagol!« Es kam keine Antwort, aber ein leises Zischen wie beim Atemholen.

»Komm, Sméagol«, sagte Frodo. »Wir sind in Gefahr. Die Menschen werden dich töten, wenn sie dich hier finden. Komm schnell, wenn du dem Tod entgehen willst. Komm zum Herrn!«

»Nein«, sagte die Stimme. »Kein netter Herr. Verläßt den armen Sméagol und geht mit neuen Freunden. Der Herr kann warten. Sméagol ist noch nicht fertig.«

»Wir haben keine Zeit«, sagte Frodo. »Bring deinen Fisch mit. Komm!«

»Nein, muß erst den Fisch aufessen.«

»Sméagol«, sagte Frodo verzweifelt. »Schatz wird böse sein. Ich werde den Schatz nehmen und sagen: Laß ihn die Gräten schlucken und dran ersticken. Dann wirst du nie wieder Fisch essen. Komm, Schatz wartet!«

Es gab ein scharfes Zischen. Plötzlich kam Gollum aus der Dunkelheit angekrochen, auf allen vieren, wie ein stromernder Hund, dem »Platz!« zugerufen wird. Er hatte einen halbgegessenen Fisch im Mund und einen zweiten in der Hand. Er kam dicht an Frodo heran, fast Nase an Nase, und schnüffelte an ihm. Seine bleichen Augen leuchteten. Dann nahm er den Fisch aus dem Mund und stand auf.

»Netter Herr«, flüsterte er. »Netter Hobbit, kommt zurück zum armen Sméagol. Der gute Sméagol kommt. Nun laß uns gehen, schnell gehen, ja. Durch die Bäume, solange die Gesichter dunkel sind. Ja, komm, laß uns gehen!«

»Ja, wir werden bald gehen«, sagte Frodo. »Aber nicht gleich. Ich werde mit dir mitgehen, wie ich versprochen habe. Ich verspreche es noch einmal. Aber nicht jetzt. Du bist noch nicht in Sicherheit. Ich will dich retten, aber du mußt mir vertrauen.«

»Wir müssen dem Herrn vertrauen?« fragte Gollum zweifelnd. »Warum? Warum nicht gleich gehen? Wo ist der andere, der mürrische, unhöfliche Hobbit? Wo ist er?«

»Da oben«, sagte Frodo und zeigte auf den Wasserfall. »Ich gehe nicht ohne ihn. Wir müssen zu ihm zurückgehen.« Sein Mut sank. Das sah zu sehr nach Betrug aus. Er fürchtete nicht wirklich, daß Faramir zulassen würde, Gollum zu töten, aber wahrscheinlich würde er ihn gefangennehmen lassen und fesseln; und was Frodo tat, würde dem armen, hinterhältigen Geschöpf sicher wie Verräterei vorkommen. Wahrscheinlich würde es unmöglich sein, es ihm verständlich oder glaubhaft zu machen, daß Frodo ihm auf die einzige Weise, die ihm zur Verfügung stand, das Leben rettete. Was sonst konnte er tun, um beiden Seiten gegenüber soweit wie möglich Wort zu halten? »Komm!« sagte er. »Sonst wird Schatz ärgerlich. Wir gehen jetzt zurück, den Bach hinauf. Geh los, geh los, geh du voraus!«

Gollum kroch ein Stückchen dicht am Rand entlang, schnüffelnd und mißtrauisch. Mit einemmal hielt er an und hob den Kopf. »Da ist was!« sagte er. »Kein Hobbit.« Plötzlich drehte er sich um. Ein grünes Funkeln flackerte in seinen vorstehenden Augen. »Herr, Herr! Böse! Tückisch! Falsch!« zischte er. Er spuckte und streckte seine langen Arme mit den weißen, knackenden Fingern aus.

In diesem Augenblick ragte Anborns große schwarze Gestalt drohend hinter ihm auf und nahm ihn sich vor. Eine große starke Hand packte ihn im Genick und hielt ihn fest. Er fuhr herum wie der Blitz, ganz naß und schleimig, wie er war, wand sich wie ein Aal und biß und kratzte wie eine Katze. Aber noch zwei Männer kamen aus den Schatten.

»Halt still«, sagte der eine. »Sonst stecken wir dich voll Nadeln, wie ein Igel. Halt still!«

Gollum wurde schlaff und begann zu winseln und zu weinen. Sie fesselten ihn, nicht gerade sehr sanft.

»Sachte, sachte«, sagte Frodo. »Er kann es an Kraft mit euch nicht aufnehmen. Tut ihm nicht weh, wenn ihr's vermeiden könnt. Er wird ruhiger sein, wenn ihr es nicht tut. Sméagol! Sie werden dir nicht weh tun. Ich werde mit dir gehen, und dir soll kein Leid geschehen. Es sei denn, sie würden mich auch töten. Vertraue dem Herrn!«

Gollum drehte sich um und spie ihn an. Die Männer hoben ihn hoch, zogen ihm eine Kapuze über die Augen und trugen ihn fort.

Frodo folgte ihnen und fühlte sich sehr unglücklich. Sie gingen durch den Eingang hinter den Büschen und dann die Treppen hinunter durch die Gänge in die Höhle. Zwei oder drei Fackeln waren angezündet worden. Die Männer wachten auf. Sam war da. Er warf dem schlaffen Bündel, das die Männer trugen, einen sonderbaren Blick zu. »Hast ihn erwischt?« fragte er Frodo.

»Ja. Oder vielmehr nein, ich habe ihn nicht erwischt. Er kam zu mir, weil er mir zuerst vertraute, fürchte ich. Ich wollte nicht, daß er so gefesselt würde. Ich hoffe, es wird gutgehen, aber mir ist das Ganze gräßlich.«

»Mir auch«, sagte Sam. »Und nichts wird jemals gutgehen, wenn dieses Häufchen Elend dabei ist.«

Ein Mann kam, winkte den Hobbits und brachte sie zu dem Nebenraum im Hintergrund der Höhle. Faramir saß dort auf seinem Stuhl, und die Lampe in der Nische über seinem Kopf war wieder angezündet worden. Er bedeutete ihnen, sich auf die Hocker neben ihm zu setzen. »Bringt Wein für die Gäste«, sagte er. »Und bringt den Gefangenen zu mir.«

Der Wein wurde gebracht, und dann kam Anborn und trug Gollum. Er zog Gollum die Kapuze vom Kopf und stellte ihn auf die Füße, wobei er hinter ihm stand, um ihn zu stützen. Gollum blinzelte und verbarg die Bosheit seiner Augen hinter den schweren, bleichen Lidern. Sehr jämmerlich sah er aus, tropfend und naß, und er roch nach Fisch (einen hielt er noch in der Hand); sein spärliches Haar hing ihm wie geiles Unkraut über die knochige Stirn; seine Nase triefte.

»Laßt uns los! Laßt uns los!« sagte er. »Der Strick tut uns weh, ja, das tut er, er tut uns weh, und wir haben nichts getan.«

»Nichts?« fragte Faramir und sah das unglückliche Geschöpf scharf an, aber sein Gesicht drückte weder Ärger noch Mitleid oder Erstaunen aus. »Nichts? Hast du niemals etwas getan, das Fesseln oder eine noch schlimmere Strafe verdient? Indes habe ich zum Glück darüber nicht zu befinden. Aber heute nacht bist du dorthin gekommen, wohin zu kommen den Tod bedeutet. Die Fische dieses Weihers sind teuer erkauft.«

Gollum ließ den Fisch fallen. »Will keinen Fisch«, sagte er.

»Der Preis ist nicht für den Fisch festgesetzt«, sagte Faramir. »Nur herzukommen und den Weiher zu betrachten, schließt die Todesstrafe ein. Ich habe dich bisher verschont auf Bitten von Frodo, der sagt, daß du zumindest von ihm einigen Dank verdient hast. Aber du mußt auch mir Rede und Antwort stehen. Wie heißt du? Woher kommst du? Und wohin willst du gehen? Was ist deine Aufgabe?«

»Wir sind verloren, verloren«, sagte Gollum. »Kein Name, keine Aufgabe, kein Schatz, nichts. Nur verlassen, nur hungrig. Ja, wir sind hungrig. Ein paar kleine Fische, gräßliche, grätige kleine Fische für ein armes Geschöpf, und sie sagen Tod. So weise sind sie; so gerecht, so überaus gerecht.«

»Nicht sehr weise«, sagte Faramir. »Aber gerecht: ja, vielleicht, so gerecht, wie unser bißchen Weisheit zuläßt. Binde ihn los, Frodo!« Faramir nahm ein kleines Nagelmesser aus dem Gürtel und gab es Frodo. Gollum mißverstand die Geste, kreischte und fiel zu Boden.

»Nun, Sméagol«, sagte Frodo. »Du mußt mir vertrauen. Ich werde dich nicht im Stich lassen. Antworte wahrheitsgemäß, wenn du kannst. Es wird zu deinem Vorteil und nicht zu deinem Schaden sein.« Er durchschnitt die Stricke an Gollums Handgelenken und Knöcheln und stellte ihn auf die Füße.

»Komm hierher!« sagte Faramir. »Schau mich an! Kennst du den Namen dieses Orts? Bist du schon früher hier gewesen?«

Langsam hob Gollum den Blick und schaute Faramir unwillig in die Augen. Alles Funkeln war aus seinen Augen verschwunden, und sie starrten eine kurze Zeit trübe und bleich in die klaren, beharrlichen Augen des Menschen von Gondor. Es herrschte ein unbewegtes Schweigen. Dann ließ Gollum den Kopf sinken und sackte zusammen, bis er zitternd am Boden lag. »Wir wissen es nicht und wir wollen es nicht wissen«, wimmerte er. »Kamen niemals her; werden niemals wiederkommen.«

»Es gibt versperrte Türen und verschlossene Fenster in deinem Geist und dunkle Räume hinter ihnen«, sagte Faramir. »Aber in diesem Fall schätze ich, daß du die Wahrheit sprichst. Das ist günstig für dich. Welchen Eid willst du schwören, niemals zurückzukehren und niemals irgendein Lebewesen durch Wort oder Zeichen hierherzuführen?«

»Der Herr weiß es«, sagte Gollum mit einem Seitenblick auf Frodo. »Ja, er weiß es. Wir werden es dem Herrn versprechen, wenn er uns rettet. Wir werden es bei Ihm versprechen, ja.« Er kroch zu Frodos Füßen. »Rette uns, netter Herr!« wimmerte er. »Sméagol verspricht beim Schatz, verspricht es aufrichtig. Niemals wiederkommen, niemals reden, nein, niemals! Nein, Schatz, nein!«

»Seid Ihr damit zufrieden?« fragte Faramir.

»Ja«, sagte Frodo. »Zumindest müßt Ihr entweder dieses Versprechen annehmen oder Euer Gesetz ausführen. Mehr werdet Ihr nicht erhalten. Aber ich habe ihm versprochen, daß ihm, wenn er zu mir käme, kein Leid geschähe. Und ich möchte mich nicht gern als unaufrichtig erweisen.«

Faramir überlegte einen Augenblick. »Sehr gut«, sagte er schließlich. »Ich überantworte dich deinem Herrn, Frodo, Drogos Sohn. Er soll erklären, was er mit dir tun will.«

»Aber, Herr Faramir«, sagte Frodo und verbeugte sich, »Ihr habt bis jetzt noch nicht Euren Entschluß hinsichtlich des besagten Frodo verkündet, und ehe er nicht bekannt ist, kann Frodo seine Pläne für sich oder seine Gefährten nicht festlegen. Euer Urteil war bis zum Morgen hinausgeschoben, doch der Morgen ist jetzt nahe.«

»Dann will ich meinen Urteilsspruch fällen«, sagte Faramir. »Was Euch betrifft, Frodo, erkläre ich Euch, soweit es an mir liegt mit höherer Genehmigung, frei im Gebiet von Gondor bis zu den weitesten seiner alten Grenzen; mit der einzigen Ausnahme, daß weder Ihr noch jemand, der Euch begleitet, Erlaubnis hat, ungebeten wieder zu diesem Ort zu kommen. Dieser Urteilsspruch soll ein Jahr und einen Tag gelten und dann enden, es sei denn, daß Ihr vor dieser Zeit nach Minas Tirith kommt und vor dem Herrn und Truchseß der Stadt erscheint. Dann werde ich ihn bitten, zu bestätigen, was ich getan habe, und es lebenslang zu machen. Inzwischen soll, wen immer Ihr unter Euren Schutz nehmt, auch unter meinem Schutz und dem Schirm von Gondor stehen. Seid Ihr befriedigt?«

Frodo verbeugte sich tief. »Ich bin befriedigt«, sagte er, »und ich stelle mich Euch zur Verfügung, wenn das für einen so edlen und ehrenvollen Herrn von Wert ist.«

»Es ist von großem Wert«, sagte Faramir. »Und nehmt Ihr nun dieses Geschöpf Sméagol unter Euren Schutz?«

»Ich nehme Sméagol unter meinen Schutz«, sagte Frodo. Sam seufzte hörbar; aber nicht über den Austausch von Höflichkeiten, die er, wie es jeder Hobbit tun würde, durchaus billigte. Tatsächlich hätte eine solche Angelegenheit im Auenland sehr viel mehr Worte und Verbeugungen erfordert.

»Dann sage ich zu dir«, wandte sich Faramir an Gollum, »daß du unter Todesstrafe stehst; aber solange du mit Frodo wanderst, bist du für unser Teil sicher. Solltest du indes jemals von einem Menschen von Gondor herumirrend und ohne deinen Herrn gefunden werden, soll das Urteil vollstreckt werden. Und möge dich der Tod rasch ereilen, in Gondor oder außerhalb, wenn du ihm nicht gut dienst. Jetzt antworte mir: wohin willst du gehen? Du warst sein Führer, sagt er. Wohin hast du ihn geführt?« Gollum antwortete nicht.

»Ich will nicht, daß das geheim bleibt«, sagte Faramir. »Antworte mir, oder ich werde mein Urteil umstoßen.« Gollum antwortete immer noch nicht.

»Ich werde für ihn antworten«, sagte Frodo. »Er brachte mich zum Schwarzen Tor, wie ich gebeten hatte; aber es war undurchschreitbar.«

»Es gibt kein offenes Tor zum Namenlosen Land«, sagte Faramir.

»Als wir das sahen, kehrten wir um und gingen auf der Südstraße weiter«, fuhr Frodo fort. »Denn er sagte, es gebe einen Weg in der Nähe von Minas Ithil, oder es könne ihn geben.«

»Minas Morgul«, sagte Faramir.

»Ich weiß es nicht genau«, sagte Frodo. »Aber der Pfad klimmt, glaube ich, hinauf ins Gebirge an der Nordseite jenes Tals, in dem die alte Stadt liegt. Er führt hinauf zu einer hohen Schlucht und dann hinunter zu – dem, was jenseits liegt.«

»Wißt Ihr den Namen dieses hohen Passes?« fragte Faramir.

»Nein«, sagte Frodo.

»Er heißt Cirith Ungol.« Gollum zischte scharf und begann vor sich hinzumurmeln. »Ist das nicht sein Name?« fragte Faramir, zu ihm gewandt.

»Nein!« sagte Gollum, und dann schrie er schrill auf, als ob ihn etwas gestochen hätte. »Ja, ja, wir hörten den Namen einmal. Aber was bedeutet uns der Name? Der Herr sagt, er muß hinein. Also müssen wir irgendeinen Weg versuchen. Es gibt keinen anderen Weg, den man versuchen kann, nein.«

»Keinen anderen Weg?« fragte Faramir. »Woher weißt du das? Und wer hat all die Grenzgebiete dieses dunklen Reichs erforscht?« Er sah Gollum lange und nachdenklich an. Dann sprach er wieder. »Bring dieses Geschöpf weg, Anborn. Behandele ihn sanft, aber bewache ihn. Und du, Sméagol, versuche nicht, in den Wasserfall zu tauchen. Die Felsen haben dort solche Zacken, daß du vor deiner Zeit getötet würdest. Verlaß uns jetzt und nimm deinen Fisch mit.«

Anborn ging hinaus, und Gollum kroch vor ihm her. Der Vorhang zu dem Nebenraum wurde zugezogen.

»Frodo, ich glaube, in diesem Punkt handelt Ihr sehr unklug«, sagte Faramir. »Ihr solltet nicht mit diesem Geschöpf mitgehen. Es ist böse.«

»Nein, nicht durchweg böse«, sagte Frodo.

»Nicht ganz, vielleicht«, sagte Faramir, »aber Bosheit frißt an ihm wie ein Krebsgeschwür, und das Böse wächst. Er wird Euch zu nichts Gutem führen. Wenn Ihr Euch von ihm trennen wollt, werde ich ihm freies Geleit und einen Führer geben zu jedem Ort an den Grenzen von Gondor, den er nennen mag.«

»Er würde das nicht annehmen«, sagte Frodo. »Er würde mir folgen, wie er es lange getan hat. Und ich habe ihm viele Male versprochen, ihn unter meinen Schutz zu nehmen und da hinzugehen, wohin er mich führt. Ihr wollt mich doch nicht auffordern, ihm gegenüber treubrüchig zu werden?«

»Nein«, sagte Faramir. »Aber mein Herz wollte es. Denn es erscheint weniger verwerflich, einem anderen Mann zu raten, die Treue zu brechen, als es selbst zu tun, besonders wenn man sieht, wie ein Freund, ohne es zu wissen, in sein Verderben rennt. Aber nein – wenn er mit Euch gehen will, müßt Ihr ihn nun ertragen. Doch glaube ich nicht, daß Ihr gehalten seid, nach Cirith Ungol zu gehen, wovon er Euch weniger gesagt hat, als er weiß. Soviel habe ich klar in seinem Geist erkannt. Geht nicht nach Cirith Ungol!«

»Wohin soll ich denn gehen?« fragte Frodo. »Zurück zum Schwarzen Tor und mich der Wache ausliefern? Was wißt Ihr von diesem Ort, das seinen Namen so schrecklich macht?«

»Nichts Genaues«, sagte Faramir. »Wir von Gondor gehen heutzutage niemals weiter nach Osten als bis zur Straße, und keiner von uns jüngeren Männern hat es je getan oder den Fuß auf das Schattengebirge gesetzt. Von ihm kennen wir nur alte Berichte und die Gerüchte vergangener Tage. Aber irgendein dunkler Schrecken haust in den Pässen oberhalb von Minas Morgul. Wenn Cirith Ungol genannt wird, erbleichen alte Männer und Gelehrte und schweigen.

Das Tal von Minas Morgul verfiel dem Bösen vor sehr langer Zeit, und es war eine Drohung und ein Gegenstand des Schreckens, während der verbannte Feind noch in der Ferne weilte und Ithilien größtenteils in unserer Hand war. Wie Ihr wißt, war diese Stadt einst eine Festung, stolz und schön, Minas Ithil, die Zwillingsschwester unserer eigenen Stadt. Aber sie wurde erobert von grausamen Menschen, die der Feind in seiner ersten Macht beherrschte und die nach seinem Sturz heimatlos und herrenlos umherwanderten. Es heißt, daß ihre Fürsten Menschen von Númenor waren, die der Bosheit verfallen waren; ihnen hatte der Feind Ringe der Macht gegeben, und er hat sie hinweggerafft: lebende Geister sind sie geworden, entsetzlich und böse. Nachdem er fort war, nahmen sie Minas Ithil ein und wohnten dort, und sie brachten die Stadt und das ganze Tal ringsum in Verfall. Sie schien leer und war es doch nicht, denn eine gestaltlose Furcht lebte innerhalb der zerstörten Mauern. Neun Fürsten waren dort, und nach der Rückkehr ihres Herrn, die sie heimlich förderten und vorbereiteten, wurden sie wieder stark. Dann kamen die Neun Reiter aus den Toren des Schreckens heraus, und wir konnten ihnen nicht Widerstand leisten. Nähert Euch nicht ihrer Feste, Ihr werdet erspäht werden. Es ist ein Ort schlafloser Bosheit, voller lidloser Augen. Geht nicht diesen Weg!«

»Doch wohin sonst wollt Ihr mich weisen?« fragte Frodo. »Ihr selbst, sagt Ihr, könnt mich nicht zum Gebirge führen und auch nicht hinüberbringen. Aber über die Berge muß ich, denn ich bin durch feierliches Gelöbnis gegenüber dem Rat verpflichtet, einen Weg zu finden oder zugrunde zu gehen. Und wenn ich jetzt umkehre und das bittere Ende des Weges verweigere, wohin soll ich dann unter Elben oder Menschen gehen? Würdet Ihr wollen, daß ich mit diesem Ding nach Gondor komme, dem Ding, das Euren Bruder vor Begierde wahnsinnig machte? Welchen Zauber würde es in Minas Tirith bewirken? Soll es zwei Städte Minas Morgul geben, die einander die Zähne zeigen über ein totes Land hinweg, erfüllt von Fäulnis?«

»Das würde ich nicht wollen«, sagte Faramir.

»Was wollt Ihr denn, daß ich tue?«

»Ich weiß es nicht. Nur möchte ich nicht, daß Ihr Tod oder Folterung entgegengeht. Und ich glaube nicht, daß Mithrandir diesen Weg gewählt hätte.«

»Aber nachdem er nicht mehr da ist, muß ich die Pfade einschlagen, die ich finden kann. Und die Zeit reicht nicht, lange zu suchen«, sagte Frodo.

»Es ist ein hartes Schicksal und ein hoffnungsloser Auftrag«, sagte Faramir. »Aber zumindest erinnert Euch meiner Warnung: hütet Euch vor diesem Führer Sméagol. Er hat schon früher gemordet. Das lese ich in ihm.« Er seufzte. »Ja, so haben wir uns getroffen und trennen uns, Frodo, Drogos Sohn. Ihr braucht keine mitleidigen Worte: ich hege keine Hoffnung, Euch jemals unter dieser Sonne wiederzusehen. Aber Ihr sollt nun mit meinen Segenssprüchen für Euch und Euer ganzes Volk von dannen gehen. Ruht ein wenig, während eine Mahlzeit für Euch bereitet wird.

Ich würde gern erfahren, wie dieser schleichende Sméagol in den Besitz des Dinges kam, von dem wir sprechen, und wie er es verlor, aber jetzt will ich Euch nicht damit belästigen. Wenn Ihr entgegen aller Erwartungen in die Lande der Lebenden zurückkehrt und wir unsere Geschichte nochmals erzählen, in der Sonne an einer Mauer sitzend, über alten Kummer lachend, dann sollt Ihr es mir erzählen. Bis dahin oder bis zu einer anderen Zeit, die selbst die Sehenden Steine von Númenor nicht zu erkennen vermögen, lebt wohl!«

Er stand auf, verbeugte sich tief vor Frodo, zog den Vorhang auf und ging hinaus in die Höhle.

SIEBENTES KAPITEL

WANDERUNG ZUM SCHEIDEWEG

Frodo und Sam kehrten zu ihren Betten zurück, legten sich schweigend hin und ruhten ein wenig, während die Menschen sich regten und die Aufgaben des Tages begannen. Nach einer Weile wurde ihnen Wasser gebracht, und dann wurden sie zu einem Tisch geführt, auf dem Essen für drei angerichtet war. Faramir frühstückte mit ihnen. Seit der Schlacht am Tage zuvor hatte er nicht geschlafen, dennoch sah er nicht müde aus.

Als sie fertig waren, standen sie auf. »Möge kein Hunger euch unterwegs quälen«, sagte Faramir. »Ihr habt wenig Wegzehrung, aber ich habe angeordnet, daß ein kleiner Vorrat von Lebensmitteln, die für Wanderer geeignet sind, in eure Rucksäcke gepackt wird. Ihr werdet keinen Mangel an Wasser haben, solange ihr in Ithilien wandert, aber trinkt von keinem Bach, der von Imlad Morgul herabfließt, dem Tal des Lebenden Todes. Das muß ich Euch auch sagen. Meine Späher und Beobachter sind alle zurückgekehrt, sogar einige, die bis in Sichtweite des Morannon gekrochen sind. Sie alle stellten etwas Merkwürdiges fest. Das Land ist leer. Nichts ist auf der Straße, kein Geräusch von Fuß, Horn oder Bogensehne ist irgendwo zu hören. Eine abwartende Stille liegt über dem Namenlosen Land. Ich weiß nicht, was das bedeutet. Aber die Zeit einer wichtigen Entscheidung nähert sich. Ein Sturm kommt. Eilt euch, solange ihr könnt! Wenn ihr bereit seid, laßt uns gehen. Die Sonne wird sich bald über die Schatten erheben.«

Die Rucksäcke der Hobbits wurden ihnen gebracht (ein wenig schwerer waren sie als vorher), und auch zwei kräftige Stöcke aus geglättetem Holz, mit Eisen beschlagen und mit geschnitzten Knäufen, durch die geflochtene Lederriemen liefen.

»Ich habe keine passenden Geschenke, die ich euch bei unserem Abschied geben könnte«, sagte Faramir, »aber nehmt diese Stöcke an. Sie mögen denjenigen dienlich sein, die in der Wildnis wandern oder klettern. Die Menschen des Weißen Gebirges benutzen sie; diese allerdings sind auf eure Größe zurechtgeschnitten und neu beschlagen worden. Sie sind aus dem schönen Baum *Lebethron* hergestellt, den die Schreiner von Gondor lieben, und eine Zauberkraft ist ihnen verliehen worden, zu finden und zurückzukehren. Möge diese Zauberkraft nicht versagen unter dem Schatten, in den ihr geht!«

Die Hobbits verbeugten sich tief.

»Höchst gütiger Gastgeber«, sagte Frodo, »mir war von Elrond dem Halbelben gesagt worden, ich würde Freundschaft unterwegs finden, heimliche und unerwartete. Gewiß erwartete ich nicht eine solche Freundschaft, wie Ihr sie mir bewiesen habt. Sie gefunden zu haben, verwandelt Unglück in großes Glück.«

Nun machten sie sich zum Aufbruch bereit. Gollum wurde aus irgendeinem Winkel oder Versteck hergebracht, und er schien zufriedener zu sein als vorher, obwohl er sich dicht an Frodo hielt und Faramirs Blick auswich.

»Eurem Führer müssen die Augen verbunden werden«, sagte Faramir, »doch Euch und Samweis erlasse ich es, wenn Ihr es wünscht.«

Gollum winselte und wand sich und hielt sich an Frodo fest, als sie kamen, um ihm die Augen zu verbinden. Und Frodo sagte: »Verbindet uns allen dreien die Augen, und mir zuerst, dann wird er vielleicht sehen, daß ihm nichts zuleide getan werden soll.« So geschah es, und sie wurden aus der Höhle Henneth Annûn hinausgeführt. Nachdem sie die Gänge und Treppen hinter sich hatten, spürten sie die kühle Morgenluft, frisch und lieblich, um sich. Immer noch blind, gingen sie eine kurze Zeit weiter, zuerst hinauf und dann sanft abwärts. Schließlich befahl Faramir, ihnen die Binden abzunehmen. Sie standen wieder unter den Zweigen des Waldes. Nichts war von dem Wasserfall zu hören, denn ein langer, sich nach Süden erstreckender Hang lag jetzt zwischen ihnen und der Schlucht, in der der Bach floß. Im Westen sahen sie Licht durch die Bäume schimmern, als ob die Welt dort plötzlich ein Ende hätte an einem Rand, der nur auf den Himmel hinausblickt.

»Hier trennen sich unsere Wege«, sagte Faramir. »Wenn ihr meinem Rat folgt, dann werdet ihr euch noch nicht nach Osten wenden. Geht geradeaus weiter, denn so werdet ihr auf viele Meilen durch den Wald gedeckt sein. Westlich von euch ist ein Grat, von dem aus das Land in die großen Täler abfällt, manchmal plötzlich und steil, manchmal in langen Hängen. Haltet euch dicht an diesem Grat und den Ausläufern des Waldes. Zu Beginn eurer Wanderung könnt ihr bei Tageslicht laufen, glaube ich. Das Land gibt sich einem Traum von falschem Frieden hin, und für eine Weile hat sich alles Böse zurückgezogen. Laßt es euch gut ergehen, solange ihr könnt!«

Dann umarmte er die Hobbits nach der Sitte seines Volkes; er bückte sich, legte die Hände auf ihre Schultern und küßte sie auf die Stirn. »Geht mit den guten Wünschen aller guten Menschen!« sagte er.

Sie verbeugten sich bis zum Boden. Dann wandte er sich um, und ohne zurückzuschauen verließ er sie und ging zu seinen beiden Wachen, die ein wenig abseits standen. Die Hobbits staunten, mit welcher Schnelligkeit diese grüngekleideten Menschen jetzt ausschritten, und fast im Handumdrehen waren sie verschwunden. Der Wald, wo Faramir gestanden hatte, schien leer und öde, als ob ein Traum vorübergezogen wäre.

Frodo seufzte und wandte sich nach Süden. Als ob er seine Mißachtung all solcher Höflichkeiten bekunden wollte, scharrte Gollum in der lockeren Erde am Fuße eines Baums. »Schon wieder hungrig?« dachte Sam. »So, nun aber weiter!«

»Sind sie endlich weg?« fragte Gollum. »Gräßliche, böse Menschen! Sméagols Hals tut immer noch weh, ja, tut weh. Laßt uns gehen!«

»Ja, laßt uns gehen«, sagte Frodo. »Aber wenn du nur schlecht sprechen kannst von jenen, die dir Gnade erwiesen, dann schweige!«

»Netter Herr!« sagte Gollum. »Sméagol hat nur Spaß gemacht. Er verzeiht immer, ja, ja, selbst die kleinen Betrügereien des netten Herrn. O ja, netter Herr, netter Sméagol!«

Frodo und Sam antworteten nicht. Sie schulterten ihre Rucksäcke, nahmen die Stöcke in die Hand und gingen hinein in die Wälder von Ithilien.

Zweimal rasteten sie an diesem Tage und aßen etwas von den Vorräten, die Faramir ihnen mitgegeben hatte: getrocknete Früchte und Pökelfleisch, genug für viele Tage; und Brot, das so lange reichen würde, wie es noch frisch war. Gollum aß nichts.

Die Sonne stieg und zog ungesehen über ihren Köpfen dahin und begann zu sinken, und das Licht, das durch die Bäume fiel, wurde golden im Westen; und immer noch wanderten sie weiter in dem kühlen, grünen Schatten, und ringsum war Stille. Die Vögel schienen alle fortgeflogen oder stumm geworden zu sein.

Die Dunkelheit kam früh zu dem schweigenden Wald, und ehe die Nacht hereinbrach, hielten sie an, denn sie waren müde, nachdem sie von Henneth Annûn sieben oder mehr Wegstunden gelaufen waren. Frodo legte sich hin und schlief die ganze Nacht durch in dem tiefen Laub unter einem alten Baum. Sam neben ihm war unruhiger: er wachte viele Male auf, aber niemals war etwas von Gollum zu sehen, der sich davongemacht hatte, als die anderen sich zur Ruhe legten. Ob er selbst in irgendeinem nahegelegenen Loch geschlafen oder ruhelos nach Beute stöbernd durch die Nacht gewandert war, sagte er nicht; aber mit dem ersten Tagesschimmer kam er zurück und weckte seine Gefährten.

»Müssen aufstehen, ja, müssen sie«, sagte er. »Lange Wege noch zu gehen, nach Süden und Osten. Hobbits müssen sich eilen!«

Der Tag verging ungefähr wie der vorige, nur daß die Stille noch tiefer erschien; die Luft war drückend, und es wurde stickig unter den Bäumen. Es war, als ob sich ein Gewitter zusammenbraute. Gollum blieb oft stehen, schnupperte in der Luft, murmelte dann vor sich hin und drängte sie zu größerer Eile.

Während des dritten Abschnitts ihres Tagesmarsches, und als der Nachmittag seinem Ende zuging, lockerte sich der Wald auf, und die Bäume waren größer und wuchsen vereinzelter. Große Stechpalmen von gewaltigem Umfang standen dunkel und feierlich an ausgedehnten Lichtungen, hier und da auch altersgraue Eschen und riesige Eichen, die gerade ihre braun-grünen Knospen ausstreckten. Ringsum lagen freie grüne Grasflächen, gesprenkelt mit Schöllkraut und Anemonen, weiß und blau, die sich jetzt zum Schlafen eingerollt hatten; und es gab ganze Felder mit Blättern von Waldhyazinthen: ihre geschmeidigen Glockenstengel stießen eben durch die weiche Erde. Kein Lebewesen, Tier oder Vogel, war zu sehen, aber auf diesen offenen Stellen bekam Gollum Angst, und sie gingen jetzt vorsichtig und huschten von einem langen Schatten zum nächsten.

Das Licht verblaßte, als sie zum Ende des Waldes kamen. Dort setzten sie sich unter eine alte knorrige Eiche, die ihre wie Schlangen geringelten Wurzeln eine steile, abbröckelnde Böschung hinabsandte. Ein tiefes, düsteres Tal lag vor ihnen. Auf den jenseitigen Hängen war der Wald wieder dichter, blau und grau unter dem trüben Abend, und erstreckte sich weiter nach Süden. Zu ihrer Rechten erglühte das Gebirge von Gondor fern im Westen unter einem feuergefleckten Himmel. Zu ihrer Linken lag Dunkelheit: die hochragenden Wälle von Mordor;

und aus dieser Dunkelheit kam das langgestreckte Tal und fiel in einer immer breiter werdenden Senke steil zum Anduin ab. Auf der Talsohle floß ein hurtiger Bach: Frodo hörte seine steinerne Stimme durch die Stille heraufdringen; und neben ihm schlängelte sich auf dieser Seite des Tals wie ein blasses Band eine Straße hinunter in kühle, graue Nebel, die kein Strahl der untergehenden Sonne erreichte. Dort schien es Frodo, als erkenne er, gleichsam auf einem schattigen Meer schwimmend, die hohen düsteren Spitzen und gezackten Zinnen alter Türme, verloren und dunkel.

Er wandte sich an Gollum. »Weißt du, wo wir sind?« fragte er.

»Ja, Herr. Gefährliche Orte. Dies ist die Straße vom Turm des Mondes, die hinunterführt zu der zerstörten Stadt an den Ufern des Stroms. Die zerstörte Stadt, ja, sehr häßlicher Ort, voller Feinde. Wir hätten den Rat der Menschen nicht befolgen sollen. Die Hobbits sind weit vom Wege abgekommen. Müssen jetzt nach Osten gehen, dort hinauf.« Er deutete mit seinem knochigen Arm auf das dunkelnde Gebirge. »Und wir können diese Straße nicht benutzen. O nein! Grausame Leute kommen hier lang, herunter von dem Turm.«

Frodo blickte hinab auf die Straße. Jetzt jedenfalls ging niemand dort. Sie erschien einsam und verlassen, als führe sie zu unbewohnten Trümmern im Nebel. Doch lag eine Feindseligkeit in der Luft, als ob tatsächlich Wesen diese Straße hinauf- und hinuntergehen könnten, die kein Auge zu sehen vermochte. Frodo erschauerte, als er wieder auf die fernen Zinnen blickte, die jetzt in der Nacht verschwanden, und das Geräusch des Wassers schien kalt und grausam: die Stimme des Morgulduin, des verpesteten Bachs, der vom Geistertal herabfloß.

»Was sollen wir tun?« fragte er. »Wir sind lange und weit gelaufen. Sollen wir uns einen Platz im Wald suchen, wo wir uns verstecken und hinlegen können?«

»Nicht gut, sich im Dunkeln verstecken«, sagte Gollum. »Am Tage müssen sich die Hobbits jetzt verstecken, ja, am Tage.«

»Ach, komm«, sagte Sam. »Wir müssen uns ein bißchen ausruhen, selbst wenn wir mitten in der Nacht wieder aufstehen. Dann wird es noch stundenlang dunkel sein, Zeit genug für einen langen Marsch, wenn du den Weg weißt.«

Widerstrebend war Gollum damit einverstanden, und er wandte sich wieder den Bäumen zu und ging eine Weile nach Osten, entlang dem unregelmäßigen Saum des Waldes. Er wollte so nahe der üblen Straße nicht auf dem Boden rasten, und nach einigen Erörterungen kletterten sie hinauf in die Gabelung einer großen Steineiche, deren dicke Äste zusammen aus dem Stamm heraustraten und ein gutes Versteck und eine recht behagliche Zuflucht boten. Die Nacht brach herein, und es wurde stockdunkel unter dem Schutzdach des Baums. Frodo und Sam tranken ein wenig Wasser und aßen etwas Brot und getrocknete Früchte, aber Gollum rollte sich sofort zusammen und schlief. Die Hobbits taten kein Auge zu.

Es muß kurz nach Mitternacht gewesen sein, als Gollum aufwachte: plötzlich bemerkten sie, daß seine blassen Augen lidlos zu ihnen herüberschimmerten. Er lauschte und schnüffelte, und das schien, wie ihnen schon früher aufgefallen war, seine übliche Art und Weise zu sein, die Stunde der Nacht ausfindig zu machen.

»Sind wir ausgeruht? Haben wir schön geschlafen?« fragte er. »Laßt uns gehen!«

»Weder das eine noch das andere«, brummte Sam. »Aber wir werden gehen, wenn wir müssen.«

Gollum ließ sich sofort von den Zweigen des Baums hinunter auf alle viere fallen, und die Hobbits folgten ihm etwas langsamer.

Kaum waren sie unten, gingen sie weiter, Gollum wiederum voran, nach Osten, die dunklen Hänge hinauf. Sie konnten wenig sehen, denn es war jetzt so tiefe Nacht, daß sie die Baumstämme kaum bemerkten, ehe sie gegen sie stießen. Der Boden wurde unebener und das Gehen schwieriger, aber Gollum schien keineswegs beunruhigt. Er führte sie durch Dickichte und Dornengestrüpp; manchmal am Rand einer tiefen Schlucht oder an einem dunklen Graben entlang, manchmal hinunter in schwarze, von Büschen verdeckte Senken und wieder hinaus; aber wenn sie je ein wenig bergab gingen, dann war der nächste Hang immer länger und steiler. Sie stiegen ständig. Als sie das erstemal anhielten, schauten sie zurück und nahmen die Wipfel des Waldes, den sie hinter sich gelassen hatten, undeutlich wie einen riesigen dichten Schatten wahr, eine dunklere Nacht unter dem dunklen, leeren Himmel. Eine große Schwärze schien sich langsam vom Osten her aufzutürmen und die bläßlich verschwommenen Sterne zu verschlingen. Später entkam der untergehende Mond der verfolgenden Wolke, aber er hatte einen Hof, der in einem kränklichen Gelb leuchtete.

Schließlich wandte sich Gollum an die Hobbits. »Bald Tag«, sagte er. »Hobbits müssen schnell machen. Ist gefährlich, in diesen Gegenden ohne Deckung zu sein. Eilt euch!«

Er beschleunigte seinen Schritt, und sie folgten ihm müde. Bald begannen sie, einen großen Bergrücken zu erklimmen. Größtenteils war er mit dicht wachsendem Stechginster und Preiselbeeren bestanden und mit niedrigem, kräftigem Dornengestrüpp, obwohl sich hier und dort Lichtungen auftaten, die Narben frischer Brände. Die Ginsterbüsche wurden zahlreicher, als sie sich der Bergkuppe näherten; sehr alt und groß waren sie, dürr und langbeinig unten, aber oben dicht und schon mit gelben Blüten besteckt, die in der Dämmerung schimmerten und einen schwachen, süßen Duft ausströmten. So hoch waren die dornigen Dickichte, daß die Hobbits aufrecht unter ihnen laufen konnten wie durch lange, trockene Schneisen auf einem Teppich aus einer dicken, stachligen Laubschicht.

Am jenseitigen Ende dieses breiten Bergrückens unterbrachen sie ihren Marsch und krochen, um sich zu verstecken, unter ein dichtes Gestrüpp von Dornbüschen. Die ineinander verflochtenen Zweige hingen bis zum Boden hinab und wurden überwuchert von einem rankenden Gewirr alter Wildrosen. Tief drinnen war eine hohle Halle mit Dachsparren aus toten Zweigen und Ranken und einem Dach aus den ersten Blättern und Trieben des Frühlings. Dort lagen sie eine Weile, noch zu müde, um zu essen; und durch die Löcher in ihrem Versteck hinausschauend, warteten sie, daß es langsam Tag würde.

Aber es wurde nicht Tag, sondern es kam nur ein totes, braunes Zwielicht. Im Osten war ein dunkelroter Glanz unter den drohenden Wolken: es war nicht das Rot der Morgendämmerung. Über das abfallende Land dazwischen blickte das Gebirge Ephel Dúath finster zu ihnen herüber, schwarz und formlos unten, wo die Nacht noch dicht lag und nicht hinwegzog, oben mit gezackten Spitzen und Graten, die sich hart und drohend von dem feurigen Glanz abhoben. Fern zu ihrer Rechten ragte nach Westen ein großer Vorsprung des Gebirges empor, dunkel und schwarz inmitten der Schatten.

»Welchen Weg gehen wir von hier aus?« fragte Frodo. »Ist das der Eingang zum – zum Morgultal, dort drüben hinter dieser schwarzen Bergmasse?«

»Müssen wir jetzt schon darüber nachdenken?« sagte Sam. »Wir werden doch bestimmt am heutigen Tag nicht weitergehen, wenn's überhaupt Tag ist.«

»Vielleicht nicht, vielleicht nicht«, sagte Gollum. »Aber wir müssen bald gehen, zum Scheideweg. Ja, zum Scheideweg. Das ist der Weg da drüben, ja, Herr.«

Der rote Glanz über Mordor verging. Das Zwielicht wurde dunkler, als gewaltige Dämpfe im Osten aufstiegen und über sie hinwegzogen. Frodo und Sam aßen ein wenig und legten sich dann hin, aber Gollum war unruhig. Er wollte nichts von ihren Vorräten essen, aber er trank ein wenig Wasser und kroch dann unter den Büschen umher, schnüffelnd und murmelnd. Dann verschwand er plötzlich.

»Um zu jagen, nehme ich an«, sagte Sam und gähnte. Er war als erster mit Schlafen an der Reihe, und bald war er tief in einem Traum. Er glaubte, er sei wieder im Garten von Beutelsend und suche nach etwas; aber er hatte einen schweren Sack auf dem Rücken, so daß er gebückt ging. Alles schien sehr verunkrautet und irgendwie verwildert zu sein, und Dornengestrüpp und Farn machten sich auf den Beeten unten an der Hecke breit.

»Ein Stück Arbeit für mich, das sehe ich; aber ich bin so müde«, sagte er dauernd. Plötzlich fiel ihm ein, was er suchte. »Meine Pfeife!« sagte er, und damit wachte er auf.

»Albern!« sagte er zu sich, als er die Augen aufmachte und sich fragte, warum er eigentlich unter der Hecke liege. »Sie ist doch die ganze Zeit in deinem Rucksack!« Dann wurde er sich als erstes darüber klar, daß die Pfeife zwar in seinem Rucksack sein könnte, er aber keinen Tabak hatte, und als zweites, daß er Hunderte von Meilen von Beutelsend entfernt war. Er setzte sich auf. Es schien fast dunkel zu sein. Warum hatte ihn sein Herr außer der Reihe weiterschlafen lassen, gleich bis zum Abend?

»Hast du nicht geschlafen, Herr Frodo?« fragte er. »Wie spät ist es? Es scheint recht spät zu sein.«

»Nein«, sagte Frodo. »Aber der Tag wird dunkler statt heller: dunkler und dunkler. Meiner Ansicht nach ist es noch nicht Mittag, und du hast nur ungefähr drei Stunden geschlafen.«

»Ich möchte mal wissen, was los ist«, sagte Sam. »Zieht ein Gewitter auf? Wenn ja, dann wird es das schlimmste sein, das es je gab. Wir werden uns wünschen, in einem tiefen Loch zu sein, und nicht bloß unter einer Hecke.« Er lauschte. »Was ist das? Donner oder Trommeln oder was?«

»Ich weiß es nicht«, sagte Frodo. »Es ist schon eine ganze Weile im Gange. Manchmal scheint der Boden zu zittern, manchmal ist es, als poche einem die drückende Luft in den Ohren.«

Sam sah sich um. »Wo ist Gollum?« fragte er. »Ist er noch nicht zurückgekommen?«

»Nein«, sagte Frodo. »Von ihm ist nichts zu sehen und nichts zu hören.«

»Na, ich kann ihn nicht ausstehen«, sagte Sam. »Tatsächlich, ich habe niemals etwas auf eine Wanderung mitgenommen, bei dem ich weniger traurig wäre, es unterwegs zu verlieren. Aber es würde ihm ähnlich sehen, nachdem er all diese Meilen mitgekommen ist, daß er gerade jetzt verlorengeht, wenn wir ihn am nötigsten brauchen – das heißt, wenn er überhaupt je von Nutzen ist, was ich bezweifle.«

»Du vergißt die Sümpfe«, sagte Frodo. »Ich hoffe, es ist ihm nichts geschehen.«

»Und ich hoffe, er führt nichts Böses im Schilde. Und außerdem hoffe ich, daß er nicht in andere Hände fällt, wie man sagen könnte. Denn dann werden wir auch bald in Schwierigkeiten geraten.«

In diesem Augenblick war wieder ein rollendes und dröhnendes Geräusch zu hören, lauter jetzt und tiefer. Der Boden schien unter ihren Füßen zu erzittern. »Ich glaube, wir sind sowieso in Schwierigkeiten«, sagte Frodo. »Ich fürchte, unsere Wanderung nähert sich ihrem Ende.«

»Vielleicht«, sagte Sam. »Aber *wo Leben ist, ist noch Hoffnung*, wie der Ohm zu sagen pflegte; *und Verlangen nach der Weinbuddel*, wie er meistens hinzufügte. Iß einen Happen, Herr Frodo, und schlaf dann ein bißchen.«

Der Nachmittag, wie Sam annahm, daß man ihn nennen mußte, schleppte sich hin. Wenn er aus dem Versteck hinausschaute, sah er nur eine schwarzgraue, schattenlose Welt, die langsam zu einer gestaltlosen, farblosen Düsternis verblaßte. Es war schwül, aber nicht warm. Frodo schlief unruhig, warf sich hin und her und murmelte manchmal. Zweimal glaubte Sam zu hören, daß er Gandalfs Namen aussprach. Die Zeit schien sich unendlich hinzuziehen. Plötzlich hörte Sam ein Zischen hinter sich, und da war Gollum auf allen vieren und starrte sie mit funkelnden Augen an.

»Wacht auf, wacht auf, ihr Schlafmützen!« flüsterte er. »Wacht auf! Keine Zeit zu verlieren. Wir müssen gehen, ja, wir müssen sofort gehen. Keine Zeit zu verlieren!«

Sam blickte ihn argwöhnisch an: er schien erschreckt oder aufgeregt. »Jetzt gehen? Was führst du im Schilde? Es ist noch nicht Zeit. Es kann noch nicht einmal Teezeit sein, zumindest nicht in anständigen Gegenden, wo man Tee trinkt.«

»Dummkopf!« zischte Gollum. »Wir sind nicht in anständigen Gegenden. Die Zeit wird knapp, ja, sie läuft schnell. Keine Zeit zu verlieren. Wir müssen gehen. Wach auf, Herr, wach auf!« Er griff nach Frodo; und Frodo, aus dem Schlaf gerissen, setzte sich auf und packte ihn am Arm. Gollum riß sich los und wich zurück.

»Sie dürfen nicht dumm sein«, zischte er. »Wir müssen gehen. Keine Zeit zu verlieren!« Und sonst nichts konnten sie aus ihm herausholen. Wo er gewesen sei und was er glaube, daß sich zusammenbraue, und weshalb er so auf Eile drängte, das wollte er nicht sagen. Sam war von tiefem Mißtrauen erfüllt und zeigte das auch; aber Frodo ließ nicht erkennen, was ihm durch den Kopf ging. Er seufzte, schulterte seinen Rucksack und machte sich bereit, in die sich immer mehr zusammenziehende Dunkelheit hinauszugehen.

Sehr verstohlen führte Gollum sie den Berghang hinunter, blieb in Deckung, wo immer es möglich war, und rannte, fast zum Boden gebeugt, über alle offenen Stellen. Doch war das Licht jetzt so trübe, daß selbst ein scharfäugiges Tier der Wildnis die Hobbits unter ihren Kapuzen und in ihren grauen Mänteln kaum hätte sehen oder auch hören können, denn sie gingen so vorsichtig, wie es die kleinen Leute können. Ohne daß ein Zweig knackte oder ein Blatt raschelte, liefen sie vorüber und verschwanden.

Ungefähr eine Stunde gingen sie so, schweigend, einer hinter dem anderen, bedrückt von der Düsternis und der völligen Stille des Landes, die nur dann und wann unterbrochen wurde von dem schwachen Grollen wie von weit entferntem Donner oder Trommelschlägen in irgendeinem Tal der Berge. Herunter gingen sie von ihrem Versteck, dann wandten sie sich nach Süden und gingen einen so geraden Weg, wie ihn Gollum nur finden konnte, über einen langen zerklüfteten Hang, der sich zum Gebirge hinaufzog. Plötzlich erblickten sie vor sich, wie eine schwarze, aufragende Mauer, eine Baumreihe. Als sie näherkamen, sahen sie, daß es Bäume von riesigem Umfang waren, sehr alt schienen sie zu sein, und immer noch ragten sie hoch auf, wenngleich ihre Wipfel dürr und abgebrochen waren, als ob Sturm und Blitz über sie hinweggefegt wären, sie indes nicht zu töten oder ihre unergründlichen Wurzeln zu erschüttern vermocht hätten.

»Der Scheideweg, ja«, flüsterte Gollum, die ersten Worte, die gesprochen worden waren, seit sie ihr Versteck verlassen hatten. »Wir müssen hier lang gehen.« Er wandte sich jetzt nach Osten und führte sie den Hang hinauf; und dann plötzlich lag sie vor ihnen: die Südstraße, die sich an den Ausläufern des Gebirges entlangzog, bis sie mit einemmal in den großen Kreis von Bäumen eintauchte.

»Dies ist der einzige Weg«, flüsterte Gollum. »Keine Pfade jenseits der Straße. Keine Pfade. Wir müssen zum Scheideweg gehen. Aber eilt euch! Seid leise!«

So heimlich wie Späher im Lager von Feinden krochen sie hinunter auf die Straße und stahlen sich an ihrem westlichen Rand unter der steinernen Böschung entlang, selbst grau wie Steine und leichtfüßig wie jagende Katzen. Schließlich erreichten sie die Bäume und fanden, daß sie in einem großen, dachlosen Kreis standen, in der Mitte offen unter dem düsteren Himmel; und die Zwischenräume zwischen den gewaltigen Stämmen waren wie die großen dunklen Bögen irgendeiner zerstörten Halle. Genau in der Mitte trafen sich vier Wege. Hinter ihnen lag die Straße zum Morannon; vor ihnen machte sie sich wieder auf zu ihrer langen Wanderung nach Süden; zu ihrer Rechten kam die Straße vom alten Osgiliath herauf, überquerte die Kreuzung und verlief dann nach Osten in die Dunkelheit: der vierte Weg, die Straße, die sie einschlagen mußten.

Als Frodo dort einen Augenblick stand, von Furcht erfüllt, wurde er gewahr, daß ein Licht leuchtete; er sah den Widerschein auf Sams Gesicht neben sich. Als er sich dorthin umwandte, sah er hinter einem Bogen aus Zweigen die Straße nach Osgiliath, die, fast so gerade wie ein gestrecktes Band, hinunter, immer hinunter gen Westen führte. Dort in der Ferne, hinter dem traurigen Gondor, jetzt in Schatten begraben, ging die Sonne unter; endlich fand sie den Saum der großen, langsam dahinziehenden Wolkendecke und stürzte in einem unheilvollen Feuer hinab in das noch unbefleckte Meer. Das kurze Leuchten fiel auf eine riesige sitzende Gestalt, still und feierlich wie die großen Steinkönige von Argonath. Die Jahre hatten an ihr genagt, und gewalttätige Hände hatten sie verstümmelt. Ihr Kopf fehlte, und an seine Stelle war zum Hohn ein runder, grob behauener Stein gesetzt worden, roh angemalt von ruppigen Händen, so daß er wie ein grinsendes Gesicht aussah mit einem einzigen roten Auge mitten auf der Stirn. Auf den Knien der Gestalt, auf ihrem mächtigen Thron und überall auf dem Sockel waren sinnlose Kritzeleien, vermischt mit den abscheulichen Schriftzeichen, die das Madenvolk von Mordor verwendete.

Plötzlich sah Frodo, als die waagrechten Strahlen darauf fielen, den Kopf des alten Königs: er war beiseite gerollt und lag am Straßenrand. »Schau, Sam!« rief er, so verblüfft, daß er es nicht für sich behalten konnte. »Schau! Der König hat wieder eine Krone!«

Die Augen waren hohl und der herausgemeißelte Bart beschädigt, aber die hohe, strenge Stirn schmückte eine kleine Krone aus Silber und Gold. Eine rankende Pflanze mit Blüten wie kleine weiße Sterne hatte sich über die Brauen geschlungen, als wolle sie dem gefallenen König Ehrerbietung bezeugen, und in den Spalten zwischen seinem steinernen Haar schimmerte gelber Mauerpfeffer.

»Sie können nicht auf immer siegen!« sagte Frodo. Und dann plötzlich war das kurze Aufleuchten vorbei. Die Sonne tauchte unter und verschwand, und als ob eine Lampe verdunkelt würde, brach die schwarze Nacht herein.

ACHTES KAPITEL

DIE TREPPEN VON CIRITH UNGOL

Gollum zerrte an Frodos Mantel und zischte vor Angst und Ungeduld. »Wir müssen gehen«, sagte er. »Wir dürfen hier nicht stehenbleiben. Beeilt Euch!«

Widerstrebend wandte Frodo dem Westen den Rücken und folgte seinem Führer, der ihm voranging in die Dunkelheit des Ostens. Sie verließen den Kreis der Bäume und schlichen entlang der Straße auf das Gebirge zu. Auch diese Straße lief eine Weile geradeaus, aber bald bog sie nach Süden ab, bis sie genau unter den großen Felsvorsprung kam, den sie aus der Ferne gesehen hatten. Schwarz und drohend ragte er über ihnen auf, dunkler als der dunkle Himmel dahinter. Unter seinem Schatten kroch die Straße weiter, umrundete ihn, drehte dann wieder nach Osten und begann steil zu steigen.

Frodo und Sam schleppten sich schweren Herzens voran und vermochten sich nicht mehr groß um ihre Gefährdung zu sorgen. Frodo hielt den Kopf gesenkt; seine Last zog ihn wieder nach unten. Kaum war die große Wegscheide überschritten, da nahm ihr Gewicht, das er in Ithilien fast vergessen hatte, wieder zu. Jetzt, da er merkte, daß der Weg vor seinen Füßen steil wurde, blickte er müde auf; und dann sah er sie, wie Gollum es vorausgesagt hatte: die Stadt der Ringgeister. Er verkroch sich an die steinige Böschung.

Ein lang ansteigendes Tal, ein tiefer Abgrund des Schattens, zog sich weit hinauf in das Gebirge. Jenseits, aber noch vom Tal umschlossen, erhoben sich auf einem Felsen über den schwarzen Knien des Ephel Dúath die Mauern und der Turm von Minas Morgul. Alles war ringsum dunkel, Erde und Himmel, aber Minas Morgul war von Licht erhellt. Es war nicht das eingefangene Mondlicht, das vor langer Zeit durch die Marmorwälle von Minas Ithil flutete, dem Turm des Mondes, der schön und strahlend in der Senke zwischen den Bergen stand. Bleicher vielmehr als der an einer langsamen Verfinsterung siechende Mond war das Licht jetzt, flackernd und wehend wie eine ungesunde Ausdünstung von Verwesung, ein Leichenlicht, ein Licht, das nichts erhellte. In den Mauern und im Turm waren Fenster zu sehen wie unzählige schwarze Löcher, die nach innen ins Leere schauten; aber die oberste Steinschicht des Turms drehte sich langsam, zuerst hierhin und dann dorthin, ein riesiger gespenstischer Kopf, der in die Nacht hinausschielte. Einen Augenblick standen die drei Gefährten verschreckt da und starrten beklommen hinauf. Gollum war der erste, der sich faßte. Wieder zerrte er drängend an ihren Mänteln, aber er sprach kein Wort. Fast zog er sie mit sich. Jeder Schritt war widerstrebend, und die Zeit schien sich zu verlangsamen, so daß zwischen dem Anheben und dem Aufsetzen eines Fußes Minuten des Widerwillens vergingen.

So kamen sie langsam zu der weißen Brücke. Hier überquerte die schwach schimmernde Straße den Bach in der Mitte des Tals und zog sich in Windungen hinauf zum Tor der Stadt: eine schwarze Öffnung im äußeren Ring der nördlichen

Wälle. Breite Niederungen erstreckten sich auf beiden Ufern, schattige Wiesen voll blasser, weißer Blumen. Leuchtend waren auch sie, schön und dennoch von schauerlicher Form, wie Wahngebilde in einem unruhigen Traum; und sie strömten einen schwachen, widerwärtigen Leichengeruch aus; ein Hauch von Fäulnis lag in der Luft. Von Wiese zu Wiese sprang die Brücke. Steinbilder standen am Brückenkopf, gekonnt in menschlicher und tierischer Gestalt gemeißelt, aber alle waren entstellt und ekelhaft. Das Wasser, das unten floß, war still, aber es dampfte, doch der Dampf, der aufstieg und um die Brücke wogte und wallte, war tödlich kalt. Frodo spürte, wie seine Sinne sich vernebelten und sein Verstand sich verdunkelte. Dann plötzlich, als ob eine andere Kraft als sein eigener Wille am Werk sei, begann er zu eilen, vorwärts zu taumeln, die Hände tastend ausgestreckt, sein Kopf von einer Seite zur anderen baumelnd. Sam und Gollum rannten ihm beide nach. Sam fing seinen Herrn in den Armen auf, als er stolperte und gerade auf der Schwelle der Brücke fast gefallen wäre.

»Nicht da lang! Nein, nicht da lang!« flüsterte Gollum, aber der Atem zwischen seinen Zähnen schien die drückende Stille wie ein Pfiff zu zerreißen, und er kauerte sich voll Entsetzen auf den Boden.

»Halt an, Herr Frodo!« sagte Sam Frodo ins Ohr. »Komm zurück! Nicht da lang. Gollum sagt nein, und diesmal bin ich seiner Meinung.«

Frodo fuhr sich mit der Hand über die Stirn und zwang sich, den Blick von der Stadt auf dem Berg abzuwenden. Der leuchtende Turm zog ihn in seinen Bann, und er kämpfte gegen den Wunsch, der ihn gepackt hatte, die schimmernde Straße bis zu dem Tor hinaufzulaufen. Mit Mühe drehte er sich schließlich um, und dabei spürte er, wie der Ring ihm Widerstand leistete und an der Kette zog, die er um den Hals trug; auch schienen seine Augen, als er fortschaute, für einen Augenblick blind geworden zu sein. Die Dunkelheit vor ihm war undurchdringlich.

Gollum, der wie ein erschrecktes Tier auf dem Boden kroch, verschwand schon in der Düsternis. Sam stützte und führte seinen taumelnden Herrn und folgte ihm, so rasch er konnte. Nicht weit vom diesseitigen Ufer des Bachs war ein Loch in der Steinmauer neben der Straße. Dort gingen sie hindurch, und Sam sah, daß sie auf einem schmalen Pfad waren, der wie die Hauptstraße zuerst schwach schimmerte. Doch nachdem er die Wiesen der tödlichen Blumen hinter sich gelassen hatte, verblaßte er und wurde dunkel, während er sich im Zickzack an den nördlichen Hängen des Tals hinaufwand.

Auf diesem Pfad schleppten sich die Hobbits voran; sie gingen nebeneinander und konnten Gollum vor sich nicht sehen, außer wenn er sich umdrehte und ihnen winkte. Dann schimmerten seine Augen grünlichweiß; vielleicht spiegelten sie den ungesunden Morgul-Schein wider oder waren entflammt von einer entsprechenden inneren Stimmung. Dieses tödlichen Glanzes und der dunklen Augenhöhlen waren sich Frodo und Sam immer bewußt, dauernd blickten sie ängstlich über die Schulter und dauernd zwangen sie ihren Blick wieder auf den dunkel werdenden Pfad. Langsam schleppten sie sich voran. Als sie über den Gestank und die Dämpfe des giftigen Bachs hinauskamen, wurde ihr Atem leichter und ihre Köpfe wurden klarer; aber jetzt waren ihre Glieder todmüde, als ob sie die ganze Nacht schwer beladen gelaufen oder lange gegen eine starke Strömung geschwommen wären. Schließlich konnten sie nicht weitergehen ohne eine Unterbrechung.

Frodo blieb stehen und setzte sich auf einen Stein. Sie hatten jetzt den Gipfel eines kahlen, felsigen Höckers erklommen. Vor ihnen lag eine Einsenkung in der Talseite, und um deren oberen Rand herum ging der Pfad weiter, und er war nicht mehr als ein breites Gesims mit einem Abgrund zur Rechten; über die steile Flanke des Gebirges kroch er hinauf, bis er oben in der Schwärze verschwand.

»Ich muß eine Weile rasten, Sam«, flüsterte Frodo. »Er ist so schwer, Sam, mein Junge, sehr schwer. Ich möchte mal wissen, wie weit ich ihn noch tragen kann. Jedenfalls muß ich mich ausruhen, ehe ich mich da hinaufwage.« Er zeigte auf den schmalen Weg.

»Pst! Pst!« zischte Gollum und eilte zu ihnen zurück. »Pst!« Er legte den Finger auf die Lippen und schüttelte nachdrücklich den Kopf. Er zog Frodo am Ärmel und deutete auf den Pfad. Aber Frodo wollte nicht weitergehen.

»Noch nicht«, sagte er, »noch nicht.« Müdigkeit und mehr als Müdigkeit bedrückte ihn; es schien, als ob ein starker Zauberbann auf seinem Geist und seinem Körper läge. »Ich muß mich ausruhen«, murmelte er.

Nun wurden Gollums Angst und Unruhe so groß, daß er wieder sprach und hinter der vorgehaltenen Hand zischte, als wollte er verhindern, daß ungesehene Lauscher in der Luft das Geräusch hörten. »Nicht hier, nein. Nicht hier rasten, Narren! Augen können uns sehen. Wenn sie auf die Brücke kommen, werden sie uns sehen. Kommt weg! Klettert, klettert! Kommt!«

»Komm, Herr Frodo«, sagte Sam. »Er hat wieder recht. Wir können hier nicht bleiben.«

»Nun gut«, sagte Frodo mit einer fernen Stimme wie einer, der halb im Schlaf spricht. »Ich will's versuchen.« Müde stand er auf.

Aber es war zu spät. In diesem Augenblick erbebte der Fels und zitterte unter ihnen. Das mächtige rumpelnde Geräusch, lauter als zuvor, dröhnte im Boden und hallte in den Bergen wider. Dann kam mit versengender Plötzlichkeit ein großer roter Blitz. Weit hinter dem östlichen Gebirge fuhr er über den Himmel und färbte die finster drohenden Wolken mit hellem Rot. In diesem Tal des Schattens und des kalten, tödlichen Lichts erschien das unerträglich gewalttätig und heftig. Wie gezackte Dolche hoben sich Felsgipfel und Grate in greller Schwärze von der auflodernden Flamme in Gorgoroth ab. Dann kam ein gewaltiger Donnerschlag.

Und Minas Morgul antwortete. Fahle Blitze flammten auf: gezackte blaue Flammen schossen vom Turm und den umgebenden Bergen empor in die dunklen Wolken. Die Erde stöhnte; und aus der Stadt kam ein Schrei. Vermischt mit rauhen, hohen Stimmen wie von Raubvögeln und dem schrillen Wiehern von Pferden, wild vor Raserei und Angst, kam ein zerreißender Schrei, zitternd und rasch zu einer durchdringenden Tonhöhe ansteigend, die nicht mehr anzuhören war. Die Hobbits fuhren herum, warfen sich zu Boden und hielten sich mit den Händen die Ohren zu.

Als der entsetzliche Schrei endete und über ein langes, abscheuliches Wehklagen in Stille überging, hob Frodo langsam den Kopf. Jenseits des engen Tals, fast auf gleicher Höhe mit seinen Augen, standen die Wälle der bösen Stadt, und ihr höhlenartiges Tor, das wie ein offener Mund mit schimmernden Zähnen gestaltet war, öffnete sich weit. Und aus dem Tor kam ein Heer.

Die ganze Feldschar war schwarz gekleidet, dunkel wie die Nacht. Vor den düsteren Mauern und dem leuchtenden Pflaster der Straße konnte Frodo sie sehen, kleine, schwarze Gestalten, eine Reihe hinter der anderen rasch und leise marschierend, und sie ergossen sich aus dem Tor in einem endlosen Strom. Vor ihnen ritt eine große Schar Reiter, die sich wie gelenkte Schatten bewegten, und an ihrer Spitze war einer, der größer war als alle anderen; ein Reiter, ganz schwarz bis auf den Helm, den er auf dem kapuzenbedeckten Kopf trug und der wie eine Krone aussah und mit einem gefährlichen Licht flackerte. Jetzt näherte er sich unten der Brücke, und Frodos starrende Augen folgten ihm, unfähig zu zwinkern oder sich abzuwenden. Gewiß war das der Herr der Neun Reiter, der zur Erde zurückgekehrt war, um sein gespenstisches Heer in die Schlacht zu führen. Hier, ja, hier war tatsächlich der hagere König, dessen kalte Hand den Ringträger mit seinem tödlichen Dolch niedergestreckt hatte. Die alte Wunde bebte vor Schmerz, und eine große Kälte griff nach Frodos Herzen.

Während diese Gedanken ihn mit Grauen erfüllten und er festgebannt war wie durch einen Zauber, hielt der Reiter plötzlich, unmittelbar vor dem Zugang zur Brücke, und hinter ihm blieb das ganze Heer stehen. Er zögerte, und es herrschte Totenstille. Vielleicht war es der Ring, der den Geisterfürsten rief, und einen Augenblick war er beunruhigt, denn er spürte irgendeine andere Macht in seinem Tal. Hierhin und dorthin wandte er voll Furcht den behelmten und gekrönten Kopf und suchte mit seinen unsichtbaren Augen die Schatten ab. Frodo wartete wie ein Vogel auf das Näherkommen einer Schlange, unfähig, sich zu bewegen. Und während er wartete, vernahm er drängender denn je zuvor den Befehl, den Ring aufzusetzen. Aber so stark der Drang auch war, so verspürte er doch jetzt keine Neigung, ihm nachzugeben. Er wußte, daß der Ring ihn nur verraten würde und daß er, selbst wenn er ihn aufsetzte, nicht die Macht hatte, dem Morgul-König die Stirn zu bieten – noch nicht. Es gab in seinem eigenen Willen nichts mehr, was diesem Befehl Folge zu leisten bereit war, obwohl er doch in Angst und Schrecken versetzt war, und er spürte nur, daß eine große Macht von außen auf ihn einstürmte. Sie ergriff seine Hand, und während Frodo im Geist zuschaute, es nicht wollte, aber gespannt war (als ob er irgendeine weit zurückliegende Geschichte betrachtete), schob sie seine Hand Zoll um Zoll zu der Kette um seinen Hals. Dann regte sich sein eigener Wille; langsam zwang er die Hand zurück und veranlaßte sie, etwas anderes zu suchen, etwas, das an seiner Brust verborgen lag. Kalt und hart schien es zu sein, als sein Griff es umschloß: Galadriels Phiole, die er so lange wie einen Schatz gehütet und bis zu dieser

Stunde fast vergessen hatte. Als er sie berührte, war für eine Weile jeder Gedanke an den Ring aus seinem Sinn verbannt. Er seufzte und senkte den Kopf.

In diesem Augenblick wandte sich der Geisterkönig ab, gab seinem Pferd die Sporen und ritt über die Brücke, und sein ganzes dunkles Heer folgte ihm. Vielleicht trotzten die Elbenkapuzen seinen unsichtbaren Augen, und der Geist seines kleinen Feindes, der gestärkt worden war, hatte sein Denken abgelenkt. Aber er war in Eile. Schon hatte die Stunde geschlagen, und auf seines großen Herrn Geheiß mußte er gegen den Westen in den Krieg ziehen.

Bald war er vorbeigeritten, wie ein Schatten in den Schatten, die sich schlängelnde Straße hinunter, und hinter ihm überquerten die dunklen Reihen noch immer die Brücke. Seit den Tagen von Isildurs Macht war niemals ein so großes Heer aus diesem Tal gekommen; kein so grausames und waffenstarkes Heer hatte je die Furten des Anduin angegriffen; und dennoch war es nur eins und nicht das größte der Heere, die Mordor jetzt aussandte.

Frodo bewegte sich. Und plötzlich schlug sein Herz Faramir entgegen. »Der Sturm ist endlich losgebrochen«, dachte er. »Dieses große Aufgebot an Speeren und Schwertern geht nach Osgiliath. Wird Faramir rechtzeitig hinkommen? Er vermutete es, aber wußte er die Stunde? Und wer kann jetzt die Furten halten, wenn der König der Neun Reiter kommt? Und noch andere Heere werden kommen. Ich bin zu spät dran. Alles ist verloren. Zu lange säumte ich unterwegs. Alles ist verloren. Selbst wenn mein Auftrag ausgeführt wird, wird niemand es erfahren. Niemand wird da sein, dem ich es sagen kann. Es wird vergebens sein.« Übermannt von Schwäche, weinte er. Und immer noch zog das Heer von Mordor über die Brücke.

Dann hörte er aus großer Ferne, als ob es aus den Erinnerungen des Auenlandes käme, an einem sonnenhellen frühen Morgen, wenn der Tag sich meldete und Türen geöffnet wurden, Sams Stimme. »Wach auf, Herr Frodo! Wach auf!« Hätte die Stimme hinzugefügt: »Dein Frühstück ist fertig«, dann wäre er kaum überrascht gewesen. Sam machte es gewiß sehr dringend. »Wach auf, Herr Frodo! Sie sind weg«, sagte er.

Es gab einen dumpfen Klang. Die Tore von Minas Morgul hatten sich geschlossen. Die letzte Reihe von Speerträgern war die Straße hinuntergezogen und verschwunden. Der Turm zeigte noch über das Tal hinweg die Zähne, aber das Licht in ihm verblaßte. Die ganze Stadt verfiel wieder in einen dunklen, schwer lastenden Schatten und in Stille. Wenngleich still, so war sie doch voller Wachsamkeit.

»Wach auf, Herr Frodo! Sie sind weg, und wir gehen besser auch. Da ist irgend etwas noch lebendig in dieser Gegend, etwas mit Augen, oder mit einem sehenden Verstand, wenn du weißt, was ich meine; und je länger wir an einer Stelle bleiben, um so eher wird es uns ausfindig machen. Komm weiter, Herr Frodo.«

Frodo hob den Kopf und stand dann auf. Die Verzweiflung war nicht von ihm gewichen, aber die Schwäche war vorbei. Er lächelte sogar grimmig, denn er empfand jetzt ebenso klar, wie er einen Augenblick zuvor noch das Gegenteil empfunden hatte, daß er das, was er zu tun hatte, tun mußte, wenn er konnte, und daß es unwichtig war, ob Faramir oder Aragorn oder Elrond oder Galadriel oder Gandalf oder sonst jemand es je erführe. Er nahm seinen Stock in eine Hand und die Phiole in die andere. Als er sah, daß das klare Licht ihm schon durch die Finger strömte, schob er die Phiole unter seinen Mantel und drückte sie ans Herz. Dann wandte er sich ab von der Stadt Morgul, die jetzt nicht mehr war als ein grauer Schimmer über einem dunklen Abgrund, und schickte sich an, den Weg nach oben einzuschlagen.

Offenbar war Gollum auf dem Gesims weiter in die Dunkelheit gekrochen, als sich die Tore von Minas Morgul auftaten, und hatte die Hobbits gelassen, wo sie waren. Jetzt kroch er zurück, mit klappernden Zähnen und zuckenden Fingern. »Töricht! Dumm!« zischte er. »Eilt euch! Sie dürfen nicht glauben, daß die Gefahr vorbei ist. Ist sie nicht. Eilt euch!«

Sie antworteten nicht, folgten ihm aber auf das ansteigende Gesims. Es gefiel ihnen beiden nicht sehr, nicht einmal, nachdem sie so vielen anderen Gefahren ins Auge gesehen hatten; aber es war nicht lang. Bald erreichte der Pfad eine abgerundete Kante, wo sich der Berghang wieder ausbauchte, und dort tauchte er plötzlich durch eine schmale Öffnung in den Fels ein. Sie waren zu der ersten Treppe gekommen, von der Gollum gesprochen hatte. Es war fast völlig dunkel, und sie konnten nicht viel weiter sehen als bis zu ihren ausgestreckten Händen; doch schimmerten Gollums Augen blaß, mehrere Fuß über ihnen, als er sich zu ihnen umdrehte.

»Vorsichtig!« flüsterte er. »Stufen. Eine Menge Stufen. Müßt vorsichtig sein!«

Vorsicht war gewiß vonnöten. Zuerst war Frodo und Sam wohler zumute, weil sie nun auf beiden Seiten eine Wand hatten, aber die Treppe war fast so steil wie eine Leiter, und während sie immer höher hinaufstiegen, wurden sie sich mehr und mehr des langen schwarzen Gefälles hinter sich bewußt. Und die Stufen waren schmal, in ungleichmäßigem Abstand und oft tückisch: sie waren abgetreten und glatt an den Kanten, manche waren geborsten und manche zersprangen, wenn man den Fuß darauf setzte. Die Hobbits quälten sich voran, bis sie sich schließlich mit verzweifelten Fingern an den oberen Stufen festklammerten und ihre schmerzenden Knie zwangen, sich zu beugen und zu strecken; und je tiefer sich die Treppe in den steilen Berg hineinfraß, um so höher reckten sich die Felswände über ihren Köpfen.

Endlich, als sie gerade das Gefühl hatten, sie könnten es nicht mehr ertragen, sahen sie Gollums Augen wieder zu ihnen herunterschauen. »Wir sind oben«, flüsterte er. »Die erste Treppe ist vorbei. Kluge Hobbits, daß sie so hoch klettern, sehr kluge Hobbits. Nur noch ein paar Stufen, und das ist alles, ja.«

Schwindlig und sehr müde folgten Sam und Frodo ihm, krochen die letzten Stufen hinauf, setzten sich dann hin und rieben ihre Beine und Knie. Sie waren in einem tiefen, dunklen Durchgang, der immer noch vor ihnen anzusteigen schien, wenn auch mählicher und ohne Stufen. Gollum ließ sie nicht lange rasten.

»Es kommt noch eine Treppe«, sagte er. »Eine viel längere Treppe. Ruht euch aus, wenn wir oben sind auf der nächsten Treppe. Jetzt noch nicht.«

Sam stöhnte. »Länger, sagtest du?« fragte er.

»Ja, ja, länger«, sagte Gollum. »Aber nicht so schwierig. Die Hobbits sind die Gerade Treppe hinaufgeklettert. Jetzt kommt die Gewundene Treppe.«

»Und was dann?« fragte Sam.

»Wir werden sehen«, sagte Gollum sanft. »O ja, wir werden sehen!«

»Ich dachte, du hast gesagt, da sei ein unterirdischer Gang«, sagte Sam. »Ist da nicht ein Gang oder irgend etwas, durch das wir durchmüssen?«

»O ja, da ist ein Gang«, sagte Gollum. »Aber die Hobbits können sich ausruhen, ehe sie es mit ihm versuchen. Wenn sie da durchkommen, dann sind sie schon beinahe oben. Sehr nahe, wenn sie da durchkommen. O ja!«

Frodo fröstelte. Das Klettern hatte ihn in Schweiß gebracht, aber jetzt war ihm kalt, und es zog entsetzlich in dem dunklen Durchgang, kalt blies es von den unsichtbaren Höhen oben herab. Er stand auf und schüttelte sich. »Na ja, gehen wir weiter«, sagte er. »Das hier ist kein Platz zum Sitzen.«

Der Durchgang schien sich meilenweit hinzuziehen, und immer strömte die eisige Luft über sie hinweg, die allmählich zu einem bitterkalten Wind wurde. Das Gebirge schien zu versuchen, sie mit seinem tödlichen Atem einzuschüchtern, sie zur Umkehr zu veranlassen, ehe sie zu den Geheimnissen auf den Höhen gelangten, oder sie wegzublasen in die Dunkelheit hinter ihnen. Sie merkten nur, daß sie das Ende des Ganges erreicht hatten, als sie plötzlich zu ihrer Rechten keine Wand mehr fühlten. Sie konnten sehr wenig sehen. Große schwarze, formlose Bergmassen und tiefe graue Schatten türmten sich über ihnen und ringsum auf, aber dann und wann flackerte ein schwaches rotes Licht unter den drohenden Wolken auf, und für einen Augenblick merkten sie, daß hohe Gipfel vor ihnen und auf beiden Seiten wie Säulen ein riesiges, durchhängendes Dach trugen. Sie schienen Hunderte von Fuß geklettert und nun auf einem breiten Felsvorsprung zu sein. Eine Felswand war zu ihrer Linken, ein Abgrund zu ihrer Rechten.

Gollum ging voran, dicht unter der Felswand. Vorläufig stiegen sie nicht mehr, aber der Boden war jetzt zerklüfteter und gefährlich im Dunkeln, und es lagen Felsblöcke und herabgefallene Steinbrocken auf dem Weg. Sie gingen langsam und vorsichtig. Wie viele Stunden verstrichen waren, seit sie ins Morgul-Tal gekommen waren, konnten weder Sam noch Frodo schätzen. Die Nacht erschien endlos.

Schließlich wurden sie wiederum einer sich auftürmenden Wand gewahr, und wiederum lag eine Treppe vor ihnen. Wieder blieben sie stehen, und wieder begannen sie zu klettern. Es war ein langer und mühseliger Aufstieg; aber diese Treppe grub sich nicht in die Bergseite ein. Hier war die gewaltige Felswand nach hinten geneigt, und wie eine Schlange wand sich der Weg über sie hin und her. An einer Stelle kroch er genau am Rand des dunklen Abgrunds entlang, und als Frodo hinunterblickte, sah er unter sich wie eine riesige tiefe Grube die große

Schlucht am oberen Ende des Morgul-Tals. In ihrer Tiefe schimmerte wie eine Glühwürmchen-Kette die Geisterstraße von der toten Stadt zum Namenlosen Paß. Er wandte sich hastig ab.

Immer weiter und höher hinauf zog und wand sich die Treppe, bis sie schließlich mit einem letzten kurzen und geraden Lauf zu einer weiteren ebenen Fläche hinaufklomm. Der Pfad hatte sich von dem Hauptpaß in der großen Schlucht entfernt und verfolgte jetzt seinen eigenen gefährlichen Weg auf dem Grund einer kleineren Schlucht in den höheren Bereichen des Ephel Dúath. Undeutlich konnten die Hobbits hohe Pfeiler und gezackte Felszinnen auf beiden Seiten erkennen, und dazwischen waren große Spalten und Risse, die schwärzer als die Nacht gähnten, wo vergessene Winter genagt und den sonnenlosen Stein geformt hatten. Und jetzt schien das rote Licht am Himmel stärker zu werden; allerdings wußten sie nicht, ob tatsächlich ein furchtbarer Morgen zu diesem Ort des Schattens kam, oder ob sie nur die Flammen irgendeiner Gewalttätigkeit von Sauron bei der Folterung von Gorgoroth auf der anderen Seite sahen. Immer noch weit entfernt und immer noch hoch oben sah Frodo, als er aufschaute, die, wie er vermutete, Krönung dieses bitteren Weges. Gegen die dunkle Röte des östlichen Himmels zeichnete sich in dem obersten Grat eine Schlucht ab, schmal und tief eingeschnitten zwischen zwei schwarzen Vorsprüngen; und auf jedem Vorsprung waren zwei Hörner aus Stein.

Er blieb stehen und schaute aufmerksamer. Das Horn zur Linken war hoch und schlank; und in ihm brannte ein rotes Licht, oder aber das rote Licht im Land dahinter schimmerte durch ein Loch hindurch. Jetzt sah er es: es war ein schwarzer Turm, der über dem äußeren Paß aufragte. Er berührte Sams Arm und zeigte dorthin.

»Das gefällt mir nicht!« sagte Sam. »Also ist dieser geheime Weg von dir doch bewacht«, brummte er, zu Gollum gewandt. »Wie du die ganze Zeit wußtest, nehme ich an?«

»Alle Wege sind bewacht, ja«, sagte Gollum. »Natürlich sind sie bewacht. Aber irgendeinen Weg müssen die Hobbits versuchen. Es könnte sein, daß dieser am wenigsten bewacht ist. Vielleicht sind sie alle in die große Schlacht gezogen, vielleicht!«

»Vielleicht«, murrte Sam. »Na, es scheint noch weit weg zu sein, und es geht noch ein ganzes Stück 'rauf, bis wir da sind. Und dann kommt noch der unterirdische Gang. Ich glaube, du solltest dich jetzt ausruhen, Herr Frodo. Ich weiß nicht, wie spät es ist, ob Tag oder Nacht, aber wir sind schon Stunden und Stunden gegangen.«

»Ja, wir müssen Rast machen«, sagte Frodo. »Laßt uns irgendeinen windgeschützten Winkel suchen und Kraft sammeln – für die letzte Runde.« Denn so, glaubte er, wäre es. Die Schrecken des Landes dort drüben und die dort zu erfüllende Aufgabe schienen entrückt, noch zu fern, um ihn zu beunruhigen. Sein ganzer Sinn war darauf gerichtet, hindurch oder über diese unüberwindliche Mauer und Schutzwehr hinwegzukommen. Sobald er dieses Ding der Unmöglichkeit vollbringen konnte, würde der Auftrag dann irgendwie schon erledigt werden. So schien es ihm wenigstens in dieser dunklen Stunde der Müdigkeit, während er sich noch in den steinigen Schatten unter Cirith Ungol abquälte.

In einer dunklen Spalte zwischen zwei großen Felsenpfeilern setzten sie sich hin: Frodo und Sam ein wenig weiter drinnen, und Gollum hockte nahe am Eingang auf dem Boden. Dort nahmen die Hobbits ihre, wie sie annahmen, letzte Mahlzeit ein, ehe sie in das Namenlose Land hinuntergingen, oder vielleicht sogar die letzte Mahlzeit, die sie je zusammen einnehmen würden. Sie aßen von den Vorräten aus Gondor und Stückchen von der Wegzehrung der Elben, und sie tranken ein wenig. Aber mit ihrem Wasser gingen sie sparsam um und gönnten sich nur soviel, um ihre trockenen Münder anzufeuchten.

»Ich möchte mal wissen, wann wir wieder Wasser finden werden«, sagte Sam. »Aber ich nehme an, selbst da drüben werden sie trinken. Orks trinken doch, nicht wahr?«

»Ja, sie trinken«, sagte Frodo. »Aber davon wollen wir nicht sprechen. Solche Getränke sind nichts für uns.«

»Dann ist es um so nötiger, unsere Flaschen zu füllen«, sagte Sam. »Aber hier gibt es gar kein Wasser. Kein Plätschern und kein Rieseln habe ich gehört. Und außerdem sagte Faramir, wir sollten kein Wasser in Morgul trinken.«

»Kein Wasser, das aus Imlad Morgul herausfließt, waren seine Worte«, sagte Frodo. »Wir sind jetzt nicht in diesem Tal, und wenn wir auf eine Quelle stoßen würden, dann würde sie hinein- und nicht herausfließen.«

»Ich würde ihr nicht trauen«, sagte Sam, »nicht, bis ich am Verdursten wäre. Man spürt irgend etwas Bösartiges an diesem Ort.« Er schnupperte. »Und einen Geruch, glaube ich. Merkst du es? Ein komischer Geruch, stickig. Gefällt mir nicht.«

»Mir gefällt hier überhaupt gar nichts«, sagte Frodo. »Weder Stufe noch Stein, weder Hauch noch Rauch. Erde, Luft und Wasser, alles scheint verwünscht zu sein. Aber unser Weg ist nun einmal so festgelegt.«

»Ja, das ist er«, sagte Sam. »Und wir würden überhaupt gar nicht hier sein, wenn wir mehr darüber gewußt hätten, ehe wir aufbrachen. Aber ich nehme an, daß es oft so ist. Die tapferen Taten in den alten Geschichten und Liedern, Herr Frodo: Abenteuer, wie ich sie immer nannte. Ich glaubte, das wären Taten, zu denen die wundervollen Leute in den Geschichten sich aufmachten und nach denen sie Ausschau hielten, weil sie es wollten, weil das aufregend war und das Leben ein bißchen langweilig, eine Art Zeitvertreib, könnte man sagen. Aber so ist es nicht bei den Geschichten, die wirklich wichtig waren, oder bei denen, die einem im Gedächtnis bleiben. Gewöhnlich scheinen die Leute einfach hineingeraten zu sein – ihre Wege waren nun einmal so festgelegt, wie du es ausdrückst. Aber ich nehme an, sie hatten eine Menge Gelegenheiten, wie wir, umzukehren, nur taten sie es nicht. Und wenn sie es getan hätten, dann wüßten wir's nicht, denn dann wären sie vergessen worden. Wir hören von denen, die einfach weitergingen – und nicht alle zu einem guten Ende, wohlgemerkt; zumindest nicht zu dem, was die Leute in einer Geschichte und nicht außerhalb ein gutes Ende nennen. Du weißt schon, nach Hause kommen und feststellen, daß alles in Ordnung ist, wenn auch nicht ganz wie vorher – wie beim alten Herrn Bilbo. Aber das sind nicht immer die besten Geschichten zum Hören, obwohl sie die besten Geschichten sein mögen, in die man hineingeraten kann! Ich möchte mal wissen, in was für einer Art Geschichte wir sind.«

»Da bin ich auch gespannt«, sagte Frodo. »Aber ich weiß es nicht. Und so ist das bei einer wirklichen Geschichte. Nimm irgendeine, die du gern hast. Du weißt oder errätst vielleicht, was für eine Art Geschichte es ist, ob sie ein glückliches oder ein trauriges Ende hat, aber die Leute in der Geschichte wissen es nicht. Und du willst auch nicht, daß sie es wissen.«

»Nein, Herr, natürlich nicht. Beren zum Beispiel, er hat niemals geglaubt, daß er diesen Silmaril aus der Eisernen Krone in Thangorodrim bekommen würde, und er bekam ihn doch, und das war eine schlimmere Gegend und eine schwärzere Gefahr als unsere. Aber das ist natürlich eine lange Geschichte, und sie geht über Glück hinaus bis zu Gram und auch darüber hinaus – und der Silmaril ging weiter und kam zu Earendil. Ach, und daran habe ich ja nie gedacht, Herr! Wir haben – du hast etwas von dem Licht in diesem Sternenglas, das die Herrin dir gab! Wenn man sich das überlegt, dann sind wir ja immer noch in derselben Geschichte! Sie geht noch weiter. Hören denn die großen Geschichten niemals auf?«

»Nein, als Geschichten enden sie niemals«, sagte Frodo. »Aber die Leute in ihnen kommen und gehen, wenn ihr Anteil endet. Unser Anteil wird später enden – oder früher.«

»Und dann können wir uns ausruhen und etwas schlafen«, sagte Sam. Er lachte bitter. »Und genau das meine ich, Herr Frodo. Ich meine schlicht und einfach Ruhe und Schlaf, und am Morgen aufwachen, um im Garten zu arbeiten. Ich fürchte, das ist alles, worauf ich zur Zeit hoffe. All die großen, wichtigen Pläne sind nicht für meinesgleichen. Immerhin wüßte ich gern, ob wir jemals in Liedern oder Geschichten vorkommen werden. Wir sind natürlich in einer; aber ich meine: in Worte gefaßt, weißt du, am Kamin erzählt oder aus einem großen, dicken Buch mit roten und schwarzen Buchstaben vorgelesen, Jahre und Jahre später. Und die Leute werden sagen: ›Laß uns von Frodo und dem Ring hören!‹ Und sie werden sagen: ›Das ist eine meiner Lieblingsgeschichten. Frodo war sehr tapfer, nicht wahr, Papa?‹ – ›Ja, mein Junge, der berühmteste der Hobbits, und das sagt viel.‹«

»Es sagt viel zuviel«, sagte Frodo, und er lachte, lange und klar und aus Herzensgrund. Ein solches Geräusch war in diesen Gegenden nicht gehört worden, seit Sauron nach Mittelerde kam. Sam schien es plötzlich, als ob alle Steine lauschten und die hohen Felsen sich über sie beugten. Aber Frodo achtete ihrer nicht; er lachte wieder. »Ach, Sam«, sagte er, »dir zuzuhören macht mich irgendwie so fröhlich, als ob die Geschichte schon geschrieben sei. Aber du hast eine der wichtigsten handelnden Personen ausgelassen: Samweis den Beherzten. ›Ich will mehr von Sam hören, Papa. Warum hast du nicht mehr davon erzählt, wie er redet, Papa? Das mag ich gern, das bringt mich zum Lachen. Und Frodo wäre ohne Sam nicht weit gekommen, nicht wahr, Papa?‹«

»Aber, Herr Frodo«, sagte Sam, »du solltest dich nicht darüber lustig machen. Ich habe es ernst gemeint.«

»Ich auch«, sagte Frodo, »und ich meine es noch ernst. Wir eilen den Dingen zu sehr voraus. Du und ich, Sam, wir stecken immer noch an den schlimmsten Orten der Geschichte, und höchstwahrscheinlich wird irgend jemand an dieser Stelle sagen: ›Klapp jetzt das Buch zu, Papa; wir wollen nicht mehr weiterlesen.‹«

»Vielleicht«, sagte Sam. »Aber ich wäre es nicht, der das sagte. Dinge, die getan und vorbei sind und zu einer großen Geschichte gehören, sind anders. Ja, sogar Gollum könnte in einer Geschichte gut sein, besser jedenfalls, als ihn um sich zu haben. Und er hat früher Geschichten auch gern gehabt, nach seiner eigenen Behauptung. Ich möchte mal wissen, ob er sich für den Helden oder für den Bösewicht hält. Gollum!« rief er. »Möchtest du gern der Held sein? – Na, wo ist er denn jetzt wieder hin?«

Es war keine Spur von ihm zu sehen am Ausgang ihres Schlupfwinkels oder in den Schatten nahebei. Er hatte ihr Essen abgelehnt, obwohl er, wie gewöhnlich, einen Schluck Wasser angenommen hatte; und dann hatte es so ausgesehen, als ob er sich zusammenrollte, um zu schlafen. Sie hatten angenommen, daß jedenfalls eins seiner Ziele, als er am Tage zuvor so lange abwesend war, die Jagd auf irgend etwas Eßbares nach seinem eigenen Geschmack gewesen war. Aber warum heute?

»Mir gefällt es nicht, wenn er sich so wegschleicht, ohne etwas zu sagen«, sagte Sam. »Und am allerwenigsten jetzt. Hier oben kann er nicht nach etwas Eßbarem suchen, es sei denn, es gibt irgendeine Art Felsen, die ihm zusagt. Nicht mal ein bißchen Moos gibt es!«

»Es hat keinen Zweck, sich jetzt über ihn zu ärgern«, sagte Frodo. »Ohne ihn hätten wir nicht so weit kommen können, nicht einmal bis in Sichtweite des Passes, und deshalb müssen wir uns mit seinen Eigenheiten abfinden. Wenn er falsch ist, ist er eben falsch.«

»Trotzdem würde ich ihn lieber im Auge behalten«, sagte Sam. »Um so mehr, wenn er falsch ist. Erinnerst du dich, daß er niemals sagen wollte, ob dieser Paß bewacht ist oder nicht? Und jetzt sehen wir da einen Turm – und er mag verlassen sein oder auch nicht. Glaubst du, er ist weggegangen, um sie zu holen? Orks oder was immer sie sind?«

»Nein, das glaube ich nicht«, antwortete Frodo. »Selbst, wenn er irgend etwas Böses im Schilde führt, und das ist, schätze ich, nicht unwahrscheinlich. Ich glaube nicht, daß es das ist: Orks holen oder irgendwelche anderen Diener des Feindes. Warum hätte er damit bis jetzt warten und die ganze Mühe der Kletterei auf sich nehmen und so dicht an das Land herankommen sollen, das er fürchtet? Wahrscheinlich hätte er uns, seit wir ihn trafen, schon viele Male an die Orks verraten können. Nein, wenn überhaupt, dann ist es ein kleiner Winkelzug von ihm allein, den er für ganz geheim hält.«

»Ja, ich glaube, du hast recht, Herr Frodo«, sagte Sam. »Nicht, daß es mich mächtig tröstet. Darüber bin ich mir völlig klar: ich zweifle nicht, daß er *mich* mit Kußhand den Orks ausliefern würde. Aber ich habe seinen – Schatz vergessen. Nein, ich nehme an, es war die ganze Zeit *der Schatz für den armen Sméagol*. Das ist der einzige Gedanke bei all seinen kleinen Ränken, wenn er welche schmiedet. Aber wie es ihm dabei nützen soll, daß er uns hier heraufgebracht hat, das ist mehr, als ich erraten kann.«

»Sehr wahrscheinlich kann er es selbst nicht erraten«, sagte Frodo. »Und ich glaube auch nicht, daß er nur einen klaren Plan in seinem verwirrten Kopf hat. Ich glaube, einesteils versucht er wirklich, den Schatz vor dem Feind zu retten, solange er kann. Denn es würde auch für ihn das endgültige Verhängnis sein, wenn der Feind ihn bekäme. Und zum anderen Teil wartet er vielleicht nur den richtigen Augenblick und eine günstige Gelegenheit ab.«

»Ja, Schleicher und Stinker, wie ich ihn nannte«, sagte Sam. »Aber je näher die beiden dem Land des Feindes kommen, um so ähnlicher werden Schleicher und Stinker. Merk dir meine Worte: wenn wir je den Paß erreichen, wird er uns bestimmt das kostbarste Ding nicht über die Grenze bringen lassen, ohne uns irgendwelche Schwierigkeiten zu machen.«

»Noch sind wir nicht da«, sagte Frodo.

»Nein, aber wir sollten die Augen aufhalten bis dahin. Wenn wir schlafend erwischt werden, wird Stinker sehr bald die Oberhand gewinnen. Nicht, daß es gefährlich für dich wäre, wenn du jetzt die Augen zumachst. Ungefährlich, wenn du dicht bei mir liegst. Ich wäre herzlich froh, wenn du etwas schliefest. Ich werde Wache halten; und sowieso, wenn du dicht bei mir bist und ich den Arm um dich lege, könnte niemand nach dir grapschen, ohne daß dein Sam es merkt.«

»Schlafen!« sagte Frodo und seufzte, als ob er von einer Wüste aus die Luftspiegelung von kühlem Grün gesehen habe. »Ja, selbst hier könnte ich schlafen.«

»Dann schlafe, Herr! Leg deinen Kopf in meinen Schoß!«

Und so fand Gollum sie nach Stunden, als er zurückkam, den Pfad hinunter krauchend und kriechend aus der Düsternis weiter vorn. Sam saß gegen den Stein gelehnt, sein Kopf war zur Seite gesunken, und er atmete schwer. In seinem Schoß lag Frodos Kopf, tief im Schlaf; auf Frodos weißer Stirn lag eine von Sams braunen Händen, und die andere hatte er seinem Herrn leicht auf die Brust gelegt. Ihrer beider Gesichter waren friedlich.

Gollum betrachtete sie. Ein seltsamer Ausdruck huschte über sein mageres, hungriges Gesicht. Der Glanz verblaßte in seinen Augen, und sie wurden trübe und grau, alt und müde. Ein schmerzhafter Krampf schien ihn zu befallen, er wandte sich ab, schaute hinauf zum Paß und schüttelte den Kopf, als ob er einen inneren Kampf ausfochte. Dann kam er zurück, streckte zögernd seine zitternde Hand aus und berührte sehr vorsichtig Frodos Knie – aber die Berührung war fast eine Liebkosung. Hätte einer der Schläfer ihn sehen können, dann würden sie für einen flüchtigen Augenblick geglaubt haben, einen alten, müden Hobbit zu erblicken, zusammengeschrumpft unter der Last der Jahre, die ihn weit über seine Zeit hinausgebracht hatten, über Freunde und Verwandte hinaus und die Felder und Bäche der Jugend, ein altes, verhungertes, bemitleidenswertes Geschöpf.

Aber bei dieser Berührung bewegte sich Frodo und schrie leise auf im Schlaf, und sofort war Sam hellwach. Das erste, was er sah, war Gollum – »nach dem Herrn grapschend«, dachte er.

»He, du!« sagte er grob. »Was hast du vor?«

»Nichts, nichts«, sagte Gollum sanft. »Netter Herr!«

»Das will ich meinen«, sagte Sam. »Aber wo bist du gewesen – weggeschlichen zum Schnüffeln und wieder zurückgeschlichen, du alter Bösewicht?«

Gollum wich zurück, und ein grünes Funkeln flackerte unter seinen schweren Lidern auf. Fast spinnenartig sah er jetzt aus mit seinen vorstehenden Augen und auf seinen angewinkelten Gliedern hockend. Der flüchtige Augenblick war unwiderruflich vorüber. »Schnüffeln, schnüffeln«, zischte er. »Hobbits sind immer so höflich, ja. Oh, nette Hobbits. Sméagol bringt sie auf geheimen Wegen herauf, die sonst niemand finden könnte. Müde ist er, durstig ist er, ja, durstig; und er führt sie und sucht nach Pfaden, und sie sagen *schnüffeln, schnüffeln*. Sehr nette Freunde, o ja, mein Schatz, sehr nett.«

Sam hatte etwas Gewissensbisse, allerdings auch nicht mehr Zutrauen. »Entschuldige«, sagte er. »Entschuldige, aber du hast mich aus dem Schlaf aufgeschreckt. Und ich hätte nicht schlafen dürfen, und deshalb war ich ein bißchen scharf. Aber Herr Frodo, der ist so müde, daß ich ihn bat, ein Auge zuzutun; na ja, und so ist das gekommen. Entschuldige. Aber wo *bist* du gewesen?«

»Schnüffeln«, sagte Gollum, und das grüne Funkeln verschwand nicht aus seinen Augen.

»Bitte schön«, sagte Sam, »ganz wie du willst! Ich vermute, es ist nicht weit von der Wahrheit entfernt. Und jetzt schleichen wir wohl besser alle zusammen weiter. Wie spät ist es? Ist es heute oder morgen?«

»Es ist morgen«, sagte Gollum, »oder es war morgen, als die Hobbits einschliefen. Sehr töricht, sehr gefährlich – wenn der arme Sméagol nicht herumgeschnüffelt hätte, um aufzupassen.«

»Ich glaube, von dem Wort werden wir bald genug haben«, sagte Sam. »Aber mach dir nichts draus. Ich werde den Herrn aufwecken.« Liebevoll strich er Frodo das Haar aus der Stirn, beugte sich hinunter und sprach leise zu ihm.

»Wach auf, Herr Frodo! Wach auf!«

Frodo bewegte sich und machte die Augen auf, und als er Sams Gesicht über sich gebeugt sah, lächelte er. »Du weckst mich aber früh, Sam, nicht wahr?« sagte er. »Es ist ja noch dunkel!«

»Ja, hier ist es immer dunkel«, sagte Sam. »Aber Gollum ist zurückgekommen, Herr Frodo, und er sagt, es ist morgen. Wir müssen also weitergehen. Die letzte Runde.«

Frodo holte tief Luft und setzte sich auf. »Die letzte Runde!« sagte er. »Nanu, Sméagol? Hast du was zu essen gefunden? Hast du dich ausgeruht?«

»Nichts zu essen, keine Rast, nichts für Sméagol«, sagte Gollum. »Er ist ein Schnüffler.«

Sam schnalzte mit der Zunge, bezähmte sich aber.

»Leg dir nicht selber Schimpfnamen zu, Sméagol«, sagte Frodo. »Das ist unklug, ob sie wahr oder falsch sind.«

»Sméagol hat zu nehmen, was ihm gegeben wird«, antwortete Gollum. »Ihm wurde der Name von dem freundlichen Meister Samweis gegeben, dem Hobbit, der so viel weiß.«

Frodo sah Sam an. »Ja, Herr«, sagte er. »Ich habe das Wort gebraucht, als ich plötzlich aus dem Schlaf aufwachte und all das und ihn in der Nähe fand. Ich sagte, mir täte es leid, aber bald wird's mir nicht mehr leid tun.«

»Ach, reden wir nicht mehr davon«, sagte Frodo. »Aber jetzt scheinen wir am entscheidenden Punkt angelangt zu sein, du und ich, Sméagol. Sag mir, können wir den weiteren Weg allein finden? Wir sind in Sichtweite des Passes, eines Weges hinein, und wenn wir ihn jetzt finden können, dann nehme ich an, daß man unser Abkommen als erledigt betrachten kann. Du hast getan, was du versprochen hast, und du bist frei: frei, dahin zurückzugehen, wo du Nahrung und Ruhe findest, wo immer du hingehen willst, außer zu den Dienern des Feindes. Und eines Tages werde ich dich vielleicht belohnen, ich oder jene, die sich meiner erinnern.«

»Nein, nein, noch nicht«, jammerte Gollum. »O nein! Sie können den Weg nicht selbst finden, oder? O nein, wirklich nicht. Da kommt noch der unterirdische Gang. Sméagol muß weiter mitgehen. Keine Ruhe. Keine Nahrung. Noch nicht.«

NEUNTES KAPITEL

KANKRAS LAUER

Es mochte jetzt tatsächlich Tag sein, wie Gollum sagte, aber die Hobbits konnten wenig Unterschied sehen, es sei denn, daß der düstere Himmel vielleicht nicht ganz so schwarz war, sondern eher wie eine große Rauchglocke; statt der Dunkelheit der tiefen Nacht, die sich noch immer in Spalten und Senken aufhielt, verhüllte ein grauer, verschwommener Schatten die steinerne Welt ringsum. Sie gingen weiter, Gollum voraus und die Hobbits jetzt nebeneinander, die lange Schlucht hinauf zwischen den Pfeilern und Säulen aus zersplittertem und verwittertem Fels, die wie riesige ungestalte Standbilder zu beiden Seiten aufragten. Kein Laut war zu hören. Etwas weiter vorn, ungefähr eine Meile vielleicht, war eine große graue Wand, die letzte gewaltige emporgeschleuderte Masse von Gebirgsgestein. Dunkler ragte sie auf und wurde immer höher, je näher sie kamen, bis sie sich hoch über ihnen auftürmte und die Aussicht auf alles, was jenseits lag, versperrte. Tiefer Schatten hatte sich zu ihren Füßen gesammelt. Sam schnupperte in der Luft.

»Huh! Dieser Geruch!« sagte er. »Er wird stärker und stärker.« Plötzlich waren sie in dem Schatten, und in seiner Mitte sahen sie die Öffnung einer Höhle. »Da geht der Weg hinein«, sagte Gollum leise. »Das ist der Eingang zu dem unterirdischen Gang.« Er sprach seinen Namen nicht aus: Torech Ungol, Kankras Lauer. Ein Gestank kam aus ihm heraus, nicht der widerwärtige Verwesungsgeruch von den Morgul-Wiesen, sondern eine üble Ausdünstung, als ob unbeschreibbarer Unrat drinnen im Dunkeln aufgehäuft und gesammelt werde.

»Ist das der einzige Weg, Sméagol?« fragte Frodo.

»Ja, ja«, antwortete er. »Ja, wir müssen jetzt diesen Weg gehen.«

»Willst du damit sagen, daß du schon mal durch dieses Loch gegangen bist?« fragte Sam. »Pfui! Aber vielleicht machen dir schlechte Gerüche nichts aus.«

Gollums Augen funkelten. »Er weiß nicht, was uns was ausmacht, nicht wahr, Schatz? Nein, er weiß es nicht. Aber Sméagol kann was ertragen. Ja. Er ist durchgegangen. O ja, ganz durch. Es ist der einzige Weg.«

»Und woher kommt der Geruch, das möchte ich mal wissen«, sagte Sam. »Er ist wie – na, ich möchte nicht sagen, wie. Irgendein viehisches Orkloch, da wette ich, mit ihrem Dreck von hundert Jahren drin.«

»Nun ja«, sagte Frodo, »Orks oder nicht, wenn's der einzige Weg ist, müssen wir ihn einschlagen.«

Sie holten tief Luft und gingen hinein. Nach ein paar Schritten waren sie von äußerster und undurchdringlicher Dunkelheit umgeben. Seit den lichtlosen Gängen von Moria hatten Frodo oder Sam nicht mehr solche Dunkelheit erlebt, und wenn das überhaupt möglich war, dann war sie hier noch tiefer und dichter. Dort hatte sich die Luft bewegt, hatte man einen Widerhall gehört und ein

Raumgefühl gehabt. Hier war die Luft still, stehend, drückend, und der Schall verhallte nicht. Sie wanderten sozusagen in einem von echter Dunkelheit hervorgebrachten Dunst, der, wenn er eingeatmet wurde, nicht nur die Augen, sondern auch den Geist mit Blindheit schlug, so daß selbst die Erinnerung an Farben und Formen und Licht überhaupt aus den Gedanken verschwand. Nacht war immer gewesen und würde immer sein, und Nacht war alles.

Aber eine Zeitlang konnten sie noch fühlen, und tatsächlich schien zuerst der Tastsinn ihrer Füße und Finger fast schmerzhaft geschärft. Die Wände fühlten sich zu ihrer Überraschung glatt an, und bis auf eine Stufe dann und wann war der Boden nicht holprig, sondern gleichmäßig und stieg stetig und stark. Der Gang war hoch und breit, so breit, daß die Hobbits, obwohl sie nebeneinander gingen und die Seitenwände nur berührten, wenn sie die Hände ausstreckten, abgesondert waren, abgeschnitten und allein in der Dunkelheit.

Gollum war als erster hineingegangen und schien nur ein paar Schritte vor ihnen zu sein. Solange sie noch auf solche Dinge zu achten vermochten, hörten sie seinen zischenden und keuchenden Atem genau vor sich. Aber nach einiger Zeit wurden ihre Sinne empfindungsloser, sowohl Tastgefühl als auch Gehör stumpften ab, und immer weiter gingen sie und tasteten sich voran hauptsächlich durch die Willenskraft, mit der sie hineingegangen waren, dem Willen, durchzukommen, und dem Wunsch, schließlich das hohe Tor dahinter zu erreichen.

Ehe sie sehr weit gegangen waren – vielleicht, aber Zeit und Entfernung konnte Sam sehr bald nicht mehr abschätzen –, merkte er, als er die Wand befühlte, daß auf der Seite eine Öffnung war: einen Augenblick verspürte er einen schwachen Hauch von weniger drückender Luft, und dann waren sie vorbeigegangen.

»Hier gibt es mehr als einen Gang«, flüsterte er mühsam: es war schwierig, seinem Atem Klang zu verleihen. »Es ist ein so orkähnlicher Ort, wie es nur einen geben kann.«

Danach kam zuerst er auf der Rechten und dann Frodo auf der Linken an drei oder vier solcher Öffnungen vorbei, manche breiter, manche kleiner; aber noch bestand kein Zweifel über den Hauptweg, denn er war gerade, bog nicht ab und ging stetig aufwärts. Aber wie lang war er, wieviel von alledem würden sie noch ertragen müssen oder ertragen können? Die Unbewegtheit der Luft nahm immer mehr zu, während sie stiegen; und jetzt war es ihnen, als spürten sie in dem blinden Dunkel irgendeinen Widerstand, der dichter war als die verpestete Luft. Als sie sich vorankämpften, fühlten sie Dinge an ihren Köpfen entlangstreichen, oder an ihren Händen, lange Fühler oder herabhängende Gewächse vielleicht: sie konnten nicht sagen, was es war. Und der Gestank nahm immer mehr zu. Er nahm zu, bis es ihnen fast schien, daß ihnen der Geruchssinn als einziger geblieben sei, und das als eine Folter für sie. Eine Stunde, zwei Stunden, drei Stunden: wie viele hatten sie in diesem lichtlosen Loch verbracht? Stunden – Tage, eher Wochen. Sam ging von der Gangwand weg und rückte näher an Frodo heran, und ihre Hände berührten sich, und sie gingen Hand in Hand weiter.

Schließlich stieß Frodo, der sich an der linken Wand entlangtastete, plötzlich auf einen leeren Raum. Fast wäre er seitlich ins Nichts gefallen. Hier war eine Öffnung im Fels, die sehr viel breiter war als alle, an denen sie bisher vorbeigekommen waren. Und aus ihr kam ein so übler Gestank und ein so starker Eindruck von lauernder Bosheit, daß Frodo schwindlig wurde. Und in demselben Augenblick taumelte auch Sam und fiel vornüber.

Frodo versuchte, der Übelkeit und der Furcht Herr zu werden, und packte Sams Hand. »Auf!« sagte er in einem stimmlosen, heiseren Flüstern. »Es kommt alles von dort, der Gestank und die Gefahr. Nun los! Schnell!«

Er nahm seine ganze übriggebliebene Kraft und Entschlossenheit zusammen, zog Sam hoch und zwang seine eigenen Füße, sich zu bewegen. Sam stolperte neben ihm her. Ein Schritt, zwei Schritte, drei Schritte – endlich sechs Schritte. Vielleicht waren sie an der fürchterlichen, unsichtbaren Öffnung vorbei, aber ob das so war oder nicht, jedenfalls war es plötzlich leichter, voranzukommen, als ob irgendein feindlicher Wille sie für den Augenblick freigegeben hätte. Sie kämpften sich weiter voran, immer noch Hand in Hand.

Aber fast sogleich gerieten sie in eine neue Schwierigkeit. Der Gang gabelte sich, oder so schien es wenigstens, und im Dunkeln konnten sie nicht herausfinden, welches der breitere Weg war oder welcher gerade verlief. Welchen sollten sie einschlagen, den linken oder den rechten? Sie wußten nicht, wovon sie sich leiten lassen sollten, dennoch würde eine falsche Entscheidung fast gewiß verhängnisvoll sein.

»Welchen Weg ist Gollum gegangen?« keuchte Sam. »Und warum hat er nicht gewartet?«

»Sméagol!« versuchte Frodo zu rufen. »Sméagol!« Aber seine Stimme krächzte, nur ein tonloser Laut verließ seine Lippen. Es kam keine Antwort, kein Widerhall, nicht einmal ein Beben der Luft.

»Diesmal ist er wirklich weg, nehme ich an«, murmelte Sam. »Ich vermute, genau hier hat er uns herbringen wollen. Gollum! Wenn ich dich je wieder in die Finger bekomme, wird es dir leid tun.«

Als sie im Dunkeln herumtasteten und suchten, merkten sie mit einemmal, daß die Öffnung auf der Linken versperrt war: entweder ging es hier nicht weiter, oder aber ein großer Stein war in den Durchgang gefallen. »Das kann nicht der Weg sein«, flüsterte Frodo. »Ob es nun richtig oder falsch ist, wir müssen den anderen nehmen.«

»Und schnell!« keuchte Sam. »Hier ist etwas Schlimmeres als Gollum. Ich spüre, daß uns etwas ansieht.«

Sie waren nicht mehr als ein paar Ellen gegangen, als von hinten ein Laut kam, erschreckend und grausig in der bedrückenden, dumpfen Stille: ein gurgelndes, brodelndes Geräusch und ein langes, giftiges Zischen. Sie fuhren herum, aber nichts war zu sehen. Mäuschenstill standen sie da, starrend und wartend, ohne zu wissen, worauf sie warteten.

»Das ist eine Falle!« sagte Sam, und er legte die Hand auf das Heft seines Schwertes; und dabei dachte er an die Dunkelheit des Hügelgrabs, aus dem das Schwert kam. »Ich wünschte, der alte Tom wäre jetzt in der Nähe!« dachte er. Und als er dann da stand, Dunkelheit um sich herum und eine Schwärze der Verzweiflung und Wut im Herzen, schien es ihm, als sehe er ein Licht: ein Licht im Geist, fast unerträglich hell zuerst wie ein Sonnenstrahl für die Augen von jemandem, der lange in einer fensterlosen Grube verborgen war. Dann wurde das Licht zur Farbe: grün, gold, silber, weiß. Weit entfernt, wie auf einem kleinen Bild, das Elbenfinger gezeichnet hatten, sah er Frau Galadriel auf dem Gras in Lórien stehen, und Geschenke waren in ihrer Hand. *Und du, Ringträger,* hörte er sie aus der Ferne, aber deutlich sagen, *für dich habe ich dies vorbereitet.*

Das brodelnde Zischen kam näher, und es gab ein Knacken wie von irgendeinem großen Gliedertier, das sich im Dunkeln mit bedächtiger Entschlossenheit bewegte. Ein Gestank zog ihm voraus. »Herr, Herr!« rief Sam, und seine Stimme wurde wieder lebendig und drängend. »Das Geschenk der Herrin! Das Sternenglas. Ein Licht für dich an dunklen Orten sollte es sein, sagte sie. Das Sternenglas!«

»Das Sternenglas?« murmelte Frodo wie einer, der im Schlaf antwortet und kaum etwas begreift. »Ach ja! Warum hatte ich es vergessen? *Ein Licht, wenn alle anderen Lichter ausgehen!* Und jetzt kann uns fürwahr nur Licht allein helfen.«

Langsam griff seine Hand in seine Brusttasche, und langsam hielt er Galadriels Phiole hoch. Einen Augenblick schimmerte sie schwach wie ein aufgehender Stern, der sich gegen schwere, erdgebundene Nebel wehrt, und als dann ihre Kraft zunahm und Hoffnung in Frodos Herzen keimte, begann sie zu brennen, und eine silberne Flamme entfachte sich, ein winziger Kern von blendendem Licht, als ob Earendil selbst herabgekommen sei von den hohen westlichen Pfaden, mit dem letzten Silmaril auf der Stirn. Die Dunkelheit wich vor dem Licht zurück, bis es im Mittelpunkt einer Kugel aus durchsichtigem Kristall schien, und die Hand, die es hielt, mit weißem Feuer funkelte.

Frodo betrachtete voll Staunen dieses wunderbare Geschenk, das er so lange bei sich getragen hatte, ohne seinen vollen Wert und seine Macht zu vermuten. Selten hatte er sich unterwegs daran erinnert, bis sie zum Morgul-Tal kamen, und niemals hatte er es benutzt, weil er fürchtete, das Licht könne sie verraten. *Aiya Earendil Elenion Ancalima!* rief er und wußte nicht, was er gesprochen hatte; denn es schien, als spräche durch seine Stimme eine andere, eine klare und von der verpesteten Luft der Höhle nicht beeinträchtigte Stimme.

Aber andere Kräfte gibt es in Mittelerde, Mächte der Nacht, und sie sind alt und stark. Und Sie, die in der Dunkelheit wandelte, hatte vor unermeßlichen Zeiten Elben diesen Ruf ausstoßen hören und seiner nicht geachtet, und er schüchterte sie auch jetzt nicht ein. Als Frodo sprach, spürte er, daß eine gewaltige Bosheit auf ihn gerichtet war und ein tödlicher Blick ihn betrachtete. Nicht weit unten im Gang, zwischen ihnen und der Öffnung, wo sie getaumelt und gestolpert waren, gewahrte er Augen, die sichtbar wurden, zwei große Trauben vielfenstriger Augen – die sich nahende Drohung zeigte endlich ihr wahres Gesicht. Die Strahlen des Sternenglases wurden von den tausend Facetten der Augen gebrochen und zurückgeworfen, aber hinter dem Glitzern begann ein bleiches, tödliches Feuer stetig inwendig zu glühen, eine in irgendeiner tiefen Grube des bösen Denkens entfachte Flamme. Ungeheuerliche und abscheuliche Augen waren es, tierisch und dennoch erfüllt von Entschlossenheit und häßlichem Ergötzen, sich an ihrem Opfer weidend, das ohne Hoffnung auf Entkommen in die Falle geraten war.

Von Entsetzen gepackt, begannen Frodo und Sam langsam zurückzuweichen, und wie gebannt blickten sie auf das Starren dieser unheimlichen Augen; aber ebensoviel, wie sie zurückwichen, rückten die Augen vor. Frodos Hand zitterte, und langsam senkte sich die Phiole. Dann plötzlich, von dem fesselnden Bann befreit, in vergeblichem Schrecken zur Belustigung der Augen ein wenig zu rennen, wandten sie sich um und flohen zusammen; aber als sie rannten, schaute Frodo zurück und sah voll Entsetzen, daß die Augen sogleich hinterherkamen. Der Todesgestank umgab ihn wie eine Wolke.

»Bleib stehen, bleib stehen!« rief er verzweifelt. »Rennen hat keinen Zweck!« Langsam krochen die Augen näher.

»Galadriel!« rief er, nahm all seinen Mut zusammen und hob die Phiole noch einmal hoch. Die Augen hielten an. Vorübergehend erschlaffte ihr Blick, als ob sie durch einen Anflug von Zweifel getrübt würden. Da entbrannte Frodos Herz in ihm, und ohne darüber nachzudenken, was er tat, ob es Torheit sei oder Verzweiflung oder Mut, nahm er die Phiole in die linke Hand und zog das Schwert mit der rechten. Stich fuhr aus der Scheide, und die scharfe Elbenklinge funkelte in dem silbernen Licht, aber an den Rändern flackerte ein blaues Feuer. Dann hielt Frodo, der Hobbit aus dem Auenland, den Stern hoch, das helle Schwert vorgestreckt, und ging unentwegt hinunter, um die Augen zu treffen.

Sie zuckten. Zweifel erfüllte sie, als sich das Licht näherte. Eins nach dem anderen erloschen sie und zogen sich langsam zurück. Nie zuvor hatte eine so tödliche Helligkeit sie gequält. Vor Sonne, Mond und Sternen war sie in ihrem unterirdischen Versteck sicher, aber nun war ein Stern in die Erde selbst hinabgestiegen. Immer näher kam er, und die Augen begannen zu verzagen. Eins nach dem anderen wurde dunkel; sie wandten sich ab, und ein großer Körper, den das Licht nicht erreichen konnte, schob seinen Schatten dazwischen. Die Augen waren fort.

»Herr, Herr!« rief Sam. Er war dicht hinter Frodo; auch er hatte sein Schwert gezogen und griffbereit. »Himmel nochmal! Aber die Elben würden ein Lied daraus machen, wenn sie je davon hörten! Und möge ich am Leben bleiben, um es ihnen zu erzählen und sie singen zu hören. Aber geh weiter, Herr! Geh nicht hinunter in die Höhle! Jetzt haben wir die einzige Gelegenheit. Machen wir, daß wir aus diesem stinkigen Loch rauskommen!«

Und so kehrten sie wieder um. Zuerst gingen und dann rannten sie; denn als sie weiterkamen, stieg der Boden des Ganges steil an, und mit jedem Schritt klommen sie höher über den Gestank der unsichtbaren Lagerstatt, und Kraft kehrte in ihre Glieder und ihr Herz zurück. Aber immer noch lauerte der Haß der Wächterin hinter ihnen, vielleicht blind eine Zeitlang, aber unbesiegt, immer noch auf Tod erpicht. Und nun kam ihnen ein Strom kühler und dünner Luft entgegen. Die Öffnung, das Ende des unterirdischen Ganges, lag endlich vor ihnen. Keuchend, sich nach einem dachlosen Ort sehnend, eilten sie voran; und dann taumelten sie vor Verblüffung und fielen zurück. Der Ausgang war durch irgendein Hindernis versperrt, aber nicht aus Stein; weich und ein wenig nachgebend schien es zu sein, und doch stark und undurchdringlich; Luft kam hindurch, aber keinerlei Lichtschimmer. Noch einmal versuchten sie es und wurden zurückgeschleudert.

Frodo hielt die Phiole hoch und sah vor sich etwas Graues, das die Strahlen des Sternenglases nicht durchdrangen und nicht erhellten, als ob es ein Schatten sei, der von keinem Licht geworfen wurde und daher auch von keinem Licht zerstreut werden konnte. Über die Höhe und Breite des Ganges war ein riesiges Netz gesponnen, ordentlich wie das Netz einer Riesenspinne, aber dichter gewebt und weit größer, und jeder Faden war dick wie ein Seil.

Sam lachte erbittert. »Spinnenweben!« sagte er. »Ist das alles? Spinnenweben! Aber was für eine Spinne! Machen wir uns ran, runter mit ihnen!«

Wütend hieb er mit dem Schwert auf sie ein, aber der Faden, auf den er schlug, riß nicht. Er gab ein wenig nach und sprang dann zurück wie eine gezupfte Bogensehne, lenkte die Klinge ab und schleuderte Schwert und Arm hoch. Dreimal schlug Sam mit aller Kraft zu, und endlich riß ein einziger der zahllosen Stränge und ringelte und drehte sich und peitschte durch die Luft. Ein Ende traf Sams Hand, er schrie vor Schmerz auf, fuhr zurück und legte die Hand über den Mund.

»Das wird Tage dauern, den Weg auf diese Weise freizumachen«, sagte er. »Was kann man tun? Sind diese Augen zurückgekommen?«

»Nein, nicht zu sehen«, sagte Frodo. »Aber ich habe immer noch das Gefühl, daß sie mich anschauen oder an mich denken: vielleicht irgendeinen Plan schmieden. Würde dieses Licht gesenkt oder schwächer werden, dann würden sie schnell wiederkommen.«

»Zuletzt noch in der Falle gefangen!« sagte Sam erbittert, und seine Wut überstieg wieder Müdigkeit und Verzweiflung. »Fliegen im Netz. Möge Faramirs Fluch diesen Gollum treffen, und zwar schnell!«

»Das würde uns jetzt nichts nützen«, sagte Frodo. »Komm, laß uns sehen, was Stich ausrichten kann. Es ist eine Elbenklinge. Grausige Spinnweben waren in den dunklen Schluchten von Beleriand, wo es geschmiedet wurde. Aber du mußt Wachposten sein und die Augen fernhalten. Hier, nimm das Sternenglas. Fürchte dich nicht. Halte es hoch und paß gut auf!«

Dann ging Frodo zu dem großen grauen Netz und hieb darauf mit einem weit ausholenden Streich, zog die scharfe Schneide über eine Reihe dicht geknüpfter Stränge und sprang sofort zurück. Die blauschimmernde Klinge schnitt durch sie hindurch wie eine Sichel durch Gras, und sie zersprangen und krümmten sich und hingen dann lose herab. Ein großer Spalt war gemacht.

Streich auf Streich führte er, bis zuletzt das ganze Netz, soweit er es erreichen konnte, zerfetzt war und der obere Teil wie ein lockerer Schleier im hereinkommenden Wind wehte und wogte. Die Falle war aufgebrochen.

»Komm!« rief Frodo. »Weiter, weiter!« Eine stürmische Freude über ihr Entkommen aus dem Rachen der Verzweiflung erfüllte plötzlich seinen Sinn. Ihm war schwindlig, als habe er einen starken Wein getrunken. Er sprang hinaus und rief mit lauter Stimme.

Seinen Augen, die die Höhle der Nacht durchwandert hatten, erschien das dunkle Land hell. Die großen Rauchwolken waren aufgestiegen und dünner geworden, und die letzten Stunden eines düsteren Tages vergingen; der rote Glanz über Mordor war einer trüben Düsternis gewichen. Dennoch schien es Frodo, daß er auf einen Morgen plötzlicher Hoffnung blickte. Fast hatte er den Gipfel der Wand erreicht. Nur noch ein wenig höher. Die Kluft Cirith Ungol lag vor ihm, eine undeutliche Einkerbung in dem schwarzen Grat, und die Felsenhörner ragten zu beiden Seiten dunkel in den Himmel. Ein rascher Lauf, eine kurze Strecke, und er würde durch sein!

»Der Paß, Sam!« rief er und achtete nicht darauf, wie seine Stimme gellte, die, befreit von den erstickenden Dünsten des Ganges, jetzt hell und ungestüm erschallte. »Der Paß! Lauf, lauf, und dann sind wir durch – durch, ehe irgend jemand uns aufhalten kann!«

Sam kam hinterher, so schnell ihn seine Beine trugen; aber so sehr er sich freute, frei zu sein, so unruhig war er, und während er rannte, schaute er dauernd zurück zu dem dunklen Bogen des Ganges und fürchtete, Augen zu sehen, oder irgendeine unvorstellbare Gestalt, die heraussprang, um sie zu verfolgen. Zu wenig wußte er oder auch sein Herr von Kankras Verschlagenheit. Sie hatte viele Ausgänge von ihrem Lager.

Unendlich lange hatte sie dort gehaust, ein böses Geschöpf in Spinnengestalt und eben jenes, welches einst im Lande der Elben im Westen, das jetzt unter dem Meer ist, gelebt hatte, eben jenes, gegen das Beren vor langer Zeit im Gebirge des Schreckens in Doriath gekämpft hatte, und so war er zu Lúthien gekommen auf dem grünen Rasen inmitten des Schierlings im Mondschein. Wie Kankra hierher gekommen war, vor dem Verderben fliehend, berichtet keine Erzählung, denn aus den Dunklen Jahren sind wenige Erzählungen auf uns gekommen. Aber sie war noch da, die schon vor Sauron dort gewesen war und vor dem ersten Stein von Barad-dûr; und sie diente niemandem außer sich selbst, trank das Blut von Elben und Menschen, aufgedunsen und fett geworden bei endlosem Brüten über ihren Schmäusen, Netze aus Schatten webend. Denn alle Lebewesen waren ihre Nahrung und ihr Erbrochenes Dunkelheit. Ihre geringere Brut, Bankerte der armseligen Männchen, ihrer eigenen Nachkommen, die sie umbrachte, verbreitete sich überall, von Bergschlucht zu Bergschlucht, vom Ephel Dúath bis zu den östlichen Bergen, bis Dol Guldur und den Festungen von Düsterwald. Doch keiner vermochte wie sie, Kankra die Große, das letzte Kind von Ungoliant, die unglückliche Welt zu plagen.

Schon vor Jahren hatte Gollum sie erblickt, Sméagol, der in allen dunklen Löchern herumstöberte, und in vergangenen Tagen hatte er sich gebeugt und sie verehrt, und die Dunkelheit ihrer Boshaftigkeit begleitete ihn auf allen Wegen seiner Mühsal und schnitt ihn ab vom Licht und von Reue. Und er hatte versprochen, ihr Nahrung zu bringen. Aber ihr Gelüst war nicht sein Gelüst. Wenig wußte sie von Türmen, Ringen oder irgend etwas, das von Geist oder Hand ersonnen war, und wenig lag ihr daran, die sie nur den Tod für alle anderen ersehnte, Geist und Körper, und für sich selbst ein übersattes Leben, allein, aufgebläht, bis die Berge sie nicht mehr aufhalten und die Dunkelheit sie nicht mehr umfangen konnte.

Aber dieses Verlangen war noch fern, und lange war sie jetzt schon hungrig gewesen und hatte in ihrer Höhle gelauert, während Saurons Macht wuchs und Licht und Lebewesen seine Grenzen mieden; und die Stadt im Tal war tot, und kein Elb oder Mensch kam in ihre Nähe, nur die unglücklichen Orks. Armselige Nahrung und vorsichtig. Aber fressen mußte sie, und wie eifrig sie auch neue Wendelgänge vom Paß und ihrem Turm gruben, immer fand sie irgendeinen Weg, um sie einzufangen. Aber es gelüstete sie nach süßerem Fleisch. Und Gollum hatte es ihr gebracht.

»Wir werden sehen, wir werden sehen«, sagte er oft zu sich selbst, wenn ihn das Böse überkam auf dem gefährlichen Weg vom Emyn Muil zum Morgul-Tal, »wir werden sehen, o ja, es mag wohl sein, wenn Sie die Knochen und die übriggebliebenen Kleider wegwirft, daß wir ihn finden, ihn bekommen, den Schatz, eine Belohnung für den armen Sméagol, der nettes Essen bringt. Und wir werden den Schatz retten, wie wir versprochen haben. O ja. Und wenn wir ihn in Sicherheit haben, dann wird Sie es erfahren, o ja, dann werden wir es Ihr heimzahlen, mein Schatz. Dann werden wir es jedem heimzahlen!«

So dachte er insgeheim in seiner Arglist, die er noch vor ihr zu verbergen hoffte, selbst als er wieder zu ihr gekommen war und sich tief vor ihr verbeugt hatte, während seine Gefährten schliefen.

Und was Sauron betrifft, so wußte er, wo sie lauerte. Es freute ihn, daß sie dort hungrig, aber mit unverminderter Bosheit hauste, eine zuverlässigere Wache an diesem alten Pfad in sein Land als jede andere, die seine List hätte ersinnen können. Und Orks waren nützliche Hörige, aber es gab ihrer mehr als genug. Wenn Kankra sie dann und wann fing, um ihren Hunger zu stillen, dann war es ihr vergönnt: er konnte sie entbehren. Und wie ein Mensch, der seiner Katze (*seine* Katze nennt er sie, obwohl sie ihm nicht gehört) manchmal einen Leckerbissen zuwirft, so schickte Sauron ihr Gefangene, für die er keine bessere Verwendung hatte: er ließ sie zu ihrer Höhle treiben und sich Bericht erstatten, wie sie mit ihnen verfuhr.

So lebten sie beide, jeder ergötzte sich an seinen Ränken und fürchtete keinen Angriff, keinen Zorn oder irgendein Ende ihrer beider Bosheit. Noch nie war eine Fliege Kankras Netz entgangen, und um so größer war ihre Wut und ihr Hunger.

Aber nichts von diesem Bösen, das sie gegen sich aufgebracht hatten, wußte der arme Sam, nur daß eine Furcht ihn bedrückte, eine drohende Gefahr, die er nicht sehen konnte; und ein solches Gewicht wurde sie, daß sie eine Last für ihn war beim Rennen, und seine Füße schienen bleiern.

Grauen umgab ihn, und Feinde waren vor ihm auf dem Paß, und sein Herr war in einer weltentrückten Stimmung und rannte ihnen sorglos entgegen. Er wandte den Blick ab von dem Schatten hinten und der tiefen Düsternis unter der Felswand zu seiner Linken und schaute nach vorn, und da sah er zweierlei, was sein Entsetzen vermehrte. Er sah, daß das Schwert, das Frodo nicht wieder in die Scheide gesteckt hatte, mit einer blauen Flamme schimmerte; und er sah, daß das Fenster im Turm, obwohl der Himmel hinten jetzt dunkel war, immer noch rot glühte.

»Orks!« murmelte er. »Auf diese Weise werden wir's nie schaffen. Da sind Orks in der Nähe, und noch Schlimmeres als Orks.« Dann kehrte er rasch zu seiner alten Gewohnheit der Heimlichkeit zurück und umschloß mit der Hand die kostbare Phiole, die er noch trug. Rot von seinem eigenen lebendigen Blut schimmerte seine Hand einen Augenblick, und dann steckte er das verräterische Licht tief in seine Brusttasche und zog seinen Elbenmantel um sich. Jetzt versuchte er, seinen Schritt zu beschleunigen. Der Vorsprung seines Herrn vergrößerte sich; schon war er ungefähr zwanzig Schritte vor ihm und huschte dahin wie ein Schatten; bald würde er in dieser grauen Welt dem Blick entschwunden sein.

Kaum hatte Sam das Licht des Sternenglases verborgen, da kam sie. Ein Stückchen voraus und zu seiner Linken sah er plötzlich aus einem schwarzen Schattenloch unter der Felswand das widerwärtigste Geschöpf herauskommen, das er je erblickt hatte, schrecklicher als der Schrecken eines bösen Traums. Fast wie eine Spinne war sie, aber größer als die großen Raubtiere und entsetzlicher als sie wegen der bösen Entschlossenheit in ihren unbarmherzigen Augen. Eben diese Augen, von denen er geglaubt hatte, sie seien eingeschüchtert und besiegt, waren wieder da, von einem grausamen Funkeln erhellt und in Trauben an ihrem vorgestreckten Kopf sitzend. Große Hörner hatte sie, und hinter ihrem kurzen, stielartigen Hals war ihr riesiger, geschwollener Leib, ein gewaltiger, aufgeblähter Sack, zwischen ihren Beinen schaukelnd und durchhängend. Ihr Rumpf war schwarz, mit bläulichen Malen bedeckt, aber die Unterseite des Bauches war fahl und leuchtend und strömte einen Gestank aus. Ihre Beine waren angezogen, die großen, knotigen Gelenke ragten hoch über ihren Rücken hinaus, und sie hatte Haare, die wie Stahlstacheln herausstanden, und an jedem Bein saß eine Klaue.

Sobald sie ihren weichen, wabbeligen Körper und die angewinkelten Gliedmaßen aus dem oberen Ausgang ihrer Lagerstatt herausgequetscht hatte, bewegte sie sich mit entsetzlicher Geschwindigkeit, bald auf ihren knackenden Beinen rennend, bald einen plötzlichen Satz machend. Sie war zwischen Sam und seinem Herrn. Entweder sah sie Sam nicht, oder sie mied ihn im Augenblick, weil er das Licht trug, und richtete ihre ganze Absicht auf eine einzige Beute, auf Frodo, der, seiner Phiole beraubt, achtlos den Pfad hinauflief und von der Gefahr noch nichts ahnte. Schnell rannte er, aber Kankra war schneller; mit ein paar Sprüngen würde sie ihn haben.

Sam keuchte und nahm alle Luft, die er noch hatte, zusammen, um zu rufen. »Schau nach hinten!« schrie er. »Paß auf, Herr! Ich . . .«, aber plötzlich wurde sein Schrei erstickt.

Eine lange, feuchtkalte Hand legte sich ihm auf den Mund, und eine andere packte ihn am Hals, während sich etwas um seine Beine schlang. Überrumpelt, fiel er nach hinten in die Arme seines Angreifers.

»Haben wir ihn!« zischte ihm Gollum ins Ohr. »Endlich, mein Schatz, haben wir ihn, ja, den häßlichen Hobbit. Wir nehmen diesen. Sie wird den anderen kriegen. O ja, Kankra wird ihn kriegen, nicht Sméagol: er hat versprochen, er würde dem Herrn gar nichts tun. Aber dich hat er, du häßlicher, dreckiger kleiner Schnüffler!« Er spuckte auf Sams Hals.

Wut über den Verrat und Verzweiflung darüber, daß er aufgehalten wurde, während sein Herr in tödlicher Gefahr war, verliehen Sam eine Heftigkeit und Kraft, die weit über alles hinausgingen, was Gollum von diesem schwerfälligen dummen Hobbit, für den er ihn hielt, erwartet hatte. Gollum selbst hätte sich nicht schneller oder wütender herauswinden können. Seine Hand rutschte von Sams Mund ab, und Sam duckte sich, machte wieder einen Satz nach vorn und versuchte, den Griff um seinen Hals abzuschütteln. Sein Schwert hatte er noch in der Hand, und an seinem linken Arm hing an der Schlaufe Faramirs Stock. Verzweifelt versuchte er, sich umzudrehen und seinen Feind zu erstechen. Aber Gollum war zu schnell. Sein langer rechter Arm schoß vor, und er packte Sams Handgelenk: seine Finger waren wie ein Schraubstock; langsam und unbarmherzig bog er die Hand hinunter und nach vorn, bis Sam mit einem Schmerzensschrei das Schwert losließ und es auf den Boden fiel; und währenddessen drückte Gollums andere Hand Sam die Kehle zu.

Dann wandte Sam seine letzte List an. Mit aller Kraft zog er sich weg und setzte seine Füße fest auf; dann plötzlich stemmte er seine Beine auf den Boden und warf sich mit aller Gewalt nach hinten.

Gollum, der nicht einmal diesen einfachen Kniff von Sam erwartet hatte, fiel um, Sam auf ihn drauf, und er bekam das Gewicht des stämmigen Hobbits auf den Magen. Ein scharfes Zischen kam aus ihm heraus, und für eine Sekunde lockerte sich sein Griff um Sams Kehle; aber seine Finger hatten immer noch die Schwerthand umklammert. Sam warf sich nach vorn und riß sich los und stand auf, und dann schwenkte er nach rechts und drehte sich um das Handgelenk, das Gollum festhielt. Mit der linken Hand packte Sam den Stock, holte aus, und mit einem pfeifenden Krachen landete er auf Gollums ausgestrecktem Arm, genau unterhalb des Ellbogens.

Mit einem Winseln ließ Gollum los. Dann griff Sam an; er nahm sich nicht die Zeit, den Stock von der linken in die rechte Hand umzuwechseln, und führte einen weiteren heftigen Schlag. Schnell wie eine Schlange glitt Gollum zur Seite, und der auf seinen Kopf gezielte Streich traf seinen Rücken. Der Stock krachte und zerbrach. Das war genug für ihn. Von hinten packen war ein altes Spiel von ihm, und selten war es ihm mißlungen. Aber diesmal hatte er, von Gehässigkeit verführt, den Fehler begangen, zu reden und sich zu freuen, ehe er beide Hände am Hals des Opfers hatte. Alles war schiefgegangen mit seinem schönen Plan, seit das entsetzliche Licht so unerwartet in der Dunkelheit erschienen war. Und jetzt sah er sich einem wütenden Feind gegenüber, der fast so groß wie er war. Dieser Kampf war seine Sache nicht. Sam hob sein Schwert vom Boden auf und holte aus. Gollum quietschte, sprang auf allen vieren zur Seite und hüpfte wie ein Frosch mit einem großen Satz davon. Ehe Sam ihn erreichen konnte, war er fort und rannte mit erstaunlicher Geschwindigkeit zum Gang zurück.

Mit dem Schwert in der Hand setzte Sam ihm nach. Im Augenblick hatte er alles andere vergessen, er sah rot vor Wut und hatte nur den Wunsch, Gollum zu töten. Aber ehe er ihn einholen konnte, war Gollum verschwunden. Als sich dann die dunkle Höhle vor ihm auftat und ihm der Gestank entgegenkam, traf ihn der Gedanke an Frodo und das Ungeheuer wie ein Donnerschlag. Er fuhr herum und raste wie wild den Pfad hinauf und rief immer wieder und wieder den Namen seines Herrn. Es war zu spät. Insoweit war Gollums Anschlag gelungen.

ZEHNTES KAPITEL

DIE ENTSCHEIDUNGEN VON MEISTER SAMWEIS

Frodo lag, mit dem Gesicht nach oben, auf dem Boden, und das Ungetüm beugte sich über ihn, so versessen auf sein Opfer, daß es auf Sam und sein Rufen nicht achtete, bis er ganz nahe war. Als er herbeistürzte, sah er, daß Frodo schon gefesselt war, die gewaltigen Spinnfäden umwanden ihn von den Knöcheln bis zur Schulter, und das Ungetüm begann, ihn mit seinen großen Vorderpfoten halb hochzuheben und halb wegzuschleifen.

Zwischen Sam und Frodo lag, auf dem Boden schimmernd, Frodos Elbenklinge, wo sie ihm nutzlos aus der Hand gefallen war. Sam nahm sich nicht die Zeit, um zu überlegen, was zu tun sei, oder ob er tapfer oder treu oder zornerfüllt sei. Mit einem Schrei sprang er vor und packte das Schwert seines Herrn mit der Linken. Dann griff er an. Kein wütenderer Ansturm war je in der wilden Welt der Tiere gesehen worden, wo irgendein verzweifeltes kleines Geschöpf, mit winzigen Zähnen bewaffnet, einen Turm aus Horn und Fell anspringt, der über seinem gefallenen Gefährten aufragt.

Als ob Kankra durch seinen schwachen Schrei aus irgendeinem hämischen Traum aufgescheucht worden sei, wandte sie langsam die entsetzliche Bosheit ihres Blicks auf ihn. Aber fast ehe sie gewahr wurde, daß ein größerer Zorn, als sie ihn in unzähligen Jahren je erlebt hatte, sie angriff, schnitt ihr das schimmernde Schwert in den Fuß und hieb die Klaue ab. Sam sprang hinein in die Wölbungen ihrer Beine, und mit einem raschen Stoß mit der anderen Hand stach er nach den Trauben von Augen auf ihrem gesenkten Kopf. Ein großes Auge wurde dunkel.

Jetzt war das elende Geschöpf genau unter ihr und im Augenblick außer Reichweite ihres Stachels und ihrer Klauen. Ihr gewaltiger Leib mit seinem fauligen Leuchten war über ihm, und der Gestank warf ihn fast um. Seine Wut reichte indes noch für einen zweiten Hieb, und ehe sie sich auf ihn fallen lassen konnte, um ihn und seinen ganzen kleinen unverschämten Mut zu zermalmen, zog er ihr mit verzweifelter Kraft die schimmernde Elbenklinge über.

Aber Kankra war nicht wie Drachen, keine weichere Stelle hatte sie außer ihren Augen. Knotig und narbig war ihre uralte Haut, aber von innen heraus immer dicker geworden durch eine böse wuchernde Schicht nach der anderen. Die Klinge riß ihr eine furchtbar klaffende Wunde, aber diese abscheulichen Falten konnten von keiner Menschenkraft durchbohrt werden, nicht einmal, wenn Elb oder Zwerg die Waffe geschmiedet oder die Hand von Beren oder Túrin sie geführt hätte. Sie wich zurück vor dem Streich und hob dann den großen Sack ihres Bauches hoch über Sams Kopf. Gift schäumte und sprudelte aus der Wunde. Jetzt spreizte sie ihre Beine und drückte ihren gewaltigen Körper wieder auf ihn hinunter. Zu früh. Denn Sam stand noch auf den Beinen; er ließ sein eigenes Schwert fallen und hielt mit beiden Händen die Elbenklinge mit der Spitze nach

Die Entscheidungen von Meister Samweis

oben hoch, um das grausige Dach abzuwehren; und so stieß Kankra sich selbst mit der treibenden Kraft ihres eigenen grausamen Willens, mit einer Kraft, die größer war als die irgendeines Recken, auf einen schneidenden Dorn. Tief, tief stach er, während Sam langsam zu Boden gedrückt wurde.

Niemals in ihrer ganzen alten Welt der Bosheit hatte Kankra einen solchen Schmerz erfahren oder sich träumen lassen, daß sie ihn erfahren würde. Nicht der beherzteste Krieger des alten Gondor noch der wildeste Ork, der ihr in die Fänge geraten war, hatten ihr jemals solchen Widerstand geleistet oder die Waffe gegen ihr geliebtes Fleisch gerichtet. Ein Schauer überlief sie. Sie hob sich wieder hoch, entwand sich dem Schmerz, zog ihre gekrümmten Glieder unter sich und machte einen krampfhaften Satz rückwärts.

Sam war neben Frodos Kopf auf die Knie gefallen, ihm schwanden die Sinne in dem üblen Gestank, mit beiden Händen hatte er noch den Schwertgriff gepackt. Durch den Nebel vor seinen Augen gewahrte er undeutlich Frodos Gesicht, und hartnäckig mühte er sich, sich wieder in die Gewalt zu bekommen und sich der Ohnmacht zu entziehen, die ihn umfing. Langsam hob er den Kopf und sah sie, nur ein paar Schritte entfernt, wie sie ihn beäugte. Aus ihrem Rüssel rann giftiger Speichel, und eine grüne Flüssigkeit tröpfelte unter ihrem verwundeten Auge heraus. Da kauerte sie, ihr bebender Bauch flach auf dem Boden, die großen Bögen ihrer Beine zitternd, während sie sich zu einem neuen Sprung sammelte – diesmal, um zu zermalmen und totzustechen: nicht bloß ein klein wenig Gift, um ihr zappelndes Opfer zur Ruhe zu bringen; diesmal, um es zu töten und dann in Stücke zu reißen.

Während auch Sam sich hinkauerte und, als er sie anschaute, seinen Tod in ihren Augen sah, kam ihm ein Gedanke, als ob eine ferne Stimme gesprochen habe, und er stöberte mit der linken Hand in seiner Brusttasche und fand, was er suchte; kalt und hart und fest kam sie ihm bei der Berührung in einer gespenstischen Welt des Schreckens vor: Galadriels Phiole.

»Galadriel!« sagte er schwach, und dann hörte er fern, aber deutlich Stimmen: die Rufe der Elben, die unter den Sternen in den geliebten Schatten des Auenlandes wanderten, und die Musik der Elben, die er im Schlaf in der Halle des Feuers in Elronds Haus vernommen hatte.

Gilthoniel A Elbereth!

Und dann löste sich seine Zunge, und seine Stimme rief in einer Sprache, die er nicht kannte:

A Elbereth Gilthoniel
o menel palan-díriel,
le nallon sí di'nguruthos!
A tíro nin, Fanuilos!

Und damit stand er taumelnd auf und war wieder Samweis, der Hobbit, Hamfasts Sohn.

»Nun komm, du Scheusal!« rief er. »Du hast meinen Herrn verletzt, du Untier, und dafür wirst du bezahlen. Wir gehen weiter, aber erst rechnen wir mit dir ab. Komm und versuch es nochmal!«

Als ob sein unbezwingbarer Mut die Wirkungskraft des Glases in Gang gesetzt hätte, leuchtete es plötzlich in seiner Hand wie eine weiße Fackel. Es flammte auf wie eine Sternschnuppe, die das dunkle Himmelszelt mit unerträglicher Helligkeit durchschneidet. Kein solcher Schrecken aus dem Himmel hatte je zuvor in Kankras Gesicht gebrannt. Seine Strahlen drangen in ihren verwundeten Kopf ein und durchschnitten ihn mit unerträglichem Schmerz, und die entsetzliche Seuche des Lichts griff von Auge zu Auge über. Sie fiel zurück, ihre Vorderfüße zuckten in der Luft, ihr Augenlicht versengt von inneren Blitzen, ihr Geist gepeinigt. Dann wandte sie ihren verletzten Kopf ab, rollte sich zur Seite und begann, Klaue um Klaue, zur Öffnung in der dunklen Felswand hinten zu kriechen.

Sam griff an. Er schwankte wie ein Betrunkener, aber er griff an. Und Kankra war endlich entmutigt, zusammengeschrumpft in der Niederlage, und sie zuckte und zitterte, als sie versuchte, vor ihm davonzueilen. Sie erreichte die Höhle, preßte sich an den Boden, hinterließ eine grüngelbe Schleimspur und schlüpfte hinein, als Sam gerade einen letzten Hieb gegen ihre nachschleppenden Beine führte. Dann fiel er zu Boden.

Kankra war fort; und ob sie lange in ihrer Höhle liegen blieb, ihre Bosheit und ihren Schmerz nährte und in langsam vergehenden Jahren der Dunkelheit von innen heraus genas und ihre traubenförmigen Augen heilten, bis sie wiederum mit todbringender Gier ihre entsetzlichen Fallstricke in den Schluchten des Schattengebirges spann, berichtet diese Erzählung nicht.

Sam war allein. Als sich der Abend des Namenlosen Landes auf das Kampffeld senkte, kroch er müde zu seinem Herrn zurück. »Herr, lieber Herr«, sagte Sam und wartete während einer langen Stille und lauschte vergeblich.

So schnell er konnte, schnitt er dann die fesselnden Stricke auf und legte Frodo den Kopf auf die Brust und an seinen Mund, aber keine Lebensregung konnte er feststellen und auch nicht das schwächste Flattern des Herzens spüren. Oft rieb er seines Herrn Hände und Füße und berührte seine Stirn, aber alles war kalt.

»Frodo, Herr Frodo!« rief er. »Laß mich hier nicht allein! Dein Sam ruft. Geh nicht dorthin, wohin ich dir nicht folgen kann! Wach auf, Herr Frodo! Oh, wach doch auf, Frodo, mein lieber, lieber Frodo. Wach auf!«

Dann wallte Zorn in ihm auf, und in einem Anfall von Raserei rannte er um den Körper seines Herrn herum, stach in die Luft, schlug auf Steine und schrie Herausforderungen. Mit einemmal kam er zurück, beugte sich nieder und betrachtete Frodos Gesicht, bleich unter ihm in der Dunkelheit. Und plötzlich sah er, daß er in dem Bild war, das ihm in Galadriels Spiegel in Lórien gezeigt worden war: Frodo lag fest schlafend mit bleichem Gesicht unter einer großen, dunklen Felswand. Oder fest schlafend, wie er damals glaubte. »Er ist tot«, sagte er. »Er schläft nicht, er ist tot!« Und als ob seine Worte das Gift wieder wirksam gemacht hätten, schien es ihm, daß die Farbe des Gesichts grünlich fahl wurde.

Und dann überkam ihn schwarze Verzweiflung, und Sam beugte sich zum Boden und zog seine graue Kapuze über den Kopf, und es wurde Nacht in seinem Herzen, und er wußte nichts mehr.

Als endlich die Schwärze vorüberzog, schaute Sam auf, und Schatten waren rings um ihn; aber wie viele Minuten oder Stunden sich die Welt dahingeschleppt hatte, wußte er nicht. Er war noch an derselben Stelle, und sein Herr lag immer noch tot neben ihm. Die Berge waren nicht eingestürzt und die Erde nicht untergegangen.

»Was soll ich nur tun? Was soll ich nur tun?« sagte er. »Bin ich den ganzen Weg mit ihm hierher gekommen für nichts und wieder nichts?«

Und dann erinnerte er sich seiner eigenen Stimme; sie hatte zu Beginn ihrer Wanderung Worte gesprochen, die er damals selbst nicht verstand: *Ich habe noch etwas zu tun, ehe alles vorbei ist. Ich muß es durchschauen, Herr, wenn du mich verstehst.*

»Aber was kann ich tun? Doch nicht Herrn Frodo tot und unbegraben hoch oben auf dem Gebirge verlassen und nach Hause gehen? Oder weitergehen? Weitergehen?« wiederholte er, und einen Augenblick packten ihn Zweifel und Angst. »Weitergehen? Muß ich das tun? Und ihn verlassen?«

Dann endlich begann er zu weinen; und er ging zu Frodo, legte ihn ordentlich hin, faltete ihm die kalten Hände auf der Brust und hüllte ihn in seinen Mantel; und er legte sein eigenes Schwert auf eine Seite und den Stock, das Geschenk von Faramir, auf die andere.

»Wenn ich weitergehen soll«, sagte er, »dann muß ich dein Schwert nehmen, wenn du erlaubst, Herr Frodo, aber ich lege dieses neben dich, wie es neben dem alten König in dem Hügelgrab gelegen hatte; und du hast dein schönes Mithril-Panzerhemd vom alten Herrn Bilbo. Und dein Sternenglas, Herr Frodo, das hast du mir geliehen, und ich werde es brauchen, denn ich werde jetzt immer im Dunkeln sein. Es ist zu gut für mich, und die Herrin hat es dir geschenkt, aber vielleicht wird sie es verstehen. Verstehst *du* es, Herr Frodo? Ich muß weitergehen.«

Aber er konnte nicht gehen, noch nicht. Er kniete nieder und nahm Frodos Hand und konnte sie nicht loslassen. Und die Zeit verging, und er kniete immer noch, hielt die Hand seines Herrn und führte in seinem Inneren eine Auseinandersetzung.

Jetzt versuchte er, Kraft zu finden, um sich loszureißen und auf eine einsame Wanderung zu gehen – um Rache zu nehmen. Wenn er erst einmal gehen konnte, dann würde seine Wut ihn über alle Straßen der Welt bringen, ihn verfolgend, bis er ihn endlich hatte: Gollum. Dann würde Gollum in irgendeinem heimlichen Winkel sterben. Aber das war es nicht, was zu tun er ausgezogen war. Es würde sich nicht lohnen, deswegen seinen Herrn zu verlassen. Es würde ihn nicht zurückbringen. Nichts würde ihn zurückbringen. Es wäre besser, sie wären beide tot. Und auch das würde eine einsame Wanderung sein.

Er schaute auf die glänzende Spitze des Schwerts. Er dachte an die Orte hinten, wo es einen schwarzen Grat gab und einen leeren Sturz ins Nichts. Auf diesem Weg gab es kein Entkommen. Das bedeutete nichts tun, nicht einmal Rache üben. Das war es nicht, was zu tun er ausgezogen war. »Was soll ich denn tun?« rief er wieder, und jetzt schien er die bittere Antwort genau zu wissen: *es zu durchschauen*. Auch eine einsame Wanderung, und die schlimmste.

»Was? Ich allein soll zu den Schicksalsklüften gehen und das alles?« Er zagte noch, aber die Entschlossenheit wuchs. »Was? *Ich* soll *ihm* den Ring abnehmen? Der Rat hat ihn ihm gegeben.«

Doch die Antwort kam sofort: »Und der Rat hat ihm Gefährten mitgegeben, damit der Auftrag nicht scheitern sollte. Und du bist der letzte der ganzen Gemeinschaft. Der Auftrag darf nicht scheitern.«

»Ich wünschte, ich wäre nicht der letzte«, stöhnte er. »Ich wünschte, der alte Gandalf wäre hier, oder sonst jemand. Warum bin ich ganz allein übriggeblieben, um einen Entschluß zu fassen? Ich mache es bestimmt verkehrt. Und es ist nicht meine Sache, den Ring zu nehmen und mich vorzudrängeln.«

»Aber du hast dich nicht vorgedrängelt; du bist vorgeschoben worden. Und was das betrifft, daß du nicht der richtige oder passende Träger bist, nun, Herr Frodo war es nicht, könnte man sagen, und Herr Bilbo auch nicht. Sie hatten sich nicht selbst ausgewählt.«

»Nun ja, ich muß selbst einen Entschluß fassen. Und ich werde ihn fassen. Aber ich werde es bestimmt verkehrt machen: das würde Sam Gamdschie ähnlich sehen.

Nun will ich mal überlegen: wenn wir hier gefunden werden oder Herr Frodo gefunden wird und er hat das Ding bei sich, dann wird der Feind es bekommen. Und das ist das Ende von uns allen, von Lórien und Bruchtal und vom Auenland und von allem. Und es ist keine Zeit zu verlieren, sonst ist es sowieso das Ende. Der Krieg hat begonnen, und es ist mehr als wahrscheinlich, daß die Dinge für den Feind schon gut stehen. Keine Möglichkeit, mit Ihm zurückzugehen und Rat oder Erlaubnis einzuholen. Nein, entweder hier sitzen, bis sie kommen und mich auf der Leiche des Herrn töten und Ihn bekommen; oder Ihn nehmen und gehen.« Er holte tief Luft. »Dann heißt es: Ihn nehmen!«

Er bückte sich. Sehr sanft machte er die Spange am Hals auf und fuhr mit der Hand in Frodos Rock; mit der anderen Hand hob er dann seinen Kopf, küßte die kalte Stirn und zog leicht die Kette über ihn. Und dann legte er den Kopf still wieder hin. Keine Veränderung zeigte sich auf dem ruhigen Gesicht, und dadurch war Sam mehr als durch alle anderen Zeichen endlich überzeugt, daß Frodo gestorben war und die Aufgabe abgegeben hatte.

»Leb wohl, Herr, mein Lieber«, murmelte er. »Verzeih deinem Sam. Er wird an diese Stelle zurückkommen, wenn die Aufgabe erledigt ist – wenn er es schafft. Und dann wird er dich nicht wieder verlassen. Ruhe hier, bis ich komme; und möge kein böses Geschöpf dir nahekommen! Wenn die Herrin mich hören könnte und mir einen Wunsch erfüllte, dann würde ich mir wünschen, daß ich zurückkomme und dich hier wieder finde. Leb wohl!«

Und dann beugte er selbst den Hals und streifte die Kette über, und sofort wurde sein Kopf durch das Gewicht des Ringes zum Boden gezogen, als ob ihm ein großer Stein umgebunden worden wäre. Aber langsam, als ob das Gewicht geringer würde oder eine neue Kraft in ihm erwüchse, hob er den Kopf, und mit einer großen Anstrengung stand er dann auf und merkte, daß er gehen und seine Last tragen konnte. Und einen Augenblick hob er die Phiole hoch und blickte hinab auf seinen Herrn, und das Licht brannte jetzt sanft mit dem milden Strahlen des Abendsterns im Sommer, und in diesem Licht hatte Frodos Gesicht wieder eine schöne Farbe, bleich, aber von einer elbischen Schönheit wie bei einem, der schon lange die Schatten durchwandert hatte. Und mit dem schmerzlichen Trost dieses letzten Anblicks wandte sich Sam ab, verbarg das Licht und schwankte in die zunehmende Dunkelheit.

Er brauchte nicht weit zu gehen. Der Gang lag ein Stück hinter ihm, die Schlucht ein paar hundert Ellen oder weniger vor ihm. Der Pfad war in der Düsternis sichtbar, eine tiefe Spur, ein in unendlichen Zeiten ausgetretener Weg, der nun in einer langgestreckten Mulde mit Felswänden auf beiden Seiten sanft hinaufführte. Die Mulde verengte sich rasch. Bald kam Sam zu einer langen Treppe mit flachen Stufen. Der Orkturm war jetzt rechts über ihm, und das rote Licht in ihm glühte noch. Sam war in dem dunklen Schatten darunter verborgen. Er erreichte das obere Ende der Treppe und war nun endlich in der Schlucht.

»Ich habe meinen Entschluß gefaßt«, sagte er dauernd zu sich selbst. Aber das hatte er nicht. Obwohl er sein Möglichstes getan hatte, es sich gut zu überlegen, so ging ihm das, was er tat, doch durchaus gegen den Strich. »Habe ich es falsch gemacht?« murmelte er. »Was hätte ich tun sollen?«

Als die Steilwände der Schlucht ihn einschlossen, ehe er den eigentlichen Gipfel erreichte, ehe er endlich den Pfad erblickte, der in das Namenlose Land hinunterführte, wandte er sich um. Einen Augenblick schaute er zurück, in unerträglichem Zweifel befangen. Wie einen kleinen Fleck in der zunehmenden Düsternis konnte er noch die Öffnung des Ganges sehen; und er glaubte zu sehen oder zu erraten, wo Frodo lag. Er bildete sich ein, dort unten sei ein schwacher Schimmer auf dem Boden, oder vielleicht täuschten ihn seine Tränen, als er hinunterschaute auf diesen hohen, steinigen Ort, wo sein ganzes Leben in Trümmer gegangen war.

»Wenn mir nur mein Wunsch erfüllt werden könnte, mein einziger Wunsch«, seufzte er, »zurückzugehen und ihn wiederzufinden!« Dann endlich wandte er sich um zu dem Weg vor ihm und machte ein paar Schritte: die schwersten und widerstrebendsten, die er je getan hatte.

Nur ein paar Schritte; und jetzt nur noch ein paar weitere, und dann würde er hinuntergehen und diese Höhe nie wiedersehen. Und dann plötzlich hörte er Schreien und Stimmen. Er stand mucksmäuschenstill. Orkstimmen. Sie waren vor ihm und hinter ihm. Ein Geräusch von stampfenden Füßen und mißtönenden Rufen: Orks kamen zur Schlucht herauf von der anderen Seite, vielleicht von irgendeinem Eingang zum Turm. Stampfende Füße und Rufe hinter ihm. Er fuhr herum. Er sah kleine rote Lichter, Fackeln, die dort unten blinkten, als sie aus dem Gang kamen. Endlich war die Jagd im Gange. Das rote Auge des Turms war nicht blind gewesen. Er war gefangen.

Jetzt war das Flackern der sich nähernden Fackeln und das Klirren von Waffen vor ihm sehr nah. In einer Minute würden sie den Gipfel erreichen und ihn erwischen. Er hatte zu lange gebraucht, seinen Entschluß zu fassen, und jetzt nützte er nichts mehr. Wie konnte er entkommen oder sich retten oder den Ring retten? Der Ring. Er war sich keines Gedankens und keiner Entscheidung bewußt. Er merkte nur, daß er die Kette herauszog und den Ring in die Hand nahm. Die Spitze der Orkgruppe tauchte in der Schlucht vor ihm auf. Da streifte er ihn über.

Die Welt veränderte sich, und ein einziger Augenblick war angefüllt mit einer Stunde des Denkens. Sofort wurde er gewahr, daß das Gehör sich schärfte, während das Sehvermögen abnahm, aber anders als in Kankras Höhle. Alle Dinge um ihn waren jetzt nicht dunkel, sondern verschwommen; dabei war er selbst in einer grauen, dunstigen Welt, allein, wie ein kleiner, schwarzer, fester Felsen, und der Ring, der seine linke Hand hinunterdrückte, war wie ein Kreis aus heißem Gold. Er hatte ganz und gar nicht das Gefühl, unsichtbar, sondern in entsetzlicher und einzigartiger Weise sichtbar zu sein; und er wußte, daß irgendwo ein Auge nach ihm forschte.

Er hörte das Krachen von Stein und das Murmeln von Wasser fern im Morgul-Tal; und weiter unten unter dem Fels den gurgelnden Jammer von Kankra, die umhertappte, in irgendeinem verborgenen Gang verloren; und Stimmen in den Verliesen des Turms; und die Schreie der Orks, als sie aus dem Gang herauskamen; und betäubend, in seinen Ohren dröhnend, der Krach der Füße und das durchdringende Geschrei der Orks vor ihm. Er wich zur Felswand zurück. Aber sie marschierten heran wie ein Geisterheer, graue, verzerrte Gestalten in einem Nebel, nur Angstträume, mit bleichen Flammen in den Händen. Und sie gingen an ihm vorbei. Er duckte sich und versuchte, in irgendeine Spalte zu kriechen, um sich zu verstecken.

Er lauschte. Die Orks aus dem unterirdischen Gang und die anderen, die hinuntermarschierten, hatten einander gesehen, und beide Gruppen beeilten sich jetzt und schrien. Er hörte sie beide ganz deutlich und verstand, was sie sagten. Vielleicht bewirkte der Ring, daß man Sprachen verstand, oder überhaupt verstand, insbesondere die Diener von Sauron, seinem Schöpfer, so daß Sam, wenn er aufpaßte, die Gedanken verstand und sich selbst übersetzte. Gewiß hatte der Ring beträchtlich an Macht zugenommen, aber eins vermittelte er nicht, und das war Mut. Im Augenblick dachte Sam nur daran, sich zu verstecken und liegenzubleiben, bis alles wieder ruhiger war; und er lauschte ängstlich. Er wußte nicht, wie nahe die Stimmen waren, die Worte schienen fast in seinen Ohren zu sein.

»Heda, Gorbag! Was machst du hier oben? Hast schon genug vom Krieg?«

»Befehl, du Tölpel. Und was tust du, Schagrat? Hast es satt, hier oben zu lauern? Denkst daran, zum Kämpfen herunterzukommen?«

»Befehle für dich. Ich befehlige diesen Paß. Also sei höflich. Was hast du zu berichten?«

»Nichts.«

»He! He! Hussa!« Ein Schrei unterbrach die Unterhaltung der Führer. Die Orks weiter unten hatten plötzlich etwas gesehen. Sie begannen zu rennen. Die anderen auch.

»He! Heda! Da ist etwas! Liegt genau auf dem Weg. Ein Späher, ein Späher!« Es gab ein Tuten heiserer Hörner und ein Gewirr bellender Stimmen.

Mit einem entsetzlichen Schlag erwachte Sam aus seiner ängstlichen Stimmung. Sie hatten seinen Herrn gesehen. Was würden sie tun? Er hatte Geschichten von Orks gehört, die einem das Blut erstarren ließen. Es war nicht zu ertragen. Er sprang auf. Er ließ die Aufgabe und alle Entschlüsse fahren und Furcht und Zweifel mit ihnen. Er wußte jetzt, wo sein Platz war und gewesen war: an der Seite seines Herrn, obwohl ihm nicht klar war, was er dort tun könnte. Zurück rannte er, die Stufen hinunter, den Pfad hinunter zu Frodo.

»Wie viele sind dort?« dachte er. »Dreißig oder vierzig mindestens vom Turm, und erheblich mehr als das von unten, schätze ich. Wie viele kann ich töten, ehe sie mich kriegen? Sie werden die Flamme des Schwertes sehen, sobald ich es ziehe, und früher oder später werden sie mich kriegen. Ich möchte mal wissen, ob ein Lied es je erwähnen wird: Wie Samweis auf dem Hohen Paß fiel und einen Wall von Leichen um seinen Herrn auftürmte. Nein, kein Lied. Natürlich nicht, denn der Ring wird gefunden werden, und es wird keine Lieder mehr geben. Ich kann's nicht ändern. Mein Platz ist bei Herrn Frodo. Sie müssen das verstehen – Elrond und der Rat und die großen Herren und Frauen mit all ihrer Weisheit. Ihre Pläne sind gescheitert. Ich kann nicht ihr Ringträger sein. Nicht ohne Herrn Frodo.«

Aber die Orks waren für seinen getrübten Blick jetzt außer Sicht. Er hatte keine Zeit gehabt, über sich selbst nachzudenken, doch jetzt merkte er, daß er müde war, müde fast bis zur Erschöpfung: seine Beine würden ihn nicht tragen, wie er wollte. Er war zu langsam. Der Pfad schien meilenlang. Wohin waren sie alle gegangen in dem Nebel?

Da waren sie wieder! Noch ein gutes Stück vor ihm. Eine Menge Gestalten um etwas, das auf dem Boden lag; ein paar schienen hierhin und dorthin zu stürzen, gebückt wie Hunde auf einer Spur. Er versuchte, eine letzte Anstrengung zu machen.

»Los, Sam«, sagte er. »Sonst kommst du wieder zu spät.« Er lockerte das Schwert in der Scheide. Gleich würde er es ziehen, und dann...

Es gab ein wildes Geschrei, Gejohle und Gelächter, als etwas vom Boden aufgehoben wurde: »Hau-ruck! Hau-ruck! Auf! Auf!«

Dann rief eine Stimme: »Nun los! Den schnellen Weg. Zurück zum Unteren

Tor! Sie wird uns heute nacht allem Anschein nach nicht belästigen.« Die ganze Orkbande setzte sich in Bewegung. Vier in der Mitte trugen einen Körper hoch auf ihren Schultern. »Hau-ruck!«

Sie hatten Frodo mitgenommen. Sie waren fort. Er konnte sie nicht einholen. Immer noch quälte er sich voran. Die Orks erreichten den Gang und gingen hinein. Die mit der Last zuerst, und hinter ihnen gab es eine ganze Menge Gerangel und Geschubse. Sam kam hinterdrein. Er zog das Schwert, ein blaues Flackern in seiner zitternden Hand, aber sie sahen es nicht. Gerade als er keuchend herankam, verschwand der letzte von ihnen in dem dunklen Loch.

Einen Augenblick stand er da, schnappte nach Luft und hielt sich die Brust. Dann fuhr er sich mit dem Ärmel übers Gesicht, wischte Schmutz, Schweiß und Tränen ab. »Verdammter Dreck!« sagte er und eilte ihnen nach in die Dunkelheit.

Es kam ihm nicht mehr sehr dunkel vor im Gang, eher war es, als ob er aus einem dünnen Dunstschleier in dichteren Nebel gekommen sei. Seine Müdigkeit nahm zu, aber sein Wille wurde um so härter. Er glaubte, den Schein der Fackeln ein Stückchen vor sich zu sehen, aber so sehr er es auch versuchte, er konnte sie nicht einholen. Orks gehen rasch in unterirdischen Gängen, und diesen Gang kannten sie gut; denn trotz Kankra mußten sie ihn oft benutzen, weil es der schnellste Weg von der Toten Stadt über das Gebirge war. Wann in der weit zurückliegenden Vergangenheit der Hauptgang und die große runde Höhle, in der Kankra vor unendlich langer Zeit ihren Wohnsitz aufgeschlagen hatte, angelegt worden waren, wußten sie nicht. Aber viele Nebenwege hatten sie selbst auf beiden Seiten gegraben, um bei ihrem Kommen und Gehen im Auftrag ihrer Herren die Höhle zu vermeiden. Heute nacht hatten sie nicht vor, weit hinunter zu gehen, sondern eilten zu einem seitlichen Durchgang, der zurück zu ihrem Wachturm auf dem Felsen führte. Die meisten von ihnen waren fröhlich, entzückt über das, was sie gefunden und gesehen hatten, und während sie rannten, schwatzen und schrien sie, wie es ihre Art war. Sam hörte das Geschrei ihrer rauhen Stimmen, eintönig und durchdringend in der bewegungslosen Luft, und zwei Stimmen konnte er von allen übrigen unterscheiden: sie waren lauter und näher bei ihm. Die Hauptleute der beiden Gruppen schienen als letzte zu gehen, und sie unterhielten sich dabei.

»Kannst du deinen Haufen nicht dazu bringen, weniger Radau zu machen, Schagrat?« brummte der eine. »Wir wollen uns Kankra nicht auf den Hals laden.«

»Ach, hör auf, Gorbag! Deine machen mehr als den halben Krach«, sagte der andere. »Aber laß die Jungs doch spielen. Um Kankra brauchen wir uns eine Zeitlang keine Sorgen zu machen, schätze ich. Sie hat auf 'nem Nagel gesessen, scheint's, und darüber werden wir nicht weinen. Hast du es nicht gesehen: eine scheußliche Schweinerei den ganzen Weg bis zu ihrer verfluchten Höhle? Wenn wir es einmal unterbunden haben, dann haben wir's hundertmal unterbunden. Also laß sie lachen. Und wir haben endlich ein bißchen Glück gehabt: haben etwas bekommen, was Lugbúrz haben will.«

»Ach, Lugbúrz will es haben? Was, glaubst du, ist es? Elbisch sieht es mir aus, aber zu klein. Was ist so gefährlich an einem solchen Wesen?«

»Weiß ich nicht, bis wir's angesehen haben.«

»Oho! Sie haben dir also nicht gesagt, was du zu erwarten hast? Sie sagen uns nicht alles, was sie wissen, nicht wahr? Nicht mal die Hälfte. Aber sie können auch Fehler machen, selbst die Höchsten.«

»Pst, Gorbag!« Schagrat hatte die Stimme gesenkt, so daß Sam selbst mit seinem seltsam geschärften Gehör nur mit knapper Not verstehen konnte, was er sagte. »Das mag sein, aber sie haben überall Augen und Ohren; einige höchstwahrscheinlich unter meinen Leuten. Aber es besteht kein Zweifel, daß sie über irgend etwas beunruhigt sind. Die Nazgûl unten sind beunruhigt nach deinem Bericht; und Lugbúrz auch. Etwas wäre fast entwischt.«

»Fast, sagst du!« sagte Gorbag.

»Na schön«, sagte Schagrat, »aber wir werden später darüber reden. Warte, bis wir zum Unteren Weg kommen. Da ist eine Stelle, wo wir ein bißchen reden können, während die Jungs weitergehen.«

Kurz danach sah Sam die Fackeln verschwinden. Dann gab es ein rumpelndes Geräusch, und gerade, als er sich beeilte, einen Bums. Soweit er vermuten konnte, hatten die Orks den Weg verlassen und waren zu eben dem Durchgang gekommen, mit dem Frodo und er es versucht hatten und der versperrt gewesen war.

Da schien ein großer Stein im Weg zu liegen, aber die Orks waren irgendwie hindurchgelangt, denn er hörte ihre Stimmen auf der anderen Seite. Sie rannten immer noch weiter, tiefer und tiefer in den Berg hinein, zurück zum Turm. Sam war verzweifelt. Sie trugen die Leiche seines Herrn fort für irgendeinen üblen Zweck, und er konnte nicht folgen. Er schlug und schob an dem Block und warf sich dagegen, aber er gab nicht nach. Dann hörte er nicht weit drinnen, wie er glaubte, die beiden Hauptleute wieder reden. Er stand still und lauschte ein wenig und hoffte, vielleicht etwas Nützliches zu erfahren. Vielleicht würde Gorbag, der zu Minas Morgul zu gehören schien, herauskommen, und dann würde er hineinschlüpfen können.

»Nein, ich weiß es nicht«, sagte Gorbag. »Die Nachrichten kommen in der Regel schneller durch, als irgend etwas fliegen könnte. Aber ich forsche nicht nach, wie das geschieht. Am ungefährlichsten, wenn man es nicht tut. Br! Wenn ich an diese Nazgûl denke, überläuft es mich eiskalt. Sie ziehen dir die Haut vom Leibe, sobald sie dich ansehen, und lassen dich ganz kalt im Dunkeln auf der anderen Seite. Aber Er mag sie; sie sind Seine Lieblinge heutzutage, es hat also keinen Zweck zu murren. Ich sage dir, es ist kein Spaß, unten in der Stadt zu dienen.«

»Du solltest es mal hier oben versuchen mit Kankra zur Gesellschaft«, sagte Schagrat.

»Ich würde es gern irgendwo versuchen, wo keiner von ihnen ist. Aber jetzt ist Krieg, und wenn der vorbei ist, mögen die Dinge leichter sein.«

»Es steht gut für uns, heißt es.«

»Das möchten sie gern«, brummte Gorbag. »Wir werden sehen. Aber jedenfalls, wenn es mit dem Krieg wirklich gut geht, dann sollte es erheblich mehr Platz geben. Was meinst du – wenn wir eine Möglichkeit haben, du und ich, dann hauen wir ab und machen uns irgendwo mit ein paar zuverlässigen Jungs selbständig, irgendwo, wo es gute und leicht erreichbare Beute gibt und keine großspurigen Vorgesetzten.«

»Ah«, sagte Schagrat. »Wie in alten Zeiten.«

»Ja«, sagte Gorbag. »Aber rechne nicht drauf. Ich mache mir ziemliche Sorgen. Wie ich gesagt habe, die Hohen Herren freilich«, seine Stimme senkte sich fast zu einem Flüstern, »freilich, selbst die Größten können Fehler machen. Etwas wäre fast entwischt, sagst du. Ich sage: etwas *ist* entwischt, und wir müssen danach Ausschau halten. Immer müssen die armen Uruks die Karre aus dem Dreck ziehen und ernten wenig Dank. Aber vergiß das nicht: die Feinde lieben uns ebensowenig wie Ihn, und wenn sie Ihn unterkriegen, dann sind wir auch geliefert. Aber nun hör mal: wann bist du ausgesandt worden?«

»Vor einer Stunde ungefähr, gerade, bevor du uns sahst. Eine Meldung kam: *Nazgûl besorgt. Späher auf Treppe befürchtet. Doppelte Wachsamkeit. Streife zum oberen Ende der Treppe.* Ich kam sofort.«

»Schlimme Geschichte«, sagte Gorbag. »Paß auf – unsere Stummen Wächter waren vor mehr als zwei Tagen schon unruhig, das weiß ich. Aber meine Streife bekam auch am nächsten Tag noch keinen Marschbefehl, und es wurde auch keine Botschaft nach Lugbúrz gesandt: weil das Große Signal aufstieg und der Hohe Nazgûl in den Krieg zog und all das. Und dann konnten sie eine ganze Weile Lugbúrz nicht dazu bekommen, der Sache Aufmerksamkeit zu zollen, wie mir gesagt wurde.«

»Das Auge war anderswo beschäftigt, nehme ich an«, sagte Schagrat. »Große Dinge geschehen im Westen, heißt es.«

»Das will ich glauben«, knurrte Gorbag. »Aber inzwischen sind Feinde die Treppe heraufgekommen. Und was hast du gemacht? Du sollst Wache halten, nicht wahr, Sonderbefehle oder nicht? Wofür bist du eigentlich da?«

»Jetzt reicht's aber. Du brauchst mich nicht über meine Pflichten zu belehren. Wir haben aufgepaßt. Wir wußten, daß komische Dinge vor sich gehen.«

»Sehr komische!«

»Ja, sehr komische: Lichter und Rufen und das alles. Aber Kankra hatte sich geregt. Meine Jungs sahen sie und ihren Schnüffler.«

»Ihren Schnüffler? Was ist denn das?«

»Du mußt ihn gesehen haben: einen kleinen, dünnen, schwarzen Kerl; sieht selbst wie 'ne Spinne aus, oder vielleicht mehr wie'n verhungerter Frosch. Er ist schon früher hier gewesen. Kam das erste Mal *aus* Lugbúrz, vor Jahren, und wir erhielten Befehl von ganz oben, ihn laufen zu lassen. Seitdem ist er ein- oder zweimal auf der Treppe gewesen, aber wir haben ihn in Frieden gelassen. Ich nehme an, er schmeckt nicht gut: um Befehle von ganz oben würde sie sich nicht kümmern. Aber eine feine Wache haltet ihr im Tal: einen Tag vor diesem ganzen Radau war er hier oben. Gestern bei Einbruch der Nacht sahen wir ihn. Jedenfalls berichteten meine Jungs, daß die Hohe Frau ein bißchen Spaß hat, und das erschien mir ganz gut, bis die Meldung kam. Ich dachte, ihr Schnüffler hat ihr ein Spielzeug gebracht oder du hast ihr vielleicht ein Geschenk geschickt, einen Kriegsgefangenen oder sonst was. Ich mische mich nicht ein, wenn sie spielt. Nichts kommt unbemerkt an Kankra vorbei, wenn sie auf der Jagd ist.«

»Nichts, sagst du! Hast du deine Augen nicht aufgesperrt da hinten? Ich sage dir, ich bin besorgt. Was immer die Treppe heraufkam, *ist* durchgekommen. Es hat ihre Spinnenweben durchgeschnitten und ist glatt aus der Höhle 'rausgekommen. Das ist etwas, worüber man nachdenken sollte!«

»Nun ja, aber zuletzt hat sie ihn doch gekriegt, nicht wahr?«

»Ihn *gekriegt?* Wen gekriegt? Diesen kleinen Burschen? Wenn er der einzige gewesen wäre, dann hätte sie ihn binnen kurzem in ihre Speisekammer gebracht, und da wäre er jetzt. Und wenn Lugbúrz ihn haben will, dann würdest *du* hingehen müssen, um ihn zu holen. Hübsch für dich. Aber da waren mehr als einer.«

An diesem Punkt begann Sam aufmerksamer zu lauschen und preßte sein Ohr an den Stein.

»Wer hat die Stricke durchschnitten, mit denen sie ihn gefesselt hatte, Schagrat? Derselbe, der die Spinnenweben durchschnitt. Hast du das nicht gesehen? Und wer hat die Hohe Frau mit einer Nadel gestochen? Derselbe, schätze ich. Und wo ist er? Wo ist er, Schagrat?«

Schagrat anwortete nicht.

»Da mußt du mal ein bißchen nachdenken, wenn dein Grips reicht. Es ist nicht zum Lachen. Niemand, nicht ein einziger hat je zuvor Kankra mit einer Nadel gestochen, wie du genau wissen solltest. Das ist weiter kein Unglück; aber denke doch – da ist hier einer auf freiem Fuß, der gefährlicher ist als jeder andere verdammte Aufrührer, den es je gab seit den schlechten alten Zeiten, seit der großen Belagerung. Etwas *ist* entwischt.«

»Und was ist es dann?« brummte Schagrat.

»Nach allen Anzeichen, Hauptmann Schagrat, würde ich sagen, daß ein gewaltiger Krieger hier frei herumläuft, ein Elb höchstwahrscheinlich, mit einem Elbenschwert jedenfalls und vielleicht auch mit einer Axt; und auch in deinem Bezirk läuft er frei herum, und du hast ihn nie ausfindig gemacht. Wirklich sehr komisch!« Gorbag spuckte aus. Sam lächelte grimmig bei dieser Beschreibung von sich.

»Na ja, du hast schon immer schwarzgesehen«, sagte Schagrat. »Du kannst die Zeichen deuten, wie du willst, aber es mag noch andere Wege geben, sie zu erklären. Jedenfalls habe ich überall Wächter aufgestellt, und ich gedenke mich jeweils nur mit einer Sache zu befassen. Wenn ich mir den Burschen, den wir gefangen *haben*, angesehen habe, dann werde ich anfangen, mir über etwas anderes Sorgen zu machen.«

»Ich vermute, du wirst bei dem kleinen Kerl nicht viel finden«, sagte Gorbag. »Er hat mit dem wirklichen Unheil vielleicht gar nichts zu tun. Der große Kerl mit dem scharfen Schwert scheint sowieso geglaubt zu haben, daß er nicht viel wert ist – hat ihn da einfach liegen lassen: regelrechte Elben-List.«

»Wir werden sehen. Komm nun weiter. Wir haben genug geredet. Laß uns jetzt einen Blick auf den Gefangenen werfen!«

»Was willst du mit ihm machen? Vergiß nicht, daß ich ihn zuerst entdeckt habe. Wenn's irgendeinen Spaß gibt, müssen ich und meine Jungs dabeisein.«

»Nun, nun«, brummte Schagrat, »ich habe meine Befehle. Und es würde mich und dich Kopf und Kragen kosten, ihnen zuwiderzuhandeln. *Jeder*, der sich unbefugt hier aufhält und von der Wache gefunden wird, soll im Turm festgesetzt werden. Der Gefangene soll ausgezogen werden. Genaue Beschreibung von jedem Stück, Kleidung, Waffen, Brief, Ring oder Schmuckstück, muß sofort nach Lugbúrz geschickt werden, und *nur* nach Lugbúrz. Und der Gefangene soll sicher eingesperrt werden und unverletzt bleiben, bei Todesstrafe für jeden Angehörigen der Wache, bis Er jemanden schickt oder selbst kommt. Das ist klar und deutlich, und das werde ich tun.«

»Ausgezogen?« fragte Gorbag. »Was, Zähne, Nägel, Haare und alles?«

»Nein, nichts dergleichen. Er ist für Lugbúrz, sage ich dir doch. Man will ihn heil und unversehrt haben.«

»Das wird dir schwerfallen«, lachte Gorbag. »Er ist jetzt nichts als Aas. Was Lugbúrz mit solchem Zeug will, kann ich nicht erraten. Er könnte genausogut gleich vor die Hunde gehen.«

»Du Narr«, knurrte Schagrat. »Du hast sehr klug geredet, aber es gibt eine Menge, was du nicht weißt, obwohl's die meisten anderen Leute wissen. Du wirst vor die Hunde oder zu Kankra gehen, wenn du nicht aufpaßt. Aas! Ist das alles, was du von der Hohen Frau weißt? Wenn sie mit Stricken fesselt, dann ist sie auf Fleisch aus. Sie frißt kein totes Fleisch und säuft kein kaltes Blut. Dieser Bursche ist nicht tot!«

Sam wurde schwindlig, und er hielt sich am Stein fest. Ihm war, als ob die ganze dunkle Welt auf dem Kopf stünde. So groß war sein Schreck, daß er fast ohnmächtig geworden wäre, aber während er noch darum kämpfte, bei Sinnen zu bleiben, hörte er tief in seinem Inneren eine kritische Äußerung: »Du Narr, er ist nicht tot, und dein Herz wußte es. Verlaß dich nicht auf deinen Kopf, Samweis, er ist nicht dein edelster Teil. Dein Fehler ist es, daß du niemals wirklich Hoffnung hattest. Was ist jetzt zu tun?« Im Augenblick nichts, als sich gegen die reglosen Steine zu lehnen und zu lauschen, den ekelhaften Orkstimmen zuzuhören.

»Klar!« sagte Schagrat. »Sie hat mehr als ein Gift. Wenn sie auf der Jagd ist, dann gibt sie ihnen nur einen Klaps auf den Nacken, und sie werden so schlapp wie entgräteter Fisch, und dann macht sie mit ihnen, was sie will. Erinnerst du dich an den alten Ufthak? Wir hatten ihn seit Tagen vermißt. Dann fanden wir ihn in einem Winkel; aufgehängt war er, aber er war hellwach und starrte. Wie wir lachten! Vielleicht hatte sie ihn vergessen, aber wir rührten ihn nicht an – es hat keinen Zweck, sich mit ihr einzulassen. Nee – dieser kleine Drecksack wird in ein paar Stunden aufwachen; und abgesehen von ein bißchen Übelkeit wird er ganz in Ordnung sein. Oder würde es sein, wenn Lugbúrz ihn in Frieden ließe. Und natürlich abgesehen davon, daß er sich fragen wird, wo er ist und was mit ihm geschehen ist.«

»Und was mit ihm geschehen wird«, lachte Gorbag. »Wir können ihm jedenfalls ein paar Geschichten erzählen, wenn wir nichts anderes tun können. Ich nehme nicht an, daß er jemals im schönen Lugbúrz war, deshalb wird er vielleicht gern wissen wollen, was er zu erwarten hat. Es wird spaßiger sein, als ich geglaubt habe. Laß uns gehen!«

»Es wird keinen Spaß geben, das sage ich dir«, erwiderte Schagrat. »Und er muß in sicherem Gewahrsam bleiben, sonst sind wir alle so gut wie tot.«

»Na schön! Aber wenn ich du wäre, würde ich den Großen fangen, der noch frei herumläuft, ehe du einen Bericht nach Lugbúrz schickst. Es würde nicht allzu hübsch klingen, wenn du sagst, du hast das Kätzchen gefangen und die Katze entwischen lassen.«

Die Stimmen wurden allmählich leiser. Sam hörte, daß sich Schritte entfernten. Er erholte sich von seinem Schreck, und jetzt packte ihn eine wilde Wut. »Alles habe ich verkehrt gemacht!« rief er. »Ich wußte, daß ich das tun würde. Jetzt haben sie ihn, die Teufel, die Drecksäcke! Niemals deinen Herrn verlassen, niemals, niemals: das war mein richtiger Grundsatz. Und ich wußte es in meinem Herzen. Möge mir verziehen werden! Jetzt muß ich zu ihm zurück. Irgendwie, irgendwie!«

Er zog sein Schwert wieder und schlug mit dem Heft an den Stein, aber es gab nur einen dumpfen Klang. Das Schwert leuchtete indes so hell, daß er in dem Schein ein wenig sehen konnte. Zu seiner Überraschung merkte er, daß der große Block die Form einer schweren Tür hatte und nicht einmal doppelt so hoch wie er groß war. Darüber war ein dunkler leerer Raum zwischen der Oberkante und dem niedrigen Gewölbe des Durchgangs. Wahrscheinlich sollte das nur ein Hindernis sein, damit Kankra hier nicht eindrang, und war auf der Innenseite mit einem Riegel oder Bolzen außerhalb der Reichweite ihrer List gesichert. Mit aller Kraft, die er noch hatte, sprang Sam hoch, packte die Oberkante, zog sich hinauf und ließ sich fallen; und dann rannte er wie verrückt, das leuchtende Schwert in der Hand, um eine Biegung und einen sich windenden Gang hinauf.

Die Nachricht, daß sein Herr noch am Leben war, beflügelte ihn zu einer letzten Anstrengung, und er dachte nicht mehr an seine Müdigkeit. Vor sich konnte er nichts sehen, denn dieser neue Gang ging ununterbrochen um die Ecke; aber er glaubte, die beiden Orks einzuholen; ihre Stimmen klangen wieder näher. Jetzt schienen sie ganz dicht zu sein.

»Genau, das werde ich tun«, sagte Schagrat in zornigem Ton. »Ihn in die oberste Kammer stecken.«

»Wozu?« brummte Gorbag. »Hast du unten keine Gefängnisse?«

»Er kommt auf Nummer Sicher, das sage ich dir«, antwortete Schagrat. »Verstehst du? Er ist wertvoll. Ich traue nicht allen meinen Jungs, und keinem von deinen; und dir auch nicht, wenn du auf Spaß versessen bist. Er kommt dahin, wo ich ihn haben will, und wo du nicht hinkommst, wenn du nicht höflich bleibst. Ganz nach oben, sage ich. Da wird er sicher sein.«

»Wird er das?« sagte Sam. »Du vergißt den großen, mächtigen Elbenkrieger, der noch frei herumläuft!« Und damit rannte er um die letzte Ecke und mußte feststellen, daß er durch irgendeine Täuschung des Ganges oder des Gehörs, das der Ring ihm verlieh, die Entfernung falsch eingeschätzt hatte.

Die beiden Orks waren immer noch ein Stück voraus. Er konnte sie jetzt sehen, schwarz und gedrungen vor einem roten Feuerschein. Der Gang verlief endlich gerade, eine Steigung hinauf; und an seinem Ende waren große Doppeltüren, die weit offenstanden und wahrscheinlich in die tiefen Kammern weit unter dem hohen Horn des Turms führten. Die Orks mit der Last waren schon hindurchgegangen. Gorbag und Schagrat näherten sich dem Tor.

Sam hörte plötzlich heiseres Singen, Hörnerblasen und das Dröhnen von Gongs, ein abscheulicher Lärm. Gorbag und Schagrat waren schon auf der Schwelle.

Sam schrie und schwang Stich, aber seine kleine Stimme ging in dem Getöse unter. Niemand achtete auf ihn.

Die großen Türen schlugen zu. Bum. Die eisernen Riegel schnappten ein. Klirr. Das Tor war geschlossen. Sam warf sich gegen die verriegelten ehernen Torflügel und fiel besinnungslos auf den Boden. Er war draußen in der Dunkelheit. Frodo war am Leben, aber vom Feind gefangen.

DRITTER TEIL:
DIE RÜCKKEHR DES KÖNIGS

FÜNFTES BUCH

ERSTES KAPITEL

MINAS TIRITH

Pippin lugte unter Gandalfs schützendem Mantel hervor. Er fragte sich, ob er wache oder schlafe und noch in dem rasch dahineilenden Traum befangen sei, in den er, seit der große Ritt begann, so lange versunken gewesen war. Wie im Flug zog die dunkle Welt an ihm vorüber, und laut brauste der Wind in seinen Ohren. Er konnte nichts sehen als die funkelnden Sterne und fern zu seiner Rechten, wo sich das Gebirge des Südens erstreckte, gewaltige Schatten, die sich vom Himmel abhoben. Müde versuchte er die Zeiten und Abschnitte ihrer Fahrt nachzurechnen, aber sein Gedächtnis war schläfrig und verwirrt.

Zuerst waren sie, ohne anzuhalten, entsetzlich schnell geritten, und dann hatte er im Morgengrauen einen bleichen, goldenen Schimmer gesehen, und sie waren zu der stillen Stadt und dem großen, leeren Haus auf dem Berg gekommen. Und kaum waren sie in seinem Schutz angelangt, da war der geflügelte Schatten wiederum über sie hinweggezogen, und die Menschen vergingen vor Angst. Aber Gandalf hatte ihm beruhigend zugesprochen, und er war in einem Winkel eingeschlafen, müde, aber unruhig, war sich undeutlich des Kommens und Gehens bewußt und daß Männer sprachen und Gandalf Befehle gab. Und dann ritten sie weiter, ritten durch die Nacht. Das war jetzt die zweite, nein, die dritte Nacht, seit er in den Stein geblickt hatte. Diese abscheuliche Erinnerung ließ ihn ganz wach werden, und er erschauerte, und das Geräusch des Windes war mit einemmal erfüllt von drohenden Stimmen.

Ein Licht erhellte den Himmel, ein gelber Schein loderte hinter dunklen Schranken. Vor Schreck duckte sich Pippin einen Augenblick und fragte sich, in was für ein fürchterliches Land Gandalf ihn bringe. Er rieb sich die Augen, und dann sah er, daß es der Mond war, der über den Schatten im Osten aufging und jetzt fast voll war. Es war also noch früh in der Nacht, und lange würden sie im Dunkeln weiterreiten. Er setzte sich auf.

»Wo sind wir, Gandalf?« fragte er.

»Im Königreich Gondor«, antwortete der Zauberer. »Noch durchqueren wir das Land Anórien.«

Eine Weile herrschte wieder Schweigen. »Was ist das?« rief dann Pippin plötzlich und packte Gandalfs Mantel. »Schau! Feuer, rotes Feuer! Gibt es Drachen in diesem Land? Schau, da ist noch eins!«

Statt zu antworten, rief Gandalf dem Pferd laut zu: »Voran, Schattenfell! Wir müssen eilen. Die Zeit ist knapp. Siehe! Die Leuchtfeuer von Gondor sind angezündet und rufen Hilfe herbei! Der Krieg ist entbrannt. Schau, da ist das Feuer auf Amon Dîn und die Flamme auf Eilenach; und dort ziehen sie sich eilends nach Westen: Nardol, Erelas, Min-Rimmon, Calenhad und Halifirien an den Grenzen von Rohan.«

Doch Schattenfell verlangsamte seinen Gang und fiel in Schritt, dann hob er den Kopf und wieherte. Und aus der Dunkelheit kam das Stampfen von Hufen, drei Reiter fegten heran, zogen im Mondschein wie flüchtige Gespenster vorbei und verschwanden im Westen. Dann raffte sich Schattenfell auf und sprang davon, und die Nacht strömte über ihn hinweg wie ein brausender Wind.

Pippin wurde wieder schläfrig und schenkte Gandalf nicht viel Aufmerksamkeit, der ihm von den Bräuchen in Gondor erzählte und wie der Herr der Stadt auf den Gipfeln herausragender Berge Leuchtfeuer errichtete und Wachposten an diesen Punkten unterhielt, an denen immer frische Pferde bereitstanden, um seine reitenden Boten nach Rohan im Norden oder nach Belfalas im Süden zu bringen. »Es ist lange her, seit die Leuchtfeuer im Norden angezündet wurden«, sagte er. »Und in den alten Tagen von Gondor wurden sie nicht gebraucht, denn es gab die Sieben Steine.« Pippin zuckte unbehaglich zusammen.

»Schlaf weiter und fürchte dich nicht!« sagte Gandalf. »Denn du gehst nicht wie Frodo nach Mordor, sondern nach Minas Tirith, und dort wirst du so sicher sein, wie man heutzutage nur irgendwo sein kann. Wenn Gondor fällt oder der Ring erbeutet wird, dann wird auch das Auenland keine Zuflucht sein.«

»Du gewährst mir keinen Trost«, sagte Pippin, aber dennoch überkam ihn der Schlaf. Das letzte, an das er sich erinnerte, ehe er in einen tiefen Traum sank, war ein Aufleuchten hoher weißer Gipfel; wie über den Wolken schwebende Inseln schimmerten sie, als die Strahlen des im Westen stehenden Mondes auf sie fielen. Er fragte sich, wo Frodo wohl sei, ob er schon in Mordor oder tot sei; und er wußte nicht, daß Frodo von ferne denselben Mond betrachtete, der hinter Gondor unterging, ehe der Tag anbrach.

Pippin erwachte von Stimmengeräuschen. Ein weiterer Tag des Verbergens und eine Nacht des Reitens waren dahingeflogen. Es war Zwielicht: die kalte Morgendämmerung nahte wiederum, und kühle graue Nebel umwogten sie. Schattenfell dampfte vor Schweiß, aber er hielt den Hals stolz und ließ keine Müdigkeit erkennen. Viele große Männer in schweren Mänteln standen neben ihm, und hinter ihnen erhob sich eine Mauer aus Stein. Halb eingestürzt schien sie zu sein, doch obwohl noch Nacht war, hörte man schon die Geräusche eiliger Arbeit: Hammerschläge, Klirren von Maurerkellen und Knirschen von Rädern, Fackeln und Leuchtfeuer glühten dunkel hier und dort im Nebel. Gandalf sprach mit den Männern, die ihm den Weg versperrten, und als er zuhörte, merkte Pippin, daß von ihm die Rede war.

»Ja, gewiß, wir kennen Euch, Mithrandir«, sagte der Anführer der Männer, »und Ihr kennt die Paßworte der Sieben Tore; es steht Euch frei, weiterzureiten. Aber wir kennen Euren Gefährten nicht. Was ist er eigentlich? Ein Zwerg aus dem Gebirge im Norden? Zu dieser Zeit wollen wir keine Fremden im Land haben, es seien denn mächtige Krieger, auf deren Treue und Hilfe wir uns verlassen können.«

»Ich werde für ihn gutsagen vor Denethors Thron«, sagte Gandalf. »Und Tapferkeit läßt sich nicht nach Körpergröße messen. Er hat mehr Schlachten und Gefahren bestanden als Ihr, Ingold, obgleich Ihr doppelt so groß seid; und jetzt kommt er von Isengarts Erstürmung, deren Nachricht wir überbringen, und er ist sehr erschöpft, sonst würde ich ihn wecken. Sein Name ist Peregrin, ein sehr tapferer Mann.«

»Mann?« sagte Ingold zweifelnd, und die anderen lachten.

»Mann!« rief Pippin, jetzt ganz wach. »Mann! Nein, wirklich nicht! Ich bin ein Hobbit und ebensowenig tapfer, wie ich ein Mann bin, außer vielleicht dann und wann, wenn es not tut. Laßt Euch von Gandalf nicht täuschen!«

»Manch einer, der große Taten vollbringt, könnte nicht mehr sagen«, sagte Ingold. »Aber was ist ein Hobbit?«

»Ein Halbling«, antwortete Gandalf. »Nein, nicht der, von dem gesprochen wurde«, fügte er hinzu, als er die staunenden Gesichter der Männer sah. »Der nicht, doch einer aus seiner Sippe.«

»Ja, und einer, der mit ihm gewandert ist«, sagte Pippin. »Und Boromir aus Eurer Stadt war bei uns, und er rettete mich im Schnee des Nordens, und zuletzt wurde er erschlagen, als er mich gegen viele Feinde verteidigte.«

»Still!« sagte Gandalf. »Die Botschaft von diesem Unglück hätte zuerst dem Vater überbracht werden sollen.«

»Es ist schon gemutmaßt worden«, sagte Ingold, »denn in letzter Zeit sind hier seltsame Zeichen gesichtet worden. Doch reitet nun rasch weiter! Der Herr von Minas Tirith wird begierig sein, einen zu sehen, der ihm die letzte Nachricht von seinem Sohn bringt, sei er nun ein Mensch oder...«

»Ein Hobbit«, sagte Pippin. »Nur geringe Dienste kann ich Eurem Herrn anbieten, doch was ich tun kann, würde ich tun zur Erinnerung an Boromir, den Tapferen.«

»Lebt wohl!« sagte Ingold; und die Männer machten Schattenfell Platz, und er schritt durch ein schmales Tor in der Mauer. »Möget Ihr Denethor in seiner Not und uns allen guten Rat bringen, Mithrandir!« rief Ingold. »Doch gewöhnlich kommt Ihr mit Nachrichten von Unglück und Gefahr, heißt es!«

»Weil ich selten komme, außer wenn meine Hilfe gebraucht wird«, antwortete Gandalf. »Und was meinen Rat angeht, so würde ich zu euch sagen, daß ihr zu spät dran seid, die Mauer des Pelennor auszubessern. Mut wird jetzt eure beste Verteidigung sein gegen den Sturm, der bald hereinbricht – Mut und das, was ich an Hoffnung bringe. Denn nicht alle Nachrichten, die ich überbringe, sind schlecht. Aber laßt eure Maurerkellen beiseite und schärft eure Schwerter!«

»Die Arbeit wird vor dem Abend beendet sein«, sagte Ingold. »Es ist der letzte Abschnitt der Mauer, der verteidigungsbereit gemacht werden muß: derjenige, der am wenigsten einem Angriff ausgesetzt ist, denn er liegt auf der Seite unserer Freunde von Rohan. Wißt Ihr etwas von ihnen? Glaubt Ihr, sie werden unserem Ruf Folge leisten?«

»Ja, sie werden kommen. Aber sie haben viele Schlachten geschlagen in eurem Rücken. Weder dieser Weg noch überhaupt ein Weg ist länger sicher. Seid wachsam! Wäre Gandalf Sturmkrähe nicht gewesen, ihr hättet ein Heer von Feinden aus Anórien heranrücken sehen, und keine Reiter von Rohan. Und das mag immer noch geschehen. Lebt wohl und haltet die Augen offen!«

Gandalf kam nun in das weite Land jenseits des Rammas Echor. So nannten die Menschen von Gondor die Außenmauer, die sie in harter Arbeit gebaut hatten, nachdem Ithilien unter den Schatten ihres Feindes geraten war. Denn zehn oder mehr Wegstunden war sie lang, ausgehend vom Fuß des Gebirges und wieder zu ihm zurückkehrend, und in ihrem Gehege umschloß sie die Felder des Pelennor: schöne und fruchtbare Hufen auf den langen Abhängen und Geländestufen, die zur Talsohle des Anduin abfielen. Am weitesten entfernt vom Großen Tor, und zwar vier Wegstunden, war die Mauer im Nordosten, die hier von einem bedrohlichen Wall aus hinunter auf die weiten Ebenen am Fluß blickte, und die die Menschen hoch und stark gemacht hatten; denn an diesem Punkt kam auf einem mit Mauern geschützten Damm die Straße von den Furten und den Brücken von Osgiliath herauf und führte zwischen zinnenbewehrten Türmen durch ein bewachtes Tor. Der Stadt am nächsten war die Mauer im Südosten; hier betrug die Entfernung kaum mehr als eine Wegstunde. An dieser Stelle bog der Anduin, der die Berge des Emyn Arnen im südlichen Ithilien in einer großen Schleife umfloß, scharf nach Westen, und die Außenmauer erhob sich unmittelbar an seinem Ufer; und unter ihr lagen die Kais und Landeplätze von Harlond, an denen die Schiffe anlegten, die stromaufwärts aus den südlichen Lehen kamen.

Die Hufen waren reich an ausgedehnten Äckern und vielen Obstgärten, und Gehöfte gab es mit Darre und Speicher, Pferch und Kuhstall, und viele Bäche plätscherten durch die Wiesen vom Hochland hinab zum Anduin. Dennoch waren die Hirten und Ackerbauern, die dort lebten, nicht zahlreich, und der größte Teil des Volks von Gondor wohnte in den sieben Ringen der Stadt oder in den hohen Tälern der Randgebirge, in Lossarnach oder weiter südlich im schönen Lebennin mit seinen fünf raschen Flüssen. Dort zwischen den Bergen und dem Meer lebte ein zäher Volksstamm. Sie galten als Menschen von Gondor, doch war ihr Blut vermischt, und es gab untersetzte und schwärzliche Leute unter ihnen, deren Vorfahren wohl eher von den vergessenen Menschen abstammten, die in den Dunklen Jahren vor der Ankunft der Könige im Schatten der Berge gelebt hatten. Doch jenseits des Lebennin, in dem großen Lehen Belfalas, saß Fürst Imrahil in seiner Burg Dol Amroth am Meer, und er war von edlem Geblüt, und sein Volk auch, hochgewachsene und stolze Menschen mit meergrauen Augen.

Nachdem Gandalf nun einige Zeit geritten war, nahm das Tageslicht am Himmel zu, und Pippin setzte sich auf und schaute sich um. Zu seiner Linken lag ein Nebelmeer, das sich bis zu einem düsteren Schatten im Osten hinaufzog; doch zu seiner Rechten erhoben sich in einer Kette vom Westen her die Gipfel großer Berge und brachen steil und plötzlich ab, als ob der Fluß bei der Erschaffung des Landes eine große Sperre durchbrochen und ein mächtiges Tal gestaltet hätte, das in späteren Zeiten ein Land des Kampfes und des Haders werden sollte. Und dort, wo das Weiße Gebirge, Ered Nimrais, endete, sah er, wie Gandalf angekündigt hatte, den düsteren Gebirgsstock Mindolluin und die dunkel purpurroten Schatten seiner hohen Schluchten und seinen im aufgehenden Tag weißschimmernden Steilhang. Und auf einem vorgeschobenen Sattel lag die Bewachte Stadt mit ihren sieben Mauern aus Stein, so mächtig und alt, daß es schien, als seien sie nicht erbaut worden, sondern von Riesen aus dem Gebein der Erde herausgehauen.

Während Pippin sie noch staunend betrachtete, gingen die Mauern von undeutlichem Grau in Weiß über und röteten sich schwach in der Morgendämmerung; und plötzlich stieg die Sonne über den östlichen Schatten und sandte einen Strahl aus, der die Stadt traf. Da schrie Pippin laut auf, denn nun hob sich der Turm von Ecthelion, der innerhalb der obersten Mauer aufragte, klar vom Himmel ab, schimmernd wie eine Ähre aus Perlen und Silber, hoch und schön und wohlgestalt, und seine Spitze glitzerte, als sei sie aus Kristallen; weiße Banner entrollten sich und flatterten im Morgenwind von den Zinnen, und laut und deutlich hörte er einen hellen Klang wie von silbernen Trompeten.

So ritten bei Sonnenaufgang Gandalf und Peregrin zum Großen Tor der Menschen von Gondor, und die eisernen Torflügel taten sich vor ihnen auf.

»Mithrandir! Mithrandir!« riefen Männer. »Jetzt wissen wir, daß der Sturm wahrlich nahe ist!«

»Er ist über euch«, sagte Gandalf. »Ich bin auf seinen Flügeln geritten. Laßt mich durch! Ich muß zu eurem Herrn Denethor, solange er noch Truchseß ist. Was immer geschehen mag, ihr erlebt das Ende von Gondor, so wie ihr es gekannt habt. Laßt mich durch!«

Die Männer wichen zurück vor seiner gebieterischen Stimme und stellten ihm keine Fragen mehr, obwohl sie voll Staunen auf den Hobbit blickten, der vor ihm saß, und auf das Pferd, das ihn trug. Denn das Volk der Stadt brauchte kaum Pferde, und selten waren in den Straßen welche zu sehen außer jenen der reitenden Boten ihres Herrn. Und sie sagten: »Gewiß ist das doch eines der mächtigen Rösser des Königs von Rohan? Vielleicht kommen die Rohirrim bald zu unserer Verstärkung.« Doch Schattenfell schritt stolz die lange, gewundene Straße hinauf.

Denn das Eigentümliche an Minas Tirith war, daß es auf sieben Stufen erbaut war; jede von ihnen war in den Berg hineingegraben und mit einer Mauer umgeben worden, und in jeder Mauer war ein Tor. Doch die Tore lagen nicht in einer Reihe übereinander: das Große Tor in der Stadtmauer war im Osten des Ringes, doch das nächste blickte halb nach Süden und das dritte halb nach Norden, und so immer abwechselnd bis nach oben; der gepflasterte Weg, der zur Veste hinaufführte, erklomm den Berg daher im Zickzack. Und jedesmal, wenn er über dem Großen Tor angelangt war, verschwand er in einem überwölbten Gang, der einen gewaltigen Felsenpfeiler durchschnitt, dessen riesige Außenseite alle Ringe der Stadt mit Ausnahme des ersten in zwei Abschnitte teilte. Denn teilweise in der urzeitlichen Gestalt des Berges und teilweise durch die große Kunstfertigkeit und Arbeit von einst erhob sich vom rückwärtigen Teil des breiten Platzes hinter dem Tor eine sich auftürmende Bastion aus Stein, deren Rand scharf wie ein Schiffskiel nach Osten blickte. Sie stieg empor bis zum obersten Ring und wurde dort von einer Brustwehr gekrönt, so daß die Besatzung der Veste von ihrem Gipfel aus, wie Seeleute auf einem riesigen Schiff, steil hinunterblicken konnte auf das Tor, das siebenhundert Fuß darunter lag. Auch der Eingang zur Veste blickte nach Osten, aber er war tief in den Felsen eingegraben; von dort führte eine von Lampen erhellte Böschung hinauf zum siebenten Tor. So gelangte man schließlich zum Hohen Hof und dem Platz des Springbrunnens zu Füßen des Weißen Turms: hoch und schöngeformt, fünfzig Klafter vom Sockel bis zur Spitze, wo das Banner der Truchsesse tausend Fuß hoch über der Ebene flatterte.

Eine wahrlich starke Veste, die kein feindliches Heer einzunehmen vermochte, wenn Männer darinnen waren, die Waffen führen konnten; es sei denn, ein Feind hätte, von hinten kommend, die unteren Säume des Mindolluin erklimmen und so den schmalen Bergsattel erreichen können, der den Berg der Wacht mit dem Gebirgsstock verband. Doch dieser Bergsattel, der in Höhe der fünften Mauer verlief, war mit großen Wallanlagen gesichert bis hinauf zu dem Steilhang, der über sein westliches Ende hinausragte. Und an dieser Stelle standen die Häuser und mit Kuppeln gekrönten Grabmäler vergangener Könige und Gebieter für immer stumm zwischen dem Berg und dem Turm.

Mit wachsendem Erstaunen betrachtete Pippin die große, steinerne Stadt, die gewaltiger und prächtiger war als alles, was er sich in seinen Träumen vorgestellt hatte; größer und mächtiger als Isengart und sehr viel schöner. Dennoch geriet sie in Wirklichkeit Jahr um Jahr mehr in Verfall; und schon fehlte ihr die Hälfte der Menschen, die mit Leichtigkeit dort hätten leben können. In jeder Straße kamen sie an irgendeinem großen Haus oder Hof vorbei, über dessen Türen und gewölbten Torwegen viele schöne Buchstaben von seltsamer und altertümlicher Form eingemeißelt waren: Namen, vermutete Pippin, von großen Männern und von Sippen, die einst hier gewohnt hatten; doch nun waren sie still, und kein Schritt hallte über das breite Pflaster, keine Stimme war in den Hallen zu hören, kein Gesicht blickte aus der Tür oder den leeren Fenstern.

Schließlich kamen sie aus dem Schatten heraus zum siebenten Tor, und die warme Sonne, die jenseits des Flusses herabschien, während Frodo durch den lichten Wald von Ithilien wanderte, leuchtete hier auf den glatten Mauern und standfesten Säulen und dem großen Gewölbebogen, in dessen Schlußstein ein gekrönter und königlicher Kopf eingemeißelt war. Gandalf saß ab, denn kein Pferd durfte in die Veste, und Schattenfell ließ es zu, daß er auf ein leises Wort seines Herrn weggeführt wurde.

Die Torwächter waren schwarz gekleidet, und ihre Helme waren von seltsamer Form, mit hoher Helmglocke und dicht am Gesicht anliegenden langen Wangenschützern, und über den Wangenschützern saßen die weißen Schwingen von Seevögeln; doch schimmerten die Helme in einem silbernen Glanz, denn sie waren aus *mithril* geschmiedet, Erbstücke der ruhmreichen alten Zeiten. Auf den schwarzen Überwürfen war ein blühender Baum weiß wie Schnee eingestickt unter einer silbernen Krone und vielgezackten Sternen. Das war die Hoftracht von Elendils Erben, und in ganz Gondor trug sie jetzt niemand außer den Wächtern der Veste vor dem Hof des Springbrunnens, wo einst der Weiße Baum gewachsen war.

Es schien, als wäre die Nachricht von ihrem Kommen schon vor ihnen eingetroffen; denn sie wurden sofort eingelassen, stumm und ohne Fragen. Rasch schritt Gandalf über den weißgepflasterten Hof. Ein lieblicher Springbrunnen sprudelte dort in der Morgensonne, umgeben von leuchtend grünem Rasen; doch in der Mitte, über den Weiher geneigt, stand ein toter Baum, und traurig rannen die herabfallenden Tropfen von seinen dürren, abgestorbenen Zweigen wieder zurück in das klare Wasser.

Pippin betrachtete den Baum flüchtig, als er Gandalf nacheilte. Er sah jämmerlich aus, fand er und wunderte sich, warum der tote Baum dort stehengelassen wurde, wo doch sonst alles so gepflegt war.

Sieben Sterne und sieben Steine und ein weißer Baum.

Die Worte, die Gandalf gemurmelt hatte, kamen ihm wieder in den Sinn. Und dann stand er mit einemmal an den Türen der großen Halle unter dem schimmernden Turm; und hinter dem Zauberer schritt er an hochgewachsenen, stummen Türwächtern vorbei und betrat die kühlen, widerhallenden Schatten des steinernen Hauses.

Sie gingen durch einen gepflasterten Gang, der lang und leer war, und während sie gingen, sprach Gandalf leise mit Pippin. »Sei vorsichtig mit deinen Worten, Herr Peregrin! Jetzt ist nicht die Zeit für Hobbit-Keckheit. Théoden ist ein freundlicher, alter Mann. Denethor ist von anderer Art, stolz und schlau, ein Mann aus einem weit vornehmeren Geschlecht und mächtiger, obwohl er nicht König genannt wird. Doch wird er hauptsächlich mit dir sprechen und dich viel fragen, da du ihm über seinen Sohn Boromir berichten kannst. Er liebte ihn sehr: zu sehr vielleicht; und um so mehr, als sie einander unähnlich waren. Aber unter dem Deckmantel dieser Liebe wird er glauben, daß er von dir leichter als von mir erfahren kann, was er wissen möchte. Sage ihm nicht mehr, als du mußt, und schweige über Frodos Auftrag. Ich werde das zur rechten Zeit vorbringen. Und sage auch nichts über Aragorn, es sei denn, du mußt.«

»Warum nicht? Was ist gegen Streicher einzuwenden?« flüsterte Pippin. »Er hat doch vor herzukommen, nicht wahr? Und er wird sowieso bald hier sein.«

»Vielleicht, vielleicht«, sagte Gandalf. »Doch wenn er kommt, wird es wahrscheinlich auf eine Weise sein, die niemand erwartet, nicht einmal Denethor. Es wird so besser sein. Zumindest sollte seine Ankunft nicht von uns angekündigt werden.«

Gandalf blieb vor einer hohen Tür aus geglättetem Metall stehen. »Schau, Herr Pippin, es ist keine Zeit mehr, dich jetzt über die Geschichte von Gondor zu unterrichten, obwohl es besser wäre, du hättest etwas davon gelernt, als du noch Vogelnester ausnahmst und in den Wäldern des Auenlandes umherstreiftest. Tu, was ich dich heiße! Wenn man einem mächtigen Herrn die Nachricht vom Tode seines Erben überbringt, ist es nicht gerade klug, allzu viel von jemandes Ankunft zu reden, der, wenn er kommt, Anspruch auf die Königswürde erheben wird.«

»Die Königswürde?« fragte Pippin erstaunt.

»Ja«, sagte Gandalf. »Wenn du alle diese Tage mit geschlossenen Augen und verschlafenem Sinn einhergegangen bist, dann wache jetzt auf!« Er klopfte an die Tür.

Die Tür öffnete sich, aber niemand war zu sehen, der sie geöffnet hatte. Pippin blickte in eine große Halle. Sie erhielt Licht durch tiefe Fenster in den breiten Seitenschiffen hinter den Reihen hoher Säulen, die das Dach trugen. Die Säulen waren jeweils aus einem einzigen schwarzen Marmorblock herausgehauen, und in ihre großen Kapitelle waren viele seltsame Figuren von Tieren und Blättern eingemeißelt; und hoch oben im Schatten funkelte das Gewölbe von dunklem Gold, unterbrochen von verschlungenem Maßwerk in vielen Farben. Keine Wandbehänge oder Bildteppiche und überhaupt keine Gegenstände aus gewebtem Stoff oder aus Holz waren in dieser langen, feierlichen Halle zu sehen; doch zwischen den Säulen erhob sich eine stumme Gruppe großer Standbilder aus kaltem Stein.

Plötzlich fielen Pippin die behauenen Felsen von Argonath ein, und eine ehrfürchtige Scheu überkam ihn, als er die lange Reihe längst verstorbener Könige entlangblickte. Auf einer Empore am anderen Ende des Raums, zu der viele Stufen hinaufführten, stand unter einem Baldachin aus Marmor in Form eines bekrönten Helms ein Herrschersitz; hinter ihm war das Abbild eines blühenden Baumes in die Wand eingemeißelt und mit Edelsteinen besetzt. Doch der Hochsitz war leer. Am Fuß der Empore, auf der untersten Stufe, die breit und tief war, stand ein steinerner Sitz, schwarz und unverziert, und darauf saß ein alter Mann und starrte auf seinen Schoß. In der Hand hielt er einen weißen Stab mit goldenem Knauf. Er blickte nicht auf. Gemessen schritten sie durch den langen Gang, bis sie drei Schritte vor seinem Schemel stehenblieben. Dann sprach Gandalf.

»Heil, Herr und Truchseß von Minas Tirith, Denethor, Ecthelions Sohn! Ich komme mit Rat und Botschaft in dieser dunklen Stunde.«

Nun blickte der alte Mann auf. Pippin sah sein scharf geschnittenes Gesicht mit stolzen Zügen, einer Haut wie Elfenbein und einer langen, gebogenen Nase zwischen dunklen, tiefliegenden Augen; und es erinnerte ihn nicht so sehr an Boromir als vielmehr an Aragorn. »Wahrlich dunkel ist die Stunde«, sagte der alte Mann, »und zu solchen Zeiten ist es Eure Gewohnheit zu kommen, Mithrandir. Doch obwohl alle Zeichen künden, daß Gondors Untergang nahe ist, bedeutet mir diese Düsternis weniger als meine eigene Düsternis. Mir ist gesagt worden, Ihr bringt einen mit, der meinen Sohn sterben sah. Ist er das?«

»Das ist er«, sagte Gandalf. »Einer der beiden. Der andere ist bei Théoden von Rohan und kommt vielleicht später her. Halblinge sind es, wie Ihr seht, doch dieser hier ist nicht derjenige, von dem die Weissagungen sprachen.«

»Dennoch ein Halbling«, sagte Denethor bitter, »und wenig Liebe bringe ich dem Namen entgegen, seit jene verfluchten Worte bekannt wurden, unsere Pläne störten und meinen Sohn veranlaßten, zu seiner unbesonnenen Fahrt aufzubrechen und seinem Tod entgegenzugehen. Mein Boromir! Jetzt brauchen wir dich. Faramir hätte an deiner Stelle gehen sollen.«

»Er wäre auch gegangen«, sagte Gandalf. »Seid nicht ungerecht in Eurem Schmerz! Boromir beanspruchte den Auftrag für sich und wollte nicht dulden, daß ein anderer ihn erhielt. Er war ein herrischer Mann, der sich nahm, was er begehrte. Ich bin weit mit ihm gewandert und lernte ihn gut kennen. Doch Ihr sprecht von seinem Tod. Hattet Ihr Nachricht darüber, ehe wir kamen?«

»Das hier habe ich erhalten«, sagte Denethor, legte seinen Stab nieder und hob von seinem Schoß das Ding auf, auf das er gestarrt hatte. In jeder Hand hielt er eine Hälfte eines in der Mitte gespaltenen großen Horns: das silberbeschlagene Horn eines wilden Ochsen.

»Das ist das Horn, das Boromir immer trug!« rief Pippin.

»Fürwahr«, sagte Denethor. »Und zu meiner Zeit trug ich es, und ebenso jeder älteste Sohn unseres Hauses bis zurück zu den entschwundenen Jahren, ehe die Könige ausstarben, seit Vorondil, Mardils Vater, die wilden Rinder von Araw auf den fernen Feldern von Rhûn jagte. Schwach hörte ich es vor dreizehn Tagen in den nördlichen Grenzlanden blasen, und der Strom hat es mir gebracht, geborsten. Es wird nimmermehr erschallen.« Er hielt inne, und es herrschte ein bedrücktes Schweigen. Plötzlich wandte er seinen schwarzen Blick auf Pippin. »Was hast du dazu zu sagen, Halbling?«

»Dreizehn, dreizehn Tage«, stammelte Pippin. »Ja, ich glaube, so wird es gewesen sein. Ja, ich stand neben ihm, als er das Horn blies. Aber keine Hilfe kam. Nur noch mehr Orks.«

»So«, sagte Denethor und sah Pippin scharf an. »Du warst also da? Erzähle mir mehr! Warum kam keine Hilfe? Und wie bist du entkommen, er aber nicht, der doch ein so starker Mann war und nur Orks gegen sich hatte?«

Pippin errötete und vergaß seine Angst. »Der stärkste Mann kann von einem einzigen Pfeil erschlagen werden«, sagte er, »und Boromir wurde von vielen durchbohrt. Als ich ihn zuletzt sah, sank er neben einem Baum nieder und zog sich einen schwarzgefiederten Schaft aus der Seite. Dann verlor ich das Bewußtsein und wurde gefangengenommen. Ich sah ihn nicht mehr und weiß nichts mehr. Aber ich halte sein Angedenken in Ehren, denn er war sehr tapfer. Er starb, um uns zu retten, meinen Vetter Meriadoc und mich, als die Soldaten des Dunklen Herrschers uns in den Wäldern auflauerten; und obwohl er fiel und uns nicht retten konnte, ist meine Dankbarkeit um nichts geringer.«

Dann blickte Pippin dem alten Mann in die Augen, denn seltsam regte sich in ihm sein Stolz, der noch verletzt war durch die Verachtung und das Mißtrauen in jener kalten Stimme. »Als wenig nützlich wird zweifellos ein so mächtiger Gebieter der Menschen einen Hobbit erachten, einen Halbling aus dem nördlichen Auenland. Doch was ich an Diensten leisten kann, will ich anbieten, um meine Schuld abzutragen.« Er zerrte seinen grauen Mantel beiseite, zog sein kleines Schwert und legte es Denethor zu Füßen.

Ein bleiches Lächeln wie der matte Schimmer der kalten Sonne eines Winterabends zog über das Gesicht des alten Mannes; doch er senkte den Kopf, streckte die Hand aus und legte die Bruchstücke des Horns beiseite. »Gib mir die Waffe!« sagte er.

Pippin hob sie auf und reichte ihm das Heft. »Woher kam sie?« fragte Denethor. »Viele, viele Jahre liegen auf ihr. Gewiß ist das eine Klinge, die in grauer Vorzeit von unserer eigenen Sippe im Norden geschmiedet wurde?«

»Sie kam aus den Hügelgräbern, die an den Grenzen meines Landes liegen«, sagte Pippin. »Doch jetzt hausen dort nur böse Unholde, und nicht gern möchte ich mehr von ihnen erzählen.«

»Ich sehe, daß seltsame Geschichten um dich verwoben sind«, sagte Denethor, »und wieder einmal zeigt sich, daß das Äußere eines Mannes – oder eines Halblings – täuschen mag. Ich nehme deine Dienste an. Denn du läßt dich von Worten nicht einschüchtern; und du führst eine höfliche Sprache, obwohl ihr Klang uns im Süden seltsam erscheinen mag. Und in den kommenden Tagen werden wir alle höflichen Leute brauchen, seien sie groß oder klein. Leiste mir jetzt den Eid!«

»Nimm das Heft«, sagte Gandalf, »und sprich dem Herrn nach, wenn du dazu entschlossen bist.« – »Das bin ich«, sagte Pippin.

Der alte Mann legte das Schwert auf seinen Schoß, und Pippin berührte das Heft mit der Hand und sprach Denethor langsam nach:

»Hier gelobe ich Lehnstreue und Dienst für Gondor und für den Herrn und Truchseß des Reiches, zu sprechen und zu schweigen, zu tun und geschehen zu lassen, zu kommen und zu gehen, in der Not und in guten Zeiten, im Frieden oder Krieg, im Leben oder Sterben, von dieser Stunde an, bis mein Herr mich freigibt oder der Tod mich nimmt oder die Welt endet. So sage ich, Peregrin, Paladins Sohn, aus dem Auenland der Halblinge.«

»Und das höre ich, Denethor, Ecthelions Sohn, Herr von Gondor, Truchseß des Hohen Königs, und ich werde es nicht vergessen noch versäumen, das zu vergelten, was gegeben wird: Lehnstreue mit Liebe, Tapferkeit mit Ehre, Eidbruch mit Strafe.« Dann erhielt Pippin sein Schwert zurück und steckte es in die Scheide.

»Und nun«, sagte Denethor, »mein erster Befehl an dich: sprich und schweige nicht! Erzähle mir die ganze Geschichte und rufe dir alles, was du von Boromir, meinem Sohn, weißt, ins Gedächtnis zurück. Setze dich nun und beginne!« Während er sprach, schlug er auf ein kleines silbernes Schallbecken, das neben seinem Schemel stand, und sofort kamen Diener. Pippin sah dann, daß sie unbemerkt in Alkoven zu beiden Seiten der Tür gestanden hatten, als Gandalf und er hereingekommen waren.

»Bringt Wein und Speise und Stühle für die Gäste«, sagte Denethor, »und sorgt dafür, daß wir eine Stunde lang von niemandem gestört werden.

Das ist alles, was ich erübrigen kann, denn vieles andere ist zu bedenken«, sagte er zu Gandalf. »Vieles, was wichtiger ist, wie es scheinen mag, und doch für mich weniger dringend. Aber vielleicht können wir am Ende des Tages wieder miteinander reden.«

»Und früher, will ich hoffen«, sagte Gandalf. »Denn ich bin nicht von Isengart hierher geritten, einhundertfünfzig Wegstunden, mit Windeseile, nur um Euch einen kleinen Krieger zu bringen, wie höflich er auch sein mag. Bedeutet es Euch nichts, daß Théoden eine große Schlacht geschlagen hat, daß Isengart zerstört ist und ich Sarumans Stab zerbrochen habe?«

»Es bedeutet mir viel. Aber ich weiß bereits genug von diesen Taten für meine eigenen Pläne gegen die Drohung des Ostens.« Er richtete seine dunklen Augen auf Gandalf, und jetzt bemerkte Pippin eine Ähnlichkeit zwischen den beiden, und er spürte eine Spannung zwischen ihnen, fast als sähe er eine glimmende Zündschnur, die von einem Auge zum anderen gezogen war und plötzlich in Flammen aufgehen könnte.

Denethor sah in Wirklichkeit viel mehr wie ein großer Zauberer aus als Gandalf, königlicher, schön und mächtig; und älter. Doch mit einem anderen Sinn als dem Sehvermögen erkannte Pippin, daß Gandalf die größere Macht und die tiefere Weisheit besaß und eine Hoheit, die verschleiert war. Und er war älter, weit älter. »Wieviel älter?« fragte er sich, und dann dachte er, wie merkwürdig es sei, daß er nie zuvor darüber nachgedacht hatte. Baumbart hatte etwas über Zauberer gesagt, aber selbst da hatte er nicht an Gandalf als einen von ihnen gedacht. Was war Gandalf eigentlich? In welcher fernen Zeit und an welchem Ort war er auf die Welt gekommen, und wann würde er sie verlassen? Und dann brachen seine Grübeleien ab, und er sah, daß Denethor und Gandalf sich immer noch in die Augen blickten, als wollten sie in der Seele des anderen lesen. Aber Denethor war es, der zuerst den Blick abwandte.

»Ja«, sagte er. »Obwohl die Steine, wie es heißt, verloren sind, haben die Herren von Gondor immer noch ein schärferes Auge als geringere Menschen, und viele Botschaften gelangen zu ihnen. Doch setzt euch nun!«

Dann kamen Männer und brachten einen Stuhl und einen niedrigen Hocker, und einer brachte ein Auftragebrett mit einem silbernen Krug und Bechern und weißen Kuchen. Pippin setzte sich hin, aber er konnte seine Augen nicht von dem alten Gebieter abwenden. War es so, oder hatte er es sich nur eingebildet, daß Denethor, als er von den Steinen sprach, plötzlich einen Blick auf Pippin geworfen hatte?

»Nun erzähle mir deine Geschichte, mein Lehnsmann«, sagte Denethor, halb freundlich, halb spöttisch. »Denn die Worte von einem, mit dem mein Sohn so gut Freund war, werden fürwahr willkommen sein.«

Niemals vergaß Pippin jene Stunde in der großen Halle unter dem durchbohrenden Blick des Herrn von Gondor, immer wieder aufgeschreckt durch seine geschickten Fragen, und die ganze Zeit war er sich Gandalfs an seiner Seite bewußt, der beobachtete und zuhörte und (wie Pippin merkte) seinen aufsteigenden Zorn und seine Ungeduld im Zaum hielt. Als die Stunde um war und Denethor wieder an das Schallbecken schlug, war Pippin erschöpft. »Es kann nicht später als neun Uhr sein«, dachte er. »Ich könnte jetzt dreimal hintereinander frühstücken.«

»Führt den Herrn Mithrandir zu der für ihn vorbereiteten Unterkunft«, sagte Denethor, »und sein Gefährte mag fürs erste bei ihm wohnen, wenn er will. Und es soll bekanntgemacht werden, daß ich ihn in Eid und Pflicht genommen habe, und als Peregrin, Paladins Sohn soll er bekannt sein und die minderen Losungsworte erfahren. Schickt den Heerführern Nachricht, daß sie mich sobald als möglich hier aufsuchen sollen, nachdem die dritte Stunde geschlagen hat.

Und Ihr, Herr Mithrandir, sollt auch kommen, wann immer Ihr wollt. Niemand soll Euch hindern, jederzeit zu mir zu kommen, außer in den kurzen Stunden meines Schlafs. Laßt Euren Zorn über die Torheit eines alten Mannes abkühlen und kommt dann zurück zu meinem Trost.«

»Torheit?« sagte Gandalf. »Nein, Herr, wenn Ihr ein schwachsinniger Greis seid, dann werdet Ihr sterben. Selbst Euren Schmerz vermögt Ihr als einen Deckmantel zu benutzen. Glaubt Ihr, ich verstehe Eure Absicht nicht, wenn Ihr eine Stunde lang den verhört, der am wenigsten weiß, während ich daneben sitze?«

»Wenn Ihr es versteht, dann seid zufrieden«, erwiderte Denethor. »Stolz, der in der Not Hilfe und Rat verschmähte, wäre Torheit; doch Ihr verteilt solche Gaben entsprechend Euren eigenen Plänen. Dennoch darf der Herr von Gondor nicht zum Werkzeug der Absichten anderer Männer gemacht werden, wie ehrenwert sie auch sein mögen. Und für ihn gibt es kein höheres Ziel in der Welt, so, wie die Dinge jetzt liegen, als Gondors Wohl, und in Gondor herrsche ich, mein Herr, und kein anderer, es sei denn, der König käme wieder.«

»Es sei denn, der König käme wieder?« sagte Gandalf. »Nun, Herr Truchseß, Eure Aufgabe ist es, einen Teil des Königreichs zu bewahren bis zu diesem Ereignis, das zu erleben wenige jetzt erwarten. Bei dieser Aufgabe sollt Ihr alle Hilfe erhalten, die zu erbitten Euch beliebt. Aber das will ich sagen: kein Reich beherrsche ich, weder Gondor noch irgendein anderes, ob groß oder klein. Doch alles, was Wert hat in der Welt, so wie die Dinge jetzt liegen, das steht unter meinem Schutz. Und ich für mein Teil werde mit meiner Aufgabe nicht ganz scheitern, sollte Gondor auch zugrunde gehen, wenn irgend etwas diese Nacht übersteht, das noch gut werden oder Frucht tragen oder in zukünftigen Tagen wieder blühen kann. Denn auch ich bin ein Truchseß. Wußtet Ihr das nicht?« Und damit wandte er sich ab und verließ mit Pippin, der neben ihm herlief, die Halle.

Gandalf schaute Pippin nicht an und sprach kein Wort mit ihm, während sie gingen. Ihr Führer brachte sie von den Toren der Halle über den Hof des Springbrunnens zu einer Gasse zwischen hohen Steinhäusern. Nach mehreren Kehren kamen sie zu einem Haus dicht an der Mauer der Veste auf der Nordseite, nicht weit von dem Sattel, der den Berg mit dem Gebirge verband. Drinnen, im ersten Stock über der Straße, zu dem sie über eine breite, geschnitzte Treppe gelangt waren, geleitete er sie in einen schönen Raum, hell und luftig, mit prächtigen Wandbehängen in dunkelgoldenem Ton und ungemustert. Das Zimmer war spärlich ausgestattet und hatte nur einen kleinen Tisch, zwei Stühle und eine Bank, doch zu beiden Seiten waren Alkoven, und darinnen standen hinter Vorhängen gut gedeckte Betten und Wasserkrüge und Becken zum Waschen. Drei Fenster gab es; sie gingen nach Norden, und jenseits der großen Schleife des Anduin, die noch in Nebel gehüllt war, konnte man in der Ferne den Emyn Muil und Rauros sehen. Pippin mußte auf die Bank klettern, um über die breite steinerne Fensterbank zu blicken.

»Bist du böse auf mich, Gandalf?« fragte Pippin, als ihr Führer gegangen war und die Tür geschlossen hatte. »Ich habe es so gut gemacht, wie ich nur konnte.«

»Das hast du wirklich«, sagte Gandalf und lachte plötzlich; und er kam zu

Pippin, stellte sich neben ihn, legte dem Hobbit den Arm um die Schulter und starrte aus dem Fenster hinaus. Pippin schaute erstaunt auf das Gesicht, das jetzt so dicht neben seinem war, denn das Lachen hatte fröhlich und vergnügt geklungen. Dennoch sah er im Gesicht des Zauberers Kummer- und Sorgenfalten; doch als er genauer hinschaute, erkannte er, daß sich unter alledem eine große Freude verbarg: eine Quelle der Heiterkeit, die gereicht hätte, ein Königreich zum Lachen zu bringen, wenn sie zu sprudeln begänne.

»Wirklich, du hast dein Bestes getan«, sagte der Zauberer. »Und ich hoffe, daß es lange dauern möge, bis du dich wieder in einer so mißlichen Lage zwischen zwei so entsetzlichen alten Männern befindest. Immerhin erfuhr der Herr von Gondor mehr von dir, als du vermuten magst, Pippin. Du konntest die Tatsache nicht verheimlichen, daß nicht Boromir die Gemeinschaft von Moria aus führte, und daß unter euch einer von hohem Rang war, der nach Minas Tirith kommt; und daß er ein berühmtes Schwert hatte. Die Menschen denken viel nach über die Geschichten aus den alten Zeiten von Gondor, und Denethor hat lange über den Vers und die Worte *Isildurs Fluch* nachgegrübelt, seit Boromir fortging. Er ist nicht wie andere Männer dieser Tage, Pippin, und wie immer seine Abstammung von Vater zu Sohn auch war, durch irgendeinen Zufall rinnt das Blut von Westernis fast unverfälscht in seinen Adern; ebenso wie bei seinem anderen Sohn, Faramir, indes nicht bei Boromir, den er am meisten liebte. Er vermag weit zu blicken. Wenn er seinen Willen darauf richtet, kann er viel von dem wahrnehmen, was im Geiste anderer Menschen vor sich geht, selbst derer, die in weiter Ferne weilen. Es ist schwer, ihn zu täuschen, und gefährlich, es zu versuchen.

Denke daran! Denn du hast ihm nun den Diensteid geleistet. Ich weiß nicht, warum du es dir in den Kopf gesetzt hast oder dein Herz dir befahl, das zu tun. Aber es war gut getan. Ich habe es nicht verhindert, denn großmütigen Taten sollte nicht durch kalten Rat Einhalt geboten werden. Es rührte sein Herz und, wenn ich das sagen darf, besserte auch seine Stimmung. Und zumindest kannst du dich nun in Minas Tirith frei bewegen, wie es dir gefällt – wenn du nicht gerade Dienst hast. Du unterstehst seinem Befehl, und er wird es nicht vergessen. Sei also immer noch vorsichtig!«

Er schwieg und seufzte. »Nun, es ist nicht nötig, darüber nachzugrübeln, was der morgige Tag bringen mag. Denn gewiß wird das Morgen Schlechteres bringen als das Heute, und so wird es viele Tage gehen. Und ich kann nichts mehr tun, um es zu ändern. Das Schachbrett ist aufgestellt, und die Figuren sind in Bewegung. Eine Figur, die zu finden ich sehr wünschte, ist Faramir, der nun Denethors Erbe ist. Ich glaube, er ist nicht in der Stadt; aber ich hatte noch keine Zeit, mich umzuhören. Ich muß gehen, Pippin. Ich muß zu dem Kriegsrat des Herrn gehen und versuchen, etwas zu erfahren. Doch der Feind ist am Zuge und im Begriff, sein Spiel voll zu eröffnen. Und die Bauern werden wahrscheinlich ebensoviel davon zu sehen bekommen wie alle anderen Figuren, Peregrin, Paladins Sohn, Gefolgsmann von Gondor. Schärfe dein Schwert!«

Gandalf ging zur Tür, und dort wandte er sich noch einmal um. »Ich bin in Eile,

Pippin«, sagte er. »Tu mir einen Gefallen, wenn du hinausgehst. Sogar ehe du dich ausruhst, wenn du nicht zu müde bist. Geh und suche Schattenfell und sieh nach, wie er untergebracht ist. Diese Leute sind gütig zu Tieren, denn sie sind ein gutes und kluges Volk, aber sie haben weniger Erfahrung mit Pferden als andere.«

Damit ging Gandalf hinaus, und in eben dem Augenblick erschallte vom Turm in der Veste ein klarer, lieblicher Glockenton. Dreimal schlug es silberhell und verklang: die dritte Stunde nach Sonnenaufgang.

Gleich darauf ging Pippin zur Tür und die Treppe hinunter und schaute sich auf der Straße um. Die Sonne schien jetzt warm und hell, und die Türme und hohen Häuser warfen lange, scharf umrissene Schatten nach Westen. Hoch in die blauen Lüfte erhob der Mindolluinberg seinen weißen Helm und schneeigen Mantel. Bewaffnete Mannen liefen auf den Wegen der Stadt hin und her, als ob sie beim Stundenschlag zur Ablösung von Posten und Wachen gingen.

»Neun Uhr würden wir es im Auenland nennen«, sagte Pippin laut vor sich hin. »Gerade die Zeit für ein gutes Frühstück am offenen Fenster in der Frühlingssonne. Und wie gern hätte ich ein Frühstück! Ob es das bei diesen Leuten überhaupt gibt, oder ist es schon vorbei? Und wann nehmen sie ihre Hauptmahlzeit ein, und wo?«

Plötzlich bemerkte er einen in Schwarz und Weiß gekleideten Mann, der die schmale Straße geradenwegs von der Veste herunter und auf ihn zu kam. Pippin fühlte sich einsam und beschloß, den Mann anzusprechen, wenn er vorbeiging; aber er brauchte es nicht. Der Mann kam schnurstracks auf ihn zu.

»Seid Ihr Peregrin der Halbling?« fragte er. »Mir wurde gesagt, Ihr seid für den Herrn und die Stadt in Eid und Pflicht genommen worden. Willkommen!« Er streckte ihm die Hand hin, und Pippin nahm sie.

»Ich heiße Beregond, Baranors Sohn. Heute morgen habe ich keinen Dienst und bin ausgesandt worden, um Euch über die Losungsworte zu unterrichten und Euch einige der vielen Dinge zu erzählen, die Ihr zweifellos wissen wollt. Und ich für mein Teil möchte auch gern einiges von Euch erfahren. Denn niemals zuvor haben wir einen Halbling in diesem Land gesehen, und obwohl wir Gerüchte über sie gehört haben, wird wenig über sie gesagt in irgendeiner Erzählung, die wir kennen. Überdies seid Ihr ein Freund von Mithrandir. Kennt Ihr ihn gut?«

»Nun«, sagte Pippin, »*von* ihm habe ich mein ganzes kurzes Leben gewußt, wie man sagen könnte; und in letzter Zeit bin ich weit mit ihm gewandert. Aber in diesem Buch gibt es viel zu lesen, und ich kann nicht behaupten, mehr als ein oder zwei Seiten gesehen zu haben. Immerhin kenne ich ihn vielleicht so gut wie irgendeiner mit Ausnahme einiger weniger. Aragorn war der einzige in unserer Gemeinschaft, glaube ich, der ihn wirklich kannte.«

»Aragorn?« sagte Beregond. »Wer ist das?«

»Ach«, stammelte Pippin, »ein Mann, der mit uns wanderte. Ich glaube, er ist jetzt in Rohan.«

»Ihr seid in Rohan gewesen, wie ich höre. Auch über dieses Land würde ich Euch gern viel fragen; denn zu einem gut Teil gründet sich die geringe Hoffnung, die wir haben, auf dieses Volk. Aber ich vergesse meinen Auftrag, wonach ich zuerst beantworten soll, was Ihr fragen wollt. Was möchtet Ihr wissen, Herr Peregrin?«

»Hm«, sagte Pippin, »wenn ich mir die Bemerkung erlauben darf, es ist eine ziemlich brennende Frage, die mich zur Zeit beschäftigt, nämlich wie es mit dem Frühstück und alledem steht. Ich meine, wann sind die Mahlzeiten, versteht Ihr, und wo ist der Speisesaal, wenn es einen gibt? Und Wirtshäuser? Ich habe mich umgeschaut, aber ich sah keins, als wir herauffritten, obwohl mich die Hoffnung auf einen Schluck Bier, sobald wir zu den Behausungen kluger und gesitteter Menschen kämen, aufrechterhalten hat.«

Beregond sah ihn ernst an. »Ein alter Haudegen, das sehe ich«, sagte er. »Es heißt, daß Männer, die in den Krieg ziehen, als nächstes immer auf Essen und Trinken hoffen; obwohl ich selbst kein weitgereister Mann bin. Dann habt Ihr also heute noch nichts gegessen?«

»Nun ja, ehrlich gesagt, doch«, antwortete Pippin. »Aber es war nicht mehr als ein Becher Wein und ein oder zwei weiße Kuchen dank der Güte Eures Herrn; aber er hat mich eine Stunde lang mit Fragen gequält, und das macht hungrig.«

Beregond lachte. »Bei Tisch mögen kleine Männer die größeren Taten vollbringen, heißt es bei uns. Aber Ihr habt ebenso gut gefrühstückt wie jedermann in der Veste, und mit größerer Ehre. Dies ist eine Festung und ein Turm der Wacht und jetzt im Kriegszustand. Wir stehen vor der Sonne auf, essen einen Happen in der Dämmerung und gehen zu unserem Dienst, wenn er beginnt. Doch verzagt nicht!« Er lachte wieder, als er die Verzweiflung in Pippins Gesicht sah. »Diejenigen, die einen *schweren* Dienst hatten, nehmen im Laufe des Vormittags etwas zu sich, um ihre Kraft wieder aufzufrischen. Dann gibt es einen Imbiß um die Mittagsstunde oder danach, wie der Dienst es zuläßt; und bei Sonnenuntergang versammeln sich die Männer zur Hauptmahlzeit und fröhlicher Unterhaltung, so weit das möglich ist.

Doch kommt! Wir wollen ein wenig spazierengehen und uns dann nach irgendeiner Erfrischung umsehen, auf der Festungsmauer essen und trinken und den schönen Morgen betrachten.«

»Einen Augenblick«, sagte Pippin errötend. »Gier oder Hunger, wie Ihr es höflicherweise nennen würdet, ließ es mich vergessen. Gandalf, Mithrandir, wie Ihr ihn nennt, hat mich nämlich gebeten, mich um sein Pferd zu kümmern – Schattenfell, ein prächtiges Roß aus Rohan, der Liebling des Königs, wie es heißt, obwohl er es Mithrandir für seine guten Dienste geschenkt hat. Ich glaube, sein neuer Herr liebt das Tier mehr als manche Menschen, und wenn sein Wohlwollen irgendeinen Wert für diese Stadt hat, dann werdet Ihr Schattenfell mit allen Ehren behandeln: mit noch größerer Freundlichkeit als diesen Hobbit, wenn es möglich ist.«

»Hobbit?« fragte Beregond.

»So nennen wir uns selbst«, sagte Pippin.

»Das freut mich zu hören«, sagte Beregond. »Denn nun kann ich sagen, daß fremdländische Aussprache eine schöne Redeweise nicht verhindert, und Hobbits sind ein schön sprechendes Volk. Doch kommt jetzt! Ihr sollt mich mit dem guten Pferd bekannt machen. Wir sehen selten Tiere in dieser steinernen Stadt, und ich liebe sie, denn meine Sippe kam aus den Gebirgstälern und stammt ursprünglich aus Ithilien. Doch fürchtet Euch nicht! Der Besuch soll kurz sein, ein bloßer Höflichkeitsbesuch, und von da aus gehen wir dann zu den Schenken.«

Pippin stellte fest, daß Schattenfell gut untergebracht und versorgt war. Denn im sechsten Ring der Stadt, außerhalb der Mauern der Veste, gab es schöne Ställe für einige wenige schnelle Pferde dicht bei den Unterkünften der reitenden Boten des Herrn: Boten, die immer bereit standen, um auf dringenden Befehl von Denethor oder seinen Heerführern loszureiten. Doch jetzt waren alle Pferde und Reiter unterwegs.

Schattenfell wieherte, als Pippin in den Stall kam, und wandte den Kopf. »Guten Morgen«, sagte Pippin. »Gandalf wird kommen, sobald er kann. Er ist beschäftigt, aber er schickt Grüße, und ich soll nachsehen, ob alles gut ist bei dir; und du ruhst dich aus, hoffe ich, nach deinen langen Mühen.«

Schattenfell warf den Kopf zurück und stampfte. Doch ließ er zu, daß ihm Beregond sanft den Kopf tätschelte und die großen Flanken streichelte.

»Er sieht aus, als sehne er sich nach einem Wettlauf, und nicht, als sei er eben erst von einer langen Fahrt gekommen«, sagte Beregond. »Wie stark und stolz er ist! Wo ist sein Geschirr? Es sollte prächtig und schön sein.«

»Keins ist prächtig und schön genug für ihn«, sagte Pippin. »Er will keins haben. Wenn er bereit ist, Euch zu tragen, dann trägt er Euch; und wenn nicht, dann wird kein Zaum und kein Zügel, keine Peitsche und kein Riemen ihn gefügig machen. Leb wohl, Schattenfell! Habe Geduld. Die Schlacht kommt.«

Schattenfell hob den Kopf und wieherte so laut, daß der Stall bebte und sie sich die Ohren zuhielten. Dann nahmen sie Abschied, nachdem sie sich überzeugt hatten, daß die Krippe gut gefüllt war.

»Und nun zu unserer Krippe«, sagte Beregond, und er führte Pippin zurück zur Veste und dann zu einer Tür an der Nordseite des großen Turms. Dort stiegen sie eine lange, kühle Treppe hinunter zu einem breiten, von Lampen erleuchteten Gang. Auf beiden Seiten waren Durchreichen, und eine stand offen.

»Das ist das Vorratshaus und der Ausschank für meine Schar der Wache«, sagte Beregond. »Grüß dich, Targon!« rief er durch die Durchreiche. »Es ist noch früh, aber hier ist ein Neuer, den der Herr in seinen Dienst genommen hat. Er ist lange und weit geritten mit eng geschnalltem Gürtel und hat heute morgen schwere Arbeit geleistet, und nun ist er hungrig. Gib uns, was du hast!«

Sie bekamen Brot und Butter, Käse und Äpfel: die letzten aus dem Wintervorrat, verschrumpelt, aber saftig und süß; und einen ledernen Bocksbeutel mit frisch gezapftem Bier und hölzerne Teller und Becher. Alles verstauten sie in einem Weidenkorb und klommen wieder hinauf in die Sonne; und Beregond brachte Pippin zu einer Stelle am östlichen Ende der großen herausragenden Brustwehr, an der eine Schießscharte in der Mauer war und ein steinerner Sitz unter dem Süll. Von hier konnten sie hinausschauen auf den Morgen allüberall.

Sie aßen und tranken; und sie sprachen bald von Gondor und seinen Sitten und Bräuchen, bald vom Auenland und von den fremden Ländern, die Pippin gesehen hatte. Und je länger sie sich unterhielten, um so verwunderter war Beregond und schaute den Hobbit in immer größerem Erstaunen an, wie er da auf der Steinbank saß und die kurzen Beine baumeln ließ oder sich auf die Zehenspitzen stellte, um über das Süll auf die Lande unten zu blicken.

»Ich will Euch nicht verbergen, Herr Peregrin«, sagte Beregond, »daß Ihr in unseren Augen fast wie eins unserer Kinder aussieht, ein Bub von neun Jahren oder so; und dennoch habt Ihr Gefahren überstanden und Wunderdinge gesehen, deren sich wenige unserer Graubärte rühmen könnten. Ich glaubte, es sei eine Laune unseres Herrn, sich einen Edelknaben zu nehmen, so wie es die Könige von einst taten, heißt es. Aber ich sehe, daß dem nicht so ist, und Ihr müßt meine Torheit verzeihen.«

»Das tue ich«, sagte Pippin. »Obwohl Ihr nicht weit daneben geschossen habt. In den Augen meines eigenen Volkes bin ich immer noch kaum mehr als ein Junge, denn es dauert noch vier Jahre, bis ich ›mündig‹ werde, wie wir im Auenland sagen. Aber macht Euch keine Gedanken um mich. Schaut hinaus und erzählt mir, was ich hier sehe.«

Die Sonne stand jetzt hoch, und die Nebel unten im Tal hatten sich gehoben. Wie weiße Wolkenfetzen zogen die letzten Nebelschwaden gerade über ihre Köpfe hinweg, davongetragen von der steifen Brise aus dem Osten, die an den Fahnen und weißen Bannern der Veste zog und zerrte. Weit unten auf der Talsohle, etwa fünf Wegstunden, wie das Auge schweift, sah man jetzt grau und glitzernd den Großen Strom, der sich, von Nordwesten kommend, in einer mächtigen Schleife nach Süden und dann wieder nach Westen zog, und dann verschwand er in einem Dunst und Schimmer, hinter dem, fünfzig Wegstunden entfernt, das Meer lag.

Pippin sah den ganzen Pelennor vor sich ausgebreitet, bis in die Ferne getüpfelt mit Bauerngehöften und kleinen Mauern, Scheunen und Kuhställen, aber nirgends konnte er Rinder oder andere Tiere sehen. Viele Straßen und Pfade kreuzten die grünen Felder, und es gab viel Kommen und Gehen: lange Wagenschlangen zogen zum Großen Tor, und andere kamen heraus. Dann und wann kam ein Reiter, sprang aus dem Sattel und eilte in die Stadt. Doch der stärkste Verkehr war auf der großen Hauptstraße, die nach Süden führte, einen kleineren Bogen als der Fluß beschrieb, sich an den Bergen entlangzog und bald dem Blick entschwand. Sie war breit und gut gepflastert, und an ihrem östlichen Rand verlief ein stattlicher, grüner Reitweg und hinter ihm eine Mauer. Auf dem Reitweg galoppierten Reiter hin und her, aber die ganze Straße schien verstopft zu sein mit großen, bedeckten Wagen, die nach Süden unterwegs waren. Doch bald erkannte Pippin, daß in Wirklichkeit alles wohlgeordnet war: die Wagen fuhren in drei Reihen, eine schneller, mit Pferden bespannt; langsamer in der zweiten Reihe die mit Ochsen bespannten großen Wagen mit schönen, vielfarbigen Planen; und viele kleinere Karren am Westrand der Straße wurden mühselig von Männern gezogen.

»Das ist die Straße zu den Tälern Tumladen und Lossarnach und zu den Bergdörfern und dann weiter nach Lebennin«, sagte Beregond. »Dort fahren die letzten der Planwagen, die die Alten und Kinder und die Frauen, die sie begleiten müssen, in Sicherheit bringen. Vor der Mittagsstunde müssen sie alle fort sein, und auf eine Wegstunde vom Tor muß die Straße frei sein: so lautet der Befehl. Es ist traurig, aber unumgänglich.« Er seufzte. »Vielleicht werden sich wenige von denen, die sich jetzt trennen, wiedersehen. Und es hat immer zuwenig Kinder in dieser Stadt gegeben; aber jetzt sind gar keine mehr da – außer einigen jungen Burschen, die nicht fort wollten und vielleicht irgendeine Aufgabe zu erfüllen finden. Mein eigener Sohn ist einer von ihnen.«

Sie schwiegen beide eine Weile. Pippin starrte ängstlich nach Osten, als ob er jeden Augenblick erwartete, daß Tausende von Orks über die Felder herankämen. »Was sieht man denn dort?« fragte er und zeigte auf die Mitte der großen Schleife des Anduin. »Ist das noch eine Stadt, oder was ist es?«

»Es war eine Stadt«, sagte Beregond. »Die Hauptstadt von Gondor, und diese hier war nur eine Festung. Was Ihr dort seht, sind die Trümmer von Osgiliath auf beiden Ufern des Anduin, das unsere Feinde vor langer Zeit eroberten und niederbrannten. Doch haben wir es in Denethors Jugendtagen zurückgewonnen: nicht, um darin zu wohnen, sondern um es als Feldwache zu halten und die Brücke wieder aufzubauen, damit wir unsere Waffen hinüberbringen konnten. Und dann kamen die Grausamen Reiter aus Minas Morgul.«

»Die Schwarzen Reiter?« fragte Pippin und öffnete die Augen, die groß und dunkel waren von einer wiedererwachten Furcht.

»Ja, sie waren schwarz«, sagte Beregond, »und ich sehe, daß Ihr etwas über sie wißt, obwohl Ihr in Euren Erzählungen nichts von ihnen gesagt habt.«

»Ich weiß von ihnen«, sagte Pippin leise, »aber ich will jetzt nicht von ihnen sprechen, so nah, so nah.« Er brach ab und blickte hinüber über den Fluß, und ihm schien, daß alles, was er sehen konnte, ein riesiger, bedrohlicher Schatten war. Vielleicht waren es Berge, die über dem Rand des Gesichtsfeldes aufragten, und annähernd sechzig Meilen nebliger Luft ließen ihre gezackten Grate verschwommen erscheinen; vielleicht war es nur eine Wolkenwand und hinter ihr eine noch tiefere Dunkelheit. Doch während er noch schaute, schien es seinen Augen, als nähme die Dunkelheit zu und wüchse, sehr langsam, und stiege langsam auf, um die Gefilde der Sonne einzuhüllen.

»So nahe an Mordor?« sagte Beregond leise. »Ja, dort liegt es. Wir nennen es selten; aber immer haben wir in Sichtweite jenes Schattens gelebt: manchmal erscheint er schwächer und ferner; manchmal näher und dunkler. Jetzt wächst er und verdunkelt sich; und daher nehmen auch unsere Angst und Unruhe zu. Und die Grausamen Reiter haben vor weniger als einem Jahr die Flußübergänge zurückerobert, und viele unserer besten Mannen wurden erschlagen. Boromir war es, der den Feind schließlich von diesem westlichen Ufer zurücktrieb, und fast die Hälfte von Osgiliath halten wir noch immer. Für eine kleine Weile. Aber wir erwarten jetzt dort einen neuen Angriff. Vielleicht den wichtigsten Angriff des kommenden Krieges.«

»Wann?« fragte Pippin. »Habt Ihr eine Vermutung? Denn ich sah in der letzten Nacht die Leuchtfeuer und die reitenden Boten; und Gandalf sagte, es sei ein Zeichen, daß der Krieg begonnen habe. Er schien in verzweifelter Eile zu sein. Aber nun scheint alles wieder gemächlicher zu gehen.«

»Nur, weil jetzt alles bereit ist«, sagte Beregond. »Es ist bloß das tiefe Luftholen vor dem Absprung.«

»Aber warum sind letzte Nacht die Leuchtfeuer angezündet worden?«

»Es ist zu spät, Hilfe herbeizuholen, wenn man belagert wird«, antwortete Beregond. »Doch kenne ich die Pläne des Herrn und seiner Heerführer nicht. Sie haben viele Möglichkeiten, Nachrichten zu sammeln. Und der Herr Denethor ist nicht wie andere Menschen: er blickt weit. Manche sagen, er sitze des Nachts allein in seinem hohen Gemach im Turm und richte seine Gedanken hierhin und dorthin, er könne irgendwie in der Zukunft lesen; und manchmal erforsche er sogar die Gedanken des Feindes und ringe mit ihm. Und daher kommt es, daß er gealtert ist, vorzeitig verbraucht. Aber wie immer dem sein mag, mein Herr Faramir ist unterwegs, jenseits des Flusses, bei irgendeinem gefährlichen Auftrag, und vielleicht hat er eine Botschaft geschickt.

Aber wenn Ihr wissen wollt, was ich glaube, warum die Leuchtfeuer angezündet wurden: wegen der Nachrichten, die gestern abend aus Lebennin kamen. Dort nähert sich eine große Flotte den Mündungen des Anduin, bemannt von den Corsaren aus Umbar im Süden. Gondors Macht fürchten sie schon lange nicht mehr und haben sich mit dem Feind verbündet, und jetzt führen sie einen schweren Schlag für seine Sache. Denn dieser Angriff wird ein gut Teil der Hilfe ablenken, die wir uns von Lebennin und Belfalas erhofften, wo das Volk tapfer und zahlreich ist. Um so mehr richten sich unsere Gedanken auf Rohan, und um so froher sind wir über die Siegesnachrichten, die Ihr bringt.

Und dennoch . . .« Er hielt inne, stand auf und schaute ringsum nach Norden, Osten und Süden. »Und dennoch sollten die Ereignisse in Isengart eine Warnung für uns sein, daß wir jetzt in ein großes Netz und Ränkespiel geraten sind. Es sind nicht länger Plänkeleien an den Furten, Raubzüge aus Ithilien und aus Anórien, Überfälle und Plünderungen. Dies ist ein lange geplanter großer Krieg, und wir sind nur eine Schachfigur darin, was immer unser Stolz auch sagen mag. Im fernen Osten, jenseits des Binnenmeeres, sind die Dinge in Bewegung, wie berichtet wird; und nördlich im Düsterwald und dahinter; und südlich in Harad. Und jetzt sollen alle Reiche auf die Probe gestellt werden, ob sie standhalten oder – unter den Schatten fallen.

Immerhin, Herr Peregrin, wird uns diese Ehre zuteil: stets richtet sich der Haupthaß des Dunklen Herrn gegen uns, denn dieser Haß kommt aus den Gründen der Zeit und über die Tiefen des Meers. Hier wird der Hammerschlag am heftigsten niederfallen. Und aus diesem Grunde kam Mithrandir in solcher Eile her. Denn wenn wir fallen, wer soll dann standhalten? Und, Herr Peregrin, seht Ihr irgendwelche Hoffnung, daß wir standhalten werden?«

Pippin antwortete nicht. Er blickte auf die großen Mauern, die Türme und tapferen Banner und die Sonne am hohen Himmel, und dann auf die zunehmende Düsternis im Osten; und er dachte an die langen Finger des Schattens: an die Orks in den Wäldern und Bergen, an den Verrat von Isengart, an die Vögel mit dem bösen Blick und die Schwarzen Reiter sogar auf den Pfaden im Auenland – und an den geflügelten Schrecken, die Nazgûl. Er erschauerte, und die Hoffnung schien zu schwinden. Und in eben diesem Augenblick flackerte die Sonne eine Sekunde und verdunkelte sich, als ob ein dunkler Flügel über sie hinweggezogen sei. Kaum hörbar, glaubte er hoch und fern am Himmel einen Schrei zu vernehmen: schwach, doch herzerschütternd, grausam und kalt. Er erbleichte und kauerte sich an die Mauer.

»Was war das?« fragte Beregond. »Habt Ihr auch etwas gespürt?«

»Ja«, flüsterte Pippin. »Es ist das Zeichen unseres Untergangs und der Schatten des Verhängnisses, ein Grausamer Reiter der Luft.«

»Ja, der Schatten des Verhängnisses«, sagte Beregond. »Ich fürchte, Minas Tirith wird fallen. Die Nacht kommt. Sogar die Wärme meines Blutes scheint sich davongestohlen zu haben.«

Eine Zeitlang saßen sie mit gesenkten Köpfen beieinander und sprachen nicht. Dann schaute Pippin plötzlich auf und sah, daß die Sonne noch schien und die Banner noch im Wind flatterten. Er schüttelte sich. »Es ist vorbei«, sagte er. »Nein, mein Herz will noch nicht verzweifeln. Gandalf ist gestürzt, und doch ist er zurückgekehrt und bei uns. Wir mögen standhalten, wenn auch nur auf einem Bein oder wenigstens noch auf unseren Knien.«

»Wohlgesprochen!« rief Beregond, erhob sich und schritt auf und ab. »Nein, obwohl alles schließlich sein Ende findet, soll Gondor noch nicht untergehen. Auch nicht, wenn ein verwegener Feind die Mauern einnehmen und vor ihnen einen Berg von Aas aufhäufen sollte. Es gibt immer noch andere Festungen und geheime Fluchtwege in das Gebirge. Hoffnung und Erinnerung sollen immer noch lebendig bleiben in irgendeinem verborgenen Tal, wo das Gras grün ist.«

»Trotz alledem, ich wünschte, es wäre vorüber, mag es nun gut oder schlecht ausgehen«, sagte Pippin. »Ich bin ganz und gar kein Krieger, und jeder Gedanke an die Schlacht mißfällt mir; aber auf eine Schlacht zu warten, der man nicht entgehen kann, ist am allerschlimmsten. Wie lang kommt mir dieser Tag schon vor! Ich wäre glücklicher, wenn wir nicht dastehen und abwarten müßten, keine Bewegung machen und nirgends zuerst zuschlagen dürften. Kein Streich wäre in Rohan geführt worden, glaube ich, wenn Gandalf nicht gewesen wäre.«

»Ah, da legt Ihr den Finger in eine offene Wunde, die viele verspüren«, sagte Beregond. »Aber die Dinge mögen sich ändern, wenn Faramir zurückkehrt. Er ist kühn, kühner, als viele annehmen. Denn heutzutage fällt es den Menschen schwer zu glauben, daß ein Heerführer klug sein kann und bewandert in den alten Schriften der Lehre und des Liedes, wie er es ist, und dennoch ein Mann von Beherztheit und rascher Entscheidung auf dem Schlachtfeld. Aber ein solcher ist Faramir. Nicht so verwegen und stürmisch wie Boromir, doch nicht weniger entschlossen. Was kann er indes wirklich tun? Die Gebirge von – dem Gebiet da drüben vermögen wir nicht anzugreifen. Unser Wirkungsbereich ist klein geworden, und wir können erst zuschlagen, wenn ein Feind in unsere Reichweite kommt. Dann muß unsere Hand schwer sein!« Er packte das Heft seines Schwerts.

Pippin schaute ihn an: hochgewachsen und stolz und edel, wie alle Männer, die er bisher in diesem Land gesehen hatte; und seine Augen funkelten bei dem Gedanken an die Schlacht. »Ach«, dachte Pippin, »meine eigene Hand fühlt sich leicht an wie eine Feder«, aber er sagte nichts. »Ein Bauer, hat Gandalf gesagt? Vielleicht, aber auf dem falschen Schachbrett.«

So unterhielten sie sich, bis die Sonne den höchsten Punkt erklomm, und plötzlich wurden die Mittagsglocken geläutet, und es kam Bewegung in die Veste; denn alle außer den Wächtern gingen zur Mahlzeit.

»Wollt Ihr mit mir kommen?« fragte Beregond. »Ihr könnt heute mit mir essen. Denn ich weiß nicht, welcher Schar Ihr zugeteilt werdet, oder ob Euch der Herr zu seiner eigenen Verfügung haben will. Aber bei meiner Schar werdet Ihr willkommen sein. Und für Euch wird es gut sein, möglichst viele Leute kennenzulernen, solange es noch Zeit ist.«

»Ich werde gern mitkommen«, sagte Pippin. »Ich fühle mich einsam, um Euch die Wahrheit zu sagen. Meinen besten Freund habe ich in Rohan zurückgelassen und nun niemanden gehabt, mit dem ich mich unterhalten und Spaß machen konnte. Vielleicht könnte ich wirklich in Eure Schar eintreten? Seid Ihr der Hauptmann? Wenn ja, könntet Ihr mich dann aufnehmen oder Euch für mich verwenden?«

»Nein, nein«, lachte Beregond, »ich bin kein Hauptmann. Weder Amt noch Rang noch Macht habe ich, sondern bin ein einfacher Krieger in der Dritten Schar der Veste. Und dennoch, Herr Peregrin, auch nur ein Krieger zu sein, der zur Wache des Turms von Gondor gehört, gilt in der Stadt als ehrenvoll, und solche Männer werden im Lande hoch geachtet.«

»Dann bin ich bei weitem nicht würdig genug dafür«, sagte Pippin. »Bringt mich in unser Zimmer zurück, und wenn Gandalf nicht da ist, werde ich mit Euch gehen, wohin Ihr wollt – als Euer Gast.«

Gandalf war nicht in der Unterkunft und hatte keine Botschaft gesandt; also ging Pippin mit Beregond mit und wurde mit den Mannen der Dritten Schar bekannt gemacht. Und es schien, als ob es Beregond ebenso zur Ehre gereichte wie seinem Gast, denn Pippin war sehr willkommen. Es war in der Veste schon viel über Mithrandirs Gefährten geredet worden und über sein langes Gespräch mit dem Herrn; und es lief das Gerücht um, ein Fürst der Halblinge sei aus dem Norden gekommen, um Lehnspflicht für Gondor und fünftausend Schwerter anzubieten. Und einige sagten, wenn die Reiter aus Rohan kämen, würde jeder einen Halbling-Krieger mitbringen, klein vielleicht, aber beherzt.

Obwohl Pippin zu seinem Bedauern dieser hoffnungsvollen Geschichte den Boden entziehen mußte, konnte er doch seinen neuen Rang nicht abschütteln, der, wie die Leute meinten, einem wohl anstehe, der ein Freund von Boromir gewesen war und von Denethor ausgezeichnet wurde; und sie dankten ihm, daß er zu ihnen gekommen war, und lauschten seinen Worten und Geschichten über fremde Länder und gaben ihm soviel zu essen und soviel Bier, wie er sich nur wünschen konnte. Seine einzige Sorge war es denn auch, »vorsichtig« zu sein, wie Gandalf ihm geraten hatte, und nicht seiner Zunge freien Lauf zu lassen, wie es die Art eines Hobbits unter Freunden ist.

Schließlich erhob sich Beregond. »Lebt wohl einstweilen«, sagte er. »Ich habe jetzt Dienst bis Sonnenuntergang, wie alle anderen hier auch, glaube ich. Aber wenn Ihr einsam seid, wie Ihr sagt, dann hättet Ihr vielleicht gern einen lustigen Führer durch die Stadt. Mein Sohn würde mit Freuden mit Euch gehen. Ein guter Junge, wenn ich das sagen darf. Falls Euch das zusagt, geht hinunter zum untersten Kreis und fragt nach dem Alten Gästehaus in der Rath Celerdain, der Lampenmacher-Straße. Dort werdet Ihr ihn bei den anderen Burschen finden, die in der Stadt geblieben sind. Es mag sehenswerte Dinge geben am Großen Tor, ehe es geschlossen wird.«

Er ging hinaus, und bald folgten ihm alle anderen. Der Tag war noch schön, obwohl es dunstig wurde, und es war heiß für März, selbst so weit südlich. Pippin war schläfrig, doch die Unterkunft erschien ihm freudlos, und er beschloß, hinunterzugehen und die Stadt zu erforschen. Er nahm ein paar Leckerbissen, die er für Schattenfell aufgespart hatte und die gnädig angenommen wurden, obwohl es dem Pferd an nichts zu mangeln schien. Dann ging er viele gewundene Pfade hinunter.

Das Volk starrte ihn an, wenn er vorüberging. Solange er sie sah, waren die Menschen ernst und höflich und grüßten ihn nach der Sitte von Gondor mit gesenktem Kopf und den Händen auf der Brust; aber hinter seinem Rücken hörte er so manchen Ruf, als ob diejenigen an den Türen die anderen, die drinnen waren, aufforderten, herauszukommen und sich den Fürsten der Halblinge anzusehen, Mithrandirs Gefährten. Viele gebrauchten eine andere als die Gemeinsame Sprache, aber es dauerte nicht lange, da hatte er wenigstens gelernt, was *Ernil i Pheriannath* bedeutete, und wußte, daß seine Ehrenbezeichnung ihm schon in der Stadt vorausgeeilt war.

Schließlich kam er durch überwölbte Straßen und viele schöne Gassen und über gepflasterte Plätze zum untersten und ausgedehntesten Ring und wurde in die Lampenmacher-Straße gewiesen, einen breiten Weg, der zum Großen Tor hinunterführte. Dort fand er das Alte Gästehaus, ein großes Gebäude aus grauem, verwittertem Stein mit zwei Flügeln senkrecht zur Straße, dazwischen eine schmale Rasenfläche und dahinter das vielfenstrige Haus. Es hatte auf der ganzen Breite einen von Säulen getragenen Vorbau und eine Treppe bis zum Rasen. Jungen spielten zwischen den Säulen, die einzigen Kinder, die Pippin in Minas Tirith gesehen hatte, und er blieb stehen, um sie sich anzuschauen. Einer der Jungen erblickte ihn plötzlich, und mit einem lauten Ruf sprang er über den Rasen und kam auf die Straße, gefolgt von den anderen. Da stand er nun vor Pippin und schaute ihn von oben bis unten an.

»Willkommen!« sagte der Junge. »Wo kommt Ihr her? Ihr seid fremd in der Stadt.«

»Das war ich«, sagte Pippin, »aber es heißt, ich sei Gefolgsmann von Gondor geworden.«

»Na, hört mal«, sagte der Junge. »Dann sind wir hier alle Männer. Wie alt seid Ihr denn, und wie heißt Ihr? Ich bin schon zehn und werde bald fünf Fuß haben. Ich bin größer als Ihr. Aber schließlich ist mein Vater auch bei der Wache, einer der größten. Was ist Euer Vater?«

»Welche Frage soll ich zuerst beantworten?« sagte Pippin. »Mein Vater bebaut das Land um Weißbrunn in der Nähe von Buckelstadt im Auenland. Ich bin fast neunundzwanzig, also bin ich dir darin über; obwohl ich nur vier Fuß groß bin und wahrscheinlich nicht mehr wachsen werde, außer in die Breite.«

»Neunundzwanzig!« sagte der Junge und pfiff. »Da seid Ihr aber ziemlich alt. So alt wie mein Onkel Iorlas. Immerhin«, fügte er hoffnungsvoll hinzu, »ich wette, ich könnte Euch auf den Kopf stellen oder auf den Rücken legen.«

»Das könntest du vielleicht, wenn ich dich ließe«, sagte Pippin lachend. »Und vielleicht könnte ich dasselbe mit dir machen: wir kennen ein paar Ringkampfkniffe in meinem kleinen Land. Wo ich, das will ich dir sagen, als ungewöhnlich groß und stark gelte; und ich habe noch keinem erlaubt, mich auf den Kopf zu stellen. Wenn es also zu einem Wettkampf käme und nichts anderes helfen würde, dann würde ich dich vielleicht töten müssen. Denn wenn du älter bist, wirst du lernen, daß die Leute nicht immer sind, was sie zu sein scheinen; und obgleich du mich wohl für einen schwächlichen Ausländerjungen und eine leichte Beute angesehen hast, laß dich warnen: das bin ich nicht, ich bin ein Halbling, stark, tapfer und gefährlich!« Pippin machte ein so grimmiges Gesicht, daß der Junge einen Schritt zurücktrat; aber sogleich kam er wieder an mit geballten Fäusten und Kampfeslust im Blick.

»Nein!« lachte Pippin. »Du darfst auch nicht alles glauben, was Fremde von sich selbst sagen! Ich bin kein Kämpfer. Aber es wäre jedenfalls höflicher, wenn der Herausforderer sagen würde, wer er ist.«

Der Junge richtete sich stolz auf. »Ich bin Bergil, der Sohn Beregonds von der Wache«, sagte er.

»Das dachte ich mir«, sagte Pippin, »denn du siehst aus wie dein Vater. Ich kenne ihn, und er hat mich hergeschickt, um dich zu suchen.«

»Warum habt Ihr denn das nicht gleich gesagt?« rief Bergil, und er sah mit einemmal ganz erschreckt aus. »Sagt mir nicht, daß er es sich anders überlegt hat und mich nun doch mit den Mädchen wegschicken will. Ach nein, die letzten Wagen sind ja schon fort.«

»Die Botschaft ist weniger schlimm, wenn auch nicht gut«, sagte Pippin. »Er sagt, wenn du es lieber tust, als mich auf den Kopf stellen, dann könntest du mich eine Weile in der Stadt herumführen und mich in meiner Einsamkeit trösten. Ich kann dir als Gegenleistung ein paar Geschichten aus fernen Ländern erzählen.«

Bergil klatschte in die Hände und lachte vor Erleichterung. »Alles ist gut«, rief er. »Dann kommt! Wir wollten sowieso zum Tor gehen und zuschauen. Wir werden jetzt gleich gehen.«

»Was geschieht denn dort?«

»Die Heerführer aus den Außenlehen werden vor Sonnenuntergang auf der Südstraße erwartet. Kommt mit uns, dann werdet Ihr es sehen.«

Bergil erwies sich als guter Gefährte, die beste Gesellschaft, die Pippin seit seiner Trennung von Merry gefunden hatte, und bald lachten sie und unterhielten sich vergnügt, als sie durch die Straßen gingen und der vielen Blicke nicht achteten, die die Menschen ihnen zuwarfen. Es dauerte nicht lange, da waren sie von einer Volksmenge umringt, die zum Großen Tor strömte. Dort stieg Pippin beträchtlich in Bergils Achtung, denn als er seinen Namen nannte und das Losungswort aussprach, grüßte ihn der Wachtposten und ließ ihn durch; und überdies erlaubte er ihm, seinen Gefährten mitzunehmen.

»Das ist gut«, sagte Bergil. »Wir Jungens dürfen nämlich ohne einen Erwachsenen nicht mehr aus dem Tor heraus. Nun werden wir besser sehen können.«

Jenseits des Tors stand eine Menschenmenge am Straßenrand und an dem großen gepflasterten Platz, auf den alle Wege nach Minas Tirith einmündeten. Aller Augen waren nach Süden gerichtet, und bald erhob sich ein Gemurmel: »Dort hinten ist Staub! Sie kommen!«

Pippin und Bergil bahnten sich ihren Weg, bis sie vorn in der Menge standen, und warteten. Hörner erklangen in einiger Entfernung, und das Geräusch von Beifallsrufen drang zu ihnen wie ein aufkommender Sturm. Dann gab es einen lauten Trompetenstoß, und ringsum schrien die Leute.

»Forlong! Forlong!« hörte Pippin sie rufen. »Was sagen sie?« fragte er.

»Forlong ist gekommen«, antwortete Bergil, »der alte Forlong der Dicke, der Herr von Lossarnach. Das ist dort, wo mein Großvater lebt. Hurra! Da ist er. Der brave alte Forlong!«

An der Spitze des Zuges kam ein großes Pferd mit starken Gliedmaßen, und auf ihm saß ein Mann mit breiten Schultern und von gewaltigem Umfang, zwar alt und graubärtig, doch im Panzerhemd und mit schwarzem Helm, einen langen, schweren Speer in der Hand. Hinter ihm marschierte stolz eine staubige Schar Männer, gut bewaffnet mit großen Schlachtäxten; grimmige Gesichter hatten sie und waren gedrungener und irgendwie schwärzlicher als alle Menschen, die Pippin bisher in Gondor gesehen hatte.

»Forlong!« riefen die Menschen. »Tapferer, treuer Freund! Forlong!« Aber als die Männer aus Lossarnach vorbei waren, murrten sie: »So wenige! Zweihundert, was ist das schon? Wir hatten auf zehnmal so viel gehofft. Das wird an den neuen Nachrichten über die schwarze Flotte liegen. Sie können nur ein Zehntel ihrer Streitmacht entbehren. Immerhin ist jedes bißchen ein Gewinn.«

Und so kamen die Heerscharen und wurden begrüßt und bejubelt und zogen durch das Tor, die Mannen der Außenlehen, die heranmarschierten, um in einer dunklen Stunde die Stadt von Gondor zu verteidigen; doch immer waren es zu wenige, immer eine geringere Anzahl, als die Hoffnung erwartete oder die Not erforderte. Die Mannen aus dem Ringló-Tal hinter dem Sohn ihres Herrn,

Dervorin, der zu Fuß ging: dreihundert. Aus dem Hochland Morthond, dem großen Schwarzerdental, der hochgewachsene Duinhir mit seinen Söhnen Duilin und Derufin und fünfhundert Bogenschützen. Aus Anfalas, dem fernen Langstrand, eine stattliche Schar von Männern aller möglicher Berufe, Jäger und Hirten und Bauern aus kleinen Dörfern, kärglich bewaffnet mit Ausnahme der Gefolgsleute ihres Herrn Golasgil. Aus Lamedon ein paar Bergbewohner ohne einen Hauptmann. Fischerleute aus Ethir, einige Hundert oder mehr, die man bei den Schiffen entbehren konnte. Hirluin der Schöne von den Grünen Bergen aus Pinnath Gelin mit dreihundert tapferen, grüngekleideten Mannen. Und zuletzt und am stolzesten Imrahil, Fürst von Dol Amroth, der Vetter des Herrn Denethor, mit vergoldeten Bannern, die sein Wappen trugen, das Schiff und den Silberschwan, und eine Schar Ritter in voller Rüstung auf grauen Pferden; und hinter ihnen siebenhundert Krieger, hochgewachsen wie edle Herren, grauäugig, dunkelhaarig, und sie sangen, als sie herankamen.

Und das war alles, weniger als dreitausend insgesamt. Mehr würden nicht kommen. Noch hörte man ihre Rufe und ihre Fußtritte in der Stadt, dann verhallten sie. Die Zuschauer blieben noch eine Weile schweigend stehen. Staub hing in der Luft, denn der Wind hatte sich gelegt und der Abend war drückend. Schon näherte sich die Stunde, da das Tor geschlossen wurde. Die rote Sonne stand hinter dem Mindolluin. Schatten senkte sich auf die Stadt.

Pippin schaute auf, und ihm schien, daß der Himmel aschgrau geworden war, als ob ein gewaltiger Staub und Rauch über ihnen hänge, und das Licht drang nur matt hindurch. Doch im Westen hatte die untergehende Sonne allen Dunst in Brand gesteckt, und jetzt hob sich der Mindolluin schwarz ab vor einem schwelenden Feuer, mit Funken gesprenkelt. »So endet ein schöner Tag im Zorn«, sagte er, den Jungen an seiner Seite vergessend.

»So wird es sein, wenn ich nicht vor den Abendglocken zurück bin«, sagte Bergil. »Kommt! Da erschallt die Trompete, daß das Tor geschlossen wird.«

Hand in Hand gingen sie zurück in die Stadt und waren die letzten, die das Tor durchschritten, ehe es geschlossen wurde; und als sie die Lampenmacher-Straße erreichten, läuteten feierlich alle Glocken der Türme. Viele Fenster wurden hell, und aus den Häusern und Wachräumen der Krieger entlang den Mauern hörte man Gesang.

»Lebt wohl einstweilen«, sagte Bergil. »Bringt meinem Vater Grüße und dankt ihm, daß er Euch mir zur Gesellschaft geschickt hat. Kommt bald wieder, bitte. Fast wünschte ich jetzt, es wäre nicht Krieg, dann könnten wir eine fröhliche Zeit miteinander haben. Wir könnten nach Lossarnach wandern, zum Haus meines Großvaters; es ist schön dort im Frühling, die Wälder und Felder sind voller Blumen. Aber vielleicht können wir doch einmal zusammen dort hingehen. Sie werden niemals unseren Herrn besiegen, und mein Vater ist sehr tapfer. Lebt wohl und kommt wieder!«

Sie trennten sich, und Pippin eilte hinauf in die Veste. Der Weg erschien ihm lang, ihm war heiß und er wurde sehr hungrig; und die Nacht senkte sich herab, rasch und dunkel. Kein Stern stand am Himmel. Er kam spät zu der Mahlzeit in den Eßraum, und Beregond begrüßte ihn erfreut und ließ ihn sich neben ihn setzen, um Neues von seinem Sohn zu hören. Nach dem Essen blieb Pippin noch eine Weile, und dann verabschiedete er sich, denn eine seltsame Schwermut bedrückte ihn, und er wünschte jetzt sehr, Gandalf wiederzusehen.

»Könnt Ihr den Weg finden?« fragte Beregond an der Tür der kleinen Halle auf der Nordseite der Veste, wo sie gesessen hatten. »Es ist eine schwarze Nacht, und um so schwärzer, seit der Befehl kam, daß alle Lampen in der Stadt verdunkelt werden müssen, und kein Licht darf von den Mauern herausscheinen. Und ich kann Euch noch eine Nachricht von anderer Art geben: Ihr werdet morgen in der Frühe zu Herrn Denethor gerufen. Ich fürchte, Ihr werdet nicht zur Dritten Schar kommen. Doch dürfen wir hoffen, uns wiederzutreffen. Lebt wohl und schlaft in Frieden!«

Die Unterkunft war dunkel bis auf eine kleine Laterne, die auf dem Tisch stand. Gandalf war nicht da. Pippins Schwermut wurde noch bedrückender. Er kletterte auf die Bank und versuchte, aus dem Fenster zu schauen, aber es war, als blickte man in einen Tintenpfuhl. Er kam wieder herunter, schloß den Laden und ging zu Bett. Eine Weile lag er wach und lauschte, ob er Gandalf kommen hörte, und dann versank er in einen unruhigen Schlaf.

In der Nacht wurde er von einem Lichtschein geweckt, und er sah, daß Gandalf gekommen war und hinter dem Vorhang des Alkovens auf und ab schritt. Kerzen standen auf dem Tisch, und Pergamentrollen lagen da. Er hörte den Zauberer seufzen und murmeln: »Wann wird Faramir zurückkehren?«

»He!« sagte Pippin und steckte den Kopf durch den Vorhang. »Ich dachte, du hättest mich ganz vergessen. Ich freue mich, dich wiederzusehen. Es ist ein langer Tag gewesen.«

»Aber die Nacht wird zu kurz sein«, sagte Gandalf. »Ich bin hierher zurückgekommen, denn ich muß ein wenig Ruhe haben, allein. Du solltest schlafen, in einem Bett, solange du es noch kannst. Bei Sonnenaufgang werde ich dich wieder zu Herrn Denethor bringen. Nein, wenn der Ruf ergeht, nicht bei Sonnenaufgang. Die Dunkelheit hat begonnen. Es wird keine Morgendämmerung kommen.«

ZWEITES KAPITEL

DER WEG DER GRAUEN SCHAR

Gandalf war fort, und das Stampfen von Schattenfells Hufen verlor sich in der Nacht, als Merry zu Aragorn zurückkam. Er hatte nur ein leichtes Bündel, denn seinen Rucksack hatte er in Parth Galen verloren, und alles, was er besaß, waren ein paar nützliche Dinge, die er in den Trümmern von Isengart aufgelesen hatte. Hasufel war schon gesattelt. Legolas und Gimli standen mit ihrem Pferd daneben.

»Vier von unserer Gemeinschaft sind also noch da«, sagte Aragorn. »Wir werden zusammen reiten. Aber wir werden nicht allein gehen, wie ich glaubte. Der König ist jetzt entschlossen, sofort aufzubrechen. Seit der geflügelte Schatten gekommen ist, ist es sein Wunsch, im Schutz der Nacht in die Berge zurückzukehren.«

»Und wohin dann?« fragte Legolas.

»Das kann ich noch nicht sagen«, antwortete Aragorn. »Was den König betrifft, so wird er zur Heerschau reiten, die er für die vierte Nacht, von heute an gerechnet, befohlen hat. Und dort, glaube ich, wird er Nachrichten über den Krieg erhalten, und die Reiter von Rohan werden nach Minas Tirith gehen. Doch ohne mich und jeden, der mit mir gehen will.«

»Ich, zum Beispiel«, rief Legolas. »Und Gimli mit ihm«, sagte der Zwerg.

»Nun, was mich betrifft«, sagte Aragorn, »so ist es dunkel vor mir. Ich muß auch nach Minas Tirith gehen, aber ich sehe den Weg noch nicht. Eine lange vorbereitete Stunde rückt heran.«

»Laßt mich nicht zurück!« sagte Merry. »Ich bin nicht viel nütze gewesen bisher; aber ich will nicht beiseite gelegt werden wie Gepäck, das abgeholt wird, wenn alles vorbei ist. Ich glaube nicht, daß die Reiter sich jetzt mit mir belasten wollen. Obgleich der König allerdings gesagt hat, ich solle bei ihm sitzen, wenn er wieder in sein Haus kommt, und ihm alles vom Auenland erzählen.«

»Ja«, sagte Aragorn, »und dein Weg soll der seine sein, glaube ich, Merry. Aber erwarte nicht Fröhlichkeit am Ende. Es wird lange dauern, fürchte ich, bis Théoden wieder behaglich in Meduseld sitzt. Viele Hoffnungen werden in diesem bitteren Frühling zunichte.«

Bald waren alle bereit aufzubrechen: vierundzwanzig Pferde, und Gimli saß hinter Legolas und Merry vor Aragorn. Dann ritten sie rasch durch die Nacht. Sie hatten die Hügelgräber noch nicht lange hinter sich gelassen, als ein Reiter von der Nachhut heransprengte.

»Herr«, sagte er zum König, »es sind Reiter hinter uns. Als wir die Furt durchquerten, glaubte ich sie zu hören. Jetzt sind wir sicher. Sie reiten geschwind und holen uns ein.«

Théoden ließ sofort halten. Die Reiter wendeten ihre Pferde und packten ihre Speere. Aragorn saß ab, setzte Merry auf den Boden, zog sein Schwert und stellte sich neben den Steigbügel des Königs. Éomer und sein Schildknappe ritten zurück zur Nachhut. Merry kam sich mehr denn je wie unnötiges Gepäck vor, und er fragte sich, was er tun sollte, wenn es einen Kampf geben würde. Angenommen, das kleine Gefolge des Königs würde umzingelt und überwältigt, aber er könnte in der Dunkelheit entkommen – allein in den unbewohnten Feldern von Rohan, ohne eine Vorstellung zu haben, wo er war in all diesen endlosen Weiten? »Das ist nicht gut«, dachte er. Er zog das Schwert und schnallte den Gürtel enger.

Der untergehende Mond wurde durch eine große, dahinziehende Wolke verdunkelt, aber plötzlich trat er wieder klar hervor. Dann hörten sie Hufgetrappel, und im gleichen Augenblick sahen sie dunkle Gestalten, die rasch den Pfad von der Furt heraufkamen. Das Mondlicht schimmerte hier und dort auf den Spitzen ihrer Speere. Wie viele es waren, die sie verfolgten, ließ sich nicht feststellen, aber sie schienen an Zahl zumindest nicht geringer zu sein als das Gefolge des Königs.

Als sie auf etwa fünfzig Schritte herangekommen waren, rief Éomer mit lauter Stimme: »Halt! Halt! Wer reitet in Rohan?«

Die Verfolger brachten ihre Rösser sofort zum Stehen. Ein Schweigen folgte; und dann sah man im Mondschein einen Reiter absitzen und langsam vorwärts gehen. Seine Hand leuchtete weiß, als er sie hochhielt, die Handfläche nach außen, als ein Zeichen des Friedens, doch die Mannen des Königs packten ihre Waffen. Auf zehn Schritte blieb der Mann stehen. Er war groß, ein dunkler, stiller Schatten. Dann erschallte seine helle Stimme.

»Rohan? Sagtet Ihr Rohan? Das ist frohe Botschaft. Wir kommen von weit her und suchen dieses Land in Eile.«

»Ihr habt es gefunden«, sagte Éomer. »Als ihr dort drüben die Furt überquertet, habt ihr es betreten. Doch es ist das Reich des Königs Théoden. Niemand reitet hier ohne seine Erlaubnis. Wer seid ihr? Und warum in Eile?«

»Halbarad Dúnadan, Waldläufer des Nordens, bin ich«, rief der Mann. »Wir suchen Aragorn, Arathorns Sohn, und hörten, er sei in Rohan.«

»Und ihn habt ihr auch gefunden!« rief Aragorn. Er warf Merry den Zügel zu, lief dem Neuankömmling entgegen und umarmte ihn. »Halbarad!« sagte er. »Von allen Freuden ist das die am wenigsten erwartete!«

Merry stieß einen Seufzer der Erleichterung aus. Er hatte geglaubt, dies sei eine letzte Arglist von Saruman, um dem König aufzulauern, wenn er nur wenige Mannen um sich hatte; doch schien es nicht nötig zu sein, bei Théodens Verteidigung zu sterben, jedenfalls jetzt noch nicht. Er steckte sein Schwert in die Scheide.

»Alles ist gut«, sagte Aragorn und wandte sich um. »Hier sind einige meiner eigenen Sippe aus dem fernen Lande, wo ich wohnte. Aber warum sie kommen und wie viele sie sind, soll Halbarad uns berichten.«

»Ich habe dreißig bei mir«, sagte Halbarad. »Das sind alle von unserer Sippe, die in Eile zusammengerufen werden konnten; doch die Brüder Elladan und Elrohir sind mit uns geritten, denn es ist ihr Wunsch, in den Krieg zu ziehen. Wir ritten so rasch wir konnten, als dein Ruf kam.«

»Aber ich habe euch nicht gerufen«, sagte Aragorn, »außer in Gedanken. Oft habe ich an euch gedacht, und selten mehr als heute nacht; aber ich habe keine

Botschaft gesandt. Doch komm! Alle diese Dinge müssen warten. Du findest uns auf einem Ritt in Eile und Gefahr. Reite jetzt mit uns, wenn der König es erlaubt.«

Théoden war freilich froh. »Es ist gut«, sagte er. »Wenn diese Verwandten in irgendeiner Weise Euch ähnlich sind, Herr Aragorn, dann werden dreißig solcher Recken eine Streitmacht sein, die sich nicht nach Köpfen zählen läßt.«

Dann machten sich die Reiter wieder auf den Weg, und Aragorn ritt eine Weile mit den Dúnedain; und nachdem sie über die Neuigkeiten im Norden und im Süden gesprochen hatten, sagte Elrohir zu ihm:

»Ich bringe dir Botschaft von meinem Vater: *Die Tage sind kurz. Wenn du in Eile bist, gedenke der Pfade der Toten.*«

»Immer schienen mir meine Tage zu kurz zu sein, um meinen Wunsch zu erfüllen«, antwortete Aragorn. »Doch groß fürwahr wird meine Eile sein, ehe ich diesen Weg einschlage.«

»Das werden wir bald sehen«, sagte Elrohir. »Aber laßt uns nicht mehr auf offener Straße von diesen Dingen sprechen.«

Und Aragorn sagte zu Halbarad: »Was ist das, was du trägst, Vetter?« Denn er sah, daß Halbarad statt eines Speers einen langen Stab trug, gleichsam ein Banner, aber es war fest aufgerollt in einem schwarzen Tuch und wurde mit vielen Riemen zusammengehalten.

»Es ist ein Geschenk, das ich dir von der Herrin von Bruchtal bringe«, antwortete Halbarad. »Sie hat es heimlich gefertigt, und lange dauerte die Arbeit. Aber auch sie sendet dir Botschaft: *Die Tage sind nun kurz. Entweder unsere Hoffnung kommt, oder alle Hoffnung endet. Daher sende ich dir, was ich für dich gemacht habe. Lebe wohl, Elbenstein!*«

Und Aragorn sagte: »Nun weiß ich, was du trägst. Trage es noch eine Weile für mich!« Und er wandte sich um und blickte weit gen Norden unter den großen Sternen, und dann schwieg er und sprach nicht mehr, solange der nächtliche Ritt dauerte.

Die Nacht war weit vorgeschritten und der Osten schon grau, als sie endlich vom Klammtal herauffritten und wieder zur Hornburg kamen. Dort sollten sie sich niederlegen und eine kurze Weile ruhen und dann miteinander beratschlagen.

Merry schlief, bis er von Legolas und Gimli geweckt wurde. »Die Sonne steht hoch«, sagte Legolas. »Alle anderen sind längst munter. Komm, Herr Faulpelz, und schau dir die Gegend an, solange du kannst!«

»Hier war eine Schlacht vor drei Nächten«, sagte Gimli, »und hier haben Legolas und ich ein Spiel gespielt, das ich um nur einen einzigen Ork gewonnen habe. Komm und sieh dir an, wie es war. Und hier gibt es Höhlen, Merry, die ein Wunder sind. Wollen wir sie aufsuchen, Legolas, was meinst du?«

»Nein, dazu ist keine Zeit«, sagte der Elb. »Verdirb das Wunder nicht durch Eile. Ich habe dir mein Wort gegeben, daß ich mit dir hierher zurückkomme, wenn es wieder Tage des Friedens und der Freiheit gibt. Doch jetzt ist bald Mittag, und zu dieser Stunde essen wir und brechen dann wieder auf, wie ich höre.«

Merry erhob sich und gähnte. Die paar Stunden Schlaf waren nicht annähernd genug für ihn gewesen; er war müde und ziemlich niedergeschlagen. Pippin fehlte ihm, und er hatte das Gefühl, er sei nur eine Bürde, während alle anderen Pläne schmiedeten für den Erfolg einer Angelegenheit, die er nicht ganz verstand. »Wo ist Aragorn?« fragte er.

»In einem hohen Gemach in der Burg«, sagte Legolas. »Er hat nicht geruht und nicht geschlafen, glaube ich. Vor einigen Stunden ist er dort hinaufgegangen und hat gesagt, er müsse nachdenken, und nur sein Vetter Halbarad ging mit ihm; aber irgendein dunkler Zweifel oder eine Sorge bedrückt ihn.«

»Das ist eine seltsame Gesellschaft, diese Neuankömmlinge«, sagte Gimli. »Tapfere und edle Männer sind es, und die Reiter von Rohan sehen fast wie Knaben neben ihnen aus; denn die meisten haben grimmige Gesichter, zerfurcht wie verwitterter Fels, wie Aragorn auch; und sie sind schweigsam.«

»Aber ebenso wie Aragorn sind sie höflich, wenn sie ihr Schweigen brechen«, sagte Legolas. »Und habt ihr die Brüder Elladan und Elrohir bemerkt? Weniger düster als die der anderen ist ihre Kleidung, und sie sind schön und stattlich wie Elbenfürsten; und das ist nicht verwunderlich bei den Söhnen von Elrond aus Bruchtal.«

»Warum sind sie gekommen? Habt ihr darüber etwas gehört?« fragte Merry. Er war jetzt angezogen und warf sich den grauen Mantel um die Schulter; und die drei gingen zusammen hinaus und hinüber zu dem zerstörten Tor der Burg.

»Sie folgten einem Ruf, wie du gehört hast«, sagte Gimli. »Botschaft kam nach Bruchtal, sagen sie: *Aragorn braucht seine Sippe. Laßt die Dúnedain zu ihm nach Rohan reiten!* Aber woher die Nachricht kam, darüber sind sie jetzt im Zweifel. Gandalf schickte sie, möchte ich annehmen.«

»Nein, Galadriel«, sagte Legolas. »Hat sie nicht durch Gandalf von dem Ritt der Grauen Schar vom Norden gesprochen?«

»Ja, du hast recht«, sagte Gimli. »Die Herrin des Waldes! Sie liest in vielen Herzen und errät die Wünsche. Warum haben wir uns nicht einige von unserer Sippe gewünscht, Legolas?«

Legolas stand vor dem Tor und ließ seine strahlenden Augen nach Norden und Osten schweifen, und sein schönes Gesicht war bekümmert. »Ich glaube nicht, daß welche kommen würden«, antwortete er. »Sie brauchen nicht in den Krieg zu reiten; der Krieg rückt schon in ihre Länder ein.«

Eine Weile wanderten die drei Gefährten umher, sprachen von dieser oder jener Wendung der Schlacht, gingen von dem geborstenen Tor aus hinunter, vorbei an den Hügelgräbern der Gefallenen, bis sie an Helms Deich standen und in die Klamm schauten. Die Todeshöhe war schon da, schwarz und hoch und steinig, und man konnte deutlich sehen, wo die Huorns das Gras niedergetreten und braun getrampelt hatten. Die Dunländer und viele Männer von der Besatzung der Burg waren am Deich oder auf den Feldern und den beschädigten Mauern dahinter an der Arbeit; doch alles schien seltsam still: ein erschöpftes Tal, das nach einem schweren Sturm ausruht. Bald kehrten sie um und gingen zur Mittagsmahlzeit in die Halle der Burg.

Der König war schon da, und sobald sie eintraten, rief er nach Merry und ließ einen Stuhl für ihn an seine Seite stellen.

»Es ist nicht so, wie ich es gern hätte«, sagte Théoden, »denn dies hat wenig Ähnlichkeit mit meinem schönen Haus in Edoras. Und dein Freund ist fort, der auch hätte hier sein sollen. Aber es mag lange währen, ehe wir, du und ich, an der hohen Tafel in Meduseld sitzen; auch wird es nicht die Zeit für Festmähler sein, wenn ich dorthin zurückkehre. Doch komm nun! Iß und trink und laß uns miteinander reden, solange wir können. Und dann sollst du mit mir reiten.«

»Darf ich?« fragte Merry, überrascht und erfreut. »Das wäre herrlich!« Niemals war er dankbarer gewesen für freundliche Worte. »Ich fürchte, in bin jedermann im Wege«, stammelte er. »Aber ich würde gern alles tun, was ich kann.«

»Daran zweifle ich nicht«, sagte der König. »Ich habe ein gutes Bergpony für dich fertigmachen lassen. Es wird dich auf den Straßen, die wir einschlagen werden, so rasch davontragen wie jedes Pferd. Denn ich will von der Burg auf Bergpfaden reiten, nicht in der Ebene, und so über Dunharg, wo Frau Éowyn mich erwartet, nach Edoras kommen. Du sollst mein Knappe sein, wenn du willst. Gibt es hier Kriegsausrüstung, Éomer, die mein Schwert-Than brauchen könnte?«

»Wir haben hier keine große Waffenkammer, Herr«, antwortete Éomer. »Vielleicht könnte ein leichter Helm gefunden werden, der ihm paßt; aber wir haben keinen Panzer und kein Schwert für einen von seiner Größe.«

»Ein Schwert habe ich«, sagte Merry, kletterte von seinem Stuhl herunter und zog aus der schwarzen Scheide seine kleine glänzende Klinge. Plötzlich war er von Liebe zu diesem alten Mann erfüllt, er ließ sich auf ein Knie nieder und nahm des Königs Hand und küßte sie. »Darf ich das Schwert von Meriadoc aus dem Auenland auf Euren Schoß legen, König Théoden?« rief er. »Empfangt meine Dienste, wenn Ihr wollt!«

»Gerne nehme ich sie an«, sagte der König; er legte seine langen, alten Hände auf das braune Haar des Hobbits und weihte ihn. »Stehe nun auf, Meriadoc, Knappe von Rohan aus der Gefolgschaft von Meduseld!« sagte er. »Nimm dein Schwert und trage es zu gutem Gelingen!«

»Wie ein Vater sollt Ihr für mich sein«, sagte Merry.

»Für eine kleine Weile«, sagte Théoden.

Sie unterhielten sich, während sie aßen, bis Éomer plötzlich sprach. »Es ist nahe der Stunde, die wir für unseren Aufbruch festgesetzt haben, Herr«, sagte er. »Sollen wir den Mannen befehlen, die Hörner zu blasen? Aber wo ist Aragorn? Sein Platz ist leer, und er hat nicht gegessen.«

»Wir werden uns fertigmachen zum Reiten«, sagte Théoden, »aber laß Herrn Aragorn ausrichten, daß die Stunde nahe ist.«

Der König und seine Leibwache und Merry an seiner Seite gingen vom Tor der Burg hinunter zu dem Rasen, wo sich die Reiter gesammelt hatten. Viele waren schon aufgesessen. Es würde eine große Schar sein, denn der König ließ nur eine kleine Besatzung in der Burg zurück, und alle, die entbehrt werden konnten, ritten zum Waffenempfang nach Edoras. Tausend Speerträger waren schon in der Nacht vorausgeritten, doch waren es noch einige fünfhundert, die den König begleiteten, zum größten Teil Männer von den Feldern und Tälern von Westfold.

Etwas abseits saßen die Waldläufer in einer wohlgeordneten Gruppe, bewaffnet mit Speer und Bogen und Schwert. Sie waren in Mäntel von dunklem Grau gekleidet, und ihre Kapuzen waren jetzt herabgezogen über Helm und Kopf. Ihre Pferde waren kräftig und von stolzer Haltung, doch struppig; und eins stand da ohne Reiter, Aragorns eigenes Pferd, das sie aus dem Norden mitgebracht hatten; Roheryn war sein Name. Weder Edelstein noch Gold oder irgendein Schmuck schimmerte an ihrem Geschirr und Zaumzeug; auch trugen ihre Reiter keinerlei Wahrzeichen oder Wappen, abgesehen von einer silbernen Brosche in der Form eines strahlenförmigen Sterns, mit der jeder Mantel auf der linken Schulter befestigt war.

Der König bestieg sein Roß Schneemähne, und Merry saß neben ihm auf seinem Pony: Stybba hieß es. Plötzlich kam Éomer aus dem Tor, und Aragorn war bei ihm und Halbarad, der den großen, fest zusammengerollten Stab in Schwarz trug, und zwei hochgewachsene Männer, weder jung noch alt. So ähnlich waren sie einander, die Söhne von Elrond, daß wenige sie auseinanderhalten konnten: dunkelhaarig, grauäugig, und ihre Gesichter waren elbenschön, und beide trugen gleiche schimmernde Panzerhemden unter silbergrauen Mänteln. Hinter ihnen gingen Legolas und Gimli. Aber Merry hatte nur Augen für Aragorn, so auffällig war die Veränderung, die er an ihm bemerkte, als ob in einer Nacht viele Jahre über ihn gekommen wären. Düster war sein Gesicht, grau und müde.

»Ich bin sehr beunruhigt, Herr«, sagte er, als er neben dem Pferd des Königs stand. »Seltsame Worte habe ich gehört und sehe neue Gefahren in weiter Ferne. Ich habe lange angestrengt nachgedacht, und jetzt fürchte ich, daß ich meinen Entschluß ändern muß. Sagt mir, Théoden, Ihr reitet jetzt nach Dunharg, wie lange wird es dauern, bis Ihr dorthin kommt?«

»Es ist jetzt eine volle Stunde nach dem Mittag«, sagte Éomer. »Vor der Nacht des dritten Tages sollten wir die Veste erreichen. Es wird dann eine Nacht nach dem Vollmond sein, und die Heerschau, die der König befohlen hat, wird am Tag danach abgehalten. Schneller können wir es nicht machen, wenn die Streitmacht von Rohan gesammelt werden soll.«

Aragorn schwieg einen Augenblick. »Drei Tage«, murmelte er, »und dann wird die Heerschau erst beginnen. Aber ich sehe ein, daß es jetzt nicht beschleunigt werden kann.« Er blickte auf, und es schien, als habe er eine Entscheidung getroffen; sein Gesicht war weniger bekümmert. »Dann muß ich mit Eurer Erlaubnis, Herr, für mich und meine Sippe einen neuen Entschluß fassen. Wir müssen auf unserem eigenen Weg reiten, und nicht länger verborgen. Für mich ist die Zeit der Heimlichkeit vorbei. Ich will auf dem schnellsten Weg nach Osten reiten, auf den Pfaden der Toten.«

»Die Pfade der Toten!« sagte Théoden und zitterte. »Warum sprecht Ihr von ihnen?« Éomer wandte sich um und starrte Aragorn an, und Merry schien es, daß die Gesichter der Reiter, die in Hörweite saßen, bei diesen Worten erbleichten.

»Wenn es in Wirklichkeit solche Pfade gibt«, sagte Théoden, »dann ist ihr Tor in Dunharg. Aber kein Lebender darf es durchschreiten.«

»Wehe, Aragorn, mein Freund«, sagte Éomer. »Ich hatte gehofft, daß wir zusammen in den Krieg reiten würden; doch wenn Ihr die Pfade der Toten einschlagt, dann ist unser Abschied gekommen, und es ist wenig wahrscheinlich, daß wir uns jemals unter der Sonne wiedersehen.«

»Diesen Weg werde ich dennoch nehmen«, sagte Aragorn. »Aber das sage ich Euch, Éomer, in der Schlacht werden wir uns wiedertreffen, wenn auch alle Heere von Mordor zwischen uns stehen sollten.«

»Ihr werdet tun, wie Ihr wünscht, Herr Aragorn«, sagte Théoden. »Vielleicht ist es Euer Schicksal, seltsame Pfade zu beschreiten, auf die andere sich nicht wagen. Dieser Abschied betrübt mich, und meine Stärke wird dadurch verringert; doch nun muß ich die Gebirgswege einschlagen und darf nicht länger säumen. Lebt wohl!«

»Lebt wohl, Herr«, sagte Aragorn. »Reitet großem Ruhm entgegen! Leb wohl, Merry! Ich lasse dich in guten Händen zurück, in besseren, als wir hoffen konnten, als wir die Orks bis Fangorn jagten. Legolas und Gimli werden noch weiter mit mir jagen, hoffe ich; aber dich werden wir nicht vergessen.«

»Auf Wiedersehen«, sagte Merry. Er fand weiter nichts zu sagen. Er kam sich sehr klein vor und war verwirrt und bedrückt von all diesen düsteren Worten. Mehr denn je fehlte ihm Pippin mit seiner unerschütterlichen Fröhlichkeit. Die Reiter waren bereit, und ihre Pferde waren unruhig. Er wünschte, sie würden aufbrechen und es hinter sich bringen.

Nun sprach Théoden zu Éomer, und er hob die Hand und rief laut, und auf dieses Wort hin brachen die Reiter auf. Sie ritten über den Deich und in die Klamm hinunter, dann wandten sie sich rasch nach Osten und nahmen den Pfad, der sich auf etwa eine Meile an den Vorbergen entlangzog, bis er nach Süden abbog, wieder in die Berge hineinführte und dem Blick entschwand. Aragorn ritt zum Deich und schaute hinab, bis die Mannen des Königs weit unten in der Klamm waren. Dann wandte er sich zu Halbarad.

»Dort reiten drei, die ich liebe, und den kleinsten nicht am wenigsten«, sagte er. »Er weiß nicht, welchem Ziel er entgegenreitet; doch wenn er es wüßte, er würde dennoch gehen.«

»Ein kleines Volk, doch von großem Wert sind die Auenländer«, sagte Halbarad. »Wenig wissen sie von unseren langen Mühen, um ihre Grenzen zu schützen, und doch reut es mich nicht.«

»Und nun sind unsere Schicksale miteinander verflochten«, sagte Aragorn. »Und dennoch müssen wir uns nun leider trennen. Ja, ich sollte eine Kleinigkeit essen, und dann müssen auch wir forteilen. Kommt, Legolas und Gimli, ich muß mit euch reden, während ich esse.«

Zusammen gingen sie zurück zur Burg, doch eine Zeitlang saß Aragorn schweigend am Tisch in der Halle, und die anderen warteten, daß er spräche.

»Komm«, sagte Legolas schließlich. »Sprich und sei getröstet und schüttle den Schatten ab! Was ist geschehen, seit wir im Morgengrauen zu diesem schrecklichen Ort zurückkamen?«

»Ein Kampf, der für mein Teil etwas schrecklicher war als die Schlacht der Hornburg«, antwortete Aragorn. »Ich habe in den Stein von Orthanc geblickt, meine Freunde.«

»Du hast in diesen verfluchten Zauberstein geblickt!« rief Gimli, und Furcht und Staunen malten sich auf seinem Gesicht. »Hast du etwas gesagt zu – ihm? Selbst Gandalf fürchtete diese Begegnung.«

»Du vergißt, mit wem du sprichst«, sagte Aragorn streng, und seine Augen blitzten. »Habe ich nicht vor den Toren von Edoras meinen Anspruch offen erklärt? Was, fürchtest du, hätte ich ihm sagen sollen? Nein, Gimli«, fügte er mit sanfterer Stimme hinzu, und die Härte wich von seinem Gesicht und er sah aus wie einer, der sich seit vielen Nächten in schlafloser Pein gequält hat. »Nein, meine Freunde, ich bin der rechtmäßige Herr des Steins, und ich habe das Recht und auch die Kraft, ihn zu gebrauchen, so beurteilte ich es jedenfalls. Das Recht kann nicht bezweifelt werden. Die Kraft reichte – knapp.«

Er holte tief Luft. »Es war ein erbitterter Kampf, und die Erschöpfung vergeht nur langsam. Ich sprach kein Wort mit ihm, und zum Schluß unterwarf ich den Stein meinem Willen. Allein das wird ihm schwer erträglich sein. Und er erblickte mich. Ja, Herr Gimli, er sah mich, aber in anderer Gestalt, als ihr mich hier seht. Wenn ihm das nützt, dann habe ich Schlimmes getan. Aber ich glaube es nicht. Zu erfahren, daß ich lebe und auf der Erde wandele, war ein Schlag für sein Herz, schätze ich; denn er wußte es bis jetzt nicht. Die Augen in Orthanc durchschauten Théodens Rüstung nicht; aber Sauron hat Isildur und Elendils Schwert nicht vergessen. Jetzt, in eben der Stunde seiner großen Pläne werden Isildurs Erbe und das Schwert sichtbar; denn ich zeigte ihm die neu geschmiedete Klinge. So mächtig ist er noch nicht, daß er über Angst erhaben wäre. Nein, Zweifel nagt nun an ihm.«

»Aber nichtsdestoweniger besitzt er große Gewalt«, sagte Gimli, »und jetzt wird er rascher zuschlagen.«

»Der hastige Streich geht oft fehl«, sagte Aragorn. »Wir müssen unseren Feind bedrängen und dürfen nicht länger darauf warten, daß er zuschlägt. Schaut, meine Freunde, als ich den Stein bezwang, habe ich vielerlei erfahren. Eine ernste Gefahr sah ich unerwartet von Süden über Gondor kommen, die starke Kräfte von Minas Tiriths Verteidigung abziehen wird. Wenn nicht rasch ein Gegenschlag geführt wird, schätze ich, daß die Stadt verloren sein wird, ehe zehn Tage vergangen sind.«

»Dann muß sie eben verloren werden«, sagte Gimli. »Denn welche Hilfe könnten wir dort hinschicken, und wie könnte sie zeitig kommen?«

»Ich kann keine Hilfe schicken, deshalb muß ich selbst gehen«, sagte Aragorn. »Aber es gibt nur einen Weg durch das Gebirge, das mich zu den Küstenländern bringt, ehe alles verloren ist. Das sind die Pfade der Toten.«

»Die Pfade der Toten!« sagte Gimli. »Es ist ein unheimlicher Name; und wenig nach dem Geschmack der Menschen von Rohan, wie ich gesehen habe. Können Lebende einen solchen Weg benutzen, ohne zugrunde zu gehen? Und selbst wenn du diesen Weg beschreitest, was können so wenige ausrichten, um Mordors Schläge abzuwehren?«

»Die Lebenden haben diesen Weg niemals benutzt, seit die Rohirrim gekommen sind«, sagte Aragorn, »denn er ist ihnen verschlossen. Aber in dieser dunkeln Stunde kann Isildurs Erbe ihn benutzen, wenn er es wagt. Hört zu! Das ist die Botschaft, die mir Elronds Söhne bringen von ihrem Vater in Bruchtal, dem Kundigsten in der alten Überlieferung: *Sagt Aragorn, er solle der Worte des Sehers gedenken und der Pfade der Toten.*«

»Und wie mögen die Worte des Sehers gelautet haben?« fragte Legolas.

»Also sprach Malbeth der Seher in den Tagen Arveduis, des letzten Königs in Fornost«, sagte Aragorn:

> *Über dem Land liegt lang der Schatten,*
> *Flügel der Finsternis strecken sich westwärts.*
> *Der Turm bebt; den Königsgrüften*
> *Naht das Gericht. Die Toten erwachen,*
> *Am Stein von Erech stehen sie wieder,*
> *Denn die Stunde ist da der Wortbrüchigen:*
> *Und hören das Horn in den Bergen hallen.*
> *Wessen Horn? Wer wird sie rufen,*
> *Das vergessene Volk aus grauem Zwielicht?*
> *Der Erbe des Mannes, dem einst sie schworen.*
> *Von Norden naht er, Not treibt ihn:*
> *Das Tor zum Pfad der Toten wird er durchschreiten.*

»Dunkle Wege, zweifellos«, sagte Gimli, »aber nicht dunkler, als diese Verse für mich sind.«

»Wenn du sie besser verstündest, würde ich dich bitten, mit mir zu kommen«, sagte Aragorn. »Denn diesen Weg werde ich nehmen. Doch gehe ich ihn nicht gern; nur die Not treibt mich. Daher möchte ich, daß ihr nur mitkommt, wenn es euer freier Wille ist, denn Mühsal erwartet euch und große Angst und vielleicht Schlimmeres.«

»Ich werde mit dir gehen, selbst auf den Pfaden der Toten, wo immer sie auch hinführen«, sagte Gimli.

»Ich werde auch mitkommen«, sagte Legolas, »denn ich fürchte die Toten nicht.«

»Ich hoffe, daß das vergessene Volk nicht vergessen haben wird, wie man kämpft«, sagte Gimli, »denn sonst sehe ich nicht ein, warum wir sie stören sollten.«

»Das werden wir wissen, wenn wir je nach Erech kommen«, sagte Aragorn. »Da sie mit dem Eid, den sie gebrochen haben, geschworen hatten, gegen Sauron zu kämpfen, müssen sie jetzt kämpfen, wenn sie ihn erfüllen wollen. Denn in Erech steht noch ein schwarzer Stein, den Isildur, wie es heißt, aus Númenor gebracht hat; und er wurde auf einem Berg aufgestellt, und bei diesem Stein hat der König des Gebirges ihm Lehnstreue geschworen, als das Reich Gondor begann. Doch als Sauron zurückkehrte und seine Macht wieder wuchs, forderte

Isildur die Menschen des Gebirges auf, ihren Eid zu erfüllen, und sie taten es nicht: denn in den Dunklen Jahren hatten sie Sauron gehuldigt.

Damals sagte Isildur zu ihrem König: ›Du sollst der letzte König sein. Und wenn sich der Westen mächtiger erweist als dein Schwarzer Gebieter, dann lege ich diesen Fluch auf dich und dein Volk: niemals Ruhe zu finden, bis dein Eid erfüllt ist. Denn dieser Krieg wird unzählige Jahre dauern, und noch einmal wirst du gerufen werden, ehe das Ende kommt.‹ Und sie flohen vor Isildurs Zorn und wagten nicht, auf Saurons Seite in den Krieg zu ziehen; und sie verbargen sich an geheimen Orten im Gebirge und hatten keinen Umgang mit anderen Menschen, sondern siechten langsam dahin in den kahlen Bergen. Und der Schrecken der Schlaflosen Toten liegt über dem Berg Erech und allen Orten, wo dieses Volk noch weilt. Aber diesen Weg muß ich gehen, da keine Lebenden da sind, um mir zu helfen.«

Er stand auf. »Kommt!« rief er und zog sein Schwert, und es blitzte in der dämmerigen Halle der Burg. »Auf zum Stein von Erech! Ich suche die Pfade der Toten. Komme mit mir, wer will!«

Legolas und Gimli antworteten nicht, aber sie standen auf und folgten Aragorn, als er die Halle verließ. Auf dem Rasen warteten, still und schweigend, die Waldläufer, verhüllt unter ihren Kapuzen. Legolas und Gimli saßen auf. Aragorn sprang auf Roheryn. Dann hob Halbarad ein großes Horn, und sein Schmettern hallte in Helms Klamm wider; und damit preschten sie davon, und wie ein Donnern ritten sie das Tal hinab, und alle Männer, die noch auf dem Deich oder der Burg zurückgeblieben waren, starrten voll Staunen.

Und während Théoden auf langsamen Pfaden durch die Berge zog, ritt die Graue Schar geschwind über die Ebene, und am Nachmittag des nächsten Tages kamen sie nach Edoras; dort hielten sie nur kurz an, ehe sie den Weg das Tal hinauf einschlugen, und so kamen sie, als die Dunkelheit hereinbrach, nach Dunharg.

Frau Éowyn begrüßte sie und freute sich über ihr Kommen; denn nie hatte sie solche Recken gesehen wie die Dúnedain und Elronds schöne Söhne; aber auf Aragorn ruhten ihre Augen vor allem. Und als die Männer mit ihr beim Abendessen saßen, sprachen sie miteinander, und sie hörte alles, was geschehen war, seit Théoden fortgeritten war, worüber sie bisher nur flüchtige Nachrichten erhalten hatte; und als sie von der Schlacht in Helms Klamm hörte und dem großen Gemetzel unter ihren Feinden und von Théodens und seiner Ritter Angriff, da glänzten ihre Augen.

Doch schließlich sagte sie: »Ihr Herren seid müde und sollt nun zu Bett gehen mit soviel Behaglichkeit, als sich in der Eile schaffen läßt. Doch morgen sollen schönere Unterkünfte für euch gefunden werden.«

Aber Aragorn sagte: »Nein, Herrin, bemüht Euch nicht für uns! Wenn wir hier heute nacht schlafen und morgen frühstücken dürfen, dann wird das genug sein. Denn ich habe einen höchst dringenden Auftrag, und mit dem ersten Tageslicht müssen wir reiten.«

Sie lächelte ihn an und sagte: »Dann war es sehr freundlich, Herr, daß Ihr so viele Meilen abseits Eures Weges geritten seid, um Éowyn Botschaft zu bringen und mit ihr in ihrer Verbannung zu sprechen.«

»Wahrlich, kein Mann würde eine solche Fahrt als verschwendet ansehen«, sagte Aragorn. »Und dennoch hätte ich nicht hierher kommen können, Herrin, wenn mich nicht der Weg, den ich nehmen muß, nach Dunharg geführt hätte.«

Und sie antwortete wie eine, der nicht gefällt, was gesagt wurde: »Dann, Herr, seid Ihr fehlgegangen; denn aus dem Hargtal führte keine Straße nach Osten oder Süden; und Ihr reitet besser den Weg zurück, den Ihr gekommen seid.«

»Nein, Herrin«, sagte er, »ich bin nicht fehlgegangen; denn ich bin in diesem Lande gewandert, ehe Ihr geboren wurdet, um es zu zieren. Es gibt eine Straße, die aus diesem Tal herausführt, und diese Straße werde ich nehmen. Morgen werde ich auf den Pfaden der Toten reiten.«

Dann starrte sie ihn an wie eine, die von Furcht ergriffen ist, und ihr Gesicht erbleichte, und lange sprach sie nicht mehr, während alle schweigend dasaßen. »Aber, Aragorn«, sagte sie schließlich, »ist es denn Euer Auftrag, den Tod zu suchen? Denn das ist alles, was Ihr auf diesem Wege finden werdet. Sie dulden es nicht, daß die Lebenden dort gehen.«

»Vielleicht werden sie es dulden, daß ich dort gehe«, sagte Aragorn. »Aber zumindest will ich es wagen. Keine andere Straße nützt mir.«

»Aber das ist Wahnsinn«, sagte sie. »Denn hier sind ruhmreiche und heldenhafte Männer, die Ihr nicht in die Schatten, sondern in den Krieg führen solltet, wo Männer gebraucht werden. Ich bitte Euch, hierzubleiben und mit meinem Bruder zu reiten; denn dann werden unser aller Herzen froh und unsere Hoffnung größer sein.«

»Es ist nicht Wahnsinn, Herrin«, antwortete er. »Denn ich gehe einen Weg, der mir bestimmt ist. Doch jene, die mir folgen, tun es aus freiem Willen; und wenn es jetzt ihr Wunsch ist, hierzubleiben und mit den Rohirrim zu reiten, dann mögen sie es tun. Doch ich werde die Pfade der Toten einschlagen, allein, wenn es sein muß.«

Dann sprachen sie nicht mehr und aßen schweigend; doch Éowyns Augen ruhten immer auf Aragorn, und die anderen sahen, daß sie große Seelenqualen litt. Schließlich erhoben sie sich und verabschiedeten sich von der Herrin und dankten ihr für ihre Fürsorge und gingen zur Ruhe.

Doch als Aragorn zu der Hütte kam, in der er mit Legolas und Gimli nächtigen sollte, und als seine Gefährten hineingegangen waren, kam Frau Éowyn hinter ihm her und rief ihn. Er wandte sich um und sah sie wie einen Schimmer in der Nacht, denn sie war in Weiß gekleidet; doch ihre Augen glühten.

»Aragorn«, sagte sie, »warum wollt Ihr auf dieser todbringenden Straße gehen?«

»Weil ich muß«, sagte er. »Nur so kann ich hoffen, das Meinige in dem Krieg gegen Sauron zu tun. Ich wähle nicht freiwillig Pfade der Gefahr, Éowyn. Könnte ich dorthin gehen, wo mein Herz weilt, fern im Norden, dann würde ich jetzt in dem schönen Tal von Bruchtal wandern.«

Eine Weile schwieg sie still, als überlegte sie, was das bedeuten könnte. Dann plötzlich legte sie ihm die Hand auf den Arm. »Ihr seid ein gestrenger Herr und entschlossen«, sagte sie, »und so gewinnen Männer Ruhm.« Sie hielt inne. »Herr«, sagte sie, »wenn Ihr gehen müßt, dann laßt mich in Eurem Gefolge mitreiten. Denn ich bin es leid, mich in den Bergen zu verstecken, Gefahr und Kampf will ich ins Auge sehen.«

»Eure Pflicht liegt bei Eurem Volk«, antwortete er.

»Zu oft habe ich von Pflicht gehört!« rief sie. »Aber bin ich nicht aus Eorls Haus, eine Schildmaid und keine Kinderfrau? Lange genug habe ich strauchelnden Füßen aufgewartet. Darf ich nicht jetzt, da es scheint, daß sie nicht mehr strauchelnd, mein Leben so verbringen, wie ich es will?«

»Wenige dürfen das in Ehren tun«, antwortete er. »Doch was Euch betrifft, Herrin: habt Ihr nicht die Aufgabe übernommen, das Volk zu führen, bis sein Herr zurückkehrt? Wäret Ihr nicht dazu auserwählt worden, dann wäre irgendein Marschall oder Hauptmann auf denselben Platz gestellt worden, und auch er könnte nicht von seiner Aufgabe wegreiten, ob er sie leid ist oder nicht.«

»Soll ich immer erwählt werden?« sagte sie bitter. »Soll ich immer zurückgelassen werden, wenn die Reiter aufbrechen, und mich um das Haus kümmern, während sie Ruhm finden, und für Nahrung und Betten sorgen, wenn sie zurückkehren?«

»Bald mag eine Zeit kommen«, sagte er, »da keiner zurückkehrt; dann wird Heldenmut ohne Ruhm nötig sein, denn niemand wird sich der Taten erinnern, die bei der letzten Verteidigung Eurer Heimstätten vollbracht werden. Doch werden die Taten nicht weniger heldenhaft sein, nur weil sie nicht gerühmt werden.«

Und sie antwortete: »Alle Eure Worte sollen lediglich besagen: du bist eine Frau, und dein Teil ist das Haus. Aber wenn die Männer in Kampf und Ehre gefallen sind, dann darfst du im Haus verbrannt werden, denn die Männer brauchen es nicht mehr. Doch ich bin aus Eorls Haus und keine Dienerin. Ich kann reiten und die Klinge führen, und ich fürchte weder Schmerz noch Tod.«

»Was fürchtet Ihr, Herrin?« fragte er.

»Einen Käfig«, sagte sie. »Hinter Gittern zu bleiben, bis Gewohnheit und hohes Alter sich damit abfinden und alle Aussichten, große Taten zu vollbringen, unwiderruflich dahin sind und auch gar nicht mehr ersehnt werden.«

»Und dennoch rietet Ihr mir, mich nicht auf die Straße zu wagen, die ich gewählt habe, weil sie gefährlich sei?«

»So mag einer dem anderen raten«, sagte sie. »Dennoch bitte ich Euch nicht, vor der Gefahr zu fliehen, sondern in die Schlacht zu reiten, wo Euer Schwert Ruhm und Sieg erringen mag. Ich möchte nicht sehen, daß etwas, das edel und vortrefflich ist, unnütz verschwendet wird.«

»Das möchte ich auch nicht«, sagte er. »Deshalb sage ich zu Euch, Herrin: Bleibt! Denn Ihr habt keinen Auftrag im Süden.«

»Den haben auch jene nicht, die mit Euch gehen. Sie gehen nur, weil sie sich nicht von Euch trennen wollen – weil sie Euch lieben.« Dann wandte sie sich ab und verschwand in der Nacht.

Als das Tageslicht den Himmel erhellte, aber die Sonne noch nicht über die hohen Grate im Osten gestiegen war, machte Aragorn sich bereit zum Aufbruch. Seine Schar war schon aufgesessen, und er wollte eben in den Sattel springen, als Frau Éowyn kam, um ihnen Lebewohl zu sagen. Sie war wie ein Reiter gekleidet und mit einem Schwert gegürtet. In der Hand trug sie einen Becher, und sie setzte ihn an die Lippen und trank ein wenig und wünschte ihnen guten Erfolg; dann gab sie Aragorn den Becher, und er trank und sagte: »Lebt wohl, Herrin von Rohan! Ich trinke auf das Glück Eures Hauses, auf Euer und Eures Volkes Glück. Sagt Eurem Bruder: jenseits der Schatten mögen wir uns wiedertreffen!«

Dann schien es Gimli und Legolas, die nahebei saßen, daß sie weinte, und bei einer, die so streng und stolz war, war das um so schmerzlicher. Aber sie sagte: »Aragorn, willst du gehen?«

»Ja«, sagte er.

»Willst du mich dann nicht mitreiten lassen in dieser Schar, wie ich gebeten habe?«

»Das will ich nicht, Herrin«, sagte er. »Denn diese Bitte könnte ich nicht gewähren ohne die Erlaubnis des Königs und Eures Bruders, und vor morgen werden sie nicht zurückkehren. Aber ich zähle jetzt jede Stunde, ja sogar jede Minute. Lebt wohl!«

Dann fiel sie auf die Knie und sagte: »Ich bitte dich.«

»Nein, Herrin«, sagte er, nahm sie bei der Hand und hob sie auf. Dann küßte er ihr die Hand, sprang in den Sattel und ritt davon und schaute nicht zurück; und nur diejenigen, die ihn gut kannten und nahe bei ihm waren, sahen den Schmerz, den er litt.

Doch Éowyn stand still wie eine in Stein gehauene Gestalt, die Hände an die Seiten gepreßt, und sie schaute ihnen nach, bis sie in den Schatten unter dem schwarzen Dwimorberg, dem Geisterberg, kamen, in dem das Tor der Toten ist. Als sie ihrem Blick entschwunden waren, wandte sie sich um, taumelnd wie eine Blinde, und ging zurück zu ihrer Unterkunft. Doch keiner von ihrem Volk sah diesen Abschied, denn alle verbargen sich vor Angst und kamen nicht heraus, ehe es heller Tag war und die tollkühnen Fremden fort waren.

Und einige sagten: »Es sind elbische Geister. Laßt sie dorthin gehen, wo sie hingehören, in finstere Gegenden, und niemals zurückkehren. Die Zeiten sind schlimm genug.«

Das Tageslicht war noch grau, als sie ritten, denn die Sonne war noch nicht über die schwarzen Grate des Geisterbergs geklommen. Ein Entsetzen befiel sie, als sie zwischen Reihen alter Steine hindurch zum Dimholt kamen. Dort unter der Düsternis schwarzer Bäume, die nicht einmal Legolas lange ertragen konnte, fanden sie eine Senke, die sich zum Fuß des Berges hin öffnete, und mitten auf ihrem Pfad stand ein einzelner, mächtiger Stein wie ein Finger des Todes.

»Mir stockt das Blut«, sagte Gimli, aber die anderen schwiegen, und seine Stimme erstarb auf den feuchten Tannennadeln zu seinen Füßen. Die Pferde wollten nicht an dem drohenden Stein vorbeigehen, bis die Reiter absaßen und sie führten. Und so kamen sie endlich tief hinein in die Schlucht; und dort erhob sich eine jähe Felswand, und in der Wand gähnte vor ihnen das Dunkle Tor wie der Schlund der Nacht. Zeichen und Gestalten waren über seiner breiten Wölbung eingemeißelt, die zu undeutlich waren, um sie zu deuten, und Schrecken entströmte ihm wie ein grauer Dunst.

Die Schar hielt an, und es gab kein Herz unter ihnen, das nicht erzitterte, es sei denn das Herz von Legolas dem Elben, für den die Gespenster der Menschen keinen Schrecken haben.

»Das ist ein übles Tor«, sagte Halbarad, »und mein Tod liegt jenseits von ihm. Dennoch will ich wagen, es zu durchschreiten; aber kein Pferd wird hineingehen.«

»Doch wir müssen hineingehen, und deshalb müssen auch die Pferde gehen«, sagte Aragorn. »Denn wenn wir je durch diese Dunkelheit kommen, liegen jenseits viele Meilen, und jede Stunde, die verloren wird, wird Saurons Sieg näherbringen. Folgt mir!«

Dann ging Aragorn voran, und so groß war die Stärke seines Willens in dieser Stunde, daß alle Dúnedain und ihre Pferde ihm folgten. Und so sehr liebten die Pferde der Waldläufer ihre Reiter, daß sie bereit waren, selbst dem Schrecken des Tors ins Auge zu sehen, wenn die Herzen ihrer Herren, die neben ihnen gingen, standhaft waren. Doch Arod, das Pferd aus Rohan, verweigerte den Weg, und es stand schwitzend und vor Angst zitternd da, die schmerzlich anzusehen war. Dann legte ihm Legolas die Hände über die Augen und sang ihm einige Worte vor, die gedämpft klangen in der Düsternis, bis es sich führen ließ und mit Legolas hineinging. Und draußen stand Gimli der Zwerg allein.

Seine Knie schlotterten, und er war auf sich selbst wütend. »Das ist doch unerhört!« sagte er. »Ein Elb geht unter die Erde, und ein Zwerg wagt es nicht!« Und damit stürzte er sich hinein. Aber ihm schien, daß er seine Füße wie Blei über die Schwelle schleppte; und sofort kam eine Blindheit über ihn, über Gimli, Glóins Sohn, der so manches Mal furchtlos in den Tiefen der Welt gewandert war.

Aragorn hatte aus Dunharg Fackeln mitgebracht, und jetzt ging er voran und hielt eine hoch; und Elladan mit einer zweiten beschloß den Zug, und Gimli, der hinterherstolperte, versuchte, ihn einzuholen. Er konnte nichts sehen als die düstere Flamme der Fackeln; aber wenn die Schar anhielt, schien rings um ihn ein endloses Stimmengeflüster zu sein, ein Murmeln von Wörtern in einer Sprache, die er nie zuvor gehört hatte.

Nichts griff die Schar an oder stellte sich ihnen in den Weg, und dennoch wurde der Zwerg immer stärker von Angst gepackt: vor allem, weil er wußte, daß es jetzt kein Zurück gab; auf all den Pfaden hinter ihnen drängte sich ein unsichtbares Heer, das im Dunkeln folgte.

So verging eine unermeßliche Zeit, bis Gimli einen Anblick hatte, an den er sich später nur widerwillig erinnerte. Der Weg war breit, soweit er es beurteilen konnte, aber plötzlich kam die Schar auf einen großen, leeren Platz, und auf beiden Seiten waren keine Felswände mehr. Das Entsetzen lag so schwer auf ihm, daß er kaum gehen konnte. Fern zur Linken glitzerte etwas in der Düsternis, als Aragorns Fackel sich näherte. Dann hielt Aragorn an und ging hin, um zu schauen, was es sein könnte.

»Kennt er keine Furcht?« murmelte der Zwerg. »In jeder anderen Höhle wäre Gimli, Glóins Sohn, der erste gewesen, der zu einem Schimmer von Gold rennt. Aber nicht hier! Laß es liegen!«

Dennoch ging auch er näher, und er sah, wie Aragorn niederkniete, während Elladan beide Fackeln hochhielt. Vor ihm lag das Gerippe eines mächtigen Mannes. Er hatte eine Rüstung getragen, und noch lag sein Harnisch unversehrt da, denn die Luft in der Höhle war trocken wie Staub, und sein Panzer war vergoldet. Sein Gürtel war aus Gold und Granat, und reich mit Gold verziert war der Helm auf seinem knochigen Kopf, der mit dem Gesicht nach unten auf dem Boden lag. Nahe der hinteren Wand der Höhle war er gestürzt, wie man jetzt sehen konnte, und vor ihm erhob sich eine fest geschlossene steinerne Tür: seine Fingerknochen waren noch in die Ritzen verkrallt. Ein schartiges und geborstenes Schwert lag neben ihm, als ob er in seiner letzten Verzweiflung gegen den Fels geschlagen habe.

Aragorn rührte ihn nicht an, und nachdem er ihn eine Weile schweigend betrachtet hatte, stand er auf und seufzte. »Hierher werden die Blüten der *simbelmynë* niemals kommen bis zum Ende der Welt«, murmelte er. »Neun Hügelgräber und sieben sind jetzt grün von Gras, und während all der langen Jahre hat er an der Tür gelegen, die er nicht aufschließen konnte. Wohin führt sie? Warum wollte er hindurchgehen? Niemand wird es je wissen!

Aber das ist nicht mein Auftrag!« rief er, wandte sich um und sprach zu der flüsternden Dunkelheit hinten. »Behaltet eure Schätze und eure Geheimnisse, die ihr verborgen habt in den Verfluchten Jahren! Schnelligkeit fordern wir nur. Laßt uns vorbei, und dann kommt! Ich rufe euch zum Stein von Erech!«

Es kam keine Antwort, es sei denn, das tiefe Schweigen, das entsetzlicher war als das Flüstern vorher, wäre eine Antwort gewesen; und dann kam ein kühler Windstoß, in dem die Fackeln flackerten und dann erloschen und nicht wieder angezündet werden konnten. Von der Zeit, die dann folgte, eine Stunde oder viele, behielt Gimli wenig im Gedächtnis. Die anderen eilten voran, aber er war immer ganz hinten, verfolgt von einem tastenden Entsetzen, das immer gerade im Begriff zu sein schien, ihn zu packen; und ein Geräusch kam hinter ihm her wie der Schemen-Klang vieler Füße. Er stolperte vorwärts, bis er wie ein Tier auf dem Boden kroch und spürte, daß er es nicht mehr ertragen konnte: entweder mußte er ein Ende finden oder entfliehen oder in Wahnsinn verfallen, zurückrennen, um dem nachfolgenden Schrecken zu begegnen.

Plötzlich hörte er das Plätschern von Wasser, ein harter und klarer Klang wie von einem Stein, der in einen dunkelschattigen Traum fällt. Es wurde hell, und siehe da! die Gruppe durchschritt ein zweites Tor, hochgewölbt und breit, und neben ihnen rann ein Bächlein daraus hervor; und dahinter, steil abfallend, war ein Weg zwischen jähen Felsen, die sich hoch oben messerscharf gegen den Himmel abhoben. So tief und schmal war die Schlucht, daß der Himmel dunkel war; kleine Sterne glitzerten an ihm. Doch wie Gimli später erfuhr, war es noch zwei Stunden vor Sonnenuntergang des Tages, an dem sie von Dunharg aufgebrochen waren; obwohl es damals für ihn genausogut das Zwielicht späterer Jahre oder in einer anderen Welt hätte sein können.

Die Schar saß wieder auf, und Gimli kehrte zu Legolas zurück. Sie ritten hintereinander, und der Abend senkte sich herab und eine dunkelblaue Dämmerung kam; und immer noch wurden sie von Furcht verfolgt. Legolas, der sich umwandte, um mit Gimli zu sprechen, blickte zurück, und der Zwerg sah vor sich das Glitzern in den strahlenden Augen des Elben. Hinter ihnen ritt Elladan, der letzte der Schar, aber nicht der letzte derer, die die Straße hinabzogen.

»Die Toten folgen uns«, sagte Legolas. »Ich sehe Gestalten von Männern und Pferden, und bleiche Banner wie Wolkenfetzen und Speere wie Winterdickichte in einer nebligen Nacht. Die Toten folgen uns.«

»Ja, die Toten reiten hinterher. Sie wurden gerufen«, sagte Elladan.

Schließlich kam die Schar aus der Schlucht heraus, so plötzlich, als ob sie aus der Spalte einer Felswand herausgetreten wären; und da lagen vor ihnen die Hochlande eines großen Tals, und der Bach neben ihnen sprang mit einem kalten Ton über viele Wasserfälle.

»Wo in Mittelerde sind wir?« fragte Gimli; und Elladan antwortete: »Wir sind herabgekommen von der Quelle des Morthond, des langen kühlen Flusses, der zuletzt in das Meer fließt, das die Mauern von Dol Amroth bespült. Du wirst hernach nicht zu fragen brauchen, woher sein Name kommt: Schwarzgrund nennen ihn die Menschen.«

Das Morthondtal bildete eine große Mulde, die sich bis an die nach Süden jäh abfallenden Gebirgskämme hinzog. Seine steilen Hänge waren grasbewachsen; aber alles war grau in dieser Stunde, denn die Sonne war untergegangen, und tief unten schimmerten Lichter in den Heimstätten der Menschen. Das Tal war fruchtbar, und viel Volk wohnte dort.

Dann rief Aragorn, ohne sich umzuwenden und so laut, daß alle es hören konnten: »Freunde, vergeßt eure Müdigkeit! Reitet nun, reitet! Wir müssen zum Stein von Erech kommen, ehe dieser Tag vergeht, und lang ist noch der Weg.« Ohne einen Blick zurück ritten sie über die Bergwiesen, bis sie zu einer Brücke über den angeschwollenen Wildbach kamen und eine Straße fanden, die hinunter ins Land führte.

Die Lichter erloschen in Haus und Hof, als sie kamen, die Türen wurden geschlossen, und die Leute, die auf den Feldern waren, schrien vor Angst und rannten davon wie gejagtes Wild. Überall erhob sich derselbe Schrei in der sinkenden Nacht: »Der König der Toten! Der König der Toten kommt über uns!«

Glocken läuteten weit unten, und alle Menschen flohen vor Aragorns Antlitz; doch wie Jäger ritt die Graue Schar in ihrer Hast, bis ihre Pferde vor Müdigkeit stolperten. Und so, gerade vor Mitternacht und in einer Dunkelheit, die schwarz war wie die Höhlen im Gebirge, kamen sie endlich zum Berge Erech.

Lange hatte der Schrecken der Toten auf diesem Berg und den verlassenen Feldern ringsum gelastet. Denn auf dem Gipfel stand ein schwarzer Stein, rund wie eine große Kugel, mannshoch, obwohl er halb in den Boden eingegraben war.

Unirdisch sah er aus, als sei er vom Himmel gefallen, wie manche glaubten; doch diejenigen, die sich noch der Kunde von Westernis erinnerten, sagten, er sei aus den Trümmern von Númenor hergebracht und von Isildur bei seiner Landung dort aufgestellt worden. Keiner von dem Volk im Tal wagte es, dort hinzugehen, und sie wollten auch nicht in seiner Nähe wohnen; denn sie sagten, das sei ein Treffpunkt der Schatten-Menschen, und dort würden sie sich in Zeiten der Angst versammeln, sich um den Stein drängen und flüstern.

Zu diesem Stein kam die Schar und hielt an in tiefer Nacht. Elrohir gab dann Aragorn ein silbernes Horn, und er blies darauf; und es schien jenen, die in der Nähe standen, daß sie den Klang antwortender Hörner hörten, wie ein Echo in tiefen Höhlen weit in der Ferne. Kein anderes Geräusch hörten sie, und doch merkten sie, daß sich ein großes Heer rings auf dem Berg sammelte, auf dem sie standen; und ein kühler Wind wie der Atem von Gespenstern kam herab vom Gebirge. Doch Aragorn saß ab, stellte sich neben den Stein und rief mit lauter Stimme:

»Eidbrecher, warum seid ihr gekommen?«

Und eine Stimme war zu hören in der Nacht, die ihm antwortete, als käme sie von ferne:

»Um unseren Eid zu erfüllen und Frieden zu haben.«

Dann sagte Aragorn: »Die Stunde ist endlich gekommen. Ich gehe jetzt nach Pelargir am Anduin, und ihr sollt mir nachkommen. Und wenn dieses ganze Land befreit ist von Saurons Dienern, dann werde ich den Eid als erfüllt ansehen, und ihr sollt Frieden haben und auf immer dahingehen. Denn ich bin Elessar, Isildurs Erbe von Gondor.«

Und damit bat er Halbarad, das große Banner zu entrollen, das er mitgebracht hatte, und siehe! es war schwarz, und wenn es irgendein Wahrzeichen trug, dann war es verborgen in der Dunkelheit. Dann war Stille, und kein Flüstern und kein Seufzen war die ganze lange Nacht mehr zu hören. Die Gruppe lagerte neben dem Stein, aber sie schliefen wenig wegen des Schreckens der Schatten, die sie umgaben.

Doch als die Dämmerung anbrach, kalt und bleich, erhob sich Aragorn in Eile, und er führte die Schar weiter auf der Fahrt, die von größerer Hast und Beschwerlichkeit war als irgendeiner von ihnen es je erlebt hatte, außer ihm allein, und nur sein Wille brachte sie dazu weiterzuziehen. Keine anderen sterblichen Menschen hätten diese Fahrt ertragen, keine außer den Dúnedain aus dem Norden, und mit ihnen Gimli der Zwerg und Legolas der Elb.

Sie kamen vorbei an Tarlangs Hals und hinein nach Lamedon; und das Schattenheer drängte sich hinter ihnen, und Schrecken ging ihnen voraus, bis sie nach Calembel am Ciril kamen, und wie Blut ging die Sonne hinter Pinnath Gelin fern im Westen hinter ihnen unter. Das Dorf und die Furten des Ciril fanden sie verlassen, denn viele Männer waren in den Krieg gezogen, und alle, die zurückgeblieben waren, flohen in die Berge, als das Gerücht ging, der König der Toten komme. Doch am nächsten Tag gab es keine Morgendämmerung, und die Graue Schar zog weiter in die Dunkelheit des Sturms von Mordor und entschwand den Blicken der Sterblichen; nur die Toten folgten ihr.

DRITTES KAPITEL

DIE HEERSCHAU VON ROHAN

Jetzt liefen alle Wege gemeinsam gen Osten, dem kommenden Krieg und dem Ansturm des Schattens entgegen. Und gerade als Pippin am Großen Tor der Stadt stand und den Fürsten von Dol Amroth mit seinen Bannern heranreiten sah, kam der König von Rohan von den Bergen.

Der Tag verging. In den letzten Strahlen der Sonne warfen die Reiter lange, spitze Schatten, die vor ihnen herzogen. Schon war die Dunkelheit unter dem murmelnden Tannenwald gekrochen, der die steilen Berghänge bedeckte. Jetzt, am Ende des Tages, ritt der König langsam. Plötzlich zog sich der Pfad um eine gewaltige, kahle Felsschulter herum und tauchte ein in das Dunkel leise seufzender Bäume. Hinunter und immer weiter hinunter ritten sie einer hinter dem anderen auf dem gewundenen Weg. Als sie endlich unten in der Schlucht angekommen waren, fanden sie, daß sich der Abend auf die tiefliegenden Bereiche herabgesenkt hatte. Die Sonne war untergegangen. Zwielicht lag über den Wasserfällen.

Den ganzen Tag lang war weit unter ihnen ein sprudelnder Bach von dem hohen Paß herabgeronnen und hatte sich seinen schmalen Weg zwischen kieferbestandenen Hängen gebahnt; und jetzt floß er durch eine steinerne Pforte hinaus in ein breiteres Tal. Die Reiter folgten ihm, und plötzlich lag das Hargtal vor ihnen, erfüllt von dem Plätschern des Wassers am Abend. Der weiße Schneeborn, dem sich der kleinere Bach angeschlossen hatte, floß dort brausend und stäubend über die Steine, hinunter nach Edoras und zu den grünen Hügeln und in die Ebene. Fern zur Rechten am oberen Ausgang des großen Tals ragte das mächtige Starkhorn empor über seinen gewaltigen Vorsprüngen, die in Wolken gehüllt waren; aber sein gezackter Gipfel, mit ewigem Schnee bedeckt, schimmerte hoch über der Welt, blauschattig gen Osten, rotgefleckt vom Sonnenuntergang gen Westen.

Merry schaute voll Staunen auf dieses fremde Land, von dem er auf ihrem langen Weg viele Geschichten gehört hatte. Es war eine himmellose Welt, in der sein Auge über düsteren Abgründen von schattiger Luft nur unaufhörlich aufsteigende Hänge, eine große Felswand hinter der anderen und von Nebel umschlungene finstere Klippen sah. Er saß einen Augenblick halb träumend da und lauschte dem Plätschern des Wassers, dem Flüstern dunkler Bäume, dem Krachen von Steinen und der gewaltigen, abwartenden Stille, die hinter jedem Geräusch lauerte. Er liebte Berge, oder er hatte sie sich gern vorgestellt, wenn sie am Rande von Geschichten auftauchten, die von weit her kamen. Doch nun fühlte er sich bedrückt von dem unerträglichen Gewicht von Mittelerde. Er sehnte sich danach, in einem friedlichen Zimmer am Feuer zu sitzen und die Unendlichkeit auszusperren.

Er war sehr müde, denn obwohl sie langsam geritten waren, hatten sie sehr wenig Rast gemacht. Stunde um Stunde seit fast drei beschwerlichen Tagen war er hinauf und hinunter getrabt, über Pässe und durch lange Täler und über viele Bäche. Manchmal, wenn der Weg breiter war, war er an des Königs Seite geritten und hatte nicht bemerkt, daß viele der Reiter lächelten, wenn sie die beiden zusammen sahen: den Hobbit auf seinem kleinen, struppigen Pony und den Herrn von Rohan auf seinem großen, weißen Roß. Dann hatte er sich mit Théoden unterhalten, ihm von seiner Heimat erzählt und von dem Tun und Treiben des Auenland-Volks, oder er hatte Erzählungen über die Mark und ihre mächtigen Männer von einst gelauscht. Doch die meiste Zeit, besonders an diesem letzten Tag, war Merry für sich allein hinter dem König geritten, hatte nichts gesagt und hatte versucht, die getragene klangvolle Sprache von Rohan zu verstehen, in der die Männer hinter ihm redeten. Es war eine Sprache, in der viele Wörter vorzukommen schienen, die er kannte, obwohl sie volltönender und kräftiger ausgesprochen wurden als im Auenland, und dennoch konnte er die Wörter nicht aneinanderreihen. Dann und wann erhob irgendein Reiter seine klare Stimme zu einem aufrüttelnden Lied, und Merry spürte, wie ihm das Herz aufging, obgleich er nicht wußte, wovon das Lied handelte.

Trotzdem hatte er sich einsam gefühlt, und niemals einsamer als jetzt am Ende des Tages. Er fragte sich, wo in all dieser fremden Welt Pippin wohl hingeraten sein mochte; und was aus Aragorn und Legolas und Gimli würde. Dann war es wie ein kalter Griff nach seinem Herzen, als er plötzlich an Frodo und Sam dachte. »Ich vergesse sie!« sagte er sich vorwurfsvoll. »Und doch sind sie wichtiger als wir alle. Und ich bin mitgekommen, um ihnen zu helfen; aber nun müssen sie Hunderte von Meilen fern sein, wenn sie noch leben.« Ein Schauer überlief ihn.

»Hargtal, endlich!« sagte Éomer. »Unsere Fahrt ist fast zu Ende.« Sie hielten an. Die Pfade, die aus der schmalen Schlucht herausführten, fielen steil ab. Nur einen flüchtigen Blick, wie durch ein hohes Fenster, erhaschte man von dem großen Tal in dem Zwielicht unten. Ein einziges kleines Licht konnte man am Fluß schimmern sehen.

»Diese Fahrt ist vielleicht vorüber«, sagte Théoden, »aber ich habe noch weit zu gehen. Letzte Nacht war der Mond voll, und am Morgen werde ich nach Edoras reiten zur Versammlung der Mark.«

»Doch wenn Ihr meinen Rat annehmen würdet«, sagte Éomer leise, »dann würdet Ihr hierher zurückkehren, bis der Krieg vorbei ist, ob er nun verloren oder gewonnen wird.«

Théoden lächelte. »Nein, mein Sohn, denn so will ich dich nennen, flüstere mir nicht Schlangenzunges schmeichelnde Worte in meine alten Ohren!« Er richtete sich auf und blickte zurück auf die lange Reihe seiner Mannen, die hinten in der Dämmerung verschwamm. »Vor Jahr und Tag, scheint es, bin ich gen Westen geritten; aber niemals wieder will ich mich auf einen Stab stützen. Wenn der Krieg verloren wird, was nützt es dann, mich in den Bergen zu verstecken? Und wenn er gewonnen wird, ist es dann ein Unglück, selbst wenn ich falle, meine letzte Kraft aufgewandt zu haben? Aber davon wollen wir jetzt nicht reden. Heute nacht werde ich in der Veste Dunharg schlafen. Ein friedlicher Abend bleibt uns wenigstens noch. Laß uns weiterreiten!«

In der zunehmenden Dämmerung kamen sie hinunter ins Tal. Hier floß der Schneeborn nahe der westlichen Wand des Tals, und bald führte der Pfad sie zu einer Furt, wo das seichte Wasser laut auf den Steinen plätscherte. Die Furt war bewacht. Als der König sich näherte, sprangen viele Mannen aus dem Schatten der Felsen hervor, und als sie den König sahen, riefen sie mit froher Stimme: »König Théoden! König Théoden! Der König der Mark kehrt zurück!«

Dann blies einer ein langes Signal auf einem Horn. Es hallte wider im Tal. Andere Hörner antworteten, und Lichter leuchteten auf jenseits des Flusses.

Und plötzlich erschallte von hoch oben, aus einer Mulde, wie es schien, ein großer Chor von Trompeten, die ihren Klang zu einem Ton vereinten, und brausend und tosend prallte er auf die Felswände.

So kehrte der König der Mark siegreich aus dem Westen zurück nach Dunharg am Fuß des Weißen Gebirges. Dort fand er die zurückgebliebene Streitmacht seines Volkes schon versammelt; denn sobald sein Kommen bekannt geworden war, ritten Hauptleute ihm zur Furt entgegen und brachten ihm Botschaften von Gandalf. Dúnhere, der Anführer des Volks von Hargtal, war an ihrer Spitze.

»Bei Morgengrauen vor drei Tagen, Herr«, sagte er, »kam Schattenfell wie der Wind aus dem Westen nach Edoras, und Gandalf brachte Nachricht von Eurem Sieg, um unsere Herzen zu erfreuen. Doch brachte er auch den Bescheid von Euch, daß wir rascher die Reiter versammeln sollen. Und dann kam der geflügelte Schatten.«

»Der geflügelte Schatten?« sagte Théoden. »Wir sahen ihn auch, aber das war mitten in der Nacht, ehe Gandalf uns verließ.«

»Vielleicht, Herr«, sagte Dúnhere. »Doch derselbe oder ein ähnlicher wie er, eine fliegende Dunkelheit in Gestalt eines ungeheuerlichen Vogels, flog an jenem Morgen über Edoras, und alle Männer zitterten vor Angst. Denn er stieß herab auf Meduseld, und als er ganz tief kam, fast bis zum Giebel, stieß er einen Schrei aus, der uns das Herz erstarren ließ. Da war es dann, daß Gandalf uns riet, wir sollten uns nicht auf den Feldern sammeln, sondern Euch hier im Tal unter dem Gebirge treffen. Und er bat uns, nicht mehr Lichter oder Feuer anzuzünden, als die dringendste Not erforderte. So ist es geschehen. Gandalf sprach mit großer Bestimmtheit. Wir hoffen, daß es so ist, wie Ihr wünschet. Nichts ist im Hargtal von diesen üblen Geschöpfen gesehen worden.«

»Es ist gut«, sagte Théoden. »Ich werde jetzt zur Veste reiten, und ehe ich zur Ruhe gehe, will ich dort die Marschälle und Hauptleute sehen. Laß sie sobald wie möglich zu mir kommen!«

Die Straße führte jetzt ostwärts geradenwegs durch das Tal, das an dieser Stelle wenig mehr als eine halbe Meile breit war. Ebene Flächen und Wiesen mit rauhem Gras, grau jetzt in der sinkenden Nacht, lagen ringsum, aber vor sich an der anderen Seite des Tals sah Merry eine drohende Felswand, die letzte Klippe des großen Fußes des Starkhorns, abgespalten durch den Fluß in längst vergangenen Zeiten.

Auf allen ebenen Strecken standen Menschenmengen. Manche drängten sich am Wegrand und jubelten dem König und den Reitern aus dem Westen mit frohen Rufen zu; doch bis weit in die Ferne erstreckten sich ordentliche Reihen von Zelten und Hütten, Pferde waren angepflockt, und große Waffenvorräte waren da und in den Boden gerammte Speere, stachlig wie Dickichte frisch gepflanzter Bäume. Jetzt versank die große Versammlung im Schatten, und obwohl der Nachtwind kalt von der Höhe herabblies, glühten keine Laternen, wurden keine Feuer angezündet. Wachposten in schweren Mänteln schritten auf und ab.

Merry fragte sich, wieviele Reiter dort wohl waren. In der zunehmenden Dunkelheit konnte er ihre Zahl nicht erraten, doch schien es ihm ein großes Heer zu sein, viele tausend Mann stark. Während er von einer Seite zur anderen schaute, kam das Gefolge des Königs unter der hoch auftragenden Klippe an der Ostseite des Tals heraus; und dort begann der Pfad plötzlich zu steigen, und Merry blickte verwundert hinauf. Es war eine Straße, wie er ihresgleichen noch nie gesehen hatte, ein großes Werk von Menschenhand aus den Jahren, die kein Lied besingt. Hinauf zog sie, gewunden wie eine Schlange, und bahnte sich ihren Weg über den jähen Felsenhang. Steil wie eine Treppe war sie und stieg in vor- und zurückgehenden Schleifen: Auf ihr konnten Pferde gehen, und Wagen konnten langsam gezogen werden; aber wenn sie von oben verteidigt wurde, vermochte kein Feind über diese Straße zu kommen, es sei denn aus der Luft. An jeder Kehre der Straße standen große Steine, die in Gestalt von Menschen behauen waren, riesig und grobgliederig, mit gekreuzten Beinen kauernd, die stämmigen Arme über fetten Bäuchen zusammengelegt. Einige hatten im Laufe der Jahre alle Gesichtszüge verloren mit Ausnahme der dunklen Höhlen ihrer Augen, die die Vorübergehenden immer noch traurig anstarrten. Die Reiter schauten sie kaum an. Die Puckelmänner nannten sie sie und schenkten ihnen wenig Beachtung: keine Macht oder kein Schrecken war ihnen geblieben; aber Merry betrachtete sie voll Staunen und mit einem Gefühl, das fast Mitleid war, als sie so trauervoll aus dem Dunkel auftauchten.

Nach einer Weile blickte er zurück und sah, daß er schon einige hundert Fuß über dem Tal war, aber immer noch konnte er tief unten undeutlich eine sich windende Schlange von Reitern sehen, die die Furt überquerten und die Straße entlangzogen zu dem für sie vorbereiteten Lager. Nur der König und seine Wache ritten hinauf zur Veste.

Schließlich kam des Königs Gruppe zu einem scharfen Grat, und hier verschwand die ansteigende Straße in einem Durchstich zwischen Felswänden, und so ging es einen kurzen Hang hinauf und hinaus auf ein weites Hochland. Das Firienfeld nannten es die Menschen, eine grüne Bergwiese mit Gras und Heide, hoch über dem tief eingegrabenen Lauf des Schneeborn, und es lag auf dem Schoß der großen Berge dahinter: des Starkhorns im Süden und des Gebirgsstocks Irensaga im Norden, zwischen dessen Zinnen, den Reitern gegenüber, sich die finstere schwarze Wand des Dwimorbergs, des Geisterbergs, aus steilen, kieferbestandenen Hängen erhob. Eine doppelte Reihe unbehauener, senkrecht stehender Steine, die das Hochland in zwei Teile zerschnitt, verschwand in der Dunkelheit und verlor sich zwischen Bäumen. Diejenigen, die es wagten, dieser Straße zu folgen, kamen bald zu dem schwarzen Dimholt unter dem Dwimorberg und der Drohung der steinernen Säule und dem gähnenden Schatten des verbotenen Tors.

So sah es aus am dunklen Dunharg, dem Werk längst vergessener Menschen. Ihren Namen kannte niemand mehr, und kein Lied und keine Sage hatte ihn überliefert. Zu welchem Zweck sie diesen Platz angelegt hatten, wußte niemand. Hier hatten sie sich in den Dunklen Jahren geplagt, ehe überhaupt ein Schiff zu den westlichen Küsten kam oder das Gondor der Dúnedain errichtet wurde; und jetzt waren sie verschwunden, und nur die alten Puckelmänner waren noch da und saßen an den Kehren der Straße.

Merry starrte auf die sich hinziehenden Reihen von Steinen: verwittert und schwarz waren sie; manche hatten sich geneigt, manche waren umgestürzt, geborsten oder zerbrochen; wie Reihen alter und hungriger Zähne sahen sie aus. Er fragte sich, was sie wohl sein könnten, und er hoffte, der König würde ihnen nicht folgen in die Dunkelheit dort hinten. Dann sah er, daß auf beiden Seiten des steinernen Weges Zelte und Hütten in Gruppen beieinanderstanden; aber nicht in der Nähe der Bäume, sondern sie schienen sich eher von ihnen fortzudrängen bis zum Rand der Klippe. Die meisten lagen zur Rechten, wo das Firienfeld breiter war; und zur Linken war ein kleineres Lager, in dessen Mitte ein hohes Zelt stand. Von dieser Seite kam jetzt ein Reiter auf sie zu, um sie zu begrüßen, und sie verließen die Straße.

Als er näherkam, sah Merry, daß der Reiter eine Frau war mit langem, geflochtenem Haar, das im Zwielicht schimmerte, doch trug sie einen Helm, und bis zur Taille war sie wie ein Krieger gekleidet und mit einem Schwert gegürtet.

»Heil, Herr der Mark!« rief sie. »Eure Rückkehr erfreut mein Herz.«

»Und du, Éowyn«, sagte Théoden, »steht alles gut bei dir?«

»Alles ist gut«, antwortete sie; doch schien es Merry, daß ihre Stimme sie Lügen strafte, und er hätte geglaubt, daß sie geweint hatte, wenn man das bei einer so stolzen Frau hätte annehmen können. »Alles ist gut. Es war ein mühseliger Weg, den das Volk zurücklegen mußte, das plötzlich aus seinen Heimen herausgerissen wurde. Es fielen harte Worte, denn es ist lange her, seit uns der Krieg aus den grünen Feldern vertrieb; aber es gab keine bösen Taten. Alles ist nun wohlgeordnet, wie Ihr seht. Und Eure Unterkunft ist für Euch bereitet; denn ich habe genaue Nachricht über Euch erhalten und wußte die Stunde Eures Kommens.«

»Dann ist Aragorn also gekommen«, sagte Éomer. »Ist er noch hier?«

»Nein, er ist fort«, sagte Éowyn, wandte sich ab und schaute zum Gebirge, das im Osten und Süden dunkel aufragte.

»Wohin ist er gegangen?« fragte Éomer.

»Ich weiß es nicht«, antwortete sie. »Er kam des Nachts und ritt gestern morgen fort, ehe die Sonne über die Berggipfel kletterte. Er ist fort.«

»Du bist bekümmert, Tochter«, sagte Théoden. »Was ist geschehen? Sage es mir, hat er von jenem Weg gesprochen?« Er zeigte über die dunklen Reihen der Steine hinweg auf den Dwimorberg. »Von den Pfaden der Toten?«

»Ja, Herr«, sagte Éowyn. »Und er ist in die Schatten gegangen, aus denen keiner zurückkehrt. Ich konnte es ihm nicht ausreden. Er ist fort.«

»Dann trennen sich unsere Wege«, sagte Éomer. »Er ist verloren. Wir müssen ohne ihn reiten, und unsere Hoffnung schwindet.«

Langsam ritten sie über die niedrige Heide und das Hochlandgras und sprachen nicht mehr, bis sie zum Zelt des Königs kamen. Dort fand Merry, daß alles vorbereitet war, und auch er war nicht vergessen worden. Neben dem Zelt des Königs war ein kleineres für ihn aufgeschlagen worden; und dort saß er allein, während unaufhörlich Männer vorbeikamen, die zum König hineingingen und mit ihm berieten. Die Nacht brach herein, und die halb sichtbaren Berggipfel im Westen waren mit Sternen bekrönt, doch der Osten war dunkel und kahl. Die stehenden Steine entschwanden langsam dem Blick, aber noch hinter ihnen, schwärzer als die Dunkelheit, ragte der riesige, hockende Schatten des Dwimorbergs auf.

»Die Pfade der Toten«, murmelte er vor sich hin. »Die Pfade der Toten? Was bedeutet das wohl? Jetzt haben mich alle verlassen. Alle sind sie irgendeinem Schicksal entgegengegangen: Gandalf und Pippin sind in den Krieg im Osten gezogen; Sam und Frodo sind nach Mordor gegangen; und Streicher und Legolas und Gimli sind auf den Pfaden der Toten. Aber auch ich werde bald an der Reihe sein, nehme ich an. Ich frage mich, worüber sie alle reden, und was der König vorhat. Denn ich muß jetzt dorthin gehen, wo er hingeht.«

Inmitten dieser düsteren Gedanken fiel es ihm plötzlich ein, daß er sehr hungrig war, und er stand auf, um zu sehen, ob es irgend jemandem in diesem seltsamen Lager genauso erging. Aber in eben diesem Augenblick erklang eine Trompete, und ein Mann kam, um ihn, des Königs Knappen, zu rufen, damit er dem König bei Tisch aufwarte.

In dem inneren Teil des Zelts war ein kleiner Raum, der durch bestickte Vorhänge abgeteilt und mit Fellen ausgelegt war; und dort an einem kleinen Tisch saß Théoden mit Éomer und Éowyn und Dúnhere, dem Herrn des Hargtals. Merry stand neben des Königs Hocker und bediente ihn, bis der alte Mann, plötzlich aus tiefen Gedanken auffahrend, sich zu ihm umwandte und lächelte.

»Komm, Herr Meriadoc«, sagte er. »Du sollst nicht stehen. Du sollst neben mir sitzen, solange ich noch in meinem eigenen Lande bin, und du sollst mir mit Geschichten das Herz erfreuen.«

Linker Hand vom König wurde für den Hobbit Platz gemacht, aber niemand wollte eine Geschichte hören. Es wurde überhaupt wenig gesprochen, und die meiste Zeit aßen und tranken sie schweigend, bis Merry schließlich seinen ganzen Mut zusammennahm und die Frage stellte, die ihn quälte.

»Zweimal, Herr, habe ich jetzt von den Pfaden der Toten gehört«, sagte er. »Was ist das? Und wo ist Streicher, ich meine, der Herr Aragorn hingegangen?«

Der König seufzte, antwortete aber nicht, und schließlich sprach Éomer. »Wir wissen es nicht, und das Herz ist uns schwer«, sagte er. »Aber was die Pfade der Toten betrifft, so hast du selbst die ersten Schritte darauf getan. Nein, ich spreche keine Worte von böser Vorbedeutung! Die Straße, die wir heraufgekommen sind, ist der Zugang zu dem Tor, drüben im Dimholt. Aber was dahinter liegt, weiß kein Mensch.«

»Es weiß kein Mensch«, sagte Théoden. »Doch eine alte Sage, die heute selten erzählt wird, berichtet etwas. Wenn diese alten Geschichten, die in Eorls Haus der Vater dem Sohn überlieferte, die Wahrheit sprechen, dann geht von dem Tor unter dem Dwimorberg ein geheimer Weg aus, der unter dem Gebirge zu einem vergessenen Ort führt. Aber niemand hat es je gewagt, seine Geheimnisse zu erforschen, seit Baldor, Bregos Sohn, das Tor durchschritt und niemals wieder unter den Menschen gesehen wurde. Ein unbesonnenes Gelübde legte er ab, als er das Horn leerte bei dem Fest, das Brego gab, um das neu erbaute Meduseld einzuweihen, und niemals bestieg er den Herrschersitz, dessen Erbe er war.

Das Volk sagt, daß Tote Menschen aus den Dunklen Jahren den Weg bewachen und nicht dulden, daß ein lebender Mensch in ihre verborgenen Hallen kommt; doch zuweilen sieht man sie, wenn sie wie Schatten aus dem Tor heraus und die steinerne Straße herabkommen. Dann versperren die Leute im Hargtal ihre Türen und verhängen die Fenster und fürchten sich. Doch die Toten kommen selten heraus und nur zu Zeiten, da große Unruhen und Tod bevorstehen.«

»Dennoch heißt es im Hargtal«, sagte Éomer leise, »daß in den mondlosen Nächten vor gar nicht langer Zeit ein großes Heer in seltsamer Aufmachung vorbeizog. Woher sie kamen, wußte keiner, aber sie gingen die steinerne Straße hinauf und verschwanden im Berg, als ob sie eine Verabredung einhalten müßten.«

»Warum ist dann Aragorn diesen Weg gegangen?« fragte Merry. »Wißt Ihr nichts, was das erklären würde?«

»Sofern er nicht zu dir als seinem Freund Worte gesprochen hat, die wir nicht gehört haben«, sagte Éomer, »kann keiner im Land der Lebenden seine Absicht erkennen.«

»Stark verändert erschien er mir, seit ich ihn zuerst in des Königs Haus sah«, sagte Éowyn. »Düsterer, älter. Todgeweiht kam er mir vor, und wie einer, den die Toten rufen.«

»Vielleicht ist er gerufen worden«, sagte Théoden, »und mein Herz sagt mir, daß ich ihn nicht wiedersehen werde. Doch ist er ein Mann von königlicher Art und hoher Bestimmung. Und schöpfe Trost daraus, Tochter, da du Trost zu brauchen scheinst in deinem Kummer um diesen Gast. Es heißt, als die Eorlingas aus dem Norden kamen und schließlich den Schneeborn hinaufzogen auf der Suche nach sicheren Zufluchtsorten in Zeiten der Not, da erklommen Brego und sein Sohn Baldor die Treppe der Veste und kamen so zu dem Tor. Auf der Schwelle saß ein Greis, so alt, daß man die Zahl seiner Jahre nicht schätzen konnte; hochgewachsen und königlich war er gewesen, doch nun verwittert wie ein alter Stein. Tatsächlich hielten sie ihn für einen Stein, denn er bewegte sich nicht und sprach kein Wort, bis sie versuchten, an ihm vorbei hineinzugehen. Und dann sprach er mit einer Stimme, die klang, als ob sie aus der Erde käme, und zu ihrer Verwunderung sagte er in der westlichen Sprache: *Der Weg ist versperrt.*

Dann blieben sie stehen und schauten ihn an und sahen, daß er noch lebte; er aber blickte sie nicht an. *Der Weg ist versperrt,* wiederholte er. *Er wurde angelegt von jenen, die tot sind, und die Toten halten ihn, bis die Zeit gekommen ist. Der Weg ist versperrt.*

Und wann wird diese Zeit sein? fragte Baldor. Doch nie erhielt er eine Antwort. Denn der alte Mann starb in jener Stunde und fiel auf sein Gesicht; und nichts sonst hat unser Volk je über die alten Bewohner des Gebirges erfahren. Indes ist vielleicht endlich die vorausgesagte Zeit gekommen, und Aragorn darf hindurch.«

»Aber wie soll ein Mann erkennen, ob die Zeit gekommen ist oder nicht, es sei denn, er wagt es, das Tor zu durchschreiten?« fragte Éomer. »Und diesen Weg würde ich nicht gehen, auch wenn alle Heere Mordors vor mir stünden und ich allein wäre und keine andere Zuflucht hätte. Wehe, daß in dieser Stunde der Not ein so todbringender Gedanke einen so beherzten Mann befällt! Gibt es nicht ringsum genug böse Wesen, ohne daß man sie unter der Erde suchen muß? Der Krieg ist nahe.«

Er hielt inne, denn in diesem Augenblick hörte man ein Geräusch draußen, eine Männerstimme rief Théodens Namen, und der Wachtposten fragte nach Feldruf und Losung.

Plötzlich schob der Hauptmann der Wache den Vorhang beiseite. »Ein Mann ist hier, Herr«, sagte er, »ein reitender Bote von Gondor. Er bittet, sofort zu Euch vorgelassen zu werden.«

»Laß ihn kommen«, sagte Théoden.

Ein hochgewachsener Mann trat ein, und Merry unterdrückte einen Schrei; denn einen Augenblick lang schien es ihm, als sei Boromir wieder am Leben und zurückgekehrt. Dann sah er, daß dem nicht so war. Der Mann war ein Fremder, wenngleich Boromir so ähnlich, als ob er von seiner Sippe sei, kühn und grauäugig und stolz. Er war wie ein Reiter gekleidet mit einem dunkelgrünen Mantel über einem schönen Panzerhemd. Die Stirnseite seines Helms war mit einem kleinen silbernen Stern verziert. In der Hand trug er einen einzigen Pfeil, schwarz gefiedert und mit stählernen Widerhaken, doch die Spitze war rot angemalt.

Er ließ sich auf ein Knie nieder und reichte Théoden den Pfeil. »Heil, Herr der Rohirrim, Freund von Gondor!« sagte er. »Hirgon bin ich, reitender Bote von Denethor, und bringe Euch dieses Zeichen des Krieges. Gondor ist in großer Not. Oft haben die Rohirrim uns geholfen, doch nun bittet Herr Denethor um all Eure Streitmacht und all Euren Beistand, damit Gondor nicht zuletzt falle.«

»Der Rote Pfeil!« sagte Théoden und hielt ihn wie einer, der eine Aufforderung erhält, die er lange erwartet und die ihn doch erschreckt, wenn sie kommt. Seine Hand zitterte. »Der Rote Pfeil ist in all meinen Jahren nicht in der Mark gesehen worden! Ist es wirklich so weit gekommen? Und was, glaubt Herr Denethor, mag all meine Streitmacht und all mein Beistand sein?«

»Das wißt Ihr selbst am besten, Herr«, sagte Hirgon. »Doch binnen kurzem mag es leicht geschehen, daß Minas Tirith umzingelt ist, und sofern Ihr nicht stark genug seid, die Belagerung durch viele Heere zu durchbrechen, bittet mich Herr Denethor, Euch zu sagen, daß seiner Ansicht nach die starken Waffen der Rohirrim besser innerhalb als außerhalb seiner Mauern wären.«

»Aber er weiß doch, daß wir ein Volk sind, das eher auf dem Rücken der Pferde und in freiem Gelände kämpft, und daß wir auch ein verstreut lebendes Volk sind und es Zeit braucht, unsere Reiter zu sammeln. Stimmt es nicht, Hirgon, daß der Herr von Minas Tirith mehr weiß, als er in seiner Botschaft angibt? Denn wir sind bereits im Krieg, wie Ihr vielleicht gesehen habt, und Ihr findet uns nicht ganz unvorbereitet. Gandalf der Graue war bei uns, und eben jetzt sammeln wir uns für die Schlacht im Osten.«

»Was Herr Denethor von all diesen Dingen weiß oder vermutet, kann ich nicht sagen«, antwortete Hirgon. »Doch unsere Lage ist wahrlich verzweifelt. Mein Herr erteilt Euch keinerlei Befehl, er bittet Euch nur, alter Freundschaft und vor langer Zeit geleisteter Schwüre eingedenk zu sein und zu Eurem eigenen Vorteil alles zu tun, was Ihr vermögt. Uns wird berichtet, daß viele Könige aus dem Osten herbeigeritten sind, um Mordor zu dienen. Vom Norden bis zur Walstatt von Dagorlad gibt es Scharmützel und Kriegsgerüchte. Im Süden sind die Haradrim auf dem Marsch, und Furcht hat alle unsere Küstenländer befallen, so daß uns wenig Hilfe von dort zuteil werden wird. Eilt Euch! Denn vor den Mauern von Minas Tirith wird sich das Schicksal unserer Zeit entscheiden, und wird die Flut dort nicht aufgehalten, dann wird sie sich über die schönen Felder von Rohan ergießen, und selbst in dieser Veste in den Bergen wird es keine Zuflucht geben.«

»Schlimme Kunde«, sagte Théoden, »doch nicht völlig unvermutet. Aber sagt Denethor, daß wir ihm, auch wenn Rohan selbst die Gefahr nicht verspürte, dennoch zu Hilfe kommen würden. Bei unseren Kämpfen mit Saruman dem Verräter haben wir allerdings schwere Verluste erlitten und müssen immerhin auch an unsere Grenzen im Norden und Osten denken, was ja Denethors Botschaft deutlich macht. Eine so große Streitmacht, wie sie der Dunkle Herrscher jetzt einzusetzen scheint, wird uns vielleicht schon in eine Schlacht verwickeln, ehe wir die Stadt erreichen, und wird dennoch jenseits des Tors der Könige starke Kräfte über den Fluß werfen können.

Aber wir wollen nicht länger weise Reden führen. Wir werden kommen. Der Waffenempfang war für morgen angesetzt. Wenn alles geordnet ist, werden wir aufbrechen. Zehntausend Speerträger hätte ich zum Schrecken unserer Feinde über die Ebene schicken können. Aber jetzt werden es weniger sein, fürchte ich; denn ich will meine Festungen nicht ganz unbewacht lassen. Doch zumindest sechstausend werden hinter mir reiten. Denn sagt Denethor, daß in dieser Stunde der König der Mark selbst hinunterkommen wird in das Land Gondor, obwohl es sein mag, daß er nicht zurückreitet. Aber es ist ein weiter Weg, und Mann und Tier müssen, wenn sie ihn zurückgelegt haben, noch Kraft zum Kämpfen haben. Eine Woche ab morgen früh mag vergehen, bis ihr das Kriegsgeschrei von Eorls Söhnen, von Norden kommend, hören werdet.«

»Eine Woche!« sagte Hirgon. »Wenn es so sein muß, dann muß es sein. Doch in sieben Tagen werdet Ihr wahrscheinlich nur zerstörte Mauern vorfinden, sofern nicht andere unerwartete Hilfe kommt. Immerhin mögt Ihr zumindest die Orks und die Schwarzen Menschen bei ihrem Festmahl im Weißen Turm stören.«

»Zumindest das werden wir tun«, sagte Théoden. »Aber ich selbst bin eben erst von Kampf und langer Fahrt gekommen und will nun zur Ruhe gehen. Bleibt hier heute nacht. Dann werdet Ihr die Heerschau von Rohan sehen und um so froher über den Anblick und um so schneller dank der Rast von dannen reiten. Guter Rat kommt über Nacht, und am Morgen sieht manches anders aus.«

Damit stand der König auf, und alle erhoben sich. »Jeder gehe nun zur Ruhe«, sagte er, »und schlafe wohl. Und dich, Herr Meriadoc, brauche ich heute abend nicht mehr. Doch sei bereit, wenn ich dich rufe, sobald die Sonne aufgegangen ist.«

»Ich werde bereit sein«, sagte Merry, »selbst wenn Ihr mir gebietet, mit Euch auf den Pfaden der Toten zu reiten.«

»Sprich keine Worte von böser Vorbedeutung aus!« sagte der König. »Denn es mag mehr Wege geben, die diesen Namen tragen könnten. Aber ich habe nicht gesagt, daß ich dir gebieten würde, auf irgendeinem Weg mit mir zu reiten. Gute Nacht!«

»Ich will nicht zurückgelassen und dann bei der Rückkehr abgeholt werden!« sagte Merry. »Ich will nicht zurückgelassen werden, ich will nicht.« Das wiederholte er sich in seinem Zelt immer wieder und wieder, bis er schließlich einschlief.

Er wurde von einem Mann geweckt, der ihn rüttelte. »Wacht auf, wacht auf, Herr Holbytla!« rief er; und endlich schüttelte Merry die tiefen Träume ab. »Es scheint noch sehr dunkel zu sein«, dachte er.

»Was ist los?« fragte er.

»Der König ruft Euch.«

»Aber die Sonne ist ja noch nicht aufgegangen«, sagte Merry.

»Nein, und sie wird heute auch nicht aufgehen, Herr Holbytla. Und überhaupt nie mehr, würde man bei dieser Wolke denken. Aber die Zeit steht nicht still, auch wenn die Sonne verloren sein mag. Eilt Euch!«

Während er sich ein paar Kleider überwarf, schaute Merry hinaus. Die Welt lag im Dunkeln. Selbst die Luft schien düster zu sein, und alle Dinge ringsum waren schwarz und grau und schattenlos; es herrschte eine große Stille. Kein Wolkenumriß ließ sich erkennen, es sei denn weit im Westen, wo die fernsten tastenden Finger der großen Düsternis noch vorwärtskrochen und ein wenig Licht zwischen ihnen hindurchdrang. Über ihm hing ein schweres Wolkendach, dunkel und formlos, und das Tageslicht schien eher schwacher zu werden als zuzunehmen.

Merry sah viele Leute herumstehen, die hinaufschauten und murrten; ihre Gesichter waren grau und traurig, und manche schienen Angst zu haben. Beklommen machte er sich auf den Weg zum König. Hirgon, der Reiter von

Gondor, war dort, und neben ihm stand jetzt noch ein Mann, ihm ähnlich und gleich gekleidet, aber untersetzter und stämmiger. Als Merry eintrat, sprach er mit dem König.

»Sie kommt von Mordor, Herr«, sagte er. »Es begann gestern abend bei Sonnenuntergang. Von den Bergen im Ostfold Eures Reiches sah ich, wie sie aufstieg und über den Himmel kroch, und die ganze Nacht, während ich ritt, kam sie hinter mir her und verschlang die Sterne. Jetzt hängt die große Wolke über dem ganzen Land von hier bis zum Schattengebirge; und sie wird dunkler. Der Krieg hat bereits begonnen.«

Eine Weile saß der König schweigend da. »Nun sind wir also schließlich so weit gekommen«, sagte er. »Der große Kampf unserer Zeit, bei dem viele Dinge vergehen werden. Aber wenigstens ist es nicht länger nötig, daß wir uns verstecken. Wir werden geradenwegs und auf offener Straße reiten und so schnell wir nur können. Die Heerschau soll sofort beginnen, und wir werden auf keinen warten, der säumt. Habt ihr ausreichende Vorräte in Minas Tirith? Denn wenn wir jetzt in aller Hast reiten müssen, dann müssen wir mit leichter Last reiten und können nur so viel Verpflegung und Wasser mitnehmen, daß es uns bis zur Schlacht reicht.«

»Wir haben schon lange sehr große Vorräte angelegt«, antwortete Hirgon. »Reitet nun mit so wenig Last und so schnell wie möglich.«

»Dann rufe die Herolde, Éomer«, sagte Théoden. »Laß die Reiter antreten.«

Éomer ging hinaus, und gleich darauf erschallten Trompeten in der Festung, und viele andere antworteten ihnen von weiter unten; aber sie klangen nicht länger hell und trotzig, wie es Merry am Abend zuvor erschienen war. Dumpf war ihr Ton und schrill in der schweren Luft, und sie gellten unheilverkündend.

Der König wandte sich an Merry. »Ich ziehe in den Krieg, Herr Meriadoc«, sagte er. »Noch eine kleine Weile, dann bin ich unterwegs. Ich entlasse dich aus meinem Dienst, aber nicht aus meiner Freundschaft. Du sollst hierbleiben, und wenn du willst, sollst du der Frau Éowyn dienen, die an meiner Statt über das Volk herrschen soll.«

»Aber, aber, Herr«, stammelte Merry. »Ich bot Euch mein Schwert an. Ich möchte nicht auf diese Weise von Euch getrennt werden, König Théoden. Und da alle meine Freunde in die Schlacht gezogen sind, würde ich mich schämen, zurückzubleiben.«

»Aber wir reiten auf großen und schnellen Rössern«, sagte Théoden. »Und so mutig dein Herz auch sein mag, auf solchen Tieren kannst du nicht reiten.«

»Dann bindet mich auf einem Pferderücken fest oder laßt mich am Steigbügel hängen oder sonst was«, sagte Merry. »Es ist ein weiter Weg, wenn man ihn laufen soll; aber laufen werde ich, wenn ich nicht reiten kann, und wenn ich mir die Füße ablaufe und Wochen zu spät komme.«

Théoden lächelte. »Dann würde ich dich schon lieber zu mir auf Schneemähne nehmen«, sagte er. »Aber zumindest sollst du mit mir nach Edoras reiten und

Meduseld sehen; denn dorthin gehe ich jetzt. So weit kann Stybba dich tragen: das große Rennen beginnt erst, wenn wir die Ebene erreichen.«

Dann stand Éowyn auf. »Kommt nun, Meriadoc«, sagte sie. »Ich will Euch die Rüstung zeigen, die ich für Euch vorbereitet habe.« Sie gingen zusammen hinaus. »Nur diese Bitte hat Aragorn an mich gerichtet«, sagte Éowyn, als sie zwischen den Zelten hindurchgingen, »daß Ihr für die Schlacht ausgerüstet werdet. Ich habe der Bitte entsprochen, so gut ich konnte. Denn mein Herz sagt mir, daß Ihr eine solche Rüstung braucht, ehe das Ende kommt.«

Nun führte sie Merry zu einer Hütte zwischen den Unterkünften der Wache des Königs; und dort brachte ihr ein Waffenmeister einen kleinen Helm, einen runden Schild und andere Waffen.

»Keinen Harnisch haben wir, der Euch paßt«, sagte Éowyn, »und keine Zeit, einen solchen Panzer zu schmieden; aber hier sind noch ein festes Lederwams, ein Gürtel und ein Messer. Ein Schwert habt Ihr ja.«

Merry verbeugte sich, und die Herrin zeigte ihm den Schild; er war wie der Schild, den Gimli bekommen hatte, und trug als Wappen das weiße Pferd. »Nehmt alle diese Dinge«, sagte sie, »und mögen sie Euch Glück bringen! Lebt nun wohl, Herr Meriadoc! Indes mag es sein, daß wir uns wiedertreffen, Ihr und ich.«

So machte sich der König der Mark in einer zunehmenden Finsternis bereit, alle seine Reiter gen Osten zu führen. Das Herz war ihnen schwer, und manche verzagten im Schatten. Doch war es ein unbeugsames Volk, seinem Herrn ergeben, und wenig Weinen oder Murren war zu hören, nicht einmal in dem Lager in der Festung, wo die Flüchtlinge aus Edoras untergebracht waren, Frauen und Kinder und alte Männer. Ein schweres Schicksal lastete auf ihnen, aber sie blickten ihm schweigend ins Auge.

Zwei Stunden waren rasch vergangen, und jetzt saß der König auf seinem weißen Pferd, das im Dämmerlicht schimmerte. Stolz und kühn sah er aus, obwohl das Haar, das unter seinem hohen Helm flatterte, wie Schnee war; und viele staunten über ihn und schöpften Mut, als sie ihn so ungebeugt und furchtlos sahen.

Dort auf den weiten Grasflächen neben dem brausenden Fluß hatten sich in vielen Scharen gut an die fünfundfünfzighundert voll bewaffnete Reiter aufgestellt, und viele hundert andere Mannen mit überzähligen und nur leicht beladenen Pferden. Eine einzelne Trompete erschallte. Der König hob die Hand, und schweigend setzte sich das Heer der Mark in Bewegung. An der Spitze zogen zwölf Mann aus der Gefolgschaft der Königs, berühmte Reiter. Dann folgte der König mit Éomer zu seiner Rechten. Er hatte Éowyn oben in der Festung Lebewohl gesagt, und die Erinnerung daran war schmerzlich; doch jetzt richtete er seine Gedanken auf den vor ihm liegenden Weg. Hinter ihm ritt Merry auf Stybba mit den reitenden Boten von Gondor, und hinter ihnen kamen noch zwölf Mann von der Gefolgschaft des Königs. Sie ritten vorbei an den langen Reihen der wartenden Männer mit unbeugsamen und unbewegten Gesichtern. Aber als sie fast an das Ende der Reihen gekommen waren, blickte einer auf und schaute den

Hobbit scharf an. Ein junger Mann, dachte Merry, als er den Blick erwiderte, nicht so groß und schmächtiger als die anderen. Er sah das Funkeln grauer Augen; und dann lief ihm ein Schauer über den Rücken, denn ihm wurde plötzlich klar, daß es das Gesicht eines Menschen ohne Hoffnung war, der den Tod suchte.

Weiter ging es die graue Straße hinunter entlang dem Schneeborn, der über Steine brauste; durch die Dörfer Unterharg und Hochborn, wo viele Frauen mit traurigen Gesichtern aus dunklen Türen herausschauten; und so begann ohne Horn und Harfe oder den Gesang von Männerstimmen der große Ritt in den Osten, der in den Liedern von Rohan noch viele Menschenleben lang besungen wurde.

> *Aus dem dunklen Dunharg im Morgengrauen*
> *Mit seinen Mannen ritt Thengels Sohn,*
> *Erreichte Edoras, die uralten Hallen*
> *Der Mark-Statthalter, nebelumsponnen,*
> *Goldnes Gebälk in Trauer verhangen.*
> *Abschied nahm er von seinem Volke,*
> *Herd und Thron und geheiligten Stätten,*
> *Wo Freude geherrscht, eh das Licht verlosch.*
> *Aus zog der König, Furcht im Rücken,*
> *Vor sich Geschick. Die Treue trieb ihn;*
> *Was er geschworen, erfüllte er alles.*
> *Aus zog Théoden. Fünf Nächte und Tage*
> *Ritten ostwärts die Eorlinger*
> *Durch Folde und Fenmark und Firienwald,*
> *Sechstausend Speere nach Sunlending,*
> *Mundburg die mächtige unter Mindolluin,*
> *Seekönigs Stadt im Reich des Südens,*
> *Schicksal trieb sie. Im Dunkel entschwanden sie,*
> *Fanden sie feind- und feuerumzingelt*
> *Roß und Reiter; ferner Hufschlag*
> *Verscholl in der Nacht: so künden's die Lieder.*

Tatsächlich wurde es immer düsterer, als der König nach Edoras kam, obwohl es der Stunde nach noch nicht Mittag war. Dort hielt er nur eine kleine Weile an und verstärkte sein Heer um einige sechzig Reiter, die zum Waffenempfang zu spät gekommen waren. Nun, nachdem er gegessen hatte, machte er sich bereit, wieder aufzubrechen, und er wünschte seinem Knappen freundlich Lebewohl. Aber Merry bat zum letztenmal, er möge nicht von ihm getrennt werden.

»Das ist keine Fahrt für ein solches Streitroß wie Stybba, wie ich dir schon gesagt habe«, antwortete Théoden. »Und in einer solchen Schlacht, wie wir sie auf den Feldern von Gondor zu liefern gedenken, was würdest du da tun, Herr Meriadoc, obgleich du Schwert-Than bist und dein Mut größer ist als dein Wuchs?«

»Was das betrifft, wer kann es wissen?« antwortete Merry. »Aber warum, Herr, habt Ihr mich als Schwert-Than zu Euch genommen, wenn nicht, um an Eurer

Seite zu bleiben? Und ich möchte nicht, daß es von mir im Liede heißt, ich sei immer zurückgelassen worden!«

»Ich habe dich zu mir genommen, um dich zu beschützen«, erwiderte Théoden, »und auch, damit du tust, was ich dich heiße. Keiner meiner Reiter kann sich mit dir belasten. Wäre die Schlacht vor meinen Toren, dann würden vielleicht die Sänger deiner Taten gedenken; aber es sind einhundertundzwei Wegstunden nach Mundburg, wo Denethor der Herr ist. Das ist mein letztes Wort.«

Merry verbeugte sich und ging unglücklich davon, und er starrte auf die Reihe der Reiter. Schon bereiteten die Scharen den Aufbruch vor: die Männer zogen die Sattelgurte fest, richteten die Sättel, streichelten ihre Pferde; einige blickten beunruhigt auf den finster drohenden Himmel. Unbemerkt von den anderen kam ein Reiter heran und sprach dem Hobbit leise ins Ohr:

»*Wo der Wille nicht fehlt, öffnet sich ein Weg*, heißt es bei uns«, flüsterte er, »und das habe ich selbst erfahren.« Merry schaute auf und sah, daß es der junge Reiter war, den er am Morgen bemerkt hatte. »Du willst dort hingehen, wo der Herr der Mark hingeht: ich sehe es an deinem Gesicht.«

»Ja«, sagte Merry.

»Dann sollst du mit mir gehen«, sagte der Reiter. »Ich werde dich vor mich setzen, unter meinem Mantel verborgen, bis wir weit fort sind und diese Dunkelheit noch dunkler ist. Solch guter Wille sollte nicht zurückgewiesen werden. Sage nichts mehr zu irgend jemandem, sondern komm!«

»Ich danke Euch wirklich sehr«, sagte Merry. »Vielen Dank, Herr, obwohl ich Euren Namen nicht weiß.«

»Den weißt du nicht?« sagte der Reiter leise. »Dann nenne mich Dernhelm.«

So geschah es, daß Meriadoc der Hobbit vor Dernhelm saß, als der König aufbrach; und dem großen grauen Roß Windfola machte die Last wenig aus; denn Dernhelm war leichter als viele Männer, obschon gelenkig und kräftig gebaut.

Weiter hinein in den Schatten ritten sie. In den Weidendickichten, wo der Schneeborn in die Entwasser floß, zwölf Wegstunden östlich von Edoras, lagerten sie in jener Nacht. Und dann ging es weiter durch die Folde; und durch die Fenmark, wo sich zu ihrer Rechten große Eichenwälder bis zum Saum der Berge im Schatten des dunklen Halifirien an Gondors Grenzen hinaufzogen; doch weit zu ihrer Linken lag Nebel über den von den Mündungen der Entwasser gespeisten Mooren. Und als sie ritten, kamen Gerüchte über den Krieg im Norden. Einzelne Männer, die verstört herbeiritten, brachten Nachrichten, daß Feinde die Ostgrenzen angriffen und Orkheere durch das Ödland von Rohan marschierten.

»Reitet weiter! Reitet weiter!« rief Éomer. »Es ist zu spät, uns zur Seite zu wenden. Die Fenne der Entwasser müssen unsere Flanke schützen. Eile tut uns jetzt not. Reitet weiter!«

Und so schied König Théoden von seinem eigenen Reich, Meile um Meile trug ihn der Weg davon, und die Leuchtfeuerberge zogen vorbei: Calenhad, Min-Rimmon, Erelas, Nardol. Aber ihre Feuer waren gelöscht. All die Lande waren grau und still; und immer dunkler wurde der Schatten vor ihnen, und die Hoffnung schwand in jedem Herz.

VIERTES KAPITEL

DIE BELAGERUNG VON GONDOR

Pippin wurde von Gandalf geweckt. Kerzen brannten in ihrem Zimmer, denn nur ein düsteres Zwielicht drang durch die Fenster; die Luft war drückend, als ob ein Gewitter aufzöge.

»Wie spät ist es?« fragte Pippin gähnend.

»Die zweite Stunde ist vorbei«, sagte Gandalf. »Zeit, aufzustehen und sich in Schale zu werfen. Du bist zum Herrn der Stadt gerufen worden und sollst über deine neuen Pflichten unterrichtet werden.«

»Und wird er für Frühstück sorgen?«

»Nein! Dafür habe ich gesorgt: das hier ist alles, was du bis zum Mittag bekommst. Es ist ein Befehl ergangen, das Essen jetzt sparsam auszuteilen.«

Wehmütig blickte Pippin auf den kleinen Laib Brot und das (wie er fand) sehr unzulängliche Klümpchen Butter, die neben einem Becher dünner Milch vor ihm standen. »Warum hast du mich bloß hierher gebracht?« fragte er.

»Das weißt du ganz genau«, sagte Gandalf. »Damit du kein Unheil anrichtest; und wenn es dir nicht gefällt, hier zu sein, dann denke daran, daß du es dir selbst eingebrockt hast.« Pippin sagte nichts mehr.

Es dauerte nicht lange, da ging er wiederum mit Gandalf den kalten Gang entlang zur Tür der Turmhalle. Dort saß Denethor in grauer Düsternis. »Wie eine alte geduldige Spinne«, dachte Pippin; er schien sich seit gestern nicht gerührt zu haben. Er winkte Gandalf, Platz zu nehmen, aber er ließ Pippin eine Weile stehen, ohne ihn zu beachten. Plötzlich wandte sich der alte Mann zu ihm um:

»Nun, Herr Peregrin, ich hoffe, du hast den gestrigen Tag zu deinem Nutzen und nach deinem Geschmack verbracht. Obwohl ich fürchte, daß die Tafel in dieser Stadt kärglicher ist, als du dir wünschtest.«

Pippin hatte das unbehagliche Gefühl, daß das meiste von dem, was er gesagt oder getan hatte, dem Herrn der Stadt bekannt sei, und auch viel von dem, was er dachte, erraten wurde. Er antwortete nicht.

»Was willst du tun in meinem Dienst?«

»Ich dachte, Herr, daß Ihr mir meine Pflichten nennen würdet.«

»Das werde ich, wenn ich erfahre, wofür du geeignet bist«, sagte Denethor. »Aber das werde ich am ehesten erfahren, wenn ich dich bei mir behalte. Mein Kammerjunker hat um die Erlaubnis gebeten, zu den Außenposten versetzt zu werden, so sollst du eine Weile seine Stelle einnehmen. Du sollst mir aufwarten, Botengänge erledigen und mich unterhalten, wenn Krieg und Beratungen mir Muße dazu lassen. Kannst du singen?«

»Ja«, sagte Pippin. »Nun ja, gut genug für mein eigenes Volk. Aber wir haben keine Lieder, die für große Hallen und schlimme Zeiten passend sind, Herr. Wir singen selten von etwas Schrecklicherem als Wind oder Regen. Und bei den meisten meiner Lieder handelt es sich um Dinge, die uns zum Lachen bringen; oder um Essen und Trinken, natürlich.«

»Und warum sollten solche Lieder für meine Hallen unpassend sein, oder für solche Stunden wie diese? Wir, die wir lange unter dem Schatten gelebt haben, dürfen doch gewiß den Klängen aus einem Lande lauschen, das noch nicht von ihm beunruhigt wurde? Dann können auch wir das Gefühl haben, daß unsere Wache nicht fruchtlos war, auch wenn sie uns nicht gedankt wurde.«

Pippin sank der Mut. Ihm gefiel der Gedanke gar nicht, dem Herrn von Minas Tirith irgendwelche Lieder aus dem Auenland vorzusingen, und gewiß nicht die komischen, die er am besten konnte; sie waren zu – nun ja, zu bäurisch für eine solche Gelegenheit. Indes blieb ihm die Prüfung im Augenblick erspart. Es wurde ihm nicht befohlen zu singen. Denethor wandte sich an Gandalf und stellte ihm Fragen über die Rohirrim und ihr Staatswesen und die Stellung von Éomer, des Königs Neffen. Pippin staunte, wieviel der Herr zu wissen schien über ein Volk, das so weit entfernt lebte, obwohl es, wie er glaubte, viele Jahre her sein mußte, daß Denethor selbst ins Ausland geritten war.

Plötzlich winkte Denethor Pippin zu und entließ ihn wieder für eine Weile. »Geh zur Waffenmeisterei der Veste«, sagte er, »und hole dir dort die Hoftracht und die Waffen des Turms. Es wird alles bereitliegen. Es wurde gestern angeordnet. Komm wieder, wenn du angekleidet bist!«

Es war, wie er gesagt hatte; und Pippin sah sich bald mit seltsamen Gewändern geschmückt, alle in Schwarz und Silber. Er hatte ein kleines Panzerhemd, dessen Ringe vielleicht aus Stahl geschmiedet, aber tiefschwarz waren; einen hochgewölbten Helm mit kleinen Rabenflügeln an beiden Seiten und einem silbernen Stern in der Mitte des Stirnreifs. Über dem Panzerhemd trug er einen kurzen schwarzen Überwurf, der auf der Brust in Silberstickerei das Wahrzeichen des Baums zeigte. Seine alten Kleider wurden zusammengefaltet und weggelegt, doch durfte er den grauen Mantel aus Lórien behalten, ihn allerdings im Dienst nicht tragen. Er sah jetzt, hätte er es gewußt, wahrlich wie der *Ernil i Pheriannath* aus, der Fürst der Halblinge, wie das Volk ihn nannte; aber er fühlte sich unbehaglich. Und die Finsternis bedrückte allmählich sein Gemüt.

Den ganzen Tag war es dunkel und düster. Von der sonnenlosen Morgendämmerung bis zum Abend hatte sich der bleierne Schatten immer mehr verstärkt, und allen in der Stadt war das Herz schwer. Hoch oben zog von dem Schwarzen Land eine große Wolke langsam westwärts, von einem Wind des Krieges getrieben, und verschlang das Licht; aber darunter war die Luft still und windlos, als ob das Tal des Anduin auf den Ausbruch eines verheerenden Sturms wartete.

Um die elfte Stunde kam Pippin, der eine Weile dienstfrei hatte, heraus und machte sich auf die Suche nach Essen und Trinken, um sein schweres Herz aufzumuntern und seine Aufgabe des Wartens erträglicher zu machen. In den Eßräumen traf er Beregond wieder, der gerade von einem Auftrag zurückgekehrt war, der ihn über den Pelennor zu den Wachtürmen am Damm geführt hatte. Gemeinsam schlenderten sie hinaus zu den Wällen; denn Pippin kam sich in den

Häusern eingekerkert vor und glaubte selbst in der hochragenden Veste ersticken zu müssen. Jetzt saßen sie nebeneinander bei den Schießscharten, wo sie am Tage zuvor gegessen und sich unterhalten hatten.

Es war die Stunde des Sonnenuntergangs, aber die große Wolke hatte sich nun weit in den Westen ausgedehnt, und erst, als die Sonne schließlich im Meer versank, entrann sie ihr und konnte vor der Nacht noch einen kurzen Abschiedsstrahl aussenden, den auch Frodo am Scheidewege sah und der auf den Kopf des umgestürzten Königs fiel. Aber auf die Felder des Pelennor, im Schatten des Mindolluin, drang kein Strahl: sie waren dunkel und öde.

Schon kam es Pippin vor, als sei es Jahre her, daß er hier gesessen hatte in einer halbvergessenen Zeit, als er noch ein Hobbit war, ein fröhlicher Wanderer, wenig berührt von den Gefahren, die er bestanden hatte. Jetzt war er nur ein kleiner Kriegsmann in einer Stadt, die sich auf einen großen Angriff vorbereitete, und er trug die stolze, aber düstere Tracht des Turms der Wacht.

Zu einer anderen Zeit und an einem anderen Ort hätte sich Pippin vielleicht über seine neue Ausstattung gefreut, aber jetzt wußte er, daß er nicht an einem Spiel teilnahm; er war in tödlichem Ernst der Diener eines strengen Herrn in größter Gefahr. Das Panzerhemd war lästig, und der Helm drückte ihn. Seinen Mantel hatte er neben sich auf den Sitz geworfen. Er wandte seinen müden Blick von den dunklen Feldern unten ab und gähnte, und dann seufzte er.

»Seid Ihr erschöpft von diesem Tag?« fragte Beregond.

»Ja«, sagte Pippin. »Sehr: ermüdet vom Nichtstun und Warten. Viele lange Stunden habe ich mir an der Tür zum Gemach meines Herrn die Beine in den Bauch gestanden, während er sich mit Gandalf und dem Fürsten und anderen wichtigen Leuten beraten hat. Und ich bin es nicht gewöhnt, Herr Beregond, anderen beim Essen aufzuwarten, wenn ich selbst hungrig bin. Für einen Hobbit ist das eine schwere Prüfung. Zweifellos werdet Ihr glauben, ich sollte die Ehre höher schätzen. Aber was nützt solche Ehre? Was nützt überhaupt Essen und Trinken unter diesem kriechenden Schatten? Was bedeutet er? Sogar die Luft scheint undurchdringlich und dunkel zu sein. Habt ihr oft solche Düsternis, wenn der Wind von Osten kommt?«

»Nein«, sagte Beregond, »das ist kein irdisches Wetter. Es ist irgendeine Ausgeburt seiner Bosheit; irgendein dunstiger Brodem vom Feurigen Berg, den er ausschickt, um Herzen und Pläne zu verdunkeln. Und das tut er wirklich. Ich wünschte, der Herr Faramir käme zurück. Er wäre nicht entmutigt. Aber wer weiß, ob er jetzt aus der Dunkelheit jemals über den Fluß zurückkommen wird?«

»Ja«, sagte Pippin, »auch Gandalf ist besorgt. Er war enttäuscht, glaube ich, daß er Faramir nicht hier traf. Und wo ist er überhaupt hingegangen? Er verließ den Rat des Herrn vor dem Mittagsmahl, und in keiner guten Stimmung, fand ich. Vielleicht hat er irgendeine Vorahnung von schlechten Nachrichten.«

Plötzlich, während sie redeten, verschlug es ihnen die Sprache, sie erstarrten gleichsam zu lauschenden Steinen. Pippin duckte sich und hielt sich mit den Händen die Ohren zu; aber Beregond, der über die Brustwehr hinausgeschaut hatte, als er von Faramir sprach, blieb steif stehen und starrte hinaus mit erschreckten Augen. Pippin kannte den schauerlichen Schrei, den er gehört hatte: es war derselbe, den er vor langer Zeit im Bruch des Auenlandes gehört hatte, aber jetzt hatte er an Kraft und Haß zugenommen und durchbohrte das Herz mit giftiger Verzweiflung.

Endlich sprach Beregond mühsam: »Sie sind gekommen«, sagte er. »Schöpft Mut und schaut! Da sind grausame Wesen unten.«

Widerstrebend kletterte Pippin auf den Sitz und blickte über die Mauer. Der Pelennor lag düster unter ihm und zog sich verschwommen hin bis zu dem kaum erkennbaren Lauf des Anduin. Doch nun sah er auf halber Höhe unter sich, schnell über das Land hinwegfliegend wie Schatten einer verfrühten Nacht, fünf vogelähnliche Gestalten, entsetzlich wie Aasgeier, aber größer als Adler, grausam wie der Tod. Bald stießen sie nahebei hinab und wagten sich fast in Bogenschußweite vor die Mauern, bald zogen sie ihre Kreise weiter entfernt.

»Schwarze Reiter«, murmelte Pippin. »Schwarze Reiter der Luft! Aber schaut, Beregond!« rief er. »Sie suchen doch gewiß etwas? Schaut, wie sie kreisen und hinabstoßen, immer zu diesem Punkt dort drüben! Und könnt Ihr sehen, daß sich etwas auf dem Boden bewegt? Dunkle kleine Wesen. Ja, Menschen auf Pferden, vier oder fünf. Ach! Ich kann es nicht aushalten! Gandalf! Gandalf, rette uns!«

Noch ein gellender Schrei erhob sich und verging, und Pippin ließ sich wieder von der Mauer herabfallen und keuchte wie ein gejagtes Tier. Schwach und anscheinend von ferne hörte er durch den schauerlichen Schrei von unten herauf den Klang einer Trompete, der mit einem langen, hohen Ton endete.

»Faramir! Der Herr Faramir! Es ist sein Ton!« rief Beregond. »Tapferer Recke! Aber wie kann er das Tor erreichen, wenn diese widerlichen Höllengeier noch andere Waffen als Schrecken haben? Doch schaut! Sie reiten weiter! Sie werden zum Tor kommen. Nein, die Pferde scheuen! Schaut! Die Männer sind abgeworfen worden; sie laufen zu Fuß. Nein, einer ist noch oben, aber er reitet zurück zu den anderen. Das wird der Heermeister sein: er hat Macht über Tiere und über Menschen. Ach! Eins dieser widerlichen Geschöpfe beugt sich über ihn. Hilfe! Hilfe! Will keiner zu ihm hinausgehen? Faramir!«

Damit sprang Beregond davon und rannte hinaus in die Düsternis. Beschämt über seine Angst, während Beregond von der Wache zuerst an den Heermeister dachte, den er liebte, stand Pippin auf und spähte hinaus. In diesem Augenblick sah er ein Aufleuchten von Weiß und Silber, das von Norden kam, wie ein kleiner Stern unten auf den düsteren Feldern. Er bewegte sich mit der Geschwindigkeit eines Pfeils und wurde größer, als er herankam und rasch dieselbe Richtung wie die Gruppe von vier Männern einschlug, zum Tor. Es schien Pippin, daß ein bleiches Licht von ihm ausging und die Schatten zurückwichen; und als er näherkam, glaubte er, wie ein Echo in den Mauern, eine laute Stimme rufen zu hören.

»Gandalf!« rief er. »Gandalf! Immer erscheint er, wenn die Not am größten ist! Voran, voran, Weißer Reiter! Gandalf! Gandalf!« schrie er so aufgeregt wie ein Zuschauer bei einem großen Rennen, der einen Läufer anspornt, obwohl er gar keiner Ermutigung bedarf.

Doch nun hatten die dunklen, herabstoßenden Schatten den Neuankömmling bemerkt. Einer hielt auf ihn zu; aber es schien Pippin, daß Gandalf die Hand hob und ein Strahl von weißem Licht emporschoß. Der Nazgûl stieß einen langen Klageruf aus und wich seitlich aus; und daraufhin begannen auch die vier anderen schwankend zu werden und schwangen sich, rasche Kreise ziehend, empor und verschwanden gen Osten in der drohenden Wolke oben; und unten auf dem Pelennor schien es eine Weile weniger dunkel zu sein.

Pippin beobachtete alles und sah, wie der Reitersmann und der Weiße Reiter sich trafen und anhielten, um auf jene zu warten, die zu Fuß kamen. Jetzt eilten Männer aus der Stadt heraus; und bald waren sie durch die äußeren Mauern dem Blick entzogen, und Pippin wußte, daß sie das Tor erreicht hatten. Da er vermutete, daß sie sofort zum Turm und zum Truchseß kommen würden, eilte er zum Eingang der Veste. Dort schlossen sich ihm viele andere an, die von den hohen Wällen aus das Rennen und die Rettung beobachtet hatten.

Es dauerte nicht lange, da hörte man Geschrei in den Straßen, die von den äußeren Ringen heraufführten, es wurde gejubelt, und die Namen von Faramir und Mithrandir wurden gerufen. Plötzlich sah Pippin Fackeln, und gefolgt von einer Menschenmenge ritten zwei Reiter langsam heran: der eine in Weiß, aber nicht länger schimmernd, sondern bleich im Zwielicht, als ob er sein Feuer verausgabt oder verhüllt hätte; der andere war dunkel, und er hielt den Kopf gesenkt. Sie saßen ab, und als Pferdeknechte Schattenfell und das andere Pferd nahmen, gingen sie zu Fuß weiter zu dem Wachtposten am Tor: Gandalf mit festem Schritt, den grauen Mantel zurückgeschlagen, und noch immer flammten seine Augen; der andere, ganz in Grün gekleidet, ging langsam und schwankte ein wenig wie ein müder oder verwundeter Mann.

Pippin drängte sich nach vorn, als sie unter der Lampe am Torbogen vorbeikamen, und als er Faramirs bleiches Gesicht sah, hielt er den Atem an. Es war das Gesicht eines Menschen, der von einem großen Schrecken oder einem großen Schmerz ergriffen worden war, aber es überwunden hat und jetzt ruhig ist. Stolz und ernst blieb er einen Augenblick stehen und sprach mit dem Wachtposten, und als Pippin ihn betrachtete, sah er, wie sehr er seinem Bruder Boromir ähnelte – den Pippin von Anfang an gemocht und dessen gebieterisches, aber freundliches Wesen er bewundert hatte. Doch für Faramir wurde sein Herz plötzlich von einem Gefühl ergriffen, das er vorher nicht gekannt hatte. Hier war ein Mann, dessen Gebaren von hohem Adel zeugte, so wie er bei Aragorn zuzeiten sichtbar wurde, vielleicht weniger adelig, doch auch weniger unberechenbar und ungewöhnlich: einer der Könige der Menschen, in eine spätere Zeit hineingeboren, aber mit den Spuren der Weisheit und Traurigkeit des Älteren Geschlechts. Jetzt verstand er, warum Beregond seinen Namen mit Liebe aussprach. Er war ein Führer, dem die Menschen folgten, dem auch er folgen würde, selbst unter dem Schatten der schwarzen Schwingen.

»Faramir!« rief er laut mit den anderen. »Faramir!« Und Faramir, der seine fremde Stimme unter den Zurufen der Mannen der Stadt heraushörte, wandte sich um, schaute ihn an und war erstaunt.

»Woher kommt Ihr?« fragte er. »Ein Halbling, und in der Hoftracht des Turms! Woher...?«

Aber da trat Gandalf an seine Seite und sprach. »Er kam mit mir aus dem Land der Halblinge«, sagte er. »Er kam mit mir. Doch wollen wir uns hier nicht aufhalten. Es gibt viel zu sagen und zu tun, und Ihr seid müde. Er soll mit uns kommen. Das muß er fürwahr, denn wenn er seine neuen Pflichten nicht leichter vergißt als ich, dann muß er seinem Herrn noch in dieser Stunde aufwarten. Komm, Pippin, folge uns.«

So kamen sie schließlich zu dem Wohngemach des Herrn der Stadt. Dort waren tiefe Sessel um ein Kohlenbecken aufgestellt; und Wein wurde gebracht; und dort stand Pippin, kaum beachtet, hinter Denethors Stuhl und spürte seine Müdigkeit wenig, so eifrig lauschte er auf alles, was gesagt wurde.

Als Faramir weißes Brot zu sich genommen und einen Schluck Wein getrunken hatte, setzte er sich auf einen niedrigen Stuhl zur linken Hand seines Vaters. Etwas entfernt auf der anderen Seite saß Gandalf auf einem Stuhl aus geschnitztem Holz; und zuerst schien es, als schliefe er. Denn zu Anfang sprach Faramir nur von dem Auftrag, zu dem er vor zehn Tagen entsandt worden war, und er brachte Nachrichten aus Ithilien und über die Bewegungen des Feindes und seiner Verbündeten; und er berichtete von dem Kampf auf der Straße, bei dem die Menschen aus Harad und ihr großes Tier überwältigt wurden: ein Heerführer, der seinem Herrn Dinge berichtet, wie sie schon oft zu hören waren, kleine Taten des Grenzkrieges, die nun sinnlos und unwichtig erschienen und ihres Ruhmes beraubt.

Dann sah Faramir plötzlich Pippin an. »Doch nun kommen wir zu seltsamen Dingen«, sagte er. »Denn dies ist nicht der erste Halbling, den ich aus den Sagen des Nordens in die Südlichen Lande habe wandern sehen.«

Da setzte Gandalf sich auf und packte die Armlehnen seines Sessels; aber er sagte nichts, und mit einem Blick gebot er dem Ausruf Einhalt, den Pippin schon auf den Lippen hatte. Denethor betrachtete ihre Gesichter und nickte mit dem Kopf, gleichsam zum Zeichen, daß er viel erraten hatte, ehe es ausgesprochen war. Während die anderen still und schweigend dasaßen, erzählte Faramir langsam seine Geschichte und hielt die Augen zumeist auf Gandalf gerichtet, obwohl sein Blick dann und wann zu Pippin schweifte, als wolle er seine Erinnerung an andere, die er gesehen hatte, auffrischen.

Als er in seiner Erzählung seine Begegnung mit Frodo und seinem Diener und die Ereignisse in Henneth Annûn geschildert hatte, merkte Pippin, daß Gandalfs Hände, die das geschnitzte Holz umklammerten, zitterten. Weiß sahen sie jetzt aus und sehr alt, und als Pippin sie betrachtete, erkannte er plötzlich mit Schrecken, daß Gandalf, selbst Gandalf beunruhigt war, ja, sogar Angst hatte. Die Luft im Zimmer war schwül und still. Als Faramir schließlich von seinem Abschied von den Wanderern sprach und von ihrem Entschluß, nach Cirith Ungol zu gehen, wurde seine Stimme leise, er schüttelte den Kopf und seufzte. Da sprang Gandalf auf.

»Cirith Ungol? Das Morgul-Tal?« sagte er. »Wann, Faramir, wann? Wann habt Ihr Euch von ihnen getrennt? Wann können sie das verfluchte Tal erreicht haben?«

»Ich trennte mich von ihnen am Morgen vor zwei Tagen«, sagte Faramir. »Es sind fünfzehn Wegstunden von dort zum Tal des Morgulduin, wenn sie geradenwegs nach Süden gegangen sind; und dann wären sie immer noch fünfzehn Wegstunden westlich des verfluchten Turms gewesen. Im günstigsten Fall könnten sie nicht vor heute dorthin kommen, und vielleicht sind sie noch gar nicht da. Ich weiß allerdings, was Ihr befürchtet. Doch die Dunkelheit ist nicht eine Folge ihres Wagnisses. Sie begann gestern abend, und ganz Ithilien war in der letzten Nacht unter dem Schatten. Mir ist klar, daß der Feind schon lange einen Angriff auf uns geplant hat, und die Stunde war schon bestimmt, ehe ich die Wanderer aus meiner Obhut entließ.«

Gandalf ging auf und ab. »Am Morgen vor zwei Tagen, fast drei Tage unterwegs! Wie weit entfernt ist der Ort, wo ihr euch getrennt habt?«

»Etwa fünfundzwanzig Wegstunden, wie ein Vogel fliegt«, antwortete Faramir. »Aber ich konnte nicht schneller herkommen. Gestern abend lag ich bei Cair Andros, der langen Insel im Fluß, nördlich von hier, die wir verteidigten; und Pferde sind dort auf dem diesseitigen Ufer untergebracht. Als die Dunkelheit heraufzog, wußte ich, daß Eile not tat, deshalb ritt ich dorthin mit drei anderen, für die wir Pferde hatten. Die übrigen von meiner Schar schickte ich nach Süden, um die Besatzung an den Furten von Osgiliath zu verstärken. Ich hoffe, ich habe nichts Unrechtes getan?« Er sah seinen Vater an.

»Unrechtes?« rief Denethor, und seine Augen blitzten plötzlich. »Warum fragst du? Die Leute waren dir unterstellt. Oder fragst du nach meiner Meinung über all deine Taten? Dein Betragen ist demütig in meiner Gegenwart, doch seit langem schon gehst du deine eigenen Wege gegen meinen Willen. Schau, du hast vernünftig gesprochen, wie immer; aber glaubst du, ich habe nicht gesehen, daß dein Blick stets auf Mithrandir gerichtet war und forschte, ob du es gut gesagt hast oder zuviel? Er hat dein Herz schon lange gewonnen.

Mein Sohn, dein Vater ist alt, aber nicht kindisch. Ich kann sehen und hören wie eh und je; und wenig von dem, was du nur halb gesagt oder ungesagt gelassen hast, ist mir verborgen. Für mich sind viele Rätsel jetzt gelöst. Wehe, wehe um Boromir!«

»Wenn das, was ich getan habe, dir mißfällt, mein Vater«, sagte Faramir ruhig, »dann wünschte ich, ich hätte deine Meinung gekannt, ehe mir die Last einer so gewichtigen Entscheidung auferlegt wurde.«

»Hätte das genützt, um deine Entscheidung zu ändern?« sagte Denethor. »Du hättest es dennoch genauso gemacht, schätze ich. Ich kenne dich gut. Immer ist es dein Wunsch, großmütig und großzügig zu erscheinen wie ein König von einst, gnädig und gütig. Das mag einem von hohem Geblüt wohl anstehen, wenn er Macht besitzt und Frieden hat. Aber in hoffnungslosen Stunden mag Güte mit dem Tode bezahlt werden.«

»So sei es«, sagte Faramir.

Die Belagerung von Gondor

»So sei es!« rief Denethor. »Aber nicht allein mit deinem Tod, Herr Faramir: auch mit dem Tod deines Vaters und deines ganzen Volkes, das zu schützen nun deine Aufgabe ist, da Boromir nicht mehr da ist.«

»Dann wünschst du also«, sagte Faramir, »daß unsere Plätze vertauscht gewesen wären?«

»Ja, das wünsche ich fürwahr!« sagte Denethor. »Denn Boromir war mir treu und kein Zauberlehrling. Er hätte der Not seines Vaters gedacht und nicht vergeudet, was das Geschick gab. Er hätte mir ein gewaltiges Geschenk gebracht.«

Einen Augenblick ließ Faramirs Zurückhaltung nach. »Ich möchte dich bitten, mein Vater, dich zu erinnern, warum ich und nicht er in Ithilien war. Bei einer Gelegenheit wenigstens vor nicht langer Zeit hat deine Meinung den Ausschlag gegeben. Es war der Herr der Stadt, der ihm den Auftrag gab.«

»Rühre nicht an die Bitterkeit des Kelchs, den ich mir selbst zusammengebraut habe«, sagte Denethor. »Habe ich sie nicht jetzt in vielen Nächten auf meiner Zunge geschmeckt und geahnt, daß mir noch Schlimmeres bevorsteht, wenn ich ihn bis zur Neige leere? Wie ich jetzt tatsächlich feststelle. Ich wünschte, es wäre nicht so! Ich wünschte, dieses Ding wäre zu mir gekommen!«

»Beruhigt Euch«, sagte Gandalf. »In keinem Fall hätte Boromir es Euch gebracht. Er ist tot, und er starb gut. Möge er in Frieden schlafen! Dennoch täuscht Ihr Euch. Er hätte die Hand nach diesem Ding ausgestreckt und wäre, wenn er es genommen hätte, gestrauchelt. Er hätte es für sich behalten, und wäre er zurückgekehrt, Ihr würdet Euren Sohn nicht wiedererkannt haben.«

Denethors Gesicht wurde hart und kalt. »Ihr fandet Boromir weniger handsam, nicht wahr?« sagte er leise. »Aber ich, der ich sein Vater war, sage, daß er es mir gebracht haben würde. Ihr seid vielleicht klug, Mithrandir, und dennoch besitzt Ihr bei all Eurem Scharfsinn nicht alle Klugheit. Es können Entschlüsse gefaßt werden, die weder Gespinste von Zauberern sind, noch Voreiligkeiten von Narren. Ich habe in dieser Sache mehr Gelehrsamkeit und Klugheit, als Ihr glaubt.«

»Und was sagt Eure Klugheit?« fragte Gandalf.

»Genug, um zu erkennen, daß zwei Torheiten zu vermeiden sind. Das Ding zu verwenden ist gefährlich. Es in dieser Stunde in den Händen eines einfältigen Halblings in das Land des Feindes selbst zu schicken, wie Ihr es getan habt und dieser mein Sohn, das ist Verrücktheit.«

»Und was hätte der Herr Denethor getan?«

»Keins von beiden. Doch ganz gewiß hätte er unter gar keinen Umständen dieses Ding einer Gefahr ausgesetzt, die zu bestehen nur ein Narr hoffen kann, und die unsere völlige Vernichtung bedeuten mag, wenn der Feind wiederbekommt, was er verloren hat. Nein, das Ding hätte man behalten und verstecken sollen, geheim und verborgen. Nicht verwenden, sage ich, es sei denn in der höchsten Not, aber außerhalb seiner Reichweite, solange sein Sieg nicht so endgültig ist, daß das, was dann geschähe, uns nicht mehr kümmerte, weil wir tot wären.«

»Ihr denkt, Herr, wie eh und je nur an Gondor«, sagte Gandalf. »Indes gibt es noch andere Menschen und anderes Leben, und zukünftige Zeiten. Und was mich betrifft, so dauern mich selbst seine Sklaven.«

»Und woher sollen andere Menschen Hilfe erhalten, wenn Gondor fällt?« antwortete Denethor. »Wenn ich dieses Ding jetzt in den tiefen Gewölben dieser Veste hätte, dann würden wir nicht vor Angst zittern unter dieser Düsternis und das Schlimmste befürchten, und unsere Pläne würden nicht gestört. Wenn Ihr mir nicht zutraut, die Prüfung zu bestehen, dann kennt Ihr mich noch nicht.«

»Trotzdem traue ich Euch nicht«, sagte Gandalf. »Hätte ich es getan, dann hätte ich dieses Ding hierherschicken und in Eure Obhut geben können und hätte mir und anderen viel Pein erspart. Und da ich Euch nun reden höre, traue ich Euch noch weniger, nicht mehr als Boromir. Nein, zügelt Euren Zorn! Ich traue mir selbst nicht in dieser Sache, und ich habe das Ding zurückgewiesen, als man es mir sogar freiwillig geben wollte. Ihr seid stark und vermögt Euch immer noch bei manchen Fragen zu beherrschen, Denethor; doch hättet Ihr dieses Ding erhalten, es hätte Euch überwältigt. Wenn es tief verborgen wäre unter dem Fuß des Mindolluin, würde es dennoch Euren Sinn vergiften, wenn die Dunkelheit zunimmt und die noch schlimmeren Dinge folgen, die bald über uns kommen werden.«

Einen Augenblick lang funkelten Denethors Augen wieder, als er Gandalf ansah, und Pippin spürte wiederum die Spannung zwischen Denethors und Gandalfs Willen; doch nun schien es fast, als wären ihre Blicke Schwerter von einem Auge zum anderen, die aufflammten, während sie fochten. Pippin zitterte, denn er fürchtete irgendeinen furchtbaren Hieb. Aber plötzlich entspannte sich Denethor und wurde ruhig. Er zuckte die Schultern.

»Wenn ich hätte! Wenn Ihr hättet!« sagte er. »Solche Wenn und Aber sind eitel. Das Ding ist in den Schatten gegangen, und nur die Zeit wird erweisen, welches Schicksal es und uns erwartet. Die Zeit wird nicht lang sein. Solange sie währt, sollen alle, die den Feind auf ihre Weise bekämpfen, einig sein und die Hoffnung aufrechterhalten, solange sie können, und wenn keine Hoffnung mehr besteht, sollen sie kühn genug sein, in Freiheit zu sterben.« Er wandte sich an Faramir. »Was hältst du von der Besatzung in Osgiliath?«

»Sie ist nicht stark«, sagte Faramir. »Ich habe die Schar aus Ithilien hingeschickt, um sie zu verstärken, wie ich gesagt habe.«

»Nicht genug, schätze ich«, sagte Denethor. »Dort wird der erste Schlag fallen. Sie werden irgendeinen beherzten Hauptmann dort brauchen.«

»Dort und anderswo an vielen Orten«, sagte Faramir und seufzte. »Wehe um meinen Bruder Boromir, den auch ich liebte!« Er stand auf. »Darf ich mich mit deiner Erlaubnis verabschieden, Vater?« Und dann schwankte er und stützte sich auf seines Vaters Stuhl.

»Du bist müde, wie ich sehe«, sagte Denethor. »Du bist schnell und weit geritten, und unter bösen Schatten in der Luft, wurde mir gesagt.«

»Laß uns nicht davon sprechen!« sagte Faramir.

»Dann wollen wir es nicht tun«, sagte Denethor. »Geh nun, ruhe dich aus, wenn du kannst. Die Anforderungen morgen werden härter sein.«

Die Belagerung von Gondor

Alle verabschiedeten sich jetzt vom Herrn der Stadt und gingen zur Ruhe, solange sie noch konnten. Draußen war eine sternenlose Schwärze, als Gandalf mit Pippin neben sich, der eine kleine Fackel trug, zu seiner Unterkunft ging. Sie redeten nicht, bis sie die Tür hinter sich geschlossen hatten. Dann endlich nahm Pippin Gandalfs Hand.

»Sage mir«, fragte er, »gibt es irgendwelche Hoffnung? Für Frodo, meine ich; oder zumindest vor allem für Frodo.«

Gandalf legte Pippin die Hand auf den Kopf. »Es bestand niemals viel Hoffnung«, antwortete er. »Nur die Hoffnung eines Narren, wie mir gesagt wurde. Und als ich von Cirith Ungol hörte...« Er brach ab und ging zum Fenster, als ob er durch die Nacht bis in den Osten schauen könnte. »Cirith Ungol!« murmelte er. »Warum auf diesem Wege, frage ich mich.« Er wandte sich um. »Mir hätte fast das Herz stillgestanden, Pippin, als ich den Namen hörte. Und dennoch glaube ich in Wirklichkeit, daß die Nachrichten, die Faramir gebracht hat, einige Hoffnung enthalten. Denn es scheint klar, daß unser Feind den Krieg endlich eröffnet und den ersten Schritt getan hat, solange Frodo noch frei war. So wird er jetzt auf viele Tage sein Auge hierhin und dorthin richten, fort von seinem eigenen Land. Und dennoch, Pippin, spüre ich von ferne seine Hast und Angst. Er hat früher angefangen, als er wollte. Irgend etwas ist geschehen, das ihn aufgerüttelt hat.«

Gandalf blieb einen Augenblick in Gedanken vertieft stehen. »Vielleicht«, murmelte er, »vielleicht hat sogar deine Torheit genützt, mein Junge. Laß mich überlegen: vor etwa fünf Tagen wird er entdeckt haben, daß wir Saruman überwältigt und den Stein genommen haben. Doch was soll's? Wir konnten ihn nicht mit großem Erfolg verwenden, oder ohne daß er es merkte. Ach! Das möchte ich mal wissen! Aragorn? Seine Zeit nähert sich. Er ist stark und innerlich unbeugsam, Pippin; kühn, standhaft und fähig, selbst einen Entschluß zu fassen und notfalls große Gefahren auf sich zu nehmen. Das kann es sein. Vielleicht hat er den Stein verwendet und sich selbst dem Feind gezeigt, ihn herausgefordert zu eben diesem Zweck. Ich bin gespannt. Nun, wir werden die Antwort nicht erfahren, ehe die Reiter von Rohan kommen, wenn sie nicht zu spät kommen. Schlimme Tage stehen bevor. Laß uns schlafen, solange wir können.«

»Aber«, sagte Pippin.

»Was aber?« sagte Gandalf. »Nur ein *Aber* werde ich heute abend zulassen.«

»Gollum«, sagte Pippin. »Wie um alles in der Welt konnten sie mit *ihm* gehen, sich sogar von ihm führen lassen? Und ich merkte, daß Faramir die Gegend, wo er sie hinbringen wollte, ebensowenig gefiel wie dir. Was stimmt da nicht?«

»Das kann ich nicht beantworten«, sagte Gandalf. »Dennoch hatte mein Herz geahnt, daß Frodo und Gollum sich treffen würden, ehe alles zu Ende ist. Auf Gedeih und Verderb. Aber von Cirith Ungol will ich heute abend nicht sprechen. Verrat, Verrat, fürchte ich, Verrat von diesem elenden Geschöpf. Aber wir können es nicht ändern. Laß uns daran denken, daß ein Verräter sich selbst verraten und Gutes tun mag, das er nicht beabsichtigt. Das kommt vor, manchmal. Gute Nacht!«

Der nächste Tag begann mit einem Morgen wie eine düstere Abenddämmerung, und die Leute, denen Faramirs Rückkehr neuen Mut gemacht hatte, verzagten wieder. Die geflügelten Schatten wurden an diesem Tage nicht gesehen, doch dann und wann ertönte hoch über der Stadt ein schwacher Schrei, und viele, die ihn hörten, wurden von einem flüchtigen Schrecken gepackt, während die weniger Beherzten zitterten und weinten.

Und nun war Faramir wieder fort. »Sie lassen ihm keine Ruhe«, murmelten einige. »Der Herr schindet ihn, und nun muß er Dienst für zwei tun, seinen eigenen und für den, der nicht zurückkehrt.« Und immer schauten die Leute gen Norden und fragten: »Wo sind die Reiter von Rohan?«

Tatsächlich war Faramir nicht aus freier Entscheidung gegangen. Doch der Herr der Stadt beherrschte seinen Rat, und an jenem Tag war er nicht in Stimmung, sich anderen zu beugen. Früh am Morgen war der Rat einberufen worden. Alle Heerführer waren der Meinung gewesen, daß angesichts der Bedrohung im Süden ihre Streitmacht zu schwach wäre, als daß sie von sich aus irgendeinen Angriff unternehmen könnten, es sei denn, daß vielleicht die Reiter von Rohan noch kämen. Derweil müßten sie die Mauern bemannen und abwarten.

»Indes«, sagte Denethor, »sollten wir nicht leichtfertig die äußeren Verteidigungswerke preisgeben, den mit so großer Mühe angelegten Rammas. Und der Feind muß teuer bezahlen, wenn er über den Fluß setzt. Das kann er nicht in großer Stärke tun, um die Stadt anzugreifen, weder nördlich von Cair Andros wegen der Sümpfe noch südlich in Richtung auf Lebennin wegen der Breite des Flusses, die viele Boote erfordert. Bei Osgiliath wird er mit seiner ganzen Wucht angreifen, wie damals, als Boromir ihm den Übergang verwehrte.«

»Das war nur ein Versuch«, sagte Faramir. »Heute werden wir vielleicht dem Feind unseren Verlust am Übergang zehnmal heimzahlen und doch den Waffengang bereuen. Denn der Feind kann es sich eher leisten, ein Heer zu verlieren, als wir eine einzige Schar. Und der Rückzug derjenigen, die wir weit vorn als Feldwache aufstellen, wird gefährlich sein, wenn der Feind in großer Stärke übersetzt.«

»Und was ist mit Cair Andros?« fragte der Fürst. »Auch das muß gehalten werden, wenn Osgiliath verteidigt wird. Laßt uns nicht die Gefahr zu unserer Linken vergessen. Die Rohirrim mögen kommen, oder auch nicht. Aber Faramir hat uns berichtet, daß große Streitkräfte zum Schwarzen Tor gezogen sind. Mehr als ein Heer mag von dort ausschwärmen und auf mehr als einen Übergang vorstoßen.«

»Viel muß im Krieg gewagt werden«, sagte Denethor. »Cair Andros ist bemannt, mehr Leute kann ich nicht so weit schicken. Aber ich will den Fluß und den Pelennor nicht kampflos preisgeben – nicht wenn hier ein Heerführer ist, der noch den Mut hat, den Wunsch seines Herrn zu erfüllen.«

Dann schwiegen alle. Aber schließlich sagte Faramir: »Ich widersetze mich deinem Wunsch nicht, Vater. Da du Boromirs beraubt bist, will ich gehen und tun, was ich an seiner Statt vermag – wenn du es befiehlst.«

»Das tue ich«, sagte Denethor.

»Dann lebe wohl«, sagte Faramir. »Aber wenn ich zurückkehren sollte, denke besser von mir!«

»Das hängt von der Art deiner Rückkehr ab«, sagte Denethor.

Gandalf war es, der zuletzt mit Faramir sprach, ehe er gen Osten ritt. »Setzt Euer Leben nicht unbesonnen oder in Bitterkeit aufs Spiel«, sagte er. »Ihr werdet hier gebraucht, für andere Dinge als den Krieg. Euer Vater liebt Euch, Faramir, und wird sich dessen erinnern, ehe das Ende kommt. Lebt wohl!«

So war nun der Herr Faramir wieder hinausgezogen und hatte so viele Mannen mitgenommen, wie zu gehen bereit waren oder entbehrt werden konnten. Auf den Wällen blickten manche durch die Düsternis nach der zerstörten Stadt, und sie fragten sich, was sich dort ereignete, denn nichts war zu sehen. Und andere schauten beständig nach Norden und zählten die Wegstunden bis zu Théoden in Rohan. »Wird er kommen? Wird er sich unseres alten Bündnisses erinnern?« sagten sie.

»Ja, er wird kommen«, sagte Gandalf, »selbst wenn er spät kommt. Aber bedenkt doch! Bestenfalls kann ihn der Rote Pfeil vor nicht mehr als zwei Tagen erreicht haben, und der Meilen sind viele von Edoras.«

Es war wieder Nacht, ehe Nachrichten eintrafen. Ein Mann kam in Eile von den Furten geritten und sagte, ein Heer sei von Minas Morgul gekommen und nähere sich schon Osgiliath; und ihm hätten sich Verbände aus dem Süden angeschlossen, Haradrim, grausam und kühn. »Und wir haben erfahren«, sagte der Bote, »daß der Schwarze Heermeister sie wieder führt, und die Furcht vor ihm ist ihm schon über den Fluß vorausgeeilt.«

Mit diesen unheilverkündenden Worten endete der dritte Tag, seit Pippin nach Minas Tirith gekommen war. Wenige nur gingen zur Ruhe, denn gering war die Hoffnung, daß selbst Faramir die Furten würde lange halten können.

Am nächsten Tag lastete die Dunkelheit, obwohl sie ihren Höhepunkt erreicht hatte und nicht stärker wurde, schwer auf den Herzen der Männer, und große Furcht lag auf ihnen. Bald kamen wieder schlechte Nachrichten. Der Feind hatte den Übergang über den Anduin erzwungen. Faramir zog sich zur Mauer des Pelennor zurück und sammelte seine Mannen an den Festungen des Dammes; aber er hatte eine zehnfache Übermacht gegen sich.

»Wenn er überhaupt über den Pelennor gelangt, werden ihm seine Feinde auf den Fersen sein«, sagte der Bote. »Sie haben teuer bezahlt für das Übersetzen, aber weniger teuer, als wir gehofft hatten. Der Plan war gut vorbereitet. Es zeigt sich jetzt, daß sie seit langem heimlich eine große Zahl von Flößen und Barken in Ost-Osgiliath gebaut haben. Sie schwärmten herüber wie Käfer. Aber der Schwarze Heermeister ist es, der uns besiegt. Wenige werden standhalten und auch nur das Gerücht von seinem Kommen ertragen. Seine eigenen Leute zittern vor ihm und würden sich selbst töten, wenn er es verlangte.«

»Dann werde ich dort mehr gebraucht als hier«, sagte Gandalf und ritt sogleich davon, und sein Schimmer entschwand rasch dem Blick. Und die ganze Nacht stand Pippin allein und schlaflos auf der Mauer und starrte gen Osten.

Die Glocken des Tages waren kaum wieder verklungen, ein Hohn in dem lichtlosen Dunkel, als er in der Ferne Feuer aufzüngeln sah, drüben in der düsteren Weite, wo die Mauern des Pelennor standen. Die Wachtposten schrien laut auf, und alle Männer in der Stadt griffen zu den Waffen. Dann und wann gab es einen roten Blitz, und langsam drang durch die schwere Luft dumpfes Grollen herüber.

»Sie haben die Mauer genommen!« riefen Männer. »Sie sprengen Breschen hinein. Sie kommen!«

»Wo ist Faramir?« rief Beregond voll Entsetzen. »Sagt nicht, er sei gefallen!«

Gandalf war es, der die ersten Nachrichten brachte. Mit einer Handvoll Reiter kam er am Vormittag als Begleitung für eine Reihe von Wagen. Sie brachten die Verwundeten, alle, die aus den Trümmern der Damm-Festungen gerettet werden konnten. Sogleich ging er zu Denethor. Der Herr der Stadt saß jetzt in einem hohen Gemach über der Halle des Weißen Turms, und Pippin war an seiner Seite; und durch die düsteren Fenster starrte er mit dunklen Augen gen Norden, Süden und Osten, als ob er die Schatten des Verhängnisses durchbohren wollte, die ihn umringten. Am meisten schaute er nach Norden und hielt zuweilen inne, um zu lauschen, als ob durch eine Zauberkunst von einst seine Ohren das Donnern von Hufen auf den weit entfernten Ebenen hören könnten.

»Ist Faramir gekommen?« fragte er.

»Nein«, sagte Gandalf. »Aber er lebte noch, als ich ihn verließ. Indes ist er entschlossen, bei der Nachhut zu bleiben, damit der Rückzug über den Pelennor nicht eine wilde Flucht werde. Vielleicht kann er seine Männer lange genug zusammenhalten, aber ich bezweifle es. Er steht einem zu mächtigen Feind gegenüber. Denn einer ist gekommen, den ich fürchtete.«

»Doch nicht – nicht der Dunkle Herr?« rief Pippin und vergaß vor Schreck, was sich für ihn ziemte.

Denethor lachte bitter. »Nein, noch nicht, Herr Peregrin! Er wird nicht kommen, es sei denn, um seinen Sieg über mich auszukosten, wenn alles erreicht ist. Er verwendet andere als seine Waffe. Das tun alle großen Herren, wenn sie klug sind, Herr Halbling. Oder warum sollte ich sonst hier in meinem Turm sitzen und nachdenken und beobachten und warten und sogar meine Söhne opfern? Denn auch ich kann noch eine Klinge führen.«

Er erhob sich und schlug seinen schwarzen Mantel auf, und siehe! er trug ein Panzerhemd darunter und war mit einem langen Schwert gegürtet, mit einem großen Heft in einer Scheide aus Schwarz und Silber. »So bin ich einhergegangen, und so habe ich nun schon seit vielen Jahren geschlafen«, sagte er, »damit der Körper mit dem Alter nicht verweichliche und zaghaft werde.«

»Doch jetzt ist der grausamste aller Heerführer des Herrn von Barad-dûr schon Gebieter über Eure äußeren Wälle«, sagte Gandalf. »König von Angmar vor langer Zeit, Hexenmeister, Ringgeist, Herr der Nazgûl, eine Lanze des Schreckens in Saurons Hand, der Schatten der Verzweiflung.«

»Dann, Mithrandir, hattet Ihr einen Feind, der Euch ebenbürtig war«, sagte Denethor. »Ich meinerseits wußte schon lange, wer der oberste Heerführer des

Dunklen Turms ist. Ist das alles, weshalb Ihr zurückgekommen seid, um es mir zu sagen? Oder habt Ihr Euch womöglich zurückgezogen, weil Ihr besiegt wurdet?«

Pippin zitterte, denn er fürchtete, Gandalf würde sich zu plötzlichem Zorn hinreißen lassen, aber seine Befürchtung war grundlos. »Das könnte sein«, antwortete Gandalf ruhig. »Aber unsere Kraftprobe ist noch nicht gekommen. Und wenn einstmals gesprochene Worte sich bewahrheiten, dann wird er nicht durch die Hand eines Mannes fallen, und verborgen ist den Weisen noch das Schicksal, das ihn erwartet. Wie immer dem sein mag, der Heerführer der Verzweiflung drängt noch nicht vorwärts. Er leitet den Kampf eher gemäß der Klugheit, von der Ihr eben gesprochen habt, von einem rückwärtigen Punkt aus, und treibt seine Hörigen in Raserei voran.

Nein, ich kam eigentlich, um die Verwundeten zu beschützen, die noch geheilt werden können; denn der Rammas ist weit und breit durchbrochen, und bald wird das Heer von Morgul an vielen Stellen hereindringen. Und hauptsächlich kam ich, um folgendes zu sagen. Bald wird die Schlacht auf den Feldern beginnen. Ein Ausfall muß vorbereitet werden. Laßt ihn von berittenen Mannen machen. Auf ihnen beruht unsere flüchtige Hoffnung, denn in einer Beziehung ist der Feind noch schlecht ausgerüstet: er hat wenig Reiter.«

»Und auch wir haben wenige. Jetzt wäre der richtige Augenblick für das Kommen von Rohan.«

»Wahrscheinlich werden wir andere Ankömmlinge zuerst sehen«, sagte Gandalf. »Flüchtlinge aus Cair Andros haben uns schon erreicht. Die Insel ist gefallen. Ein weiteres Heer ist aus dem Schwarzen Tor gekommen und zieht von Nordosten heran.«

»Manche haben Euch beschuldigt, Mithrandir, es bereite Euch Vergnügen, schlechte Nachrichten zu überbringen«, sagte Denethor. »Aber für mich ist das keine Neuigkeit mehr: es war mir schon gestern vor Einbruch der Nacht bekannt. Was den Ausfall betrifft, so hatte ich bereits daran gedacht. Laßt uns hinuntergehen.«

Die Zeit verging. Schließlich konnten die Wächter auf den Mauern den Rückzug der Vorposten beobachten. Kleine Gruppen von müden Männern, von denen viele verwundet waren, kamen zuerst, und nicht gerade in guter Ordnung; manche rannten wie wild, als ob sie verfolgt würden. Fern im Osten flackerten die Feuer; und jetzt schien es, daß sie hier und dort über die Ebene krochen. Häuser und Scheunen brannten. Dann kamen von vielen Stellen kleine Ströme von roten Flammen herangeeilt, zogen sich durch die Düsternis hin und liefen alle auf die breite Straße zu, die vom Stadttor nach Osgiliath führte.

»Der Feind«, murmelten die Männer. »Der Damm ist gefallen. Hier kommen sie durch die Breschen geströmt! Und sie tragen Fackeln, wie es scheint. Wo sind denn unsere Leute?«

Der Stunde nach wurde es nun Abend, und das Licht war so trübe, daß selbst die Männer auf der Veste mit scharfen Augen draußen auf den Feldern wenig genau erkennen konnten, abgesehen von den Bränden, die sich vermehrten, und den Feuerlinien, die an Länge und Geschwindigkeit zunahmen. Weniger als eine Meile von der Stadt kam schließlich eine besser geordnete Schar in Sicht, die marschierte und nicht rannte und noch zusammenblieb.

Die Wächter hielten den Atem an. »Faramir muß dort sein«, sagten sie. »Er kann Mensch und Tier leiten. Er wird es noch schaffen.«

Jetzt war der Hauptrückzug kaum hundert Ruten entfernt. Aus der Düsternis preschte eine kleine Reiterschar heran, alles, was von der Nachhut noch übrig war. Noch einmal stellten sie sich zum Kampf und wandten sich zu den anstürmenden Feuerlinien um. Dann plötzlich erhob sich ein Getöse wütender Schreie. Reiter des Feindes fegten heran. Die Feuerlinien wurden zu reißenden Sturzbächen, eine Reihe flammentragender Orks nach der anderen kam heran, und wilde Südländer mit roten Fahnen, die in ihrer rauhen Sprache schrien, drängten vor und überholten den Rückzug. Und mit einem durchdringenden Schrei stürzten aus dem düsteren Himmel die geflügelten Schatten herab, die Nazgûl, die niederstießen, um zu töten.

Der Rückzug wurde zur Flucht. Schon machten sich Männer davon, flohen verwirrt und kopflos hierhin und dorthin, schleuderten ihre Waffen fort, schrien vor Angst und warfen sich zu Boden.

Und dann erklang eine Trompete von der Veste, und Denethor befahl endlich den Ausfall. Im Schatten des Tores und unter den hochaufragenden Wällen hatten die Männer draußen auf sein Zeichen gewartet: alle Berittenen, die noch in der Stadt waren. Nun preschten sie in guter Ordnung vor, beschleunigten ihren Schritt und griffen mit lautem Kriegsgeschrei an. Und von den Mauern wurde ihr Ruf beantwortet; denn zuvorderst auf dem Feld ritten die Schwanenritter von Dol Amroth mit ihrem Fürsten und seinem blauen Banner an der Spitze.

»Amroth für Gondor!« riefen sie. »Amroth zu Faramir!« Wie ein Gewitter brachen sie auf beiden Seiten des Rückzugs über den Feind herein; aber ein Reiter überholte sie alle, geschwind wie der Wind im Gras: Schattenfell trug ihn, schimmernd, unverhüllt wiederum, und ein Licht ging aus von seiner erhobenen Hand.

Die Nazgûl kreischten und fegten davon, denn ihr Heerführer war noch nicht gekommen, um das weiße Feuer seines Feindes herauszufordern. Die Heere von Morgul, auf ihre Beute erpicht, in vollem Galopp überrascht, lösten sich auf und zerstoben wie Funken in einem Sturm. Jubelnd wandten sich die Besatzungen der Feldposten um und streckten ihre Verfolger nieder. Die Jäger wurden die Gejagten. Der Rückzug wurde ein Angriff. Das Schlachtfeld war übersät mit Orks und Menschen, und ein Qualm stieg auf von den weggeworfenen Fackeln und versprühte zu wirbelndem Rauch. Die Reiterei griff weiter an.

Doch Denethor erlaubte ihnen nicht, weit zu reiten. Obwohl dem Feind Einhalt geboten und er für den Augenblick zurückgetrieben war, strömten starke Kräfte von Osten heran. Wieder erklang die Trompete und blies zum Rückzug. Die Reiterei von Gondor hielt an. In ihrem Schutz wurden die Besatzungen der

Feldposten neu aufgestellt. Jetzt marschierten sie wohlgeordnet zurück. Sie erreichten das Tor und zogen stolzen Schritts in die Stadt ein; und voll Stolz schaute das Volk der Stadt auf sie und empfing sie mit Hochrufen, und doch waren ihre Herzen beklommen. Denn die Reihen hatten sich schmerzlich gelichtet. Ein Drittel seiner Leute hatte Faramir verloren. Und wo war er?

Als letzter von allen kam er. Seine Mannen zogen hinein. Die Ritter zu Pferde kehrten zurück, und in ihrer Nachhut das Banner von Dol Amroth und der Fürst. Und in seinen Armen vor sich auf seinem Roß hielt er seinen Vetter, Faramir, Denethors Sohn, den man auf dem Schlachtfeld gefunden hatte.

»Faramir! Faramir!« riefen die Leute weinend auf den Straßen. Aber er antwortete nicht, und sie trugen ihn die gewundene Straße hinauf zur Veste und zu seinem Vater. Als die Nazgûl eben vor dem Angriff des Weißen Reiters zurückwichen, kam ein tödlicher Pfeil geflogen, und Faramir, der einen berittenen Kämpen aus Harad in Schach hielt, war zu Boden gestürzt. Nur der Angriff von Dol Amroth hatte ihn vor den roten Südlandschwertern gerettet, die ihn zerstückelt hätten, als er dort lag.

Fürst Imrahil brachte Faramir zum Weißen Turm, und er sagte: »Euer Sohn ist zurückgekehrt, Herr, nach großen Taten«, und er berichtete alles, was er gesehen hatte. Doch Denethor stand auf und betrachtete das Gesicht seines Sohns und schwieg. Dann bat er, ein Bett in dem Gemach zu bereiten und Faramir dort hinzulegen und wegzugehen. Er selbst aber stieg allein hinauf in das geheime Zimmer unter dem First des Turms; und viele, die zu dieser Zeit hinaufschauten, sahen ein bleiches Licht, das eine Weile von dem schmalen Fenster aus schimmerte und flackerte und dann aufblitzte und erlosch. Und als Denethor wieder herunterkam, ging er zu Faramir und setzte sich neben ihn, ohne zu reden, aber das Gesicht des Herrn war grau, totenähnlicher als das seines Sohns.

Und so war nun die Stadt belagert, eingeschlossen in einem Ring von Feinden. Der Rammas war zerstört und der ganze Pelennor dem Feind preisgegeben. Die letzte Nachricht, die von draußen kam, brachten Männer, die über die Nordstraße geflohen waren, ehe das Tor geschlossen wurde. Sie waren die Überreste der Wache, die die Stelle gehalten hatte, an dem der Weg von Anórien und Rohan das Stadtgebiet erreichte. Ingold war ihr Führer, derselbe, der vor weniger als fünf Tagen Gandalf und Pippin hereingelassen hatte, als die Sonne noch aufging und der Morgen Hoffnung brachte.

»Wir haben keine Nachricht von den Rohirrim«, sagte er. »Rohan wird jetzt nicht kommen. Oder wenn sie kommen, wird es uns nichts nützen. Das neue Heer, von dem wir gehört haben, ist zuerst gekommen, von jenseits des Flusses, über Andros, wie es heißt. Es sind starke Kräfte: Scharen von Orks des Auges und zahllose Verbände von Menschen einer neuen Art, denen wir bisher nicht begegnet sind. Nicht groß, aber stämmig und zäh, bärtig wie Zwerge und große Äxte schwingend. Aus irgendeinem wilden Land im fernen Osten kommen sie, nehmen wir an. Sie haben die Nordstraße besetzt; und viele sind nach Anórien weitergezogen. Die Rohirrim können nicht kommen.«

Das Tor wurde geschlossen. Die ganze Nacht hörten die Wächter auf den Mauern den Lärm der Feinde, die draußen herumstreiften, Feld und Baum verbrannten und auf jeden Menschen einhieben, den sie unterwegs fanden, lebendig oder tot. Wie viele schon über den Fluß gesetzt hatten, ließ sich in der Dunkelheit nicht erraten, aber als sich der Morgen oder sein düsterer Schatten über die Ebene stahl, sah man, daß die nächtliche Angst sie kaum überschätzt hatte. Die Ebene war dunkel von marschierenden Scharen, und so weit die Augen in der Düsternis blicken konnten, schossen rings um die belagerte Stadt große Zeltlager wie Schimmelpilze aus dem Boden, schwarz oder dunkelrot.

Geschäftig wie Ameisen und eilig gruben die Orks, sie gruben Reihen tiefer Gräben in einem riesigen Ring, genau außer Bogenschußweite von den Mauern; und als die Gräben angelegt waren, wurde jeder mit Feuer gefüllt, obwohl niemand sehen konnte, wie es angezündet oder in Gang gehalten wurde, durch Zauberkunst oder Teufelei. Den ganzen Tag ging die Arbeit voran, während die Männer von Minas Tirith zuschauten und sie nicht zu hindern vermochten. Und als alle Grabenstücke fertig waren, sahen sie große Wagen heranfahren; und bald stellten immer neue Scharen des Feindes, jede im Schutze eines Grabens, große Wurfmaschinen für Geschosse auf. Auf den Mauern der Stadt gab es keine, die eine solche Reichweite hatten und den Aufbau der Maschinen verhindern konnten.

Zuerst lachten die Leute und fürchteten diese Geräte nicht sehr. Denn der Hauptwall der Stadt war sehr hoch und erstaunlich dick, und er war erbaut worden, ehe Númenors Macht und Kunstfertigkeit in der Verbannung dahinschwanden; und seine Außenseite war wie die des Turms von Orthanc, hart und dunkel und glatt, uneinnehmbar durch Stahl oder Feuer, unzerstörbar, es sei denn durch ein Erdbeben, das den Boden aufrisse, auf dem er stand.

»Nein«, sagten sie, »nicht einmal, wenn der Namenlose selbst käme, könnte er hier eindringen, solange wir noch am Leben sind.« Doch einige antworteten: »Solange wir noch am Leben sind? Wie lange? Er hat eine Waffe, die viele Festungen niedergeworfen hat, seit die Welt begann. Hunger. Die Straßen sind abgeschnitten. Rohan wird nicht kommen.«

Doch die Wurfmaschinen gaben auf die unbezwingbare Mauer keinen Schuß nutzlos ab. Es war kein Straßenräuber oder Orkhäuptling, der den Angriff gegen den größten Feind des Herrn von Mordor befahl. Die Macht und der Geist des Bösen leiteten ihn. Kaum waren die großen Wurfmaschinen aufgestellt, da begannen sie, begleitet von schrillen Schreien und dem Knirschen von Seilen und Winden, Geschosse so unwahrscheinlich hoch zu schleudern, daß sie über die Festungsmauer hinwegflogen und dumpf aufschlagend in den ersten Ring der Stadt fielen; und durch irgendeine geheime Zauberkunst gingen viele von ihnen in Flammen auf, als sie herabstürzten.

Bald bestand hinter der Mauer große Feuergefahr, und alle, die entbehrt werden konnten, waren damit beschäftigt, die Brände zu löschen, die an vielen Stellen ausbrachen. Dann prasselte zwischen den großen Geschossen ein anderer Hagel herab, weniger zerstörerisch, aber grauenhafter. Überall auf den Straßen und den Wegen hinter dem Tor fiel dieser Hagel, kleine, runde Kugeln, die nicht brannten. Aber wenn die Leute hinliefen, um zu sehen, was es sein könnte, dann schrien sie laut oder weinten. Denn der Feind schleuderte in die Stadt all die Köpfe derjenigen, die in Osgiliath oder auf den Rammas oder auf den Feldern gefallen waren. Schaurig waren sie anzusehen; denn obwohl sie zermalmt und formlos waren, konnte man dennoch die Gesichtszüge von vielen erkennen, und es schien, daß sie unter Schmerzen gestorben waren; und alle waren gebrandmarkt mit dem schändlichen Zeichen des Lidlosen Auges. Doch obwohl sie verunstaltet und entehrt waren, geschah es oft, daß ein Mann das Gesicht von jemandem wiedersah, den er gekannt hatte, der einst stolz seine Waffen getragen oder die Felder bestellt hatte oder an einem Feiertag aus den grünen Bergtälern in die Stadt geritten war.

Vergeblich erhoben die Menschen drohend die Fäuste gegen die erbarmungslosen Feinde, die sich vor dem Tor drängten. Flüche beachteten sie nicht oder verstanden die Sprache der westlichen Menschen nicht, und sie kreischten mit rauhen Stimmen wie Tiere oder Aasvögel. Doch bald gab es nur noch wenige in Minas Tirith, die den Mut hatten, den Heeren von Mordor entgegenzutreten und Widerstand zu leisten. Denn noch eine andere Waffe, die schneller wirkte als Hunger, hatte der Herr des Dunklen Turms: Furcht und Verzweiflung.

Die Nazgûl kamen wieder, und da ihr Dunkler Herrscher nun stärker wurde und seine Kraft zeigte, waren ihre Stimmen, die nur seinen Willen und seine Bosheit ausdrückten, erfüllt von Unheil und Schrecken. Immer kreisten sie über der Stadt, wie Aasgeier, die darauf warteten, sich am Fleisch verurteilter Menschen gütlich zu tun. Außer Sicht- und Schußweite flogen sie, und doch waren sie immer da, und ihre grausigen Stimmen zerrissen die Luft. Immer unerträglicher wurden sie, nicht erträglicher, bei jedem neuen Schrei. Schließlich warfen sich auch die Beherztesten auf den Boden, wenn die verborgene Drohung über sie hinwegzog, und sie dachten nicht mehr an den Krieg, sondern nur daran, sich zu verstecken und wegzukriechen, und an den Tod.

Während dieses schwarzen Tages lag Faramir in schweren Fieberträumen in dem Gemach des Weißen Turms; im Sterben, sagte irgend jemand, und bald sagten alle auf den Mauern und auf den Straßen »im Sterben«. Und bei ihm saß sein Vater und sagte nichts, sondern schaute ihn an und schenkte der Verteidigung keine Aufmerksamkeit mehr.

Niemals hatte Pippin so dunkle Stunden erlebt, nicht einmal in den Klauen der Uruk-hai. Es war seine Pflicht, dem Herrn aufzuwarten, und warten tat er auch, vergessen, wie es schien, als er an der Tür des unbeleuchteten Gemachs stand und seine eigene Angst beherrschte, so gut er konnte. Und als Pippin ihn beobachtete, schien es ihm, daß Denethor vor seinen Augen alterte, als ob irgend etwas in seinem stolzen Willen zerbrochen und sein unbeugsamer Sinn überwältigt wäre. Kummer hatte das vielleicht bewirkt, und Reue. Er sah Tränen auf dem einst tränenlosen Gesicht, und das war unerträglicher als Zorn.

»Weint nicht, Herr«, stammelte er. »Vielleicht wird er wieder gesund. Habt Ihr Gandalf gefragt?«

»Tröste mich nicht mit Zauberern!« sagte Denethor. »Die Hoffnung des Narren ist vernichtet. Der Feind hat das Ding gefunden, und jetzt wächst seine Macht. Er erkennt unsere Gedanken, und alles, was wir tun, ist verhängnisvoll.

Ich schickte meinen Sohn fort, ohne Dank, ohne ihm Glück zu wünschen, hinaus in unnötige Gefahr, und hier liegt er jetzt mit Gift in den Adern. Nein, nein, was immer nun im Krieg geschehen mag, auch mein Geschlecht endet, sogar das Haus der Truchsesse stirbt aus. Unedle Leute werden nun den letzten Rest der Könige der Menschen beherrschen und in den Bergen lauern, bis alle hinausgejagt sind.«

Männer kamen an die Tür und riefen nach dem Herrn der Stadt. »Nein, ich will nicht hinunterkommen«, sagte er. »Ich muß bei meinem Sohn bleiben. Vielleicht spricht er noch vor dem Ende. Aber das ist nahe. Folgt, wem ihr wollt, sogar dem Grauen Narren, obwohl seine Hoffnung gescheitert ist. Hier bleibe ich.«

So kam es, daß Gandalf bei der letzten Verteidigung der Stadt von Gondor den Befehl übernahm. Wohin auch immer er kam, überall schöpften die Menschen wieder Mut, und die geflügelten Schatten verschwanden aus ihrer Erinnerung. Unermüdlich eilte er von der Veste zum Tor, von Norden nach Süden an der Mauer entlang; und mit ihm ging der Fürst von Dol Amroth in seiner schimmernden Rüstung. Denn er und seine Ritter hielten sich immer noch wie Herren, in denen das Geschlecht von Númenor unverfälscht war. Männer, die sie sahen, flüsterten: »Vielleicht haben die alten Erzählungen recht; es fließt elbisches Blut in den Adern dieser Leute, denn das Volk von Nimrodel wohnte einst vor langer Zeit in diesem Land.« Und dann begann einer inmitten der Düsternis ein paar Verse des Nimrodel-Liedes zu singen oder anderer Lieder aus dem Tal des Anduin aus entschwundenen Jahren.

Und dennoch drangen die Schatten, als sie fort waren, wieder auf die Menschen ein, und ihre Herzen wurden kalt, und Gondors Tapferkeit zerfiel zu Asche. Und so ging ein düsterer Tag der Ängste langsam in die Dunkelheit einer hoffnungslosen Nacht über. Brände wüteten jetzt ungehindert im ersten Ring der Stadt, und der Besatzung auf der äußeren Mauer war schon an vielen Stellen der Rückzug abgeschnitten. Aber der Pflichttreuen, die in ihren Stellungen blieben, waren nur wenige; die meisten hatten sich jenseits des zweiten Tors in Sicherheit gebracht.

Weit hinter der Schlacht waren rasch Brücken über den Fluß geschlagen worden, und den ganzen Tag waren neue Streitkräfte und Kriegsgerät herübergeströmt. Nun, mitten in der Nacht, brach der Angriff endlich los. Die Vorhut ging zwischen den Feuergräben vor auf vielen gewundenen Gassen, die zwischen ihnen freigelassen worden waren. Unbekümmert um die Verluste, die sie beim Vorgehen erlitten, immer noch in Gruppen und gesammelt, kamen sie in die Reichweite der Bogenschützen auf dem Wall. Doch waren dort jetzt zu wenige, um ihnen großen Schaden zuzufügen, obwohl der Feuerschein so manche Zielscheibe enthüllte für die Bogenschützenkunst, deren Gondor sich einst rühmte.

Als er dann gewahr wurde, daß die Tapferkeit der Stadt schon zerrüttet war, zeigte der verborgene Heerführer seine Kraft. Langsam rollten die großen, in Osgiliath gebauten Belagerungstürme durch die Dunkelheit.

Wiederum kamen Boten zu dem Gemach im Weißen Turm, und Pippin ließ sie eintreten, denn sie bestanden darauf. Denethor wandte seinen Blick langsam von Faramirs Gesicht ab und schaute sie schweigend an.

»Der erste Ring der Stadt brennt, Herr«, sagten sie. »Was befehlt Ihr? Noch seid Ihr der Herr und Truchseß. Nicht alle wollen Mithrandir folgen. Die Leute fliehen von den Mauern und lassen sie unbemannt.«

»Warum? Warum fliehen die Narren?« sagte Denethor. »Besser früher als spät verbrennen, denn verbrennen müssen wir. Geht zurück zu eurem Feuer! Und ich? Ich werde jetzt zu meinem Scheiterhaufen gehen. Zu meinem Scheiterhaufen! Keine Gruft für Denethor und Faramir. Keine Gruft! Kein langer dumpfer Todesschlaf, einbalsamiert. Wir werden brennen wie die eingeborenen Könige, ehe je ein Schiff hierher segelte aus dem Westen. Der Westen ist gescheitert. Geht zurück und verbrennt!«

Ohne Verbeugung oder Antwort wandten sich die Boten um und flohen.

Jetzt stand Denethor auf und ließ Faramirs fiebrige Hand los, die er gehalten hatte. »Er brennt, er brennt schon«, sagte er traurig. »Das Haus seiner Seele stürzt ein.« Dann ging er ruhig auf Pippin zu und schaute auf ihn herab.

»Lebe wohl!« sagte er. »Lebe wohl, Peregrin, Paladins Sohn! Dein Dienst war kurz, und nun nähert er sich seinem Ende. Ich entlasse dich aus dem Wenigen, was noch bleibt. Geh nun und stirb auf die Weise, die dir die beste deucht. Und mit wem du willst, selbst mit jenem Freund, dessen Torheit dir diesen Tod eingetragen hat. Schicke nach meinen Dienern und gehe dann. Lebe wohl!«

»Ich will nicht Lebewohl sagen, Herr«, sagte Pippin kniend. Und dann plötzlich, wieder nach Hobbit-Art, stand er auf und sah dem alten Mann in die Augen. »Ich gehe, mit Eurer Erlaubnis, Herr«, sagte er, »denn ich möchte Gandalf wirklich sehr gerne sehen. Aber er ist kein Narr; und ich will nicht ans Sterben denken, ehe er nicht am Leben verzweifelt. Doch von meinem Eid und Eurem Dienst möchte ich nicht entbunden werden, solange Ihr lebt. Und wenn sie schließlich zur Veste kommen, dann hoffe ich hier zu sein und neben Euch zu stehen und vielleicht die Waffen zu verdienen, die Ihr mir gegeben habt.«

»Tu, was du willst, Herr Halbling«, sagte Denethor. »Aber mein Leben ist zerstört. Schicke nach meinen Dienern!« Er wandte sich wieder zu Faramir.

Pippin verließ ihn und rief nach den Dienern, und sie kamen: sechs Männer des Gefolges, stark und schön; dennoch zitterten sie, als sie gerufen wurden. Aber Denethor befahl ihnen mit ruhiger Stimme, warme Decken auf Faramirs Bett zu legen und es aufzunehmen. Und sie taten es, hoben das Bett hoch und trugen es aus dem Gemach. Langsam gingen sie, um den fiebernden Mann so wenig wie möglich zu stören, und Denethor, jetzt auf einen Stab gestützt, folgte ihnen; und als letzter kam Pippin.

Hinaus aus dem Weißen Turm gingen sie, wie zu einem Begräbnis, hinaus in die Dunkelheit, wo die über der Stadt hängende Wolke von unten durch dunkelrot aufflackernde Flammen beleuchtet wurde. Leise schritten sie durch den großen Hof, und auf ein Wort von Denethor hielten sie neben dem Verdorrten Baum.

Alles war still bis auf den Kriegslärm unten in der Stadt, und sie hörten, wie das Wasser traurig von den Toten Zweigen in den dunklen Weiher tropfte. Dann gingen sie weiter durch das Tor der Veste, wo die Wache sie verwundert und bestürzt anstarrte, als sie vorbeikamen. Dann wandten sie sich nach Westen und gelangten schließlich zu einer Tür in der rückwärtigen Mauer des sechsten Ringes. Fen Hollen wurde sie genannt, denn sie wurde immer verschlossen gehalten außer zu Begräbniszeiten, und nur der Herr der Stadt durfte diesen Weg benutzen oder jene, die das Zeichen der Grüfte trugen und die Häuser der Toten betreuten. Hinter dieser Tür führte ein gewundener Weg mit vielen Kehren hinunter zu dem schmalen Streifen Landes im Schatten des Steilhangs von Mindolluin, wo die Behausungen der toten Könige und ihrer Truchsesse standen.

Ein Pförtner saß in einem kleinen Haus am Weg, und mit erschreckten Augen kam er heraus, eine Laterne in der Hand. Auf Befehl des Herrn schloß er die Tür auf, und leise öffnete sie sich; und sie gingen hindurch und nahmen die Laterne aus seiner Hand. Es war dunkel auf dem abschüssigen Weg zwischen uralten Mauern und Geländern aus vielen Säulen, die hoch aufragten in dem schwankenden Lichtstrahl der Laterne. Ihre langsamen Schritte hallten wider, als sie hinunter gingen, immer hinunter, bis sie schließlich zur Stillen Straße kamen, Rath Dínen, zwischen bleichen Kuppeln und leeren Hallen und Bildsäulen längst verstorbener Menschen; sie betraten das Haus der Truchsesse und setzten ihre Last ab.

Beklommen schaute Pippin sich um und sah, daß er in einem weitläufigen, gewölbten Gemach war, gleichsam ausgekleidet mit den großen Schatten, die die kleine Laterne auf seine verhängten Wände warf. Und undeutlich waren viele Reihen von Tischen zu sehen, aus Marmor gemeißelt; und auf jedem Tisch lag eine schlafende Gestalt, die Hände gefaltet, den Kopf auf Stein gebettet. Doch ein Tisch nahebei stand wuchtig und kahl da. Auf ein Zeichen von Denethor legten sie Faramir und seinen Vater Seite an Seite dort hin, bedeckten sie mit einer einzigen Decke und standen dann mit gesenkten Köpfen wie Trauernde neben einem Totenbett. Dann sprach Denethor mit leiser Stimme.

»Hier werden wir warten«, sagte er. »Aber schickt nicht nach den Einbalsamierern. Bringt uns Holz, das rasch brennt, und legt es rings um uns und unter uns; und gießt Öl darüber. Und wenn ich es befehle, werft eine Fackel hinein. Tut das und sprecht nicht mehr mit mir. Lebt wohl!«

»Mit Eurer Erlaubnis, Herr«, sagte Pippin, wandte sich ab und floh aus dem Todeshaus. »Der arme Faramir!« dachte er. »Ich muß Gandalf suchen. Der arme Faramir! Höchstwahrscheinlich braucht er eher Arznei als Tränen. Oh, wo kann ich Gandalf finden? Im dichtesten Gewühl, nehme ich an. Und er wird keine Zeit übrig haben für sterbende Männer oder Verrückte.«

An der Tür wandte er sich an einen der Diener, der dort als Wache geblieben war. »Euer Herr ist nicht bei sich«, sagte er. »Macht langsam! Bringt kein Feuer hierher, solange Faramir lebt. Tut nichts, ehe Gandalf kommt!«

»Wer ist der Gebieter von Minas Tirith?« antwortete der Mann. »Der Herr Denethor oder der Graue Wanderer?«

»Der Graue Wanderer oder niemand, scheint's«, sagte Pippin, und er eilte zurück und den gewundenen Weg hinauf, so schnell ihn seine Füße tragen wollten, an dem verwunderten Pförtner vorbei, durch die Tür und weiter, bis er zum Tor der Veste kam. Die Wache grüßte ihn, als er vorbeiging, und er erkannte Beregonds Stimme.

»Wohin rennt Ihr, Herr Peregrin?« rief er.

»Um Mithrandir zu suchen«, antwortete Pippin.

»Die Aufträge des Herrn sind dringend und sollten nicht durch mich gehindert werden«, sagte Beregond, »aber sagt mir rasch, wenn Ihr könnt: was geht vor? Wohin ist mein Herr gegangen? Ich bin gerade erst zum Dienst gekommen, aber ich hörte, er ging durch die Verschlossene Tür, und Männer trugen Faramir vor ihm her.«

»Ja«, sagte Pippin, »zur Stillen Straße.«

Beregond senkte den Kopf, um seine Tränen zu verbergen. »Es heißt, er lag im Sterben«, seufzte er, »und nun ist er tot.«

»Nein«, sagte Pippin, »noch nicht. Und noch jetzt könnte sein Tod verhindert werden, glaube ich. Aber der Herr der Stadt, Beregond, hat sich ergeben, ehe seine Stadt eingenommen ist. Er ist todgeweiht und gefährlich.« Rasch berichtete er von Denethors seltsamen Reden und Taten. »Ich muß Gandalf sofort suchen.«

»Dann müßt Ihr hinuntergehen, zur Schlacht.«

»Ich weiß. Der Herr hat mir Erlaubnis gegeben. Aber, Beregond, wenn Ihr könnt, dann tut etwas, um alles Schreckliche, was geschehen mag, zu verhindern.«

»Der Herr erlaubt nicht, daß jene, die das Schwarz und Silber tragen, aus irgendeinem Grund ihren Posten verlassen, es sei denn auf seinen Befehl.«

»Nun, Ihr müßt Euch entscheiden zwischen Befehl und Faramirs Leben«, sagte Pippin. »Und was den Befehl betrifft, so habt Ihr es, glaube ich, mit einem Verrückten zu tun, und nicht mit einem Herrn. Ich muß laufen. Ich komme zurück, wenn ich kann.«

Er lief weiter, hinunter, immer hinunter zur äußeren Stadt. Männer, die vor den Bränden flüchteten, kamen an ihm vorbei, und manche, die seine Tracht sahen, wandten sich um und riefen, aber er achtete ihrer nicht. Schließlich war er durch das Zweite Tor gekommen, hinter dem starke Flammen zwischen den Mauern züngelten. Dennoch schien alles seltsam still zu sein. Kein Kampfeslärm oder Kriegsgeschrei oder Waffengeklirr war zu hören. Dann plötzlich gab es einen entsetzlichen Schrei und einen starken Schlag und ein tiefes widerhallendes Dröhnen. Gegen einen Ansturm von Angst und Entsetzen ankämpfend, der ihn fast auf die Knie zwang, ging Pippin um eine Ecke und kam auf den breiten Platz hinter dem Stadttor. Er blieb stehen. Gandalf hatte er gefunden; aber er schreckte zurück und verbarg sich im Schatten.

Unaufhörlich war seit Mitternacht der große Angriff weitergegangen. Die Trommeln dröhnten. Im Norden und Süden stürmte eine Schar des Feindes nach der anderen gegen die Mauern an. Große Tiere kamen dort heran, wie wandelnde Häuser in dem roten, flackernden Licht, die *mûmakil* aus Harad, und sie zogen riesige Türme und Wurfmaschinen durch die Gassen zwischen den Bränden. Dennoch war es ihrem Heerführer ziemlich gleichgültig, was sie taten oder wie viele erschlagen würden: ihr Zweck war nur, die Stärke der Verteidigung auf die Probe zu stellen und die Männer von Gondor an vielen Stellen in Kämpfe zu verwickeln. Es war das Tor, gegen das er seinen schwersten Schlag führen wollte. Sehr stark mochte es sein, aus Stahl und Eisen geschmiedet und beschützt von Türmen und Bollwerken aus unbezwinglichem Stein, und doch war es die Schlüsselstellung, der schwächste Punkt in dieser ganzen hohen und undurchdringlichen Mauer.

Die Trommeln dröhnten lauter. Brände züngelten auf. Große Wurfmaschinen krochen über das Feld; und in der Mitte war eine Ramme, groß wie ein Baum von hundert Fuß Länge, an mächtigen Ketten hängend. Lange war in den dunklen Schmieden von Mordor an ihr gearbeitet worden, und ihr abscheulicher Rammbär, aus schwarzem Stahl gegossen, war der Gestalt eines räuberischen Wolfs nachgebildet; Zaubersprüche der Vernichtung lagen auf ihr. Grond nannte man sie, zur Erinnerung an den Hammer der Unterwelt von einst. Große Tiere zogen sie, Orks umgaben sie, und hinterdrein kamen Bergtrolle, um sie zu schwingen.

Doch am Tor war der Widerstand noch tapfer, und dort setzten sich die Ritter von Dol Amroth und die Kühnsten der Besatzung zur Wehr. Ein Hagel von Geschossen und Pfeilen prasselte hernieder; Belagerungstürme stürzten krachend ein oder flammten plötzlich auf wie Fackeln. Überall vor den Mauern auf beiden Seiten des Tors war der Boden übersät mit Trümmern und den Leichen der Erschlagenen; doch wie von Raserei getrieben, stürmten immer wieder neue Streiter heran.

Grond kroch weiter. Ihr Aufbau fing kein Feuer; und obwohl dann und wann eines der großen Zugtiere scheute und stampfend Verheerung unter unzähligen Orks anrichtete, die sie bewachten, wurden ihre Leichen aus dem Weg geräumt und andere nahmen ihren Platz ein.

Grond kroch weiter. Die Trommeln dröhnten wie wild. Über den Bergen von Erschlagenen erschien eine abscheuliche Gestalt: ein Reiter, groß, in Kapuze und schwarzem Mantel. Über die Gefallenen hinwegtrampelnd, ritt er langsam voran und achtete nicht länger der Pfeile. Er hielt an und hob ein langes, bleiches Schwert. Und als er das tat, befiel alle eine große Furcht, Verteidiger und Feinde gleichermaßen; und die Hände der Menschen hingen kraftlos herab, und kein Bogen sang. Einen Augenblick war alles still.

Die Trommeln dröhnten und rasselten. Mit einem gewaltigen Schwung wurde Grond von riesigen Händen vorwärtsgeschleudert. Sie erreichte das Tor. Sie schwang hin und her. Ein tiefes Grollen rollte durch die Stadt wie Donner, der sich in den Wolken fortpflanzt. Aber die Türen aus Eisen und die Pfeiler aus Stahl widerstanden dem Aufprall.

Dann erhob sich der Schwarze Heerführer in den Steigbügeln und rief laut mit fürchterlicher Stimme, und er sprach Wörter der Macht und des Schreckens in einer vergessenen Sprache, um Herz und Stein zu zerreißen.

Dreimal rief er. Dreimal dröhnte die große Ramme. Und plötzlich beim letzten Schlag zersprang das Tor von Gondor. Wie von einem verheerenden Zauber getroffen, barst es: ein sengender Blitz flammte auf, und die Türen stürzten, in Stücke gerissen, zu Boden.

Hinein ritt der Herr der Nazgûl. Schwarz und groß ragte er vor den Bränden dahinter auf, zu einer gewaltigen Drohung der Verzweiflung angewachsen. Hinein ritt der Herr der Nazgûl, unter dem Torbogen hindurch, den kein Feind je durchschritten hatte, und alle flohen vor seinem Angesicht.

Alle außer einem. Wartend, schweigend und still saß Gandalf auf Schattenfell auf dem Platz vor dem Tor: Schattenfell, der allein unter allen freien Pferden der Welt den Schrecken ertrug, reglos, standhaft wie eine Bildsäule in Rath Dínen.

»Du kannst hier nicht hereinkommen«, sagte Gandalf, und der riesige Schatten hielt an. »Geh zurück zu dem Abgrund, der für dich bereitet ist! Geh zurück! Stürze in das Nichts, das deinen Herrn und dich erwartet! Geh!«

Der Schwarze Reiter warf seine Kapuze zurück, und siehe! er trug eine Königskrone; und doch saß sie auf keinem sichtbaren Kopf. Der rote Feuerschein leuchtete zwischen ihr und den vom Mantel bedeckten breiten, schwarzen Schultern hindurch. Ein unsichtbarer Mund stieß ein gräßliches Gelächter aus.

»Alter Narr!« sagte er. »Alter Narr! Das ist meine Stunde. Kennst du den Tod nicht, wenn du ihn siehst? Stirb jetzt und fluche vergebens!« Und damit hob er sein Schwert hoch, und Flammen liefen an der Klinge entlang.

Gandalf rührte sich nicht. Und in eben diesem Augenblick, fern in irgendeinem Hof der Stadt, krähte ein Hahn. Schrill und klar krähte er, unbekümmert um Zauberei oder Krieg, und er begrüßte den Morgen, der am Himmel hoch über den Schatten des Todes mit der Morgendämmerung heraufzog.

Und als ob es eine Antwort darauf sei, kam von ferne ein anderer Klang. Hörner, Hörner, Hörner. An den Hängen des dunklen Mindolluin hallten sie schwach wider. Große Hörner des Nordens, die laut geblasen wurden. Rohan war endlich gekommen.

FÜNFTES KAPITEL

DER RITT DER ROHIRRIM

Es war dunkel, und Merry, der in eine Decke eingerollt auf der Erde lag, konnte nichts sehen. Doch obgleich die Nacht ruhig und windstill war, seufzten rings um ihn verborgene Bäume. Er hob den Kopf. Dann hörte er es wieder: ein Klang wie entfernte Trommeln auf den bewaldeten Bergen und Höhen. Manchmal hörte das Pochen plötzlich auf und begann dann wieder an einer anderen Stelle, bald näher, bald ferner. Er fragte sich, ob die Wächter es wohl hörten.

Er konnte sie nicht sehen, aber er wußte, daß ringsum die Reiterscharen der Rohirrim lagen. Er roch die Pferde im Dunkeln und hörte, wie sie sich bewegten und leise auf dem mit Kiefernnadeln bedeckten Boden stampften. Das Heer lagerte in den Kiefernwäldern, die um das Leuchtfeuer von Eilenach wuchsen, einem hohen Berg, der sich aus den langen Hügelketten des Druadan-Waldes neben der großen Straße in Ost-Anórien erhob.

Obgleich er müde war, konnte Merry nicht schlafen. Er war jetzt vier Tage ununterbrochen geritten, und die immer dunkler werdende Düsternis bedrückte allmählich sein Herz. Er begann sich zu fragen, warum er so begierig gewesen war, mitzukommen, wenn sein Zurückbleiben doch durchaus gerechtfertigt gewesen wäre, zumal es ihm von seinem Herrn ja sogar befohlen worden war. Er fragte sich auch, ob der alte König wußte, daß er ihm nicht gehorcht hatte, und ob er ärgerlich sei. Vielleicht nicht. Es schien ein gewisses Einverständnis zwischen Dernhelm und Elfhelm zu bestehen, dem Marschalk, der die *éored* befehligte, in der sie ritten. Er und alle seine Leute übersahen Merry und taten so, als hörten sie ihn nicht, wenn er sprach. Er hätte genausogut irgendein Sack sein können, den Dernhelm bei sich trug. Dernhelm war auch kein Trost: er sprach niemals mit irgend jemandem. Merry war beschämt, denn er kam sich unerwünscht und verlassen vor. Jetzt war die Lage bedrohlich, und das Heer war in Gefahr. Sie waren weniger als einen Tagesritt von den Außenmauern von Minas Tirith entfernt, die die Stadtlande umschlossen. Späher waren vorausgeschickt worden. Einige waren nicht zurückgekehrt. Andere, die zurückgeeilt waren, hatten berichtet, die Straße sei vom Feind besetzt. Ein feindliches Heer hatte auf ihr ein Lager aufgeschlagen, drei Meilen westlich von Amon Dîn, und einige Verbände stießen bereits auf der Straße vor und waren nicht mehr als drei Wegstunden entfernt. Orks streiften durch die Berge und Wälder entlang der Straße. In den stillen Stunden der Nacht hielten der König und Éomer eine Beratung ab.

Merry wünschte, er könnte mit jemandem reden, und er dachte an Pippin. Aber das verstärkte nur seine Unruhe. Der arme Pippin, eingesperrt in der großen, steinernen Stadt, einsam und verängstigt. Merry wünschte, er wäre ein kühner Reiter wie Éomer und könnte ein Horn blasen oder sonst was und herangaloppieren, um ihn zu retten. Er setzte sich auf und lauschte den Trommmeln, die wieder schlugen, jetzt näher. Plötzlich hörte er leise Stimmen, und er sah trübe, halb verhängte Laternen zwischen den Bäumen. In der Nähe begannen Männer sich im Dunkeln unruhig zu bewegen.

Eine hohe Gestalt ragte auf, stolperte über ihn und fluchte auf die Baumwurzeln. Er erkannte die Stimme des Marschalks, Elfhelm.

»Ich bin keine Baumwurzel, Herr«, sagte er, »und auch kein Beutel, sondern ein geschundener Hobbit. Das mindeste, was Ihr tun könntet, um es wiedergutzumachen, ist, daß Ihr mir erzählt, was eigentlich los ist.«

»Alles, was nicht angebunden ist in dieser teuflischen Finsternis«, sagte Elfhelm. »Aber mein Herr hat Bescheid sagen lassen, daß wir uns bereithalten sollten: es mag der Befehl ergehen zu einem plötzlichen Aufbruch.«

»Kommt denn der Feind?« fragte Merry ängstlich. »Sind das ihre Trommeln? Ich dachte schon, ich hätte sie mir eingebildet, da niemand sonst sie zu beachten schien.«

»Nein, nein«, sagte Elfhelm, »der Feind ist auf der Straße, nicht in den Bergen. Ihr hört die Wasa, die Wilden Menschen der Wälder: auf diese Weise reden sie miteinander von ferne. Sie hausen immer noch im Druadan-Wald, heißt es. Überreste einer älteren Zeit sind sie, leben zu wenigen zusammen und versteckt, wild und scheu wie Tiere. Sie ziehen nicht mit Gondor oder der Mark in den Krieg; aber jetzt sind sie beunruhigt über die Dunkelheit und das Kommen der Orks: sie fürchten, die Dunklen Jahre kommen wieder, was nicht so unwahrscheinlich ist. Laßt uns dankbar dafür sein, daß sie uns nicht jagen: denn sie verwenden vergiftete Pfeile, heißt es, und sie sind unvergleichliche Jäger. Aber sie haben Théoden ihre Dienste angeboten. Gerade eben wird einer ihrer Häuptlinge zum König gebracht. Dort drüben gehen die Lichter. Soviel habe ich gehört, nicht mehr. Und jetzt muß ich mich um die Befehle meines Herrn kümmern. Packt Euch, Herr Beutel!« Er verschwand in den Schatten.

Merry gefiel dies Gerede von wilden Menschen und vergifteten Pfeilen nicht, aber ganz abgesehen davon lastete eine schwere Furcht auf ihm. Das Warten war unerträglich. Er wollte gern wissen, was geschehen würde. Er stand auf und schlich vorsichtig der letzten Laterne nach, ehe sie zwischen den Bäumen verschwand.

Plötzlich kam er zu einer Lichtung, wo unter einem großen Baum ein kleines Zelt für den König aufgeschlagen worden war. Eine oben abgedeckte große Laterne hing an einem Zweig und warf einen blassen Lichtkreis nach unten. Da saßen Théoden und Éomer, und vor ihnen auf dem Boden hockte ein untersetzter Mann, knorrig wie ein alter Stein, und die Haare seines schütteren Barts lagen wie trockenes Moos auf seinem klobigen Kinn. Er war kurzbeinig und hatte fette Arme, dick und stämmig, und seine Kleidung bestand nur aus Gras um die Körpermitte. Merry hatte das Gefühl, ihn schon irgendwo einmal gesehen zu haben, und plötzlich fielen ihm die Puckelmänner von Dunharg ein. Hier war eins dieser alten Standbilder wieder lebendig geworden, oder vielleicht war dieser Mann nach unendlichen Jahren ein echter Abkömmling jener Geschöpfe, die den vergessenen Künstlern vor langer Zeit als Vorbild gedient hatten.

Es herrschte Schweigen, als Merry näher kroch, und dann begann der Wilde Mensch zu sprechen, als Antwort auf eine Frage, wie es schien. Seine Stimme war tief und rauh, doch zu Merrys Verwunderung sprach er die Gemeinsame Sprache, wenn auch stockend und durchsetzt mit ungewohnten Wörtern.

»Nein, Vater der Pferdemenschen«, sagte er, »wir kämpfen nicht. Wir nur töten, jagen. *Gorgûn* in Wäldern, hassen Orkleute. Du haßt *gorgûn* auch. Wir helfen, wie wir können. Wilde Menschen haben lange Ohren und lange Augen; kennen alle Pfade. Wilde Menschen leben hier schon vor Steinhäusern; bevor Große Menschen aus dem Wasser kamen.«

»Aber wir brauchen Hilfe im Kampf«, sagte Éomer. »Wie willst du und dein Volk uns helfen?«

»Nachrichten bringen«, sagte der Wilde Mensch. »Wir halten Ausschau von Bergen. Wir klettern auf großes Gebirge und schauen hinunter. Steinstadt ist eingeschlossen. Feuer brennt draußen; jetzt auch drinnen. Ihr wollt da hin? Dann müßt ihr schnell sein. Aber *gorgûn* und Menschen von weit weg« – er zeigte mit einem kurzen, knorrigen Arm nach Osten – »sitzen auf Pferdestraße. Sehr viele, mehr als Pferdemenschen.«

»Woher weißt du das?« fragte Éomer.

Das plumpe Gesicht des alten Mannes und seine dunklen Augen ließen nichts erkennen, aber seine Stimme war mürrisch vor Verdruß. »Wilde Menschen sind wild und frei, aber keine Kinder«, antwortete er. »Ich bin großer Häuptling Ghân-buri-Ghân. Ich zähle viele Dinge: Sterne am Himmel, Blätter an Bäumen, Menschen im Dunkeln. Ihr habt eine Anzahl von zwanzig gerechnet zehnmal und fünf. Sie haben mehr. Großer Kampf, und wer wird gewinnen? Und noch viele mehr laufen um Mauern von Steinhäusern.«

»Wehe! Er spricht allzu klug«, sagte Théoden. »Und unsere Späher sagen, sie haben Gräben ausgehoben und Pfähle quer über die Straße aufgestellt. Wir können sie nicht mit einem plötzlichen Angriff hinwegfegen.«

»Und dennoch müssen wir uns sehr eilen«, sagte Éomer. »Mundburg brennt!«

»Laßt Ghân-buri-Ghân zu Ende sprechen«, sagte der Wilde Mensch. »Mehr als eine Straße kennt er. Er wird euch einen Weg führen, wo keine Gruben sind, keine *gorgûn* laufen, nur Wilde Menschen und Tiere. Viele Pfade wurden gemacht, als Steinhausleute mächtiger waren. Sie haben Berge zerschnitten, wie Jäger Tierfleisch zerschneiden. Wilde Menschen glauben, sie aßen Steine. Mit großen Wagen fuhren sie durch Druadan nach Rimmon. Sie fahren nicht mehr. Straße ist vergessen, aber nicht von Wilden Menschen. Über Berg und hinter Berg liegt sie immer noch unter Gras und Baum, drüben hinter Rimmon und hinunter nach Dîn, und zurück zur Straße von Pferdemenschen. Wilde Menschen werden euch diese Straße zeigen. Dann werdet ihr *gorgûn* töten und böses Dunkel mit lichtem Eisen vertreiben, und Wilde Menschen können wieder in den wilden Wäldern schlafen gehen.«

Éomer und der König sprachen miteinander in ihrer eigenen Sprache. Schließlich wandte sich Théoden an den Wilden Menschen. »Wir wollen dein Angebot annehmen«, sagte er. »Denn obwohl wir ein Heer von Feinden hinter uns lassen, was macht es schon? Wenn die Steinstadt fällt, dann gibt es keine Rückkehr für uns. Wenn sie gerettet wird, dann wird das Orkheer selbst abgeschnitten sein. Wenn du aufrichtig bist, Ghân-buri-Ghân, dann werden wir dir reichen Lohn geben, und du sollst die Freundschaft der Mark auf immer haben.«

»Tote Menschen sind nicht Freunde von lebenden Menschen und machen ihnen keine Geschenke«, sagte der Wilde Mensch. »Aber wenn du noch lebst nach der Dunkelheit, dann laß die Wilden Menschen in Frieden in den Wäldern und jage sie nicht mehr wie Tiere. Ghân-buri-Ghân wird euch nicht in Falle führen. Er wird selbst mit Vater der Pferdemenschen gehen, und wenn er euch falsch führt, werdet ihr ihn töten.«

»So ist es«, sagte Théoden.

»Wie lange werden wir brauchen, den Feind zu umgehen und wieder auf die Straße zu kommen?« fragte Éomer. »Wir müssen im Schritt gehen, wenn ihr uns führt, und ich zweifle nicht, daß der Weg schmal ist.«

»Wilde Menschen gehen schnell zu Fuß«, sagte Ghân. »Weg ist breit für vier Pferde dort drüben im Steinkarrental«, er zeigte mit der Hand nach Süden, »aber schmal am Anfang und am Ende. Wilde Menschen können von hier nach Dîn laufen zwischen Sonnenaufgang und Mittag.«

»Dann müssen wir den Führern zumindest sieben Stunden zugestehen«, sagte Éomer. »Aber wir müssen eher mit zehn Stunden für alle rechnen. Unvorhergesehene Dinge mögen uns aufhalten, und wenn unser Heer ganz auseinandergezogen ist, wird es lange dauern, ehe es wieder richtig aufgestellt ist, wenn wir aus den Bergen herauskommen. Wie spät ist es jetzt?«

»Wer weiß?« sagte Théoden. »Alles ist Nacht jetzt.«

»Alles ist dunkel, aber nicht alles ist Nacht«, sagte Ghân. »Wenn Sonne kommt, spüren wir sie, selbst wenn sie verborgen ist. Schon steigt sie über Ostgebirge. Es ist der Beginn des Tages in den Himmelsfeldern.«

»Dann müssen wir aufbrechen, sobald wir können«, sagte Éomer. »Selbst so können wir nicht hoffen, Gondor heute zur Hilfe zu kommen.«

Merry wartete nicht ab, noch mehr zu hören, sondern machte sich davon, um für den Marschbefehl bereit zu sein. Das war nun der letzte Abschnitt vor der Schlacht. Es kam ihm nicht wahrscheinlich vor, daß viele sie überleben würden. Aber er dachte an Pippin und die Brände in Minas Tirith und verdrängte seine eigene Angst.

Alles ging gut an jenem Tag, und sie sahen und hörten nichts von dem Feind, der darauf wartete, sie abzufangen. Die Wilden Menschen hatten zur Abschirmung umsichtige Jäger als Vorposten aufgestellt, damit kein Ork oder herumstreifender Späher von den Vorgängen in den Bergen etwas erführe. Das Licht war trüber denn je, als sie sich der belagerten Stadt näherten, und in langen Reihen zogen die Reiter wie dunkle Schatten von Menschen und Tieren dahin. Jede Reiterschar wurde von einem wilden Waldmenschen geführt; aber der alte Ghân ging neben dem König. Zu Beginn war es langsamer gegangen, als man gehofft hatte, denn es hatte die Reiter, die zu Fuß gingen und ihre Pferde führten, Zeit gekostet, Pfade über die dicht bewaldeten Grate hinter ihrem Lager und hinunter in das verborgene Steinkarrental zu finden. Es war spät am Nachmittag, als die Führer zu ausgedehnten grauen Dickichten kamen, die sich jenseits der Ostseite des Amon Dîn erstreckten und eine große Schlucht zwischen den Bergketten verbargen, die von Nardol bis Dîn von Ost nach West verlief. Durch die Schlucht hatte vor langer Zeit die vergessene Karrenstraße hinuntergeführt und dann zurück zu dem wichtigen Pferdeweg von der Stadt durch Anórien; aber seit vielen Menschenaltern hatten nun schon die Bäume ihr Wesen dort getrieben, und die Straße war verschwunden, verfallen und unter den Blättern unzähliger Jahre begraben. Doch die Dickichte boten den Reitern die letzte Deckung, auf die sie hoffen konnten, ehe sie in die offene Schlacht zogen; denn jenseits der Dickichte lagen die Straße und die Ebene des Anduin, während die Abhänge nach Osten und Süden kahl und felsig waren, wo sich die gewundenen Berge zusammenzogen und wie ein Bollwerk über dem anderen hinaufstiegen zu dem Gebirgsstock und den Schultern des Mindolluin.

Die vorderste Schar wurde angehalten, und als die hinteren aus der Mulde des Steinkarrentals herangekommen waren, schwärmten sie aus und ritten zu Lagerplätzen unter den grauen Bäumen. Der König rief die Hauptleute zur Beratung zu sich. Éomer schickte Späher aus, um die Straße zu beobachten; aber der alte Ghân schüttelte den Kopf.

»Nicht gut, Pferdemenschen zu schicken«, sagte er. »Wilde Menschen haben schon alles gesehen, was in der schlechten Luft zu sehen ist. Sie werden bald kommen und hier mit mir sprechen.«

Die Hauptleute kamen; und dann krochen vorsichtig andere Puckelgestalten zwischen den Bäumen hervor, die dem alten Ghân so ähnlich waren, daß Merry sie kaum auseinanderhalten konnte. Sie sprachen mit Ghân in einer fremden, kehligen Sprache.

Nun wandte sich Ghân an den König. »Wilde Menschen sagen viele Dinge«, sagte er. »Vor allem, seid vorsichtig! Noch immer viele Menschen im Lager hinter Dîn, von hier eine Stunde zu Fuß dort drüben«, und er zeigte mit dem Arm auf den dunklen Leuchtfeuerberg. »Aber keine sind zu sehen zwischen hier und den neuen Mauern des Steinvolks. Viele sind dort beschäftigt. Die Mauern stehen nicht mehr: *gorgûn* haben sie zerschlagen mit Erddonner und Keulen aus schwarzem Eisen. Sie sind unvorsichtig und schauen sich nicht um. Sie glauben, ihre Freunde bewachen alle Straßen!« Dabei gab der alte Ghân einen seltsamen gurgelnden Laut von sich, und es schien, daß er lachte.

»Gute Nachrichten!« rief Éomer. »Selbst in dieser Düsternis schimmert wieder Hoffnung. Die Listen unseres Feindes nützen uns oft ihm zum Trotz. Selbst die verfluchte Dunkelheit ist ein Deckmantel für uns gewesen. Und jetzt, da es sie gelüstet, Gondor zu zerstören und Stein um Stein niederzureißen, haben seine Orks meine größte Befürchtung ausgeräumt. Die Außenmauer hätte lange gegen uns gehalten werden können. Jetzt können wir hindurchjagen – wenn wir erst einmal so weit gekommen sind.«

»Noch einmal danke ich dir, Ghân-buri-Ghân der Wälder«, sagte Théoden. »Glück begleite dich für deine Botschaften und deine Führung!«

»Tötet *gorgûn*! Tötet Orkvolk! Keine anderen Worte erfreuen Wilde Menschen«, antwortete Ghân. »Vertreibt schlechte Luft und Dunkelheit mit lichtem Eisen!«

»Um das zu tun, sind wir weit geritten«, sagte der König, »und wir werden es versuchen. Aber was wir vollbringen, wird erst der morgige Tag zeigen.«

Ghân-buri-Ghân hockte sich nieder und berührte die Erde mit seiner schwieligen Stirn zum Zeichen des Abschieds. Dann stand er auf, als ob er gehen wollte. Doch plötzlich blieb er stehen und schaute auf wie irgendein überraschtes Waldtier, das einen fremden Geruch wittert. Seine Augen leuchteten auf.

»Wind dreht sich!« rief er, und damit, im Handumdrehen, wie es schien, verschwanden er und seine Gefährten in der Düsternis und wurden nie wieder von irgendeinem Reiter von Rohan gesehen. Nicht lange danach schlugen fern im Osten die leisen Trommeln wieder. Doch in kein Herz in dem ganzen Heer schlich sich die Befürchtung, daß die Wilden Menschen treulos seien, wie seltsam und unschön sie auch aussahen.

»Wir brauchen jetzt keine Führung mehr«, sagte Elfhelm. »Denn es gibt Reiter im Heer, die in Tagen des Friedens nach Mundburg geritten sind. Ich zum Beispiel. Wenn wir zur Straße kommen, wird sie nach Süden abbiegen, und sieben Wegstunden werden dann noch vor uns liegen, ehe wir die Mauer der Stadtlande erreichen. Zum größten Teil wächst auf diesem Weg viel Gras auf beiden Seiten der Straße. Auf dieser Strecke glaubten die reitenden Boten von Gondor ihre größte Schnelligkeit zu erreichen. Wir können dort schnell reiten und ohne großen Lärm.«

»Da wir grausame Taten zu erwarten haben und all unsere Kraft gebraucht wird«, sagte Éomer, »rate ich, daß wir jetzt ruhen und des Nachts von hier aufbrechen und die Zeit so einrichten, daß wir auf die Felder kommen, wenn der morgige Tag so hell ist, wie er sein wird, oder wenn unser Herr das Zeichen gibt.«

Dem stimmte der König zu, und die Hauptleute gingen von dannen. Doch bald kam Elfhelm zurück. »Die Späher haben jenseits des grauen Waldes nichts Berichtenswertes gefunden, Herr«, sagte er, »abgesehen von zwei Menschen: zwei toten Männern und zwei toten Pferden.«

»Nun?« sagte Éomer. »Was soll's?«

»Folgendes, Herr: es waren reitende Boten von Gondor. Einer war vielleicht Hirgon. Zumindest hielt seine Hand noch den Roten Pfeil, aber sein Kopf war abgeschlagen. Und auch folgendes: die Anzeichen deuten darauf hin, daß sie nach *Westen* flohen, als sie fielen. Wie ich es verstehe, fanden sie den Feind schon an der Außenmauer vor oder sie bestürmend, als sie zurückkamen, und das wäre vor zwei Nächten gewesen, wenn sie von den Posten aus mit frischen Pferden geritten sind, wie es ihre Gewohnheit war. Sie konnten nicht die Stadt erreicht haben und umgekehrt sein.«

»Wehe!« sagte Théoden. »Dann wird Denethor keine Nachricht über unseren Ritt erhalten und die Hoffnung auf unser Kommen aufgegeben haben.«

»*Not duldet keinen Aufschub, doch spät ist besser denn niemals*«, sagte Éomer. »Und vielleicht wird sich diesmal das alte Sprichwort als wahrer erweisen als je zuvor, seit Menschen sprechen.«

Es war Nacht. Zu beiden Seiten der Straße ritt schweigend das Heer von Rohan. Nun führte die Straße an den Säumen des Mindolluin vorbei und wand sich nach Süden. Weit entfernt und fast genau geradeaus war ein roter Schimmer unter dem schwarzen Himmel, und die Hänge des großen Bergs ragten dunkel davor auf. Sie näherten sich dem Rammas des Pelennor; aber es war noch nicht Tag.

Der König ritt in der vordersten Schar, umgeben von seinen Gefolgsleuten. Elfhelms *éored* kam als nächste; und jetzt bemerkte Merry, daß Dernhelm seinen Platz verließ und in der Dunkelheit ständig vorrückte, bis er schließlich unmittelbar hinter der Wache des Königs ritt. Dann wurde angehalten. Merry hörte vorne Stimmen, die leise sprachen. Vorreiter waren zurückgekommen, die sich fast bis zu der Mauer vorgewagt hatten. Sie kamen zum König.

»Da sind große Brände, Herr«, sagte einer. »Die Stadt steht überall in Flammen, und das Feld ist voller Feinde. Doch alle scheinen für den Angriff abgezogen zu werden. Soweit wir es abschätzen konnten, sind nur wenige auf der Außenmauer zurückgeblieben, und die sind achtlos und mit der Zerstörung beschäftigt.«

»Erinnert Ihr Euch an die Worte des Wilden Menschen, Herr?« fragte ein anderer. »Ich lebe in Tagen des Friedens im offenen Ödland; Wídfara ist mein Name, und auch mir bringt die Luft Botschaften. Schon dreht sich der Wind. Es kommt eine Brise aus dem Süden; da ist Seetang dabei, wenn auch schwach. Der Morgen wird neue Dinge bringen. Über dem Dunst wird der Tag anbrechen, wenn Ihr an der Mauer vorbei seid.«

»Wenn du wahr sprichst, Wídfara, dann mögest du nach diesem Tage in glücklichen Jahren leben!« sagte Théoden. Er wandte sich an die Männer seines Gefolges, die um ihn waren, und er sprach jetzt mit einer klaren Stimme, so daß viele Reiter aus der ersten *éored* ihn hörten:

»Jetzt ist die Stunde gekommen, Reiter der Mark, Söhne von Eorl! Feinde und Feuer sind vor euch, und eure Heime liegen weit hinter euch. Indes, obwohl ihr auf einem fremden Feld kämpft, wird der Ruhm, den ihr erringt, euer eigener sein. Eide habt ihr geschworen: eurem Herrn und dem Land und dem Bündnis der Freundschaft. Nun erfüllt sie alle!«

Die Männer schlugen klirrend Speer auf Schild.

»Éomer, mein Sohn! Du führst die erste *éored*«, sagte Théoden. »Und sie soll hinter des Königs Banner in der Mitte kommen. Elfhelm, führe deine Schar nach rechts, wenn wir an der Mauer vorbei sind. Und Grimbold soll die seine nach links führen. Laßt die anderen Scharen diesen dreien folgen, wie sie es vermögen. Schlagt zu, wo immer der Feind sich sammelt. Andere Pläne können wir nicht machen, denn wir wissen nicht, wie die Lage auf dem Feld ist. Voran jetzt, und fürchtet keine Dunkelheit!«

Die vorderste Schar ritt los, so schnell sie konnte, denn es war immer noch stockdunkel, welchen Wetterumschlag Wídfara auch immer voraussah. Merry saß hinter Dernhelm, hielt sich mit der linken Hand fest und versuchte, mit der anderen sein Schwert in der Scheide zu lockern. Er erkannte jetzt schmerzlich, wie wahr Théodens Worte gewesen waren: *Und in einer solchen Schlacht, was würdest du da tun, Meriadoc?* »Genau das«, dachte er: »einen Reiter behindern und bestenfalls hoffen, auf meinem Sitz zu bleiben und nicht zu Tode gestampft zu werden von galoppierenden Hufen!«

Es war nicht mehr als eine Wegstunde bis dorthin, wo die Außenmauern gestanden hatten. Sie erreichten sie rasch; zu rasch für Merry. Wilde Schreie erschallten, und es gab einiges Waffengeklirr, aber es war kurz. Die mit den Mauern beschäftigten Orks waren nicht zahlreich und überrascht, und sie wurden rasch erschlagen oder davongetrieben. Vor den Trümmern des Nordtors im Rammas hielt der König wieder an. Die erste *éored* stellte sich hinter ihm und zu beiden Seiten auf. Dernhelm blieb nahe beim König, obwohl Elfhelms Schar weit rechts stand. Grimbolds Mannen wandten sich nach links und gingen durch eine große Lücke in der Mauer weiter nach Osten.

Merry schaute sich hinter Dernhelms Rücken um. Weit vorn, vielleicht zehn oder mehr Meilen entfernt, war ein großer Brand, aber zwischen ihm und den Reitern loderten Feuerlinien in einem weiten Halbkreis, an der dichtesten Stelle nicht mehr als drei Meilen entfernt. Sonst konnte er wenig auf der dunklen Ebene erkennen, und bis jetzt sah er weder irgendeine Hoffnung auf den Morgen, noch spürte er Wind, ob er nun gedreht hatte oder nicht.

Nun ging das Heer von Rohan vor und zog geräuschlos auf dem Feld von Gondor ein, langsam, aber stetig ergoß es sich wie die steigende Flut durch Einbruchstellen in einem Deich, den die Menschen für sicher gehalten hatten. Doch der Sinn und Wille des Schwarzen Heerführers war ganz und gar auf den Fall der Stadt gerichtet, und bis jetzt waren keine Nachrichten zu ihm gedrungen, die ihn warnten, daß seine Pläne einen Makel aufwiesen.

Nach einer Weile führte der König seine Mannen ein wenig weiter nach Osten, um zwischen die Belagerungsfeuer und die äußeren Felder zu gelangen. Noch immer blieben sie unangefochten, und noch immer gab Théoden kein Zeichen. Schließlich hielt er wiederum an. Die Stadt war jetzt näher. Ein Brandgeruch lag in der Luft und etwas, das wie ein Schatten des Todes war. Die Pferde waren unruhig. Aber der König saß auf Schneemähne, reglos, und starrte auf den Todeskampf von Minas Tirith, als ob er plötzlich von Schmerz und Angst ergriffen wäre. Er schien kleiner zu werden, vom Alter entmutigt. Merry selbst hatte das Gefühl, als ob Entsetzen und Zweifel wie eine schwere Last auf ihm ruhten. Sein Herz schlug langsam. Die Zeit schien in Ungewißheit zu verharren. Sie waren zu spät gekommen! Zu spät war schlimmer denn niemals! Vielleicht würde Théoden verzagen, seinen alten Kopf senken, sich abwenden, sich davonschleichen und in den Bergen verstecken.

Dann plötzlich spürte Merry es endlich, über jeden Zweifel erhaben: eine Veränderung. Wind war in seinem Gesicht! Licht schimmerte. Weit, weit im Süden sah man die Wolken undeutlich wie ferne graue Gebilde, die heranrollten und dahintrieben: der Morgen lag hinter ihnen.

Die Rückkehr des Königs

Doch in demselben Augenblick gab es ein Aufleuchten, als ob ein Blitz aus der Erde aus der Stadt hervorgeschossen sei. Eine sengende Sekunde lang stand die ferne Stadt blendend in Schwarz und Weiß da, und ihr höchster Turm war wie eine glitzernde Nadel; und dann, als die Dunkelheit wieder herandrängte, rollte über die Felder ein Donnergrollen.

Bei diesem Geräusch richtete sich die gebeugte Gestalt des Königs plötzlich auf. Kühn und stolz erschien er wieder; und er erhob sich in den Steigbügeln und rief mit lauter Stimme, heller als jede, die je von einem Sterblichen gehört worden:

Auf! Auf! ihr Reiter Théodens!
Zu grimmen Taten: Feuer und Schlachten!
Speer wird zerschellen, Schild zersplittern,
Schwert-Tag, Blut-Tag, ehe die Sonne steigt!
Nun reitet! Reitet! Reitet nach Gondor!

Damit nahm er ein großes Horn von Guthláf, seinem Bannerträger, und er blies so schmetternd, daß es zerbarst. Und sogleich erschallten alle Hörner des Heeres in einem einzigen Wohllaut, und das Blasen der Hörner von Rohan in jener Stunde war wie ein Sturm über der Ebene und wie ein Donner im Gebirge.

Nun reitet! Reitet! Reitet nach Gondor!

Plötzlich spornte der König Schneemähne mit einem Zuruf an, und das Pferd preschte vor. Hinter dem König wehte sein Banner im Wind, das weiße Pferd auf einem grünen Feld, aber er war schneller. Ihm folgten wie ein Unwetter die Ritter seines Hauses, doch er blieb immer voraus. Éomer ritt dort so geschwind, daß der weiße Pferdeschweif an seinem Helm flatterte, und die erste *éored* brauste heran wie eine Sturzwelle, die an das Ufer brandet, aber keiner konnte Théoden überholen. Todgeweiht erschien er, oder die Kampfeswut seiner Väter rann wie ein neues Feuer in seinen Adern, und er wurde von Schneemähne davongetragen wie ein Gott von einst, wie Orome der Große in der Schlacht der Valar, als die Welt jung war. Sein goldener Schild war unbedeckt, und siehe! er schimmerte wie ein Abbild der Sonne, und das Gras flammte grün auf unter den weißen Hufen seines Rosses. Denn der Morgen kam, der Morgen und ein Wind vom Meer; und die Dunkelheit verzog sich, und die Heerscharen von Mordor jammerten, und ein Schrecken ergriff sie, und sie flohen und starben, und die Hufe des Zorns ritten über sie hinweg. Und dann begann das ganze Heer von Rohan zu singen, und singend töteten sie, denn Kampfeslust war über sie gekommen, und ihr Gesang, der schön und schrecklich war, schallte sogar bis zur Stadt.

SECHSTES KAPITEL

DIE SCHLACHT AUF DEN PELENNOR-FELDERN

Aber er war kein Orkhäuptling oder Straßenräuber, der den Angriff auf Gondor führte. Die Dunkelheit wich zu früh, vor dem Zeitpunkt, den sein Herr festgesetzt hatte: das Glück ließ ihn für den Augenblick im Stich, und die Welt hatte sich gegen ihn gewandt; der Sieg entglitt ihm, als er eben die Hand ausstreckte, um ihn zu ergreifen. Doch sein Arm war lang. Noch befehligte er und besaß große Macht. Der König, Ringgeist, Herr der Nazgûl, hatte viele Waffen. Er verließ das Tor und verschwand.

König Théoden der Mark hatte die Straße erreicht, die vom Tor zum Fluß führte, und wandte sich der Stadt zu, die nun weniger als eine Meile entfernt war. Er verlangsamte seine Geschwindigkeit ein wenig und forschte nach neuen Feinden, und seine Ritter scharten sich um ihn, und unter ihnen war Dernhelm. Weiter vorn, den Mauern näher, waren Elfhelms Mannen zwischen den Belagerungsmaschinen, und sie metzelten und töteten und trieben ihre Feinde in die Feuergräben. Nahezu die ganze nördliche Hälfte des Pelennor war überrannt, die Lager brannten, und die Orks flohen zum Fluß wie Herden vor den Jägern. Und die Rohirrim gingen hierhin und dorthin, wie es ihnen beliebte. Aber das Belagerungsheer war noch nicht besiegt und das Tor noch nicht erreicht. Viele Feinde standen davor, und auf der anderen Hälfte der Ebene waren weitere Heere, die noch nicht in den Kampf eingegriffen hatten. Im Süden jenseits der Straße lag die Hauptstreitmacht der Haradrim, und dort wurden ihre Reiter um die Fahne ihres Häuptlings gesammelt. Und er schaute sich um, und in dem zunehmenden Licht sah er das Banner des Königs, sah, daß es weit vor der Schlacht war und von wenigen Streitern umgeben. Da wurde er von einem rasenden Zorn erfüllt und schrie laut auf, entfaltete seine Fahne, schwarze Schlange auf Scharlachrot, und kam mit einer großen Schar dem weißen Pferd und dem Grün entgegen; und als die Südländer ihre Krummsäbel zogen, war es wie ein Glitzern von Sternen.

Dann wurde Théoden ihn gewahr und wollte seinen Angriff nicht erwarten, sondern spornte Schneemähne an und stürmte ihm entgegen, um ihn zu berennen. Krachend prallten sie aufeinander. Aber die Weißglut der Nordmannen war heißer, und erfahrener waren ihre Ritter mit langen und grausamen Speeren. Geringer an Zahl waren sie, aber sie fuhren durch die Südländer hindurch wie ein feuriger Blitz durch einen Wald. Stracks durch die Schar stieß Théoden, Thengels Sohn, und sein Speer zersplitterte, als er den Häuptling niederstreckte. Heraus fuhr sein Schwert, und er sprengte zu der Fahne, zerhieb die Stange und den Träger; und die schwarze Schlange sank zu Boden. Da machten alle von ihrer Reiterei, die nicht erschlagen waren, kehrt und flohen weit fort.

Die Rückkehr des Königs

Doch siehe! inmitten des Siegs des Königs wurde plötzlich sein goldener Schild matt. Vom Himmel her verdunkelte sich der neue Morgen. Finsternis sank auf Théoden herab. Die Pferde bäumten sich auf und wieherten laut. Aus dem Sattel geworfene Männer lagen mit dem Gesicht nach unten auf dem Boden.

»Zu mir! Zu mir!« rief Théoden. »Auf, Eorlingas! Fürchtet keine Dunkelheit!« Aber rasend vor Angst stieg Schneemähne hoch auf, kämpfte mit der Luft und brach dann mit einem großen Schrei zusammen: ein schwarzer Pfeil hatte ihn durchbohrt. Der König fiel unter ihn.

Der große Schatten kam herab wie eine sich senkende Wolke. Und siehe! es war ein geflügeltes Wesen: wenn es ein Vogel war, dann größer als alle anderen Vögel, und es war nackt und hatte weder Schwungfedern noch Gefieder, und seine gewaltigen Fittiche waren wie Flughäute zwischen hornigen Fingern; und es stank. Ein Geschöpf einer älteren Welt war es vielleicht, dessen Gattung in vergessenen Gebirgen, kalt unter dem Mond, überlebt und seine Zeit überdauert und in einem abscheulichen Horst diese letzte, unzeitige Brut gezeugt hatte, zu Bösem bereit. Und der Dunkle Herr nahm es, fütterte es mit grausigem Fleisch, und es wuchs über das Maß aller anderen Wesen hinaus, die fliegen; und er gab es seinem Diener, damit es sein Schlachtroß sei. Herab kam es, herab, und dann faltete es seine gefiederten Flughäute, stieß einen krächzenden Schrei aus und ließ sich auf Schneemähnes Körper nieder, grub seine Klauen in ihn und beugte seinen langen, nackten Hals.

Auf dem Geschöpf saß eine Gestalt in schwarzem Mantel, gewaltig und bedrohlich. Eine Krone aus Stahl trug er, aber zwischen Reif und Gewand war nichts zu sehen außer einem tödlichen Funkeln von Augen: Der Herr der Nazgûl. In die Luft war er zurückgekehrt, hatte sein Roß herbeigerufen, ehe die Dunkelheit verging, und nun war er wiedergekommen, brachte Verderben und verwandelte Hoffnung in Verzweiflung und Sieg in Tod. Eine große Keule schwang er.

Aber Théoden war nicht völlig verlassen. Die Ritter seines Hauses lagen erschlagen um ihn oder waren durch die Raserei ihrer Rösser weit davongetragen worden. Doch einer stand noch da: Dernhelm, der junge; seine Treue war über Furcht erhaben, und er weinte, denn er hatte seinen Herrn wie einen Vater geliebt. Unversehrt hatte Merry den ganzen Angriff hindurch hinter ihm gesessen, bis der Schatten kam; und dann hatte Windfola sie beide in seinem Schrecken abgeworfen und rannte jetzt wildgeworden über die Ebene. Merry kroch wie ein verstörtes Tier auf allen vieren, und ein solches Entsetzen lag auf ihm, daß er blind und elend war.

»Gefolgsmann des Königs! Gefolgsmann des Königs!« rief ihm sein Herz zu. »Du mußt bei ihm bleiben. Wie ein Vater sollt Ihr für mich sein, hast du gesagt.« Aber sein Wille antwortete nicht, und sein Körper zitterte. Er wagte nicht, die Augen zu öffnen und aufzuschauen.

Obwohl seine Sinne umdunkelt waren, glaubte er dann Dernhelm sprechen zu hören; dennoch erschien ihm die Stimme seltsam und erinnerte ihn an eine andere Stimme, die er gekannt hatte.

»Fort mit dir, du abscheuliches Geistergeschöpf, Herr über Leichen! Laß die Toten in Frieden!«

Eine kalte Stimme antwortete: »Komm nicht zwischen den Nazgûl und seine Beute! Denn dich wird er nicht erschlagen. Dich wird er davontragen zu den Klagehäusern, jenseits aller Dunkelheit, wo dein Fleisch verzehrt und deine verdorrte Seele nackt dem Lidlosen Auge überlassen werden soll.«

Ein Schwert klirrte, als es gezogen wurde. »Tu, was du willst; aber ich werde es verhindern, wenn ich kann.«

»Mich hindern? Du Narr. Kein lebender Mann kann mich hindern!«

Dann hörte Merry von allen Geräuschen in dieser Stunde das seltsamste. Es schien, daß Dernhelm lachte, und die helle Stimme war wie der Klang von Stahl. »Aber kein lebender Mann bin ich! Du siehst eine Frau von dir. Éowyn bin ich, Éomunds Tochter. Du stehst zwischen mir und meinem Herrn und Verwandten. Fort mit dir, wenn du nicht unsterblich bist! Denn ob du nun ein Lebender oder ein nicht toter Schatten bist, ich werde dich niederstrecken, wenn du ihn anrührst.«

Das geflügelte Geschöpf fauchte sie an, aber der Ringgeist gab keine Antwort, und er schwieg, als ob er plötzlich im Zweifel sei. Echte Verblüffung überwand für einen Augenblick Merrys Ängste. Er öffnete die Augen, und die Schwärze war von ihnen gewichen. Dort, ein paar Schritt vor ihm, saß das große Tier, und ringsum schien alles dunkel, und über ihm erhob sich der Herr der Nazgûl wie ein Schatten der Hoffnungslosigkeit. Ein wenig nach links stand ihnen gegenüber jene, die er Dernhelm genannt hatte. Doch der Helm ihrer Heimlichkeit war von ihr abgefallen, und ihr helles Haar, seiner Bande ledig, schimmerte in blassem Gold um ihre Schultern. Ihre Augen, grau wie das Meer, waren hart und grausam, und dennoch rannen Tränen über ihre Wangen. Ein Schwert war in ihrer Hand, und sie hob ihren Schild gegen die Entsetzlichkeit der Augen des Feindes.

Éowyn war es, und Dernhelm auch. Denn Merry entsann sich plötzlich des Gesichts, das er gesehen hatte, als sie von Dunharg losritten: das Gesicht eines Menschen, der den Tod sucht, weil er keine Hoffnung hat. Mitleid erfüllte sein Herz und großes Staunen, und plötzlich erwachte der schwerentflammbare Mut seines Geschlechts. Er ballte die Hände. Sie sollte nicht sterben, so schön, so verzweifelt! Zumindest sollte sie nicht allein sterben, ohne Hilfe.

Das Gesicht ihres Feindes war ihm nicht zugewandt, doch noch wagte er sich kaum zu rühren und fürchtete sich davor, daß sein tödlicher Blick auf ihn falle. Langsam, langsam begann er zur Seite zu kriechen; doch der Schwarze Heerführer, in Zweifel und seine Bosheit nur auf die Frau vor ihm gerichtet, beachtete ihn nicht mehr als einen Wurm im Schlamm.

Plötzlich schlug das große Tier mit seinen abscheulichen Flügeln, und der Luftzug von ihnen war verpestet. Wieder sprang es in die Luft und ließ sich dann geschwind auf Éowyn fallen, und es kreischte und schlug zu mit Schnabel und Klauen.

Noch wich sie nicht zurück: Maid der Rohirrim, Tochter von Königen, schlank wie eine Stahlklinge, schön und dennoch schreckenerregend. Einen raschen Hieb führte sie, geschickt und tödlich. Den ausgestreckten Hals spaltete sie, und der abgehauene Kopf fiel wie ein Stein. Zurück sprang sie, als der riesige Körper herabstürzte, die gewaltigen Schwingen ausgebreitet, und auf der Erde zusammenbrach; und zugleich mit seinem Sturz verschwand der Schatten. Ein Lichtschein fiel auf sie, und ihr Haar schimmerte im Sonnenaufgang.

Von dem Kadaver erhob sich der Schwarze Reiter, groß und drohend ragte er über Éowyn auf. Mit einem haßerfüllten Schrei, der wie Gift in den Ohren brannte, ließ er seine Keule niedersausen. Ihr Schild zersplitterte in viele Stücke, und ihr Arm war gebrochen; sie strauchelte und fiel auf die Knie. Wie eine Wolke beugte er sich über sie, und seine Augen funkelten; er hob die Keule, um sie zu töten.

Doch plötzlich strauchelte auch er mit einem bitteren Schmerzensschrei, sein Hieb verfehlte das Ziel und traf den Boden. Merrys Schwert hatte ihn von hinten angegriffen, den schwarzen Mantel zerschnitten und unter dem Panzerhemd die Sehne hinter seinem mächtigen Knie durchbohrt.

»Éowyn! Éowyn!« rief Merry. Da richtete sie sich wankend auf und stieß mit letzter Kraft ihr Schwert zwischen Krone und Mantel, als sich die großen Schultern vor ihr beugten. Das Schwert zerbarst funkensprühend in unzählige Bruchstücke. Die Krone rollte klirrend fort. Éowyn fiel nach vorn auf ihren gefallenen Feind. Doch siehe! der Mantel und das Panzerhemd waren leer. Gestaltlos lagen sie jetzt auf dem Boden, zerrissen und zerknüllt; und ein Schrei stieg auf in die erbebende Luft und verklang zu einem schrillen Klagelaut, den der Wind davontrug, eine körperlose und dünne Stimme, die erstarb und verschlungen wurde, und niemals wieder in diesem Zeitalter der Welt wurde sie gehört.

Und da stand Meriadoc der Hobbit inmitten der Erschlagenen und blinzelte wie eine Eule im Tageslicht, denn er hatte die Augen voll Tränen; und wie durch einen Nebel sah er Éowyns schönen Kopf, wie sie dalag und sich nicht regte; und er sah des Königs Gesicht, der inmitten seines Sieges gefallen war. Denn in seinem Todeskampf war Schneemähne wieder von ihm weggerollt; dennoch war er der Fluch seines Herrn.

Dann bückte sich Merry und nahm seine Hand, um sie zu küssen, und siehe! Théoden öffnete die Augen, und sie waren klar, und er sprach mit ruhiger Stimme, wenn auch mühsam.

»Leb wohl, Herr Holbytla!« sagte er. »Mein Körper ist zermalmt! Ich gehe zu meinen Vätern. Und selbst in ihrer erlauchten Gesellschaft brauche ich mich jetzt nicht zu schämen. Ich fällte die schwarze Schlange. Ein grimmer Morgen, ein froher Tag, ein goldener Sonnenuntergang!«

Merry konnte nicht sprechen, sondern weinte von neuem. »Vergebt mir, Herr«, sagte er schließlich, »daß ich Eurem Befehl nicht gehorchte, und doch habe ich in Eurem Dienst nicht mehr getan, als bei Eurem Scheiden zu weinen.«

Der alte König lächelte. »Gräme dich nicht! Es ist vergeben. Großmut wird nicht zurückgewiesen. Lebe nun in Glückseligkeit; und wenn du friedlich bei deiner Pfeife sitzt, denke an mich! Denn niemals werde ich nun mit dir in

Meduseld sitzen, wie ich versprochen habe, oder deiner Kräuterkunde lauschen.«
Er schloß die Augen, und Merry neigte sich neben ihn. Plötzlich sprach er wieder.
»Wo ist Éomer? Denn meine Augen werden dunkel, und ich möchte ihn sehen,
ehe ich gehe. Er muß nach mir König sein. Und ich möchte Éowyn Nachricht
senden, sie, die nicht wollte, daß ich sie verließ, und nun werde ich sie nicht
wiedersehen, die mir teurer ist als eine Tochter.«

»Herr, Herr«, begann Merry stockend, »sie ist...« Aber in diesem Augenblick gab es ein großes Getöse, und ringsum bliesen die Hörner und Trompeten. Merry schaute sich um: er hatte den Krieg und die ganze Welt vergessen, und viele Stunden schienen vergangen, seit Théoden in seinen Tod ritt, aber in Wirklichkeit war es nur eine kleine Weile. Doch jetzt sah er, daß sie in Gefahr waren, mitten in die große Schlacht zu geraten, die bald beginnen würde.

Neue Verbände des Feindes eilten die Straße vom Fluß herauf; und von den Mauern her kamen die Scharen von Morgul; und von den südlichen Feldern kam Fußvolk aus Harad und vor ihnen Reiter, und hinter ihnen erhoben sich die riesigen Rücken der *mûmakil* mit Kriegstürmen darauf. Doch im Norden führte der weiße Helmbusch von Éomer den großen Aufmarsch der Rohirrim an, die wieder gesammelt und aufgestellt worden waren; und aus der Stadt kamen alle kampffähigen Männer, die in ihr waren, und der silberne Schwan von Dol Amroth wurde in der Vorhut getragen, und sie vertrieben den Feind vom Tor.

Einen Augenblick schoß Merry der Gedanke durch den Kopf: »Wo ist Gandalf? Ist er nicht hier? Hätte er nicht den König und Éowyn retten können?« Aber da ritt Éomer in Eile heran, und mit ihm kamen die Ritter des Gefolges, die noch am Leben waren und ihre Pferde wieder gebändigt hatten. Sie blickten voll Staunen auf den Kadaver des unheimlichen Tiers, der dort lag; und ihre Rösser wollten ihm nicht nahekommen. Aber Éomer sprang aus dem Sattel, und Kummer und Entsetzen befielen ihn, als er an des Königs Seite kam und schweigend dastand.

Dann nahm einer der Ritter des Königs Banner aus Guthláfs, des Bannerträgers, Hand, der tot dort lag, und er hielt es hoch. Langsam öffnete Théoden die Augen. Als er das Banner sah, gab er ein Zeichen, daß es Éomer gegeben werden sollte. »Heil, König der Mark!« sagte er. »Reite nun zum Sieg! Sage Éowyn Lebewohl!« Und so starb er, und er wußte nicht, daß Éowyn dicht bei ihm lag. Und diejenigen, die in der Nähe standen, weinten und riefen: »König Théoden! König Théoden!«

Aber Éomer sagte zu ihnen:

Nicht der Klage zu viel! Groß war der Gefallene,
Seiner würdig sein Tod. Wird ihm der Hügel geschichtet,
Mögen die Frauen weinen. Uns aber ruft der Krieg!

Doch er selbst weinte, als er sprach. »Laßt seine Ritter hierbleiben«, sagte er, »und seine Leiche in Ehren vom Schlachtfeld tragen, damit die Schlacht nicht über ihn hinwegreitet! Ja, und all die anderen, die von des Königs Mannen hier liegen.« Und er schaute auf die Erschlagenen und rief noch einmal ihre Namen. Dann plötzlich erblickte er seine Schwester Éowyn, die dalag, und er erkannte sie. Er stand einen Augenblick da wie ein Mann, dem, während er gerade etwas ausruft, ein Pfeil das Herz durchbohrt; und dann wurde sein Gesicht totenbleich, und eine kalte Wut stieg in ihm auf, so daß ihm eine Weile die Sprache versagte. Eine Todesstimmung ergriff ihn.

»Éowyn! Éowyn!« rief er schließlich. »Éowyn, wie kommst du hierher? Was für ein Wahnsinn oder eine Teufelei ist das? Tod! Tod! Tod! Wir alle sollen eine Beute des Todes sein!«

Ohne einen Plan zu machen oder auf die Ankunft der Mannen aus der Stadt zu warten, galoppierte er schnurstracks zurück an die Spitze des großen Heeres, und er blies ein Horn und rief laut zum Angriff auf. Über das Schlachtfeld schallte seine helle Stimme: »Tod! Reitet, reitet zur Vernichtung und zum Ende der Welt!«

Und damit setzte sich das Heer in Bewegung. Aber die Rohirrim sangen nicht mehr. *Tod* schrien sie mit lauter und entsetzlicher Stimme, und immer schneller werdend wie eine große Flut fegte ihre Schlachtreihe an ihrem gefallenen König vorbei und brauste nach Süden.

Und immer noch stand Meriadoc der Hobbit und blinzelte unter Tränen, und niemand sprach mit ihm, ja, niemand schien ihn überhaupt zu beachten. Er wischte sich die Tränen ab und bückte sich, um den grünen Schild aufzuheben, den Éowyn ihm gegeben hatte, und hängte ihn sich über den Rücken. Dann schaute er sich nach seinem Schwert um, das er fallengelassen hatte; denn gerade, als er seinen Stoß führte, wurde sein Arm empfindungslos, und jetzt konnte er nur seine linke Hand gebrauchen. Und siehe! dort lag seine Waffe, aber die Klinge rauchte wie ein trockener Zweig, der ins Feuer geworfen worden war; und während er hinschaute, krümmte sie sich und schrumpfte und wurde verzehrt.

So endete das Schwert von den Hügelgräberhöhen, das Werk von Westernis. Aber froh wäre er gewesen, sein Schicksal zu kennen, er, der es vor langer Zeit in dem Nördlichen Königreich geschmiedet hatte, als die Dúnedain jung waren und ihr Hauptfeind das Schreckensreich Angmar war und dessen Hexenmeister-König. Keine andere Klinge, und wäre sie auch von mächtigeren Händen geführt worden, hätte diesem Feind eine so schmerzhafte Wunde zufügen, in sein nicht totes Fleisch eindringen und den Zauber brechen können, der seine unsichtbaren Sehnen mit seinem Willen verband.

Die Männer hoben jetzt den König auf und deckten Mäntel auf Speerstümpfe, und so machten sie es möglich, ihn zur Stadt zu tragen; und andere hoben Éowyn sanft auf und trugen sie hinter dem König her. Aber die Mannen aus des Königs Gefolge konnten sie noch nicht vom Schlachtfeld wegbringen; denn sieben der Ritter des Königs waren dort gefallen, und Déorwine, ihr Anführer, war unter ihnen. So legten sie sie abseits von ihren Feinden und dem grausamen Tier und pflanzten Speere um sie auf. Und später, als alles vorüber war, kehrten die Männer zurück und entfachten dort ein Feuer und verbrannten den Kadaver des Tiers; aber für Schneemähne gruben sie ein Grab und setzten einen Stein darauf, auf dem in den Sprachen von Gondor und der Mark eingemeißelt war:

Schneemähne, Diener in größter Bedrängnis,
Schnellen Hufs, seines Herrn Verhängnis.

Grün und lang wuchs das Gras auf Schneemähnes Hügel, aber auf immer schwarz und kahl war der Boden, wo das Tier verbrannt worden war.

Jetzt ging Merry langsam und traurig neben den Trägern her, und er achtete nicht mehr auf die Schlacht. Er war erschöpft und hatte Schmerzen, und seine Glieder zitterten, als hätte er Schüttelfrost. Ein großer Regen kam vom Meer her, und es schien, daß alle Lebewesen um Théoden und Éowyn weinten und mit grauen Tränen die Brände in der Stadt löschten. Durch einen Nebel sah er plötzlich die Vorhut der Mannen von Gondor herankommen. Imrahil, der Fürst von Dol Amroth, ritt heran und zog die Zügel an.

»Welche Last tragt ihr, Männer von Rohan?« rief er.

»König Théoden«, antworteten sie. »Er ist tot. Aber König Éomer reitet jetzt in die Schlacht: der mit dem weißen Helmbusch im Wind.«

Dann saß der Fürst von seinem Pferd ab und kniete an der Bahre nieder, um den König und seinen großen Angriff zu ehren; und er weinte. Und als er aufstand, da sah er Éowyn und war erstaunt. »Das ist doch gewiß eine Frau?« fragte er. »Sind selbst die Frauen der Rohirrim in den Krieg gezogen in unserer Not?«

»Nein, nur eine«, antworteten sie. »Frau Éowyn ist es, Éomers Schwester; und bis zu dieser Stunde wußten wir nichts von ihrem Ritt und bedauern ihn sehr.«

Als der Fürst dann ihre Schönheit sah, obwohl ihr Gesicht bleich und kalt war, berührte er ihre Hand, als er sich herabbeugte, um sie genauer anzusehen. »Männer von Rohan!« rief er. »Sind keine Feldscherer unter euch? Sie ist verwundet, vielleicht auf den Tod, aber ich glaube, sie lebt noch.« Und er hielt die blankgeschliffene Armberge, die er trug, vor ihre kalten Lippen, und siehe! ein leichter Nebel, kaum zu sehen, lag auf ihr.

»Eile tut nun not«, sagte er, und er schickte einen los, der rasch zur Stadt reiten sollte, um Hilfe zu holen. Aber er verneigte sich tief vor dem Gefallenen, sagte den Rohirrim Lebewohl und ritt von dannen in die Schlacht.

Und jetzt nahm die Kampfeswut auf den Feldern des Pelennor zu; und der Waffenlärm und die Schreie der Menschen und das Wiehern der Pferde wurden lauter. Hörner wurden geblasen, und Trompeten schmetterten, und die *mûmakil* brüllten, als sie zum Krieg aufgestachelt wurden. Unter den südlichen Mauern der Stadt stürmte jetzt das Fußvolk von Gondor gegen die Scharen aus Mordor, die dort immer noch in großer Zahl standen. Aber die Reiter ritten nach Osten zur Unterstützung von Éomer: Húrin der Kühne, Verwalter der Schlüssel, und der Herr von Lossarnach, und Hirluin aus den Grünen Bergen und Fürst Imrahil der Schöne, umgeben von seinen Rittern.

Nicht zu früh kam ihre Hilfe für die Rohirrim; denn das Glück hatte sich gegen Éomer gewandt, und sein Ungestüm war ihm zum Verhängnis geworden. Die mächtige Wut seines Angriffs hatte die Schlachtreihe seiner Feinde völlig durcheinandergebracht, und große Keile seiner Reiter waren durch die Reihen der Südländer hindurchgestoßen, hatten deren Reiter zersprengt und das Fußvolk niedergeritten. Aber wo immer die *mûmakil* auftauchten, da wollten die Rösser der Rohirrim nicht hingehen, sondern scheuten und brachen aus, und die großen Ungeheuer wurden nicht angegriffen und standen da wie Verteidigungstürme, und die Haradrim scharten sich um sie. Und wenn die Rohirrim zu Beginn eine dreifache Übermacht gegen sich hatten, als sie allein den Haradrim gegenüber gestanden hatten, so wurde ihre Lage bald schlimmer; denn neue Kräfte strömten nun aus Osgiliath auf das Schlachtfeld. Dort waren sie zusammengezogen worden, um die Stadt zu plündern und Gondor zu schänden, und sie hatten auf den Ruf ihres Heerführers gewartet. Er war jetzt vernichtet, aber Gothmog, der Statthalter von Mordor, hatte sie in den Kampf geschickt; Ostlinge mit Äxten und Variags aus Khand, Südländer in Scharlachrot, und aus Weit-Harad schwarze Menschen wie halbe Trolle mit weißen Augen und roten Zungen. Einige eilten nun herbei, um den Rohirrim in den Rücken zu fallen, während andere nach Westen zogen, um die Streitkräfte von Gondor abzuschneiden und zu verhindern, daß sie sich mit Rohan vereinten.

Gerade, als der Tag sich so gegen Gondor zu wenden begann und die Hoffnung der Mannen ins Wanken geriet, da stieg ein neuer Schrei in der Stadt auf, am Vormittag, als ein starker Wind blies und den Regen nach Norden trieb und die Sonne schien. In dieser klaren Luft erblickten die Wächter auf den Mauern in der Ferne einen neuen Schrecken, und ihre letzte Hoffnung verließ sie.

Denn hinter der Schleife bei Harlond floß der Anduin so, daß man seinen Lauf von der Stadt aus auf mehrere Meilen verfolgen konnte, und wer scharfe Augen hatte, konnte alle Schiffe sehen, die sich näherten. Und als sie dort hinschauten, schrien sie vor Entsetzen; denn schwarz gegen den glitzernden Strom erblickten sie eine Flotte, vom Winde herangetragen: Schnellsegler und vielrudrige Schiffe mit großem Tiefgang und schwarzen Segeln, die sich im Winde blähten.

»Die Corsaren von Umbar!« schrien die Männer. »Die Corsaren von Umbar! Schaut! Die Corsaren von Umbar kommen! Also ist Belfalas genommen und Ethir auch, und Lebennin ist verloren. Die Corsaren sind über uns! Das ist der letzte Schicksalsschlag!«

Und ohne daß es ihnen befohlen war, denn niemand war da, der in der Stadt Befehle gab, rannten einige zu den Glocken und läuteten Sturm; und einige bliesen die Trompeten zum Rückzug. »Zurück zu den Mauern!« schrien sie. »Zurück zu den Mauern! Kommt zurück in die Stadt, ehe wir alle überwältigt sind!« Doch der Wind, der die Schiffe vorantrieb, trug auch ihr ganzes Geschrei davon.

Die Rohirrim allerdings brauchten weder Nachrichten noch Warnung. Allzu gut sahen sie selbst die schwarzen Segel. Denn Éomer war jetzt kaum eine Meile von Harlond entfernt, und eine große Schar seiner ersten Feinde war zwischen ihm und dem Hafen, während neue Feinde von hinten heranwirbelten und ihn von dem Fürsten abschnitten. Jetzt schaute er auf den Fluß, und die Hoffnung erstarb in seinem Herzen, und den Wind, den er gepriesen hatte, verfluchte er jetzt. Aber die Heere von Mordor waren ermutigt, und voll neuer Wut und Kampfeslust kamen sie mit schrillen Schreien zum Angriff heran.

Finster war jetzt Éomers Stimmung, und sein Kopf war wieder klar. Er ließ die Hörner blasen, um alle seine Mannen, die noch hierher kommen konnten, um sein Banner zu scharen; denn er wollte einen großen Schildwall bilden und dort zu Fuß kämpfen, bis alle fielen, und er wollte auf den Feldern des Pelennor Heldentaten vollbringen, die besungen werden würden, obwohl kein Mann im Westen übrigbleiben sollte, um sich des letzten Königs der Mark zu erinnern. So ritt er auf einen grünen Hügel und pflanzte dort sein Banner auf, und das Weiße Pferd wogte leise im Wind.

Aus Zweifel und Finsternis kam ich, singend
Mit blankem Schwert in der Morgensonne.
Ich ritt, bis Hoffnung und Herz zerbrachen:
Auf nun! Dies ist der Tag des Verderbens!

Diese Verse sprach er, doch lachte er dabei. Denn wiederum war die Kampfeslust über ihn gekommen; und er war noch unverletzt, und er war jung, und er war König: Herr über ein hartes Volk. Und siehe! als er noch über die Hoffnungslosigkeit lachte, schaute er wieder nach den Schiffen, und er hob sein Schwert, um sie zum Kampf herauszufordern.

Und dann überkam ihn Staunen und eine große Freude; und er warf sein Schwert hinauf in den Sonnenschein und sang, als er es wieder auffing. Und alle Augen folgten seinem Blick, und siehe da! auf dem vordersten Schiff entfaltete sich eine große Fahne, und der Wind breitete sie aus, als das Schiff auf Harlond drehte. Dort flatterte der Weiße Turm, und das war für Gondor; aber Sieben Sterne waren über ihm, und darüber eine hohe Krone, Elendils Wahrzeichen, die seit unzähligen Jahren kein Fürst getragen hatte. Und die Sterne flammten im Sonnenlicht, denn Arwen, Elronds Tochter, hatte sie mit Edelsteinen bestickt; und die Krone strahlte im Morgenlicht, denn sie war mit Mithril und Gold bestickt.

So kam Aragorn, Arathorns Sohn, Elessar, Isildurs Erbe, von den Pfaden der Toten, und der Wind hatte ihn vom Meer zum Königreich Gondor getragen; und die Fröhlichkeit der Rohirrim war ein Sturzbach von Gelächter und ein Blitzen von Schwertern, und die Freude und das Staunen in der Stadt war eine Musik von Trompeten und läutenden Glocken. Aber die Heere von Mordor waren in Verwirrung geraten, und eine große Zauberei schien es ihnen zu sein, daß ihre eigenen Schiffe voller Feinde sein sollten; und ein schwarzes Entsetzen befiel sie, denn sie wußten, daß das Glück sich gewendet hatte und ihr Untergang nahe war.

Nach Osten ritten die Ritter von Dol Amroth und trieben den Feind vor sich her: Trollmenschen und Variags und Orks, die das Sonnenlicht haßten. Nach Süden preschte Éomer, und die Menschen flohen vor seinem Gesicht, und sie waren zwischen Hammer und Amboß. Denn jetzt sprangen Männer von den

Schiffen auf die Landeplätze von Harlond und fegten wie ein Sturm nach Norden. Da kamen Legolas und Gimli, der seine Axt schwang, und Halbarad mit dem Banner, und Elladan und Elrohir mit Sternen auf der Stirn, und die harthändigen Dúnedain, Waldläufer des Nordens, und hinter ihnen kam eine große Streitmacht des Volkes von Lebennin und Lamedon und aus den Lehen des Südens. Aber allen voran ging Aragorn mit der Flamme des Westens, Andúril, wie ein neu entfachtes Feuer, Narsil, neu geschmiedet und so tödlich wie einst; und auf seiner Stirn war der Stern von Elendil.

Und so trafen sich endlich Éomer und Aragorn inmitten der Schlacht, und sie stützten sich auf ihre Schwerter und sahen einander an und waren froh.

»So treffen wir uns wieder, obwohl alle Heere von Mordor zwischen uns lagen«, sagte Aragorn. »Habe ich es nicht auf der Hornburg gesagt?«

»So sprachet Ihr«, sagte Éomer, »aber Hoffnung täuscht oft, und ich wußte damals nicht, daß Ihr ein vorausseheneder Mann seid. Doch doppelt beglückend ist unerwartete Hilfe, und niemals war ein Treffen von Freunden froher.« Und sie reichten einander die Hand. »Und wahrlich niemals zu einer günstigeren Zeit«, sagte Éomer. »Ihr kommt nicht zu früh, mein Freund. Viel Leid und Kummer hat uns befallen.«

»Dann laßt es uns rächen, ehe wir davon sprechen«, sagte Aragorn, und zusammen ritten sie zurück zur Schlacht.

Harte Kämpfe und lange Mühen hatten sie noch; denn die Südländer waren tapfere Männer und grimmig und verbissen in ihrer Verzweiflung; und die Ostlinge waren stark und harte Krieger und baten nicht um Schonung. So sammelten sie sich immer wieder hier oder dort, an einem niedergebrannten Wohnhaus oder einer Scheune, auf einem Hügel oder einer Anhöhe, und sie scharten sich zusammen und kämpften, bis der Tag sich neigte.

Dann ging die Sonne endlich hinter dem Mindolluin unter und erfüllte den ganzen Himmel mit einem großen Brand, so daß die Berge und das Gebirge wie mit Blut getränkt waren; Feuer glühte im Fluß, und das Gras des Pelennor lag rot da in der anbrechenden Nacht. Und in dieser Stunde war die große Schlacht auf dem Feld von Gondor vorüber; und nicht ein Feind war innerhalb des Rammas am Leben geblieben. Alle wurden erschlagen außer jenen, die flohen, um zu sterben oder in den roten Fluten des Flusses zu ertrinken. Wenige kamen jemals wieder in den Osten nach Morgul oder Mordor; und in das Land der Haradrim gelangte nur eine Erzählung von weit her: ein Gerücht von dem Zorn und Schrecken von Gondor.

Aragorn und Éomer und Imrahil ritten zurück zum Tor der Stadt, und sie waren jetzt so erschöpft, daß sie nicht Freude noch Leid verspürten. Diese drei waren unversehrt, denn so groß waren ihr Glück und die Geschicklichkeit und Macht ihrer Waffen, und wenige hatten fürwahr gewagt, sich ihnen entgegenzustellen oder ihnen ins Gesicht zu sehen in der Stunde ihres Zorns. Aber viele andere waren verwundet oder verstümmelt oder lagen tot auf dem Schlachtfeld. Äxte hatten Forlong niedergestreckt, als er allein und ohne Pferd kämpfte; und Duilin von Morthond und auch sein Bruder wurden zu Tode getrampelt, als sie die *mûmakil* angriffen und ihre Bogenschützen dicht heranführten, um den Ungeheuern in die Augen zu schießen. Weder würde Hirluin der Schöne nach Pinnath Gelin zurückkehren noch Grimbold nach Grimslade und auch nicht Halbarad, der harthändige Waldläufer, in die Nordlande. Nicht wenige waren gefallen, berühmte und namenlose, Hauptleute oder einfache Krieger; denn es war eine große Schlacht, und eine genaue Beschreibung von ihr hat keine Erzählung überliefert. So sagte sehr viel später ein Dichter von Rohan in seinem Lied über die Hügelgräber von Mundburg:

> *Wir hörten von Hörnerklang in den Bergen,*
> *Von blinkenden Schwertern im Reiche des Südens.*
> *Rosse trugen Reiter nach Steinenland,*
> *Gleich Wind in der Frühe. Krieg entbrannte.*
> *Da fiel Théoden, der mächtige Thengling*
> *Kehrte nie zu den goldenen Hallen,*
> *Nie zu den grünenden Weiden des Nordens*
> *Heim, der Heerführer. Harding und Guthláf,*
> *Dúnher und Déorwin, Grimbold der kühne,*
> *Herfara und Herubrand, Horn und Fastred*
> *Fochten und fielen dort in der Fremde:*
> *Liegen unter den Grabhügeln*
> *Von Mundburg, gesellt den Edlen von Gondor.*
> *Nicht kehrte Hirluin ans Meer zu den Hügeln,*
> *Noch zu den blühenden Tälern jemals*
> *Forlong der Alte nach Arnach wieder,*
> *Siegesstolz, noch die Bogenschützen*
> *Derufin und Duilin an die dunklen Wasser,*
> *Die Moore von Morthond im Schatten der Berge.*
> *Morgens und abends holte der Tod sich*
> *Herren und Knechte. Lang nun schlafen sie*
> *Unter dem Gras in Gondor am Strome,*
> *Dem silberglänzenden, tränengrauen.*
> *Rot rollten damals die Wogen,*
> *Blut färbte das Wasser am Abend;*
> *Als Meldefeuer brannten die Berge;*
> *Rot fiel der Tau in Rammas Edor.*

SIEBENTES KAPITEL

DENETHORS SCHEITERHAUFEN

Als sich der dunkle Schatten am Tor zurückzog, saß Gandalf immer noch reglos da. Aber Pippin erhob sich, als ob ein großes Gewicht von ihm genommen wäre; und er stand da und hörte die Hörner, und ihm schien, daß ihm das Herz vor Freude zerspringen würde. Niemals konnte er in späteren Jahren ein Horn in der Ferne blasen hören, ohne daß ihm die Tränen in die Augen traten. Aber jetzt fiel ihm plötzlich sein Auftrag wieder ein, und er rannte los. In diesem Augenblick rührte sich Gandalf und sprach mit Schattenfell, und gerade wollte er durch das Tor reiten.

»Gandalf! Gandalf!« rief Pippin, und Schattenfell blieb stehen.

»Was machst du denn hier?« fragte Gandalf. »Ist es nicht Vorschrift in der Stadt, daß diejenigen, die das Schwarz und Silber tragen, in der Veste bleiben müssen, sofern ihr Herr ihnen nicht Erlaubnis gibt?«

»Das hat er getan«, sagte Pippin. »Er hat mich weggeschickt. Aber ich habe Angst. Etwas Schreckliches kann da oben geschehen. Der Herr ist nicht bei Sinnen, glaube ich. Ich fürchte, er wird sich töten und auch Faramir töten. Kannst du nicht etwas tun?«

Gandalf blickte durch das offenstehende Tor, und er hörte den sich schon verstärkenden Schlachtenlärm auf den Feldern. Er ballte die Fäuste. »Ich muß gehen«, sagte er. »Der Schwarze Reiter ist unterwegs, und er wird noch Unheil über uns bringen. Ich habe keine Zeit.«

»Aber Faramir!« rief Pippin. »Er ist nicht tot, und sie werden ihn lebendig verbrennen, wenn nicht irgendeiner sie aufhält.«

»Lebendig verbrennen?« fragte Gandalf. »Was für eine Geschichte ist das? Mach schnell!«

»Denethor ist zu den Grüften gegangen«, sagte Pippin, »und er hat Faramir mitgenommen, und er sagt, wir müssen alle brennen, und er wolle nicht warten, und sie sollen einen Scheiterhaufen machen und ihn darauf verbrennen und Faramir auch. Und er hat Männer ausgeschickt, um Holz und Öl zu holen. Und ich habe es Beregond erzählt, aber ich fürchte, er wagt nicht, seinen Posten zu verlassen: er ist auf Wache. Und was könnte er überhaupt tun?« So sprudelte Pippin seine Geschichte hervor, und er berührte Gandalfs Knie mit zitternden Händen. »Kannst du Faramir nicht retten?«

»Das kann ich vielleicht«, sagte Gandalf, »aber wenn ich es tue, werden andere sterben, fürchte ich. Nun, ich muß hingehen, wenn keine andere Hilfe kommt. Aber Unheil und Kummer wird daraus entstehen. Selbst mitten in unserer Festung besitzt der Feind die Macht, uns zu schlagen: denn sein Wille ist hier am Werk.«

Nachdem er sich einmal entschlossen hatte, handelte er schnell; er packte Pippin, setzte ihn vor sich und wendete Schattenfell mit einem Wort. Die steilen Straßen von

Minas Tirith klapperten sie hinauf, während der Kriegslärm hinter ihnen anschwoll. Überall schüttelten die Männer ihre Verzweiflung und Angst ab, griffen zu den Waffen und riefen einander zu: »Rohan ist gekommen!« Hauptleute schrien, Scharen wurden aufgestellt; viele marschierten schon hinunter zum Tor.

Sie begegneten dem Fürsten Imrahil, und er rief ihnen zu: »Wohin nun, Mithrandir? Die Rohirrim kämpfen auf den Feldern von Gondor! Wir müssen alle Streitkräfte sammeln, die wir finden können.«

»Ihr werdet jeden Mann brauchen, und noch mehr«, sagte Gandalf. »Eilt Euch. Ich werde kommen, wenn ich kann. Aber ich habe etwas bei Herrn Denethor zu erledigen, das keinen Aufschub duldet. Übernehmt den Befehl in der Abwesenheit des Herrn!«

Sie ritten weiter; und als sie höher kamen und sich der Veste näherten, spürten sie den Wind auf ihren Gesichtern, und sie erblickten den Schimmer des Morgens in weiter Ferne, eine zunehmende Helligkeit am südlichen Himmel. Aber sie brachte ihnen wenig Hoffnung, denn sie wußten nicht, welches Unheil sie erwartete, und sie fürchteten, zu spät zu kommen.

»Die Dunkelheit vergeht«, sagte Gandalf, »aber noch lastet sie schwer auf dieser Stadt.«

Am Tor der Veste fanden sie keine Wache. »Dann ist Beregond gegangen«, sagte Pippin hoffnungsvoller. Sie bogen in die Straße zur Geschlossenen Tür ein und eilten voran. Die Tür stand weit offen, und vor ihr lag der Pförtner. Er war erschlagen, und der Schlüssel war ihm abgenommen worden.

»Werk des Feindes!« sagte Gandalf. »Solche Taten liebt er: der Freund kämpft mit dem Freund; Zwiespalt der Treue in der Verwirrung der Herzen.« Nun saß er ab und bat Schattenfell, in seinen Stall zurückzukehren. »Denn, mein Freund«, sagte er, »du und ich hätten schon lange auf das Schlachtfeld reiten sollen, aber andere Dinge halten mich auf. Doch komm schnell, wenn ich rufe.«

Sie durchschritten die Tür und gingen die steile, gewundene Straße hinunter. Es wurde heller, und die hohen Säulen und Standbilder neben dem Weg zogen langsam vorüber wie graue Gespenster.

Plötzlich wurde die Stille unterbrochen, und sie hörten unten Schreie und das Klirren von Schwertern: solche Geräusche waren an den Weihestätten nicht vernommen worden, seit die Stadt erbaut war. Schließlich kamen sie nach Rath Dínen und eilten zum Haus der Truchsessen, das im Zwielicht unter seiner großen Kuppel aufragte.

»Haltet ein! Haltet ein!« rief Gandalf und sprang auf die Steintreppe vor der Tür. »Haltet ein mit diesem Wahnsinn!«

Denn da waren Denethors Diener mit Schwertern und Fackeln in der Hand; doch allein unter dem Vorbau auf der obersten Stufe stand Beregond, gekleidet in das Schwarz und Silber der Wache; er behauptete die Tür gegen sie. Zwei von ihnen waren schon unter seinem Schwert gefallen und befleckten die Weihestätten mit ihrem Blut; und die anderen verfluchten ihn und nannten ihn einen Gesetzesbrecher und Verräter an seinem Herrn.

Während Gandalf und Pippin noch zu ihnen rannten, hörten sie aus dem Haus der Toten Denethors Stimme, die rief: »Eilt euch! Eilt euch! Tut, was ich befohlen habe. Erschlagt mir diesen Abtrünnigen! Oder ich muß es selbst tun!« Daraufhin wurde die Tür, die Beregond mit der linken Hand zugehalten hatte, aufgerissen, und hinter ihm stand der Herr der Stadt, kühn und grimmig; flammend funkelten seine Augen, und er hatte sein Schwert gezogen.

Doch Gandalf sprang die Stufen hinauf, und die Männer wichen vor ihm zurück und bedeckten die Augen; denn sein Kommen war, wie wenn weißes Licht auf eine dunkle Stelle fällt, und er kam voller Zorn. Er hob die Hand, und Denethors Schwert flog mitten im Hieb hoch, entglitt seiner Hand und fiel hinter ihm in die Schatten des Hauses; und Denethor trat vor Gandalf zurück wie einer, der bestürzt ist.

»Was soll das, Herr?« fragte der Zauberer. »Die Häuser der Toten sind kein Ort für die Lebenden. Und warum kämpfen Männer hier an den Weihestätten, wenn vor dem Tor Krieg geführt wird? Oder ist unser Feind sogar nach Rath Dínen gekommen?«

»Seit wann ist der Herr von Gondor Euch Rechenschaft schuldig?« sagte Denethor. »Oder darf ich meinen eigenen Dienern keine Befehle geben?«

»Das dürft Ihr«, sagte Gandalf. »Doch andere können sich Eurem Willen widersetzen, wenn er sich als Wahnsinn und Unheil erweist. Wo ist Euer Sohn Faramir?«

»Er liegt drinnen«, sagte Denethor. »Er brennt, er brennt schon. Sie haben sein Fleisch in Brand gesteckt. Aber bald werden wir alle verbrannt werden. Der Westen hat versagt. Er wird in einem großen Feuer aufgehen, und alles wird ein Ende nehmen. Asche! Asche und Rauch, den der Wind davontreibt!«

Als Gandalf den Wahnsinn sah, der ihn befallen hatte, fürchtete er, Denethor habe bereits irgendein Unheil angerichtet, und er drängte sich vor, Beregond und Pippin hinter ihm, während Denethor zurückwich, bis er drinnen neben dem Tisch stand. Aber dort fanden sie Faramir, immer noch in Fieberträumen, auf dem Tisch liegend. Holz war unter ihm und ringsum hoch aufgeschichtet, und alles war mit Öl getränkt, selbst Faramirs Kleider und die Decken; doch bis jetzt war noch kein Feuer gelegt. Dann ließ Gandalf die Kraft erkennen, die verborgen in ihm lag, ebenso wie das Leuchten seiner Macht unter seinem grauen Mantel verborgen war. Er sprang auf den Scheiterhaufen zu, hob den kranken Mann leicht auf und sprang wieder zurück und trug ihn zur Tür. Doch als er das tat, stöhnte Faramir und rief im Traum nach seinem Vater.

Denethor fuhr zusammen wie einer, der aus einem Zustand der Verzückung wieder zu sich kommt, das Funkeln seiner Augen erlosch, und er weinte; und er sagte: »Nehmt meinen Sohn nicht von mir. Er ruft mich.«

»Er ruft«, sagte Gandalf, »aber Ihr könnt noch nicht zu ihm kommen. Denn an der Schwelle des Todes muß er Heilung suchen, und vielleicht findet er sie nicht. Dagegen ist es Eure Aufgabe, hinauszugehen zum Kampf Eurer Stadt, wo Euch vielleicht der Tod erwartet. Das wißt Ihr im Grunde Eures Herzens.«

»Er wird nicht wieder aufwachen«, sagte Denethor. »Die Schlacht ist vergebens. Warum sollten wir uns wünschen, länger zu leben? Warum sollten wir nicht Seite an Seite in den Tod gehen?«

»Ihr seid nicht befugt, Truchseß von Gondor, die Stunde Eures Todes zu bestimmen«, antwortete Gandalf. »Und nur die götzendienerischen Könige unter der Herrschaft der Dunklen Macht verfuhren so, töteten sich selbst in Stolz und Verzweiflung, ermordeten ihre Sippe, um ihren eigenen Tod zu erleichtern.« Dann schritt er durch die Tür und brachte Faramir aus dem Todeshaus heraus und legte ihn auf die Bahre, auf der er hergetragen worden war und die jetzt unter dem Vorbau stand. Denethor folgte ihm, stand zitternd da und schaute sehnsüchtig auf das Gesicht seines Sohnes. Und einen Augenblick lang, während alle still und stumm waren und den Herrn in seinem Kampf beobachteten, schwankte er.

»Kommt!« sagte Gandalf. »Wir werden gebraucht. Es gibt vieles, was Ihr noch tun könnt.«

Da lachte Denethor plötzlich. Er stand wieder hochaufgerichtet und stolz da, trat rasch zu dem Tisch zurück und nahm ein Kissen hoch, auf dem sein Kopf geruht hatte. Als er dann zur Tür kam, zog er den Kissenbezug beiseite, und siehe! er hielt einen *palantír* in den Händen. Und wie er ihn hochhielt, schien es jenen, die zuschauten, daß die Kugel von einer inneren Flamme erglühte, so daß das hagere Gesicht des Herrn wie von einem roten Feuer beleuchtet war, und es schien aus hartem Stein geschnitten zu sein, scharf mit schwarzen Schatten, edel, stolz und entsetzlich. Seine Augen funkelten.

»Stolz und Verzweiflung!« rief er. »Glaubtest du, daß die Augen des Weißen Turms blind seien? Nein, ich habe mehr gesehen, als du weißt, Grauer Narr. Denn deine Hoffnung ist nur Unwissenheit. Gehe denn und bemühe dich zu heilen! Gehe hinaus und kämpfe! Eitel ist es! Für eine kleine Weile magst du auf dem Schlachtfeld siegen, für einen Tag. Aber gegen die Macht, die sich jetzt erhebt, gibt es keinen Sieg. Gegen diese Stadt ist nur der erste Finger seiner Hand ausgestreckt worden. Der ganze Osten ist in Bewegung. Und eben jetzt trügt dich der Wind deiner Hoffnung und trägt auf dem Anduin eine Flotte mit schwarzen Segeln heran. Der Westen hat versagt. Es ist Zeit für uns alle zu sterben, die wir nicht Hörige sein wollen.«

»Solche Entschlüsse werden den Sieg des Feindes fürwahr gewiß machen«, sagte Gandalf.

»Hoffe denn weiter!« lachte Denethor. »Kenne ich dich nicht, Mithrandir? Deine Hoffnung ist es, an meiner Statt zu herrschen, hinter jedem Thron zu stehen, im Norden, Süden oder Westen. Ich habe in deiner Seele gelesen und ihre Gedanken erraten. Weiß ich denn nicht, daß du diesem Halbling befohlen hast, Schweigen zu bewahren? Daß du ihn hierher gebracht hast, damit er sogar in meinem eigenen Gemach ein Späher sei? Und dennoch habe ich bei unseren Gesprächen die Namen und Absichten all deiner Gefahrten erfahren. So! Mit der linken Hand wolltest du mich für eine kleine Weile als Schild gegen Mordor benutzen, und mit der rechten diesen Waldläufer aus dem Norden heranbringen, auf daß er mich verdränge.

Aber das sage ich dir, Gandalf Mithrandir, ich will nicht dein Werkzeug sein!

Ich bin Truchseß aus dem Hause Anárions. Ich will mich nicht erniedrigen und der schwachsinnige Kämmerer eines Emporkömmlings sein. Selbst wenn mir sein Anspruch bewiesen würde, so stammt er dennoch nur aus Isildurs Geschlecht. Ich will mich nicht einem solchen beugen, dem Letzten aus einem zerlumpten Hause, seit langem der Herrschaft und Würde beraubt.«

»Aber was würdet Ihr Euch denn wünschen«, fragte Gandalf, »wenn es nach Eurem Willen ginge?«

»Ich möchte, daß die Dinge so bleiben, wie sie zeit meines Lebens waren«, antwortete Denethor, »und in den Tagen meiner Ahnen vor mir: in Frieden der Herr dieser Stadt zu sein und nach mir meinen Herrschersitz einem Sohn zu hinterlassen, der sein eigener Herr wäre und kein Zauberlehrling. Doch wenn das Schicksal mir das verweigert, dann will ich *nichts* haben: weder ein erniedrigtes Leben noch geteilte Liebe oder verminderte Ehre.«

»Mir würde es nicht als eine Verminderung an Liebe oder Ehre erscheinen, wenn ein Truchseß das seiner Obhut Anvertraute zurückgibt«, sagte Gandalf. »Und zumindest solltet Ihr Euren Sohn nicht der Möglichkeit berauben, selbst eine Wahl zu treffen, solange sein Tod noch ungewiß ist.«

Bei diesen Worten flammten Denethors Augen wieder, und er klemmte sich den Stein unter den Arm, zog einen Dolch und ging auf die Bahre zu. Aber Beregond sprang herbei und stellte sich vor Faramir.

»So!« schrie Denethor. »Du hast schon die Hälfte der Liebe meines Sohnes gestohlen. Jetzt stiehlst du mir auch die Herzen meiner Ritter, so daß sie mich zuletzt völlig meines Sohnes berauben. Aber zumindest dabei sollst du dich meinem Willen nicht widersetzen: mein eigenes Ende zu bestimmen.

Kommt her!« rief er seinen Dienern zu. »Kommt, wenn ihr nicht alle treulos seid!« Da liefen zwei von ihnen die Stufen zu ihm hinauf. Rasch ergriff er die Fackel, die einer von ihnen in der Hand hatte, und stürzte zurück ins Haus. Ehe Gandalf ihn hindern konnte, warf er sie auf den Holzstoß, und im Nu prasselte der und stand in Flammen.

Dann sprang Denethor auf den Tisch, und als er dort von Feuer und Rauch umringt stand, nahm er den Stab seines Truchseßamtes auf, der zu seinen Füßen gelegen hatte, und zerbrach ihn auf seinem Knie. Er warf die Stücke in die Flammen, bückte sich und legte sich auf dem Tisch nieder, und mit beiden Händen hielt er den *palantír* auf der Brust. Und es hieß, daß jeder Mensch, der später in diesen Stein blickte, wenn er nicht eine große Willensstärke besaß, um ihn auf ein anderes Ziel zu richten, nur zwei gealterte Hände sah, die sich in Flammen verzehrten.

Mit Schmerz und Entsetzen wandte Gandalf sein Gesicht ab und schloß die Tür. Eine Weile stand er sinnend und schweigend auf der Schwelle, während jene, die draußen standen, hörten, wie das Feuer drinnen gierig wütete. Und dann stieß Denethor einen lauten Schrei aus, und danach sprach er nicht mehr und wurde niemals wieder von Sterblichen gesehen.

»So geht Denethor, Ecthelions Sohn, dahin«, sagte Gandalf. Dann wandte er sich an Beregond und die Diener des Herrn, die erschrocken dastanden. »Und so gehen auch die Tage des Gondors, das ihr gekannt habt, dahin; auf Gedeih und Verderb sind sie zu Ende. Böse Taten sind hier vollbracht worden; aber laßt nun alle Feindschaft, die zwischen euch liegt, beiseite, denn sie war das Werk des Feindes und vollstreckt seinen Willen. Ihr seid in einem Netz widerstreitender Pflichten gefangen worden, das ihr nicht geknüpft habt. Doch denkt daran, ihr Diener des Herrn, die ihr in eurem Gehorsam blind wart, daß ohne Beregonds Treubruch auch Faramir, Heermeister des Weißen Turms, jetzt verbrannt wäre.

Tragt von diesem unseligen Ort eure Gefährten fort, die gefallen sind. Und wir werden Faramir, Truchseß von Gondor, an einen Ort bringen, an dem er in Frieden schlafen oder sterben kann, wenn das sein Schicksal ist.«

Dann nahmen Gandalf und Beregond die Bahre auf und trugen sie zu den Häusern der Heilung, während Pippin mit gesenktem Kopf hinter ihnen ging. Doch die Diener des Herrn starrten niedergeschlagen auf das Haus der Toten; und gerade als Gandalf das Ende von Rath Dínen erreicht hatte, gab es ein großes Getöse. Als er sich umschaute, sah er, daß die Kuppel des Hauses barst und Rauch aus ihr aufstieg; und dann stürzte sie krachend und unter Steingepolter und stiebenden Funken ein; aber unvermindert tanzten und flackerten die Flammen noch in den Trümmern. Da flohen die Diener voll Schrecken und folgten Gandalf.

Endlich kamen sie zurück zur Tür des Truchsessen, und voll Schmerz schaute Beregond auf den Pförtner. »Diese Tat werde ich immer bereuen«, sagte er. »Aber ich war rasend in meiner Hast, und er wollte nicht hören, sondern zog das Schwert gegen mich.« Dann nahm er den Schlüssel, den er der Hand des Erschlagenen entrissen hatte, und verschloß die Tür. »Er sollte jetzt dem Herrn Faramir gegeben werden«, sagte er.

»Der Fürst von Dol Amroth hat in der Abwesenheit des Herrn den Befehl übernommen«, sagte Gandalf. »Aber da er nicht hier ist, muß ich darüber entscheiden. Ich bitte Euch, den Schlüssel zu behalten und aufzubewahren, bis in der Stadt wieder Ordnung eingekehrt ist.«

Nun endlich kamen sie in die oberen Ringe der Stadt, und im Morgenlicht setzten sie ihren Weg zu den Häusern der Heilung fort; und das waren schöne Häuser, die etwas abseits lagen, um Schwerkranke zu heilen, doch jetzt waren sie dafür eingerichtet worden, die im Kampf verwundeten Männer oder Sterbenden zu pflegen. Sie standen nicht weit vom Tor der Veste, im sechsten Ring, nahe an der Südmauer, und über ihnen lag ein Garten und eine Rasenfläche mit Bäumen, der einzige Ort dieser Art in der Stadt. Dort wohnten einige Frauen, denen erlaubt worden war, in Minas Tirith zu bleiben, da sie erfahren waren im Heilen oder im Dienst für die Heiler.

Doch gerade, als Gandalf und seine Begleiter mit der Bahre am Haupteingang der Häuser ankamen, hörten sie einen lauten Schrei, der vom Schlachtfeld vor dem Tor kam und schrill und durchdringend zum Himmel aufstieg und vom Wind davongetragen wurde. So entsetzlich war der Schrei, daß einen Augenblick lang alle stillstanden, und als er verhallt war, waren dennoch alle Herzen plötzlich von einer Hoffnung erfüllt, wie sie sie nicht gekannt hatten, seit die Dunkelheit aus dem Osten gekommen war; und es schien ihnen, daß das Licht hell wurde und die Sonne durch die Wolken brach.

Aber Gandalfs Gesicht war ernst und traurig; er bat Beregond und Pippin, Faramir in die Häuser der Heilung zu bringen, und er ging weiter hinauf zu den Wällen; und dort stand er wie eine in Weiß gemeißelte Gestalt in der neuen Sonne und schaute hinaus. Und mit der Sehkraft, die ihm gegeben war, erblickte er alles, was geschehen war; und als Éomer von der Spitze seiner Schlachtreihe heranritt und neben denen stand, die auf dem Feld lagen, da seufzte er, und er zog seinen Mantel wieder um sich und schritt hinab von den Wällen. Und Beregond und Pippin fanden ihn, in Gedanken versunken, vor der Tür der Häuser stehen, als sie herauskamen.

Sie schauten ihn an, und eine Weile schwieg er. Schließlich sprach er. »Meine Freunde«, sagte er, »und ihr alle, Volk dieser Stadt und der westlichen Lande! Betrübende und ruhmreiche Dinge sind geschehen. Sollen wir weinen oder froh sein? Entgegen aller Hoffnung ist der Heerführer unserer Feinde vernichtet worden, und den Widerhall seiner letzten Verzweiflung habt ihr gehört. Aber er ging nicht von dannen, ohne Leid und bittern Verlust zu hinterlassen. Und das hätte ich abwenden können, wäre Denethors Wahnsinn nicht gewesen. So weit hat sich der Einfluß unseres Feindes ausgedehnt. Aber jetzt erkenne ich leider, wie sein Wille bis ins Herz der Stadt einzudringen vermochte.

Obwohl die Truchsessen glaubten, es sei ein nur ihnen bekanntes Geheimnis, habe ich lange gewußt, daß hier im Weißen Turm ebenso wie in dem von Orthanc einer der Sieben Steine aufbewahrt wurde. In den Tagen seiner Weisheit wagte Denethor nicht, ihn zu gebrauchen oder Sauron herauszufordern, denn er kannte die Grenzen seiner eigenen Kraft. Aber seine Weisheit schwand; und ich fürchte, als die Gefahr für sein Reich wuchs, blickte er in den Stein und wurde getäuscht: mehr als einmal, nehme ich an, seit Boromir starb. Er war zu groß, um von dem Willen der Dunklen Macht unterworfen zu werden, indes sah er nur die Dinge, die jene Macht ihm zu sehen erlaubte. Das Wissen, das er erlangte, war ihm zweifellos oft dienlich; doch das Bild von der großen Macht von Mordor, das ihm gezeigt wurde, nährte die Verzweiflung in seinem Herzen, bis sie sein Gemüt zerrüttete.«

»Jetzt verstehe ich, was mir so seltsam erschienen war«, sagte Pippin, und es schauderte ihm noch bei der Erinnerung, als er davon sprach. »Der Herr ging hinaus aus dem Zimmer, in dem Faramir lag; und als er zurückkehrte, fand ich ihn zum erstenmal verändert, alt und gebrochen.«

»In eben der Stunde, da Faramir in den Turm gebracht wurde, sahen viele von uns ein seltsames Licht in dem obersten Gemach«, sagte Beregond. »Aber wir hatten dieses Licht schon früher gesehen, und seit langem ging das Gerücht in der Stadt, daß der Herr dann und wann in Gedanken mit seinem Feind ringe.«

»Wehe, dann habe ich richtig vermutet«, sagte Gandalf. »So ist Saurons Wille in Minas Tirith eingedrungen; und so bin ich hier aufgehalten worden. Und hier werde ich noch immer bleiben müssen, denn bald werde ich noch andere Aufgaben haben, nicht nur Faramir.

Jetzt muß ich hinunter und jenen entgegengehen, die kommen. Ich habe auf dem Schlachtfeld etwas gesehen, das meinem Herzen sehr schmerzlich war, und größeres Leid mag noch geschehen. Komm mit mir, Pippin! Aber Ihr, Beregond, solltet in die Veste zurückgehen und dem Führer der Wache dort sagen, was sich ereignet hat. Es wird seine Pflicht sein, fürchte ich, Euch aus der Wache zu entfernen; doch sagt ihm, wenn ich ihm einen Rat geben darf, dann solltet Ihr in die Häuser der Heilung geschickt werden, um der Wächter und Diener Eures Heermeisters zu sein, wenn er erwacht – wenn das je wieder sein wird. Denn durch Euch wurde er vor dem Feuer gerettet. Geht nun! Ich komme bald zurück.«

Nach diesen Worten ging er mit Pippin hinab zur unteren Stadt. Und gerade als sie sich eiligst auf den Weg machten, brachte der Wind einen grauen Regen, und alle Brände erloschen, und ein großer Rauch stieg vor ihnen auf.

ACHTES KAPITEL

DIE HÄUSER DER HEILUNG

Ein Nebel war vor Merrys Augen vor Tränen und Müdigkeit, als sie sich dem zerstörten Tor von Minas Tirith näherten. Er achtete wenig der Verheerungen und des Gemetzels ringsum. Feuer und Rauch und Gestank hingen in der Luft; denn viele Belagerungsmaschinen waren verbrannt oder in die Feuergräben geworfen worden, und auch viele der Erschlagenen, während hier und dort die Kadaver der großen Südland-Ungeheuer lagen, halbverbrannt oder durch Steinwürfe getötet oder durch die Augen geschossen von den tapferen Bogenschützen von Morthond. Der flüchtige Regen hatte eine Zeitlang aufgehört, und hoch oben schimmerte die Sonne; doch die ganze untere Stadt war in schwelenden Qualm gehüllt.

Schon waren Männer an der Arbeit, um einen Weg durch das Trümmerfeld der Schlacht zu bahnen; und jetzt kamen aus dem Tor einige Leute, die Bahren trugen. Behutsam legten sie Éowyn auf weiche Kissen; aber des Königs Leiche bedeckten sie mit einem großen Tuch aus Gold, und sie trugen Fackeln rings um ihn, und ihre Flammen, bleich im Sonnenlicht, flackerten im Wind.

So kamen Théoden und Éowyn in die Stadt von Gondor, und alle, die sie sahen, entblößten das Haupt und verneigten sich; und sie kamen durch die Asche und den Rauch des niedergebrannten Ringes und gingen weiter und hinauf auf den Straßen aus Stein. Merry kam der Aufstieg endlos vor, ein sinnloser Weg in einem abscheulichen Traum, weiter und weiter gehen zu irgendeinem düsteren Ende, das das Erinnerungsvermögen nicht fassen kann.

Langsam flackerten die Lichter der Fackeln vor ihm und erloschen, und er ging in Dunkelheit weiter und dachte: »Das ist ein unterirdischer Gang, der in eine Gruft führt; dort werden wir für immer bleiben.« Doch plötzlich tauchte in seinem Traum eine lebendige Stimme auf.

»Na, Merry, welch Glück, daß ich dich gefunden habe!«

Er schaute auf, und der Nebel vor seinen Augen hob sich ein wenig. Da war Pippin! Sie standen einander gegenüber in einer schmalen Gasse, und niemand außer ihnen war da. Er rieb sich die Augen.

»Wo ist der König?« fragte er. »Und Éowyn?« Dann strauchelte er und setzte sich auf eine Türschwelle und begann wieder zu weinen.

»Sie sind hinaufgebracht worden in die Veste«, sagte Pippin. »Ich glaube, du mußt beim Laufen eingeschlafen und in die falsche Straße eingebogen sein. Als wir merkten, daß du nicht bei ihnen warst, hat Gandalf mich ausgeschickt, um dich zu suchen. Armer Merry! Wie froh bin ich, dich wiederzusehen! Aber du bist erschöpft, und ich will dich nicht mit Reden quälen. Aber sage mir, bist du verletzt oder verwundet?«

»Nein«, sagte Merry. »Nein, ich glaube nicht. Aber ich kann meinen rechten Arm nicht gebrauchen, Pippin, seit ich meinen Hieb gegen ihn führte. Und mein Schwert ist völlig verbrannt wie ein Stück Holz.«

Pippins Gesicht war besorgt. »Na, am besten kommst du so schnell mit mir, wie du nur kannst«, sagte er. »Ich wünschte, ich könnte dich tragen. Du bist nicht imstande, weiterzulaufen. Sie hätten dich überhaupt nicht laufen lassen sollen; aber du mußt ihnen verzeihen. So viele entsetzliche Dinge sind in der Stadt geschehen, Merry, daß ein armer Hobbit, der von der Schlacht kommt, leicht übersehen wird.«

»Es ist nicht immer ein Unglück, übersehen zu werden«, sagte Merry. »Gerade eben bin ich übersehen worden von – nein, nein, ich kann nicht darüber sprechen. Hilf mir, Pippin. Es wird wieder alles dunkel, und mein Arm ist so kalt.«

»Stütze dich auf mich, Merry, mein Junge«, sagte Pippin. »Komm nun! Ein Fuß nach dem anderen. Es ist nicht weit.«

»Wirst du mich beerdigen?« fragte Merry.

»Nein, wirklich nicht!« sagte Pippin und versuchte, fröhlich zu klingen, obwohl ihm das Herz schwer war vor Angst und Mitleid. »Nein, wir gehen zu den Häusern der Heilung.«

Sie kamen aus der Gasse heraus, die zwischen hohen Häusern und der Außenmauer des vierten Ringes verlief, und gelangten wieder auf die Hauptstraße, die zur Veste hinaufführte. Schritt um Schritt gingen sie, während Merry schwankte und wie im Schlaf murmelte.

»Ich werde ihn nie dort hinbringen«, dachte Pippin. »Ist denn niemand da, der mir hilft? Ich kann ihn doch nicht hier liegen lassen.« Gerade da kam zu seiner Überraschung ein Junge hinter ihnen hergelaufen, und als er vorbeirannte, erkannte er Bergil, Beregonds Sohn.

»Hallo, Bergil!« rief er. »Wo gehst du hin? Ich freue mich, dich wiederzusehen und noch am Leben.«

»Ich mache Botengänge für die Heiler«, sagte Bergil. »Ich kann nicht bleiben.«

»Sollst du auch nicht«, sagte Pippin. »Aber sage oben Bescheid, daß ich hier einen kranken Hobbit habe, einen *perian*, verstehst du, der vom Schlachtfeld gekommen ist. Ich glaube nicht, daß er so weit laufen kann. Wenn Mithrandir da ist, wird er froh sein über die Nachricht.« Bergil rannte weiter.

»Ich werde lieber hier warten«, dachte Pippin. So ließ er Merry sanft auf das Pflaster gleiten, an einer Stelle, die von der Sonne beschienen war, dann setzte er sich neben ihn und legte Merrys Kopf auf seinen Schoß. Er tastete vorsichtig seinen Rumpf und die Glieder ab und nahm seines Freundes Hände in seine. Die rechte Hand fühlte sich eiskalt an.

Es dauerte nicht lange, da kam Gandalf selbst, um sie zu holen. Er beugte sich über Merry und strich ihm liebevoll über die Stirn; dann hob er ihn behutsam auf. »Er hätte mit allen Ehren in diese Stadt getragen werden sollen«, sagte er. »Er hat mein Vertrauen voll gerechtfertigt; denn hätte Elrond mir nicht nachgegeben, wäret ihr beide nicht mitgekommen; und dann wäre das Unheil dieses Tages noch viel schmerzlicher gewesen.« Er seufzte. »Und dennoch ist hier wieder eine neue Verantwortung in meine Hände gelegt, während die Schlacht die ganze Zeit in der Schwebe hängt.«

So wurden Faramir und Éowyn und Meriadoc schließlich in den Häusern der Heilung zu Bett gebracht; und sie wurden dort gut gepflegt. Denn obwohl alles Wissen in diesen späteren Tagen nicht mehr die Fülle von einst erreichte, war die Heilkunst in Gondor gelehrt und erfahren in der Behandlung von Wunden und Verletzungen und aller Krankheiten, denen sterbliche Menschen östlich des Meers unterworfen waren. Nur das Alter ausgenommen. Denn dagegen hatten sie kein Heilmittel; und die Spanne ihres Lebens war jetzt verkürzt auf nicht viel mehr als diejenige anderer Menschen, und die Zahl derer unter ihnen, die in voller Kraft die Hundert überschritten, war klein geworden, außer in manchen Geschlechtern von reinerem Blut. Doch nun versagten ihre Kunst und ihr Wissen; denn viele lagen an einer Krankheit darnieder, die nicht geheilt werden konnte; und sie nannten sie den Schwarzen Schatten, denn sie kam von den Nazgûl. Und diejenigen, die von ihr befallen wurden, versanken in einen immer tieferen Traum, und dann wurden sie still und tödlich kalt und starben. Und es schien den Krankenpflegern, daß auf dem Halbling und der Herrin von Rohan diese Krankheit schwer lastete. Immerhin sprachen sie, als der Morgen verging, noch dann und wann und murmelten in ihren Träumen; und die Wärter lauschten auf alles, was sie sagten, denn sie hofften, vielleicht etwas zu erfahren, das ihnen helfen würde, ihre Verletzungen zu verstehen. Aber bald begannen sie, ins Dunkel zu versinken, und als die Sonne sich nach Westen wandte, kroch ein grauer Schatten über ihre Gesichter. Doch Faramir glühte in einem Fieber, das nicht nachlassen wollte.

Voller Sorge ging Gandalf von einem zum anderen, und ihm wurde alles berichtet, was die Wärter hatten hören können. Und so zog sich der Tag dahin, während draußen die große Schlacht tobte mit wechselnden Hoffnungen und seltsamen Botschaften. Und immer noch wartete Gandalf und beobachtete und ging nicht hinaus; bis schließlich der rote Sonnenuntergang den ganzen Himmel erfüllte und durch das Fenster das Licht auf die grauen Gesichter der Kranken fiel. Da schien es jenen, die dabeistanden, daß sich in dem Leuchten die Gesichter leicht röteten, als ob die Gesundheit zurückkehrte, aber es war nur ein Blendwerk der Hoffnung.

Da sah ein altes Weib, Ioreth, die älteste der Frauen, die in dem Hause diente, auf Faramirs schönes Gesicht, und sie weinte, denn alles Volk liebte ihn. Und sie sagte: »Wehe, wenn er sterben sollte. Ich wünschte, es gäbe Könige in Gondor, wie es sie einstmals gegeben haben soll. Denn es heißt in alten Schriften: *Die Hände des Königs sind Hände eines Heilers.* Und so konnte der rechtmäßige König immer erkannt werden.«

Und Gandalf, der dabeistand, sagte: »Lange mögen sich die Menschen Eurer Worte erinnern, Ioreth! Denn es liegt Hoffnung in ihnen. Vielleicht ist wirklich ein König nach Gondor zurückgekehrt; oder habt Ihr die seltsamen Botschaften nicht gehört, die in die Stadt gelangt sind?«

»Ich war zu beschäftigt mit diesem und jenem, um auf all das Rufen und Schreien zu achten«, antwortete sie. »Ich hoffe nur, daß die mörderischen Teufel nicht in dieses Haus kommen und die Kranken stören.«

Die Häuser der Heilung

Dann ging Gandalf in aller Eile hinaus, und schon erlosch das Feuer am Himmel, und die schwelenden Berge verblaßten, während der aschgraue Abend über die Felder kroch.

Nun, da die Sonne unterging, zogen Aragorn und Éomer und Imrahil mit ihren Hauptleuten und Rittern zur Stadt, und als sie vor das Tor kamen, sagte Aragorn:

»Schaut, die Sonne geht in einem großen Brand unter. Es ist ein Zeichen für das Ende und den Niedergang vieler Dinge, und für einen Wandel im Lauf der Welt. Doch diese Stadt und dieses Reich sind seit vielen langen Jahren in der Obhut der Truchsessen gewesen, und ich fürchte, wenn ich ungebeten komme, könnten Zweifel und Hader entstehen, und das sollte nicht geschehen, solange dieser Krieg ausgefochten wird. Ich werde die Stadt nicht betreten oder irgendeinen Anspruch erheben, ehe sich ersehen läßt, wer die Oberhand behält, wir oder Mordor. Die Leute sollen meine Zelte auf dem Schlachtfeld aufschlagen, und hier will ich warten, bis der Herr der Stadt mich willkommen heißt.«

Aber Éomer sagte: »Schon habt Ihr die Fahne des Königs aufgezogen und die Wahrzeichen von Elendils Haus gezeigt. Wollt Ihr zulassen, daß sie in Zweifel gezogen werden?«

»Nein«, sagte Aragorn. »Aber ich halte die Zeit noch nicht für reif; und mir steht der Sinn nicht nach Kampf, außer mit unserem Feind und seinen Dienern.«

Und Fürst Imrahil sagte: »Eure Worte, Herr, sind weise, wenn einer, der ein Verwandter des Herrn Denethor ist, Euch in dieser Frage einen Rat geben darf. Er ist willensstark und stolz, aber alt; und seine Stimmung war seltsam, seit sein Sohn niedergestreckt wurde. Dennoch möchte ich nicht, daß Ihr wie ein Bettler an der Tür bleibt.«

»Nicht wie ein Bettler«, antwortete Aragorn. »Sagen wir, wie ein Hauptmann der Waldläufer, die an Städte und Steinhäuser nicht gewöhnt sind.« Und er gab Befehl, seine Fahne aufzurollen; er legte den Stern des Nördlichen Königreichs ab und gab ihn Elronds Söhnen in Verwahrung.

Dann verließen ihn Fürst Imrahil und Éomer von Rohan und gingen durch die Stadt und die Volksmenge und stiegen zur Veste hinauf; und dort kamen sie zu der Halle des Turms und suchten den Truchseß. Aber sie fanden seinen Sessel leer, und vor dem erhöhten Sitz lag Théoden, König der Mark, aufgebahrt; und zwölf Fackeln standen um sein Bett, und zwölf Ritter von Rohan und Gondor hielten die Totenwache. Und die Vorhänge des Bettes waren in Grün und Weiß, aber bis zu seiner Brust war über den König ein großes Tuch aus Gold gebreitet, und darauf lag sein blankes Schwert, und zu seinen Füßen sein Schild. Das Licht der Fackeln schimmerte auf seinem weißen Haar wie Sonne im Sprühregen eines Springbrunnens, aber sein Gesicht war schön und jung, nur lag ein Frieden auf ihm, der für die Jugend unerreichbar ist; und es schien, daß er schlief.

Als sie eine Zeitlang stumm neben dem König gestanden hatten, fragte Imrahil: »Wo ist der Truchseß? Und wo ist Mithrandir?«

Und einer der Wächter antwortete: »Der Truchseß von Gondor ist in den Häusern der Heilung.«

Aber Éomer sagte: »Wo ist Frau Éowyn, meine Schwester; denn gewiß sollte sie doch neben dem König liegen und mit nicht geringerer Ehre? Wo hat man sie untergebracht?«

Und Imrahil sagte: »Aber Frau Éowyn lebte noch, als sie hierher getragen wurde. Wußtet Ihr das nicht?«

Da überfiel die unerwartete Hoffnung Éomers Herz so plötzlich, und gleichzeitig packten ihn von neuem Besorgnis und Furcht, daß er nichts mehr sagte, sondern sich umwandte und rasch die Halle verließ; und der Fürst folgte ihm. Und als sie hinauskamen, hatte sich der Abend herabgesenkt, und viele Sterne standen am Himmel. Und da kam Gandalf zu Fuß, und mit ihm einer in einem grauen Mantel; und sie trafen sich vor den Türen der Häuser der Heilung. Und sie begrüßten Gandalf und sagten: »Wir suchen den Truchseß, und die Leute sagten, er sei in diesem Haus. Hat er irgendeine Verletzung erlitten? Und wo ist Frau Éowyn?«

Und Gandalf antwortete: »Sie liegt drinnen und ist nicht tot, aber dem Tode nahe. Aber Herr Faramir ist von einem bösen Pfeil verwundet worden, wie Ihr gehört habt, und er ist jetzt der Truchseß; denn Denethor ist verschieden, und sein Haus liegt in Asche.« Und sie waren voll Schmerz und Staunen über die Geschichte, die er ihnen erzählte.

Aber Imrahil sagte: »So ist der Sieg der Freude entkleidet, und er ist teuer erkauft, wenn beide Länder, Gondor und Rohan, an einem Tage ihrer Herren beraubt sind. Éomer befehligt die Rohirrim. Wer soll derweil in der Stadt befehligen? Sollen wir nicht jetzt nach Herrn Aragorn schicken?«

Und der Mann im Mantel sprach und sagte: »Er ist gekommen.« Und sie sahen, als er in den Lichtschein der Laterne an der Tür trat, daß es Aragorn war, gehüllt in den grauen Mantel aus Lórien über seinem Panzer, und er trug kein anderes Zeichen als den grünen Stein von Galadriel. »Ich bin gekommen, weil Gandalf mich darum bittet«, sagte er. »Aber vorläufig bin ich nur der Heerführer der Dúnedain von Arnor; und der Herr von Dol Amroth soll in der Stadt befehligen, bis Faramir erwacht. Doch ist es mein Rat, daß Gandalf in den kommenden Tagen und bei unseren Verhandlungen mit dem Feind über uns alle den Oberbefehl übernimmt.« Und damit waren alle einverstanden.

Dann sagte Gandalf: »Laßt uns nicht hier an der Tür stehen, denn die Zeit drängt. Laßt uns eintreten. Denn nur im Kommen von Aragorn liegt die Hoffnung, die den Kranken in diesem Hause noch bleibt. So sprach Ioreth, Wahrsagerin von Gondor: *Die Hände des Königs sind Hände eines Heilers, und so soll der rechtmäßige König erkannt werden.*«

Aragorn trat als erster ein, und die anderen folgten. Und dort an der Tür standen zwei Wächter in der Tracht der Veste: einer war von hohem Wuchs, aber der andere war kaum so groß wie ein Knabe; und als er sie sah, schrie er auf vor Überraschung und Freude.

»Streicher! Das ist ja herrlich! Weißt du, ich hatte schon vermutet, daß du es warst auf den schwarzen Schiffen. Aber sie schrien alle *Corsaren!* und wollten nicht auf mich hören. Wie hast du das nur gemacht?«

Aragorn lachte und nahm den Hobbit bei der Hand. »Ich freue mich wirklich, dich zu treffen!« sagte er. »Doch jetzt ist nicht die Zeit für Wandergeschichten.«

Aber Imrahil sagte zu Éomer: »Ist das die Art, wie wir mit unseren Königen reden? Vielleicht wird er noch seine Krone unter einem anderen Namen tragen!«

Und Aragorn hörte ihn und drehte sich um und sagte: »Fürwahr, in der Hochsprache von einst bin ich Elessar, der Elbenstein, und Enviyatar, der Erneuerer.« Und er faßte nach dem grünen Stein, der auf seiner Brust lag. »Aber Streicher soll der Name meines Hauses sein, wenn es je gegründet wird. In der Hochsprache wird es nicht übel klingen, und *Telcontar* werde ich heißen und alle Erben meines Leibes ebenso.«

Und damit gingen sie in das Haus; und als sie weitergingen zu den Zimmern, wo die Kranken gepflegt wurden, berichtete Gandalf die Taten von Éowyn und Meriadoc. »Denn«, sagte er, »lange habe ich bei ihnen gestanden, und zuerst sprachen sie viel in ihren Träumen, ehe sie in die tödliche Dunkelheit versanken. Außerdem ist es mir gegeben, viele Dinge in weiter Ferne zu sehen.«

Aragorn ging zuerst zu Faramir, dann zu Frau Éowyn und zuletzt zu Merry. Als er die Gesichter der Kranken betrachtet und ihre Verletzungen gesehen hatte, seufzte er. »Hier muß ich alle Kraft und alles Können einsetzen, die mir gegeben sind«, sagte er. »Ich wünschte, Elrond wäre hier, denn er ist der Älteste unseres ganzen Geschlechts und besitzt die größere Kraft.«

Und als Éomer sah, daß er sowohl sorgenvoll als auch müde war, sagte er: »Gewiß müßt Ihr zuerst ruhen, und zumindest ein wenig essen.«

Aber Aragorn antwortete: »Nein, für diese drei, und am meisten für Faramir, geht die Zeit zu Ende. Höchste Eile tut nun not.«

Dann rief er Ioreth und sagte: »Habt Ihr in diesem Haus einen Vorrat an Heilkräutern?«

»Ja, Herr«, antwortete sie, »aber nicht genug, schätze ich, für alle, die sie brauchen. Doch ich weiß wirklich nicht, wo wir noch welche finden sollen; denn alles fehlt in diesen entsetzlichen Tagen, mit Feuer und Bränden, und so wenig Jungen, die Botengänge für uns erledigen, und alle Straßen sind versperrt. Ja, es ist schon unzählige Tage her, daß ein Fuhrmann aus Lossarnach auf den Markt kam! Aber wir tun in diesem Haus unser Bestes mit dem, was wir haben, wie Euer Gnaden sicherlich wissen werden.«

»Darüber werde ich urteilen, wenn ich es gesehen habe«, sagte Aragorn. »Noch etwas ist knapp, das ist Zeit zum Reden. Habt Ihr *athelas*?«

»Ich weiß es nicht, ich bin nicht sicher, Herr«, antwortete sie. »Zumindest nicht unter diesem Namen. Ich werde gehen und den Kräutermeister fragen, er kennt all die alten Namen.«

»Es wird auch *Königskraut* genannt«, sagte Aragorn. »Vielleicht kennt Ihr es unter diesem Namen, denn so nennt es das Landvolk in neuerer Zeit.«

»Ach das!« sagte Ioreth. »Nun, wenn Euer Gnaden es gleich so genannt hätten, dann hätte ich es Euch sagen können. Nein, das haben wir nicht, da bin ich sicher. Und ich habe nie gehört, daß es sehr wirksam ist; und tatsächlich habe ich oft zu meinen Schwestern gesagt, wenn wir im Wald darauf stießen, wo es wuchs: ›Königskraut‹, sagte ich, ›das ist ein seltsamer Name, und ich frage mich, warum es so genannt wird; denn wenn ich König wäre, dann hätte ich schönere Pflanzen in meinem Garten.‹ Immerhin riecht es süß, wenn es zerrieben wird, nicht wahr? Wenn süß das richtige Wort ist: heilsam kommt der Sache vielleicht näher.«

»Heilsam, fürwahr«, sagte Aragorn. »Und nun, gnädige Frau, wenn Ihr Herrn Faramir liebt, dann lauft so schnell wie Eure Zunge und holt mir Königskraut, wenn es ein Blatt davon in der Stadt gibt.«

»Und wenn nicht«, sagte Gandalf, »dann werde ich mit Ioreth nach Lossarnach reiten, und sie soll mich in den Wald führen, aber nicht zu ihren Schwestern. Und Schattenfell soll ihr zeigen, was Eile heißt.«

Als Ioreth gegangen war, bat Aragorn die anderen Frauen, Wasser heiß zu machen. Dann nahm er Faramirs Hand in seine und legte die andere Hand dem kranken Mann auf die Stirn. Sie war schweißgebadet; aber Faramir rührte sich nicht und gab kein Zeichen von sich und schien kaum zu atmen.

»Er ist fast völlig entkräftet«, sagte Aragorn, zu Gandalf gewandt. »Aber das kommt nicht von der Wunde. Schau! Die heilt. Wäre er von irgendeinem Pfeil der Nazgûl niedergestreckt worden, wie du glaubtest, dann wäre er in derselben Nacht gestorben. Diese Wunde hat irgendein Südländer-Pfeil verursacht, möchte ich annehmen. Wer hat ihn herausgezogen? Ist er aufbewahrt worden?«

»Ich zog ihn heraus«, sagte Imrahil, »und stillte das Blut. Aber ich habe den Pfeil nicht aufbewahrt, denn wir hatten viel zu tun. Es war, wie ich mich erinnere, ebensolch ein Pfeil, wie ihn die Südländer verwenden. Dennoch glaube ich, daß er oben aus den Schatten kam, sonst wären sein Fieber und seine Krankheit nicht zu verstehen; denn die Wunde war nicht tief oder lebensgefährlich. Wie erklärt Ihr Euch die Sache?«

»Erschöpfung, Kummer über die Stimmung seines Vaters und vor allem der Schwarze Atem«, sagte Aragorn. »Er ist ein Mann von starkem Willen, denn er war schon dicht unter den Schatten gekommen, ehe er zur Schlacht auf den Außenmauern ritt. Langsam muß sich das Dunkel an ihn herangeschlichen haben, als er noch kämpfte und darum rang, seinen Vorposten zu halten. Ich wünschte, ich hätte früher hier sein können!«

Da trat der Kräutermeister ein. »Euer Gnaden fragten nach *Königskraut*, wie es die Bauern nennen«, sagte er, »oder *athelas* in der edlen Sprache oder für jene, die etwas Valinorisch verstehen ...«

»Das tue ich«, sagte Aragorn, »und mir ist es einerlei, ob Ihr jetzt *asea aranion* oder *Königskraut* sagt, solange Ihr welches habt.«

»Ich bitte um Vergebung, Herr«, sagte der Mann. »Ich sehe, Ihr seid ein Gelehrter, nicht bloß ein Heerführer. Aber leider, Herr, haben wir dieses Ding nicht in den Häusern der Heilung, wo nur die schwer Verwundeten oder Kranken gepflegt werden. Denn es besitzt keine Wirkungskraft, soweit wir wissen, abgesehen vielleicht davon, daß es verpestete Luft verbessert oder eine vorübergehende Benommenheit vertreibt. Es sei denn, natürlich, daß Ihr den Versen aus alter Zeit Beachtung schenktet, die von Frauen wie unserer guten Ioreth noch immer wiederholt werden, ohne daß sie sie verstehen.

> *Wenn der Schwarze Atem weht,*
> *Todesschatten dräuend steht,*
> *Löschen alle Lichter aus,*
> *Athelas, komm du ins Haus,*
> *Durch Königshand zu geben*
> *Sterbenden das Leben!*

Es ist nur ein Knittelvers, fürchte ich, verstümmelt im Gedächtnis alter Frauen. Seine Bedeutung zu beurteilen überlasse ich Euch, wenn er überhaupt eine hat. Aber alte Leute verwenden immer noch einen Aufguß von dem Kraut gegen Kopfschmerzen.«

»Dann geht, im Namen des Königs, und sucht irgendeinen alten Mann von weniger Gelehrsamkeit und größerer Weisheit, der etwas davon in seinem Haus hat!« rief Gandalf.

Jetzt kniete sich Aragorn neben Faramir nieder und legte eine Hand auf seine Stirn. Und diejenigen, die zuschauten, spürten, daß irgendein großer Kampf ausgefochten wurde. Denn Aragorns Gesicht wurde grau vor Erschöpfung; und immer wieder rief er Faramirs Namen, doch jedesmal hörten sie ihn leiser, als ob Aragorn selbst fern von ihnen sei und in irgendeinem dunklen Tal wandere und jemanden rufe, der sich verirrt hatte.

Und schließlich kam Bergil angerannt und brachte sechs Blätter in einem Tuch. »Es ist Königskraut, Herr«, sagte er, »aber nicht frisch, fürchte ich. Es muß schon vor mindestens zwei Wochen gepflückt worden sein. Ich hoffe, es wird nützlich sein, Herr.« Dann sah er Faramir an und brach in Tränen aus.

Aber Aragorn lächelte. »Es wird nützlich sein«, sagte er. »Das Schlimmste ist jetzt vorüber. Bleibe hier und sei getröstet.« Dann nahm er zwei Blätter, legte sie auf seine Hände und hauchte sie an, und dann zerrieb er sie, und sogleich war der Raum von einer lebendigen Frische erfüllt, als ob die Luft selbst erwacht wäre und prickelte und vor Freude sprühte. Und dann warf er die Blätter in die Schüsseln mit dampfendem Wasser, die ihm gebracht worden waren, und sofort wurden alle Herzen leichter. Denn der Duft, der zu jedem drang, war wie eine Erinnerung an tauige Morgen mit nicht verschatteter Sonne in irgendeinem Land, dessen schöne Frühlingswelt selbst nur eine flüchtige Erinnerung ist. Aber Aragorn stand auf wie einer, der erfrischt ist, und seine Augen lächelten, als er eine Schüssel vor Faramirs träumendes Gesicht hielt.

»Nun, wer hätte das geglaubt?« sagte Ioreth zu einer Frau, die neben ihr stand. »Das Kraut ist besser, als ich dachte. Es erinnert mich an die Rosen von Imloth Melui, als ich ein Mädchen war, und kein König könnte etwas Besseres verlangen.«

Plötzlich regte sich Faramir, und er öffnete die Augen und schaute Aragorn an, der sich über ihn beugte; und Erkennen und Liebe leuchteten in seinen Augen auf, und er sprach leise. »Mein Herr, Ihr riefet mich. Ich komme. Was befiehlt der König?«

»Wandelt nicht mehr in den Schatten, sondern erwacht!« sagte Aragorn. »Ihr seid erschöpft. Ruht eine Weile und nehmt ein wenig Nahrung zu Euch, und seid bereit, wenn ich zurückkomme.«

»Das werde ich, Herr«, sagte Faramir. »Denn wer wollte müßig im Bett liegen, wenn der König zurückgekehrt ist?«

»Lebt denn wohl für eine Weile«, sagte Aragorn. »Ich muß noch zu den anderen gehen, die mich brauchen.« Und er verließ das Zimmer mit Gandalf und Imrahil; doch Beregond und sein Sohn blieben da und vermochten ihre Freude nicht zurückzuhalten. Als Pippin Gandalf folgte und die Tür schloß, hörte er Ioreth ausrufen:

»König! Hast du das gehört? Was habe ich gesagt! Die Hände eines Heilers, sagte ich.« Und bald ging die Kunde von dem Haus aus, daß der König wirklich unter ihnen sei und nach dem Krieg Heilung gebracht habe; und die Nachricht machte die Runde in der Stadt.

Aber Aragorn kam zu Éowyn, und er sagte: »Hier ist eine schlimme Verletzung und ein schweres Unglück. Der Arm, der gebrochen war, ist mit gebührender Sachkenntnis behandelt worden, und er wird mit der Zeit heilen, wenn sie die Kraft hat, zu leben. Es ist der Schildarm, der verletzt ist; aber das Hauptübel kommt vom Schwertarm. In ihm scheint jetzt kein Leben zu sein, obwohl er nicht gebrochen ist.

Leider stand sie einem Feind gegenüber, der für die Kraft ihrer Seele und ihres Körpers zu groß war. Und wer eine Waffe gegen einen solchen Feind erheben will, muß härter sein als Stahl, wenn nicht allein der Zusammenstoß ihn vernichten soll. Es war ein böses Geschick, das sie ihm in den Weg führte. Denn sie ist eine schöne Maid, die schönste Herrin aus einem Haus von Königinnen. Dennoch weiß ich nicht, was ich von ihr sagen soll. Als ich sie zuerst erblickte und erkannte, wie unglücklich sie war, schien es mir, als sähe ich eine weiße Blume, die aufrecht und stolz dastand, wie eine Lilie geformt, und doch wußte ich, daß sie hart war, als sei sie von Elben-Handwerkern aus Stahl gearbeitet. Oder war es vielleicht ein Frost, der ihren Lebenssaft in Eis verwandelte, so daß sie zwar stand, bittersüß, noch schön anzusehen, doch getroffen, um bald zu fallen und zu sterben? Ihre Krankheit begann schon lange vor diesem Tag, nicht wahr, Éomer?«

»Ich wundere mich, daß Ihr mich fragt, Herr«, antwortete er. »Denn ich halte Euch für schuldlos in dieser Sache, wie in allem anderen; dennoch wüßte ich nicht, daß Éowyn, meine Schwester, von irgendeinem Frost berührt worden wäre, ehe sie Euch zum erstenmal erblickte. Kummer und Angst hatte sie und teilte sie mit mir, in den Tagen von Schlangenzunge und der Behexung des Königs; und sie pflegte den König in wachsender Besorgnis. Aber nicht das hat sie in diese Lage gebracht!«

Die Häuser der Heilung

»Mein Freund«, sagte Gandalf, »Ihr hattet Pferde und Waffentaten und die freien Felder; aber sie, mit dem Körper eines Mädchens geboren, besaß Geist und Mut, die zumindest den Euren ebenbürtig waren. Dennoch war sie dazu verurteilt, einem alten Mann aufzuwarten, den sie wie einen Vater liebte, und zuzusehen, wie er einem erbärmlichen, würdelosen Altersschwachsinn verfiel; und ihre Rolle erschien ihr schmählicher als die des Stabes, auf den er sich stützte.

Glaubt Ihr, daß Schlangenzunge nur Gift für Théodens Ohren hatte? *Schwachsinniger Greis! Was ist Eorls Haus anderes als eine strohgedeckte Scheune, wo Straßenräuber in stinkigem Rauch trinken und ihre Sprößlinge sich zwischen den Hunden auf dem Fußboden sielen?* Habt Ihr diese Worte nicht schon gehört? Saruman sprach sie, der Lehrer von Schlangenzunge. Obwohl ich nicht zweifle, daß Schlangenzunge zu Hause seinen Sinn in arglistigere Ausdrücke kleidete. Herr, hätte nicht die Liebe Eurer Schwester zu Euch und der immer noch auf ihre Pflicht gerichtete Wille ihr die Lippen verschlossen, dann hättet Ihr Dinge wie diese von ihnen hören können. Aber wer weiß, was sie in der Dunkelheit aussprach, allein, in den bittern, stillen Stunden der Nacht, wenn ihr ganzes Leben zusammenzuschrumpfen schien und sich die Wände ihres Käfigs um sie schlossen wie um ein wildes Tier?«

Da schwieg Éomer und schaute auf seine Schwester, als ob er von neuem all die Tage ihres gemeinsam verbrachten Lebens überdenke. Aber Aragorn sagte: »Auch ich sah, was Ihr gesehen habt, Éomer. Unter all dem Unglück dieser Welt gibt es kaum einen Schmerz, der bitterer und beschämender ist für das Herz eines Mannes, als die Liebe einer so schönen und tapferen Frau zu erkennen, die nicht erwidert werden kann. Sorge und Mitleid haben mich immer begleitet, seit ich sie, die verzweifelte, in Dunharg verließ und zu den Pfaden der Toten ritt; und keine Furcht auf diesem Weg war so gegenwärtig wie die Furcht, was ihr widerfahren könnte. Und dennoch, Éomer, sage ich zu Euch, daß sie Euch in Wirklichkeit mehr liebt als mich; denn Euch liebt und kennt sie; aber in mir liebt sie nur einen Schatten und einen Gedanken: eine Hoffnung auf Ruhm und große Taten und Länder weit entfernt von den Feldern von Rohan.

Vielleicht habe ich die Kraft, ihren Körper zu heilen und sie aus dem dunklen Tal zurückzurufen. Aber was sie erwartet, wenn sie erwacht: Hoffnung oder Vergessen oder Verzweiflung, das weiß ich nicht. Und wenn es Verzweiflung ist, dann wird sie sterben, es sei denn, andere Heilung kommt zu ihr, die ich nicht bringen kann. Wehe! Denn ihre Taten haben sie unter die Königinnen von großem Ruhm eingereiht.«

Dann bückte sich Aragorn und blickte in ihr Gesicht, und es war fürwahr weiß wie eine Lilie, kalt wie Frost und hart wie gemeißelter Stein. Aber er neigte sich über sie und küßte sie auf die Stirn, rief sie leise und sagte:

»Éowyn, Éomunds Tochter, erwacht! Denn Euer Feind ist dahingegangen.«

Sie regte sich nicht, aber jetzt begann sie wieder tief zu atmen, so daß sich ihre Brust unter dem weißen Leinen des Lakens hob und senkte. Wiederum zerrieb Aragorn zwei *athelas*-Blätter und warf sie in dampfendes Wasser; und damit benetzte er ihre Stirn und ihren rechten Arm, der kalt und kraftlos auf der Decke lag.

Ob Aragorn nun wirklich irgendeine vergessene Kraft von Westernis besaß, oder ob es nur seine Worte über Frau Éowyn waren, die sich auf die Umstehenden auswirkten – als der süße Balsam des Krauts durch das Zimmer strömte, war ihnen, als ob ein scharfer Wind durch das Fenster wehte, und er brachte keinen Duft, sondern es war eine völlig frische und saubere und junge Luft, als ob noch kein Lebewesen in ihr geatmet hätte und sie neu erschaffen von schneeigen Bergen hoch unter der Sternkuppel herabgekommen wäre, oder von silbernen Gestaden in weiter Ferne, bespült vom Meer.

»Erwacht, Éowyn, Herrin von Rohan«, sagte Aragorn noch einmal, und er nahm ihre rechte Hand in seine und fühlte, wie sie warm wurde, als das Leben in sie zurückkehrte. »Erwacht! Der Schatten ist fort, und alle Dunkelheit ist reingewaschen!« Dann legte er ihre Hand in Éomers und trat zurück. »Ruft sie!« sagte er und verließ leise das Zimmer.

»Éowyn, Éowyn!« rief Éomer unter Tränen. Aber sie öffnete die Augen und sagte: »Éomer! Welche Freude ist das? Denn sie sagten, du seiest erschlagen. Nein, das waren nur die dunklen Stimmen in meinem Traum. Wie lange habe ich geträumt?«

»Nicht lange, meine Schwester«, sagte Éomer. »Doch denke nicht mehr daran!«

»Ich bin seltsam erschöpft«, sagte sie. »Ich muß ein wenig ruhen. Doch sage mir, was ist mit dem Herrn der Mark? Wehe! Sage mir nicht, daß das ein Traum war; denn ich weiß, es war keiner. Er ist tot, wie er es vorausgesehen hat.«

»Er ist tot«, sagte Éomer, »aber er bat mich, Éowyn, teurer als eine Tochter, Lebewohl zu sagen. Er liegt nun mit großen Ehren in der Veste von Gondor.«

»Das ist schmerzlich«, sagte sie. »Und dennoch ist es besser als alles, was ich in den dunklen Tagen zu hoffen wagte, als es schien, daß Eorls Haus an Ehre tiefer gesunken wäre als die Hütte eines Hirten. Und was ist mit des Königs Knappen, dem Halbling? Éomer, du mußt ihn zum Ritter der Riddermark machen, denn er ist tapfer.«

»Er liegt nahebei in diesem Haus, und ich will zu ihm gehen«, sagte Gandalf. »Éomer soll eine Weile hierbleiben. Aber sprecht nicht von Krieg und Leid, ehe Ihr ganz wiederhergestellt seid. Eine große Freude ist es, Euch wieder zu Gesundheit und Hoffnung erwachen zu sehen, eine so tapfere Frau!«

»Zu Gesundheit?« sagte Éowyn. »Das mag sein. Zumindest, solange ein leerer Sattel von irgendeinem gefallenen Reiter da ist, den ich ausfüllen kann, und Taten zu vollbringen sind. Aber zu Hoffnung? Das weiß ich nicht.«

Gandalf und Pippin kamen in Merrys Zimmer, und da fanden sie Aragorn neben dem Bett stehen. »Der arme Merry!« rief Pippin und lief zum Bett, denn ihm schien, daß sein Freund schlechter aussah, und sein Gesicht war grau, als ob das Gewicht kummervoller Jahre auf ihm liege; und plötzlich wurde er von Angst gepackt, daß Merry sterben würde.

»Fürchte dich nicht«, sagte Aragorn. »Ich kam zur Zeit und habe ihn zurückgerufen. Er ist jetzt erschöpft und betrübt, und er hat eine Verletzung davongetragen wie Frau Éowyn, als er es wagte, einen Schwertstreich gegen dieses grausame Wesen zu führen. Aber diese Schäden können behoben werden, da ein so starker und heiterer Lebensgeist in ihm ist. Seinen Schmerz wird er nicht vergessen; aber er wird ihm nicht das Herz verdunkeln, sondern ihn Weisheit lehren.«

Dann legte Aragorn die Hand auf Merrys Kopf, fuhr ihm sanft durch die braunen Locken, berührte seine Lider und rief ihn beim Namen. Und als der Duft von *athelas* durch das Zimmer strömte wie ein Geruch von Obstgärten und Heide im Sonnenschein voller Bienen, da erwachte Merry plötzlich und sagte:

»Ich bin hungrig. Wie spät ist es?«

»Die Abendessenszeit ist schon vorbei«, sagte Pippin, »obwohl ich glaube, daß ich dir noch etwas bringen könnte, wenn sie es erlauben.«

»Das tun sie wahrlich«, sagte Gandalf. »Und alles andere, was dieser Ritter von Rohan begehren mag, wenn es in Minas Tirith gefunden werden kann, wo sein Name in Ehren gehalten wird.«

»Gut«, sagte Merry. »Dann möchte ich zuerst Abendessen haben, und danach« eine Pfeife.« Bei diesen Worten verdüsterte sich sein Gesicht. »Nein, keine Pfeife. Ich glaube nicht, daß ich je wieder rauchen werde.«

»Warum nicht?« fragte Pippin.

»Nun«, sagte Merry zögernd. »Er ist tot. Das hat es mir alles wieder ins Gedächtnis gerufen. Er sagte, es tue ihm leid, daß er niemals Gelegenheit hatte, mit mir über Kräuterkunde zu sprechen. Fast das letzte, was er überhaupt gesagt hat. Ich werde nie wieder rauchen können, ohne an ihn zu denken, und an jenen Tag, Pippin, als er nach Isengart ritt und so höflich war.«

»Dann rauche und denke an ihn!« sagte Aragorn. »Denn er war ein gütiger Mann und ein großer König und hielt seine Eide; und er erhob sich aus den Schatten zu einem letzten schönen Morgen. Obwohl dein Dienst für ihn kurz war, sollte er eine freudige und ehrenvolle Erinnerung bis ans Ende deiner Tage sein.«

Merry lächelte. »Nun gut«, sagte er, »wenn Streicher besorgt, was nötig ist, dann will ich rauchen und an ihn denken. Ich hatte etwas von Sarumans bestem Tabak in meinem Beutel, aber was in der Schlacht damit geschehen ist, das weiß ich wirklich nicht.«

»Herr Meriadoc«, sagte Aragorn, »wenn du glaubst, daß ich mit Feuer und Schwert durch das Gebirge und das Reich Gondor gezogen bin, um einem sorglosen Krieger, der seine Ausrüstung weggeworfen hat, Kraut zu bringen, dann irrst du dich. Wenn dein Beutel nicht gefunden wird, dann mußt du nach dem Kräutermeister dieses Hauses schicken. Und er wird dir sagen, daß er nicht wußte, daß das Kraut, das du verlangst, irgendeine Wirkungskraft hat, doch daß es vom Volk *Westmannskraut* und von den Edlen *galenas* genannt wird und noch andere Namen in gelehrteren Sprachen hat, und dann wird er ein paar halbvergessene Reime hinzufügen, die er nicht versteht, und er wird dir bedauernd mitteilen, daß es in dem Haus keins gibt, und er wird dich verlassen, um über

Sprachengeschichte nachzudenken. Und verlassen muß ich dich nun auch. Denn in einem solchen Bett wie diesem habe ich nicht geschlafen, seit ich von Dunharg fortritt, noch habe ich gegessen seit der Dunkelheit vor Tagesanbruch.«

Merry ergriff seine Hand und küßte sie. »Es tut mir entsetzlich leid«, sagte er. »Geh sofort! Immer seit jenem Abend in Bree sind wir eine Plage für dich gewesen. Aber es ist die Art meines Volkes, daß wir zu solchen Zeiten so leicht dahinreden und weniger sagen, als wir empfinden. Wir fürchten, zuviel zu sagen. Deshalb fehlt uns das richtige Wort, wenn ein Scherz nicht am Platze ist.«

»Das weiß ich sehr wohl, sonst würde ich nicht auf dieselbe Weise mit dir umgehen!« sagte Aragorn. »Möge es dem Auenland auf immerdar wohl ergehen!« Er küßte Merry und ging hinaus, und Gandalf ging mit ihm.

Pippin blieb da. »Hat es je einen wie ihn gegeben?« sagte er. »Außer Gandalf natürlich. Ich glaube, sie müssen verwandt sein. Du alter Esel, dein Beutel liegt neben deinem Bett, und du hattest ihn auf dem Rücken, als ich dich traf. Er hat ihn natürlich die ganze Zeit gesehen. Und außerdem habe ich sowieso auch etwas von dem Zeug. Doch komm nun! Es ist Langgrundblatt. Stopf dir die Pfeife, während ich loslaufe und mich nach etwas zum Essen umsehe. Und dann wollen wir es uns eine Weile gemütlich machen. Du meine Güte! Wir Tuks und Brandybocks können nicht lange unter Hochgestellten leben.«

»Nein«, sagte Merry. »Ich kann es nicht. Noch nicht, jedenfalls. Aber zumindest, Pippin, können wir sie jetzt verstehen und ehren. Es ist am besten, wenn man zuerst liebt, was zu lieben einem angemessen ist, nehme ich an: man muß irgendwo beginnen und Wurzeln haben, und der Boden des Auenlandes ist tief. Doch gibt es noch tiefere und höhere Lebewesen; und kein Ohm könnte in Frieden, wie er es nennt, seinen Garten bestellen, wenn sie nicht wären, ob er nun von ihnen weiß oder nicht. Ich bin froh, daß ich ein wenig von ihnen weiß. Aber ich weiß nicht, warum ich so rede. Wo ist das Blatt? Und hole mir meine Pfeife aus dem Beutel, wenn sie nicht zerbrochen ist.«

Aragorn und Gandalf gingen nun zu dem Vorsteher der Häuser der Heilung, und sie rieten ihm, daß Faramir und Éowyn noch viele Tage dort bleiben und sorgsam gepflegt werden sollten.

»Frau Éowyn«, sagte Aragorn, »wird bald aufstehen und fortgehen wollen; aber es sollte ihr nicht erlaubt werden, wenn Ihr sie auf irgendwelche Weise zurückhalten könnt, bis zumindest zehn Tage vergangen sind.«

»Was Faramir betrifft«, sagte Gandalf, »so muß er bald erfahren, daß sein Vater tot ist. Aber die ganze Geschichte von Denethors Wahnsinn sollte ihm nicht erzählt werden, ehe er völlig geheilt ist und Aufgaben zu erfüllen hat. Sorgt dafür, daß Beregond und der *perian*, die dabei waren, noch nicht mit ihm über diese Dinge sprechen.«

»Und der andere *perian*, Meriadoc, der in meiner Obhut ist, was ist mit ihm?« fragte der Vorsteher.

»Wahrscheinlich wird er morgen aufstehen können für eine kurze Weile«, sagte Aragorn. »Laßt ihn, wenn er will. Er darf ein wenig spazierengehen, wenn seine Freunde auf ihn aufpassen.«

»Ein bemerkenswertes Geschlecht sind sie«, sagte der Vorsteher und nickte mit dem Kopf. »Aus hartem Holz geschnitzt, glaube ich.«

An den Türen der Häuser der Heilung hatten sich viele Menschen versammelt, um Aragorn zu sehen, und sie gingen ihm nach; und nachdem er endlich zu Abend gegessen hatte, kamen Leute und baten, er möge ihre Verwandten oder Freunde heilen, die durch Verletzungen oder Wunden in Gefahr waren oder unter dem Schwarzen Schatten lagen. Und Aragorn stand auf und ging hinaus, und er schickte nach Elronds Söhnen, und gemeinsam mühten sie sich bis tief in Nacht. Und die Kunde verbreitete sich in der Stadt: »Der König ist wirklich zurückgekehrt.« Und sie nannten ihn Elbenstein wegen des großen grünen Steins, den er trug, und so wurde der Name, von dem ihm bei seiner Geburt geweissagt worden war, daß er ihn führen würde, von seinem eigenen Volk für ihn gewählt.

Und als er nicht mehr arbeiten konnte, warf er seinen Mantel über und schlüpfte hinaus aus der Stadt und ging zu seinem Zelt, gerade vor der Morgendämmerung, und schlief ein wenig. Und am Morgen flatterte das Banner von Dol Amroth, ein weißes Schiff wie ein Schwan auf blauem Wasser, vom Turm, und die Menschen schauten hinauf und fragten sich, ob das Kommen des Königs nur ein Traum gewesen sei.

NEUNTES KAPITEL

DIE LETZTE BERATUNG

Es wurde Morgen nach dem Tag der Schlacht, und er war schön, mit leichten Wolken, und der Wind hatte nach Westen gedreht. Legolas und Gimli waren früh auf, und sie baten um Erlaubnis, in die Stadt hinaufzugehen; denn sie waren begierig, Merry und Pippin zu sehen.

»Es ist gut, zu erfahren, daß sie noch am Leben sind«, sagte Gimli. »Denn sie haben uns große Mühen verursacht bei unserem Marsch durch Rohan, und ich hätte es nicht gern, daß all diese Mühen umsonst waren.«

Zusammen kamen der Elb und der Zwerg nach Minas Tirith, und das Volk, das sie vorbeigehen sah, wunderte sich, solche Gefährten zu sehen; denn Legolas war über alles menschliche Maß schön von Angesicht, und er sang mit heller Stimme ein Elbenlied, während er ging; aber Gimli schritt stolz neben ihm einher, strich sich den Bart und schaute sich neugierig um.

»Da sind einige gute Steinmetzarbeiten hier«, sagte er, als er die Wälle betrachtete. »Aber manches ist weniger gut, und die Straßen hätten besser angelegt werden können. Wenn Aragorn zu seinem Recht kommt, dann werde ich ihm die Dienste der Steinmetzen des Berges anbieten, und wir werden diese hier zu einer Stadt machen, auf die man stolz sein kann.«

»Sie brauchen mehr Gärten«, sagte Legolas. »Die Häuser sind öde, und es gibt hier zu wenig, das wächst und froh ist. Wenn Aragorn zu seinem Recht kommt, soll ihm das Volk des Waldes Vögel bringen, die singen, und Bäume, die nicht sterben.«

Schließlich kamen sie zu Fürst Imrahil, und Legolas blickte ihn an und verneigte sich tief. Denn er sah, daß hier wirklich einer war, der Elbenblut in den Adern hatte. »Heil, Herr«, sagte er. »Es ist lange her, seit das Volk von Nimrodel die Wälder von Lórien verließ, und dennoch kann man sehen, daß nicht alle von Amroths Hafen aus nach Westen über das Meer gesegelt sind.«

»So heißt es in der Überlieferung meines Landes«, sagte der Fürst, »doch seit unzähligen Jahren ist niemals einer des schönen Volkes dort gesehen worden. Und ich wundere mich, jetzt einen hier inmitten von Leid und Krieg zu sehen. Was suchet Ihr?«

»Ich bin einer der Neun Gefährten, die mit Mithrandir von Imladris aufbrachen«, sagte Legolas. »Und mit diesem Zwerg, meinem Freund, kam ich mit dem Herrn Aragorn. Doch nun möchten wir unsere Freunde Meriadoc und Peregrin sehen, die in Eurer Obhut sind, wie uns gesagt wurde.«

»Ihr werdet sie in den Häusern der Heilung finden, und ich will euch dort hinbringen«, sagte Imrahil.

»Es wird genug sein, wenn Ihr uns einen schickt, der uns führt, Herr«, sagte Legolas. »Denn Aragorn sendet Euch diese Botschaft. Er möchte zu dieser Zeit die Stadt nicht wieder betreten. Dennoch ist es nötig, daß die Heerführer sogleich eine Beratung abhalten, und er bittet, daß Ihr und Éomer von Rohan sobald wie möglich hinunter kommen zu seinen Zelten. Mithrandir ist schon dort.«

»Wir werden kommen«, sagte Imrahil; und sie trennten sich mit höflichen Worten.

»Das ist ein edler Herr und ein großer Führer der Menschen«, sagte Legolas. »Wenn Gondor in diesen Tagen des Niedergangs noch solche Männer hat, dann muß sein Glanz groß gewesen sein in den Tagen seines Aufstiegs.«

»Und zweifellos ist die gute Steinmetzarbeit die ältere und wurde bei der ersten Bebauung hergestellt«, sagte Gimli. »So ist es immer mit den Dingen, die die Menschen beginnen: es gibt Frost im Frühling oder Dürre im Sommer, und ihre Hoffnungen schlagen fehl.«

»Doch selten schlägt ihre Saat fehl«, sagte Legolas. »Sie liegt im Boden und vermodert, und zu unerwarteten Zeiten und an unerwarteten Orten geht sie dann auf. Die Taten der Menschen werden uns überdauern.«

»Und am Ende wird nichts dabei herauskommen, als daß es hätte noch besser sein können«, sagte der Zwerg.

»Darauf wissen die Elben keine Antwort«, sagte Legolas.

Nun kam der Diener des Fürsten und führte sie zu den Häusern der Heilung; und dort fanden sie ihre Freunde im Garten, und es war ein fröhliches Wiedersehen. Eine Weile gingen sie spazieren und unterhielten sich und erfreuten sich für kurze Zeit an dem Frieden und der Ruhe des Morgens hoch oben in den luftigen Ringen der Stadt. Dann, als Merry müde wurde, setzten sie sich auf die Mauer und hatten nur den grünen Rasen der Häuser der Heilung im Rücken; und weit südlich vor ihnen war der Anduin, in der Sonne glitzernd, wie er hinausfloß, selbst für Legolas außer Sicht, in die weiten Ebenen und den grünen Dunst von Lebennin und Süd-Ithilien.

Und jetzt schwieg Legolas, während die anderen redeten, und er blickte hinaus gegen die Sonne, und als er schaute, sah er weiße Seevögel den Fluß heraufliegen.

»Schaut!« rief er. »Möwen! Sie fliegen weit landeinwärts. Ein Wunder sind sie für mich und eine Beunruhigung für mein Herz. Nie in meinem ganzen Leben habe ich welche gesehen, bis wir nach Pelargir kamen, und dort hörte ich sie in der Luft kreischen, als wir zum Kampf um die Schiffe ritten. Da blieb ich stehen und vergaß den Krieg in Mittelerde; denn ihre klagenden Stimmen sprachen zu mir vom Meer. Das Meer! Ach, ich habe es noch nicht erblickt. Doch tief im Herzen unserer ganzen Sippe liegt die Meeressehnsucht, an die zu rühren gefährlich ist. Ach, diese Unglücksmöwen! Keinen Frieden werde ich wiederfinden unter Buche oder Ulme.«

»Sage das nicht«, sagte Gimli. »Denn unzählige Dinge gibt es noch in Mittelerde zu sehen und große Werke zu vollbringen. Doch wenn sich das ganze schöne Volk zu den Häfen aufmacht, wird die Welt langweiliger für jene, deren Schicksal es ist hierzubleiben.«

»Fürwahr, langweilig und öde!« sagte Merry. »Du darfst nicht zu den Häfen gehen, Legolas. Es wird immer einige Leute geben, große oder kleine, und selbst ein paar kluge Zwerge wie Gimli, die dich brauchen. Zumindest hoffe ich das. Obwohl ich irgendwie das Gefühl habe, daß uns das Schlimmste an diesem Krieg noch bevorsteht. Wie sehr wünschte ich, daß alles vorbei und gutgegangen wäre!«

»Seid nicht so trübsinnig!« rief Pippin. »Die Sonne scheint, und hier sind wir zusammen, zumindest für ein oder zwei Tage. Ich möchte mehr über euch alle hören. Komm, Gimli! Du und Legolas, ihr habt eure seltsame Fahrt mit Streicher schon ungefähr ein dutzendmal heute morgen erwähnt. Aber ihr habt mir nichts davon erzählt.«

»Hier mag die Sonne scheinen«, sagte Gimli, »aber es gibt Erinnerungen an jenen Weg, die ich nicht aus der Dunkelheit wieder zurückrufen möchte. Hätte ich gewußt, was vor mir lag, dann glaube ich, daß ich um keiner Freundschaft willen die Pfade der Toten eingeschlagen hätte.«

»Die Pfade der Toten?« sagte Pippin. »Ich habe gehört, daß Aragorn das sagte, und ich fragte mich, was er damit meinen könnte. Wollt ihr uns nicht etwas erzählen?«

»Nicht gern«, sagte Gimli. »Denn auf jenem Weg bin ich beschämt worden: Gimli, Glóins Sohn, der sich für zäher gehalten hatte als Menschen und mutiger unter der Erde als jeder Elb. Und keins von beiden bin ich gewesen; und nur der Wille von Aragorn hat mich auf diesem Weg gehalten.«

»Und die Liebe zu ihm auch«, sagte Legolas. »Denn alle, die ihn kennenlernen, lernen ihn auch auf ihre Weise zu lieben, selbst die kühle Maid der Rohirrim. Es war am frühen Morgen des Tages, ehe du dort hinkamst, Merry, daß wir Dunharg verließen, und eine solche Angst lag auf dem ganzen Volk, daß keiner es sehen wollte, als wir gingen, nur Frau Éowyn, die jetzt verwundet unten in dem Haus liegt. Dieser Abschied war schmerzlich, und es schmerzte mich, es zu sehen.«

»Ach«, sagte Gimli, »ich hatte nur Mitgefühl mit mir selbst. Nein, von dieser Fahrt will ich nicht sprechen.«

Er schwieg; aber Pippin und Merry waren so begierig, mehr zu hören, daß Legolas schließlich sagte: »Ich werde euch genug erzählen, damit ihr Ruhe gebt; denn ich spürte den Schrecken nicht und fürchtete mich nicht vor den Schatten der Menschen, da ich sie für machtlos und schwach hielt.«

Rasch erzählte er ihnen dann von dem Geisterweg unter dem Gebirge und der dunklen Zusammenkunft bei Erech, und dem großen Ritt von dort aus, dreiundneunzig Wegstunden nach Pelargir am Anduin. »Vier Tage und Nächte und bis hinein in den fünften ritten wir von dem Schwarzen Stein«, sagte er. »Und siehe! in der Dunkelheit von Mordor wuchs meine Hoffnung; denn in jener Düsternis schien das Schattenheer stärker zu werden und schrecklicher auszusehen. Manche sah ich reiten, manche laufen, doch alle kamen mit derselben großen Schnelligkeit voran. Stumm waren sie, doch ihre Augen funkelten. Im Hochland von Lamedon überholten sie unsere Pferde und fegten an uns vorbei und hätten uns hinter sich gelassen, wenn Aragorn es ihnen nicht verboten hätte.

Auf seinen Befehl blieben sie wieder zurück. ›Selbst die Schatten der Menschen gehorchen seinem Willen‹, dachte ich. ›Sie werden seinem Zweck vielleicht doch noch dienen.‹

Die letzte Beratung

An einem hellen Tag ritten wir, und dann kam der Tag ohne Morgendämmerung, und wir ritten immer noch weiter und überquerten Ciril und Ringló; und am dritten Tag kamen wir nach Linhir, oberhalb der Mündung des Gilrain. Dort kämpften Menschen aus Lamedon um die Furten mit üblem Volk aus Umbar und Harad, das den Fluß heraufgesegelt war. Aber Verteidiger und Feinde gleichermaßen gaben die Schlacht auf und flohen, als wir kamen, und sie riefen, der König der Toten sei über ihnen. Nur Angbor, Herr von Lamedon, hatte den Mut, uns zu erwarten; und Aragorn bat ihn, sein Volk zu sammeln und hinterherzukommen, falls sie es wagten, wenn das Graue Heer vorüber war.

›In Pelargir wird Isildurs Erbe euch brauchen‹, sagte er. So überquerten wir den Gilrain und trieben Mordors Verbündete in wilder Flucht vor uns her; und dann rasteten wir eine Weile. Aber Aragorn stand bald wieder auf und sagte: ›Seht! Schon wird Minas Tirith angegriffen. Ich fürchte, es wird fallen, ehe wir ihm zu Hilfe kommen.‹ So saßen wir wieder auf, ehe die Nacht vergangen war, und ritten weiter, mit aller Schnelligkeit, die unsere Pferde ertragen konnten, über die Ebenen von Lebennin.«

Legolas hielt inne und seufzte, und er wandte seinen Blick nach Süden und sang leise:

Silbern strömen die Wasser von Celos nach Erui
In den grünen Gründen Lebennins!
Hoch wächst dorten das Gras. Der Wind weht von der See,
Wiegt die weißen Lilien,
Läutet die goldenen Glocken der mallos und alfirin
In den grünen Gründen Lebennins.
Der Wind weht von der See!

»Grün sind jene Felder in den Liedern meines Volkes; aber nun waren sie dunkel, graue Wüsten in der Schwärze vor uns. Und über das weite Land, achtlos Gras und Blumen niedertretend, jagten wir unsere Feinde einen Tag und eine Nacht lang, bis wir endlich am bitteren Ende zum Großen Strom kamen.

Dann glaubte ich im Grunde meines Herzens, daß wir uns dem Meer näherten; denn weit war das Wasser in der Dunkelheit, und unzählige Vögel kreischten an den Ufern. Ach, dieses unselige Wehklagen der Möwen! Hatte die Herrin mir nicht gesagt, ich solle mich vor ihnen hüten? Und jetzt kann ich sie nicht vergessen.«

»Ich für mein Teil achtete ihrer nicht«, sagte Gimli. »Denn nun gerieten wir endlich im Ernst in eine Schlacht. Dort in Pelargir lag die Hauptflotte von Umbar, fünfzig große Schiffe und unzählige kleinere Fahrzeuge. Viele von denen, die wir verfolgten, hatten die Häfen vor uns erreicht und brachten ihre Furcht mit; und einige der Schiffe hatten abgelegt und versuchten, flußabwärts zu entkommen oder das jenseitige Ufer zu erreichen; und viele der kleineren Fahrzeuge wurden in Brand gesteckt. Aber die Haradrim, die jetzt bis zum Ufer getrieben waren, stellten sich nun zum Kampf, und sie waren verbissen in ihrer Verzweiflung; und sie lachten, als sie uns anschauten, denn sie waren noch immer ein großes Heer.

Aber Aragorn hielt an und schrie mit lauter Stimme: ›Nun kommt! Beim Schwarzen Stein rufe ich euch!‹ Und plötzlich rollte das Schattenheer, das zuletzt zurückgeblieben war, wie eine graue Flut heran und fegte alles vor sich weg. Schwache Schreie hörte ich, und undeutlich Hörner blasen, und ein Murmeln wie von unzähligen fernen Stimmen: es war wie das Echo irgendeiner vergessenen Schlacht in den Dunklen Jahren vor langer Zeit. Bleiche Schwerter wurden gezogen; und ich weiß nicht, ob ihre Klingen noch scharf waren, denn die Toten brauchten keine anderen Waffen mehr als Furcht. Keiner wollte ihnen Widerstand leisten.

Zu jedem Schiff kamen sie, das an Land gezogen war, und dann fuhren sie über das Wasser zu denen, die dort ankerten; und alle Seeleute wurden wahnsinnig vor Angst und sprangen über Bord, abgesehen von den Sklaven, die an die Ruder gekettet waren. Unbekümmert ritten wir mitten zwischen unsere fliehenden Feinde und trieben sie vor uns her wie Blätter, bis wir zum Ufer kamen. Und dann schickte Aragorn zu jedem der großen Schiffe, die noch übrig waren, einen der Dúnedain, und sie sprachen den Gefangenen, die an Bord waren, Mut zu und sagten ihnen, sie sollten ihre Angst abschütteln und würden frei sein.

Ehe dieser dunkle Tag endete, war kein Feind mehr da, der uns Widerstand leistete; alle waren ertrunken oder nach Süden geflohen in der Hoffnung, ihr eigenes Land zu Fuß zu erreichen. Seltsam und wunderbar fand ich es, daß Mordors Pläne vereitelt wurden durch solche Gespenster der Furcht und Dunkelheit. Mit seinen eigenen Waffen wurde es überwältigt.«

»Seltsam fürwahr«, sagte Legolas. »In jener Stunde sah ich Aragorn an und dachte, ein wie großer und entsetzlicher Gebieter er mit seiner Willensstärke hätte werden können, wenn er den Ring für sich genommen hätte. Nicht umsonst fürchtet Mordor ihn. Aber edler ist seine Seele, als Sauron sich vorstellen kann; stammt er denn nicht von Lúthiens Kindern ab? Niemals wird dieses Geschlecht aussterben, wenn auch unzählige Jahre vergehen.«

»Die Augen der Zwerge vermögen nicht so weit vorauszusehen«, sagte Gimli. »Doch fürwahr gewaltig war Aragorn an jenem Tag. Siehe! Die ganze schwarze Flotte war in seiner Hand; und er erwählte das größte Schiff für sich und bestieg es. Dann ließ er eine große Menge Trompeten, die dem Feind abgenommen worden waren, erschallen, und das Schattenheer zog sich zum Ufer zurück. Dort standen sie stumm, kaum sichtbar, abgesehen von einem roten Schimmer in ihren Augen, in denen sich der Brand der Schiffe spiegelte. Und Aragorn sprach zu den Toten Menschen mit lauter Stimme und rief:

›Höret nun, was Isildurs Erbe zu sagen hat! Euer Eid ist erfüllt. Geht zurück und sucht niemals wieder die Täler heim! Scheidet dahin und findet Ruhe!‹

Und daraufhin trat der König der Toten vor das Heer und zerbrach seinen Speer und warf ihn auf den Boden. Dann verneigte er sich tief und wandte sich ab, und rasch zog sich das ganze graue Heer zurück und verschwand wie ein Nebel, der von einem plötzlichen Wind zurückgetrieben wird; und mir schien, als erwachte ich aus einem Traum.

Die letzte Beratung

In jener Nacht ruhten wir, während andere arbeiteten. Denn viele Gefangene wurden auf freien Fuß gesetzt und viele Sklaven freigelassen, die zum Volk von Gondor gehörten und bei Überfällen ergriffen worden waren; und bald sammelten sich auch viele Mannen aus Lebennin und Ethir, und Angbor von Lamedon kam herbei mit allen Reitern, die er aufbieten konnte. Jetzt, da die Angst vor den Toten ausgeräumt war, kamen sie, um uns zu helfen und Isildurs Erben zu sehen; denn das Gerücht über diesen Namen hatte sich wie ein Lauffeuer im Dunkeln verbreitet.

Und das ist nahezu das Ende unserer Geschichte. Denn an jenem Abend und in jener Nacht wurden viele Schiffe bereitgemacht und bemannt; und am Morgen lief die Flotte aus. Lange her scheint es jetzt zu sein, doch war es erst am Morgen des vorgestrigen Tages, des sechsten, seit wir von Dunharg losritten. Doch immer noch war Aragorn von der Angst getrieben, die Zeit sei zu kurz.

›Es sind zweiundvierzig Wegstunden von Pelargir bis zu den Anfurten von Harlond‹, sagte er. ›Doch nach Harlond müssen wir morgen kommen oder völlig scheitern.‹

An den Rudern waren jetzt freie Männer, und tapfer mühten sie sich ab; doch langsam kamen wir den Großen Fluß hinauf, denn wir kämpften gegen die Strömung, und obwohl sie unten im Süden nicht stark ist, hatten wir keine Hilfe durch den Wind. Schwer wäre mir ums Herz gewesen, trotz unseres Sieges in den Häfen, wenn Legolas nicht plötzlich gelacht hätte.

›Hinauf mit deinem Bart, Durins Sohn!‹ sagte er. ›Denn so lautet das Sprichwort: *Oft wird Hoffnung geboren, wenn alles ist verloren.*‹ Aber welche Hoffnung er von ferne sah, wollte er nicht sagen. Als die Nacht kam, verstärkte sich nur die Dunkelheit, und unsere Herzen waren heiß, denn fern im Norden sahen wir ein rotes Glühen unter der Wolke, und Aragorn sagte: ›Minas Tirith brennt.‹

Doch um Mitternacht wurde tatsächlich die Hoffnung neu geboren. Seekundige Männer aus Ethir schauten nach Süden und sprachen von einem Witterungsumschlag, der mit einem frischen Wind vom Meer kommen würde. Lange vor Tagesanbruch wurden an den Masten der Schiffe Segel gesetzt, und unsere Geschwindigkeit nahm zu, bis die Morgendämmerung den Schaum an unserem Bug weiß werden ließ. Und so kamen wir, wie ihr wißt, in der dritten Stunde des Morgens bei schönem Wind und entschleierter Sonne an, und wir entrollten die große Fahne in der Schlacht. Es war ein großer Tag und eine große Stunde, was immer danach kommen mag.«

»Was immer folgen mag, große Taten werden nicht im Wert vermindert«, sagte Legolas. »Eine große Tat war der Ritt auf den Pfaden der Toten, und groß wird er bleiben, wenn auch keiner mehr in Gondor wäre, um in kommenden Tagen davon zu singen.«

»Und das mag sehr wohl geschehen«, sagte Gimli. »Denn Aragorns und Gandalfs Gesichter sind ernst. Ich frage mich, was für Beschlüsse sie in den Zelten da unten fassen. Denn für mein Teil wünschte ich wie Merry, daß mit unserem Sieg der Krieg jetzt vorüber wäre. Doch was immer noch zu tun ist, ich hoffe daran teilzuhaben, um der Ehre des Volks vom Einsamen Berg willen.«

»Und ich um des Volks des Großen Waldes willen«, sagte Legolas, »und um der Liebe zum Herrn des Weißen Baumes.«

Dann schwiegen die Gefährten, aber eine Weile saßen sie noch an dem hochgelegenen Platz, jeder mit seinen eigenen Gedanken beschäftigt, während die Heerführer berieten.

Als sich Fürst Imrahil von Legolas und Gimli getrennt hatte, schickte er sogleich nach Éomer, und mit ihm ging er hinunter aus der Stadt, und sie kamen zu Aragorns Zelten, die auf dem Feld aufgeschlagen waren nicht weit von der Stelle, wo König Théoden gefallen war. Und dort berieten sie zusammen mit Gandalf und Aragorn und Elronds Söhnen.

»Ihr Herren«, sagte Gandalf, »hört die Worte des Truchsessen von Gondor, ehe er starb: *Für einen Tag magst du auf den Feldern des Pelennor siegen, aber gegen die Macht, die sich jetzt erhebt, gibt es keinen Sieg.* Ich heiße euch nicht verzweifeln, wie er es tat, sondern über die Wahrheit in diesen Worten nachzudenken.

Die Steine des Sehens lügen nicht, und nicht einmal der Herr von Barad-dûr kann sie dazu bringen. Er kann vielleicht kraft seines Willens auswählen, welche Dinge schwächere Gemüter sehen sollen, oder er kann bewirken, daß sie die Bedeutung dessen, was sie sehen, mißverstehen. Dennoch ist nicht daran zu zweifeln, daß Denethor, als er große Streitkräfte sah, die in Mordor gegen ihn aufgestellt wurden, und noch weitere, die zusammengezogen wurden, das sah, was wirklich ist.

Unsere Kraft hat kaum ausgereicht, um den ersten großen Angriff abzuschlagen. Der nächste wird größer sein. Dieser Krieg ist dann letztlich ohne Hoffnung, wie Denethor erkannt hat. Der Sieg kann nicht mit Waffen errungen werden, ob ihr hier bleibt und eine Belagerung nach der anderen erduldet, oder hinausmarschiert, um jenseits des Flusses überwältigt zu werden. Ihr könnt nur zwischen zwei Übeln wählen; und die Vernunft würde euch raten, jene Festungen zu verstärken, die ihr habt, und dort den Angriff zu erwarten; denn so wird die Zeit vor eurem Ende ein wenig verlängert.«

»Dann möchtet Ihr also, daß wir uns nach Minas Tirith oder Dol Amroth oder Dunharg zurückziehen und dort sitzen wie Kinder auf Sandburgen, wenn die Flut kommt?« fragte Imrahil.

»Das wäre kein neuer Rat«, sagte Gandalf. »Habt ihr nicht das und wenig mehr in all den Tagen von Denethor getan? Nein! Ich sagte, das wäre vernünftig. Ich rate nicht zur Vernunft. Ich sagte, der Sieg könne nicht mit Waffen errungen werden. Ich hoffe immer noch auf den Sieg, aber nicht durch Waffen. Denn in den Mittelpunkt all dieser Überlegungen tritt nun der Ring der Macht, Barad-dûrs Grundstein und Saurons Hoffnung.

Über dieses Ding, ihr Herren, wißt ihr alle nun genug, um unsere Lage und die von Sauron zu verstehen. Wenn er ihn wiedererlangt, ist eure Tapferkeit umsonst, und sein Sieg wird rasch und vollständig sein: so vollständig, daß niemand dessen Ende voraussehen kann, solange diese Welt besteht. Wird der Ring vernichtet, dann wird er stürzen; und er wird so tief stürzen, daß niemand voraussehen kann, ob er sich jemals wieder erhebt. Denn er wird den größten Teil der Kraft verlieren, die ihm innewohnte, als er begann, und alles, was mit dieser Macht vollbracht oder unternommen wurde, wird verfallen, und er wird auf immerdar verstümmelt sein und zu einem bloßen Geist des Bösen werden, der sich in den Schatten selbst verzehrt, aber nicht wieder wachsen oder Gestalt annehmen kann. Und so wird ein großes Übel der Welt beseitigt sein.

Andere Übel gibt es, die kommen mögen; denn Sauron selbst ist nur ein Diener oder Sendling. Doch ist es nicht unsere Aufgabe, alle Zeiträume der Welt zu lenken, sondern das zu tun, wozu wir fähig sind, um in den Jahren Hilfe zu leisten, in die wir hineingeboren sind, das Übel in den Feldern auszumerzen, die wir kennen, damit jene, die später leben, einen sauberen Boden zu bestellen haben. Auf das Wetter, das sie haben werden, können wir keinen Einfluß ausüben.

Nun, Sauron weiß all das, und er weiß, daß das kostbare Stück, das er verloren hat, wiedergefunden wurde; aber er weiß noch nicht, wo es ist, oder jedenfalls hoffen wir das. Und daher ist er jetzt in großem Zweifel. Denn wenn wir das Ding gefunden haben, dann gibt es unter uns einige, die stark genug sind, es zu handhaben. Auch das weiß er. Denn vermute ich richtig, Aragorn, daß du dich ihm in dem Stein von Orthanc gezeigt hast?«

»Das tat ich, ehe ich von der Hornburg ritt«, antwortete Aragorn. »Ich glaubte, daß die Zeit reif sei und der Stein zu eben diesem Zweck zu mir gekommen war. Es war damals zehn Tage her, daß der Ringträger von Rauros aus nach Osten ging, und Saurons Auge, fand ich, sollte von seinem eigenen Land abgelenkt werden. Allzu selten ist er herausgefordert worden, seit er in seinen Turm zurückkehrte. Hätte ich allerdings vorausgesehen, wie schnell er darauf mit einem Angriff antworten würde, hätte ich es vielleicht nicht gewagt, mich zu zeigen. Knapp war die Zeit, die mir gegeben war, um euch zu Hilfe zu kommen.«

»Aber wie ist das?« fragte Éomer. »Alles ist vergeblich, sagt Ihr, wenn er den Ring hat. Warum sollte er glauben, daß es nicht vergeblich sei, uns anzugreifen, wenn wir ihn haben?«

»Er ist noch nicht sicher«, sagte Gandalf, »und er hat seine Macht nicht dadurch aufgebaut, daß er abwartete, bis seine Feinde sich in Sicherheit wiegen, wie wir es getan haben. Auch könnten wir es nicht in einem Tag lernen, die ganze Macht auszuüben. Tatsächlich kann der Ring nur allein von einem Herrn verwendet werden; und er wird erwarten, daß eine Zeit des Haders kommt, bis einer der Großen unter uns sich zum Herrn aufwirft und die anderen unterdrückt. In dieser Zeit könnte ihm der Ring helfen, wenn er rasch handelte.

Er beobachtet. Er sieht viel und hört viel. Seine Nazgûl sind noch unterwegs. Vor Sonnenaufgang sind sie über dieses Feld geflogen, obwohl wenige der Müden und Schlafenden sie bemerkt haben. Er erforscht die Zeichen: das Schwert, das ihn seines Schatzes beraubt hat, ist neu geschmiedet; die Winde des Glücks drehen sich zu unseren Gunsten; und dann die unerwartete Niederlage bei seinem ersten Angriff; die Vernichtung seines großen Heerführers.

Sein Zweifel wird wachsen, während wir noch hier reden. Sein Auge ist jetzt auf uns gerichtet und fast blind für alles andere, was in Bewegung ist. Wir müssen dafür sorgen, daß es so bleibt. Darin liegt all unsere Hoffnung. Dies also ist mein Rat. Wir haben den Ring nicht. Aus Klugheit oder großer Torheit ist er fortgeschickt worden, um vernichtet zu werden, damit er uns nicht vernichtet. Ohne den Ring können wir seine Streitmacht nicht mit Gewalt niederwerfen. Aber um jeden Preis müssen wir sein Auge von seiner wahren Gefahr ablenken. Den Sieg können wir nicht mit Waffen erringen, aber mit Waffen können wir dem Ringträger die einzige Unterstützung bieten, wie gering die Aussichten auch sein mögen.

Wie Aragorn begonnen hat, so müssen wir fortfahren. Wir müssen Sauron in sein letztes Wagnis treiben. Wir müssen seine versteckte Streitmacht herauslocken, damit er sein Land entblößt. Wir müssen sofort losmarschieren, um uns ihm entgegenzustellen. Wir müssen uns zum Köder machen, auch wenn sich sein Rachen über uns schließen sollte. Er wird sich ködern lassen, voll Hoffnung und Gier, denn er wird glauben, in dieser Voreiligkeit den Stolz des neuen Herrn des Ringes zu erkennen. Und er wird sagen: ›So! Er wagt sich zu früh und zu weit vor, laß ihn herankommen, und siehe! dann werde ich ihn in einer Falle haben, aus der er nicht entkommen kann. Dort will ich ihn zerschmettern, und was er in seiner Unverschämtheit genommen hat, wird mein sein auf immer.‹

Wir müssen offenen Auges in diese Falle gehen, mit Mut, aber wenig Hoffnung für uns selbst. Denn, ihr Herren, es mag sich sehr wohl erweisen, daß wir selbst in einer finsteren Schlacht fern der lebenden Lande vollends vernichtet werden; so daß wir selbst dann, wenn Barad-dûr niedergeworfen werden sollte, kein neues Zeitalter erleben werden. Doch das, glaube ich, ist unsere Pflicht. Und besser so, als trotzdem vernichtet zu werden – und das werden wir gewiß, wenn wir hier sitzen bleiben –, und wenn wir sterben, zu wissen, daß es kein neues Zeitalter geben wird.«

Sie waren eine Weile stumm. Schließlich sprach Aragorn: »Wie ich begonnen habe, werde ich fortfahren. Wir sind jetzt so weit gekommen, daß Hoffnung und Hoffnungslosigkeit einander ähnlich sind. Schwanken bedeutet den Untergang. Laßt niemanden jetzt Gandalfs Ratschläge verwerfen, dessen lange Mühen gegen Sauron endlich die Probe bestehen sollen. Ohne ihn wäre alles schon lange verloren gewesen. Dennoch erhebe ich noch nicht den Anspruch, irgend jemandem einen Befehl zu erteilen. Die anderen sollen sich entscheiden, wie sie wollen.«

Dann sagte Elrohir: »Vom Norden kamen wir mit diesem Ziel, und von Elrond, unserem Vater, brachten wir eben diesen Rat. Wir werden nicht umkehren.«

»Was mich betrifft«, sagte Éomer, »so weiß ich wenig von diesen dunklen Dingen; aber das brauche ich auch nicht. Ich weiß, und das ist genug, daß mein Freund Aragorn mir und meinem Volk Beistand leistete, und so will ich ihm helfen, wenn er ruft. Ich werde gehen.«

»Und ich«, sagte Imrahil, »halte den Herrn Aragorn für meinen Lehnsherrn, ob er den Anspruch erhebt oder nicht. Sein Wunsch ist mir Befehl. Ich werde auch gehen. Doch für eine Weile stehe ich auf dem Platz des Truchsessen von Gondor, und es liegt mir ob, zuerst an dessen Volk zu denken. Die Vernunft muß immer noch beachtet werden. Denn wir müssen uns auf alle Möglichkeiten vorbereiten, gute wie schlechte. Nun, es mag sein, daß wir siegen, und solange noch Hoffnung darauf besteht, muß Gondor geschützt werden. Ich möchte nicht siegreich zurückkehren in eine Stadt, die in Schutt und Asche liegt und ein verwüstetes Land hinter uns. Denn wir hören von den Rohirrim, daß an unserer Nordflanke immer noch ein Heer steht, das noch nicht in den Kampf eingegriffen hat.«

»Das ist richtig«, sagte Gandalf. »Ich rate Euch nicht, die Stadt ganz unbemannt zu lassen. Tatsächlich braucht die Streitmacht, die wir nach Osten führen, nicht so groß zu sein, daß sie einen ernstlichen Angriff auf Mordor durchführen kann, solange sie groß genug ist, es zum Kampf herauszufordern. Und sie muß bald ausrücken. Daher frage ich die Heerführer: welche Streitmacht können wir aufstellen und in spätestens zwei Tagen ins Feld führen? Und es müssen kühne Mannen sein, die willig gehen und die Gefahr kennen.«

»Alle sind erschöpft und sehr viele leicht oder schwer verwundet«, sagte Éomer, »und wir haben schwere Verluste an Pferden erlitten, und das ist schlecht zu ertragen. Wenn wir bald reiten müssen, kann ich nicht hoffen, auch nur zweitausend anzuführen und ebensoviele für die Verteidigung der Stadt zurückzulassen.«

»Wir brauchen nicht nur mit jenen zu rechnen, die auf diesem Schlachtfeld kämpften«, sagte Aragorn. »Eine neue Streitmacht ist unterwegs von den südlichen Lehen, da nun die Küsten befreit sind. Viertausend schickte ich vor zwei Tagen auf den Marsch von Pelargir durch Lossarnach; und Angbor der Furchtlose reitet ihnen voran. Wenn wir in zwei weiteren Tagen aufbrechen, werden sie nahe sein, wenn wir gehen. Überdies wurden viele aufgefordert, mir den Fluß hinauf mit allen Fahrzeugen zu folgen, die sie sammeln konnten; und bei diesem Wind werden sie bald da sein, tatsächlich sind schon mehrere Schiffe nach Harlond gekommen. Ich schätze, daß wir siebentausend Mann zu Pferde und zu Fuß hinausführen können und dennoch die Stadt in besserem Verteidigungszustand als zu Beginn des Angriffs zurücklassen.«

»Das Tor ist zerstört«, sagte Imrahil, »und wo gibt es jetzt die Sachkenntnis, es wieder aufzubauen und neu einzusetzen?«

»In Erebor in Dáins Königreich gibt es diese Sachkenntnis«, sagte Aragorn. »Und wenn nicht alle unsere Hoffnungen scheitern, dann werde ich zur rechten Zeit Gimli, Glóins Sohn, entsenden, um Handwerker von dem Berg zu erbitten. Aber Männer sind besser als Tore, und kein Tor wird gegen unseren Feind standhalten, wenn Männer es verlassen.«

Das war schließlich das Ergebnis der Beratungen der Herren: daß sie am zweiten Morgen nach diesem Tag mit siebentausend aufbrechen würden, wenn sie zusammengebracht werden könnten; und der größere Teil dieser Streitmacht sollte Fußvolk sein wegen der üblen Lande, in die sie gehen würden. Aragorn sollte etwa zweitausend, die er im Süden um sich gesammelt hatte, stellen; aber Imrahil sollte dreieinhalbtausend stellen; und Éomer fünfhundert der Rohirrim, die zwar keine Pferde hatten, aber selbst kriegstauglich waren, und er selbst sollte fünfhundert seiner besten Reiter zu Pferde anführen; und eine weitere Schar von fünfhundert sollte da sein, mit denen Elronds Söhne reiten sollten und die Dúnedain und die Ritter von Dol Amroth: insgesamt sechstausend zu Fuß und tausend zu Pferde. Aber die Hauptstreitmacht der Rohirrim, die noch Pferde hatte und kampffähig war, etwa dreitausend unter dem Befehl von Elfhelm, sollte an der Weststraße dem Feind auflauern, der in Anórien war. Und sogleich wurden schnelle Reiter nach Norden entsandt, um alle Nachrichten zu sammeln, die sie erhalten konnten; und nach Osten, um über Osgiliath und die Straße nach Minas Morgul etwas zu erfahren.

Und als sie ihre gesamten Streitkräfte zusammengezählt und sich überlegt hatten, welche Fahrten gemacht und welche Wege eingeschlagen werden sollten, da lachte Imrahil plötzlich laut auf.

»Gewiß«, rief er, »ist das der größte Witz in der ganzen Geschichte von Gondor: daß wir mit siebentausend ausreiten, kaum so viel wie die Vorhut von Gondors Heer in den Tagen seiner Macht, um das Gebirge und das unzugängliche Tor des Schwarzen Landes anzugreifen! So könnte ein Kind einen gepanzerten Ritter mit einem Bogen aus Schnur und grüner Weide bedrohen! Wenn der Dunkle Herrscher so viel weiß, wie Ihr sagt, Mithrandir, wird er dann nicht eher lächeln als sich fürchten, und uns mit seinem kleinen Finger zerquetschen wie eine Fliege, die ihn zu stechen versucht?«

»Nein, er wird versuchen, die Fliege zu fangen, und den Stich auf sich nehmen«, sagte Gandalf. »Und es sind Namen unter uns, von denen jeder einzelne mehr wert ist als tausend gepanzerte Ritter. Nein, er wird nicht lächeln.«

»Und wir auch nicht«, sagte Aragorn. »Wenn das ein Witz sein soll, dann ist er zu bitter, als daß man über ihn lachen könnte. Nein, es ist der letzte Zug bei einem großen Wagnis, und für die eine oder andere Seite wird er das Ende des Spiels bringen.« Dann zog er Andúril und hob es hoch, und es glitzerte in der Sonne. »Du sollst nicht wieder in die Scheide gesteckt werden, bis die letzte Schlacht ausgefochten ist«, sagte er.

ZEHNTES KAPITEL

DAS SCHWARZE TOR ÖFFNET SICH

Zwei Tage später wurde das Heer des Westens auf dem Pelennor zusammengezogen. Die Rotten der Orks und Ostlinge hatten sich aus Anórien zurückgezogen, aber verfolgt und zerstreut durch die Rohirrim, waren sie durchgebrochen und ohne viel zu kämpfen nach Cair Andros geflohen; und nachdem diese Bedrohung beseitigt war und eine neue Streitmacht aus dem Süden heranzog, war die Stadt so gut bemannt wie nur möglich. Späher berichteten, daß auf den Straßen nach Osten bis zu der Wegscheide des Gefallenen Königs keine Feinde mehr seien. Alles war nun bereit für das letzte Wagnis.

Legolas und Gimli sollten wieder zusammen reiten, und zwar mit Aragorn und Gandalf, die mit den Dúnedain und Elronds Söhnen zur Vorhut gehörten. Aber zu seiner Beschämung sollte Merry nicht mitgehen.

»Du bist nicht gesund genug für eine solche Fahrt«, sagte Aragorn. »Aber sei nicht beschämt. Auch wenn du in diesem Krieg weiter nichts tust, so hast du doch schon große Ehren verdient. Peregrin soll mitgehen und das Auenlandvolk vertreten; und mißgönne ihm seine Gelegenheit nicht, eine Gefahr zu bestehen, denn obwohl er es so gut gemacht hat, wie sein Glück es ihm erlaubte, hat er immer noch etwas zu tun, was deiner Tat gleichkommt. Aber in Wirklichkeit sind wir alle in derselben Gefahr. Wenn es unser Schicksal sein mag, ein bitteres Ende vor dem Tor von Mordor zu finden, dann wirst auch du einen letzten Verteidigungskampf führen müssen, entweder hier oder wo immer dich die schwarze Flut überrollt. Lebe wohl!«

Und nun stand Merry verzagt da und beobachtete die Aufstellung des Heers. Bergil war bei ihm, und auch er war niedergeschlagen. Denn sein Vater sollte eine Schar von Mannen der Stadt anführen: er konnte nicht wieder in die Wache aufgenommen werden, ehe sein Fall nicht abgeurteilt war. Zu derselben Schar sollte auch Pippin als Krieger von Gondor gehören. Merry konnte ihn sehen, nicht weit weg, eine kleine, aber aufrechte Gestalt zwischen den großen Menschen von Minas Tirith.

Endlich erschallten die Trompeten, und das Heer setzte sich in Bewegung. Reiterabteilung um Reiterabteilung und Schar um Schar machten eine Schwenkung und zogen nach Osten ab. Und noch lange, nachdem sie die große Straße zum Damm hinter sich gelassen hatten und außer Sicht waren, stand Merry da. Der letzte Schimmer der Morgensonne glitzerte auf Speer und Helm und verschwand, und immer noch blieb er mit gesenktem Kopf und bedrücktem Herzen stehen; er fühlte sich verlassen und einsam. Alle, die er gern hatte, waren davongegangen in die Düsternis, die über dem fernen östlichen Himmel hing; und wenig Hoffnung hatte er, wenn überhaupt welche, daß er einen von ihnen je wiedersehen würde.

Als ob seine verzweifelte Stimmung den Schmerz wieder wachgerufen hätte, begann sein Arm ihn von neuem zu plagen, und er fühlte sich schwach und alt, und der Sonnenschein kam ihm fahl vor. Er schreckte auf, als Bergil ihn mit der Hand berührte.

»Kommt, Herr Perian!« sagte er. »Ihr habt noch Schmerzen, wie ich sehe. Ich werde Euch wieder zu den Heilern bringen. Aber habt keine Angst! Sie werden zurückkommen. Die Menschen von Minas Tirith werden niemals besiegt werden. Und jetzt haben sie den Herrn Elbenstein und auch Beregond von der Wache.«

Vor dem Mittag gelangte das Heer nach Osgiliath. Dort waren alle Arbeiter und Handwerker, die entbehrt werden konnten, beschäftigt. Einige verstärkten die Fähren und Schiffsbrücken, die der Feind angelegt und bei seiner Flucht teilweise zerstört hatte; einige sammelten Vorräte und Beute; und andere hoben auf der östlichen Seite jenseits des Flusses eilig Verteidigungswerke aus.

Die Vorhut zog weiter durch die Trümmer von Alt-Gondor und über den breiten Fluß und dann über die lange gerade Straße, die einstmals gebaut worden war, um den schönen Turm der Sonne mit dem hohen Turm des Mondes zu verbinden, der jetzt Minas Morgul war in seinem verfluchten Tal. Fünf Meilen hinter Osgiliath hielten sie an, und es war das Ende ihres ersten Tagesmarschs.

Doch die Reiter drängten weiter vor, und ehe es Abend wurde, kamen sie zu der Wegscheide und dem großen Kreis von Bäumen, und alles war still. Keine Spur eines Feindes hatten sie gesehen, keinen Schrei oder Ruf gehört, kein Pfeil war unterwegs von Fels oder Dickicht auf sie abgeschossen worden, doch während sie vorwärts gingen, hatten sie die ganze Zeit das Gefühl, daß die Wachsamkeit des Landes zunahm. Baum und Stein, Halm und Blatt lauschten. Die Dunkelheit hatte sich aufgelöst, und fern im Westen ging die Sonne über dem Tal des Anduin unter, und die weißen Gipfel des Gebirges erglühten in der blauen Luft, doch über dem Ephel Dúath schwebten ein Schatten und eine Düsternis.

Dann stellte Aragorn Trompeter auf jede der vier Straßen, die in dem Baumkreis zusammenliefen, und sie bliesen einen mächtigen Tusch, und die Herolde riefen laut: »Die Herren von Gondor sind zurückgekehrt und haben dieses ganze Land, das ihres ist, wiedergenommen.« Der abscheuliche Orkkopf, der auf das Standbild gesetzt worden war, wurde heruntergeholt und in Stücke geschlagen, und der Kopf des alten Königs wurde aufgehoben und wieder an seinen Platz gesetzt, und er war noch immer mit weißen und goldenen Blumen gekrönt; und die Männer machten sich daran, all die üblen Kritzeleien abzuwaschen und abzukratzen, mit denen die Orks den Stein verunziert hatten.

Bei ihrer Beratung hatten nun einige den Vorschlag gemacht, zuerst Minas Morgul anzugreifen, und wenn sie es einnehmen könnten, sollte es völlig zerstört werden. »Und vielleicht«, sagte Imrahil, »erweist sich die Straße, die von dort zu dem Paß hinaufführt, als ein einfacherer Weg für den Angriff gegen den Dunklen Gebieter als sein nördliches Tor.«

Aber davor hatte Gandalf dringend gewarnt wegen des Bösen, das in diesem Tal hauste, wo der Verstand lebender Menschen sich in Wahnsinn und Entsetzen verwandelte, und auch wegen der Nachrichten, die Faramir gebracht hatte. Denn wenn der Ringträger es wirklich auf diesem Weg versucht hatte, dann sollten sie vor allem nicht das Auge von Mordor dorthin lenken. Also stellten sie am nächsten Tag, als das Hauptheer herankam, eine starke Wache am Scheideweg auf, die sich verteidigen könnte, wenn Mordor eine Streitmacht über den Morgul-Paß schicken oder mehr Menschen vom Süden heranbringen sollte. Für diese Wache wählten sie hauptsächlich Bogenschützen aus, die Weg und Steg in Ithilien kannten und sich in den Wäldern und an den Hängen in der Nähe der Wegkreuzung verstecken sollten. Aber Gandalf und Aragorn ritten mit der Vorhut bis zum Eingang des Morgul-Tals und schauten hinüber auf die unselige Stadt.

Sie war dunkel und ohne Leben; denn die Orks und geringeren Geschöpfe von Mordor, die dort gehaust hatten, waren in der Schlacht vernichtet worden, und die Nazgûl waren unterwegs. Doch war die Luft im Tal geschwängert mit Schrecken und Feindseligkeit. Dann zerstörten sie die üble Brücke und steckten die ungesunden Felder in roten Brand und ritten davon.

Am nächsten Tag, dem dritten, seit sie von Minas Tirith aufgebrochen waren, begann das Heer nach Norden auf der Straße zu marschieren. Auf diesem Wege waren es etwa hundert Meilen von der Wegscheide bis zum Morannon, und was ihnen widerfahren würde, ehe sie dort hinkamen, wußte keiner. Sie gingen ohne Deckung, aber achtsam, und vor ihnen auf der Straße waren berittene Späher, und andere zu Fuß auf beiden Seiten, besonders an der Ostflanke; denn dort lagen große Dickichte, und das abschüssige Land war voller Schluchten und Felsen, hinter denen die langen, düsteren Hänge des Ephel Dúath emporklommen. Das Wetter der Welt war schön geblieben, und der Wind wehte stetig von Westen, aber nichts konnte die Düsternis und die traurigen Nebel vertreiben, die um das Schattengebirge hingen; und dahinter stiegen zuweilen große Rauchwolken auf und schwebten in den oberen Winden.

Dann und wann ließ Gandalf die Trompeten blasen, und die Herolde riefen: »Die Herren von Gondor sind gekommen!« Aber Imrahil sagte: »Sagt nicht *Die Herren von Gondor*. Sagt *Der König Elessar*. Denn das ist wahr, selbst wenn er noch nicht auf dem Thron gesessen hat; und es wird dem Feind mehr zu denken geben, wenn die Herolde diesen Namen nennen.« Und danach kündeten die Herolde dreimal am Tag das Kommen des Königs Elessar an. Aber niemand antwortete auf die Herausforderung.

Obwohl sie in scheinbarem Frieden marschierten, waren die Herzen des ganzen Heeres, vom Höchsten bis zum Niedrigsten, bedrückt, und mit jeder Meile, die sie nach Norden gingen, lastete die Vorahnung von Unheil immer schwerer auf ihnen. Der zweite Tag ihres Marsches seit der Wegscheide näherte sich seinem Ende, als sie zum erstenmal auf einen kampfbereiten Gegner stießen. Denn eine starke Rotte von Orks und Ostlingen versuchte, ihre Vorausabteilungen aus dem Hinterhalt zu überfallen; und es war genau an der Stelle, wo Faramir den Menschen aus Harad aufgelauert hatte und wo die Straße in einem tiefen Durchstich einen Ausläufer der östlichen Berge durchstieß. Aber die Heerführer des Westens waren durch ihre Späher, erfahrene Männer aus Henneth Annûn unter Führung von Mablung, rechtzeitig gewarnt worden; und so gerieten die im Hinterhalt Liegenden selbst in eine Falle. Denn Reiter beschrieben einen weiten Bogen nach Westen und griffen die Feinde an der Flanke und von hinten an, und sie wurden niedergemacht oder nach Osten in die Berge getrieben.

Doch der Sieg ermutigte die Heerführer nur wenig. »Es ist nur ein Scheinangriff«, sagte Aragorn, »und sein Hauptzweck, glaube ich, war eher, uns durch eine falsche Einschätzung der Schwäche unseres Feindes weiterzulocken, als uns großen Schaden zuzufügen.« Und seit diesem Abend kamen die Nazgûl und verfolgten jede Bewegung des Heeres. Sie flogen noch hoch und außer Sichtweite von allen außer Legolas, und doch war ihre Anwesenheit spürbar wie eine Verdunkelung der Schatten und eine Trübung der Sonne; und obwohl die Ringgeister noch nicht auf ihre Feinde hinunterstießen und stumm waren und keinen Schrei von sich gaben, ließ sich das Grauen vor ihnen nicht abschütteln.

So verging die Zeit, und die hoffnungslose Fahrt zog sich weiter hin. Am vierten Tag, nachdem sie vom Scheideweg, und am sechsten Tag, nachdem sie von Minas Tirith aufgebrochen waren, kamen sie endlich ans Ende der lebenden Lande und zogen durch die Einöde, die vor den Toren des Passes von Cirith Gorgor lag; und von dort erblickten sie die Sümpfe und die Wüstenei, die sich nördlich und westlich des Emyn Muil erstreckten. So trostlos waren diese Orte und so abgrundtief der Schrecken, der auf ihnen lag, daß einige aus dem Heer den Mut verloren und nicht weiter nach Norden zu gehen oder zu reiten vermochten.

Aragorn sah sie an, und es war eher Mitleid in seinem Blick als Zorn; denn es waren junge Männer aus Rohan, aus dem fernen Westfold, oder Bauern aus Lossarnach, und für sie war Mordor von Kindheit an ein Name des Bösen gewesen, und dennoch unwirklich, eine Sage, die nichts mit ihrem einfachen Leben gemein hatte; und nun gingen sie wie Menschen in einem abscheulichen Traum, der Wirklichkeit geworden war, und sie verstanden weder diesen Krieg noch warum das Schicksal sie in eine so mißliche Lage gebracht hatte.

»Geht!« sagte Aragorn. »Aber behaltet so viel Ehre, wie ihr könnt, und flieht nicht! Und es gibt eine Aufgabe, die ihr versuchen könnt, damit ihr euch nicht nur zu schämen braucht. Schlagt den Weg nach Südwesten ein, bis ihr nach Cair Andros kommt, und wenn es noch vom Feind besetzt ist, wie ich glaube, dann erobert es zurück, wenn ihr könnt; und haltet es bis zuletzt zum Schutz von Gondor und Rohan!«

Da waren einige beschämt durch sein Mitleid, und sie überwanden ihre Angst und gingen weiter, und die anderen schöpften neue Hoffnung, als sie von einer mannhaften Tat im Rahmen ihrer Kräfte hörten, der sie sich zuwenden konnten, und sie gingen. Und da schon am Scheideweg viele Mannen zurückgelassen worden waren, hatten die Heerführer des Westens weniger als sechstausend Mann, als sie nun endlich das Schwarze Tor und die Macht von Mordor herausforderten.

Sie rückten jetzt langsam vor, denn sie erwarteten stündlich eine Antwort auf die Ankündigungen ihrer Herolde, und sie blieben jetzt zusammen, denn es wäre eine Vergeudung von Leuten gewesen, wenn sie Späher und kleine Gruppen vom Hauptheer getrennt hätten. Bei Einbruch der Nacht am fünften Tage des Marsches vom Morgul-Tal schlugen sie ihr letztes Lager auf und zündeten ringsum Feuer an mit so viel totem Holz und Heide, wie sie finden konnten. Sie verbrachten die Nachtstunden wachend und merkten, daß viele Wesen, die sie nur halb sahen, umherwanderten und sie umschlichen, und sie hörten das Heulen von Wölfen. Der Wind hatte sich gelegt, und die ganze Luft erschien still. Sie konnten wenig sehen, denn obwohl es wolkenlos und der zunehmende Mond vier Tage alt war, stiegen Rauch und Dunst von der Erde auf, und die weiße Mondsichel war verhüllt von den Nebeln aus Mordor.

Es wurde kalt. Als der Morgen kam, regte sich der Wind wieder, aber jetzt wehte er von Norden und verstärkte sich bald zu einer frischen Brise. Alle Nachtwandler waren fort, und das Land erschien leer. Nördlich lagen inmitten der stinkenden Gräben die ersten großen Haufen und Berge aus Schlacke und herausgesprengtem Fels und verbrannter Erde, ausgespien von dem Wühlervolk von Mordor; aber im Süden und jetzt ganz nahe erhob sich der große Wall von Cirith Gorgor und in seiner Mitte das Schwarze Tor, und zu beiden Seiten die zwei Türme der Wehr, hoch und dunkel. Denn bei ihrem letzten Marsch hatten die Heerführer die alte Straße dort, wo sie nach Osten abbog, verlassen und die Gefahr der lauernden Berge vermieden, und so näherten sie sich dem Morannon nun vom Nordwesten, wie es auch Frodo getan hatte.

Die drei riesigen Türflügel des Schwarzen Tors unter ihren drohenden Gewölbebögen waren fest verschlossen. Auf der Festungsmauer war nichts zu sehen. Alles war still, aber wachsam. Sie waren nun am letzten Ende ihrer Torheit angelangt und standen verloren und fröstelnd in dem grauen Licht des frühen Tages vor Türmen und Mauern, die ihr Heer nicht mit Hoffnung auf Erfolg angreifen konnte, nicht einmal, wenn sie sehr mächtige Kriegsmaschinen mitgebracht hätten und der Feind nicht mehr Streitkräfte hätte, als für die Bemannung des Tors und der Mauer allein genügen würden. Dennoch wußten sie, daß alle Berge und Felsen rings um den Morannon von verborgenen Feinden wimmelten und die schattige Talschlucht dahin durchbohrt und von der furchtbaren Brut böser Wesen mit unterirdischen Gängen versehen worden war. Und als sie dort standen, sahen sie alle Nazgûl beieinander, und wie Geier schwebten sie über den Türmen der Wehr; und sie wußten, daß sie beobachtet wurden. Aber immer noch gab der Feind kein Zeichen.

Es blieb ihnen keine andere Wahl, als ihre Rolle zu Ende zu spielen. Daher stellte Aragorn das Heer nun in der denkbar besten Schlachtordnung auf, und zwar auf zwei großen Bergen aus gesprengtem Gestein, die die Orks in jahrelanger Arbeit aufgetürmt hatten. Vor ihnen in Richtung auf Mordor lag wie ein Wallgraben ein Sumpf von stinkendem Schlamm und übelriechenden Tümpeln. Als alles geordnet war, ritten die Heerführer zum Schwarzen Tor mit einer großen Leibwache aus Reitern und dem Banner und Herolden und Trompetern. Da war Gandalf als oberster Abgesandter, und Aragorn mit Elronds Söhnen und Éomer von Rohan und Imrahil; und auch Legolas und Gimli und Peregrin wurden aufgefordert mitzugehen, damit alle Feinde von Mordor einen Zeugen haben sollten.

Sie kamen in Rufweite des Morannon, entrollten das Banner und bliesen die Trompeten; und die Herolde traten vor und ließen ihre Stimmen hinaufschallen zum Festungswall von Mordor.

»Kommt heraus!« riefen sie. »Laßt den Herrn des Schwarzen Landes herauskommen! Er soll seine gerechte Strafe erhalten. Denn unrechtmäßig hat er Gondor mit Krieg überzogen und seine Lande verwüstet. Daher verlangt der König von Gondor, daß er für seine Übeltaten büßen und dann auf immer fortgehen soll. Kommt heraus!«

Lange herrschte Stille, und von Mauer und Tor war kein Schrei oder Laut als Antwort zu hören. Aber Sauron hatte seine Pläne schon gemacht, und es gelüstete ihn, diese Mäuse erst grausam zappeln zu lassen, ehe er zuschlug, um sie zu töten. So kam es, daß gerade, als die Heerführer umkehren wollten, die Stille plötzlich unterbrochen wurde. Langanhaltend dröhnten Trommeln wie Donner im Gebirge, und dann kam ein Schmettern von Hörnern, das die Steine erbeben ließ und die Ohren der Menschen betäubte. Und dann wurde der mittlere Türflügel des Schwarzen Tors mit lautem Geklirr aufgestoßen, und heraus kam eine Gesandtschaft des Schwarzen Turms.

An ihrer Spitze ritt eine große und böse Gestalt auf einem schwarzen Pferd, wenn es ein Pferd war; denn es war riesig und häßlich, und sein Gesicht war eine gräßliche Maske, mehr ein Totenschädel denn ein lebender Kopf, und in seinen Augenhöhlen und Nüstern brannte eine Flamme. Der Reiter war ganz schwarz gekleidet, und schwarz war sein hoher Helm; doch war er kein Ringgeist, sondern ein lebendiger Mann. Der Befehlshaber des Turms von Barad-dûr war er, und sein Name wird in keiner Erzählung überliefert; denn er selbst hatte ihn vergessen, und er sagte: »Ich bin Saurons Mund.« Aber es wird erzählt, er sei ein Abtrünniger gewesen, aus dem Geschlecht derer, die die Schwarzen Númenórer genannt werden; denn sie schlugen in den Jahren von Saurons Herrschaft ihren Wohnsitz in Mittelerde auf, und sie verehrten ihn, von böser Freundschaft bezaubert. Und er trat in den Dienst des Dunklen Turms, als dessen Macht wieder zunahm, und wegen seiner Verschlagenheit stieg er immer höher in der Gunst des Herrschers; und er lernte die große Hexerei und wußte viel von Saurons Gedanken; und er war grausamer als jeder Ork.

Er war es, der jetzt herausritt, und mit ihm kam nur eine kleine Schar Krieger in schwarzen Rüstungen, und eine einzige Fahne, schwarz, aber darauf in Rot das Böse Auge. Nun hielt er ein paar Schritt von den Heerführern, sah sie von oben bis unten an und lachte.

»Ist hier irgendeiner in diesem wilden Haufen, der ermächtigt ist, mit mir zu verhandeln?« fragte er. »Oder der auch nur Verstand genug hat, um mich zu verstehen? Nicht du jedenfalls!« höhnte er und wandte sich voll Verachtung an Aragorn. »Es braucht mehr, um einen König zu machen als ein Stück Elbenglas oder einen Pöbelhaufen wie diesen. Warum? Jeder Räuber aus den Bergen kann eine ebenso gute Gefolgschaft vorzeigen!«

Aragorn sagte nichts als Antwort, aber er sah dem anderen in die Augen und hielt seinen Blick fest, und einen Augenblick lang rangen sie so miteinander; doch bald, obwohl Aragorn sich nicht rührte und auch nicht die Hand nach der Waffe ausstreckte, zitterte der andere und fuhr zurück, als ob er mit einem Schlag bedroht worden sei. »Ich bin ein Herold und Botschafter und darf nicht angegriffen werden!« schrie er.

»Wo solche Gesetze gelten«, sagte Gandalf, »ist es auch Sitte, daß Botschafter weniger unverschämt sind. Aber niemand hat Euch bedroht. Ihr habt nichts von uns zu fürchten, bis Euer Auftrag erledigt ist. Doch sofern Euer Herz nicht zu neuer Einsicht gelangt ist, werdet Ihr und alle seine Diener dann in großer Gefahr sein.«

»So!« sagte der Bote. »Dann bist du der Sprecher, alter Graubart? Haben wir nicht zuweilen von dir gehört, von deinen Wanderungen und daß du immer in sicherer Entfernung Ränke geschmiedet und Unheil ausgebrütet hast? Aber diesmal hast du deine Nase zu weit vorgestreckt, Herr Gandalf; und du wirst sehen, was dem geschieht, der seine törichten Netze vor den Füßen Saurons des Großen stellt. Ich habe Beweise, die dir zu zeigen mir befohlen wurde – dir insbesondere, wenn du es wagen solltest herzukommen.« Er winkte einem von seinen Leuten, und er brachte ein in schwarze Tücher eingewickeltes Bündel.

Der Bote zog die Umhüllung beiseite, und zur Verwunderung und zum Entsetzen aller Heerführer hielt er zuerst ein kurzes Schwert hoch, wie Sam es bei sich gehabt hatte, dann einen grauen Mantel mit einer Elben-Brosche, und zuletzt das Panzerhemd aus *mithril*, das Frodo getragen hatte, eingewickelt in seine zerfetzten Kleider. Es wurde ihnen schwarz vor Augen, und in einem Augenblick des Schweigens schien es ihnen, daß die Welt stillstand, aber ihre Herzen schlugen nicht mehr, und ihre letzte Hoffnung war dahin. Pippin, der hinter Fürst Imrahil stand, sprang mit einem Schmerzensschrei vor.

»Ruhe!« sagte Gandalf streng und stieß ihn zurück; aber der Bote lachte laut auf. »So, ihr habt also noch einen von diesen Wichten bei euch!« rief er. »Was ihr an ihnen nützlich findet, kann ich mir nicht vorstellen; aber sie als Späher nach Mordor zu schicken, das übertrifft eure übliche Torheit. Immerhin danke ich ihm, denn es ist klar, daß dieser Knirps zumindest die Beweise schon früher gesehen hat, und es wäre vergeblich, wenn ihr sie jetzt verleugnen wolltet.«

»Ich will sie nicht verleugnen«, sagte Gandalf. »Fürwahr, ich kenne sie alle und ihre ganze Geschichte, und trotz Eures Spotts, Ihr widerlicher Mund von Sauron, könnt Ihr das nicht von Euch behaupten. Aber warum bringt Ihr sie her?«

»Zwergenpanzer, Elbenmantel, Klinge des gestürzten Westens, und ein Späher aus dem abtrünnigen Auenland – nein, fangt nicht wieder an! Wir wissen es genau – hier sind die Beweise für eine Verschwörung. Nun, vielleicht war er, der diese Dinge trug, ein Geschöpf, das zu verlieren euch nicht schmerzlich ist; und womöglich das Gegenteil: vielleicht einer, der euch teuer ist? Wenn ja, dann beratet schnell mit dem bißchen Verstand, der euch geblieben ist. Denn Sauron liebt keine Späher, und welches Schicksal ihn erwartet, hängt nun von eurer Entscheidung ab.«

Niemand antwortete ihm; aber er blickte in ihre Gesichter, grau vor Angst, und sah das Entsetzen in ihren Augen, und er lachte wieder, denn ihm schien, daß sein Spiel gut stand. »Gut, gut«, sagte er. »Er war euch teuer, wie ich sehe. Oder war sein Auftrag einer, von dem ihr wünschtet, daß er nicht scheiterte? Er ist gescheitert. Und nun wird er die jahrelange Folterung erdulden, so lange und so langsam, wie unsere Erfindungsgabe im Großen Turm sie nur ersinnen kann, und niemals wird er freigelassen, es sei denn vielleicht, wenn er gewandelt und gezähmt ist, so daß er zu euch kommen darf und ihr sehen könnt, was ihr angerichtet habt. So wird es gewiß sein – es sei denn, ihr nehmt die Bedingungen meines Herrn an.«

»Nennt die Bedingungen«, sagte Gandalf unbewegt, aber diejenigen, die nahebei standen, sahen die Qual in seinem Gesicht, und nun erschien er wie ein alter und runzliger Mann, überwältigt, endlich besiegt. Sie zweifelten nicht, daß er annehmen würde.

»Dieses sind die Bedingungen«, sagte der Bote, und er lächelte, als er sie einen nach dem anderen ansah. »Der Pöbelhaufen von Gondor und seine irregeführten Verbündeten sollen sich sofort hinter den Anduin zurückziehen und zuvor den Eid ablegen, daß sie Sauron den Großen nie wieder mit Waffen angreifen werden, sei es offen oder geheim. Alle Lande östlich des Anduin sollen Saurons sein auf immerdar, ausschließlich. Westlich des Anduin bis zum Nebelgebirge und der Pforte von Rohan sollen sie Mordor zinspflichtig sein, und die Männer dort sollen keine Waffen tragen, doch Erlaubnis haben, ihre Angelegenheiten selbst zu regeln. Doch werden sie helfen, Isengart wiederaufzubauen, das sie mutwillig zerstört haben, und das soll Saurons sein, und dort wird sein Statthalter wohnen: nicht Saruman, sondern einer, der seines Vertrauens würdiger ist.«

Als sie dem Boten in die Augen schauten, errieten sie seine Gedanken. Er sollte jener Statthalter sein und alles, was vom Westen blieb, in seine Gewalt bringen; er würde ihr Herrscher sein und sie seine Hörigen.

Aber Gandalf sagte: »Das ist zuviel gefordert für die Auslieferung eines einzigen Dieners: daß Euer Herr im Tausch erhalten soll, wofür er sonst viele Kriege führen müßte, um es zu erlangen! Oder hat das Schlachtfeld von Gondor seine Kriegshoffnung vernichtet, so daß er zu feilschen beginnt? Und wenn wir diesen Gefangenen wirklich so hoch einschätzten, welche Sicherheit haben wir, daß Sauron, der niederträchtige Meister des Treubruchs, seine Schuldigkeit erfüllen wird? Wo ist dieser Gefangene? Laßt ihn herbringen und uns übergeben, und dann werden wir diese Forderungen in Erwägung ziehen.«

Es schien Gandalf dann, als er ihn unverwandt beobachtete wie ein Mann, der mit einem gefährlichen Gegner ficht, daß der Bote einen Atemzug lang unsicher war; doch rasch lachte er wieder.

»Fangt in eurer Unverschämtheit keine Wortgefechte mit Saurons Mund an!« rief er. »Sicherheit erbittet ihr! Sauron gibt keine. Wenn ihr seine Gnade erfleht, dann müßt ihr erst tun, was er gebietet. Das sind seine Bedingungen. Nehmt sie an oder laßt es bleiben!«

»Diese werden wir nehmen!« sagte Gandalf plötzlich. Er warf seinen Mantel ab, und ein weißes Licht leuchtete auf an diesem dunklen Platz wie ein Schwert. Vor seiner erhobenen Hand wich der widerliche Bote zurück, und Gandalf ging auf ihn zu und nahm ihm die Beweise ab: Panzer, Mantel und Schwert. »Diese werden wir nehmen zur Erinnerung an unseren Freund«, rief er. »Aber was Eure Bedingungen anbelangt, so weisen wir sie ganz und gar zurück. Macht Euch fort, denn Eure Gesandtschaft ist beendet und Euer Tod nahe. Wir sind nicht hierher gekommen, um bei Verhandlungen mit Sauron, dem treulosen und verfluchten, Worte zu verschwenden: noch weniger mit einem seiner Sklaven. Fort mit Euch!«

Da lachte der Bote von Mordor nicht mehr. Sein Gesicht verzerrte sich so vor Verblüffung und Wut, daß es Ähnlichkeit bekam mit einem wilden Tier, dem, wenn es vor seiner Beute kauert, mit einer scharfen Gerte auf die Schnauze geschlagen wird. Er wurde von Raserei gepackt, sein Mund geiferte, und ungestalte Laute der Wut kamen würgend aus seiner Kehle. Aber er sah die grimmigen Gesichter der Heerführer und ihre todbringenden Augen, und Angst trug den Sieg über seinen Zorn davon. Er stieß einen lauten Schrei aus, wandte sich um, sprang auf sein Roß und galoppierte mit seiner Schar wie wahnsinnig zurück nach Cirith Gorgor. Aber während sie ritten, bliesen seine Leute ihre Hörner als ein lange vereinbartes Zeichen; und ehe sie noch zum Tor kamen, ließ Sauron seine Falle zuschnappen.

Trommeln dröhnten und Feuer züngelte auf. Alle Torflügel des Morannon sprangen weit auf. Heraus strömte ein großes Heer so rasch wie wirbelndes Wasser, wenn eine Schleuse geöffnet wird.

Die Heerführer saßen wieder auf und ritten zurück, und das Heer von Mordor brach in ein Hohngeschrei aus. Staub stieg auf und machte die Luft stickig, als von nahebei ein Heer von Ostlingen heranmarschierte, das in den Schatten des Ered Lithui jenseits des hinteren Turms auf das Zeichen gewartet hatte. Auf beiden Seiten des Morannon kamen unzählige Orks von den Bergen herab. Die Menschen des Westens saßen in der Falle, und rings um die grauen Hügel, auf denen sie standen, schlossen Heerhaufen, die ihnen an Zahl zehnmal und mehr als zehnmal überlegen waren, sie in einem Meer von Feinden ein. Sauron hatte den angebotenen Köder mit einem Rachen aus Stahl geschluckt.

Wenig Zeit blieb Aragorn für seine Schlachtaufstellung. Auf dem einen Hügel stand er mit Gandalf, und schön und verzweifelt war dort das Banner mit dem Baum und den Sternen aufgepflanzt. Auf dem anderen Hügel dicht dabei standen die Banner von Rohan und Dol Amroth, das Weiße Pferd und der Silberne Schwan. Und um jeden Hügel wurde ein Ring gebildet, der nach allen Seiten schaute und von Speeren und Schwertern starrte. Aber Mordor gegenüber, wo der erste erbitterte Ansturm losbrechen würde, standen Elronds Söhne auf der

Linken, umgeben von den Dúnedain, und auf der Rechten Fürst Imrahil mit den Mannen von Dol Amroth, kühn und schön, und mit ausgewählten Leuten des Turms der Wacht.

Der Wind wehte und die Trompeten sangen und Pfeile schwirrten; aber die Sonne, die jetzt den Süden erklomm, war verschleiert in dem Qualm von Mordor, und durch einen bedrohlichen Dunst schimmerte sie, fern, ein dunkles Rot, als sei es das Ende des Tages oder vielleicht das Ende der ganzen Welt des Lichts. Und aus der zunehmenden Düsternis kamen die Nazgûl mit ihren kalten Stimmen und schrien Worte des Todes; und da war alle Hoffnung erloschen.

Pippin hatte sich geduckt, von Entsetzen niedergeschmettert, als er hörte, daß Gandalf die Bedingungen ablehnte und Frodo zu der Folter des Turms verurteilte; aber nun hatte er sich wieder in der Gewalt und stand neben Beregond im ersten Glied von Gondor mit Imrahils Mannen. Denn ihm schien es das beste zu sein, schnell zu sterben und die bittere Geschichte seines Lebens abzuschließen, da doch alles verloren war.

»Ich wünschte, Merry wäre hier«, hörte er sich selbst sagen, und eilige Gedanken schossen ihm durch den Kopf, als er beobachtete, wie der Feind zum Angriff herankam. »Ja, ja, jetzt verstehe ich den armen Denethor jedenfalls ein bißchen besser. Wir könnten zusammen sterben, Merry und ich, und da wir doch sterben müssen, warum nicht? Nun, da er nicht hier ist, hoffe ich, er wird ein leichteres Ende finden. Aber jetzt muß ich mein Bestes tun.«

Er zog sein Schwert und schaute es an und die verschlungenen Formen in Rot und Gold; und die schwungvollen Schriftzeichen von Númenor glitzerten wie Feuer auf der Klinge. »Das war just für eine solche Stunde gemacht«, dachte er. »Wenn ich nur diesen widerlichen Boten damit niederstrecken könnte, dann würde ich mit dem alten Merry fast gleichziehen. Na, ehe alles zu Ende ist, werde ich noch einige von dieser viehischen Brut niederstrecken. Ich wünschte, ich könnte noch einmal kühles Sonnenlicht und grünes Gras sehen!«

Und als er das eben dachte, prallte der erste Angriff auf sie. Die Orks, durch die vor den Hügeln liegenden Sümpfe behindert, waren stehengeblieben und hatten die Reihen der Verteidiger mit Pfeilen überschüttet. Aber zwischen ihnen hindurch kam, wie Tiere brüllend, eine große Schar Bergtrolle aus Gorgoroth. Größer und stämmiger als Menschen waren sie und nur mit einem engsitzenden Netz aus hornigen Schuppen bekleidet, oder vielleicht war das ihre abscheuliche Haut; aber sie trugen Rundschilde, die groß und schwarz waren, und hatten schwere Hämmer in ihren knorrigen Händen. Unbekümmert sprangen sie in die Tümpel und wateten hindurch und schrien laut, als sie herankamen. Wie ein Sturm brachen sie über die Reihen der Mannen von Gondor herein und hieben auf Helm und Kopf, Arm und Schild wie Schmiede, die auf glühendes Eisen schlagen. An Pippins Seite wurde Beregond getroffen, er sackte zusammen und stürzte zu Boden; und der große Trollhäuptling, der ihn niedergeschlagen hatte, beugte sich über ihn und streckte seine krallige Klaue aus, denn diese grausamen Geschöpfe beißen demjenigen, den sie niederstrecken, die Kehle durch.

Da führte Pippin einen Stoß nach oben, und die beschriftete Klinge von Westernis drang durch die Haut und tief hinein in die Weichteile des Trolls, und sein schwarzes Blut sprudelte hervor. Er kippte nach vorn und krachte nieder wie ein stürzender Fels und begrub diejenigen, die unter ihm lagen. Schwärze und Gestank und ein zermalmender Schmerz überkamen Pippin, und seine Sinne schwanden in einer großen Dunkelheit.

»So endet es, wie ich es mir vorgestellt hatte«, sagte sein Denken, als es eben davonflatterte; und es lachte ein wenig in ihm, ehe es floh, fast fröhlich anscheinend, weil es endlich allen Zweifel und Sorge und Angst abschütteln konnte. Und als es sich eben emporschwang in Vergessenheit, hörte es Stimmen, und sie schienen in irgendeiner vergessenen Welt hoch oben zu schreien:

»Die Adler kommen! Die Adler kommen!«

Noch einen Augenblick verharrte Pippins Denken. »Bilbo«, sagte es. »Aber nein! Das war ja in seiner Geschichte, vor langer, langer Zeit. Dies hier ist meine Geschichte, und nun ist sie zu Ende. Lebt wohl!« Und sein Denken floh in weite Ferne, und seine Augen sahen nichts mehr.

SECHSTES BUCH

ERSTES KAPITEL

DER TURM VON CIRITH UNGOL

Sam rappelte sich mühsam vom Boden auf. Im ersten Augenblick wußte er gar nicht, wo er war, und dann fiel ihm all das Elend und die Hoffnungslosigkeit wieder ein. Er war in der tiefen Dunkelheit draußen vor dem unteren Tor der Orkfestung; seine ehernen Türflügel waren geschlossen. Er mußte bewußtlos hingefallen sein, als er sich dagegengeworfen hatte; aber wie lange er dort gelegen hatte, ahnte er nicht. Vorher war ihm in seiner Verzweiflung und Wut glühendheiß gewesen; jetzt zitterte er und fror. Er kroch zu dem Tor und preßte das Ohr dagegen.

Weit drinnen hörte er undeutlich Orkstimmen schreien, aber bald hörten sie auf oder waren außer Hörweite, und alles war still. Sein Kopf tat ihm weh, und vor seinen Augen tanzten in der Dunkelheit gespenstische Lichter, doch er bemühte sich, ruhiger zu werden und nachzudenken. Jedenfalls war klar, daß keine Hoffnung bestand, durch dieses Tor in die Orkfestung zu kommen; tagelang könnte er warten, bis es geöffnet wurde, aber warten konnte er nicht: Zeit war verzweifelt kostbar. Er hatte keinen Zweifel mehr über seine Pflicht: er mußte seinen Herrn retten oder bei dem Versuch sterben.

»Das Sterben ist wahrscheinlicher und wird jedenfalls erheblich einfacher sein«, sagte er grimmig zu sich selbst, als er Stich in die Scheide steckte und den ehernen Türen den Rücken kehrte. Langsam tastete er sich in der Dunkelheit durch den unterirdischen Gang und wagte nicht, das Elbenlicht zu benutzen; und während er ging, versuchte er, die Ereignisse aneinanderzureihen, seit Frodo und er den Scheideweg verlassen hatten. Er hätte gern gewußt, wie spät es war. Irgendwie zwischen einem Tag und dem nächsten, nahm er an; aber sogar die Tage konnte er nicht mehr nachrechnen. Er war in einem Land der Dunkelheit, wo die Tage der Welt vergessen waren und wo alle, die hierher kamen, auch vergessen waren.

»Ich möchte mal wissen, ob sie überhaupt an uns denken«, sagte er, »und was mit ihnen allen da drüben geschieht.« Er deutete etwa in die Richtung vor ihm, aber in Wirklichkeit ging er nun, da er wieder zu Kankras Lauer zurückkam, nach Süden, nicht nach Westen. Draußen in der Welt, im Westen, ging es auf den Mittag des 14. März nach der Auenland-Zeitrechnung zu, und eben jetzt brachte Aragorn die schwarze Flotte aus Pelargir heran, und Merry ritt mit den Rohirrim durch das Steinkarrental, während in Minas Tirith Brände auflodertern und Pippin beobachtete, wie der Wahnsinn in Denethors Augen zunahm. Doch bei all ihren Sorgen und Ängsten kehrten die Gedanken ihrer Freunde immer wieder zu Frodo und Sam zurück. Sie waren nicht vergessen. Aber man konnte ihnen nicht beistehen, und kein Gedenken konnte Samweis, Hamfasts Sohn, Hilfe bringen; er war völlig allein.

Schließlich kam er wieder zu der Steintür des Orkganges, und da er immer noch weder Klinke noch Riegel entdecken konnte, kletterte er wie zuvor drüber weg und ließ sich sanft hinunterfallen. Dann schlich er behutsam zu dem Ausgang von Kankras Lauer, wo die Fetzen ihres großen Netzes immer noch in der kalten Luft hin- und herwehten. Denn kalt erschien Sam die Luft nach der stinkigen Dunkelheit weiter hinten; aber die leichte Brise belebte ihn wieder. Vorsichtig kroch er hinaus.

Alles war unheimlich still. Es war nicht heller als während der Dämmerung am Ende eines düsteren Tages. Die gewaltigen Dämpfe, die in Mordor aufstiegen, zogen niedrig über ihn hinweg nach Westen, dicht geballte Wolken und Rauch, die jetzt von unten wieder von einer dunkelroten Glut beleuchtet wurden.

Sam blickte hinauf zu dem Orkturm, und plötzlich starrten aus dessen schmalen Fenstern Lichter heraus wie kleine roten Augen. Er fragte sich, ob das irgendwelche Zeichen wären. Seine Angst vor den Orks, die er in seinem Zorn und seiner Verzweiflung eine Weile vergessen hatte, kehrte jetzt zurück. Soweit er sehen konnte, gab es für ihn nur eine Möglichkeit: er mußte weitergehen und versuchen, den Haupteingang zu diesem entsetzlichen Turm zu finden; aber seine Knie waren weich, und er merkte, daß er zitterte. Er wandte seinen Blick von dem Turm und den Hörnern der Schlucht vor ihm ab und zwang seine unwilligen Füße, ihm zu gehorchen, und langsam, angestrengt lauschend und in die dichten Schatten der Felsen neben dem Weg spähend, ging er wieder zurück, vorbei an der Stelle, wo Frodo gestürzt war und Kankras Gestank immer noch in der Luft hing, und dann weiter hinauf, bis er wieder in jener Schlucht stand, wo er den Ring aufgesetzt und Schagrats Rotte hatte vorbeigehen sehen.

Dort hielt er an und setzte sich hin. Im Augenblick konnte er sich nicht dazu bringen weiterzugehen. Er ahnte, daß, wenn er den Paß an der höchsten Stelle überquerte und auch nur einen Schritt hinunter in das Land Mordor tat, dieser Schritt unwiderruflich sein würde. Er konnte niemals zurückkommen. Ohne eine klare Absicht zog er den Ring heraus und setzte ihn wieder auf. Sofort spürte er die schwere Last seines Gewichts und empfand von neuem, aber jetzt stärker und drängender denn je, die Bosheit des Auges von Mordor, das suchte und sich bemühte, die Schatten zu durchdringen, die es zu seiner eigenen Verteidigung erzeugt hatte, die es aber nun in seiner Unruhe und seinem Zweifel behinderten.

Wie zuvor merkte Sam, daß sein Gehör geschärft war, daß aber seine Augen die Dinge dieser Welt nur schwach und undeutlich wahrnahmen. Die felsigen Wände des Pfades waren fahl, als ob er sie durch einen Nebel sah, aber aus der Ferne hörte er Kankra noch in ihrem Jammer blubbern; und schrill und klar und sehr nahe anscheinend hörte er Schreie und das Klirren von Metall. Er sprang auf und drückte sich an die Wand neben der Straße. Er war froh über den Ring, denn hier kam wieder eine Horde Orks anmarschiert. Das glaubte er jedenfalls zuerst. Dann merkte er plötzlich, daß dem nicht so war, daß sein Gehör ihn getäuscht hatte: die Orkschreie kamen vom Turm, dessen höchstes Horn jetzt genau über ihm war, linker Hand von der Schlucht.

Der Turm von Cirith Ungol

Sam erschauerte, und er versuchte, sich zum Weitergehen zu zwingen. Da war eindeutig irgendeine Teufelei im Gange. Vielleicht hatte die Grausamkeit der Orks trotz aller Befehle die Oberhand gewonnen, und sie folterten Frodo oder hackten ihn sogar grausam in Stücke. Er lauschte; und während er das tat, tauchte ein Hoffnungsschimmer auf. Es konnte wohl kaum ein Zweifel sein: im Turm wurde gekämpft, die Orks mußten untereinander Krieg führen, Schagrat und Gorbag waren sich in die Haare geraten. Schwach war die Hoffnung, die seine Vermutung ihm brachte, aber sie reichte, um ihn aufzurütteln. Das könnte eine Gelegenheit sein. Seine Liebe zu Frodo war über alle anderen Gedanken erhaben, und Sam vergaß die Gefahr und rief laut: »Ich komme, Herr Frodo!«

Er rannte los zum höchsten Punkt des ansteigenden Pfades und drüber hinweg. Sogleich bog die Straße nach links und fiel steil ab. Sam hatte die Grenze von Mordor überschritten.

Er zog den Ring ab, vielleicht veranlaßt durch eine dunkle Vorahnung von Gefahr, obwohl er bei sich nur dachte, er wolle besser sehen können. »Lieber das Schlimmste sehen«, murmelte er. »Hat keinen Zweck, im Nebel herumzutappen!«

Hart und grausam und bitter war das Land, das sich jetzt seinem Blick darbot. Zu seinen Füßen fiel der höchste Kamm des Ephel Dúath über große Felsen steil ab in eine dunkle Schlucht, an deren anderer Seite sich ein weiterer Kamm erhob, der viel niedriger war, und sein Grat war eingekerbt und gezackt von spitzen Felsen, die wie Fänge aussahen und sich schwarz vor dem roten Leuchten dahinter abhoben: es war der grimmige Morgai, der innere Ring des Bollwerks des Landes. Weit dahinter, doch fast geradeaus, jenseits eines ausgedehnten Sees von Dunkelheit, der mit kleinen Feuern gesprenkelt war, sah Sam einen großen glühenden Brand; und vor ihm stieg in gewaltigen Säulen ein wirbelnder Rauch auf, dunkelrot an seinem Ausgangspunkt und schwarz oben, wo er in die Wolkenhülle eintauchte, die das ganze verfluchte Land überdachte.

Sam sah den Orodruin, den Feurigen Berg. Dann und wann wurden die Schlote weit unterhalb seines Aschenkegels heiß und stießen unter großem Brodeln und Beben Ströme von geschmolzenem Fels aus Spalten an seinen Flanken. Einige flossen lodernd in großen Rinnen in Richtung auf Barad-dûr; einige bahnten sich ihren Weg in die steinige Ebene, bis sie sich abkühlten und wie verzerrte Drachengestalten liegenblieben, ausgespien von der gefolterten Erde. In einer solchen Stunde der Tätigkeit erblickte Sam den Schicksalsberg, und sein Leuchten, das für jene, die den Pfad vom Westen heraufklommen, durch den hohen Rücken des Ephel Dúath verdeckt war, beschien jetzt die kahlen Felswände, so daß sie aussahen, als wären sie mit Blut getränkt.

Diese entsetzliche Beleuchtung machte Sam ganz bestürzt, denn als er jetzt nach links schaute, erblickte er den Turm von Cirith Ungol in all seiner Macht. Das Horn, das er von der anderen Seite gesehen hatte, war nur sein höchster Seitenturm. Seine Ostseite ragte in drei großen Stufen von einem Felsvorsprung in der Bergwand weit unten auf; in seinem Rücken hatte er eine große Felsklippe, über die er mit spitzen Basteien hinausragte, eine über der anderen, die nach oben kleiner wurden; ihre steilen Wände aus listig gefügtem Mauerwerk blickten nach Nordosten und Südosten. Um die tiefste Stufe, die zweihundert Fuß unter dem Punkt lag, wo Sam jetzt stand, zog sich eine mit Zinnen versehene Mauer, die einen schmalen Hof umschloß. Ihr Tor, auf der ihm zugewandten nordöstlichen Seite, führte auf eine breite Straße mit einer Art Brückenmauer, die am Rand eines jähen Abgrunds entlanglief, bis die Straße nach Süden abbog und sich dann durch die Dunkelheit hinzog und sich mit der Straße vereinigte, die über den Morgul-Paß kam. Dann ging sie weiter durch eine gezackte Spalte im Morgai und hinaus in das Tal von Gorgoroth und weiter nach Barad-dûr. Der schmale obere Weg, auf dem Sam stand, führte über Treppen und steile Pfade hinunter zur Hauptstraße unter den drohenden Mauern dicht am Tor zum Turm.

Als Sam diese Festung betrachtete, begriff er mit einemmal, und es war fast ein Schlag für ihn, daß sie nicht gebaut worden war, um Feinde von Mordor fernzuhalten, sondern um sie drinnen zu behalten. Tatsächlich war sie ein Werk von Gondor vor langer Zeit, ein östlicher Vorposten der Verteidigungsanlagen von Ithilien, und sie war erbaut worden, als die Menschen von Westernis nach dem Letzten Bündnis Saurons böses Land scharf überwachten, wo sich seine Geschöpfe noch immer verborgen hielten. Aber ebenso wie bei Narchost und Carchost, den Türmen der Wehr, hatte auch hier die Wachsamkeit versagt, und durch Verrat war der Turm dem Herrn der Ringgeister ausgeliefert worden, und nun war er schon seit langen Jahren von bösen Wesen besetzt. Seit Sauron nach Mordor zurückgekehrt war, hatte er ihn nützlich gefunden; denn er hatte wenig Diener, aber viele, die ihm aus Angst hörig waren, und wie einstmalen war es noch immer der Hauptzweck des Turms, die Flucht aus Mordor zu verhindern. Wenn allerdings ein Feind so unbesonnen war zu versuchen, heimlich in dieses Land zu kommen, dann gab es immer noch eine letzte, unermüdliche Wache gegen jene, die vielleicht der Wachsamkeit von Morgul und Kankra entgangen waren.

Nur zu klar erkannte Sam jetzt, wie aussichtslos es für ihn sein würde, wenn er unter diesen vieläugigen Mauern hinunterkröche und durch das wachsame Tor ginge. Und selbst wenn er es schaffte, könnte er auf der bewachten Straße dahinter nicht weit kommen: nicht einmal die schwarzen Schatten an den tiefen Stellen, zu denen das rote Glühen nicht vordrang, würden ihn lange vor den nachtäugigen Orks schützen. Aber so hoffnungslos diese Straße auch sein mochte, seine Aufgabe war jetzt schlimmer: nicht das Tor vermeiden und entfliehen, sondern es durchschreiten, allein.

Nun dachte er an den Ring, aber auch das war kein Trost, sondern nur Grauen und Gefahr. Kaum war er in Sichtweite des Schicksalsberges gekommen, da hatte er gemerkt, daß sich seine Bürde veränderte. Als der Ring sich den großen Schmelzöfen näherte, wo er in grauer Vorzeit gestaltet und geschmiedet worden war, wuchs seine Macht, und er wurde unheimlicher, unzähmbarer außer durch einen starken Willen. Obwohl Sam den Ring nicht am Finger hatte, sondern ihn an einer Kette um den Hals trug, kam sich Sam, als er da stand, irgendwie vergrößert vor, als ob er in einen riesigen, verzerrten Schatten seiner selbst gekleidet sei, eine auf den Wällen von Mordor innehaltende gewaltige und unheilvolle Drohung. Er spürte, daß er von jetzt an nur zwischen zwei Möglichkeiten würde wählen können: dem Ring zu entsagen, obwohl ihn das quälen würde; oder ihn für sich in Anspruch zu nehmen und die Macht herauszufordern, die in ihrer dunklen Feste jenseits des Tals der Schatten saß. Schon führte ihn der Ring in Versuchung, nagte an seinem Willen und Verstand. Wilde Hirngespinste tauchten in seinen Gedanken auf; und er sah Samweis den Großen, den Helden des Zeitalters, der mit flammendem Schwert durch die verfinsterten Lande zog, und Heere, die auf sein Gebot hin zusammenströmten, als er losmarschierte, um Barad-dûr zu vernichten. Und dann verzogen sich alle Wolken, und die weiße Sonne schien, und auf seinen Befehl wurde das Tal von Gorgoroth ein fruchtbarer Garten mit Blumen und Bäumen. Er brauchte nur den Ring aufzustecken und ihn als sein Eigentum zu erklären, und all dies könnte geschehen.

In dieser Stunde der Anfechtung war es die Liebe zu seinem Herrn, die am meisten dazu beitrug, daß er fest blieb; aber tief in seinem Inneren war auch sein schlichter Hobbitverstand noch unbesiegt: er wußte im Grunde seines Herzens, daß er nicht stark genug war, um eine solche Last zu tragen, selbst wenn derartige Gaukelbilder nicht nur ein bloßer Schwindel wären, um ihn hereinzulegen. Der eine kleine Garten eines freien Gärtners war alles, was er brauchte und was ihm zustand, nicht ein Garten, der zu einem Reich angewachsen war; selbst Hand anzulegen, nicht den Händen anderer zu befehlen.

»Und all diese Gedanken sind sowieso nur ein Trick«, sagte er zu sich selbst. »Er würde mich entdecken und mich einschüchtern, ehe ich auch nur aufschreien könnte. Ganz schön schnell würde er mich entdecken, wenn ich jetzt hier in Mordor den Ring aufsetzen würde. Na, ich kann nur sagen: die Sache sieht so hoffnungslos aus wie ein Frost im Frühling. Gerade wenn es wirklich nützlich wäre, unsichtbar zu sein, kann ich den Ring nicht verwenden! Und wenn ich überhaupt weiterkomme, dann wird er bei jedem Schritt nur eine Behinderung und eine Last sein. Was also ist zu tun?«

In Wirklichkeit bestand für ihn gar kein Zweifel. Er wußte, daß er zum Tor hinuntergehen mußte und nicht mehr zögern durfte. Mit einem Schulterzucken, als wolle er die Schatten abschütteln und die Hirngespinste als erledigt ansehen, begann er langsam den Abstieg. Bei jedem Schritt schien er zu schrumpfen. Er war noch nicht weit gegangen, da war er wieder zu einem ganz kleinen und verschreckten Hobbit geworden. Jetzt ging er genau unter den Mauern des Turms vorbei und konnte die Schreie und Kampfgeräusche nun auch ohne Hilfe des Ringes hören. Im Augenblick schien der Lärm aus dem Hof hinter der äußeren Mauer zu kommen.

Sam war etwa auf halber Höhe des Pfades, als aus dem dunklen Tor zwei Orks in das rote Glühen hinausrannten. Sie kamen nicht auf ihn zu, sondern schlugen den Weg zur Hauptstraße ein; aber während sie noch liefen, stolperten sie und stürzten zu Boden und lagen still. Sam hatte keine Pfeile gesehen, aber er vermutete, daß die Orks von anderen erschossen worden waren, die auf der Festungsmauer oder im Schatten des Tors versteckt waren. Er ging weiter und hielt sich dicht an die Mauer zu seiner Linken. Ein Blick nach oben hatte ihm gezeigt, daß keine Hoffnung bestand, dort hinaufzuklettern. Das Mauerwerk stieg dreißig Fuß hoch ohne Ritze oder Absatz bis zu vorstehenden Mauerschichten, die wie umgekehrte Treppenstufen waren. Das Tor war der einzige Weg.

Er kroch weiter; und dabei fragte er sich, wieviele Orks wohl bei Schagrat im Turm wohnten und wie viele Gorbag hatte, und worüber sie wohl stritten, wenn das wirklich der Fall war. Schagrats Rotte schien aus etwa vierzig zu bestehen, und die von Gorbag war mehr als doppelt so stark; aber natürlich hatte Schagrat nicht alle seine Leute auf Streife geschickt. Es schien ihm fast gewiß, daß sie sich um Frodo stritten, und um die Beute. Eine Sekunde hielt Sam inne, denn plötzlich waren ihm die Dinge klar, als ob er sie mit eigenen Augen gesehen hätte. Das Panzerhemd aus *mithril!* Natürlich, Frodo trug es ja, und sie würden es finden. Und nach dem, was Sam gehört hatte, würde es Gorbag danach gelüsten. Aber die Befehle vom Dunklen Turm waren zur Zeit Frodos einziger Schutz, und wenn sie nicht befolgt würden, könnte Frodo jeden Augenblick getötet werden.

»Weiter, du elender Faulpelz!« schrie er sich selbst an. »Nun los!« Er zog Stich und rannte auf das offene Tor zu. Aber gerade, als er unter dem großen Bogen durchgehen wollte, verspürte er einen Schlag: als ob er gegen irgendein Netz gelaufen wäre, wie das von Kankra, nur unsichtbar. Er konnte kein Hindernis sehen, aber irgend etwas, das zu stark war, als daß sein Wille es überwand, versperrte ihm den Weg. Er schaute sich um, und da sah er im Schatten des Tors die Zwei Wächter.

Sie waren wie große, auf Throne gesetzte Bildwerke. Jeder hatte drei miteinander verbundene Leiber und drei Köpfe, die nach draußen, nach drinnen und auf den Torbogen gerichtet waren. Die Köpfe hatten Geiergesichter, und auf den Knien der Gestalten lagen klauenartige Hände. Sie schienen aus riesigen Steinblöcken herausgemeißelt zu sein, unbeweglich, und doch waren sie auf der Hut: irgendein furchtbarer Geist böser Wachsamkeit wohnte in ihnen. Sie wußten, wer ein Feind war. Sichtbar oder unsichtbar, keiner könnte unbemerkt an ihnen vorbei. Sie würden ihm den Eintritt oder die Flucht verbieten.

Sam stählte seinen Willen, nahm noch einmal einen Anlauf und kam mit einem Ruck zum Stehen und taumelte, als habe er einen Schlag auf Brust und Kopf erhalten. Dann wurde er tollkühn, denn ihm fiel nichts ein, was er sonst hätte tun können, und er führte einen Gedanken aus, der ihm plötzlich kam: langsam zog er Galadriels Phiole heraus und hielt sie hoch. Ihr weißes Licht entzündete sich rasch, und die Schatten unter dem dunklen Torbogen flohen. Die mißgestalteten Wächter saßen kalt und still da und wurden in all ihrer Häßlichkeit sichtbar. Einen Augenblick sah Sam ein Glitzern in den schwarzen Steinen ihrer Augen, deren Bosheit ihn erzittern ließ; aber langsam merkte er, wie ihr Wille ins Wanken geriet und sich in Angst verwandelte.

Er sprang an ihnen vorbei; aber gerade, als er das tat und die Phiole wieder in die Brusttasche steckte, merkte er, daß sie ihre Wachsamkeit wiedererlangten. Und aus diesen bösen Köpfen stieg ein lauter schriller Schrei auf, der an den hohen Mauern vor ihm widerhallte. Als ob es ein antwortendes Signal sei, tat hoch oben eine schrille Glocke einen einzigen Schlag.

»Eine schöne Bescherung!« sagte Sam. »Jetzt habe ich an der Haustür geklingelt! So, nun soll mal jemand kommen!« rief er. »Sagt Hauptmann Schagrat, daß der große Elbenkrieger da ist, und sein Elbenschwert auch!«

Es kam keine Antwort. Sam ging weiter. Stich schimmerte blau in seiner Hand. Der Hof lag in tiefem Schatten, aber er konnte sehen, daß das Pflaster mit Leichen übersät war. Unmittelbar vor seinen Füßen lagen zwei Ork-Bogenschützen, und Messer staken ihnen im Rücken. Dahinter lagen noch mehr Gestalten; einige einzeln, wie sie niedergehauen oder erschossen worden waren; andere paarweise, einander noch umklammernd, beim Zuhauen, Erwürgen und Beißen vom Tode ereilt. Die Steine waren glitschig von dunklem Blut.

Sam fiel auf, daß die Orks zwei verschiedene Trachten trugen, die eine gekennzeichnet durch das Rote Auge, die andere durch einen verzerrten Mond mit einem abscheulichen Totengesicht; aber er blieb nicht stehen, um genauer hinzuschauen. Auf der anderen Seite des Hofs stand eine große Tür am Fuß des Turms halb offen, und ein rotes Licht schien heraus; ein großer Ork lag tot auf der Schwelle. Sam sprang über die Leiche und ging hinein; und dann schaute er sich ratlos um.

Ein breiter und widerhallender Gang führte von der Tür nach hinten zum Berghang. Er war schwach erleuchtet von Fackeln, die in Wandarmen flackerten, aber weiter hinten verlor er sich in Düsternis. Viele Türen und Öffnungen an beiden Seiten waren zu sehen; aber der Gang war leer bis auf zwei oder drei weitere Leichen, die auf dem Boden lagen. Nach dem, was er von dem Gerede des Hauptmanns gehört hatte, wußte Sam, daß Frodo, tot oder lebendig, höchstwahrscheinlich in einem Gemach hoch oben im Turm zu finden wäre; aber er könnte einen Tag lang suchen, bis er den Weg dahin fand.

»Es wird in der Nähe der Rückseite sein, nehme ich an«, murmelte Sam. »Der ganze Turm klettert gleichsam rückwärts. Und jedenfalls wird es besser sein, wenn ich diesen Lichtern nachgehe.«

Er machte sich auf den Weg, den Gang entlang, aber langsam jetzt, jeder Schritt zögernder. Von neuem packte ihn Entsetzen. Nichts war zu hören als seine Fußtritte, die zu einem widerhallenden Geräusch anzuschwellen schienen, wie wenn große Hände auf Steine klopften. Die Leichen; die Leere; die feuchten schwarzen Wände, die im Fackellicht aussahen, als tropfte Blut von ihnen herab; die Angst vor einem plötzlichen Tod, der hinter einer Tür oder im Schatten lauern könnte; und hinter all seinen Gedanken die abwartende, wachsame Bosheit am Tor: es war fast mehr, als er glaubte ertragen zu können. Ein Kampf – mit nicht zu vielen Feinden auf einmal – wäre ihm lieber gewesen als diese häßliche lauernde Ungewißheit. Er zwang sich, an Frodo zu denken, der gefesselt oder in Qualen oder tot irgendwo an diesem schrecklichen Ort lag. Er ging weiter.

Er hatte die Fackeln hinter sich gelassen und war fast an einer großen gewölbten Tür am Ende des Ganges angelangt, der inneren Seite des Unteren Tors, wie er richtig vermutete, als von hoch oben ein entsetzlicher, erstickter Schrei kam. Sam blieb stehen. Dann hörte er Schritte. Irgend jemand rannte in großer Eile eine widerhallende Treppe über ihm herunter.

Sein Wille war zu schwach und zu langsam, um seine Hand zurückzuhalten. Sie zog an der Kette und umklammerte den Ring. Aber Sam setzte ihn nicht auf; denn gerade, als er ihn an die Brust drückte, kam ein Ork heruntergetrampelt. Er sprang aus der dunklen Öffnung rechter Hand heraus und rannte auf ihn zu. Er war nicht mehr als sechs Schritte entfernt, als er den Kopf hob und Sam sah; und Sam hörte seinen keuchenden Atem und sah das Funkeln seiner blutunterlaufenen Augen. Der Ork blieb entsetzt stehen. Denn was er sah, war nicht ein kleiner, verängstigter Hobbit, der versuchte, sein Schwert mit sicherer Hand zu halten: er sah eine große stumme Gestalt, in grauen Schatten gehüllt, drohend aufragend vor dem flackernden Licht dahinter; in der einen Hand hielt sie ein Schwert, dessen Leuchten ein bitterer Schmerz war, die andere hielt sie an die Brust gepreßt, aber sie verbarg irgendeine namenlose Drohung von Macht und Unheil.

Einen Augenblick duckte sich der Ork, und dann drehte er sich mit einem häßlichen Angstschrei um und floh dorthin zurück, wo er hergekommen war. Niemals war jemand ermutigter gewesen, wenn sein Feind Fersengeld gab, als Sam bei dieser unerwarteten Flucht. Mit einem lauten Ruf nahm er die Verfolgung auf.

»Ja! Der Elbenkrieger läuft frei herum!« rief er. »Ich komme. Zeig du mir nur den Weg nach oben, sonst bring ich dich um!«

Aber der Ork war hier zu Hause, und er war flink und gut ernährt. Sam war hier fremd, und er war hungrig und müde. Die Treppen waren hoch und steil und gewendelt. Sam begann zu keuchen. Der Ork war bald außer Sicht, und jetzt war nur noch schwach das Tapsen seiner Füße zu hören, als er hoch und höher stieg. Ab und zu stieß er einen Schrei aus, dessen Widerhall sich an den Wänden fortpflanzte. Aber langsam erstarb jedes Geräusch.

Sam schleppte sich weiter. Er spürte, daß er auf dem richtigen Weg war, und seine Stimmung hob sich beträchtlich. Er steckte den Ring weg und zog sich den Gürtel fester. »Gut, gut«, sagte er. »Wenn sie nur alle soviel Abneigung gegen mich und Stich bezeugen, dann mag es besser gehen, als ich gehofft hatte. Und jedenfalls sieht es so aus, als ob Schagrat, Gorbag und Genossen mir fast die ganze Arbeit abgenommen haben. Abgesehen von dieser kleinen, erschreckten Ratte ist, glaube ich, hier keiner mehr am Leben!«

Und damit blieb er stehen, plötzlich zum Halten gebracht, als ob er mit dem Kopf gegen die Steinwand gestoßen sei. Die volle Bedeutung dessen, was er gesagt hatte, traf ihn wie ein Schlag. Niemand war am Leben! Wer hatte diesen entsetzlichen Todesschrei ausgestoßen? »Frodo! Frodo! Herr!« schrie er, halb schluchzend. »Wenn sie dich getötet haben, was soll ich dann machen? Na, ich komme endlich, bis ganz nach oben, um zu sehen, was ich sehen muß.«

Hinauf und immer weiter hinauf stieg er. Es war dunkel bis auf eine Fackel dann und wann, die an einer Kehre flackerte oder neben irgendeiner Öffnung, die zu den oberen Stockwerken des Turms führte. Sam versuchte, die Stufen zu zählen, aber als er bei zweihundert angelangt war, kam er durcheinander. Er ging jetzt ganz leise; denn er glaubte Stimmen zu hören, die irgendwo oben sprachen. Offenbar war doch mehr als eine Ratte am Leben geblieben.

Mit einemmal, als er merkte, daß ihm der Atem ausging und er seine Knie nicht mehr zwingen konnte, sich zu beugen, hörte die Treppe auf. Er blieb stehen. Die Stimmen waren jetzt laut und nahe. Sam schaute sich um. Er war bis zu dem flachen Dach der dritten und höchsten Stufe des Turms gekommen: eine offene Fläche, etwa dreißig Ellen breit, mit einer niedrigen Brustwehr. Hier war die Treppe in der Mitte des Daches durch eine kleine, mit einer Kuppel versehenen Kammer geschützt, die niedrige Türen nach Osten und Westen hatte. Im Osten konnte Sam die Ebene von Mordor sehen, die riesig und dunkel unter ihm lag, und den brennenden Berg in der Ferne. Ein neuer Aufruhr tobte in seinen tiefen Schächten, und die Feuerströme loderten so grell, daß ihr Schein selbst bei dieser Entfernung von vielen Meilen die Turmspitze rot erglühen ließ. Nach Westen war die Sicht versperrt durch den Unterbau des großen Turms, der an der Rückseite dieses oberen Hofs stand und die Gipfel der umliegenden Berge hoch überragte. Licht schimmerte in einem Fensterschlitz. Seine Tür war kaum fünfzehn Ellen von Sam entfernt. Sie stand offen, war aber dunkel, und gerade aus ihrem Schatten kamen die Stimmen.

Zuerst hörte Sam nicht hin; er tat einen Schritt aus der östlichen Tür und schaute sich um. Sofort sah er, daß der Kampf hier am heftigsten gewesen war. Der Hof war übersät mit toten Orks oder ihren abgeschlagenen Köpfen und Gliedern. Der ganze Ort stank nach Tod. Ein Knurren und dann ein Schlag und ein Schrei veranlaßten ihn, sich schleunigst wieder zu verstecken. Eine Stimme wurde laut vor Wut, und er erkannte sie sofort wieder, rauh, roh und kalt. Schagrat war es, der sprach, der Hauptmann des Turms.

»Du willst nicht wieder gehen, sagst du? Verflucht sollst du sein, Snaga, du kleiner Wurm! Wenn du glaubst, ich sei so lahm, daß es ungefährlich ist, mich zu verhöhnen, dann irrst du dich. Komm her, ich drücke dir die Augen raus, wie gerade bei Radbug. Und wenn ein paar neue Jungs kommen, dann rechne ich mit dir ab: zu Kankra werde ich dich schicken.«

»Sie werden nicht kommen, jedenfalls nicht, ehe du tot bist«, antwortete Snaga grob. »Ich habe dir schon zweimal gesagt, daß Gorbags Schweine zuerst zum Tor kamen, und keiner von unseren ist rausgekommen. Lagduf und Muzgasch rannten durch, aber sie wurden erschossen. Ich habe es vom Fenster aus gesehen, das sage ich dir. Und sie waren die letzten.«

»Dann mußt du gehen. Ich muß jedenfalls hierbleiben. Aber ich bin verwundet. Die Schwarzen Verliese sollen diesen dreckigen, aufsässigen Gorbag holen!« Schagrats Stimme verlor sich in einer Reihe von Schimpfnamen und Flüchen. »Ich hab's ihm besser gegeben als er mir, aber er hat mich mit dem Messer verletzt, der Mistkerl, ehe ich ihn erwürgte. Du mußt gehen, oder ich fresse dich. Die Nachricht muß nach Lugbúrz, oder wir kommen beide in die Schwarzen Verliese. Ja, du auch. Dem wirst du nicht dadurch entgehen, daß du dich hier herumdrückst.«

»Diese Treppe gehe ich nicht wieder runter«, brummte Snaga, »ob du Hauptmann bist oder nicht. Nee! Laß deine Hände vom Messer weg, oder ich schieß dir einen Pfeil in den Bauch. Du wirst nicht mehr lange Hauptmann sein, wenn *sie* von all diesen Vorgängen erfahren. Ich habe für den Turm gegen diese stinkigen Morgul-Ratten gekämpft, aber das ist eine schöne Schweinerei, die ihr zwei feinen Hauptleute angerichtet habt, als ihr um die Beute kämpftet.«

»Jetzt reicht's mir aber«, knurrte Schagrat. »Ich hatte meine Befehle. Gorbag hat angefangen, als er versuchte, das hübsche Hemd zu klauen.«

»Na, du hast ihn auch gereizt, als du dich so aufgespielt hast. Und er hat jedenfalls mehr Verstand als du. Mehr als einmal hat er dir gesagt, daß der gefährlichste von diesen Spähern immer noch frei herumläuft, und du wolltest nicht hören. Und du willst auch jetzt nicht hören. Gorbag hatte recht, das sage ich dir. Hier ist einer von diesen blutrünstigen Elben oder einer von den dreckigen *tarks*. Er kommt her, das sage ich dir. Du hast die Glocke gehört. Er ist an den Wächtern vorbeigekommen, und das ist das Werk von *tarks*. Er ist auf der Treppe. Und ehe er da weg ist, gehe ich nicht runter. Und wenn ich ein Nazgûl wäre, täte ich's nicht.«

»So ist das also!« kreischte Schagrat. »Dies willst du tun und jenes willst du nicht tun? Und wenn er kommt, dann haust du ab und läßt mich hier sitzen? Nein, das wirst du nicht! Erst werde ich dir rote Madenlöcher in deinen Bauch machen.«

Aus der Turmtür kam ein kleinerer Ork herausgerannt. Hinter ihm kam Schagrat, ein großer Ork mit langen Armen, die, als er gebückt rannte, bis auf den Boden reichten. Aber ein Arm hing schlaff herunter und schien zu bluten; der andere hatte ein großes schwarzes Bündel umklammert. In dem roten Schein sah Sam, der hinter der Treppentür kauerte, flüchtig sein fieses Gesicht, als er vorbeikam: es war zerkratzt, als sei es von Krallen zerfetzt worden, und blutverschmiert; Geifer tropfte von seinen Fangzähnen; der Mund gab tierisches Knurren von sich.

Soweit Sam sehen konnte, jagte Schagrat Snaga über das ganze Dach, bis der kleinere Ork, sich duckend und ihm entwischend, mit einem Schrei wieder in den Turm schoß und verschwand. Dann blieb Schagrat stehen. Von der östlichen Tür aus konnte Sam ihn jetzt an der Brustwehr sehen, keuchend, seine linke Klaue ballend und schwach wieder öffnend. Er legte das Bündel auf den Boden und zog mit der rechten Klaue ein langes rotes Messer heraus und spuckte drauf. Dann ging er zur Brustwehr, beugte sich drüber und schaute hinunter in den äußeren Hof. Zweimal rief er, aber es kam keine Antwort.

Plötzlich, als Schagrat noch über die Brustwehr gebeugt war und dem Dach den Rücken kehrte, sah Sam zu seiner Verwunderung, daß sich einer der liegenden Körper bewegte. Er kroch. Er streckte eine Klaue aus und packte das Bündel. Er richtete sich taumelnd auf. In der anderen Hand hielt er einen Speer mit breiter Spitze und einem kurzen, abgebrochenen Heft. Er hielt ihn stoßbereit. Aber in eben diesem Augenblick entfuhr ihm ein Zischen, ein Keuchen vor Schmerz oder Haß. Flink wie eine Schlange schlüpfte Schagrat zur Seite, drehte sich um und stieß seinem Feind sein Messer in die Kehle.

»Habe ich dich, Gorbag!« schrie er. »Noch nicht ganz tot, wie? Na, jetzt werde ich dich fertigmachen.« Er sprang auf den liegenden Körper und stampfte und trampelte in seiner Wut auf ihm herum und bückte sich ab und zu, um ihn mit seinem Messer zu durchbohren und zu zerfetzen. Endlich befriedigt, warf er den Kopf zurück und stieß einen entsetzlichen, gurgelnden Siegesschrei aus. Dann leckte er sein Messer ab, hielt es zwischen den Zähnen, nahm das Bündel auf und kam mit großen Schritten zu der auf seiner Seite liegenden Treppentür.

Sam hatte keine Zeit zum Nachdenken. Er hätte aus der anderen Tür hinausschlüpfen können, aber kaum, ohne gesehen zu werden; und er hätte nicht lange mit diesem abscheulichen Ork Versteck spielen können. Er tat, was wahrscheinlich das Beste war, was er tun konnte. Mit einem Schrei sprang er Schagrat entgegen. Er hielt den Ring nicht mehr in der Hand, aber er war da, eine verborgene Macht, eine entmutigende Bedrohung für Mordors Diener; und in der Hand hielt er Stich, und sein Schimmern durchbohrte die Augen des Orks wie das Glitzern grausamer Sterne in den schrecklichen Elbenländern, deren Frohsinn alle von seiner Sorte mit kalter Furcht erfüllte. Und Schagrat konnte nicht gleichzeitig kämpfen und seinen Schatz festhalten. Er blieb knurrend stehen und entblößte seine Fangzähne. Dann sprang er nach Art der Orks wieder zur Seite, und als Sam auf ihn losstürzte, benutzte er das schwere Bündel gleichzeitig als Schild und Waffe und stieß es seinem Feind hart ins Gesicht. Sam taumelte, und ehe er sich wieder fangen konnte, schoß Schagrat an ihm vorbei und die Treppe hinunter.

Sam rannte ihm fluchend nach, aber nicht weit. Ihm fiel Frodo nun wieder ein, und er dachte daran, daß der andere Ork in den Turm zurückgegangen war. Hier war wiederum eine entsetzliche Entscheidung zu treffen, und er hatte keine Zeit, darüber nachzudenken. Wenn Schagrat entkam, dann würde er bald Hilfe holen und zurückkommen. Aber wenn Sam ihn verfolgte, könnte der andere Ork da oben etwas Entsetzliches anrichten. Und außerdem könnte es sein, daß er Schagrat verfehlte oder von ihm getötet würde. Er wandte sich rasch um und rannte zurück, die Treppen hinauf. »Wieder falsch gemacht, nehme ich an«, seufzte er. »Aber meine Aufgabe ist es, zuerst bis ganz nach oben zu gehen, was immer nachher geschehen mag.«

Weit unten sprang Schagrat mit seiner kostbaren Last die Treppe hinunter und hinaus über den Hof und durch das Tor. Wenn Sam ihn hätte sehen können und gewußt hätte, welches Leid seine Flucht bringen würde, dann hätte er vielleicht den Mut verloren. Aber jetzt war sein Sinn auf den letzten Abschnitt seiner Suche gerichtet. Vorsichtig kam er zur Turmtür und trat ein. Sie führte ins Dunkle. Aber bald bemerkten seine starrenden Augen ein trübes Licht zu seiner Rechten. Es kam von einer Öffnung, von der aus eine zweite Treppe, dunkel und schmal, ausging: sie schien sich an der Innenseite der runden Außenmauer des Turms hinaufzuwenden. Eine Fackel schimmerte irgendwo da oben.

Leise begann Sam hinaufzusteigen. Er kam zu der tropfenden Fackel; sie war an einer Tür zu seiner Linken befestigt, die einem nach Westen gehenden Fensterschlitz gegenüberlag: einem der roten Augen, die er und Frodo von unten am Ausgang des unterirdischen Ganges gesehen hatten. Rasch ging Sam durch die Tür und eilte weiter zum zweiten Stockwerk und fürchtete, jeden Augenblick von hinten angegriffen zu werden und würgende Finger an seiner Kehle zu spüren. Als nächstes kam er zu einem Fenster, das nach Osten ging, und zu einer weiteren Fackel über der Tür zu einem Gang in der Mitte des Turms. Die Tür stand offen, der Gang war dunkel bis auf den Schimmer der Fackel und das rote Glühen draußen, das durch den Fensterschlitz hereindrang. Aber hier hörte die Treppe auf und ging nicht weiter. Sam schlich in den Gang. Auf beiden Seiten waren niedrige Türen; beide waren zu und verschlossen. Kein Laut war zu hören.

»Eine Sackgasse«, murmelte Sam, »und das nach so viel Kletterei! Das kann doch nicht die Spitze des Turms sein. Aber was mache ich jetzt?«

Er rannte zurück zum unteren Stockwerk und versuchte die Tür. Sie rührte sich nicht. Er rannte wieder hinauf, und der Schweiß begann ihm über das Gesicht zu rinnen. Er spürte, daß selbst Minuten kostbar waren, aber eine nach der anderen verging; und er konnte nichts tun. Er kümmerte sich nicht mehr um Schagrat oder Snaga oder alle anderen Orks, die je gezüchtet worden waren. Er sehnte sich jetzt nur nach seinem Herrn, wollte sein Gesicht sehen, seine Hand berühren.

Erschöpft und mit dem Gefühl, endgültig gescheitert zu sein, setzte er sich schließlich auf eine Stufe unter dem Gang und legte den Kopf in die Hände. Es war still, entsetzlich still. Die Fackel, die schon ziemlich heruntergebrannt war, als er kam, zischte und ging dann aus; und er hatte das Gefühl, daß ihn die Dunkelheit wie eine Flut überrollte. Und dann, zu seiner eigenen Überraschung, jetzt am vergeblichen Ende seiner langen Fahrt und in seinem Kummer, ohne sagen zu können, welcher Gedanke in seinem Herzen ihn dazu angeregt hatte, begann Sam leise zu singen.

Seine Stimme klang dünn und zittrig in dem kalten dunklen Turm: die Stimme eines unglücklichen und müden Hobbits, die kein lauschender Ork irrtümlich für den klaren Gesang eines Herrn der Elben hätte halten können. Er murmelte alte kindische Weisen aus dem Auenland und Bruchstücke von Herrn Bilbos Versen, die ihm in den Sinn kamen, gleichsam wie flüchtige Lichtblicke aus seinem Heimatland. Und dann plötzlich erwuchs eine neue Kraft in ihm, und seine Stimme erschallte laut, während Wörter, die er erfand und die zu der einfachen Weise paßten, sich ungeheißen einstellten.

Der Turm von Cirith Ungol

Im hellen Westen blüht es schon,
Von Knospen schwillt der Baum,
Die Finken üben ihren Ton,
Der Wildbach quirlt im Schaum.
Vielleicht auch steht die klare Nacht
Den Buchen ins Gezweig,
Hat ihnen Sterne zugedacht
Als elbisches Geschmeid.

Lieg ich auch hier zu guter Letzt
In tiefster Finsternis
Wie ausgeblutet, wie zerfetzt,
Es ist mir doch gewiß:
Die Sonne zieht die hohe Bahn,
Der Stern den milden Lauf,
Solang der Tag noch nicht vertan
Geb ich den Sieg nicht auf.

»Im hellen Westen blüht es schon«, begann er wieder, und dann hielt er inne. Er glaubte, er habe eine schwache Stimme gehört, die ihm antwortete. Aber jetzt konnte er nichts mehr hören. Ja, er hörte etwas, doch keine Stimme. Schritte näherten sich. Jetzt wurde in dem Gang über ihm leise eine Tür geöffnet; die Angeln quietschten. Sam duckte sich und lauschte. Die Tür schloß sich mit einem dumpfen Bums; und dann ertönte eine knurrige Orkstimme.

»Heda! Du da oben, du Misthaufenratte! Hör auf zu quieken, sonst komm ich rauf und rechne mit dir ab. Hörst du?«

Es kam keine Antwort.

»Na gut«, brummte Snaga. »Aber ich werde trotzdem kommen und dich mal angucken und sehen, was du vorhast.«

Die Angeln quietschten wieder, und Sam, der jetzt über die Ecke der Gangschwelle spähte, sah ein Flackern von Licht in einer offenen Tür und undeutlich die Gestalt eines herauskommenden Orks. Er schien eine Leiter zu tragen. Plötzlich wurde ihm die Lösung des Rätsels klar: die oberste Kammer war durch eine Falltür in der Decke des Ganges zugänglich. Snaga stieß die Leiter hoch, stellte sie fest hin, kletterte hinauf und war nicht mehr zu sehen. Sam hörte, wie ein Riegel zurückgeschoben wurde. Dann hörte er die abscheuliche Stimme wieder.

»Du liegst still, oder du wirst es büßen. Du wirst nicht lange in Frieden leben, nehme ich an; aber wenn du nicht willst, daß der Spaß gleich beginnt, dann halte deine Klappe, verstanden? Hier hast du einen Denkzettel!« Man hörte ein Geräusch wie einen Peitschenknall.

Da entflammte sich der Zorn in Sams Herzen zu plötzlicher Raserei. Er sprang auf und kletterte wie eine Katze die Leiter hinauf. Sein Kopf tauchte in der Mitte des Fußbodens eines großen, runden Gemachs auf. Eine rote Lampe hing an der

Decke; der westliche Fensterschlitz war hoch und dunkel. Irgend etwas lag auf dem Boden an der Wand unter dem Fenster, und darüber stand mit gespreizten Beinen ein schwarzer Ork. Er hob eine Peitsche ein zweites Mal, aber der Schlag fiel nie.

Mit einem Schrei sprang Sam über den Fußboden, Stich in der Hand. Der Ork fuhr herum, aber ehe er eine Bewegung machen konnte, schlug ihm Sam die Peitschenhand vom Arm ab. Heulend vor Schmerz und Angst, aber verzweifelt, ging der Ork mit gesenktem Kopf auf ihn los. Sams nächster Schlag ging daneben, er verlor das Gleichgewicht, fiel nach hinten und hielt sich an dem Ork fest, der über ihn stolperte. Ehe er sich aufrappeln konnte, hörte er einen Schrei und einen Bums. In seiner Hast war der Ork auf dem oberen Ende der Leiter ausgerutscht und durch die Falltür gestürzt. Sam verlor keinen Gedanken mehr an ihn. Er rannte zu der auf dem Boden zusammengekauerten Gestalt. Es war Frodo.

Er war nackt und lag wie in einer Ohnmacht auf einem Haufen schmutziger Lumpen; den einen Arm hatte er erhoben, um seinen Kopf zu schützen, und über seine Seite lief eine häßliche Peitschenstrieme.

»Frodo! Herr Frodo, mein Lieber!« rief Sam, fast blind vor Tränen. »Ich bin's, Sam, ich bin gekommen!« Er hob seinen Herrn halb hoch und drückte ihn an sich. Frodo öffnete die Augen.

»Träume ich noch?« murmelte er. »Aber die anderen Träume waren entsetzlich.«

»Du träumst ganz und gar nicht, Herr«, sagte Sam. »Es ist wirklich so. Ich bin es. Ich bin gekommen.«

»Ich kann es kaum glauben«, sagte Frodo und hielt sich an ihm fest. »Da war ein Ork mit einer Peitsche, und dann verwandelte er sich in Sam! Dann habe ich gar nicht geträumt, als ich das Singen von unten hörte, und zu antworten versuchte? Warst du das?«

»Ja, wirklich, Herr Frodo. Ich hatte fast die Hoffnung aufgegeben. Ich konnte dich nicht finden.«

»Na, nun hast du mich gefunden, Sam, lieber Sam«, sagte Frodo, und er legte sich zurück in Sams liebevolle Arme und schloß die Augen wie ein beruhigtes Kind, wenn die Ängste der Nacht durch irgendeine geliebte Stimme oder Hand vertrieben sind.

Sam hatte das Gefühl, daß er voller Glückseligkeit hier ewig sitzen bleiben könnte; aber das durfte er nicht. Es war nicht genug, daß er seinen Herrn gefunden hatte, er mußte auch noch versuchen, ihn zu retten. Er küßte Frodo auf die Stirn. »Komm! Wach auf, Herr Frodo!« sagte er und bemühte sich, so fröhlich zu klingen wie einst, wenn er in Beutelsend an einem schönen Sommermorgen die Vorhänge aufzog.

Frodo seufzte und setzte sich auf. »Wo sind wir? Wie bin ich hierher gekommen?« fragte er.

»Jetzt ist keine Zeit für Geschichten, bis wir woanders sind, Herr Frodo«, sagte Sam. »Aber du bist in der Spitze von jenem Turm, den du und ich weit unten von dem unterirdischen Gang aus gesehen haben, ehe die Orks dich holten. Wie lange das her ist, weiß ich nicht. Mehr als einen Tag, nehme ich an.«

»Nur?« sagte Frodo. »Mir kam es wie Wochen vor. Du mußt mir alles erzählen, wenn wir Gelegenheit dazu haben. Irgend etwas hat mich verwundet, nicht wahr? Und ich sank in Dunkelheit und üble Träume, und ich wachte auf und merkte, daß das Aufwachen noch schlimmer war. Ringsum waren Orks. Ich glaube, sie hatten mir gerade irgendein scheußliches, brennendes Getränk eingeflößt. Mein Kopf wurde klar, aber mir tat alles weh, und ich war müde. Sie haben mich völlig ausgezogen; und dann kamen zwei große Rohlinge und verhörten mich, verhörten mich, bis ich glaubte, ich würde verrückt werden, als sie so über mir standen und mich anstierten und mit ihren Messern herumspielten. Ihre Klauen und Augen werde ich nie vergessen.«

»Bestimmt nicht, wenn du davon sprichst, Herr Frodo«, sagte Sam. »Und wenn wir sie nicht wiedersehen sollen, dann ist es um so besser, je früher wir gehen. Kannst du laufen?«

»Ja, ich kann laufen«, sagte Frodo und richtete sich langsam auf. »Ich bin nicht verletzt, Sam. Ich bin bloß so müde und habe hier Schmerzen.« Er legte seine Hand auf den Nacken über der linken Schulter. Er stand auf, und es schien Sam, als ob er in Flammen gekleidet sei: seine nackte Haut war im Schein der Lampe scharlachrot. Zweimal ging er durch das Zimmer.

»Das ist besser«, sagte er, und seine Stimmung hob sich ein wenig. »Ich wagte mich nicht zu rühren, als ich allein geblieben war, oder wenn einer der Wächter kam. Bis das Schreien und Kämpfen begann. Die beiden großen Rohlinge: sie haben sich gestritten, glaube ich. Über mich und meine Sachen. Ich lag hier und hatte Angst. Und dann wurde plötzlich alles totenstill, und das war noch schlimmer.«

»Ja, sie haben sich offenbar gestritten«, sagte Sam. »Es müssen ein paar hundert von diesen dreckigen Geschöpfen hier gewesen sein. Ein bißchen zu viele für Sam Gamdschie, wie man sagen könnte. Aber all das Töten haben sie selbst erledigt. Das war ein Glück, aber die Geschichte ist zu lang, um ein Lied daraus zu machen, bis wir hier draußen sind. Was ist jetzt zu tun? Du kannst nicht im Schwarzen Land spazierengehen mit nichts an als deiner Haut, Herr Frodo.«

»Sie haben mir alles weggenommen, Sam«, sagte Frodo. »Alles was ich hatte. Verstehst du? *Alles!*« Er kauerte sich auf den Fußboden und senkte den Kopf, als ihm bei seinen eigenen Worten die ganze Größe des Unglücks klar wurde, und Verzweiflung übermannte ihn. »Die Aufgabe ist gescheitert, Sam. Selbst wenn wir hier herauskommen, können wir nicht entfliehen. Nur Elben können entfliehen. Hinweg, hinweg aus Mittelerde, weit über das Meer. Wenn das überhaupt breit genug ist, um den Schatten fernzuhalten.«

»Nein, *nicht* alles, Herr Frodo. Und noch ist die Aufgabe nicht gescheitert, noch nicht. Ich habe ihn genommen, Herr Frodo, bitte um Entschuldigung. Und ich habe ihn sicher verwahrt. Jetzt hängt er um meinen Hals, und eine schreckliche Last ist er übrigens.« Sam tastete nach dem Ring und der Kette. »Aber ich nehme an, du mußt ihn zurückhaben.« Jetzt, da es soweit war, empfand

Sam ein Widerstreben, den Ring herzugeben und ihn seinem Herrn wieder zu überlassen.

»Du hast ihn?« staunte Frodo. »Du hast ihn hier? Sam, du bist wunderbar!« Dann änderte sich sein Ton rasch und seltsam. »Gib ihn mir!« schrie er, stand auf und streckte zitternd die Hand aus. »Gib ihn mir sofort! Du kannst ihn nicht behalten!«

»Schon gut, Herr Frodo«, sagte Sam, einigermaßen verblüfft. »Hier ist er.« Langsam holte er den Ring heraus und zog sich die Kette über den Kopf. »Aber du bist jetzt im Land Mordor, Herr, und wenn du hinauskommst, siehst du den Feurigen Berg und alles. Du wirst merken, daß der Ring jetzt sehr gefährlich ist, und sehr schwer zu tragen. Wenn es zu mühsam für dich ist, könnte ich dir da nicht vielleicht helfen?«

»Nein, nein!« schrie Frodo und riß Sam Ring und Kette aus der Hand. »Das wirst du nicht, du Dieb!« Er keuchte und starrte Sam mit weit aufgerissenen Augen voll Angst und Feindseligkeit an. Dann umschloß er den Ring mit einer Hand und war plötzlich ganz bestürzt. Ein Nebel schien sich von seinen Augen zu heben, und er fuhr sich mit der Hand über seine schmerzende Stirn. Das abscheuliche Gaukelbild war ihm so wirklich vorgekommen, halb betäubt, wie er war durch seine Wunde und seine Angst. Sam hatte sich vor seinen Augen wieder in einen Ork verwandelt, der lüstern auf seinen Schatz blickte und nach ihm grapschte, ein widerliches kleines Geschöpf mit gierigen Augen und sabberndem Mund. Aber jetzt war das Gaukelbild verschwunden. Da war Sam, der vor ihm kniete, das Gesicht schmerzverzerrt, als ob er einen Dolchstoß ins Herz bekommen hätte; Tränen stürzten ihm aus den Augen.

»O Sam!« rief Frodo. »Was habe ich gesagt? Was habe ich getan? Verzeih mir! Nach allem, was du getan hast. Das ist die entsetzliche Macht des Ringes. Ich wünschte, er wäre niemals, niemals gefunden worden. Aber mach dir nichts draus, Sam. Ich muß die Last bis zu Ende tragen. Es läßt sich nicht ändern. Du kannst dich nicht zwischen mich und dieses Schicksal stellen.«

»Das ist schon recht, Herr Frodo«, sagte Sam und fuhr sich mit dem Ärmel über die Augen. »Das verstehe ich. Aber ich kann doch helfen, nicht wahr? Ich muß dich hier rausbringen. Sofort, verstehst du? Aber zuerst brauchst du Kleider und Ausrüstung, und dann etwas zu essen. Die Kleider werden das einfachste sein. Da wir in Mordor sind, putzen wir uns am besten auf Mordor-Art heraus; und wir haben sowieso keine Auswahl. Es wird Orkzeug für dich sein müssen, Herr Frodo, fürchte ich. Und für mich auch. Wenn wir zusammen gehen, ist es am besten, wenn wir gleich aussehen. Jetzt nimm das erst mal um.«

Sam löste die Schließe von seinem grauen Mantel und warf ihn Frodo um die Schultern. Dann schnallte er seinen Rucksack ab und legte ihn auf den Boden. Er zog Stich aus der Scheide. Kaum ein Flackern war auf der Klinge zu sehen. »Das habe ich vergessen, Herr Frodo«, sagte er. »Nein, sie haben nicht alles bekommen! Du hast mir Stich geliehen, wenn du dich erinnerst, und das Glas der Herrin. Ich habe sie beide noch. Aber leihe sie mir noch eine Weile, Herr Frodo. Ich muß gehen und sehen, was ich finden kann. Du bleibst hier. Geh ein bißchen auf und ab und vertritt dir die Beine. Ich bleibe nicht lange weg. Ich brauche nicht weit zu gehen.«

»Sei vorsichtig, Sam«, sagte Frodo. »Und mach schnell. Es können noch Orks am Leben sein und dir auflauern.«

»Ich muß es versuchen«, sagte Sam. Er ging zur Falltür und glitt die Leiter hinunter. Nach einer Minute erschien sein Kopf wieder. Er warf ein langes Messer auf den Fußboden.

»Das ist etwas, was nützlich sein könnte«, sagte er. »Er ist tot: der, der dich gepeitscht hat. Hat den Hals gebrochen, scheint es, in seiner Eile. Jetzt zieh die Leiter hoch, wenn du kannst, Herr Frodo; und laß sie nicht wieder herunter, ehe du von mir die Losung hörst. *Elbereth* werde ich rufen. Was die Elben sagen. Kein Ork würde das sagen.«

Frodo blieb eine Weile sitzen und fröstelte, und eine gräßliche Befürchtung nach der anderen ging ihm durch den Sinn. Dann stand er auf, zog den grauen Elbenmantel fest um sich und ging, um seinen Geist zu beschäftigen, auf und ab und stöberte und suchte in allen Winkeln seines Gefängnisses.

Es dauerte nicht lange, obwohl die Angst bewirkte, daß es ihm mindestens wie eine Stunde vorkam, da hörte er Sams Stimme, der leise von unten rief: *Elbereth, Elbereth*. Frodo ließ die leichte Leiter hinunter. Herauf kam Sam, schnaufend, ein großes Bündel mit dem Kopf hochhievend. Er ließ es mit einem Bums fallen.

»Nun rasch, Herr Frodo«, sagte er. »Ich habe ein bißchen suchen müssen, um etwas zu finden, das für unsereinen klein genug ist. Wir müssen uns damit behelfen. Aber wir müssen uns eilen. Ich habe nichts Lebendiges getroffen und nichts gesehen, aber mir ist nicht wohl dabei. Ich glaube, diese Festung wird beobachtet. Ich kann es nicht erklären, aber, na ja, mir kommt es so vor, als ob einer dieser widerlichen fliegenden Reiter in der Gegend ist, hoch oben in der Schwärze, wo man ihn nicht sehen kann.«

Er machte das Bündel auf. Frodo sah voll Abscheu auf den Inhalt, aber es blieb ihm nichts anderes übrig: er mußte die Sachen anziehen oder nackt gehen. Da waren lange haarige Kniehosen aus irgendeinem unsauberen Tierfell, und ein Wams aus dreckigem Leder. Er zog sie an. Über das Wams kam ein Panzerhemd aus kräftigen Ringen, kurz für einen ausgewachsenen Ork, zu lang und zu schwer für Frodo. Darüber schnallte er sich einen Gürtel, an dem eine kurze Scheide mit einem Stoßschwert mit breiter Klinge hing. Sam hatte mehrere Orkhelme mitgebracht. Einer davon paßte Frodo einigermaßen, eine schwarze Kappe mit Eisenkrempe und lederbezogenen Eisenreifen, auf die über dem schnabelartigen Nasenschutz das böse Auge in Rot aufgemalt war.

»Das Morgul-Zeug, Gorbags Ausrüstung, hätte besser gepaßt und war besser gearbeitet«, sagte Sam, »aber es geht wohl nicht, nehme ich an, seine Abzeichen nach Mordor zu bringen, jedenfalls nicht nach dieser Geschichte hier. So, da bist du nun, Herr Frodo. Ein vollendeter kleiner Ork, wenn ich mir das erlauben darf – zumindest wärst du es, wenn wir dein Gesicht mit einer Maske verdecken, dir längere Arme geben und dich krummbeinig machen könnten. Das hier wird einige der verräterischen Zeichen verdecken.« Er legte Frodo einen langen schwarzen Mantel über die Schultern. »Nun bist du fertig! Du kannst dir unterwegs noch einen Schild suchen.«

»Was ist, Sam?« fragte Frodo. »Wollten wir nicht gleich aussehen?«

»Nun, Herr Frodo, ich habe nachgedacht«, sagte Sam. »Es ist besser, wenn ich nichts von meinem Zeug hier zurücklasse, und wir könnten es nicht vernichten. Und ich kann nicht über all meinen Kleidern einen Orkpanzer tragen, nicht wahr? Ich kann mich bloß verhüllen.«

Er kniete nieder und faltete seinen Elbenmantel sorgfältig. Er ergab eine erstaunlich kleine Rolle. Die steckte er oben in seinen Rucksack, der auf dem Boden lag. Als er aufstand, schnallte er ihn sich auf den Rücken, setzte sich einen Orkhelm auf den Kopf und warf sich einen schwarzen Mantel über die Schultern. »So!« sagte er. »Jetzt sehen wir ziemlich gleich aus. Und nun müssen wir los.«

»Ich kann nicht den ganzen Weg rennen«, sagte Frodo mit einem verzerrten Lächeln. »Ich hoffe, du hast Erkundigungen eingezogen über Wirtshäuser an der Straße. Oder hast du Essen und Trinken ganz vergessen?«

»Wirklich und wahrhaftig, das habe ich«, sagte Sam. Er pfiff vor Schreck. »Du meine Güte, jetzt hast du mich ganz hungrig und durstig gemacht, Herr Frodo. Ich weiß nicht, wann mir der letzte Tropfen oder Krümel über die Lippen kam. Ich hab's vergessen, als ich versuchte, dich zu finden. Aber laß mich nachdenken! Das letzte Mal, als ich nachschaute, hatte ich noch genug von dieser Wegzehrung und von dem, was Heermeister Faramir uns gegeben hat, um mich notfalls noch ein paar Wochen auf den Beinen zu halten. Aber wenn noch ein Tropfen in meiner Flasche ist, dann gibt's nichts mehr. Das wird nicht genug sein für zwei, keinesfalls. Essen Orks denn nicht, und trinken sie nicht? Oder leben sie bloß von verpesteter Luft und Gift?«

»Nein, sie essen und trinken, Sam. Der Schatten, der sie gezüchtet hat, kann nur nachäffen, er kann nicht erschaffen: nicht wirklich eigene neue Dinge machen. Ich glaube nicht, daß er den Orks das Leben geschenkt hat, er hat sie nur verdorben und entstellt. Und wenn sie überhaupt leben sollen, dann müssen sie wie andere Lebewesen leben. Stinkiges Wasser und stinkiges Fleisch führen sie sich zu Gemüte, wenn sie nichts Besseres bekommen können, aber kein Gift. Mir haben sie zu essen gegeben, und so bin ich besser dran als du. Irgendwo an diesem Ort muß es Wasser und Essen geben.«

»Aber wir haben keine Zeit, danach zu suchen«, sagte Sam.

»Nun, die Lage ist besser, als du glaubst«, sagte Frodo. »Ich habe ein bißchen Glück gehabt, als du fort warst. Sie haben tatsächlich nicht alles genommen. Unter ein paar Lumpen auf dem Fußboden habe ich meinen Brotbeutel gefunden. Natürlich haben sie ihn durchwühlt. Aber ich vermute, das Aussehen und den Geruch von *lembas* mögen sie gar nicht, noch weniger als Gollum. Das *lembas* war überall verstreut, zum Teil zertrampelt oder zerbrochen, aber ich habe es aufgesammelt. Es ist nicht viel weniger als das, was du hast. Aber Faramirs Essen haben sie genommen und meine lederne Wasserflasche aufgeschlitzt.«

»Gut, dann brauchen wir nicht mehr darüber zu reden«, sagte Sam. »Für den Anfang haben wir genug. Aber mit dem Wasser wird es schlimm. Doch komm nun, Herr Frodo. Wir gehen jetzt los, sonst wird uns auch ein ganzer See nichts mehr nützen!«

»Nicht, ehe du einen Happen gegessen hast, Sam«, sagte Frodo. »Vorher rühre ich mich nicht von der Stelle. Hier, nimm diesen Elbenkuchen und trink den letzten Tropfen aus deiner Flasche! Die ganze Sache ist ziemlich hoffnungslos, da hat es keinen Zweck, sich über morgen Gedanken zu machen. Wahrscheinlich gibt es gar kein Morgen.«

Endlich brachen sie auf. Sie kletterten die Leiter hinunter, und dann nahm Sam sie und legte sie neben die zusammengesackte Leiche des heruntergefallenen Ork. Die Treppe war dunkel, aber oben auf dem Dach konnte man noch den Schein des Berges sehen, obwohl er jetzt zu einem dunklen Rot verblaßte. Sie nahmen sich zwei Schilde, um ihre Verkleidung zu vervollständigen, und gingen dann weiter.

Sie stapften die große Treppe hinunter. Die hohe Kammer im Turm, wo sie sich wiedergetroffen hatten, erschien ihnen jetzt fast anheimelnd: nun waren sie wieder im Freien, und Entsetzen ging von den Mauern aus. Vielleicht waren alle tot im Turm von Cirith Ungol, aber noch immer war er erfüllt von Schrecken und Unheil.

Schließlich kamen sie zu der Tür, die zum äußeren Hof führte, und sie hielten an. Selbst von dort, wo sie jetzt standen, spürten sie, wie die Bosheit der Wächter auf sie traf, schwarze, stumme Gestalten auf beiden Seiten des Tors, durch das der Schein von Mordor schwach hindurchschimmerte. Als sie sich ihren Weg durch die häßlichen Leichen der Orks bahnten, wurde jeder Schritt schwieriger. Ehe sie auch nur den Torbogen erreicht hatten, mußten sie stehenbleiben. Nur einen Zoll weiterzugehen, war eine Qual und Anstrengung für Willen und Glieder.

Frodo hatte keine Kraft für einen solchen Kampf. Er sank auf den Boden. »Ich kann nicht weitergehen, Sam«, murmelte er. »Ich werde ohnmächtig. Ich weiß nicht, was über mich gekommen ist.«

»Ich weiß es, Herr Frodo. Halte jetzt durch. Es ist das Tor. Da ist irgendeine Teufelei. Aber ich bin hereingekommen, und ich werde auch wieder hinauskommen. Es kann nicht gefährlicher sein als vorher. Nun los!«

Sam zog wieder das Elbenglas von Galadriel heraus. Als ob die Phiole seiner Kühnheit Ehre erweisen und seine treue braune Hobbithand, die solche Taten vollbracht hatte, mit Glanz verschönen wollte, strahlte sie plötzlich auf, so daß der ganze schattige Hof von einer blendenden Helligkeit wie von einem Blitz erleuchtet war; aber das Licht blieb hell und ging nicht aus.

»*Gilthoniel, A Elbereth!*« rief Sam. Denn ohne zu wissen, warum, dachte er mit einemmal an die Elben im Auenland und an das Lied, das den Schwarzen Reiter vertrieben hatte, so daß er zwischen den Bäumen verschwand.

»*Aiya elenion ancalima!*« rief Frodo, der jetzt wieder hinter ihm war.

Die Rückkehr des Königs

Der Wille der Wächter wurde mit einer Plötzlichkeit gebrochen, als ob ein Strick risse, und Frodo und Sam stolperten vorwärts. Dann rannten sie. Durch das Tor und vorbei an den großen sitzenden Gestalten mit ihren glitzernden Augen. Dann kam ein Krachen. Der Schlußstein des Gewölbes brach heraus und stürzte ihnen fast auf die Fersen, und die Mauer darüber zerbröckelte und fiel in Trümmer. Nur um Haaresbreite waren sie entkommen. Eine Glocke schlug; und die Wächter stießen einen hohen und entsetzlichen Klageruf aus. Hoch oben in der Dunkelheit wurde er beantwortet. Aus dem schwarzen Himmel kam wie ein Pfeil eine geflügelte Gestalt herabgeschossen und zerriß die Wolken mit einem grausigen Kreischen.

ZWEITES KAPITEL

DAS LAND DES SCHATTENS

Sam hatte gerade noch genug Verstand, um die Phiole wieder in seine Brusttasche zu stecken. »Lauf, Herr Frodo!« rief er. »Nein, nicht da lang! Da geht's steil runter hinter der Mauer. Komm mir nach!«

Vom Tor aus flohen sie die Straße entlang. Als sie sich nach fünfzig Schritten um eine vorspringende Ausbuchtung des Felsens herumzog, konnten sie vom Turm nicht mehr gesehen werden. Für den Augenblick waren sie entkommen. Sie kauerten sich an den Fels und schöpften Luft, und dann blieb ihnen das Herz stehen. Der Nazgûl hockte jetzt auf der Mauer neben dem zerstörten Tor und stieß seine gräßlichen Schreie aus. Alle Felsen hallten davon wider.

Voller Schrecken stolperten sie weiter. Bald bog die Straße wieder scharf nach Osten ab und setzte sie für einen entsetzlichen Augenblick der Sicht vom Turm aus. Als sie hinüberflitzten, schauten sie sich um und sahen die große schwarze Gestalt auf der Festungsmauer; dann gelangten sie in einen Durchstich zwischen hohen Felswänden, der steil zu der Morgul-Straße hinunterführte. Sie kamen zur Wegkreuzung. Es war immer noch keine Spur von Orks zu sehen, noch kam eine Antwort auf den Schrei des Nazgûl; aber sie wußten, daß die Stille nicht lange anhalten würde. Jeden Augenblick konnte die Jagd jetzt beginnen.

»So geht es nicht, Sam«, sagte Frodo. »Wenn wir wirklich Orks wären, müßten wir jetzt zum Turm zurückstürzen, nicht wegrennen. Der erste Feind, den wir treffen, wird uns erkennen. Wir müssen irgendwie von dieser Straße runter.«

»Aber das können wir nicht«, sagte Sam, »nicht ohne Flügel.«

Die östlichen Hänge des Ephel Dúath waren steil und fielen in Klippen und Felswänden zu der schwarzen Schlucht ab, die zwischen ihnen und dem inneren Kamm lag. Ein kurzes Stück hinter der Wegkreuzung, nach einem weiteren jähen Gefälle, übersprang eine Behelfsbrücke den Abgrund, und über sie gelangte die Straße zu den zerklüfteten Hängen und engen Tälern des Morgai. Mit einer verzweifelten Anstrengung eilten Frodo und Sam über die Brücke; aber kaum hatten sie das andere Ende erreicht, da hörten sie, daß die Verfolgung begann. Weit hinter ihnen, jetzt hoch über dem Berghang, ragte der Turm von Cirith Ungol auf, seine Steine glühten dunkel. Plötzlich schlug wiederum seine mißtönende Glocke an und ließ dann ein schmetterndes Geläute erschallen. Hörner bliesen. Und von jenseits der Brücke kamen nun Antwortschreie. Tief in der dunklen Schlucht, abgeschnitten von dem ersterbenden Schein des Orodruin, konnten Frodo und Sam nicht nach vorn sehen, aber schon hörten sie das Trampeln eisenbeschlagener Füße und auf der Straße das rasche Klappern von Hufen.

»Schnell, Sam!« rief Frodo. »Runter von der Straße!« Sie krabbelten weiter zu dem niedrigen Brückengeländer. Zum Glück ging es nicht mehr sehr tief hinunter in den Abgrund, denn die Hänge des Morgai waren schon fast bis zur Höhe der Straße aufgestiegen; aber es war zu dunkel, um die Tiefe des Falls zu erraten.

»Ich wage es, Herr Frodo«, sagte Sam. »Auf Wiedersehen!«
Er ließ los. Frodo folgte ihm. Und während sie noch fielen, hörten sie das Dröhnen von Reitern, die über die Brücke fegten, und das Trappeln von Orkfüßen, die hinterherliefen. Aber Sam hätte gelacht, wenn er es gewagt hätte. Halb hatten sie gefürchtet, einen halsbrecherischen Sturz auf unsichtbare Felsen zu tun, aber die Hobbits landeten, nach einem Fall von nicht mehr als ein Dutzend Fuß, mit einem dumpfen Aufschlag und Knirschen in etwas, was sie am wenigsten erwartet hatten: in einem dichten Dorngestrüpp. Da lag Sam nun ganz still und saugte leise an seiner zerkratzten Hand.

Als das Geräusch der Hufe und Füße vorüber war, wagte er ein Flüstern. »Du meine Güte, Herr Frodo, ich wußte gar nicht, daß in Mordor etwas wächst. Aber wenn ich's gewußt hätte, hätte ich genau das erwartet. Diese Dornen müssen einen Fuß lang sein, so wie sie sich anfühlen; sie haben durch alles durchgestochen, was ich anhabe. Ich wünschte, ich hätte dieses Panzerhemd angezogen.«

»Orkpanzer halten diese Dornen nicht ab«, sagte Frodo. »Nicht einmal ein Lederwams nützt etwas.«

Es war ein Kampf, aus dem Dickicht herauszukommen. Die Dornen und Ranken waren zäh wie Draht und hielten sie fest wie Klauen. Ihre Mäntel waren zerrissen und zerfetzt, als sie sich endlich befreit hatten.

»Jetzt gehen wir nach unten, Sam«, flüsterte Frodo. »Schnell hinunter in das Tal, und dann nach Norden, sobald wir können.«

In der Welt draußen wurde es wieder Tag, und weit jenseits der Düsternis von Mordor klomm die Sonne über den östlichen Rand von Mittelerde; aber hier war alles noch dunkel wie die Nacht. Der Berg schwelte, und sein Feuer ging aus. Der Schein auf den Felswänden verblaßte. Der Ostwind, der immer geweht hatte, seit sie Ithilien verlassen hatten, schien sich gelegt zu haben. Langsam und mühselig kletterten sie hinunter, tastend, stolpernd und auf allen vieren kriechend über Felsen und Dornensträucher und totes Holz in den undurchsichtigen Schatten, hinunter und immer weiter, bis sie nicht mehr weitergehen konnten.

Schließlich hielten sie an und setzten sich nebeneinander, den Rücken an einen Findling gelehnt. Beide schwitzten. »Wenn selbst Schagrat mir ein Glas Wasser anbieten würde, würde ich ihm die Hand schütteln«, sagte Sam.

»Sage so etwas nicht«, sagte Frodo. »Das macht es nur schlimmer.« Dann streckte er sich aus, benommen und müde, und sprach eine Weile nicht mehr. Schließlich stand er mühsam auf. Zu seiner Überraschung stellte er fest, daß Sam schlief. »Wach auf, Sam«, sagte er. »Komm weiter. Es ist höchste Zeit, daß wir noch einen Versuch machen.«

Sam rappelte sich auf. »Na, so etwas!« sagte er. »Ich muß eingenickt sein. Es ist lange her, Herr Frodo, daß ich richtig geschlafen habe, und mir müssen die Augen einfach von selbst zugefallen sein.«

Frodo ging jetzt voran, so annähernd nach Norden, wie er glaubte, daß es Norden sein müsse, zwischen Steinen und Findlingen hindurch, die in Mengen auf dem Grund der großen Schlucht lagen. Aber mit einemmal blieb er wieder stehen.

Das Land des Schattens

»Es nützt nichts, Sam«, sagte er. »Ich kann es nicht ertragen. Dieses Panzerhemd, meine ich. Nicht in meinem jetzigen Zustand. Selbst mein *mithril*-Panzer kam mir schwer vor, wenn ich müde war. Dieser hier ist viel schwerer. Und was für einen Zweck hat er überhaupt? Mit Kämpfen kommen wir doch nicht ans Ziel.«

»Aber vielleicht werden wir doch ein bißchen kämpfen müssen«, sagte Sam. »Und dann gibt's Messer und verirrte Pfeile. Dieser Gollum ist nicht tot, zum Beispiel. Der Gedanke gefällt mir nicht, daß zwischen dir und einem Dolchstoß im Dunkeln nichts ist als ein bißchen Leder.«

»Schau, Sam, mein lieber Junge«, sagte Frodo, »ich bin müde und erschöpft und habe gar keine Hoffnung mehr. Aber ich muß weitergehen und versuchen, zu diesem Berg zu kommen, solange ich mich noch fortbewegen kann. Der Ring ist genug. Dieses zusätzliche Gewicht bringt mich um. Es muß weg. Aber halte mich nicht für undankbar. Es ist mir gräßlich, wenn ich daran denke, was für eine widerliche Arbeit du bei den Leichen hattest, um es für mich zu finden.«

»Rede nicht davon, Herr Frodo. Du lieber Himmel! Ich würde dich auf dem Rücken tragen, wenn ich könnte. Trenn dich ruhig davon.«

Frodo legte seinen Mantel beiseite, zog den Orkpanzer aus und warf ihn weg. Er zitterte ein wenig. »Was ich wirklich brauche, ist etwas Warmes«, sagte er. »Es ist kalt geworden, oder ich habe mir einen Schnupfen geholt.«

»Du kannst meinen Mantel haben, Herr Frodo«, sagte Sam. Er schnallte seinen Rucksack ab und nahm den Elbenmantel heraus. »Wie ist es damit, Herr Frodo?« fragte er. »Du wickelst diesen Orkfetzen ganz fest um dich und machst den Gürtel nach außen. Dann ziehst du den hier drüber. Er sieht nicht gerade nach Orkkluft aus, aber er hält dich wärmer; und ich möchte annehmen, er wird dich besser vor Schaden bewahren als jede andere Kleidung. Die Herrin hat ihn gemacht.«

Frodo nahm den Mantel und befestigte die Brosche. »Das ist besser«, sagte er. »Ich fühle mich viel leichter. Jetzt kann ich weitergehen. Aber dieses undurchsichtige Dunkel scheint mir ins Herz zu dringen. Als ich im Gefängnis lag, Sam, versuchte ich, mir den Brandywein und Waldende und die Wässer in Erinnerung zu rufen, wie sie durch die Mühle in Hobbingen fließt. Aber jetzt kann ich sie nicht sehen.«

»Na, Herr Frodo, diesmal bist du es, der von Wasser redet!« sagte Sam. »Wenn nur die Herrin uns sehen oder hören könnte, dann würde ich zu ihr sagen: ›Euer Gnaden, alles, was wir wollen, ist Licht und Wasser: bloß klares Wasser und gewöhnliches Tageslicht, besser als alle Edelsteine, bitte um Entschuldigung.‹ Aber es ist ein weiter Weg nach Lórien.« Sam seufzte und machte eine Handbewegung zum Ephel Dúath, der sich jetzt nur als eine tiefere Schwärze vor dem schwarzen Himmel ahnen ließ.

Sie brachen wieder auf. Noch waren sie nicht weit gegangen, als Frodo anhielt. »Da ist ein Schwarzer Reiter über uns«, sagte er. »Ich spüre ihn. Wir verhalten uns besser eine Weile still.«

Zusammengekauert unter einem großen Findling saßen sie und blickten nach Westen und sprachen eine Zeitlang nicht. Dann stieß Frodo einen Seufzer der

Erleichterung aus. »Er ist vorbei«, sagte er. Sie standen auf, und dann starrten sie beide vor Verwunderung. Weit zu ihrer Linken, im Süden, vor einem Himmel, der grau wurde, begannen die Gipfel und hohen Grate der großen Bergkette, dunkel und schwarz, als sichtbare Formen zu erscheinen. Hinter ihnen wurde es hell. Langsam kroch das Licht nach Norden. Da war ein Kampf hoch oben in den hohen Luftschichten. Die sich türmenden Wolken von Mordor wurden hinweggefegt, und ihre Ränder rissen in Fetzen, als ein Wind aus der lebenden Welt aufkam und Qualm und Rauch in ihr dunkles Heimatland zurücktrieb. Unter den sich hebenden Säumen des fürchterlichen Wolkendachs sickerte trübes Licht nach Mordor wie ein blasser Morgen durch das schmutzige Fenster eines Gefängnisses.

»Sieh dir das an, Herr Frodo«, sagte Sam. »Sieh dir das an! Der Wind hat gedreht. Irgend etwas geschieht. Es geht nicht alles so, wie er will. Seine Dunkelheit löst sich auf da draußen in der Welt. Ich wünschte, ich könnte sehen, was vor sich geht.«

Es war der Morgen des 15. März, und über dem Tal des Anduin stieg die Sonne über den östlichen Schatten, und der Südwestwind wehte. Théoden lag sterbend auf den Pelennor-Feldern.

Als Frodo und Sam dastanden und schauten, breitete sich der Rand des Lichts über die ganze Kette des Ephel Dúath aus, und dann sahen sie eine Gestalt, die sich mit großer Geschwindigkeit aus dem Westen näherte, zuerst nur ein schwarzer Fleck vor dem schimmernden Streifen über den Berggipfeln, aber sie wurde größer, bis sie wie ein Pfeil in die dunkle Wolkendecke eintauchte und hoch über ihnen vorbeizog. Sie stieß einen langen, schrillen Schrei aus, die Stimme eines Nazgûl; aber dieser Schrei versetzte sie nicht mehr in Angst und Schrecken: es war ein Schrei des Leides und der Verzweiflung, eine schlimme Botschaft für den Dunklen Turm. Den Herrn der Ringgeister hatte sein Schicksal ereilt.

»Was habe ich dir gesagt? Irgend etwas geschieht!« rief Sam. »Der Krieg geht gut«, sagte Schagrat; aber Gorbag war nicht so sicher. Und auch damit hatte er recht. Die Lage bessert sich, Herr Frodo. Hast du nicht jetzt etwas Hoffnung?«

»Ach nein, nicht viel, Sam«, seufzte Frodo. »Das ist weit jenseits des Gebirges. Wir gehen nach Osten, nicht nach Westen. Und ich bin so müde. Und der ist so schwer, Sam. Und ich fange an, ihn die ganze Zeit im Geist wie ein großes feuriges Rad zu sehen.«

Sams muntere Stimmung sank sofort wieder. Er sah seinen Herrn besorgt an und nahm seine Hand. »Komm, Herr Frodo«, sagte er. »Ich habe etwas bekommen, was ich wollte: ein bißchen Licht. Genug, um uns weiterzuhelfen, und doch ist es, nehme ich an, auch gefährlich. Versuch noch ein wenig weiterzugehen, und dann legen wir uns dicht beieinander hin und ruhen uns aus. Aber iß erst einen Happen, ein bißchen Elbennahrung; das wird dich vielleicht beleben.«

Frodo und Sam teilten sich eine *lembas*-Waffel und kauten sie, so gut sie mit ihren ausgetrockneten Mündern konnten, und schleppten sich weiter. Das Licht war zwar nicht mehr als eine graue Dämmerung, aber es reichte, um zu sehen, daß sie tief in dem Tal zwischen den beiden Bergketten waren. Es stieg leicht nach Norden an, und auf seinem Grund verlief das Bett eines jetzt ausgetrockneten Bachs. Hinter seinem steinigen Lauf sahen sie einen ausgetretenen Pfad, der sich unter dem Fuß der westlichen Felsen entlangzog. Hätten sie ihn gekannt, dann hätten sie ihn schneller erreichen können, denn es war ein Weg, der die große Morgul-Straße am westlichen Brückenende verließ und über eine lange, in den Fels gehauene Treppe auf die Talsohle führte. Er wurde von Meldegängern und Boten benutzt, die rasch zu kleineren Feldwachen und Festungen im Norden, zwischen Cirith Ungol und dem Engpaß von Isenmünde, dem eisernen Schlund von Carach Angren, gelangen mußten.

Es war gefährlich für die Hobbits, einen solchen Pfad zu benutzen, aber Eile tat not, und Frodo hatte das Gefühl, daß er die Plackerei, zwischen den Findlingen oder den pfadlosen Bergschluchten des Morgai herumzuklettern, nicht würde aushalten können. Und er war der Meinung, daß der Weg nach Norden vielleicht derjenige war, von dem die Verfolger am wenigsten erwarteten, daß sie ihn einschlagen würden. Die Straße nach Osten zur Ebene oder den Paß hinter ihnen im Westen würden sie sicher zuerst gründlich absuchen. Erst wenn er beträchtlich nördlich des Turms war, wollte er nach einem Weg forschen, der ihn nach Osten brächte, nach Osten zum letzten verwegenen Abschnitt seiner Fahrt. So überquerten sie nun das steinige Bett und schlugen den Orkpfad ein und blieben eine Zeitlang auf ihm. Die Klippen zu ihrer Linken hingen über, und von oben konnten sie nicht gesehen werden; aber der Weg machte viele Biegungen, und bei jeder Biegung packten sie das Heft ihrer Schwerter und gingen vorsichtig weiter.

Es wurde nicht heller, denn der Orodruin stieß immer noch dicke Schwaden aus, die von Gegenwinden aufwärtsgetrieben wurden und hoch und immer höher stiegen, bis sie eine Luftschicht über dem Wind erreichten und sich zu einem unermeßlichen Dach ausdehnten, dessen Mittelpfeiler aus den Schatten aufragte, die für sie nicht sichtbar waren. Sie waren mehr als eine Stunde gelaufen, als sie ein Geräusch hörten, das sie anhalten ließ. Unglaublich, aber unmißverständlich. Rieselndes Wasser. Aus einer Spalte zur Linken, die so scharf eingeschnitten und schmal war, daß es aussah, als sei der schwarze Felsen mit irgendeiner riesigen Axt gespalten worden, tröpfelte Wasser: die letzten Überbleibsel vielleicht eines köstlichen Regens, aufgestiegen aus sonnenbeschienenen Meeren, aber dazu verurteilt, schließlich auf die Wälle des Schwarzen Landes zu fallen und fruchtlos in den Staub zu rinnen. Hier kam er als ein Bächlein aus dem Felsen, floß über den Pfad, wandte sich nach Süden und verlor sich dann rasch zwischen dem toten Gestein.

Sam sprang darauf zu. »Wenn ich je die Herrin wiedersehe, werde ich es ihr erzählen!« rief er. »Licht, und jetzt Wasser!« Dann hielt er inne. »Laß mich zuerst trinken, Herr Frodo«, sagte er.

»Gut, aber es ist Platz genug für uns beide.«

»Das meinte ich nicht«, sagte Sam. »Ich meine: wenn es giftig ist oder irgend etwas, das seine Schädlichkeit bald zeigt, na, dann lieber ich als du, Herr, wenn du mich verstehst.«

»Das tue ich. Aber ich glaube, wir werden gemeinsam unser Glück versuchen, Sam, oder auf unser Glück vertrauen. Immerhin, sei vorsichtig, wenn es sehr kalt ist.«

Das Wasser war kühl, aber nicht eisig, und es hatte einen unangenehmen Geschmack, zugleich bitter und ölig, so hätten sie jedenfalls daheim gesagt. Hier schien es über alles Lob erhaben zu sein, und über Angst und Vorsicht. Sie tranken sich satt, und Sam füllte seine Flasche. Danach fühlte Frodo sich besser. Sie gingen noch mehrere Meilen weiter, bis die Verbreiterung des Weges und die Anfänge einer rohen Mauer an seinem Rand sie warnten, daß sie sich einer weiteren Orkfeste näherten.

»Hier biegen wir ab, Sam«, sagte Frodo. »Und zwar nach Osten.« Er seufzte, als er auf die düsteren Grate jenseits des Tals blickte. »Ich habe gerade noch genug Kraft, um irgendeine Höhle da oben zu finden. Und dann muß ich ein wenig ruhen.«

Das Bachbett lag jetzt ein Stück unterhalb des Weges. Sie kletterten hinunter und begannen es zu durchqueren. Zu ihrer Überraschung stießen sie auf schwarze Tümpel, gespeist von Wasseradern, die von irgendeiner Quelle weiter oben im Tal herabtröpfelten. An den äußeren Rändern des Bachbetts unter den westlichen Bergen war Mordor ein sterbendes Land, aber es war noch nicht tot. Und hier wuchsen noch Pflanzen, zäh, sich windend, erbittert um ihr Leben kämpfend. In den Talschluchten des Morgai auf der anderen Seite des Tals versteckten sich und klebten verkrüppelte Bäume, rauhe Grasbüschel wehrten sich gegen die Steine, und verwelktes Moos kroch über sie; und überall wucherte verschlungenes, dichtes Dornengestrüpp. Manche Büsche hatten lange, stechende Dornen, manche gekrümmte Stacheln, die wie Messer schnitten. Die dunklen, verwelkten Blätter eines vergangenen Jahres hingen noch an den Ranken und rasselten und raschelten in den traurigen Lüften, aber die madenzerfressenen Knospen öffneten sich gerade erst. Fliegen, bräunliche, graue oder schwarze, die wie die Orks mit einem roten, augenförmigen Fleck gezeichnet waren, summten und stachen; und über den Dornendickichten tanzten und schwirrten ganze Wolken von Mücken.

»Orkkleidung taugt nichts«, sagte Sam und fuchtelte mit den Armen. »Ich wünschte, ich hätte ein Orkfell.«

Schließlich konnte Frodo nicht weitergehen. Sie hatten eine allmählich ansteigende Schlucht erklommen, aber noch hatten sie einen weiten Weg zu gehen, ehe sie den letzten schroffen Grat auch nur würden sehen können. »Ich muß jetzt rasten, Sam, und schlafen, wenn ich kann«, sagte Frodo. Er schaute sich um, aber nichts schien es in diesem trostlosen Land zu geben, wo auch nur ein Tier hätte hineinkriechen können. Völlig erschöpft, schlichen sie sich endlich unter einen Vorhang aus Dornengestrüpp, der wie eine Matte über eine niedrige Felswand hing.

Da saßen sie und hielten eine Mahlzeit, so gut es ging. Weil sie das kostbarste *lembas* für die vor ihnen liegenden üblen Tage aufheben wollten, aßen sie die Hälfte von dem, was in Sams Beutel von Faramirs Vorräten übriggeblieben war:

etwas getrocknete Früchte und eine kleine Scheibe Pökelfleisch; und sie tranken ein paar Schlucke Wasser. Sie hatten auch aus den Teichen unten im Tal getrunken, aber sie waren wieder sehr durstig. Es lag ein bitterer Geruch in der Luft von Mordor, der den Mund austrocknete. Als Sam an Wasser dachte, sank selbst sein hoffnungsvoller Mut. Jenseits des Morgai mußten sie die entsetzliche Ebene von Gorgoroth überqueren.

»Nun schläfst du zuerst, Herr Frodo«, sagte er. »Es wird wieder dunkel. Ich schätze, dieser Tag ist annähernd vorüber.«

Frodo seufzte und war fast eingeschlafen, ehe diese Worte gesprochen waren. Sam kämpfte mit seiner eigenen Müdigkeit, und er nahm Frodos Hand; und so saß er stumm da, bis die tiefe Nacht hereinbrach. Dann schließlich, um sich wach zu halten, kroch er aus dem Versteck heraus und schaute sich um. Das Land schien voller knisternder und knackender und heimlicher Geräusche zu sein, aber weder Stimmen noch Schritte waren zu hören. Hoch über dem Ephel Dúath im Westen war der Nachthimmel noch schwach erhellt und bleich. Dort, zwischen dem Gewölk über einem dunklen Felsen hoch oben im Gebirge, sah Sam eine Weile einen weißen Stern funkeln. Seine Schönheit griff ihm ans Herz, als er aufschaute aus dem verlassenen Land, und er schöpfte wieder Hoffnung. Denn wie ein Pfeil, klar und kalt, durchfuhr ihn der Gedanke, daß letztlich der Schatten nur eine kleine und vorübergehende Sache sei: es gab Licht und hehre Schönheit, die auf immer außerhalb seiner Reichweite waren. Sein Lied im Turm war eher Trotz als Hoffnung gewesen; denn da hatte er an sich gedacht. Jetzt, auf einen Augenblick, bekümmerte ihn sein Schicksal und auch das seines Herrn nicht mehr. Er kroch zurück in das Dorngestrüpp und legte sich an Frodos Seite, verbannte alle Ängste und sank in einen tiefen, ungestörten Schlaf.

Sie wachten zusammen auf, Hand in Hand. Sam war fast frisch, bereit für einen neuen Tag; aber Frodo seufzte. Sein Schlaf war unruhig gewesen, voller Träume von Feuer, und das Aufwachen brachte ihm keinen Trost. Dennoch war sein Schlaf nicht ohne heilende Wirkung gewesen: er war kräftiger, besser imstande, seine Last noch eine Wegstrecke weiterzutragen. Sie wußten nicht, wie spät es war oder wie lange sie geschlafen hatten; aber nach einem Frühstücksbissen und einem Schluck Wasser gingen sie weiter die Schlucht hinauf, bis sie in einem steilen Hang mit Geröll und rutschendem Gestein endete. Dort gaben die letzten Pflanzen den Kampf auf; die Gipfel des Morgai waren graslos, kahl, zerklüftet, unfruchtbar wie eine Schiefertafel.

Nach vielem Umherwandern und Suchen fanden sie einen Weg, den sie erklimmen konnten, und nach einer letzten Kletterei von hundert Fuß auf allen vieren waren sie oben. Sie kamen zu einer Spalte zwischen zwei dunklen Felsen, und als sie hindurchgingen, befanden sie sich genau am Rand der letzten Verteidigung von Mordor. Unter ihnen, etwa fünfhundert Fuß tiefer, lag die Binnenebene, und sie erstreckte sich bis zu einer gestaltlosen Düsternis, deren Ende nicht mehr sichtbar war. Der Wind der Welt wehte jetzt von Westen, und die großen Wolken stiegen auf und trieben nach Osten; doch immer noch fiel nur ein graues Licht auf die trostlosen Felder von Gorgoroth. Dort zogen Rauchfahnen über den Boden und sammelten sich in Mulden, und Dämpfe quollen aus Erdspalten.

Noch weiter entfernt, mindestens vierzig Meilen, sahen sie den Schicksalsberg; sein Fuß ruhte in aschgrauen Trümmern, sein gewaltiger Kegel stieg zu einer großen Höhe auf, und sein qualmender Gipfel war in Wolken gehüllt. Seine Feuer waren jetzt dunkler, und er stand in schwelendem Schlummer da. Hinter ihm hing ein riesiger Schatten, unheilvoll wie eine Gewitterwolke: die Schleier von Barad-dûr, das sich in weiter Ferne auf einem langen, von Norden vorstoßenden Ausläufer des Aschengebirges erhob. Die Dunkle Macht war tief in Gedanken, das Auge blickte nach innen und grübelte über Botschaften, die Zweifel erweckten und Gefahr beschworen: ein berühmtes Schwert und ein unnachgiebiges und königliches Gesicht sah es; und seine große Festung, Tor für Tor und Turm für Turm, war in nachdenkliche Finsternis gehüllt.

In einer Mischung von Abscheu und Staunen blickten Frodo und Sam auf dieses hassenswerte Land. Zwischen ihnen und dem rauchenden Berg und nördlich und südlich davon schien alles verheert und tot zu sein, eine verbrannte und erstickte Wüste. Sie fragten sich, wie der Herr dieses Reichs wohl seine Heere unterhielt und seine Hörigen ernährte. Denn Heere hatte er. Soweit das Auge reichte, an den Säumen des Morgai und weiter im Süden, waren Lager, einige aus Zelten, einige wohlgeordnet wie kleine Städte. Eines der größten befand sich unmittelbar unter ihnen. Kaum eine Meile weit in der Ebene lag es da wie ein riesiges Insektennest mit geraden, öden Straßen, an denen Hütten und lange, niedrige, schmutzigbraune Gebäude standen. Ringsum wimmelte es von Leuten, die hierhin und dorthin gingen; eine breite Straße führte von hier nach Südosten, wo sie auf den Morgulweg traf, und auf ihr eilten viele Reihen kleiner schwarzer Gestalten dahin.

»Das gefällt mir überhaupt nicht«, sagte Sam. »Ziemlich hoffnungslos nenn ich das – abgesehen davon, daß es dort, wo so viel Leute sind, auch Brunnen oder Wasser geben muß, ganz zu schweigen von Lebensmitteln. Und diese da sind Menschen, keine Orks, oder meine Augen sind ganz verkehrt.«

Weder er noch Frodo wußten etwas von den großen Feldern weit im Süden dieses ausgedehnten Reichs, die von Hörigen bestellt wurden, jenseits des qualmenden Bergs an den dunklen, traurigen Gewässern des Núrnen-Meers; und sie wußten auch nichts von den großen Straßen, die nach Osten und Süden in die zinspflichtigen Länder führten, von wo die Krieger des Turms lange Wagenzüge mit Waren und Beute und neuen Hörigen brachten. Hier in den nördlichen Bereichen waren die Minen und Schmieden und die Aufgebote für den lange geplanten Krieg; und hier sammelte die Dunkle Macht ihre Heere, die sie wie Figuren auf einem Schachbrett hin- und herschob. Ihren ersten Zügen, den ersten Tastversuchen ihrer Stärke, war an ihrem westlichen Wall, nördlich und südlich, Einhalt geboten worden. Im Augenblick zog sie ihre Heere zurück, brachte neue Kräfte heran und zog sie bei Cirith Gorgor für einen Vergeltungsschlag zusammen. Und wenn es außerdem ihre Absicht gewesen wäre, den Berg vor jeder Annäherung des Feindes zu schützen, sie hätte kaum mehr tun können.

»Ja«, fuhr Sam fort, »was immer sie zu essen und trinken haben, wir können es nicht bekommen. Es gibt keinen Weg nach unten, soweit ich sehe. Und wir könnten dieses ganze offene Gelände, das von Feinden wimmelt, auch nicht überqueren, selbst wenn wir hinunter kämen.«

»Trotzdem werden wir es versuchen müssen«, sagte Frodo. »Es ist nicht schlimmer, als ich erwartet hatte. Ich habe nie die Hoffnung gehabt, hinüberzukommen. Aber immer noch muß ich es so gut machen, wie ich kann. Im Augenblick heißt das, solange wie möglich zu vermeiden, daß wir gefangengenommen werden. Deshalb müssen wir weiter nach Norden gehen und sehen, wie es dort ist, wo die offene Ebene schmaler ist.«

»Ich kann mir vorstellen, wie es dort sein wird«, sagte Sam. »Wo es schmaler ist, da werden die Orks und Menschen nur dichter zusammengedrängt sein. Du wirst es sehen, Herr Frodo.«

»Das werde ich wohl, wenn wir je so weit kommen«, sagte Frodo und wandte sich ab.

Bald stellten sie fest, daß es unmöglich war, auf dem Kamm des Morgai weiterzugehen, oder irgendwo in den höheren Bereichen, die pfadlos waren und von tiefen Klüften durchschnitten. Zuletzt mußten sie wieder durch die Schlucht zurückgehen, in der sie heraufgekommen waren, und nach einem Weg entlang dem Tal suchen. Nach einer Meile oder mehr sahen sie, in einer Mulde am Fuß der Felswand kauernd, die Orkfeste, von der sie vermutet hatten, daß sie nahebei sei: eine Mauer und eine Gruppe von Steinhütten, die an dem dunklen Eingang einer Höhle standen. Es war dort keine Bewegung zu sehen, aber die Hobbits krochen vorsichtig vorbei und hielten sich, soweit sie konnten, zwischen den dichten Dornengebüschen, die an diesem Punkt zu beiden Seiten des alten Wasserlaufs wuchsen.

Sie gingen noch zwei oder drei Meilen weiter, und die Orkfeste hinter ihnen war dem Blick entzogen; aber kaum hatten sie begonnen, wieder ruhiger zu atmen, als sie harte und laute Orkstimmen hörten. Rasch schlichen sie hinter einen braunen, verkrüppelten Busch. Die Stimmen näherten sich. Plötzlich kamen zwei Orks in Sicht. Der eine war in zerfetztes Braun gekleidet und mit einem Bogen aus Horn bewaffnet; er gehörte zu einer kleineren Rasse, schwarzhäutig mit breiten und schnüffelnden Nüstern: offenbar ein Fährtenfinder irgendeiner Art. Der andere war ein großer Kampfork, wie die aus Schagrats Rotte, und trug das Abzeichen des Auges. Auch er hatte auf dem Rücken einen Bogen und trug einen kurzen Speer mit breiter Spitze. Die beiden stritten sich wie gewöhnlich, und da sie von verschiedener Rasse waren, bedienten sie sich der Gemeinsamen Sprache auf ihre Weise.

Kaum zwanzig Schritt vor dem Versteck der Hobbits blieb der kleinere Ork stehen. »Nee«, knurrte er, »ich gehe nach Hause.« Er zeigte über das Tal hinweg auf die Orkfeste. »Keinen Zweck, meine Nase noch weiter auf Steinen abzunutzen. Es ist keine Spur mehr da, sage ich. Ich habe die Fährte verloren, weil ich dir nachgegeben habe. Sie ging hinauf in die Berge, nicht im Tal weiter, das sage ich dir.«

»Ihr seid wohl nicht viel nutze, ihr kleinen Schnüffler?« sagte der große Ork. »Ich schätze, Augen sind besser als eure Rotznasen.«
»Warum hast du dann nichts gesehen?« knurrte der andere. »Quatsch! Du weißt nicht mal, was du suchst.«
»Wessen Schuld ist das?« sagte der Kämpfer. »Meine nicht. Das kommt von höher oben. Erst sagen sie, es ist ein großer Elb in strahlender Rüstung, dann ist es eine Art Zwergenmensch, dann muß es eine Horde aufrührerischer Uruk-hai sein; oder vielleicht ist es das alles zusammen.«
»Ach!« sagte der Fährtenfinder. »Sie haben den Kopf verloren, das ist es. Und einige der Führer wird's auch noch den Kragen kosten, nehme ich an, wenn das stimmt, was ich gehört habe: Turm überfallen und all das, und Hunderte von euch Jungs umgelegt, und der Gefangene ist weg. Wenn das die Art ist, wie ihr Kämpfer vorgeht, dann ist's kein Wunder, daß die Nachrichten von den Schlachtfeldern schlecht sind.«
»Wer sagt, daß sie schlecht sind?« brüllte der Kämpfer.
»Ach! Wer sagt, daß sie gut sind?«
»Das ist verfluchtes Aufrührer-Gerede, und ich werde dich erstechen, wenn du nicht die Klappe hältst, verstehst du?«
»Schon gut, schon gut«, sagte der Fährtenfinder. »Ich werde nichts mehr sagen und mir mein Teil denken. Aber was hat der schwarze Schnüffler damit zu tun? Der Vielfraß mit den Schlapphänden?«
»Das weiß ich nicht. Nichts, vielleicht. Aber er führt nichts Gutes im Schilde, da wett ich. Verflucht soll er sein! Kaum war er uns entschlüpft und weggelaufen, als Bescheid kam, er wird gesucht, lebendig, und zwar schnell.«
»Na, ich hoffe, sie kriegen ihn und machen ihn fertig«, brummte der Fährtenfinder. »Da hinten hat er die ganze Fährte verpfuscht, als er das weggeworfene Panzerhemd geklaut hat, das er gefunden hatte, und überall da herumgewatschelt ist, ehe ich hinkommen konnte.«
»Das hat ihm jedenfalls das Leben gerettet«, sagte der Kämpfer. »Ehe ich wußte, daß er gesucht wird, habe ich auf ihn geschossen, geschickt wie sonst was, auf fünfzig Schritt genau in den Rücken, aber er ist weitergelaufen.«
»Quatsch! Du hast ihn verfehlt«, sagte der Fährtenfinder. »Erst hast du danebengeschossen, dann bist du zu langsam gelaufen, und dann hast du nach den armen Fährtenfindern geschickt. Ich habe genug von dir.« Er trottete davon.
»Du kommst zurück«, brüllte der Kämpfer, »sonst melde ich dich!«
»Bei wem denn? Doch nicht bei deinem prachtvollen Schagrat? Der wird nicht länger Hauptmann sein.«
»Ich werde deinen Namen und deine Nummer den Nazgûl angeben«, sagte der Kämpfer und senkte seine Stimme zu einem Zischen. »Einer von *denen* befehligt jetzt auf dem Turm.«
Der andere blieb stehen, und seine Stimme war voll Angst und Wut. »Du verfluchter petzender Strauchdieb!« brüllte er. »Du kannst deine Aufgabe nicht erfüllen, und nicht einmal bei deinen eigenen Leuten kannst du bleiben. Geh zu deinen dreckigen Kreischern, und mögen sie dir das Fleisch in Streifen abschnei-

den! Wenn der Feind sie nicht zuerst holt. Sie haben Nummer Eins umgebracht, wie ich gehört habe, und ich hoffe, es stimmt!«

Mit dem Speer in der Hand setzte der große Ork ihm nach, aber der Fährtenfinder sprang hinter einen Stein, jagte ihm einen Pfeil ins Auge, als er angerannt kam, und er stürzte krachend zu Boden. Der andere rannte durch das Tal und verschwand.

Eine Weile saßen die Hobbits schweigend da. Schließlich rührte sich Sam. »Na, das nenne ich saubere Arbeit«, sagte er. »Wenn diese hübsche Freundlichkeit sich über ganz Mordor verbreiten würde, wäre die Hälfte unserer Schwierigkeiten ausgestanden.«

»Ruhig, Sam«, flüsterte Frodo. »Es könnten noch andere hier sein. Wir sind offenbar mit knapper Not entkommen, und die Verfolger waren uns dichter auf der Spur, als wir ahnten. Aber das *ist* der Geist von Mordor, Sam; und er hat sich in jeden Winkel verbreitet. Orks verhalten sich immer so, wenn sie sich selbst überlassen sind, jedenfalls sagen das alle Erzählungen. Aber daraus kannst du nicht viel Hoffnung schöpfen. Sie hassen uns weit mehr, allesamt und immerzu. Wenn diese beiden uns gesehen hätten, dann hätten sie mit ihrem Streit aufgehört, bis wir tot gewesen wären.«

Wieder trat ein langes Schweigen ein, und wiederum brach Sam es, aber diesmal flüsternd. »Hast du gehört, was sie über *diesen Vielfraß* sagten, Herr Frodo? Ich sagte dir ja, daß Gollum nicht tot ist, nicht wahr?«

»Ja, ich erinnere mich. Und ich frage mich, woher du das wußtest«, sagte Frodo. »Paß mal auf. Ich glaube, wir sollten hier bleiben, bis es ganz dunkel geworden ist. So kannst du mir erzählen, woher du das weißt, und alles, was geschehen ist. Wenn du es leise tun kannst.«

»Ich werd's versuchen«, sagte Sam. »Aber wenn ich an diesen Stinker denke, werde ich so wütend, daß ich brüllen könnte.«

Da saßen die Hobbits nun im Schutze des Dornenbusches, während das trübe Licht von Mordor langsam zu einer tiefen und sternlosen Nacht verblaßte; und Sam flüsterte Frodo alles ins Ohr, wofür er Worte finden konnte, von Gollums niederträchtigem Angriff, dem Schrecken von Kankra und seinen eigenen Abenteuern mit den Orks. Als er geendet hatte, sagte Frodo nichts, sondern nahm Sams Hand und drückte sie. Schließlich rührte er sich.

»Ja, ich glaube, wir müssen wieder weitergehen«, sagte er. »Ich möchte mal wissen, wie lange es noch dauert, bis wir wirklich geschnappt werden und die ganze Plackerei und das Umherschleichen vorbei ist und vergeblich gewesen sein wird.« Er stand auf. »Es ist dunkel, und wir können das Glas der Herrin nicht verwenden. Hebe es für mich auf, Sam. Ich wüßte nicht, wo ich es hinstecken sollte, und müßte es in der Hand behalten, und in dieser undurchdringlichen Nacht werde ich beide Hände brauchen. Aber Stich schenke ich dir. Ich habe eine Orkklinge, aber ich glaube nicht, daß es meine Rolle sein wird, je wieder einen Hieb zu führen.«

Es war schwierig und gefährlich, in diesem pfadlosen Land bei Nacht voranzukommen; aber langsam und mit viel Stolpern quälten sich die Hobbits Stunde um Stunde am östlichen Rand des steinigen Tals nach Norden. Als ein graues Licht wieder über die westlichen Höhen kroch, lange nachdem der Tag in den Landen dahinter gekommen war, versteckten sie sich wieder und schliefen abwechselnd ein wenig. In den Zeiten, da Sam wach war, beschäftigte er sich mit Ernährungsfragen. Als Frodo ihn schließlich weckte und davon sprach, daß sie etwas essen und sich für einen weiteren Versuch bereitmachen sollten, stellte er die Frage, die ihn am meisten bedrückte.

»Bitte um Entschuldigung, Herr Frodo«, sagte er, »aber hast du irgendeine Vorstellung, wie weit wir noch zu gehen haben?«

»Nein, keine klare Vorstellung, Sam«, antwortete Frodo. »In Bruchtal wurde mir, ehe ich aufbrach, eine Karte von Mordor gezeigt, die gezeichnet worden war, bevor der Feind wieder hierher zurückkehrte; aber ich erinnere mich nur undeutlich an sie. Am deutlichsten erinnere ich mich, daß es im Norden eine Stelle gab, wo sich die Ausläufer der westlichen und der östlichen Gebirgsketten fast berühren. Das muß mindestens zwanzig Wegstunden von der Brücke hinten an dem Turm sein. Es könnte ein guter Punkt zum Überqueren sein. Aber natürlich werden wir, wenn wir dort hinkommen, weiter von dem Berg entfernt sein als vorher, sechzig Meilen möchte ich annehmen. Ich schätze, daß wir von der Brücke aus jetzt zwölf Wegstunden nach Norden gegangen sind. Selbst wenn alles gut geht, könnte ich den Berg kaum in einer Woche erreichen. Ich fürchte, Sam, daß die Last sehr schwer werden wird, und ich werde immer langsamer gehen, je näher wir herankommen.«

Sam seufzte. »Das ist genau, was ich befürchtet hatte«, sagte er. »Ganz zu schweigen vom Wasser, müssen wir weniger essen, oder aber etwas schneller vorankommen, jedenfalls solange wir in diesem Tal sind. Noch ein Bissen, und wir haben nichts mehr außer der Wegzehrung der Elben.«

»Ich werde versuchen, etwas schneller zu sein, Sam«, sagte Frodo und holte tief Luft. »Also komm! Laß uns einen weiteren Marsch beginnen.«

Es war noch nicht wieder ganz dunkel. Sie schleppten sich voran, hinein in die Nacht. Die Stunden vergingen bei diesem mühseligen Marsch mit wenigen kurzen Unterbrechungen. Bei der ersten Andeutung von grauem Licht unter den Rändern des Schattendachs versteckten sie sich wieder in einer dunklen Mulde unter einem überhängenden Fels.

Langsam nahm das Licht zu, bis es klarer wurde, als es bisher je gewesen war. Ein starker Wind von Westen vertrieb nun den Rauch von Mordor aus den höheren Luftschichten. Es dauerte nicht lange, da konnten die Hobbits die Landschaft im Umkreis von einigen Meilen erkennen. Die Talmulde zwischen dem Gebirge und dem Morgai war ständig schmaler geworden, während sie anstieg, und der innere Grat war jetzt nicht mehr als ein Gesims in den Steilhängen des Ephel Dúath; aber östlich fiel sie so jäh nach Gorgoroth ab wie immer. Vor ihnen fand der Wasserlauf in unterbrochenen Felsstufen ein Ende;

denn aus der Hauptkette stieß dort ein hoher kahler Ausläufer vor und zog sich wie eine Mauer nach Osten. Ihm entgegen streckte sich aus der grauen und nebligen Nordkette des Ered Lithui ein langer, vorspringender Arm; und zwischen den beiden Enden war eine schmale Kluft: Carach Angren, die Isenmünde, hinter der das tiefe Tal Udûn lag. In diesem Tal hinter dem Morannon waren die Stollen und tiefen Waffenkammern, die Mordors Diener für die Verteidigung des Schwarzen Tors ihres Landes angelegt hatten; und dort sammelte jetzt ihr Herr in großer Eile Streitkräfte, um dem Angriff der Heerführer des Westens zu begegnen. Auf den vorgeschobenen Ausläufern waren Festungen und Türme erbaut, und Wachtfeuer brannten; und über die ganze Kluft hinweg war ein Erdwall aufgeschüttet und ein tiefer Graben ausgehoben worden, der nur auf einer einzigen Brücke überquert werden konnte.

Einige Meilen weiter nördlich, hoch oben in dem Winkel, wo der westliche Ausläufer von der Hauptkette abzweigte, stand das alte Schloß Durthang, jetzt eine der vielen Orkfestungen, die sich über das Udûn-Tal verteilten. Eine Straße, die in dem zunehmenden Licht schon sichtbar war, schlängelte sich von Durthang herunter, bis sie, nur eine oder zwei Meilen von dem Punkt entfernt, wo die Hobbits lagen, nach Osten abbog und auf einem in den Hang des Ausläufers eingeschnittenen Gesims entlanglief und so hinunter in die Ebene und dann weiter zur Isenmünde führte.

Den Hobbits schien, als sie dort hinblickten, ihre ganze Wanderung nach Norden nutzlos gewesen zu sein. Die Ebene zu ihrer Rechten war düster und rauchig, und sie konnten dort weder Lager noch marschierende Abteilungen sehen; aber das ganze Gebiet wurde von den Festungen von Carach Angren überwacht.

»Wir sind in eine Sackgasse geraten, Sam«, sagte Frodo. »Wenn wir weitergehen, werden wir nur zu diesem Orkturm kommen, aber der einzige Weg, den wir einschlagen können, ist die Straße, die von dort herunterkommt – es sei denn, wir gehen zurück. Wir können nicht nach Westen hinauf oder nach Osten hinunterklettern.«

»Dann müssen wir eben auf dieser Straße gehen, Herr Frodo«, sagte Sam. »Wir müssen auf ihr gehen und unser Glück versuchen, wenn es überhaupt in Mordor Glück gibt. Wir könnten uns ebensogut dem Feind ausliefern, wie weiter herumwandern oder versuchen zurückzugehen. Unser Essen wird nicht reichen. Wir müssen jetzt losflitzen.«

»In Ordnung, Sam«, sagte Frodo. »Geh du voraus, solange du noch etwas Hoffnung hast. Ich habe keine mehr. Aber ich kann nicht flitzen, Sam. Ich werde mich nur hinter dir herschleppen.«

»Aber ehe du mit dem Hinterherschleppen anfängst, brauchst du etwas Schlaf und etwas zu essen, Herr Frodo. Tu das erst.«

Er gab Frodo Wasser und eine zusätzliche Waffel von der Wegzehrung, und aus seinem Mantel machte er ein Kissen für den Kopf seines Herrn. Frodo war zu erschöpft, um über die Sache zu streiten, und Sam sagte ihm nicht, daß er den letzten Tropfen Wasser getrunken und Sams Anteil ebenso wie seinen eigenen gegessen hatte. Als Frodo schlief, beugte sich Sam über ihn, lauschte auf seinen Atem und betrachtete sein Gesicht forschend. Es war zerfurcht und hager, und dennoch sah es im Schlaf zufrieden und furchtlos aus. »Na, ich wage es, Herr!« murmelte Sam leise. »Ich muß dich eine Weile verlassen und vertraue auf mein Glück. Wasser brauchen wir, oder wir kommen nicht weiter.«

Sam kroch hinaus, und mit mehr als der üblichen Hobbit-Vorsicht von Stein zu Stein huschend, ging er hinunter und ein Stück an dem nach Norden ansteigenden Wasserlauf entlang, bis er zu den Felsstufen kam, wo zweifellos vor langer Zeit dessen Quelle als kleiner Wasserfall herabgeströmt war. Jetzt schien alles trocken und still zu sein; aber Sam wollte die Hoffnung nicht aufgeben, er bückte sich und lauschte, und zu seiner Freude hörte er ein tröpfelndes Geräusch. Er kletterte ein paar Stufen hinauf und fand dort ein winziges Rinnsal mit dunklem Wasser, das aus der Bergwand herauskam und sich in einem kleinen kahlen Tümpel sammelte, aus dem es dann wieder überlief und unter den öden Felsen verschwand.

Sam kostete das Wasser, und es schien ihm recht gut zu sein. Er trank sich satt, füllte seine Flasche und wollte wieder gehen. Gerade, als er sich umdrehte, sah er flüchtig eine schwarze Gestalt, die zwischen den Steinen dicht bei Frodos Versteck hindurchhuschte. Er unterdrückte einen Aufschrei, sprang von der Quelle herunter und rannte, von Stein zu Stein springend. Es war ein vorsichtiges Geschöpf, kaum zu sehen, aber Sam hatte wenig Zweifel, wer es sein könnte; es verlangte ihn, ihm den Hals umzudrehen. Aber es hörte ihn kommen und entschlüpfte rasch. Sam glaubte, einen letzten flüchtigen Blick von ihm zu erhaschen, ehe es sich duckte und verschwand.

»Na, das Glück hat mich nicht im Stich gelassen«, murmelte Sam. »Aber es hätte leicht schiefgehen können. Genügt es denn nicht, Tausende von Orks hier zu haben, ohne daß dieser stinkende Schuft noch herumschnüffelt? Ich wünschte, er wäre erschossen worden!« Er setzte sich neben Frodo und weckte ihn nicht; aber er selbst wagte nicht zu schlafen. Als er schließlich merkte, wie ihm die Augen zufielen, und wußte, daß er seinen Kampf, wachzubleiben, nicht lange durchhalten könnte, weckte er Frodo sanft.

»Dieser Gollum ist wieder in der Nähe, fürchte ich, Herr Frodo«, sagte er. »Wenigstens, wenn er's nicht war, dann gibt's zwei von ihm. Ich war weggegangen, um etwas Wasser zu suchen, und da sah ich ihn hier herumschnüffeln, als ich zurückkam. Ich schätze, es ist gefährlich, wenn wir beide zusammen schlafen, und bitte um Entschuldigung, aber ich kann meine Augen nicht mehr offenhalten.«

»Du armer Sam«, sagte Frodo. »Leg dich hin, jetzt bist du an der Reihe! Aber mir ist Gollum lieber als Orks. Jedenfalls würde er uns nicht an sie verraten, sofern er nicht selbst geschnappt wird.«

»Aber er könnte für sich selbst ein bißchen rauben und morden«, brummte Sam. »Halt die Augen offen, Herr Frodo. Da ist eine volle Flasche Wasser. Trink sie aus. Wir können sie wieder füllen, wenn wir weitergehen.« Und damit schlief Sam ein.

Das Licht verblaßte wieder, als er aufwachte. Frodo saß an den Felsen gelehnt, aber er war eingeschlafen. Die Wasserflasche war leer. Von Gollum war nichts zu sehen.

Die Mordor-Dunkelheit brach wieder herein, und die Wachtfeuer auf den Höhen brannten grimmig und rot, als die Hobbits zu dem gefährlichsten Abschnitt ihrer ganzen Fahrt aufbrachen. Zuerst gingen sie zu der kleinen Quelle, und dann kletterten sie vorsichtig hinauf und kamen an der Stelle auf die Straße, wo sie nach Osten abbog zu der zwanzig Meilen entfernten Isenmünde. Es war keine breite Straße, und es gab keine Mauer und kein Geländer am Straßenrand, und je weiter die Straße ging, um so tiefer wurde der jähe Abgrund an ihrer Seite. Die Hobbits hörten nichts, was sich bewegte, und nachdem sie eine Weile gelauscht hatten, machten sie sich mit gleichmäßigem Schritt auf den Weg nach Osten.

Nach etwa zwölf Meilen hielten sie an. Ein kleines Stückchen hinter ihnen war die Straße ein wenig nach Norden abgebogen, und die Strecke, die sie gegangen waren, war jetzt dem Blick entzogen. Das erwies sich als verhängnisvoll. Sie rasteten einige Minuten und gingen dann weiter; aber sie waren noch nicht weit gekommen, als sie plötzlich in der Stille der Nacht das Geräusch hörten, vor dem sie sich die ganze Zeit insgeheim gefürchtet hatten: marschierende Füße. Das Geräusch war noch ziemlich weit weg, aber als sie sich umschauten, sahen sie das Flackern von Fackeln, die weniger als eine Meile entfernt um die Biegung kamen und sich schnell bewegten: zu schnell für Frodo, um durch eine Flucht nach vorn auf der Straße zu entkommen.

»Das habe ich gefürchtet, Sam«, sagte Frodo. »Wir haben auf unser Glück vertraut, und es hat uns im Stich gelassen. Wir sitzen in der Falle.« Er blickte verstört auf die finstere Felswand, die die Straßenbauer von einst auf viele Klafter über ihren Köpfen senkrecht abgeschlagen hatten. Er rannte zur anderen Seite und schaute über den Rand in einen dunklen, finsteren Abgrund. »Nun sitzen wir zuletzt in der Falle«, sagte er. Er sank auf den Boden und beugte den Kopf.

»Scheint so«, sagte Sam. »Na, wir können nur abwarten und sehen, was kommt.« Und damit setzte er sich neben Frodo unter den Schatten der Felswand.

Sie brauchten nicht lange zu warten. Die Orks gingen sehr schnell. Die in den vordersten Reihen trugen Fackeln. Heran kamen sie, rote Flammen im Dunkeln, und wurden rasch größer. Jetzt beugte auch Sam den Kopf und hoffte, dadurch würde sein Gesicht verdeckt, wenn der Fackelschein sie erreichte; und er stellte ihre Schilde vor ihre Knie, um ihre Füße zu verdecken.

»Wenn sie bloß in Eile sind und ein paar müde Krieger in Frieden lassen und weitergehen!« dachte er.

Und so schien es zuerst. Die vordersten Orks kamen angelaufen, keuchend und mit gesenkten Köpfen. Es war eine Rotte von der kleineren Rasse, die wider ihren Willen in den Krieg ihres Dunklen Herrschers getrieben wurden; ihnen lag nur daran, den Marsch hinter sich zu bringen und nicht gepeitscht zu werden. Neben ihnen, die Reihen auf und ab laufend, gingen zwei der großen grimmigen *uruks*, mit den Peitschen knallend und brüllend. Reihe um Reihe zog vorüber, und

Die Rückkehr des Königs

das verräterische Fackellicht war schon ein Stück voraus. Sam hielt den Atem an. Jetzt war schon die Hälfte der Gruppe an ihnen vorbei. Da plötzlich erspähte einer der Sklavenaufseher die beiden Gestalten am Wegrand. Er schlug mit der Peitsche nach ihnen und schrie: »He, ihr da, steht auf!« Sie antworteten nicht, und mit einem Ruf ließ er die ganze Schar anhalten.

»Los, ihr Faulpelze!« schrie er. »Jetzt ist nicht die Zeit, um herumzusitzen.« Er machte einen Schritt auf sie zu, und sogar in der Düsternis erkannte er die Abzeichen auf ihren Schilden. »Fahnenflüchtig, was?« knurrte er. »Oder habt es vor? Ihr Leute solltet alle schon vor gestern abend in Udûn sein. Das wißt ihr ganz genau. Auf mit euch, und tretet ins Glied, sonst lasse ich mir eure Nummern sagen und melde euch.«

Mühsam kamen sie auf die Beine, hielten sich gebückt, und wie fußwunde Krieger humpelnd, schlurften sie zurück zum letzten Glied. »Nein, nicht nach hinten!« schrie der Sklavenaufseher. »Drei Reihen weiter nach vorn. Und bleibt da, sonst werdet ihr's spüren, wenn ich die Reihen auf und ab gehe!« Er ließ seine lange Peitschenschnur über ihren Köpfen knallen; mit einem weiteren Knall und einem Schrei ließ er dann die ganze Gruppe in flottem Trab weitergehen.

Es war schlimm genug für den armen Sam, so müde wie er war. Aber für Frodo war es eine Qual und bald ein Albtraum. Er biß die Zähne zusammen und bemühte sich, nicht mehr zu denken, und stolperte weiter. Der Gestank der schwitzenden Orks um ihn herum war zum Ersticken, und er begann vor Durst zu keuchen. Immer weiter und weiter ging es, und er richtete seine ganze Willenskraft darauf, Luft zu holen und seine Beine dazu zu bringen, sich zu bewegen; und er wagte nicht daran zu denken, zu welchem bösen Ende er sich quälte und das alles erduldete. Es bestand keine Hoffnung, sich unbemerkt zu verdrücken. Immer wieder kam der Orkaufseher und verhöhnte sie.

»Nun wißt ihr's!« lachte er und schlug ihnen an die Beine. »Wo eine Peitsche ist, da ist ein Wille, ihr Faulpelze! Haltet euch ran! Ich würde euch ja jetzt eine nette kleine Auffrischung geben, nur werdet ihr so viel Hiebe kriegen, wie eure Haut nur aushält, wenn ihr zu spät in euer Lager kommt. Tut euch gut. Wißt ihr nicht, daß wir Krieg haben?«

Sie waren einige Meilen gegangen, und die Straße führte schließlich einen langen Abhang hinunter in die Ebene, als Frodos Kraft versagte und sein Wille nachließ. Er taumelte und stolperte. Verzweifelt versuchte Sam, ihm zu helfen und ihn aufrecht zu halten, obwohl er das Gefühl hatte, daß er selbst diese Geschwindigkeit kaum noch länger durchhalten würde: sein Herr würde ohnmächtig werden oder hinfallen, und alles würde entdeckt werden und ihre bittern Mühen wären umsonst gewesen. »Aber diesen teuflischen Sklavenaufseher werde ich jedenfalls kriegen«, dachte er.

Dann, als er gerade die Hand auf das Heft seines Schwertes legte, kam unerwartete Hilfe. Sie waren jetzt schon auf der Ebene und näherten sich dem Eingang von Udûn. Ein Stück Wegs vor ihnen, vor dem Tor am Ende der Brücke, lief die von Westen kommende Straße mit anderen von Süden und von Barad-dûr kommenden zusammen. Auf all diesen Straßen marschierten jetzt Kampfscharen. Denn die Heerführer des Westens rückten vor, und der Dunkle Herrscher warf seine Streitmacht nach Norden. So geschah es, daß mehrere Gruppen gleichzeitig zu der dunklen Wegkreuzung kamen, die von den Wachtfeuern auf der Mauer nicht erhellt wurde. Sofort gab es ein großes Gedränge und Fluchen, weil jede Schar versuchte, als erste das Tor und damit das Ende ihres Marschs zu erreichen. Obwohl die Aufseher schrien und ihre Peitschen gebrauchten, kam es zu Raufereien, und einige Schwerter wurden gezogen. Eine Schar schwer bewaffneter *uruks* aus Barad-dûr stürmte zwischen die Durthang-Gruppe und richtete Verwirrung unter ihnen an.

Obwohl Sam von Schmerzen und Müdigkeit halb betäubt war, wurde er hellwach und nahm rasch die Gelegenheit wahr, warf sich auf den Boden und zog Frodo mit hinunter. Orks fielen über sie, knurrend und fluchend. Auf Händen und Knien krochen die Hobbits langsam aus dem Wirrwarr heraus, bis sie sich schließlich unbemerkt über den hinteren Straßenrand fallen ließen. Die Straße hatte dort eine hohe Bordkante, die den Scharführern in dunkler Nacht und bei Nebel den Weg wies und einige Fuß höher aufgeschüttet war als das offene Land.

Dort lagen sie nun eine Weile still. Es war zu dunkel, um nach einem Versteck zu suchen, wenn es überhaupt eins gab; aber Sam hatte das Gefühl, daß sie wenigstens noch etwas weiter von der Straße weg und außerhalb des Lichtscheins der Fackeln gehen sollten.

»Komm, Herr Frodo«, flüsterte er. »Wir kriechen noch ein kleines Stückchen, und dann kannst du liegen bleiben.«

Mit einer letzten verzweifelten Anstrengung stützte sich Frodo auf die Hände und zog sich vielleicht zwanzig Ellen weiter. Dann fiel er kopfüber in eine flache Mulde, die sich unerwartet vor ihnen auftat, und da blieb er liegen wie ein Toter.

DRITTES KAPITEL

DER SCHICKSALSBERG

Sam legte seinem Herrn seinen zerfetzten Orkmantel unter den Kopf und deckte über sie beide das graue Gewand aus Lórien; und als er das tat, wanderten seine Gedanken in dieses schöne Land und zu den Elben, und er hoffte, der von ihrer Hand gewebte Stoff möge bewirken, daß sie über alle Hoffnung hinaus in dieser Wildnis des Schreckens verborgen bleiben würden. Er hörte, wie das Getümmel und Geschrei leiser wurden, als die Rotten durch die Isenmünde gingen. Es schien, daß man sie in der Verwirrung und dem Durcheinander der vielen Scharen verschiedener Arten nicht vermißt hatte, jedenfalls jetzt noch nicht.

Sam trank einen Schluck Wasser und ließ auch Frodo trinken, und als sein Herr sich ein wenig erholt hatte, gab er ihm eine ganze Waffel von ihrer kostbaren Wegzehrung und sorgte dafür, daß er sie aß. Zu erschöpft, um auch nur große Angst zu verspüren, streckten sie sich dann beide aus. Sie schliefen unruhig und mit Unterbrechungen; denn sie waren verschwitzt gewesen und wurden jetzt kalt, die harten Steine drückten sie, und sie froren. Vom Norden her, vom Schwarzen Tor Cirith Gorgor, zog wispernd eine dünne kalte Luft über den Boden.

Am Morgen kam wieder ein graues Licht, denn in den oberen Luftschichten blies noch der Westwind, aber unten auf den Steinen hinter den Bollwerken des Schwarzen Landes erschien die Luft fast tot, kalt und dennoch stickig. Sam schaute aus der Mulde hinaus. Das Land ringsum war trostlos, flach und düster. Auf den Straßen in der Nähe rührte sich jetzt nichts; aber Sam fürchtete die wachsamen Augen auf der Mauer von Isenmünde, die nicht mehr als eine Achtelmeile entfernt nördlich von ihnen lag. Fern im Südosten ragte wie ein dunkler stehender Schatten der Berg auf. Rauchfahnen entströmten ihm, und während jene, die bis in die höheren Luftschichten aufstiegen, nach Osten abzogen, wälzten sich große Wolken über seine Hänge herab und breiteten sich über das Land aus. Ein paar Meilen nach Nordosten standen die Vorberge des Aschengebirges wie dunkle graue Geister da, und hinter ihnen erhoben sich die nebligen nördlichen Höhenzüge wie eine ferne Wolkenlinie, die kaum dunkler war als der finster drohende Himmel.

Sam versuchte die Entfernungen abzuschätzen und sich klarzuwerden, welchen Weg sie einschlagen sollten. »Sieht aus wie ein Katzensprung von fünfzig Meilen«, murmelte er mißmutig und starrte auf den bedrohlichen Berg, »und wir werden eine Woche brauchen, wozu es einen Tag braucht, so wie Herr Frodo jetzt ist.« Er schüttelte den Kopf, und als er sich die Dinge überlegte, setzte sich allmählich ein neuer finsterer Gedanke in seinem Kopf fest. Niemals war die Hoffnung in seinem standhaften Herzen für lange Zeit erloschen, und bis jetzt hatte er sich immer Gedanken um ihren Rückweg gemacht. Aber die bittere Wahrheit wurde ihm endlich klar: bestenfalls würden ihre Vorräte bis zum Ziel reichen; und wenn die Aufgabe erfüllt war, dann würden sie dort ihr Ende finden, allein, obdachlos, ohne Nahrung inmitten einer entsetzlichen Wüstenei. Es konnte keinen Rückweg geben.

»So, das ist es also, wovon ich glaubte, daß ich es tun müsse, als ich aufbrach«, dachte Sam. »Herrn Frodo bis zum letzten Schritt helfen und dann mit ihm sterben? Na, wenn es das ist, dann muß ich es wohl tun. Aber sehr gern würde ich Wasserau wiedersehen und Rosie Hüttinger und ihre Brüder und den Ohm und Goldblume und alle anderen. Irgendwie kann ich mir nicht vorstellen, daß Gandalf Herrn Frodo zu diesem Auftrag ausgeschickt hätte, wenn überhaupt keine Hoffnung bestanden hätte, daß er je zurückkommt. Alles ist schiefgegangen, als er in Moria abstürzte. Ich wünschte, es wäre nicht geschehen. Er hätte etwas getan.«

Doch gerade, als Sams Hoffnung schwand oder zu schwinden schien, verwandelte sie sich in neue Kraft. Sams schlichtes Hobbitgesicht wurde streng, fast grimmig, als sein Wille erstarkte, und in all seinen Gliedern spürte er eine Spannung, als ob er sich in ein Geschöpf aus Stein und Stahl verwandelte, das weder von Verzweiflung noch von Erschöpfung oder endlosen Meilen unfruchtbaren Landes besiegt werden könnte.

Mit einem neuen Verantwortungsgefühl wandte er seinen Blick wieder auf die unmittelbare Umgebung und überlegte sich den nächsten Schritt. Als es heller wurde, sah er zu seiner Überraschung, daß das Land, das ihm aus der Ferne wie eine weite, einförmige Fläche vorgekommen war, in Wirklichkeit uneben und zerklüftet war. Tatsächlich war die ganze Oberfläche der Ebene von Gorgoroth mit großen Löchern übersät, als ob sie, als sie noch eine Wüstenei aus weichem Schlamm war, von einem Hagel von Pfeilen und Schleudersteinen getroffen worden wäre. Die größten dieser Löcher waren eingefaßt mit einem Wulst von rissigem Gestein, und breite Spalten liefen in alle Richtungen von ihnen aus. Es war ein Land, in dem es möglich sein würde, von einem Versteck zum anderen zu kriechen, ungesehen von allen außer den wachsamsten Augen: zumindest möglich für jemanden, der kräftig war und nicht zu eilen brauchte. Für den Hungrigen und Erschöpften, der noch weit zu gehen hatte, ehe es mit seinem Leben zu Ende war, sah es böse aus.

Sam dachte an all diese Dinge und ging dann zu seinem Herrn. Er brauchte ihn nicht zu wecken. Frodo lag auf dem Rücken, hatte die Augen offen und starrte auf den wolkigen Himmel. »Ja, Herr Frodo«, sagte Sam, »ich habe mich ein bißchen umgeschaut und nachgedacht. Es ist niemand auf den Straßen, und wir machen uns am besten davon, solange wir Gelegenheit dazu haben. Kannst du es schaffen?«

»Ich kann es schaffen«, sagte Frodo. »Ich muß.«

Wiederum brachen sie auf, krochen von Loch zu Loch und huschten in Deckung, wann immer sie welche finden konnten, doch die ganze Zeit hielten sie schräg auf die Vorberge der nördlichen Kette zu. Eine Weile folgte die östlichste der Straßen ihrem Weg, bis sie abbog, sich am Saum des Gebirges entlangzog und in einer Mauer von schwarzen Schatten vor ihnen verschwand. Weder Mensch noch Ork war jetzt auf den grauen Flächen zu sehen; denn der Dunkle Herrscher hatte den Aufmarsch seiner Heere fast vollendet, und selbst in der Festung seines eigenen Reichs trachtete er nach der Heimlichkeit der Nacht, fürchtete die Winde der Welt, die sich gegen ihn gewandt und seine Schleier zerrissen hatten, und er war beunruhigt über die Nachrichten von kühnen Spähern, die durch seine Bollwerke hindurchgelangt waren.

Die Hobbits hatten einige mühselige Meilen zurückgelegt, als sie anhielten. Frodo schien fast ganz entkräftet zu sein. Sam sah, daß er auf diese Weise nicht lange würde weitergehen können, kriechend, gebückt, einmal einen bedenklichen Weg sehr langsam versuchend, dann wieder eilend und stolpernd rennend.

»Ich gehe zurück zur Straße, solange es hell ist, Herr Frodo«, sagte er. »Vertrauen wir wieder auf unser Glück. Letztes Mal hat es uns fast im Stich gelassen, aber nicht ganz. Noch ein paar Meilen in gleichmäßigem Schritt und dann eine Rast.«

Er nahm eine viel größere Gefahr auf sich, als er ahnte; aber Frodo war zu sehr mit seiner Last und seinem inneren Kampf beschäftigt, um sich in eine Erörterung einzulassen, und fast zu entmutigt, um sich noch Sorgen zu machen. Sie kletterten hinauf auf den Dammweg und schleppten sich dort weiter, auf dieser bitteren, grausamen Straße, die zum Dunklen Turm selbst führte. Aber ihr Glück hielt an, und für den Rest des Tages trafen sie kein lebendes oder sich bewegendes Wesen; und als die Nacht hereinbrach, verschwanden sie in der Dunkelheit von Mordor. Das ganze Land war in ängstlicher Erwartung wie vor einem großen Sturm: denn die Heerführer des Westens hatten die Wegscheide überschritten und die Totenfelder von Imlad Morgul entflammt.

So ging die verzweifelte Wanderung weiter; der Ring zog nach Süden, und die Königsbanner ritten nach Norden. Für die Hobbits war jeder Tag und jede Meile bitterer als die vorangegangenen, je mehr ihre Kraft nachließ und je unheimlicher das Land wurde. Bei Tage begegneten sie keinen Feinden. Des Nachts, wenn sie sich in irgendeinem Versteck neben der Straße niederkauerten oder unruhig schlummerten, hörten sie Schreie und das Geräusch vieler Füße oder das rasche Vorbeiziehen irgendeines rücksichtslos gerittenen Pferdes. Aber weit schlimmer als alle derartigen Gefahren war die stetig näherrückende Bedrohung, die sie verspürten; die entsetzliche Drohung der Macht, die in tiefem Nachdenken und in schlafloser Bosheit brütend hinter dem dunklen Schleier wartete, der ihren Thron verhüllte. Näher und näher kam diese Drohung, und immer schwärzer türmte sie sich auf wie eine aufziehende dunkle Wand am letzten Ende der Welt.

Eine Nacht des Schreckens brach schließlich an; und gerade als die Heerführer des Westens sich dem Ende der lebenden Lande näherten, kam für die beiden Wanderer eine Stunde schierer Verzweiflung. Vier Tage waren vergangen, seit sie den Orks entkommen waren, aber die Zeit lag hinter ihnen wie ein immer dunkler werdender Traum. Den ganzen letzten Tag hatte Frodo nicht gesprochen, sondern war halb gebeugt gegangen und oft gestolpert, als ob seine Augen den

Weg vor seinen Füßen nicht mehr sähen. Sam erriet, daß er die schlimmste all ihrer Qualen erduldete, das zunehmende Gewicht des Rings, eine Last für den Körper und eine Folter für die Seele. Besorgt beobachtete Sam, wie sein Herr oft die linke Hand hob, als wolle er einen Schlag abwehren oder seine zurückschaudernden Augen gegen ein entsetzliches Auge abschirmen, das in sie zu blicken versuchte. Und manchmal kroch seine rechte Hand zu seiner Brust und krallte sich fest, und langsam, wenn sein Wille wieder die Herrschaft erlangte, wurde sie dann zurückgezogen.

Jetzt, da die Schwärze der Nacht zurückkehrte, saß Frodo da, den Kopf zwischen den Knien, die Arme schlaff herabhängend, und seine Hände lagen auf dem Boden und zuckten schwach. Sam beobachtete ihn, bis die Nacht sie beide einhüllte und voreinander verbarg. Er fand keine Worte mehr, die er hätte sagen können; und er wandte sich seinen eigenen trüben Gedanken zu. Er selbst hatte, obwohl er müde und von Angst überschattet war, noch etwas Kraft. Das *lembas* hatte einen Nährwert, ohne den sie sich schon längst zum Sterben hingelegt hätten. Sie stillten das Verlangen nicht, und manchmal war Sams Sinn erfüllt von Erinnerungen an Essen und von der Sehnsucht nach schlichtem Brot und Fleisch. Und dennoch hatte diese Wegzehrung der Elben eine Wirkkraft, die zunahm, als die Wanderer sich allein von ihnen ernährten und sie nicht mit anderer Nahrung mischten. Sie stärkte den Willen und gab die Kraft, durchzuhalten und Muskeln und Glieder über das Maß sterblicher Wesen hinaus zu beherrschen. Aber nun mußte eine neue Entscheidung getroffen werden. Auf dieser Straße konnten sie nicht weitergehen; denn sie führte nach Osten in den großen Schatten, doch der Berg erhob sich nun zu ihrer Rechten, fast genau südlich, und auf ihn mußten sie zuhalten. Doch erstreckte sich vor ihm noch ein ausgedehntes Gebiet von rauchendem, kahlem, aschebedecktem Land.

»Wasser, Wasser!« murmelte Sam. Er hatte sich keins gegönnt, und in seinem ausgedörrten Mund kam ihm die Zunge dick und geschwollen vor; aber trotz seiner Vorsorge hatten sie jetzt nur noch sehr wenig, etwa die halbe Flasche, und vielleicht müßten sie noch tagelang weitergehen. Alles wäre schon längst verbraucht, wenn sie es nicht gewagt hätten, die Orkstraße zu benutzen. Denn in weiten Abständen waren an dieser Straße Brunnen gebaut worden für die Versorgung von Heeren, die in Eile durch diese wasserlosen Gebiete geschickt wurden. In einem fand Sam noch etwas Wasser, es war schal, von den Orks verschmutzt, aber ausreichend für ihre verzweifelte Lage. Doch war das schon einen Tag her. Und es bestand keine Hoffnung, noch welches zu finden.

Erschöpft von seinen Sorgen schlief Sam endlich ein und vergaß das Morgen, bis es kam; mehr konnte er nicht tun. Traum und Wachen vermengten sich wirr. Er sah Lichter wie glotzende Augen und dunkle kriechende Gestalten, und er hörte Geräusche wie von wilden Tieren oder wie entsetzliche Schreie von gefolterten Wesen; und dann fuhr er auf und fand die Welt ganz dunkel und nichts als leere Schwärze ringsum. Nur einmal, als er aufstand und verstört um sich blickte, schien ihm, obwohl er nun wach war, daß er immer noch bleiche Lichter wie Augen sah; aber bald flackerten sie und verschwanden.

Die abscheuliche Nacht verging langsam und zögernd. Das Tageslicht, das dann kam, war trübe; denn hier, in der Nähe des Berges, war die Luft immer finster, während die Schleier des Schattens, die Sauron um sich selbst webte, aus dem Dunklen Turm krochen. Frodo lag auf dem Rücken und rührte sich nicht. Sam stand neben ihm; es widerstrebte ihm zu sprechen, und doch wußte er, daß es seine Sache war zu reden: er mußte den Willen seines Herrn für eine weitere Anstrengung in Gang setzen. Schließlich beugte er sich nieder, strich Frodo über die Stirn und flüsterte ihm ins Ohr. »Wach auf, Herr«, sagte er. »Es ist Zeit aufzubrechen.«

Wie durch eine plötzliche Glocke aufgeschreckt, erhob sich Frodo rasch, und als er stand, blickte er nach Süden; doch als er den Berg und die Wüstenei sah, zitterte er wieder.

»Ich schaffe es nicht, Sam«, sagte er, »er ist so schwer zu tragen, so schwer.«

Sam wußte es, ehe er es aussprach, daß es vergeblich war und solche Worte eher schaden als nützen könnten, aber in seinem Mitleid konnte er nicht schweigen. »Dann laß mich ihn eine Weile für dich tragen, Herr«, sagte er. »Du weißt, ich täte es, und gern, solange ich noch Kraft habe.«

Frodos Augen begannen wild zu funkeln. »Bleib weg! Rühr mich nicht an!« rief er. »Es ist meiner, sage ich dir. Geh fort!« Seine Hand verirrte sich zum Heft seines Schwerts. Aber dann änderte sich seine Stimme rasch. »Nein, nein, Sam«, sagte er traurig. »Aber du mußt das verstehen. Es ist jetzt zu spät, Sam, mein Lieber. Du kannst mir auf diese Weise nicht wieder helfen. Ich bin nun fast in seiner Gewalt. Ich könnte ihn nicht hergeben, und wenn du versuchen würdest, ihn zu nehmen, würde ich verrückt werden.«

Sam nickte. »Das verstehe ich«, sagte er. »Aber ich habe mir überlegt, Herr Frodo, daß andere Dinge da sind, ohne die wir auskommen könnten. Warum sollen wir uns nicht die Last leichter machen? Wir gehen jetzt diesen Weg, so schnurstracks wie wir können.« Er zeigte auf den Berg. »Es hat keinen Zweck, etwas mitzunehmen, was wir nicht brauchen.«

Frodo sah wieder auf den Berg. »Nein«, sagte er, »auf diesem Weg werden wir nicht viel brauchen. Und an seinem Ende gar nichts.« Er nahm seinen Orkschild, schleuderte ihn fort und warf seinen Helm hinterdrein. Dann zog er den grauen Mantel beiseite, schnallte den schweren Gürtel auf und ließ ihn fallen, und das Schwert mit der Scheide dazu. Die Fetzen des schwarzen Mantels zerriß er und verstreute sie.

»So, ich will kein Ork mehr sein«, rief er. »Und ich will keine Waffe tragen, sei sie nun schön oder häßlich. Sollen sie mich fangen, wenn sie wollen!«

Sam tat es ihm gleich und legte seine Orkkleidung ab; und er nahm alle Dinge aus seinem Rucksack heraus. Irgendwie war ihm jedes lieb geworden, wenn auch nur, weil er es so weit und mit so viel Plackerei mitgeschleppt hatte. Am schwersten fiel es ihm, sich von seinem Kochgeschirr zu trennen. Tränen traten ihm in die Augen bei dem Gedanken, es wegzuwerfen.

»Erinnerst du dich an das bißchen Kaninchen, Herr Frodo?« fragte er. »Und an unseren Platz unter der warmen Böschung in Heermeister Faramirs Land, an dem Tag, als ich einen Olifant sah?«

Der Schicksalsberg

»Nein, ich fürchte nicht, Sam«, sagte Frodo. »Ich weiß zwar, daß solche Dinge geschehen sind, aber ich kann sie nicht sehen. Kein Geschmack am Essen, kein Gespür für Wasser, kein Geräusch des Windes, keine Erinnerung an Baum oder Gras oder Blume, keine Vorstellung von Mond oder Stern sind mir geblieben. Ich bin nackt in der Dunkelheit, Sam, und es gibt keinen Schleier zwischen mir und dem Feuerrad. Ich fange an, es schon mit wachen Augen zu sehen, und alles andere verblaßt.«

Sam ging zu ihm und küßte seine Hand. »Je schneller wir ihn loswerden, um so schneller findest du dann Ruhe«, sagte er stockend und fand nichts Besseres zu sagen. »Reden bessert auch nichts«, murmelte er vor sich hin, als er all die Sachen aufsammelte, die wegzuwerfen sie beschlossen hatten. Er wollte sie nicht für alle Augen sichtbar in der Wildnis liegen lassen. »Stinker hat offenbar diesen Orkpanzer an sich genommen, und er soll nicht noch ein Schwert dazu kriegen. Seine Hände sind schon schlecht genug, wenn sie leer sind. Und an meinem Kochgeschirr soll er jedenfalls nicht herumfummeln!« Damit trug er alle Sachen zu einer der vielen gähnenden Spalten, die das Land durchschnitten, und warf sie hinein. Das Klappern seiner kostbaren Töpfe, als sie ins Dunkle hinabfielen, war wie eine Totenglocke für sein Herz.

Er kam zu Frodo zurück und schnitt dann ein kurzes Ende von seinem Elbenseil ab, das seinem Herrn als Gürtel dienen und ihm den grauen Mantel fest um den Leib binden sollte. Den Rest wickelte er sorgfältig wieder auf und steckte ihn in den Rucksack. Außer dem Seil behielt er nur die Überbleibsel ihrer Wegzehrung und die Wasserflasche, und Stich hing noch an seinem Gürtel; in der Brusttasche versteckt hatte er die Phiole von Galadriel und die kleine Schachtel, die sie ihm geschenkt hatte.

Nun endlich richteten sie den Blick auf den Berg und brachen auf, und sie dachten nicht mehr daran, sich zu verbergen, sondern beschränkten sich bei ihrer Müdigkeit und der nachlassenden Willenskraft allein auf die Aufgabe weiterzugehen. In der Düsternis dieses trostlosen Tages hätten selbst in diesem Land der Wachsamkeit wenige Geschöpfe sie erspähen können, es sei denn ganz aus der Nähe. Von allen Sklaven des Dunklen Herrschers hätten ihn nur die Nazgûl vor der Gefahr warnen können, die schwach, aber unbezwingbar mitten ins Herz seines bewachten Reiches kroch. Doch die Nazgûl und ihre schwarzen geflügelten Wesen waren mit einem anderen Auftrag unterwegs: weit entfernt waren sie zusammengezogen worden, um den Marsch der Heerführer des Westens zu beschatten; dorthin war auch das Denken des Dunklen Turms gerichtet.

An jenem Tag schien es Sam, daß sein Herr neue Kraft geschöpft hatte, mehr als sich durch die kleine Erleichterung der Last, die er zu tragen hatte, erklären ließ. Bei den ersten Märschen kamen sie schneller und weiter als erhofft voran. Das Land war uneben und feindselig, und dennoch machten sie Fortschritte, und der Berg kam immer näher. Doch als der Tag verging und das düstere Licht allmählich verblaßte, ging Frodo wieder gebückt und begann zu taumeln, als ob die neuerliche Anstrengung seine ihm verbliebene Kraft aufgezehrt hätte.

Die Rückkehr des Königs

Bei ihrer letzten Rast sank er zu Boden und sagte: »Ich habe Durst, Sam«, und dann sprach er nicht mehr. Sam gab ihm einen Schluck Wasser; nur noch ein einziger Schluck war übrig. Er selbst trank nicht; und als sich jetzt die Nacht von Mordor wieder auf sie senkte, waren alle seine Gedanken durchdrungen von der Erinnerung an Wasser; und alle Bäche, Flüsse oder Quellen, die er je gesehen hatte, im Schatten grüner Weiden oder in der Sonne glitzernd, tanzten und rieselten zu seiner Qual hinter der Blindheit seiner Augen. Er spürte den kühlen Schlamm an seinen Zehen, als er mit Jupp Hüttinger und Tom und Sepp und ihrer Schwester Rosie im See bei Wasserau plantschte. »Aber das war vor Jahren«, seufzte er, »und weit weg. Der Rückweg, wenn es einen gibt, führt an dem Berg vorbei.«

Er konnte nicht schlafen und focht einen Wortstreit mit sich selbst aus. »Ach, hör schon auf, wir haben es besser gemacht, als du erwartet hattest«, sagte er standhaft. »Jedenfalls haben wir gut angefangen. Ich schätze, wir haben die halbe Entfernung zurückgelegt, ehe wir anhielten. Noch ein Tag wird reichen.« Und dann stockte er.

»Sei kein Narr, Sam Gamdschie«, kam die Antwort mit seiner eigenen Stimme. »Er wird nicht noch einen Tag so gehen, wenn er sich überhaupt fortbewegt. Und du kannst auch nicht viel weiter gehen, wenn du ihm alles Wasser und das meiste Essen gibst.«

»Ich kann noch ein gutes Stück gehen, und das werde ich auch.«

»Wohin?«

»Zu dem Berg natürlich.«

»Aber was dann, Sam Gamdschie, was dann? Wenn du dort hinkommst, was willst du dann machen? Er wird nicht imstande sein, selbst etwas zu tun.«

Zu seinem Entsetzen merkte Sam, daß er darauf keine Antwort wußte. Er hatte überhaupt keine klare Vorstellung. Frodo hatte ihm nicht viel von seinem Auftrag erzählt, und Sam wußte nur so ungefähr, daß der Ring auf irgendeine Weise ins Feuer geworfen werden sollte. »Die Schicksalsklüfte«, murmelte er, als ihm der alte Name einfiel. »Na, wenn der Herr weiß, wie er sie findet, ich weiß es nicht.«

»Da siehst du es!« kam die Antwort. »Es ist alles ganz sinnlos. Er hat es selbst gesagt. Du bist ein Narr, daß du immer noch hoffst und dich plagst. Ihr hättet euch vor zwei Tagen hinlegen und schlafen können, wenn du nicht so hartnäckig gewesen wärst. Aber sterben wirst du sowieso, oder noch was Schlimmeres. Du könntest dich ebensogut gleich hinlegen und aufgeben. Du wirst doch nicht bis zum Gipfel kommen.«

»Ich werde hinkommen, und wenn ich alles außer meinen Knochen zurücklasse«, sagte Sam. »Und ich werde Herrn Frodo hinauftragen, und wenn Rücken und Herz dabei brechen. Also hör auf zu streiten!«

In eben diesem Augenblick spürte Sam ein Beben im Boden unter sich, und er hörte oder fühlte ein tiefes, entferntes Rollen wie von Donner, der unter der Erde eingesperrt ist. Dann flackerte kurz eine rote Flamme unter den Wolken auf und erlosch. Auch der Berg schlief unruhig.

Der letzte Abschnitt ihrer Wanderung zum Orodruin kam, und es war eine größere Qual, als Sam je geglaubt hatte, daß er sie aushalten würde. Er hatte Schmerzen und war so ausgetrocknet, daß er nicht einmal einen Bissen Essen schlucken konnte. Es blieb dunkel, nicht nur wegen des Rauchs von dem Berg: es schien ein Gewitter aufzuziehen, und fern im Südosten leuchteten Blitze unter dem schwarzen Himmel. Am schlimmsten war die dunstgeschwängerte Luft; das Atmen war schmerzhaft und schwierig, und ein Schwindelgefühl überkam sie, so daß sie taumelten und oft hinfielen. Und dennoch gab ihr Wille nicht nach, und sie schleppten sich weiter.

Der Berg kam immer näher, bis er, wenn sie ihre benommenen Köpfe hoben, ihr ganzes Blickfeld ausfüllte und sich gewaltig vor ihnen erhob: eine riesige Masse aus Asche und Schlacke und verbranntem Gestein, aus der ein steilwandiger Bergkegel bis zu den Wolken emporstieg. Ehe die den ganzen Tag währende Dämmerung endete und es wieder wirklich Nacht wurde, waren sie bis zu seinem Fuß gekrochen und gestolpert.

Keuchend warf Frodo sich auf den Boden. Sam setzte sich neben ihn. Zu seiner Überraschung war er müde, aber irgendwie erleichtert, und sein Kopf schien wieder klar zu sein. Sein Gemüt wurde von keinem Wortstreit mehr behelligt. Er kannte alle Einwände der Hoffnungslosigkeit und wollte nicht mehr auf sie hören. Sein Entschluß stand fest, und nur der Tod könnte ihn umstoßen. Es verlangte ihn nicht mehr nach Schlaf, und er brauchte ihn auch nicht, sondern eher Wachsamkeit. Er wußte, daß sich alle Zufälle und Gefahren jetzt an einem Punkt zusammenzogen: der nächste Tag würde ein Schicksalstag sein, der Tag der letzten Anstrengung oder des Verhängnisses, der letzte Atemzug.

Aber wann würde er kommen? Die Nacht erschien endlos und zeitlos; Minute um Minute verging, und doch ergaben sie keine flüchtige Stunde und brachten keine Veränderung. Sam begann sich zu fragen, ob eine zweite Dunkelheit angebrochen sei und es nie wieder Tag werde. Schließlich tastete er nach Frodos Hand. Sie war kalt und zitterte. Sein Herr fror.

»Ich hätte meine Decke nicht zurücklassen sollen«, murmelte Sam; und er legte sich hin und versuchte, Frodo mit seinen Armen und seinem Leib zu wärmen. Dann schlief er ein, und das düstere Licht des letzten Tages ihrer Fahrt fand sie Seite an Seite. Der Wind hatte sich am Vortag gelegt, als er vom Westen umsprang, und jetzt kam er von Norden und erhob sich wieder; und langsam drang das Licht der unsichtbaren Sonne in die Schatten ein, in denen die Hobbits lagen.

»Nun los! Nun auf zum letzten Atemzug!« sagte Sam, als er mühsam auf die Beine kam. Er beugte sich über Frodo und weckte ihn sanft. Frodo stöhnte; aber mit einer großen Willensanstrengung stand er taumelnd auf; und dann fiel er wieder auf die Knie. Mühsam hob er den Blick zu den dunklen Hängen des Schicksalsbergs, der über ihm aufragte, und dann begann er jämmerlich auf den Händen vorwärts zu kriechen.

Sam sah ihn an und weinte in seinem Herzen, aber keine Tränen traten in seine trockenen und brennenden Augen. »Ich habe gesagt, ich würde ihn tragen, und wenn mir der Rücken dabei bricht«, murmelte er, »und ich werde es auch tun.

Komm, Herr Frodo«, rief er. »Ihn kann ich nicht für dich tragen, aber ich kann dich und ihn zusammen tragen. Steh auf! Komm, Herr Frodo, mein Lieber! Sam läßt dich reiten. Sag ihm nur, wo er hingehen soll, und dann geht er.«

Als Frodo auf seinem Rücken lag, die Arme lose um seinen Hals, die Beine unter seinen Armen fest angepreßt, stand Sam unsicher auf; und dann merkte er zu seiner Überraschung, daß die Last leicht war. Er hatte gefürchtet, daß er kaum die Kraft haben würde, seinen Herrn allein hochzuheben, und darüber hinaus hatte er erwartet, daß ein Teil des schrecklich drückenden Gewichts des verfluchten Ringes auf ihn entfallen würde. Aber dem war nicht so. Ob es daran lag, daß Frodo so geschwächt war durch seine langen Qualen, die Dolchwunde und den giftigen Stich, und durch Kummer, Angst und obdachloses Wandern, oder daß Sam eine letzte Kraft verliehen war, jedenfalls hob er Frodo mit nicht mehr Schwierigkeit auf, als wenn er beim Herumtollen auf dem Rasen oder einer Wiese im Auenland ein Hobbitkind huckepack trüge. Er holte tief Luft und ging los.

Sie hatten den Fuß des Berges an seiner Nordseite und ein wenig nach Westen erreicht; dort waren seine langen grauen Hänge zwar zerklüftet, aber nicht steil. Frodo sprach nicht, und so kämpfte sich Sam voran, so gut er konnte, da er keine Führung hatte, aber den Willen, so hoch wie möglich zu klettern, ehe seine Kraft nachließ oder sein Wille erlahmte. Weiter quälte er sich, hinauf und immer weiter hinauf, einmal hier lang und einmal da lang gehend, um die Steigung zu vermindern, oft stolperte er, und zuletzt kroch er wie eine Schnecke mit einer schweren Last auf dem Rücken. Als sein Wille ihn nicht mehr weitertreiben konnte und seine Glieder nachgaben, hielt er an und ließ seinen Herrn sanft heruntergleiten.

Frodo öffnete die Augen und holte tief Luft. Das Atmen war leichter hier oben über den Dünsten, die unten wogten und hinabtrieben. »Danke, Sam«, sagte er mit einem heiseren Flüstern. »Wie weit geht es noch?«

»Das weiß ich nicht«, sagte Sam, »weil ich nicht weiß, wo wir hingehen.«

Er schaute sich um und dann hinauf; und er sah zu seinem Erstaunen, wie weit seine letzte Anstrengung ihn gebracht hatte. Solange der Berg so drohend und für sich gestanden hatte, war er ihm höher erschienen. Sam merkte jetzt, daß er weniger hoch war als die Pässe des Ephel Dúath, die Frodo und er erstiegen hatten. Die durcheinandergewürfelten und zerklüfteten Felsschultern seines großen Sockels erhoben sich vielleicht dreitausend Fuß über die Ebene, und noch einmal um die Hälfte höher stieg über ihnen der hohe Mittelkegel auf wie eine große Darre oder ein Kamin, gekrönt mit einem gezackten Krater. Doch vom Sockel hatte Sam schon mehr als die Hälfte bewältigt, und die Ebene von Gorgoroth lag düster unter ihnen, in Dunst und Schatten eingehüllt. Als er hinaufschaute, hätte er einen Schrei ausgestoßen, wenn seine ausgetrocknete Kehle es zugelassen hätte; denn inmitten der felsigen Buckel und Höcker dort oben sah er deutlich eine Straße oder einen Weg. Er kletterte wie ein aufsteigender Gürtel von Westen empor und zog sich schlangenförmig um den Berg, und bevor er hinter dem Berg verschwand, erreichte er den Fuß des Kegels auf seiner östlichen Seite.

Seinen Verlauf unmittelbar über ihm, wo er am tiefsten herabreichte, konnte Sam nicht sehen, denn ein Steilhang lag dazwischen; aber er vermutete, daß sie, wenn er sich nur noch ein kleines Stück hinaufquälen könnte, auf diesen Weg stoßen würden. Er schöpfte wieder eine Spur Hoffnung. Vielleicht würden sie den Berg doch besiegen. »Na, der könnte mit Absicht dort angelegt worden sein«, sagte er zu sich selbst. »Wenn er nicht da wäre, würde ich sagen müssen, ich sei zuletzt doch geschlagen worden.«

Der Weg war nicht für Sams Zwecke angelegt worden. Er wußte es nicht, aber er blickte auf Saurons Straße, die von Barad-dûr zu den Sammath Naur, den Kammern des Feuers, führte. Aus dem riesigen Westtor des Dunklen Turms gelangte sie auf einer gewaltigen Eisenbrücke über einen tiefen Abgrund und dann in die Ebene; dort verlief sie auf eine Wegstunde zwischen zwei rauchenden Spalten und erreichte so einen langen, ansteigenden Dammweg, der zur östlichen Seite des Berges führte. Von dort zog sie in Kehren über den ganzen Umfang des Berges von Süden nach Norden und kam schließlich, schon hoch an dem oberen Kegel, aber immer noch weit entfernt von dem qualmenden Gipfel, zu einem dunklen Eingang, der nach Osten genau auf das Fenster des Auges in Saurons schattenumhüllter Festung blickte. Oft wurde diese Straße durch die Ausbrüche der Schlote des Berges versperrt oder zerstört, doch wurde sie immer wieder ausgebessert und freigeräumt durch die Arbeit zahlloser Orks.

Sam holte tief Luft. Da war ein Pfad, aber wie er den Hang hinaufkommen sollte, wußte er nicht. Zuerst mußte er seinen schmerzenden Rücken ausruhen. Er lag eine Weile flach auf dem Boden neben Frodo. Keiner von ihnen sprach. Langsam wurde es heller. Plötzlich überkam ihn ein Gefühl, daß Eile not tue, das er nicht verstand. Fast war es, als sei er gerufen worden: »Jetzt, jetzt, oder es wird zu spät sein!« Er riß sich zusammen und stand auf. Auch Frodo schien den Ruf vernommen zu haben. Er kam mühsam auf die Knie.

»Ich werde kriechen, Sam«, keuchte er.

Einen Fuß nach dem anderen krochen sie wie kleine Insekten den Hang hinauf. Sie kamen auf den Pfad und stellten fest, daß er breit war, gepflastert mit Bruchsteinen und festgestampfter Asche. Frodo zog sich hinauf, und als ob er durch einen unwiderstehlichen Drang dazu getrieben wäre, wandte er sich dann langsam um und blickte nach Osten. In der Ferne hingen Saurons Schatten; doch ob sie nun durch einen Windstoß aus der Welt draußen aufrissen oder von irgendeiner großen Unruhe drinnen bewegt wurden, jedenfalls wirbelten die verhüllenden Wolken und zogen für einen Augenblick beiseite; und da sah Frodo die grausamen Zinnen und die eiserne Bekrönung des höchsten Turms von Barad-dûr schwarz aufragen, schwärzer und dunkler als die gewaltigen Schatten, in deren Mitte er stand. Nur einen Augenblick war er zu sehen, aber wie aus einem großen und unermeßlich hohen Fenster stieß eine rote Flamme nach Norden, das Flackern eines durchbohrenden Auges; und dann schlossen sich die Schatten wieder, und das entsetzliche Bild verschwand. Das Auge war nicht auf sie gerichtet: es starrte nach Norden, wo sich die Heerführer des Westens zum Kampf gestellt hatten, und dorthin richtete sich jetzt seine Bosheit, als die Macht zu ihrem tödlichen Schlag ausholte; doch Frodo stürzte bei diesem entsetzlichen Anblick wie ein zu Tode Getroffener zu Boden. Seine Hand suchte nach der Kette um seinen Hals.

Sam kniete neben ihm nieder. Schwach, fast unhörbar hörte er Frodo flüstern. »Hilf mir, Sam! Hilf mir, Sam! Nimm meine Hand! Ich kann sie nicht zurückhalten.« Sam nahm die Hände seines Herrn und legte sie zusammen, Handfläche auf Handfläche, und küßte sie; und dann hielt er sie sanft zwischen seinen eigenen. Der Gedanke kam ihm plötzlich: »Er hat uns entdeckt! Es ist alles aus, oder wird bald aus sein. Nun, Sam Gamdschie, das ist das Ende von allem.«

Wieder hob er Frodo hoch und zog seine Hände hinunter auf seine Brust und ließ die Füße seines Herrn baumeln. Dann beugte er den Kopf und quälte sich die ansteigende Straße hinauf. Der Weg war nicht so leicht zu gehen, wie es zuerst den Anschein gehabt hatte. Durch Zufall waren die feurigen Massen, die damals, als Sam auf Cirith Ungol stand, bei den großen Ausbrüchen ausgespien wurden, hauptsächlich über die südlichen und westlichen Hänge geflossen, und auf dieser Seite war die Straße nicht versperrt. Doch an vielen Stellen war sie zerfallen oder von klaffenden Rissen durchzogen. Nachdem sie eine Zeitlang nach Osten angestiegen war, bog sie in einem scharfen Winkel ab und ging ein Stück nach Westen. Dort an der Kehre war sie tief hineingehauen in einen Felsblock aus verwittertem Gestein, der vor langer Zeit von den Schloten des Berges ausgespien worden war. Unter seiner Last keuchend ging Sam um die Biegung; und gerade als er das tat, sah er flüchtig etwas von dem Felsen herabfallen, wie ein kleiner schwarzer Stein, der sich gelöst hatte, als er vorbeiging.

Ein plötzliches Gewicht traf ihn, und er stürzte nach vorn und schürfte sich die Handrücken auf, denn er hielt ja noch die Hände seines Herrn. Dann wußte er, was geschehen war, denn als er da lag, hörte er über sich eine verhaßte Stimme.

»Böser Herr!« zischte sie. »Böser Herr betrügt uns; betrügt Sméagol, *gollum*. Er darf nicht diesen Weg gehen. Er darf dem Schatz keinen Schaden zufügen. Gib ihn Sméagol, ja, gib ihn uns! Gib ihn uns!«

Mit einem heftigen Ruck stand Sam auf. Sofort zog er sein Schwert; aber er konnte nichts tun. Gollum und Frodo waren eng umschlungen. Gollum zog an seinem Herrn und versuchte, an die Kette und den Ring heranzukommen. Das war wahrscheinlich das einzige, was die letzten Funken von Frodos Herzen und Willen wieder entfachen konnte: ein Angriff, ein Versuch, ihm seinen Schatz mit Gewalt zu nehmen. Er wehrte sich mit einer Wut, die Sam überraschte, und Gollum auch. Selbst so hätte die Sache vielleicht ganz anders ausgehen können, wenn Gollum sich nicht verändert hätte; aber welche entsetzlichen Pfade er auch einsam und hungrig und wasserlos gegangen sein mochte, vorangetrieben von einem verzehrenden Verlangen und einer fürchterlichen Angst, sie hatten schmerzliche Spuren bei ihm hinterlassen. Er war ein mageres, verhungertes, abgezehrtes Geschöpf, nichts als Knochen und eine straff gespannte, bläßliche

Haut. Seine Augen funkelten, aber seine Bosheit entsprach nicht mehr seiner früheren zupackenden Kraft. Frodo schleuderte ihn weg und stand zitternd auf.

»Runter, runter!« keuchte er und faßte mit der Hand nach seiner Brust, so daß er unter seinem Lederhemd den Ring umklammerte. »Runter, du schleichendes Ding, und geh mir aus dem Weg! Deine Zeit ist abgelaufen. Du kannst mich jetzt nicht verraten oder erschlagen.«

Dann plötzlich, wie damals an den Säumen des Emyn Muil, sah Sam diese beiden Gegner mit anderen Augen. Ein zusammengekauertes Geschöpf, kaum mehr als der Schatten eines Lebewesens, jetzt völlig vernichtet und besiegt, und dennoch von abscheulichem Gelüste und Raserei erfüllt; und vor ihm stand, unbeugsam, für Mitleid jetzt unerreichbar, eine in Weiß gekleidete Gestalt, aber an ihrer Brust hielt sie ein Feuerrad. Aus dem Feuer sprach eine befehlende Stimme.

»Scher dich fort und belästige mich nicht mehr. Wenn du mich je wieder anrührst, sollst du selbst in das Schicksalsfeuer geworfen werden.«

Das kauernde Geschöpf fuhr zurück, Angst und gleichzeitig eine unersättliche Begierde blickten aus seinen blinzelnden Augen.

Dann verschwand das Bild, und Sam sah Frodo dort stehen, die Hand an die Brust gepreßt, sein Atem kam stoßweise, und Gollum zu seinen Füßen, auf den Knien liegend, die weit gespreizten Hände auf dem Boden.

»Paß auf!« rief Sam. »Er will springen!« Er trat vor und schwang sein Schwert. »Schnell, Herr!« keuchte er. »Geh weiter! Geh weiter! Keine Zeit zu verlieren. Ich befasse mich mit ihm. Geh weiter!«

Frodo sah ihn an wie einer, der jetzt weit fort ist. »Ja, ich muß weitergehen«, sagte er. »Leb wohl, Sam. Dies ist nun das Ende. Auf dem Schicksalsberg wird sich das Schicksal entscheiden. Leb wohl!« Er wandte sich ab und ging weiter, langsam, aber aufrecht den ansteigenden Pfad hinauf.

»So«, sagte Sam, »endlich kann ich mich mit dir befassen!« Mit gezogener Klinge, bereit zum Kampf, stürzte er vor. Aber Gollum sprang nicht. Er fiel flach auf den Boden und wimmerte.

»Töte uns nicht«, weinte er. »Verletze uns nicht mit häßlichem grausamem Stahl! Laß uns leben, ja, nur noch ein bißchen leben. Verloren, verloren! Wir sind verloren. Und wenn der Schatz dahingeht, werden wir sterben, ja, zu Staub werden.« Er kratzte mit seinen langen, fleischlosen Fingern in der Asche des Weges. »Staub!« zischte er.

Sams Hand zitterte. Er war außer sich vor Zorn, als er an Gollums ganze Bosheit dachte. Es wäre gerecht, dieses verräterische, mörderische Geschöpf zu erschlagen, gerecht und vielmals verdient; und außerdem die einzige Möglichkeit, diese Gefahr auszuschalten. Doch tief in seinem Herzen war etwas, das ihn zurückhielt: er konnte dieses Wesen nicht erschlagen, das da im Staub lag, verlassen, vernichtet, durch und durch unglücklich. Er selbst hatte, wenn auch nur eine kleine Weile, den Ring getragen und konnte sich jetzt die seelischen und körperlichen Qualen des verkümmerten Gollum einigermaßen vorstellen, Sklave des Rings und unfähig, je im Leben wieder Frieden oder Erlösung zu finden. Aber Sam fehlten die Worte, um auszudrücken, was er empfand.

»Ach, verflucht sollst du sein, du stinkendes Ding!« sagte er. »Geh weg! Scher dich fort! Ich trau dir nicht so weit, wie ich spucken kann; aber scher dich fort. Sonst *werde* ich dich verletzen, jawohl, mit häßlichem, grausamem Stahl.«

Gollum stand auf und kroch auf allen vieren ein paar Schritte zurück und drehte sich dann um, und als Sam ihm einen Fußtritt versetzen wollte, floh er den Pfad hinunter. Sam achtete nicht mehr auf ihn. Er erinnerte sich plötzlich seines Herrn. Er schaute den Pfad hinauf und konnte ihn nicht sehen. So schnell er konnte, rannte er ihm nach. Hätte er sich umgeschaut, hätte er sehen können, daß nicht weit unten auch Gollum wieder umdrehte und mit vor Wahnsinn funkelnden Augen schnell, aber vorsichtig hinterherkroch, ein schleichender Schatten zwischen den Steinen.

Der Pfad stieg immer noch. Bald machte er wieder eine Kehre, führte auf dem letzten Stück nach Osten in einen Durchstich an der Flanke des Kegels und gelangte zu einem dunklen Tor in der Wand des Berges, dem Tor der Sammath Naur. In weiter Ferne, jetzt nach Süden aufsteigend und den Rauch und Dunst durchdringend, leuchtete die Sonne unheilvoll, eine dunkelrote, verschwommene Scheibe; doch rings um den Berg lag ganz Mordor wie ein totes Land da, stumm, in Schatten gehüllt, auf einen entsetzlichen Schlag wartend.

Sam kam zu der gähnenden Öffnung und starrte hinein. Es war dunkel dort und heiß, und ein tiefes Grollen erschütterte die Luft. »Frodo! Herr!« rief er. Es kam keine Antwort. Einen Augenblick blieb er stehen, sein Herz schlug wild vor Angst, und dann stürzte er hinein. Ein Schatten folgte ihm.

Zuerst konnte er nichts sehen. In seiner großen Not zog er wiederum Galadriels Phiole heraus, aber sie war bleich und kalt in seiner zitternden Hand und warf kein Licht in das erstickende Dunkel. Er war ins Herz von Saurons Reich gekommen und zu den Schmieden seiner alten Macht, der größten in Mittelerde; alle anderen Mächte wurden hier bezwungen. Ängstlich machte er ein paar unsichere Schritte im Dunkeln, und dann auf einmal kam ein roter Blitz, der hochzüngelte und an das hohe schwarze Dach stieß. Da sah Sam, daß er in einer langen Höhle war oder in einem Stollen, der in den rauchenden Kegel des Bergs hineingebohrt war. Doch nur ein kurzes Stück vor ihm waren der Boden und die Wände auf beiden Seiten durch eine große Spalte aufgerissen worden, aus der der rote Schein kam; und fortwährend war tief unten ein Lärm und eine Unruhe, als ob große Maschinen hämmerten und arbeiteten.

Das Licht flammte wieder auf, und da, am Rande des Abgrunds, an den Schicksalsklüften, stand Frodo, schwarz vor der Glut, angespannt, aufrecht, aber reglos, als ob er in Stein verwandelt sei.

»Herr!« rief Sam.

Da rührte sich Frodo und sprach mit klarer Stimme, ja, mit einer Stimme, die klarer und eindringlicher war, als Sam sie je bei ihm gehört hatte, und sie übertönte das Pochen und Dröhnen des Schicksalsbergs und hallte an Dach und Wänden wider.

»Ich bin gekommen«, sagte er. »Aber jetzt will ich das nicht tun, weshalb ich gekommen bin. Ich will diese Tat nicht vollbringen. Der Ring gehört mir!« Und plötzlich, als er ihn sich auf den Finger steckte, entschwand er Sams Blick. Sam keuchte, aber er hatte keine Gelegenheit, aufzuschreien, denn in diesem Augenblick geschahen viele Dinge.

Etwas stieß Sam heftig in den Rücken, seine Beine wurden unter ihm weggerissen, und er wurde beiseite geschleudert und schlug mit dem Kopf auf den steinigen Boden, während ein dunkler Schatten über ihn hinwegsprang. Er lag still, und für einen Augenblick wurde alles dunkel.

Und als Frodo den Ring aufsetzte und ihn als sein Eigen beanspruchte, und noch dazu in Sammath Naur, dem Herzen ihres Reichs, erbebte die Macht im fernen Barad-dûr, und der Turm erzitterte von seinen Grundfesten bis zu seiner stolzen und grausamen Bekrönung. Der Dunkle Herrscher wurde plötzlich seiner gewahr, und sein alle Schatten durchdringendes Auge blickte über die Ebene auf das Tor, das er gemacht hatte; und die Größe seiner eigenen Torheit wurde ihm in einem blendenden Blitz enthüllt, und alle Pläne seiner Feinde wurden endlich offenbar. Da loderte sein Zorn in einer verzehrenden Flamme auf, aber seine Angst stieg empor wie ein gewaltiger schwarzer Rauch, um ihn zu ersticken. Denn er kannte die tödliche Gefahr und wußte, daß sein Schicksal nun an einem Faden hing.

Von all seinen Machenschaften und Gespinsten der Furcht und des Verrats, von allen Listen und Kriegen befreite sich sein Geist; und durch sein ganzes Reich lief ein Beben, seine Sklaven zitterten und seine Heere hielten an, und seine Hauptleute, plötzlich steuerlos und ihres Willens beraubt, wankten und verzweifelten. Denn sie waren vergessen. Das ganze Sinnen und Trachten der Macht, die sie beherrschte, war nun mit überwältigender Kraft auf den Berg gerichtet. Von ihm gerufen, flogen mit einem durchdringenden Schrei in letzter verzweifelter Eile, schneller als der Wind, die Nazgûl, die Ringgeister, herbei und stürzten mit brausenden Schwingen gen Süden zum Schicksalsberg.

Sam stand auf. Er war betäubt, Blut rann von seinem Kopf und tropfte ihm in die Augen. Er tastete sich voran, und dann sah er etwas Seltsames und Entsetzliches. Am Rande des Abgrunds kämpfte Gollum wie ein Wahnsinniger mit einem unsichtbaren Feind. Hin und her schwankte er, einmal dem Rand so nahe, daß er fast hineinstürzte, dann wieder zurückzerrend, auf den Boden fallend, aufstehend und wieder hinfallend. Und die ganze Zeit zischte er und sprach kein Wort.

Die Feuer unten erwachten voll Zorn, das rote Licht loderte, und die Höhle war völlig erfüllt von blendender Helligkeit und Hitze. Plötzlich sah Sam, wie Gollum seine langen Hände an den Mund führte; seine weißen Fangzähne schimmerten, dann schnappten sie zu und bissen. Frodo stieß einen Schrei aus, er war wieder da, auf die Knie gefallen am Rande des Abgrunds. Aber Gollum tanzte umher wie ein Wahnsinniger und hielt den Ring hoch, in dem noch ein Finger steckte. Der Ring schimmerte jetzt, als sei er wahrhaftig aus lebendigem Feuer gearbeitet.

»Schatz, Schatz, Schatz!« schrie Gollum. »Mein Schatz! O mein Schatz!« Und während er den Blick hob, um sich an seiner Beute zu weiden, trat er zu weit, kippte über, schwankte einen Augenblick auf dem Rand und stürzte dann mit einem schrillen Schrei. Aus den Tiefen kam sein letztes klagendes *Schatz*, und er war dahin.

Es gab ein Krachen und ein donnerndes Getöse. Feuer loderte auf und züngelte am Dach. Das Pochen wuchs zu einem gewaltigen Lärm an, und der Berg bebte. Sam rannte zu Frodo, hob ihn auf und trug ihn hinaus zum Tor. Und dort auf der dunklen Schwelle der Sammath Naur, hoch über der Ebene von Mordor, überkam ihn ein solches Staunen und Entsetzen, daß er still stehenblieb und alles andere vergaß und starrte, als sei er in Stein verwandelt.

Flüchtig hatte er das Bild einer wirbelnden Wolke vor Augen, in ihrer Mitte Türme und Festungsmauern, hoch wie Berge, errichtet auf einem mächtigen Bergthron über unermeßlichen Gräben; große Höfe und Verliese, augenlose Gefängnisse, jäh wie Klippen, und gähnende Tore aus Stahl und Adamant: und dann verging alles. Türme stürzten ein und Berge rutschten; Mauern zerbröckelten und schmolzen und fielen in sich zusammen; gewaltige Rauchsäulen und emporquellende Dämpfe türmten sich hoch und immer höher auf, bis sie überkippten wie eine Sturzwelle, deren tobender Kamm sich zusammenrollte und schäumend an Land brandete. Und über die Meilen, die dazwischen lagen, drang schließlich ein Donnergrollen, das zu einem ohrenbetäubenden Krachen und Tosen anschwoll; die Erde bebte, die Ebene hob sich und barst, und der Orodruin schwankte. Feuer brach aus seinem gespaltenen Gipfel hervor. Am Himmel entlud sich ein Gewitter mit sengenden Blitzen. Wie Peitschenschläge prasselte ein Sturzbach von schwarzem Regen hernieder. Und mit einem Schrei, der alle anderen Geräusche übertönte und die Wolken zerriß, flogen die Nazgûl mitten hinein in den Sturm, und sie schossen daher wie flammende Pfeile, die in dem feurigen Untergang von Berg und Himmel in Brand geraten waren, und sie knisterten und verdorrten und gingen aus.

»Ja, das ist das Ende, Sam Gamdschie«, sagte eine Stimme neben ihm. Und da war Frodo, bleich und erschöpft, und dennoch wieder er selber; und in seinen Augen war jetzt Friede, weder Anspannung des Willens noch Wahnsinn oder irgendeine Angst. Seine Bürde war von ihm genommen. Er war der liebe Herr der köstlichen Tage im Auenland.

»Herr!« rief Sam und fiel auf die Knie. Bei all der Zerstörung der Welt empfand er im Augenblick nur Freude, große Freude. Die Bürde war fort. Sein Herr war gerettet worden; er war wieder er selbst, er war frei. Und dann fiel Sams Blick auf die verstümmelte und blutende Hand.

»Deine arme Hand!« sagte er. »Und ich habe nichts, womit ich sie verbinden oder pflegen könnte. Ich hätte ihm lieber eine ganze Hand von mir überlassen. Aber er ist jetzt unwiderruflich dahin, für immer dahin.«

»Ja«, sagte Frodo. »Aber erinnerst du dich an Gandalfs Worte: *Selbst Gollum mag noch eine Rolle zu spielen haben?* Ohne ihn, Sam, hätte ich den Ring nicht vernichten können. Die Fahrt wäre umsonst gewesen, selbst am bitteren Ende. So wollen wir ihm vergeben! Denn die Aufgabe ist erfüllt, und nun ist alles vorbei. Ich bin froh, daß du hier bei mir bist. Hier am Ende aller Dinge, Sam.«

VIERTES KAPITEL

DAS FELD VON CORMALLEN

Rings um die Hügel wüteten die Heere von Mordor. Die Heerführer des Westens wurden überflutet von einem anschwellenden Meer. Die Sonne glühte rot, und unter den Schwingen der Nazgûl fielen die Schatten des Todes dunkel auf die Erde. Aragorn stand unter seinem Banner, stumm und unbeugsam, wie einer, der vertieft ist in Gedanken an längst vergangene oder weit entfernte Dinge; doch seine Augen glänzten wie Sterne, die um so heller scheinen, je dunkler die Nacht wird. Auf der Kuppe des Hügels stand Gandalf, und er war weiß und kalt, und kein Schatten fiel auf ihn. Der Angriff von Mordor brandete wie eine Woge gegen die belagerten Hügel, Stimmen brausten wie eine Flut inmitten der Zerstörung und des Waffengeklirrs.

Als ob seinen Augen ein plötzliches Sehvermögen verliehen worden wäre, rührte sich Gandalf; und er wandte sich um und schaute zurück gen Norden, wo der Himmel fahl und klar war. Dann hob er die Hände und rief mit lauter Stimme, die den Kampfeslärm übertönte: *Die Adler kommen!* Und viele Stimmen antworteten und riefen: *Die Adler kommen! Die Adler kommen!* Die Heere von Mordor blickten auf und fragten sich, was dieses Zeichen wohl bedeuten möge.

Da kam Gwaihir, der Herr der Winde, und Landroval, sein Bruder, der größte aller Adler des Nordens, der gewaltigste unter den Abkömmlingen des alten Thorondor, der seine Horste auf den unzugänglichen Gipfeln des Umgebenden Gebirges gebaut hatte, als Mittelerde jung war. Hinter ihnen kamen auf den Flügeln eines aufkommenden Windes, in langen, raschen Reihen alle ihre Untertanen aus den nördlichen Gebirgen. Genau auf die Nazgûl hielten sie zu, stießen plötzlich aus großer Höhe herab, und das Rauschen ihrer breiten Schwingen, als sie vorüberzogen, war wie ein Sturm.

Doch die Nazgûl wandten sich ab und flohen und verschwanden in Mordors Schatten, denn sie hörten plötzlich einen Schreckensruf aus dem Dunklen Turm; und in eben diesem Augenblick erschauerten alle Heere von Mordor, Zweifel nagte an ihren Herzen, ihr Gelächter verstummte, ihre Hände zitterten, ihre Glieder wurden schlaff. Die Macht, die sie antrieb und mit Haß und Wut erfüllte, wankte, ihr Wille war von ihnen abgezogen; und als sie jetzt ihren Feinden ins Auge blickten, sahen sie ein tödliches Funkeln und fürchteten sich.

Dann stießen alle Heerführer des Westens einen lauten Ruf aus, denn inmitten der Dunkelheit waren ihre Herzen von neuer Hoffnung erfüllt. Und Ritter von Gondor, Reiter von Rohan und Dúnedain des Nordens drängten von den belagerten Hügeln aus in dicht geschlossenen Reihen auf ihre wankenden Feinde ein und durchbrachen das Kampfgewühl mit scharfen Speeren. Aber Gandalf hob die Arme und rief noch einmal mit klarer Stimme:

»Bleibt stehen, Menschen des Westens! Bleibt stehen und wartet ab! Dies ist die Stunde des Schicksals.«

Und während er noch sprach, schwankte die Erde unter ihren Füßen. Dann schwang sich, weit über den Türmen des Schwarzen Tors, hoch über dem Gebirge, rasch steigend eine gewaltige, hochfliegende Dunkelheit mit flackerndem Feuer zum Himmel empor. Die Erde stöhnte und bebte. Die Türme der Wehr wankten, neigten sich und stürzten ein; der mächtige Festungswall zerbarst; das Schwarze Tor wurde herausgeschleudert und brach auseinander; und aus weiter Ferne, bald undeutlich, bald anschwellend, bald zu den Wolken aufsteigend, kam ein dröhnendes Grollen, ein Donnern, ein lange widerhallender tosender Lärm der Zerstörung.

»Saurons Reich hat geendet!« sagte Gandalf. »Der Ringträger hat seine Aufgabe erfüllt.« Und als die Heerführer nach Süden blickten in das Land Mordor, schien es ihnen, daß dort schwarz gegen die Wolkendecke ein riesiges Schattengebilde, undurchdringlich, blitzgekrönt, aufstieg und den ganzen Himmel erfüllte. Gewaltig erhob es sich über die Welt und streckte ihnen eine große, drohende Hand entgegen, schreckenerregend, aber machtlos, denn während es noch über ihnen schwebte, wurde es von einem starken Wind erfaßt, und es wurde weggeblasen und verging; und Stille trat ein.

Die Heerführer senkten die Köpfe; und als sie wieder aufblickten, siehe! da flohen ihre Feinde, und die Streitmacht von Mordor zerstreute sich wie Staub im Wind. Wie Ameisen kopflos und zwecklos umherwandern und dann kraftlos zugrunde gehen, wenn der Tod das geschwollene Wesen ereilt, das in ihrem wimmelnden Hügel brütet, so rannten Saurons Geschöpfe, Ork oder Troll oder Tier, durch Zauber geknechtet, sinnlos hierhin und dorthin; und manche erschlugen sich gegenseitig oder stürzten sich in Gräben oder flohen jammernd, um sich in Löchern und an dunklen, lichtlosen Orten fern jeder Hoffnung zu verstecken. Doch die Menschen aus Rhûn und Harad, Ostlinge und Südländer, erkannten, daß der Krieg verloren war, und sahen die königliche Würde und die Macht der Heerführer des Westens. Und jene, die am tiefsten und längsten in böser Knechtschaft gewesen waren, die den Westen haßten und doch stolze und kühne Männer waren, sammelten sich nun ihrerseits, um sich einem letzten, verzweifelten Kampf zu stellen. Aber der größte Teil floh, soweit möglich, nach Osten; und einige warfen ihre Waffen fort und flehten um Gnade.

Dann überließ Gandalf Aragorn und den anderen Heerführern all diese Fragen der Schlacht und des Oberbefehls, und er stand auf der Kuppe des Hügels und rief; und herab zu ihm kam der große Adler, Gwaihir, der Herr der Winde, und stand vor ihm.

»Zweimal hast du mich getragen, Gwaihir, mein Freund«, sagte Gandalf. »Aller guten Dinge sind drei, wenn du willst. Du wirst merken, daß ich nicht eine viel größere Last bin als damals, als du mich von Zirakzigil davongetragen hast, wo mein altes Leben ausbrannte.«

»Ich würde dich tragen«, antwortete Gwaihir, »wohin du willst, und wärest du auch aus Stein.«

Das Feld von Cormallen

»Dann komm, und laß deinen Bruder mit uns gehen, und irgendeinen anderen deines Volkes, der sehr geschwind ist. Denn wir müssen schneller sein als jeder Wind und die Nazgûl überflügeln.«

»Der Nordwind weht, aber wir werden schneller fliegen als er«, sagte Gwaihir. Und er hob Gandalf hoch und eilte nach Süden, und mit ihm flogen Landroval und der junge und schnelle Meneldor. Und sie flogen über Udûn und Gorgoroth und sahen unter sich das ganze Land, verheert und in Aufruhr, und vor sich den lodernden Schicksalsberg, der sein Feuer ausspie.

»Ich bin froh, daß du hier bei mir bist. Hier am Ende aller Dinge, Sam.«

»Ja, ich bin bei dir, Herr«, sagte Sam und legte Frodos verwundete Hand sanft an seine Brust. »Und du bist bei mir. Und die Fahrt ist zu Ende. Aber nachdem ich den ganzen Weg hergekommen bin, will ich noch nicht aufgeben. Das ist nicht meine Art, wenn du mich verstehst.«

»Vielleicht nicht, Sam«, sagte Frodo. »Aber so sind die Dinge nun mal in der Welt. Hoffnungen täuschen. Es kommt ein Ende. Wir brauchen jetzt nur noch kurze Zeit zu warten. Wir sind umringt von Zerstörung und Untergang, und es gibt kein Entkommen.«

»Nun, Herr, wenigstens könnten wir ein bißchen weiter weggehen von diesem gefährlichen Ort, von diesen Schicksalsklüften, wenn das ihr Name ist. Können wir das nicht? Komm, Herr Frodo, laß uns jedenfalls den Pfad hinuntergehen.«

»Gut, Sam. Wenn du gehen willst, komme ich mit«, sagte Frodo; und sie standen auf und gingen langsam die sich schlängelnde Straße hinunter; und als sie gerade zu dem bebenden Fuß des Berges kamen, stießen die Sammath Naur einen großen Rauch und Dampf aus, die Wand des Kegels riß auf, und ein gewaltiger feuriger Auswurf floß langsam, aber wie ein Wasserfall donnernd, an der östlichen Bergseite hinab.

Frodo und Sam konnten nicht weitergehen. Ihre letzte seelische und körperliche Kraft nahm rasch ab. Sie hatten einen niedrigen Aschenhügel erreicht, der sich am Fuß des Berges angesammelt hatte; aber von hier gab es kein Entkommen. Er war jetzt eine Insel, die nicht lange bestehen bleiben würde inmitten der Folterung des Orodruin. Ringsum klaffte die Erde, und aus tiefen Rissen und Gräben quollen Rauch und Dämpfe hervor. Hinter ihnen wurde der Berg erschüttert. Große Spalten hatten sich an seiner Flanke aufgetan. Langsame Ströme von Feuer flossen über die langen Hänge auf sie zu. Bald würden sie unter ihnen begraben sein. Ein Regen von heißer Asche fiel auf sie nieder.

Jetzt standen sie; und Sam hielt immer noch die Hand seines Herrn und streichelte sie. Er seufzte. »In was für einer Geschichte sind wir gewesen, Herr Frodo, nicht wahr?« sagte er. »Ich wünschte, ich könnte es hören, wenn sie erzählt wird! Glaubst du, sie werden sagen: *Jetzt kommt die Geschichte von dem neunfingrigen Frodo und dem Ring des Schicksals?* Und dann werden alle still sein, wie wir es waren, als sie uns in Bruchtal die Geschichte von Beren, dem Einhändigen, und dem Großen Edelstein erzählten. Ich wünschte, ich könnte es hören! Und ich wüßte gern, wie sie nach unserem Teil weitergeht.«

Aber während er noch so sprach, um bis ganz zuletzt die Angst fernzuhalten, schweiften seine Augen nach Norden, nach Norden in das Auge des Windes, dorthin, wo der Himmel in der Ferne klar war, als die kalte Bö zu einem Sturm anschwoll und die Dunkelheit und die Überreste der Wolken zurücktrieb.

Und so sah Gwaihir sie mit seinen scharfen, weit sehenden Augen, als er mit dem wilden Wind heranbrauste und, der großen Gefahr des Himmels trotzend, in der Luft kreiste; zwei kleine dunkle Gestalten, verlassen, Hand in Hand auf einem kleinen Hügel, während die Welt unter ihnen bebte und keuchte und Ströme von Feuer näherkrochen. Und als er sie gerade erspähte und hinabstieß, sah er sie hinfallen, erschöpft oder erstickt von Qualm und Hitze, oder schließlich von Verzweiflung übermannt und die Augen vor dem Tode verschließend.

Seite an Seite lagen sie; und herab stürzte sich Gwaihir, und herab kamen Landroval und Meneldor der Schnelle; und in einem Traum, nicht ahnend, welches Schicksal ihnen widerfuhr, wurden die Wanderer emporgehoben und davongetragen aus der Dunkelheit und dem Feuer.

Als Sam erwachte, merkte er, daß er auf einem weichen Bett lag, aber über ihm wiegten sich sanft breite Buchenzweige, und durch ihre jungen Blätter schimmerte Sonnenlicht, grün und golden. Und die ganze Luft war erfüllt von mannigfachen süßen Düften.

Er erinnerte sich dieses Dufts: der Wohlgeruch von Ithilien. »Du meine Güte«, grübelte er. »Wie lange habe ich geschlafen?« Denn der Duft hatte ihn zurückversetzt zu dem Tag, als er unter der sonnigen Böschung sein kleines Feuer entfacht hatte; und nun, da er wach war, hatte er für einen Augenblick alles, was dazwischen lag, vergessen. Er streckte sich und holte tief Luft. »Nein, was für einen Traum ich gehabt habe!« murmelte er. »Ich bin froh, daß ich aufgewacht bin!« Er setzte sich auf, und dann sah er, daß Frodo neben ihm lag und friedlich schlief, eine Hand unter dem Kopf, die andere auf der Decke. Es war die rechte Hand, und der dritte Finger fehlte.

Jetzt kehrte die ganze Erinnerung zurück, und Sam rief laut: »Es war kein Traum! Aber wo sind wir?«

Und eine Stimme sprach leise hinter ihm: »Im Land Ithilien und in der Obhut des Königs; und er erwartet euch.« Und da stand Gandalf vor ihm, in Weiß gekleidet, und sein Bart schimmerte in dem durch die Blätter flimmernden Sonnenlicht wie reiner Schnee.

»Nun, Meister Samweis, wie fühlst du dich?« fragte er.

Aber Sam legte sich wieder hin und starrte mit offenem Munde, und einen Augenblick konnte er nicht antworten, zwischen Bestürzung und Freude hin- und hergerissen. Endlich stieß er hervor: »Gandalf! Ich glaubte, du seiest tot! Aber dann glaubte ich, ich sei auch tot. Stellt sich alles Traurige als falsch heraus? Was ist mit der Welt geschehen?«

»Ein großer Schatten ist dahingegangen«, sagte Gandalf, und dann lachte er, und es klang wie Musik oder wie Wasser in einem verdorrten Land; und als Sam lauschte, kam ihm der Gedanke, daß er seit unzähligen Tagen kein Lachen gehört hatte, den reinen Klang von Fröhlichkeit. Es drang an sein Ohr wie der Widerhall aller Freuden, die er je erlebt hatte. Aber er brach in Tränen aus. Doch wie ein sanfter Regen auf einen Frühlingswind folgt und die Sonne dann um so heller scheint, so versiegten seine Tränen und sein Gelächter sprudelte hervor, und lachend sprang er aus dem Bett.

»Wie ich mich fühle?« rief er. »Na, ich weiß nicht, wie ich es sagen soll. Ich fühle mich, ich fühle mich...« – er fuhr mit dem Arm durch die Luft – »ich fühle mich wie Frühling nach dem Winter, wie Sonne auf den Blättern; und wie Trompeten und Harfen und alle Lieder, die ich je gehört habe!« Er hielt inne und wandte sich zu seinem Herrn. »Aber wie geht's Herrn Frodo?« fragte er. »Ist es nicht eine Schande mit seiner armen Hand? Aber ich hoffe, er ist sonst in Ordnung. Er hat eine grausame Zeit gehabt.«

»Ja, sonst bin ich in Ordnung«, sagte Frodo, setzte sich auf und lachte seinerseits. »Ich bin wieder eingeschlafen, als ich auf dich wartete, Sam, du Schlafmütze. Ich war heute morgen früh wach, und jetzt muß es bald Mittag sein.«

»Mittag?« sagte Sam und versuchte nachzurechnen. »Mittag von welchem Tag?«

»Dem vierzehnten des neuen Jahres«, sagte Gandalf, »oder, wenn du willst, der achte April nach der Auenland-Zeitrechnung*. Aber in Gondor wird das neue Jahr jetzt immer am fünfundzwanzigsten März beginnen, als Sauron stürzte und ihr aus dem Feuer zum König gebracht wurdet. Er hat euch gepflegt, und jetzt erwartet er euch. Ihr sollt mit ihm essen und trinken. Wenn ihr bereit seid, bringe ich euch zu ihm.«

»Zum König?« fragte Sam. »Was für ein König, und wer ist das?«

»Der König von Gondor und der Herr der Westlichen Lande«, sagte Gandalf. »Und er hat sein ganzes altes Reich zurückgewonnen. Er wird bald zu seiner Krönung reiten, aber er wartet auf euch.«

»Was sollen wir anziehen?« fragte Sam; denn er sah nichts als die alten und zerfetzten Kleider, in denen sie gewandert waren. Sie lagen zusammengefaltet neben ihren Betten.

»Die Kleider, die ihr auf eurem Weg nach Mordor getragen habt«, sagte Gandalf. »Selbst die Orkfetzen, die du in dem schwarzen Land anhattest, Frodo, sollen aufbewahrt werden. Keine Seide und kein Linnen, keine Rüstung und kein Wappen könnten ehrenvoller sein. Aber später werde ich vielleicht andere Kleidung für euch finden.«

Dann streckte er ihnen die Hände entgegen, und sie sahen, daß eine hell schimmerte. »Was hast du da?« rief Frodo. »Kann es sein...«

»Ja, ich habe eure beiden Schätze mitgebracht. Sie wurden bei Sam gefunden, als ihr gerettet wurdet. Die Gaben von Frau Galadriel: dein Glas, Frodo, und deine Schachtel, Sam. Ihr werdet froh sein, sie wiederzuhaben.«

Als sie gewaschen und angezogen waren und ein leichtes Mahl zu sich genommen hatten, folgten die Hobbits Gandalf. Sie traten heraus aus dem

---

* Der März (oder Rethe) hatte nach dem Kalender von Auenland dreißig Tage.

Buchenhain, in dem sie gelegen hatten, und kamen auf eine langgestreckte grüne Wiese, die im Sonnenschein leuchtete und eingefaßt war von stattlichen Bäumen mit dunklen Blättern und einer Fülle scharlachroter Blüten. Hinter den Bäumen hörte man das Geräusch von fallendem Wasser, und vor ihnen rann ein Bach zwischen blühenden Ufern, bis er zu einem Wäldchen am Fuße der Wiese kam und dann unter einem Torbogen aus Bäumen hindurchfloß, durch den sie in der Ferne Wasser schimmern sahen.

Als sie zu der Lichtung im Wald kamen, waren sie überrascht, Ritter in strahlender Rüstung zu sehen und prächtige Wachtposten in Silber und Schwarz, die dort standen und sie ehrerbietig grüßten und sich vor ihnen verneigten. Und dann blies einer ein langes Trompetensignal, und sie gingen weiter auf dem Weg zwischen den Bäumen neben dem plätschernden Bach. So kamen sie zu einem weiten grünen Land, und dahinter war ein breiter Fluß in silbernem Dunst, aus dem sich eine bewaldete Insel erhob, und viele Schiffe lagen an ihren Ufern. Doch auf dem Feld, wo sie jetzt standen, war einem großes Heer in Reih und Glied angetreten, glitzernd in der Sonne. Und als die Hobbits sich näherten, wurden Schwerter aus den Scheiden gezogen und Speere erhoben, und Hörner und Trompeten erschallten, und Männer riefen mit vielen Stimmen und in vielen Sprachen:

> Langes Leben den Halblingen! Rühmt sie mit großem Preis!
> Cuio i Pheriain anann! Aglar'ni Pheriannath!
> Rühmt sie mit großem Preis, Frodo und Samweis!
> Daur a Berhael, Conin en Annûn! Eglerio!
> Rühmt sie mit großem Preis, Frodo und Samweis!
> Daur a Berhael, Conin en Annûn! Eglerio!
> Preist sie!
> Eglerio!
> A laita te, laita te! Andave laituvalmet!
> Preist sie!
> Cormacolindor, a laita tárienna!
> Preist sie! Die Ringträger, rühmt sie mit großem Preis!

Das rote Blut schoß ihnen ins Gesicht, und mit vor Staunen glänzenden Augen gingen Frodo und Sam weiter und sahen, daß inmitten des lärmenden Heers drei Hochsitze aus grünen Rasensoden aufgebaut waren. Hinter dem Sitz zur Rechten schwebte Weiß auf Grün ein großes trabendes Pferd; zur Linken war ein Banner, Silber auf Blau, ein Schiff auf hoher See, mit einem Bug in Gestalt eines Schwans; aber hinter dem höchsten Thron in der Mitte entfaltete sich in der Brise eine große Standarte, und dort blühte ein weißer Baum auf einem schwarzen Feld unter einer schimmernden Krone und sieben glitzernden Sternen. Auf dem Thron saß ein Mann im Panzerhemd, ein großes Schwert lag auf seinen Knien, aber er trug keinen Helm. Als sie näherkamen, stand er auf. Und da erkannten sie ihn, so verändert er auch war, mit einem so edlen und frohen Gesicht, königlich, Herr der Menschen, dunkelhaarig und die Augen grau.

Frodo rannte ihm entgegen, und Sam kam hinterdrein. »Na, wenn das nicht allem die Krone aufsetzt!« sagte er. »Streicher, oder ich schlafe immer noch!«

»Ja, Sam, Streicher«, sagte Aragorn. »Es ist ein weiter Weg, nicht wahr, von Bree, wo du mich nicht leiden konntest? Ein weiter Weg für uns alle, aber der eure war der dunkelste.«

Und dann beugte er zu Sams Überraschung und höchster Verwirrung das Knie vor ihnen; und er nahm sie bei der Hand, Frodo zu seiner Rechten und Sam zu seiner Linken, und führte sie zu dem Thron, setzte sie darauf, wandte sich zu den Mannen und Hauptleuten um, die nahebei standen, und sprach, und seine Stimme schallte über das ganze Heer, und er rief:

»Rühmet und preiset sie!«

Und als der frohe Zuruf emporgestiegen und wieder verklungen war, trat zu Sams höchster und vollkommener Befriedigung und reiner Freude ein Sänger von Gondor vor, kniete nieder und bat um die Erlaubnis zu singen. Und siehe! er sagte:

»Ihr Herren und Ritter und Mannen von unbeschämter Tapferkeit, Könige und Fürsten und das schöne Volk von Gondor und Reiter von Rohan und ihr Söhne von Elrond und Dúnedain des Nordens und Elb und Zwerg und ihr Wackeren aus dem Auenland, und alles freie Volk des Westens, hört nun mein Lied. Denn ich werde singen von Frodo mit den Neun Fingern und dem Ring des Schicksals.«

Und als Sam das hörte, lachte er laut auf aus reinem Entzücken, und er stand auf und rief: »O große Pracht und Herrlichkeit! Und alle meine Wünsche sind in Erfüllung gegangen!« Und dann weinte er.

Und das ganze Heer lachte und weinte, und inmitten ihrer Fröhlichkeit und Tränen erhob sich die klare Stimme des Sängers wie Silber und Gold, und alle Mannen waren still. Und er sang bald in der Elbensprache, bald in der Sprache des Westens, bis ihre Herzen, von süßen Worten verwundet, überflossen und ihr Glück sie wie ein Schwert durchbohrte und sie in Gedanken in Gefilden weilten, wo Schmerz und Freude ineinander übergehen und Tränen der Wein der Glückseligkeit sind.

Und als schließlich die Sonne vom Mittagspunkt herabsank und die Schatten der Bäume länger wurden, endete er. »Rühmet und preiset sie!« sagte er und kniete nieder. Und dann stand Aragorn auf, und das ganze Heer erhob sich, und sie gingen hinüber zu vorbereiteten Zelten, um zu essen und zu trinken und fröhlich zu sein, solange der Tag währte.

Frodo und Sam wurden zu einem Zelt geführt, und dort zogen sie ihre alten Kleider aus, aber sie wurden zusammengefaltet und ehrerbietig beiseite gelegt; und reines Linnen wurde ihnen gegeben. Dann kam Gandalf, und zu Frodos Verwunderung hatte er auf dem Arm das Schwert und den Elbenmantel und den *mithril*-Panzer, die ihm in Mordor abgenommen worden waren. Für Sam brachte er einen vergoldeten Kettenpanzer und seinen Elbenmantel, von Schmutz und allen Beschädigungen, die er erlitten hatte, befreit; und dann legte er zwei Schwerter vor sie hin.

»Ich möchte kein Schwert haben«, sagte Frodo.
»Wenigstens heute abend solltest du eins tragen«, sagte Gandalf.
Da nahm Frodo das kleine Schwert, das Sam gehört und das er in Cirith Ungol neben Frodo gelegt hatte. »Stich habe ich dir geschenkt, Sam.«
»Nein, Herr! Herr Bilbo hat es dir gegeben, und es gehört zu seinem silbernen Panzer; er würde nicht wollen, daß irgendein anderer es jetzt trägt.«
Frodo gab nach; und Gandalf, als wäre er ihr Knappe, kniete nieder und gürtete sie mit den Schwertgehenken, und er stand auf und setzte ihnen Stirnreifen aus Silber auf. Und als sie angekleidet waren, gingen sie zu dem großen Fest; und sie saßen an des Königs Tisch mit Gandalf und König Éomer von Rohan und dem Fürsten Imrahil und all den großen Hauptleuten; und auch Gimli und Legolas waren da.
Doch als nach dem Stillen Gedenken Wein gebracht wurde, kamen zwei Knappen, um den Königen aufzuwarten; das schienen sie jedenfalls zu sein: der eine war in das Silber und Schwarz der Wachen von Minas Tirith gekleidet, und der andere in Weiß und Grün. Aber Sam fragte sich, was so junge Knaben in einem Heer mächtiger Männer taten. Dann plötzlich, als sie näher kamen und er sie deutlich sehen konnte, rief er aus:
»Ach, schau, Herr Frodo! Schau nur! Na, wenn das nicht Pippin ist. Herr Peregrin Tuk sollte ich sagen, und Herr Merry! Wie sie gewachsen sind! Du meine Güte! Aber ich sehe, es gibt mehr Geschichten zu erzählen als unsere.«
»Allerdings«, sagte Pippin, zu ihm gewandt. »Und wir werden anfangen, sie zu erzählen, sobald dieses Fest zu Ende ist. Inzwischen kannst du es bei Gandalf versuchen. Er ist nicht mehr so zugeknöpft wie früher, obwohl er jetzt mehr lacht als redet. Im Augenblick sind Merry und ich beschäftigt. Wir sind Ritter der Stadt und der Mark, wie ihr hoffentlich bemerkt.«

Endlich endete der frohe Tag; und als die Sonne untergegangen war und der runde Mond langsam über den Nebeln des Anduin aufstieg und durch die raschelnden Blätter schimmerte, saßen Frodo und Sam unter den raunenden Bäumen inmitten des Dufts des schönen Ithilien; und sie unterhielten sich bis tief in die Nacht mit Merry und Pippin und Gandalf, und nach einer Weile gesellten sich Legolas und Gimli zu ihnen. Da erfuhren Frodo und Sam viel von allem, was den Gefährten widerfahren war, nachdem ihr Bund an dem unheilvollen Tag auf Parth Galen bei den Fällen des Rauros zerfallen war; und immer noch gab es etwas zu fragen und zu erzählen.
Orks und sprechende Bäume und meilenweite Grasflächen und galoppierende Reiter und glitzernde Höhlen und weiße Türme und goldene Hallen und Schlachten und große Segelschiffe, all das zog vor Sams Geist vorüber, bis er ganz verwirrt war. Aber inmitten all dieser Wunder kam er immer wieder darauf zurück, wie verblüfft er über Merrys und Pippins Größe war; und sie mußten sich Rücken an Rücken mit Frodo und ihm stellen. »Kann ich nicht verstehen in eurem Alter!« sagte er. »Aber tatsächlich, ihr seid drei Zoll größer, als ihr sein solltet, oder ich bin ein Zwerg.«

»Das bist du gewiß nicht«, sagte Gimli. »Aber was habe ich gesagt? Sterbliche können nicht einen Ent-Trunk zu sich nehmen und erwarten, daß nicht mehr dabei herauskommt als bei einem Krug Bier.«

»Ent-Trunk?« fragte Sam. »Da redet ihr schon wieder von Ents; aber da komme ich nicht mehr mit. O je, es wird Wochen dauern, bis wir all diese Dinge geklärt haben.«

»Allerdings Wochen«, sagte Pippin. »Und dann wird Frodo in einen Turm in Minas Tirith gesperrt werden müssen, um alles aufzuschreiben. Sonst wird er die Hälfte vergessen, und der arme alte Bilbo wäre furchtbar enttäuscht.«

Schließlich stand Gandalf auf. »Die Hände des Königs sind heilende Hände, liebe Freunde«, sagte er. »Aber ihr wart an der Schwelle des Todes, ehe er euch unter Aufbietung seiner ganzen Kraft zurückrief und euch in die süße Vergessenheit des Schlafs schickte. Und obwohl ihr wahrlich lange und selig geschlafen habt, ist es jetzt Zeit, wieder zu schlafen.«

»Und nicht nur für Sam und Frodo«, sagte Gimli, »sondern auch für dich, Pippin. Ich mag dich gern, und sei es nur wegen der Mühe, die du mich gekostet hast und die ich nie vergessen werde. Und ich werde auch nie vergessen, wie ich dich auf dem Hügel der letzten Schlacht fand. Denn ohne Gimli den Zwerg wärest du verloren gewesen. Aber wenigstens weiß ich jetzt, wie eines Hobbits Fuß aussieht, wenn er auch alles ist, was unter einem Haufen Leichen zu sehen ist. Und als ich diesen großen Kadaver von dir weggewälzt hatte, war ich sicher, daß du tot seiest. Ich hätte mir den Bart ausreißen können. Und es ist erst einen Tag her, daß du zum erstenmal wieder aufgestanden und herumgelaufen bist. Ins Bett gehst du jetzt. Und das werde ich auch tun.«

»Und ich«, sagte Legolas, »werde in den Wäldern dieses schönen Landes umherwandern, das ist Ruhe genug. In kommenden Tagen, wenn die Herren der Elben es erlauben, sollen einige von unserem Volk sich hierher begeben; und wenn wir kommen, wird das Land glücklich sein für eine Weile. Für eine Weile: einen Monat, ein Leben, hundert Jahre der Menschen. Aber der Anduin ist nahe, und der Anduin fließt hinunter zum Meer. Zum Meer!«

Zu dem Meer! Zu dem Meer! Dort schäumen die Wellen,
Und die Schreie der weißen Möwen gellen.
Der Sonnenball sinkt im Westen nieder.
Graues Schiff! Graues Schiff! Mich rufen die Brüder
Aus meinem Volke, die vor mir gezogen.
Ich muß ihnen nach über dunkle Wogen,
Den Wald muß ich lassen. Verronnen ist
Unserer Tage und Jahre Frist.
Süß sind die Stimmen der elbischen Rufer,
Ewig grün ist das Letzte Ufer,
Der Insel Eressea, die kein Mensch erreicht hat,
Für immer unser, der Elben Freistatt.

Und so singend, ging Legolas den Berg hinunter.

Dann brachen auch die anderen auf, und Frodo und Sam gingen zu Bett und schliefen. Und am Morgen standen sie wieder auf voll Hoffnung und Frieden; und sie verbrachten viele Tage in Ithilien. Denn das Feld von Cormallen, wo das Heer nun lagerte, war nahe von Henneth Annûn, und den Bach, der von dem Wasserfall herabfloß, hörte man des Nachts, wie er durch sein felsiges Tor brauste und durch die blühenden Wiesen zu den Fluten des Anduin bei der Insel Cair Andros hineilte. Die Hobbits wanderten hierhin und dorthin und suchten die Gegenden auf, durch die sie damals gekommen waren; und Sam hoffte immer, daß er in irgendeinem Schatten der Wälder oder in einem heimlichen Grund vielleicht den großen Olifanten zu sehen bekommen würde. Und als er hörte, daß bei der Belagerung von Gondor eine große Zahl dieser Tiere gewesen, aber alle umgekommen waren, fand er das einen bedauerlichen Verlust.

»Na, man kann nicht überall zugleich sein, nehme ich an«, sagte er. »Aber offenbar habe ich eine Menge versäumt.«

Mittlerweile bereitete das Heer die Rückkehr nach Minas Tirith vor. Die Müden waren ausgeruht und die Verwundeten geheilt. Denn manche hatten gearbeitet und heftig mit den übriggebliebenen Ostlingen und Südländern gekämpft, bis alle unterworfen waren. Und zuallerletzt kehrten jene zurück, die nach Mordor hineingegangen waren und die Festungen im Norden des Landes zerstört hatten.

Doch als sich schließlich der Monat Mai näherte, brachen die Heerführer des Westens auf; und sie schifften sich mit all ihren Mannen ein und segelten von Cair Andros den Anduin hinunter nach Osgiliath; und dort blieben sie einen Tag; und am Tage danach kamen sie zu den grünen Feldern des Pelennor und sahen die weißen Türme unter dem hohen Mindolluin wieder, die Stadt der Menschen von Gondor, die letzte Erinnerung an Westernis, die durch Dunkelheit und Feuer einem neuen Tag entgegengegangen war.

Und dort mitten auf den Feldern schlugen sie ihre Zelte auf und erwarteten den Morgen; denn es war der Vorabend des Mai, und bei Sonnenaufgang wollte der König in seine Stadt einziehen.

FÜNFTES KAPITEL

DER TRUCHSESS UND DER KÖNIG

Zweifel und große Furcht lasteten auf der Stadt von Gondor. Das schöne Wetter und die klare Sonne erschienen den Menschen nur als ein Hohn, denn ihre Tage waren wenig hoffnungsvoll, und jeden Morgen erwarteten sie Unglücksbotschaften. Ihr Herr war tot und verbrannt, tot lag der König von Rohan in ihrer Veste, und der neue König, der in der Nacht zu ihnen gekommen war, war wieder in den Krieg gezogen gegen Mächte, die zu dunkel und zu entsetzlich waren, als daß Kraft oder Tapferkeit sie besiegen könnten. Und es kamen keine Nachrichten. Nachdem das Heer das Morgultal verlassen und die Straße nach Norden unter dem Schatten des Gebirges eingeschlagen hatte, war kein Bote gekommen und kein Gerücht über das, was in dem Unheil ausbrütenden Osten geschah.

Als die Heerführer erst zwei Tage fort waren, bat Frau Éowyn die Frauen, die sie pflegten, ihr ihre Kleider zu bringen, und sie ließ es sich nicht ausreden, sondern stand auf; und als die Frauen sie angezogen und ihren Arm in eine leinene Armschlinge gelegt hatten, ging sie zu dem Vorsteher der Häuser der Heilung.

»Herr«, sagte sie, »ich bin in großer Unrast, und ich kann nicht länger untätig liegen.«

»Herrin«, antwortete er, »Ihr seid nicht geheilt, und mir wurde befohlen, Euch mit besonderer Sorgfalt zu pflegen. Ihr hättet noch sieben Tage Euer Bett nicht verlassen dürfen, so wurde mir geheißen. Ich bitte Euch, wieder zurückzugehen.«

»Ich bin geheilt«, sagte sie, »zumindest körperlich geheilt, abgesehen von meinem linken Arm, der ruhiggestellt ist. Aber ich werde hier von neuem krank werden, wenn es nichts gibt, das ich tun kann. Sind keine Nachrichten vom Krieg gekommen? Die Frauen können mir nichts sagen.«

»Es sind keine Nachrichten gekommen«, sagte der Vorsteher, »außer daß die Herren zum Morgultal geritten sind; und die Leute sagen, daß der neue Heerführer aus dem Norden ihr Anführer ist. Ein großer Mann ist er, und ein Heiler; und es kommt mir seltsam vor, daß die heilende Hand auch das Schwert führen soll. So ist es heute nicht in Gondor, obwohl es einst so war, wenn die alten Erzählungen die Wahrheit berichten. Aber seit langen Jahren haben wir Heiler uns nur bemüht, die Risse zu flicken, die die Männer des Schwertes geschlagen hatten. Obwohl wir immer noch genug zu tun haben ohne sie: in der Welt gibt es genug Wunden und Leid ohne Kriege, die sie vervielfältigen.«

»Es braucht nur einen Feind, um einen Krieg herbeizuführen, nicht zwei, Herr Vorsteher«, antwortete Éowyn. »Und jene, die keine Schwerter haben, können doch durch sie sterben. Möchtet Ihr, daß das Volk von Gondor nur Kräuter sammelt, wenn der Dunkle Herrscher Heere sammelt? Es ist nicht immer gut, körperlich geheilt zu werden, und nicht immer schlecht, in der Schlacht zu sterben, selbst in bitterer Qual. Wenn ich dürfte, würde ich in dieser dunklen Stunde das letztere wählen.«

Der Vorsteher sah sie an. Aufrecht stand sie da, ihre Augen leuchteten in ihrem bleichen Gesicht, ihre Hand ballte sich, als sie sich umwandte und aus dem Fenster starrte, das nach Osten ging. Er seufzte und schüttelte den Kopf. Nach einer Pause drehte sie sich wieder um.

»Ist keine Tat zu vollbringen?« fragte sie. »Wer befiehlt in dieser Stadt?«

»Ich weiß es nicht genau«, antwortete er. »Um solche Dinge kümmere ich mich nicht. Da ist ein Marschall der Reiter von Rohan; und der Herr Húrin hat, wie ich höre, den Befehl über die Mannen von Gondor. Aber von Rechts wegen ist Herr Faramir der Truchseß der Stadt.«

»Wo kann ich ihn finden?«

»In diesem Hause, Herrin. Er war schwer verwundet, ist aber jetzt auf dem Wege der Besserung. Doch weiß ich nicht...«

»Wollt Ihr mich zu ihm bringen? Dann werdet Ihr es wissen.«

Herr Faramir ging allein im Garten der Häuser der Heilung spazieren, und das Sonnenlicht wärmte ihn, und er spürte neues Leben in seinen Adern; doch das Herz war ihm schwer, und er blickte über die Wälle gen Osten. Und als sie kamen, sprach der Vorsteher seinen Namen, und er wandte sich um und sah Frau Éowyn von Rohan; und er wurde von Mitleid ergriffen, denn er sah, daß sie verwundet war, und sein scharfer Blick erkannte ihren Kummer und ihre Unrast.

»Herr«, sagte der Vorsteher, »hier ist Frau Éowyn von Rohan. Sie ritt mit dem König und wurde schwer verwundet und ist nun in meiner Obhut. Aber sie ist nicht zufrieden und wünscht mit dem Truchseß der Stadt zu sprechen.«

»Mißversteht ihn nicht, Herr«, sagte Éowyn. »Nicht mangelnde Pflege bekümmert mich. Keine Häuser könnten schöner sein für jene, die Heilung begehren. Aber ich kann nicht träge daliegen, untätig, eingesperrt. Ich suchte den Tod in der Schlacht. Aber ich bin nicht gestorben, und die Schlacht geht weiter.«

Auf ein Zeichen von Faramir verbeugte sich der Vorsteher und zog sich zurück.

»Was möchtet Ihr, daß ich tue, Herrin?« fragte Faramir. »Auch ich bin ein Gefangener der Heiler.« Er schaute sie an, und da er ein Mann war, den Jammer zutiefst rührte, schien es ihm, daß ihre Schönheit bei all ihrem Kummer ihm das Herz durchbohrte. Und sie blickte ihn an und sah die ernste Weichheit in seinem Blick und wußte dennoch, denn sie war unter Kriegern aufgewachsen, daß hier einer war, den kein Reiter der Mark in der Schlacht übertreffen würde.

»Was wünscht Ihr?« fragte er noch einmal. »Wenn es in meiner Macht liegt, will ich es tun.«

»Ich wollte, Ihr würdet diesem Vorsteher befehlen, mich gehen zu lassen«, sagte sie. Aber obwohl ihre Worte noch stolz klangen, wurde ihr Herz unsicher, und zum erstenmal zweifelte sie an sich selbst. Sie glaubte, dieser kühne Mann, der streng und zugleich gütig war, könnte sie für launisch halten, wie ein Kind, das nicht beharrlich genug ist, um eine langweilige Aufgabe zu Ende zu führen.

»Ich selbst bin in der Obhut des Vorstehers«, antwortete Faramir. »Auch habe ich mein Amt in der Stadt noch nicht übernommen. Doch hätte ich es getan, so würde ich immer noch auf seinen Rat hören und mich in Fragen seiner Heilkunst seinem Wunsch nicht widersetzen, es sei denn in einer Notlage.«

»Aber ich möchte nicht geheilt werden«, sagte sie. »Ich will in den Krieg reiten wie mein Bruder Éomer, oder besser wie König Théoden, denn er starb und hat nun Ehre und Frieden.«

»Es ist zu spät, Herrin, den Heerführern zu folgen, selbst wenn Ihr die Kraft hättet«, sagte Faramir. »Doch der Tod in der Schlacht mag uns alle noch ereilen, ob wir wollen oder nicht. Ihr werdet besser darauf vorbereitet sein, ihm auf Eure Weise ins Angesicht zu sehen, wenn Ihr tut, was die Heiler befahlen, solange noch Zeit ist. Ihr und ich, wir müssen die Stunden des Wartens in Geduld ertragen.«

Sie antwortete nicht, aber als er sie anschaute, schien ihm, daß etwas in ihr weich wurde, als ob ein bitterer Frost von der ersten schwachen Vorahnung des Frühlings zurückwich. Eine Träne trat in ihr Auge und rann ihr über die Wange wie ein schimmernder Regentropfen. Ihr stolzer Kopf senkte sich ein wenig. Dann leise, als ob sie mehr zu sich als zu ihm spräche: »Aber die Heiler wollen, daß ich noch sieben Tage im Bett liege«, sagte sie. »Und mein Fenster geht nicht nach Osten.« Ihre Stimme war jetzt die eines jungen und traurigen Mädchens.

Faramir lächelte, obwohl sein Herz von Mitleid erfüllt war. »Euer Fenster geht nicht nach Osten?« sagte er. »Das kann geändert werden. Darüber werde ich dem Vorsteher einen Befehl erteilen. Wenn Ihr in diesem Haus bleibt in unserer Pflege, Herrin, und Euch ausruht, dann sollt Ihr in diesem Garten in der Sonne spazierengehen, wenn Ihr mögt; und Ihr sollt nach Osten schauen, wohin all Eure Hoffnungen gegangen sind. Und hier werdet Ihr mich finden, und ich werde auch spazierengehen und warten und nach Osten schauen. Es würde meine Sorgen erleichtern, wenn Ihr mit mir reden oder zuweilen mit mir spazierengehen wolltet.«

Da hob sie den Kopf und blickte ihm wieder in die Augen; und ihr bleiches Gesicht rötete sich. »Wie könnte ich Eure Sorgen erleichtern, Herr?« fragte sie. »Und ich begehre kein Gespräch mit lebenden Menschen.«

»Möchtet Ihr eine offene Antwort von mir haben?« fragte er.

»Ja, das möchte ich.«

»Dann, Éowyn von Rohan, sage ich Euch, daß Ihr schön seid. In den Tälern unserer Berge gibt es schöne und leuchtende Blumen und noch schönere Maiden; doch weder Blume noch Maid habe ich bis jetzt in Gondor gesehen, die so lieblich und so traurig war. Es mag sein, daß nur noch wenige Tage bleiben, bis sich die Dunkelheit auf unsere Welt senkt, und wenn sie kommt, hoffe ich ihr standhaft ins Auge zu sehen; doch würde es mein Herz erleichtern, wenn ich Euch sehen könnte, solange die Sonne scheint. Denn Ihr und ich, wir beide sind unter die Schwingen des Schattens geraten, und dieselbe Hand zog uns zurück.«

»Ach, mich nicht, Herr«, sagte sie. »Auf mir liegt der Schatten noch. Erwartet nicht Heilung von mir! Ich bin eine Schildmaid, und meine Hand ist unsanft. Doch danke ich Euch zumindest dafür, daß ich nicht in meiner Kammer zu bleiben brauche. Ich werde draußen spazierengehen dank der Güte des Truchsessen der

Stadt.« Und sie verneigte sich vor ihm und ging zurück zum Haus. Aber lange Zeit erging sich Faramir noch allein im Garten, und sein Blick wanderte jetzt eher zum Haus als zu den östlichen Wällen.

Als er in seine Kammer zurückkam, rief er nach dem Vorsteher und hörte sich alles an, was er ihm von der Herrin von Rohan berichten konnte.

»Doch ich zweifle nicht, Herr«, sagte der Vorsteher, »daß Ihr von dem Halbling mehr erfahren würdet, der bei uns ist; denn er ritt mit dem König und war bis zuletzt bei der Herrin, heißt es.«

Und so wurde Merry zu Faramir geschickt, und solange der Tag währte, sprachen sie miteinander, und Faramir erfuhr viel, sogar mehr, als Merry in Worten ausdrückte; und er glaubte, daß er jetzt einiges von dem Kummer und der Unrast von Éowyn von Rohan verstand. Und an dem schönen Abend gingen Faramir und Merry im Garten spazieren, aber sie kam nicht.

Doch am Morgen, als Faramir aus dem Haus trat, sah er sie auf den Wällen stehen; und sie war ganz in Weiß gekleidet und schimmerte in der Sonne. Und er rief sie, und sie kam herab, und sie gingen über das Gras oder saßen zusammen unter einem grünen Baum, bald schweigend, bald im Gespräch. Und jeden Tag danach machten sie es genauso. Und der Vorsteher, der sie vom Fenster aus sah, war froh in seinem Herzen, denn er war ein Heiler, und seine Sorge war erleichtert; und so schwer die Angst und die Vorahnung jener Tage auf den Herzen der Menschen lastete, so gewiß war es, daß diese beiden unter seinen Pflegebefohlenen gesundeten und täglich kräftiger wurden.

Und so kam der fünfte Tag, seit Frau Éowyn zum erstenmal zu Faramir gegangen war; und jetzt standen sie wieder einmal auf den Wällen der Stadt und schauten hinaus. Keine Nachricht war gekommen, und alle Herzen waren verdüstert. Auch das Wetter war nicht länger schön. Es war kalt. Ein Wind war in der Nacht aufgekommen und wehte heftig von Norden, und er nahm noch zu; die Lande sahen grau und trostlos aus.

Sie waren warm angezogen und hatten dicke Mäntel an, und darüber trug Frau Éowyn einen Umhang in der Farbe einer tiefen Sommernacht, und am Saum und um den Hals war er mit silbernen Sternen besetzt. Faramir hatte nach diesem Gewand geschickt und sie darin eingehüllt; und er fand, daß sie wahrlich schön und königlich aussah, wie sie da an seiner Seite stand. Der Umhang war für seine Mutter gearbeitet worden, Finduilas von Amroth, die frühzeitig gestorben und für ihn nur eine Erinnerung war an Lieblichkeit in fernen Tagen und an seinen ersten Kummer; und ihr Gewand erschien ihm als eine Kleidung, die Éowyns Schönheit und Traurigkeit angemessen war.

Doch sie erschauerte jetzt unter dem gestirnten Umhang, und sie blickte nach Norden, über die grauen diesseitigen Lande in das Auge des kalten Windes, wo in weiter Ferne der Himmel hart und klar war.

»Wonach schaut Ihr, Éowyn?« fragte Faramir.

»Liegt nicht das Schwarze Tor dort drüben?« sagte sie. »Und muß er dort nicht hinkommen? Es sind sieben Tage, seit er von dannen ritt.«

»Sieben Tage«, sagte Faramir. »Aber denkt nicht schlecht von mir, wenn ich zu Euch sage: sie haben mir sowohl eine Freude als auch eine Qual gebracht, die ich niemals zu erleben geglaubt hatte. Freude, Euch zu sehen; aber Qual, weil jetzt die Angst und der Zweifel dieser bösen Zeit wahrlich düster geworden sind. Éowyn, ich möchte nicht haben, daß diese Welt jetzt endet oder ich so bald verliere, was ich gefunden habe.«

»Verlieren, was Ihr gefunden habt, Herr?« antwortete sie; aber sie sah ihn ernst an, und ihre Augen waren gütig. »Ich weiß nicht, was Ihr in diesen Tagen gefunden habt, das Ihr verlieren könntet. Doch kommt, mein Freund, laßt uns nicht davon sprechen. Laßt uns überhaupt nicht sprechen! Ich stehe an irgendeinem entsetzlichen Rand, und in dem Abgrund vor meinen Füßen ist es völlig dunkel, aber ob hinter mir Licht ist, kann ich nicht sagen. Denn ich kann mich noch nicht umwenden. Ich warte auf irgendeinen Schicksalsschlag.«

»Ja, wir warten auf den Schicksalsschlag«, sagte Faramir. Und sie sprachen nicht mehr; und es schien ihnen, als sie auf dem Wall standen, daß der Wind sich legte und das Licht schwächer und die Sonne trübe wurde und alle Geräusche in der Stadt und in den Landen erstarben: weder Wind noch Stimme, weder Vogelruf noch Blätterrauschen waren zu hören; selbst das Schlagen ihrer Herzen hörte auf. Die Zeit stand still.

Und als sie so dastanden, berührten sich ihre Hände und umschlossen einander, ohne daß sie es wußten. Und immer noch warteten sie und wußten nicht, worauf. Dann plötzlich schien es ihnen, daß über den Graten des fernen Gebirges noch ein dunkles Gebirge aufstieg und sich auftürmte wie eine Woge, die die Welt überfluten wollte, und darüber flackerten Blitze; und dann lief ein Beben durch die Erde, und sie spürten, wie die Wälle der Stadt erzitterten. Ein Geräusch wie ein Seufzer stieg ringsum von allen Landen auf; und ihre Herzen schlugen plötzlich wieder.

»Es erinnert mich an Númenor«, sagte Faramir und wunderte sich selbst, als er sich sprechen hörte.

»An Númenor?« fragte Éowyn.

»Ja«, sagte Faramir, »an das Land Westernis, das unterging, und an die große dunkle Woge, die über die grünen Lande stieg und über die Berge und weiterzog, unentrinnbare Dunkelheit. Ich träume oft davon.«

»Dann glaubt Ihr, daß die Dunkelheit kommt?« fragte Éowyn. »Unentrinnbare Dunkelheit?« Und plötzlich schmiegte sie sich an ihn.

»Nein«, sagte Faramir und sah ihr ins Gesicht. »Es war nur ein Bild im Geist. Ich weiß nicht, was sich ereignet. Die Vernunft meines wachen Sinns sagt mir, daß großes Unheil geschehen ist und wir am Ende der Tage stehen. Aber mein Herz sagt nein; und alle meine Glieder sind unbeschwert, und eine Hoffnung und Freude erfüllen mich, die keine Vernunft widerlegen kann. Éowyn, Éowyn, Weiße Herrin von Rohan, in dieser Stunde glaube ich nicht, daß irgendeine Dunkelheit andauern wird.« Und er beugte sich herab und küßte sie auf die Stirn.

Und so standen sie auf den Wällen der Stadt von Gondor, und ein starker Wind erhob sich und wehte, und ihre Haare, rabenschwarz und golden, flatterten und vermengten sich in der Luft. Und der Schatten verschwand, und die Sonne wurde entschleiert und das Licht brach hervor; und das Wasser des Anduin schimmerte wie Silber, und in allen Häusern der Stadt sangen die Menschen vor Freude, und aus welcher Quelle sie sich in ihre Herzen ergoß, konnten sie nicht sagen.

Und ehe die Sonne den Mittagspunkt weit überschritten hatte, kam aus dem Osten ein großer Adler geflogen, und er brachte Nachrichten von den Herren des Westens, die alle Hoffnungen überstiegen, und er rief:

Singe nun, Volk des Turmes von Anor,
Zu Ende für immer ist Saurons Herrschaft,
Darnieder liegt der Dunkle Turm.

Sing und frohlocke, du Volk vom Turme der Wacht,
Nicht vergeblich habt ihr gewacht!
Das Schwarze Tor ist zerbrochen,
Euer König hat es durchschritten,
Er ist siegreich.

Singet und freut euch, ihr Kinder des Westens,
Euch kehrt der König zurück,
Unter euch wird er weilen
Zeit eures Lebens!

Der Baum, der verdorrte, wird wieder neu,
An hohem Ort wird ihn pflanzen der König,
Segen wird ruhen auf der Stadt.

Und das Volk sang in allen Straßen der Stadt.

Die Tage, die folgten, waren golden, und Frühling und Sommer vereinten sich und ergötzten sich auf den Feldern von Gondor. Und jetzt brachten schnelle Reiter von Cair Andros Nachrichten über alles, was geschehen war, und die Stadt machte sich bereit für die Ankunft des Königs. Merry wurde zum König gerufen, und er fuhr mit den Wagen, die Vorräte nach Osgiliath brachten, und von dort zu Schiff nach Cair Andros; aber Faramir ging nicht, denn nun, da er geheilt war, hatte er sein Amt als Truchseß übernommen, wenngleich nur für kurze Zeit, und seine Aufgabe war es, alles vorzubereiten für einen, der ihn ersetzen sollte.

Und Éowyn ging nicht, obwohl ihr Bruder Botschaft geschickt und sie gebeten hatte, zum Feld von Cormallen zu kommen. Und Faramir wunderte sich darüber, aber er sah sie selten, da er mit vielerlei Dingen beschäftigt war; und sie wohnte noch in den Häusern der Heilung und ging allein im Garten spazieren, und ihr Gesicht wurde wieder bleich, und es schien, daß in der ganzen Stadt sie allein leidend und kummervoll war. Und der Vorsteher der Häuser war besorgt und sprach mit Faramir.

Da kam Faramir und suchte sie, und wiederum standen sie zusammen auf den Wällen; und er sagte zu ihr: »Éowyn, warum verweilt Ihr hier und geht nicht zu dem Freudenfest in Cormallen jenseits von Cair Andros, wo Euer Bruder Euch erwartet?«

Und sie sagte: »Wißt Ihr das nicht?«

Aber er antwortete: »Zwei Gründe mag es geben, aber welcher der richtige ist, weiß ich nicht.«

Und sie sagte: »Ich will keine Rätsel raten. Sprecht deutlicher.«

»Wenn Ihr es wünscht, Herrin«, sagte er. »Ihr geht nicht, weil nur Euer Bruder Euch rief, und es Euch jetzt keine Freude bereiten würde, Herrn Aragorn, Elendils Erben, in seiner Siegerehre zu sehen. Oder weil ich nicht gehe und Ihr mir noch nahe sein wollt. Und vielleicht aus beiden Gründen, und Ihr selbst vermögt Euch nicht zu entscheiden. Éowyn, liebt Ihr mich nicht oder werdet Ihr mich nicht lieben?«

»Ich wünschte, von einem anderen geliebt zu werden«, antwortete sie, »und ich will keines Mannes Mitleid.«

»Das weiß ich«, sagte er. »Ihr wünschtet von Herrn Aragorn geliebt zu werden. Weil er edel und mächtig ist und Ihr nach Ruhm und Glanz trachtetet und über die gemeinen Wesen, die auf der Erde kriechen, weit erhaben sein wolltet. Und wie ein großer Hauptmann einem jungen Krieger, so erschien er Euch bewundernswert. Und das ist er auch, ein Herr unter den Menschen, der größte, den es jetzt gibt. Aber als er nur Verständnis und Mitleid für Euch hatte, da wolltet Ihr lieber gar nichts haben, es sei denn einen tapferen Tod in der Schlacht. Schaut mich an, Éowyn!«

Und Éowyn sah Faramir lange und unverwandt an; und Faramir sagte: »Verachtet Mitleid nicht, das die Gabe eines gütigen Herzens ist, Éowyn! Aber ich biete Euch nicht mein Mitleid an. Denn Ihr seid eine edle Frau und eine tapfere Frau und habt Ruhm errungen, der nicht vergessen werden soll; und Ihr seid eine so schöne Frau, finde ich, daß selbst Worte in der Elbensprache es nicht auszudrücken vermögen. Und ich liebe Euch. Einstmals hatte ich Mitleid mit Eurem Kummer. Doch jetzt, wäret Ihr auch sorgenlos und ohne Furcht und würde es Euch an nichts mangeln, wäret Ihr die glückliche Königin von Gondor, ich würde Euch dennoch lieben. Éowyn, liebt Ihr mich nicht?«

Da wandelte sich Éowyns Herz, oder sie verstand es endlich. Und plötzlich verging ihr Winter, und die Sonne beschien sie.

»Ich stehe in Minas Anor, auf dem Turm der Sonne«, sagte sie, »und siehe! Der Schatten ist dahingegangen! Ich will nicht länger eine Schildmaid sein oder mit den großen Reitern wetteifern und mich nicht nur an den Gesängen des Mordens erfreuen. Ich will eine Heilerin sein und alles lieben, was wächst und nicht unfruchtbar ist.« Und wieder schaute sie Faramir an. »Nicht länger wünsche ich eine Königin zu sein«, sagte sie.

Da lachte Faramir fröhlich. »Das ist gut«, sagte er, »denn ich bin kein König. Dennoch will ich die Weiße Herrin von Rohan ehelichen, wenn es ihr Wille ist. Und wenn sie will, dann laßt uns den Fluß überqueren und in glücklicheren

Tagen im schönen Ithilien wohnen und dort einen Garten anlegen. Alles wird da voll Freude wachsen, wenn die Weiße Herrin kommt.«

»Dann muß ich mein eigenes Volk verlassen, Mann von Gondor?« fragte sie. »Und möchtet Ihr, daß Euer stolzes Volk von Euch sagt: ›Da geht ein Ritter, der eine wilde Schildmaid aus dem Norden zähmte! Gab es keine Frau aus dem Geschlecht von Númenor, die er erkiesen konnte?‹«

»Das möchte ich«, sagte Faramir. Und er nahm sie in die Arme und küßte sie unter dem sonnigen Himmel, und es kümmerte ihn nicht, daß sie hoch oben auf den Wällen standen und für viele sichtbar waren. Und tatsächlich sahen viele sie und das Licht, das um sie schien, als sie Hand in Hand von den Wällen hinab zu den Häusern der Heilung gingen.

Und zu dem Vorsteher der Häuser sagte Faramir: »Hier ist Frau Éowyn von Rohan, und jetzt ist sie geheilt.«

Und der Vorsteher sagte: »Dann entlasse ich sie aus meiner Obhut und sage ihr Lebewohl, und möge sie nie wieder Verletzungen oder Krankheiten erleiden. Ich übergebe sie der Obhut des Truchsessen der Stadt, bis ihr Bruder zurückkehrt.«

Aber Éowyn sagte: »Nun, da ich Erlaubnis habe zu gehen, möchte ich bleiben. Denn dieses Haus ist für mich von allen Behausungen die glücklichste geworden.« Und sie blieb dort, bis König Éomer kam.

Alles wurde nun in der Stadt bereitgemacht; und es strömte viel Volk zusammen, denn die Nachricht hatte sich in allen Teilen Gondors verbreitet, von Min-Rimmon bis nach Pinnath Gelin und zu den fernen Meeresküsten, und alle, die in die Stadt kommen konnten, eilten sich, zu kommen. Und die Stadt war wieder voll von Frauen und schönen Kindern, die, mit Blumen beladen, in ihre Heime zurückgekehrt waren; und aus Dol Amroth kamen die Harfner, die im ganzen Land am kunstvollsten harften; und es waren Leute da, die Fiedel spielten und auf Flöten und silbernen Hörnern bliesen, und Sänger aus den Tälern des Lebennin.

Schließlich kam ein Abend, da konnte man von den Wällen die Zelte auf dem Felde sehen, und die ganze Nacht brannten Lichter, denn die Männer warteten auf die Morgendämmerung. Und als die Sonne an dem klaren Morgen über dem Gebirge im Osten aufging, auf dem kein Schatten mehr lag, da läuteten alle Glocken, alle Banner entrollten sich und flatterten im Wind; auf dem Weißen Turm der Veste wurde die Standarte der Truchsessen, silbern wie Schnee in der Sonne, die kein Wappen und keinen Wahlspruch trug, zum letztenmal über Gondor aufgezogen.

Nun führten die Heerführer des Westens ihre Heere zur Stadt, und das Volk sah sie herankommen, Reihe um Reihe, blitzend und schimmernd im Sonnenaufgang und wie silberne Wellen wogend. Und so kamen sie zum Torweg und hielten eine Achtelmeile vor den Mauern an. Bis jetzt waren noch nicht wieder Tore eingesetzt, sondern nur ein Schlagbaum über den Eingang zur Stadt gelegt worden, und dort standen Krieger in Silber und Schwarz mit gezogenen Langschwertern. Vor dem Schlagbaum standen Faramir, der Truchseß, und Húrin, der Verwahrer der Schlüssel, und die anderen Hauptleute von Gondor und Frau Éowyn von Rohan mit Elfhelm dem Marschall und vielen Rittern der Mark; und auf beiden Seiten des Tors stand eine dichte Menge schönen Volkes in vielfarbigen Gewändern und mit Blumengebinden.

So war nun ein großer Platz vor den Mauern von Minas Tirith freigeblieben, und auf allen Seiten war er gesäumt von den Rittern und Kriegern von Gondor und Rohan und von dem Volk der Stadt und aus allen Teilen des Landes. Stille senkte sich auf alle, als aus dem Heer die Dúnedain in Silber und Grau vortraten; und vor ihnen ging mit langsamen Schritten Herr Aragorn. Er trug einen schwarzen Panzer, mit Silber gegürtet, und einen langen Umhang aus reinem Weiß, am Hals von einem großen grünen Edelstein zusammengehalten, der weithin leuchtete; doch sein Kopf war unbedeckt bis auf einen Stern auf seiner Stirn an einem schmalen Silberreif. Mit ihm kamen Éomer von Rohan und der Fürst Imrahil und Gandalf, ganz in Weiß gekleidet, und vier kleine Gestalten, über die viele Menschen staunten.

»Nein, Base, das sind keine Knaben«, sagte Ioreth zu ihrer Verwandten aus Imloth Melui, die neben ihr stand. »Es sind Periannath aus dem fernen Land der Halblinge, wo sie Fürsten von großem Ruhm sind, wie es heißt. Ich sollte es wissen, denn ich hatte einen in den Häusern zu pflegen. Sie sind klein, aber sehr tapfer. Ja, Base, einer von ihnen ging mit nur seinem Knappen in das Schwarze Land und kämpfte ganz allein mit dem Dunklen Herrscher und steckte seinen Turm in Brand, wenn du dir das vorstellen kannst. Wenigstens wird das in der Stadt erzählt. Das wird der sein, der neben unserem Elbenstein geht. Sie sind gute Freunde, wie ich höre. Nun, er ist wirklich wunderbar, der Herr Elbenstein: nicht sehr sanft in seiner Ausdrucksweise, weißt du, aber er hat ein goldenes Herz, wie man so sagt; und er hat die heilenden Hände. ›Die Hände des Königs sind die Hände eines Heilers‹, sagte ich; und so ist alles entdeckt worden. Und Mithrandir sagte zu mir: ›Ioreth, lange werden sich die Menschen Eurer Worte erinnern‹, und ...«

Aber Ioreth konnte in der Unterrichtung ihrer Verwandten vom Lande nicht fortfahren, denn eine einzige Trompete erschallte, und eine Totenstille trat ein. Dann schritt Faramir mit Húrin von den Schlüsseln, aber sonst keinem, voran, nur hinter ihnen gingen vier Mannen mit den hohen Helmen und der Rüstung der Veste, und sie trugen eine kleine Truhe aus schwarzem *lebethron*, mit Silber beschlagen.

Faramir traf Aragorn in der Mitte derjenigen, die versammelt waren, und er kniete nieder und sagte: »Der letzte Truchseß von Gondor bittet um Erlaubnis, sein Amt zu übergeben.« Und er hielt einen weißen Stab hoch; aber Aragorn nahm den Stab und gab ihn ihm zurück und sagte: »Das Amt ist nicht beendet, und es soll deines und deiner Erben sein, solange mein Haus besteht. Walte nun deines Amtes!«

Da stand Faramir auf und sprach mit heller Stimme: »Menschen von Gondor, hört jetzt den Truchseß dieses Reiches! Sehet! einer ist gekommen und erhebt wieder Anspruch auf die Königswürde. Hier ist Aragorn, Arathorns Sohn,

Stammeshaupt der Dúnedain von Arnor, Heerführer des Westens, Träger des Sterns des Nordens und des neu geschmiedeten Schwertes, siegreich in der Schlacht, dessen Hände Heilung bringen, der Elbenstein, Elessar aus dem Hause Valandils, Isildurs Sohn, Elendils Sohn von Númenor. Soll er König sein und die Stadt betreten und hier wohnen?«

Und das ganze Heer und alles Volk rief einstimmig *Ja*.

Und Ioreth sagte zu ihrer Verwandten: »Das ist nur eine Feierlichkeit, wie wir sie in der Stadt haben, Base. Denn er hat die Stadt schon betreten, wie ich dir erzählte; und er sagte zu mir...« Und dann mußte sie von neuem still sein, denn Faramir sprach wieder.

»Menschen von Gondor, die Gelehrten sagen, seit alters her sei es Sitte gewesen, daß der König die Krone von seinem Vater erhielt, ehe er starb; oder wenn das nicht sein kann, sollte er allein gehen und sie aus den Händen seines Vaters nehmen in der Gruft, wo er lag. Aber da es nun anders geschehen muß, habe ich kraft meiner Befugnis als Truchseß heute von Rath Dínen die Krone von Earnur, dem letzten König, hierher gebracht, dessen Tage in der Zeit unserer Vorväter endeten.«

Dann traten die Wachen vor, und Faramir öffnete die Truhe und hielt eine altertümliche Krone hoch. Sie war geformt wie die Helme der Wache der Veste, nur war sie höher und ganz weiß, und die Flügel zu beiden Seiten waren aus Perlen und Silber gearbeitet und sahen aus wie Schwingen eines Seevogels, denn die Krone war das Wahrzeichen der Könige, die über das Meer gekommen waren; und sieben Edelsteine aus Adamant waren in den Stirnreif gefaßt, und auf dem Scheitel saß ein einziger Edelstein, der wie eine Flamme loderte.

Dann nahm Aragorn die Krone und hielt sie hoch und sagte:

Et Earello Endorenna utúlien. Sinome maruvan ar Hildinyar tenn' Ambarmetta!

Und das waren die Worte, die Elendil gesprochen hatte, als er auf den Flügeln des Windes aus dem Meer heraufkam: »Aus dem Großen Meer bin ich nach Mittelerde gekommen. An diesem Ort will ich bleiben und meine Erben bis zum Ende der Welt.«

Zur Verwunderung von vielen setzte sich Aragorn die Krone dann nicht aufs Haupt, sondern gab sie Faramir zurück und sagte: »Durch die Mühen und die Tapferkeit vieler bin ich zu meinem Erbe gekommen. Als ein Zeichen dafür möchte ich, daß mir der Ringträger die Krone bringt und Mithrandir sie mir aufs Haupt setzt, wenn er will. Denn er ist die Triebkraft bei allem gewesen, was erreicht wurde, und dies ist sein Sieg.«

Dann trat Frodo vor und nahm von Faramir die Krone und brachte sie Gandalf; und Aragorn kniete nieder, und Gandalf setzte ihm die Weiße Krone aufs Haupt und sagte:

»Nun kommen die Tage des Königs, und mögen sie glückselig sein, solange die Throne der Valar bestehen!«

Doch als Aragorn aufstand, starrten ihn alle, die ihn sahen, stumm an, denn es schien ihnen, daß sie ihn jetzt zum ersten Mal erblickten. Groß wie die See-

Der Truchseß und der König

Könige von einst, überragte er alle, die um ihn standen. Hochbetagt erschien er, und doch in der Blüte der Manneskraft; und Weisheit lag auf seiner Stirn, und Kraft und Heilung waren in seinen Händen, und ein Licht war um ihn. Und dann rief Faramir:

»Sehet den König!«

Und in diesem Augenblick wurden alle Trompeten geblasen, und König Elessar schritt voran und kam zu dem Schlagbaum, und Húrin von den Schlüsseln stieß ihn auf; und begleitet von der Musik von Harfen und Fiedeln und Flöten und vom Gesang heller Stimmen schritt der König durch die blumengeschmückten Straßen und kam zur Veste und betrat sie; und das Banner des Baums und der Sterne wurde am höchsten Turm aufgezogen, und die Herrschaft von König Elessar begann, von der viele Lieder berichtet haben.

In seiner Zeit wurde die Stadt schöner gemacht, als sie je gewesen war, selbst in den Tagen ihrer ersten Blüte; und sie erhielt eine Fülle von Bäumen und Springbrunnen, und ihre Tore wurden aus *mithril* und Stahl geschmiedet und die Straßen mit weißem Marmor gepflastert; und das Volk des Berges arbeitete hier, und das Volk des Waldes freute sich herzukommen; und alles wurde heil und gut gemacht, und die Häuser wurden mit Männern und Frauen und dem Lachen von Kindern gefüllt, und kein Fenster war öde und kein Hof verlassen; und nach dem Ende des Dritten Zeitalters der Welt bewahrte die Stadt bis in das neue Zeitalter hinein die Erinnerung und den Glanz der Jahre, die vergangen waren.

In den Tagen nach seiner Krönung saß der König auf seinem Thron in der Halle der Könige und sprach Recht. Und Gesandtschaften kamen aus vielen Landen und aus vielen Völkern, aus dem Osten und dem Süden und von den Grenzen des Düsterwaldes, und aus Dunland im Westen. Und der König verzieh den Ostlingen, die sich ergeben hatten, und entließ sie als Freie; und er schloß Frieden mit den Völkern von Harad; und die Sklaven von Mordor ließ er frei und alle Lande ums Núrnen-Meer gab er ihnen zu eigen. Und viele wurden zu ihm gebracht, um Lob und Belohnung für ihre Tapferkeit zu erhalten; und zuletzt brachte der Hauptmann der Wache Beregond zu ihm, damit das Urteil über ihn gesprochen werde.

Und der König sagte zu Beregond: »Beregond, durch dein Schwert wurde Blut vergossen an den Weihestätten, was verboten ist. Auch hast du ohne Erlaubnis des Herrn oder Hauptmanns deinen Posten verlassen. Einstmals wurden solche Vergehen mit dem Tode bestraft. Daher muß ich nun dein Urteil sprechen.

Jede Bestrafung entfällt in Anbetracht deiner Tapferkeit in der Schlacht und vor allem, weil alles, was du getan hast, aus Liebe zu Herrn Faramir geschah. Dennoch mußt du aus der Wache der Veste ausscheiden und die Stadt Minas Tirith verlassen.«

Da wich alles Blut aus Beregonds Gesicht, und er war ins Herz getroffen und senkte den Kopf. Doch der König sagte:

»So muß es sein, denn du bist der Weißen Schar zugeteilt, der Wache von Faramir, dem Fürsten von Ithilien, und du sollst ihr Hauptmann sein und in Ehren und Frieden in Emyn Arnen wohnen und im Dienste dessen stehen, für den du alles gewagt hast, um ihn vor dem Tode zu retten.«

Und da erkannte Beregond die Gnade und Gerechtigkeit des Königs und war froh, und er kniete nieder und küßte seine Hand und ging freudig und zufrieden von dannen. Und Aragorn gab Faramir Ithilien als sein Fürstentum und bat ihn, in den Bergen des Emyn Arnen in Sichtweite der Stadt zu wohnen.

»Denn«, sagte er, »Minas Ithil im Morgultal soll völlig zerstört werden, und wenn es auch in späterer Zeit gesäubert werden mag, so kann doch auf viele lange Jahre kein Mensch dort wohnen.«

Und als letzten von allen empfing Aragorn Éomer von Rohan, und sie umarmten sich, und Aragorn sagte: »Zwischen uns kann nicht die Rede sein von Geben oder Nehmen, und auch nicht von Belohnung; denn wir sind Brüder. In einer guten Stunde ritt Eorl aus dem Norden, und niemals war ein Bündnis von Völkern glücklicher, so daß keiner den anderen je im Stich ließ und auch niemals im Stich lassen wird. Nun, wie Ihr wißt, haben wir Théoden den Ruhmreichen in eine Gruft in den Weihestätten gelegt, und dort soll er für immer unter den Königen von Gondor liegen, wenn Ihr es wollt. Oder wenn Ihr es wünscht, werden wir nach Rohan kommen und ihn zurückbringen, damit er bei seinem eigenen Volk ruhe.«

Und Éomer antwortete: »Seit dem Tage, da Ihr vor mir aus dem grünen Gras der Höhen aufgetaucht seid, habe ich Euch geliebt, und diese Liebe wird nicht nachlassen. Aber jetzt muß ich für eine Weile in mein eigenes Reich gehen, wo viel wiedergutzumachen und in Ordnung zu bringen ist. Doch was den Gefallenen betrifft, so werden wir, wenn alles vorbereitet ist, zurückkommen und ihn holen; doch laßt ihn hier eine Weile schlafen.«

Und Éowyn sagte zu Faramir: »Nun muß ich in mein eigenes Land zurückgehen und noch einmal einen Blick darauf werfen und meinem Bruder bei seiner Arbeit helfen, aber wenn einer, den ich lange wie einen Vater geliebt habe, zur letzten Ruhe gebettet ist, werde ich wiederkommen.«

So vergingen die frohen Tage; und am 8. Mai machten sich die Reiter von Rohan bereit und ritten fort über die Nordstraße, und mit ihnen gingen Elronds Söhne. Die ganze Stadt war gesäumt mit Menschen, um ihnen Ehre zu erweisen, und sie zu rühmen, vom Tor der Stadt bis zu den Mauern des Pelennor. Dann kehrten alle, die weit weg wohnten, froh zurück zu ihren Heimen. Doch in der Stadt arbeiteten viele willige Hände, um sie wieder aufzubauen und zu neuem Leben zu erwecken und alle Narben des Krieges und die Erinnerung an die Dunkelheit zu beseitigen.

Die Hobbits blieben noch in Minas Tirith mit Legolas und Gimli; denn Aragorn war dagegen, daß sich die Gemeinschaft schon auflöste. »Einmal müssen alle derartigen Dinge enden«, sagte er, »aber ich hätte gern, daß ihr noch eine kleine Weile wartet: denn das Ende der Taten, an denen ihr beteiligt wart, ist noch nicht gekommen. Ein Tag nähert sich, auf den ich all die Jahre meines Mannesalters gewartet habe, und wenn er kommt, möchte ich meine Freunde an meiner Seite haben.« Aber mehr über den Tag wollte er nicht sagen.

Der Truchseß und der König

In jenen Tagen wohnten die Gefährten des Rings zusammen mit Gandalf in einem schönen Haus, und sie gingen hierhin und dorthin, wie es ihnen beliebte. Und Frodo sagte zu Gandalf: »Weißt du, was für ein Tag das ist, von dem Aragorn spricht? Denn wir sind hier glücklich, und ich habe nicht den Wunsch wegzugehen; aber die Zeit verrinnt, und Bilbo wartet; und das Auenland ist meine Heimat.«

»Was Bilbo betrifft«, sagte Gandalf, »so wartet er auf denselben Tag, und er weiß, was dich zurückhält. Und was das Vergehen der Zeit betrifft, so haben wir jetzt erst Mai, und es ist noch nicht Hochsommer; und obwohl alle Dinge verändert erscheinen mögen, als ob ein Zeitalter der Welt vergangen sei, so ist es für die Bäume und das Gras doch weniger als ein Jahr, seit du aufbrachst.«

»Pippin«, sagte Frodo, »hast du nicht gesagt, Gandalf sei weniger zugeknöpft als früher? Da war er wohl ermattet von seinen Plagen, glaube ich. Jetzt erholt er sich.«

Und Gandalf sagte: »Viele Leute möchten im vorhinein wissen, was auf den Tisch gebracht wird; aber diejenigen, die sich abgemüht haben, um das Festmahl zu bereiten, wahren ihr Geheimnis gern; denn Staunen macht die Lobesworte lauter. Und Aragorn selbst wartet auf ein Zeichen.«

Dann kam ein Tag, an dem Gandalf nicht zu finden war, und die Gefährten fragten sich, was vor sich gehe. Aber Gandalf verließ bei Nacht mit Aragorn die Stadt, und er brachte ihn auf den südlichen Fuß des Bergs Mindolluin; und dort fanden sie einen Pfad, der in längst vergangenen Zeiten angelegt worden war und den nur wenige jetzt zu betreten wagten; denn er führte hinauf auf den Berg zu einer hochgelegenen Weihestätte, wo nur die Könige hinzugehen pflegten. Und sie stiegen auf steilen Wegen empor, bis sie zu einem hochgelegenen Feld kamen unterhalb des Schnees, der die hohen Gipfel bedeckte, und von dem Feld aus sah man hinweg über den Felsen, der sich hinter der Stadt erhob. Und als sie dort standen, überblickten sie die Lande, denn der Morgen war gekommen; und sie sahen die Türme der Stadt tief unter ihnen wie weiße Pinsel, in Sonnenlicht getaucht, und das ganze Tal des Anduin war wie ein Garten, und das Schattengebirge war in goldenen Nebel gehüllt. Auf der einen Seite reichte die Sicht bis zu dem grauen Emyn Muil, und das Glitzern des Rauros war wie ein Stern, der fern funkelt; und auf der anderen Seite sahen sie den Fluß wie ein sich bis Pelargir erstreckendes Band, und dahinter war ein Schein am Saum des Himmels, der das Meer verriet.

Und Gandalf sagte: »Dies ist dein Reich und das Herz des größeren Reiches, das sein wird. Das Dritte Zeitalter der Welt ist zu Ende, das neue Zeitalter hat begonnen; und es ist deine Aufgabe, seinen Beginn zu ordnen, und das zu bewahren, was bewahrt werden kann. Denn obwohl vieles gerettet worden ist, muß nun vieles vergehen; und auch die Macht der Drei Ringe ist zu Ende. Und all die Lande, die du siehst, und jene, die ringsum liegen, werden Wohnstätten der Menschen sein. Denn es kommt die Zeit der Herrschaft der Menschen, und die Ältere Sippe wird dahinschwinden oder von dannen gehen.«

»Ich weiß das sehr wohl, lieber Freund«, sagte Aragorn. »Aber ich würde immer noch gern deinen Rat haben.«

»Nicht mehr lange jetzt«, sagte Gandalf. »Das Dritte Zeitalter war meine Zeit. Ich war Saurons Feind; und mein Werk ist vollbracht. Ich werde bald gehen. Die Bürde liegt nun auf dir und deiner Sippe.«

»Aber ich werde sterben«, sagte Aragorn. »Denn ich bin ein Sterblicher, und wenngleich ich, weil ich bin, was ich bin, und dem unvermischten Geschlecht des Westens entstamme, ein sehr viel längeres Leben haben werde als andere Menschen, so ist es dennoch nur eine kurze Spanne; und wenn jene, die jetzt im Schoß der Frauen sind, geboren und alt geworden sind, dann werde auch ich alt werden. Und wer soll Gondor dann beherrschen und jene, die diese Stadt als ihre Königin ansehen, wenn mir mein Wunsch nicht gewährt wird? Der Baum im Hof des Springbrunnens ist noch immer verdorrt und unfruchtbar. Wann werde ich ein Zeichen sehen, daß es jemals anders sein wird?«

»Wende dein Gesicht ab von der grünen Welt und schaue dorthin, wo alles öde und kalt zu sein scheint«, sagte Gandalf.

Da wandte Aragorn sich um, und hinter ihm war ein felsiger Hang, der sich herunterzog von den Säumen des Schnees; und als er schaute, bemerkte er, daß dort in der Ödnis eine einzige lebende Pflanze stand. Und er kletterte hinauf zu ihr und sah, daß genau am Rande des Schnees ein Baumschößling wuchs, der nicht mehr als drei Fuß hoch war. Schon hatte er junge Blätter getrieben, lang und wohlgeformt, dunkel oben und silbern unten, und auf seiner schlanken Krone trug er eine kleine Blütentraube, deren weiße Blütenblätter wie sonnenbeschienener Schnee schimmerten.

Da rief Aragorn: »*Yé! utúvienyes!* Ich habe ihn gefunden! Siehe! hier ist ein Reis des Ältesten der Bäume! Aber wie kommt es hierher? Denn es ist selbst noch keine sieben Jahre alt.«

Und Gandalf kam und schaute es an und sagte: »Fürwahr, das ist ein Schößling aus dem Stamm von Nimloth dem Schönen; und der war ein Sämling von Galathilion, und dieser wiederum die Frucht von Telperion, dem vielnamigen, dem Ältesten der Bäume. Wer soll sagen, wie er gerade zur rechten Stunde hierher kommt? Aber dies ist eine alte Weihestätte, und ehe die Könige vergingen oder der Baum im Hof verdorrte, muß hier eine Frucht eingepflanzt worden sein. Denn es heißt, obwohl die Früchte des Baums selten zur Reife gelangen, mag dennoch das Leben viele Jahre lang schlafend in ihnen liegen, und niemand kann die Zeit voraussagen, da es erwacht. Denke daran. Denn wann immer eine Frucht reift, sollte sie eingepflanzt werden, damit der Stamm in der Welt nicht ausstirbt. Hier hat die Frucht auf dem Berg verborgen gelegen, ebenso wie das Geschlecht von Elendil in den Einöden des Nordens verborgen war. Dennoch ist der Stamm von Nimloth weit älter als Euer Geschlecht, König Elessar.«

Dann legte Aragorn seine Hand sanft an den Schößling, und siehe da! er schien nur locker in der Erde zu sitzen und ließ sich ohne Verletzung herausziehen; und Aragorn trug ihn zurück zur Veste. Dann wurde der verdorrte Baum ausgegraben, doch mit aller Ehrfurcht; und er wurde nicht verbrannt, sondern in der Stille von

Rath Dínen zur Ruhe gelegt. Und Aragorn pflanzte im Hof bei dem Springbrunnen den neuen Baum, und schnell und freudig begann er zu wachsen, und als der Juni kam, war er mit Blüten überladen.

»Das Zeichen ist gegeben worden«, sagte Aragorn, »und der Tag ist nicht mehr fern.« Und er stellte Wächter auf die Mauern.

Es war der Tag vor der Sommersonnenwende, als Boten von Amon Dîn in die Stadt kamen und berichteten, schönes Volk reite aus dem Norden heran und nähere sich jetzt den Mauern des Pelennor. Und der König sagte: »Endlich sind sie gekommen. Laßt die ganze Stadt sich bereitmachen!«

Genau am Abend vor dem Mittjahrstag, als der Himmel blau war wie Saphire und weiße Sterne im Osten erschienen, aber der Westen noch golden war und die Luft kühl und duftend, kamen die Reiter den Nordweg herunter zu den Toren von Minas Tirith. Voran ritten Elrohir und Elladan mit einem silbernen Banner, und dann kamen Glorfindel und Erestor und alle Ritter von Bruchtal, und hinter ihnen kamen Frau Galadriel und Celeborn, der Herr von Lothlórien, auf weißen Rössern, und mit ihnen viel schönes Volk aus ihrem Land in grauen Mänteln und mit weißen Edelsteinen im Haar; und als letzter kam Herr Elrond, mächtig unter Elben und Menschen, und er trug das Szepter von Annúminas, und neben ihm auf einem grauen Zelter ritt Arwen, seine Tochter, Abendstern ihres Volkes.

Und als Frodo sie kommen sah, schimmernd im Abend, mit Sternen auf der Stirn und von einem süßen Duft umgeben, da wurde er von großem Staunen ergriffen, und er sagte zu Gandalf: »Endlich verstehe ich, warum wir gewartet haben. Das ist das Ende. Nun wird nicht nur der Tag geliebt werden, sondern auch die Nacht wird schön und gesegnet sein, und all ihre Ängste vergehen!«

Dann begrüßte der König seine Gäste, und sie saßen ab; und Elrond übergab das Szepter und legte die Hand seiner Tochter in die Hand des Königs, und zusammen gingen sie hinauf in die Hohe Stadt, und alle Sterne blühten am Himmel. Und Aragorn, der König Elessar, ehelichte Arwen Undómiel in der Stadt der Könige am Mittjahrstag, und die Zahl der Jahre ihres langen Wartens und ihrer Mühen war erfüllt.

SECHSTES KAPITEL

VIELE ABSCHIEDE

Als die Freudentage vorüber waren, dachten die Gefährten schließlich daran, in ihre Heimat zurückzukehren. Und Frodo ging zum König, der mit Königin Arwen am Springbrunnen saß, und sie sang ein Lieg von Valinor, während der Baum wuchs und blühte. Sie hießen Frodo willkommen und standen auf, um ihn zu begrüßen, und Aragorn sagte:

»Ich weiß, weshalb du gekommen bist, Frodo: du möchtest in deine Heimat zurückkehren. Nun, liebster Freund, der Baum wächst am besten im Boden seiner Vorväter; aber in allen Landen des Westens wirst du immer willkommen sein. Und obwohl über dein Volk in den Sagen der Großen wenig Ruhmreiches berichtet wurde, wird es jetzt mehr Ansehen genießen als viele große Reiche, die nicht mehr sind.«

»Es stimmt, daß ich wieder in das Auenland gehen möchte«, sagte Frodo, »aber zuerst muß ich nach Bruchtal. Denn wenn in einer so glückseligen Zeit etwas hätte fehlen können, so vermißte ich Bilbo; und ich war betrübt, als ich sah, daß er nicht mit Elronds Gefolge gekommen war.«

»Wundert dich das, Ringträger?« sagte Arwen. »Denn du kennst die Macht des Dinges, das jetzt zerstört ist; und alles, was durch diese Macht geschaffen wurde, vergeht nun. Doch dein Verwandter besaß dieses Ding länger als du. Er ist jetzt alt an Jahren nach den Maßstäben seines Geschlechts, und er wird keine Fahrt mehr unternehmen außer einer.«

»Dann bitte ich um die Erlaubnis, bald zu gehen«, sagte Frodo.

»In sieben Tagen werden wir aufbrechen«, sagte Aragorn. »Denn wir werden ein weites Stück mit euch reiten, bis in das Land Rohan. In drei Tagen wird Éomer hierher kommen, um Théoden heimzuholen, auf daß er in der Mark ruhe, und wir werden mit ihm reiten, um den Gefallenen zu ehren. Doch jetzt, ehe du gehst, will ich die Worte bestätigen, die Faramir zu dir sprach, daß du auf immer das Recht hast, dich im Reich Gondor frei zu bewegen, und deine Gefährten gleichermaßen. Und wenn es irgendwelche Geschenke gäbe, die ich dir machen könnte und die deiner Taten würdig sind, dann solltest du sie haben; doch was immer du wünschst, sollst du mit dir nehmen, und ihr sollt mit allen Ehren reiten und gekleidet sein wie Fürsten dieses Landes.«

Doch Königin Arwen sagte: »Ein Geschenk will ich dir machen. Denn ich bin die Tochter von Elrond. Ich werde nicht mit ihm gehen, wenn er zu den Anfurten aufbricht; denn ich habe die Entscheidung von Lúthien getroffen, und wie sie habe ich das Süße und das Bittere gewählt. Doch an meiner Statt sollst du gehen, Ringträger, wenn die Zeit gekommen ist und du es dann wünschst. Wenn deine Verletzungen dich noch schmerzen und die Erinnerung an deine Bürde schwer ist, dann darfst du in den Westen gehen, bis all deine Wunden und Müdigkeit geheilt sind. Doch trage nun dies zur Erinnerung an Elbenstein und Abendstern, mit denen dein Leben verflochten war!«

Und sie nahm einen weißen Edelstein wie einen Stern, der an einer silbernen Kette auf ihrer Brust hing, und sie legte Frodo die Kette um den Hals. »Wenn die Erinnerung an den Schrecken und die Dunkelheit dich quält«, sagte sie, »wird dies dir Hilfe bringen.«

Nach drei Tagen kam, wie der König gesagt hatte, Éomer in die Stadt geritten, und mit ihm ein *éored* der schönsten Ritter der Mark. Er wurde willkommen geheißen; und als sie alle in Merethrond, der Großen Festhalle, bei Tisch saßen, sah er die Schönheit der Frauen, die dort waren, und er war von großem Staunen erfüllt. Und ehe er zur Ruhe ging, ließ er Gimli den Zwerg rufen und sagte zu ihm: »Gimli, Glóins Sohn, habt Ihr Eure Axt bereit?«

»Nein, Herr«, sagte Gimli, »aber ich kann sie holen, wenn es not tut.«

»Das sollt Ihr beurteilen«, sagte Éomer. »Denn einige voreilige Worte über die Herrin des Goldenen Waldes stehen noch zwischen uns. Und nun habe ich sie mit eigenen Augen gesehen.«

»Nun, Herr«, sagte Gimli, »und was sagt Ihr jetzt?«

»Leider«, sagte Éomer, »kann ich nicht sagen, daß sie die schönste Frau unter den Lebenden ist.«

»Dann muß ich meine Axt holen«, sagte Gimli.

»Aber zuerst möchte ich folgende Entschuldigung anführen«, sagte Éomer. »Hätte ich sie in anderer Gesellschaft gesehen, hätte ich alles gesagt, was Ihr wünschen könntet. Doch jetzt will ich Königin Arwen Abendstern an erster Stelle nennen, und ich bin bereit, meinerseits mit jedem zu kämpfen, der mir das bestreitet. Soll ich nach meinem Schwert schicken?«

Da verneigte sich Gimli tief. »Nein, Ihr seid entschuldigt, was mich betrifft, Herr«, sagte er. »Ihr habt den Abend gewählt; aber meine Liebe gilt dem Morgen. Und mein Herz ahnt, daß er bald für immer dahingehen wird.«

Endlich kam der Tag des Aufbruchs, und eine große und schöne Gesellschaft machte sich bereit, von der Stadt gen Norden zu reiten. Da gingen die Könige von Gondor und Rohan zu den Weihestätten, und sie kamen zu den Grüften in Rath Dínen, und sie trugen König Théoden auf einer goldenen Bahre heraus und gingen schweigend durch die Stadt. Dann stellten sie die Bahre auf einen großen Wagen, den Reiter von Rohan umgaben und ihm sein Banner vorantrugen; und Merry als Théodens Schildknappe saß auf dem Wagen und hielt die Waffen des Königs.

Für die anderen Gefährten wurden ihrer Größe angemessene Reitpferde beschafft; und Frodo und Samweis ritten an Aragorns Seite, und Gandalf ritt auf Schattenfell, und Pippin ritt mit den Rittern von Gondor; und Legolas und Gimli ritten wie immer zusammen auf Arod.

Mit ihnen ritten auch Königin Arwen und Celeborn und Galadriel mit ihrem Volk und Elrond mit seinen Söhnen; und die Fürsten von Dol Amroth und Ithilien und viele Hauptleute und Ritter. Niemals hatte ein König der Mark eine solche Begleitung gehabt wie Théoden, Thengels Sohn, als er in sein Heimatland zurückkehrte.

Ohne Hast und in Frieden gelangten sie nach Anórien und kamen zum Grauen Wald unter Amon Dîn; und dort hörten sie ein Geräusch, als ob Trommeln in den Bergen geschlagen würden, obwohl kein Lebewesen zu sehen war. Da ließ Aragorn die Trompeten blasen, und Herolde riefen:

»Sehet, der König Elessar ist gekommen! Den Forst von Drúadan gibt er Ghân-buri-Ghân und seinem Volk auf immer zu eigen; und von nun an soll ihn kein Mensch ohne ihre Erlaubnis betreten!«

Da schlugen die Trommeln laut und wurden dann still.

Nach einer Fahrt von fünfzehn Tagen erreichte der Wagen von König Théoden endlich die grünen Felder von Rohan und kam nach Edoras; und dort rasteten alle. Die Goldene Halle wurde mit schönen Vorhängen geschmückt, und sie war erfüllt von Licht, und dort wurde das prächtigste Fest abgehalten, das sie seit den Tagen ihrer Erbauung erlebt hatte. Denn erst nach drei Tagen bereiteten die Menschen der Mark das Begräbnis von Théoden vor; und er wurde in ein Haus aus Stein gelegt mit seinen Waffen und vielen anderen schönen Dingen, die er besessen hatte, und über ihm wurde ein großes Hügelgrab errichtet, bedeckt mit Soden aus grünem Gras und Immertreu. Und nun waren acht Hügelgräber auf der Ostseite des Gräberfelds.

Dann ritten die Reiter des Hauses des Königs auf weißen Pferden um das Hügelgrab und sangen zusammen ein Lied von Théoden, Thengels Sohn, das Gléowine, sein Sänger, gedichtet hatte, und er dichtete kein anderes Lied danach. Die getragenen Stimmen der Reiter rührten die Herzen sogar derjenigen, die die Sprache von Rohan nicht verstanden; doch die Worte des Liedes ließen die Augen des Volks der Mark aufleuchten, als sie von ferne wieder die Hufe des Nordens hörten und Eorls Stimme, die sich über die Schlacht auf dem Feld von Celebrant erhob; und die Geschichte der Könige ging weiter, und Helms Horn erschallte im Gebirge, bis die Dunkelheit kam und König Théoden aufstand und durch den Schatten in das Feuer ritt und ruhmreich starb, gerade als die Sonne, die über alle Hoffnung zurückgekehrt war, am Morgen auf dem Mindolluin schimmerte.

Aus Zweifel und Finsternis ritt er, singend,
Mit blankem Schwert in der Morgensonne.
Hoffnung erweckte er, fiel voller Hoffnung,
Über Tod, über Grauen und Schicksal erhoben
Aus dem Leben zu immerwährender Ehre.

Aber Merry stand am Fuße des grünen Hügelgrabs und weinte, und als das Lied beendet war, rief er:

»König Théoden, König Théoden! Lebt wohl! Wie ein Vater wart Ihr zu mir, für eine kleine Weile. Lebt wohl!«

Als die Totenfeier vorüber war und die Tränen der Frauen versiegt waren und Théoden schließlich in seinem Hügelgrab allein zurückblieb, versammelten sich viele in der Goldenen Halle zu dem großen Festmahl und verbannten die Trauer;

denn Théoden war zu hohen Jahren gekommen und hatte sein Leben nicht weniger ehrenvoll beschlossen als der größte seiner Vorfahren. Und als die Zeit gekommen war, da sie nach der Sitte der Mark auf das Andenken der Könige trinken sollten, trat Éowyn, Herrin von Rohan, golden wie die Sonne und weiß wie Schnee, vor, und sie brachte Éomer einen gefüllten Becher.

Dann stand ein Sänger und Kundiger in der Überlieferung auf und nannte alle Namen der Herren der Mark in der richtigen Reihenfolge: Eorl der Junge; und Brego, der Erbauer der Halle; und Aldor, der Bruder Baldors des Glücklosen; und Féa und Fréawine und Goldwine und Déor und Gram; und Helm, der sich in Helms Klamm verbarg, als die Mark überrannt wurde; und so endeten die neun Hügelgräber auf der Westseite, denn in jener Zeit war der Stamm unterbrochen, und danach kamen die Hügelgräber auf der Ostseite: Fréalaf, Helms Schwestersohn, und Léofa und Walda und Folca und Folcwine und Fengel und Thengel und als letzter Théoden. Und als Théoden genannt wurde, leerte Éomer den Becher, und alle, die dort versammelt waren, erhoben sich und tranken auf den neuen König und riefen: »Heil Éomer, König der Mark!«

Und als das Fest schließlich seinem Ende zuging, stand Éomer auf und sagte: »Dies ist nun die Totenfeier für König Théoden; aber ich will, ehe wir gehen, eine frohe Botschaft aussprechen, weil er es mir nicht verübeln würde, daß ich es tue, denn er war immer ein Vater für Éowyn, meine Schwester. Höret denn, ihr meine Gäste, schönes Volk aus vielen Reichen, wie es sich nie zuvor in dieser Halle eingefunden hat! Faramir, Truchseß von Gondor und Fürst von Ithilien, bittet, daß Éowyn, Herrin von Rohan, seine Frau sein solle, und sie gewährt es bereitwillig. Darum sollen sie vor euch allen zusammengegeben werden.«

Und Faramir und Éowyn traten vor und legten ihre Hände ineinander; und alle tranken auf sie und waren froh. »So«, sagte Éomer, »ist die Freundschaft zwischen der Mark und Gondor durch ein neues Band gefestigt, und um so mehr freue ich mich.«

»Kein Geizhals seid Ihr, Éomer«, sagte Aragorn, »daß Ihr Gondor das Schönste aus Eurem Reich gebt!«

Dann blickte Éowyn Aragorn in die Augen und sagte: »Wünscht mir Glück, mein Lehnsherr und Heiler!«

Und er antwortete: »Ich habe dir Glück gewünscht, seit ich dich zum erstenmal sah. Es tut meinem Herzen wohl, dich jetzt froh zu sehen.«

Als das Fest vorüber war, verabschiedeten sich jene, die fortgehen wollten, von König Éomer. Aragorn und seine Ritter und das Volk von Lórien und Bruchtal machten sich bereit, weiterzureiten; doch Faramir und Imrahil blieben in Edoras; und auch Arwen Abendstern blieb hier, und sie sagte ihren Brüdern Lebewohl. Niemand sah ihr letztes Zusammensein mit Elrond, ihrem Vater, denn sie gingen hinauf in die Berge und sprachen dort lange miteinander, und bitter war ihr Abschied, der über das Ende der Welt hinaus dauern sollte.

Und zuletzt, ehe die Gäste aufbrachen, kamen Éomer und Éowyn zu Merry, und sie sagten: »Lebt nun wohl, Meriadoc aus dem Auenland und Holdwine der

Mark! Reitet nun einem glücklichen Geschick entgegen und reitet bald zurück, denn Ihr werdet uns willkommen sein!«

Und Éomer sagte: »Die Könige von einst hätten Euch für Eure Taten auf den Feldern von Mundburg mit Geschenken überhäuft, die ein Wagen nicht hätte tragen können; und doch wollt Ihr nichts annehmen, sagt Ihr, außer den Waffen, die Euch gegeben wurden. Damit muß ich mich abfinden, denn ich habe fürwahr keine Gabe, die Eurer wert wäre; doch meine Schwester bittet Euch, dieses kleine Ding anzunehmen zur Erinnerung an Dernhelm und an die Hörner der Mark bei Anbruch des Morgens.«

Da gab Éowyn Merry ein altertümliches Horn, klein, aber kunstfertig gearbeitet, ganz aus schönem Silber mit einem grünen Gehänge; und die Handwerker hatten geschwinde Reiter darauf eingeprägt, und sie ritten in einer Reihe, die sich von der Spitze bis zum Mundstück um das Horn herumzog; und es waren Runen von großer Zauberkraft eingeritzt.

»Dies ist ein Erbstück unseres Hauses«, sagte Éowyn. »Es wurde von den Zwergen gearbeitet und kam aus dem Schatz von Scatha dem Lindwurm. Eorl der Junge brachte es vom Norden mit. Wer es bläst, wenn er in Not ist, erweckt Furcht im Herzen seiner Feinde und Freude in den Herzen seiner Freunde, und sie werden ihn hören und zu ihm kommen.«

Da nahm Merry das Horn, denn er konnte es nicht ablehnen, und er küßte Éowyns Hand; und sie umarmten sich, und so schieden sie für diesmal voneinander.

Nun waren die Gäste bereit, und sie tranken den Abschiedsbecher, und voll des Lobes und der Freundschaft ritten sie von dannen und kamen schließlich nach Helms Klamm, wo sie zwei Tage rasteten. Dann löste Legolas sein Versprechen bei Gimli ein und ging mit ihm zu den Glitzernden Höhlen; und als sie zurückkamen, war er schweigsam und sagte nur, daß allein Gimli sie mit passenden Worten beschreiben könne. »Und niemals zuvor hat in einem Wortstreit ein Zwerg den Sieg über einen Elben davongetragen«, sagte er. »Deshalb laßt uns nun nach Fangorn gehen, um die Rechnung wieder auszugleichen.«

Vom Klammtal ritten sie nach Isengart und sahen, wie die Ents sich dort betätigt hatten. Der ganze Steinring war niedergerissen und entfernt worden, und das Land darinnen war in einen Garten verwandelt, mit Obstbäumen und anderen Gehölzen, und ein Bach durchströmte ihn; doch in der Mitte von allem war ein See mit klarem Wasser, und aus ihm erhob sich noch immer der Turm von Orthanc, hoch und unbezwinglich, und sein schwarzer Felsen spiegelte sich in dem Weiher.

Eine Weile saßen die Wanderer dort, wo einst die alten Tore von Isengart gestanden hatten, und dort waren nun zwei hohe Bäume wie Schildwachen am Anfang des grün eingefaßten Pfades, der zum Orthanc führte; und staunend betrachteten sie die Arbeit, die hier getan worden war, doch kein Lebewesen war weit und breit zu sehen. Aber plötzlich hörten sie eine Stimme, die *Hum-hom, hum-hom* rief; und da kam Baumbart mit langen Schritten den Pfad herunter, um sie zu begrüßen, und an seiner Seite war Flinkbaum.

Viele Abschiede

»Willkommen im Baumgarten von Orthanc!« sagte er. »Ich wußte, daß ihr kommt, aber ich war oben im Tal bei der Arbeit; da ist noch viel zu tun. Doch ihr seid auch nicht müßig gewesen im Süden und im Osten, wie ich höre; und alles, was ich höre, ist gut, sehr gut.« Dann pries Baumbart alle ihre Taten, von denen er genaue Kenntnis zu haben schien; und schließlich hielt er inne und sah Gandalf lange an.

»So«, sagte er, »Ihr habt Euch also als der Mächtigste erwiesen, und alle Eure Mühen waren erfolgreich. Wo wollt Ihr nun hin? Und warum kommt Ihr hierher?«

»Um zu sehen, wie Eure Arbeit vorangeht, mein Freund«, sagte Gandalf, »und um Euch für Eure Hilfe bei allem zu danken, die geleistet worden ist.«

»*Hum*, gut, das ist nur recht und billig«, sagte Baumbart. »Denn die Ents haben gewiß ihr Teil beigetragen. Und nicht nur, indem sie mit diesem, *hum*, verfluchten Baummörder abgerechnet haben, der hier wohnte. Denn da war ein großer Ansturm von diesen *burárum*, diesen übeläugigen, schwarzhändigen, krummbeinigen, hartherzigen, klauenfingrigen, zottigbäuchigen, blutdürstigen, *morimaitesincahonda*, *hum*, na, da ihr hastiges Volk seid und ihr voller Name so lang ist wie Jahre der Folterung, dieses Ork-Geschmeiß; und sie kamen über den Strom und herunter vom Norden und rings um den Wald von Laurelindórenan, in den sie nicht hinein konnten dank der Großen, die hier sind.« Er verbeugte sich vor dem Herrn und der Herrin von Lórien.

»Und eben diese üblen Geschöpfe waren mehr als überrascht, als sie uns draußen im Ödland trafen, denn vorher hatten sie noch nicht von uns gehört; obwohl das auch von besserem Volk gesagt werden kann. Und nicht viele werden sich an uns erinnern, denn nicht viele sind uns lebend entkommen, und die meisten davon hat der Fluß genommen. Aber es war gut für euch, denn wenn sie uns nicht getroffen hätten, dann hätte der König der Graslande nicht weit reiten können, und hätte er es dennoch getan, so hätte er kein Heim mehr gehabt, in das er hätte zurückkehren können.«

»Wir wissen es wohl«, sagte Aragorn, »und niemals soll es vergessen werden in Minas Tirith oder in Edoras.«

»*Niemals* ist ein zu langes Wort selbst für mich«, sagte Baumbart. »Nicht, so lange eure Königreiche bestehen, meint Ihr; aber sie werden wahrlich lange bestehen müssen, wenn es den Ents als lange erscheinen soll.«

»Das Neue Zeitalter beginnt«, sagte Gandalf, »und in diesem Zeitalter mag es sich sehr wohl erweisen, daß die Königreiche der Menschen Euch überdauern, Fangorn, mein Freund. Doch nun berichtet mir: wie ist es mit der Aufgabe, die ich Euch gestellt habe? Wie geht es Saruman? Ist er Orthanc nicht schon leid? Denn ich nehme nicht an, daß er der Meinung ist, Ihr habet die Aussicht von seinen Fenstern verschönt.«

Baumbart warf Gandalf einen langen Blick zu, einen fast listigen Blick, fand Merry. »Aha!« sagte er. »Ich dachte mir schon, daß Ihr darauf kommen würdet. Orthanc leid? Sehr leid zu guter Letzt; aber seinen Turm war er nicht so leid wie meine Stimme. *Hum!* Ich habe ihm ein paar lange Geschichten erzählt, oder zumindest etwas, das man in Eurer Redeweise lang nennen könnte.«

»Warum blieb er denn da, um sie anzuhören? Seid Ihr in den Orthanc hineingegangen?« fragte Gandalf.

»*Hum,* nein, nicht in den Orthanc!« sagte Baumbart. »Aber er kam ans Fenster und hörte zu, weil er sonst keine Nachrichten erhalten konnte, und obwohl ihm die Nachrichten gar nicht gefielen, war er begierig, sie zu hören; und ich habe dafür gesorgt, daß er alles gehört hat. Doch habe ich den Nachrichten eine ganze Menge hinzugefügt, über die nachzudenken gut für ihn war. Er wurde es sehr leid. Er war immer hastig. Das war sein Untergang.«

»Ich bemerke, mein guter Fangorn«, sagte Gandalf, »daß Ihr mit großer Sorgfalt sagt: *wohnte, war, wurde.* Wie steht es mit *ist?* Ist er tot?

»Nein, nicht tot, soviel ich weiß«, sagte Baumbart. »Aber er ist fort. Ja, vor sieben Tagen ist er weggegangen. Ich ließ ihn gehen. Es war wenig von ihm übrig, als er herauskroch, und was dieses Schlangengeschöpf von ihm betrifft, so war er wie ein blasser Schatten. Nun sagt mir nicht, Gandalf, daß ich versprochen hatte, ihn in sicherem Gewahrsam zu halten; denn ich weiß es. Aber die Dinge haben sich seitdem geändert. Und ich habe ihn so lange hier behalten, bis er ungefährlich war und keinen Schaden mehr anrichten konnte. Ihr solltet wissen, daß ich nichts mehr hasse, als wenn lebende Wesen in Käfige eingesperrt werden, und nicht einmal solche Geschöpfe will ich länger im Käfig halten als unbedingt nötig. Eine Schlange ohne Giftzahn mag kriechen, wohin sie will.«

»Ihr mögt recht haben«, sagte Gandalf. »Aber diese Schlange hatte noch einen Zahn, glaube ich. Er hatte das Gift seiner Stimme, und ich vermute, daß er Euch, sogar Euch, Baumbart, überredet hat, da er Euer weiches Herz kennt. Nun, er ist fort, und da ist nichts mehr darüber zu sagen. Aber der Turm von Orthanc geht nun wieder an den König, dem er gehört. Obwohl er ihn vielleicht nicht brauchen wird.«

»Das werden wir später sehen«, sagte Aragorn. »Doch will ich den Ents dieses ganze Tal geben, mit dem sie tun können, was ihnen beliebt, solange sie Orthanc bewachen und dafür sorgen, daß keiner ohne meine Erlaubnis ihn betritt.«

»Er ist zugesperrt«, sagte Baumbart. »Ich veranlaßte Saruman, ihn abzuschließen und mir die Schlüssel zu geben. Flinkbaum hat sie.«

Flinkbaum beugte sich wie ein Baum, der sich im Wind neigt, und gab Aragorn zwei große schwarze Schlüssel von verschlungener Form, die mit einem Stahlring verbunden waren. »Nun danke ich Euch noch einmal«, sagte Aragorn, »und sage Euch Lebewohl. Möge Euer Wald in Frieden wieder wachsen. Wenn dieses Tal bepflanzt ist, dann gibt es noch genug Raum westlich des Gebirges, wo Ihr vor langer Zeit einst weiltet.«

Baumbarts Gesicht wurde traurig. »Forste mögen wachsen«, sagte er. »Wälder mögen sich ausbreiten. Aber nicht die Ents. Es gibt keine Entings.«

»Doch ist vielleicht Eure Suche jetzt hoffnungsvoller«, sagte Aragorn. »Lande im Osten stehen Euch nun offen, die lange verschlossen waren.«

Doch Baumbart schüttelte den Kopf und sagte: »Das ist ein zu weiter Weg. Und dort sind heutzutage zu viele Menschen. Aber ich vergesse meine guten Umgangsformen! Wollt Ihr nicht hierbleiben und eine Weile rasten? Und vielleicht würden einige von Euch gern durch den Fangorn-Forst reiten und ihren Heimweg abkürzen?« Er sah Celeborn und Galadriel an.

Aber alle außer Legolas sagten, sie müßten sich nun verabschieden und entweder nach Süden oder nach Westen aufbrechen. »Komm, Gimli«, sagte Legolas. »Jetzt will ich mit Fangorns Erlaubnis die verborgenen Orte im Entwald aufsuchen und Bäume sehen, wie sie nirgends sonst in Mittelerde zu finden sind. Du sollst mit mir kommen und dein Wort halten; und so werden wir zusammen wandern bis in unsere Heimatlande in Düsterwald und jenseits davon.« Damit war Gimli einverstanden, wenn auch nicht gerade sehr entzückt, wie es schien.

»Dann kommt also hier nun das Ende der Gemeinschaft des Ringes«, sagte Aragorn. »Dennoch hoffe ich, daß es nicht lange dauern wird, bis ihr in mein Land zurückkehrt und die Hilfe bringt, die ihr versprochen habt.«

»Wir werden kommen, wenn unsere Gebieter es erlauben«, sagte Gimli. »Lebt wohl, meine Hobbits. Ihr solltet jetzt heil und sicher nach Hause kommen, und ich werde mich nicht wachhalten müssen aus Angst, daß ihr in Gefahr geratet. Wir werden Nachricht geben, wenn wir können, und vielleicht können einige von uns sich gelegentlich treffen; aber ich fürchte, daß wir niemals alle wieder beisammen sein werden.«

Dann sagte Baumbart nacheinander allen Lebewohl, und er verneigte sich dreimal langsam und mit großer Ehrerbietung vor Celeborn und Galadriel. »Es ist lange, lange her, seit wir uns trafen bei Stock oder Stein, *A vanimar, vanimálion nostari!*« sagte er. »Es ist traurig, daß wir uns erst am Ende treffen. Denn die Welt ändert sich: Ich spüre es im Wasser, ich spüre es in der Erde, und ich rieche es in der Luft. Ich glaube nicht, daß wir uns wiedersehen werden.«

Und Celeborn sagte: »Ich weiß es nicht, Ältester.« Aber Galadriel sagte: »Nicht in Mittelerde, nicht, ehe die Lande, die unter dem Meer liegen, wieder emporgehoben werden. Dann mögen wir uns im Frühling auf den Weidenwiesen von Tasarinan treffen. Lebet wohl!«

Als letzte von allen sagten Merry und Pippin dem alten Ent auf Wiedersehen, und er wurde fröhlicher, als er sie ansah. »Nun, meine lustigen Leute«, sagte er, »wollt ihr noch einen Trunk haben, ehe ihr geht?«

»O ja, das wollen wir«, sagten sie, und er nahm sie beiseite in den Schatten eines der Bäume, und sie sahen, daß dort ein großer Steinkrug stand. Und Baumbart füllte drei Schalen, und sie tranken; und sie sahen, daß seine seltsamen Augen sie über den Rand seiner Schale anblickten. »Seid vorsichtig, seid vorsichtig!« sagte er. »Denn ihr seid schon gewachsen, seit ich euch zuletzt sah.« Und sie lachten und leerten ihre Schalen.

»Ja, auf Wiedersehen!« sagte er. »Und vergeßt nicht, mir Nachricht zu geben, wenn ihr in eurem Land etwas von den Entfrauen hört.« Dann winkte er mit seinen großen Händen der ganzen Gesellschaft zu und verschwand zwischen den Bäumen.

Die Reisenden ritten nun schneller und schlugen den Weg zur Pforte von Rohan ein; und Aragorn verabschiedete sich von ihnen nahe der Stelle, wo Pippin in den Stein von Orthanc geblickt hatte. Die Hobbits waren betrübt über den Abschied;

denn Aragorn hatte sie nie im Stich gelassen und war ihr Führer gewesen in vielen Gefahren.

»Ich wünschte, wir könnten einen Stein haben, damit wir alle unsere Freunde darin sehen«, sagte Pippin. »Und damit wir mit ihnen sprechen könnten aus weiter Ferne.«

»Es ist nur noch einer da, den ihr benutzen könntet«, antwortete Aragorn; »denn ihr werdet nicht sehen wollen, was der Stein von Minas Tirith euch zeigen würde. Aber den Palantír von Orthanc wird der König behalten, um zu sehen, was in seinem Reich vor sich geht und was seine Diener tun. Denn vergiß nicht, Peregrin Tuk, daß du ein Ritter von Gondor bist, und ich entlasse dich nicht aus meinem Dienst. Du gehst jetzt auf Urlaub, aber es mag sein, daß ich dich wieder rufe. Und denkt daran, liebe Freunde aus dem Auenland, daß mein Reich auch im Norden liegt, und eines Tages werde ich dort hinkommen.«

Dann verabschiedete sich Aragorn von Celeborn und Galadriel; und die Herrin sagte zu ihm: »Elbenstein, durch Dunkelheit bist du zu deiner Hoffnung gekommen und hast nun alles, was du begehrst. Nütze die Tage gut!«

Aber Celeborn sagte: »Vetter, lebe wohl! Möge dein Schicksal ein anderes sein als meines und dein Schatz bei dir bleiben bis zum Ende!«

Damit trennten sie sich, und es war zur Zeit des Sonnenuntergangs; und als sie sich nach einer Weile umschauten, sahen sie den König des Westens auf seinem Roß sitzen, seine Ritter um sich; und die sinkende Sonne beschien sie und ließ all ihre Harnische wie rotes Gold schimmern, und Aragorns weißer Mantel wurde in eine Flamme verwandelt. Dann nahm Aragorn den grünen Stein und hielt ihn hoch, und ein grünes Leuchten ging von seiner Hand aus.

Bald folgte nun die kleiner gewordene Gesellschaft dem Isen, wandte sich dann nach Westen und ritt durch die Pforte in die wüsten Lande dahinter, und als sie sich dann nach Norden wandten, überschritten sie die Grenze von Dunland. Die Dunländer flohen und versteckten sich, denn sie fürchteten sich vor elbischem Volk, obwohl eigentlich wenige je in ihr Land kamen; doch die Reisenden achteten ihrer nicht, denn sie waren immer noch eine große Gruppe und gut versorgt mit allem, was sie brauchten; und sie setzten ihren Weg gemächlich fort und schlugen ihre Zelte auf, wann sie wollten.

Am sechsten Tag seit ihrem Abschied vom König ritten sie durch einen Wald, der sich an den Bergen am Fuße des Nebelgebirges, das jetzt zu ihrer Rechten lag, hinunterzog. Als sie bei Sonnenuntergang wieder in offenes Land kamen, überholten sie einen alten Mann, der sich auf einen Stock stützte, und er war in graue oder schmutzig-weiße Lumpen gekleidet, und auf den Fersen folgte ihm noch ein Bettler, gebückt und greinend.

»Nun, Saruman«, sagte Gandalf, »wo gehst du hin?«

»Was kann dir das ausmachen?« fragte Saruman. »Willst du mir immer noch befehlen, was ich zu tun und zu lassen habe, und genügt es dir nicht, daß ich gestürzt bin?«

»Du weißt die Antworten«, sagte Gandalf. »Nein und nein. Aber die Zeit meiner Mühen nähert sich sowieso ihrem Ende. Der König hat die Bürde übernommen. Wenn du in Orthanc gewartet hättest, hättest du ihn gesehen, und er hätte dir Weisheit und Milde erwiesen.«

»Dann ist das um so mehr ein Grund, früher weggegangen zu sein«, sagte Saruman. »Denn keines von beiden ersehne ich von ihm. Wenn du tatsächlich eine Antwort auf deine erste Frage haben willst: ich suche einen Weg, der mich aus seinem Reich bringt.«

»Dann gehst du wieder einmal den falschen Weg«, sagte Gandalf, »und ich sehe keine Hoffnung in deiner Fahrt. Aber willst du unsere Hilfe verschmähen? Denn wir bieten sie dir an.«

»Mir?« sagte Saruman. »Nein, bitte lächele mich nicht an. Dein Stirnrunzeln ist mir lieber. Und was die Herrin betrifft: ihr traue ich nicht; sie hat mich immer gehaßt und Ränke geschmiedet zu deinen Gunsten. Ich zweifle nicht daran, daß sie dich auf diesem Weg hergebracht hat, um das Vergnügen zu haben, sich an meiner Armut zu weiden. Hätte ich rechtzeitig erfahren, daß ihr mich verfolgt, dann hätte ich euch das Vergnügen versagt.«

»Saruman«, sagte Galadriel, »wir haben andere Aufgaben und andere Sorgen als dir nachzustellen. Sage lieber, du habest Glück gehabt; denn nun hast du eine letzte Gelegenheit.«

»Wenn es wirklich die letzte ist, bin ich froh«, sagte Saruman. »Denn dann bleibt mir die Mühe erspart, sie wiederum abzulehnen. Alle meine Hoffnungen sind vernichtet, aber an euren möchte ich nicht teilhaben. Wenn ihr überhaupt welche habt.«

Für einen Augenblick funkelten seine Augen. »Geht!« sagte er. »Ich habe nicht umsonst diese Dinge lange erforscht. Ihr habt euch selbst verurteilt, und ihr wißt es. Und wenn ich wandere, wird mir der Gedanke einigen Trost gewähren, daß ihr euer eigenes Haus niedergerissen habt, als ihr meines zerstörtet. Und welches Schiff wird euch nun zurücktragen über ein so weites Meer?« höhnte er. »Ein graues Schiff wird es sein, und voller Gespenster.« Er lachte, aber seine Stimme war rauh und häßlich.

»Steh auf, du Trottel!« schrie er den anderen Bettler an, der sich auf den Boden gesetzt hatte; und er schlug ihn mit seinem Stab. »Dreh dich um! Wenn diese feinen Leute unseren Weg gehen, dann gehen wir einen anderen. Geh los, sonst gebe ich dir keine Brotrinde zum Abendessen!«

Der Bettler wandte sich um und rappelte sich wimmernd auf. »Armer alter Gríma! Armer alter Gríma! Immer wird er geschlagen und beschimpft. Wie ich ihn hasse! Ich wünschte, ich könnte ihn verlassen!«

»Dann verlasse ihn doch!« sagte Gandalf.

Aber Schlangenzunge warf Gandalf aus seinen Triefaugen nur einen Blick voller Angst zu, und dann schlurfte er rasch hinter Saruman her. Als das unglückliche Paar an der Gruppe vorbeiging, kamen sie zu den Hobbits, und Saruman blieb stehen und starrte sie an; aber sie sahen mitleidig auf ihn.

»Ihr seid also auch hergekommen, um euch an mir zu weiden, ihr Bälger?« sagte er. »Euch ist es gleich, was einem Bettler fehlt, nicht wahr? Denn ihr habt alles, was ihr wollt, Essen und feine Kleider und das beste Kraut für eure Pfeifen.

O ja, ich weiß! Ich weiß, wo es herkommt. Ihr würdet nicht einem Bettler eine Pfeife voll geben?«

»Ich würde es, wenn ich etwas hätte«, sagte Frodo.

»Ihr könnt haben, was ich noch habe«, sagte Merry, »wenn Ihr einen Augenblick warten wollt.« Er saß ab und suchte in seiner Satteltasche. Dann gab er Saruman einen Lederbeutel. »Nehmt, was drin ist«, sagte er. »Bitte bedient Euch; es kam aus dem Treibgut von Isengart.«

»Meins, meins, ja, und teuer gekauft!« rief Saruman und griff nach dem Beutel. »Das ist nur ein symbolisches Entgelt; denn ihr habt mehr genommen, da wette ich. Immerhin, ein Bettler muß dankbar sein, wenn ein Dieb ihm auch nur ein Bröckchen seines Eigentums zurückgibt. Na, es geschieht euch recht, wenn ihr nach Hause kommt und die Dinge im Südviertel weniger gut findet, als ihr es gern hättet. Lange möge in eurem Land das Kraut knapp sein!«

»Danke«, sagte Merry. »In diesem Fall will ich meinen Beutel zurückhaben, der nicht Euch gehört und weit mit mir gewandert ist. Wickelt das Kraut in einen von euren eigenen Lumpen.«

»Einem Dieb geschieht's recht, wenn ein anderer ihn bestiehlt«, sagte Saruman, wandte Merry den Rücken, versetzte Schlangenzunge einen Fußtritt und ging in Richtung auf den Wald davon.

»Das haben wir gern«, sagte Pippin. »Redet von Diebstahl! Was könnten wir da erst sagen! Wegelagerei, Körperverletzung, von Orks durch Rohan verschleppt werden!«

»Ach!« sagte Sam. »Und *gekauft* hat er gesagt. Wie, möchte ich mal wissen? Und was er über das Südviertel sagte, gefiel mir gar nicht. Es ist Zeit, daß wir zurückkommen.«

»Das ist es gewiß«, sagte Frodo. »Aber wir können nicht schneller hinkommen, wenn wir Bilbo sehen wollen. Ich gehe zuerst nach Bruchtal, was immer geschieht.«

»Ja, ich glaube, das wäre besser«, sagte Gandalf. »Aber wehe für Saruman! Ich fürchte, aus ihm kann nichts mehr werden. Er ist völlig zugrunde gerichtet. Und doch bin ich nicht sicher, ob Baumbart recht hat: ich stelle mir vor, daß er auf kleinliche, gemeine Weise noch irgendein Unheil stiften könnte.«

Am nächsten Tag gelangten sie in das nördliche Dunland, wo jetzt keine Menschen wohnten, obwohl es ein grünes und erfreuliches Land war. Der September kam mit seinen goldenen Tagen und silbernen Nächten, und sie ritten gemächlich, bis sie den Fluß Schwanenfleet erreichten und die alte Furt fanden, östlich der Wasserfälle, wo der Fluß plötzlich ins Tiefland hinuntereilte. Weit im Westen lagen im Dunst die Teiche und Werder, durch die er sich seinen Weg zur Grauflut bahnte: unzählige Schwäne lebten dort in einer Schilflandschaft.

So kamen sie nach Eregion, und endlich dämmerte ein schöner Morgen und schimmerte über leuchtenden Nebeln; und als sie von ihrem Lager auf einem niedrigen Berg hinausblickten, sahen die Reisenden, wie fern im Osten die Sonne drei Gipfel erfaßte, die zwischen segelnden Wolken hoch in den Himmel aufragten. Caradhras, Celebdil und Fanuidhol. Sie waren in der Nähe der Tore von Moria.

Viele Abschiede

Hier blieben sie nun sieben Tage, denn die Zeit war gekommen für einen weiteren Abschied, der ihnen schwerfiel. Bald würden Celeborn und Galadriel und ihr Volk nach Osten abbiegen und über den Rothornpaß und den Schattenbachsteig hinunter zum Silberlauf gelangen und von dort in ihr eigenes Land. Bisher hatten sie die westlichen Wege eingeschlagen, denn sie hatten mit Elrond und Gandalf viel zu besprechen, und hier verweilten sie jetzt noch, um sich mit ihren Freunden zu unterhalten. Oft saßen sie noch lange, nachdem die Hobbits in Schlaf gesunken waren, unter den Sternen zusammen, erinnerten sich der Zeitalter, die vergangen waren, und all ihrer Freuden und Mühen in der Welt, oder sie berieten sich über die zukünftigen Tage. Wenn irgendein Wanderer zufällig vorbeigekommen wäre, hätte er wenig gesehen oder gehört und nur geglaubt, er erblickte Gestalten, in Stein gemeißelt, Denkmäler vergessener Geschöpfe, die in den nun unbewohnten Landen zurückgeblieben waren. Denn sie regten sich nicht und sprachen auch nicht mit dem Mund, sondern blickten einander ins Herz; und nur ihre Augen bewegten sich und leuchteten, wenn ihre Gedanken von einem zum anderen gingen.

Doch schließlich war alles gesagt, und sie trennten sich für eine Weile, bis es für die Drei Ringe Zeit wäre, von dannen zu gehen. In ihren grauen Mänteln waren die Leute von Lórien, die zum Gebirge ritten, bald in den Felsen und Schatten verschwunden; und diejenigen, die nach Bruchtal gehen sollten, saßen auf dem Berg und schauten ihnen nach, bis aus dem aufsteigenden Nebel ein Blitz kam; und dann sahen sie nichts mehr. Frodo wußte, daß Galadriel zum Zeichen des Abschieds ihren Ring hochgehalten hatte.

Sam wandte sich ab und seufzte: »Ich wünschte, ich ginge auch zurück nach Lórien!«

Eines Abends kamen sie über die Hochmoore und standen, wie es Wanderern immer schien, ganz unvermutet am Rand des tiefen Tals von Bruchtal und sahen weit unten die Lampen in Elronds Haus schimmern. Und sie stiegen hinunter und überquerten die Brücke und kamen zu den Türen, und das ganze Haus war voll Licht und Gesang aus Freude über Elronds Heimkehr.

Zuallererst, ehe sie gegessen oder sich gewaschen oder auch nur ihre Mäntel abgelegt hatten, machten sich die Hobbits auf die Suche nach Bilbo. Sie fanden ihn ganz allein in seinem Zimmer. Es war übersät mit Papieren und Federn und Pinseln; und Bilbo saß auf einem Sessel vor einem kleinen hellen Feuer. Er sah sehr alt aus, aber friedlich, und schläfrig.

Er öffnete die Augen und schaute auf, als sie hereinkamen. »Hallo, hallo!« sagte er. »Ihr seid also zurückgekommen? Und morgen ist mein Geburtstag. Wie klug von euch! Wißt ihr eigentlich, daß ich einhundertneunundzwanzig werde? In einem Jahr, wenn ich am Leben bleibe, ziehe ich mit dem Alten Tuk gleich. Ich würde ihn gern schlagen; aber wir werden sehen.«

Nach der Feier von Bilbos Geburtstag blieben die vier Hobbits noch ein paar Tage in Bruchtal, und sie saßen viel mit ihrem alten Freund zusammen, der jetzt den größten Teil seiner Zeit in seinem Zimmer verbrachte, abgesehen von den

Mahlzeiten. Zu denen kam er in der Regel sehr pünktlich, und er versäumte selten, rechtzeitig dafür aufzuwachen. Wenn sie mit ihm am Feuer saßen, erzählten sie ihm abwechselnd alles, an was sie sich von ihren Fahrten und Abenteuern erinnern konnten. Zuerst tat er so, als schriebe er sich manches auf; aber oft schlief er ein; und wenn er aufwachte, sagte er: »Wie herrlich! Wie wundervoll! Aber wo waren wir?« Dann fuhren sie mit der Geschichte von dem Punkt an fort, an dem er eingenickt war.

Der einzige Teil, der ihn wirklich aufzuwecken und seine Aufmerksamkeit wachzuhalten schien, war der Bericht über die Krönung und Heirat von Aragorn. »Ich war natürlich zur Hochzeit eingeladen«, sagte er. »Und ich habe lange genug darauf gewartet. Aber irgendwie, als es dann soweit war, fand ich, daß ich hier so viel zu tun hatte; und Packen ist so lästig.«

Als fast zwei Wochen vergangen waren, schaute Frodo aus dem Fenster und sah, daß es Frost gegeben hatte in der Nacht und die Spinnenweben wie weiße Netze waren. Da wußte er plötzlich, daß er aufbrechen und Bilbo Lebewohl sagen mußte. Das Wetter war noch ruhig und schön nach einem der herrlichsten Sommer, an die die Leute sich erinnern konnten; aber es war nun Oktober, und bald würde sich das Wetter ändern, es würde Regen und Wind geben. Und es war noch ein weiter Weg zurückzulegen. Dennoch war es eigentlich nicht der Gedanke an das Wetter, der ihn bewegte. Er hatte das Gefühl, es sei Zeit, in das Auenland zurückzukehren. Sam war auch der Meinung. Erst am Abend zuvor hatte er gesagt:

»Ja, Herr Frodo, wir sind weit herumgekommen und haben eine Menge gesehen, und doch glaube ich, wir haben keinen besseren Ort gefunden als diesen. Hier gibt es ein bißchen von allem, wenn du mich verstehst: das Auenland und den Goldenen Wald und Gondor und Königshäuser und Wirtshäuser und Wiesen und Berge, alles zusammen. Und trotzdem habe ich irgendwie das Gefühl, wir sollten bald gehen. Ich mache mir Sorgen um den Ohm, um dir die Wahrheit zu sagen.«

»Ja, ein bißchen von allem, Sam, außer dem Meer«, hatte Frodo geantwortet; und jetzt wiederholte er es bei sich selbst: »Außer dem Meer.«

An jenem Tag sprach Frodo mit Elrond, und es wurde vereinbart, daß sie am nächsten Tag aufbrechen sollten. Zu ihrer Freude sagte Gandalf: »Ich glaube, ich werde mitkommen. Zumindest bis Bree. Ich will Butterblume sehen.«

Am Abend gingen sie zu Bilbo, um ihm Lebewohl zu sagen. »Ja, wenn ihr gehen müßt, müßt ihr gehen«, sagte er. »Aber es tut mir leid. Ich werde euch vermissen. Es ist nett, bloß zu wissen, daß ihr hier seid. Aber ich werde sehr schläfrig.« Dann schenkte er Frodo seinen *mithril*-Panzer und Stich, denn er hatte vergessen, daß er das schon früher getan hatte; und er gab ihm auch drei Bücher des Wissens, die er zu verschiedenen Zeiten mit seiner zierlichen Handschrift geschrieben hatte, und auf den roten Rücken stand: *Übersetzungen aus dem Elbischen von B. B.*

Sam schenkte er einen kleinen Beutel Gold. »Fast der letzte Tropfen aus dem

Viele Abschiede

Jahrgang Smaug«, sagte er. »Mag sich als nützlich erweisen, wenn du daran denkst, dich zu verheiraten, Sam.« Sam errötete.

»Ich habe nicht viel, was ich euch jungen Burschen geben könnte«, sagte er zu Merry und Pippin, »außer guten Ratschlägen.« Und nachdem er ihnen ein gerüttelt Maß davon gegeben hatte, fügte er als letzten Punkt nach Auenland-Art hinzu: »Laßt eure Köpfe nicht zu groß werden für eure Hüte! Aber wenn ihr nicht bald mit Wachsen aufhört, werdet ihr feststellen, daß Hüte und Kleider teuer sind.«

»Aber wenn du den Alten Tuk schlagen willst«, sagte Pippin, »dann sehe ich nicht ein, warum wir nicht versuchen sollen, den Bullenraßler zu schlagen.«

Bilbo lachte und zog zwei schöne Pfeifen aus der Tasche, mit Mundstücken aus Perlmutt und fein gearbeiteten silbernen Beschlägen. »Denkt an mich, wenn ihr aus ihnen raucht«, sagte er. »Die Elben haben sie für mich gemacht, aber ich rauche jetzt nicht.« Und dann plötzlich nickte er ein und schlief ein wenig; und als er aufwachte, sagte er: »Nun, wo waren wir? Ach ja, Geschenke machen. Dabei fällt mir ein, Frodo, was ist aus meinem Ring geworden, den du mitgenommen hast?«

»Ich habe ihn verloren, lieber Bilbo«, sagte Frodo. »Ich habe mich seiner entledigt, weißt du.«

»Wie schade«, sagte Bilbo. »Ich hätte ihn gern wiedergesehen. Aber nein, wie albern von mir! Darum warst du doch weggegangen, nicht wahr? Um dich seiner zu entledigen. Aber das ist alles so verwirrend, denn so viel andere Dinge scheinen damit verquickt zu sein: Aragorns Angelegenheiten und der Weiße Rat und Gondor und Reiter und Südländer und Olifanten – hast du wirklich einen gesehen, Sam? – und Höhlen und Türme und goldene Bäume und wer weiß was noch alles.

Ich bin offenbar von meiner Fahrt zu schnurstracks zurückgekommen. Ich finde, Gandalf hätte mich noch ein bißchen herumführen können. Aber dann wäre die Auktion vorbei gewesen, ehe ich zurückkam, und dann hätte ich noch mehr Ärger gehabt als so schon. Jedenfalls ist es jetzt zu spät. ich glaube, es ist behaglicher, hier zu sitzen und alles erzählt zu bekommen. Das Feuer ist hier sehr gemütlich, und das Essen ist *sehr* gut, und es sind Elben da, wann immer man sie will. Was sonst könnte man sich wünschen?

> *Die Straße gleitet fort und fort*
>   *Weg von der Tür, wo sie begann,*
> *Zur Ferne hin, zum fremden Ort,*
>   *Ihr folge denn, wer wandern kann*
>   *Und einem neuen Ziel sich weihn.*
>   *Zu guter Letzt auf müdem Schuh*
> *Kehr ich zur hellen Lampe ein*
>   *Im warmen Haus zur Abendruh.«*

Und als Bilbo die letzten Worte gemurmelt hatte, sank ihm der Kopf auf die Brust, und er schlief fest.

Der Abend verdunkelte sich im Zimmer, und das Feuer brannte heller; und sie betrachteten Bilbo, wie er schlief, und sahen, daß er lächelte. Eine Zeitlang saßen sie stumm da; und dann blickte sich Sam im Zimmer um und sah die Schatten an der Wand flackern, und er sagte leise:

»Ich glaube nicht, Herr Frodo, daß er viel geschrieben hat, während wir weg waren. Er wird nun unsere Geschichte niemals schreiben.«

Darauf blinzelte Bilbo mit einem Auge, fast als ob er es gehört hätte. Dann wurde er wach. »Ihr seht, ich werde immer so schläfrig«, sagte er. »Und wenn ich Zeit zum Schreiben habe, dann mag ich eigentlich nur Gedichte schreiben. Ich frage mich, Frodo, mein lieber Junge, ob es dir sehr viel ausmachen würde, die Dinge für mich ein bißchen in Ordnung zu bringen, ehe du gehst? Suche all meine Aufzeichnungen und Papiere zusammen, und auch mein Tagebuch, und nimm sie mit, wenn du willst. Du siehst ja, ich habe nicht viel Zeit für die Auswahl und die Bearbeitung und all das. Laß dir von Sam helfen, und wenn du die Sache in Form gebracht hast, dann komm zurück, und ich sehe es durch. Ich werde nicht allzuviel auszusetzen haben.«

»Natürlich will ich das!« sagte Frodo. »Und natürlich werde ich bald zurückkommen: es wird nicht mehr gefährlich sein. Jetzt gibt es einen richtigen König, und bald wird er die Straßen in Ordnung bringen.«

»Danke, mein lieber Junge«, sagte Bilbo. »Damit ist mir wirklich ein Stein vom Herzen.« Und damit schlief er wieder fest ein.

Am nächsten Tag verabschiedeten sich Gandalf und die Hobbits von Bilbo in seinem Zimmer, denn draußen war es kalt; und sie sagten Elrond und seinem Gefolge Lebewohl.

Als Frodo auf der Schwelle stand, wünschte Elrond ihm eine gute Fahrt und viel Glück, und er sagte:

»Ich glaube, Frodo, daß du vielleicht nicht wiederzukommen brauchst, es sei denn, du kämest sehr bald. Um diese Jahreszeit, wenn die Blätter golden sind, ehe sie fallen, halte in den Wäldern des Auenlands nach Bilbo Ausschau. Ich werde bei ihm sein.«

Diese Worte hörte niemand sonst, und Frodo behielt sie für sich.

SIEBENTES KAPITEL

AUF DER HEIMFAHRT

Endlich wandten nun die Hobbits den Blick der Heimat zu. Sie waren jetzt begierig, das Auenland wiederzusehen; aber zuerst ritten sie langsam, denn Frodo fühlte sich nicht wohl. Als sie zur Furt des Bruinen kamen, hielt er an, und es schien ihm zu widerstreben, in den Fluß hineinzureiten; und sie bemerkten, daß seine Augen sie und die Dinge um ihn eine Zeitlang nicht zu sehen schienen. Den ganzen Tag war er schweigsam. Es war der sechste Oktober.

»Hast du Schmerzen, Frodo?« fragte Gandalf leise, als er neben Frodo ritt.

»Nun ja«, sagte Frodo. »Es ist meine Schulter. Die Wunde schmerzt, und die Erinnerung an die Dunkelheit lastet schwer auf mir. Heute vor einem Jahr war es.«

»Ach, leider gibt es Wunden, die nicht völlig geheilt werden können«, sagte Gandalf.

»Ich fürchte, so könnte es mit meiner sein«, sagte Frodo. »Es ist keine wirkliche Rückkehr. Obwohl ich vielleicht ins Auenland komme, wird es mir nicht als dasselbe erscheinen; denn ich werde nicht derselbe sein. Ich bin verwundet durch Dolch, Stich und Zahn und eine schwere Bürde. Wo werde ich Ruhe finden?«

Gandalf antwortete nicht.

Am Ende des nächsten Tages waren die Schmerzen und Beschwerden vergangen, und Frodo war wieder fröhlich, so fröhlich, als erinnere er sich gar nicht der Düsternis des vorigen Tages. Danach ging die Fahrt gut vonstatten, und die Tage vergingen rasch; denn sie ritten mit Muße und machten oft halt in dem schönen Waldland, wo die Blätter in der Herbstsonne rot und gelb leuchteten. Schließlich kamen sie zur Wetterspitze; und es ging schon auf den Abend zu, und der Schatten des Bergs lag dunkel auf der Straße. Da bat Frodo sie, schneller zu reiten, und er wollte den Berg nicht anschauen, sondern ritt mit gesenktem Kopf, den Mantel fest um sich gezogen, durch seinen Schatten. In jener Nacht schlug das Wetter um, und ein Wind kam von Westen und brachte Regen mit, und er wehte heftig und kalt, und die gelben Blätter wirbelten wie Vögel durch die Luft. Als sie zum Chetwald kamen, waren die Zweige schon fast kahl, und ein großer Regenvorhang verhüllte den Breeberg vor ihrem Blick.

So kam es, daß gegen Ende eines stürmischen und nassen Abends in den letzten Oktobertagen die fünf Reisenden die ansteigende Straße hinaufritten und zum Südtor von Bree kamen. Es war fest verschlossen; und der Regen klatschte ihnen ins Gesicht, am dunklen Himmel jagten tiefhängende Wolken vorbei, und der Mut sank ihnen ein wenig, denn sie hatten auf einen besseren Empfang gehofft.

Nachdem sie mehrere Male gerufen hatten, kam der Torhüter endlich heraus, und sie sahen, daß er einen großen Knüppel in der Hand hatte. Er betrachtete sie ängstlich und mißtrauisch, aber als er Gandalf erkannte und sah, daß seine Gefährten trotz ihrer seltsamen Aufmachung Hobbits waren, da wurde er freundlicher und hieß sie willkommen.

»Kommt herein«, sagte er und schloß das Tor auf. »Wir wollen nicht an einem so abscheulichen Abend hier draußen in der Kälte und Nässe stehenbleiben und Neuigkeiten austauschen. Aber der alte Gersten wird Euch gewiß im *Pony* willkommen heißen, und da werdet Ihr alles hören, was es zu hören gibt.«

»Und da werdet Ihr dann später alles hören, was wir sagen, und noch mehr«, lachte Gandalf. »Wie geht's Heinrich?«

Der Torhüter blickte finster drein. »Weg«, sagte er. »Aber Ihr fragt am besten Gerstenmann. Guten Abend.«

»Guten Abend«, sagten sie und gingen durch; und dann bemerkten sie, daß am Straßenrand hinter der Hecke eine lange, niedrige Hütte gebaut worden war, und eine Reihe von Männern war herausgekommen und starrte sie über den Zaun an. Als sie zu Lutz Farnings Haus kamen, sahen sie, daß die Hecke dort verwildert und ungepflegt war, und alle Fenster waren mit Brettern vernagelt.

»Glaubst du, du hast ihn damals mit dem Apfel getötet, Sam?« fragte Pippin.

»So hoffnungsvoll bin ich nicht, Herr Pippin«, sagte Sam. »Aber ich würde gern wissen, was aus dem armen Pony geworden ist. Daran habe ich so manches Mal gedacht, und an das Wolfsgeheul und all das.«

Schließlich kamen sie zum *Tänzelnden Pony,* und das sah wenigstens äußerlich unverändert aus; und es brannte Licht hinter den roten Vorhängen der unteren Fenster. Sie läuteten, und Kunz kam an die Tür, öffnete einen Spalt und schaute hinaus, und als er sie da unter der Lampe stehen sah, stieß er einen Überraschungsschrei aus.

»Herr Butterblume! Herr!« brüllte er. »Sie sind zurückgekommen!«

»Ach, wirklich? Ich werd sie lehren!« ertönte Butterblumes Stimme, und er kam herausgestürzt mit einem Prügel in der Hand. Aber als er sah, wer sie waren, hielt er inne, und der finstere Ausdruck seines Gesichts verwandelte sich in Staunen und Freude.

»Kunz, du wollköpfiger Trottel!« rief er. »Kannst du alte Freunde nicht mit ihren Namen nennen? Du solltest mich nicht so erschrecken, wo die Zeiten so sind. Na, schon gut. Und wo kommt ihr her? Ich habe nie erwartet, einen von euch wiederzusehen, und das ist eine Tatsache: in die Wildnis zu gehen mit diesem Streicher, und wo alle diese Schwarzen Menschen unterwegs waren. Aber ich bin wirklich froh, euch zu sehen, und keinen mehr als Gandalf. Kommt herein! Kommt herein! Dieselben Zimmer wie früher? Sie sind frei. Tatsächlich sind heutzutage die meisten Zimmer frei, wie ich euch nicht verheimlichen will, denn ihr werdet es bald genug selbst herausfinden. Und ich werde sehen, was sich mit dem Abendessen machen läßt, so bald als möglich; aber ich bin knapp an Arbeitskräften zur Zeit. He, Kunz, du Faulpelz! Sage Hinz Bescheid! Ach, das vergesse ich immer, Hinz ist ja weg: er geht jetzt bei Einbruch der Nacht immer zu seinen Leuten nach Hause. Na, dann bringe du die Ponies der Gäste in den

Auf der Heimfahrt

Stall, Kunz! Und Ihr werdet ja Euer Pferd wohl bestimmt selbst in den Stall bringen, Gandalf. Ein schönes Tier, wie ich schon sagte, als ich es zum erstenmal sah. So, nun kommt herein. Tut ganz, als ob ihr hier zu Hause wärt!«

Herr Butterblume hatte jedenfalls seine Redeweise nicht geändert und schien immer noch in seiner alten, atemlosen Geschäftigkeit zu leben. Und dabei war kaum jemand da, und alles war still; aus der großen Wirtsstube kam ein leises Gemurmel von nicht mehr als zwei oder drei Stimmen. Und im Schein der zwei Kerzen, die er anzündete und vor ihnen hertrug, sah das Gesicht des Wirts bei genauer Betrachtung ziemlich faltig und abgehärmt aus.

Er führte sie über den Gang in die kleine Gaststube, in der sie an jenem seltsamen Abend vor mehr als einem Jahr gesessen hatten; und sie folgten ihm, ein wenig beunruhigt, denn es schien klar zu sein, daß er irgendeiner Schwierigkeit mit Tapferkeit begegnete. Die Dinge waren nicht, wie sie einst waren. Aber sie sagten nichts und warteten ab.

Wie sie vermutet hatten, kam Herr Butterblume nach dem Abendessen in die Gaststube, um zu sehen, ob alles nach ihrem Wunsch gewesen sei. Das war es allerdings; nichts war schlechter geworden, weder das Bier noch das Essen, jedenfalls im *Pony*. »Nun, ich will es nicht wagen, etwa vorzuschlagen, daß ihr heute abend in die große Wirtsstube kommen solltet«, sagte Butterblume. »Ihr werdet müde sein; und heute sind sowieso nicht viele Leute da. Aber wenn ihr eine halbe Stunde für mich erübrigen könnt, ehe ihr ins Bett geht, dann würde ich mich sehr gern mit euch unterhalten, in aller Stille, ganz unter uns.«

»Das ist genau das, was wir auch gern täten«, sagte Gandalf. »Wir sind nicht müde. Wir haben uns nicht überanstrengt. Wir waren naß, kalt und hungrig, aber all das habt Ihr geheilt. Kommt, setzt Euch zu uns. Und wenn Ihr etwas Pfeifenkraut habt, werden wir Euch preisen.«

»Nun, wenn Ihr etwas anderes verlangt hättet, wäre ich glücklicher gewesen«, sagte Butterblume. »Das ist gerade etwas, was bei uns knapp ist, in Anbetracht dessen, daß wir nämlich nur das haben, was wir selbst anbauen, und das reicht nicht. Aus dem Auenland ist in letzter Zeit nichts zu bekommen. Aber ich werde sehen, was ich tun kann.«

Als er zurückkam, brachte er ihnen genug für ein oder zwei Tage, ein Bündel ungeschnittener Blätter. »Südhang«, sagte er, »und der beste, den wir haben, der aber mit dem Südviertel nicht mitkommt, wie ich immer gesagt habe, obwohl ich bei den meisten Dingen ganz für Bree bin, bitte um Entschuldigung.«

Sie ließen ihn auf einem großen Sessel am Holzfeuer Platz nehmen. Gandalf setzte sich auf die andere Seite des Kamins und die Hobbits auf niedrige Stühle zwischen beiden; und dann unterhielten sie sich viele halbe Stunden hintereinander und tauschten alle Neuigkeiten aus, die Herr Butterblume hören oder berichten wollte. Das meiste von dem, was sie zu erzählen hatten, erregte bei ihrem Gastgeber schieres Staunen und Bestürzung und ging weit über seine Vorstellungskraft hinaus; und er äußerte wenig anderes als: »Was Ihr nicht sagt«, oft wiederholt, obwohl Herr Butterblume es doch mit eigenen Ohren hörte. »Was Ihr nicht sagt, Herr Beutlin; oder ist es Herr Unterberg? Ich komme ganz durcheinander. Was Ihr nicht sagt, Herr Gandalf. Nein, so etwas! Wer hätte das gedacht in unserer Zeit!«

Aber von sich aus sagte er nicht viel. Die Lage sei alles andere als gut, meinte er zum Beispiel. Das Geschäft sei nicht einmal leidlich, es sei ausgesprochen schlecht. »Niemand kommt jetzt von draußen in die Nähe von Bree«, sagte er. »Und die Leute drinnen bleiben meist zu Hause und halten ihre Türen verschlossen. Das kommt alles von diesen Fremden und Herumtreibern, die seit dem letzten Jahr den Grünweg heraufgekommen sind, wie ihr euch vielleicht erinnert; aber später kamen noch mehr. Einige waren bloß arme Kerle, die vor den Unruhen davonliefen; aber die meisten waren schlechte Menschen, Diebe und Störenfriede. Und wir hatten sogar Unruhe hier in Bree, böse Unruhe. Einen regelrechten Kampf gab es, und einige Leute wurden getötet, wirklich getötet! Wenn ihr mir's glauben wollt.«

»Das will ich fürwahr«, sagte Gandalf. »Wie viele?«

»Drei und zwei«, sagte Butterblume, womit er das große und das kleine Volk meinte. »Da war der arme Malte Heidezehen; und Roland Affalter, und der kleine Tom Stechdorn von drüben überm Berg; und Willi Hang von weiter oben, und einer der Unterberg aus Stadel: alles gute Burschen, und sie fehlen uns. Und Heinrich Geißblatt, der früher am Westtor war, und dieser Lutz Farning, die schlugen sich auf die Seite der Fremden, und sie sind mit ihnen weggegangen; und ich glaube, sie haben sie hereingelassen. An dem Abend der Schlacht, meine ich. Und das war, nachdem wir ihnen gesagt hatten, wo das Tor ist, und sie rausgesetzt hatten: vor dem Jahresende war es; und die Schlacht war Anfang des neuen Jahres, nachdem wir den schweren Schneefall hatten.

Und jetzt haben sie sich aufs Rauben verlegt und leben draußen, verstecken sich in den Wäldern hinter Archet und in der Wildnis im Norden. Es ist ein bißchen wie in den Geschichten aus der schlechten alten Zeit, würde ich sagen. Es ist nicht mehr sicher auf den Straßen, und niemand geht weit, und die Leute schließen früh zu. Rings um das Gehege müssen wir Wachen aufstellen und die Tore nachts mit einer Menge Leute besetzen.«

»Na, uns hat keiner belästigt«, sagte Pippin, »und wir kamen langsam und stellten keine Wache auf. Wir dachten, wir hätten alle Schwierigkeiten hinter uns gelassen.«

»Ach, nein, das habt ihr nicht, Herr, im Gegenteil«, sagte Butterblume. »Aber es ist kein Wunder, daß sie euch in Frieden gelassen haben. An bewaffnete Leute mit Schwertern und Helmen und Schilden gehen sie nicht ran. Das überlegen sie sich zweimal. Und ich muß schon sagen, ich war auch ein bißchen bestürzt, als ich euch sah.«

Da wurden sich die Hobbits plötzlich darüber klar, daß die Leute sie nicht so sehr deshalb verblüfft ansahen, weil sie über ihre Rückkehr verwundert waren, sondern weil sie über ihre Ausrüstung staunten. Sie selbst waren so an Krieg und das Reiten in wohlgeordneten Scharen gewöhnt und hatten ganz vergessen, daß die unter ihren Mänteln hervorschauenden Panzer und die Helme von Gondor und der Mark und die schönen Wappen auf ihren Schilden in ihrem eigenen Land

Auf der Heimfahrt

befremdlich erscheinen würden. Und auch Gandalf, der nun auf seinem prächtigen grauen Roß ritt, ganz weiß gekleidet mit einem großen Umhang in Blau und Silber überall und mit dem Langschwert Glamdring an seiner Seite.

Gandalf lachte. »Gut, gut«, sagte er, »wenn sie schon vor uns fünfen Angst haben, dann haben wir auf unseren Fahrten schlimmere Feinde getroffen. Aber jedenfalls werden sie Euch nachts in Ruhe lassen, solange wir hier sind.«

»Wie lange wird das sein?« fragte Butterblume. »Ich will nicht leugnen, daß wir froh wären, Euch ein bißchen hier zu haben. Wir sind nämlich an solche Unruhen nicht gewöhnt, und die Waldläufer sind alle fortgegangen, wie mir die Leute erzählen. Ich glaube, wir haben bis jetzt nicht richtig verstanden, was sie für uns getan haben. Denn es hat hier noch Schlimmeres gegeben als Räuber. Im letzten Winter heulten Wölfe rings um das Gehege. Und es sind dunkle Gestalten in den Wäldern, entsetzliche Geschöpfe, die einem das Blut erstarren lassen, wenn man bloß an sie denkt. Es war sehr beunruhigend, wenn Ihr mich versteht.«

»Das kann ich mir denken«, sagte Gandalf. »Fast alle Lande sind in diesen Tagen beunruhigt gewesen, sehr beunruhigt. Aber faßt Mut, Gerstenmann! Ihr wart an der Schwelle sehr großer Unannehmlichkeiten, und ich bin wirklich froh zu hören, daß Ihr nicht tiefer drin wart. Aber bessere Zeiten kommen. Vielleicht bessere, als Ihr je erlebt habt. Die Waldläufer sind zurückgekehrt. Wir sind mit ihnen gekommen. Und es gibt wieder einen König, Gerstenmann. Er wird seine Gedanken bald auf diese Gegend richten.

Dann wird der Grünweg wieder geöffnet, und seine Boten werden nach Norden reiten, es wird ein ständiges Kommen und Gehen geben, und die bösen Geschöpfe werden aus den Ödlanden vertrieben werden. Die Einöden werden mit der Zeit keine Einöden mehr sein, Leute werden dort wohnen und Felder haben, wo einst Wildnis war.«

Herr Butterblume schüttelte den Kopf. »Wenn ein paar anständige, ehrbare Leute auf den Straßen sind, das wird nicht schaden«, sagte er. »Aber wir wollen kein Gesindel und keine Strolche mehr. Und wir wollen keine Außenseiter in Bree haben, oder überhaupt in der Nähe von Bree. Wir wollen allein gelassen werden. Ich will nicht, daß eine ganze Horde von Fremden hier lagert und sich dort ansiedelt und das wilde Land aufteilt.«

»Ihr werdet allein gelassen werden, Gerstenmann«, sagte Gandalf. »Es können genug Siedlungen angelegt werden zwischen dem Isen und der Grauflut und in den Uferlanden südlich des Brandywein, ohne daß jemand näher an Bree wohnt als viele Tagesritte entfernt. Und viel Volk lebte früher weit im Norden, hundert Meilen oder mehr von hier, am Ende des Grünwegs: auf den Nordhöhen oder am Evendim-See.«

»Oben am Totendeich?« sagte Gerstenmann und sah noch zweifelnder drein. »Das ist ein Land, wo Gespenster umgehen, heißt es. Niemand außer einem Räuber würde dort hingehen.«

»Die Waldläufer gehen dort hin«, sagte Gandalf. »Totendeich, sagt Ihr. So ist es seit langen Jahren genannt worden; aber sein richtiger Name, Gerstenmann, ist Fornost Erain, Königsnorburg. Und der König wird eines Tages dort hinkommen; und dann werdet Ihr einige schöne Leute durchreiten sehen.«

»Na, das klingt hoffnungsvoller, das gebe ich zu«, sagte Butterblume. »Und es wird zweifellos gut fürs Geschäft sein. Solange er Bree in Frieden läßt.«

»Das wird er«, sagte Gandalf. »Er kennt es und liebt es.«

»Wirklich?« sagte Butterblume ganz verdutzt. »Obwohl ich bestimmt nicht weiß, warum er es lieben sollte, wenn er auf einem hohen Stuhl sitzt in seinem großen Schloß, Hunderte von Meilen entfernt. Und aus einem goldenen Becher Wein trinkt, das würde mich nicht wundern. Was bedeutet ihm schon das *Pony* oder Bierkrüge? Nicht, daß mein Bier nicht gut wäre, Gandalf. Es ist ungemein gut, seit Ihr im Herbst letzten Jahres kamt und ein gutes Wort gesprochen habt. Und das war ein Trost bei all dem Ärger, das muß ich schon sagen.«

»Ach«, sagte Sam. »Aber er sagt, Euer Bier sei immer gut.«

»Er sagt das?«

»Natürlich. Er ist Streicher. Der Anführer der Waldläufer. Will Euch das denn gar nicht in den Kopf?«

Endlich begriff Butterblume, und sein verblüfftes Gesicht war sehenswert. Die Augen in seinem breiten Gesicht wurden rund, sein Mund stand weit offen, und er schnappte nach Luft. »Streicher!« rief er aus, als er wieder bei Atem war. »Er mit einer Krone und alledem und einem goldenen Becher! Na, wo kommen wir denn hin?«

»Zu besseren Zeiten, jedenfalls für Bree«, sagte Gandalf.

»Das hoffe ich, bestimmt«, sagte Butterblume. »Na, das war der netteste Schwatz, den ich seit undenklichen Zeiten gehabt habe. Und ich will nicht leugnen, daß ich heute nacht besser schlafen werde und mit leichterem Herzen. Ihr habt mir mächtig viel zu denken gegeben, aber das werde ich bis morgen aufschieben. Ich bin bettreif und zweifle nicht, daß ihr auch gern zu Bett gehen werdet. He, Kunz!« rief er und ging zur Tür. »Kunz, du Faultier! Kunz!« sagte er zu sich selbst und schlug sich auf die Stirn. »Woran erinnert mich denn das?«

»Nicht wieder an einen Brief, den Ihr vergessen habt, hoffe ich, Herr Butterblume?« sagte Merry.

»Nun, nun, Herr Brandybock, erinnert mich nicht daran! Aber nun habt Ihr meinen Gedanken unterbrochen. Wo war ich? Kunz, Ställe, ach, ja, das war es. Ich habe etwas, das euch gehört. Wenn ihr euch auf Lutz Farning besinnt und den Pferdediebstahl: sein Pony, das ihr gekauft habt, das ist hier. Kam ganz von allein zurück. Aber wo es gewesen war, wißt ihr wohl besser als ich. Es war struppig wie ein alter Hund und mager wie ein Kleiderhaken, aber es lebte. Kunz hat es versorgt.«

»Was, mein Lutz!« rief Sam. »Na, ich bin ein Glückskind, was immer der Ohm sagen mag. Noch ein Wunsch, der in Erfüllung gegangen ist! Wo ist er?« Sam wollte nicht ins Bett gehen, ehe er Lutz im Stall besucht hatte.

Die Reisenden blieben den ganzen nächsten Tag in Bree, und Herr Butterblume konnte sich am nächsten Abend jedenfalls nicht über das Geschäft beklagen. Neugier besiegte alle Ängste, und sein Haus war brechend voll. Aus Höflichkeit gingen die Hobbits am Abend für eine Weile in die große Wirtsstube und beantworteten eine Menge Fragen. Da man in Bree ein gutes Gedächtnis hatte, wurde Frodo mehrmals gefragt, ob er sein Buch geschrieben habe.

»Noch nicht«, antwortete er. »Ich gehe jetzt nach Hause, um meine Aufzeichnungen zu ordnen.« Er versprach, die erstaunlichen Ereignisse in Bree zu erwähnen und damit sein Buch etwas reizvoller zu gestalten, das vermutlich im wesentlichen die fernen und weniger wichtigen Angelegenheiten »unten im Süden« behandeln würde.

Dann schlug einer der jüngeren Leute vor, es solle ein Lied gesungen werden. Aber da trat Schweigen ein, und er wurde mit finsteren Blicken bedacht, und der Wunsch wurde nicht wiederholt. Offenbar wollte man in der Wirtsstube nicht noch einmal so unheimliche Dinge erleben.

Kein Verdruß bei Tage und kein Geräusch bei Nacht störten den Frieden von Bree, solange die Reisenden dort blieben; aber am nächsten Morgen standen sie früh auf, denn das Wetter war immer noch regnerisch, und sie wollten das Auenland vor der Nacht erreichen, und es war immer noch ein weiter Ritt. Das ganze Bree-Volk war draußen, um sie zu verabschieden, und war so fröhlicher Stimmung wie seit einem Jahr nicht mehr; und diejenigen, die die Fremden noch nicht mit all ihrer Ausrüstung gesehen hatten, bestaunten sie: Da war Gandalf mit seinem weißen Bart. Und ein Leuchten, als ob sein blauer Umhang nur eine Wolke über Sonnenschein wäre, schien von ihm auszugehen. Und da waren die vier Hobbits wie fahrende Ritter aus fast vergessenen Sagen. Selbst jene, die über all das Gerede vom König gelacht hatten, glaubten nun allmählich, es könnte doch etwas Wahres daran sein.

»Also viel Glück unterwegs und viel Glück bei der Heimkehr!« sagte Herr Butterblume. »Ich hätte euch warnen sollen, daß auch im Auenland nicht alles gut ist, wenn es stimmt, was wir hören. Seltsame Dinge gehen dort vor, heißt es. Aber eins verdrängt das andere, und ich war ganz erfüllt von meinen eigenen Schwierigkeiten. Aber wenn ich so dreist sein darf, es zu sagen, ihr seid verändert von eurer Fahrt zurückgekommen, und ihr seht jetzt aus wie Leute, die im Handumdrehen mit Schwierigkeiten fertigwerden können. Ich zweifle nicht, daß ihr bald alles wieder in die Reihe bringt. Viel Glück! Und je öfter ihr zurückkommt, um so erfreuter werde ich sein.«

Sie sagten ihm Lebewohl und ritten davon durch das Westtor und dann weiter dem Auenland entgegen. Lutz, das Pony, war bei ihnen und trug, wie früher auch, ein gut Teil Gepäck, aber er trottete neben Sam her und schien sehr zufrieden.

»Ich möchte mal wissen, worauf der alte Gerstenmann angespielt hat«, sagte Frodo.

»Einiges davon kann ich mir denken«, sagte Sam düster. »Was ich in dem Spiegel gesehen habe: abgeschlagene Bäume und das alles, und der Ohm aus dem Beutelhaldenweg verjagt. Ich hätte mich auf dem Heimweg mehr beeilen sollen.«

»Und irgend etwas stimmt offenbar mit dem Südviertel nicht«, sagte Merry. »Überall ist Pfeifenkraut knapp.«

»Was immer es ist«, sagte Pippin, »Lotho wird dahinterstecken: darauf könnt ihr euch verlassen.«

»Tief drinnen, aber nicht dahinter«, sagte Gandalf. »Ihr habt Saruman vergessen. Er hat seine Aufmerksamkeit schon vor Mordor auf das Auenland gerichtet.«

»Na, wir haben dich ja bei uns«, sagte Merry. »Also werden sich die Dinge bald klären.«

»Jetzt bin ich bei euch«, sagte Gandalf, »aber bald nicht mehr. Ich komme nicht mit ins Auenland. Ihr müßt eure Angelegenheiten selbst regeln; das könntet ihr inzwischen gelernt haben. Habt ihr es noch nicht begriffen? Meine Zeit ist vorüber: es ist nicht länger meine Aufgabe, Dinge in Ordnung zu bringen oder den Leuten dabei zu helfen. Und was euch betrifft, meine lieben Freunde, so werdet ihr keine Hilfe brauchen. Ihr seit jetzt erwachsen; sehr stattlich geworden sogar; zu den Großen gehört ihr jetzt, und um keinen von euch habe ich mehr Angst.

Aber wenn ihr es wissen wollt, ich biege bald ab. Ich will ein langes Gespräch mit Bombadil führen; ein Gespräch, wie ich es all mein Lebtag nicht hatte. Er ist ein Moos-Sammler, und ich war ein Stein, dessen Schicksal das Rollen war. Aber meine rollenden Tage sind beendet, und jetzt werden wir einander viel zu sagen haben.«

Nach einer kleinen Weile kamen sie zu der Stelle an der Oststraße, wo sie von Bombadil Abschied genommen hatten; und sie hofften und erwarteten halb, ihn dort stehen zu sehen, um sie im Vorbeigehen zu begrüßen. Aber es war keine Spur von ihm zu sehen; und über den Hügelgräbern im Süden hing ein grauer Nebel und über dem Alten Wald in der Ferne ein dichter Schleier.

Sie hielten an, und Frodo schaute sehnsüchtig nach Süden. »Ich würde den Alten wirklich sehr gerne wiedersehen«, sagte er. »Ich möchte mal wissen, wie es ihm geht.«

»So gut wie immer, da kannst du beruhigt sein«, sagte Gandalf. »Völlig unberührt; und ich möchte annehmen, daß nichts von alledem, was wir getan oder gesehen haben, ihn sehr beeindrucken würde, abgesehen vielleicht von unseren Besuchen bei den Ents. Es mag sich später für euch eine Gelegenheit ergeben, ihn zu sehen. Aber ich an eurer Stelle würde mich jetzt eilen, sonst kommt ihr nicht zur Brandyweinbrücke, ehe die Tore geschlossen werden.«

»Aber da sind gar keine Tore«, sagte Merry, »nicht auf der Straße; das weißt du doch genau. Natürlich gibt es das Bocklandtor; aber mich lassen sie jederzeit durch.«

»Da waren keine Tore, meinst du«, sagte Gandalf. »Ich glaube, jetzt werdet ihr welche finden. Und vielleicht wirst du sogar am Bocklandtor mehr Schwierigkeiten haben, als du glaubst. Aber ihr werdet es schon schaffen. Lebt wohl, liebe Freunde! Nicht zum letztenmal, noch nicht. Auf Wiedersehen!«

Er lenkte Schattenfell von der Straße herunter, und das große Pferd sprang über die grüne Böschung, die sie einfaßte; dann rief ihm Gandalf etwas zu, und da fegte Schattenfell auf die Hügelgräberhöhen zu wie ein Wind von Norden.

»So, da sind wir nun, eben wir vier, die wir zusammen aufbrachen«, sagte Merry. »Alle anderen haben wir hinter uns gelassen, einen nach dem anderen. Es scheint fast wie ein Traum zu sein, der langsam verging.«

»Für mich nicht«, sagte Frodo. »Mir ist eher, als schliefe ich wieder ein.«

ACHTES KAPITEL

DIE BEFREIUNG DES AUENLANDES

Die Nacht war schon hereingebrochen, als die Reisenden, naß und müde, endlich am Brandywein anlangten und feststellten, daß der Weg versperrt war. An jedem Ende der Brücke war ein mit Eisenspitzen versehenes Tor; und jenseits des Flusses waren, wie man sehen konnte, einige neue Häuser gebaut worden: zweistöckig mit schmalen, rechteckigen Fenstern, trübe erleuchtet, alles sehr düster und ganz un-auenländisch.

Sie hämmerten an das äußere Tor und riefen, aber zuerst kam keine Antwort; und dann blies zu ihrer Überraschung jemand ein Horn, und die Lichter in den Fenstern gingen aus. Eine Stimme schrie im Dunkeln:

»Wer ist da? Geht weg! Ihr könnt nicht hereinkommen. Könnt ihr den Anschlag nicht lesen: *Kein Zugang zwischen Sonnenuntergang und Sonnenaufgang?*«

»Natürlich können wir den Anschlag im Dunkeln nicht lesen!« schrie Sam zurück. »Und wenn Hobbits aus dem Auenland in einer solchen Nacht im Nassen bleiben sollen, dann werde ich euren Anschlag abreißen, wenn ich ihn finde.«

Darauf wurde ein Fenster zugeschlagen, und ein Schar Hobbits mit Laternen kam aus dem Haus zur Linken. Sie öffneten das Tor drüben, und einige kamen auf die Brücke. Als sie die Reisenden sahen, schienen sie erschreckt.

»Nun kommt schon«, sagte Merry, der einen der Hobbits erkannte. »Wenn du mich auch nicht erkennst, Hugo Feldhüter, so solltest du mich jedenfalls kennen. Ich bin Merry Brandybock und möchte mal wissen, was das alles soll und was ein Bockländer wie du hier tut. Du warst doch früher am Heutor.«

»Du meine Güte! Es ist Herr Merry, freilich, und ganz zum Kämpfen angezogen!« sagte der alte Hugo. »Es hieß doch, du bist tot! Verirrt im Alten Wald, wie man hörte. Ich freue mich, dich noch am Leben zu sehen!«

»Dann hör auf, mich durch das Gitter anzustarren, und öffne das Tor!«

»Es tut mir leid, Herr Merry, aber wir haben Befehle.«

»Befehle von wem?«

»Vom Oberst oben in Beutelsend.«

»Oberst? Oberst? Meinst du Herrn Lotho?« fragte Frodo.

»Ich nehme an, Herr Beutlin; aber wir müssen heutzutage einfach ›der Oberst‹ sagen.«

»Ach wirklich!« sagte Frodo. »Na, ich bin froh, daß er jedenfalls den Namen Beutlin abgelegt hat. Aber offenbar ist es höchste Zeit, daß sich die Familie mit ihm befaßt und ihn in seine Schranken verweist.«

Die Hobbits hinter dem Tor schwiegen betreten. »Es kommt nichts Gutes dabei raus, wenn man so redet«, sagte einer. »Er wird davon hören. Und wenn ihr so viel Krach macht, werdet ihr die Großen Menschen vom Oberst aufwecken.«

»Wir werden ihn auf eine Weise aufwecken, die ihn überrascht«, sagte Merry. »Wenn ihr damit sagen wollt, daß euer feiner Oberst Strolche aus der Wildnis

1003

angeheuert hat, dann sind wir nicht zu früh zurückgekommen.« Er sprang vom Pony, und als er im Schein der Laternen den Anschlag sah, riß er ihn herunter und warf ihn über das Tor. Die Hobbits wichen zurück und machten keine Anstalten zu öffnen. »Komm, los, Pippin«, sagte Merry. »Zwei reichen.«

Merry und Pippin kletterten über das Tor, und die Hobbits flohen. Wieder erklang ein Horn. Aus dem größeren Haus auf der rechten Seite trat eine große, schwere Gestalt in den Lichtschein der Tür.

»Was soll das heißen?« fauchte er, als er näherkam. »Das Tor aufbrechen? Macht, daß ihr wegkommt, sonst breche ich eure dreckigen kleinen Hälse!« Dann blieb er stehen, denn er sah Schwerter blitzen.

»Lutz Farning«, sagte Merry, »wenn du nicht in zehn Sekunden das Tor aufmachst, wirst du es bereuen. Du wirst mein Schwert zu kosten bekommen, wenn du nicht gehorchst. Und wenn du das Tor aufgemacht hast, wirst du hindurchgehen und niemals zurückkommen. Du bist ein Strolch und Straßenräuber.«

Lutz Farning fuhr zurück und schlurfte zum Tor und schloß es auf. »Gib mir den Schlüssel!« sagte Merry. Aber der Unmensch warf ihn ihm an den Kopf und machte einen Satz in die Dunkelheit. Als er zu den Ponies kam, schlug eins aus und traf ihn, als er vorbeirannte. Jaulend verschwand er in der Nacht, und man hat nie wieder von ihm gehört.

»Saubere Arbeit, Lutz«, sagte Sam und meinte das Pony.

»So, mit eurem Großen Menschen wären wir fertig«, sagte Merry. »Den Oberst nehmen wir uns später vor. Inzwischen wollen wir eine Unterkunft für die Nacht, und da ihr offenbar das Brückenwirtshaus abgerissen und statt dessen dieses häßliche Gebäude hingestellt habt, werdet ihr uns beherbergen müssen.«

»Tut mir leid, Merry«, sagte Hugo, »aber das ist nicht erlaubt.«

»Was ist nicht erlaubt?«

»Leute so ohne weiteres aufnehmen, die zusätzlich ernährt werden müssen, und all das«, sagte Hugo.

»Was ist denn eigentlich hier los?« fragte Merry. »War es ein schlechtes Jahr, oder was? Ich dachte, es sei ein schöner Sommer gewesen und eine gute Ernte.«

»Ach nein, das Jahr war ganz gut«, sagte Hugo. »Wir bauen eine Menge Nahrungsmittel an, aber wir wissen nicht so recht, was daraus wird. Es sind alle diese ›Sammler‹ und ›Verteiler‹, nehme ich an, die herumgehen und zählen und abmessen und das Zeug ins Lager bringen. Sie sammeln mehr ein, als sie verteilen, und das meiste von der Ernte sehen wir nicht wieder.«

»Ach, komm!« sagte Pippin gähnend. »Das ist für mich alles zu ermüdend heute abend. Wir haben in unseren Beuteln zu essen. Gebt uns nur einen Raum, wo wir uns hinlegen können. Er wird besser sein als manche Orte, die ich gesehen habe.«

Den Hobbits am Tor war offenbar immer noch nicht wohl in ihrer Haut, wahrscheinlich wurde gegen die eine oder andere Vorschrift verstoßen; aber vier so gebieterischen Reisenden, alle bewaffnet und zwei von ihnen ungewöhnlich

Die Befreiung des Auenlandes

groß und kräftig aussehend, konnte man sich nicht widersetzen. Frodo befahl, die Tore wieder zu schließen. Es war jedenfalls vernünftig, eine Wache aufzustellen, solange sich noch Strolche herumtrieben. Dann gingen die vier Gefährten in das Hobbit-Wachhaus und machten es sich so gemütlich wie sie konnten. Es war ein kahler und häßlicher Raum mit einer kümmerlichen kleinen Feuerstelle, die man nicht ordentlich heizen konnte. In den oberen Zimmern waren schmale Reihen harter Betten, und an jeder Wand war ein Anschlag und eine Liste der Vorschriften. Pippin riß sie ab. Es gab kein Bier und sehr wenig zu essen, aber mit dem, was die Reisenden mitgebracht hatten und nun verteilten, hatten sie alle eine recht ordentliche Mahlzeit; und Pippin verstieß gegen die Vorschrift Nr. 4, indem er den größten Teil des für den nächsten Tag bestimmten Holzvorrats auf das Feuer warf.

»So, wie wär's jetzt mit einer Pfeife, während ihr uns erzählt, was im Auenland geschehen ist?« sagte er.

»Es gibt jetzt kein Pfeifenkraut«, sagte Hugo. »Zumindest nur für die Menschen vom Oberst. Alle Vorräte scheinen weg zu sein. Wir haben gehört, ganze Wagenladungen sind über die alte Straße aus dem Südviertel weggebracht worden, über die Sarnfurt. Das muß Ende vorigen Jahres gewesen sein, nachdem ihr weggegangen seid. Aber vorher ist in aller Stille und in bescheidenem Maße auch etwas weggegangen. Dieser Lotho ...«

»Nun halt aber den Mund, Hugo Feldhüter«, riefen verschiedene von den anderen. »Du weißt, daß Reden dieser Art nicht erlaubt sind. Der Oberst wird davon hören, und dann kriegen wir alle Ärger.«

»Er würde nichts hören, wenn nicht einige von euch hier Petzer wären«, erwiderte Hugo hitzig.

»Schon gut, schon gut«, sagte Sam. »Das reicht völlig. Ich will nichts mehr hören. Kein Willkommen, kein Bier, nichts zu rauchen und statt dessen ein Haufen Vorschriften und Orkgerede. Ich hatte gehofft, ich könnte mich ausruhen, aber ich sehe, daß es Arbeit und Ärger geben wird. Laßt uns schlafen und es bis morgen vergessen!«

Der neue »Oberst« besaß offenbar Mittel und Wege, Nachrichten zu erhalten. Es waren gut und gerne vierzig Meilen von der Brücke bis Beutelsend, aber irgend jemand hatte die Strecke sehr rasch zurückgelegt. Das merkten Frodo und seine Freunde bald.

Sie hatten noch keine endgültigen Pläne gemacht, aber immerhin erwogen, zuerst nach Krickloch zu gehen und sich ein wenig auszuruhen. Doch jetzt, da sie sahen, wie die Dinge standen, beschlossen sie, gleich nach Hobbingen zu gehen. Also machten sie sich am nächsten Tag auf den Weg und trabten beharrlich die Straße entlang. Der Wind hatte sich gelegt, aber der Himmel war grau. Das Land sah ziemlich traurig und verlassen aus; schließlich war es der 1. November, und der Herbst ging seinem Ende zu. Immerhin waren ungewöhnlich viele Brände im Gange, und ringsum stieg an vielen Stellen Rauch auf. Eine dicke Rauchwolke stand in der Ferne in Richtung Waldende.

Als es Abend wurde, näherten sie sich Froschmoorstetten, einem Dorf unmittelbar an der Straße, etwa zweiundzwanzig Meilen von der Brücke. Dort wollten sie über Nacht bleiben; der *Schwimmende Balken* war ein gutes Wirtshaus. Aber als sie zum Ostende des Dorfes kamen, stießen sie auf eine Schranke mit einem großen Schild: KEIN DURCHGANG; dahinter stand mit Stöcken in den Händen und Federn an den Mützen eine ganze Schar Landbüttel, die gleichzeitig wichtigtuerisch und verängstigt aussahen.

»Was bedeutet das alles?« fragte Frodo, dem nach Lachen zumute war.

»Folgendes, Herr Beutlin«, sagte der Führer der Landbüttel, ein Zwei-Feder-Hobbit. »Du bist verhaftet wegen Tor-Aufbrechens, Herunterreißens von Vorschriften, Angreifens der Torhüter, unbefugten Eindringens, Schlafens in Auenland-Gebäuden und Bestechens der Wächter mit Lebensmitteln.«

»Und was noch?« fragte Frodo.

»Das reicht für den Anfang«, sagte der Führer der Landbüttel.

»Ich kann noch was hinzufügen, wenn du willst«, sagte Sam. »Beschimpfen Eures Obersts, Wünschen, ihm in sein pickliges Gesicht zu schlagen, und Denken, daß ihr Landbüttel wie ein Haufen Einfaltspinsel aussieht.«

»So, Herr, das reicht. Es ist der Befehl vom Oberst, daß ihr friedlich mitkommen sollt. Wir werden euch nach Wasserau bringen und euch den Menschen des Obersts übergeben; und wenn er euren Fall behandelt, dann könnt ihr eure Meinung sagen. Aber wenn ihr nicht länger im Loch bleiben wollt als nötig, dann würde ich es an eurer Stelle kurz machen, was ihr zu sagen habt.«

Zur Verwirrung der Landbüttel brüllten Frodo und seine Gefährten vor Lachen. »Sei doch nicht albern!« sagte Frodo. »Ich gehe hin, wohin ich will, und wann es mir paßt. Jetzt gehe ich zufällig in geschäftlichen Angelegenheiten nach Beutelsend, aber wenn du darauf bestehst, auch dahin zu gehen, dann ist das deine Sache.«

»Sehr wohl, Herr Beutlin«, sagte der Führer und schob die Schranke beiseite. »Aber vergiß nicht, daß ich dich verhaftet habe.«

»Das werde ich nicht vergessen«, sagte Frodo. »Niemals. Aber vielleicht werde ich dir verzeihen. Jetzt gehe ich für heute nicht weiter, also wenn du mich freundlicherweise zum *Schwimmenden Balken* begleiten willst, wäre ich dir sehr verbunden.«

»Das kann ich nicht, Herr Beutlin. Das Gasthaus ist geschlossen. Es gibt ein Landbüttelhaus am anderen Ende des Dorfes. Da werde ich euch hinbringen.«

»Gut«, sagte Frodo. »Geh voraus, und wir kommen nach.«

Sam hatte sich die Landbüttel genau angesehen und einen entdeckt, den er kannte. »He, komm her, Rudi Kleinbau!« rief er. »Ich will mit dir reden.«

Mit einem ängstlichen Blick auf seinen Führer, der wütend aussah, aber nicht einzugreifen wagte, blieb Landbüttel Kleinbau zurück und ging dann neben Sam, der von seinem Pony abgesessen war.

»Hör mal, Rudolf, mein Junge«, sagte Sam. »Du bist in Hobbingen groß geworden und solltest mehr Verstand haben als daherzukommen und Herrn

Frodo aufzulauern und das alles. Und was hat das zu bedeuten, daß das Wirtshaus geschlossen ist?«

»Sie sind alle geschlossen«, sagte Rudi. »Der Oberst hält nichts von Bier. Zumindest fing es so an. Aber jetzt, nehme ich an, kriegen seine Menschen das, was da ist. Und er hält nichts davon, wenn Leute unterwegs sind; wenn sie also irgendwohin wollen oder müssen, dann müssen sie zum Landbüttelhaus gehen und erklären, warum.«

»Du solltest dich schämen, daß du bei solchem Unsinn mitmachst«, sagte Sam. »Du hast doch früher ein Wirtshaus lieber von innen als von außen gesehen. Du kamst immer mal rein, ob du Dienst hattest oder nicht.«

»Und das würde ich immer noch tun, Sam, wenn ich könnte. Aber sei nicht so streng mit mir. Was kann ich schon tun? Du weißt, daß ich vor sieben Jahren Landbüttel wurde, ehe all das begann. War eine Gelegenheit, im Land herumzuwandern und Leute zu sehen und Neuigkeiten zu hören und zu erfahren, wo es gutes Bier gab. Aber jetzt ist es anders.«

»Aber du kannst es aufgeben, kannst mit dem Bütteln aufhören, wenn es kein ehrenwerter Beruf mehr ist«, sagte Sam.

»Das wird uns nicht erlaubt«, sagte Rudi.

»Wenn ich *nicht erlaubt* noch öfter höre«, sagte Sam, »werde ich wütend.«

»Kann nicht behaupten, daß mir das leid tun würde«, sagte Rudi und senkte seine Stimme. »Wenn wir alle zusammen wütend würden, könnte etwas getan werden. Aber es sind diese Menschen, Sam, die Menschen vom Oberst. Er schickt sie überall hin, und wenn irgendeiner von uns kleinen Leuten für unsere Rechte eintritt, dann sperren sie ihn ins Loch. Zuerst haben sie den alten Mehlkloß geholt, den alten Willi Weißfuß, den Bürgermeister, und dann noch eine Menge andere. In letzter Zeit wird's immer schlimmer. Sie schlagen sie jetzt oft.«

»Warum arbeitest du dann für sie?« sagte Sam ärgerlich. »Wer hat euch nach Froschmoorstetten geschickt?«

»Keiner. Wir sind hier in dem großen Landbüttelhaus untergebracht. Wir sind jetzt die Erste Ostviertel-Schar. Es gibt insgesamt Hunderte von Landbütteln, und sie wollen noch mehr haben bei all diesen neuen Vorschriften. Die meisten sind gegen ihren Willen dabei, aber nicht alle. Selbst im Auenland gibt es welche, die sich gern in anderer Leute Angelegenheiten mischen und große Reden führen. Und noch schlimmer: es gibt ein paar, die für den Oberst und seine Menschen Späherdienste leisten.«

»Aha! So bekamt ihr also Nachrichten über uns, nicht wahr?«

»So ist es. Wir dürfen ihn nicht mehr benutzen, aber sie haben den alten Post-Schnelldienst noch in Betrieb und halten an verschiedenen Stellen Meldegänger bereit. Einer kam gestern abend von Weißfurchen mit einer ›Geheimmeldung‹, und ein anderer brachte sie von hier aus weiter. Und heute nachmittag kam eine Anweisung zurück, daß ihr verhaftet und nach Wasserau gebracht werden sollt, nicht gleich ins Loch. Der Oberst will euch offenbar sofort sehen.«

»Er wird nicht mehr so begierig darauf sein, wenn Herr Frodo mit ihm fertig ist«, sagte Sam.

Das Landbüttelhaus in Froschmoorstetten war ebenso schlecht wie das Brückenhaus. Es hatte nur ein Stockwerk, aber dieselben schmalen Fenster, und es war aus häßlichen gelben Ziegelsteinen erbaut, die schlecht vermauert waren. Drinnen war es feucht und freudlos, und das Abendessen wurde auf einem langen, kahlen Tisch angerichtet, der seit Wochen nicht gescheuert worden war. Das Essen verdiente nicht, besser angerichtet zu werden. Die Reisenden waren froh, diesen Ort zu verlassen. Es waren ungefähr achtzehn Meilen nach Wasserau, und um zehn Uhr morgens machten sie sich auf den Weg. Sie wären auch schon früher aufgebrochen, nur ärgerte die Verzögerung den Führer der Landbüttel so offensichtlich. Der Westwind hatte auf Norden gedreht, und es wurde kälter, aber der Regen hatte aufgehört.

Es war ein ziemlich komischer Reiterzug, der das Dorf verließ, obwohl die wenigen Leute, die herauskamen, um sich die »Aufmachung« der Reisenden anzusehen, nicht sicher zu sein schienen, ob Lachen erlaubt sei. Ein Dutzend Landbüttel war abgestellt worden, um die »Gefangenen« zu begleiten; aber Merry ließ sie vorangehen, während Frodo und seine Freunde hinterherritten. Merry, Pippin und Sam saßen behaglich auf ihren Ponies und lachten und redeten und sangen, während die Landbüttel schwerfällig dahinstapften und versuchten, ernst und gewichtig auszusehen. Frodo hingegen war still und sah eher traurig und nachdenklich aus.

Der letzte, an dem sie vorbeikamen, war ein rüstiger Alter, der eine Hecke schnitt. »Nanu, nanu«, spottete er, »wer hat nun wen verhaftet?«

Zwei von den Landbütteln verließen sofort die Gruppe und gingen auf ihn zu. »Führer!« sagte Merry. »Befiehl den beiden, sofort wieder in der Reihe zu gehen, wenn du nicht willst, daß ich mich mit ihnen befasse!«

Auf ein scharfes Wort des Führers kamen die beiden Hobbits mürrisch wieder zurück. »Nun geht weiter«, sagte Merry, und von nun an sorgten die Reisenden dafür, daß ihre Ponies rasch genug ausschritten, um die Landbüttel so schnell voranzutreiben, wie sie nur gehen konnten. Die Sonne kam heraus, und trotz des eisigen Winds schnauften und schwitzten sie bald.

Am Drei-Viertel-Stein gaben sie es auf. Sie hatten fast vierzehn Meilen mit nur einer Rast am Mittag hinter sich gebracht. Jetzt war es drei Uhr. Sie waren hungrig und sehr fußwund und konnten mit den Ponies nicht Schritt halten.

»Na, kommt nach, wie es euch paßt«, sagte Merry. »Wir reiten weiter.«

»Auf Wiedersehen, Rudi«, sagte Sam. »Ich warte vor dem *Grünen Drachen* auf dich, wenn du nicht vergessen hast, wo das ist. Trödele nicht unterwegs!«

»Ihr widersetzt euch der Verhaftung, das ist es, was ihr tut«, sagte der Führer kläglich, »ich kann nicht dafür verantwortlich gemacht werden.«

»Wir werden uns noch allem möglichen widersetzen und nicht von dir verlangen, daß du die Verantwortung übernimmst«, sagte Pippin. »Ich wünsch dir alles Gute!«

Die Reisenden trabten weiter, und als die Sonne auf die Weißen Höhen fern am westlichen Horizont herabzusinken begann, kamen sie nach Wasserau an seinem großen See; und dort bekamen sie zum erstenmal einen wirklich gewaltigen Schreck. Das hier war Frodos und Sams Heimat, und jetzt merkten sie, daß ihnen die Gegend mehr am Herzen lag als jede andere in der Welt. Viele der Häuser, die sie gekannt hatten, fehlten. Manche schienen niedergebrannt worden zu sein. Die hübsche Reihe alter Hobbithöhlen am Steilufer an der Nordseite des Sees war verlassen, und die kleinen Gärten, die sich bis zum Wasser hinunterzogen, waren von Unkraut überwuchert. Schlimmer noch war, daß eine ganze Kette häßlicher neuer Häuser an der Teichseite gebaut worden war, wo die Hobbinger Straße dicht am Ufer verlief. Dort hatten früher zu beiden Seiten Bäume gestanden. Sie waren alle weg. Und als sie bestürzt die Straße nach Beutelsend hinaufblickten, sahen sie einen hohen Ziegelschornstein in der Ferne. Er stieß schwarzen Rauch in die Abendluft aus.

Sam war außer sich. »Ich gehe gleich weiter, Herr Frodo!« rief er. »Ich will sehen, was los ist. Ich will den Ohm suchen.«

»Wir sollten erst herausfinden, was uns eigentlich blüht, Sam«, sagte Merry. »Ich vermute, der ›Oberst‹ wird eine Bande Strauchdiebe bei der Hand haben. Am besten wäre es, wir würden jemanden finden, der uns sagt, wie die Dinge hier stehen.«

Doch im Dorf Wasserau waren alle Häuser und Höhlen verrammelt, und keiner begrüßte sie. Sie wunderten sich darüber, aber bald entdeckten sie den Grund. Als sie zum *Grünen Drachen* kamen, dem letzten Haus in Richtung Hobbingen, das jetzt verödet und mit zerbrochenen Fenstern dastand, waren sie sehr bestürzt, als sie ein Dutzend großer, häßlicher Menschen sahen, die sich an der Wirtshausmauer herumdrückten; sie schielten und hatten eine fahle Gesichtsfarbe.

»Wie dieser Freund von Lutz Farning in Bree«, sagte Sam.

»Wie viele, die ich in Isengart sah«, murmelte Merry.

Die Strolche hatten Prügel in den Händen und Hörner an den Gürteln hängen, aber keine anderen Waffen, soweit man sehen konnte. Als die Reisenden heranritten, verließen sie die Mauer, gingen auf die Straße und versperrten den Weg.

»Wo wollt ihr eigentlich hin?« sagte einer, der größte und am übelsten aussehende der Bande. »Für euch ist hier der Durchgang gesperrt. Und wo sind diese prachtvollen Landbüttel?«

»Die kommen hübsch hinterher«, sagte Merry. »Ein wenig fußwund, vielleicht. Wir haben versprochen, hier auf sie zu warten.«

»Verflixt, was habe ich gesagt?« sagte der Strolch zu seinen Genossen. »Ich habe Scharrer gesagt, es hat keinen Zweck, diesen kleinen Narren zu trauen. Ein paar von unseren Leuten hätten hingeschickt werden sollen.«

»Und was für einen Unterschied hätte das gemacht, bitte schön?« sagte Merry. »Wir sind in diesem Land nicht an Straßenräuber gewöhnt, aber wir wissen, wie man mit ihnen umgeht.«

»Straßenräuber, wie?« sagte der Mensch. »Das ist also euer Ton, wie? Ändert ihn, sonst ändern wir ihn für euch. Ihr kleines Volk werdet zu frech. Vertraut nicht zu sehr auf das gute Herz vom Baas. Scharrer ist jetzt gekommen, und er wird tun, was Scharrer sagt.«

»Und was mag das sein?« fragte Frodo ruhig.

»Dieses Land hat's nötig, aufzuwachen und in Ordnung gebracht zu werden«, sagte der Unmensch, »und Scharrer wird das tun; und er wird streng sein, wenn ihr ihn dazu treibt. Ihr braucht einen härteren Baas. Und ihr werdet einen kriegen, ehe das Jahr um ist, wenn's noch mehr Ärger gibt. Dann werdet ihr das eine oder andere lernen, ihr kleines Rattenvolk.«

»Allerdings. Ich freue mich, von euren Plänen zu hören«, sagte Frodo, »ich bin gerade auf dem Weg, um Herrn Lotho zu besuchen, und es wird ihm vielleicht daran liegen, auch davon zu erfahren.«

Der Strolch lachte. »Lotho! Der kennt sie genau. Mach dir darüber keine Sorgen. Er wird tun, was Scharrer sagt. Denn wenn ein Baas Ärger macht, kann man ihn ablösen. Verstehst du? Und wenn das kleine Volk sich da reindrängelt, wo es nicht erwünscht ist, bringen wir es dorthin, wo es kein Unheil stiften kann. Verstehste?«

»Ja, ich verstehe«, sagte Frodo. »Erstens verstehe ich, daß ihr hier rückständig und nicht auf dem laufenden seid. Viel ist geschehen, seit ihr den Süden verlassen habt. Eure Zeit ist vorbei, und die aller anderen Strolche auch. Der Dunkle Turm ist gefallen, und es gibt einen König in Gondor. Und Isengart ist zerstört, und euer prachtvoller Herr ist ein Bettler in der Wildnis. Ich habe ihn unterwegs überholt. Die Boten des Königs werden jetzt den Grünweg heraufreiten, keine Räuber aus Isengart.«

Der Mensch starrte ihn an und lächelte. »Ein Bettler in der Wildnis!« höhnte er. »Ach, wirklich? Prahl nur, prahl nur, mein kleiner Angeber. Aber das wird uns nicht abhalten, in diesem fruchtbaren kleinen Land zu leben, wo ihr lange genug gefaulenzt habt. Und –«, er schnalzte vor Frodos Gesicht mit den Fingern, »Boten des Königs! Soviel gebe ich darauf. Wenn ich einen sehe, werde ich ihn vielleicht zur Kenntnis nehmen.«

Das war zuviel für Pippin. Er dachte an das Feld von Cormallen, und hier war ein schielender Schurke, der den Ringträger »kleiner Angeber« nannte. Er schlug seinen Mantel zurück, zog sein Schwert, und das Silber und Schwarz von Gondor glänzte, als er vorritt.

»Ich bin ein Bote des Königs«, sagte er. »Du sprichst mit dem Freund des Königs und einem der Ruhmreichsten in allen Landen des Westens. Du bist ein Strolch und ein Narr. Auf die Knie mit dir hier auf der Straße, und bitte um Verzeihung, sonst bekommst du diesen Trollfluch zu kosten!«

Das Schwert schimmerte in der untergehenden Sonne. Auch Merry und Sam zogen ihre Schwerter und ritten vor, um Pippin zu unterstützen; aber Frodo rührte sich nicht. Die Strolche wichen zurück. Bauern in Breeland erschrecken und verwirrte Hobbits einschüchtern, das war ihre Sache. Furchtlose Hobbits mit blitzenden Schwertern und grimmigen Gesichtern waren eine große Überraschung. Und in den Stimmen dieser Neuankömmlinge schwang ein Ton mit, den sie bisher nicht gehört hatten. Es erfüllte sie mit Furcht.

»Geht!« sagte Merry. »Wenn ihr dieses Dorf noch einmal belästigt, werdet ihr es bereuen.« Die drei Hobbits gingen vor, und die Strolche drehten sich um und flohen und rannten die Hobbinger Straße hinauf; aber während sie rannten, bliesen sie ihre Hörner.

»Na, wir sind nicht zu früh zurückgekommen«, sagte Merry.

»Nicht einen Tag zu früh. Vielleicht zu spät, jedenfalls um Lotho zu retten«, sagte Frodo. »Ein erbärmlicher Narr, aber er tut mir leid.«

»Lotho retten? Was meinst du damit?« fragte Pippin. »Ihn umbringen, würde ich sagen.«

»Ich glaube, du verstehst die Dinge nicht ganz, Pippin«, sagte Frodo. »Lotho wollte es niemals so weit kommen lassen. Er ist ein boshafter Dummkopf gewesen, aber jetzt ist er in der Schlinge gefangen. Die Strolche haben die Oberhand, sie sammeln ein, rauben, unterdrücken und machen oder zerstören alles, wie sie wollen, aber in seinem Namen. Und nicht einmal mehr sehr lange in seinem Namen. Er ist jetzt ein Gefangener in Beutelsend, nehme ich an, und sehr verängstigt. Wir sollten versuchen, ihn zu retten.«

»Na, da bin ich erschüttert!« sagte Pippin. »Von allen Beendigungen unserer Fahrt ist das die letzte, an die ich gedacht hätte: daß wir mit halben Orks und Strolchen im Auenland selbst kämpfen müssen – um Lotho Pickel zu retten!«

»Kämpfen?« sagte Frodo. »Ja, ich vermute, es mag dazu kommen. Aber denkt daran: es dürfen keine Hobbits umgebracht werden, nicht einmal, wenn sie zur anderen Seite übergegangen sind. Wirklich übergegangen, meine ich; nicht bloß, daß sie die Befehle der Strolche befolgen, weil sie Angst haben. Kein Hobbit hat je im Auenland einen anderen absichtlich getötet, und das soll auch jetzt nicht anfangen. Und es soll überhaupt niemand getötet werden, wenn es geht. Bleibt ruhig und haltet euch von Tätlichkeiten zurück bis zum letztmöglichen Augenblick!«

»Aber wenn viele von diesen Strolchen da sind«, sagte Merry, »bedeutet das bestimmt Kampf. Du wirst Lotho oder das Auenland nicht retten, wenn du bloß empört und traurig bist, mein lieber Frodo.«

»Nein«, sagte Pippin. »Ein zweites Mal wird es nicht so einfach sein, ihnen Angst einzujagen. Sie waren überrascht. Habt ihr das Hörnerblasen gehört? Offenbar sind noch mehr Strolche in der Nähe. Sie werden viel mutiger sein, wenn sie zu mehreren sind. Wir müssen daran denken, irgendwo für die Nacht in Deckung zu gehen. Schließlich sind wir nur vier, wenn auch bewaffnet.«

»Ich habe einen Gedanken«, sagte Sam. »Laßt uns zum alten Tom Hüttinger unten in der Südgasse gehen. Er war immer ein tapferer Kerl. Und er hat einen Haufen Jungs, die alle meine Freunde waren.«

»Nein!« sagte Merry. »Es hat keinen Zweck, ›in Deckung zu gehen‹. Das ist genau das, was die Leute getan haben, und genau das, was die Strolche gern haben. Sie werden einfach in großer Zahl über uns herfallen, uns umzingeln und uns dann entweder hinaustreiben oder drinnen verbrennen. Nein, wir müssen sofort etwas tun.«

»Was tun?« fragte Pippin.

»Das Auenland zum Widerstand aufrufen!« sagte Merry. »Jetzt! All unsere Leute aufwecken. Sie hassen das alle, das könnt ihr sehen: alle mit Ausnahme vielleicht von ein oder zwei Lumpen und ein paar Narren, die sich wichtig machen wollen, aber überhaupt nicht verstehen, was wirklich vorgeht. Aber das Auenland-Volk hat so lange behaglich gelebt, daß es nicht weiß, was es tun soll. Dabei brauchen sie bloß ein Zündholz, und schon stehen sie in Flammen. Die Menschen vom Oberst müssen das wissen. Sie werden versuchen, unser Feuer auszutreten und uns rasch zu löschen. Wir haben nur sehr wenig Zeit.

Sam, du kannst mal schnell zu Hüttingers Hof flitzen, wenn du willst. Er ist einer der Wichtigsten hier in der Gegend, und der Standhafteste. Los, kommt! Ich werde das Horn von Rohan blasen und ihnen allen einen Klang vorsetzen, den sie noch nie gehört haben.«

Sie ritten zurück in die Mitte des Dorfes. Dort bog Sam ab und galoppierte den Feldweg entlang, der nach Süden zu Hüttingers führte. Er war noch nicht weit gekommen, als er ein plötzliches Hornsignal hörte, das sich in die Lüfte aufschwang. Weit über Berg und Feld hallte es wider; und so zwingend war der Aufruf, daß Sam selbst fast umgedreht hätte und zurückgestürzt wäre. Sein Pony bäumte sich auf und wieherte.

»Weiter, Junge, weiter!« rief er. »Wir gehen bald zurück.«

Dann hörte er, daß Merry die Tonart änderte, und nun erklang das Hornsignal von Bockland und ließ die Luft erzittern.

Erwacht! Erwacht! Gefahr! Feuer! Feinde!
Erwacht! Feinde! Erwacht!

Hinter sich hörte Sam ein Stimmengewirr und großen Lärm und Türenschlagen. Vor ihm tauchten Lichter in der Dämmerung auf; Hunde bellten; Füße kamen angerannt. Ehe er ans Ende des Feldwegs kam, war Bauer Hüttinger mit dreien seiner Söhne da, den Jungen Tom, Jupp und Till, die auf ihn zustürzten. Sie hatten Äxte in den Händen und versperrten ihm den Weg.

»Nein, es ist keiner von den Strolchen«, hörte Sam den Bauern sagen. »Es ist ein Hobbit, der Größe nach, aber komisch angezogen. He!« rief er. »Wer bist du, und was soll all der Krach?«

»Ich bin's, Sam, Sam Gamdschie. Ich bin zurückgekommen.«

Bauer Hüttinger kam dicht heran und starrte ihn im Zwielicht an. »Na, so was!« rief er aus. »Die Stimme ist richtig und dein Gesicht ist nicht schlechter, als es war, Sam. Aber auf der Straße wäre ich an dir vorbeigegangen bei deiner Aufmachung. Offenbar bist du in ausländischen Gegenden gewesen. Wir fürchteten, du wärst tot.«

»Das bin ich nicht«, sagte Sam. »Und Herr Frodo auch nicht. Er ist hier, und seine Freunde. Und das ist der Krach. Sie rufen das Auenland zum Widerstand auf. Wir wollen diese Strolche raussetzen, und ihren Oberst auch. Wir fangen jetzt an.«

»Gut, gut!« rief Bauer Hüttinger. »Hat's also endlich begonnen! Mich hat's

Die Befreiung des Auenlandes

schon das ganze Jahr gejuckt, denen Ärger zu machen, aber die Leute wollten nicht mitmachen. Und ich mußte an die Frau und an Rosie denken. Diese Strolche schrecken vor nichts zurück. Aber kommt jetzt, Jungs! In Wasserau ist Aufruhr! Da müssen wir dabei sein!«

»Wie ist es mit Frau Hüttinger und Rosie?« fragte Sam. »Es ist noch gefährlich für sie, wenn sie allein gelassen werden.«

»Mein Sepp ist bei ihnen. Aber du kannst gehen und ihm helfen, wenn du Lust hast«, sagte Bauer Hüttinger grinsend. Dann rannten er und seine Söhne zum Dorf.

Sam eilte zum Haus. An der großen runden Tür oben auf den Stufen, die von dem großen Hof hinaufführten, standen Frau Hüttinger und Rosie, und vor ihnen Sepp, der nach einer Heugabel griff.

»Ich bin es«, schrie Sam, als er herantrabte. »Sam Gamdschie! Also erstich mich nicht, Sepp. Außerdem habe ich ein Panzerhemd an.«

Er sprang vom Pony ab und ging die Stufen hinauf. Sie starrten ihn stumm an. »Guten Abend, Frau Hüttinger«, sagte er. »Hallo, Rosie!«

»Hallo, Sam!« sagte Rosie. »Wo bist du gewesen? Es hieß, du wärst tot; aber ich habe dich schon seit dem Frühling erwartet. Du hast dich nicht gerade beeilt, nicht wahr?«

»Vielleicht nicht«, sagte Sam verlegen. »Aber jetzt bin ich in Eile. Wir machen uns an die Strolche ran, und ich muß zu Herrn Frodo zurück. Aber ich dachte, ich wollte mal gucken, wie es Frau Hüttinger geht, und dir, Rosie.«

»Uns geht's ganz gut, danke«, sagte Frau Hüttinger. »Oder würde uns gehen, wenn diese diebischen Strolche nicht wären.«

»Na, nun geh aber!« sagte Rosie. »Wenn du dich die ganze Zeit um Herrn Frodo gekümmert hast, warum willst du ihn dann allein lassen, sobald die Lage gefährlich aussieht?«

Das war zuviel für Sam. Es hätte eine wochenlange Antwort erfordert, oder gar keine. Er drehte sich um und stieg auf sein Pony. Aber als er losreiten wollte, rannte Rosie die Stufen hinunter.

»Ich finde, du siehst gut aus, Sam«, sagte sie. »Aber geh jetzt. Und sei vorsichtig und komm gleich zurück, sobald ihr den Unmenschen den Garaus gemacht habt!«

Als Sam zurückkam, fand er das ganze Dorf in Aufruhr. Abgesehen von vielen jüngeren Burschen waren schon mehr als hundert handfeste Hobbits versammelt mit Äxten und schweren Hämmern und langen Messern und kräftigen Stöcken; und ein paar hatten Jagdbogen dabei. Weitere kamen noch von den abseits gelegenen Bauernhöfen.

Einige der Dorfbewohner hatten ein großes Feuer angezündet, um die Sache ein wenig zu beleben, und außerdem auch, weil es eins der Dinge war, die der Oberst verboten hatte. Es brannte hell, als die Nacht hereinbrach. Andere errichteten auf Merrys Befehl an jedem Ende des Dorfes Straßensperren. Als die Landbüttel zu der unteren kamen, waren sie sprachlos; aber sobald sie sahen, wie die Dinge standen, nahmen die meisten ihre Federn ab und schlossen sich dem Aufstand an. Die anderen schlichen sich davon.

Sam fand Frodo und seine Freunde am Feuer, und sie unterhielten sich mit dem alten Tom Hüttinger, während eine bewundernde Schar von Wasserauern ringsum stand und stierte.

»So, was ist nun der nächste Schritt?« fragte Bauer Hüttinger.

»Ich kann es nicht sagen«, sagte Frodo, »ehe ich mehr weiß. Wie viele von diesen Strolchen sind hier?«

»Das ist schwer zu sagen«, meinte Hüttinger. »Sie wandern rum und kommen und gehen. Manchmal sind fünfzig von ihnen in ihren Schuppen oben bei Hobbingen; aber von da aus streifen sie rum, stehlen oder ›sammeln‹, wie sie es nennen. Immerhin sind selten weniger als zwanzig beim Baas, wie sie ihn getauft haben. Er ist in Beutelsend, oder war da; aber jetzt verläßt er das Grundstück nicht mehr. Tatsächlich hat ihn seit ein oder zwei Wochen keiner mehr gesehen; aber die Menschen lassen niemand hin.«

»Hobbingen ist doch wohl nicht ihr einziger Standort, oder?« fragte Pippin.

»Nein, es ist schlimmer«, sagte Hüttinger. »Eine ganze Menge ist unten im Süden in Langgrund und an der Sarnfurt, wie ich höre; und noch ein paar treiben sich am Waldende herum; und sie haben Schuppen in Wegscheid. Und dann ist das Loch da, wie sie es nennen: die alten Vorratsstollen in Michelbinge, die sie zum Gefängnis gemacht haben für diejenigen, die sich ihnen widersetzen. Immerhin schätze ich, daß es im Auenland insgesamt nicht mehr als dreihundert von ihnen gibt, vielleicht weniger. Wir können mit ihnen fertigwerden, wenn wir zusammenhalten.«

»Haben sie irgendwelche Waffen?« fragte Merry.

»Peitschen, Messer und Knüppel, genug für ihre unsauberen Geschäfte: das ist alles, was sie bisher haben sehen lassen«, sagte Hüttinger. »Aber ich möchte annehmen, daß sie noch andere Ausrüstung haben, wenn es zum Kampf kommt. Manche haben jedenfalls Bogen. Sie haben einen oder zwei von unseren Leuten erschossen.«

»Siehst du, Frodo!« sagte Merry. »Ich wußte, wir würden kämpfen müssen. Sie haben also mit dem Töten angefangen.«

»Genaugenommen nicht«, sagte Hüttinger. »Wenigstens nicht mit dem Schießen. Die Tuks haben das angefangen. Weißt du, dein Vater, Herr Peregrin, der hatte nie was mit diesem Lotho im Sinn, von Anfang an nicht: er sagte, wenn einer hier den Führer spielen solle, dann müsse es der rechtmäßige Thain des Auenlands sein und kein Emporkömmling. Und als Lotho seine Menschen hinschickte, kamen sie nicht auf ihre Kosten. Die Tuks sind glücklich dran, sie haben diese tiefen Höhlen in den Grünbergen, die Groß-Smials und all das; und die Strolche können nicht an sie ran; sie lassen die Strolche einfach nicht in ihr Land. Wenn sie es versuchen, jagen die Tuks sie. Die Tuks haben drei wegen Plünderns und Raubens erschossen. Danach wurden die Strolche noch gehässiger. Und sie bewachen das Tukland ziemlich scharf. Niemand geht da jetzt rein oder raus.«

»Recht haben die Tuks!« rief Pippin. »Aber einer geht wieder rein, jetzt gleich. Ich mache mich auf zu den Smials. Kommt jemand mit nach Buckelstadt?«

Pippin ritt los mit einem halben Dutzend junger Leute auf Ponies. »Bis bald!« rief er. »Es sind nur ungefähr vierzehn Meilen über die Felder. Morgen früh bringe ich euch ein Heer von Tuks mit.« Merry schickte ihnen ein Horngeschmetter hinterher, als sie in die dunkler werdende Nacht davonritten. Das Volk jubelte.

»Trotzdem«, sagte Frodo zu allen, die in der Nähe standen, »trotzdem möchte ich, daß nicht getötet wird; nicht mal die Strauchdiebe, es sei denn, es ist nötig, um zu verhindern, daß Hobbits verletzt werden.«

»Gut«, sagte Merry. »Aber ich glaube, jetzt können wir jeden Augenblick Besuch von der Hobbingen-Bande bekommen. Sie werden nicht bloß kommen, um sich mit uns über die Lage zu unterhalten. Wir werden versuchen, anständig mit ihnen umzugehen, aber wir müssen auf das Schlimmste vorbereitet sein. Ich habe nun einen Plan.«

»Sehr gut«, sagte Frodo. »Triff du die Vorkehrungen.«

Gerade da kamen einige Hobbits angerannt, die in Richtung Hobbingen ausgeschickt worden waren. »Sie kommen«, sagten sie. »Zwanzig oder mehr. Aber zwei sind nach Westen gegangen, über Land.«

»Nach Wegscheid vermutlich«, sagte Hüttinger, »um mehr von der Bande zu holen. Na, das sind fünfzehn Meilen hin und fünfzehn zurück. Um die brauchen wir uns vorläufig keine Sorgen zu machen.«

Merry eilte fort, um Befehle zu erteilen. Bauer Hüttinger machte die Straße frei und schickte alle in die Häuser mit Ausnahme der älteren Hobbits, die Waffen irgendwelcher Art hatten. Sie brauchten nicht lange zu warten. Bald hörten sie laute Stimmen und dann das Trampeln schwerer Füße. Plötzlich kam eine ganze Schar von Strauchdieben die Straße entlang. Sie sahen die Sperre und lachten. Sie konnten sich nicht vorstellen, daß es irgend etwas in diesem kleinen Lande gäbe, das zwanzig von ihrer Sorte widerstehen könnte.

Die Hobbits räumten die Straßensperre weg und blieben daneben stehen. »Danke!« höhnten die Menschen. »Jetzt lauft nach Haus ins Bett, ehe ihr gepeitscht werdet.« Dann marschierten sie die Straße entlang und schrien: »Macht die Lichter aus! Geht in die Häuser und bleibt da! Sonst bringen wir fünfzig von euch auf ein Jahr ins Loch. Geht rein. Der Baas verliert die Geduld.«

Niemand befolgte ihre Befehle; aber als die Strolche vorbeigegangen waren, kamen die Hobbits leise von hinten heran und folgten ihnen. Als die Menschen das Feuer erreichten, stand Bauer Hüttinger ganz allein da und wärmte sich die Hände.

»Wer bist du, und was machst du hier eigentlich?« fragte der Führer der Strolche.

Bauer Hüttinger sah ihn bedächtig an. »Das wollte ich dich gerade fragen«, sagte er. »Das hier ist unser Land, und ihr seid nicht erwünscht.«

»Na, du bist jedenfalls erwünscht«, sagte der Führer. »Wir wollen dich haben. Greift ihn, Jungs! Ins Loch mit ihm, und gebt ihm was, damit er ruhig ist!«

Die Menschen gingen einen Schritt vor und blieben dann wie angewurzelt stehen. Ringsum erhob sich ein Stimmengewirr, und plötzlich merkten sie, daß Bauer Hüttinger nicht allein war. Sie waren umzingelt. In der Dunkelheit am Rand des Feuerscheins stand ein Kreis von Hobbits, die aus den Schatten herausgekrochen waren. Es waren fast zweihundert, und alle hielten irgendeine Waffe in der Hand.

Merry trat vor. »Wir sind uns schon einmal begegnet«, sagte er zu dem Führer, »und ich habe dich davor gewarnt, wieder herzukommen. Ich warne dich noch einmal: du stehst im Licht, und Bogenschützen zielen auf dich. Wenn du die Hand an diesen Bauern legst oder an irgendeinen anderen, wirst du sofort erschossen. Lege alle Waffen nieder, die du hast.«

Der Führer sah sich um. Er saß in der Falle. Aber er hatte keine Angst, nicht jetzt, da ihn zwanzig seiner Genossen deckten. Er wußte zu wenig von Hobbits, um zu begreifen, in welcher Gefahr er war. Törichterweise beschloß er zu kämpfen. Es müßte einfach sein, auszubrechen.

»Los, Jungs, auf sie!« schrie er. »Gebt's ihnen!«

Mit einem langen Messer in der linken Hand und einem Knüppel in der rechten stürzte er auf den Kreis zu und versuchte, durchzubrechen und nach Hobbingen zu entkommen. Er wollte Merry, der ihm im Weg stand, gerade einen heftigen Schlag versetzen, als er mit vier Pfeilen im Leib tot zusammenbrach.

Das war genug für die anderen. Sie gaben klein bei. Ihre Waffen wurden ihnen abgenommen, dann wurden sie mit einem Seil aneinandergebunden und in eine leere Hütte abgeführt, die sie selbst gebaut hatten, und dort wurden sie, an Händen und Füßen gefesselt, unter Bewachung eingesperrt. Der tote Führer wurde weggeschleppt und verscharrt.

»Scheint schließlich fast zu leicht zu gehen, nicht wahr?« sagte Hüttinger. »Ich sagte ja, wir könnten ihrer Herr werden. Aber wir brauchten einen Anstoß. Du bist gerade zur rechten Zeit zurückgekommen, Herr Merry.«

»Es ist noch mehr zu tun«, sagte Merry. »Wenn du mit deiner Schätzung recht hast, haben wir noch nicht mit einem Zehntel von ihnen abgerechnet. Aber jetzt ist es dunkel. Ich glaube, mit dem nächsten Streich müssen wir bis morgen warten. Dann müssen wir dem Oberst einen Besuch abstatten.«

»Warum nicht jetzt?« fragte Sam. »Es ist nicht viel mehr als sechs Uhr. Und ich will den Ohm sehen. Weißt du, was aus ihm geworden ist, Herr Hüttinger?«

»Es geht ihm nicht zu gut und nicht zu schlecht, Sam«, sagte der Bauer. »Sie haben den Beutelhaldenweg aufgegraben, und das war ein schwerer Schlag für ihn. Jetzt wohnt er in einem der neuen Häuser, die die Menschen vom Oberst gebaut haben, als sie noch andere Arbeit taten als nur niederbrennen und stehlen: nicht mehr als eine Meile vom Ende von Wasserau. Aber er kommt bei mir vorbei, wenn er eine Gelegenheit hat, und ich sorge dafür, daß er besser ernährt wird als manche von den armen Kerlen. Natürlich alles gegen *Die Vorschriften*. Ich hätte ihn zu mir genommen, aber das war nicht erlaubt.«

»Vielen Dank, Herr Hüttinger, das werde ich dir nie vergessen«, sagte Sam. »Aber ich will ihn sehen. Dieser Baas und dieser Scharrer, wie sie sie nennen, könnten da oben vor dem Morgen noch Unheil anrichten.«

»Gut, Sam«, sagte Hüttinger. »Such dir ein oder zwei von den jungen Leuten aus und hole ihn in mein Haus. Du brauchst nicht in die Nähe vom alten Dorf Hobbingen zu gehen. Mein Jupp hier wird dir den Weg zeigen.«

Sam ging los. Merry sorgte dafür, daß während der Nacht Beobachtungsposten rund um das Dorf und Wachen an den Straßensperren aufgestellt wurden. Dann gingen er und Frodo mit zu Bauer Hüttinger. Sie saßen mit der Familie in der warmen Küche, und die Hüttingers stellten ein paar höfliche Fragen über ihre Fahrten, hörten sich aber die Antworten kaum an: sie waren weit mehr mit den Ereignissen im Auenland beschäftigt.

»Alles begann mit Pickel, wie wir ihn nennen«, sagte Bauer Hüttinger. »Und alles begann, sobald du weggegangen warst, Herr Frodo. Er hatte komische Vorstellungen, dieser Pickel. Offenbar wollte er alles selbst besitzen und die Leute dann nach seiner Pfeife tanzen lassen. Bald zeigte sich, daß er schon erheblich mehr besaß, als gut für ihn war; und er grapschte immer nach noch mehr, obwohl es ein Rätsel war, wo er das Geld her hatte: Mühlen und Mälzereien, und Wirtshäuser und Bauernhöfe und Pfeifenkrautpflanzungen. Offenbar hatte er Sandigmanns Mühle schon gekauft, ehe er nach Beutelsend kam.

Natürlich fing er mit einer Menge Besitz im Südviertel an, den er von seinem Vater hatte; und es scheint, daß er eine Menge Pfeifenkraut verkauft und seit ein oder zwei Jahren in aller Stille verschickt hatte. Aber Ende letzten Jahres begann er, ganze Ladungen von Waren wegzuschaffen, nicht nur Pfeifenkraut. Lebensmittel wurden allmählich knapp, und der Winter kam. Die Leute wurden wütend, aber er traf seine Gegenmaßnahmen. Ein Haufen Menschen, Strolche zumeist, kamen mit großen Wagen, einige brachten die Waren nach Süden weg, einige blieben. Und immer mehr kamen. Und ehe wir wußten, was uns geschah, hatten sie sich hier und da im ganzen Auenland festgesetzt und fällten Bäume und gruben und bauten sich Schuppen und Häuser, ganz wie es ihnen gefiel. Zuerst wurden die Waren und die angerichteten Schäden von Pickel bezahlt; aber bald spielten sie sich als Herren auf und nahmen, was sie wollten.

Dann gab es ein bißchen Aufruhr, aber nicht genug. Der alte Willi, der Bürgermeister, machte sich nach Beutelsend auf, um Einspruch zu erheben, aber er kam gar nicht hin. Die Strolche fingen ihn ab und sperrten ihn in eine Höhle in Michelbinge, und da ist er jetzt noch. Und danach, es muß kurz nach Neujahr gewesen sein, da gab es keinen Bürgermeister mehr, und Pickel nannte sich Oberst der Landbüttel oder einfach Oberst und tat, was er wollte; und wenn jemand ›frech‹ wurde, wie sie es nannten, dann erging es ihm wie Willi. So wurde die Lage immer schlimmer. Es gab nichts mehr zu rauchen, außer für seine Menschen; und der Oberst hielt nichts von Bier, außer für seine Menschen, und schloß alle Wirtshäuser; und alles außer den Vorschriften wurde knapper und knapper, es sei denn, man konnte ein bißchen von seinem Eigentum verstecken, wenn die Strolche herumgingen und Lebensmittel ›zur gerechten Verteilung‹ einsammelten: was bedeutete, daß sie es bekamen und wir nicht, abgesehen von dem Abfall, den man sich in den Büttelhäusern holen durfte, wenn man ihn verdauen konnte. Alles sehr schlecht. Aber seit Scharrer kam, ist es schlichtweg verheerend geworden.«

»Wer ist dieser Scharrer?« fragte Merry. »Ich hörte, daß einer der Strolche von ihm sprach.«

»Der größte Strolch der ganzen Bande, offenbar«, antwortete Hüttinger. »Es war um die Zeit der letzten Ernte, Ende September vielleicht, da hörten wir zuerst von ihm. Wir haben ihn nie gesehen, aber er ist oben in Beutelsend; und er ist jetzt der wahre Oberst, nehme ich an. All die Strolche tun, was er sagt; und was er sagt, ist meistens: abhacken, niederbrennen, zerstören. Und jetzt ist es auch zum Töten gekommen. Das Ganze hat keinen Sinn mehr, nicht mal einen schlechten. Sie fällen Bäume und lassen sie liegen, sie brennen Häuser nieder und bauen keine neuen.

Nehmt Sandigmanns Mühle zum Beispiel. Pickel hat sie fast sofort, als er nach Beutelsend kam, abgerissen. Dann brachte er einen Haufen übel aussehender Menschen her, damit sie eine größere bauten und sie mit Rädern und allen möglichen ausländischen Erfindungen vollstopften. Nur der dumme Timm war froh darüber, und jetzt arbeitet er da und reinigt Räder für die Menschen, wo sein Vater der Müller und sein eigener Herr gewesen war. Pickels Gedanke war, mehr und schneller zu mahlen, das sagte er jedenfalls. Er hat noch andere Mühlen wie diese. Aber man muß Mahlgut haben, ehe man mahlen kann; und für die neue Mühle war nicht mehr da als für die alte. Doch seit Scharrer kam, mahlen sie überhaupt kein Korn mehr. Da ist immer ein Gehämmere und aufsteigender Rauch und Gestank, und nicht mal nachts hat man Frieden in Hobbingen. Und sie gießen absichtlich Unrat aus; die ganze untere Wässer haben sie verunreinigt, und die fließt ja in den Brandywein. Wenn sie das Auenland zu einer Wüste machen wollen, dann sind sie auf dem richtigen Weg. Ich glaube nicht, daß dieser Narr von Pickel hinter alledem steckt. Scharrer ist es, sage ich.«

»Das stimmt«, warf der Junge Tom ein. »Sie haben doch sogar Pickels alte Mutter verhaftet, diese Lobelia, und er mochte sie gern, wenn auch sonst keiner. Ein paar von den Leuten in Hobbingen haben es gesehen. Sie kommt da den Weg herunter mit ihrem alten Regenschirm. Ein paar von den Strolchen gehen mit einem Wagen hinauf. ›Wo geht ihr hin?‹ fragt sie. ›Nach Beutelsend‹, sagen sie. ›Wozu?‹ fragt sie. ›Um ein paar Schuppen für Scharrer zu bauen‹, sagen sie. ›Wer hat gesagt, daß ihr dürft?‹ fragt sie. ›Scharrer‹, sagen sie. ›Also geh aus dem Weg, alte Hexe!‹ – ›Scharrer ist mir gleichgültig, ihr dreckigen, diebischen Strolche‹, sagt sie und hebt ihren Schirm und geht auf den Führer los, der doppelt so groß ist wie sie. Also haben sie sie verhaftet. Schleppten sie ins Loch, und das in ihrem Alter. Sie haben noch andere verhaftet, die wir mehr vermissen, aber es läßt sich nicht leugnen, daß sie mehr Mut bewiesen hat als die meisten.«

Mitten in diese Unterhaltung platzte Sam mit dem Ohm herein. Der alte Gamdschie sah nicht viel älter aus, aber er war ein bißchen tauber.

»Guten Abend, Herr Beutlin«, sagte er. »Ich freue mich wirklich, dich heil und gesund wieder hier zu sehen. Aber ich habe sozusagen ein Hühnchen mit dir zu rupfen, wenn ich so dreist sein darf. Du hättest Beutelsend niemals verkaufen dürfen, wie ich immer gesagt habe. Damit hat das ganze Unglück angefangen. Und während du im Ausland herumgezogen bist und Schwarze Menschen über die Gebirge gejagt hast, nach dem, was mein Sam sagt, aber wozu, das hat er nicht klargemacht, haben sie den Beutelhaldenweg aufgegraben und meine Kartoffeln kaputtgemacht.«

»Das tut mir sehr leid, Herr Gamdschie«, sagte Frodo. »Aber jetzt bin ich zurückgekommen und will mein Bestes tun, um alles wiedergutzumachen.«

»Na, du kannst keine schöneren Worte sagen als diese«, sagte der Ohm. »Herr *Frodo* Beutlin ist ein wirklicher Edelhobbit, das habe ich immer gesagt, was immer man von einigen anderen dieses Namens denken mag, bitte um Entschuldigung. Und ich hoffe, mein Sam hat sich gut benommen, und du warst mit ihm zufrieden?«

»Durchaus zufrieden, Herr Gamdschie«, sagte Frodo. »Wirklich, du kannst es mir glauben, er ist jetzt einer der Berühmtesten in allen Landen, und sie singen Lieder über seine Taten von hier bis zum Meer und jenseits des Großen Stroms.« Sam errötete, aber er sah Frodo dankbar an, denn Rosies Augen strahlten, und sie lächelte ihn an.

»Es ist schwer zu glauben«, sagte der Ohm, »obwohl ich sehen kann, daß er in einer seltsamen Gesellschaft verkehrt hat. Was ist aus seinem Wams geworden? Ich halte nichts davon, Eisenwaren zu tragen, ob sie sich nun gut oder schlecht tragen.«

Bauer Hüttingers Familie und alle seine Gäste waren am nächsten Morgen früh auf. Nichts war in der Nacht zu hören gewesen, aber sicherlich würde es noch mehr Schwierigkeiten geben, ehe der Tag alt war. »Scheint, als ob von den Strolchen keiner mehr oben in Beutelsend ist«, sagte Hüttinger. »Aber die Bande aus Wegscheid wird jetzt jeden Augenblick dasein.«

Nach dem Frühstück kam ein Bote aus Tukland angeritten. Er war in fröhlicher Stimmung. »Der Thain hat unser ganzes Land zum Widerstand aufgerufen«, sagte er, »und die Nachricht verbreitet sich überall wie ein Lauffeuer. Die Strolche, die unser Land bewachten, sind nach Süden geflohen, soweit sie lebend entkamen. Der Thain setzt ihnen nach, um die große Bande, die da unten ist, abzufangen; aber er hat Herrn Peregrin mit allen anderen Leuten, die er entbehren kann, hierher zurückgeschickt.«

Die nächste Nachricht war weniger gut. Merry, der die ganze Nacht draußen gewesen war, kam etwa um zehn Uhr angeritten. »Da ist eine große Bande ungefähr vier Meilen entfernt«, sagte er. »Sie kommen auf der Straße von Wegscheid, aber eine ganze Menge herumstromernde Strolche haben sich ihnen angeschlossen. Es müssen annähernd hundert sein; und überall legen sie Brände unterwegs. Verflucht sollen sie sein!«

»Ach! Diese Gesellschaft kommt nicht her, um zu reden, sie werden töten, wenn sie können«, sagte Bauer Hüttinger. »Wenn die Tuks nicht früher kommen, gehen wir in Deckung und schießen ohne viele Worte. Es wird ein bißchen Kampf geben, ehe alles geregelt ist, Herr Frodo.«

Die Tuks kamen früher. Es dauerte nicht lange, da kamen sie anmarschiert, hundert an der Zahl, von Buckelstadt und den Grünbergen, mit Pippin an der Spitze. Merry hatte nun genug handfeste Hobbitkrieger, um mit den Strolchen abzurechnen. Späher berichteten, daß sie dicht beisammen blieben. Sie wußten, daß sich das Land gegen sie erhoben hatte, und waren eindeutig entschlossen, den Aufstand an seinem Ausgangspunkt, in Wasserau, erbarmungslos niederzuschlagen. Aber wie ergrimmt sie auch sein mochten, sie schienen keinen Führer zu haben, der etwas vom Krieg verstand. Sie kamen ohne irgendwelche Vorsichtsmaßnahmen. Merry entwarf seine Pläne rasch.

Die Strolche kamen über die Oststraße angetrampelt, und ohne anzuhalten bogen sie in die Wasserauerstraße ein, die sich ein Stück Wegs zwischen hohen Böschungen, auf denen niedrige Hecken wuchsen, hinaufzog. Nach einer Biegung, etwa eine Achtelmeile von der Hauptstraße entfernt, stießen sie auf eine mächtige Straßensperre aus umgekippten Bauernkarren. Das brachte sie zum Stehen. Im selben Augenblick merkten sie, daß die Hecken auf beiden Seiten, genau über ihren Köpfen, mit Hobbits besetzt waren. Hinter ihnen schoben nun andere Hobbits noch weitere Wagen, die in einem Feld versteckt gewesen waren, auf die Straße und versperrten ihnen so den Rückweg. Eine Stimme sprach von oben zu ihnen.

»So, ihr seid in eine Falle geraten«, sagte Merry. »Euren Genossen aus Hobbingen erging es genauso, und einer ist tot und die übrigen sind Gefangene. Legt eure Waffen nieder! Dann geht zwanzig Schritte zurück und setzt euch hin. Und wer auszubrechen versucht, wird erschossen.«

Aber die Strolche ließen sich nicht so leicht einschüchtern. Ein paar von ihnen gehorchten, wurden aber sofort von ihren Genossen wieder auf die Beine gebracht. Etwa zwanzig oder mehr gingen zurück und stürmten die Wagen. Sechs wurden erschossen, aber die übrigen brachen durch, töteten zwei Hobbits und rannten dann einzeln über Land in Richtung auf Waldende. Zwei weitere fielen, während sie liefen. Merry blies ein lautes Hornsignal, das aus der Ferne beantwortet wurde.

»Sie werden nicht weit kommen«, sagte Pippin. »Das ganze Land wimmelt jetzt von unseren Jägern.«

Dahinter versuchten die in der Gasse eingeschlossenen Menschen, immer noch etwa achtzig, über die Sperre hinweg und die Böschungen hinauf zu klettern, und die Hobbits mußten viele von ihnen erschießen oder mit Äxten niederhauen. Doch die stärksten und verwegensten kamen an der Westseite durch und griffen ihre Feinde heftig an, denn sie waren jetzt mehr auf Töten als auf Flucht erpicht. Mehrere Hobbits fielen, und die übrigen begannen zu weichen, als Merry und Pippin, die auf der Ostseite waren, herüberkamen und die Strolche angriffen. Merry selbst erschlug den Führer, einen schielenden Rohling, der aussah wie ein großer Ork. Dann zog er seine Streitkräfte ab und umzingelte die letzten übriggebliebenen Menschen mit einem großen Kreis von Bogenschützen.

Schließlich war alles vorbei. Fast siebzig Strolche lagen tot auf dem Schlachtfeld, und ein Dutzend war gefangengenommen. Neunzehn Hobbits waren gefallen und über dreißig verwundet. Die toten Strolche wurden auf Wagen geladen, zu einer alten Sandgrube in der Nähe gefahren und dort verscharrt: in der Schlachtgrube, wie sie später genannt wurde. Die gefallenen Hobbits wurden in ein gemeinsames Grab am Berghang gelegt, und später wurde dort ein großer Stein aufgestellt und ein Garten angelegt. So endete die Schlacht von Wasserau, 1419, die letzte im Auenland ausgetragene Schlacht und die einzige seit der Schlacht von Grünfeld, 1147, weit oben im Nordviertel. Infolgedessen erhielt sie, obwohl sie zum Glück sehr wenigen Hobbits das Leben kostete, ein eigenes Kapitel im Roten Buch, und die Namen aller, die daran teilgenommen hatten, wurden zu einer Ehrenliste zusammengestellt, die die Geschichtskundigen des Auenlandes auswendig lernten. Die beträchtliche Zunahme des Ansehens und Vermögens der Hüttingers geht auf diese Zeit zurück; aber in allen Berichten standen die Namen der Hauptleute Meriadoc und Peregrin an erster Stelle in der Ehrenliste.

Frodo war bei dem Kampf anwesend, aber er hatte sein Schwert nicht gezogen. Seine Haupttätigkeit bestand darin, die Hobbits in ihrem Zorn über ihre Verluste daran zu hindern, diejenigen ihrer Feinde zu erschlagen, die ihre Waffen weggeworfen hatten. Als der Kampf vorüber und die anschließenden Arbeiten angeordnet waren, gesellten sich Merry, Pippin und Sam zu ihm, und sie ritten mit den Hüttingers zurück. Sie aßen ein spätes Mittagsmahl, und dann sagte Frodo seufzend: »Ja, jetzt, nehme ich an, ist es Zeit, daß wir uns den ›Oberst‹ vornehmen.«

»Allerdings; je eher, desto besser«, sagte Merry. »Und sei nicht zu sanft! Er ist dafür verantwortlich, daß die Strolche hergekommen sind, und für alles Böse, was sie angerichtet haben.«

Bauer Hüttinger stellte eine Begleitmannschaft von etwa zwei Dutzend stämmigen Hobbits zusammen. »Denn es ist nur eine Vermutung, daß in Beutelsend keine Strolche mehr sind«, sagte er. »Wir wissen es nicht.« Dann machten sie sich zu Fuß auf den Weg. Frodo, Sam, Merry und Pippin gingen voraus.

Es war eine der traurigsten Stunden ihres Lebens. Der große Schornstein ragte vor ihnen auf; und als sie sich zwischen Reihen von neuen, schäbigen Häusern zu beiden Seiten der Straße dem alten Dorf jenseits der Wässer näherten, sahen sie die neue Mühle in all ihrer finsteren und schmutzigen Häßlichkeit: ein großes Backsteingebäude, das den Bach überwölbte und ihn mit einer herausströmenden dampfenden und stinkenden Flüssigkeit verunreinigte. Entlang der Wasserauerstraße waren alle Bäume gefällt.

Als sie die Brücke überquerten und zum Bühl hinaufschauten, stockte ihnen der Atem. Selbst das, was Sam in dem Spiegel erblickt hatte, hatte ihn nicht auf das vorbereitet, was sie jetzt sahen. Der Alte Gutshof auf der Westseite war abgerissen, und an seinem Platz standen Reihen geteerter Hütten. Alle Kastanien waren fort. Die Böschungen und Hecken waren zerstört. Große Wagen standen unordentlich auf einer Wiese herum, deren Gras völlig zertrampelt war. Der Beutelhaldenweg war eine gähnende Sand- und Kiesgrube, Beutelsend dahinter konnte man wegen einer zusammengedrängten Gruppe großer Hütten nicht sehen.

»Sie haben ihn gefällt!« rief Sam. »Sie haben den Festbaum gefällt!« Er zeigte auf die Stelle, wo der Baum gestanden hatte, unter dem Bilbo seine Abschiedsrede gehalten hatte. Er lag welk und tot auf der Wiese. Als wäre das der letzte Schlag gewesen, brach Sam in Tränen aus.

Ein Gelächter machte ihnen ein Ende. Ein grobschlächtiger Hobbit lümmelte sich über die niedrige Mauer des Mühlenhofs. Er hatte ein schmutzstarrendes Gesicht und schwarze Hände. »Gefällt dir nicht, Sam?« höhnte er. »Aber du warst immer so weich. Ich dachte, du wärst weg mit einem von den Schiffen, von denen du immer gefaselt hast, segeln, segeln. Wozu willst du zurückkommen? Wir haben jetzt Arbeit im Auenland.«

»Das sehe ich«, sagte Sam. »Keine Zeit, um sich zu waschen, aber Zeit, um sich an der Mauer rumzudrücken. Aber weißt du, Herr Sandigmann, ich habe eine Rechnung zu begleichen in diesem Dorf, und mach sie nicht länger mit deinem Spott, sonst mußt du eine Zeche bezahlen, die zu groß ist für deinen Geldbeutel.«

Timm Sandigmann spuckte über die Mauer. »Quatsch!« sagte er. »Mir kannst du nichts anhaben. Ich bin ein Freund vom Baas. Aber dir wird er was anhaben, wenn ich noch mehr Unverschämtheiten von dir höre.«

»Verschwende keine Worte mehr an diesen Narren, Sam!« sagte Frodo. »Ich hoffe, es sind nicht noch viele Hobbits so geworden. Es wäre ein größeres Unglück als aller Schaden, den die Menschen angerichtet haben.«

»Du bist dreckig und frech, Sandigmann«, sagte Merry. »Und außerdem hast du dich verrechnet. Wir gehen gerade hinauf zum Bühl, um deinen prächtigen Baas abzusetzen. Mit seinen Menschen sind wir schon fertig.«

Timm blieb der Mund offen, denn in diesem Augenblick sah er zum erstenmal die Begleitmannschaft, die auf ein Zeichen von Merry jetzt über die Brücke marschierte. Er stürzte in die Mühle, kam mit einem Horn wieder heraus und blies laut.

»Schone deine Lunge!« lachte Merry. »Ich habe ein besseres.« Dann hob er sein silbernes Horn und setzte es an, und sein klarer Klang erschallte über den Bühl; und aus den Höhlen und Schuppen und schäbigen Häusern von Hobbingen antworteten die Hobbits und strömten heraus, und mit Beifallsrufen und lautem Geschrei folgten sie der Schar die Straße nach Beutelsend hinauf.

Oben am Ende des Feldwegs blieb die Begleitmannschaft stehen, und Frodo und seine Freunde gingen weiter; und endlich kamen sie zu der einst geliebten Behausung. Der Garten war voller Hütten und Schuppen, manche standen so dicht an den alten Westfenstern, daß sie ihnen das ganze Licht nahmen. Überall waren Müllhaufen. Die Tür war zerschrammt; die Glockenkette hing lose herab, und die Glocke läutete nicht. Auf Klopfen kam keine Antwort. Schließlich drückten sie gegen die Tür, und sie ging auf. Sie gingen hinein. Drinnen stank es, und alles war voll Dreck und Unordnung: offenbar war Beutelsend seit einiger Zeit nicht bewohnt.

»Wo versteckt sich dieser elende Lotho?« fragte Merry. Sie hatten alle Räume abgesucht und kein Lebewesen außer Ratten und Mäusen gefunden. »Sollen wir die anderen anstellen, daß sie die Schuppen durchsuchen?«

»Das ist schlimmer als Mordor«, sagte Sam. »Viel schlimmer in einer Beziehung. Es geht einem nahe, wie man so sagt; es ist die Heimat, und man erinnert sich daran, wie sie war, ehe alles zerstört wurde.«

»Ja, das ist Mordor«, sagte Frodo. »Eben eins seiner Werke. Saruman hat die ganze Zeit für Mordor gearbeitet, auch als er glaubte, für sich zu arbeiten. Und genauso ist es mit jenen wie Lotho, die Saruman verführte.«

Merry sah sich voll Entsetzen und Abscheu um. »Laßt uns rausgehen«, sagte er. »Wenn ich von all dem Unheil gewußt hätte, das er verursacht hat, dann hätte ich Saruman meinen Tabaksbeutel in den Rachen gestopft.«

»Zweifellos, zweifellos! Aber du hast es nicht getan, und so bin ich in der Lage, dich in der Heimat willkommen zu heißen.« Da an der Tür stand Saruman selbst, und er sah wohlgenährt und zufrieden aus; seine Augen funkelten vor Bosheit und Belustigung.

Endlich ging Frodo ein Licht auf. »Scharrer!« rief er.

Saruman lachte. »So, du hast den Namen schon gehört? Alle meine Leute nannten mich so in Isengart, glaube ich. Ein Zeichen von Zuneigung, möglicherweise*. Aber offensichtlich hast du nicht erwartet, mich hier zu sehen.«

»Das nicht«, sagte Frodo. »Aber ich hätte es mir denken können. Ein wenig Unheil auf kleinliche, gemeine Weise: Gandalf warnte mich, daß Ihr dazu noch fähig seid.«

»Durchaus fähig«, sagte Saruman, »und mehr als ein wenig. Ihr habt mich zum Lachen gebracht, ihr Hobbit-Herrchen, wie ihr da mit all diesen großen Leuten geritten seid, so sorglos und selbstzufrieden, und dachtet, ihr könntet nun einfach zurückschlendern und eine hübsche friedliche Zeit auf dem Land verbringen. Sarumans Heim konnte zerstört und er hinausgeworfen werden, aber niemand würde euer Heim anrühren. O nein! Gandalf würde sich schon um eure Angelegenheiten kümmern.«

Saruman lachte wieder. »Er nicht! Wenn seine Werkzeuge ihren Zweck erfüllt haben, dann läßt er sie fallen. Aber ihr müßt ja an seinen Rockschößen hängen, herumtrödeln und reden und doppelt so weit reiten, wie ihr brauchtet. ›Na‹, dachte ich, ›wenn sie solche Narren sind, dann will ich ihnen zuvorkommen und ihnen einen Denkzettel geben. Wie du mir, so ich dir.‹ Der Denkzettel wäre schmerzhafter gewesen, wenn ihr mir ein wenig mehr Zeit und mehr Menschen gelassen hättet. Immerhin habe ich schon viel getan, das zu euren Lebzeiten in Ordnung zu bringen oder rückgängig zu machen euch schwerfallen wird. Und es wird mir Freude machen, daran zu denken und es mit der mir widerfahrenen Unbill zu vergleichen.«

»Na, wenn Euch das Freude bereitet«, sagte Frodo, »dann bemitleide ich Euch. Es wird nur eine Freude der Erinnerung sein, fürchte ich. Geht sofort und kehrt niemals zurück!«

---

* Es war vermutlich ursprünglich Orkisch: *scharkû*, »alter Mann«.

Die Hobbits aus den Dörfern hatten Saruman aus einer der Hütten herauskommen sehen und waren sofort bis zur Tür von Beutelsend vorgedrungen. Als sie Frodos Befehl hörten, murmelten sie wütend:

»Laß ihn nicht gehen! Töte ihn! Er ist ein Schuft und Mörder. Töte ihn!«

Saruman blickte ringsum auf ihre feindseligen Gesichter und lächelte. »Töte ihn!« höhnte er. »Tötet ihn, wenn ihr glaubt, ihr seid zahlreich genug, meine tapferen Hobbits!« Er richtete sich auf und starrte sie mit seinen schwarzen Augen drohend an. »Aber glaubt nicht, wenn ich all mein Hab und Gut verloren habe, daß ich auch all meine Macht verloren habe! Wer immer mich angreift, soll verflucht sein. Und wenn mein Blut das Auenland befleckt, soll es verdorren und sich niemals wieder erholen.«

Die Hobbits wichen zurück. Aber Frodo sagte: »Glaubt ihm nicht! Er hat alle Macht verloren außer seiner Stimme, die euch immer noch einschüchtern und täuschen kann, wenn ihr es zulaßt. Aber ich will nicht, daß er erschlagen wird. Es ist sinnlos, auf Rache mit Rache zu antworten: das bringt keine Heilung. Geht, Saruman, auf dem schnellsten Wege!«

»Schlange! Schlange!« rief Saruman; und aus einer Hütte in der Nähe kam Schlangenzunge angekrochen, fast wie ein Hund. »Wieder auf die Straße, Schlange!« sagte Saruman. »Diese feinen Burschen und Herrlein jagen uns wieder davon. Komm mit!«

Saruman wandte sich zum Gehen, und Schlangenzunge schlurfte hinter ihm her. Aber als Saruman gerade dicht an Frodo vorbeiging, blitzte ein Messer in seiner Hand, und er stieß rasch zu. Die Klinge prallte an dem verborgenen Panzerhemd ab und zerbrach. Ein Dutzend Hobbits unter Führung von Sam sprangen mit einem Aufschrei vor und schleuderten den Schuft auf den Boden. Sam zog sein Schwert.

»Nein, Sam«, sagte Frodo. »Nicht einmal jetzt töte ihn. Denn er hat mich nicht verletzt. Und jedenfalls will ich nicht, daß er im Zorn erschlagen wird. Einst war er groß, von einer edlen Art, gegen die wir nicht wagen sollten, unsere Hand zu erheben. Er ist tief gesunken, und wir vermögen ihn nicht zu heilen; doch möchte ich ihn schonen in der Hoffnung, daß er doch noch Heilung findet.«

Saruman stand auf und starrte Frodo an. Ein seltsamer Ausdruck war in seinen Augen, eine Mischung von Staunen, Achtung und Haß.

»Du bist groß geworden, Halbling«, sagte er. »Ja, du bist sehr groß geworden. Du bist weise und grausam. Du hast meine Rache der Süße beraubt, und in Bitterkeit muß ich nun von dannen gehen, ein Schuldner deiner Barmherzigkeit. Das hasse ich, und dich auch. Gut, ich gehe und werde dich nicht mehr belästigen. Aber erwarte nicht von mir, daß ich dir Gesundheit und langes Leben wünsche. Beides wirst du nicht haben. Aber das ist nicht meine Tat. Ich sage es nur voraus.«

Er ging davon, und die Hobbits machten eine Gasse frei, durch die er schritt; aber ihre Knöchel wurden weiß, als sie ihre Waffen packten. Schlangenzunge zögerte, und dann folgte er seinem Herrn.

»Schlangenzunge!« rief Frodo. »Du brauchst ihm nicht zu folgen. Ich weiß von nichts Bösem, das du mir getan hast. Du kannst hier eine Weile Ruhe und Essen haben, bis du kräftiger bist und deiner eigenen Wege gehen kannst.«

Schlangenzunge blieb stehen und schaute zu ihm zurück, halb bereit zu bleiben. Saruman wandte sich um. »Nichts Böses?« kicherte er. »O nein! Selbst wenn er sich nachts hinausschleicht, dann nur, um die Sterne zu betrachten. Aber habe ich nicht gehört, daß jemand fragte, wo sich der arme Lotho versteckt? Du weißt es, Schlange, nicht wahr? Willst du es ihnen sagen?«

Schlangenzunge kauerte sich auf den Boden und wimmerte: »Nein, nein!«

»Dann werde ich es tun«, sagte Saruman. »Schlange hat euren Oberst getötet, den armen kleinen Kerl, euren lieben Baas. Nicht wahr, Schlange? Ihn im Schlaf erdolcht, glaube ich. Ihn begraben, hoffe ich; obwohl Schlange in letzter Zeit sehr hungrig war. Nein, Schlange ist nicht wirklich anständig. Ihr überlaßt ihn besser mir.«

Ein Ausdruck von wildem Haß trat in Schlangenzunges rote Augen. »Ihr habt es mir befohlen; Ihr habt mich dazu veranlaßt«, zischte er.

Saruman lachte. »Du tust, was Scharrer sagt, immer, nicht wahr, Schlange? So, und jetzt sagt er: folge mir!« Er trat Schlangenzunge, der noch auf der Erde lag, ins Gesicht, drehte sich um und ging los. Aber da zerbrach etwas: plötzlich stand Schlangenzunge auf, zog ein verborgenes Messer, und wie ein Hund knurrend, sprang er Saruman auf den Rücken, durchschnitt ihm die Kehle und rannte schreiend den Feldweg hinunter. Ehe Frodo sich fassen oder ein Wort sprechen konnte, schwirrten drei Hobbitbogen, und Schlangenzunge sank tot zu Boden.

Zum Entsetzen jener, die dabeistanden, sammelte sich um Sarumans Leiche ein grauer Nebel, stieg wie Rauch von einem Feuer langsam zu großer Höhe auf und schwebte wie eine bleiche, in ein Leichentuch gehüllte Gestalt über dem Bühl. Einen Augenblick schwankte sie, nach Westen blickend; aber aus dem Westen kam ein kalter Wind, und sie wandte sich ab und löste sich mit einem Seufzer in Nichts auf.

Frodo blickte voll Mitleid und Entsetzen hinunter auf die Leiche, denn während er schaute, schien es, daß viele Jahre des Todes plötzlich in ihr sichtbar wurden, und sie schrumpfte zusammen, und das runzelige Gesicht wurde zu Hautfetzen auf einem abscheulichen Schädel. Frodo nahm den Saum des schmutzigen Mantels, der daneben lag, zog ihn über die Leiche und wandte sich ab.

»Und das ist das Ende«, sagte Sam. »Ein häßliches Ende, und ich wünschte, ich hätte es nicht zu sehen brauchen; aber ein Glück, daß wir ihn los sind.«

»Und wirklich das letzte Ende des Krieges, hoffe ich«, sagte Merry.

»Das hoffe ich auch«, sagte Frodo und seufzte. »Der letzte Schlag. Aber wenn man bedenkt, daß er gerade hier fallen mußte, genau vor der Tür von Beutelsend! Bei all meinen Hoffnungen und Befürchtungen habe ich zumindest das niemals erwartet.«

»Ich würde es nicht das Ende nennen, ehe wir diesen Saustall aufgeräumt haben«, sagte Sam düster. »Und das wird eine ganze Menge Zeit und Arbeit erfordern.«

NEUNTES KAPITEL

DIE GRAUEN ANFURTEN

Das Aufräumen erforderte gewiß eine Menge Arbeit, aber es kostete weniger Zeit, als Sam gefürchtet hatte. Am Tag nach der Schlacht ritt Frodo nach Michelbinge und befreite die Gefangenen aus dem Loch. Einer der ersten, die sie fanden, war der arme Fredegar Bolger, auf den der Name Dick nicht mehr paßte. Er war verhaftet worden, als die Strauchdiebe eine Schar Aufrührer, die er anführte, in ihrem Versteck oben in den Dachsbauten bei der Bergen von Schären ausräucherten.

»Du hättest schließlich besser dran getan, doch mit uns mitzukommen, armer Fredegar«, sagte Pippin, als sie ihn heraustrugen, weil er zu schwach war, um zu gehen.

Er blinzelte mit einem Auge und versuchte tapfer zu lächeln. »Wer ist dieser junge Riese mit der lauten Stimme?« flüsterte er. »Doch nicht der kleine Pippin? Welche Hutgröße hast du denn jetzt?«

Dann war Lobelia da. Das arme Wesen sah sehr alt und dünn aus, als man sie aus einer dunklen und engen Zelle herausholte. Sie bestand darauf, auf ihren eigenen Füßen hinauszuhumpeln; und sie hatte einen solchen Empfang und es gab so viel Klatschen und Beifall, als sie erschien, auf Frodos Arm gestützt, aber ihren Regenschirm noch fest umklammernd, daß sie ganz ergriffen war und in Tränen wegfuhr. Ihr Lebtag war sie nicht beliebt gewesen. Aber sie war niedergeschmettert, als sie von Lothos Ermordung hörte, und sie wollte nicht nach Beutelsend zurückkehren. Sie gab es Frodo zurück und ging zu ihrer eigenen Familie, den Straffgürtels in Steinbüttel.

Als das arme Geschöpf im nächsten Frühjahr starb – immerhin war sie nun über hundert Jahre alt –, war Frodo überrascht und sehr gerührt: alles, was von ihrem und Lothos Geld geblieben war, hatte sie ihm hinterlassen, und er sollte es dafür verwenden, den Hobbits zu helfen, die bei den Unruhen ihre Heime verloren hatten. So war dieser Familienzwist beendet.

Der alte Willi Weißfuß war länger im Loch gewesen als alle anderen, und obwohl er vielleicht weniger grob behandelt worden war als manche, so mußte er doch gehörig aufgepäppelt werden, ehe er wieder wie ein Bürgermeister aussah; deshalb erklärte Frodo sich bereit, als sein Stellvertreter tätig zu sein, bis Herr Weißfuß wieder in Form war. Das einzige, was er als stellvertretender Bürgermeister tat, war, die Obliegenheiten und die Anzahl der Landbüttel wieder auf ihr angemessenes Maß herabzusetzen. Die Aufgabe, die letzten übriggebliebenen Strolche davonzujagen, wurde Merry und Pippin überlassen, und sie war bald ausgeführt. Nachdem die Banden im Süden von der Schlacht von Wasserau erfahren hatten, flohen sie aus dem Land und setzten dem Thain wenig Widerstand entgegen. Vor Jahresende wurden die wenigen Überlebenden in den Wäldern zusammengetrieben, und diejenigen, die sich ergaben, wurden über die Grenze abgeschoben.

Derweil gingen die Wiederherstellungsarbeiten geschwind voran, und Sam war sehr beschäftigt. Hobbits können bienenfleißig sein, wenn ihnen der Sinn danach steht und es not tut. Jetzt gab es Tausende williger Hände jeden Alters, von den kleinen, aber geschickten der Hobbitjungen und -mädchen bis zu den abgearbeiteten und schwieligen der Gevatter und Gevatterinnen. Bis zum Julfest stand kein Stein mehr von den neuen Büttelhäusern oder irgendeinem Gebäude, das »Scharrers Menschen« errichtet hatten; aber die Backsteine wurden dazu benutzt, so manche alte Höhle auszubessern und wohnlicher und trockener zu machen. Große Warenlager und Lebensmittelvorräte wurden gefunden, die die Strolche in Hütten und Scheunen und verlassenen Höhlen versteckt hatten, vor allem in den Stollen von Michelbinge und den alten Steinbrüchen von Schären; so daß sie an diesem Julfest erheblich besser schmausen konnten, als irgend jemand gehofft hatte.

Eins der ersten Dinge, die in Hobbingen getan wurden, sogar ehe die neue Mühle abgerissen wurde, war die Säuberung von Bühl und Beutelsend und die Wiederherstellung des Beutelhaldenwegs. Die Vorderseite der neuen Sandgrube wurde eingeebnet und ein großer, eingefriedeter Garten daraus gemacht, und in die Südseite nach hinten zum Bühl wurden neue Höhlen gegraben und innen mit Backsteinen ausgelegt. Der Ohm zog wieder in Nummer Drei ein; und er sagte oft, und es war ihm gleich, wer es hörte:

»Es ist ein übler Wind, der niemand was Gutes bringt, wie ich immer sage. Und Ende gut, alles besser!«

Es gab einige Meinungsverschiedenheiten über den Namen, den der neue Weg erhalten sollte. Man erwog *Schlachtgärten* oder *Bessere Smials*. Aber nach verständiger Hobbitart wurde er binnen kurzem einfach *Neuer Weg* genannt. Es war bloß ein Wasserauer Witz, ihn als *Scharrers Ende* zu bezeichnen.

Die Bäume waren der schwerste Verlust und Schaden, denn auf Scharrers Befehl waren sie weit und breit im Auenland abgeschlagen worden; und Sam empfand das schmerzlicher als alles andere. Denn zum einen würde es lange brauchen, bis diese Wunde verheilte, und erst seine Urenkel, glaubte er, würden das Auenland wieder so sehen, wie es sein sollte.

Dann plötzlich eines Tages, denn wochenlang war er zu beschäftigt gewesen, um an seine Abenteuer zu denken, fiel ihm das Geschenk von Galadriel ein. Er holte die Schachtel heraus und zeigte sie den anderen Reisenden (denn so wurden sie jetzt von allen genannt) und bat um ihren Rat.

»Ich fragte mich schon, wann du wohl dran denken würdest«, sagte Frodo. »Mach sie auf!«

Sie war gefüllt mit einem grauen Staub, weich und fein, und in der Mitte lag ein Samen wie eine kleine Nuß mit einer silbernen Schale. »Was kann ich damit machen?« fragte Sam.

»Wirf es an einem windigen Tag in die Luft und warte ab, was dabei herauskommt«, sagte Pippin.

»Wo?« fragte Sam.

»Such dir eine Stelle als Baumschule aus und sieh, was dort mit den Pflanzen geschieht«, sagte Merry.

»Aber bestimmt wollte die Herrin nicht, daß ich alles für meinen eigenen Garten behalte, wo jetzt so viele Leute Schaden gelitten haben«, sagte Sam.

»Gebrauche deinen ganzen Verstand und alles Wissen, das du hast, Sam«, sagte Frodo, »und verwende die Gabe so, daß sie deiner Arbeit hilft und sie verbessert. Und verwende sie sparsam. Es ist nicht viel, und ich vermute, daß jedes Körnchen wertvoll ist.«

So pflanzte Sam Schößlinge an allen Stellen, an denen besonders schöne oder geliebte Bäume vernichtet worden waren, und an die Wurzel eines jeden legte er ein Körnchen des kostbaren Staubs. Er mühte sich im ganzen Auenland ab, aber wenn er seine besondere Aufmerksamkeit Hobbingen und Wasserau schenkte, dann machte ihm niemand daraus einen Vorwurf. Und zuletzt stellte er fest, daß er noch ein wenig Staub übrig hatte; also ging er zum Drei-Viertel-Stein, der annähernd der Mittelpunkt des Auenlandes war, und warf den Staub mit seinen Segenswünschen in die Luft. Die kleine silberne Nuß pflanzte er auf der Festwiese ein, wo einst der Baum gestanden hatte; und er war gespannt, was da herauskommen würde. Den ganzen Winter hindurch blieb er so geduldig, wie er nur konnte, und versuchte, sich davon abzuhalten, ständig umherzulaufen und nachzuschauen, ob etwas geschähe.

Der Frühling übertraf seine höchsten Erwartungen. Seine Bäume begannen zu sprießen und zu wachsen, als ob die Zeit es eilig hätte und in einem Jahr so viel schaffen wollte wie sonst in zwanzig. Auf der Festwiese schoß ein schöner, junger Baum empor: er hatte eine silberne Rinde und lange Blätter und setzte im April goldene Blüten an. Es war tatsächlich ein *mallorn*, und er erregte das Staunen der Nachbarschaft. In späteren Jahren, als er in Anmut und Schönheit erwuchs, war er landauf, landab bekannt, und die Leute kamen von weit her, um ihn zu sehen: den einzigen *mallorn* westlich des Gebirges und östlich der See, und einen der prächtigsten der Welt.

1420 war überhaupt ein wunderbares Jahr im Auenland. Es gab nicht nur herrlichen Sonnenschein und köstlichen Regen, jeweils zur rechten Zeit, und in genau der richtigen Menge, sondern es schien noch etwas mehr zu sein: ein Hauch von Fülle und Fruchtbarkeit und ein Schimmer von Schönheit über das Maß sterblicher Sommer hinaus, wie sie über dieser Mittelerde aufflackern und vergehen. Alle in jenem Jahr geborenen oder empfangenen Kinder, und es waren viele, waren schön anzusehen und kräftig, und die meisten von ihnen hatten blondes Haar, was vorher unter Hobbits selten gewesen war. Früchte gab es so reichlich, daß junge Hobbits fast in Erdbeeren und Schlagsahne badeten; und später saßen sie unter den Pflaumenbäumen auf der Wiese und futterten, bis sie Berge von Steinen wie kleine Pyramiden oder von einem Sieger angehäufte Schädel aufgeschichtet hatten, und dann zogen sie zum nächsten Baum. Und niemand war krank, und alle waren froh, außen jenen, die das Gras mähen mußten.

Im Südviertel waren die Weinstöcke mit Trauben überladen, und der Ertrag an »Blatt« war erstaunlich, und überall gab es so viel Korn, daß bei der Ernte alle Scheunen voll waren. Die Gerste im Nordviertel war so gut, daß man sich lange an das Bier aus dem 1420er Malz erinnerte und es geradezu ein Inbegriff wurde. Noch ein Lebensalter später konnte man hören, daß ein alter Gevatter in einem Wirtshaus nach einer Maß wohlverdienten Biers seinen Krug absetzte und seufzte: »Ach, das war richtiger Vierzehnzwanziger, aber wirklich.«

Sam blieb zuerst mit Frodo bei den Hüttingers, aber als der Neue Weg fertig war, zog er zum Ohm. Zusätzlich zu all seinen anderen Arbeiten war er damit beschäftigt, das Säubern und die Wiederherstellung von Beutelsend zu leiten; aber oft war er im Auenland unterwegs bei seiner Forstwirtschaft. So war er Anfang März nicht zu Hause und wußte nicht, daß Frodo krank gewesen war. Am dreizehnten dieses Monats fand Bauer Hüttinger Frodo auf seinem Bett liegend; er hielt einen weißen Edelstein umklammert, der an einer Kette um seinen Hals hing, und er schien halb im Traum.

»Er ist fort für immer«, sagte er, »und nun ist alles dunkel und leer.«

Aber der Anfall ging vorüber, und als Sam am fünfundzwanzigsten zurückkam, hatte Frodo sich erholt und sagte nichts darüber. Mittlerweile war Beutelsend in Ordnung gebracht worden, und Merry und Pippin kamen von Krickloch herüber und brachten all die alten Möbel und Einrichtungsgegenstände zurück, so daß die alte Höhle bald ganz so aussah, wie sie immer ausgesehen hatte.

Als schließlich alles fertig war, sagte Frodo: »Wann willst du nun umziehen und bei mir wohnen, Sam?«

Sam sah ein bißchen verlegen aus.

»Es ist nicht nötig, daß du jetzt schon kommst, wenn du nicht willst«, sagte Frodo. »Aber du weißt, der Ohm ist ganz in der Nähe, und er wird von der Witwe Rumpel sehr gut versorgt werden.«

»Das ist es nicht, Herr Frodo«, sagte Sam und wurde sehr rot.

»Was ist es dann?«

»Es ist Rosie, Rose Hüttinger«, sagte Sam. »Es scheint ihr gar nicht gefallen zu haben, daß ich überhaupt wegging, das arme Mädchen; aber da ich mich noch nicht erklärt hatte, konnte sie es nicht sagen. Und ich erklärte mich nicht, weil ich erst eine Aufgabe zu erfüllen hatte. Aber jetzt habe ich mich erklärt, und sie sagt: ›Na, wenn du ein Jahr verschwendet hast, warum dann noch länger warten?‹ – ›Verschwendet?‹ sage ich. ›So würde ich es nicht nennen.‹ Immerhin verstehe ich, was sie meint. Ich fühle mich entzweigerissen, wie man sagen könnte.«

»Ich verstehe«, sagte Frodo. »Du willst heiraten und du willst auch mit mir in Beutelsend leben? Aber mein lieber Sam, das ist doch ganz einfach! Heirate, so schnell du kannst, und dann zieh mit Rosie ein. Es ist Platz genug in Beutelsend für eine so große Familie, wie du dir nur wünschen kannst.«

Und damit war das geregelt. Sam Gamdschie heiratete Rose Hüttinger im Frühling des Jahres 1420 (das auch für seine Hochzeiten berühmt war), und sie kamen nach Beutelsend und lebten dort. Und wenn Sam glaubte, er habe Glück, so wußte Frodo, daß er selbst noch mehr Glück hatte; denn es gab keinen Hobbit im Auenland, der so liebevoll betreut wurde wie er. Als all die Ausbesserungsarbeiten geplant und in Gang gebracht waren, machte er sich ein ruhiges Leben, schrieb viel und ging alle seine Aufzeichnungen durch. Anläßlich des Freimarkts am Mittsommertag trat er von dem Amt des Stellvertretenden Bürgermeisters zurück, und der liebe alte Willi Weißfuß konnte noch weitere sieben Jahr den Gastgeber bei Festmählern spielen.

Merry und Pippin lebten eine Zeitlang zusammen in Krickloch, und es gab viel Gehen und Kommen zwischen Bockland und Beutelsend. Die beiden jungen Reisenden erregten beträchtliches Aufsehen im Auenland mit ihren Liedern und ihren Geschichten, ihrer feinen Aufmachung und den wundervollen Festen, die sie gaben. »Wie richtige Herren«, sagten die Leute von ihnen, womit sie nur Gutes meinten; denn alle Herzen schlugen höher, wenn man sie vorbeireiten sah mit ihren schimmernden Panzerhemden und ihren glänzenden Schilden, lachend und Lieder aus fernen Ländern singend; und wenn sie jetzt auch bedeutend und prächtig waren, so waren sie ansonsten unverändert, es sei denn, daß sie tatsächlich noch schöner sprachen und heiterer und lustiger waren denn je zuvor.

Frodo und Sam dagegen kehrten wieder zu ganz gewöhnlicher Kleidung zurück, abgesehen davon, daß sie beide, wenn es not tat, lange graue Mäntel trugen, fein gewebt und am Hals mit wundervollen Broschen zusammengehalten; und Herr Frodo trug immer einen weißen Edelstein an einer Kette, nach dem er oft tastete.

Alles ging nun gut, und es bestand Hoffnung, daß es noch besser würde, und Sam war so beschäftigt und so voller Freude, wie sich selbst ein Hobbit nur wünschen konnte. Nichts beeinträchtigte sein Glück das ganze Jahr, außer einer unbestimmten Sorge um seinen Herrn. Frodo zog sich unauffällig von dem ganzen Tun und Treiben im Auenland zurück, und es schmerzte Sam, als er bemerkte, wie wenig Ehre Frodo in seinem eigenen Land zuteil wurde. Wenige Leute wußten von seinen Taten und Abenteuern oder wollten auch nur davon wissen; ihre Bewunderung und Hochachtung galten hauptsächlich Herrn Meriadoc und Herrn Peregrin und (obwohl Sam es nicht wußte) ihm selbst. Auch zeigte sich im Herbst ein Schatten der alten Beschwerden.

Eines Abends kam Sam ins Arbeitszimmer und fand, daß sein Herr sehr seltsam aussah. Er war sehr bleich, und seine Augen schienen Dinge in weiter Ferne zu sehen.

»Was ist los, Herr Frodo?« fragte Sam.

»Ich bin verwundet«, antwortete er, »verwundet, und es wird niemals richtig heilen.«

Aber dann stand er auf, und der Anfall schien zu vergehen, und am nächsten Tag war er wieder ganz wohl. Erst später fiel Sam ein, daß es der sechste Oktober gewesen war. Vor zwei Jahren war es an diesem Tage dunkel gewesen in der Senke unter der Wetterspitze.

Die Zeit verstrich, und das Jahr 1421 kam. Im März war Frodo wieder krank, aber mit einer großen Willensanstrengung verheimlichte er es, denn Sam hatte an andere Dinge zu denken. Das erste von Sams und Rosies Kindern war am fünfundzwanzigsten März geboren worden, ein Datum, das Sam vermerkte.

»Ja, Herr Frodo«, sagte er, »ich bin ein bißchen in der Klemme. Rose und ich waren übereingekommen, ihn Frodo zu nennen, mit deiner Erlaubnis; aber es ist nicht *er*, es ist *sie*. Allerdings ein so hübsches Mädchen, wie man sich nur wünschen kann, schlägt zum Glück Rose mehr nach als mir. Aber nun wissen wir nicht, was wir tun sollen.«

»Na, Sam«, sagte Frodo, »was ist gegen den alten Brauch einzuwenden? Such dir einen Blumennamen aus wie Rose. Die Hälfte aller Mädchen im Auenland hat solche Namen, und was könnte besser sein?«

»Ich glaube, du hast recht, Herr Frodo«, sagte Sam. »Auf meinen Reisen habe ich ein paar schöne Namen gehört, aber ich nehme an, sie sind ein bißchen zu großartig für den täglichen Gebrauch. Der Ohm sagte: ›Mach ihn kurz, dann brauchst du ihn nicht abzukürzen, ehe du ihn verwenden kannst.‹ Aber wenn es ein Blumenname sein soll, dann mache ich mir nicht über die Länge Sorgen: es muß eine schöne Blume sein, denn, weißt du, ich glaube, sie ist sehr schön und wird noch schöner werden.«

Frodo dachte einen Augenblick nach. »Na, Sam, wie ist es mit *elanor*, dem Sonnenstern, du erinnerst dich doch an die kleinen goldenen Blumen im Gras von Lothlórien?«

»Da hast du wieder recht, Herr Frodo«, sagte Sam erfreut. »Das ist genau das, was ich wollte.«

Die kleine Elanor war fast sechs Monate alt und der Herbst des Jahres 1421 war gekommen, als Frodo Sam in sein Arbeitszimmer rief.

»Am Donnerstag ist Bilbos Geburtstag, Sam«, sagte er. »Und er wird den Alten Tuk übertreffen. Er wird hunderteinunddreißig!«

»Das wird er«, sagte Sam. »Er ist erstaunlich!«

»Nun, Sam«, sagte Frodo, »ich möchte, daß du mit Rosie sprichst und herausfindest, ob sie dich entbehren kann, so daß du und ich zusammen losgehen können. Natürlich kannst du jetzt nicht weit oder für lange Zeit fort«, sagte er ein wenig wehmütig.

»Nein, nicht sehr gut, Herr Frodo.«

»Natürlich. Aber mach dir nichts draus. Du kannst mich ein Stück begleiten. Sage Rose, du wirst nicht sehr lange wegbleiben, nicht länger als vierzehn Tage, und du wirst ungefährdet zurückkommen.«

»Ich wünschte, ich könnte die ganze Strecke bis Bruchtal mit dir gehen, Herr Frodo, und Herrn Bilbo sehen«, sagte Sam. »Und doch ist der einzige Ort, wo ich wirklich sein möchte, hier. Ich bin so entzweigerissen.«

»Armer Sam! So wirst du es empfinden, fürchte ich«, sagte Frodo. »Aber du wirst geheilt werden. Dir ist es bestimmt, heil und gesund zu sein, und du wirst es sein.«

In den nächsten Tagen ging Frodo mit Sam seine Papiere und Schriften durch und händigte ihm seine Schlüssel aus. Da war ein dickes Buch, in glattes, rotes Leder gebunden; seine großen Seiten waren jetzt fast ganz gefüllt. Zu Anfang waren viele Blätter mit Bilbos feiner, unruhiger Handschrift bedeckt; aber die meisten mit Frodos gleichmäßigen, schwungvollen Schriftzeichen. Es war in Kapitel eingeteilt, doch Kapitel 80 war unvollendet, und danach kamen einige leere Seiten. Auf der Kopfseite standen mehrere Titel, die einer nach dem anderen durchgestrichen waren, und sie lauteten: *Mein Tagebuch. Meine unerwartete Fahrt. Hin und wieder zurück. Und was nachher geschah.*

Die Abenteuer von Fünf Hobbits. Die Geschichte des Großen Rings, zusammengestellt von Bilbo Beutlin nach seinen eigenen Beobachtungen und den Berichten seiner Freunde. Was wir im Ring-Krieg taten.

Hier endete Bilbos Handschrift, und Frodo hatte geschrieben:

DER STURZ

DES

HERRN DER RINGE

UND DIE

RÜCKKEHR DES KÖNIGS

(Mit den Augen des Kleinen Volks gesehen, da es die Erinnerungen von Bilbo und Frodo aus dem Auenland sind, ergänzt durch die Berichte ihrer Freunde und die Lehren der Weisen.)

Zusammen mit Auszügen aus den Büchern des Wissens,
übersetzt von Bilbo in Bruchtal.

»Nein, du bist ja fast fertig, Herr Frodo!« rief Sam aus. »Na, du hast dich aber rangehalten, das muß ich sagen.«

»Ich bin ganz fertig, Sam«, sagte Frodo. »Die letzten Seiten sind für dich.«

Am einundzwanzigsten September brachen sie zusammen auf, Frodo auf dem Pony, das ihn den ganzen Weg von Minas Tirith getragen hatte und das jetzt Streicher genannt wurde; und Sam auf seinem geliebten Lutz. Es war ein schöner, goldener Morgen, und Sam fragte nicht, wohin sie gingen: er glaubte es zu erraten.

Sie schlugen die Straße nach Stock ein über die Berge in Richtung Waldende, und sie ließen ihre Ponies gemächlich traben. In den Grünbergen schlugen sie ihr Lager auf, und als am zweiundzwanzigsten September der Nachmittag seinem Ende zuging, kamen sie auf dem sanft abfallenden Weg dorthin, wo die Bäume begannen.

»Das ist doch genau der Baum, hinter dem du dich verstecktest, als der Schwarze Reiter zuerst auftauchte, Herr Frodo!« sagte Sam und zeigte nach links. »Es kommt mir jetzt wie ein Traum vor.«

Es war Abend, und die Sterne schimmerten am östlichen Himmel, als sie zu der hohlen Eiche kamen; dort bogen sie ab und ritten weiter, den Berg hinunter zwischen den Haselnußsträuchern. Sam war schweigsam, vertieft in seine

Erinnerungen. Plötzlich merkte er, daß Frodo leise vor sich hinsang, und er sang das alte Wanderlied, doch die Worte waren nicht ganz dieselben.

> *Doch um die Ecke, kommt uns vor,*
> *Da führt noch ein geheimes Tor*
> *Zu Pfaden, die wir nie gesehn.*
> *Es kommt der Tag, da muß ich gehn*
> *Und ungekannte Wege ziehn,*
> *Wohl mondvorbei und sonnenhin.*

Und als ob es eine Antwort sei, die von unten die Straße heraufkam, sangen Stimmen:

> *A! Elbereth Gilthoniel!*
> *silivren penna míriel*
> *o menel aglar elenath,*
> *Gilthoniel, A! Elbereth!*
> *Wir leben unter Bäumen, weit*
> *Vom Meere, doch das Sternenlicht*
> *Des Westens – wir vergessen's nicht.*

Frodo und Sam hielten an und saßen still in den sanften Schatten, bis sie einen Schimmer sahen, als die Reisenden auf sie zukamen.

Da waren Gildor und viele des schönen Elbenvolks; und zu Sams Verwunderung ritten auch Elrond und Galadriel mit. Elrond trug einen grauen Umhang und hatte einen Stern auf der Stirn und eine silberne Harfe in der Hand, und auf seinem Finger war ein goldener Ring mit einem großen blauen Stein, Vilya, der mächtigste der Drei. Doch Galadriel saß auf einem weißen Zelter und war in schimmerndes Weiß gekleidet, wie Wolken um den Mond; denn sie selbst schien mit einem sanften Licht zu strahlen. An ihrem Finger war Nenya, der aus *mithril* gearbeitete Ring; er hatte einen einzigen weißen Stein, der wie ein frostiger Stern funkelte. Weiter hinten, langsam auf einem kleinen grauen Pony reitend, kam Bilbo, und er schien im Schlaf mit dem Kopf zu nicken.

Elrond begrüßte sie ernst und gütig, und Galadriel lächelte sie an. »Nun, Meister Samweis«, sagte sie. »Ich höre und sehe, daß du meine Gabe gut verwendet hast. Das Auenland soll nun gesegneter und geliebter sein denn je.« Sam verbeugte sich und fand nichts zu sagen. Er hatte vergessen, wie schön die Herrin war.

Dann wachte Bilbo auf und öffnete die Augen. »Hallo, Frodo!« sagte er. »So, heute habe ich den Alten Tuk übertroffen! Das ist also geregelt. Und jetzt, glaube ich, bin ich bereit, noch einmal auf Fahrt zu gehen. Kommst du mit?«

»Ja, ich komme mit«, sagte Frodo. »Die Ringträger sollten zusammen gehen.«

»Wo gehst du hin, Herr?« rief Sam, obwohl er endlich begriffen hatte, was geschah.

»Zu den Anfurten, Sam«, sagte Frodo.

»Und ich kann nicht mitkommen.«

»Nein, Sam. Jetzt jedenfalls noch nicht, nicht weiter als bis zu den Anfurten. Obwohl auch du ein Ringträger warst, wenn auch nur für eine kleine Weile. Deine Zeit mag noch kommen. Sei nicht zu traurig, Sam. Du kannst nicht immer entzweigerissen sein. Du wirst auf viele Jahre ganz und heil sein müssen. Es gibt noch so viel, woran du dich freuen und was du sein und tun kannst.«

»Aber«, sagte Sam, und Tränen traten ihm in die Augen, »ich glaubte, du würdest dich auch noch auf Jahre und Jahre am Auenland erfreuen, nach allem, was du getan hast.«

»Das habe ich auch einmal geglaubt. Aber ich bin zu schwer verwundet worden, Sam. Ich versuchte, das Auenland zu retten, und es ist gerettet worden, aber nicht für mich. Das läßt sich oft nicht ändern, Sam, wenn Dinge in Gefahr sind: manche müssen sie aufgeben, sie verlieren, damit andere sie behalten können. Aber du bist mein Erbe: alles, was ich hatte und hätte haben können, hinterlasse ich dir. Und du hast auch Rosie und Elanor; und der kleine Frodo wird kommen, und die kleine Rosie und Merry und Goldlöckchen und Pippin; und vielleicht noch mehr, die ich noch nicht sehen kann. Deine Hände und dein Verstand werden überall gebaucht werden. Natürlich wirst du Bürgermeister sein, solange wie du willst, und der berühmteste Gärtner der Geschichte; und du wirst in dem Roten Buch lesen und die Erinnerung an das Zeitalter, das vergangen ist, lebendig erhalten, so daß die Leute der Großen Gefahr gedenken und so ihr geliebtes Land um so mehr lieben. Und dabei wirst du so beschäftigt und so glücklich sein, wie man nur sein kann; solange dein Teil der Geschichte weitergeht. Komm, reite nun mit mir!«

Dann ritten Elrond und Galadriel weiter; denn das Dritte Zeitalter war vorüber und die Tage der Ringe vergangen, und das Ende der Geschichte und des Liedes jener Zeiten war gekommen. Mit ihnen gingen viele Elben der Hohen Sippe, die nicht länger in Mittelerde bleiben wollten; und unter ihnen, erfüllt von einer Traurigkeit, die zugleich beglückt und ohne Bitterkeit war, ritten Sam und Frodo und Bilbo, und den Elben war es ein Vergnügen, sie zu ehren.

Obwohl sie den ganzen Abend und die ganze Nacht mitten durch das Auenland ritten, sah niemand außer den wilden Tieren sie vorüberziehen; höchstens nahm ein Wanderer hier oder dort in der Dunkelheit einen raschen Schimmer unter den Bäumen wahr, oder ein Licht und einen Schatten, die über das Gras glitten, als der Mond im Westen stand. Und als sie, die südlichen Ausläufer der Weißen Höhen umgehend, das Auenland hinter sich gelassen hatten, kamen sie zu den Weiten Höhen und den Türmen und blickten auf die ferne See; und so ritten sie endlich hinunter nach Mithlond, zu den Grauen Anfurten im langen Golf von Lhûn.

Als sie an den Toren anlangten, kam Círdan, der Schiffsbauer, heraus, um sie zu begrüßen. Sehr groß war er, und sein Bart war lang, und er war grau und alt, nur seine Augen waren scharf wie Sterne; und er schaute sie an und verneigte sich und sagte: »Alles ist nun bereit.«

Dann führte Círdan sie zu den Anfurten, und dort lag ein weißes Schiff, und an dem Schiffslandeplatz stand neben einem großen grauen Pferd eine ganz in Weiß gekleidete Gestalt und erwartete sie. Als er sich umwandte und ihnen entgegenkam, sah Frodo, daß Gandalf jetzt offen auf seiner Hand den Dritten Ring trug, Narya den Großen, und der Stein auf ihm war rot wie Feuer. Da waren jene, die gehen sollten, froh, denn sie wußten, daß Gandalf sich mit ihnen einschiffen würde.

Aber Sam war nun betrübt in seinem Herzen, und es schien ihm, daß der Abschied bitter würde, und noch schmerzlicher würde der lange, einsame Heimweg sein. Doch gerade, als sie dort standen und die Elben an Bord gingen und alles zur Abfahrt bereitgemacht wurde, ritten Merry und Pippin in großer Eile heran. Und unter Tränen lachte Pippin.

»Du hast schon einmal versucht, uns zu entwischen, und es ist dir mißlungen, Frodo«, sagte er. »Diesmal wäre es dir fast geglückt, aber es ist dir wiederum mißlungen. Allerdings war es diesmal nicht Sam, der dich verriet, sondern Gandalf selbst.«

»Ja«, sagte Gandalf. »Denn es wird besser sein, zu dritt zurückzureiten als allein. Ja, hier an den Ufern des Meeres kommt nun schließlich das Ende unserer Gemeinschaft in Mittelerde. Geht in Frieden! Ich will nicht sagen: weinet nicht; denn nicht alle Tränen sind von Übel.«

Dann küßte Frodo Merry und Pippin und zuletzt Sam und ging an Bord; und die Segel wurden gehißt, und der Wind wehte, und langsam glitt das Schiff den langen, grauen Golf hinunter; und das Licht des Glases von Galadriel, das Frodo trug, schimmerte und verschwand. Und das Schiff fuhr hinaus auf die Hohe See und dann in den Westen, bis Frodo schließlich in einer regnerischen Nacht einen süßen Duft in der Luft roch und Gesang hörte, der über das Wasser kam. Und da schien es ihm wie in seinem Traum in Bombadils Haus, daß sich der graue Regenvorhang in silbernes Glas verwandelte und zurückgerollt wurde, und er erblickte weiße Strände und dahinter ein fernes grünes Land unter der rasch aufgehenden Sonne.

Aber für Sam verdunkelte sich der Abend zur Finsternis, als er an den Anfurten stand; und als er auf das graue Meer schaute, sah er nur einen Schatten auf dem Wasser, der sich bald im Westen verlor. Dort stand er bis tief in die Nacht, hörte nur das Seufzen und Murmeln der Wellen auf den Ufern von Mittelerde, und ihr Klang senkte sich tief in sein Herz. Neben ihm standen Merry und Pippin, und sie waren stumm.

Schließlich wandten sich die drei Gefährten ab, und ohne auch nur ein einziges Mal zurückzublicken, ritten sie langsam heimwärts; und sie sprachen kein Wort miteinander, bis sie zurück ins Auenland kamen, aber jeder fand auf der langen grauen Straße Trost in seinen Freunden.

Schließlich ritten sie über die Höhen und schlugen die Oststraße ein, und dann ritten Merry und Pippin weiter nach Bockland; und unterwegs sangen sie schon wieder. Aber Sam bog nach Wasserau ein und kam so zum Bühl zurück, als sich der Tag wiederum neigte. Und er ging weiter, und drinnen war ein gelbes Licht und Feuer; und das Abendessen war bereit, und er wurde erwartet. Und Rosie zog ihn herein, rückte ihm seinen Stuhl zurecht und setzte ihm die kleine Elanor auf den Schoß.

Er holte tief Luft. »Ja, ich bin zurück«, sagte er.

ANHANG

Quellenangaben für einen Großteil der in den folgenden Anhängen (besonders A bis D) behandelten Dinge finden sich in den Anmerkungen am Schluß des Prologs. Der Abschnitt A III, *Durins Volk,* geht vermutlich auf Gimli den Zwerg zurück, der seine Freundschaft mit Peregrin und Meriadoc aufrechterhielt und sich mehrmals mit ihnen in Gondor und Rohan traf.

    Die in den Quellen enthaltenen Sagen, Geschichten und Überlieferungen sind sehr umfangreich. Sie werden hier nur in einer Auswahl, stellenweise stark gekürzt, wiedergegeben. Der Hauptzweck ist, den Ringkrieg und seine Ursprünge näher zu erläutern und einige Lücken in der Erzählung zu schließen. Die alten Sagen aus dem Ersten Zeitalter, die Bilbo besonders am Herzen lagen, sind nur kurz erwähnt, da sie von den Vorfahren von Elrond und den Königen und Stammesführern der Númenórer handeln. Wörtliche Auszüge aus längeren Annalen und Erzählungen sind in Anführungszeichen gesetzt. Spätere Zusätze sind in Klammern beigefügt. Anmerkungen in Anführungszeichen entstammen den Quellen. Die anderen sind vom Herausgeber.

    Die Jahresangaben sind die des Dritten Zeitalters, soweit sie nicht als Z. Z. (Zweites Zeitalter) oder V. Z. (Viertes Zeitalter) gekennzeichnet sind. Als das Ende des Dritten Zeitalters gilt der September 3021, als die Drei Ringe in den Westen gingen, aber für die Chroniken von Gondor begann das Jahr Eins des V. Z. am 25. März 3019. Für den Vergleich der Datierung von Gondor- und Auenland-Zeitrechnung siehe S. 20, und 1128 f.. In den Aufstellungen bedeuten die Jahreszahlen nach den Namen von Königen und Herrschern die Todesdaten, wenn nur ein Datum angegeben ist. Das Zeichen † bedeutet einen vorzeitigen Tod, in der Schlacht oder anderweitig, auch wenn über das Ereignis selbst nicht immer berichtet wurde.

ANHANG A

ANNALEN DER KÖNIGE UND HERRSCHER

I. DIE NÚMENÓRISCHEN KÖNIGE

1. Númenor

Feanor war der bedeutendste der Eldar an Kunstfertigkeit und Wissen, aber auch der stolzeste und eigenwilligste. Er stellte die Drei Edelsteine her, die *silmarilli*, und erfüllte sie mit dem Glanz der Zwei Bäume, Telperion und Laurelin[1], die das Land der Valar erleuchteten. Nach den Edelsteinen gelüstete es Morgoth, den Feind, der sie stahl, und nachdem er die Bäume zerstört hatte, brachte er die Edelsteine nach Mittelerde und bewahrte sie in seiner großen Festung Thangorodrim auf[2]. Gegen den Willen der Valar verließ Feanor das Glückselige Reich und ging in Verbannung nach Mittelerde, und er nahm einen großen Teil seines Volkes mit sich; denn in seinem Stolz beabsichtigte er, Morgoth die Edelsteine gewaltsam abzunehmen. Darauf folgte der aussichtslose Krieg der Eldar und Edain gegen Thangorodrim, in dem sie schließlich völlig besiegt wurden. Die Edain (Atani) waren drei Menschenvölker, die als erste in den Westen von Mittelerde und zu den Ufern des Großen Meers gekommen waren und Verbündete der Eldar gegen den Feind wurden.

Es gab drei eheliche Verbindungen zwischen den Eldar und den Edain: Lúthien und Beren; Idril und Tuor; Arwen und Aragorn. Durch die letzte wurden die lange getrennten Zweige der Halbelben wieder vereint und ihre Linie wiederhergestellt.

Lúthien Tinúviel war die Tochter von König Thingol Graumantel von Doriath im Ersten Zeitalter, und ihre Mutter war Melian aus dem Volk der Valar. Beren war Barahirs Sohn aus dem Ersten Haus der Edain. Gemeinsam entwendeten sie einen *silmaril* aus der Eisernen Krone von Morgoth[3]. Lúthien wurde sterblich und war für das Elbengeschlecht verloren. Dior war ihr Sohn. Seine Tochter war Elwing, und sie hatte den *silmaril* in Verwahrung.

Idril Celebrindal war die Tochter von Turgon, dem König der verborgenen Stadt Gondolin[4]. Tuor war Huors Sohn aus dem Hause Hador, dem Dritten Haus der Edain und dem ruhmreichsten in den Kriegen mit Morgoth. Earendil der Schiffer war ihr Sohn.

Earendil heiratete Elwing und überwand durch die Macht des *silmaril* die Schatten[5] und gelangte in den Äußersten Westen, und dort sprach er als

---

[1] Vgl. S. 254, S. 605, S. 978; kein Abbild blieb in Mittelerde von Laurelin dem Goldenen.
[2] S. 253.
[3] S. 205 f., S. 720.
[4] *Hobbit;* S. 325.
[5] S. 243 ff.

Botschafter der Elben und der Menschen und erhielt die Hilfe, durch die Morgoth besiegt wurde. Earendil durfte nicht in die sterblichen Lande zurückkehren, und sein Schiff, das den *silmaril* trug, mußte als Stern am Himmel segeln, als ein Zeichen der Hoffnung für die Bewohner von Mittelerde, die von dem Großen Feind oder seinen Dienern bedrängt wurden[6]. Allein die *silmarilli* bewahrten das alte Licht der Zwei Bäume von Valinor, ehe Morgoth sie vergiftete; doch die beiden anderen gingen zu Ende des Ersten Zeitalters verloren. Die ganze Geschichte dieser Dinge und vieles andere, was die Elben und Menschen betraf, ist im *Silmarillion* berichtet.

Earendils Söhne waren Elros und Elrond, die *Peredhil* oder Halbelben. Nur in ihnen war die Linie der heldenhaften Stammesführer der Edain im Ersten Zeitalter erhalten geblieben; und nach dem Sturz von Gil-galad[7] war das Geschlecht der Hochelben-Könige auch in Mittelerde nur noch durch ihre Nachkommen vertreten.

Am Ende des Ersten Zeitalters stellten die Valar die Halbelben vor eine unwiderrufliche Wahl: zu welchem Geschlecht sie gehören wollten. Elrond entschied sich für das Elbengeschlecht und wurde ein Meister des Wissens. Ihm wurde daher dasselbe Vorrecht zugebilligt wie denjenigen der Hochelben, die sich noch in Mittelerde aufhielten: daß sie sich, wenn sie schließlich der Sterblichen Lande müde wären, in den Grauen Anfurten einschiffen und in den Äußersten Westen segeln durften; und dieses Vorrecht galt auch noch nach dem Wandel der Welt. Doch auch Elronds Kinder wurden vor die Wahl gestellt: entweder mit ihm die Kreise der Welt zu verlassen; oder, wenn sie dort blieben, sterblich zu werden und in Mittelerde zu verscheiden. Für Elrond waren daher alle Möglichkeiten des Ringkrieges mit Kummer verbunden[8].

Elros entschied sich für das Menschengeschlecht und blieb bei den Edain; aber ihm wurde eine Lebensspanne zugebilligt, die diejenige geringerer Menschen um ein Vielfaches übertraf.

Um die Edain für ihre Leiden beim Kampf gegen Morgoth zu entschädigen, verliehen ihnen die Valar, die Hüter der Welt, ein Land, in dem sie, fern der Gefahren von Mittelerde, leben durften. Die meisten von ihnen segelten daher über das Meer und kamen, geleitet von Earendils Stern, zu der großen Insel Elenna, dem westlichsten aller Sterblichen Lande. Dort gründeten sie das Reich Númenor.

In der Mitte des Landes erhob sich ein hoher Berg, der Meneltarma, und wer gute Augen hatte, konnte von seinem Gipfel aus den weißen Turm des Hafens der Eldar in Eressëa erkennen. Von dort kamen die Eldar zu den Edain und bereicherten sie mit Wissen und vielen Gaben; aber ein Gebot war den

---

[6] S. 369 ff., S. 720, S. 728, S. 922, 929.
[7] S. 67, 197.
[8] S. 980 f., 983.

Númenórern auferlegt worden, der »Bann der Valar«: es war ihnen verboten, nach Westen außer Sichtweite ihrer eigenen Gestade zu segeln oder zu versuchen, den Fuß auf die Unsterblichen Lande zu setzen. Denn obwohl ihnen eine lange Lebensspanne gewährt worden war, die zu Beginn dreimal so lang war wie die geringerer Menschen, mußten sie sterblich bleiben, da es den Valar nicht erlaubt war, ihnen die Gabe der Menschen zu entziehen (oder das Verhängnis der Menschen, wie es später genannt wurde).

Elros war der erste König von Númenor und später unter dem Hochelbennamen Tar-Minyatur bekannt. Seine Nachkommen waren langlebig, aber sterblich. Als sie später mächtig wurden, reute sie die Entscheidung ihrer Vorväter, sie begehrten die Unsterblichkeit innerhalb des Lebens der Welt, die das Schicksal der Eldar war, und sie murrten gegen den Bann. Auf diese Weise begann ihre Auflehnung, die unter Saurons bösen Lehren den Untergang von Númenor und die Zerstörung der alten Welt herbeiführte, wie es in der *Akallabêth* berichtet wird.

Die Namen der Könige und Königinnen von Númenor lauteten: Elros Tar-Minyatur, Vardamir, Tar-Amandil, Tar-Elendil, Tar-Meneldur, Tar-Aldarion, Tar-Ancalime (die erste Herrschende Königin), Tar-Anárion, Tar-Súrion, Tar-Telperien (die zweite Königin), Tar-Minastir, Tar-Ciryatan, Tar-Atanamir der Große, Tar-Ancalimon, Tar-Telemmaite, Tar-Vanimelde (die dritte Königin), Tar-Alcarin, Tar-Calmacil.

Nach Calmacil nahmen die Könige zugleich mit dem Szepter Namen in der Númenórischen (oder Adûnaischen) Sprache an: Ar-Adûnakhôr, Ar-Zimrathôn, Ar-Sakalthôr, Ar-Gimilzôr, Ar-Inziladûn. Inziladûn empfand Reue über das Verhalten der Könige und änderte seinen Namen in Tar-Palantir, »Der Fernsehende«. Seine Tochter hätte die vierte Königin sein sollen, Tar-Míriel, aber des Königs Neffe riß das Szepter an sich und wurde Ar-Pharazôn der Goldene, der letzte König der Númenórer.

In den Tagen von Tar-Elendil kamen die ersten Schiffe der Númenórer zurück nach Mittelerde. Sein ältestes Kind war eine Tochter, Silmarien. Ihr Sohn war Valandil, der erste der Herren von Andúnie im Westen des Landes, die berühmt waren wegen ihrer Freundschaft mit den Eldar. Von ihm stammten ab Amandil, der letzte Herr, und dessen Sohn Elendil der Große.

Der sechste König hinterließ nur ein Kind, eine Tochter. Sie wurde die erste Königin; denn damals wurde ein Gesetz des Königshauses erlassen, daß das älteste Kind des Königs, ob Mann oder Frau, das Szepter empfangen sollte.

Das Reich Númenor bestand bis zum Ende des Zweiten Zeitalters und erlangte ständig mehr Macht und Glanz; und bis die Hälfte des Zeitalters vergangen war, nahmen auch die Númenórer an Weisheit und Glück zu. Das erste Anzeichen des Schattens, der auf sie fallen sollte, zeigte sich in den Tagen von Tar-Minastir, dem elften König. Er war es, der eine große Streitmacht aussandte, um Gil-galad zu helfen. Er liebte die Eldar, aber er beneidete sie auch. Die Númenórer waren nun große Seeleute geworden und hatten alle östlichen Meere erforscht, und nun verspürten sie Verlangen nach dem Westen und den verbotenen Gewässern; und je glücklicher ihr Leben war, desto mehr begannen sie sich nach der Unsterblichkeit der Eldar zu sehnen.

Nach Minastir gelüstete es die Könige überdies nach Reichtum und Macht. Ursprünglich waren die Númenórer als Lehrer und Freunde der geringeren Menschen, die unter Sauron gelitten hatten, nach Mittelerde gekommen; aber jetzt wurden ihre Häfen Festungen, und weite Küstenstriche hielten sie unter ihrer Botmäßigkeit. Atanamir und seine Nachfolger erhoben hohe Tribute, und die Schiffe der Númenórer kehrten, mit Beute beladen, zurück.

Es war Tar-Atanamir, der sich als erster offen gegen den Bann wandte und erklärte, das Leben der Eldar stehe ihm von Rechts wegen zu. So verdunkelte sich der Schatten, und der Gedanke an den Tod verdüsterte die Herzen des Volkes. Dann wurden die Númenórer uneins: auf der einen Seite standen die Könige und jene, die ihnen folgten, und sie wandten sich von den Eldar und den Valar ab; auf der anderen Seite standen die wenigen, die sich die Getreuen nannten. Sie lebten hauptsächlich im Westen des Landes.

Die Könige und ihre Anhänger gaben allmählich den Gebrauch der Eldarin-Sprachen auf; und schließlich nahm der zwanzigste König seinen königlichen Namen in númenórischer Form an, und er nannte sich Ar-Adûnakhôr, »Herr des Westens«. Dies erschien den Getreuen als ein böses Vorzeichen, denn bisher hatten sie diesen Titel nur einem der Valar gegeben, nämlich dem Altvorderen König[9]. Und tatsächlich begann Ar-Adûnakhôr, die Getreuen zu verfolgen und jene zu bestrafen, die noch öffentlich die Elbensprache gebrauchten; und die Eldar kamen nicht mehr nach Númenor.

Dennoch nahmen Macht und Reichtum der Númenórer weiterhin zu; doch ihre Lebenszeit verkürzte sich in dem Maße, in dem ihre Todesangst wuchs und ihr Glück nachließ. Tar-Palantir versuchte, dem Übel zu begegnen; aber es war zu spät, und es gab Aufstand und Kampf in Númenor. Als er starb, ergriff sein Neffe, der Führer des Aufstandes, die Macht und wurde König Ar-Pharazôn. Ar-Pharazôn der Goldene war der stolzeste und mächtigste aller Könige, und er trachtete nach nichts Geringerem, als König der Welt zu sein.

Er beschloß, Sauron dem Großen die Vorherrschaft in Mittelerde streitig zu machen, und schließlich stach er mit einer großen Flotte in See und landete in Umbar. So groß waren Macht und Pracht der Númenórer, daß sogar Saurons Diener ihn verließen; und Sauron demütigte sich, unterwarf sich und flehte um Gnade. Da ließ ihn Ar-Pharazôn in der Torheit seines Stolzes als Gefangenen nach Númenor bringen. Es dauerte nicht lange, bis Sauron den König behext hatte und Herr über seine Entschlüsse war; und bald hatte er die Herzen aller Númenórer außer denen der übriggebliebenen Getreuen soweit gebracht, daß sie sich wieder der Dunkelheit zuwandten.

---

[9] S. 245.

Und Sauron belog den König, indem er behauptete, derjenige, der die Unsterblichen Lande besitze, würde ein immerwährendes Leben haben, und der Bann sei nur verhängt worden, um zu verhindern, daß die Könige der Menschen die Valar übertreffen. »Doch große Könige nehmen sich, was ihr Recht ist«, sagte er.

Schließlich hörte Ar-Pharazôn auf seinen Rat, denn er spürte, daß seine Tage zur Neige gingen, und er war verdummt durch seine Angst vor dem Tode. Er stellte dann die größte Streitmacht auf, die die Welt je gesehen hatte, und als alles bereit war, ließ er Trompeten blasen und setzte Segel; und er verstieß gegen den Bann der Valar und zog in den Krieg, um den Herren des Westens das immerwährende Leben zu entreißen. Doch als Ar-Pharazôn den Fuß auf die Gestade von Aman dem Glückseligen setzte, legten die Valar ihr Hüteramt nieder und riefen den Einen an, und die Welt wandelte sich. Númenor wurde niedergeworfen und vom Meer verschlungen, und die Unsterblichen Lande wurden auf immerdar den Kreisen der Welt entrückt. So endete Númenors Glanzzeit.

Die letzten Führer der Getreuen, Elendil und seine Söhne, entgingen mit neun Schiffen dem Untergang, und sie nahmen mit sich einen Sämling von Nimloth und die Sieben Sehenden Steine (Geschenke der Eldar an ihr Haus)[10]; und auf den Flügeln eines großen Sturms wurden sie davongetragen und an die Ufer von Mittelerde gespült. Dort errichteten sie im Nordwesten die Númenórer-Reiche in der Verbannung, Arnor und Gondor[11]. Elendil war der Hohe König und wohnte im Norden in Annúminas; und die Herrschaft im Süden wurde seinen Söhnen übertragen, Isildur und Anárion. Sie gründeten Osgiliath zwischen Minas Ithil und Minas Anor[12], nicht weit von Mordors Grenzen. Denn sie glaubten, wenigstens ein Gutes habe das Verderben mit sich gebracht, daß nämlich auch Sauron umgekommen sei.

Doch dem war nicht so. Sauron war tatsächlich in Númenors Untergang hineingerissen worden, so daß seine körperliche Gestalt, in der er lange gewandelt war, vernichtet wurde; aber er floh zurück nach Mittelerde, ein Geist des Hasses, davongetragen von einem dunklen Wind. Er vermochte nie wieder eine Gestalt anzunehmen, die Menschen schön erschien, sondern er wurde schwarz und häßlich, und seine Macht beruhte danach allein auf Schrecken. Er kehrte nach Mordor zurück und verbarg sich dort eine Zeitlang in der Stille. Doch seine Wut war groß, als er erfuhr, daß Elendil, den er am meisten haßte, ihm entkommen war und nun ein Reich an seinen Grenzen errichtete.

Daher überzog er nach einer Weile die Verbannten mit Krieg, ehe sie Wurzeln fassen konnten. Der Orodruin brach wiederum in Flammen aus und wurde in Gondor neu benannt, *Amon Amarth,* der Schicksalsberg. Aber Sauron hatte zu rasch zugeschlagen, ehe er seine eigene Macht wieder aufgebaut hatte, während Gil-galads Macht während seiner Abwesenheit zugenommen hatte; und bei dem

---

[10] S. 593, 978.
[11] S. 252.
[12] S. 254.

Letzten Bündnis, das gegen ihn geschlossen wurde, wurde Sauron überwältigt, und der Eine Ring wurde ihm abgenommen[13]. So endete das Zweite Zeitalter.

2. Die Reiche in der Verbannung

Die nördliche Linie

Isildurs Erben

Arnor. Elendil † Z. Z. 3441, Isildur † 2, Valandil 249[14], Eldacar 339, Arantar 435, Tarcil 515, Tarondor 602, Valandur † 652, Elendur 777, Earendur 861.

Arthedain. Amlaith von Fornost[15] (Earendurs ältester Sohn) 946, Beleg 1029, Mallor 1110, Celepharn 1191, Celebrindor 1272, Malvegil 1349[16], Argeleb I. † 1356, Arveleg I. 1409, Araphor 1589, Argeleb II. 1670, Arvegil 1743, Arveleg II. 1813, Araval 1891, Araphant 1964, Arvedui Letztkönig † 1974. Ende des Nördlichen Königreichs.

Stammesführer. Aranarth (Arveduis älterer Sohn) 2106, Arahael 2177, Aranuir 2247, Aravir 2319, Aragorn I. † 2327, Araglas 2455, Arahad I. 2523, Aragost 2588, Aravorn 2654, Arahad II. 2719, Arassuil 2784, Arathorn I. † 2848, Argonui 2912, Arador † 2930, Arathorn II. † 2933, Aragorn II. V. Z. 120.

Die südliche Linie

Anárions Erben

Könige von Gondor. Elendil, (Isildur und) Anárion † Z. Z. 3440, Meneldil, Anárions Sohn, 158, Cemendur 238, Earendil 324, Anardil 411, Ostoher 492, Rómendacil I. (Tarostar) † 541, Turambar 667, Atanatar I. 748, Siriondil 830. Hier folgten die vier »Schiffskönige«:

Tarannon Falastur 913. Er war der erste kinderlose König; ihm folgte der Sohn seines Bruders Tarciryan. Earnil I. † 936, Ciryandil † 1015, Hyarmendacil I. (Ciryaher) 1149. Gondor erreichte jetzt den Gipfel seiner Macht.

Atanatar II. Alcarin »der Prächtige« 1226, Narmacil I. 1294. Er war der zweite kinderlose König, und sein jüngerer Bruder folgte ihm nach. Calmacil 1304, Minalcar (Verweser 1240–1304), als Rómendacil II. gekrönt 1304, gestorben 1355, Valacar. In seiner Zeit begann das erste Unglück von Gondor, der Sippenstreit.

---

[13] S. 253.
[14] Er war Isildurs vierter Sohn, in Imladris geboren. Seine Brüder waren auf den Schwertelfeldern erschlagen worden.
[15] Nach Earendur nahmen die Könige keine Namen in der hochelbischen Form mehr an.
[16] Nach Malvegil erhoben die Könige in Fornost wieder Anspruch auf die Herrschaft über ganz Arnor, und zum Zeichen dafür nahmen sie Namen mit der Vorsilbe *ar(a)* an.

Anhang

Eldacar, Valacars Sohn (zuerst Vinitharya geheißen) wurde 1437 abgesetzt. Castamir der Thronräuber † 1447. Eldacar wieder in seine Rechte eingesetzt, gestorben 1490.
Aldamir (Eldacars zweiter Sohn) † 1540, Hyarmendacil II. (Vinyarion) 1621, Minardil † 1634, Telemnar † 1636. Telemnar und alle seine Kinder erlagen der Pest; ihm folgte sein Neffe, der Sohn von Minastan, dem zweiten Sohn von Minardil. Tarondor 1798, Telumehtar Umbardacil 1850, Narmacil II. † 1856, Calimehtar 1936, Ondoher † 1944. Ondoher und seine beiden Söhne fielen im Kampf. Ein Jahr später, 1945, wurde die Krone dem siegreichen Heerführer Earnil angetragen, einem Nachkommen von Telemehtar Umbardacil. Earnil II. 2043, Earnur † 2050. Hier endete die Linie der Könige, bis sie durch Elessar Telcontar im Jahre 3019 wieder hergestellt wurde. Die Herrschaft im Reich wurde einstweilen von den Truchsessen ausgeübt.

Truchsesse von Gondor. Das Haus von Húrin: Pelendur 1998. Er herrschte ein Jahr lang nach dem Sturz von Ondoher und riet; Gondor solle Arveduis Anspruch auf die Krone zurückweisen. Vorondil der Jäger 2029[17]. Mardil Voronwe »der Standhafte«, der erste der Herrschenden Truchsesse. Seine Nachfolger trugen keine Hochelbennamen mehr.

Herrschende Truchsesse. Mardil 2080, Eradan 2116, Herion 2148, Belegorn 2204, Húrin I. 2244, Túrin I. 2278, Hador 2395, Barahir 2412, Dior 2435, Denethor I. 2477, Boromir 2489, Cirion 2567. Zu seiner Zeit kamen die Rohirrim nach Calenardhon.
Hallas 2605, Húrin II. 2628, Belecthor I. 2655, Orodreth 2685, Ecthelion I. 2698, Egalmoth 2743, Beren 2763, Beregond 2811, Belecthor II. 2872, Thorondir 2882, Túrin II. 2914, Turgon 2953, Ecthelion II. 2984, Denethor II. Er war der letzte der Herrschenden Truchsesse; ihm folgte sein zweiter Sohn Faramir, Herr von Emyn Arnen, Truchseß des Königs Elessar, V. Z. 82.

3. Eriador, Arnor und Isildurs Erben

»Eriador war von alters her der Name aller Lande zwischen dem Nebelgebirge und den Blauen Bergen; im Süden waren seine Grenze die Grauflut und der Glanduin, der oberhalb von Tharbad in sie mündet.
Zur Zeit seiner größten Macht gehörte zu Arnor ganz Eriador mit Ausnahme der Gebiete jenseits des Lhûn und der Lande östlich der Grauflut und der Lautwasser, in denen Bruchtal und Hulsten lagen. Jenseits des Lhûn war elbisches Land, grün und still, in das die Menschen nicht gingen; doch lebten und leben noch Zwerge auf der Ostseite der Blauen Berge, besonders in jenen Teilen

---

[17] Vgl. S. 763. Die wilden weißen Rinder, die sich noch in der Nähe des Meers von Rhûn fanden, sollen nach der Sage von den Rindern von Araw abstammen, dem Jäger der Valar, der in der Altvorderenzeit als einziger von den Valar oft nach Mittelerde kam. Orome ist die hochelbische Form seines Namens (S. 844).

südlich des Golfs von Lhûn, wo sie noch Minen in Betrieb haben. Aus diesem Grunde war es ihre Gewohnheit, auf der Großen Straße nach Osten zu wandern, wie sie es schon seit langen Jahren taten, ehe wir in das Auenland kamen. In den Grauen Anfurten wohnte Círdan der Schiffbauer, und manche sagen, er wohne immer noch dort, bis das Letzte Schiff in den Westen segelt. In den Tagen der Könige lebten die meisten Hochelben, die noch in Mittelerde weilten, bei Círdan oder in den am Meer gelegenen Landen von Lindon. Wenn heute noch welche da sind, dann sind es wenige.«

Das Nördliche Königreich und die Dúnedain

Nach Elendil und Isildur gab es acht Hohe Könige von Arnor. Ihr Reich wurde nach Earendurs Tod wegen Zwistigkeiten unter seinen Söhnen in drei Teile geteilt: Arthedain, Rhudaur und Cardolan. Arthedain lag im Nordwesten, und zu ihm gehörte das Land zwischen dem Brandywein und dem Lhûn, und auch das Land nördlich der Großen Straße bis zu den Wetterbergen. Rhudaur lag im Nordosten zwischen den Ettenöden, den Wetterbergen und dem Nebelgebirge, doch auch der Winkel zwischen Weißquell und Lautwasser gehörte dazu. Cardolan war im Süden, und seine Grenzen waren der Brandywein, die Grauflut und die Große Straße.

In Arthedain hatte sich die Linie von Isildur gehalten und blieb bestehen, doch in Cardolan und Rhudaur erlosch sie bald. Es war oft Hader zwischen den Königreichen, was den Niedergang der Dúnedain beschleunigte. Der Hauptstreitpunkt war der Besitz der Wetterberge und des Landes westlich in Richtung auf Bree. Beide, Rhudaur und Cardolan wollten den Amon Sûl (Wetterspitze) besitzen, der sich an der Grenze ihrer Reiche erhob; denn im Turm von Amon Sûl befand sich der Haupt-*Palantír* des Nordens, und die beiden anderen waren in der Obhut von Arthedain.

»Es war zu Beginn der Herrschaft von Malvegil von Arthedain, daß Unheil über Arnor kam. Denn zu jener Zeit erhob sich das Reich Angmar im Norden jenseits der Ettenöden. Seine Lande erstreckten sich zu beiden Seiten des Gebirges, und dort hatten sich viele böse Menschen zusammengefunden und auch Orks und andere grausame Geschöpfe. (Der Herr jenes Landes war als der Hexen-König bekannt, doch erst später stellte sich heraus, daß er tatsächlich der Führer der Ringgeister war, die mit der Absicht nach Norden gekommen waren, die Dúnedain in Arnor zu vernichten, denn sie sahen Hoffnung in ihrer Zwietracht, solange Gondor stark war.)«

In den Tagen von Argeleb, Malvegils Sohn, erhoben die Könige von Arthedain, da in den anderen Königreichen keine Nachkommen von Isildur mehr waren, Anspruch auf die Herrschaft über ganz Arnor. Dem Anspruch widersetzte sich Rhudaur. Dort waren die Dúnedain gering an Zahl, und ein böser Gebieter der Bergmenschen, der insgeheim mit Angmar verbündet war, hatte die Macht ergriffen. Argeleb befestigte daher die Wetterberge[18]; aber im Kampf gegen Rhudaur und Angmar wurde er erschlagen.

Unterstützt von Cardolan und Lindon vertrieb Arveleg, Argelebs Sohn, den Feind aus den Bergen; und viele Jahre lang leisteten Arthedain und Cardolan an den Wetterbergen, der Großen Straße und dem unteren Weißquell bewaffneten Widerstand. Es heißt, daß Bruchtal zu jener Zeit belagert wurde.

1409 kam ein großes Heer aus Angmar, setzte über den Fluß, drang nach Cardolan ein und umzingelte die Wetterspitze. Die Dúnedain wurden besiegt, und Arveleg wurde erschlagen. Der Turm von Amon Sûl wurde niedergebrannt und geschleift; doch der *palantír* wurde gerettet und auf dem Rückzug nach Fornost gebracht; Rhudaur wurde von bösen Menschen, die Angmar[19] untertan waren, besetzt, und die verbliebenen Dúnedain wurden erschlagen oder flohen nach Westen. Cardolan wurde verwüstet. Araphor, Arvelegs Sohn, war noch nicht erwachsen, aber er war tapfer, und mit Hilfe von Círdan vertrieb er den Feind von Fornost und den Nordhöhen. Ein kläglicher Rest der Getreuen unter den Dúnedain von Cardolan konnte sich auch in Tyrn Gorthad (den Hügelgräberhöhen) halten oder fand Zuflucht in dem Wald dahinter.

Es heißt, daß Angmar eine Zeitlang in Schach gehalten wurde von dem Elbenvolk, das aus Lindon gekommen war und aus Bruchtal, denn Elrond brachte über das Gebirge Hilfe aus Lórien. Es war zu jener Zeit, daß die Starren, die in dem Winkel (zwischen Weißquell und Lautwasser) gewohnt hatten, nach Westen und Süden flohen, wegen der Kriege und des Schreckens von Angmar, und weil das Land und das Wetter von Eriador, besonders im Osten, sich verschlechterten und unfreundlich wurden. Einige kehrten nach Wilderland zurück, lebten am Schwertefluß und wurden ein Volk von Fischern.

In den Tagen von Argeleb II. kam die Pest aus dem Südosten nach Eriador, und der größte Teil des Volks von Cardolan starb, besonders in Minhiriath. Die Hobbits und alle anderen Völker litten schwer, doch die Seuche schwächte sich auf dem Weg nach Norden ab, und die nördlichen Teile von Arthedain wurden wenig betroffen. Es war zu jener Zeit, daß die Dúnedain von Cardolan ihr Ende fanden, und böse Geister aus Angmar und Rhudaur drangen in die verlassenen Hügelgräber ein und hausten dort.

»Es heißt, daß die Hügelgräber von Tyrn Gorthad, wie die Hügelgräberhöhen einst genannt wurden, sehr alt sind und daß viele in den Tagen der Welt des Ersten Zeitalters von den Vorvätern der Edain errichtet worden waren, ehe sie die Blauen Berge überquerten und nach Beleriand gingen, von dem nun allein Lindon noch übrig ist. Jene Berge wurden daher von den Dúnedain nach ihrer Rückkehr verehrt; und viele ihrer Gebieter und Könige wurden dort begraben. (Einige sagen, das Hügelgrab, in dem der Ringträger gefangen gehalten wurde, sei die Grabstätte des letzten Fürsten von Cardolan gewesen, der im Krieg von 1409 fiel.)«

---

[18] S. 197.
[19] S. 213.

»Im Jahr 1974 erhob sich die Macht von Angmar wiederum, und der Hexenkönig überfiel Arthedain, ehe der Winter endete. Er eroberte Fornost und trieb den größten Teil der Dúnedain, die noch übrig waren, über den Lhûn; unter ihnen waren die Söhne des Königs. Doch König Arvedui hielt bis zuletzt auf den Nordhöhen stand und floh dann mit einigen von seiner Leibwache nach Norden; und durch die Schnelligkeit ihrer Pferde entkamen sie.

Eine Weile verbarg sich Arvendui in den Stollen der alten Zwergenminen nahe des jenseitigen Endes des Gebirges, aber schließlich veranlaßte ihn der Hunger, bei den Lossoth, den Schneemenschen von Forochel[20], Hilfe zu suchen. Einige von ihnen fand er am Meeresufer lagernd; aber sie halfen dem König nicht gern, denn er hatte ihnen nichts zu bieten außer ein paar Edelsteinen, denen sie keinen Wert beimaßen; und sie fürchteten den Hexenkönig, der (wie sie sagten) nach Belieben Frost und Tauwetter machen konnte. Doch teilweise aus Mitleid mit dem abgemagerten König und seinen Mannen und teilweise aus Angst vor deren Waffen gaben sie ihnen ein wenig zu essen und bauten ihnen Schneehütten. Dort mußte Arvedui warten, und er hoffte auf Hilfe aus dem Süden; denn seine Pferde waren umgekommen.

Als Círdan von Aranarth, Arveduis Sohn, von der Flucht des Königs nach Norden hörte, schickte er sofort ein Schiff nach Forochel, um ihn zu suchen. Wegen widriger Winde traf das Schiff erst nach vielen Tagen ein, und die Seeleute sahen schon von ferne das kleine Feuer aus Treibholz, das die verlassenen Männer in Gang zu halten versuchten. In jenem Jahr wollte der Winter gar nicht weichen, und obwohl es schon März war, begann das Eis erst aufzubrechen und erstreckte sich noch weit hinaus vom Ufer.

Als die Schneemenschen das Schiff sahen, waren sie erstaunt und fürchteten sich, denn sie hatten, solange sie zurückdenken konnten, noch kein solches Schiff auf dem Meer gesehen; aber sie waren jetzt freundlicher geworden, und sie zogen den König und diejenigen seiner Gefährten, die noch am Leben waren, in ihren gleitenden Wagen über das Eis, soweit sie es wagten. Auf diese Weise konnte ein Boot vom Schiff her sie erreichen.

Aber die Schneemenschen waren unruhig; denn sie sagten, sie witterten Gefahr im Wind. Und das Oberhaupt der Lossoth sagte zu Arvedui: ›Besteige dieses Seeungeheuer nicht! Wenn sie etwas haben, dann laß die Seemenschen uns Lebensmittel und andere Dinge bringen, die wir brauchen, und du kannst hierbleiben, bis der Hexenkönig nach Hause geht. Denn im Sommer schwindet seine Macht; doch jetzt ist sein Atem tödlich, und sein kalter Arm ist lang.‹

---

[20] Das ist ein seltsames, unfreundliches Volk, die Überbleibsel der Forodwaith, der Menschen aus uralter Zeit, und gewöhnt an die bittere Kälte von Morgoths Reich. Diese Kälte herrschte tatsächlich immer noch in diesem Gebiet, obwohl es kaum mehr als hundert Wegstunden nördlicher liegt als das Auenland. Die Lossoth hausen im Schnee, und es heißt, daß sie mit Knochen an den Füßen auf dem Eis laufen und Wagen ohne Räder haben. Sie leben hauptsächlich auf dem für ihre Feinde unzugänglichen Kap Forochel, das die gewaltige Bucht gleichen Namens nach Nordwesten abschließt; doch oft lagern sie am Südufer der Bucht am Fuße des Gebirges.

Aber Arvedui nahm seinen Rat nicht an. Er dankte ihm, und beim Abschied gab er ihm seinen Ring und sagte: ›Dies ist ein Ding von größerem Wert, als du dir vorstellen kannst. Allein um seines Alters willen. Der Ring hat keine Macht, abgesehen von der Wertschätzung, die ihm jene zollen, die mein Haus lieben. Er wird dir nicht helfen, aber wenn du je in Not bist, wird meine Sippe ihn auslösen gegen große Vorräte von allem, was du begehrst.‹[21]

Trotzdem war der Rat der Lossoth gut gewesen, sei es durch Zufall oder Voraussicht; denn das Schiff hatte noch nicht die offene See erreicht, da erhob sich ein großer Sturm und kam mit blendendem Schnee von Norden; und er trieb das Schiff zurück auf das Eis und türmte ringsum Eis auf. Selbst die Seeleute von Círdan waren hilflos, und in der Nacht zerdrückte das Eis den Rumpf, und das Schiff ging unter. So kam Arvedui der Letztkönig um, und mit ihm versanken die *palantíri* im Meer[22]. Erst sehr viel später hörte man von den Schneemenschen über den Schiffsuntergang von Forochel.«

Das Auenlandvolk überlebte, obwohl der Krieg über es hinwegfegte und die meisten flohen und sich versteckten. Um dem König zu helfen, entsandten sie einige Bogenschützen, die niemals zurückkehrten; und auch andere zogen in die Schlacht, in der Angmar besiegt wurde (über die in den Annalen des Südens mehr gesagt wird). In dem Frieden, der später folgte, regierte sich das Auenlandvolk selbst und blühte und gedieh. Es wählte einen Thain, der die Stelle des Königs einnehmen sollte, und war zufrieden, obwohl viele noch lange Zeit auf die Rückkehr des Königs warteten. Doch schließlich war diese Hoffnung vergessen und erhielt sich nur in der Redensart *Wenn der König zurückkommt,* die gebraucht wurde, wenn etwas Gutes nicht erreicht oder etwas Schlechtes nicht geändert werden konnte. Der erste Auenland-Thain war ein gewisser Bucca aus dem Bruch, von dem die Altbocks abzustammen behaupten. Er wurde Thain im Jahre 379 nach Auenland-Zeitrechnung (1979).

Nach Arvedui endete das Nördliche Königreich, denn der Dúnedain waren nun wenige, und alle Völker von Eriador nahmen an Zahl ab. Dennoch wurde das Geschlecht der Könige durch die Stammesführer der Dúnedain fortgesetzt, deren erster Aranarth, Arveduis Sohn, war. Sein Sohn Arahael wurde in Bruchtal

---

[21] Auf diese Weise wurde der Ring von Isildurs Haus gerettet; denn die Dúnedain haben ihn später ausgelöst. Es heißt, daß es eben der Ring war, den Felagund von Nargothrond Barahir gab und den Beren unter großen Gefahren wiedererlangte.

[22] Es waren dies die Steine von Annúminas und Amon Sûl. Der einzige im Norden erhaltene Stein war der im Turm von Emyn Beraid, der auf den Golf von Luhn schaut. Dieser Stein war in der Obhut der Elben, und obwohl wir es niemals erfuhren, blieb er dort, bis Círdan ihn an Bord von Elronds Schiff brachte, als er abfuhr (S. 60, S. 122). Aber es heißt, er sei den anderen unähnlich und nicht in Übereinstimmung mit ihnen gewesen; er blickte nur auf das Meer. Elendil hatte ihn dort aufgestellt, damit er »geraden Blicks« zurückschauen und Eressea im verschwundenen Westen sehen könne; doch das gekrümmte Meer darunter deckte Númenor auf immerdar.

aufgezogen, und nach ihm alle Söhne der Stammesführer gleichermaßen; und dort wurden auch die Erbstücke ihres Hauses aufbewahrt: der Ring von Barahir, die Bruchstücke von Narsil, Elendils Stern und das Szepter von Annúminas[23].

»Als das Königreich endete, tauchten die Dúnedain in den Schatten unter und wurden ein geheimes und wanderndes Volk, und ihre Taten und Mühen wurden selten besungen oder aufgezeichnet. Wenig weiß man jetzt noch von ihnen, seit Elrond dahingegangen ist. Obwohl schon vor dem Ende des Wachsamen Friedens wieder böse Wesen Eriador anzugreifen oder heimlich dort einzudringen begannen, lebten die meisten der Stammesanführer bis ans Ende ihres langen Lebens. Aragorn I., heißt es, wurde von Wölfen umgebracht, die seitdem immer eine Gefahr in Eriador blieben und auch noch nicht beseitigt sind. In den Tagen von Arahad I. waren die Orks, die, wie sich später zeigte, lange insgeheim Festungen im Nebelgebirge gehalten hatten, um alle Übergänge nach Eriador zu sperren, plötzlich offen in Erscheinung getreten. Im Jahr 2509 wurde Celebrían, Elronds Frau, als sie nach Lórien unterwegs war, am Rothornpaß überfallen, und nachdem ihre Begleitung durch den plötzlichen Angriff der Orks verstreut worden war, wurde sie ergriffen und fortgeschleppt. Elladan und Elrohir setzten ihr nach und retteten sie, aber erst, nachdem sie schon gefoltert worden war und eine vergiftete Wunde erhalten hatte[24]. Sie wurde nach Bruchtal zurückgebracht, und obwohl sie körperlich von Elrond geheilt wurde, verlor sie alle Freude an Mittelerde, und im nächsten Jahr begab sie sich zu den Anfurten und ging über das Meer. Und später in den Tagen von Arussuil begannen die Orks, die sich im Nebelgebirge wieder vermehrten, die Lande zu verwüsten, und die Dúnedain und Elronds Söhne kämpften mit ihnen. Es war zu jener Zeit, daß eine große Rotte Orks nach Westen bis in das Auenland vordrang, und sie wurde von Bandobras Tuk vertrieben[25].«

Es gab vierzehn Stammesführer, ehe der fünfzehnte und letzte geboren wurde, Aragorn II., der wieder König von Gondor und Arnor wurde. »Unseren König

---

[23] Das Szepter war, wie uns der König sagt, das Hauptkennzeichen der Königswürde von Númenor; und ebenso in Arnor, dessen Könige keine Krone trugen, sondern an einem silbernen Stirnreifen nur einen einzigen weißen Edelstein, den Elendilmir, Elendils Stern (S. 157, S. 853, S. 867, S. 974). Wenn Bilbo von einer Krone sprach (S. 182, S. 257), bezog er sich zweifellos auf Gondor; er scheint über die Angelegenheiten, die Aragorns Geschlecht betrafen, sehr gut im Bilde gewesen zu sein. Das Szepter von Númenor ist, wie es heißt, zusammen mit Ar-Pharazôn untergegangen. Das von Annúminas war der silberne Stab der Herren von Andúnie und ist jetzt vielleicht das älteste in Mittelerde erhaltene Werk von Menschenhand. Es war bereits über fünftausend Jahre alt, als Elrond es Aragorn übergab (S. 979). Die Krone von Gondor war einem númenórischen Kriegshelm nachgebildet. Zu Anfang war sie tatsächlich ein einfacher Helm; und es heißt, es sei der Helm gewesen, den Isildur in der Schlacht von Dagorlad trug (denn Anárions Helm war zertrümmert worden durch den aus Barad-dûr geschleuderten Stein, der Anárion erschlug). Doch in den Tagen von Atanatar Alcarin wurde dieser Helm durch den edelsteinbesetzten Helm ersetzt, mit dem Aragorn dann gekrönt wurde.
[24] S. 237.
[25] S. 21, S. 1020 f.

nennen wir ihn; und wenn er nach Norden zu seinem Haus im wiederaufgebauten Annúminas kommt und eine Weile am Evendim-See bleibt, dann ist jeder im Auenland froh. Aber er betritt dieses Land nicht und hält sich an das Gesetz, das er erlassen hat, daß keiner von den Großen Leuten seine Grenzen überschreiten soll. Doch reitet er oft mit vielen schönen Leuten zu der Großen Brücke, und dort begrüßt er seine Freunde und alle anderen, die ihn zu sehen wünschen; und manche reiten mit ihm fort und bleiben in seinem Haus, so lange sie Lust haben. Thain Peregrin ist oft dort gewesen; und auch Meister Samweis, der Bürgermeister. Seine Tochter Elanor die Schöne ist eine der Maiden von Königin Abendstern.«

Es war der Stolz und das Staunen der Nördlichen Linie, daß, obwohl ihre Macht dahinschwand und ihr Volk sich verringerte, die Nachfolge von Vater zu Sohn durch viele Generationen ununterbrochen war. Und wenngleich die Lebensspanne der Dúnedain in Mittelerde immer kürzer wurde, so war nach dem Ende ihres Königs der Verfall in Gondor noch rascher; und viele der Stammesführer des Nordens lebten doppelt so lange wie andere Menschen und weit länger als selbst die Ältesten unter uns. Aragorn wurde einhundertneunzig Jahre alt und lebte länger als jeder aus seiner Linie seit König Arvegil; aber mit Aragorn Elessar war die Größe der Könige von einst wiedererstanden.

4. Gondor und die Erben von Anárion

Es gab einunddreißig Könige in Gondor nach Anárion, der vor Barad-dûr erschlagen wurde. Obwohl der Krieg an ihren Grenzen niemals aufhörte, nahmen die Dúnedain des Südens mehr als tausend Jahre lang zu an Reichtum und Macht zu Lande und zur See, bis zur Herrschaft von Atanatar II., der Alcarin genannt wurde, der Prächtige. Dennoch hatten sich Zeichen des Niedergangs schon gezeigt; denn die edlen Menschen des Südens heirateten spät, und sie hatten wenige Kinder. Der erste kinderlose König war Falastur und der zweite Narmacil I., Atanatar Alcarins Sohn.

Ostoher, der siebente König, war es, der Minas Anor wiederaufbaute, wo die Könige später im Sommer lieber wohnten als in Osgiliath. Zu seiner Zeit wurde Gondor zum erstenmal von den wilden Menschen aus dem Osten angegriffen. Aber Tarostar, sein Sohn, besiegte und vertrieb sie und nahm den Namen Rómendacil, »Ostsieger«, an. Später wurde er jedoch in einem Kampf mit neuen Horden von Ostlingen erschlagen. Sein Sohn Turambar rächte ihn und eroberte ein großes Gebiet im Osten.

Mit Tarannon, dem zwölften König, begann die Linie der Schiffskönige, die Flotten aufbauten und Gondors Herrschaft auf die Küsten westlich und südlich der Mündungen des Anduin ausdehnten. Zur Erinnerung an seine Siege als Führer der Heere nahm Tarannon die Krone unter dem Namen Falastur, »Herr der Küsten«.

Earnil I., sein Neffe und Nachfolger, besserte den alten Hafen Pelargir aus und baute eine große Flotte. Er belagerte Umbar zur See und zu Lande und nahm es, und es wurde ein großer Zufluchtsort und Hort der Macht von Gondor[26].

Aber Earnil überlebte seinen Sieg nicht lange. Mit vielen Schiffen und Mannen ging er in einem großen Sturm vor Umbar unter. Ciryandil, sein Sohn, setzte den Schiffsbau fort; doch die Menschen von Harad, geführt von Gebietern, die aus Umbar vertrieben worden waren, griffen diese Festung mit einer großen Streitmacht an, und Ciryandil fiel in der Schlacht in Haradwaith.

Viele Jahre lang war Umbar eingeschlossen, konnte aber wegen der Seemacht von Gondor nicht eingenommen werden. Ciryaher, Ciryandils Sohn, wartete auf den rechten Augenblick, und als er endlich stark genug war, kam er vom Norden zur See und zu Lande und überschritt den Fluß Harnen; seine Heere errangen einen vollen Sieg über die Menschen von Harad, deren Könige die Oberherrschaft von Gondor anerkennen mußten (1050). Ciryaher nahm dann den Namen Hyarmendacil, »Südsieger«, an.

Während der übrigen Zeit seiner langen Herrschaft wagte kein Feind Hyarmendacil die Macht streitig zu machen. Einhundertvierunddreißig Jahre lang war er König, und mit einer Ausnahme herrschte er damit länger als alle Nachkommen von Anárion. Zu seiner Zeit erreichte Gondor den Gipfel seiner Macht. Das Reich erstreckte sich damals nach Norden bis Celebrant und bis an die südlichen Säume des Düsterwalds; nach Westen bis zur Grauflut; nach Osten bis zum Binnenmeer Rhûn; nach Süden bis zum Fluß Harnen und dann entlang der Küsten bis zur Halbinsel und den Anfurten von Umbar. Die Menschen in den Tälern des Anduin erkannten des Reiches Hoheit an; und die Könige von Harad huldigten Gondor, und ihre Söhne lebten als Geiseln am Hofe des Königs von Gondor. Mordor war verlassen, wurde aber von großen Festungen aus beobachtet, die die Pässe bewachten.

So endete die Linie der Schiffskönige. Atanatar Alcarin, Hyarmendacils Sohn, lebte in großer Pracht, so daß die Menschen sagten: *Edelsteine sind in Gondor Kiesel, mit denen die Kinder spielen.* Doch liebte Atanatar Behaglichkeit und tat nichts, um die Macht zu erhalten, die er geerbt hatte, und seine beiden Söhne waren von gleicher Veranlagung. Gondors Niedergang hatte schon begonnen, ehe er starb, und zweifellos nicht unbemerkt von seinen Feinden. Die Wacht über Mordor wurde vernachlässigt. Dennoch dauerte es bis zu den Tagen von Valacar, ehe das erste große Unheil über Gondor hereinbrach: der Bürgerkrieg des Sippenstreits, der große Verluste und Verheerungen verursachte, die niemals völlig wiedergutgemacht wurden.

---

[26] Das große Kap und der landumschlossene Golf von Umbar waren seit den Tagen von einst númenórisches Land gewesen; doch war es eine Festung der Menschen des Königs, die später die Schwarzen Númenórer genannt wurden, da sie von Sauron verführt worden waren, und sie haßten Elendils Anhänger vor allem. Nach Saurons Sturz verminderte sich ihr Geschlecht rasch oder vermischte sich mit den Menschen von Mittelerde, doch ihren Haß auf Gondor erhielten sie sich unvermindert. Umbar konnte daher nur unter großen Verlusten eingenommen werden.

Minalcar, Calmacils Sohn, war ein Mann von großer Willensstärke, und im Jahre 1240 machte ihn Narmacil, um sich aller Sorgen zu entledigen, zum Verweser des Reiches. Seit dieser Zeit herrschte er in Gondor im Namen der Könige, bis er seinem Vater nachfolgte. Seine Hauptsorge waren die Nordmenschen.

In dem Frieden, den Gondors Macht herbeigeführt hatte, vermehrten sich die Nordmenschen stark. Die Könige waren ihnen wohlgesonnen, denn unter den geringeren Menschen waren sie es, die den Dúnedain am nächsten verwandt waren (da sie zum größten Teil Abkömmlinge jener Völker waren, von denen die alten Edain abstammten); und die Könige gaben ihnen ein weites Gebiet jenseits des Anduin, südlich des Großen Grünwalds, damit sie ein Schutz gegen die Menschen des Ostens sein sollten. Denn in der Vergangenheit waren die Angriffe der Ostlinge meist über die Ebene zwischen dem Binnenmeer und dem Aschengebirge erfolgt.

In den Tagen von Narmacil I. begannen ihre Angriffe wieder, wenn auch anfänglich mit geringen Streitkräften; aber der Verweser erfuhr, daß die Nordmenschen nicht immer treu zu Gondor standen und manche mit den Ostlingen gemeinsame Sache machten, sei es aus Beutegier oder um die Fehden zwischen ihren Fürsten zu fördern. Daher zog Minalcar im Jahre 1248 mit einer großen Streitmacht aus und besiegte zwischen Rhovanion und dem Binnenmeer ein großes Heer der Ostlinge und zerstörte ihre Lager und Siedlungen östlich des Meeres. Dann nahm er den Namen Rómendacil an.

Nach seiner Rückkehr befestigte Rómendacil das westliche Ufer des Anduin bis zur Mündung des Limklar und verbot allen Fremden, über den Emyn Muil hinaus den Fluß herunterzukommen. Er war es, der die Säulen von Argonath am Eingang zum Nen Hithoel erbaute. Aber da er Mannen brauchte und das Band zwischen Gondor und den Nordmenschen zu stärken wünschte, nahm er viele von ihnen in seinen Dienst und gab einigen eine hohe Stellung in seinem Heer.

Besondere Gunst erwies Rómendacil Vidugavia, der ihm im Krieg beigestanden hatte. Vidugavia nannte sich König von Rhovanion und war wirklich der mächtigste der nördlichen Fürsten, obwohl sein eigenes Reich zwischen dem Grünwald und dem Fluß Celduin lag[27]. 1250 schickte Rómendacil seinen Sohn Valacar als Botschafter, damit er eine Weile bei Vidugavia lebe und sich mit der Sprache, den Sitten und dem Staatswesen der Nordmenschen vertraut mache. Doch Valacar ging weit über die Pläne seines Vaters hinaus. Er verliebte sich in Land und Leute des Nordens und heiratete Vidumavi, Vidugavias Tochter. Erst nach einigen Jahren kehrte er zurück. Aus dieser Ehe entstand später der Krieg des Sippenstreits.

»Denn die edlen Menschen von Gondor sahen schon scheel auf die Nordmenschen unter ihnen; und bisher hatte es das noch nicht gegeben, daß der Erbe der Krone oder irgendein Sohn des Königs eine Frau aus einem geringeren und fremden Geschlecht heiratete. Es gab schon Aufruhr in den südlichen Provinzen,

---

[27] Der Fluß Eilend.

als König Valacar alt wurde. Seine Königin war eine schöne und edle Frau gewesen, aber kurzlebig, wie es das Schicksal geringerer Menschen war, und die Dúnedain fürchteten, daß es mit ihren Nachkommen genauso sein könnte und sie die Hoheit der Könige der Menschen mindern würden. Auch waren sie nicht bereit, den Sohn der Königin als ihren Gebieter anzuerkennen, der, obwohl er jetzt Eldacar hieß, in einem fremden Land geboren war und in seiner Jugend Vinitharya genannt wurde, ein Name des Volkes seiner Mutter.

Als Eldacar seinem Vater nachfolgte, entbrannte daher Krieg in Gondor. Aber Eldacar war nicht so leicht aus seinem Erbe zu verdrängen. Denn zu der Abstammung von Gondor kam bei ihm der furchtlose Mut der Nordmenschen. Er sah gut aus und war tapfer und schien nicht rascher zu altern als sein Vater. Als die von Abkömmlingen der Könige angeführten Verbündeten sich gegen ihn erhoben, widersetzte er sich ihnen bis zum Ende seiner Kraft. Schließlich wurde er in Osgiliath belagert, und er hielt sich dort lange, bis ihn der Hunger und die größere Streitmacht der Aufrührer vertrieb, und er hinterließ die Stadt in Flammen. Bei dieser Belagerung und dem Brand wurde der Turm des Steins von Osgiliath zerstört, und der *palantír* ging in den Fluten verloren.

Doch Eldacar entzog sich seinen Feinden und gelangte in den Norden zu seiner Sippe in Rhovanion. Viele scharten sich dort um ihn, sowohl Nordmenschen im Dienste von Gondor als auch Dúnedain aus den nördlichen Teilen des Reiches. Denn von den letzteren hatten ihn viele schätzen gelernt, und noch größer war die Zahl derer, die den Thronräuber zu hassen begannen. Das war Castamir, der Enkel von Calimehtar, Rómendacils II. jüngerer Bruder. Er war nicht nur einer von denen, die zu den nächsten Blutsverwandten der Krone gehörten, sondern er hatte auch die größte Anhängerschaft unter den Aufrührern; denn er war der Befehlshaber der Schiffe und wurde von dem Volk der Küsten und der großen Häfen Pelargir und Umbar unterstützt.

Castamir hatte noch nicht lange auf dem Thron gesessen, da erwies er sich als hochmütig und unedel. Er war ein grausamer Mann, wie er gleich zu Beginn bei der Einnahme von Osgiliath gezeigt hatte. Er veranlaßte, daß Ornendil, Eldacars Sohn, der gefangengenommen worden war, getötet wurde; und das auf seinen Befehl in der Stadt angerichtete Gemetzel und die Zerstörungen gingen weit über das hinaus, was der Krieg erforderte. Das wurde in Minas Anor und Ithilien nicht vergessen; und dort nahm die Liebe zu Castamir noch weiter ab, als sich herausstellte, daß ihm wenig an dem Land lag und er nur die Flotten im Sinn hatte und daran dachte, den Sitz des Königs nach Pelargir zu verlegen.

So war er erst zehn Jahre König, als Eldacar seine Stunde erkannte und mit einem großen Heer von Norden kam, und aus Calenardhon und Anórien und Ithilien strömten ihm das Volk zu. Es gab eine große Schlacht in Lebennin an den Übergängen des Erui, in der viel des besten Blutes von Gondor vergossen wurde. Eldacar selbst erschlug Castamir im Kampf, und so war Ornendil gerächt; aber Castamirs Söhne entkamen, und mit anderen ihrer Sippe und vielen Leuten von den Flotten hielten sie sich lange in Pelargir.

Als sie dort soviel Kraft gesammelt hatten, wie sie konnten (denn Eldacar hatte keine Schiffe, um sie vom Meer abzuschneiden), segelten sie davon und ließen sich in Umbar nieder. Dort boten sie allen Feinden des Königs eine Zufluchtsstätte und errichteten eine von Gondor unabhängige Herrschaft. Viele Menschenleben lang führte Umbar mit Gondor Krieg und war eine Bedrohung für seine Küstenlande und alle Seewege. Bis zu den Tagen von Elessar ist Umbar nie völlig unterworfen worden; und das Gebiet von Südgondor wurde ein umstrittenes Land zwischen den Corsaren und den Königen.«

»Der Verlust von Umbar war schmerzlich für Gondor, nicht nur, weil das Reich im Süden geschmälert war und die Menschen von Harad weniger leicht in Schach gehalten werden konnten, sondern auch deshalb, weil Ar-Pharazôn der Goldene, der letzte König von Númenor, dort gelandet war und Saurons Macht gedemütigt hatte. Obwohl großes Unheil folgte, gedachten selbst Elendils Anhänger voll Stolz der Ankunft des großen Heeres von Ar-Pharazôn aus den Tiefen des Meeres; und auf dem höchsten Berg des Vorgebirges über dem Hafen haben sie eine große weiße Säule als Denkmal aufgestellt. Sie war gekrönt mit einer Kristallkugel, die die Strahlen der Sonne und des Mondes auffing und wie ein heller Stern leuchtete, der bei klarem Wetter sogar an den Küsten von Gondor oder weit draußen auf dem westlichen Meer zu sehen war. So stand die Säule, bis Umbar nach der zweiten Erhebung von Sauron, die sich jetzt näherte, unter die Herrschaft seiner Diener geriet und die an seine Demütigung erinnernde Säule gestürzt wurde.«

Nach Eldacars Rückkehr vermischte sich das Blut des königlichen Hauses und anderer Häuser der Dúnedain mehr mit dem geringerer Menschen. Denn viele der Großen waren in dem Sippenstreit erschlagen worden; Eldacar indessen bezeugte seine Gunst den Nordmenschen, mit deren Hilfe er die Krone wiedererlangt hatte, und das Volk von Gondor vergrößerte sich wieder durch viele, die aus Rhovanion kamen.

Diese Vermischung beschleunigte den Verfall der Dúnedain zuerst nicht, wie befürchtet worden war; aber der Verfall ging, wie auch vorher, allmählich weiter. Denn zweifellos war er vor allem auf Mittelerde selbst zurückzuführen und auf die langsame Abnahme der Gaben der Númenórer nach dem Untergang des Landes des Sterns. Eldacar wurde zweihundertfünfunddreißig Jahre alt und war achtundfünfzig Jahre lang König, von denen er zehn in der Verbannung verbrachte.

Das zweite und größte Unheil kam über Gondor während der Herrschaft von Telemnar, dem sechsundzwanzigsten König, dessen Vater Minardil, Eldacars Sohn, von den Corsaren von Umbar bei Pelargir erschlagen wurde. (Sie wurden angeführt von Angamaite und Sangahyando, den Urenkeln von Castamir.) Kurz darauf kam mit düsteren Winden aus dem Osten eine tödliche Pest. Der König und alle seine Kinder starben, und auch viele aus dem Volk von Gondor, besonders jene, die in Ithilien lebten. Da die Leute erschöpft und gering an Zahl waren, wurde damals die Wacht an den Grenzen von Mordor aufgegeben, und die Festungen, die die Pässe schützten, waren unbemannt.

Später merkte man, daß diese Dinge gerade zu der Zeit geschehen waren, als der Schatten in Grünwald dunkler wurde und viele böse Wesen wieder erschienen, ein Zeichen für Saurons Erhebung. Es ist richtig, daß auch Gondors Feinde litten, sonst hätten sie Gondor in seiner Schwäche überwältigt; aber Sauron konnte warten, und es mag gut sein, daß der Zugang zu Mordor das war, was er hauptsächlich erstrebte.

Als König Telemnar starb, welkten auch die Weißen Bäume von Minas Anor und gingen ein. Doch Tarondor, sein Neffe, der ihm nachfolgte, pflanzte in der Veste wieder einen jungen Baum. Er war es, der das Haus des Königs für ständig nach Minas Anor verlegte, denn Osgiliath war nun teilweise verlassen und begann in Trümmer zu fallen. Wenige, die vor der Pest aus Ithilien oder den westlichen Bergtälern geflohen waren, waren bereit, dorthin zurückzukehren.

Tarondor, der den Thron jung bestieg, herrschte von allen Königen von Gondor am längsten; aber er konnte wenig mehr vollbringen, als sein Reich im Inneren wieder zu ordnen und langsam wieder zu stärken. Doch sein Sohn Telumehtar, eingedenk des Todes von Minardil und besorgt wegen der Unverschämtheit der Corsaren, die an seinen Küsten Überfälle sogar bis Anfalas machten, sammelte seine Streitkräfte und nahm Umbar 1810 im Sturm. In diesem Krieg fielen die letzten Nachkommen von Castamir, und Umbar wurde eine Zeitlang wieder von den Königen gehalten. Telumehtar fügte seinem Namen die Bezeichnung Umbardacil hinzu. Aber bei dem neuen Unheil, das bald über Gondor hereinbrach, ging Umbar wieder verloren und fiel den Menschen von Harad in die Hände.

Das dritte Unheil war das Eindringen der Wagenfahrer in Kriegen, die fast hundert Jahre dauerten und an der schwindenden Kraft von Gondor zehrten.

Die Wagenfahrer waren ein Volk oder ein Bund vieler Völker aus dem Osten; doch waren sie stärker und besser bewaffnet als alle, die vorher gekommen waren. Sie zogen mit großen Planwagen daher, und ihre Anführer kämpften in Streitwagen. Aufgestachelt, wie sich später herausstellte, durch Saurons Abgesandte, unternahmen sie einen plötzlichen Angriff auf Gondor, und 1856 wurde König Narmacil II. im Kampf mit ihnen jenseits des Anduin erschlagen. Das Volk des östlichen und südlichen Rhovanion wurde unterjocht; und Gondors Grenzen wurden zeitweise bis zum Anduin und dem Emyn Muil zurückgenommen. (Zu jener Zeit, glaubt man, kehrten die Ringgeister nach Mordor zurück.)

Calimethar, Narmacils II. Sohn, rächte im Jahr 1899, unterstützt durch einen Aufstand in Rhovanion, seinen Vater mit einem großen Sieg über die Ostlinge auf Dagorlad, und für eine Weile war die Gefahr abgewendet. Es war unter der Herrschaft von Araphant im Norden und von Ondoher, Calimehtars Sohn, im

Süden, daß die beiden Königreiche nach langem Schweigen und Entfremdung wieder miteinander berieten. Denn sie erkannten endlich, daß eine einzige Macht und ein einziger Wille den Angriff auf die Überlebenden von Númenor von vielen Stellen aus leitete. Es war zu jener Zeit, daß Arvedui, Araphants Erbe, Fíriel, Ondohers Tochter, heiratete (1940). Aber keines der beiden Königreiche vermochte dem anderen Hilfe zu schicken; denn Angmar nahm seinen Angriff auf Arthedain zur selben Zeit wieder auf, als die Wagenfahrer mit großer Macht anrückten.

Viele der Wagenfahrer zogen jetzt südlich von Mordor weiter und verbündeten sich mit den Menschen von Khand und Nah-Harad; und bei diesem großen Angriff von Norden und Süden wäre Gondor beinahe vernichtet worden. Im Jahr 1944 fielen König Ondoher und seine beiden Söhne, Artamir und Faramir, in der Schlacht nördlich des Morannon, und der Feind ergoß sich nach Ithilien. Aber Earnil, Befehlshaber des Südheeres, errang einen großen Sieg in Südithilien und vernichtete das Heer von Harad, das den Fluß Poros überschritten hatte. Er eilte nach Norden, scharte alles um sich, was er von dem zurückflutenden Nordheer erreichen konnte, und griff das Hauptlager der Wagenfahrer an, während sie schmausten und zechten, weil sie glaubten, Gondor sei niedergeworfen und sie brauchten nur noch die Beute einzuheimsen. Earnil erstürmte das Lager, steckte die Wagen in Brand und trieb den Feind zu wilder Flucht aus Ithilien. Ein großer Teil von denen, die vor ihm flohen, ging in den Totensümpfen zugrunde.

»Nach dem Tode von Ondoher und seinen Söhnen erhob Arvedui vom Nördlichen Königreich Anspruch auf die Krone von Gondor als unmittelbarer Abkömmling von Isildur und als Ehemann von Fíriel, des letzten überlebenden Kindes von Ondoher. Der Anspruch wurde zurückgewiesen. Hierbei spielte Pelendur, der Truchseß König Ondohes, die Hauptrolle.

Der Rat von Gondor antwortete: ›Die Krone und Königswürde von Gondor gehört einzig und allein den Erben von Meneldil, Anárions Sohn, dem Isildur sein Reich abtrat. In Gondor gelten als Erben nur die Söhne; und wir haben nicht gehört, daß das Gesetz in Arnor anders ist.‹

Darauf erwiderte Arvedui: ›Elendil hatte zwei Söhne, von denen Isildur der ältere und der Erbe seines Vaters war. Wir haben gehört, daß Elendils Name bis zum heutigen Tage an der Spitze der Linie der Könige von Gondor steht, da er als der Hohe König aller Lande der Dúnedain angesehen wurde. Noch zu Elendils Lebzeiten wurde die gemeinsame Herrschaft im Süden seinen Söhnen übertragen; aber als Elendil fiel, ging Isildur fort, um das hohe Königsamt seines Vaters zu übernehmen, und übertrug die Herrschaft im Süden in gleicher Weise dem Sohn seines Bruders. Er trat seine Königswürde in Gondor nicht ab, noch wollte er, daß Elendils Reich auf immerdar geteilt sei.

Überdies ging einst in Númenor das Szepter auf das älteste Kind des Königs über, sei es Mann oder Frau. Es ist richtig, daß das Gesetz in den Landen der Verbannung, die immer in Kriege verwickelt waren, nicht befolgt wurde; doch so war das Gesetz unseres Volkes, auf das wir uns jetzt beziehen, da wir sehen, daß Ondohers Söhne kinderlos starben.‹[28]

Darauf gab Gondor keine Antwort. Die Krone wurde von Earnil beansprucht, dem siegreichen Heerführer; und sie wurde ihm zugestanden mit Billigung aller Dúnedain in Gondor, da er aus dem königlichen Haus war. Er war Siriondils Sohn, der Calimmacils Sohn war, des Sohns von Arciyas, des Bruders von Narmacil II. Arvedui beharrte nicht auf seinem Anspruch; denn er hatte weder die Macht noch den Wunsch, sich der Wahl der Dúnedain von Gondor zu widersetzen; dennoch haben seine Nachkommen diesen Anspruch niemals vergessen, auch nicht, als ihr Königtum erloschen war. Denn die Zeit näherte sich, da das Nördliche Königreich sein Ende fand.

Arvedui war tatsächlich der letzte König, wie sein Name bedeutete. Es heißt, daß ihm dieser Name bei seiner Geburt von Malbeth dem Seher gegeben wurde, der zu seinem Vater sagte: ›*Arvedui* sollt Ihr ihn nennen, denn er wird der Letzte in Arthedain sein. Obwohl die Dúnedain vor eine Wahl gestellt werden, und wenn sie die Entscheidung treffen, die weniger hoffnungsvoll zu sein scheint, dann wird Euer Sohn seinen Namen ändern und König eines großen Reiches werden. Wenn nicht, dann wird es viel Kummer geben, und viele Menschenleben werden vergehen, ehe sich die Dúnedain wieder erheben und vereint sein werden.‹

Auch in Gondor folgte auf Earnil nur noch ein König. Es mag sein, daß, wenn Krone und Szepter vereint worden wären, das Königtum erhalten geblieben und viel Unheil abgewendet worden wäre. Aber Earnil war ein kluger Mann und nicht hochmütig, selbst wenn ihm, wie den meisten Menschen in Gondor, das Reich in Arthedain trotz der Herkunft seiner Herrscher recht unbedeutend erschien.

Er schickte Arvedui eine Botschaft und ließ ihn wissen, er habe die Krone von Gondor in Übereinstimmung mit den Gesetzen und Erfordernissen des Südlichen Königreichs angenommen, ›aber ich vergesse Arnors Treue nicht, noch leugne ich unsere Verwandtschaft oder wünsche, daß Elendils Reiche einander entfremdet werden. Ich will Euch Hilfe senden, wenn Ihr sie braucht, soweit ich dazu imstande bin.‹

Indes dauerte es lange, bis sich Earnil selbst sicher genug fühlte, um sein Versprechen einzulösen. König Araphant wehrte weiterhin mit schwindenden Kräften die Angriffe von Angmar ab, und ebenso Arvedui, als er ihm nachfolgte; doch schließlich gelangten im Herbst 1973 Botschaften nach Gondor, daß Arthedain in großen Schwierigkeiten sei und der Hexenkönig einen letzten Schlag gegen das Land vorbereite. Da sandte Earnil seinen Sohn Earnur mit einer

---

[28] Das Gesetz wurde in Númenor erlassen (wie wir vom König erfuhren), als Tar-Aldarion, der sechste König, nur ein Kind hierließ, eine Tochter. Sie wurde die erste Herrschende Königin, Tar-Ancalime. Doch das Gesetz war vor ihrer Zeit anders. Auf Tar-Elendil, den vierten König, folgte sein Sohn Tar-Meneldur, obwohl seine Tochter Silmarien die ältere war. Jedoch stammte Elendil von Silmarien ab.

großen Flotte nach Norden, so schnell er konnte, und mit so viel Mannen, wie er entbehren konnte. Zu spät. Ehe Earnur die Häfen von Lindon erreichte, hatte der Hexenkönig Arthedain erobert, und Arvedui war tot.

Doch als Earnur zu den Grauen Anfurten kam, herrschte bei Elben und Menschen Freude und großes Staunen. Von solchem Tiefgang und so zahlreich waren seine Schiffe, daß die Häfen kaum ausreichten, obgleich sowohl Harlond als auch Forlond angelaufen wurde; und den Schiffen entstieg ein mächtiges Heer mit Waffen und Vorräten für einen Krieg großer Könige. So erschien es jedenfalls dem Volk des Nordens, obwohl dies nur ein kleiner Heeresverband der gesamten Streitmacht von Gondor war. Das höchste Lob wurde den Pferden gespendet, von denen viele aus den Anduin-Tälern stammten, und mit ihnen waren große und schöne Reiter gekommen und stolze Fürsten von Rhovanion.

Dann rief Círdan alle aus Lindon und Arnor zusammen, die zu ihm kommen wollten, und als alles bereit war, überschritt das Heer den Lhûn und marschierte nach Norden, um den Hexenkönig von Angmar zum Kampf herauszufordern. Er wohnte jetzt, hieß es, in Fornost, wo er übles Volk zusammengezogen und sich das Haus und die Herrschaft der Könige angeeignet hatte. In seinem Stolz erwartete er den Angriff seiner Feinde nicht in seiner Festung, sondern zog ihnen entgegen, denn er glaubte, er könne sie, wie andere zuvor, in den Lhûn treiben.

Doch das Heer des Westens kam aus den Bergen von Evendim über ihn, und es gab eine große Schlacht auf der Ebene zwischen Nenuial und den Nordhöhen. Angmars Streitkräfte wankten schon und zogen sich nach Fornost zurück, als die Hauptmacht der Reiter, die die Berge umgangen hatte, von Norden herabkam und sie in die Flucht schlug. Da floh der Hexenkönig mit allen, die er aus der Zerstörung noch um sich sammeln konnte, nach Norden, um in sein eigenes Land Angmar zu gelangen. Ehe er den Schutz von Carn Dûm erreichte, holte ihn die Reiterei von Gondor mit Earnur an der Spitze ein. Gleichzeitig kam eine Streitmacht unter Glorfindel, dem Elbenfürsten, aus Bruchtal heran. Da wurde Angmar so völlig besiegt, daß kein Mensch oder Ork jenes Reichs westlich des Gebirges übrigblieb.

Doch heißt es, daß der Hexenkönig, als alles verloren war, selbst erschien, in schwarzer Kleidung und mit einer schwarzen Maske und auf einem schwarzen Pferd. Furcht befiel alle, die ihn sahen; doch er suchte sich den Heermeister von Gondor aus, da er ihn am meisten haßte, und mit einem entsetzlichen Schrei ritt er geradenwegs auf ihn zu. Earnur hätte ihm standgehalten; aber sein Pferd konnte diesen Angriff nicht aushalten, und es wich zur Seite und trug ihn davon, ehe er es meistern konnte.

Da lachte der Hexenkönig, und keiner, der es hörte, vergaß den Schrecken dieses Gelächters. Aber da ritt Glorfindel auf seinem weißen Pferd heran, und während er noch lachte, wandte sich der Hexenkönig zur Flucht und verschwand in den Schatten. Denn die Nacht senkte sich auf das Schlachtfeld, und er war fort, und keiner sah, wohin er ging.

Earnur ritt jetzt zurück, aber Glorfindel blickte in das zunehmende Dunkel und sagte: ›Verfolgt ihn nicht! Er wird nicht in dieses Land zurückkehren. Sein

Schicksal liegt noch in weiter Ferne, und nicht durch die Hand eines Mannes wird er fallen.‹ Dieser Worte entsannen sich viele; aber Earnur war zornig und wollte nichts als Rache für seine Schmach.

So endete das böse Reich von Angmar; und so zog sich Earnur, Heermeister von Gondor, den Hauptaß des Hexenkönigs zu; doch viele Jahre sollten noch vergehen, ehe das offenbar wurde.«

So kam es, daß unter der Herrschaft von König Earnil, wie sich später herausstellte, der Hexenkönig aus dem Norden entfloh und nach Mordor ging, und dort scharte er die anderen Ringgeister um sich, deren Anführer er war. Doch erst im Jahre 2000 verließen sie Mordor über den Paß von Cirith Ungol und belagerten Minas Ithil. Sie eroberten es 2002 und erbeuteten den *palantír* des Turms. Sie konnten nicht vertrieben werden, solange das Dritte Zeitalter dauerte; und Minas Ithil wurde ein Ort des Schreckens und umbenannt in Minas Morgul. Viele von dem Volk, das noch in Ithilien geblieben war, verließen es.

»Earnur kam seinem Vater an Tapferkeit gleich, aber nicht an Klugheit. Er war körperlich stark und hitzigen Gemüts; aber er wollte keine Frau nehmen, denn seine einzige Freude war der Kampf oder der Gebrauch der Waffen. Er besaß ein so überragendes Können, daß keiner in Gondor es mit ihm in den Waffenspielen aufnehmen konnte, an denen er sich ergötzte, und er schien eher ein Kämpe als ein Heerführer oder König zu sein, und er bewahrte seine Kraft und Geschicklichkeit bis in ein höheres Alter, als damals üblich war.«

Als Earnur im Jahre 2043 die Krone erhielt, forderte ihn der König von Minas Morgul zum Zweikampf und höhnte, er habe es in der Schlacht im Norden nicht gewagt, sich ihm zu stellen. Diesmal beschwichtigte Mardil, der Truchseß, den Zorn des Königs. Minas Anor, das seit den Tagen von König Telemnar die Hauptstadt des Reichs und der Wohnsitz der Könige geworden war, wurde nun in Minas Tirith umbenannt, die Stadt, die immer Wache hält gegen das Böse von Morgul.

Earnur hatte die Krone nur sieben Jahre getragen, als der Herr von Morgul seine Herausforderung wiederholte und höhnte, zu dem feigen Herzen seiner Jugend sei jetzt noch die Schwäche des Alters gekommen. Da konnte Mardil den König nicht länger beschwichtigen, und mit einer kleinen Begleitung von Rittern ritt er zum Tor von Minas Morgul. Von keinem, der mit ihm ritt, hat man je wieder gehört. In Gondor nahm man an, daß der heimtückische Feind den König in eine Falle gelockt habe, und daß er unter Foltern in Minas Morgul starb; aber da es keine Zeugen seines Todes gab, herrschte Mardil, der Gute Truchseß, in seinem Namen viele Jahre über Gondor.

Nun waren der Abkömmlinge der Könige nur noch wenige. Ihre Zahl hatte in dem Sippenstreit stark abgenommen; doch waren seit jener Zeit die Könige argwöhnisch gegen die nahen Verwandten und auf der Hut vor ihnen. Oft waren jene, auf die ein Verdacht fiel, nach Umbar geflohen und hatten sich dort den Aufrührern angeschlossen; während andere auf ihre geradlinige Abstammung verzichteten und Frauen von nichtnúmenórischem Blut heirateten.

Anhang

So kam es, daß kein Anwärter auf die Krone gefunden werden konnte, der von reinem Blut war, oder dessen Anspruch von allen gebilligt wurde; und alle fürchteten die Erinnerung an den Sippenstreit und wußten, daß Gondor, wenn solche Zwietracht wieder ausbrechen würde, zugrunde gehen müßte. Deshalb herrschten die Truchsessen, obwohl Jahr um Jahr verging, weiterhin über Gondor, und Elendils Krone lag auf dem Schoß von König Earnil in den Häusern der Toten, wo Earnur sie gelassen hatte.

Die Truchsesse

Das Haus der Truchsesse wurde das Haus von Húrin genannt, denn sie waren Abkömmlinge des Truchsessen von König Minardil (1621-34), Húrin von Emyn Arnen, einem Manne aus edlem Númenórer-Geschlecht. Nach seiner Zeit hatten die Könige ihre Truchsesse immer unter seinen Nachkommen ausgewählt; und nach den Tagen von Pelendur wurde das Truchsessenamt erblich wie eine Königswürde und ging vom Vater auf den Sohn oder den nächsten Verwandten über.

Jeder neue Truchseß übernahm das Amt mit dem Eid, »Stab und Herrschaft zu führen im Namen des Königs, bis er zurückkehrt«. Doch diese Worte wurden bald zu einer bloßen Formel, der niemand mehr Beachtung schenkte, denn die Truchsesse übten alle Machtbefugnisse der Könige aus. Dennoch glaubten noch viele in Gondor, daß irgendwann tatsächlich ein König zurückkehren würde; und manche erinnerten sich der alten Linie des Nordens, von der es gerüchteweise hieß, sie lebe noch im Verborgenen. Doch gegen solche Gedanken verhärteten die Herrschenden Truchsesse ihr Herz.

Dennoch saßen die Truchsesse niemals auf dem alten Thron; und sie trugen keine Krone und hielten kein Szepter. Nur einen weißen Stab trugen sie als Zeichen ihres Amtes; und ihr Banner war weiß ohne Wappenschild. Doch das königliche Banner war schwarz gewesen, und es zeigte einen blühenden weißen Baum unter sieben Sternen.

Nach Mardil Voronwe, der als der erste der Linie angesehen wurde, folgten vierundzwanzig Herrschende Truchsesse von Gondor bis zur Zeit von Denethor II., dem sechsundzwanzigsten und letzten. Zuerst hatten sie Ruhe, denn es waren die Tage des Wachsamen Friedens, als sich Sauron vor der Macht des Weißen Rats zurückzog und die Ringgeister im Morgul-Tal verborgen blieben. Doch seit der Zeit von Denethor I. war niemals wieder richtiger Friede, und selbst wenn Gondor keinen großen oder offenen Krieg führte, waren seine Grenzen ständig bedroht.

In den letzten Jahren von Denethor I. erschien die Rasse der Uruks, schwarze Orks von großer Stärke, zum erstenmal außerhalb von Mordor, und im Jahre 2475 brachen sie über Ithilien herein und nahmen Osgiliath. Boromir, Denethors Sohn (nach dem der Boromir unter den Neun Gefährten später genannt wurde), besiegte sie und gewann Ithilien zurück; aber Osgiliath war endgültig zerstört, und seine große Steinbrücke war geborsten. Niemand wohnte später mehr dort. Boromir war ein großer Heerführer, und selbst der Hexenkönig fürchtete ihn. Er war edel und schön von Angesicht, ein Mann von kräftigem Körperbau und starkem Willen, aber er trug in diesem Krieg eine Morgul-Wunde davon, die seine Tage verkürzte, und von Schmerzen verzehrt starb er zwölf Jahre nach seinem Vater.

Nach ihm begann die lange Herrschaft von Cirion. Er war wachsam und vorsichtig, doch das Einflußgebiet von Gondor war klein geworden, und er konnte nicht viel mehr tun, als seine Grenzen zu schützen, während seine Feinde (oder die Macht, die sie antrieb) Schläge gegen ihn vorbereiteten, die er nicht zu verhindern vermochte. Die Corsaren plünderten seine Küsten, doch lag die Hauptgefahr für ihn im Norden. In den ausgedehnten Landen von Rhovanion, zwischen dem Düsterwald und dem Fluß Eilend lebte jetzt ein wüstes Volk, das ganz unter dem Schatten von Dol Guldur stand. Oft machten sie Raubzüge durch den Wald, bis das Anduin-Tal südlich des Schwertels weitgehend verlassen war. Diese Balchoth wurden ständig verstärkt durch andere ihresgleichen, die aus dem Osten kamen, während das Volk von Calenardhon sich vermindert hatte. Cirion fiel es schwer, die Stellung am Anduin zu halten.

»Da er den Sturm voraussah, bat Cirion im Norden um Hilfe, aber es war zu spät; denn in jenem Jahr (2510) setzten die Balchoth, die am Ostufer des Anduin viele große Boote und Flöße gebaut hatten, über den Fluß und fegten die Verteidiger hinweg. Ein aus dem Süden heranmarschierendes Heer wurde abgeschnitten und über den Limklar nach Norden getrieben, und dort wurde es plötzlich von einer Orkhorde aus dem Gebirge angegriffen und zum Anduin abgedrängt. Dann kam wider Erwarten Hilfe aus dem Norden, und die Hörner der Rohirrim erschallten zum erstenmal in Gondor. Eorl der Junge kam mit seinen Reitern, fegte den Feind hinweg und verfolgte die Balchoth über die Felder von Calenardhon, bis keiner mehr übrig war. Cirion verlieh Eorl dieses Land, um es zu bewohnen, und er leistete Cirion Eorls Eid der Freundschaft für die Herren von Gondor in der Not oder auf Verlangen.«

In den Tagen von Beren, dem neunzehnten Truchsessen, kam eine noch größere Gefahr über Gondor. Drei große Flotten, seit langem vorbereitet, segelten von Umbar und Harad herauf und griffen mit großer Stärke Gondors Küsten an; und der Feind machte viele Landungen, sogar weit im Norden an der Mündung des Isen. Zur gleichen Zeit wurden die Rohirrim von Westen und Osten angegriffen, und ihr Land wurde überrannt, und sie wurden in die Täler des Weißen Gebirges getrieben. In jenem Jahr (2758) begann der Lange Winter mit Kälte und Schnee aus dem Norden und Osten, der fast fünf Monate dauerte. Helm von Rohan und seine beiden Söhne kamen in diesem Krieg um; und es herrschte Elend und Tod in Eriador und Rohan. Doch in Gondor, südlich des Gebirges, war die Lage weniger schlimm, und ehe der Frühling kam, hatte Beregond, Berens Sohn, die Eindringlinge überwältigt. Sogleich schickte er Hilfe nach Rohan. Er war der größte Heerführer, den Gondor seit Boromir gehabt hatte; und als er (2763) seinem Vater nachfolgte, wurde Gondor wieder stark. Rohan erholte sich langsamer von den Wunden, die es erhalten hatte. Aus diesem Grunde hieß Beren Saruman willkommen und gab ihm die Schlüssel von Orthanc; und seit jenem Jahr (2759) wohnte Saruman in Isengart.

Es war in den Tagen von Beregond, daß der Krieg der Zwerge und Orks im Nebelgebirge ausgefochten wurde (2793-9), über den nur Gerüchte nach Süden drangen, bis die aus Nanduhirion fliehenden Orks versuchten, Rohan zu durchqueren und sich im Weißen Gebirge niederzulassen. Es wurde viele Jahre lang in den Tälern gekämpft, bis diese Gefahr gebannt war.

Als Belecthor II., der einundzwanzigste Truchseß, starb, starb in Minas Tirith auch der Weiße Baum; doch er wurde stehengelassen, »bis der König zurückkehrt«, denn es konnte kein Sämling gefunden werden.

In den Tagen von Túrin II. rührten sich Gondors Feinde wieder; denn Sauron hatte von neuem Macht erlangt, und der Tag seiner Erhebung näherte sich. Die Tapfersten ausgenommen, verließ die ganze Bevölkerung Ithilien und zog nach Westen über den Anduin, denn das Land wurde von Orks heimgesucht. Túrin war es, der für seine Krieger geheime Zufluchtsorte in Ithilien baute, von denen Henneth Annûn der am längsten bewachte und bemannte war. Zum Schutz von Anórien befestigte er auch wieder die Insel Cair Andros[29]. Doch die Hauptgefahr für ihn lag im Süden, wo die Haradrim Süd-Gondor besetzt hatten und viele Kämpfe am Poros ausgefochten wurden. Als starke Kräfte nach Ithilien eindrangen, erfüllte König Folcwine von Rohan Eorls Eid und zahlte seine Schuld ab für den Beistand, den Beregond geleistet hatte, indem er viele Mannen nach Gondor schickte. Mit ihrer Hilfe errang Túrin einen Sieg am Übergang des Poros; doch Folcwines Söhne fielen beide in der Schlacht. Die Reiter begruben sie nach der Art ihres Volkes, und sie wurden in ein Hügelgrab gelegt, denn sie waren Zwillingsbrüder. Lange stand es, *Haudh in Gwanûr,* hoch über dem Ufer des Flusses, und Gondors Feinde fürchteten sich, an ihm vorüberzugehen.

Auf Túrin folgte Turgon, und aus seiner Zeit entsinnt man sich vor allem dessen, daß sich zwei Jahre vor seinem Tod Sauron wieder erhob und seine Pläne offen kundtat; und er betrat Mordor wieder, das lange für ihn vorbereitet worden war. Damals wurde Barad-dûr wieder aufgebaut, und der Schicksalsberg brach in Flammen aus, und die letzten des Volks von Ithilien flohen weit fort. Als Turgon starb, nahm sich Saruman Isengart zu eigen und befestigte es.

»Ecthelion II., Turgons Sohn, war ein kluger Mann. Was ihm an Macht geblieben war, verwendete er, um sein Reich gegen Mordors Angriff zu stärken. Er ermutigte alle verdienstvollen Männer von nah und fern, in seinen Dienst zu treten, und jenen, die sich als vertrauenswürdig erwiesen, gab er Rang und Lohn.

---

[29] Dieser Name bedeutet »Schiff von Langschaum«; denn die Insel hatte die Form eines großen Schiffes mit einem hohen Bug, der nach Norden wies, und an ihm brachen sich auf spitzen Felsen die schäumenden Wellen des Anduin.

Bei vielem, was er tat, hatte er die Hilfe und den Rat eines Heerführers, den er über alles liebte. Thorongil nannten ihn die Menschen in Gondor, den Adler des Sterns, denn er war flink und scharfäugig und trug einen silbernen Stern auf seinem Mantel; doch niemand kannte seinen richtigen Namen oder wußte, in welchem Lande er geboren war. Er kam zu Ecthelion aus Rohan, wo er König Thengel gedient hatte, aber er war nicht einer der Rohirrim. Er war ein großer Führer der Menschen, zu Lande und zur See, doch er verschwand in den Schatten, aus denen er gekommen war, ehe Ecthelions Tage beendet waren.

Thorongil gab Ecthelion oft zu bedenken, daß die Stärke der Aufrührer in Umbar eine große Gefahr für Gondor sei und eine Bedrohung der Lehen des Südens, die sich als tödlich erweisen würde, wenn Sauron zu offenem Krieg übergehen würde. Schließlich erhielt er Erlaubnis vom Truchseß, eine kleine Flotte zu sammeln, und unerwartet kam er des Nachts nach Umbar und verbrannte dort einen großen Teil der Corsaren-Schiffe. Er selbst besiegte im Kampf auf den Kais den Befehlshaber des Hafens, und dann zog er sich mit seiner Flotte unter geringen Verlusten zurück. Doch als sie nach Pelargir kamen, wollte er zum Kummer und Erstaunen der Menschen nicht nach Minas Tirith zurückkehren, wo große Ehren ihn erwarteten.

Er schickte Ecthelion eine Abschiedsbotschaft und sagte: ›Andere Aufgaben rufen mich jetzt, Herr, und viel Zeit wird vergehen und viele Gefahren müssen überstanden werden, ehe ich wieder nach Gondor komme, wenn das mein Schicksal ist.‹ Obwohl niemand erraten konnte, was diese Aufgaben sein mochten, noch wer ihn gerufen haben könnte, so wurde doch bekannt, wohin er ging. Denn er nahm ein Boot und überquerte den Anduin, und dann sagte er seinen Gefährten Lebewohl und ging allein weiter; und als er zuletzt gesehen wurde, war sein Gesicht dem Schattengebirge zugewandt.

In der Stadt war man erschreckt über Thorongils Fortgehen, und allen Menschen erschien es als ein großer Verlust, mit Ausnahme von Denethor, Ecthelions Sohn, einem Mann, der jetzt reif war für das Truchsessenamt, das er vier Jahre später nach dem Tod seines Vaters übernahm.

Denethor II. war ein stolzer Mann, kühn, tapfer und königlicher als jeder andere Mann in Gondor seit vielen Menschenaltern. Und er war auch klug und weitsehend und der Lehre kundig. Tatsächlich war er Thorongil so ähnlich wie einem nahen Verwandten, und dennoch nahm er in den Herzen der Menschen und der Wertschätzung seines Vaters immer den zweiten Platz hinter dem Fremden ein. Damals glaubten viele, daß Thorongil fortgegangen sei, ehe sein Gegenspieler sein Herr wurde; obwohl Thorongil in Wirklichkeit nie mit Denethor gewetteifert oder sich selbst als mehr angesehen hatte als einen Diener seines Vaters. Und nur in einem Punkt stimmten die Ratschläge nicht überein, die sie dem Truchsessen gaben: Thorongil warnte Ecthelion oft, er solle Saruman dem Weißen in Isengart nicht vertrauen, sondern lieber Gandalf den Grauen willkommen heißen. Aber zwischen Denethor und Gandalf gab es wenig Liebe; und nach Ecthelions Tagen war der Graue Pilger in Minas Tirith noch weniger willkommen. Daher glaubten viele später, als alles klar geworden war, daß Denethor, der einen scharfen Verstand besaß und weiter und tiefer sah als andere Menschen seiner Zeit, herausgefunden hatte, wer dieser fremde Thorongil in Wirklichkeit war, und argwöhnte, daß er und Mithrandir planten, ihn zu verdrängen.«

Als Denethor (2984) Truchseß wurde, erwies er sich als ein herrischer Gebieter, der in allen Dingen das Steuer fest in der Hand hielt. Er sagte wenig. Er hörte sich Ratschläge an und verfuhr dann nach eigenem Gutdünken. Er hatte spät (2976) geheiratet und Finduilas, Adrahils Tochter von Dol Amroth, zur Frau genommen. Sie war eine edle Frau von großer Schönheit und Sanftmut, doch ehe zwölf Jahre vergangen waren, starb sie. Denethor liebte sie auf seine Weise mehr als jeden anderen, es sei denn den älteren der Söhne, die sie ihm geboren hatte. Aber es schien den Menschen, daß sie in der bewachten Stadt dahinwelkte wie eine Blume aus den am Meer gelegenen Tälern, die auf einen kahlen Fels verpflanzt wird. Der Schatten im Osten erfüllte sie mit Schrecken, und sie richtete ihre Augen nach Süden zum Meer, das sie vermißte.

Nach ihrem Tode wurde Denethor noch grimmiger und schweigsamer als zuvor, und lange pflegte er allein in seinem Turm zu sitzen, tief in Gedanken, und er sah voraus, daß der Angriff von Mordor zu seinen Lebzeiten kommen würde. Später glaubte man, er habe, da er Aufklärung brauchte, aber stolz war und seiner eigenen Willensstärke traute, es gewagt, in den *palantír* des Weißen Turms zu schauen. Keiner der Truchsesse hatte das gewagt, nicht einmal die Könige Earnil und Earnur nach dem Fall von Minas Ithil, als Isildurs *palantír* in die Hände des Feindes geriet; denn der Stein von Minas Tirith war Anárions *palantír* und am engsten in Übereinstimmung mit dem, den Sauron besaß.

Auf diese Weise erlangte Denethor großes Wissen von Dingen, die sich in seinem Reich ereigneten, und auch weit jenseits seiner Grenzen; doch erkaufte er sich dieses Wissen teuer, denn durch sein Ringen mit Saurons Willen alterte er vor seiner Zeit. Daher nahm bei Denethor der Stolz zugleich mit der Verzweiflung zu, bis er alle Taten dieser Zeit nur als einen Zweikampf zwischen dem Herrn des Weißen Turms und dem Herrn von Barad-dûr sah und allen anderen mißtraute, die Sauron Widerstand leisteten, sofern sie nicht ihm allein dienten.

So näherte sich die Zeit des Ringkriegs, und Denethors Söhne kamen ins Mannesalter. Boromir, um fünf Jahre älter, geliebt von seinem Vater, war ihm äußerlich und in seinem Stolz ähnlich, aber sonst wenig. Er war eher ein Mann nach der Art von König Earnur von einst, nahm keine Frau und hatte hauptsächlich Freude an Waffen; er war furchtlos und stark, machte sich aber wenig aus der Überlieferung, abgesehen von den Schilderungen alter Schlachten. Faramir, der jüngere, sah aus wie er, hatte aber eine andere Veranlagung. Er las in den Herzen der Menschen so scharfsichtig wie sein Vater, aber was er las, erregte eher sein Mitleid denn seinen Zorn. Er hatte ein freundliches Wesen und war ein Liebhaber der Überlieferung und der Musik, und daher wurde in jenen Tagen sein Mut von vielen für geringer erachtet als der seines Bruders. Doch dem war nicht so, nur daß er nicht um des Ruhmes willen unnötige Gefahren auf sich nahm. Er hieß Gandalf willkommen, wann immer er in die Stadt kam, und er lernte, soviel er konnte, von seiner Weisheit; und damit wie mit vielen anderen Dingen erregte er das Mißfallen seines Vaters.

Indes liebten sich die beiden Brüder sehr, schon seit ihrer Kindheit, als Boromir der Helfer und Beschützer von Faramir war. Keine Eifersucht und kein Wetteifern um die Gunst des Vaters oder das Lob der Menschen hatte es seitdem zwischen ihnen gegeben. Es schien Faramir unmöglich, daß irgend jemand in Gondor Boromir, Denethors Erben, den Heermeister des Weißen Turms, übertreffen könne; und derselben Meinung war Boromir. Bei der Probe erwies es sich allerdings anders. Doch von allem, was diesen dreien im Ringkrieg widerfuhr, ist anderswo viel gesagt worden. Und nach dem Krieg nahmen die Tage der Herrschenden Truchsesse ein Ende; denn der Erbe von Isildur und Anárion kehrte zurück, das Königtum wurde wiederhergestellt, und das Banner des Weißen Baums flatterte von neuem an Ecthelions Turm.«

ERZÄHLUNG VON ARAGORN UND ARWEN
aus den Annalen der Könige und Herrscher

»Arador war der Großvater des Königs. Sein Sohn Arathorn hielt um Gilraen die Schöne an, die Tochter von Dírhael, der selbst ein Nachkomme von Aranarth war. Dírhael war gegen diese Heirat; denn Gilraen war jung und hatte noch nicht das Alter erreicht, in dem die Frauen der Dúnedain gewöhnlich heirateten.

›Überdies‹, sagte er, ›ist Arathorn ein ernster Mann und volljährig, und er wird früher Stammesführer werden, als die Menschen erwarten; dennoch sagt mein Herz voraus, daß sein Leben kurz sein wird.‹

Aber Ivorwen, seine Frau, die auch voraussehend war, antwortete: ›Um so mehr ist Eile geboten! Die Tage verdunkeln sich vor dem Sturm, und große Dinge werden kommen. Wenn die beiden jetzt heiraten, mag Hoffnung für unser Volk geboren werden, aber wenn sie es aufschieben, wird die Hoffnung nicht kommen, solange dieses Zeitalter währt.‹

Und es geschah, als Arathorn und Gilraen erst ein Jahr verheiratet waren, daß Arador in den Kaltfelsen nördlich von Bruchtal von Bergtrollen überwältigt und erschlagen wurde; und Arathorn wurde Stammesführer der Dúnedain. Im nächsten Jahr gebar Gilraen ihm einen Sohn, und er wurde Aragorn genannt. Aber Aragorn war erst zwei Jahre alt, als Arathorn mit Elronds Söhnen gegen die Orks ausritt und durch einen Orkpfeil getötet wurde, der ihm das Auge durchbohrte; und so erwies es sich, daß er für einen seines Geschlechts wirklich kurz gelebt hatte, denn er war erst sechzig, als er fiel.

Da wurde Aragorn, der jetzt Isildurs Erbe war, mit seiner Mutter in Elronds Haus gebracht, um dort zu leben; und Elrond vertrat Vaterstelle an ihm und gewann ihn lieb wie einen eigenen Sohn. Doch wurde er Estel genannt, das heißt ›Hoffnung‹, und sein wirklicher Name und Stammbaum wurden auf Elronds Geheiß geheimgehalten; denn die Weisen wußten damals, daß der Feind danach trachtete, Isildurs Erben zu entdecken, wenn es auf Erden einen gab.

Aber als Estel erst zwanzig Jahre alt war, geschah es, daß er nach großen Taten gemeinsam mit Elronds Söhnen nach Bruchtal zurückkehrte; und Elrond blickte ihn an und war froh, denn er sah, daß er schön und edel und früh zum Manne geworden war, obwohl er an Körper und Geist noch wachsen würde. An diesem Tag nannte ihn Elrond daher bei seinem richtigen Namen und sagte ihm, wer er sei und wessen Sohn; und er übergab ihm die Erbstücke seines Hauses.

›Hier ist Barahirs Ring‹, sagte er, ›das Zeichen, daß wir weitläufig verwandt sind; und hier sind auch die Bruchstücke von Narsil. Mit ihnen magst du noch große Taten vollbringen; denn ich sage voraus, daß deine Lebensspanne länger sein wird als das Maß der Menschen, es sei denn, Unheil befällt dich oder du bestehst die Prüfung nicht. Doch wird die Prüfung schwer und lang sein. Das Szepter von Annúminas halte ich zurück, denn du mußt es erst verdienen.‹

Am nächsten Tag ging Aragorn um die Zeit des Sonnenuntergangs allein im Wald spazieren, und er war frohen Muts; und er sang, denn er war voller Hoffnung, und die Welt war schön. Und plötzlich, als er noch sang, sah er eine Maid zwischen den weißen Birkenstämmen über einen grünen Rasen gehen; und er blieb erstaunt stehen und dachte, er habe sich in einen Traum verirrt, oder aber er habe die Gabe der Elbensänger, die die Dinge, von denen sie singen, vor den Augen ihrer Zuhörer erscheinen lassen können. Denn Aragorn hatte einen Teil des Lieds von Lúthien gesungen, das von der Begegnung von Lúthien und Beren im Wald von Neldoreth erzählt. Und siehe! da wandelte Lúthien vor seinen Augen in Bruchtal, angetan mit einem Umhang aus Silber und Blau, schön wie die Dämmerung in Elbenheim; ihr dunkles Haar wehte in einem plötzlichen Wind, und ihre Stirn war mit Edelsteinen wie mit Sternen geschmückt.

Einen Augenblick starrte Aragorn sie schweigend an, aber da er fürchtete, daß sie davongehen könnte und nie wieder zu sehen sein würde, rief er: *Tinúviel! Tinúviel!*, wie Beren es in der Altvorderenzeit getan hatte.

Da wandte sich die Maid um und lächelte und sagte: ›Wer seid Ihr? und warum ruft Ihr mich mit diesem Namen?‹

Und er antwortete: ›Weil ich glaubte, Ihr wäret wirklich Lúthien Tinúviel, von der ich sang. Aber wenn Ihr nicht sie seid, dann seid Ihr ihr Ebenbild.‹

›Das haben schon viele gesagt‹, antwortete sie ernst. ›Doch ihr Name ist nicht meiner. Obwohl mein Schicksal dem ihren nicht unähnlich sein wird. Aber wer seid Ihr?‹

›Estel wurde ich genannt‹, sagte er. ›Aber ich bin Aragorn, Arathorns Sohn, Isildurs Erbe, Herr der Dúnedain.‹ Doch während er das noch sagte, spürte er, daß diese edle Herkunft, über die sein Herz sich gefreut hatte, jetzt wenig wert war und nichts im Vergleich zu ihrer Würde und Lieblichkeit.

Aber sie lachte fröhlich und sagte: ›Dann sind wir weitläufig verwandt. Denn ich bin Arwen, Elronds Tochter, und werde auch Undómiel genannt.‹

›Oft erlebt man‹, sagte Aragorn, ›daß Männer in gefährlichen Zeiten ihren größten Schatz verstecken. Doch staune ich über Elrond und Eure Brüder; denn obwohl ich in diesem Hause seit meiner Kindheit gelebt habe, habe ich nie ein Wort über Euch gehört. Wie kommt es, daß wir uns niemals begegnet sind? Gewiß hat Euer Vater Euch nicht in seiner Schatzkammer eingeschlossen?‹

›Nein‹, sagte sie und schaute hinauf zum Gebirge, das sich im Osten erhob. ›Ich habe eine Zeitlang im Lande der Sippe meiner Mutter gelebt, im fernen Lothlórien. Erst vor kurzem bin ich zurückgekehrt, um meinen Vater wieder zu besuchen. Es sind viele Jahre vergangen, seit ich in Imladris weilte.‹

Da wunderte sich Aragorn, denn sie schien ihm nicht älter zu sein als er, der er nicht mehr als zwanzig Jahre in Mittelerde gelebt hatte. Doch Arwen schaute ihm in die Augen und sagte: ›Wundert Euch nicht! Denn Elronds Kinder haben das Leben der Eldar.‹

Da war Aragorn verlegen, denn er sah das Elbenlicht in ihren Augen und die Weisheit vieler Tage; doch seit dieser Stunde liebte er Arwen Undómiel, Elronds Tochter.

In den folgenden Tagen war Aragorn schweigsam, und seine Mutter nahm wahr, daß ihm irgend etwas Seltsames widerfahren war; und schließlich gab er ihren Fragen nach und erzählte ihr von der Begegnung in der Dämmerung unter den Bäumen.

›Mein Sohn‹, sagte Gilraen, ›dein Ziel ist hoch, selbst für den Nachkommen vieler Könige. Denn dies ist die edelste und schönste Frau, die jetzt auf Erden wandelt. Und es ziemt sich nicht, daß Sterbliche in die Elbensippe einheiraten.‹

›Dennoch haben auch wir einen Anteil an dieser Sippe‹, sagte Aragorn, ›wenn die Geschichte meiner Vorväter wahr ist, die ich erfahren habe.‹

›Sie ist wahr‹, sagte Gilraen, ›aber das ist lange her und war in einem anderen Zeitalter dieser Welt, ehe unser Geschlecht gemindert wurde. Deshalb bin ich ängstlich; denn ohne das Wohlwollen von Herrn Elrond werden Isildurs Erben bald ihr Ende finden. Und ich glaube nicht, daß du in dieser Frage auf Elronds Wohlwollen rechnen kannst.‹

›Bitter werden dann meine Tage sein, und einsam werde ich durch die Wildnis wandern‹, sagte Aragorn.

›Das wird wahrlich dein Schicksal sein‹, sagte Gilraen; aber obwohl auch sie in einem gewissen Maß die Voraussicht ihres Volkes besaß, sagte sie nichts mehr zu ihm von ihrer Vorahnung, und sie sprach auch mit niemandem über das, was ihr Sohn ihr gesagt hatte.

Aber Elrond sah viele Dinge und las in vielen Herzen. Daher rief er eines Tages, ehe das Jahr sich neigte, Aragorn in sein Gemach und sagte: ›Aragorn, Arathorns Sohn, Herr der Dúnedain, höre mich an! Ein großes Schicksal erwartet dich. Entweder wirst du höher aufsteigen als alle deine Vorväter seit Elendils Tagen, oder du wirst mit allen, die von deiner Sippe noch übrig sind, in die Dunkelheit stürzen. Viele Jahre der Prüfung liegen vor dir. Du sollst weder eine Frau nehmen noch dich mit einer verloben, ehe deine Zeit gekommen und du dich dessen würdig erweist.‹

Da war Aragorn verwirrt und sagte: ›Kann es sein, daß meine Mutter davon gesprochen hat?‹

›Nein, wahrlich nicht‹, sagte Elrond. ›Deine eigenen Augen haben dich verraten. Doch spreche ich nicht von meiner Tochter allein. Du sollst dich vorläufig mit keines Mannes Kind verloben. Doch was Arwen die Schöne, Herrin von Imladris und Lórien, Abendstern ihres Volkes, betrifft, so ist sie von edlerer Herkunft als du, und sie hat bereits so lange in der Welt gelebt, daß du nur wie ein einjähriger Schößling neben einer jungen Birke von vielen Sommern bist. Sie steht zu hoch über dir. Und so, glaube ich, mag es auch ihr erscheinen. Doch selbst wenn dem nicht so wäre und ihr Herz sich dir zuwendete, würde ich mich dennoch grämen wegen des Schicksals, das uns auferlegt ist.‹

›Was für ein Schicksal ist das?‹ fragte Aragorn.

›Daß sie, solange ich hier weile, mit der Jugend der Eldar leben soll‹, antwortete Elrond. ›Und wenn ich scheide, soll sie mit mir gehen, wenn das ihre Wahl ist.‹

›Ich sehe‹, sagte Aragorn, ›daß ich meine Augen auf einen Schatz gerichtet habe, der nicht weniger teuer ist als Thingols Schatz, den Beren einst begehrte.

Das ist mein Schicksal.‹ Dann plötzlich kam ihm die Voraussicht seines Geschlechts, und er sagte: ›Doch seht! Herr Elrond, die Jahre Eures Verweilens hier nähern sich ihrem Ende, und Eure Kinder müssen bald vor die Wahl gestellt werden, sich entweder von Euch oder von Mittelerde zu trennen.‹

›Fürwahr‹, sagte Elrond. ›Bald nach unserer Ansicht, obgleich noch viele Jahre der Menschen vergehen müssen. Doch für meine geliebte Arwen wird es keine Wahl geben, es sei denn, daß du, Aragorn, Arathorns Sohn, zwischen uns trittst, so daß es für einen von uns, für dich oder für mich, eine bittere Trennung bis über das Ende der Welt hinaus gibt. Du weißt noch nicht, was du von mir begehrst.‹ Er seufzte, und nach einer Weile sah er den jungen Mann ernst an und sagte: ›Die Jahre werden bringen, was sie wollen. Wir werden nicht mehr davon sprechen, ehe viele vergangen sind. Die Tage werden dunkel, und viel Unheil wird kommen.‹

Dann nahm Aragorn liebevoll von Elrond Abschied; und am nächsten Tag sagte er seiner Mutter Lebewohl und dem Haus von Elrond und Arwen, und er ging hinaus in die Wildnis. Fast dreißig Jahre lang mühte er sich in der Sache gegen Sauron; und er wurde ein Freund Gandalfs des Weisen, von dem er viel Weisheit erlangte. Mit ihm unternahm er viele gefährliche Fahrten, aber im Laufe der Jahre ging er öfter allein. Seine Wege waren hart und lang, und mit der Zeit bekam er ein etwas grimmiges Äußeres, es sei denn, er lächelte zufällig; und doch erschien er den Menschen der Ehrerbietung würdig wie ein König in der Verbannung, wenn er seine wahre Gestalt nicht verbarg. Denn er ging in vielen Verkleidungen und errang Ruhm unter vielen Namen. Er ritt im Heer der Rohirrim und focht für den Herrn von Gondor zu Lande und zur See; und in der Stunde des Sieges verschwand er dann, und die Menschen des Westens wußten nichts mehr von ihm, und allein ging er weit in den Osten und tief in den Süden, erforschte die Herzen der Menschen, der bösen und guten, und deckte die Verschwörungen und Pläne von Saurons Dienern auf.

So wurde er schließlich der tapferste der lebenden Menschen, bewandert in ihren Künsten und Überlieferungen, und doch war er mehr als sie; denn er war elbenweise, und es war ein Glanz in seinen Augen, den, wenn sie aufleuchteten, wenige ertragen konnten. Sein Gesicht war traurig und streng wegen des Schicksals, das ihm auferlegt war, und dennoch hegte er Hoffnung in den Tiefen seines Herzens, aus dem zu Zeiten Fröhlichkeit hervorsprudelte wie eine Quelle aus dem Felsen.

Es geschah, als Aragorn neunundvierzig Jahre alt war, daß er aus Gefahren in den finsteren Gemarkungen von Mordor zurückkehrte, wo Sauron jetzt wieder wohnte und mit Bösem beschäftigt war. Aragorn war erschöpft und wollte nach Bruchtal gehen und dort eine Weile rasten, ehe er sich in ferne Länder aufmachte; und auf seinem Weg kam er zu den Grenzen von Lórien, und Frau Galadriel gewährte ihm Zutritt zu dem verborgenen Land.

Er wußte es nicht, aber Arwen Undómiel war auch dort und lebte wieder eine Zeitlang bei der Sippe ihrer Mutter. Sie war wenig verändert, denn die sterblichen

Anhang

Jahre gingen an ihr vorüber. Doch war ihr Gesicht ernster, und selten hörte man jetzt ihr Lachen. Aber Aragorn war nun körperlich und geistig zu voller Größe herangereift, und Galadriel gebot ihm, seine abgetragene Kleidung abzulegen, und sie kleidete ihn in Silber und Weiß mit einem elbengrauen Mantel und einem leuchtenden Edelstein auf der Stirn. Da schien er mehr zu sein als ein Mensch irgendeiner Art und sah eher aus wie ein Fürst der Elben von den Inseln im Westen. Und so war es, daß Arwen ihn nach ihrer langen Trennung wiedersah; und als er unter den mit goldenen Blüten beladenen Bäumen von Caras Galadon auf sie zuging, war ihre Wahl getroffen und ihr Schicksal besiegelt.

Dann wanderten sie eine Zeitlang zusammen in den Hainen von Lothlórien, bis es Zeit für ihn war aufzubrechen. Und am Abend des Mittsommers gingen Aragorn, Arathorns Sohn, und Arwen, Elronds Tochter, zu dem schönen Berg Cerin Amroth in der Mitte des Landes, und barfuß schritten sie über das unsterbliche Gras, in dem *elanor* und *niphredil* blühten. Und dort auf jenem Berg blickten sie nach Osten auf den Schatten und nach Westen auf die Dämmerung, und sie gelobten einander Treue und waren froh.

Und Arwen sagte: ›Dunkel ist der Schatten, und doch freut sich mein Herz; denn Ihr, Estel, werdet unter den Großen sein, deren Tapferkeit ihn vernichten wird.‹

Aber Aragorn antwortete: ›Ach, ich kann es nicht voraussehen, und wie es geschehen wird, ist mir verborgen. Doch mit Eurer Hoffnung will ich hoffen. Und den Schatten weise ich entschieden zurück. Aber auch die Dämmerung, Herrin, ist nicht für mich. Denn ich bin sterblich, und wenn Ihr zu mir haltet, Abendstern, dann müßt auch Ihr der Dämmerung entsagen.‹

Und sie stand still da wie ein weißer Baum und blickte gen Westen, und schließlich sagte sie: ›Ich will zu Euch halten, Dúnadan, und mich von der Dämmerung abwenden. Doch dort liegt das Land meines Volkes und auf lange das Heim meiner ganzen Sippe.‹ Sie liebte ihren Vater sehr.

Als Elrond von der Wahl seiner Tochter hörte, schwieg er still, obwohl sein Herz kummervoll war und das lang befürchtete Schicksal keineswegs leichter zu ertragen fand. Aber als Aragorn wieder nach Bruchtal kam, rief er ihn zu sich und sagte:

›Mein Sohn, es kommen Jahre, da die Hoffnung schwinden wird, und wenig von dem, was nach ihnen kommt, ist mir klar. Und jetzt liegt ein Schatten zwischen uns. Vielleicht ist es so bestimmt worden, daß durch meinen Verlust das Königtum der Menschen wiederhergestellt werden kann. Obwohl ich dich liebe, sage ich dennoch zu dir: Arwen Undómiel soll nicht um einer geringeren Sache willen das Vorrecht ihres Lebens mindern. Sie soll nicht Braut eines geringeren Menschen sein als des Königs von Gondor und Arnor. Selbst unser Sieg kann mir dann nur Kummer und Trennung bringen – aber dir die Hoffnung auf Glück für eine Weile. Wehe, mein Sohn! Ich fürchte, daß Arwen zuletzt das Schicksal der Menschen hart erscheinen mag.‹

Und dabei blieb es danach zwischen Elrond und Aragorn, und sie sprachen nicht mehr über diese Angelegenheit; aber Aragorn ging wieder hinaus zu Gefahr und Mühsal. Und während die Welt dunkler und Mittelerde von Furcht befallen wurde, da Saurons Macht wuchs und Barad-dûr sich immer höher und stärker erhob, blieb Arwen in Bruchtal, und wenn Aragorn unterwegs war, wachte sie aus der Ferne in Gedanken über ihn; und voll Hoffnung machte sie für ihn ein großes und königliches Banner, wie es nur einer entfalten kann, der Anspruch auf das Herrschaftsgebiet der Númenórer und auf Elendils Erbe erhebt.

Nach ein paar Jahren nahm Gilraen Abschied von Elrond und kehrte zu ihrem eigenen Volk in Eriador zurück und lebte dort allein; und selten sah sie ihren Sohn wieder, denn er verbrachte viele Jahre in fernen Ländern. Doch einmal, als Aragorn in den Norden zurückgekehrt war, kam er zu ihr, und sie sagte zu ihm, ehe er wieder fortging:

›Dies ist unser letzter Abschied, Estel, mein Sohn. Ich bin gealtert durch Sorgen wie einer der geringeren Menschen; und nun, da sie sich nähert, kann ich der Dunkelheit unserer Zeit, die sich über Mittelerde zusammenzieht, nicht ins Auge sehen. Ich werde Mittelerde bald verlassen.‹

Aragorn versuchte sie zu trösten und sagte: ›Dennoch mag es Helligkeit nach der Dunkelheit geben; und wenn, dann hätte ich gern, daß du sie siehst und froh bist.‹

Aber sie antwortete nur mit diesem *linnod*:

Onen i-Estel Edain, ú-chebin estel anim[30],

und Aragorn ging schweren Herzens von dannen. Gilraen starb vor dem nächsten Frühling.

So zogen sich die Jahre hin bis zum Ringkrieg, von dem anderswo mehr gesagt wird: wie die Mittel und Wege enthüllt wurden, durch die Sauron überwältigt werden könnte, und wie über die Hoffnung hinaus Hoffnung sich erfüllte. Und es geschah, daß in der Stunde der Niederlage Aragorn vom Meer heraufkam und Arwens Banner in der Schlacht auf den Pelennor-Feldern entrollte, und an diesem Tag wurde er zuerst als König begrüßt. Und als endlich alles getan war, trat er das Erbe seiner Väter an und erhielt die Krone von Gondor und das Szepter von Arnor; und am Mittsommertag im Jahr des Sturzes von Sauron legte Elrond die Hand von Arwen Undómiel in seine Hand, und in der Stadt der Könige wurden sie einander angetraut.

So endete das Dritte Zeitalter mit Sieg und Hoffnung; doch schmerzlich war bei allem Leid jenes Zeitalters der Abschied von Elrond und Arwen, denn sie wurden getrennt durch das Meer und einen Tod über das Ende der Welt hinaus. Als der Große Ring vernichtet wurde und die Drei ihrer Macht beraubt waren, da wurde Elrond schließlich müde und verließ Mittelerde, um niemals zurückzukehren. Aber Arwen wurde eine sterbliche Frau, und doch war es nicht ihr Los zu sterben, ehe alles, was sie gewonnen hatte, verloren war.

Als Königin der Elben und Menschen lebte sie mit Aragorn sechsmal zwanzig Jahre in Herrlichkeit und Glück; doch zuletzt spürte er das Herannahen des Alters

---

[30] »Ich gab den Dúnedain Hoffnung, ich behielt keine Hoffnung für mich.«

und wußte, daß die Spanne seines Lebens ihrem Ende zuging, so lang es auch gewesen war. Da sagte Aragorn zu Arwen:

›Nun, Frau Abendstern, Schönste in der Welt und Geliebteste, vergeht meine Welt. Sehet! wir haben eingenommen und wir haben ausgegeben, und nun nähert sich die Zeit der Bezahlung!‹

Arwen wußte genau, was er beabsichtigte, und hatte es lange vorausgesehen; dennoch war sie überwältigt von ihrem Schmerz. ›Wollt Ihr denn, Herr, vor Eurer Zeit Euer Volk verlassen, das von Eurem Wort lebt?‹ fragte sie.

›Nicht vor meiner Zeit‹, antwortete er. ›Denn wenn ich nicht jetzt gehe, dann muß ich bald notgedrungen gehen. Und Eldarion, unser Sohn, ist ein Mann, der durchaus reif ist für die Königswürde.‹

Dann begab sich Aragorn zu dem Haus der Könige in der Stillen Straße und legte sich auf das Bett, das für ihn bereitet worden war. Dort sagte er Eldarion Lebewohl und gab ihm die geflügelte Krone von Gondor und das Szepter von Arnor in die Hand, und dann verließen ihn alle außer Arwen, und sie stand allein an seinem Bett. Und trotz all ihrer Weisheit und Herkunft konnte sie es nicht unterlassen ihn anzuflehen, noch eine Weile zu bleiben. Sie war ihrer Tage noch nicht überdrüssig, und so erfuhr sie die Bitterkeit der Sterblichkeit, die sie auf sich genommen hatte.

›Frau Undómiel‹, sagte Aragorn, ›die Stunde ist wahrlich schwer, aber das stand schon fest an dem Tag, als wir uns unter den weißen Birken in Elronds Garten trafen, wo sich jetzt niemand ergeht. Und als wir auf dem Berg Cerin Amroth dem Schatten und der Dämmerung entsagten, fanden wir uns mit diesem Schicksal ab. Geht mit Euch selbst zu Rate, Geliebte, und fragt Euch, ob Ihr wirklich wollt, daß ich warte, bis ich erschlaffe und unmännlich und einfältig von meinem Thron herunterfalle. Nein, Herrin, ich bin der Letzte der Númenórer und der letzte König der Altvorderenzeit; und mir ist nicht nur eine Lebensspanne gewährt worden, die dreimal so lang ist wie die der Menschen von Mittelerde, sondern auch das Vorrecht, nach meinem Belieben zu gehen und die Gabe zurückzugeben. Daher will ich jetzt schlafen.

Ich spreche Euch keinen Trost zu, denn es gibt keinen Trost für solchen Schmerz in den Kreisen der Welt. Die letzte Entscheidung liegt vor Euch: zu bereuen und zu den Anfurten zu gehen und die Erinnerung an unsere gemeinsamen Tage mit in den Westen zu nehmen, die dort immerwährend sein wird, aber nie mehr als eine Erinnerung; oder aber das Schicksal der Menschen auf Euch zu nehmen.‹

›Nein, lieber Herr‹, sagte sie, ›die Entscheidung ist längst getroffen. Jetzt gibt es kein Schiff, das mich dort hinbringen würde, und ich muß fürwahr das Schicksal der Menschen auf mich nehmen, ob ich will oder nicht: den Verlust und die Stille. Doch das sage ich Euch, König der Númenórer, bisher habe ich die Geschichte Eures Volkes und seinen Sturz nicht verstanden. Als mutwillige Narren verachtete ich sie, doch nun endlich habe ich Mitleid mit ihnen. Denn wenn dies wirklich, wie die Eldar sagen, die Gabe des Einen an die Menschen ist, dann ist es bitter, sie zu empfangen.‹

›So scheint es‹, sagte er. ›Doch laßt nicht zu, daß wir, die wir einst den Schatten und den Ring zurückwiesen, bei der letzten Prüfung unterliegen. In Kummer müssen wir gehen, aber nicht in Verzweiflung. Schaut! Wir sind nicht für immer an die Kreise der Welt gebunden, und jenseits von ihnen ist mehr als nur Erinnerung. Lebt wohl!‹

›Estel, Estel!‹ rief sie, und als sie eben seine Hand nahm und sie küßte, fiel er in Schlaf. Da wurde eine große Schönheit in ihm offenbar, so daß alle, die nachher kamen, ihn voll Staunen anblickten; denn sie sahen, daß die Anmut der Jugend und die Kraft seiner Mannesjahre und die Weisheit und königliche Würde seines Alters miteinander verschmolzen waren. Und lange lag er dort, ein Abbild der Erhabenheit der Könige der Menschen in nicht verdunkelter Pracht vor dem Bruch der Welt.

Aber Arwen ging hinaus aus dem Haus, und der Glanz ihrer Augen war erloschen, und es schien ihrem Volk, daß sie kalt und grau geworden war wie eine Winternacht, die ohne Sterne anbricht. Dann sagte sie Eldarion und ihren Töchtern Lebewohl und allen, die sie geliebt hatte; und sie verließ die Stadt Minas Tirith und ging in das Land Lórien und lebte dort allein unter den verblassenden Bäumen, bis der Winter kam. Galadriel war dahingeschieden, und auch Celeborn war fortgegangen, und das Land war still.

Dort endlich, als die Mallornblätter fielen, aber der Frühling noch nicht gekommen war[31], legte sie sich zur Ruhe auf Cerin Amroth; und dort ist ihr grünes Grab, bis die Welt sich wandelt, und alle Tage ihres Lebens sind von den nachkommenden Menschen gänzlich vergessen, und *elanor* und *niphredil* blühen nicht mehr östlich der See.

Hier endet diese Erzählung, wie sie vom Süden zu uns gekommen ist; und nach dem Hinscheiden von Abendstern wird in diesem Buch nichts mehr über die Tage von einst gesagt.«

II. DAS HAUS VON EORL

»Eorl der Junge war der Herr der Menschen von Éothéod. Dieses Land lag in der Nähe der Anduin-Quellen zwischen den letzten Ketten des Nebelgebirges und den nördlichsten Teilen von Düsterwald. Die Éothéod waren in den Tagen von König Earnil II. in dieses Gebiet gezogen aus Landstrichen in den Tälern des Anduin zwischen dem Carrock und dem Schwertel, und sie waren ihrer Herkunft nach den Beorningern und den Menschen von den Westrändern des Waldes nah verwandt. Eorls Vorfahren behaupteten, von den Königen von Rhovanion abzustammen, deren Reich vor dem Eindringen der Wagenfahrer jenseits von Düsterwald lag, und so hielten sie sich für Verwandte der Könige von Gondor, die von Eldacar abstammten. Sie liebten vor allem die Ebenen und begeisterten sich für Pferde und alle Feinheiten der Reitkunst, aber es gab niemals viele Menschen in den Mitteltälern des Anduin, und überdies wurde der Schatten von Dol Guldur

---

[31] S. 343.

länger. Als sie daher von der Niederwerfung des Hexenkönigs hörten, suchten sie weiteren Raum im Norden, und sie vertrieben die Reste des Volks von Angmar von der Ostseite des Gebirges. Doch in den Tagen von Léod, Eorls Vater, waren sie zu einem zahlreichen Volk geworden und von neuem beengt in dem Land, das sie zu ihrem Heim gemacht hatten.

Im zweitausendfünfhundertzehnten Jahr des Dritten Zeitalters wurde Gondor von einer neuen Gefahr bedroht. Ein großes Heer wilder Menschen aus dem Nordosten ergoß sich über Rhovanion und überquerte, aus den Braunen Landen kommend, den Anduin auf Flößen. Durch Zufall oder absichtlich kamen zur gleichen Zeit die Orks (die damals vor ihrem Krieg mit den Zwergen sehr stark waren) vom Gebirge herab. Die Eindringlinge überrannten Calenardhon, und Cirion, Truchseß von Gondor, schickte nach Norden um Hilfe; denn lange hatte Freundschaft bestanden zwischen den Menschen des Anduin-Tals und dem Volk von Gondor. Doch im Tal des Flusses gab es nur wenige und verstreut lebende Menschen, und sie beeilten sich nicht sonderlich, die Hilfe zu leisten, die sie erbringen konnten. Endlich erfuhr Eorl von Gondors Not, und obwohl es spät zu sein schien, brach er mit einem großen Reiterheer auf.

So kam er zu der Schlacht auf dem Feld von Celebrant, denn so hieß das grüne Land, das zwischen Silberlauf und Limklar lag. Dort war das Nordheer von Gondor in Gefahr. Besiegt im Ödland und vom Süden abgeschnitten, war es über den Limklar gedrängt und dort plötzlich von einem Orkheer angegriffen worden, das auf den Anduin zustieß. Alle Hoffnung war aufgegeben, als unerwartet die Reiter aus dem Norden kamen und über die Nachhut des Feindes hereinbrachen. Da schlug das Kriegsglück um, und unter Gemetzel wurde der Feind über den Limklar getrieben. Eorl führte seine Mannen bei der Verfolgung an, und so groß war der Schrecken, der den Reitern aus dem Norden voranging, daß auch die Eindringlinge im Ödland von Entsetzen gepackt wurden, und die Reiter jagten sie über die Ebenen von Calenardhon.«

Das Volk dieses Gebietes war seit der Pest zusammengeschmolzen, und die Mehrzahl der Übriggebliebenen hatten die wilden Ostlinge niedergemetzelt. Daher verlieh Cirion Eorl und seinem Volk zum Lohn für ihre Hilfe Calenardhon zwischen dem Anduin und dem Isen; und sie schickten nach Norden, um ihre Frauen und Kinder und ihre Habe kommen zu lassen, und siedelten sich in diesem Land an. Sie gaben ihm einen neuen Namen, Mark der Reiter, und sich selbst nannten sie die Eorlingas; doch in Gondor wurde ihr Land Rohan genannt und sein Volk die Rohirrim (das heißt Pferdeherren). So wurde Eorl der erste König der Mark, und er erwählte als Wohnort einen grünen Berg vor dem Fuß des Weißen Gebirges, das der Südwall seines Landes war. Dort lebten die Rohirrim von nun als freie Menschen unter ihren eigenen Königen und Gesetzen, doch ständig im Bündnis mit Gondor.

»Viele Herren und Krieger und viele schöne und tapfere Frauen werden in den Liedern von Rohan genannt, die man im Norden noch kennt. Frumgar, heißt es, war der Name des Stammesführers, der sein Volk nach Éothéod brachte. Von seinem Sohn Fram wird berichtet, daß er Scatha erschlug, den großen Drachen aus den Ered Mithrin, und seitdem hatte das Land Ruhe vor den Drachen. So erwarb Fram großen Reichtum, aber er lag in Fehde mit den Zwergen, die Scathas Hort für sich beanspruchten. Fram wollte ihnen keinen Pfennig abtreten und schickte ihnen statt dessen Scathas Zähne, aus denen sie eine Halskette machen sollten, und er sagte: ›Nichts mit diesen Edelsteinen Vergleichbares habt ihr in euren Schatzkammern, denn sie sind schwer zu bekommen.‹ Manche sagen, daß die Zwerge wegen dieser Beleidigung Fram erschlugen. Es bestand keine große Liebe zwischen Éothéod und den Zwergen.

Léod war der Name von Eorls Vater. Er war ein Zähmer wilder Pferde; denn es gab damals viele in dem Land. Er fing ein weißes Fohlen, und es wuchs rasch heran zu einem starken, schönen und stolzen Pferd. Kein Mann konnte es zähmen. Als Léod aufzusitzen wagte, trug es ihn davon, und schließlich warf es ihn ab, und Léods Kopf schlug auf einen Felsen, und so starb er. Er war damals erst zweiundvierzig Jahre alt und sein Sohn ein Jüngling von sechzehn.

Eorl gelobte, seinen Vater zu rächen. Lange jagte er nach dem Pferd und erblickte es schließlich; und seine Gefährten erwarteten, daß er versuchen würde, auf Bogenschußweite heranzukommen und es zu töten. Aber als sie näher kamen, erhob sich Eorl und rief mit lauter Stimme: ›Komm hierher, Mannsfluch, und erhalte einen neuen Namen.‹ Zu ihrem Erstaunen blickte das Pferd zu Eorl, kam herbei und stellte sich vor ihn, und Eorl sagte: ›Felaróf nenne ich dich. Du liebtest deine Freiheit, und daraus mache ich dir keinen Vorwurf. Aber jetzt schuldest du mir Wergeld, und du sollst mir deine Freiheit abtreten bis an dein Lebensende.‹

Dann bestieg Eorl das Pferd, und Felaróf fügte sich; und ohne Zaum und Zügel ritt er auf ihm nach Hause; und immer danach ritt er ihn auf die gleiche Weise. Das Pferd verstand alles, was die Menschen sagten, obwohl es niemanden aufsitzen ließ außer Eorl. Auf Felaróf ritt Eorl zum Feld von Celebrant; denn das Pferd erwies sich als so langlebig wie Menschen, und ebenso verhielt es sich mit seinen Nachkommen. Das waren die *mearas,* die niemanden trugen außer dem König der Mark oder seinen Söhnen, bis zur Zeit von Schattenfell. Die Menschen sagten von ihnen, daß Béma (den die Eldar Orome nennen) ihren Stammvater aus dem Westen über das Meer gebracht haben müsse.«

»Von den Königen der Mark zwischen Eorl und Théoden wird am meisten von Helm Hammerhand gesagt. Er war ein grimmiger Mann von großer Stärke. Zu jener Zeit gab es einen Mann mit Namen Freca, der sich rühmte, von König Fréawine abzustammen, obwohl er, wie die Menschen sagten, viel dunländisches Blut hatte und dunkelhaarig war. Er wurde reich und mächtig und besaß ausgedehnte Ländereien zu beiden Seiten des Adorn[32]. In der Nähe seiner Quelle baute er sich eine Feste und schenkte dem König wenig Beachtung. Helm mißtraute ihm, rief ihn aber zu seinen Beratungen; und er kam, wenn es ihm beliebte.

---

[32] Er fließt vom Westen der Ered Nimrais in den Isen.

Zu einer dieser Beratungen ritt Freca mit vielen Mannen, und er bat für seinen Sohn Wulf um die Hand von Helms Tochter. Aber Helm sagte: ›Du bist groß geworden, seit du zuletzt hier warst; aber es ist hauptsächlich Fett, nehme ich an.‹ Und die Menschen lachten darüber, denn Freca hatte einen gehörigen Leibesumfang.

Da wurde Freca wütend und schmähte den König und sagte zuletzt: ›Alte Könige, die die angebotene Stütze ablehnen, fallen auf die Knie.‹ Helm antwortete: ›Ach was! Die Heirat deines Sohnes ist eine Kleinigkeit. Damit sollen sich Helm und Freca später befassen. Derweil haben der König und sein Rat Dinge von Bedeutung zu bedenken.‹

Als die Beratung vorüber war, stand Helm auf, legte Freca seine große Hand auf die Schulter und sagte: ›Der König duldet kein Gezänk in seinem Haus, aber draußen sind Männer freier.‹ Und er zwang Freca, vor ihm her aus Edoras hinaus und aufs Feld zu gehen. Zu Frecas Mannen, die nachkamen, sagte er: ›Bleibt fort! Wir brauchen keine Zuhörer. Wir wollen über eine Angelegenheit reden, die nur uns betrifft. Geht und unterhaltet euch mit meinen Leuten.‹ Und sie blickten sich um und sahen, daß die Mannes des Königs und seine Freunde zahlreicher waren als sie, und sie zogen sich zurück.

›Nun, Dunländer‹, sagte der König, ›hast du es nur mit Helm zu tun, allein und unbewaffnet. Aber du hast schon viel gesagt, und jetzt bin ich an der Reihe zu reden. Freca, deine Torheit ist mit deinem Bauch gewachsen. Du sprichst von einer Stütze! Wenn Helm eine Krücke, die ihm aufgedrängt wird, nicht gefällt, dann zerbricht er sie. So!‹ Und damit versetzte er Freca einen solchen Faustschlag, daß er betäubt rücklings niederstürzte und bald danach starb.

Helm erklärte dann Frecas Sohn und nahe Verwandte zu Feinden des Königs; und sie flohen, denn alsbald ließ der König viele Mannen in die Westmarken reiten.«

Vier Jahre später (2758) geriet Rohan in große Schwierigkeiten, und keine Hilfe konnte aus Gondor geschickt werden, denn drei Flotten der Corsaren griffen es an, und es war Krieg an all seinen Küsten. Zur gleichen Zeit wurde Rohan wieder vom Osten überfallen, die Dunländer erkannten ihre Gelegenheit und kamen über den Isen und von Isengart herunter. Es wurde bald bekannt, daß Wulf ihr Führer war. Sie hatten eine große Streitmacht, denn ihnen hatten sich Feinde von Gondor angeschlossen, die an den Mündungen des Lefnui und des Isen gelandet waren.

Die Rohirrim wurden besiegt und ihr Land überrannt; und diejenigen, die nicht erschlagen waren oder Hörige wurden, flohen in die Gebirgstäler. Helm wurde unter großen Verlusten von den Furten des Isen zurückgetrieben, und er suchte Zuflucht in der Hornburg und der Schlucht dahinter (die später als Helms Klamm bekannt wurde). Dort wurde er belagert. Wulf nahm Edoras und saß in Meduseld und nannte sich König. Dort fiel Haleth, Helms Sohn, als letzter von allen, als er die Tore verteidigte.

»Bald danach begann der Lange Winter, und Rohan lag fast fünf Monate (von

November 2758 bis März 2759) unter Schnee. Sowohl die Rohirrim als auch ihre Feinde litten schwer unter der Kälte und der Drangsal, die noch länger währte. In Helms Klamm herrschte nach dem Julfest bitterer Hunger; und in ihrer Verzweiflung und gegen den Rat des Königs unternahm Háma, sein jüngerer Sohn, mit einigen Leuten einen Ausfall und Beutezug, aber sie gingen im Schnee zugrunde. Helm wurde grausam und unheimlich vor Hunger und Kummer; und allein die Furcht vor ihm war bei der Verteidigung der Burg viele Mannen wert. Ab und zu ging er selbst hinaus, in Weiß gekleidet, stapfte wie ein Schneetroll in das Lager seiner Feinde und erschlug so manchen Mann mit den Händen. Man glaubte, daß er, wenn er keine Waffe trug, von keiner Waffe verwundet werden könne. Die Dunländer sagten, wenn er keine Nahrung finden konnte, dann aß er Menschen. Diese Geschichte hielt sich lange in Dunland. Helm hatte ein großes Horn, und bald bemerkte man, daß er, bevor er herauskam, schmetternd auf dem Horn blies, so daß es in der Klamm widerhallte; und dann befiel seine Feinde eine solche Furcht, daß sie, statt sich zu sammeln, um ihn zu ergreifen oder zu töten, das Tal hinunterflohen.

Eines Nachts hörten die Menschen das Horn blasen, aber Helm kehrte nicht zurück. Am Morgen kam ein Sonnenstrahl, der erste seit langen Tagen, und sie sahen eine weiße Gestalt still auf dem Wall stehen, allein, denn keiner der Dunländer wagte sich heran. Da stand Helm, und er war tot, aber seine Knie waren ungebeugt. Indes heißt es, daß zu Zeiten das Horn noch in der Klamm zu hören ist und Helms Gespenst unter den Feinden von Rohan umgeht und die Menschen vor Angst sterben.

Kurz danach brach die Macht des Winters. Da kam Fréaláf, der Sohn von Hild, Helms Schwester, aus Dunharg heraus, wohin sich viele geflüchtet hatten; und mit einer kleinen Schar verwegener Mannen überrumpelte er Wulf in Meduseld, erschlug ihn und gewann Edoras zurück. Es gab große Überschwemmungen nach dem vielen Schnee, und das Tal der Entwasser wurde ein riesiges Fenn. Die Eindringlinge aus dem Osten gingen zugrunde oder zogen sich zurück; und endlich kam Hilfe von Gondor auf den Straßen östlich und westlich des Gebirges. Ehe das Jahr (2759) endete, waren die Dunländer vertrieben, sogar aus Isengart, und dann wurde Fréaláf König.

Helm wurde von der Hornburg heruntergebracht und in das neunte Hügelgrab gelegt. Seitdem blühte die weiße *simbelmyne* dort immer am dichtesten, so daß der Hügel mit Schnee bedeckt zu sein schien. Als Fréaláf starb, wurde eine neue Reihe Hügelgräber angelegt.«

Die Rohirrim waren durch Krieg und Not und den Verlust von Rindern und Pferden schwer geschwächt; und es war gut, daß sie auf viele Jahre hinaus nicht mehr von großen Gefahren bedroht waren, denn erst zur Zeit von König Folcwine hatten sie ihre frühere Stärke wiedererlangt.

Bei der Krönung von Fréaláf erschien Saruman, brachte Geschenke und sprach voll Lob von der Tapferkeit der Rohirrim. Alle sahen in ihm einen willkommenen Gast. Bald darauf nahm er seinen Wohnsitz in Isengart. Dazu hatte Beren,

Truchseß von Gondor, seine Erlaubnis gegeben, denn Gondor machte immer noch geltend, daß Isengart eine Festung seines Reiches sei und nicht ein Teil von Rohan. Auch gab Beren Saruman die Schlüssel von Orthanc zur Verwahrung. Diesen Turm hatte kein Feind zu beschädigen oder zu betreten vermocht.

Auf diese Weise begann Saruman sich wie ein Gebieter von Menschen aufzuführen; denn zuerst hatte er Isengart inne als Stellvertreter des Truchsessen und Verwalter des Turms. Aber Fréaláf war ebenso froh wie Beren, daß dem so war, und froh, Isengart in der Hand eines starken Freundes zu wissen. Lange schien er ein Freund zu sein, vielleicht war er zu Anfang wirklich einer. Obwohl die Menschen später wenig Zweifel daran hatten, daß Saruman in der Hoffnung nach Isengart gegangen war, dort noch den Stein vorzufinden, und mit der Absicht, sich eine eigene Macht aufzubauen. Nach dem letzten Weißen Rat (2953) waren seine Absichten gegenüber Rohan, obwohl er sie verbarg, gewiß böse. Damals nahm er sich Isengart zu eigen und begann, es zu einer Stätte der starken Wehr und des Schreckens zu machen, als ob er es Barad-dûr gleichtun wollte. Seine Freunde und Diener wählte er unter allen denen, die Gondor und Rohan haßten, ob es nun Menschen oder andere, noch bösere Geschöpfe waren.

Die Könige der Mark

Erste Linie

Jahr[33]

2485–2545   1. *Eorl der Junge.* Er wurde so genannt, weil er seinem Vater in der Jugend nachfolgte und flachshaarig und rotbackig bis ans Ende seiner Tage blieb. Seine Tage waren verkürzt durch einen erneuten Angriff der Ostlinge. Eorl fiel in der Schlacht im Ödland, und das erste Hügelgrab wurde errichtet. Auch Felaróf wurde dort hineingelegt.

2512–70   2. *Brego.* Er vertrieb den Feind aus dem Ödland, und Rohan wurde viele Jahre lang nicht wieder angegriffen. 2569 vollendete er die große Halle von Meduseld. Bei dem Fest legte sein Sohn Baldor das Gelübde ab, er werde die ›Pfade der Toten‹ betreten, und er kehrte von dort nicht zurück[34].

2544–2645   3. *Aldor der Alte.* Er war Bregos zweiter Sohn. Er wurde der Alte genannt, da er ein hohes Alter erreichte und 75 Jahre lang König war. Zu seiner Zeit nahmen die Rohirrim an Zahl zu und vertrieben oder unterwarfen die letzten des Dunländischen Volkes, die sich noch östlich des Isen aufhielten. Das Hargtal und

---

[33] Die angegebenen Daten entsprechen der Zeitrechnung von Gondor (Drittes Zeitalter). Die am Rande aufgeführten Daten sind die Geburts- und Todesjahre.
[34] S. 795, 804.

andere Bergtäler wurden besiedelt. Über die nächsten drei Könige wird weniger gesagt, denn Rohan hatte Frieden und blühte und gedieh zu ihrer Zeit.

2570–2659   4. *Fréa.* Der älteste Sohn, aber das vierte Kind von Aldor; er war schon alt, als er König wurde.

2594–2680   5. *Fréawine.*

2619–99   6. *Goldwine.*

2644–2718   7. *Déor.* Zu seiner Zeit machten die Dunländer oft Raubzüge über den Isen. 2710 besetzten sie den verlassenen Ring von Isengart und konnten nicht vertrieben werden.

2668–2741   8. *Gram.*

2691–2759   9. *Helm Hammerhand.* Am Ende seiner Herrschaft erlitt Rohan durch eindringende Feinde und den Langen Winter schwere Verluste. Helm und seine Söhne Haleth und Háma kamen um. Fréaláf, Helms Schwestersohn, wurde König.

Zweite Linie

2726–2798   10. *Fréaláf Hildeson.* Zu seiner Zeit kam Saruman nach Isengart, von wo die Dunländer vertrieben worden waren. Die Rohirrim zogen in den Tagen der Not und Schwäche, die folgten, zuerst Vorteil aus seiner Freundschaft.

2752–2842   11. *Brytta.* Er wurde von seinem Volk *Léofa* genannt, denn er wurde von allen geliebt; er war freigebig und half allen, die in Not waren. Zu seiner Zeit war Krieg mit den Orks, die vom Norden vertrieben waren und im Weißen Gebirge Zuflucht suchten. Als der König starb, glaubte man, daß alle verjagt wären, aber dem war nicht so.

2780–2851   12. *Walda.* Er war nur neun Jahre lang König. Er wurde mit all seinen Begleitern erschlagen, als sie, auf Gebirgspfaden von Dunharg reitend, von Orks überfallen wurden.

2804–64   13. *Folca.* Er war ein großer Jäger, aber er legte ein Gelübde ab, keine wilden Tiere zu jagen, solange noch ein Ork in Rohan sei. Als die letzte Orkfeste aufgespürt und vernichtet war, machte er sich auf, um den großen Eber von Everholt im Firienwald zu jagen. Er erschlug den Eber, starb aber an den Wunden, die die Hauer des Ebers ihm geschlagen hatten.

2830–2903   14. *Folcwine.* Als er König wurde, waren die Rohirrim wieder stark geworden. Er eroberte die Westmarken (zwischen Adorn und Isen) zurück, die die Dunländer besetzt hatten. Rohan erhielt in den bösen Tagen große Hilfe von Gondor. Als Folcwine hörte, daß die Haradrim Gondor mit großer Macht angriffen, schickte er daher dem Truchsessen viele Mannen zu Hilfe. Er selbst wollte sie anführen, aber es wurde ihm ausgeredet, und an seiner Statt gingen seine beiden Zwillingssöhne (geboren 2858). Sie fielen Seite an Seite im Kampf in Ithilien (2885). Túrin II. von Gondor schickte Folcwine reiches Wergeld in Gold.

2870–2953 15. *Fengel.* Er war der dritte Sohn und das vierte Kind von Folcwine. Man gedenkt seiner nicht lobend. Er war gierig nach Essen und Gold und stritt sich mit seinen Marschällen und seinen Kindern. Thengel, sein drittes Kind und einziger Sohn, verließ Rohan, als er mannbar wurde, und lebte lange in Gondor und errang Ehren im Dienste von Turgon.

2905–80 16. *Thengel.* Er nahm erst spät eine Frau und heiratete 2943 Morwen von Lossarnach in Gondor, obwohl sie siebzehn Jahre jünger war. Sie gebar ihm drei Kinder in Gondor, von denen Théoden, das zweite, sein einziger Sohn war. Als Fengel starb, riefen die Rohirrim Thengel zurück, und er kam ungern. Doch erwies er sich als guter und weiser König; obgleich in seinem Hause die Sprache von Gondor gesprochen wurde und nicht alle das gut fanden. Morwen schenkte ihm in Rohan noch zwei Töchter; die letzte, Théodwyn, war die schönste, obwohl sie spät kam (2963), das Kind seines Alters. Ihr Bruder liebte sie sehr. Kurz nach Thengels Rückkehr ließ Saruman unmißverständlich erkennen, daß er sich als den Herrn von Isengart betrachtete, und er begann, Rohan Schwierigkeiten zu bereiten, indem er die Grenzen verletzte und Rohans Feinden Unterstützung gewährte.

2948–3019 17. *Théoden.* In der Überlieferung von Rohan wird er Théoden Ednew genannt, denn unter den Zaubersprüchen von Saruman siechte er dahin, aber er wurde von Gandalf geheilt, und in seinem letzten Lebensjahr schwang er sich auf und führte seine Mannen zum Sieg an der Hornburg und bald danach zu den Pelennor-Feldern, der größten Schlacht des Zeitalters. Er fiel vor den Toren von Mundburg. Eine Weile ruhte er im Lande seiner Geburt unter den toten Königen von Gondor, aber er wurde zurückgebracht und in das achte Hügelgrab seiner Linie in Edoras gelegt. Dann begann eine neue Linie.

Dritte Linie

Im Jahre 2989 heiratete Théodwyn Éomund von Ostfold, den ersten Marschall der Mark. Ihr Sohn Éomer wurde 2991 geboren und ihre Tochter Éowyn 2995. Zu jener Zeit hatte sich Sauron wieder erhoben, und der Schatten von Mordor erstreckte sich bis Rohan. Orks unternahmen Raubzüge in den östlichen Gebieten und erschlugen oder stahlen Pferde. Andere kamen herunter aus dem Nebelgebirge, viele von ihnen waren große Uruks im Dienste von Saruman, obwohl es lange dauerte, bis man es glaubte. Éomunds Hauptaufgabe lag in den östlichen Marken; und er liebte Pferde und haßte Orks. Wenn Nachrichten von einem

Überfall eintrafen, dann ritt er oft los in heftigem Zorn, unvorsichtig und mit wenig Mannen. So geschah es, daß er im Jahre 3002 erschlagen wurde; denn er verfolgte eine kleine Bande bis an die Grenzen des Emyn Muil und wurde dort von einer starken Schar überrumpelt, die zwischen den Felsen im Hinterhalt lag.

Nicht lange danach wurde Théodwyn krank und starb zum großen Kummer des Königs. Ihre Kinder nahm er in sein Haus und nannte sie Sohn und Tochter. Er hatte nur ein eigenes Kind, seinen Sohn Théodred, der damals vierundzwanzig Jahre alt war; denn Königin Elfhild war im Kindbett gestorben, und Théoden hatte nicht wieder geheiratet. Éomer und Éowyn wuchsen in Edoras auf und sahen den dunklen Schatten auf Théodens Hallen fallen. Éomer war wie seine Väter vor ihm; aber Éowyn war schlank und groß, von einer Anmut und Würde, die vom Süden, von Morwen von Lossarnach, die von den Rohirrim Stahlglanz genannt wurde, auf sie gekommen waren.

2991–V. Z. 63 (3084) *Éomer Éadig.* Schon in jungen Jahren wurde er ein Marschall der Mark (3017), und ihm wurde die Aufgabe seines Vaters in den Ostmarken übertragen. Im Ringkrieg fiel Théodred im Kampf gegen Saruman an den Furten des Isen. Ehe er auf den Pelennor-Feldern starb, ernannte daher Théoden Éomer zu seinem Erben und berief ihn als König. An jenem Tag errang auch Éowyn Ruhm, denn sie kämpfte in dieser Schlacht, nachdem sie unerkannt mitgeritten war; später wurde sie in der Mark die Herrin des Schildarms genannt[35].

Éomer war ein großer König, und da er noch jung war, als er Théoden nachfolgte, herrschte er fünfundsechzig Jahre lang, länger als alle Könige von Rohan vor ihm außer Aldor dem Alten. Im Ringkrieg schloß er Freundschaft mit König Elessar und mit Imrahil von Dol Amroth; und er ritt oft nach Gondor. Im letzten Jahr des Dritten Zeitalters heiratete er Lothíriel, Imrahils Tochter. Ihr Sohn Elfwine der Schöne herrschte nach ihm.

In Éomers Tagen hatten in der Mark die Menschen Frieden, die ihn sich ersehnten, und das Volk vermehrte sich in den Bergtälern und in den Ebenen, und die Zahl der Pferde wuchs. In Gondor herrschte jetzt König Elessar, und auch in Arnor. In allen Landen jener alten Reiche war er König, nur nicht in Rohan;

---

[35] Denn ihr Schildarm wurde durch die Keule des Hexenkönigs gebrochen; aber er wurde vernichtet, und so wurden die Worte erfüllt, die Glorfindel vor langer Zeit zu König Earnur gesprochen hatte, daß der Hexenkönig nicht durch die Hand eines Mannes fallen würde. Denn es heißt in den Liedern der Mark, daß Éowyn bei dieser Tat die Unterstützung von Théodens Schildknappen hatte, und auch er war nicht ein Mann, sondern ein Halbling aus einem fernen Land, obwohl Éomer ihm Ehren in der Mark und den Namen Holdwine verlieh. (Dieser Holdwine ist kein anderer als Meriadoc der Prächtige, der Herr von Bockland.)

denn er erneuerte für Éomer Cirions Schenkung, und Éomer legte wieder Eorls Eid ab. Oft erfüllte er ihn. Denn obwohl Sauron dahingegangen war, waren der Haß und das Unheil, die er erzeugt hatte, nicht ausgelöscht, und der König des Westens mußte viele Feinde unterwerfen, ehe der Weiße Baum in Frieden wachsen konnte. Und wo immer König Elessar in den Krieg zog, ging König Éomer mit ihm; und jenseits des Meeres von Rhûn und auf den fernen Feldern des Südens war das Donnern der Reiterei der Mark zu hören, und das Weiße Pferd auf Grün flatterte in vielen Winden, bis Éomer alt wurde.

III. DURINS VOLK

Über die Anfänge der Zwerge werden seltsame Geschichten erzählt, sowohl von den Eldar als auch von den Zwergen selbst; aber da diese Dinge weit vor unserer Zeit lagen, wird hier wenig darüber gesagt. Durin ist der Name, den die Zwerge für den Ältesten der Sieben Väter ihrer Rasse und den Vorfahren aller Könige der Langbärte gebrauchten[36]. Er war still für sich, bis er in grauer Vorzeit und beim Erwachen dieses Volkes nach Azanulbizar kam und in den Höhlen über Kheled-zâram im Osten des Nebelgebirges seinen Wohnsitz nahm, wo später die im Liede berühmten Minen von Moria waren.

Dort lebte er so lange, daß er weit und breit als Durin der Unsterbliche bekannt war. Doch zuletzt starb er, ehe die Altvorderenzeit vorüber war, und sein Grab war in Khazad-dûm; doch sein Geschlecht starb nie aus, und fünfmal wurde ein Erbe in seinem Haus geboren, der seinem Ahn so ähnlich sah, daß er den Namen Durin erhielt. Tatsächlich hielten ihn die Zwerge für den Unsterblichen, der zurückkehrte; denn es gibt bei ihnen viele seltsame Geschichten und Meinungen über sich selbst und ihr Schicksal in der Welt.

Nach dem Ende des Ersten Zeitalters hatten Macht und Wohlstand von Khazad-dûm sehr zugenommen; denn es wurde bereichert durch viel Volk und viel Wissen und Kunstfertigkeit, als die alten Städte Nogrod und Belegost in den Blauen Bergen bei der Niederwerfung von Thangorodrim zerstört wurden. Die Macht von Moria hielt sich während der Dunklen Jahre und Saurons Herrschaft, denn obwohl Eregion zerstört war und die Tore von Moria geschlossen, waren die Hallen von Khazad-dûm zu tief und stark, und das Volk dort war zu zahlreich und tapfer, als daß Sauron es von draußen hätte besiegen können. So blieb sein Reichtum lange ungeraubt, obwohl sein Volk sich zu verringern begann.

Es geschah um die Mitte des Dritten Zeitalters, daß Durin wiederum sein König war, der sechste dieses Namens. Die Macht von Sauron, dem Diener von Morgoth, wuchs damals von neuem in der Welt, obwohl der Schatten in dem Wald, der Moria gegenüber lag, noch nicht als das erkannt wurde, was er war. Alle bösen Geschöpfe waren in Bewegung. Die Zwerge gruben damals tief, denn sie suchten unter Barazinbar nach *mithril,* dem unschätzbaren Metall, das von

---

[36] *Der Hobbit.*

Jahr zu Jahr schwerer zu gewinnen war[37]. Auf diese Weise weckten sie ein entsetzliches Wesen aus dem Schlaf[38], das nach der Ankunft des Heeres des Westens und seiner Flucht aus Thangorodrim auf dem tiefsten Grund der Erde verborgen gelegen hatte: einen Balrog von Morgoth. Durin wurde von ihm erschlagen, und ein Jahr danach Náin I., sein Sohn; und dann war Morias Glanzzeit vorüber, und sein Volk wurde vernichtet oder floh weit fort.

Die meisten von denen, die entkamen, gingen in den Norden, und Thráin I., Náins Sohn, kam nach Erebor, dem Einsamen Berg, nahe den östlichen Rändern von Düsterwald, und dort erschloß er neue Bergwerke und wurde König unter dem Berg. In Erebor fand er den großen Edelstein, den Arkenstein, das Herz des Berges[39]. Doch Thorin I., sein Sohn, zog weiter in den fernen Norden zum Grauen Gebirge, wo die meisten von Durins Volk sich jetzt sammelten; denn diese Berge waren erzreich und wenig erforscht. Doch lebten Drachen in den Ödlanden dahinter; und nach vielen Jahren wurden sie wieder stark und vermehrten sich, und sie führten Krieg gegen die Zwerge und plünderten ihre Bergwerke. Schließlich wurde Dáin I. zusammen mit Frór, seinem zweiten Sohn, an den Türen seiner Halle von einem großen Kaltdrachen erschlagen.

Nicht lange danach verließen die meisten von Durins Volk das Graue Gebirge. Grór, Dáins Sohn, ging mit vielen, die ihm folgten, zu den Eisenbergen; aber Thrór, Dáins Erbe, kehrte mit Borin, seines Vaters Bruder, und dem Rest des Volkes nach Erebor zurück, und ihm und seinem Volk erging es gut, und sie wurden reich und waren mit allen Menschen befreundet, die in der Nähe wohnten. Denn sie stellten nicht nur wunderbare und schöne Dinge her, sondern auch Waffen und Rüstungen von großem Wert; und der Erzhandel zwischen ihnen und ihren Verwandten in den Eisenbergen blühte. So wurden die Nordmenschen stark, die zwischen dem Celduin (Fluß Eilend) und dem Carnen (Rotwasser) wohnten, und vertrieben alle Feinde aus dem Osten; und die Zwerge lebten im Überfluß, und es gab Festmähler und Gesang in den Hallen von Erebor[40].

Das Gerücht von dem Reichtum in Erebor verbreitete sich im Ausland und kam den Drachen zu Ohren, und schließlich erhob sich Smaug der Goldene, der größte der Drachen seiner Zeit, und griff ohne Warnung König Thrór an und stieß in Flammen auf den Berg nieder. Es dauerte nicht lange, da war das ganze Gebiet zerstört, und die nahegelegene Stadt Thal war in Trümmern und verlassen; aber Smaug ging hinein in die Große Halle und legte sich dort auf ein Bett von Gold.

Der Plünderung und dem Brand entkamen viele von Thrórs Verwandten; und als letzte von allen verließen Thrór selbst und sein Sohn Thrain II. die Hallen

---

[37] S. 326 f.
[38] Oder befreiten es aus dem Gefängnis; es mag sehr wohl sein, daß es durch Saurons Bosheit schon geweckt war.
[39] *Der Hobbit.*
[40] *Der Hobbit.*

durch eine geheime Tür. Sie machten sich mit ihrer Sippe[41] auf eine lange und obdachlose Wanderung nach Süden. Mit ihnen ging auch eine kleine Schar ihrer Verwandten und getreuen Anhänger.

Jahre später gab Thrór, der nun alt, arm und verzweifelt war, seinem Sohn Thráin den einzigen großen Schatz, den er noch besaß, den letzten der Sieben Ringe, und dann ging er fort mit nur einem alten Gefährten mit Namen Nár. Über den Ring sagte er beim Abschied zu Thráin:

»Dieses hier mag sich noch als die Grundlage eines neuen Wohlstands für dich erweisen, obwohl es unwahrscheinlich ist. Der Ring braucht Gold, um Gold zu hecken.«

»Gewiß denkst du doch nicht daran, nach Erebor zurückzukehren?« fragte Thráin.

»Nicht in meinem Alter«, sagte Thrór. »Unsere Rache an Smaug überlasse ich dir und deinen Söhnen. Aber ich bin die Armut leid und die Verachtung der Menschen. Ich will sehen, was ich finden kann.« Er sagte nicht, wohin er gehen wollte.

Er war vielleicht ein bißchen verrückt vor Alter und Unglück und langem Grübeln über den Glanz von Moria in den Tagen seiner Vorväter; oder es könnte sein, daß der Ring jetzt, da sein Herr wach war, einen unheilvollen Einfluß hatte, und ihn zu Torheit und Vernichtung trieb. Von Dunland, wo Thrór damals wohnte, ging er mit Nár nach Norden, und sie überquerten den Rothornpaß und kamen hinunter nach Azanulbizar.

Als Thrór nach Moria kam, stand das Tor offen. Nár bat ihn, vorsichtig zu sein, aber er achtete seiner nicht und ging stolz hinein wie ein Erbe, der heimkehrt. Aber er kam nicht zurück. Nár blieb mehrere Tage in einem Versteck in der Nähe. Eines Tages hörte er einen lauten Ruf und das Blasen eines Horns, und ein Körper wurde hinausgeworfen auf die Stufen. Er fürchtete, es könnte Thrór sein, und begann näherzukriechen, aber da erschallte eine Stimme innerhalb des Tors:

»Komm heran, Bärtling! Wir können dich sehen. Aber heute brauchst du keine Angst zu haben. Wir brauchen dich als Boten.«

Dann kam Nár heran und stellte fest, daß es wirklich Thrórs Leiche war, aber der Kopf war abgeschlagen und lag mit dem Gesicht nach unten. Als er niederkniete, hörte er Orkgelächter in den Schatten, und die Stimme sagte:

»Wenn Bettler nicht an der Tür warten, sondern sich hereinschleichen und zu stehlen versuchen, dann verfahren wir so mit ihnen. Und wenn irgendwelche von eurem Volk noch einmal versuchen, ihre widerlichen Bärte hier hereinzustecken, dann wird es ihnen genauso ergehen. Geh und sage ihnen das! Aber wenn seine Sippe wissen will, wer jetzt hier König ist, so steht der Name auf seinem Gesicht geschrieben. Ich schrieb ihn! Ich tötete ihn! Ich bin der Herr!«

---

[41] Unter ihnen waren die Kinder von Thráin II.: Thorin (Eichenschild), Frerin und Dís. Thorin war damals nach Ansicht der Zwerge ein Jüngling. Später erfuhr man, daß noch mehr von dem Volk unter dem Berge entkommen waren, als man zuerst glaubte; aber die meisten von diesen gingen in die Eisenberge.

Da drehte Nár den Kopf herum und sah auf der Stirn eingebrannt in Zwergenrunen, so daß er ihn lesen konnte, den Namen AZOG. Dieser Name war später in seinem Herzen und den Herzen aller Zwerge eingebrannt. Nár bückte sich, um den Kopf aufzuheben, aber Azog[42] sagte:
»Laß ihn liegen! Fort mit dir! Hier ist dein Botenlohn, du Bettler-Bart.« Ein kleiner Beutel wurde ihm zugeworfen. Er enthielt ein paar Münzen von geringem Wert.
Weinend floh Nár den Silberlauf hinunter; aber einmal schaute er sich um und sah, daß Orks aus dem Tor herausgekommen waren, die Leiche zerhackten und die Stücke den schwarzen Krähen hinwarfen.

Das war die Geschichte, die Nár zu Thráin zurückbrachte; und nachdem er geweint und sich den Bart gerauft hatte, schwieg er. Sieben Tage saß er da und sprach kein Wort. Dann stand er auf und sagte: »Das kann nicht hingenommen werden!« Das war der Anfang des Krieges der Zwerge und Orks, der lang und mörderisch war und zum größten Teil tief unter der Erde ausgefochten wurde.
Thráin schickte sogleich Boten aus, die die Nachricht nach Norden, Osten und Westen brachten; doch es dauerte drei Jahre, bis die Zwerge ihre Streitmacht aufgestellt hatten. Durins Volk sammelte sein ganzes Heer, und ihnen schlossen sich starke Kräfte an, die von den Häusern der anderen Väter entsandt wurden; denn die Schmach, die dem Erben des Ältesten ihrer Rasse angetan worden war, erfüllte sie mit Zorn. Als alles bereit war, griffen sie an und plünderten eine Orkfeste nach der anderen zwischen Gundabad und dem Schwertel. Beide Seiten waren erbarmungslos, und es gab Tod und grausame Taten bei Tage und bei Nacht. Aber die Zwerge waren siegreich durch ihre Stärke, ihre unvergleichlichen Waffen und ihre rasende Wut, als sie in jeder Höhle unter dem Gebirge nach Azog jagten.
Schließlich hatten sich alle Orks, die vor ihnen flohen, in Moria versammelt, und das sie verfolgende Zwergenheer kam nach Azanulbizar. Das war ein großes Tal zwischen den Ausläufern der Berge um den See Kheled-zâram und war einst ein Teil des Königreiches Khazad-dûm gewesen. Als die Zwerge das Tor ihrer alten Behausungen an der Bergseite sahen, stießen sie einen lauten Schrei aus, der wie Donner im Tal widerhallte. Aber ein großes Heer von Feinden war auf den Hängen über ihnen aufgestellt, und aus den Toren ergoß sich eine Unmasse von Orks, die Azog für den letzten Notfall zurückgehalten hatte.
Zuerst war das Glück gegen die Zwerge; denn es war ein dunkler Wintertag ohne Sonne, und die Orks wankten nicht, und sie waren an Zahl überlegen und hatten den höheren Standort. So begann die Schlacht von Azanulbizar (oder Nanduhirion in der Elbensprache), und wenn sie daran denken, schaudert es die Orks noch immer, und die Zwerge weinen. Der erste Angriff der von Thráin geführten Vorhut wurde unter Verlusten zurückgeschlagen, und Thráin wurde in einen Wald von großen Bäumen getrieben, die damals nicht weit von Kheled-

---

[42] Azog war der Vater von Bolg; vgl. *Der Hobbit*.

zâram noch wuchsen. Dort fielen sein Sohn Frerin und sein Vetter Fundin und viele andere, und Thráin und auch Thorin wurden verwundet[43]. An anderen Stellen ging die Schlacht mit großem Gemetzel hin und her, bis schließlich das Volk der Eisenberge die Entscheidung brachte. Die gepanzerten Krieger von Náin, Gróʼrs Sohn, kamen spät und mit frischen Kräften auf das Schlachtfeld, stießen durch die Orks durch bis zur Schwelle von Moria und schrien: »Azog! Azog!«, und sie schlugen mit ihren Queräxten alle nieder, die ihnen im Weg waren.

Dann stand Náin vor dem Tor und rief mit lauter Stimme: »Azog! Wenn du drinnen bist, komm heraus! Oder ist der Waffengang im Tal zu roh?«

Daraufhin kam Azog heraus, und er war ein großer Ork mit einem riesigen, gepanzerten Kopf, und dennoch behende und stark. Mit ihm kamen viele seinesgleichen, die Kämpfer seiner Leibwache, und als sie Náins Schar angriffen, wandte Azog sich an Náin und sagte:

»Was? Noch ein Bettler an meiner Tür? Muß ich dich auch brandmarken?« Damit stürzte er sich auf Náin, und sie kämpften. Aber Náin war halb blind vor Wut und auch müde von der Schlacht, während Azog frisch und grausam und voller Tücke war. Bald führte Náin einen gewaltigen Streich mit aller Kraft, die er noch hatte, aber Azog sprang zur Seite und trat gegen Náins Bein, so daß die Queraxt auf dem Stein zersplitterte, auf dem er stand, und Náin nach vorn stolperte. Da führte Azog einen raschen Hieb nach seinem Hals. Náins Panzerhemd widerstand der Klinge, aber der Schlag war so heftig, daß Náins Genick brach und er zu Boden stürzte.

Da lachte Azog, und er hob den Kopf, um einen lauten Siegesschrei auszustoßen; aber der Schrei blieb ihm in der Kehle stecken. Denn er sah, daß sein ganzes Heer im Tal in wilder Flucht war und die Zwerge überall angriffen und alle erschlugen, und diejenigen, die ihnen entkommen konnten, flohen unter schrillen Schreien nach Süden, und alle Krieger seiner Leibwache waren tot. Er wandte sich um und floh zurück zum Tor.

Ihm nach auf die Stufen sprang ein Zwerg mit einer roten Axt. Es war Dáin Eisenfuß, Náins Sohn. Genau an der Tür erreichte er Azog, und dort tötete er ihn und schlug ihm den Kopf ab. Das wurde als eine große Tat erachtet, denn nach den Maßstäben der Zwerge war Dáin damals noch ein grüner Junge. Doch ein langes Leben und viele Schlachten lagen noch vor ihm, bis er hochbetagt, aber ungebeugt, im Ringkrieg fiel. Aber es heißt, daß er, als er vom Tor zurückkam, trotz all seiner Tapferkeit und Wut grau im Gesicht war wie einer, der einen großen Schrecken erlebt hat.

Als die Schlacht schließlich gewonnen war, versammelten sich die Zwerge, die übriggeblieben waren, in Azanulbizar. Sie nahmen Azogs Kopf, stopften ihm den kleinen Geldbeutel in den Mund und steckten ihn auf einen Pfahl. Aber keinen

---

[43] Es heißt, daß Thorins Schild zerhauen war und er ihn wegwarf, sich mit seiner Axt einen Ast von einer Eiche abhieb und ihn in der linken Hand hielt, um die Streiche seiner Feinde abzuwehren oder ihn als Keule zu verwenden. So kam er zu seinem Namen.

Festschmaus oder Gesang gab es in jener Nacht; denn der Gram um ihre Toten war unermeßlich. Knapp die Hälfte von ihnen, heißt es, konnte noch stehen oder hatte Hoffnung auf Heilung.

Dennoch trat Thráin am Morgen vor sie. Er war auf einem Auge unheilbar blind geworden und lahm durch eine Beinwunde; aber er sagte: »Gut! Wir haben gesiegt. Khazad-dûm ist unser!«

Aber sie antworteten: »Durins Erbe magst du sein, aber selbst mit einem Auge solltest du klarer sehen. Wir führten diesen Krieg um der Rache willen, und Rache haben wir genommen. Aber sie ist nicht süß. Wenn dies Sieg ist, dann sind unsere Hände zu klein, um ihn zu halten.«

Und jene, die nicht von Durins Volk waren, sagten außerdem: »Khazad-dûm war nicht unseres Vaters Haus. Was bedeutet es uns, es sei denn eine Hoffnung auf Schätze? Aber wenn wir nun ohne den Lohn und das Wergeld, das uns geschuldet wird, auskommen müssen, dann werden wir, je eher wir in unsere eigenen Lande zurückkehren, um so froher sein.«

Da wandte sich Thráin an Dáin und sagte: »Aber gewiß wird mich doch meine eigene Sippe nicht verlassen?« – »Nein«, sagte Dáin. »Du bist der Vater unseres Volkes, und wir haben für dich geblutet und werden es wieder tun. Aber wir werden Khazad-dûm nicht betreten. Auch du wirst Khazad-dûm nicht betreten. Nur ich habe durch den Schatten des Tors geschaut. Jenseits des Schattens wartet er noch auf uns: Durins Fluch. Die Welt muß sich wandeln, und eine andere Macht als die unsere muß kommen, ehe Durins Volk wieder in Moria wandert.«

So kam es, daß nach Azanulbizar die Zwerge wieder auseinandergingen. Doch zuerst entkleideten sie mit großen Mühen alle ihre Toten, damit den Orks nicht ein Vorrat von Waffen und Panzern in die Hände falle. Es heißt, daß jeder Zwerg, der das Schlachtfeld verließ, unter einer schweren Last gebeugt ging. Dann errichteten sie viele Scheiterhaufen und verbrannten die Leichen ihrer Verwandten. Viele Bäume wurden in dem Tal gefällt, das seitdem immer kahl blieb, und der Rauch des Brandes war in Lórien zu sehen[44].

Als die entsetzlichen Feuer zu Asche niedergebrannt waren, gingen die Verbündeten jeder in sein eigenes Land, und Dáin Eisenfuß führte seines Vaters Volk zurück zu den Eisenbergen. Dann sagte Thráin, als sie an dem großen Pfahl standen, zu Thorin Eichenschild: »Manche werden denken, dieser Kopf sei teuer erkauft! Zumindest haben wir unser Königreich dafür hingegeben. Willst du mit mir zum Amboß zurückkommen? Oder willst du dein Brot an stolzen Türen erbetteln?«

---

[44] So mit ihren Toten zu verfahren, war den Zwergen schmerzlich, denn es war gegen ihre Bräuche; aber um derartige Grabstätten zu bauen, wie sie es gewohnt waren (denn sie legten ihre Toten nur in Stein, nicht in Erde), wären viele Jahre nötig gewesen. Daher überlieferten sie ihre Verwandten lieber dem Feuer als Tieren oder Vögeln oder den Aas-Orks. Doch jener, die in Azanulbizar fielen, wurde in Ehren gedacht, und bis zum heutigen Tag wird ein Zwerg stolz von einem seiner Vorfahren sagen: »Er war ein verbrannter Zwerg«, und das genügt.

»Zum Amboß«, antwortete Thorin. »Der Hammer wird wenigstens die Arme stark erhalten, bis sie wieder schärfere Geräte schwingen können.«

So kehrten Thráin und Thorin mit denen, die von ihren Gefolgsleuten noch übrig waren (unter ihnen Balin und Glóin) nach Dunland zurück, und bald darauf brachen sie wieder auf und wanderten in Eriador, bis sie sich schließlich ein Heim in der Verbannung im Osten des Ered Luin jenseits des Lhûn schufen. Aus Eisen waren die meisten Dinge, die sie in jenen Tagen schmiedeten, aber es ging ihnen gut auf ihre Weise, und ihre Zahl nahm langsam zu[45]. Doch wie Thrór gesagt hatte: der Ring brauchte Gold, um Gold zu hecken, und davon oder von irgendwelchen anderen Edelmetallen hatten sie wenig oder gar nichts.

Von diesem Ring kann hier einiges gesagt werden. Die Zwerge von Durins Volk glaubten, er sei als erster der Sieben geschmiedet worden; und sie sagen, er sei dem König von Khazad-dûm, Durin III., von den Elbenschmieden selbst und nicht von Sauron gegeben worden, obwohl dessen böse Macht zweifellos auf ihm lag, da er beim Schmieden von allen Sieben geholfen hatte. Aber die Besitzer des Rings zeigten ihn nicht und sprachen auch nicht von ihm, und selten gaben sie ihn weiter, ehe der Tod nahe war, so daß andere nicht genau wußten, wo er verwahrt wurde. Manche glaubten, er sei in Khazad-dûm geblieben, in den geheimen Grüften der Könige, wenn sie nicht entdeckt und geplündert worden waren; aber in der Sippe von Durins Erben wurde (fälschlich) angenommen, daß Thrór ihn getragen habe, als er unbesonnen dorthin zurückkehrte. Was dann aus ihm geworden sei, wußten sie nicht. Bei Azogs Leiche war er nicht gefunden worden[46].

Dennoch mag es sehr wohl sein, wie die Zwerge jetzt glauben, daß Sauron in seiner Arglist herausgefunden hatte, wer diesen Ring besaß, der letzte, der noch frei war, und daß das außergewöhnliche Mißgeschick von Durins Erben weitgehend seiner Bosheit zuzuschreiben war. Denn es erwies sich, daß die Zwerge durch dieses Mittel nicht zu unterwerfen waren. Die einzige Macht, die der Ring über sie besaß, bestand darin, daß er ihre Herzen mit einer Gier nach Gold und Kostbarkeiten erfüllte, so daß ihnen, wenn sie diese nicht hatten, alle anderen Dinge nutzlos erschienen und sie Zorn und Rachedurst gegen alle empfanden, die sie des Goldes beraubten. Aber von Anfang an waren sie von einer Art, die sich höchst beharrlich jeder Beherrschung widersetzt. Sie konnten zwar erschlagen oder verletzt werden, aber sie konnten nicht zu bloßen Schatten erniedrigt werden, die einem anderen Willen hörig waren; und aus demselben Grunde übte kein Ring insofern eine Wirkung auf ihr Leben aus, daß sie seinetwegen etwa länger oder kürzer lebten. Um so mehr haßte Sauron die Besitzer des Ringes und trachtete, sie seiner zu berauben.

---

[45] Es gab sehr wenig Frauen bei ihnen. Dís, Thráins Tochter war dort. Sie war die Mutter von Fíli und Kíli, die im Ered Luin geboren wurden. Thorin hatte keine Frau.
[46] S. 278.

Es lag daher vielleicht teilweise an der Bosheit des Ringes, daß Thráin nach einigen Jahren rastlos und unzufrieden wurde. Das Gelüst nach Gold ließ ihn nicht los. Schließlich, als er es nicht länger ertragen konnte, richtete er seine Gedanken auf Erebor und beschloß, dorthin zurückzukehren. Er sagte zu Thorin nichts von dem, was sein Herz bewegte; aber mit Balin und Dwalin und ein paar anderen machte er sich bereit, sagte Lebewohl und ging von dannen.

Wenig ist darüber bekannt, was ihm später widerfuhr. Es scheint jetzt, daß er, kaum daß er mit einigen wenigen Gefährten unterwegs war, von Saurons Abgesandten gejagt wurde. Wölfe verfolgten ihn, Orks lauerten ihm auf, böse Vögel beschatteten seinen Weg, und je mehr er sich mühte, nach Norden zu gehen, um so mehr Mißgeschicke ereilten ihn. Es war in einer dunklen Nacht, als er und seine Gefährten in dem Land jenseits des Anduin wanderten und ein abscheulicher Regen sie zwang, unter den Säumen des Düsterwalds Schutz zu suchen. Am Morgen war er aus dem Lager verschwunden, und vergeblich riefen ihn seine Gefährten. Viele Tage suchten sie nach ihm, bis sie die Hoffnung schließlich aufgaben und fortgingen und zu Thorin zurückkehrten. Erst viel später erfuhr man, daß Thráin lebend ergriffen und in die Verliese von Dol Guldur gebracht worden war. Dort wurde er gefoltert, und der Ring wurde ihm abgenommen, und dort starb er schließlich.

So wurde Thorin Eichenschild Durins Erbe, aber ein Erbe ohne Hoffnung. Als Thráin umkam, war Thorin fünfundneunzig, ein großer Zwerg von stolzer Haltung; aber er schien es zufrieden zu sein, in Eriador zu bleiben. Dort arbeitete er lange, trieb Handel und erwarb soviel Reichtum, wie er konnte; und sein Volk vermehrte sich um viele aus dem wandernden Volk von Durin, die gehört hatten, daß er im Westen wohne, und zu ihm kamen. Jetzt hatten sie schöne Hallen in den Bergen und Warenbestände, und ihre Tage schienen nicht so hart, obwohl sie in ihren Liedern immer von dem fernen Einsamen Berg sprachen.

Die Jahre vergingen. Die Asche in Thorins Herz wurde wieder heiß, als er über die Kränkungen seines Hauses nachgrübelte und über die Rache an dem Drachen, die ein Erbe seiner Sippe war. Er dachte an Waffen und Heere und Bündnisse, wenn sein großer Hammer in seiner Schmiede hallte; aber die Heere waren verstreut und die Bündnisse gelöst, und der Äxte seines Volkes waren wenige; und ein großer Zorn ohne Hoffnung brannte in ihm, wenn er auf das rote Eisen auf dem Amboß schlug.

Doch schließlich kam es durch Zufall zu einer Begegnung zwischen Gandalf und Thorin, die das ganze Geschick von Durins Haus änderte und außerdem noch zu anderen und größeren Zielen führte. Eines Tages[47], als Thorin von einer Fahrt in den Westen zurückkehrte, blieb er über Nacht in Bree. Dort war auch Gandalf. Er war auf dem Weg ins Auenland, das er seit etwa zwanzig Jahren nicht besucht hatte. Er war müde und wollte dort eine Weile rasten.

Abgesehen von vielen Sorgen war er beunruhigt über die gefährliche Lage im

---

[47] Am 15. März 2941.

Norden; denn er wußte damals schon, daß Sauron einen Krieg plante und beabsichtigte, sobald er sich stark genug fühlte, Bruchtal anzugreifen. Aber jedem Versuch von Osten, die Lande von Angmar und die nördlichen Pässe im Gebirge wiederzuerlangen, vermochten sich jetzt die Zwerge der Eisenberge zu widersetzen. Und jenseits dieser Berge lag die Wüstenei des Drachen. Des Drachen könnte Sauron sich bedienen, und das würde entsetzliche Folgen haben. Was wäre zu tun, um Smaug ein Ende zu bereiten?

Gerade, als Gandalf dasaß und darüber nachdachte, trat Thorin vor ihn und sagte: »Herr Gandalf, ich kenne Euch nur vom Sehen, aber jetzt wäre ich froh, mit Euch zu sprechen. Denn letzthin seid Ihr oft in meinen Gedanken aufgetaucht, als ob ich geheißen würde, Euch zu suchen. Ich hätte es fürwahr getan, wenn ich gewußt hätte, wo Ihr zu finden seid.«

Gandalf blickte ihn erstaunt an. »Das ist seltsam, Thorin Eichenschild«, sagte er. »Denn auch ich habe an Euch gedacht; und obwohl ich auf meinem Weg ins Auenland bin, kam es mir in den Sinn, daß das auch der Weg zu Euren Hallen ist.«

»Nennt sie so, wenn Ihr wollt«, sagte Thorin. »Sie sind nur eine armselige Unterkunft in der Verbannung. Aber Ihr wäret dort willkommen, wenn Ihr kämet. Denn es heißt, daß Ihr weise seid und mehr von dem wißt, was in der Welt vorgeht, als jeder andere; denn es gibt vieles, was mich beschäftigt, und ich wäre froh über Euren Rat.«

»Ich werde kommen«, sagte Gandalf. »Denn ich vermute, daß zumindest ein Ärgernis uns beide bewegt. Mich beschäftigt der Drache von Erebor, und ich glaube nicht, daß Thrórs Enkel ihn vergessen hat.«

Anderswo ist die Geschichte erzählt worden, die auf diese Begegnung folgte: der seltsame Plan, den Gandalf schmiedete, um Thorin zu helfen, und wie Thorin und seine Gefährten vom Auenland aus zu der Fahrt zum Einsamen Berg aufbrachen, die große und unerwartete Ergebnisse hatte. Hier werden nur jene Dinge erwähnt, die Durins Volk unmittelbar betreffen.

Der Drache wurde von Bard von Esgaroth erschlagen, aber es gab Kampf in Thal. Denn die Orks überfielen Erebor, sobald sie von der Rückkehr der Zwerge hörten; sie wurden angeführt von Bolg, dem Sohn von Azog, den Dáin in seiner Jugend erschlagen hatte. In dieser ersten Schlacht von Thal erhielt Thorin Eichenschild eine tödliche Wunde; und er starb und wurde in eine Gruft unter dem Berg gelegt mit dem Arkenstein auf seiner Brust. Dort fielen auch Fíli und Kíli, seine Schwestersöhne. Aber Dáin Eisenfuß, sein Vetter, der ihm von den Eisenbergen zu Hilfe gekommen war und der auch sein rechtmäßiger Erbe war, wurde dann König Dáin II., und das Königreich unter dem Berg ward wiederhergestellt, wie Gandalf es gewünscht hatte. Dáin erwies sich als großer und weiser König; die Zwerge kamen zu Wohlstand und wurden stark zu seiner Zeit.

Im Spätsommer desselben Jahres (2941) hatte Gandalf bei Saruman und dem Weißen Rat endlich durchgesetzt, Dol Guldur anzugreifen, und Sauron zog sich zurück und ging nach Mordor, wo er, wie er glaubte, vor all seinen Feinden sicher sei. So kam es, als der Krieg endlich ausbrach, daß sich der Hauptangriff gegen den Süden richtete; trotzdem hätte Sauron mit seiner weit ausgestreckten rechten Hand großes Unheil im Norden anrichten können, wenn ihm König Dáin und König Brand nicht im Wege gestanden hätten. Genau wie Gandalf später zu Frodo und Gimli sagte, als sie eine Zeitlang zusammen in Minas Tirith wohnten, kurz nachdem Nachrichten nach Gondor gelangt waren von weit entfernten Ereignissen.

»Ich war betrübt über Thorins Tod«, sagte Gandalf. »Und jetzt hören wir, daß Dáin gefallen ist, der wieder in Thal kämpfte, während wir hier kämpften. Ich würde es einen schweren Verlust nennen, wenn es nicht eher ein Wunder wäre, daß er in seinem hohen Alter seine Axt noch so gewaltig schwingen konnte, wie es heißt, daß er es tat, als er vor dem Tor von Erebor über König Brands Leiche stand, bis die Dunkelheit hereinbrach.

Dennoch hätten sich die Dinge ganz anders und viel schlimmer entwickeln können. Wenn ihr an die große Schlacht von Pelennor denkt, dann vergeßt nicht die Schlachten in Thal und die Tapferkeit von Durins Volk. Denkt daran, was hätte sein können. Drachenfeuer und grausame Vernichtung in Eriador, Nacht in Bruchtal. Es hätte vielleicht keine Königin in Gondor gegeben. Womöglich wären wir jetzt von dem Sieg hier nur zu Zerstörung und Asche zurückgekehrt. Aber das ist verhütet worden – weil ich an einem Vorfrühlingsabend Thorin Eichenschild in Bree traf. Eine Zufallsbegegnung, wie wir in Mittelerde sagen.«

Dís war Thráins II. Tochter. Sie ist die einzige Zwergenfrau, die in diesen Geschichten mit Namen genannt wird. Gimli sagte, es gebe wenig Zwergenfrauen, wahrscheinlich nicht mehr als ein Drittel des ganzen Volkes. Sie sind selten unterwegs, es sei denn in großer Not. Und wenn sie auf eine Fahrt gehen müssen, dann sind sie, was ihre Stimme, ihr Äußeres und ihre Kleidung betrifft, den Zwergenmännern so ähnlich, daß Augen und Ohren anderer Völker sie nicht auseinanderhalten können. Das hat bei den Menschen die törichte Meinung aufkommen lassen, daß es keine Zwergenfrauen gebe und die Zwerge »aus Stein wachsen«.

Daß es so wenig Frauen unter den Zwergen gibt, ist der Grund, warum sich ihr Geschlecht so langsam vermehrt und in Gefahr ist, wenn es keine sichere Bleibe hat. Denn Zwerge nehmen in ihrem Leben nur eine Ehefrau oder einen Ehemann und sind eifersüchtig, wie in allen Fragen ihrer Rechte. Die Zahl der Zwergenmänner, die heiraten, beträgt tatsächlich weniger als ein Drittel. Denn nicht alle Frauen nehmen einen Ehemann: manche wollen keinen; manche wollen einen, den sie nicht bekommen können, und nehmen deshalb lieber gar keinen. Was die Männer betrifft, so wünschen auch sehr viele von ihnen nicht zu heiraten, weil sie von ihrem Handwerk so in Anspruch genommen sind.

Gimli, Glóins Sohn, ist berühmt, denn er war einer der Neun Gefährten, die mit dem Ring aufbrachen; und den Krieg über blieb er bei König Elessar. Er wurde Elbenfreund genannt wegen der großen Liebe zwischen ihm und Legolas, König Thranduils Sohn, und wegen seiner Verehrung für Frau Galadriel.

Anhang

   Nach Saurons Sturz brachte Gimli einen Teil des Zwergenvolks von Erebor nach Süden, und er wurde der Herr der Glitzernden Höhlen. Er und sein Volk vollbrachten große Werke in Gondor und Rohan. Für Minas Tirith schmiedeten sie Tore aus *mithril* und Stahl anstelle der durch den Hexenkönig zerstörten. Sein Freund Legolas brachte auch Elben aus Grünwald in den Süden, und sie wohnten in Ithilien, und es wurde wieder das schönste Land des Westens.

   Aber als König Elessar sein Leben aufgab, folgte Legolas endlich dem Wunsch seines Herzens und segelte über das Meer.

Hier folgt eine der letzten Eintragungen im Roten Buch

Wir haben gehört, daß Legolas Gimli, Glóins Sohn, mitnahm wegen ihrer großen Freundschaft, die größer war als jede, die es je zwischen Elb und Zwerg gegeben hat. Wenn das stimmt, dann ist es wahrlich seltsam: daß ein Zwerg um irgendeiner Liebe willen bereit ist, Mittelerde zu verlassen, oder daß die Eldar ihn aufnehmen oder die Herren des Westens es erlauben. Aber es heißt, daß Gimli auch deshalb ging, weil er den Wunsch hatte, Galadriels Schönheit wiederzusehen, und es mag sein, daß sie, die mächtig war unter den Eldar, dieses Vorrecht für ihn erlangte. Mehr kann darüber nicht gesagt werden.

---

* Die Namen derjenigen, die als Könige von Durins Volks gelten, sei es in der Verbannung oder nicht, sind mit einem Sternchen bezeichnet. Von den anderen Gefährten von Thorin Eichenschild auf der Fahrt nach Erebor gehörten auch Ori, Nori und Dori zum Haus von Durin, und die entfernteren Verwandten von Thorin, Bifur, Bofur und Bombur, stammten von den Zwergen von Moria ab, waren aber nicht von Durins Linie. Für das Zeichen † vgl. S. 1039.

Anhang

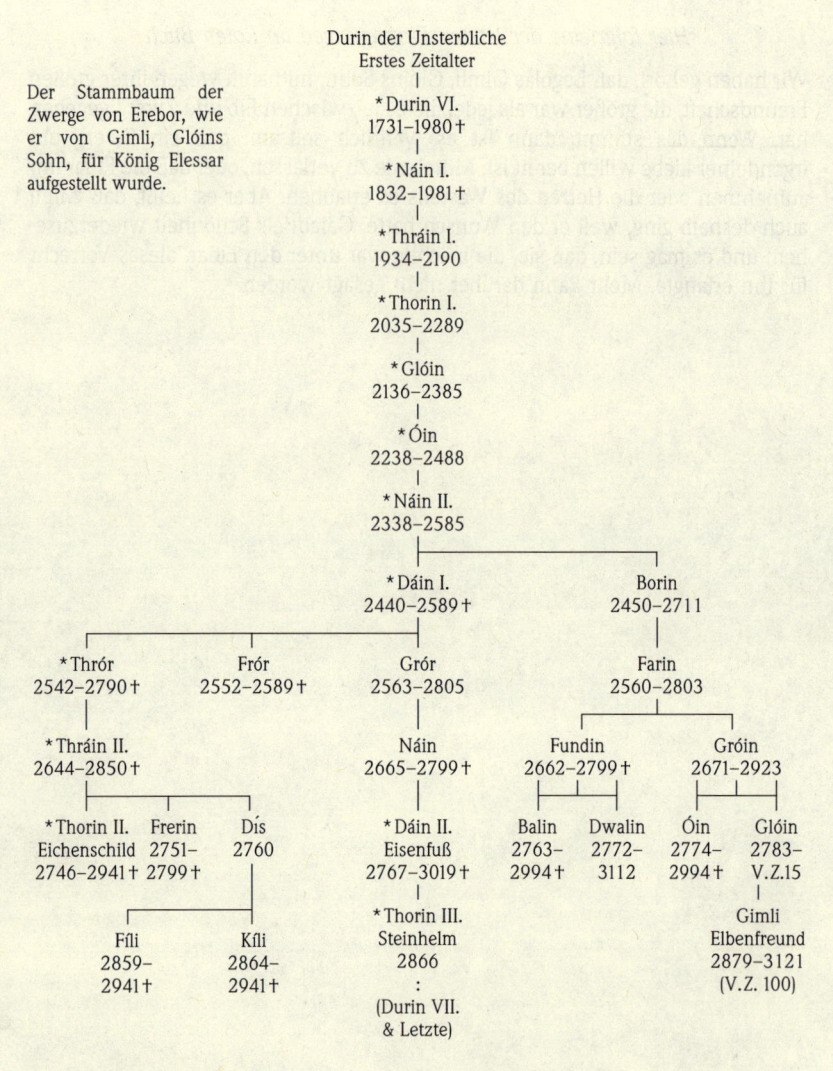

Der Stammbaum der Zwerge von Erebor, wie er von Gimli, Glóins Sohn, für König Elessar aufgestellt wurde.

Durin der Unsterbliche
Erstes Zeitalter
|
*Durin VI.
1731–1980†
|
*Náin I.
1832–1981†
|
*Thráin I.
1934–2190
|
*Thorin I.
2035–2289
|
*Glóin
2136–2385
|
*Óin
2238–2488
|
*Náin II.
2338–2585
|
*Dáin I.   Borin
2440–2589†   2450–2711

*Thrór   Frór   Grór   Farin
2542–2790† 2552–2589† 2563–2805   2560–2803

*Thráin II.   Náin   Fundin   Gróin
2644–2850†   2665–2799†   2662–2799†   2671–2923

*Thorin II. Frerin Dís   *Dáin II.   Balin   Dwalin   Óin   Glóin
Eichenschild 2751– 2760   Eisenfuß   2763–   2772–   2774–   2783–
2746–2941† 2799†   2767–3019†   2994†   3112   2994†   V.Z.15
                                 |
Fíli   Kíli   *Thorin III.   Gimli
2859–   2864–   Steinhelm   Elbenfreund
2941†   2941†   2866   2879–3121
                                 :   (V.Z. 100)
                               (Durin VII.
                               & Letzte)

Gründung von Erebor, 1999.
Dáin I. von einem Drachen erschlagen, 2589.
Rückkehr nach Erebor, 2590.
Plünderung von Erebor, 2770.
Ermordung von Thrór, 2790.
Heerschau der Zwerge, 2790–3.
Krieg der Zwerge und Orks, 2793–9.

Schlacht von Nanduhirion, 2799.
Thráin geht auf die Wanderschaft, 2841.
Thráins Tod und Verlust seines Ringes, 2850.
Schlacht der Fünf Heere und Thorins II. Tod, 2941.
Balin geht nach Moria, 2989.

ANHANG B

DIE AUFZÄHLUNG DER JAHRE

(Zeittafel der Westlande)

Das *Erste Zeitalter* endete mit der Großen Schlacht, bei der das Heer von Valinor Thangorodrim[1] zerstörte und Morgoth niederwarf. Dann kehrten die meisten der Noldor in den Fernen Westen zurück[2] und wohnten in Eressea in Sichtweite von Valinor; und auch viele der Sindar gingen über das Meer.

Das *Zweite Zeitalter* endete damit, daß Sauron, der Diener von Morgoth, zum erstenmal niedergeworfen und ihm der Eine Ring abgenommen wurde.

Das *Dritte Zeitalter* endete im Ringkrieg; aber als der Beginn des Vierten Zeitalters galt erst das Fortgehen von Herrn Elrond, als die Zeit für die Herrschaft der Menschen und den Niedergang aller anderen »sprechenden Völker« in Mittelerde gekommen war[3].

Im Vierten Zeitalter wurden die früheren Zeitalter oft die *Altvorderenzeit* genannt; aber dieser Name gebührt eigentlich nur den Tagen vor der Vertreibung von Morgoth. Die Ereignisse jener Zeit sind hier nicht verzeichnet.

Das Zweite Zeitalter

Das waren die dunklen Jahre für die Menschen von Mittelerde, aber die Jahre der Glanzzeit von Númenor. Über die Geschehnisse in Mittelerde gibt es nur wenige und kurze Aufzeichnungen, und ihre Daten sind oft unzuverlässig.

Zu Beginn dieses Zeitalters waren noch viele der Hochelben da. Die meisten von ihnen wohnten in Lindon westlich des Ered Luin; aber vor der Erbauung von Barad-dûr gingen viele der Sindar nach Osten, und einige gründeten Reiche in den weit entfernten Wäldern, und ihr Volk bestand vor allem aus Waldelben. Thranduil, König im Norden des Großen Grünwalds, war einer von ihnen. In Lindon, nördlich des Lhûn, wohnte Gil-galad, der letzte Erbe der Könige der Noldor in der Verbannung. Er wurde als der Hohe König der Elben des Westens anerkannt. In Lindon, südlich des Lhûn, lebte eine Zeitlang Celeborn, ein Verwandter von Thingol; seine Gemahlin Galadriel, die größte der Frauen unter den Elben, war die Schwester von Finrod Felagund, dem Menschenfreund, einst König von Nargothrond, der sein Leben hingab, um Beren, Barahirs Sohn, zu retten.

Später gingen einige der Noldor nach Eregion im Westen des Nebelgebirges und nahe dem Westtor von Moria. Sie taten das, weil sie erfahren hatten, daß *mithril* in Moria entdeckt worden sei[4]. Die Noldor waren große Handwerker und

---

[1] S. 252.
[2] S. 604, *Der Hobbit.*
[3] S. 977 f.
[4] S. 326 f.

hatten ein besseres Verhältnis zu den Zwergen als die Sindar; und die Freundschaft, die sich zwischen Durins Volk und den Elbenschmieden von Eregion entwickelte, war die engste, die es je zwischen diesen beiden Rassen gab. Celebrimbor war Herr von Eregion und der größte ihrer Handwerker; er stammte von Feanor ab.

Jahr	
1	Gründung der Grauen Anfurten und von Lindon.
32	Die Edain erreichen Númenor.
ca. 40	Viele Zwerge verlassen ihre alten Städte in Ered Luin und gehen nach Moria, dessen Bevölkerung dadurch wächst.
442	Tod von Elros Tar-Minyatur.
ca. 500	Sauron beginnt sich wieder in Mittelerde zu rühren.
548	Silmarien in Númenor geboren.
600	Die ersten Schiffe der Númenórer erscheinen vor den Küsten.
750	Eregion von den Noldor gegründet.
ca. 1000	Sauron, aufgeschreckt von der wachsenden Macht der Númenórer, wählt Mordor als Land, um es zu einer Festung auszubauen. Er beginnt den Bau von Barad-dûr.
1075	Tar-Ancalime wird die erste Herrschende Königin von Númenor.
1200	Sauron bemüht sich, die Eldar zu verführen. Gil-galad lehnt es ab, mit ihm etwas zu tun zu haben; aber er gewinnt die Schmiede von Eregion für sich. Die Númenórer beginnen, ständige Häfen anzulegen.
ca. 1500	Die von Sauron unterwiesenen Elbenschmiede erreichen den Gipfel ihres Könnens. Sie beginnen, die Ringe der Macht zu schmieden.
ca. 1590	Die Drei Ringe sind in Eregion fertiggestellt.
ca. 1600	Sauron schmiedet in Orodruin den Einen Ring. Er vollendet Barad-dûr. Celebrimbor erkennt Saurons Absichten.
1693	Der Krieg der Elben gegen Sauron beginnt. Die drei Ringe werden versteckt.
1695	Saurons Streitkräfte dringen nach Eriador ein. Gil-galad schickt Elrond nach Eregion.
1697	Eregion wird verwüstet. Tod von Celebrimbor. Die Tore von Moria werden geschlossen. Elrond zieht sich mit den Resten der Noldor zurück und gründet die Zufluchtsstätte Imladris.
1699	Sauron überrennt Eriador.
1700	Tar-Minastir entsendet eine große Flotte von Númenor nach Lindon. Sauron wird besiegt.
1701	Sauron wird aus Eriador vertrieben. Die Westlande haben auf lange Zeit Frieden.
ca. 1800	Seit dieser Zeit beginnen die Númenórer Einflußgebiete an den Küsten zu begründen. Sauron erweitert seine Macht nach Osten. Der Schatten fällt auf Númenor.
2251	Tar-Atanamir nimmt das Szepter. Aufruhr und Uneinigkeit unter den

	Númenórern beginnt. Etwa um diese Zeit erscheinen die Nazgûl oder Ringgeister, Hörige der Neun Ringe, zum erstenmal.
2280	Umbar wird zu einer großen Festung von Númenor ausgebaut.
2350	Pelargir wird gebaut. Es wird Haupthafen der Getreuen Númenórer.
2899	Ar-Adûnakhôr nimmt das Szepter.
3175	Reue von Tar-Palantir. Bürgerkrieg in Númenor.
3255	Ar-Pharazôn der Goldene reißt das Szepter an sich.
3261	Ar-Pharazôn schifft sich ein und landet in Umbar.
3262	Sauron wird als Gefangener nach Númenor gebracht; 3262–3310 Sauron verführt den König und verdirbt die Númenórer.
3310	Ar-Pharazôn beginnt die Große Kriegsflotte aufzubauen.
3319	Ar-Pharazôn greift Valinor an. Untergang von Númenor. Elendil und seine Söhne entkommen.
3320	Gründung der Reiche in der Verbannung: Arnor und Gondor. Die Steine werden verteilt (S. 605). Sauron kehrt nach Mordor zurück.
3429	Sauron greift Gondor an, nimmt Minas Ithil und verbrennt den Weißen Baum. Isildur entkommt über den Anduin und geht zu Elendil in den Norden. Anárion verteidigt Minas Anor und Osgiliath.
3430	Das Letzte Bündnis der Elben und Menschen wird geschlossen.
3431	Gil-galad und Elendil marschieren gen Osten nach Imladris.
3434	Das Heer des Bündnisses überquert das Nebelgebirge. Schlacht von Dagorlad und Saurons Niederlage. Die Belagerung von Barad-dûr beginnt.
3440	Anárion erschlagen.
3441	Sauron von Elendil und Gil-galad besiegt, die umkommen. Isildur nimmt den Einen Ring. Sauron geht dahin, und die Ringgeister verschwinden in den Schatten. Das zweite Zeitalter endet.

Das Dritte Zeitalter

Diese Jahre waren der Lebensherbst der Eldar. Denn lange hatten sie Frieden und besaßen die Drei Ringe, während Sauron untätig und der Eine Ring verloren war; aber sie unternahmen nichts Neues, sondern lebten in der Erinnerung an die Vergangenheit. Die Zwerge versteckten sich an tiefgelegenen Orten und hüteten ihre Schätze; doch als sich das Böse von neuem regte und wieder Drachen erschienen, wurden ihre uralten Horte einer nach dem anderen geplündert, und sie wurden ein wanderndes Volk. Moria blieb lange ungefährdet, aber seine Bevölkerung nahm ab, bis viele seiner großen Behausungen dunkel und leer wurden. Auch die Weisheit und die Lebensspanne der Númenórer verringerten sich, als sie sich mit geringeren Menschen vermischten.

Als vielleicht tausend Jahre vergangen und der erste Schatten auf den Großen Grünwald gefallen war, erschienen die *Istari* oder Zauberer in Mittelerde. Später hieß es, sie seien aus dem Fernen Westen gekommen und als Boten ausgesandt worden, um Saurons Macht zu bekämpfen und all jene zu einen, die den Willen hatten, ihm zu widerstehen; aber es sei ihnen verboten worden, seine Gewalt mit Gewalt zu vergelten oder danach zu trachten, Elben oder Menschen durch Macht oder Schrecken zu beherrschen.

Sie kamen daher in der Gestalt von Menschen, obwohl sie niemals jung waren und nur langsam alterten, und sie besaßen viele Fähigkeiten des Geistes und der Hand. Nur wenigen enthüllten sie ihre wahren Namen[5], sondern bedienten sich der Namen, die ihnen gegeben wurden. Die beiden höchsten dieses Ordens (von dem es heißt, daß fünf ihm angehörten) wurden von den Eldar Curunír, »der Mann des Wissens«, und Mithrandir, »der Graue Pilger«, genannt, aber die Menschen im Norden nannten sie Saruman und Gandalf. Curunír machte oft Fahrten in den Osten, wohnte aber zuletzt in Isengart. Mithrandir war am engsten mit den Eldar befreundet, wanderte meistens im Westen und hatte nie einen festen Wohnsitz.

Während des ganzen Dritten Zeitalters wußten nur diejenigen, die die Drei Ringe besaßen, in wessen Obhut sie waren. Doch später wurde bekannt, daß zuerst die drei Größten der Eldar sie gehabt hatten: Gil-galad, Galadriel und Círdan. Ehe er starb, gab Gil-galad seinen Ring an Elrond, Círdan später den seinen an Mithrandir. Denn Círdan blickte weiter und tiefer als jeder andere in Mittelerde, und er begrüßte Mithrandir an den Grauen Anfurten und wußte, woher er kam und wohin er zurückkehren würde.

»Nehmt diesen Ring, Herr«, sagte er, »denn Eure Mühen werden schwer sein; aber er wird Euch unterstützen bei der schweren Aufgabe, die Ihr auf Euch genommen habt. Denn dies ist der Ring des Feuers, und mit ihm werdet Ihr vielleicht Herzen in einer Welt, die kühl wird, neu entzünden. Doch was mich betrifft, so hängt mein Herz am Meer, und ich will an den grauen Gestaden bleiben, bis das letzte Schiff Segel setzt. Ich werde auf Euch warten.«

Jahr
- 2 Isildur pflanzt einen Sämling des Weißen Baums in Minas Anor. Er übergibt das Südliche Königreich an Meneldil. Verhängnis auf den Schwertelfeldern; Isildur und seine drei älteren Söhne werden erschlagen.
- 3 Ohtar bringt die Bruchstücke von Narsil nach Imladris.
- 10 Valandil wird König von Arnor.
- 109 Elrond heiratet Celeborns Tochter.
- 130 Geburt von Elladan und Elrohir, Elronds Söhnen.
- 241 Geburt von Arwen Undómiel.
- 420 König Ostoher baut Minas Anor um.
- 490 Erstes Eindringen der Ostlinge.
- 500 Rómendacil I. besiegt die Ostlinge.
- 541 Rómendacil im Kampf erschlagen.
- 830 Mit Falastur beginnt die Linie der Schiffskönige von Gondor.

---
[5] S. 678.

861	Tod von Earendur und Teilung von Arnor.
933	König Earnil I. nimmt Umbar, das eine Festung von Gondor wird.
936	Earnil auf See verschollen.
1015	König Ciryandil bei der Belagerung von Umbar erschlagen.
1050	Hyarmendacil erobert Harad. Gondor erreicht den Gipfel seiner Macht. Um diese Zeit fällt ein Schatten auf Grünwald, und die Menschen beginnen, ihn Düsterwald zu nennen. Die Periannath werden zum erstenmal in Aufzeichnungen erwähnt, als die Harfüße nach Eriador kommen.
ca. 1100	Die Weisen (die Istari und die führenden Eldar) entdecken, daß eine böse Macht eine Festung in Dol Guldur angelegt hat. Man nimmt an, es sei einer der Nazgûl.
1149	Herrschaft von Atanatar Alcarin beginnt.
ca. 1150	Die Falbhäute kommen nach Eriador. Die Starren kommen über den Rothornpaß und ziehen weiter in den Winkel oder nach Dunland.
ca. 1300	Böse Wesen beginnen sich wieder zu vermehren. Die Orks im Nebelgebirge nehmen an Zahl zu und greifen die Zwerge an. Die Nazgûl erscheinen wieder. Ihr Führer kommt in den Norden nach Angmar. Die Periannath wandern nach Westen; viele lassen sich in Bree nieder.
1356	König Argeleb I. wird im Kampf mit Rhudaur erschlagen. Etwa um diese Zeit verlassen die Starren den Winkel, und einige kehren nach Wilderland zurück.
1409	Der Hexenkönig von Angmar dringt nach Arnor ein. König Arveleg I. erschlagen. Fornost und Tyrn Gorthad werden verteidigt. Der Turm von Amun Sûl zerstört.
1432	König Valacar von Gondor stirbt, und der Bürgerkrieg des Sippenstreits beginnt.
1437	Brand von Osgiliath und Verlust des *palantír*. Eldacar flieht nach Rhovanion; sein Sohn Ornendil wird ermordet.
1447	Eldacar kehrt zurück und vertreibt den Thronräuber Castamir. Schlacht an den Übergängen des Erui. Belagerung von Pelargir.
1448	Die Aufrührer entkommen und bemächtigen sich Umbars.
1540	König Aldamir erschlagen im Kriege mit Harad und den Corsaren von Umbar.
1551	Hyarmendacil II. besiegt die Menschen von Harad.
1601	Viele Periannath wandern weiter von Bree und erhalten von Argeleb II. jenseits des Baranduin Land zugewiesen.
ca. 1630	Ihnen schließen sich die Starren an, die von Dunland heraufkommen.
1634	Die Corsaren verwüsten Pelargir und erschlagen König Minardil.
1636	Die Große Pest verheert Gondor. Tod von König Telemnar und seinen Kindern. Der Weiße Baum stirbt in Minas Anor. Die Pest breitet sich nach Norden und Westen aus, und viele Teile von Eriador sind nun

unbewohnt. Jenseits des Baranduin überleben die Periannath, erleiden aber große Verluste.

1640 König Tarondor verlegt das Haus des Königs nach Minas Anor und pflanzt einen Sämling des Weißen Baums. Osgiliath fällt in Trümmer. Mordor bleibt unbewacht.

1810 König Telumehtar Umbardacil erobert Umbar zurück und vertreibt die Corsaren.

1851 Die Angriffe der Wagenfahrer auf Gondor beginnen.

1856 Gondor verliert seine Ostgebiete, und Narmacil II. fällt im Kampf.

1899 König Calimehtar besiegt die Wagenfahrer auf Dagorlad.

1900 Calimehtar baut den Weißen Turm in Minas Anor.

1940 Gondor und Arnor nehmen von neuem Verbindung miteinander auf und schließen ein Bündnis. Arvedui heiratet Fíriel, die Tochter Ondohers von Gondor.

1944 Ondoher fällt im Kampf. Earnil besiegt den Feind in Südithilien. Dann gewinnt er die Schlacht des Lagers und treibt die Wagenfahrer in die Totensümpfe. Arvedui erhebt Anspruch auf die Krone von Gondor.

1945 Earnil II. erhält die Krone.

1974 Ende des Nördlichen Königreichs. Der Hexenkönig überrennt Arthedain und nimmt Fornost.

1975 Arvedui ertrinkt in der Bucht von Forochel. Die *palantíri* von Annúminas und Amon Sûl gehen verloren. Earnur bringt eine Flotte nach Lindon. Der Hexenkönig wird in der Schlacht von Fornost besiegt und bis in die Ettenöden verfolgt. Er verschwindet aus dem Norden.

1976 Aranarth nimmt die Bezeichnung Stammesführer der Dúnedain an. Die Erbstücke von Arnor werden Elrond in Obhut gegeben.

1977 Frumgar führt die Éothéod nach Norden.

1979 Bucca vom Bruch wird der erste Thain des Auenlands.

1980 Der Hexenkönig kommt nach Mordor und sammelt dort die Nazgûl um sich. Ein Balrog erscheint in Moria und erschlägt Durin VI.

1981 Náin I. erschlagen. Die Zwerge fliehen aus Moria. Viele der Waldelben von Lórien fliehen nach Süden. Amroth und Nimrodel gehen verloren.

1999 Thráin I. kommt nach Erebor und gründet ein Zwergenkönigreich »unter dem Berg«.

2000 Die Nazgûl kommen aus Mordor heraus und belagern Minas Ithil.

2002 Minas Ithil fällt, später wird es Minas Morgul genannt. Der *palantír* wird erbeutet.

2043 Earnur wird König von Gondor. Er wird vom Hexenkönig zum Zwikampf herausgefordert.

2050 Die Herausforderung wird erneut erhoben. Earnur reitet nach Minas Morgul und kehrt nicht zurück. Mardil wird der erste Herrschende Truchseß.

2060	Die Macht von Dol Guldur wächst. Die Weisen fürchten, Sauron könne wieder Gestalt annehmen.
2063	Gandalf geht nach Dol Guldur. Sauron zieht sich zurück und versteckt sich im Osten. Der Wachsame Friede beginnt. Die Nazgûl verhalten sich still in Minas Morgul.
2210	Thorin I. verläßt Erebor und geht nach Norden in das Graue Gebirge, wo sich nun die meisten, die von Durins Volk noch übrig sind, versammeln.
2340	Isumbras I. wird der dreizehnte Thain und der erste der Tuk-Linie. Die Altbocks besetzen Bockland.
2460	Der Wachsame Friede endet. Mit gewachsener Stärke kehrt Sauron nach Dol Guldur zurück.
2463	Der Weiße Rat wird gebildet. Um diese Zeit findet der Starre Déagol den Einen Ring und wird von Sméagol ermordet.
2470	Etwa um diese Zeit verbirgt sich Sméagol-Gollum im Nebelgebirge.
2475	Neuer Angriff auf Gondor. Osgiliath endgültig zerstört; seine Steinbrücke geborsten.
ca. 2480	Orks beginnen geheime Festungen im Nebelgebirge anzulegen, um alle Pässe nach Eriador zu sperren. Sauron beginnt Moria mit seinen Geschöpfen zu bevölkern.
2509	Celebrían wird auf dem Wege nach Lórien am Rothornpaß überfallen und trägt eine vergiftete Wunde davon.
2510	Celebrían geht über das Meer. Orks und Ostlinge überrennen Calenardhon. Eorl der Junge siegt auf dem Feld von Celebrant. Die Rohirrim siedeln sich in Calenardhon an.
2545	Eorl fällt in der Schlacht im Ödland.
2569	Brego, Eorls Sohn, vollendet die Goldene Halle.
2570	Baldor, Bregos Sohn, durchschreitet die Verbotene Tür und ist verschollen. Etwa um diese Zeit erscheinen die Drachen wieder im fernen Norden und beginnen, die Zwerge zu bedrängen.
2589	Dáin I. von einem Drachen erschlagen.
2590	Thrór kehrt nach Erebor zurück. Sein Bruder Grór geht in die Eisenberge.
ca. 2670	Tobold pflanzt im Südviertel »Pfeifenkraut«.
2683	Isegrim II. wird der zehnte Thain und beginnt die Ausgrabung von Groß-Smials.
2698	Ecthelion I. baut den Weißen Turm in Minas Tirith wieder auf.
2740	Orks dringen von neuem in Eriador ein.
2747	Bandobras Tuk besiegt eine Orkbande im Nordviertel.
2758	Rohan wird von Westen und Osten angegriffen und überrannt. Gondor wird von den Flotten der Corsaren angegriffen. Helm von Rohan sucht Zuflucht in Helms Klamm. Wulf nimmt Edoras. 2758–59: Der Lange Winter folgt. Große Not und Tod in Eriador und Rohan. Gandalf kommt dem Auenlandvolk zu Hilfe.

Anhang

2759	Helms Tod. Fréaláf vertreibt Wulf und beginnt die zweite Linie der Könige der Mark. Saruman nimmt seinen Wohnsitz in Isengart.
2770	Smaug der Drache kommt über Erebor. Thal zerstört. Thrór entkommt mit Thráin II. und Thorin II.
2790	Thrór von einem Ork in Moria erschlagen. Die Zwerge sammeln sich zu einem Rachekrieg. Geburt von Gerontius, der später als der Alte Tuk bekannt wird.
2793	Der Krieg der Zwerge und Orks beginnt.
2799	Schlacht von Nanduhirion vor dem Osttor von Moria. Dáin Eisenfuß kehrt zu den Eisenbergen zurück. Thráin II. und sein Sohn Thorin wandern nach Westen. Sie lassen sich im Süden des Ered Luin jenseits des Auenlands nieder (2802).
2800–64	Orks aus dem Norden beunruhigen Rohan. König Walda wird von ihnen erschlagen (2861).
2841	Thráin II. bricht auf, um Erebor wieder zu besuchen, wird aber von Saurons Dienern verfolgt.
2845	Thráin der Zwerg wird in Dol Guldur eingekerkert, der letzte der Sieben Ringe wird ihm abgenommen.
2850	Gandalf geht wieder nach Dol Guldur und entdeckt, daß dessen Herr tatsächlich Sauron ist, der alle Ringe sammelt und nach Nachrichten über den Einen und über Isildurs Erben forscht. Er findet Thráin und erhält den Schlüssel von Erebor. Thráin stirbt in Dol Guldur.
2851	Der Weiße Rat tritt zusammen. Gandalf drängt auf einen Angriff gegen Dol Guldur. Saruman stimmt dagegen[6]. Saruman beginnt, in der Nähe der Schwertelfelder zu suchen.
2852	Belecthor II. von Gondor stirbt. Der Weiße Baum stirbt, und es kann kein Sämling gefunden werden. Der tote Baum wird stehengelassen.
2885	Aufgewiegelt von Abgesandten von Sauron, überschreiten die Haradrim den Poros und greifen Gondor an. Die Söhne von Folcwine von Rohan werden im Dienste von Gondor erschlagen.
2890	Bilbo im Auenland geboren.
2901	Die Mehrzahl der noch zurückgebliebenen Einwohner von Ithilien verläßt das Land wegen der Angriffe der Uruks von Mordor. Der geheime Zufluchtsort Henneth Annûn wird gebaut.
2907	Geburt von Gilraen, der Mutter von Aragorn II.
2911	Der Grausame Winter. Der Baranduin und andere Flüsse sind zugefroren. Weiße Wölfe dringen aus dem Norden nach Eriador ein.
2912	Große Überschwemmungen verheeren Enedwaith und Minhiriath. Tharbad wird zerstört und verlassen.
2920	Tod des Alten Tuk.

---

[6] Später wurde klar, daß Saruman seit jener Zeit den Einen Ring selbst zu besitzen wünschte und hoffte, er werde sich vielleicht auf der Suche nach seinem Herrn selbst offenbaren, wenn man Sauron eine Zeitlang in Frieden ließe.

2929	Arathorn, Aradors Sohn, von den Dúnedain heiratet Gilraen.
2930	Arador von Trollen erschlagen. Geburt von Denethor II., Ecthelions II. Sohn, in Minas Tirith.
2931	Aragorn, Arathorns II. Sohn, geboren am 1. März.
2933	Arathorn II. erschlagen. Gilraen bringt Aragorn nach Imladris. Elrond nimmt ihn als Pflegesohn auf und gibt ihm den Namen Estel (Hoffnung); seine Herkunft wird geheimgehalten.
2939	Saruman entdeckt, daß Saurons Diener den Anduin in der Nähe der Schwertelfelder absuchen. Sauron muß also von Isildurs Erben erfahren haben. Saruman ist beunruhigt, sagt dem Rat aber nichts.
2941	Thorin Eichenschild und Gandalf besuchen Bilbo im Auenland. Bilbo trifft Sméagol-Gollum und findet den Ring. Der Weiße Rat tritt zusammen; Saruman ist einverstanden, daß Dol Guldur angegriffen wird, da er jetzt wünscht, Sauron daran zu hindern, den Fluß abzusuchen. Sauron, der seine Pläne gemacht hat, gibt Dol Guldur auf. Die Schlacht der Fünf Heere in Thal. Tod von Thorin II. Bard von Esgaroth erschlägt Smaug. Dáin von den Eisenbergen wird König unter dem Berg (Dáin II.).
2942	Bilbo kehrt in das Auenland zurück und hat den Ring bei sich. Sauron kehrt heimlich nach Mordor zurück.
2944	Bard baut Thal wieder auf und wird König. Gollum verläßt das Gebirge und beginnt seine Suche nach dem »Dieb« des Ringes.
2948	Théoden, Sohn Thengels, König von Rohan, geboren.
2949	Gandalf und Balin besuchen Bilbo im Auenland.
2950	Finduilas, Tochter Adrahils von Dol Amroth, geboren.
2951	Sauron läßt seine Absichten erkennen und wird mächtig in Mordor. Er beginnt den Wiederaufbau von Barad-dûr. Gollum wandert in Richtung auf Mordor. Sauron entsendet drei der Nazgûl, um Dol Guldur wieder zu besetzen. Elrond offenbart »Estel« seinen wirklichen Namen und seine Herkunft und übergibt ihm die Bruchstücke von Narsil. Arwen, kürzlich aus Lórien zurückgekehrt, trifft Aragorn im Wald von Imladris. Aragorn geht hinaus in die Wildnis.
2953	Letzte Zusammenkunft des Weißen Rats. Es wird über die Ringe gesprochen. Saruman gibt vor, er habe entdeckt, daß der Eine Ring den Anduin hinunter ins Meer gespült worden sei. Saruman zieht sich nach Isengart zurück, das er sich zu eigen nimmt und befestigt. Da er Gandalf mißtraut und ihn fürchtet, läßt er alle seine Schritte von Spähern überwachen; und er bemerkt seine Anteilnahme am Auenland. Bald setzt er Vertrauensleute in Bree und im Südviertel ein.
2954	Der Schicksalsberg bricht wieder in Flammen aus. Die letzten Bewohner von Ithilien fliehen über den Anduin.
2956	Aragorn trifft Gandalf, und ihre Freundschaft beginnt.
2957–80	Aragorn unternimmt seine großen Wanderungen und Fahrten. Unter

Anhang

dem angenommenen Namen Thorongil dient er Thengel von Rohan und Ecthelion II. von Gondor.

2968 Geburt von Frodo.
2976 Denethor heiratet Finduilas von Dol Amroth.
2977 Bain, Bards Sohn, wird König von Thal.
2978 Geburt von Boromir, Denethors II. Sohn.
2980 Aragorn geht nach Lórien und trifft Arwen Undómiel wieder. Aragorn gibt ihr Barahirs Ring, und sie verloben sich auf dem Berg Cerin Amroth. Etwa um diese Zeit erreicht Gollum die Grenzen von Mordor und macht die Bekanntschaft von Kankra. Théoden wird König von Rohan.
2983 Faramir, Denethors Sohn, geboren. Geburt von Samweis.
2984 Tod Ecthelions II. Denethor II. wird Truchseß von Gondor.
2988 Finduilas stirbt jung.
2989 Balin verläßt Erebor und geht nach Moria.
2991 Éomer, Éomunds Sohn, in Rohan geboren.
2994 Balin kommt um, und die Zwergensiedlung wird zerstört.
2995 Éowyn, Éomers Schwester, geboren.
ca. 3000 Der Schatten von Mordor wird länger. Saruman wagt den *palantír* von Orthanc zu benutzen, aber er wird von Sauron umgarnt, der den Ithil-Stein hat. Saruman wird ein Verräter an dem Rat. Seine Späher berichten, daß das Auenland von den Waldläufern streng bewacht wird.
3001 Bilbos Abschiedsfest. Gandalf vermutet, daß sein Ring der Eine ist. Die Bewachung des Auenlandes wird verstärkt. Gandalf forscht nach Gollum und bittet Aragorn um Hilfe.
3002 Bilbo wird Gast von Elrond und läßt sich in Bruchtal nieder.
3004 Gandalf besucht Frodo im Auenland und kommt in den nächsten vier Jahren mehrmals wieder.
3007 Brand, Bains Sohn, wird König in Thal. Tod von Gilraen.
3008 Im Herbst besucht Gandalf Frodo zum letztenmal.
3009 Gandalf und Aragorn nehmen in den nächsten acht Jahren von Zeit zu Zeit ihre Jagd nach Gollum wieder auf und suchen in den Tälern des Anduin, in Düsterwald und Rhovanion bis zu den Grenzen von Mordor. Irgendwann in diesen Jahren wagte sich Gollum nach Mordor und wurde von Sauron gefangengenommen. Elrond schickt nach Arwen, die nach Imladris zurückkehrt; das Gebirge und alle Lande östlich davon werden gefährlich.
3017 Gollum wird von Mordor freigelassen. Er wird von Aragorn in den Totensümpfen aufgegriffen und zu Thranduil nach Düsterwald gebracht. Gandalf besucht Minas Tirith und liest die Schriftrolle von Isildur.

DIE GROSSEN JAHRE

3018

April
12. Gandalf kommt nach Hobbingen.

Juni
20. Sauron greift Osgiliath an. Um dieselbe Zeit wird Thranduil angegriffen, und Gollum entkommt.

Juli
4. Boromir bricht von Minas Tirith auf.
10. Gandalf in Orthanc gefangen.

August
Alle Spuren von Gollum sind verloren. Man glaubt, daß er um diese Zeit, da er sowohl von den Elben als auch von Saurons Dienern gejagt wird, in Moria Zuflucht gesucht hat; aber als er endlich den Weg zum Westtor entdeckt hatte, konnte er nicht hinaus.

September
18. Gandalf entkommt in den frühen Morgenstunden aus Orthanc. Die Schwarzen Reiter überqueren die Furten des Isen.
19. Gandalf kommt als Bettler nach Edoras, ihm wird der Einlaß verweigert.
20. Gandalf erhält Zutritt zu Edoras. Théoden befiehlt ihm fortzugehen. »Nehmt irgendein Pferd, aber verschwindet vor dem morgigen Tag!«
21. Gandalf trifft Schattenfell, aber das Pferd läßt ihn nicht an sich heran. Er folgt Schattenfell weit über die Felder.
22. Die Schwarzen Reiter erreichen am Abend die Sarn-Furt; sie vertreiben die Wache der Waldläufer. Gandalf holt Schattenfell ein.
23. Vier Reiter kommen vor Morgengrauen ins Auenland. Die anderen verfolgen die Waldläufer nach Osten und kommen dann zurück, um den Grünweg zu beobachten. Ein Schwarzer Reiter kommt bei Einbruch der Nacht nach Hobbingen. Frodo verläßt Beutelsend. Gandalf hat Schattenfell gezähmt und reitet von Rohan los.
24. Gandalf überquert den Isen.
26. Der Alte Wald. Frodo kommt zu Bombadil.
27. Gandalf überquert die Grauflut. Zweite Nacht bei Bombadil.
28. Die Hobbits von einem Grabunhold gefangen. Gandalf erreicht die Sarn-Furt.
29. Frodo erreicht spät abends Bree. Gandalf besucht den Ohm.
30. Krickloch und das Gasthaus zu Bree werden in den frühen Morgenstunden überfallen. Frodo verläßt Bree. Gandalf kommt nach Krickloch und erreicht nachts Bree.

Anhang

Oktober

1. Gandalf verläßt Bree.
3. Er wird nachts auf der Wetterspitze angegriffen.
6. Das Lager unterhalb der Wetterspitze wird nachts angegriffen, Frodo verwundet.
9. Glorfindel verläßt Bruchtal.
11. Er vertreibt die Reiter von der Brücke des Mitheithel.
13. Frodo überquert die Brücke.
18. Glorfindel findet Frodo bei Einbruch der Dämmerung. Gandalf erreicht Bruchtal.
20. Flucht über die Furt des Bruinen.
24. Frodo erholt sich und erwacht. Boromir trifft nachts in Bruchtal ein.
25. Rat von Elrond.

Dezember

25. Die Gemeinschaft des Ringes verläßt Bruchtal in der Abenddämmerung.

3019

Januar

8. Die Gemeinschaft erreicht Hulsten.
11., 12. Schnee auf dem Caradhras.
13. Angriff von Wölfen in den frühen Morgenstunden. Die Gemeinschaft erreicht bei Einbruch der Nacht das Westtor von Moria. Gollum beginnt, dem Ringträger nachzuschleichen.
14. Nacht in Halle Einundzwanzig.
15. Die Brücke von Khazad-dûm und Gandalfs Sturz. Die Gemeinschaft erreicht spät in der Nacht den Nimrodel.
17. Die Gemeinschaft kommt abends nach Caras Galadon.
23. Gandalf verfolgt den Balrog bis zum Gipfel des Zirak-zigil.
25. Er schleudert den Balrog hinunter und verscheidet. Sein Körper liegt auf dem Gipfel.

Februar

14. Galadriels Spiegel. Gandalf kehrt ins Leben zurück und ist bewußtlos.
16. Abschied von Lórien. Versteckt am Westufer, beobachtet Gollum die Abfahrt.
17. Gwaihir bringt Gandalf nach Lórien.
23. Die Boote werden bei Nacht in der Nähe von Sarn Gebir angegriffen.
25. Die Gemeinschaft kommt an Argonath vorbei und lagert auf Parth Galen. Erste Schlacht an den Furten des Isen. Théodred, Théodens Sohn, wird erschlagen.
26. Der Zerfall des Bundes. Tod von Boromir; sein Horn wird in Minas Tirith gehört. Meriadoc und Peregrin gefangen. Frodo und Samweis gelangen in

die östlichen Emyn Muil. Aragorn bricht abends zur Verfolgung der Orks auf. Éomer hört davon, daß eine Orkbande von den Emyn Muil herunterkommt.
27. Aragorn erreicht bei Sonnenaufgang den westlichen Kamm. Gegen Théodens Befehl bricht Éomer um Mitternacht von Ostfold auf, um die Orks zu verfolgen.
28. Éomer holt die Orks gerade vor dem Fangorn-Forst ein.
29. Meriadoc und Pippin entkommen und treffen Baumbart. Die Rohirrim greifen bei Sonnenaufgang an und vernichten die Orks. Frodo kommt von den Emyn Muil herab und trifft Gollum. Faramir sieht das Bestattungsboot von Boromir.
30. Das Entthing beginnt. Auf dem Rückweg nach Edoras trifft Éomer Aragorn.

März
1. Frodo beginnt im Morgengrauen die Totensümpfe zu durchqueren. Das Entthing dauert an. Aragorn trifft Gandalf den Weißen. Sie brechen nach Edoras auf. Faramir verläßt Minas Tirith zu einem Auftrag in Ithilien.
2. Frodo erreicht das Ende der Sümpfe. Gandalf kommt nach Edoras und heilt Théoden. Die Rohirrim reiten nach Westen gegen Saruman. Zweite Schlacht an den Furten des Isen. Erkenbrand besiegt. Das Entthing endet am Nachmittag. Die Ents marschieren nach Isengart und erreichen es bei Nacht.
3. Théoden zieht sich nach Helms Klamm zurück. Die Schlacht um die Hornburg beginnt. Die Ents vollenden die Zerstörung von Isengart.
4. Théoden und Gandalf brechen von Helms Klamm nach Isengart auf. Frodo erreicht die Schlackenhügel am Rande der Einöde des Morannon.
5. Théoden erreicht mittags Isengart. Verhandlung mit Saruman in Orthanc. Ein geflügelter Nazgûl überfliegt das Lager in Dol Baran. Gandalf bricht mit Peregrin nach Minas Tirith auf. Frodo verbirgt sich in Sichtweite des Morannon und verläßt es bei einbrechender Dunkelheit.
6. Aragorn wird in den frühen Morgenstunden von den Dúnedain eingeholt. Théoden macht sich von der Hornburg nach Hargtal auf. Aragorn bricht später auf.
7. Frodo wird von Faramir nach Henneth Annûn gebracht. Aragorn kommt bei Einbruch der Nacht nach Dunharg.
8. Aragorn schlägt bei Tagesanbruch die »Pfade der Toten« ein; um Mitternacht erreicht er Erech. Frodo verläßt Henneth Annûn.
9. Gandalf erreicht Minas Tirith. Faramir verläßt Henneth Annûn. Aragorn bricht von Erech auf und kommt nach Calembel. In der Abenddämmerung erreicht Frodo die Morgul-Straße. Théoden kommt nach Dunharg. Dunkelheit beginnt aus Mordor herauszuströmen.
10. Der Dämmerungslose Tag. Die Heerschau von Rohan; die Rohirrim reiten von Hargtal fort. Faramir wird von Gandalf vor den Toren der Stadt gerettet. Aragorn überschreitet den Ringló. Ein Heer aus dem Morannon nimmt Cair

Anhang

Andros und zieht weiter nach Anórien. Frodo kommt an der Wegscheide vorbei und sieht den Aufbruch des Morgul-Heeres.
11. Gollum sucht Kankra auf, aber als er Frodo im Schlaf sieht, bereut er es beinahe. Denethor schickt Faramir nach Osgiliath. Aragorn erreicht Linhir und setzt nach Lebennin über. Feinde dringen von Norden nach Ost-Rohan ein. Erster Angriff auf Lórien.
12. Gollum führt Frodo zu Kankras Lauer. Faramir zieht sich zu den Damm-Festungen zurück. Théoden lagert unter Minrimmon. Aragorn treibt den Feind nach Pelargir. Die Ents besiegen die Eindringlinge in Rohan.
13. Frodo von den Orks von Cirith Ungol gefangen. Der Pelennor wird überrannt. Faramir wird verwundet. Aragorn erreicht Pelargir und bringt die Flotte auf. Théoden im Drúadan-Forst.
14. Samweis findet Frodo im Turm. Minas Tirith wird belagert. Die von den Ödland-Menschen geführten Rohirrim kommen zum Grauen Wald.
15. In den frühen Morgenstunden zertrümmert der Hexenkönig die Tore der Stadt. Denethor verbrennt sich selbst auf einem Scheiterhaufen. Die Hörner der Rohirrim werden mit dem ersten Hahnenschrei gehört. Schlacht auf dem Pelennor. Théoden wird erschlagen. Aragorn entrollt Arwens Banner. Frodo und Samweis entkommen und beginnen ihre Wanderung nach Norden entlang dem Morgai. Schlacht unter den Bäumen in Düsterwald; Thranduil schlägt die Streitkräfte von Dol Guldur zurück. Zweiter Angriff auf Lórien.
16. Beratung der Heerführer. Frodo erblickt vom Morgai über das Lager hinweg den Schicksalsberg.
17. Schlacht von Thal. König Brand und König Dáin Eisenfuß fallen. Viele Zwerge und Menschen suchen Zuflucht in Erebor und werden belagert. Schagrat bringt Frodos Mantel, Panzerhemd und Schwert nach Barad-dûr.
18. Das Heer des Westens marschiert von Minas Tirith. Frodo kommt in Sichtweite der Isenmünde; er wird auf der Straße von Durthang nach Udûn von Orks eingeholt.
19. Das Heer kommt zum Morgul-Tal. Frodo und Samweis entkommen und beginnen ihre Wanderung entlang der Straße nach Barad-dûr.
22. Eine Nacht des Schreckens. Frodo und Samweis verlassen die Straße und wenden sich nach Süden zum Schicksalsberg. Dritter Angriff auf Lórien.
23. Das Heer verläßt Ithilien. Aragorn entläßt die Zaghaften. Frodo und Samweis werfen ihre Waffen und ihre Ausrüstung fort.
24. Frodo und Samweis auf dem letzten Abschnitt ihrer Fahrt zum Fuß des Schicksalsberges. Das Heer lagert in der Einöde des Morannon.
25. Das Heer wird auf den Schlackenbergen umzingelt. Frodo und Samweis erreichen Sammath Naur. Gollum bemächtigt sich des Ringes und fällt in die Schicksalsklüfte. Barad-dûr stürzt ein, und Sauron geht dahin.

Nach dem Fall des Dunklen Turms und Saurons Hinscheiden hob sich der Schatten von den Herzen aller, die sich ihm widersetzt hatten, aber Angst und

Verzweiflung befielen seine Diener und Verbündeten. Dreimal war Lórien von Dol Guldur aus angegriffen worden, aber abgesehen von der Tapferkeit des Elbenvolks war die Macht, die dort wohnte, zu groß, als daß irgend jemand sie hätte besiegen können, es sei denn, Sauron selbst wäre dort hingekommen. Obwohl die schönen Wälder an den Grenzen schweren Schaden nahmen, wurden die Angriffe zurückgeschlagen; und als der Schatten verging, kam Celeborn heraus und führte das Heer von Lórien in vielen Booten über den Anduin. Sie nahmen Dol Guldur, und Galadriel riß seine Mauern nieder und legte seine Verliese bloß, und der Wald wurde gesäubert.

Auch im Norden waren Krieg und Unheil. Der Feind drang in Thranduils Reich ein, und es gab einen langen Kampf unter den Bäumen und große Zerstörung durch Feuer; aber zuletzt war Thranduil siegreich. Und am Neujahrstag der Elben trafen sich Celeborn und Thranduil in der Mitte des Waldes; und sie gaben Düsterwald einen neuen Namen, *Eryn Lasgalen,* der Wald der Grünblätter. Thranduil nahm als sein Reich das ganze nördliche Gebiet bis zu dem Gebirge, das sich im Wald erhebt; und Celeborn nahm den südlichen Teil unterhalb des Engpasses und nannte ihn Ost-Lórien; der ganze ausgedehnte Wald dazwischen wurde den Beorningern und den Waldmenschen gegeben. Doch nach dem Hinscheiden von Galadriel einige Jahre später wurde Celeborn seines Reiches überdrüssig und ging nach Imladris, um bei Elronds Söhnen zu leben. Die Waldelben im Grünwald blieben unbehelligt, doch in Lórien weilten trauernd nur noch wenige der früheren Bevölkerung, und weder Licht noch Gesang gab es mehr in Caras Galadon.

Zu derselben Zeit, als die großen Heere Minas Tirith belagerten, setzte ein Heer der Verbündeten von Sauron, das die Grenzen von König Brand seit langem bedroht hatte, über den Fluß Carnen, und Brand wurde nach Thal zurückgetrieben. Dort hatte er den Beistand der Zwerge von Erebor; und es kam zu einer großen Schlacht am Fuße des Gebirges. Sie dauerte drei Tage, doch zuletzt wurden König Brand und auch König Dáin Eisenfuß erschlagen, und die Ostlinge hatten gesiegt. Aber sie konnten das Tor nicht einnehmen, und viele Zwerge und auch Menschen fanden Zuflucht in Erebor und hielten einer Belagerung stand.

Als Nachrichten von den großen Siegen im Süden kamen, wurde Saurons Nordheer von Entsetzen gepackt; und die Belagerten machten einen Ausfall und vertrieben sie, und die Reste flohen nach Osten und behelligten Thal nicht wieder. Dann wurde Bard II., Brands Sohn, König in Thal, und Thorin III. Steinhelm, Dáins Sohn, wurde König unter dem Berg. Sie schickten ihre Gesandten zur Krönung von König Elessar, und ihre Reiche hielten immer, so lange sie bestanden, Freundschaft mit Gondor, und sie unterstanden der Krone und dem Schutz des Königs des Westens.

DIE WICHTIGSTEN TAGE SEIT DEM FALL VON BARAD-DÛR BIS ZUM ENDE DES DRITTEN ZEITALTERS[7]

3019
A. Z. 1419

27. März. Bard II. und Thorin III. Steinhelm vertreiben den Feind aus Thal.
28. Celeborn überschreitet den Anduin; Beginn der Zerstörung von Dol Guldur.
6. April. Treffen von Celeborn und Thranduil. *8.* Die Ringträger werden auf dem Feld von Cormallen geehrt.
1. Mai. Krönung von König Elessar; Elrond und Arwen brechen von Bruchtal auf. *8.* Éomer und Éowyn reiten mit Elronds Söhnen nach Rohan. *20.* Elrond und Arwen kommen nach Lórien. *27.* Arwens Geleit verläßt Lórien.
14. Juni. Elronds Söhne treffen das Geleit und bringen Arwen nach Edoras. *16.* Sie brechen nach Gondor auf. *25.* König Elessar findet den Schößling des Weißen Baums.
1. Lithe. Arwen kommt in die Stadt.
Mittjahrstag. Hochzeit von Elessar und Arwen.
18. Juli. Éomer kehrt nach Minas Tirith zurück. *19.* Das Trauer-Geleit von König Théoden bricht auf.
7. August. Das Geleit kommt nach Edoras. *10.* Begräbnis von König Théoden. *14.* Die Gäste nehmen Abschied von König Éomer. *18.* Sie kommen nach Helms Klamm. *22.* Sie kommen nach Isengart; sie nehmen bei Sonnenuntergang Abschied vom König des Westens. *28.* Sie holen Saruman ein; Saruman begibt sich ins Auenland.
6. September. Sie machen Halt in Sichtweite der Berge von Moria. *13.* Celeborn und Galadriel verabschieden sich, die anderen gehen nach Bruchtal. *21.* Rückkehr nach Bruchtal. *22.* Einhundertneunundzwanzigster Geburtstag von Bilbo. Saruman kommt ins Auenland.
5. Oktober. Gandalf und die Hobbits verlassen Bruchtal. *6.* Sie überqueren die Furt des Bruinen; Frodo verspürt zum erstenmal wieder Schmerzen. *28.* Bei Einbruch der Nacht erreichen sie Bree. *30.* Sie verlassen Bree. Die »Reisenden« kommen im Dunkeln zur Brandywein-Brücke.
1. November. Sie werden in Froschmoorstetten verhaftet. *2.* Sie kommen nach Wasserau und rufen das Auenlandvolk zum Aufstand auf. *3.* Schlacht von Wasserau und Hinscheiden von Saruman. Ende des Ringkrieges.

3020
A. Z. 1420: Das große Jahr des Überflusses

13. März. Frodo ist wieder krank (am Jahrestag seiner Vergiftung durch Kankra).
6. April. Der Mallorn blüht auf der Festwiese.

---

[7] Monate und Tage sind nach dem Auenland-Kalender angegeben.

1. Mai. Samweis heiratet Rose.
Mittjahrstag. Frodo tritt vom Amt des Bürgermeisters zurück, und Willi Weißfuß übernimmt es wieder.
22. September. Bilbos einhundertdreißigster Geburtstag.
6. Oktober. Frodo ist wieder krank.

3021
A. Z. 1421: Das letzte Jahr des Dritten Zeitalters

13. März. Frodo ist wieder krank. *25.* Geburt von Elanor der Schönen[8], Tochter von Samweis. An diesem Tage begann nach der Zeitrechnung von Gondor das Vierte Zeitalter.
21. September. Frodo und Samweis brechen von Hobbingen auf. *22.* Sie treffen die Verwahrer der Ringe auf ihrem letzten Ritt in Waldende. *29.* Sie kommen zu den Grauen Anfurten. Frodo und Bilbo fahren mit den Drei Verwahrern über das Meer. Das Ende des Dritten Zeitalters.
6. Oktober. Samweis kehrt nach Beutelsend zurück.

SPÄTERE EREIGNISSE, DIE ANGEHÖRIGE DER GEMEINSCHAFT DES RINGES BETREFFEN

A. Z.

1422 Mit dem Beginn dieses Jahres begann in der Zählung der Jahre im Auenland das Vierte Zeitalter; aber die Jahre der Auenland-Zeitrechnung wurden weitergezählt.

1427 Willi Weißfuß tritt zurück. Samweis wird zum Bürgermeister des Auenlandes gewählt. Peregrin Tuk heiratet Dietmute aus Lang-Cleeve. König Elessar gibt einen Erlaß heraus, daß Menschen das Auenland nicht betreten dürfen, und er macht es zu einem Freien Land unter dem Schutz des Nördlichen Szepters.

1430 Faramir, Peregrins Sohn, geboren.

1431 Goldlöckchen, Tochter von Samweis, geboren.

1432 Meriadoc, genannt der Prächtige, wird Herr von Bockland. Große Geschenke werden ihm von König Éomer und Frau Éowyn von Ithilien gesandt.

1434 Peregrin wird der Tuk und Thain. König Elessar ernennt den Thain, den Herrn von Bockland und den Bürgermeister zu Ratsherren des Nördlichen Königreichs. Meister Samweis wird zum zweitenmal zum Bürgermeister gewählt.

---

[8] Sie bekam den Beinamen »die Schöne« wegen ihrer Lieblichkeit; viele sagten, sie sehe eher wie eine Elbenmaid denn wie ein Hobbitmädchen aus. Sie hatte goldenes Haar, was im Auenland sehr selten war; aber zwei weitere von Samweis' Töchtern waren auch goldhaarig, und viele der um diese Zeit geborenen Kinder ebenfalls.

Anhang

1436 König Elessar reitet nach Norden und wohnt eine Zeitlang am See Evendim. Er kommt zur Brandywein-Brücke und begrüßt dort seine Freunde. Den Stern der Dúnedain gibt er Meister Samweis, und Elanor wird Ehrenjungfrau von Königin Arwen.
1441 Meister Samweis wird zum drittenmal Bürgermeister.
1442 Meister Samweis, seine Frau und Elanor reiten nach Gondor und bleiben ein Jahr dort. Meister Tolman Hüttinger wird stellvertretender Bürgermeister.
1448 Meister Samweis wird zum viertenmal Bürgermeister.
1451 Elanor die Schöne heiratet Fastred aus Grünholm auf den Weiten Höhen.
1452 Die Westmark, von den Weiten Höhen bis zu den Turmbergen (Emyn Beraid)[9], wird als ein Geschenk von König Elessar dem Auenland angegliedert. Viele Hobbits ziehen dorthin.
1454 Elfstan Schönkind, Sohn von Fastred und Elanor, geboren.
1455 Meister Samweis wird zum fünftenmal Bürgermeister. Auf seine Bitte ernennt der Thain Fastred zum Verwalter der Westmark. Fastred und Elanor schlagen ihren Wohnsitz in Untertürmen auf den Turmbergen auf, wo ihre Nachkommen, die Schönkinds von den Türmen, viele Generationen lebten.
1463 Faramir Tuk heiratet Goldlöckchen, Samweis' Tochter.
1469 Meister Samweis wird zum siebenten und letzten Mal Bürgermeister, da er 1476, bei Ablauf seiner Amtszeit, sechsundneunzig Jahre alt ist.
1482 Tod von Meister Samweis' Ehefrau Rose am Mittjahrstag. Am 22. September reitet Meister Samweis von Beutelsend fort. Er kommt zu den Turmbergen und wird zuletzt von Elanor gesehen, der er das Rote Buch übergibt, das später von den Schönkinds aufbewahrt wird. Von Elanor stammt die Überlieferung, daß Samweis an den Türmen vorbei zu den Grauen Anfurten ritt und als letzter der Ringträger über das Meer davonging.
1484 Im Frühling dieses Jahres kam eine Botschaft von Rohan nach Bockland, daß König Éomer Herrn Holdwine noch einmal zu sehen wünschte. Meriadoc war damals alt (102), aber noch rüstig. Er beriet sich mit seinem Freund, dem Thain, und bald darauf übergaben sie ihre Habe und ihre Ämter ihren Söhnen und ritten über die Sarn-Furt davon, und sie wurden im Auenland nicht mehr gesehen. Später erfuhr man, daß Herr Meriadoc nach Edoras kam und bei dem König war, bis Éomer in jenem Herbst starb. Dann gingen er und Thain Peregrin nach Gondor und verbrachten die kurzen Jahre, die ihnen noch blieben, in diesem Reich, bis sie starben und in Rath Dínen unter den Großen von Gondor zur Ruhe gebettet wurden.
1541 In diesem Jahr[10] kam schließlich am 1. März das Hinscheiden von König

---

[9] S. 21, vgl. oben Anm. 22.
[10] Viertes Zeitalter (Gondor) 120.

Elessar. Es heißt, daß die Totenbetten von Meriadoc und Peregrin neben das Totenbett des großen Königs gestellt wurden. Dann baute Legolas in Ithilien ein graues Schiff und segelte den Anduin hinunter und weiter über das Meer; und mit ihm, heißt es, ging Gimli der Zwerg. Und als das Schiff davonfuhr, war in Mittelerde das Ende der Gemeinschaft des Ringes gekommen.

ANHANG C

FAMILIENSTAMMBÄUME

Die in diesen Stammbäumen aufgeführten Namen sind nur eine Auswahl unter vielen. Bei den meisten von ihnen handelt es sich um die Gäste bei Bilbos Abschiedsfest oder ihre unmittelbaren Vorfahren. Die Gäste auf dem Fest sind unterstrichen. Einige wenige Namen anderer Personen, die bei den berichteten Ereignissen beteiligt waren, sind auch aufgeführt. Zusätzlich werden einige genealogische Informationen über Samweis, den Begründer der Familie *Gärtner*, gegeben, die später berühmt und einflußreich war.

Die Zahlen nach den Namen sind die Daten der Geburt (und des Todes, soweit er verzeichnet ist). Alle Daten verstehen sich nach der Auenland-Zeitrechnung, die mit der Überquerung des Brandywein durch die Brüder Marcho und Blanco im Jahr 1 des Auenlands (Drittes Zeitalter 1601) begann.

Anhang

BEUTLIN VON HOBBINGEN

Balbo Beutlin
1167
= Berylla Boffin

Viola 1212 = Fastolph Bolger

Mungo 1207–1300 = Laura Gruber

- Bungo 1246–1326 = Belladonna Tuk
  - BILBO 1290 von Beutelsend
- Belba 1256–1356 = Rudigar Bolger
- Longo 1260–1350 = Camellia Sackheim
  - Otho Sackheim-Beutlin 1310–1412 = Lobelia Strafgürtel
    - Lotho 1364–1419
- Linda 1262–1363 = Bodo Stolzfuß
  - [Odo Stolzfuß] 1303–1405
    - [Olo] 1346–1435
      - [Sancho] 1390
- Bingo 1264–1360 = Chica Pausbacken
  - Falco Pausbacken-Beutlin 1303–1399
    - Magsame 1344 = Filibert Bolger

Ponto 1216–1311 = Mimosa Bunce

- Rosa 1256 = Hildigrim Tuk
- Polo
  - Posco 1302 = Braunlock
    - Ponto 1346
      - Angelica 1381
  - Prisca 1306 = Wilibald Bolger
    - Porto 1348
    - Päonie 1350 = Milo Lochner
      - [Mosco] 1387
      - [Moro] 1391
      - [Myrte] 1393
      - [Minto] 1396

Largo 1220–1312 = Tanta Hornbläser

- Fosco 1264–1360 = Rubinia Bolger
  - Dora 1302–1406
  - Drogo 1308–1380 = Primula Brandybock
    - FRODO 1368
  - Dudo 1311–1409
    - Margerite 1350 = Griffo Boffin

Lily 1222–1312 = Togo Gutleib

[verschiedene Gutleibs]

[PEREGRIN MERIADOC]

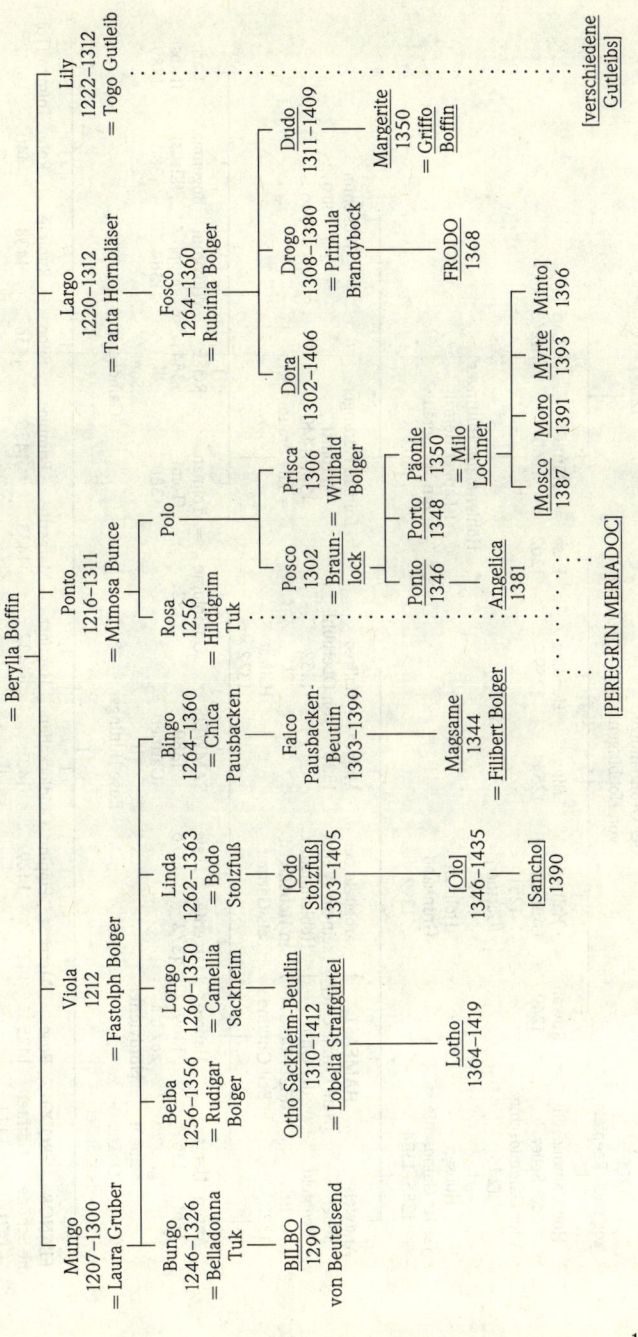

1117

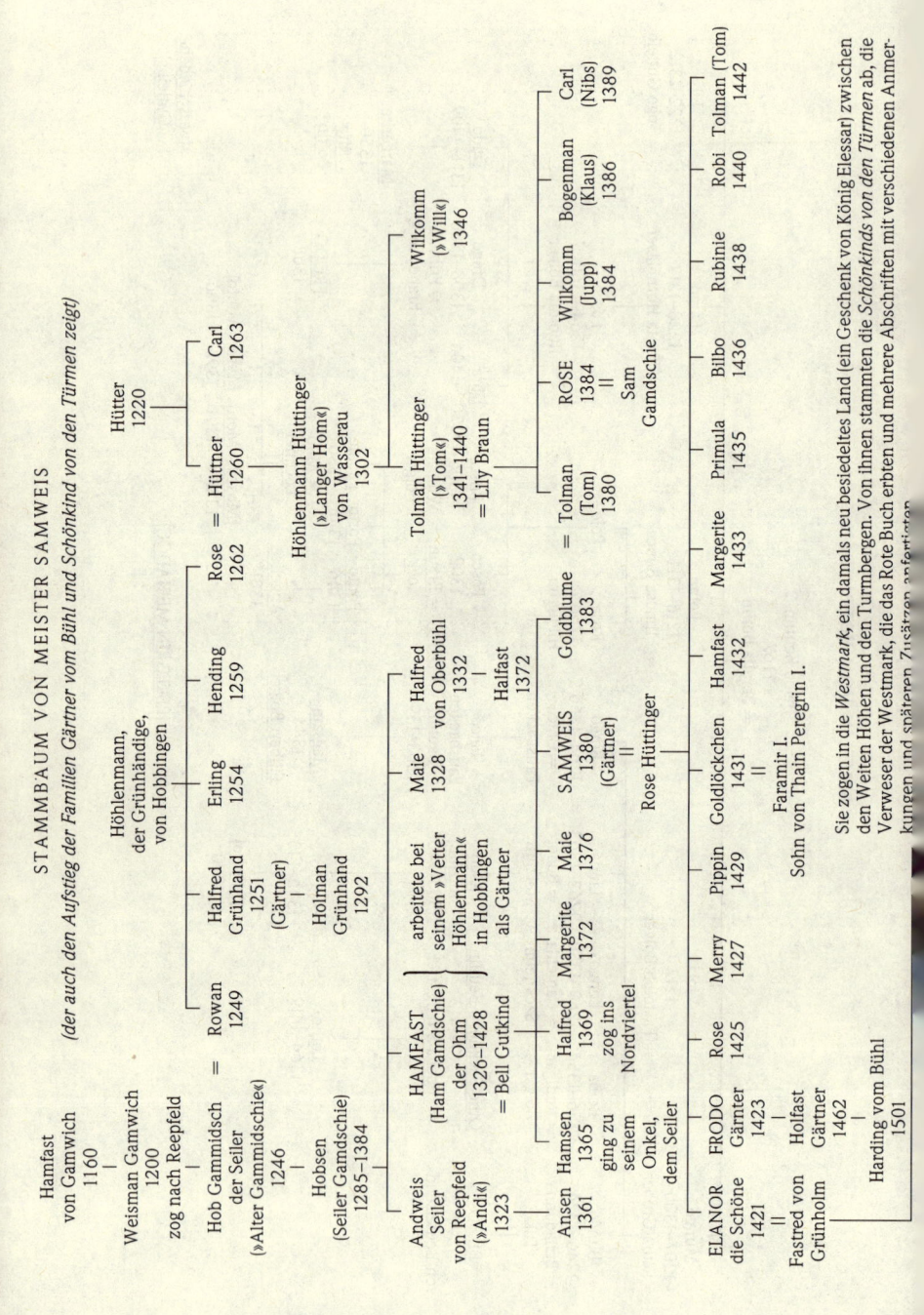

Anhang

STAMMBAUM VON MEISTER SAMWEIS
(der auch den Aufstieg der Familien Gärtner vom Bühl und Schönkind von den Türmen zeigt)

```
Hamfast
von Gamwich
1160
   |
Weisman Gamwich                                    Hütter
1200                                               1220
zog nach Reepfeld
   |                                                  |
Hob Gammidsch   =   Rowan      Halfred     Erling    Hending    Rose  =  Hüttner        Carl
der Seiler          1249       Grünhand    1254      1259       1262    1260            1263
(»Alter Gammidsche«)           1251                                        |
1246                          (Gärtner)                          Höhlenmann Hüttinger
   |                              |                              (»Langer Hom«)
Hobsen                        Holman                             von Wasserau
(Seiler Gamdschie)            Grünhand                           1302
1285–1384                     1292                                 |
   |                                                      Tolman Hüttinger    Wilkomm
                            Maie    Halfred                (»Tom«)            (»Will«)
Andweis    HAMFAST         1328    von Oberbühl           1341–1440           1346
Seiler     (Ham Gamdschie)          1332                   = Lily Braun
von Reepfeld   der Ohm                 |
(»Andi«)      1326–1428            Halfast
1323         = Bell Gutkind         1372
                 arbeitete bei
                 seinem »Vetter
                 Höhlenmann«
                 in Hobbingen
                 als Gärtner
   |              |
Ansen   Hamsen   Halfred   Margerite   Maie    Goldblume   SAMWEIS   =   Tolman
1361    1365     1369       1372        1376    1383       1380          (Tom)
        ging zu  zog ins                                  (Gärtner)       1380
        seinem   Nordviertel                                 =
        Onkel,                                            Rose Hüttinger
        dem Seiler
                                                                                    ROSE   =   Tolman
                                                                                    1384       (Tom)
                                                                                       Sam
                                                                                    Gamdschie

ELANOR    FRODO      Rose   Merry   Pippin   Goldlöckchen   Hamfast   Margerite   Primula   Bilbo   Rose   Wilkomm   Bogenman   Robi    Tolman (Tom)
die Schöne Gärtner   1425   1427    1429     1431           1432      1433        1435      1436    1384   (Jupp)    (Klaus)    1440    1442
1421       1423                                =                                              II   1438    1384       1386
  =                                         Faramir I.                                      Rubinie
Fastred von                                 Sohn von Thain Peregrin I.                                    Carl
Grünholm                                                                                                 (Nibs)
  |                                                                                                      1389
Holfast
Gärtner
1462
  |
Harding vom Bühl
1501
```

Sie zogen in die *Westmark*, ein damals neu besiedeltes Land (ein Geschenk von König Elessar) zwischen den Weiten Höhen und den Turmbergen. Von ihnen stammten die *Schönkinds von den Türmen* ab, die Verweser der Westmark, die das Rote Buch erbten und mehrere Abschriften mit verschiedenen Anmerkungen und späteren Zusätzen anfertigten.

1118

Anhang

BRANDYBOCK VON BOCKLAND

Gorhendad Altbock vom Bruch begann um 740 mit dem Bau von *Brandyschloß* und änderte den Familiennamen in *Brandybock*

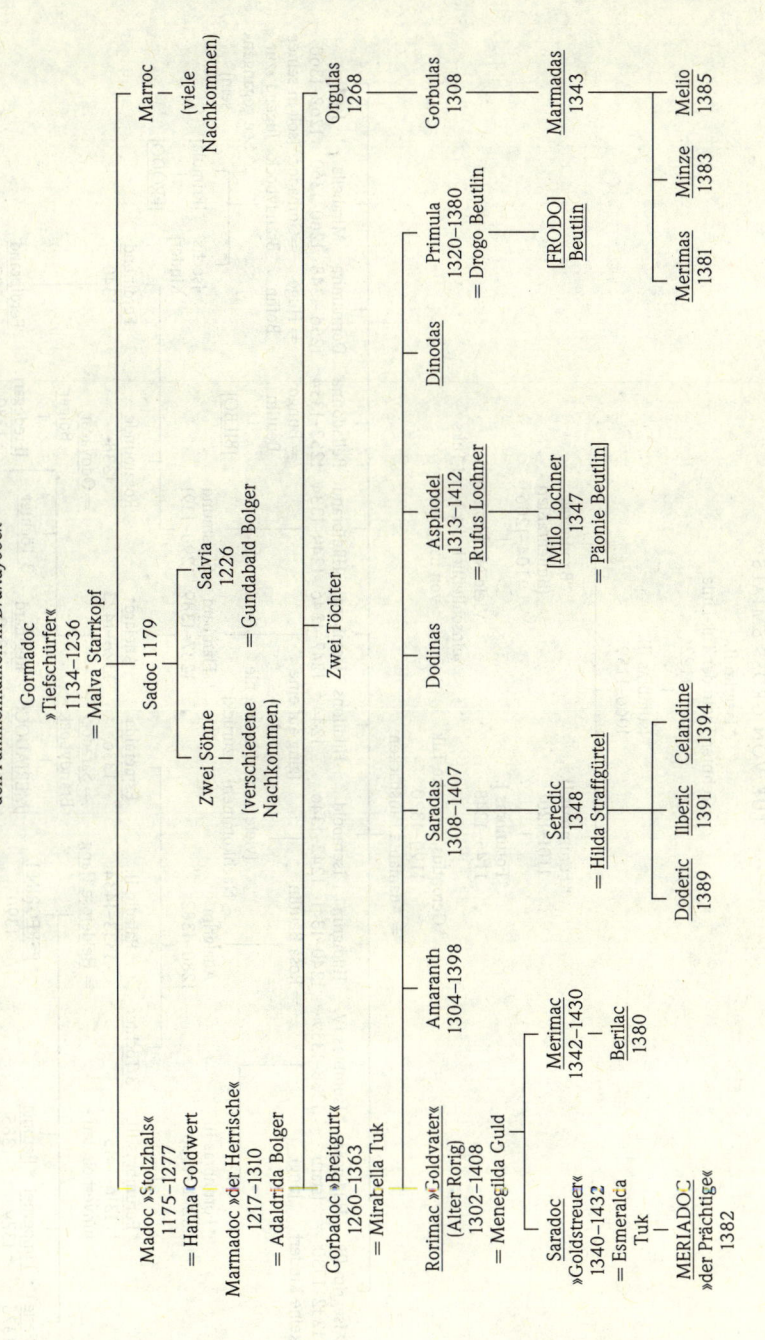

Gormadoc »Tiefschürfer« 1134–1236 = Malva Starkopf

- Marroc (viele Nachkommen)
- Sadoc 1179
  - Zwei Söhne (verschiedene Nachkommen)
  - Salvia 1226 = Gundabald Bolger
- Madoc »Stolzhals« 1175–1277 = Hanna Goldwert
- Marmadoc »der Herrische« 1217–1310 = Adaldrida Bolger
  - Orgulas 1268
    - Zwei Töchter
    - Dodinas
    - Asphodel 1313–1412 = Rufus Lochner
      - [Milo Lochner] 1347 = Päonie Beutlin
    - Dinodas
    - Primula 1320–1380 = Drogo Beutlin
      - [FRODO] Beutlin
    - Gorbulas 1308
      - Marmadas 1343
        - Merimas 1381
        - Minze 1383
        - Melio 1385
  - Saradas 1308–1407
    - Seredic 1348 = Hilda Straffgürtel
      - Doderic 1389
      - Ilberic 1391
      - Celandine 1394
- Gorbadoc »Breitgurt« 1260–1363 = Mirabella Tuk
  - Amaranth 1304–1398
  - Rorimac »Goldvater« (Alter Rorig) 1302–1408 = Menegilda Guld
    - Saradoc »Goldstreuer« 1340–1432 = Esmeralda Tuk
      - MERIADOC »der Prächtige« 1382
    - Merimac 1342–1430
      - Berilac 1380

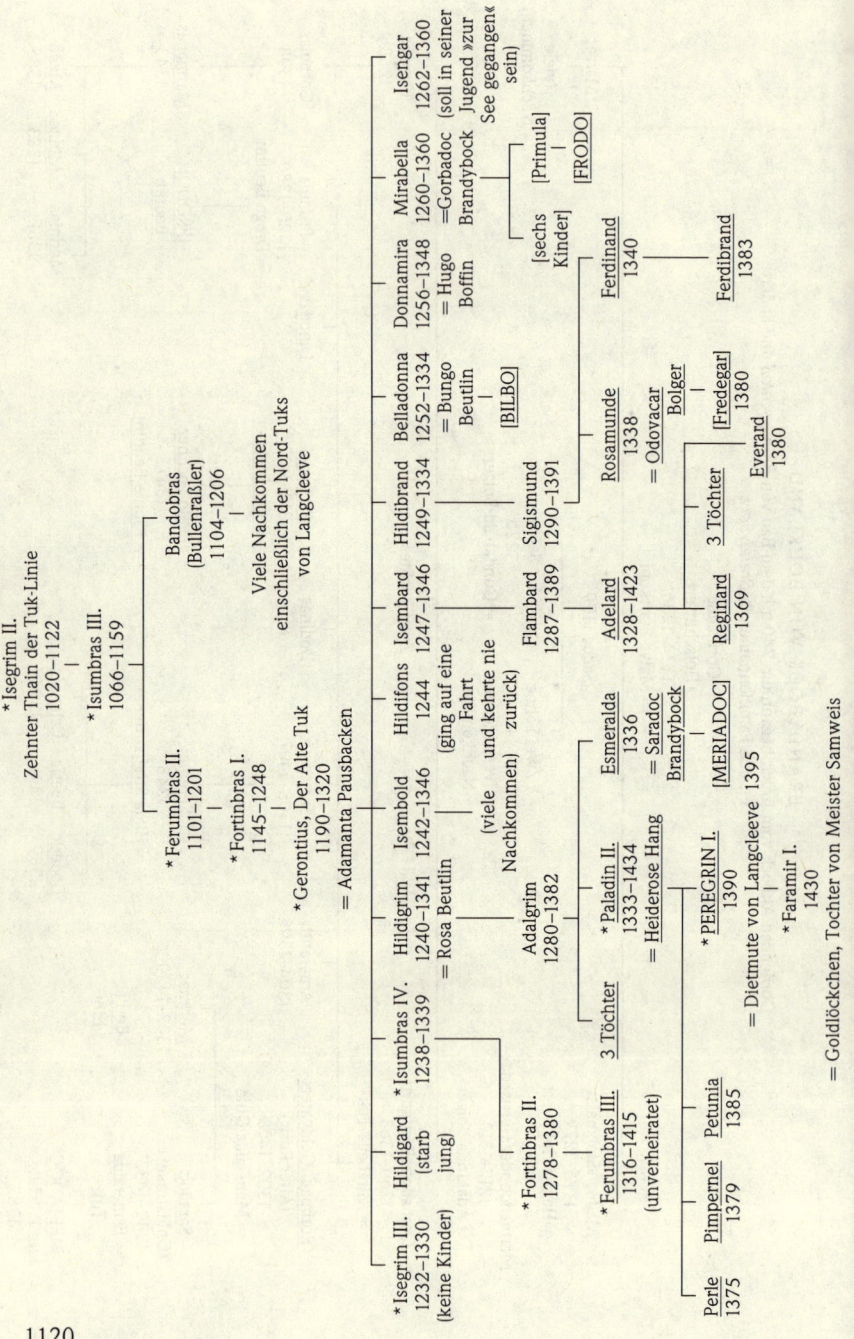

Anhang

TUK VON GROSS-SMIALS

```
*Isegrim II.
Zehnter Thain der Tuk-Linie
1020–1122
 |
*Isumbras III.
1066–1159
 |
 ├── *Ferumbras II.
 │    1101–1201
 │     |
 │    *Fortinbras I.
 │    1145–1248
 │     |
 │    *Gerontius, Der Alte Tuk
 │    1190–1320
 │    = Adamanta Pausbacken
 │
 └── Bandobras
      (Bullenraßler)
      1104–1206
       |
      Viele Nachkommen
      einschließlich der Nord-Tuks
      von Langcleeve
```

Kinder von Gerontius:

- Hildigrim 1240–1341 = Rosa Beutlin
- *Isumbras IV. 1238–1339
- Hildigard (starb jung)
- Isembold 1242–1346 (viele Nachkommen)
- Hildifons 1244 (ging auf eine Fahrt und kehrte nie zurück)
- Isembard 1247–1346
- Hildibrand 1249–1334
- Belladonna 1252–1334 = Bungo Beutlin [BILBO]
- Donnamira 1256–1348 = Hugo Boffin
- Mirabella 1260–1360 = Gorbadoc Brandybock
- Isengar 1262–1360 (soll in seiner Jugend »zur See gegangen« sein)

Mirabella-Linie:
- [Primula] — [FRODO]
- [sechs Kinder]
  - Ferdinand 1340
    - Ferdibrand 1383

Belladonna-Linie: [BILBO]

Hildibrand-Linie:
- Sigismund 1290–1391

Isembard-Linie:
- Flambard 1287–1389
- Adelard 1328–1423
  - Reginard 1369
  - Everard 1380 [Fredegar]
  - 3 Töchter

Hildigrim-Linie:
- Adalgrim 1280–1382
  - *Fortinbras II. 1278–1380 (?)
  - *Paladin II. 1333–1434 = Heiderose Hang
  - 3 Töchter
    - Esmeralda 1336 = Saradoc Brandybock
      - [MERIADOC]
  - *Ferumbras III. 1316–1415 (unverheiratet)

*Paladin II. Kinder:
- *PEREGRIN I. 1390
  - *Faramir I. 1430
    = Goldlöckchen, Tochter von Meister Samweis

*Isumbras IV. Kinder:
- *Isegrim III. 1232–1330 (keine Kinder)

Rosamunde 1338 = Odovacar Bolger

Perle 1375   Pimpernel 1379   Petunia 1385

= Dietmute von Langcleeve 1395

ANHANG D

AUENLAND-KALENDER

(Zur Verwendung in allen Jahren)

(1) *Nachjul*					(4) *Astron*					(7) *Nachlithe*					(10) *Winterfilth*				
–	7	14	21	28	1	8	15	22	29	–	7	14	21	28	1	8	15	22	29
1	8	15	22	29	2	9	16	23	30	1	8	15	22	29	2	9	16	23	30
2	9	16	23	30	3	10	17	24	–	2	9	16	23	30	3	10	17	24	–
3	10	17	24	–	4	11	18	25	–	3	10	17	24	–	4	11	18	25	–
4	11	18	25	–	5	12	19	26	–	4	11	18	25	–	5	12	19	26	–
5	12	19	26	–	6	13	20	27	–	5	12	19	26	–	6	13	20	27	–
6	13	20	27	–	7	14	21	28	–	6	13	20	27	–	7	14	21	28	–
(2) *Solmath*					(5) *Thrimidge*					(8) *Wedmath*					(11) *Blotmath*				
–	5	12	19	26	–	6	13	20	27	–	5	12	19	26	–	6	13	20	27
–	6	13	20	27	–	7	14	21	28	–	6	13	20	27	–	7	14	21	28
–	7	14	21	28	1	8	15	22	29	–	7	14	21	28	1	8	15	22	29
1	8	15	22	29	2	9	16	23	30	1	8	15	22	29	2	9	16	23	30
2	9	16	23	30	3	10	17	24	–	2	9	16	23	30	3	10	17	24	–
3	10	17	24	–	4	11	18	25	–	3	10	17	24	–	4	11	18	25	–
4	11	18	25	–	5	12	19	26	–	4	11	18	25	–	5	12	19	26	–
(3) *Rethe*					(6) *Vorlithe*					(9) *Halimath*					(12) *Vorjul*				
–	3	10	17	24	–	4	11	18	25	–	3	10	17	24	–	4	11	18	25
–	4	11	18	25	–	5	12	19	26	–	4	11	18	25	–	5	12	19	26
–	5	12	19	26	–	6	13	20	27	–	5	12	19	26	–	6	13	20	27
–	6	13	20	27	–	7	14	21	28	–	6	13	20	27	–	7	14	21	28
–	7	14	21	28	1	8	15	22	29	–	7	14	21	28	1	8	15	22	29
1	8	15	22	29	2	9	16	23	30	1	8	15	22	29	2	9	16	23	30
2	9	16	23	30	3	10	17	24		2	9	16	23	30	3	10	17	24	
					Mittjahrstag														
					(Überlithe)														

Anhang

Jedes Jahr begann am ersten Tag der Woche, Samstag, und endete am letzten Tag der Woche, Freitag. Der Mittjahrstag und in Schaltjahren der Überlithe hatten keinen Wochentag-Namen. Der Lithe vor dem Mittjahrstag wurde 1. Lithe genannt, und der danach wurde 2. Lithe genannt. Der Jul am Ende des Jahres war 1. Jul, und der zu Beginn war 2. Jul. Der Überlithe war ein besonderer Feiertag, aber er kam in den für die Geschichte des Großen Rings wichtigen Jahren nicht vor. Er kam 1420 vor, dem Jahr der berühmten Ernte und des wundervollen Sommers, und es heißt, die Feste in jenem Jahr seien die größten gewesen, an die man sich erinnern kann oder die je aufgezeichnet wurden.

Anhang

DIE KALENDER

Der Kalender im Auenland unterscheidet sich in verschiedenen Einzelheiten von dem unseren. Das Jahr war zweifellos genauso lang[1], denn wenn jene Zeiten auch, gerechnet nach Jahren und Menschenleben, lange her sind, so sind sie doch für das Gedächtnis der Erde nicht sehr fern. Es ist von den Hobbits aufgezeichnet worden, daß sie keine »Woche« hatten, solange sie noch ein wanderndes Volk waren, und obwohl sie »Monate« hatten, die mehr oder weniger vom Mond bestimmt waren, so waren ihre Datenaufzeichnungen und Zeitberechnungen unbestimmt und ungenau. Als sie begonnen hatten, sich in den Westlanden von Eriador anzusiedeln, übernahmen sie die Königs-Zeitrechnung der Dúnedain, die ursprünglich von den Eldar stammte; aber die Hobbits im Auenland führten verschiedene kleinere Änderungen ein. Dieser Kalender oder die »Auenland-Zeitrechnung«, wie er genannt wurde, wurde schließlich auch in Bree übernommen mit Ausnahme der Auenland-Gepflogenheit, als Jahr 1 die Besiedlung des Auenlandes zu rechnen.

Es ist oft schwierig, aus alten Erzählungen und Überlieferungen genaue Aufschlüsse über Dinge zu erhalten, die die Leute zu ihrer Zeit gut kannten und als selbstverständlich ansahen (zum Beispiel Namen von Buchstaben oder Wochentagen oder die Namen und Länge von Monaten). Doch dank ihrem allgemeinen Interesse für Ahnenkunde und dem Interesse für alte Geschichte, das die Gebildeten unter ihnen nach dem Ringkrieg bezeugten, scheinen sich die Auenland-Hobbits ziemlich viel mit Daten befaßt zu haben; und sie stellten komplizierte Tabellen auf, die den Zusammenhang zwischen ihrem eigenen System und anderen aufzeigten. Ich bin nicht erfahren in diesen Dingen und habe vielleicht viele Fehler gemacht; aber jedenfalls ist die Chronologie der entscheidenden Jahre A. Z. 1418, 1419 so sorgfältig im Roten Buch dargelegt worden, daß in diesem Punkt nicht viel Zweifel an Tagen und Zeiten bestehen kann.

Es scheint klar, daß die Eldar in Mittelerde, die, wie Samweis bemerkte, mehr Zeit zur Verfügung hatten, in langen Zeiträumen rechneten, und das Quenya-Wort *yén*, das oft mit »Jahr« übersetzt wurde (S. 385), bedeutet in Wirklichkeit 144 von unseren Jahren. Die Eldar zogen es vor, soweit wie möglich mit sechs und zwölf zu rechnen. Einen Tag der Sonne nannten sie *ré* und rechneten von Sonnenuntergang bis Sonnenuntergang. Das *yén* umfaßte 52 596 Tage. Eher aus rituellen denn aus praktischen Gründen gab es bei ihnen eine Woche oder *enquie* von sechs Tagen; und das *yén* umfaßte 8766 dieser *enquier*, die während des Zeitraums fortlaufend gezählt wurden.

In Mittelerde gab es bei den Eldar auch einen kurzen Zeitraum oder Sonnenjahr, das *coranar* oder »Sonnenrunde« genannt wurde, wenn es mehr oder weniger astronomisch betrachtet wurde, aber gewöhnlich hieß es *loa*, »Wachstum« (besonders in den nordwestlichen Landen), wenn in erster Linie die

---

[1] 365 Tage, 5 Stunden, 48 Minuten, 46 Sekunden.

Anhang

jahreszeitlichen Veränderungen in der Vegetation betrachtet wurden, wie es bei den Elben im allgemeinen üblich war. Das *loa* war in Perioden unterteilt, die man entweder als lange Monate oder kurze Jahreszeiten ansehen könnte. Diese wichen zweifellos in verschiedenen Gebieten voneinander ab; aber die Hobbits geben nur Aufschluß über den Kalender von Imladris. Nach jenem Kalender gab es sechs dieser »Jahreszeiten«, deren Quenya-Namen *tuile, laire, yávie, quelle, hríve, coire* lauteten, was mit »Frühling, Sommer, Herbst, Vergehen, Winter und Regung« übersetzt werden könnte. Die Sindarin-Namen waren *ethuil, laer, iavas, firith, rhîw, echuir.* »Vergehen« wurde auch *lasse-lante* »Laubfall« oder in Sindarin *narbeleth* »Sonnenschwund« genannt.

Laire und *hríve* umfaßten je 72 und die anderen je 54 Tage. Das *loa* begann mit *yestare,* dem Tag unmittelbar vor *tuile,* und endete mit *mettare,* dem Tag unmittelbar nach *coire.* Zwischen *yávie* und *quelle* waren drei *enderi* oder »Mitteltage« eingefügt. Das ergab ein Jahr von 365 Tagen, das ergänzt wurde durch eine Verdoppelung der *enderi* (zusätzlich 3 Tage) in jedem zwölften Jahr.

Wie mit sich ergebenden Ungenauigkeiten verfahren wurde, ist unbestimmt. Wenn das Jahr damals so lang war wie jetzt, dann würde das *yén* mehr als einen Tag zu lang gewesen sein. Daß eine Ungenauigkeit bestand, wird deutlich durch eine Anmerkung in den Kalendern des Roten Buchs, die besagt, daß in der »Rechnung von Bruchtal« das letzte Jahr jedes dritten *yén* um drei Tage gekürzt wurde: die in diesem Jahr fällige Verdoppelung der drei *enderi* wurde unterlassen. »Aber das geschah nicht in unserer Zeit.« Über den Ausgleich noch verbliebener Ungenauigkeiten gibt es keine Unterlagen.

Die Númenórer änderten diese Anordnungen. Sie unterteilten das *loa* in kürzere Perioden von gleichmäßigerer Länge; und sie hielten an dem Brauch fest, das Jahr mitten im Winter beginnen zu lassen, wie er bei den Menschen des Nordwestens bestanden hatte, deren Abkömmlinge im Ersten Zeitalter sie waren. Später gaben sie ihrer Woche auch sieben Tage und rechneten den Tag vom Aufgang der Sonne (aus dem östlichen Meer) bis Sonnenaufgang.

Das Númenórische System, wie es in Númenor und auch in Arnor und Gondor bis zum Ende der Könige angewandt wurde, nannte man Königs-Zeitrechnung. Das normale Jahr hatte 365 Tage. Es war unterteilt in zwölf *astar,* oder Monate, von denen zehn 30 Tage und zwei 31 Tage hatten. Die langen *astar* waren die beiden vor und nach dem Mittjahr und entsprachen ungefähr unserem Juni und Juli. Der erste Tag des Jahres wurde *yestare,* der mittlere (der 183.) *loënde* und der letzte Tag *mettare* genannt. Diese drei Tage gehörten zu keinem Monat. In jedem vierten Jahr außer im letzten eines Jahrhunderts *(haranye)* traten zwei *enderi* oder »Mitteltage« an die Stelle des *loënde.*

In Númenor begann die Zählung mit Z. Z. 1. Das durch das Abziehen eines Tages vom letzten Jahr eines Jahrhunderts entstandene *Defizit* wurde erst im letzten Jahr eines Jahrtausend ausgeglichen, wobei ein *tausendjähriges Defizit* von 4 Stunden, 46 Minuten und 40 Sekunden blieb. Diese Hinzufügung wurde in Númenor im Z. Z. 1000, 2000 und 3000 vorgenommen. Nach dem Untergang im

Z. Z. 3319 wurde das System von den Verbannten beibehalten; doch wurde es mit Beginn des Dritten Zeitalters durch eine neue Zählweise stark verschoben: Z. Z. 3342 wurde D. Z. 1. Indem D. Z. 4 anstelle von D. Z. 3 (Z. Z. 3444) zu einem Schaltjahr gemacht wurde, war ein weiteres kurzes Jahr von nur 365 Tagen eingeführt, das ein Defizit von 5 Stunden, 48 Minuten und 46 Sekunden verursachte. Die tausendjährigen Zusätze wurden 441 Jahre zu spät gemacht: im D. Z. 1000 (Z. Z. 4441) und 2000 (Z. Z. 5441). Um die so verursachten Fehler und die Häufung der tausendjährigen Defizite zu vermindern, gab der Truchseß Mardil einen berichtigten Kalender heraus, der in D. Z. 2060 in Kraft treten sollte, nachdem noch zwei weitere Tage zu 2059 (Z. Z. 5500) hinzugefügt wurden, die 5 1/2 Jahrtausende seit dem Beginn des Númenórischen Systems abschlossen. Aber dabei blieb immer noch ein Defizit von 8 Stunden. Hador fügte dem Jahr 2360 einen Tag zu, obwohl der Ausfall nicht ganz so viel betragen hatte. Danach wurden keine Berichtigungen mehr vorgenommen. (Im D. Z. 3000 wurden solche Dinge angesichts der drohenden Kriegsgefahr vernachlässigt.) Am Ende des Dritten Zeitalters, nach weiteren 660 Jahren, betrug das Defizit noch nicht einmal einen Tag.

Der von Mardil eingeführte Berichtigte Kalender wurde Truchsessen-Zeitrechnung genannt und schließlich von der Mehrzahl derer, die das Westron sprachen, übernommen, mit Ausnahme der Hobbits. Die Monate hatten sämtlich 30 Tage, und zwei Tage außerhalb der Monate wurden eingeführt: einer zwischen dem 3. und 4. Monat (März, April) und einer zwischen dem 9. und 10. Monat (September, Oktober). Diese fünf Tage außerhalb der Monate, *yestare, tuiléré, loende, yáviéré* und *mettare*, waren Feiertage.

Die Hobbits waren konservativ und verwendeten weiterhin eine Form der Königs-Zeitrechnung, die sie ihren eigenen Bräuchen anpaßten. Ihre Monate waren alle gleich lang und hatten je 30 Tage; aber sie hatten zwischen Juni und Juli 3 Sommertage, die im Auenland die Lithe oder Lithetage genannt wurden. Der letzte Tag des Jahres und der erste des neuen Jahres wurden Jultage genannt. Die Jultage und die Lithetage blieben außerhalb der Monate, so daß der 1. Januar der zweite und nicht der erste Tag des Jahres war. Alle vier Jahre, außer im letzten Jahr des Jahrhunderts[2], gab es vier Lithetage. Die Lithetage und die Jultage waren die Hauptfeiertage und Festzeit. Der zusätzliche Lithetag nach dem Mittjahrstag, also der 184. Tag des Schaltjahrs, wurde Überlithe genannt und war ein Tag besonderer Festlichkeit. Insgesamt betrug die Julzeit sechs Tage, und zwar die drei letzten und die drei ersten Tage jedes Jahres.

Das Auenland-Volk führte eine eigene kleine Neuerung ein (die schließlich auch in Bree übernommen wurde), die sie die Auenland-Reform nannten. Sie fanden es unordentlich und unbequem, daß sich die Namen der Wochentage im Hinblick auf die Daten von Jahr zu Jahr verschoben. In der Zeit von Isegrim II.

---

[2] Im Auenland, wo Jahr 1 D. Z. 1601 entsprach. In Bree, wo Jahr 1 D. Z. 1300 entsprach, war es das erste Jahr des Jahrhunderts.

Anhang

bestimmten sie daher, daß der zusätzliche Tag, der die Reihenfolge störte, keinen Wochentag-Namen haben sollte. Seitdem hatte der Mittjahrstag (und der Überlithe) nur diesen Namen und gehörte zu keiner Woche. Infolge dieser Reform begann das Jahr immer am ersten Tag der Woche und endete am letzten Tag; und das jeweilige Datum in einem Jahr hatte denselben Wochentag-Namen in allen anderen Jahren, so daß das Auenland-Volk sich nicht mehr die Mühe machte, in ihren Briefen oder Tagebüchern den Wochentag anzugeben[3]. Sie fanden das zu Hause recht bequem, aber nicht so bequem, wenn sie weiter reisten als bis Bree.

In den obigen Bemerkungen wie in der Erzählung habe ich unsere modernen Namen für Monate und Wochentage gebraucht, obwohl das natürlich weder die Eldar noch die Dúnedain oder die Hobbits in Wirklichkeit taten. Die Übersetzung der Westron-Namen schien wesentlich zu sein, um Verwirrung zu vermeiden, während die jahreszeitlichen Bedeutungen unserer Namen mehr oder weniger dieselben sind, jedenfalls im Auenland. Es scheint jedoch, daß der Mittjahrstag möglichst annähernd mit der Sommersonnenwende übereinstimmen sollte. In diesem Fall waren die Auenland-Daten den unseren tatsächlich um etwa zehn Tage voraus, und unser Neujahrstag entsprach mehr oder weniger dem 9. Januar im Auenland.

Im Westron wurden die Quenya-Namen der Monate gewöhnlich beibehalten, wie heutzutage die lateinischen Namen weitgehend in fremden Sprachen verwendet werden. Sie lauteten: *Narvinye, Nénime, Súlime, Víresse, Lótesse, Nárie, Cermie, Urime, Yavannie, Narqulie, Hísime, Ringare.* Die Sindarin-Namen (die nur von den Dúnedain gebraucht wurden) waren: *Narwain, Nínui, Gwaeron, Gwirith, Lothron, Nórui, Cerveth, Urui, Ivanneth, Narbeleth, Hithui, Girithron.*

In dieser Nomenklatur wichen jedoch die Hobbits sowohl im Auenland wie in Bree von dem Westron-Sprachgebrauch ab und hielten an ihren altmodischen, örtlichen Namen fest, die sie in grauer Vorzeit von den Menschen der Anduin-Täler übernommen zu haben scheinen; jedenfalls wurden ähnliche Namen in Thal und Rohan gefunden (vgl. die Bemerkungen über Sprachen, S. 1156). Die Bedeutungen dieser von Menschen ersonnenen Namen waren in der Regel von den Hobbits längst vergessen, selbst in Fällen, in denen sie ursprünglich bekannt gewesen waren; und die Formen der Namen wurden infolgedessen stark verwischt; *math* zum Beispiel am Ende einiger dieser Namen ist eine Vereinfachung von Monat.

Die Auenland-Namen sind im Kalender angegeben. Es mag erwähnt werden, daß *Solmath* gewöhnlich *Somath* gesprochen und manchmal auch so geschrie-

---

[3] Bei einem Blick auf den Auenland-Kalender wird man feststellen, daß der einzige Wochentag, an dem kein Monat begann, der Freitag war. So wurde es eine scherzhafte Redensart im Auenland, von »Freitag dem ersten« zu sprechen, wenn ein Tag gemeint war, den es nicht gab, oder ein Tag, an dem sehr unwahrscheinliche Ereignisse eintreten könnten, etwa daß Schweine fliegen oder (im Auenland) Bäume laufen. Der volle Wortlaut der Redensart war »am Freitag, dem ersten Sommerfilth«.

ben wurde; *Thrimidge* wurde oft *Thrimich* geschrieben; und *Blotmath* wurde *Blodmath* oder *Blommath* ausgesprochen. In Bree lauteten die Namen anders, und zwar *Frery, Solmath, Rethe, Chithing, Thrimidge, Lithe (die Sommertage), Mede, Wedmath, Erntemath, Wintring, Blooting* und *Julmath. Frery, Chithing* und *Julmath* wurden auch im Ostviertel gebraucht[4].

Die Hobbit-Woche stammte von den Dúnedain, und die Namen der Tage waren Übersetzungen jener, die denen im Nördlichen Königreich gegeben worden waren und ihrerseits von den Eldar stammten. Die Sechstagewoche der Eldar hatte Tage, die den Sternen, der Sonne, dem Mond, den Zwei Bäumen, dem Himmel und den Valar oder Mächten in dieser Reihenfolge gewidmet waren oder nach ihnen genannt wurden, wobei der letzte Tag der wichtigste Tag der Woche war. In Quenya lauteten ihre Namen *Elenya, Anarya, Isilya, Aldúya, Menelya, Valanya* (oder *Tárion*); die Sindarin-Namen waren *Orgilion, Oranor, Orithil, Orgaladhad, Ormenel, Orbelain* (oder *Rodyn*).

Die Númenórer behielten die Widmungen und die Reihenfolge bei, änderten aber den vierten Tag in *Aldea (Orgaladh)*, so daß er sich nur auf den Weißen Baum bezog, als dessen Abkömmling Nimloth, der in des Königs Hof in Númenor wuchs, angesehen wurde. Da sie auch einen siebenten Tag wünschten und große Seeleute waren, fügten sie nach dem Himmelstag einen »Meer-Tag«, *Earenya (Oraearon)*, ein.

Die Hobbits übernahmen diese Anordnung, aber die Bedeutungen ihrer übersetzten Namen waren bald vergessen oder wurden nicht mehr beachtet, und die Formen wurden stark vereinfacht, besonders im alltäglichen Sprachgebrauch. Die erste Übersetzung der númenórischen Namen wurde wahrscheinlich zweitausend oder mehr Jahre vor dem Ende des Dritten Zeitalters gemacht, als die Woche der Dúnedain (der zuerst von fremden Völkern übernommene Teil ihrer Zeitrechnung) von den Menschen im Norden aufgegriffen wurde. Wie bei ihren Monatsnamen hielten die Hobbits auch an diesen Übersetzungen fest, obwohl anderswo im Westron-Bereich die Quenya-Namen gebraucht wurden.

Nicht viele alte Urkunden waren im Auenland erhalten. Am Ende des Dritten Zeitalters war die bei weitem bemerkenswerteste die Gelbhülle oder das Jahrbuch von Buckelstadt[5]. Die frühesten Eintragungen scheinen zumindest neunhundert Jahre vor Frodos Zeit gemacht worden zu sein; und viele sind in den Annalen und Stammbäumen des Roten Buchs zitiert. Bei diesen Eintragungen erscheinen die Wochentagnamen in archaischen Formen, von denen die folgenden die ältesten sind: (1) *Sterrendei*, (2) *Sunnendei*, (3) *Monendei*, (4) *Trewesdei*,

---

[4] Es war ein Scherz in Bree, von »Winterfilth im (schlammigen) Auenland« zu sprechen, aber das Auenland-Volk meinte, Wintring sei eine Bree-Abwandlung des älteren Namens gewesen, er sich ursprünglich auf das Erfüllen oder die Vollendung des Jahres vor dem Winter bezog und sich aus Zeiten vor der völligen Übernahme der Königs-Zeitrechnung herleitete, als ihr neues Jahr nach der Ernte begann.

[5] Es wurden Geburten, Heiraten und Todesfälle in den Tuk-Familien und auch andere Dinge wie Landverkäufe und verschiedene Auenland-Ereignisse aufgezeichnet.

Anhang

(5) *Hevenesdei,* (6) *Meresdei,* (7) *Hochdei.* In der Sprache der Zeit des Ringkrieges waren sie zu *Stertag, Sonntag, Montag, Trewstag, Hevenstag* (oder *Henstag*), *Merstag* und *Hochtag* geworden. Ich habe diese Namen in unsere Namen übersetzt und natürlich auch mit Sonntag und Montag angefangen, die in der Auenland-Woche mit denselben Namen wie unsere vorkommen, und habe die anderen der Reihe nach umbenannt. Es muß jedoch beachtet werden, daß die Namensassoziationen im Auenland ganz andere waren. Der letzte Tag der Woche, Freitag (Hochtag), war der wichtigste Tag und ein Feiertag (ab Mittag), und abends wurde geschmaust. Samstag entspricht also eher unserem Montag und Donnerstag unserem Samstag[6].

Noch ein paar andere Namen können erwähnt werden, die sich auf die Zeit beziehen, obwohl sie bei der eigentlichen Zeitrechnung nicht verwendet wurden. Die gewöhnlich genannten Jahreszeiten waren *tuile,* Frühling, *laire,* Sommer, *yávie,* Herbst (oder Ernte), *hríve,* Winter; aber sie waren nicht genau festgelegt, und *quelle* oder *lasselanta* wurden ebenfalls für den letzten Teil des Herbstes und den Beginn des Winters gebraucht.

Die Eldar schenkten (in den nördlichen Gebieten) der »Dämmerung« besondere Aufmerksamkeit, hauptsächlich deshalb, weil es die Stunden waren, da die Sterne verblaßten oder aufgingen. Sie hatten viele Namen für diese Zeitspannen, von denen die gebräuchlichsten *tindóme* und *undóme* waren; der erstere bezog sich zumeist auf die Zeit um die Morgendämmerung, der zweite auf den Abend. Die Sindarin-Namen waren *uial,* die als *minuial* und *aduial* gekennzeichnet werden konnten. Im Auenland wurden sie oft *morgendim* und *evendim* genannt. Vgl. Evendim-See, eine Übersetzung von Nenuial.

Die Auenland-Zeitrechnung und -Daten sind die einzig wichtigen für die Erzählung vom Ringkrieg. Alle Tage, Monate und Daten sind im Roten Buch daher in Auenland-Begriffe übersetzt oder in Anmerkungen gleichgesetzt worden. Angaben von Monaten und Tagen im *Herrn der Ringe* beziehen sich also durchweg auf den Auenland-Kalender. Die einzigen Punkte, an denen die Unterschiede zwischen diesem und unserem Kalender für die Geschichte in dem entscheidenden Zeitraum wichtig sind, das Ende von 3018 und der Beginn von 3019 (A. Z. 1418, 1419) sind folgende: der Oktober 1418 hat nur 30 Tage, der 1. Januar ist der zweite Tag von 1419, und der Februar hat 30 Tage; so daß der 25. März, der Tag des Falls von Barad-dûr, unserem 27. März entsprechen würde, wenn unsere Jahre an demselben jahreszeitlichen Punkt begännen. Das Datum war jedoch sowohl in der Königs- als auch in der Truchsessen-Zeitrechnung der 25. März.

Die Neue Zeitrechnung wurde im wiederhergestellten Königreich in D. Z. 3019

---

[6] Ich habe daher in Bilbos Lied (S. 170 f.) Samstag und Sonntag anstelle von Donnerstag und Freitag verwendet.

begonnen. Sie stellt eine Rückkehr zu der (auf einen Frühjahrsbeginn wie in der Eldarin *loa* umgestellten) Königs-Zeitrechnung dar[7].

In der neuen Zeitrechnung begann das Jahr am 25. März alten Stils zur Erinnerung an den Sturz von Sauron und die Taten der Ringträger. Die Monate behielten ihren früheren Namen und begannen nun mit Víresse (April), bezogen sich aber auf Zeiträume, die im allgemeinen fünf Tage früher begannen als vorher. Alle Monate hatten 30 Tage. Es gab 3 *enderi* oder Mitteltage (von denen der zweite *loende* genannt wurde) zwischen Yavannie (September) und Narquelie (Oktober), die dem 23., 24. und 25. September alten Stils entsprachen. Aber zu Ehren von Frodo wurde der 30. *Yavannie,* der dem früheren 22. September, seinem Geburtstag, entsprach, zu einem Festtag gemacht, und in Schaltjahren wurde dieses Fest verdoppelt und *Cormare* oder Ringtag genannt.

Als Beginn des Vierten Zeitalters galt das Fortgehen von Herrn Elrond, das im September 3021 stattfand; aber bei allen Aufzeichnungen im Königreich war Viertes Zeitalter Jahr 1 dasjenige, das nach der Neuen Zeitrechnung am 25. März 3019 alten Stils begann.

Diese Zeitrechnung wurde im Laufe der Regierung von König Elessar in allen seinen Landen übernommen mit Ausnahme des Auenlandes, wo der alte Kalender beibehalten und die Auenland-Zeitrechnung fortgesetzt wurde. Viertes Zeitalter 1 wurde daher 1422 genannt; und soweit die Hobbits den Zeitalterwechsel überhaupt beachteten, beharrten sie darauf, daß das neue Zeitalter mit dem 2. Jul 1422 und nicht im März davor begonnen habe.

Es gibt keine Aufzeichnungen des Auenland-Volkes darüber, daß entweder der 25. März oder der 22. September gefeiert wurden; doch im Westviertel, besonders in der Gegend um den Bühl von Hobbingen, entstand die Sitte, am 6. April, wenn das Wetter es erlaubte, auf der Festwiese zu feiern und zu tanzen. Manche sagten, es sei der Geburtstag des alten Sam Gärtner, manche wiederum meinten, es sei der Tag gewesen, an dem im Jahre 1420 der Goldene Baum zum erstenmal blühte, und wieder andere glaubten, es sei das Neujahr der Elben. In Bockland wurde das Horn der Mark an jedem 2. November bei Sonnenuntergang geblasen, und Freudenfeuer und Festmähler schlossen sich an[8].

---

[7] Obwohl das *yestare* der Neuen Zeitrechnung in Wirklichkeit früher begann als im Kalender von Imladris, bei dem es mehr oder weniger dem 6. April des Auenlandes entsprach.
[8] Der Tag, an dem es 3019 zum erstenmal im Auenland geblasen wurde.

ANHANG E

AUSSPRACHE

Das Westron, die Gemeinsame Sprache, ist durchgehend in seine englischen (beziehungsweise deutschen) Entsprechungen übertragen. Alle Hobbit-Namen und ihnen eigentümlichen Wörter sind daher demgemäß auszusprechen.

Bei der Transkription der alten Schriften wurde versucht, die ursprünglichen Laute (soweit sie sich bestimmen lassen) mit einiger Genauigkeit wiederzugeben und zugleich Wörter und Namen hervorzubringen, die in modernen Buchstaben nicht unschön aussehen. Das Hochelbische Quenya wurde soweit wie Latein geschrieben, wie die Laute es erlaubten. Aus diesem Grund wurde dem *c* in beiden Eldarin-Sprachen Vorzug vor dem *k* gegeben.

Die folgenden Punkte mögen von denen beachtet werden, die sich für solche Einzelheiten interessieren:

Konsonanten

C hat immer den Wert von *k,* selbst vor *e* und *i*: *celeb* »Silber« sollte *keleb* ausgesprochen werden.

CH wird nur gebraucht, um den Laut in *Bach* (im Deutschen oder Walisischen) wiederzugeben, nicht den im englischen *church.* Außer am Wortende und vor *t* wurde dieser Laut in der Sprache von Gondor zu *h* abgeschwächt, und dieser Wandel wurde in ein paar Namen berücksichtigt, so in *Rohan, Rohirrim.* (*Imrahil* ist ein númenórischer Name.)

DH steht für das stimmhafte (weiche) *th* des Englischen in *then.* Es hat gewöhnlich eine Beziehung zu *d*, wie in S. *galadh,* »Baum«, verwandt mit Q. *alda,* ist aber manchmal auch von *nr* abgeleitet, wie in *Caradhras* »Rothorn«, von *caran-rass.*

F steht für *f,* außer am Wortende, wo es verwendet wird, um den Laut für *v* (entsprechend dem deutschen *w*) wiederzugeben: *Nindalf, Fladrif.*

G hat nur den Laut von *g* in *geben*: *gil* »Stern« in *Gildor, Gilraen, Osgiliath* beginnt wie in *Gilde.*

H hat alleinstehend ohne einen weiteren Konsonanten den Laut von *h* in *Haus*. Die Quenya-Kombination *ht* hat den Laut von *cht* wie im deutschen *echt, acht*: z. B. in dem Namen *Telumehtar* »Orion«.[1] Siehe auch Ch, DH, L, R, TH, W, Y.

I am Wortanfang vor einem anderen Vokal hat, nur im Sindarin, den konsonantischen Charakter des *y* in *you* (entsprechend dem deutschen *j*) wie in *Ioreth, Iarwain.* Siehe Y.

K wird verwendet in Namen, die aus anderen als den Elbensprachen

---

[1] Gewöhnlich im Sindarin *Menelvagor,* Q. *Menelmacar.*

abgeleitet sind, mit demselben Lautwert wie *c. kh* steht somit für denselben Laut wie *ch* im orkischen *Grischnákh* oder dem adûnaischen (númenórischen) *Adunakhor.* Zum Zwergischen (Khuzdul) siehe die Anmerkung weiter unten.

L steht mehr oder weniger für den Anfangslaut in *lassen.* Es wurde jedoch zwischen *e, i* und einem Konsonanten oder in Endstellung nach *e* und *i* bis zu einem gewissen Grade »palatalisiert«. (Die Eldar hätten vermutlich das englische *bell, fill* als *beol, fiol* transkribiert). LH steht für die stimmlose Variante (gewöhnlich abgeleitet von *sl-*). Im (archaischen) Quenya wird dies *hl* geschrieben, wurde aber im Dritten Zeitalter gewöhnlich *l* ausgesprochen.

NG steht für das *ng* in englisch *finger**, außer am Wortende, wo es ausgesprochen wurde wie in *sing.* Der letztere Laut kam im Quenya auch in Anfangsposition vor, aber wurde hier als *n* transkribiert (wie in *Noldo*), entsprechend der Aussprache des Dritten Zeitalters.

PH hat denselben Klang wie *f.* Es wird verwendet, (a) wo der *f*-Laut am Wortende vorkommt, wie in *alph* »Schwan«; (b) wo der *f*-Laut mit einem *p* verwandt oder davon abgeleitet ist, wie in *i-Pheriannath* »die Halblinge« (*perian*); (c) in der Mitte einiger weniger Wörter, wo es für ein langes *ff* (von *pp*) steht, wie in *Ephel* »äußere Umzäunung«; und (d) im Adûnaischen und Westron, wie in *Ar-Pharazôn* (*pharaz* »Gold«).

QU wurde verwendet für *cw,* eine im Quenya recht häufige Kombination, während sie im Sindarin nicht vorkam.

R steht für ein mit der Zungenspitze gerolltes *r,* in allen Wortpositionen; der Laut wurde immer voll ausgesprochen. Die Orks und einige Zwerge hatten ein Hinterzungen- oder Zäpfchen-*r,* ein Laut, den die Eldar abstoßend fanden. RH steht für ein stimmloses *r* (gewöhnlich abgeleitet von einem früheren *sr-*). Im Quenya wurde es *hr* geschrieben. Vgl. L.

S ist immer stimmlos, wie im englischen *so* (entsprechend dem deutschen *ß*); das stimmhafte *s* kam in Sindarin oder Quenya jener Zeit nicht vor. SH (oder SCH), das im Westron, Zwergischen und Orkischen vorkommt, entspricht Lauten, die dem englischen *sh* (bzw. dem deutschen *sch*) ähnlich waren.

TH steht für das stimmlose *th* des Englischen in *thin.* Im gesprochenen Quenya war dies zu *s* geworden, wenngleich es noch immer mit einem anderen Buchstaben geschrieben wurde; wie in Q. *Isil,* S. *Ithil,* »Mond«.

TY steht für einen Laut vermutlich ähnlich dem *t* in englisch *tune.* Er war hauptsächlich abgeleitet von *c* oder *t + y.* Der Laut des englischen *ch,* der

---

* Dies entspricht nicht dem deutschen *Finger,* sondern eher der Aussprache der Buchstabenkombination in *ngg* in Zusammensetzung wie »Ringgeist« *(Anm. d. Übers.).*

im Westron häufig war, wurde von Sprechern dieser Sprache gewöhnlich dafür eingesetzt. Vgl. HY unter Y.*

V hat den Laut des englischen *v,* aber wird nicht am Wortende verwandt. Siehe F.

W hat den Laut des englischen *w* (entsprechend dem deutschen *u,* aber als Konsonant, nicht als Vokal). HW ist ein stimmloses *w,* wie in englisch *white* (in nordenglischer Aussprache). Es war kein ungewöhnlicher Anfangslaut im Quenya, wenngleich in diesem Buch kein Beispiel vorzukommen scheint. Sowohl *v* als auch *w* werden in der Umschrift des Quenya verwandt, trotz der Angleichung der Schreibweise an die des Lateinischen, da die zwei Laute, unterschiedlich im Ursprung, beide in dieser Sprache vorkamen.

Y wird im Quenya für das konsonantische *y (j)* gebraucht. In Sindarin ist *y* ein Vokal (siehe unten). HY hat dasselbe Verhältnis zu *y* wie HW zu *w* und steht für einen Laut, wie man ihn oft in englisch *hew, huge* hört; *h* in Quenya *eht, iht* hat denselben Klang. Der Laut des englischen *sh* (deutsch *sch*), der im Westron üblich war, wurde von Sprechern dieser Sprache häufig dafür eingesetzt. Vgl. oben TY. HY war gewöhnlich von *sy-* und *khy-* abgleitet; in beiden Fällen weisen verwandte Sindarin-Worte als Anfangslaut *h* auf, wie in Q. *Hyarmen* »Süden«, S. *Harad.*

Man beachte, daß zweimal geschriebene Konsonanten wie *tt, ll, ss,* für lange oder »doppelte« Laute stehen. Am Wortende mit mehr als einer Silbe wurden diese gewöhnlich verkürzt, wie in *Rohan,* aus *Rochann* (archaisch *Rochand*).

Im Sindarin durchliefen die Kombinationen *ng, nd, mb,* die in den Eldarin-Sprachen in einem früheren Stadium besonders beliebt waren, verschiedene Veränderungen. *mb* wurde in allen Fällen zu *m,* aber zählte für die Betonung (siehe unten) immer noch als langer Konsonant und wird darum in Fällen, in denen die Betonung anders zweifelhaft wäre, *mm* geschrieben.[2] *ng* blieb unverändert außer in Anfangs- und Endpositionen, wo es zu dem einfachen Nasal wurde (wie in *sing*). *nd* wurde gewöhnlich zu *nn,* wie in *Ennor* »Mittelerde«, Q. *Endóre;* doch es blieb *nd* am Ende von voll betonten Einsilblern wie *thond* »Wurzel« (vgl. *Morthond* »Schwarze Wurzel«) sowie vor *r,* wie in *Andros,* »Langschaum«. Dieses *nd* ist auch in einigen alten Namen zu finden, die aus einer früheren Epoche stammen, so wie *Nargothrond, Gondolin, Beleriand.* Im Dritten Zeitalter war das *nd* am Wortende bei langen Worten über *nn* zu *n* geworden, wie in *Ithilien, Rohan, Anórien.*

---

* Es handelt sich hierbei um sogenannte palatalisierte Laute, die im Deutschen keine direkte Entsprechung haben; nach dem deutschen Lautsystem käme der bei TY ein *tj* bzw. *tsch,* bei HY (s. u.) ein *hj* bzw. *sch* nahe *(Anm. d. Übers.).*

[2] Wie in *galadhremnin ennorath* »baumdurchwirkte Lande von Mittelerde«. *Remmirath* enthält *rem* »Gewebe«, Q. *rembe,* + *mîr* »Juwel«.

Vokale

Für Vokale werden die Buchstaben *i, e, a, o, u* und (nur im Sindarin) *y* verwandt. Soweit sich das sagen läßt, galten für diese Buchstaben die normalen Lautwerte, wenn auch zweifellos viele örtliche Varianten unbeachtet blieben.[3] Das heißt, die Laute, die durch *i, e, a, o, u,* wiedergegeben sind, waren ungefähr die in *Maschine, Meer, Sonne, Vater, Brut,* hier ohne Rücksicht auf die Vokallänge.

Im Sindarin hatten das lange *e, a, u* denselben Lautwert wie die kurzen Vokale, da sie sich erst in relativ junger Zeit daraus entwickelt hatten (das ältere *é, á, ó* hatte sich verschoben). Im Quenya waren das lange *é* und *ó*, wenn korrekt ausgesprochen, wie bei den Eldar, gespannter und geschlossener als die kurzen Vokale.

Sindarin allein unter den Sprachen der Zeit besaß das »umgelautete« oder Vorderzungen-*u,* mehr oder weniger dem französischen *u* in *lune* (oder dem deutschen *ü*) entsprechend. Es war teilweise eine Modifikation von *o* und *u,* teilweise abgeleitet von den älteren Diphthongen *eu* und *iu.* Für diesen Laut wurde (wie im alten Englisch) *y* verwendet: wie in *lyg* »Schlange«, Q. *leuca,* oder *emyn,* Pl. von *amon* »Hügel«. In Gondor wurde dieses *y* gewöhnlich wie *i* ausgesprochen.

Lange Vokale sind gewöhnlich mit dem »Akut-Akzent« markierte, wie in einigen Spielarten der Feanorischen Schrift. Im Sindarin sind lange Vokale in betonten einsilbigen Worten mit dem Zirkumflex markiert, da sie in solchen Fällen besonders lang ausgesprochen wurden;[4] so in *dûn* im Vergleich zu *Dúnadan.* Der Gebrauch des Zirkumflex in anderen Sprachen wie Adûnaic oder Zwergisch hat keine besondere Bedeutung und wird nur benutzt, um diese als fremde Sprachen zu kennzeichnen (wie beim Gebrauch von *k*).

Das *-e* am Ende eines Wortes ist niemals stumm oder ein bloßes Zeichen von Länge wie im Englischen.

Im Quenya sind *ui, oi, ai* und *iu, eu, au* Diphthonge (das heißt, sie werden in einer Silbe ausgesprochen). Alle anderen Vokalpaare sind zweisilbig.

Im Sindarin werden die Diphthonge *ae, ai, ei, oe, ui* und *au* geschrieben. Die Schreibweise von *au* am Wortende als *aw* entspricht englischer Gepflogenheit, ist aber durchaus nicht unüblich in Feanorischen Schreibungen.

Alle diese Diphthonge[5] waren »fallende« Diphthonge, das heißt, auf dem ersten Element betont, und zusammengesetzt aus der Verbindung der jeweiligen

---

[3] Eine recht weit verbreitete Aussprache von Langem *é* und *ó* als *ei* und *ou* wie im englischen *say no,* sowohl im Westrong als auch in der Wiedergabe von Quenya-Namen durch Westron-Sprecher zeigt sich an Schreibweisen wie *ei, ou* (oder ihren Entsprechungen in zeitgenössischen Schriftformen). Doch solche Aussprachen wurden als inkorrekt oder ländlich angesehen. Im Auenland waren sie natürlich gang und gäbe.
[4] So auch in *Annûn* »Sonnenuntergang«, *Amrûn* »Sonnenaufgang« unter dem Einfluß des verwandten *dûn* »Westen« und *rhûn* »Osten«.
[5] ursprünglich. Doch *iu* im Quenya wurde im Dritten Zeitalter gewöhnlich als steigender Diphthong ausgesprochen, wie im deutschen »Jul«.

Anhang

Einzelvokale. Somit sollten *ai, ei, oi, ui* betont werden wie die Vokale in *Stein*, engl. *lady, Boy* (oder *Beute*), *Pfui;* und *au (aw)* wie in *Laut*.
Es gibt nichts im Deutschen, was *ae, oe, eu* gleichkommt; *ae* und *oe* können als *ai, oi* ausgesprochen werden.

Betonung

Die betonten Silben sind nicht besonders gekennzeichnet, da die Betonung in den Elbensprachen von der Form des Wortes bestimmt wird. Bei zweisilbigen Wörtern liegt der Ton in praktisch allen Fällen auf der ersten Silbe. In längeren Wörtern liegt er auf der vorletzten Silbe, wo diese einen langen Vokal, einen Diphthong oder einen von zwei (oder mehr) Konsonanten gefolgten Vokal enthält. Wo die vorletzte Silbe (wie oft) einen kurzen Vokal hat, auf den nur ein Konsonant oder gar keiner folgt (was oft der Fall ist), liegt der Ton auf der ihr vorangehenden, der drittletzten Silbe. Wörter dieser letzteren Art werden in den Eldarin-Sprachen bevorzugt, besonders im Quenya.

In den folgenden Beispielen ist der betonte Vokal durch einen Großbuchstaben gekennzeichnet: *isIldur, Orome, erEssea, fEanor, ancAlima, elentAri, dEnethor, periAnnath, echthElion, pelArgir, sillvren*. Wörter vom Typ *elentAri*, »Sternkönigin«, kommen im Quenya selten vor, wo der Vokal *é, á, ó* ist, es sei denn, es handelt sich um zusammengesetzte Wörter (wie in diesem Fall); sie sind häufiger bei den Vokalen *í, ú*, wie *andúne* »Sonnenuntergang, Westen«. Im Sindarin kommen sie überhaupt nur in Zusammensetzungen vor. Man betrachte, daß im Sindarin *dh, th, ch* Einzelkonsonanten sind und in der ursprünglichen Schrift durch Einzelbuchstaben wiedergegeben wurden.

Anmerkung

Bei Namen, die anderen Sprachen als denen der Eldar entnommen sind, sind dieselben Werte für Buchstaben beabsichtigt, wo dies nicht ausdrücklich oben beschrieben wurde. Eine Ausnahme ist das Zwergische. Im Zwergischen, das die Laute, welche oben durch *th* und *ch (kh)* wiedergegeben wurden, nicht besitzt, sind *th* und *kh* behauchte Laute, das heißt, ein *t* oder *k* gefolgt von einem *h*.

Wo *z* vorkommt, entspricht der Laut dem englischen *z* (ein stimmhaftes *s*). *gh* in der Schwarzen Sprache und im Orkischen bezeichnet einen »Hinterzungenreibelaut« (der sich zu *g* verhält wie *dh* zu *d*): wie in *ghâsch* und *agh*.

Die »äußeren« oder menschlichen Namen der Zwerge haben eine nordische Form erhalten, aber die Lautwerte sind die oben beschriebenen. So auch im Fall der Eigen- und Ortsnamen von Rohan (wo sie nicht modernisiert wurden), außer daß *éa* und *éo* Diphthonge sind, die etwa den Dopellauten in *Ehe* (gesprochen ohne *h*) und *Theo* entsprechen; *y* ist der *u*-Umlaut *(ü)*. Die modernisierten Formen sind leicht zu erkennen und werden wie im Deutschen ausgesprochen; es sind meist Ortsnamen, außer Schattenfell und Schlangenzunge.

Anhang

DIE TENGWAR

	I	II	III	IV
1	1 p	2 p	3 q	4 q
2	5 pp	6 pp	7 cq	8 bq
3	9 b	10 b	11 d	12 d
4	13 bb	14 bb	15 cd	16 dd
5	17 m	18 m	19 cc	20 co
6	21 n	22 n	23 a	24 u
	25 y	26 ẙ	27 ʗ	28 ʒ
	29 6	30 ɔ	31 ʒ	32 ʒ
	33 λ	34 ḅ	35 λ	36 o

1135

Anhang

SCHREIBWEISE

Die im Dritten Zeitalter verwendeten Schriftzeichen und Buchstaben stammten ursprünglich von den Eldar und waren schon zu jener Zeit sehr alt. Sie hatten das Stadium der vollen alphabetischen Entwicklung erreicht, doch waren ältere Schreibweisen, bei denen nur die Konsonanten durch volle Buchstaben bezeichnet wurden, noch gebräuchlich.

Es gab zwei Hauptarten von Alphabeten, die ursprünglich unabhängig von einander waren: die *Tengwar* oder *Tîw,* die hier als »Buchstaben« übersetzt sind; und die *Certar* oder *Cirth,* als »Runen« übersetzt. Die *Tengwar* waren entwickelt worden für das Schreiben mit Pinsel oder Feder, und die eckigen Formen bei Inschriften waren in diesem Fall eine Ableitung von den Schriftformen. Die *Certar* waren für eingeritzte oder eingeschnittene Inschriften erfunden worden und wurden meistens auch nur dafür verwendet.

Die *Tengwar* waren die älteren; denn die Noldor, das in derartigen Dingen kundigste Volk der Eldar, hatten sie lange vor ihrer Verbannung entwickelt. Die ältesten Eldar-Buchstaben, die Tengwar von Rúmil, wurden in Mittelerde nicht verwendet. Die späteren Buchstaben, die Tengwar von Feanor, waren eine weitgehend neue Erfindung, obwohl einiges von den Buchstaben von Rúmil übernommen war. Die verbannten Noldor hatten sie nach Mittelerde gebracht, und so wurden sie den Edain und Númenórern bekannt. Im Dritten Zeitalter hatte sich ihre Verwendung auf etwa demselben Gebiet verbreitet, in dem die Gemeinsame Sprache bekannt war.

Die Cirth waren zuerst in Beleriand von den Sindar erdacht worden; lange Zeit wurden sie nur dafür verwendet, Namen und kurze Aufzeichnungen auf Holz oder Stein zu schreiben. Auf diesen Ursprung sind ihre eckigen Formen zurückzuführen, die den Runen unserer Zeit sehr ähnlich sind, obwohl sie sich in Einzelheiten von ihnen unterschieden und ihre Anordnung eine völlig andere war. In ihrer älteren und einfacheren Form verbreiteten sich die Cirth im Zweiten Zeitalter nach Osten und wurden bei vielen Völkern bekannt, bei Menschen und Zwergen und sogar bei den Orks, die sie alle für ihre jeweiligen Zwecke und entsprechend ihrem Können oder Mangel an Können abwandelten. Eine solche einfache Form wurde noch von den Menschen von Thal verwandt, und eine ähnliche von den Rohirrim.

Doch vor dem Ende des Ersten Zeitalters wurden die Cirth in Beleriand, teilweise unter dem Einfluß der Tengwar der Noldor, neu gestaltet und weiterentwickelt. Ihre reichhaltigste und bestangeordnete Form war als das Alphabet von Daeron bekannt, denn es hieß in der elbischen Überlieferung, es sei von Daeron erfunden worden, dem Sänger und Schriftkundigen des Königs Thingol von Doriath. Unter den Eldar entwickelte sich das Alphabet von Daeron nicht zu echt kursiven Formen, denn zum Schreiben übernahmen die Elben die Feanorischen Buchstaben. Die Elben des Westens gaben sogar größtenteils die Verwendung von Runen ganz auf. Im Lande Eregion blieb indes das Alphabet von Daeron gebräuchlich und gelangte von dort nach Moria, wo es das beliebteste Alphabet der Zwerge wurde. Es blieb bei ihnen immer in Gebrauch und gelangte mit ihnen in den Norden. Daher wurde es in späterer Zeit oft *Angerthas Moria* oder die Langrunen-Reihen von Moria genannt. Wie auch bei ihrer Redeweise, benutzten die Zwerge die Schriftzeichen, die geläufig waren, und viele schrieben die Feanorischen Buchstaben sehr gewandt; aber für ihre eigene Sprache hielten sie an den Cirth fest und entwickelten aus ihnen Schreibformen.

DIE FEANORISCHEN BUCHSTABEN

Die Tabelle zeigt, in buchhandschriftlicher Form, alle Buchstaben, die im Dritten Zeitalter in den Westlanden allgemein gebräuchlich waren. Die Reihenfolge ist die zu der Zeit am meisten übliche und diejenige, in der gewöhnlich die Buchstaben damals mit Namen vorgetragen wurden.

Diese Schrift war ursprünglich kein Alphabet, also eine zufällige Reihe von Buchstaben, jeder mit einer eigenen unabhängigen Bedeutung, in einer traditionellen Reihenfolge vorgetragen, die weder mit ihren Formen noch mit ihren Funktionen etwas zu tun hatte[1]. Es war vielmehr ein System von konsonantischen Zeichen, einander ähnlich nach Form und Stil, die je nach Wunsch und Belieben verwendet werden konnten, um die Konsonanten der von den Eldar beobachteten (oder erfundenen) Sprachen darzustellen. Keiner dieser Buchstaben hatte an sich eine feste Bedeutung; aber gewisse Relationen zwischen ihnen wurden allmählich anerkannt.

Das System enthielt vierundzwanzig Primärbuchstaben, 1–24, angeordnet in vier *témar* (Reihen), von denen jede sechs *tyeller* (Stufen) hatte. Es gab auch »zusätzliche Buchstaben«; Beispiele dafür sind 25–36. Von diesen sind 27 und 29 die einzigen absolut selbständigen Buchstaben; die übrigen sind Modifikationen anderer Buchstaben. Auch gab es eine Anzahl *tehtar* (Zeichen), die auf mancherlei Weise angewandt wurden. Sie erscheinen nicht in der Tabelle.[2]

Die *Primärbuchstaben* wurden jeweils aus einem *telco* (Stamm) und einem *lúva* (Bogen) gebildet. Die in 1–4 gezeigten Formen wurden als normal angesehen. Der Stamm konnte verlängert werden wie in 9–16 oder verkürzt wie in 17–24. Der Bogen konnte offen sein wie in den Reihen I und III, oder geschlossen wie in II und IV; und in beiden Fällen konnte er verdoppelt werden wie z. B. in 5–8.

Die theoretische Freiheit der Anwendung war im Dritten Zeitalter durch Gewohnheit so weit modifiziert, daß die Reihe I im allgemeinen für die Dentallaute oder t-Reihe *(tincotéma)* verwandt wurde und II für die Labiallaute

---

[1] Die einzige Beziehung in unserem Alphabet, die den Eldar verständlich gewesen wäre, ist die zwischen P und B; und ihre Trennung voneinander und von F, M, V wäre ihnen sinnlos erschienen.
[2] Viele von ihnen erscheinen in den Beispielen auf den Seiten 4, 65 und 264. Sie wurden hauptsächlich verwendet, um Vokallaute zum Ausdruck zu bringen, die im Quenya gewöhnlich als Modifikation der begleitenden Konsonanten betrachtet wurden; oder um auf kürzere Weise einige der häufigsten Konsonantenverbindungen auszudrücken.

Anhang

oder p-Reihe *(parmatéma)*. Die Anwendung der Reihen III und IV schwankte je nach den Erfordernissen der verschiedenen Sprachen.

In Sprachen wie dem Westron, in denen viele Konsonanten[3] wie die englischen *ch, j, sh* vorkamen, wurde die Reihe III gewöhnlich für diese angewandt; in diesem Fall wurde die Reihe IV für die normale *k*-Reihe *(calmatéma)* gebraucht. Im Quenya, das neben dem *calmatéma* sowohl eine Palatalreihe *(tyelpetéma)* und eine Labialreihe *(quessetéma)* besaß, wurden die Palatallaute durch ein feanorisches diakritisches Zeichen »folgendes y« (gewöhnlich zwei daruntergesetzte Punkte) dargestellt, während Reihe IV eine *kw*-Reihe war.

Innerhalb dieser allgemeinen Anwendungen wurden auch die folgenden Beziehungen gewöhnlich beachtet. Die normalen Buchstaben, Stufe 1, wurden für die »stimmlosen Verschlußlaute« angewandt: *t, p, k* usw. Die Verdoppelung des Bogens deutete an, daß »Stimme« dazukam: so wenn *1, 2, 3, 4 = t, p, c, k* (oder *t, p, k, kw*), dann *5, 6, 7, 8 = d, b, j, g* (oder *d, b, g, gw*). Die Verlängerung des Stammes deutete die Öffnung des Konsonanten zu einem »Reibelaut« an: so wurden die obigen Werte für Stufe 1 bei Stufe 3 (9–12) zu *th, f, sh, ch* (oder *th, f, hk, khw/hw*) und bei Stufe 4 (13–16) zu *dh, v, zh, gh* (oder *dh, v, gh, ghw/w*).

Das ursprüngliche Feanorische System besaß auch eine Stufe mit verlängerten Stämmen über und unter der Linie. Diese stellten gewöhnlich aspirierte Konsonanten dar (z. B. *t + h, p + h, k + h*), konnten jedoch auch andere benötigte Konsonantenvariationen darstellen. Sie wurden nicht gebraucht in den Sprachen des Dritten Zeitalters, das diese Schrift benutzte; aber die verlängerten Formen wurden häufig als Varianten (mit deutlicheren Unterschied von Stufe 1) für die Stufen 3 und 4 verwendet.

Stufe 5 (17–20) wurde gewöhnlich für die nasalen Konsonanten angewandt: so waren 17 und 18 die üblichsten Zeichen für *n* und *m*. Entsprechend dem oben befolgten Prinzip hätte Stufe 6 dann die stimmlosen Nasallaute darstellen müssen; aber da solche Laute (beispielsweise wie im walisischen *nh* oder im altenglischen *hn*) in den betreffenden Sprachen sehr selten vorkamen, wurde Stufe 6 (21–24) meistens für die schwächsten oder »halbvokalischen« Konsonanten von jeder Reihe gebraucht. Sie bestand aus den kleinsten und einfachsten Formen unter den Primärbuchstaben. So wurde 21 oft verwendet für ein schwaches (nicht gerolltes) r, das ursprünglich im Quenya vorkam und im System dieser Sprache als der schwächste Konsonant des *tincotéma* betrachtet wurde; 22 wurde allgemein für *w* verwendet; wenn Reihe III als eine Palatalreihe verwendet wurde, wurde 23 üblicherweise als konsonantisches *y* gebraucht[4].

Da einige der Konsonanten von Stufe 4 dazu neigten, schwächer ausgespro-

---

[3] Die Darstellung der Laute ist hier dieselbe wie die bei der Transkription verwendete und oben beschriebene, außer daß hier *ch* das *ch* in englisch *church* darstellt; *j* stellt den Laut des englischen *j* dar und *zh* den in *azure* und *occasion* gehörten Laut.

[4] Die Inschrift auf dem Westtor von Moria ist ein Beispiel für einen Modus, das Sindarin zu schreiben, wobei Stufe 6 die einfachen Nasallaute darstellte; Stufe 5 dagegen stellte die doppelten oder langen Nasallaute dar, die in Sindarin oft vorkommen: 17 = *nn*, aber 21 = *n*.

chen zu werden und sich denen von Stufe 6 (wie oben beschrieben) anzunähern oder mit ihnen zu verschmelzen, hörten die letzteren auf, eine klare Funktion in den Eldar-Sprachen zu haben; und die Buchstaben, die Vokale zum Ausdruck brachten, wurden weitgehend von diesen Buchstaben abgeleitet.

ANMERKUNG

Die Standardrechtschreibung des Quenya wich von den oben beschriebenen Verwendungen der Buchstaben ab. Stufe 2 wurde gebraucht für *nd, mb, ng, ngw,* die alle häufig waren, da *b, g, gw* nur in diesen Kombinationen vorkamen, während für *rd* und *ld* die besonderen Buchstaben 26 und 28 verwendet wurden. (Für *lv,* nicht für *lw,* verwendeten viele Sprecher, vor allem Elben, *lb:* das wurde mit 27 + 6 geschrieben, da *lmb* nicht vorkommen konnte). Ähnlich wurde Stufe 4 für die überaus häufigen Kombinationen *nt, mp, nk, nqu* verwendet, da Quenya *dh, gh, ghw* nicht besaß und für *v* den Buchstaben 22 verwendete. Vgl. die Quenya-Namen auf den folgenden Seiten.

Die zusätzlichen Buchstaben. Nr. 27 wurde allgemein für *l* verwendet. Nr. 25 (ursprünglich eine Modifikation von 21) wurde für das »volle« gerollte *r* gebraucht. 26 und 28 waren Abänderungen davon. Sie wurden häufig für stimmloses *r (rh)* respektive *l (lh)* verwendet. Im Quenya jedoch wurden sie für *rd* und *ld* gebraucht. 29 stellte *s* dar und 31 (mit doppeltem Kringel) *z* in jenen Sprachen, die es erforderten. Die umgekehrten Formen 30 und 32 standen zwar als besondere Zeichen zur Verfügung, wurden indes meist als bloße Varianten von 29 und 31 gebraucht mit Rücksicht auf die Bequemlichkeit des Schreibens, d. h. sie wurden viel verwendet, wenn sie von hinzugefügten *tehtar* begleitet waren.

Nr. 33 war ursprünglich eine Abwandlung, die eine (schwächere) Abart von 11 darstellte; im Dritten Zeitalter wurde sie am häufigsten für *h* gebraucht. 34 wurde, wenn überhaupt, zumeist für stimmloses *w (hw)* benutzt. 35 und 36 wurden, wenn sie als Konsonanten benutzt wurden, meist für *y* respektive *w* angewandt.

Die Vokale wurden bei vielen Modi durch *tehtar* dargestellt, die gewöhnlich über einen konsonantischen Buchstaben gesetzt wurden. In Sprachen wie Quenya, bei denen die meisten Wörter mit einem Vokal endeten, wurde das *tehta* über den vorangegangenen Konsonanten gesetzt; bei Sprachen wie Sindarin, bei denen die meisten Wörter mit einem Konsonanten endeten, wurde es über den folgenden Konsonanten gesetzt. Wenn es an der erforderlichen Stelle keinen Konsonanten gab, wurde das *tehta* über den »kurzen Träger« gesetzt, von dem eine übliche Form wie ein *i* ohne Punkt war. Die in den verschiedenen Sprachen für Vokalzeichen tatsächlich verwendeten *tehtar* waren zahlreich. Die häufigsten, gewöhnlich für (Abarten von) *e, i, a, o, u* gebrauchten sind in den angeführten Beispielen veranschaulicht. Die drei Punkte, die üblichste Form, um ein *a* schriftlich darzustellen, wurden bei flüssigeren Schreibweisen verschieden aus-

Anhang

geführt, oft wurde eine Form wie ein Zirkumflex verwendet[5]. Der einzelne Punkt und der »Akut« wurden oft für *i* und *e* angewandt (aber bei manchen Modi für *e* und *i*). Die Kringel wurden für *o* und *u* verwendet. Bei der Ring-Inschrift steht der rechts offene Kringel für *u;* auf Seite 4 bedeutet er aber *o* und der links offene Kringel *u*. Der Kringel rechts wurde bevorzugt, und die Anwendung hing von der betreffenden Sprache ab: in der Schwarzen Sprache war *o* selten.

Lange Vokale wurden gewöhnlich so dargestellt, daß das *tehta* auf den »langen Träger« gesetzt wurde, von dem eine übliche Form wie ein *j* ohne Punkt war. Aber zu demselben Zweck konnten die *tehtar* auch verdoppelt werden. Das wurde indes nur mit den Kringeln häufig gemacht und manchmal mit dem »Akzent«. Öfter wurden zwei Punkte als Zeichen für ein folgendes *y* verwandt.

Die Inschrift auf dem Westtor veranschaulicht einen Modus der »vollen Schrift«, bei dem die Vokale durch gesonderte Buchstaben dargestellt werden. Alle in Sindarin verwendeten vokalischen Buchstaben kommen vor. Der Gebrauch von Nr. 30 als Zeichen für ein vokalisches *y* mag beachtet werden; auch die Darstellung von Diphthongen, wobei das *tehta* für das folgende *y* über den vokalischen Buchstaben gesetzt wird. Das Zeichen für das folgende *w* (erforderlich, um *au, aw* darzustellen) war bei diesem Modus der *u*-Kringel oder eine Abwandlung davon∾. Doch wurden die Diphthonge oft voll ausgeschrieben wie in der Transkription. Bei diesem Modus wurde die Vokallänge gewöhnlich durch den »Akut« angedeutet, der in diesem Fall *andaith*, »Langzeichen«, genannt wurde.

Außer den bereits erwähnten *tehtar* gab es noch eine Reihe andere, die hauptsächlich verwendet wurden, um das Schreiben abzukürzen, besonders dadurch, daß häufige konsonantische Verknüpfungen zum Ausdruck gebracht wurden, ohne sie voll auszuschreiben. Zum Beispiel wurde ein über einen Konsonanten gesetzter dicker Strich (oder ein Zeichen wie eine spanische Tilde) oft verwendet, um darauf hinzuweisen, daß ihm ein Nasallaut derselben Reihe voranging (wie in *nt, mp* oder *nk*); ein darunter gesetztes gleichartiges Zeichen wurde indes hauptsächlich verwendet, um zu zeigen, daß der Konsonant lang oder verdoppelt war. Ein an den Bogen angefügter Haken nach unten (wie in *Hobbits*) wurde verwandt, um ein folgendes *s* anzuzeigen, besonders in den Verknüpfungen *ts, ps, ks (x),* die in Quenya beliebt waren.

Es gab natürlich keinen »Modus«, um Englisch darzustellen. Ein phonetisch adäquater Modus ließe sich nach dem Feanorischen System erstellen. Das kurze Beispiel der Ringinschrift ist kein Versuch, es darzustellen. Vielmehr ist es ein Beispiel dafür, was ein Mensch aus Gondor hätte hervorgebracht haben können,

---

[5] In Quenya, wo *a* sehr häufig war, wurde das Vokalzeichen oft ganz ausgelassen. So konnte für *calma* Lampe *clm* geschrieben werden. Das wurde ganz selbstverständlich als *calma* gelesen, da *cl* eine in Quenya nicht mögliche Anfangsverknüpfung war und *m* niemals am Schluß vorkam. Eine mögliche Lesart wäre *calama* gewesen, aber ein solches Wort gab es nicht.

wenn er zwischen den Bedeutungen der in seinem »Modus« bekannten Buchstaben und der traditionellen Schreibweise des Englischen schwankte. Es mag beachtet werden, daß ein Punkt unten (der unter anderem schwache, unbetonte Vokale darstellen soll) hier verwendet wird, um ein unbetontes *and* darzustellen, aber er wird auch gebraucht, um das stumme Schluß-*e* in *here* zu bezeichnen; *the, of* und *of the* werden ausgedrückt durch Kürzel (verlängertes *dh,* verlängertes *v,* und das letztere mit einem Strich darunter).

Die Namen der Buchstaben. Bei allen Modi hat jeder Buchstabe und jedes Zeichen einen Namen; aber diese Namen waren so angelegt, daß sie auf die phonetische Verwendung im jeweiligen Modus paßten oder sie beschrieben. Indes wurde es oft, besonders bei der Beschreibung der Verwendung von Buchstaben in anderen Modi, als wünschenswert empfunden, für jeden Buchstaben als Form einen Namen zu haben. Zu diesem Zweck wurde allgemein auf die »vollen Namen« des Quenya zurückgegriffen, auch wenn sie sich auf Anwendungen bezogen, die allein dem Quenya eigen waren. Jeder »volle Name« war ein in Quenya tatsächlich vorhandenes Wort, das den betreffenden Buchstaben enthielt. Soweit möglich, war es der erste Laut des Wortes; doch wenn der Laut oder die ausgedrückte Verbindung nicht am Anfang vorkam, dann folgte er unmittelbar auf den Anfangsvokal. Die Namen der Buchstaben in der Tabelle waren (1) *tinco* Metall, *parma* Buch, *calma* Lampe, *quesse* Feder; (2) *ando* Tor, *umbar* Schicksal, *anga* Eisen, *ungwe* Spinnennetz; (3) *thúle (súle)* Geist, *formen* Norden, *harma* Schatz (oder *aha* Zorn), *hwesta* Brise; (4) *anto* Mund, *ampa* Haken, *anca* Kiefer, *unque* Mulde; (5) *númen* Westen, *malta* Gold, *noldo* (älter *ngoldo*) einer von der Sippe der Noldor, *nwalme* (älter *ngwalme*) Folter; *óre* Herz (Gemüt), *vala* engelgleiche Macht, *anna* Geschenk, *vilya* Luft, Himmel (älter *wilya*); *rómen* Osten, *arda* Gebiet, *lambe* Zunge, *alda* Baum, *silma* Sternenlicht, *silme nuquerna* (*s* umgekehrt), *áre* Sonnenlicht (oder *esse* Name), *áre nuquerna; hyarmen* Süden, *hwesta sindarinwa, yanta* Brücke, *úre* Hitze. Wo Varianten angegeben sind, ist das darauf zurückzuführen, daß Namen gegeben wurden vor gewissen Veränderungen, die sich auf das von den Verbannten gesprochene Quenya auswirkten. So wurde Nr. 11 *harma* genannt, als es den Spiranten *ch* in allen Stellungen bezeichnete, aber als dieser Laut gehauchtes Anfangs-*h* wurde[6] (obwohl er in der Mitte unverändert blieb), wurde der Name *aha* erfunden. *áre* war ursprünglich *áze*, aber als dieses z mit 21 verschmolz, wurde das Zeichen in Quenya für das in dieser Sprache sehr häufige *ss* verwandt und ihm der Name *esse* gegeben. *hwesta sindarinwa* oder »Grauelben-*hw*« wurde so genannt, weil 12 in Quenya

---

[6] Für gehauchtes *h* verwendete Quenya ursprünglich einen einfachen verlängerten Stamm ohne Bogen, der *halla* (groß) genannt wurde. Er konnte vor einen Konsonanten gesetzt werden, um anzuzeigen, daß das *h* stimmlos und gehaucht war; stimmloses *r* und *l* wurden gewöhnlich so ausgedrückt und sind als *hr* und *hl* transkribiert. Buchstabe 33 wurde für das unabhängige *h* verwendet, und die Bedeutung von *hy* (die ältere Bedeutung) wurde durch Hinzufügung des *tehta* für das folgende *y* dargestellt.

den Klang von *hw* hatte und unterschiedliche Zeichen für *chw* und *hw* nicht gebraucht wurden. Die Namen der bekanntesten und am meisten gebrauchten Buchstaben waren 17 *n,* 33 *hy,* 25 r, 9 *f: númen, hyarmen, rómen, formen* = Westen, Süden, Osten, Norden (vgl. Sindarin *dûn* oder *annûn, harad, rhûn* oder *amrûn, forod*). Diese Buchstaben bezeichneten im allgemeinen die Himmelsrichtungen W, S, O, N selbst in Sprachen, die ganz andere Begriffe verwendeten. In den Westlanden wurden sie in dieser Reihenfolge genannt, mit dem Westen beginnend und dorthin blickend; *hyarmen* und *formen* bedeuteten denn auch linksliegendes Gebiet und rechtsliegendes Gebiet (das Gegenteil der Anordnung in vielen Menschensprachen).

DIE CIRTH

Das *Certhas Daeron* war ursprünglich nur dafür erdacht, die Laute des Sindarin darzustellen. Die ältesten *cirth* waren die Nr. 1, 2, 5, 6; 8, 9, 12; 18, 19, 22; 29, 31; 35, 36; 39, 42, 46, 50; und ein *certh* schwankend zwischen 13 und 15. Die Zuordnung der Bedeutungen war unsystematisch. Die Nr. 39, 42, 46, 50 waren Vokale und blieben es auch bei allen späteren Entwicklungen. Nr. 13 und 15 wurden für *h* oder *s* verwendet, entsprechend der Verwendung von 35 für *s* oder *h*. Diese Tendenz, in der Zuordnung von Bedeutungen für *s* und *h* zu schwanken, setzte sich bei späteren Anordnungen fort. Bei jenen Schriftzeichen, die aus einem »Stamm« und einem »Zweig« bestanden, 1–31, wurde der Zweig, wenn er einseitig war, gewöhnlich rechts angefügt. Das umgekehrte war nicht selten, hatte aber keine phonetische Bedeutung.

Die Erweiterung und Verfeinerung dieses *certhas* wurde in seiner älteren Form das *Angerthas Daeron* genannt, da die Hinzufügungen zu den alten *cirth* und ihre Neuanordnung Daeron zugeschrieben wurden. Die wichtigsten Hinzufügungen, die Einführung von zwei neuen Reihen, 13–17 und 23–28, waren jedoch in Wirklichkeit höchstwahrscheinlich Erfindungen der Noldor von Eregion, denn sie wurden verwendet, um Laute darzustellen, die in Sindarin nicht vorkamen.

Bei der Neuanordnung des *Angerthas* sind die folgenden Prinzipien feststellbar (die offensichtlich beeinflußt waren durch das Feanorische System): (1) ein einem Zweig hinzugefügter Strich fügte »Stimme« hinzu; (2) das *certh* umzukehren, deutete Öffnung zu einem »Reibelaut« an; (3) den Zweig an beide Seiten des Stammes zu setzen, fügte Stimme und Nasalität hinzu. Diese Prinzipien wurden regelmäßig durchgeführt außer in einem Punkt. Für das (archaische) Sindarin wurde ein Zeichen für ein spirantisches *m* (oder nasales *v*) gebraucht, und da sich das am besten bewerkstelligen ließ durch eine Umkehrung des Zeichens für *m,* erhielt die umkehrbare Nr. 6 die Bedeutung *m* und Nr. 5 die Bedeutung *hw*.

Nr. 36, deren theoretischer Lautwert *z* war, wurde beim Schreiben von Sindarin oder Quenya für *ss* verwendet: vgl. Feanorisch 31. Nr. 39 wurde entweder für *i* oder *y* (Konsonant) verwendet; 34 und 35 wurden undifferenziert für *s* verwendet; und 38 wurde für die häufige Folge *nd* verwendet, obwohl es der Form nach nicht deutlich mit den Dentalen in Verbindung stand.

Anhang

In der Tabelle der Lautwerte sind jene auf der linken Seite, die durch – getrennt sind, die Bedeutungen des älteren *Angerthas*. Die auf der rechten Seite sind die Bedeutungen des *Angerthas Moria* der Zwerge[7]. Die Zwerge von Moria führten, wie ersichtlich, eine Reihe von unsystematischen Bedeutungsänderungen und auch einige neue *cirth* ein: 37, 40, 41, 53, 55, 56. Die Verschiebung der Bedeutung war hauptsächlich auf zwei Gründe zurückzuführen: 1. Die Veränderung des Lautwertes von 34, 35, 54 zu *h* (der helle oder glottale Beginn eines Wortes mit einem Anfangsvokal, was in Khuzdul vorkam) respektive zu *s;* 2. der Fortfall der Nr. 14 und 16, die die Zwerge durch 29 und 30 ersetzten. Die sich daraus ergebende Verwendung von 12 für *r,* die Erfindung von 53 für *n* (und ihre Vermengung mit 22); die Verwendung von 17 als *z,* damit mit 54 in dessen Bedeutung *s* zusammenpaßte, und die sich daraus ergebende Verwendung von 36 als *n* und das neue *certh* 37 für *ng* können ebenfalls beobachtet werden. Die neuen 55 und 56 waren ursprünglich eine halbierte Form von 46 und wurden für Vokale wie jene benutzt, die man im englischen *butter* hört und die in der Zwergensprache und im Westron häufig waren. Waren sie schwach oder schwindend, dann wurden sie oft auf einen bloßen Strich ohne Stamm reduziert. Dieses *Angerthas Moria* ist auf der Grabinschrift dargestellt.

Die Zwerge von Erebor verwendeten eine weitere Abwandlung dieses Systems, das als der Modus von Erebor bekannt ist; ein Beispiel dafür ist das Buch von Mazarbul. Seine wesentlichen Charakteristika waren: die Verwendung von 43 als *z* und von 17 als *ks (x)* sowie die Erfindung von zwei neuen *cirth,* 57 und 58 für *ps* und *ts.* Sie führten auch 14 und 16 für die Bedeutungen *j* und *zh* wieder ein; doch verwendeten sie 29 und 30 für *g* und *gh* oder als bloße Varianten von 19 und 21. Diese Besonderheiten sind in die Tabelle nicht aufgenommen worden mit Ausnahme der speziell ereborischen *cirth* 57 und 58.

---

[7] Die Bedeutungen in Klammern wurden nur von den Elben verwendet; das Zeichen * kennzeichnet *cirth,* die nur von den Zwergen gebraucht wurden.

Anhang

DAS ANGERTHAS

1144

Anhang

DAS ANGERTHAS

1	p	16	zh	31	l	46	e
2	b	17	nj—z	32	lh	47	ē
3	f	18	k	33	ng—nd	48	a
4	v	19	g	34	s—h	49	ā
5	hw	20	kh	35	s—'	50	o
6	m	21	gh	36	z—ŋ	51	ō
7	(mh) mb	22	ŋ—n	37	ng*	52	ö
8	t	23	kw	38	nd—nj	53	n*
9	d	24	gw	39	i (y)	54	h—s
10	th	25	khw	40	y*	55	*
11	dh	26	ghw,w	41	hy*	56	*
12	n—r	27	ngw	42	u	57	ps*
13	ch	28	nw	43	ū	58	ts*
14	j	29	r—j	44	w		+h
15	sh	30	rh—zh	45	ü		&

ANHANG F

I. SPRACHEN UND VÖLKER DES DRITTEN ZEITALTERS

Die in dieser Geschichte durch das Deutsche wiedergegebene Sprache war das *Westron* oder die »Gemeinsame Sprache« der westlichen Lande von Mittelerde im Dritten Zeitalter. Während dieses Zeitalters war es die Muttersprache fast aller (außer den Elben) des Sprechens mächtigen Völker, die innerhalb der Grenzen der alten Königreiche Arnor und Gondor lebten; das heißt entlang aller Küsten von Umbar im Süden bis zur Bucht von Forochel im Norden und landeinwärts bis zu dem Nebelgebirge und Ephel Dúath. Auch hatte sich das Westron nach Norden den Anduin hinauf ausgebreitet und in den Landen westlich des Stroms und östlich des Gebirges bis zu den Schwertelfeldern.

Zu der Zeit des Ringkrieges am Ende jenes Zeitalters waren das noch die Grenzen, innerhalb derer das Westron eine Muttersprache war, obwohl große Teile von Eriador nun verlassen waren und wenige Menschen an den Ufern des Anduin zwischen Schwertel und Rauros wohnten.

Von den alten Wilden Menschen lebten noch einige verborgen im Drúadan-Wald in Anórien; und in den Bergen von Dunland war noch ein kläglicher Rest eines alten Volkes zurückgeblieben, das früher ein gut Teil von Gondor bewohnt hatte. Diese hielten an ihren eigenen Sprachen fest; dagegen lebte jetzt in den Ebenen von Rohan ein Volk aus dem Norden, die Rohirrim, die vor etwa fünfhundert Jahren in dieses Land gekommen waren. Aber als zweite Verkehrssprache wurde das Westron von all denen gebraucht, die noch eine eigene Sprache hatten, sogar von den Elben, und nicht nur in Arnor und Gondor, sondern überall in den Tälern des Anduin und östlich bis zu den weiteren Ausläufern von Düsterwald. Sogar unter den Wilden Menschen und den Dunländern, die anderen Leuten aus dem Wege gingen, gab es einige, die es sprechen konnten, wenn auch gebrochen.

Von den Elben

Einstmals, in der Altvorderenzeit, zerfielen die Elben in zwei Hauptgruppen: die Westelben (die *Eldar*) und die Ostelben. Zur letzteren Art gehörten die meisten Elben in Düsterwald und Lórien; doch kommen in dieser Geschichte, in der alle elbischen Namen und Wörter die *Eldarin*-Form haben, ihre Sprachen nicht vor[1].

---

[1] In Lórien wurde zu jener Zeit Sindarin gesprochen, obschon mit einem »Akzent«, da die Mehrzahl des Volkes silvanischen Ursprungs war. Von diesem »Akzent« und seiner eigenen beschränkten Kenntnis des Sindarin ließ sich Frodo täuschen (wie im *Thains Buch* von einem Berichterstatter aus Gondor ausgeführt wird). Alle in Teil eins, Zweites Buch, Kap. 6, 7 und 8 zitierten elbischen Wörter sind in Wirklichkeit Sindarin, und ebenso die meisten Orts-

Von den *Eldarin*-Sprachen finden sich zwei in diesem Buch: das Hochelbisch oder *Quenya* und das Grauelbisch oder *Sindarin*. Das Hochelbisch war eine alte Sprache aus Eldamar jenseits des Meeres und die erste, die schriftlich festgehalten wurde. Es war keine lebende Sprache mehr, sondern gleichsam ein »Elbenlatein« geworden, das die Hochelben, die am Ende des Ersten Zeitalters als Verbannte nach Mittelerde zurückgekehrt waren, noch bei feierlichen Gelegenheiten und für die hohen Dinge von Überlieferung und Dichtung gebrauchten.

Das Grauelbisch war von seinem Ursprung her dem *Quenya* verwandt; denn es war die Sprache jener Eldar, die, als sie an die Gestade von Mittelerde kamen, nicht über das Meer davonfuhren, sondern an den Küsten des Landes Beleriand blieben. Dort war Thingol Graumantel von Doriath ihr König, und in der langen Zeit des Niedergangs hatte sich mit der Veränderlichkeit der sterblichen Lande auch ihre Sprache verändert und war der Redeweise der Eldar von jenseits des Meeres weit entfremdet.

Die Verbannten, die unter den zahlreicheren Grauelben lebten, hatten für den täglichen Gebrauch das *Sindarin* angenommen; und daher war es die Sprache all jener Elben und Elbenfürsten, die in dieser Geschichte vorkommen. Denn sie alle gehörten zum Geschlecht der Eldar, auch dort, wo das Volk, das sie beherrschten, von geringerer Herkunft war. Die erlauchteste unter ihnen war Frau Galadriel aus dem königlichen Hause Finarfin und Schwester von Finrod Felagund, König von Nargothrond. In den Herzen der Verbannten war die Sehnsucht nach dem Meer eine sich niemals legende Unrast; in den Herzen der Grauelben schlummerte sie, aber nachdem sie einmal geweckt war, konnte sie nicht beschwichtigt werden.

Von Menschen

Das *Westron* war eine Menschensprache, wenngleich es unter elbischem Einfluß reicher und lieblicher geworden war. Ursprünglich war es die Sprache derjenigen gewesen, die die Eldar *Atani* oder *Edain* nannten, »Väter der Menschen«, und das war insbesondere das Volk der Drei Häuser der Elbenfreunde, die im Ersten Zeitalter westwärts nach Beleriand zogen und den Eldar im Krieg der Großen Kleinodien gegen die Dunkle Macht des Nordens beistanden.

Ehe die Dunkle Macht vernichtet war, war Beleriand größtenteils überschwemmt oder zerstört worden, und deshalb wurde den Elbenfreunden zum Dank für ihre Hilfe erlaubt, daß sie wie die Eldar über das Meer nach Westen fahren dürften. Da ihnen das Unsterbliche Reich verwehrt war, erhielten sie ein großes Eiland zugewiesen, das westlichste aller sterblichen Lande. Der Name des Eilands war *Númenor* (Westernis). Die meisten Elbenfreunde nahmen das Angebot an und zogen nach Númenor, und dort wurden sie groß und mächtig, berühmte Seeleute und Herren vieler Schiffe. Sie waren schön von Angesicht und hochgewachsen, und ihre Lebenszeit währte dreimal so lange wie die der

---

und Personennamen. Aber die Namen *Lórien, Caras Galadon, Amroth* und *Nimrodel* sind wahrscheinlich silvanischen Ursprungs und dem Sindarin angepaßt worden.

Menschen von Mittelerde. Das waren die Númenórer, die Könige der Menschen, die die Elben *Dúnedain* nannten.

Von allen Menschenrassen verstanden und sprachen allein die Dúnedain eine elbische Sprache; denn ihre Vorväter hatten Sindarin gelernt und es als einen Wissensschatz, der im Laufe der Jahre wenig Veränderung erfuhr, ihren Kindern überliefert. Und ihre Gelehrten lernten auch das hochelbische *Quenya* und schätzten es höher als alle anderen Sprachen, und aus ihm entlehnten sie Namen für viele berühmte und verehrungswürdige Orte und für viele Männer von königlicher Abkunft und großem Ruhm[2].

Doch die Muttersprache der Númenórer blieb größtenteils ihre ererbte Menschensprache, das Adûnaic, und in den späteren Tagen ihrer Blütezeit nahmen es auch ihre Könige und Fürsten wieder auf und ließen die Elbensprache fallen, mit Ausnahme der wenigen, die an ihrer alten Freundschaft mit den Eldar festhielten. In den Jahren ihrer Macht hatten die Númenórer viele Festungen und Anfurten an den Westküsten von Mittelerde zur Unterstützung ihrer Schiffe unterhalten; und eine der wichtigsten von diesen war Pelargir nahe den Anduinmündungen. Dort wurde Adûnaic gesprochen, und vermengt mit vielen Wörtern aus den Sprachen geringerer Menschen wurde es die Gemeinsame Sprache, die sich von hier aus entlang den Küsten unter all jenen ausbreitete, die mit Westernis zu tun hatten.

Nach dem Untergang von Númenor führte Elendil die Überlebenden der Elbenfreunde zurück an die nordwestlichen Gestade von Mittelerde. Dort lebten schon viele, die ganz oder teilweise númenórischen Blutes waren; aber wenige erinnerten sich noch der Elbensprache. Alles in allem waren die Dúnedain also von Anfang an viel geringer an Zahl als die geringeren Menschen, unter denen sie lebten und die sie, da sie über langes Leben und große Macht und Weisheit geboten, beherrschten. Daher bedienten sie sich im Verkehr mit anderen Leuten und bei der Verwaltung ihrer weiten Gebiete der Gemeinsamen Sprache; aber sie vermehrten und bereicherten sie um viele Wörter aus den Elbensprachen.

In den Tagen der Númenórer-Könige verbreitete sich diese veredelte Westron-Sprache überall, selbst unter ihren Feinden; und mehr und mehr wurde sie von den Dúnedain selbst gebraucht, so daß zur Zeit des Ringkrieges die Elbensprache nur noch einem kleinen Teil der Völker von Gondor bekannt war und von noch wenigeren täglich gesprochen wurde. Diese wohnten hauptsächlich in Minas Tirith und auf den angrenzenden Herrensitzen und im Land der tributpflichtigen Fürsten von Dol Amroth. Doch fast alle Orts- und Personennamen im Bereich von Gondor hatten eine elbische Form und Bedeutung. Der Ursprung von einigen war

---

[2] Aus dem *Quenya* stammen zum Beispiel die Namen *Númenor* (oder vollständig Númenóre) und *Elendil, Isildur* und *Anárion* und alle Namen der Könige von Gondor, so auch *Elessar* »Elbenstein«. Die meisten Namen der anderen Männer und Frauen der Dúnedain wie *Aragorn, Denethor* oder *Gilraen* sind aus dem Sindarin und oft Namen von Elben oder Menschen, deren in Liedern oder Geschichten des Ersten Zeitalters gedacht wird (wie *Beren, Húrin*). Einige wenige sind Mischformen, z. B. *Boromir*.

Númenórer das Meer befuhren; dazu gehörten *Umbar, Arnach* und *Erech;* und die Namen der Berge *Eilenach* und *Rimmon. Forlong* war auch ein Name derselben Art.

Die Mehrzahl der Menschen in den nördlichen Gebieten der Westlande stammte von den *Edain* des Ersten Zeitalters oder von ihren engsten Verwandten ab. Ihre Sprachen waren daher mit dem Adûnaic verwandt, und manche hatten auch noch Ähnlichkeit mit der Gemeinsamen Sprache. Von dieser Art waren die Volksstämme in den oberen Tälern des Anduin: die Beorninger und die Waldmenschen des westlichen Düsterwalds; und weiter nördlich und östlich die Menschen am Langen See und in Thal. Von den Ländern zwischen Schwertel und Carrock kam das Volk, das in Gondor als die Rohirrim bekannt war, die Herren der Rösser. Sie sprachen noch ihre ererbte Sprache und gaben fast allen Orten in ihrem neuen Land neue Namen; und sich selbst nannten sie die Eorlinger oder die Menschen der Riddermark. In den Überlieferungen dieses Volkes wurde die Gemeinsame Sprache ganz zwanglos benutzt und nach der Art ihrer Verbündeten in Gondor vortrefflich gesprochen; denn in Gondor, woher das Westron kam, bewahrte es noch einen anmutigeren und altertümlicheren Stil.

Völlig fremd war die Redeweise der Wilden Menschen des Drúadan-Waldes. Fremd auch oder nur entfernt verwandt war die Sprache der Dunländer. Diese waren ein Rest der Völker, die in längst vergangenen Zeiten in den Tälern des Weißen Gebirges gelebt hatten. Die Toten Menschen von Dunharg waren von ihrer Sippe. Doch in den Dunklen Jahren waren andere in die südlichen Täler des Nebelgebirges gezogen; und von dort aus waren einige weitergewandert in die verlassenen Gebiete, die sich nach Norden bis zu den Hügelgräberhöhen erstreckten. Von ihnen stammten die Menschen von Bree ab; aber diese waren schon viel früher Untertanen des Nördlichen Königreichs Arnor geworden und hatten das Westron übernommen. Nur in Dunland hielten Menschen dieser Rasse an ihrer alten Sprache und Sitte fest: ein heimliches Volk, das den Dúnedain nicht wohlwollte und die Rohirrim haßte.

Von ihrer Sprache kommt in diesem Buch nichts vor außer den Namen *Forgoil,* den sie den Rohirrim gaben (und der Flachsköpfe bedeuten soll). *Dunland* und *Dunländer* sind die Namen, die die Rohirrim ihnen gaben, weil sie schwärzlich waren und dunkelhaarig; es besteht kein Zusammenhang zwischen dem Wort *dun* in diesen Namen und dem Grauelbenwort *Dûn* für Westen.

Von Hobbits

Die Hobbits im Auenland und in Bree hatten zu dieser Zeit, wahrscheinlich schon seit tausend Jahren, die Gemeinsame Sprache übernommen. Sie gebrauchten sie auf ihre eigene Weise zwanglos und sorglos; obwohl sich die Gebildeteren unter ihnen, wenn die Gelegenheit es erforderte, auch einer gewählteren Ausdrucksweise zu bedienen wußten.

Es ist nicht überliefert, daß die Hobbits je eine eigene Sprache gehabt hätten. In alter Zeit schienen sie immer die Sprachen der Menschen gesprochen zu haben,

Anhang

in deren Nähe oder unter denen sie lebten. So übernahmen sie auch rasch die Gemeinsame Sprache, nachdem sie nach Eriador gekommen waren, und zu der Zeit, als sie sich in Bree niederließen, hatten sie ihr früheres Idiom schon fast vergessen. Das war offenbar eine Menschensprache vom oberen Anduin gewesen und verwandt mit der Sprache der Rohirrim; obwohl die südlichen Starren anscheinend eine mit dem Dunländischen verwandte Sprache angenommen hatten, ehe sie nach Norden ins Auenland gekommen waren[3].

Zu Frodos Zeiten waren von alledem noch einige Spuren vorhanden in ortsüblichen Wörtern und Namen, von denen viele den in Thal oder Rohan vorkommenden ähnelten. Besonders bemerkenswert waren die Namen der Tage, Monate und Jahreszeiten; verschiedene andere Wörter derselben Art (wie *Mathom* und *Smial*) waren auch noch allgemein gebräuchlich, und weitere waren in Ortsnamen von Bree und dem Auenland erhalten. Auch die Personennamen der Hobbits waren eigenartig, und viele stammten aus alten Zeiten.

Hobbit war der Name, den die Auenlandbewohner auf ihre Artgenossen anwandten. Von den Menschen wurden sie *Halblinge* und von den Elben *Periannath* genannt. An den Ursprung des Wortes *Hobbit* konnten sich die meisten nicht mehr erinnern. Indes scheint es, als sei es ein Name gewesen, den die Falbhäute und Starren zuerst den Harfüßen gegeben hatten, und eine verballhornte Form eines in Rohan unverstümmelt erhaltenen Wortes: *holbytla*, »Höhlenbauer«.

Von anderen Rassen

Ents. Das älteste der im Dritten Zeitalter noch lebenden Völker waren die *Onodrim* oder *Enyd*. *Ent* war die Form ihres Namens in der Sprache von Rohan. Den Eldar waren sie schon in alten Zeiten bekannt, und die Ents schrieben denn auch den Eldar zwar nicht ihre eigene Sprache zu, aber das Verlangen zu sprechen. Die Sprache, die sie entwickelt hatten, war allen anderen unähnlich: schwerfällig, klangvoll, reich an Worthäufungen und Wiederholungen, geradezu langatmig; eine mit einer Vielzahl von Vokalschattierungen und Unterscheidungen nach Ton und Quantität gebildete Sprache, die nicht einmal die Schriftgelehrten der Eldar schriftlich wiederzugeben versucht hatten. Die Ents bedienten sich dieser Sprache nur untereinander; aber sie brauchten sie nicht geheimzuhalten, denn kein anderer konnte sie lernen.

Die Ents selbst waren jedoch sehr begabt für Sprachen, lernten sie schnell und vergaßen sie niemals. Die Sprachen der Eldar schätzten sie vor allem und die altertümliche Hochelbensprache am höchsten. Die seltsamen Wörter und Namen, die nach den Aufzeichnungen der Hobbits von Baumbart und anderen Ents gebraucht wurden, sind also elbisch oder Bruchstücke der Elbensprache, die auf

---

[3] Die Starren im Winkel, die nach Wilderland zurückkehrten, hatten bereits die Gemeinsame Sprache übernommen; aber *Déagol* und *Sméagol* sind Namen der Menschensprache aus der Gegend des Schwertel.

Ent-Weise aneinandergereiht wurden[4]. Manche sind Quenya: zum Beispiel *Taurelilómea-tumbalemorna Tumbaletaurea Lómeanor*, was man mit »Waldvielschattig-tieftalschwarzes tieftalwaldiges Dunkelland« übersetzen könnte und womit Baumbart mehr oder weniger sagen wollte: »Da ist ein schwarzer Schatten in den tiefen Tälern des Waldes«. Manche Wörter wie etwa *Fangorn*, »Bart-(von)-Baum« oder *Fimbrethil*, »Schlankbuche«, sind Sindarin.

Orks und die Schwarze Sprache. Ork ist in der Sprache von Rohan die Form des Namens, den die anderen Rassen diesem widerlichen Volk gaben. In Sindarin lautete er *orch*. Verwandt damit war zweifellos das Wort *uruk* aus der Schwarzen Sprache, obwohl es in der Regel nur auf die großen Orksoldaten angewandt wurde, die um diese Zeit aus Mordor und Isengart ausschwärmten. Die minderen Sorten wurden, vor allem von den Uruk-hai, *snaga*, »Sklave«, genannt.

Die Orks wurden zuerst von der Dunklen Macht des Nordens in der Altvorderenzeit gezüchtet. Es heißt, sie hätten keine eigene Sprache gehabt, sondern von anderen Sprachen übernommen, was sie konnten, und das dann nach ihrem Belieben umgemodelt; indes brachten sie nur ein primitives Kauderwelsch zustande, das kaum für ihre eigenen Bedürfnisse ausreichte, es sei denn für Flüche und Schimpfwörter. Und diese Geschöpfe, die voller Bosheit steckten und sogar ihresgleichen haßten, entwickelten rasch ebenso viele barbarische Dialekte, wie es Gruppen oder Siedlungen von ihrer Rasse gab, so daß ihnen ihre orkische Sprache im Umgang mit den verschiedenen Stämmen wenig nützte.

Deshalb bedienten sich die Orks im Dritten Zeitalter, wenn sie sich untereinander verständigen wollten, des Westrons; und für viele der älteren Stämme, etwa jene, die sich noch im Norden und im Nebelgebirge aufhielten, war das Westron schon lange die Muttersprache gewesen; allerdings gebrauchten sie es auf eine Weise, die es kaum weniger unschön machte als Orkisch. In diesem Kauderwelsch war *tark*, »Mann von Gondor«, eine verfälschte Form von *tarkil*, einem Quenya-Wort, das im Westron für einen Abkömmling der Númenórer gebraucht wurde; vgl. S. 913.

Es heißt, die Schwarze Sprache sei in den Dunklen Jahren von Sauron erfunden worden, und er habe sie zur Sprache von allen, die ihm dienten, machen wollen; doch mit diesem Vorhaben scheiterte er. Aus der Schwarzen Sprache stammten indes viele der Wörter, die im Dritten Zeitalter unter den Orks weitverbreitet waren, etwa *ghâsh* für Feuer, aber nach Saurons erster Niederwerfung war diese Sprache in ihrer alten Form von allen vergessen außer den Nazgûl. Als sich Sauron wieder erhob, wurde es erneut die Sprache von Barad-dûr und der Anführer von Mordor. Die Inschrift auf dem Ring war in der alten Schwarzen Sprache, während der Fluch des Mordor-Orks auf Seite 453 die verfälschte Form

---

[4] Außer in den Fällen, wo die Hobbits offenbar versucht haben, das kürzere Gemurmel und die Ausrufe der Ents wiederzugeben; auch *a-lalla-lalla-rumba-kamanda-lindor-burúme* ist nicht elbisch, und es ist der einzige vorhandene (und wahrscheinlich sehr ungenaue) Versuch, ein Bruchstück des eigentlichen Entisch wiederzugeben.

Anhang

war, die von den Soldaten des Dunklen Turms gebraucht wurde, deren Anführer Grischnâkh war. Scharkû bedeutete in jener Sprache *alter Mann*.

Trolle. Troll wird hier benutzt als Übersetzung von *Torog* aus dem Sindarin. In ihren Anfängen, weit zurück im Niedergang der Altvorderenzeit, waren diese Geschöpfe stumpfsinnig und schwerfällig und hatten ebensowenig wie Tiere eine Sprache. Doch Sauron machte sie sich zunutze, lehrte sie das wenige, was sie lernen konnten, und vermehrte ihr Denkvermögen um Niedertracht. Die Trolle übernahmen daher von den Orks soviel an Sprache, wie sie zu meistern vermochten; und in den Westlanden sprachen die Steintrolle eine verschandelte Form der Gemeinsamen Sprache.

Doch gegen Ende des Dritten Zeitalters erschien im südlichen Düsterwald und an der gebirgigen Grenze von Mordor ein Schlag Trolle, wie man sie vorher noch nie gesehen hatte. Olog-hai hießen sie in der Schwarzen Sprache. Daß Sauron sie gezüchtet hatte, bezweifelte niemand, doch wußte man nicht, aus welcher Rasse. Manche behaupteten, es seien überhaupt keine Trolle, sondern Riesenorks; aber die Olog-hai waren nach Körperbau und Charakter selbst der größten Orkgattung, die sie an Größe und Stärke weit übertrafen, ganz unähnlich. Trolle waren sie, aber erfüllt vom bösen Geist ihres Herrn: ein grausames Geschlecht, stark, behende, wild und verschlagen und härter als Stein. Im Gegensatz zu der älteren Rasse des Niedergangs konnten sie die Sonne ertragen, solange sie von Saurons Willen beherrscht waren. Sie sprachen wenig, und die einzige Sprache, die sie verstanden, war die Schwarze Sprache von Barad-dûr.

Zwerge. Die Zwerge sind eine Rasse für sich. Von ihrem seltsamen Ursprung und warum sie Elben und Menschen sowohl ähnlich als auch unähnlich sind, berichtet das Silmarillion; aber von dieser Geschichte hatten die niederen Elben von Mittelerde keine Kenntnis, während die Sagen der späteren Menschen mit Erinnerungen an andere Rassen durchsetzt sind.

Sie sind ein zähes und zumeist starrsinniges Geschlecht, verschlossen, fleißig, mit einem guten Gedächtnis für Kränkungen (und Wohltaten), einer Liebe zu Stein und Edelsteinen und eher zu Dingen, die unter den Händen von Künstlern Gestalt annehmen, als solche Dinge, die ihre eigene Lebendigkeit bewahren. Aber sie sind nicht böse von Natur aus, und wenige dienten dem Feind jemals aus freien Stücken, was immer in den Geschichten der Menschen behauptet worden sein mag. Denn seit alters gelüstete es die Menschen nach ihrem Reichtum und dem Werk ihrer Hände, und es herrschte Feindschaft zwischen den Rassen.

Doch im Dritten Zeitalter gab es an vielen Orten noch gute Freundschaft zwischen Menschen und Zwergen; und es entsprach der Veranlagung der Zwerge, daß sie, wenn sie durch die Lande wanderten und arbeiteten und Handel trieben, wie sie es nach der Zerstörung ihrer alten Wohnsitze taten, die Sprachen der Menschen gebrauchten, unter denen sie lebten. Doch heimlich (und das war ein Geheimnis, das sie im Gegensatz zu den Elben nicht gern preisgaben, nicht einmal ihren Freunden gegenüber) gebrauchten sie ihre eigene fremdartige

Sprache, die sich mit den Jahren wenig verändert hatte; denn sie war eher eine gelehrte Sprache als eine Wiegensprache geworden, und sie pflegten und hüteten sie wie einen Schatz der Vergangenheit. Wenigen aus anderen Rassen ist es gelungen, sie zu lernen. In dieser Geschichte kommt sie in den Ortsnamen vor, die Gimli seinen Gefährten offenbart; und in dem Kriegsruf, den er bei der Belagerung der Hornburg ausstieß. Aber der Kriegsruf zumindest war nicht geheim, sondern auf vielen Schlachtfeldern vernommen worden, seit die Welt jung war. *Baruk Khazâd! Khazâd aimênu!* »Äxte der Zwerge! Zwerge über euch!« Der Name von Gimli selbst und die Namen all seiner Verwandten sind indes nördlichen (menschlichen) Ursprungs. Ihre geheimen und »verborgenen« Namen, ihre eigentlichen Namen, haben die Zwerge niemals einem Angehörigen einer fremden Rasse entdeckt. Sogar auf ihre Grabsteine schrieben sie sie nicht.

II. ZUR ÜBERSETZUNG

Um den Inhalt des Roten Buches als eine Geschichte darzubieten, die Leute von heute lesen können, ist der gesamte sprachliche Bestand soweit wie möglich mit Worten unserer Zeit wiedergegeben worden. Nur die der Gemeinsamen Sprache fremden Sprachen wurden in ihrer ursprünglichen Form belassen; aber sie treten hauptsächlich in Personen- und Ortsnamen in Erscheinung.

Die Gemeinsame Sprache als die Sprache der Hobbits und ihrer Erzählungen ließ sich nicht anders als mit modernem Englisch/Deutsch wiedergeben. In diesem Prozeß hat sich der Unterschied zwischen den verschiedenen Arten, das Westron zu sprechen, abgeschwächt*. Es ist versucht worden, diese verschiedenen Sprechweisen durch Abwandlungen der verwendeten Sprache darzustellen; aber die Abweichungen zwischen Aussprache und Idiom im Auenland und dem von den Elben oder von der Oberschicht der Menschen von Gondor gesprochenen Westron waren größer, als in diesem Buch gezeigt wird. Die Hobbits sprachen zumeist einen ländlichen Dialekt, während in Gondor und Rohan eine Sprache gebräuchlich war, die altertümlicher und feierlicher und zugleich knapper war.

Auf eine dieser Abweichungen sei hier hingewiesen, denn es hat sich als unmöglich herausgestellt, sie wiederzugeben, obwohl es oft wichtig gewesen wäre. Das Westron machte in den Pronomen der zweiten (und oft auch in denen der dritten) Person unabhängig vom Numerus einen Unterschied zwischen »familiären« und »respektvollen« Formen. Indes war es eine der Eigentümlichkeiten des Sprachgebrauchs im Auenland, daß die respektvollen Formen aus der Umgangssprache verschwunden waren. Sie waren nur noch bei Dorfbewohnern üblich, besonders im Westviertel, die sie als Koseworte gebrauchten. Das war unter anderem der Grund, warum die Leute in Gondor die Redeweise der Hobbits als merkwürdig bezeichneten. In den ersten Tagen seines Aufenthalts in Minas

---

* Dieser Prozeß fand dann natürlich nochmals in der Übersetzung vom Englischen ins Deutsche statt *(Anm. d. Übers.).*

Tirith gebrauchte zum Beispiel Peregrin Tuk die familiären Formen bei Leuten aus allen Schichten und sogar dem Herrn Denethor gegenüber. Das mag den betagten Truchseß belustigt haben, aber seine Diener müssen erstaunt gewesen sein. Zweifellos trug diese zwanglose Verwendung der familiären Formen dazu bei, daß sich unter dem Volk das Gerücht verbreitete, Peregrin sei in seinem eigenen Land eine sehr hochgestellte Persönlichkeit[5].

Man wird bemerken, daß Hobbits, wie zum Beispiel Frodo, oder andere Personen, etwa Gandalf und Aragorn, nicht immer im selben Stil sprechen. Das ist beabsichtigt. Die gebildeteren und begabteren unter den Hobbits hatten einige Kenntnisse in der »Buchsprache«, wie sie im Auenland bezeichnet wurde; sie erkannten rasch den Stil ihrer Gesprächspartner und übernahmen ihn. Es war jedenfalls natürlich, daß vielgereiste Leute mehr oder weniger nach der Art derjenigen redeten, unter denen sie sich befanden, besonders im Fall von Menschen wie Aragorn, die sich oft bemühten, ihre Herkunft oder ihr Vorhaben zu verbergen. Indes hielten in jenen Tagen alle Feinde des Feindes das in Ehren, was aus den alten Zeiten stammte, nicht nur in der Sprache, sondern auch in anderen Dingen, und sie erfreuten sich daran entsprechend ihrem Wissen. Die Eldar, die ganz besonders wortgewandt waren, beherrschten viele Stile, obwohl sie am natürlichsten auf eine Weise redeten, die ihrer eigenen Sprache am nächsten kam und die sogar noch altertümlicher war als die von Gondor. Auch die Zwerge waren redegewandt und paßten sich bereitwillig ihren Gesprächspartnern an, wenngleich ihre Aussprache manchen etwas hart und guttural vorkam. Die Orks und Trolle dagegen redeten, wie es ihnen paßte, ohne Liebe zu Wörtern oder Dingen; und ihre Sprache war in Wirklichkeit noch würdeloser und gemeiner, als ich es gezeigt habe. Ich nehme nicht an, daß sich irgend jemand eine genauere Wiedergabe wünscht, obwohl Vorbilder leicht genug zu finden sind. Ziemlich dieselbe Redeweise kann man noch heute unter den Orkgesinnten hören: langweilig und Haß und Verachtung ständig wiederkäuend, zu lange vom Guten entfernt, um auch nur die Kraft des Wortes bewahrt zu haben, außer in den Ohren derjenigen, denen nur das Schmutzige überzeugend klingt.

Eine Übersetzung dieser Art ist natürlich üblich und unvermeidlich bei jeder Erzählung, die die Vergangenheit behandelt. Selten geht sie weiter. Aber wir sind weitergegangen. Wir haben auch alle Namen aus dem Westron ihrem Sinn entsprechend übersetzt. Wenn solche Namen oder Titel in diesem Buch erscheinen, ist es ein Hinweis darauf, daß Namen in der Gemeinsamen Sprache neben oder anstelle derjenigen in fremden (gewöhnlich elbischen) Sprachen damals gang und gäbe waren.

Die Westron-Namen, zum Beispiel Bruchtal, Weißquell, Silberlauf, Langstrand, Der Feind, der Dunkle Turm waren in der Regel einfach Übersetzungen älterer Namen. Manche wichen in der Bedeutung ab: Berg des Verderbens für *Orodruin,*

---

[5] An einzelnen Stellen ist versucht worden, diese Unterschiede durch die nicht konsequent durchgeführte Verwendung von »Ihr« anzudeuten. Da dieses Pronomen heute ungewöhnlich und archaisch ist, wird es hauptsächlich benutzt, um eine feierliche Sprache wiederzugeben.

»brennender Berg«, oder Düsterwald für *Taur e-Ndaedelos,* »Wald der großen Furcht«. Einige wenige waren abgewandelte elbische Namen: Luhn und Brandywein leiteten sich von *Lhûn* und *Baranduin* ab.

Dieses Verfahren bedarf vielleicht einer Rechtfertigung. Wenn alle Namen in ihrer ursprünglichen Form angegeben worden wären, würde, wie mir schien, ein wesentliches Merkmal jener Zeit verschleiert, dessen sich die Hobbits (deren Betrachtungsweise beizubehalten ich mir besonders angelegen sein ließ) bewußt waren: nämlich der Gegensatz zwischen einer weitverbreiteten Sprache, die für sie so üblich und gewohnt war wie Englisch (Deutsch) für uns Heutige, und den lebendigen Resten von viel älteren und ehrwürdigeren Sprachen. Alle Namen wären, wenn sie lediglich transkribiert worden wären, den modernen Menschen gleich alt erschienen: wenn zum Beispiel der elbische Name *Imladris* und die Westron-Übersetzung *Karningul* beide unverändert geblieben wären. Aber Bruchtal als Imladris zu bezeichnen, war damals so, wie wenn man heute Winchester Camelot nennen würde, abgesehen davon, daß die Identität gewiß war und zudem in Bruchtal noch ein Herrscher von hohem Rang wohnte, der weit älter war, als Artus wäre, wenn er heute noch als König in Winchester lebte.

Die Namen des Auenlands *(Sûza)* und aller anderen Ortschaften der Hobbits sind also verdeutscht* worden. Das machte selten Schwierigkeiten, da diese Namen gewöhnlich aus Elementen bestanden, die in ähnlicher Form auch in unseren einfacheren deutschen Ortsnamen vorkommen; entweder noch geläufige Wörter wie Bühl oder Feld; oder ein wenig abgegriffene wie -weiler neben -stadt. Manche aber gingen, wie schon erwähnt, auf alte, nicht mehr gebräuchliche Hobbitwörter zurück, und diese wurden durch deutsche Entsprechungen wie *-brunn* oder *-büttel* (»Wohnung«) oder *Michel-* (»Groß-«) wiedergegeben.

Die Personennamen der Hobbits im Auenland und in Bree waren für jene Zeit absonderlich, vor allem insofern, als sich einige Jahrhunderte früher die Sitte herausgebildet hatte, ererbte Familiennamen zu haben. Die meisten dieser Zunamen hatten offenbar Bedeutungen (in der damaligen Umgangssprache), denn sie waren abgeleitet von scherzhaften Spitznamen, Ortsnamen oder (besonders in Bree) von den Namen von Pflanzen und Bäumen. Diese Namen zu übersetzen war nicht schwierig; aber es blieben einige ältere Namen, deren Bedeutung nicht mehr bekannt war, und bei ihnen haben wir uns damit begnügt, ihre Schreibweise zu verdeutschen: Tuk für Tûk oder Boffin für Bophîn.

Die Vornamen der Hobbits haben wir, soweit möglich, auf dieselbe Weise behandelt. Ihren Töchtern gaben die Hobbits gewöhnlich die Namen von Blumen oder Edelsteinen. Ihre Söhne erhielten zumeist Namen, die in ihrer Alltagssprache überhaupt keine Bedeutung hatten. Zu dieser Sorte gehörten Bilbo, Bungo, Polo, Lotho, Tanta, Nina und so weiter. Viele von ihnen haben unvermeidlich, aber zufällig Ähnlichkeit mit Namen, die bei uns noch üblich oder bekannt

---

* *(Anm. d. Übers.:)* dem englischen Original entsprechend. – Für Auenland steht im Englischen *shire,* dem das deutsche *Gau* am nächsten käme, wenn es nicht so pervertiert worden wäre.

Anhang

sind: zum Beispiel Otho, Odo, Drogo, Dora, Cora und dergleichen. Diese Namen haben wir beibehalten, sie allerdings insofern verdeutscht, als ihre Endungen geändert wurden, da bei den Hobbitnamen *a* eine maskuline Endung war und *o* und *e* feminin.

Bei manchen alten Familien, besonders jenen von Falbhäute-Abkunft wie den Tuks und Bolgers, war es indes Sitte, klangvolle Vornamen zu geben. Da die meisten von ihnen aus Sagen der Vergangenheit, der Menschen sowohl wie der Hobbits, stammten und viele, obschon sie jetzt für die Hobbits bedeutungslos waren, starke Ähnlichkeit mit den Namen der Menschen im Tal des Anduin oder in Thal oder in der Mark hatten, haben wir sie mit jenen alten Namen fränkischen oder gotischen Ursprungs wiedergegeben, die bei uns noch gebräuchlich sind oder in unseren Geschichtswerken vorkommen. Auf diese Weise haben wir jedenfalls den oft komischen Gegensatz zwischen den Vor- und den Zunamen bewahrt, dessen sich die Hobbits selbst sehr wohl bewußt waren. Namen von klassischem Ursprung wurden selten verwandt; denn das, was in der Überlieferung des Auenlands dem Lateinischen und Griechischen am nächsten kam, waren die elbischen Sprachen, und diese benutzten die Hobbits selten bei der Namengebung. Zu allen Zeiten beherrschten nur wenige von ihnen die »Sprachen der Könige«, wie sie sie nannten.

Die Namen der Bockländer unterschieden sich von denen des übrigen Auenlands. Die Leute in den Marschen und ihre Seitenlinie jenseits des Brandywein waren in mancher Hinsicht absonderlich, wie berichtet wurde. Zweifellos stammten viele ihrer sehr seltsamen Namen aus der früheren Sprache der südlichen Starren. Diese haben wir zumeist unverändert gelassen, denn wenn sie heute sonderbar klingen, so taten sie es auch zu ihrer Zeit. Sie hatten einen Stil, den wir vielleicht vage als »keltisch« empfinden sollten.

Da die erhaltenen Spuren der älteren Sprache der Starren und der Menschen in Bree den erhaltenen keltischen Elementen in England ähnelten, sind die letzteren in der Übersetzung manchmal imitiert worden. So sind Bree, Archet und Chetwald nach Überresten britischer Namengebung gebildet und ihrem Sinn entsprechend gewählt worden: bree »Hügel«, chet »Wald«. Aber nur ein einziger Personenname ist auf solche Weise geändert worden. Meriadoc wurde gewählt, um der Tatsache gerecht zu werden, daß die Kurzform »Kali« seines Namens, der eigentlich Kalimac lautete, auf Westron »vergnügt, lustig« bedeutete, also englisch »merry«, während der bockländische Name Kalimac bedeutungslos geworden war.

Bei den Umsetzungen sind keine Namen von hebräischem oder ähnlichem Ursprung verwendet worden. Nichts in den Hobbit-Namen entspricht diesem Element unserer Namen. Kurzformen wie Sam, Tom, Tim, Mat waren üblich als Abkürzungen von echten Hobbitnamen, zum Beispiel Tomba, Tolma, Matta und dergleichen. Aber Sam und sein Vater Ham hießen in Wirklichkeit Ban und Ran. Das waren Abkürzungen von *Banazîr* und *Ranugad,* die ursprünglich Spitznamen gewesen waren und »Einfaltspinsel« und »Stubenhocker« bedeuteten; diese Ausdrücke waren aus der Umgangssprache verschwunden, hatten sich aber als traditionelle Namen in manchen Familien erhalten. Wir haben daher versucht, diese Eigentümlichkeiten zu bewahren, indem die alten englischen Namen *samwís* und *hámfoest,* die diesen Bedeutungen genau entsprachen, zu Samweis und Hamfast modernisiert wurden.

Nachdem ich so weit gegangen war, Sprache und Namen der Hobbits zu modernisieren und vertraut zu machen, wurde ich in einen weiteren Prozeß hineingezogen. Die mit dem Westron verwandten Menschen-Sprachen sollten, wie mir schien, in eine Form verwandelt werden, die mit unseren Sprachen verwandt ist. Demzufolge habe ich der Sprache von Rohan Ähnlichkeit mit altem Englisch gegeben, denn sie war sowohl (entfernter) mit der Gemeinsamen Sprache und (sehr nahe) mit der früheren Sprache der nördlichen Hobbits verwandt und im Vergleich zum Westron archaisch. In dem Roten Buch ist an verschiedenen Stellen erwähnt, daß Hobbits, wenn sie die Sprache von Rohan hörten, viele Wörter wiedererkannten und die Sprache als verwandt mit ihrer eigenen empfanden, so daß es absurd erschien, die überlieferten Namen und Wörter der Rohirrim in einem völlig fremden Stil zu lassen.

In verschiedenen Fällen habe ich die Formen und Orthographie von Ortsnamen in Rohan modernisiert: zum Beispiel bei *Dunharg* oder *Schneeborn;* aber ich bin nicht konsequent gewesen, denn ich bin den Hobbits gefolgt. Sie änderten auf dieselbe Weise die Namen, die sie hörten, wenn sie aus Elementen bestanden, die sie wiedererkannten, oder wenn sie Ortsnamen im Auenland ähnelten; viele aber ließen sie unverändert, wie auch ich zum Beispiel *Edoras,* »die Höfe«. Aus demselben Grund wurden auch einige Personennamen wie Schattenfell und Schlangenzunge modernisiert[6].

Diese Assimilation bietet zudem eine zweckdienliche Möglichkeit, die eigentümlichen örtlichen Hobbitwörter von nördlichem Ursprung wiederzugeben. Sie erhielten Formen, die verlorengegangene englische Wörter haben könnten, wenn sie bis auf unsere Zeit gekommen wären. *Mathom* soll also an das alte englische *máthm* erinnern und die Verwandtschaft des vorhandenen Hobbitwortes *kast* mit R. *kastu* wiedergeben. Ebenso ist *smial* (oder smile), »Höhle«, eine für einen Abkömmling von *smygel* wahrscheinliche Form und stellt sehr gut die Verwandtschaft des Hobbitworts *trân* mit R. *trahan* dar. *Sméagol* und *Déagol* sind auf dieselbe Weise gebildete Entsprechungen der Namen *Trahald,* »graben, sich einschleichen« und *Nahald* »geheim« in den nördlichen Sprachen.

Die noch weiter nördliche Sprache von Thal erscheint in diesem Buch nur in den Namen der Zwerge, die aus dieser Gegend kamen und daher die Sprache der dortigen Menschen gebrauchten und auch ihre »Übernamen« aus ihr nahmen.

---

[6] Dieses linguistische Verfahren bedeutet nicht, daß die Rohirrim sonst in ihrer Kultur oder Kunst, Waffen oder Kriegsführung den alten Engländern sehr ähnlich waren, außer in allgemeiner Beziehung infolge ihrer Umstände: ein einfacheres und primitiveres Volk, das mit einer höheren und ehrwürdigeren Kultur in Berührung kommt und Land in Besitz genommen hat, das einst zu ihrem Bereich gehört hatte.

Wir sprechen heute nicht mehr so oft von einem Zwerg wie von einem Menschen, und die Erinnerungen sind nicht frisch genug geblieben unter den Menschen an eine Rasse, die jetzt in die Volksmärchen verbannt ist, wo wenigstens noch ein Schatten der Wahrheit erhalten ist, und schließlich in die Unsinngeschichten, wo sie zu bloßen Witzfiguren geworden ist. Aber im Dritten Zeitalter tauchte noch flüchtig etwas von ihrer alten Art und Macht auf, wenngleich schon ein wenig verschwommen: sie sind die Nachkommen der Naugrim aus der Altvorderenzeit, in deren Herzen noch das alte Feuer von Aule dem Schmied brennt und die Glut ihres einstigen Grolls gegen die Elben noch schwelt; und deren Hände noch eine Geschicklichkeit in Steinmetzarbeiten besitzen, die niemand übertroffen hat.

Um das zu kennzeichnen, hätte eigentlich die alte Form *getwerc* oder *querch* verwandt werden müssen, um sie so vielleicht ein wenig von den albernen Geschichten der neuesten Zeit abzuheben. Die alte Form erscheint im Englischen in dem Ortsnamen *Dwarrowdelf* (Zwergenbinge), der den Namen Moria in der Gemeinsamen Sprache wiedergibt: *Phurunargian.* Moria ist ein Elbenname und ohne Liebe gegeben; denn wenn die Eldar in ihren erbitterten Kriegen mit der Dunklen Macht und ihren Dienern zur Not auch unterirdische Festungen anlegen mochten, so bewohnten sie solche Orte doch nicht aus freien Stücken. Sie liebten die grüne Erde und den lichten Himmel; und Moria bedeutet in ihrer Sprache *Schwarzer Abgrund*. Doch die Zwerge selbst nannten es, und zumindest dieser Name wurde niemals geheimgehalten, *Khazad-dûm,* Heim der Khazad; denn dies ist ihr Name für ihre eigene Rasse und ist es immer gewesen, seit er ihnen bei ihrer Erschaffung in grauer Vorzeit von Aule verliehen wurde.

Elben ist als Übersetzung benutzt worden sowohl für *Quendi,* »die Sprecher«, den Namen der Hochelben für alle ihrer Art, als auch für *Eldar,* den Namen der Drei Geschlechter, die sich aufmachten, um das Unsterbliche Reich zu finden, und dort zu Anbeginn der Zeiten eintrafen (nur die *Sindar* ausgenommen). Dieses alte Wort war nämlich das einzig verfügbare und einstmals zutreffend für die Erinnerungen, die die Menschen an dieses Volk bewahrten, oder den reinen Erfindungen des menschlichen Geistes nicht völlig unähnlich. Aber es ist abgewertet worden, und bei vielen mag es jetzt die Vorstellung von entweder hübschen oder albernen Phantasiegeschöpfen erwecken, die mit den Quendi der alten Zeit ebensowenig Ähnlichkeit haben wie Schmetterlinge mit dem schnellen Falken – nicht, daß die Quendi jemals Flügel gehabt hätten, das wäre für sie ebenso unnatürlich gewesen wie für Menschen. Sie waren eine edle und schöne Rasse, die älteren Kinder der Welt, und unter ihnen waren die Eldar, die jetzt fort sind, wie Könige: das Volk der Großen Wanderung, das Volk der Sterne. Sie waren hochgewachsen, mit heller Haut und grauäugig, doch ihre Locken waren dunkel, außer in dem goldenen Geschlecht von Finrod; und ihre Stimmen waren melodischer als jede menschliche Stimme, die man heute hört. Sie waren tapfer, doch die Geschichte derer, die als Verbannte nach Mittelerde zurückkehrten, war schmerzlich; und obgleich sich ihr Schicksal in weit entfernten Tagen mit dem der Vorväter kreuzte, ist ihr Schicksal nicht das der Menschen. Das Reich verging vor

Anhang

langer Zeit, und jetzt wohnen sie jenseits der Kreise der Welt und kehren nicht zurück.

Anmerkung zu drei Namen: *Hobbit, Gamdschie* und *Brandywein.*

Hobbit ist eine Erfindung. Im Westron lautete der Name, sofern dieses Volk überhaupt erwähnt wurde, *banakil,* »Halbling«. Aber zu dieser Zeit gebrauchten die Leute im Auenland und in Bree das Wort *kuduk,* das es anderswo nicht gab. Meriadoc berichtet indes, daß der König von Rohan das Wort *kûd-dûkan,* »Höhlenbewohner«, benutzte. Da die Hobbits, wie bereits erwähnt, einstmals eine Sprache gesprochen hatten, die mit der der Rohirrim eng verwandt war, ist es wahrscheinlich, daß *kuduk* eine verballhornte Form von *kûd-dûkan* war. Dieses Wort habe ich aus den bereits dargelegten Gründen mit *holbytla* übersetzt; und Hobbit ist ein Wort, das gut und gerne eine verballhornte Form von *holbytla* sein könnte, wenn dieser Name in unserer alten Sprache vorgekommen wäre.

Gamdschie. Nach der im Roten Buch ausführlich dargelegten Familienüberlieferung ging der Zuname *Galbasi* oder in verkürzter Form *Galpsi* auf das Dorf *Galabas* zurück, und es wurde allgemein angenommen, daß sich dieser Name aus *galab* – »Spiel« – und einem alten Element *bas* zusammensetzte, das mehr oder weniger unserem »Flecken« oder »Weiler« entspricht.

Brandywein. Die Hobbit-Namen dieses Flusses waren Abänderungen des elbischen *Baranduin* (Betonung auf der zweiten Silbe), das auf *baran* »goldbraun« und *duin* »großer Fluß« zurückging. *Brandywein* scheint eine einleuchtende Verballhornung von *Baranduin* zu sein. Der ältere Hobbit-Name war allerdings *Branda-nîn* »Grenzwasser«, das genauer mit Markgrenze wiedergegeben worden wäre; aber auf Grund eines Witzes, der wiederum auf die Farbe anspielte und dann zu einer Gewohnheit wurde, wurde der Fluß zu jener Zeit gewöhnlich *Bralda-hîm* »berauschendes Bier« genannt.

Indes ist zu beachten, daß, als die Altbock *(Zaragamba)* ihren Namen in Brandybock *(Brandagamba)* abänderten, das erste Element »Grenzland« bedeutete und Markbock der Sache nähergekommen wäre. Nur ein sehr kühner Hobbit hätte es gewagt, den Herrn von Bockland in seiner Gegenwart *Braldagamba* zu nennen.

REGISTER

I. LIEDER UND GEDICHTE

Abschiedslied von Merry und Pipin 120
Adlerlied 970
Altes Wanderlied 50, 88, 993, 1033
Athelas 871
Auf Théodens Tods 849

Badelied 115
Baumbarts Lied 447
Bilbos Lied 288 f.
Boromirs Rätsel 256
Bregalads Lied 491

Elbereth Gilthoniel, Elbenlied a) 94, 247, b) 1033, Sams Anrufung 737
Ent und Entfrau 485
Éomers Lied 853

Frodos Klage über Gandalf 367

Galadriels Botschaften 492
Galadriels Lied über Eldamar 380, 385
Gandalfs Lied über Lórien 521
Gandalfs Rätsel über die Ents 551
Gedicht der Überlieferung 604
Gedicht von den Ringen 65
Gil-galads Untergang 197
Gollums Lied 628
Gollums Rätsel 629

Klage um Boromir 425 f.
Klage um die Rohirrim 515
Klage um Théoden 810

Lange Liste der Ents 472, 593
Legolas' Lied vom Meer 963

Lied auf Goldbeere 136
Lied im Wald 126
Lied über Beren und Lúthien 203 ff.
Lied über die Hügelgräber von Mundburg 855
Lied über Durin 325 f.
Lied über Earendil 243 ff.
Lied über Nimrodel 347 f.
Lied von Lebennin 881
Lied von Gondor 431

Marschlied der Ents 492

Olifant 654

Rätsel über Streicher 182, 257
Ruf zu den Waffen der Rohirrim 524

Sams Lied im Orkturm 915
Sams Lied vom Troll 218 f.
Schneemähnes Grabschrift 851

Théodens Grablied 982
Théodens Schlachtruf 844
Tom Bombadils Lieder 132, 134–137, 139, 146, 153 f., 155, 159
Trinklied 104

Unholdlied 153

Wanderlied 92
Warnung vor dem Winter 283
Wirtshauslied 170 f.
Worte des Sehers Malbeth 789

Register

Lied- und Gedichtanfänge

A! Elbereth Gilthoniel a) 247, b) 737, c) 1033
Ai! laurie lantar lassi súrinen 385
Am Feuer sitze ich und denk 288
An die See! An die See! Dort schäumen die Wellen 963
Auf! Auf! ihr Reiter Théodens! 844
Aus dem dunklen Dunharg im Morgengrauen 810
Aus Zweifel und Finsternis kam ich, singend 853
Aus Zweifel und Finsternis ritt er, singend 982

Das geborstne Schwert sollt ihr suchen 256
Das Gras war grün, das Laub hing dicht 203
Das wüstige Land 628
Der Herd ist rot von Feuersglut 92
Die Straße gleitet fort und fort 50, 88, 993
Die Welt war jung, die Berge grün 325
Doch um die Ecke, kommt uns vor 1033
Dong-long! Dongelong! Läute laute lillo!* 132, 134–137, 139, 146, 153, 155, 159
Drei Ringe den Elbenkönigen hoch im Licht 65
Durch Rohan über Moor und Feld und grünes Weideland 425

Earendil hieß ein Schiffer kühn 243
Eh Erz ward gefunden und Baum gefällt 551
Ein alter Krug, ein fröhlicher Krug 170
Ein Hoch! dem Bade, dem edlen Genuß 115

Einst lebte eine Elbenmaid 347
Elessar, Elessar, wo sind nun die Dúnedain? 510
Entfaltet Frühling Blatt um Blatt, steht Buche schon im Saft 485
Ents, die Erdsprosse, alt wie die Berge 593
Erhebt euch und hört, Reiter Théodens! 524

Fahrwohl, mein Herd, fahrwohl, mein Haus! 120

Gil-galad war ein Elbenfürst 197
Gondor! Gondor vom Gebirg zum Küstenstrich 431
Grau wie die Maus 654

He! He! He! An die Buddel geh 104
Hohe Schiffe, hohe Herrscher 604

Ich ging durch die Fluren von Tasarinan im Frühling 477
Ich sang vom Laub, vom goldnem Laub, da glänzte es wie Gold 380
Im hellen Westen blüht es schon 915

Kalt sei Hand, Herz und Gebein 153
Kommt erst der Winter wieder her 283

Legolas Grünblatt, Ihr lebtet bisher 510
Lerne die Namen der lebenden Wesen 472

Mit Trommelrollen ziehen wir: tarunda runda runda rom! 492

Nicht alles, was Gold ist, funkelt 182, 257
Nicht der Klage zu viel! Groß war der Gefallene 849

O Dwimordene, o Lórien 521
Ohne Atemhauch 629
O Orofarne, Lassemista, Carnimírie! 491

---

* Alle Lieder von Tom Bombadil sind hier für das Register als Fortsetzungen dieses Liedes aufgeführt.

O schlank wie der Weidenzweig! O klarer als die Quelle! 136
O Wanderer unterm Schattenjoch 126

Schneemähne, Diener in größter Bedrängnis 851
Schnee-Weiß! Schnee-Weiß! O Herrin hold 94
Silbern strömen die Wasser von Celos nach Erui 881
Singe nun, Volk des Turmes von Arnor 970
Stand einst daheim der Abend grau 367

Troll saß allein auf einem Stein 218

Über dem Land liegt lang der Schatten 789

Wenn der Schwarze Atem weht 871
Wir hörten von Hörnerklang in den Bergen 855
Wo sind Reiter und Roß und das Horn, das weithin hallende? 515

II. PERSONEN, TIERE, UNWESEN
(Ausgewählte Stellen)

Adler 899, 955
Affalter, Roland 167, 998
Aglarond 607
Aiglos 253
Aldor 982, 983
Altbock 25, 112
– Gorhendad 112
Amsoth 348 f.
Anárion 252, 254, 401, 678, 860
Anborn 693, 696, 699
Ancalagon der Schwarze 76
Angbor, Herr von Lamedon 881, 883
Aragorn, Arathorns Sohn 73, 175 passim, 230, 233, 247 ff., 265, 274, 282, 285 ff., 291, 297 passim, 421, 424 ff., 437, 495, 502 ff., 513, 515, 518, 541 passim, 567, 578, 671, 688, 716, 761, 781 f., 853, 867 passim, 889 ff., 894, 955, 973 ff., 980
– Elbenstein s. Elessar
– *Spottnamen:* Streicher (gebraucht in Bree und von seinen Hobbitgefährten) 168, 172, 180 ff., 230, 401, 429 ff., 440, 446, 452, 490, 500, 570, 579, 596, 688, 761, 869, 880, 961, 1000, Langbein 193, Flügelfuß 444, Telcontar 869 (vgl. Elendil, Elessar, Isildur)
Arathorn s. Aragorn
Argeleb II. 20
Arod 447, 511 ff., 567, 794, 981
Arvedui 20, 789
Arwen 237, 247, 360, 383, 853, 979 f.
Auge von Barad-dûr 596 (s. Sauron)

Baas 1010 ff.
Bain s. Brand
Baldor 804, 982 f.
Balin 239, 278, 306, 327 ff., 336
Balrog 338, 361, 395, 508, 685 (s. Durins Fluch)
Bandobras s. Tuk
Barahir, Vater von Beren 205 f.
– Enkel Faramirs 31
Bard, der Bogenschütze 238
Bardinger (die Menschen von Thal) 238, 439
Baumbart 469 ff., 479–492, 498, 571 ff., 765 passim, 984
Baumhirten 556
Beleriand 252
Beorn 238
Beorninger 238, 377, 408, 439
Beregond, Baranors Sohn 768 ff., 780, 813 ff., 833, 856 f., 861 ff., 865, 975
Beren 205 ff., 281, 957
Bergil 777 ff., 865, 871, 890
Bergtrolle 834, 898
Berúthiel 320

Register

Beutlin 17, 25, 28, 43 ff., 51, 64, 71, 108, 628, 641
- Angelika 52
- Bilbo 17 passim, 57 ff., 72 ff., 77 f., 80 ff., 88, 92, 95, 198, 217, 220, 234, 240 passim, 279, 282 ff., 327, 344, 466, 623, 648, 688, 740, 915, 977, 980, 991 passim, 1033
- Dora 51
- Drogo 36 f., 99, 690
- Frodo 23, 35, 42, 57 passim, 80–111, 114 ff., 123–160, 163 ff., 175–187, 189–226, 229–274, 282 passim, 304 passim, 342 ff., 361 passim, 376 ff., 388 passim, 400 passim, 409, 421 f., 452, 496, 578, 611 passim, 628 passim, 671 passim, 691 passim, 702 passim, 711 passim, 761, 814, 821, 898, 903 passim, 923 passim, 940 passim, 957 f., 980 passim
Bifur 239
Bilbo s. Beutlin
Bilwiß-Krieger 423, 448, 452 ff., 463
Binsenlicht 167
Blanes von Bree 20
Böses Auge 894 (s. Sauron)
Boffin 25, 42 f., 45, 51, 59, 64
- Folko 57, 82 f.
Bofur 239
Bolger 42, 45, 54, 64
- Fredegar (Dick) 57, 82 f., 114, 123, 188, 1026
Bombadil, Tom 132 ff., 136–147, 164, 176, 225, 275, 479, 1002
Bombur 239
Borkenhaut 482
Boromir 250, 255, 267, 275, 278 ff., 418 ff., 503, 571 ff., 665, 671, 757, 761, 772, 805, 819
Brand, *König*, Bains Sohn 251
Brandybock 23, 36 f., 42, 45, 81, 105, 162, 876
- Esmeralda 45
- Gorbadoc 37

Melilot 44
Meriadoc (Merry) 24, 53, 57 ff., 80 passim, 112 paasim, 123 passim, 139, 145, 150 ff., 163 ff., 185 ff., 192 passim, 282 ff., 402 ff., 422, 448, 452 passim, 469 passim, 479, 497, 504, 563 passim, 567 passim, 763, 778, 781 passim, 798, 807, 836, 843 passim, 850 ff., 864 passim, 874, 889, 968, 981, 1003 passim, 1035
- Primula 37
- Rorig 52
- Saradoc 564
Bregalad (s. *auch* Flinkbaum) 490
Brego 522, 804
Buchenbein 575
Butterblume, Gerstenmann 24, 159, 178 passim, 230, 273, 992, 996

Celeborn 361 passim, 450, 475, 979, 987 ff.
Celebrían, Tochter Galadriels 383
Celebrimbor 252, 263, 314
Ceorl 534
Círdan 250, 253, 275, 1034
Cirion 686
Corsaren 773, 868
crebain 295

Dachsbau 45, 167
Daeron 329
Dáin 239, 251, 332, 351, 887
Damrod 667, 676, 681 f.
Déagol 68, 70 f.
Denethor 256 f., 262, 410, 443, 517, 606 f., 666 ff., 676, 679, 756, 761 f., 770 ff., 779, 812 ff., 824 f., 830, 856 ff.
Déor 982 f.
Déorwine 850, 855
Dernhelm (*Name für* Éowyn) 836, 842, 846, 984
Derufin 779, 885

Dervorin 779
Dior 206
Distelwolle 167
Dori 239
Drachen 38, 76
Duilin 779, 855
Duinhir 779
Dúnadan, *Mehrz.* Dúnedain 20, 22, 25, 241 f., 261, 540, 667, 794, 797, 850, 854, 868, 882, 888 ff., 898, 955, 961, 973 f.
Dúnhere 800, 803, 855
Dunkler Gebieter 657 (s. Sauron, Dunkler Herr usw.)
Dunkler Herr, der (s. *auch* Sauron) 64, 66, 76, 232, 505, 640 ff., 647, 659, 763, 846, 953 ff.
Dunkle Macht 74, 157, 642
Durin 250, 313 ff., 325, 330, 342, 358, 363, 508, 554 ff.
– Durins Fluch 313, 338
Dwalin 239

Earendil 206, 243, 247, 372, 384
Earnur 678, 974
Ecthelion 762, 860
Edain 687
Eichler, Alter 36
Elb, Elben 18 ff., 22, 38, 57, 60, 67, 69, 73, 75, 78 f., 81, 88, 93 ff., 98, 285, 427, 476, 484, 624, 636, 654, 686 f., 728, 736, 747, 749, 961
Elbereth 94, 99, 207, 226, 245, 247, 386, 395, 737, 922
Elendil 25, 67, 71, 197, 203, 252, 256, 286, 376, 383, 421, 441, 514, 518, 547, 601, 605 ff., 649, 678, 686, 760, 788, 867, 974
Elessar (Name, den Aragorn in Lórien erhalten hat und den er als König annahm) 30, 383, 797, 869
Elfhelm 836 f., 841 f., 888, 973
Elladan 237, 242, 284, 782, 784, 794, 854, 979

Elrohir 237, 242, 284, 782, 784, 797, 854, 886, 979
Elrond, der Halbelbe 29, 81, 202, 213, 221, 229, 255, 264, 277, 279, 300, 363, 372, 377, 452, 479, 660, 672, 702, 716, 784 f., 867, 888 ff., 961, 979 f., 991, 1033
Elwing 206, 244, 253
Entfrauen 480, 483, 986
Ents 450, 472, 476 ff., 479, 482, 490 ff., 494, 566, 571 ff., 593, 963, 984 ff.
Éomer, Éomunds Sohn 440, 445, 468, 541, 557 ff., 584, 602, 786, 809, 813, 838, 849, 852 ff., 867 ff., 894, 962, 972 f., 976, 981
Éomund (von Ostfold) 440
Éored 443
Eorl 526, 557, 588, 607, 792, 804, 842, 873, 976
Eorl, der Junge 439, 519, 547, 983 f.
Eorlingas 531, 810
Éothain 443
Éowyn 522, 529, 785, 790 ff., 802, 808 f., 811, 847 ff., 864 ff., 872, 965, 983 f.
Erestor 249, 275, 279, 979
Erkenbrand 534, 550, 558

Falbhäute 19 f.
– Marcho und Blanco 20
Fangorn 438, 448 (s. *auch* Baumbart) 472 ff., 482, 566, *auch* Entwald 556
Faramir 665 ff., 671, 715, 773, 780, 815, 827, 831, 856, 868, 921, 944, 966 ff., 975, 980, 983
Farning, Lutz 177, 185, 191, 194, 211, 216, 230, 996, 1004, 1009
Fastred 855
Féa 982 f.
Feanor 313, 604
Feldhüter, Hugo 1003
Fengel 982 f.

Feuerfuß 531
Fimbrethil 483, 484, 494
Findegil 30
Finduilas von Amroth 968
Finglas 486
Finrod 95
Fladrif 482
Flinkbaum 490, 571, 984
Flói 330
Folca 982 f.
Folcwine 982 f.
Forgoil 544
Forlong 778, 854 ff.
Forn 275 (s. Bombadil)
Frár 331
Fréalaf 982 f.
Fréawine 982 f.
Frodo s. Beutlin
Fundin 306, 329

Galadriel 361 ff., 364, 447, 503, 510, 554, 619, 674, 688, 716, 728, 737 f., 784, 945, 952, 972, 979, 987 ff., 991, 1027
Galadrim 349, 358 (s. Waldelben) 361, 364
Galdor 259, 266, 275
Gamdschie, Andi 418, 619
– Elanor 1031, 1035
– Hal(fast) 59 f.
– Ham(fast) 36, 272 (s. Ohm)
– Ohm 40, 52, 85, 616, 619, 631, 941, 1009
– Sam (Samweis) 29, 30, 36, 59 f., 62, 65, 73, 78, 80, 82, 84, 88, 90 f., 95, 97, 370, 410, 578, 611 passim, 903 ff., 957 f., 981 ff.
Gamling 537 f., 542 f., 545
Gandalf 27, 29, 38 passim, 57 ff., 80 passim, 179 ff., 229 passim, 249 passim, 282 passim, 306 passim, 330 passim, 501 passim, 513 passim, 550 passim, 567 passim, 755 passim, 856 passim, 895 ff., Gandalf, Diener des Geheimen Feuers 422
– andere Namen: G. Sturmkrähe 757, Grauer Pilger 833, Graurock 443, 531, Mithrandir 678, 694, 759, 762, 768, 773, 818, Tharkûn 678, Olórin 678, Incánus 678, Láthspell 520, Wanderer 531
Gárulf 447
Geflügelter Bote s. Nazgûl
Geißblatt 167
– Heinrich 998
Gerontius 469
Ghân-buri-Ghân 838, 982 (s. Baumbart)
Gildor (Inglorion) 95, 97 f., 100, 120, 597, 1033
Gil-galad 67, 197, 203, 252, 253, 262
Gilthoniel s. Elbereth
Gimli 249, 285, 289, 300, 398, 423 f., 430, 448, 495, 500, 504, 510, 518, 530, 541, 553, 567, 585 ff., 781 ff., 786 ff., 854, 889 ff., 962, 976, 981
Gleowine 982
Glóin 238, 249 f., 259, 265, 278, 280, 285, 363, 440, 506, 509 f.
Glorfindel 233, 249, 275, 279, 286, 979
Golasgil 779
Goldbeere 136, 138, 139, 157
Goldblume 941
Gollum 27, 28, 48, 63, 68, 69, 70, 71, 72, 73, 74, 75, 259, 261, 263, 266, 282, 284, 391, 403, 463, 611 f., 619 ff., 646, 694 ff., 734 ff., 739, 821, 921, 925, 933, 936, 945, 950 ff.
Gorbag 743 ff., 905, 908 ff., 926
Gorgûn 838 (s. Orks)
Gothmog, Statthalter von Mordor 852
Grabunholde 143, 152 f., 275
Gram 982 f.
Grauer Pilger 678 (s. Gandalf)
Graue Schar 781, 796
Grausamer Reiter 774 (s. Schwarzer Reiter, Nazgûl)

Gríma 521, 580, 585, 989 (s. Schlangenzunge)
Grimbeorn der Alte 238
Grimbold 843, 855
Grischnákh 454 ff., 571
Grond 834
Große Leute 90, 161 f.
- Großes Volk 162
Großer Feind 205
Großes Auge 454, 460
Gruber 42, 43, 45
Guthláf 844, 849, 855
Guthwine 540
Gutleib 42, 43 ff.
Gwaihir, der Herr der Winde, 271, 306, 502, 509, 899, 955

Hador 281, 687
Halbarad 782 ff.
Haldir 351, 353, 361, 363, 379, 617
Háma 517 f., 521, 552, 587
Hang, Willi 998
Haradrim 255, 686, 845, 854, 881
Harding 855
Harfüße 19
Hasufel 448, 511 ff., 546, 567
Heinrich 186
Heidezehen, Malte 998
Heim 855
Helm 533, 535, 982 f.
Herfara 855
Herr der Nazgûl 824 (s. Hexenkönig)
Hexenkönig, Herr der Hexen 20, 824
- Morgul-König 714
- Herr der Nazgûl 824
- Herr der Ringgeister 906, 926
Hinz 191, 996
Hirgon 805, 841
Hirluin 779, 851, 855
Hobbit, Hobbits 21 passim, 57, 63, 66, 70, 74, 90, 92, 94, 96, 98, 251, 351, 423, 473, 479, 495
- *andere Namen:* Periannath 973, Holbytlan 564, Halblinge 407, 422, 449, 461, 565 f., 689, 768, 757, 775 f., Kleine Leute 593
Hochelben, die Nolder, Nachkommen von Feanor 94
Höhlenmann 36 f.
Horn 855
Hornbläser 42, 43 ff., 64
- Tobold 24, 565
Hüttinger, Bauer Tom 946, 1011, 1029
- Jupp 946, 1012
- Rosie 941, 946, 1029
- Sepp 946, 1012
- Till 1012
- Tom, der Junge 1012
Huorns 572 f., 594
Húrin 281, 851, 966, 972, 975

Iarwain Ben-adar 275 (s. Bombadil)
Imrahil 779, 851, 857, 867 ff., 884, 886, 890, 894, 898, 962, 973
Incánus 678 (s. Gandalf)
Ingold 756, 827
Ioreth 866, 868 f., 973
Iorlas 777
Isegrim 17, 24, 26
Isengarter, Orks von Saruman 460, 481
Isildur 67, 70, 71, 74, 252, 253, 256, 285, 441, 649, 679, 715, 788, 797, 974
- Isildurs Erbe 853, 881 f.
- Isildurs Fluch 666, 767

Kankra 725 ff., 736, 742, 744, 747, 749, 903, 906, 911, 933
Kleinbau, Rudi 1006
Kleines Volk 161
König von Angmar 824 (s. Hexenkönig)
Kunz 165, 178, 180, 192, 996, 1000

Labkraut 173
Lagduf 911
Landbüttel 1006

Register

Landroval 955
Langhöhlen 167
Legolas 250, 265, 282, 285, 291 ff., 390, 422, 429, 438, 450, 496, 501, 506, 510, 523, 530, 542, 553, 567, 781 ff., 786, 854, 878 ff., 883, 889 ff., 962, 976, 981
Léofa 982 f.
Lidloses Auge 829 (s. Sauron, Dunkler Herr etc.)
Lindir 246
Lochner 42, 43 ff.
– Milo 52
Lockenblatt 482
Lóni 331
Lugbúrz s. Isengart
Lugdusch
Lúthien 203, 205, 206, 226, 253, 237, 980
– *auch genannt* Tinúviel
Lutz 290, 307, 311, 1032

Mablung 667, 670, 676, 681 f., 892
Maggot 105, 145
Malbeth, der Seher 789
Marcho von Bree 20
Mardil 678
Mauhúr 462, 465 ff.
Mazarbul 330 ff., 363
Meneldil 254, 262
Meneldor 958
Menelvagor 96
Menschen 66, 67, 73, 269, 285, 427, 481, 484, 514, 540, 547, 554, 555 ff., 604, 647, 664, 668, 686, 691, 695, 763, 769, 837 f.
Meriadoc (Merry) s. Brandybock
Mithrandir 501, 548, 687, 756, 762, 765, 831, 857, 865, 878, 973
Morgul-König 714, 906 (s. Hexenkönig)
Mûmak 669
Muzgasch 911

Náli 331
Narsil 253
Narvi 314
Nazgûl 260, 266, 454, 505, 603, 606, 745 f., 774, 824, 829, 845 f., 885, 892, 923, 926, 932, 945, 953, 955
Neun, die 66, 266 ff.
– Reiter 271, 480, 700 (s. Nazgûl)
Nimloth 978
Nimrodel 346, 347 ff., 830, 878
Noldor 604
Nördliche Orks, Nordländer 457
Nori 239
Númenórer 242, 254, 269, 407, 830, 894 ff., 974

Oberst 1003 ff.
Ohtar 253
Óin 239, 331, 250
Olifant 654, 669, 944
Olórin 506 (s. Gandalf)
Onodrim 450 (s. Ents)
Orald 275 (s. Bombadil)
Ori 239, 250
Orks 27, 59, 69, 70, 74, 232, 237, 238, 265 f., 270, 271, 305, 318, 326, 330, 333, 338, 351, 352, 394, 398, 403, 421 ff., 423 ff., 446, 452 ff., 505, 528, 539, 542, 553 ff., 573, 612, 624, 627 ff., 636, 644, 650, 685, 694, 719, 721, 725 ff., 732, 737, 747 f., 763, 826 ff., 839, 841, 853, 889, 891, 903 ff., 923, 931 ff., 956, 984
– Orks von Mordor 834
– Orks der Weißen Hand 433, 454
Orome, der Große 844
Orophin 351
Ostlinge 255, 889, 891, 897, 956, 975

Pausbacken 42 ff., 43
Peregrin (Pippin) (s. Tuk)
Perian, Periannath (s. Hobbits)
Platschfußen 106

Ponies, Löffelohr, Schnüffelschnauz, Wedelschwanz, Humpel, Weißstrumpf, Plumpel, Hasufel, Stybba 156, 159, 191, 781, 786, 809

Radagast, der Braune 266, 267 ff., 284
Radbug 911
Reiter von Rohan 429, 495, 584, 822, auch Reite der Mark 558 (s. Rohirrim)
Ringgeister 66, 505, 845 (s. Nazgûl)
Roheryn 786
Rohirrim 271, 429, 495, 515, 539, 805, 813, 822, 827, 845, 852, 857, 868, 887 ff.
Rotes Auge 571 (s. Sauron etc.)
Rúmil 351

Sackheim-Beutlin 35, 37 ff., 42 ff., 53, 81, 83, 283
– Lobelia 42, 52 f., 55, 81, 83, 1026
– Lotho 83 f., 1026
– Otho 42, 53, 55, 81
Samweis (s. Gamdschie)
Sandheber 167
Sandigmann, der Müller 37 ff., 334, 370, 1017, 1022
– Timm 59 f., 79
Saruman 63, 73, 259 ff., 266 f., 274 f., 277, 296, 371, 424, 439, 444, 454, 502, 544, 551, 555 ff., 573, 578 f., 583 ff., 594, 606, 653, 764, 782, 821, 873, 875, 896, 985, 988, 1002, 1009, 1023
Sauron 66 f., 76, 250 f., 262, 270, 275, 299, 326, 365, 376, 388, 408, 423, 439, 484, 557, 560 f., 617, 638, 640, 644, 718, 732, 742, 788, 824, 886, 894 ff., 956
Saurons Mund 894 ff.
Scatha 984
Schagrat 745, 904 ff., 908 ff., 924, 926, 932
Scharrer 1009, 1018, 1023 (*Name für* Saruman)

Schattenfell 272 f., 274, 461, 513, 516, 519, 529, 550, 558, 603, 755, 759, 768, 800, 816, 826, 835, 856
Schattenheer 797
Schatten-Menschen 797
Schlangenzunge 520, 526, 551, 562, 579, 607, 799, 872 f., 986, 1024
Schleicher 646, 722 (s. Gollum)
Schneemähne 535, 546, 786, 808, 843 f., 851
Schönkind 30
Schwanenritter 826
Schwarze Númenórer 894
Schwarze Reiter 89, 93, 95, 97, 99 usw., 104, 606, 617, 653, 772, 774, 781, 815 (s. Nazgûl)
Schwarze Schwingen 653 (s. Nazgûl)
Schwarzer Heermeister 823, 835, 843 (s. Hexenkönig)
Sklaven von Mordor 975
Smaug 239, 265, 993
Sméagol (s. Gollum)
Snaga 459, 911 ff.
Starren 67
Stechdorn, Tom 998
Steinvolk 840
Stinker 646, 772, 945 (s. Gollum)
Stollen 167
Stolzfuß 42 f., 45, 54
– Odo 54
– Sancho 54
Straffgürtel 42 f., 45, 64, 1026
– Hugo 52
Streicher (s. Aragorn)
Stumme Wächter 650
Südländer 826, 864, 956

Targon 770
Tarks 913
Telchar 518
Telperion 978
Thain 21, 25, 30
Thangorodrim 253
Tharkûn (s. Gandalf)

Thengel 441, 517, 519, 586, 810, 982 f.
Théoden 441, 505, 507, 511, 515, 519, 527, 551, 553, 556 ff., 564, 761 f., 762, 764, 781, 798, 823, 837, 845, 864 ff., 967, 976, 980 f., 982 f.
Théodred 520, 530, 587
Thingol 206
Thorin Eichenschild 27, 238, 278, 287, 289
Thorondor 955
Thráin 278, 306
Thranduil 250, 282, 361
Thrór 250, 278, 306
Tinúviel s. Lúthien
Toten, die 796
Trolle 25, 202, 213, 217, 232, 493, 556, 852, 956
Trollmenschen 853
Tuk 23, 36, 51, 876
– als Thain 25
– der Alte 38, 469, 991, 1033
– Adelard 51
– Bandobras (Bullenraßler) 17, 21, 307
– Everard 44
– Peregrin (Pippin) 30, 57, 82 ff., 88 ff., 91, 93, 96 f., 282 ff., 292, 422, 448, 452 passim, 469 passim, 482, 504, 567 passim, 583 ff., 595 passim, 755 passim, 765, 767, 798, 812 passim, 831, 856 passim, 898 f., 1003 passim, 1035
Túrin 281

Ufthak 748
Uglúk 454 ff., 462, 480, 571
Undómiel (s. Arwen)
Ungoliant 731
Unterberg 78, 167, 176, 997 (s. Frodo)
Uruk-hai 452 ff., 546, 932
Uruks 746, 937 ff.

Valandil 253, 258, 974
Valar 669, 974
Varda (s. Elbereth)

Variags 853
Vorondil 763

Walda 982 f.
Waldelben 349, 358
Waldläufer 161 f., 168, 201 f., 282, 284, 421, 436, 495, 794
Warge 232, 306 ff.
Wasa 837
Weidenast 483
Weidenmann, Alter 132 f., 138 f.
Weiße Hand (s. Saruman)
Weiße Herrin (s. Galadriel)
Weiße Herrin von Rohan (s. Éowyn)
Weißer Rat 58 f., 62, 481
Weißer Reiter 511 (s. Gandalf)
Weißfuß, Willi 167, 1007, 1026, 1030
Weißhäute 458 ff.
Werwölfe 232
Widfara 842
Wilde Menschen 838
Wölfe 238, 270 f., 284, 306, 351, 558, 573, 579, 685, 999

Yrch s. Orks

Zauberer 511 f., 515, 518, 550, 593, 690, 767
Zwerge 38 f., 50, 58, 76, 161, 220, 265, 285, 349, 427, 498, 502, 509, 514, 538, 543, 550, 555, 624, 736, 961, 984
Zwiefuß, Väterchen 36

III. ORTE

Aglarond 556
Aldalóme 477
Alte Mühle 370
Alter Wald 36, 112, 123 ff., 142, 189, 229, 275, 476, 479
Alte Straße 198
Alter Gutshof 1021

Register

Altes Gästehaus 776
Ambarona 477
Amon Dîn 755, 836, 840, 979, 982
Amon Hen (Berg des Auges, Berg des Sehens) 397, 403 f., 408, 410, 426, 652
Amon Lhaw (Berg des Hörens) 401, 403, 410, 415
Amon Sûl (Wetterspitze) 197, 274, 605
Andros 827
Anduin, der Große Strom 19, 24, 67, 252, 255, 260, 263, 278, 291, 293, 300, 343, 347, 349, 355, 359, 375 f., 379 ff., 385, 388 ff., 396, 408, 423 ff., 429, 454, 467, 484, 499, 611, 617, 647, 658, 666, 669, 674, 681, 705, 715, 758, 766, 771 ff., 815, 823, 830, 844, 852, 880, 890, 896, 962 f., 977
Anfalas 779
Anfurten 275, 293
Angband 205
Angmar 157, 213, 824
Angrenost (Isengart) 481
Annúminas 254, 605
Anórien 686, 755 ff.
Archet 161, 193 f., 998
Argonath 278, 397, 710
Arnach 855
Arnor 20, 254, 868, 974
Aschengebirge
Auenland 20 ff., 26, 29 f., 30, 35 f., 38, 42, 46, 55, 58, 60, 64, 66, 71, 73-78, 80 ff., 82 f., 327, 370, 479, 483, 615, 619, 740, 756, 761, 763 f., 768, 777, 813, 876, 995, 977, 980, 1001, 1003, 1028
Avernien 243
Azanulbizar (Schattenbachtal) 293

Balgfurt 121
Barad-dûr 305, 409, 424, 562, 605, 643, 645, 652, 731, 884, 886, 894, 905 ff., 930, 949 (s. *auch* Dunkler, Schwarzer Turm)
Baranduin (Brandyweinfluß) 20
Baraz (Rothorn) 293
Barazinbar (Baraz, Rothorn) 293
Beleriand 730
Belfalas 20, 349, 389, 756 ff., 773
Beutelhaldenweg 36, 84 f., 370, 660, 1001, 1016, 1021, 1027
Beutelsend 29, 35-40, 51, 58, 60 f., 77, 79, 81 f., 84 f., 89, 196, 272 f., 327, 707, 917, 1005, 1009, 1018
Bewachte Stadt 758
Blaues Gebirge 58
Bockberg 112
Bockenburg 82 ff., 90, 100, 102
Bockland 22, 82, 84 f., 91, 98, 107, 188, 1035
Bocklandtor 1002
Brandyschloß 23, 37, 107 ff.
Brandyweinbrücke, älterer Name der Steinbogenbrücke 39, 83, 86, 1002
Brandyweinfluß 21, 36, 88, 127, 375, 925
Braune Lande 388, 467, 484
Bree 20, 24, 159, 177, 192, 266, 267, 270, 336, 876, 992, 995 ff.
Breeberg 159, 161, 193
Breeland 177
Bruch 22, 102, 106
Bruchtal 30, 81, 95, 98, 190, 199, 212 f., 214 f., 229, 286, 300, 356, 461, 467, 479, 502, 511, 665, 740, 784, 934, 979 f., 990
Brücke von Steinbogen (s. Brandyweinbrücke)
Brückengau 121
Bruinen (Lautwasser) 223, 248, 259, 995
Bruinenfurt 200, 215, 234, 291
Buckelstadt 22, 469, 777, 1014, 1019
Bühl 36 ff., 60, 84, 370, 1027
Bühlstraße 84

1171

Register

Cair Andros 818, 822, 889, 892, 964, 970
Calacirian 245, Calacirya 386
Calembel 797
Calenardhon (Rohan) 686
Calenhad 811
Carach Angren 927, 935
Caradhras 293, 295, 307, 341, 363, 685, 990
Caras Galadon 363, 369, 378, 396, 510
Carchost 906
Carn Dûm 155, 157
Carrock 238
Celebdil 293, 341, 990
Celebrant (Silberlauf) 349, 354, 519, 982
Celebrant, Feld von 686
Celos 881
Cerin Amroth 358 ff.
Chetwald 20, 161, 194, 995
Ciril 797, 881
Cirith Gorgor 381, 644, 647, 892 f., 897, 930, 940
Cirith Ungol 652, 699, 711 ff., 719, 731, 817, 821, 903 ff., 923, 927, 962
Cormallen, Feld von 955 ff., 964, 1010

Dagorlad 253, 633, 679, 807
Dimholt 793, 802, 804
Dîn 838
Dol Amroth 758, 779, 796, 798, 826 ff., 830, 853, 861, 868, 877, 884, 888, 897 f., 972
Dol Baran 596
Dol Guldur 260, 266, 267, 278, 305, 360, 652, 731
Doriath 253, 731
Dorthonion 477
Drei-Viertel-Stein 1008, 1028
Druadan-Wald 836 f., 982 (s. Fangorn)
Dunharg 525, 596, 785 ff., 791, 810, 837, 847, 873, 875, 884
Dunkles Land 652 (s. Mordor)

Dunkler Turm (Schwarzer Turm) 59, 66, 236, 260, 305, 445, 503, 562, 601, 612, 651, 667, 926, 949, 955, 1010 (s. *auch* Barad-dûr)
Dunland 275, 295, 552, 988
Durthang 800, 935
Düsterwald 58, 62, 66 f., 71–73, 88, 238, 260, 263 ff., 266, 282, 284, 343, 347, 383, 469, 480, 514, 554, 692, 731, 773, 975, 987
Dwimorberg 520 f., 793, 801
Dwimordene (Name in Rohan für Lórien) 521

Ecthelion 20, 144
Edoras 271, 507 f., 517, 556, 558, 596, 607, 785, 799 f., 808 f., 982, 985
Efeubusch 81
Egladil 355
Eilenach 755
Einsamer Berg 88, 238, 250, 289, 351, 883
Elbenheim 684
Eldamar 245, 380, 604
Emyn Arnen 758, 976
Emyn Muil 381, 388, 391, 397 f., 415, 429, 502, 513, 571, 611, 617 f., 620, 627, 677, 732, 766, 892, 951, 977
Endlose Treppe 509
Entwald 445, 987
Entwasser, Entflut 381, 397, 467, 469, 477, 497, 511, 675, 811
Ephel Dúath (Schattengebirge) 644, 649, 657 ff., 707, 711, 718, 731, 890 f., 905, 923 ff., 929, 934, 948
Erebor 27, 887 (s. Einsamer Berg)
Erech 789 f., 796, 880
Ered Lithui 644, 647, 897, 935
Ered Nimrais 267, 686, 692, 758
Eregion 61, 252, 262, 264, 292, 990 (s. *auch* Hulsten)
Erelas 811
Eressea 963
Eriador 19

1172

Erui 881
Esgalduin 205
Esgaroth 44, 238
Ethir 779, 883
Ethir Anduin (Anduinmündung) 408
Ettenöden 212, 274, 284
Ettentäler 214
Evendim-See 254, 999

Fangorn 295, 381 f., 429, 450, 467, 469, 486, 560, 984
Fanuidhol 293, 341, 990
Fen Hollen 832
Fenmark 810
Fennfeld 381
Ferne Höhen 20
Festen von Mordor 59
Feuriger Berg 76 f., 295, 652, 690, 814, 919
Firienfeld 801
Firienwald 810
Folde 810
Fornost 20, 25, 254, 789
Fornost Erain 999
Froschmoorstetten 1006 f.

Gebirge des Schreckens 205
Gefilde von Rohan 581
Gehren (s. Naith)
Geisterberg 793, 801
Geisterstraße 718
Geistertal 705
Gilrain 881
Glitzernde Höhlen von Aglarond 556, 607, 984
Goldene Halle 982 (s. Meduseld)
Goldener Barsch 102, 107
Goldener Wald 520, 675, 688, 981, 992 (s. Lothlórien)
Condolin 253, 325
Gondor 20, 24 f, 30, 252, 254 ff., 266, 277, 305, 346, 376, 404, 450, 515, 562, 604, 611, 617, 667, 676, 692, 704, 719, 737, 755, 758 f., 761, 764 f., 770, 772, 775 f., 788, 830, 837, 883, 887, 896, 955, 961, 965, 970, 980 f., 1010
Gorgoroth 254, 409, 644, 690, 713, 718, 898, 906, 929, 934
Graue Anfurten 23, 58, 60, 250, 1026, 1034
Grauer Wald 982
Grauflut 212, 284 f., 295, 382
Grimslade 855
Große Brücke 20
Große Tore (von Moria) 327, 340, 776
Großer Grünwald 19
Großer Strom, Großer Fluß (s. Anduin) 654
Großes Meer 94, 161, 357, 396, 425
Groß-Smials 23
Grünberge 86, 1014, 1019, 1032
Grünbergland 86
Grüne Berge (in Gondor) 779, 851
Grüner Drachen 59, 81, 159, 1008 f.
Grünfeld 21, 1021
Grünweg 25, 266, 999, 1010

Hagsend 127
Halifirien 755, 811
Harad 258, 667, 773, 817, 834, 881, 892, 956, 975
Hargtal 791, 798 f., 804
Harlond 758, 852 f., 883
Helms Deich 784
Helms Klamm 554 ff., 596, 602, 784, 790, 984
Helms Tor 537
Henneth Annûn 682, 693, 703, 817, 892, 964
Heutor 1003
Himmelsfelder 839
Hobbingen 22, 36–39, 40–42, 45, 60, 83, 86, 91, 98, 241, 259, 272, 298, 479, 925, 1005, 1009, 1014 f., 1022, 1027
Hochborn 810
Hochland 69

Höhen, Ferne 21
Hoher Hag 113
Hoher Hof (in Minas Tirith) 760
Hoher Paß 238
Hornburg 535, 538, 552 f., 558, 560, 588, 783, 854, 885
Hornfelsen 535
Hügelgräber 146, 229
Hügelgräberhöhen 127, 135, 147 f., 150, 254, 272 f., 764, 1002
Hulsten 292, 310

Ilmarin 245, 380
Imlad Morgul 702, 719, 942
Imladris (Bruchtal) 256, 264, 275, 300, 443, 665, 878
Imloth Melui 871, 973
Irensaga 801
Isen 305, 382, 533, 552, 556, 560, 572 ff., 582, 602, 606, 988, 999
Isengart 267, 270, 275, 305, 408, 424, 429, 433, 454 ff., 481, 492, 505, 512, 528, 543, 550, 555, 560, 760, 764, 774, 781, 984
Isenmünde 927, 935 ff., 940 ff.
Ithilien 657 ff., 667, 683, 700, 704, 758, 760, 773, 817 ff., 879, 958, 964

Kankras Lauer 725 passim
Khazad-dûm (Moria) 250 ff., 293, 326, 509 (s. *auch* Zwergenbinge)
Kheled-zâram (Spiegelsee) 293, 341 f., 364, 386, 554
Kibil-nâla (Silberlauf) 293
Klammbach 544, 553
Klammtal 535, 560, 604, 607, 783
Königsnorburg 25, 999
Krickloch 82 f., 115, 131, 188, 273

Lamedon 797, 854, 880 ff.
Lampenmacher-Straße (Rath Celerdain) 776
Land des Schattens 617

Langer See 44
Langgrund 24, 565, 1014
Langstrand 305
Laurelindórenan (Lothlórien) 776
Lautwasser 200, 212, 216
Lebennin 305, 758, 772 f., 822, 854, 879, 881 ff., 972
Letzte Brücke 212
Letzter Berg 478
Letztes Heimeliges Haus 235, 291
Leuchtfeuerberg 840
Limklar 389
Linhir 881
Lithlad 644
Lórien 275, 346, 388 f., 391, 424, 521, 616, 633, 738, 878, 925, 983, 991
Lossarnach 758, 778 f., 869 f., 887, 892
Lothlórien 341, 475, 479, 510, 979
Luch 91
Lugbúrz (Barad-dûr) 744 ff., 911
Luhn (Lhûn) 20, 605, 1034

Mark (Riddermark) 850, 982
Meduseld (Goldene Halle) 447, 511, 558, 781 ff., 785, 800, 809
Merethrond 981
Methedras 438, 477, 489
Michelbinge 21, 22, 26, 29, 37, 167, 287, 326, 1014 ff.
Minas Anor, früherer Name von Minas Tirith 262, 605, 970 f.
Minas Ithil (früherer Name von Minas Morgul) 254, 256, 605, 649, 692, 699 ff., 711, 976
Minas Morgul 254, 260, 409, 605, 699, 711 ff., 744 f., 823, 888, 890
Minas Tirith 30, 254, 258, 286, 375, 397, 403 ff., 406, 409, 425, 504, 617, 676, 680, 685, 698, 755 ff., 762, 774, 776, 778, 781, 788, 806, 813, 828, 836, 857, 861, 878, 883 f., 891, 963, 976, 985, 1032

Mindolluin 607, 692, 758, 760, 768, 779, 810, 814, 832, 840, 854, 964, 982
Minen von Moria 306
Min-Rimmon 755, 811, 972
Mitheitel (Weißquell) 212
Mithlond 605
Mittelerde 21 ff., 94, 506, 554, 557, 606, 692, 728, 796, 879, 924, 1035
Morranon 644, 653, 656, 702, 709, 891, 893, 897 ff., 935 (s. *auch* Schwarzes Tor)
Mordor 58 f., 65, 73, 180, 188, 197, 225, 236, 251, 261, 265, 269, 272, 277, 285, 398, 403, 406, 423, 439, 461, 480, 504, 518, 562, 571, 587, 592, 602, 611, 617, 627, 630, 633, 637, 644 ff., 690, 704, 707, 731, 756, 772, 806, 834, 844, 852 f., 859, 880, 887, 892, 905, 933
Morgai 906, 923, 928 f., 934
Morgulduin 705
Morgul-Paß 906
Morgul-Straße 923, 927, 930
Morgul-Tal 263, 707, 718, 727, 732, 742, 818, 893, 965, 976
Moria 250 ff., 278, 293, 310, 337, 343, 363, 366, 424, 479, 508, 541, 569, 577, 636, 652, 665, 678, 685, 941
Morthond 779, 796, 855, 864
Mückenwassermoore 193
Mühlenhof 1022
Mundburg 515 f., 810, 838, 841, 855

Naith von Lórien 355
Namenloser Paß 718
Namenloses Land (Mordor) 609, 702, 738, 741
Nan Curunír (Tal des Zauberers) 494, 559, 572, 578
Nanduhirion (Schattenbachtal) 293
Narchost 906
Nardol 755, 811, 840
Nargothrond 325, 364

Nebelgebirge 27, 69, 161, 177, 202, 234, 267, 284, 305, 423, 438, 461, 467, 896, 988
Neldoreth 205, 477
Nen Hithoel 376, 401
Neuer Weg 1027, 1029
Nimbrethil 243
Nimrodel 346, 392 ff., 878
Nindalf 381
Norburg 25
Norderland 382
Nordhöhen 254, 999
Nördliche Lande (Nordlande) 162
Nördliches Königreich 207, 850, 867
Nordmark 686
Nordmoore 59
Nordstraße 827, 976
Nordtor 120 f.
Nordviertel 25, 59, 298, 1021, 1028
Númenor 206, 267, 678, 680, 684, 686, 690, 700, 728, 969 (s. *auch* Westernis)
Núrnen-Meer 644, 969

Oberbühl 59
Ödland 999
Orod-na-Thôn 477
Orodruin (Schicksalsberg, Feuriger Berg) 76, 253, 923, 927, 947, 957
Orthanc 267, 408, 445, 481, 545, 562, 569, 574 ff., 581, 583, 594, 601, 605, 984
Osgiliath, die Zitadelle der Sterne 254, 375, 398, 425, 605, 649, 656, 674, 685, 710, 715, 758, 772, 818 ff., 829, 852, 890, 964, 970
Ossiriand (Sieben Flüsse von Ossir) 477
Ostemnet 435, 512
Ost-Anórien 836
Ostford 808
Ostgebirge 839
Ostlande 647
Ostmark (in Rohan) 444
Ostmarken 25

Register

Oststraße 127, 146, 1002, 1020
Ostviertel 22, 25, 86, 121, 262
Ostweststraße 58

Parth Galen 403, 413, 421, 424 ff., 665, 781, 962
Pelargir 879 ff., 883, 887, 977
Pelennor 757, 771, 815, 823, 842, 845, 851, 889, 964, 976
Pfade der Toten 786, 788 f., 803, 880
Pforte von Rohan 267, 296, 305, 557
Pinnath Gelin 972

Quellhall 478, 571

Rammas Echor 822, 825, 829, 842, 855
Rath Celerdain (Lampenmacher-Straße) 776
Rath Dínen (Stille Straße) 832, 835, 857, 861, 974, 979, 981
Rauros 376, 388, 402, 405, 381, 423 ff., 885, 962, 977
Rhosgobel 266, 284
Rhûn 258, 763, 956
Riddermark, Name für Rohan 389, 440, 515
Rimmon 838
Ringló 778, 881
Rohan 271, 382, 389, 408, 425, 429, 437, 467, 507, 515, 533, 562, 581, 617, 675, 686, 755 ff., 762, 768, 774, 798, 827, 896, 955, 961, 965, 980 ff.
Rohrholm 112
Rothorn 293, 304 (s. *auch* Caradhras)
Rothornpaß 293, 297, 991

Sammath Naur 949, 952, 957
Sarn Gebir 376, 394, 397 f., 505
Sarn-Furt 184, 1014
Schären 1027
Schattenbachsteig 284, 293, 351
Schattenbachtal 293, 319, 327, 330, 340, 378

Schattenbachtor 306, 324
Schattengebirge 261, 644, 650, 700
Schattensee 245
Scheideweg 702 passim, 891
Schicksalsberg 290, 410, 930, 940 ff.
Schicksalsklüfte 76 f., 81, 690, 740, 946, 952 ff., 957
Schlachtgrube 1021
Schlucht 161, 192
Schneeborn 798, 801, 804
Schwanenfleet 990
Schwarze Grube (Khazad-dûm) 293
Schwarzer Stein (s. Erech)
Schwarzer Turm (Barad-dûr) 253
Schwarzes Land (Mordor) 444, 888, 918
Schwarzes Tor von Mordor 253, 263, 889 ff., 968
Schwarzerdental 779
Schwarzgrund 796
Schwertelfelder 67 f., 253, 263
Schwertelfluß 284
Schwimmender Balken 1006
Shatûr 293
Sieben Tore 756
Silberlauf 293, 331, 341, 349, 354, 357, 379, 396
Silberzinne 293
Sirannon (Torbach) 309 f.
Spiegelsee 293, 327, 330, 341 f.
Stadel 161, 167, 192, 998
Stadt der Ringgeister 711
Starkhorn 798, 800
Steinbogen 20
Steinkarrental 839 f.
Steinbüttel 1026
Steinenland 855
Steinstadt 838
Stille Straße (in Minas Tirith) 833
Stock 102, 112
Stockbach 103
Süd-Düsterwald 359
Südliche Lande 817
Südliches Königreich 262

1176

Südstraße 699
Südviertel 24 f., 90, 389, 565, 990, 997, 1028
Sunlending 810

Tal des lebenden Todes 702 (s. *auch* Imlad Morgul)
Tarlangs Hals 797
Tarntobel 486, 492
Tarmenel 244
Tasarinan 477, 987
Tauremorna 477
Taur-na-neldor 477
Thal 27, 41, 43, 72, 238, 251, 330
Thangorodrim 720
Tharbad 284, 382
Thrihyrne 534, 604
Tirion 245, 380, 605
Todeshöhe 560, 784
Tol Brandir (Zinnenfels) 381, 401 ff., 415, 424, 430, 448, 638, 675
Torbach 307
Torech Ungol (Kankras Lauer) 725
Totendeich 254, 999
Totensümpfe 263, 381, 635, 638, 651, 675, 695
Trennendes Meer 606
Troll-Höhen 274
Toll-Land 213
Trollwald 213
Tukland 25, 86
Tumladen 1019
Turm des Mondes 649, 705
Turmberge 605
Turm der Wacht 523

Udûn (Hölle) 339, 935, 938 ff.
Umbar 881
Umgebendes Gebirge 955
Unterharg 810

Valimar 286
Valinor 245, 980
Vardo 385 f.

Verborgenes Land 675 (s. Lothlórien)
Verlassene Herberge 199

Waldende 925, 1014, 1032
Waldhof 86, 91, 95 f., 102
Walstatt 806
Wässer 86, 925
Wasserau 36, 40–42, 59, 370, 941, 946, 1006 f., 1013, 1020, 1035
Wasserauer Straße 36, 1020 f.
Wegscheide des gefallenen Königs 889, 1014, 1019
Weidenwinde 113, 129, 147
Weidenwindental 127
Weißbrunn 777
Weiße Höhen 22, 26, 1009
Weiße Türme 60, 275, 666
Weißer Turm (von Minas Tirith) 425, 807, 824, 829, 831, 853, 861
Weißes Gebirge 297, 349, 382, 389, 430, 512, 604, 692, 702, 758
Weißfurchen 1007
Weißquell 19, 212, 220, 274, 284
Weit-Harad 852
Westemnet 445
Westernis 18, 24, 67, 157, 239, 246, 561, 604, 667, 797, 850, 969
Westfold 537, 545, 553, 587, 607, 786, 892
Westmarken 23, 25
Weststraße 888
Westviertel 23, 25, 37
Wetterspitze 19, 184, 193, 195, 197, 214, 218, 229, 274, 344, 995, 1030
Wilderland 19, 27, 67, 73, 161, 238, 261, 284, 393, 398, 480, 506
Wilder Wald 467
Wolkenkopf 293

Zauberer-Tal 381
Zinnenfels 388
Zirak, Zirakzigil (Silberzinne) 293, 509
Zum Tänzelnden Pony 996
Zwergenbinge (Khazad-dûm, Schwarze Grube, Moria) 293, 324

1177

Lizenzausgabe für die Büchergilde Gutenberg,
Frankfurt am Main, Wien,
mit freundlicher Genehmigung
des Verlages Klett-Cotta
Die Originalausgabe erschien 1954 und 1955
unter dem Titel
»The Lord of the Rings«
© 1966 by George Allen & Unwin Ltd., London
Published by arrangement with
Harper Collins Publishers Ltd., London
Aus dem Englischen übersetzt von Margaret Carroux
Gedichtübertragungen von E.-M. von Freymann
Ergänzendes Kapitel zur Aussprache übersetzt von Helmut Pesch
Korrigiert und überarbeitet von Roswith Krege-Mayer
© für die überarbeitete einbändige deutsche Ausgabe
J. G. Cotta'sche Buchhandlung Nachfolger GmbH, gegr. 1659,
Stuttgart 1991
Fotomechanische Wiedergabe nur mit Genehmigung des Verlages
Satz: Steffen Hahn GmbH, Kornwestheim
Druck und Bindung: Franz Spiegel Buch GmbH, Ulm
Printed in Germany
ISBN 3 7632 4362 3